▲《仇英人物故事图册 · 子路问津》
明，仇英绘，纵 41.4 厘米，横 33.8 厘米。

▲《明仇英纯孝图 · 汉文帝》
明，仇英绘，纵 32.8 厘米，横 21.9 厘米。

◀《明仇英纯孝图 · 曾参》
明，仇英绘，纵 32.8 厘米，横 21.9 厘米。

▲《阿房宫图》

清，袁江绘，纵 194.5 厘米，横 60.5 厘米。

中国历史故事 西周——晋

◀《苏武牧羊图》
近现代，傅抱石绘，纵62厘米，横84.8厘米。

▲《汉宫春晓图》(局部)

明，仇英绘，纵 30.6 厘米，横 574.4 厘米。此为局部。

▲《冯媛当熊图》（局部一）

明，丁云鹏绘，纵 32.6 厘米，横 148.8 厘米。

▶《冯媛当熊图》（局部二）

明，丁云鹏绘，纵 32.6 厘米，横 148.8 厘米。

《汉宫秋月图》

清，袁耀绘，纵129厘米，横61.3厘米。

▲《三顾茅庐图》

明，戴进绘，纵 172.2 厘米，横 107 厘米。

胡笳十八拍

我生之初尚無為，我生之後漢祚衰。天不仁兮降亂離，地不仁兮使我逢此時。干戈日尋兮道路危，民卒流亡兮共哀悲。煙塵蔽野兮胡虜盛，志意乖兮節義虧。對殊俗兮非我宜，遭惡辱兮當告誰？笳一會兮琴一拍，心憤怨兮無人知。

戎羯逼我兮為室家，將我行兮向天涯。雲山萬重兮歸路遐，疾風千里兮揚塵沙。人多暴猛兮如虺蛇，控弦被甲兮為驕奢。兩拍張弦兮弦欲絕，志摧心折兮自悲嗟。

越漢國兮入胡城，亡家失身兮不如無生。氈裘為裳兮骨肉震驚，羯膻為味兮枉遏我情。鼙鼓喧兮從夜達明，胡風浩浩兮暗塞營。傷今感昔兮三拍成，銜悲畜恨兮何時平。

無日無夜兮不思我鄉土，稟氣含生兮莫過我最苦。天災國亂兮人無主，唯我薄命兮沒戎虜。殊俗心異兮身難處，嗜欲不同兮誰可與語！尋思涉歷兮多艱阻，四拍成兮益悽楚。

雁南征兮欲寄邊聲，雁北歸兮為得漢音。雁飛高兮邈難尋，空斷腸兮思愔愔。攢眉向月兮撫雅琴，五拍泠泠兮意彌深。

冰霜凜凜兮身苦寒，饑對肉酪兮不能餐。夜聞隴水兮聲嗚咽，朝見長城兮路杳漫。追思往日兮行李難，六拍悲來兮欲罷彈。

日暮風悲兮邊聲四起，不知愁心兮說向誰是！原野蕭條兮烽戍萬里，俗賤老弱兮少壯為美。逐有水草兮安家葺壘，牛羊滿野兮聚如蜂蟻。草盡水竭兮羊馬皆徙，七拍流恨兮惡居於此。

為天有眼兮何不見我獨漂流？為神有靈兮何事處我天南海北頭？我不負天兮天何配我殊匹？我不負神兮神何殛我越荒州？制茲八拍兮擬排憂，何知曲成兮心轉愁。

天無涯兮地無邊，我心愁兮亦復然。人生倏忽兮如白駒之過隙，然不得歡樂兮當我之盛年。怨兮欲問天，天蒼蒼兮上無緣。舉頭仰望兮空雲煙，九拍懷情兮誰與傳？

城頭烽火不曾滅，疆場征戰何時歇？殺氣朝朝衝塞門，胡風夜夜吹邊月。故鄉隔兮音塵絕，哭無聲兮氣將咽。一生辛苦兮緣別離，十拍悲深兮淚成血。

我非貪生而惡死，不能捐身兮心有以。生仍冀得兮歸桑梓，死當埋骨兮長已矣。日居月諸兮在戎壘，胡人寵我兮有二子。鞠之育之兮不羞恥，愍之念之兮生長邊鄙。十有一拍兮因茲起，哀響纏綿兮徹心髓。

東風應律兮暖氣多，知是漢家天子兮布陽和。羌胡蹈舞兮共謳歌，兩國交歡兮罷兵戈。忽遇漢使兮稱近詔，遣千金兮贖妾身。喜得生還兮逢聖君，嗟別稚子兮會無因。十有二拍兮哀樂均，去住兩情兮難具陳。

不謂殘生兮卻得旋歸，撫抱胡兒兮泣下沾衣。漢使迎我兮四牡騑騑，號失聲兮誰得知？與我生死兮逢此時，愁為子兮日無光輝，焉得羽翼兮將汝歸。一步一遠兮足難移，魂消影絕兮恩愛遺。十有三拍兮弦急調悲，肝腸攪刺兮人莫我知。

身歸國兮兒莫之隨，心懸懸兮長如饑。四時萬物兮有盛衰，唯我愁苦兮不暫移。山高地闊兮見汝無期，更深夜闌兮夢汝來斯。夢中執手兮一喜一悲，覺後痛吾心兮無休歇時。十有四拍兮涕淚交垂，河水東流兮心是思。

十五拍兮節調促，氣填胸兮誰識曲？處穹廬兮偶殊俗。願得歸來兮天從欲，再還漢國兮歡心足。心有懷兮愁轉深，日月無私兮曾不照臨。子母分離兮意難任，同天隔越兮如商參，生死不相知兮何處尋！

十六拍兮思茫茫，我與兒兮各一方。日東月西兮徒相望，不得相隨兮空斷腸。對萱草兮憂不忘，彈鳴琴兮情何傷！今別子兮歸故鄉，舊怨平兮新怨長！泣血仰頭兮訴蒼蒼，胡為生兮獨罹此殃！

十七拍兮心鼻酸，關山阻修兮行路難。去時懷土兮心無緒，來時別兒兮思漫漫。塞上黃蒿兮枝枯葉乾，沙場白骨兮刀痕箭瘢。風霜凜凜兮春夏寒，人馬饑豗兮筋力單。豈知重得兮入長安，嘆息欲絕兮淚闌干。

胡笳本自出胡中，緣琴翻出音律同。十八拍兮曲雖終，響有餘兮思無窮。是知絲竹微妙兮均造化之功，哀樂各隨人心兮有變則通。胡與漢兮異域殊風，天與地隔兮子西母東。苦我怨氣兮浩於長空，六合雖廣兮受之應不容！

▲《商喜关羽擒将图》(局部)
明，纵 198 厘米，横 236 厘米。此为局部。

◀《元人文姬归汉图》
元，纵 63.5 厘米，横 85.7 厘米。

《顾绣竹林七贤图》

清，清宫旧藏，纵 130 厘米，横 44 厘米。

中国历史故事

西周—晋

林汉达　著

CNS PUBLISHING & MEDIA
湖南文艺出版社 HUNAN LITERATURE AND ART PUBLISHING HOUSE
博集天卷 CS-BOOKY

图书在版编目（CIP）数据

中国历史故事 : 西周 - 晋 / 林汉达著 . -- 长沙：湖南文艺出版社，2023.10

ISBN 978-7-5726-0990-9

Ⅰ. ①中… Ⅱ. ①林… Ⅲ. ①历史故事—作品集—中国—当代 Ⅳ. ① I247.81

中国国家版本馆 CIP 数据核字（2023）第 011745 号

上架建议：历史读物

ZHONGGUO LISHI GUSHI : XI ZHOU—JIN

中国历史故事 : 西周—晋

著　　者：林汉达
出 版 人：陈新文
责任编辑：匡杨乐
监　　制：李　炜　张苗苗　文赛峰
策划编辑：温宝旭　李孟思
特约编辑：何思锦
营销支持：付　佳　杨　朔　周　然
封面绘图：皮靖圆
部分插图授权：故宫博物院
内文插图：视觉中国
封面设计：马睿君
版式设计：霍雨佳
内文排版：百朗文化
出　　版：湖南文艺出版社
（长沙市雨花区东二环一段 508 号　邮编：410014）
网　　址：www.hnwy.net
印　　刷：三河市中晟雅豪印务有限公司
经　　销：新华书店
开　　本：760 mm × 1060 mm　1/16
字　　数：1835 千字
印　　张：112.75
插　　页：8
版　　次：2023 年 10 月第 1 版
印　　次：2023 年 10 月第 1 次印刷
书　　号：ISBN 978-7-5726-0990-9
定　　价：258.00 元

若有质量问题，请致电质量监督电话：010-59096394
团购电话：010-59320018

◎目录

东周列国故事新编

前后汉故事新编

三国故事新编

东周列国

故事新编

逮妖精

周宣王四十年那会儿（公元前 788 年），民间传出了一个谣言，说周朝的天下将来得灭在一个女妖精手里。周宣王向来算是贤明的，这回一听见有妖精来夺他的天下，可就吓糊涂了。他派了一个叫杜伯的大臣，去逮女妖精，把有嫌疑的女人都逮来办罪。有几个不幸的女人就这么给害了。

过了三年，就是公元前 785 年（周宣王四十三年），这位害怕妖精的天王做了个梦。梦里瞧见的，不用说就是妖精了。他吓得从梦里嚷醒，心里还直扑腾扑腾地跳着。第二天临朝的时候，他问杜伯："妖精的事怎么着啦？"杜伯倒是个老实人，他不乐意乱杀人，再说他也不信真有什么妖精，这三年来他早就把这个没有道理的命令扔在一边儿了。这会儿天王问了他，他就说："有几个有嫌疑的女人早都杀了。要是再搜查呀，就得弄个鸡犬不宁，不是叫全国的老百姓不安生吗？我就没往下办啦。"

周宣王听了这话，直发脾气，骂着说："你好大的胆子，敢不服从我的命令！我要你这么不忠心的人干什么？"他又对武士们说，"把他推出去砍了！"这下大臣们一个个吓得脸都白了。里头有个大臣叫左儒，他赶紧挡住武士，对天王说："不能杀！不能杀！"那些个脑袋缩在肩膀里的大臣们这会儿全都朝着左儒发愣。周宣王板着脸，说："你有什么要说的？"

左儒磕了一个头，对周宣王说："唐尧的时候闹过九年水灾，成汤的时候闹过七年旱灾。唐尧和成汤还是当了顶贤明的君王。老百姓呢，过着太平的日子。天灾都不怕，还怕什么妖精？再说这妖精，连影儿都没有，哪儿就能信呢？要是天王把杜大夫杀了，全国老百姓还当真有了妖精，弄得都害怕了。这个事给列国诸侯听见，准得小看咱们。我央告天王还是饶了他吧。”

周宣王鼻子里笑了一声，说：“我知道你是杜伯的朋友。明摆着，你把朋友看得比君王还重！”左儒说：“要是君王对，朋友错，我怎么着也得顺着君王；要是君王错，朋友对，那我就得顺着朋友了。”周宣王气得跟什么似的，大声嚷道：“你找死吗？敢跟我顶嘴！”那些个歪着脑袋发愣的大臣们都替左儒担心。左儒自己可不在乎，他把身子一挺，说：“大丈夫不能贪生怕死，成心把黑的说成白的，把白的说成黑的。杜大夫并没有死罪，天王要是把他杀了，天下的人就会说您不对；我要是不拦住您，天下的人就会说我不对。”周宣王不理他，还说非杀杜伯不可。左儒就说：“好吧，天王既然非杀他不可，干脆请您把我也一块儿杀了吧。”

左儒这份不怕死的劲头倒叫周宣王对他软了下去。那个杜伯，一言不发，反倒叫周宣王直冒火儿。他换了个口气，对左儒说：“用不着你多嘴。”回头又对武士们说：“把杜伯杀了吧！”武士们就把他推出去杀了。左儒叹了一口气，不再说话。他闷闷不乐地回了家，就在那天晚上自杀了。

周宣王听说左儒自杀的信儿，心里倒有点下不去。他想实在不应该杀杜伯。就为一时挂火儿，死了两个大臣，真是太糊涂了。

又过了三年（周宣王四十六年），有一天，周宣王带上弓箭跟诸侯们凑热闹一起去打猎。一天下来，因为太累了，脑袋发涨，胸口也有点闷痛，就提早回来了。半道儿上，他在车里打起盹儿来。忽然前面来了一辆小车，上面站着两个人，穿戴着大红的衣帽，拿着大红的弓箭，向他射来。周宣王一瞧，一个是上大夫杜伯，一个是下大夫左儒。他正想喝退他们，胸脯上已经中了一箭。周宣王“唉呀”一声，原来是个梦。回到宫里，他就病了。病得厉害的时候，他迷迷糊糊地就好像瞧见杜伯和左儒站在他跟前，他更不安生了。就这样，他的病越来越厉害，没有几天就死了。临死他还迷糊着，怎么妖精没逮着，自己倒给冤魂逮去了。

烽火台

周宣王死了以后，他儿子即了王位，就是周幽王（公元前 781—公元前 771 年）。这位天王什么国事也不管，光讲究吃、喝、玩、乐，除了酒肉，就是女人。他打发人上各处去找美人儿，国家大事压根儿就没往心里搁。谁奉承他，他就喜欢谁；谁劝告他，他就头疼。顶叫他头疼的是赵叔带大夫，因为他奓（zhà）着胆子奏了一本，说："这会儿正是国家有难的时候，地震、山崩、饥荒这么些灾害都有。天王应当想法子找些能干的人来办事才是正理。怎么能在这会儿去找美人儿呢！"

周幽王听不进这话也就罢了，他反倒恼羞成怒，革去赵叔带的官职，把他轰出去了。这本来是"杀鸡给猴儿看"的意思，省得别人再去唠叨。没想到惹着了另外一位大臣，叫褒珦（bāo xiàng），他凭着一股忠臣的劲儿去见天王，说："天王不怕天灾，不问国事，反倒亲近小人，轰走大臣。您这么下去，咱们的国也要保不住啦。"周幽王挺生气，也不乐意跟他争，吆喝了一声，当时就把他下了监狱。从这儿起，再也没有人敢劝他了。

褒珦在监狱里待了三年，眼看着没有放出来的指望了，他家里的人一直给他想法儿。他们想："天王既然顶喜欢美人儿，我们得在这上头打主意。"他们就上各处去找。还真给他们找着了。他们花了些绢、帛，买了一个顶好看的乡下姑娘。小姑娘怎么也不乐意，哭哭啼啼，就是不走。她爹娘也是给穷逼得没有法子，不肯错过这笔好买卖，一边哭着，一边劝女儿发发孝心，照顾照顾他们这又穷又苦的老两口儿。小姑娘叹了口气，一咬牙，跟着人家上京城里来了。褒家把她训练了一下，教了些歌舞，就把她献给周幽王，算是来赎褒珦的。这就是在中国历史上挺出名的美人儿褒姒（sì）。

周幽王一看见褒姒，那股子高兴劲儿就不用提了。褒姒那份儿漂亮，他梦也没梦见过，他觉得宫里头的美人儿都加到一块儿也抵不上褒姒的一丁点儿。他当时就免了褒珦的罪，把他放了。从这儿起，天王日日夜夜陪着这位天仙，把她看成心肝宝贝。周幽王这么宠着褒姒，褒姒可不喜欢他。她是个苦命的女子，被人家买了来是听人家摆布的。从她进了王宫，就老皱着眉头，连笑都没笑过一回。周幽王想尽法子要她开个笑脸，可她怎么也笑不出来。天王就出了个赏格："有谁能叫娘娘笑一下的，赏他一千两黄金。"

这赏格一出，就有好些人赶着想来发财。可是他们光能叫褒姒生气，有的甚至给她骂出去。有一个顶能奉承天王的小人，叫虢（guó）石父，挺有点小聪明，还真给他想出了一个"好"法子来。他对周幽王说："从前的君王为了防备西戎（西方游牧部族的总称，也叫犬戎）侵犯咱们的京城（就是镐京，在今陕西西安一带，镐：hào），就在骊山（在今陕西西安一带）那一溜儿起造二十多座烽火台。万一敌人打进来，就一连串点起烽火来，让临近的诸侯瞧见，好出兵来救。这会儿天下太平，烽火台早就没有用了。我想请天王跟娘娘上骊山去玩儿几天。到晚上，咱们把烽火点着，叫诸侯们上个大当。娘娘见了这么些兵马一会儿跑过来，一会儿跑过去，没个不笑的。您说我这个法儿好不好？"周幽王眯着眼睛，拍着手，说："那还不好？就这么办吧。"

他们说走就走，带着褒姒到了骊山。有一位伯爵诸侯（那时候诸侯分为公、侯、伯、子、男五等，伯爵是第三等诸侯），就是周宣王的兄弟，周幽王的叔叔郑伯友，得了这个信儿，怕他们出乱子，赶紧跑到骊山，劝天王别这么做。周幽王正在兴头上，这种话哪儿听得进去。他生气地说："我在宫里闷得慌，难得跟娘娘出来一趟，放放烟火，解解闷儿。这也用得着你管吗？"

真的，烽火一点起来，半夜里满天全是火光。一眼瞧过去，不论远近，全是火柱子。临近的诸侯看见了烽火，赶紧带领着兵马跑到京城。听说天王在骊山，又急着赶到骊山。没想到，到了那儿，一个敌人也看不到，也不像打仗的样子，光听见音乐和唱歌的声音。大伙儿你看看我，我看看你，都不知道是怎么回事。周幽王叫人去对他们说："辛苦了，各位！没有敌人，你们回去吧！"诸侯们这才知道上了天王的当，一个个气得肚子都快破了。

褒姒压根儿不知道他们闹的是什么玩意儿。她瞧见了这许多兵马忙来忙去，跟掐了脑袋的苍蝇似的在那儿瞎撞，一点儿意思也没有。她问周幽王："这是怎么回事？"周幽王一五一十地告诉了她，还歪着脖子，带笑地问："好看吗？"褒姒觉得又好气又好笑，不由得冷笑了一声，说："呵呵，真好看！亏您想得出这玩意儿！"这位糊涂到家的天王还当褒姒真笑了呢，心里一高兴，就把一千两黄金赏给了那个小人虢石父。这才欢欢喜喜地回来了。

褒姒生了个儿子，叫伯服。公元前 777 年（周幽王五年），周幽王把原来的王后和太子宜臼废了，立褒姒为王后，伯服为太子。宜臼的母亲是申侯的女儿。宜臼逃到他姥姥家申国（古国名，在今河南南阳一带）去了。申侯知道了周幽王要办他的罪，还要杀害宜臼，就勾结了西戎向周王室进攻。周幽王叫虢石父赶紧把烽火点起来。那些诸侯上回上了当，这回就当天王又在开玩笑，全都不理他。烽火黑天白日地点着，也没有一个救兵来。京城里的兵马本来不多，只有一个郑伯友算是大将，出去抵挡了一阵。可是他的人马太少，末了，给敌人围住，被乱箭射死了。周幽王和虢石父，还有伯服，慌忙逃到骊山，全都给西戎杀了，连那个老关在宫里没有真正开过一次笑脸的美人儿，也给他们抢去了。

这回打仗死了不少人。那些逃难的大臣们虽说没有用处，可是记性挺好。这会儿，他们想起周宣王叫杜伯逮妖精那回事来了。他们说："褒姒这一笑，烽火台就不灵了，这还不是个妖精祸害？给人逮了去，活该！"老百姓可都说周幽王、虢石父他们该死，也怪申侯不该借了西戎的兵马来打自己人。郑伯友为国尽忠，死得可怜，老百姓全盼望着能有人像他那样出来抵抗西戎。

黄泉相见

郑伯友是郑国（那时候郑国在今陕西华阴，周平王东迁以后，才改封在今河南新郑）头一个君主。他死了，人们就管他叫郑桓公（据说古时候天王和诸侯的称号是等他们死了，由大臣们商量着起的）。郑桓公的儿子叫掘突，一听到他父亲给西戎杀了，就穿上孝服，带着三百辆兵车，从郑国一直赶到京城去跟西戎拼命。他胆儿大，人又机灵，加上郑国的兵马平素训练得好，一下子就杀了不少敌人。别的诸侯也带着兵车上镐京去打敌人。西戎的头目一看诸侯的大兵到了，就叫手下的人把周朝积攒的货物、宝器全抢了去，放了一把火，乱七八糟地退了兵。

原来申侯只想借着西戎的兵马去强迫周幽王仍旧让他女儿做王后，外孙子宜臼做太子。他的如意算盘落了空，西戎的兵马不但杀了天王，而且占据了京城赖着不走，他后悔了，就偷偷地写信给临近的诸侯请他们火速发兵来救。中原诸侯打退了西戎，大伙儿立原来的太子宜臼为天王，就是周平王（公元前770年—公元前720年）。诸侯们都回去了，就剩下掘突给周平王留住，请他在京城里办事。想不到各路诸侯一走，西戎又打了过来。周朝西半边的土地一多半儿给他们占了去不说，还一步步地又打到镐京的边儿上来了。周平王恐怕镐京保不住，再说镐京的房子已经给西戎烧了不少，库房里的财宝也给抢了个一干二净，要盖宫殿又盖不起。这样一来，周平王就打定主意扔了镐京，搬到东边去，把陪都洛阳当作京城，以后的周朝就称为“东周”。东周的天王连自己的地盘都保不住，名义上虽然还是各国诸侯的共主，实际上他只是个中等国的国君罢了。

周平王扔了西周的地盘，上了洛阳，虽说丢脸，可是“搬家”总算是个喜事，诸侯都来道喜。周平王因为秦国（那时候秦国在甘肃天水一带，是个附庸小国，还不算是诸侯国）在西边，上回也派人来跟郑国一同打退西戎，这回又派兵来护送他迁都，就封秦国的国君当正式的诸侯，就是秦襄公。周平王对他说：“岐丰（在今陕西）那边的土地一多半给西戎占了。你要是能够把他们赶出去，我就把这些土地赏给你。”（后来秦襄公回到本国，训练兵马，逐渐收复岐丰那边的土地，把秦国变成了西方大国。）周平王又把洛阳东边的一些城池和土地封给掘突，叫他接着他父亲当周朝的卿士，同时又是郑国的君主，就是郑武公。

郑武公掘突有两个儿子，一个叫寤（wù）生，一个叫段。小儿子段生得一表人才，夫人武姜顶宠他，老在郑武公跟前夸奖小儿子怎么怎么好，将来最好把君位传给他。郑武公可不答应，还是立大儿子寤生为继承人。郑武公去世后，寤生即位，就是郑庄公。他接着他父亲当了周朝的卿士。他母亲姜氏眼见心爱的小儿子段没有个好地位，就对郑庄公说：“你接着你父亲当了诸侯，你兄弟也大了，还没有自个儿的地方住，老跟在我身边，这成什么样儿？”郑庄公说：“依母亲看怎么着？”姜氏说：“你把制邑（在今河南荥阳一带）封给他吧。”郑庄公说：“制邑是郑国顶要紧的地方，父亲早就说过，这座城谁也不能封。”姜氏说：“那么京城（在荥阳东）也行。”郑庄公不言语。姜氏生了气，说：“这座城不许封，那座城不答应，你还是把你兄弟赶出去，让他饿死得了！”郑庄公赶紧赔不是，说：“娘别生气，事情总可以商量的。”

第二天，郑庄公要把京城封给兄弟段。大夫祭（zhài）足拦住说：“这哪儿行啊？京城是大城，跟都城荥阳一样是要紧的地方。再说叔段是太夫人宠爱的，要是他得了京城，势力更大了，将来必有后患。”郑庄公说：“这是母亲的意思，我做儿子的怎么能不依呢？”他不管这些大臣乐意不乐意，就把京城封给了叔段。从此，人们管段叫“京城太叔”。京城太叔打算动身上那边去的时候，先向他母亲姜氏辞行。姜氏拉着他的手，摸着他的胳膊肘，好像怕他衣裳穿得少了似的。京城太叔想不起来要说什么，就说：

“妈！我走了，您放心吧！”姜氏又拉住他，说：“别忙！我还有话说呢。”她就轻轻地嘱咐他，说：“你哥哥一点没有亲弟兄的情分。京城是我逼着他封给你的。他答应是答应了，心里准不乐意。你到了京城，得好好地办事，给你娘争口气。顶要紧的是操练兵马，积聚粮草，赶明儿找个空儿，你从外头往里打，我在里头帮着你。要是你当了国君，我死了也能闭上眼睛啦。”

这位年轻的太叔住在京城倒挺得意，一面招兵买马，一面行军打猎，天天记着他娘的话。他在京城干的事慢慢地传到郑庄公耳朵里了。有几个大臣请郑庄公快点去管一管京城太叔。郑庄公反倒说他们说话没有分寸。他替太叔争理，说：“太叔能这么不怕辛苦，还不是为咱们操练兵马吗？”大臣们私下里都替郑庄公着急，说他气量太大，这会儿这么由着太叔，将来“虎大伤人”，后悔也就来不及了。祭足说：“蔓草不除，越蔓越厉害，何况他是太夫人所宠爱的太叔呢？”郑庄公说：“坏事干多了，自己一定会灭亡。你等着瞧吧。”

没过多少时候，京城太叔占了临近京城的两座小城。那两个地方官向郑庄公报告太叔收管城池的情形。郑庄公听了，慢慢地点着头，眼珠子来回地转着，好像算计着什么似的，但不说话。朝廷里的大臣都不服气，说：“京城太叔操练兵马，又占了两座城，这不明明是造反吗？主公就该立刻发兵去打！”郑庄公把脸往下一沉，说他们不懂理。他说：“太叔是母亲顶喜欢的，我宁可少了几座城，也不能不听母亲的话，伤了弟兄的情分。”大将公子吕说：“主公这会儿由着太叔，将来太叔不由着主公，可怎么好？”郑庄公说：“你们不用多说。到了那会儿，谁是谁非，大伙儿就都知道了。”

过了几天，郑庄公吩咐大夫祭足管理国事，自己去洛阳给天王当差去了。姜氏得了这个消息，赶紧发信，打发一个心腹上京城去约太叔发兵来打荥阳。

京城太叔接到了姜氏的信，一面写回信定日子，一面对手底下的士兵说：“我奉主公的命令上朝廷办事去。”说着就发动兵车，打算动身。哪儿知道郑庄公早就派公子吕把什么都预备好了。公子吕先叫人在半道上埋伏着。这就拿住了那个给姜氏送信的人，搜出信来，交给郑庄公。郑庄公原来是假装上洛阳去，其实偷偷地绕一个弯儿带领着二百辆兵车往京城这边来了。到了京城附近，就埋伏下，等着太叔动手。

公子吕先派了一些士兵打扮成买卖人的模样，混进京城。等到太叔的兵马离开了京城，他们就在城门楼子上放起火来。公子吕瞧见火光，立刻带领着大军打进京城去。

太叔出兵不上两天，听到京城丢了的信儿，连夜赶回来。士兵们也知道了太叔原来是要他们去打国君，乱哄哄地跑了一半。太叔知道军心变了，夺不回京城，就跑到鄢城（在今河南鄢陵一带），又打个败仗，接着就逃到共城（在今河南辉县一带）。郑庄公和公子吕就去攻打共城。共城多小哇，怎么禁得起两路大军的夹攻呢？一会儿就打下来了。太叔叹着气，说："是娘害了我了。"他只好自杀。早有人报告给郑庄公。郑庄公赶紧跑去一瞧，太叔真死了。他抱着尸首，流着眼泪，大声哭道："兄弟，兄弟，你干吗寻死呀？就是你有什么不是，我还不能原谅你吗？"哭得旁边的人也有擦眼泪擤（xǐng）鼻涕的，还夸奖郑庄公是天底下少有的好哥哥。郑庄公哭了一会儿，在太叔身上搜出了姜氏那封信。他把去信和回信叫人送到荥阳，嘱咐祭足交给姜氏，叫他送姜氏上城颍（在今河南临颍一带）去住，还起下了誓，说："不到黄泉，再也别见面了。"

过了几天，郑庄公回到荥阳。灭了太叔段，去了他心上一块病，不用说多痛快。可是再也见不着母亲了，不免又有点儿难受。再说这个一嘴，那个一嘴，风言风语地说他闲话，轰走亲娘就是不孝，如此这般。自己认为高人一等的郑庄公做儿子也得做个"孝子"，可是他又起过誓了，不到黄泉不再见面。起了誓不算数，不光得挨报应，还怕往后说的话也没人相信。大英雄怎么也不能说话不算话，至少在外表上不能这样。

郑庄公正为难，有个城颍的小官叫颍考叔，给郑庄公进贡来了。他献上一只特别的鸟。郑庄公问他："这是什么鸟？"颍考叔说："这叫夜猫子，白天瞧不见东西，黑夜里什么都瞧得见，真是日夜颠倒，不知好歹的坏东西。小时候母鸟养它，长大了就把它妈吃了，是个恶鸟，所以我逮来，请主公办它。"郑庄公知道这话里有话，也不出声，由着他说。可巧到了吃饭的时候，郑庄公就叫颍考叔一块儿吃，还夹了一些羊肉给他。颍考叔把顶好的一块留着包起来，搁在一边。郑庄公问他为什么不吃。他说："我妈上了岁数，我们不容易吃上肉，今天主公赏给我这么好的东西，我想起我妈还没吃过，自个儿哪儿咽得下去？我想带点给她吃去。"郑庄公叹了一口气，说："你真是个孝子。我做了诸侯，还不能像你那么奉养母亲。"颍考叔装着挺纳闷儿的样子，说："太夫人不是好好地享着福吗？"郑庄公又叹了一口气，就把姜氏约定太叔来打荥阳和他发誓不到黄泉不再见面的事说了一遍。颖考叔说："主公这会儿惦记着太夫人，太夫人准也惦记着主公！虽说起过誓，可是人不一定死了才能见到黄泉。黄泉就是地下。咱们挖个地道，在地底下盖一所房子，请太夫人坐在里头，主公到地底下去，不就跟她见面了吗？"郑庄公觉得这倒是个遵守誓言的好法子，就派颍考叔去办。

颍考叔用了五百个人，不多日子，连挖地道带盖地底下的房子，一起办好了。一面接姜氏到地底下的房子里，一面请郑庄公从地道里进去，郑庄公见了姜氏，跪在地下，说："儿子不孝，求母亲原谅！"说着，就跟个孩子似的咧着嘴哭了。姜氏又害臊又伤心，赶紧搀起郑庄公，说："是我不好，哪能怪你！"娘儿俩抱着头，哭了一顿。郑庄公亲手扶着他母亲，出了地道，上了车，一块儿转了好几条大街，才慢慢地回到宫里去了。

郑庄公留下颍考叔，拜他为大夫，和公子吕、公孙子都一同管理军队。

郑庄公因为自己国里事忙，好些日子没上洛阳去了。可是朝廷里有他的"耳报神"。有那么一天，他得了个信儿，说天王有意不用他。这回他可真要上洛阳去了。

太子做抵押

郑庄公到了洛阳，见了周平王，就向他辞职，说："多蒙天王大恩，叫我父亲做卿士，我父亲死了，天王又把我收在朝廷里当差。可是我没有什么能力，实在不配占这么高的位子，求您准我辞职吧。"周平王没想到郑庄公有这一招儿。他原来暗暗地和虢公忌父（平王东迁之后的虢国在今河南陕县一带）商量，要他做卿士。虢公忌父知道郑伯的厉害，不敢答应。这种私底下说的话，怎么都给郑伯知道了呢？周平王脸上有点儿挂不住，只好说："我好些日子没瞧见你，心里直惦记着。这会儿你来了，我就跟鱼儿见了水似的那么痛快。你怎么说不干就不干了呢？"郑庄公说："因为我的能力抵不上虢公啊！"周平王一听见他提到虢公，当时脸就红了，一边使劲地压住自己，一边说："那阵子我怕你太忙，正好虢公来了，我想叫他暂时代理几天。可是虢公又一直不答应，我早让他回去了。你别为了这事多心。"天王越是低声下气，郑庄公就越是趾高气扬，怎么说都不干，弄得周平王就差给他磕头了。他说："你们一家对朝廷都有功，这才叫你们在朝廷里当卿士，从桓公、武公，到你，已经四十多年了。这会儿你疑心我不用你，我怎么才能叫你明白我的心意呢？要是你再不信的话，我就把太子送到郑国去，好不好？"郑庄公推辞说："这可不行。用人不用人，本来都由着大王，怎么能把太子送到我那儿去做抵押呢？"周平王说："不是这么说。都因为你把国事管理得很好，我叫太子上你那儿学习学习去，也好叫你放心。这有什么不行？”朝廷里的大臣们听了他们君臣俩的话，既要顾到周平王的面子，又不敢得罪郑庄公，就说：“依我们看，要是太子不去，消不了郑伯的疑心，单叫太子去，也没有这个道理。还不如一边送太子上郑国去学习管理国事，一边叫郑伯把他的公子送到这儿来做抵押，这才说得过去。”周平王和郑庄公都同意了。往后太子狐就住在郑国，公子忽则住在洛阳。

公元前 720 年（周平王五十一年，郑庄公二十四年），周平王去世了。郑庄公和周公黑肩一同管理国事。他们叫公子忽回郑国去，又打发人去接太子狐回来。太子狐一直在郑国做抵押，连他父亲怎么害病，怎么死去，都没见着，心里挺别扭，一路上哭着回来。他本来就病病歪歪的，这回又伤心过度，一到洛阳，死了。太子狐早就有了儿子，大臣们就立太子狐的儿子，也就是周平王的孙子，做天王，就是周桓王（公元前 719—公元前 697 年）。周桓王因为他父亲在郑国做抵押，已经够丢脸的了，这回又为着奔丧，伤心太过而死，就把郑庄公恨到骨髓里去了。他和周公黑肩商量，干脆不用郑庄公，用虢公忌父做卿士。周公黑肩说：“现在郑是强国，郑伯又挺厉害。天王不用他，他准得恨您。万一他不服，恐怕要出事。这还得多想想。”周桓王气呼呼地说：“我偏不用他，他敢怎么着！”

周桓王就在朝堂上对郑庄公说：“你是先王的大臣，我不好意思委屈你在我手下当差，请你自便吧。”郑庄公说：“我早就要求辞职，就是先王不体谅我。这会儿天王答应我回去，我打心眼儿里感激您！”说着就回到本国，把天王不用他的话跟大臣们说了。他们听了，一个个皱眉、瞪眼睛地直生气。有的说：“打到洛阳去，把那个昏王废了。”有的说：“先忍耐一下，赶明儿再去朝见他，看他后悔不后悔。”大夫祭足说：“还是这样吧，我带领一队人马上洛阳那边去借点粮食。要是天王派人来责备咱们，咱们就有了话说，一直打过去就得了。要是他不跟咱们为难，那会儿主公再去朝见他。”郑庄公点了点头。

祭足带领着人马到了天王的温邑（在今河南温县一带），对温大夫说：“我们国内正闹饥荒，打算跟您借点粮食。”温大夫说：“没有天王的命令，我不敢做主。”祭足说：“救命如救火。我们等不了天王的命令。眼前正是麦子成熟的时候，你帮不了忙，我们自己来吧。”说着就叫过那些士兵来，都拿着镰刀，把地里的麦子割下来，运到郑国去。祭足指挥兵马，来来去去地接应着。温大夫见了，连大气都不敢出，哪儿还敢跟他争啊！

到了秋天，祭足又带领着兵马上成周（在今河南洛阳一带）去。那会儿成周的谷子全都熟了。他叫将士们各处埋伏着，等到半夜，一块儿下手，把谷子也全割了。第二天，成周那一溜儿的庄稼全给割了。等到成周的地方官知道了，郑国的人马早就满载而归了。

温邑和成周的地方官一先一后地都向天王报告，说郑国人偷割麦子和谷子。周桓王气极了，就要兴师问罪。周公黑肩说："这不过是边界上的小事，郑伯自己不一定知道。要是真追究起来，反倒把事情闹大了。不如随他去，郑伯知道了，心里准不安，说不定会亲自来赔不是。"周桓王只得告诉守边界的士兵，多留点神，别让外面的人马进来。割谷子和麦子的事也不追问。郑庄公这才掂出了天王的斤两，打算去朝见他了。

古籍链接

祭足巡到温、洛界首，说："本国岁凶乏食，向温大夫求粟千钟。"温大夫以未奉王命，不许。祭足曰："方今二麦正熟，尽可资食，我自能取，何必求之？"遂遣士卒各备镰刀，分头将田中之麦，尽行割取，满载而回。祭足自领精兵，往来接应。温大夫知郑兵强盛，不敢相争。祭足于界上休兵三月有余，再巡至成周地方。时秋七月中旬，见田中早稻已熟，吩咐军士假扮作商人模样，将车埋伏各村里，三更时分，一齐用力将禾头割下，五鼓取齐。成周郊外，稻禾一空。比及守将知觉，点兵出城，郑兵已去之远矣。

——《东周列国志·第五回》

乱臣贼子

郑庄公正和大臣们商量着去朝见天王的时候，卫国（在今河南淇县一带）的使臣来了，说卫桓公去世，公子州吁（xū）即位。郑庄公起了疑，叫祭足去探听内里到底是怎么回事。祭足说："外头早就传开了，说卫侯是给州吁谋害的。"郑庄公当时皱紧了眉头，说："了不得啦！州吁谋害了国君，还得打到咱们这儿来。咱们不得不早点防备呀。"大臣们听了，都不明白卫国有了内乱，怎么会打到郑国来呢？

原来卫桓公有两个兄弟，一个就是公子晋，一个叫州吁。州吁有些武艺，喜欢打仗。他瞧见哥哥卫桓公是个老实人，软弱无能，不像能做大事的，就瞧不起他。他和他的心腹石厚天天商量着怎么去抢君位。公元前719年（周桓王元年），卫桓公动身上洛阳去朝见天王，州吁在西门外摆下酒席，给他送行。州吁端着一杯酒，对卫桓公说："今天哥哥出门，兄弟敬您一杯。"卫桓公说："我去去就来，兄弟何必这么费心？"说着也斟了一杯回敬。州吁两手去接，成心装作接不着，那酒盅就掉在地下了。他赶紧捡起来，转到卫桓公背后，拿出匕首从背后扎过去。卫桓公就这么给他杀了。周围都是州吁的人，还有谁敢说话？

州吁杀了国君，拜石厚为大夫，只说卫侯是得急病死的，就这么去向诸侯报丧。可是卫国的人都说国君是给州吁和石厚害死的。古时候的国君也怕大伙儿说他的不是。要是国内的老百姓和国外的诸侯不服，君位就可能保不住了。州吁和石厚就挺担心，总得想法子叫人家佩服才好哇。他们认为顶能叫人佩服的事就是打个胜仗，趁机还可以掳掠些粮食来。要打仗可不能一点儿理由都没有，就是成心打哪一国，去抢些粮食来，也得有个名义才说得过去。他们就开始在这些国里挑错了。石厚晃着脑袋，说："有了！郑伯寤生杀了他兄弟，赶走他母亲，不该受责备吗？"州吁直点头，挺正经地说："对！咱们得讲道理。像寤生那么不孝顺母亲，不爱护兄弟的家伙，非重重地治他一治不可！"

州吁想约陈国（在今河南开封一带，是周武王封给虞舜的后人胡公的）和蔡国（在今河南上蔡，后来迁到新蔡，是周武王封给他兄弟叔度的）共同出兵。石厚说："顶好能约上宋国（在今河南商丘一带，是周武王封给商朝的后人微子的）和鲁国（在今山东曲阜一带，是周武王封给他的兄弟周公旦的）一块儿出兵，才打得过郑国。"州吁说："陈国和蔡国向来顺从天王，这会儿天王跟寤生有了意见，他们要想讨好天王，准答应咱们去打郑国。可是宋国和鲁国怎么能帮助咱们呢？"石厚说："现在的宋公是宋穆公的侄子。宋穆公自己的儿子公子冯倒躲在郑国，宋公老害怕郑伯帮助公子冯去抢他的君位。咱们约他去打郑国，就是帮他去灭公子冯，他还能不愿意吗？说到鲁国，大权全在公子翚（huī）手里。只要多送他点礼，他不会不答应的。"

事情正同石厚说的一模一样，宋、鲁、陈、蔡，都按照州吁规定的日子，出兵帮卫国来了。五国的兵马把荥阳的东门围了个结实。郑国的大臣急得没有法子，有的要讲和，有的要打。郑庄公说："这五国里头，除了宋国为着公子冯这件事以外，哪一国跟咱们也没有仇。州吁夺了君位，不得民心，要打个胜仗，好叫老百姓服他。只要稍微给他一点儿面子，就能退兵。"他就叫公子冯上长葛（郑国地名，在今河南长葛一带）去躲着，另外打发人去向宋公说："公子冯躲到我们这儿来，我们不好意思杀他。他这会儿又逃到长葛去了，杀他不杀他，都不碍我们的事，请宋公自己拿主意吧。"宋公出兵本来为的是要消灭公子冯，一听这话，就把军队开往长葛去了。陈、蔡、鲁三国的将士看见宋国兵马走了，也都想回去。

郑庄公就派公子吕去跟卫国人交战，嘱咐他："总得给他们留点面子。"公子吕领着一队人马出去应战。石厚就上来招架。另外三国的将士全都抱着胳膊肘，在旁边看热闹。公子吕对付对付石厚，就往西门跑去。石厚带着人马追到西门。公子吕的军队进了城，关上城门，不出来了。石厚叫士兵们把西门外的谷子全割下来，运到卫国去，大模大样地总算打了胜仗。四国的兵马就这么散了。

州吁、石厚“得胜回朝”，满以为给卫国争了脸面，国内的人都该服他们了。哪儿知道老百姓背地里全都说开了，恨他们无缘无故地发动战争，害得人们不能好好地过日子。有的甚至说要派人上洛阳告诉天王去。州吁对石厚说：“他们还不服我，怎么办？”石厚说：“我父亲当初在朝廷里人人佩服，后来因为他……”他本来想说“因为他看不过您的行为”，一想不对，赶紧闭上嘴，另外想出了一个说法：“后来因为他老了，才住在家里休养。要是把他老人家请出来，大伙儿一定没有话说，您的君位也就稳了。”州吁也想着有个德高望重的老大臣出来支持他，说不定比打郑国更有效果，他就叫石厚去求他父亲。

石厚见了父亲石碏（què），就问：“新君怕人心不安，君位不定，想问您有什么好主意？”石碏说：“诸侯即位应该得到天王的许可。只要天王答应了，还有什么说的？”石厚点了点头，说：“话是不错，可就怕天王不答应。总得有人从旁说个情才好。”石碏说：“给你们说情的人总少不了吧，等我想想。”他一边摸着银白色的胡子，一边说：“陈侯跟天王挺亲密，跟咱们也有交情。你们先上陈国去，请陈侯在天王跟前说说，过后你们再去朝见，还怕不行吗？”

石厚把他父亲的好主意告诉了州吁。两个人高兴得拍手叫好，就带了些礼物，君臣俩亲自跑到陈国去。石碏也写了一封信，暗地里打发人送给他的好朋友陈国的大夫子针，求他帮忙。

州吁和石厚到了陈国，陈桓公（陈国第十二代君主）叫子针招待他们，请他们在太庙里相见。子针早把太庙摆设得整整齐齐的，还安排了好些武士预备伺候这两位贵宾。两位贵宾由子针招待着到了太庙门口，只见门外搁着一块牌子，上头写着：“不忠不孝的人不许进去”。州吁和石厚倒抽了一口凉气，进去也不好，不进去也不好。石厚问子针：“这牌子搁在这儿是什么意思？”子针说：“这是敝国的规矩，没有什么别的意思。”他们才放下心，大胆地进去了。到了庙堂上，州吁和石厚刚要向陈桓公行礼，就听见陈桓公大声地说：“天王有令，逮住杀害卫侯的乱臣州吁和石厚！”他刚说了这一句，旁边的武士早把他们俩抓住了。子针拿出石碏的那封信，当着大伙儿念起来，大意是说：

外臣石碏磕头写信给敬爱的陈侯：我国不幸，闹出了谋害国君的大祸。这全是州吁和石厚干出来的。这么不忠不孝的人要是不治罪，往后乱臣贼子准得更多。我老了，没有力量处置他们，只好想法子叫他们上贵国来。请您本着正理，把他们办罪。这不光是给卫国除害，也是给天下除害！

临到这会儿，州吁和石厚才知道他们上了石碏的当。陈桓公就想把他们俩当场杀了。子针说："先别杀。石厚是石碏的亲生儿子，咱们不好意思杀他。还是通知卫国让他们自己看着办吧。"陈桓公就吩咐人把那两个人各关各的，然后打发使臣去通知石碏。

石碏自从告老回家，早就不过问朝廷里的事了。今天接见了陈国的使臣，才上朝堂去见大臣们。大伙儿知道了那两个乱臣已经给抓住了，都说："这是国家大事，请国老做主。"石碏说："他们俩犯的是死罪，咱们只要派人上陈国去杀他们就是了。"有位大臣说："乱臣贼子人人都可杀得。我去杀州吁吧。"大臣们都说："好！主犯办了死罪，从犯就减轻刑罚吧。"

他们这么说，为的是要讨石碏的好。大伙儿替石厚央告了又央告。他们认为上了年纪的父亲总有疼儿子的心，就是不好意思当着大伙儿的面护着自己的亲骨肉，只要大伙儿真心实意地替石厚求情，他准会顺水推舟地同意他们的请求。可石碏发了脾气，瞪着眼睛说："州吁的罪全是没出息的小子弄出来的。你们替他求情，这明摆着是光顾人情，不讲道理了！你们当我是个什么人……谁杀石厚去？谁杀石厚去？"问了两声，没有人言语，朝堂上像死了似的没有一点儿声音。石碏气呼呼的，就像得了气喘病。大伙儿都看着他的嘴，只见他老人家的嘴急得直哆嗦，哆哆嗦嗦地到底迸发出声来了，说："没有人去？好！那我老头儿自己去！"他的一个家臣说："国老别生气。我去就得了。"就这样，两个人就依照卫国大臣们的意见去处置州吁和石厚。

他们到了陈国，谢过了陈桓公，就分头去干，一人杀一个。州吁见了来人，大声吆喝着说："你是我的臣下，怎么敢来杀我？"那个人说："你不是先杀了国君吗？我不过是学你的样儿！”州吁什么也说不出来了。石厚见了来人，央告着说：“我是应当死的。求你让我见见我父亲再死，行不行？”那个家臣说：“行！我带着你的脑袋去见他吧！”

石碏和卫国的大臣们治死了州吁和石厚，立公子晋为国君，就是卫宣公。卫宣公因为上回卫国约了四国攻打郑国，怕郑伯来报仇。这回打发使臣去聘问，也算是向郑国赔不是的意思。

古籍链接

石碏之子石厚，与州吁交好，时尝并车出猎，骚扰民居，石碏将厚鞭责五十，锁禁空房，不许出入。厚逾墙而出，遂住州吁府中，一饭必同，竟不回家，石碏无可奈何。后庄公薨，公子完嗣位，是为桓公。桓公生性懦弱，石碏知其不能有为，告老在家，不与朝政。州吁益无忌惮，日夜与石厚商量篡夺之计。其时平王崩讣适至，桓王林新立，卫桓公欲如周吊贺。石厚谓州吁曰：“大事可成矣。”

——《东周列国志 · 第五回》

奉天讨罪

郑庄公接待了卫国的使臣，大大方方地说："侵犯我们的是州吁。他已经给治死了，我也不乐意再添麻烦。那事跟你们的新君不相干，你们好好地回去吧。"又回头对大臣们说："宋国借着州吁出兵也来打咱们，这非得回敬一下不可。再说公子冯从长葛回来，老对我哭诉他的委屈，我也得帮帮他。"祭足问："上回来打咱们的有宋、鲁、卫、陈、蔡五国，怎么这回咱们单单去打宋国？"郑庄公说："这几国里头，宋国的爵位顶高。擒贼先擒王，只要宋国服了咱们，别的小国准会归附。再说这里头还有公子冯的事。"祭足说："要是咱们去打宋国，那四国准会害怕。要是再合起来打咱们，那就麻烦了。依我说，不如先去联络陈国和鲁国。宋国一孤单，事情就好办了。"郑庄公就打发使臣去和陈国交好。陈桓公认为郑伯来和陈国交好，那还不是"黄鼠狼给鸡拜年——没安好心"？他回绝了。这下子可把郑庄公气坏了。祭足说："主公不用生气，陈侯不跟咱们和好，准有缘故。陈是弱国，郑是强国。强国向弱国求和，少不了叫人生疑。还是先想个法子叫他们知道咱们要求和好是出于真心，那他们就放心了。"

郑庄公眼珠子一转，就转出一个法子来了。他私下里叫边界上的士兵假装操练，冲进陈国去抢陈国的东西和青年男女。那些士兵一得到命令，很快地把这事办完了。陈国边界上的官长急得跟什么似的跑去报告陈桓公。

大臣们都怪陈桓公当初不应该回绝郑国。这回人家打过来了，招架吧，招架不起；求情吧，“敬酒不喝，喝罚酒”，多丢脸哪！他们正你一嘴我一嘴地说着，猛听得有人报告，说：“不得了，郑国的大将颍考叔来了！”陈桓公和大臣们脸色都变了，他们想：“糟了！准是来下战书的。”可是人家都到了，只好硬着头皮让他进来。颍考叔进来，向陈桓公行了礼，奉上国书。陈桓公一看，暗地里直害臊，原来郑伯是派他来赔不是的。内里的意思是这样的：

> 君侯是天王所最器重的，我也对付着当了天王的卿士。咱们本该一条心，为朝廷出力办事，才是正理。上回君侯不答应我们交好，边界上的士兵就当我们两国闹了气，这才打起来了。我听了这个信儿，当时就办了他们的罪。还怕您见怪，一夜都没睡好。这会儿把他们抢来的人、牛、羊、粮食和别的东西如数奉还，特意打发使臣颍考叔向君侯赔不是，请您多多原谅。要是君侯能体谅我的心意，和我结为兄弟，两国相帮相助，这就是我的造化了。

陈桓公和大臣们这才知道郑伯来求好原来是出于真心，就打发使臣跟着颍考叔上郑国去回拜。

郑庄公见过了陈国的使臣，就对祭足说：“陈国收服了，咱们能不能发兵呢？”祭足说：“宋国是公爵诸侯，原来是商朝的后代，天王还像对待客人似的对待宋公，咱们怎么能轻易打他呢！主公本来打算去朝见天王，因为州吁打来了，才耽误到这会儿。主公还是先去朝见天王，往后再借着天王的命令，约会几个国家，一块儿出兵的好。这么着，才有个名义。”郑庄公就叫公子忽管理朝政，自己带着祭足上洛阳朝见天王去了。

周公黑肩劝天王好好地招待郑伯，算是对列国诸侯的一种鼓励。可是周桓王不听。他见郑伯来朝见，就想着自己到底还是天王，胸脯就挺起来了。他问郑庄公：“今年郑国的收成不错吧？”郑庄公回答说：“托天王的洪福，我们没有水灾，也没有旱灾。”周桓王见他回答得这么低声下气，就像自己的身子又高了一截似的，酸溜溜地从鼻子眼里笑了一声，说：“嗯，那今年温邑的麦子和成周的谷子，我能留着自个儿吃了。”郑庄公闭着嘴说不出话来，挺不痛快地出来了。周桓王也不叫人去招待他，反倒派人给他十车谷子，成心气气他，对他说："下回再闹饥荒，别再来借粮了。"郑庄公哪儿受得了这口气，直想把谷子都倒在大街上，要不就拿火烧了，谁乐意真把这现眼的东西带回去呀！祭足对他说："诸侯凭什么瞧得起郑国呢？还不是为着郑国的君主历来当了朝廷的卿士，主公又老在天王旁边吗？要是天王跟主公闹别扭的事给列国诸侯知道了，咱们的地位就不会这么高了。还不如将计就计，把这十车谷子正经八百地收下，算是天王格外的恩典。"郑庄公还是皱着眉头，总觉得这种"格外的恩典"实在太难受了。

他们说着说着，周公黑肩来了。他怨天王太孩子脾气，怕郑庄公受不了，就私底下送他两车绸缎，还挺殷勤地说了很多好话。周公黑肩走了以后，祭足对郑庄公说："真巧！咱们把这些绸缎往谷子上一披，回去的时候，沿路给人家瞧瞧，让大伙儿都知道天王这么看重主公，赏了十大车绸缎！"郑庄公乐得直拍祭足的肩膀，说："好主意！好主意！"

他们出了洛阳，大模大样地带着十大车"绸缎"，说全是天王赏的。各国诸侯哪儿有给天王宠爱得这个样儿的呢？他们走了一段路，就传出去，说："宋公不朝见天王，这会儿天王有命令下来，叫郑伯去征伐。"他们在道上这么一边招摇着，一边说着，凡是看见的和听见的人都认为郑伯是奉了天王的命令去征伐宋国的。一传十，十传百，没有几天，各国诸侯全都知道了，就剩下天王一个人还蒙在鼓里。

郑庄公回到本国，借着"奉天讨罪"的幌子约会鲁国、齐国（都城在今山东淄博，是周武王封给太公望的）和临近的一个许国（在今河南许昌，是个男爵诸侯，就是第五等诸侯），一块儿出兵。许是小国，不怕不来。鲁国虽说早先跟着州吁一同围困过荥阳，可是郑庄公明白公子翚的心，特意派人去对他说："要是公子答应出兵去打宋国，将来从宋国拿过来的土地全是鲁国的。"公子翚答应了。鲁国和齐国向来挺有交情，鲁国一答应，齐国也就跟着过来了。到了约会的日子，鲁国派公子翚，齐国派夷仲年，各带各的兵车，跟着郑国的大军往宋国杀过去。许国没派人来，那也不要紧。三国的兵马还怕不够吗？公子翚挺卖力气，一上来就打垮了宋国的一队兵马，逮了二百五十多个俘虏。郑庄公挺得意地又派了颍考叔、公子吕跟着鲁国的公子翚去打郜城（在今山东成武一带；郜：gào）；派公孙子都、高渠弥跟着齐国的夷仲年去打防城（在今山东金乡一带）。三国的兵马分两路进攻，吓得宋殇公哭丧着脸，直发愣。大司马（掌管军事的大官）孔父嘉说："郑伯自己带兵在这儿，国里一定空虚。咱们多送点礼给卫国和蔡国，叫他们出兵帮咱们直往荥阳打过去。郑伯知道本国给人打了，没有不退兵的。"

宋殇公就叫孔父嘉带了两百辆兵车去打荥阳，又打发使臣带了黄金、白玉、绸缎等好些礼物上卫国和蔡国去借兵。卫宣公受了礼，当时就出兵，跟着宋国人从小路上去打荥阳。公子忽和祭足一边下令守城，一边派人去向郑庄公报告。

郑庄公已经打下了郜城和防城，正想进攻宋国的都城，没想到本国的警报到了。他就立刻下令退兵。公子翚和夷仲年正在兴头上，哪儿舍得退兵？郑庄公对他们说："我是奉了天王的命令来责问宋国的。这会儿凭着你们两位的威力拿下了两座城，宋公已经受到惩罚，就饶了他吧。也好叫他改改错儿。那两座城，一座给齐国，一座给鲁国。"夷仲年怎么也不接受，要让给郑庄公。郑庄公说："既是齐国客气，就都给鲁国吧，也算是酬劳公子翚的头功。"公子翚老实不客气，谢过了郑庄公和夷仲年，收下了郜城和防城。夷仲年真服了郑庄公，心里想："这么大公无私的诸侯，怪不得天王重用他。"公子翚更是从心眼儿里喜欢，谁不赞成他当诸侯的头儿才怪呢！三个人分手的时候，订了约：往后要有军事，都得帮忙，谁不守约，老天爷不容他。

郑庄公在半路上，又接到本国的报告，说："宋国人和卫国人上戴城（郑国的附属国）去了。"原来孔父嘉料到郑伯得着报告，准得离开宋国，就赶紧叫手下的将士儿郎们在城外抢了一批青年男女、牛羊和粮食，这才下令退兵。他们这回由大路上回去，路过戴城，向戴君借道。戴君怕挨抢，关上城门，不让他们进去。孔父嘉就借着这个因由要吞并戴国。他叫人请蔡国兵马快点上来，一块儿攻打戴城。

宋、卫、蔡三国的兵马一同攻打戴城，本想一下子就能够把这座小城打下来。没想到戴城守得挺紧，不让他们占半点儿便宜。宋国人只好把兵马驻扎在那儿，另想法子。戴国人正想派使臣上郑国去求救，忽然听到有人报告说："郑国派大将公子吕救戴城来了！"戴君谢天谢地地把郑国人接了进去。可没料到郑庄公的大军进了城，就把戴君赶出去了。郑庄公能把郜城、防城送给别人，可是临近的戴城不能放弃。一会儿，孔父嘉打来了，只见城头上插满了郑国的旗子，公子吕站在城楼上，大声地说："宋国、卫国、蔡国各位将军辛苦了。你们帮助我们得了戴城，我在这儿多谢各位了。”孔父嘉气得眼睛翻白，起誓说：“我跟郑国势不两立！”说着，双脚直跳，非得跟郑伯拼个死活不可。哪儿知道压根儿用不着他挑战，颍考叔、高渠弥、公孙子都他们早就把他围困住了。公子吕开了城门，杀出来。宋、卫、蔡这三国的人马给郑国人打了个落花流水。孔父嘉扔了车马，自己跑着回去。等到他跑回宋国，那两百辆兵车的大军，只剩下二十几个人了。卫、蔡这两国的人马多半都给杀了。那些从城外抢来的人、牛、羊、粮食和三国从本国带来的车马、粮草，全给郑国人拿走了。

郑庄公打了胜仗回去，大伙儿都管他叫诸侯的首领，可是颍考叔脾气特别，批评他，说：“哪儿像个首领？您奉了天王的命令，约会诸侯去打宋国，连那么小的一个许国都不服呢。卫国、蔡国反倒帮了宋国，这哪儿行？”郑庄公说：“卫国、蔡国已经全军覆没了，总算受到了惩罚。许君不听命令，倒不能不征伐他一下子。”

古籍链接

郑庄公回国，大阅军马，择日祭告于太宫，聚集诸将于教场，重制“蝥弧”大旗，建于大车之上，用铁绾之。这大旗以锦为之，锦方一丈二尺，缀金铃二十四个，旗上绣“奉天讨罪”四大字，旗竿长三丈三尺。

——《东周列国志·第七回》

放冷箭

公元前 712 年（周桓王八年，郑庄公三十二年），郑庄公约好齐国和鲁国秋天去打许国。这会儿先在本国练兵。他做了面很大的旗子，上头绣着“奉天讨罪”四个大字，光是旗杆就有三丈三尺高，又把那面大旗插在一辆兵车上，当作旗车。还出了一道命令：“谁能拿着这面大旗走的，就派他当先锋，这辆兵车也赏给他。”这道命令刚一颁布下去，就有一位黑脸膛、重眉毛、满脸胡子的将军上来，说：“我能！”郑庄公一瞧，原来是瑕叔盈。他一手拔起旗杆，紧紧握住，朝前走三步，往后退三步，又把大旗插在车上。将士们见了，大声叫好。瑕叔盈正要把车拉走，又来了一位红脸大汉，把他一挡，说：“单是拿着走三步，不算稀罕。我能拿着旗子当长矛耍！”大伙儿一瞧，原来是颍考叔。他拿起旗杆，左抡右转，一会儿前，一会儿后，耍得那面大旗呼啦呼啦地直响。看的人都直伸舌头。好些脑袋都跟着那面大旗来回晃着。郑庄公越发乐了，夸奖说：“真是老虎一样的大将，当得起先锋。车给你。”话刚说完，又出来了一位挺漂亮的白脸将军，就是公孙子都。他原来是贵族，骄横惯了的，跟颍考叔向来不和。这会儿大叫着说：“你行，我就不行？”颍考叔见他上来得凶猛，赶紧一手拿着旗子，一手拉着车，飞快地跑开了。公孙子都嫌他太不讲理，就拿着一支方天画戟直追过去。郑庄公赶紧叫人把他劝回来，他才住了手，嘴里还嘀咕着：“没这个理！不要脸的东西！”

郑庄公说：“两只老虎不可相争。你也别生气，我自有道理。”说着，另外赏了两套车马，一套给公孙子都，一套给瑕叔盈，也没派颍考叔的不是。这时候公子吕早死了，郑庄公格外爱惜这几个将军。公孙子都争了面子，也就不说什么了。颍考叔本来是个直心人，隔了一宿，早把抢车的事忘了。大伙儿还跟往常一样地练兵，准备去打许国。

到了七月里，郑庄公打头，带着郑国、齐国、鲁国联合的兵马去打许国。顶卖力气的当然是郑国的将士。颍考叔立了头功，格外高兴。大伙儿正围攻许国的时候，他拿着一面旗子，一下子跳上了城墙。公孙子都一见他一个人上了城墙，妒忌得火直冲出来，就在人堆里对准颍考叔，偷偷地射了一箭，正射中了他后心，颍考叔连人带旗子一个跟头从城头上摔下来。瑕叔盈见了，还当他是给敌人打伤了，气呼呼地拿起那面旗子，跳上城墙，回身摇晃着旗子。那些士兵一瞅见，大伙儿吆喝着，全上了城头，把许国守城的人杀了，打开城门，三国兵马好像发大水似的涌进去。许君扮作老百姓，早就逃了。

郑庄公进了城，出榜安民。许国给郑、齐、鲁三国的兵马打下来了，这个地盘应该归给谁呢？郑庄公让给齐僖公，齐僖公让给鲁隐公，鲁隐公又让给郑庄公。正在推让着呢，许国的大夫百里带着一个小孩求见三国的诸侯来了。他趴在地下直哭。齐僖公问他：“怎么回事？你是谁？这孩子又是谁？”他擦着眼泪，说：“我是亡国大夫百里。我们国君没有儿子，只有这个小兄弟。求你们可怜可怜，让这孩子活着吧。”那孩子也挺乖，挨着个儿给三位诸侯磕头。齐僖公和鲁隐公心里都有点儿发酸，眼睛直瞅着郑庄公。齐僖公的鼻子一扇一扇的，差点儿流下鼻涕来。鲁隐公忍不住眼眶已经湿了。

郑庄公瞧着这个样儿，就对许国的大夫说：“我们并不是贪图许国的土地，因为许君不服从天王，这才打他。这会儿既然有他兄弟在这儿，又有你这么个忠臣愿意帮他，我们就把许国交给他吧。”百里回答说：“这可不敢当。我们只求您把这孤儿的命留下，已经是您的恩典了。许国的土地总该归您才行。”郑庄公说：“我是诚意地要恢复许国，你别多心。就是小君主岁数太小，我不能不派人帮他，要不然，也说不过去。”齐僖公和鲁隐公没想到郑庄公有这么难得的好心眼儿，又大方，又痛快。这么一衬，就显得自个儿太小，小到没有影儿了。想着他真是天下少有的好人，打心眼儿里佩服他办事公平讲理。这样一来，郑庄公推也推不了，就派人去管理许国。三国诸侯办完了“奉天讨罪”的大事，就各回各的国里去。

郑庄公回到荥阳，赏赐有功劳的将士。这就想起老虎似的将军颍考叔来了。他也模模糊糊地听人说，颍考叔是给本国人射死的，要不，那支箭怎么能由后心穿进去呢？郑庄公起了疑。他想：“要是本国人的话，谁是他的仇人呢？也许是跟他争闹过的公孙子都吧？可是他哪儿能干这种事？大丈夫不能暗箭伤人。不，不能是他。”他就叫人上供，咒骂那个射死颍考叔的人。

这么一来，兵营里的将士们就猜疑起来了。有的说是这个人，有的说是那个人，大伙儿都愁眉苦脸，心里别别扭扭的。公孙子都也只好跟着别人显出愁眉苦脸的样子。他听着大伙儿诅咒那个暗杀颍考叔的人，骂他躲躲闪闪，不敢出头，是个胆小鬼。他也假装着诅咒那个人，骂他是个胆小鬼。这么上供诅咒下来，公孙子都真受不了啦。他一合上眼，就瞧见颍考叔向他瞪眼睛，笑他冒功领赏，卑鄙无耻。他睁开眼睛向四周围看了看，四周围的人好像都变成了颍考叔，都向他瞪眼睛，暗暗地都笑他卑鄙无耻，是个胆小鬼。他害怕了，就像什么时候都有人算计他似的。天天这么受罪，还不如干脆死了呢。他就上郑庄公跟前直说：“颍考叔是我射死的！”说着就自杀了。郑庄公赶紧叫人救他，已经来不及了。

郑庄公为着打许国，死了这么两只“老虎”，心里挺难受。可是拿下了戴国和许国，总算还补得过来。便又想起齐僖公和鲁隐公这么帮他，应该去谢谢人家才对。

打算养老

郑庄公打发两个使臣带了礼物和信，分头去聘问齐僖公和鲁隐公。那个上齐国去的使臣办完了事回来了。可那个上鲁国去的使臣把那份礼物和信原封不动地带了回来。郑庄公问他怎么回事。他说："我一到鲁国，就听说鲁侯给人刺死了，新君即位。主公的信是写给前一个鲁侯的，怎么能交给这一个鲁侯呢？"郑庄公挺纳闷儿地说："鲁侯是个忠厚人，怎么会给人害死了呢？"那个使臣说："我都打听得清清楚楚。"他就把鲁隐公给人刺死的事全都说了出来。

鲁隐公的父亲是鲁惠公。鲁惠公的夫人死得挺早，他把一个妃子扶正当夫人，生了个儿子叫公子轨。鲁隐公是另一个妃子生的。论岁数他比公子轨大，论地位可比公子轨低。鲁惠公的君位，按一般的规矩说来，是应该传给公子轨的。后来鲁惠公死了，大臣们瞧公子轨岁数太小，便立他的哥哥当了国君，就是鲁隐公。鲁隐公是个忠厚人，他一直口口声声地说："我是代理的，等公子轨长大了，我就把君位还给他。"就这么过了十一年。公元前712年，公子翚从许国回来，觉得自己上次拿下了宋国的郜城和防城，这次又在许国打了胜仗，功劳很大，就央告鲁隐公给他做太宰（和后来的宰相差不多）。鲁隐公说："我这国君也是长不了的，你要当太宰，还是等公子轨当了国君的时候去央告他吧。"

公子翚听了这话，心里挺不舒坦。他当不了太宰倒没有什么，反正鲁国的大权本来就在他手里，太宰也就是好听点罢了。他可真替鲁隐公难受。他想：“主公是先君的大儿子，又是大臣们立的，当国君也十一年了。这该稳如泰山了吧。这会儿眼见公子轨长大了，他总得存点心。可怜的老实人哪，不让位吧，怕人说；让位吧，又舍不得，多不痛快！我央告他让我当太宰，凭他一句话就行。答应就答应，不答应就不答应。干吗顾着公子轨呢？还说‘我这国君也是长不了的’。对啦！他准是不愿意让位。”这么一想，就得替鲁隐公打算不让位的法子。可是反过来一想：“也许主公真要让位，也难说呀。不对！真要让位的话，怎么还不让呢？还嫌公子轨太小吗？他大概得代理一辈子了。谁不喜欢当国君？别人抢都抢不着，哪儿有当了十几年的国君，还肯轻易让给别人的？”

公子翚越想越有理。有一天，趁着旁边没有人，就对鲁隐公说：“主公当了十多年国君，全国人都佩服您，满朝文武没有一个不真心尊敬您的。主公要是不让位，还能把君位传给子孙。可是公子轨这会儿长大了，再下去，准得招出麻烦来。我给您想，还不如……还不如杀了他，省得往后出事。”鲁隐公赶紧捂上耳朵，说：“你疯了吗？怎么这么胡说八道的！我已经派人到菟裘（在今山东泗水一带）去盖房子，打算养老去，君位这就还给公子轨，你怎么说杀他呢？”公子翚后悔也来不及，马屁拍在马腿上，自找没趣，一声没言语，退了出去。

公子翚回到家里，越想越担心。话说出去，收不回来。要是国君把他的话告诉了公子轨，公子轨能放过他吗？他想：“俗话说‘先下手为强，后下手遭殃’，还是早点下手吧。”他就转身上公子轨那儿去，对他说：“主公见您长大了，怕您去抢他的君位。今天把我叫进去，嘱咐我暗杀您。”公子轨听了，吓得魂儿都没了，直打哆嗦，央告他说：“你……你……你给我想个法儿，救……救我吧。”公子翚挠着耳朵，想了一会儿，说：“他不顾兄弟的情分要害您，您就不能先去杀他吗？”公子轨说：“他当了多少年的国君了，本国的人民、列国的诸侯没有一个不佩服他的，我凭什么去杀他呢？”公子翚说：“那您就干等着他下手吧！”公子轨又急着说：“别这么说。你出个主意吧。”

公子翚伸出一个手指头，在屋子当间儿画圆圈儿，好像他想的什么事都在这圆圈儿里了，说：“有了。年年冬天，主公都上城外祭神去，回回都在寪（wěi）大夫家住一宿（xiǔ）。到那会儿，我先派一个勇士扮作当差的混在里头，半夜里神不知鬼不觉地把他刺死，比杀一只鸡还容易呢。”公子轨愣了半天才说：“好倒是好，就怕人家说我谋害国君，该怎么办？”公子翚说：“叫刺客逃跑不就结了吗？谋害国君的罪名落不到您头上，要落就落到寪大夫头上。”公子轨只得把心一横，对他说：“全拜托你了。等办成了，我准叫你当太宰。”

公子翚就一手包办下来，刺死了鲁隐公，立公子轨为国君，就是鲁桓公。鲁桓公拜他为太宰，一边向诸侯报丧，一边办寪大夫的罪。大臣们差不多都知道这回事，只是怕公子翚，谁也不敢说。

郑庄公听了那个使臣的报告，对大臣们说：“怎么着？咱们是责问鲁国去呢，还是跟他们交好呢？”祭足说：“按说，谋害国君的应该受到责备，可是鲁侯既是个代理的，早就该让位了。他光嘴里说打算养老，可没这么做，自己也有不是的地方。依我说，咱们跟鲁国向来挺好，还是好到底吧。说不定他们还会派人来说情呢。”

说着，鲁国的使臣真到了，说新君即位，特意派他来聘问，还求郑庄公跟他们订盟约。郑庄公一心想拉拢列国，满口答应了。后来他还和鲁桓公当面订了盟约，挺不错的。就是宋国为着公子冯那事儿，老跟郑国不对劲。可巧有一天，宋国也打发使臣聘问来了。郑庄公直纳闷儿：“宋国向来跟郑国不和，怎么能送国书来呢？这里头准有鬼。”

传位给兄弟

祭足听见宋国派人接公子冯来了，就跟郑庄公说："这一定又是宋国捣鬼，要诓他回去，想害他。公子冯在这儿，宋君怕他去抢君位，上回就跟着州吁来打咱们。公子冯上长葛，宋君就去打长葛。这会儿公子冯来了，咱们正提防着宋国打咱们哪。怎么倒派人接他来了？"郑庄公说："等问明白了来人再说吧。"

原来宋国头一代的国君叫微子，他儿子死了，就把君位传给他兄弟，没传给他孙子。大伙儿都夸奖他是个贤君，到了第十三代的国君宋宣公，也想学微子的样子，不把君位传给他儿子，倒传给他兄弟，就是宋穆公。宋穆公挺惦记着这事儿，一心想报答他哥哥的这番好心，就在他得病的时候，对大司马孔父嘉说："先君不把君位传给他儿子，反倒传给了我。我死了，你们可别立我的儿子做国君，一定得请我的侄儿即位。"孔父嘉说："这怕不大好，大臣们不是都帮着公子冯吗？"宋穆公不听，说："别这么着。如果你们立了公子冯，我怎么对得起我哥哥呢？"他就打发儿子公子冯上郑国去住，要把君位传给他侄儿。宋穆公一死，大臣们就依着他的话，立宋宣公的儿子当国君，就是宋殇公。没想到宋殇公给卫国的州吁说活了心，怕郑伯帮助公子冯去抢君位，就一回一回地攻打郑国，想杀公子冯。

太宰华督向来跟公子冯是一边的，挺不乐意跟郑国打仗。孔父嘉倒依了宋殇公，自己带领着兵马去打郑国。华督这就跟他不大对劲了。孔父嘉本来想要争争气，可又老打败仗。宋国还为这个多了一大批孤儿、寡妇，谁都怨宋殇公，说他不该无缘无故地去攻打邻国，叫老百姓受苦。自从孔父嘉掌权以来，十年当中发动了十一次侵略战争，害得老百姓再也活不下去了。华督趁这事儿，私底下叫人散布谣言，说好几回打仗全是孔父嘉的主意。众人一听，就把怨气都推在他身上。说他不知道自己有多大能耐，连国家也给糟蹋了。华督心里偷偷地直乐。

公元前 710 年（周桓王十年，宋殇公十年，郑庄公三十四年），华督听说孔父嘉又练兵了，号令很严苛，小兵背地里直埋怨他。华督就打发心腹混在军队里，说这回练兵为的是去打郑国。那些士兵本来就不想打仗，听说又要去打郑国，更不乐意了。一散了队，三三两两地上太宰府去诉苦，求他央告国君别叫他们去送死。华督叫人关上大门，不让他们进来。同时派人好言好语地跟他们说话。门口的人越来越多，太宰越不答应见他们，他们越要见。眼看着天黑了，众人还不散。有的捶门，有的叫唤，乱哄哄地非请太宰出来不可。华督一想，是时候了。一边叫人预备车马，一边佩带着宝剑，把大门开了，站在门口，叫大伙儿安静下来。这一大群闹哄哄的士兵才不吵了。

华督那副同情的表情一下就把他们的心抓住了。他还说好话："孔司马要打仗，咱们只得依他。主公还信他呢，叫我怎么着？听说这三天里头又得去打郑国。没有法子，你们再辛苦一趟吧！就是老百姓可要受点苦了。"说着又叹了口气。士兵呢，一个个恨得直咬牙，嚷着说："跟他说理去！跟他拼了吧！""杀！干脆杀了他！"华督赶紧摆手，说："你们别这么胡闹。给孔司马听见了，咱们的脑袋可不是玩儿的呀。"他们嚷着说："年年打仗，打仗，打得我们家破人亡。这会儿又叫我们去打郑国，不是无缘无故地去送死吗？反正是一个死，还不如先杀了那个家伙，死也死得痛快点！"华督对他们说："别这么说。孔父嘉就算有不是，他到底是主公信得过的红人儿。你们不服他，不就得罪了主公吗？"他们大声嚷着说："只要您做主，连那个昏君我们也不怕！"说着就扯住太宰的袖子不放。太宰府里的底下人早就把车马拉到门口了。没等他说话，他们就把华督塞进车里，一路冲着孔父嘉的家里去了。华督吩咐说："你们别吵嚷，围住房子，我叫门去。"

孔父嘉那会儿正在吃晚饭，家里的人告诉他，说："太宰自己来了，有要紧的事。”孔父嘉赶紧出来迎接。门刚一开，众人就拥进去。孔父嘉一看不对，赶紧往回走，才一转身，脑袋就掉下去了。

华督回到家里，有人来报告，说：“主公知道孔司马给太宰杀了，气得跟什么似的。他叫太宰这就去。”华督就跟带头的说：“你们知道孔司马是主公顶宠用的，这会儿你们把他杀了，主公准得办你们的罪。”他们说：“太宰给我们拿主意吧！”华督说：“咱们都知道当初先君穆公不把君位传给公子冯，本来是出于好意。哪儿知道这昏君反倒以怨报德，一心想杀害公子冯。这会儿孔父嘉已经治死了，咱们干脆一不做二不休，杀了这个忘恩负义的昏君，接公子冯来当国君，这是名正言顺的。你们看怎么着？”士兵们嚷着说：“好极了！”他们就去逼宫，杀了宋殇公。华督也打发使臣上郑国去接公子冯。

郑庄公看了国书，拿定主意要送公子冯回宋国去。公子冯跪在他跟前，说：“我受了您的恩典活到这会儿，又蒙您送我回国，叫我拿什么报答您呢！我这一辈子当定了您的外臣，怎么着也得听您的话。”说着就哭了。郑庄公直拿好话给他宽心，当时派了一队兵马护送他回去。公子冯回到宋国，大臣们立他为国君，就是宋庄公。他恐怕各国诸侯说话，就把库房里顶值钱的东西送给各国诸侯。各国诸侯收了礼物，全堵住了嘴。郑庄公又替宋庄公约会鲁桓公和齐僖公，开了一次会，正式确定了宋国的君位。

射伤了肩膀

郑庄公开了会，确定了宋庄公冯的君位。没过多久，在公元前 707 年（周桓王十三年，郑庄公三十七年，宋庄公三年），天王亲自带领陈、蔡、卫的兵马打到郑国来了。郑庄公叫祭足去探听到底是怎么回事。祭足说："用不着打听，我早知道了。为的是主公没去朝见天王，上回又假借着他的命令打了宋国，这才派了陈、蔡、卫三国来打咱们。"郑庄公挂了火儿，说："十年前我不是去朝见他了吗？他一点儿不顾自己的身份，冷言冷语地笑话我，还拿十车谷子臊我呢！这会儿倒怪上我来了！"祭足说："话是这么说，可是他到底是天王啊！"郑庄公听了这话，气更大了，一撇嘴，说："天王怎么着？天王就不讲理了？我们三代都当卿士，对朝廷有功，他不让我当卿士也就罢了，还出兵来打我呀！要是咱们再不给他点儿厉害看看，不单咱们的国家保不住，就连列国诸侯也得叫他欺负了。我得为列国诸侯争个理，可不能给昏王当奴才。"大臣们听了这话，一个个都挺起胸脯，将士们摩拳擦掌地要为列国争理。郑庄公就派兵遣将，前去对敌。

周桓王虽说有三国的兵马，可是那三国的兵马都是出来应应景儿的，没有谁肯真给他卖命，再说郑国的将士又那么厉害，两边一交手，天王那边就败下去了。大伙儿各逃各的。周桓王眼看着不行了，就叫兵马快退，自己在后头压队，一边抵御，一边往后退。

郑国的将军祝聃（dān）远远地瞧见天王，就拿起弓箭，对准了他，嗖的一箭射过去，射在天王的肩膀上。亏得他穿的是挺厚的铠甲，伤得还不怎么重。这可是指着他的皮肉说的。要说呀，这一箭实在是诸侯给周朝王室的一个致命伤。打这儿往后，东周所有的天王全都伤了肩膀，统治诸侯的担子再也挑不起来了。祝聃正要追上去，猛听到自己这边鸣起锣来了（擂鼓是往前进，鸣锣是收兵）。他就回来，见到了郑庄公，说："我射中了天王的肩膀，刚要赶上去逮住他，怎么鸣起锣来了？"

郑庄公说："咱们并不是要打仗，为的是天王不明白，以怨报德，逼得咱们无路可走，咱们才抵挡一阵子。这会儿凭着你们的力气，能保住国家就行了，干吗多杀人呢？再说我也担当不起杀害天王的罪名，叫人家派不是。"祭足插嘴说："说得是呀！这会儿咱们把天王打败，他不敢再欺负人就得了。要想太平，不如趁他过不去的时候，派人去慰问慰问他，给他个台阶，好叫他们早点儿回去。"郑庄公本来就不是不讲理的，他好面子，想比别人强，可是什么都有分寸。谁要是横，他就比谁还横；谁要是当自己了不得，他就比谁更了不得；谁要是使坏，他使的坏就比谁更阴；谁要是推让，他就推让得到了家了。要是人家给他打得趴下了，他就怎么也不能显出自己打赢了的样儿再去踢人家一脚。他要双手把他扶起来，给他拍打拍打身上的尘土。这个脾气，祭足是明白的。他这才请郑庄公去慰问那个伤了肩膀的天王。郑庄公说："还是你辛苦一趟吧。"

祭足带了十二头牛、一百只羊和好些粮草，连夜赶到天王的兵营里去请罪。他见了天王，先磕了三个头，说："寤生没管住将士，弄得他们把天王得罪了，实在不是成心。这会儿他在那儿吓得直打哆嗦，特意叫我来给您赔不是，还带了一点儿礼物送给将士们。求求天王可怜寤生，饶了他吧！"周桓王没想到郑庄公有这一手，臊得他就差没钻到地里去，浑身热乎乎的，歪着脑袋，说不出话来。站在旁边的虢公林父接过来说："寤生知道自己有罪，就饶了他吧！快谢谢天王！"祭足又磕了三个头，出来了。他还到了三个诸侯的兵营里，一个个地问了好。看他们那副别扭的脸相，真比挨了郑庄公一顿揍还难受哪！

过河拆桥

公元前 701 年（周桓王十九年，郑庄公四十三年，宋庄公九年），郑庄公得了重病。他对祭足说："我有十个儿子，从子忽数起，子突、子仪、子亹（wěi）都差不多。我这么仔细瞧着，还是子突能耐顶大。我想传位给他。你说呢？"祭足说："君位按说就该传给大儿子。再说公子忽又立过好几回功。他上天王那儿当过抵押，又帮着齐侯打退过北戎（也叫山戎，是北方的一支少数民族）。齐侯挺看重他，还想把女儿许配给他。他在诸侯中间也有点名气，怎么可以把他废了呢？"郑庄公说："要是子忽当了国君，子突准不服气，怎么办？"祭足说："先把子突送到别国去，省得他来争夺君位。可是不知道送到哪一国才好。"郑庄公咳嗽了一阵子，说："就送到宋国去吧。宋国是他姥姥家。再说宋公冯又受过咱们的好处，没有不依的。"他又叹着气，说："唉，往后郑国太平不了啦。"

祭足退出来，耳朵里还听见郑庄公在叹气："唉，往后郑国太平不了啦！"他知道郑庄公有先见之明，那句话大概是指着子突将来要抢子忽的君位说的。他老想着子忽不该回绝齐国的亲事。齐僖公看上了子忽，想把他的女儿文姜许配给他，屡次三番地托人做媒，可是子忽坚决回绝了。他不答应，理由倒挺足的，什么"郑是小国，齐是大国，门不当，户不对，不能高攀"，什么"大丈夫应该自立，不能借着亲事靠别人"。依祭足说，他太不懂世故人情了，抓住大国的一条裙带要比多一支兵马还强呢！祭足是子忽的一派，就直替他担心。

郑庄公去世以后，祭足立公子忽为国君，就是郑昭公。郑昭公打发使臣上各国去聘问。这是新君即位联络联络的意思。他派祭足上宋国，顺便探听探听子突的动静。子忽和祭足顶不放心的就是子突。祭足到了宋国，见了宋庄公，还没说话，就给武士们绑上了。他叫唤着说："我犯了什么罪呀？"宋庄公说："慢慢地告诉你吧。"他们就把祭足关起来。

到了晚上，太宰华督来看他，还带了点酒菜，算是来给他压惊的。祭足问他为什么关他。华督说："你还不知道宋国是子突的姥姥家吗？他一到这儿，他姥姥雍家就央告我们主公出来帮助子突。这会儿我们主公要你把子忽废了，立子突为国君。"祭足说："这从哪儿说起？他是先君立的，我要把他废了，不是叫天下人笑话，派我的不是吗？"华督说："你可太傻了。谋君篡位的事有的是。有势力就行，谁还敢说谁？鲁国公子轨不也是这么得到君位的吗？你再瞧我们主公，不也是这个样儿的吗？你能大着胆子干就行！天塌下来有宋公接着，怕什么！"祭足急得直皱眉头，答应也不好，不答应也不好。华督逼着说："要是你不答应，宋公先杀了你，再叫大将南宫长万（南宫是姓；长万是名）护送着子突打进郑国去。到那会儿你早埋在地底下，后悔也来不及了。好汉不吃眼前亏，我看你还是依了吧。"祭足给他逼得没有法子，自己豁着一死也不能保住子忽的君位，就答应了。两个人对天起誓，谁也不能说了不算数。

第二天宋庄公叫子突进去，挺关心地对他说："你们新君打发使臣来，托我把你杀了，还答应谢我三座城。我可没有这份儿狠心，这才特意告诉你，你得想个法子。"子突跪着说："我的命都在您手里。要是您给我出个主意，任什么我都依，哪儿光是三座城呢？"宋庄公说："你要回郑国，少不了祭足。咱们商量着办吧。"他就把祭足、华督一块儿叫进去。宋庄公说得挺好听，说什么他本来不想帮助子突，为的是当初郑庄公待他挺不错的，再说子突也挺有出息，他这才不能不给子突出主意。话呢，可得先说在头里，省得将来后悔。他也不图什么谢礼，只要子突给他三座城，一百对白璧，一万两黄金，另外年年再给他两万石谷子就行了。子突一心想回国，老老实实地都答应下来了。宋庄公是个"规矩人"，办事不马虎，叫子突和祭足落个笔迹，签字画押。又怕子突和祭足不一条心，郑国太平不了，就叫子突答应把郑国的大权交给祭足，又叫祭足把闺女许配给宋雍氏的儿子雍纠，再拜雍纠当郑国的大夫。这么板上钉钉地都说妥了，才叫子突跟着祭足私下里回到郑国去。

祭足回到郑国，躲在家里装病。大臣们都上他家去问候。他们一见祭足不像有病，就问他："听说您病了？"他说："倒不是我有病，是咱们国家病了！先君把子突托付给宋公。这会儿宋公叫南宫长万当大将率领大军护送子突回来，眼看就打进来了。怎么办？"大臣们听了这话，你瞪着我、我瞪着你，都说不出话来。祭足又说："要想宋国兵马退回去，只有立子突当国君这一个办法。好在他早就在这儿了。咱们大伙儿商量商量吧。"高渠弥原来是子亹一派的，素来跟子忽不对劲。他倒不是真心要帮助子突，可是先废了子忽也不错。这会儿他按着宝剑挺坚决地说："这是咱们国家的造化。我们愿意拜见新君。"大伙儿当他早就跟祭足约定了，就有七八分害怕，又瞧见屋子角落里都是武士，就怕到十分了，缩着脑袋，都依了他。祭足当下请出子突跟大臣们见面。他又拿出预先写好的一个奏章，叫大臣们签了字，再送去给子忽。奏章上写着："宋国出兵护送子突进来，我们没有别的法子可想，只好请主公退位。"祭足又偷偷地对子忽说："请主公暂时退避一下，将来瞧准了时候，我一定来接您。这是实话，绝不失信。"子忽想着一个巴掌拍不响，就上卫国躲着去了。随后，祭足立子突为国君，就是郑厉公。

郑厉公刚即位，宋庄公就打发人来给他道喜，还提醒他要他说话算数，把当初许下的东西交出来。郑厉公对祭足说："当初急着回国，他要什么我都答应了。这会儿要是真的照办，郑国的库房眼看就要空了。再说断送三座城，也叫人瞅着笑话。"祭足说："黄金、白玉，多少先送点去，跟他们说，往后再补上。三座城是郑国的土地，不好做人情，改送粮食吧。"他们就这么办了。宋庄公是"好了伤疤忘了疼"，早已把郑庄公待他的好处忘了，一见才这么一点儿谢礼，气就上来了。他还以为子突多有出息，没想到他当了国君，这么舍不得给，怎么不叫人替他可惜呢！他立刻逼着郑国交割三座城。黄金、白玉、粮食，也得照数补足。他说他倒不是贪图财物，为的是要子突说话算话，做事得学着大方点儿！这么来来去去地折腾了好几回。郑国还托鲁桓公转弯说情。鲁桓公真卖力气，直给郑国讲价，当面跟宋庄公说了好多回。没想到，宋庄公不光不给面子，反倒跟鲁桓公说：

“这是我跟子突的事，别人管不着。”鲁桓公跟他气得翻了脸，上郑国约子突一块儿去打宋国。

宋庄公听见鲁国和郑国的兵马都打进来了，吓了一大跳，马上把大臣们叫到一块儿，商量怎么样去对付。公子御说说：“打仗虽说要讲兵力，也得看有理没理。早先郑伯一片好心收留了主公，又护送主公回国，还约了诸侯正式确定主公的君位。这么大的恩典，咱们也不能过河拆桥。这会儿咱们贪图谢礼，这么逼着郑国，把鲁国也得罪了。咱们理亏，他们占理。我说还不如跟他们讲和吧。”南宫长万不乐意，嚷着说：“人家已经打到咱们的城门底下来了，咱们连打都不打一下，就去求和。还像个诸侯吗？”太宰华督随着说：“这话不错！”

宋庄公就叫南宫长万出去对敌。没想到“理亏理长”的话倒给公子御说说着了。南宫长万打了败仗，死伤了不少人马。宋庄公亲眼瞧着郑国人和鲁国人打了胜仗回去。谢礼没要着，倒挨了一顿揍，怎么能甘心呢？他就打发使臣上齐国去请齐僖公出兵。

宋国的使臣对齐僖公说：“郑国子突忘恩负义，过河拆桥。我们的主公直后悔当初送他回国。现在想约您一同去征伐他，再叫子忽出来当君主，请您帮帮忙。”齐僖公本来想把闺女嫁给子忽，虽说没结上亲，心里还是挺看重他，就说：“子突赶走他哥哥，我都替子忽委屈。这会儿可巧我要去打纪国（在今山东寿光一带），顾不上贵国那一头。要是贵国先帮我去打纪国，我准帮贵国去打郑国。”宋国就真依了齐僖公。

齐僖公又打发人去约卫宣公来帮忙。卫宣公是齐僖公的女婿，要他来他是不会不来的。可是直到宋国的使臣又来定出兵的日子，卫宣公还没派人来。卫国准是出了什么岔儿了！

哥儿俩坐船

卫宣公就是当初石碏治死了州吁和石厚之后立的那个公子晋。他还没当国君的时候，就跟夷姜要好，生了一个儿子叫急子。赶到他即了位，也有了夫人，还跟急子的妈好得跟什么似的。后来把她立为二夫人，就这么定了夷姜的名分，又把急子立为太子，打算将来把君位传给他。急子十六岁上，卫宣公张罗着给他娶媳妇儿。听说齐僖公有两个闺女，大的叫齐姜，小的叫文姜，都是挺聪明挺漂亮的姑娘。他就托人做媒。齐僖公答应把齐姜送过来。不想齐姜长得太漂亮了，卫宣公就自己留下了。齐姜做了卫宣公的三夫人，就是后来称为宣姜的。

宣姜生了两个儿子，就是公子寿和公子朔。卫宣公爱上了宣姜，就把早先的心上人夷姜搁在一边，还想把君位传给公子寿。可是急子早当了太子，一时不好废他。这就把他看成了眼中钉。公子寿和公子朔哥儿俩都是宣姜生的，可不是一个样儿。哥哥公子寿是个忠厚人，瞧见兄弟公子朔又黑心又虚伪，私底下还养了好些不三不四的武士，心里挺腻烦他。他愈瞧不起公子朔，就愈显得跟急子亲近，老在他父亲跟前说急子哥哥怎么怎么好。他妈和他兄弟倒像是争着要把他夸奖急子的话压下去似的，老在卫宣公耳朵旁说急子怎么怎么坏。卫宣公信了宣姜的话，想把这眼中钉拔去。可巧齐僖公约卫国出兵去打纪国，卫宣公和宣姜商量了半天，依了宣姜的主意，打发急子上齐国去定出兵的日子，还交给他一面旗子当记号。

公子寿觉出来他们偷偷地商量，准没安好心。当天就上他母亲那儿去探听消息。宣姜瞧着他是自己亲生的儿子，就一五一十地告诉了他，说："我们早在莘野（卫国地名，在今山东聊城一带）地方设下了埋伏，赶到急子一到那儿，你就是太子了。"公子寿一想，事情都闹到这步田地，说什么也没有用。他谢过了他妈给他打算的"好心"，带着笑出来了。一出了宫门，就赶紧往急子那边跑，把他们的鬼主意都告诉了他，还说："这回哥哥出去，凶多吉少，还不如趁早上别的地方去吧。"急子说："天下哪儿有没有父亲的儿子呀？父亲的话我不能不依。"他还是带着那面旗子，连夜上船走了。

公子寿一想："哥哥真是好人。他这回出去，半道上准得给他们杀害，爸爸就立我为太子。我可受不了。哥哥又不愿意到别的地方去，可真把人急死了。"他愁眉苦脸地瞧着窗户外头的天，好像央告它出个主意似的。他心里直发虚，什么父母、兄弟、君位，早都扔到一边去了。好半天，他才拿定了主意："有了！我替他死吧。也许这样能够把爹娘的主意扭过来。"他就坐上另一条船，还预备下了酒食，叫划船的赶紧划到急子的船旁边，请他过来喝酒。急子回答说："多谢兄弟费心。可是君父有令叫我办事去，我不能上你那儿去了。"公子寿没有法子，就自己带了酒食，上了急子的船。

哥儿俩喝着酒。公子寿敬急子一盅，算是送行。端着酒盅还没说话，眼泪就掉在酒盅里。急子见了，连忙接过酒盅来，一口喝下。公子寿说："啊，哥哥！那盅酒都脏了，你怎么还喝呢？"急子说："哪儿是脏了？是顶干净顶宝贵的一盅酒，里头满是兄弟的情义呀！"公子寿抹着眼泪，说："今儿喝的是咱们哥儿俩的长别酒，哥哥得多喝上几盅。"急子说："我不会喝酒，今天可得领兄弟的情。"两个人一边流着眼泪，一边喝着。公子寿成心要灌醉急子。急子本来酒量不大，一会儿就醉了，倒在船里睡着了。

过了大半天，他醒过来，没瞧见公子寿。手下的人递上公子寿留下的一个字条。急子一看，上头写着："我顶了哥哥去了。哥哥快跑吧！"急子疯了似的嚷着说："赶上去！快！快！别叫他们害了我兄弟！"说着，眼泪就跟下雨似的掉下来。划船的不知道是怎么回事，一个劲儿地拼命赶。

那天晚上，月亮照得那条河透亮。那条船就像射出去的箭，那个快劲儿正像天河里的一颗流星。急子站在船头，瞪着两只眼睛瞧着，一心想瞧着公子寿的船。还好，他瞧见那船还在前头呢，就对划船的说："快着点儿，赶上前头的船！"划船的说："用不着赶，前头的船是往这边来的。"急子直纳闷儿。怎么回事呀？赶到两条船靠到一块儿，急子就问那条船上的士兵："公事办完了吗？"士兵们不认得急子，还当他是国君打发来的，就回答说："办完了。他一上岸，我们就把他杀了。"说着还把公子寿的脑袋拿给他瞧。

急子捧着公子寿的脑袋大哭，"天哪、天哪"地直嚷。那伙子士兵都愣住了。急子本来不愿意跟父母兄弟明争暗斗地当作敌人，他早就认了输。这会儿士兵们杀了公子寿，他回去有口难辩。反正是个死，他就铁了心，骂士兵们说："该死的家伙！你们的眼睛哪儿去了？怎么把公子寿杀了呢？"士兵一听说杀错了人，吓得直叫急子饶命。急子说："是我得罪了君父。你们把我杀了，还能将功折罪。"士兵里头有几个认得急子的，一瞧，说："糟了！真杀错了。我们光知道那个拿旗子的，谁知道换了个人呢？"他们就把真的急子也杀了。

士兵们连夜赶进城，先去拜见公子朔，挺小心地赔错，把错杀公子寿的因由说明白了。哪儿知道"一箭双雕"正合了公子朔的心。他就先重重地赏了他们，再到宫里去见他妈。宣姜听到公子寿也死了，她也心疼，可是杀了急子的这份儿痛快劲儿就把那心疼减少了。卫宣公呢，听见两个儿子都给杀了，当时脸色发青，手脚冰凉，光流眼泪，话都说不出来，想起公子寿的厚道，急子的孝心，夷姜的恩爱，心里好像给刀子扎了三下似的。打这会儿起，他就唉声叹气地得了病，不上半个月就死了。卫国不能打发人去会见齐僖公，就为了这个。

救谁好呢

卫宣公死后，公子朔即位，就是卫惠公。他还办着丧事，就出兵跟着齐僖公打纪国去了。齐僖公带着齐、宋、卫三国人马，把纪国围住。纪国和鲁国是亲戚。鲁桓公为着郑厉公的事跟宋国结下了仇，纪国就向鲁国求救。鲁桓公约了郑厉公赶着上纪国来。纪国人一见鲁国和郑国的救兵到了，就从城里往外杀出去，两下夹攻。六国的人马乱打了一阵子。鲁、郑、纪倒占了上风，把齐、宋、卫的兵马打得乱跑。齐僖公回头对着纪国起誓，说："有我就没有纪国，有纪国就没有我！"

他回到了临淄，直生气。公元前699年冬天病倒了，他对儿子诸儿说："纪国是我们的仇人，你总得给我报仇。"后来诸儿即了位，就是齐襄公。他正想替他父亲报仇，可巧宋庄公冯又来约他打郑国，他马上就出兵。宋国捞不到郑国的三座城，干脆把子突送来的头一批礼物分送给齐、卫、陈、蔡的诸侯，要他们一块儿去打郑国。诸侯们见了黄金、白玉，都摇旗呐喊地跟着宋庄公打到郑国去。

郑厉公听到宋庄公带领着五国兵马又来"要谢礼"，实在忍不住了。他叫祭足出兵跟他们打去。祭足可另有好主意，下令说："光许守城，不许出战！谁要打，谁就有罪！"这个法子倒叫宋庄公为难了，五国的兵马又不能老在郑国城外等着。他们就在东门外乱抢了一阵，总算没有空手回去，也就下了台阶。祭足的法子倒是好，就是把郑厉公惹急了，一心怪他太专权。

过了一年（公元前 697 年，周桓王二十三年），郑厉公听说天王去世，想叫人去吊丧。祭足拦着他，说："他是先君的仇人，祝聃还射过他肩膀。咱们要是去吊丧，准得让人家笑话，干吗自找没趣！"郑厉公也就拉倒了，可心里更恨他，嫌他太不把自己搁在眼里了。

有一天，郑厉公在花园里溜达，只有大夫雍纠一个人陪着他。郑厉公瞧见小鸟儿随便飞着，就叹了一口气。雍纠说："眼前正是好景致、好天儿，小鸟儿都快活呢。主公怎么反倒唉声叹气的？"郑厉公说："当了国君还比不上小鸟儿！"雍纠说："做儿子的帮不了父亲就是不孝，做臣下的帮不了国君就是不忠。主公有什么心事，我得给您想法子。要是有用得着我的地方，水里火里我也敢去。"郑厉公说："你不是他的女婿吗？"雍纠立时脸红了，说："唉，别提了！这门亲事是怎么逼成的，主公是明白的呀。"郑厉公说："要是你能想法子把他去了，我就叫你顶他的位子。"雍纠想了想，就说："东门外给宋国人打坏了，这会儿正修着。主公叫他上那边去慰问慰问老百姓，瞧瞧活计。我摆上酒席，替主公慰劳他。酒里搁上毒药，把他毒死，不是挺容易的吗？"郑厉公就叫他留着神干去。

雍纠回了家，一瞧见他媳妇儿，就有点心慌。一来怕她看透他的心思，二来明天要害死她爸爸，少不了有点别扭。没想到祭氏先问了："朝廷里出了什么事儿啦？"雍纠愣了一下，吞吞吐吐地说："没……没……没有什么。"祭氏瞧他神气不是味儿，又逼着说："我瞧你不对劲，准是出了什么事情。你瞒着我干什么？俗话说'嫁鸡随鸡，嫁狗随狗'，两口子本来就跟一个人儿似的，有福同享，有祸同当。你有什么为难的事，我也能帮帮忙啊。"雍纠听她说得入情入理的，又想多一个亲人帮忙也不错，就一五一十地告诉她了。祭氏眉头一皱，眼珠子朝眼角上一溜，说："我瞧不怎么好。万一他不去呢，你还能上家去拉他吗？"雍纠压根儿没想到这一层，这会儿倒没有主意了。还是他媳妇儿聪明，她出个主意，说："我说没有我帮你不行，是不是？还是我自个儿跑一趟吧。我回娘家去，从旁劝他，叫他去，准保没错。"雍纠嘱咐她："小心点儿，我的命全在你手里呢。"她啐（cuì）了他一口，说："别傻了！我的命不是也在你手里吗？"

她回到娘家，见了爹妈，闲聊了一会儿，就去睡了。她不能从国家大事着想，也不去分析事情的是非曲直。她着急的只是她丈夫和她父亲的命运。在家里，她光给男人想，见了爹妈，她又为爹妈想。折腾了一宿，合不上眼。心里打开仗了：一边是丈夫，一边是父母，两边都是亲人，她不能不管这件事。她必定得害死一个。救谁好呢？救丈夫就得害父亲，救父亲就得害丈夫。想来想去，越想越没有主意了。她倒愿意把自个儿这条命豁出去，把他们俩全救了，可是哪有这么好的事！她就跑到她妈跟前，问："妈！爸爸跟男人谁亲？"她妈说："傻丫头！我当什么事呢，一大早就来问我！一样，都亲。"她又问："比起来呢，谁更亲点儿？""那当然是爸爸喽！没出门子的时候，谁知道男人是谁？出了门子，男人死了，还能再嫁。爸爸呢，可就只一个。"祭氏听了，就哭着说："唉呀！那我可就得对不起男人了！"她就把雍纠打算怎么害死她父亲的事全说出来了，急得那老婆子趔趔趄趄地跑去告诉祭足。

到底是雍纠被祭足杀了，郑厉公子突只好逃到别国去。祭足打发使臣上卫国去接子忽回来，仍旧请他做了国君。

子忽回来之后，简直就没有一天太平日子。宋、鲁、蔡、卫都帮着子突来打郑国。祭足还是用光守不攻的法子，一回一回地过了难关。可是他觉得郑国太孤单了，总得有别的人帮助才行。他便打算跟齐国交好。齐是大国，鲁桓公又是齐襄公（齐僖公的儿子）的妹夫，要是齐国和鲁国能答应帮着子忽，郑国就有了靠山了。这么着，祭足亲自上齐国去见齐襄公。齐襄公答应了，想打发使臣回拜郑国。忽然传来个消息，说郑国的高渠弥趁着祭足不在本国，杀了子忽，另立子亹做了国君。新君派人召祭足回去，祭足只好回去。齐襄公气得要命，当时就想去打子亹和高渠弥。正好鲁桓公和夫人文姜来了，齐襄公只好把打郑国的事搁一搁。文姜来一趟多难哪！依齐襄公看来，什么事都没有招待文姜那么要紧。

害死妹夫

齐襄公为什么要这么殷勤地招待鲁桓公和夫人文姜呢？原来是这么回事：齐僖公有两个闺女，大的叫宣姜，挺漂亮，她就是当初嫁给卫宣公，生了公子寿和公子朔，杀害急子的那个女人；小的叫文姜，比她姐姐更漂亮。不光好看，还博古通今，挺有才气，就起名叫文姜。文姜有个哥哥，叫诸儿（就是后来的齐襄公），也是个美男子。他们不是一个妈养的，可都是齐僖公的亲生儿女。两个人再怎么要好，究竟是兄妹。公元前709年（就是公子翚刺死鲁隐公的第三年），公子翚给鲁桓公做媒，要娶文姜。齐僖公为着郑国的公子忽不答应这门亲事，就答应了公子翚，把文姜许给鲁桓公，定的是九月里娶。

日子一天天过去，文姜出门子的日子到了。公子翚上齐国来迎亲，齐僖公答应他自己送去。诸儿对他父亲说："妹妹出门子，咱们一定得有亲人送去才好。父亲事儿多，抽不开身，还是我替您去吧。"齐僖公说："我已经答应人家了。你还是好好在家吧。"诸儿没有什么好说的，只好垂头丧气地退出去。赶到文姜临走，诸儿挨到车马旁边，两个人说了几句私情话，就分了手。

诸儿和文姜一直盼着见面。一直盼了十五个年头，鲁桓公才带着文姜到齐国来。当初的诸儿就是现在的齐襄公，他一见文姜来了，就把打郑国的事儿搁下，挺殷勤地招待他的妹妹和妹夫。宫女们把这位姑奶奶迎到宫里去。齐襄公早给她安排下了一间屋子，当天晚上就在那儿歇了。早上太阳晒了老半天，鲁桓公还没见文姜回来，自然就犯了疑心。他叫人去打听，才知道兄妹俩原来是在一块儿。气得他脸发青，心火儿直往上蹿。正气着呢，文姜回来了。鲁桓公气冲冲地问她："昨天晚上你为什么不回来？"文姜说："跟宫女们多喝了几盅，醉了，不便出来。"鲁桓公又逼一句："你睡在哪儿？"文姜心里一急，眉毛一挑，说："怎么着？宫里连个过夜的地方都没有？"鲁桓公不再说话，只是连连冷笑。文姜看着这情形，知道再说也没有用了，就撒开了赖，哭哭啼啼骂鲁桓公败坏她的名声。鲁桓公身在齐国，又不好说出来，只好忍气吞声地打发人去向齐襄公辞行。

齐襄公自己也放心不下，就派个心腹去打听。那个人回来把两口子拌嘴的事这么一说，凑巧鲁桓公派来告辞的人也到了。齐襄公一想："糟了！"他就一个劲儿地留妹夫多玩儿一天，约他上牛山逛逛去。

齐襄公在牛山大摆酒席，大臣们一个个地向鲁桓公敬酒。鲁桓公一肚子的气正没地方出，就一个劲儿地喝开了。喝得差不多了，齐襄公叫公子彭生扶着他上车，送他回公馆，嘱咐他"留神抱着"。公子彭生在车里抱着醉了的鲁桓公。公子彭生是个大力士，两只胳膊就跟铁棍似的。到了半路上，一使劲，就把鲁桓公的肋骨全弄折了。

他对大伙儿说："唉呀！姑爷中了酒疯了！"大伙儿心里明白，分头去告诉齐襄公和文姜。文姜又哭又闹，直要死在齐国。齐襄公赶紧把死人落了棺材，然后通知鲁国派人来接灵。

鲁国的大臣们得了这个信儿，一个个气得要命，想跟齐国打仗。谋士施伯说："家丑不可外扬，再说咱们是弱国，齐是强国，打起来也不准赢得了。还不如先忍一忍，只要齐国办了公子彭生，也就算了。"鲁国就这么跟齐国打交道。齐襄公知道自己理亏，就拿"伺候不周"的罪名办了公子彭生，两国还跟从前一样。天大的事就这么马马虎虎地了了。单苦了公子彭生，他不光白当了差，还赔上一条命。知道这事的人也有替他叫屈的。

压服人心

齐襄公不该叫公子彭生害死鲁桓公，更不该把过错都推给公子彭生。国内国外都说他是个暴君。他心里挺别扭，想干几件轰轰烈烈的大事来压服人心。他想："郑国的子亹和高渠弥杀害了国君，就是乱臣贼子。要是我能够惩罚他们，本国的老百姓和别国的诸侯就准得服我。"他就先写信给子亹，请他到齐国来订盟约。子亹和高渠弥乐极了。齐国肯出来帮忙，还怕什么呀。祭足说是有病，不能出门。子亹就带着高渠弥去了。

他们到了齐国，就瞧见会场两边有好些武士伺候着，真够威风的。他们按照规矩上了台阶，向齐襄公行礼。齐襄公抓住子亹的手，问他："贵国先君子忽是怎么死的？"子亹吓得说不出话来。高渠弥回答说："先君是病死的，君侯问这个干吗？"齐襄公说："他不是叫刺客害死的吗？"高渠弥知道瞒不住了，换了个口气，说："先君本来有病，碰上刺客就更挺不住了。"齐襄公说："国君旁边就没有防备吗？刺客怎么进去的？"高渠弥说："他们哥儿几个夺君位，也不是一天两天的事。每个公子都有私党，什么时候都能出岔子，谁能提防得那么周到？"齐襄公一听，说得还挺有理。又问："刺客逮着了没有？"高渠弥回答说："正搜查呢，还没拿着。"齐襄公大声嚷着说："你没拿着，我可拿着了，叫你看吧！"他往屋子当间儿一抓，好像抓住了刚飞过去的一只蚊子似的，武士们就把他们俩绑上了。齐襄公指着高渠弥说："你当了郑国的大臣，不该为着私仇害了国君。我今天不能不给子忽报仇！"子亹直打哆嗦，说："这全是高渠弥干的，没有我的事，饶了我吧。"齐襄公说："你明知道是高渠弥干的，为什么不把他办罪？"君臣俩给齐襄公问得没有话说。齐襄公朝着台阶底下一招手，大将成父和管至父嚷了一声，跑了上去，把子亹和高渠弥推下去杀了。

齐襄公打发人去通知郑国："你们的乱臣贼子，我们已经替你们办了。你们立个新君吧！我们还是照旧交好。"祭足就立郑庄公第四个儿子子仪当国君。郑国为着子忽、子突、子亹、子仪四个公子抢君位，年年不能太平，国事也管得不好。打这儿起就成了个弱国，只能跟着大国跑了。郑国的威风早就跟着郑庄公一块儿过去了。

齐襄公头一件"压服人心"的大事算是办成了。第二件就是给先君齐僖公报仇，出兵打纪国去。纪国又央告鲁国和郑国帮忙。鲁桓公死了，他儿子刚即位，不敢得罪齐国。郑国呢，子仪是仗着齐襄公当上国君的，更不敢跟他作对。纪国没有人帮助，齐国就挺容易地把它吞并了。这第二件"压服人心"的大事也办到了。

第三件大事是帮助卫惠公朔去打卫国。当初公子朔杀了公子寿和急子，接了卫宣公的君位。卫国的大臣里有一伙儿人是向着急子的，想给他报仇。那年卫惠公朔跟着宋、齐、鲁、陈、蔡去打郑厉公，那伙儿大臣随着公子职另立急子的兄弟黔牟当国君，重新给急子办了一回丧事，接着出兵挡住卫惠公的归路。卫惠公没有法子，就上齐国去央告他舅舅齐襄公。齐襄公答应他出兵，可是为了招待文姜，连着害死鲁桓公，谋杀子亹，加上打纪国这几件大事，忙都忙不过来，只好把这件事搁下了。

齐襄公灭了纪国，正想替卫惠公去打黔牟，可巧妹妹文姜给他道喜来了。鲁桓公一死，夫人文姜没有脸回鲁国去。她儿子鲁庄公派人来接她。她死了男人，不能跟儿子再闹翻了，就一步挨一步地回去。她到了齐、鲁交界的地方，就不再往前走了。她没有脸回去见儿子和鲁国人，可也不能住在齐国。她想："这儿不是齐国，也不是鲁国，我就待在这儿直到死吧。"鲁庄公本来左右为难：把她接回来吧，她是杀他父亲的仇人；报仇吧，她又是他亲妈。还不如盖一所房子，请她在那儿住下去吧。

这回文姜借着齐襄公灭了纪国的名目来道喜。齐襄公说起他外甥央告他去打卫国。文姜还瞧见了外甥朔，就念叨着她姐姐宣姜，直劝齐襄公快点叫卫惠公再去当国君，好叫他们娘儿俩见面。

公元前 689 年（周庄王八年）冬天，齐襄公约了宋、鲁、陈、蔡四国的诸侯，浩浩荡荡地向卫国打了过去。卫国的新君黔牟是周庄王的女婿，就向天王求救。转过了年，天王凑合着发出两百辆兵车去救卫国。诸侯们哪儿把天王的兵马搁在眼里，一下子就把他们打败了。齐襄公杀了公子职他们一批大臣，又叫卫惠公当了国君。黔牟呢，看他是天王的女婿，就饶他一条命，让他回洛阳去了。

齐襄公要压服人心的几件大事都办了，可是越来越不得人心。再说，他打败了天王的兵马，又加了一件心事，他怕天王来打他，老要想个法子挡住那一边，才安得下心去。

古籍链接

至期，齐襄公遣王子成父、管至父二将，各率死士百余，环侍左右，力士石之纷如紧随于后；高渠弥引着子亹同登盟坛，与齐侯叙礼已毕，嬖臣孟阳手捧血盂，跪而请歃，襄公目视之，孟阳遽起，襄公执子亹手问曰："先君昭公，因甚而殂？"子亹变色，惊颤不能出词，高渠弥代答曰："先君因病而殂，何烦君问？"襄公曰："闻蒸祭遇贼，非关病也。"高渠弥遮掩不过，只得对曰："原有寒疾，复受贼惊，是以暴亡耳。"襄公曰："君行必有警备，此贼从何而来？"高渠弥对曰："嫡庶争立，已非一日，各有私党，乘机窃发，谁能防之？"襄公又曰："曾获得贼人否？"高渠弥曰："至今尚在缉访，未有踪迹。"襄公大怒曰："贼在眼前，何烦缉访？汝受国家爵位，乃以私怨弑君，到寡人面前，还敢以言语支吾！寡人今日为汝先君报仇！"叫力士："快与我下手！"高渠弥不敢分辩，石之纷如先将高渠弥绑缚。

——《东周列国志 · 第十三回》

吃瓜换班

齐襄公怕周庄王来打他，就叫大夫连称当大将，管至父当副将，带兵去守葵丘（在今山东淄博一带）。两位将军临走央告齐襄公，说："这是苦差事，我们也不敢推托，求您给个期限。"那会儿齐襄公正吃着甜瓜，一口一口地光顾着咬，还没嚼完呢，又咬了一大口。他们瞧着他的嘴一张一合地吃着甜瓜，根本不搭理他们，就说："倒不是我们受不了苦，士兵也有家呀。"齐襄公又拿了一个甜瓜在手心上掂着，好像要知道那甜瓜有多沉，又好像想着怎么去回答他们的话。忽然他点了点头，说："好吧！明年吃瓜的时候我叫人去接防吧。"他们很满意，擦了擦头上的汗，走了。

过了一年。有一天，他们俩吃着甜瓜，就想起期限满了，为什么国君还不派人来接防？是不是这儿甜瓜上市早呢？就叫人上临淄去打听。那个人回来，说："主公没在都城。跟文姜逛去了。说是有一个月没回去了！"连称听了很生气，说："这个昏君！他本来娶了我的叔伯妹妹，这会儿有了那狐狸精，把我妹妹也扔了。依我说，咱们干脆打进去，杀了他吧！"管至父说："别这样！也许他忘了。咱们先去催他一声吧。"他们派了一个小兵送点甜瓜去，顺便问问他什么时候换班。可巧齐襄公回来了，瞧见他们送甜瓜来，不是明摆着骂他吗？就发了脾气，顺手抄起一个甜瓜，往那个小兵脑袋上一砸。"啪"一下子，脸上全是瓜瓤、瓜子，水啦呱唧地从脑门子流到鼻子尖儿，又从鼻子尖儿流到嘴唇，害得那个小兵舔也不是，不舔也不是。齐襄公骂着说："我叫你们怎么着就怎么着！回去跟他们说，过年吃瓜的时候再说！急什么？"

那个人回去这么一说，连称和管至父差点儿气炸了肺，直骂着。士兵们呢，也都盼着回家。好容易熬了一年，到日子了，恨不得马上回去见家里人。没想到还得一年，谁不恨呢？他们就凑到一堆儿，全都气得跟什么似的要两位将军给他们做主。连称就想出兵。管至父拦住，说："这可不是闹着玩儿的，要行大事也得有个名目。再说就凭着咱们这点兵力也不准打得了他。顶好里面有个人联络，才能下手。"连称说："跟谁联络呢？"管至父低头一想，说："人倒有一个。先君本来不是顶喜欢公孙无知吗？后来诸儿即位，跟他不和，减了他的俸禄。他恨透了，老想干一下子，就是一个巴掌拍不响，不敢跟诸儿翻脸。依我说，咱们不如去跟他联络，约定立他为国君。这才有了名目，也有了内应。"连称说："对！就这么办吧。我妹妹在宫里也恨透了这个昏君。咱们叫公孙无知跟她商量商量。三下里下手，事情就好办了。"

公孙无知和连氏都乐意这么办，天天等着机会下手。公元前686年（周庄王十一年，齐襄公十二年）冬天，连氏听见齐襄公要上贝丘（在今山东博兴一带）去打猎，赶紧叫人去告诉公孙无知。公孙无知连夜带信给连称和管至父，叫他们偷偷地出兵上贝丘去围住他。

齐襄公带了几个贴身人和一队兵马到了贝丘，在树林子里放起火来。不多一会儿就噼噼啪啪地着起来了，把树林子里的野兽烧得没处躲，连蹦带跳地四处乱窜。齐襄公看着将士们个个勇敢，有使刀戟的，有使弓箭的，有空手逮住一只野兽的，不由得指手画脚地乐得直哈哈。正在这会儿，一只挺大的野猪，猛地一下子朝着齐襄公冲过来，吓得他手忙脚乱，赶紧拿起弓箭来乱射一气。那野猪凶极了，跑上一步，直直地像人一样地站起来，挺吓人地叫了一声。这一声叫把齐襄公吓得从车上摔下来。亏得旁边的人乱哄哄地把那怪物打跑了，搀起齐襄公来。他这一摔，摔坏了腿，皱着眉头直叫疼。士兵里有知道公子彭生的冤屈的，就咬着耳朵说："善有善报，恶有恶报。那怪物跟人似的站着叫，也许是公子彭生显灵了吧。"一传俩，俩传仨，不大一会儿，大伙儿都见神见鬼地说公子彭生现形申冤了。

当天晚上，齐襄公为着腿疼就在离宫（国君的别墅）过夜。一来因为伤了的腿发疼，二来因为听说公子彭生显了灵，心里直烦，翻过来掉过去怎么也睡不着。三更了，还摸着腿疼呢。忽然有个叫孟阳的臣下，慌慌张张地跑来，说："糟了！连称和管至父带领着葵丘的兵马杀进来了！"齐襄公一听，魂儿都没了。跑又跑不了，走又走不动，只好待在屋子里等死。孟阳说："让我躺在床上，您快点躲到外头去吧！"孟阳就假装国君，躺在床上。齐襄公给他盖上了被子，满眼泪水地朝他看了一下，一拐一拐地走了。

他刚出了屋子，连称就进来了。瞧见"国君"朝里躺着，跑上几步，一刀把他砍了。拿着脑袋一瞧，虽说模模糊糊的，看不清楚，模样可到底不对。他抽身出来，四处找去。齐襄公躲在漆黑的角落里缩成一团，一时倒也不容易找着。就是他那条腿弯不了，大模大样地伸在外头，给连称瞧见了，一下子跟逮小鸡似的把他抓出来，骂道："你这个昏君，年年打仗杀人，就是不仁；不听先君的命令，不要公孙无知，就是不孝；拿自个儿的妹妹当媳妇儿，就是无礼；甜瓜的约期过了，还不派人去换班，就是无信。你这个不仁、不孝、无礼、无信的家伙！我今天杀了你也是为国除害，给鲁侯报仇！"齐襄公给他骂得没有话说，脑袋昏昏沉沉的，就瞧见好多甜瓜、野猪、公子彭生，透亮地一层罩着一层地在他眼里颠颠倒倒地转悠，摇晃。一下子"轰"的一声，天昏地黑，什么也没有了。

连称和管至父杀了齐襄公，带领兵马，直打到都城里去。公孙无知早叫手下的士兵开了城门，迎接他们进去。他们立刻把大臣们都叫来，向他们宣告，说："我们受了先君的命令，立公孙无知为国君。"大伙儿都不敢出声，低着头拜见新君。公孙无知即位，立连氏为夫人，连称为上卿，又叫国舅；管至父为亚卿。有一两个大臣装病不上朝，公孙无知也不难为他们。管至父害怕人心不服，君位长不了，就劝公孙无知各处找人才，请他们一块儿来办事。他想起他本家里有个挺有能耐的侄儿。心想要是他愿意出来，不愁君位长不了。公孙无知听了他这话，就叫人带着礼物去请。

管鲍分金

管至父的侄儿叫管仲，是当时数一数二的人才。他有个好朋友叫鲍叔牙。他们两个人一块儿做过买卖，打过仗。买卖是合伙的，鲍叔牙的本钱多，管仲的本钱少。赚了钱呢，本钱少的倒多拿一份。鲍叔牙的手下人不服，都说管仲“揩油”。鲍叔牙偏护着他，说：“没有的话，他家里困难，比我缺钱，等着使，我乐意多分点给他。”朋友之间这么分配金钱，在我国有则成语叫“管鲍分金”，就是这么来的。说起打仗更得把人笑坏了。一出兵，管仲老躲在后头；退兵呢，他就跑在前头。人家瞧见都笑，说他贪生怕死。鲍叔牙又给他争理儿，说：“他能贪生怕死吗？照实说吧，像他那么有勇气的人天下都少有。为的是他母亲老了，又多病，他不能不留着自个儿去养活她。你们当他真不敢打仗吗？”管仲听见了这些话，就说：“唉！生我的是父母；了解我的呀，只有鲍叔牙！”

齐襄公正在荒淫暴虐的时候，他的两个兄弟怕遭祸害，都跑到别国去了。一个叫公子纠，一个叫公子小白。公子纠的师傅就是管仲，公子小白的师傅就是鲍叔牙。这两个好朋友各帮一个公子。连称和管至父弄死齐襄公的时候，公子小白和鲍叔牙正在莒国（在今山东莒县；莒：jǔ），管仲和公子纠正在鲁国。公孙无知派人上鲁国去召管仲，管仲一想：“他们连自己都保不住，还要连累别人吗？”干脆回绝了。不上一个月，他听说公孙无知、连称、管至父都给齐国的大臣们杀了。待了几天，齐国的使臣也来了，说是大臣们派他来接公子纠去即位的。鲁庄公亲自出兵，叫曹沫当大将，护送公子纠和管仲回齐国去。管仲禀告鲁庄公，说："公子小白在莒国，离齐国不远。万一他先进去就麻烦了。请让我先带领一队人马去截住他吧。"鲁庄公依了他。

管仲带着几十辆兵车赶紧往前走。到了即墨（在今山东平度一带），听说莒国的兵马早就过去了。他就使劲地往前追，一气儿跑了三五十里，还真追着了。两个师傅和两国的兵车碰上了。管仲瞧见公子小白坐在车里，就跑过去，说："公子上哪儿去呀？"小白说："回国办丧事去。"管仲说："有您哥哥，您就别去了，省得叫人家说闲话。"鲍叔牙虽说是管仲的好朋友，可是他为了护着自己的主人，就睁大了眼睛，说："管仲，各人有各人的事，你管得着吗？"旁边的士兵们挺横地吆喝着，好像就要动手似的，管仲不敢多说，跟斗败的公鸡似的退下来，心里直不舒坦，总得想个法子不叫小白进去才好哇。他就偷偷地拿起弓箭，对准公子小白，嗖的一箭射过去。公子小白大叫一声，口吐鲜血，倒在车里，眼看活不成了。鲍叔牙赶紧去救，也来不及了。大伙儿一见公子给人害了，全哭了起来。管仲赶紧带着人马逃跑。跑了一阵，想着公子小白已经死了，公子纠的君位稳了，就不慌不忙地保护着公子纠回到齐国去。

谁知道管仲射中的是公子小白的带钩。公子小白吓了一大跳，又怕再来一箭，就故意大叫一声，咬破舌尖，摔在车里，连鼻子带门牙都摔出血来了。等大伙儿一哭，他才睁开眼睛，松了一口气。鲍叔牙叫人抄小道使劲地跑。管仲他们还在道上，他们早到了临淄了。鲍叔牙跟大臣们争论着要立公子小白。有的说："已经派人上鲁国接公子纠去了，怎么可以立别人呢？"有的说："公子纠大，照理应该立他。"鲍叔牙说："齐国连着闹了两回内乱，这会儿非立一位有能耐的公子不可。再说，要是让鲁国立公子纠，他们准得要谢礼。从前郑国让宋国立了子突，把国库都闹空了。宋国年年向他们要谢礼，弄得老不太平。咱们还得学郑国的样儿吗？"他们听了这话，觉得也有道理，就立公子小白为国君，就是齐桓公。又打发人去对鲁国说，齐国已经有了国君，请他们别送公子纠来了。可是鲁国的兵马已经到了齐国地界。齐国就发兵去抵抗。鲁庄公就说是泥人儿，也有土性子，就跟齐国打起来了。没想到在乾时（齐地，在今山东淄博一带）打了个败仗，大将曹沫差点儿丧了命。鲁国的兵马败退下来，连鲁国汶阳（在今山东宁阳、肥城一带）的土地也给齐国夺了去。

鲁庄公正在气头上，齐国又打上来了。要鲁国杀了公子纠，交出管仲。要不，就不退兵。齐国多强啊，鲁国没有法子，都依了，就逼死了公子纠，拿住了管仲。谋士施伯说："管仲本事大，别放他回去。咱们留下他，自己用吧。要不，就杀了他。"齐国的使者央告说："他射过国君，国君非得把他亲手杀了才能解恨。"鲁庄公就把公子纠的脑袋和活着的管仲交出去。管仲在囚车里想："让我活着回去，准是鲍叔牙的主意。万一鲁侯后悔，叫人追上来怎么办？"他就在路上编了个歌，教随从的人唱。他们一边唱，一边赶路，越走越带劲，两天的道儿一天半就走完了。赶到鲁庄公后悔了，再叫人追上去，他们早出了鲁国地界了。

管仲到了齐国，好朋友鲍叔牙先来接他，还把他介绍给齐桓公。齐桓公说："他拿箭射过我，要我的命，你还叫我用他吗？"鲍叔牙说："那会儿他帮着公子纠，是他的忠心！论本领，他比我强得多。主公要是能够用他，他准能给您干出大事来。"齐桓公就依了他的话，拜管仲为相国。

一鼓作气

齐桓公拜管仲为相国的信儿传到了鲁国，鲁庄公气得直翻白眼。他说："我当初真不该不听施伯的话，把他放了。什么射过小白，要亲手杀他才出气。原来他们把我当作木头人儿，捏在手里随便玩儿，随便欺负，压根儿就没把鲁国放在眼里。照这么下去，鲁国还保得住吗？"他就开始练兵，造兵器，打算报仇。齐桓公听了，想先下手，就要打到鲁国去。管仲拦着他，说："主公才即位，本国还没安定下来，可不能在这会儿去打人家。"齐桓公正因为刚即位，想出风头，显出他真比公子纠强得多，也好叫大臣们服他，叫公子纠在地底下不敢怨他。要是依着管仲先把政治、军队、生产一件件都办好了，那还不知道要等到什么时候。他就叫鲍叔牙当大将带领大军，一直打到鲁国的长勺（古地名，在今山东莱芜一带）去。

鲁庄公气了个半死，脸红脖子粗地说："齐国欺负咱们太过分了！施伯，你瞧咱们是非得拼一下子不可吧？"施伯说："我推荐一个人，准能对付齐国。"鲁庄公急着问他："谁呀？"施伯说："这人叫曹刿（guì），挺有能耐，文的武的都行。要是咱们真心去请他，他也许能帮助我们。"鲁庄公就叫施伯快去请。

施伯见了曹刿，把本国给人欺负的事说明白了，又拿话激他，想叫他出来给本国出点力气。曹刿笑着说："怎么？你们做大官吃大肉的还要跟我们吃苦菜的小百姓商量大事吗？”施伯赔着笑脸说：“好兄弟，别这么说了。”他一个劲儿央告，求曹刿怎么也得帮助国君过了这道难关。曹刿就跟着他去见鲁庄公。鲁庄公问他怎么打退齐国人。他说：“那可说不定。打仗是个活事儿，要随机应变，没有什么不变的死法子。”鲁庄公相信他有本事，就同他带着大军上长勺去。

到了长勺，摆下阵势，远远地对着齐国的兵营。两国军队的中间隔着一片平地，好像是一条干了的大河，两边的军队好像是挺高的河堤。哪一边都能往中间倒下，随时都能把这河道填满。鲍叔牙上回打赢了，知道对面不会先动手，就下令打过去。鲁庄公一听见对面的鼓声响得跟打雷似的，就叫这边也击鼓。曹刿拦住他，说：“等等。他们打赢了一回，这会儿正在兴头上。咱们出去，正合了他们的心意，不如在这儿等着，别跟他们打。”鲁庄公就下令，不许嚷，不许打，光叫弓箭手守住阵脚。齐国人随着鼓声冲过来，可没碰上对手。瞧着对手简直像铁一般地硬，没法打进去，就退回来了。待了一会儿，又击鼓冲锋。对手呢，好像在地下扎了根似的动也不动，一个人也不出来。齐国人白忙了半天，使不出劲儿去，真没有意思，嘴里直叨唠。

鲍叔牙可不灰心，他说：“他们不敢打，也许是等着救兵呢。咱们再冲一回，不管他们出来不出来，一直冲过去，准能赢了。”这就击第三通鼓了。那伙子士兵都腻烦死了。明知道鲁国人只守不战，干吗还去呢？命令又不能不依，去就去吧，就又跑过去了。谁知道对面忽然“咚咚咚”鼓声震天价响，鲁国的将士“哗”一下子都冲出来，就跟雹子打荷叶似的打得齐国兵马全垮了。鲁庄公就要追。曹刿说：“慢着，让我瞧瞧再说。”他就站在兵车上，手搭凉棚往前瞧，瞧了一阵，又下来看看敌人的车辙和脚印，才跳上车去，说：“追上去吧！”就这么追了三十多里，得着了好些敌人的兵器和车马。

鲁庄公赢了，问曹刿：“头两回他们击鼓，你为什么不许咱们击鼓呢？”曹刿说：“打仗全凭一股子劲儿。击鼓就是叫人起劲儿。头一回的鼓顶有力，第二回就差了，第三回就是响得再怎么厉害，也没有劲儿了。趁着他们没有劲儿的时候，咱们‘一鼓作气’打过去，怎么能不赢呢？”鲁庄公直点头，可还不明白人家跑了为什么不赶紧追上去。曹刿说：“敌人逃跑也许是假的，说不定前面有埋伏，非得瞧见他们旗子也倒了，车也乱了，兵也散了，才能够大胆地追上去。”鲁庄公挺佩服地说：“你真是个精通兵事的将军。”

齐桓公打了败仗，直不痛快，手指头净擦着冒汗珠的鼻子，好像汗擦完了，他就能把受到的欺负洗干净似的。他那鼻子可不听话，刚一擦干，汗珠又冒出来。齐桓公直生气，更恨鲁国。他叫人上宋国借兵去，管仲也不理他。管仲是有主意的：他知道齐桓公不碰几回钉子，不会懂得请教别人。齐桓公就又出了一回兵。宋闵公（宋庄公冯的儿子）派南宫长万帮齐国打鲁国。齐国又打败了，连宋国的大将南宫长万也给抓了去，当了俘虏。齐桓公连着打了两个败仗，自己认了输，向管仲认错。管仲就请他整顿内政，开发富源。开铁矿，设置铁官，用铁制造农具，这就大大提高了耕种的技术，设置盐官煮盐，鼓励老百姓捕鱼。离海较远的诸侯国不得不依靠齐国供应食盐。管仲自己原来是经商出身，他很重视通商和手工业。他说服了齐桓公，分全国为士乡（就是农乡）和工商乡。优待工商，不服兵役，让他们成为专门职业；优待甲士，不要他们耕种，就让他们专练武艺。这些事都做得很不错。不久，齐国富强起来了，又开始加紧训练兵马，用青铜制造兵器。齐桓公信服他极了，就听他的话去跟鲁国交好，还叫鲁国别跟宋国计较从前的事。鲁国有了面子，把宋国的俘虏南宫长万也放回去了。打这儿起，三国交好。齐桓公就想多多联络别的诸侯，大伙儿订立盟约，辅助王室，抵抗外族，自己做个霸主。

北杏大会

公元前 681 年（周庄王的儿子周僖王元年，齐桓公五年，鲁庄公十三年），齐桓公对管仲说："这会儿齐国兵精粮足，能不能会合各国诸侯？"管仲说："咱们凭什么去会合诸侯呢？周朝的天王虽说不强，到底是列国诸侯共同的主子。主公能够奉着天王的命令，才能够把天下的诸侯都会合起来，大伙儿才能商量办法，订立盟约，共同保卫中原，抵抗外族。往后谁有难处，大伙儿帮他；谁不讲理，大伙儿管他。到了那会儿，主公就是不做霸主，别人也得推举您。"齐桓公说："你说得对。可是怎么着手呢？"管仲说："名目倒有一个，天王（周庄王）归天，新王（周僖王）才即位，主公可以派人去道喜，顺便跟他说起宋国有内乱，新君也才即位，请天王出令规定宋国的君位。只要主公得了天王的命令，就能够会合列国诸侯了。"齐桓公同意照办。

说到周朝，之前郑庄公跟周桓王对打，祝聃射伤了天王的肩膀，后来齐襄公又会合了宋、鲁、陈、蔡打败了周庄王，天王早就没有什么势力了。列国诸侯都不去朝见他。本来嘛，诸侯定期朝贡，是王室重要的收入。东周的天王失去了这笔重要的收入，连带失去了天王的威风，就这么成了又穷又弱的一个大傀儡。这会儿周僖王刚即位，看见齐国派使臣来朝见，直欢喜。他就请齐桓公去规定宋国的君位。齐桓公奉了这道命令，大大方方地通告宋、鲁、陈、蔡、卫、郑、曹（在今山东定陶一带）、邾（在今山东邹城一带，邾国后来称为邹国）各国，约它们三月初一到北杏（齐国地名，在今山东东阿一带）来开大会，一块儿决定宋国的事情。

宋国的事是从宋闵公起的。为的是南宫长万给鲁国抓了去，当过俘虏，宋闵公就老冷言冷语地笑他。大夫仇牧劝他别这么着。宋闵公有点孩子气，喜欢闹着玩儿，说话爱占便宜。有一天，宋闵公跟南宫长万比戟，宋闵公输了。他心里害臊，想比别的，好叫面子上过得去。就跟南宫长万下棋，说定谁输一盘，罚酒一大盅。南宫长万连着输了五盘，喝了五大盅。宋闵公得意扬扬地说："你是给人家打败了的将军，怎么能跟我比呢？"旁边伺候的人都笑了。南宫长万没有说的，只好压住这口气。正好天王归天的信儿到了。南宫长万就说："要是主公打算叫人去吊孝，派我去得了。我还没去过洛阳，也好叫我见见世面。"宋闵公说："宋国就没有人了吗？怎么能派一个俘虏去当使臣呢？"大伙儿知道这是成心臊他，都跟着直笑。南宫长万实在耐不住了，再加上又多喝了几盅，当时起了牛性子，大声地说："你这昏君！你知道俘虏也能杀人吗？"宋闵公也挂了火儿，说："你敢！"说着就抄起戟来刺南宫长万。南宫长万手快，拿起棋盘，一下子把宋闵公的脑袋砸破了，手下的人吓得四处乱跑。南宫长万顺手拿了一支戟出来，碰见了大夫仇牧。仇牧问他："主公在哪儿？"他说："早给我打死了。"仇牧一听直气，明知道不是南宫长万的对手，可还是赶过去跟他拼命。南宫长万把他也杀了。太宰华督听说了这件事，赶紧坐上车，要出兵。半路上碰见南宫长万，倒叫南宫长万当胸一戟，也丧了命。

南宫长万立宋闵公的叔伯兄弟公子游为国君，宋闵公的亲兄弟御说跑到外国借兵给他哥哥报仇。宋国的老百姓和公子御说的兵马合在一块儿，杀了公子游和南宫长万，立公子御说为国君。

管仲就借着这个题目，要齐桓公奉着天王的命令召集列国诸侯规定公子御说的君位。齐桓公说："这回开会，得带多少兵车？"管仲说："主公奉了天王的命令开大会，要兵车干什么？咱们开的是'衣裳之会'（不带兵车的和平会议）。"齐桓公就叫人先上北杏去布置会场，会场上有天王的座儿。

到了二月底，宋公子御说先到了，谢过了齐桓公定位的一片好意。接着陈国、蔡国、邾国的诸侯也到了。他们一看齐桓公不带兵车，就挺不好意思地把自己的兵车撤到二十里开外去了。通知了八个诸侯，才来了四个，怎么办？齐桓公直皱眉头，想改个日期。管仲说："三人成众，这会儿已经有了五个国家，也不算少了。要是改了日期，倒显得自己说的话算不了数。"五个诸侯就依照原定的日子开会。

齐桓公拱着手对四国的诸侯说："王室失了势，各国诸侯好像没有个共同的主人似的，弄得国内常出事儿，国外乱打一气。天下大乱，人心惶惶。鄙人奉了天王的命令，请各位来规定宋国的君位，再商量办法，大伙儿扶助王室，抵御外族。今天要这么做，得推一人为主，才带得起来。"

他们听说要推一个人做头儿，就咬开耳朵了。推谁呢？论地位，宋国是公爵（第一等诸侯），齐国是侯爵（第二等诸侯），宋公的爵位比齐侯的高。论实情呢，宋公的君位还得齐侯来定，怎么能推他呢？这就嘁嘁喳喳地推不出来了。后来还是陈宣公找出了一个挺正当的理由，他站起来说："天王托付齐侯会合诸侯，就该推他为主，还用说吗？"大伙儿都赞成。齐桓公少不了推让了一阵子，就正经八百地当上领袖了。他领着诸侯们先向天王的座儿行礼，再大伙儿行礼。当时商量了一下，订了盟约，大意是说：

> 某年某月某日，齐小白、宋御说、陈杵臼、蔡献舞、邾克等，奉了天王之命，在北杏开会。共同决定，一心扶助王室，抵御外族，并帮助弱小的和有困难的诸侯；有违反本约者，共惩罚之。

这会儿管仲走上台阶，说："鲁、卫、曹、郑不听天王的命令，不来开会，非得惩罚他们不可。"齐桓公说："敝国的兵马有限，请各位帮忙。"陈、蔡、邾三国的诸侯一齐说："当然！当然！"只有宋公御说不出声。

当天晚上，宋公御说对同来的人说："齐侯自己以为了不得，真叫人生气。咱们宋国是头等诸侯，倒听人家二等诸侯的？再说咱们这次来是要他们定我的君位。这会儿君位也定了，还跟着他们干吗？"那批臣下都说："是呀！咱们先回去得了。"没等天亮，他们就偷偷地走了。

第二天齐桓公听说宋公御说没告辞走了，就要出兵去追。管仲说："宋国远，鲁国近。要打先打鲁国。"齐桓公问他："别的诸侯呢，叫他们也出兵吗？"管仲说："齐国的威信还不大，他们未必乐意听咱们的。再说这回也用不着别人帮忙。还是让各位君主回去吧。"他们就散了会，走了。齐桓公出兵直往鲁国。鲁庄公向大臣们讨主意。施伯说："不如和了吧。人家奉了天王的命令叫咱们去开会，咱们不该不去。”正商量呢，又接着齐桓公的信。太夫人文姜听见了，也叫她儿子跟齐国交好。鲁庄公回了信，要求齐国先退兵，他随后就去会盟。

齐桓公就先退了兵，再请鲁庄公到柯（齐国地名，在今山东阳谷一带）去订盟约。鲁庄公带着大将曹沫到了柯地，就瞧见会场前后全是齐国的兵马，挺怕人的，吓得鲁庄公心里直发毛。曹沫紧跟着他上了台阶。鲁庄公见了齐桓公，就像小媳妇儿见了恶婆婆似的，心头扑腾扑腾地直跳。才说了几句话，齐国的大臣就捧着装着牛血的铜盘，请两位君主“歃（shà）血为盟”（是一种郑重的会盟仪式。蘸点牛血抹在嘴上，表示对天起誓的意思）。正在这一眨巴眼儿的工夫，曹沫跑上一步，一手拿着剑，一手拉住齐桓公的袖子，就像要行刺似的。管仲赶紧遮住齐桓公，说：“大夫干吗？”曹沫说：“敝国好几回给人欺负，国都快亡了。你们不是说‘帮助弱小的和有困难的诸侯’吗？怎么不给鲁国想想呢？”管仲说：“你要怎么着？”曹沫说：“你们欺负我们，霸占了我们汶阳的土地。你们要是真心订立盟约的话，就得先退还这块地！”管仲回头对齐桓公说：“主公答应他吧！”齐桓公擦着鼻子上的汗珠，对曹沫说：“大夫别着急，我答应就是了。”曹沫这才收起剑，接过铜盘，请两位诸侯“歃血”。等他们歃完了，他又对管仲说：“您是管齐国政事的，我也跟您‘歃血’吧！”齐桓公说：“不用了。你放心，我对天起誓，准退还汶阳之田。”曹沫这才放下铜盘，向齐桓公拜了两拜。

散了会，齐国的大臣全都挺生气地说：“他们在这儿就跟网里的鱼似的，还逃得了吗？干脆杀了他们得了，也出出刚才的气！”齐桓公也有点后悔，听了这话，更想治他们一下。管仲可变了脸，说：“这叫什么呀？咱们答应了就不能反悔。有了那块地，天下的人都不信服咱们；没有那块地，天下的人都信服咱们。哪样儿值呢？”齐桓公到底是齐桓公，就好好地招待了鲁庄公。当天把土地交割清楚。鲁庄公他们心满意足地回去了。各国诸侯听说退地的信儿，不由得都服了齐桓公。接着卫国、曹国都派人来赔不是，要求订立盟约。齐桓公就约他们一块儿去打宋国。

一个看牛的

公元前680年（周僖王二年，齐桓公六年），齐桓公打发使臣上周朝报告宋桓公御说不听天王命令的事，央告天王出兵去征伐宋国。天王就出兵去会齐桓公，陈国、曹国也出兵帮忙。齐桓公派管仲先带着一队人马去接他们，自己在后头带领着大队兵马往前走。

管仲到了猛山（在今山东淄博；猛：náo），瞧见一个看牛的，穿着短衣短裤，光着腿，戴着一顶破草帽，唱着山歌，看起来一点不像个粗人。管仲想："这个人瞧着好像挺有本领。不说别的，光他那对眼睛就够聪明的。"他就叫人找他来聊聊。那个人拴了牛，整一整破衣裳，来了。管仲问他叫什么。他说："我叫宁戚，卫国人。听说齐国的相国挺了不起，我就离开了本国，想在相国手下找个出身。就是没有人引见，自己又穷，没法子，只好给人家看牛。"管仲又问了好些话，他对答得好极了。可真是个人才。管仲对宁戚说："我就是相国，我们的国君在后边。我给你写一封信，你拿着去见他，他准会重用你。"他当时写了一封信，走了。

宁戚在猛山底下等着齐国的大军。过了三天，他瞧见前面来了好些兵马。临近的庄稼人都躲开了。可他拿着破草帽，站在大道旁边等着。等到国君的车马过来，他就提高嗓门儿唱开了，唱的是：

沧浪水，白洋洋，有鲤鱼，尺半长；
恨尧舜，碰不到，肚中饥，身上凉；
路难行，暗摸索，哪时候，天才亮？

他唱了一遍又一遍，齐桓公听见了，叫他上来，问他：“你是什么人？敢在这儿讽刺朝廷？”他说：“我叫宁戚，卫国人，是个看牛的。光知道唱歌，不敢讽刺谁。”齐桓公仰着鼻子，说：“这会儿上头有天王管理天下，下头有我会合诸侯，大伙儿相帮相助，老百姓全都安生。尧舜的时候也不过如此。你怎么说‘恨尧舜，碰不到’，还说‘哪时候，天才亮？’难道说这会儿天还黑着吗？你说说！”说着，挺横地瞧着宁戚。宁戚不慌不忙地回答说：“您要我说，我就说吧！北杏开会，宋国的君臣半夜偷着跑了。柯地会盟，曹沫行刺。尧舜的时候是这样的吗？年年打仗，闹得老百姓妻离子散，叫苦连天。您还当‘老百姓全都安生’吗？您借着天王的名儿，打了东边打西边，对弱小的诸侯就吓唬他们，欺负他们。这算是天亮了吗？您说说！”齐桓公听了，一肚子的火往上冒，太阳穴旁边的青筋都直跳，嚷着说：“反了，反了！来人哪！把这个看牛的给我杀了。”武士们一窝蜂似的把宁戚绑了。宁戚脸色不变，还挺得意地笑着说：“桀（jié）王杀了关龙逄（páng），纣（zhòu）王杀了比干，今天您杀了我，我宁戚当上第三条好汉了！哈哈！哈哈！”齐桓公想了一下，叫人把他放了，说：“我怎么真能把你杀了呢？我试试你的胆量啊！你够得上个好汉！”

到这会儿宁戚才把管仲写的那封信拿出来交给齐桓公。齐桓公瞧了，咕嘟着嘴，翻了一下白眼，说：“真有你的！怎么不早点拿出来呀！”宁戚笑着说：“国君用人得挑选挑选，还得试试他的胆量。我帮国君也得挑选挑选，试试他的度量啊！”齐桓公笑了一笑，把他拉上车，走了。

到了晚上，兵马驻扎下来。齐桓公赶紧叫人去找衣裳、帽子。有个臣下说：“是不是要给宁戚拜官？”齐桓公说：“不错，你去把官衣官帽拿来吧！”那个臣下说：“干吗这么急？他说他是卫国人，咱们也得去打听打听。他要真是个能人，再叫他做官也不晚！”齐桓公说：“打听什么？相国推荐的还能错吗？要用他就得相信他。”于是连夜在烛光底下拜他为大夫。

宁大夫跟着齐桓公的大军到了宋国的边界上。陈国、曹国和管仲的兵马都等在那儿了。天王的兵马也随着到了。齐桓公就准备进攻。宁戚说：

“主公奉了天王的命令会合诸侯，顶好是讲理不动武。实在没有法子要用武的话，也得先礼后兵。让我先去见宋公，劝他跟咱们和了，好不好？”齐桓公拍着他的肩膀说：“你真行！”

宁戚见了宋公御说就说：“宋国真危险哪！”宋公问：“怎么说？”他说：“天王失了势力，上头没有人管，诸侯大伙儿乱打，谋君篡位的事连着不断。哪一个国君不想找个办法好好地管理国家？齐侯奉了天王的命令，在北杏开会，确定了您的君位，订了盟约。这对宋国、对天下都有好处。可您不守盟约，半道走了。这已经不对了。这会儿天王带着各国诸侯来责问您，您怎么还想回手呢？天王责问您，名正言顺；您要还手，可就没有理了。哪一边占理，哪一边理亏，哪一边能打胜，哪一边要打败，您这么贤明的君主还能瞧不出来吗？得赶快想法子，别跟着糊涂人，您也糊涂起来了。”宋公一直听着他说，只能连连点头，插不进嘴。等他说完了，他才低着头，问：“大夫有何高见？”宁戚说：“依我说，不如送点礼表表心意，再跟齐国订个盟约。这样一来，天王和各国诸侯都跟您交好，宋国就稳了。”宋公怕没有这么容易，就说：“这会儿齐国的大军已经到了这儿，还能随随便便地收我的礼吗？再说厚礼送不起，薄礼又拿不出手。送什么才好呢？”宁戚说：“齐侯多宽大呀，一点不记仇。您瞧管仲放过冷箭，这会儿还当着相国呢。鲁国不也跟您一个样儿吗？齐侯怎么待他来着？柯地一订盟约，连汶阳之田都退还了。我说的礼，只在心意，不在值钱不值钱。”宋公就托他先去跟齐桓公说情，接着派人带了礼物，上齐侯跟前认了错。

齐桓公把那份礼物奉给天王的使者，答应宋国再加入盟约。大伙儿这才高高兴兴地散了。这么一来，当初北杏开会通知的九个诸侯，已经有了八国（就是齐、宋、鲁、陈、蔡、卫、曹、邾）订了盟约，只剩下一个郑国还站在那一边。

老马识途

有一天，管仲对齐桓公说："郑国向来不服天王，这时候又跟楚国（都城在湖北秭（zǐ）归西北，后来迁都到郢，就是今湖北荆州西北，中原诸侯把楚国看作蛮族，到了战国的时候，楚国扩张到现在的湖南、湖北、安徽、江苏、浙江等地方）拉拢到一块儿。主公要扶助王室，抵御蛮族，非得先收服郑国不可。"宁戚也说："郑国从郑庄公死了以后，四个公子抢君位，简直闹得不像话。咱们先君（指齐襄公）杀了子亹，原来想叫子突回去复位，没想到祭足立了子仪。现在祭足死了，要是主公帮助子突复位，他一定一辈子也忘不了您，还不听您的话来订盟约吗？"

齐桓公听了他们的话，帮助子突打进郑国去，杀了子仪。子突又做了国君，加入了中原的联盟。没想到楚国跟着就打郑国，郑国给楚国打得没有办法，只好退出齐国这一边，又依附了楚国。齐桓公知道要叫郑国一心归附，非把楚国打败不可。

齐桓公这儿正和管仲算计着怎么去征伐楚国，燕国（在今北京、天津、河北等地，是周武王封给召公的）派使者来请救兵，说北边的山戎侵略进来，来势非常凶猛，燕国人已经打了几个败仗，眼看老百姓都要给山戎杀害了，便央告齐侯快点去救。管仲对齐桓公说："主公要征伐楚国，先得打退山戎。北方太平了，才能够专心对付南方的蛮族。"齐桓公就带领着大队人马去救燕国。

公元前663年（周僖王的儿子周惠王十四年，齐桓公二十三年，鲁庄公三十一年，燕庄公二十八年），齐国的大队人马到了济水（齐、鲁分界线，东边叫齐济，西边叫鲁济），鲁庄公来迎接他们。齐桓公把去征伐山戎的事告诉了他。鲁庄公说："您出来抵御北方的外族，不让他们侵略进来，不光是燕国，就是对我们鲁国也有好处。我愿意派一队人马跟着您去。"齐桓公正想建功立业，对征伐山戎很有把握，就说："北方路远，道上又有危险，我不敢麻烦您。万一需要更多的人马，那时候我再请您帮忙。"鲁庄公就依了齐桓公的话。

齐国的大队人马到了燕国，山戎早已抢了一批壮丁、女子和无数值钱的东西逃回去了。管仲说："山戎没打就走，等到咱们一走，他们准又来抢掠。要安定北方，非打败山戎不行。"齐桓公就决定再向前进。燕庄公（燕国第十七代国君）要带领着本国的人马作为前队。齐桓公说："贵国的人马刚跟敌人打了仗，已经辛苦了，还是放在后队吧。"燕庄公又对齐桓公说："离这儿八十里地，有个小国，叫无终国（在今河北玉田一带），跟我们有点交情。要是把他们请出来帮帮忙，咱们可就有了带路的了。"齐桓公立刻派人带了礼物去请无终国国君。无终国国君也真派了大将来助战。齐桓公就请无终国的人马带路。

齐国、燕国、无终国的人马打败了山戎。山戎的头儿密卢向北边跑去，抛下了马、牛、羊、大豆、帐篷等不少东西，都给中原的人拿回来了。他们又救出了不少从燕国掳去的壮丁和女子。山戎的老百姓投降了。齐桓公打算收服山戎，嘱咐将士们不许杀害他们。山戎人做梦也想不到打了胜仗的会这么宽待他们，简直感激得要哭出来了。齐桓公问他们："你们的头子逃到哪儿去了？"他们实话实说："到孤竹国（在太行山以东部分地区）借兵去了。"齐桓公和管仲决定再去征伐孤竹国，好叫中国的北方能有太平的日子。三国的人马就又往北前进。

中原的大队人马到了孤竹国附近的地方，就碰见山戎的头儿密卢和孤竹国的大将黄花，每人带着一队人马前来迎敌。他们又被齐国给打败了。齐桓公一看天也不早了，就安营下寨，打算休息一夜，明天再去攻打孤竹国。到了头更天的时候，齐国的士兵带着孤竹国的大将黄花来见齐桓公。齐桓公一看他双手捧着一颗人头，就问他："你来干什么？"黄花跪在地下，奉上人头，说：“我们的头子答里呵不听我良言相劝，非得帮助山戎不可。这会儿我们打了败仗，答里呵把老百姓都带走，还亲自到沙漠去请救兵。我就杀了山戎的头子密卢来投降，情愿在大王手底下当个小兵。您的人马去追赶答里呵，我可以带路，省得他回来报仇。”齐桓公和管仲把那颗人头仔细瞧了一阵子，又叫将士们认了认，真是密卢的脑袋。大概他们是窝里反了。齐桓公就把黄花留下。第二天，齐桓公和燕庄公跟着黄花进了孤竹国的都城，果然是一座空城。齐桓公叫燕庄公带着燕国人，守住孤竹国的都城，自己带着全部人马跟着黄花去追答里呵。

黄花在前头带道，中原的队伍在后头跟着，浩浩荡荡，一路走去。到了快掌灯的时候，他们到了一个地方，当地人把它叫“迷谷”，又叫“旱海”。那地方就跟大海一样，没边没沿，别说是在晚上，就是在大天白日，也分不出东南西北来。中原人哪儿到过这样的地方啊！大伙儿全迷了道儿。齐桓公和管仲急得跟什么似的赶紧去问黄花。嗬！哪儿还有他的影儿？大伙儿才知道中了黄花的诡计。原来黄花杀了山戎的头子密卢，自己做头子，倒是真的，投降中原可是假的。天一会儿比一会儿黑，又碰上冬天，西北风一个劲儿地刮着。大伙儿冻得直打哆嗦。

往后越来越黑，真是天昏地暗，什么也瞧不见。他们就在这没边没沿黑咕隆咚的迷谷里冻了一夜。好不容易盼到天亮，可是又有什么用呢？眼前还是黄澄澄的一片，道儿在哪儿呢？这块鬼地方连一滴水都没有。就因为没有水，不想喝的也渴了，想喝的就更渴了。你有多大的力气也没法跟这冷清清的荒地斗哇！大伙儿正干瞪眼没辙的时候，管仲猛然想出一个主意来了。狗、鸽子，还有蜜蜂，不管离家多远，向来不会迷路的。他就向齐桓公说：“马也许能认得路。不如挑几匹无终国的老马，让它们在头里走，咱们在后头跟着，也许能走出这块地方。”齐桓公说：“试试吧。”他们就挑了几匹老马，让它们领路。这几匹老马居然领着大队人马出了迷谷，回到原来的路上。大伙儿这才透了一口气。

齐桓公的大队人马出了迷谷，走到半路，瞧见一批老百姓在走着，好像搬家一样，就派几个人打扮成过路的老百姓，问他们：“你们这是干什么呢？”他们说：“我们的大王打退了燕国的人马，现在叫我们回去。”齐桓公和管仲这才明白当初所见到的空城也是黄花和答里呵使的诡计。管仲就叫一部分士兵打扮成孤竹国老百姓，混进城去。到了半夜，混进城里的士兵放了一把火，从城里杀出来，城外的大军从外边打进去，直杀得敌人叫苦连天。黄花和答里呵全给杀了，孤竹国也就这么完了。

齐桓公对燕庄公说：“山戎已经赶跑了，这一带五百多里的土地都是燕国的了，别再放弃。”燕庄公说：“这哪儿行啊！托您的福，打退了山戎，救了燕国，我们已经感激不尽了。这块土地当然是属于贵国的了。”齐桓公说：“齐国离这儿那么远，叫我怎么管得了呀？燕国是中国北边的屏障，管理这个地方是您的本分。您一方面向天王朝贡，一方面守着中国的北部，我也有光彩！”燕庄公不好再推辞，就谢了谢齐桓公。燕国一下子增加了五百多里的土地，变成了大国。

北半边算是平定了，齐桓公领着大队人马动身回去，燕庄公当然亲自欢送。他非常感激齐桓公，真舍不得分开，送着送着，不知不觉地送到了齐国的长芦（在今河北沧县一带），出了燕国有五十多里地了。可是“送客千里，终须一别”。齐桓公跟燕庄公分手的时候，猛然想起来一件事。他说：“依照朝廷的规矩，诸侯送诸侯不能离开本国的地界。我怎么能叫您不守规矩呢？您就送到这儿止步，五十里齐国的土地全送给您！”燕庄公再三推辞，齐桓公一心要人家认他是诸侯的领袖，一定要他守规矩。燕庄公只好答应了。

古籍链接

兀律古曰：“国之北有地名曰旱海，又谓之迷谷，乃砂碛之地，一望无水草。从来国人死者，弃之于此，白骨相望，白昼常见鬼；又时时发冷风，风过处，人马俱不能存立，中人毛发辄死；又风沙刮起，咫尺不辨。若误入迷谷，谷路纡曲难认，急不能出，兼有毒蛇猛兽之患。诚得一人诈降，诱至彼地，不须厮杀，管取死亡八九。吾等整顿军马，坐待其敝，岂非妙计？”答里呵曰：“齐兵安肯至彼乎？”兀律古曰：“主公同宫眷暂伏阳山，令城中百姓，俱往山谷避兵，空其城市。然后使降人告于齐侯，只说：‘吾主逃往砂碛借兵。’彼必来追赶，堕吾计矣。”黄花元帅欣然愿往，更与骑兵千人，依计而行。

——《东周列国志·第二十一回》

平定鲁国

齐桓公到了离鲁国不远的地方，就瞧见鲁庄公在那儿等着他了。齐桓公把那些从山戎和孤竹国拿来的东西分了一部分给鲁国。这些东西里有从来没见过的，尤其是从山戎带来的一种豆子，要比中原的绿豆、豇豆大得多，黄澄澄的简直跟金子似的，大伙儿全把它叫“大豆”。鲁庄公谢了谢齐桓公，也跟燕庄公一模一样，真舍不得让他离开。鲁庄公正为了自己哥儿们中间的不和还有往后鲁国的事情，心里非常不得劲儿，有一肚子的话满打算跟这位诸侯的领袖谈一谈。可是又从哪儿谈起呢？左思右想心不定，他只好跟齐桓公分手，别别扭扭地回去了。

原来鲁庄公有个哥哥，叫庆父，还有两个兄弟，一个叫叔牙，一个叫季友。庆父和叔牙是姨太太生的。他们俩是一派。鲁庄公和他亲兄弟季友又是一派。这两个母亲所生的哥儿四个分为两派，已经够麻烦的了，再加上鲁庄公有四个媳妇儿，三个儿子，家里就更乱了。

鲁庄公娶正夫人以前，就有了两个姨太太，一个叫党孟任，一个叫风氏。党孟任挺有见识，她怕国君未必真能爱她，因此鲁庄公私底下想娶她的时候，她不答应。可是她越不答应，鲁庄公就越想娶她，低声下气地对她说：“你要是答应了，我将来一定立你为夫人。”他还对天起誓。党孟任怕他起誓当白玩儿，就把自个儿的胳膊咬出血来，叫他抹在他嘴上，算是跟老天爷“歃血为盟”。这一对有情人，你爱我怜地都满意了。过了也就有一年吧，党孟任给他生了个儿子叫公子般。鲁庄公打算立党孟任为夫人，公子般为太子。可是他母亲文姜不答应，一定要他跟齐襄公的女儿订婚，她说：“齐是个大国，咱们要是亲上加亲，往后鲁国也有个依靠。”鲁庄公只好听他妈的话。他跟党孟任订的盟约就算吹了。可是他那未婚妻还只是个怀抱里的小娃娃！真要打算娶她的话，还得再过十多年哪。在这空儿，党孟任虽说不是夫人，事实上也等于是夫人了。

鲁庄公第二个姨太太叫风氏，也给他生了个儿子，叫公子申。风氏知道党孟任不是夫人，公子般也不是太子，说不定公子申也能当上太子。她就找叔叔季友，求他帮忙，往后好叫公子申做国君。季友倒是大公无私的，他说：“论岁数公子般比公子申大，我可不能答应你这个。可是我一定尽力辅助公子申就是了。”风氏听了这话，也只能就这样算了。

鲁庄公有了党孟任和风氏，已经生了公子般和公子申以后，才依从了母亲文姜临终的嘱咐，正式娶齐襄公的女儿做夫人，就是以后叫哀姜的。就在那时候，党孟任病了，没过多少日子她死了。鲁庄公忘不了当初跟党孟任订的盟约，可是他以前不敢不听他母亲的话，这会儿更不敢得罪夫人哀姜，只好看着党孟任的尸首，心里祷念着：“反正我心里把你当夫人看待就是了。”他跟没事似的把党孟任用安葬姨太太的仪式安葬了。党孟任一直到死也没当上夫人，胳膊上的血算是白流了。

鲁庄公对不起党孟任，可并不喜爱哀姜，就因为她是仇人的闺女。鲁庄公要打算孝顺他爹，就得甩了哀姜；要打算听他妈的话，就该爱哀姜。这可怎么办呢？鲁庄公有他自己的主意。为了孝顺母亲，他娶了哀姜；为了孝顺父亲，他不爱她。他就这样心安理得了。哀姜也没生过儿子。她妹妹叔姜是跟着姐姐陪嫁过来的。她倒生了个儿子，叫公子开。这么一来，鲁庄公有四个媳妇儿，三个儿子。四个媳妇儿是：党孟任、风氏、夫人哀姜和叔姜。三个儿子是：公子般、公子申和公子开。夫人哀姜虽然得不到丈夫的欢心，可是另有爱她的人。这位情人长得甭提多漂亮，学问甭提多高，要比鲁庄公可强得多了。他不是外人，正是哀姜的大伯子、鲁庄公的异母哥哥公子庆父。公子庆父不但跟哀姜挺热乎，还拉上了公子叔牙，三个人成为一党，打算鲁庄公死了以后，一个做国君，一个做夫人，一个做相国。

公子般有个马夫叫荦（luò）。有一天，马夫荦鼻青脸肿、一拐一拐地来见庆父，说公子般打了他，求他做主。庆父问他："他为什么打你呀？"马夫荦半吞半吐地说出来了。原来马夫荦向公子般的未婚妻调情，给公子般撞上了。公子般打了他三百鞭子，打得马夫荦身上一块儿好肉都没有。公子庆父就把他收留下来，叫人给他上了药，又好言好语地安慰了他。就这档子事来说，庆父断定公子般没有多大的出息。他认定公子般没有鲁庄公那么忠厚，可也不像齐襄公那么狠。马夫荦是个大力士，要用他，干吗在这件事上认真呢？要不然的话，也用不着打他三百鞭子。拉出去一刀砍了，不是更干脆吗？打这儿，庆父断定公子般不够忠厚，也不够狠，就没把他放在眼里。

到了公元前662年（鲁庄公三十二年，齐桓公二十四年），鲁庄公在济水送齐桓公回来以后，更看出庆父没安好心。到了八月里，鲁庄公得了重病。他打算听听兄弟季友的口气，就偷偷地对他说："叔牙对我说，庆父很有才能，劝我立他为国君，你瞧怎么样？"季友摇了摇头，说："您本来跟党孟任立过盟约，立她为夫人。这事根本就没办到，您已经对不住她了。怎么还要再委屈她的儿子呢？庆父跟叔牙只贪图自己的好处，不顾大局！我只能一心一意地辅助公子般。您也别着急，好好地养病吧！"鲁庄公点点头，话就说不上来了。季友一瞧他活不了啦，又怕叔牙闹出事来，就出来口头传出国君的命令，打发人把叔牙扣起来，又送药酒给他，对他说："你喝了，还能给子孙留个活路，要不然，也许全家都得灭了。"叔牙为了要立庆父，就这么给季友药死了。那天晚上，鲁庄公死了。季友立公子般为国君。

那年冬天公子般的外祖父党氏死了。在办丧事期内，公子般住在党氏家里。庆父就叫马夫荦半夜里去刺公子般。天刚亮，马夫荦径直奔进他睡的屋子。公子般吓了一大跳，问他："你来干吗？"马夫荦说："上回你打了我三百鞭子，这回我来跟你算算账！"一边说着，一边就拿刺刀刺过去。公子般连忙拿起床头上的宝剑，劈了过去，把马夫荦的脑袋劈下了一块。可是那把刺刀也已经刺进了公子般的胸口。两个人一块儿完了。吓得公子般手下的人跌跌撞撞地找季友去了。

季友一听到公子般给人害了，就知道是庆父干的。自己没有力量，只好逃到别的地方去了。庆父假装替公子般报仇，把马夫荦全家的人都杀了。哀姜就打算立大伯子庆父为国君。庆父说："别忙！还有公子申跟公子开呢。得先叫他们上了台，才看不出破碴儿来。可是公子申岁数不小了，怕不听咱们的话，还是立公子开吧！”八岁的小孩儿公子开做了国君，就是鲁闵公。

您别瞧鲁闵公岁数小，可真够聪明的。他知道哀姜跟庆父不是玩意儿，季友可是正人君子。他请他舅舅又是诸侯的领袖齐桓公帮忙。齐桓公就帮着季友回到鲁国去做相国。公子申也挺顾全大局，同鲁闵公跟季友常在一块儿。庆父和哀姜干瞧着不敢下手。

到了鲁闵公第二年，这位大伯子和这位兄弟媳妇儿可沉不住气了，暗地里派人刺死鲁闵公。季友听说鲁闵公被刺，连夜叫醒公子申，一块儿跑了。鲁国人向来是恨庆父，佩服季友的，一听到鲁闵公被害，季友带着鲁庄公唯一活着的儿子公子申逃到别国去了，大伙儿都起来跟庆父拼命，全国罢市。庆父一瞧惹起了公愤，怕吃眼前亏，赶快逃到莒国。夫人哀姜坐立不安，跑到邾国去了。他们俩一跑，季友就带着公子申回来，还请齐桓公来定君位。齐桓公打发大臣到鲁国去，和季友共同立公子申为国君，就是鲁僖公。

鲁僖公听了季友的话，赶快派人带了礼物到莒国去，请莒君代他惩办庆父。庆父逃到汶水。在那儿碰见了公子奚斯，求他去向季友说说，饶了他这条命。奚斯走了以后，庆父天天等着信儿。这会儿他可到了山穷水尽的田地，只指望季友让他当个老百姓，就知足了。过了几天，他听见门外有哭声。仔细一听，原来是奚斯的声音。庆父叹了一声，说："他哭得这么难过，不来见我，我还有什么指望呢？”他就自杀了。

季友逼死了庆父，就仗着齐桓公的势力把鲁国的内乱平定了。可是还留了一件不太好办的事：怎么处理逃到邾国的夫人哀姜呢？他打发人去问问齐桓公的意见。齐桓公派他手下一个叫竖刁的到邾国去，说是送哀姜回鲁国去。走到半路，竖刁对哀姜说："鲁国两位国君被害，都跟夫人有关。鲁国人和齐国人谁不知道哇！夫人就算回去，还有什么脸去见人呢？”哀姜仔细一想："鸡也飞了，蛋也打了，事情闹到这步田地，就是再活下去，也没有什么劲儿了。”她哭了半宿，就在驿舍里吊死了。

鲁国全仗着季友料理，把庆父一党灭了。鲁僖公封给他一座城。季友说："我跟庆父、叔牙，全是先君桓公的儿子。为了国家，我逼死了他们哥儿俩。现在他们还没有继承的人，我倒享受富贵，怎么对得起桓公呢？再说他们两个人全是自尽的，这跟国君定他们的罪、治死他们不一样。我想还是封他们的后代，叫老百姓知道主公不忘祖宗。”鲁僖公就立公孙敖继承庆父，称为孟孙氏；立公孙兹继承叔牙，称为叔孙氏；季友一家叫季孙氏。这三家——孟孙氏、叔孙氏、季孙氏，因为全是鲁桓公的子孙，所以叫“三桓”。三桓一块儿统治鲁国，势力一天比一天大，鲁国的国君反倒衰下去了。

古籍链接

僖公亲自迎之于郊，立为上相，赐费邑为之采地。季友奏曰：“臣与庆父、叔牙并是桓公之孙，臣以社稷之故，酖叔牙，缢庆父，大义灭亲，诚非得已。今二子俱绝后，而臣独叨荣爵，受大邑，臣何颜见桓公于地下？”僖公曰：“二子造逆，封之得无非典？”季友曰：“二子有逆心，无逆形，且其死非有刀锯之戮也，宜并建之，以明亲亲之谊。”僖公从之。乃以公孙敖继庆父之后，是为孟孙氏。庆父字仲，后人以字为氏，本曰仲孙，因讳庆父之恶，改为孟也。孟孙氏食采于成；以公孙兹继叔牙之后，是为叔孙氏，食采于郈。季友食采于费，加封以汶阳之田，是为季孙氏。于是季、孟、叔三家，鼎足而立，并执鲁政，谓之“三桓”。

——《东周列国志·第二十二回》

仙鹤坐车

齐桓公自从打退山戎，救了燕国，定了鲁国的君位以后，各地方的诸侯全都佩服他，把他当作安定列国的领袖。齐桓公要当霸主的心愿早就做到了。到了公元前661年，他没有事的时候，喝喝酒、打打猎。这么一享福，可更发福了，腮帮子的肉都要嘟噜（下垂的意思）下来了。万没想到来了一个卫国的使臣，说北狄（北狄是北方游牧部族的总称，一部分进入渭水流域，一部分进入河北平原）侵犯进来，情况非常严重，请霸主出去抵御。齐桓公打了个哈欠，说："齐国的兵马到现在还没好好地休息。等到明年开春再说吧！"哪儿知道没过几个月工夫，卫国的大夫跑到齐国来报告，说："国君给北狄杀了。卫国的老百姓活不了啦，大伙儿全逃到漕邑（在今河南滑县一带）去了。他们派我到您这儿来报告，请霸主做主。"齐桓公听了，很害臊地说："这全是我的不是，没有早点去救。可是现在还来得及，我去打退北狄，给你们的国君报仇。"他就准备出兵到卫国去。

那个给北狄杀了的国君叫卫懿公。他是卫惠公朔（就是杀了急子和公子寿的那个人）的儿子。他有个特别的爱好，就是喜欢玩儿仙鹤。国家大事他全不管，他把养仙鹤的人都封为大官，那些原来的大官反倒没有了职位。为了养仙鹤，老向老百姓要粮。老百姓冻死饿死，他可不管。公子毁（卫宣公的孙子）一想，这么下去，卫国非亡不可，他就投奔齐桓公，住在齐国。卫国老百姓向来想念着急子的委屈，痛恨卫惠公。哪儿知道昏君的儿子又是个昏君，他们大伙儿就把希望全搁在公子毁的身上。往后公子毁也跑了，老百姓就更恨透了卫懿公。

有一天，卫懿公带着几车仙鹤出去玩儿。车是依照地位的高低分等级的，甚至把大夫坐的篷儿车也给仙鹤坐。那些坐篷儿车的仙鹤叫“鹤将军”。卫懿公一出去，就有不少“鹤将军”前呼后拥地“保着驾”。他觉得倒也不错，那股子神气劲儿好像一队官儿似的。那一天，他正玩得得意扬扬的时候，忽然来了个报告，说北狄打进来了。这可太扫兴了。他一边忙着回宫，一边叫人去守城。万没想到老百姓全忙着逃难，士兵们不拿兵器，不穿铠甲。卫懿公问他们怎么不去打北狄呢，他们说：“打北狄也用不着我们。您还是叫‘将军’去吧！”卫懿公说：“哪个将军？”他们大伙儿冷笑了一声，说：“当然是鹤将军喽，那还用提吗！”到了这时候，卫懿公才明白失了民心，连连拍着脑袋，皱着眉头，哭丧着脸向老百姓认错，把仙鹤全放了。可是那些惯坏了的鸟儿轰也轰不走，睁眼看着国君，抻着脖子，扑扇着翅膀，还向他献殷勤哪。卫懿公急得要哭出来了。这时候他只怪仙鹤的毛长得太漂亮，顶也太红了，要是稍微灰点儿，也许能遮盖遮盖。明摆着，叫他失去民心的仙鹤，现在变成了他犯罪的证据了，越是活活泼泼地在大伙儿跟前现眼，越叫他难受。他可真后悔了。他掐死了一只仙鹤，狠心地把它扔了，表示自己真心改过。这样，才凑合着召集了一队人马。

卫懿公一瞧北狄在那儿杀卫国人，他火儿了，一下子变成了一个好样儿的了。他亲自出马抵抗敌人。可是人数实在太少，挡不住如狼似虎的北狄。士兵们请卫懿公打扮成老百姓的样子逃出去。他可不依。他说：“我已经对不起全国的人了，到这时候再要贪生怕死，那不是罪上加罪了吗？我一定得跟狄人拼命。”末了，卫国全军覆没，卫懿公也给北狄杀了。敌人进了城，来不及跑的老百姓，差不多全都给杀了。卫国的库房，还有城里值钱的东西全给抢空。这些北狄原来是草原上的人，平常就会牧马、放羊，也不种地，打进卫国来，为的是来抢些值钱的东西，不一定要占领地盘。他们为了下一回抢着方便，把卫国的城也拆了。赶到卫国的使臣到了齐国，北狄早就抢够了跑了。

齐桓公知道了卫国国破人亡，立刻就派公子无亏带领一队人马，把公子毁送回去。公子毁到了漕邑，就瞧见那地方一片荒凉，只能算个小村子，哪儿像个都城啊！他直掉眼泪。他把遗留下来的卫国的男女老少集合起来，一共才七百三十人，又从别的地方召集了一些老百姓来。费了好大的劲儿才凑了五千多人。这五千多人重打锣鼓另开张地建立国家，立公子毁为国君，就是卫文公。卫文公倒没有一点国君的架子，他跟着老百姓一块儿过活，穿的是粗麻布，吃的是糙粮食，住的是草房子。黑天白日安慰老百姓，叫他们刻苦耐劳，好恢复卫康叔（卫国第一代的国君）的旧底儿。他这种跟老百姓一同吃苦的劲头不但叫老百姓喜爱他，就连齐国的将士，也都伸大拇哥儿。

公子无亏一瞧北狄跑了，就打算回去。可是漕邑连城墙都没有，万一北狄再来，那可怎么挡得住呢？他一琢磨，决定留下三千齐国人扎在那儿，拿他们当作保护漕邑的城墙，自己跟卫文公毁告别了。

公子无亏见了他父亲，报告了卫国的这份惨劲儿。齐桓公叹气说："咱们得好好地去帮帮卫国。"管仲说："留下三千人也不是办法，咱们不如替卫国砌上城墙，盖点房子，就这一下往后可当大事了。"齐桓公很赞成这个主意，就打算召集列国诸侯，大伙儿出点力，去帮助卫国。

替邢、卫造城

齐桓公正要会合诸侯去替卫国砌城墙，没想到邢国（周公儿子的封地，在今河北邢台一带）也派人来求救，也说是北狄打了进去，邢国眼瞧着要完了。齐桓公皱着眉头，问管仲："怎么办，去不去救？"管仲回答说："列国诸侯都尊敬主公，还不是因为齐国帮助有困难的诸侯吗？去年咱们没去救卫国，已经不对了。要是再错过这机会，霸主的威信怕保不住。"他们就先去救邢国，完了再去给卫国砌城墙。

齐桓公发出通知，召集宋、鲁、曹、邾等国，派兵马到聂北（邢地，跟齐国交界的地方，在今山东聊城一带）会齐，共同去打北狄。哪儿知道只有宋国和曹国的人马赶到，其余的诸侯都没来。按理说不妨先发动三国的人马去跟北狄交战，就算不能把北狄打败，多少也可以叫邢国人少受点罪。可是齐桓公和管仲都知道北狄挺厉害，邢国人多少也还有点力量。要是齐国立刻动手，那就太费劲了。不如先等一等，等到北狄和邢国打得一死一伤的时候，他们再动手，就能用力少而成功大。这么着，他们大大方方地说："咱们还是等鲁国、邾国的人马到齐了一起动手吧。"这三国的人马就在聂北驻扎下来，待了两个来月。

就在这两个来月里头，邢国的老百姓天天像油煎一样，北狄日夜攻打，邢国的老百姓可真受不了啦。反正是一个死，就开了城门，冲出一条血路，男男女女，老老少少，都拥出来了。这些跑出来的老百姓沿道上有给狄人杀害的，有给自己人踩死的，真惨极了。邢国的国君叔颜好不容易死里逃生，跑到齐桓公面前，趴在地下直哭。齐桓公赶快把他搀起来，说："这都是我的不好，没早点出力，我这就去请宋公（宋桓公御说）和曹伯（曹昭公班）一块儿去！"

北狄一听说三国的救兵打过来，就把能够带走的东西都抢了去，放了一把大火，跑了。三国的人马一到，就瞧见满城大火，没有一所好房子。他们赶紧救火，可是已经太晚了，整座城早烧成了一片焦土。齐桓公问叔颜："这城还能修吗？"叔颜耷拉着脑袋，说："修好了也是一座空城。老百姓大半都到夷仪（在今河北邢台）那边去了。我还是跟他们上那儿去吧！"齐桓公就带领着三国的人马到了夷仪，大伙儿动手砌城。齐桓公挺得意，他的好心眼儿真叫人佩服。他派人到齐国去运木料、粮食、衣料什么的，还赶了些牛马来。这一来，大伙儿干起活儿来特别有精神。真是"众志成城"，没有几个月工夫，他们就砌好了一座城，还给邢国盖了庙堂、宫殿和一些民房。邢国的难民集合起来，重新建立了他们的家园。他们把齐桓公看成"重生父母，再造爷娘"。齐桓公自己也觉得不坏。

宋公和曹伯一瞧邢国的城墙已经全造好了，就打算回本国去。齐桓公说："你们已经辛苦了。按理呢，早就该歇歇。可是卫国的城还没动工呢。咱们扶助弱小的和有困难的诸侯，最好不要分出轻重远近来。你们看怎么样？"他们说："您说得对。我们听您的。"三国的人马又到了卫国。

卫文公毁早就远远地来迎接。齐桓公一瞧他穿着粗麻布孝衣，也难受起来了。他说："贵国总得有个城才行，可不知道盖在哪儿好？难得宋公和曹伯一番热心，到这儿来，他们都挺愿意出点力。"卫文公说："我们是打算在楚丘（在今河南滑县一带）砌一座城，可是哪儿有这份力量？"齐桓公说："您放心吧，我们一定给您办好。"说着，就向宋公和曹伯使了个眼色。他们也跟着说："好吧！我们一定给您办成。"三国的人马就开到楚丘去砌城墙。齐桓公又派人到齐国去运木料什么的。卫国人没有一个不感激齐桓公的。

齐桓公的功劳可真不小。说实在的，春秋时代，北方和西方的游牧部族，纷纷向中原进攻。西戎占据了不少周朝西边的疆土，山戎和北狄不断地抢掠边界，甚至在内地灭了邢国和卫国，南方的群蛮百濮（pú）阻止楚国向南发展，楚国就往北跟中原诸侯争地盘。周朝的天下实际上已经给这些部族包围起来了。齐桓公会合诸侯打退了山戎和北狄，帮助燕国加强中国北边的屏障，阻住了山戎和北狄向中原进攻。这是齐桓公保卫周室最大的功劳。他又立了鲁僖公，平了鲁国的内乱；建造夷仪，恢复了邢国；建造楚丘，恢复了卫国。就因为这几件大事，齐桓公的名声更大了。列国诸侯，不管愿意不愿意，不能不承认他是霸主了。大伙儿认为各国向霸主进贡，那是理所当然的。

古籍链接

桓公传令将火扑灭，问叔颜："故城尚可居否？"叔颜曰："百姓逃难者，大半在夷仪地方，愿迁夷仪，以从民欲。"桓公乃命三国各具版筑，筑夷仪城，使叔颜居之，更为建立朝庙，添设庐舍，牛马粟帛之类，皆从齐国运至，充牣其中，邢国君臣如归故国，欢祝之声彻耳。

事毕，宋、曹欲辞齐归国，桓公曰："卫国未定，城邢而不城卫，卫其谓我何？"诸侯曰："惟霸君命。"桓公传令，移兵向卫，凡畚锸之属，尽携带随身。卫文公毁远远相接，桓公见其大布为衣，大帛为冠，不改丧服，恻然久之，乃曰："寡人借诸君之力，欲为君定都，未审何地为吉？"文公毁曰："孤已卜得吉地，在于楚邱。但版筑之费，非亡国所能办耳！"桓公曰："此事寡人力任之！"

——《东周列国志·第二十三回》

进贡包茅

齐桓公做了霸主，名声越来越大，中原诸侯都佩服他，向他进贡。可是南方的楚成王，不但不服他，还真跟他对立起来，要争个高低。楚国在中国南部，向来不跟中原诸侯来往。中原诸侯把楚国当作蛮族，好像看待西戎和北狄一样。楚国虽说是南蛮子族，可也是个第四等诸侯，就是所谓“子爵”。这个小国，可比中原诸侯更有向外伸展的余地。楚国人一面跟中原列国争夺地盘，一面向南边伸张势力。他们开垦荒地，收服邻近的小部族，慢慢地变成了大国。到了公元前 704 年，楚国不但不愿意接受这子爵诸侯的封号，就是给它一个公爵诸侯的封号也不稀罕。楚国的国君干脆自称为王，跟周朝的天王对立起来了。到了楚成王的时候，改进政治，发展生产，楚国已经很强了。楚成王听说齐桓公打退了山戎和北狄，又帮助了邢国和卫国，做了诸侯的领袖，就打算跟齐桓公比个上下高低。因为郑国夹在南北之间，要进攻中原，首先得占领郑国，楚成王就发兵去打郑国（公元前 657 年），郑文公捷（子突的儿子）派使臣向齐国求救。

管仲对齐桓公说：“与其去救郑国，不如直接去打楚国。可是要打楚国就得会合列国诸侯。”齐桓公说：“会合诸侯是件大事，不免声张出去。这不是叫楚国事前做准备吗？”管仲说：“蔡国得罪过主公，您早就想去征伐。蔡国邻近楚国，咱们只说去征伐蔡国，冷不防打到楚国去，准能打个胜仗。”

原来齐桓公第三个太太蔡姬（jī）就是蔡侯的妹妹。有一天，两口子坐着小船在莲花池里玩儿。蔡姬去采莲花，那条小船侧歪得挺厉害，齐桓公嚷起来。蔡姬一见他怕水，成心跟他开开玩笑，用水撩他。他慌里慌张地叫她别撩。蔡姬乐个没完，索性站在船上，两条腿分开，左右来回晃悠。就为了这件事，齐桓公气得跟什么似的，马上把蔡姬休回娘家。蔡侯也挂了火儿，骂齐桓公不通人情，一赌气把他妹妹改嫁给楚国，做了楚成王的夫人。齐桓公早想借着这个因由去征伐蔡国。

公元前656年（周惠王二十一年，齐桓公三十年，鲁僖公四年，卫文公四年，楚成王十六年），齐桓公带着齐、宋、鲁、陈、卫、郑、曹、许八国兵马去攻打蔡国。蔡国的军队哪里抵挡得住，蔡侯连夜跑到楚国，故意对楚成王说："听说他们还要打到您这儿来。"楚成王立刻派人去打听。

八国的兵马偷偷地向楚国进发。他们满想冷不防打进去，没想到边界上早已有个楚国的大夫，叫屈完的，等待多时了。齐桓公对管仲说："楚国怎么会知道咱们来了呢？"管仲说："一定是有人走漏消息，叫他们有了准备。不过楚国既然派使臣来，咱们也许能够跟他们说理。"齐桓公就叫管仲去会见屈完。两个人见了面，对作揖，行了礼。屈完可先说话了："我们的大王听说贵国发兵来，派我来问一声。贵国在北海，敝国在南海，井水不犯河水，为什么你们的兵马跑到这儿来了？"管仲回答说："贵国和敝国都是周天王封的。当初齐国受封的时候有个使命：有谁不服从天王，就由齐国去责备。你们楚国本来每年向天王进贡包茅，让天王祭祀的时候可以滤酒。这几年来，你们不进贡包茅，天王就责问我们，我们也只好责问责问你们了。这是一件事。第二呢，从前昭王到楚国的时候，楚国叫他坐条破船，就为这个他死在汉水。这事情也得问问楚国。"屈完回答说："没进贡包茅是我们的不是。至于昭王死在水里的事，您要问的话，那就去问问汉水吧！"说着扭过头去就走了。

管仲回来对齐桓公说："楚人挺硬，光向他们说理还不够，一定得用兵马逼上去。"中原的兵马就开到汉水附近的地方。楚成王早已派了斗子文为大将，把兵马扎在汉水那边，单等着八国的兵马渡汉水的时候，迎头干他们一下子。斗子文一瞧中原的兵马不过河，就对楚成王说："管仲挺懂兵法，轻易不冒险。他统领着八国大军还不过来，一定有什么用意。咱们倒不如派个人过去探听探听，他们有多大的兵力，到底干什么来的，然后再决定或是打仗或是讲和。大王您看怎么着？”楚成王说：“派谁去呢？”斗子文说：“屈大夫已经见过管仲了，还是请他再辛苦一趟！”屈完说：“上回见面，管仲问我为什么不进贡包茅，我已经认了错。要是大王打算跟他们订盟约的话，我愿意再走一趟；要是打仗的话，那还是请别人去好！”楚成王说：“还是你去好。和好不和好，由你随机应变，瞧着办吧。”

这回屈完见了齐桓公和管仲，受到了挺有礼貌的招待，心里就有几分打算讲和的意思。他说：“我们没进贡包茅是不对的。可是拿武力来压人，我们也忍不下去。要是你们退兵三十里，咱们有商量。”齐桓公说：“大夫能这么帮助楚国服从天王，我还有什么可说的呢？”

屈完回去报告了楚成王，楚成王派人去一看，八国的兵马果然退了三十里。但他又不打算送包茅了。屈完和斗子文都说：“人家八国诸侯全说了就算，咱们可别说了不算。”楚成王只好叫屈完带了一车包茅，另外还带了八份礼物送到那边去。八国诸侯都挺高兴地收下了。一边招待屈完，一边验过了包茅，请屈完带回去，让楚国直接进贡给天王。

事情就这么算是办好了。齐桓公得意扬扬地对屈完说：“您瞧见过中原的兵马吗？”屈完说：“我们生长在南边，地方偏僻，哪儿见过中原的大军呢？要是能够见识见识，那太好了。”齐桓公就带着屈完，坐上车，去看看各路兵马。这八国兵马，各占一方，一方连一方地扎了好几十里地。屈完正看着，忽然听到齐国营里一声鼓响，七国军营接着击鼓相应，真是惊天动地，比打雷还震得慌。那些击鼓的人一个劲儿地敲着，好像要在“南蛮”面前把中原的威力凭着这一阵鼓声全显出来似的。齐桓公别提有多痛快了，仰着鼻子对屈完说：“您瞧瞧，有这么强的兵马，还怕打不了胜仗吗？”屈完笑着说：“君侯服从天王，讲道义，扶助弱小，爱护百姓，人家才佩服您。要是讲武力的话，那么，敝国的城还算结实，又有汉水，兵力多少也有点。您就是再多带点人马来，也未必用得上。”就这几句话说得齐桓公脸红起来，赶着说：“大夫可真是楚国的能人。我打算跟贵国交好，订个盟约，可不知道大夫觉得怎么样。”屈完说：“您能这么照顾敝国，我们怎么能不识抬举呢？”

第二天，楚国派大夫屈完和中原八位诸侯在召陵（在今河南漯河一带）订立盟约。屈完又替蔡国赔礼，齐桓公也替郑国说情，两下里算是说开了。

管仲下令退兵，诸侯各自回国。

鲍叔牙在路上问管仲："楚子自称为王，这是个大罪名，您不责备，倒要起什么包茅来了。我不明白您这是什么意思。"管仲说："就因为自称为王的罪名太大了，我才不提。您想，这么大的罪名，他怎么能承认呢？一提，就弄僵，不是得打起仗来吗？一打起来，没个完，老百姓可就苦了。我借着他们不进贡包茅的事跟他们说理，事情不大，他们容易承认。只要楚国能认个错，就算是服了。我们对天王和列国诸侯也说得过去。那要比没完没了地打仗好得多。"鲍叔牙更服管仲了。

楚成王派屈完带了包茅去朝见周惠王，周惠王乐得眉开眼笑，赏给屈完一些东西，又把祭祀太庙的"祭肉"赏给楚国，还说："好好地镇守着南方，别跟中原诸侯相争。"同时，齐国派来了使臣隰（xí）朋来报告收服楚国的经过。天王夸奖齐桓公尊重天王的好意，准备好好地招待隰朋。

古籍链接

屈完开言曰："寡君闻上国车徒，辱于敝邑，使下臣完致命，寡君命使臣辞曰：'齐、楚各君其国，齐居于北海，楚近于南海，虽风马牛不相及也，不知君何以涉于吾地？'敢请其故？"管仲对曰："昔周成王封吾先君太公于齐，使召康公赐之命，辞曰：'五侯九伯，汝世掌征伐，以夹辅周室，其地东至海，西至河，南至穆陵，北至无棣，凡有不共王职，汝勿赦宥！'自周室东迁，诸侯放恣，寡君奉命主盟，修复先业，尔楚国于南荆，当岁贡包茅，以助王祭。自尔缺贡，无以缩酒，寡人是征。且昭王南征而不返，亦尔故也。尔其何辞？"

——《东周列国志·第二十三回》

三个大会

隰朋听说天王家里有纠纷，想要拜见太子。周惠王可就有点不大高兴，又怕错待了霸主的使臣，只好叫太子郑和第二个儿子王子带一块儿出来见面。原来太子郑是王后生的，王子带是妃子生的。王后死了以后，周惠王立那个妃子为正宫，就是后来称为惠后的。周惠王因为宠爱惠后，喜爱她的儿子，有意要废去太子郑，改立王子带为太子。这会儿隰朋要见见太子，天王叫他们哥儿俩一块儿出来，隰朋就明白了八九分。他回去告诉齐桓公，说："主公做了霸主，可得替太子想个法儿。"齐桓公叫管仲出个主意。管仲说："主公可以上一道奏本，就说列国诸侯要会见太子。只要太子能出来，跟列国诸侯见了面，大伙儿拜见了他，君臣的地位全定死了，还怕他废去吗？"

公元前 655 年五月，齐、宋、鲁、陈、卫、郑、许、曹八国诸侯在首止（卫地，在今河南睢县一带；睢：suī）开个大会。天王因为齐国强大，再说诸侯要拜见太子也是名正言顺的事，他只好打发太子郑去会见他们。诸侯们要用大礼拜见太子，太子再三推辞。齐桓公说："小白等见到太子就像见到天王一样，怎么能不拜呢？"太子弄得坐也不好、站也不好地让他们行了大礼。当天晚上太子郑请齐桓公到行宫里来，半吞半吐地说出了他的心事。齐桓公说："小白和到会的众位大臣打算订立盟约，辅助太子，请太子不必担心。”太子万分感激，就住在行宫里，等候他们订立盟约。诸侯们也不敢回国，都在公馆里等候霸主的命令。八国诸侯轮流请客招待太子，差不多天天有宴会。太子怕太麻烦人家，说要回去了。齐桓公说：“我们这么跟太子在一块儿，为的是要让天王知道我们怎么爱戴太子，不愿意离开太子。再说这会儿天热，等到秋凉的时候，我们再送太子回去。”齐桓公就决定在八月里订盟约。诸侯也就在首止过了伏天。这可把周惠王气坏了。

周惠王不见太子回来，本来就不高兴了，再加上惠后和王子带天天跟他闹着。他就对太宰周公孔（简称宰孔）说：“齐侯耀武扬威地去打楚国，可又不敢真打。现在楚国进贡包茅，顺从王室，跟以前大不相同了，谁说楚国不如齐国呀！小白领着诸侯扣留太子，这简直太叫我下不去了。我想还是请太宰去通知郑伯捷，叫他去联络楚国，请楚国去对付齐国，好好地来扶助王室。”宰孔说：“楚国进贡包茅全是齐国的力量啊！齐侯尊重王室，功劳不小。天王您怎么反倒甩了中原诸侯去依靠楚国呢？”周惠王说：“谁知道齐侯安的什么心？我一定这么办，你别替小白说话了！”

天王写了一封信，偷偷地派人送给正在首止开会的郑文公捷。郑文公一瞧，上面写的是：“太子郑叛逆父母，树植私党，不配为太子。我要改立王子带。你如果能够约同楚国，一心辅助王子带，我愿意请你管理朝政。”郑文公高兴得跟什么似的，他对大夫们说：“本来嘛，咱们的先君武公、庄公，历来都做了王室的卿士，号令诸侯，有权有势。谁不知道郑国是霸主！不知道怎么，半路途中势力就没有了，变成个弱国。现在天王又看中了郑国，叫我出来，眼瞧着郑国的光荣又要回来了。”大夫孔叔说：“齐侯为了咱们去打楚国。他帮助了咱们，您怎么反倒甩了他？楚国侵犯咱们，您怎么反倒去归附？再说辅助太子也是正经的事，主公怎么能不顾正理呢？”郑文公说：“不是那么说的。归附这个，归附那个，全一样。还不是向他们年年进贡，有事没事听他们的使唤吗？再说，听天王的话总比听齐侯的话更要紧吧！”大夫申侯抻着挺长的脖子，说：“主公的话没错。天王下的命令谁敢不听？只要咱们一走，别的诸侯准起疑。大家起了疑，分散了，还订得了盟约吗？”郑文公依了申侯，说是国内有事，就这么走了。

齐桓公听说郑伯跑了，就要去征伐。管仲说：“这一定是周人的诡计，咱们得另想办法去对付。这儿咱们先跟诸侯订了盟约再说。”七国诸侯就在首止歃血为盟。太子郑到场监视。盟约上说：“凡我同盟，共辅太子，尊重王室；谁违盟约，天打雷劈。”会盟完了，七国诸侯各派车马护送太子郑回去。只有郑国反倒派了申侯偷偷地给楚国送礼去了。

往后，齐国打郑国，楚国去救；楚国打郑国，齐国去救。你来我去，弄得郑国团团转。公元前652年，齐桓公又去打郑国，郑国人全怪国君当初不听孔叔的话，说申侯不是好人。郑文公到了这时候也后悔了。他杀了申侯，向齐国赔罪，要求订立盟约。齐桓公答应了。可是郑文公自己觉得难为情，不敢露面，打发他儿子公子华去会盟。公子华因为父亲疼小兄弟公子兰，恐怕以后弄不到君位，曾经和郑国的大夫孔叔、叔詹、师叔商量过。这三位大夫劝他听父亲的话，别起坏念头。这原来是正正当当的劝告。公子华认为他们成心不帮忙，就打算灭了他们。这回见了齐桓公，偷偷地对他说：“敝国的大权全在孔叔、叔詹、师叔三个大夫手里。上回叫我父亲逃跑的就是他们。要是您能把他们三个人除了，我情愿一辈子做您的外臣。”齐桓公说：“好吧。”他就把公子华的话告诉了管仲。管仲一听，变了脸。他说：“主公可不能听他的鬼话！那三个大夫是郑国的好人，郑国人把他们叫‘三良’。公子华一心想篡位，就因为有‘三良’，才不敢下手。”齐桓公听了，很生气，叫管仲马上派人去通知郑文公。

郑文公就杀了公子华。为了这件事，他非常感激齐桓公，立刻派孔叔去跟齐国订盟约。

公元前652年冬天，周惠王死了。齐桓公恐怕周室出了岔儿，一转过年就召集诸侯在洮城（曹地，在今河南濮阳一带）开个大会。郑文公亲自到会。齐、宋、鲁、卫、陈、郑、许、曹八国诸侯立太子郑为天王，就是周襄王。惠后和王子带只好背地里叫苦。

周襄王祭祀了太庙，正式即位。他打发宰孔送祭肉给齐桓公，算是表扬他尊重王室的意思。齐桓公就在葵丘（宋地，在今河南兰考，齐襄公派连称和管至父去把守的葵丘是另一个地方）会合诸侯，招待天王的使臣。管仲在半路上对齐桓公说：“周室为了王位，差点儿起了内乱，全仗着主公，新王才顺利地即了位。现在主公也上了年纪了，总该早点有个打算，免得诸位公子将来争夺君位。”齐桓公说：“我那六个儿子全不是正夫人生的。论年岁，要算无亏最大；论才能，还是昭儿最好。我也不能决定立哪个好。”管仲说：“既然全不是夫人生的，就不一定立长子。再说齐国要继续做霸主，就非有个贤明的君主不可。主公既然知道公子昭最好，就立他为太子吧。”齐桓公说：“可就怕无亏拿长子的名分去跟他争。”管仲说：“主公不如在这回会盟的诸侯中间挑一个最可靠的人，把公子昭托付给他。将来也有个帮手。”齐桓公点了点头。

他们到了葵丘，列国诸侯和宰孔前前后后全都到了。这时候，宋桓公御说已经死了。宋国的太子让位给公子目夷，公子目夷不接受，又让给太子。太子这才即位，就是宋襄公。宋襄公挺尊重霸主，就在守孝期间，穿着孝服来开会。管仲对齐桓公说：“宋公肯让位，一定是一位贤明的国君，这回穿着孝服来开会，可见他挺尊重齐国。咱们把公子昭托付给他，您看怎么样？”齐桓公就叫管仲请宋襄公过来。宋襄公规规矩矩地来见齐桓公。齐桓公握着他的两只手，诚诚恳恳地把公子昭托付给他。宋襄公哪儿想到有这么一套，简直是“受宠若惊”，连着说：“我不敢当！我不敢当！”心里可十分感激齐桓公。

到了开会那天，宰孔上了台，列国诸侯挨着先后上去。先向天王的座位行了大礼，然后彼此行礼，各自坐下。齐桓公把大家商议好了的公约念了一遍，其中最有意义的有这么一条：“防水患、修水利，不准把邻国作为水坑；邻国因灾荒来买粮，不准禁籴（dí）。”末了，大家起誓，说：“凡是同盟的人，订立盟约之后，言归于好。”完了，宰孔捧着祭肉，传达新王的命令，说：“天王赏祭肉给齐侯！”齐桓公就要跪下去接受，宰孔拦着他，说：“天王还有命令，因为齐侯上了年纪，加升一级，不必行大礼。”齐桓公就站起来。管仲在旁边说：“这是天王的恩典，主公不可不恭敬！”齐桓公说：“当然，当然！小白怎么敢不恭敬？”说着，他就大模大样地跪下去，磕了三个头，然后接过祭肉来。诸侯全都称赞他，说他有礼。

宰孔从葵丘回去，路上碰见一位从西方赶来开会的国君。宰孔说：“已经散会了。”那位国君跺着脚，说：“唉，敝国离这儿太远了，赶不上大会，真可惜！”宰孔说：“您既然来晚了，也就算了吧。”那位国君只好垂头丧气地回去。

蜜蜂计

那位赶不上葵丘大会的诸侯是晋国（是周成王封给他兄弟叔虞的，在今山西太原一带）的君主晋献公。他跟夫人生了一男一女，男的就是太子申生，女的就是秦穆公的夫人穆姬。夫人去世，晋献公又娶来了狄人（就是进入渭水流域的北狄；狄，也写作翟）狐家的两个姑娘，大的生个儿子叫重耳，小的生个儿子叫夷吾。后来晋献公打败了骊戎（西方的部落，是西戎的一派，住在今陕西骊山一带）。骊戎求和，进贡骊姬。骊姬生个儿子叫奚齐，还有她陪嫁的妹妹生个儿子叫卓子。这样一来，晋献公就有了五个儿子，即：申生、重耳、夷吾、奚齐、卓子。

骊姬年纪轻，天分高，长得漂亮，晋献公给她弄得迷里迷糊，正像太子申生说的那样："我父亲没有她，睡也睡不着，吃也吃不下去。"后来晋献公干脆立骊姬为夫人，还想废去太子申生，立奚齐为太子。骊姬一听见老头子有意立奚齐为太子，就跪下，说："您早已立了申生了，各国诸侯也全知道，太子又是个很有能耐的人，您怎么可以为了咱们俩的私情，不顾全大局，把太子废了呢？"晋献公只好把这件事搁下，心里头可真佩服这位"贤德"夫人。

这位"贤德"夫人知道大夫荀息是晋国的红人儿，就要求晋献公请荀息做奚齐和卓子的师傅。晋献公当然答应了。她又要求说："主公已经上了年纪，我那两个孩子岁数又小，以后我们得依靠太子，您可不可以请他来，说我要见见他？”晋献公就派人到曲沃（在今山西闻喜一带）召太子申生进宫。申生可是个孝子，立刻动身来见他父亲和后妈。骊姬请他到后宫去喝酒。他也依顺了，陪着后妈喝了几杯，聊了一会儿就出来了。骊姬要他第二天陪她去逛花园，申生不敢不依，也答应了。

那天晚上，骊姬撒娇打滚地哭起来，直急得晋献公给她擦眼泪，问她：“好好的干吗哭哇？”骊姬只是揉着胸口，好像里面全是委屈似的，可又不敢说。老头子横说竖劝地叫她说出来。她只好一抽一抽地说：“太子……他……他欺负我！呜！呜！呜！……他说，‘爹老了，您怎么守得住呢？’说着说着他就嬉皮笑脸地来摸我的手，急得我慌忙把他推开。呜……呜……”晋献公说：“什么话！他敢？”骊姬皱了皱眉头，瞪着眼睛说：“嗬！您知道什么？他还约我去逛花园呢。您不信，明儿个您自个儿瞧瞧去吧！”

第二天晋献公躲在花园里，要瞧个明白。他一想：“儿子调戏老子的姨太太本来不稀罕，可别轮到自个儿的身上来才好哇。”唉呀！那边慢慢地走过来的不是申生跟骊姬吗？他赶快缩下身子，躲在树后头，睁大了眼睛，使劲地瞧着。

骊姬预先把蜂蜜当作头油，抹在头发上。她跟申生走的时候，有几只蜜蜂围着她头上飞，骊姬对申生说：“这些蜜蜂可真讨厌，老在我脑袋上打转儿。申生给我掸一掸，轰一轰。”申生就举起又长又肥好像风袋似的袖子向她头上掸去。骊姬说：“申生，在这边哪！”他又举起一只手向那边轰去。晋献公老眼昏花远远地瞧去，真像太子抱住了骊姬的脑袋。这股子火儿怎么也压不下去了。当天就要治死太子申生，倒是给骊姬劝住了。她说：“太子是我请进宫里来的，千万别杀他，别怪他。要是为了这件事杀了他，别人还当我弄好了招儿去害他呢。这回饶了他吧！”晋献公只好把这口气忍了，好像没事儿似的叫太子申生回到曲沃去。

太子申生到了曲沃，不多几天又得到了骊姬那边捎来的一个口信，说她梦见了申生的母亲向她要饭吃，叫太子好好地祭祀祭祀。申生就在曲沃祭祀了他母亲。依照那时候的规矩，祭祀过的酒肉得分给亲人吃。申生就打发人把酒肉送给父亲去。可巧晋献公打猎去了。他一回来，骊姬就向他报告太子申生祭祀了他母亲，有酒肉送来。献公正饿得慌，拿起肉来就要吃。骊姬连忙拦住，说：“从外边拿来的东西可得留点神，别吃坏了肚子。”晋献公听了这话，把已经拿在手里的肉扔给狗。那条狗吃了就死了。

骊姬慌里慌张地说："有这样的事！难道里边有毒药吗？"她又拉了一个小丫头叫她喝酒，小丫头说什么也不喝。骊姬使劲地掐住她的脖子，把酒灌下去。可怜那丫头也给药死了。晋献公一瞧躺在地下的狗跟丫头，他只能睁着眼，张着嘴，不能动弹。只见骊姬浑身哆嗦，发疯似的哭起来："天哪！天哪！谁不知道君位是太子的呢？怎么还要来害我们呢？奚齐！卓子！来呀！干脆咱们娘儿三个吃了这毒药吧！"一边哭，一边来抢酒肉。晋献公连忙把她抱住，说："我早就要治死他，是你哭哭啼啼地给他告饶。这回可不许你再多嘴了。"

晋献公立刻召集了大臣，对他们说："申生造反，该当死罪。"这时候晋国的一班大臣，像狐突、里克、丕郑他们，为了要保全自己的命，都不管朝政了。朝廷里就剩下了一些个"磕头虫"。国君要怎么着就怎么着，谁敢说个"不"字。那个老大臣狐突，尽管不去上朝，倒还关心着朝廷大事。他听了这个消息，赶快派人到曲沃去送信，叫太子快逃。申生接到了信，说："父亲已经上了年纪，只有她能伺候到家。要是我去分辩，她也就没有脸做人了。父亲还受得了吗？"说着，他哭了一场，自杀了。

太子一死，重耳和夷吾知道第二步就要轮到他们哥儿俩了，还是早点逃命吧。晋献公听说他们哥儿俩跑了，就认为他们是跟申生一党的，立刻派人去杀那两个公子。可是夷吾早已跑到梁国（伯爵小国，在今陕西韩城一带），重耳早已跑到蒲城（在今陕西蒲城）去了。那个追赶重耳的叫勃鞮（dī），非常卖力气，一直追到蒲城，赶上重耳，拉住袖子，一刀砍过去。重耳还活得了吗？可是古人的袖子又长又肥也有好处。勃鞮只砍下了重耳的一块袖子，可给他跑了。他一直跑到了他姥姥家狄国。

这么一来，死了一个太子，跑了两个公子，奚齐就做了晋国的太子。公元前651年，晋献公赶不上葵丘大会，垂头丧气地回去，半道上又着了凉，得了病，回到宫里，把奚齐和卓子托付给大臣荀息，就死了。荀息立十一岁的奚齐为国君。里克和丕郑在吊孝的时候把奚齐杀了。荀息不肯罢休，情愿为了他的小主人尽忠。他又立九岁的卓子为国君，里克又杀了卓子和荀息。到了那个时候，骊姬好比竹篮子打水——落了一场空，也自杀了。晋国弄得没有国君，变成个没有人管的国家了。齐桓公已经老了，不能再出来管别人的事。西方的一位国君乘着这个机会出来扩张势力，要做中原的霸主。

唇亡齿寒

那位西方的霸主比齐桓公还有两招儿，气量大，毅力强，什么事都沉得住气。他就是秦国的国君秦穆公。秦穆公一向低着头苦干，也不跟中原诸侯争地盘。他认为要做大事得有人才，单凭一两个人是不顶事的。他就想尽办法搜罗天下人才。还真给他找到了好些个。第一个人物叫百里奚。他和宁戚一样，也是给人家看牛的，秦穆公可请他来当相国。

百里奚是虞国人（虞国，在今山西平陆一带）。三十多岁才娶了个媳妇儿杜氏，生个儿子叫孟明视（孟明视，姓百里，名视，字孟明，所以叫孟明视；中国历史上有不少人就这么连字带名地叫，而不提姓，例如下文的西乞术和白乙丙等）。两口子恩恩爱爱，就是家里贫寒。他打算出去找点事做，可又舍不得媳妇儿和孩子。有一天，杜氏对他说："大丈夫志在四方，怎么能老待在家里呢？你现在年富力强，不出去做事，难道赶到老了才出去吗？家里的事你放心，我也有一双手呢！"百里奚听了他媳妇儿的话，决定第二天就出门。

当天晚上，两口子直聊了大半夜。第二天杜氏预备些酒菜，替男人送行。家里还有一只老母鸡，杜氏把它宰了。可是灶底下连劈柴也没有，杜氏就把破门的门闩当柴火烧。又煮了些小米饭，熬点儿白菜，叫他阔阔气气地吃一顿饱饭。他临走的时候，杜氏抱着小孩儿，拉住男人的袖子，眼泪是再也忍不住了，就抽抽搭搭地说："你要是富贵了，千万别忘了我们娘儿俩。"百里奚也眼泪汪汪地劝了她一番。他离开家乡，到了齐国，想去求见齐襄公，可是没有人给他引见，只好流落他乡，过着困苦的日子。后来他什么都没有了，又害了病，只好要饭过日子。等到他到了宋国，已经四十多岁了。在那边他碰见个隐士叫蹇（jiǎn）叔。两个人一聊，挺对劲，就成了知己朋友。可是蹇叔也不是挺有钱的，百里奚不能跟着他过活，只好在乡下给人家看牛。

后来这两个好朋友跑了好几个地方，想找一条出路，可是怎么也找不到个合适的主人。蹇叔说："大丈夫宁可没有事干，可不能投错了主人，失了节操。要是投靠个坏主人，半途而废，这就是不忠；跟着他一块儿受罪，又是不智。做不成大事，落个不忠不智的名儿，何苦呢？还是回去吧！"百里奚想着他的媳妇儿，打算回到虞国去。蹇叔说："也好，虞国的大夫宫之奇是我的朋友。我也想看看他去。"他们俩就到了虞国。蹇叔去看他朋友，百里奚去看他媳妇儿。百里奚到了本乡，找到了以前的住处。可是他的媳妇儿和孩子哪儿去了呢？问问街坊四邻，全说不知道。也许改嫁了，也许死了。百里奚好像掉了魂似的在门口愣了半天，想起他媳妇儿劈门闩炖母鸡的情形，不由得直掉眼泪。他媳妇儿的声音还挂在他耳朵边："你要是富贵了，千万别忘了我们娘儿俩！"他鼻子里"哼"地苦笑了一声，说："还说富贵呢！"他不能老在那儿站着，就很伤心地走了。

他又去看蹇叔。蹇叔带着他去见大夫宫之奇。宫之奇请他们留在虞国，还说他一定引他们去见虞君。蹇叔摇了摇头，说："虞君爱占小便宜，不像个大人物。"百里奚说："我已经奔忙了这么些年了，就留在这儿吧。"蹇叔叹了一口气，说："这也难怪你，不过我还是回去吧。以后您要想见我，就上鸣鹿村好了。"打这儿起，百里奚跟着宫之奇在虞国做大夫。哪儿知道果然不出蹇叔所料，虞君因为爱占小便宜，连国也亡了。

公元前 655 年（就是齐桓公会合诸侯在首止开会那一年），晋献公派大夫荀息到了虞国，送上一匹千里马和一对最名贵的玉璧，说："虢国（历史上有几个虢国，这里说的是北虢，在今山西平陆一带）老侵犯我们，我们打算跟他们打一阵。贵国可以不可以借给我们一条道儿让我们过去？"虞公只顾玩着玉璧，一会儿又瞧瞧千里马，说："可以，可以！"宫之奇拦住他，说："不行，不行！虢国跟咱们贴得那么近，好像嘴唇跟牙齿一样。俗话说

‘唇亡齿寒’，就因为两个小国相帮相助，还不至于给人家灭了，万一虢国给人家灭了，虞国一定也保不住。”虞公说：“人家晋国送来这无价之宝跟咱们交好，难道咱们连一条道儿都不准人家走走？再说晋国比虢国强上十倍，就算失了一个小国，可是交上了一个大国，还不好吗？”宫之奇还想再说几句，倒给百里奚拉住了。宫之奇退了出来，对百里奚说：“你不帮我说话也就罢了，怎么还拦着我呢？”百里奚说：“跟糊涂人说好话就好像把珍珠扔在道儿上。”宫之奇知道虞国一定灭亡，就偷偷地带着家小跑了。

晋献公派大将里克带领大军经过虞国灭了虢国。回头一顺手把虞国也灭了，取回了千里马和玉璧。虞公和百里奚都做了俘虏。虞公后悔万分，对百里奚说：“当初你为什么不拦拦我呢？”百里奚说：“宫之奇说的您都不听，难道您能听我的？那时候我不说什么，就为的是今天可以跟着您哪！”

晋献公给了虞公一所房子，另外送他一辆车马和一对玉璧给他玩玩，说：“我可不能白白地借你的道儿。”晋献公还要重用百里奚。百里奚宁可做俘虏，也不愿在敌国做官。

五张羊皮

就在那一年（公元前655年，周惠王二十二年，齐桓公三十一年，晋献公二十二年，秦穆公五年，楚成王十七年），秦穆公派公子絷（zhí）到晋国去求婚。晋献公答应把大女儿（就是申生的妹妹）嫁给他。他还要送几个人过去，作为陪嫁的奴仆。有人说："百里奚不愿意做官，不如拿他做个陪嫁的奴仆吧！"晋献公就叫百里奚跟着公子絷和别的陪嫁的奴仆一同到秦国去。百里奚只好自叹命苦。半道上人家一不留神，他就偷偷地跑了。东奔西逃，一点准主意也没有。后来居然到了楚国。楚国人把他当作奸细，绑起来了。他们问："你是干什么的？"他说："还提呢？我是虞国人，亡了国，逃难出来的。哪儿还做什么奸细呢？"大伙儿一瞧他上了年纪，又挺老实，就问他："你是干什么营生的？"他说："看牛的。"他们就叫他看牛。他也不推辞，就看起牛来了。他居然真有看牛的本领，他看管的牛慢慢地都比别人的牛强。楚国人给他起个外号叫"看牛大王"。看牛大王出了名，连楚成王也知道了，就叫他到南海去看马。

当初公子絷以为跑了个老奴仆，算不了什么，一路回来没把这事搁在心里。有一天，他瞧见一个大汉在地里干活。他那锄头比别人的大好几倍，往地下一锄，就进去一尺来深。公子絷越看越有意思。他叫手下的人拿那锄头来瞧瞧。嗬！手下的人拿都拿不动。公子絷问那个大汉："你叫什么？

我带你到秦国去好不好？”那个大汉说：“我叫公孙枝，晋国人。您能引见，那太好了。”公子絷就带他去见秦穆公。

秦穆公结了婚。他瞧见名单上有百里奚的名字，就问公子絷：“怎么没有这个人呢？”公子絷说：“他是虞国人，是个亡国的大夫，跑了。”秦穆公回头问公孙枝：“你在晋国知道不知道他是怎么样的一个人？”公孙枝说：“他是挺有本领的，可惜英雄无用武之地。”秦穆公一听又是一位英雄，就派人去打听百里奚的下落。后来居然给他们打听着了。百里奚原来在楚国看马呢。秦穆公就要送厚礼给楚成王，请他派人把百里奚送回来。公孙枝说：“这可千万使不得。楚国人叫他看马是因为还不知道他有多大的能耐。要是主公这么去请他，分明是告诉楚王去重用他，还能放他到这儿来吗？”秦穆公就依照当时一般奴隶的价钱，派人带了五张羊皮去见楚成王，说：“我们有个奴隶叫百里奚，他犯了法，躲在贵国。请让我们把他赎回去，办他的罪，免得叫别的奴隶学他的样儿。”楚成王叫人把百里奚逮住，装上囚车，交给秦国派去的人。

百里奚一到秦国，就有公孙枝来迎接他。秦穆公一瞧是个白头发的老头子，问他有多大岁数了。他说：“我才七十。”秦穆公叹了一口气，说：“唉！可惜老了！”百里奚可不服气，他说：“主公要是叫我去打老虎，我是老了。要是叫我坐下来商议朝廷大事，那我比姜太公还小十岁呢！”秦穆公觉得他的话也有道理，就跟他聊聊富国强兵的大道理。想不到越聊越对劲，越觉得他是个了不起的人物。一连聊了三天，就要请他当相国。百里奚可不答应。他说：“我算什么？我的朋友蹇叔比我强得多！主公真要搜罗人才，最好把他请来。”秦穆公见了百里奚，就觉得他是万里挑一的能人，非常信任他。现在听说还有比他更能干的人，怎么能轻易放过呢？他立刻叫百里奚写信，派公子絷上鸣鹿村去迎接蹇叔。

蹇叔可真不愿意出去做官，直急得公子絷跟什么似的。他说：“要是先生不去，恐怕百里奚也不会一个人留在秦国。”蹇叔皱了皱眉头，过了一会儿，叹了一口气，说：“百里奚有才能，一向没有地方去使，现在找到个好主人，我得成全他。”回头对公子絷说：“好吧，我就为了他走一趟吧。可是以后我还得回来种我的地。”公子絷又跟蹇叔的儿子西乞术和白乙丙聊了一会儿，觉得他们也是了不起的人物，就请他们一块儿到秦国去。蹇叔也答应了。

公子絷带着蹇叔和他两个儿子见了秦穆公。秦穆公问蹇叔怎么样才能够做个开明的君主。蹇叔一条一条地说了出来，乐得秦穆公连晚饭也忘了吃了。第二天，秦穆公就拜蹇叔为右相，百里奚为左相，西乞术、白乙丙为大夫。这样一来，秦国新得了五位能人——蹇叔、百里奚、公孙枝、西乞术、白乙丙。没有几天又来了个勇士，就是百里奚的儿子孟明视。

原来百里奚的媳妇儿自从她男人走了以后，靠着双手凑合着过日子。后来碰上荒年，只好带着儿子去逃荒。也不知道受了多少磨难，末了到了秦国，给人家缝缝洗洗，娘儿俩过着苦日子。没想到孟明视长大成人，不好好地干活，就喜欢跟着一群小伙子使枪弄棒，反倒叫上了岁数的娘去养活他。有一天，孟明视听那群小伙子说："我们的国君用了两个老头儿做相国，已经够有意思了。最新鲜的是一个叫百里奚的相国，说是用五张羊皮买来的，真是听也没听说过。"孟明视一听，心想："也许是我爸爸吧。"回来告诉了他妈。杜氏也起了疑，想尽了法子到"五羊皮"的相府里去洗衣裳。手底下的人见她做事利落，都挺喜欢她。可是她哪儿能见得到相国呢？有一天，百里奚在家里请客，乐工在堂下作乐，有的弹琴，有的唱歌，挺热闹。杜氏在大厅外头，想瞧瞧这位相国。相府里头的人知道她是洗衣裳的老妈子，也不去管她。她瞧了一会儿，觉得这位老头儿有几分像她的男人，可也瞧不准。她瞧见一个弹琴的出来，就挺小心地跟他探听了一下，又说："我从小也弹过琴，让我弹弹，行不行？"乐工起了好奇心，就把琴交给她。她拿过来一弹，居然跟乐工差不了多少。他们高兴极了，叫她唱个歌儿。她说："好吧！不过得请示相国。"百里奚正在兴头上，顺口答应了。杜氏对相国跟来宾行了礼，唱了起来：

百里奚，
五羊皮，
可记得——
熬白菜，煮小米，
灶下没柴火，
劈了门闩炖母鸡？
今天富贵了，
扔了儿子忘了妻！

百里奚听得愣住了，叫过来一问，果然是自己的媳妇儿杜氏。他也不顾别人，抱着她哭起来了。两口子一伤心，引出了大伙儿的眼泪。秦穆公听说他们夫妻父子相会，特意赏给他们不少东西。又听说孟明视武艺高强，就拜他为大夫，和公孙枝、西乞术、白乙丙共同管理军事。

秦国搜罗人才，操练兵马，开发富源，努力生产，国家越来越强。可是邻近的姜戎还不断地来侵犯边疆。秦穆公就叫孟明视他们发兵去征伐，把姜戎打得远远地逃走了。秦国占有了今天甘肃敦煌一带的土地。西戎的头子赤斑，听到姜戎给秦国打败了，就打发他的臣下由余聘问秦国，去看看秦穆公到底是怎么样的一个国君。百里奚、公孙枝他们都知道由余原来是晋国数一数二的人才，晋君不能用他，才给西戎用了去。秦穆公一心要留住他，就好好地招待他，还叫蹇叔、百里奚、公孙枝他们轮流做伴，一面不断地请客，一面预备了一些能歌能舞的美人儿，派人送给赤斑，算是回报他来聘问的好意。把由余留了一年，才让他回去。赤斑疑心由余跟秦国私通，就不像以前那么重用他了。再说赤斑自从得了美人儿以后，整天躲在后宫，不理朝政，由余苦口婆心地劝告了几回，更叫他讨厌。秦穆公暗地里派人去把由余请来。由余就这么做了秦国的大臣，跟着蹇叔、百里奚共同帮助秦穆公管理朝政。

立个坏的

秦穆公的夫人穆姬是晋献公的女儿，太子申生的妹妹。她怕自己的父母之邦灭亡，天天催着秦穆公去帮帮晋国。秦穆公派公子縶去向晋公子重耳和夷吾吊唁（yàn）。公子縶到了狄国，对重耳说："丧事得赶快办，时机万不可失。公子您怎么不趁着机会打算打算呢？"重耳说："父亲刚过世，做儿子的只感到悲痛，哪儿还敢有什么妄想，丢先人的脸。"他流着眼泪谢过使者和秦伯吊唁的好意，别的话什么也没说。公子縶接着到了梁国向夷吾去吊唁，跟他说了同样的话。夷吾没哭，他私底下对公子縶说："敝国的大臣里克已经答应帮助我，我答应给他上等田地一百万亩。丕郑也答应帮助我，我答应给他七十万亩。要是你们的国君肯帮助我回到晋国去即位，我愿意把河外五座城作为谢礼。另外还有黄金四十镒（二十四两为一镒），洁白的玉佩六双，这些不敢奉给公子，只是送给公子左右的一点儿小意思罢了。"

公子縶回去向秦穆公照实报告了。秦穆公说："重耳是正派人，他心眼儿好。可是咱们该不该帮助他呢？"公子縶说："为了秦国的利益，不如立个坏的。立了这种人做国君，他一定会把国家弄糟，咱们从中可以得到好处。"秦穆公同意公子縶的看法。同时，他又得到了一个消息，说齐桓公也答应立夷吾为国君。他就打发百里奚、公孙枝，带领兵马帮助夷吾回到晋国去。

他们到了晋国，可巧齐桓公也派隰朋带领着诸侯的兵马到了，就共同立夷吾为国君，就是晋惠公。晋惠公夷吾谢了秦国和齐国的将士，打发他们回去。公孙枝则留在那儿，预备接收河外那五座城。晋惠公对大臣们说："当初因为不能回来，晋国的土地还是别人的，所以我做了人情。如今我已经做了国君，怎么能把自个儿的土地白白送给人家呢？"大臣里克说："主公刚即位，不可失信。"大将郤芮（xì ruì）奉承新君，反对里克，说："话可不能这么说呀！先君千辛万苦，南征北战，才得到几座城。现在一送，就是五座！晋国能送几回呀？"郤芮一派的人都说："咱们自己的土地说什么也不能送！"里克说："既然知道不能送，当初为什么许人家呢？"晋惠公说："有什么两全的办法没有？"里克还想再说下去，丕郑在后边直拉他。他只好不说了。晋惠公给秦穆公写了一封信，大意是说："我本来打算把城交给您，可是大臣们都不同意，我一时也没有办法。请您把这件事儿先搁一搁，以后再说吧！"写好了信，他派丕郑到秦国去。

秦穆公看了那封信，很生气地说："夷吾这小子忘恩负义，说了不算，简直不配当国君！"丕郑私底下对秦穆公说："晋国人都愿意立公子重耳当国君。您立了夷吾，都挺失望的。这回他跟您失信，全是吕省和郤芮的主意。请您照顾晋国的老百姓，再出个主意。"秦穆公点了点头，写了一封回信，打发大夫泠（líng）至跟着丕郑到晋国去。

丕郑带着泠至到了晋国的边界，就听说里克给晋惠公夷吾杀了。丕郑一想："里克杀了奚齐和卓子，夷吾这才做了国君。按说里克的功劳可不小哇。怎么反倒给他杀了呢？"心里起了疑，不敢进城。可巧在城外碰见了大夫共华，丕郑就好比半夜里迷路的人瞧见了灯光似的急忙拉住他的手，详细问他国内的事。共华说："那天里克反对主公和吕省、郤芮，分明是说公道话。他们却把他看成是公子重耳的一党，说他成心反对国君。主公就命令郤芮把里克杀了。"丕郑问："凭什么罪名呢？"共华一边撇嘴，一边说："凭什么！他说，'没有你，我做不了国君，我不能忘了你的功劳；可是你杀了两个国君，一个大夫，现在我做你的国君也太不容易了！'这就是里克的罪名。"丕郑愣了一愣，说："他杀了里克，咱们也跑不了。我还是逃到秦国去吧！"共华很天真地说："这倒用不着。站在里克这边的人多着呢！可是国君只杀了一个里克，别人全没有事。您要是不回去，反倒叫他们把

秦穆公任好

您看成是公子重耳的一党了。”丕郑只好硬着头皮，带着秦国的使臣泠至，回到朝廷。泠至把那封回信呈上去，晋惠公一瞧，上面写的大意是：

晋秦二国，本是亲戚。城在晋国如在秦国。贵国大臣不愿交城，正是他们的忠心，我也不愿辜负他们的好意。但愿贵国上下一心，好自为之，于我亦有光荣。贵国大夫吕省、郤芮，才能出众，令人钦佩。可否请他们二位来敝国一行，以便请教一二。

晋惠公就打算叫那两位大夫到秦国去。郤芮私下里对吕省说：“秦国待咱们太好了。我想不能这样。里克和丕郑原来是一党。咱们杀了里克，他还能跟咱们合得来吗？这里头准有鬼。咱们得留点神。”他们俩就把这个意思偷偷地告诉了晋惠公。晋惠公也疑心起来了。一面打发泠至先回去，对他说：“敝国现在还没安定下来，过几天等我们这两个大夫一有空儿，就去拜访贵国。”一面叫吕省和郤芮监视着丕郑。

丕郑原来是向着公子重耳的。这回又看到晋惠公夷吾杀害大臣，就更恨他了。他偷偷地约了八位大臣，暗地里商量着要轰走夷吾去迎接公子重耳。有一天，丕郑正要睡觉的时候，有个将军叫屠岸夷的（屠岸，姓；夷，名）来叫门，说是有重要的事情来求见大夫。丕郑叫人对他说：“睡了，有话明儿再说。”屠岸夷不走，差不多快到半夜了，还在门口站着。丕郑只好把他让进来。

屠岸夷一瞧见丕郑，就跪下，说：“大夫救救我！”丕郑问他什么事。他说：“新君怪我当初帮助里克杀了卓子，现在他要杀我了！”丕郑说：“你怎么不去找吕省、郤芮他们呢？”屠岸夷说：“唉！别提了！杀里克的还不是他们吗？现在主公要杀我也是他们的主意。我恨不得吃他们的肉，喝他们的血，还说得上去找他们吗？”丕郑不信。他琢磨着：“说不定他是吕省他们派来套我的话呢！”他就说：“你说怎么办？”屠岸夷站起来，说：“晋国的人哪一个不向着公子重耳！就拿秦国来说吧，因为夷吾说了不算，也想立公子重耳。要是您能写上一封信，我立刻就到公子重耳那边去，请他会合秦国和狄人的兵马打进来。咱们在里头会合公子重耳和太子申生的一批大臣，里外夹攻。先砍了吕省和郤芮两个狗头，再把夷吾轰出去，立公子重耳为国君。这是上合天意，下合民心的大事。大夫您要是能这样办，不但救了我的命，也救了晋国人的命啊！”丕郑冷笑了一声，说：“嗬！你倒说得好听！这是谁教给你的？你们想想我能信吗？”屠岸夷受了委屈，立刻咬破中指，鲜血直流，对天起誓，说：“老天爷在上，我要是三心二意，叫我不得好死。”弄得丕郑不得不信，就对他说：“好！明儿晚上三更天再来商量吧！”

到了第二天晚上，屠岸夷很小心地又到了丕郑家里。到会的一共有十位大臣。大伙儿商量好了，写了一封公信。丕郑、共华、屠岸夷等十位大臣全都签了字。丕郑把信交给屠岸夷，嘱咐他千万小心，赶快去送给公子重耳。屠岸夷恭恭敬敬地把那封信藏在贴身的地方，向大伙儿拱了拱手，连夜动身走了。大伙儿见了屠岸夷这么热心，全挺满意。回家没睡多大一会儿，就是上朝的时候了。他们好像没有事似的到了朝房，和吕省、郤芮他们还像平常似的敷衍着。没有多大工夫，晋惠公上殿了。大臣们行了礼。晋惠公就问丕郑：“你们为什么要去迎接公子重耳？”丕郑一听，可就愣了，心想：“糟了！”郤芮大声地说：“你们做的好事，哼！”说着就掏出那封信来，把里边签字的人一个一个地全念出来，就是没念着屠岸夷。九位反对夷吾的大臣全都一网打尽。武士们把那九位大臣全杀了。就为了这件事，屠岸夷升了官，得了赏。

丕郑的儿子丕豹得到了这个消息，连忙跑到秦国向秦穆公哭着告诉夷吾乱杀大臣的惨劲儿，还求他去征伐晋国。秦穆公一面安慰着丕豹，一面问大臣们：“这事该怎么办？”蹇叔说：“咱们可不能单听丕豹这两句话就去打晋国。”百里奚说：“夷吾这么下去，晋国人一定不服，也许要出事。到那时候，咱们再打过去也不迟。”秦穆公就把丕豹留下，拜他为大夫，再等着合适的时候去攻打晋国。

那些反对夷吾的大臣，杀的杀，跑的跑，夷吾的国君还真给他做下去了。可是接连几年年成都不好，老百姓没有法子活下去。到了第四年，就是公元前 647 年，晋国闹着从来没见过的大灾荒，什么庄稼都没有收成，国内眼看着要乱了。秦国要打晋国，这可是个时候了。

荒年买粮

晋国闹着这样的灾荒，国内没有粮食，晋惠公夷吾打算派人上各国去买粮食。郤芮说："秦国离咱们这儿顶近，倒不如上那儿去。"晋惠公说："咱们河外的五座城还没给人家，人家还能给咱们粮食？"郤芮说："咱们先去试一试。要是他们不答应，就是跟咱们绝交，咱们可就有话说了。"晋惠公就打发使臣上秦国去。

秦穆公听了晋国使臣的话，召集大臣们商量起来。他说："晋国许下咱们五座城，到现在还没交割。今年他们有了饥荒，派人来买粮食。咱们答应不答应呢？"丕豹说："请别答应。他们没有粮食，咱们正好趁这个时候打过去！"公孙枝说："人家没有粮食，还是帮助帮助的好。"蹇叔、百里奚都说："天灾流行，哪一国能免得了？救济灾荒，帮助邻国，是好事情。"丕豹想起他父亲的仇，可真沉不住气了，他说："夷吾是个昏君。天有眼睛，给他们灾难。咱们立刻打过去才是呀。"由余说："人家正遭难，还要打过去，太不合理了。"秦穆公说："得罪咱们的是晋国的国君，遭难的是晋国老百姓。咱们怎么能够为了一个国君的不是，让老百姓受罪下去呢？"蹇叔听了，用眼角瞧了瞧百里奚，好像告诉他，说："行了！我不回鸣鹿村去了。"

秦穆公派了不少人，把大批的粮食送到晋国去。渭水、黄河、汾水这儿条河里前前后后接连着全是运粮的大船。晋国千千万万老百姓的命全在这些船上呢。晋国老百姓编了些小曲儿，大伙儿唱着。吃饭的时候，一想起秦国的好处，也会不知不觉地哼上两句。

说起来也真怪，第二年（公元前 646 年），秦国遭了大饥荒，晋国倒是五谷丰收。秦穆公对大臣们说："幸亏去年咱们帮助了晋国。要不然，现在哪儿有脸向人家买粮食呢？可真是好心有好报！"大伙儿全都佩服秦穆公有先见之明。可是丕豹说："夷吾只贪便宜，不讲信义，咱们跟他买粮食，他准不卖。"秦穆公可不这么想，他就派泠至到晋国去买粮食。

泠至见了晋惠公，说了买粮的事。晋惠公请他先歇一歇，自己同吕省、郤芮等一班人商量这件事。他们都认为上回秦国送粮食来，那是他们错了一着。咱们可不能像他们那么傻。有的说："不如趁着秦国正闹饥荒，咱们约上梁国打过去。就算灭不了它，多少也弄它几座城。"有几个大臣劝晋惠公别这么干，可是"胳膊拧不过大腿"，说了还是没用。晋惠公就回答泠至，说："敝国一连好几年闹灾荒，今年收成虽说好点儿，也只能凑合着过，还没有力量帮助人家。"泠至说："晋国跟秦国本来是亲戚，我们也不提那五座城。再说去年还把大批的粮食送了过来。我们有了灾难，您要是不帮帮忙，您说我回去怎么交代呢？"吕省和郤芮大声骂着说："上回你跟丕郑来，打算谋害我们，幸亏给我们看破了，总算没上你们的套儿。如今你又干什么来着？回去对你们的国君说，要拿晋国的粮食，也行，得派大军来！"泠至碰了钉子，垂头丧气地回去了。

秦穆公和大臣们听说晋国不但不帮忙，还打算来侵犯，大伙儿气得咬牙切齿，都要跟晋国见个上下高低。

公元前 645 年（周襄王七年，齐桓公四十一年，秦穆公十五年，晋惠公六年，楚成王二十七年），秦穆公听到晋惠公真发兵打过来了，就叫蹇叔、由余帮助太子管理国内的事情，孟明视镇守边界，防备西戎，丕豹做先锋，公孙枝率领右军，公子絷率领左军，自己带领着百里奚、西乞术、白乙丙，统领中军，发出四百辆兵车，浩浩荡荡地向晋国打过去。到了韩原（晋地名，在今陕西韩城市西南），晋国发出六百辆兵车去迎敌。晋惠公派人去说："鄙人早就等着你们了。你们能退兵的话，最好；要是不退的话，那就算我要退，将士们可也不能答应啊！"秦穆公冷笑着说："这小子可真狂啊！"就叫公孙枝去告诉他，说："你要当国君，我立你当了国君；

你要粮食，我给了你粮食，现在你要打仗了，我怎么能不答应呢？”

秦穆公对将士们说：“晋国以怨报德，欺负咱们到了极点了。要是天下还有公理的话，咱们一定能打胜仗。”两边一交手，一队一队的兵马对打起来了。秦穆公的一队跟晋国的大将韩简的一队对打；白乙丙的一队跟屠岸夷的一队对打；公孙枝的一队跟晋惠公的一队对打。公孙枝，就是当初使大锄头锄地的那位大力士，大声嚷嚷着说：“会打仗的一齐上来！”好像半空中打了一个响雷，吓得那边的士兵捂着耳朵，差点儿摔倒。

晋惠公车上套着的四匹很漂亮的新马，没上过战场，给公孙枝一声嚷，吓得连蹦带跳，把晋惠公拉到烂泥塘里去了。拿鞭子怎么打，它们也起不来。可秦国的士兵还没把这儿的晋惠公围住，那边的秦穆公倒先给晋国的士兵围住了。秦穆公这一队的西乞术给韩简打坏了，白乙丙给屠岸夷挡住了。四周围全是晋国人，眼看着秦穆公就要给韩简逮住了。他叹了一口气，说：“唉！我今天反倒要做晋国的俘虏了。”正在要命的时候，突然来了一队勇士，有三百多人。秦穆公睁眼一瞧，见他们披头散发，身上穿着破衣裳，脚上穿着草鞋，手里抡着斧子，就好像是混世魔王一般，没头没脑地乱杀乱砍，把晋国的人马杀得七零八落，东逃西跑。逃得快的兴许有命，慢点儿的就别想再跑了。这三百多个勇士杀散了晋国的兵马，救出了秦穆公和西乞术，再跟着秦国的大军追上去，杀得晋国的人马十停里只剩下三停，连晋惠公和大将韩简也都做了俘虏。

那三百多人一齐回到了秦国的兵营，向秦穆公磕头。秦穆公问他们：“你们是哪儿来的？怎么能为我这么拼命？”其中有个带头的回答说：“主公忘了吗？我们全是偷马的大老粗哇！”原来秦穆公有一回正在梁山（在今陕西岐山）上打猎，晚上短了几匹马。第二天有几个士兵在山坳（ào）里瞧见几百个乡下人正在那儿大吃马肉。他们立刻向秦穆公报告，请他派一队兵马去剿灭。秦穆公说：“算了吧！马已经宰了，现在再去逮他们，反倒叫人家说我为了几匹马屠杀老百姓。”他索性叫小兵送几坛子好酒给他们，告诉他们，说：“主公说了，你们吃的是好马。吃了这么油腻的东西，不喝点酒，不消化。主公怕你们伤了身子，赏给你们几坛子酒喝。”这些老粗听了，都跪下去磕头认罪。打这儿起，他们天天惦记着国君。这回听说国君亲自出马去跟晋国打仗，他们就赶到战场上来了。可巧碰见秦穆公给敌人包围，他们不顾死活，把他救了出来。秦穆公一听说是偷马的，就叹了一口气，说：“唉！老百姓这么有义气，夷吾这小子倒这么待我，真不知道还有没有心肝！”公孙枝指着他逮来的俘虏，说：“主公要知道他有没有心肝，回去把他宰了瞧瞧就知道了！”到这个时候，夷吾只好耷拉着脑袋流眼泪。

秦穆公请那三百多人做官。他们说：“我们就会种地，不会做官。”秦穆公只好叫人拿出不少金银财宝赏给他们，他们也不要，只拿着自己的斧子回梁山去了。

秦穆公点了点将士，不见了白乙丙，连忙派人去找。还真找到了。瞧见他跟屠岸夷两个人互相扭着，躺在山坡下，还没断气，可是已经跟死人差不了多少。秦穆公先派人给白乙丙送回去医治。当时就把屠岸夷杀了。

秦国人打了胜仗，押着晋国的君臣一同回来。到了城外，就瞧见一群穿孝衣的宫女和内侍。秦穆公吓了一大跳，问他们：“谁死了？”其中有个宫女说：“夫人（秦穆公夫人，夷吾的异母姐姐）听说晋国的君主给秦国拿住了，心里挺难受。她在花园里搭了一座台，台底下堆满了柴火，自己坐在台上，叫我们穿着孝衣来回禀主公，秦晋两国失了和气，真是不幸。晋侯给您拿住了，夫人也没有脸再见主公。晋侯什么时候带进城，夫人只好什么时候自杀。主公能饶了他，那就是饶了夫人，请主公原谅。”秦穆公搔了搔耳朵，待了一会儿对他们说：“你们快回去，对夫人说，我一定放他回去，请夫人放心。”

秦穆公把晋国的君臣留在城外。他们认了错，再三恳求秦穆公重新和好。结果是：晋国交割了当初许下的河外五座城，又叫太子圉（yǔ）到秦国做抵押，秦国这才放了晋国的君臣回去。

送块土疙瘩

晋惠公夷吾留在秦国两个多月，就怕公子重耳趁着这个机会去抢君位。现在回到了晋国一瞧，还能平安无事，这才放了心。郤芮说："重耳在外头终究是个后患。主公要保住君位，最好去把他杀了。"晋惠公就打发勃鞮再去行刺。

当初重耳给勃鞮砍断了袖子，跑到他姥姥家狄国，就在那边住下了。晋国有才能的人大多数跑出来去跟着他。其中顶出名的有狐毛、狐偃、赵衰（cuī）、胥臣、魏犨（chōu）、狐射（yè）姑（狐偃的儿子）、颠颉（xié）、介子推、先轸（zhěn）等。他们住在狄国，差不多有十二年光景。大伙儿全娶了媳妇儿成了家。重耳娶了个赤狄的女子叫季隗（wěi）。赵衰娶的是季隗的姐姐叔隗。两个人全都有了儿子，看那样子也能太太平平地住下去了。有一天，狐毛、狐偃接到父亲狐突（重耳的舅舅）的信，上边写着："主公叫勃鞮三天之内来刺公子。"他们赶快去通知重耳，重耳跟大伙儿商量逃到哪儿去。狐偃说："还是上齐国去吧。齐侯虽说老了，他终究是霸主。最近齐国又死了几个老大臣，他正需要人。公子去投奔他，正是时候。"

那天晚上，重耳跟他媳妇儿季隗说："夷吾派人来行刺，我只好逃到别国去，也许到秦国，也许到楚国。只要我有了大国的帮助，将来总能回到本国去的。你好好地养活两个孩子。要是过了二十五年，我还不能来接你，那你就另嫁别人吧。”季隗哭哭啼啼地说：“男子汉志在四方，你只管去。可是我现在就二十五了，再过二十五年哪，差不多也离死不远了。就说不死，五十岁的老婆子嫁给谁去？你不必担心，我等着你就是了。”

到了第二天，重耳叫那管庶务的仆人叫头须的，赶紧收拾行李，打算晚上动身。就瞧见狐毛、狐偃慌慌张张地跑来，报告说：“我父亲又来了个急信，说勃鞮提早一天赶来了。”重耳听了，急得回头就跑，好像刺客已经跟在身后似的，也不去通知别人。他跑了一程子，跟着他的那班人前前后后全到了。那个平时管车马的壶叔，也赶了一辆车马来了，就差一个头须。这可怎么办？行李、盘缠在他那儿，别人什么都没带。赵衰最后赶上，说：“听说头须拿着东西、钱财跑了。”头须这一跑，累得重耳这一帮人更苦了。

这一帮“难民”一心要到齐国去，可得先经过卫国。卫文公毁为了当初诸侯建造楚丘的时候，晋国并没帮忙，再说重耳是个倒霉的公子，何必去招待他呢！就嘱咐管城门的不许外人进城。重耳和大伙儿气得直冒火儿，可是有难的人还能怎么样。他们只好绕了个大圈子过去。一路走着，一路饿着肚子。到了一个地方，叫五鹿（卫地，在今河南濮阳市南），就瞧见几个庄稼人正蹲在地头上吃饭。那边是一大口一大口地吃，这边是咕噜咕噜地肚子直叫。重耳叫狐偃去跟他们要点儿。他们笑着说：“哟！老爷们还向我们小百姓要饭吗？我们要是少吃一口，锄头就拿不起来，锄头拿不起来，就更没有吃的了。”其中有一个庄稼人开玩笑，说：“怪可怜的，给他一点儿吧！”说着就拿起一块土疙瘩，嘻嘻哈哈地送了过去，嘴里说：“这一块好吗？”魏犨是个火绒子脑袋——沾火就着，一瞧那个人拿他们开心，火儿就上来了，嚷嚷着要揍他们一顿。重耳也生了气，嘴里不说什么，心里可向魏犨点了头。狐偃连忙拦住魏犨，接过那块土疙瘩来，安慰公子，说：“要打算弄点粮食到底不算太难，要弄块土地可不容易。老百姓送上土来，这不是一个吉兆吗？”重耳也只好这么下了台阶，苦笑着向前走去。

又走了十几里，缺粮短草，人困马乏，真不能再走了。大伙儿只好叫车站住，卸了马，放放牲口，坐在大树底下歇歇乏儿。重耳更没有力气，就躺下了，头枕在狐毛的大腿上。剩下的人掐了一些野菜，煮了些野菜汤。自己还不敢吃，先给重耳送去。重耳尝了尝，皱着眉头，又还给他们。他哪儿喝得下去这号东西呢？狐毛说：“赵衰还带着一竹筒的稀饭，怎么他又落在后面了？”魏犨撇了撇嘴，说：“别提了！一筒稀饭，他自个儿也不够吃，还留给我们才怪呢。”正在这儿没有主意的时候，介子推拿来了一碗肉汤，捧给重耳。重耳一尝，这滋味还算不错，吃得连碗底也给舔了个一干二净。吃完了，才问介子推，说：“你这肉汤哪儿来的？”介子推说：“是我大腿上割下来的。”大伙儿一听，你瞧瞧我、我看看你，都觉得这可太难了。重耳流着眼泪，说：“这……这是怎么说的……我……我可怎么对得起你呀！”介子推说：“但愿公子回国，做一番事业就是了。我这一点疼算什么呢？”这时候赵衰也赶到了。他说：“脚底下全起了大泡，走得太慢了！”说着，把一竹筒的稀饭奉给重耳。重耳说：“你吃吧！”赵衰哪儿能依。他拿点水和在稀饭里，分给大伙儿，每人来一口。狐毛向魏犨眨了眨眼，魏犨低着头，当作没瞧见。

重耳和大伙儿就这么有一顿没一顿地到了齐国。齐桓公大摆筵席给他们接风。他问重耳，说：“宝眷带来了没有？”重耳说：“逃难的人自顾不暇，哪儿还能带着她们呢？”齐桓公就挑了一个本家的姑娘嫁给重耳，又送给他二十辆车，八十匹马，不少房子，叫每一个跟随公子的人全有车有马，又有屋子，还派人给他们预备饭食。重耳非常感激，跟大伙儿说：“耳闻不如眼见，齐侯可真是个霸主。”大伙儿全都钦佩齐桓公那个大方、豪爽的派头。

五公子抢位

齐桓公本来是个很能干的人，不但把齐国治理得挺不错，还能帮助别的诸侯。可是他也犯了古时候王公贵族媳妇儿太多的毛病。他娶了十几个太太，生了十几个儿子。其中比较有势力的有五个，就是公子无亏、公子元、公子昭、公子潘、公子商人。他们都不是“一奶同胞”，没有一个是齐桓公的正夫人生的。每个公子的母亲都要求丈夫立她的儿子为太子。老头子为了讨好，也就迷里迷糊地瞎敷衍着。不过在这许多太太当中，卫姬伺候他最长久，再说她的儿子无亏是长子，齐桓公就答应卫姬立无亏为太子。从前他跟管仲提过这件事，说：“论岁数，无亏最大，论能力，昭儿最强。”管仲说过：既然全不是正夫人生的，不妨把君位传给最有才能的一位。要打算保住霸业，更非有个贤明的国君不可。因此，在葵丘开会的时候，齐桓公和管仲当面托付宋襄公帮助公子昭，将来立他做国君。公子昭就这么做了太子。可是齐桓公最心爱的三个臣下，叫作竖刁、易牙、开方的，都不向着公子昭。竖刁和易牙帮着长子无亏。开方和公子潘交好。公子元和公子商人连成一党。剩下的几个公子都觉得自个儿势力小，倒也不去瞎争。不过这五个公子已经够瞧的了。“清官难断家务事”，连管仲也没法办。他临死的时候（公元前645年），就劝过齐桓公别跟竖刁、易牙、开方这三个人接近，省得他们利用公子来扰乱齐国。

齐桓公可真喜爱他们三个人，还在管仲面前替他们辩护，说："先说易牙吧，他听见我说了一句'可不知道人肉是什么滋味儿'，就把自己的孩子杀了，煮了给我吃。他这样爱我不是过于爱自己的骨肉吗？竖刁为了要伺候我，自愿地受了宫刑。他爱我不是过于爱他自己的身子吗？卫公子开方（卫懿公的儿子）连太子的地位也不要，来伺候我，父母死了也不回去。他爱我不是过于爱他自己的父母吗？他们这份忠心可真难得。你怎么叫我不理他们呢？"管仲说："爱儿子、爱身子、爱父母都是天性。他们连自己的骨肉也忍心杀害，自己的身子也不爱惜，自己的父母也不尊敬，还能爱别人吗？他们亲近主公是另有贪图的。请主公听我最后的一句话，这种人万万近不得！"他又叹了一口气，说："唉！可惜宁戚死了。"

管仲死了以后，隰朋、鲍叔牙也都接连着死了。齐桓公是个能人，可是全仗着管仲做他的助手，发挥了他的长处，干了一番事业。赶到管仲一死，好像短了一只胳膊。再说他又上了年纪，就慢慢地懒起来了，把国家大事全交给了竖刁、易牙、开方三个人去看着办，自己就好像躺在火炉旁边的老猫似的伸伸懒腰，打打哈欠，迷迷糊糊地连叫也懒得叫一声了。

公元前643年，七十三岁的霸主齐桓公害了重病。竖刁、易牙、公子无亏、卫姬这一批人抓住时机，派武士把守宫门，就说国君要清静，不许任何人进宫问安。过了三天，竖刁、易牙把伺候病人的底下人，不论男女，一概轰走。卧室的四周完全关结实了，就留着一个很大的"狗洞"。每到夜里派个小丫头钻进去探听探听生死信儿。平时不许有人出入，就让齐桓公一个人躺着。齐桓公叫这个喊那个，没有人答应。这时候他跟外边完全隔绝了。他只好瞧着"狗洞"，他的指望全在这儿了。就是一只狗、一只猫、一只耗子，多少也能叫他有点安慰。可是整个屋子静得比死还可怕。他愣愣怔怔地瞧着"狗洞"，那"狗洞"也愣愣怔怔地瞧着他。他瞧得头晕眼花，就闭上眼睛，休息一会儿。

他正闭着眼休息，忽然打"狗洞"里钻进一个宫女来。齐桓公一愣，问她："你是谁？"她说："我是主公的小丫头晏蛾！"齐桓公睁开眼睛仔细一瞧，说："哦！原来是你。我肚子饿得慌，你去给我弄点稀粥来。"晏蛾说："哪儿有稀粥哇！"齐桓公说："热水也行，我正渴着呢！"她说："没法拿来。"齐桓公说："为什么？"她说："竖刁、易牙造反，叫武士们把守宫门，内外不通信儿。我冒充探听主公生死的人，才混了进来。"齐桓公说："公子昭在哪儿呢？”晏蛾说：“给他们挡在外头，不许进宫。”齐桓公流着眼泪，叹着气，说：“天哪！天哪！我小白就要这么死去吗？”接着吐了几口血。晏蛾不住地替他揉胸口。齐桓公哆哆嗦嗦地握着她的手，说：“我有这么多的女人，这么多的儿子，可没有一个在我眼前，只有你一个人来送终。我真没有脸，平时没好好地待你。唉，晏蛾！我可后悔了！我有什么脸去见管仲啊！”他说着，叹着气，还哭着，气喘喘地瞧着晏蛾。晏蛾说：“主公有什么话尽管说吧！”他挣扎着说：“晏蛾……你……你……能不能通知公子昭，叫他赶快逃到宋国去。”晏蛾明明知道办不到，可是为了安慰病人，就显出挺有把握似的口气，说：“好吧，您放心，休息休息要紧！”齐桓公用袖子挡住自己的脸，只是唉声叹气。晏蛾一只手托住他的脖子，一只手揉着他的心口，直到齐桓公睡熟了。晏蛾刚想把他放下去，才知道他已经没有气儿了。

她赶快钻出“狗洞”，往外一跑，不料迎头撞见了竖刁。她避也没法避，就跑上一步，禀告说：“他死了！”竖刁“哼”了一声，说：“知道了，去吧！”竖刁跟易牙商量，先不把消息传出去。他们只通知卫姬，一面立公子无亏为国君，一面发兵去包围东宫，捉拿公子昭。万没想到公子昭早已得到了信儿，逃去了。另一面，公子元、公子潘、公子商人跟着开方，带领着自己的家丁攻打竖刁、易牙和公子无亏。四个孝子只顾争夺君位，害得老头子的尸首搁了六十七天，还没落棺材。尸体一烂，那些大尾巴蛆爬到宫门外，那股子臭味就别提了。齐国有两个老大臣，一个叫高虎，一个叫国懿仲，他们说：“立长子为国君是名正言顺的。”他们就请出公子无亏做了丧主，先办丧事。其他三个公子一瞧齐国最有势力的两个大臣出来主持，倒也不敢相争，大家散了武士，穿了孝服，共同跟着公子无亏办了丧事。一场内乱满想打这儿就算消停了。没想到公子昭跑到宋国，请宋襄公做主。宋襄公一来受了齐桓公和管仲的托付，二来他也想趁着这个机会去联络诸侯，扩张势力，接着齐桓公做个霸主，就答应了公子昭，准备会合诸侯立公子昭为齐国的国君。

欺软怕硬

宋襄公通知诸侯，请他们共同护送公子昭到齐国去即君位。诸侯当中，有的主张多一事不如少一事，就让公子无亏做下去吧；有的不敢得罪宋国，开一次大会也无所谓。可是大多数把宋国的通知搁在一边。到了开会的日子，卫、曹、邾三个小国带了点兵车来了。宋襄公就带领着四国的兵车打到齐国去。齐国的大臣高虎、国仲懿等全是没有脊梁骨的软皮囊。当初立公子无亏，说他是长子，现在一瞧四国的兵马打来了，就改口说公子昭本来是太子。他们杀了公子无亏和竖刁，轰走了易牙，投降了宋国，迎接公子昭即位，就是齐孝公。四国的诸侯要办的事都办到了，得了些谢礼，退兵回去了。

宋襄公要做霸主的第一步算是成功了。第二步他要会合诸侯，继承齐桓公的事业。他又怕大国不理他，给他晾起来，就先约了曹、邾、滕（在今山东滕州一带）、鄫（zēng，在今山东苍山一带）四个小国，开个会议。到了开会的日子，曹国和邾国的国君准时到了。滕侯婴齐来晚了一步。鄫子干脆就没露面。宋襄公觉得这些小国太可恶了。做了小国还不好好地听大国的话，简直是不懂世故人情。俗话说得好，“棒头出孝子”，要是不给他们点厉害瞧，还像个霸主吗？宋襄公就问滕侯婴齐为什么迟到。滕侯婴齐吓得直打哆嗦，低声下气地直赔不是。宋襄公一瞧他这份小心听话，本来也可以饶了他。可是理是理，法是法，霸主不能失了威风。他就把滕侯婴齐关起来，不准他会盟。“棒头”居然生了效力，鄫子得到了这个消息，吓得连夜动身赶来，可是已经晚了三天。宋襄公大怒，一个劲儿地骂着说：“我刚提出会盟，小小的鄫国竟敢迟到三天，要是没个办法，还行吗？”公子目夷（字子鱼，宋国的相国，宋襄公的庶兄）竭力拦住他。可是宋襄公有他自己的主意。他杀了鄫子，当作祭品，祭祀睢水。别的诸侯要祭祀，只能用牛、马、羊什么的做祭品，宋襄公可用了人，并且还是一个国君。他重视鬼神真可以说到了家了。

宋襄公杀了鄫子，威风可大了。押在拘留所里的滕侯婴齐千方百计地托人向宋襄公求情，又送了他一份很厚的礼，宋襄公才把他放了。

就为了宋襄公杀了鄫子，押了滕侯，在场的曹共公大为不平。不到歃血为盟的日子，他就偷偷地回去了。这可把宋襄公气坏了。光是会合四个小国，已经弄得“按下葫芦起来瓢”，怎么还能号令大国呢？宋襄公自作聪明，他想先请出一个大国来，再靠着它去收服小国。你没瞧见过看羊的吗？只要拉着一只头羊，凭你到什么地方去，小羊总会跟着走的。要一个个地去收服小国，那可太麻烦了，还是去联络大国吧！那时候楚成王已经会合了齐、鲁、陈、蔡、郑等国，订立了盟约，再叫宋襄公去联络哪一个大国呢？虽然秦国和晋国还没给楚国拉过去，可是它们太远了，向来不跟中原诸侯会盟。这可怎么办？他摇头晃脑地想了一会儿，忽然灵机一动，自言自语：“行了！把楚国当作‘头羊’就是了！”他把这个主意告诉了大臣们，公子目夷自然反对，宋襄公干脆没理他。

宋襄公打发使臣带了礼物去见楚成王，请他到宋国的鹿土来跟齐国、宋国先开个三国会议，商量会合各国诸侯的办法。“头羊”居然答应了。

公元前 639 年二月，齐孝公昭先和宋襄公相见。齐孝公是由宋襄公帮忙才做了国君的，当然忘不了他的大恩，对他特别恭敬。可是一瞧这位恩人的神气劲儿好像是他老子似的，心里不免有点难受。过了几天，楚成王也到了。三位国君挨排坐下。宋是公爵，第一位；齐是侯爵，第二位；楚是子爵，第三位。宋襄公拱了拱手，说：“我打算会合诸侯，共同扶助王室。恐怕人心不齐，意见不一，所以想借重二位大力，大伙儿会合诸侯，到敝国盂地（在今河南睢县）开个大会，日期就定七月里吧！”说着，又请齐、楚两位国君说话。齐孝公和楚成王两位让来让去，全不说话。宋襄公就说："请二位在通告上都签个字吧！"说完，就把预备好了的通告递给楚成王。楚成王拿来一瞧，上头说明会盟的大道理，外带着还说明要学齐桓公的办法，开的是"衣裳之会"，下边还签着宋公的名字。楚成王说："您签了字便够了，就这么发出去吧。"宋襄公说："陈国、许国、蔡国都在你们二位手下，所以要借重你们。"楚成王说："那么请齐侯先签吧！"齐孝公因为宋襄公先把那通告递给楚成王，心里已经不高兴了，现在再由楚成王让给他，他就跟斗气似的说："敝国就像宋公手下的人一样，没有什么要紧。贵国不签字，事情就不好办。"楚成王微微一笑，签了字，交给齐孝公。齐孝公说："有了楚国签字就成了。"宋襄公把齐孝公的冷言冷语当作实话，就把通告收了起来，请他们下半年早点来。

到了秋天，宋襄公驾着车马到盂地去开大会。公子目夷说："楚是蛮族，向来不讲信义。万一楚子是个披着羊皮的狼，那可怎么办？主公总得带点人马去，我才放心。"宋襄公瞪了他一个白眼，说："什么话？约好了'衣裳之会'，怎么可以自己先失了信？"公子目夷只好空身跟着他去。

他们到了会场，就瞧见楚、郑、陈、蔡、曹、许等国全都到了，只有齐孝公和鲁僖公还没露面。齐孝公是怨恨宋襄公，鲁僖公是不愿意和"蛮子"打交道。宋襄公一瞧跟着楚成王的全是文臣，没有一个武将，就教训公子目夷，说："你瞧瞧！下回可别再拿小人的心思去瞎猜君子的好心眼儿了。"

七国的诸侯准时开会。宋襄公做了临时主席，拱了拱手，致开会辞，说："今天诸君到敝国来开会，我们非常荣幸。我们想继续齐桓公的办法，大家共同扶助王室，帮助弱小的和有困难的诸侯。大伙儿订立盟约，不准互相攻打，天下才可太平。不知道诸位意下如何？"楚成王站起来，说："很好，很好。可不知道谁是盟主？"宋襄公心里一急，一时说不出话来。他心里想说："盟主就是我呀！我不是请你们来推举的吗？"可是这话没法出口。他想起宋国是公爵（第一等诸侯），再说自己有平定齐国内乱的功劳，就说："这个用不着说，不是看爵位的高低，就看功劳的大小。"楚成王说："宋是公爵，第一等诸侯，可是我已经做了多少年的王了。王总比公高一等吧！"

说完他就跑过去，一屁股坐在第一个座位上，气得宋襄公暴跳起来。公子目夷拉了一下他的袖子，叫他沉住气。他可沉不住气了。他费了多么大的劲儿，霸主已经快弄到手了，怎么能让给别人呢？他挺着胸脯，说：“我是正式的公爵，你是自称为王，这头衔是假的。”楚成王变了脸，说：“既然知道我这楚王是假的，你请我这假王来干什么！”楚国的大夫成得臣（字子玉）大声地说：“今天开会，只要问问众位诸侯，是为着楚国来的呢，还是为着宋国来的？”陈国和蔡国的国君向来害怕楚王，一齐说：“楚国！楚国！”楚王听了，哈哈大笑，指着宋襄公，说：“听见了没有？你还有什么话可说？”宋襄公当面受了欺负，气呼呼地还想争论，就瞧见成得臣和楚国大将斗勃脱了外衣，里头全是亮堂堂的铠甲。他们从腰里拔出两面小红旗，向台底下一摇晃，就瞧见一批楚国的“文官”，立刻剥去外衣，一个个全变成了武士，扑上台来。台上的诸侯吓得直打哆嗦，好像耗子见了猫似的。楚国人一窝蜂似的把这位“霸主”宋襄公拖了去，公子目夷趁着这个乱劲儿，一溜烟跑了。

古籍链接

襄公拱手言曰：“兹父忝先代之后，作宾王家。不自揣德薄力微。窃欲修举盟会之政，恐人心不肃，欲借重二君之余威，以合诸侯于敝邑之盂地。以秋八月为期，若君不弃，倡率诸侯，徼惠于盟，寡人愿世敦兄弟之好，自殷先王以下，咸拜君之赐，岂独寡人乎？”

齐孝公拱手以让楚成王，成王亦拱手以让孝公，二君互相推让，良久不决。

——《东周列国志 · 第三十三回》

仁义军

公子目夷回到都城睢阳（在今河南商丘一带），和司马公孙固商量怎么去抵御楚国人。公孙固说："请公子先即位，才能号令全国，安定人心。"大臣们向来佩服公子目夷，就立他为国君。公子目夷也不推辞。他们两个人计划停当，赶紧派兵把守睢阳城。没待多大一会儿，楚国的大军到了城下。大将斗勃大声对宋国人说："你们的国君在我们手里呢！杀他、放他全看我们的了。赶快投降，还能保住他的命！"公孙固站在城楼上，说："我们已经有了新君了，那位旧君就送给你们吧！要我们投降，你可别想了！"楚成王就下令攻城。可是城上的箭和石头就像暴雨夹着雹子似的打下来，打伤了不少楚国的士兵。楚国人一连打了三天，睢阳城还是打不下来。楚成王弄得没有主意了。他说："宋国人不要旧君，把他杀了吧！"成得臣说"大王曾经说过宋公不该杀害鄫子。要是大王杀了他，不是跟他学吗？再说，宋国已经有了新君，那么杀一个宋公，就像杀一个普通的俘虏一样。还是放了他吧。"楚成王说："打不下他们的城，还放了他们的国君，这太不像话了。"成得臣觉得随随便便地把宋公放了也不好，就说："办法倒有一个。这回开会，齐国和鲁国没来。齐国跟咱们多少有点来往，齐侯也挺尊敬咱们。只有鲁国向来瞧不起咱们。咱们不妨用软中带硬的手腕，请鲁侯来开会。比如说咱们从宋国那儿得来的东西，送一部分给他，请他来处治宋公。他害怕咱们，不敢不来。国书上还得写些咱们尊重鲁侯的话。他一定会替宋公求情。咱们做个人情，就把鲁国拉过来了。这样一来，中原的大国都归附了楚国，大王就是霸主了。”楚成王连连点头，就这么办了。

鲁僖公果然赶来了，先和中原的诸侯见了面，和大家谈了一会儿。郑文公曾经受过天王的嘱咐去归附楚国，就提议请楚成王做盟主。别的诸侯心里不乐意，嘴里可说不出来。鲁僖公开口说：“做盟主必须注重道义，才能够叫人佩服。现在楚国凭着武力，拿住了宋公，谁能服呢？要是他们立刻放了宋公，大家订立盟约，我也就没有话说了。”大伙儿全赞成鲁僖公的主张，向楚成王替宋襄公求情。楚成王就“顺水推舟”地让宋襄公去跟诸侯们相见。宋襄公受了一肚子的委屈，眼泪往肚子里咽，脸上还得装着乐，谢过他们，跟他们订了盟约。楚成王和诸侯们才各自散了。

宋襄公放了出来，命是保住了。可是他听说公子目夷已经做了国君，就觉得不好再回睢阳去，还不如跑到别国去吧。他哪儿知道公子目夷是为了救他的命才那么办的。宋襄公正在纳闷儿，公子目夷已经派人来接他了。他又是喜欢，又是害臊，好像败子回家似的回到睢阳，重新做了国君。可是他这回乘兴而去，败兴而归，“羊肉没吃上，惹了一身臊”，这份委屈太大了。受了委屈要是不去报复，还像个大丈夫吗？可是向谁去报复呢？当然不能向楚成王去报复，因为这种蛮子，反正没法治。还是把楚王当作不懂事的野兽，饶了他吧！那么谁是该受责备的呢？他又想起滕子和鄫子来了。他以为强国欺负弱国，还能说“情有可原”，小国欺负大国，简直是“罪该万死”。比如说，郑是小国，按理应当尊敬宋国；可是那个该死的郑伯竟敢胆大妄为，提议请楚王为盟主。宋襄公越想越气，不由得一肚子的闷气全要发在郑文公头上了。

公元前 638 年，宋襄公要带着公子目夷和大司马公孙固去征伐郑国。满朝文武全不同意。宋襄公生了气，说：“大司马也不去？好，那我就一个人去吧！”他们只得顺了他。郑文公急忙打发使臣向楚国求救。楚成王派成得臣和斗勃带领着大队兵马直接去打宋国，急得宋襄公连忙赶回来。大军到了泓水（在今河南柘城一带；泓：hóng），楚国人已经在对岸了。公孙固对宋襄公说：“楚国的兵马到了这儿，是为了咱们去打郑国。现在咱们回来了，还可以跟楚国讲和，何必跟他们闹翻脸呢？再说，咱们的兵力也比不上楚国，怎么能跟他们打呢！”宋襄公说：“怕他什么，楚国兵力有余，仁义不足，咱们就是兵力不足，仁义可是有余呀！兵力怎么能抵得住仁义呢！”他一直想要做霸主，上回叫楚国人开了个玩笑，受了一肚子的气。宋国的兵力既然不是楚国的对手，他就想出一个打胜仗的法子来，那就是用“仁义”去打倒“武力”。可是“仁义”是个摸不着边的玩意儿，总得做出点东西来，人家才能够瞧得见。宋襄公可有这种聪明劲儿。他用一个极简单的法子把那摸不着边的想头做成一个符号。他做了一面大旗，上面绣着“仁义”两个大字。在宋襄公心里，好像有了法宝就能降妖。万没想到那批妖魔鬼怪不但没给吓跑，反倒从泓水那边渡到这边来了。

公子目夷瞧着楚国人忙着过河，就对宋襄公说：“楚国人白天渡河，明摆着料到咱们不敢去打他们，咱们趁着他们还没渡完的时候，迎头打过去，一定能够打个胜仗。”宋襄公一想，这是一种考验，考验他能不能坚持信念。他早明白武力是武力，仁义是仁义。既然要用仁义去打败武力，就不该取巧。要是他取了巧，他的信念可就破了，仁义的法宝也不灵了。他指着大旗上的“仁义”两个大字，说：“哪儿有这理呀？敌人正在过河的时候就打过去，还算得上讲仁义的军队吗？”公子目夷对于那个符号可不感兴趣，一瞧楚国人过来，乱哄哄地正排着队伍，心里急得跟什么似的，又对宋襄公说：“这会儿可别再待着了，趁他们还没排好队伍，咱们赶紧打过去，还能够抵挡一阵。”宋襄公骂他，说：“呸！你这个不懂道义的家伙！别人家队伍还没排好，怎么可以打呢！”

楚国的兵马排好了队伍，就像大水冲塌了堤坝似的涌过来。宋国讲“仁义”的军队哪儿顶得住哇！公子目夷、公孙固、公子荡拼命保住宋襄公，可是宋襄公的大腿上早已中了一箭，身子也有几处受了伤。那面“仁义”大旗委委屈屈地给人家夺了去了。公子荡不顾死活，挡住了楚国人。公子目夷保护着宋襄公赶着车逃跑。公子目夷瞧着愁眉苦脸的宋襄公，又是恨他，又是疼他，问他说：“您说的讲道义的打仗就是这个样儿的吗？”宋襄公一边理着花白的头发，一边揉着受了伤的大腿，说：“依我说，讲道义的打仗就是以德服人。比如说，看见已经受了伤的人，可别再去害他；头发花白了，可别拿他当俘虏。”公子目夷说：“如果怕打伤敌人，那还不如不打；如果碰到头发花白的就不抓他，那还不如让他抓去呢！”

宋襄公逃回睢阳，受了很重的伤，不能再起来了。他嘱咐太子说：“楚国是咱们的仇人，千万别跟他们往来。晋国的公子重耳挺有本领。要是他能够回国的话，将来一定是个霸主。你要好好地跟他打交道，准没错儿。”

宋襄公为了帮助齐国，吃了不少的苦头，可是齐孝公反倒归附了楚国。这叫那一伙子跟着公子重耳待在齐国的晋国人大为抱不平。他们觉得齐国的黄金时代已经跟着管仲、齐桓公一同过去了，新君没有多大的能耐。他们就是再待下去，也没有什么指望。赵衰他们就打算离开齐国，投奔别的国去。

古籍链接

襄公曰：“楚兵甲有余，仁义不足；寡人兵甲不足，仁义有余。昔武王虎贲三千，而胜殷亿万之众，惟仁义也。以有道之君，而避无道之臣，寡人虽生不如死矣。”乃批战书之尾，约以十一月朔日，交战于泓阳，命建大旗一面于辂车，旗上写“仁义”二字。

公孙固暗暗叫苦，私谓乐仆伊曰：“战主杀而言仁义，吾不知君之仁义何在也？天夺君魄矣，窃为危之。吾等必戒慎其事，毋致丧国足矣。”

至期，公孙固未鸡鸣而起，请于襄公，严阵以待。

且说楚将成得臣屯兵于泓水之北，斗勃请“五鼓济师，防宋人先布阵以扼我”。

得臣笑曰：“宋公专务迂阔，全不知兵，吾早济早战，晚济晚战，何所惧哉？”天明，甲乘始陆续渡水，公孙固请于襄公曰：“楚兵天明始渡，其意甚轻，我今乘其半渡，突前击之，是吾以全军而制楚之半也。若令皆济，楚众我寡恐不敌，奈何？”

襄公指大旗曰：“汝见‘仁义’二字否？寡人堂堂之阵，岂有半济而击之理？”公孙固又暗暗叫苦。

须臾，楚兵尽济，成得臣服琼弁，结玉缨，绣袍软甲，腰挂雕弓，手执长鞭，指挥军士，东西布阵，气宇昂昂，旁若无人。公孙固又请于襄公曰：“楚方布阵，尚未成列，急鼓之必乱。”

襄公唾其面曰：“咄！汝贪一击之利，不顾万世之仁义耶？寡人堂堂之阵，岂有未成列而鼓之之理？”公孙固又暗暗叫苦。

楚兵阵势已成，人强马壮，漫山遍野，宋兵皆有惧色。

——《东周列国志·第三十四回》

桑树林子

赵衰这一伙子人商量着说："咱们到这儿来，原来指望齐国能帮助咱们回到晋国去。没想到齐侯一死，新君反倒以怨报德，背了宋国，归附了楚国，哪儿还有一点霸主的味儿？咱们不如跟公子商量商量，到别国去吧！"大伙儿就决定去见公子重耳。可是公子重耳正跟夫人齐姜打得火热。他是大国门上的姑爷，从来不敢得罪她，更不敢离开她，为了陪着齐姜，他反倒跟自个儿的人走远了。大伙儿等了些日子，还没见着重耳的面。魏犨是个直肠汉，当时可就恼了，他嚷着说："咱们瞧他有出息，才不怕受苦受罪，跟了他来。他倒舒舒服服地一住七年。难道咱们这一辈子就这么下去不成？"狐偃说："这儿不是说话的地方，你们跟我来吧！"他们就跟着他到了城外，找块僻静的地方，大家全坐下来。狐偃怕有人偷听，四下里瞧了瞧，只见密密层层全是桑树，他就把他的计划说出来："这么着吧！咱们先把行李搬出来，然后请公子出来打猎。到了城外，咱们就请他离开齐国。可不知道上哪一国去好？"赵衰说："宋公一直想做霸主，咱们不妨先去瞧瞧。万一不合适，咱们再去秦国或者楚国，反正总比死守在这儿强。"狐偃接着说："宋国的大司马公孙固是我的朋友，咱们还是先到宋国走一趟吧！"他们就这么决定了。

第二天，赵衰、狐偃、魏犨他们几个人去请公子重耳到城外打猎。重耳还没起来，叫人告诉他们，说："这两天身子不舒坦，不去。"齐姜听见了，就叫狐偃一个人进去，请他坐在客厅里。她吩咐手底下的人全退出去，然后问他："你们请公子干什么？"狐偃说："从前公子在狄国，时常出去打猎，现在好久没有出去了。我们怕他老不活动也不好，才请他出去打猎。"齐姜微微一笑，说："这回打猎打到宋国去呢，还是打到秦国去呢？"狐偃暗暗吃了一惊，可是仍旧装作没有事的样儿，说："打猎玩玩，怎么能跑得那么远呢？"齐姜一本正经地说："真人面前可别说假话啦！昨天你们在桑树林子里商量，总算是挺严实了吧！哪儿知道'路上说话，草里有人听'，我那小丫头正在桑树林子里采桑叶呢。她回来全都告诉我了。你们能这么同心协力地劝公子动身，正合我的心意，何必瞒着我呢！这么着吧，今天晚上我请公子喝酒，把他灌醉。你们就连夜把他抱上车去，好不好？"狐偃磕了一个头，说："夫人能够这么帮助公子，真是难得。"他就出来偷偷地告诉大伙儿，准备一切。

那天晚上，齐姜请公子重耳喝酒。重耳心里已经明白几成了。他说："今天什么事呀？怎么请起客来了？"齐姜说："听说公子要出门，特意给你送行。"重耳说："到哪儿去呀？我在这儿不好吗？"齐姜说："好是好，不过大丈夫总得做一番事业。再说你那一班大臣全有才能，你也得听听他们的呀！"重耳生气似的推开酒杯，说："得！我不喝了！"齐姜笑眯眯地说："真不去？可别骗我呀！"重耳说："不去！谁骗你？"齐姜说："去不去由你，请不请由我。要是你去呢，这酒就算是送行；要是你不去呢，这酒就算是留你，好不好？"两口子你一杯、我一杯地喝个没完，说说笑笑，越喝越有劲儿。重耳可真有几分醉了。齐姜说："你再喝几杯，我再留你几年。"重耳又喝了几杯。齐姜为了丈夫的事业，心里哭着，脸上笑着。她又说："请公子再喝三杯，我一辈子不让你离开我。"重耳就又喝了三杯，七分醉、三分明白地躺在榻上。齐姜打发人去通知狐偃。狐偃带着魏犨、颠颉抬了公子，放在车上，当天晚上就出了城。

他们走了五六十里，天渐渐亮了，重耳躺在车上翻个身，心里琢磨着齐姜的好处，他瞧见狐偃在旁边，就骂他："你干什么？"狐偃说："我们想把晋国献给公子。"重耳怒气冲冲地说："这回出来要是成功，也就算了；要是不成功，我准剥你的皮，吃你的肉！"狐偃说："要是不成功，我也不知道死在哪儿了；要是成功了，公子天天可以吃肉，我身上的肉，又臊又腥，不配您的胃口。”赵衰一批人都说：“这是我们大家合计着办的，请别怪他了！”魏犨气呼呼地说：“大丈夫也得做点儿事，老陪着娘儿们干吗？”重耳只得改了语气，说：“已经到了这个地步，我依着诸位就是了。”

他们到了曹国，曹共公待他们挺不客气，只让他们过一宿，可不给他们吃的。曹国的大夫僖负羁（jī）回到家里跟他太太说，曹伯太没礼貌，还说跟着重耳的一帮人都很了不起的。僖太太说：“晋公子有这么多的能人帮着他，他准能回国，将来很可能会做诸侯的头儿。到那时候，他要报仇的话，我看咱们曹国第一个逃不了，您不如早点儿跟晋公子结交结交，留个后步。”僖负羁就私下备了酒食，派个心腹送去，还在食盘里藏着一块白玉。重耳收了酒食，说：“要是我能够回国的话，一定报答大夫的情义。”可他把那块白玉退回去，说什么也不收。那个心腹回去，僖负羁叹着气，说：“公子重耳正需要盘缠的时候，还不肯接受我的礼物，他的志向可不小哇。”

重耳离开曹国，到了宋国。宋襄公因为大腿上受了伤，正在那儿害病，一听见公子重耳来了，就派公孙固去迎接。宋襄公也像齐桓公那样送他们每人一套车马，招待得特别周到。公子重耳他们都非常感激。过了些日子，宋襄公的病还不见好转，狐偃私底下跟公孙固商量。公孙固说：“公子要是愿意在这儿，我们是万分欢迎的。要是指望我们发兵护送公子回到晋国去，这时候敝国还没有这份力量。”狐偃说：“您的话是实话，我们全明白。”

第二天他们离开了宋国，一路走去，到了郑国。郑文公认为重耳在外边流浪了这么些年还不能回国，一定是个没出息的人，因此理也不去理他。他们又恼又恨，可是不能发作出来，只好忍气吞声地往前走。没有几天的工夫，他们到了楚国。

楚成王可不同了。他把重耳当作贵宾，还用招待诸侯的礼节去招待他。楚成王对他越来越好，重耳对楚成王就越来越恭敬，两个人就这么做了朋友。有一天，楚成王跟重耳打哈哈，问他：“公子要是回到晋国，将来怎么报答我呢？”重耳说：“金银财宝贵国多着呢，我真想不出怎么来报答大王的恩典。”楚成王笑着说：“不过多少总得报答一点吧！”重耳说：“要是托大王的福，我能够回到晋国去，我愿意跟贵国交好，让两国的老百姓都能过着太平的日子。可是万一发生战争，那我怎么敢跟大王对敌呢？那时候，我只能退避三舍（三十里为一舍，退避三舍，就是退九十里的意思），算是报答您的大恩。”楚成王听了倒没有什么，可把成得臣气坏了。他回头偷着对楚成王说：“重耳说话简直没边儿，赶明儿准是个忘恩负义的家伙，还不如趁早杀了他吧！”楚成王说：“没有那么一说，他到底是客，咱们得好好地待他。”

有一天，楚成王对重耳说：“秦伯派人到这儿来，请公子到那边去。他有心帮您回国，这真是个好消息。”重耳说：“我愿意跟着大王，不愿意到秦国去。”楚成王劝他，说：“可别这么说。敝国离贵国太远，我就是要送您回去，还得路过好几个国家。秦国跟贵国离得最近，早晨动身，晚上就到。再说秦伯肯帮助您，我也放心了。您听我的话，去吧！”重耳这才拜别了楚成王，上路到秦国去了。

古籍链接

次早，赵衰、狐偃、臼季、魏犨四人立宫门之外，传语：“请公子郊外射猎。”

重耳尚高卧未起，使宫人报曰：“公子偶有微恙，尚未梳栉，不能往也。”齐姜闻言，急使人单召狐偃入宫，姜氏屏去左右，问其来意。

狐偃曰：“公子向在翟国，无日不驰车骤马，伐狐击兔，今在齐，久不出猎，恐其四肢懒惰，故来相请，别无他意。”

姜氏微笑曰：“此番出猎，非宋即秦、楚耶？”狐偃大惊曰：“一猎安得如此之远？”

——《东周列国志·第三十四回》

饱不忘饥

秦穆公立公子夷吾做了国君（就是晋惠公），自己没得到一点好处，反倒受了他的气。后来听了夫人穆姬的劝解，这才允许夷吾讲和，夷吾把公子圉送到秦国做抵押。秦穆公总算优待公子圉，还把自己的女儿怀嬴嫁给他。公元前638年，公子圉听说他父亲病了，怕君位传给别人，就偷偷地跑回去了。第二年夷吾一死，公子圉做了国君，也不跟秦国来往。秦穆公后悔当初错了主意，立了夷吾。现在夷吾死了，公子圉又是一个夷吾。因此，他决定要立公子重耳做国君，把他从楚国接了来。

秦穆公和穆姬都很尊敬公子重耳。他们要跟他结成亲戚，想把他们的女儿怀嬴改嫁给他。怀嬴说："我嫁了公子圉，还能再嫁给他的伯父吗？"穆姬说："为什么不能呢！公子重耳是个好人，要是咱们跟他做了亲戚，双方都有好处。"怀嬴一想："虽说嫁给一个老头子，这可是两国都有好处的事。"她就点头认可了。秦穆公叫公孙枝去做媒。赵衰、狐偃他们巴不得能够跟秦国交好，都劝公子重耳答应这门亲事。在那时候，做父亲的娶儿媳妇，做儿子的娶后母，有的是，别说伯父娶侄媳妇了。这么一来，老头子重耳又做了新郎。

大家正在那儿吃喜酒的时候，狐毛、狐偃哭着来见重耳，要他去给他们报仇。原来公子圉即位以后，就下了一道命令，说："凡是跟随重耳的人必须在三个月之内回来，改过自新；过了期限，全有死罪，父兄不叫他们回来的也有死罪。”狐毛、狐偃的父亲狐突就因为不肯叫他们回去，给他杀了。重耳把这件事告诉了秦穆公，秦穆公决定发兵替女婿打进晋国去。可巧晋国的大夫栾（luán）枝打发他儿子栾盾到了秦国。栾盾对公子重耳说：“公子圉杀害忠良，虐待人民。朝廷上除了吕省、郤芮以外，其余的大臣像韩简、郤溱（zhēn）等和我们一家人，都打算起事，只等公子一到，就做内应。”秦穆公发了大军，叫丕豹做先锋，亲自带领着百里奚、公子縶、公孙枝等护送公子重耳回晋国去。

公元前636年（周襄王十六年，秦穆公二十四年，楚成王三十六年），他们到了黄河，打算坐船过河。秦穆公分了一半兵马护送公子重耳过河，自己留下一半在黄河西岸作为接应。他对公子重耳说：“公子回到晋国，可别忘了我们夫妇俩啊！”说着流下眼泪来。重耳对他更是依依不舍。

上船的时候，那个管行李的壶叔，挺小心地把一切的东西全弄到船上。他还忘不了以前饿肚子、煮野菜的情形，吃剩的凉饭、咸菜，穿过的旧衣裳、破鞋什么的，全舍不得扔下。重耳一瞧，哈哈大笑，对他说：“你们也太小门小户儿的啦！现在我去做国君，要什么有什么，这些破破烂烂的还要它干吗？”说着就叫手下的人把这些东西全撇到岸上。那些手下的人也觉得现在富贵了，怎么还露出这份儿穷相来呢？狐偃一瞧他们全变成富贵人的派头了，就拿着秦穆公送给他的一块白玉，跪在重耳面前，说：“如今公子过河，对岸就是晋国。内有大臣，外有秦国，我挺放心。我想留在这儿，做您的外臣。奉上这块白玉，表表我一点心意。”公子重耳愣了一愣，说：“我全靠你帮助，才有今日。咱们吃了一十九年的苦，现在回去，有福同享，你怎么说不去了呢？”狐偃说：“从前公子在患难中，我多少也许有点用处。现在您回去做国君，自然另有一批新人使唤。我们就好比旧衣、破鞋，还带去做什么呢？”重耳毕竟是重耳，听了这话，脸红了，马上说：“这全是我的不是！我可不是忘恩负义的人。我绝不会忘了你的功劳。我可以对天起誓！”说完，吩咐壶叔再把破烂东西弄上船来。那些手下的人也直怪自己不该好了伤疤忘了疼，做人应当节俭，暖不忘寒，饱不忘饥，才是道理。他们重新把扔了的东西挺小心地捡起来，弄到船上。

他们过了黄河，接连打下了几座城。公子縶劝告吕省、郤芮投降。吕省他们也觉得自己力量不够，就跟公子縶订立盟约，投降了。倒是勃鞮保护着公子圉逃到别的国去了。晋国的大臣们迎接了公子重耳，立他为国君，就是晋文公。晋文公四十三岁逃往狄国，五十五岁到了齐国，六十一岁到了秦国，即位的时候已经六十二岁了。

古籍链接

赵衰、臼季、狐射姑、介子推等，一齐下车解劝。重耳投戟于地，恨恨不已。狐偃叩首请罪曰：“杀偃以成公子，偃死愈于生矣！”重耳曰：“此行有成则已，如无所成，吾必食舅氏之肉。”狐偃笑而答曰：“事若不济，偃不知死在何处，焉得与尔食之；如其克济，子当列鼎而食，偃肉腥臊，何足食？”

赵衰等并进曰：“某等以公子负大有为之志，故舍骨肉，弃乡里，奔走道途，相随不舍，亦望垂功名于竹帛耳。今晋君无道，国人孰不愿戴公子为君。公子自不求入，谁走齐国而迎公子者？今日之事，实出吾等公议，非子犯一人之谋，公子勿错怪也。”魏犨亦厉声曰：“大丈夫当努力成名，声施后世，奈何恋恋儿女子目前之乐，而不思终身之计耶？”

重耳改容曰：“事既如此，惟诸君命。”

——《东周列国志·第三十五回》

放火

重耳做了国君，唯恐公子圉来夺君位，就打发人把他暗杀了。吕省、郤芮原来是公子圉的心腹，一听说公子圉被刺，心里非常害怕。新君既然不肯放过躲在国外的公子圉，他们近在左右的还能放过吗？再说“一朝天子一朝臣”，他们对着赵衰、狐偃等这一班人也怪害臊的。倒不如“重打锣鼓另开张”，杀了重耳，另外立个国君，再做一朝的功臣。他们想起勃鞮曾经屡次三番地去刺过重耳，重耳当然不会放过他。他们就打发人把他召回来。三个人一路病，说起来挺投缘对劲，大家“歃血为盟”，集合了自己的士兵，打算火烧公宫，活捉重耳。

到了约好的那天，吕省、郤芮、勃鞮三个人在公宫的四外埋伏下许多武士，只等半夜三更一同下手，那天晚上连一点星星亮儿都没有，整个公宫死阴阴的，好比包在漆黑的包袱里似的。吕省他们把公宫团团围住，好像包袱外头又加了两道绳子，然后放起火来。一会儿烟火满天，公宫变成了一座火焰山，火从外边一层一层地烧到里边去。宫里的人从梦中惊醒，慌里慌张，一起乱起来了。火光中有不少士兵，拿着兵器，守住所有的出入口，嘴里嚷着：“别放走重耳！”吕省、郤芮亲自冒着烟火，一边咳嗽着，一边找重耳。宫女们疯了似的到处乱跑乱叫。勃鞮急急忙忙地跑来对吕省、郤芮说：“狐偃、赵衰、魏犨他们带着士兵救火来了。再下去，咱们也跑不了了。宫里烧到这份儿，重耳还活得了吗？”他们立刻带了人马逃往城外，再作商量。

勃鞮出主意说：“近来咱们的国君全是秦国立的，你们二位也认识秦伯，还跟公子絷立过盟约。咱们不如到秦国去，告诉他们说宫中失火，重耳烧死了，请秦伯另外立个国君。你们看好不好？”他们也没有别的法子，只好这么办。先派勃鞮到秦国去联络。秦穆公立刻派公孙枝和丕豹迎接吕省和郤芮过去。

勃鞮、吕省和郤芮一同拜见了秦穆公，请他立个国君。秦穆公满口答应，还说：“新君已经在这儿了。”三个人一齐说：“这可好极了，请让我们拜见新君！”秦穆公回头说：“新君请出来吧！”接着就出来了一位国君，不慌不忙地迈着四方步，理着胡子。吕省、郤芮抬头一瞧，吓得浑身直打哆嗦，连连说：“该死！该死！”就好像舂米似的直磕头。这位新君不是别人，正是晋文公重耳。晋文公骂着说：“我哪点得罪了你们？你们竟这么翻来覆去地跟我过不去！要是没有勃鞮，我早给你们烧死了！”吕省、郤芮这时候才明白上了勃鞮的当，只好抻长脖子，让武士们砍去他们的脑袋瓜。

原来勃鞮跟着吕省、郤芮订立盟约的时候，他就琢磨这滋味：“当初我奉了先君的命令去杀公子重耳，后来又奉了新君的命令去杀他，原来是忠于主人，没法不干。现在公子圉已经死了，重耳做了国君，就该打这儿太太平平过日子，怎么又闹事呢？我不如去救公子重耳，也可以将功折罪。”他明着答应了吕省和郤芮，暗地里去见狐偃。狐偃劝晋文公不念旧恶，好好地利用他。晋文公就嘱咐勃鞮把那两个人引到秦国去，自己和狐偃半夜三更就跑出去，连赵衰、魏犨也没来得及通知。

晋文公自从杀了吕省、郤芮以后，恐怕这回投降了他的人再出乱子，打算搜查以前帮过夷吾的人，一个个地把他们治死。赵衰对他说：“可别这么办。冤仇宜解不宜结，仇人是越杀越多的。夷吾跟公子圉不是因为屠杀大臣失去了民心的吗？乱党的头子已经消灭了，主公就该宽宏大量，也好叫其余的人改过自新。”晋文公就下了一道命令，不再追究已往的事情。可是谁也不敢信，外边谣言还是挺多的。晋文公怎么也琢磨不出一条安定民心的办法来。有一天，那个拿了行李卷逃跑的头须来见他。晋文公一看见他，就想起从前逃难时候受的那份儿罪来了。因为他这一逃，害得大伙儿吃尽苦头，就骂他：“你这该死的奴才！还有脸来见我？”头须说：“主公奔走了一十九年，难道还不知道人情世故吗？像我这样罪大恶极的人还来见您，自然有见您的道理呀！”晋文公立刻改了念头，他想：“也许跟勃鞮一样大有用处呢！”他一边慢慢地理着胡子，一边开了笑脸，说：“你说吧！”头须说：“吕省、郤芮手底下的人挺多，他们还怕主公追究。因此，人心不定，不敢相信主公的话。主公有什么好办法没有？”晋文公说：“我就是为了这档子事发愁呢！你有什么好主意？”头须说：“当初我偷了您的东西，害得您一路上又冻又饿。这件事晋国人没有不知道的。主公要是用我做您的车夫，满地方游游逛逛，让大伙儿全都知道主公真不翻老账，连我这么大的罪过全不追究，别人自然可以放心了。”晋文公还真让他当了车把式，特意叫他赶着车到处转去。这么一来，外边的谣言果真消灭了，连以前反对他的人也欢天喜地地拥护他了。

晋文公的君位稳定了，他从秦国接来了文嬴（就是怀嬴），从齐国接来了齐姜，从狄国接来了季隗，然后大赏功臣，尤其是当初跟他一块儿逃过难的那一批人。他叫每个人说出自己的功劳，然后论功行赏。大伙儿这就活跃起来了。只有那个割了大腿上的肉给国君解饿的介子推不提自己的功劳，国君的赏赐也就没有他的份儿。介子推回到家里对他母亲说：“献公有九个儿子，现在只剩个公子重耳了。只要晋国还需要一个国君，自然该轮到公子重耳了。这是形势造成的，那些人自以为是他们的功劳，多么狂妄啊！”他就带着母亲隐居去了。倒是介子推手底下的人为他打抱不平，在宫门上贴了一张无名帖。晋文公一瞧，上头写的是：

有一条龙，奔西逃东；
好几条蛇，帮它成功。
龙飞上天，蛇钻进洞；
剩下一条，流落山中。

晋文公很害臊地对大伙儿说：“唉呀！我可把介子推忘了。”他立刻叫人请介子推来，可是哪儿找他去呢？晋文公是要脸面的，他不能让人家说他忘恩负义，就亲自到介子推的本乡绵山（后来又称介山，在今山西介休一带）去找他。有个老乡说：“前几天我们瞧见他背着老太太到山上去了，大概还在山上呢。”晋文公派人到山上去找他。找来找去，可就是没有介子推的影儿。有人出个主意，说："要是把整个绵山放起火来，他一定会跑出来的。"晋文公受不了那张连挖苦带损的无名帖，放火烧山的办法也不妨试一试。跟着山前山后就放起火来了。一会儿工夫绵山也像公宫一样地变成了火焰山。烧了三天三夜，逮了不少野兽，可就没见介子推出来。火灭了，再去找。居然给他们找着了。在一棵烧坏了的大树底下，介子推跟他妈互相抱着，可只剩焦头烂额，灰乎乎的一堆。晋文公一瞧，就哭起来了。大伙儿也都难受。据说那天正赶上阴历三月初三，当地的老百姓因为介子推不说自己的功劳，反倒给火烧死，以后没有心思在那天生火，大伙儿全吃凉菜凉饭。因此，有人说这就是"寒食节"的来历。

晋文公从绵山回来，正在又伤心又得意的时候，周朝的天王周襄王派人来请救兵，说天王已经逃到郑国，请列国诸侯护送天王回去。晋文公一想："难道太叔带抢了他的王位了吗？"

古籍链接

行至王城，勃鞮同公孙枝先驱入城，见了秦穆公，使丕豹往迎吕、郤。穆公伏晋文公于围屏之后。吕、郤等继至，谒见已毕，说起迎立子雍之事。

穆公曰："公子雍已在此了。"吕、郤齐声曰："愿求一见。"穆公呼曰："新君可出矣！"

只见围屏后一位贵人，不慌不忙，叉手步出。吕、郤睁眼看之，乃文公重耳也。吓得吕省、郤芮魂不附体，口称："该死！"叩头不已。穆公邀文公同坐。文公大骂："逆贼！寡人何负于汝而反。若非勃鞮出首，潜出宫门，寡人已为灰烬矣。"

吕、郤此时方知为勃鞮所卖。

——《东周列国志·第三十六回》

打猎

周襄王在中年的时候，死了王后，打算再娶一个。大夫颓叔和桃子都说：“狄国有个民谣，说，‘前季隗，后季隗，两颗明珠生光辉’。这是说从前有个季隗，后来又有了个季隗，她们是狄国最漂亮的姑娘。那个前季隗是狄君从外族掳来的美女，就是嫁给晋侯重耳的那一个。那个后季隗是狄君自己的女儿，年纪又轻，长得甭提多俊了，还没有婆家呢！天王不妨派人去求婚。”天王听了，就派那两个大夫去做媒。狄君当然答应了，就把季隗送到洛阳来。天王也不管大臣们的意见，就立她为王后，称为隗后。

隗后原来是自由惯了的，现在做了王后，天天关在宫里，陪着个年过半百的天王，她老觉得像笼子里的小鸟，长着翅膀可没有飞的份儿。她有力气也使不出来，只能打个哈欠，伸伸懒腰。有一天，她皱着眉头对周襄王说：“我从小跟着父亲骑马、打猎，身子挺舒服。这阵子在宫里享着清福，反倒觉得浑身酸懒。老这么下去，我怕会闹出病来。天王怎么不出去打打猎，也好让我活活血脉。”

天王正想讨隗后的欢心，一听她要打猎，就择了一个好日子，举行一个打猎竞赛。地点就在北邙山（在今河南洛阳北；邙：máng）。山腰里搭了帐篷跟一座台，周襄王和隗后坐在台上观看。山上树木茂盛，隐隐约约露出一条一条的山路跟一片一片的平地，真是一个打猎的好地方。周襄王下了一道命令，说：“飞禽也好，走兽也好，只要拿到够三十只的，得头等赏；够二十只的，得二等赏；够十只的，得三等赏；十只以下的没有赏。”一会儿工夫，王子、王孙、大将、小兵，个个奋勇，人人逞能，东奔西跑，追南逐北，把个北邙山闹得天翻地覆。

快到黄昏时分，天王传令，交上猎物。不大一会儿，王子、王孙、大小将士全来献功。有交上十几只的，也有交上二十几只的，唯有太叔带（周惠王的儿子、周襄王的弟弟，名字是带，又叫王子带）交上了三十几只，还全是香鹿子、野兔儿等顶不好逮的东西。他得了头等赏。隗后把太叔带一个劲儿地夸个没完。俗话说得好，“见猎心喜”，隗后不由得心里痒痒的，要卖弄卖弄她的本领。她对周襄王说：“天还早着呢。我也想打一回猎，练练筋骨，天王可答应不答应啊？”天王一听隗后软声软气的要求，哪儿有不答应的道理？就吩咐将士儿郎们再来一回。隗后笑眯眯地脱去外衣，就露出全副武装来了。肩膀上背上一张弓，腰里插上几支箭，手里提着不长不短的、跟她身量一般高的一支戟，向周襄王行了一个礼，准备出发了。周襄王吩咐左右预备车马。隗后说：“骑马可比坐车方便，还是骑马吧！我从狄国带来的丫头们都会骑马，请在天王面前试试吧！”天王就叫人拉过几匹好马来，有七八个宫女立刻骑上去了，隗后挑了一匹白马，正打算跨上去，周襄王怕摔坏了她，就对王子、王孙们说：“谁是骑马的能手，保护王后去！”太叔带自告奋勇，说：“臣愿保驾！”周襄王说：“兄弟你去，我可放心了。”隗后跨上马，领着宫女们跑下去了。太叔带在后头跟着。隗后成心要在太叔带面前卖弄能耐，连着把马打上几鞭子，飞一般地跑了去。太叔带也要显显骑马的本事，把宫女们的马队全甩在后面。两匹马一前一后在山道上直跑。转过山腰，隗后把马缰绳勒住，夸奖太叔带，说：“早就听说叔叔的能耐，今天才看见了。”太叔带说：“臣下是刚学骑马的，哪儿比得上王后的万分之一！”两人也没有别的话可说，呆呆地对看着。他们可不能老这么看下去，宫女们的马队也赶到了。正巧山上的士兵赶下一群鹿来。太叔带连连射了两箭，射倒下两只大鹿。隗后故意挑了一只小鹿，一箭射去，那只小鹿蹦得半丈来高，摔下来又跑了几步就不动了。大伙儿连声叫好。宫女们带着三只鹿回来。太叔带护着王后来见天王。周襄王乐得只会说：“王后可受累了！王后真有能耐！”

第二天，太叔带上朝谢恩，回头就到母亲惠太后那儿去问安。隗后也在旁边呢！两个人免不了又是眉来眼去地打着暗号。他们跟太后敷衍了几句，一先一后地出来，找个清静的屋子，痛痛快快地聊了一阵子。郎才女貌，再也不想离开了。宫女们全知道太叔带是惠太后的宝贝儿，乐得做个人情，谁也不管。再说多少也能有点好处。

后来小叔子跟嫂子的事儿叫天王知道了，隗后被打入冷宫，太叔带逃往狄国去了。惠太后一瞧鸡也飞了，蛋也打了，心里一别扭，害起病来了。颓叔、桃子两个大夫可是大媒呀，现在一瞧隗后被打入冷宫，恐怕天王要跟他们过不去，也跟着太叔带逃到狄国。他们对狄君说："当初我们是替太叔带求婚的，没想到天王瞧见了季隗，就自个儿留下了。后来隗后到太后那儿去请安，碰见了太叔带。两个人原来是夫妻，没想到中途出了娄子，不由得同病相怜，多说了几句话。哪儿知道人多嘴杂，鸡一嘴、鸭一嘴地说开了。天王不问青红皂白，把隗后打入冷宫，把太叔带轰出来了。他这一手不但对王后、太叔无情无义，简直把大王您也不放在眼皮底下了。我们特意来向贵国借兵打到洛阳去，大伙儿救出王后，立太叔为天王。这可全是贵国的功劳。"狄君就利用这个机会，派两员大将率领五千骑兵打到洛阳去。

天王听说狄人帮助太叔带来夺王位，就从原城把周朝的卿士原伯贯调来，叫他为大将，率领着三百辆兵车前去迎敌。没想到这批"王师"全是"老爷兵"，碰见了个儿高大的狄人，已经吓走了半条命，双方一开战，剩下的那半条命也保不住了。大将原伯贯做了俘虏。急得天王一点主意都没有，只好请出周公、召公管理朝政，自己带了十几个亲近的随从逃往郑国，也算是"打猎"去了。

信用第一

太叔带进了京城，第一件事是把隗后放出冷宫，然后一块儿去拜见害着重病的惠太后。惠太后说："你能做君王，我就是死了也有面子。"说完了哈哈哈地大笑三声，真断了气。太叔带传令，说是奉了太后的遗嘱，立刻即位为天王，立隗后为王后。一边拿出不少金银财宝赏给狄人，叫他们驻扎在城外，一边给太后办丧事。

太叔带把国家大事交给周公、召公去办，还把原伯贯放了，让他回到原城去，自己带着隗后搬到温邑去享清福。没想到周襄王到了郑国的氾城（在今河南襄城一带；氾：fán），写了一个通告，派人送到齐、宋、陈、郑、卫等国，报告事情的经过，各国都派人去慰问天王，或者送点吃的东西给跟着天王"打猎"的那班人，可是没有人发兵护送他打回洛阳去。有人对天王说："现在诸侯中间只有秦伯和晋侯想做霸主。秦国有蹇叔、百里奚、公子絷一班大臣，晋国有赵衰、狐偃、胥臣一班大臣。只有他们能会合诸侯，扶助天王。别人恐怕全不中用。"天王就打发两个使者，一个去见秦穆公，一个去见晋文公。

晋文公一听见天王逃难的消息，就打算带领大队兵马打到洛阳去。他的兵马刚要动身的时候，听说秦国的兵马已经到了黄河边了。晋文公立刻派人去见秦穆公，说："敝国已经发兵去护送天王，您就不必劳驾了。"秦穆公说："好吧！我怕贵国一时不便发兵，只好亲自出来。现在我就等着你们马到成功的好消息。"蹇叔、百里奚说："晋侯不叫咱们过去，明明是怕咱们分了他的功劳哇！咱们不如一块儿去！"秦穆公说："我不是不知道。不过重耳做了国君，还没立过大功。这回护送天王的大功，就让给他吧！"于是他打发公子絷到氾城去慰问慰问天王，自己带着大军回去了。

公元前 635 年（周襄王十七年，秦穆公二十五年，晋文公二年），晋国的兵马打败了狄人，杀了太叔带、隗后、颓叔、桃子等一班人，护送天王回到京城。朝廷上的大臣们把晋文公当作第二个齐桓公。周襄王大摆酒席，慰劳晋文公，还赏了他不少黄金和绸缎。晋文公再三推辞，说："重耳可没立什么大功劳，不敢接受天王的赏赐。可是我已经老了，就只求天王一件事，我死了以后，希望有条地道通到坟坑的门上。我在地底下也就感激天王的大恩了！"依照古时候的规矩，诸侯的棺材只能由地面上吊到坟坑里去，只有天王的棺材才能够由地道里抬进去。要是晋文公能修条地道，他死了以后的风光可不小哇！周襄王一想："你也打算有条地道通到坟里，这不是占了我的面子吗？我宁可倾家荡产来打发你，可不能破坏做坟的规矩。"他回答说："这可是先王规定的制度，我哪儿敢更改呢？不过我不能忘了你的大功。我把邻近京城的温城、原城、阳樊、攒茅四座城封给你吧。"晋文公不敢违背天王的命令，赶快磕头谢恩。

晋文公拜别了天王，派栾枝去接收温城，魏犨去接收阳樊，颠颉去接收攒茅，自己则带了赵衰领着大队人马去接收原城。为什么要领着大队人马去接收原城呢？因为原城本来是周朝卿士原伯贯的土地。周襄王因为原伯贯打了败仗，害得他逃到氾城，就把原城改封给晋文公。晋文公恐怕原伯贯不肯交割，因此不得不用武力去接收。

果然，那三座城接收过来了，只有原城关着城门不让晋国人进去。原伯贯对手下的人说："晋国人一进来就要屠城。听说阳樊的老百姓就是这么给杀光的。"他带领着人马和老百姓日日夜夜地守着城。晋国人干瞧着打不进去。晋文公愁眉苦脸地跟赵衰商量着，一个小小的原城还打不下来，可真没有脸了。要是不把原城弄到手就退兵回去，那也太不像话了。就算退兵吧，多少也得找个台阶下，才不会叫别人笑话。他们商量了老半天，末了还真想出一个好主意来了。

晋文公下了一道命令，吩咐将士儿郎们每个人带着三天的粮草，要是

晋文公重耳

再过三天还打不进去，就退兵。暗地里再派人把这个信儿带进城里去，传给原城的老百姓听。城里的老百姓得了这个信儿，半信半疑。这也许是晋国人的诡计吧！要是过了三天，就不做准备，晋国人冷不防打进来，那可怎么办呢？原城人当中也有自作聪明的，他们在第三天的晚上偷偷地到了晋国的兵营去探听消息，嘴里说："我们情愿投降，明天晚上一定大开城门。老百姓特意叫我们先送个信儿。"晋文公早已明白他们是来套他的口气的，就说："我已经下了命令，期限就是三天。现在已经过了，明天一早我们就要退兵。信用第一，这座城我们也不要了。你们好好地看着吧！"将士们干着急地说："只要多留一天工夫，咱们一定能够把这座城弄到手，怎么也不能退兵。"晋文公理着胡子，说："信用是国家的宝贝。为了得到一座城，失了晋国的信用，这可犯不上！"将士们和原城的老百姓都觉得这话不错。

到了第四天早上，晋文公吩咐将士儿郎们排好了队伍，一批一批地离开原城。他们辛苦了这么些日子，如今回去，又没有敌人追着，乐得慢慢地走。

原城的人瞧见晋国人真回去了，这才知道晋文公真是讲信义的。再说他们已经听到了阳樊人并没遭到屠杀。大伙儿乱哄哄地在城墙上插了降旗。有的用绳子从城墙上吊下来，要求晋侯回去。原伯贯一瞧人心变了，没法禁止，只好顺水推舟地打发人去请晋文公回来。幸亏晋国的兵马走得慢，一下子就追上了。晋文公把兵马驻扎下来，自己带了一班武士进了原城，先安抚安抚老百姓，然后很有礼貌地对待周朝的卿士原伯贯，请他搬到河北去住。晋文公叫赵衰为原城大夫，同时管理阳樊，叫郤溱为温城大夫，同时管理攒茅。晋文公虽然不能修条地道直通坟坑，可是得了四座城，再说这全是天王自己的城，这一份实惠可真不小。从此，晋国在洛阳附近也有了土地了。

有怨报怨

晋文公护送周襄王回去，接收了四座城回来以后，宋成公（宋襄公的儿子）打发公孙固跑到晋国来请救兵，说是楚国派成得臣带着陈、蔡、郑、许四国诸侯来攻打宋国。晋文公召集大臣们商量怎么办。将军先轸说："楚是蛮族，老欺负中原。主公打算帮助中原诸侯，做个霸主，这可是时候了。"狐偃说："曹国和卫国本来跟咱们有仇，新近又归附了楚国，咱们只要去征伐他们，楚国一定去救，宋国的围也能解了。"晋文公就答应公孙固的要求，叫他先回去，晋国的兵马随后就到。

晋文公早就看出要做中原霸主就得打败楚国，可是单靠晋国原来这点兵力是不够的。他把这个意思告诉了大伙儿。赵衰出了个主意，说："依照历来的规矩，大国能有三个军，中等国两个军，小国一个军。先君武公开始建立了一个军。献公扩充到两个军，合并了虞、虢等十多个小国，添了一千几百里土地。到现在难道晋国还不能算大国吗？咱们早就该有三个军了。"晋文公就扩充军队，很快地编成了上中下三个军。拜郤縠（hú）为中军大将，郤溱为中军副将；狐毛为上军大将，狐偃为上军副将；栾枝为下军大将，先轸为下军副将；赵衰、荀林父、魏犨等各有各的职位和官衔。队伍整齐，士气高涨。三军人马浩浩荡荡，杀奔曹国而去。

他们虽说是去攻打曹国，可先向卫国借个道，说是要去征伐曹国。卫国的大夫元咺（xuǎn）对卫成公（卫文公毁的儿子）说："先前晋公子重耳逃难到这儿，先君（指卫文公毁）不准他进城，已经结下了冤仇。如果这回再不借道，恐怕这冤仇越结越深。依我说，还是答应的好！"卫成公说："咱们已经跟曹国一同归附了楚国，要是咱们借道给晋国，让他们去打曹国，这不是窝里反吗？咱们不答应晋国，还有楚国帮咱们，要是得罪了楚国，那可叫咱们去依靠谁呢？"他就不答应晋国的要求。

晋文公一听卫国不借道，气上加气，就叫郤縠带领大队人马绕到南边渡过黄河先打卫国。他们到了五鹿城外那个地方，晋文公瞧见那棵大树，不由得触景生情，叹了一口气，说："唉，这儿正是介子推大腿上割肉的地方！"说着掉下眼泪来，旁边的将士也觉得鼻子酸溜溜的。魏犨可没有那么些眼泪，他大声嚷嚷地说："别唉声叹气了！大丈夫有仇报仇，有怨报怨，先打进城，才是道理！"先轸也说："对呀！咱们动手吧！"晋文公点了点头。

先轸和魏犨带着兵马使劲地攻城。五鹿城哪儿抵挡得住呢？没有多大工夫，五鹿城就给打下来了。先轸派人向晋文公报告。晋文公理着胡子得意扬扬地对狐偃说："当初这儿的庄稼人给咱们一块土疙瘩，你还打哈哈，说这是咱们得到土地的先兆。如今得了五鹿城，可真应了你那句话了。"他就叫老将郤步扬镇守五鹿城，大军继续前进。没有多大工夫到了敛盂（卫国的地名，在今河南濮阳市），大军驻扎下来。

晋文公打发使臣去和齐国通好。这时候齐孝公已经死了，他的异母兄弟公子潘（齐桓公的儿子）刚即位，就是齐昭公。齐昭公不敢怠慢，亲自到敛盂来跟晋文公会盟。卫成公一听五鹿城丢了，已经后悔没借道给晋国，这会儿又听说齐国也去帮助晋国，连忙打发宁俞（就是宁武子）到晋国兵营里去求和，可是已经晚了。晋文公气冲冲地说："卫国不但不肯借道，反倒归附蛮子，还像个中原诸侯吗？现在我早晚得踩平楚丘。他这时候才来讲和，可见不是出于真心。"晋文公是主张以怨报怨的，凡是得罪他的，他很少不报复。宁俞没法办，碰了一鼻子灰回去。

宁俞回去报告了卫成公，这下可把卫成公急坏了。他知道晋国人就要打到楚丘来了。卫国凭什么去抵抗呢？一天到晚，老是提心吊胆。只要听见街上有人打架，或是有头驴在那儿叫，他就以为晋国的兵马到了。宁俞对他说："晋侯这会儿正在气头上，什么事全做得出来。咱们不如先躲一躲，然后再想法儿去托个人说说情吧！”卫成公也琢磨不出什么好主意来，只好嘱咐大夫元咺帮助他的兄弟叔武管理朝政，自己逃往襄牛（卫地，在今河南睢县）去了，同时派人到楚国兵营里去求救。

晋国的中军大将郤縠死在军中。晋文公因为先轸夺取五鹿有功，就拜他为中军大将，另外再派胥臣为下军副将，接替了先轸原来的职位。先轸率领中军，打下了楚丘。晋文公想灭了卫国，先轸反对说：“咱们原来是为了帮助宋国而来的，今天宋国的围还没解除，卫国倒先给咱们灭了。这怎么说得过去呢？扶助弱小的和有困难的诸侯，才是霸主的事业！咱们不如离开这儿，去打曹国。等到楚国的救兵到这儿，咱们早已到了那边了，好叫楚国人扑个空。”

晋文公就照先轸的话去围攻曹国。曹共公也是个宝贝儿。当初卫懿公喜欢仙鹤，拿大夫坐的篷儿车去装仙鹤，拉出来玩儿，已经够瞧的了。哪儿知道曹共公比他更进一步。他觉得仙鹤哪儿有美女风光呢？再说，才几十辆篷儿车又有什么意思呢？他拿了三百多辆大夫坐的篷儿车去给三百多个宫女坐。她们一出来，满街是胭脂粉的香味。曹共公正在那儿乐得出神，晋国的兵马已经到了城外了。他只好把这股高兴劲儿收起来，召集大臣商议商议。

大夫僖负羁说：“从前晋公子重耳逃难到这儿，受了咱们的气，这回他发兵来报仇，来势挺凶。咱们不如向他赔不是，求和，省得老百姓受罪。”曹共公说：“他不答应卫国求和，能答应咱们吗？”另外有一个大夫，他知道国君准不能听僖负羁的话，就说：“当初重耳逃到这儿，僖负羁偷偷地送他酒席。今天又说要去求和，他明明是个吃里扒外的奸贼。我说，先杀奸贼，再打敌人。”曹共公说：“得了。看在他过去的功劳分上，免了他的死罪，革去他的官职吧！”说完，他就发兵去对敌。

两国一开战，曹国就打败了。魏犨和颠颉在这一仗里非常卖力气。他们逮住了曹共公，献给晋文公。晋文公把他关在五鹿，打算逮住卫成公以后，一块儿治罪。

赏罚分明

晋文公打下了卫国和曹国，以前逃难时候所受到的那口气总算出了。大伙儿全挺痛快。赵衰提醒晋文公，说："大丈夫有怨报怨，可别忘了有恩报恩哪！"晋文公可不是忘恩负义的人，虽说他把仇人比恩人记得更清楚些。这会儿听到赵衰的话，就说："当然，当然！请问报谁的恩？"赵衰说："当初主公不是说过吗？要是您能够回到晋国的话，必定报答僖大夫的情义。"晋文公急着说："哎呀！真的！他在哪儿啊？怎么曹国大夫的名单上没有他呢？"细一追究，才知道僖负羁被革了职，这会儿住在北门，做了老百姓了。晋文公立刻下令保护北门。他要报恩，就得像个样儿。跟着又下了一道挺厉害的命令，说："不论谁，要是碰了僖家的一根草，就有死罪！"他在城里留下一部分人马，自己回到城外大营里去了。

魏犨和颠颉两个人听到了这道命令，心里挺不服气。魏犨说："咱们跟着他一十九年，吃了多少苦，受了多少累。这回又死劲那么一拼命，才打了个胜仗。他倒没说什么。难道咱们的功劳算白饶了吗？那个姓僖的算老几？他不过费了点酒饭，芝麻粒儿那么大的一点好处，就这么大惊小怪起来！"颠颉说："可不是嘛！要是僖负羁那老头子做了晋国的大官，咱们还得听他的呢！我说，不如放一把火干脆把那老家伙烧死，难道当真砍头吗？"魏犨说："对！就这么办。"

这两个大老粗气呼呼地发完了牢骚，又喝了一阵酒。到了半夜里，他们带了几个小兵，把僖负羁的房子围上，四外里放起火来。碰巧那天风刮得挺大，没多大一会儿工夫，北门一带烧得通红。魏犨有的是力气，正没处使呢，再说又喝了几碗黄汤，醉嘛咕咚地起了杀性。他跳上门楼，在房檐上乱跑，打算跳到院子里去杀僖负羁。没想到脚底下的屋子塌了。扑通一声，魏犨栽下来，摔了个仰面朝天。跟着哗啦一声，一根烧坏了的房梁正砸在他的胸脯上。魏犨大叫一声，口吐鲜血。前后左右的火苗向他舔来，胸脯上疼得钻到五脏里去了。只要他一松劲，叹一口气的话，他就完了。可是他咬着牙，推开烧着了的房梁，挣扎着爬起来，扒住柱子，又爬上房顶上去，转来转去地逃了出来。浑身还都冒着烟哪，头发、胡子烧了一大半。他一边跑，一边撕去衣裳。赶到他再跳下来，躺在道上的时候，已经快没气了。可巧颠颉赶到，把他抱上车，一块儿回营去了。

狐偃、胥臣等瞧见北门起火，慌慌张张地带着士兵赶了去。一瞧，原来是僖负羁的家里着火了。他们就立刻救火。一直闹到大天亮，火才灭了，晋文公也赶到了，愣头愣脑地去看僖负羁。僖负羁被烧得死去活来的，听说晋文公到了，才使劲地睁开眼睛，瞧了他一眼，就咽了气。

晋文公气可大了。他查出来火是魏犨跟颠颉放的，就要把他们处死。赵衰说：“他们两个人跟着主公奔波了一十九年，新近又立了大功，还是往轻里办吧。”晋文公说：“有功劳的人都许犯法，那往后我的命令还有用吗？功是功，过是过，赏罚必须分明。”赵衰说：“主公的话当然是对的，不过魏犨是咱们将军当中最勇猛的，杀了他实在可惜。再说这回放火是颠颉主使的。办了他也就是了，何必多杀人呢？”晋文公仰着脑袋，理着胡子，又琢磨了一会儿，说：“魏犨虽说勇猛，可是已经受了重伤。看来也不能活了，就按照军令杀了吧。”赵衰说：“让我先去瞧瞧。要是他真不行，就照主公的话办；要是他还行，不如留着这个老虎似的将军，让他戴罪立功。”晋文公点了点头，说：“由你去办吧！”回头对荀林父说：“你把颠颉带到这儿来！”

荀林父带着颠颉进来了。晋文公开口大骂：“你为什么违犯军令，烧死僖负羁？”颠颉早就明白十九年的功劳算是白费了，反正怎么也是个死，落得出一口怨气。他就连损带挖苦地说：“介子推割下大腿的肉给你吃，也给你烧死了；僖负羁给你酒肉吃，当然也得一样对待呀！”晋文公一听，好比戳了他的肺管子似的，气得脸都发青了，他说："介子推是自个儿跑的，怎么能赖我呢？"颠颉顶他一句，说："僖负羁又没跑到绵山上去，你怎么不早去瞧瞧他呢？你要是存心报恩的话，为什么不去请他来呢？"晋文公更加火儿了，没有工夫跟他再瞎扯，就叫武士们把颠颉推下去砍了，吓得上上下下都像夹尾巴狗似的直打哆嗦。

赵衰奉了晋文公的命令，偷偷地去看看魏犨。魏犨胸脯受了重伤，浑身没有一块好肉，有气无力地躺着。一听到赵衰来瞧他，直肠汉长出心眼儿来了。他叫左右赶快用布帛裹紧了他的胸脯，咬着牙，亲自出来迎接赵衰。赵衰一愣，问他："听说将军受了重伤，怎么你起来了？主公叫我来瞧瞧你。你还是好好地休息休息吧！"魏犨说："主公打发大臣来瞧我，我哪儿敢失礼呢！我知道我犯的是死罪。万一能免我一死，我没有别的说的，一定拿这死里活过来的身子去报答主公的大恩和诸位的情义！"说着他故意在赵衰面前卖弄他的能耐，就向前边跳了两回，又向高处跳了三回。赵衰赶快叫他别再这么着，说："将军好好地休养，我替你向主公去求情就是了。"

赵衰回去指手画脚地向晋文公报告了魏犨的话和又蹦又跳的情形。晋文公心里当然喜欢，嘴里可不说什么。他出来，在大臣们面前问赵衰，说："魏犨和颠颉在一起。颠颉放火，他也不去拦他，该当何罪？"赵衰说："应当革去官职，叫他戴罪立功。"晋文公就革去了魏犨的官职。大伙儿又抽了一口冷气，谈论着说："颠颉和魏犨有了十九年跟随主公的大功，近来又打了胜仗。可是一朝违犯了军令，重的死罪，轻的革职。旁的人犯了法更别提了。"上下三军全都知道国君赏罚分明，谁也不敢含糊。

退避三舍

楚成王听说晋国一连气打下了卫国和曹国，就打发人叫成得臣回去，还告诉他说："重耳在外头跑了一十九年，现在已经六十多了。他是吃过苦挺有经验的人。咱们跟他打仗，未必能占上风，你还是趁早回来吧！"

成得臣以为宋国早晚就可以拿下来，不愿意退兵。他派人去对楚成王说："请再等几天，等我打了胜仗回来。如果碰见晋国人，也得跟他们拼个死活。万一打败了，我情愿受军法处置。"楚成王一瞧成得臣不回来，心里挺不痛快，就问已经退职的令尹子文（令尹，是楚国的官衔，相当于中原的相国）。子文说："现在晋国挺强，重耳帮助宋国是打算做霸主。我想还是关照子玉（成得臣字子玉）留点神，千万别跟他撕破了脸。能够讲和最好，还能得到一个平分南北的局面。"楚成王再派人去通知成得臣。成得臣禁不住好几次通知，只好软下来。他下令暂时停止进攻，可不好意思马上退兵。他派人去对晋文公说："楚国对于曹国和卫国，正像晋国对于宋国一个样儿。您要是恢复曹国和卫国，我就不打宋国，咱们彼此和好，省得叫老百姓吃苦。"晋文公还没说什么呢，狐偃开口就骂："成得臣这小子好不讲理！他放了一个还没打败的宋国，倒叫我们恢复两个已经灭了的国家。哪儿有这么便宜的买卖？"他把成得臣派来的使臣扣起来，把手下的人放回去。

晋文公又要了一些手腕，一方面打发使臣去联结秦国和齐国，请他们一块儿来帮助中原的诸侯，抵御楚国这个“蛮族”；一方面通知卫成公和曹共公，叫他们先去跟楚国绝交，将来一定恢复他们的君位。他们当然是怎么说就怎么依的，就写信给成得臣。成得臣正替这两国说情，他们倒来跟他绝交。他这一气，差点儿气昏过去。双脚乱跺地嚷着说：“这两封信明摆着是那个饿不死的老贼逼他们写的。算了！不打宋国了！去找重耳这老贼去！打退了晋国再说。”他就带着兵马，一直赶到晋国人驻扎的地方。

中军大将先轸一瞧楚国人过来，就打算立刻开战。狐偃说：“当初主公在楚王面前说过，要是两国打仗，晋国情愿退避三舍。这可不能失信。”将士们都反对，说：“这怎么行？晋国的国君还能在楚国的臣下面前退避吗？”狐偃说：“咱们不能忘了当初楚王对咱们的好意。退避三舍是向楚王表示好意，哪儿是向成得臣退避呢？再说，要是咱们退兵，他们也退兵，两国就容易讲和了。那不是挺好吗？要是咱们退兵，他们还追上来，那就是他们的不是了。咱们有理，他们没理，咱们的将士个个理直气壮，他们的将士还是自高自大，两国打起来，对咱们就有利。”大家才没有话说了。晋文公吩咐军队向后撤退。一直退了九十里，到了城濮（卫地，在今山东鄄城西南），才停了下来。这时候，秦国、齐国、宋国的兵马也先后到了。

楚国人一瞧晋国人往后退，大伙儿不用提多痛快了。大将斗勃对成得臣说：“晋国的国君直躲着楚国的大臣，咱们已经有了面子了。大王早就叫咱们回去，咱们也不能太固执。我瞧咱们既然有了面子，就下台阶吧。”成得臣说：“现在回去已经晚了，倒不如打个胜仗，还可以将功折罪。咱们追上去吧！”楚国人就追到了城濮。双方的军队都在那边驻扎下来，好比密密层层的黑云彩遮住了整个天空，随时随刻都能来个狂风暴雨。

晋文公向来知道成得臣的厉害。将士们也都知道楚国好些年没打过一个败仗。再说晋国的兵马退了九十里了，楚国人一步死盯一步，大伙儿心里多少有点害怕。晋文公尤其不放心，万一打个败仗，别说不能做霸主，从这儿往后，中原诸侯只好听楚国的了。从前齐桓公和管仲还不敢轻易跟他们开仗呢！他越想越担心，越担心越心虚。他的心好像是给蜘蛛网粘住了的小虫，越挣扎缠得越紧。到了晚上，翻过来掉过去地睡不着，好不容易刚睡着，就做了个噩梦。梦见蜘蛛不但用丝缠住他，还真咬他。

第二天，晋文公对狐偃说：“我可有点害怕。昨儿晚上我做了个梦。我好像还在楚国，跟楚王摔跤。我摔不过他，摔了一个大仰壳。他趴在我身上，直打我脑袋。到这时候我脑袋还有点疼呢！”狐偃可真会说话，他直给晋文公打气，说：“大喜，大喜！咱们准打胜仗！”晋文公说：“这话怎么讲？”狐偃说：“主公仰面朝天，分明是得到了老天爷的帮助；楚王向您一趴，还不是向您请罪吗？”晋文公一听他这么一说，脑袋也不疼了，也觉得自己有了胆量，就鼓动将士们准备跟楚国人对打。

两边一开战，先轸故意打个败仗。成得臣骄傲自大，一向不把晋国人搁在眼里，一看他们逃跑，就不顾前后地直追上去。先轸就这么把楚国人引到有埋伏的地方，切断他们的后路，杀得他们七零八落，有腿的快快地跑了。晋文公连忙叫先轸嘱咐将士儿郎们，只要把楚国人赶跑就是了，不许追着杀，省得辜负了楚王先前的情义，留个后路，日后还可跟楚国和好。楚国的将军成得臣、斗勃、斗宜申、斗越椒带着那些败兵，沿着睢水跑。跑了一阵，正打算歇歇腿，突然一阵鼓响，出来了一队晋国的人马。领头的那个将军正是楚国人顶害怕的大力士魏犨。魏犨自从胸脯好了以后，格外卖力气。他瞧见了楚国的败兵，就把他们围起来，打算一个一个地收拾他们。他正在那儿要动手的时候，忽然来了个“飞马报”，大声嚷着说：“千万别杀！主公有令，让楚国的将士回去，好报答楚王的情义！”魏犨只好叫士兵们让开一条去路，吆喝着说：“便宜了你们！”楚国人这才低着脑袋，急急忙忙地跑了。

成得臣一直退到连谷城（楚国地名），打发儿子成大心带着剩下的军队去见楚成王。楚成王气冲冲地数叨着说：“我直告诉你们别跟晋国人开仗，你们偏不听我的话！你父亲自己说过愿受军法处置，还有什么说的？”成大心说：“我父亲早知道有罪，当时就要自杀。我跟他说，见了大王，让大王处治吧！”楚王说：“打了败仗的将军，不能活着回来，这是楚国的规矩，用不着废话。”成大心只好哭着回到连谷城去了。

有一位大臣知道了这件事，赶紧去见楚成王，对他说：“子玉是个猛将，就是没有计谋，本来就不该叫他独个儿带兵，让他自作主张。要是有个谋士在旁边，一定能够打个胜仗。这回虽说是打败了，可是以后能打败晋国的还得是他。大王不如免了他的死罪吧。”楚王一想这倒是，就立刻打发人去传命令：“败将一概免死。”可是等传令的人赶到连谷城，成得臣已经自杀了。

晋国打败楚国的消息传到了洛阳，周襄王听了又是高兴，又是害怕。高兴的是从这往后，楚国大概不敢再来侵犯中原了；怕的是晋国太强，往后也不容易对付。对这么强大的诸侯他也不得不拉拢拉拢，就派大臣王子虎去慰劳晋文公。晋文公趁着这个好机会，跟王子虎约好了日子和地点，准备召集诸侯，订立盟约。公元前632年，晋文公带着宋、齐、鲁、郑、陈、蔡、邾、莒等国的诸侯到了践土（郑国地名，在今河南原阳一带），开个大会。秦国远在西方，向来没跟中原诸侯会过盟。许国一直是服侍楚国的，也没来。卫成公还在襄牛，曹共公押在五鹿，他们当然不能到会。周襄王就叫王子虎跟别的大臣去会见诸侯。晋文公献上楚国的俘虏一千名，兵车一百乘。王子虎他们替天王慰劳各路诸侯，叫他们好好地扶助王室，自己别打来打去。当时就正式称晋文公为盟主。列国诸侯挺热闹地在王子虎面前“歃血为盟”。

古籍链接

晋文公集诸将问计。先轸曰：“本谋致楚，欲以挫之。且楚自伐齐围宋，以至于今，其师老矣。必战楚，毋失敌。”

狐偃曰：“主公昔日在楚君面前，曾有一言：‘他日治兵中原，请避君三舍。’今遂与楚战，是无信也。主公向不失信于原人，乃失信于楚君乎？必避楚。”

诸将皆艴然曰：“以君避臣，辱甚矣。不可，不可！”

狐偃曰：“子玉虽刚狠，然楚君之惠，不可忘也！吾避楚，非避子玉。”

诸将又曰：“倘楚兵追至，奈何？”

狐偃曰：“若我退，楚亦退，必不能复围宋矣。如我退而楚进，则以臣逼君，其曲在彼。避而不得，人有怒心，彼骄我怒，不胜何为？”

文公曰：“子犯之言是也。”传令：“三军俱退！”

晋军退三十里，军吏来禀曰：“已退一舍之地矣。”文公曰：“未也。”又退三十里，文公仍不许驻军，直退到九十里之程，地名城濮，恰是三舍之远，方教安营息马。

——《东周列国志·第四十回》

跟国君打官司

践土大会上没有卫成公，卫国是由他的兄弟叔武带着大夫元咺去会盟的。会盟完了，晋文公要惩办躲在襄牛的卫成公，就要废他，立叔武为卫君。叔武流着眼泪推辞，说："盟主要是可怜敝国，还是让我哥哥做国君吧！他一定改过自新，一辈子忘不了您。我是他的兄弟，怎么能占他的君位呢？"元咺也跪下来，替卫成公求饶。晋文公一瞧他们一个劲儿地替卫侯求情，只好答应了。叔武和元咺谢过了晋文公，高高兴兴地回去了。

万没想到叔武这么爱护卫成公，卫成公反倒把他杀了。这时候各国诸侯全散了。元咺就跑到晋国，趴在晋文公面前哭着说："我们的太叔给卫侯杀了，请盟主做主。"晋文公摸不清是怎么回事，就问他，说："我本来要把那个昏君废去，太叔直给他说情。这么一个好兄弟怎么反倒给杀了呢？"元咺说："昏君跑出去的时候，叫我跟太叔掌管国家大事。我还怕昏君不放心，叫我的儿子元角跟着他去，作为抵押。他果然疑心太叔要夺他的君位，还疑心元角是我们派了去暗中监视他的。他先把元角杀了。那时候，我们的大司马劝我快跑。我还说，'在这紧要关头，我要是跑了，谁还来顾全这个局面呢？杀我儿子是私事，顾全大局是公事。我不能为了私事甩了公事'。我还是跟着太叔。后来我们请您开恩，让这个昏君回国。太叔乐得跟什么似的亲自去迎接他。太叔还没见着他的面，就叫昏君派来的先锋歂

(chuán)犬一箭射死了！”

晋文公听了，一边安慰元咺，一边对大臣们说：“咱们刚打败了楚国，会合了列国诸侯，在践土订了盟约，就为的是指望各国诸侯扶助王室，维护正义。卫侯刚恢复了君位，就恩将仇报，杀了他的兄弟。要是这么无法无天地下去，那还了得。你们得想个办法呀！”先轸说：“征伐有罪是霸主的职责；训练兵马是我的职责。请主公下令吧！”狐偃说：“别忙！霸主是借重天王号令天下的。现在天王慰劳诸侯，诸侯反倒不去朝见天王，这可说不过去。主公不如会合诸侯，一块儿上洛阳去朝见天王。那时候再把卫国太叔冤枉的事情告诉天王，请他下令去征伐卫侯。主公奉了天王的命令去征伐，那才有个光明正大的名义。”

晋文公派赵衰到洛阳去约一个朝见天王的日子。天王反倒害怕了，叫王子虎去推辞。赵衰对王子虎说：“这可不行，诸侯朝见天王是名正言顺的事。要是天王嫌各路诸侯一齐到了京城，有点招摇，那么，那么……”王子虎问：“那么怎么办？”赵衰说：“那么，请天王到我们的河阳（在今河南孟州一带）去，就算是到那儿去打猎。诸侯在那儿朝见天王。这不是一举两得吗？”王子虎又去跟周襄王商量。周襄王一想：“河阳在晋国。重耳叫我到哪儿，我就到哪儿，我简直听他的使唤了，还像个天王吗？我要是不去，叫他们上这儿来，又怕出乱子。这倒不得不防备。”他皱着眉，自言自语：“不让他们朝见吧，那可不好。王室没有势力，诸侯早就不把天王放在眼里了。难得重耳有这一番好意，会合诸侯来扶助我。我要是不去吧，好像太不识抬举了。唉，我还是去吧！就算是我到河阳去打一回猎，这又有什么不行呢？”他觉着这道理挺不错：不是诸侯来请天王，而是天王自己到河阳去打猎。他这么一想，就觉得有了面子了。

就在那年冬天践土开会之后半年，晋文公率领着齐、宋、鲁、秦、郑、陈、蔡、邾、莒，连自己一共十国诸侯到了河阳。秦穆公上回因为路远没来得及，这回早准备好来了。卫侯自己也知道有罪，本来不敢来，经过宁俞的劝告，就带着宁俞、针庄子和士荣三个大臣来见晋文公。晋文公不许他们相见，还派兵守着他们。许国比郑国更接近楚国，只好归附楚国，这回还是不来跟中原诸侯会盟。十国诸侯朝见了天王以后，晋文公就把卫叔武的委屈告诉了天王，请他指定王子虎审判这件案子。天王不敢得罪霸主，不乐意也得干。晋文公和王子虎派卫国的士荣做审判官，审判立刻就开始了。这边是原告元咺，那边是被告卫成公。王子虎说：“君主和臣下不好意思互相打嘴架，还是请卫侯指定一个代理人吧。”卫成公就叫针庄子为辩护人。

元咺先把卫成公怎么样嘱咐叔武代管国事，怎么样杀害元角，又怎么样杀害叔武，连前带后说了一遍。被告的辩护人针庄子开始辩护，说：“这全是歂犬不好。他在卫侯跟前说太叔抢了君位，在践土和列国诸侯去会盟，卫侯不该听信这些话。听信别人的话是不对的，可并没有杀害太叔的心。”元咺说：“要是卫侯信任太叔，怎么还能错听别人的话呢？我当初怕他不能信任太叔和我，才叫我儿子元角跟着他作为抵押，明明是叫他放心的意思。没想到卫侯反倒杀了元角。他既然有意杀害元角，就有杀害太叔的意思了。”士荣中间搭茬儿，说：“哦，原来你是为你儿子报仇哇！”元咺说：“以前我明明说过，杀我儿子是私事，顾全大局是公事。我这才央告晋侯叫卫侯复位。我要是存心报仇的话，为什么还替仇人说情呢？我老觉得卫侯杀元角是一时的错误，因此我还是一心一意地护着他，指望他能回心转意。哪儿知道反倒因为这个害了太叔！”士荣又帮着被告，说：“太叔没有争夺君位的心意，卫侯早已明白了。说到歂犬射死太叔，那并不是卫侯叫他杀的，并且卫侯也觉得挺过意不去呢！”元咺反驳着说：“卫侯既然明白太叔的心意，那么歂犬说太叔要篡位，根本就是谎话。既然知道他是个说谎话的人，为什么不把他办罪，反倒叫他做先锋先进来呢？这明明是卫侯借刀杀人，还能说不是卫侯叫他杀的吗？”

针庄子也觉得元咺的理长，卫侯的理亏，就低着脑袋不言语了。士荣还辩护着说：“太叔虽说死得委屈点儿，卫侯到底是国君。从古以来做臣下的叫君王错杀了的，数也数不清。再说歂犬当场给宁武子（就是宁俞）拿住，卫侯立刻把他办了死罪，又挺隆重地埋了太叔。卫侯对于这件事已经办得有赏有罚了，你还告他什么呢？”

元咺冷笑一声，说：“桀王错杀了关龙逄，成汤就征伐他；纣王错杀了比干，武王就征伐他。成汤是桀王的臣下，武王是纣王的臣下，可是这两位臣下眼瞧着君王做事没有道理，乱杀大臣，就替老百姓去征伐，除灭了昏君。这是咱们历史上的大事。难道说桀王、纣王到底是君王，成汤、武王到底是臣下，就让昏君无法无天地乱闹吗？再说太叔是卫侯的兄弟，又有恢复国家的大功，他的地位要比关龙逄和比干高好几等；卫侯只不过是个诸侯，上头还有天王和霸主，能比得上桀王和纣王吗？怎么能说乱杀忠臣不算有罪呢？”

晋文公听了两方的话，就对王子虎说：“是非曲直已经摆在眼前，不必再辩论了。不过卫侯是天王的臣下，我们不便定他的罪。先把卫国的大夫处治了吧！”王子虎说：“宁俞跟这件事不相干，可以免罪。士荣说话不公，强词夺理，应当治罪。针庄子自个儿觉得理亏，就不说话，可以从轻处治。请您判决吧！”晋文公就依着王子虎的意思，把士荣杀了，针庄子砍去一只脚，宁俞没有事，卫成公上了囚车。晋文公和王子虎押着囚车去见天王，说：“要是不办卫侯，恐怕天理不容，人心不服。请天王把他办罪吧！”

周襄王平日好像显得有点糊涂，可是对于上尊下卑的等级倒一点也不马虎。要是他依了晋文公、王子虎和元咺的主张，那么臣子也能跟国君评理，国君做错了事，也该办罪了。如果大夫能控诉诸侯，那么诸侯也能控诉天王了，那还了得！周襄王在这一点上看得挺清楚。他说：“你们判得挺不错。不过朝廷设官，只是为了审问老百姓。臣下怎么能跟君主评理呢？这不是没有上下了吗？我恐怕这件事开了头，往后可不好办了。我不是有意偏向着卫侯，这一点你们总明白了吧。”晋文公说：“天王既然不叫我们处治卫侯，请把他带到京城去，天王瞧着办吧。”周襄王也只好答应了。

晋文公打发元咺回去，由他去另外立一个国君。晋文公是有仇必报的，怎么能让卫成公活下去呢？就派先蔑押着卫成公到洛阳去。碰巧卫成公身子不舒服，晋文公就又派了一个医生一块儿去。同时嘱咐先蔑叫那医生找个方便用毒药毒死卫成公。

东道主

晋文公为了许国的国君许僖公一心服侍楚国，连天王到了河阳，他都不来朝见，就率领着齐、宋、鲁、陈、秦、郑、蔡、邾、莒等国的诸侯去攻打许国的都城颍阳（在今河南许昌一带）。郑文公来是来了，可是还打算留个退步，不敢得罪楚国。推说国里闹瘟疫，带着兵车先回去了。背地里还给楚国去送礼，把各路诸侯一块儿去打许国的消息告诉了楚成王。许国向楚国求救。楚成王因为城濮打了败仗，又要对付南方的许多部族，不想再跟晋国交手，就不发兵。各路诸侯的兵马把颍阳围困起来了。

郑文公因为害怕楚国，不去攻打许国，可是曹共公倒带着本国的人马来了。曹共公不是在五鹿押着吗？怎么能带着兵马来见晋文公呢？原来曹共公押在五鹿的时候，派人到晋文公手底下的人那儿去行贿。刚巧晋文公有病，做了一个梦，梦见一个衣冠整齐的鬼向他要饭。晋文公不给他饭，还把他赶出去了。第二天晋文公叫专门算卦的官圆梦算卦。那个圆梦的早已受了曹共公的贿赂，“使人钱财，与人消灾”，就说：“那衣冠整齐的鬼一定是曹国的祖宗，要饭就是请求复国，能有祭祀的意思。”晋文公觉得这话有道理，病就好了一半。他当即下令让曹共公回去再做国君。曹共公感激得直掉眼泪，一回到曹国，就带着兵马跟着晋文公去攻打许国。

许僖公不见楚国来救，只好投降，还拿出不少金子和绸帛去送给各路诸侯，算是慰劳。各路诸侯就分头回去了。

晋文公离开了许国，在半路上就听说郑文公回去并不是因为国内有什么瘟疫，而是去跟楚国订盟约的。他就对赵衰说："郑国真可恶极了！当初咱们逃难的时候，曹、卫、郑三国对咱们一点礼貌都没有。曹国和卫国已经受了惩罚，郑国的仇可还没报，再说郑伯还向着楚国，这回非管教管教他不可。"赵衰拦着他，说："主公近来太累了，身子骨儿也不太好，先歇歇再说吧！"

他真听了赵衰的话回去歇歇了。他因为年老，近来身子也不太好，老是有点信神信鬼的。晋文公信鬼又信梦，放了曹共公这件事，连宁俞也知道了。他就想利用晋文公信鬼的毛病来搭救卫成公。

当初晋文公派先蔑押着卫成公到洛阳去，还嘱咐医生毒死他。可是宁俞紧紧地跟着卫成公，连吃饭吃药他都先尝一尝，弄得医生没法下手。后来医生只好老老实实地告诉了宁俞，请他想个两全其美的办法。宁俞叫医生给卫成公喝了一点挺轻的毒酒，假装说是卫国的祖宗显灵搭救了卫成公，他才没死。晋文公半信半疑。同时，鲁国替卫成公在天王和晋文公面前求情，还各送了十对白璧。晋文公又信鬼，又有了十对白璧，就请天王把卫成公、宁俞他们放回卫国去了。卫成公派人杀了跟他打过官司的元咺和元咺回去另立的新君。卫成公又做了国君。这是公元前 630 年（周襄王二十二年）的事。就在这一年，晋文公又要会合诸侯去征伐郑国。

先轸说："会合诸侯已经好几次了，这回又要他们去打郑国，好像叫他们不能过消停的日子。咱们的兵马已经够打郑国的了，何必再麻烦别人呢？"晋文公说："也好，不过上回秦伯临走的时候跟我约定有事一块儿出兵。这回倒不能不去请他。"他就派使臣去请秦穆公发兵。

晋国的军队到了郑国，秦穆公带着百里奚、孟明视和三个副将杞子、逄（páng）孙、杨孙也到了。晋国的兵马驻扎在西边，秦国的兵马驻扎在东边，声势十分浩大，吓得郑文公没有主意了。大夫叔詹（郑文公的兄弟）说："要是派一个有口才的人去劝告秦国退兵，单剩下晋国人就好办得多了。"郑文公说："派谁去呢？"叔詹保举了烛之武。郑文公就叫人去请他来。烛之武到了朝堂，大臣们一瞧，原来是个七老八十的老头子，身子弯得像一张弓，走起路来晃晃悠悠地简直像要栽倒似的。郑文公对烛之武说："我想请你去见秦伯，劝他退兵。老先生能辛苦一趟吗？"烛之武说："这怎么成呢！在我年富力强的时候还不能立点功劳，如今一说话就上气不接下气的，还有什么用呢？”郑文公就赔不是，说：“像你这么有能耐的人，我不能早点重用，这是我的过错。可是过去的事请你别提了。现在大难临头，我们急得一点主意都没有。还是请老先生勉为其难，为国家辛苦一趟吧！”烛之武一瞧他这么诚心诚意的，只好答应了。

当天晚上，几个壮小伙子请烛之武坐在筐子里，用绳子从东城的城墙上吊下去。他就一直向着秦国兵营走去。秦国人一瞧是个老头子，一只脚已经踩在坟边上了，也不去为难他，可是不许他到兵营里去。烛之武就赖在外头直哭。这一场吵闹轰动了营里的人。秦穆公听到了，吩咐人把他带进来，问他：“你没事在这儿哭什么？”烛之武说：“我哭的是郑国快要亡了！”秦穆公说：“那你也不该在这哭哇。”烛之武说：“我这还替秦国哭呢！”秦穆公说：“秦国有什么可哭的？”

烛之武说：“贵国和晋国联合起来攻打郑国，郑国准得亡了。可是郑国在晋国的东边，秦国在晋国的西边，郑国离秦国差不多有一千里路，秦国绝不能跳过晋国来占领我们的土地。那么郑国一亡，土地就全归晋国了。贵国和晋国本来是一般大，势均力敌的。要是晋国灭了郑国，晋国的力量可就要比秦国大得多了。再说当初晋惠公夷吾买粮的事谁都还记得。您对晋国可以说是大恩大德，晋国对您多少有点忘恩负义。这且不说，今天晋国向东边打，灭了郑国，明天也可以向西边去侵犯贵国。您知道从前虞国帮助了晋国，灭了虢国。晋国可用什么去报答虞国呢？晋国灭了虢国，顺手把虞国也灭了。像您这么英明，一定明白这点，我只是提一提罢了。”

秦穆公听了，细细地咂摸着烛之武的话，觉得挺对，不由得向他点了点头。烛之武接着说：“要是贵国能答应我们讲和，敝国就脱离楚国，投降贵国。以后贵国要是在东道上有什么事情，或是派人来往什么的，一切全由敝国来招待，敝国一定作为贵国的‘东道主’，就算是您外边的仓库。”秦穆公答应了烛之武的要求，跟他“歃血为盟”，还派了杞子、逢孙、杨孙三位副将在北门外留下两千人马保护着郑国，自己带着其余的兵马回去了。

晋国人一瞧秦国人不说什么就走了，都挺生气，狐偃主张追上去打他们。晋文公说：“我要是没有秦伯帮忙，怎么能够回国呢？”他就叫将士们加紧攻打郑国，同时还向郑国提出两个条件：第一，立公子兰为太子；第二，交出谋士叔詹。原来郑文公治死公子华的时候，公子们都逃到别国去了。公子兰逃到晋国，留在那儿做了大夫。这回晋文公攻打郑国的时候，叫他领路。公子兰推辞，说："我虽然受了父亲的迫害，跑到这儿，做了大夫，我可不能忘了父母之邦。主公可怜可怜我的苦衷吧！"晋文公由这更看得起公子兰。这回要郑文公立他为太子。

郑文公只能答应一半，他说："立公子兰为太子，这倒是可以的。叔詹是我们重要的大臣，怎么也不能叫他去遭毒手。"叔詹说："要是晋国不答应咱们讲和，咱们全国的老百姓可不知道要给他们弄死多少。难道主公倒愿意吗？死了我一个人，救了郑国的老百姓，还不值吗？"郑文公和大臣们只好流着眼泪，把叔詹交给晋文公。晋文公要把叔詹扔到油锅里活活地炸死。叔詹说了一大篇为国尽忠的话，最后还说："拿忠臣下油锅，难道是晋国的规矩吗？"晋文公是要面子的，就把他放了。没过几天，公子兰到了。晋文公派人送他进城，郑文公就立他为太子。晋国的兵马才离开了郑国。

秦国的将军杞子、逄孙、杨孙三个人带着两千人马驻扎在北门。一瞧晋国送了公子兰回国，郑文公还立他为太子，不由得气得直蹦。杞子说："主公因为郑国投降了咱们，才退兵回去，叫咱们保护着北门。郑伯反倒甩了咱们，投降了晋国，简直太不像话了！"他们就派人去向秦穆公报告，请他快来征伐郑国。

牛贩子劳军

秦穆公听了杞子的报告，心里挺不痛快。不过他还不好意思跟晋文公撕破脸，只好暂时忍着。后来听说晋国的几个重要人物，像魏犨、狐毛、狐偃都先后死了。秦穆公就打算接着晋国来做霸主。他好几次平定过晋国的内乱，也帮助了晋国打败过楚国，可是中原诸侯还是把秦国看作西方的戎族，正像把楚国看作南方的蛮族一样。由这儿，他想到要做中原的霸主就得到中原去争取，老蹲在西北角上是不行的。那些个野心勃勃的将军，像孟明视、西乞术、白乙丙等也打算到中原去扩展势力。就因为这个，秦穆公也摩拳擦掌要建立霸业了。可巧杞子、逢孙、杨孙三个将军又来了一个报告，说："郑伯已经死了，太子兰做了国君。他只知道有晋国，不知道有秦国。我们辛辛苦苦地替他把守边疆，他可把我们当作讨厌的瘤子。听说晋侯重耳刚死去，晋国绝不会搁着国君的尸首来帮助郑国打仗的。请主公立刻发兵来，我们在这儿做内应，里外一夹攻，就能把郑国灭了。"

秦穆公召集了大臣们商量怎么去攻打郑国。蹇叔和百里奚全都反对，说："咱们的兵马留在郑国，为的是保护他们，现在反倒去攻打他们，这不是不讲信义吗？郑国和晋国都刚死了国君，已经够倒霉的了，咱们不去吊祭，反倒趁火打劫去侵犯人家，这不是太不合理吗？郑国离咱们这儿可有一千多里地呀！尽管偷偷地行军，路远日子久长，能不让人家发现吗？就说咱们打个胜仗，也没有多大的好处，咱们又不能占领郑国的土地。要是打个败仗，损失可不小哇！好处小损失大的事也去干，这就是不聪明。这种不仁、不义、不智、不信的事还是不干为妙。”秦穆公听着听着都有点烦，他说：“我好几回平定了晋国的内乱，按说秦国早就该做霸主了。为了重耳打败了楚国，我把霸主的地位让给他了。咱们向来是替晋国摇旗呐喊，做好了饭叫别人吃；人家可把咱们当作瘸腿驴跟马跑——一辈子赶不上人家。你们想想可气不可气呀？现在重耳死了，难道咱们就这么没声没气地老躲在西边吗？”蹇叔说：“就算要去征伐郑国，也不能全凭杞子一句话！我想还是请主公先派人到晋国去吊祭，顺便瞧瞧，然后再决定发兵不发兵。”秦穆公说：“要打仗，就越快越好。要是先去吊祭，再瞧瞧，然后发兵，这么来来往往地得费多少日子？我瞧你多少是上了年纪了，难怪你前怕狼后怕虎地少了点精神气！”他就拜孟明视为大将，西乞术、白乙丙为副将，率领着三百辆兵车去攻打郑国。

大军出发那一天，蹇叔和百里奚送到东门外，对着秦国的军队哭着说：“真叫我心疼啊！我瞧见你们出去，可瞧不见你们回来了！”秦穆公听了，心里可真不痛快，派人去责备他们，说：“你们干吗对着我的军队号丧，扰乱军心？”蹇叔和百里奚一同说：“我们哪儿敢对着主公的军队哭呢？我们哭的是自己的儿子呀！”西乞术、白乙丙是蹇叔的儿子，他们瞧着父亲哭得那么难过，就说：“我们不去了。”蹇叔说：“那可不行！咱们一向受着国君的重视，你们就是给人打死了，也得尽你们的本分。”说着他交给他们一个包得挺结实的竹筒，嘱咐他们说：“你们照里面的话看着办吧！”西乞术和白乙丙只好收了竹筒走了，心里又是害怕，又是难受，唯恐再也见不着父亲的面了。孟明视是百里奚的儿子，他可不是那样。他是个猛将，浑身是劲，只有人怕他，他什么也不怕。他觉得他父亲的胆子也太小了。

那天晚上，安营下寨以后，孟明视去见西乞术和白乙丙说：“伯父给你们一个竹筒，里边一定有高招儿！”西乞术把竹筒打开，他们一瞧，上头写的是：“这回出去，郑国倒不大可怕。千万得留神晋国。崤山（在今河南洛宁一带）一带地形险恶，你们得多加小心。要不然，我就到那边收拾你们的尸骨。”孟明视看完以后就好比吃了一个臭螺蛳，连着呸呸地啐着说：“丧气！丧气！”西乞术擦去溅在他脸上的唾沫星子，心里也觉得他父亲怕得太过分了，哪儿真会有这样的事！

秦国的军队在公元前628年十二月动身，路过晋国的崤山和周天王都城的北门。到了第二年（周襄王二十五年，秦穆公三十三年，晋襄公元年，郑穆公元年）二月里，才到了滑国（在今河南偃师一带）地界。前边有人拦住去路，说："郑国的使臣求见！"前哨的士兵赶快通报孟明视。孟明视大吃一惊，叫人去接见郑国的使臣，还亲自问他："你叫什么名字？到这儿来干什么？"那人说："我叫弦高，我们的国君听到三位将军要到敝国来，赶快派我带上十二头肥牛，送给将军。这一点小意思可不能算是犒劳，不过给将士们吃一顿罢了。我们的国君说，敝国蒙贵国派人保护北门，我们不但非常感激，而且我们自个儿也更加小心谨慎，不敢懈怠，将军您只管放心！"孟明视说："我们不是到贵国去的，你们何必这么费心呢？"弦高似乎有点不信。孟明视就偷偷地对弦高说："我们……我们是来攻打滑国的，你回去吧！"弦高交上肥牛，谢过孟明视，回去了。

孟明视下令攻打滑国。弄得西乞术和白乙丙莫名其妙，问他："这是什么意思？"孟明视对他们说："咱们偷着过了晋国的地界，离开本国差不多有一千里地了。原来打算趁郑国没有准备，猛一下子打进去，才有打胜仗的把握。现在郑国的使臣老远地来犒劳。这明明告诉咱们，他们已经做了准备。他们有了准备，情况可就两样了。咱们是远道而来的，顶好快打。他们有了准备，用心把守，给咱们一个干着急。要是把郑国长时期地围起来呀，咱们的兵马又不够，另外又没有军队派来，哪儿成呢？倒不如趁着滑国没有防备，一下子就把它灭了，多带些财物回去，也可以回报主公做个交代，总算咱们没白跑一趟。"

没想到孟明视可上了弦高的大当。他这使臣原来是冒充的。他是郑国的一个牛贩子，这回赶了些牛，到洛阳去做买卖，半路上碰见一个从秦国回来的老乡。两人随便一聊，那老乡说起秦国发兵去攻打郑国。这个牛贩子还真爱国，一听到这个消息，急得跟什么似的。他想："本国近来有了丧事，一定不会有防备的。我既然知道了，多少得想个主意呀！"他一方面派手下的人赶快回去通知国君，一方面赶着牛群迎上来。果然在滑国地界碰到了孟明视的军队。他就冒充使臣犒劳秦军，救了郑国。

郑穆公兰接到商人弦高的信，马上派人去探望杞子、逢孙、杨孙他们的动静。果然，他们正在那儿整理兵器，收拾行李，好像打算出发的样儿。郑穆公派老大臣烛之武去对他们说：“诸位将军在敝国可够累的了。孟明视的大队人马已经到了滑国，你们怎么不跟他们一块儿去呀？”杞子听了，大吃一惊，知道有人走漏消息。当时只好厚着脸皮对付了几句，就连夜逃走了。

古籍链接

却说郑国有一商人，名曰弦高，以贩牛为业。自昔王子颓爱牛，郑、卫各国商人，贩牛至周，颇得重利。今日弦高尚袭其业。

此人虽则商贾之流，倒也有些忠君爱国之心，排患解纷之略，只为无人荐引，屈于市井之中。今日贩了数百肥牛，往周买卖。行近黎阳津，遇一故人，名曰蹇他，乃新从秦国而来。弦高与蹇他相见，问：“秦国近有何事？”

他曰：“秦遣三帅袭郑，以十二月丙戌日出兵，不久即至矣。”

弦高大惊曰：“吾父母之邦，忽有此难。不闻则已，若闻而不救，万一宗社沦亡，我何面目回故乡也？”遂心生一计，辞别了蹇他，一面使人星夜奔告郑国，教他速作准备，一面打点犒军之礼，选下肥牛二十头随身，余牛俱寄顿客舍。弦高自乘小车，一路迎秦师上去。

——《东周列国志 · 第四十四回》

崤山的耻辱

秦国的军队灭了滑国，把滑国的青年男女、玉帛和粮食抢劫一空，装满了几百辆大车，带了回去。到了四月初，他们走到离崤山挺近的地方，白乙丙对孟明视说："家父所说的险恶的地方又到了。咱们得留点神。"孟明视说："有什么可怕的，过了崤山就是咱们的地界了。"西乞术也有点害怕。他说："话是不错，可是万一晋国人在这儿埋伏着，那可怎么办呢？咱们多少得留点神。"这三位将军好像半夜三更在乱葬岗子里瞎摸，虽说不怕鬼，可也有点提心吊胆。孟明视也觉得，宁可信其有，不可信其无。他就把大军分成四队：小将褒蛮子带着第一队，自己第二队，西乞术第三队，白乙丙第四队。每队隔着一二里地，互相照应着，慢慢地进了崤山。

褒蛮子率领的第一队先到了东崤山，一路上倒没有什么，就是有点太静了。刚一转过山脚，突然听见一阵鼓响，前边跑过来一队兵车，一个大将拦住去路，开口就问："你是不是孟明视？"褒蛮子反问一句，说："你是什么人，通上名来！"他说："我是晋国的将军莱驹。"褒蛮子冲他一翻白眼，说："滚滚滚！谁有闲工夫跟你这无名小辈动手？叫你们的头子出来！"莱驹气得拿起戟来就刺过去。褒蛮子就好比拿掸子掸土似的把莱驹的戟轻轻拨开，回头就是一矛。莱驹赶快闪开，那辆车上的横档早给他戳成两截了。莱驹不由得把脖子一缩，嚷了一声："好个孟明视！可真了不得！”褒蛮子哈哈大笑，说：“你站稳点，告诉你，我是大将手下的小兵褒蛮子。我们的大将能跟你交手？”莱驹听了好像鱼鳔泄了气似的，赶快说：“我让你们过去，可千万别伤害我们的人马。”说着赶快跑了。褒蛮子打发小兵去通报后队，说：“有几个小兵埋伏着，已经给我们轰跑了。请后队赶快上来。过了山，保准没有事。”孟明视催着第三、第四队兵马一块儿过山。

孟明视他们走了没有几里，山道是越走越窄，车马简直过不去了。后来只好拉着马推着车，慢慢地走。孟明视瞧不见第一队人马，想是已经走远了，就叫士兵拉着马慢慢地走。忽然后边有擂鼓的声音，大伙儿吓得哆嗦成一个团儿。孟明视对他们说：“怕什么，道儿这么难走，他们追上来也不容易呀！咱们还是往前走咱们的吧！”他叫白乙丙先上去，自己留着压队，孟明视挺镇静，可是那些小兵一听见后面的鼓声，就好比有鬼追他们似的吓得连头也不敢回。一走一摔，乱哄哄地带着滑国弄来的东西和俘虏，又跑了一段路。没有多大的一会儿，大伙儿挤着，好像挤进了一条死胡同，走又走不过去，退又退不出来。孟明视挤到头里一瞧，就瞧见山道上横七竖八地堆着不少大木头，当中立着一面大旗，五丈来高，上头有个“晋”字，四边可没有一个敌人，就连山鸟也没有一只！只有那面大旗，懒洋洋地在微风中飘着。孟明视一瞧，说：“这是他们弄的假招子。不管是真是假，咱们已经到了这儿，后边又有追兵，也只好向前冲过去。”他立刻吩咐儿郎们搬开木头，清理出一条走道来。那面大旗当然给他们放倒了。

哪儿知道那面大旗是晋国人的暗号。他们全藏在山沟子里，眼睛盯着那面大旗，就好比钓鱼的人瞅着浮漂似的。等到旗杆一倒，得！就知道秦国人上了钩了，没有一碗饭的工夫，整个山沟里打雷似的鼓声来回地响，简直要把山都震裂了。孟明视抬头一瞧，就瞧见高山岗上站着一队人马。晋国的大将狐射姑嚷着说：“褒蛮子已经给我们逮住了！你们赶快投降，还有活命。”孟明视立刻吩咐军队往后退。退了不到一里地，就瞧见满山全是晋国的旗子。几千个晋国人从后边杀过来了。秦国的兵马只好又退回来。他们就好像叫淘气的孩子用唾沫圈住了的蚂蚁似的，东逃西转，就是没有一条出路。前前后后全都给堵住了。他们只好向左右两边的山上爬。那些向左边爬的还没爬上十几步，又听见鼓声震天，上头挡着一支晋国的军队。大将先且居（先轸的儿子）嚷着说：“孟明视快快投降！”这一声直吓得左边爬山的秦国人全都摔了下来。那些向右边爬的因为中间隔着一条山涧，全都跳到水里头，磕磕碰碰地逃活命，指望一步就跨到没有敌人的山岗上去。等到他们离开了山涧，正想往上爬，就听见前边吆喝一声，山岗上又全是晋国的士兵，直吓得秦国人又滚回水里去。这时候，前、后、左、右全给晋国人围住。秦国人被逼得“上天无路，入地无门”，只好又跑回木头堆那儿去。西边山顶上的太阳，好像一个顶大的火球，照得满山通红。比血还红的太阳，本来已经叫秦国人够心惊肉跳的了。谁想到木头堆里原来搁着引火的东西，晋国人放了不少火箭，乱木头全烧起来，直烧得快下山的太阳也给压下去了。秦国人有的给烧死，有的给杀死，有的给踩死。那些没死的呢，只觉得脚底下的地好像张着嘴，全要把他们吞下去似的，大伙儿又哭又号，乱成一个团儿。

孟明视对西乞术和白乙丙说：“大伯简直是神仙。我今天只好死在这儿了。你们赶快脱去盔甲，各自逃命吧！只要有一个能够逃回本国去，请主公出来报仇，我死了，眼睛也就能闭上了。”西乞术和白乙丙流着眼泪说：“咱们三个人要是能够跑得了的话就一块儿跑，要死的话就一块儿死。”孟明视带着他们两个人，凑凑合合逃出了火坑，坐在一块大石头上等死。他们只觉得头昏眼花，手软脚酸，嘴里又干又涩，舌尖贴着上膛，舔不出半点唾沫来。这时候就算有一条活路，他们也不能跑了。他们在石头上一坐下来，什么全完了。但得有拿刀的力气，他们也许情愿了结自个儿的性命；可是他们好像在做梦，只能看，只能想，就是不能动弹。四处的敌人好像口袋似的把他们围住。口袋嘴一收，三个大将全给人逮住了。

孟明视、西乞术、白乙丙全都上了囚车。他们还不太明白：晋国人怎么会布置得这么严密呢？怎么他们走进山里的时候会没瞧见一个敌人呢？原来晋文公死了以后，正要出殡的时候，晋国的中军大将先轸得了个信儿，说秦国的孟明视率领着大军偷过崤山去攻打郑国。先轸立刻报告新君晋襄公，说：“先君归天，秦国不来吊祭，已经没有道理了。还偷偷地经过咱们的地界去攻打咱们的属国。秦国人明明不把咱们放在眼里。难道先君还没入土，晋国的霸业就完了吗？”赵衰说：“可是新君在守孝期内就去打仗，恐怕有失孝子的礼节吧！”先轸说：“别酸了！抵抗敌人，保卫国家，继续霸主的事业，这才是孝子应当干的事呀！要是诸位不乐意，我先轸一个人去。”晋襄公和大臣们全都同意先轸的话，又怕打不过秦国，就约了姜戎

（西戎的一支）一块儿出兵。到了崤山，布置了天罗地网。这么一来，他们打得秦国人全军覆没，连一个也没跑掉。

先且居等把秦国的大将和不少俘虏，还有秦国人从滑国抢来的东西和俘虏，都送到晋襄公的大营里去。晋襄公穿着孝服出来迎接。全军高声呐喊，庆祝胜利。褒蛮子是个大力士，一辆囚车差点儿给他撞破。晋襄公怕他再出乱子，先把他杀了。那三个大将，他打算弄到太庙里去活活地当作祭物。

古籍链接

原来褒蛮子恃勇前进，堕于陷坑之中，被晋军将挠钩搭起，绑缚上囚车了。白乙丙大惊，使人报知西乞术与主将孟明，商议并力夺路。孟明看这条路径，只有尺许之阔，一边是危峰峻石，一边临着万丈深溪，便是落魂涧了，虽有千军万马，无处展施，心生一计，传令：“此非交锋之地，教大军一齐退转东崤宽展处，决一死战，再作区处。”

白乙丙奉了将令，将军马退回，一路闻金鼓之声，不绝于耳，才退至堕马崖，只见东路旌旗，连接不断，却是大将梁弘同副将莱驹，引着五千人马，从后一步步袭来。秦军过不得堕马崖，只得又转，此时好像蚂蚁在热盘之上，东旋西转，没有个定处。

孟明教军士从左右两旁，爬山越溪，寻个出路，只见左边山头上金鼓乱鸣，左有一枝军占住，叫道：“大将先且居在此，孟明早早投降。”右边隔溪一声炮响，山谷俱应，又竖起大将胥婴的旗号。

孟明此时，如万箭攒心，没摆布一头处，军士每分头乱窜，爬山越溪，都被晋兵斩获，孟明大怒，同西乞、白乙二将，仍杀到堕马崖来，那柴木上都掺有硫黄焰硝引火之物，被韩子舆放起火来，烧得焰腾腾烟涨迷天，红赫赫火星撒地，后面梁弘军马已到，逼得孟明等三帅叫苦不迭，左右前后，都是晋兵布满。

——《东周列国志·第四十五回》

放虎回山

晋襄公的后母文嬴（就是怀嬴）听到秦国打了败仗，孟明视等全给逮住了，恐怕晋国跟秦国的冤仇越结越深，就对晋襄公说："秦国和晋国是亲戚，向来彼此帮忙。为了孟明视这群武人自己要争势力，弄得两国伤了和气。我想秦伯一定也恨他们三个人。要是咱们把他们杀了，恐怕两国的冤仇越结越深。不如把他们放了，让秦伯自己去处治他们，他必定会感激咱们的。"晋襄公说："已经逮住了的老虎怎么能放回山里去呢？"文嬴说："成得臣打了败仗，就给楚王杀了。难道秦国没有军法吗？再说咱们的先君惠公，也给秦国人逮住过，秦伯把他放回来了。你爸爸全靠人家秦国才做了国君。难道咱们连这一点情义都忘了吗？"晋襄公觉得她说得挺对，就把秦国的三个俘虏放了。

这时候先轸正在家里吃饭，一听说国君把秦国的将军放了，赶快吐出嘴里的饭，三步当作两步地跑去见晋襄公，怒气冲冲地问他："秦国的将军在哪儿？"晋襄公脸红了，说："母亲叫我把他们放了。"先轸一听，直气得青筋都暴出来了，向晋襄公的脸上啐了一口唾沫，说："呸！你这个小毛孩子，什么事都不懂！将士们费了多少心计，儿郎们不知道流了多少血汗，才逮住了这三个人。你就凭妇道人一句话，把他们放了，也不想想以后的祸患！"晋襄公擦着脸上的唾沫，挺抱歉地说："这是我不好。可怎么办呢？

不知道还能不能追上去？”大将阳处父自告奋勇地说：“我去追！”先轸对他说：“你要是能追上他们，好言好语请他们回来，就是一等大功！”阳处父手提大刀，上了车，连连加鞭，飞似的追下去了。

孟明视、西乞术、白乙丙恐怕晋襄公后悔，派人去追，就拼命地跑，连吃奶的劲儿都使出来了。他们一直跑到黄河边，回头一瞧，果然有人追上来。前无去路，后有追兵，就是铁打的英雄好汉，也瘫软下来了。正在这吃紧的关头，他们瞧见一条小船停在那儿。三个人也不管是什么船，赶快跳下去。船舱里出来了一个打鱼的。他们一瞧，连话都说不上来，就这么倒在船上。那个打鱼的不是别人，正是他们的好朋友公孙枝！原来蹇叔送走了他儿子以后，就说身害重病，告老还乡了。百里奚对他说：“我也打算回去，可是我还得等着，也许能再见儿子一面。您有什么吩咐没有？”蹇叔说：“咱们这回一定会打败仗。您还是私下里请公孙枝在河东预备船只。万一他们能够回来，多少也有个接应。”百里奚就去见公孙枝，请他准备。公孙枝在河东等了好些天，这时候果然见他们三位来了，立刻叫人开船。小船刚离开河边，阳处父就赶到了，赶着说：“秦国将军慢点走，我们主公一时忘了给你们预备车马，叫我追上来，送给将军几匹好马。请你们收下吧！”孟明视站起来，向阳处父行个礼，说：“蒙晋侯不杀之恩，我们已经万分感激，哪儿还敢再收礼物？要是我们回去还有活命的话，那么再过三年，我们理当亲自到贵国来道谢。”阳处父还想再说什么，就瞧见那条小船漂移着越去越远了。阳处父只好张着嘴、瞪着眼，呆呆地出了一会儿神，懒洋洋地上了车，拖着大刀回去了。

晋襄公听了阳处父的报告，很不安心。他只怕孟明视前来“道谢”，老派人到秦国去探听。他指望秦穆公治死孟明视他们，就好比楚成王治死成得臣一样。谁想秦穆公另有主意。他一听到三位将军空身跑回来，就穿着孝衣亲自到城外去迎接他们。孟明视这三个人跪在地下，请他办罪。秦穆公把他们扶起来，反倒向他们赔罪，流着眼泪，说：“这全是我不听蹇叔和百里奚的话，害得你们吃苦受罪。我哪儿能怪你们呢？你们只要别忘了阵亡的将士们就是了。”三个人好比是罪孽深重的败家子，在外头把家业花完了，丢了父亲的脸面，回到家来，他们情愿挨打受骂。万没想到秦穆公反倒好好地安慰他们一番，仍旧叫他们执掌兵权，待他们比以前更关心。他们感激得直流眼泪，心坎里把君主当作父亲那么看待，百里奚总算和儿子见了面，他嘱咐孟明视别辜负了君主的大恩，自己也像蹇叔那样告老回家了。

西方的霸主

公元前625年（周襄王二十七年，秦穆公三十五年，晋襄公三年），孟明视要求秦穆公发兵去报崤山的仇。秦穆公答应了。孟明视、西乞术、白乙丙三位大将率领着四百辆兵车打到晋国去。晋襄公得了报告，就派中军大将先且居迎了上去。

先且居是先轸的儿子。先轸为了上回向晋襄公啐了一口唾沫，心里老不得劲儿。后来狄人前来侵犯，先轸打败了他们以后，自己又跑到狄人那边脱了盔甲，叫他们射死了，算是借着敌人的手来办他侮辱国君的大罪。晋襄公大哭一场，拜他儿子先且居为中军大将。因为晋国有了准备，两国的兵马一交手，孟明视又打了个败仗。

这可叫孟明视难受透了。这回秦国人虽说不像上回败得那么惨，可是孟明视心里这份难受比上回还厉害。他那好胜的劲头算是全给打碎了。他才觉出自己不是什么了不起的人物。上次崤山的失败还可以说是中了晋国人的圈套，始终不肯认输。他老以为要是晋国人能够给他们一个机会，大伙儿跑出又小又狭的山沟，到大空场上，明刀明枪地比一比，他一定能把他们打得跪下来。可是这回晋国人并没有埋伏，交战的地方也不是在山沟里，且还是他自己打上去的。就这样明刀明枪地又给人家打败了，还能怪别人吗？孟明视不再怪别人了，他只怪自己。他认输了。自己上了囚车，不希望君主再免他的罪。像他这样一回不如一回，给国家丢脸的不死，谁该死呢？

谁知道秦穆公有秦穆公的心思。他知道孟明视的能耐，也瞧出了他的毛病。这毛病孟明视自己也瞧出来了，比方说：阅历不够，太相信自己的能耐，不能算计算计人家的力量，等等。秦穆公是有阅历的。他早知道一向在顺风里驶船的不一定是好船夫。他要把国家的大船交给那个碰过大风浪、翻过船的人。孟明视在什么地方栽了跟头，秦穆公就要他在什么地方爬起来。他对孟明视说："咱们一连打了两个败仗，可我不能怪你。要怪也得先怪我自己。我只注重兵马，不大关心国家政治跟老百姓的难处，那怎么行啊！你要知道一个国家的兴亡成败不是一个人的事，打胜仗也不是你一个人的功劳，打败仗也不是你一个人的过失。全体将士儿郎、全国的人，都得有份，连一个伙夫也得算一份。我怎么能怪你呢？"

孟明视实在过意不去了。他对于君主，对于国家，好像欠下一笔极大的账。他打算用他的每一滴血、每一分精神来偿还。他把他所有的家当和俸禄全拿出来，送给阵亡将士的家属。他再也不吃鱼不吃肉了。他跟小兵一块儿过苦日子。他们吃粗粮，他也吃粗粮；他们啃菜根，他也啃菜根。他天天训练兵马，埋头苦干。他再也不单依赖自己了。他注重每一个小兵的力量。两年来，他好像变了一个人。他再也不那么冒失了，再也不取巧了，再也不敢任性了。他情愿一个萝卜一个坑地干下去。他的眉毛当间起了一条很深的皱纹，头发也白了不少，顶有神的眼睛装满了经验。就这两年，他老了很多。

到了那年冬天，孟明视得到了一个报告，说是晋国联合了宋、陈、郑三国打到秦国的边界上来了。他嘱咐将士们守住城，可不许他们跟晋国对敌。先且居向秦国人挑战，说："你们已经道谢过了，我们也来还个礼吧！"秦国人听了直气得摩拳擦掌要跟晋国人拼个死活。孟明视一声不吭还是照旧训练兵马，对于晋国的侵犯只当作边界上的小事，让他们夺去了两座城！秦国有人说孟明视的坏话，说他不该这么胆小。有的更进一步，请秦穆公再挑选一位将军。秦穆公说："你们先别忙，孟明视他自有好主意。"可是谁知道他有什么好主意呢？尤其是附近的小国和西戎部族，他们眼瞧着秦国接连打了三个败仗，知道秦国快玩儿完了，也不再听秦国的指使了。

公元前 624 年（崤山大败以后的第三年）夏天，孟明视请秦穆公一块儿去打晋国。他说：“要是这回再打不了胜仗，我绝不活着回来！”秦穆公说：“咱们一连败了三回，别说中原诸侯不把咱们放在眼里，就连西方的小国跟西戎的部族也都不服咱们管了。要是这回再打个败仗，我也没有脸回来了。”君臣二人商量好了以后，孟明视挑选了国内的精兵，预备了五百辆兵车。秦穆公拿出大量的财帛，连士兵的家属全都安顿好了。士兵们和全国的老百姓全都愿意拿出一切力量来争取胜利。在大军出发那天，国里的男女老少全来送行。上了岁数的父母、年轻的媳妇儿，全都嘱咐他们心上的人说：“要是不打胜仗，可别回来呀！”

大军过了黄河，孟明视对将士们说：“咱们这回出来，可是有进没退呀！我想把这些船全烧了，你们看怎么样？”大伙儿说：“烧吧，趁早烧吧！仗打胜了，还怕没有船吗？打败了，还想回家吗？”全体将士的狠劲儿像铁一样地硬。

孟明视自己做了先锋，打第一线。士兵们憋了好几年的苦闷、委屈和仇恨，全要在这时候发散出来。

没有几天的工夫，他们夺回了上回丢掉的那两座城，跟着又打下了几座晋国的大城。警报传到了绛城（晋国的都城，在今山西翼城），晋国上上下下全都慌了，赵衰、先且居都不敢出来。晋襄公下令：“只许守城，不许跟秦国人对敌。”秦国的大军在晋国的地面上耀武扬威地找人打仗，可是没有一个晋国人敢出来和他们对敌。末了，有人对秦穆公说：“晋国已经屈服了。主公不如埋了崤山的尸骨，也可以擦去以前的耻辱了。”秦穆公就率领着大军转到崤山，瞧见三年前的尸首全变成了白骨，横七竖八地扔得到处都是。他们把尸骨收拾起来，用草裹着，埋在山坡里。秦穆公穿上孝衣，亲自祭奠阵亡的将士，他见景生情，不由得放声大哭。孟明视、西乞术、白乙丙三个人哭得更是伤心。全体士兵没有一个不流眼泪的。

西边的小国和西戎部族，一听说秦国打败了中原的霸主，全都争先恐后地去进贡。一下子有二十来个小国和部族都归附了秦国。秦国扩张了一千多里土地，做了西方的霸主。周襄王打发大臣到秦国去，赏给秦穆公十二只铜鼓，承认他为西方的霸主。

夏天的太阳

晋国给秦国打败以后，就在这一两年里头，重要的大臣像赵衰、栾枝、先且居、胥臣等全先后死了。赵衰的儿子赵盾做了相国，掌握晋国的大权。公元前620年（周襄王三十二年），晋襄公病了。病得挺厉害的时候，嘱咐赵盾和大臣们立公子夷皋（gāo）做国君。晋襄公死了以后，大臣们就要依照先君的遗嘱立夷皋为国君。赵盾出来反对。他说："从前先君文公去世的时候，还没安葬，秦国就打进来了。幸亏新君有能耐，才过了难关。现在晋国比那时候还困难。外边呢，秦人和狄人随时都可以打进来；里边呢，重要的大臣死了不少。这正是国家有难的时候。公子夷皋今年才七岁，你们说他能顶得住吗？为了国家的安全，为了继承先君的霸业，我想还不如立一位年纪大点的，能拿得起来的公子为国君。先君的兄弟公子雍（文公的儿子）在秦国，秦伯待他挺好。要是请他来即位的话，不但国内的事有了办法，就是秦、晋两国的交情也能够恢复过来。你们觉得怎么样？"狐射姑说："我也不赞成立小孩子。不过秦国跟咱们有仇，咱们为什么去求他们呢？我想不如到陈国去迎接公子雍的兄弟公子乐吧！"赵盾说："陈是小国，离咱们这儿又远。秦国是大国，离咱们又近。立了公子雍，就能交上一个又近又大的国家。还是立公子雍好。"大臣们全赞成赵盾的主意。他们就派大夫先蔑和士会到秦国去报丧，同时叫他们把公子雍接回来。

狐射姑心里不服，偷偷地派人到陈国去接公子乐。有人把这件事告诉了赵盾。赵盾就嘱咐他的心腹公孙杵臼在半道上杀了公子乐。狐射姑由这儿更恨上了赵盾，也要报仇。他认为阳处父是赵盾最得力的帮手，就派他的心腹把阳处父暗杀了。可是凶手当场给逮住了。赵盾不愿意把事情闹大，只把凶手办了死罪，不再追究。狐射姑跑到他姥姥家潞国（在今山西潞城一带）那儿去了。赵盾倒是个大好人。他好比蓁椒炒豆腐——外面辣，里面软。他对大臣们说："贾季（狐射姑的字）自己觉得有罪，跑了，也就算了吧！可是他跟先君文公奔走了十九年，回国以后也立了不少功劳。咱们可别忘了他。我打算把贾季的家小送去，也表示咱们没白同事一场，诸位看怎么样？"大伙儿全赞成这个主意，就这么办了。

赵盾没照着晋襄公的遗嘱办，决心不立岁数小的夷皋，去接公子雍，派人刺死了公子乐，办了暗杀阳处父的凶手。从这几件事上看来，赵盾的手段挺辣。可是他放走了狐射姑，还把他的家小送了去。这么看，他的心可又太软了。晋襄公夫人瞧透了赵盾是豆腐心，就拉着夷皋到朝堂上去又哭又闹。她说："夷皋是先君的亲骨肉，早就立为太子了。先君也托付过你们立他为国君，你们怎么倒甩了先君的骨肉，去找别人呢？夷皋犯了什么罪呀？你们为什么废了他呀？"她说完了就哭，哭完了又说，弄得大臣们一点主意也没有。散朝以后，她又拉着夷皋到赵盾家里去又哭又闹，跟他说："你发发善心，干脆把我们孤儿寡母全杀了吧！"她的眼泪把那块豆腐化了，赵盾没法办，只好立夷皋为国君，就是晋灵公。然后打发人到秦国去说明白。

秦穆公头年过世了，太子即位，就是秦康公。秦康公接见了先蔑和士会，答应晋国的请求，打发白乙丙率领人马保护着公子雍回晋国去。赶到赵盾变了卦，派人来推辞，秦国的兵马和公子雍已经过了黄河，到了令狐（在今山西临猗一带）。赵盾恐怕秦国人瞧着不对茬儿，不回去。他的辣劲儿又上来了。他对大臣们说："要是咱们立公子雍，秦国是咱们的朋友。现在既然拒绝公子雍，秦国就是咱们的敌人了。"他就亲自出马，率领着大将先克、荀林父等去对付秦国人。秦国人一瞧晋国人来了，还以为是来迎接公子雍的呢，没准备打仗，冷不防给晋国人打了个落花流水。公子雍死在乱军之中。先蔑和士会只怪本国说了不算，恩将仇报，气得不回去了，情愿跟着秦康公到秦国去，秦康公挺瞧得起他们，拜他们为大夫。

赵盾为了保住晋灵公的君位，打退了秦国的兵马，逼走了先蔑和士会，可心里觉得挺不得劲儿。他是个善心的猫，每回捕了耗子，总得哭上两声。他也像对待狐射姑那样把先蔑和士会的家小送去了。可是一般大臣不了解他。那些同先蔑、士会有交情的人暗地里都骂赵盾没有准主意，没有信义，其中有五个大臣偷偷地商量了好几回，打算反对赵盾。这只善心的猫虽说老实，可是也能逮耗子。他刚一听到他们要反对他，又狠起来了。他机灵地嘱咐荀林父、栾盾等逮住这五位大臣，关在监狱里。他还禀告晋灵公，请他把他们定死罪。

晋灵公是个小孩子，懂得什么呢？他回到宫里，告诉他妈，明天要杀五个大臣，吵闹着要去瞧瞧热闹。襄公夫人大吃一惊，说："他们不过是争权夺利，谁也没有杀害国君的意思，怎么能定他们死罪呢？近来朝廷上的大臣死得没有几个了。现在一杀就是五个，那还了得！千万别这么办。"第二天，小孩子晋灵公像背书似的把他妈的话全告诉了赵盾。赵盾说："您岁数还小，不懂什么。朝廷里没有个头，怎么行呢？要是大臣们不能一心一意地辅助您，只想自个儿争势力，国家就太平不了了。不把乱党处治了，以后还压得住吗？"灵公听了，瞪着眼睛，不知道说什么。幸亏鼻涕流下来了，他用袖子来回一擦，抹成了一个八字胡子。五个大臣全给杀了。此后，朝廷里剩下的大臣全把赵盾当作阎王爷。

在潞国避难的狐射姑听见了，捏了一把冷汗，说："要是我在国里呀，哼！我这脑袋瓜早就跟身子分了家了。"听见他这话的人就问他："赵盾是怎么样的一个人？比他父亲赵衰怎么样？"狐射姑说："他们爷儿俩全不错，可是不一样。赵衰是冬天的太阳，人人喜欢；赵盾是三伏天的太阳，人人害怕！"

一根马鞭子

赵盾这么屠杀大臣，弄得国内不安定，国外也挺别扭。郑、陈、蔡、宋等国全脱离了晋国，归附楚国去了。秦康公眼瞧着中原诸侯不跟着晋国走，就打算去报令狐那一仗的仇。他叫孟明视守住本国，拜西乞术为大将，白乙丙为副将，率领着三百辆兵车打到晋国去。先蔑和士会都做了秦国的大夫，可是先蔑早就不在了，这回秦康公请士会一块儿去打晋国。大将西乞术听了士会的话，一连气打了好几个胜仗，占了好几座城，直急得赵盾吃不下饭，睡不着觉。他知道士会有本事，对晋国的底细又是一清二楚，要是他成心帮秦国，晋国就甭想打胜仗了。无论如何也得把他争取过来。

第二天，赵盾上朝，对晋灵公说："秦国人好几回到咱们边疆上来捣乱，黄河以东这一带更吃紧。我想倒不如把防守的事儿分一分。哪个地方封给谁，就由谁防守，不能全靠国君的军队。谁要是不尽力，主公就把他的封地收回。"大家认为这话有道理。赵盾继续说："河东最大的城是魏城，可以不可以先从魏城做起？"晋灵公就下令，叫魏寿余（魏犨的侄儿）负责守河东。魏寿余央告着说："主公大恩，把魏城封给了我，按说我应该照顾自个儿的城。可是这话又说回来了，我是个文人，不会打仗。再说河东那一带有一百多里地，秦国人随时随地都能过来，叫我怎么守呢？"赵盾听了，瞪起眼睛，大喝一声，说："你敢不听主公的命令吗？去！限你三天，把防守的事情办好，要不然，留神你的脑袋！”

魏寿余回到家里，挺不痛快。他媳妇儿问他是怎么回事。他叹了一口气，说：“唉！赵盾这家伙太不讲理了。要我去防守河东！他做好了圈套，成心要夺魏城。我可有什么法儿呢？哼！怪不得狐射姑、士会他们全跑了！你赶快收拾收拾细软，这儿反正住不了了。”他媳妇儿说：“这可叫咱们上哪儿去呢？”魏寿余说：“难道只有晋国可以住人？”他就连夜叫手下的人预备车马，自己气呼呼地一个劲儿地喝酒。他的一肚子闷气没有地方发泄，就找碴儿拿那个倒霉的厨子来出气，骂他：“酒怎么不热，菜怎么没有味儿？别人欺负我，你这奴才也不把我当主人看了！”厨子有点不服气，撇着嘴不理他。魏寿余气上加气，说：“浑蛋！你的嘴长了疔疮吗？怎么不言语呀？”厨子说：“您叫我说什么呢？酒不是热的吗？菜不是挺好吗？”魏寿余气得拿起一根马鞭子狠狠地打着厨子，说：“你还敢跟我顶嘴！你这奴才，越来越没有人样儿了！”一句一个奴才，一边没完没了地骂着，一边还拿鞭子抽。魏太太一个劲儿地劝，抢过鞭子来，跟他说：“自个儿心里别扭，自个儿打主意。拿底下人出气，何苦呢！”

厨子摸着一棱一棱被打伤的地方，实在忍不下去了，就偷偷地跑出去，把魏寿余反对相国打算投奔外国的事告诉了赵盾。赵盾立刻打发心腹将军韩厥去逮魏寿余。韩厥率领着人马围住了魏家，没想到魏寿余得了风声，溜了。他们只拿住了魏太太和他的儿女。赵盾就把他们全都下了监狱。

魏寿余逃到秦国，见了秦康公，向他哭着说了一遍自己的委屈，求他收留。秦康公挺细心，就问士会：“你瞧这件事可是真的？”士会说：“这可不敢说。他要是成心投奔咱们，多少得拿出点证据来。”魏寿余就拿出一包公文来，交给秦康公，说：“这是魏城的户口册子，我情愿把我自己的城献给您，请您收留我做个臣下吧！”秦康公又问士会：“你瞧怎么样？”士会瞧见魏寿余眼睛里全是求救的神情，他的心不由得软了。他对秦康公说：“魏城是河东最大的城。要是收下来，再往东去，也就有了根了。就怕魏城的官员不干。这一层可不能不提防。”魏寿余说：“虽说魏城的官员是晋国的臣下，其实全都听我们魏家的。只要主公派一队人马驻扎在河西看着，我一定能够劝他们来归附。”秦康公对士会说：“你熟识晋国的情形，跟我一块儿去吧！”

秦康公叫西乞术为大将，士会为副将，亲自率领着大军到了河西，安了营、下了寨。前哨的士兵回报："河东也有军队驻扎着，不知道是什么意思。"魏寿余说："魏城的老百姓不知道我在这儿。他们一瞧秦国发兵，不得不防备。还是请主公派一个使者跟我一块儿去劝告他们，他们一定会听的。"士会说："你自己去不好吗？为什么还要带个秦国的使者去呢？"魏寿余说："不这么办，他们怎么会知道主公收留了我呢？"秦康公就要派士会去。

士会心里琢磨着："魏寿余分明是叫我回去。自己毕竟是晋国人，能回到父母之邦总比在外边好。"可是他怕秦康公起疑，就故意推辞，说："这差使我可干不了。晋国人就好比狼，又好比狐狸，又凶又猾。要是他们听了我的话呀，还好；万一他们不答应，把我抓起来，我死在晋国倒也罢了，您也许说我是无能之辈，杀了我的一家大小，我弄得两头不是人。"秦康公说："你只管去吧！尽你的力量。要是咱们把魏城弄到手，我一定有重赏，真要是把你抓起来，我也一定体谅你的一番好意，把你全家大小送过去，好不好？"大夫绕朝拦着说："士会原来是晋国的谋士，放他回去，还能回来吗？"秦康公说："用了人家，就别疑心；疑心人家，就别用。要是他成心回去，硬留下他也没有用！"

士会就跟着魏寿余往河东去了。绕朝急急忙忙赶着车追上了他们。他拿着一根马鞭子递给士会，说："这是送给您的！总算咱们同事一场。您赶快走吧！您可别以为秦国没有人，由你们摆弄。就是主公太厚道，太信任您了！"士会跳下车，双手接过马鞭子来，向他作了作揖，说："我决忘不了主公的恩情和您的情义！"说着，急忙跳上车，用绕朝送的那根马鞭子，连着打了几下，那辆车飞似的跑了。他们过了黄河，又跑了一段。前边有一位少年将军带领着一队人马等着他们，对他们行个礼，说："好几年没见面了，您好吗？"士会一瞧，原来是相国的儿子赵朔。当时晋国的军队打着得胜鼓，一窝蜂似的围着士会和魏寿余回去了。

秦康公派人隔着河瞧着。他们打听清楚了，一五一十地全告诉了秦康公。秦康公气得直翻白眼，连话都说不上来。西乞术说："晋国人有了准备，他们也绝不能让咱们过河。咱们还是先回去再说吧。"秦康公丢了个谋士，垂头丧气地回去了。他又派人把士会的家小送了过去，说："我说话当话，绝不失信。"士会非常感激秦康公，写信去谢他的大恩，还劝他好好地爱护百姓，跟晋国交好。

士会离开晋国已经七年了，现在又回到了本国。赵盾和魏寿余用了这个计策把士会请了回来。晋灵公又听了赵盾的话，请士会跟他一块儿管理朝政。晋国就因为有了士会的调度，跟秦国关系挺不错，一连有十几年两国没打仗。

古籍链接

康公不知士会为诈，乃曰："卿宜尽心前往，若得魏地，重加封赏，倘被晋人拘留，寡人当送还家口，以表相与之情！"与士会指黄河为誓，秦大夫绕朝谏曰："士会，晋之谋臣，此去如巨鱼纵壑，必不来矣，君奈何轻信寿余之言，而以谋臣资敌乎？"康公曰："此事寡人能任之，卿其勿疑！"士会同寿余辞康公而行，绕朝慌忙驾车追送，以皮鞭赠士会曰："子莫欺秦国无智士也，但主公不听吾言耳，子持此鞭马速回，迟则有祸！"士会拜谢，遂驰车急走。史臣有诗云：

策马挥衣古道前，殷勤赠友有长鞭。
休言秦国无名士，争奈康公不纳言。

——《东周列国志·第四十八回》

谋君篡位

士会回到了晋国，和赵盾、荀林父他们一同辅助晋灵公。晋国的一班大臣一心要继续晋文公和晋襄公的霸业。霸主的职责在名义上还是说扶助周室，抵御蛮族，征伐乱臣贼子，帮助有困难的诸侯；但是事实上并非如此。就是谋害国君的所谓乱臣贼子也不一定受到责备，更不用说受到霸主的惩罚了。士会是在公元前 614 年回到晋国的，就在这四五年里（公元前 613—公元前 609 年），重要的中原诸侯国，像齐国、宋国、鲁国都出过谋君篡位的大事。晋国对这些大事没有准主意。开始还想用传统的办法，发兵去征伐，后来，接受了人家的礼物，就睁一只眼，闭一只眼，天大的事也没了。就这么着，一来二去，“霸主”也不像个霸主的样儿，号令诸侯的那份势派声威就差得多了。

公元前 613 年（周顷王六年，晋灵公八年，齐昭公二十年，宋昭公七年，鲁文公十四年，楚庄王元年），赵盾趁着楚国刚死了国王的机会，打算恢复晋国的霸业，就约了列国诸侯在新城（宋地，在今河南商丘一带）开会。到会的有晋、宋、鲁、陈、卫、郑、曹、许八国诸侯。蔡国仍然归附楚国，没来。赵盾叫郤缺带着兵马去征伐。蔡国就又脱离了楚国，归附了晋国。齐国本来要来开会，因为齐昭公潘病得挺厉害，也没来。没到会盟的日期他已经死了。太子舍即位，不到三个月工夫，就给他的叔父公子商人刺死了。

公子商人是齐桓公的儿子，齐昭公潘的兄弟。他把家产拿出来帮助穷人，收买人心。这回刺死了太子舍，还假意请公子元（也是齐桓公的儿子）做国君。公子元说："兄弟，别连累我。你能让我安安静静地做个老百姓，我就够知足的了。"公子商人做了国君，就是齐懿公。

赵盾为了这件事，又替晋灵公会合了八国诸侯（晋、宋、卫、蔡、陈、郑、曹、许），准备去征伐齐懿公。齐懿公向晋国送了不少礼物，八国诸侯总算没跟齐国动刀兵。齐懿公的君位就这么坐定了。

齐懿公做了国君，要怎么着就怎么着。他想起从前跟大夫丙原因为争夺土地的事闹过别扭。那时候齐桓公叫管仲去判断这件案子。管仲断定公子商人理亏，把那块地断给了丙原。现在公子商人做了国君，就把丙家的地全都夺过来，还恨管仲帮助过丙原，把原来封给管家的土地也夺回来一半。管仲的后代怕齐懿公再找碴儿，就逃到楚国去了。丙原早就死了，不能再杀他，就叫人把他的尸首从坟里刨出来，砍去一条腿，算是一种惩罚。他还问丙原的儿子丙蜀，说："你父亲的罪应该不应该办？我砍去他的腿，你恨不恨我？"丙蜀说："我父亲活着的时候没受到刑罚，已经够造化的了。现在砍的是他的枯骨，我怎么能怨主公呢？"这一来，齐懿公就把丙蜀当作心腹，一高兴，把夺来的地全都还给他。

做了国君不但要报仇就报仇，而且要哪个人就得是哪个人。他听说大夫阎职的太太挺漂亮，便召她进宫。一瞧果然不错，就不让她回去，叫阎职另外再娶一个。阎职是他的臣下，表面上也没有说的。

齐懿公叫人准备了一个避暑的地方，叫申池。那边有池子，挺干净，可以洗澡、凫（fú）水。池子旁边全是竹子。竹林子里面歇凉，最好不过了。公元前 609 年的伏天，齐懿公到申池去避暑，带着些个宫女，还有他的心腹丙蜀和阎职。天气热，酒又喝得多了，更加热得慌，就叫人把竹榻放在竹林子里，痛痛快快地睡一觉。还有宫女们给他打扇。丙蜀和阎职都没有事，一块儿到池子里去洗澡。他们两个人各有各的心事，可是谁也不敢先跟谁说。丙蜀跟阎职闹着玩儿，拿竹竿子打他脑袋，还用水撩他。阎职火儿了，骂他不是人。丙蜀笑着说："人家抢去你的老婆，你都不挂火儿，我跟你闹着玩儿，你倒生这么大的气！"阎职狠狠地顶他，说："人家砍了你老子的腿，你都不说什么，我老婆的事还值得提吗？"

这一来，两个人的心事全都说出来了。他们既然把心事都说出来了，就用不着再顾忌，很快地商量了一下，立刻穿起衣裳，带上宝剑，一块儿跑到竹林子里去。齐懿公正仰着壳儿打着呼噜，宫女们在旁边伺候着。丙蜀做着手势轻轻地对宫女们说："主公一醒来就要洗脸、洗澡，你们快准备热水去吧。"她们都走了。阎职摁住齐懿公的手，丙蜀掐住他的脖子。齐懿公刚睁开眼睛，他的脑袋就掉下来了。他们把他的尸首扔在竹林子的尽里头，把他的脑袋扔在池子里。他们坐着车回到城里，痛痛快快地大吃一顿。然后带着家小，把能够拿走的东西装上几辆大车，慢慢地出了南门走了。家人们催他们快跑，丙蜀说："这种坏蛋死了，谁都高兴，怕什么呢？"还真没有人追他们。他们就这么不慌不忙地投奔楚国去了。齐国的大臣都认为齐懿公商人谋害国君，夺了君位，还横行霸道地对待大臣，早就该死了。他们商议了一下，立公子元为国君，就是齐惠公。

齐懿公商人还没给丙蜀和阎职杀了的时候，宋国的公子鲍还把公子商人当作老师呢。他看着公子商人刺死了太子舍，送点礼物给晋国，国君就坐定了。他也这么办了。公子鲍是宋昭公的兄弟，不过不是一个母亲生的。他的祖母宋襄公夫人顶宠他。宋国的大臣们也都跟他合得来。这还不算，他也像齐国的公子商人一样，把家产和粮食拿出来救济穷人。公元前611年，宋国碰到了荒年，公子鲍仓库里的粮食全发完了，宋襄公夫人把自己的财产拿出来给公子鲍去散给灾民。这么一来，宋国上上下下都说公子鲍是个好人，要是他做了国君，宋国人够多么造化呀！

向着公子鲍的那一班大臣就刺死了宋昭公，立公子鲍为国君，就是宋文公。为了这件事，赵盾又出了一回兵，他派荀林父为大将，会合晋、卫、陈、郑四国的兵马去征伐宋国。宋国的大臣华元到晋国的兵营里去见荀林父。他说明了宋国上上下下全都信服公子鲍，还央告霸主准他好好地去管理国家。华元又奉上好几车的金、帛，犒劳军队。荀林父全收下来了。郑穆公兰反对，说："我们跟着将军是来征伐乱臣贼子的。要是您答应跟宋国讲和，怕不大合适吧！"荀林父说："宋国跟齐国的情形差不多。咱们对齐国已经宽大了，对宋国也不能太苛刻。再说人家宋国人自个儿都愿意立他为国君，咱们何必太死呢？"荀林父就跟华元订了盟约，确定了公子鲍的君位。

接着，鲁国也干了这么一套。鲁国的大夫东门遂（鲁庄公的儿子，也叫公子遂或仲遂）杀了国君，还挺有把握地算计着晋国不会跟他过不去。公元前 609 年（周匡王四年），鲁文公（鲁僖公的儿子）死了，公子恶即位。到了给鲁文公出殡的时候，齐惠公元刚即位。齐惠公要改一改齐懿公商人的那种横行霸道的做法。他做事挺小心谨慎的。一听到鲁文公出殡，赶着就派使臣去送丧。东门遂对叔孙得臣（叔牙的孙子）说："齐是大国，公子元才即位就派大臣到咱们这样的小国来吊孝，明摆着是要跟咱们交好。咱们应当抓住这个机会去跟齐国联络联络，将来也有个靠山。"叔孙得臣觉得他说得挺对。他们两个人到了齐国，一面祝贺新君公子元，一面回谢吊孝的盛意。

齐惠公挺客气地招待他们，特意请他们喝酒。在酒席上，齐惠公随便问到鲁国的新君为什么叫"恶"。他说："天底下的好字眼多得很，为什么偏挑了这么一个字眼呢？"东门遂回答说："先君一向不喜欢他，故意给他起个坏名字。先君喜欢的是公子接，喜欢他品行好，有本事，能尊敬大臣。不但先君，就是敝国上下也都指望他做国君。可是公子接虽说是个长子，毕竟不是正夫人生的。"齐惠公说："历来立庶出长子的也有，只要人好就成。"叔孙得臣紧接着说："因为先君死守着老规矩，立了公子恶，就把公子接埋没了。为了这件事，敝国上下到今天还都抱怨着先君哪！贵国要是能够帮助敝国立个贤明的国君，我们愿意侍奉贵国，年年进贡。"齐惠公一听到"年年进贡"，就挺高兴地答应了，跟他们订了盟约，还把自己的女儿许配给公子接。

东门遂和叔孙得臣有了齐国给他们撑腰，就大胆地杀了公子恶和他的亲兄弟公子视，立公子接为国君，就是鲁宣公。鲁宣公把济西之田送给齐国，作为谢礼。有人对东门遂说："您这么干，不怕晋国来征伐吗？"东门遂冷笑着说："齐国、宋国杀了国君，晋国收了点礼物就堵住嘴了。咱们死了两个小孩子有什么了不起的？再说晋国的赵盾连他们的国君还照顾不过来呢！"

说真的，赵盾和士会眼看着晋灵公长大了，可是晋灵公越大越不像话了。

桃园打鸟

晋灵公长大了。可是他就知道变着法儿地胡闹。国家大事一股脑儿地推给赵盾去看着办。赵盾一心想恢复文公的霸业，对灵公的不成器，不免有点“恨铁不成钢”，脸上老是阴天多晴天少，晋灵公又恼他，又怕他，巴不得赵盾离开朝堂，省得一天听他三通训。只有笑面虎屠岸贾（屠岸夷的孙子；贾：gǔ）能叫他精神百倍。

屠岸贾可把晋灵公咂摸透了，就像钻在他肚子里听他心里的话似的，只要灵公心机一动，他就能料个八九不离十。他给爱玩儿的国君弄了所大花园，因为里头种了好多桃花，这座花园就叫“桃园”。桃园里盖了一座高台，四面围着栏杆，一眼看去，全城的房子和街道全能瞧得见。晋灵公和屠岸贾这两个人老在这儿玩儿。有时候他们拿着弹弓打鸟，大伙儿比赛谁手快、眼快。有时候叫宫女们到台上来跳舞，大伙儿喝喝酒、唱唱歌。就这么玩儿下去。园子外面的老百姓也有在外头凑着看热闹的。有那么一天，晋灵公瞧见园子外的人比园子里的鸟儿还多。他一时高兴起来，对屠岸贾说：“咱们老打鸟儿也腻了，今儿个换个新花样，用弹弓打人怎么样？比如说，打中眼睛，算是十分；打中耳朵，八分；打中脑袋，五分；打着身上，一分；打不着人的罚酒一杯。”屠岸贾当然赞成。他们两人拿着弹弓，向墙外人堆里打去。果然有给打中眼珠子的，有给门牙打下来的，有给打肿耳朵的，也有给打破腮帮子或是脑门子的，直打得老百姓乱叫乱跑，各自逃命。晋灵公一瞧，哈哈大笑。打人到底比打鸟开心。

赵盾和士会知道了这件事。第二天就到宫里去见晋灵公。晋灵公还没出来，他们就瞧见两个宫女抬着一只竹筐子，筐子外头露着一只手。赵盾、士会过去一瞧，原来里头装着一堆大卸八块的尸首。赵盾问她们："这是哪儿来的？"她们说："这是厨子老二。主公因为他没把熊掌烧透，发了脾气。"赵盾对士会说："他把人命当草芥一般看待，简直太不像话了。"士会说："还是让我先去劝劝他吧。要是不听，您再来。"士会进去了。晋灵公一瞧见他，就说："得了，请你别说了。从今以后，我改过就是了。"士会一瞧他这么痛快，反倒不好意思再说话了。

没过了几天，晋灵公不到朝堂去，他坐着车又到桃园去了。赵盾赶快赶到桃园门口等着，一瞧见晋灵公过来，就跪在地下。晋灵公挺不痛快，红着脸，说："相国有事吗？"赵盾说："主公玩儿，多少也得有个分寸。怎么能拿弹弓打人呢？厨子有小错儿也不能把他治死呀！主公这么干下去，一定要出乱子。我怕主公的命、晋国的命都有危险。我宁可得罪主公，还是请主公回去吧！"晋灵公低着脑袋，眼睛瞧着鞋头，说："你去吧！这回让我玩儿，下回听你的，行不行？"赵盾堵住了大门，一定要叫他回去。屠岸贾说："相国劝主公原来是一片好意。不过主公既然到了这儿，您多少方便方便，有什么要紧的事，明儿再说吧！"赵盾没有办法，狠狠地向屠岸贾瞪了一眼，让他们进去了。

他们进了桃园，屠岸贾跟晋灵公说："唉！这可是最后一回玩儿了。从明天起，您得关在宫里，听相国管教！"晋灵公央告屠岸贾，说："你得想个主意呀！"屠岸贾笑嘻嘻地说："有了，我家有个大力士叫鉏麑（chú ní）。我叫他刺死那个老不死的，咱们就不受他管了。"灵公说："好，就这么办吧！"

当天晚上，屠岸贾叫鉏麑在五更上朝以前把赵盾刺死。鉏麑得了命令，当夜跳进赵盾家的院子，躲在大树底下。过了四更天，天还没亮，赵家的人都起来预备车马，堂屋的门也开了。他在暗地里一瞧，堂屋上点着蜡，一位大臣已经穿好了上朝的衣服，坐在那儿等天亮。鉏麑的心也是肉长的，受了感动。他再细一瞧堂屋的摆设，净是些个粗家具，跟他所想象的相府排场完全不一样。他一想："这么忠诚老实的大臣，可叫我怎么下手呢？"

他就跑到堂屋门口，嚷着说："相国，您听着！有人派我来刺您，我可不能丧尽天良，杀害好人。可是也许还有人再来，您得多留神！"说完了回头就走。赵盾的胆子也不小，跑出去想问个明白。他还没张嘴呢，那个刺客自言自语："我要是杀了忠臣，自己就是不忠；要是不杀，对那派我来的人就是不信。我这么不忠不信的人还有什么脸活着呢！"他只知道不杀赵盾就是对那派他去的人失信，便向一棵大槐树一头撞去。大力士这一撞可非同小可，连脑浆都撞出来了。赵盾瞧傻了。他立刻嘱咐底下人乘着天蒙蒙亮，把刺客的尸首埋在槐树底下。

那天早上赵盾照常上朝，反倒把晋灵公和屠岸贾吓了一大跳。他们觉得不对头，他怎么还活着呢？大概是刺客出了事了。散朝以后，屠岸贾对晋灵公说："我有一只猎狗，凶极了。要打算杀赵盾非它不可。"他又把办法详细说明白了，乐得晋灵公拍手叫好。屠岸贾回家以后，做了一个草人，给草人穿上跟赵盾一模一样的衣裳，胸脯里搁着羊肉。天天训练那只狗叫它扑过去，抓破胸脯，饱吃一顿。经过几天的训练，那只狗一瞧见那个草人立刻就扑过去，抓破胸口。

有一天，晋灵公叫赵盾到宫里去喝酒，赵盾的家臣提弥明陪着他去。屠岸贾当然也在座，他说："主公请相国喝酒，别人不得上来。"提弥明只好站在堂下。君臣吃吃喝喝，说说笑笑，倒也挺融洽。谈话当中，晋灵公忽然直夸赵盾的宝剑，要他拔出来让他瞧瞧。按规矩，做臣下的要是在国君面前拔出宝剑来，他就犯了行刺国君的大罪，那还了得？赵盾没想到这些个。他正要摘下宝剑的时候，提弥明在堂下大声嚷着说："主公面前不得无礼！"赵盾给他一提，才知道这是他们的诡计，就站起来告别。提弥明怒气冲冲地扶他出来。屠岸贾就放出那只猎狗去追赵盾。那只狗一瞧见活的"草人"，就立刻扑过去。提弥明一瞧，飞似的跑过去，把那只狗的脖子一拧，就好比拧手巾一样，当场结果了那条狗命。宫里顿时乱了起来。晋灵公大怒，叫武士们去杀赵盾和提弥明。提弥明非常英勇，一个人保护着赵盾，一面还手，一面跑。提弥明杀了几个武士，末了给他们杀了。他们杀了提弥明，又来追赶赵盾。其中有一个武士真卖力气，比别人跑得更快。赵盾一瞧他到了眼前，吓得两腿一软，眼前一发黑，倒在地下，不能动弹了。那个武士一把拉起赵盾，背着赵盾就跑。

这时候赵盾的儿子赵朔，带了家丁来接他父亲。那个武士把赵盾放在车上，自己拔出刀来，准备跟国君的卫兵拼命，那班卫兵一瞧赵家的人这么多，才向后转了。赵盾问那武士："他们全来害我，你怎么反倒救了我？你是谁？"他说："相国忘了道旁饿得快死的人吗？"

原来五年之前赵盾打猎回来，看见道旁躺着一个汉子，以为是刺客，叫人把他抓来。那个人已经饿得站不起来了。赵盾问了他来历，才知道他叫灵辄，在卫国游学三年，这次回来，穷得一无所有，已经饿了三天了。赵盾只觉得他可怜，就给他一点干粮和盘缠。后来灵辄做了晋灵公的卫士，老想着赵盾的好处。这会儿屠岸贾唆使国君要害赵盾，灵辄就打抱不平，救了他的命。赵盾脱了险，就和他儿子跑到国外去，他们还想带着灵辄一起逃，可是灵辄早已溜了。

古籍链接

宠任一位大夫，名屠岸贾，乃屠击之子，屠岸夷之孙。岸贾阿谀取悦，言无不纳，命岸贾于绛州城内起一座花园，遍求奇花异草，种植其中，惟桃花最盛。春间开放，烂如锦绣，名曰桃园。园中筑起三层高台，中间建起一座绛霄楼，画栋雕梁，丹楹刻桷，四围朱栏曲槛，凭栏四望，市井俱在目前，灵公览而乐之，不时登临，或张弓弹鸟，与岸贾赌赛饮酒取乐。

——《东周列国志·第五十回》

任劳任怨

赵盾爷儿俩出了西门，可巧碰见了赵穿打猎回来。赵盾就把他们要逃走的事说了一遍。赵穿说："您可不能离开晋国，我自有办法请您回来。"赵盾反倒拿不定主意，不知道怎么办了。要保全自己的命，就该早点跑；可是他对于国君，对于国事确实是负责的。要是就这么光顾自己跑出去，怎么能放心呢？他早明白他不能跑，晋国少不了他。可是那个不成器的国君老是挤他，他又有什么办法？他对晋灵公可以说是尽了心了。他劝过他，甚至于教训过他。要是那个浑蛋小子是他自己的儿子，他真能揍他一顿；要不，就把他轰出去。不过用这种办法去对付国君的话，他连想都不敢想。他一听赵穿的话，心里就有两种想法：他希望赵穿去责备责备晋灵公，要是责备不顶事，那就只好来硬的。同时，他心里直念着：这种事可千万别闹出来呀！他怕赵穿没有用，可又怕他太有用。赵穿瞧他愁眉不展地直揉脑门子，就安慰他说："您别着急！我自有办法。"赵盾又像点头，又像摇头地说："那么，我暂时在河东等着。不过你得小心，千万别再惹出祸来。"

赵穿离开了他们，一路跑着去见晋灵公。他见了晋灵公，跪在地下央告，说："我虽说是主公的姐夫（赵穿是晋襄公的女婿），可是赵盾得罪了主公，我们赵家的人也有罪，请主公先革去我的官职，再办我的罪吧！"晋灵公说："这是什么话！赵盾欺负我可不知道多少回了。真叫我难受。这可没有你的事。你只管放心吧！”赵穿恭恭敬敬地谢了晋灵公。晋灵公怕他心里不安，还显出挺亲热的样儿来跟他聊天。他说：“赵盾大概是怪我太爱玩儿了吧！”赵穿一瞧，四外没有人，就跟晋灵公说：“他老人家老那么正经八百地板着脸，我一看见就生气。说真的，做了国君要是不能享点福，痛快痛快，倒不如不做。您知道齐桓公有多少美人儿？”晋灵公歪着脑袋想了想，说：“十来个吧？”赵穿撇着嘴说：“十来个算什么，他的后宫里满是美人儿啊！您瞧，他做了霸主。咱们先君文公都六十多了，还做了一回新郎官。您瞧，他也做了霸主。主公您正年富力强，更应当做一番大事业，怎么不派人去搜罗搜罗美人儿呢？”晋灵公给他说得心里怪痒痒的，嬉皮笑脸地说：“你真是我肚子里的蛔虫。可叫谁去搜罗呢？”赵穿说：“谁比得上屠岸大夫呢？他最能办事！这样的忠臣不重用他，您还用谁？”晋灵公听了赵穿的话，便嘱咐屠岸贾出去搜罗美女。

赵穿支开了屠岸贾，又对晋灵公说：“主公您老在桃园里玩儿，我可真有点担心，万一出了事，可怎么办？单凭几个武士能顶什么呢？我琢磨着最好挑选一二百名勇士，专门保护桃园。您看怎么样？”晋灵公说：“再好没有。”赵穿就从自己的军队里挑选了二百名士兵，送给晋灵公。晋灵公一瞧，嗬！一个个都挺棒，不用说多痛快了。他就留着赵穿一块儿喝酒。赵穿用眼睛向台底下一扫，就瞧见那二百名卫兵拿着兵器全跑过来了。晋灵公问赵穿：“他们干吗往台这儿跑呢？”赵穿说：“他们瞧见主公高兴，大概是来讨赏的。赏给他们点酒喝吧！”没有多大一会儿，二百名卫兵围住了晋灵公，他这才觉得不对头，急着说：“这是干什么？”赵穿把脸往下一沉，大声说：“他们跟你要相国呢！”晋灵公还想逃，脖子上已经挨了一刀。赵穿的士兵还想消灭晋灵公左右的武士，赵穿对士兵们说：“你们为国除害，不许再伤害别人！”

晋灵公被杀的信儿立刻传出去了。朝廷上的大臣们和全国的老百姓早就对晋灵公恨死了。这时候一听说昏君死了，真是人人痛快。士会等一班大臣都跑到桃园去瞧。整个桃园就跟死一样地静，台上躺着晋灵公的尸首。士会知道赵穿准去接赵盾了。大伙儿全等着赵盾回来料理后事。

赵盾一听到这信儿，立刻驾着车赶到桃园。他一瞧见晋灵公的尸首，就扑过去，趴在上头，放声大哭。他这一辈子的劳苦，心上的不痛快，任劳任怨的闷气，就好比被压制的泉眼，这时候全涌出来了。他越哭越难受，越难受越哭，直哭得园里的大臣们和园外的老百姓都流眼泪，可是那班怨恨晋灵公的人咕噜起来了。他们说："咱们的相国真是个大好人。这种昏君早死一天好一天，干吗还哭他呢？"

晋国的大臣因为晋灵公没有儿子，向赵盾讨主意。赵盾就派赵穿到洛阳把晋文公的小儿子黑臀（tún）迎接过来，立他为国君，就是晋成公。晋成公信任赵盾，又把自己的闺女嫁给赵盾的儿子赵朔，君臣做了亲家。

屠岸贾正在外头搜罗美女。一听晋灵公被杀，就偷偷地跑回来，挺小心地伺候着赵家。赵穿对赵盾说："屠岸贾这小子不是玩意儿，先君夷皋全是他带坏的。咱们杀了夷皋，他一定怨恨，干脆把他也杀了吧！"赵盾瞪了他一眼，说："人家不办你的罪，你还要去得罪人家吗？"赵穿碰了一个钉子，不敢再言语了。可是他不明白，他替大伙儿杀了昏君，这功劳可不小哇！怎么相国不夸他一句呢？其实赵盾有赵盾的心思。他并不反对赵穿干的事，不过心里老是不痛快。夷皋虽说是昏君，到底是个国君。这谋害国君的名儿，赵家可担不了。就为这件事，他不敢见人。人家越夸他好，他越觉得这是损他。赵盾这透亮的心，好像给黑云彩遮住了似的。

他想瞧瞧朝廷的大事记上怎么写这件事。太史（记载国家大事的官）董狐就把大事记交给赵盾。赵盾双手直哆嗦。他要强，要脸面，他得替赵家增光。万一上面写着赵穿的名字，那才丢脸呢！他拿来一瞧，上头写着："秋七月，赵盾在桃园谋害了国君夷皋。"赵盾有点不信自己的眼睛，脊梁上好比浇了一桶凉水。他那没有血色的嘴唇好像兔子吃菜似的哆嗦着说："太、太、太史！您弄错了吧！谁都知道先君不是我杀的。那时候，我还在河东呢。您、您、您怎么叫我担这个罪名啊？"董狐说："您是相国，国家大事全由您掌管。您虽说跑了，可是还没离开本国的地界，相国的大权还在您手里。要是您不允许凶手那么办，那么，您回来以后，为什么不把他办罪呢？"赵盾觉得自己理亏，说不上话来。凭良心说，那小子早就该杀了。赵穿杀了他，赵盾也直点头；可是要他担负这罪名，真有点太过分了。明明是别人干的事，可叫他背黑锅！他想："也许大人物免不了要任劳任怨的。"他叹了一口气，说："完了也就完了！我只要于心无愧就是了。"

赵盾更加小心地伺候着新君。赵穿以为自己的功劳不小，央告赵盾升他的官职。赵盾说："别提啦，我还替你担着不是呢！"又是一个钉子。赵穿越想越烦，没多久就病死了。赵穿的儿子赵旃（zhān）要求赵盾让他继承他父亲的职位。赵盾说：“你先别忙，等你立下功劳，自然有你的职位。”大伙儿一瞧赵盾大公无私，都挺佩服。大臣们一心一意地辅助着晋成公，晋国仍然继续晋文公和晋襄公的霸业。可是南方的楚国一天比一天强大，一心要跟晋国争个高低。

古籍链接

赵穿皆劳以酒食，使列于桃园之外，入告灵公。灵公登台阅之，人人精勇，个个刚强，灵公大喜，即留赵穿侍酒。饮至二更，外面忽闻喊声，灵公惊问其故。赵穿曰：“此必宿卫军士，驱逐夜行之人耳。臣往谕之，勿惊圣驾？”当下赵穿命掌灯，步下层台，甲士二百人，已毁门而入。赵穿稳住了众人，引至台前，升楼奏曰：“军士知主公饮宴，欲求余沥犒劳，别无他意。”公传旨，教内侍取酒分犒众人，倚栏看给。

赵穿在旁呼曰：“主公亲犒汝等，可各领受。”言毕，以袖麾之。众甲士认定了晋侯，一涌而上。灵公心中着忙，谓赵穿曰：“甲士登台何意，卿可传谕速退。”赵穿曰：“众人思见相国盾，意欲主公召还归国耳！”灵公未及答言，戟已攒刺，登时身死，左右俱各惊走。赵穿曰：“昏君已除，汝等勿得妄杀一人，宜随我往迎相国还朝也。”只为晋侯无道好杀，近侍朝夕惧诛，所以甲士行逆，莫有救者。百姓怨苦日久，反以晋侯之死为快，绝无一人归罪于赵穿。

七年之前，彗星入北斗，占云：“齐、宋、晋三国之君，皆将死乱”，至是验矣。髯翁有诗云：

崇台歌管未停声，血溅朱楼起外兵。
莫怪台前无救者，避丸之后绝人行。

——《东周列国志·第五十一回》

一鸣惊人

楚国在楚成王的时候已经做了南方诸侯的头儿。后来（公元前 626 年）楚成王给他儿子商臣害死了。商臣即位，就是楚穆王。楚穆王又把附近的几个小国兼并了，还把中原的诸侯国，像郑、陈、蔡等全拉了过去。到了公元前 613 年（周襄王的儿子周顷王六年），楚穆王商臣死了，他的儿子即位，就是楚庄王。赵盾乘着楚国正办丧事，召集了宋、鲁、陈、卫、郑、蔡、许七国诸侯，重新订立盟约，晋国又做了盟主。楚国的大臣可有点不服气，一而再，再而三地请楚庄王去争霸权。楚庄王不听这一套。白天老出去打猎，晚上喝了酒跟宫女们胡闹。什么国家大事，什么霸主不霸主，他全不放在心上。就这样胡闹了三年，大伙儿把他当作昏君看待。哪儿知道他有他的心思。他早就认为楚国令尹的权力太大。现在的令尹斗越椒比以前的令尹势力更大。他还不知道楚国大臣当中谁有能耐，有胆量，可以重用。任他怎么要强，光凭自己两只手也干不了大事呀。他索性饮酒作乐，不问朝政。大臣当中也有几位劝过他的，可是他们的话，全是隔靴搔痒，不着实际，他连听都不爱听。后来他下了一道命令，挂在朝堂上，说："谁要敢再多嘴，就有死罪。"直吓得大臣们全不敢说话了。楚庄王大失所望，难道不怕死的大臣连一个都没有吗？他只好多喝几盅热酒，暖暖差不多快要凉了的心。

有一天，大夫申无畏来见楚庄王。楚庄王冲他一笑，申无畏吓了一大跳。这是为什么呢？就因为楚庄王那一副眉毛，又粗又重，有点像个暴君的样子；可是眉毛底下的两只眼睛黑白分明，又有点像美男子。他笑起来时，好像一只笑面虎似的，不但威风，而且那对大眼睛好像能照透人家的心似的。楚庄王不等申无畏开口，就先问他："你是来喝酒的呢，还是来听音乐来的？"说着右边的重眉毛向上一挑，眼犄角吊了上去，左边的那只眼睛又显得挺柔和。谁也摸不清这神气是可怕还是可亲。申无畏也弄不清他的心顺不顺，只好撞大运了。他回答说："有人叫我猜个谜儿，我猜不着。大王多才多艺，请您猜猜吧！"楚庄王说："什么？猜谜儿？倒怪有意思的。来吧！"申无畏说：

楚国山上，
有只大鸟，
身披五色，
真叫荣耀。
一停三年，
不飞不叫；
人人不知，
是什么鸟？

楚庄王笑着说："这可不是普通的鸟。三年不飞，一飞冲天；三年不鸣，一鸣惊人。你别急！"申无畏磕了个头，说："大王到底英明！"他就出去了。

申无畏一天一天地等着，可瞧不出那只大鸟有什么惊人的行动。他就和大夫苏从商量想再去劝劝国王。这回苏从去了。他跑到楚庄王面前哭起来了。楚庄王把脸往下一沉，嚷着说："你明知道我已经下了令，你还要来找死，可也太笨了。"苏从说："可是大王比我还笨哪！我至多给您杀了，死了还落个忠臣的美名，我还笨得有点价值。您呢，做了国王，光图眼前舒服，也不想想怎么管理朝政，怎么管理臣下，怎么号令诸侯，怎么安抚天下。人家那儿做霸主，您连自个儿的属国都管不住了。您不是比我还笨吗？我的话完了，请杀吧！"楚庄王站了起来，说："你说得对！只要你们肯干，我为什么要窝窝囊囊地闷在宫里呢！”

楚庄王就从那天起，亲手拉起国家的缰绳。一面改革政治，调整人事，叫楚国的大权不再集中在令尹手里；一面招兵买马，训练军队，打算跟晋国争争霸主的地位。全国上下都高兴起来了。就在这一年，楚庄王征服了南边的许多部族。到了楚庄王第六年，楚国打败了宋国。第八年又打败了陆浑（在今河南嵩县一带）的戎族，楚庄王就在周朝的边界上阅兵示威。吓得周定王（顷王的儿子）赶快派大臣王孙满去慰劳他。陆浑的戎族住在伊洛两条河道当间儿，在洛阳南边，离京师近，离楚国的郢都（楚国的都城，在今湖北江陵一带）远。楚庄王来征伐陆浑的戎族，用意是在探察探察周室的情况。果然，他开门见山地问王孙满，说：“听说洛阳的大鼎是三代传国之宝，请问这种宝鼎有多沉？”王孙满当时就挺严厉地驳斥他，说：“周室继承统治，在德不在鼎。夏朝的桀王无道，宝鼎归了商朝；商朝的纣王暴虐，宝鼎归了周朝。君王得了天下，鼎就是小也重；君王失了天下，鼎就是大也轻。周室虽说衰弱，天命没改，鼎的轻重连问也不能问！”楚庄王听了这一番话，自己反倒觉得不好意思，就笑着地说了句“哦，原来如此”，下了台阶。

楚庄王阅兵回来，到了半道上，前面有军队拦住去路，要跟他作战。原来令尹斗越椒早就有了造反的心思。自从楚庄王分了他的权力，他更加生气，这回一瞧楚庄王率领大军去打陆浑，好比老虎离了山，斗越椒就发动了自己手底下的人马，占领了郢都，随后又发兵，想去消灭楚庄王。楚庄王假装退兵，暗地里把大军四下里埋伏好，只叫一队兵马去把斗越椒引过来。斗越椒过了一道河，接着去追赶楚庄王。等到斗越椒知道中了计，赶紧回去，那河上的大桥早已拆去了，弄得他反倒丢了阵地。就见河那边有个大将喊着说：“大将乐伯在此，斗越椒赶快投降吧！”斗越椒叫士兵们隔河射箭。

乐伯手底下有个小军官叫养由基，他大声地跟斗越椒说：“这么宽的河，射箭有什么用？令尹您是个射箭的好手，咱们俩就走得靠近点儿，站在桥头上，一人三箭，赌个输赢。不来的不是好汉。”斗越椒说：“要比箭，我先射。”养由基就叫他先动手。斗越椒的箭是百发百中的，他还怕一个小兵吗？他就使劲地把箭射过去。养由基用自己的弓轻轻一拨，那支箭就掉在河里了。接着第二支箭又来了。他把身子一蹲，那支箭从他头顶上擦过去。斗越椒嚷着说："不许蹲，不许蹲！"养由基说："好！这回我就不蹲，您只有一箭了。"说完就瞧见第三支箭又到了。养由基不慌不忙，把箭接在手里，说："大丈夫说话当话，赖的不是好汉。"说着嘣的一声，斗越椒赶快向左边一躲。养由基笑着说："别忙，我就拉拉弓，箭还在手里呢。"接着他又把弓拉了一下，斗越椒赶快又向右边一躲。养由基就在他向右边躲的那一下子，直射了一箭。那支箭正射中了斗越椒的脑门子。他那高大的身子好像锯断了根的大树，慢慢地、挺沉地从桥头上倒下去了。"树倒猢狲散"，斗家的兵马逃的逃，投降的投降。楚庄王打了胜仗。养由基只一箭就射中了斗越椒，从此得了个外号叫"养一箭"。

楚庄王灭了叛党，回到郢都，开了一个庆功会。大臣们和将士们直到晚上还没回去。楚庄王说："我六年没喝酒了，也没听到钟鼓的声音。今天破个例，大伙儿喝个痛快！"这时候天已经黑了，外边刮着大风，像是要下雨的样儿。可是大厅上点着蜡，奏着乐，大伙儿高高兴兴地喝着酒，有说有笑，热闹得把外边的风声全压住了。楚庄王不用说多痛快了。他叫他最喜爱的许姬出来，给大臣们敬酒。这位仙女似的许姬一出来，当时在场的人都鸦雀无声，好像有星星的夜里，月亮出来了一样。粗鲁的将士们不由得老实起来。

大伙儿正在出神的时候，忽然一阵狂风把大厅上的蜡全吹灭了。不知道谁趁着这一点工夫，在黑暗中拉住许姬的袖子，去捏她的手。许姬顺手牵羊地把那个人帽子上的缨子揪下来，吓得那个人赶快撒手。这时候管蜡的人还没把火种拿来，大伙儿静悄悄地等着。许姬拿着帽缨子摸到楚庄王跟前，咬着耳朵说了几句。楚庄王扯着大嗓门儿，说："蜡慢着点！今儿晚上咱们来个痛快，别再那么拘束，不用打扮得衣冠齐整的了。大伙儿把帽缨子全摘下来吧。"大臣们都莫名其妙地把帽缨子摘下来。楚庄王这才叫人点上蜡，大伙儿照样喝酒。直到最后，他和许姬始终不知道拉袖子的是谁。许姬不明白楚庄王的意思，散席以后，还有点怪他。楚庄王告诉她："大伙儿喝得全够样儿了，瞧见了你这美人儿，谁不动心？要是查出来办罪，反倒弄得全没趣儿了。"这只一鸣惊人的大鸟，这一来，更叫人佩服了。

食指跳动

楚庄王平了斗越椒的叛乱以后，就请本国的一位隐士为令尹。那位隐士住在云梦泽（湖北省大江南边古代多湖沼地区的总称），姓蔿（wěi）名敖，字孙叔，人家都管他叫孙叔敖。小时候，听见人说，有一种两头蛇，谁遇见这种蛇就活不了了。有一天，他哭着回来，跟他妈说："妈！我可活不了了！"他妈问他："你怎么了？"他说："我真碰见了两头蛇了！""哪儿？蛇呢？"他说："我想这种害人的东西，别人见了也得死，我就拿锄头把它砸死，埋了。"他妈说："好孩子，你别怕！蛇没咬着你，怎么会死呢？再说，像你这么好心眼儿的孩子更死不了。"这会儿孙叔敖做了令尹，就着手改革制度，整顿军队，开垦荒地，挖掘河道。为了免除水灾、旱灾，孙叔敖召集了楚国所有的水工，测量地形，开始兴办楚国最巨大的一项工程，修一条芍陂（水利工程，在今安徽寿县）。他发动了几十万民工，天天挖土，挑土，砌堤，自己也经常到工地去鼓励民工。克服了种种困难，终于把芍陂修成了。这一条河道不但让雨季的急流缓和下来，而且平时还能灌溉一百多万亩的庄稼，每年多打不少粮食，老百姓没有不说令尹好的。没有几年工夫，楚国更加富强起来了。

楚庄王不能老让中原诸侯把楚国人看成蛮子，老挤在南边伸展不开。以前一向中原伸脚，就给中原的霸主打回来。楚国跟中原的霸主是势不两立的。夹在中间的郑国，永远像个陀螺，一会儿转到楚国这一边，一会儿转到晋国那一边，给它们抽得晕头转向的。楚庄王和令尹孙叔敖商量怎么把郑国拿过来。他们先派人去探听荥阳的动静。过了几天，那个探子回来报告，说："郑伯给他的臣下害死了。他们又跟晋国订了盟约。"楚庄王说："郑国的臣下杀了国君，晋国不但不去惩办乱臣贼子，反倒跟他们订立盟约。咱们这回出兵可有得说了！"又一想这里头也许有讲究，就问探子到底是怎么一回事。那个探子就把郑伯是怎么被害死的，从头到尾说了一遍。

有一天，郑国的大夫公子宋和公子归生一块儿去上朝。公子宋的食指（第二个手指头）忽然跳动起来。他伸着手给归生瞧。归生瞧了瞧，说："怎么啦？你这个指头哆里哆嗦的，是不是抽筋了？"公子宋打着哈哈说："这个手指头一跳，就有好东西吃了。"归生听了，笑了笑，也就算了。他们到了大厅上，就瞧见一只大鼋（yuán）拴在那儿。问了问当差的，才知道是国君预备给大臣们吃的。两个人不由得全笑了。可巧郑灵公（郑穆公兰的儿子）出来，瞧见他们两人笑得前仰后合的，就问他们："你们俩怎么那么痛快？"归生指着公子宋，回答说："刚才他的手指头直跳，说有美味到嘴，我还不信。现在瞧见了这只大甲鱼，又听说是主公赏给臣下吃的。他的手指头可真灵，所以笑了起来。"郑灵公撇了撇嘴，故意开玩笑，说："手指头灵不灵还不一定呢！"

到了下半天，郑灵公特意叫大臣们进去，挨次序坐下，郑灵公开口说："有人在江汉一带逮了个大鼋来，献给我。这是挺难得吃到的东西，请大伙儿尝尝味道。"大臣们咽了口唾沫，谢过国君。没多大一会儿，厨子端上甲鱼羹来，先给郑灵公一碗，灵公吃了一口，说："嗬！真不错！"回头对厨子说："每位一碗，从下位送起。"厨子一碗一碗地端上来。端到最后两个最高的座位，厨子禀告说："只剩下一碗了，端给哪一位？"郑灵公说："给子家（公子归生，字子家）吧！"这么一来，大臣们全吃着了，单单短了公子宋的一份。郑灵公哈哈大笑，他说："我原来说每人一碗，没想到轮到你这儿，可巧没有了，这也是命该如此。可见你的手指头并不灵！"公子宋已经在归生跟前说了满话，现在大伙儿全分到了，偏偏没有他的份，叫他在众人面前怎么受得了？他的心跳得都快出了腔子，脸红得发紫。再说郑灵公哈哈一笑，就好像火上浇油。他跳了起来，跑到国君跟前，把手指头戳到郑灵公的碗里，蘸了一蘸，一边放在嘴里一咂，一边也来个哈哈笑，说："我也尝到了。我的手指头到底是灵的。"说着就跑了。郑灵公气得呼呼响，骂着说："简直不像话！敢欺负我？哼！你瞧着吧！"归生和别的大臣全跪下来，说："他跟主公向来挺热乎，这回是太没有规矩了，可是他绝不是成心失礼。请主公看在平日的情分上，原谅他吧！"郑灵公听了，只好恨在心里。大伙儿不欢而散。

归生出了朝堂，心里很痛快。他和郑灵公的兄弟公子去疾向来挺好，有心要废去郑灵公，立公子去疾为国君。只是一来他没有这个胆量，二来公子宋和郑灵公挺亲密，归生不敢下手。今天一瞧公子宋和郑灵公闹翻了，他就打算借着公子宋的手去掐郑灵公的脖子。他又怕郑灵公和公子宋都有些小孩子脾气，今天吵、明天好，风声大、雨点小。他就想把双方的火儿煽得旺些。于是他跑到公子宋的家里，把郑灵公犯脾气的事告诉了他，还加上一句，说："主公一定要处置您，我直替您难受。"果然公子宋骂着说："昏君自己失礼，还想处置我？"归生一瞧阴风起来了，他故意劝着说："话虽如此，他毕竟是国君，您多少得忍着点，明天去给他赔个礼吧。"公子宋哪儿能听这一套呢。

第二天归生拉着公子宋去见郑灵公。郑灵公坐在那儿不言语，公子宋站在那儿来个"死鱼不张嘴儿"。归生直向公子宋做手势，公子宋只当没瞧见。归生只好替他向郑灵公说："子公（公子宋，字子公）失礼，特意向主公赔礼来了。请主公饶了他吧！"说着又向郑灵公挤挤眼，努努嘴。郑灵公一看公子宋的样儿，就绷着脸，说："哼！他怕得罪我吗？是我得罪了他吧！"一甩袖子进去了。

公子宋出来对归生说："他恨透了我了，也许还要杀我呢！俗话说得好，'先下手为强'，还不如咱们先下手吧！"归生心里点着头，可不愿意把他自己搅在里头。对公子宋说的"咱们"这个口气可不感兴趣，他要吃鱼，可嫌腥，就替自己撇清，说："自个儿养的鸡、养的狗，还舍不得杀呢！别说是国君了。这可万万使不得。"公子宋也是个机灵鬼，他立刻见风转舵，笑着说："您别当真，我是说着玩儿呢！"归生一听他这么一说，心里倒凉了半截，脸上的神气显得挺特别。脸上不得劲儿，可把心事露了出来。

第二天公子宋索性真不真、假不假地和别人瞎聊，说归生和公子去疾怎么怎么的，说他们黑天白天怎么怎么的。归生一听，可吓坏了，私底下对公子宋说："您没有事胡说八道什么？您要我命是怎么着？"公子宋说：

"您不向着我，就是成心叫我死。您既然叫我死，干脆我就叫您的命也搭在里头。"归生说："您要怎么样？"公子宋睁圆了眼睛，狠狠地说："他是个昏君。从分甲鱼羹这件事就能瞧出来了。您管理国家大事，就该出个主意。我说，咱们请公子去疾做国君，去归附晋国，郑国也可以太平几年。"归生急得哆嗦着嘴唇，说："您、您、您瞧着办吧！我、我、我不说出去就是了。"

公子宋只要归生点点头，就不怕了。没费多大的手脚他就把郑灵公杀了（公元前605年，周定王二年）。他们请公子去疾即位。公子去疾说什么也不干。他推辞说："我们有十几个兄弟。拿岁数来说，公子坚比我大。拿品德来说，我更不行。无论如何，我绝不要这个君位。"归生和公子宋就立公子坚为国君，就是郑襄公。赶着打发使臣到晋国去说情，跟他们订立了盟约，向晋国纳税进贡。

楚庄王听了那个探子的报告，有了题目，就发兵去打郑国，责问他们为什么杀了国君。郑国向晋国求救。晋国派荀林父带着兵马去。楚庄王因为陈国新近归附了晋国，就掉过头去攻打陈国。这么一来，陈国又归附了楚国，郑国仍旧站在晋国那一边。两个大国没正面开仗，可都有了面子了。

过了三年，楚庄王再去攻打郑国。这时候赵盾和晋成公已经过世了。郑国人怕晋国未必来救。可巧归生病死了。郑国人就杀了公子宋，又在归生的棺材上砍了几刀，算是办了他谋害国君的罪。他们打发使臣到楚国兵营里去赔罪，说："两个乱臣已经全杀了。请答应我们像陈国一样订立盟约，依附贵国，纳税进贡。"楚庄王答应了，打算再约上陈国，一块儿订立盟约。他就派人去请陈侯来。

没过几天，那个使臣回来了，说："陈侯给夏征舒杀了，陈国正乱着呢！"

上株林干吗

夏征舒的母亲夏姬，是郑穆公兰的女儿，陈国的大夫夏御叔的媳妇儿，所以叫夏姬。她挺早守了寡，娘儿俩住在株林（在今河南西华一带）。夏大夫在世的时候，有两个朋友，一个是矮胖子孔宁，一个是肉头鼻子仪行父。他们俩全是陈国的大夫，为了过去的朋友交情，挺照顾夏家。娘儿俩当然是挺感激人家的。

有一回，孔宁带着夏征舒到城外打猎，看天色不早了，他就亲自把夏征舒送到株林。可巧下起大雨来了，又是雷、又是闪电，没个完。那天，孔宁住在夏家，就和夏姬勾搭上了。后来，大个子仪行父和陈灵公也都半明半暗地和夏姬有了来往，君不像君，臣不像臣，好像压根儿不知道天底下还有"廉耻"两个字。

有一天，陈灵公把孔宁和仪行父叫来聊天。说着说着，话头又扯到邪事儿上去了。三个人越说越不像话，还笑得前仰后合，快要喘不过气来了。

他们这么胡闹，气坏了一位大臣，叫泄冶的。他听见了他们的下贱话，又瞧见他们那种下贱样，就跑去劝告陈灵公。孔宁和仪行父一见他，就溜了。泄冶对陈灵公说："君臣应当有规矩，男女应当有体统。你们做了这种荒唐的事还在朝堂上对夸，请问还有廉耻没有？不守规矩，不顾体统，丧尽廉耻，照这么下去，国家还保得住吗？主公您得改过自新才是正理。"陈灵公连忙说："你别再说了。我改过就是了。"

泄冶走了以后，孔宁和仪行父又钻出来，对陈灵公说："打这儿起，主公可别再上株林去了。"陈灵公说："你们呢？"他们说："我们又不是国君，为什么不能去呢？"陈灵公气着说："我宁可得罪泄冶，也不能不去株林。"孔宁说："那怎么行呢？泄冶那个老碎嘴子叨唠起来，您受得了吗？有他，就不能上株林；要上株林，就不能有他。"陈灵公点了点头，说："你们瞧着办吧！"他们得到了国君的许可，就偷偷地把泄冶刺死了。

泄冶一死，这君臣三个就老上株林去玩儿，什么怕惧也没有了。夏征舒一瞧见他们就生气，把他们当作畜类。每回瞧见这三个畜生进来，他只好躲开，不跟他们见面。他们也巴不得他不在家，省得碍眼。夏征舒到了十八岁上，身子长得顶结实，练了一身武艺。陈灵公为了讨好夏姬，叫夏征舒继承他父亲的地位，做了大夫。

夏征舒为了感谢国君叫他继承他父亲的地位，趁他们三个人到株林来的时候，预备了酒席，宴请他们。他们一边喝着酒，一边瞎聊天，反正"狗嘴里吐不出象牙来"。他们老聊着下流的事。夏征舒听着他们的话，觉得再也忍不下去了。他先到里屋把他妈关起来，锁上门，然后从后门跑出去，嘱咐家丁们把房子围住，不许让昏君逃走。他带了一班得力的家丁从大门杀了进去。陈灵公还在那儿不三不四地瞎聊着，倒是孔宁先听见了，说："不好了，夏征舒杀进来了。快跑！"仪行父说："大门有人，往后门跑吧！"三个人手忙脚乱地各自逃命。陈灵公还打算求夏姬帮个忙，跑去一瞧，门锁着了！这下更慌了，急急忙忙地向后院跑去。后面夏征舒赶来，大叫一声："昏君哪里走！"一箭射去，穿透了陈灵公的胸膛。孔宁和仪行父从狗洞里钻了出去，知道是闯了大祸，也顾不得回家，一直逃到楚国去了。

稻田夺牛

夏征舒杀了陈灵公，带领兵马进城，按照列国杀了国君以后的老办法，通告说是“酒后害急病归天”。他和大臣们立太子午为国君，就是陈成公。夏征舒是臣下，再加上陈是个小国，他就是有一百个消灭昏君的理由，也不得不防备别的诸侯来责问。于是他就请新君去朝见晋国，作为外援。

楚国的使臣只知道陈侯给人杀了，可不知道其中的底细，因此他说：“陈国正乱着呢。”没有两天工夫，孔宁和仪行父到了。他们见了楚庄王，就说夏征舒造反，杀了陈侯，请盟主做主。楚庄王召集了大臣们，商量怎么去平定陈国的内乱。

楚国的大臣之中，有个叫屈巫的，不光文武全才，他也像夏姬一样，不管“岁月催人老”，自己总保持着青春漂亮。他自打在陈国看见过夏姬，心里就老惦记着她。现在一听陈国有内乱，就打算“浑水摸鱼”，劝楚庄王去征伐陈国。令尹孙叔敖也说，平定邻国的内乱是霸主应当做的事。楚庄王就率领大军到了陈国，这时候陈成公午到晋国去还没回来。大臣们一向害怕楚国，不敢对敌，只好把一切罪名全都推在夏征舒身上，开了城门迎接楚国人。陈国的大夫辕颇自告奋勇地去见楚庄王，恭恭敬敬地跪在他跟前。楚庄王问他：“你们为什么不把乱臣贼子治罪呢？怎么让他胡作非为？”辕颇说：“不是甘心屈服，实在是因为我们没有力量，只好等着大王来处治。”楚庄王就叫辕颇带道，到株林去拿夏征舒。

夏征舒听到楚国的大军到了，还想抵抗一下。不料大臣们开了城门，投降了楚国。他只好退到株林，想带着他母亲一块儿逃到别的地方去，因此多费了工夫。就差了这点工夫，株林给楚国的军队围住了。夏征舒寡不敌众，末了叫人家逮住。这位少年就给楚国人弄死了，还死得挺惨。他们又逮住了夏姬，把她送到楚庄王跟前，请他处治。

夏姬跪在楚庄王眼前，不慌不忙地说："我们已经是国破家亡了。我的一条性命全在大王手里。大王要是把我杀了，就好比踩死一只蚂蚁。要是大王可怜我这么一个软弱的女子呢，我情愿做个丫头，伺候大王。"楚庄王一瞧这个披头散发满脸眼泪的可怜相儿，不由得对大臣们说："我打算把她带回宫去，你们瞧怎么样？"屈巫一听，可急了，赶快拦着说："万万使不得！万万使不得！大王发兵来征伐陈国，原来是为了惩办有罪的人。要是大王收了她，别人就会说大王贪色。征伐有罪是正义，贪爱美色是坏事。大王为了正义而来，可别为了一个女人损坏了霸主的好名望。"楚庄王说："可是这么一个女子，杀了有点可惜。"大将公子侧赶快跑上一步，请求说："我已到中年，可还没娶媳妇儿，请大王把她赏给我吧！"屈巫又拦住他，说："这个女人可是害人精。你瞧御叔、陈侯、征舒不是全都死在她手里的吗？孔宁、仪行父不是为了她弄得无家可归了吗？漂亮的姑娘有的是，干吗一定要娶这种寡妇呢？"只听见公子侧说："得！那我也不要了。"

楚庄王哪儿知道屈巫的心思。他说："襄老大将近来死了太太，就把夏姬赏给他吧！"屈巫不便再多嘴。他一琢磨："襄老已经上了年纪，说不定一年半载她又得守寡呢。到那时候，再想法子吧。"夏姬叹了一口气，只好谢了楚庄王，跟着襄老去了。

楚庄王杀了夏征舒，又安排了夏姬，查明陈国的地界和户口，把陈国灭了，改为楚国的一个县。一切安排好，就回去了。大臣们全来朝贺。南方的属国和许多小部族全都争先恐后地到郢都来进贡道喜。只有楚国的大夫申叔时出使齐国，还没回来，当然不能来道喜。过了几天，申叔时回来了。他向楚庄王报告了他办的事情，可是道喜的话连一句也没提。楚庄王就责问他，说："夏征舒杀了国君，犯了叛逆大罪，中原诸侯没有一个敢去过问。只有我主持正义，征伐有罪。现在楚国又增加了不少土地，哪一个大臣，哪一个属国不来庆贺。只有你一声不响，难道我把这件事情做错了不成？”申叔时说：“哪里，哪里！我因为一件案子解决不了，想请示大王呢。”楚庄王问：“什么事？”申叔时说：“有个人拉了一头牛，从别人的庄稼地里过去。那头牛踩了人家的庄稼。田主火儿了，把那头牛抢了去，说什么也不给。这档案子要是请大王审问，大王打算怎么处理呢？”楚庄王说：“牵着牛踩了人家的庄稼，当然不好；可是就为了这个，把人家的牛抢了去，说什么也太过分了。”说到这儿，他突然停下了，眼珠子直在申叔时的脸上打转。末了眉毛一纵，眼珠子努出了三分，一个劲儿地责备申叔时，说：“可真有你的！说话老是转弯抹角的。我把‘那头牛’退还给人家就是了。”

楚庄王就把陈国的大夫辕颇召来，问他：“陈君现在在哪儿？”辕颇说：“还在晋国。”楚庄王说：“我恢复你们的国家。你们去迎接他回来，仍旧叫他做国君吧！可是你们从此以后得一心归附楚国，别辜负了我一片心意。”他又对孔宁和仪行父说：“你们也回去吧！好好地扶助你们的国君。”陈国的大夫感激得说不出话来，只是连连磕头谢恩。

陈成公午非常感激楚庄王，他归附了楚国，不必提了。就连中原的诸侯也个个佩服楚庄王的道义精神。只不过太便宜了那两个狗大夫。陈国的老百姓，尤其是夏征舒的朋友们都打抱不平。没出一个月工夫，孔宁掉在河沟里淹死了，仪行父虽然待在家里，可是脑袋给人割去了。

肉袒牵羊

楚庄王为了郑襄公要求讲和，才去请陈灵公来跟郑国一块儿订立盟约，没想到陈灵公给夏征舒杀了，他只好把三国订约的事搁下，先去平定陈国的内乱。赶到楚庄王收服了陈国，郑襄公又归附了晋国。这一来，差点儿把楚庄王气坏了。他恨郑国说了不算，打算再去征伐。令尹孙叔敖说："咱们去打郑国，晋国一定去救；要征服郑国，必须打败晋国。因此，非发大军不可。"楚庄王就率领三军，在公元前597年（周定王十年，楚庄王十七年，晋景公三年，郑襄公八年），浩浩荡荡直向荥阳进发。

楚国的军队占领了郑国的四郊，把荥阳团团围住，日夜攻打。郑襄公一心依靠着晋国，眼巴巴地等着晋国的救兵。楚国人一连气打了十七天。郑国人死伤了不少，将士们咬着牙，守住城，时时刻刻盼着晋国人来救。他们的希望每天跟太阳一同升起来，又每天跟太阳一同落下去。末了，荥阳东北角的城墙给楚国人打坏了一大段，一下子倒了好几丈。全城的老百姓一齐哭了起来。那种大喊大叫发疯似的哭声把整个荥阳城变成了地狱。男女老少只是哭着、哭着。全城的人等着给人家屠杀，或者全掳了去做奴隶。楚庄王一听到全城的哭声，立刻下令退兵。公子婴齐拦住说："咱们一连气攻打了半个多月，好不容易打塌了一段城墙，就该冲进城去，怎么反倒退兵呢？"楚庄王说："别这么说，郑国人已经知道咱们的厉害了。何必再用武力呢？我不愿意人家光知道咱们的厉害，咱们还得叫人家知道咱们的好心眼儿。”跟着，楚国的军队退去了十几里，让郑国人缓一口气。

楚庄王只知道好心眼儿就是好心眼儿，可不知道怎么样玩花样让人家都知道他的好心眼儿。比方说：齐桓公要帮助邢国和卫国，并不立刻就动手，他得等着那两国给北狄灭了以后，才向列国诸侯大声嚷嚷，去重新建造夷仪和楚丘，这么一来，人家才知道他的好心眼儿。晋文公要收服原城，他先下命令：三天之内攻不下来，他就不要原城了，大伙儿嚷嚷出去，人家才把他追回去。宋襄公要用仁义去抵抗武力，他必得做了一面大旗，把“仁义”两个字打出来，人家才能够瞧出他的好心眼儿。楚庄王对这一手可玩不出来。他下令退兵，谁也不知道这是他的好心眼儿，这不是白饶吗？郑襄公和那些个等着挨杀的郑国人，一瞧楚国退了兵，不说楚国人让他们缓口气，反说是因为晋国的人马到了。大伙儿精神百倍地先把城墙修好，等着晋国人替他们去打胜仗。楚庄王这才知道郑国并没有归附的意思，就又把荥阳城包围起来。郑国人一连气守了三个多月，还瞧不见晋国的人马。大伙儿这才觉得不对头。楚国的大将乐伯率领着勇士上了城墙，杀散了守兵。另外一部分将士冲到城下，劈开城门，楚国的大队人马进了荥阳城。

楚庄王下令，不许杀害老百姓，不许抢掠财物。楚国的大军又整齐又严肃地到了大街上。迎面来了郑襄公。他打扮成罪犯的样子，披着头发，露着上身（文言叫“肉袒”），手里牵着一只羊，恭恭敬敬地来迎接楚国的军队，他跪在楚庄王面前，说：“我没有好好地伺候贵国，叫大王生气，这全是我一个人的不是。现在敝国的存亡全在大王手里。要是大王念着过去的交情，还让敝国做个属国，永远伺候贵国，这就是您的大恩大德了。”一边说着，一边直流眼泪。公子婴齐恐怕楚庄王耳软心活，就提醒他，说：“郑国直到打得顶不住了才投降。这种投降绝不是出于真心。大王今天要是饶了他，让他归附，明天晋国人一到，得！他又背叛起来，那多麻烦哪！不如干脆把郑国灭了，省得以后再麻烦。”楚庄王可比公子婴齐精明得多了。他知道一时不能把郑国灭了，乐得答应郑襄公把郑国收为属国。他就故意摆出大大方方的神气，说：“要是申叔时在这儿，他又该说我在庄稼地里夺牛了。”

楚庄王立刻下令退兵三十里。郑襄公带着几个大臣到楚国兵营里再要求楚庄王让郑国归附。楚庄王同他们订了盟约以后，带着大军回去了。

楚国的军队走了一程子，忽然来了个消息，说，晋国拜荀林父为大将，先縠（先轸的曾孙）为副将，率领六百辆兵车，已经到了黄河边上，前来搭救郑国。楚庄王叫军队安营下寨，要瞧瞧晋国人到底要怎么干。

古籍链接

大军攻破郊关，直抵城下，庄王传令，四面筑长围攻之，凡十有七日，昼夜不息。郑襄公恃晋之救，不即行成，军士死伤者甚众，城东北角崩陷数十丈，楚兵将登，庄王闻城内哭声震地，心中不忍，麾军退十里，公子婴齐进曰：“城陷正可乘势，何以退师？”庄王曰：“郑知吾威，未知吾德，姑退以示德，视其从违，以为进退可也！”

郑襄公闻楚师退，疑晋救已至，乃驱百姓修筑城垣，男女皆上城巡守，庄王知郑无乞降之意，复进兵围之，郑坚守三月，力不能支，楚将乐伯率众自皇门先登，劈开城门。庄王下令，不许掳掠，三军肃然。

行至逵路，郑襄公肉袒牵羊，以迎楚师，辞曰：“孤不德，不能服事大国，使君王怀怒，以降师于敝邑，孤知罪矣。存亡生死，一惟君王命，若惠顾先人之好，不遽剪灭，延其宗祀，使得比于附庸，君王之惠也！”公子婴齐进曰：“郑力穷而降，赦之复叛，不如灭之！”庄王曰：“申公若在，又将以蹊田夺牛见诮矣！”即麾军退三十里，郑襄公亲至楚军，谢罪请盟，留其弟公子去疾为质。

——《东周列国志·第五十三回》

抢渡

荀林父率领着大队人马到了黄河。听说郑国投降了楚国，楚国人也已经退了，他就召集将士们商量办法。士会说：“郑国抵抗了三个月，总算不错。咱们不能早点去搭救，还能怪人家投降吗？楚国既然退了兵，咱们就回去吧！”荀林父根本就不打算跟楚国人交战，一听士会这么说，他就下令退兵。没想到副将先縠不听这一套。他一定要跟楚国人打一打。他私底下带着自己的一队人马，渡过黄河，去追楚国人。赵同、赵括（两个人全是赵盾的异母兄弟）哥儿俩也带着一队人马一块儿跟着先縠去逞一逞能。他们三个人都觉得自己是将门之子，辈辈都立过大功，就算这回不听命令，谁也不能把他们怎么样。这么一想，他们就大胆地离开了大军去追楚国人。

司马韩厥一听到这件事，赶快去跟中军大将荀林父说：“先縠他们过了河了！您知道吗？他们要是碰见楚国人，一定会吃亏。您是中军大将，可脱不开这个‘丧师辱国’的罪名！”荀林父脸色都白了，嘴唇发紫，哆哆嗦嗦地说：“这、这、这怎么办呢？”韩厥说：“事情已经到了这步田地，倒不如大军一齐过河去接应他们。能够打个胜仗，也是您的功劳；万一打败了，大伙儿都在内，总比您一个人担那罪名强得多。”荀林父只好吩咐三军一齐过河。先縠瞧见了，得意扬扬地说：“我早就知道他不敢不依着我呀！”

孙叔敖向来挺小心，一瞧晋国的大军过来，就对楚庄王说：“晋国人过了三个月才来救郑国，可见他们并不打算跟咱们打仗。咱们不如跟他们讲和，两方面都有好处。要是晋国人不答应，咱们就有理了，打起来，咱们也就能占上风。”楚庄王打发使臣到晋国兵营去说明要讲和的意思。荀林父巴不得不打仗，挺痛快地说：“能够这样，是大家的造化。”楚国的使臣挺满意地出来了。谁想到他一出来，就碰上了那个捣蛋鬼先縠，给他骂了个狗血淋头，最后还加了一句：“要是他答应跟你们讲和，我先縠也得把你们打个片甲不留！”楚国的使臣只好忍气吞声地出了晋军的营门。他出了营门，又给那两个捣蛋鬼赵同、赵括大骂了一顿。楚国的使臣只好笑嘻嘻地把这口气咽在肚子里。想不到末了又来了个赵旃。他拔出宝剑，指着楚国的使臣，说：“你们早晚得死在我手里。快去告诉你们的蛮子头儿，叫他多留点神。”

楚国使臣差点儿气炸了肺，他回报了楚庄王。众人气得全够瞧的了，一个个摩拳擦掌，打算跟晋国人比个上下。可是楚庄王一声不言语。他还等着晋国人正式的回答。那边荀林父也派使臣去说和。没想到他派的是魏锜。他跟先縠、赵同一个鼻子眼儿出气。他奉了说和的使命到楚营里去，到了楚营，偏偏去叫战。他回到晋营跟荀林父说楚国人不打算讲和，把个中军大将弄成只有出入气的木头人。

木头人正在那儿糊里糊涂，下不了决心的时候，赵旃已经跑到楚国兵营叫战去了。楚庄王大怒，下了个总攻击令，亲自击鼓，好比闷热的夏天忽然来个霹雳，人人透口气，非常痛快。大军一听见鼓声，人人奋勇，个个争先，好比暴风雨似的冲到晋国兵营里来了。晋国人一点没有打算。荀林父可慌了，只好下令迎敌，两国军队就在邲地（在今河南荥阳一带；邲：bì）大战了一场。晋国人这会儿碰到楚国人简直没法抵挡。荀林父下令退兵。这一来，败得更惨了。楚国人是有计划地进攻，晋国人是毫无秩序地逃跑。晋国人跑得快，还死伤了一半人马。

下军大夫荀首的儿子荀罃（就是智罃，也叫智伯，他是中军大将荀林父的侄孙；罃：yīng）给楚国人逮了去。荀首率领下军赶上去，只一箭便射死了襄老大将，又一箭射伤了楚庄王的儿子公子縠臣。将士们赶上去把襄老大将的尸首和受了伤的公子縠臣都抢过来，可是荀罃已经夺不回来了。第一条“好汉”先縠满脸全是讨厌的血，挺丧气地挂了彩。赵同、赵括早就偷偷地渡过黄河，已经躲到安全的地带去了。那第四条“好汉”赵旃差点儿给楚国人逮住。他要真叫人家逮住，也就不算什么“好汉”了。他可真聪明，特意跳下兵车，跟小兵一块儿跑，跑到树林子里。他一瞧楚国人不追小兵，紧紧地追着他，就把盔甲全脱下来，挂在树上，绕了一个弯儿跑出树林子。他的脚指头也破了，可是命不该绝，只瞧见前面有人驾着一辆晋国的车马。他大声嚷着说：“车上谁呀？带我一块儿跑吧！”

车里有三个人，就是将军逄伯和他两个儿子。他们正拼命打着马，忽然听到后头有人叫喊，逄伯一听声音，就知道是赵旃。他吩咐他两个儿子说：“快向前跑！别往后瞧！”他们哥儿俩可不明白父亲是什么意思，不由得往后一瞧。赵旃瞧见了，说：“啊！逄公子，快带我去吧！”逄伯直气得翻白眼。两个傻小子还跟父亲说：“后面赵将军喊着呢。”老头子骂着说：“还提呢！你们既然给他瞧见了，就让他上来吧！该死的东西！”两个儿子只好下去，让赵旃上了车。这哥儿俩给扔在后面，都死在乱军之中。

赵旃赶着逄伯的车，逃到黄河边，就瞧见将士儿郎们正在那儿乱纷纷地抢着渡河。荀林父下令赶快过河，还说先渡过河的有赏。可是人多船少，没法分配。已经上了船的人不准别人再上去。船外边的人一定要上去。赶到船上满了人，船边还有不少人揪着，反倒把小船沉了不少条。船是越来越少，河里的人可是越来越多。这儿起来，那儿沉下。力气大的才能往船上爬。第一条“好汉”先縠可真机灵，一瞧他的船沿有人揪着，就吩咐手下的人拿刀砍他们的手指头。这个办法真管事，手指头给砍下来的人再也不能揪船了。别的船上的将士，像赵旃他们，虽说没有什么好计策，可是都会照样学。他们也砍起手指头来了。揪船的人也照样掉在水里。整批的手指头全掉在船里，多得可以用手捧。河边跟河里全是一片哭声。他们还怕楚国人来消灭他们。闹到末了，楚国人可没追上来。

楚国的大军进了邲城，大夫伍参请楚庄王再去追赶晋国人。楚庄王说：“楚国自从城濮失败以后，一直抬不起头来。这回邲城打了胜仗已经把从前的羞耻擦去了。晋国灭不了咱们，咱们也灭不了晋国。两个大国总得讲和，才是道理。咱们何必多杀人呢？”他立刻下令安营下寨，让晋国人渡河回去。晋国人只怕“蛮子”追上来，乱哄哄地闹了一宿，直到天大亮，这才把剩下的残兵败将渡过了河。

郑襄公亲自到邢城来犒劳楚国的将士，摆上酒席，庆祝胜利。有人对楚庄王说：“把晋国人的尸首堆起来，造成一座小山，一来可以留个纪念，二来也可以显显武功。”楚庄王说：“偶然打个胜仗，有什么值得纪念的？再说杀了这么多人，也不是什么露脸的事，还表什么武功？把尸首全埋了吧！”

楚国打败了晋国，擦去了城濮的耻辱。可是楚庄王的儿子公子縠臣做了俘虏，襄老大将阵亡，连尸首也给晋国人抢去了。那位夏姬又没了主儿，屈巫这回可不能再错过好机会。他琢磨尽了方法，总算把夏姬弄到手。他们就偷偷地跑到晋国去了。晋景公正怕着楚国，巴不得有个熟悉楚国情形的人来帮助他。他见了屈巫，就拜他为大夫。

古籍链接

再说荀首兵转河口，林父大兵尚未济尽，心甚惊惶，却喜得赵婴齐渡过北岸，打发空船南来接应。时天已昏黑，楚军已至邲城，伍参请速追晋师。庄王曰：“楚自城濮失利，贻羞社稷，此一战可雪前耻矣。晋、楚终当讲和，何必多杀？”乃下令安营，晋军乘夜济河，纷纷扰扰，直乱到天明方止。史臣论荀林父智不能料敌，才不能御将，不进不退，以至此败，遂使中原伯气，尽归于楚，岂不伤哉？有诗云：

阃外元戎无地天，如何裨将敢挠权？

舟中掬指真堪痛，纵渡黄河也觍然！

郑襄公知楚师得胜，亲自至邲城劳军，迎楚王至于衡雍，僭居王宫，大设筵席庆贺。潘党请收晋尸，筑为“京观”，以彰武功于万世。庄王曰：“晋非有罪可讨，寡人幸而胜之，何武功之足称耶？”命军士随在掩埋遗骨，为文祭祀河神。奏凯而还，论功行赏，嘉伍参之谋，用为大夫，伍举、伍奢、伍尚、伍员即其后也。

令尹孙叔敖叹曰：“胜晋大功，出自嬖人，吾当愧死矣！”遂郁郁成疾。

——《东周列国志·第五十四回》

我不骗你

晋景公因为郑襄公帮助楚国，害得晋国在邲城吃了个败仗，心中非常生气。过了两年（公元前 595 年，周定王十二年），他亲自去打郑国。郑襄公当然得找楚国去求救。在楚国看来，晋国攻打郑国就是间接向楚国挑战。楚国也采用间接应战的办法，去攻打宋国。因为这时候，许、蔡、陈、郑都归附了楚国，要是把宋国打下来，那么，在地理上躲在宋国背后的齐、鲁也就可以拉到这一边来了。再说楚国派到齐国去的一个使臣路过宋国的时候，给宋国杀了。这个仇也不能不报。公元前 594 年，楚庄王拜公子侧为大将，申叔时为副将，亲自率领着大军打到宋国去。

楚国人挺快地到了宋国，把睢阳城包围起来。又造了几座跟城墙一般高的兵车，叫作“楼车”，四面攻打。宋文公叫大将华元率领着将士和老百姓把守城池，一面又派人到晋国去求救兵。晋景公召集了大臣们商量办法。大夫伯宗说：“上回荀林父发了六百辆兵车，还给人家打得一败涂地。这回要是再派六百辆去，也未必能打胜仗。”晋景公皱着眉头，说：“这可怎么办呢？现在中原诸侯跟咱们有交情的要数宋国。要是不去救，不是连宋国也丢了吗？”伯宗说：“楚国离着宋国一千多里。他们从那么远的地方跑来，粮草一定带得有限，他们不能老待在那儿。咱们不如派使臣到宋国去，就说救兵随后就到。他们听到这个好消息，一定尽力守城。只要宋国能够守住几个月，楚国不得不退兵。”晋景公就打发解（xiè）扬去送信，给他们一个口头上的帮助。

解扬在路上给郑国人拿住，郑国把他献给楚庄王。楚庄王问他：“你来干什么？”解扬早就知道“蛮子王”是喜欢说实话的，立刻回答说：“我不骗您，我奉了晋侯的命令，叫宋国人用心守城，等着救兵。”楚庄王说：“这又何苦呢？眼瞧着宋国就要给我们打下来了。你这么一说，反倒叫他们多受几天罪。依我之见，你还是对他们说：‘晋国有事，一时不能发兵，特意叫我来告诉你们一声，省得你们瞎等着。’这么一来，宋国人没有盼头了，一定投降，省得两国的人多受罪。你也不必回去。我带你到楚国去，给你做大官，好不好？”解扬低着脑袋，一声不言语。楚庄王跟着又来一句：“要是你不答应，没有别的，我们只好把你当作敌人办了。”解扬“唉”了一声，说：“好吧！”

楚庄王叫解扬上了楼车，去跟宋将华元对话。解扬站在楼车顶上，叫宋国人来听消息。他提高了嗓门儿，说：“我是晋国的使臣解扬，奉了晋侯的命令来传话。”城里头的人一听到晋国派使臣来传话，一会儿工夫你挤我、我踩你地凑了一大堆。大伙儿仰着脑袋、抻着脖子、瞪着眼睛、竖着耳朵等着。就听到他接着说下去：“我走到城外，给楚国人逮住了，不能到你们那儿去了。晋侯率领大军亲自来救，说话就到。你们千万别投降！”楚庄王听了，冒了火儿，立刻叫人把解扬弄下来，责问他，说：“你已经答应了我，怎么又失了信？这可是你自个儿找死，别怨我了！”解扬说：“我并不骗您。我是奉了晋侯的命令来的，现在我已经把命令传了，足见我守信用。反过话来说，要是贵国的使臣给敌人逮住，违背大王的命令，讨敌人的好儿，大王您爱这么个臣下吗？”楚庄王见他的臣下嘁嘁喳喳地咬开了耳朵。他要利用解扬去劝化楚国人。他称赞解扬是个忠臣，就把他放了。

华元听了解扬的话以后，决定好好地守城。公子侧在外头搭了一座高台，自己住在上头，城里的一举一动都瞧得清清楚楚。华元也在城里搭了一座高台，观察城外的一切动静。双方全都坚持着。从公元前594年下半年到第二年，足足有九个月工夫，晋国的人马还没来，楚国的军队还不打算退。城里的粮食眼看着吃完了，天天有人饿死。可是宋国人还是不投降。楚庄王被弄得一点主意也没有。管粮草的人报告说：“兵营里就剩下七天的粮食了！”楚庄王摇着脑袋，说：“想不到宋国这么不好打。”他和公子侧商量，打算回去了。申叔时的仆人说："宋国人一定料到咱们待不长，才不肯投降。咱们不如叫士兵们盖房子，种地，打算长住在这儿。宋国人一瞧这情形，一定会投降的。"申叔时把这个计策告诉了楚庄王，楚庄王一想，这倒不错。他就下令，叫士兵们在沿城一带盖起房子来，再叫一部分人去耕田种地。

华元一瞧楚国人这种行动，对宋文公说："看这样子，楚国人打算永久住在这儿。晋国的救兵看看是不会来的。这可怎么好呢？"宋文公急得只能叹气，华元说："只有一个办法了，我亲自去见公子侧，也许还能讲和。"宋文公说："国家存亡在此一举，你得小心留神。"

华元早已打听了公子侧营里的情况和守卫高台的主要人的姓名。当天晚上就从城墙上用绳子吊下去，一直向公子侧的高台走去。巡夜的敲着梆子过来。华元也不躲，反倒跑过去问他们："将军在台上吗？"他们说："在台上。"华元又问："睡了吗？"他们说："大王刚请他喝了酒，大概是喝多了，已经睡了。"

华元就向台上走。一个卫兵下来正要盘问，华元可先说了话了："刚才大王请将军喝酒，他有点醉了，你可别去惊动他！大王有要紧的事吩咐将军，叫我当面告诉他。你们好好地在这儿看着，别走远了。"卫兵以为他是自己人，就让他上了高台。

华元到了高台上一瞧，里头还点着蜡。公子侧和衣躺着，睡得正香呢。华元一直爬过去，轻轻地推他。公子侧醒了，正想翻个身，他的袖子给华元压住了。公子侧慌里慌张地问："你是干什么的？"华元低声说："将军您先别忙。我是宋国的将军华元，奉了我主公的命令，特来向您求和。您要是答应，咱们两国全有好处。要是不答应，咱们俩谁也别想活了。"说着，左手按住公子侧的身子，右手拿出一把雪亮的匕首，在烛光底下，晃了两晃。公子侧咕嘟着嘴，眼睛盯着华元的脸，说："有事情大伙儿可以商量，干什么这么胡来呢？"华元立刻收了匕首，赔不是，说："您别见怪，事情急得我讲不了礼貌了。"公子侧问他："宋国怎么样了？"华元说："已经拿小孩子交换着吃，拿骨头当柴火烧。真是不能再活下去了。"公子侧挺奇怪地说："哦！已经到了这么惨的地步了吗？那怎么不投降？"华元说："虽说力量不足，可是精神有余。敝国的老百姓打算跟国家一块儿存亡，不愿意失去光荣。您要是肯退兵三十里，我们就跟您讲和。"公子侧自作主张地对华元说：“不瞒您说，我们盖房子、耕地全是假的。我们这儿也只剩下几天的粮食了。明天我去禀告大王请他退兵，您可别失信哪！”华元说：“咱俩对天起誓，不能说了不算，好不好？”两个敌国的将军就对天起了誓。公子侧给他一支令箭，叫他赶快回去。

第二天公子侧把夜里的事告诉了楚庄王。楚庄王很不高兴，直怪公子侧不该把军营里短粮缺草的实际情况和假装盖房子、种地的计策都向敌人泄了底。公子侧说：“小小的宋国还有不欺骗人的臣下，难道我堂堂楚国反倒没有个说实话的人吗？”楚庄王说：“你说了也就算了，可是我们必得打下了宋国再回去。”公子侧说：“那只好请大王留在这儿，我是非回去不可了。”楚庄王心里一琢磨，要是不能跟他闹翻，那还不如好好地下了台阶。他说：“那可不行，我一个人留在这儿干吗？要回去，咱们一块儿回去。”他就下令退兵三十里。华元再到楚国兵营，订立盟约。盟约上还写着“我不骗你，你不冤我”。从这儿以后，宋国脱离晋国，归附楚国。赶到楚国人回去以后，晋景公才打算发兵去救宋国。他总算还没忘了中原霸主的本分。

结草报恩

晋景公正打算趁楚国人回去的时候，发兵到宋国去尽一尽霸主的本分，邻近的潞国出了事，潞国的国君潞子婴儿（婴儿，是潞子的名）来了信，请他主持正义，帮助平定内乱。晋景公也不推辞，立刻拜荀林父为大将，魏颗（魏犨的儿子）为副将，发出大军前去征伐。

潞国是赤狄的一族，潞子婴儿是晋景公的姐夫，所以赤狄和晋国有亲戚关系。潞子婴儿虽说懦弱无能，可是有这个小舅子做他的靠山，列国诸侯跟邻近的部族全不敢太为难他。就因为婴儿太老实，国家大权全在相国酆舒手里，自己反倒受了他的牵制。以前狐射姑逃到潞国的时候，倒帮了潞国不少忙。一来狐射姑有能耐，二来他是晋国的大臣，所以酆舒也怕他几分。狐射姑一死，酆舒可就横暴起来了。

他叫潞子婴儿脱离晋国去跟秦国交好。秦国也打算利用赤狄去牵制晋国，挺看得起酆舒。酆舒既然逼着潞子婴儿去跟晋国绝交，就说夫人伯姬（晋景公的姐姐）怎么怎么不好，加了一个罪名，把她杀了。晋国对这件事没有什么表示，酆舒就更胆大了。

有一回，君臣二人比赛弹弓，酆舒失手，打伤了君主的眼睛。他还打着哈哈，说："我打得不准，情愿罚酒一杯！"潞子婴儿受了侮辱，只好揉揉受伤的地方，把眼泪咽到肚子里去。他想："自己既然不能对付家奴，倒不如求求别的国替他出口气。”他就偷偷地送信给晋景公，叫他发兵去拿酆舒。

晋景公把原来打算去搭救宋国的军队派去攻打赤狄。他不但杀了酆舒，而且把潞子婴儿也逮来了。不但逮了潞子婴儿，一顺手把潞国也并吞了，从此以后，赤狄成了晋国的一部分。晋景公因为荀林父征伐赤狄有功，赏给他狄人一千户。这一千户狄人就做了荀家的奴隶。

荀林父留下魏颗守着潞国的地方，自己率领着一部分军队回国去了。不料秦国不肯罢休，派了大将杜回赶到潞国来跟晋国人拼个死活。

秦桓公（秦康公的孙子）原来打算把潞国当作秦、晋两国之间的一个缓冲地带。这时候一瞧晋国人杀了酆舒，逮住了潞子婴儿，就打发杜回去争那一块地盘。那个杜回是秦国有名的大力士，魏颗不是他的对手。不说别的，杜回那一把开山大斧就有几十斤重。他带着三百名勇士冲到晋国兵营来，上劈将士，下砍马腿，直杀得晋国人东奔西逃，乱跑乱窜。魏颗只好下令，全军向后退了几十里。晋国人连夜堆起土垒，打算死守。第二天，杜回和他的刀斧手又来挑战。晋国人只是缩着脑袋躲在土垒里。秦国人一连气骂了三天。魏颗始终不敢露面。他正在那儿慌手慌脚的时候，本国又派来了一支人马。大将是魏颗的兄弟魏锜。魏锜对他哥哥说：“主公怕赤狄联合秦国跟咱们为难，特地派我再带些人马来。”魏颗说：“赤狄倒无所谓。秦国的大将杜回可真了不得。我这儿正想请求救兵呢！”魏锜撇着大嘴，说：“怕他什么！明儿个我去瞧瞧，非逮住他不可。”

第二日太阳刚一出来，露水还没干呢，魏锜就要出去叫战。魏颗拦着他说：“好兄弟，你先别忙。你昨天才来，多少也得休息一天，先商量商量怎么去对付他那大斧子。”魏锜不信大斧子会比长矛厉害，他勉强耐住了性子，听他哥哥的话，待在营里。没想到杜回又来叫战。魏锜可真沉不住气了，带着那队兵车，就向秦国的军队冲过去。杜回这群刀斧手好比是一群小鹿给打猎的惊散了似的，四面八方乱跑。魏锜一想：“原来都是不中用的家伙。”他下令士兵们分头去追。突然一声哨儿响，杜回的三百名刀斧手立刻又排成了队伍。魏锜的队伍可早已乱了。杜回和这一班魔王大刀阔斧地乱杀滥砍，又是一个大旋风。魏锜的兵车哪儿有杜回的步兵那么灵活。乱了队伍的兵车三转弯两转弯，彼此相撞，反倒做了碍事的东西。大伙儿只好扔了车，各自逃命。幸亏魏颗救兵来得快，总算没有全军覆没。

那天晚上，魏颗左思右想，闷闷不乐，简直一点主意也没有了。忽然士兵们领着一个糟老头子来见他，说跟将军是同乡，来献计的。魏颗挺恭敬地说："老大爷您有什么高见？"那个老头儿说："他们那边全是步兵，您这边全是兵车。您就从这点不同的地方想主意吧！"魏颗说："我想不出好主意来。老大爷您说说吧！"老头儿说："离这儿十里地，有块荒地叫青草坡。将军您可以先在那儿埋伏下将士，跟着再引杜回的步兵进入青草坡。到那时候，我自有办法帮助你们。"魏颗点了点头，说："不妨试一试。"老头儿说："我还得去准备准备。"他就回去了。

到了第二天，魏颗照着老头儿的办法布置好了，自己带着一队人马向青草坡退下去，秦国人果然追过来了。魏颗一边抵挡，一边向后退，把杜回一步一步地引到青草坡。忽然鼓声震天，埋伏的士兵全出来，把杜回团团围住在青草坡里。他可一点不害怕，抡着开山大斧，横砍竖剁，只想杀人。魏颗一瞧他在草地里来回跑，跟在平地上差不多，不由得慌了，心里说："老大爷的主意吹了。"他正在那儿出神的时候，就瞧杜回一步一摔，地上立不住脚。这下子可把魏颗瞧愣了。细一瞧，原来那老头儿正蹲在地上把青草打好了扣。他一清早就偷偷地把尺来长的草互相结着，已经把大部分的青草坡编成了地网。这时候还在那儿打扣呢！杜回压根儿也琢磨不到为什么草会扯住他的腿。他还以为有什么冤鬼来捉弄他呢。这么一想，立刻就害怕起来，急急忙忙地想跑。谁想到不跑还好，一跑就给青草绊了个大跟斗。爬起来再跑，又给绊倒。魏颗、魏锜一瞧他立不住脚，就驾着兵车赶到那儿，双戟一块儿下去，把那个大力士活活地戳死了。剩下的刀斧手一瞧主将死了，就四散奔逃，大半全给晋国人杀了。那老头子也受了重伤，看看活不了了！魏颗把他抱到车上，带回营里去。

魏家哥儿俩非常感激那位老大爷，对他说："全仗着您出力，真叫我们感恩不尽。"他喘着说："不，不！是我来报恩的。"魏颗说："这话打哪儿说起？我对您老人家有什么恩？"老大爷已经不能再开口了。他挣扎着用最后的一口气说："我……我就是祖姬的父亲哪！"说完这句话，就断了气了。魏家哥儿俩一听说他是祖姬的父亲，全哭起来了。

原来这哥儿俩的爸爸就是当年帮助晋文公打天下的那位大名鼎鼎的魏武子魏犨。祖姬是魏犨最宠爱的姨太太。粗鲁的武人可很懂得爱情。他曾经吩咐过他儿子魏颗，说："祖姬是我最心爱的人儿，我每回出去打仗，老是抱定有去没回的决心。我要是给人打死了，你得叫祖姬另嫁别人，可别叫她年纪轻轻地便守寡。她有了安身之处，我就是死了，也可以放心了！”后来魏犨得了重病，临死的时候，改变了主意。他对魏颗说：“祖姬是我心上人儿，我死了以后，你们把她跟我埋在一块儿，让我在地下也有个伴儿。”说完，就死了。魏锜打算把祖姬殉葬（殉葬，一种古代社会的风俗，就是把活人和死人埋在一块儿）。魏家的人当然赞成，一来是老头子的遗嘱，二来夫人老把姨太太当作眼中钉、肉中刺，恨不得找个碴儿去了她。祖姬好比是屠夫手下的一只小绵羊，叫也叫不出来，流着眼泪，直打哆嗦。魏颗反对这么办。他说：“父亲一向叫咱们把她再嫁出去。临死才说要她殉葬。可是我们应当知道父亲平常说的话是明白人说的明白话，后来说的话是病人说的糊涂话。咱们做儿子的应当听从父亲的明白话，那种糊涂话，何必听呢！”大伙儿一听大公子这么说，落得顺水推舟地奉承新主人。魏颗就把那个年轻的姨娘嫁出去了。祖姬的父亲因为这个，非常感激他，老打算报恩。这回真是天从人愿，帮助了魏颗在青草坡杀了杜回。这就叫“结草报恩”。

嬉笑怒骂

晋景公把赤狄灭了，又打败了秦国，更威风起来了。又听说楚国的令尹孙叔敖也死了，就打算趁着这个机会真正当个霸主。

原来孙叔敖在邲城把晋国打败回来，得了重病。临死的时候，嘱咐他儿子孙安说："我已经写好了一个奏章，你可以递上去。我死之后，你还是回到乡下去种地吧。千万可别再做官，也别受封。万一大王要封给你一块地的话，你就请求他把那块没有人要的寝丘（在今河南沈丘一带）封给你。"他说完，就咽了气了。孙安把他父亲的奏章递上去。楚庄王一看，上面写的大意是：

承蒙大王提拔，像我这样一个乡下种地的人居然当了令尹。可惜我没有多大的功劳来报答大王的恩典。现在我能够在大王的保护之下死去，真是非常荣幸。我只有一个儿子，可是他的才学太差，不配在朝廷上伺候大王。请求大王让他回到乡下去。晋国历来当了中原诸侯的盟主，这回虽然打了败仗，大王可别小瞧它。连年的兵荒马乱，闹得老百姓难过日子。大王要爱护他们，让他们能够过太平的日月。临死忠言，请大王鉴察！

楚庄王看完了奏章，流着眼泪，说："孙叔敖至死不忘国家，真是难得。只是我没有那么大的洪福，老天爷把我的帮手夺了去。唉，多么可惜呀！多么可惜呀！"他就上孙叔敖家去，哭了一场。随从的大臣没有一个不掉眼泪的。

楚庄王好几天吃不下去饭，也不爱说话。好几回一个人背地里叨念着孙叔敖。有时候，自言自语地叹着气："老天爷夺去了我的帮手！"他不光少了一个帮手，简直掉了魂似的。他打算拜孙安为大夫，孙安一个劲儿推辞，非要回老家去不可。楚庄王弄得没法，只好随他去了。

孙安回到了乡下，就靠种地过日子。他也不去看望官儿们，官儿们也不去过问他。他变成了一个地地道道的庄稼汉，好像他爸爸没做过大官似的。有一天，也真凑巧，孙安正打柴回家，给优孟碰见了。这个优孟，是楚庄王跟前唱歌、说笑话的一个小丑，平日说说笑笑，逗逗哏，专给国王解闷儿的。那天他瞧见孙安穿着一身破烂儿，简直像个要饭的。他问孙安："你怎么混到这步田地？真的自个儿动手干活吗？"孙安说："先父当了几年令尹，家里一点东西也没留下。如今他去世了，我要不这么干力气活儿怎么能活着呢？"优孟叹息了半天走了。他这回见了孙安，一面想起了孙叔敖，一面替孙安不服气。他做了一身像孙叔敖活着时候常穿着的衣帽，自己穿戴起来，天天在家里学孙叔敖的举动和说话，居然给他学得一模一样。

有一天，宫里摆席请客，楚庄王老是皱着眉头，没精打采的。大伙儿想叫他散散心，就叫优孟唱歌，说说笑话。优孟嬉皮笑脸地说："今儿个我有个新鲜玩意儿，献给大王瞧瞧。"说着，他就退下去，赶紧打扮起来。另外他又找了个帮手，打扮成跟楚庄王一样，叫他先上台去。那个扮楚庄王的人就在台上演开了，做出想念孙叔敖的样子，叹着气，说："孙叔敖，你至死不忘国家，真是难得！只是我没有那份儿洪福，老天爷夺去了我的帮手！唉，多么可惜呀！多么可惜呀！"楚庄王一听，心里像刀子挖似的，跟着眼泪就掉下来了。台上的楚庄王又说："孙叔敖，我想你想得厉害呀，你能叫我再瞧见你一回吗？"话刚说完，优孟扮着孙叔敖出来了。他刚走了几步，楚庄王疯了似的跑上台去，说："你没死吗？可把我想坏了！"他揪着优孟的袖子不撒手。优孟说："您别弄错了，我是假的！"楚庄王这才明白过来了，说："不管你是真是假，我就拜你为大夫。"优孟说："不干！要当就当个赃官！"楚庄王觉得奇怪，问他是什么意思。优孟说："请大王听我唱一个歌，您就明白了。”他就脱下了孙叔敖的衣裳，唱了起来：

贪官污吏多么荣耀！
子孙不愁穷，
有的是，民脂和民膏：
公而忘私就糟糕，
你只看——
楚国令尹孙叔敖，
苦了一生。
身后萧条；
子孙尤其苦，
没着没落没依靠；
劝你不必做清官，
还是贪官污吏好！

楚庄王听完了这首歌，心里非常难受。他没想到孙安会苦得不能过日子。他说：“令尹的功劳我哪儿能忘了呀！”便立刻打发优孟去找孙安。孙安跟着优孟来见楚庄王。楚庄王瞧见他一身破衣裳，两只烂草鞋，不由得鼻子一酸，问他：“你怎么混到这个样子？”优孟替他说：“不这么着，怎么能瞧出孙叔令尹的公而忘私呢？”楚庄王想叫孙安做官。孙安说什么也不答应。楚庄王说：“那么我封给你一座城吧。”孙安再三推辞。楚庄王说：“你要这么固执，叫我太难受了！”孙安只好央告说：“大王要是看在先父面上，非要封我一块地不可的话，就请把寝丘赏给我吧。”楚庄王说：“寝丘？这块不起眼儿的地要它干什么？”孙安说：“这是当初先父临死时候的意思，别的地方说什么也不敢要。”楚庄王只好答应了他，把寝丘封给孙安。就因为这块薄沙地谁也不想要，才让孙叔敖的子孙们辈辈掌管着。

戏弄使臣

孙叔敖死了之后，过了四年，楚庄王死了。晋景公趁着机会，打算建立武功，就先去打齐国。

原来这时候中原的诸侯国，像郑国、陈国、宋国都归附了楚国，就连齐国和鲁国也跟楚国亲善起来了。晋景公看到这种形势，心里头着急，他听了大夫伯宗的话，打发大夫郤克去访问齐国和鲁国，打算先把这两个国家联络起来。公元前 592 年，郤克访问了鲁国之后，就要上齐国去。鲁国也想跟齐国联络联络。两年前（公元前 594 年，鲁宣公十五年），鲁国刚实行了一个大改革，把以前的公田制改为按亩数收税的“税亩制”。这对于国君大有好处，因为公田制只是收取公田上的谷物，农民耕种公田，不能同时供应军役，遇到打仗，荒了公田，公家受了损失。现在改为税亩制，农民仍然有出官差的义务，可是庄稼好不好，公家不管，只是向有田的人按亩数收税。这么一来，国君把战争和赋税官差分为两件事，可都得由农民来负担，农民就更苦了。鲁宣公不管这些个，他还想从此富国强兵呢。这时候鲁国的大臣东门遂和叔孙得臣已经死了，大权落在季孙行父手里。鲁宣公就打发季孙行父跟着郤克一块儿去。这两国的大夫到了齐国的边界，可巧碰见了卫国的使臣孙良夫，曹国的使臣公子首。他们也是上齐国去的。四国的使臣就一块儿到了齐国去见齐顷公（齐桓公的孙子，齐惠公元的儿子）。齐顷公见了他们差点儿笑出声音来。他使劲地压住了笑，办完了公事，请他们第二天上后花园宴会。

齐顷公回到宫里见了母亲萧太夫人，忍不住就笑了。太夫人问他有什么值得这么可乐的事情。齐顷公说："今天晋、鲁、卫、曹四国的大夫一块儿来访问，本来就够巧的了。那晋国的大夫郤克老闭着一只眼睛，只用一只眼睛看东西；鲁国的大夫季孙行父另有一种神气，永远用不着梳头，脑瓜顶又光又滑，好像个大鸡子儿；卫国的大夫孙良夫，两条腿一条长一条短；曹国的大夫公子首，罗锅着腰。您想一个独眼龙，一个秃葫芦，一个瘸子，一个罗锅儿，不约而同地到了这儿，真有意思。"萧太夫人说："真有这种凑巧的事吗？明儿个我可得瞧瞧。"

齐顷公连年侵略邻近的小国，一心想做东方的霸主。以前就怕西方的晋国和南方的楚国。后来晋国在邲城给楚国打了个大败仗，齐国还跟楚国订了盟约，他还怕谁呢？他这回成心跟这四国的使臣开个玩笑，看他们服不服他，也算是试探试探他们对齐国的态度。

第二天，齐顷公特意挑了四个人招待这四个大夫，陪着他们上后花园来。招待一只眼郤克的也是个一只眼，招待秃子季孙行父的也是个秃子，招待瘸子孙良夫的也是个瘸子，招待罗锅儿公子首的也是个罗锅儿。萧太夫人在楼台上瞧见一只眼、秃子、瘸子、罗锅儿，成对成双地走过来，不由得哈哈大笑。旁边的宫女们也都跟着笑起来。郤克他们起初瞧见那些招待的人也都带点残疾，还以为是凑巧的事，倒没十分介意。一听见楼上的笑声，才知道是齐顷公成心戏弄使臣，非常生气。

他们出来之后，一打听在楼上笑他们的还是国母萧太夫人，更冒了火儿。三国的大夫对郤克说："咱们好心好意地来访问，他竟成心要弄咱们，给这些妇女们逗乐儿，真是岂有此理！"郤克说："咱们受了这种欺负，要是不想法儿报仇，也算不得大丈夫了。"其余三个大夫都摩拳擦掌地说："只要贵国领头打齐国，我们一定请求国君发兵，大伙儿听您的指挥。"当时四国大夫就对天起誓，准备报仇。郤克回到晋国，要求晋景公去征伐齐国。士会出来反对，晋景公也不答应。郤克只好把这件事暂时搁下了。第二年，鲁宣公死了。他的儿子鲁成公不像他父亲那样小心谨慎地服侍齐国。他宁可归向晋国。齐顷公就进攻鲁国的北边，夺了一座城和邻近的土地。齐国打了胜仗，就便侵略卫国。卫国的孙良夫发兵抵抗，打了个败仗。他跑到晋国去求救。鲁国也正向晋国求救呢。晋景公为了要保住中原盟主的地位，也不得不去征伐一下。

公元前 589 年（周定王十八年，晋景公十一年，齐顷公十年，鲁成公二年），晋景公拜郤克为中军大将，带着栾书、韩厥等人率领着八百辆兵车向齐国进攻。鲁国季孙行父，卫国孙良夫，曹国公子首，也各自带领着兵车来会合，四国兵车接连着有三十多里，一辆挨一辆地往前跑去。

齐顷公听说四国出兵来侵犯，就挑了五百辆兵车迎了上去，一直到了鞍地（“鞍”也作“鞌”，就是历下，在今山东济南）。他派国佐、高固两个大将去对付鲁、卫、曹三个小国的军队，自己带领着一队兵马去跟晋国军队交战。他吩咐士兵们拿着弓箭，只要看他的车马跑向什么地方，就一齐往那边射去，他自己带了一个“冲锋队”，照直冲到晋国阵地里去。他的车一到那边，齐国人的箭就像蝗虫似的飞了过去。这种战法倒真灵，晋国的人马叫他们射死了不少。齐顷公自己有大批的箭做掩护，没有多大的危险。晋国的解张（解扬的儿子）替中军大将郤克赶着车。不料解张胳膊上中了两箭，他咬紧了牙，忍着疼，拼命地赶着车马。郤克亲自擂鼓，鼓励将士们往前冲。冷不防对面飞来了一支箭，射中了他的肩膀，他的上身、下衣和靴子全是血，鼓声就慢慢地缓下来了。解张嚷着说：“中军的旗鼓是全军的耳目，要是将军还有一分力气，请全把它使出来呀！”郤克就不顾死活，咬着牙，狠命地把军鼓击得震天价响。那辆兵车好像受了伤的老虎似的一直冲了过去。两旁擂鼓的兵车也跟着一齐冲过去。鼓声越来越急，越急越响，真是地动山摇。晋国的大军还以为前边打了胜仗，大伙儿勇气百倍，排山倒海似的压了下去。齐国的军队抵挡不住，逃了。司马韩厥瞧见郤克受了重伤，请他回去休息，自己替他去追赶齐顷公。齐国人给打得四处奔逃。齐顷公往华不注山（在今山东济南）逃去。韩厥在后头紧紧地追着。不大一会儿，晋国士兵越来越多，把个华不注山围上了。

齐国的将军逄丑父对齐顷公说：“咱们已经逃不出去了。主公赶快跟我换套衣裳、换个座位，让我扮作主公，主公扮作臣下，也许还能够有条活路。”齐顷公只好这么办了。他们刚穿好衣裳，换了座位，韩厥的人马就赶到了。韩厥上去拉住齐侯的马，向着假装的齐侯逄丑父行个礼，说：“寡君答应了人家向贵国来责问。我只好尽我军人的责任，请君侯跟我到敝国去吧。”逄丑父用手指头指着嗓子，显出渴得不能说话的样子，拿出一个瓢儿来，交给齐顷公，强挣扎着说了一句："丑父，给我舀（yǎo）点水来。"齐顷公下了车，向韩厥行了个礼，得到了他的许可，拿着瓢儿假装去舀水，就这么给他跑了。韩厥等了一会儿，不见那舀水的回来，就把那假装齐侯的逢丑父带到兵营里去。大伙儿听说拿住了齐侯，都高兴得了不得。没想到郤克出来一瞧，就说："这不是齐侯！"韩厥大怒，问他："你是什么人？齐侯呢？"他说："我是逢丑父。主公已经拿着瓢儿走了。"郤克说："你冒充齐侯瞒哄我们，还想活吗？"逢丑父说："我这样肯替国君死的忠臣，贵国一定是不要的。"郤克把他押了起来。

郤克带着大军往临淄进攻，想把齐国灭了。齐顷公只好打发国佐带了礼物上晋国兵营去见韩厥，向他求和。韩厥说："鲁国和卫国因为贵国时常去侵略他们，才请出寡君来主持公道。我们和贵国本来并没有仇恨。"国佐说："寡君情愿把侵占鲁国和卫国的土地还给他们，这样能够讲和了吧？"韩厥说："这个我不能做主。咱们去见中军大将吧。"

国佐跟着韩厥去见郤克。郤克说："要是你们真心打算求和，可得依我两件大事：第一，萧同叔子（就是萧太夫人）得上晋国做个抵押；第二，齐国田地的垄沟全都改为冲东西的。万一齐国违反了盟约，我们就把那个女人杀了，兵车顺着垄沟从西到东一直到临淄。"国佐说："将军这个主意错了。萧太夫人是齐国的国母。列国纷争也多得很，就没有拿国母作为抵押的道理。至于田地垄沟的方向全都是依照天然的地势，哪儿能全改成一个方向呢？将军提出这两个要求，想必是不答应讲和了。"郤克说："就不答应，你敢怎么样？"国佐说："将军别太把齐国小瞧了。现在打了一个败仗，也不至于就一败涂地。万一不允许讲和，我们还可以再打一回。第二回要再打了败仗，还可以来个第三回。第三回真要是再败了的话，至多是亡国，也不至于把国母当抵押，更用不着把田地垄沟改变方向。您不答应就不答应吧！"说着，他站了起来，走了。鲁大夫季孙行父、卫大夫孙良夫知道了这件事，怕这档子仇恨解不开，都劝郤克宽容一点。郤克是个机灵人，就顺水推舟地说："只要两位大夫愿意，我也不便固执。可是齐国的使臣已经走了，怎么办呢？"季孙行父说："我去追他回来。"

齐国就这么又归到晋国这边来了，还把侵占鲁国和卫国的土地退回给他们。大伙儿订了盟约。晋国把逢丑父放回齐国，四国的军队全都撤回去了。

救孤儿

晋景公灭了赤狄，又打败了齐国，势力越来越大。再说楚庄王已经死了（公元前 591 年），他儿子楚共王年纪又轻，即位才三年，更不会再来跟晋国争夺霸主的地位。这时候，下军大夫荀首做了中军副将，他要求晋景公趁这个时候，把他儿子荀罃从楚国要回来。晋景公就派使者把楚公子穀臣和襄老大将的灵柩送去，请楚共王放回荀罃。楚共王同意了。他想趁着机会在荀罃身上打点儿主意，就先问他："你恨我吗？"荀罃回答说："两国交战，我不中用，做了俘虏，大王没杀我；我这次回去，即使受到处分，死了，也是大王的恩典。我实在不中用，还能怨恨谁呢？"楚共王接着就问："那你感激我吗？"荀罃说："两国为了国家社稷和老百姓打算，互相和解，彼此释放俘虏，两国交好，跟我个人不相干，我去感激谁呢？"

楚共王倒不生气，他又问："我让你回去，你怎么报答我呢？"荀罃说："我不是说了吗？我不应当怨恨大王，大王也不会要求我来感激您，既然没有怨恨，也没有感激，那就说不上什么报答了。"楚共王还不愿意拉倒，他说："话虽如此，我还是希望你跟我说一说。"荀罃决定叫楚共王死了这条心，他说："如果托大王的福，我能够回到晋国，即使给敝国的国君杀了，我能够死在本国，也很荣幸。如果托大王的福，敝国的国君免我一死，把我交给家父，家父请求敝国的国君让他把我在祖庙里杀了，我能够让自己的父亲杀死，也很荣幸。如果敝国的国君和家父给我一条活路，让我继续做事，甚至仍旧让我担任军队里的职务，叫我保卫边疆，那么，即使碰到大王，我也不敢违背本国的命令；我总该尽心竭力到死，不敢三心二意，尽到做臣下的本分。这就是报答大王了。”

楚共王愣了一下，对自己的臣下说：“我们不能小看晋国！”他就很有礼貌地送出荀罃，让他好好回去。

晋景公能够要回荀罃，也是一个胜利。他又当上了中原诸侯的领袖，两只眼睛慢慢地挪到脑门子上去了。这一类的君主总是喜欢奉承的。那些年老的大臣士会、郤克他们接连着全去世了。这么一来，那个顶会奉承人的能手屠岸贾，可就得了宠。

屠岸贾本来和赵家有仇。他屡次三番想谋害赵盾，可是都没办到。后来赵盾虽然死了，可是赵朔、赵同、赵括、赵旃他们的势力挺大，屠岸贾没有法子，不敢得罪他们，背地里可跟栾家、郤家连成了一气。现在他得了上头的宠用，可就横挑鼻子竖挑眼地专找赵家的毛病了。晋景公眼瞧着赵同、赵括等宗族强盛，本来就很担心，再说上回邲城打了败仗，完全是由于赵同、赵括、赵旃不听荀林父的命令，独断专行，这才给楚国打得一败涂地。晋景公早就想借着这个因由把他们治罪，就是不敢下手，只好闷在心里，现在屠岸贾排挤赵家，正合了他的心意。他就对屠岸贾说：“惩办他们也得有个名义。”屠岸贾说：“当初赵盾使出赵穿来，在桃园把先君灵公刺死，这个罪名还小吗？主公没治他们的罪，倒也罢了，反倒让这种乱臣贼子的子孙弄得满朝廷都是，坐享荣华富贵，这样纵容他们，难怪赵同、赵括他们招收门客，暗藏兵器，又在那儿转念头了！”晋景公心里同意，可是嘴里还不敢说出来。他怕的是孤掌难鸣，一下子弄不倒他们，事情更难办，就偷偷地探听探听栾家和郤家的意见。这两家正想建立自己的势力，就为了赵家压在头上，伸张不开。要是能够把赵家灭了，这也就是增加自己的势力。他们既然存着这个念头，哪儿还能替赵家说情呢？朝中的大臣们除了韩厥之外，一多半都怕赵家的势力，和栾、郤两家的心理一样。

晋景公有了栾、郤两家做他的后盾，胆子可就壮起来了。他吩咐屠岸贾去查抄赵家。

屠岸贾得了命令，亲自带着军队把赵家的各住宅全都围上。当时把赵同、赵括、赵朔、赵旃各家的男女老少，杀得一干二净。屠岸贾一检查赵家被杀的人名，单单少了一个赵朔的媳妇儿庄姬。那庄姬是晋成公的女儿，晋景公的妹妹。这时候正赶上她怀着孕，躲在母亲成夫人的宫里。屠岸贾请求国君让他上宫里去杀她。晋景公说："母亲顶喜欢她，算了吧。"屠岸贾说："她倒不妨免了罪，可是听说她快生孩子了，万一生个小子，给赵家留下逆种，将来必有后患。"晋景公说："要是生个小子的话，再把他杀了也不晚。"

屠岸贾天天探听庄姬坐月子的消息。赵家的两个家臣也在暗中探听消息。那两个家臣还是去世的老相国赵盾的心腹，一个叫公孙杵臼，一个叫程婴。他们两人想救这孤儿的心正跟屠岸贾要杀这孩子的心一样地着急。按照当时的规矩，一家的主人灭了门，他的家臣们不是遭到屠杀，就是被没收为奴隶。漏网的人们不把原来的主人一家恢复过来，自己就永远没有出头的日子。再说公孙杵臼和程婴又是老相国的心腹，平日正当正派，很讲道理，见着屠岸贾这么横行霸道，都为赵氏打抱不平。因此，他们决心要救赵氏的孤儿。后来宫里传出话来，说庄姬生了个姑娘。公孙杵臼哭得躺在家里不能起来。他一见程婴来了，就说："完了！赵家算完了！一个丫头可有什么用呢？赵朔曾经跟我们说过，'要是添个小子，起名叫赵武，武人能够报仇；要是生个姑娘，叫赵文，文的没用'。现在赵家连个报仇的人都没有了。天哪！"程婴安慰他，说："也许宫里要救这孩子的命，成心说是姑娘也难说。我再去打听打听吧。"他就想办法跟宫女拉拢，给庄姬通个信儿。庄姬知道程婴可靠，就偷偷地给他写了个字条。程婴拿来一瞧，上头只有一个字。他急忙跑到公孙杵臼的家里，两个人四只眼睛死死地盯着那个字。真是个"武"字。两个人高兴了一阵。可是一想到赵武的性命，又难受起来了。程婴说："上月我媳妇儿也生了个小子。我情愿舍去自己的儿子去救赵氏孤儿。"公孙杵臼摇摇头，说："说倒容易，可是屠岸贾多么狡猾，你就是把自己的婴儿献上去，他准能猜着这不是赵氏孤儿。"他们只能叹气，实在想不出办法来。屠岸贾哪儿能把孤儿轻易放过呢？

果然，屠岸贾不信这孩子是女的。他打发一个奶妈子上宫里去瞧一瞧到底是姑娘还是小子。奶妈回来报告说，真是个姑娘，已经死了。屠岸贾更起了疑。他得到晋景公的许可，亲自带了手下的人上宫里去搜查。搜来搜去，怎么也搜不出来。他断定那个孩子早就给人偷出去了，就出了一个赏格，说："有人报告赵家孤儿的信儿的，赏黄金一千两；谁敢偷藏的，全家死罪。”同时，他另外派了好些人上各处去搜查。赵氏孤儿倒是真给程婴和公孙杵臼抱出来了，可是藏到哪儿去呢？他们两个人逃到树林子里偷偷地商量着救护孤儿的计策。公孙杵臼问程婴：“扶助孤儿和慷慨赴死哪一件难？”程婴说：“死倒是容易，扶助孤儿可就难了。”公孙杵臼说：“我老了，请你担任那件难事，容易的让给我吧。”他们就这么决定了。程婴把自己的婴儿交给公孙杵臼，把赵氏的孤儿另外找个地方暂时藏着。

程婴亲自去见屠岸贾，对他说：“我跟公孙杵臼是赵家的门客。这回，庄姬添了一个儿子，当时打发一个妈妈把他抱了出来，叫我们两人偷着喂养。我怕日后给人家告发，只好出头自首。”屠岸贾说：“孤儿在哪儿？”程婴说：“现在还在首阳山（在今山西永济一带）后头。立刻就去，准保搜得着。要是再过几天，他们可就要跑到秦国去了。”屠岸贾说：“你跟着一块儿去。搜到了，赏你千金；要是你冤我，就有死罪。”程婴就领着屠岸贾和一队武士上首阳山去了。

弯弯扭扭地走了好些山道，直到山背后，瞧见松林缝里有几间草棚。程婴指着说：“就在这里头。”程婴先去敲门，公孙杵臼出来，一见外边有武士，就想藏起来。屠岸贾说：“跑不了了。好好地把孤儿献出来吧。”公孙杵臼挺纳闷儿地问他：“什么孤儿？”屠岸贾就叫武士们仔细搜查。他们进去一瞧，小小的几间草棚，简直没有可搜查的地方。他们就退出来了。屠岸贾亲自进去，也瞧不出什么来，仔细一瞧，后头还有一间屋子，锁着门。他劈开了门，一瞧，黑咕隆咚的不像住人的样子。他瞪着眼睛往里瞧，慢慢地发现了一些个东西，隐隐约约好像有一个竹榻，上头好像搁着一个衣裳包。他拿起那个衣裳包一瞧，原来是一个绣花绸缎的小被，里头裹着一个小孩儿。

屠岸贾得着了仇人的后代根子，赶紧提了出来，看个明白。公孙杵臼一见，挣扎着过去就抢，可是旁边有人架着，不能动弹。他急得拉散了头发，提高了嗓门儿骂程婴，说：“程婴！该死的东西，你还有天良吗？你为了贪图千金重赏，变成了畜生！你怎么对得起赵家的主人呢？你怎么对得起天下的忠臣义士呢？”程婴不敢开口，只管低着头流眼泪。公孙杵臼又指着屠岸贾骂道：“你这个小人，为非作歹，横行霸道，瞧着你能享受一辈子荣华富贵……”屠岸贾不许他再骂下去，立刻吩咐武士把他砍了。他又拿起那个哇哇哭着的孩子往地下一摔，一条小性命就这么断送在他手里。

屠岸贾回来，拿出一千两金子赏给程婴，程婴流着眼泪央告着说：“小人只想自己免罪，不得已才做出了这件忘恩负义的事，实在并不是贪图重赏。要是大人体谅小人的苦处，请大人把这一千两金子作为掩埋赵家孤儿和公孙杵臼的尸首用，小人就感恩不尽了。”屠岸贾说：“你真是个好人。就这么去办吧。”程婴磕了个头，接过金子来，急忙去办理掩埋尸首的事。

人们只知道程婴害死朋友，害死孤儿，他虽然没贪图金子，早就给人家背地里指着脊梁骨骂够了。只有一个韩厥知道他为赵氏打抱不平，因此只有他一个人知道程婴和公孙杵臼的计划。公孙杵臼和程婴的孩子舍了命，程婴才能隐居起来偷养着赵氏孤儿。

古籍链接

却说赵盾有两个心腹门客，一个是公孙杵臼，一个是程婴。先前闻屠岸贾围了下宫，公孙杵臼约程婴同赴其难，婴曰：“彼假托君命，布词讨贼，我等与之俱死，何益于赵氏？”杵臼曰：“明知无益，但恩主有难，不敢逃死耳？”婴曰：“姬氏有孕，若男也，吾与尔共奉之；不幸生女，死犹未晚。”及闻庄姬生女，杵臼泣曰：“天果绝赵乎？”程婴曰：“未可信也，吾当察之。”乃厚赂宫人，使通信于庄姬，庄姬知程婴忠义，密书一“武”字递出，程婴私喜曰：“公主果生男矣！”

及岸贾搜索宫中不得，程婴谓杵臼曰：“赵氏孤在宫中，索之不得，此天幸也！但可瞒过一时耳，后日事泄，屠贼又将搜索，必须用计，偷出宫门，藏于远地，方保无虞。”

——《东周列国志·第五十七回》

忍辱偷生

晋景公打败了齐国，灭了赵家，宠用屠岸贾和郤锜（郤克的儿子）、郤犨（郤克的叔伯兄弟）、郤至，两只眼睛由脑门子上挪到脑瓜顶上去了。有一天，他听说鲁国跟楚国开了一个会议，他就嚷嚷出去要打鲁国。公元前589年，楚国派公子婴齐为大将进攻卫国，顺便打到了鲁国。出兵的理由是说卫国和鲁国不该帮着晋国攻打楚国的盟国齐国。鲁成公（鲁宣公的儿子）连忙派人向楚国求和，还送去了一百名木工、一百名缝工、一百名织工作为礼物。楚国的公子婴齐收了这三百名有技能的奴隶，答应鲁国讲了和。晋景公因此嚷嚷出去要打鲁国，吓得鲁成公亲自上晋国去赔不是，以后屡次三番地亲自到晋国去聘问。最后一次，晋国把他扣起来。后来晋景公死了，他们不但没把鲁成公放回去，还逼着他去送殡。按照那时候的规矩，诸侯对诸侯不应当送殡。现在晋国叫鲁侯送殡，这分明是不拿他当诸侯看待了。给人家扣起来的鲁成公又不敢不去，只好忍气吞声乖乖地听人家摆布。这种事搁在鲁国的历史上自然是个耻辱。可是鲁国的耻辱，还不止这一件哪。

晋景公死了之后，他的儿子即位，就是晋厉公。鲁成公低声下气地向晋厉公恳求，情愿永远归附他，年年进贡，听他的指使。晋厉公这才把鲁成公放了。当时就派郤犨上鲁国去订盟约。郤犨早就听说鲁侯有个挺漂亮的叔伯妹妹。这回他到了鲁国，就先向鲁国的大夫公孙婴齐求婚，因为那个美人儿也就是公孙婴齐的叔伯妹妹。郤犨拿这件事作为订盟约的先决条件。公孙婴齐说："她早就出嫁了，她是大夫施孝叔的太太呀。"郤犨说："管她出嫁没出嫁！你叫那姓施的另外娶个媳妇儿不就得了吗？"公孙婴齐说："不过……她总是出了嫁的媳妇儿了，不大方便吧？"郤犨可火儿了，骂着说："哼，不大方便！你们的国君押在晋国，方便不方便？我左三右四地替他求情，才把他放回来，方便吗？我安安定定地在家里，为了你们的事儿跑来跑去，方便吗？我为了你们的国家，才上这儿来，你们连个女人都舍不得给。你不答应，我只好就回去！"公孙婴齐千不是万不是地赔着笑脸，说："您别生气，让我们商量商量。"郤犨说："你们商量去吧。明天我听回话。"

公孙婴齐愁眉不展地把郤犨的要求一五一十地告诉了鲁成公。鲁成公召集了几个亲族里重要的人和施孝叔夫妇，大伙儿商量个办法。施孝叔气得说不出话来。他的妻子情愿寻死，绝不离开丈夫。鲁成公知道晋国的厉害，一个劲儿地劝施太太嫁给郤犨。他说："晋是大国，晋侯又是诸侯的盟主，咱们哪儿能得罪他呢？再说晋国的大权都在郤锜、郤犨、郤至三个人的手里，晋国人把他们叫'三郤'。你要是嫁给了郤家，除了你自己能够享福以外，就是咱们鲁国也可以沾点光。"公孙婴齐接着说："说得是呀！这'三郤'连晋侯还怕他们三分呢！妹妹应当从大处着想，为了鲁国的安全，就是把自个儿的命舍了也得去，再说他又爱上了你。你去了管保受他们的尊重。"施太太说："这种丢人现眼的事还能受人家的尊重吗？"鲁成公说："话不能这么说。你要知道，鲁国的存亡全在你手里。要是你能舍去你自己的恩爱，鲁国可就保住了；要是你不乐意帮忙，咱们眼看就得亡国。"

别的人都怕，得罪了郤犨，大伙儿的命都保不住，就全都劝她，说："为了求和，你就全都撇了吧！"施太太哭着说："你们全都叫我去吗？"大伙儿都说："谁说不是呢？实在没有别的法子呀。"她对施孝叔说："你呢？你就不能保护自己的媳妇儿吗？"施孝叔说："我……我又有什么法子呢？我……我情愿死！我自己本来就够受的了，你别再怪我了。"接着，他又说："咱们还是躲到楚国去吧！"鲁成公、公孙婴齐一听他提起楚国，就好像犯了什么忌讳似的，一齐骂着，说："你好大的胆子，还敢提起那个国家！你要是再提它，就先把你砍了！"施太太说："好吧，你们就先把我杀了，再杀他吧！”大伙儿一见她生了气，又苦苦地央告她。她一瞧他们一会儿吓唬，一会儿央告，什么不要脸的招儿都使得出来，气得只有唉声叹气。过了一会儿，她突然不哭了，反倒挺痛快地跟他们说：“好吧，我去。我只盼望你们这回买卖不赔本就得了！”大伙儿一听说她答应了，高兴得直流眼泪，就差给她磕头了。她对施孝叔说：“你也别难受，我绝不怪你。我永远爱你。你只当我今天死了。这个没有魂儿的身子就让他们去送给畜类吧！”

就这么着，郤犨和鲁国订了盟约，带着新媳妇儿回去了。施太太变成了郤太太。待了两三年，她养了两个儿子。母亲的伟大的爱叫她这个没有魂儿的身子重新有了魂儿。她忘不了施孝叔，她照旧恨着郤犨，可是在这两个小生命的身上她找到了人生的意义，做人有了着落。万没想到到了第六个年头，就是公元前 574 年，晋厉公一来怕郤家的势力再大起来，没法管住他们，二来听说郤家有意要立孙周（晋襄公的曾孙）为国君，他就下了毒手，把郤锜、郤犨、郤至三个人杀了。因为郤太太是鲁国人，再说她又是鲁成公的叔伯妹妹，晋厉公特别照顾她，叫她回到鲁国去。她苦苦地央告晋厉公，让她保全她那两个儿子，还把话说在头里，他们一辈子也不回到晋国来。晋厉公倒也挺直爽，他说：“照理他们也得治死，现在我就把他们赏给你吧。可有一样儿，从今天起，他们不再是晋国人了。”郤太太就带着这两个孩子回到鲁国来了。

这边鲁成公、公孙婴齐大伙儿听说施太太回来了，就打发人上黄河边去迎接。施孝叔也亲自去迎接。他在这六年里头，天天想念着自己的太太。今天就像迎接新媳妇儿似的那么高兴。有情人又能够团圆了，他们两人一见面，乐得直掉眼泪。施太太拉着两个孩子，一个五岁，一个三岁，一面引见给施孝叔，一面哈着腰跟他们说：“叫爸爸。”两个孩子就挺天真地一同叫了声“爸爸”。施孝叔忽然把脸一绷，气哼哼地说：“谁是你们的爸爸？我哪儿有这两个杂种！”他一边骂，一边就跟鹞鹰抓小鸡似的把他们抄起来往河里一扔，孩子的妈赶着过去拉住施孝叔，可没拉住孩子。他们早已给波浪卷了去了。旁边的人都愣了。孩子的母亲疯疯癫癫地笑着说：“孝叔，你真是个男子汉大丈夫，你真有胆子，今天我才知道你是怎么爱我的。我为了你，当了六年的奴隶，含着眼泪，对付着活着。我盼望着能够再见到你。现在我回来了，不受人家管了，咱们又能在一起了，想不到你的气量是这个样儿的，更没想到你的心是这个样儿的！是我错了！你保护不了自己的媳妇儿，哪儿还能够保护得了人家的孤儿呢？”施孝叔连忙分辩说：“不，不，我是真正爱你的，我、我、我太爱你了。”她冷笑了一声，说：“嗬！你也配爱人！”说完了这话，她一扭身，就跳到黄河里。水波浪翻了几翻，追她那俩孩子去了。

古籍链接

胥童前导，书、偃后随，行至太阴山下，一声炮响，伏兵齐起，程滑先将胥童砍死，厉公大惊，从车上倒跌下来，书、偃吩咐甲士将厉公拿住，屯兵于太阴山下，囚厉公于军中，栾书曰：“范、韩二氏，将来恐有异言，宜假君命以召之！”荀偃曰：“善！”乃使飞车二乘，分召士匄、韩厥二将。使者至士匄之家，士匄问：“主公召我何事？”使者不能答，匄曰：“事可疑矣！”即遣心腹左右，打听韩厥行否，韩厥先以病辞，匄曰：“智者所见略同也！”

栾书见匄，厥俱不至，问荀偃：“此事如何？”偃曰：“子已骑虎背，尚欲下耶？”栾书点头会意，是夜，命程滑献鸩酒于厉公，公饮之而薨。即于军中殡殓，葬于翼城东门之外。士匄，韩厥骤闻君薨，一齐出城奔丧，亦不问君死之故。葬事既毕，栾书集诸大夫共议立君。荀偃曰：“三郤之死，胥童谤谓欲扶立孙周，此乃谶也。灵公死于桃园，而襄遂绝后，天意有在，当往迎之！”群臣皆喜。

栾书乃遣荀如京师，迎孙周为君。

周是时十四岁矣，生得聪颖绝人，志略出众。见荀来迎，问其备细，即日辞了单襄公，同荀归晋。行到地名清原，栾书、荀偃、士匄、韩厥一班卿大夫，齐集迎接。孙周开言曰：“寡人羁旅他邦，且不指望还乡，岂望为君乎？但所贵为君者，以命令所自出也！若以名奉之，而不遵其令，不如无君矣！卿等肯用寡人之命，只在今日，如其不然，听卿等更事他人，孤不能拥空名于上，为州蒲之续也！”

栾书等俱战栗再拜曰：“群臣愿得贤君而事，敢不从命！”既退，栾书谓诸臣曰：“新君非旧比也，当以小心事之！”

——《东周列国志·第五十九回》

建造虎牢关

晋厉公杀了郤锜、郤犨、郤至之后，晋国的大臣像栾书、荀偃（荀林父的孙子）他们唯恐“三郤”的命运降临到自己身上，大伙儿联合起来，杀了晋厉公。他们又联络了韩厥、屠岸贾、荀罃、范匄（就是范宣子，他是士会的孙子。士会封在范，就拿封地为姓，也叫范会，所以士匄也随着叫范匄；匄：gài）这些个人，共同立孙周当国君，就是晋悼公。晋悼公倒是一个有才干的国君，当时就查办乱臣，起用好人。他非常信任韩厥，拜他为中军大将。韩厥抓住机会提起当初赵衰、赵盾的功劳，和后来赵家遭受到的冤屈。晋悼公正担心屠岸贾的势力太大，就打算借着替赵家申冤的名目把他压下去。他说：“我也想到过这回事，可不知道赵家还有没有后辈？”韩厥说：“当初屠岸贾搜寻孤儿，非常紧急，赵家的家臣公孙杵臼和程婴两人想一个法子把孤儿赵武救出去了。现在赵武已经十五岁了。”晋悼公说：“哦，原来他也长大了！快去把他找来。”

韩厥亲自去接赵武和程婴。晋悼公把他们藏在宫里，自己装病不去临朝。大臣们听说国君不舒服，都上宫里去看望，屠岸贾也在里头。晋悼公一见大臣们都来齐了，就说：“你们也许不知道我得的是什么病吧？我为了有一件事情不明白，心里非常难受。当初赵衰、赵盾，为了国家立过大功。谁都知道他们一家忠良。怎么忠良的大臣会没有一个接代的人呢？”大伙儿听了，都叹着气，说："赵家在十多年前已经灭了族了，哪儿还有后辈呢？"晋悼公就叫赵武出来，向大臣们行礼。大伙儿就问："这位少年是谁？"韩厥回答说："他就是赵家的孤儿赵武。当初那个被害的小孩儿是赵家的家臣程婴的儿子。"屠岸贾听了，吓得魂儿都没了，瘫痪在地下，直打哆嗦。晋悼公说："不把屠岸贾杀了，怎么对得起赵家的冤魂呢？"他立刻吩咐武士们把屠岸贾砍了，又吩咐韩厥跟赵武带着士兵抄斩屠岸贾全家。赵武把屠岸贾的脑袋拿去祭奠他父亲赵朔。

晋国的人听说国君把屠岸贾治了罪，起用了赵武，都说新君是位贤明的君主。说真的，晋悼公孙周不光替赵家申了冤，报了仇，他对国家大事还真加劲地整顿。他为了叫老百姓听他的命令出去打仗，再兴霸业，就对老百姓做了一些让步。他下令减少劳役，减轻税负，免去老百姓欠公家的债，救济穷人，释放大批的囚犯。同时开发富源，操练兵马。这些事都做得挺好。邻近的诸侯全都归顺了他。这么一来，晋国就又强盛起来了。

这时候，中原诸侯国当中只有郑国和陈国因为离晋国太远，仍旧跟楚国联在一块儿。楚国打算利用郑国作为进攻中原的跳板。晋国呢，正想拿郑国作为抵挡楚国的头一道防线。郑国就这么夹在中间左右为难。

公元前 571 年（周简王的儿子周灵王元年，鲁襄公二年，晋悼公二年，齐灵公十一年，郑成公十四年，卫献公六年，楚共王二十年，吴寿梦十五年），晋悼公派荀罃会合宋、齐、鲁、卫、曹、莒、邾、滕（在今山东滕州一带）、薛（在今山东滕州一带）这些个国家的大夫，收服了郑国。鲁国的大夫仲孙蔑说："郑国顶要紧的关口是虎牢关。咱们要是能够在那儿建立起碉堡，驻扎些精锐的士兵把守关口，不光能够防止郑国的叛变，还能够对付楚国的侵犯。"申公巫臣（就是带着夏姬逃到晋国去的屈巫）接着说："我还有个法子。吴国（吴国开始的时候是在今江苏无锡的梅里，后来强大起来，占领了淮泗以南到今浙江嘉兴、湖州一带地方）挨着楚国，咱们去联络吴国，叫他们去扰乱楚国的边疆，叫楚国不能过太平的日子。这么一来，楚国管保不能再来跟咱们争夺郑国了。"晋国人认为这两个大夫的主意都不错，就一边抽调各国诸侯的士兵建造虎牢关，一边打发使臣去跟吴国交往。

这时候晋国的中军尉是个七十多岁的老大爷，叫祁奚。他看到晋国的军队强大了，自己又这么老了，就向晋悼公要求，让他告老。晋悼公同意了，可就问他：“谁接替您最合适呢？”祁奚说：“要依我说呢，解狐最合适。”晋悼公好像吓了一跳似的说：“哦？您说他吗？听说解狐跟您有仇恨，您怎么反倒推荐他？”祁奚说：“主公问我谁最合适，可并不是问我谁是我的仇人。”晋悼公点了点头，就下了命令，召解狐上朝。没想到解狐害着病，还没拜官就死了。晋悼公叹息了一会儿，又问祁奚：“解狐以外，还有谁最合适？”祁奚说：“除了解狐，要数午儿了。”晋悼公张大了嘴和眼睛，挺纳闷儿地说：“祁午不是您的儿子吗？”祁奚说：“是呀，主公问我谁最合适，可并不是问我谁是我的儿子。”晋悼公从心坎里称赞祁奚，就拜祁午为中军尉。

刚巧中军尉的副手羊舌职（羊舌，姓）死了。晋悼公又对祁奚说：“您再推荐一个副手吧。”祁奚说：“羊舌大夫的儿子就很不错。”晋悼公就叫羊舌赤做祁午的副手。大臣们全都很钦佩祁老先生，说他推荐仇人不是为了奉承，推荐自己的儿子不是为了自私，推荐自己手下的人不是为了拉拢私人，像他这样的大臣真可称为大公无私了。

那个上吴国去的使臣，过了长江到了吴国，见了吴国的君主寿梦（寿梦原来是子爵，就是第四等的诸侯，但是他也像楚子一样自称为王）。那时候，吴国远在东南方旷野荒郊的地界，向来没跟中原诸侯有过什么来往，寿梦恨不得能够跟晋国交往，好抬高本国的地位。他立刻答应了晋国，发兵去扰乱楚国的边疆。楚共王派令尹婴齐去打吴国，没想到打了个败仗。婴齐又害臊，又气恨，还没回到郢都就得病死了。楚共王拜壬夫为令尹，预备再去攻打吴国。不料这位新令尹原来是个赃官。他一执掌了大权，头一桩大事就是叫属国给他送礼。属国没有法子，只好依他。他一见陈国送来的礼物太少，就大骂陈国的使臣，还叫陈国的国君留点神。陈成公（陈灵公的儿子）气了个半死，索性跟楚国裂了锅，去归附晋国。晋悼公趁这个机会，叫陈成公跟吴寿梦一同加入了联盟。中原诸侯的声势由这儿就更大了。

楚共王听说为了令尹壬夫贪图贿赂，连陈国也脱离了楚国，就杀了壬夫，又把陈国拉了回去，打算再由陈国去打郑国。郑伯召集了大臣们商议。大臣们都说：“咱们归附晋国，楚国就来攻打；归附楚国，晋国又来攻打。这两个大国都为了自己的势力，彼此争夺，害得咱们在里头受夹板儿气。咱们以后只有预备礼物，瞧着谁来，就跟谁讲和。‘天下老鸹一般黑’，反正一样要咱们纳税进贡。”这么一来，郑国就又归附了楚国。

郑国归附了楚国，果然晋悼公派荀罃带领各国诸侯的兵车到了虎牢关。郑国连思索都不思索便跟荀罃订了盟约。等到荀罃一回去，楚共王亲自带着兵车来打郑国，郑国又连思索都不思索便跟楚国订了盟约。晋悼公这回可火儿了。他对大臣们说：“郑国反复无常，可怎么办呢？”荀罃说：“这不能完全怪郑国。咱们要打算收服郑国，一定得先把楚国弄得筋疲力尽，人困马乏，才能有办法。我想咱们以后每回出兵，不必动用各国的兵马。倒不如把中原诸侯的军队分成三个军。每回出兵，出动一个军，来回轮流。楚国军队一到，咱们就退兵，赶到他们一走，咱们就派第二军去。要是楚国军队再来的话，咱们的第二军再退回来。赶到他们走了，咱们把第三军派出去。这样一来，咱们只要用三分之一的兵马就能够牵动楚国的全军，把他们弄得跑来跑去不能够休息，他们就不敢再侵犯中原了。”晋悼公照着这个法子把十国的军队分别编成三个军，你来我去，你去我来，可不跟楚国开仗。

这时候，韩厥告老了，荀罃接着他做了中军大将。荀罃和荀偃两个人都是将军，如果他们的旗号都用“荀”字就容易混同。因为荀罃的父亲封在智，他就拿地名为姓，叫智罃。荀偃呢，因为他的祖父荀林父做过中行将军，他就拿官衔为姓，叫中行偃。这么一来，“智氏”“中行氏”有了区别，军中标识就不乱了。

智罃把“三军”分配好了之后，正要去打郑国，宋国打发人来报告，说楚国和郑国从偪阳（子爵诸侯国，在今山东枣庄一带；偪：bī）那边来侵犯宋国。晋悼公就叫智罃带着第一军，这里头也有鲁国的兵马，先去攻打偪阳。

偪阳城的将士故意让鲁国的军队进城。鲁国的军队正陆续往城里头走的时候，冷不防哗啦一声，放下了千斤闸，可巧正朝着鲁国的大将叔梁纥（叔梁纥，姓孔，名纥，字叔梁，所以也叫叔梁纥，是孔子的父亲；纥：hé）的脑袋上落下来。叔梁纥赶紧扔了兵器，两只手把那千斤闸托住。后头跟着就打开锣了，前头的将士们一听见锣声，急忙向后转，退出城来。偪阳的士兵一见有个大汉两只手托住千斤闸，早就吓得不敢动弹了。叔梁纥把本国的军队放出来之后，大声嚷着说：“要打仗的赶紧出来，趁着我还没撒手呢！”城里的人你看看我、我瞧瞧你，没有一个人敢搭茬儿。忽然有个偪阳大夫拿起弓箭，对准了叔梁纥就射。叔梁纥眼快，立时两只手一撒，那闸就掉下来了。

偪阳城的士兵们从这儿起就再也不敢出来了，可是他们架不住四国的兵马没黑天带白日地攻打。不到一个月工夫，偪阳城就落在晋国人的手里了。

晋悼公灭了偪阳（公元前 563 年），把那块土地交给宋国管理，作为抵御楚国的一个前哨。跟着就叫智罃带领着第二军，去打郑国。郑国自然又来投降。哪儿知道晋国的兵马刚退出来，楚国的兵马又进去了。郑国跟楚国又订立了盟约。

转过年（公元前 562 年，周灵王十年），晋悼公叫赵武带着第三军，又去打郑国。郑国当然又归附了晋国。楚国气得什么似的，联合了秦国，又把郑国拉过去了。晋国这头哪儿能完呢？晋悼公说："这回又该轮到第一军了。"智罃说："楚国向秦国借兵，已经露出他们累得够瞧的了。这回咱们索性把全部的军队都带了去，叫郑国瞧瞧咱们的实力，也许能够一心一意地归顺了。"晋悼公就集合了宋、鲁、卫、齐、曹、邾、滕、薛、杞、小邾（在今山东滕州一带），一共十一国的军队，一块儿去打郑国。楚国三番五次地跑来跑去，已经累得够瞧的了。这回听说中原军队声势挺大，果然不来救郑国。郑国打了个败仗，许多人做了俘虏。郑简公（郑僖公的儿子，郑成公的孙子）亲自到晋国的兵营里向晋悼公求和，愿意再歃血为盟。晋悼公对他说："过去已经订过盟约，不必再歃血了。"他立刻传令下去，把郑国的俘虏一概放回郑国，又把驻扎在虎牢关的别国的兵马撤去，叫郑国人自己去把守。晋悼公对郑简公说："我也知道你的难处。从今以后，你们或是归顺晋国或是归顺楚国，随你们的便，我不来勉强你。"郑简公流着眼泪，说："您这么实心实意地对待我，我就是禽兽，也得有个知恩报恩的心。我要是再三心二意，叫老天爷重重地罚我。"这么一来，十一国的兵马全撤回去了。楚国因为这几年来确实疲劳了，也不愿跟晋国相争。打这儿起，郑国真就一心一意地加入了中原的联盟。晋国又想办法去跟秦国交好。这更叫郑国死心塌地地归附了晋国。

师徒的情分

晋悼公把郑国收服了，中原诸侯都向他朝贡。他想休息几年，现成做着霸主。哪儿知道卫国的大臣们轰走了国君，另外立了新君，打发使臣上晋国来说情。晋悼公一想："做臣下的轰走国君，照理应该受责备，可是这么一来，又得出兵。这怎么办呢？"

原来卫献公（卫成公以后的第三个国君）是个昏君，天天喝酒，作乐，打猎玩儿，把国家大事扔在脑袋后头。卫国有两个拿事的大臣，一个叫孙林父（孙良夫的儿子），一个叫宁殖（宁俞的孙子）。他们一见卫献公这种样子，就跟卫献公的叔伯兄弟公子剽相好，背地里又跟晋国交往，打算将来有个靠山。卫献公也听到点风声，因为没拿住真凭实据，不敢随便发作。

有一天，卫献公约孙林父和宁殖上宫里去吃午饭。到了时候，两个大臣穿着上朝的衣服赶到门口，可没有人来接，只好静静地等着。一直等到太阳都偏西了，也没有人出来请他们。两个人的肚子饿了，就自己进去问问到底是怎么回事。里边的人说："主公跟射箭的教师公孙丁在后花园里射箭哪。你们自个儿进去吧。"这两位大臣实在生气，就直上后花园去见卫献公。卫献公瞧见了他们，就把弓挂在胳膊上，拿着箭指着他们，说："你们来干什么？"孙林父和宁殖一齐说："主公约我们来吃饭，我们一直等到这个时候。又怕违背了主公的命令，只好冒昧来见主公。"卫献公说："哦！我忘了。这么办吧，过几天我再约你们吧。”说着，他又射开了箭了。两个大臣受了这份窝心气，出来了。孙林父跟宁殖商量了一下，准备废去这个昏君。

孙林父回到家里，偷偷地叫家臣庾（yǔ）公差和尹公佗（tuó）布置了家丁，自己上戚城（在今河南濮阳，当时在黄河边上）准备接应。当时又叫他儿子孙蒯（kuǎi）去探听卫献公的口气。第二天，孙蒯见了卫献公，就说：“我父亲病了，上戚城去休养，请主公赏几天假。”卫献公听说孙林父上戚城去，就知道他没怀好意，故意笑着说：“你爸爸的病大概是由于太饿了吧？我不能再叫你也饿着回去，你在这儿吃吧。”孙蒯只得留在宫里。在吃饭的时候，卫献公点了一首歌，叫宫里的乐师唱。那首歌里有一段字句，恰巧跟眼前的事有点相像：

那个人哪，
住在河上，
无勇无谋，
还想乱撞。

孙蒯听了，坐立不安。卫献公对他说：“你爸爸在戚城应当好好休养，可别闹出别的大病来。”

孙蒯回去，跟他父亲学舌了一遍。孙林父觉得再不能耽误了。他立刻带着士兵打进去。直到这时候，卫献公才害怕了，打发人去跟孙林父讲和。孙林父骑虎难下，不能答应，把那个来人杀了。卫献公连忙叫人把宁殖找来商量。没想到宁殖正要带着士兵去围宫殿。这可把卫献公急得没有办法了。那个弓箭手公孙丁说：“赶紧跑到别的国去吧．再待下去，也许跑不了了。”卫献公只好带着宫里的二百来名士兵，跟着公孙丁从东门跑出去，打算先上齐国去躲一躲。他们出了城门，正巧碰见孙蒯、孙嘉哥儿俩的一队士兵。这二百来个人杀得只剩了十几个人了。幸亏公孙丁是个出名的弓箭手，他保护着卫献公，坐着一辆车一边抵挡，一边拼命逃。谁要追这辆车，谁准给射死。孙蒯、孙嘉没有办法，只好退下来。他们在半道上碰见了庾公差和尹公佗两个弓箭手，带着一队人马，说是奉了相国的命令去拿昏君的。孙蒯、孙嘉哥儿俩告诉他们，说：“两位将军可得小心点。前头有个挺会射箭的人保护着昏君哪！”庾公差说：“别是我的师傅吧。”原来公孙丁是射箭的前辈，庾公差是他的徒弟，尹公佗又是庾公差的徒弟。这三个人都是射箭的能手。尹公佗说："追上去再说吧。"他们追了十几里地，才瞧见卫献公的兵车。卫献公一见有人追上来，吓得什么似的。公孙丁往后一瞧，认得这人，就对卫献公说："主公放心，那个人是我的徒弟，他绝不会伤害师傅的。"公孙丁把车掉转过来，停在那儿等着。庾公差一见前头车上的人，就说："唉呀！真是我师傅！"他就下了车，向老师公孙丁行个礼。公孙丁没言语，也不还礼，只是挥挥手叫他回去。

庾公差重新上了车，对公孙丁说："今天的事真叫我为难。师傅有师傅的主人，我有我的主人。我要不干，就是得罪了我的主人；要干呢，可就得罪了师傅。这可怎么办呢？"他犹豫了一会儿，想出了一个似是而非、自己骗自己的主意，这种主意在那时候认为是两全其美的。他说："我还是干吧，师傅可别担心。"公孙丁还是不言语，不动声色地瞧着他的徒弟。庾公差拿起弓箭，一连气射了四支箭，都射在他师傅的车上。左、右、上、下的木头档上各中了一箭，单单留着中间坐人的地方。庾公差射完了箭就说："师傅保重！"就这样，两边敌人各自分手了。

庾公差的徒弟尹公佗心里挺不痛快。他碰见了卫献公满打算显一显能耐。可是有他师傅在旁边，不好自作主张，只好跟着庾公差回去。走到半道上，他越想越不是滋味。他想："怎么能为了师傅的情面，就把自个儿应当做的事扔了呢？"他对庾公差说："师傅，您跟他有师徒的情分，让他跑了。我跟他又隔了一层，提不到什么情分。我还是追上去吧。"庾公差说："别这么说。你还不知道我师傅的厉害呢。你哪儿是他的对手！你追上去，也是白送一条命。"尹公佗不信，非得跟公孙丁比个高低不成。庾公差拦不住他，只好让他去了。

尹公佗追了二十来里地，又追上了。公孙丁问他："你又来干什么？"尹公佗说："我师傅跟你是师徒，不跟你动手。我可不能放过你去！"公孙丁说："你得想想，你师傅的本领是哪儿来的？你的本领又是哪儿来的？没有我教他，他怎么能够教你？俗话说，'喝水的别忘了淘井的'。你还是趁早回去，省得伤了和气！"尹公佗拿起弓箭对着公孙丁射了一箭。公孙丁不慌不忙地把那支箭接在手里，拿起弓来，把那支箭射回去。尹公佗连忙躲开，肩膀上却已经受了伤。他正打算跑开，第二支箭又到了。这一箭要了他的命。其余的士兵一见将军给人射死了，拔腿就跑。公孙丁就这么保护着卫献公逃到齐国去了。

孙林父和宁殖轰走了卫献公，立公子剽为国君，就是卫殇公。当时打发使臣去见晋悼公，打算得到盟主的许可，确定卫侯的君位。晋悼公又想征伐卫国，又想不动刀兵，一时没有主意，直皱着眉头。中行偃知道盟主的心意和难处，就说："卫侯无道，这是各国诸侯都知道的。现在卫国人自个儿把昏君废了，立了新君，咱们何必去管呢？"这句话正碰在晋悼公的心坎上，他就承认了卫国的新君。

古籍链接

孙蒯、孙嘉兄弟二人，引兵追及于河泽，大杀一阵，二百余名宫甲，尽皆逃散，存者仅十数人而已，赖得公孙丁善射，矢无虚发，近者辄中箭而死，保着献公，且战且走，二孙不敢穷追而返。

才回不上三里，只见庾公差、尹公佗二将引兵而至，言："奉相国之命，务取卫侯回报。"孙蒯、孙嘉曰："有一善箭者相随，将军可谨防之！"庾公差曰："得非吾师公孙丁乎？"原来尹公佗学射于庾公差，公差又学射于公孙丁，三人是一线传授，彼此皆知其能。尹公佗曰："卫侯前去不远，姑且追之。"

约驰十五里，赶着了献公，因御人被伤，公孙丁在车执辔，回首一望，远远的便认得是庾公差了，谓献公曰："来者是臣之弟子，弟子无害师之事，主公勿忧。"乃停车待之。

庾公差既到，谓尹公佗曰："此真吾师也。"乃下车拜见，公孙丁举手答之，麾之使去。庾公差登车曰："今日之事，各为其主。我若射，则为背师；若不射，则又为背主。我如今有两尽之道。"乃抽矢叩轮，去其镞，扬声曰："吾师勿惊！"连发四矢，前中轼，后中轸，左右中两旁，单单空着君臣二人，分明显个本事，卖个人情的意思。

庾公差射毕，叫声："师傅保重！"喝教回车，公孙丁亦引辔而去。尹公佗先遇献公，本欲逞艺，因庾公差是他业师，不敢自专，回至中途，渐渐懊悔起来，谓庾公差曰："子有师弟之分，所以用情，弟子已隔一层，师恩为轻，主命为重，若无功而返，何以复吾恩主？"庾公差曰："吾师神箭，不下养繇基，尔非其敌，枉送性命！"尹公佗不信庾公之言，当下复身来追卫侯。

——《东周列国志·第六十一回》

烧丹书

公孙丁凭着他射箭的本事保护着卫献公逃到齐国。他们向齐灵公（齐顷公的儿子，齐惠公的孙子）哭诉了一番。齐灵公劝着他们，说："晋侯是盟主，他准得去征伐他们。你们暂且住在这儿，听信儿吧。"待了没有多少日子，他们听到晋悼公招待了卫国的使臣，确定了公子剽的君位。齐灵公很不服气，他满想替代晋悼公来做盟主。他要做盟主的办法也很特别，他从侵略小国开头，接着就退出了中原的联盟。

被齐灵公侵略的小国，尤其是鲁国，接连着向晋国请求救兵。没想到晋悼公得病死了。新君晋平公（晋悼公的儿子）会合了各国的军队去征伐齐国，可是不但没把齐国打败，更别说叫齐灵公屈服了。晋平公只好退了兵，再想法子。

公元前 555 年（周灵王十七年），晋平公派范匄为大将，赵武为副将，再去攻打齐国。范匄的兵马刚过了黄河，听说齐灵公死了，就退兵回去。齐国的大夫晏平仲知道晋国的兵马退回去了，就对新国君齐庄公（齐灵公的儿子）说："晋国知道咱们有丧事，立刻就退兵。这是他们的好意。咱们应该领受人家这番好意，赶紧派人去跟他们讲和才对。"齐庄公同意了。这么一来，齐国又加入了联盟。

齐庄公虽然加入了联盟，他可不愿意屈服在晋国的势力底下。他一个劲儿地寻找勇士，操练兵马，打算跟晋国争夺霸主的地位。他不大注意文臣，可是特别尊敬武士。这时候，他手底下已经有了些个大力士。他一听说晋国大夫栾盈（栾书的孙子）手下有个大力士叫督戎的，能手使双戟，左右连着扎，谁都不是他的对手。齐庄公就想："怎么把他收过来才好呢？"天从人愿，突然有一天，栾盈带着督戎和别的几个勇士上这儿投奔齐庄公来了。齐庄公欢天喜地地迎接他们。栾盈见了齐庄公，哭着说："我受了天大的委屈，如今弄得无家可归，请君侯做主。"

栾家辈辈在晋国的朝廷里占着挺重要的地位，就像赵家、郤家、魏家、智家、韩家一个样。自从郤家灭了门之后，栾家的声势就更强盛起来了。俗话说，"树大招风"。晋平公和几家大臣们，像范家、赵家、智家为了要保全自己的势力，都想把栾家灭了。他们大伙儿想出一个罪名来，说是从前栾书谋害过晋厉公，所以他的子孙们得治罪。栾盈的一家子呢，一来为了声势太大，少不了给国君猜疑；二来职位太高，难免有傲慢得罪人的地方。因此，一群冤家对头都趁这机会附和着晋平公来整治栾家。栾家的家族、亲戚都给抓去，杀的杀，押的押。只有栾盈和几个近身的勇士跑出去了。

栾盈逃到齐国，正赶上齐庄公一个劲儿地搜罗人才，打算跟晋国争个上下高低。他安慰栾盈说："我准帮助你，叫你能回到晋国去。"

公元前 550 年（周灵王二十二年），齐庄公打发栾盈先上曲沃去和先头一些跟栾家有交情的将军通了关节，自己再发大军作为后盾。栾盈带着督戎和齐国的一队人马，往曲沃进发。他们挺容易地把曲沃占了作为立足点，然后再从曲沃出发，一直打到绛都去。那督戎真是个勇士，凡是碰上他的不是给他杀了，就是给他打跑了。他一连气打了几个胜仗，一直快到绛都了，吓得晋国的将士们都不敢跟他交手。

赵武手下的两个将军，解雍、解肃哥儿俩自告奋勇地对赵武说："光是一个督戎，怕他什么？他就是三头六臂，我们也应该跟他拼一拼，哪儿能不去跟他交手呢？"赵武答应了他们。督戎正憋着一肚子劲头没处使，一见两个将军出来了，正对了他的口味。他一个人两支戟对付着两个人，好像淘气的孩子逗小狗似的，越玩越高兴。赶到他玩得不耐烦了，就一戟把解雍扎死，顺手又往解肃扎过去。解肃跑得快，督戎没追上他，气呼呼地站在城门外头嚷着说："有本事的多来几个！你们一块儿出来，也好叫我省点工夫！"城里的人没有一个敢出声的。

范匄和赵武都打了败仗，非常着急。那天晚上，范匄急得直唉声叹气的，旁边有个伺候他的奴隶叫斐豹，低声下气地对范匄说："我本来是屠岸贾家的手下人，因为屠岸贾全家灭了，我被官家没收，当了奴隶，一辈子不能出头。要是大人开恩烧了丹书（奴隶的文书），让我有个出身，我准能把督戎杀了。"范匄正在紧要关头，也管不得奴隶不奴隶，就对他说："你要真能把督戎杀了，不光不叫你当奴隶，我还要在主公面前保举你呢。"

第二天，斐豹拿着一个大铜锤，去跟督戎对敌，对他说："咱们大伙儿不用兵车，也不准别人帮忙，只是我跟你两个人，双手对双手，家伙对家伙，拼个你死我活，好不好？"督戎说："好！"他们两个人就像打擂似的对打起来了。一个勇士对一个勇士，一个铜锤对两支戟。斐豹早就瞧好了一个地方，那边有一道矮墙头。他对打了一阵，就往墙头那边跑去。督戎赶紧追过去。范匄在城头上眼见斐豹又完了，急得脑门子上的大汗珠直往下掉。斐豹跳过了矮墙头，督戎也跳进去了，没提防斐豹藏在里头，让督戎跑过去，然后提起那个五十二斤沉的大铜锤，从后头打过去，恰巧打在督戎的脑袋上。一个大力士就这么给他暗算了。斐豹把督戎的脑袋砍下来，回身又跳过墙头。范匄一见斐豹手里提着一个血淋淋的人头，知道已经打胜了，就开出兵车，冲过去。栾家的士兵一见督戎被杀，跑的跑，投降的投降。逃跑了的人跑回栾盈那边，急得栾盈不知道该怎么办，只好带着残兵败将跑回曲沃。那时候齐庄公的大军还没到，栾盈手下的人越来越少，晋国的兵马越来越多，不到一个月工夫，曲沃也守不住了。栾盈和他手下的人都给范家和赵家的人杀了。

斐豹立了大功，范匄烧了他的丹书，他就不再是奴隶了。

那边齐庄公打发栾盈走了之后，慢条斯理地发出兵车去接应。他想一举两得，沿路再抢些地盘。因此，栾盈在绛都攻打的时候，齐庄公正在侵犯卫国的边疆。赶到他到了晋国的边界上，栾盈早就全军覆没了。他后悔错过了时机，只好回去。可是他这么一回去，拿什么做交代呢？他要做霸主总得争点面子回去，才像个样儿。他就留在边界上，操练兵马，搜罗勇士，再预备去侵略小国，建立威名。邻近的莒国可就做了他建立威名的垫脚石了。

齐庄公发兵去打莒国，莒国的国君黎比公不能抵抗，打发人去向齐庄公求和，说："我们情愿年年进贡，做个属国。"齐庄公同意了，当时就下令退兵。从此，莒国就属于齐国了。

不怕死的太史

公元前 548 年（周灵王二十四年），莒国的黎比公亲自上齐国去朝见齐庄公。齐庄公大摆酒席，叫大臣们都去招待黎比公。偏偏齐国的相国崔杼（zhù）没去。他打发人向齐庄公告病假。齐庄公听说崔杼病了，反倒暗自喜欢。他又能去会见棠姜了。

第二天，齐庄公带着四个卫兵亲自上崔府去看崔杼的病。崔家的人对齐庄公说："相国的病挺重，这时候刚吃了药，在书房里躺着。"

齐庄公一听崔杼没在内房，就一直跑进去。四个卫兵紧紧跟随着。内侍贾举小声地对卫兵们说："主公的意思你们还不知道吗？他去会见相国夫人，你们进去多不方便哪。我说，你们在外头伺候着吧。"贾举安排好了那四个大力士，就跟着齐庄公进去了。齐庄公进了中门，贾举就跟着进了中门，齐庄公进了内门，贾举就关上内门。齐庄公进了内房，就见相国夫人棠姜迎上来了。

那棠姜是崔杼的家臣东郭偃的姐姐，起先嫁给了棠公，所以叫棠姜，生了个儿子叫棠无咎。棠公死了以后，棠姜再嫁给崔杼，生了个儿子叫崔明。东郭偃和棠无咎都做了崔杼的家臣，崔杼还特意嘱咐他们好好地辅助崔明。不料齐庄公见了棠姜就爱上了她，跟她有了来往。他跟棠姜的事慢慢地给崔杼知道了。崔杼就盘问棠姜。棠姜真叫直爽，一点不藏私地说：

"是呀！他是国君，要怎么着，就怎么着。叫我一个女人可有什么法子呢！你不能保护我，害得我受了人家的欺负，还怪我吗？"崔杼说："得了！过去的事别提了。你既然不是情愿受人家的欺负，咱们就应该想个报仇的法子，才是道理。"可巧齐庄公近身服侍的内侍贾举为了一点小事给齐庄公抽了一百鞭子。崔杼就拉上了他，暗中商量好，要一块儿出这口恶气。

这天，棠姜过来迎接齐庄公，刚要说话，一个丫头跑来，说："相国嘴里发苦，要喝蜜汤。"棠姜跟齐庄公说："我去去就来。您先躺一会儿吧。"说着，她跟着丫头出去了。

不一会儿的工夫，就听见外头一阵乱哄哄的声音愈来愈近。他忙着喊贾举，没听见答应。又往窗户外一瞧，只见一大群士兵围上来了，吓得他连忙跑出去。可是前后的门都锁着。齐庄公打破了一扇门，一看，也没处可跑。他就跑到一个台上。一会儿工夫，台底下的士兵就围满了。齐庄公对他们说："我是你们的国君，放了我吧。"棠姜的儿子棠无咎说："我们奉了相国的命令来捉拿淫贼，哪儿有这样儿的国君？"齐庄公说："我跟你们起誓，绝不为难你们，请相国来吧！"棠无咎说："相国病着不能来，你还是放明白点，自个儿动手吧。别再丢脸了！"齐庄公没法，只得跳到邻近的屋顶上，打算从那边逃跑。棠无咎一箭射中了他的大腿，齐庄公站不住，从房顶上掉下来。士兵们就是不杀他，他也活不成了。

那边几个卫兵，早就由东郭偃请他们喝酒，把他们安顿了一下，接着乱杀一阵，死的死，逃的逃了。

齐庄公平时对有些臣下很有交情。他们听说齐庄公给崔杼杀了，也有自杀的，也有躲在家里不出来的。只有晏平仲跑到崔杼的家里，扑在齐庄公的大腿上，哭了一顿。棠无咎对崔杼说："砍了他吧！"崔杼说："他有点小名望，杀了他，会叫人家说话。"晏平仲出来，他手下的人对他说："国君给人杀了，大臣中有跑到外国去的，有死了的，您打算怎么办？"晏平仲把国君和国家区别开来，他说："我以国家社稷为重。要是国君是为了国家社稷死的，我应当一块儿死。要是国君是为了私人的事死的，我何苦白白搭上一条命呢？"他不怕人家说什么，仍旧跟崔杼、庆封这些人上朝办事。

崔杼、庆封、晏平仲几个人立齐庄公的兄弟为国君，就是齐景公。齐景公和留在齐国的黎比公订立了盟约，让他回去。崔杼一面打发使臣带了好些礼物上晋国去求和，一面又叫太史伯记录齐庄公的事情，说："你一定要写，先君是害病死的。”太史伯听了崔杼的话，就反对说：“按照事实写历史，是当太史的本分，哪儿能颠倒是非，捏造事实呢？”崔杼没想到一个史官，没有权势，没有兵器，只凭着一支笔，也敢跟他为难。他挺生气地问他：“你打算怎么写呢？”太史伯说：“我写给你瞧吧。”崔杼等他写好，拿来一瞧，上头写着：“夏五月，崔杼谋杀国君光。”崔杼可火儿了，对他说：“你长着几个脑袋，敢这么写？重新写吧！”太史伯说：“我虽然只有一个脑袋，可是你叫我颠倒是非，我情愿不要这个脑袋。”崔杼就把他杀了。

照着老规矩，太史的兄弟仲继承他哥哥的位置。崔杼要看看这位新的太史是怎么写的。他一看，上头写着：“夏五月，崔杼谋杀国君光。”崔杼气得说不出话来。他想不到天下竟有这样不怕死的人。他气哼哼地说：“你难道没瞧见你哥哥是怎么死的吗？你不怕我也把你杀了吗？”太史仲面不改色，冷笑着说：“太史只怕不忠实，他可不怕死。你就是再把我杀了，难道说你还能把所有的人都杀了吗？”崔杼不再废话，吩咐一声，把他也杀了。第三个太史叔还是不屈服，也给崔杼杀了。

崔杼一连杀了三个太史，虽然气得了不得，可是也挺怕他们。等到第四个太史季上任，崔杼把他写的拿来一看，上头还是那一句话。崔杼说：“你不爱惜性命吗？”太史季说：“这是我的本分。要是贪生怕死，失了太史的本分，不如尽了本分，然后死去。请您也要想开一点，就是我不写，天下还有写的人。您不许我写，可您不能改变事实。您越是杀害太史，越显出您的不是。”崔杼叹了一口气，说：“我为了保全国家社稷，没有办法才担了这谋杀国君的名分。懂事的人总会明白我的心的。”他就不杀他了。

第四个太史拿着写好了的竹简（那时候还没有纸，文字是记在竹片上的）出来，路上碰见了南史氏抱着竹简和笔迎头走过来。他说：“听说三个太史都杀了，我怕你也保不住这条命，我是准备来继承你的。”太史季把写好了的竹简给他瞧。南史氏才放下心，回去了。

挂名的国君

崔杼杀了齐庄公，立齐景公的时候，卫献公和他的兄弟公子鲜，还有那个射箭的能手公孙丁仍然住在齐国。卫献公给孙林父和宁殖轰出来之后，一直在外头，已经十二年了。在这十二年当中，卫国可说有两个国君，国内有个卫殇公，国外有个卫献公。各国诸侯也没有一定的主张，有的承认卫殇公是国君，有的还把卫献公当作国君，还有的把他们两个人都当作国君。齐国是护着卫献公的，齐景公暗中帮他把卫国的夷仪（夷仪，是齐桓公为邢国筑的城。后来邢国给卫国兼并，夷仪就属于卫国）夺过来了。卫献公拿夷仪当作立脚的地方，一心想打回卫国去。那时候宁殖已经死了。卫献公打发公孙丁偷偷地去找宁殖的儿子宁喜，叫他暗中想法子先把孙林父一家灭了，然后再接他回去做国君。卫献公情愿把大权交给宁喜，自己只要当个挂名的国君就成了。这话正碰在宁喜的心窝上。他对公孙丁说："我父亲临死的时候，早就跟我说过，他上了孙林父的当，得罪了主公，心里老觉得不得劲儿。我也主张把主公接回来，也能安慰安慰我地下的父亲。不过主公如今急着要回国，怎么说怎么好。要是我费了心机，拼着性命把他请回来，他当上了国君，万一反悔了，那可叫我怎么办？我想这是国家大事，顶好把公子鲜请来，大伙儿商量商量。"

公孙丁回去把宁喜的话告诉了卫献公，卫献公对他兄弟公子鲜说："我能不能回卫国当国君，这事儿全在宁喜身上。要是他能够叫我回去，我情愿把卫国的大权交给他。他说要跟你商量商量。请你辛苦一趟吧。”公子鲜嘴上答应着，可是不动身。卫献公催了他好几次，他只好说：“倒不是我不愿意去，我想这事您还是再想一想吧。天下哪儿有不管事的国君呢？您说把大权交给宁喜，这怎么行呢？到了那时候，您准反悔。您一反悔，我对宁喜可就失了信。我就因为这个，拿不定主意。”卫献公说：“我现在是个漂流在外的人，根本说不上大权不大权。只要能够回到本国去，在太庙里可以祭祀，接着祖宗的香烟，我就称心如意了。我绝不反悔带累兄弟。”公子鲜说：“您既然决心要这么办，我就替您说去。”

宁喜有了公子鲜作保，就各处活动。赞成他的人倒也不少，只有右宰穀表示反对。他对宁喜说：“主公（指卫殇公）是你父亲立的，如今已经十二年了。他并没做过什么不好的事情，你凭什么把他废了呢？你父亲已经废了一个国君，现在你又要废去一个，人家哪儿能放得过你呢？”宁喜说：“这是我父亲的主意，我非这么办不可！”右宰穀说：“既然这样，让我先去看看咱们的老国君，看看他的行为跟先头有没有两样，然后再商量个办法，好不好？”宁喜说：“好，你去吧。”

右宰穀到了夷仪，见了卫献公。卫献公嘱咐他，说：“请你从旁催着点宁大夫，叫他赶紧把事情办好。我情愿把卫国的大权交给他。”右宰穀说：“国君是一国的首领。要是没有大权，这个国君还能管理国家吗？”卫献公说：“不是这么说。你要知道，当了国君，就有了高贵的名儿，也就能够享受荣华富贵，穿好的，吃好的，住好的了。出去逛逛，有臣下随从，住在宫里，有宫女侍候。人生不能长远，落得享福，谁愿意天天辛苦，办理政事？我才不那么傻呢！”右宰穀暗暗叹气。他又去见公子鲜，把卫献公的话告诉了他。公子鲜说：“主公受了多年的清苦，巴不得贪图点儿快乐，才说出这种话来。”

右宰穀回去对宁喜说：“老国君还是十二年以前的样儿。他的举动跟先头没有什么两样，说出来的话简直不如粪土！”宁喜说：“管他呢，我有父亲的命令跟公子鲜的保证，不能不干。”

这时候，孙林父已经老了，他带着大儿子孙蒯住在戚城，留着两个小儿子孙嘉和孙襄，在朝廷里当差。公元前 547 年（周灵王二十五年），孙嘉奉了卫殇公的命令上齐国去访问，只剩下孙襄一个人在卫国。可巧卫献公又打发公孙丁来和宁喜接头。宁喜和右宰榖趁着这时候，杀了孙襄，逼死了卫殇公。卫献公就这么又上了台。从此，卫国的大权落在宁喜手里了。

孙嘉从齐国回来，走到半道上，听说宁喜作乱，赶紧跑到戚城去见他父亲孙林父。孙林父就想到卫献公准得来打戚城，马上投奔晋国，请晋平公做主。晋平公派了三百名小兵帮助孙林父把守戚城。这三百名小兵经不起卫国的大军一打。晋平公可火儿了。他立刻吩咐赵武召集各国诸侯，准备攻打卫国，吓得卫献公和宁喜亲身上晋国去求和。晋平公就把他们押起来。幸亏齐国出来调解，又由卫国送了不少礼物，晋国才把他们放了。卫献公打这儿起更加感激宁喜。宁喜也觉得自己功劳大，独断专行起来，就连大臣们商量国家大事，也上宁喜家去商量，有什么事都来请求宁喜。卫献公不过是个挂名的国君罢了。

这时候，宋国的大夫向戌发起了一个息兵会议。他本来和晋国的大夫赵武、楚国的大夫屈建都有交情。他首先提出开个会议，大伙儿商量商量怎么能够不再打仗。赵武和屈建都同意了。他们先到了宋国筹备一下，再由这三个大国去约会邻近的诸侯一块儿来讨论办法。赵武打发使臣去约会晋国的属国。使臣到了卫国，宁喜也不通知卫献公，就打发大夫石恶去开会。卫献公知道了，心里头挺不高兴。他把这件事告诉了大夫公孙免余。公孙免余跑去数落宁喜，说："诸侯会盟是国家大事，你怎么不跟主公商量商量？"宁喜说："他当初跟我立过约，还有公子鲜做证人。难道还把我当作臣下看吗？"公孙免余不敢当面顶他，回去对卫献公说："宁喜太没有礼了。这种臣下，怎么不去了他呢？"卫献公说："要是没有他，我哪儿有今天。话是我自个儿说的，哪儿能反悔呢？"公孙免余说："可是我们做臣下的实在看不过去。我情愿尽我的力量把他除去。办成了，是主公的福分；万一办不成，由我个人挑这个担子。"卫献公说："你得小心点，别连累我！"

公孙免余约了别的几位大臣，同时发动起来，把宁喜和右宰榖杀了，然后去报告卫献公。卫献公把他们的尸首搁在朝堂上作为乱臣贼子的一个警戒。公子鲜一听到这个事变，光着脚跑到朝堂上，抱着宁喜的脑袋，痛哭着说："可别怪国君失了信，这是我冤枉了你。你死了，我还有什么脸面再在卫国呢？"他疯了似的哭着，嚷着，蹦着。大臣们都知道他是出了名的好人，没有一个人敢得罪他的。他哭了一顿，带着家小逃到晋国去。卫献公打发人追上了他，硬要劝他回来。公子鲜挺坚决地说："要我回去，除非宁喜还阳！"他就在晋国隐居起来，跟家里人一块儿靠着做鞋过日子，到死也不再提卫国的事。

古籍链接

宁喜以殖之遗命，告于蘧瑗，瑗掩耳而走曰："瑗不与闻君之出，又敢与闻其入乎？"遂去卫适鲁。喜复告于大夫石恶、北宫遗，二人皆赞成之，喜乃告于右宰穀，穀连声曰："不可，不可！新君之立，十二年矣，未有失德，今谋复故君，必废新君，父子得罪于两世，天下谁能容之？"喜曰："吾受先人遗命，此事断不可已。"右宰穀曰："吾请往见故君，观其为人视往日如何，而后商之。"喜曰："善。"

右宰穀乃潜往夷仪，求见献公，献公方濯足，闻穀至，不及穿履，徒跣而出，喜形于面，谓穀曰："子从左相处来，必有好音矣！"穀对曰："臣以便道奉候，喜不知也！"献公曰："子第为寡人致左相，速速为寡人图成其事，左相纵不思复寡人，独不思得卫政乎？"穀对曰："所乐为君者，以政在也，政去，何以为君？"

——《东周列国志 · 第六十五回》

息兵会议

卫献公杀了宁喜，公子鲜逃到晋国的时候，卫国的大夫石恶还奉了宁喜的命令和各国的大夫正在宋国开息兵会议（公元前546年）。先头各国诸侯开大会，像齐桓公、晋文公、宋襄公、秦穆公、楚庄王他们那时候，全都是诸侯亲身去开会，因为那时候列国的斗争主要是诸侯的兼并战争。诸侯在兼并战争中要依靠他们的左右，只好把新得到的土地分别赏赐给立了功的大夫。因此，真正得到兼并战争的好处的倒是诸侯手下的大夫。他们从战争中得到了土地，又从榨取农民的劳动中积累了大量的财富。后来大夫的势力越来越大，绝大多数的诸侯反倒做了挂名的国君，正像周天王做个挂名的天王不能管束诸侯一样。在经济进一步发展中，为了掠夺土地和农民的剩余劳动，这些有势力的大夫之间也进行着兼并战争。列国的斗争就这么转到大夫的兼并战争上面去了。这回来开会的，都是各国的大夫，就是晋国赵武、楚国屈建、宋国向戌、鲁国叔孙豹、卫国石恶、蔡国公孙归生、陈国孔奂、郑国良霄这些人。从此以后，列国的斗争形势主要是大夫和大夫之间的斗争了。这回的会议实际上是晋国和楚国分配势力的会议。晋国和楚国可以说是南北两个集团的头儿，各有各的势力范围。鲁、卫、郑、曹、邾、莒、滕、薛等是在晋国的势力范围内的；蔡、陈、许、沈（在今河南汝阳县东）等是在楚国的势力范围内的。其余像宋、齐、秦是大国，谁也不属谁，算是独立自主的诸侯国。这三个国家当中，宋国是会议的发起人，当然参加了大会。齐国和秦国都没来。当时大伙儿商议好了：所有原来受晋国保护的国家也得朝聘楚国，所有原来受楚国保护的国家也得朝聘晋国；各国进贡的礼品要两份，一份给晋国，一份给楚国。大伙儿订立盟约，对天起誓：谁要破坏盟约，先出兵的，各国就一块儿去打它。

这么一来，向来给中原诸侯称为“蛮族”的楚国，就正式由大伙儿承认是个霸主，正像晋国是霸主一样。可是楚国屈建还不怎么称心，他对宋国向戌说：“两个盟主哪儿成呢？谁是第一，谁是第二呢？请你跟晋国先说明白了，歃血的时候，可得让楚国在先。”向戌只好去见赵武。他见了赵武，说不出口来。由他手下的人传话。赵武一听，觉得挺为难。要是答应他，晋国的地位可就降低了，要是不答应呢，这个“息兵会”可就得变成“开仗会”了。再说楚国的态度挺强硬，好像非占先不可。赵武心里头虽然可以屈服，可是又怕给人家说话。晋国有个大夫想出了一个好理由来，对赵武说：“霸主要靠德行，不是全在乎武力。咱们只要有德行，就是让楚国占先，诸侯照样佩服咱们；要是没有德行，就是占了先，诸侯照样不佩服。再说咱们这回会合各国大夫原本是为了息兵。能够不打仗，大伙儿都有好处。要是为了争先后打起仗来，反倒失了息兵会议的意义了。我想只要对大家有好处，就是退让一点儿也好。”这一番话正碰在赵武的心坎上。因为当时晋国六家的大夫（赵氏、范氏、智氏、中行氏、韩氏、魏氏）内部的争夺很剧烈，顾不得再到外面去跟楚国相争。这样，赵武就答应了楚国的要求。

卫国的石恶和各国的大夫订了盟约，正要回去，听说卫献公把宁喜杀了。石恶是宁喜的一党，不能再回去，只好跟着赵武上晋国去了。

郑国的大夫良霄回到了郑国，简直不把郑简公放在眼里。不久就碰上国内别的公子为了争权夺利互相残杀，良霄也死在内乱之中。公元前 543 年（周灵王的儿子周景王二年），郑简公请子产（子产，也叫公孙侨）为大夫。子产是一位比较开明的政治家。在他执政以前，人们早就佩服他了。公元前 563 年（就是晋悼公灭偪阳那一年），郑国有一批奴隶起来暴动，杀了几个有势力的大夫，要求那时候执掌郑国政权的子孔烧毁丹书。子孔还想用暴力镇压，要把闹事的人全杀了。子产拦住他，说：“万万使不得！您不如依了众人把丹书烧了吧。”子孔说：“要是众人反对就听了他们，那不是由众人执政吗？国家还治得了吗？”子产说：“众怒难犯。在这个紧要关头，您要是一个劲儿地独断专行，实在太危险了。我说不如烧了丹书，安定人心要紧！”子孔害怕起来，就听了子产的劝告，在仓门外把丹书烧了。一场暴动，就这么平定下去，不少奴隶得到了释放。人们都说这是子产精明能干的地方。现在子产掌握着郑国的大权。执政才三年，郑国人唱着歌，说：“我有子弟，子产教育他们；我有田地，子产教导我们耕种。要是子产死了，谁还能接替他呢？”子产提倡文教，各地设立了乡校。乡校里的人们有时候议论国家大事，批评朝廷。有人劝子产封闭这些乡校。子产说：“人们能够议论、批评，这不是很好吗？他们喜欢的好事情，我们应当多做些；他们讨厌的坏事情，我们应当改正。他们是我的老师，为什么要阻止他们呢？”

公元前 542 年，子产跟着郑简公上晋国去朝贡。晋平公不见他们，也没派大臣去招待，就让他们上诸侯的使馆去住。这明明是不把郑国放在眼里。子产认为晋国太没有道理了。他吩咐随从人员拆毁使馆的外墙，把车马搁在里面。这也明明是反抗晋国的行动。范匄责备子产不该拆毁使馆。子产对他说：“郑是个小国，夹在大国当中，纳税、进贡都听从大国的吩咐，不敢过着安静的日子。这回我们准备了税赋、财物，亲自送到贵国来。你们没有时间，我们不得相见，没法上交这几车东西，又不敢把这些东西暴露在外面。诸侯使馆的门又这么小，外面盗贼公行，不把外墙拆了，把贡物挪进来，怎么能好好地保藏起来呢？请您吩咐我们该怎么办！”范匄回去一报告，赵武说：“没说的，向他们赔不是吧。”晋平公这才很有礼貌地接待了郑简公和子产。

中原诸侯和各国大夫对晋国本来已经不大尊重了。在息兵会议上，赵武害怕楚国，胆儿这么小，只求暂时太平，不愿主持公道，各国大夫的胆子就更大起来了。比方说，齐国崔杼和庆封杀了齐庄公，当初还怕晋国去责问。哪儿知道他们一送礼物，就没有事了。他们越发强横起来，弄得齐景公一点实权也没有。一切事情全由崔杼和庆封做主。谁知道崔杼和庆封虽然是同党，可不是同心合意的。他们为了扩张自己的势力，也是面和心不和的。因此，给齐庄公的几个手下人得了个报仇的机会，闹得齐国天翻地覆，不得安宁。

“好朋友”和“心腹人”

那个要给齐庄公报仇的人叫卢蒲癸，他是齐庄公最亲信的人。齐庄公给崔杼害死的时候，晏平仲把国家和国君区别开来看，可是那时候别的人不那么想。他们以为忠于主人就是好人，至于主人怎么样，那可不管。因此，齐国有几个臣下为了忠于国君，自杀了，也有跑到别的国去躲起来的。那时候，齐庄公的手下人王何对卢蒲癸说：“主公向来待咱们不错，现在他给人害了，咱们应当一块儿死，才算是报答主公待咱们的一份情义。”卢蒲癸说：“死有什么用？你要是诚心报答主公的情义，就应当活着。我说眼前咱们不如暂且逃到别的国去，将来一有机会，再替主公报仇。”他们两个人当时起了誓，各自走了。王何跑到莒国，卢蒲癸跑到晋国。卢蒲癸是个胆大心细的人，他临走的时候，跟他的兄弟卢蒲嫳（piè）说：“我走了之后，你得想法子去接近庆封，要一个劲儿地奉承他，胆要大，心要细。等到他信任了你，你再推荐我，叫我能够回来。那时候，咱们都做了咱们仇人的‘心腹人’，自然有法子替主公报仇了。”卢蒲嫳就照着他哥哥的话去办，果然当上了庆封的家臣。

崔杼杀了齐庄公之后，把齐国的大权全拿在自己手里。庆封心里非常气愤。可是他耐住性儿，故意装作跟崔杼十分投缘的样子。他还怕崔杼不放心，就天天饮酒作乐，打猎玩儿，显出他对于朝廷上的事没有多大的兴趣。崔杼见他没有争权夺利的心思，就把他当作好朋友看待了。

庆封的行动瞒得了崔杼，可瞒不了庆封的家臣卢蒲嫳。有一天，卢蒲嫳对庆封说："先君是崔杼杀的，您倒跟他一块儿顶了这个罪名。既然一块儿顶着罪名，为什么齐国的大权由他一个人拿呢？您虽然宽宏大量，并不介意，可是全国的人，尤其是我们当家臣的，哪儿受得了哇！如今崔家内部闹了意见，弟兄们分成了两派。咱们不如以敌攻敌，借着他们的内讧，去跟他们两派的人都联起来，从中叫他们自相残杀。崔家的败落就是庆家的成功。这点事您是明白的。"庆封挺高兴地说："我只道你是个勇士，想不到你还是个谋士。"他听从了卢蒲嫳的话，更加使劲地奉承着崔杼，背地里又和崔成、崔疆这几个人交上了朋友。

崔成和崔疆是崔杼的儿子。他们的母亲死了以后，崔杼才娶了棠姜。棠姜的兄弟东郭偃和她前夫的儿子棠无咎都当了崔杼的家臣。棠姜又生了个儿子叫崔明。崔杼为了讨棠姜的好，答应她把崔明当继承人。大儿子崔成知道了这件事，就主动地把长子的名分让给小兄弟崔明，自己情愿得到一个崔城（在今山东章丘西北），打算将来老死在那边。崔杼答应了。东郭偃和棠无咎出来反对，说："崔城是崔家的老根，不能给他。"崔杼就又收回了成命。

崔成气哼哼地去告诉他兄弟崔疆。崔疆说："你已经把长子的名分让给了别人，再让一座城，又算什么呢？实在说吧，现在父亲还活着，他们就这么欺负咱们，将来父亲百年之后，你跟我怕是要想当奴隶都当不上了！"崔成说："那怎么办呢？咱们还是找庆封伯伯商量商量吧。"哥儿俩连夜去见庆封求他想个主意。庆封对他们说："也别怪你们父亲。他倒是个好人，不过现在给东郭偃、棠无咎跟你们的后妈弄糊涂了。你们做儿子的受一点委屈，还没有什么。我倒是替你们父亲担心。你们怎么不想个主意把东郭偃和棠无咎去了呢？"哥儿俩说："我们早有这个心。但力量不够，有什么法子呢？"庆封的卫士卢蒲嫳插嘴说："你们没有力量，难道你们的庆封伯伯也没有力量吗？只要你们有志气，敢干，他能不帮你们的忙吗？"崔成、崔疆连忙给庆封跪下，一直不起来。庆封说："好吧，我看在你们父亲的面上，给你们一百名士兵吧。"

崔成、崔疆得到了庆封的帮助，当时就发动起来了。他们把那一百名士兵埋伏在崔家附近的地方。俗话说："明枪容易躲，暗箭最难防！"果然东郭偃和棠无咎上崔家去的时候，给士兵们杀了。崔杼听说前妻的两个儿子造反，把东郭偃和棠无咎的军队也接收过去了，自己一时又没做准备，气得什么似的，连忙叫手下的人预备车马。哪儿知道手下的人早就跑得一干二净。崔杼只好叫书童赶着车，从后门跑出去，一直去找他的“好朋友”庆封，诉说刚才的情形。庆封假装纳闷儿。他说：“竟有这种事？小孩子家居然敢这么无理取闹？要是你打算处治他们，我准帮忙。”崔杼挺感激地说：“求你赶紧替我把这两个奴才去了，我叫小儿子崔明认你做干爹。”庆封显出义不容辞的样子，立刻叫卢蒲嫳带着人马上崔家去。

卢蒲嫳到了崔家，一瞧崔成、崔疆已经把大门关上了。卢蒲嫳对他们说：“崔明拿住了没有？庆大人怕你们这儿人手不够，又叫我带了一队人来。”崔成、崔疆一听“恩人”来了，连忙开了大门把他迎接进去。大门一开，卢蒲嫳带来的士兵就拥进去。那里边的一百名士兵本来都是庆封的人，自然听卢蒲嫳的话。卢蒲嫳大声嚷着说：“我奉了崔相国的命令，来逮两个忤逆不孝的儿子！”崔成、崔疆这才知道他们认贼作父，上了庆封的当。他们还没反抗，早就给卢蒲嫳带来的士兵杀了。卢蒲嫳跑到内房去找崔明，崔明刚巧不在家，逃到别的国去了。他倒把崔明的妈、相国夫人棠姜找着了。她吊在房柁上。卢蒲嫳眼瞧着棠姜已经完了，扭头就走。他提着崔成和崔疆的人头回去报告崔杼。

崔杼一瞧见儿子的脑袋，又气又心痛。他问卢蒲嫳：“太太没吓坏吧？”卢蒲嫳说：“夫人还没下来呢。”崔杼对庆封说：“我还是回去吧。我的书童不会赶车，请借给我一辆车。”卢蒲嫳说：“我送相国回去。”庆封嘱咐他“小心伺候相国”。崔杼向“好朋友”庆封谢了又谢，然后回去。一到家，就瞧见大门敞着，跑到里边一瞧，也不见一个人出来。窗户和门全打碎了，家里的东西也没有了。整个相国府鸦雀无声。崔杼见了那种凄凉光景，不由得掉下眼泪来。跑到内房一瞧，瞧见那位夫人早就悬梁自尽了。崔杼的心像碎了似的。回头叫了声卢蒲嫳，卢蒲嫳早躲在房门外边了。崔杼放声大哭，说：“我把他当作朋友，哪儿知道敌人假装朋友，害到我家败人亡。我还有什么脸面再活着呢！”他就把棠姜摘下来，自己挂了上去。

卢蒲嫳灭了崔家，回去报告了庆封。庆封上朝见了齐景公，说：“崔杼杀害先君，我已经把他治了罪。”齐景公连连点头，说：“是呀，是呀。”打这儿起，齐国的大权就落到庆封手里了。卢蒲嫳更得到了庆封的信任，做了他的“心腹人”。

有一天，卢蒲嫳请求庆封把他哥哥卢蒲癸召回来，庆封自然答应了。卢蒲癸回到齐国拜见了庆封。庆封见他挺有本事，叫他去伺候他儿子庆舍。庆舍是个大力士，一见卢蒲癸力气挺大，非常喜欢。卢蒲癸一心要给齐庄公报仇，低声下气地奉承着庆舍。庆舍非常喜欢，又见他胆大心细，挺有作为，就把他当作了“心腹人”，还把自己的女儿嫁给他。从此，丈人、女婿更加亲热了。

庆舍常常带着卢蒲癸出去打猎。打猎的时候，庆舍直夸奖卢蒲癸的能耐。卢蒲癸说：“我这算得了什么，差得远着呢。我的朋友王何比我可强得多了。”庆舍一听，立刻叫卢蒲癸去把王何请来。王何拜见新主人。他奉承新主人跟卢蒲癸刚来的时候一样。庆舍想到崔杼因为没有心腹的勇士，才遭了人家的暗算，他就格外小心，叫卢蒲癸和王何当了卫士。每回出去的时候，他总叫这两个心腹卫士带着兵器，不离左右。

庆封专权，连公家厨房的经费他都管。齐景公喜欢吃“凤爪汤”，就是拿鸡爪子做的汤。大夫们也都学着他吃起来，当时传遍了全城，凤爪汤就成了顶名贵的吃食了。可是一只鸡只有两只脚，一碗凤爪汤就得十来只鸡。这么一来不要紧，鸡的价钱可就越来越贵了。厨子就要求庆封再加点菜钱。卢蒲嫳故意叫庆封得罪别人。他不等庆封回答，就说：“干吗一定要吃鸡？鸭子不能吃吗？”庆封就叫厨子用鸭子代替。有一天，齐景公请大夫高虿（chài）跟栾灶吃饭。这两位大夫没吃着凤爪汤，心里挺不痛快。出来之后，一个埋怨着说：“庆封掌了权，处处刻薄，连公家的伙食也克扣起来。这明明是慢待大臣。”一个说：“咱们并不是一定要吃鸡，可是照他这么目中无人下去，今天不给鸡吃，明天就可能不给鸭子吃，后天那就连饭都不给吃了。再下去，也许不准咱们上朝了。这可不能不防备。”他们这么发牢骚，早叫庆封的人听见了，庆封对卢蒲嫳说：“高家跟栾家对我这么不满意，怎么办？”卢蒲嫳说：“怕什么？要是他们再敢多嘴多舌地反对相国，就把他们杀了。也给反对的人一个下马威。”庆封依了卢蒲嫳的话，不把他们放在心里。

卢蒲嫳把这件事告诉他哥哥卢蒲癸，卢蒲癸又去和王何商量。王何说：“高家和栾家既然跟庆封闹意见，咱们就可以借着这个机会去对付庆家了。”他们商量好了，当夜就去见高虿，对他说：“我们得着了一个秘密的消息，不能不告诉您老人家。相国打算攻击您跟栾家，你们可得防备着点。”高虿怒火上升，说：“哼！他不想想自个儿做的好事。他跟崔杼杀了先君，现在崔杼已经办了罪，他倒逍遥自在，还要找到我们头上来。我们应当替先君报仇，也把他办罪，才是齐国的忠臣。”卢蒲癸说：“大夫能够主持正义，惩办乱臣贼子，我们情愿追随左右。事情办成了，是您老人家的功劳，万一办不成，至多我们哥儿俩送两条命，绝不连累您。”高虿挺高兴，直夸奖他们忠义。他就又去和栾灶暗中商量，准备动手。

公元前 545 年的秋天，庆封带着一批人马上东莱去打猎，把他儿子庆舍留在朝里。卢蒲嫳说是病了，没跟去。过了两天，正是国君上太庙去祭祀的日子。齐景公带着晏平仲和别的大臣上太庙里去。庆舍代替他父亲管理祭祀的事。太庙外头有庆家的士兵把守着，庆舍的身边有他“心腹人”卢蒲癸和王何保护着，一刻不离左右。卢蒲嫳把高家、栾家、陈家、鲍家的家丁埋伏在太庙左右。他们又在附近搭了一座台，锣鼓敲得震天价响。庆家的士兵在庙外没有什么事，就仨一群、俩一伙地去看热闹。庆舍正在祭祀的时候，高虿叫手下人在庙门上敲了三下，外边埋伏着的家丁就像发大水似的涌进来。庆舍吓了一跳，正想叫王何去抵御，卢蒲癸已经从背后用刀扎过去，扎透了庆舍的胸部。王何拿长矛扎伤了他的左肩膀。庆舍眼睁睁地瞧着这两个亲信的卫士，说：“你们！原来是你们！”说着他就拿起一把酒壶冲王何打去，把王何的脑袋打碎了。庆舍受了重伤，右手抱住太庙的柱子，一使劲，整个屋子都震得摇晃了。他大叫一声，断了气。齐景公吓得魂儿都出了窍。晏平仲小声地安慰他，说：“这是大臣们给先君报仇，除灭庆家。主公放心。”齐景公这才擦了擦脑门儿上的冷汗，脱去祭祀的礼服，上了车，急急忙忙地回宫去。

卢蒲癸一面带了四家的家丁去抄庆家，一面嘱咐大伙儿看住城门，不让庆封回来。庆封得着了这个信儿，立刻带着打猎的士兵回来攻城。可是士兵们都知道力量不够，慢慢地全跑了。庆封没有法子，只好逃到别国去。

卢蒲癸和卢蒲嫳哥儿俩把崔家和庆家都灭了，替齐庄公报了仇，就跑到北燕隐居起来。

庆封逃到鲁国，又从鲁国跑到吴国。没想到给楚王抓了去。他要以诸侯盟主的身份把庆封治罪。

细腰宫

那个拿住庆封的是楚灵王。他是楚共王的儿子，楚康王的兄弟。他原来叫公子围。楚康王死了以后，他儿子熊员（yún）即位为楚王，拜他的叔父公子围为令尹，兼管军事。令尹公子围趁着楚王熊员病着的时候，假意去看望，拿带子套在熊员的脖子上把他勒死，又把熊员的儿子杀了。熊员的兄弟子干和子皙逃到晋国去避难，公子围自己当了楚王，就是楚灵王。楚灵王不愿意和晋国站在平等的地位，他要独自当诸侯的领袖。

公元前538年他发起开一个大会，叫列国的诸侯都上楚国的申城去（申，古国名，被楚所灭，在今河南南阳一带）。这是春秋时代头一回由楚国召集的大会。这时候，赵武已经死了，晋国的力量越来越差劲儿，只好让楚国去指挥诸侯。楚灵王对老大臣伍举说："先头齐桓公会合诸侯来打楚国，他当了霸主。如今我当上了霸主，应当先去打哪一国呢？"伍举说："齐国的崔杼跟庆封杀了国君，崔杼已经除灭了，庆封还在吴国躲着。吴国不但没把他治罪，反倒把朱方（在今江苏丹阳一带）封给他。这明明是鼓励乱臣贼子。再说吴国三番两次地在咱们的边疆上捣乱，也应当去征伐一下。咱们不如拿惩办庆封的名目率领诸侯去攻打吴国，这不是一举两得吗？"楚灵王就叫大夫屈申率领着蔡国、陈国、许国、顿国（在今河南项城一带）、胡国、沈国的兵马去征伐吴国。吴王把接近楚国的朱方封给庆封，原来是叫他注意着楚国的动静。也是庆封一时大意，直到楚国兵马围住了朱方，他才知道。到了那时候，吴王也知道了，当即准备开仗。屈申拿住庆封，他知道吴国已经有了准备，不敢再往里打，就带着庆封回去了。

楚灵王要在各国诸侯面前宣布庆封的罪名来显显自己的威风。伍举拦着说："自己没有过错，才能说人家的过错。大王当面指责他，也许会叫他讥笑。"楚灵王说："他还敢吗？"他就叫人把庆封绑上来，逼着他承认自己的过错，叫他说："各国大夫听着！你们可别学我庆封这样儿。我杀了国君，还自鸣得意地当了相国！"庆封就大声嚷着说："各国大夫听着！你们别学楚公子围的样子，他杀了国君，自立为王，还自鸣得意地想当霸主！"在场的人没有一个不暗笑的。楚灵王又羞又恼，叫人立刻把庆封杀了。

转过年，到了公元前 537 年（周景王八年），吴国的国君夷昧为了楚灵王打到朱方来拿庆封，就发兵去打楚国，还夺了三座城。楚灵王立刻召集蔡、陈、许、顿、沈、徐（在今江苏泗洪一带）这几国一块儿去打吴国。吴国的一个邻国叫越国（在今浙江杭州一带），国君允常为了吴国从前侵略过他的边界，也派了士兵帮助楚灵王。楚灵王带着大军进攻吴国。吴国早就有了准备，居然把楚国的大军打败。楚灵王丢了脸，垂头丧气地回去。

第二年，楚灵王又派大将去攻打吴国，没想到又打了个败仗。就在这一年（公元前 536 年），郑国的子产用金属铸了一个很大的宝鼎，他把郑国的刑法一条一条地铸在鼎上，这个鼎就叫"刑鼎"。刑鼎一铸成，不但郑国的贵族和守旧派都反对，就是在列国当中也有不少人批评子产。他们认为刑法一经公布，老百姓心里有了底，就用不着再怕贵族和长官了。老百姓只看刑鼎上的条文，不看贵族和长官的脸色，这就是不分上下尊卑，那还能治理老百姓吗？子产可坚持着说："我为的是救世！"原来郑国注重商业，可是贵族一向随自己的心意，利用刑罚压迫商人和新兴的土地所有者。这对于郑国是很不利的。子产公布了法律，使贵族不能为所欲为地欺压商人和地主，他们把刑鼎看作是保障他们利益的"铁券"，因此，更加向着子产了。

郑国铸刑鼎的消息传到楚国，楚灵王就知道要铸这么一个大鼎，需要大量的金属，还得使用一些极大的鼓风的玩意儿。这是个非常巨大的工程。他要在各国诸侯面前夸耀楚国比别的诸侯国强，非干些比铸刑鼎更伟大的工程不可。他就大兴土木，盖成一座顶大的王宫，叫章华宫。这座宫殿大得好像一座城。中间砌了一个高台。这座高台叫章华台，又叫三休台，意思就是说，这么高的台，从头一层走到台顶上，一口气走不了，得要休息三回，所以叫三休台。三休台的旁边，又盖了好些房子、亭子，种上花草树木。这个宏大精美的王宫完工之后，楚灵王打发使臣上各国去报信，请他们来参加新宫落成典礼。

章华宫还有个名字，叫细腰宫。为什么叫细腰宫呢？原来楚灵王以为人的美不美全在腰身。在他看来，腰越细，越好看。他就挑选了一批腰身顶细的美人儿住在宫里。因此，这座宫叫细腰宫。宫里的美人儿自然是一个个身材苗条，细得够标准的了。她们为了要讨楚灵王的喜欢，恨不能把腰勒得像马蜂似的。大伙儿除了勒腰之外，还得挨饿，少吃饭。这种风气就好像传染病似的传出去，不光太太、小姐们喜爱蜂腰，连朝廷中的大臣们也都用带子把腰身勒细了，才去上朝。楚灵王见了，高兴得不得了。

楚灵王的章华宫居然叫晋平公眼红了。他对大臣们说："蛮族楚国拿富丽堂皇的宫殿来号召诸侯，难道我堂堂晋国反倒落在蛮族后头吗？"大夫里头有人反对，说："诸侯的盟主应该拿德行来号召诸侯，不应该拿宫殿去向各国夸耀。别人大兴土木，劳民伤财，正是他不好的地方，咱们怎么还去学他呢？"这种不对胃口的话，晋平公哪儿听得进去。他还是大兴土木，盖起宫殿来，还要比三休台、细腰宫盖得更好看，更精致，那才显得出晋国比楚国强。

为了国君个人的享乐，盖一座巨大精致的宫殿，浪费财物且不说，还不知道得要逼死多少人，荒废多少田地。因此，大兴土木的事多半都是暴君干的。晋平公为了盖宫殿，害得人民怨天怨地，背后免不了有人说话。

有一天，天还不怎么亮的时候，有几个老百姓坐在石头上正在议论朝廷，可巧有一个官员打这儿经过，他们就躲在石头后头，一声不言语，让那个官员过去，然后再说。那个官员只听见说话的声音，可没瞧见说话的人。他以为是石头说话了，就跑去报告晋平公，晋平公纳闷儿起来，问那时候顶有名的音乐家师旷，说："石头能说话吗？"师旷有心要规劝国君，他说："主公大兴土木，劳民伤财，弄得人民叫苦连天。可是他们又不敢随便说话，这股怨气没法发泄。这没法发泄的怨气附在石头上面，石头就说起话来了。"晋平公知道失了民心，打这儿起就闷闷不乐。

晋国的宫殿完工的时候，各国诸侯也都去庆贺，弄得楚灵王一肚子的不高兴。他对大夫伍举说：“我盖宫殿，晋国也盖宫殿，且盖得比咱们的还好。这不是成心跟我怄气吗？再说，咱们新宫落成的时候，庆贺的人少，晋国新宫落成，庆贺的人多。这不是叫咱们难堪吗？我想不如发兵打到中原去，也许能够把楚国的威望争回来。”伍举回答说：“光是进攻中原不能叫人佩服。要打仗一定得征伐一个有罪的国家，才有名目。”楚灵王说：“哪个国家有罪呢？”伍举说：“蔡国的公子杀了君父，已经九年了。不能不去征伐。再说，蔡国在楚国的旁边，要是这回出兵能够把蔡国的土地拿过来，这对楚国更有好处。”楚灵王就决定发兵去打蔡国。

古籍链接

既成章华之宫，选美人腰细者居之，以此又名曰细腰宫。宫人求媚于王，减食忍饿，以求腰细，甚有饿死而不悔者；国人化之，皆以腰粗为丑，不敢饱食；虽百官入朝，皆用软带紧束其腰，以免王之憎恶。灵王恋细腰之宫，日夕酣饮其中，管弦之声，昼夜不绝。

——《东周列国志·第六十八回》

卖国求荣

楚灵王正打算借个惩办乱臣贼子的名目去侵略蔡国，没想到陈国的使臣到了。他向楚灵王报告，说："先君得病死了，公子留即位，特意打发我上贵国来报丧。"楚灵王一听，眼睛瞧着伍举，好像叫他出个主意似的。伍举觉得这件事不对头。他想："公子留是陈侯的第二个儿子，还是姨太太生的。要是他当了国君，那么大儿子偃师哪儿去了呢？"他正疑惑着的时候，陈侯的第三个儿子公子胜和偃师的儿子公孙吴都跑到楚灵王面前，趴在地下直哭。公子胜抽抽噎噎地说："哥哥偃师给司徒招和公子过害死了，害得君父上吊。我们没有办法，只好逃出来，求大王做主。"

原来陈哀公（陈成公的儿子，陈灵公的孙子）有三个儿子：一个叫偃师，年龄最长，是正夫人生的，早已立为太子；一个叫公子留，是妃子生的；一个叫公子胜，是另一个妃子生的。陈哀公爱着妃子，一心想把偃师废了，预备把君位传给公子留。可是偃师并没做错什么事，不能无缘无故地把他废了。陈哀公叫大臣司徒招和公子过做公子留的师傅，对他们说："你们好好地辅助公子留，别对不起我这一片心。"他们就知道陈哀公成心要把君位传给公子留。他们就拉拢私党，准备将来立公子留为国君。

后来陈哀公得了病，老是起不来。太子偃师倒是个孝子，一天三趟去瞧他父亲，简直成了日常功课了。司徒招见了，对公子过说："主公病了这么多日子，趁他还没死，先把偃师杀了，事情可就好办得多了。”公子过也同意。他们就叫刺客趁着偃师进来的时候，把他刺死。宫里立刻乱起来了。待了一会儿，司徒招和公子过假装不知道，大惊小怪地一边叫人搜寻刺客，一边宣布说：“太子已经死了，主公又病得那么厉害，应当先把公子留立为国君，以安民心。”陈哀公听了这个消息，非常生气。他怪司徒招和公子过不该把偃师刺死，更不应该自作主张，把他当作死了似的就立公子留为国君。可是大权在他们手里，有什么法子呢？他又是生气，又是后悔，就上吊自杀了。公子胜和公孙吴眼见这班人刺死太子，逼死国君，怕遭到毒手，都跑到楚国来了。

楚灵王听完了公子胜和公孙吴两人的报告，就骂那个使臣不该来骗他。陈国的使臣自己知道一张嘴敌不过两个人，只好闭口无言地站在那儿。楚灵王吩咐武士把那个使臣杀了。伍举说：“大王已经杀了乱臣贼子的使臣，就应当去征伐司徒招跟公子过。这是名正言顺的，谁敢不服。平定了陈国，然后再去征伐蔡国。先君庄王的霸业也不过如此。”楚灵王想做楚庄王第二，就发兵跟着公子胜和公孙吴去惩办陈国的乱臣。

公子留一听说楚灵王杀了他的使臣，已经坐立不安了，又听说发兵来打他，吓得他扔了君位跑到别国去了。公子过见新君跑了，就对司徒招说：“怎么办呢？咱们也跑吧？”司徒招说：“怕什么？等楚国大军来了，我自然有法子叫他们退回去的。”待了几天，楚国兵马到了。陈国的老百姓都替偃师抱不平。现在听说偃师的儿子公孙吴向楚国借了兵马来处治乱党，谁也不起来反对。

司徒招已经有了准备。公子过可急坏了，跑去问司徒招，说：“你说有办法叫他们退去。办法在哪儿呢？”司徒招说：“要想楚国兵马退去，并不难，不过我先得跟你借一样东西。”公子过说：“什么东西？”司徒招说：“借你的脑袋使一使！”公子过吓了一跳，刚要跑，已经给司徒招左右的人杀了。

这个杀害同党的司徒招拿着公子过的脑袋，亲身去见楚灵王，拿膝盖走路，跪到楚灵王跟前，像兔儿爷（指玉兔，也是北京传统手工艺品的名字）捣碓（duì）似的磕着头，说：“这回刺死太子偃师，立公子留做国君，一切全是公子过干的勾当。我已经把他杀了，请大王饶了我这条狗命吧！”楚灵王看他这么低声下气的，心里倒也喜欢。司徒招又往前跪上一步，低声地说："当初贵国庄王惩办了夏征舒，灭了敝国，把敝国改为贵国的一个县。后来庄王听了别人的话又把敝国恢复过来，这实在是件可惜的事！现在敝国的国君死了，太子也死了，公子留跑了，敝国已经没有国君了。大王不如把敝国仍旧改为贵国的一个县。这不光对贵国有好处，对敝国也有好处。您瞧好不好？"楚灵王说："难得你说出这样儿的话来。这样吧，你先回去给我收拾宫室。"司徒招听了，一块大石头落了地，又磕了个头，欢欢喜喜地回去了。

这个大卖国贼挺得意地吩咐手下的人打扫宫室。他一边指使着大伙儿，一边想："陈国虽然断送在我手里，我可是第一个当了楚国的大臣。俗话说，'识时务者为俊杰'，那些后来投降的人，当然全在我的手下了。我有这么大的功劳，楚王准得重用我，也许叫我当个县公。我一当上县公，不是等于当了陈国的君主了吗？再说我是为了求太平才这么干的。我要是不投降，我们不知道要受多少苦呢？凡是有见识的人绝不会骂我是个奸贼。就算做了奸贼，只要于心无愧就是了。当大人物的本来就得任劳任怨。"他越想越有理，越觉得自己是个明智的人物。

第二天，他一清早起来，亲身把宫室预备好了，然后催着陈国的大臣去迎接楚灵王。楚灵王到了陈国的朝堂上，所有怕死的大小官员都来拜见。他叫司徒招上来。司徒招得意扬扬地跪下，准备受封领赏。楚灵王对他说："你的功劳可真不小！"司徒招挺谦虚地说："哪儿，哪儿！"楚灵王接着说："我本来想封你来着，可是大伙儿都抱不平，怎么办呢？这样吧，我就答应你昨天的要求，饶你一条狗命，让你到东海去吧！"司徒招好像迎头挨了一棍子，当时天昏地暗，哆嗦着说不出话来。楚灵王派几个士兵把他押走。

公子胜和公孙吴拜谢了楚灵王的"恩德"。楚灵王对他们说："司徒招和公子过虽然都消灭了，可是他们手下的人挺多。他们准得恨你们，向你们报仇。你们还是跟着我上楚国去吧。"这两位想借敌国的兵马来救本国的糊涂虫自己也当了俘虏。陈国就这么给楚国吞并，变成了楚国的一个县。陈国人眼睁睁地瞧着亡了国，只有连声叫苦。

七十卫士

楚灵王本来打算借着蔡国的公子般害死他父亲的罪名去侵略蔡国的，没想到陈国起了内乱，就趁机先把陈国并吞了。因此，反倒把征伐公子般的事搁下了。他灭了陈国之后，休息了一年，又勾起了旧事。他写了一封信，打发使臣带了礼物去请公子般上楚国来。

楚国的使臣到了蔡国，把信呈上去，还说了好些个楚王怎么羡慕蔡侯的话。蔡国的大夫公孙归生对蔡侯般说："楚国不讲信义，想把小国都吞并了。去年陈国的公子胜、公孙吴、司徒招，全都上了楚国的当，弄得国破家亡，后悔已经晚了。这回他请主公去，准是没安好心。还是不去为妙。"蔡侯般说："蔡国的土地、人口，比不上楚国的一个县，咱们哪儿能拗得过他呢？万一他火儿了，随时都能把蔡国灭了。我还是去一趟吧。"公孙归生说："万一出了什么事情，那可怎么办？我瞧要是临时手忙脚乱，不如先把公子有立为国君，暂且代替主公，您瞧好不好？"蔡侯般依了他的办法，嘱咐他好好地辅助公子有，自己带了七十个卫士去见楚灵王。楚灵王挺客气地款待他，请他喝酒。这两位国君说说笑笑，就跟多年的老朋友似的。蔡侯般反倒觉得错怪了楚灵王的好意，有点过意不去。这么一想，心里就安定下来了。他见另外有好些个楚国人款待着他带来的七十个随从人员，就更加感激楚王的厚意了。

哪儿知道楚灵王是只笑面虎。他把蔡侯般灌醉，假装款待那七十个人，把他们全缴了械。楚灵王一见蔡侯的人都缴了械，就把脸往下一沉，吩咐左右把蔡侯绑上。这一下子可把蔡侯吓醒了。他嚷着说："我犯了什么罪啦？"楚灵王哈哈大笑，说："你自个儿还不知道吗？好，我说给你听吧！"他就东一句、西一句地骂了一大骡车。

原来公子般的媳妇儿给蔡景公爱上了。公子般知道了这件事，非常气愤。他对自己手下的人说："做父亲的既然不像做父亲的，做儿子的又何必把他当父亲看待呢？"他的手下人向来挺佩服他，都乐意帮他。公子般假装出去打猎，背地里带了几个勇士藏在他媳妇儿的内房里。蔡景公一见儿子打猎去了，又溜到儿媳妇的屋里来。当场就给公子般的勇士们逮住，把他杀了。公子般宣告说，国君是得暴病死的，自己做了国君，就是蔡灵公。俗话说，"若要人不知，除非己莫为"，真凭实据的事是不容易隐瞒的。没有多少日子，蔡国的人全知道了这回事。后来各国诸侯也知道了。可是那时候的霸主晋平公听见了就当没听见一样。楚灵王就借着这个名目，把蔡灵公般杀了。

那跟着蔡侯的七十个卫士一见国君给人杀了，都吵闹起来。楚灵王对他们说："你们放心。我是惩罚乱臣贼子。你们投降，还能够得到好处。要做官的可以做官，要发财的可以发财。要是你们不愿意投降，我就放你们回去。"楚灵王以为他们已经没有兵器，准得都投降；万一不干的话，就放他们回去。这总能够叫他们满意的了。哪儿知道蔡侯待人特别讲义气，那些跟来的七十个人情愿跟蔡侯一块儿死。其中有个随从，叫蔡略的，他听了楚灵王的话，就嚷着说："你自己勒死楚王，篡夺王位。你就是乱臣贼子，还厚着脸来责备别人哪！再说先君自己失了君父的身份，才弄得身败名裂，蔡国的人全都知道。怎么能怪我们的主公呢？你把我们骗了来，谋害了邻国的诸侯。这种行为真是卑鄙无耻！"

楚灵王听了，脸上一发光，又笑起来了。这一笑就好像狂风暴雨里头的闪电一样，显出阴险、毒辣、可怕。他说："你这么嚷有什么用呢？我好心好意地给你们开了一条活路，你们还不领我的情吗？要是我动了火儿，把你们一个个都砍了，你们可别后悔呀！"他们嚷着说："我们宁可跟国君一块儿死，谁也不要你这点假情假义！"笑面虎把脸一沉，哇呀呀地一嚷，对武士们说："砍了他们完事！"蔡略冷笑一声，说："完事？没有这么便宜的！你杀了我们，我们还有儿子呢！你就是杀了我们的儿子，我们还有孙子呢！这笔血债必须你自己去还！”楚灵王气得没有话说，就把那七十个勇士一齐都杀了。然后派他的兄弟公子弃疾统领大军去攻打蔡国。

楚国的大军到了蔡国，四面围攻。蔡国的公子有和公孙归生得到了消息，早就召集民众，把守着城。一时楚国倒也打不进去。可是楚国人连黑天带白日地打，一点不放松。公孙归生对公子有说：“这么下去，蔡国早晚要给他们攻下来的，还是打发人上晋国去请求救兵吧。”公子有也觉得这是唯一的希望了。他就听了公孙归生的话，派人上晋国去。

有个叫蔡洧（wěi）的年轻人，他就是给楚灵王杀了的蔡略的儿子。他要替他爸爸、替他国家报仇，就自告奋勇地当个使者上晋国去。那时候，晋平公死了。他的儿子即位，就是晋昭公。蔡洧见了晋昭公，呈上国书，把蔡侯跟七十个卫士的死难和蔡国被围的情形，哭诉了一遍。晋昭公召集大臣们商量办法。大夫荀吴（荀偃的儿子，荀林父的孙子）说：“晋国向来是中原诸侯的霸主，也就是中原的堡垒。上回不去营救陈国，已经失了本分，这回要是再不去营救蔡国，还能算是霸主吗？”晋昭公一听这话挺有道理，就派大夫韩起（韩厥的儿子）去会合诸侯，一同出兵。

公元前 531 年（周景王十四年），韩起召集了宋、齐、鲁、卫、郑、曹各国的大夫，跟他们说了蔡国被围，大伙儿应当去抵抗楚国的话。各国的大夫听了，一个个伸舌头，摇脑袋，没有一个敢开口的。韩起一瞧这个情形，弄了一肚子气。他说：“诸位这么害怕楚国，难道说就任凭‘蛮子王’这样并吞小国吗？陈国已经给他灭了，要是再让他把蔡国灭了，然后再来侵略你们的国家，怎么办呢？这回你们不去帮助蔡国，将来你们自个儿遭殃，别人谁也不来救你们，你们可别怪晋国不管哪！”大家听了这话，大眼瞪小眼都跟哑巴似的一声不言语。韩起气得什么似的，就数落着宋国的大夫华亥，说：“当初息兵会议是贵国发起的。那时候，大伙儿订了盟约，说好了谁要破坏盟约，先出兵的，各国就一齐去征伐他。现在楚国破坏了盟约，侵略陈国和蔡国，你们在一边袖手旁观，连句话都不说。这就说明不光是楚国违反了盟约，宋国也是成心帮凶！”

华亥吞吞吐吐地说：“敝国哪儿敢帮凶。蛮族不顾信义，敝国可有什么法子呢？再说，自从息兵会议之后，各国诸侯就知道遵守盟约，不再出兵，武备方面早就荒废了。有的国家连兵马都不操练了。现在要叫他们去打强横的楚国，这怎么行呢？我想咱们也不提盟约，咱们大家联名写一封信给楚王，请他宽恕蔡国，别再攻打，他也许会答应的。”各国大夫听了华亥的话，好像锦鸡啄米似的连连点头。韩起眼瞧着叫他们发兵的希望是完了，只好依照华亥的主张，写了一封信，打发使臣去见楚王。蔡洧只好哭着回去。

楚灵王见了列国派去的使臣，看了那封信，挺坚决地说：“陈国和蔡国本来是我的属国，跟你们北方的国家不相干。请你们别多管闲事。”他打发那个使臣回去，叫公子弃疾加紧攻打蔡国。

古籍链接

却说蔡世子有，自其父发驾之后，旦晚使谍者探听。忽报蔡侯被杀，楚兵不日临蔡，世子有即时纠集兵众，授兵登埤。楚兵至，围之数重，公孙归生曰：“蔡虽久附于楚，然晋、楚合成，归生实与载书，不若遣人求救于晋，倘惠顾前盟，或者肯来相援。”世子有从其计，募国人能使晋者。

蔡洧之父蔡略，从蔡侯于申，在被杀七十人之中，洧欲报父仇，应募而出，领了国书，乘夜縋城北走，直达晋国，来见晋昭公，哭诉其事，昭公集群臣问之，荀虒奏曰：“晋为盟主，诸侯依赖以为安，既不救陈，又不救蔡，盟主之业堕矣。”

昭公曰：“楚虔暴横，吾兵力不逮，奈何？”韩起对曰：“虽知不逮，可坐视乎？何不合诸侯以谋之？”昭公乃命韩起约诸国会于厥慭，宋、齐、鲁、卫、郑、曹各遣大夫至会所听命。

韩起言及救蔡之事，各国大夫人人伸舌，个个摇首，没一个肯担当主张的，韩起曰：“诸君畏楚如此，将听其蚕食乎？倘楚兵由陈、蔡渐及诸国，寡君亦不敢与闻矣。”众人面面相觑，莫有应者。

——《东周列国志 · 第六十九回》

恢复家邦

公孙归生和公子有不见蔡洧回来，也不见救兵来到，急得像热锅上的蚂蚁似的。后来他们得到了一个消息，说蔡洧回国的时候，给楚国拿去，已经押在公子弃疾的兵营里了。公孙归生对公子有说："咱们不能坐在这儿等死。不如我亲自上楚国兵营去见公子弃疾，也许能劝他撤兵。这是无可奈何的一个指望了。"公子有说："现在城里的事情全靠你一个人调度，你一走，怎么办呢？"公孙归生就叫他自己的儿子朝吴去。公子有和公孙归生含着眼泪打发朝吴去见公子弃疾。他们担着心，就好像叫绵羊去见狼似的。

朝吴见了公子弃疾，对他说："您来攻打敝国，敝国一定得灭了。可是敝国到底犯了什么罪？就算是先君做错了事，他已经给楚王治死了。他的儿子有什么罪呢？敝国的老百姓又有什么罪呢？请您细细想一想，发点善心吧！"公子弃疾说："我倒能够体谅你们，可是我是受了大王的命令来攻打贵国的。要是我不听从他的命令，我自个儿先有了罪。这一点你总该明白吧！"朝吴说："是呀。不过我还有一件要紧的事禀告您，不知道能不能在这儿说？"公子弃疾说："左右都是我的心腹，你有话放胆说吧。"朝吴说："楚王篡夺君位，您是知道的。贵国的大臣哪一个不是敢怒而不敢言？他又大兴土木，失了民心，欺负小国，跟诸侯结下了怨仇。您也应当想想，他本来是您的仇人！再说，当初楚共王本来要立您当太子，楚国人哪一个不知道？现在他们恨不能让您当国君。您怎么反倒给仇人奔走出力呢？”公子弃疾听到这儿，起先不说话，向朝吴笑不唧儿地一看，忽然把脸往下一沉，骂着说：“你来干什么？你这么胡说八道，该当何罪？我本当把你杀了。现在暂且放你回去，快点叫蔡国投降，免得全国的人遭殃。”说着，又看了朝吴一眼，吩咐左右把他轰出去。朝吴向公子弃疾点头行礼，就出来了。

蔡国从公元前530年四月被围，一直到十一月，实在不能再支持了。公孙归生得病死了。城里的人饿死了不少。守城的人也都是心有余而力不足。末了给楚国攻破城墙。公子弃疾进了城，安抚百姓，把公子有和蔡洧装上囚车，送到楚灵王跟前去献功，单单把公孙归生的儿子朝吴留在身边。楚灵王把蔡国改为一个县，封公子弃疾为蔡公。

楚灵王杀了公子有，拿他去祭祀鬼神。蔡洧一见公子有被杀，整整哭了三天。楚灵王倒挺佩服他，就收在自己手下。从此，蔡国的朝吴伺候着蔡公弃疾，蔡洧伺候着楚灵王。这两个亡国大夫忍辱偷生地投降了敌人。

楚灵王把陈国和蔡国灭了之后，又把许、胡、沈、道、房、申六个小国的老百姓遣送到荆山（在今湖北南漳一带）一带去开荒。这一帮给楚灵王轰出去的“移民”没有一个不怨天怨地地痛恨楚国的。楚灵王反倒觉得挺得意。他要把诸侯灭完了，再去废天王。他就嘱咐伍举和蔡洧辅助太子，管理国事，派司马督率领着三百辆兵车去攻打徐国。自己统领着大军，在乾谿（在今安徽亳州一带）驻扎下来作为接应。

那年（公元前530年）冬天，天气非常冷，几乎是天天下雪。徐国的人民又挺顽强地把守着城，司马督不能把城打下来。楚灵王就在乾谿过了冬。转过年来，楚灵王一见那边的春天可比郢都好，景致特别好，就叫人在乾谿盖起宫殿来，作为行宫。自己住下，打打猎、喝喝酒，不想再回郢都了。

蔡国的大夫公孙归生的儿子朝吴，挺殷勤地伺候着蔡公，没有一天不想着恢复蔡国。朝吴有个心腹叫观从，这时候，他和观从商量着恢复蔡国的事。观从说：“楚王就喜欢打仗，这会儿离着本国挺远，郢都里边没有多大实力，咱们不如帮着蔡公打进去，废了楚王。咱们既然帮助蔡公得了君位，你又是他顶亲信的人，那时候，你劝他，他准能答应。”朝吴说：“可是蔡公不愿意做国君，怎么办？”观从说：“当初昏王篡夺君位，他的兄弟子干、子晳、弃疾他们没有一个心服的。子干和子晳一赌气跑到晋国去了。蔡公弃疾挺机警，又能够屈意听从昏王。他准是另有心思的。咱们不如假传蔡公弃疾的命令，叫子干和子晳到这儿来。就说蔡公保护他们回本国去，他们准得回来。”朝吴就私下里发出了蔡公的命令，把子干和子晳都召回来了。

朝吴先到城外迎接他们，同他们订了盟约，要替先君报仇。会盟之后，他们到了城里，一见蔡公，就抱着他痛哭起来，说：“事情已经到了这步田地，大丈夫做事，应当有个决断。别再扭扭捏捏了。”蔡公说：“别这么心急，你也得让我想一想。”朝吴不由分说，就叫人到外面去喧嚷，说：“楚王无道，灭我蔡国。现在蔡公发兵去征伐昏王，允许我们恢复家邦。你们都是蔡国的老百姓，难道一辈子愿意当亡国奴吗？凡是不愿意当亡国奴的，都应当起来，跟着蔡公去打昏王。”蔡国的人民一听见这话，大伙儿集合起来，拿着长矛、短刀、锄头、铁耙跟着朝吴聚在蔡公的门口。蔡公被逼得没有主意了。朝吴说：“民众都归附您，您应当利用他们。要不然，也许就要出了别的差错。”蔡公说：“你逼着我去骑老虎吗？”朝吴说：“不是逼您去骑老虎，我们是请您乘龙。您赶紧跟两位公子带着蔡国的兵马先往郢都进发，我上陈国去请陈公一块儿发兵来接应，大事准保成功。”蔡公弃疾只好答应了。

朝吴吩咐观从连夜上陈国去见陈公。观从在半路上碰见一位朋友叫夏啮（niè），是夏征舒的玄孙。两个人就谈起天来了。夏啮说：“我在陈公手下做事，时时刻刻想恢复陈国。你们这么进攻楚国，正合我的心意。眼下陈公正病着，大小事儿全叫我拿主意。你用不着去见他，我带着陈国的人马来帮你们就是了。”观从高兴得不得了，立刻回去报告了蔡公。朝吴又打发他心腹带了一封信去见蔡洧，约他作为内应。没有几天工夫，夏啮的兵马到了。他们就一块儿往郢都进发。

蔡洧一见蔡国的兵马到了，立刻开了城门让他们进去，又跟楚国人说：“蔡公已经把楚王杀了，随后大军就快到了，你们快迎接去吧。”楚国的老百姓向来就恨楚灵王，情愿奉公子弃疾为王，谁也不去反抗蔡公的兵马。朝中有几个忠于楚灵王的臣下，也有自杀的，也有逃跑的，楚灵王的两个儿子也给人杀了。随后蔡公弃疾进了王宫，要立子干为王。子干再三推辞。蔡公说：“你是我的兄长，应当继承王位。”子干只得即位，拜子晳为令尹，蔡公为司马。

朝吴私下里对蔡公弃疾说："你怎么把王位让给别人呢？"蔡公说："你知道什么？楚王还在乾谿，这个王位靠得住吗？再说，我这两个哥哥在我上头，要是我越过他们，不是叫别人说闲话吗？"朝吴才明白了他的意思，就提议说："楚王准得来争夺，咱们不如先打发能说会道的人去安抚住楚王那边的将士们，劝他们转到这边来，然后再发兵去攻打，准保能把楚王逮住。"蔡公依了他这个办法，打发观从上乾谿去。观从到了那边，向大众宣扬说："蔡公已经奉子干为王，废了楚王围。新王有命令说，先回到本国去的，有赏；后回去的，削去鼻子；跟着昏王不回去的，全家抄灭；有人敢供给昏王饮食的，就犯死罪。"将士们一听，散了一多半。

古籍链接

朝吴请盟，乃刑牲歃血，誓为先君郏敖报仇。口中说誓，虽则如此，誓书上却把蔡公装首，言欲与子干、子晳共袭逆虔，掘地为坎，用牲加书于上而埋之。

事毕，遂以家众导子干、子晳袭入蔡城。蔡公方朝餐，猝见二公子到，出自意外，大惊，欲起避。朝吴随至，直前执蔡公之袂曰："事已至此，公将何往！"子干、子晳抱蔡公大哭，言："逆虔无道，弑史杀侄，又放逐我等，我二人此来，欲借汝兵力，报兄之仇，事成，当以王位属子。"

弃疾仓皇无计，答曰："且请从容商议。"朝吴曰："二公子馁矣，有餐且共食。"子干、子晳食讫，朝吴使速行，遂宣言于众曰："蔡公实召二公子，同与大事，已盟于郊，遣二公子先行入楚矣。"弃疾止之曰："勿诬我。"朝吴曰："郊外坎牲载书，岂无有见之者。公勿讳，但速速成军，共取富贵，乃为上策。"

——《东周列国志·第七十回》

君王末路

楚灵王正在饮酒作乐的时候，忽然一个臣下叫郑丹的，慌里慌张地跑到他跟前，说："子干做了国王，这儿的人也走了一半了！"楚王一听，急得跟什么似的，一时也想不出法子来。一会儿又有人来报告："新王打发蔡公带领大队人马往乾谿杀过来了。"楚灵王统领着剩下的兵马，往郢都迎上去。将士们跟着楚灵王来侵犯别的国家本来已经不大愿意，现在要他们去打本国人，更不愿意了。楚灵王拔出宝剑，当场砍了几个要跑的小兵。没想到这么一来，逃跑的人更多了。末了，只剩了一百多个士兵。楚灵王一见大势已去，叹了一口气，摘了帽子，把外衣也脱下来，挂在河边上的一棵柳树上，打算单人逃跑。郑丹说："咱们不如混到郢都，去探听探听到底是怎么回事。"楚王叹了口气，说："全国的人都变了，还去探听什么？"郑丹说："那么，暂且先躲到别国去，慢慢地再想法子。"楚灵王说："哪个诸侯不恨我？何必自讨没趣呢？"郑丹知道没有希望，也跟着别人溜了。

楚灵王回头不见郑丹，越发觉得孤零零的。到后来，连一个亲信的人都没有了。腿也酸了，肚子也饿了。他打算到乡村里去找点吃的，可是又不认识道儿。老百姓也有知道他是楚王的，可是他们听见逃出来的士兵说，新王的命令非常严厉，没有一个敢帮助楚灵王。楚灵王一连三天没吃一口东西，饿得眼睛冒金花，肚子里咕噜噜地直叫唤，有气没力地倒在道边上，干巴巴瞪着两只眼睛，巴不得有个熟人打这儿路过，就是救星。忽然楚灵王瞧见一个以前给他看过门的使唤人，从那边走过来。楚灵王就央告他，说："你救救我吧。"那个人只得过去，向他磕头。楚灵王说："我已经饿了三天，求你给我找点吃的，我绝不会忘记你的好处。"那个人说："老百姓都怕新王的命令，我上哪儿去找饭呢？"楚灵王又叹了口气，叫过他来，坐在旁边。楚灵王实在不能支持了，就把脑袋枕在那个人的大腿上歇了一会儿。那个人一见楚灵王睡着了，拿了旁边的一块石头轻轻地换出自己的大腿来，偷偷地走了。赶到楚灵王醒来，不见那个人，摸摸脖子底下枕着的原来是块石头，不由得心里一酸，大哭起来。他想："我真到了末路了。"他越想就越觉得伤心。

待了一会儿，有个以前做过官的人坐着一辆小车过来。听见有人在道边哭，一瞧，原来是楚灵王，就行下礼去，搀着楚灵王上了车，接他到自己家里。

楚灵王平日住的是细腰宫、三休台、乾谿的行宫。现在到了乡村里，只得低着头进了小屋子，越想越凄凉，不由得眼泪又掉下来了。当天晚上，楚灵王衣裳也没脱，只是伤心叹气。到了天快亮的时候，上吊自杀了。

这时候，蔡公、朝吴、夏啮这些个将士，找不到楚灵王，只好拿了他挂在树上的帽子和衣裳回去。蔡公眼珠子一转，又想出一个计策来了。他嘱咐观从带着几百个士兵，假装给楚灵王打败的样儿，慌里慌张地跑到城里，放出谣言，说："蔡公已经给楚王杀了。楚王的大军随后就到城里来了！"有的说："大王已经进了东门。"有的说："大军已经把王宫围上了。"子干和子晳听见这个传言，都慌作一团。忽然瞧见一个将军上气不接下气地跑进来，说："大王气哼哼地杀进宫里来了！"说着，他就像疯了似的跑出去。子干、子晳急得心如刀割，抱头大哭，说："咱们上了朝吴的当了。"他们眼见宫里的人各自逃命，知道自己无路可走，只得鼓着勇气自杀了。这么一来，公子弃疾灭了楚灵王、子干、子晳三个哥哥，自己踏踏实实地登了王位，就是楚平王。

楚平王埋了子干、子晳，大封功臣。大臣们都向楚平王谢恩，只有朝吴、蔡洧、夏啮不但不来谢恩，反倒要辞职回去。楚平王问他们为什么不愿意做官。他们说："我们连命都不顾地帮助了大王，为的是想恢复自己的家邦。如今大王已经得了王位，可是陈国和蔡国并没有恢复，我们还有什么脸面见人呢？要是再待在这儿享富贵，忘了父母之邦，简直不如猪狗了。先头楚王为了并吞陈国和蔡国，失了民心，才弄得一败涂地。大王怎么还要学他那样儿呢？”楚平王说：“你们别心急，我答应你们就是了。”他就打发人去找陈侯和蔡侯的继承人。他们找着了偃师的儿子公孙吴和公子有的儿子公子庐。楚平王叫他们分别回到本国去当国君，就是陈惠公和蔡平公。朝吴、蔡洧、观从跟着蔡平公回到蔡国，夏啮跟着陈惠公回到陈国。楚平王怕自己的地位不稳，有意收买民心，索性叫当初被楚灵王迁送到荆山去的六个小国的老百姓回到本乡本土去。六国的老百姓都欢天喜地回到了自己的家园。

古籍链接

灵王平昔住的是章华之台，崇宫邃室，今日观看申亥农庄之家，筚门蓬户，低头而入，好生凄凉，泪流不止，申亥跪曰：“吾王请宽心，此处幽僻，无行人来往，暂住数日，打听国中事情，再作进退！”灵王悲不能语，申亥又跪进饮食，灵王只是啼哭，全不沾唇，亥乃使其亲生二女侍寝，以悦灵王之意，王衣不解带，一夜悲叹，至五更时分，不闻悲声，二女启门报其父曰：“王已自缢于寝所矣！”

——《东周列国志 · 第七十回》

画影图形

楚平王一见本国的人安居乐业，属国的诸侯都服他，他觉得落得在这个太平盛世快乐快乐。这一来，他可就荒唐起来了。历来荒唐的君主顶喜欢人家去奉承他，因为有了这种人，他想怎么乐就可以怎么乐了。那些奉承他的人更会给他出新鲜花样，叫他称心如意。这时候，楚平王的朝廷里有个顶会拍马的人叫费无忌。他的马屁拍得楚平王特别高兴，可是太子建不喜欢这种人，常常在他父亲跟前数落费无忌。费无忌呢，当然也在楚平王跟前给太子建使坏。两个人就这么成了冤家对头。

有一天，楚平王打发费无忌上秦国去给太子建迎接新娘子孟嬴。费无忌把孟嬴迎接回来，因为她长得十分好看，费无忌就有了一个坏主意。他先跑回来向楚平王报告。君臣俩一商议，楚平王要费无忌想办法把孟嬴送到宫里去。费无忌眯缝着他那俩眼，下巴撅起来，挺得意地说："我早就替大王想了个主意。新娘子的丫头里有一个还长得不错，我已经跟她商量好，叫她冒充孟嬴，嫁给太子，把真的孟嬴留给大王，您瞧好不好？"楚平王一听，眉开眼笑地对费无忌说："真有你的！好好去办吧。"

楚平王偷偷地娶了太子建的媳妇儿，自以为挺秘密的了，外边可吵吵嚷嚷，闲话不少。费无忌怕给太子发觉，对他不利，就请楚平王派太子建上城父（在今安徽亳州一带）去把守边疆。楚平王点了头，又叫伍奢（伍举的儿子）和奋扬去帮助他，对他们说："好好伺候太子。"他们去了之后，楚平王就把孟嬴立为夫人，把原来的夫人，就是太子建的母亲蔡姬送回蔡国去了。

转过年来，孟嬴养了个儿子，就是公子珍。楚平王觉得自己上了岁数，加上孟嬴天天皱着眉头，他就想讨她的喜欢，答应她立公子珍为太子。这么一来，太子建的命就难保了。费无忌是楚平王肚子里的蛔虫，楚平王的心思他哪儿有不知道的道理。他就耸了耸肩膀，对楚平王说："听说太子跟伍奢在城父操练兵马，暗中结交齐国跟晋国。他们这么下去，不光对公子珍不利，怕的是连大王也有点麻烦哪！"楚平王说："这怕还不至于吧。"费无忌说："大王说不至于，想必是不至于的，可是我不愿意住在这儿叫我的脑袋搬家，请您开恩，让我躲到别的国去吧！"楚平王说："办法总是有的。我先把太子废了，好不好？"费无忌说："太子有的是兵马，还有他师傅伍奢帮着他。大王要是把他废了，他准得发兵打来。我想不如先把伍奢叫来，再打发人去弄死太子，这是顶省事的了。"楚平王依了费无忌的话，叫伍奢回来。

伍奢见了楚平王还没开口，楚平王就问他："太子建打算造反，你知道吗？"伍奢一听这话，先生了气。他说："大王夺了他的媳妇儿，已经不对了。怎么又听了小人的坏话，胡猜疑起来了呢？一个人总得有个天良，您怎么能这么对待自己的骨肉呢？"费无忌撅起了尖下巴，插嘴说："伍奢骂大王娶了儿媳妇，这不明摆着跟太子一条藤吗？要是大王不把他杀了，他们准得来谋害大王。"伍奢正想开口骂费无忌，早就给武士们推到监狱里去了。

楚平王说："叫谁去处治太子呢？"费无忌说："奋扬还在城父。这件事就交给他办吧。"楚平王打发人去嘱咐奋扬，说："你杀了太子就有重赏。要是你走漏消息，把他放了，就有死罪！"接着又叫押在监里的伍奢亲笔写信给他俩儿子——伍尚和伍员。伍奢没法，只好照着费无忌的意思写道："我得罪了大王，押在监里。现在大王看在咱们上辈祖宗过去的功劳上，准备免我一死。你们弟兄俩见了这封信，赶紧回来给大王谢恩。要不然，大王也许又要治我的罪。"

楚平王办了这两件事，天天等着消息。待了几天，只见奋扬坐着囚车来见楚平王，对他说："太子建和公子胜（太子建的儿子）已经跑到别的国去了。”楚平王一听，当时就火儿了。他说：“我挺严密地叫你去杀他。谁把他们放了？”奋扬说：“当然是我喽！”楚平王火儿更大了，说：“你知道不知道放走他就是死罪？”奋扬说：“要不，我也不坐囚车回来了。当初大王嘱咐我好好伺候太子。我为了要好好伺候太子，才把他放了！再说，太子并没有造反的行为，连造反的意思都没有。大王哪能把他杀了呢？现在我救了大王的太子，又救了大王的孙子，我就是死了，也甘心。”楚平王听了这话，就说：“算了吧！难为你这一份儿忠心。仍然回去好好把守城父吧！”

那个替伍奢送信的人带着伍尚回来了。费无忌把伍尚和伍奢关在一起。伍奢瞧见伍尚一个人回来，心里头又是高兴又是难受。他说：“我知道员儿是不会回来的。可是打这儿楚国就不能有太平的日子了。”伍尚说：“我们料到那封信是大王逼着父亲写的，可是我情愿跟着父亲一块儿死。兄弟说，他要留着这条命给咱们报仇，已经跑了。”

楚平王叫费无忌押着伍奢和伍尚上了法场。伍尚骂费无忌，说：“你这个诱惑君王、杀害忠良、祸国殃民的奸贼，看你作威作福，能够享受几天富贵！你这个不如畜类的小人！”伍奢拦住他，说：“别这么骂人。忠臣奸臣自有公论，咱们何必计较呢？我只担心员儿。要是他回来报仇，不是要连累楚国的老百姓吗？”说着就抻着脖子，再不开口了。费无忌把他们爷儿俩杀了，场外的老百姓都暗暗地流泪。

费无忌对楚平王说：“伍员这小子虽然跑了，一时跑不了多远。咱们应当赶紧派人追下去。伍奢临死的时候不是说怕他回来报仇吗？这小子准得回来报仇，非把他拿住不可。”楚平王一面打发人去追伍员，一面又出了一道命令，说：“有人拿住伍员的，赏粮食五万石，封他为大夫。要是收留他的，全家都有死罪。”楚平王叫画像的人画了伍子胥（就是伍员）的像，挂在各关口，嘱咐各地方的官员仔细盘问来往行人。这么画影图形、捉拿逃犯，伍子胥就是长了翅膀，也飞不了了。

过昭关

伍子胥从楚国跑出来，一心想往吴国去。后来听说太子建已经逃到宋国，他就往宋国去。到了半路上，只见前头来了一队车马，吓得他连忙躲在树林子里，偷偷地瞧着。赶到一辆大车过来，瞧见车上坐着一位大官，好像是楚国使臣的样子，细细一瞧，原来是他的好朋友申包胥。

伍子胥这么躲躲闪闪地又要藏起来又不藏起来，不料已经给申包胥瞧见了，就问他："你怎么跑到这儿来了？"伍子胥还没开口，眼泪像下雨似的掉下来了，急得申包胥直发愣。伍子胥擦着眼泪，把一家子遭难的经过哭着说了一遍。末了，他说："杀父之仇，不共戴天。我要上别国去借兵征伐楚国，活活地咬昏君的肉，剥奸臣的皮，才能够解恨！"申包胥劝他，说："君王虽然无道，毕竟是君王，你们一家子辈辈忠良，何必跟他结仇呢？我劝你还是忍着点吧。"伍子胥说："桀王和纣王不是也给臣下杀了的吗？不论哪朝哪代的圣人、贤人，谁不称赞成汤和武王？君王无道，失去了君王的身份，谁都可以杀他。再说我还有父兄的大仇呢！要是我不能把楚国灭了，我情愿不再做人！"申包胥反对说："汤武起义，杀了桀纣，是为了众人除害，并非为了私仇！这点，你得分清楚。再说，你的仇人只是楚王和费无忌，楚国人可并没得罪你！你怎么要灭父母之邦呢？"

申包胥的话说得挺有道理，可是怎么说伍子胥也听不进去，一心要替父兄报仇。他挺坚决地说："我可管不了这些个，我非把楚国灭了不可！"申包胥自以为有理地说："我要是劝你去报仇，那我就是不忠；不让你去报仇，又害得你不孝。为了保全咱们朋友的义气，我不把你的事向人泄露就是了。不过你如果真灭了楚国，我一定要尽我的力量把它恢复过来。"两个朋友就这么分手了。

伍子胥到了宋国，见着了太子建，两个人抱头大哭，各自说了各自的冤屈。这时候，可巧宋国起了内乱，乱党向楚国借兵。伍子胥得到了这个信儿，对太子建说："咱们可不能再在这儿待着了。"他们就偷偷地上了郑国。这时候，郑国已经脱离楚国，归顺了晋国。郑定公就把太子建收留下了。太子建和伍子胥每回见了郑定公，总是哭着说他们的冤屈。郑定公说："郑是个小国，虽说我同情你们，可是，心有余而力不足哇！我看你们还是跟晋侯商量商量去吧！"

太子建觉得郑伯说的倒是实话，就把伍子胥留在郑国，自己上晋国去见晋顷公（晋昭公的儿子，晋平公的孙子）。晋顷公款待太子建，叫他住在公馆里，接着召集大臣们商量办法。那时候，晋国的大权都掌握在六个大族的手里，晋顷公只是个挂名的国君罢了。那六个大族的六个大臣就是魏舒（魏绛的儿子）、赵鞅（赵武的孙子）、韩不信（韩起的孙子）、范鞅（范匄的儿子）、荀寅（荀吴的儿子）、荀跞（荀盈的儿子）。那天，荀寅出了个主意，说："郑国反复无常，一会儿归附楚国，回头又归附晋国，咱们不如把它灭了。现在郑国收留着楚太子，郑伯准得信任他。咱们背地里跟楚太子约好，叫他去收买勇士，在郑国作为内应，咱们从外头打进去，就能够把郑国灭了。然后把郑国封给楚太子，再跟他一块儿去灭楚国。这是以敌攻敌的高招儿。"晋顷公和大臣们全都赞成荀寅的计策。当时就把这个意思告诉了太子建。太子建满口答应，高高兴兴地回去了。

太子建见了伍子胥，把晋国的计策说了一遍。伍子胥反对说："这哪儿成啊！人家好心好意地收留咱们，咱们怎么能忘恩负义地去害人家？再说，这种行动一点没有把握，请别胡思乱想了。"太子建说："我已经答应了晋国，怎么办呢？"伍子胥说："不给晋国当内应，算不了什么过错，要是用诡计攻打郑国，可就失了信义了。没有信义怎么能算作人呢？您要是真干这种事，我可以断定说，您一定闯出祸来。"太子建急着要想得到君位，哪儿肯听伍子胥的话。当时就糊里糊涂地敷衍了几句，背地里收买勇士，勾结郑伯左右的人。他又叫他们再去勾结别人。

这么钩儿套圈儿地勾结下去，哪儿有不透风的篱笆？有一天，郑定公请太子建上后花园去喝酒。太子建到了那边，就见那些受过他好处的人，有二十来个都绑在那儿。太子建一见不对头，刚想要跑，早给武士们拿住了。郑定公骂着他，说："我好心好意地收留了你，你怎么倒跟晋国勾结起来要谋害我？"太子建还想抵赖，可是绑在那儿的二十来人早已招认了。他只得低下头，自认倒霉。郑定公把他连那二十来个人都杀了。

伍子胥在公馆里老是不放心太子的行动，天天打发人暗中跟着他。这天，他得到太子被杀的消息，立刻就带着太子建的儿子公子胜逃出郑国。

伍子胥带着公子胜，白天躲起来，夜里逃跑，慌慌张张地到了陈国。陈是楚国的属国，他们当然不好露面，只好藏藏躲躲，又往东跑。只要能够偷过了昭关（在今安徽含山一带），就能够照直上吴国去了。那昭关是两座山当中的一个关口，平常也有官兵守着。楚平王和费无忌料着伍子胥准上吴国去，特地派了大将薳（wěi）越带着军队等在那儿，关口上挂着伍子胥的画像。伍子胥哪儿知道，他一心想带着小孩子公子胜偷出关口。

他们到了历阳山，离昭关不太远了，在树林子里的小道上走着。好在那儿只有小鸟叫唤的声儿，没有来往的人。伍子胥正想歇会儿喘喘气，忽然从拐弯的地方出来了一个老头儿，张嘴就说："伍将军上哪儿去？"吓得伍子胥差点儿蹦起来，连忙回答说："老先生别认错了人，我不姓伍！"那个老头儿笑嘻嘻地说："真人面前别说假话啦！我是东皋公，一辈子给人治病，在这儿多少也有点小名望。人家得了病，眼瞧着快要死了，我还想尽方法去救他。你又没有病，好好的一个男子汉，我哪儿能害死你呢？"伍子胥说："老先生有什么指教？您的话我可不大明白。"东皋公说："还是大前天哪，昭关上的薳将军有点不舒服，叫我去看病，我在关口上瞧见你的画像。今天一见你，就认出来了。你这么跑过去，不是自投罗网吗？我就住在这山背后，你还是跟我来吧！"伍子胥瞧那位老先生挺厚道，只好跟着他走了。

走了三五里地，瞧见一带竹篱笆，三间小草房，后头是绿葱葱的一个大竹园子。东皋公领着他们进了竹园子。里头还有小屋子，竹床、茶几，安置得还挺整齐。东皋公请伍子胥坐在上手里，伍子胥指着公子胜，说："这位是我的小主人，楚王的孙子。我哪儿敢坐上位？"东皋公就请公子胜坐在上手里，自己和伍子胥坐在下手里。伍子胥把楚平王调换儿媳妇，杀害伍奢、伍尚，轰走太子建，太子建死在郑国，这些经过都说了一遍。东皋公叹息了一会儿，劝解他，说："这儿没有人来往，将军可以放心住下，等到我有了办法，再送你们君臣过关。"伍子胥千恩万谢地直给他磕头。

东皋公天天款待着伍子胥，一连过了七八天，可没提起过关的事。伍子胥哀求着说："我有大仇在身，天天像滚油煎似的难受，待一个时辰就像过了一年。万望老先生可怜可怜我！"东皋公说："我正在找帮手呢！等我找着了帮手，就送你们过关。"伍子胥只得再住下去。他又怕日子一多，也许会走漏消息。要闯出去，又怕给薳越拿住。真是进退两难，愁得他一连几夜睡不着觉。

过了几天，东皋公带着一个朋友，叫皇甫讷的，回来了。他一见伍子胥就吓了一跳，说："你变了样儿了，病了吗？脸庞清瘦多了。唉呀，头发胡子也白了！"伍子胥向他要了一面镜子，拿过来一照，就大哭起来，说："天哪！我的大仇还没报，怎么已经老了！"东皋公一边叫他安静点，一边把皇甫讷介绍给他，又对他说："头发胡子是你愁白的！这倒好，人家不容易认出你来。"接着他们就商量过关的法子。第二天，天还没亮，他们准备动身。

把守昭关的薳越吩咐士兵们细细盘问过关的人，还要把他们照着画像一个个地对照，才放他们过去。那一天，士兵们瞧见有人慌里慌张地过来，已经疑惑他是个逃犯了。细细一瞧，果然是伍子胥。他们就把他逮住，拉到薳越跟前。薳越一见，就说："伍子胥，你想瞒得过我吗？"就把伍子胥绑了起来，准备押解到郢都去。士兵们因为拿住了伍子胥，得了大功，乱哄哄地非常高兴。这时候过关的人也多了。老百姓也都要瞧一瞧那个久闻大名的逃犯。他们说："咱们为了他，出门多不方便。如今把他逮住了，咱们以后过关就不再那么麻烦了。"

待了一会儿，东皋公来见薳越，说："听说将军把伍子胥逮住了，我老头子特地来道喜。"薳越说："士兵们拿住一个人，脸庞倒是真像，可是口音不对。"东皋公说："让我对对画像，就看出来了。"薳越叫士兵把他拉出来。那个伍子胥一见东皋公就嚷起来，说："你怎么到这时候才来？害得我莫名其妙地受着欺负！"东皋公笑着对薳越说："将军拿错人了。他是我的朋友皇甫讷，跟我约好在关前见面，一块儿出去玩儿。怎么把他逮了来呢？”薳越连忙赔不是，说：“士兵们认错了，请别见怪！”东皋公说：“将军为朝廷捉拿逃犯，我怎么敢怪您呢？”薳越放了皇甫讷，又叫士兵们重新留神查问过关的人。士兵们那一团高兴变成了一场空，嘟嘟囔囔地说：“早就有好些人出关了。也许真的伍子胥混在里头呢。”薳越一听，着起急来，立刻打发一队兵马追下去。

古籍链接

言毕，遂使人请皇甫讷至土室中，与伍员相见，员视之，果有三分相像，心中不胜之喜。东皋公又将药汤与伍员洗脸，变其颜色，挨至黄昏，使伍员解其素服，与皇甫讷穿之，另将紧身褐衣，与员穿着，扮作仆者，芈胜亦更衣，如村家小儿之状，伍员同公子胜拜了东皋公四拜，“异日倘有出头之日，定当重报！”

东皋公曰：“老夫哀君受冤，故欲相脱，岂望报也！”

员与胜跟随皇甫讷，连夜望昭关而行，黎明已到，正值开关。却说楚将薳越，坚守关门，号令：“凡北人东度者，务要盘诘明白，方许过关！”关前画有伍子胥面貌查对。真个“水泄不通，鸟飞不过”。皇甫讷刚到关门，关卒见其状貌，与图形相似，身穿素缟，且有惊悸之状，即时盘住，入报薳越，越飞驰出关，遥望之曰：“是矣！”喝令左右一齐下手，将讷拥入关上，讷诈为不知其故，但乞放生。那些守关将士，及关前后百姓，初闻捉得子胥，尽皆踊跃观看。

伍员乘关门大开，带领公子胜，杂于众人之中，一来扰攘之际，二来装扮不同，三来子胥面色既改，须鬓俱白，老少不同，急切无人认得，四来都道子胥已获，便不去盘诘了，遂挨挨挤挤，混出关门。

——《东周列国志·第七十二回》

吹箫要饭

士兵们的话倒真说着了。伍子胥趁着他们拿住皇甫讷正在乱哄哄的当儿，混出了昭关，急忙地跑下去。走了几个时辰，一瞧前头有一条大江，拦住去路。正在无法可想的时候，后头飞起一片尘土，好像千军万马追了上来的样子。他抱起公子胜慌忙顺着江边跑下去，找到有苇子的地方藏起来。四面一瞧，就见一个打鱼的老头儿，划着一条小船过来。伍子胥急忙嚷着说："老大爷，请把我们渡过江去！"那个老头儿就把小船划过来。伍子胥跟公子胜上了小船。不到半个时辰船到了对岸，他们这才放了心。

到了这时候，那个打鱼的老头儿才开口说："将军想必就是伍子胥了？您的画像挂在关口，我也见过几回。听说楚王把您父兄杀了，这儿的人都替您担心。今儿个我把您渡过来，我也放心了。"伍子胥感激万分，就说："难得老大爷一片好心，救了我这受难的人。将来我伍子胥要是有点出息，都是您老人家的恩典。"说着他就摘下身边的宝剑，交给他，说："这把宝剑是先王赐给我祖父的。宝剑上头镶着七颗宝石，至少值一百多两金子。我只有这么点礼物送给您，好歹表一表我的心意。"那个老头儿笑着说："楚王画影图形，下了重赏要逮您。我不要五万石的赏，也不要大夫的爵位，怎么倒贪图您这宝剑呢！再说，这把宝剑对我没有什么用处，对您可是少不了的。”伍子胥大大地受了感动，问他，说：“请问老大爷尊姓大名？叫我以后也好报恩。”没想到这句话反倒叫老头儿不高兴了。他指着伍子胥，说：“我为了体贴您的一番孝心，才把您渡过来。您倒开口说‘一百两金子’，闭口说‘将来要报恩’，真太没有大丈夫的气派了！”伍子胥连忙赔罪，说：“您当然不要酬劳，可是我怎么能忘了您呢？您把姓名告诉我，也可以让我记住。”那老头儿说：“我是个打鱼的，今天在这儿，明天在那儿，您就是知道了我的姓名，也找不着我。要是咱们还有相逢的日子，那时候，我叫您‘芦中人’，您叫我‘渔丈人’，不是一样的吗？”伍子胥只得收了宝剑，拜谢了一番，走了。

伍子胥带着公子胜进了吴国的边界，又走了三百里地，才到了一个叫吴趋的地方。在那儿，他瞧见两个大汉正在打架，其中有一个挺有力气，旁边的人想去拉他，给他骂了一顿，他那声儿好像打雷似的那么震耳朵，吓得那个劝架的人，往后栽了个跟头。左边小屋的门口站着一个老太太。她一见有人打架，就喊着说：“专诸！别动手打人！”那个壮士马上住了手，回家去了。伍子胥挺纳闷儿，问了旁边的人：“他怎么这么怕老太太？”旁边的人说：“他是我们这儿的大力士，爱打抱不平。等他一发了脾气，谁也拉不住。那个老太太就是他妈。只要她一句话，他就是发了牛性子，也能变成挺老实的。”伍子胥一想：“原来是个勇士。”

第二天，伍子胥特地去拜访专诸，把自己的冤屈说了一遍。专诸说：“您有这么大的冤仇，怎么不去求见吴王，向他借兵报仇呢？”伍子胥说：“没有引见的人，不敢鲁莽。”专诸说：“可是您见了我，有什么用呢？”伍子胥说：“我佩服您的孝行，心想跟您交个朋友，不知道您答应不答应？”专诸挺高兴地去告诉他母亲。他们结为生死朋友。伍子胥要上吴国的都城去撞大运，也许能够求见吴王。专诸说：“听说公子光虚心招待能人，您还是先去求见他，比起来容易点。”伍子胥说：“这倒不错，我还是先想法去见他吧。不过有一样，将来我要请兄弟帮忙，希望别推辞。”专诸挺直爽地答应了他。他们就这么分手了。

伍子胥把公子胜藏在外头，自己穿上破衣裳，披散着头发，打扮成一个要饭人的样子，手里拿着一根箫在街上要饭。他一会儿吹箫，一会儿唱曲，想要引起吴国人注意。他唱着：

呜，呜，呜！
天大的冤屈没处诉。
宋国、郑国一路跑，
孤苦伶仃谁帮助？
杀父大仇不能报，
哪有脸面做丈夫？

呜，呜，呜！
天大的冤屈没处诉。
昭关好似罗网罩，
须眉变白日夜哭；
杀兄大仇不能报，
哪有脸面做丈夫？

呜，呜，呜！
天大的冤屈没处诉。
打鱼老人恩德高，
渡江救出亡命徒。
父兄大仇不能报，
哪有脸面做丈夫？

到如今，吹箫要饭泪纷纷，
定要吹出有心人！

伍子胥在吴国的街上天天吹箫要饭，果然给他吹出一个有心人来了。

兄弟让位侄儿抢

有一天，吴国公子光的心腹被离，遇见了伍子胥。两个人一谈，挺合得来。不想这么一来，公子光还没听见这事，吴王僚倒先知道了。被离只好带着伍子胥去见吴王僚。吴王僚听说他是楚国大臣的后代，又有本领，就拜他为大夫。

伍子胥一心想劝吴王僚去打楚国，就是找不到机会。恰巧有一回，吴国和楚国在交界的地方起了冲突，因为那边养蚕的人老越过边界到吴国这边来采桑叶。为了这么一点事，边界上的士兵就打起来了。伍子胥趁着这个机会，跟吴王僚说了一些进攻楚国的话，劝他打发公子光去打楚国。公子光反对，说："伍子胥劝大王进攻楚国，并不是真正为了吴国。他只是想给他父兄报仇！大王别为了他私人的事轻易跟别的国开战。就是要攻打楚国的话，也得预先估量一下自己的力量，还得挑选一个恰当的时机，才能马到成功。伍子胥光想着报仇，哪儿会顾虑到咱们的难处呢？"吴王僚依了公子光的话，就没搭理伍子胥。伍子胥料到公子光在吴王面前给他说了坏话，准有别的用意。他就向吴王辞职。没想到吴王给他一块小小的土地，准他辞职了。打这儿起，伍子胥和公子胜只好到乡下去住。

公子光私自带了点粮食和布匹，到乡下去看望伍子胥。"明人不必细说"，一个是早就知道他反对吴王发兵的事情，一个也早就明白他辞职的心意。公子光见着伍子胥就开门见山地说："先生在楚国跟在这儿一定有好些朋友吧。先生遇见过像先生这样的人才没有？"伍子胥说："我算得了什么，我哪儿比得上勇士专诸呢！"公子光一听见"勇士"，就问："先生能够给我引见引见吗？"伍子胥说："他家离这儿不远，明天我叫他来拜见您。"公子光说："哪儿能叫他来呢？先生辛苦一趟，陪我去拜会他吧。"他就跟伍子胥一同坐车上专诸家去了。专诸见伍子胥同一位公子进来，赶紧迎了出去。伍子胥给他引见，说："这位就是吴国的大公子，久仰兄弟大名，特意来见见你，要跟你交个朋友，你可别推辞。"专诸连忙向公子光拜见问好。公子光拿出好些金银财宝作为拜见的礼物。专诸不收。后来还是伍子胥劝说，他才收下了。打这儿起，他们三个人交上了朋友。公子光见专诸家里挺寒苦，每月总是打发人给专诸送点东西和银子，自己也时常去看望他。专诸心里非常感激。

有一天，公子光单独去看专诸。专诸觉得挺过意不去，说："我是个粗鲁人，受了公子这么大的恩典，叫我怎么报答呢？我猜想公子一定有什么为难的事情要我去干吧。"公子光说："我有极大的冤屈，我打算请你想法儿把吴王僚刺死。"专诸说："这是哪儿的话！吴王僚是先王夷昧的儿子，公子干吗要去害他？"公子光说："先王夷昧的王位，照理应当由我来继承。我说给你听一听，你就明白了。"接着公子光就把吴国君王传位的事说了出来。

说起吴国来，它原来是第四等诸侯国，就是公、侯、伯、子、男当中的子爵，跟中原诸侯比起来，它的地位是低的。到了公元前585年（周简王元年，晋景公十五年，楚共王六年，齐顷公十四年）吴子寿梦即位，自己称为吴王。他用尽力量，整顿政治，发展生产，操练兵马。吴国一天天地强大起来了。后来晋国要利用吴国去牵制楚国，派申公巫臣（就是屈巫）带着一队兵车到吴国，教吴人怎么样射箭、驾车和用兵车打仗的方法。吴国军兵学会了用兵车打仗，收服了好些个邻近的小国和部族，又开垦了不少荒地，就越来越强盛了。这样一来，就有了三个王了：一个是周王，就是天王，其余两个就是楚王和吴王，中原诸侯把他们叫自称为王的"假王"。

吴王寿梦有四个儿子：老大叫诸樊，老二叫余祭，老三叫夷昧，老四叫季札。弟兄四个都很不错，可是寿梦认为小儿子季札顶贤明。寿梦临死的时候，对四个儿子说：“你们弟兄之中又贤明又能干的要数季札了。要是他能够当上国王，吴国准能够治理得很好。我要立他做太子，可是他一个劲儿不干。既然这样，我给你们一个命令，我死了之后，王位就传给诸樊，诸樊再传给余祭，余祭再传给夷昧，最后夷昧再传给季札。你们要记住，你们的王位必须传给兄弟，千万别传给自己的儿子。这么着，季札虽说是小兄弟，他也能有做国王的份了。你们要明白，我这么嘱咐你们，不是我偏疼季札，这可是为了咱们国家好哇。谁要是不服从我的命令，就是不肖之子。”说完这话，寿梦咽了气。

大儿子诸樊立刻要把王位让给季札，他说：“这是父王的意思呀！”季札是要了他的命也不干。他说：“父王在世的时候，我不愿意做王，父王归了天，我倒来抢哥哥的王位，您想我能这么办吗？哥哥要是一定逼我做王，我只好上别的国躲着去了。”诸樊拗不过他，只好即了位。他想：“我要是活到老才死，然后把王位传给二弟，二弟传给三弟，三弟之后才轮到四弟。那四弟还能做王吗？我得另想主意。”他亲自带着士兵去打楚国，成心让自己死在战场上。他打了一个胜仗，可是他自己给敌人射死了。大臣们照着寿梦的命令，把二公子余祭立为吴王。余祭很了解他哥哥诸樊的心意。他说：“哥哥并不是真死在敌人手里，他是故意去寻死的，为的是要把王位让给季札。”他还真求告上天，让他早点死。后来余祭亲自带兵去打越国，他也打了个胜仗，可是给越国的一个俘虏刺死了。

三公子夷昧就要把王位让给季札，还说当初季札访问徐国、鲁国、齐国、郑国、卫国、晋国的时候，中原的诸侯和大夫没有一个不佩服他的才能和品德的。他在鲁国听了列国的音乐，一一指出优点，还发挥了他对于各国音乐的理论。他在郑国和子产做了朋友，两个人交换了衣带作为纪念。他访问徐国的一段事情更叫夷昧大受感动。原来季札和徐君谈话的时候，徐君很羡慕地瞧着季札随身带着的那口宝剑。徐君虽然没说出来，季札早已知道他非常欣赏那口宝剑。季札心里想送给他，可是他还得上别的国去访问，路上少不了它。赶到季札回来，再过徐国，徐君已经死了。季札就到徐君坟上去祭奠。临走的时候，他解下宝剑来，把它挂在徐君坟头的树上。随从的人对他说：“徐君已经死了，您还送他干什么呢？”季札说：“不是这么说的。我心里早已答应送给他了，怎么能够因为他死了就失信呢？”夷昧为了这件事，更加尊敬季札。这会儿余祭一死，夷昧就请季札即位。

季札宁可死，也不愿做王。夷昧只好做了国王。季札帮助夷昧，劝夷昧好好地做些个富国利民的事情，整顿朝政，爱护人民，跟中原诸侯交好，这么一来，吴国太太平平地过了几年好日子。

到了公元前 527 年（周景王十八年），夷昧得了重病。临死的时候，他要季札接他的王位。季札偷偷地藏起来。这么一来，王位让给谁呢？公子光是寿梦的大儿子诸樊的长子。据他说，他爷爷的命令到季札做王为止，季札既然走了，这王位就该轮到他了。没想到夷昧的儿子僚倒继承了王位，季札又出来辅助他。公子光一心想要把吴王僚刺死，为的是重新继续长子即位的传统。

古籍链接

是年吴王诸樊伐楚，过巢攻其门，巢将牛臣隐身于短墙而射之，诸樊中矢而死。群臣守寿梦临终之戒，立其弟余祭为王。余祭曰：“吾兄非死于巢也，以先王之言，国当次及，欲速死以传季弟，故轻生耳。”乃夜祷于天，亦求速死，左右曰：“人所欲者，寿也，王乃自祈早死，不亦远于人情乎？”余祭曰：“昔我先人太王，废长立幼，竟成大业，今吾兄弟四人，以次相承，若俱考终命，札且老矣，吾是以求速也！”此段话且搁过一边。

——《东周列国志 · 第六十五回》

鱼肠剑

当时公子光把这一段经过大略地跟专诸说了。专诸挺直爽地说："那么……能不能好情好理地把道理说开了，叫他自己让位，不是比行刺强得多吗？"公子光说："你哪儿知道，那家伙向来自高自大，绝不是几句话就能够把他说服的。为这事我要是一开口，他准得先把我杀了。"专诸当时就说："这么一说，我应该去替您出力，可是我母亲还在，我哪儿能扔下不管呢？"公子光说："这个你倒不必放在心上，都有我呢。你真要是有个三长两短的话，你的母亲就是我的母亲，我一定好好地侍奉她。"专诸就答应下来了。他问公子光，说："王僚素常顶喜好的是什么？先得知道他的习性，顺着他的习性就能够想法子去亲近他。"公子光想了想，说："他顶爱吃鱼。"专诸就上太湖边一家饭馆里专门去学做鱼，天天琢磨着怎么样才能烧出最好吃的鱼来。他一心一意地学了三个月，居然变成了一个专门做鱼的能手，然后去给公子光当厨子。

公子光趁着吴王僚高兴的时候，对他说："我有一个从太湖来的厨子，专烧大鱼。他做的鱼特别是味儿，比什么都好吃。哪天请大王上我家去尝尝口味怎么样。"吴王僚一听有鱼吃，挺高兴地答应了。

第二天吴王僚带着一百名卫兵上公子光家去吃饭。那一百名卫兵好像铜墙铁壁似的保护着国王。厨子每上一道菜，先得搜查一遍，然后由卫兵跟着他端上去。赶到专诸端上一条糖醋鲤鱼的时候，吴王僚忽然站起来，大声地说："好，好，好！你真有本事！"公子光吓得脸都白了，可是还挣扎着装出挺镇静的样子，眼睛瞧着专诸。接着吴王僚又说："我一闻见味儿，就知道你这厨子手艺不错。"他拿起筷子夹来一尝，真是又鲜又嫩，一气吃了多半条。临走的时候，还说："鱼做得真不错！做得真不错！"

公子光请吴王僚吃鱼之后，就问伍子胥，说："僚已经尝着了专诸做的糖醋鲤鱼了，可是怎么想法儿下手呢？"伍子胥说："我看不能这么容易。他儿子庆忌是个出名的勇士。光他一个人已经不容易对付，何况他亲兄弟掩余和烛庸又都执掌着兵权。咱们先得想个法儿把这三个人打发出去，才能够下手。"公子光虽说是恨不得把王位早得到手，听伍子胥这么一说，也只好耐着心等着。

公元前516年（周敬王四年，吴王僚十一年，楚平王十三年），楚平王死了，太子珍（孟嬴生的）即位，就是楚昭王。伍子胥听了这个信儿，哭得挺伤心。公子光说："先生的仇人死了，怎么反倒哭他？"伍子胥说："我哪儿是哭他呢？您想我受了天大的冤屈，吃尽千辛万苦，本来打算在昏君身上报仇。我的仇还没报，他倒安安静静地入土了。我怎么能就这么便宜了他呢！他为什么没等我去就死了呢？"公子光也直掉眼泪。伍子胥恨得足有三四天没睡好觉。他在睡不着觉的时候，想出一个主意来，连忙去告诉公子光，说："趁着楚国办丧事，公子快去劝吴王发兵打过去。跟他说，只要把楚国打败，他就是霸主！这么一来，就可以把掩余和烛庸打发出去了。"

公子光一听这主意挺好，就故意先把自己的座车弄翻了，一只脚装作摔伤了的样子。然后照着伍子胥的话去和吴王僚说了。吴王僚一听能够做霸主，真依了公子光的说法，打发掩余和烛庸统领着大队人马打楚国去了，赶到他们去了之后，公子光又对吴王僚说："楚国新近为了办丧事，国里准不能安定，咱们又派了两位大将去，按说是能够对付得了啦。可是有一样，楚国的属国挺多，这倒不能不顾虑一下。咱们向来跟别的国很少来往。我老觉得咱们有点太孤单了。可惜我摔坏了腿不便出门。我想大王还是打发叔叔去拜访晋国，另外再打发公子庆忌去约会郑国和卫国，叫他们一块儿去打楚国。这么一来，大王不但能把楚国灭了，还准能够当上中原诸侯的霸主。"吴王僚听了这话，就打发季札去访问晋国。可是他留着公子庆忌，不让他离开身边。

过了几天，掩余和烛庸打发人回来报告说，楚国大将伯郤宛来得厉害，请求吴王僚再派一支人马去。公子光就对吴王僚说："我先前说打算去约会郑国和卫国，就是为了这个。如今可不能再耽误了。"吴王僚没法，只得叫公子庆忌去约会郑国和卫国。说真的，吴王僚是舍不得叫庆忌出去的，可是有个小心谨慎的公子光在他旁边伺候着，他也就放心了。

有一天，公子光又请吴王僚吃鱼。吴王僚怕人行刺，就在外衣里面穿上铠甲，还像上回一样，带着一百名卫兵上公子光的家里去。大伙儿吃了几道菜之后，公子光说是因为腿疼，要上里边去歇一会儿。专诸又端上了一条糖醋大鲤鱼。卫兵把他浑身上下都搜查了一遍，才让他上去。专诸端着那盘大鲤鱼走到吴王僚面前，刚要把那盘鱼搁下，突然从大鱼的肚子里抽出一把匕首"鱼肠剑"，使劲地照着吴王僚的胸脯扎过去。那鱼肠剑刺透了铠甲，穿入心脏。吴王僚大叫一声，立刻断了气。卫兵们拥上去把专诸砍成了肉泥烂酱。就在这个当儿，公子光和伍子胥带着自己的士兵把吴王僚的卫兵杀散，然后就去占领王宫。紧接着伍子胥带着士兵保护着公子光上了朝堂，召集了大臣们，对他们说："王僚不遵守先王的命令，霸占了王位。照理早就应该治死。"公子光接着说："我暂且管理朝政，等叔叔回来，就把王位让给他。"大臣们都知道自己只有一个脑袋，谁敢说个"不"字。公元前 515 年（周敬王五年），公子光做了吴王，改名为阖闾（hé lǘ）。

掩余和烛庸哥儿俩见吴王僚没派救兵来，已经慌了神。后来听说吴王僚被刺，公子光做了国王，他们就偷偷地逃到别国去了。军队没有主将，就乱起来，有的给楚国人杀了或是抓去，有的跑回本国，归附了阖闾。

季札从晋国回来，阖闾派伍子胥去迎接，还假意地请他即位。季札说："只要好好地事奉国家社稷，治理人民，他就是我的君王。让我先祭吊死的，再伺候活的。"他到了吴王僚的坟头，祭吊了一番，并且对着坟头说："您交付给我出使晋国的使命，我已经完成了。现在向您报告。"完了就回到朝廷准备接受阖闾的命令。阖闾还是跟以前一样地尊敬他。

阖闾知道掩余和烛庸跑了，怕楚国打过来，正想发兵去抵抗，哪儿知道楚国的兵马反倒退回去了。原来楚国的将士们对大将伯郤宛说："吴国起了内乱，咱们不如趁势打进去。"伯郤宛说："吴国趁咱们办丧事发兵来侵犯咱们，这就是他们的不是，人心不服，打不了胜仗。咱们怎么能去学他们那样儿呢？”他就带着人马回楚国去了。楚昭王见伯郤宛打了胜仗，把从吴国夺来的东西赏给他一份，又因为他注重道义，更加信任他。这么一来，可就把费无忌气坏了。

古籍链接

僚驾及门，光迎入拜见，既入席安坐，光侍坐于傍，僚之亲戚近信布满堂阶，侍席力士百人，皆操长戟，带利刀，不离王之左右，庖人献馔，皆从庭下搜简更衣，然后膝行而前，十余力士握剑夹之以进，庖人置馔，不敢仰视，复膝行而出，光献觞致敬，忽作口止坐足，伪为痛苦之状，乃前奏曰：“光足疾举发，痛彻心髓，必用大帛缠紧，其痛方止，幸王宽坐须臾，容裹足便出！”

僚曰：“王兄请自方便！”光一步一蹶，入内潜进窟室中去了。少顷，专诸告进鱼炙，搜简如前，谁知这口鱼肠短剑，已暗藏于鱼腹之中，力士挟专诸膝行至于王前，用手擘鱼以进，忽地抽出匕首，径椎王僚之胸，手势去得十分之重，直贯三层坚甲，透出背脊，王僚大叫一声，登时气绝，侍卫力士一拥齐上，刀戟并举，将专诸剁做肉泥。堂中大乱。

姬光在窟室中知已成事，乃纵甲士杀出，两下交斗，这一边知专诸得手，威加十倍，那一边见王僚已亡，势减三分，僚众一半被杀，一半奔逃，其所设军卫，俱被伍员引众杀散，奉姬光升车入朝，聚集群臣，将王僚背约自立之罪，宣布国人明白：“今日非光贪位，实乃王僚之不义也，光权摄大位，待季子返国，仍当奉之！”乃收拾王僚尸首，殡殓如礼。

又厚葬专诸，封其子专毅为上卿，封伍员为行人之职，待以客礼而不臣，市吏被离举荐伍员有功，亦升大夫之职，散财发粟，以赈穷民，国人安之。

——《东周列国志·第七十三回》

两头使坏

费无忌一见楚昭王这么信任伯郤宛，心里又气又恨。他不知道费了多少心计，好不容易才得到楚平王的信任，满想着等到老令尹囊瓦一死，准能够提升他当令尹。哪儿知道囊瓦还没死呢，楚平王倒死在头里了。如今楚昭王又这么信任伯郤宛，即使囊瓦立刻死了，这令尹的位置也轮不到他。这一来，他老瞧着伯郤宛是他的对头，总想使个花招儿去了他。

有一天，他对囊瓦说："伯郤宛想请您吃饭，托我探听探听您的意思，不知道您能不能赏脸？"囊瓦说："他请客，我怎么能不去呢？"费无忌又去跟伯郤宛说："令尹跟我说，他想上您这儿来吃顿饭，不知道您请不请客？"伯郤宛说："只要令尹瞧得起我，赏脸上我家来，我哪儿能不请？明天我就请他。"费无忌问他："令尹真要是上您这儿来，您送他点什么礼物呢？"伯郤宛倒没想到这一层，就问费无忌："不知道令尹喜欢什么？"费无忌说："您还不知道吗？他顶喜爱上等的盔甲和吴国的宝剑。您上回打了胜仗，大王把您从吴国拿来的东西给了您好些个，这里头不是就有上等的盔甲和宝剑吗？明天吃饭的时候，您就拿出几件好的来，让令尹自个儿挑一两样随心喜爱的，他准得高兴。我这是为您，您可别忘了我这份好心好意！"伯郤宛千恩万谢地送了他出去。

第二天，伯郤宛预备了上等的酒席，还把楚王赏给他的东西都摆上，然后才托费无忌去请囊瓦。囊瓦刚要动身，费无忌赶紧拦着他，说："令尹！您就这个样儿去吗？俗话说，'人心隔肚皮'，您知道他请客是好意还是歹意？我先瞧一瞧去，再来请您过去。"囊瓦只得又坐下了，叫费无忌先去查看查看。待了一会儿，费无忌连呼带喘地跑进来。缓了口气，才说："差一点害了令尹！我跑到伯郤宛门口一瞧，里边摆着好些个盔甲和兵器。幸亏您没去，不然准上了他的当，遭了他的毒手！"囊瓦说："我跟他往日无冤，近日无仇，他干吗要害我？真叫我纳闷儿。"费无忌仰着尖下巴颏儿（颏：kē），说："令尹真是个好人！这么重要的事您会不介意。他近来在大王面前得了宠，有点自高自大，就要一步登天，想做令尹。真是笑话！听说他还跟吴国勾搭上了。起头我也不信，后来我才知道总是咱们太信任别人了。上回咱们跟吴国打仗，不是打了胜仗了吗？正在这个时候，吴王被刺，国内大乱，将士们都想趁势打进吴国去。没想到伯郤宛说，'人家国里有丧事，不能够再打人家'。您想想，吴国还不是趁着咱们办丧事就来打咱们的吗？现在他们有丧事，正是咱们报仇的好时机，他会不知道吗？怪不得有人说他勾串了吴国。我虽说不敢十分相信，可是这也不能一点不留神。俗话说，'风不动，草不摇'，您想是不是？"囊瓦听了这一篇话，心里也有点半信半疑。他就背地里打发几个心腹再来探看探看。

囊瓦的心腹回来报告，说："屋子里真有埋伏。犄角里都藏着穿着盔甲拿着家伙的人。"囊瓦一听，当时差点儿气炸了肺，也没顾得吃饭，立刻就去找大将鄢将师，把这事一五一十地告诉了他。那个鄢将师和费无忌是一个鼻孔出气的。他趁着囊瓦在气头上，来个火上浇油。囊瓦就一边去禀报楚昭王，一边打发鄢将师带着士兵先把伯郤宛的家围上。伯郤宛到了这时候，才知道上了费无忌的当，有口难辩，把心一横，自杀了。

囊瓦还不甘心，非要把伯家灭门不可。这一下子伯郤宛一家子男男女女、老老少少全都被害了。只有伯郤宛的儿子伯嚭（pǐ）逃了。囊瓦的气还没消，又叫人放火，要把伯家的房子整个地烧了。有好多人知道伯郤宛受了冤屈，谁也不愿意动手。囊瓦更加生气了。他说："谁要不动手就是伯家的一党！"大伙儿一看势头不对，只好烧了伯家的房子，连伯郤宛的尸首也烧在里头。楚国人差不多都替伯郤宛叫冤，可是一点法子也没有。

有这么一个晚上，囊瓦正在园子里看月亮，忽然听见街上有人唱歌。细细一听，原来是骂他的。那唱的是：

做了忠臣真倒霉，
伯郤宛，烧成灰！
楚国没君王，
一个鄢，一个费；
令尹没心肝，
不知是非！
这么冤屈没人晓，
天掉眼泪！

囊瓦听了，很生气。每一句歌都刺着他的心。他打发人去把那唱歌的人逮来。唱的人可多了，拿都没法拿。囊瓦闷闷不乐，一夜也没睡好。

第二天，大将沈尹戌来见囊瓦，对他说："老百姓在城外赛会。他们拿伯郤宛当作神，还咒骂您，说您纵着费无忌和鄢将师。全国的人都埋怨您，您还蒙在鼓里呢！费无忌叫先王娶了儿媳妇，杀了伍奢父子，害得太子建死在外头。如今又把伯郤宛害了。让这种小人得了势，楚国不完还等什么？全国的人都说，这些个过错都得由令尹担当。俗话说，'众怒难犯'，您得防备着呀！"囊瓦连连点头，说："实在是我不好。请将军想个法子，惩治那两个奸贼。"沈尹戌说："这是再好没有的了！"他立刻叫人上街上去说："伯郤宛是费无忌和鄢将师害死的。如今令尹已经知道了他的冤屈，要惩办这两个奸贼。谁愿意去惩办他们的都跟我来！"老百姓一听说去打费无忌和鄢将师，就都拿着长矛、短刀、锄头、铁锹各样的家伙跟着令尹和沈尹戌的士兵，一窝蜂似的跑到这两家去，拿住了费无忌和鄢将师，把他们都杀了。还没等囊瓦下命令，大伙儿把这两家的房子都烧了。

那时候，伯嚭早就逃到别的国去了。他听说伍子胥在吴国，就跑到吴国去找他。他们两个人全家都给奸臣、昏君害了，决心要报仇。同病相怜，交上了朋友。伍子胥在吴王阖闾面前引见了伯嚭，吴王阖闾叫他做了大夫，和伍子胥一同办事。

他们两个人屡次三番地在吴王阖闾面前哭诉着他们的冤屈，请求他发兵去攻打楚国。吴王阖闾因为另有心事，没答应他们。他说："等到我自个儿国内安定之后，我准替你们报仇。"伍子胥说："大王还有什么没办完的事呢？"吴王阖闾说："我自从得到了先生的帮助，治死了王僚，做了国王。

可是庆忌活着，总是个后患。为这个，我老担着心，连吃饭都不香。先生还得再想个法子才好！”伍子胥说：“大王已经把王僚杀了，怎么还要去害他儿子呢？我说还是饶了他吧。”阖闾说：“早先武王杀了纣王，把纣王的儿子武庚也杀了。周朝的人可并没说武王不对。我为什么不能这么办呢？再说，庆忌活着，就跟王僚没死一个样。万一他得到敌国的帮助打进来，咱们也不见得准能打得过他。到那时候，我就是有心打算给先生报仇，怕也不能成功。先生总得想个主意才好。”他接着又叹了口气说：“唉，哪儿能再找个专诸去呢！”伍子胥说：“既是这样，我索性再引见一个专诸给大王吧。”

古籍链接

郤宛果然将楚平王所赐，及家藏兵甲，尽出以示无极，无极取其坚利者，各五十件，曰：“足矣，子帷而寘诸门，令尹来必问，问则出以示之，令尹必爱而玩之，因以献焉，若他物，非所好也！”郤宛信以为然，遂设帷于门之左，将甲兵置于帷中，盛陈肴核，托费无极往邀囊瓦。

——《东周列国志 · 第七十四回》

勇士和暴徒

吴王阖闾对伍子胥说："庆忌可不比王僚。他是我们吴国数一数二的勇士。他的筋骨就像铜铁似的，空手能敌得住十几个大汉。他的身子非常灵活，能在树林子里空手逮住飞着的鸟儿。像他那样的人，怕没有人能敌得住。"伍子胥说："这么说来，只有一个人能对付他。"阖闾说："谁呀？行吗？"伍子胥说："他叫要离。"阖闾说："真有这样的人？烦先生赶紧把他请来，越快越好！"

待了几天，伍子胥把要离领来见阖闾。阖闾一见，原来是个小矮个儿，不像个大力士，心里挺不痛快，没精打采地问他："你就是要离吗？听说你挺有能耐。"要离说："我的身材又矮又小，一阵风许就刮倒了。哪儿称得起有能耐呢？可是只要有用着我的地方，一定效劳。"阖闾没开口。伍子胥说："对付平常的人，非得使力气不可。对付庆忌，倒不在乎有力气没有力气，最要紧的还得是机灵。再说要离的力气其实并不比专诸差！"阖闾这才高兴了，就拜要离为大夫，准备派他去刺庆忌。

又待了几天，伍子胥和要离一块儿上朝。伍子胥请求阖闾拜要离为大将，发兵去攻打楚国。不料阖闾冷笑了一声，说："拜他为大将？就凭这个小矮个儿要力气没力气的还能当大将？这么说吴国人全都是大将了。要叫他去打楚国还不叫人家笑掉了大门牙？再说国内还没十分安定，哪儿能去跟人家打仗呢？”要离当着吴国的大臣面前给阖闾挖苦了一顿，实在压不住火儿，肺都要气炸了。他举起右手来，指着阖闾的脸就骂：“天底下怎么会有像你这么个不懂礼貌、忘恩负义的人！你不用我也就罢了，提什么高个儿、矮个儿！这就是你没有礼貌。人家伍子胥替你想法儿复了位，把吴国平定了，才求你给他报仇。这个忙儿你都不帮，你这就是忘恩负义！”阖闾当时冒了火儿，骂着说：“这是国家大事，你懂得什么！竟敢在朝廷上侮辱我？你自己没礼貌，还扬着手指点着我。我先把你的手砍了，看你还敢指着脸骂我！”说着就叫武士们砍去要离的右手，把他圈起来，把他的媳妇儿也下了监。大臣们吓得谁也不敢言语。伍子胥叹了一口气，耷拉着脑袋出来了。

以后伍子胥买通了看管监狱的人，让要离逃跑了。阖闾一听说要离跑了，立刻叫人把要离的媳妇儿绑到街上杀头示众。

要离从吴国逃出去，就上卫国去找庆忌，向他哭诉自己的委屈。庆忌见他右胳膊砍去了，就问他：“你跑到这儿来干什么？”要离说：“阖闾谋害了先王，夺了王子的王位，说起来王子的仇恨比我还大呢。我听说王子正联络诸侯打算报仇，我特地来投奔。虽说我是个残疾人，可是吴国的情形，我是熟悉的。王子要想发兵进攻，我情愿当个领路的。赶到王子登了基，我的仇恨自然也就报了。”庆忌是个精明人，表面上并没露出什么意思来。当时把他收下了，背地里打发心腹去探听吴国的动静。

不多日子，探子回来说：“要离的媳妇儿给吴王杀了。”庆忌就问要离：“吴王用了伍子胥和伯嚭当谋士，整顿内政，操练兵马。咱们没有力量，怎么能报仇呢？”要离说：“能！伯嚭是个奴才，没有多大用处。只有伍子胥是精明强干的。可是他专门为了自个儿的私仇，老去纠缠阖闾。他近来在阖闾跟前也失了宠。这两个人都不必怕。”庆忌说：“不见得吧？要知道伍子胥是阖闾的恩人哪！”要离说：“王子您是只知其一，不知其二。伍子胥哪儿真是尽心尽意地帮助阖闾呢。他原来打算借着吴国的兵马去攻打楚国，好给他父兄报仇。没想到阖闾忘恩负义，不肯发兵。上回我就是为了请求他给伍子胥报仇，说到他心病上。他就恼羞成怒，砍了我的胳膊，把我媳妇儿也杀了。说起来，阖闾跟我没仇没恨。他对我这么毒辣，明摆着是给伍子胥瞧瞧的。伍子胥哪儿能不明白？我要不是伍子胥暗中帮忙，就是长了翅膀也飞不出来！他还直嘱咐我，叫我到这儿先打听打听。您要是能帮助我们去报仇，他准乐意来个里应外合。王子要不趁这时候发兵去打吴国，我跟您的冤仇怎么能报呢？”说着就大哭起来，把脑袋一低，跟着就往柱子上撞去。庆忌赶紧把他拦住，说：“咱们慢慢地想法子吧。”打这儿起，庆忌就把要离当作心腹。叫他去操练兵马、造兵船。要离尽心竭力地替庆忌准备报仇的事情。

一晃儿过了三个月，兵船、水军全都准备好了。王子庆忌就顺着水路向吴国出发。庆忌坐在大船上，要离左手拿着长矛，站在旁边伺候着。突然江面上刮起大风来了。要离就站在上风借着风力，使出浑身的劲儿照着庆忌心口一矛扎去，从背后穿出来。庆忌一把抓住要离的大腿提起来，往水里一泡，又提起来，再往水里一泡。来回泡了三次，把要离弄得半死半活的。然后把他搁在自己的大腿上，撩着他的头发，跟他笑着说：“天底下竟有像你这样大胆的人！”这时候船上的士兵们赶过去要杀要离。庆忌赶紧拦着他们，说：“别杀！他也是个勇士。要是一天里头死了两个勇士，未免太可惜了。”众人只好停了手。庆忌嘱咐他们说：“千万别杀他，让他回吴国去吧。咱们的国家正需要这样赤胆忠心的人！”说着，他把要离推开，自己拔出那杆长矛，咽了气。

孙子练兵

这一批水军一见王子已经死了，只得照着他临死前说的话，把要离放了。可是要离不走。他对大伙儿说："真想不到王子是这么一个英雄，我还有什么脸活着呢？"他说着，就自杀了。大伙儿把庆忌和要离的尸首收拾起来，去见阖闾。阖闾非常高兴，重重地犒赏他们，还把他们收在自己的部下。

为了这件喜事，阖闾大摆酒席，大臣们全都给他庆贺。伍子胥对阖闾说："大王总算除了祸患，可是我的仇恨哪年哪月才能报得了哇？"伯嚭也请求阖闾发兵。阖闾说："发兵去打楚国，叫谁当大将呢？"伍子胥和伯嚭一齐说："听凭大王的吩咐，我们全都愿意尽心竭力。"阖闾没作声，往四周围瞧了瞧，直打嘘嘘。伍子胥就猜着阖闾的心意。他知道阖闾还不愿意拜他为大将，便赶紧说："要不然，我再推荐一个人，我想大王一定乐意用的。"阖闾笑嘻嘻地问："谁呀？"伍子胥说："他是齐国人，叫孙武，是个大军事家。他研究了好些个打仗的方法，还写了十三篇兵法。要是把他请来，拜为大将，那么吴国准能变成天下无敌的强国，大王就是霸主了。要对付楚国，那简直不算一回事儿。"阖闾一听孙武是个军事家，已经有了七八分喜欢，再一听能够做霸主，更加高兴了。当时就打发伍子胥带着贵重的礼物去请孙武。

伍子胥请来了孙武，一同去见阖闾。阖闾从朝堂上跑下来迎接孙武。跟着就问他用兵的方法。孙武把他自己写的十三篇兵法递给他。阖闾叫伍子胥从头到尾大声地念了一遍。每念完一篇，阖闾不住口地称赞。他对伍子胥说："这十三篇兵法真是又扼要又精细，好极了。可有一样，吴国没有那么些个士兵，怎么办？"孙武说："有了兵法，只要大王有决心，不光男子，就是女子也行。男男女女，全都能够打仗，还愁什么人马够不够？"阖闾笑着说："女人哪儿能打仗啊，这不是笑话吗？"孙武一本正经地说："大王要是不信的话，请先拿宫女们试试看。我要是不能把她们训练得跟士兵们一样，我情愿认罪受罚。"阖闾便派了一百五十名宫女，叫孙武去训练。孙武请阖闾挑出两个心爱的妃子当队长。阖闾也答应了。末了，孙武请求说："军队顶要紧的是纪律。虽说拿宫女们试试，也得有纪律。请大王派个执掌军法的人，再给我几个武将做助手。不知道大王答应不答应？"阖闾全都答应了。

一百五十个宫女都穿戴上盔甲，拿着兵器，在操场上集合。孙武先出了三道军令："第一，队伍不许混乱；第二，不许吵吵闹闹；第三，不许成心违背命令。"跟着，他就把宫女们排成了队伍，操练起来了。哪儿知道那两个妃子队长还以为她们穿上军衣，拿着长枪、短刀，是出来玩玩的，先就嘻嘻哈哈地不听使唤，别的宫女一见领队的这个样儿，大伙儿跟着都笑成一团。有的坐着，有的站着，有的学着姿势，有的还来回奔跑，乱七八糟，简直不像一回事。孙武就传令，叫她们归队立正。其中还有人说说笑笑，不听命令。孙武传了三回令，谁知道那两个妃子队长和宫女们还是嬉皮笑脸地不听话。她们都是阖闾所宠的，孙武敢把她们怎么样。高兴了，操练着玩玩，不高兴就回后宫去，怕什么！孙武可忍不住了，大声地跟那个掌军法的人说："士兵不听命令，不服管，按照军法应当怎么处罚？"军法官赶紧跪下，说："应当砍头！"孙武就发出命令，说："先把队长正法，做个榜样。"武士们就把两个妃子绑上。这一下吓得宫女们全都变了脸色。

阖闾在高台上远远瞧着她们操练，忽然瞧见两个妃子给武士绑上了，立刻打发伯嚭拿着"节杖"（代表君王权力的一根手杖）去救，叫他传令，说："我已经知道将军用兵的才能了。这两个妃子是我心爱的，请饶了她们吧！"

伯嚭急急忙忙地见了孙武，传出阖闾的命令。孙武对他说："操练军队不是小孩子闹着玩儿的。我已经受了大王的命令做了将军，就得由我管理军队。要是不把犯法的人办罪，以后我还能够指挥军队吗？”他终于把这两个妃子办了罪，又挑了两个宫女当队长，重新操练起来。这批宫女经过孙武这么严厉的训练，居然操练得挺像个样儿。

阖闾虽说挺佩服孙武的兵法和纪律，可是还不大愿意重用他。伍子胥对阖闾说：“大王打算征伐楚国，领导各国诸侯，做一番惊天动地的大事业，就非得有个像孙武那样的大将不可。”阖闾经他这么一说，才拜孙武为大将，又称呼他为军师，叫他准备征伐楚国的事情。

孙武提议说：“大王要打算发兵远征，就必须先把内忧全去了才成。王僚的兄弟掩余在徐国，烛庸在钟吾（在今江苏宿迁一带），随时都能够到吴国来报仇。咱们必须先把这两个人灭了，然后再发兵。”阖闾和伍子胥都赞成他这个主张，就打发两个使臣分头去要求那两个小国交出逃犯来。那两个小国不听阖闾的话，把掩余和烛庸放了。阖闾命令孙武发兵去征伐徐国和钟吾。孙武追上了掩余和烛庸，把他们杀了，又把徐国和钟吾并吞了。阖闾打算趁这个机会打到郢都去。孙武说：“不能让士兵们太累了。先歇息歇息，抓个时机再去打，才能够百战百胜。”

贪污勒索

吴王阖闾把徐国和钟吾并吞了之后，蔡国和唐国派使臣上吴国来。伍子胥对阖闾说："蔡国和唐国一向归顺楚国。如今这两国一块儿打发使臣上这儿来，我估量着准是跟楚国有了意见。要是咱们能够把这两国拉过来，进攻楚国就方便得多了。"阖闾和孙武都急着要想听一听这两个使者都说些什么。

蔡国的使臣和唐国的使臣一见阖闾就央告说："楚国令尹囊瓦贪污勒索，欺压属国，这回又发兵来打蔡国。请求大王主持正义，赶紧发兵去救。以后，我们情愿永远归附贵国，年年纳款，岁岁朝贡。"吴王阖闾一时摸不清究竟是怎么回事，搭不上茬儿，就问两位使臣到底为了什么。他们这才把一切经过从头到尾说了一遍：

原来楚国令尹囊瓦非常爱财，老跟一些属国要这个弄那个的。大伙儿都有点腻烦他。有一回，蔡昭侯和唐成公朝见楚昭王，囊瓦收了他们按照惯例送给他的礼物以外，还向他们要东西。蔡昭侯有两件顶贵重的银鼠皮袄，一件送给了楚王，一件留着自己穿。唐成公有两匹千里马，一匹送给了楚王，一匹留着自己用。囊瓦见了这两件宝贝，馋得心头直痒痒。他打发人去跟这两位国君要。蔡昭侯和唐成公很不高兴，成心不送给他。囊瓦就在楚昭王跟前捣鬼，说："听说蔡国和唐国私通吴国，打算来打咱们。咱们不如先把蔡侯和唐侯扣在这儿，也许能把他们的阴谋破了。”那时候楚昭王岁数还小，不论什么事全由囊瓦做主。这一来，两位国君就在楚国被软禁了。这一软禁就是三年。

唐成公的儿子见他父亲老不回来，派人去打听。那个人把囊瓦扣住唐成公的事打听明白以后，劝唐成公把那匹千里马送给囊瓦。囊瓦得到了千里马，对楚昭王说：“唐是个小国，没有多大的力量。唐侯已经在这儿押了三年，他哪儿还敢再得罪咱们呢？让他回去吧。”他就把唐成公放了。

蔡昭侯一见唐成公送了千里马就放回去了，他也把那件银鼠皮袄送给囊瓦。囊瓦就对楚昭王说：“蔡国跟唐国一样，唐侯既然放回去了，哪儿能单单押着蔡侯？饶了他吧。”就这样，蔡昭侯也回国去了。

蔡昭侯出了郢都，气狠狠地起誓发愿地说：“我不报仇，绝不上楚国来！”他回到国里，立刻上晋国去借兵。晋定公把这件事报告了周朝的天王。周敬王（公元前519—公元前477年）打发卿士刘卷去跟晋定公接头。晋定公会合了宋、蔡、齐、鲁、卫、陈、郑、许、曹、莒、邾、顿、胡、滕、薛、杞、小邾，一共十八路诸侯，替天王去征伐楚国。各国的诸侯没有不恨囊瓦的，都想借着这个机会恢复中原的威风。哪儿知道自称为中原霸主的晋国，那时候真没有像样的人。晋国的大将荀寅也是个爱财的家伙。他以为这次会合诸侯去打楚国是为了帮助蔡国，这功劳可不小哇，就派人先向蔡昭侯要谢礼，说：“听说蔡侯把名贵的银鼠皮袄送给了楚国的君臣，为什么单单不送给我们？我们千里迢迢发兵来打楚国，不知道蔡侯用什么来慰劳军队？”蔡昭侯回答说：“我为了楚国令尹贪污勒索，欺压属国，才来归附贵国。要是将军主持正义，宣扬霸主的威信，帮助弱小的诸侯，把楚国灭了，整个楚国都是谢礼。”荀寅听了这话，也有点害臊。

这时候（公元前506年，周敬王十四年），十八路诸侯的兵马都驻扎在召陵（在今河南漯河一带），因为一连气下了十几天大雨，一时不能进兵。可巧天王的使者刘卷害了病，不能起来。范鞅和荀寅本来就跟囊瓦是一道货，这回没得到蔡侯的好处，已经有点不乐意。他们借着这因由向各国诸侯说：“大雨下个没完没了，害病的人越来越多，还不如暂且回去吧。”各国诸侯一看晋国不愿做主，也都泄了劲，一个个地都散了。

蔡昭侯大失所望，闷闷不乐地带着自己的兵马回去了。路过沈国，想起了沈国不愿发兵，也不去开会，一肚子的闷气就向沈国发泄，把它灭了。

楚国的令尹囊瓦一听见蔡国把沈国灭了，他就自己带着大军去打蔡国。有人对蔡昭侯说：“晋国已经靠不住了，中原别的诸侯就更不必说了。咱们不如上吴国求救去。伍子胥跟伯嚭早就要向楚国报仇，他们准能帮助咱们的。”蔡侯就打发使臣去约会唐成公一块儿上吴国去求救兵。

古籍链接

其明年，楚令尹囊瓦率舟师伐吴，以报潜、六之役，阖闾使孙武、伍员击之，败楚师于巢，获其将芈繁以归。阖闾曰：“不入郢都，虽败楚兵，犹无功也！”员对曰：“臣岂须臾忘郢都哉？顾楚国天下莫强，未可轻敌。囊瓦虽不得民心，而诸侯未恶，闻其索赂无厌，不久诸侯有变，乃可乘矣！”遂使孙武演习水军于江口。

伍员终日使人探听楚事，忽一日，报：“有唐、蔡二国遣使臣通好，已在郊外。”伍员喜曰：“唐、蔡皆楚属国，无故遣使远来，必然与楚有怨，天使吾破楚入郢也！”原来楚昭王为得了“湛卢”之剑，诸侯毕贺，唐成公与蔡昭侯亦来朝楚。

蔡侯有羊脂白玉佩一双，银貂鼠裘二副，以一裘一佩献于楚昭王，以为贺礼，自己佩服其一。囊瓦见而爱之，使人求之于蔡侯，蔡侯爱此裘佩，不与囊瓦。唐侯有名马二匹，名曰“肃霜”。“肃霜”乃雁名，其羽如练之白，高首而长颈，马之形色似之，故以为名。后人复加马傍曰骕骦，乃天下希有之马也。唐侯以此马驾车来楚，其行速而稳。囊瓦又爱之，使人求之于唐侯，唐侯亦不与。

二君朝礼既毕，囊瓦即谮于昭王曰：“唐、蔡私通吴国，若放归，必导吴伐楚，不如留之。”乃拘二君于馆驿，各以千人守之，名为护卫，实则监押。其时昭王年幼，国政皆出于囊瓦。

——《东周列国志·第七十五回》

掘墓鞭尸

吴王阖闾一见楚国的两个属国来归附他，进攻楚国就有了领路的，已经有几分高兴了，再加上伍子胥和伯嚭又直在旁边鼓动，不由得他不发兵。孙武也说："我当初不愿意急着去打楚国，就是因为楚国的属国太多，恐怕沿路有阻挡。这回晋国会合诸侯，到会的就有十八国，其中像陈、许、顿、胡这些个小国向来都是归附楚国的，这回居然都脱离楚国，归附了晋国。由此可见东南诸侯差不多全都怨恨楚国，哪儿光是蔡国和唐国呢？目前楚国这么孤单，咱们要发兵，这可是时候了。"

公元前506年（周敬王十四年，鲁定公四年），阖闾嘱咐被离和专毅（专诸的儿子）辅助太子波守卫本国，拜孙武为大将，伍子胥和伯嚭为副将，派自己的亲兄弟公子夫概为先锋，发出六万大兵，由水路去救蔡国。囊瓦打了败仗，一见吴国兵马这么强大，赶紧扔了蔡国，跑回去了。

蔡昭侯和唐成公都来迎接吴王阖闾。他们主动地率领着本国的兵马跟着吴国的大军去打郢都。囊瓦早已失了人心，他又不信任别人，内部先就起了乱子，发号令也不管事了。他一连气打了几个败仗，死伤了不少将士，急得他偷偷地一个人跑到郑国躲着去了。

楚昭王眼瞧着郢都难保，匆匆忙忙地带着一部分亲信的大臣和将士逃到随国（在今湖北随县一带）。吴国的大军连着打了五个胜仗。这是东周时期一个大战争。楚国从来没败得这么惨，连建都两百来年的郢城也丢了。孙武、伍子胥、伯嚭、蔡昭侯、唐成公护卫着吴王阖闾进了郢都。吴国的君臣和将士就在楚国的朝堂上开了个庆功大会。

第二天，伍子胥劝吴王阖闾把楚国的宗庙拆了。孙武不赞成这个主张。他劝阖闾废去楚昭王，立太子建的儿子公子胜为楚王。他说："楚国人一大半都替太子建抱不平，要是大王能够把公子胜立为楚王，楚国人准会感激大王，列国诸侯也必定佩服大王，公子胜更忘不了大王。这么一来，楚国不就永远是吴国的属国了吗？这是个名利双收的办法，请大王细细想一想吧。"阖闾贪图楚国的地盘，听了伍子胥的话，把楚国的宗庙拆了。伍子胥还不满足，他一定要亲手把楚平王杀了，才能解他心头的仇恨。可是楚平王已经死了，怎么办呢？他就请求阖闾让他去刨楚平王的大坟，阖闾说："你帮了我不少的忙，这点小事，你自己瞧着办吧。"

伍子胥打听出楚平王的坟是在东门外的寥台湖。他就带着士兵上湖边去找。谁也不知道楚平王的大坟在哪儿。伍子胥捶着胸脯，叹着气，说："天哪，天哪！我父兄的大仇为什么报不了呢？"正在这个时候，来了个老头儿。他对伍子胥说："楚平王自己知道他的仇人多，唯恐将来有人刨他的坟。为这个，他做了好几个空坟。他又怕做坟的石工泄露机关，在完工之后，就把石工全杀了。我就是当时做活儿里头的一个石工，侥幸逃了一条活命。今天将军要替父兄报仇，我也正想要替被害的伙伴们报仇呢。"

伍子胥就叫这老石工领道，找着了坟地的地界。大伙儿拆了石头坟。凿开了棺材，里头只有楚王的衣裳和帽子，连一根骨头也没有。伍子胥大失所望，真要哭出来了。那老头儿说："上面的坟是假的，真的还在底下呢。"他们拆了底板，再往下挖，又露出了一口棺材。据说楚平王的尸首是用水银炼过的。打开棺材一看，居然还很完整。伍子胥一瞧见楚平王的尸首，当时怒气冲天，立刻把他拉出来，抄起铜鞭，一气打了三百下，打得骨头也折了。他还不解气，又把铜鞭戳进楚平王的眼眶子里，说："你生前有眼无珠，认不清谁是忠臣，谁是奸贼。你听信小人的话，杀了我的父兄。今天你再死在我手里，已经晚了。"他越骂越有气，竟把楚平王的脑袋砍了下来。

伍子胥亲手"杀了"楚平王的尸首，又对阖闾说："必须把楚王杀了，楚国才能算灭了。"阖闾就让他带领着一队兵马去找楚昭王。

哭秦廷

伍子胥打听不着楚昭王的下落，很不痛快。后来听说囊瓦跑到郑国去了。他一想，楚王也许跟囊瓦在一块儿。再说，郑国杀了太子建，这个仇也得报。就这样，他带领着兵马一直向郑国进攻。郑国得着这个消息，可就慌了神了。全国上下没有不埋怨囊瓦的，逼得囊瓦走投无路，只好自杀。郑定公把囊瓦的尸首献给伍子胥，还说楚王确实没上郑国来过。伍子胥还是不依不饶，非要把郑国灭了不可。郑国的大臣们都主张发动全国的人跟吴军拼个你死我活。郑定公说："拿郑国的兵力来说，哪儿能跟楚国比呢？楚国都给他打败了，别说咱们这个小国了。"郑定公下了一道命令，说："谁能够叫伍子胥退兵，就有重赏。"可是谁有这样的本事呢？命令出了三天，看命令的人倒不少，就是没有一个应征的。

到了第四天头上，有个打鱼的小伙子来见郑定公。他说，他有办法叫伍子胥退兵。郑定公问他得要多少兵车。他说："不用兵车，也不用粮草，光凭这个划船的桨就能够把好几万的兵马打回去。"谁信他这个话呢？可是大伙儿没有法子，只得让他去试试看。那个打鱼的胳肢窝里夹着一根桨，上吴国兵营里去见伍子胥，一边唱着歌，一边敲着那根桨打着拍子。他唱道：

芦中人，芦中人：
渡过江，谁的恩？
宝剑上，七星文；
还给你，带在身。
你今天，得意了，
可记得，渔丈人？

伍子胥一听，吓了一跳，连忙跑下来，问他："你是谁呀？"他说："您没瞧见我手里拿着的玩意儿吗？我爸爸全靠这根桨过日子，当初也全靠这根桨救了您的命。"伍子胥这才想起了芦花渡口逃难的情形和那个打鱼的老大爷的恩德，不由得掉下眼泪来，就问他："你怎么会上这儿来呢？"他说："我们打鱼的向来没有固定的地方。这回又为了打仗，才到了这儿。国君下了个命令，说，谁要能够请将军退兵，就重赏谁。不知道将军能不能看我死去的爸爸的情面，饶了郑国？"伍子胥挺感激地说："我能够有今儿这么一天，全都是你父亲的恩德。我哪儿能把他忘了呢？"当时他就下令退兵。那个打鱼的欢天喜地地去报告郑定公。这一下子，全郑国的人都把他当作大救星。郑定公封给他不少土地。郑国人差不多全叫他"渔大夫"。

伍子胥离开郑国，回到了楚国。他把军队安营下寨，打发人上各处去探听楚昭王的下落。有一天，他接到老朋友申包胥一封信，里边写着："你是楚国人，为了要报父兄的冤仇，打败了本国，你还拿铜鞭打碎了国王的尸首。仇也报了，气也出了。你还打算要怎么样呢？做事不能太过分。我劝你还是早点带着吴国的兵马回去吧。你也许还记得我说的话吧：你要是灭了楚国，我一定豁出我的命把它恢复过来。请你再思想思想。"伍子胥念了两遍，低头想了想。他跟那送信的人说："因为我忙得厉害，没有工夫写回信。烦你带个口信回去，告诉申大夫，就说我说，忠孝不能两全。我积了一十八年的仇恨，到了今天也许有点不近人情，这实在没有办法。"为了报私仇，伍子胥决心跟自己的国家为敌到底。

那个送信的回去之后，把这话告诉了申包胥。申包胥知道已经不能再和伍子胥讲什么理了。他想起楚平王夫人是秦哀公的女儿，楚昭王是秦国的外孙子，就连夜动身上秦国去借兵。他没黑天带白日地走，脚指头走得都流血了。他把衣裳撕下一条来，缠上脚，接着走，到了秦国，见着了秦哀公，说："吴王是个贪心不足的暴君。他想并吞诸侯，独霸天下。今天灭了楚国，明天还想着收服秦国。现在您的外孙子（指楚昭王珍）东奔西跑，命还不知道保得住保不住，求您出头帮个忙。要是能够把楚国恢复过来，还不都是您的大恩吗？到那时候，我们情愿永远做您的属国。"秦哀公说："你先上公馆歇歇去，让我跟大伙儿商量商量。"

秦哀公不愿意跟吴国打仗。申包胥两次三番地跟他哀求，他只是敷衍着。申包胥就站在秦国朝堂上一个劲儿地哭。大伙儿都散了，他还是不走。到了晚上，人家都睡了，他还站在那儿哭着。大伙儿都拿他当疯子看，谁也不去理他。他一连气七天七夜，也不吃也不喝，连觉也不睡，只是抱着朝堂的柱子哭个没完没了。哭得秦哀公也奇怪起来了。他心里琢磨着："楚国的臣下能够为了国君这么着急！七天七夜水米不进。我这儿可找不出这么个人来。楚国有这样忠心的人还给吴国灭了，秦国找不出这样的人，能管保不给人家灭了吗？万一吴国打到这儿来，谁来救我呢？就是为了劝化自己的大臣们，我也得出一回兵吧。"

秦哀公就派大将子蒲和子虎率领着五百辆兵车去跟吴军决一死战。申包胥一见秦国发兵，就先跑到随国去报告楚昭王。楚国的君臣一听见秦国发兵，就好像从绝路里得到了活路，大伙儿请申包胥带着楚王的一队兵马去跟秦国的兵马会合起来。楚国的大夫子西和子期也整顿了一部分兵马一块儿跟着去接应。

申包胥当了先锋，一碰见吴国的公子夫概，就打起来了。夫概已经打了好几个胜仗，不把楚国人放在眼里。两边交手不到一个时辰，夫概忽然瞧见对面竖着一面大旗子，上边有个"秦"字。这一下子，吓了他一大跳。他想："秦国的兵马怎么会到这儿来了呢？"不由得着急起来。心里一着急，哪儿还来得及收兵？就见子蒲、子虎、子西、子期的兵马挺勇猛地冲过来。夫概退下来足有五十多里地，才扎住营盘。查点人马，差不多损失了一半。

夫概赶紧跑回郢都见吴王阖闾，说："秦国的人马可够厉害的，怎么办呢？"阖闾真没想到秦国会来跟他作对，也有点担心。孙武说："楚国地界大，人又多，绝不是那么容易收服。再说还有秦国出来帮助。我上回劝大王立公子胜为楚王，就是为了这个。依我说，不如跟秦国讲和，答应他们恢复楚国。"这时候，伍子胥只好同意这么办了，只是伯嚭还不服气。他非要去跟秦国见个高低不可。阖闾就让他再去试试。

没有多大工夫，伯嚭坐着囚车回来了。他带去的一万人马给人家杀得才剩下两千。孙武对伍子胥说："伯嚭为人傲慢，将来准会败坏你的事业。还不如借着他这回打败仗的因由，依照军法把他处治了倒干脆。"伍子胥说："这回他虽说打了败仗，可是先头他也立过功劳。再说，我跟他原本是同病相怜地在一块儿做事，怎么能够为了这一回的失败就把他杀了呢？"他请求阖闾饶了伯嚭，孙武只是摇着脑袋不作声。

吴国的兵马和秦国的兵马还对立着的时候，没有想到夫概竟带着自己的一队人马偷偷地回到吴国去了。他叫人向国里的人传话，说："吴王被秦国人打败了，现在是死是活还不知道。依照咱们的规矩，王位应该传给兄弟，我如今就是吴王了。"太子波、专毅和被离守住城门，不让夫概进来。夫概便打发人上越国去借兵，答应将来送给他们五座城当谢礼。

吴王阖闾听说夫概带着兵马私自回去了，心里非常疑惑。伍子胥说："他准是回去抢夺王位了。这儿有孙军师和我主持着，大王赶紧先带着一队人马回去吧。"阖闾就带着伯嚭连夜动身往回赶。在半路上，碰见了太子波打发来的人。他们说："夫概自立为王，又勾结了越国，越国的兵马就快打进来了。"阖闾打发人去把孙武和伍子胥召回来。他又通告夫概的军队，说："赶紧悔过的有赏，后来的死罪！"这一来，夫概的士兵就有一部分跑到吴王这边来了。吴国人一听见吴王回来了，就开了城门，出来打夫概。夫概受了两面夹攻，支持不住，只好逃到国外去了。

伍子胥还没退兵的时候，又接到了申包胥的一封信，说："你灭了楚国，我恢复了楚国。这两桩事情都办到了。你我应当顾念自己的国家，别再伤了和气，连累百姓。你请吴国退兵，我也请秦人回去，好不好？"伍子胥和孙武答应退兵，不过要求楚国派使臣到吴国去迎接公子胜，封给他一块土地。楚国那方面也答应了。吴国将士就把楚国库房里的财宝全都运到吴国去，又把楚国的老百姓迁移了一万多户到吴国，叫他们住在人口稀少的地方。

楚国的都城已经给吴国人毁了，楚昭王就迁都到鄀城（在今湖北宜城一带；鄀：ruò），称为新郢。楚昭王经过了这回大难，立志整顿政治，安抚百姓。楚国从此大约有十年光景过的是艰苦的日子。

阖闾回到吴国，把第一大功归给孙武。孙武不愿做官，一心一意地要回乡下去。伍子胥一再挽留他，他反倒劝伍子胥，说："我不光是要保全我自个儿，还想保全你。你还是跟我一块儿躲开这地界吧，省得将来受人家的气。”伍子胥哪儿舍得走哇。孙武就自己走了。

阖闾对伍子胥说：“中原诸侯顶怕的就是楚国。我已经把它打败了，我能够代替晋国当霸主了吧？”伍子胥说：“晋国虽说丢了霸主的威声，可是齐国的国君一向要恢复齐桓公的事业，大王可别小瞧了他。”阖闾不言语，心里打算找个机会再把齐国打败，那他就可以横行天下了。哪儿知道齐景公也正打算着横行天下呢！

古籍链接

渔丈人之子缒城而下，直入吴军，于营前叩桡而歌曰：“芦中人，芦中人，腰间宝剑七星文，不记渡江时，麦饭鲍鱼羹？”军士拘之，来见伍员，其人歌“芦中人”如故，员下席惊问曰：“足下是何人？”举桡而对曰：“将军不见吾手中所操乎？吾乃鄂渚渔丈人之子也！”员恻然曰：“汝父因吾而死，正思报恩，恨无其路，今日幸得相遇，汝歌而见我，意何所须？”对曰：“别无所须也，郑国惧将军兵威，令于国中：‘有能退吴军者，与之分国而治。’臣念先人与将军有仓卒之遇，今欲从将军乞赦郑国。”员乃仰天叹曰：“嗟乎！员得有今日，皆渔丈人所赐，上天苍苍，岂敢忘也。”即日下令解围而去。

渔丈人之子回报郑伯，郑伯大喜，乃以百里之地封之，国人称之曰“渔大夫”，至今溱洧之间，有丈人村，即所封地也。

——《东周列国志·第七十七回》

二桃杀三士

齐景公早就想代替晋国当诸侯的领袖。这个念头在他脑子里已经转了二十多年了。从前楚灵王攻打陈国和蔡国的时候（公元前 531 年），蔡洧上中原来求救，各国诸侯全都怕楚国，不敢发兵。那时候，齐景公打发人上楚国去察看一下，想看一看这个“蛮子国”到底有多大的实力。晏平仲就是当初奉了这个使命上楚国去的人。楚国的君臣听见齐国打发使臣上这儿来访问，成心想侮辱他一下，显一显楚国的威风。他们知道晏平仲是个小矮个儿，就在城门旁边开了一个五尺来高的窟窿，叫他从这个窟窿钻进去。晏平仲倒也会说话，他说：“这是狗洞，不是城门。要是我上‘狗国’来，就得钻狗洞。要是我来访问的是‘人国’呢，就应当从城门进去。我在这儿等一会儿，烦你们先去问个明白，楚国到底是个什么国？”管城门的人立刻把晏平仲的话告诉了楚灵王。楚灵王只得吩咐人大开城门，把他迎接进来。那些个招待的人说了好些个难听的话讥笑晏平仲，没想到全都给他拿话驳回去，他们就再也不敢张嘴了。

楚灵王见了晏平仲，跟他开个玩笑，说：“难道齐国没有人了吗？”晏平仲说：“这是什么话？临淄一个城已经挤满了人，大伙儿要都呵一口气，就能够变成一片云彩；擦一把汗，就能够下一阵雨；走路的人肩膀擦着肩膀；一停步，后面的人就踩着他的脚跟。大王怎么说齐国没有人呢？”楚灵王说："那么，为什么打发你来呢？"晏平仲一听这话，心里头又是气又觉得可笑。他就回答说："敝国有个规矩，访问上等国，就派上等人去，访问下等国呢，就派下等人去。我最没有出息，就派到这儿来了。"说着他故意笑了笑，楚灵王也只得赔笑了。

到了坐席吃饭的时候，武士们拉着一个囚犯从堂下过去。楚灵王问他们："那个囚犯犯了什么罪？哪儿的人？"武士回说："是个土匪，齐国人！"楚灵王扭过脸来，笑嘻嘻地跟晏平仲说："齐国人怎么那么没有出息，做这路事情？"晏平仲说："大王怎么不知道哇？江南的蜜橘，又大又甜。可是这种蜜橘种在淮北，就变成了枸橘，又小又酸了。为什么蜜橘会变成枸橘呢？还不是因为水土不同吗？同样的道理，齐国人在齐国能好好地干活，一到了楚国，就当了土匪了，也许是因为水土吧。"楚国的君臣觉得不是晏平仲的对手，大伙儿对晏平仲反倒尊敬起来了。

晏平仲从楚国回来对齐景公说："楚国虽说兵马挺多，可是没有了不起的人才。咱们没有什么怕他们的地方。主公只要把国家整顿好了，爱护百姓就成。还有一点，必须提拔有才干的人，远离小人。"齐景公挺赞成他的话，可是他把那"提拔有才干的人"这句话弄拧了。他以为喜爱打架的大力士就算是人才。他只知道提升大力士的职位。这么一来，晏平仲反倒替齐国担了一份心。

有一天，鲁昭公（鲁襄公的儿子，鲁成公的孙子）亲自来访问齐国。齐景公非常想叫鲁国脱离晋国来归附齐国，就特别隆重地招待着他。在坐席的时候，鲁昭公有叔孙舍做相礼（相当于傧相），齐景公有晏平仲做相礼。君臣四个坐在堂上。堂下站着齐景公顶宠用的三个大力士。他们站在那儿好像示威似的。晏平仲见他们三个人神气十足、得意扬扬的样儿，简直是眼空四海，目中无人，心里就挺不自在。他向来把这种武人当作老粗看待。齐景公可把这种老粗当作了不起的人才，真正的人才谁还愿意来呢？晏平仲一心想把这些个武人轰走，然后再举荐真正有才干的人来。正当两位国君喝酒的时候，晏平仲有了主意了。他向上禀报，说："主公种了好几年的那棵桃树，今年结了桃儿了。我想摘几个来献给二位君主尝尝，不知道准不准？"齐景公就要派人去摘。晏平仲说："我亲自去看着看园子的人摘吧。"

去了不大一会儿工夫，他托着一个木盘，里头搁着六个桃儿，红绿的嫩皮，里头一汪水都快滋出来了。齐景公就问他：“就这么几个吗？”他说：“还有几个不太熟，就摘了这六个。”齐景公叫晏平仲斟酒行令。晏平仲奉上一个桃儿给鲁昭公，一个给齐景公，又斟满了酒，说：“桃大如斗，天下少有；二君吃了，千秋同寿！”两位国君喝了酒，吃着桃儿，都说味道好。齐景公说：“这桃儿不容易吃到，叔孙大夫挺贤明，天下闻名。这回又做了相礼，应当吃个桃儿。”叔孙舍跪着说：“下臣不敢当。相国晏子协助君侯，才真贤明，国内政治清明，国外诸侯钦佩，功劳不小，这个桃儿应当赐给相国。”齐景公说：“你们两个人都有大功，各人赐酒一杯，桃儿一个。”两个大臣就奉命又吃又喝。晏平仲说：“还富余两个。我想主公不如叫臣下都说一说自己的功劳。谁的功劳大，就赏给谁吃。”齐景公叫左右传下令去，说：“堂下的侍臣里头，谁要是觉得自己有过大功劳，只管照直摆出来，由相国来评定，就赏给他一个桃儿，尝尝鲜。”

在齐景公顶宠用的那三个大力士当中，有个叫公孙捷的，往前走了一步，说：“我先头跟着主公上桐山打猎，忽然来了一只老虎，冲着主公扑过来。我赶紧上去把那老虎打死，救了主公。就凭这件事我应该吃个桃儿吧？”晏平仲说：“你救了主公的命，这功劳可真不小哇。”转过身去对齐景公说：“请主公赏他一盅酒，一个桃儿。”公孙捷赶紧谢恩，一口就把酒喝了，吃着桃儿下去了。

另一个大力士名叫古冶子，挺莽撞地说：“打一只老虎有什么了不起。我先头跟着主公过黄河的时候，遇见了一只老鼋。它一下把主公的马咬住，把马拖下水里去了。我跳下水去跟老鼋拼命，挣扎了半天，到最后我把老鼋弄死，救出了主公的那匹马。这难道不算是功劳吗？”齐景公插嘴说：“那天要是没有他呀，我连命都没有了！吃，吃！”晏平仲给他一个桃儿，又给他斟了一盅酒。

第三个大力士田开疆，气冲冲地跑上来嚷嚷着说：“我曾经奉了主公的命令去打徐国。我杀了徐国的大将不算，还逮住了五百多个敌人，吓得徐国赶紧投降，连邻近的郯（tán）国（在今山东郯城）和莒国都归附了咱们。就凭这个功劳也配得个桃儿吃吧？”晏平仲说：“像你这样为国出力，帮助主公收服属国这么大的功劳，比起打老虎、斩老鼋的功劳还要大。可惜，桃儿都吃完了，赏你一盅酒吧。”齐景公说：“你的功劳顶大，可是你说得晚了。”田开疆挺生气地说：“打老虎、斩老鼋有什么稀奇？我跑到千里之外，为国增光，反倒没吃着，在两位国君跟前丢人，我还有什么脸面站在这儿呢？”这个老粗拔出宝剑来就抹了脖子。

公孙捷吓了一跳。他说：“我凭着打死老虎这么点功劳，抢了田开疆的赏，自个儿真觉得脸红。我要是活着，哪儿对得起田开疆呢？”说话之间，他也自杀了。古冶子大声嚷着说：“我们三个人是患难之交，同生同死的把兄弟，我一个人活着，太丢人了！”他也自杀了。齐景公每回急忙叫人去拦住，都没来得及。

鲁昭公直发愣。他挺抱歉地站起来，说：“我听说这三位勇士都是天下闻名的人才，没想到今天就为了这两个桃儿都自杀了，未免太可惜，连我心里头都觉得非常不安。”齐景公叹了一口气，没说话。晏平仲好像没有事似的说：“这样的武人虽说有用处，可不是什么了不起的人才。今天死三个，明天就能来三十个。多几个，少几个，没什么大紧要。咱们还是喝酒吧。”

鲁昭公走了之后，齐景公问晏平仲，说：“你在鲁侯跟前说了大话，给齐国总算保持了威风。可是我到哪儿再去找这样儿的勇士呢？”晏平仲说：“我要推荐一个人来，准保抵得过这三个人。”齐景公挺着急地问：“谁呀？你赶紧去把他请来！”

整顿纪律

晏平仲对齐景公说："我知道齐国有一个文武双全的人，他叫田穰苴。他现在隐居着。主公打算恢复先君桓公的事业，他是个好帮手。"齐景公埋怨他，说："你既然知道有这样的人，怎么不早点请他来呢？"晏平仲说："有才能的人出来做事，不光要挑选主人，还要挑选同事的。像穰苴那样的人哪儿能跟那些个光有血气之勇的武人一块儿做事呢？"齐景公心里还惦记着那三个勇士，晏平仲越说他们不怎么样，齐景公越觉得他有偏心。这一来，对他的话就未免起了疑。没想到本国的探子跑进来报告，说："晋国听说我们死了三个勇士，就发兵侵犯我们的边疆，夺去了几座城。燕国也趁着这时候侵略过来了。"齐景公叫晏平仲立刻去把穰苴请来。

穰苴见了齐景公，君臣谈讲起来，挺对劲。齐景公拜他为大将，发了五百辆兵车去抵挡晋国和燕国。穰苴心里犹疑着不敢动身。他知道齐国的将士有个顶大的毛病，就是不遵守纪律。齐景公见他好像不便开口，就问他还有什么为难的事。穰苴说："我是个乡下老粗儿，一下子执掌兵权，当了大将，免不了有人心里不服气。再说军队里顶要紧的就是得有个章程。没有章程的话，万一有人自以为当初出过力、有过功劳，不听军令，这么一来，全军就容易出乱子。主公要是能派个亲信能干的大臣做监军，我才能放心。"齐景公就把自己顶亲近的大夫庄贾派去做个监军。

穰苴对庄贾说："明天就要发兵，一准中午会齐，请监军准时上营里来。"庄贾答应了一声，回去了。

第二天早半天，穰苴先到了兵营里，叫士兵立起一根标杆，好测量太阳的影子，跟着就打发人去请庄贾。庄贾是齐景公顶宠用的红人儿，素来骄横惯了的。他哪儿把穰苴放在眼里。那天亲戚朋友都上他家去给他送行，大伙儿喝着酒，嘻嘻哈哈地有说有笑到了时候了，酒还是喝得没完没了的，走不了。穰苴又打发人去催他。他直怪穰苴派人来催，叫他在亲友面前丢脸。要是马上就去，那不是变成穰苴使唤的人了吗？他嘴里说："这就去。"可是就是不动身。好像不这么着，就显不出自己的身份和架子。直到散了席，太阳都偏西了。庄贾才坐着车，醉嘛咕咚地到兵营里来，晃晃悠悠地走到台上。就瞧见穰苴威风凛凛地站在那儿，迎头就问他："监军为什么到这会儿才来？"庄贾拱了拱手，说："因为今儿个出兵，几家亲友都来送行，多喝了点酒，来晚了一步。"穰苴说："当将帅的一得到出发的命令，就得撇开家；上了战场，连自己的命都不能顾了。现在敌人已经打到我们家门口来了，急得主公吃不下，睡不着。主公既然把大权交给了咱们，咱们就应当什么也不能顾，赶紧打退敌人要紧，哪儿还有闲工夫跟亲友吃喝作乐呢？"庄贾脸上显着有点不得劲儿，笑嘻嘻地说："日子总算没误，将军别怪了！"穰苴大声地说："你别以为主公抬举你，就成心耽误军情大事。要是临阵打仗，像你这样，咱们的军队还不全葬送在你的手里吗？"他转脸跟军法官说："按照军法，不按时报到的将士应该怎么处治？"军法官说："应当砍头！"庄贾一听见"砍头"，酒也吓醒了，想要往台下跑。穰苴当时叫武士们把他绑上。庄贾吓得直央告。他手下的人连忙去告诉齐景公。

齐景公立刻打发另一个宠用的大夫，名叫梁丘据的，拿着节杖去救庄贾。梁丘据赶紧坐着车，直拿鞭子抽马，飞似的跑到营盘里来。穰苴一见，喝令站住，跟着就问军法官："在军营里跑马的，应当怎么处治？"军法官说："应当砍头！"这一下子把梁丘据吓得脸都变成灰色的了。他哆嗦着说："这跟我不相干，我是奉了主公的命令来办事的。"穰苴说："将军在军队里可以不接受君王的命令。你既是主公派来的，就饶了你。可是，军法不能不遵守。"他就叫武士们把车拆了，把马砍了，作为替代。梁丘据这时候也知道庄贾已经被杀了，他只好抱着脑袋回去。

军队里一瞧穰苴整顿纪律，真是铁面无私，没有一个人再敢违抗命令了。穰苴的兵马还没到边界，晋国和燕国的兵马已经给吓跑了。穰苴率领大队兵马一直追下去，杀了好些个敌人，收复了给敌人夺去的那儿座城。晋国和燕国只得来跟齐国讲和。齐景公就拜穰苴为大司马。

中原诸侯知道了齐景公任用晏平仲为相国，穰苴为大司马，不由得又惊奇又赞叹。从这儿起，对齐国就另眼看待。晋国的名声和势力反倒不如齐国了。

公元前 501 年（周敬王十九年），齐景公正打算拉拢鲁国跟别的中原诸侯，把齐桓公当年的事业重新干一下，可巧鲁国的阳虎跑到齐国来，请齐景公派兵帮他去打鲁国。

提起阳虎，他是鲁国大夫季孙氏的家臣。怎么一个家臣就有这么大的势力呢？

原来是这么一回事：鲁国的国君鲁昭公被大夫季孙意如（季孙行父的孙子）轰出去了（公元前 517 年，周敬王三年，鲁昭公二十五年），压根儿就没能够回来。鲁国的老百姓都护着季孙氏，说鲁昭公失了民心，不配做国君。他死在国外，谁也不去可怜他。鲁国的政权全在季孙氏、孟孙氏、叔孙氏三家大夫手里。鲁昭公死在外头，三家大夫立鲁昭公的兄弟为国君，就是鲁定公。鲁定公也是个挂名的国君，大权还是在他们三家手里。那时候，周天王的实权早就掌在诸侯手里，可是诸侯的实权，多半又掌在大夫手里。这是因为大夫要从诸侯那里夺取实权，不得不向老百姓让步来换取他们的拥护。一国的几家大夫得到了实权，国君独尊的局面就给打破了。大夫夺取国君的实权，大夫的家臣又想夺取大夫的实权。

公元前 502 年，季孙氏的家臣阳虎不但要夺取季孙氏的大权，而且还要把季孙、孟孙、叔孙三家灭了，打算把整个鲁国大权把到自己手里来。“三桓”（就是季孙、孟孙、叔孙三家）给逼得没法，只好合到一块儿去对付阳虎，才把阳虎打败。他跑到齐国，请齐景公派兵帮他去打“三桓”。齐景公觉得这不行。晏平仲请齐景公把阳虎送回鲁国去。齐景公就把阳虎逮住押回鲁国去。半道上阳虎买通了看守他的人，让他逃了。齐景公给鲁定公写了一封信，告诉他阳虎偷着跑了，还约鲁定公到齐、鲁交界的夹谷（在今山东莱芜）开个会议。鲁定公自己不敢做主，就把三家大夫请来商量。

季孙斯（季孙意如的儿子）对鲁定公说：“齐国为了偏护着先君昭公，屡次三番地来打咱们，弄得咱们老没个安定。现在他们愿意和好，咱们怎么能不去呢？”鲁定公说：“我去开会，谁当相礼跟我一块儿去呢？”大夫孟孙何忌推荐鲁国的大司寇去。大司寇是谁呀？

古籍链接

号令方完，日已将晡，遥见庄贾高车驷马，徐驱而至，面带酒容。既到军门，乃从容下车，左右拥卫，踱上将台。穰苴端然危坐，并不起身，但问：“监军何故后期？”庄贾拱手而对曰：“今日远行，蒙亲戚故旧携酒饯送，是以迟迟也！”穰苴曰：“夫为将者，受命之日，即忘其家。临军约束，则忘其亲。秉桴鼓，犯矢石，则忘其身。今敌国侵凌，边境骚动，吾君寝不安席，食不甘味，以三军之众，托吾两人，冀旦夕立功，以救百姓倒悬之急，何暇与亲旧饮酒为乐哉？”庄贾尚含笑对曰：“幸未误行期，元帅不须过责。”穰苴拍案大怒曰：“汝倚仗君宠，怠慢军心，倘临敌如此，岂不误了大事。”即召军政司问曰：“军法期而后至，当得何罪？”军政司曰：“按法当斩。”

庄贾闻一“斩”字，才有惧意，便要奔下将台，穰苴喝教手下，将庄贾捆缚，牵出辕门斩首，唬得庄贾滴酒全无，口中哀叫讨饶不已。左右从人，忙到齐侯处报信求救，连景公也吃一大惊，急叫梁丘据持节往谕，特免庄贾一死。吩咐乘轺车疾驱，诚恐缓不及事。那时庄贾之首，已号令辕门了。

——《东周列国志·第七十一回》

有文有武

孟孙何忌推荐大司寇孔丘当相礼。孔丘就是天下闻名的孔子。他父亲是个地位并不高的武官，叫叔梁纥。叔梁纥已经有九个女儿和一个儿子了。他儿子的腿有毛病，也许是个瘸子。叔梁纥虽然上了年纪，可是还想生个文武双全的儿子。于是他又娶了个小姑娘叫颜征在。他们曾经在曲阜东南的尼丘山上求老天爷赐给他们一个儿子。后来他们果然生了个儿子，他们觉得这个儿子是尼丘山上求来的，给他取名叫孔丘，又叫仲尼（“仲”就是“老二”的意思）。孔子三岁上死了父亲。母亲颜氏受人歧视，孔家的人连送殡也不让她去。她跟小孩儿以后的日子不用说多么难过。颜氏挺有志气，她带着孔子离开老家陬（zōu）邑的昌平乡，搬到曲阜去住，靠着自己一双手来抚养孔子。孔子小的时候，没有什么可以玩的，他好几次见过他母亲祭祀他亡过的父亲，也就摆上小盆、小盘什么的玩着祭天祭祖那一套东西。

孔子十七岁那一年，母亲死了。他不知道父亲的坟在哪儿，只好把他母亲的棺材埋在曲阜。后来有一位老太太告诉他，说他父亲葬在防山（在今山东曲阜），孔子才把他母亲的坟移到那边。那一年，鲁国的大夫季孙氏请客招待读书人。孔子想趁着机会露露面，也去了。季孙氏的家臣阳虎瞧见他，就骂着说：“我们请的都是知名之士，你来干什么？”孔子只好挺扫兴地退了出去。他受了这番刺激，格外刻苦用功，要做个有学问、有道德修养的人。他住在一条叫达巷的胡同里，学习“六艺”，就是：礼节、音乐、射箭、驾车、书写、计算六门课程。这是当时一个全才的读书人应当学会的本领。达巷里的人都称赞他，说：“孔丘真有学问，什么都会。”孔子很虚心地说：“我会什么呢？我只学会了赶车。”

孔子在二十六七岁的时候，担任了一个小小的职司叫“乘田”，工作是管理牛羊。他说：“我一定把牛羊养得肥肥的。”果然，他所管理的牛羊都很肥。后来他做了“委吏”，干的是会计的工作。他说：“我一定把账目弄得清清楚楚。”果然，他的账目一点不出差错。孔子快到三十岁的时候，名声大起来了。有些人愿意拜他做老师。他就办了一个书房，招收学生。贵族学生、平民学生他都收。过去只有给贵族念书的“官学”，孔子办了“私学”，以后贵族独占的文化教育也可以传给一般的人了。鲁国的大夫孟僖子临死的时候，嘱咐他两个儿子孟懿子和南宫适（kuò）到孔子那儿去学礼。后来南宫适向鲁昭公请求派他和孔子一块儿去考察周朝的礼乐。鲁昭公给了他们一辆车、两匹马和一个仆人，让他们到洛阳去。那一年，孔子刚好三十岁（公元前522年，周景王二十三年，鲁昭公二十年）。他到了洛阳，特地送了一只大雁给老子作为见面礼，向他请教礼乐。

老子姓李，名聃，年纪比孔子大得多，在洛阳当周朝守藏室的大官（相当于现代国家图书馆馆长）。他见孔子来向他虚心求教，很是喜欢，还真拿出老前辈的热心来，很认真地教导孔子。末了，还给孔子送行。他说：“我听说有钱的人给人送行的时候，送钱；有德行的人赠几句话。我没有钱，就冒充一下有德行送你几句话吧：第一，你说的那些古人早已死了，骨头也都烂了，只有他们的话还留着；第二，君子遇着好时机，就驾着车去，时运不好，就走吧；第三，我听说会做买卖的人把货物藏起来好像没有什么似的，道德极高的人看上去好像挺笨似的；第四，你应当去掉骄傲、去掉欲念，因为这些对你都没有好处。我要告诉你的话就是这几句。”孔子一一领受了，他回到鲁国，对他的门生们说：“鸟，我知道它会飞；鱼，我知道它会游；走兽，我知道它会跑。可是，会跑的可以用网去捉；会游的可以用钩子去钓；会飞的可以用箭去射。至于龙，我就不知道它怎么样风里来、云里去，怎么样上天。我见了老子，没法琢磨他，他大概像一条龙吧。”

就在孔子会见老子那一年年底，郑国的大夫子产死了。郑国人都流泪，也有痛哭的，好像死了亲人似的。孔子一听到子产死了，也哭起来。他说：“他真是我所想念的古代爱人的人！”孔子很钦佩子产，也跟他见过面，像尊敬老大哥那样尊敬子产。在想法上也多少受了他的影响。比方说，郑国遭到了火灾，别人请子产去求神，还说：“要不然，接着还得发生火灾。”子产可不答应。他说：“天道远，人道近；我们要讲切近百姓利益的人道，不讲渺渺茫茫的天道。”郑国有了水灾，别人又请他去祭祀龙王爷。子产又不答应。他说：“我们求不着龙，龙也求不着我们。谁跟谁也不相干。”这些思想在当时可以算是很了不起的。孔子在讲天道、人道方面是跟子产相像的。

鲁昭公被季孙意如轰出去的时候，孔子才三十五岁。那时候，“三桓”争权，鲁国很乱，齐景公正想做一番事业。孔子就到了齐国，想实现他的理想。齐景公待他很客气，还想用他。他先探听探听晏平仲的意见。晏平仲固然挺佩服孔子的人品和学问，可是不赞成他的主张。他对齐景公说：“孔丘那一派讲究学问的人有两种毛病。一种是太清高；一种是太注重礼节。太清高了，就看不起别人，像这种自命不凡、举止傲慢的人，就不能够跟底下的人弄到一块儿去。国家大事几个人哪儿办得了？这是一点。太注重礼节，就顾不到穷人的生活。咱们齐国人，一天忙到晚，还得处处节省，才能够对付着过日子。他们哪儿有闲工夫，哪儿有富余钱，去琢磨琐琐碎碎的礼节跟那些个又细致又麻烦的仪式呢？孔丘出来的时候，车马的装饰可讲究了；吃饭的时候，对于饮食样式的那份讲究，就更不必说了。走路得有一定的样儿，上台阶得有一定的步法。人家连衣服都穿不上，他还要在那儿讲究礼乐；人家没有房子住，他还要叫人讲究排场，倾家荡产地去办丧事。要是咱们真把他请来治理齐国，老百姓可就要让他弄得更穷了！”

晏子和孔子的主张不同，两个人合不到一块儿去。晏子对孔子的态度是：恭敬他，可是远远地躲着他。齐景公觉得晏子的话比较符合齐国的国情，最终还是没用孔子。

孔子在齐国待了三年。他三十七岁的时候，又回到了鲁国。他把全副精神放在教育事业上。他教学生注重仁爱、研究历史、学习文艺、关心政治、讲究礼节，而礼节当中最要紧的是谦虚。他的门生之中，德行、政治、言语、文学等造就特别高的就有七十二人。他们老师和门生之间好像一家人那么亲密，大伙儿对孔子非常尊敬，把他当作他们的父亲一样。

到了公元前 501 年，孔子已经五十一岁了。他在鲁国做了中都宰。第二年，他做了司空，又由司空升为大司寇。齐景公约鲁定公到夹谷去开个会议。鲁定公请孔子做相礼，准备一块儿到齐国去。孔子对鲁定公说："我听说讲文事的也必须有武备。就是讲和，也得有兵马防备着。从前宋襄公开会的时候，没带兵车去，结果，受了楚国的欺负。这就是说，光有文的没有武的不行。"鲁定公听了他的话，让他去安排。孔子就请鲁定公派申句须和乐颀（qí）两个大将带领五百辆兵车跟着上夹谷去。

到了夹谷，两位大将把兵马驻扎在离会场十里地的地方，自己随着鲁定公和孔子一同上会场里去。开会的时候，齐景公有晏平仲当相礼，鲁定公有孔子当相礼。举行了开会仪式之后，齐景公就对鲁定公说："咱们今天聚在一起，实在不容易。我预备了一种挺特别的歌舞，请您看看。"说话之间他就叫乐工表演土人的歌舞。一会儿台底下打起鼓来，有一队人扮作土人模样，有的拿着旗子，有的拿着长矛，有的拿着单刀和盾牌，打着呼哨，一窝蜂似的拥上台来，把鲁定公的脸都吓白了。孔子立刻跑到齐景公跟前，反对说："中原诸侯开会，就是要有歌舞，也不应该拿这种土人打仗的样子当作歌舞。请快叫他们下去。"晏平仲也说："说的是呀。咱们不爱看这种打架的歌舞。"晏平仲哪儿知道这是齐国大夫黎弥和齐景公两个人使的诡计。他们本来想拿这些"土人"去威胁鲁定公，好在会议上向鲁国再要些土地。经晏平仲和孔子这么一说，齐景公也觉得怪不好意思的，就叫他们下去。

黎弥躲在台下头，等着这些"土人"去吓唬鲁定公，自己准备在台底下带着士兵一齐闹起来。没想到这个计策没办到，只好另想办法。散会以后，齐景公请鲁定公吃饭。正在宴会的时候，黎弥叫了几个乐工来对他们说："你们上去唱《文姜爱齐侯》这个歌，把调情那一段表演出来，为的是当面叫鲁国的君臣丢脸。完了之后，重重地赏你们。"他布置完了，上去对齐景公说："土人的歌舞不合鲁君的口味，我们就唱个中原的歌儿吧。"齐景公说："行，行！"

那几个搽脂抹粉的乐工就在齐、鲁两国的君臣跟前连唱带跳地表演起来了，唱的是"夫人爱哥哥，他也莫奈何"这些个下流词儿。气得孔子拔出宝剑，瞪圆了眼睛，对齐景公说："这种下贱人竟敢戏弄诸侯，应当定罪！

请贵国的司马立刻把他们治罪！”齐景公没言语。乐工们还接着唱：“孝顺儿子没话说，边界起造安乐窠！”这明摆着是侮辱鲁国的君臣，孔子忍不住了，就说：“齐、鲁两国既然和好结为弟兄，那么鲁国的司马就跟齐国的司马一样。”跟着他就扯开了嗓子向堂下说：“鲁国的大将申句须和乐颀在哪儿？”那两位大将一听见孔子叫他们，飞似的跑上去把那两个领头的乐工拉出去。别的乐工吓得慌慌张张地全跑了。齐景公吓了一大跳，晏平仲挺镇静地请他放心。这时候，黎弥才知道鲁国的大将也在这儿，还听说鲁国的大队兵马都驻扎在附近的地方，吓得他也缩着脖子退出去了。

宴会之后，晏平仲狠狠地数落黎弥一顿。他又对齐景公说：“咱们应当向鲁君赔不是。要是主公真要做霸主，真心实意地打算和鲁国交好，就应当把咱们从鲁国霸占过来的汶阳地方的谨（huān）、郓城和龟阴这三块土地还给鲁国。”齐景公听了他的话，把三个地方都退还给鲁国。鲁定公反倒不怎么高兴，向齐景公道了谢，就回国去了。

鲁定公收回了失地，为什么反倒不怎么高兴呢？原来这几个地方是当初鲁僖公封给季友的。如今名义上虽说退还给鲁国，实际上只是给季孙斯多加了些土地。季孙斯多加了土地，公家的势力就更小了。季孙斯可挺感激孔子，准备格外重用他和他的门生。

拆城头

季孙斯收了孔子的门生子路和冉（rǎn）有当了家臣。季孙斯的势力越发大了。有一天，季孙斯问孔子，说："阳虎是跑了，可是公山不狃（niǔ）（季孙氏的家臣）眼瞧着又起来了，怎么办？"孔子说："家臣的势力一大，大夫反倒受了他们的压制。必须把他们的城墙再改矮点，家臣们才不敢随便背叛大夫。"

那时候，不必说一般的诸侯失了势力，就是掌握在大夫手里的大权也跑到家臣们的手里去了。鲁国在外表上是给"三桓"占了，其实这三家的土地又给他们的家臣占了。那时候，诸侯和大夫只是政治上的贵族，家臣们倒很实际地做了地主。比方说，季孙斯的老根那个地方叫费城（在今山东费县一带），由他的家臣公山不狃掌握着。孟孙何忌的老根叫成城（在今山东宁阳一带），由他的家臣公敛阳掌管着。叔孙州仇的老根叫郈（hòu）城（在今山东东平一带），由公若貌掌管着。这三家大夫就知道拼命地扩充自己的势力，不受国君管。可是他们三家的家臣也一样地都扩充自己的势力，也照样地不受大夫管。这三个家臣把那三座城墙修得又高又厚实，跟鲁国的国都曲阜一样。因此，孔子主张把城墙改矮了。

季孙斯把孔子的意思告诉了孟孙何忌和叔孙州仇。他们全挺赞成。三个大夫就通知三个家臣，叫他们赶紧把城墙矮下三尺去。那三个家臣没想到会出这个事。他们一时都没有主意了，答应也不好，不答应也不好。费城的公山不狃想起一个人来，要跟他去商量一下。他是那时候鲁国顶有名的人，叫少正卯。公山不狃请他出个主意。少正卯反对孔子。他说："为了保卫国家才把城墙砌得又高又结实。要是怕掌管这城的臣下造反就把城墙改矮，那倒不如把城墙都拆去不是更干脆吗？可有一样，赶上别国打过来，这儿一点挡头都没有，那又怎么办呢？那位孔先生是打算把国君的势力把持到他手里去，才出了这个主意，去拆散家臣们的势力。他哪儿知道失去势力另有别的缘由。再说，有这些家臣们牵制着大夫，大夫才不敢过分地难为国君。要是把家臣的势力拆散了，那不是给大夫增加了势力吗？大夫的势力一大，国君的势力就更小，君位就更不牢靠了。为了保卫国家，城墙应当往高里长，不应当改矮。孔先生这种办法恐怕不太合适吧。"

三家的家臣本来恨不得把自己的地盘巩固起来，如今听了少正卯这套话，大伙儿就把主人的命令扔到脖子后头去了。三家大夫一见家臣们还没把城墙改矮，就带着士兵围住城。费城的公山不狃首先叛变，又去约会成城的公敛阳和郈城的公若貌一起反抗。公若貌胆子小，不敢跟他们一起干，就给他的一个手下人侯犯杀了。侯犯代替了公若貌，跟公山不狃联合到一块儿。公敛阳可没动手。三家大夫有孔子出主意帮忙，大伙儿联合起来对付这两个家臣，可就好办多了。公山不狃和侯犯打了败仗，跑到别国躲着去了。

叔孙州仇就把郈城的城墙落了三尺。季孙斯也把费城照样改了。孟孙何忌叫公敛阳把城墙拆去三尺。公敛阳找少正卯给想个法子。少正卯说："郈城和费城是因为公山不狃和侯犯背叛过，才把城墙改矮了。您要是也把城墙改矮了，不是您自己承认跟他们一块儿背叛主人了吗？再说，成城是鲁国北面顶要紧的一座城。要是城墙不高、不结实，万一齐国打过来，那可就守不住了！"公敛阳就回复孟孙何忌，说："我把守成城，不光是为了孟孙一家，也是为了整个鲁国！万一齐国打过来，城墙改矮了，怎么守哇！我为了鲁国的安全，宁可把自己的命扔了也不能听别人的话拆去一块砖！"

孔子听见这话，就对孟孙何忌说："这话准是别人告诉公敛阳这么说的。"他叫孟孙何忌和季孙斯把这件事告诉鲁定公，叫鲁定公召集大臣们商量一下，这城墙到底应该拆不应该拆。鲁定公就召集了大臣们商量这件事，叫孔子判断。大伙儿一研究，有的主张应该拆，有的主张不应该拆，各有各的理由。少正卯一向是反对孔子的，这会儿反倒故意随着孔子的心意，说："我赞成孔司寇的主张，应该把城墙矮下三尺去。因为这么一来，至少有六种好处。第一，尊重了国君；第二，巩固了国都的形势；第三，可以减少私人的势力；第四，让那些反叛的家臣没有依靠；第五，能叫三家大夫心平气和；第六，能叫各国诸侯也照样地做。"孔子看出了少正卯的奸诈，在他的花言巧语后面藏着坏主意，当时就站起来驳他，说："这太不像话了！三家大夫都是鲁国的左右手，难道他们是培养私人势力的吗？公敛阳忠心为国，他难道是反叛的家臣吗？少正卯明明是挑拨是非，叫君臣上下彼此猜疑怨恨。这种挑拨是非、扰乱国家大事的人应当判死罪！"大臣们觉得孔子这么说有点偏差，全都给少正卯直解说。有人竟说："少正卯是鲁国有名的人，就算他说错了话，也不至于就有死罪。"孔子说："你们哪儿知道少正卯的奸诈？他的话，听着好像挺有理，其实都是些个坏主意。他的举动，看着好像叫人挺佩服，其实，都是假装出来的。像他这种心术不正、假充好人的小人顶能够颠倒是非地诱惑人，非把他杀了不可。"孔子最终把少正卯杀了。

孔子在夹谷会上取得了外交上的胜利，拆了城头，削弱了家臣们的势力；杀了少正卯，叫人不敢暗中挑拨是非。鲁定公和三家大夫都挺虚心地听从孔子的主张来改进朝政。鲁国自从让孔子治理以后，据说仅仅三个月工夫就变成了一个挺像样的国家了。比方说，要是有人在路上丢了什么，他可以到原地方去找，准能找得着。因为没有主儿的东西，就没有人捡。夜里敞着大门睡觉，也没有小偷儿溜进去偷东西。这么一来，别的国一听鲁国治理得那么好，都担着一份心。尤其是贴邻的齐国，又是恨，又是怕，就有人出来想法去破坏鲁国的内政。

晏平仲虽说不愿意跟孔子一块儿做事，也不赞成孔子的主张，他可不干涉别国的事。等到晏平仲一死，齐国的大夫黎弥掌了大权。他就变着法儿想破坏鲁国的事。他劝齐景公给鲁定公和季孙斯送一班女乐去。这种女乐对没有能耐的糊涂君臣正合口味。要是让孔子瞧见，他准得脑袋疼。齐景公叫黎弥瞧着办去吧。

齐国的使者带领着女乐到了鲁国，一边拿了国书去见鲁定公，一边在南门外搭起帐篷先把女乐安顿下来。领队的怕歌舞不够好，就在南门外练习一下，同时也给鲁国人欣赏欣赏。鲁定公和季孙斯没等女乐进宫，便偷偷地穿上便衣到南门外看歌舞去了。

第二天，鲁定公偷偷地叫季孙斯写了封回信，赏了来人，就把八十个歌女留在宫里。鲁定公在这八十个歌女里头挑了三十个赏给季孙斯。从此，鲁定公和季孙斯就天天陪着美人儿。孔子未免要叨唠几句。他们也就恭恭敬敬地躲着他了。子路对孔子说："鲁君不办正事，咱们走吧！"孔子叹了口气，说："我哪儿不想走呢？可是我打算在这儿再等几天。我想过了祭祀节期再说吧。主公也许还能够遵守大礼呢。不是到了没法的时候，我不愿意离开他。"

到了祭祀那天，鲁定公到场应应卯就走了。依照当时的规矩，祭祀过的肉应当由国君很隆重地分给大臣们。可是鲁定公把这件要紧的事推给季孙斯去办。季孙斯又推给家臣去办，家臣又推给底下人去办，底下人拿来自个儿受用，索性谁也不分了。孔子祭祀完了回到家里，眼巴巴地等着国君送祭肉来。一直等到晚上，也没见送来，直叹气。子路说："老师，怎么样了？"孔子说："唉，我干不下去了！命里该着，命里该着！"这回他决心离开鲁国。子路、冉有也辞职不干了。除了他们两个以外，还有别的几个门生，一块儿跟着孔子走了。

周游列国

孔子离开鲁国的时候，已经五十五岁了（公元前497年，周敬王二十三年，鲁定公十三年）。他不能往东走，因为东边正是齐国，刚用美人计把孔子轰走。他就往西到卫国去，因为卫国的大夫蘧伯玉是孔子的好朋友，而且卫国的宠臣弥子瑕和子路是连襟。孔子到了卫国，住在弥子瑕家里。卫灵公（卫献公的孙子）给他的俸禄跟鲁国给他的一样。可是有人在卫灵公面前说，孔子不是卫国人，带着这么多门生到这儿来，是替鲁国做事的。卫灵公就派了一个心腹跟着孔子进进出出，监视着他的行动。

孔子在卫国不能够发挥自己的才能，又打算上陈国去。他也不跟人家告辞，就带着门生走了。他们路过一个叫匡（在今河南长垣）的地方，那边的人把他当作阳虎，就把孔子和他的门生包围起来。因为阳虎早先压迫过匡人，匡人都恨他。可巧孔子的相貌有点像阳虎，匡人就趁着他不得意的时候打算报仇。子路想要跟匡人打一打。孔子拦住他，说："我和匡人没冤没仇，他们为什么把我围起来呢？这一定是个误会。"他便坐下来弹琴，让人家知道他是个心气沉静的文人，不是阳虎。恰好卫灵公派人来请孔子回去，匡人才知道是他们自己弄错了，直向孔子赔不是。孔子白白地受了五天罪。

孔子又回到卫国。这回给卫灵公的夫人南子知道了。她想利用孔子，屡次打发人去请他。孔子推辞不了，只好去拜见南子。子路在外头噘着嘴、气哼哼地等着。一见孔子出来，就挺生气地怪孔子不应当跟这种女人见面。他还疑心老师也许改变了主意，急得老人家冲着天直起誓，说："我要是有不守礼的地方，老天爷罚我！老天爷罚我！"

自从孔子见了南子之后，卫灵公就待孔子特别好。卫灵公出去的时候，叫南子一块儿坐在车里，还叫孔子陪着。卫灵公带着美女和孔子得意扬扬地在街上路过，觉得挺体面。可有一样，卫国的老百姓见了，一个个都觉得恶心得要吐。

孔子又离开卫国，上曹国去。在曹国也不能安身，就跑到宋国去。到了宋国地界，在一棵大树底下，和几个门生研究学问。宋国有个挺得宠的臣下，怕国君重用孔子，对他不利，就想办法要把他轰出去。宋国人倒挺能够顾全面子，先给了孔子一个警告：他们把那棵大树砍倒了。孔子没法，只好离开宋国，上郑国去。

他到了那边，跟他的一些门生失散了，垂头丧气地在东门口站着。他的门生子贡沿路找老师。有人告诉他说："东门口站着一个老头儿。他的脖子像皋陶，肩膀像子产，腰以下比大禹短三寸，狼狈得好像一只无家可归的野狗，不知道是不是你老师。"子贡到了东门口一瞧，果然是他老师。他就把刚才那个郑国人所说的话，一五一十地告诉了孔子。孔子听了反倒笑着说："皋陶、子产、大禹我都不像。要说一只无家可归的野狗，这倒挺像，挺对！"

后来孔子到了陈国，就在一位同情他的大官家里住了三年。这时候，晋国和楚国争夺陈国，紧接着吴国又来攻打。孔子就打算还是回到卫国去。他们到了蒲城（在今河南长垣）以后，可巧蒲城打起仗来了。兵荒马乱地把孔子夹在当中，急得他进退两难。幸亏蒲城有个勇士叫公良孺，他也是孔子的门生，带着五辆车马，来保护老师。蒲城的贵族提出一个条件，他们说："我们跟卫国有怨仇，您答应我们不上卫国去，我们就让您出去。"孔子答应了。他们还怕他说了不算，非要孔子起誓立约不可。孔子就跟他们冲着天起了誓。公良孺这才保护着孔子和他的门生们逃出来了。孔子一逃出蒲城，马上就上路往卫国去。子贡问孔子，说："老师不是刚立了约不上卫国去吗？您怎么不遵守盟约呢？"孔子说："强迫着立的约不算数。这种约就是不遵守，老天爷也不管。"

孔子到了卫国，住在蘧伯玉家里。卫灵公正在发狠心想把卫国弄得强大点儿，一听说孔子又回来了，挺高兴地欢迎他。他抱着一肚子的希望向孔子讨教操练兵马和打仗的计策。孔子对他说："我就懂得关于礼节和道德这些事，没学过打仗。"卫灵公一听这话，心里就凉了。孔子又离开卫国。接着卫灵公的儿子、太子蒯聩为了反对他母亲南子，给卫灵公轰了出去。卫灵公一死，蒯聩的儿子当了国君，就是卫出公。他不让他父亲回国。蒯聩借了晋国的兵马来夺君位。孔子听到儿子跟父亲争地盘，非常讨厌。他越走越往南去了。他到了陈国，又想到蔡国去。

楚昭王听说孔子在陈国和蔡国一带待着，就打发人去请他。这时候，陈国和蔡国正恨着楚国，一见楚国派人来请孔子，就把孔子当作敌人。两国的大夫发兵把孔子围住。好在孔子的门生当中有好些人是能打仗的。他们拿少数人抵抗着多数人，保护着孔子。孔子给人家围在里头，三天没吃的。他就饿着肚子弹弹琴，解解闷气。有时候还给门生讲书。可是有几个人已经饿得病倒了。子路发了脾气，他问孔子："君子也有倒霉的时候吗？"孔子说："君子、小人都会碰到困难，可是君子碰到困难不变节，小人碰到困难就乱来了。"

孔子一面和学生们谈论，一面派子贡到楚国去接头。到了第四天，楚国的兵马到了，总算把孔子他们接到楚国去。楚昭王打算封给他一块土地。楚国的令尹子西反对这件事。他说："大王千万可别小瞧了孔丘。他不像个当臣下的人。跟着他的那班人里头有文的、有武的，都是头等人才。要是他们有了地盘，慢慢地往大里发展，到那时候，大王想管他可就管不住了！"楚昭王一听，对待孔子的那一片热心，可就凉下去了。

孔子知道楚国也不用他，他决定还是回到卫国或者鲁国去。孔子在回到卫国去的路上，瞧见两个人正在耕地。他叫子路去问他们渡口在哪儿。子路问路的时候，他们反问子路说："坐在车上的是谁？你是谁？"子路告诉了他们。他们说："现在的世道到处乱哄哄的，哪儿不都是一样？与其跑来跑去，找这个、投那个，还不如像我们这样不去管他的好。"他们说了这话，就不再理子路，继续耕他们的地。子路回来把他们的话告诉给孔子。孔子想了一想，说："正因为到处乱哄哄的，我才跑来跑去呀！要是天下太平了，我何必到处跑呢？"

孔子回到卫国，已经六十三岁了。卫出公请他做大夫，他推辞了。鲁国的相国季孙肥（季孙斯的儿子，也叫季康子）派人来请孔子和冉有回去。

孔子就回到本国，不打算再上各处去奔波了。他的门生当中，子路、子羔留在卫国做官，子贡、冉有在鲁国做官。打这儿起，孔子就一心一意地把精力搁在编书上头。他编了好几本书，其中最主要的一本叫《春秋》，批判地记载从鲁隐公元年到鲁哀公十四年，就是公元前 722 年至公元前 481 年之间的大事。这一段时期在中国历史上就叫“春秋时期”[1]。

古籍链接

孔子从祭而归，至晚，不见胙肉颁到，乃告子路曰：“吾道不行，命也夫？”乃援琴而歌曰：“彼妇之口，可以出走；彼女之谒，可以死败。优哉游哉，卿以卒岁！”歌毕，遂束装去鲁。子路、冉有亦弃官从孔子而行，自此鲁国复衰。史臣有诗云：

几行红粉胜钢刀，不是黎弥巧计高。
天运凌夷成瓦解，岂容鲁国独甄陶？

孔子去鲁适卫，卫灵公喜而迎之，问以战阵之事。孔子对曰：“丘未之学也。”次日遂行。

过宋之匡邑，匡人素恨阳虎，见孔子之貌相似，以为阳虎复至，聚众围之，子路欲出战，孔子止之曰：“某无仇于匡，是必有故，不久当自解。”乃安坐鸣琴，适灵公使人追还孔子，匡人乃知其误，谢罪而去。孔子复还卫国，主于贤大夫蘧瑗之家。

——《东周列国志 · 第七十九回》

1　春秋时期：现在常说的“春秋时期”指从周平王东迁（公元前 770 年）到周敬王四十四年（公元前 476 年），和《春秋》一书记载的时间范围略有出入。

不，不敢忘！

孔子周游列国的时候，南方的吴国和越国正打得不可开交。公元前496年（周敬王二十四年，鲁定公十四年，就是孔子给匡人围困的那一年），越王允常死了，他的儿子勾践继承了王位。吴王阖闾为了当初越国不帮他去打楚国，反倒帮着夫概造反，打算趁着越国有丧事，发兵去攻打。伍子胥拦着说："人家有急难，咱们不应该打过去。暂且等一等，过些日子再说吧。"阖闾不听他的话，他叫伍子胥守住本国，自己带着伯嚭、王孙骆、专毅这些人，率领着三万精兵去攻打越国。越王勾践也亲自带着大将诸稽郢、灵姑浮、畴无余、胥犴（àn）这些人去抵挡。

吴国的兵马和越国的兵马在槜（zuì）李（在今浙江嘉兴一带）地方碰上了。越王勾践和大将们都打算趁着吴国兵马刚到，立刻就冲破他们的阵线。可是一瞧吴国军队的阵脚挺整齐，好像铜墙铁壁似的，一时不容易冲过去，勾践先派了几十个人用挺特别的法子去冲锋。这几十个人分为三行，一个个光着膀子，拿着刀，把刀搁在自己的脖子上，按部就班地走到吴国军队阵前。三个头目向吴国军队行了个礼，说："我们的国王得罪了贵国，非常不安。我们情愿替他死！"说着，他们就从从容容地割下了自己的脑袋来。其余的人，也一个个把脑袋割下来了。吴国的士兵从来没见过这种稀奇古怪的举动，大伙儿都纳起闷儿来，彼此议论纷纷。有的不敢相信自己的眼睛，有的还说是假的，跑过去看了看尸首。真的，一个个尸首都没有脑袋了，直挺挺地躺在那儿，弄得吴国人摸不清到底是怎么回事，就乱了队伍。正在这个时候，畴无余和胥犴带着两队人马，一打呼哨呼啦一下冲过去。吴国的军队没防备有这一招儿，一时心慌意乱，来不及抵挡，就败下去了。诸稽郢和灵姑浮埋伏着的士兵一齐杀出来，左冲右撞，见人就砍，把吴王阖闾吓得从车上掉下来。灵姑浮拿着刀上来，阖闾赶紧往后一缩，他的右脚已经给砍了一刀。跟着，又来一刀，可巧叫专毅架住。王孙骆急忙把阖闾救出去，专毅受了重伤，差点儿给人逮住。幸亏伯嚭的军队赶到，一边抵挡，一边往后退兵。人马损失了一半。阖闾受了重伤，又搭着上了年纪，受不了那份疼痛，还没回到国里，就断了气。又待了几天，专毅也死了。

这时候，太子波已经死了，伍子胥就立太子波的兄弟夫差为国王。夫差决心要给他父亲报仇，叫人每天提醒他几回。一清早起来，他手下的人就扯开了嗓子，问他："夫差！你忘了越王杀了你的父亲吗？"夫差流着眼泪，说："不，不敢忘！"吃饭的时候，临睡的时候，也这么一问一答地提醒着他。同时，叫伍子胥和伯嚭在太湖操练水兵，自己操练兵车。

一晃儿两年多过去了。公元前 494 年，吴王夫差祭过了太庙，派伍子胥为大将，伯嚭为副将，亲自带领着大队人马，从太湖出发去打越国。越国有两个很出名的大夫，一个叫文种，一个叫范蠡。文种原来是楚国的宛令（宛，地名，在今河南南阳；令，县令，相当于县长），范蠡是他的知己朋友。他们都是楚国知名之士，以前晋国派申巫父子帮着吴国练兵，吴国成了楚国的劲敌，就这么替晋国牵制了楚国。同样，楚国派文种和范蠡帮着越国，也就是叫越国替楚国牵制着吴国。这会儿范蠡听到夫差发兵，就对越王勾践说："吴国练兵，已经快三年了。这回决心来报仇，来势汹汹。咱们不如守住城，不跟他们交手。我认为只有这个办法好。"文种也说："依我说，还不如跟吴王赔个不是，向他求和，往后再慢慢地想办法。"勾践说："这哪儿行呢？吴国跟咱们辈辈都有仇。他们既然来打咱们，咱们怎么也得抵挡一下。如今两国还没交锋，咱们就先跟人家讲和赔错，往后还有脸见人吗？"勾践就派三万壮丁去跟吴国人拼个死活。

两国的水兵先在太湖的夫椒（在今江苏苏州西南太湖里）打上了。夫差亲自站在一条大船上使劲地击鼓。士兵们一见国王这个样儿，全都加了十倍的勇气，又碰着顺风，战船就冲着越国那边直驶过去。船上的弓箭手精神百倍，借着风势，他们的箭射得更远。这一下子，越国的大将灵姑浮和胥犴都受伤死了。吴国的水兵趁势追下去，把越国的水兵差点儿杀得全军覆没。勾践一瞧势头不好，立刻叫范蠡守住固城（在今江苏高淳南），自己带着五千人跑到会稽山躲着去了。吴国人不放松，紧跟着上了岸，屠杀越国的老百姓，抢掠老百姓的牛羊，不但烧毁房屋，连地里的庄稼也给烧了。吴国的大军很快就围住了固城。右边是伍子胥的军队，左边是伯嚭的军队，两面夹攻，急得范蠡只好向勾践请求救兵。

勾践连急带吓，弄得一点儿办法都没有，直后悔不该跟吴国打仗。大夫文种说："别再犹疑了！赶紧去跟人家讲和吧！"勾践说："都到这份儿了，他们还能答应吗？"文种说："吴国的大将伯嚭向来跟伍子胥面和心不和。伍子胥办事周到严实，伯嚭怕他功劳太大，把他盖过去，没有出头的日子。再说他又是个贪财好色的小人，咱们只要去拉拢他，他准能帮助咱们。还有一点，吴王和伯嚭两个人非常投缘，和伍子胥反倒像小学生见了老师似的。因此，只要伯嚭一点头，吴王不会不答应的。伍子胥一个人想拦也就拦不住了。"勾践就叫文种瞧着办。

石屋看马

文种到了吴国的兵营里，拜见伯嚭。伯嚭架子挺大，瞪着眼睛坐在那儿，动也不动。文种跪在地下，说："越王勾践年幼无知，得罪了贵国。他如今已经后悔了，情愿当个吴国的臣下。他怕吴王不答应，特地打发我来恳求您。您是吴王顶亲信的大臣，这些年来功劳最大，吴国的大事全都得靠着您处理。只要您在吴王跟前说句话，什么事没有不成的。这里勾践奉上白璧二十双，金子一千两。这点孝敬，请您先收下，以后还要不断地来孝敬您。"

伯嚭听了文种的话，浑身都舒坦。可是他还装腔作势，显出满不在乎的样子，拿三个手指头捻着下巴颏儿底下几根长短不齐的松针胡子，说："越国眼瞧着快完了，越国所有的全都是吴国的了。你想拿这么点东西来打动我吗？"文种说："越国虽说打了一个败仗，可是多少还有点兵马可以守住会稽。万一吴国再逼过来，还能够拼命地打一阵。要是再打败的话，只得放一把火，把库房里的财宝烧个精光，吴国休想能得着什么。就算能得着一些财宝，吴王也未必全都赏给您。我们不去恳求吴王，也不上右边兵营里去，偏偏来跟您求饶讲和，还不是因为您一向就比他们贤明吗？"伯嚭点了点头，说："你们也知道我向来不会欺负人。好，就这么办吧，明天带你去见大王！"

当天晚上，伯嚭先把这事跟夫差说了一遍，夫差答应了。第二天，文种跪在夫差面前，把勾践请求讲和的意思说了。夫差说：“越王情愿当我的臣下，他们两口子愿意跟着我上吴国去吗？”文种说：“既然当了大王的臣下，自然应当去伺候大王。”伯嚭插嘴说：“勾践夫妇情愿上吴国来伺候大王，越国就是吴国的了。大王答应了吧。”夫差就答应了。

右边兵营里的伍子胥听说越国打发人来求和，赶紧跑到中军去见吴王夫差。他一见伯嚭和文种站在夫差旁边，就气冲冲地问夫差，说：“大王答应了吗？”夫差说：“已经答应了。”伍子胥大声嚷着说：“不能！不能！”吓得文种往后退了几步，心口扑通扑通地直跳，就听伍子胥说：“越国和吴国是势不两立的。吴国不把越国灭了，越国就一定会把吴国灭了。再说先王的大仇，不能不报！”夫差给伍子胥说得回答不上来，挺害臊地看了看伯嚭。伯嚭说：“这回大王把越国打败了，越王情愿做臣下，先王的仇已经报了。相国也曾经给父兄报过大仇，为什么不把楚国灭了呢？你自个儿报了仇，答应楚国求和，当了个忠厚的君子。这会儿大王的仇也报了，你反倒叫大王不依不饶的。难道你做了忠厚的事，倒叫大王刻薄起来吗？”夫差连连点头，说：“可不是。相国先上后边歇息歇息吧！”气得伍子胥只能唉声叹气地出来了。

他出来碰见了大夫王孙雄。伍子胥对他说：“越国十年生聚，十年教训，用不了二十年工夫就能够把吴国灭了！”王孙雄冲他笑了笑，有点不信。气得伍子胥更是连连叹气。他弄得没有一个人能跟他同心合意的了。可是他还舍不得离开吴国。

文种回到会稽，报告了求和的经过。勾践召集大臣，要把国家大事托付给他们经营。他见了他们，哭个没完没了，话都说不出来了。大伙儿劝解越王只管放心到吴国去。他们都下了决心，在国里苦干，想法子恢复越国。勾践就拜托文种和大臣们管理国事，自己带着夫人和范蠡上吴国去。越国的大臣和老百姓沿路哭着送行。

勾践到了吴国，夫差让他们两口子住在阖闾大坟旁边的石屋里，叫勾践给他看马。范蠡跟着他做奴仆的工作。夫差每次坐车出去，勾践总得给他拉马。吴国人老指着勾践，说：“瞧！这是咱们大王的马夫！”勾践老是低着头，不言语，随便让人家取笑。就这么过了三年。在这三年当中，勾践挺小心地伺候着吴王，真是百依百顺的，比别的使唤人还要驯服。文种还时常打发人给伯嚭送礼。伯嚭老在吴王跟前给勾践说情。

有一回夫差病了，勾践托伯嚭带话，说他听说大王病了，挺惦记的，想来问候问候。夫差瞧他殷勤得挺可怜的，就答应了。伯嚭带着勾践到了内房，夫差正要拉屎，勾践赶紧过去扶着他。夫差叫勾践出去。勾践说："父亲有病，做儿子的应当服侍；大王有病，做臣下的也应当服侍。再说我还有点小经验，瞧见拉的是什么屎，就能知道大王的病是轻是重。"夫差只得让他扶着，拉完了之后，夫差觉得舒坦点。勾践偷偷地掀开马桶盖，背地里不知道干些什么，回头就向夫差磕个头，说："恭喜大王！大王的病已经过了险劲儿了。要是没有别的变化，再待几天就完全好了。"夫差说："你怎么知道的？"勾践说："我刚才仔细看了大王拉的粪便，瞧那个颜色，闻那个味道，就知道您肚子里的恶毒已经发散出来了。"夫差听了，大受感动。他说："唉！我太亏负你了。等我病好了，我准放你回去。"

夫差害的病本来没有什么大不了的。待了几天，就大好了。他答应勾践放他回越国去，还预备了酒席给他送行。伍子胥又来拦住他，夫差真冒了火儿了，气冲冲地说："我得病的当儿，勾践挺小心地服侍我。你倒好，连句话也没有。老摆着你那老前辈的架子，不准我干这个，不准我干那个！我盼望老相国往后少说话吧！"伍子胥不便再开口，一声没言语。

公元前 491 年（周敬王二十九年），夫差亲自送勾践上车。勾践夫人拜谢了吴王，也上了车。范蠡拉着缰绳，说了一声"再会"，君臣三个人就一路回越国去了。

卧薪尝胆

勾践回到越国，大臣们一见，一个个都是又高兴又伤心。勾践对他们说："我是个国破家亡的奴才，要不是诸君这么尽心尽意地出力，我哪儿还有回国的一天？"范蠡说："这是大王的洪福，哪儿能算是我们的功劳呢？但愿大王从今往后，时时刻刻记住石屋看马的耻辱，越国才有盼头，我们的仇准能报。这是我们做臣下的和全国人唯一的愿望！"勾践说："我绝不叫你们失望！"他就叫文种管理国家大事，叫范蠡整顿兵马，自己挺虚心地接受别人的意见，对一些穷苦人，真心实意地想办法救济他们。这么一来，全国的人个个欢喜，恨不得把自己的能耐全都拿出来，好叫这受欺压的国家变成一个强国。

勾践唯恐眼前的舒服把志气消磨了，他就改变日常生活，把软绵绵的褥子撤去，拿柴草当作褥子。在吃饭的地方挂上个苦胆，每逢吃饭的时候，先尝一尝这苦味。这就是"卧薪尝胆"。这回亡国之后，人口减少了，他就定出几条奖赏生养的条例来。例如：上了年纪的人不准娶年轻的姑娘做媳妇儿；男子到了二十岁，女子到了十七岁，还不成亲的，他们的父母要受一定的处罚；快要临盆的女人，必须报官，好派官医去照顾她；添个小子，国王赏她一壶酒，一头猪；添个姑娘，国王赏她一壶酒，一头小猪；有两个儿子的，官家给养活一个；有三个儿子的，官家给养活两个。赶到种地的时候，越王亲自拿着锄头在地里干活，为的是让庄稼人好提起精神，加劲种地，多打粮食。国王的夫人也老出去，看望织布纺线的姑娘和大娘们。没有事的时候，自己也在宫里织布。七年里头，国家什么捐税都不收。穿衣、吃饭，处处节省。全国差不多都不吃荤，也不穿漂亮的衣裳。他们自己这么节省，为的是给吴王夫差进贡。夫差见勾践月月有东西送来，非常满意。越国又进贡了一大批麻布和蜂蜜。吴王更加高兴了。这一来，两国相安无事。可是勾践反倒着急起来了。

有一天，他对文种说："要是老这么下去，怎么能找吴国报仇呢？"文种说："我有七个计策，能够灭吴国，报咱们的仇。第一，多多给吴国送贿赂，让吴国的君臣喜欢；第二，收买吴国的粮食，弄空他们的仓库；第三，用美人计去诱惑吴王，让他荒淫无道；第四，送给吴国顶好的砖、瓦、木料和木工、瓦工，叫吴国大兴土木，为的是让他劳民伤财；第五，打发探子去当吴国的臣下；第六，到处散布谣言，叫忠臣们退避不问国事；第七，自己多积攒粮草，操练兵马。这么一来，到了时候，管保能把吴国灭了。"勾践连连点头，说："好计策！好计策！"

这时候，夫差正打算起造姑苏台。越王趁着这个机会，预备了几根又长又大的木料，打发文种送去。夫差从来没见过这么大的木料，非常高兴。可是这几根大木料竟把起造姑苏台原来的计划改变了。大材不可小用，姑苏台得加高一截，还得往大里开展，才能够高矮合适。这么一来，工程可就大了。这可苦了吴国的老百姓，他们连黑天带白日地干着，有时候还得挨揍。

勾践见文种的这个计策起了作用，就叫他和范蠡去找姑娘。范蠡说："这事我早就准备好了。托大王洪福，我找着了一位又精明又懂大义的姑娘。她叫西施。她情愿舍出自己身子，去给大王报仇。她还约了个帮手，叫郑旦。大王把这两个人送给夫差，文大夫的第三个计策管保又能办到。"勾践就打发范蠡护送她们上吴国去。

范蠡带着西施和她的帮手郑旦上吴国去。西施和范蠡本来是一对情人。这一路上真是有说不出来的伤心难受。倒是西施挺有志气，咬着牙，把自己的眼泪往肚子里咽，脸上还装作没事的样儿来。她对范蠡说："你别伤心了！咱们亡了国，还能随自己的心意讲恩爱吗？咱们已经把身子献给国家，就不能再那么儿女情长的了。再说，送给夫差的只是我的身子。我的心永远是你的，谁也抢不去。我不怕别的，就怕将来计策成功了，你也许不认我了。那时候，就是咱们还有见面的日子，我哪儿还有脸再见你呢？”范蠡低着脑袋一声不言语地听她说着这番话，听到末了这两句，急得他直起誓发愿地说：“你为了大王，为了父母之邦，为了我，去受这么大的委屈，我已经佩服得没有话说了。我要是不把你当作天底下顶纯洁的女子看待，叫老天爷重重地罚我！”

她们进了吴国的王宫。模样长相是不用说的了，外加西施那种才干、见解和谈吐，处处高人一等。没有几天工夫，夫差就当了西施的俘虏。西施不光叫夫差宠爱她，还叫夫差尊敬她。她见夫差成天价陪着她，反倒生了气。她皱着眉头，说：“大王知道如今天下的大势吗？楚国打了败仗之后，还没恢复元气；晋国早就失了霸主的威风；齐国自从晏平仲一死，国里头没有了不起的人；鲁国三家大夫就知道拼命地扩充自个儿的权势。中原诸侯哪儿有一个能够跟大王相比的呢！大王不趁着这时候去干一番顶天立地的大事业，反倒天天陪着我们饮酒作乐，人家还以为是我把您的志气消磨了。您就是不替吴国增光耀祖，至少也该为了疼我，去当中原的霸主，让我在历史上也好落个美名儿。”夫差听了西施这篇高论，每个汗毛眼都充满了快乐和佩服。

正在这时候，齐国派使者来请求吴国派兵一同去打鲁国，说是因为鲁国欺负邾国。夫差诚心要上中原去做一番事业，就答应齐国，发兵去跟齐国军队会师。

原来邾国的国君娶了齐悼公（齐景公的儿子）的妹妹做夫人，觉得有了大国做靠山，就得意起来，慢慢地跟鲁国不和了。鲁哀公（鲁定公的儿子）叫季孙斯去打邾国，把邾君逮了去。齐悼公认为鲁国逮了他的妹夫，就是瞧不起他，这才去约会吴王夫差一块儿去打鲁国。鲁哀公一听齐国借了吴国的兵马来打他，赶紧把邾君放了，又向齐国赔不是。齐悼公有了面子，不想再打仗。当时打发使者去对吴王夫差说：“鲁国已经求和了，不敢再劳动大王的大军，请回去吧。”夫差可不答应，他说：“这么老远的道儿，发一回兵也不容易。叫我发兵也是你们，叫我退兵也是你们，难道说我吴国是你们齐国的属国吗？”他就带着这大队人马去打齐国。鲁国见风转舵，连忙给夫差送礼，跟着他一块儿去打齐国。两国的兵马一直冲进齐国，吓得齐国人乱起来了，连上带下没有不埋怨齐悼公的，说他不该把敌人请进来。这时候齐国顶有势力的大夫陈恒（也叫田常；古文“田”“陈”二字通用）和鲍息两家就借着这个碴儿把齐悼公杀了，向吴王夫差请罪求饶，情愿年年进贡，服侍吴国。这么一来，不但鲁国，连齐国也做了吴国的属国了。

夫差一发动，就收服了齐、鲁两国。他从中原回来，越发佩服西施，把她当作谋士，老跟她谈论国家大事。有时候朝廷上有什么疑难的事也得跟她商量一下。有一回，夫差对她说："今天越国的大夫文种上这儿来。他说，越国收成不好，粮食不够，打算跟咱们借一万石。过年如数归还。你瞧这事应该怎么办？"西施说："大臣们怎么说的？"夫差说："他们也没有一定的主张。伯嚭他们劝我答应，伍子胥说什么也不干。"西施冷笑了一声，撇着嘴，说："芝麻大的事也值得费这么大的劲？大王是个精明人，您没听见过'国以民为本，民以食为天'这两句话吗？越国已经属于大王了，每个越国人都是大王的人，难道说大王就这么忍心让他们活活地饿死吗？早先齐桓公在葵丘开大会的时候，就不准诸侯囤积粮食，每个国家都应当帮助闹饥荒的邻国。秦穆公还拿大批的粮食去救济敌国的难民，他才称得起西方的霸主。难道大王还比不上齐桓公、秦穆公吗？"夫差连连点头称赞，说："大臣们也有劝我应该救济越国的，可是他们没像你说得这么透。我明儿个答应文大夫就是了。"

文种领了一万石粮食，回到越国。勾践跟大臣们乐得连嚷带跳。文种把这些粮食全都分给穷人。这一来，全国的人，没有一个不感激越王的。转过年来，越国年成丰收。文种就挑选了顶好的可以做种子的粮食一万石，亲自去还给吴国。夫差见勾践不失信，更加高兴了。他把越国的粮食拿来一瞧，粒粒足实、饱满，就对伯嚭说："越国种的粮食颗粒比咱们的大。咱们就把这一万石当作种子，这一来，咱们的庄稼也就更好了。"伯嚭就把越国的粮食分给农民，叫他们去种。到了春天，吴国的庄稼人下了种，天天等着新秧长出来。等了十几天了，还没出芽。他们想，好种子大概要比普通种子出芽慢一点，就耐着心又等了几天。没想到全国撒下去的种子全霉烂了。他们没有主意了。后来，只好赶紧再用自己的种子，可是已经误了下种的时候。这一年的饥荒算是坐定了。吴国的老百姓都埋怨吴王不顾土地合适不合适，就冒冒失失地用了越国的种子。他们哪儿知道文种的狠劲呢？原来他送去的都是已经蒸熟了又晒干的种子呀！

越王勾践听见吴国闹了饥荒，就想发兵。文种说："还早着呢！一来，伍子胥还在；二来，吴国的兵马还没派到别的国去。"越王勾践只好耐心等着，趁这时候扩大军队，操练兵马。

全凭一张嘴

伍子胥听说越王勾践扩充军队，操练兵马，就气冲冲地去告诉夫差。夫差把伯嚭叫来，埋怨他，说："越国不是已经归顺咱们了吗？怎么勾践又派范蠡练起兵来了？"伯嚭说："大王封给勾践土地，也得有人把守。操练兵马，也是应当应分的事呀。"虽是这么说，夫差到底还不放心，心里就有点要征伐越国的意思。

夫差正想着要去征伐越国，还在犹疑不定的时候，可巧来了一位北方的客人，就是孔子的门生子贡。子贡怎么会跑到吴国去呢？原来上回吴国和鲁国一块儿打齐国的时候，齐国人杀了齐悼公，归附了吴国，立齐悼公的儿子为国君，就是齐简公。齐简公拜陈恒为相国，让他掌握着齐国的大权。陈恒善于收买人心，他用大斗把粮食借给穷人，收回的时候却用小斗。齐国的老百姓大多归向他。他不怕国君，倒担心齐国的高家和国家抢他的地位，因此，他总得想办法不让他们过好日子，最好能叫他们出外打仗，死在外边。他就对齐简公说："小小的鲁国竟敢跟着夫差来欺负咱们，这个仇不能不报。"齐简公当然同意了。陈恒就请齐简公派国书为大将，高无丕为副将，率领一千辆兵车去打鲁国。他还亲自送他们到汶水，一定要他们把鲁国灭了。这时候，孔子正在鲁国编书。他的门生子张从齐国回来，跟老师提起齐国兵马驻扎在汶水的事。孔子吓了一跳，说："鲁国是我父母之邦，哪儿能让人家灭了呢？”他就和子贡商量了一下，打发他上汶水去。

子贡到了汶水，求见陈恒。陈恒知道子贡是孔子的门生，就成心摆摆架子等着子贡去见他。他一见子贡进来，迎头就说：“先生是来替鲁国说话的吗？”子贡说：“我不是来替鲁国说什么话，我是来替齐国说话的。鲁国不是那么容易打得下来的，相国为什么发兵来呢？”陈恒说：“鲁国有什么难打呢？”子贡说：“鲁国的城墙又矮又薄，鲁国的护城河又窄又浅；君臣全都软弱无能，士兵打仗的能力很差。就因为这些个，我说鲁国不是那么容易打得下来的。我替齐国打算，还不如去打吴国。吴国的城墙又高又厚，吴国的护城河又宽又深，兵多将广，还都是久经大敌的。吴国多么容易打呀！”陈恒差点儿把肚子都气破了，瞪圆了眼睛，大声地说：“你这些话颠三倒四的，什么意思？”子贡不慌不忙地说：“当然有意思喽！可有一样，我就是不能随便说。”说着就往四下里张望了一下。陈恒明白他的心思，叫底下的人全都出去，然后心平气和地向子贡拱了拱手，说：“请先生多多指教。”子贡说：“相国执掌着齐国的大权，难道大臣们就没有一个想跟您争一下子吗？您准能压得住他们吗？就拿这回国书和高无丕他们来打这软弱无能的鲁国来说，没说的，准是马到成功。这么容易办到的事，也得算他们大功一件。他们的功劳一大，势力也就大了。要是您叫他们去打那强大的吴国，把他们牵制住，相国治理齐国可就方便得多了。”这一番话把陈恒说得连连点头，说：“先生的话固然不错，可是齐国的兵马已经到了这儿，要是无缘无故地去打吴国，准得让人家起疑，那怎么行呢？”子贡说：“这还不容易！您先叫兵马驻扎在这儿，我马上去见吴王，叫他发兵来救鲁国。这么一来，您再叫国书和高无丕去跟吴王开仗，就有了名目了。”

陈恒真照子贡的主意，对国书他们说：“听说吴国要来打齐国，咱们不如把兵马驻扎在这儿，先别发动，赶紧打发人去探听探听吴国的动静，然后再说。”国书答应了。陈恒自己就先回齐国去了。

子贡见了吴王夫差，说：“上回贵国联合鲁国去打齐国，齐国认为这是个挺大的耻辱，老想着报仇。如今齐国的大队人马已经到了汶水，他们打算先把鲁国灭了，然后再来跟贵国报仇。要让我瞧，大王还不如先发制人，派兵去打齐国。您要是把强横的齐国打败了，不光是救了鲁国，中原的霸主您还不是准当上了吗？”夫差说：“你的话说得不错。上回是齐国请求我把它收为属国，我才撤了兵。齐国没来朝聘，我本来就打算去征伐。谁知道事情一档跟着一档，这几天又听说越国也正在练兵，有意要来侵犯。我打算先去收拾越国，然后再去整治齐国。”子贡说：“越国还能成得了什么大事！齐国才是大王的对手！征伐越国没有多大的好处，放松齐国害处可大了。您要是不去救鲁国，中原诸侯准说您怕齐国。只有帮助弱小的、压制强横的，才能显出大王的气魄来！您要是担心越国，我愿意去跑一趟，叫越国也发兵跟着大王一块儿去打齐国，您瞧好不好？”夫差听了挺高兴，就叫伍子胥上齐国去送战书，叫子贡上越国去通知勾践。

越王勾践听说子贡上越国来了，就派人到三十里外去迎接。子贡见了勾践，说：“我刚才见了吴王，请他去打齐国，他可是打算先来征伐贵国。您要是想报仇，就不该叫人起疑。”勾践就跪起来（古人席地而坐，“跪起来”是由坐的姿势改成跪的姿势，而不是跪下去的意思），说：“先生可得想个法儿救救我！”子贡连忙请他坐下，对他说：“吴王这人向来骄傲自大，还喜欢人家奉承他。您顶好拉住那个专会奉承吴王的伯嚭，多多请他出主意。这回您必得亲自带一队人马帮着吴王去打齐国。他要是打败了，就损失了实力；要是打胜了，就得跟晋国争夺霸主的地位。这么下去，吴国准不得太平。吴国不太平，贵国就有了出头的日子了。”勾践就打发文种带了礼物跟着子贡一同去见夫差。

文种见了夫差，说：“东海下臣勾践，蒙大王不杀之恩，不知道该怎么样报答您才好。如今听说大王要去征伐强横的齐国，救护弱小的鲁国，勾践特地派我奉上最名贵的一些盔甲、宝剑，作为贺礼。大王发兵的时候，勾践也打算挑选三千精兵，听凭大王使唤。他自个儿还愿意来给大王当差。”夫差一听，非常得意。他向子贡说：“你瞧怎么办好？”子贡说：“勾践诚心诚意地来侍奉大王，您就答应他派三千人马来吧。可是他要是再自己跑了来，那就未免有点过分了。”夫差就对文种说：“你告诉他，不必亲自出马了。”文种辞别吴王回去了。

赶到吴国和齐国开了仗，子贡又跑到晋国去。他对晋定公说：“吴国跟齐国正在开仗。要是吴国打了胜仗，准得来跟贵国争夺霸主的地位。君侯您可不能不防备呀！”晋定公听了子贡的话，真就准备起来。子贡就这么四面八方地都弄妥当之后，才回到鲁国去。赶到他向孔子报告的时候，吴国正把齐国打败了。就这样，凭着孔子门生子贡的一张嘴，总算齐国没打到鲁国来。

皱眉捧心

吴王夫差打败了齐国，回到吴国，文武百官都来给他朝贺，反正都是些个奉承他的话。唯独伍子胥站在旁边垂头丧气地一声不言语。夫差挺不高兴，他说："老相国一向不让我去打齐国，如今上上下下都立了功。你呢，反倒没有份。"伍子胥冷笑一声，说："哼！把齐国打败了，不过占了点小便宜；越国来灭吴国，那才是个大灾祸！大王别为了贪小便宜吃大亏才是呀。"夫差恨不得当时把他轰出去，可是他是先王手下的大臣，立过大功，只好耐着性子不理他。

过了些日子，越王勾践亲自来给吴王朝贺。吴王夫差就对大臣们说："上回征伐齐国，有功的都得了赏。越王也派了三千人马，说起来也有功劳。再说他真心实意地顺服我们已经好几年了，我打算再封他一点土地，你们认为怎么样？"大伙儿都说："大王赏赐有功的臣下，非常贤明！"伍子胥趴在地下，气鼓鼓地说："大王怎么净爱听这些个奉承的话呢？您不想灭越国，越国可准会来灭咱们的！"夫差动了气。大伙儿都劝伍子胥别说了，伍子胥哪儿肯听啊！他还一个劲儿引经据典，什么关龙逄啊，比干哪，全搬出来了，这么一唠叨，伯嚭听得不耐烦了，就说："你要是真正忠心为国，就不该把自个儿的儿子托付给鲍家呀！"

原来夫差没打齐国之先，打发伍子胥去送国书。书里的意思是数落齐简公不该欺负鲁国。这本来是夫差成心叫齐简公杀伍子胥的意思。没想到齐国的大夫鲍息是伍子胥的老朋友。他在齐简公跟前给伍子胥说了好话，才把伍子胥放回来。伍子胥预料吴国终究得有一场大祸，就私下里把他儿子伍封送到鲍息家里，托付鲍息给照管着，还改了名字叫王孙封。有人把这件事在伯嚭跟前泄了底。伯嚭就说伍子胥有了外心，这回才敢当面顶他。夫差一听，更是火上浇油，就对伍子胥说："我看在先王的面上，不能太为难你。可是你自己得要明白，往后别再见我的面了。"

当天晚上，夫差闷闷不乐地回到宫里，同西施和郑旦说起伍子胥的事。郑旦唉声叹气，西施揉着胸脯，瞪了郑旦一眼，转脸跟夫差说："怪不得他老拦着大王去打齐国呢，原来是给他自个儿留着退身！俗话说得好，'用人别疑，疑人别用'。大王要是用他，就得听他的话。那就先把我这个越国人杀了，再去打越国，然后一心一意地去服侍齐国。"说着，皱着眉头，捂着胸口，好像受了多大委屈似的。夫差知道她素来有心疼的毛病，这病一发作，她就皱着眉头，两只手捂着胸口（文言叫"捧心"），他就赶紧安慰西施，说："这是怎么说的，我哪儿能听他的呢？"西施跟着说："大王要是不用他，那么还留着这种有了外心的人干吗？像这种人连本国的人他都屠杀，楚平王的尸首他还用鞭子抽呢！难道他还能怕您吗？"夫差在西施的手心里就好像墙头上的草，随风倒，西施要他往哪边倒就往哪边倒。

夫差叫人给伍子胥送一把宝剑去，那把宝剑有个名字叫"属镂（lòu）"。伍子胥拿着属镂叹息了半天，对手下的人说："我死了之后，你们把我的眼睛挖出来，挂在东门口，我要瞪着眼睛瞧着越国的兵马进来！"说着，他就自尽了。那个送剑的人，把宝剑拿回来，又把伍子胥临死说的话说了一遍。夫差叫人把伍子胥的尸首扔到江里去，气哼哼地说："瞧你怎么样瞧着越国的兵马进来！"

夫差杀了伍子胥，拜伯嚭为相国，一心打算会合中原诸侯当个领袖。西施又故意劝他别为了儿女情长耽误了霸业。她的帮手郑旦可老是愁眉不展的，好像有说不出的苦楚憋在心里似的。日子一长，西施瞧着有点儿不对劲。有一天趁夫差不在家里，西施就问郑旦："你怎么一天到晚老那么愁眉不展的？"郑旦吞吞吐吐地说："也没什么，我老觉得，大王待咱们不错，我有点不忍心害他。可是也忘不了咱们越国的仇……你说，有没有两全其美的办法呢？"西施怕她真会跟吴王一条心，那可坏了。她叫郑旦死了这个两全其美的念头，就说："没有！我劝你只要别破坏我的事就成了！"郑旦急得直起誓发愿的，嗔（chēn）着西施不体贴她的苦楚，抽抽搭搭地哭着说："姐姐你放心，我虽说没有你那份刚强劲儿，可国仇跟私恩，多少我还能认得清！"

后来，郑旦病了，且越来越重，不到几个月工夫，她就死了。夫差非常伤心，把她埋在黄茅山，还特意给她立了一个祠堂。西施见夫差总是闷闷不乐，一边变着法儿地讨好他，一边老拿"大丈夫""英雄好汉""中原霸主"这些话去激他，为的是让吴国消耗实力，给越国进攻吴国造成有利条件。公元前483年，夫差就在橐（tuó）皋（在今安徽巢湖一带）会见了鲁哀公，又在发阳（在今江苏如皋一带）会见了卫出公。接着就打算召集各国诸侯，准备跟晋国争夺中原诸侯的霸权。

古籍链接

夫差乃使人赐子胥以"属镂"之剑，子胥接剑在手，叹曰："王欲吾自裁也！"乃徒跣下阶，立于中庭，仰天大呼曰："天乎，天乎！昔先王不欲立汝，赖吾力争，汝得嗣位。吾为汝破楚败越，威加诸侯。今汝不用吾言，反赐我死，我今日死，明日越兵至，掘汝社稷矣！"乃谓家人曰："吾死后，可抉吾之目，悬于东门，以观越兵之入吴也。"言讫，自刎其喉而绝。使者取剑还报，述其临终之嘱。夫差往视其尸，数之曰："胥，汝一死之后，尚何知哉？"乃自断其头，置于盘门城楼之上。取其尸，盛以鸱夷之器，使人载去，投于江中，谓曰："日月炙汝骨，鱼鳖食汝肉，汝？骨变形灰，复何所见？"

——《东周列国志·第八十二回》

黄池大会

公元前486年，夫差为了进攻齐国，动用了大量的人工挖掘运河，直通淮河，贯通了长江和淮河两大流域。这样就可以利用运河率领水军从水路进攻齐国了。公元前484年，就在艾陵（在今山东泰安一带）大败齐军，逮住了齐国的大将国书。齐国的副将高无丕差点儿在这一仗里送了命。夫差打了胜仗，更使他相信水上进兵的方便。他就征发了比上回更多的民工继续挖掘运河，北面通到沂水，西面通到济水。这一来，吴国的大军从吴都坐船出发，一路可以从运河直上北方，一路可以从长江到淮河，再从淮河通到泗水、沂水、济水三条大河。这么巨大的挖掘运河工程一完成，南北水上交通就方便了，夫差要做霸主的心愿便可以实现，可是吴国的人力、物力、财力差不多已经用完了，万一出个差错，就很难支持了。

公元前482年（周敬王三十八年，吴王夫差十四年，晋定公三十年，齐简公三年，鲁哀公十三年，卫出公十一年），夫差同着鲁哀公、卫出公一块儿到了黄池（在今河南封丘一带），派人去请晋定公来开会。晋定公不想去。赵鞅说："夫差这回亲自带着大队人马上中原来，声势非常浩大。他成心跟咱们挑战。他派使者来请咱们去开会，这是'先礼后兵'的意思。咱们要是不去，反倒中了他的诡计。我想咱们不如带着大队人马上黄池去，不管是会盟也好，开仗也好，到时候随机应变。"晋定公就带着赵鞅去会吴王。

到了要订盟约的时候，为了次序先后这件事，闹了好几天。赵鞅的意见是晋国一向是诸侯的领袖，这回歃血为盟，晋国应当占先。夫差叫相礼王孙雄去对赵鞅说："晋国的祖先叔虞是周成王的兄弟，吴国的祖先太伯是周武王的叔伯爷爷，辈分大小差了三代。吴国是长辈，应当占先。再说以前晋国和楚国订立盟约的时候，已经让楚国占了先，难道说吴国还不如给吴国打败了的楚国吗？"这次序的先后关系重大，谁也不肯让步，会议就成了僵局。

就在大伙儿都僵着的时候，忽然吴国派人来见夫差，偷偷地报告，说："越王勾践派范蠡为大将，亲自带领着大军攻打吴国。太子友、王孙弥庸已经阵亡了；大将王子他抵挡不住，退到城里去了。情况非常紧急。请大王赶紧回去。"夫差听了这个信儿，心里当然焦急，脸上可不慌张。他对王孙雄说："咱们可不能再跟晋国啰唆了。今儿晚上你把三万六千士兵准备好，明儿一清早就向晋君进攻，非逼着他订立盟约不可。"王孙雄说："咱们还是回去要紧哪。"夫差说："不这么着，哪儿能回去呀？我想晋国绝不敢跟咱们开仗。咱们要是不把会盟办完就这么撤兵，赵鞅那家伙准得来跟咱们为难。"王孙雄和伯嚭都很佩服吴王这种随机应变的本事。

第二天，天刚蒙蒙亮，吴王夫差就亲自击鼓，那三万六千人的兵营里头也都击起鼓来，震得会场就像天崩地裂似的，吓得各国诸侯直打哆嗦。赵鞅慌慌张张地赶紧打发人上吴国兵营去打听。夫差告诉他说："天王有令，叫我主持会盟。晋侯要是不服，非要争先抢后地耽误日子不可，那你就去对他说，答应在今天，不答应也在今天。"那人回去，把夫差的话告诉了晋定公。同时鲁哀公和卫出公都在场，大伙儿急得说不出话来。赵鞅就请晋定公让步，可是夫差也得让步，中原诸侯才有面子。晋定公又打发人去对夫差说："天王既然有令，我们哪敢不听啊！可是贵国既然尊重天王，也是天王的臣下。这吴王的称呼就不妥当。请把王号去了，改称'吴公'，我们就听从吴公。"夫差觉得他说得有理，就用"吴公"的名义先"歃血"。然后晋侯第二个"歃血"，以下鲁侯、卫侯跟着"歃血"。黄池大会就这么"圆满而散"。夫差赶紧带着军队从江淮水路回去。

吴王夫差回去的时候，还怕齐国跟宋国不服，就派使者上成周（在今河南洛阳东北；公元前 516 年，就是周敬王四年，天王从洛阳迁都到成周）

去朝见周敬王，说："以前楚国不尊重天王，我先君阖闾就征伐楚国，把它打败了。最近齐国也不尊重天王，夫差只好出兵惩罚它。夫差托天王的洪福，打了胜仗，特向天王奉告。"天王连忙慰劳吴国的使者，叫他传话，对夫差说："伯父能这样辅助王室，我就可以不担心了。"周敬王还赐给夫差一张大弓和一块祭肉，那就是承认他为霸主的意思。

吴王到了半道上，一个跟着一个地接到了坏消息。士兵们知道国内打了败仗，加上这远道的劳累，不得歇息，已经没有打仗的心思了。越国的兵马又是经过好几年训练的，两边一交手，吴国的兵马就像秋天的树叶子经大风一刮，打得七零八落。夫差问伯嚭，说："你不是说越国绝不会背叛吗？如今这是怎么了？还不赶紧去跟越王讲和求饶，还傻待着呢！"

伯嚭就带着好些贵重的礼物跑到越国兵营，跪在勾践面前，央告求和。范蠡对越王说："吴国不是一下子就灭得了的，不如答应伯嚭，也算咱们报答他从前待咱们的那点好处。"勾践就答应吴国讲和，跟着退兵回去了。

这回黄池大会不光给了越国一个进攻的机会，而且还引发了卫国和楚国的内乱。

帽缨系好

这回黄池大会夫差当了盟主以后，列国就得向他进贡，晋国的君臣觉得不但损失了利益，而且在中原诸侯面前威望可算丢尽了，便打算在那些个软弱无能的诸侯里头找一两个做文章，好争回点面子。晋定公就想起当初他帮着卫太子蒯聩当了国君，他有两年多没来朝见进贡。这倒是个名目，就打发赵鞅带着大军去打卫国（公元前 477 年）。

提起卫太子蒯聩，他也是个宝贝。他当初眼见他父亲卫灵公睁只眼闭只眼，让南子（蒯聩的母亲）去跟公子朝来往，闹得全国人都知道了。太子蒯聩听见外边的议论，非常生气。他就跟一个家臣商量，叫他去把南子刺死。没想到那个家臣见了南子，不敢下手，反倒给南子瞧破了底细，就大声嚷着说："太子杀我！"卫灵公可火儿了，立刻要把太子弄死，吓得太子偷着跑到宋国去了。后来又从宋国跑到晋国，央告赵鞅帮他的忙。谁知道卫灵公死了以后，南子和大臣们为了卫灵公已经废了太子蒯聩，把蒯聩的儿子立为国君，就是卫出公。可是晋国这方面，赵鞅叫那个从鲁国跑出来的阳虎护送着蒯聩，去跟卫出公争夺君位。卫国的大臣还真帮着儿子打爸爸。蒯聩不能回国，就和阳虎占领了卫国的戚城（在今河南濮阳一带）暂且住下。然后请赵鞅再想办法。

卫出公虽说当上了国君，可是卫国的大权全在大夫孔悝（kuī）手里。

孔悝的母亲孔姬是蒯聩的姐姐，她向着她的兄弟，不喜欢她的侄儿。可是孔悝跟他妈并不是一条心，他是帮着卫出公的，娘儿俩就分成两派。

这位孔姬也是个怪物。按说儿子当了大夫，执掌着国家大权，她应当是个老夫人了。哪儿知道根本不是那么回事。她爱上了一个小伙子叫浑良夫，他是孔家的家臣。浑良夫对孔姬是百依百顺，孔姬叫他怎么着他就怎么着。孔姬叫他上戚城去探望她兄弟蒯聩，还想把蒯聩接回来。

浑良夫到了戚城，见了蒯聩，刚要下拜，蒯聩一把拉住他，挺亲热地跟他说："你要是能帮我当上国君，我准请你执掌大权。将来万一你犯了死罪，我饶你三回不死。"浑良夫满口答应，回来就跟孔姬商量。孔姬叫他带了两套女人的衣裳，再上戚城去接蒯聩，又派了两个武士打扮成赶车的。浑良夫和蒯聩扮作女人坐在车里混进城来。孔姬把他们当作丫头，收在家里。

第二天，孔悝上朝回来。孔姬问他："你妈一家最亲的是谁？"孔悝说："当然是舅舅喽。"孔姬说："你既然知道舅舅顶亲，为什么不立他为国君呢？"孔悝说："废太子，立国君，全是先君的命令。我哪儿敢不照着办呢？"说着，他装作解手的样儿，上厕所去了。孔姬早就安排下了两个武士，左右一挤，把孔悝夹在中间，说："太子叫您去！"不由分说，把他拥到一个高台上来。孔姬站在蒯聩旁边，大声地说："太子在这儿，孔悝还不赶紧拜见！"孔悝只好拜见了蒯聩。孔姬挺着身子，瞪着眼睛对她儿子说："你今天愿意不愿意归顺舅舅？"孔悝说："随娘的便。"孔姬立刻吩咐手下的人宰了一头猪，叫太子蒯聩和大夫孔悝歃血为盟。一边留住那两个武士看住孔悝，一边就叫浑良夫打着孔悝的旗号传下命令，召集家丁，前去逼宫。

卫出公听说有人造反，慌里慌张地打发左右去请孔悝来。左右回报说："孔大夫早就给他们扣起来了。"卫出公吓得迷里迷糊地好像在做梦。末了，他就忙忙叨叨地开了库房，把值钱的东西都搬上车，上鲁国去了。有些不愿意归顺蒯聩的大臣，都五零四散地躲开了。

孔子的门生子羔和子路都是孔悝的家臣。子羔听说主人给人家围困住了，就从城里逃出去。他到了城外，可巧碰见子路要进城去救孔悝。子羔对他说："城门已经关了，这又不是你的事，干吗去自投罗网？"子路不听他的劝。他说："我拿了孔家的俸禄，就不能贪生怕死而不去救他！"他就一个人一气跑到城门口。城门早就关了。守城的人认得子路，对他说："国君早就跑了，你还来干吗？"子路犯起傻劲来了。他说："我顶恨那些没皮没脸的人。吃了人家的饭，不管一点事。刚一听说主人有难，头一个就先跑了。我特地赶了来，给他们瞧瞧！"谁知道守城的人不管子路怎么说，就是不开城门。正巧城里有人出来，子路趁着城门一开，就挤了进去。一气跑到孔家，在台底下大声嚷着说："我子路在这儿，请孔大夫下来吧！"孔悝给左右看着，不敢言语。子路说："你们不下来，我就把这台烧了。"太子蒯聩叫那两个武士下去跟子路打个明白。子路拿着宝剑，跟这两个人打上了。打了一会儿，武士们占了上风。这儿一戟扎过去，把子路的胸口扎通了。接着那儿一刀，又把子路的帽缨砍下来了。他们一瞧子路活不了了，就回到台上去。子路躺在地下，正要断气的时候，忽然想起帽缨折了，帽子也歪了。一个挺讲究礼节的孔子的门生，怎么能这样衣冠不整地死去呢？他强挣扎着把帽子戴正了，帽缨系好了，说："君子死了，不应该不戴帽子的。"说着，他就安心地咽了气。

三不死

卫太子蒯聩仗着孔姬跟浑良夫，把大夫孔悝硬收过来，把他的儿子卫出公轰走，自己做了国君，就是卫庄公。卫庄公把第二个儿子疾立为太子，把浑良夫提升为上卿，和孔悝一块儿管理朝政。

这时候，孔子听说卫国起了内乱，就对他的门生们说："高柴（就是子羔）和仲由（就是子路）在卫国准得碰上大难。高柴也许还能回来，仲由是必死无疑的了！"门生们就问孔子这是什么缘故。他说："高柴知道事情应当从大处着想，他准能保全自己的命。仲由老仗着勇气，不怕死，分不出事情的轻重，他十有八九得死。"话还没说完，果然子羔跑回来了。师生见了面，又是喜欢，又是难受。子羔说，子路多半是回不来了。没几天，卫庄公蒯聩派人来见孔子，说："新君即位，挺佩服您和您的门生，特地派我给您送一点味道挺好的东西来。"孔子道了谢，把罐子接过来。他打开盖儿一瞧，原来是一罐子肉酱。他连忙盖上，挺难受地跟来人说："这大概就是我学生仲由吧？"来人一听，倒大吃一惊，说："可不是吗？您怎么知道的？"孔子说："卫君哪能给我送别的东西来呢？"孔子就叫门生们把肉酱埋了。他们一个个都难受得掉下眼泪来，孔子更哭得伤心。他说："我就怕仲由不得好死，哪儿知道他死得这么惨！"打这儿起，孔子身子骨儿就一天不如一天。转过年来（公元前 479 年，周敬王四十一年，鲁哀公十六年）他也死了，享寿七十三岁。

卫庄公蒯聩把子路剁成肉酱送给孔子，是给反对他的人瞧瞧的。他还想把别的对他不利的大臣全消灭了。他老觉得孔悝是卫出公的一党，到最后把他轰出去了。卫国的大权就落在浑良夫手里了。

卫庄公蒯聩眼瞧见库房全是空的，这哪儿行呢？他要听听浑良夫的意见。浑良夫说："公子辄（就是卫出公）虽说不好，总是主公的儿子。再说卫国的库房全给他搬走了，主公要是能叫他回来，那么卫国的财宝自然也就回来了。"有人把这话传到太子疾的耳朵里。太子疾怕他哥哥回来抢他的位子，就暗中安排了几个武士和一头猪，趁空子把他老子蒯聩捆上，逼着他答应两件事：第一，不准公子辄回来；第二，把浑良夫杀了。卫庄公蒯聩弄得没有主意，可是不答应又不行，只好跟他儿子说："这头一件事倒还好办。这第二件事，因为我当初有言在先，答应过浑良夫饶他三回死罪，这可怎么办呢？"太子疾说："容他犯到第四回死罪的时候，总可以把他杀了吧？"卫庄公蒯聩觉得他两个儿子全不是好惹的，可是又没法办，不如少说话为好。太子疾宰了那头猪，爷儿俩就歃血为盟。

过了几天，卫庄公蒯聩请大臣们吃饭。在宴席上，浑良夫穿着狐狸皮袄，带着宝剑，和卫庄公坐在一块儿又吃又喝的，真是唯我独尊，旁若无人。太子疾一见，觉得机会来了，就叫武士们把他拉出去。浑良夫嚷着说："我犯了什么罪呀？"太子疾说："臣下见国君，必须穿礼服，你没穿礼服。这是第一个死罪。做臣下的陪着国君宴会，不应当带着兵器，可是你呢，竟挂着宝剑。这是第二个死罪。你在国君面前大模大样地穿着皮袄，目中无人。这是第三个死罪。"浑良夫说："我不跟你争辩。就算我犯了三个死罪，也不至于死呀！主公当初有言在先，饶我三不死！"太子疾说："公子辄是个大逆不道的家伙，你偏要叫他回来。这不就是第四个死罪吗？"浑良夫还想分辩，不过是"临死打哈欠——白张嘴"。

卫庄公把儿子卫出公轰走，虽说是他姐姐孔姬的力量，给他撑腰的还是晋国。可是"喝水的忘了淘井的"了，他一连两年没去朝见晋定公。晋定公为了吴王夫差在黄池会上抢去了他盟主的地位，正是有气没有地方撒，就借着卫庄公蒯聩两年没去朝见他的名义，使一使威风，也好遮个羞脸。他就叫赵鞅发兵去打卫国。卫国的大臣们都怕晋国，一见晋国的大军到了，就把卫庄公蒯聩轰走。蒯聩和太子疾逃到戎州（在今山东曹县一带）。戎州人不但没帮着他们，反倒把他们爷儿俩全杀了。晋国就替卫国另外立个国君。齐国的陈恒一见晋国替卫国立个国君，他就发兵打到卫国，杀了新君，也替卫国立个国君。日子不多，卫国的大夫石圃把齐国立的那个国君轰走，重新把卫出公接回来恢复了君位。按说卫出公应该把石圃当作恩人了吧，不想他反倒把石圃轰出去。打这儿起，卫国的大臣们都害怕起来，他们为了保住自己的地位，就又把卫出公轰出去了。到最后，晋国把卫庄公蒯聩的一个异母兄弟立为国君，就是卫悼公。卫国因为不断地发生内乱，更加衰弱下去，什么都得听从晋国的支使了。

古籍链接

有小竖闻其语，私告于太子疾，疾使壮士数人，载豭从己，乘间劫庄公，使歃血立誓，勿召亡君，且必杀浑良夫。庄公曰："勿召辄易耳，业与良夫有盟在前，免其三死，奈何？"太子疾曰："请俟四罪，然后杀之！"庄公许诺。

未几，庄公新造虎幕，召诸大夫落成。浑良夫紫衣狐裘而至，袒裘不释剑而食。太子疾使力士牵良夫以退，良夫曰："臣何罪？"太子疾数之曰："臣见君有常服，侍食必释剑。尔紫衣，一罪也；狐裘，二罪也；不释剑，三罪也。"良夫呼曰："有盟免三死。"疾曰："亡君以子拒父，大逆不孝，汝欲召之，非四罪乎？"良夫不能答，俯首受刑。

他日，庄公梦厉鬼被发北面而噪曰："余为浑良夫，叫天无辜！"庄公觉，使卜大夫胥弥赦占之，曰："不害也。"既辞出，谓人曰："冤鬼为厉，身死国危，兆已见矣。"遂逃奔宋。

——《东周列国志·第八十三回》

攻城和守城

这时候，楚国国内又出了乱子。楚国已经被吴国弄得国破人亡，幸亏仗着申包胥借了秦兵，总算上下一心把楚国恢复过来。这回一见吴王夫差在黄池大会上占了晋国的上风，大伙儿又都担心起来。这时候，楚昭王死了，他的儿子即位，就是楚惠王。他仍然让子西为令尹，子期为司马。令尹和司马两个人因为害怕吴国，就叫白公胜加紧防卫着边疆，不让吴国的士兵进来。

这个白公胜就是当初跟着伍子胥逃难的太子建的儿子公孙胜，孙武曾经劝夫差立他为楚王。自从楚国和吴国讲和之后，令尹子西把公孙胜叫回国来，楚昭王封他为白公，在边疆上盖了一座城，叫白公城。本族的人都住在那儿，就叫白家。白公胜没忘了郑国杀了他父亲的仇恨，一心惦记着报仇。当初伍子胥看在那个打鱼的老头儿的面上，饶了郑国，又搭着郑国挺小心地服侍着楚昭王，一点没有失礼的地方，白公胜没法出去打郑国，只好忍耐着。后来楚昭王和伍子胥接连着都死了，他就对令尹子西说："郑国害死先太子，这事令尹是知道的。杀父之仇报不了，我哪儿还有脸做人呢？令尹要是顾念先太子的话，请发兵去打郑国，我情愿当先锋！"令尹子西也不说应当不应当去打郑国，只是敷衍了事地说："新王刚即位，国里头还没十分安定，还不能跟人家开仗。你再等些日子吧。"

白公胜不死心，这回借着加紧防御边疆的名义，就在白公城招兵买马，训练军队。待了些日子，他又向令尹子西请求。令尹子西没有法子，只好答应他去打郑国。刚要发兵的时候，晋国的赵鞅倒先打起郑国来了。郑国还像过去一样，向楚国求救。令尹子西已经答应了白公胜去打郑国，这时候怎么能去救郑国呢？这不是自己打自己的脸吗？可是令尹子西就爱打自己的脸，他带着兵马去救郑国，还跟郑国订了盟约。这一来，简直把白公胜气死了。他大骂子西不讲信义。他说："既然答应我去打郑国，不帮着我倒也罢了，怎么反倒救了郑国呢？"打这儿起，他就决心要杀子西。

公元前 479 年（周敬王四十一年，黄池开会之后的第三年），白公胜打到吴国的边界，打了一个胜仗，抢了不少盔甲、武器。他把这些东西拿到朝堂上报功。楚惠王坐着听他报告。令尹子西、司马子期在两旁伺候着。楚惠王一眼瞧见堂下站着两个武士，就问："这两个人是谁？"白公胜说："是我手下的两个将官，一个叫石乞，一个叫熊宜僚。这回打败吴国，全是他们的功劳。"说着，他就叫他们上来，拜见君王。他们两个人刚要上去，司马子期马上大声说："将官们只准在台底下磕头，不准上来！"石乞、熊宜僚哪儿听他这一套，全都带着武器，大模大样地上去了。司马子期赶紧叫卫兵去拦，熊宜僚用手一推，把卫兵们推得东倒西歪。石乞一见熊宜僚动手，拔出剑来就砍令尹子西。熊宜僚回头一把揪住了司马子期。白公胜逮住了楚惠王。台底下站着的白公胜的士兵都拥上来了。一会儿工夫，朝堂变成了战场。令尹子西给白公胜杀了，司马子期和熊宜僚一块儿全死了，吓得楚惠王直打哆嗦。石乞把大伙儿杀得五零四散，指着楚惠王对白公胜说："把他杀了，您就即位吧。"白公胜没有那份狠心，他说："小孩子家有什么罪过，把他废了就完了。"石乞说："小孩子本人不要紧，可是他活着，就有人死不了心。"白公胜终究没有听石乞的话，只把楚惠王押起来，另外叫王子启（楚平王的儿子，楚昭王的哥哥）为国王。王子启再三不答应，白公胜一生气也把他杀了，自己当了楚王。没想到那个小孩子惠王竟给人家偷出去了。据说是有人把墙挖了个窟窿偷出去的，又有人说是从里头背出去的。不管是怎么偷出去的，反正白公胜手下的人不是疏忽了，就是有人当了奸细。

大概过了一个月光景，叶（shè）公沈诸梁发兵来救楚惠王。这个沈诸梁是司马沈尹戌（就是带领着群众打死费无忌和鄢将师的那个将军）的儿子。当初楚昭王为了他们爷儿俩对国家有功劳，上回和吴王阖闾打仗的时候，沈尹戌死在战场上，楚昭王就封沈诸梁为叶公。楚国的民众对沈家一向是佩服的，尤其是对叶公，差不多没有不尊敬他的。这回听说叶公发兵来了，就有好些人跑到城外去迎接。他知道人心都归向他，就挑起一面大旗子来。城里一瞧见大旗子上有个“叶”字，知道叶公到了。大伙儿开了城门让他的兵马进来，跟着他去打白公胜。

打仗虽说要靠兵力，可是兵力也得有人拥护才有用。楚国人既然归向叶公，白公胜的失败就注定了。石乞打了败仗，打算保护着白公胜逃到别国去。刚逃到半道上，叶公的兵马眼瞧着就追上来了，逼得白公胜没有主意，自杀了。石乞把他的尸首埋在一个挺秘密的地方。不大的工夫，叶公的兵马到了，把石乞活活地逮住。叶公问他：“白公胜在哪儿？”石乞说：“自杀了！”又问：“尸首呢？”石乞说：“埋了，还问他干什么？”叶公说：“乱臣的尸首还得示众，你怎么能把他私自埋了呢？埋在哪儿？快说！”石乞装作没听见。叶公气急了，叫人预备了一口大锅，烧开了一锅水。又对石乞说：“你要是说了，我就饶你不死；再要不说，我可要煮你了！”石乞宁死不屈，立刻脱了衣裳，说：“事情办成了，我就是个功臣；失败了，我只有一死。这是顶简单的道理！要我说出白公的尸首，叫你们随便去污辱，哼！别妄想了。我石乞可不是那种人！”说着，他跳到大锅里，当时就煮烂了。叶公叹息了半天，终究找不着白公胜的尸首。

叶公回到新郢，恢复了楚惠王的王位，自己告老，回到叶城去了。楚惠王请子西的儿子子宁为令尹，子期的儿子子宽为司马，整顿朝政，发愤图强，从此楚国转危为安，接连着兼并了陈国（公元前 447 年）、蔡国（公元前 447 年）、杞国（公元前 445 年）、莒国（公元前 431 年）。这一来，楚国又强大起来了。

当楚惠王发愤图强的时候，他重用了一个当时最有本领的匠人，他是鲁国人，叫公输般，就是后世土木工人奉为祖师的鲁班爷（班，是名，也写作“般”，字公输，所以叫公输般）。公输般做了楚国的大夫，替楚王设计了一种攻城的工具叫云梯。从前楚庄王派公子侧攻打宋国的时候，造了几座跟城墙一般高的兵车叫“楼车”。公输般造的梯子比楼车还高，看起来简直可以碰到云端似的，所以叫“云梯”。公输般一面赶紧制造云梯，一面准备向宋国进攻。这种新的攻城的云梯一传扬出去，列国诸侯都有些担心，宋国人认为就要大祸临头，更加害怕，有的还真大哭起来。

公输般制造的云梯，还有撞车、飞石、连珠箭等新的武器吓坏了某些人，可是也引起了另一些人的反抗，其中反抗最厉害的是那位主张互相亲爱、反对侵略战争的大师墨子。墨子名翟（dí），也是鲁国人（也有人说是宋国人）。他也像孔子那样收了不少弟子，可是他的弟子跟孔子的弟子大不相同。因为墨子自己是农民出身，他反对不劳而食，反对铺张浪费，反对儒家所提倡的礼乐，反对三年之丧的“久丧”和厚葬，主张劳动，提倡节约，他所收的弟子大多都是从事生产劳动的学者。墨子和他所创导的墨家代表当时“庶民”的利益。所谓庶民就是真正从事生产的广大的劳动群众。墨家反对那种封建领主争城夺地而使老百姓掉在水里火里的封建混战，他们要求挨饿的要有饭吃，受冻的要有衣穿，劳累的要有休息的权利。墨子的理论在广大的农民中起了很大的影响。

这会儿墨子听到楚国要利用云梯、撞车等去侵略宋国，就派了三百个弟子帮助宋国人守城，自己急急地跑到楚国去，脚底起了泡，他就撕了衣裳裹着脚再走，经过十天十夜，到了新郢。他劝公输般不要去打宋国。公输般自己以为用云梯攻城很有把握，楚王也以为这次非把宋国攻下来不可。墨子就直截了当地说：“你能攻，我能守，你占不了便宜。”说完，他解下了身上系着的皮带，在地下围着当作城墙，再拿了几块小木板当作对付攻城的机械。公输般采用一种方法攻城，墨子就用一种方法抵抗；公输般改换一种攻城的工具，墨子就改换一种方法守城。一个用云梯，一个用火箭；一个用撞车，一个用滚木礌石；一个挖地道，一个用烟熏。公输般一连用了九种攻城的方法，墨子就用了九种守城的办法把他打回去。公输般的九种方法使完了，墨子还有好几种守城的高招儿没使出来。末了，公输般说：“我还有办法打胜你，我可不让你知道。”墨子说：“我还有办法抵制你，我也不让你知道。”两个人就这么结束了争论。

楚王偷偷地问墨子：“他说他有办法打胜你，可他不说；你说你有办法抵制他，可是你也不说。你们要的到底是什么花招儿？”墨子老实告诉他，说：“公输子的意思我知道。他呀，是想杀我。他以为杀了我，他就能够攻破宋国了。他错了。就算杀了我，他也不能成功。我已经派了我的弟子禽滑厘他们三百多个人守住宋城，他们每一个人都能用我的办法和机械对付楚国人。你们侵略别人是占不到便宜的。我很诚恳地告诉您，楚国地方五千里，地大物博，你们只要好好地干，就可以大量地增加生产。宋国地方五百里，土壤并不肥沃，物产也不丰富。大王为什么扔了自己华贵的车马去偷别人家的破车呢？为什么扔了自己绣花的绸缎长袍去偷别人家的一件破短褂？”楚王红着脸，点点头，说：“先生的话说得对！我决定不去进攻宋国了。”

古籍链接

惠王登殿受捷，子西、子期侍立于旁，白公胜参见已毕，惠王见阶下立着两筹好汉，全身披挂，问：“是何人？”胜答曰：“此乃臣部下将士石乞、熊宜僚，伐吴有功者。”遂以手招二人。二人举步，方欲升阶，子期喝曰：“吾王御殿，边臣只许在下叩头，不得升阶！”石乞、熊宜僚那肯听从，大踏步登阶，子期使侍卫阻之，熊宜僚用手一拉，侍卫东倒西歪，二人径入殿中，石乞拔剑来砍子西，熊宜僚拔剑来砍子期。白公大喝：“众人何不齐上！”壮士千人，齐执兵器，蜂拥而登，白公绑住惠王，不许转动，石乞生缚子西，百官皆惊散。子期素有勇力，遂拔殿戟，与宜僚交战，宜僚弃剑，前夺子期之戟，子期拾剑，以劈宜僚，中其左肩，宜僚亦刺中子期之腹，二人兀自相持不舍，搅做一团，死于殿庭。子西谓胜曰：“汝糊口吴邦，我念骨肉之亲，召汝还国，封为公爵，何负于汝而反耶？”胜曰：“郑杀吾父，汝与郑讲和，汝即郑也，吾为父报仇，岂顾私恩哉？”子西叹曰：“悔不听沈诸梁之言也！”白公胜手剑斩子西之头，陈其尸于朝。

——《东周列国志·第八十三回》

狡兔死，走狗烹

吴王夫差自从黄池大会之后，给越王勾践打败，心里老是闷闷不乐。西施拿着一把宝剑跪在夫差跟前，请他处死。夫差把她搀起来，说："你又没犯罪，干吗叫我杀你？"西施说："勾践无礼，得罪了大王。我本来是越国人，按理也应当领罪。"夫差挺豪爽地说："别这么傻了！一个人生下来总有个落地的地方。难道说这会儿在越国刚生下来的娃娃都跟我有仇吗？你又不是勾践的女儿，为什么要替他领罪呢？你是受吴国保护的，不是受越国保护的。唉！打这儿起，你别再提这些了！来吧，咱们俩干一杯吧——好，再来一杯吧！"打这儿起，夫差灰了心，天天陪着西施饮酒解闷，索性连政事也不管了。

公元前473年（周敬王的儿子周元王四年），越王勾践带着范蠡、文种，亲自率领着大队人马又来攻打吴国。吴国兵马一连气打了几个败仗。在笠泽（在今上海松江一带）被打得一败涂地。夫差打发王孙雄上越国兵营去求和，情愿当个属国。王孙雄来回跑了六七趟，勾践坚决不答应。夫差没有法子，只好叫伯嚭守着城，自己带着王孙雄逃到阳山（在今江苏苏州西北，靠近太湖）去了。范蠡、文种的兵马接连不断地攻打。伯嚭抵挡不住，先投降了。越国的兵马追上夫差，把他围困起来。

夫差写了一封信绑在箭上射到范蠡的兵营里去。范蠡跟文种拿来一看，上头写着："狡兔死，走狗烹；敌国灭，谋臣亡。大夫为什么不留着吴国给自己做个退步呢？"他们写了一封回信，也用箭射了过去。夫差拿来一看，上头写着："你杀害忠臣，听信小人；专凭武力，侵犯邻国，越国杀了你的父亲，你不知道报仇，反倒放走了敌人。你犯了这么些罪过，哪能不死呢？二十二年前，老天爷把越国送给你，你不要；如今老天爷把吴国送给越王，越王哪能违背天命呢？"夫差念到末一段，止不住流下眼泪来。王孙雄说："我再去求求越王，瞧他还有人情没有？"

待了一会儿，王孙雄回来说："越王看在过去的情义上，把大王送到甬东的岛上去（在今浙江沿海的舟山岛），给您五百家户口，养您到老。"夫差苦笑着说："要是不废去吴国的宗庙，让吴国当个属国也就罢了，想不到要把我迁走，我已经上了年纪，何必再受这份罪！"回头又对王孙雄说："你拿衣裳挡着我的脸。我还有什么脸去见伍子胥呢？"说着就自杀了。王孙雄脱下自己的衣裳，包上夫差的尸首，他也自杀了。跟着，士兵们有的死了，有的逃跑了。剩下的都投降了越国。

越王勾践进了姑苏城，坐在吴王夫差的朝堂上。范蠡、文种和别的文武百官都来朝见他，吴国的相国伯嚭挺得意地也站在那儿，捻着几根七长八短的胡子，等着受封。勾践对他说："你是吴国的太宰，我哪敢收你做臣下呢？如今你的国君在阳山，你怎么不去呀？"伯嚭听了这话，低着脑袋，垂头丧气地退出去。勾践派人追上去，把他杀了。

公元前 473 年（周元王四年），勾践带着大队兵马渡过淮河，在徐州（在今山东滕州；徐：shū）会合了齐国、晋国、宋国、鲁国的诸侯。当初中原诸侯顶怕的是楚国，自从楚国给吴国打败以后，就转过来怕吴国；如今吴国又给越国灭了，他们只好听从勾践的了。勾践做了诸侯的头儿，就想表现头儿的样子和气派。他开始尊重天王，还叫中原诸侯都向天王朝贡去。这时候，周敬王的儿子周元王当了天王。周元王派人送祭肉给勾践，承认他为东方的霸主。各国诸侯都向勾践庆贺。楚国也打发使者去朝聘。勾践也真有一套。他把以前吴国从楚国夺去的地方交还给楚国，从宋国夺去的地方交还给宋国。又叫楚国把以前从鲁国夺去的地方交还给鲁国。这么一来，各国诸侯都说勾践大公无私。

勾践从徐州回到姑苏，就在吴王的宫里开了个庆功大会，一直闹到半夜。大伙儿正乱哄哄地喝酒、唱歌、作乐的当儿，勾践忽然觉得好像少了个人似的，细细一查看，原来范大夫不见了。勾践赶紧叫人去找，哪儿有他的影儿啊。勾践怕他变了心，连忙叫文种去接收他的军队，接着又派人上各处去找。大伙儿忙乱了一宵，还是找不到他。

到了第二天，勾践正担心着这事，有几个派出去的人回来了，说："范大夫自杀了。我们在太湖旁边找着了他的外衣，兜儿里还有一封信。"说着，就把衣裳和信递了上去。勾践赶紧先看那封信，上头说："大王灭了吴国，当上了霸主，我的本分总算尽了。可是还有两个人，留着他们对大王没有好处。一个是西施。她迷惑了夫差，弄得吴国灭亡了，如果留着她，也许能迷惑大王，因此，我把她去了。一个就是我范蠡。他帮着大王灭了吴国，留着他，他也许要扩大自己的势力，因此，我把他也去了。"勾践知道范蠡杀了西施之后，他自己也死了，这才放了心。他半天没言语，拿起范蠡的衣裳，说："我全靠你，才有今天。我正想报答你的功劳，你怎么就这么扔下我呢？"大伙儿也都有点难受，文种更觉得闷闷不乐，没精打采地出来了。

过了些日子，忽然有人给文种送来一封信。文种拿过来一看，上头写着："你还记得吴王说的话吧，'狡兔死，走狗烹；敌国灭，谋臣亡'。越王这个人能够容忍敌人的欺负，可不能容忍有功的大臣。我们只能够同他共患难，可不能同他享安乐。你现在不走，恐怕将来想走也走不了了！"文种这才知道范蠡并没死，他原来是带着西施隐居起来了。其实范蠡已经带着财宝珠玉，弃官经商，改名更姓，到了齐国。后来搬到当时人口众多、交通便利、买卖发达的大城市定陶，称为朱公，财富多到万万，就是后来称为陶朱公的大富商。当时文种回头叫那个送信的人，那个人早就跑了。文种就把那封信烧了。心里挂念着老朋友，可不怎么真信他这些话。他认为勾践不过对待敌人刻薄点，要说他想杀害有功劳的大臣，这未免太多心了。天下不可能有这么没良心的人。

勾践灭了吴国之后，反倒没有一天过着快活的日子。对那些和他一起共患难的人，因为如今没有什么患难可共了，就慢慢地疏远了。他向来知道文种的才干，可是这种越有才干的人越是靠不住。万一他变了心，可难对付了。他真有几分怕他。加上文种也有让他起疑的地方。他为什么老病着不上朝呢？

有一天，勾践上文种家里去看望他。他坐在文种的卧榻上，对他说：

“你有七个好计策，我用了你四个计策，就灭了吴国，你还有三个计策没使出来呢。我灭了吴国，万一吴国的祖宗跟我报仇怎么办？寿梦、僚、阖闾他们都是挺厉害的，你得替我想法儿对付他们才好！”文种听得有点糊里糊涂，不知道他葫芦里卖的是什么药。他刚要问是怎么回事，勾践已经站起来走了，但他把自己的宝剑落在文种的身边。文种拿起来一瞧，嗬！原来是“属镂”，就是当初夫差叫伍子胥自杀的那把宝剑。文种这才明白了。他对天叹息着说：“走狗不走，只好让主人烹了。我没听范大夫的话，真是该死！”他又笑着说：“这把宝剑杀了伍子胥，又杀了我。它把我们结成了‘刎颈之交’（生死朋友的意思），我还有什么不满意的！”说着，他就自杀了。

古籍链接

次日，越王使人召范蠡，蠡已行矣，越王愀然变色，谓文种曰：“蠡可追乎？”文种曰：“蠡有鬼神不测之机，不可追也。”

种既出，有人持书一封投之，种启视，乃范蠡亲笔，其书曰：子不记吴王之言乎？“狡兔死，走狗烹；敌国破，谋臣亡。”越王为人，长颈鸟喙，忍辱妒功，可与共患难，不可与共安乐。子今不去，祸必不免。

——《东周列国志 · 第八十三回》

三家灭智

吴王夫差和越王勾践一先一后地起来的时候，中原诸侯非常衰弱。就为了这个，黄池大会，夫差当上了霸主；徐州大会，勾践当上了霸主。可是中原诸侯越是衰弱下去，大夫的势力越发大了起来。那时候，鲁国的"三桓"把持着鲁国的大权；齐国的田恒（就是陈恒）把持着齐国的大权；晋国的"六卿"把持着晋国的大权。这三国的君主全成了挂名的国君。黄池大会之后，田恒杀了齐简公，灭了鲍家、晏家、高家、国家，把齐国的土地从安平以东都作为他自己的封邑，齐国的大权全把持在自己手里。晋国的六卿眼见田恒杀了国君，灭了各大家族，还得到了齐国人的拥护，他们也就自己并吞起来了。

晋国的六卿乱七八糟地混战了一气。末了，范氏和中行氏给人家打散了，晋国的大权可就归了四家，就是：智家、赵家、魏家、韩家。这四家暗地里把范氏和中行氏的两家土地都分了。晋出公（晋定公的儿子）挺生气。他以为范氏和中行氏既然灭了，那两家的土地按理应当归还给公家，怎么能让四家大夫自己分了呢？他就背地里派人去约齐国和鲁国一齐来征伐那四家。那时候各国的大夫占有着大量的土地，直接剥削农民的劳动，势力超过国君，而且农民在他们的手底下比在国君的直接统治下日子好过一些，压迫和剥削也轻一些，有不少人因为受不了国君的压迫和虐待，情愿逃到大夫的封地里去做农奴或佃农的。各国的大夫为了保持自己的势力，国内对老百姓做了一些让步，让他们的生活能好一些，国外都跟别国的大夫通同一气。齐国的田家和鲁国的“三桓”反倒把晋出公的计划向晋国的智家泄了底。智家得到了这个消息，就在公元前458年（周贞定王十一年）跟那三家一块儿对付着晋出公。晋出公自讨苦吃，只好逃到别国去了。不料他死在路上，四家就把晋昭公的曾孙拉出来当个挂名的国君，就是晋哀公。

晋国的四家——智伯瑶、赵襄子无卹（xù）、魏桓子驹、韩康子虎——之中，要数智伯瑶的势力最大。他对赵、魏、韩三家说：“晋国素来是中原的霸主，没想到在黄池大会上，赵鞅让吴国占了先，在徐州大会上又让越国占了先。这是咱们的耻辱。如今只要能够把越国打败，晋国仍然能够当上霸主。我主张每家大夫拿出一百里的土地和户口来归给公家。这么一来，公家增加了收入，才能够有实力。”这三家大夫早就知道智伯瑶存心不良，他是想独吞晋国。他所说的“公家”其实就是“智家”。可是他们三家心不齐，没法跟智伯闹别扭。智伯瑶派人向韩康子虎要一百里的土地和户口，韩康子虎如数交割了。智伯瑶派人向魏桓子驹要一百里的土地和户口，魏桓子驹也如数交割了。智伯就这么增加了二百里的土地和户口。跟着他又派人去找赵襄子无卹要一百里的土地和户口。赵襄子无卹可不答应。他说：“土地是先人的产业，我哪能随便送给别人呢？韩家、魏家他们愿意送，不干我的事，我可没法依！”来人回去把赵襄子的话向智伯瑶说了一遍。智伯气得鼻子呼呼地响。他派韩、魏两家一块儿发兵去打赵家，还应许他们灭了赵家之后，把赵家的土地三家平分。

智伯瑶自己统率着中军，韩家的军队在右边，魏家的军队在左边，三队人马直奔赵家。赵襄子知道寡不敌众，就带着自己的兵马退到晋阳（在今山西太原西南）城里，打算在那儿死守。这个晋阳城是赵家最严实的一座城。当初由家臣董安于一手经管，里头盖了挺大的宫殿，宫殿的围墙内部全用苇箔、竹子、木板做成，外头再用砖和石头砌上。宫殿里的大小柱子全都是顶好的铜铸成的。所有的建筑又结实又好看。董安于之后又有家臣尹铎治理晋阳城。这个尹铎老想着办法去安抚老百姓，很得民心。这回晋阳人一听到赵襄子来了，全都去迎接。赵襄子一见晋阳城挺严实，粮草又充足，老百姓都乐意跟他在一块儿，他就放心多了。

没有多大工夫，三家的兵马把城围上了。赵襄子吩咐将士们只许守城，不准交战。每逢三家攻打的时候，城上的箭就好像雨点似的落下来，智伯瑶一时打不进去。晋阳城就仗着弓箭守了一年。可是把箭都使完了，怎么办呢？赵襄子为了这个，闷闷不乐。家臣张孟谈对他说："听说当初董安于在宫殿里预备了无数的箭，咱们找找去。"这一下子把赵襄子提醒了，他立刻叫人把围墙拆了一段。果然里头全都是做箭杆的材料。又拆了几根大铜柱子，做成了无数的箭头。赵襄子叹息着说："要是没有董安于，如今上哪儿找这么些兵器去呢？要是没有尹铎，老百姓哪能这么不怕辛苦、不怕死地守住这座城啊？"

三家的兵马把晋阳城围了两年多，没打下来。到了第三年（公元前453年，周贞定王十六年），有一天，智伯瑶正在察看地形的时候，忽然想起晋阳城东北的那条晋水来了。晋水由龙山那边过来，绕过晋阳城往下流去。要是把晋水一直引到西南边来，晋阳城不就淹了吗？他就吩咐士兵们在晋水旁边另外挖了一条河，一直通到晋阳城，又在上游那边砌了一个挺大的蓄水池。在晋水上叠起坝来，让上游的水不再流到晋水里去。这时候正是雨季，一连下了几天大雨，蓄水池里的水都满了。智伯瑶叫士兵们开了个豁口子，大水就一直向晋阳城灌进去。不到几天工夫，城里的房子多半都淹了。老百姓跑到房顶上避难。竹排、木头板子都当了小船。烧火、做饭都在城墙上。可是全城的老百姓，宁可淹死，也绝不投降。

赵襄子叹息着说："这全是尹铎爱护百姓的功德呀！"回头又对张孟谈说："民心虽说没变，要是水势再高涨起来，咱们不就全完了吗？"张孟谈说："形势当然非常紧急，可是我老觉得韩家跟魏家绝不会把自己的土地平白无故地让给智伯瑶。他们也是出于无奈，才跟着他来打咱们。依我说，主公多预备小船、竹排、木头板子，再跟智伯瑶在水上拼个死活。我先去见见韩家跟魏家这两家去。"赵襄子当天晚上就派张孟谈偷偷地去跟两家相商。

第二天，智伯瑶请韩康子和魏桓子一起去察看水势。他指着晋阳城，挺得意地对他们说："你们知道吗？水能灭国。早先我以为晋国的大河像城墙一样可以拦住敌人。照晋阳的情形看来，大河反倒是个祸患了。你们瞧，晋水能够淹晋阳，汾水就能淹安邑（魏家的大城），绛水也就能淹平阳（韩家的大城）。"他们两个人连连答应着说："是！是！"智伯瑶见他们答话有点慌里慌张，好像挺害怕的样子，自己才觉得说错话了。他笑着说："我是直心眼儿，有一句说一句，你们可别多心！"他们又都连着回答说："那哪能！那哪能！您是顶天立地的英雄。我们能够跟着您，蒙您抬举，真是非常荣幸了。"他们嘴里虽是这么说，心里可都觉得赵襄子派张孟谈来找他们，对他们是有好处的。

第三天晚上，约莫着四更天光景，智伯瑶正在梦里，猛然间听见一片嚷嚷声。他连忙从卧榻上爬起来，发现衣裳和被窝已经湿了。兵营里全是水。他想大概是堤坝开了口子，赶紧叫士兵去抢修。不大会儿工夫，水势越来越大。智伯瑶的家臣智国和豫让带着水兵，扶着智伯瑶上了小船。智伯瑶在月亮光下回头一瞧，就见兵营里的东西全在水里漂荡着。士兵们在水里一起一沉地挣扎着。智伯瑶这才明白是敌人把水放过来的。正在惊慌不定、满眼凄惨的当儿，一刹那四面八方都响起战鼓来了。一看，韩家、赵家、魏家三家的士兵都坐着小船和木排，一齐杀了过来，见了智家这些"落水狗"，就连打带砍，一点不肯放松。当中还夹杂着喊叫的声音："别放走了智伯瑶！拿住智伯瑶的有赏！"智伯瑶对家臣豫让说："原来那两家也反了！"豫让说："别管他们反不反，主公赶紧往那边走，上秦国借兵去吧！我留在这儿豁出命来对付他们。"说着，他跳上一只木排，把敌人杀散，叫智国保护着智伯瑶逃跑。

智国保护着智伯瑶，坐着小船一直向龙山那边划去。这一带没有追兵。智伯瑶这才喘了口气。好不容易他们才把船划到龙山跟前，急急忙忙地上了岸。这时东方已经发白，他们顺着山道走去。过了一阵子，略略宽了宽心。不料刚一拐弯，迎头碰见了赵襄子！赵襄子早就料到智伯瑶准打这条道儿跑，预先带了一队兵马在这儿等着他。当时就逮住智伯瑶，砍下他的脑袋。智国也就自己抹了脖子。

三家的兵马会合到一块儿，把沿着河边的堤坝拆了，大水仍旧流到晋水里去，晋阳城又露出旱地来了。

赵襄子安抚了居民之后，就向韩康子和魏桓子道谢。他说："这回全仗着二位救了我的命，实在出乎意料。可是智伯瑶虽说是死了，他的同族人还多着呢。斩草得除根，不然的话，终究是个祸患。"韩康子和魏桓子一齐说："一定得把他的全族灭了，才能解恨！"他们一同回到绛州，宣布智家的罪恶，就照古时候的习惯把全族的男女老少杀得一干二净。

赵襄子气恨还没消，他把智伯瑶的脑壳做成一个瓢，外面涂上油漆，制成一件别致的玩意儿。赵襄子恨得管他别致不别致，他要解恨，就管它叫“夜壶”。

韩家和魏家的一百里土地，当然又由各人收了回去。他们把智伯瑶的土地三股平分了。晋哀公当然没有份。

古籍链接

回视本营，波涛滚滚，营垒俱陷，军粮器械，飘荡一空，营中军士尽从水中浮沉挣命。智伯正在凄惨，忽闻鼓声大震，韩，魏两家之兵各乘小舟，趁着水势杀来，将智家军乱砍，口中只叫：“拿智瑶来献者重赏！”智伯叹曰：“吾不信絺疵之言，果中其诈。”豫让曰：“事已急矣！主公可从山后逃匿，奔入秦邦请兵，臣当以死拒敌。”智伯从其言，遂与智国掉小舟转出山背。

谁知赵襄子也料智伯逃奔秦国，却遣张孟谈从韩、魏二家追逐智军，自引一队伏于龙山之后，凑巧相遇，无卹亲缚智伯，数其罪斩之。智国投水溺死。

豫让鼓励残兵，奋勇迎战，争奈寡不敌众，手下渐渐解散，及闻智伯已擒，遂变服逃往石室山中。智氏一军尽没，无卹查是日，正三月丙戌日也。天神所赐竹书，其言验矣。三家收兵在于一处，将各路坝闸，尽行拆毁，水复东行，归于晋川。晋阳城中之水，方才退尽。无卹安抚居民已毕，谓韩、魏曰：“某赖二公之力，保全残城，实出望外。然智伯虽死，其族尚存，斩草留根，终为后患。”韩，魏曰：“当尽灭其宗，以泄吾等之恨。”

无卹即同韩、魏回至绛州，诬智氏以叛逆之罪，围其家，无论男女少长尽行屠戮，宗族俱尽，惟智果已出姓为辅氏，得免于难。到此方知果之先见矣。韩，魏所献地各自收回，又将智氏食邑，三分均分，无一民尺土，入于公家。

——《东周列国志 · 第八十四回》

漆身吞炭

赵襄子灭了智伯瑶之后，老是提心吊胆地怕有人给智伯瑶报仇。有一天，他上厕所，刚到门口，眼前有个黑影一晃。他觉得好像在地上蹲得时间长了突然站起来就眼花缭乱似的。他有点怀疑，叫手下的人先上厕所瞧瞧去。果然逮着了一个刺客。赵襄子一瞧，认得他是智伯瑶的家臣豫让，就问他："你干什么来了？"豫让说："我来给智伯瑶报仇！"两边的人把他捆起来，让赵襄子杀他。赵襄子反倒说："智伯瑶的一家子全都灭了，豫让还想替他主人报仇。就算成了，也立不了功，得不到赏。他真是个义士。把他放了吧！"手下的人只得放了他。豫让刚要往外走，赵襄子问他，说："我这回好好儿地放了你，咱们的仇总算解了吧！"豫让说："您放我是私恩，我报仇是大义！"手下又把豫让捆上，对赵襄子说："这小子太没有良心，您要是放了他，赶明儿准出麻烦。"赵襄子说："我已经说过放他，不能说了不算。"

豫让回到家里，天天想着行刺的法子。他的媳妇儿说："你这是何苦呢？智家已经没有人了，你就是报了仇，谁领你的情呢？你去投奔韩家或魏家不是一样能够得到富贵吗？"豫让听了，赌着气撇下他的媳妇儿出去了。后来听说赵襄子住在晋阳，他打算上那边去。可是赵家已经有不少的人认识他，他不能再露面。他想出个法子：把头发和眉毛都剃了，然后在脸上、身上涂上点油漆，活像个浑身长癞疮的人，身上披一件破破烂烂、邋里邋遢的衣裳。他到了晋阳城里，躺在街上要饭，自以为没有人认得他了。哪儿知道他说话的声音给一个朋友听出来了。那个人偷偷地对他说了几句话，拉他上家里去喝酒。喝酒之间，那位朋友劝他："你要报仇，就得想个计策。比方说，你去投降赵家。他知道你的才干，准能用你。碰巧了，你再下手，不就容易了吗？"豫让不赞成这个主意，他说："我最恨的就是这种人！既然投了人家，就该效忠，要是回头又害人家，这是最不忠实的了！我替智伯瑶报仇，就为的是给那些反复无常、心怀二意的人瞧瞧，让他们听到我这种作风，好觉得害臊！"

这回豫让给他朋友听出了声音来，他知道光是打扮成这个样子还不行，就吞了几块炭，把嗓子弄坏了。打这儿起，这个哑嗓子要饭的天天候着赵襄子。

赵襄子因为智伯瑶已经挖了一条河，他一想有条河也挺方便，所以他不但没把它填上，反倒在河上修了一座桥。桥修好了之后，赵襄子先要上去瞧瞧。他正要上去的时候，就瞧见一个尸首在旁边倒着。他想："桥刚修好，哪儿来的尸首呢？别是豫让假装的吧？"他立刻叫手下的人细细地察看察看。他们过去一瞧，回报说："是个路倒。"赵襄子说："搜搜他身上！"果然在他身上搜出一把匕首来！手下一下子就把他抓起来。嗬，不是豫让是谁呢？

赵襄子骂着他说："上回我饶了你，这回又来行刺，可见你是人容天不容啊！把他砍了吧！"豫让哑着嗓子，冲着天哭号，眼泪和血流了一脸。两旁的人问他："你怕死吗？"豫让说："我死之后，再没有替智伯瑶报仇的人了。我是因为这个哭的。"赵襄子对他说："你早先是范氏的家臣。范氏给智伯瑶灭了，你就投降了智伯瑶。你怎么不替范氏报仇呢？如今智伯瑶死了，你非要替他报仇不可，这是什么意思？"豫让可有他自己的主张，他不管智家和赵家到底是哪一家理对，哪一家理亏，这些他都不管。他也不管主人是谁，只要哪个主人待他好，他就替哪个主人卖命。他说："君臣之间要看情义而定，不能一概而论。如果君对臣如手足，那么臣对君如心腹；如果君对臣如牛马，那么，臣对君就如过路人。范氏拿我当个普通人看待，我也就拿普通人的态度去对待他；智伯瑶拿我当作全国杰出的人看待，我当然要像全国杰出的人去报答他。"赵襄子见他挺倔强，就拔出宝剑，叫人递给豫让，叫他自杀。豫让拿着宝剑，恳求着赵襄子，说："上回您没处治我，我已经感激万分了。今天我当然不想再活了。可是我两回报仇都没报成，心里的怨恨没处撒散去。您是个明亮人，总能体会到我的苦楚。我央告您把衣裳脱下来，让我砍三刀。我死了也能闭眼了。"赵襄子很讨厌豫让，可是他确实希望自己的臣下都能像豫让那样肯替他卖命。他就脱下外衣叫人递给他。豫让拿过来，一连气砍了三刀，笑着说："我现在可以去见智伯瑶了！"说完就自杀了。

他哪儿知道一个人为国为民为正义而死，死才重如泰山。这种暴徒刺客一类的人，为了个人的恩怨，不管怎么死，都只能是轻如鸿毛。

古籍链接

却说豫让回至家中，终日思报君仇，未能就计，其妻劝其再仕韩、魏，以求富贵，豫让怒，拂衣而出。思欲再入晋阳，恐其识认不便，乃削须去眉，漆其身为癞子之状，乞丐于市中，妻往市跟寻，闻呼乞声，惊曰："此吾夫之声也！"趋视，见豫让，曰："其声似而其人非。"遂舍去。豫让嫌其声音尚在，复吞炭变为哑喉，再乞于市，妻虽闻声，亦不复讶。有友人素知豫让之志，见乞者行动，心疑为让，潜呼其名，果是也，乃邀至家中进饮食，谓曰："子报仇之志决矣，然未得报之术也，以子之才，若诈投赵氏，必得重用，此时乘隙行事，唾手而得，何苦毁形灭性，以求济其事乎？"豫让谢曰："吾既臣赵氏，而复行刺，是贰心也；今吾漆身吞炭，为智伯报仇，正欲使人臣怀贰心者，闻吾风而知愧耳。请与子诀，勿复相见。"遂奔晋阳城来，行乞如故，更无人识之者。

——《东周列国志 · 第八十四回》

三家分晋

韩康子、赵襄子、魏桓子三家灭了智伯瑶，不但三家地界大了，而且因为这三家对待老百姓要比晋国的国君好些，老百姓也愿意归附。三家都想趁着这时候把晋国分了，各立各的宗庙。要是再延迟下去，等到晋国出了个英明的国君，重新把国家整顿一下，到那时候，韩、赵、魏三家要安安定定地做大夫也许都保不住了。可是这么大的事情也不能说成就成，总得找个恰当的时机才好干。到了公元前 438 年（周考王三年），晋哀公死了，儿子即位，就是晋幽公。韩康子、赵襄子、魏桓子他们一见新君刚即位，软弱无能，大伙儿商定了平分晋国的办法。他们把绛州和曲沃两座城给晋幽公留着，别的地界三家平分了。这么一来，韩、赵、魏三家就称为“三晋”，各自独立。晋幽公一点力量也没有，只好在“三晋”的势力之下忍气吞声地活着。他不但不能把“三晋”当作晋国的臣下看待，而且因为害怕“三晋”，他自己反倒一家一家地去朝见他们。君臣的位分就这么颠倒过来了。

这个消息传到了齐国，齐国的田盘（田恒的儿子）也照样干了一下。他把齐国的大城都封给田家的人。这是并吞齐国的头一步。同时，他跟“三晋”交好，有事相帮相助。打这儿起，齐国和晋国有什么同列国诸侯来往的事，都由田家跟韩、赵、魏三家出面办理，后来两位国君反倒慢慢地没有人知道了。

公元前 425 年（周考王的儿子周威烈王元年），赵襄子得了重病。他自己觉得活不了了，就立他哥哥伯鲁的孙子赵浣为继承人。赵襄子自己有五个儿子，怎么反倒叫他的侄孙做继承人呢？

原来赵襄子无恤是赵鞅和一个房里丫头生的，论他的身份，在那时候看来，是挺低的。可是赵鞅觉得大儿子伯鲁庸庸碌碌、没有什么能耐，才想立小儿子无恤为继承人，又怕人家说他母亲身份太低，因此，一直没决定。后来他做了一篇训诫的文章，同样写了两份，一份给伯鲁，一份给无恤，叫他们好好地用心念。过了好些日子，赵鞅突然考问伯鲁，伯鲁一句也答不上来，那篇东西早就丢了。赵鞅又考问无恤，无恤背得滚瓜烂熟，已经念成顺口溜了。向他要那篇文章，他立刻拿出来。赵鞅不再犹疑，立刻立无恤为继承人。无恤老想到哥哥伯鲁当初为了他丢了长子的名分，就打算将来立伯鲁的儿子为继承人。没想到伯鲁的儿子死了，赵襄子这才立伯鲁的孙子赵浣为赵家的继承人，就是赵献子。

等到赵献子死的时候，赵籍继承了他的位子，韩、魏那两家，也都换了当家人，韩虔继承韩虎的位子，魏斯继承魏驹的位子。再搭上齐国的田和（田盘的孙子，田恒的曾孙）继承了田盘的位子。打这儿起，韩虔、赵籍、魏斯、田和四个大夫联合到一块儿，他们打算自己正式做诸侯。

公元前 403 年（周威烈王二十三年），韩、赵、魏三家打发使者上成周去见天王。韩家派了侠累，赵家派了公仲连，魏家派了田文一块儿去见天王，请天王把他们三家加在诸侯的名册上。威烈王就问三家的使者说："晋国的土地全都归了三家了吗？"魏家的使者田文回答说："晋国早就失了势力，内忧外患不断地发生，弄得国家简直没有安静的日子。韩、赵、魏三家凭着自个儿的力量，把那些造反的人消灭了，把他们的土地没收了。那些土地并不是从公家手里拿过来的。"威烈王又问："三晋既然要做诸侯，何必又跟我来说呢？"赵家的使者公仲连回答说："不过他们都尊敬天王，才来禀告一声。只要天王正式封了他们，他们就能辅助天王，那可多好哇！"威烈王一想，就是不认可也没用，还不如顺水推舟做个人情。他就正式封魏斯为魏侯，赵籍为赵侯，韩虔为韩侯。战国时期就从这一年（公元前403年）开始了[1]。

魏侯拿安邑作为都城；赵侯拿中牟作为都城；韩侯拿平阳作为都城。这新兴的三个国家都宣布了天王的命令，各自立了宗庙，并向列国通告。各国诸侯都来给他们贺喜。只有秦国自从和晋国绝交之后，早就不跟中原诸侯来往了，中原诸侯也都把它当作戎族看待。秦国当然没派人来道喜。

晋幽公之后，到了他的孙子晋靖公，“三晋”把这个挂名的国君也废了，让他做个老百姓。从此，晋国从唐叔以来的统治系统就断了，连晋国这个名号也不用了。

古籍链接

于是各遣心腹之使，魏遣田文，赵遣公仲连，韩遣侠累，各赍金帛及土产之物，贡献于威烈王，乞其册命。威烈王问于使者曰：“晋地皆入于三家乎？”魏使田文对曰：“晋失其政，外离内叛，三家自以兵力征讨叛臣，而有其地，非攘之于公家也。”威烈王又曰：“三晋既欲为诸侯，何不自立，乃复告于朕乎？”赵使公仲连对曰：“以三晋累世之强，自立诚有余，所以必欲禀命者，不敢忘天子之尊耳，王若册封三晋之君，俾世笃忠贞，为周藩屏，于王室何不利焉？”

威烈王大悦，即命内史作策命，赐籍为赵侯，虔为韩侯，斯为魏侯，各赐黼冕圭璧全副。田文等回报，于是赵、韩、魏三家，各以王命宣布国中，赵都中牟，韩都平阳，魏都安邑，立宗庙社稷，复遣使遍告列国。列国亦多致贺，惟秦国自弃晋附楚之后，不通中国，中国亦以夷狄待之，故独不遣贺。

——《东周列国志·第八十五回》

1　关于战国时期的开始时间，有几种观点，作者所持是一家之言。

收服中山

“三晋”里头，顶强盛的要数魏国。魏文侯斯相当贤明。他知道要富国强兵，先得增加粮食生产。远在公元前 412 年（周威烈王十四年，就是魏斯正式封为诸侯之前九年），他就重用当时很出名的一个法家（注重刑名法术的一派学者，为后世法律家所尊崇）叫李悝，采用他的计划，兴修水利，改进耕种的方法，实行“平籴（dí）法”。李悝替魏斯仔细算了算土地的产量。他拿一百里的地界估计一下，除了山地、有水的洼地还有城镇占的土地以外，能够耕种的土地只有六百万亩。耕种得好，每亩多生产三斗粮食，这是完全办得到的。耕种得不好，每亩少生产三斗粮食，这也不是什么意外的事。一百里地方的粮食多点或者少点就相差一百八十万石，全国计算起来就差得远了。再说到粮食的价钱，李悝认为：粮价太高了，不种地的老百姓就难过日子；太低了，农民受不了。应该叫粮价不高不低，每年平平稳稳。他把熟年富余的粮食由公家照平价籴进，荒年所短少的粮食由公家照平价粜（tiào）出。这么一来，不管年成好不好，也不管碰到荒年不荒年，粮价总是平稳的。这种由公家统一掌管粮食和粮价的办法，叫“平籴法”。

平籴法使商人地主不能任意操纵粮食，多少减轻了他们对农民的剥削。粮食由官家来调剂，老百姓的生活就比以前安定得多了。

魏文侯还一个劲儿地搜罗人才。当时各国的人才没有一国像魏国那么多的。可是魏文侯还想找一位有能耐的大将去收服中山（古国名，在今河北定州一带）。中山在魏国的东北边，原来由狄人占领，后来中山的狄人归附了晋国，中山就做了晋国的属国。自从三家分晋之后，中山向谁也没进贡过。魏文侯又怕韩国或是赵国把中山夺过去，再说中山国君荒淫无道，对待老百姓非常凶暴，魏文侯早就打算发兵去征伐中山。他老觉得还少个有能耐的大将。谋士翟璜（“翟”，原来和狄国的“狄”通用，翟璜以国为姓，跟汉族的姓“翟”念法不同）给他推荐了一个人。这人叫乐（yuè）羊。他说：“乐羊文武全才，品行端正，道德高尚。”魏文侯说：“怎么见得？”翟璜说：“当初乐羊在道上捡了一块金子拿回家去。他的媳妇儿说：‘这块金子来历不明，你怎么就拿回来呢？’乐羊就把那块金子搁到原来的地方。之后，他上别的国去游学，过了一年多，他从外面回来。他媳妇儿正在织帛，见他回来了，就问他：‘你的学业完成了吗？’乐羊说：‘还没呢，我挺想念你，先回来一趟。’他媳妇儿拿起剪子来，把机子上的丝线铰断了，对他说：‘这就叫半途而废！’乐羊就又出外走了，一去就是七年，直到学成了才回到家里。这是说他一直以来就有志气。他现在正巧在本国。咱们国里有这样的人，为什么不用呢？”

魏文侯听了翟璜的话，就打算把乐羊请来。有人反对，说：“乐羊的儿子乐舒，如今正在中山做大官。咱们哪能叫他去打中山呢？”翟璜说：“怎么不成呢？乐羊是个挺有见识的人，他儿子曾经奉了他们国君的命令去请他，他不但没去，反倒叫他儿子离开中山，说中山的国君荒淫无道，不能跟他一块儿自找灭亡。依我说，主公只要吩咐乐羊去打中山，准能成功。”魏文侯就叫翟璜去请乐羊。

过了几天，乐羊跟着翟璜来见魏文侯。魏文侯对他说：“我打算托你去征伐中山，只是你的儿子在那边，怎么办？”乐羊说：“大丈夫为国立功，哪能够为了父子的私情不顾公事呢？我要灭不了中山，情愿受您的处治！”魏文侯挺高兴，公元前408年（魏文侯十七年），就派乐羊为大将，西门豹为先锋，率领着五万人马去打中山。

中山的国君姬窟派大将鼓须去抵挡魏国的兵马，两边打了一个多月，也没见胜败。后来乐羊和他的助手西门豹用火攻的法子把鼓须打败，一直追到中山城下。

中山的大夫公孙焦对姬窟说："乐羊是乐舒的父亲，主公不如叫乐舒去要求乐羊退兵。"姬窟就叫乐舒去办。乐舒推辞说："早先我不是去请过他吗？他始终不干。如今我们父子俩各人为了各人的主人，他绝不会答应我。"姬窟就逼着他去说。他只好上了城门楼子，请他父亲跟他相见。乐羊一见他儿子，就骂他，说："你就知道贪图富贵，不知道进退，真是没出息的东西。赶快去告诉你的国君投降，咱们还有见面的日子。要不然，我先把你杀了。"乐舒说："投降不投降在于国君，我不能做主。我只求父亲暂时别再攻打，让我们商量商量。"乐羊说："这么着吧，为了父子的情义，给你一个月的期限，你们君臣早点打定主意。"乐羊就下令把中山围住，不许攻打。

姬窟满以为乐羊心疼儿子，绝不致再急着攻打。他仗着中山城结实，粮草又充足，不打算投降。一个月过去了，乐羊就准备攻城。姬窟又叫乐舒去求情，再宽限一个月。就这样，一连三回，三个月拖过去了。魏国朝廷里就有不少人议论纷纷，都说乐羊不好。魏文侯没言语，接连不断地打发人去慰劳乐羊，还告诉他国君正在盖房子，预备等他得胜回朝的时候，送给他住。乐羊非常感激，可就是按兵不动。西门豹也着急了。他说："将军还打算不打算攻打中山？"乐羊说："这是什么话！咱们为了中山国君虐待老百姓才来征伐。要是咱们性子太急，老百姓也许会说咱们同样凶暴。我两次三番地答应他们，让他们两次三番地失信。为的是让老百姓知道谁是谁非。我可不是为了保全父子的情义，为的是要收服中山的民心。"西门豹听了，这才放心。

又过了一个月，中山还不投降，乐羊可就开始总攻了。姬窟眼瞧着再不能支持，就把乐舒捆在城门楼子上，准备杀他。乐舒嚷着说："父亲救命！"乐羊骂他，说："你当了大官，不能劝告国君改邪归正，又没法守城，投降又不能投降，抵御又不能抵御，还像个吃奶的孩子哭哭啼啼的干什么？"他拿起弓箭，打算射上去。公孙焦叫人把乐舒拉下来。他对姬窟说："他父亲来打咱们，他也不能说没有罪。"姬窟就把乐舒杀了。公孙焦见乐舒死了，就想出一个主意来。他对姬窟说："人最亲的莫过于父子。咱们把乐舒的肉做成肉羹给乐羊送去。他一见儿子的肉羹，必定难受，也许难受得神魂颠倒，就没有心思再打仗了。"姬窟依了公孙焦的话，打发人把乐舒的肉羹给乐羊送去，还跟他说："小将军不能退兵，我们把他杀了。做一碗肉羹送给你！”乐羊一时火儿上来了，指着瓦罐骂道：“你一心伺奉无道昏君，早就该死！”他把瓦罐狠狠地往地上一摔，对来人说：“你们会做肉羹，我们的兵营里也有大锅，正候着你们的昏君哪！”乐羊好像受了伤的老虎，非把中山吞下去不可。魏兵加紧攻城，急得姬窟没有法子，只好自杀了。公孙焦开了城门。乐羊数说他的罪恶，把他杀了。接着，他安抚了中山人，叫西门豹带着五千人留在中山，自己带着大队人马回去了。

他到了安邑城外，就瞧见魏文侯亲自在那儿等着他。魏文侯慰问他，说：“将军为了国家，舍了自己的儿子。这全是我的过错。”乐羊磕着头回答说：“公而忘私，原来是做臣下的本分。”魏文侯和大臣们到了朝堂，乐羊献上中山的地图和拿回来的东西。魏文侯请他到宫里去喝酒。乐羊因为立了大功，非常得意。宴会完了，魏文侯赏了他一只箱子，箱子上下封得挺严。乐羊一看，就知道不是黄金，就是白玉。他想，大概魏文侯怕别人见了引起嫉妒，才这么封着。他越想越得意，更显出骄傲的神气来了。当时就叫手下的人把箱子搬到家里去。

乐羊赶紧回到家里，打开箱子，一瞧里面的东西，愣了。原来箱子里装的全是朝廷里大臣们的奏章！他随便拿起一个奏章来一瞧，上头写着：“乐羊连打胜仗，中山眼瞧就能攻下来了。可是为了乐舒的一句话，就不打了。父子之情，于此可见。”他又拿起一个奏章，上头写着：“……主公如不叫回乐羊，恐怕后患难防。”其余的奏章大都写着：“别想得到中山，怕是连五万大军也要送给敌人了”，“突然拜他为大将，已经错了主意”，“人情莫过于父子，他怎么能消灭自己的骨肉？”乐羊掉着眼泪，说：“想不到朝廷中有这么些人，鸡一嘴、鸭一嘴地毁谤我！要是主公不能坚决地信任我，我哪能成功呢？”

第二天，乐羊上朝谢恩。魏文侯要封他，乐羊再三推辞，说：“中山能够打下来，全是主公的力量。我有什么功劳可说呢？”魏文侯说：“倒也是，除了我，没有人能够这么信任你；可是除了你，没有人能够这么收服中山。你已经辛苦了。我封你为灵寿君。”魏文侯就把灵寿（中山国的地名，在今河北正定一带）封给乐羊，收回了他的兵权。

河伯娶妇

魏文侯想起中山离本国太远，一定得派个亲信的人去守才放心。他封太子击为中山侯，把西门豹替换回来。

太子击坐着车，耀武扬威地准备上中山去。刚要出京都城门，对面来了一辆又破又旧的车，上头坐着的是魏文侯一向顶尊敬的名人田子方。太子击知道他的怪脾气，连忙停住车，拱着手，让他先过去。田子方连正眼看他一眼也没有，照直地就过去了。太子击瞧他那个神气劲儿实在有点不服气。他叫手下的人跑过去揪住田子方的车。他自己上前问他，说："我有句话要请教，谁可以骄傲，是富贵人呢还是贫贱人？"田子方笑着说："我告诉你，自古以来，只有贫贱人才能骄傲，那些富贵人是不能骄傲的。当国君的一骄傲，国就保不住；当大夫的一骄傲，家就保不住。你瞧楚灵王因为骄傲亡了国，智伯瑶因为骄傲把家族也灭了。说到贫贱人，那可不同了。他吃的是粗菜、淡饭，穿的是旧衣、破鞋，他不仰仗富贵人，又不争权夺利。要是贤明的君主来请教他，随他的高兴贡献点意见；要是君主不听他的话，他就把两只空袖子一甩大摇大摆地躲开。周武王能够把那个有万辆兵车的纣王杀了，可他拉不住首阳山上的两个穷人！贫贱的人不神气，谁神气？"太子击挨了他一通教训，只好再行个礼，奔中山去了。

太子击到了中山，西门豹回到安邑就又闲起来了。翟璜对魏文侯说：

“邺城（在今河北临漳一带）那地方正在上党（在今山西长治一带）和邯郸（在今河北邯郸）的中间，跟韩国、赵国两下里紧贴着。这块重要的地方非派西门豹去不可。”魏文侯就派西门豹去管理邺城。

西门豹到了邺城，一瞧那地方非常萧条，人口也挺稀少，好像刚打过仗，逃难的居民还没回来的一座空城似的。他就把当地的父老们召集到一块儿，问他们：“这个地方怎么这么凄凉啊？老百姓一定有什么苦楚吧？”父老们回答说：“可不是嘛！河伯娶媳，害得老百姓全都逃了。”西门豹一听，摸不清是怎么回事。又问：“河伯是谁？他娶媳妇儿，老百姓干吗要跑呢？”父老们说：“这儿有一条大河叫漳河。漳河里的水神叫河伯，他喜爱的是年轻姑娘，每年要娶个媳妇儿。这儿的人必须挑选模样好的姑娘嫁给他，他才保佑我们，让我们这儿风调雨顺，五谷丰登。要不然，河伯一不高兴，他就要兴风作浪，发大水，把这儿的庄稼全冲了，还淹死人哪。您想可怕不可怕？”西门豹说：“这是谁告诉你们的？”他们说：“还有谁呢？就是这儿的巫婆。她手下有好些个女徒弟，当地的乡绅又都跟她一条藤儿。我们这些小民没有法子，一年之中，要拿出好儿百万钱。他们为了河伯娶妇，也得花二三十万，其余的就全都入了他们自己的腰包了。”西门豹说：“你们就这么让他们随便搜刮，不说一句话吗？”父老们说：“要是单单为了这笔花费，还不太要紧。顶怕的是每年春天，我们正要耕地撒种的时候，巫婆打发她手下的人挨门挨户地去看，瞧见谁家的姑娘长得好看一点，就说：‘这个姑娘应当做河伯夫人。’这个姑娘就送了命了！有钱的人家可以拿出一笔钱来作为赎身。没有钱的人家，哭着求着，至少也得送他们一点东西。实在穷苦的人家只好把女儿交出去。每年到了河伯娶妇那一天，巫婆就把选来的那个姑娘打扮成新娘子，把她搁在一条苇子编成的小船上。那时候岸上还吹吹打打，挺热闹的。然后把小船搁到河里随着波浪漂去。漂了一会儿，连船带新娘子就让河伯接去了。为了这档子事，好些有女儿的人家都搬走了，城里的人就越来越少了。”西门豹说：“你们这儿老闹水灾吗？”他们说：“全仗着每年给河伯娶妇，还算没碰上过大水灾。有时候夏天缺雨，庄稼旱了倒是难免的。要是巫婆不给河伯办喜事，那么，除了旱灾，再加上水灾，那就更不得了了！”西门豹说：“这么一说，河伯倒是挺灵的。下回他娶媳妇儿的时候，你们告诉我一声，我也替你们去祷告祷告。”

到了日期，西门豹带着几个武士跟着父老们去“送亲”。当地的里长和办理婚礼的人，没有一个不到的。西门豹还派人去约了些过去把女儿嫁给河伯的人家都来看看今年的婚礼。远远近近的老百姓都来看热闹。一时聚了好几千人。真是人山人海，热闹得很。里长带着巫婆来见西门豹。西门豹一看，原来是个三分像人、七分像鬼的老婆子。在她后头跟着二十几个女徒弟，手里拿着香炉、蝇甩子什么的。西门豹说：“烦巫婆叫河伯的新媳妇儿上这儿来让我瞧瞧。”巫婆就叫她的女徒弟去把新娘子领来。只见她们搀着一个十四五岁的小姑娘走了过来。她还哭着呢。苍白的脸上搽着胭脂粉，有不少已经给眼泪冲去了。西门豹对大伙儿说：“河伯夫人必须是个特别漂亮的美人儿。这个小姑娘我瞧还配不上。烦巫婆劳驾先去跟河伯说，‘太守打算另外挑选一个更好看的姑娘，明天送去。’请你快去快来。我在这儿等你的回信。”说着，他叫武士们抱起那个巫婆，扑通一声，扔到河里去了。岸上的人都吓得连口大气也不敢出。那个巫婆在河里挣扎了一会儿，沉下去了。西门豹站在河岸上，静静地等着。聚在那儿的人张着嘴，顺着西门豹的眼睛向河心盯着。这许多人都没有声音，只有河里的流水哗哗哗地响着。

待了一会儿，西门豹说：“巫婆上了年纪，不中用。去了这么半天，还不回来，你们年轻的女徒弟去催她一声吧！”接着就扑通扑通两声，两个领头的女徒弟又给武士们扔到河里去了。大伙儿吓得瞪着眼、张着嘴，一会儿望望河心，一会儿望望西门豹的脸，大伙儿喊喊喳喳地就议论开了。又待了一会儿，西门豹说：“女人不会办事，还是烦收捐钱的善士们辛苦一趟吧！”那几个经常向老百姓勒索的土豪正想逃跑，早就给武士们抓住了。他们还想挣扎一下，西门豹大声喝着说：“快去，跟河伯讨个回信，赶紧回来！”武士们左推右拽（zhuài），不由分说，把他们推到水里，一个个喊了一声，眼看活不成了。旁边看着的人有的手指着河心，直骂这几个土豪。西门豹冲着大河行个礼，挺恭敬地又等了一会儿。看热闹的人当中有的害怕，有的高兴，有的直咬牙，可是谁也不愿意走开，都想要看个究竟。

西门豹回头又说：“这些人怎么这么没有用？我看还是烦当地的里长替大伙儿辛苦一趟吧！”吓得那一班人的脸上连一点活人的颜色都没有了，直流冷汗，哆哆嗦嗦地跪在西门豹跟前，直磕响头。有的把脑门子都磕出血来了。西门豹就对他们说：“什么地方没有河？什么河里没有水？水里哪有什么河伯？你们瞧见过吗？罪大恶极的巫婆，欺压良民的土豪，利用迷信，搜刮百姓的钱财，杀害他们的女儿。你们这些人，不去教导百姓也就罢了，怎么反倒兴风作浪，助长这种野蛮的风俗？你们已经害了多少女子，应该不应该抵偿？”一大群年轻小伙子好像唱歌似的嚷着说：“对，应该！太应该了！这批该死的坏蛋，早就该办罪了。”那些里长连连磕头，说：“都是巫婆干的勾当。我们实在是受了她的欺骗，上了她的当，并不是成心要这样干的。”西门豹说：“如今害人的巫婆已经死了。往后谁要再胡说八道地说河伯娶妇，就叫他先去跟河伯见见面！”群众都嚷着说：“对呀！把他扔到河里去！”

西门豹把巫婆跟土豪们的财产都分还给老百姓。打这儿起，河伯娶妇的迷信破除了，以前逃走了的那些人慢慢地又都回到邺城来了。

后来，西门豹叫水工测量地势，动员魏国的劳动人民开了十二道水渠，使漳河的水灌溉庄稼，把荒地变成良田，一般的水灾、旱灾可以免去。老百姓安居乐业，五谷丰登。魏文侯听到西门豹这种办事的能耐，就对翟璜说：“我听了你的话，叫乐羊收服了中山，叫西门豹治理好了邺城。如今只有西河（地名，在今陕西华阴、白水、澄城一带，在黄河西边，所以叫西河）地方，要防备着秦国的侵犯，你瞧叫谁去守呢？”翟璜仰着头，想了一想，说：“有了，主公要是派他去，一定能成功。”

镇守西河

魏文侯听说翟璜心目中又有个大将能够镇守西河，就问他是谁。翟璜说："他原本是卫国人，做过鲁国的大将，如今正在咱们这儿。要是再晚一步，他也许就上别国去了。"魏文侯说："你说的是不是吴起？"翟璜说："就是他。"魏文侯摇了摇头，说："这种人，我有点看不上。听说他为了要当鲁国的将军，把自己的媳妇儿都杀了。这么狠心的人哪能成大事？"翟璜说："这是反对他的人说的话，不能信。咱们眼前正需要这样的人去防备秦国，我才推荐他。"魏文侯说："你就请他来吧。"

吴起喜欢比剑，爱名不爱利。他为了要出名，想做大官，把千金家产都花光了。有一回，他妈狠狠地骂了他一顿。他赌着气把自己的胳膊咬了一口，起誓说："得不到功名，绝不回家！"他就这么离开卫国，到了鲁国。

吴起到了鲁国，拜在孔子的弟子曾参（shēn）门下做学生，没黑没白地研究学问，居然成了曾参的好学生，已经有点小名望了。有一天，他碰见齐国的大夫田居，两个人谈起天来，挺投缘。田居佩服他刻苦用功的精神，又挺喜爱他的学问，就把女儿许配给他。这个鲁国的学生就当了齐国田家的姑爷了。待了五六年，他的老师曾参对他说："你在这儿念书已经好些年了，怎么不回趟家去看看你母亲呢？"吴起说："我在母亲跟前发过愿，混不上功名，绝不回家。”曾参数落他一顿，说：“做儿子的哪能跟母亲起誓发愿的？”打这儿，他老师就有点瞧不起他了。不多日子，吴起接着一封家信，说他母亲死了。他就冲天大哭三声，擦去眼泪，把心一横，仍旧跟平日一样地念书。这回曾参可火儿了，骂他：“你母亲死了，还不回去奔丧，你简直是个逆子。我提倡孝道一辈子，哪能收你这种人当学生呢？”他就把吴起开除了，还嘱咐别的学生以后不许跟他来往。

吴起被开除之后，索性扔了文的，专门研究武的。研究了三年兵法，得着了点能耐。到了鲁国，见到了相国公仪休，跟他谈论兵法。公仪休倒挺赞赏他的才能，就在鲁穆公跟前推荐他，鲁穆公拜他为大夫，可并不叫他做将军。

那时候（公元前 412 年，周威烈王十四年），齐国的相国田和打算篡位，又怕邻国去打他。他就用了两种手法：对那势力大的邻国，像“三晋”，用交好的手法；对那软弱无能的小国，像鲁国，用强硬欺压的手法。田和先发兵去打鲁国，说鲁国从前跟着吴国来打过齐国，这个仇得报一报。公仪休对鲁穆公说：“要打退齐国，非用吴起不可。”鲁穆公有口无心地答应着，可并不把兵权交给吴起。没有几天工夫，鲁国的一座城给齐国占了。公仪休又说：“主公怎么不派吴起去抵御呢？”鲁穆公说：“我也知道吴起能够当大将，可是他是齐国田家的姑爷呀！你放心不放心？”公仪休也不敢担保，就出来了。吴起跑过去对他说：“齐国的军队攻得挺紧，主公怎么还不去抵御呢？不是我吴起在相国跟前夸口，要是我当大将，准能把齐国的军队打回去！”公仪休就把鲁穆公的话告诉了他。吴起说：“我当是什么难事，原来是为了我的媳妇儿！哪个国家没有别国的女婿？要这么说，谁都不能信任了。”刚巧他媳妇儿害病死了，反对他的人就说他是为了要做将军才把她杀了的。

田氏死了以后，吴起对鲁穆公说：“我立志为主公出力，主公因为我的妻子起了疑。如今她已经死了，主公总可以放心了吧。”鲁穆公对吴起说：“请大夫先退下去吧。”他问公仪休怎么办。公仪休说：“他如今只图功名。主公不如利用他先把齐国打退了再说。真要是齐国用了他，那就更糟了。”鲁穆公就拜吴起为大将，叫他带领着两万人马去抵抗齐国。

吴起当上了大将，天天咬紧了牙，非要争口气不可。只要能够打败齐国，什么苦他都受得了。他和士兵们整天在一块儿，小兵吃什么，他也吃什么；小兵在地上睡，他也在地上睡；小兵步行，他也不坐车；小兵扛着粮草，他也帮着他们扛；有人病了，他给他煎药；有人长了疙瘩，他给他挤脓上药。弄得士兵们一个个都把他当作父亲一样看待，死心塌地地情愿为他卖命。

吴起把军队驻扎下来，嘱咐士兵们守住阵线，不跟齐国开仗。田和可不愿意老这样耗下去，就打发张邱去侦察鲁国的兵营，假意说是来求和的。吴起得了信儿，把精锐的兵马隐藏起来，让那些上了年纪的和瘦弱的士兵守着中军。吴起挺恭敬地招待着张邱。张邱说："听说将军杀了夫人，真有这回事吗？"吴起说："我虽说品德不好，到底也当过曾子的门生，学习过孔子的教训，哪敢做出这种狠心的事呢？我在动身之前，媳妇儿可巧得病死了。也许是有人把这两档子事掺到一块儿造的谣言。"张邱说："这么一说，将军还是齐国的亲戚，能不能为了这点情分，两下里和好如初？"吴起拱着手，说："大伙儿能够说和，那要比什么都强。"张邱临走的时候，吴起又再三托付说，请他帮忙，总得成全这回事。

张邱回去之后，报告了田和，说鲁国兵马怎么怎么软弱无能，吴起又怎么怎么胆小。田和就打算第三天来个总攻击。到了第二天，他们两个人正在高高兴兴地说着这回事，忽然听见咚咚的鼓声，响得惊天动地，鲁国的兵马紧跟着就打过来了。那些个年老的和瘦弱的士兵全不见了，一个个全是粗壮的大汉和不怕死的小伙子，见了齐国人便乱杀滥砍，吓得田和来不及上车，张邱也没工夫上马。其余的将官们还没穿上盔甲呢！转眼的工夫，军营大乱，都拣着没有鲁国兵的地方跑。有给鲁国人杀了的，有给自己人踩死的，也有投降的。这一下子，田和的士兵逃回本国，已经死伤了不少人马。

田和打了败仗，见着张邱便骂了他一顿，说他误了大事。张邱说："我是照我亲眼见到的报告出来。谁知道上了他的当呢？"田和叹着气，说："吴起用兵简直跟孙武、穰苴一样。他要是留在鲁国，咱们可就别打算过太平的日子了。"张邱说："我再去跟吴起商量商量，以后谁也不许侵犯谁。我要把这事办到了，也能将功折罪。"田和就嘱咐他看事行事，留神去办。

张邱带着不少金子，打扮成做买卖的样子，上鲁国去见吴起，把礼物送给了他，央告他别再向齐国进攻。吴起对张邱说："只要齐国不来侵犯鲁国，我绝不叫鲁国去打齐国。"张邱从吴起那儿出来，故意把这私自送礼的事吵嚷出来。鲁国人知道了这事，就一传十、十传百地传扬开了，还加上好些不中听的话。鲁穆公就要查办吴起。

吴起逃到魏国，住在翟璜家里。可巧魏文侯和翟璜说起派人镇守西河的事，翟璜把吴起推荐出来，魏文侯就派吴起去做西河太守。

吴起到了西河，又拿出他那苦干的精神来了。他立刻修理城门、城墙，训练兵马。为了防备秦国，还修了一座挺重要的城叫吴城。他不但挡住了秦国，而且转守为攻，打到秦国去。秦国连着打了败仗，被魏国夺去了河西的五座城，吓得秦人不敢往河西这边来。这一来，魏国的名声可就大了。韩国、赵国、齐国都派使者来朝贺，尤其是齐国的相国田和，特别奉承魏文侯，把他当作新起来的霸主。

那时候，相国的地位挺重要，各国都求取有本领的人当相国，吴起也想做相国。他有个手下人，打断了他的想头，向他报告一件轰动一时的凶杀案，那被害的就是韩国一人之下万人之上的相国。

古籍链接

丑辞去，起即暗调兵将，分作三路，尾其后而行。田和得张丑回报，以起兵既弱，又无战志，全不挂意，忽然辕门外鼓声大振，鲁兵突然杀至，田和大惊，马不及甲，车不及驾，军中大乱，田忌引步军出迎，段朋急令军士整顿车乘接应，不提防泄柳、申详二军，分为左右，一齐杀入，乘乱夹攻，齐军大败，杀得僵尸满野，直追过平陆方回。

——《东周列国志 · 第八十六回》

姐姐和兄弟

公元前397年（周威烈王的儿子周安王五年），有一天，韩国的相国侠累正在大厅上办理公事的时候，大门外突然跑进个人来。他说："有要紧的事报告相国。"卫兵一见那个人莽里莽撞地进来，就过去拦他。哪知道这几个卫兵给他一推，就都一溜歪斜地躺下了。他推倒了卫兵，飞似的跑到大厅上，掏出匕首来照着侠累就扎，一下子扎穿了胸口，大厅里当时就大乱起来，都嚷着说："有贼！有贼！"接着关了大门，卫兵全拥了上去。那个刺客拿着匕首，就在自己的脸上横一刀竖一刀地划着，又用手指头挖出自己的眼珠子，然后豁开肚子。大伙儿一瞧，都愣了。那个刺客又在脖子上抹了一刀，终于死了。

早就有人禀报了韩烈侯。韩烈侯就问："刺客是谁？"谁知道呢？他叫大伙儿去瞧瞧。大伙儿都说："那个刺客已经瞧不出模样来了。谁还认得出来？"这个案子倒叫人纳闷儿。韩烈侯一定要查办那个主使的人和刺客的家眷，好给相国报仇。可是刺客的面目都认不出来，上哪儿去打听他的姓名和来历。连行刺的人都查不出来，更别想去查办主使的人了。韩烈侯就叫人把刺客的尸首搁在街上，给来往的人来认。又出了一个赏格，说："谁要认得刺客，能说出他的姓名来历的，赏黄金一千两。"有人想发横财，都来认一认。可是那尸首的面目已经划得乱七八糟的不像样儿，两只眼睛都没了。一连搁了好几天，看的人不知道有多少，可就是没有一个能认得出来。

这档子没名、没姓、没来历的凶杀案不但轰动了整个韩国，连附近的国家也都传遍了。魏国轵邑（在今河南济源一带；轵：zhǐ）深井里地方有个女子叫聂荣。她一听见这个新闻就哭起来。她对她丈夫说：“唉呀，刺死侠累的准是我兄弟！兄弟，你死得好惨哪！”聂荣的丈夫说：“你怎么知道是他？”她说：“我兄弟有个恩人，叫严仲子。他老帮我们家的忙。我嫁给你的时候，嫁妆都是他给办的。我妈死了，也是他给办的丧事。我不是早就跟你说过吗？你怎么这么个记性啊！”他想了想，说：“哦！我想起来了。我光知道严仲子跟韩国的相国有点私仇，那也不过是争权夺利罢了。做大官的谁没有私仇呢？为了别人的私仇白白地舍了自己的命，据我瞧你兄弟不会那么傻的。”聂荣瞪着眼睛说：“你可别这么说。严仲子是有仇报仇，我兄弟是有恩报恩。恩怨分明，也是大丈夫哇！”

原来严仲子和侠累一块儿在韩国做官，两个人之间有仇恨。有一天，严仲子说侠累不好，侠累把严仲子骂了一顿。严仲子就拔出宝剑去刺侠累。幸亏旁边的人给拉开了，总算没出事。严仲子怕遭到相国的毒手，就离开韩国，上各处去找刺客，一心想弄死侠累。

严仲子到了齐国，瞧见一个宰牛的，长得挺魁伟，又有力气。听他的口音，不像是齐国人。严仲子跟他一谈，才知道他是魏国人。这个魏国人曾经推荐一个朋友给他的主人。那位朋友挺能奉承主人，不到一年工夫，就当了管家，反倒把这位推荐他的人轰出去。他在气头上把那管家杀了。当时带着他妈和姐姐逃到齐国，给人家宰牛，对付着生存。严仲子一听他的来历和遭遇，就把自己的心事告诉了他。两个人交上了朋友。严仲子家里是挺富裕的，他送了这位新朋友几千两黄金，还帮着这位朋友奉养着他母亲，又预备了一份挺体面的嫁妆把他姐姐嫁出去。待了一年，那位朋友的母亲死了，严仲子又帮助他发送。严仲子在这个宰牛的人身上花了许多钱，就是要买动他的心好替自己报仇。

“我的母亲安葬了之后，”聂荣接着说，“我就知道兄弟准要给严仲子报仇了！”她的丈夫说：“为什么？”她说：“因为我兄弟当初答应他去弄死侠累，只因扔不下母亲。如今母亲死了，他哪还能不去呢？我料定韩国街上搁着的尸首准是我兄弟。”他说：“他就这么没名没姓地死去，也太有点冤了。”聂荣说：“说的是呀！我打算上韩国瞧瞧去，看到底是不是。”

聂荣是个急性人，说走就走。她到了韩国，那个没有眼睛的尸首，已经在街上搁了八天了。她一见这尸首，就趴在上头号啕大哭起来。看尸首的士兵问她：“他是你什么人？”她说：“他是我兄弟，我是他姐姐。我叫聂荣，我兄弟是轵邑地方的一个侠客。他刺死了这儿的相国，唯恐连累我，所以毁了面目，打算就这么没名没姓地死去。可是我哪能那么贪生怕死，让他的名声埋没呢？”那些看尸首的人说：“你兄弟叫什么名字？主使他的人是谁？你好好说出来，我们替你去请求主公，饶你不死。”聂荣说：“我要是怕死，我也不来了。我来认尸，就为的是要传扬他的名字。他的事他知道，我不能替他说。”“那么，你的兄弟到底叫什么名呢？”她说：“他是侠客聂政！”说着，就在石头柱子上碰死了。军官把这事报告了韩烈侯，韩烈侯叹息着说：“聂政哪是侠客！他不过是叫人收买的一个暴徒罢了。聂荣倒有点侠义气。”他就叫人把姐儿俩的尸首埋了。

古籍链接

早有人报知韩烈侯，烈侯问：“贼何人？”众莫能识，乃暴其尸于市中，悬千金之赏，购人告首，欲得贼人姓名来历，为相国报仇，如此七日，行人往来如蚁，绝无识者，此事直传至魏国轵邑，聂姊闻之，即痛哭曰：“必吾弟也！”便以素帛裹头，竟至韩国，见政横尸市上，抚而哭之，甚哀，市吏拘而问曰：“汝于死者何人也。”妇人曰：“死者为吾弟聂政，妾乃其姊也，聂政居轵之深井里，以勇闻，彼知刺相国罪重，恐累及贱妾，故抉目破面以自晦其名，妾奈何恤一身之死，忍使吾弟终泯没于人世乎。”市吏曰：“死者既是汝弟，必知作贼之故，何人主使，汝若明言，吾请于主上，贷汝一死。”

——《东周列国志·第八十六回》

吴起养兵

吴起听完了侠累被刺的新闻，倒也挺感伤的。可是他不怕人行刺。要是能够当上相国，他还是愿意当的。

就在这一年，魏文侯死了，太子击当了国君，就是魏武侯。吴起像伺候魏文侯一样地伺候着魏武侯。有一天，魏武侯和吴起一同坐船在西河（就是黄河的一段）顺流而下。到了中流，魏武侯瞧着山水风景，挺得意地对吴起说："这山河真是美！这也是巩固魏国国防的宝贝呀！"吴起说："国家的安全在乎德行，不在乎山河的险要。如果主公不修德，船上的人都可以变成敌人。"魏武侯听了，连着说："对，对，你说得对！"

吴起做西河太守挺有名望。魏武侯这么尊重他，这回又一块儿坐船从西河回来，还加了封，就有人认为新君即位，吴起准当相国。魏武侯可另有主意，他拜商文（《史记》记作"田文"，《吕氏春秋》记作"商文"）为相国。相国商文和吴起还能相安无事，同心协力地辅助着魏武侯。赶到商文一死，新的相国一心要抓大权，净在魏武侯跟前给吴起说坏话："吴起是个了不起的人物，就是魏国太小，他在这儿不免大材小用。和魏国贴邻的秦国多么强大呀。小小的魏国哪儿留得住他呢？"魏武侯起了疑。吴起是个精明人，他怕魏武侯害他，就想法逃到楚国去了。

楚悼王（楚惠王的曾孙，楚昭王第四代的孙子）素来知道吴起的才干，当时就拜他为相国。吴起非常感激楚悼王，尽心尽意地要给楚国做一番事业。他就提出了富国强兵的计策，对楚悼王说："楚国有好几千里的土地，一百来万的士兵，当初也做过诸侯的盟主。到了今天，反倒不敢跟列国去争个高低，还不是因为养兵的办法不好吗？一个国家要打算把兵马训练成百战百胜的军队，就一定得把士兵的待遇提高。要提高士兵的待遇，先得整顿财务。楚国的财物并不是不丰富，也不是生产不够，毛病就在财物的分配太不合理。富裕的人太富裕，穷苦的人太穷苦。比方说，有名无实的大官，拿钱不干事的大夫，还有那些远房的贵族，他们没有用处，干拿着国家的俸禄，尽吃尽喝，耗费国家的钱财。可是士兵们平日连自个儿的肚子还填不饱，哪儿还能够养活家小？要叫这些士兵去打仗，他们不贪生怕死那才怪呢！大王要是按照我的办法把那些没用的、多余的、挂名的官员们都裁了，叫那些远房的亲族们自己去耕作，国家就能省下不少的钱财和粮食。把这省下来的钱财和粮食拿出点去优待英勇的将士们，将士们的待遇就能提高很多。这么一来，要是军队再不强大的话，请把我定罪！"楚悼王觉得这倒实在是富国强兵的好法子，就完全信任他，叫他这么办去。

吴起奉了楚悼王的命令，着手编定官员的等级，定出惩罚贪污和奖赏有功人员的章程。他用很严厉的手段，把多余的和挂名的官员裁了不少。大臣的子弟不能倚仗着父兄的势力或者用点贿赂就能当官吃俸禄，功臣的子孙五辈以后不能再靠着祖宗的功劳来继承爵位。不到五辈的功臣的子孙必须按照等次减少俸禄。比方说，父亲有过功劳，儿子就是不做事，也能得到国家的俸禄；祖父有过功劳，孙子的俸禄就要少点了；曾祖父有过功劳，曾孙的俸禄就更少了。祖宗有功出了五辈的必须自食其力，国家不再供养他们。

经过吴起这么一改革，国家的钱财就多出来了。然后他挑选精锐的壮丁，天天加紧训练。再按照他们的才干增加粮饷。士兵的待遇比起从前来就高了好几倍。一个有能耐的小兵比远门的贵族还强呢！可是吴起自己过着挺节俭的生活。楚国的士兵没有一个不感激他的，全都愿意替国家出力。楚国的军队在很短的时期内就有了威名。在南边楚国的军队收服了百越（也写作百粤，是那时候南方各种部族的总称），西边打败了秦国。中原列国，像齐国、韩国、赵国、魏国打这儿起谁也不敢得罪楚国了。

吴起帮着楚悼王给楚国争到了威名。可是那些裁减了俸禄的贵族、大臣都说他手段太毒辣。大伙儿没有一个不把他当作眼中钉、肉中刺的，背地里咬牙切齿地咒骂着他。

公元前 381 年（周安王二十一年，魏武侯十五年）楚悼王死了，在宫里停着还没入殓，那些贵族、大臣一齐造起反来，一下子就把吴起围上。吴起一瞧自己脱不了身，就跑到宫里。叛党拿着弓箭追了进去。正在危急的时候，吴起歪着脖子想："大王一死，这班贵族大臣又起来了。要是他们拿了权，楚国不是又要回到贫弱的老路上去吗？就拿我自己来说，就这么让他们弄死吗？将来谁替我报仇呢？"他就拿出最后的手段来，他立刻抱住楚悼王的尸首，趴在上头。一会儿乱箭射过来，连楚悼王的尸首也挨了几箭。吴起临死还挣扎着说："我死了不要紧，你们恨大王，恨得连他的尸首也伤了。你们这些大逆不道的臣下，难道就不怕王法吗？"说着，他死了。大伙儿一听这话，全都吓跑了。

楚悼王的儿子即位，就是楚肃王。他想趁着这个机会消灭那群贵族，就叫他的兄弟带领着军队捉拿叛党，惩办箭伤先王尸首的大罪。为了这档子事，有七十多家贵族都灭了门。但是楚国毕竟因为改革的时间太短，新的法制还没巩固，吴起一死，他所努力的一些改革，差不多也就过去了。

驺忌论琴

楚悼王和吴起死了之后第三年，就是公元前 378 年（周安王二十四年），齐侯田太公的孙子自称为王，就是齐威王。齐侯原本姓“姜”，怎么会姓“田”了呢？

原来魏文侯叫吴起镇守西河，跟着又夺了秦国的五座城，那时候齐国的相国田和使尽心思来跟魏国拉拢。魏文侯也帮了他不少忙。田和就仗着魏国的势力，把齐国末后一代的国君齐康公送到一个海岛上，叫他住在那儿养老。齐国就这么整个儿地归了田和。田和又托魏文侯替他向天王请求，依照当初“三晋”的例子封他为诸侯。那时候周威烈王已经死了，他的儿子即位，就是周安王。周安王答应了魏文侯的请求，在公元前 386 年，正式封田和为齐侯，就是田太公。田太公做了两年国君就死了。他儿子田午即位，就是齐桓公（和五霸之一的齐桓公小白称号相同）。齐桓公午第六年，就是公元前 379 年（周安王二十三年），有一位非常出名的民间医生叫扁鹊，回到齐国来，桓公把他当作贵宾招待。“扁鹊”原来是上古时代（据说是黄帝时代）的一位医生。桓公招待的那位“扁鹊”是齐国人，姓秦，名越人。因为他治病的本领特别大，人们尊他为“扁鹊”。后来谁都叫他扁鹊，他原来的名字反倒很少有人知道了。他周游列国，到处替老百姓治病。有这么一回事：有个人死了，尸首搁了几天了，扁鹊一看，认为这不是死，是一种严重的昏迷，给他扎了几针，居然把他救活了。

这一次，扁鹊见了桓公，说：“主公有病，病在皮肤。”桓公说：“我没病，请不必费心。”他送出了扁鹊，对左右说：“做医生的就想赚钱，人家没病，他也想治。”过了五天，扁鹊见了桓公，说：“主公有病，病在血脉，要是不医治，就会厉害起来的。”桓公说：“我没病。”他不大高兴。又过了五天，扁鹊又来了，他说：“主公有病，病在肠胃，再不医治，病就会加深。”桓公不搭理他。又过了五天，扁鹊一看见桓公就退出去了。桓公叫人去问他为什么退出去。扁鹊说：“病在皮肤里，用热水一焐（wù）就能好；病在血脉里，还可以针灸；病在肠胃里，药酒还及得到；病在骨髓里，没法治。”这么一来，十五天过去了。到了第二十天，桓公病倒了。他赶紧派人去找扁鹊，却怎么也找不到他。桓公躺了几天便死了。

扁鹊注重医学和治病的经验。他竭力反对用巫术治病。他说：“信巫术不信医药，那个病就没法治。”这么有本领的一位医生竟遭到了大医官的嫉妒。秦国的大医官李醯（xī），觉得自己的本领比不上扁鹊，就派人把他暗杀了。

齐桓公午死了以后，他儿子即位，就是齐威王。就在这一年，姓姜的齐康公死在海岛上，恰巧他没有儿子，田太公的孙子、齐桓公午的儿子齐威王算是继承齐康公的君位。打这儿起，齐国姜氏的君位绝了根。以后的齐国，虽然还叫齐国，可是已经是田家的了。

齐威王有点像当初楚庄王一开头时候的派头，一个劲儿地吃、喝、玩、乐，国家大事他可不闻不问。人家楚庄王“三年不飞，一飞冲天；三年不鸣，一鸣惊人”，可是齐威王呢，一连九年不飞、不鸣。在这九年当中，韩、赵、魏各国时常来打齐国，齐威王都没搁在心上，打了败仗他也不管。

有一天，有个琴师求见齐威王。他说他是本国人，叫驺（zōu）忌[1]。听说齐威王爱听音乐，他特地来拜见。齐威王一听是个琴师，就叫他进来。驺忌拜见之后，调着弦儿好像要弹的样子，可是他两只手搁在琴上不动。齐威王挺纳闷儿地问他，说：“你调了弦儿，怎么不弹呢？”驺忌说：“我不光会弹琴，还知道弹琴的道理！”齐威王虽说也能弹琴，可是不懂得弹琴还有什么道理，就叫他细细地讲。驺忌海阔天空地说了一阵，齐威王有听得

1　驺忌，也作邹忌。

懂的，也有听不懂的。可是说了这些个空空洞洞的闲篇有什么用呢？齐威王听得有点不耐烦了，就说："你说得挺好，挺对，可是你为什么不弹给我听听呢？"驺忌说："大王瞧我拿着琴不弹，有点不乐意吧？怪不得齐国人瞧见大王拿着齐国的大琴，九年来没弹过一回，都有点不乐意呢！"齐威王站起来，说："原来先生是拿着琴来劝我。我明白了。"他叫人把琴拿下去，就和驺忌谈论起国家大事来了。驺忌劝他重用有能耐的人，增加生产，节省财物，训练兵马，好建立霸业。齐威王听得非常高兴，就拜驺忌为相国，加紧整顿朝政。

这时候，有个知名之士叫淳（chún）于髡（kūn）。他瞧见驺忌仗着一张嘴就当了相国，有点不服气。他带着几个门生来见邹忌。驺忌挺恭敬地招待他。淳于髡大模大样地往上手里一坐。他那种瞧不起人的骄傲自大的样儿好像老子似的。他问驺忌，说："我有几句话请问相国，不知道行不行？"驺忌说："请您多多指教！"淳于髡说："做儿子的不离开母亲，做妻子的不离开丈夫，对不对？"驺忌说："对。我做臣下的也不敢离开君王。"淳于髡说："车轱辘是圆的，水是往下流的，是不是？"驺忌说："是。方的不能转悠，河水不能倒流。我不敢不顺着人情，亲近万民。"淳于髡说："貂（diāo）皮破了，别拿狗皮去补，对不对？"驺忌说："对。我绝不敢让小人占据高位。"淳于髡说："造车必须算准尺寸，弹琴必得定准高低，对不对？"驺忌说："对。我一定注意法令，整顿纪律。"淳于髡站了起来，向驺忌行个礼，出去了。

他那几个门生说："老师一进去见相国的时候，多么神气！怎么临走倒向他行起礼来了呢？"淳于髡说："我是去叫他破谜儿的。想不到我只提个头，他就随口而出地接下去。他的才干可不小哇。我哪能不向他行礼呢？"打这儿起，再没有人敢去跟驺忌为难了。

实地调查

驺忌真把淳于髡的话当作金科玉律。他想尽方法规劝齐威王调查事实，别让左右拿奉承的话把自己蒙住了。有那么一天，驺忌把人家称赞他长得漂亮的话对齐威王说了。原来邹忌身高八尺多，相貌堂堂，自己也很得意。他早上起来，穿好衣服，戴上帽子，对着镜子瞧瞧自己，问他的媳妇儿，说："我跟北门的徐公比起来，哪个漂亮？"城北徐公是齐国有名的美男子，驺忌要听听他媳妇儿的意见。他的媳妇儿说："徐公哪儿比得上您呢！"驺忌不大相信，他又问问他的使唤丫头："我跟徐公比，哪一个漂亮？"那个使唤丫头说："徐公哪儿比得上您呢！"过了一会儿，外面来了一位客人，两个人就坐着谈天。谈话当中，驺忌问他："我跟徐公比，哪个漂亮？"那个客人说："您漂亮，徐公比不上您！"第二天，巧极了，城北徐公来访问驺忌。驺忌一看，觉得自己不如徐公漂亮。他偷偷地照照镜子，再瞅瞅徐公，越看越觉得自己比徐公差得远了。到了晚上，他躺在床上琢磨着："我的媳妇儿说我美是因为她对我有偏私；我的使唤丫头说我美是因为她怕我；我的客人说我美是因为他有求于我。"他把这段经过向齐威王说了一遍。接着他说："我明明知道我比不上徐公，可是我的媳妇儿对我有偏私，我的丫头一向害怕我，我的客人有求于我，他们就都说我比徐公漂亮。现在齐国土地周围一千里，城邑一百二十个，王宫里伺候大王的人，没有一个不是讨大王的喜欢的，朝廷上的臣下没有一个不害怕大王的，全国各地的人没有一个不是有求于大王的。从这些情况看来，您的耳目准是蒙蔽得很厉害的。”齐威王点点头，说：“你说得对！”他立刻下了一道命令：“不论朝廷大臣、地方官民人等，能直言指出我的过错的，得上等奖赏。”

驺忌不但这么规劝齐威王，他还挺细心地调查全国各地的官员，要知道谁是清官，谁是赃官。他老向朝廷里的大官们查问各地的情形，他们差不多都说：“中等的太多了，不知道从哪儿说起。我们只知道太守里头顶好的是阿大夫（阿城，在今山东阳谷一带），顶坏的大概要数即墨大夫了（即墨，在今山东平度一带）。”驺忌就照样告诉了齐威王，请齐威王暗地里派人去调查。

齐威王好像无意中问起左右，大伙儿都说阿大夫是太守里头数一数二的好人，那个即墨大夫是太守里头的坏蛋。好太守人人喜欢，坏太守谁都讨厌。朝廷上的大臣们和左右一帮人每回听见齐威王和驺忌提起这两个太守来，都挺起劲。他们知道，阿大夫准能够步步高升，他提升了，他们也有好处。这就叫“与人方便，自己方便”。那个不懂人情世故、默默无闻的即墨大夫，早就该撤职查办了。果然，天从人愿，齐威王召回了那两个大夫来报告。“报告”只是个名义罢了，其实就是叫阿大夫来领赏，叫即墨大夫来受刑。这还用说吗？

就在那天，文武百官朝见齐威王。齐威王叫即墨大夫上来。众人瞧见一口大锅烧着一锅开水，大伙儿都替他捏着一把汗，静悄悄地站着。齐威王对他说：“自从你到了即墨，天天有人告你，说你怎么怎么不好。我就打发人上即墨去调查。他们到了那边，就瞧见地里长着绿油油的庄稼，人民都挺安分守己，脸上透着光彩，好像不知道有什么苦楚，有什么纷争似的。这都是你治理即墨的功劳。你专心一意地为了帮助人民，一点也不来跟这儿的大官们套近乎，也不送点礼给大伙儿，他们就天天说你不好。像你这种老老实实、勤勤恳恳、不吹牛、不拍马的太守，咱们齐国能找得出几个？我加封你一万家户口的俸禄！”大伙儿一听，都觉得自己脸上热乎乎的，脊梁骨冒着凉气，恨不得钻到地底下去。可是地不作脸，没给他们临时开个窟窿。

齐威王回头又对阿大夫说：“自从你到了阿城，天天有人夸奖你，说你怎么怎么能干。我就打发人上阿城去调查。他们到了那边，就瞧见地里乱七八糟地长满了野草，老百姓面黄肌瘦，连话都不敢说，只能暗地里叹气。这都是你治理阿城的罪恶。你为了欺压小民，装满自己的腰包，接连不断地给我手下的人送礼，叫他们好替你吹牛，把你捧上天去。像你这种专仗着贿赂，买动人情，巴结上司的贪官污吏，要是再不惩办，国家还成个体统吗？把他扔到大锅里去！”武士们就把他煮了。吓得那些受过阿大夫好处的人都好像自己也会被扔到大锅里一样，一个个站不住了。他们一会儿换换左脚，一会儿换换右脚，一会儿擦擦脑门子上的汗珠，一会儿挠挠脖颈子，愁眉苦脸地站在那儿。

齐威王回头叫那些平日不分青红皂白、颠倒是非的十几个人过来，骂道：“我在宫里怎么能知道外边的事情呢？你们就是我的耳朵、我的眼睛，可是你们贪赃受贿，昧着良心，把坏的说成好的，把好的说成坏的。你们好比扎瞎了我的眼睛、堵上了我的耳朵。我要你们这些臣下干什么？把他们都给我煮了吧！”这十几个人吓得跪在地上，直磕响头，苦苦地哀求着。齐威王就挑了几个顶坏不过的，下锅煮了。

这么一来，一些个贪污的官吏不能再在齐国待了，真正贤明的人有了发挥才能的机会。齐国的政治可就比以前清明得多了。

齐威王看驺忌整顿得挺有成效，就封他为成侯。驺忌又对齐威王说：“从前齐桓公、晋文公当霸主，都借着天王的名义。眼下周室虽说是衰弱了，可是还留着天王的名义。要是大王奉了他的命令去号令诸侯，大王不就是霸主了吗？”齐威王说：“我已经当了王，哪儿还能去朝见另一个王呢？”邹忌说：“他是天王啊。只要在朝见的时候，您暂且称为齐侯，天王必定高兴，您还不是要怎么着就怎么着吗？”齐威王就亲自上成周去朝见天王。这是公元前 370 年（周安王的儿子周烈王六年）的一件大事。

周朝的王室早就只剩了个空名了，各国诸侯根本想不起还有朝见天王这个礼来。如今单单齐侯来朝见，周烈王认为周朝的气运转了。这份高兴简直就不必提了。朝廷里的大臣们和京城里的老百姓都乐得敲锣打鼓、连蹦带跳地庆祝起来。周烈王叫人去瞧瞧库房里还有什么宝贝没有。说起来也怪寒碜的，库房里哪儿还有多少值钱的东西呢？可是老太爷不能在孝顺子孙跟前丢人现眼！他只好咬着牙，搜寻了几件宝贝，赏给“齐侯”。齐威王从天王那儿回来，沿道所听都是称赞他的话，乐得他满脸喜容，装着一肚子的得意回来。

霸道

这时候，有好些个小国都给大国兼并了。宋国、鲁国，虽说没被兼并，可也是默默无闻的，自己承认是弱国。越国自从勾践灭了吴国之后，慢慢地也衰败了。其中只剩下了七个势均力敌的大国，就是：齐、楚、魏、赵、韩、燕、秦，也叫"战国七雄"（后来郑国给韩国灭了；卫国给魏国灭了；吴、越、鲁归并到楚国；宋国给齐、魏、楚分了）。自从齐威王朝见天王之后，楚、魏、赵、韩、燕五国就公推齐威王为霸主。只有秦国在西方，中原诸侯都把它看作戎族，多少年来很少跟中原来往。秦国在政治、经济、文化各方面也确实比中原落后。又因为魏国重用了李悝、吴起等人从事改革，发展生产，很快地变成了头等强国，连着打败秦国，把秦国的河西全都拿了去。这种形势逼得秦国也不得不有所改革。到了秦献公的儿子秦孝公即位的时候（公元前 361 年，周显王八年），秦国已经开始强盛起来了。新君秦孝公认为秦国已经有了些力量，就打算向中原伸张势力。他想："早先穆公不是跟晋国、楚国都有过来往吗？哀公不是还帮着申包胥救了楚国吗？如今他们把我撇开。这叫人太难受了。"他下了决心，一定要把秦国治理好。他下了一道命令，说："不论本国的臣下或者外来的客人，谁要是能想出办法来叫秦国富强起来的，就重用他，封给他土地。"这么一来，不少有才干的人跑到秦国找出路去了。

秦孝公这种真心实意地搜罗人才的举动，吸引了一个卫国的贵族，叫公孙鞅，又叫卫鞅。他在年轻的时候就很佩服李悝、吴起这一派法家的学说和他们从事改革的精神。到了壮年，他跑到魏国，曾经做过魏国相国的门客，但是没被重用。这回他到了秦国，托秦孝公的一个宠臣景监把他介绍给秦孝公。他先跟秦孝公说了一大篇道理，什么仁义道德呀，什么尧舜禹汤啊。秦孝公听了一半，连着打了几个哈欠。末了，索性打起瞌睡来了。

第二天，秦孝公埋怨景监，说："你怎么把这种迂腐的人介绍给我？说出来的全是不靠边儿的废话。"景监把这话告诉了卫鞅。卫鞅对景监说："再烦你去替我说一下，我已经知道主公的心意了。管保他能听我的主意。"景监说："眼下主公正在闹别扭，他不让你再去见他，过几天再说吧。"

过了五天，景监又请秦孝公约会卫鞅。秦孝公勉强答应了。这回卫鞅见了秦孝公就说："我上回说的是王道。主公要是不喜欢这个，我还有霸道呢。"秦孝公一听见"霸道"，就像小孩儿听说吃糖一样，高兴起来，说："倒不是我反对王道，只为了要实行王道，一定得好好地干他一百年，至少也得几十年，才能有点成效。我哪能等得了呢？你有什么富国强兵的好办法赶紧跟我说吧。"

卫鞅说："我的霸道当时就能叫秦国强大起来。王道在乎顺着民情，慢慢地教导人民；霸道可不能这样，有时候不能顺着他们的心意，反倒得使劲改变他们的习气。没有见识的男女们只是得过且过地贪图眼前的好处，看不到以后的幸福。相反地，有魄力的国君眼光远大，他的计策是要顾到将来的。一般人就是不懂得这一点。他们日子过得苦，可是已经苦惯了，叫他们改变一下，他们准会反对。实行霸道就得有决心，老百姓喜欢的事情，不一定马上就做；老百姓不喜欢的事情，要做的还得做。赶到改革有了成效，老百姓得到了好处，他们才能够欢天喜地地明白过来。"

秦孝公说："只要你有富国强兵的好计策，我就想法子叫他们服从。"卫鞅说："要打算富，就得讲究农业；要打算强，就得奖励将士；有了重赏，老百姓就能够拼命；有了重罚，老百姓就不敢犯法；有赏有罚，朝廷才有威信，一切改革也就容易进行了。"

秦孝公说："对呀！应当这样。"卫鞅说："不过要富国强兵，就得信任人，叫他能一心一意地去干。要是一听说有人反对就改变主意，不光是白费了劲，还叫朝廷失了威信，也许给了一些小人一个作乱的时机。主公先得下个决心，要干就得干到底！"

秦孝公点点头，说："不错，要干就得干到底！"卫鞅说到这儿，就要告辞了。秦孝公说："别忙！我正听得有劲，你怎么不往下说呢？"

卫鞅也真刁，他故意让秦孝公焦急的心悬着。他说："请主公仔细考虑三天，打算干一番还是不干。三天之后，我才敢详详细细地把我的计策说出来。"

秦孝公急着要想知道卫鞅的下文，第二天就叫人去请他。卫鞅推辞，说："我不是跟主公约定三天吗？我哪能不守信用呢？"秦孝公只好耐着性子，又挨了两天。他一听说富国强兵的霸道，早就急着要试试。卫鞅成心叫他盼了三天。在这三天里头，秦孝公越等越想要快点知道这回事。到了约定的日子，卫鞅就把怎么样改革秦国的计策说出来。君臣两个人一问一答地说得挺有劲。一连谈了三天，秦孝公不但没打哈欠，连吃饭、睡觉也都忘了。

秦国的贵族和大臣们听说秦孝公打算重用卫鞅，改变制度，要把农民和将士的地位大大提高。这不是故意打击贵族和大大小小的封建领主吗？为了自己的利益，也不能让这个外来的小子在这儿胡作妄为。他们都出来反对，弄得秦孝公左右为难。他使劲地皱着眉头，好像要把眉毛连根儿挤出去似的。他赞成卫鞅把秦国改革一番，但又怕反对的人太多，自己又刚即位，担心会闹出乱子来，因此，只好把这件事暂时搁一搁再说。过了两年多，他越想越觉得改变制度对秦国有利。有一天，他特意再叫大臣们议论变法的事。当时就有大夫甘龙和杜挚出来反对。他们反对的理由是：风俗习惯不能改，一改，大家都不方便；古代的制度必须遵守，不遵守，一定要亡国。卫鞅对他们说："贤明的国君要改变风俗习惯，是要让人更方便。没有知识的人只顾到眼前的方便，哪儿知道他们看到的方便，在有见识的人看来，正是不方便哪！古代的制度也许正适合古人的需要，以后别的都改变了，以前的制度也就没有用了。成汤和武王改革了古代的制度，国家强大起来了；桀王和纣王并没改变夏朝和殷朝的制度，他们倒亡了国。可见不跟古人学，也能当汤、武；死守着古代的制度，也难免当桀、纣。

古人有古人的制度，现在人应当有现在人的制度。要想国家强盛，就得改革制度。死守古法，难免亡国。”秦孝公说：“卫鞅的话不错！”他当时就拜卫鞅为左庶长。他对大臣们说：“打这儿往后，变法的事全由左庶长拿主意。谁违抗他，就是违抗我！”大臣们听了这道命令，脖子短了一截，脑袋缩得跟肩膀一样平了。

古籍链接

鞅入，孝公问曰：“闻子有伯道，何不早赐教于寡人乎？”鞅对曰：“臣非不欲言也，但伯者之术，与帝王异。帝王之道，在顺民情；伯者之道，必逆民情。”孝公勃然按剑变色曰：“夫伯者之道，安在其必逆人情哉？”鞅对曰：“夫琴瑟不调，必改弦而更张之；政不更张，不可为治。小民狃于目前之安，不顾百世之利，可与乐成，难于虑始。如仲父相齐，作内政而寄军令，制国为二十五乡，使四民各守其业，尽改齐国之旧，此岂小民之所乐从哉？及乎政成于内，敌服于外，君享其名，而民亦受其利，然后知仲父为天下才也。”孝公曰：“子诚有仲父之术，寡人敢不委国而听子！但不知其术安在？”

卫鞅对曰：“夫国不富，不可以用兵；兵不强，不可以摧敌。欲富国莫如力田，欲强兵莫如劝战。诱之以重赏，而后民知所趋；胁之以重罚，而后民知所畏。赏罚必信，政令必行，而国不富强者，未之有也。”孝公曰：“善哉，此术寡人能行之。”鞅对曰：“夫富强之术，不得其人不行；得其人而任之不专，不行；任之专而惑于人言，二三其意，又不行。”孝公又曰：“善。”卫鞅请退，孝公曰：“寡人正欲悉子之术，奈何遽退。”鞅对曰：“愿君熟思三日，主意已决，然后臣敢尽言。”

鞅出朝，景监又咎之曰：“赖君再三称善，不乘此罄吐其所怀，又欲君熟思三日，无乃为要君耶。”鞅曰：“君意未坚，不如此恐中变耳。”至明日，孝公使人来召卫鞅，鞅谢曰：“臣与君言之矣，非三日后不敢见也。”景监又劝令勿辞，鞅曰：“吾始与君约而遂自失信，异日何以取信于君哉？”景监乃服。

——《东周列国志·第八十七回》

变法

公元前 359 年（周显王十年，秦孝公三年），卫鞅起草了一个初步变法的法令，他把新法令一条一条地写出来，呈给秦孝公看。秦孝公完全同意，叫他去发布告，让全国的人都依着做去。卫鞅唯恐人家不信任，不遵守新法，就先做个准备来引起大家的注意。他在南门立了一根木头，出了个命令："谁能把这根木头扛到北门去的，就赏他十两金子。"

一会儿工夫，南门口围上了一大堆人，交头接耳，议论纷纷。有的说："这大概是一种玩意儿，成心跟咱们开玩笑。"有的说："这根木头，我小儿子也扛得动，哪儿用得着十两金子？"大伙儿瞧瞧木头，又瞧瞧别人，都想瞧瞧谁有这傻劲去上当。卫鞅一听净是看热闹的，没有一个敢去扛。他一下子就提高了五倍的赏金，说："谁能扛到北门去的，就赏他五十两金子。"这么一来，更没有人敢碰了。

大伙儿正在出神的时候，忽然人群里站出一个人来。他是专门给人家取笑的，上了当也不知道生气，得了个"冤大头"的外号。大伙儿一见他愣头愣脑地还不知道是怎么回事，就去逗他，跟他说："喂，大头！把这根木头扛到北门去，一会儿国君就赏给你五十两金子呀！"这个冤大头乐了乐，打量着那根木头有多沉，就说："扛得动！扛得动！"他真把木头扛起来就走。大伙儿闪开一条道，好像小孩儿们看耍猴儿似的嘻嘻哈哈地跟着他，一直跟到北门。卫鞅叫人传话，对他说："你听从朝廷的命令，真是个好人。"当时就赏给他五十两金子。看热闹的人一见他真得了赏，一个个都愣了。他们后悔刚才没扛，错过了机会。要是明儿个再有这种事，傻蛋才不扛呢！这件新闻一传出去，一时全国都知道了。人们都说："左庶长真是说到哪儿应到哪儿，他的命令就是命令。"

第二天，大伙儿要学冤大头的样儿，又跑到城门口去看木头。这回换了个新花样。木头没有了，张着一个挺大的告示。他们都不认得字，看了半天也不懂。有个小官念给他们听。念出来的东西也有听得懂的，也有听不懂的。可是他们知道"左庶长的命令就是命令"，都得服从。新的命令一共有下面几条：

一、实行连坐法。每五户人家编为"一伍"，十户人家编为"一什"。一伍一什互相监视。一家有罪，其余九家应当告发。不告发的，十家连坐，受腰斩处分。告发的和杀敌人同样有功。私藏罪人的和罪人同样有罪。每个居民必须领取凭证。没有凭证的不能来往，不能住店。

二、奖励建立军功。官职的大小和爵位的高低以打仗立功为标准。杀一个敌人记一分功，升一级。功劳大的地位高，田宅、车马、奴婢、衣服，随地位的高低分等级使用、穿戴，没有军功的就是有钱也不得铺张。贵族的远近高低要看打仗的功劳而定。凡宗室没有军功的不得列入贵族名单。不论有道理没道理，凡是为私事打架殴斗的按情节轻重分别受罚。

三、奖励生产。凡人民努力于"本业"（耕种和纺织，是根本的事业，叫"本业"），多生产粮食和布帛的，免除官差。凡是为了经营"末业"（做买卖挣钱是末流的勾当，叫"末业"）和为了懒惰而贫穷的，连同他的妻子、儿女一概没入官府为奴婢。谁要是把灰土扔在道上的，就把他当作懒惰的农民处理。一家之中有两个成人的儿子就应当分家，各立门户，各交各的人头税。不愿分家的，每个成人加倍付税。

新法令公布之后，国内发生了极大的变化。首先，没有军功的贵族领主失去了特权，他们即使有钱，也不过算是富户。立军功的有赏，最高的赏赐是封侯，但是封了侯也只能在自己的食邑内征收租税，不能直接管理食邑内的人民。这么一来，领主制度的秦国，从此以后变为地主制度的秦国了。这么巨大的改革不引起贵族领主的反抗才怪呢。大夫甘龙和杜挚代表了旧势力起来反对。卫鞅不愿意把他们赶尽杀绝，只把他们革了职，罚作平民。老百姓要是反对新法，除了连坐法以外，还有砍头、腰斩、抽筋、车马分尸等极其残酷的刑罚对付他们。这一来，可把人们都吓坏了，有的人在梦里还老发抖呢。

这么过了几年，老百姓开始觉得新办法倒是好。生产增加了，生活也有所改善。父子兄弟各立门户，免得一家人互相依赖，劳逸不均；做儿子和儿媳妇的可以不受大家庭的气，也是件好事情。分家以后，做父亲的要使用儿子的农具，得向他借，还得感激他的好意。做婆婆的没经过儿媳妇的允许就使用她的扫帚、簸箕，给儿媳妇责备了，她也不敢回嘴。家族制度下的父权和公婆的威风大大受到了限制。这些都不说，老百姓最满意的是增加生产可以免除官差这一条。大家宁可努力于耕种和纺织，多增加生产，谁也不愿意离开家庭、田园、妻子、儿女，被征发到远地去当差。将士们呢，因为提高了待遇，立了军功，就能升级，谁都愿意做个勇敢的战士。公元前 354 年（秦孝公八年），秦国趁着魏国正在攻打赵国的机会，发兵去打魏国。在元里（在今陕西澄城一带）打了个胜仗，而且占领了魏国的少梁（在今陕西韩城一带）。这是卫鞅变法以后第一个大胜仗。

接着在公元前 352 年（秦孝公十年），卫鞅由左庶长升为大良造。卫鞅趁着魏国跟别的中原诸侯打仗的机会，亲自率领着大军进攻魏国的西部，从魏国的河西一直打到河东，把魏国原来的都城安邑也打下来了。同时在北边又占领了魏国的固阳（在今内蒙古包头一带）。逼得原来算是头等强国的魏国也不得不在公元前 350 年（秦孝公十二年）跟秦国讲和。秦国为了要进一步变法，再加上魏国还有力量，就在头一年，中原十二个诸侯还都向魏国朝见呢。因此，在东边不受魏国威胁的条件下，秦国也愿意让些步。这么一来，秦孝公和魏惠王（魏武侯击的儿子）在彤（在今陕西华县）相会，订立了盟约。秦孝公把河西大部分的地方和安邑退还给魏国。魏惠王认为秦孝公心眼儿好，很是感激，也不再担心西边的侵犯了。

卫鞅变法的初步计划在生产上和军事上都得到了成功。就从跟魏国和好那一年起，秦国实行更大规模的改革。最重要的有下列几项：

一、开辟阡陌封疆。田间南北通车的道路叫“阡”，东西通车的道路叫“陌”。阡陌就是供兵车来往的田间的大路。战国时代，各国打仗都用步兵和骑兵，兵车是极少用的，因此，东方各国早已陆续开了阡陌。这会儿秦国除了田间必要的道儿以外，把宽阔的阡陌一概铲平，也种上庄稼。“封疆”是封建领主作为划分疆界和防守用的大片的土堆、荒地、树林、沟池等。现在把这些土地也开垦起来，作为耕种的土地。谁开垦的荒地，归谁所有。土地可以自由买卖。重新丈量土地，按照六尺为一步，二百四十步为一亩的标准计算亩数，按照亩数交纳地租。

二、建立县的组织。除了领主贵族所占据的封邑以外，在没有建立县的地区，把市镇和乡村合并起来，组织成为大县。每县设置县令（相当于县长）和县令的助理县丞，主管全县的事。县令和县丞都由朝廷直接任命。这种由朝廷直接统治的地方组织一共建立了四十一个。

三、迁都咸阳。为了便于向东发展，把国都从原来的雍城（在今陕西凤翔）迁移到渭河北面的咸阳。

这一次新法令出来，当然也有人反对。秦国既然实行了霸道，自然得用严厉的手段。据说有一回，在一天之内就杀了七百多人，渭河的水都变红了。

第二次的大改革已经实行了四年，没想到太子驷犯了法，他居然也批评起新法来了。这真叫卫鞅为难。他认为这是考验法治的紧要关头。他对秦孝公说：“国家的法令必须上下一律遵守。要是在上的人不遵守，底下的人对朝廷可就不信任了。太子犯法，他的师傅应当替他担当罪名。”秦孝公叫卫鞅瞧着办去。卫鞅就把太子的两个老师都治了罪：公子虔割了鼻子，公孙贾脸上刺了字。这一来，其余的大臣更不敢批评新法了。一般的老百姓，尤其是自己有生产能力的人，对于卫鞅的变法，有不少人是拥护的。他们最感兴趣的有两条：一条是谁开垦的荒地，归谁所有；一条是土地可以自由买卖。由于实行了这两条，有些农民也得到了一些小块土地，主要的是，新兴的商人地主成了新的土地所有者。他们取得了土地所有权，可以向农民征收实物，从农民的剩余劳动中榨取财富，但是对农民并没有统治权。这么一来，过去封建领主的公田制转化为税亩制。这种改变在当时大大鼓励了农民的生产积极性。不到几年工夫，秦国人，每家都能自给自足，国家的粮食堆得满满的。别说没有土匪，连个小偷儿也找不出来。要是有人在半道上丢了什么，回去一找，准保还在那儿。秦国又把那些杂乱无章的尺寸、升斗、斤两，规定了一个标准，整个秦国都用统一的度、量、衡。

秦国土地广，人口不太多，而邻近的“三晋”，土地少，人口密。卫鞅认为无论哪里的老百姓，要求最迫切的是田地和住宅。他就出了赏格，叫邻国的农民到秦国来种地，给他们田地和住宅。为了优待外来的人，只要他们一心一意耕种和纺织，完全免服兵役（其实秦国也不放心把兵器交给外来的人）。秦人必须服兵役，但是轮流应征，所以兵力还是有富裕。秦国变法之后，仅仅十几年工夫，就变成了挺富强的国家。周朝的天王（周显王）打发使者去慰劳秦孝公，封他为“方伯”（一方诸侯的首领）。中原诸侯倒也实事求是，人家既然富强了，不能再把人家当作戎族看待，就全都去朝贺。那些存心要做霸主的诸侯眼见秦国用了一个卫鞅，变了法就变成了强国，他们也学起秦国来了，都到各处去搜罗人才。

古籍链接

卫鞅于是定变法之令，将条款呈上孝公，商议停当。未及张挂，恐民不信，不即奉行。乃取三丈之木，立于咸阳市之南门，使吏守之，令曰：“有能徙此木于北门者，予以十金。”百姓观者甚众，皆中怀疑怪，莫测其意，无敢徙者。鞅曰：“民莫肯徙，岂嫌金少耶。”复改令，添至五十金，众人愈疑，有一人独出曰：“秦法素无重赏，今忽有此令，必有计议，纵不能得五十金，亦岂无薄赏？”遂荷其木，竟至北门立之，百姓从而观者如堵，吏奔告卫鞅，鞅召其人至，奖之曰：“尔真良民也，能从吾令！”随取五十金与之，曰：“吾终不失信于尔民矣。”

——《东周列国志·第八十七回》

孙膑下山

“三晋”里头要数魏国顶强。魏惠王也学秦孝公打算找个“卫鞅”。他花了好些钱招待着天下豪杰。当时有个本国人叫庞涓，他来求见魏惠王。据说他是鬼谷子的门生，跟孙膑、苏秦、张仪都是同学。这个鬼谷子是个很奇怪的人物。有人说，他是当时最有本领的人，隐居在鬼谷（山谷名，有各种传说：有的说在今河南登封；有的说在今陕西三原；有的说在今湖北远安；有的说在今湖南张家界），所以叫鬼谷子。

庞涓见了魏惠王，把他的学问和用兵的法子说了一说，魏惠王跟他说：“我们的东边有齐国，西边有秦国，南边有楚国，北边有韩国、赵国、燕国。我们的四周围都是大国，我们怎么能在列国之中站得住呢？赵国还把我们的中山占去了！”庞涓说：“大王要是让我做将军的话，我敢说，就是把他们灭了也不难，还用得着怕他们吗？”魏惠王说：“没有那么容易吧！”庞涓挺有把握地说：“要是办不到，我情愿受罚。”魏惠王挺高兴，就拜他为大将，外加担任军师的职务。庞涓的儿子庞英，侄儿庞葱、庞茅，全当上了将军。这一批“庞家将”倒是个个英勇，人人卖力气，天天操练兵马，准备跟各国开仗。后来就先从软弱的卫国和宋国下手，一连气打了几个胜仗，吓得卫国、宋国、鲁国都去朝见魏惠王，向他低头服软。只是齐国有点倔强劲儿，不但不去朝见，反倒发兵去侵犯魏国的边境。没想到给庞家将打了回去。打这儿起，魏惠王更加信任庞涓了。

正在这时候，墨子的门生禽滑厘（也作禽滑釐。禽滑是复姓，读 qín gǔ；釐读 xī）云游天下，到了鬼谷。他一见孙膑像伺候老师似的招待他，心里已经挺喜欢了，听了孙膑的谈论，看了他的举动，更觉得他是个人才。墨子一派的人是反对侵略战争的，要是孙膑能够下山去，做个将军，好好地劝国君注意防守，不让别国打进来，打仗的事就能够减少。他就对孙膑说："你的学问已经很有根底了，就该出去做事，不该老住在山上。"孙膑说："我的同学庞涓，当初下山的时候跟我约定，要是他有了事情，一定替我引见。听说他已经到了魏国，我正等他的信哪。"禽滑厘说："庞涓已经做了魏国的大将，他还不来叫你，不知道是什么心意。我到了那边，给你打听打听吧。"

禽滑厘到了魏国以后，魏惠王就对庞涓说："听说将军有位同学叫孙膑，有人说他是兵法家孙武子的后代，只有他知道十三篇兵法的秘诀。将军何不把他请来呢？"庞涓回答说："我也知道他的才干。可有一样，他是齐国人，亲戚、本家全在齐国。就算咱们请他做了将军，恐怕他也得先替齐国打算，万一他吃里扒外，怎么办呢？"魏惠王说："这么说来，不是本国人就不能用了吗？"庞涓不好意思再反对，就说："大王要叫他来，那我就写信去。"魏惠王打发人拿了庞涓的信去请孙膑。孙膑拜别了鬼谷子，下了山，来到魏国，先见过庞涓，向他道了谢。第二天，他们一块儿去朝见魏惠王。魏惠王和孙膑谈论之后，就要拜他为副军师，跟庞涓一同执掌兵权。庞涓觉得不大妥当。他说："孙膑是我的兄长，再说他的才能比我强。他哪能在我的手下呢？依我说，不如暂且请他做个'客卿'，等他立了功，我就让位，自个儿情愿当他的助手。"魏惠王就请孙膑为客卿。拿职务来说，客卿并没有实权；按地位来说，客卿比臣下要高一等。孙膑非常感激庞涓替他这么安排。两个同学好朋友，就这么一同在魏国办事。

庞涓背地里对孙膑说："你一家人都在齐国，你既然在这儿，怎么不把他们接来呢？"孙膑掉着眼泪，说："你我虽是同学，可是你哪儿知道我家里的事呀！我四岁的时候，母亲死了，九岁的时候，父亲又死了，从小住在叔叔家里。叔叔孙乔当过齐康公的大夫，后来田太公把齐康公送到孤岛上去住，一些个旧日的大臣死的死了，杀的杀了，轰走的轰走了。我们孙家的人也就这么五零四散了。后来我叔叔带着我的叔伯哥哥孙平、孙卓连我逃到洛阳。谁知到了那边又赶上荒年，我只好给人家当使唤人。末了，我叔叔和我叔伯哥哥也不知道上哪儿去了。我就独个儿流落在外头。直到现在，我是个孤苦伶仃的光杆儿，哪儿还提得到家里人呢？”庞涓听了直叹息。

大约待了半年，有一天，有个齐国口音的人来找孙膑。孙膑问了问他的来历，他说：“我叫丁乙，一向在洛阳做买卖。令兄有一封信，托我送到鬼谷。我到了那边，听说先生已经做了大官，我才找到这儿来。”说完，拿出信来交给孙膑。孙膑一瞧，原来是他叔伯哥哥孙平和孙卓来的信。大意是说他们从洛阳到了宋国，叔叔已经死了；如今齐王正在把旧日的臣下召回国去，他们准备回去；叫孙膑也回齐国去，重新创家立业，好让孙家的族人聚在一起。此外，还说了些个流落外乡、好些年没上坟的话。真是一封悲惨的家信。孙膑念完之后，哭了一场。丁乙劝了半天，又说：“你哥哥告诉我，叫我劝你快点回去，大伙儿可以骨肉团聚。”孙膑说：“我已经在这儿做了客卿，不能随便就走。”他招待了丁乙，又写了一封回信，托丁乙带回去。

没想到孙膑的回信给魏国人搜出来，交给了魏惠王。魏惠王对庞涓说：“孙膑想念本国，怎么办呢？”庞涓说：“父母之邦，谁能忘情？要是他回到齐国，当了齐国的将军，就要跟咱们争个高低。我想还是先让我去劝劝他。要是他愿意留在这儿的话，大王就重用他，加他的俸禄。万一他不干，那么既然是我举荐来的，大王还是交给我去办吧！”

庞涓辞了魏惠王出来，立刻去见孙膑，问他：“听说你接到一封家信，有没有这回事？”孙膑说：“有这回事，我叔伯哥哥叫我回老家去，可是我怎么能离开这儿呢？”庞涓说：“你离开家也有好些年了，怎么不向大王请一两个月的假，回去上了坟，马上回来，不是两全其美吗？”孙膑说：“我不是没想过，可是我怕大王起疑，不敢提。”庞涓说：“那怕什么？有我呢！”

孙膑听了庞涓的话，便上个奏章，说是要请假回齐国上坟去。魏惠王正怕他私通齐国，如今他果然要回齐国去，可见他有心背叛魏国了。当时就生了气，骂他私通齐国，把他送到军师府审问。左右把他解到庞涓那儿去。庞涓一见孙膑受了冤屈，就安慰他，说：“大哥不要害怕，我这就给你说情去。”庞涓当时就出去了。待了一会儿，庞涓慌慌张张地回来，对孙膑说："大王十分恼怒，非要定你死罪不可。我什么话都说到了，再三再四地求情，总算保全了你的命；可是必须在脸上刺字，再把膝盖起下去。这是魏国的法令，我实在不能再求了。"孙膑哭着说："虽然要受刑罚，总算免了死罪。你这么给我出力帮我的忙，我绝不忘你的大恩。"庞涓叹了口气，吩咐刀斧手把孙膑绑上，剔去两块膝盖。孙膑大叫一声，昏了过去。刀斧手又在他的脸上刺了字。待了一会儿，孙膑慢慢地缓醒过来，只见庞涓愁眉苦脸地叹着气，给他上药。跟着，庞涓就叫人把他抬到自己的屋里，一天三顿饭全由庞涓供给。过了一个多月，创口好了，可是他变成了一个瘸子，只能爬着走了。

古籍链接

其夜，轮孙宾值宿，先生于枕下，取出文书一卷，谓宾曰："此乃汝祖孙武子《兵法》十三篇，昔汝祖献于吴王阖闾，阖闾用其策，大破楚师；后阖闾惜此书，不欲广传于人，乃置以铁柜，藏于姑苏台屋楹之内。自越兵焚台，此书不传。吾向与汝祖有交，求得其书，亲为注解，行兵秘密，尽在其中，未尝轻授一人，今见子心术忠厚，特以付子。"

——《东周列国志 · 第八十七回》

装疯忍辱

孙膑已经变成了废人，天天依靠着庞涓过日子，心里老觉得对不起人家。有一天，庞涓对他说："大哥你那祖传的十三篇兵法，能不能凭着记性写出来？不但能给我拜读拜读，还能传留后世呀。"孙膑恨不能做点事情好报答报答庞涓。那十三篇兵法，据说是鬼谷子从吴国得来传给孙膑的，孙膑早就背得滚瓜烂熟。这次庞涓一要求，他就满口答应。打这儿起，孙膑开始写他祖宗的兵书。可是那时候写一篇东西不像现在这么便当，再说孙膑心里烦得慌，天天唉声叹气，写了足有一个多月，还没写了几篇。伺候孙膑的那个老头儿叫诚儿，他见孙膑受了冤屈，倒挺可怜他的，时常劝他歇息，不要老坐着，辛辛苦苦地写这个玩意儿。

有一天，庞涓把诚儿叫去，问他："他每天写多少？"诚儿说："孙先生因为两腿不便，躺着的时候多，坐着的时候少，一天只写三五行。"庞涓一听，气可大了，骂道："这么慢条斯理地要写到什么时候？你得催着他，叫他加紧点！"诚儿嘴里答应着，心里可不大明白。他想："干吗一个劲儿催他呢？"诚儿那傻劲叫他心里有点不踏实。可巧服侍庞涓的一个手下人来了，诚儿就问他："嘿！我跟你打听件事儿。军师干吗老催孙先生？"那个手下人说："傻瓜，你还不知道吗？军师为了要得到一部兵书，才留着他的命。赶到兵书写完，他的命也就完了。这话你可千万别跟人说！"

诚儿一听，替孙膑捏了一把汗。他就偷偷地告诉了孙膑。孙膑到了这时候，才从梦里醒过来，他想："原来庞涓是这么一个人！唉，我真瞎了眼睛，交上了这么一个人面兽心的东西！"他又想："要是我不写，他准得要我的命。这怎么办呢？"他越想越气，越气越没有主意，急得直流眼泪，一下儿闭过气去。等到缓过气来，他瞪着两只大眼睛，连喊带叫，把屋子里的东西全扔在地下，把他写好了的兵书扔在火里烧了。吓得诚儿赶紧跑去告诉庞涓，说："不好了！孙先生疯了！"

庞涓亲自来看孙膑，就瞧见他趴在地下哈哈大笑，笑完了又哭。庞涓叫了他一声，他就冲着他一个劲儿地磕头，哭着说："鬼谷老师，救命啊！救命啊！"庞涓说："你认错了，我是庞涓！"孙膑拉着庞涓的衣裳，揪着不撒手，嘴里头胡喊乱叫。庞涓怕他是装疯，就叫人把他揪到猪圈里。孙膑披头散发，趴在猪圈里睡着了。庞涓暗中派人给他送饭。那个人小声地对他说："孙先生，我知道先生的冤屈，这会儿我瞒着军师，给你送点酒饭来，请你吃吧。这是我的一点心意。"说着直唉声叹气的，还流了几滴眼泪。孙膑做着怪样把送来的酒和饭都倒在地下，骂道："呸！谁吃这脏东西？我自己做的比你那个好得多了。"说着，他就抓了一把猪粪，团成一个圆球，往嘴里塞。庞涓知道了这件事，就说："他真疯了。"

打这儿起，孙膑就住在猪圈里。有时候，爬到外边晒晒太阳；有时候，自个儿跟自个儿笑，或是哭。一到晚上，又爬到猪圈里去睡觉。庞涓叫人给他一点吃的，就让他疯疯癫癫地爬进来爬出去。他还想等孙膑好起来给他写那部兵法呢。要是孙膑到街上去，就有人跟着他。后来庞涓吩咐地面上的人天天把孙膑到哪儿的情形报告他。孙膑老在街上躺着，一到晚上，他就知道爬回来，有时候也在外头过夜。人人都知道他是个疯子，两条腿也不能走路，挺可怜的，有的人还给他吃的。他高兴了，就吃点儿；一不高兴，嘴里嘟嘟囔囔地叨唠一阵，把吃的倒在身上。他变成个迷里迷糊又脏又可怜的疯子了。

孙疯子老躺在街上。有人跟他说话，他也不理。有一天，已经下半夜了，他觉得有人揪他的衣裳。那人就坐在他旁边，流着眼泪，低声地说："孙先生，你怎么到了这步田地？我是禽滑厘，墨子的门生，你还认得我吗？我一听说你在这儿受苦，心里直难受。我已经把你的冤屈告诉了齐王。齐王打发淳于髡上魏国来聘问。我们都安排妥当了，想把你偷偷地带回齐国去，给你报仇。”孙膑一听禽滑厘来了，眼泪好像雨点似的掉下来，对他说：“我自以为早晚死在这儿了，没想到今天还能够见着你。你们可得小心，庞涓天天派人看着我。”禽滑厘给孙膑换上衣裳，抱他上了车。那套脏衣裳叫一个手下的人穿上，让他假装孙膑，披头散发的，两只手捧着脑袋躺在那儿。

第二天，魏惠王招待了齐国的使臣淳于髡，送他一点礼物，叫庞涓护送他出境。那天庞涓已经得到了地面上的人报告，说孙膑还在街上躺着，他挺放心地送着齐国的使臣。淳于髡叫禽滑厘的车马先走，自己和庞涓谈了一会儿天，然后从从容容地辞别了庞涓，动身走了。

过了两天，那个手下的人脱去孙膑的衣裳，偷着跑回去了。那天，地面上的人一见那套脏衣裳扔在那儿，孙膑可不见了，赶紧去报告庞涓。庞涓一想，大概是跳井了吧，叫人四下里打捞尸首。可是哪儿有孙膑的影儿？他又怕魏惠王查问，就撒个谎，说孙膑淹死了。

这儿淳于髡、禽滑厘他们带着孙膑到了齐国，大夫田忌亲身到城外去接他。孙膑洗个澡，换了衣裳，坐着软轱辘车，跟着田忌去见齐威王。齐威王跟他一谈论兵法，真是遗憾没早点见面。齐威王就要封他官职。孙膑推辞着说：“我一点功劳都没有，哪能受封呢？再说，庞涓要是知道我在本国，准得又嫉妒。不如我不露面，等着大王有用得着我的地方，我一定尽力。”齐威王就让孙膑住在田忌家里。孙膑想去谢谢禽滑厘，没想到他早走了。

孙膑打发人去打听叔伯哥哥孙平和孙卓的消息，可是到哪儿找这两人去？他这才知道齐国来的那个送信的人，原来是庞涓派人装的。根本没有什么家信和上坟的事。这全是庞涓使的鬼主意。

马陵道上

齐威王喜欢赛车跑马，老跟宗族里的公子们比赛，还赌挺大的输赢。田忌很有几匹好马，可是他的车马跟齐威王的车马比着跑，不是差了几尺，就是差了几丈。一场、两场、三场都是这样。他老不敢多下注。孙膑看了一回之后，就对田忌说："下回比赛的时候，我包你赢，只管多下点注。"田忌还不知道怎么赢法，可是他挺相信孙膑。到了比赛的时候，他对齐威王说："每回赛马，老是我输。这回我要好好地跟大王赌个输赢。每场下注一千两金子，三场三千两，行不行？"齐威王笑着答应了他。到了比赛的那天，替齐威王赶车的驾着四匹马出来了。孙膑就叫替田忌赶车的出去比赛。头一场跑下来，田忌的车马和齐威王的车马差得很远。田忌输了一千两金子。齐威王哈哈大笑。田忌说："还有两场呢！"接着第二场跑下来，田忌赢了。第三场，齐威王又输了。末了，田忌还赢了一千两金子。齐威王真有点不明白怎么会连输两场。田忌就禀告说："今天我赢了，并不是我的马好，这全是孙先生的计策好。"齐威王说："这还有什么计策吗？"田忌说："孙先生让我先把三等马跟大王的头等马比赛，头一场我当然输了。可是第二场，我的头等马跟大王的二等马比，第三场我的二等马跟大王的三等马比，这后两场我就全赢了。"齐威王赞叹着说："从这种小事上就能看出孙先生的才能来了。"打这儿起，齐威王更加尊敬孙膑。

公元前353年（周显王十六年，魏惠王十七年，齐威王二十六年，秦孝公九年），魏惠王派庞涓进攻赵国，围住了邯郸。赵国的国君赵成侯派使者上齐国去求救，情愿把中山送给齐国作为谢礼。齐威王知道孙膑的才能，要派他为大将去救赵国。孙膑推辞说："不行，我是个带残疾的罪人，当了大将会给敌人笑话。大王还是请田大夫为大将吧。"齐威王同意孙膑的话，拜田忌为大将，孙膑为军师，发兵去救赵国。孙膑对田忌说："眼下魏国的兵马已经把邯郸围上了，赵国的将士又不是庞涓的对手，咱们去救邯郸已经晚了。咱们不如在半道上等着，就说去打襄陵（魏国地名，在今河南睢县一带）。庞涓听到，准得往回跑。咱们迎头痛揍他一顿，准能把他打败。"田忌就按照他的计策去做。

果然，邯郸敌不过庞涓，投降了。庞涓打发人去报告魏惠王。忽然听说齐国派田忌去打襄陵，他着急起来，立刻吩咐退兵。刚退到桂陵（在今山东菏泽一带；一说在今河南长垣一带）地界，正碰上齐国的兵马。两下里一开仗，魏国就败了。庞涓正在心慌意乱的时候，忽然瞧见一面大旗，上面有个"孙"字！这一吓，差点儿把他从马上摔下来。幸亏庞英、庞葱两路兵马赶到，总算把他救了。庞涓虽然活了命，可是损失了两万多士兵。齐国人大胜而归。

齐威王重用田忌和孙膑，把齐国的兵权交给他们。就有人在齐威王跟前说田忌的坏话，说他权力太大，也许自己要做王了。齐威王起了疑，天天派人暗中察看田忌的行动。田忌就告了病假，把兵权交了出去。孙膑也辞了军师的职位。

庞涓听见了这个消息，又抖起精神来了，他说："如今我可以横行天下了。"那时候，韩国早把郑国灭了（公元前375年），势力大了起来。赵国要报邯郸的仇，就跟韩国商量一块儿去打魏国。韩国答应了。庞涓得到了这个消息，就请魏惠王先发兵去打韩国。魏惠王仍旧叫庞涓为大将，把全国大部分的兵马都调出去打韩国。

这时候，齐威王知道了田忌的委屈，又把他和孙膑重用起来。可庞涓并不知道这事。他带领着兵马去攻打韩国，打了几个胜仗，眼瞧着要打到韩国的都城来了。韩国接连不断地向齐国求救。公元前343年（周显王二十六年），齐威王派田忌为大将，田婴为副将，孙膑为军师，发兵去救韩国。孙膑又使出他的老办法来了，他不去救韩国，而是直接去打魏国。

庞涓得到了本国告急的信儿，立刻退兵赶回去。赶到庞涓的大队到了魏国的边境，齐国的兵马已经过去了。庞涓一察看齐国军队扎过营的地方，发现了齐国的营盘占了挺大的地界，叫人数了数地下做饭的炉灶，足够供十万人吃饭用的。庞涓吓得说不出话来。他想："齐国有这么些兵马进了魏国的本土，怎么能把他们打出去呢？"第二天，他们又到了齐国军队第二回扎过营的地方，又数了数炉灶，发现只有够供给五万来人用的了。第三天，他们追到了齐国军队第三回扎过营的地方，算出也就剩了两三万人了。庞涓这才放了心，笑着说："还好！还好！齐国人都是胆小的。十万大军到了魏国，才三天工夫，就逃了一大半。田忌呀，田忌！这回是你自个儿来送死。上回桂陵的仇，我这回可以报了。"他就吩咐大军整天整宿地按照齐国军队走的路线追上去。

他们这一追，一直追到马陵（在今河北大名一带），正是天快擦黑的时候。马陵道是在两座山的中间，山道旁边就是山涧，有点像当初孟明视全军覆没的崤山。这时候正是十月底，晚上没有月亮。庞涓恨不能一步追上齐国的军队。虽说是山道，反正是本国的地界，就吩咐大军顶着星星接着往下赶。忽然前面的士兵回来报告说："前头山道给木头堵住了。"庞涓骂道："这也值得鸡猫子喊叫的吗？齐国人怕咱们今儿晚上追过去，就堵住了道儿。大伙儿一齐下手搬开木头不就结了吗？"庞涓亲自指挥着士兵，就见道旁边的树全砍倒了，只留着一棵最大的没砍。他奇怪为什么单单留着这一棵呢，细细一瞧，那棵树一面刮去了树皮，露出一条又光又白的树瓤来，上头影影绰绰地好像写着几个字，就是瞧不清楚。庞涓就叫小兵拿火来照。有几个小兵点起火把来。庞涓在火光之下，看得非常清楚，上面写的是："庞涓死此树下。"庞涓心里一惊，说："唉呀！上了瘸子的当了！"回头对将士们说："快退！快……"第二个"退"字还没说出，也不知道有多少支箭，就像下大雨似的冲他身上射来。庞涓自然就没了命。原来孙膑成心天天减少炉灶的数目，引诱庞涓追上来，早就算准庞涓到这儿的时辰，左右埋伏着五千名弓箭手，吩咐他们，说："一见树下起了火光，就一齐放箭。"

一会儿，山前山后，山左山右，全是齐国的士兵，把魏国的兵马杀得连山道都变成了血河。直闹到东方发白，才安静下来。魏国的士兵不是投降，就是跑了，那些没投降、没跑的全都躺在地上，再也起不来了。齐国的军队带着俘虏和好些东西从原道回去。走了一程，碰见了魏国后队的兵马，领队的大将正是庞涓的侄儿庞葱。孙膑叫人挑着庞涓的脑袋给他瞧。庞葱只好跪下哀求饶命。孙膑对他说："我给你一条活路，赶紧回去，叫魏王上表朝贡，要不然，魏国的宗庙也保不住啦！"庞葱连连磕头，抱着脑袋逃回去了。

魏惠王打了败仗，只好打发使臣向齐国朝贡。韩国和赵国的国君更加感激齐国，都去朝贺。齐国的威名打这儿就大了起来。相国驺忌告了病假，交出了相印。齐威王就拜田忌为相国，还要加封孙膑。孙膑不愿受封，亲手把兵法十三篇写出来，献给齐威王，辞了官职，隐居起来了。

古籍链接

孙膑时刻使人探听庞涓消息，回报："魏兵已过沙鹿山，不分早夜，兼程而进。"孙膑屈指计程，日暮必至马陵。

那马陵道在两山中间，溪谷深隘，堪以伏兵。

道傍树木丛密，膑只拣绝大一株留下，余树尽皆砍倒，纵横道上以塞其行，却将那大树向东树身砍白，用黑煤大书六字云："庞涓死此树下。"上面横书四字云："军师孙示"，令部将袁达，独孤陈各选弓弩手五千，左右埋伏，吩咐："但看树下火光起时，一齐发弩！"再令田婴引兵一万，离马陵三里埋伏，只待魏兵已过，便从后截杀。

——《东周列国志 · 第八十九回》

迁都大梁

孙膑打败魏国的消息传到了秦国，卫鞅趁势对秦孝公说："魏国是秦国的近邻，随时都能够向咱们进攻。当初魏国重用庞涓的时候，我老怕他来打咱们。如今魏国打了败仗，中原诸侯都不跟他来往了，咱们应该趁这时候去进攻魏国，魏国准保抵抗不了。这么一来，咱们再往东去，一个一个地把中原诸侯都收过来，您不就当上全中国的霸主了吗？"秦孝公就叫卫鞅带领着五万大军，从咸阳往东打出去。

秦国的大军到了西河，西河太守接连不断地打发人向魏惠王请求救兵。魏惠王召集大臣们叫他们出个主意。大夫公子卬（áng）对魏惠王说："我跟卫鞅有点交情，让我带着兵马先去对付他。要是他能讲和，那是再好没有了。要是他不答应的话，我就先守住城，再派人上韩国和赵国去借兵。"大伙儿全都同意这么办。魏惠王就拜公子卬为大将，带领五万大军去救西河。公子卬先把军队驻扎在吴城（就是吴起做西河太守的时候为了防备秦国所造的那座城）。

公子卬正要给卫鞅写信请他退兵的时候，把守城门的士兵进来报告说："秦国打发使者送信来了，还在城外等着呢。"公子卬吩咐手下的人把那个送信的拿绳子吊到城头上来。公子卬拿到了信，一瞧，原来是卫鞅写来的。大意是说：我跟公子好像亲兄弟一样，哪能彼此攻打呢？可是国君给我下了命令，我总得有个交代。我想最好咱们说好了，两边都退兵。要是公子愿意，请到玉泉山来订盟约。这么着，一来可以叫两国的老百姓不受战争的痛苦，二来还可以保全咱们朋友的交情。要是您答应，请给我个日期，我好立刻退兵。公子卬挺高兴，当时就写了回信，约他第三天相会。

第三天，卫鞅一面吩咐后队人马先退下去，留下前队的兵马到左近的山上去打猎，一面又打发人拿了好些麝香送给公子卬。这麝香是秦国出产的，能止痛，能避臭味，算是顶名贵的特产。公子卬收到了礼物，更加感激卫鞅的情义。他还不大放心，偷偷地打发人去探听秦国军队的动静。果然，秦国的军队已经撤退了，卫鞅只带着三百名卫兵在玉泉山等着公子卬。

到了第三天，公子卬也带了两三百名士兵预备了一些酒食坐着车马上玉泉山去了。他们到了山下，卫鞅早已在那儿等着了，就把他们迎到会场里。公子卬一见卫鞅，非常喜欢。他想："只要拿出真诚的心来，大伙儿商量，什么纷争都能够免除，何必动刀动枪地伤了和气呢？"他是东道主，当时就摆上酒席，先敬卫鞅三杯。卫鞅叫两个手下的人回敬公子卬。那两个手下的人，一个叫乌获，一个叫任鄙，是秦国最出名的勇士。他们正在敬酒的时候，忽然听见咚咚的鼓声好像打雷似的响得山都震动了。公子卬吓得要死，问卫鞅："怎么打起鼓来了？难道您骗了我吗？"卫鞅笑着说："不敢！就这一回，请别见怪。"公子卬一见不对头，就想跑，早给乌获拿住了。任鄙指挥着左右把魏国的随从也全拿住。卫鞅吩咐将士们把公子卬押上了囚车，先送到秦国去，然后把魏国的随从放了，请他们喝酒，又叫他们好好地跟着乌获和任鄙上吴城去，大伙儿都有赏，要不然就得把脑袋留下。到了这步田地，他们就只好缩着脖子跟着人家走。

乌获打扮成公子卬的模样坐在车上。任鄙打扮成公子卬的底下人。他们到了吴城，叫魏国的士兵先去叫门。城上的士兵一见是自家人，开了城门，让"公子卬"进去。乌获和任鄙一进了城，就杀散了守城的士兵。随后，卫鞅带着大队人马进了吴城，乱杀一阵。魏国人一听到大将当了俘虏，哪儿还敢抵抗。他们扔了吴城，照直往东逃跑。吓得魏惠王没有主意了，只好打发使者上秦国兵营里去求和。他狠着心把西河的土地献给秦国，讲和了事。

西河是秦国的了。这一来，安邑这地方就太挨近秦国，魏国只好迁都到大梁（今河南开封），所以魏国也叫梁国，魏惠王也叫梁惠王。

五牛分尸

秦孝公一见卫鞅得了西河，打了个大胜仗，就封他为侯，把商於（在今河南淅川一带）一带十五座城封给他，称他为商君。卫鞅就叫商鞅了。

商鞅谢恩回来，非常得意。家臣们和亲友们都向他庆贺。有的说，秦国能够这么富强，全是他的功劳；有的说，他是从古以来最出名的改革家；有的说，他改变了土地制度，真了不起；有的说，他压住了贵族，实行连坐法，哪一件不是大事情。大伙儿你一言、我一语，说得商鞅心里挺舒服。他挺自傲地问他们："我比五羊皮大夫怎么样？"大伙儿都奉承着他，说："他哪儿比得上您呢！"内中有位门客，叫赵良，听了这些话，实在忍不住了，大声地说："你们都在商君门下吃饭，怎么不替他担点心事，反倒胡说八道，一味地奉承他！"大伙儿听了，不敢出声。商鞅有点不高兴，发光的脸上浮现一层怒气，问他："先生有什么话要说？"赵良说："您要知道一千个人瞎称赞，不如一个人说真话。要是您不见怪的话，我就说给您听听。"商鞅挺会笼络门客，立刻改了样儿，挺恭敬地说："俗话说，'良药苦口'，请先生指教。"

赵良一想，要说就说个透，要骂就骂个够。他挺郑重地对商鞅说："您说起五羊皮大夫，我就把他跟您来比一下吧。百里奚在楚国给人看牛，秦穆公知道了，想尽法子，请他来当相国。您呢？屡次三番地托个小人景监给您介绍。百里奚得到了秦穆公的信任，就推荐蹇叔，自己情愿当他的助手。您呢？独自掌着大权，也不想想办法推荐别人。百里奚当了六七年相国，一连三次平定晋国的内乱，中原诸侯个个佩服，西方的小国都来归附。您呢？冤了朋友，夺了西河，只讲武力，不顾信义，谁还能诚心诚意地相信您？百里奚处处替老百姓着想，减轻兵役，不乱用刑罚，叫老百姓能够安居乐业。您呢？把老百姓当作奴隶，拿顶严厉的刑罚管理老百姓。百里奚自己平素的生活非常俭朴，出去的时候不用车马，夏天在太阳底下走，也不打伞。您呢？每逢出去的时候，车马几十辆，卫兵一大队，前呼后拥，吓得老百姓来不及躲。百里奚一死，全国男男女女痛哭流涕，好像死了自己的父亲。您呢？把太子的师傅公子虔割了鼻子，把太师公孙贾脸上刺了字，一天之中杀了七百多人，连渭河的水都变红了。上上下下，哪一个不恨您？说句不中听的话，他们恨不得您早点死呢。别人一味地奉承，我可真替您担心哪。"

商鞅听了这番话，一声没言语，跟着叹了口气，说："我这么为秦国尽心竭力地打算，怎么反倒叫人家都怨恨起来？这是什么道理？"赵良说："我知道您替老百姓打算，可是您的办法很不妥当。您有两个最大的毛病。第一，您光是说服了国君，得到他一个人的信任，可是没有别的人来帮助您；第二，您只管替老百姓打算，不管人家愿意不愿意，就推行新法，可不许老百姓替自己打算。老百姓就算得到了好处，他们不但不感激您，还都怨恨您。您自以为事事都替老百姓着想，其实，您的心目中连一个小民也没有。"商鞅插嘴说："他们知道什么？"赵良说："您以为用不着听从老百姓的意见。老实说吧，自古以来，没有一个国君或是一个大臣单凭着自己的威力，违反老百姓的意志，能够成功的。俗话说，'顺天者昌，逆天者亡'。这句话一点也不错。违反了老百姓的意志，就是违反天意。违反了天意，没有不失败的。'天'是什么呀？天没有耳朵，他凭着老百姓的耳朵来听；天没有眼睛，他凭着老百姓的眼睛来看。我看着上上下下的人都怨恨您，就知道天也怨恨您。为这个，我非常替您担心。为什么您还不快点推荐别人来代替您呢？要是您现在能够立刻回头，安分守己地去种地，也许能够保全您自个儿。"商鞅听了赵良这些话，心里头闷闷不乐。可是他哪儿舍得把大权交给别人？种地也得有福分哪！

公元前338年（周显王三十一年，秦孝公二十四年），秦孝公得了重病。他想把君位传给商鞅，商鞅怎么也不肯接受。秦孝公一死，太子驷即位，就是秦惠文王。他做太子的时候，因为反对新法，给商鞅定了罪，割去了公子虔的鼻子，又把公孙贾脸上刺了字。如今太子当上了国君，公子虔和公孙贾他们就得了势。这一帮人都是商鞅的冤家对头。以前的仇恨可得清算一下。秦惠文王就加了个谋叛的罪名，下令逮捕商鞅。

商鞅打扮成个老百姓，打算跑到别国去。他到了函关（在今河南灵宝一带），天黑下来了，只好上一家客店去住。客店掌柜的要检查凭证，商鞅可交不出来。掌柜的说："你这位客人真不明白。商君下过命令，不准我们收留没有凭证的人。我要是收留你，我的脑袋可就保不住了。"商鞅一听，这可真是"哑巴吃黄连——有苦说不出"。

当天晚上，他不能住店，可给他混出了函关，连夜逃到魏国。魏惠王恨他当初欺骗了公子卬，夺去了西河，正想拿他，好报当年的仇。商鞅这才觉得这么大的天下，容不下他这么一个人。他又跑回商於。秦惠文王立刻发兵围住商於，把商鞅活活地逮住。拿最残酷的刑罚把他弄死。有的说，他的身子是叫车马撕开的；有的说，他的脑袋和两只手两只脚上各拴上一头牛，有五个人往五下里打牛，那五头牛分头一跑，商鞅的身子就这么扯成五六块。这就叫"五牛分尸"。商鞅自己被弄死了不算，全家还灭了门。

秦国杀了商鞅，可并没改变商鞅的法令。商鞅所制定的新的土地所有制，不但在秦国得到了巩固，而且在别的国家也有这么做的。各国都有新兴的商人地主，他们要把封建领主土地公田制改变为税亩制。六国的旧领主还想保持他们原来的割据的统治，新兴的土地所有者要求有个符合于他们利益的统一的政权。这种新旧土地所有者的矛盾形成了当时最突出的两派对立的政治斗争。列国分成了两派，不管使用什么名义，也不管其中发生了多少错综复杂的事件，新的土地所有者主张亲秦，展开"连横"运动，旧领主和他们的追随者主张抗秦，展开反连横的"合纵"运动。有时候亲秦派得势，有时候抗秦派抬头。就在这种时势下出来了两个能说会道的政客。一个主张"合纵"，认为中原诸侯应当联合起来一齐抵抗西方的秦国，造成南北联合的局面。从地理上看，南北合成一条直线，所以叫"合纵"。一个主张"连横"，认为中原诸侯应当跟秦国亲善，造成东西联盟的局面。从地理上看，连成一条横线，所以叫"连横"。从这儿起，一会儿合纵，一会儿连横，闹得天下鸡犬不宁。

合纵抗秦

那个凭着“合纵”出名的人叫苏秦。他是洛阳人，本来是个政客，没有一定的主张。合纵也好，连横也好，他只打算凭着能说会道的嘴，弄到一官半职就行，不论哪个君王都可以做他的主子。他想先去见周显王，可是人家不愿意给他在天王跟前推荐，他就改变了主意，上秦国去。他见了秦王就说连横怎么怎么好，秦国怎么怎么强大，劝秦王一步一步地兼并六国。哪儿知道秦惠文王自从杀了商鞅之后，就不怎么喜欢外来的客人。他听完了苏秦的话，挺客气地回绝他，说：“我的翅膀还没长得那么硬，哪能飞得高呢？先生的话挺有道理。可是我先得准备几年，等到翅膀硬了，再请教先生。”苏秦碰了个软钉子，只好走了。

他可并没死心，还想着叫秦王用他。他费了好久工夫，写了一部书，详详细细地说明怎么样才能够兼并列国。他把这部书献给秦惠文王。秦惠文王潦潦草草地看了看，就搁在一边。苏秦只好耐着性子等。他在秦国住了一年多，家里带来的盘缠都花光了，身上的衣裳也破了，他只好像败家子儿似的回家去了。

苏秦回到家里，他妈一见他这个样儿，就骂他，说：“咱们这儿周人一向不爱做官。人家专心做工商，也能赚十分之二的利息，日子过得挺好的。当初我叫你好好地做做买卖，赚个二分利，可是你偏不听我的话，要去做官。花了这么些盘缠，如今怎么样？弄得人不像人、鬼不像鬼地回来！”苏秦没有话可说，一回头瞧见他媳妇儿坐在机子上织着帛，连头也不抬，好像没听见他说话似的。他嫂子也在屋里，他只好跟她说：“嫂子，我饿了，给我弄点什么吃的。”他嫂子翻着白眼，说：“没有柴火！”说着一转身躲开了。苏秦忍不住了，赶紧回过头去掉了几滴眼泪。

当天晚上，苏秦叹息着说：“一个人到了穷困的时候，母亲不把他当儿子，媳妇儿不把他当丈夫，嫂子更不必说了。唉！我苏秦非要争回这口气不可！”打这儿起，苏秦天天研究兵书。有时候，念书念累了，正想要歇息一下，好像听见有个声音说：“没有柴火！”他就立刻清醒了，抖擞精神接着念下去。有一回，实在累得受不了了，心里头还想念，可是眼皮沾到一块儿，怎么也睁不开。他气急了，拿起锥子扎了大腿一下，鲜血就流出来了。这一下子，精神可来了，接着又念下去。他就这么苦苦地用功，费了一年多工夫。另外，他还仔细研究了各国的地形、政治的情况，兵马的多少、诸侯的性情等等。

他跟他兄弟苏代、苏厉商量，说：“我的学业已经成功了。要是你们能给我凑点盘缠，能叫我周游天下，等到我出头了，我准想法子推荐你们。”说着，他把《太公兵法》和中原列国的情形讲给他们听。他们给他说服了，不光拿出金子来送他动身，他们也琢磨起苏秦的那套学问来了。

苏秦一想：“七国之中，秦国顶强，可是秦王不能用我。我不如到六国都去走走，把六国的国君说活了心，叫他们联合起来去抵抗秦国。”他先到了赵国。赵肃侯（赵成侯的儿子）正用了他的兄弟为相国，称为奉阳君。苏秦先去结交奉阳君，向他说了一篇抗秦的道理。哪儿知道这头一炮就没打响。他只好离开赵国，到燕国去求见燕文公。燕文公的底下人不给他通报，他在客店里住了一年多，盘缠都花完了。饿着肚子，正在没有法子的当儿，店里掌柜的瞧他可怜，借给他一百个小钱，才凑合着又过了几天。

有一天，燕文公出来，苏秦就趴在路上求见。燕文公问了他的名字，才知道他就是当初见过秦王的苏秦，就把他带到宫里去。苏秦对燕文公说：“燕国在列国当中，虽说有两千里土地，几十万士兵，六百辆兵车，六千多骑兵，要是跟西边的赵国、南边的齐国一比，可就显出力量不够来了。近几年来，赵国强大了，齐国强大了。可是强大的国家老打仗，弱小的燕国反倒太平无事。大王您知道这里头的缘故吗？”燕文公说：“不知道。”苏秦说："燕国没受到秦国的侵略，是因为有赵国挡住秦国。秦国离燕国远，就是要来侵犯的话，一定得路过赵国。因此，秦国绝不能越过赵国来侵犯燕国的。可是赵国要来打燕国，那就太容易了。早上发兵，下午就能到。大王不跟近邻的赵国交好，反倒把土地送给挺远的秦国，这个做法很不妥当。要是大王用我的计策，先去跟邻近的赵国订立盟约，然后再联络中原诸侯一块儿抵抗秦国。这样，燕国才能够真正安稳。"燕文公挺赞成苏秦的办法，又怕列国诸侯心不齐。苏秦说他愿意先去跟赵侯商量。燕文公就给他预备礼物、路费、车马、底下人等，请他去跟赵国接头。

苏秦到了赵国，这时候奉阳君已经死了。赵肃侯听说燕国有位客人来了，亲自跑下台阶去迎接他，说："贵客光临，有何指教？"苏秦说："如今中原各国，最强盛的就是赵国，秦国瞩目的也就是赵国。可是秦国不敢发兵来侵犯，这是为什么呢？还不是为了赵国的西南边有韩国和魏国挡住秦国吗？可有一样，韩国和魏国并没有高山大河可以防守，真要是秦国发兵去打韩国和魏国的话，这两国很难抵抗。如果韩国、魏国投降了秦国，赵国可就保不住了。我仔细研究了地形和政治，中原列国的土地比秦国大五倍，列国的军队比秦国多十倍。要是赵、韩、魏、燕、齐、楚，六国联合起来一块儿抵抗西方的秦国，还怕打不过它吗？为什么一国国都断送自己的土地去奉承秦国呢？六国不联合起来，单个儿割地求和，绝不是办法。要知道六国的土地有限，秦国的贪心没个完。割地求和是亡国政策。反过来说，要是大王约会诸侯，结为兄弟，订立盟约，不论秦国侵犯哪一国，其余五国都一块儿去抵抗。这么一来，一个孤立的秦国还敢欺负联合起来的六国吗？联合起来共同抵抗敌人是救国政策。我说咱们不如约会列国诸侯到洹水（河名，又叫安阳河，从山西流到河南，在今河南内黄入卫河；洹：huán）来开个大会。"赵肃侯是个有血气的青年，听了苏秦合纵抗秦的话，非常赞成。他拜苏秦为相国，把赵国的相印交给他，又给了他一百辆车马、一千斤金子、一百双玉璧、一千匹绸缎，让他去约会各国诸侯。

苏秦当上了赵国的相国，先打发人拿了一百两金子上燕国去还那个借给他一百个小钱的客店掌柜，自己准备上韩国和魏国去联络一下。他刚要动身的时候，赵肃侯召他入朝，说有要紧的事商量。苏秦连忙去见赵肃侯。赵肃侯对他说："刚才接到边疆的报告，说秦国进攻魏国，把魏国打败了，魏王求和把河北的十座城送给秦国。万一秦国来打赵国怎么办呢？"苏秦心里吓了一跳，他想："要是秦国军队到了赵国，赵国准会像魏国一样割地求和，他那合纵的计策不就吹了吗？"苏秦可没显出心慌的样儿，拱着手，说："我琢磨着秦国的兵马已经累了，绝不能立刻就打到这儿来。万一来了，我也有退兵的办法。"赵肃侯说："既是这样，你先别出去。要是秦国的兵马不来，到那时候你再动身吧。"苏秦只好留下，请赵肃侯加紧准备防御敌人。

苏秦回到相府里着实有点担心。到最后，他想出个办法来：他要利用一个人，叫秦国不来打赵国。可有一层，那个人也是挺机灵的，哪能让苏秦利用呢？

古籍链接

苏秦奏曰："秦闻天下布衣贤士，莫不高贤君之行义，皆愿陈忠于君前，奈奉阳君妒才嫉能，是以游士裹足而不进，卷口而不言，今奉阳君捐馆舍，臣故敢献其愚忠。臣闻'保国莫如安民，安民莫如择交'。当今山东之国，惟赵为强，赵地方二千余里，带甲数十万，车千乘，骑万匹，粟支数年。秦之所最忌害者，莫如赵。然而不敢举兵伐赵者，畏韩、魏之袭其后也，故为赵南蔽者，韩、魏也。韩，魏无名山大川之险，一旦秦兵大出，蚕食二国，二国降，则祸次于赵矣。臣尝考地图，列国之地，过秦万里；诸侯之兵，多秦十倍。设使六国合一，并力西向，何难破秦？今为秦谋者，以秦恐吓诸侯，必须割地求和。夫无故而割地，是自破也。破人与破于人，二者孰愈？依臣愚见，莫如约列国君臣会于洹水，交盟定誓，结为兄弟，联为唇齿，秦攻一国，则五国共救之，如有败盟背誓者，诸侯共伐之。秦虽强暴，岂敢以孤国与天下之众争胜负哉！"

——《东周列国志·第九十回》

蝴蝶梦

苏秦打算利用的那个人叫张仪，他是魏国人，也跟当初的苏秦一样，是个穷困潦倒的政客。他求见过魏惠王，魏惠王没用他。他就带着家小上楚国去求见楚威王。楚威王也像魏惠王那样，以为只要找到一个特别有本领的人拜为相国，就能够把楚国治理得像秦国那样富强了。张仪还没到楚国的时候，楚威王早就听说有个挺了不起的名人，叫庄周，就打发使者去请他来做相国。

说起庄周来，他也是中国挺出名的一个思想家。他像孔子、孟子、墨子一样有不少门生。人们都把庄周称为庄子。庄子是宋人，因为宋国一部分的土地给楚国兼并了，所以他也算是楚人。他是老子一派的道家的中心人物。他亲眼看到列国的君王和贵族只知道你欺我诈地争权夺利，心里非常厌恶，尤其反对人们虚伪的行为和“成者为王、败者为寇”的是非标准。他说：“做了升、斗，量东西，人家连升、斗也偷了去；做了秤，称东西，人家连秤也偷了去；做了符、做了印，作为凭信，人家连符和印都偷了去；提倡仁义来纠正人们的行为，人家连仁义也偷了去。偷一只钩子的，逮住了就定死罪；偷了一个国家的，倒做了诸侯。诸侯家里有的是仁义！”

庄子因为厌恶列国诸侯和贵族们你欺我诈的行为，就反对虚伪的道德标准，这在乱哄哄的时代原来也是对统治者的一种反抗。可是他走上了消极的道路，否定一切，连做人的意义和人类的生存都否定了。他认为人生不过是一场梦。有一天，他做了一个梦。在梦里他变成了一只蝴蝶，在树林子里飞着。他醒来一想："原来我庄周在梦里变成了一只蝴蝶。"这也没有什么太奇怪的。可是他幻想起来了："我到底是庄周呢，还是蝴蝶呢？是庄周在梦里变成蝴蝶了呢，还是蝴蝶在梦里变成庄周了呢？反正人生是梦，庄周做梦也好，蝴蝶做梦也好，没有多大的关系。"这种颓唐的想法使他越来越悲观了。

他有个朋友叫惠施，宋国人，人们都称他为惠子。他跟孟子也是同时代人，都见过魏惠王（就是梁惠王）和齐宣王。惠施官运亨通，做了魏惠王的相国。有一次，庄子上魏国去看他。有人对惠施说："庄子名声大，本领高，他一来，我说句您不爱听的话，您这相国的职位可就保不住了。"惠施就害怕了，他下了一道命令，在国内搜查庄周。搜了三天三夜。庄周自己去了，见了惠施，对他说："南方有种鸟叫凤凰，你知道吗？凤凰从南海出发，飞到北海去。累了，不是梧桐树不停下来；饿了，不是竹实不吃；渴了，不是甘泉不喝。这时候，有只夜猫子（就是猫头鹰），抓着一只腐烂的死耗子，看到凤凰过来，抬起头来盯着凤凰嚷着说：'嘿！不准抢我的死耗子！'现在你也抓住魏国来'嘿'我吗？"惠施红了脸，向庄子赔了不是。

惠施还请庄子出去玩儿。他们在濠水（在今安徽）桥上走，庄子看到桥下的鱼儿从从容容地游来游去，不由得说了声："这是鱼的快乐呀！"惠施喜爱辩论，就说："您不是鱼，怎么知道鱼的快乐呢？"庄子反问说："您不是我，怎么知道我不知道鱼的快乐呢？"惠施说："照这么说来，我不是您，就不能知道您；那么，同样的道理，您不是鱼，就不能知道鱼的快乐。"庄子很正经地说："要这么兜来兜去地套着说，谁都没法知道谁了。我只是说，因为我在桥上自由自在地走，觉得很快乐，就推想到鱼在桥下从从容容地游，也一定很快乐。"惠施这才没话说了。

庄子和惠施虽然是朋友，可是毕竟因为两个人思想和脾气都不一样，合不到一块儿去。尤其是惠施做了大官，威风得很。庄子呢，看他越是威风，就越瞧不起他。

楚威王只知道庄子很有学问，他可不知道这种学问有什么用，也不知道庄子的脾气。他这才派使者带着一千斤黄金作为礼物去见庄子，请他去做相国。庄子笑着对使者说："一千斤黄金，这份礼够重了；一国的相国，这地位够高了。可是您看见过祭祀用的牛吗？养了几年，够肥了，可以用了。牛身上披着绣花的彩衣，牵到太庙里去。到了这时候（指宰牛的时候），它想做只小猪，办得到吗？”他又对使者说：“礼物请带回去，别来害我。我宁可做个老百姓在泥土中吃口苦饭过日子。”

庄子一辈子不愿意做官。楚威王终究没能把他请了去。

古籍链接

昔者庄周梦为胡蝶，栩栩然胡蝶也。自喻适志与！不知周也。俄然觉，则蘧蘧然周也。不知周之梦为胡蝶与？胡蝶之梦为周与？周与胡蝶则必有分矣。此之谓物化。

——《庄子·内篇》

·和氏璧·

楚威王还是让昭阳做楚国的令尹（后来楚国的令尹也改叫相国了）。张仪到了楚国，令尹昭阳就把他留在家里作为门客。那时候（公元前334年），昭阳打败了越王无疆（勾践第七代孙子），把他杀了。越国的败兵残将、大臣们，还有不少老百姓都逃到东南海边一带去了。昭阳就灭了越国，把从前属于吴国的土地全都收过来，再向东扩张地盘，一直到了浙江（就是钱塘江）。他还请楚威王派大将庄蹻率领大军进入滇国（在今云南一带）。他以滇池（在今云南昆明）为中心，周围占领了几千里地方。这是庄蹻的功劳，可是昭阳的功劳比他更大，因为这是他出的主意，是他主持的工作。楚威王赏给他一块天下出名的玉璧，叫"和氏璧"。

怎么叫和氏璧呢？据说从前有个楚国人，叫卞（biàn）和，在荆山（在今湖北南漳一带）得到了一块石头，他知道这石头里面包含着顶上等的美玉，就把这块宝贝献给楚王。楚王叫一个玉器工匠去认。玉器工匠拿在手里，好像外行买西瓜只看皮儿光不光，不知道瓤儿甜不甜，端详了半天，可瞧不出有什么特别的地方，就说是一块石头！楚王火儿了，责备卞和不该拿块石头来欺君王，就砍下他一只脚来。等到楚武王（楚成王的祖父）即位，卞和又把这块宝贝拿了去献给他。楚武王也叫玉器工匠去研究。这位"行家"派头特别大，干脆连细瞧都没细瞧，就说是块石头。卞和另一只脚也给砍下去了。后来楚武王的儿子楚文王即位，老头儿卞和还想再去试试，可是他两只脚全砍了，走不了路，再说已经是个老废物了。他只得抱着那块“石头”，在荆山底下痛哭，一连气哭了三天三夜。有人劝他，说：“嘿！你已经吃过两次亏了，还想得赏吗？”卞和流着眼泪，说：“我哪儿是为了得不着赏哭呢？我恨的是自称为行家的人都瞎了眼睛，把一块美玉认为是石头，这么高贵的东西受到这么大的侮辱，我怎么能不替它哭呢？”这件事传到楚文王耳朵里，楚文王派人去把卞和接了来，又叫玉器工匠把那块石头小心地破开来。果然是块顶纯粹的美玉。他就叫手艺最好的玉工雕琢起来，做成了一块玉璧，用了卞和的名字，叫“和氏璧”，又拿大夫的俸禄赏给卞和。这么一来，这和氏璧就变成无价之宝了。到了楚威王的手里，这块玉璧已经有了四百多年的历史了。这回楚威王把这块无价之宝赏给了昭阳，昭阳觉得非常光荣。

有一天，令尹昭阳同客人、家臣们在池子旁的亭子里喝酒。客人当中有人提起和氏璧来，大伙儿就请令尹拿出来给他们见识见识。昭阳就把这块玉璧交给在场的客人，叫他们挨着个儿传看。凡是瞧见和氏璧的人，没有一个不惊奇、不称赞的。正在传着看的时候，突然池子里扑通一下，蹦起一条大鱼来，大伙儿都把着窗户瞧。那条大鱼又蹦起来，接着又有几条鱼也在水面上蹦。一会儿工夫，东北角起了一片乌云，眼瞧着要下大雨了。昭阳怕客人们给雨截住，赶紧叫散了席。谁知道那块玉璧没了，也不知道传到哪个人手里了。大伙儿乱了一阵子，没找着那块和氏璧。昭阳一肚子的不高兴，又不好意思得罪客人，只得让大伙儿回去。可是他自己的门客得搜一搜。他就叫手下的人一个一个地搜。俗话说，“人爱富的，狗咬穷的”，他们见张仪这么穷，就说：“偷玉璧的不是他就没有别的人了。”昭阳也起了疑，叫手下的人拿鞭子打张仪，逼着他招认。张仪哪能招认呢？他把眼睛一闭，咬着牙，让他们打了好几百下，打得浑身没有一处好的，眼瞧着活不了了。昭阳见他被打得这个样儿，也就算了。旁边也有可怜张仪的，把他送回家去。

张仪的媳妇儿一瞧自己的丈夫给人家打得不像样儿，就哭着说：“你不听我的话，如今给人家欺负到这步田地，要是不想去做官，哪能给人家打得这样呢？”张仪哼哼着问她：“你瞧一瞧，我的舌头还在吗？”他媳妇儿啐他一口，说：“瞧你的，给人家打得这个样儿，还逗乐呢！舌头当然还长着。”张仪说：“只要舌头没掉，我就不怕，你也可以放心。”他调养了些日子，回到本国去了。

古籍链接

一日，昭阳出游于赤山，四方宾客从行者百人，那赤山下有深潭，相传姜太公曾钓于此。潭边建有高楼，众人在楼上饮酒作乐，已及半酣。宾客慕“和璧”之美，请于昭阳，求借观之。昭阳命守藏竖于车箱中取出宝椟至前，亲自启钥，解开三重锦袱，玉光烁烁，照人颜面，宾客次第传观，无不极口称赞。正赏玩间，左右言：“潭中有大鱼跃起。”昭阳起身凭栏而观，众宾客一齐出看，那大鱼又跃起来，足有丈余，群鱼从之跳跃。俄焉云兴东北，大雨将至。昭阳吩咐：“收拾转程。”守藏竖欲收“和璧”置椟，已不知传递谁手，竟不见了。乱了一回，昭阳回府，教门下客挨查盗璧之人，门下客曰：“张仪赤贫，素无行，要盗璧除非此人。”昭阳亦心疑之，使人执张仪笞掠之，要他招承。张仪实不曾盗，如何肯服，笞至数百，遍体俱伤，奄奄一息。昭阳见张仪垂死，只得释放。旁有可怜张仪的，扶仪归家。

其妻见张仪困顿模样，垂泪而言曰：“子今日受辱，皆由读书游说所致，若安居务农，宁有此祸耶？”仪张口向妻，使视之，问曰：“吾舌尚在乎？”妻笑曰：“尚在。”仪曰：“舌在，便是本钱，不愁终困也。”

于是将息半愈，复还魏国。贾舍人至魏之时，张仪已回魏半年矣。

——《东周列国志·第九十回》

◆ 激将法 ◆

张仪在魏国住了半年，听说苏秦当了赵国的相国，打算去投奔他，找个出身。正在这当儿，有个买卖人，人都叫他贾舍人，恰巧赶着车马走到门口站住了。张仪出来一问，知道他是从赵国来的，就问他，说："听说赵国的相国叫苏秦，真的吗？"贾舍人说："先生贵姓？难道您跟相国是朋友？"张仪说："他不光是我的朋友，还是我的同学[1]。"贾舍人听了，高兴地说："哦，失敬！失敬！原来是我们相国的自家人！要是您去见相国，相国准得重用您。我这儿的买卖已经做完了，正要回本国去。要是您瞧得起我，车马是现成的。咱们在路上也好搭个伴儿。"张仪挺喜欢，就跟他一块儿上赵国去了。他们到了城外，刚要进城的当儿，贾舍人说："我住在城外，就在这儿跟您告别了。离相国府不远的一条街上，有一家客店。先生到了城里，可以上那儿住几天去。我得工夫，一定去拜望您。"张仪挺感激贾舍人，千恩万谢地说了一声回头见，独个儿进城去了。

第二天，张仪就去求见苏秦，可是没有人给他通报。一直到了第五天头上，看门的才给他往里回报。那个人回来说："今儿个相国忙得很，他

1　作者依据的是《史记·张仪列传》。较新的史学研究表明，张仪和苏秦不是同一代人，不可能是同学。

说请您留个住址，他打发人去请您。”张仪只好留个住址，回到客店，安心地等着。哪儿知道一连等了好几天，半点消息也没有。张仪不由得生了气，他跟店里掌柜的叨唠了一阵子，说完了他想回家去。可是店里掌柜的不让他走，他说：“您不是说过相国会打发人来请您吗？万一他来找您，您走了，叫我们上哪儿找去！别说刚这么几天，就是一年半载，我们也不敢把您放走哇！”这真叫张仪左右为难，心里憋得慌。他向掌柜的打听贾舍人的下落，他们都说不知道。

就这样又待了几天，张仪再去求见苏秦。苏秦叫人传出话来，说：“明天相见。”到了这时候，张仪的盘缠早就花完了，身上穿的衣裳该换季了。相国既然约定相见，身上总该穿得像个样儿。他向掌柜的借了一套衣裳和鞋、帽，第二天，摇摇摆摆地上相国府去了。他到了那儿，满以为苏秦会跑出来接他。哪儿知道大门还关着。他跟看门的说了又说，那个看门的叫他从旁边的小门进去。张仪耐着性子从旁门进去。他到了里边，刚往台阶上一走，就有人拦着他，说：“相国的公事还没办完，客人在底下等一等吧！”张仪只好站在廊子下等着。他往上一瞧，就瞧见有好些个大官正跟苏秦聊天。好不容易走了一批，谁知道接着又来了一批。张仪站得腿都酸了，看了看太阳都过了晌午了。正在气闷的当儿，忽然听见堂上喊着：“张先生在哪儿？”两边对张仪说：“相国叫你进去！”他就整了整衣裳，擦着袖子，上了台阶。他想：“苏秦见了我，准得跑下来。”万没想到苏秦挺神气地坐在上边，一动也不动。张仪忍气吞声地跑上去，向苏秦作了一个揖，苏秦慢条斯理地站了起来，对他说：“好些年不见，你好吗？”张仪气哼哼地也不搭理他。就有人禀告说：“吃饭了。”苏秦对张仪说：“我因为公事忙，累得你等了这么半天。该吃饭的时候了，请你在这儿用点便饭吧。我还有话跟你说呢。”底下人把张仪带了去，叫他坐在堂下。跟前摆着的只是一点青菜和粗米饭。张仪往上一瞧，就见摆在苏秦面前的全是山珍海味，满满地摆了一桌子。他本想不吃，可是肚子不争气，咕噜噜地直叫唤。只好吃吧。

待了一会儿，堂上传话：“请张先生上来！”张仪就走上去，只见苏秦挪了挪屁股，连站也没站起来。张仪实在忍耐不住了，往前走了两步，高声地说：“季子（苏秦的字）！我以为你没忘了朋友，才老远地来看你。谁知道你没把我放在眼里，连同学的情义都没有！你……你……你太势利了！”苏秦微微一笑，对他说：“我知道你的才干比我强，总该比我先出山。

哪儿知道你竟穷到这步田地。我要把你推荐给赵侯，叫你得到富贵，倒不是什么难事。可是……可是我怕你没有志气，做不了什么大事，这……这不是反倒连累了我吗？”张仪气得鼻子眼冒烟，他说：“大丈夫要得富贵，自个儿干。难道说非叫你推荐不成？”苏秦冷笑着说：“既是这样，你为什么还来求见我呢？好吧，我看在同学面上，帮助你一锭金子，请你自己方便吧！”说着，他叫底下人给了张仪十两金子。张仪把金子扔在地下，气呼呼地跑了出来。苏秦光是摇摇头，也不留他。

张仪回到客店，就见自己的铺盖、行李，全都扔在外边了。他问掌柜的：“这是什么意思？”掌柜的挺恭敬地说：“先生见了相国，当上大官，还能在我们这儿住吗？”张仪摇着脑袋，说：“气死人了！真正岂有此理！”他只好脱下衣裳，换了鞋、帽，交还给掌柜的。掌柜的问他：“怎么啦？”张仪简单地说了说。掌柜的说：“难道不是同学？先生有点高攀吧——别管这些，那锭金子，您总该拿来呀！这儿的房钱、饭钱还欠着呢。”张仪一听掌柜的提起房钱、饭钱，心里又着急起来了。

正在这当儿，那个贾舍人可巧来了，见了张仪，就说：“我忙了这些天，没来看您，真对不起。不知道您见过相国了没有？”张仪垂头丧气地说：“哼，这种无情无义的贼子，别提啦！”贾舍人一愣，说：“先生为什么骂他？”

张仪气得说不出话来。店里掌柜的替他说了一遍，又说：“如今张先生的欠账还不上，回家又没有盘缠，我们正替他着急呢。”贾舍人一瞧张仪和掌柜的都愁眉苦脸的，自己也觉得不痛快，挠了挠头皮，对张仪说：“当初原是我多嘴，劝先生上这儿来。没想到反倒连累了先生。我情愿替您还这笔账，再把您送回去，好不好？”张仪说：“哪能这么办呢？再说我也没有脸回去。我心里打算上秦国去一趟，可是……”贾舍人连忙说：“啊！先生要是上别的地方去，怕不能奉陪。上秦国去，这可太巧了。我正要上那边去瞧个亲戚，咱们一块儿走吧！现成的车马，又不必另加盘缠，彼此也有个照应。好极了。”张仪一听，好像迷路的人忽然来了个领道的，挺感激地说：“天下还真有您这么侠义心肠的人，真正叫苏秦害臊死了。”他就跟贾舍人结为知心朋友。

贾舍人替张仪还了账，做了两套衣裳，两个人就坐着车马往西边去了。他们到了秦国，贾舍人又拿出好些金钱替张仪在秦国朝廷里铺了一条道。

那时候，秦惠文王正在后悔失去了苏秦，一听说左右推荐张仪，立刻召他上朝，拜他为客卿。

张仪在秦国做了客卿，先要报答贾舍人的大恩。哪儿知道贾舍人可巧来跟他辞行。张仪流着眼泪，说："我在困苦的时候，没有人瞧得起我。只有你是我的知己，屡次三番地帮助我，要不，我哪儿有今日。咱们有福同享，你怎么能回去呢？"贾舍人笑着说："别再糊涂了！'打开窗子说亮话'，你的知己不是我，是苏相国！"张仪摸不着头脑，说："这是什么话？"贾舍人就咬着耳朵对他说："相国正计划着叫中原列国联合起来，就怕秦国去打赵国，破坏他的计策。他想借重一个亲信的人来执掌秦国的大权。他说这样的人，除了先生没有第二个。他就叫我打扮成一个做买卖的，把先生引到赵国。又怕先生得了一官半职就满足了，特地用个'激将法'。先生果然火儿了要争口气，他就交给我好些金钱非要叫秦王重用先生不可。我是相国手下的门客，如今已经办完了事，得回去报告相国了。"张仪一听，不由得愣住了。待了一会儿，叹息着说："唉！我自以为聪明、机警，想不到一直蒙在鼓里还没觉出来。我哪儿比得上季子呀！请您回去替我给他道谢，他在一天，我绝不叫秦王去打赵国。"

·纵约长·

贾舍人回去报告了苏秦。苏秦就禀报赵肃侯，说：“秦国绝不敢侵犯赵国，我还是去约会各国诸侯吧。”赵肃侯听了苏秦的话，给了他好些金钱、车马和底下人，让他到各国去走一遭。苏秦就向各国诸侯，详详细细说明割地求和的坏处跟联合抗秦的好处。韩、魏、齐、楚各国诸侯都给他说服了，大伙儿情愿听他的。苏秦就向北往回转。各国诸侯都送给他金钱和底下人。一路上前呼后拥，威风凛凛，好像国君出巡似的。沿道上的官员，个个出来拜见。

路过洛阳（苏秦的老家），周显王预先叫人打扫街道，打发大臣上城外去迎接他。苏秦的老母拄着拐棍站在大道旁边，高兴得简直有点不信。两个兄弟和自己的媳妇低着脑袋不敢抬眼睛看他。他嫂子趴在地上直打哆嗦。苏秦见了，对她说：“嫂子，你先前多么高傲！如今干吗这么恭敬起来了呢？”她说：“因为如今叔叔做了大官，发了大财，不得不叫人恭敬啊！”苏秦叹了口气，说：“唉！怪不得人们都想升官发财。”他请自己的家眷们上了车，一块儿回家。

苏秦在家乡住了几天，动身回赵国去。赵肃侯封他为武安君，打发使者去约会齐、楚、魏、韩、燕五国的诸侯到赵国的洹水来开大会。公元前333年（周显王三十六年）苏秦和赵肃侯预先到了洹水，布置会场和房屋招待诸侯。

待了几天，燕、韩、魏、齐、楚五国的国君先后到了。苏秦先跟各国的大夫接了接头，商量了座位的次序。拿地位来说，楚国和燕国是老前辈，齐国（田氏的齐国，不是姜氏的齐国）、韩国、赵国、魏国都是新起来的国家。可是在战争的时候，还是拿国家的大小来排次序比较合适。要这么说，楚国最大、齐国第二、魏国第三、赵国第四、燕国第五、韩国最小。其中楚、齐、魏已经称“王”了，赵、燕、韩还称“侯”，爵位上差了两级，怎么能并排着结为兄弟呢？大伙儿都觉得这事不好办，连称呼都叫不上来。苏秦有了主意，他建议痛痛快快地六国一概称王。赵王是发起人，也是主人，坐主位，其余按照国家的大小依次排列。各国“君王”都同意了。

到了正式开会的日子，各国君王按照预先议定的次序坐下。苏秦上了台阶禀告六国的君王，说：“在座诸君都是大国的君王，土地广大、人口众多、兵力雄厚，难道愿意低三下四地去给秦国磕头，把自个儿的土地一块一块地送给人家吗？”苏秦接着说：“六国合纵抵抗秦国的计策，我已经跟诸位君王一位一位地说过了。如今只要歃血为盟，结为兄弟，有困难互相帮助。”六国的君王都拱拱手，说：“遵命！遵命！”苏秦捧着盛牛血的铜盘，请六国的君王歃血，拜告天地和六国的祖宗，写了六份盟约，各国收藏一份。

赵王提议说：“苏秦奔走六国，我们才能够联合起来。我们应当封他一个职位，请他专门办理‘合纵’的事情。”五位君王都赞成这个意见，他们就公推他为“纵约长”，把六国的相印都交给他，让他总管六国臣民。苏秦向他们谢了恩。六位君王都欢欢喜喜地回去了。苏秦跟着赵肃侯回到赵国，他叹息着说：“我要是在洛阳郊区有两顷田地能做财主的话，我还能出门求富贵挂上六国的相印吗？”

六国在洹水订立盟约的举动简直是跟秦国挑战一样。秦王对相国公孙衍说：“要是六国真合而为一，秦国还有什么开展的希望呢？咱们必得想法儿破坏他们的合纵才成。”

公孙衍说：“合纵是赵国开头的，大王不如先发兵去打赵国，看谁去救赵国，就先打谁。这么一来，诸侯都怕秦国去打他们，他们的合纵就容易拆散了。”

张仪连忙反对，说：“六国新近订了盟约，正在兴头上，一下子是拆不散的。要是咱们发兵去打赵国，那么韩、楚、魏、齐、燕一块儿出来帮它，咱们该对付哪个好呢？我想还不如用点工夫先去联络几个国家，他们一定会彼此猜疑起来的。他们内部起了疑，还怕合纵不散吗？比方说，离咱们顶近的是魏国，顶远的是燕国。从魏国拿来的城多少退还几个给魏国，魏国准得感激大王，自然会来跟咱们和好。另外，把大王的女儿许配给燕国的太子，咱们跟燕国就做了亲戚。这么一来，秦国就不孤立了，各国的‘合纵’不难变成‘连横’了。”

秦惠文王依了张仪的计策，就这么办起来。魏国和燕国的国君贪图眼前的便宜，不顾后来的祸患，果然跟秦国好起来。这叫纵约长怎么对付呢！

古籍链接

秦乃北行回报赵肃侯，行过洛阳，诸侯各发使送之，仪仗旌旄，前遮后拥，车骑辎重，连接二十里不绝，威仪比于王者。一路官员，望尘下拜。周显王闻苏秦将至，预使人扫除道路，设供帐于郊外以迎之。

秦之老母，扶杖旁观，啧啧惊叹；二弟及妻嫂侧目不敢仰视，俯伏郊迎。苏秦在车中谓其嫂曰：“嫂向不为我炊，今又何恭之过也？”嫂曰：“见季子位高而金多，不容不敬畏耳！”苏秦喟然叹曰：“世情看冷暖，人面逐高低。吾今日乃知富贵之不可少也！”于是以车载其亲属，同归故里，起建大宅，聚族而居。散千金以赡宗党。

——《东周列国志·第九十回》

· 拆散纵约 ·

赵王得着这个消息，就责备纵约长苏秦，说：“你倡导六国合纵，一齐抵抗秦国。如今还没到一年工夫，魏国和燕国就给秦国拉过去了，要是秦国来打赵国，这两国还能帮助咱们吗？合纵哪儿靠得住哇！”苏秦觉得这事有点难办。这些国家就好像一群野猴儿，不听管教，要叫他一个人去管，这哪儿行呢？他要是再不想法子，也许不能叫他好好地下台了。他说：“好吧，我先上燕国去一趟，然后再到魏国去，非把这两国的事办好不可。”赵王恨不得把这混乱的局面整顿一下，就让他去了。

苏秦到了燕国的时候，燕文公已经死了，燕易王才即位，一见苏秦来了，就拜他为相国。这个相国可不容易当，您瞧，东边的齐国趁着燕国办丧事，就发兵来攻打，夺去了十座城。燕易王拜苏秦为相国，原来是让他为难。燕易王说：“当初先君听了您的话，合纵抗秦，希望六国和好，彼此帮助。先君的尸骨还没凉，齐国就夺去了我们十座城。洹水的盟约还有什么用？您是纵约长，总得想个法子呀。”苏秦本来是为赵国来责问燕国的，如今倒先得为燕国去责问齐国了。他只好对燕易王说：“我去跟齐国要回那十座城，好不好？”燕易王当然喜欢。

苏秦到了齐国，对齐威王说：“燕王是大王的同盟，又是秦王的女婿。大王为了贪图十座城，跟两国结下冤仇。贪小失大，太不值得！要是大王照我的计策办，把十座城还给燕国，不但燕国感激大王，秦国也准喜欢。齐国得到了秦国和燕国的信任，大王才能够号召天下建立霸业呀！”这一番话，正说在齐威王的心坎上。他为什么攻打燕国，破坏盟约呢？齐国本来是个大国，离秦国又远，照齐威王的打算，齐国加入合纵就可以借着合纵的名目来号召天下，建立霸业。没想到洹水会上，小小的赵国反倒当上了头儿，这哪能叫他服气！齐国和秦国的势力差不多，西方的秦国想并吞六国，东方的齐国也不是没有这个想法。他一听到苏秦的计策，就想要拿十座城做本钱去收买天下的人心。所以当时挺痛快地答应了苏秦，退还了燕国的土地。

燕易王凭着苏秦的一张嘴，收回了十座城，当然是高兴的。可是因为苏秦跟他的母亲文公夫人有私情，燕易王对他就冷淡起来。苏秦瞧出来了。他想再上齐国去碰碰运气，就对燕易王说：“我在这儿对燕国没有多大用处，不如上齐国去，表面上做个齐国的臣下，背地里可替燕国打算。”燕易王说：“任凭先生吧。”苏秦假装得罪了燕易王，逃到齐国。齐威王还想利用他，就拜他为客卿。

苏秦正在齐国替燕国破坏齐国的财力和物力的时候，秦惠文王又向魏国进攻。有时候，他夺了土地又退还给他，还了又夺回来。他使的手段是：打一巴掌揉三揉，揉了再打，要叫魏惠王死心塌地地归顺秦国，听它的指挥。魏惠王可不吃这一套，他一心要搜罗有富国强兵的能耐的人。他这种急于征求人才的打算还真出了名。有个邹国人（就是春秋时代的邾国，也叫邾娄；“邾娄”合音为“邹”）叫孟轲（就是孟子）的得了这个消息，就跑到魏国去见魏惠王（也就是梁惠王）。魏惠王亲自到城外去迎接他，把他当作贵宾看待。他一开口就说：“老先生千里迢迢地到敝国来，对我们准能有很大的利益吧。”孟子说：“大王何必急着谈利益呢？顶要紧的是讲仁义。”魏惠王觉得这位先生太迂腐了，就对他冷淡起来。

没有多少日子魏惠王死了，太子即位，就是魏襄王。孟子见了新君之后，退出来，说：“这个人看上去，简直不像个人君的样儿。”他只好离开魏国。他听说齐威王死了，儿子刚即位，就是齐宣王。孟子就上齐国去见齐宣王，劝他施行仁政。

齐宣王有两个毛病：头一样是好色，第二样是贪财。苏秦就利用他这两个毛病叫他搜罗美人儿，起造宫殿和挺大的花园，加重捐税来充实库房。

他还拿孝顺父亲的大帽子叫齐宣王耗费钱财和人工去安葬齐威王。苏秦知道要叫六国同心协力地抗秦，就得叫六国势力变得一样大。齐国比别国强大就破坏了这个均势。为了这个，他想法子叫齐国消耗人力和财力。他这种毒辣的手段虽然把齐宣王蒙住了，可是瞒不了那些机灵的大臣，尤其是老相国田婴的儿子田文。田婴一死，齐宣王重用田文。那些反对苏秦的人以为齐宣王既然重用田文，一定不再信任苏秦了。他们背地里派人去刺苏秦。匕首扎在苏秦的肚子里，他还挣扎着去告诉齐宣王。齐宣王叫人逮刺客，可是刺客早就跑了。苏秦小声地跟齐宣王说："我死之后，请大王把我的脑袋割下来，挂在街上。再出个赏格，说，'苏秦私通外国，替燕国来破坏齐国。如今已经把他杀了。有知道他的秘密来告发的，赏黄金一千两'。这么一来，刺客准能拿住。"说完这话，他拔出匕首，就断了气。齐宣王照着苏秦的话去做，果然把那个刺客逮住了。

那时候，楚威王死了，太子即位，就是楚怀王。楚怀王因为秦国拆散了六国的合纵，原来已经担心了，后来听说秦惠文王拜张仪为相国，他怕张仪为了当初和氏璧的碴儿来向楚国报仇，就打算采用苏秦的老办法去联络诸侯，重新订立合纵联盟。公元前 318 年（楚怀王十一年），他做了纵约长，带领着楚、韩、赵、魏、燕五国的兵马向秦国的函谷关进攻。这是山东诸侯第一次联合起来出兵攻秦。秦军出了函谷关，首先打败了韩国的军队，接着五国的军队全都退回去了。

楚怀王害怕了。第二年（公元前 317 年），韩、赵、魏、燕、齐五国再一次向秦国进攻，而且韩国和赵国领头借了匈奴的兵马去打秦国。这一次合纵军败得比上一次更惨，韩军和赵军死伤得最多。山东人和匈奴人一共有八万二千人被秦军杀掉。

六国合纵接连打了两个败仗，秦国不来打他们，已经是上上大吉了，谁还敢再向秦国进攻？恰巧秦国西南方的巴国（都城在今重庆）和蜀国（都城在今四川成都）互相攻打，两国都向秦国求救兵。秦惠文王就派司马错率领大军到了巴、蜀，把这两个国家都灭了（公元前 316 年）。秦国一下子增加了大片的土地，又因为秦国对巴、蜀的居民特别照顾，这就大大得到了他们的拥护，秦国就更加强盛起来了。六国的合纵被秦国拆散，不必说了，他们还彼此攻打，抢夺地盘，这就给了秦国一个进攻的好机会。

· 六百里和六里 ·

苏秦死了之后，他那假装得罪燕王逃到齐国去破坏齐国的阴谋慢慢地从苏秦手下人的嘴里泄露出来了。齐宣王这才明白过来。打这儿起，齐国和燕国又有了仇。公元前 314 年，燕国起了内乱，齐宣王趁着机会打到燕国去，杀了燕王，差点儿把燕国灭了。齐国的声势可就大了。这还不算，齐宣王还和楚怀王结了同盟。秦惠文王正打算去打齐国，齐、楚两个大国联合起来，秦国的打算落了空。张仪要实行“连横”，非把齐国和楚国拆开不可。他向秦王说明了这个意思，交上相印，上楚国去了。

张仪到了楚国，先拿出挺贵重的礼物，去送给楚怀王手下一个最得用的小人叫靳（jìn）尚的，然后去见楚怀王。楚怀王问他：“先生光临，有何见教？”张仪说：“秦王派我来跟贵国交好。”楚怀王说：“谁不愿意交好呢？可是秦王老向人家要土地，不给他就打，谁还敢跟他交好？”张仪说：“如今天下只剩了七个国家，其中最强大的，要算齐、楚、秦三国。要是秦国跟齐国联合，那么齐国就比楚国强；要是秦国跟楚国联合呢，那么楚国就比齐国强。如今秦王打算跟贵国交好，可惜大王跟齐国通好，他有什么办法呢？要是大王能够下个决心，跟齐国绝交，秦王不光情愿跟贵国永远和好，还愿意把商於一带六百里的土地送给贵国。这么一来，楚国可就得了三样好处：第一，增加了六百里的土地；第二，削弱了齐国的势力；

第三，得到了秦国的信任。一举三得，为什么不这么干呢？”楚怀王是个糊涂虫，经张仪这么一说，就动了心。他挺高兴地说：“秦国要是能够这么办，我何必一定要拉着齐国不撒手呢？”

楚国的大臣们一听说他们能够得到六百里的土地，大伙儿都眉开眼笑地给楚怀王庆贺。忽然有个人站起来，说：“这么下去，你们哭都来不及，还庆贺呢！”楚怀王一看，原来是客卿陈轸，就问他：“为什么？”陈轸说：“秦国为什么把六百里的土地送给大王，还不是因为大王跟齐国订了联盟吗？楚国有了齐国作为兄弟国，势力大，地位高，秦国才不敢来欺负。要是大王跟齐国断了来往，就跟砍了一只胳膊一样。那时候，秦国不来欺负楚国才怪呢！大王要是听了张仪的话跟齐国断交，张仪失了信，不交出土地，请问大王有什么办法？到那时候，齐国恨上了大王。万一跟秦国联合起来，一块儿来打楚国，不就是楚国亡国的日子到了吗？大王不如打发人先去接收商於。等到六百里的土地接收过来之后，再去跟齐国绝交也来得及呀。”三闾大夫（官名，掌管王族三姓，就是昭家、屈家、景家）屈原说：“张仪是个反复无常的小人，千万别上他的当。”那个受了张仪礼物的靳尚，眯缝着一对吊死鬼眼睛，反对说：“要不跟齐国绝交，秦国哪能白白地给咱们土地呀！”楚怀王点着头说：“那当然！咱们先去接收商於吧。”

楚怀王挺高兴，赏了张仪好些财宝。一边去跟齐国绝交，一边打发逢侯丑跟着张仪去接收商於。张仪和逢侯丑沿道上喝酒谈心，好像亲弟兄一样。他们到了咸阳城外，张仪好像喝酒喝醉了，从车上摔下来。底下人慌忙把他搀起来，他说：“唉哟，我的腿摔坏了。你们赶紧把我送到城里去找医生。”他们就把张仪送进了城，请逢侯丑住在客馆里。

逢侯丑去拜望张仪，底下人说：“医生说了，闭门养病，不能会客。”这么一天一天地耗下去，一连足有三个月。逢侯丑着了急，写了一封信给秦惠文王，说明张仪答应交割土地的事情。秦惠文王回答说：“相国答应的话，我一定照办。可是楚国还没跟齐国完全绝交，我哪能随便听信片面之词呢？且等相国病好了再说吧。”逢侯丑再去找张仪。张仪压根儿就没见他。逢侯丑只好把秦惠文王的话报告了楚怀王。楚怀王说：“难道秦国还怕我没跟齐国绝了交吗？”他派人上齐国去骂齐宣王。齐宣王气极了，打发使臣去见秦惠文王，约他一块儿去打楚国。

张仪听说齐国有使臣来，就去上朝。没想到在朝门外碰见了逢侯丑。

张仪问他："怎么将军还在这儿？难道那块土地你还没接收吗？"逢侯丑说："秦王要等相国病好了再说。如今咱们就一块儿去说吧。"张仪说："干什么要跟秦王说去？我把我自己的土地献给楚王，何必去问他呢？"逢侯丑说："是您的土地吗？"张仪说："可不是吗！我情愿送给楚王我自己的六里土地。"逢侯丑急得出了一身冷汗，说："怎么会是六里土地？我来接收的是商於那儿的六百里的土地呀！"张仪摇着脑袋，说："没有的话！秦国的土地，全是凭着打仗得来的，哪能随便送人呢？别说六百里，就是六十里也不行啊！我说的是六里，不是六百里；是我的土地，不是秦国的土地。大概楚王听错了吧！"逢侯丑这才知道他原来是个骗子。

古籍链接

张仪曰："此事何须关白秦王耶，仪所言者，乃仪之俸邑六里，自愿献于楚王耳。"

丑曰："臣受命于寡君，言商、於之地六百里，未闻只六里也。"

张仪曰："楚王殆误听乎，秦地皆百战所得，岂肯以尺土让人，况六百里哉？"逢侯丑还报怀王。怀王大怒曰："张仪果是反覆小人，吾得之，必生食其肉！"遂传旨发兵攻秦，客卿陈轸进曰："臣今日可以开口乎？"怀王曰："寡人不听先生之言，为狡贼所欺，先生今日有何妙计？"

——《东周列国志·第九十一回》

◆连横亲秦◆

逢侯丑回到楚国报告了经过，楚怀王气得直翻白眼，骂道："张仪果然是个反复无常的小人！我得拿住他，吃他的肉，才解恨哪。"公元前 312 年（周显王的孙子周赧王三年，楚怀王十七年，秦惠文王二十六年），楚怀王拜屈匄为大将，逢侯丑为副将，率领十万兵马去打秦国。秦惠文王拜魏章为大将，甘茂为副将，也发十万兵马，跟楚国对敌。同时还叫齐国助战。齐宣王派大将匡章率领大军助战。楚国受到两面夹攻，一连气败了几仗。屈匄、逢侯丑都阵亡了。十万人马剩下的不过两三万，连楚国汉中的土地六百多里，都给秦国夺了去。全国动摇起来，韩国、魏国一见楚国打了败仗，都趁火打劫，发兵去侵略楚国的边疆，楚怀王急得直挠头皮，只好打发大夫屈原上齐国去谢罪，叫客卿陈轸上秦国兵营去求和，情愿再割两座城，作为礼物。楚国从此大伤元气。

魏章派人回去报告秦惠文王。秦惠文王说："用不着割两座城，我情愿用商於的土地来调换楚国黔中（在今湖南沅陵一带；黔：qián）的土地。要是楚王愿意，我们就立刻退兵。"魏章把这话回报了楚怀王。这时候，楚怀王恨的是张仪。他倒不在乎土地，就说："用不着调换。只要秦王把张仪交出来，我情愿奉送黔中的土地。"

秦国那些气恨张仪的大臣对秦王说："拿一个人换几百里土地，这是再便宜没有的了！”秦王说：“这……这哪成啊？”张仪说：“那有什么呢？死我一个人，得了黔中的土地，我已经够体面的了，再说我还或许死不了呢。”秦惠文王就让他去了。

张仪到了楚国，楚怀王把他押起来，打算挑个日子，把他宰了祭祀太庙。张仪买通左右，告诉了靳尚。靳尚又买通了楚怀王最宠爱的一个美人儿郑袖，叫她劝楚怀王释放张仪。就这么着，两个亲信的人，你一言、我一语，说得楚怀王活了心。再说黔中的土地毕竟不愿意送给人家，他就把张仪放回秦国去了。

张仪回到秦国，叫魏章退兵，又劝秦惠文王退还汉中一半的土地，重新跟楚国和好。楚怀王高兴了，直说张仪真够朋友。

秦惠文王为了张仪的功劳，赏给他五座城，还封他为武信君，叫他去周游列国，推行“连横”计策。张仪先去见齐宣王，对他说：“楚王已经把他女儿许配给秦国的太子，秦王也已经把他女儿许配给楚王的小儿子。两个大国成了亲家了。韩、赵、魏、燕四国为了想保全自己，一个个全都送点土地给秦国，如今五国都跟秦国交好，怎么大王反倒孤单起来了呢？要是秦王叫韩、魏两国来打贵国的南边，叫赵国来打临淄、即墨，秦国自己再发大军，大王怎么办呢？到那时候，再打算去跟秦国交好，可就晚了。如今的局势，明摆在眼前，谁跟秦国交好，就能平安无事；谁要跟秦国作对，可就保不住了。请大王细细地想想。”齐宣王给他连拍带吓唬地说服了。孟子当时还待在齐国，知道齐宣王也不能听他的话施行仁政，只好离开了齐国。他以后也像孔子那样从事著作和教导门生了。

张仪到了赵国，对赵武灵王（赵肃侯的儿子）说：“如今楚国跟秦国做了儿女亲家，韩国早归顺了秦国，齐国也送礼求和。强大的国家都跟秦国联合到一块儿，只有赵国孤孤单单的四面全是敌人，不是太危险了吗？秦王要是统率着秦、楚、齐、韩、魏几国的大军打进来，把贵国分了，大王可怎么办呢？到那时候，大王再想跟秦国去交好，可就来不及了。”赵王也给他吓唬住了。

张仪到了燕国，对燕国的新君燕昭王也来了这么一套连蒙带吓的话，燕昭王就把洹水东边的五座城献给秦王。

张仪把齐王、赵王、燕王说得愿意归顺秦国之后，连横亲秦的计策可就成功了。他挺得意地回秦国去。他还没到咸阳，秦惠文王就死了。太子即位，就是秦武王。秦武王是个粗人，脾气挺直爽。他做太子的时候，就看不惯张仪，平常反对张仪的一些大臣都在秦武王跟前说他坏话。秦武王准备不用张仪。张仪一到咸阳，就知道自己的职位靠不住了。他对秦武王说："听说齐王特别恨我，说我骗了他，一定要跟我报仇。咱们就借着这个因由，也能得到点好处。我情愿辞别大王，上魏国去。齐王一知道我在魏国，准去攻打。大王趁着齐国跟魏国打仗的时候，发兵去打韩国，把韩国收下来，就可以一直打到成周去。周朝的天下可就是大王的了。"秦武王正想去看看天王的京都，就赏了张仪三十辆车马，叫他上魏国去。魏襄王挺欢迎他，还真拜他为相国。

齐宣王当初听了张仪的话，还以为韩、赵、魏已经跟秦国和好了，自己不能不跟他们在一块儿。后来一打听，才知道是张仪借着齐国作为幌子去威胁别的诸侯。他哪能不生气呢？这会儿听说秦惠文王死了，就叫相国田文通知各国，重新订立盟约，合纵抗秦，自己当了纵约长。齐宣王还出了个赏格："谁拿住张仪，就送谁十座城。"这回听说魏国拜张仪为相国，他就发兵去打大梁。

魏襄王急得什么似的，他跟张仪商量。张仪请他放心。他打发心腹冯喜打扮成楚国人去见齐宣王，对他说："听说大王恨透了张仪，真的吗？"齐宣王说："不假！"冯喜说："要是大王真恨他，就不该帮他。"齐宣王说："谁帮他来着？"冯喜说："我从咸阳来，听说张仪离开秦国是个计。秦王料着张仪到了魏国，大王准要跟魏国开仗，他就趁这时候去打韩国，然后好去侵犯成周，夺取天王的地位。秦王这才送给张仪三十辆车马，叫他上大梁去。如今大王果然去打魏国，这不是入了他们的圈套了吗？"齐宣王说："唉呀，我差点儿上了当。"他赶紧把军队撤回，不再去打魏国。魏襄王可就更加信任张仪了。张仪终于完成了他的连横计策。没过多少日子，他得了重病，死在魏国。那时候正是公元前 309 年（周赧王六年）。

· 曾参杀人 ·

张仪死了之后，秦武王反倒觉得他对秦国实在有功劳，又想起张仪早劝过他先去打韩国，接着去夺取成周。这是个大事业。他越想越觉得秦国应当有些特别的地方，不应该跟六国的诸侯一样。从这一点说起，他就想到六国都有相国，秦国也有相国，这还不是一样的吗？他就把“相国”改为“丞相”，拜甘茂为“左丞相”，樗（chū）里疾（樗里，地名；疾，他的本名）为“右丞相”。这才显出秦国高人一等。

有一天，他跟左右两个丞相说：“我生长在西戎，从来没见过中原的教化。我总想上成周瞧瞧去。你们两位丞相，谁替我去打韩国？”右丞相樗里疾说：“大王要打韩国，为的是想把宜阳（韩国的大城，在今河南洛阳一带）打通。可是宜阳这条道不大安全，道又远。咱们去打宜阳，魏国跟赵国发兵去救，可怎么办？”左丞相甘茂说：“让我先去访问魏国，约会魏国一同去打韩国，您瞧好不好？”樗里疾不言语。秦武王就打发甘茂去联络魏国。

甘茂到了魏国，真得到了魏襄王的同意。可是他怕樗里疾从中破坏，就先派他的助手向寿回去报告秦武王，说：“魏王已经答应了，可是我劝大王还是别去打韩国。”秦武王起了疑，就亲自去迎接甘茂，问他个究竟。

到了息壤（秦国的地名），君臣见了面。秦武王问他，说：“丞相答应我去打韩国，又仗着你的力量约定魏国一块儿发兵。一切事情都布置好了，怎么你反倒劝我不去打了？这是怎么回事？”甘茂说：“咱们去打韩国，要经过一千多里地。一路上准得有好些麻烦。这且不说，要打败一个国家也不是几个月可以办得到的事。这当中难免发生别的变故。”秦武王犹疑了一会儿，可想不出有什么变故来。他说：“有你主持一切，还怕什么呢？”

甘茂说：“从前有个跟孔子的门人曾参同名同姓的人，跟别人打架，杀了人。有人跑到曾参的母亲那儿，慌慌张张地跟她说：‘嘿！曾参杀了人啦！’曾参的母亲正在织绢，听见这话，一点也不动声色，说：‘我儿子不会杀人的。’说着，她仍旧像没有事似的照样织她的绢。不大一会儿工夫，又跑来了一个人，一边喘气，一边说：‘嘿！曾参杀了人啦！’他母亲拿着梭子，抬起头来，想了想，说：‘不可能，我儿子不至于干出这种勾当。’说完了，挺镇静地还是织她的绢。又待了一会儿，第三个人急急忙忙地跑来说：‘哎呀！曾参真杀了人啦！’曾参的母亲听了，扔了梭子，下了机子，哆哆嗦嗦地从后边的矮墙爬出去，逃到别的地方躲起来了。大王请想想，曾参是个贤人，他的母亲非常信任他，可是三个人连着说他杀了人，他母亲也不由得起了疑。这不过是个比方。我自己知道，我比不上曾参，大王也未见得跟曾参的母亲相信她儿子那样地相信我，加上给我使坏的人也许不止三个。万一大王也扔了梭子，下了机子，可叫我怎么办呢。”秦武王是个爽快人，就说：“哦，原来是这么回事！我不听别人的话就是了。好吧，给你立个字据行不行？”

君臣俩就歃血为盟，把盟约藏在息壤，然后就拜甘茂为大将，向寿为副将，发了五万兵马，到了宜阳。没想到宜阳的将士把城守得挺紧。这边甘茂围住宜阳整整五个月还没打下来，那边右丞相对秦武王说：“甘茂去打宜阳差不多快半年了。要是不把他调回来，怕有变故。”秦武王也有点疑惑了：“怎么耗了这么些日子呢？”他就下道命令，叫甘茂撤兵回来。甘茂可没听令，就给秦武王写了一封信。秦武王拆开一看，上头只写着“息壤”两个字。秦武王这下好像挨了个耳刮子给打醒了，就老老实实地说：“这是我的错，太对不起甘茂了。”他又派了五万士兵去帮甘茂。宜阳最后（公元前307年，周赧王八年）给甘茂打下来了。

举鼎

秦武王叫甘茂攻下了韩国的宜阳，随后带着任鄙、孟说（yuè）他们几个勇士，一直上成周去。

周赧王听说秦武王到京都来，就派使者上城外去迎接，要像贵宾一样地去接待他。秦武王倒也挺懂事，不去见天王，倒先上太庙去看那传国之宝的九座宝鼎。据说那九座宝鼎是大禹王（据说在公元前 2140 年即位）时候铸成的。那时候中国分为九州，每座宝鼎代表一个州。这些宝鼎从夏朝（传说是公元前 2205—公元前 1766 年的一个朝代）传到商朝（传说是公元前 1766—公元前 1122 年的一个朝代），从商朝传到周朝（公元前 1122—公元前 249 年）[1]。这会儿秦武王一个个挨着看过去，只见每个宝鼎上都铸着每州的名字，就是荆州、梁州、雍州、豫州、徐州、扬州、青州、兖（yǎn）州、冀州。秦武王指着"雍州"那座宝鼎，说："雍州就是秦国，这座宝鼎是咱们的呀！我想把它搬到咸阳去。"他问看守宝鼎的官员，说："这种宝鼎有没有人举起来过？"官员回答说："每座有一千多斤沉哪！谁举得起来呢？"秦武王对任鄙、孟说两个大力士说："你们试试看。"任鄙虽说是个武夫，倒还细心。他早就知道秦武王喜欢卖弄力气，要是再鼓励他，也许会

---

1 关于夏、商、周三朝的起止时间，作者所持是一家之言。

弄出乱子来，就回答说："我哪儿举得起来呢？这种笨东西有什么可玩的呢？"孟说可不像任鄙那样有脑子，当时就自己逞能，说："我来试试成不成！"他叫底下人拿一条麻做成的大绳子，拴在宝鼎的两只耳朵上，自己又紧了紧腰带，两条像铁棍似的胳膊套在绳子系成的圈儿里，脸红脖子粗的，狠命地喊了一声"啊嗐"，那座宝鼎居然给他扛起半尺来高，又赶紧搁下。可是他用力太猛，两个眼珠子都迸了出来，血流了一脸。秦武王笑着说："怎么费这么大力气？瞧我的！"

任鄙眼见孟说已经受了重伤，连忙拦着说："大王是贵人，怎么能玩这个呢？"秦武王哪听他这套，就脱下王袍，也把手臂套在圈儿里。任鄙拉住他苦苦地央告。谁想到秦武王反倒挂了火儿，骂他说："唉哟！你自己没能耐，还拦着我！"任鄙只得随他去。秦武王果然也把宝鼎扛起了半尺来高。他想："要是我能再走一步，就比孟说强了。"他就使出浑身的力气，慢慢地挪动左脚，刚想再把右脚抬起来，没想到力气接不上，宝鼎落下来，砸在他右脚上。秦武王大叫一声，骨头已经折了。任鄙慌忙把他救起来。秦武王疼得支持不住，加上五脏里也受了伤，到了半夜就断气了。

周赧王听说秦武王死了，吓得跟什么似的，连忙叫人预备棺材，派人去吊祭。秦国由右丞相樗里疾把灵柩运到咸阳。秦武王没有儿子，大臣们就把他的一个叔伯兄弟立为秦王，就是秦昭襄王。樗里疾请秦昭襄王查办闯祸的人。谁都知道那闯祸的就是秦武王自己，可是君王是不会有错处的，总得找个倒霉的人来做替身，才能完结这档子事。那个迸出眼珠子的孟说可就遭了殃，连他的家族全给杀了。任鄙曾经拦过秦武王，不但没定罪，后来还升为汉中太守。

樗里疾和甘茂本来就有点你欺我、我压你的。上回甘茂讲"曾参杀人"的故事给秦武王听，樗里疾已经挺不高兴。这会儿秦武王一死，樗里疾独掌大权，故意在朝上宣布说："打韩国、通三川都是甘茂的主张。"甘茂知道樗里疾成心排挤他，再说秦昭襄王又不像秦武王那样地信任他，他就逃到别国躲着去了。这位拿自己比作曾参的甘茂后来竟死在魏国。

秦昭襄王即位之后，用心拉拢楚国，又跟楚怀王做了亲戚，订了盟约。合纵那一头的纵约长齐宣王因此约会韩国和魏国，一块儿去攻打这位退出合纵抗秦的楚怀王。

· 绑架 ·

楚怀王一见齐、韩、魏三国的兵马来打楚国，只得打发太子横上秦国去做抵押，请秦国发兵来帮助。秦昭襄王还真发兵去帮楚国。三国的兵马就退了。没想到太子横在秦国受人欺负，末了秦国的一个大夫和太子横相斗，太子横把他杀了，接着就跑回楚国。秦国借着这个因头，接连来打楚国，夺去了好几座城，杀了好几万楚国人，把楚怀王逼得只好脱离秦国，重新加入“合纵”。他还打发太子横上齐国去求救，留在齐国做抵押。齐国和楚国联合起来，当然对秦国不利，秦昭襄王就挺客气地给楚怀王写信，请他上武关（在今陕西商州一带）相会，预备当面订立盟约，永远和好。

楚怀王接到秦昭襄王的信，就对大臣们说：“秦王请我上武关去订盟约。不去吧，又要招他怨恨；去吧，又怕有危险。你们看应当怎么办呢？”大夫屈原从齐国回来的时候，劝楚怀王治死张仪，可是楚怀王最终把张仪放走了。这会儿屈原拦住楚怀王，说：“秦国强暴得同豺狼虎豹一样，咱们受秦王的欺负已经不止一次了。大王一去，准上他的圈套。”令尹昭睢说：“屈大夫的话一点不错。咱们只要加紧防守就是了。大王可不能轻易上敌国去！”那个吊死鬼眼的靳尚可就说：“秦国不是咱们的亲戚吗？为了咱们把亲戚看作敌人，咱们才打了败仗，死了好些将士，丢了土地。如今秦国愿意跟咱们亲善，彼此帮助，咱们哪能推辞人家呢？万一秦王冒了火儿，来个大进攻，那不就更糟了吗？”楚怀王的小儿子公子兰也说：“我姐姐不是嫁给秦国的太子了吗？秦王的女儿不是嫁给我了吗？两国既然成了亲戚，理当亲善才对。”楚怀王是墙头草，随风倒。这回一连打了败仗，就想跟秦国求和，再加上靳尚跟公子兰一搭一和地说着，还有个上官大夫帮着公子兰说话，楚怀王就决定去跟秦昭襄王会见。

楚怀王带着靳尚和几个随从人员到了武关。秦国的大臣出来迎接，说：“秦王已经在这儿等了三天了，请进去吧。”他们把楚怀王前呼后拥地接进了武关。到了一个地方，车马站住了。有一个大员，出来迎接，请他换车。楚怀王见他不像是秦王，心里有点起疑，打算不下车。那个人行了个礼，说：“大王不必疑惑，我是秦王的兄弟泾阳君。因为秦王身子有点不舒服，不能出门，又怕大王见怪，特地派我来迎接。劳驾，请大王上咸阳去跟秦王见面吧。”楚怀王一听叫他上咸阳去，很不乐意。忽然瞧见一大队秦国士兵把他围起来，脸不由得变了颜色，问泾阳君，说：“我是来跟秦王开会的，为什么你们叫这么些士兵把我围起来呢？”泾阳君说：“哪儿？哪儿？他们是来保护大王的，请您别错怪了。”这时候，楚怀王不由自主地给他们拥上了车。泾阳君同他坐在一块儿。秦国的将军白起带领着大军，沿道上“保护”着。靳尚看着不对头，带着一对倒挂眼偷偷地跑回楚国去了。

楚怀王被绑架到咸阳。秦昭襄王吩咐大臣们聚在朝堂上，自己挺威风地坐在那儿，叫楚怀王像部族酋长那样去朝见他。楚怀王哪儿受得了这号侮辱，就扯开了嗓子数落着说：“我把你当作亲戚，信了你的话，答应你的请求，亲自上武关来。你假装有病，诳我上咸阳来。如今见了我，也不依照诸侯的礼来迎接我，这是什么道理？”秦昭襄王说：“当然有道理！你以前答应把黔中的土地让给秦国，这件事直到如今还没办。今天劳你的大驾，也就是为了这个。只要你把黔中土地交割清楚，我就送你回去！”楚怀王说：“你要土地，不是不能商量，何必弄这套诡计？”秦昭襄王说：“不这么着，你哪肯呢？”楚怀王没有法子，只好答应他的要求，说：“好吧！我就把黔中的土地让给你！咱们先订立盟约，秦国派一位将军跟我上楚国去接收，好不好？”秦昭襄王说：“像这种订盟约的把戏我都玩腻了，有什么用呢？这么着吧！你先打发个人回楚国去，把黔中的土地交割清楚，等我们接收完了之后，再送你回去。”秦国的大臣们都劝楚怀王答应，楚怀王破口大骂，说：“你使出这种欺负人的手段，把我骗到这儿来，还要逼着我割让土地，这……这简直太不像话了！我……我不答应，干脆说，我不认可！你就是把我弄死，我也不答应！”秦昭襄王知道蜡烛不点不亮，锣鼓不敲不响，就把楚怀王当作“肉票”押在咸阳，叫楚国拿地来赎。

靳尚跑回楚国，向令尹昭雎报告了经过。昭雎说：“大王给他们留在秦国，一时回不来，太子又在齐国。要是齐国跟秦国联合起来，再把太子扣住，咱们楚国那就连个君王都没有了！”靳尚说：“咱们就另外立个王子，怎么样？”昭雎说：“太子是大王立的，哪能把他废了呢？要是大王回来，说你自作主张，违背他的命令，你担得起这个罪名吗？还是打发人上齐国去，就说大王归天，赶紧请太子回去即位。”靳尚说：“我没保护住大王，自己觉得有点亏欠，迎接太子这个差使就派我去吧。”昭雎就打发靳尚上齐国去“报丧”。

齐宣王前两年死了，新王即位，就是齐湣（mǐn）王。齐湣王接见靳尚之后，对相国田文说：“如今楚国没有君王，我打算把太子横扣在这儿，叫楚国拿淮河以北的土地来赎，你看怎么样？”田文反对说：“这哪行！楚王的儿子有的是。要是他们另外立了一个当国君，咱们不但得不到好处，反倒落了个坏名声。还是好好地把楚太子送回去吧！”齐湣王一想，这话倒也有理，就把太子横送回去了。

太子横即位，就是楚顷襄王。楚国的大臣像昭雎、公子兰、靳尚、屈原等都照常办事。当时打发使臣去通知秦国，说：“楚国已经有了国王了！”秦王眼看这次绑架没有人来赎，又是羞愧，又是气，恼羞成怒，就派大将白起和蒙骜带领着十万人马，从武关出发去打楚国。这一仗楚国给秦国打得大败，死了五万多人，给秦国占了十六座城。这么一来，秦国就更威风了。

被押着的楚怀王得到了这个信儿，背地里直掉眼泪。他在秦国押了一年多工夫，后来看守他的人瞧他挺可怜的，再说这种差事也干腻了，慢慢地懈怠起来。楚怀王得了个机会，换了一身衣裳，偷着跑出了咸阳。他本来打算逃回本国去。谁知道看守的人向秦王报告，秦王立刻派人去追。然后通知东面边界上的将士们，把秦国通往楚国的路堵住，又把楚国的西部也派人守住。楚怀王就像被猎狗追赶的兔子一样，全身都长着耳朵。一听说东边跑不了，就抄小道往北跑，居然给他跑到赵国的边界上。只等赵王放他过去可就有活命了。

·向胡人学习·

楚怀王逃到赵国的边界上，赵王可没在本国。这位赵王就是赵肃侯的儿子赵武灵王。说起这位赵武灵王，他是赵国数一数二的贤明君主。眼光远，胆子大，外国的东西，好的就要学习，本国的东西不好的也要改革。赵国的大臣像楼缓、肥义、公子成，全是他挺有才干的好帮手。

公元前 307 年（周赧王八年，赵武灵王十九年），有一天，赵武灵王对楼缓说："赵国的北面有燕国，东面有东胡，西面有林胡、楼烦、秦、韩，中间还有中山。四面八方全是强横的敌人，什么是咱们的保障啊！我们自己要是不奋发图强，随时都能给人家灭了。要奋发图强当然有好些事要做。我打算先从改革服装下手，连带着就可以改变打仗的方法。你瞧怎么样？"楼缓说："服装可怎么改呢？"赵武灵王说："我们穿的衣裳，袖子太长，腰太肥，领口太宽，下摆太大。穿着这种长袍大褂，做事多不方便。"楼缓把话接过去，说："还费衣料。"赵武灵王说："多费点衣料倒是小事，要紧的是要改一改咱们的态度跟精神。穿上长袍大褂做事不光不方便，而且走起路来摇摇摆摆的，干起活儿来就会迟慢。因此，也就减少了急起直追的精神。全国的人都这样，国家哪强得了？我打算仿照胡人的风俗把大袖子的长袍改成小袖儿的短褂，腰里系一根皮带，脚上穿双皮靴。要是穿上这种衣裳，就能做事方便，走路灵活。你再想大模大样，摇摇摆摆地走也就办不到了。”

楼缓听得挺高兴，说：“咱们能够仿照他们的服装，也能够学习他们打仗的方法。”赵武灵王说：“是呀！改变了服装，打仗也能够学胡人了。胡人穿着他们那种衣裳，能够挺方便地在马上射箭。咱们打仗，向来用兵车。只知道用马拉，可不会骑着马打仗。驾着车打仗哪能像骑在马上那么灵活呢？我主张仿照胡人的服装跟骑马射箭的法子。”楼缓愿意帮助赵武灵王，去教导老百姓都这么办。

君臣二人商量妥当之后，第二天，赵武灵王就在朝上对大臣们宣布了这件事情。他们听了，大多数都反对。有的说：“衣裳不光是保护身子，也是表示礼节。咱们的礼节是由古时候圣贤传留下来的，不能随便改变。”有的说：“应当拿中国的文化去改变胡人的风俗才是道理，哪能拿胡人的风俗来改变中国文化呢？”赵武灵王想不到他们竟这么顽固，心里很不痛快，改革风俗的心理可就有点晃悠了。

赵武灵王回头对大夫肥义说：“我本来想教老百姓都穿胡服，学习骑马射箭，好改一改咱们这种拖拖拉拉的习气，可是我要这么办，准得有好些人会反对。”肥义说：“不下决心，办不了大事！不论改革什么，总会有人反对。反对改革的人大多看不到将来。一般人就知道看过去，咱们是看到将来的。古时候的圣贤哪不主张改革呢？要是他们也这般顽固，只会仿照古人的话，到如今咱们也许还赤身裸体地住在山洞里呢！哪能有这衣裳呢？更谈不到什么礼节了。不改革就永远不能进步。要改革就不妨仿照胡人的风俗。古时候的圣人又怎么不是这样的呢？帝舜的时候，有个部族叫有苗。他们的文化虽说不如中原，他们跳的舞可比中原的好。帝舜就向他们学跳舞。大禹也是这样。他到了裸体国，就见那地方的人都是赤身裸体的，大禹就脱了衣裳跟他们一样地光着。可见古人也有仿照别地方的风俗的。只要对国家、对人民有好处，不论什么都能学着办，不必管他是古时候的还是现在的，是中原的还是别的部族的。大王何必犹疑不决呢？”

赵武灵王听了肥义的这一篇道理，就说：“不错！也许有人会笑我，骂我。可是那些有见识的人跟后辈人总会赞成我的。”他自己就先穿起胡人的服装来了。他们君臣还以为穿胡人的服装是个大改革，他们哪知道赵国的老百姓，尤其是临近边界的人们早就有人穿这种衣服的了。

第二天上朝的时候，赵武灵王、楼缓和肥义，都穿着小袖子的短衣出来了。一班大臣瞧见他们这个样子，都吓了一跳。他们还以为赵武灵王犯了疯病呢。真是太丢脸了。这不是把中原的文化、道德、礼仪都扔了吗？可是赵武灵王下了决心，非推广新服装不可。他又用种种理由把他那个最顽固的叔叔公子成说服了。公子成也穿上了胡服。大臣们一见公子成也穿上了胡服，只好随着改了。随后赵武灵王出了一道改革服装的命令。没有几天，全国的人不分富贵贫贱，全都穿上了胡服。有钱的人起头觉得有点不像样，后来因为胡服比起以前的衣裳来实在方便得多，反倒时兴起来了。

古籍链接

武灵王自念赵国北边于燕，东边于胡，西边于林胡、楼烦，与赵为邻，而秦止一河之隔，居四战之地，恐日就微弱，乃身自胡服，革带皮靴，使民皆效胡俗，窄袖左衽，以便骑射。国中无贵贱，莫不胡服者，废车乘马，日逐射猎，兵以益强。武灵王亲自帅师略地，至于常山，西极云中，北尽雁门，拓地数百里，遂有吞秦之志。欲取路云中，自九原而南，竟袭咸阳。

——《东周列国志 · 第九十三回》

◆侦察◆

赵武灵王第二件向胡人学习的事，就是骑马射箭。他亲自训练士兵，教他们怎么样像胡人那样骑马射箭。不到一年工夫，赵国大队的骑兵就训练成了。公元前 306 年（周赧王九年），赵武灵王亲自收服了中山、东胡和邻近的几个部族，打发使臣去联络秦国、韩国、楚国、齐国。赵国就这么强大起来了。赵国这么强大起来，更有利于阻挡北狄向中原的进攻，正像秦国的强大挡住了西戎、楚国的强大挡住了群蛮百濮向中原的进攻一样。到了公元前 300 年（改革后的第七年）的时候，不光把林胡、楼烦、中山都收服了，还扩大了势力，北边一直到燕代、雁门，西边到云中、九原，一下子增加了好些土地。赵武灵王可就打算跟秦国争个上下高低。他老在外边打仗，国内的事谁管呢？他见小儿子何办事挺能干，就传位给他，就是赵惠文王，自己称为主父。拜肥义为相国，李兑为太傅，公子成为司马，封大儿子章为安阳君。国内的政权布置妥当之后，他要去考察秦国的地理形势，还要去侦察一下如今在位的秦王是怎样的一个人。

赵主父打扮成个使臣，自称为赵招，带了几个手下人，上秦国去访问，沿路察看地形，画成地图。一直到了咸阳，见了秦昭襄王，还向他报告了赵武灵王传位的事情。秦昭襄王问他："你们的国王老了吗？"他回答说："还在壮年。"秦昭襄王说："那为什么要传位呢？"他说："我们的国王叫太子先练习练习。国家大权可仍然在主父手里。”秦昭襄王没有什么正经话说，就跟这位“使臣赵招”瞎聊天。他说：“你们怕秦国不怕？”“赵招”说：“要是不怕，就用不着改革服装，学习骑马射箭了。好在如今敝国的骑兵比起早先来要多十几倍。大概能够跟贵国结交了吧！”秦昭襄王听了这话，倒挺敬重他。“使臣赵招”就辞别了秦王，回到客馆里去了。

当天晚上，秦昭襄王想起赵国使臣的言谈话语，又文雅、又强硬，他的态度又尊严、又温和，倒是一个特别的人物。他还想跟他谈谈。第二天秦昭襄王又请“赵招”去见他。“赵招”的手下人说：“使臣病了，待几天再朝见大王吧。”就这么又待了几天，秦昭襄王又派人去请“赵招”，非要他去不可。可是“使臣赵招”早就不见了。客馆里只留下一个人，自称是赵国的使臣赵招。他们就把他带到秦昭襄王跟前。秦昭襄王问他：“你既是使臣赵招，那么上次见我的那个人又是谁呢？”这个真的赵招说：“他就是我们的主父。他想见一见大王，特意打扮成使臣。他叫我留在这儿给大王赔罪。”秦昭襄王咬牙切齿地说：“赵主父骗了我！”立刻叫泾阳君跟白起带领三千精兵，连夜追下去。他们一直追到函谷关，守关的将士说：“赵国的使臣已经过去三天了。”泾阳君白跑了一趟，只得回去报告秦王。秦王没有法子，索性大方点，把那个真的赵招也放回去了。

赵主父见过了秦王，又到了云中、燕代、楼烦这几个地方。他在灵寿（在今河北灵寿）建造了一座城叫赵王城。夫人吴娃也在肥乡（在今河北广平一带）建造一座城，叫夫人城。就在这个时候，楚怀王从秦国逃到赵国的边界，打算进去避难。他算计赵主父准得收留他。哪知道赵主父的儿子赵惠文王原来是个脓包！他怕得罪秦国，不让楚怀王进去。把楚怀王逼得前无去路，后有追兵，急出了一身冷汗，差点儿晕了过去。他还想接着再往西跑，逃到大梁去。可是秦国的追兵赶上来。他又当了俘虏，跟着泾阳君回到咸阳去了。

这一回再当俘虏叫他太难堪了。气得他连话都说不出来，就吐起血来了。没过多少日子他便死在秦国（公元前 296 年，周赧王十九年）。秦国把他的尸首送回楚国。楚国人可怜楚怀王给秦国欺负，死在外头，全都像死了父亲似的那么伤心。各国诸侯也全觉得秦王太不讲理了，就又重新联合到一块儿，闹起合纵抗秦来了。楚国的大夫屈原更是替楚怀王抱不平，一个劲儿地劝楚顷襄王去给先王报仇。

◆端午节◆

楚国的大夫屈原早就瞧出秦昭襄王没安好心，屡次三番劝楚怀王，联合齐国，共同抗秦。他也警告过楚怀王别听张仪的鬼话上武关去。可是楚怀王是个糊涂虫，到最后给靳尚、公子兰、上官大夫这一伙人送了命。如今楚顷襄王即位，不但没把他们治罪，反倒重用起来。屈原的苦闷也就可想而知了。他知道君子和小人不能在一块儿共事，就打算辞职。可是回头一想，非到万不得已的时候，总不该走。他就劝楚顷襄王搜罗人才，远离小人，鼓励将士，操练兵马，好为国家争气，替先王报仇。没想到他这种劝告不但不管事，反倒招起靳尚、公子兰、上官大夫的仇恨来了。他们这几个人就怕屈原在楚顷襄王面前老提起反抗秦国的话。秦国也真厉害，就在楚怀王死后第四年（公元前 293 年，周赧王二十二年），因为韩国和魏国出兵反对秦国，就派大将白起去对付他们。白起在伊阙（在今河南洛阳一带）大败韩国和魏国的军队，杀了二十四万人，夺去了几个城。从此以后，韩国和魏国只能割地求和，不敢再反抗秦国了。

屈原还是劝楚顷襄王去联络诸侯共同抗秦。靳尚、公子兰、上官大夫就天天在楚顷襄王跟前给他说坏话。靳尚对楚顷襄王说："大王没听见屈原数落您吗？他老跟人家说，'大王忘了秦国的仇恨，就是不孝！公子兰不主张抗秦，就是不忠。楚国出了这种不忠不孝的君臣，哪能不亡国呢？'这叫什么话！”楚顷襄王一听就大怒起来，把屈原革了职，放逐到湘南去了。

屈原抱着救国救民的志向，一肚子的富国强兵打算，反倒给小人排挤出去。到了这时候，简直要把他气疯了。他不想吃，不想喝，头不梳，脸不洗，颠三倒四地在洞庭湖汨罗江（在今湖南湘阴一带，向西流入湘水；汨：mì）上，一边走，一边唱着伤心的歌儿。

屈原的姐姐屈须，听说兄弟的遭遇，就扔下她的丈夫，老远地跑到湘南去看他。她找到了屈原的住处，可是他没在家。屈须找了半天，才在江边上碰见她的兄弟，披头散发，一脸渍泥，又黄又瘦，坐在那儿正在叹气。姐姐一见他这样，不由得掉下眼泪来，说：“兄弟，你何必这样呢？”屈原扑了过去，叫了一声“姐姐！”只是抽搭，说不出话来。他的委屈、忧闷、伤心一股脑儿全在这声“姐姐”里涌了出来。屈须理着他的乱头发，安慰着他，说：“楚国的人哪一个不知道你是个忠臣？大王不听你的话，那是他的不是。你已经尽到心了。老是悲叹着又有什么用？”他说：“楚国如今弄到这个样儿，我实在不想活了！”屈须说：“别傻啦！你能鼓着勇气活下去，才是道理。怎么说出这种没志气的话来呢？要是你一死，国家就能够保全了，那么我也情愿跟你一块儿死。可是你这么糟蹋自己，对国家不但没有什么帮助，反倒还会带累别人也这样消沉下去。万一消沉自杀成了风气，你不是头一个大罪人了吗？你不能救国，就应当救人；不能救人，至少也应当救你自己。哪能把父母留给你的身子随便糟蹋呢？”

屈原反驳她，说：“我的身子虽说是父母的，可是忠孝不能两全。国家要亡了，哪还有我呢？姐姐不能光为自己着想！”屈须说：“你以为身子是你自己的，可以任意糟蹋。哪知道你是楚国人，你是人间的一个人，你凭什么糟蹋毁坏一个楚国人？你凭什么糟蹋毁坏人间里头的一个人？你要把眼光放大了，你要知道自杀就是杀人！”屈原以前根本没往这上头想。他觉得姐姐的话比自己的话还有道理，就说：“那么怎么办呢？”屈须说：“你做官的时候，自然应当尽心尽力地替朝廷打算。如今你既是革去了官职，君王不让你替朝廷出力，那么，就应当接受老百姓的地位，好好地当个老百姓。你这儿还有点地，还是种地吧！”

屈原不敢违拗他姐姐的劝告，就把长衣裳脱下来，亲自去种地。附近的庄稼人知道他是革了职的大臣，都挺同情他，自动地来帮助他。乡村的自然生活把屈原的身子骨儿又锻炼得像原先那样结实。他姐姐见了，这才放了心。待了几个月，屈须回家去了。

屈须回去之后，屈原又觉得闷得慌了。天性淳厚的老乡们虽说老去帮他，跟他聊聊天，可是他们到底都是庄稼人，屈原不能跟他们合到一块儿。因为这个缘故，屈原老觉得孤独，又起了厌世的念头。就在这时候，他交上了一个打鱼的朋友。这位打鱼的，大概是个隐士。他连自己的名字都隐起来，就拿“渔父”当作了称呼。他挺佩服屈原的学问，可就是不赞成他那种唉声叹气的脾气。

有一天，渔父带着讥诮的口气跟屈原说：“您不是楚国的三闾大夫吗？怎么会落到这步田地？”屈原一听，挺不高兴，就说：“天下全是脏的，我是个干净人。大伙儿都喝醉了，只有我还醒着。因此我被送到这儿来了。”渔父撇了撇嘴，说：“您既然知道天下都是脏的，就不该自命清高；大伙儿都喝醉了，您为什么不喝几盅？如果像您说的，天下全是脏的，那么您独自干净就不合适了。大伙儿既然全都糊涂，那么您独自清醒，倒是糊涂了。”屈原红着脸反对说：“这是什么话，难道说上就是下，下就是上？东就是西，西就是东？光明就是黑暗，黑暗就是光明？宝玉就是石头，石头就是宝玉？凤凰就是乌鸦，乌鸦就是凤凰？君子就是小人，小人就是君子？”

渔父笑着说：“您要分辨得这么清楚，难怪您跟别人合不到一块儿了。您既然抱着救世救民的热忱，就得和小人在一起，慢慢地把他们感化过来。您要改变人间，就得跑到黑暗里去，慢慢地发出光来。哪能把人间看成脏的，把人全看成是糊涂的，自己站在半空中呢？”屈原说：“这是想叫我洗了澡，再跳到污泥里去吗？这我可办不到！”渔父说：“您既然办不到，那么，就应当跟我学。我打我的鱼，您种您的地。君王不需要咱们，咱们也不需要君王。干什么自寻苦恼，受别人的排挤呢？”

屈原听了渔父这一番话，觉得也挺有道理。可是一来，他是贵族，哪真能种庄稼过日子呢，他忘不了自己的家族，不情愿眼瞧着宗庙毁了；二来，他比渔父年轻，没有那样的修养，就决心不在这脏的人世里做个醉生梦死的人。终于在公元前278年（周赧王三十七年）五月初五那天，抱着一块大石头，跳到汨罗江里去了。

渔父得到了这个信儿，一面立刻叫人去告诉那些渔民跟附近的庄稼人，一面自己划着小船去救屈原。不大一会儿工夫，好些小船好像比赛看谁划得快似的赶过去。可是汪洋大水，哪儿有屈原的影儿？渔父四面一瞧，就见靠左边远远地漂着一个人。他急忙往那边划去，别的船也像射箭一样一齐赶过去。可是漂在水面上的只是一捆苇子。突然听见后边啪啦一声，好像大鱼跳出水面的声儿。大伙儿回头一瞧，只见一个浪花还在那儿打旋，好些小船赶到那边，又扑了个空。他们在汨罗江上闹了半天，也没把屈原找着。渔父挺难受，他对着江面上祭祀了一会儿，把竹筒子里的米撒在水里，就算是献给朋友的。别的同情屈原的渔民跟农民也有几个这么做的。

到了第二年五月初五那一天，大伙儿想起这是屈原的周年了，又划着船用竹筒盛上米撒到水里去祭祀他。到后来，把盛着米的竹筒子改成粽子，划小船改为了赛龙船。纪念屈原这件事，就变成了一种风俗了。大伙儿把五月初五称为端午节，也叫端阳节。

要是当初赵主父在赵国，楚怀王不会死在秦国，屈原也许不会自杀。赶到赵主父从云中回来，赵惠文王早把事情做错了。

·收养门客·

赵惠文王怕得罪秦国，没帮助那个前来投奔的楚怀王，赵主父就瞧出他没有多大出息，心里挺后悔当初把太子章废了。有一天，他对公子胜说："我想把赵国分为两部分，叫安阳君去做代王，跟赵王两个人相对并立，你瞧怎么样？"公子胜想了想，说："大王废了太子章已经错了。如今君臣的名分已经定了，要是再一更改，反倒容易引起内乱来。我看还是好好地辅导着新君为是。"赵主父回到宫里又去跟夫人吴娃谈论这件事。那夫人是赵惠文王的母亲，当然不赞成提高安阳君的地位来削弱她自己儿子的势力。赵主父只得把这个念头打消。谁知道这些话早就传到安阳君和他一党的耳朵里了。他们发兵攻打赵惠文王。可是朝廷里一多半的大臣不能体贴赵主父的心意，又怕王位一更动，自己的地位也靠不住。因此，都护着赵惠文王，反对安阳君。这么一来，安阳君可就打了败仗。他跑到主父的宫里，主父把他藏了起来。李兑、公子成搜出安阳君，把他杀了。他们知道主父成心保护安阳君，如今把他杀了，不是得罪了主父吗？他们就一不做、二不休，把主父锁在宫里，让他活活地饿死。

赵惠文王因为公子胜拦住主父，不让他立安阳君为代王，就拜他为相国，把东武城（在今山东武城）封给他，称他为平原君。这位平原君最喜欢结交天下的英雄豪杰，也不管有没有才能，凡能投到他门下来的，他一概收留，养着他们。

这种收养门客的举动，当时成了风气。齐国的孟尝君、魏国的信陵君、楚国的春申君都彼此抢着收养门客。他们每家都有几千个门客住在家里。没想到平原君这么招待着门客，门客倒慢慢地少起来了。他就召集所有的门客对他们说："请问诸位，我有什么对不起人的地方？近来怎么总是来的人少，走的人多呢？"其中有个门客对他说："您的美人儿得罪了那个瘸腿的，您不愿意办她的罪。人家都说您把美人儿看得比门客重。我们也正想告辞呢！"

原来平原君喜爱美女。他住的房子又是临街的，楼上的女人看得见大街。有一天，有个瘸子挑着水一拐一拐地从楼下经过。楼上的人瞧见了那个瘸子，都觉得有点特别。其中有个平原君最宠爱的美人儿，见他那样，禁不住大笑起来。

没想到那个瘸子不是好惹的。他气哼哼地去见平原君，对他说："我听说您喜欢结交天下豪杰，才有这么些人投奔到您的门下来。他们都知道您是重视人才、不重女色的公子。我得了残疾，走起路来挺别扭。可有一样，我还有我的尊严。今天您的女人公然讥笑我，这种侮辱，我可受不了。因此，我特地来请求您，重重地惩办您那个女人。"平原君把他安抚了几句就算了事，回头对门客们说："天下竟有这种没事找事的人，人家向他笑了笑，他就要我惩办我的美人儿！"

就为了这件事，有人对他不满意，说他太贪恋女人。有好些人走了。今天平原君问起大伙儿来，当面受了他们的责备。他不由得涨红了脸，说："这是我的不好！"他立刻拔出宝剑来，吩咐手下的人把那个女人杀了。他又亲自跑到那个瘸子家里给他赔罪。

在当时的人看来，杀个女人能够收买人心，这是一件一本万利的买卖。精明的平原君哪能不乐意干呢？这一来，又有些人称赞平原君，他的门客也就越来越多，势力更加大起来了。

· 鸡鸣狗盗 ·

平原君收养门客的新闻传到了秦国。秦昭襄王叹息着对大夫向寿说："像平原君这么贤明的人，天下少有！"向寿说："不过他要比起齐国的孟尝君来，还差得远哪！"秦昭襄王挺稀奇地问："孟尝君又是怎么样的人？"向寿说："孟尝君田文继承他父亲田婴做了薛公（薛，在今山东滕州一带；田婴封于薛，叫薛公，田文继承他父亲，也叫薛公），就大兴土木，修盖房子，招待天下豪杰。只要是投奔他的，他都收留。他自己的吃、喝、穿戴跟住处，全跟大伙儿一样。孟尝君的家当可就这么快花完了。门客的饭食，当然也不能再像先前那样丰富了。听说有一天晚上，有个客人见了那种饭菜，心里不高兴。可巧他瞧见孟尝君独自一个人在上边正吃得挺香。他一想主人吃的准是山珍海味，就发了脾气，扔下筷子，说：'岂有此理！我干什么上这儿来吃这种东西？'孟尝君连忙拦住他，端着自己的饭菜让他瞧。这位门客一瞧，原来主人吃的跟他们的一个样，这才叹了口气，说：'孟尝君这么真心诚意地待我，我还起疑心，我简直是个小人，还有什么脸在这儿住着呢？'说着，他就拔出宝剑，自杀了。可是平原君呢，纵着女人欺负瘸子，答应了人家的请求，还舍不得把她治罪。直到门客慢慢地散了，这才去给人家赔不是，这不是已经晚了吗？"秦昭襄王说："我挺尊重这种人，怎么能把他请到秦国来呢？"向寿说："这不是什么难事。要是大王能够打发自己的子弟上齐国去做抵押，然后请孟尝君上这儿来，我想齐国是不能不答应的。等到孟尝君到了这儿，大王拜他为丞相，齐国当然也不好意思不拜咱们的人当齐国的相国。这么一来，秦国跟齐国联合到一块儿，要打算收服诸侯，事情可就好办得多了。"

秦昭襄王真就打发自己的兄弟泾阳君到齐国去做抵押，请孟尝君上咸阳来。就在这短短的几天，孟尝君和泾阳君交上了朋友。齐宣王在公元前301年死了，他儿子即位，就是齐湣（mǐn）王。齐湣王不敢得罪秦国，只好叫孟尝君上秦国去。后来大臣当中有人对齐湣王说："大王既然成心跟秦国结交，何必把泾阳君留着做抵押呢？"齐湣王就把泾阳君送走了。

孟尝君带着一大帮门客，一块儿上咸阳去。秦昭襄王亲自去迎接他。他见孟尝君威风凛凛，仪表不凡，不由得更加敬仰起来。两个人说了一些彼此敬仰的话。孟尝君奉上一件纯白的狐狸皮袍子，作为见面礼。秦昭襄王知道这是挺名贵的银狐，当时就挺得意地穿上，向宫里的美人们夸耀了半天。那时候天还暖和，他就把袍子脱下来交给手下的人好好地收藏起来。

孟尝君和他的那些门客到了咸阳之后，就有一批秦国的大臣怕秦王重用他，背地里商量怎样排挤他。秦王打算择个日子拜孟尝君为丞相。樗里疾首先反对说："田文是齐国的贵族，手下的人又多，他当了秦国的丞相，准得先替齐国打算。他要仗着他丞相的权力暗中谋害秦国，秦国不就危险了吗？"秦昭襄王说："那么，还是把他送回去吧！"樗里疾说："他在这儿已经住了不少日子，秦国的事，他差不多全都知道了。哪能放他呢？不如杀了他，倒干脆，免得将来有后患。"秦昭襄王觉得不能杀，可也不能放，就先把孟尝君软禁起来。

泾阳君为了建立自己的势力，在齐国的时候，跟孟尝君已经交上了朋友。这会儿一听说秦王要谋害他，就替他想法子。他带了两对玉璧送给秦王最宠爱的燕姬，请她想个法子。燕姬拿手托着下巴颏儿，装腔作势地说："叫我跟大王说句话倒是不难，你把这两对玉璧带回去，别的谢礼我不要，我只要一件银狐皮袍子就够了。"泾阳君把她的话告诉了孟尝君，孟尝君皱着眉头，说："银狐皮袍子就是那么一件，已经送给秦王了，哪还能要回来呢？"当时就有个门客说："三讨不如一偷，我有办法。"他就跟管衣库的人做了朋友。

有一个晚上这位门客从狗洞里爬进宫里去，找着了衣库去偷那件狐狸皮袍子。他掏出好些钥匙，正在开门的时候，看库的人醒了，咳嗽了一声。那个门客便装狗叫，汪汪地叫了两声，看衣库的人就又睡着了。那位门客进了衣库，开了箱子，拿出那件狐狸皮袍子，然后又锁了箱子，关上库房，从狗洞里钻出来。

孟尝君得到了这件皮袍子，送给燕姬。燕姬得着了这件宝贝，就甜言蜜语地劝秦王把孟尝君放回去。秦王最后依了她，发下过关文书，让孟尝君回去。

孟尝君得到了文书，好像漏网之鱼，急急忙忙地往函谷关跑去。他怕秦王反悔，派人来追；又怕把守关口的人刁难他，他就更名改姓，打扮成买卖人的样儿。他的门客中有个专门假造文书的，挺巧妙地把那过关文书上的名字改了。他们到了函谷关，正赶上半夜里。依照秦国的规矩，每天清早，关口要到鸡叫的时候才许放人。他们只好在关里等天亮。

那边樗里疾听说秦王把孟尝君放了，就去朝见秦昭襄王。他说让孟尝君回去，好比纵虎归山，将来准有后患。秦昭襄王果然后悔了，立刻派人去追。那追上去的人赶到函谷关，查问守关的人，说："孟尝君过去了没有？"他说："没有。"还拿出过关文书让他们瞧，果然没有孟尝君的名字。他们才放了心。大概孟尝君还没到。

等了半天，孟尝君还没来，他们有点起疑，就跟守关的人说明了孟尝君的长相，还有他带着的门客的人数，车马的样子。守关的人说："哦！有，有！他们早就过去了，是第一批过的关。"他们又问："你什么时候开的城？我们到这儿，什么都还看不清楚呢。难道你半夜就把城门开了吗？"守关的人一愣，说："我们也正在纳闷儿呢！城门是鸡叫的时候才开的，可是待了半天，东方才发白。我们还纳闷儿今天太阳怎么出来得这么晚？"他们哪儿知道孟尝君的门客之中各色各样的人都有。有会学狗叫唤的，有会学鸡叫唤的，还有会挖补文书的。孟尝君算计着秦王准得派人追上来，大伙儿愁眉苦脸地正在恨老天爷怎么还不叫天快点亮，忽然这些门客里有人捏着鼻子学起公鸡打鸣儿来了。接着一声跟着一声地好像有好几只公鸡叫着，紧跟着关里的公鸡全都叫起来了。关上的人就开了城门，验过了孟尝君的过关文书，让他们出了关口。

收账烧债券

孟尝君逃回齐国，齐湣王好像丢了的宝贝又找着了那么高兴，仍旧请他做相国。秦国因为齐国远在东方，不便再去麻烦，总算两国相安无事。

孟尝君比以前更有钱了，门客也越来越多，他就把门客的待遇分为三等。头等门客吃的是鱼肉，出去有车马；二等门客吃的也是鱼肉，可没有车马；三等门客只吃些粗菜淡饭，反正饿不着就是了。他一个人要供给三千多门客的吃、喝、住，当然不能单靠他的俸禄。他就在自己的封地薛城向老百姓放账。这种高利贷的进项就用来补助他一部分的费用。可是薛城的人在这种高利贷的压迫之下，就喘不过气来了。孟尝君只顾到了养活门客，哪能替老百姓着想呢？

有一天，那个招待门客的总管对孟尝君说："下一个月的开支不太够了，请打发人到薛城去收账吧。"孟尝君问他："叫谁去呢？"那个总管说："早先老拍着宝剑唱歌的那位冯先生，在这儿待了一年多了，还没做过事。我瞧他人倒挺诚实可靠，不如叫他走一趟吧。"孟尝君就打发冯驩[1]（huān）上薛城去收账。

冯驩是齐国人。当初穿着一双草鞋，破破烂烂地来见孟尝君。孟尝君

1　冯驩，也作冯谖。

问他有什么本事。他说："没有什么本事。听说凡是投奔您这儿来的，您都收留。我因为穷得没饭吃，才投奔到您这儿来。"孟尝君点点头，收留了他，把他安排在三等门客里头。过了十几天，孟尝君问总管："那位新来的客人都做些什么事？"他说："冯先生穷得要命，他只有一把宝剑，连个鞘（qiào）也没有，只用绳子拴着挂在腰里。他每回吃完了饭，老拍着宝剑唱歌。什么'吃饭没有鱼，宝剑哪，你还不如回去！'"孟尝君说："就给他鱼吃吧！"冯驩就升为二等门客，吃鱼、吃肉了。又过了几天，孟尝君又问总管："冯先生满意了吧？"他说："我想他总该满意了。可是他每逢吃完了饭，还是拍着宝剑唱歌，什么'出门没有车，宝剑哪，你还不如回去！'"孟尝君愣了愣，他想："他原来要当上等门客，看样儿准是个有本事的。"回头跟总管说："把冯先生升为上等门客，你留心他的行动，听他还说什么，再来告诉我。"又过了五六天，总管来报告孟尝君，说："冯先生又唱上歌儿了。这回是，'不能养活家，宝剑哪，还是回去吧！'"孟尝君问冯驩家里还有什么人，他说还有个母亲。孟尝君叫人去供养冯驩的母亲。冯驩这才挺安停地住下去了。

这回孟尝君叫他到薛城去收账，冯驩就问："顺便买些什么东西回来？"孟尝君随口回答了一句："这儿短什么，就买些什么。您瞧着办吧！"冯驩坐着车马上薛城去收利钱。薛城的人民听说孟尝君打发一个上等门客来收账，大伙儿吓得叫苦连天。有的竟打算躲到别的地方去，有的托人去说情，让缓些日子。等到冯驩要老百姓付账的第一天，只有一些个比较宽裕的人家给了利钱。冯驩一算计，已经收了十万。他就拿出一笔钱来买了好些牛肉跟酒，出了一个通告，说："凡是欠孟尝君钱的，不论能还不能还，明天都来把账对一对，大伙儿聚在一块儿吃一顿。"

那些该还账的老百姓都来了。冯驩一个个地招待他们，还请他们喝酒、吃饭。大伙儿吃得酒足饭饱。冯驩就根据债券一个一个地问了一遍。有的请求延期，冯驩就在债券上批上。有的说不准什么时候能还，冯驩就把这些个搁在一边。等到债券批完之后，堆在一边的倒有一大半。刚才欢天喜地喝酒吃饭的老百姓，这时候全都哭丧着脸，跪在冯驩跟前，一个个地哀求着他，说：

"今年年成不好，我们连饭都吃不上。"

"我妈死了，连棺材还没有呢！"

“我已经交了好几年的利钱，交的利钱比本钱都多了，今年实在不能给了。”

“我的孩子病着，抓药的钱都没有！”

“我的媳妇儿难产……”

“我自从摔折了一条腿……”

冯驩不愿意再听下去了。他叫人拿来火，把这一大堆的债券全都烧了。他替孟尝君收买人心，对他们说：“孟尝君放给你们账，原本是实心实意地救济你们，他并不贪图利钱。可是他收留着好几千人，光靠他的俸禄哪够呢？这才不得不来收利钱。如今我已经查明白了。那些能够给的，再缓一期，将来再给。那些给不了的，烧了债券，一概免了！”众人连连磕头，好像疯了似的嚷着说：“孟尝君是我们的恩人！”“孟尝君是我们的救星！”

冯驩回来，把收账的经过报告给孟尝君听。孟尝君听了，脸上变了颜色，说：“您怎么花了这些钱，又打酒又买肉的，还把债券烧了！我请您去收账，您收了些什么回来呢？”冯驩回答说：“您别生气，我说给您听。没有酒给他们喝，没有肉给他们吃，他们哪能都来？他们不来，我上哪儿去查看他们的情况？如今那些请求延期的，将来准能还清。那些实在穷得还不了的，就是您留着债券，再过十年，利钱越来越多，一辈子也还不了，反倒把他们逼得跑到别的地方去了。这些债券简直没有用，还不如烧了倒干脆。您要是拿势力去逼他们，利钱也许能够多少收回点，可是民心就丢了。您说过‘这儿短什么，就买些什么’，我觉得这儿短的，就是对老百姓的情义，我就买了情义回来。我敢说，收回民心要比收回利钱强得多呢！”孟尝君无可奈何地向他拱了拱手，说：“先生眼光远大，佩服！佩服！”

狡兔三窟

冯驩虽然没收回账来，可是孟尝君的名声就更大了。秦昭襄王没能追上孟尝君，本来已经不高兴了，如今听说齐湣王又重用了他，更担了一份心。他就暗中打发心腹上齐国去散布谣言，说："孟尝君收买人心，齐国的人光知道有孟尝君，不知道有齐王。孟尝君眼瞧着快要当上齐国的君王了。"他又打发使臣上楚国去对楚顷襄王说："楚王死在敝国，实在是敝国上了齐国的当。秦王屡次三番要把楚王送回去，都给孟尝君拦住了。他如今执掌着齐国的大权，听说就要当齐王了。他要当上齐王，准得来打贵国和敝国。敝国情愿跟贵国联合起来，一块儿对抗孟尝君。请大王别计较以往，重新跟敝国和好吧。"

楚顷襄王听了秦国使臣的话，也打发人上齐国去散布谣言。齐湣王听见这些谣言，果然起了疑，收回了孟尝君的相印，叫他回到薛城去。

"树倒猢狲散"，孟尝君革了职，那些门客全都散了。孟尝君觉得挺凄凉。只有这位收账的冯先生还一步不离地跟着他，替他赶车，一块儿上薛城去。薛城的老百姓一听说孟尝君来了，男男女女、老老少少，都来迎接他。有的带了一只鸡，有的拿着一瓶酒，有的拿着牛肉，有的提着一筐子鸡子儿。大伙儿连拥带挤地都来献给孟尝君。孟尝君一见，感动得掉下眼泪来。他对冯驩说："这就是先生给我买来的情义呀！"冯驩说："这一点算得了什么？如今您能安居的地方只有这个薛城。俗话说，‘狡兔三窟’，您至少得有三个能安身的地方才能踏实。您要是能借给我这辆车马，让我上秦国去一趟，我准能再叫齐王重用您，增加您的俸禄。那时候薛城、咸阳、临淄三个地方，都会欢迎您。好不好？”孟尝君说：“全凭先生！”

冯驩到了咸阳，对秦昭襄王说：“如今天下有才干的人，不是投奔秦国就是投奔齐国。上秦国来的都想叫秦国强，齐国弱；上齐国去的都想叫齐国强，秦国弱。可见当今之世，不是秦国得天下，就是齐国得天下，这两个大国是势不两立的。”秦昭襄王听了他的话之后，您猜怎么着？他跪下来了，说：“先生有什么计策能叫秦国强大呢？”冯驩连忙请他坐下，说：“齐国把孟尝君革了职，大王知道了吗？”秦王装模作样地说：“我听说倒是听说了，可不大清楚。”冯驩说：“齐国能够有现在这样的地位，全仗着孟尝君。如今齐王听了谣言，革了他的官职，收回了相印。他这么以怨报德地对待孟尝君，孟尝君当然也怨恨齐王，大王趁着他怨恨齐王的时候，赶紧把他请来。要是他能够给大王出力，还怕齐国不来归附吗？齐国一旦归附，天下可就是秦国的了。大王赶紧打发人用车马带着礼物上薛城去请他，还来得及。万一齐王反悔，再拜他为相国，齐国可又要跟秦国争高低了。”

这时候正巧樗里疾死了，秦王正要找人才，就依了冯驩的话，打发使臣带了十辆车马，一百斤黄金，用迎接丞相的仪式上薛城去迎接孟尝君。冯驩就告辞了，他说：“我先回去告诉孟尝君一声，免得临时匆促。”

冯驩来不及去报告孟尝君，就急急忙忙地一直到了临淄，求见齐湣王。他对齐湣王说：“齐国跟秦国是势不两立的两个大国，谁要是得到人才，谁就能够号令天下。我在路上听说秦国暗中去拉拢孟尝君，打发使臣带了十辆车马，一百斤黄金，用迎接丞相的仪式上薛城去迎接他。真要是孟尝君当上了秦国的丞相去号令天下，临淄、即墨不就危险了吗？”齐湣王真没防到这一招儿，挺着急地说：“该怎么办呢？”冯驩说：“不能再耽误了，趁着秦国的人还没到，赶紧先恢复孟尝君的官职，再加封给他一些土地，孟尝君准得乐意。他做了相国，难道说秦国没得到大王的认可，就可以随便接走人家的大臣吗？”

齐湣王答应重新重用孟尝君。可是他嘴里虽是答应了，心里头还有点疑惑。他背地里打发人上边境上去打听秦国的动静。派去的人一到了边界上，就见那边大队的车马已经来了，一问果然是来接孟尝君的。他就连夜赶回临淄，向齐湣王报告。齐湣王连忙吩咐冯驩带了节杖去接孟尝君来做相国，另外又封给他一千户的土地。赶到秦国的使臣到了薛城，孟尝君已经官复原职了。秦国的使臣白跑了一趟。秦昭襄王只怪自己晚了一步。

原来散了的门客一听说孟尝君又当上了相国，争先恐后地都回来了。孟尝君生了大气，他跟冯驩说："哼！他们还有脸来见我？"冯驩说："人情本来就是这样的。倒不如好好地招待他们吧！"孟尝君向冯驩拜了一拜，说："先生的话对。我就收留他们吧。"

孟尝君官复原职以后，秦昭襄王接连打败了韩国和魏国，占领了好几百里土地，就觉得秦国不应该再跟其余的六国并列着。七国的诸侯都称为"王"，怎么能够分别出来呢？秦昭襄王要把"王"改称为"帝"，可是他又不敢单独行动，就在公元前288年（周赧王二十七年，秦昭襄王十九年，齐湣王三十六年），打发使臣上齐国去，请齐湣王也称为"帝"：秦王号令西方，称为"西帝"；齐王号令东方，称为"东帝"。这么一来，秦国和齐国就能平分天下了。齐湣王听了秦国使臣的话，一时拿不定主意，就问孟尝君。孟尝君说："诸侯没有不恨秦国的，大王千万别跟他一块儿干。"

待了一个月，秦国又打发使臣来约会齐国一块儿去打赵国。可巧苏秦的兄弟苏代从燕国到齐国来。齐湣王问他对于改"王"为"帝"和进攻赵国的意见。苏代说："秦国只请大王称帝，原是尊重贵国。不答应吧，得罪了秦国；答应吧，可就得罪了诸侯。我想还不如答应秦国所给的'帝号'，可先别公开称呼。秦王改称了，让他先试试。要是秦国称帝之后，诸侯不反对，大王再称'帝'也不晚。说到去打赵国，实在没有名目。要打还不如去打邻近的宋国。宋王无道，宋国的人都管他叫'暴君'。大王要打宋国，一来有征伐暴君的名目，二来有扩展土地的好处。这是一举两得的事情。"齐湣王挺赞成苏代的话，就接受了帝号，可是不公开用，准备去打宋国的暴君。后来"东帝""西帝"的称号用了两个月，就都取消了，仍然恢复了"秦王""齐王"的称号。

◆ 相思树 ◆

宋国自从大夫向戌倡导“息兵会议”之后，一直没有人注意它，在列国里头简直没有什么地位可说。到了公元前 333 年，就是苏秦当了合纵抗秦的“纵约长”那一年，宋公子偃杀了他哥哥，自立为宋君。他一个劲儿地整顿军队，挑选壮丁，亲自训练兵马，练成了十几万精兵。接着就向东攻打齐国，夺了五座城；向南攻打楚国，占领了二百多里土地；往西攻打魏国，夺了两座城；把滕国也灭了，兼并了滕国的土地。他打发使臣去跟秦国交好，秦国也打发使臣去聘问他。宋君偃就称起王来了。宋王偃不光侵略邻国，还虐待本国的人，简直成了阎王爷了。

有一天，这位阎王爷上城外去闲逛。瞧见好些个年轻的妇女在那儿采桑。宋王偃跟宫女们玩腻了，一见这些服装朴素的乡下妇女，另有一种风韵，就挺喜欢。他叫人在那儿建起了一座高台，叫“青陵台”，专门用来欣赏那些采桑叶的妇女们。他天天瞪着眼睛瞧着，居然给他瞧上了一个特别可爱的女子。在宋王偃看来，这个女子的容貌真把后宫里所有的美女都给压倒了。手底下的人一打听，原来是穷苦文人韩凭（píng）的媳妇儿息氏。宋王就打发一个心腹去劝韩凭把息氏献上来。韩凭哭丧着脸跟息氏商量，问她愿意不愿意去陪伴宋王，享受荣华富贵。息氏低着脑袋不言语，待了一会儿，嘴里念着一首诗：

南边山上有只鸟儿，
北边山上张着罗网；
鸟儿向天空飞去，
不上猎人的当。

韩凭知道媳妇儿不愿意去陪伴君王，就打算两口子躲到别的地方去。宋王偃早就派人暗中盯着他们，还预备把韩凭弄死。他们就是长了翅膀，也飞不出这个罗网了。小两口儿对哭着，正在对天祷告情愿同生同死的当儿，宋王偃的手下人已经到了。他们一见这些人，就不顾死活地紧紧地抱着。士兵们把息氏从她丈夫的怀里抢过去，弄上了车。韩凭眼瞧着媳妇儿给人家抢去，自己又没有力量去对付他们，就自杀了。宋王偃召息氏上了青陵台，对她说："我是君王，叫谁富贵，谁就能富贵；叫谁死，谁就得死。如今你丈夫已经死了，你还惦记着谁呢？只要你从了我，我把你立为王后。"息氏不开口，作了一首诗回答他：

家雀儿不是凤凰，
小女子配不上君王；
我愿跟着丈夫到地下，
不愿和你到天上！

宋王偃嬉皮笑脸地说："你已经到了这儿，不从也得从。到天上，到地下，全没有你的份。我上哪儿你也得上哪儿。"说着，过去就抱。息氏连忙把他推开，挺正经地说："大王真要是叫我伺候您，也得答应我跟我那死去的丈夫先办个交代，让我洗个澡，换上一身衣裳，向他的灵行个礼，然后才能够一心一意地陪伴大王。"宋王偃就叫随身的宫女们去预备澡盆和衣裳。息氏挺从容地洗了澡，换了衣裳，还说要写一篇祭文带在身边，宋王偃只好静静地等着。息氏拜了几拜，往前一扑，从青陵台上一直扑到地上去了！宋王偃急忙去拉她的裙子，只拉住了一条飘带，美人儿可早就摔在地上，断了气了。宋王偃拿着那根飘带，直发愣。赶到他清醒过来，就见飘带上还写着祭文。细细一瞧，原来不是祭文，是一封信。上头写着说："请把我的尸首和韩凭的埋在一个坟里。我们在地下必定感激大王的恩德。”宋王偃又是气又是恨，故意叫人在大道两边刨两个坟，把他们分开埋了。

韩凭的街坊有个上了年纪的农民，他瞧见韩凭夫妇死得这么可怜，连尸首都不能合穴，非常替他们难过。他就偷偷地半夜里在坟头上种了两棵树，作为纪念。那两棵树长得挺快，没有多少日子，两棵树的枝子就互相交错着连在一块儿。附近的老百姓都说“这是韩凭两口子的化身”，就管那两棵树叫“相思树”。

古籍链接

一日，游封父之墟，遇见采桑妇甚美，筑青陵之台以望之，访其家，乃舍人韩凭之妻息氏也。王使人喻凭以意，使献其妻。凭与妻言之，问其愿否，息氏作诗以对曰：“南山有鸟，北山张罗，鸟自高飞，罗当奈何？”宋王慕息氏不已，使人即其家夺之，韩凭见息氏升车而去，心中不忍，遂自杀。宋王召息氏共登青陵台，谓之曰：“我宋王也，能富贵人，亦能生杀人，况汝夫已死，汝何所归？若从寡人，当立为王后。”息氏复作诗以对曰：“鸟有雌雄，不逐凤凰；妾是庶人，不乐宋王。”

宋王曰：“卿今已至此，虽欲不从寡人，不可得也！”息氏曰：“容妾沐浴更衣，拜辞故夫之魂，然后侍大王巾栉耳。”宋王许之。息氏沐浴更衣讫，望空再拜，遂从台上自投于地。宋王急使人揽其衣，不及，视之，气已绝矣，简其身畔，于裙带得书一幅，书云：“死后，乞赐遗骨与韩凭合葬一冢，黄泉感德！”

宋王大怒，故为二冢，隔绝埋之，使其东西相望，而不相亲。埋后三日，宋王还国。忽一夜，有文梓木生于二冢之傍，旬日间木长三丈许，其枝自相附结成连理。有鸳鸯一对飞集于枝上，交颈悲鸣。里人哀之曰：“此韩凭夫妇之魂所化也！”遂名其树曰“相思树”。髯仙有诗叹云：相思树上两鸳鸯，千古情魂事可伤！

——《东周列国志 · 第九十四回》

·十大罪状·

宋王偃自从活活地逼死了民间的恩爱夫妻之后，不但没醒悟，反倒更加凶暴胡闹。他自以为天下的英雄没有人能比得过他，也想建立起霸业来了。

为了要显示大英雄的威严，宋王偃想出了几种玩意儿。第一，在他临朝的时候，大臣们必须一齐大喊三声“万岁”。堂上一呼，堂下接应，门外的卫兵也使足劲儿喊着，这种喊叫，不光宋王偃听了非常神气，别人也觉得挺威风的。这叫“齐呼万岁”。第二，他拿皮口袋盛着牛血，挂在一根挺高的竹竿上，作为靶子。他在底下拿弓箭往上射。皮口袋射破了，牛血就像下雨似的落下来。这种肮里肮脏的玩意儿有什么好玩儿的呢？宋王偃可有他的道理。他把挂在竿上的皮口袋当作“天”。“天”都让他射得鲜血淋漓，他还不就是威武无敌的英雄了吗？这叫“射天得胜”。第三，他老叫大臣们喝酒，一喝就喝个通宵，没有一个不喝得东倒西歪，醉嘛咕咚的。他可是越喝越有精神，一壶、两壶、十壶的，从来没喝醉过。大臣们都称赞他是“海量”。不过他的“海量”只有给他斟酒的手下人知道。

这位“洪量如海”“射天得胜”，叫人“齐呼万岁”的宋王偃，这么荒淫无道下去，当然失了民心。大臣里头也有劝告他的，也有责备他的。他觉得腻烦透了，就在座位旁边搁着弓箭，谁要跟他来叨唠，他就射谁。有一回，一天工夫，他就射死了三个大臣。打这儿以后，再没有人敢张嘴了。大伙儿背地里都管他叫“暴君”。

列国的诸侯，因为他侵略边疆，也都恨上了他。他们曾经请齐国去征伐他。这回齐滑王听了苏代“一举两得”的话，就打发人去约会楚国跟魏国一块儿去征伐宋国。

公元前286年（周赧王二十九年），齐、楚、魏三国的兵马到了宋国。宋国的老百姓恨不能把这位暴君去了，也不准备抵御。齐国、楚国、魏国三国的将军在一块儿商量着。魏国的大将说：“宋王荒淫无道，人人痛恨。咱们三个国家都受过他的欺负，还让他占了不少地方。我想咱们不妨把宋王的罪状宣布出去，通知宋国的人，他们也许会来投降的。”齐国和楚国的将军都赞成这么办。当时他们写了一个榜文，宣布宋王的十大罪状。那十大罪状是：

一、谋害哥哥，篡夺王位；

二、欺负弱小，吞灭小国；

三、专凭武力，侵犯大国；

四、对天射箭，得罪上帝；

五、通宵饮酒，不理国事；

六、抢夺妇女，荒淫无耻；

七、射死大臣，不听忠告；

八、自称为王，妄自尊大；

九、勾结强秦，藐视邻国；

十、虐待人民，全无君道。

榜文所到的地方，老百姓全都骚动起来。三国的兵马到哪儿，哪儿的人都来欢迎。这一来，三国的军队简直没费多大力气，就到了睢阳。

齐滑王唯恐打不下睢阳，就亲自率领着三万大军前去助战。宋国人一个个吓破了胆，人人都很害怕。宋王偃知道大势已去，独自逃出了睢阳。齐国的将士追上去，把他杀了。齐、楚、魏三国分了宋国的土地。

齐滑王当然得到了宋国大部分的土地，他可还不满意。他说：“这回灭宋国，全是齐国的力量，楚国跟魏国怎么能坐享其成呢？”他就出乎人家意料地向楚军、魏军进攻，还把他们打败，从他们那里抢过来好几百里的地界。这一来，楚国和魏国恨透了齐国，就全毁了盟约，归附秦国去了。

齐湣王并吞了宋国大部分的土地，越发骄横起来。他对大臣们说："早晚我把周朝的天下灭了，把九座宝鼎搬到临淄来，就能当天王了，谁还敢反对我呢？"孟尝君说："宋王偃因为狂妄自大，得罪了列国，大王才把他灭了。请大王别学他的样儿。天王虽说失了势力，终究还是列国诸侯共同的主人。列国虽说彼此攻打，可从来没有一个敢去侵犯天王的。为什么呢？还不是怕他的名义吗？上次大王不用'帝号'，天下的诸侯哪个不称赞大王。如今大王怎么想要去攻打天王呢？"齐湣王说："为什么不能？成汤攻打桀王，武王攻打纣王，我为什么就不能当成汤跟武王呢？可惜你不是伊尹、太公罢了！"君臣俩就这么闹了别扭。齐湣王又把孟尝君的相印收回去。孟尝君怕再得罪他，就带着门客逃到大梁，投奔了魏公子无忌。

齐湣王自从孟尝君走了以后，更加骄横了，天天想去进攻成周，自己好当天王。这一来，列国诸侯都对他不满意起来。北边的燕国，就趁着这个机会，前来报仇。

·黄金台·

燕国在公元前 314 年因为相国篡位，起了内乱。齐滑王趁火打劫，借着平定燕国内乱的名义，派大将匡章把它灭了。后来燕国人发起了一个复国运动，找到了从前的太子，公推他为国君，就是燕昭王。各地原来投降了齐国的将士们也都反对齐国，把齐国人轰出去，归顺了燕昭王。匡章没法镇压，只好退回齐国去。燕昭王回到了都城，修理宗庙，整顿政治，立志要向齐国报仇。

燕昭王对相国郭隗说："我成天成宵地想到燕国的耻辱，有谁替国家出力报仇呢？要是有人能这样做，我情愿去伺候他。这事请相国替我打算打算，怎么样才能搜罗天下人才。"郭隗先替自己打算，他回答说："从前有位国君，他拿出一千两金子，打发人去买千里马。那个人跑了好些地方，连一匹也没买着。后来他在半道上瞧见好些人围着一匹死了的马在那儿直叹息。他问他们为什么这么丧气。他们说，'这是一匹千里马，如今死了，怎么不可惜呢？'他听了这话，就拿出五百两金子，把那匹死马的骨头买了回去。国君骂他，说，'你这个傻瓜！死马的骨头可有什么用呢？也值得花这么些金子？'他说，'这是千里马的骨头哇！当时我就听见大伙儿说，死的千里马还这么值钱，别说活的了。为这个，我相信往后准能有人把千里马献上来的'。果然，不到一年工夫，那位国君就得到了三匹千里马。从这件事看来，大王要搜罗天下人才，请先把我当作死马，这样一来，活的千里马准能献上来的。”

燕昭王还真给郭隗起造了一所挺精美的房子，自己就像徒弟似的伺候他，听他的教导。又在易山（在今河北易县一带）旁边盖了一座高台，里头堆着黄金，作为招待客人的费用和礼物。这座台就叫“黄金台”。这么一来，燕昭王招待客人的真心实意可就传遍了天下。好些有才干的人从各地跑到燕国去。比方说，从赵国去的有剧辛；从洛阳去的有苏代；从齐国去的有邹衍；从卫国去的有屈庸；从魏国去的有乐毅。真是人才济济！燕昭王都拜他们为客卿。其中最受燕昭王重用的要数乐毅。

乐毅是赵国人，就是当初魏文侯所重用的那个治理中山的乐羊的后代。后来中山给赵武灵王并吞了，乐羊的子孙做了赵国人。在赵主父遇上内乱的时候，乐毅跑到大梁，就在魏国当了大夫。有一回，乐毅做了魏国的使臣上燕国去，燕昭王挺恭敬地招待着，把他当作知心朋友，挺直率地把燕国的委屈跟他说了，一心打算向齐国报仇，希望乐毅帮他完成这个志愿。乐毅知道这是国家的机密，不能随便跟人家谈的。燕昭王把心事全告诉了乐毅，乐毅把他当作知己，就留在燕国。燕昭王请他训练兵马。

这回燕昭王听说齐湣王轰走了孟尝君，虐待百姓，还想去进攻天王。他就对乐毅说：“燕国受了齐国的欺负，到如今已经二十八年了。请先生想想，二十八年了呀！天天太阳一出来，我就带着满肚子的冤仇起来；太阳落了，我的冤仇可不能下去。我天天想替先王报仇，可就是不敢轻举妄动。如今齐王无道，国里失了民心，国外又跟诸侯结下了冤仇，这正是老天爷要灭齐国的时候了。我打算发动全国的军队去跟齐国以死相拼，先生您看怎么样？”乐毅回答说：“齐国地大人多，很有点实力，咱们单个儿去攻打，怕办不到。大王要去征伐齐国，必须联络别的国家。列国之中跟咱们紧挨着的是赵国。大王要跟赵国一联合，韩国准会加入。孟尝君在魏国也正恨着齐国，他也许会请魏王帮助咱们。这样，燕国联合了赵、韩、魏，四国一块儿去征伐齐国，准能把齐国打败。”

燕昭王就请乐毅上赵国去接头。赵平原君替他在赵惠文王跟前说了一遍，赵惠文王答应了。可巧秦国的使者也在那儿，乐毅就跟他说起去打齐国的好处。秦国的使者回去报告了秦昭襄王。秦昭襄王正怕齐国太强大，这会儿也愿意帮帮燕国。同时，燕昭王请剧辛去见魏昭王。剧辛先跟魏公子无忌接头，公子无忌果然也赞成发兵，还帮他去约会韩国。这么一来，燕国联络了赵、魏、韩、秦四个国家一同去攻打齐国，军事方面就有了挺大的把握。

古籍链接

昭王仍归燕都，修理宗庙，志复齐仇，乃卑身厚币，欲以招来贤士，谓相国郭隗曰："先王之耻，孤早夜在心，若得贤士，可与共图齐事者，孤愿以身事之，惟先生为孤择其人。"郭隗曰："古之人君，有以千金使涓人求千里之马，途遇死马，旁人皆环而叹息，涓人问其故，答曰：'此马生时，日行千里，今死，是以惜之。'涓人乃以五百金买其骨，囊负而归。君大怒曰：'此死骨何用，而废弃吾多金耶？'涓人答曰：'所以费五百金者，为千里马之骨故也。此奇事，人将竞传，必曰：'死马且得重价，况活马乎？马今至矣。'不期年，得千里之马三匹。今王欲致天下贤士，请以隗为马骨，况贤于隗者，谁不求价而至哉？"

于是昭王特为郭隗筑宫，执弟子之礼，北面听教，亲供饮食，极其恭敬。复于易水之旁，筑起高台，积黄金于台上，以奉四方贤士，名曰招贤台，亦曰黄金台。于是燕王好士，传布远近，剧辛自赵往，苏代自周往，邹衍自齐往，屈景自卫往，昭王悉拜为客卿，与谋国事。

——《东周列国志·第九十一回》

·大王的架子·

公元前284年（周赧王三十一年），燕国的大将乐毅、秦国的大将白起、赵国的大将廉颇、韩国的大将暴鸢（yuān）、魏国的大将晋鄙，各人带着本国的兵马，按照约定的日子会合到一起。燕国的乐毅当了上将军，统率着五国的兵马，浩浩荡荡地向齐国进攻。

齐湣王一听说五国的军队一起来打齐国，就亲自带着大队人马，赶到济水的西边去迎敌。上将军乐毅老跑在赵、韩、魏、秦各国兵马的头里，到最接近敌人的地方去指挥作战。四国的将士一见，个个拼命往前打，把齐国的军队打得死的死、伤的伤，剩下的只能往后退。齐湣王大败，跑回临淄，打发人连夜上楚国去求救兵，愿意把淮北一带的土地送给楚王，作为谢礼。

赵、韩、魏、秦这四国的将士打了几个胜仗，各自占领了齐国的几座城，就心满意足地驻扎下来，不愿意再接着往下打了。乐毅认为夺下来的城由他们几国守住，也挺好。他自己则带着本国的军队接连着往下打。沿路宣扬燕国军队的纪律，安抚齐国的人民，挺顺利地一直打到齐国的都城临淄。

齐湣王急得没有办法，只好带着几十个亲信的文武大臣，偷偷地从北门逃出去，跑到卫国去了。卫国原本是个小国，这时候，只剩了濮阳（在今河南清丰一带）一块地盘了，哪敢得罪大国的君王呢？卫君挺恭敬地好像臣下伺候君王一样地招待着齐湣王。齐湣王为了要摆出大王的架子，鼓着肚子往朝堂上一坐。他见了那个跪在他下边的卫君，连理也不理。这种神气简直让卫国的大臣们气炸了肺。他们虽说是小国的臣下，可是打打落水狗的胆量还是有的。当天晚上齐湣王的行李就给人拿走了。第二天，他肚子饿了也没有人去理他。他知道情形不对，再待下去非得受到卫国的暗算不可，就没精打采地带着大臣夷维、太子法章等几个人，慌里慌张地跑了。其余的人他也顾不得了。

他们跑到鲁国的郊外，鲁君派人去迎接，首先碰上了夷维。夷维是个老牌走狗。他懂得怎么样对傲慢的主人摇头摆尾，怎么样对谦虚的底下人汪汪乱叫。他叫鲁君像招待天王一样地来招待齐王，鲁国的君王一听，觉得又可笑，又可气，干脆把城门一关，让他们爱怎么着就怎么着。齐湣王没法，只好跑到别处去了。可是谁也不敢迎接这位爱摆臭架子的“天王”。这一下，他可急得走投无路了。夷维说：“听说莒城还没丢，不如先上那边去吧！”他们就到了莒城，在那儿招兵买马，准备把守这座城。

乐毅把临淄打下来了，就把齐国的库房和当初齐国从燕国抢去的财宝，都弄到燕国去。燕昭王亲自跑到济水来慰劳将士，把昌国城（在今山东淄博）封给乐毅，称他为昌国君。又叫他再去攻打齐国其余的地方，自己先回去了。

乐毅出兵也就半年工夫，接连打下了齐国八十多座城，光剩下莒城和即墨这两处还顽强地抵抗着。乐毅一想：“单靠着武力，收服不了齐国的民心。民心不服，就算把齐国全打下来，也守不住。好在齐国只剩了两座城了，也不能再成什么大事，不如拿恩德去打动齐国人，叫他们自己来投降。”他就做出几件讨好齐国人的事情来。他废除当初齐王所定的苛刻的法令；减轻人民的捐税；尊重他们的风俗习惯；保存他们固有的文化；优待地方上的名流；给齐桓公修建庙宇，还郑重其事地祭祀他。齐国的大小官员们一见燕国人这么对待他们，果然挺感激。尤其是祭祀齐桓公这件大事更叫他们受到挺大的感动。你瞧咱们虽说亡了国，可是敌人倒先向咱们的先君磕头下跪，这多么体面哪！只有莒城和即墨还顽强地守着，一心一意地等着楚国的救兵。

楚顷襄王见齐国的使者来求救兵，还把淮北的土地送给他作为谢礼，他就派大将淖齿带着二十万大军先去接收淮北，对他说："只要对楚国有利，你只管瞧着办。"

淖齿到了莒城，齐滑王高兴得好像得到了一位救命恩人似的，立刻拜他为相国，请他主持抵抗敌人的大事。齐滑王到了这步田地，还不改变他那种独断专行的做法，还不愿意听一听别人的意见，还不愿意使用齐国人自己的力量，还痴心妄想地等着别国的军队替他打胜仗。淖齿一见燕国军队那么强盛，反倒暗中打发心腹去见乐毅，说："大将淖齿愿意帮着贵国把齐国灭了。事成之后，请贵国让他做齐王。"乐毅答应了。

淖齿跟乐毅接头之后，就在离莒城几里地的鼓里那儿操练兵马，请齐滑王去检阅。齐滑王得意扬扬地带着夷维到了鼓里。只见楚军士气旺盛，配备整齐，不由得又摆起大王的架子来了。正在他得意的当儿，淖齿叫人把他绑起来，宣布他的罪状。齐滑王低着脑袋，一声不言语。夷维抱着他哭了一顿。那位救命恩人可就变成了阎王爷，先把夷维杀了，然后把齐滑王抽了筋，活活地吊在房梁上，待了三天，他才断了气。

· 右袒 ·

淖齿把齐湣王和夷维弄死之后，回到莒城，才想起还得去杀齐太子法章。谁知道法章早就跑了。淖齿把大军驻扎在城外，自己住在齐湣王临时的王宫里，喝着酒，眉开眼笑地当上“齐王”了。他正在得意忘形的时候，有个十几岁的小孩子叫王孙贾的，带着四百多个壮丁，杀到宫里来了。

王孙贾是齐湣王的手下人。他十二岁的时候，死了父亲。齐湣王见他可怜，又喜欢他那机灵劲儿，便把他留在身边，当个“小大夫”。齐湣王逃难的时候，他跟着那几十个文武大臣在一块儿。后来齐湣王和夷维、法章偷偷地从卫国逃出来，王孙贾可就失散了。他只好独个儿逃跑，吃尽苦头，回到家里。

他妈一见他，就问：“君王哪儿去了？”他说：“我们在卫国失散了，如今下落不明。”他妈咬着牙骂他，说：“你做臣下的半夜里跟着君王一块儿逃出去，如今君王不知下落，你独个儿回来。天下哪有像你这种做臣下的，亏你还有脸来见我！”王孙贾红着脸，辞别了母亲，又去寻找齐王。

好不容易给他打听着了齐王的下落，等他跑到莒城，淖齿已经把齐王弄死了。他得到这个信儿大哭起来，就用左手把衣裳的右边撕下了一块，露出右边的肩膀来（文言就叫“右袒”），在莒城街上嚷嚷着说：“淖齿当了齐国的相国，把君王杀了，这种不顾忠义、没有廉耻的人就应该治罪！齐王虽说有过错，齐国到底是咱们的国家，哪能让这种狼心狗肺的外人骑在咱们的脖子上呢？难道齐国没有人了吗？怎么全不起来呀？谁愿意跟我一块儿去杀那乱臣贼子的，请右袒！大家去吧！”街上的人全聚拢来，乱哄哄地嚷嚷着说：“这么个小孩子都知道忠义，难道咱们还不如他吗？大伙儿去吧！”一会儿就有四百多个年轻小伙子都露着右肩膀，拿着刀、叉、锄头、棍子什么的，跟着王孙贾拥到宫里去，后头还跟着一大队人大声嚷嚷着：“右袒！右袒！”

楚军虽说有二十万，可是全都驻扎在城外，宫里只有几十个卫兵。冷不防见这些人拥了进来，摸不清是怎么回事，大伙儿慌了。这一群老百姓不顾死活地抢过卫兵的家伙，杀到宫里去，七手八脚地就把淖齿逮住。你一下、我一下地把他剁成了肉泥烂酱。群众的队伍越来越大。他们杀散了城里的楚国士兵，马上守着莒城。城外的楚国军队一听说大将给人家杀了，有一部分人投降了燕国，其余全回去了。

这件惊天动地的群众杀敌的事情一下子传遍了齐国。同时，齐国的一个老头儿王蠋（zhú）自杀的事件也轰动起来了。齐湣王当初有两个老大臣，一个是太傅王蠋，一个是太史敫（jiǎo）。他们都劝过齐湣王别太凶暴。为这个，差点儿给齐湣王杀了。他们就告了病假，扔了官职，隐居起来。后来乐毅打到昼邑（在今山东临淄西北）地方，听说太傅王蠋的老家就在那儿。乐毅打算借重“德高望重”的王蠋当个幌子去收服齐国的民心。他打发人带了一份挺厚的礼物去请王蠋，对他说：“上将军请太傅出来，这对齐国、对太傅都有好处！要不然大军可就要打到城里来了。”王蠋挺坚决地说：“君王不听忠告，我已经辞官不干了。如今君王死了，国也亡了，你们还要逼着我投降吗？我出来替你们做事，怎么对得起全国的人呢？不忠不义地多活几年，还不如清清白白地早点儿死！”说着，就自杀了。

落难公子

这一老一少两个人的行动激励了齐国人。逃散了的那些大臣也前前后后跑到莒城来了。王孙贾做了领袖，可是齐国还没有君王。这怎么行呢？他们想尽法子，到处去找那个失了踪的太子法章。

法章本来跟齐王在一块儿。他一听说父亲被杀的信儿，就打扮成一个穷苦的老百姓跑了。淖齿派了好些个士兵各处去逮他。当天晚上淖齿又派人打着灯笼各处搜查，逼得法章没处藏、没处躲。末了，他摸着黑爬进一个花园，在假山的石头洞里躲了一夜。第二天早晨，他瞧见一个年老的使唤人来打扫花园，就跪在他跟前，说："老大爷，您行个好吧。我是逃难的老百姓，叫王立，父母在兵荒马乱之中都死了。如今我没处投奔。求您老人家行个好，跟东家说一声，让我在这儿当个奴仆，我绝忘不了您的大恩。"那个年老的使唤人是太史敫家里的老管家，瞧见这位眉清目秀的难民，怪可怜的，就在太史敫跟前替王立说了几句好话。太史敫也不在乎多一个奴仆，挺痛快地答应了。王立就这么在太史府里做些个浇花、扫地的零散活儿。虽说累一点，倒挺清净，还保全了性命。他就安心地住下去了。

有一天，太史敫的女儿来逛花园，一见这个新来的底下人，就挺留心。他的面貌长得这么端庄可爱，举止行动又这么大方、文雅。她想："这么样儿的一个年轻的人怎么会上这儿来当奴仆呢？别是个'落难公子'吧？"她越瞧越想，越想越起疑，就叫丫头过去问他的来历。太子怕再遇到祸患，说什么也不露出自己的底细来。太史敫的女儿挺有点见识，她越是问不出王立的来历，越猜疑他是个落难的阔公子。打这儿起，她时常打发丫头背地里去帮助他。有时候送他几件衣裳，有时候给他送点吃的。王立挺感激她。

日子长了，彼此有了说话的机会，一来二去地越来越熟，就你爱我怜地私自订了终身。太子法章不好意思再瞒着她，就兜根实底地把自己的身世倒了出来。她一知道王立原来就是太子法章，更愿意把自己的心全给了他。

王立在太史敫的家里早就听说聚在莒城的大臣们派人正在各处找太子，可是他还不大放心，不敢轻易出去。过了几个月，他们还在到处打听太子的下落。他这才知道他们是真心实意地找他，就对太史敫说明白了。太史敫慌了，立刻报告了王孙贾。莒城的大臣们连忙派来车马，用挺隆重的仪式来迎接他，立他为齐王。齐国有了君王，大伙儿就有了发挥忠义的对象。这一来，莒城变成了恢复齐国的大本营。他们通知即墨的将士，叫他们守住城，彼此通消息，共同抵抗燕国的军队。

乐毅围困着莒城和即墨整整三年，压根儿就没法打下来。他既然采用王道，就下令退兵，大军扎在离城十来里的地方。又下了一道命令，说："城里的老百姓出来打柴，就让他们随便来往，不准留难。瞧见挨饿的，给他们吃；瞧见受冻的，给他们穿。"要是燕国的君臣能够相信乐毅到底，实行收服人心的办法，那么莒城和即墨的抵抗也许长久不了。可是有人从中破坏，辜负了乐毅的一番苦心。

· 有始有终 ·

燕昭王始终认为乐毅是知己，乐毅也真心实意地去报答他。可是燕国的大夫骑劫，仗着自己有点武艺，又懂得点兵法，早想拿到兵权。就因为在他上面还有乐毅，他不能顶上去。

骑劫和燕太子乐资一向亲密，就对他说："齐王已经死了，齐国就剩了莒城跟即墨两处，其余的地界全在燕国军队的手里。乐毅能在半年之内打下了七十多座城，为什么费了好几年工夫还打不下这两座城来呢？这里头准有鬼。"太子点了点头，没言语。骑劫接着又说："他要是诚心打下这两座城，早就可以打下来了。听说他怕齐国人心不服，因此想拿恩德去感化他们。等到齐国人真正归附了他，他不就当上齐王了吗？他再要回燕国来当臣下才怪呢！"太子乐资把这话告诉了燕昭王。燕昭王一听，蹦了起来，怒气冲冲地打了太子二十板子，骂他是个忘恩负义的畜生。他说："先王的仇是谁给咱们报的？昌国君的功劳简直没法说。咱们把他当作恩人还怕不够尊敬，你们还要给他说坏话？就是他真做了齐王，也是应该的呀！"

燕昭王责打太子之后，打发使者拿了节杖上临淄去见乐毅，立他为齐王。乐毅非常感激燕昭王的心意，可是他对天起誓，情愿死，也不愿接受这封王的命令。使者回报燕昭王。燕昭王感动得直流眼泪。

可是太子乐资因为乐毅挨了二十板子。这件事，虽说他不愿意计较，可也没法忘了。公元前 279 年（周赧王三十六年，燕昭王三十三年，齐襄王五年，楚顷襄王二十年，赵惠文王二十年，秦昭襄王二十八年），燕昭王死了。太子乐资即位，就是燕惠王。俗话说，“一朝天子一朝臣”，燕惠王信任骑劫正像燕昭王信任乐毅一样。他还算顾全大局，没把乐毅当作仇人。可是燕国人已经上了齐国人的当，听信他们散布的谣言，三三两两地传着说：“乐毅本来早就当了齐王了，为了不愿辜负先王，就没敢做王。如今新王即位，乐毅可就要做齐王了。要是新王另外派个将军来，莒城跟即墨准得完了！”

燕惠王听信了这种流言，就把乐毅调回来，派骑劫为大将去接替乐毅。

乐毅倒是比伍子胥更有见识，他相信“善始者不必善终”，再说他和燕昭王的交情可以说已经是有始有终的了。要是他回到燕国，万一给新王杀了，丧了一条命倒不算什么，只是太对不起燕昭王了。末了他说：“我原本是赵国人，还是回老家去吧。”他就逃到赵国。赵惠文王封他为望诸君。

骑劫当了大将，接收了乐毅的军队。他有他的一套。他把乐毅的命令全改了。燕军都有点不服气，可是大伙儿敢怒而不敢言。骑劫到了大营，休息了三天，就去围攻即墨，围了好几层，可是城里早就有了准备。守城的将军田单，把决战的步骤已经很周密地布置好了。

◆火牛阵◆

田单是齐国田氏远房的贵族。齐湣王在世的时候，他在临淄是个无声无息的小官。赶到燕军打到临淄的时候，城里的人纷纷往外逃难。他也随着本族的人坐着车逃到安平（在今山东临淄东）。这回逃难给了他一个新的想头。他觉得车轴在车轱辘外面伸出一个头来，不光太占地方，还容易损坏。他就把本族的车全改了，把车轱辘外头伸出的那截轴头锯短了，再拿铁皮把车轴包上。这种小小的改革正跟赵武灵王把长袖子改为短袖子一样，只是为了方便罢了。可是也有人讥笑他，说："把车轴头锯得那么短，还像个什么样儿呢？"日子不多，燕军攻破了安平，安平人争先恐后地乱跑，路上车辆拥挤得像打转的牛阵。车轴头伸在外面老碰着别的车辆，有的车动不了了，有的刹不住车，车轴折了翻了车。那些讥笑过田单的人有不少给燕军俘虏去了。田单这族人因为有了这小小的一点改革，居然脱险逃到即墨。为这个，田单出了名。

接着，燕国军队来打即墨。即墨大夫出去迎敌，打了败仗，受了重伤，没多大会儿死了。城里没有人主持，军队没有人带领，差点儿乱起来。大伙儿就公推田单为将军，这才有个带头的人。田单亲自操练，跟士兵们同甘共苦，又把本族人和自己的妻子也都编在队伍里。即墨的人见他有这种忘我的精神，特别佩服他。

田单知道乐毅的本领，不敢出去跟他开仗，老是挺严实地把守着城。等到燕惠王一即位，田单就钻了空子，暗中派人上燕国到处散布谣言。燕惠王果然派骑劫去打即墨。田单头一步“挑拨是非，离间君臣”的计策办到了。他又利用迷信，向士兵们报告，说：“老天爷在梦里跟我说了，齐国还能够强起来，燕国准得败落；再过几天，老天爷一定打发个军师来，敌人就快打败仗了。”

田单在军队里挑了一个挺机灵的小兵让他装作“老天爷的军师”，给他穿上特别的衣裳，叫他朝南坐着。以后田单每逢下令，都先去禀告“军师”，这个命令就格外受到尊敬。他对城里的老百姓说：“军师嘱咐说，‘在吃早饭跟吃晚饭的时候，先得祭祖宗，祖宗的神灵就来帮助咱们’。祭祖挺简便，只要在房檐上搁上一点点儿吃食就行。”城外燕国人听说城里来了一位老天爷的军师，已经有点害怕了，后来又瞧见好些鸟儿天天早晚两趟飞到城里去，就更加害怕起来了。彼此传说着：“老天爷帮助齐国，咱们可有什么办法呢？”

田单还叫几个心腹到城外去谈论。他们说：“从前昌国君太好了，抓了俘虏还好好地待他们，城里的人当然不怕了。要是燕国人把俘虏的鼻子削去，齐国人还敢打仗吗？”有的说：“我们祖宗的坟都在城外，燕国军队要真刨起坟来，可怎么办呢？”这种仨一群儿、俩一伙儿的谈论传到了骑劫的兵营里。骑劫听见了这些话，就真把齐国俘虏的鼻子都削去，又叫士兵把齐国城外的坟都刨了，把死人的骨头拿火烧了。即墨的人听说燕国军队这样虐待俘虏，全愤恨起来。后来他们在城头上瞧见燕国的士兵刨他们的祖坟，就都哭了，咬牙切齿地痛恨敌人，大伙儿全都一心一意地要替祖宗报仇。

即墨的士兵们和群众都纷纷向田单请求，一定要跟燕国人拼个死活。田单就挑选了五千名先锋队，一千头牛，先训练起来，叫老头儿和妇女们在城头上值班。他又搜集了民间的金子，打发几个人装作即墨城里的富翁，偷偷地给骑劫送去，说：“城里粮食已经完了，不出三天就得投降。贵国军队进城的时候，请求您保全我们的家小。”骑劫欢天喜地地满口答应，还交给他们几十面小旗子，叫他们插在门上，作为记号。骑劫得意扬扬地跟将士们说：“我比乐毅怎么样？”他们说：“强得多了！”这一来，燕军净等着田单来投降，用不着再打仗了。

那些派去的人回来报告了田单以后，田单就把那一千头牛打扮起来。牛身上披着一件褂子，上面画着红红绿绿稀奇古怪的花样；牛犄角上捆着两把尖刀；牛尾巴上系着一捆吃透了油的麻和苇子。这就是预备冲锋的牛队。那五千名敢死队员也都打上五色的花脸，一个个拿着大刀、阔斧跟在牛队后头。到了半夜里，拆了几十处城墙，把牛队赶到城外，牛尾巴上点起火来。牛尾巴一烧着了，它们可就犯了牛性子，一直向着燕国兵营冲过去。五千名敢死队员紧跟着杀上去。城里的老百姓狠命地敲着铜盆、铜壶，也随着跟到城外来呐喊。一刹那，震天动地的喊杀声夹着鼓声、铜器声，打破了黑夜的安静，吓醒了燕国人的好梦。大伙儿手忙脚乱，慌里慌张地找不着家伙了。睡眼蒙眬地一瞧，成千成万的怪物尾巴上烧着火，脑袋上长着刀，已经冲过来了，后头还跟着一大群稀奇古怪的妖精。胆小的吓得腿也软了，走不动。逃命要紧，见了“老天爷的军师”派下来的鬼怪，哪还敢抵抗呢？别说一千对牛犄角上的刀扎伤了多少人，那五千名敢死队员砍死了多少人，就是燕国军队自己连闯带踩地一乱也够受的了。骑劫坐着车，打算杀出一条活路，正可巧碰上了田单。那个自认为比乐毅强得多的大将就给田单像抹臭虫一样地抹死了。

田单整顿了队伍，接着还往下反攻。全国轰动起来。已经投降了燕国的将士一听到田单打了胜仗，燕国的大将已经死了，都准备归顺田单。田单的军队打到哪儿，哪儿的齐国人就打跑敌人，向本国反正。各地民众先后响应，田单的兵力就越来越大。不到几个月工夫，乐毅占领的七十多座城，全都收回来了。将士们和民众因为田单恢复了父母之邦，立了大功，要立他为齐王。田单说：“太子法章住在莒城，我是远族，哪能自立为王呢？”他就从莒城把太子法章接到临淄来。择了个好日子，祭祀太庙，太子法章正式做了国君，就是齐襄王。

齐襄王对田单说：“齐国已经亡了，全靠叔父重新建立起来，这个功劳实在太大了，叫我怎么来报答您呢？叔父早先在安平出了名，就封叔父为安平君吧。”田单当时谢了恩。齐襄王又拜王孙贾为亚卿。一边迎接了太史敫的女儿，立她为王后。

燕惠王自从骑劫打了败仗之后，才想起了乐毅的好处，后悔也来不及了。他写信再去请乐毅来，乐毅回了他一封信，说明他不能回来的难处。燕王闷闷不乐，又怕乐毅在赵国怨恨他，就把他的儿子乐闲封为昌国君。

这一来，乐毅好像做了燕国跟赵国和好的中间人。最后他死在赵国。

赵国跟燕国和好的时候，秦国屡次三番地来侵犯赵国，可都给大将廉颇打回去了。秦昭襄王没法，只好假意跟赵国和好。他想用别的手段来收拾赵国。

古籍链接

单乃使人收取城中牛共千余头，制为绛缯之衣，画以五色龙文，披于牛体，将利刃束于牛角，又将麻苇灌下膏油，束于牛尾，拖后如巨帚，于约降前一日，安排停当。众人皆不解其意。

田单椎牛具酒，候至日落黄昏，召五千壮卒饱食，以五色涂面，各执利器，跟随牛后。使百姓凿城为穴，凡数十处，驱牛从穴中出，用火烧其尾帚。火热渐迫牛尾，牛怒直奔燕营。五千壮卒衔枚随之。燕军信为来日受降入城，方夜皆安寝，忽闻驰骤之声，从梦中惊起，那帚炬千余，光明照耀，如同白日，望之皆龙文五采，突奔前来，角刃所触，无不死伤，军中扰乱。那一伙壮卒，不言不语，大刀阔斧，逢人便砍，虽只五千个人，慌乱之中，恰象几万一般。况且向来听说神师下教，今日神头鬼脸，不知何物。田单又亲率城中人鼓噪而来，老弱妇女，皆击铜器为声，震天动地，一发胆都吓破了，脚都吓软了，那个还敢相持！真个人人逃窜，个个奔忙，自相蹂踏，死者不计其数。骑劫乘车落荒而走，正遇田单，一戟刺死。燕军大败。此周赧王三十六年事也。史官有诗云：

火牛奇计古今无，毕竟机乘骑劫愚。
假使金台不易将，燕齐胜负竟何如？

田单整顿队伍，乘势追逐，战无不克。所过城邑，闻齐兵得胜，燕将已死，尽皆叛燕而归齐，田单兵势日盛，掠地直逼河上，抵齐北界，燕所下七十余城，复归于齐。

——《东周列国志·第九十五回》

·完璧归赵·

公元前 283 年（就是齐国立法章为王的那年），秦昭襄王听说赵王得着了和氏璧，就是当初楚国丢了、害得张仪受了冤枉的那块玉璧。他派使者带了国书去见赵惠文王，说秦王情愿拿出十五座城来换那块玉璧，希望赵王答应。赵惠文王就跟大臣们商量。要想答应秦国，又怕上当；要不答应，又怕秦国打进来。大伙儿计议了半天，还不能决定到底应当怎么办。赵惠文王问谁能够当使者上秦国去办这件事。他瞧了瞧大将廉颇，廉颇低着头不说话。

当时有个宦者令叫缪（miào）贤的，他对赵王说："我有个门客叫蔺（lìn）相如，他是个挺有见识的谋士。我想，叫他上秦国去倒挺合适。"赵惠文王就把蔺相如召上来，问他："秦王拿十五座城来换赵国的玉璧，先生认为是答应好呢还是不答应好？"蔺相如说："秦国强，咱们弱，不能不答应。"赵王接着又说："要是把玉璧送了去，得不着城，怎么办呢？"蔺相如说："秦国拿出十五座城来换一块玉璧，这个价钱算够高的了。赵国要是不答应，错在赵国。要是大王把玉璧送去，秦国不交出城来，那么错在秦国了。我说，宁可叫秦国担这个错儿，咱们可不能不讲道理。"赵惠文王说："先生能上秦国去一趟吗？"蔺相如说："要是没有可派的人，那我就去一趟。秦国交了城，我就把玉璧留在秦国；不然的话，我一定完璧归赵。"赵惠文王当时就拜蔺相如为大夫，派他上秦国去。

蔺相如带着和氏璧到了咸阳。秦昭襄王听说赵国送玉璧来了，挺得意地坐在朝堂上。蔺相如恭恭敬敬地把玉璧献了上去。秦王看完了，挺高兴。他把玉璧递给左右，大伙儿传着看，又交给后宫的美人们瞧了一回，大臣们都给秦王庆贺，一齐欢呼万岁。蔺相如一个人冷冷清清地站在一边等着。等了老大半天，也不见秦王提起那交换城的事。他想："秦王果然不是真心实意地想交换。可是玉璧已经到了他手里，怎么能拿回来呢？"他当时急中生智，上前对秦王说："这块玉璧，看着虽说挺好，可是有点小毛病，别人不容易瞧出来，让我指给大王瞧一瞧。"秦王就叫手下的人把玉璧递给蔺相如。

蔺相如拿着玉璧，往后退了几步，靠着柱子，瞪着眼睛，气哼哼地对秦昭襄王说："大王当初派使者送国书的时候，说是情愿拿出十五座城来换赵国的玉璧。赵国的大臣们都说，'这是秦国骗人的话，千万不能答应'，我可反对说，'老百姓还讲信义，何况大国的君王？我们哪能拿小人的心思去瞎猜君子？'赵王这才斋戒了五天，然后叫我送了来，这是多么郑重的一回事。可是大王太不恭敬了。拿着这块玉璧随随便便地叫左右传着瞧，还送到后宫去给宫女们玩弄，没把它重视得像十五座城一样。从这点看来，我知道大王没有交换的真心实意。为这个，我把这块玉璧拿了回来。大王要是逼我的话，我宁可把我的脑袋跟这块玉璧在这根柱子上一块儿碰碎！"

说话之间，他就拿起玉璧来，对着柱子要摔，秦昭襄王连忙向他赔不是，说："大夫别错会了我的意思。我哪能说了不算呢？"他就叫大臣拿上地图来，指着说："打这儿到那儿，一共十五座城，全给赵国。"蔺相如一想："可别再上了他的当！"他就对秦王说："好吧，不过赵王斋戒了五天，又在朝堂上举行了一个挺郑重的送玉璧的仪式。大王也应当斋戒五天，然后再举行一个接受玉璧的仪式。要这么恭恭敬敬地尽了礼，我才敢把玉璧奉上。"秦王说："就这么办吧。"他只好叫人把蔺相如送到宾馆里去歇息。

蔺相如拿着那块玉璧到了宾馆里。他想："过了五天，仍然得不到那十五座城，可怎么办呢？"他就叫一个手下的人扮作买卖人的样儿，把那块玉璧包着系在身上，偷偷地从小道跑回赵国去了。

过了五天，秦昭襄王召集大臣们和几个在秦国的别国的使者，大伙儿都来参加接受玉璧的仪式。他想借着这个因头来向各国夸耀夸耀。朝堂上坐满了人，非常严肃。忽然传令官喊着说："请赵国的使臣上殿！"蔺相如不慌不忙地走上殿，向着秦王行了礼。秦王见他空着两只手，就对他说："我已经斋戒了五天，这会儿举行接受玉璧的仪式吧。"蔺相如说："秦国自从穆公以来，前后二十多位君主没有一个不重用欺诈的人。孟明视欺骗了晋国，商鞅欺骗了魏国，张仪欺骗了楚国……过去的事一件一件地都在那儿摆着。我也怕受欺骗，对不起赵王，已经把那块玉璧送回赵国去了。请大王治我的罪吧！"

秦王大发雷霆，嚷嚷着说："你说我不恭敬，我就依了你的话斋戒了五天。今天举行仪式，你竟把玉璧送回赵国去了。是你欺骗了我还是我欺骗了你？"他气呼呼地对底下人说："把他绑上！"

蔺相如脸上一点不变颜色地对秦王说："慢着！让我把话说完了。天下诸侯都知道秦是强国，赵是弱国；天下只有强国欺负弱国，绝没有弱国欺负强国的道理。大王真要那块玉璧的话，请先把那十五座城交割给赵国，然后再打发使者跟我一块儿上赵国去取那块玉璧。赵国得到了十五座城之后，绝不能不顾信义，得罪大王的。我的话说完了，请把我杀了吧。好在各国的使者都在这儿。他们都知道是我得罪了大王，不是大王欺负了弱国的使者。"

秦国的大臣们听了这番话，你瞧着我、我瞧着你，大伙儿都不作声。各国的使者都替蔺相如捏着一把汗。两边武士正要去绑他，秦昭襄王喝住他们，说："不许动手！"回头对蔺相如说："我哪儿能欺负先生呢？一块玉璧不过是块玉璧，我们不应该为了这件小事儿，伤了两国的和气。"他挺尊敬地招待了蔺相如，让他回去了。

秦昭襄王本来也不是一定要得到和氏璧的，不过要借着这件事去试探赵国的态度跟力量罢了。蔺相如这回的"完璧归赵"就表示了赵国不能屈服的决心。可是秦昭襄王总忘不了赵国。要是一个小小的赵国都收服不了，怎么还能够并吞六国呢？

渑池会

过了两年，秦国又去侵略赵国，夺了一座城。又过了一年，秦国再去打赵国。可是这都不能算是大规模的开仗。秦昭襄王一想，老这么下去也不是个办法，索性跟赵国和好了吧。公元前279年（赵惠文王二十年，秦昭襄王二十八年），他请赵惠文王上西河外渑池（在今河南渑池；渑：miǎn）地方会面。赵惠文王怕像当初楚怀王似的当了秦国的“肉票”，不敢去。廉颇和蔺相如都认为要是不去反倒叫秦国看不起。赵惠文王就准备硬着头皮去冒一趟险，叫蔺相如跟着他一块儿去，廉颇辅助太子，留在本国。平原君赵胜说：“最好挑选五千精兵作为随从，再把大队兵马驻扎在三十里外的地方，作为接应。”赵惠文王就叫大将李牧带领着五千人，叫平原君带领着几万大军一块儿去。廉颇还觉得不大妥当。他对赵惠文王说：“这回大王上秦国去，是凶是吉谁也不能断定。我想，在道上一去一来，加上两三天的会，至多也不过三十天工夫。要是过了三十天，大王还不回来，能不能仿照楚国的办法，把太子立为国王，好叫秦国死了心，不能要挟大王。”赵惠文王也答应了。

到了约会的日期，秦昭襄王和赵惠文王在渑池相会，挺高兴地一边喝酒，一边闲谈，彼此都觉得相见恨晚。秦昭襄王喝了几盅酒，醉嘛咕咚地对赵惠文王说：“听说赵王挺喜欢音乐，弹得一手好瑟。我这儿有个宝瑟，请赵王弹个曲儿，给大伙儿凑个热闹！”赵惠文王脸红了，可不敢推辞，就弹了个曲儿。秦昭襄王称赞了一番。没想到秦国的御史当场就把这件事记了下来，念着说：“某年某月某日，秦王和赵王在渑池相会，赵王给秦王弹瑟。”赵惠文王气得脸都紫了。赵国还没亡呢！秦王竟把赵王当作臣下看待，叫他弹就弹，还要把这种丢脸的事记在历史上，赵国的体面可丢尽了。可是赵惠文王没有反抗的能耐，只好忍受这件丢脸的事，把眼泪往肚子里咽。

这时候，就见蔺相如拿着一个瓦盆，跪在秦昭襄王跟前，说：“赵王听说秦王挺能演奏秦国的音乐，我这儿有个瓦盆，请秦王赏脸敲敲吧。”秦昭襄王立刻变了颜色，不理他。蔺相如的眼睛射出了正义的光辉，好像母鸡保护着小鸡对抗老鹰似的。他说：“大王太欺负人了！秦国的兵力虽说强大，可是在这儿五步之内，我就可以把我的血溅到大王身上去！”秦王一见他逼得这么紧，不得不屈服，只好拿起筷子来在瓦盆上敲了一下。蔺相如回过头去叫赵国的御史也把这件事记下来，说：“某年某月某日，赵王和秦王在渑池相会，秦王给赵王敲瓦盆。”

秦国的大臣眼瞧着蔺相如伤了秦王的体面，挺不服气，其中有几个大官站起来，说：“请赵王割让十五座城给秦王祝寿！”蔺相如也站起来对着秦王说：“请秦王割让咸阳给赵王祝寿！”这时候，秦昭襄王已经得到了密报，说赵国的大军驻扎在邻近的地方，知道用武力也得不到便宜，就喝住秦国的大臣，又请蔺相如坐下，和颜悦色地说：“今天是两国君王欢聚的日子，诸位不必多言。”说着，他就给赵惠文王敬了一杯酒。赵惠文王也回敬了他一杯。两下里约定谁也不侵犯谁。

秦昭襄王又叫太子安国君的儿子异人，上赵国去做抵押。这样，赵惠文王挺有面子地回到赵国去了。可是秦国的大臣不明白怎么还把王孙送去做抵押呢？秦昭襄王知道赵国目前有人才，有实力，一时不好欺负，索性跟他结为兄弟。要结为兄弟，就得叫人真正相信。他把自己的孙子送去做抵押，就是叫赵国一心一意地跟秦国交好。这么一来，秦国就能够踏踏实实地去打别的国家了。

◆将相和◆

赵惠文王回到本国，正好是三十天工夫。打这儿起，他就更加重用蔺相如，拜他为上卿，地位比大将廉颇还高。这可把廉颇气坏了。他回到家里，满脸通红，气呼呼地对自己的门客说："我是赵国的大将，拼着命替赵国打仗，立了多少功劳！他呢，一个宦官手下的人，仗着一张嘴，有什么了不起的？倒爬到我的上头来了！有朝一日，他要碰在我的手里，哼！就给他个样儿瞧瞧！"早就有人把这话传到蔺相如的耳朵里，蔺相如就装病，不去上朝。就是有公事，也不跟廉颇见面。蔺相如手下的人都说他胆小，三三两两地谈论着，替他不服气。

有一天，蔺相如带着一群随从出去。真是冤家路窄，老远就瞧见廉颇的车马迎面来了。他连忙叫赶车的退到东口，走另一条道儿。赶到他们退到东口，就瞧见廉颇的车马正从那边过来。蔺相如只好叫赶车的再退回西口。万没想到廉颇的车马很快地又把西口堵住了。蔺相如耐着性子，劝告手下的人叫赶车的退到小巷里去躲一躲，让廉颇的车马过去了再出来。这一来，可把门客及底下人都气坏了，他们私下里开了个会，派几个领头的去见蔺相如，对他说："我们远离家乡，投奔在您的门下，还不是为了敬仰您吗？如今您和廉颇是同事，地位又比他高，他骂了您，您反倒怕了他，在朝上不敢跟他见面，半道上碰见他，也这么藏藏躲躲的，叫我们怎么忍受得了！要这么下去，人家还要骑到我们脖子上来呢！我们没有涵养，只好跟您告辞了！”蔺相如拦着他们，说：“诸位看廉将军跟秦王哪个势力大？”他们说：“那当然是秦王的势力大呀！”蔺相如说：“对呀！天下的诸侯，哪个不怕秦王？哪个敢反对他？可是我蔺相如就敢在秦王的朝堂上当面骂他。怎么我见了廉将军反倒会怕了呢？你们替我抱不平，难道我自己就没有火气吗？可是各位要知道，那样强横的秦国为什么不敢来侵犯咱们赵国呢？还不是因为咱们同心协力地抵御敌人吗？要是两只老虎斗起来，准是‘两败俱伤’，秦国听见之后，准得来侵犯赵国。因为这个缘故，我只好厚着脸皮，忍气吞声。你们想想，是国家要紧呢，还是私人要紧？”他们听了这番话，一肚子的气全消了，打这儿就更加佩服蔺相如了。

后来蔺相如的门客碰见了廉颇的门客的时候，都能够体贴主人的心意，总是让他们几分。可是廉颇反倒越来越自高自大了。

这件事情让赵国的一位名士叫虞卿的知道了。他告诉了赵惠文王。赵惠文王就请他去做和事佬。虞卿见了廉颇，先夸奖他的功劳。廉颇听了，挺高兴。虞卿接着说：“要论起功劳来，蔺相如比不上将军；要论起气量来，将军可就比不上他了。”廉颇听了，又犯起他那蛮横的劲头来了，他说：“他有什么气量啊？”虞卿就把蔺相如对门客说的话跟他说了一遍。廉颇当时脸就红了。虞卿说：“秦王独霸天下，列国诸侯全都怕他，可是蔺相如就敢当面骂他，多么勇敢哪！他为了国家，为了共同对付敌人，他好像挺胆小似的躲避将军，这才是真正的勇敢哪！将军把他看作胆小鬼，错了！说他气量不怎么样，更错了！”

廉颇举起拳头来，连连敲着自己的脑袋，低着头说：“我是个粗鲁人。先生要不说，我还蒙在鼓里呢！这么说来，我……我太对不起相国了！”他就露着上身，背着荆条，跑到蔺相如家里，跪在地上，说：“我是个粗人，见识少，气量小。哪儿知道您这么容让我，我实在没有面目来见您。请您只管责打我，就是把我打死了，我也甘心。”蔺相如连忙跪下，说：“咱们两个人一心一意地伺候君王，都是重要的大臣。将军能够体谅我，我已经感激万分了，怎么还来给我赔错儿呢？”廉颇连话也说不出来，只是流着眼泪。蔺相如也哭了。两个人挺亲热地抱着，好久不放。将军跟相国不但就这么和好了，还做了知心朋友。

两只老虎做了好朋友，秦国就真不敢来侵犯。自从渑池会之后，整整十年工夫，秦国和赵国没怎么发生过大的冲突。可是在这些年里头，秦国从别国得到了不少土地。大将军白起打败了楚顷襄王，楚国的郢都就变成了秦国的南郡（公元前 278 年）；大将魏冉打下了黔中，楚国的黔中就变成了秦国的黔中郡（公元前 277 年）；白起围困了大梁，魏国割让了三座城（公元前 275 年）；胡伤打败了魏国的大将芒卯，魏国的南阳就变成了秦国的南阳郡（公元前 273 年）。到了公元前 270 年（周赧王四十五年），秦国又打算发兵去打齐国。正在这当儿，秦昭襄王接到了一封信，落名张禄，说有要紧的话来禀告他。秦昭襄王一时想不起来这张禄是谁。

古籍链接

虞卿往见廉颇，先颂其功，廉颇大喜。虞卿曰：“论功则无如将军矣，论量则还推蔺君。”

廉颇勃然曰：“彼懦夫以口舌取功名，何量之有哉？”

虞卿曰：“蔺君非懦士也，其所见者大。”因述相如对舍人之言，且曰：“将军不欲托身于赵则已，若欲托身于赵，而两大臣一让一争，恐盛名之归，不在将军也。”

廉颇大惭曰：“微先生之言，吾不闻过，吾不及蔺君远矣。”因使虞卿先道意于相如，颇肉袒负荆，自造于蔺氏之门，谢曰：“鄙人志量浅狭，不知相国能宽容至此，死不足赎罪矣。”因长跪庭中。

相如趋出引起曰：“吾二人比肩事主，为社稷臣，将军能见谅已幸甚，何烦谢为。”廉颇曰：“鄙性粗暴，蒙君见容，惭愧无地。”因相持泣下。相如亦泣。

廉颇曰：“从今愿结为生死之交，虽刎颈不变。”颇先下拜，相如答拜。因置酒筵款待，极欢而罢。后世称刎颈之交，正谓此也。

——《东周列国志 · 第九十六回》

◆一领破苇席◆

这张禄究竟是谁呢？他原本是大梁人，原名叫范雎（jū）。虽说挺有才干，可惜没有机会进见魏王，只好投到大夫须贾门下做个门客。当初乐毅联合五国一同攻打齐湣王的时候，魏国也曾经出兵帮助过燕国。后来田单用火牛阵打败了燕军，恢复了齐国，齐襄王法章即位。魏昭王（魏襄王的儿子，魏惠王的孙子）怕他来报仇，就跟相国魏齐商量，打发大夫须贾上齐国去聘问。须贾带着范雎一块儿去。

齐襄王见了魏国的使臣，不由得触景生情，想起以前的仇恨，痛骂魏国反复无常。他说："从前先王跟贵国一同征伐宋国的暴君，彼此帮忙，多么亲密。想不到你们后来会帮助燕国打得我们齐国差点儿亡了国。这个仇我还没忘呢，你们倒还有脸来见我！"须贾迎头就碰钉子，窘得说不出话来。范雎在旁边替他回答说："大王这话可不能这么说。当初魏国、齐国、楚国征伐宋国的时候，齐王约定灭了宋国之后，所有的土地三股平分。可是大伙儿灭了宋国，宋国的土地呢，全叫贵国独吞了。这是贵国失信，不是敝国失信！后来各国诸侯都怕贵国强横起来，才跟着燕国一同出兵。这是五国共同的事，不能单怪敝国。再说敝国知道'适可而止'，才没跟着燕军打到临淄来。这也就是敝国对贵国的交情！如今大王即位，贵国有了这么一位英明的君王，寡君非常高兴，他希望大王能接续齐桓公的事业，好替滑王遮盖遮盖，这才特地打发使臣前来庆贺，两国重新和好。哪儿知道大王只知道责备别人，不想想自己的错处。难道大王不看桓公的样儿，反要学滑王的样儿吗？”齐襄王站起来，拱着手说：“这是我的不是！”回头问须贾，说：“这位先生是谁？”须贾说：“是我的门客，叫范雎。”齐襄王挺器重范雎，真想把他留在齐国。

齐襄王打发人背地里去见范雎，对他说：“我们大王挺钦佩先生，打算请先生做个客卿，请您千万别推辞！”也是范雎一时大意，没想到自己是跟着须贾出使到齐国来的，不该私自跟别国有交往。他就回答说：“我是跟着魏国的使臣一块儿出来的，要是不跟他一块儿回去，不就没有信义了吗？不讲信义，还能算人吗？”齐襄王听了这个回话，更加敬重范雎，就派人给他送去十斤金子，一盘子牛肉，一瓶子好酒。范雎一个劲儿地推辞，非叫他拿回去不可。来人一定要请他收下，还说：“这是寡君的诚意，先生要不收下，叫我怎么回去交代呢？”他苦苦地央告，说什么也不走，闹得范雎实在没有法子，只好把牛肉跟酒留下了，那十斤金子死也不收。来人知道不能再强逼他，叹息着带回去了。

早有人把这件事向须贾报告，须贾不由得疑心范雎私通齐国。他们回到魏国之后，须贾把这事跟相国魏齐说了，魏齐疑心更重，立刻把范雎拿住，带到宾客们面前审问他，说：“你把魏国的机密大事告诉齐王了吧？”范雎说：“我哪敢做这种事！”魏齐说：“那么为什么齐王要留你呢？”范雎说：“他虽说留我，可是我并没答应他！”魏齐大声骂道：“你倒推得干净！我再问你，你不是收了齐国的金子、牛肉跟酒吗？说呀！”范雎说：“他们再三再四地逼着我，我怕得罪齐王，弄坏了我们两国交好的大事，就把牛肉跟酒收下了；金子我可死也没收。”魏齐又喝了一声，说：“你还犟嘴？他无缘无故给你送礼干吗？先打你一百板子再说，看你招不招。”

两边把他摁倒，噼里啪啦地打了一阵，范雎嚷嚷着说：“老天爷在上，我并没做错什么事，叫我招认什么呢？”须贾坐在一旁只是冷笑。魏齐恼羞成怒，吩咐底下人把他打死。起先范雎还直喊冤枉，打到后来，连一点声音也没有了。手下的人报告说：“已经断了气了！”魏齐还不大相信，亲自下来一瞧。就瞧见他浑身没有一处好地方。一根肋骨折了，戳到肉皮外头，两颗门牙也掉了。魏齐指着他骂道：“你这个奸贼，死得正好，也好给别人瞧个样儿。”回头叫手下的人拿领破苇席把他裹起来，扔在厕所里，叫宾客们往他身上撒尿，叫他死后做个邋遢鬼。

天黑下来了，范雎慢慢地缓醒过来。睁眼一瞧，只有个底下人在那儿看着他，范雎叹了口气，就对那个人说：“我活是活不了了。可是我家里还有几两金子，你要是能够让我死在家里，我就把金子全给你。”那个人一听说有金子，就答应了他，说：“你还得跟死人一样地躺着别动弹，我去请求相国把你抬出去。”这时候，魏齐和宾客们已经喝得醉嘛咕咚的了，就见那个看尸首的来回禀，说：“那尸首臭得厉害，不能再搁在厕所里了。”宾客们也都劝解魏齐，说：“范雎虽说有罪，相国已经把他治死，就算了吧。”魏齐说：“扔到城外叫鹞鹰收拾他去。”

看尸首的那个人等到半夜里，趁着别人不注意的时候，把范雎背了去。范雎家里的人一见，全都哭了。范雎叫他们别声张，又叫他媳妇儿拿出金子来谢了那个人，把那领破苇席交给他，嘱咐他扔到城外去。那个人走了之后，范雎跟他媳妇儿说：“魏齐也许还要打听我的下落，你快把我送到西门郑家去。”家里人连夜把他弄到西门郑安平的家里。范雎嘱咐家里人千万不许走漏风声，叫他们第二天在家里号丧穿孝。

第二天，魏齐果然疑心范雎没死，打发人上城外瞧瞧去。那个人回来说：“那领苇席还在，尸首可早给野狗吃了。”魏齐又叫人去探听范雎家里的动静。见他们正在那儿披麻戴孝地哭着。他这才相信了。

◆搜查车厢◆

郑安平给范雎上药调养。等到范雎能够活动了，就把他送到山里隐居起来。范雎更名改姓叫张禄。打这儿起，再没有人提起范雎了。郑安平随时留心国里的事情，时常下山去结交魏国的小官儿。他跟一个使馆里的小兵交了朋友，时常打听着国内国外的新闻。有一天，那个小兵对他说："今儿个来了一位秦国的使臣叫王稽。他老问我这个那个的。我见了大官连句话都说不上来，怪难为情的。"郑安平说："明儿个你歇息，我替你去当差。"

第二天，郑安平伺候着秦国的使臣王稽。王稽一见他挺机灵的，比起昨天那个底下人来可强得多了，心里挺喜欢他。晚上没有人的时候，偷着问他："你们国里有没有想要出来做官的头等人才？"郑安平说："头等人才不容易找！早先倒有一个叫范雎的，可惜给相国打死了。"王稽说："死了还说他什么！我要活的！"郑安平说："活的还有一个，他叫张禄，是我的同乡。论起他的才干来，真可说跟范雎一模一样。"王稽本来是受了秦昭襄王的嘱咐来物色人才的。一听说张禄是个头等人才，就挺痛快地说："能不能叫他来见见我？"郑安平摇了摇头，说："张先生在国里有个仇人，弄得他不敢露面。说实在的，他要是没有仇人的话，早就当上魏国的相国了。"王稽说："请他晚上来一趟，我暗中背着人跟他谈谈，总可以吧？"

郑安平叫张禄也打扮成个底下人的样儿，上使馆去见王稽。两个人一见面，谈了半宿。王稽叫他一同上秦国去，跟他约定五天之后在边界上的三亭岗相会。

过了五天，办完了公事，王稽辞别了魏王。大臣们把他送到城外。王稽急忙赶着车马跑到三亭岗，东张西望地等着。忽然树林子里跑出两个人来，正是郑安平和张禄。王稽就像捡着了宝贝似的请他们上了车，一块儿上咸阳去。他们到了秦国湖关的时候，就见一大队车马老远地过来。张禄问："那是谁呀？怎么这么威武？"王稽瞧见头一辆车马，就知道是丞相穰侯的巡查队。他说："这是丞相上东部视察来了。"张禄一听，连忙叫郑安平一起藏在车厢里。王稽觉得挺纳闷儿。

原来穰侯就是魏冉，是秦昭襄王的舅舅，宣太后的兄弟。秦昭襄王即位的时候，年纪还轻，由太后执掌大权。太后拜她兄弟魏冉为丞相，封为穰侯，又封她第二个兄弟为华阳君，姐儿三个把持着秦国的大权。后来秦昭襄王长大了，怪太后一家专权，就封自己的兄弟公子悝为泾阳君，公子显为高陵君，把太后的势力分散了一些。穰侯、华阳君、泾阳君、高陵君，在秦国称为"四大贵族"。权力最大的要数太后的兄弟丞相穰侯了。张禄曾经听说过穰侯的专横和他那气恨外人的脾气。今天碰上他，怕过不了这一关，才藏起来。

一会儿，穰侯到了。王稽下车，向他行礼。穰侯也下车相见。两个人说了几句客气话。穰侯的两只眼睛就像找食吃的鹞鹰，直往王稽的车里瞧，说："你在魏国没把他们的门客带来几个吗？这种人只凭一张嘴混些俸禄，实在一点用处都没有。"王稽说："那我哪敢！"两个人就各自上了车，分手走了。

张禄从车厢里出来，说："好危险哪！我怕他还要回来搜查。我们先上前边去等着您吧。"说着，他就叫郑安平一同下了车。王稽说："丞相已经过去了，还怕他什么？"张禄说："从他的口气里，我知道他已经起了疑。刚才没搜查，待会儿，他可能后悔。我们还是约好在离这儿十里地的地方再见吧。"说着，他就拉着郑安平往树林子里跑去。王稽只得赶着车马慢慢地走着，心里还直怪张禄太多心。大概也就走了八九里地的光景，忽然听见马响铃的声儿。回头一瞧，果然从东边飞似的跑来了一队人马，追上王稽，对他说："奉丞相的命令搜查车厢，请大夫别过意。"王稽吃了一惊，不由得暗中直佩服张禄有先见之明。

王稽带了张禄和郑安平到了咸阳。他向秦昭襄王报告之后，就说："魏国有位张禄先生，真称得起是天下少有的人才。他对我说，秦国是非常危险的；要是大王能够用他，他有法子能够转危为安。为这个，我把他带来了。"秦昭襄王说："这是说（shuì）客的老调。他们总是夸夸其谈——暂且叫他住在客馆里吧。"

张禄住在客馆里足有一年多，秦昭襄王压根儿就没召过他一回。张禄觉得挺失望。有一天，他在街上走，听街上的人纷纷地讲论着，说穰侯要去攻打齐国的刚寿（刚城和寿城）。张禄拉住一位老大爷，问他："齐国离着秦国这么远，中间还有韩国和魏国，怎么跑到那么远去打刚寿？"那个老大爷咬着耳朵对他说："你还不知道吗？陶邑是丞相的封邑。刚寿跟陶邑紧挨着。丞相要把它打下来，不是增加自个儿的土地吗？"张禄回到客馆，当天晚上就给秦昭襄王写了封信，大意说："下臣张禄禀告大王，我在客馆里已经住了一年多。大王要是认为我有点用处，那么就请给我一个朝见的日子；要是认为我没有用的话，那么，把我留在客馆里又是什么意思呢？再说，我还有挺要紧的话想跟大王说一说。说不说在我，听不听在大王。万一我的话说得不对，大王只管把我治罪。请别为了看轻我，连那推荐我的人也看轻了。"

秦王看了这封信，一时想不起来张禄是谁。后来他从"客馆里""一年多""推荐我的人"几句话里头，才想起王稽来了，就叫王稽去约会张禄上宫里来。

远交近攻

张禄准备上宫里去，路上碰见了秦王坐着车过来。他也不迎接，也不躲避，大模大样地照旧走他的道。秦王的卫士叫他躲开，说："大王来了！"张禄回说："什么？秦国还有大王吗？"正在争吵的时候，秦昭襄王到了。张禄还在那儿嚷嚷说："秦国哪有什么大王呢？"这句话正说在秦昭襄王的心坎上。一问，他就是张禄，就挺恭敬地把他迎接到宫里去。

秦昭襄王叫左右都退出去，向张禄拱了拱手，说："请先生指教！"

张禄说："哦，哦！"他可一句话也不说。秦王见他还不说话，就又说："请先生指教！"张禄仍然不言语。秦王第三回挺真心实意地请求说："难道先生认为我是不值得教导的吗？"张禄说："从前姜太公碰见了文王，给他出了主意，文王灭了商朝，得了天下。比干碰见了纣王，给他出了主意，倒给纣王杀了。这是什么缘故？还不是为了一个信服一个不信服吗？如今我跟大王还没有多深的交情，我要说的话可是非常深。我怕的是'交浅言深'，也像比干那样自招杀身之祸，因此大王问了我三回，我都不敢张嘴。"秦昭襄王说："我仰慕先生大才，才叫左右退出去，诚诚恳恳地请先生指教。不管是什么事，上至太后，下至大臣，请先生只管实实在在地说，我没有不愿意听的。"张禄说："大王能给我这么个机会，我就是死了也甘心。"说着他拜了一拜，秦王也向他作了个揖。君臣俩就谈论起来了。

张禄说："论起秦国的地位来，哪个国家有这么些天然的屏障？论起秦国的兵力来，哪个国家有这么些兵车、这么些强壮的士兵？论起秦国的人来，哪个国家的人也没有这么遵守纪律、爱护国家的！除了秦国，哪个能够管理诸侯、统一中国呢？大王虽说是一心想要这么干，可是几十年来也没有多大的成就。这就是因为秦国光知道一会儿跟这个诸侯订立盟约，一会儿跟那个诸侯打仗，根本没有个一定的政策。听说新近大王又上了丞相的当，发兵去打齐国。"

秦王插嘴说："这有什么不对的地方？"张禄说："齐国离秦国这么远，中间隔着韩国和魏国。要是出去的兵马少了，就许给齐国打败，让各国诸侯取笑；要是出去的兵马多了，国里头也许会出乱子。就算一帆风顺地把齐国打败，也不过叫韩国和魏国捡点便宜，大王又不能把齐国搬到秦国来。当初魏国越过赵国把中山打败了，后来中山倒给赵国并吞了去。为什么？还不是因为中山离赵国近、离魏国远吗？我替大王着想，最好是一面跟齐国、楚国交好，一面去打韩国跟魏国。离得远的国家既然和我们有了来往，就不会去管跟他们不相干的事情。把近的国家打下来，就能够扩张秦国的地盘，打下一寸土地就是一寸，一尺就是一尺。把韩国和魏国兼并之后，齐国和楚国还站得住吗？这种像蚕吃桑叶似的由近而远的法子叫'远交近攻'，是个最妥当的法子。"秦昭襄王拍着手说："秦国真要是能够兼并六国，统一中原，全在乎先生的'远交近攻'了！"当时就拜张禄为客卿，照着他的计策去做，把攻打齐国的兵马都撤回来。打这儿起，秦国单把韩国和魏国当作进攻的目标了。

秦昭襄王非常信任张禄，老在晚上单独和他谈论朝廷大事。只要张禄说出办法来，秦王没有不听的。这样过了几年，张禄知道秦王已经完全信服他了，就挺严密地对他说："大王这么信任我，我就是把我的命丢了，也报答不了大王的情义。可是我还不敢把我整个儿的意见献出来呢。"秦昭襄王央告他，说："我把国家托付给先生，先生有什么意见，只管说吧！"

张禄挺正经地对他说："我在山东的时候，就听说齐国有孟尝君，没听见说过有齐王；可是秦国呢，光听说有太后、穰侯、华阳君、高陵君、泾阳君，没听说有君王！一国的大王原本是最高的首领。太后把持着大权已经四十多年了。穰侯、华阳君、高陵君、泾阳君全是她的一党，这四个人各立门户，统治着秦国，称为'四大贵族'。这四大贵族的私人势力和财产比大王的还大、还多！大王只是拱着手当个挂名的国王。这多么危险！当初齐国的崔杼把持着大权，把齐庄公杀了；赵国的李兑把持着大权，把赵主父杀了。如今穰侯仗着太后的势力，借着大王的名义，每打一回仗，诸侯没有不怕他的，每逢讲和，诸侯没有不感激他的。国内国外他都有联络，朝里的人全成了他的心腹。大王已经孤立了。我真替大王担心！"

秦王一听，汗毛都竖起来了，他说："先生说的，句句都是从心坎里发出来的话。怎么先生不早点提醒我呢？"

公元前266年（周赧王四十九年，秦昭襄王四十一年，魏安僖王十一年，赵惠文王三十三年，楚顷襄王三十三年，齐襄王十八年），秦昭襄王把穰侯的相印收回来，叫他回到陶邑去。穰侯把他历年搜刮来的财宝装了足有一千多辆车，其中有好些宝物连秦国国库里都没有。过了几天，秦昭襄王又打发华阳君、高陵君、泾阳君上关外去住。跟着他逼着太后去休养，不许她参与朝政。他拜张禄为丞相，把应城封给他，称他为应侯。

第二年，宣太后闷闷不乐地害病死了。秦昭襄王更加可以自己做主了。他听说赵惠文王死了，新君赵孝成王刚即位，惠太后掌握了大权，平原君做了相国，就趁着这个机会发兵进攻赵国。秦兵很快地打下了三座城，急得赵王马上派使者向齐国求救兵。齐国要求赵国把惠太后的小儿子长安君送去做抵押，才肯发兵。惠太后要了她的命也不答应。大臣们再三恳求太后，太后气得痰涌上来。她说："再要有人提长安君做抵押，我老婆子就唾他的脸！"这一来，谁也不敢再多嘴了。

有个叫左师触龙的老大臣求见太后。太后就知道他准是为了长安君做抵押的事来的。她气冲冲地等着，心里想："他一开口，我就把他顶回去，用不着多废话。"

左师挺吃力又挺慢地走到太后跟前，一坐下来，连忙赔不是，说："老臣腿有病，不便走路，好久没来向太后请安了，又挺惦记着太后的身子。"太后说："我的腿也不行，要走动就得坐车。""胃口不错吧？""也就是吃点稀饭。"左师又说："老臣平时吃不下饭，我勉强自己每天走三四里地，身子一活动，倒能够吃一点了。"太后说："老婆子还走不动呢。"这时候惠太后的脸色稍稍缓和了些。左师说："我那个舒祺孩子，岁数最小，没多大出息。我老了，身子骨儿又差，不知道为什么我就喜欢那个小儿子。我希望太后能够让他补上黑衣队的缺，保卫王宫。太后能不能开开恩？"太后说："可以。多大啦？"左师回答说："十五啦。岁数不算大，可是我总想在我没死以前先托托太后。"太后笑了笑，说："做父亲的也疼小儿子吗？"左师回答说："要比做母亲的疼得多了。"太后笑着说："妇女不同了，特别疼小儿子。"左师说："照老臣看来，太后疼燕后要比疼长安君多得多。"太后说："你错了，我疼长安君疼得多。"

左师说："做父母的疼儿女，不在眼前而要顾到将来。燕后出嫁的时候，太后送她，拉住她的手，哭得真是厉害，越想到她以后怎么过日子，越哭得伤心。燕后走了，您还老想着她。祭祀的时候，也祝告着说，'千万别退回来呀！'您这不是为了她长远打算吗？您不是希望她的子孙能继续做燕王吗？"太后说："那倒是。"左师说："咱们赵国君主的子孙，三辈以后继续封侯的，有没有？"太后说："没有。"左师说："赵国没有，别的诸侯当中有没有？"太后说："老婆子没听说过。"左师说："为什么君主的子孙不能继续封侯呢？这是因为地位高的人没有功劳就长不了。现在太后提高了长安君的地位，不让他对赵国立上大功，太后百年之后，您叫长安君去靠谁呢？所以老臣说太后疼长安君还不如疼燕后那么多。"太后点了点头，说："长安君交给您，听您指挥吧。"

长安君到了齐国，齐国立刻发兵帮着赵国抵抗秦兵。秦兵只好退去。秦昭襄王这才服了张禄，真心采用远交近攻了。

◆赠绨袍◆

秦昭襄王听了丞相张禄的计策，准备去进攻韩国和魏国。魏安僖王（魏昭王的儿子）得着了这个消息，立刻召集大臣们商量怎么办。魏公子信陵君无忌说："秦国无缘无故地来打咱们，这明明是欺负咱们。咱们应当守住城狠狠地跟他们打一下子。"相国魏齐说："现在秦是强国，魏是弱国，咱们哪儿打得过人家呢？听说秦国的丞相张禄是魏国人，他对'父母之邦'总能有点情分。咱们不如先跟他交往，请他从中说情。"魏安僖王依了魏齐的办法，打发大夫须贾上秦国去求和。

须贾到了咸阳，住在宾馆里。张禄一听说须贾来了，心里又是高兴又是难受，说："这可是我该报仇的时候了！"他换了一身破旧的衣裳去拜见须贾。须贾一见，吓了一大跳，强挣扎着说："范叔……你……你还活着呢？我以为你给魏齐打死了，怎么会跑到这儿来？"

范雎说："他把我扔在城外，第二天，我缓醒过来。可巧有个做买卖的打那儿路过，发了善心，救了我一条命。我也不敢回家，就跟他上秦国来了。想不到在这儿还能够跟大夫见面。"须贾问他："范叔到了秦国，见着秦王了吗？"范雎说："当初我得罪了魏国，差点儿丧了命。如今跑到这儿来避难，哪还敢再多嘴？"须贾说："那么，范叔在这儿靠什么活着呢？"范雎说："给人家当使唤人，凑合着活着。"

须贾知道范雎的才干，当初怕魏齐重用他，对自己不利，因此巴不得魏齐把他治死。如今范雎既然到了秦国，须贾就想到“冤仇宜解不宜结”，倒不如好好地待他，免得他来报仇。他就叹了口气，说：“想不到范叔的命运这么不济，我真替您难受。”说着，就叫范雎跟他一同吃饭，挺殷勤地招待着他。

那时候正是冬天。范雎穿的是破旧的衣裳，冻得直打哆嗦。须贾显出挺怜悯的样子，对他说：“范叔寒苦到这步田地，我真替老朋友难受。”他就拿出一件茧绸大袍子（古代叫绨袍）来，送给范雎穿。范雎推辞着说：“大夫的衣裳，我哪敢穿？”须贾说：“别再‘大夫，大夫’的了！你我老朋友，何必这么客气？”范雎就把那件袍子穿上，再三向他道谢。接着问他：“大夫这次上这儿来，有什么事情吗？”须贾说：“听说秦王十分重用丞相张禄，我想跟他交往交往，可就是没有人给我引见。你在这儿这么些年了，朋友之中总有认识张丞相的吧，给我引见引见成不成？”范雎说：“我的主人也是丞相的朋友。我跟他上相府里去过好几趟。丞相最喜欢谈论，有时候，我们主人一时答不上来，我凑合着替他回答。丞相见我的口齿还好，时常赏给我一点吃食，还算瞧得起我。大夫要想见丞相，我就伺候着大夫一块儿去见他吧。”

须贾说：“您能陪我一块儿去，这是再好没有的了。可是我的车马出了毛病，车轴头也折了，马腿也伤了。您能不能借我一套像样点的车马呢？”范雎说：“我们主人的车马倒可以暂且借用一下。”说完，他就出去了。

不大一会儿工夫，范雎赶着自己的车马来接须贾，须贾心里犹犹豫豫地怀着一肚子鬼胎，只好上了车，跟他一块儿去见丞相。到了相府门口，范雎先下了车，对须贾说：“大夫先在这儿等着，我去通报丞相一声。”范雎就先进去了。须贾在门外等着，正等得心烦意躁的时候，忽然听见里边“丞相升堂”的喊声，可不见范雎出来。须贾就问看门的说：“刚才同我一块儿来的范叔，怎么还不出来？”那个看门的说：“哪来的范叔？刚才进去的是我们的丞相啊！”须贾一听，才知道范雎就是张禄，吓得脑袋嗡嗡地直响，连忙剥下使臣的礼服，跪在门外，对看门的说：“烦你通报丞相，就说，魏国的罪人须贾跪在门外等死。”

须贾跪在门外，里面传令出来叫他进去。他跪在地下不敢站起来，就用膝盖跪着走，一直跪到范雎面前，连连磕头，嘴里说：“我须贾瞎了眼，得罪了大人，请把我治罪吧！”范睢坐在堂上，问他：“你犯了几件大罪？”须贾说：“我的罪跟我的头发一般多，数不过来了！”范睢说：“我是魏国人，祖坟都在魏国，根本不愿意在齐国做官，你硬说我私通齐国，在魏齐跟前诬告我。这是头一件大罪。魏齐发怒，叫人打落了我的门牙，打折了我的肋骨，你连拦都不拦。这是第二件大罪。后来他把我裹在一领破苇席里扔在厕所里，你喝醉了还在我身上撒了一泡尿。这是第三件大罪。我受了你这么大的侮辱，如今你碰在我手里，这是老天爷叫我报仇。你还想活命吗？”须贾又连着磕了几个响头，说：“是我该死！请大人治罪吧！”范睢说：“我本该把你砍头，至少也得把你的门牙打掉，把你的肋骨打折，也拿一领破苇席给你裹上。可是因为你这件绨袍，觉得你还有点人味儿。就因为这一点饶了你的命。你应当感激，打这儿起改恶为善！”须贾没想到范睢这么宽宏大量，流着眼泪，一个劲儿地磕头。范睢叫他第二天来谈公事。

第二天，范睢禀告秦昭襄王，说：“魏国打发使臣来求和，咱们不用一兵一卒，就能够收服魏国，这全都仗着大王的威德。”秦昭襄王挺高兴。突然范睢趴在地下，说：“我有件事瞒着大王，求大王饶了我！”秦王把他扶起来，说：“你有什么为难的事只管说，我绝不怪你。”范睢说：“我并不叫张禄，我是魏国人范睢。”他就把当初齐襄王法章怎么送他金子要留他做官，他怎么一个劲儿地推辞，受了冤枉，魏齐怎么把他打死，又怎么活了，怎么更名改姓逃到秦国，从头到尾说了一遍，“如今须贾到这儿来，我的真姓名已经泄露了。求大王宽恕。”秦昭襄王说：“我不知道你受了这么大的委屈。如今须贾自投罗网，把他杀了，给你报仇！”范睢拦住说：“须贾是为了公事来的，哪能为难他呢？再说成心打死我的是魏齐，我不能把这件事完全搁在须贾身上。”秦昭襄王说：“你真是天下少有的君子！魏齐的仇我准得给你报。须贾的事，任凭你自个儿办吧。”

范睢出来，把须贾又叫到相府里来，对他说：“秦王虽是答应了讲和，魏齐的仇可不能不报。你回去跟魏王说，快把魏齐的脑袋送来，再把我家眷好好地送到秦国，两国就此和好；要不然，我就亲自领着大军打到大梁去。那时候，可别后悔！”

须贾谢过了范睢，就两个肩膀扛着个脑袋，连夜回去。他见了魏王，把范睢的话学说了一遍。魏王一听，当时脸就绷了，嘴唇也白了。他情愿好好地把范睢的家眷派人送到秦国去，可是叫他砍去相国的脑袋，这怎么行呢？

患难之交

魏齐听说秦昭襄王向魏安僖王要他的脑袋，连夜逃到赵国投奔平原君赵胜去了。魏安僖王打发人护送范雎的家眷上咸阳，还送了一百斤金子、一千匹绸缎给他家眷，托他们带个话，就说“魏齐已经偷着跑到赵国去了。魏国实在是没法办”。范雎把这事禀告了秦昭襄王。秦昭襄王说：“秦国跟赵国向来有交情，当初在渑池会上又结为兄弟。我还把王孙异人送了去做抵押，为的是叫赵国跟秦国不再为难捣乱。如今赵王居然敢收留丞相的仇人，丞相的仇人就是我的仇人，这回非去征伐他不可了。”他亲自统领着二十万大军，带了大将王翦去攻打赵国。很快地打下了三座城。

这时候，蔺相如已经告退了，赵孝成王拜虞卿（就是给蔺相如和廉颇当和事佬的那个人）为相国，叫大将廉颇去抵挡秦兵。又打发人上齐国去请求救兵。齐国派大将田单带领着十万大军去救赵国。廉颇和田单都是出名的大将，他们联合起来，王翦未必能占上风。

王翦禀告秦昭襄王，说：“赵国重用廉颇跟平原君，一时半会儿不容易打下来，再说又加上个齐国。咱们不如暂且先退兵，以后再说吧。”秦昭襄王说：“我拿不到魏齐，回去哪有脸见应侯呢？”他就打发使者去对平原君说：“这回我们上贵国来，就是为了魏齐。只要贵国把他交出来，我们立刻退兵。”平原君回答说：“魏齐根本就没上我这儿来，请别听外面的谣言。”

秦国的使者来回跑了三四趟，平原君说什么也不认账，弄得秦王一点法子也没有。开仗吧，又怕齐国和赵国联合到一块儿，秦国未必赢得了；退兵吧，魏齐就拿不到了。他前思后想地费了好几天工夫，到最后想出个主意来。他给赵孝成王写了封信，说："敝国和贵国原来是兄弟，多年交好。我因为听人说魏齐住在平原君家里，才上这儿来要。如今魏齐既然真没在贵国，我何必又多这份事呢？这回我们打下来的三座城，照旧归还给贵国，咱们还是照旧交好吧。"赵孝成王也打发个使者去给秦昭襄王道谢。田单听说秦国退了兵，就回齐国去了。

秦昭襄王回到函谷关就给平原君写了一封信，请他上秦国来一趟，喝喝酒，聊聊天，大伙儿聚会聚会，交个朋友。平原君拿了那封信去给赵孝成王看。赵孝成王没有主意了。相国虞卿就拿从前楚怀王和孟尝君做例子，主张不去。大将廉颇拿当初蔺相如做例子，主张还是去好。赵孝成王岁数小，又是鸡毛小胆儿，不敢得罪秦国，到最后还是打发平原君去了。

平原君到了咸阳，秦昭襄王特别亲热地招待他，天天喝酒谈心。两个人挺"投缘"，交上了"朋友"。秦昭襄王给平原君斟了一杯酒，说："我有件事情跟您商量。要是您肯答应的话，就请干了这杯酒。"平原君说："大王的命令，我哪敢不听从。"他就把那杯酒干了。秦昭襄王说："从前周文王得到了吕尚，尊他为太公；齐桓公得到了管仲，尊他为仲父。如今我这儿的范君就是我的太公，我的仲父。所以，范君的仇人就是我的仇人。如今魏齐躲在您府上，请您打发个人去把他的脑袋拿来，替范君报了仇，我必定感激您这份情义！"平原君说："酒肉朋友不足道，患难之交才可贵。魏齐是我的朋友，他如今有了难处，正是要朋友帮忙的时候。要是他真在我那儿，我也不能做出'卖友求荣'的事，何况他并不在我那儿。"秦昭襄王翻了脸，说："您非要不把他交出来，那我可就不能放您回去了！"平原君说："全凭大王。大王叫我来喝酒，我就遵命来了。如今大王威胁我，我也不在乎。好在是非曲直，天下自有公论！"

秦王知道平原君决心不交出魏齐来，就把他软禁在宾馆里。接着又给赵孝成王写了封信去。那封信上说："平原君在敝国，我的仇人魏齐在平原君家里。请把魏齐的人头送来，我就把平原君送回去。要是贵国一定要偏护魏齐，那我只好亲自带领大军上贵国来要我的仇人。请大王原谅！"

赵孝成王接到这封信，连忙召集大臣，对他们说："咱们为了别国的一个亡命徒，把秦国得罪了，害得平原君扣在秦国，弄得赵国眼瞧就要受到兵荒马乱的祸患，这太说不过去了。”大臣们觉得这话很对，都同意派兵把平原君的家围困起来。谁知道平原君的门客早就偷着把魏齐放走了。

魏齐连夜跑到相国虞卿家里，求他收留。虞卿说：“赵王怕秦国比怕豺狼虎豹还厉害。要去说情那是没有用的。我瞧您还不如回到大梁去。听说魏公子无忌慷慨仗义，招收宾客，天下的亡命徒都投奔他去。再说他跟赵公子又是亲戚，准得收留您。不过您是戴罪的人，怎么能单独一个儿跑出去呢？”魏齐哭丧着脸，急得没有办法。虞卿想派个人送他去，又怕走了风声，反倒丧了他的命。末了，他下了个决心，说：“还是我跟您一块儿走吧！”

他当时就扔了相国的职位，交出了相印，给赵孝成王留下一封信，带着魏齐上大梁投奔魏公子无忌去了。好不容易，他们才跑出了赵国，一路往大梁跑下去。魏齐在半道上对虞卿说：“我怕公子无忌未必能够像您这么热心。他要不肯把我收留下，不就辜负了您这片好心了吗？”虞卿说：“您在魏国，还不知道他吗？我说段儿事情给您听听，您就知道了。”

◆ 鹞鹰和斑鸠 ◆

虞卿对魏齐说："我听见有人说过公子无忌救护斑鸠的那段故事，都称赞他的心眼儿好。"他就把那段故事说了一遍。据说有一天，魏公子无忌正在吃早饭的时候，有一只鹞鹰追着一只斑鸠。那只斑鸠急得没有地方可逃，就飞到公子无忌身边。公子无忌把它遮蔽起来，把那只鹞鹰赶跑了。他等那鹞鹰飞去了，这才把那只斑鸠放了。哪知道那只鹞鹰原来没飞开，它藏在房檐上等着呢，一见斑鸠出来，就把它抓去吃了。公子无忌见了这个不痛快的事，自己埋怨自己说："斑鸠遇了难来投奔我，我没保住它的命。我哪对得起它呢？"他就一天没吃饭。第二天，他的门客们给他逮了几十只鹞鹰，一只只圈在笼子里送来，让他发落。公子无忌说："害斑鸠的只有一只鹞鹰，我哪能不分青红皂白地乱杀呢？"他拔出宝剑来跟那些鹞鹰说："没吃斑鸠的冲我唤一声，就放了你们。"说来也新鲜，那些鹞鹰都叫起来了，只有一只低着脑袋不出声儿。他就把那只宰了，其余的全都放了。为了这件事，人们都说公子连只斑鸠都不愿意辜负，要是对人那就更不必说了。因此，虞卿估计信陵君无忌准能够收留他们。

魏齐说："这件事我也听说过。可是他收留我比收留斑鸠还难。秦王比鹞鹰可厉害得多了！"虞卿只是安慰他，叫他把心放宽了。他们到了大梁城外，虞卿说："您在这儿等着，我先去见公子，请他来迎接您。"

虞卿到了信陵君的门房里，把自己的名字报了进去。信陵君正在洗脸，一听虞卿到了，倒吓了一跳："他是赵国的相国，怎么会上这儿来了呢？"他叫自己的门客先请虞卿坐一坐，问他上这儿来有什么事。虞卿就把魏齐得罪了秦国，自己扔了相印，跟他一同来投奔信陵君的话说了一遍，请那位门客赶紧去回报。信陵君知道了他们的经过，心里害怕秦国，不敢收留魏齐。可是虞卿老远地到这儿来，怎么能够拒绝他呢？这可真是进退两难，一时想不出妥当的办法来。他这么一犹豫，工夫可就大了。虞卿等得心里不耐烦。他想，魏齐的话算猜着了，公子无忌果然怕"鹞鹰"。他便赌着气走了。

信陵君出来，皱着眉头，问门客们，说："虞卿是怎么个人？"有个老头儿叫侯生的在旁边冷笑了一声，说："一位堂堂的相国，为了一个落难的朋友，扔了相印，撇了荣华富贵跟他一块儿逃难。像这种雪里送炭的人，天下能找得出几个来？公子还问他是怎么个人！唉，可见得一个人要叫人家知道实在太难了！要想知道一个人也不容易呀！"信陵君一听侯生这种扎心的话，觉得面子上挺不好看，立刻赶着车，亲自去追虞卿。

虞卿到了城外，含着眼泪对魏齐说："原来公子无忌真不是大丈夫。他怕秦国，就不敢收留咱们。咱们还是上楚国去吧。"魏齐摇了摇头，说："我为了范雎私自接见了齐国的大臣，怕他泄露机密，一时糊涂，得罪了他。这才连累了赵公子，又连累了您。万一楚国也怕秦国，我怎么对得起您呢？您的情义，可就没法报答了！"说着，他就自杀了。虞卿连忙去抢宝剑，魏齐的嗓子已经拉断了。虞卿正在难受的当儿，忽然听见车马的响声。回头一瞧，信陵君正往这边赶来。虞卿不愿意跟他见面，急忙躲到树林子里去。打这儿起，他不再做官，专心著作，后来写了一部书，叫《虞氏春秋》。

信陵君见了魏齐的尸首，就从车上蹦下来，趴在上头哭着说："哎呀，是我晚了一步！这是我的不是。"他只得把那尸首带回去。赶到信陵君正要安葬魏齐的那天，赵国的使臣到了。原来赵孝成王一听到魏齐跟着虞卿跑了，就打发人上各处去找。后来他得到魏齐在魏国自杀的消息，立刻打发使臣去见魏安僖王要魏齐的人头，好去换回平原君来。信陵君哪能答应呢！使者挺恳切地说："赵公子是您的姐夫，他跟您一样地想保护魏齐，才给秦王扣起来。要是魏齐活着，我也不敢这么说。如今他人已经死了，我想您总不至于为了一个死人的脑袋，让赵公子一辈子当秦国的俘虏吧！"信陵君没有办法，就皱着眉头，拿木头匣子装了魏齐的人头，交给赵国的使臣。

赵孝成王打发使臣把魏齐的人头给秦王送去。秦昭襄王就把平原君送回赵国。范雎拜谢了秦昭襄王替他报了大仇，就禀告说："俗话说，'有仇报仇，有恩报恩'。可是我觉得报恩比报仇更要紧。大王替我杀了魏齐，我是万分感激的。不知道大王能不能再给我个报恩的机会？"这时候，秦王已非常信任范雎，哪会不答应他呢，就问："你要干什么，尽管说吧。"范雎跪下来，说："我要是没有郑安平，早就死在魏国了；要是没有王稽，哪能拜见大王！请大王把我的爵位降低两级，加在他们身上，好叫我尽一点报答恩人的心意。"秦昭襄王说："你不说，我真忘了。"他就拜王稽为河东太守，郑安平为将军。

古籍链接

信陵君问于宾客曰："虞卿之为人何如？"时侯生在旁，大笑曰："何公子之暗于事也？虞卿以三寸舌取赵王相印，封万户侯，及魏齐穷困而投虞卿，虞卿不爱爵禄之重，解绶相随，天下如此人有几？公子犹未定其贤否耶？"信陵君大惭，急挽发加冠，使舆人驾车疾驱郊外追之。

——《东周列国志·第九十八回》

·活埋赵兵·

秦昭襄王按照范雎“远交近攻”的计策，一边跟齐国、楚国交好，一边侵略邻近的小国，首先是韩国。

公元前 261 年（周赧王五十四年），秦昭襄王派大将王龁（hé）攻打韩国，占领了野王城（在今河南沁阳一带），切断了上党（在今山西长治一带）和韩国都城（在今河南新郑）的联系。这一来，上党的军队可就变成了孤军了。这部分军队的首领冯亭对将士们说：“秦国占了野王城，上党再也守不住了。我想，与其投降秦国，还不如去投降赵国。赵国得到了上党，秦国准得去争。这一来，赵国跟韩国就不得不联合到一块儿去抵抗秦国了。”大伙儿全都赞成他这个办法。当时就打发使者带着上党的地图去献给赵孝成王。

赵孝成王叫相国平原君（平原君回到赵国之后，赵王因为虞卿走了，就拜他为相国）带领五万人马到上党去接收土地。平原君到了上党，仍然派冯亭为上党太守，又封他为华陵君。冯亭关了门，在屋子里哭着，不愿意跟平原君见面。平原君左三右四地请他出来，他总是推辞说：“我有三件大罪，没有脸见人。我不能为国君守住城，这是头一件大罪；自作主张把土地献给了赵国，这是第二件大罪；断送了国家的土地，自己得了富贵，这是第三件大罪。我身上背着这么大的罪过，怎么还能当太守呢？”平原君在门口等着不走，冯亭只好含着眼泪出来跟平原君见面。他请求平原君接收上党，另外派个人去做太守。平原君挺诚恳地叫他保卫着上党，维持秩序。冯亭实在推辞不了，只好接受了太守的职位，可是不受封号。平原君临走的时候，冯亭对他说："上党归了赵国，秦国一定来攻打。公子回去之后，请赵王快派大军来，才能够把秦军打退。"

平原君回去把所有的经过报告了赵孝成王，赵孝成王得了上党，非常高兴，天天喝酒庆祝，反倒把抵抗秦国的事搁下了。秦国的大将王龁随后就把上党围住。冯亭这点儿军队不顾死活地守了两个月，一直不见赵国的救兵。将士们和老百姓急得没有法子，只好开了城门，拼着死命往赵国逃跑。冯亭的残兵败将，带着上党的难民，一直到了长平关（在今山西高平西北），这才碰见赵国的大将廉颇带着二十万大军来救上党，可是上党已经丢了。

廉颇和冯亭会合在一起，打算反攻。秦国的兵马跟着就到了，一下子把赵国的前哨步队打败了。廉颇急忙退下去，守住阵脚，叫士兵们增高堡垒，加深壕沟，准备跟远来的秦军对峙下去，做个长期抵抗。他出了一道命令，说："谁要出去跟敌人开仗，就有死罪，就算打了胜仗，也照样定罪。"王龁屡次三番地向赵军挑战，赵军说什么也不出来。两下里耗了足有四个多月，王龁想不出进攻的法子。他派人去禀报秦昭襄王，说："廉颇是个有经验的老将，不轻易出来交战。我们老远地到了这儿，本来想痛痛快快决战一下。真要是这么长期对峙下去，粮草接济不上，可怎么好呢？"

秦昭襄王请应侯范雎想办法。范雎说："要打败赵国，必须先想个办法叫赵国把廉颇调回去。"秦昭襄王说："这哪办得到呢？"范雎说："让我试试看。"

过了几天，赵孝成王的左右纷纷地议论，说："廉颇太老了，哪还敢跟秦国开仗呢！要是叫那年轻力壮的赵括去，秦国这点儿兵马早就给他打散了。"赵孝成王听了这种议论，就真派人去催廉颇快点跟秦国开仗。廉颇还是照旧不动声色地守住阵线。这下子可把赵孝成王气坏了。他把赵括叫来，问他能不能把秦军打退。赵括说："要是秦国派白起来，我还得考虑一下。如今来的是王龁，他最多算是廉颇的对手。要是碰上我，不是我说句大话，简直就像秋天的树叶子遇见大风，全都得刮下来！"赵孝成王一听，特别高兴，当时就拜他为大将，去替换廉颇。

赵括还没动身，他母亲上了一道奏章，请求赵孝成王别派她儿子去。赵孝成王不知道其中底细，把她召了来。赵括的母亲见了赵孝成王，说："他父亲赵奢临死的时候，再三嘱咐过，他说，'打仗是多么危险的事儿，战战兢兢，处处都顾虑到，还怕有疏忽的地方。赵括这小子倒把军事当作闹着玩儿似的，一谈起兵法来，就眼空四海，目中无人，纸上谈兵，夸夸其谈。将来要是大王用他为大将的话，我们一家大小遭了灾祸还在其次，怕的是连国家都要断送在他手里'。为这个，我请求大王千万别用他。"赵孝成王说："我已经决定了，你不必说了。"她说："那么万一有个三长两短，请别连累我们一家大小。"赵孝成王答应了她，就叫赵括带领着二十万兵马，从邯郸一直向长平关开去。

公元前260年，赵括到了长平关，请廉颇验过兵符，办了移交。廉颇带着一百多个手底下的人回邯郸去了。赵括统领着四十万大军，声势非常浩大。紧跟着他就把廉颇的法令废了，换了一些将士，出了一道命令，说："要是秦国来挑战，必须迎头打回去；敌人要是打败了，就一直追下去，非杀得他们片甲不留不算完。"冯亭极力劝止他，把廉颇打算消耗秦国兵马的意义说了一遍，还劝他像廉颇那样守住阵地。赵括说："他懂得什么！"

当天就有两三千的秦国士兵来挑战。赵括立刻出兵一万，跟他们交战，秦国兵马败了下去，退了十几里地。赵括一瞧前哨得胜了，第二天亲自带领着大队兵马追赶下去。冯亭赶紧拦住他，说："秦国人向来狡猾，将军千万别上他们的当。"赵括哪里肯听。他说："这种西戎，不值一打。"他带着士兵一气又追下了十几里地。他接着往下追，催促后队人马一齐上来。王龁只好反攻为守，不跟赵括交战。

赵括进攻了好几天，王龁都不让秦国军队出去。赵括乐着说："我早就知道王龁不过如此！"他正在得意的当儿，忽然一位将军慌慌张张地跑来报告，说："后队的大军给秦国人切成两截，过不来了。"话还没说完，接着又有一位将军跑来报告，说："西边全是秦国的军队，东边一个人也没有。"赵括只得指挥着军队，往长平关退却。

他们跑了四五里地，横斜里钻出一队人马来，带队的是秦国的大将蒙骜（ào）。就听蒙骜高声喊着说："赵括，你中了武安君的计了！还不快快投降！"赵括一听说"武安君"这个名儿，吓得脸色都白了。他早就说过，他不怕王龁，就怕白起。哪知道范雎一得到赵括替换了廉颇的信儿，就暗中叫武安君白起去指挥王龁。这下子可真把赵括吓坏了。他连忙在半道上驻扎下来，准备守在那儿。冯亭对他说："咱们虽说打了一个败仗，要是大伙儿同心协力，跟秦军拼个你死我活，咱们还能够回到大营去。要是在这儿驻扎下来，万一给他们前后围起来，咱们说什么也跑不了了！"赵括不理他，照旧吩咐士兵们筑堡垒，也不跟敌人交战。白起早把他们围上了。

赵括的大军就这么变成了孤军，受尽艰难困苦，守了四十六天，眼瞧着粮草接济不上，救兵也没有。赵括只得把大军分为四队，四面八方地冲出去。白起早就挑选了弓箭手，四下里埋伏着。赵国军队一出来，就见乱箭像狂风暴雨似的一齐射过来了。他们一连气往外冲了三四回，全给人家的箭射得没法出去。

赵括的人马实在冲不出去。他们在那圈儿里凑合着又待了几天。士兵们一见内无粮草，外无救兵，就乱起来了。赵括带着五千名精兵做最后一回的挣扎。他首先骑着一匹快马冲出去。没想到迎头来了两位大将，一瞧正是王翦和蒙骜。赵括哪还敢对敌？急忙往横斜里跑下去，没留神踩了个空，连人带马掉下去，给乱箭射死了。赵国军队大乱起来。那些有本事的将军，趁着乱哄哄的当儿，有的跑出去了。冯亭叹了一口气，说："我接连劝了他三回，他一个劲儿不听，这真是无可奈何，我还跑个什么呢？"他就自杀了。

白起叫人竖起一面大旗，叫赵军投降。赵军一见，全把家伙扔了。白起又叫人挑着赵括的脑袋，上赵国另一个兵营去招抚其余的士兵。那边赵国兵营里还有二十多万人。他们一听说主将给敌人杀了，全都投降了。盔甲兵器，真是堆积如山，营里的辎重也全给秦军拿去了。

白起一清点赵国前后投降的人数，一共有四十多万人。他把他们分为十个营，每营配上秦国的士兵，由秦国的将官管理着。当天晚上，就把秦国兵营里的牛肉和酒都搬到赵国兵营里来，给赵国的将士儿郎们大吃一顿，对他们说："明天武安君要改编军队。赵国的士兵情愿编在秦国兵营里的都发给兵器，其余年岁大的，身子不太好的，还有不愿意或是不便上秦国去的，武安君都让他们回赵国去。"四十万赵兵一听到这个命令，大伙儿全都欢天喜地地睡觉去了。

王龁偷偷地跟白起说："将军干吗这么优待他们？"白起说："别傻了！上回你打下了野王城，上党不是早就在你手里了吗？可是他们不愿向你屈服，反倒投降了赵国。由此看出这儿的人并不是愿意归附秦国的。如今赵国投降的人数，前前后后有四十多万，随时随刻都有可能叛变。谁管得住他们？你去通知咱们那十个将军，叫每个秦国人都拿块白布包上脑袋。这么一来，凡是脑袋上没有白布的，全是赵国人，把他们统统杀了。”

秦国的士兵们得到了这个秘密的命令，一齐动起手来。那些投降了的赵国人，一来没有准备，二来手里没有家伙，全给秦国人捆上了。四十多万人怎么杀呀，再说这些尸首扔到哪儿去呢？白起早就叫人刨了好些个大坑，把俘虏全都埋了。这是战国时期最残酷的一次大屠杀。赵国四十多万士兵，一宵工夫全结果了，只留下二百四十人，叫他们活着回邯郸去传扬秦国的“威力”。

古籍链接

赵王曰：“君此言，正合寡人之意。”乃使平原君率兵五万，往上党受地，封冯亭以三万户，号华陵君，仍为守，其县令十七人，各封以三千户，皆世袭称侯。

冯亭闭门而泣，不与平原君相见。平原君固请之，亭曰：“吾有三不义，不可以见使者。为主守地不能死，一不义也；不由主命，擅以地入赵，二不义也；卖主地以得富贵，三不义也！”平原君叹曰：“此忠臣也！”候其门，三日不去。冯亭感其意，乃出见，犹垂涕不止，愿交割地面，别选良守。平原君再三抚慰曰：“君之心事，胜已知之，君不为守，无以慰吏民之望。”冯亭乃领守如故，竟不受封。

——《东周列国志·第九十八回》

◆ 牢骚 ◆

那二百四十个逃出活命的小兵跑回赵国，把武安君活埋四十多万赵兵的经过向赵孝成王和大伙儿报告了，整个赵国变成了一个哭天哭地的世界。赵孝成王、平原君和大臣们正在惊慌失措的时候，又有人来报告，说："秦国的兵马已经把上党一带十七座城都夺去了。武安君亲自带着大队人马，要来围攻邯郸。"赵孝成王赶紧召集大臣们，问他们有什么退兵的法子。他们哭就哭糊涂了，一个个都成了哑巴。平原君回到家里，想跟门客们商量商量。他们也全都不说话。正好燕国的大夫苏代也在平原君家里，他就自告奋勇地去见范雎，请他在秦昭襄王跟前给赵国和韩国求情。范雎一来怕武安君的势力太大，不容易管得住，二来几次打仗，秦国的兵马也死伤了不少正需要休整，他就叫韩国和赵国割让几座城，答应他们讲和。秦王全准了，吩咐白起撤兵回国。

白起一连气直打胜仗，正想连下去把邯郸也打下来，没想到秦昭襄王叫他退兵的命令到了。他只得没精打采地回去。后来他一打听退兵的情由，这才知道原来是应侯范雎出的主意，背地里大发牢骚。已经过了两年了，白起还是唠唠叨叨地说那次不该退兵。他对门客们说："要是连下去打，顶多再费一个月工夫，准能把邯郸拿下来。可惜咱们失了这个机会，还有什么说的呢？"白起的话一来二去地传到了秦昭襄王的耳朵里，秦昭襄王后悔了。他说："要是再有一个月工夫就能够把赵国全拿下来，武安君为什么早不说呢？"他就想再叫白起去打赵国。白起装病不去。秦昭襄王叫大将王陵带着十万兵马去攻打邯郸。王陵的运气不好，他的对手不是那个纸上谈兵、自作聪明的赵括，而是饱经世故的大将廉颇！这一来他不但没打下邯郸，反倒吃了几个败仗，连着向本国请求救兵。秦昭襄王就又派白起去替换王陵。

白起禀告秦昭襄王说："邯郸这回可打不下来。上回赵国吃了败仗，死了四十多万人，全国人心惶惶。那时候要打过去，我是有把握的。如今过了两年，赵国已经喘过气来了。还有一点，各国诸侯全知道赵国割地求和，秦国已经跟他和好了。现在忽然又打过去，大伙儿准说咱们不讲信义，也许会去帮助赵国。为这个，咱们这回出兵，未必能胜。"他干脆就不去。

秦昭襄王又叫范雎去请白起。白起本来就跟范雎有意见，哪还能给他面子呢？他又装病了。秦昭襄王就问范雎："武安君真病了吗？"范雎说："真病假病，我不知道。他不愿打仗倒是真的。"秦王说："白起也太自大了！难道除了他之外，秦国就没有大将了吗？"他叫王龁再带十万兵马去替换王陵。

王龁把邯郸围了差不多半年工夫，可是打不下来。白起对门客们说："我早就说过邯郸打不下来。大王偏不听我的话。你们看如今到底怎么样？"背地里又有人把这话传到秦昭襄王耳朵里。秦昭襄王可真火儿了，他革去白起的官职，不准他住在咸阳。白起没有法子，只好走，在路上唠唠叨叨地直发牢骚。秦昭襄王怕他跑到别国去，就打发人给他送了一把宝剑去。这个杀人不眨眼的魔王，活埋过四十多万赵国投降了的士兵，这会儿只好亲自拉下自己的脑袋。

秦昭襄王杀了白起之后，又派郑安平带领着五万精兵去帮助王龁。赵孝成王听说秦国又增了兵，非把邯郸打下来不可，急得没有办法。平原君请赵孝成王打发使者分头上各国去请救兵。他说："魏公子无忌是我的亲戚，再说我们跟他一向就有交情，他准能劝魏王发兵来救。楚国挺有实力，就是离这儿太远。我亲自去一趟，楚王也许能帮帮咱们。"赵孝成王就叫平原君去辛苦一趟。

◆毛遂自荐◆

平原君打算带二十个文武全才的人跟他一块儿到楚国去。他有三千多个门客，要挑选二十个人本来不算回事。可是这些人文的是文的，武的是武的，要文武全才真不易找。平原君挑来挑去，对付着挑选了十九个人，这可真把他急坏了。他叹息着，说："我费了几十年工夫，养了三千多人，如今连二十个人也挑不出来，真太叫我失望了！"那些个平日就知道吃饭的门客这时候恨不得有个耗子窟窿能钻进去。忽然有个坐在末位的门客站起来自己推荐自己，说："不知道我能不能凑个数？"好些人都拿眼睛骂他，差点儿把他吓回去。平原君笑着说："你叫什么名字？"他说："我叫毛遂，大梁人，到这儿三年了。"

平原君冷笑了一声，说："有才能的人就好像一把锥子搁在兜儿里，它的尖儿很快就露出来了。可是先生在我这儿三年了，我就没见你露过一回面。"毛遂也冷笑了一声，说："这是因为我到今天才叫您看了这把锥子呀！您要是早点把它搁在兜儿里，它早就戳出来了，难道单单露个尖儿就算了吗？"平原君倒佩服他的胆子跟口才，就拿他凑上了二十人的数。当天辞别了赵孝成王，上楚国陈都（就是以前的陈国，后来称为陈州，在今河南淮阳）去了。

楚国的国都本来是郢都，怎么这回平原君会跑到陈都去呢？

原来在公元前 278 年（就是田单恢复齐国的第二年），秦国大将白起打败楚国，把郢都占了，改为秦国的南郡。楚顷襄王就把都城迁到以前给楚国灭了的陈国，这就是所说的陈都。第二年，秦国又占了黔中，改为秦国的黔中郡，连镇守滇池的庄蹻的归路也给秦国截断了（庄蹻就在那边建立了滇国，自己做了滇王，跟中原隔绝了）。楚顷襄王这才向秦国求和，又打发太子熊完和太子的老师黄歇上秦国去做抵押。

熊完和黄歇在秦国待了十多年，看看没有回去的指望了。后来黄歇听说楚王得了重病，他怕楚王万一真死了，熊完也许会跟楚怀王一样，当了秦国的“肉票”，便把太子打扮成一个老百姓的样子偷着回国去了。黄歇一个人留在秦国，还向秦昭襄王说明太子私逃的经过。秦昭襄王听了范雎的劝告，索性当个好人，叫黄歇也回去。黄歇回到了楚国之后，楚顷襄王死了，太子熊完即位，就是楚考烈王（公元前 263 年）。楚考烈王拜黄歇为相国，封他为春申君。春申君黄歇挺羡慕孟尝君、平原君、信陵君他们那种举动，他也就养着三千多名门客，其中当然也有些人才。他辅助楚考烈王整顿政治，训练兵马，增加生产，爱护百姓。仅几年工夫，楚国可以跟秦国抵抗一下了。因此，平原君亲自上陈都去见考烈王。

平原君和考烈王在朝堂上讨论着合纵抗秦的事，毛遂和其余十九个人站在台阶底下等着。平原君把嘴都说得冒了白沫子，考烈王说什么也不同意合纵抗秦。

他说：“合纵抗秦是贵国提倡的，可是没有什么成果。苏秦当了纵约长，给张仪破坏了；我们的怀王当了纵约长，下场是死在秦国；齐湣王当了纵约长，反倒给诸侯围攻，还死得挺惨。各国诸侯就只能自己顾自己，谁要打算联合起来，谁就先倒霉。还有什么话可说呢？”平原君说：“以前的合纵抗秦也确实有过用处。苏秦当了纵约长的时候，六国结为兄弟。自从‘洹水之会’以后，秦国的军队就不敢跑出函谷关来。后来怀王上了张仪的当，想去攻打齐国，就这么给秦国钻了空子。这可不是合纵的毛病，齐湣王呢，借着合纵的名义打算并吞天下，惹得各国诸侯跟他翻了脸。这也不能说是合纵的失策！”考烈王说：“话虽是这么说，可是事情都在那儿明摆着。秦国一出兵，就把上党一带十七个城打下来了，还活活地埋了四十多万赵国人。如今秦国大军围上了邯郸，叫我们离着这么远的楚国可有什么办法呢？”平原君分辩着说：“提起长平关的那个败仗，是由于用人不当。赵王要是一直信任廉颇，白起就未见得赢得了。如今王龁、王陵带了二十万大兵，把邯郸围了足足有一年工夫，还不能打败敝国。要是各国的救兵联合在一块儿，准能把秦国打败，中原就能够太平几年。”考烈王又提出一个不能帮助赵国的理由来，说：“秦国新近跟敝国挺好，敝国要是加入了合纵，秦国准得把气恨挪到敝国头上来，这不是叫敝国代人受过吗？”平原君反对他，说：“秦国为什么跟贵国和好呢？还不是为了一心要灭三晋（即韩、赵、魏）？等到三晋灭了，贵国还能保得住吗？”

考烈王因为害怕秦国，愁眉不展地总是不敢答应平原君，只是低着脑袋，抓抓耳朵，挠挠头皮，显出对不起的样子。突然他瞧见一个人拿着宝剑，上了台阶，跑到他跟前，嚷着说：“合纵不合纵，只要一句话就行了。怎么从早晨说到这会儿，太阳都直了，还没说停当啊！”楚王问平原君，说：“他是谁？”平原君说：“是我的门客，毛遂。”考烈王就骂他，说：“咄（duō）！我跟你主人商量国家大事，你来多什么嘴？还不滚下去！”毛遂拿着宝剑，往前走了一步，说：“合纵抗秦是天下大事。天下大事天下人都有说话的份儿。这怎么叫多嘴呢？”

考烈王见他奔了上来，害怕了，又听他说出来的话挺有劲儿，他只好像斗败了的公鸡似的收起翎毛来，换了副笑脸对他说：“先生有什么话要说？”毛遂说：“楚国有五千多里土地，一百万甲兵，原来就是个大国。自从楚庄王以来，一直做着霸主。以前的历史多么光荣！没想到秦国一起来，楚国连着打败仗，堂堂的国王当了秦国的俘虏，死在敌国。这是楚国的耻辱。紧接着又来了白起那小子，把楚国的国都改成了秦国的郡县，逼得大王迁都到这儿来。这种仇恨，十年、二十年、一百年也忘不了！把这么天大的仇恨说给小孩子听，他们也会难受，难道大王倒不想报仇吗？今天平原君来跟大王商议抗秦的事，还不也是为了楚国吗？哪儿单单是为了赵国呢！”这一段话一句句地就像锥子似的扎在楚王的心坎上。他不由得脸红了，连着说：“是！是！”毛遂又问了一句，说：“大王决定了吗？”考烈王说：“决定了。”毛遂当时就叫人拿上鸡血、狗血、马血来。他捧着盛着血的铜盘子，跪在楚王的跟前，说：“大王做合纵的纵约长，请先歃血。”楚王和平原君就当场歃血为盟。台阶下那十九个人全都佩服这把锥子的尖锐劲儿。

平原君和二十个门客回到赵国，天天等着楚国和魏国的救兵。等了好些日子，连一个救兵也没来。平原君叫人去打听，才知道楚国的春申君带着八万兵马驻扎在武关（在今陕西商洛一带），魏国的大将晋鄙带着十万兵马，驻扎在邺下（在今河北临漳一带）。这两路救兵全都停下了，也不往前进，也不往后退。这是什么缘故呢？

古籍链接

毛遂在阶下顾视日晷，已当午矣，乃按剑历阶而上，谓平原君曰："'纵'之利害，两言可决，今自日出入朝，日中而议犹未定，何也？"

楚王怒问曰："彼何人？"平原君曰："此臣之客毛遂。"楚王曰："寡人与汝君议事，客何得多言？"叱之使去。

毛遂走上几步，按剑而言曰："'合纵'乃天下大事，天下人皆得议之，吾君在前，叱者何也！"

楚王色稍舒，问曰："客有何言？"

毛遂曰："楚地五千余里，自武文称王，至今雄视天下，号为盟主；一旦秦人崛起，数败楚兵，怀王囚死，白起小竖子，一战再战，鄢、郢尽没，被逼迁都。此百世之怨，三尺童子，犹以为羞，大王独不念乎？今日'合纵'之议，为楚，非为赵也。"

楚王曰："唯唯。"遂曰："大王之意已决乎？"

楚王曰："寡人意已决矣。"

毛遂呼左右，取歃血盘至，跪进于楚王之前曰："大王为'纵约长'，当先歃，次则吾君，次则臣毛遂。"

于是纵约遂定，毛遂歃血毕，左手持盘，右手招十九人曰："公等宜共歃于堂下，公等所谓'因人成事'者也！"

楚王既许"合纵"，即命春申君将八万人救赵。

——《东周列国志·第九十九回》

◆奇货可居◆

秦昭襄王听说魏国和楚国发兵去救赵国，就亲自跑到邯郸那边去督战。他派人去对魏安僖王说："邯郸早晚得给秦国打下来。谁要去救，我就先打谁！"魏安僖王吓得连忙派人去追晋鄙，叫他别再往前进。晋鄙就在邺下驻扎下来。春申君听说魏国的军队不再往前进，他就在武关驻扎下来。秦昭襄王把两路救兵吓唬住了，就叫大将王龁加紧攻打邯郸，夜里小心巡逻，不许赵国人偷过阵线再到外面去请救兵。

有一天早晨，还看不清人脸的时候，秦国的士兵逮住了一些赵国的探子，把他们送到秦王的大营里去。王龁刚要审问他们，其中有个人说："将军不可失礼！这位是王孙。从邯郸逃出来，要回秦国去。请好好地护送他和他的家眷。"王龁一听说王孙到了，急忙赔了不是，他说："大王亲自在这儿督战，他的行宫离这儿也就十来里地。我现在就送你们去见大王。"

他们到了行宫，秦昭襄王见了自己的孙子异人，理着雪白的胡子，非常喜欢，问他："你怎么跑出来的？"异人指着旁边一个人，说："都仗着这位吕先生！"他就把吕不韦怎么救他出来的事潦潦草草地说了一遍。

原来王孙异人是秦国太子安国君的儿子，自从渑池之会以后，一直留在赵国做抵押。赵孝成王因为秦国屡次发兵来侵犯，早想把异人杀了。平原君拦住他，说："秦太子有二十几个儿子，异人是最不重要的一个，把他杀了又有什么用呢？不如留着他，往后也许还能够做个退身步儿。”赵孝成王这才没杀他。可是从这儿起，就不怎么供给他穿的、吃的了。异人只好闷闷不乐地过着苦日子。这个落难的王孙引起了一个大买卖人的注意。这个大买卖人就是阳翟（在今河南禹州）吕不韦。他认为这位贫困的王孙是个好货色，可以囤积一下（文言叫“奇货可居”），等到时兴起来，就能卖好价钱。他问他父亲：“种地能够得到几倍利益？”他父亲说：“十倍。”“做珠宝生意呢？”“一百倍。”吕不韦又问：“要是立一个国王，平定一个国家，能够得到几倍利益呢？”他父亲说：“那是说也说不完的。”吕不韦就花了好些金子，结交那些监视异人的人，跟异人时常来往。

有一天，他对异人说：“秦王已经上了年纪了，令尊眼看着就要即位，即了位，就要立太子。他心爱的华阳夫人又没有儿子，这一来，您二十几位兄弟全是将来候缺的太子。您怎么不回去好好地伺候伺候华阳夫人呢？要是她收您当个儿子，您不就是将来的太子了吗？”异人抹着眼泪，说：“我哪还敢有这种想头？我要能够回到老家，就心满意足了。”吕不韦说：“我拿出几千两金子来，替您去想个法子，叫太子和华阳夫人来接您，您看怎么样？”异人连忙给吕不韦跪下，说：“要是你能这么办，我绝不忘你的好处！”他就叫吕不韦去见安国君。

吕不韦到了咸阳，先去拜见华阳夫人的姐姐，送了她好些值钱的礼物；另外又拿出一大包金子和玉璧什么的，托她转送给华阳夫人。他说那些礼物都是王孙异人托他带来孝敬夫人和姨母的。姨母一见这些东西，高兴得了不得，赶紧就问：“异人这一向挺好吧？”吕不韦说：“赵王为了秦国去打邯郸，气得要杀王孙，幸亏赵国的大臣都护着他，一个劲儿地给他说情，总算保住了这条命。”她说：“他们怎么待他这么好？”吕不韦说：“王孙是个又有才学又有孝心的人，赵国人没有不知道王孙的。每逢太子和夫人生日那一天，王孙总冲着西边磕头拜寿。见到的人都说他是个孝子。他平日又喜欢结交天下豪杰。各国诸侯和他们的大臣差不多都跟王孙有点交情。他们哪能让赵王害他呢？”吕不韦见她有点喜爱异人，显出高兴的样子，就说：“令妹华阳夫人得到太子的宠爱，可真有福气。可惜跟前没有儿子，久后可依靠谁呢？如今王孙能这么孝顺她，跟亲生的儿子有什么两样？夫人要是能够收留他，她不就是有了儿子了吗？王孙也就有了妈。这是一举两得，两下里都有好处的事。夫人得着这么个又孝顺又有才学的儿子，日后的福气可不小哇！”

华阳夫人的姐姐挺赞成吕不韦这个主意。当时就跟她妹妹去说，还添枝加叶地这么一煽呼，逼着她去接异人。华阳夫人果然愿意了，就向她丈夫安国君请求。安国君虽说有好些个儿子，可是架不住华阳夫人一个劲儿地撒娇。安国君为了宠爱她，答应把异人立为嫡子。他叫吕不韦来，对他说："我想把异人接回来，你有什么办法没有？"吕不韦说："太子真要把王孙异人立为嫡子，我情愿倾家荡产地去跟赵王的左右联络，想办法把他弄回来。"太子和夫人就叫吕不韦去办这件事，还给了他三百斤金子。夫人一高兴，自己又加了一百斤。

吕不韦回到邯郸，把太子安国君要立他为嫡子的喜信告诉了异人，又把太子和夫人叫他带来的金子交了。异人就好像快要干死的花浇了水，立刻转了过来，精神百倍，有说有笑的了。他叫吕不韦去结交赵王的左右，还求他做媒，打算成家了。吕不韦真给他找了个大户人家的姑娘叫赵姬。王孙异人娶了这位姑娘，挺如意的。年轻轻的小两口儿，恩爱得了不得。过门十个多月，赵姬就给异人养了个胖小子，因为他生在赵国，就起名叫赵政，就是后来兼并六国、统一中原的秦始皇。

这时候（公元前258年，周赧王五十七年，秦昭襄王四十九年），秦国围困着邯郸，楚国的兵马驻扎在武关，魏国的兵马驻扎在邺下，赵政已经两岁了。吕不韦对王孙异人说："万一赵王把气撒到您身上，真要把您害了，可怎么办呢？我瞧赵国跟秦国一时半会儿不能讲和，咱们还是想法跑了吧。"异人说："这件事全仗先生了！"吕不韦送了三百斤金子给那个把守南门的将军，说："我是阳翟人，在这儿做买卖，全家都在城里，早就想回老家去。秦国围上了邯郸，弄得我要走也走不了。家里老老少少吵着要回老家去。如今我把手底下所有的本钱全交给您，请您向各位将士求个方便，放我一家老小出城，一定忘不了您的好处。"将士们受了贿，就把他们放出去了。

吕不韦和异人一家大小，出了南门，连夜逃跑，绕了个大弯，到了西门。天刚亮，就给秦国哨兵逮住。见了王龁，王龁把他们送到行宫去见秦昭襄王。秦昭襄王挺高兴地说："太子老想念你，难为你逃出了虎口，你们赶紧回咸阳去吧。"

吕不韦带着异人、赵姬、赵政到了咸阳。先打发人去告诉安国君，又叫异人换上楚国的服装。异人拜见了父亲安国君和华阳夫人，抽抽搭搭地说：“儿子真是不孝，不能伺候二老，直到今天才回来，请宽容我的罪过！”夫人一见他那装束，挺纳闷儿地问他：“你在邯郸住着，怎么穿楚国的衣裳？”异人立刻禀告说：“我天天想着母亲，特地做了这套衣裳。”华阳夫人乐得眼睛眯成了一道缝儿，说：“我是楚国人，你也喜欢这么打扮，真是我的亲儿子了。”安国君巴不得讨好心爱的夫人，就对异人说：“好，从今天起，你就算是夫人亲生的，改个名字叫子楚吧！”子楚立刻向他父亲、母亲磕头。安国君回过头去对吕不韦说：“全仗先生救了我的孩子。我赏你两千亩地，一所房子，五十斤金子，请你先歇息歇息。赶到父王回国，再封你官职。”吕不韦拜谢了。子楚就住在华阳夫人的宫里，等着秦昭襄王回来。

秦昭襄王送走了王孙之后，就叫王龁、王陵加紧攻打邯郸。赵孝成王又打发使臣偷偷地跑到魏国催他们快点进兵。

古籍链接

时有阳翟人姓吕，名不韦，父子为贾，平日往来各国，贩贱卖贵，家累千金。其时适在邯郸，偶于途中望见异人，生得面如傅粉，唇若涂朱，虽在落寞之中，不失贵介之气。不韦暗暗称奇，指问旁人曰：“此何人也？”答曰：“此乃秦王太子安国君之子，质于赵国，因秦兵屡次犯境，我王几欲杀之。今虽免死，拘留丛台，资用不给，无异穷人。”

不韦私叹曰：“此奇货可居也！”乃归问其父曰：“耕田之利几倍？”

父曰：“十倍。”

又问：“贩卖珠玉之利几倍？”

父曰：“百倍。”

又问：“若扶立一人为王，掌握山河，其利几倍？”

父笑曰：“安得王而立之？其利千万倍，不可计矣！”不韦乃以百金结交公孙乾，往来渐熟，因得见异人。佯为不知，问其来历，公孙乾以实告。

——《东周列国志 · 第九十九回》

宁可跳东海

赵国的使臣见了魏安僖王，请他催促大将晋鄙快点进兵。魏安僖王想要进兵，怕得罪秦国；不进兵吧，又怕得罪赵国。真是“羊撞篱笆——进退两难”。魏国有个将军叫新垣衍（新垣，姓；衍，名），他提议说：“我想秦王围困邯郸，绝不是光为了要多得一个城就算完了。他准还有别的心意。从前秦王把齐王称为‘东帝’，自己称为‘西帝’，后来大伙儿又都不叫了。各位总还记得吧。如今齐湣王死了，齐国也衰落了。只有秦国势力越来越大。可是不管怎么强大，秦王也不过是个诸侯。他不断地东征西讨，就是想列国诸侯都尊他为帝罢了。要是赵国能尊他为帝，秦王一定比得到邯郸还高兴，也许立刻退兵。赵国只要给秦国一个空洞的称号，就能够躲过这个祸患，这不是比向别人求救兵方便得多吗？”魏安僖王本来不敢得罪秦国，就打发新垣衍跟着赵国的使臣上邯郸去见赵王。

赵孝成王和大臣们讨论了好大半天，可没讨论出一个办法来。平原君也没有主意了，闷闷不乐地回到家里。他那些门客们就好像蛤蟆坑里的蛤蟆，呱呱呱地叫唤着，可是叫唤不出个名堂来。没有两天工夫，整个邯郸城里的蛤蟆都叫唤起来，把一个困在邯郸城里的齐国人鲁仲连吵得有点不耐烦了。他犯了傻劲去见平原君，问他：“到处都说您打算称秦王为帝，真的吗？”平原君回答说：“我是‘惊弓之鸟’，神志恍惚，哪还敢谈这种事呢？这是魏王叫新垣衍将军上这儿来说的。”鲁仲连见平原君没个担当，就当面责备他，说：“我以为您是天下闻名的贤公子，见识比别人高，胆量比别人大。哪知道您竟把这么重大的事情推在一边，任凭一个外人随便在这儿闹鬼！他在哪儿？我替您去对付他！”

平原君就把新垣衍引见给鲁仲连。新垣衍挺勉强地跟他见了面，问他：“先生有什么贵干？”鲁仲连说：“我来请求将军帮助赵国，千万别去称秦王为帝！”新垣衍说：“您叫我帮助赵国，您自己呢？”鲁仲连回答说：“我吗？我要叫魏国跟燕国都来帮助赵国。”新垣衍笑着说：“燕国爱不爱帮助，我不知道。至于敝国，我就是敝国派来说这件事的，先生怎么能叫我听您的话呢？”鲁仲连说：“贵国还没瞧出称秦王为帝的害处呢。要是瞧出来的话，准得帮助赵国。”新垣衍问：“那有什么害处？”鲁仲连说：“秦国向来不守信义，不讲道理，就知道凭武力欺负别人。这几十年来，哪一个国家没受过秦国的欺负？哪一国的人没受过秦国的杀害？秦王如今只不过是个诸侯，跟别的国君还是平列的，就已经横行霸道，暴虐到这步田地了。他要是称了帝，列国诸侯都得受他管。到那时候，他是帝，你是诸侯；他是管着人的，你是被管着的；他是主子，你是奴才；不知道他还要欺压人到什么地步呢！我鲁仲连宁可跳东海，也不当他的奴才！难道贵国心甘情愿吗？”

鲁仲连一连串慷慨激昂的话就像鞭子那样有劲，一下一下地抽得新垣衍服了软儿。他只得红着脸，吞吞吐吐地说：“倒不是情愿不情愿。可是十个奴才不敢违抗一个主子，这并不是说十个人的能耐跟力气比不上那一个人，而是因为大伙儿都怕他罢了！”鲁仲连冷笑了一声，说：“贵国是秦国的奴才吗？魏王就怕秦王吗？那么，我叫秦王把魏王砍成肉泥烂酱，怎么样？”这句话说得过火儿了，新垣衍哪受得了？他挺起腰板，责问鲁仲连，说：“你怎么能叫秦王去杀魏王呢？真是胡说八道！”鲁仲连说：“我的话是有来由的，我说给你听。早先纣王手下有三个诸侯，就是九侯、鄂侯、文王。九侯把自己的女儿献给了纣王，纣王嫌她太正经，就把九侯剁成肉泥烂酱；鄂侯忠言劝告，给纣王杀了，做成了咸肉干；吓得文王不敢再说话。他叹了一口气，就给纣王押起来，关了一百天。这就叫君要臣死，臣不得不死。”

新垣衍结结巴巴地说：“这个……不过是古时候的昏君，这可得两说着啦。”鲁仲连说：“好，古时候的事不提。‘东帝’齐湣王总是现代的吧？他给乐毅打败了，带着大臣夷维一块儿逃到鲁国。鲁君打发使臣去迎接他。夷维问那个使臣，说，‘鲁君打算怎么样招待？’使臣回答说，‘预备十份太牢（牛、羊、猪三牲叫太牢）请您的国君’。夷维说，‘这是什么话？我们的国君是天子呀！天子上诸侯国来，诸侯就得上太庙去伺候他，早早晚晚地伺候他的饮食。伺候完了，才能够退到朝里去办理自己的事。光预备十份太牢就算得了吗？’使臣回禀了鲁君，鲁君可火儿了，立刻叫人关上城门，不准齐湣王进去。齐湣王跟夷维又到了邹国。那时候，邹君刚死不久，齐湣王要去吊祭。夷维跟邹国人说，‘天子降临吊祭，你们赶紧把棺材调个方向。天子是朝南坐着，臣下的孝堂跟棺材应该搁在南边，面要朝北’。邹国的臣下说，‘我们宁可死了，也不愿受这份侮辱！’将军请想想，邹、鲁那样微弱的小国，他们的臣下还有点骨头，不受‘东帝’的欺压。魏国是天下的大国，向来跟秦国并起并坐的。难道‘三晋’的大臣反倒不如邹、鲁的臣下吗？再说，秦王没称帝就罢了，他一称了帝，可就要使出那帝制的大权来了！到那时候，他可以由着性儿调动各国的大臣。他要派一个大臣来，你就不能不认可；他要革去一个大臣，你也不能挽留。到了那时候，将军您自己的地位也未见得准能保得住哇！”

新垣衍一听这话有理，他没想到秦王称了帝，各国的形势跟着就得变，这一变，连自己的地位也保不住。他挺郑重地向鲁仲连拜了一拜，说：“先生的话实在不错！我绝不再提称帝的事了，我回去跟魏王说去。”平原君也拜谢了鲁仲连。他送走了新垣衍，再打发人上邺下去请魏国大将晋鄙进兵。

讨厌的老头子

晋鄙回答平原君，说："魏王叫我驻扎在这儿，我不能自作主张。"平原君就给魏公子信陵君无忌写了一封信，说："我因为佩服公子的侠义精神，才跟您结为亲戚，我觉得挺荣幸。如今邯郸万分危急，敝国眼看就要亡了。全城的人都眼巴巴地盼着救兵快点来。贵国的军队竟驻扎在邺下，说什么也不再往前进。我们在火里，他们倒挺坦然。您姐姐黑天白日地哭着，劝解她的话我都说尽了。公子即使不愿意帮我的忙，也该替您姐姐想一想啊。"信陵君接到这封信之后，心里就像有好几百条虫子在咬似的。他再三再四地央告魏安僖王叫晋鄙进兵。魏安僖王挺冷淡地对信陵君说："你何必这么着急？他们自己不愿意尊秦王为帝，倒叫咱们去打仗？"信陵君知道再求也没用，就回家对门客们说："大王不愿意进兵，怎么办？好吧！我自己上赵国去，要死我就跟他们死在一块儿。"他就预备了车马，上赵国去跟秦国的兵马拼命。有一千多个门客也愿意跟着他一块儿去。

他们路过东门，信陵君下了车，去跟侯生辞别。这个侯生就是上回责备信陵君不收留虞卿和魏齐的那个老头子。他是看守大梁东门的一个小官儿，已经七十多了，家里挺穷。别人就知道他是个看城门的，信陵君可知道他是个隐士，想着办法要把他收在自己的门下。可是那老头子不理他。

有一天，信陵君亲自去看他，给他二十斤金子作为见面礼。侯生推辞说："我向来吃苦耐劳，安分守己，人家的就是一个小钱，我也不愿收。如今我已经老了，更犯不上改变主意。"信陵君只得请求他，说："那么请先生指定一个日子，让我请一回客，也可以稍微表表尊敬先生的一点心意。无论如何，请先生赏个脸！"侯生不好再推辞，就答应了他。

到了那天，信陵君大摆酒席，所有魏国的贵族、大臣和自己家里最体面的门客都请到了，乱哄哄地聚在大厅里。信陵君请他们坐下，官职大的坐在上手，官职小的坐在下手，留下一个最高的位子空着。他请客人们等一等，自己赶着车带了几个底下人，上东门去请侯生。侯生果然在那儿。他就上了车，坐在正座上。信陵君拿着鞭子坐在旁边给他赶车。他们过了一条街，侯生对他说："我有个朋友叫朱亥，住在一家肉铺里。我想瞧瞧他去。公子能不能送我去一趟？"信陵君说："成！成！我跟先生一块儿去。"

他们到了肉铺门口，侯生说："公子在车上等一会儿，我去跟朋友说几句话。"侯生下了车，见了朱亥，两个人就在柜台前坐下，你一言、我一语地聊起天来了。这两个人的屁股好像是江米做的，粘在那儿就老不起来。侯生回头瞧瞧信陵君，见他还是拿着马鞭子老老实实地坐在那儿。他想："好在你也没有事，你不催我，我索性再坐一会儿。"可是那几个底下人等得不耐烦了，背地里骂着："讨厌的老头子！算咱们倒霉，饿着肚子在这儿死等！"这些人嘟嘟囔囔地埋怨着，早就给侯生听见了，他也不跟他们计较。街上的人见了信陵君的车马和底下人在肉铺门口等着，还以为那个宰猪的出了什么乱子，都来看热闹。大伙儿一瞧铺子里的那两个人好像没事人似的闲谈着，不由得全纳起闷儿来了。后来他们听见这些人的骂声，才知道那个老头子实在太讨厌了。大伙儿都替信陵君不服气，就喊喊喳喳地说开了。侯生只当没瞧见，又坐了好久，才跟朱亥告辞出来，上了车跟着信陵君一块儿走了。

等着的客人们眼看着太阳都偏西了，还不见信陵君回来，都有点厌烦了，有的东拉西扯地瞎聊天，有的打哈欠，可是谁也不敢离开。信陵君留着的是第一个座位，那还不是给大国的使臣留的吗？好不容易大伙儿听见说："公子接了客人回来了！"他们一齐站起来，低着脑袋耷拉着手，恭恭敬敬地站在那儿。赶到他们抬头一瞧，原来是个衣裳破烂的老头儿。他们还以为自己看花了眼，赶紧又眨巴眨巴眼睛，再细细一瞧，可不是个白胡子的糟老头子吗？公子无忌给侯生引见了之后，请他坐在头一个位子上。

侯生也不推让，一屁股就坐下。这时候，大伙儿才算连吃带喝地活动起来了。信陵君斟了一杯酒，端到侯生面前，祝他健康。侯生接过酒杯来，说："我不过是个看守城门的小卒子，承蒙公子下顾，已经够荣幸的了。又叫公子在街上等了挺大的工夫，这实在太过分了。可是我为什么要这么干呢？街上的人都替您不服气，说我不识抬举，还骂我是个讨厌的老废物。这就行了。他们越骂我，就越称赞公子；看公子这么待人，就越把公子当作了不起的人物。就拿今天在座的各位贵宾来说吧，哪一位不佩服公子殷勤好客的热心呢？"

从这儿起，侯生就做了信陵君的贵宾。他又推荐了朱亥。信陵君也像请侯生一样地去请他。可是朱亥的架子比侯生还大，连一次也没回拜过他。

这会儿信陵君带着一千多门客上赵国去，预备去跟秦国人拼命。他先上东门，向侯生说明他上赵国去的心意。侯生挺冷淡地说："公子保重。我老了，不能跟您一块儿去。请别怪我！"信陵君向他拱了拱手，丢了魂儿似的看着他，等着他再说几句话。这是最后一回的见面了。侯生可没说什么。信陵君只好走了，边走边不断地左回头、右回头去看侯生。侯生还是不动声色地站在那儿。

信陵君在路上越想越难受，就自言自语地叹息着："我这么对待他，拿他当作知心人，他倒眼看着我去送死，不但不替我出个主意，连一句挽留我的话或者一句送别的话都没有。唉，人情太薄了！"他越想越伤心，没精打采地走了几里地，再也忍不住了，就叫门客们站住，自己再去跟侯生说句话。门客们都说："这种半死不活的讨厌的老头子，还有什么用处，公子何必再去见他呢？"信陵君也不理他们，就回到侯生那儿去了。

侯生还在门外站着！他见了信陵君，就笑着说："我算计着公子准得回来！"信陵君问："为什么？"侯生说："公子这么对待我，我反倒挺冷淡地让您去送死，连句送别的话都没有。您还不恨我吗？我知道您准得回来。"信陵君向他拱了拱手，说："是呀！我想我一定有得罪先生的地方，因此特地回来请先生指教。"侯生说："公子收养了几十年的门客，吃饭的有三千多人，怎么没有一个替您想想办法的，反倒让您去跟秦国拼命？你们这么上秦国兵营里去，正像绵羊去跟狼拼命，不是白白去送死吗？"信陵君说："我也知道没有什么用处，可是我这么一死，总算尽我的力量了！"侯生见他又可怜又可敬，就说："公子进来坐一会儿，咱们商量商量吧。"

盗兵符

侯生支开了旁人，对信陵君说：“听说咱们大王在宫里最宠爱的是如姬，对不对？”信陵君连连点头说：“对，对。”侯生接着说：“当初如姬的父亲给人害死，她请大王给她报仇，大王派人去找那个仇人，找了三年也没找着。后来还是公子叫门客去给如姬报的仇，把仇人的脑袋给她送了去。有这么回事没有？”信陵君说：“有，有。”侯生说：“如姬为了这件事非常感激公子，她就是替公子死，也是心甘情愿的。因此，只要公子请她把兵符（把兵符做成老虎的形状，也叫虎符）偷出来，咱们拿了兵符去夺取晋鄙的军队，就能够率领着大军去跟秦国打了。这比空手去送死不是强得多吗？”信陵君一听侯生的话，就好像从梦里醒过来一样。当时拜谢了侯生，叫门客们暂且在城外等着，自己回到家里，托了一个一向跟他有交情的内侍叫颜恩的，去替他跟如姬商量。如姬说：“公子的命令我绝不推辞，水里火里也去。”

当天晚上，如姬服侍魏安僖王睡下。到了半夜，乘着他正睡得香的时候把兵符偷出来，交给颜恩。颜恩立刻送给信陵君。信陵君拿到了兵符，再上东门去跟侯生辞别。侯生说：“万一晋鄙验过了兵符，不把兵权交出来，怎么办？”信陵君突然觉得脊梁上浇了一桶凉水，皱着眉头，说：“这……这怎么办呢？”侯生接着说：“我的朋友朱亥是天下数一数二的勇士，公子可以请他出点力。要是晋鄙能够痛痛快快地把兵权交出来，最好；要是他不答应，就叫朱亥杀了他。”信陵君鼻子一酸，眼泪快掉下来了。侯生说：“公子怕死吗？”信陵君说：“晋鄙老将并没做错什么事。他不答应我，也是应当的。我要是把他杀了，这……这怎么不叫我痛心呢？”侯生说：“死一个人，救了一国的危急，还不值吗？咱们应当从大处着想，婆婆妈妈的怎么行呢？”

他们到了朱亥的家里，信陵君跟他说明来意。朱亥说：“我是个宰猪的下贱人，承蒙公子屡次下顾，我一次也没回拜过。公子也许怪我不懂人情世故吧。可是我有我的脾气，我不喜欢浮面上的‘礼尚往来’。如今国家有了急难，这正是我报答公子的时候。好，咱们去吧！”侯生说：“照理，我也应当一块儿去，可是我老了，跟着你们反倒叫你们多一份麻烦。祝你们马到成功！”信陵君不敢再耽误，立刻带着朱亥上车走了。

信陵君带着宰猪的朱亥和一千多个门客到了邺下，见了晋鄙，说：“大王因为将军在外头辛苦了好几个月，特地派无忌来接替。”说着，奉上兵符，请他验过。晋鄙把兵符接过来，再跟自己带着的那一半兵符一合，果然，合成了一个老虎形的信物。虎符完全符合。可是他又想了一想，说：“请公子暂缓几天，我把将士们的名册整理出来，把军队里的事务结束一下，然后才能够清清楚楚地交出来。”信陵君说：“邯郸十分紧急，我想连夜进兵去救，哪能耽误日子呢？”晋鄙说：“不瞒公子说，这是军机大事，我还得奏明大王，才能照办，再说……”他的话还没说完，朱亥大喝一声，说：“晋鄙，你不听王命，就是反叛！”晋鄙问他：“你是谁？”朱亥从袖子里拿出一个四十斤重的大铁锤，冲着晋鄙的脑袋一砸，说：“我就是大铁锤！”

信陵君拿着兵符对将士们说：“大王有令，叫我接替晋鄙去救邯郸。晋鄙不听命令，已经治死了。你们不用害怕。好好地服从命令，一心一意去杀敌人，将来都有重赏！”兵营里静悄悄的连个咳嗽的声音都没有。大伙儿就等着进军的命令。

信陵君下了一道命令：“父亲和儿子都在军队里的，父亲可以回去；哥哥和弟弟都在军队里的，哥哥可以回去；独子可以回去养活老人，有病的或者身子不结实的，都可以回去。”大概十成里有二成的士兵请求回去。信陵君就打发他们回家，重新编排队伍。这新编的队伍全是经过挑选的精兵，总共有八万人。公元前257年（周赧王五十八年，秦昭襄王五十年，魏安僖王二十年，韩桓惠王十六年，赵孝成王九年，楚考烈王六年，燕孝王元年，齐王建八年），信陵君亲自出马跑到最前面，指挥着将士们向秦国兵营冲过去。秦国的将军王龁没想到魏国的军队突然会来攻打，手忙脚乱地抵挡了一阵。平原君开了城门，带着赵国的军队杀出来。两边夹攻，秦国的军队就像山崩似的倒了下来。多少年来秦国没打过这么一个大败仗。秦昭襄王赶紧下令退兵，人马已经死伤了一半。郑安平的两万人给魏国军队切断退路，变成一队孤军。他叹了一口气，说："我本来是魏国人，还是回到本乡本土去吧。"他就带领着两万人马投降了信陵君。

赵孝成王亲自上魏国兵营来给信陵君道谢，说："这回赵国没亡国，全仗公子大力！"平原君更是感激他，在前面替他领路，把他迎接到城里来。信陵君免不了得意扬扬，挺有点劳苦功高的神气劲儿。朱亥偷偷地对他说："人家对公子有好处，公子不应当忘了；公子对人家有好处，可不能老记在心里！再说，公子假传大王的命令，夺取晋鄙的军队。公子对于赵国虽说有点功劳，可是对于魏国还背着大罪，哪还能得意扬扬呢？"信陵君红了脸，说："谢谢您的指教！"

信陵君进了邯郸城，赵孝成王亲自打扫宫殿，特别恭敬地招待他，又封给他五座城。信陵君已经接受了朱亥的劝告，挺虚心地推让着，说："我对于贵国没有多大的功劳，对于本国还背着大罪呢。大王肯收留我这个罪人，我就够知足了，哪还敢受封？"赵孝成王再三请他接受，又叫平原君劝他，他只好接受了赵王的赏赐。他自己不敢回国，就把兵符和军队交给魏国的将军带回去。自己只好留在赵国。赵孝成王又要封鲁仲连，鲁仲连说什么也不接受，他说："替人家消除患难，排解纠纷，还有点意思；要是为了报酬，那还不如去做买卖。"他辞别了赵王和平原君，自由自在地走了。

楚公子春申君黄歇听见秦国打了败仗跑了，就从武关带着没出过一点力气的八万大军回到楚国去了。

避债台

楚考烈王一听说信陵君大破秦兵，就想起平原君和毛遂请他当合纵抗秦的纵约长的事来了。他因为怕秦国，不敢答应，后来架不住毛遂一逼，才叫春申君带着兵马去抵抗秦国。如今想起来实在怪害臊的。待了几天，春申君带着军队回来了，一点功劳也没立。考烈王叹息着说："赵公子所说的合纵计策实在不错，可惜咱们没有像魏公子那样的大将。"春申君一听，臊得什么似的，可是他心里头还有点不服气。他想："我一向学着孟尝君、平原君、信陵君的派头，也养了不少门客，怎么会跟不上他们呢？真怪！"他就厚着脸皮，对考烈王说："上回不是赵公子他们公推大王为纵约长吗？如今秦国打了败仗，威风下去了。大王这时候就该掌起纵约长的大权来，赶紧打发使者去约会各国，再能够得到周天王的同意，借着他的号令去征伐秦国。大王能够这么办，就比齐桓公、楚庄王的功业大得多了。"考烈王经春申君这么一鼓动，当霸主的瘾又来了，当时就打发使臣上成周去请求周赧王下令征伐秦国。

周赧王向来软弱无能。虽说挑着个天王的旗号，实际还不如列国里最小的诸侯呢。真正受他管辖的土地不过几十座小城。哪知道光是这么个小小的天下，还分成两半。河南巩义市一带叫东周；河南王城一带叫西周（平王东迁的时候把镐京叫西周，洛阳叫东周；到了周赧王的时候，这原来的东周又分成了东、西两周）。东周由东周公治理，西周由西周公治理。不光各自独立，时常还要你欺我、我压你地彼此攻打。天王只不过是个高高在上的大傀儡。他就好比是一个大户人家的老太爷，没权没势，受着晚生下辈们的欺负。这还不算，连那最小的一些房产也给两个管家分着霸占了。周赧王就是这么个老太爷。有时候受了西边管家的气，就跑到东边管家那儿去住几天；有时候受了东边管家的气，就跑到西边管家那儿去住几天。这会儿，周赧王正住在西周，西周公总算还养活着他。

周赧王接见了楚国的使臣，高兴得差点儿掉下眼泪来。他正在气恨秦王欺负他，屡次三番地要想打通三川来抄他的老窝。真难得有这么个远房的孝子贤孙替他打抱不平，他哪能不答应呢？他立刻用天王的名义叫楚国去约会列国诸侯。

周赧王把楚国的使臣打发走了之后，叫西周公准备出兵，跟着六国一块儿去征伐秦国。西周公把西周的兵马集合起来，东拼西凑地好不容易把军队都拢在一块儿，数了数，老老少少，一股脑儿还不到六千人。这哪像话呢？白起一个晚上坑死的赵国投降的士兵就有四十多万。这六千来人能顶什么事？不用管那些个，出去替人家壮壮声势也是好的。周赧王和西周公就决定把这六千人送出去加入合纵抗秦的阵营。

六千人一集合起来，就发生了几件难事：头一件，那些破旧的兵车得修理修理；第二件，拉车的马不够了；第三件，人吃马嚼一点没有着落。库房里拿不出这笔打仗的开销来。老太爷皱着眉头，抓耳挠腮地急得差点儿要哭出来了。末了，还是那个管家的西周公想出一个借钱的招儿来。周天王就向那些富裕的商人、地主去借钱，给他们立字据，说明这回借的钱是作为军饷用的，等到打仗回来，拿战利品作为担保，连本带利一齐归还。这个新招儿居然招起商人、地主们的兴头来了。有钱的人愿意放账的还真不少。军饷、军费就有了着落了。

公元前 256 年，西周公带了六千人马到了伊阙，就在那儿驻扎下来等候各国诸侯的大队人马。可是韩、赵、魏三国刚跟秦国打了仗，元气还没恢复，没有出兵的力量。齐国跟秦国一向是挺不错的，不愿意发兵。只有燕国和楚国派了几队人马，大伙儿在伊阙驻扎下来。楚国和燕国等了三个多月，也没见别的国派兵马来。这回合纵抗秦的玩意儿又算吹了。他们都各自没精打采地回去了。西周公也只好原封不动地带着他那六千人马回王城去了。

周赧王出了一回兵，一仗没打，什么东西都没得着，军饷可全耗费完了。这回的买卖连老本全赔在里头。那些账主拿着字据在宫门外头向天王要账。要账的要不着钱，也见不着该账的，哪能答应呢？可就哇啦哇啦连吵带闹地嚷开了。这一下子，弄得周赧王脸红得一直到耳根子。跑又没处跑，躲又躲不了。他只好到高台上去躲账。就因为这件事，那座高台，人家就给它起个名儿叫“避债台”。直到如今，我们不是还有则成语叫“债台高筑”吗？

古籍链接

时周赧王一向微弱，虽居天子之位，徒守空名，不能号令，韩、赵分周地为二，以雒邑之河南王城为西周，以巩附成周为东周，使两周公治之。赧王自成周迁于王城，依西周公以居，拱手而已。

至是，欲发兵攻秦，命西周公签丁为伍，仅得五六千人，尚不能给车马之费，于是访国中有钱富民，借贷以为军资，与之立券，约以班师之日，将所得卤获，出息偿还。

西周公自将其众，屯于伊阙，以待诸侯之兵。

时韩方被兵，自顾不暇；赵初解围，余畏未息；齐与秦和好，不愿同事；惟燕将乐闲，楚将景阳二枝兵先到，俱列营观望。秦王闻各国人心不一，无进取之意，益发兵助张唐攻下阳城，别遣将军嬴樛，耀兵十万于函谷关之外。燕、楚之兵约屯三月有余，见他兵不集，军心懈怠，遂各班师。

西周公亦引兵归，赧王出兵一番，徒费无益。富民俱执券索偿，日攒聚宫门，哗声直达内寝，赧王惭愧，无以应之，乃避于高台之上，后人因名其台曰：“避债台”。

——《东周列国志·第一百一回》

王室完了

天王还不上账，老在高台上躲避那吵闹的声儿。没想到有一天，这吵闹的声儿越来越大，越听越近。没有法子，他只好红着脸下来。那些进来的人报告的比那要账的事更倒霉。打头的是西周公，后头跟着一群大臣们。他们慌里慌张地嚷嚷着说："不得了！不得了！秦国的军队打到西周来了！"天王吓得差点儿晕过去，哭丧着脸问西周公："各国的诸侯呢？燕国和楚国的军队呢？"西周公说："各国的诸侯连自己还顾不过来。秦国打败了韩国，夺去了阳城和负黍（都在今河南登封一带），杀了四万多韩国的士兵。秦国又打败了赵国，夺去了二十多座城，杀了九万多赵国的士兵。燕国和楚国的军队早就回去了。如今咱们没有像样的军队，又没有粮饷、草料，简直是等死！"周赧王说："那么逃到三晋去吧。"西周公说："有什么用呢？天王归附了三晋，赶到秦国把三晋灭了再去归附秦国，反倒多受一回罪，现两回眼。那可犯不着。我看还不如直截了当地投降秦国，也许还能保全一点地位。"周赧王急得两只手也不知道放在哪儿好，来回地搓着。后来只好带着自己的子侄和大臣上太庙去，对着上辈祖宗哭了一场。西周公捧着户口册和地图上秦国兵营去投降，献上了仅有的三十六座小城，三万户口。秦国将官一面派人"护送"周赧王上咸阳去，一面进兵接收西周。

周朝的天王周赧王到了咸阳，红着脸见了秦昭襄王，鞠躬认错。秦昭襄王一见他这个样儿，不由得也直替他难受，就把梁城封给他，称他为周公，把原来的西周公也降了一级，管他叫家臣。这位由天王降为周公的老头儿，心里烦恼，再加上路上的劳累，到了梁城就病了。不到一个月工夫，死了。秦昭襄王当时就收回了周公的领土，把周朝的宗庙也拆了。打这儿起，西周完了。

秦昭襄王灭了西周以后，通告列国，列国诸侯就更不敢得罪秦国了，都抢着先打发使臣上咸阳去道贺。韩桓惠王头一个去朝见秦昭襄王，紧跟着就是齐、楚、燕、赵，都派使臣去朝贺。秦昭襄王一瞧，列国诸侯前后全来了，单单少了个魏国。魏王没派人来。秦昭襄王要派河东太守王稽去征伐。王稽跟魏国素来挺有交情，就偷偷儿打发人去告诉魏安僖王。魏安僖王得到了这个消息，立刻打发太子连夜赶到秦国来赔不是。这么一来，六国的诸侯全都归顺了秦国。

王稽私通魏国的事走了风，给秦昭襄王知道了。秦昭襄王就依照当时的规矩把他办了死罪。这一来，丞相范雎的两个恩人，全犯了罪：郑安平投降了魏国，王稽私通了魏国。这两件事对范雎都挺不利，因为这两个人都是他推荐的。依照秦国的规矩，荐举人也一样得定罪。范雎就扮成罪人的样子，请秦昭襄王发落。秦昭襄王反倒再三劝他，说："他们两个人都是我派出去的。这是我用人不当，你用不着多这份心。"秦国的大臣们背地里可就讲究开了。有的说："咱们大王太宽大了。"有的说："丞相的功劳也实在大，他犯了法，大王也不好意思去办他的罪。"这些风言风语，秦昭襄王多少也听到了。他怕范雎心里头不踏实，就下了一道命令，说："王稽已经灭了族，别人不准再多嘴！"他格外优待范雎，时常给他送点味道好的食物或是名贵的衣料。大伙儿一见丞相还是红人儿，谁还敢再多嘴呢？

范雎越见秦昭襄王这么对待他，越觉得自己不踏实。他想："当初商鞅、吴起、文种、伍子胥他们都立过大功，得到了君王的重用，到后来谁也没有好下场。俗话说，人无千日好，花无百日红。我不如及早引退，免遭后患。"这时候（公元前 255 年）正好来了一位燕国人叫蔡泽。范雎跟他一谈，就知道他是个了不起的人物。范雎把蔡泽推荐给秦昭襄王，打算把自己的官职让给他。秦昭襄王就召蔡泽去见他，君臣俩一问一答地足足说了半天的话。秦昭襄王瞧着蔡泽真不错，他又不是秦国本地人，更加有意要重用他。列国诸侯只重用贵族大夫，他们都是大族，人口多，势力大，到后来，国君反倒捏在他们手里。秦国一向利用外来的人，他们个人的权力尽管大，也不能组织成一个大集团来跟国君对抗，因此，秦国的政权就集中在国君身上。秦昭襄王绝不让贵族掌权，他当时就拜蔡泽为客卿，可是不准范雎辞职。范雎就假装病了，才算告了病假。待了几天，他上个奏章，说自己上了年纪，时常犯病，不能上朝办事。秦昭襄王知道他决心要告老，就送他到应城去养老。接着拜蔡泽为丞相，担任了范雎的职位。

范雎这一告老退休，渐渐招起秦昭襄王的心事来了，他已经当了五十多年的君王，如今快七十了。东征西讨，劳累了一辈子，秦国倒是强大起来了，可是中国并没统一。范雎有个蔡泽来替换他，自己找谁来替换呢？安国君虽说是太子，可惜他没有那么大的能耐掌管国家大事。王孙子楚呢，也靠不住。子楚的儿子赵政还是个孩子，更提不上了。他就时常这么前思后想。到了公元前 251 年秋天，这位精明强干、一心一意想统一中国的秦昭襄王一连好几夜睡不着觉，得病死了。

太子安国君即位，就是秦孝文王。这时候，秦孝文王已经五十三岁了。他就立子楚（就是王孙异人）为太子。秦孝文王即位才三天，据说就“中毒”死了。子楚即位，就是秦庄襄王。秦庄襄王奉华阳夫人为太后，立赵姬为王后，儿子赵政为太子。

这位秦庄襄王是吕不韦一手培植起来的，当然他得重用吕不韦。蔡泽就告了病假，交了相印。秦庄襄王拜吕不韦为丞相，封他为文信侯，把洛阳十万户作为他的俸禄。留下蔡泽为大夫。

吕不韦跟秦庄襄王说：“我近来得到各地的报告，都说东周公为了秦国接连着过去了两位君王，料想秦国不能安定，他就打发使者上各国去，要重新合纵抗秦。我一想咱们既然把西周灭了，东周就不能再留着。别瞧这残余微弱的东周君，他还自称是文王的子孙、周朝的亲支正统呢。他还想凭着这个名义，煽惑天下，扰乱中原。咱们不如索性把他也灭了，免得各国诸侯再借着这顶破旧的大帽子来欺压咱们。”秦庄襄王就拜吕不韦为大将，带着十万兵马去打东周。东周本来就是快要灭的蜡头，哪架得住狂风暴雨？周朝从武王即位（公元前 1122 年）到东周君给秦国掳去（公元前 249 年），总共 874 年，从此可就完了。

卖酒开赌场

秦庄襄王把东周灭了，接着又去打韩国，打下了荥阳和成皋（就是虎牢），改为三川郡（公元前 249 年）；又打下了赵国的榆次、新城等三十七座城，改为太原郡（公元前 248 年）。跟着就叫王龁去打魏国（公元前 247 年）。魏国一连气打败仗，眼看着支持不住了。如姬对魏安僖王说："赶紧把公子无忌请回来，叫他去联合各国，共同抵抗秦国，也许还能挽回大局。不然的话，魏国准保不住。"魏安僖王虽说恨透了信陵君，可是正在急难的时候，实在想不出别的主意来，只好依了如姬的话，打发使者上赵国去，请信陵君回来挽救这个局面。信陵君还恨着魏安僖王，说什么也不回去。

信陵君为了假传魏王的命令，夺了晋鄙的军队，把魏王得罪了。他打败了秦国，救了赵国，也总算替魏国争了光。他满打算等魏王消了气，照旧回去当魏国的相国。可魏安僖王要撑着他那君王的尊严，不准他回国。这回受不了秦国王龁、蒙骜的攻打，魏安僖王这才打发颜恩去请信陵君。

信陵君可犯起脾气来了，气狠狠地说："魏王把我扔在赵国，整整十年了！如今遭了难，才来找我，我偏不去！"他就关上大门，外人一概不见。魏国的使者颜恩没有法子见着他。信陵君的那些门客都劝他回到魏国去，至少也得跟魏国的使者见一见面。信陵君不理他们。他写了一张通告挂在门口。那通告上写的是："凡替魏王通报的，都有死罪！"这一下，那些门客都吓得伸了伸舌头，谁也不敢再言语了。魏国的使者颜恩等了足有半个月，连信陵君的影儿也没见着。魏安僖王接连不断地打发人去催颜恩，颜恩苦苦地哀求公子的门客们替他回报一声，可是那些门客为了保全自己的命，谁敢替他通报？颜恩就好像猫儿候着耗子似的天天在邻近一带等着，指望信陵君出来，能够在路上跟他见面。这个耗子可真机灵，压根儿就不出来，急得颜恩一点办法都没有。

正在无可奈何的当儿，颜恩瞧见两个客人来拜访公子。他拉住那两个客人不撒手，死乞白赖地向他们苦苦央告。这两个人说："你去预备车马，我们去叫公子动身。"这两个人怎么能有这种把握？究竟他们有多大的来头？

说起来有点新鲜。那两个人的名字一直到如今也没有人知道。在中国历史里只有他们两个人的姓：一个姓毛，叫毛公；一个姓薛，叫薛公。提起他们的出身，也挺特别。毛公是开赌场的，薛公是卖酒浆的。那时候，卖酒浆和开赌场不光是下贱的营生，还有点像流氓混混儿的勾当。这种人在士大夫的眼里比平民还要低一等。信陵君可不管这套。他的门客里的侯生不就是个穷老头儿吗？还有个宰猪的朱亥，也是这一类的人。信陵君见了毛公和薛公，曾经打发朱亥去拜访过他们。他们的架子可比当初朱亥对待信陵君的架子还大。您猜怎么着？他们全藏起来，不跟朱亥见面。信陵君就穿了便衣带着朱亥亲自跑到酒铺里。正赶上毛公和薛公在那儿喝酒，没留神进来的这两位客人是谁。信陵君走到他们跟前，说了好些敬仰的话。他们已经见着面了，藏也来不及藏，只好请信陵君和朱亥一块儿坐下喝酒。四个人又吃又喝，说说笑笑，大伙儿可就交上朋友了。打这儿以后，信陵君时常上酒铺去喝酒，有时候也上赌场去玩玩，跟毛公、薛公混在一块儿。

这件事给平原君知道了。他对夫人说："当初我以为你兄弟是位英雄豪杰，哪知道他竟自暴自弃，跟那些开赌场的、卖酒浆的一些下流人来往。怎么他连自己的身份也不顾了？"有一天姐弟俩见了面，姐姐就把平原君的话一五一十地跟兄弟信陵君说了。本来打算劝劝兄弟留点体面。信陵君回答她，说："我早先以为姐夫是位英雄豪杰呢，他原来是个公子哥儿，就知道出风头、讲体面，在阔气的门客们身上花钱，什么叫搜罗人才，他满不管。我在魏国的时候，就听说毛公和薛公两个人是赵国数一数二的隐士，我恨不得早点跟他们来往。如今我跟他们结交，我就是给他们拿马鞭子赶车，还怕他们瞧不起我，不愿意跟我交往呢！谁知道姐夫反倒看作是丢人现眼的事。好！像这种贵公子我也高攀不上，还不如上别国去。”当天信陵君就叫门客们收拾行李，准备动身。

平原君一见信陵君和他的门客们忙忙叨叨地赶着打铺盖卷儿，不由得吓了一跳，立刻去问夫人，说：“我并没得罪你兄弟，怎么他要走啦？”夫人说：“他说你不好。他不愿再在这儿待着了。”她就把信陵君的话学舌了一遍。平原君叹息着说：“赵国有这么两位人物，我还不知道，公子倒知道得这么清楚，变着法儿把他们拉了过来。我哪儿比得上他呢？”他就亲自跑到信陵君的公馆里，直向他磕头赔不是。信陵君只好照旧住在赵国。

这回毛公和薛公听见颜恩这番话，就进去对信陵君说：“秦国的兵马把魏国围上了，天天攻打，情势挺紧，公子知道不知道？”信陵君说：“早就知道了。可是我离开魏国整整十年了。如今我是赵国人，不敢过问魏国的事。”毛公说：“这是什么话！赵国和各国都尊重公子，还不是因为有魏国吗？公子的名声怎么传扬天下的？还不是因为有魏国吗？各国诸侯哪个不称赞魏公子怎么怎么能干，魏公子怎么怎么义气大方，魏公子怎么怎么招待天下豪杰？人家这么尊重魏国的公子，可是公子的心目中反倒没有魏国。这不成了笑话吗？魏国的光荣就是公子的光荣，魏国的耻辱就是公子的耻辱。要是魏国给敌人灭了，公子也就变成亡国奴了。到那时候，谁还来尊敬一个亡国奴呢？”薛公紧接着说：“秦国人要是占了大梁，拆毁魏国先王的宗庙，公子怎么对得住自己的祖宗呢？到了那时候，公子还有什么脸面在赵国待着吃人家的饭呢？”

信陵君听了这两位上宾的话，好像小学生给老师数落了一顿似的。他当时满脸通红，低着脑袋，坐也不是、站也不是地出了一身汗，赶紧赔着不是，说：“我完全听从两位先生的话。要是两位先生不这么给我说破，我差点儿落个天下头一个大罪人的罪名！”

他当时就告诉门客们准备动身，自己去跟赵孝成王辞行。赵孝成王拉着他的手，掉着眼泪，说：“敝国全仗着公子，才没受人家的欺负。我哪舍得让公子走呢？可是如今贵国这么紧急，我也不好意思强留公子。这真是无可奈何的事。上回公子带着魏国的军队来救赵国，这回公子去救魏国，也带着赵国的军队去吧。”他就拜信陵君为上将军，庞煖为副将，发了十万兵马去抵抗秦国。

回光返照

信陵君统率着赵国的军队到魏国去，同时又打发门客分头上各国去求救兵。燕、韩、楚三国向来佩服信陵君，一听说他当了上将军，全派大将带着兵马来帮助他。只有齐国不愿意加入抗秦阵营。

信陵君统率着五国的军队，挺巧妙地切断了王龁和蒙骜的联络，夺过来不少秦军的粮草，连着打了几个胜仗，打得秦国的士兵五零四散地跑了。

五国的军队一直追到函谷关，在关前驻扎着五座大营，耀武扬威地向秦国挑战，吓得秦国的将士把城门关得挺严实，不敢出来。就这样待了一个多月，秦国人不敢再出来。这回打仗可以说是五国诸侯最露脸的事，发出了灿烂的光芒，正像夏天的太阳从西山顶上照得人睁不开眼睛一样。可是，这回灿烂的光芒只是合纵抗秦的回光返照罢了。信陵君不见秦国人出来，就想："要是敌人老不出来，五国的军队在这儿再住上一年半载，也没有用。再说函谷关也打不下来，就算把函谷关打下来了，也灭不了秦国。"他这么一合计，还不如下令退兵。各国的兵马就各自回去了。从此，合纵抗秦的大势已去，秦国可就更加强盛了。

信陵君回到魏国，离着国都还有三十多里地，就见魏安僖王亲自迎接他来了。魏安僖王和信陵君本来是异母兄弟。哥儿俩分别了十年，这回一见面，又是喜欢，又是伤心。他们一块儿坐着车回到城里。魏安僖王拜信陵君为相国，除了原来的俸禄之外，又封给他五座城。他又免了朱亥杀死晋鄙的过错，请他为将军。这么一来，谁都知道信陵君的威名了。各国诸侯都给他送礼，求他指教打仗的法子。信陵君就把他平日用兵打仗的心得编成了一部书，就是《魏公子兵法》。

各国诸侯因为佩服信陵君，全都来送礼。秦庄襄王也打发使臣来结交信陵君，请他上秦国去逛逛。信陵君把这事儿禀告了魏安僖王。魏安僖王不愿意叫他去冒这个险。可是信陵君觉得能够和好，总是和好好。他先打发朱亥带了一双玉璧上秦国去答谢。

朱亥见了秦庄襄王，举行了回拜的礼节，就要回去。秦庄襄王使出各式各样的法子，说了不知多少好话，想把他留住，要封他官职。朱亥一个劲儿不答应。蒙骜对秦庄襄王说："他就是打死晋鄙的那个勇士，咱们吃过他的亏。要是他不愿意归顺大王，千万不可放他回去！"秦庄襄王就把朱亥扔到老虎圈里。圈里的老虎一见有人进来正要扑过去。朱亥大喝一声，说："畜生，你敢！"这一嗓子，好像霹雷似的，居然把那只老虎吓住了，趴在地下，不敢动弹。秦庄襄王和手下的人全愣了。他们又把他领出来。秦庄襄王还想劝他投降。朱亥知道他已经万万回不了魏国，就下了决心，自杀了。

朱亥的底下人跑回魏国，报告了秦庄襄王逼死朱亥的经过。信陵君痛哭一场，心里非常恨秦国。秦国又派使者来，送了信陵君好些礼物，另外还有一封信。大意说："公子的威名轰动天下，各国诸侯没有不佩服公子的。可不知道魏王什么时候能让位。我们都等着公子即位呢。奉上一点礼物，表一表我们庆贺公子的意思。"信陵君把送来的礼物都退回去，把秦庄襄王的信拿给魏安僖王看，对他说："这是秦国的诡计。咱们可别上他们的当！"魏安僖王嘴里不说什么，心里可不免有点猜疑。自古以来当君王最怕的一件事就是别人去抢他的王位。君王最容易犯的毛病就是疑心病。魏安僖王害怕信陵君真比害怕秦庄襄王还厉害！因为这个，信陵君告了病假，交还了相印和兵符。

他想起毛公和薛公隐身的法子来了，就拿喝酒、耍钱当作消遣解闷。还怕魏安僖王再去逼害他，就天天喝酒作乐，恨不得早一些离开这个充满猜疑的人世。这位公子，外表上荒淫无度，谁知道他是"黄连树下弹琴——苦中作乐"。不到三年工夫，就把自己一条命断送了（公元前244年）。门客们一个个都哭得挺伤心。

信陵君给秦庄襄王害得辞职的那当儿，秦庄襄王倒先跑在他头里，得病死了（公元前 247 年）。吕不韦帮着那个十三岁的孩子即位，就是秦王政（后来称为秦始皇）。秦国的大权全在吕不韦手里。他得到信陵君辞职的信儿，就知道合纵的玩意儿又完了。他派大将蒙骜、张唐、王龁，接连不断地去攻打赵国、韩国和魏国，得了几十座城，逼得各国诸侯不得不拿出“合纵”的法子去抵抗。

韩桓惠王想出个办法叫秦国劳民伤财，免得再来攻打韩国。他派水工（相当于水利工程师）郑国（姓郑，名国）去献计策，劝秦王开凿泾水（从今甘肃流向陕西，入渭河）。秦王和吕不韦不知道他是来害秦国的，完全同意他的办法，派他负责主管这个巨大的工程。他就从仲山（在今陕西泾阳）挖掘河道，一直向东开凿，通到洛水（从陕北向南流，入渭河）。

这个工程实在太大了，人力、物力真费了不少。工程已经做了一大半，秦国忽然发觉这是上了韩国的当，就要弄死那个水工郑国。郑国也不隐瞒，老老实实地说：“我这么干，原来是叫秦国忙着挖河，好叫韩国延长几年寿命。可是这条泾水一挖成，对秦国来说，是个千年万代的大事情，好处是说也说不完的。”吕不韦就叫他接下去完成这个水利上的大工程。这新开凿的河渠叫郑国渠，能灌溉四百多万亩田地。据说以后平均每亩收获了六石四斗粮食。在这以前（公元前 250 年），秦昭襄王吩咐蜀郡太守李冰大兴水利，开辟稻田。李冰修建了著名的都江堰（在今四川都江堰市西），把岷江的激流分成两条河道，穿过成都，使河流转为平缓。都江堰不但控制了岷江的激流，免除了水灾，而且两条河道灌溉了一百多万亩庄稼。这会儿郑国渠的工程比都江堰的工程更大，灌溉的田地更多。从此，秦国就更富强了。

公元前 241 年（秦王政六年），各国诸侯，除了齐国以外，赵、韩、魏、燕、楚，都出兵加入了合纵阵线，公推楚国为领袖，拜春申君黄歇为上将军，浩浩荡荡地杀奔函谷关而来。秦国的丞相吕不韦派蒙骜、王翦、桓齮（yǐ）、李信、内史腾五个大将，每人带着五万兵马，分头去对付五国的军队。王翦准备集中力量先去袭击楚军。他暗中调动兵马，打算连夜进攻。没想到他的计策被一个手下人偷偷地透露给了春申君。春申君吓得魂不附体。连其余四国的兵营也来不及去通知一声，他立刻下令退兵，连夜跑了五六十里地，才喘了口气。等到秦军开到楚军驻扎的地方，才知道楚军已经跑了。王翦那五大队人马就合在一起攻打四国的兵马。四国的将士儿郎们听说领头的楚军先跑了，全泄了劲儿，瞧见秦国的兵马就好像耗子见了猫似的撒腿就跑。合纵抗秦的蜡头就此完全熄灭了。

古籍链接

信陵君亦不愿行，言于魏王，使朱亥为使，奉璧一双以谢秦。秦王见信陵君不至，其计不行，心中大怒，蒙骜密奏秦王曰："魏使者朱亥即锤击晋鄙之人也，此魏之勇士，宜留为秦用。"

秦王欲封朱亥官职，朱亥坚辞不受。

秦王益怒，令左右引朱亥置虎圈中，圈有斑斓大虎，见人来即欲前攫，朱亥大喝一声："畜生何敢无礼！"迸开双睛，如两个血盏，目眦尽裂，迸血溅虎，虎蹲伏股栗，良久不敢动，左右乃复引出。秦王叹曰："乌获、任鄙不是过矣！若放之归魏，是与信陵君添翼也！"

愈欲迫降之，亥不从，命拘于驿舍，绝其饮食。朱亥曰："吾受信陵君知遇，当以死报之！"乃以头触屋柱，柱折而头不破，于是以手自探其喉，绝咽而死。真义士哉！

——《东周列国志 · 第一百二回》

移花接木

春申君跑回陈都。赵、韩、魏、燕四国全都派人去责问楚国："贵国当了纵约长，怎么不通知别人，自己先回来了？"楚考烈王就数落春申君。春申君光瞧着自己的靴子，连句遮羞脸的话也说不出来。打这儿起，楚王对他就不怎么信任了。

春申君回到家里，两只眼睛还是老瞧着靴子，心里想："我在列国四公子之中，难道光是这靴子上缀着的珠子比别人阔气吗？"他旁边的门客朱英早就知道了他的心事，鼓励他，说："别人都说楚国是强国，到了您做了相国（楚国令尹的官衔已经像列国一样改为相国）才衰落下去。这话我可不承认。当初楚国四周围没有强国，秦国离得又远，不能来侵犯，因此，楚国一向称为南方大国。如今形势变了。西周、东周已经给秦国灭了，韩国、魏国早晚也得给秦国吞并了去。秦国越往外伸展，就越跟楚国接近。所以我说并不是楚国比从前弱，实在是秦国比从前强罢了。这么下去，陈都也不是个安全地界。您不如早点劝大王做个准备，迁都到寿春（在今安徽寿县）去吧。"春申君就把这个意思告诉了楚王。

楚王听了春申君迁都寿春的话，觉得这也是大功一件。春申君又得到了楚王的信任，心里可就踏实得多了。他还想立个大功。楚王没有儿子，春申君得想个办法别让他绝了后。他曾经给楚王献上过好几个女子，她们连一个也没生养过。急得春申君想不出主意来，就又叹气出神。他这心事给一个从赵国来的门客叫李园的瞧出来了。李园想把他妹妹献给楚王，又怕她照样不能生养，白费心机。为了这个，他还得费点脑筋。

他向春申君告假，说是要回老家去一趟，到了日子准回来。春申君答应了。李园到了赵国以后，成心误了限期才回楚国去。春申君问他，为什么在家里住了这么些日子。李园咕嘟着嘴，翻着白眼，说："都是受了我妹妹嫣嫣的累赘！因为嫣嫣长得有几分姿色，连齐国人也都知道了。没想到齐国还真派人来求婚说媒，我只好招待他几天。"春申君一想，赵国的女子，连齐国也全知道，准是个天下无双的！不由得就问："你答应齐人了吗？"李园说："还没呢。""那么，能不能叫我见见面儿？"李园连连点头，说："我在您门下，我妹妹就是您的丫头，这还用说吗？"李园便把妹妹送给了春申君。不到三个月工夫，嫣嫣有了身子。兄妹俩一商量，就想"移花接木"，来夺取楚国的大权。

有一个晚上，圆圆的月亮照得屋子直发亮，春申君指着天上的月亮对嫣嫣说："你瞧，月亮也像咱们一样，又圆满又快乐。"嫣嫣叹了口气，说："我也想咱们两个人能够天长地久，永远团圆。可是咱们大王还没有儿子，千秋百岁之后，王位就得传给他的兄弟。您做了二十多年相国，一向得到大王的重用；将来的新王不见得还能够这么重用您。"春申君一声没言语。嫣嫣接着说："不能再做相国，倒也没有什么。我知道您在这几十年当中，难免有得罪人的地方。万一您得罪过的人当上了君王，您想还能躲得开吗？"春申君一下儿就坐了起来，挺着急地说："这倒是真的！该怎么办呢？"一阵微风吹过来，有些透着凉意。嫣嫣给春申君披上一件上衣，说："计策倒是有，不光能够躲过祸患，还能福上加福。只是我说不出口来。说出来怪难为情的。"春申君催着说："你替我打算，有什么不好说的呢？我一定听你的。"嫣嫣抬起头来，咬着他的耳朵，说："我已经有了喜了，连您还不知道呢。您要是把我献给大王，大王准得宠我。要是天从人愿，养个儿子，他可就是楚国的太子，也就是您的亲骨肉。将来您的亲骨肉当了楚王，您还怕什么呢？您瞧这个'移花接木'的计策好不好？"春申君眉开眼笑地说："天下竟有像你这么机灵的女子！"春申君就替楚考烈王做媒，把李园的妹妹嫣嫣送到后宫。到了生产的时候，嫣嫣不光替老年的楚王养了个儿子，而且还是个双胞儿。楚王就立嫣嫣为王后，长子为太子，李园为国舅，跟春申君一块儿管理朝政。

李园虽说得了势，可是对春申君显得特别恭敬。只要能叫春申君高兴的事，他都肯干，且心甘情愿地哈着腰去干。

迁都以后第三年（公元前 238 年，秦王政九年，楚考烈王二十五年），楚考烈王病了。春申君静静地等待着，他那“亲骨肉”眼看就要即位了。一到那时候他就是太上王了。忽然有一天，他的门客朱英来见他，对他说：“天下有意想不到的福气，有意想不到的灾祸，还有意想不到的人。您知道吗？”春申君说：“你别让我猜谜儿，痛痛快快地说吧。”朱英说：“您做了二十多年相国，富贵无双。如今大王得了重病，没见好。一旦小王即位，您就是伊尹、周公。这就是意想不到的福气。可是那位国舅李园外表上透着恭敬，背地里可养着武士。为了他妹妹的事，他怎么能放过您呢？大王一死，他准先来对付您。这就是意想不到的灾祸。”春申君笑着说：“他哪敢？还有意想不到的人呢？”朱英指着自己的鼻子，说：“我替您去对付李园，免得您落在他手里。我就是一个意想不到的人。”春申君说：“李园这么殷勤地伺候着我，哪能害我呢？你别瞎猜别人！”朱英微微一笑，说：“当断不断，反受其乱。原来您也是一位意想不到的人哪！”

朱英劝不了春申君，就跑到别的国隐居起来了。

朱英走了之后，过了十几天，楚考烈王死了。李园叫人去报告春申君。春申君赶到宫里，就给李园的武士们围上，嚷嚷着说：“奉王后密令！黄歇谋反，理应处死！”春申君就这么遭到了意想不到的灾祸，全家灭了门。

不中用的小子

自从合纵抗秦失败以后，又加上楚国的没落，这下子秦国要兼并各国就更便当了。头年吕不韦派蒙骜和张唐去攻打赵国，又派秦王政的兄弟长安君成蛴为大将和将军樊於（wū）期去接应。门客们对吕不韦说："长安君才十七岁，年纪轻轻的哪能做大将呢？"吕不韦微微一笑，说："这个你们哪能知道呢！"

蒙骜的大军从上党去攻打赵国，给赵国的大将庞煖在尧山（在今河北邢台一带）、都山（在今河北省）一带截住。两边的军队打了几仗，真是棋逢对手，一时分不出胜败来。蒙骜就叫张唐上屯留（在今山西长子一带）去催长安君的大军快点来。张唐还没跑到屯留，就听说长安君的军队已经叛变了。那长安君成蛴，本来是个公子哥儿，忽然当上大将，自己也有点糊里糊涂的。樊於期告诉他，说："文信君拜您为大将，是叫您来送死。他为的是好一手把持秦国的大权，还想把秦国的天下变成吕家的呢！"成蛴说："哎呀，这怎么可能呢？"樊於期编了个故事，说："您还不知道哇，如今的太后原来是吕不韦的姨太太呀！如今的国王也不是先王的后代，您才是先王的亲骨肉！因此，吕不韦非要把您消灭不可。他外表上拜您为大将，好像挺尊重您。其实，要是蒙骜打了败仗，吕不韦就好借着这个因由定您的罪，办得轻点革职，办得重点处死！"成蛴吓得直掉眼泪，说："哎呀，这怎么办呢？”樊於期说：“蒙骜给赵国军队绊住，一时不能回来。要是您有胆量的话，就可以借着手下的军队，一边守住屯留，一边通告全国，把吕不韦的阴谋揭破了，秦国人准能护着您。”成蟜在气头上，起着誓，说：“男子汉大丈夫死就死，说什么也不能在一个买卖人的儿子底下窝囊着。请将军好好地干吧！”

樊於期写了一篇通告，说吕不韦盗国，叫全国军民帮着先王的亲骨肉，就是长安君成蟜。当时就派人把通告送到各处去。秦国人当初也有听说吕不韦替王孙异人说媒的事。如今见了这个通告，说赵姬原来是吕不韦的姨太太，先有了身孕，然后才转送给王孙异人，就议论纷纷了。有的说赵姬是大户人家的闺女，豪门大族的千金小姐，怎么能给人家做小呢？可是又有人说她是歌女，说得有鼻子有眼儿。大伙儿都有点半信半疑，只把这个通告当作一件新闻罢了。

张唐本来是去催长安君的，一听见这件新闻，连夜跑回咸阳去向秦王政报告。秦王政见了这个通告，非常恼怒，立刻就把吕不韦招来叫他出个主意。吕不韦说：“长安君年纪轻轻的，绝不敢这么胡作非为。这准是樊於期干的勾当。可是他有勇无谋，成不了大事。咱们立刻发兵，把他拿来就完了。”他就拜王翦为大将，桓齮、王贲（王翦的儿子）为左右先锋去围剿长安君。

王翦的大军到了屯留，还没开仗，早就把成蟜吓坏了。樊於期安慰他，说：“这几天咱们已经把长子（在今山西长子）、壶关（在今山西长治一带）两座城夺过来了，加上屯留一共有三座城了，兵马也有十四五万，怕他干什么？再说您已经骑在老虎背上，要想下也下不来了！”成蟜一听说“老虎”，更心慌了。

樊於期开了城门，布置阵势，准备跟王翦开仗。王翦在阵上跟樊於期说：“秦国有哪点对不起你？你怎么引诱长安君造反？”樊於期在兵车上行了个礼，说：“秦政是吕不韦的儿子，长安君才是先王的亲骨肉。咱们都是先王的大臣，应当尽忠报答先王，惩办奸贼，废去假王，同心协力地保着长安君，这才是正理。将军能够仗义归正，就是秦国的功臣。”王翦说：“太后怀胎十月，才养了这位君王。你怎么能造谣生事，污辱君王？说话也得有个分寸。你无凭无据，胡说八道，欺哄百姓，扰乱军心，就是国家的大罪人。我哪能把你放过去呢？”说着，他就冲了过去。樊於期也犯起杀性，抡起大刀见人就砍。王翦叫士兵们把他围上。樊於期很有能耐，左冲右撞，反倒把他们砍倒了不少。王翦怕士兵们死伤太多，只好收兵。

当天晚上，王翦就在营里问将士们："你们有认识长安君的没有？"有个将军叫杨端和的，他说："我当初在长安君的门下当过门客。"王翦对他说："我有一封信，你想法混进城给长安君送去，劝他早日反正，就是你的大功一件。"王翦把信交给杨端和，又叫桓齮去攻打长子城，叫王贲去攻打壶关，自己攻打屯留。三个地方同时进攻，逼得樊於期没法应付。

樊於期对成蟜说："王翦分兵三处，我不如先跟他去决战。要是长子和壶关给他们打下来，可就更难对付了。"成蟜掉着眼泪，说："哎呀，怎么办呢？这事是将军发动的，还是请将军做主吧。只要不连累我就行了！"

樊於期跟王翦打了好几天，眼见王翦的兵马越来越多，自己的兵马越来越少。有一天，突然见桓齮和王贲的兵马也开到屯留来了。樊於期就知道长子和壶关已经丢了。他只得退回城里，把守着城。他亲自在城上巡逻，鼓励将士，一天到晚，简直没有休息的工夫。王翦、桓齮、王贲合在一起，加紧攻打，眼看着屯留是保不住了。

他抽空来见成蟜，对他说："咱们还是上燕国或是赵国先去躲一躲，慢慢地再想办法吧。"成蟜说："哎呀，我本族的人全在咸阳，怎么能跑到别的国去呢？要是人家不收留咱们，可怎么办呢？"樊於期说："诸侯哪一个不恨秦国，哪能不收留您呢？"他们正在说话的时候，外边传话说："王翦又来挑战！"樊於期直催成蟜："王子再不动身，怕要跑不出去了！"成蟜只是慢条斯理地耗着。樊於期做梦也想不到成蟜已经给王翦派来送信的那个杨端和说活了心。他只盼望着秦王能饶了他，让他回咸阳去，哪还能跟着樊於期逃跑呢？樊於期还想给成蟜杀出一条活路，就开了南门跟王翦的兵马打了起来。

打了一会儿，见敌人越来越多，樊於期实在抵挡不了了，只好跑回来。没想到城门早就关上了！樊於期大声嚷着说："开门！开门！"城门楼子上的人说："长安君已经投降了，请将军自便吧！"樊於期抬头一瞧，只见杨端和站在成蟜的旁边。成蟜不说话，连"哎呀，怎么办呢"也没有了，只是流着眼泪看着樊於期。樊於期叹了一口气，说："不中用的小子！枉费我一番心血！"他立刻转过身来，又去跟王翦拼命。

秦国的士兵就像蚂蚁翻窝似的围了上来。樊於期还能有命吗？没想到秦王政给王翦下了一道命令：要逮活的。好让秦王亲自砍他的脑袋，才解心头之恨。因此，他们不敢伤害他。樊於期就趁着这个方便，杀开一条血路，逃到燕国去了。

王翦没追上樊於期，只得进了屯留城，把成蟜押在公馆里，等候秦王政发落。太后替长安君请罪，又叫吕不韦去说情。秦王政说："要是造反的不治罪，谁都可以造反了！"当时就打发人去通知王翦，叫他把成蟜就地正法。成蟜老想回到咸阳去，到最后还是回不去，就在屯留吊死了。

秦王政处死了长安君成蟜，又因为屯留的人附和了成蟜，便把他们都迁移到临洮（在今甘肃岷县）去开垦荒地。他出个赏格：谁能拿住樊於期，把他解到咸阳来的，赏五座城。他还要找赵国报仇。当初蒙骜听说长安君兵变的消息，只得下令退兵，在半道上给赵国的大将庞煖杀了。赵国这一回的袭击叫秦国受了挺大的伤耗。庞煖杀了蒙骜，自己也受了重伤，回到赵国，没待几天工夫也死了。秦王政为了这回出兵不但没得着什么，反倒弄得长安君叛变，受了挺大的损失，又气又恨，就准备再去攻打赵国。

天才儿童

秦王政为了再去进攻赵国，先打发大夫蔡泽去拆散燕国和赵国的联盟。燕王喜果然听信了蔡泽的话，叫太子丹上秦国去做抵押，又请秦王政派一个大臣上燕国来当相国。他以为这么一来，燕国攀上了秦国，就不必再怕赵国了。蔡泽带着燕太子丹到了咸阳，请秦王政打发一个大臣上燕国去，作为交换。吕不韦派张唐去，可是张唐推辞不去，跟着就告了病假。

吕不韦亲自跑到张唐的家里去请他。张唐说："我好几次打过赵国，赵国当然恨我。如今丞相叫我上燕国去，我不能不路过赵国，这不是叫我去送死吗？"吕不韦再三再四地请他去，他坚决不干。吕不韦只得闷闷不乐地回去，赌着气坐在家里。门客们见他这个样儿，全回避了。其中有个小门客，叫甘罗（秦武王手下的大将甘茂的孙子），可不怕吕不韦。他走过去，说："丞相闷闷不乐，有什么心事吗？"吕不韦说："小孩子家懂得什么，也来问我！"甘罗说："我吃着您的饭，就得替您办事。您有心事不说，叫我怎么能懂呢？不懂得什么，才来问您哪。"吕不韦只得把张唐不上燕国去的事说了一遍。甘罗说："这点小事情也值得这么烦吗？他不去，我去请他！"吕不韦就骂他："滚！滚！我亲自去请他，他都不去。难道他能听你小孩子的话吗？"甘罗不服气。他说："怎么丞相老是小孩子长、小孩子短地小瞧我！我要是请不动他，您再骂我也不晚哪！"吕不韦还真向他赔不是，说：“那么，你去试试，要是办到了，就是大功一件。”

甘罗挺高兴地去见张唐。张唐虽说也知道他是吕不韦的门客，但见他岁数小，便没把他放在眼里，张嘴就说：“小孩子干什么来啦？”甘罗说：“我是来警告您的！”张唐说：“警告我什么？”甘罗说：“别忙！我有几句话先问您。将军的功劳跟武安君白起比起来，哪个大？”张唐说：“我哪比得上他呀。武安君南边打败了强大的楚国，北边打败了燕国和赵国。不知道他打了多少个胜仗，夺到了多少座城。我连一星儿也比不上他！”甘罗又问他：“那么文信侯的权力跟应侯的权力比起来，哪个大呢？”张唐说：“当然文信侯大！”甘罗说：“对呀！将军既然知道文信侯的权力比应侯的权力大，您的功劳比武安君的功劳小，怎么还不听从文信侯的话呢？从前应侯叫武安君去攻打赵国，武安君不愿意去，应侯就把他轰出国去，秦王还派人给他送了一把宝剑，叫他自杀。如今比应侯还要厉害的文信侯亲自来请您这位不如武安君的将军上燕国去当相国，将军坚决不干。这种举动完全跟武安君一样，难道文信侯能把您放过去吗？我怕的是您不光要给轰出国去，怕也要领受一把宝剑吧！”张唐听了，慌慌张张地恳求甘罗：“求你救救我吧！”甘罗说：“那么您就跟我这个小孩子一块儿去见丞相吧。”

张唐跟着甘罗去向吕不韦谢罪，情愿上燕国去。吕不韦叫张唐准备动身，回头又谢过了甘罗。甘罗说：“张唐听了我的话，不得不上燕国去，可是他还害怕赵国。请丞相派我上赵国替他去疏通疏通。”吕不韦已经知道了甘罗的才干，就领他去见秦王政，把这几天的经过说了一遍。秦王政问甘罗：“你见了赵王怎么说呢？”甘罗说：“这得看赵王怎么样，必须见机而作。说话就像浪头随着风向转，哪能预先规定呢？”

秦王政给了他十辆车马，一百个人，送他上赵国去。赵悼襄王听说燕国跟秦国和好，正担着心。他怕这两国联合起来打赵国。一听秦国的使臣来了，自然挺高兴，当时就派人去迎接。赶到一见面，原来是个小孩子，不由得纳起闷儿来了。赵悼襄王问他：“小先生光临，有何见教？”甘罗说：“燕太子丹上秦国去做抵押，不知道大王知道不知道？”赵悼襄王说：“听说了。”甘罗又问：“张唐上燕国去当相国，大王知道不知道？”赵悼襄王说：“也听说了。”甘罗说：“是呀！大王既然都听说了，就应当明白贵国所处的地位。燕太子上秦国去做抵押，就是燕国信任秦国；秦国的大臣上燕国去当相国，就是秦国信任燕国。燕国跟秦国这么彼此信任，那么贵国可就危险了！”赵悼襄王故意挺镇静地说：“为什么呢？”甘罗说：“秦国联络燕国，就是打算一块儿来进攻贵国，为的是要夺取河间一带的土地，依我说，大王不如把河间的五座城送给秦国，秦王准得喜欢。我再去替大王求求秦王，别叫张唐上燕国去，别跟他们来往。这么一来，贵国要是去进攻燕国，秦王准不去救。这么强大的赵国对付一个弱小的燕国，那还不是要几座城就是几座吗？送给秦王的那五座城简直就算不了一回事儿了。”

赵悼襄王本来是个欺软怕硬的家伙，就想拿五座城做本钱去侵略燕国，好夺到一些土地。当时就送给甘罗一百斤金子，两对玉璧，又把五座城的地图和户口册子交给他。甘罗满载而归。秦王政自然高兴，就封他为大夫，又把当初封给甘茂的土地赏给他。

赵悼襄王一打听，果然秦国不派张唐上燕国去，就知道燕国真孤立了，他叫大将李牧带兵去攻打燕国，夺了几座城。这么一来，秦国和赵国都得着了好处，就是燕国太倒霉了。燕太子丹住在秦国，眼看着秦国失了信，让赵国去欺负燕国，这个日子太难过了。他天天愁眉苦脸，心头好像滚油煎、刀子扎一样。他想偷着跑回去，又怕过不了关。一个人孤苦伶仃地在秦国，又没有帮手，跟谁去商量呢？他忽然想起甘罗来了，打算跟他去结交结交，也许能有个出路。没想到这位聪明伶俐、年纪轻轻的小政客，原来是个短命鬼，才当了几天大夫就死了。燕太子丹又想去求求吕不韦，可是吕不韦也跟自己一样，他心里头也正滚油煎着呢。

驳逐客令

吕不韦为了一个落难的王孙异人，真是倾家荡产，费尽心机，给他争到太子的地位，又给他娶了赵姬，养了这位秦王政。在他看来，秦王政就算是叫他一声“爸爸”也不过分。那赵姬本来是吕不韦介绍给异人的，如今当上了太后，当然也是吕不韦的一党。他的权势可想而知了。秦王政是中国历史上真正了不起的人物。他的聪明、智慧、见解和魄力都很突出。年轻时候，一切事情全由吕不韦和太后做主。一到二十二岁上，他就要执掌大权，自己做主，反倒觉得吕不韦是碍手碍脚的人了。公元前 238 年（秦王政九年），太后赵姬跟长信侯嫪毐（lào ǎi）造反，附和他们的人也不少。秦王政剿灭了这群乱党，杀了嫪毐，又把嫪毐私通太后所生的两个小孩子也全杀了。案子重的抄灭了二十多家，比较轻一点的四千多家都迁到巴蜀去。

又过了一年，他觉得自己已经有了实力，而且眼看着吕不韦的主张和做法跟他不对头，就拿出主子的手段来，要把吕不韦也拿来治罪。

原来吕不韦也像孟尝君、信陵君、平原君、春申君一样，养了三千多门客，其中有学问的人也不少。吕不韦叫几个能够编书的人，根据他的意见，写了一部书，叫《吕氏春秋》，有二十多万字。这部洋洋大篇的著作在秦王政八年的时候才写成功。吕不韦看了很满意，把全部书在咸阳城人多的地方公布出来，还出了一个赏格：有谁能够在这部书上增加一个字或者删去一个字的，赏一千金。一来，那部书在当时也实在写得不坏；二来，谁那么大胆敢修改文信侯的文章？可是秦王政就不能同意《吕氏春秋》所提出的主张。什么“天下不是一个人的天下，天下是天下人的天下”。这种话跟秦国一百多年来所奉行的商鞅的主张大不相同，不合秦王政的口味。他不能同意吕不韦的主张和做法，就借着嫪毐造反的案件，旧事重提，说嫪毐是吕不韦保举的，说他跟去年的叛变多少也有牵连。没想到朝廷上的大臣多半都跟吕不韦有交情。大伙儿禀告说：“文信侯辅助先王，立过大功；再说他对于嫪毐的事也许有点嫌疑，可是没有真凭实据，哪能就办他呢？”秦王政碰了个钉子，可是决不后退，也不跟钉子硬碰，他会绕着弯儿走。他听了大臣们的话，把吕不韦放了，可是收回了相印，叫他回到本国去。

各国诸侯一听到文信侯离开了咸阳，都抢着打发使臣去请他当相国。秦王政怕他到了别国对秦国不利，就写了一封信给他。那信上说：“嫪毐的叛变跟你有关。我不忍治罪，让你回国，原本是宽大为怀，给你一个悔过的机会。你反倒跟各国诸侯的使臣来往，你哪对得起我的一番好意呢？请你带着家眷搬到巴蜀去吧。我划给你一座城，给你养老。”吕不韦知道秦王政绝不能把他放过去。要是真信了让他养老的话，那未免太天真了。再活下去也只有多受罪，他就喝了毒酒自杀了。

秦王政杀了吕不韦，把他的门客都轰走了。他疑惑着：别国的人为什么跑到秦国来做官呢？一个人不能爱护本乡本土，还能爱护秦国吗？再说，秦国的事，他可以叫秦国人来办；秦国的朝政应当由他自己来管。他越想越觉得自己有道理，就下了一道命令：“凡是别国来的客人不许住在咸阳。凡是在秦国做官的别国的人，一概免职，三天之内离开秦国。谁要收留别国的人一概治罪。”

这道“逐客令”一出来，所有别国的人都给轰了出去。被轰出去的大小官儿当中有个楚国人叫李斯。他本来是儒家的大师荀卿的弟子，一向在吕不韦的门下。吕不韦把他推荐给秦王政，秦王政曾经拜他为客卿。这回李斯给轰出咸阳城外，非常懊恼。一路上他还想着办法。如果因为他是吕不韦一派的人而给秦王轰出去，那他以后不提吕不韦也行啊。只要秦王能够用他，别说是吕不韦，就是他老师荀卿的主张，他也不妨扔了。左思右想，他决定再撞一回大运。他就写了一个奏章，叫秦国人去送给秦王政。秦王政拿过来一瞧，上头写着：

从前穆公搜罗人才，从西边得到了由余，从东边得到了百里奚，从宋国迎接了蹇叔，从晋国迎接了丕豹和公孙枝。由余、百里奚、蹇叔、丕豹、公孙枝都不是秦国人，可是穆公用了他们，收服了二十个小国，当了西方的霸主。孝公用了魏国人公孙鞅，改革制度，移风易俗，人民增加了生产，国家因此富强。惠王用了张仪，征服了三川、巴蜀、上郡、汉中、郢都这些地方，扩张了好几千里的土地，粉碎了六国合纵的计策。昭王用了范雎，废了穰侯，轰走了华阳，加强了公家的势力，实行远交近攻的计策，一步步地扩大了地盘。这都说明穆公、孝公、惠王、昭王都是借重外来的人，做了大事。要是这四位君王不搜罗人才，不重用外来的人，秦国哪能有像今天这样的富强？这么看来，外来的人并没有对不起秦国的地方，凭什么要轰走外来的人？再瞧大王所喜爱的东西吧。昆山的白玉、随县的明珠、吴国的宝剑、北狄的快马、江南的金银、西蜀的丹青、齐国的绸缎、郑国卫国的音乐——这些大王所喜爱的东西，没有一件是秦国出产的！如果不是本国的人不用，不是土产的东西不要，那么，孔雀毛编成的旗子就不能用；鳄鱼皮蒙成的鼓就不能打；宫女们的玉簪、珠圈、绣花的衣裳、五彩的飘带，都得扔了；王宫里精美的象牙的装饰品都应当改为粗糙的木器；音乐队里的丝弦乐器都得废除，一概改成秦国的瓦盆。可是大王不光是喜爱这些好看的装饰、好听的音乐，并且还把赵国的舞女、郑国和卫国的美女都收在后宫里。这是为什么呢？还不是为了享福作乐吗？凡是能够享福作乐的东西，就是别国的也要，并且比起本国的还加倍地爱；一提起人才来，就不分是非曲直，凡不是秦国的就轰出去。这么说来，大王单单看重音乐、珠子、玉器、美人，反倒看轻了有关国家兴亡的人才了！我听说土地广的粮食多，国家大的人口多，军队强的勇士多。泰山不把泥土扔了，所以能够堆得那么高；大海容纳了小河流，所以能够变得那么深；王者不拒绝众百姓，所以能够发扬他的德行。如今大王轰走外来的人，天下的英雄豪杰只好跑到别的国去了。大王轰走别国的人就是给敌国增加了力量。将来秦国的危险跟祸患那还用说吗？

秦王政一边念着，一边不断地点头。他立刻收回逐客令，打发人叫回李斯，把他官复原职。秦王政向他道歉，接着就问他："我要兼并六国，统一中原，先生可有什么高见？"李斯说："韩国离秦国最近，又最软弱。可以先从那儿下手。"

秦王政听了李斯的话，叫内史腾带了十万兵马去攻打韩国。韩王安（桓惠王的儿子）吓得直打哆嗦，叫公子非（就是韩非子）上秦国去求和，情愿割让土地，当秦国的属国。韩非子也是荀卿的弟子，跟李斯是同窗好友。李斯还认为自己比不上他。韩非子从前也劝过韩王安，献过计策，打算叫韩国转弱为强，转危为安，只是韩王安不能用他。这次情况吃紧了，才派他上秦国去。韩非子到了咸阳，一心想做秦国的臣下。他写了几篇文章献给秦王政。秦王政倒挺钦佩他的才能，可是这时候秦王政正信任李斯，听了李斯的话把他扣起来。后来李斯还送他一份毒酒。韩非子问看监牢的人："我犯了什么罪呀？"他回答说："一个鸡笼里容不了两只公鸡！人家碰见像公子这么有才干的人，只有两个办法，不是重用，就是害死，根本提不到什么犯罪不犯罪。"韩非子叹息了一会儿，自杀了。

韩王安听说公子非死了，更加害怕了，就投降了秦王政，情愿当他的臣下。秦王政答应了，叫内史腾退兵。韩国既然归顺了秦国，秦王政又想起韩非子来了。可惜他已经死了，秦王政不免有点怪李斯。李斯说："大王别再心疼他了。我来推荐一个人，论才干，他要比韩非子强！"秦王政说："他在哪儿？"李斯说："他正巧在咸阳。不过他的脾气挺古怪，随随便便去召他是不行的。"秦王政就像招待贵宾一样地派人去请他。

一斗米、十斤肉

秦王政请来的是个大梁人，叫尉缭。秦王政挺恭敬地问他："怎么样才能够统一天下，请先生指教。"尉缭说："如今各国大权全在大夫手里。大夫占了公家的土地，国君当然不乐意，大夫可不管这些个。这是说，大臣们并不是个个都忠于国君的。再说做官的差不多都是贪财的。大王只要花上二三十万金子，就能够把他们收买过来。要是能够把各国的大臣收买过来，诸侯还不就完了吗？"秦王政真舍得花钱，当时就先给尉缭五万斤金子让他去花。尉缭又把他的门生王敖推荐给秦王，叫他到各处跑跑道儿。他又请秦王派大将桓龁带了十万兵马去攻打魏国。

魏景湣王（安僖王的儿子）一听说秦国军队来了，立刻打发人上赵国去求救，还拿邺郡三座城作为谢礼。赵悼襄王就派大将扈辄（hù zhé）带着五万兵马先去接收邺郡三座城。扈辄接收了邺郡，还没布置好，桓龁的军队已经到了。两下里一开仗，扈辄就败下来了，三座新得来的城给秦国军队夺了去。这还不算，另外又丢了赵国自己的几座城。

扈辄退到平阳（在今河北临漳一带），赶紧派人去请求赵悼襄王再派救兵来。赵悼襄王召集了大臣，叫他们出个主意。大臣们都说："以前赵国只有廉颇大将能够打得过秦国。除了他以外，要算庞煖了。如今庞煖死了，廉将军倒还在大梁闲着。要打算打败桓龁，除非把廉将军再请出来。"大夫郭开反对说："廉将军已经是七十岁的人了，哪能再打仗呢？再说以前因为大王不信任他，他才赌着气跑了。如今再把他请来，反倒彼此不便。"

原来当初廉颇骂过郭开是个小人，郭开就在赵悼襄王跟前给他说坏话，赵悼襄王才把廉颇的兵权收回。廉颇气哼哼地说："我自从伺候惠文王一直到如今，已经四十多年了，一向没打过败仗。他竟听了小人的话，把我的兵权夺了去。这怎么能叫我受得了呢？"他就赌着气跑到魏国去了。魏王虽然收留了他，可是不敢用他。廉颇只好闷闷不乐地在大梁住着。这回赵国遇见急事，大臣们都劝赵王把廉颇请回来。可是郭开一来跟他有私仇，二来他已经接受了尉缭的门生王敖送给他的三千斤金子。因此，他在赵悼襄王跟前直说廉颇不中用。

赵悼襄王听了郭开的话，本来不用再费心了。可是扈辄打了败仗，找谁去抵挡桓齮呢？他就说："要不然先派人去慰问廉颇。要是他还能够当大将，咱们再去请他。"郭开不便再开口，心里可是挺着急，怕廉颇真回来。

赵悼襄王打发宦官唐玖带着一副挺名贵的盔甲和四匹快马，上大梁去慰问廉颇，顺便看看他的身子骨儿还硬朗不硬朗。郭开偷偷地把唐玖请到他家来喝酒，说是给他送行。喝酒的时候，郭开送了他二十斤金子。唐玖一愣，说："无功不受禄，这叫我怎么能收呢？"郭开说："受禄就有功。我有一件事情拜托您。您收下礼物，我才敢开口。"唐玖说："大夫有什么指教，尽管说吧。"郭开厚着脸皮说："不瞒您说，廉将军跟我素来有点仇恨。这回您去看他，要是他身子骨儿不结实，那就不用说了。万一精神还是挺好，请您回报君王的时候，就说他……哎，您知道怎么说。拜托拜托。"

唐玖到了大梁，见了廉颇，廉颇开口就问他："秦国打到赵国来了吧？"唐玖说："将军怎么知道？"廉颇说："我在魏国已经好多年了，赵王从来没跟我通过音信。如今突然给我盔甲、马匹，想着准有用我的地方了。"唐玖故意说："将军恨不恨大王呢？"廉颇说："我整天整宿地想念着本国，怎么能恨大王呢？"两个人随便谈了一会儿。廉颇请唐玖吃饭。他故意在唐玖面前卖弄筋力，狼吞虎咽地吃了一斗米、十斤肉。又把赵王给他的盔甲穿上，跳上马，来来回回地跑了几回，对唐玖说："您瞧我跟年轻的时候差不多吧？请在大王面前多替我说几句好话。就说我情愿把我晚年的精力全拿出来报效国家。"

唐玖回到邯郸，对赵悼襄王说："廉将军虽说年老，饭量可真好。可惜老年人得了肠胃病。跟我坐了一会儿工夫，倒拉了三回屎。”赵王叹了口气，说：“战场上哪能老忙着出恭呢？可惜廉将军老了！”廉颇再也得不着为国效劳的机会了。

廉颇回不了本国，郭开无拘无束地做他那卖国的勾当。他对尉缭派来的王敖说：“我瞧赵国非常危险，魏国也保不住。先生是魏国人，我是赵国人，万一敝国和贵国都亡了，咱们上哪儿去呢？”王敖说：“我已经有了着落了。要是大夫愿意的话，我能把您推荐给秦王。”郭开说：“秦王能用着我吗？”王敖笑着说：“大夫还蒙在鼓里呢！秦王知道大夫能够管理赵国，才派我来跟您结交。要是赵国亡了，秦王还得请您管理赵国的事呢。”说着，他又拿出七千斤金子交给郭开，对他说：“秦王托大夫拿这点礼物去结交贵国的大臣。以后的事情，还得请大夫多帮忙。”郭开一个劲儿哈腰打躬，眉开眼笑地说：“我受了秦王这么大的恩典，要是再不用心去报效，我是小狗子！”

王敖辞别了“小狗子”，回去禀报秦王政，说：“五万金子还富余四万。我拿一万金子结交了一个郭开，拿一个郭开就能够了结赵国！”秦王政就又催着桓齮进兵，赵悼襄王急得病死了。

赵悼襄王原来有个嫡长子叫公子嘉。后来因为赵王爱上了邯郸城里的一个妓女，跟她生个儿子叫公子迁。他就废了公子嘉，立公子迁为太子，叫郭开做太子迁的师傅。如今赵悼襄王一死，郭开就奉太子迁即位，封给废太子嘉三百户，他自己当了相国。君臣俩非常投缘，常在一块儿饮酒作乐，反倒不把眼前的困难放在心上。

公元前 234 年（秦王政十三年，赵王迁二年），桓齮把平阳打下来，赵国的大将扈辄和十几万人全都给杀了。桓齮乘胜一直打到邯郸来了。

北方名将

赵王迁再也不能安心地玩了，急忙打发人上代郡（在今山西东北部和河北蔚县一带）去把大将李牧调回来。李牧留下十几万人把守北边，把其余的精兵都带到邯郸来。他先去拜见赵王迁，对他说："秦国一连气打了几个胜仗，声势浩大，一时不容易打退他们。这回打仗更不能按一定的死规矩。要是大王能够允许我看事行事，我才敢遵命。"赵王迁见他说话的时候，从眼睛里头发出一道光芒，好像照透了赵王的心思似的。他就在这光芒底下连连点头，全都答应了他。赵王问他："你带来的兵马够吗？"李牧回答说："冲锋陷阵是不够的，守城还行。"赵王迁说："这儿还有十万兵马，我叫赵葱、颜聚，每人带领五万，听将军指挥吧。"

李牧出来，当时就安排阵地，守住肥累（在今山西昔阳一带）。宰牛、宰羊，慰劳将士，叫他们比武射箭，就是不许他们出去打仗。将士们自告奋勇请求去杀敌人，李牧老拿好话安慰他们，始终不许他们出去。

桓齮见李牧死守着阵地，不出来打，反倒着起急来了。他说："早先廉颇抵抗王龁就用这个法子。这么看来，李牧成了第二个廉颇了。"他就分出一半兵马，去攻打甘泉市（在今邯郸东北）。

赵葱得了这个消息，跑来请李牧去救。李牧挺沉着地说："他们去攻打甘泉市，咱们就去救，正上了他们的套儿。可是他们既然分了一半兵马出去，这儿就减少了兵力。咱们不如去打他们的大营。”

他就把赵国的军队分成三路，半夜三更突然冲了过去。秦国兵营里的将士们空等了好些日子，万没想到赵国的兵马突然会来这一手。大伙儿慌得手忙脚乱，大败而逃。死了十几个将士，伤耗了好几万士兵。败兵跑到甘泉市向桓齮报告。桓齮心里一急，赶紧带着大军，离开了甘泉市，跑了回来，不料正闯到李牧安排的埋伏里。桓齮抵挡不住，死伤了不少人马，好不容易才冲出了阵地，跑回咸阳去了。

赵国打了胜仗，赵王迁把李牧当作赵国的白起，也封他为武安君。秦王政气得鼻子眼冒烟，革去桓齮的官职，罚他去做平民。接着又吩咐大将王翦和杨端和带着大军，分头再去攻打赵国。又叫内史腾发兵十万上韩国去办理交割的事儿。韩王安只好把全国的地图和户口册子献了出来，自己当了秦国的臣下。秦王把韩国改为颍川郡（公元前230年，秦王政十七年）。韩国第一个亡了。

王翦到了灰泉山，不能再往前进。一眼望去，全是武安君李牧的营寨，接连不断的，足有好几十里地的连营。好像铜墙铁壁，秦国人想钻也别打算钻进去。小规模的交手是有的，可是都占不了便宜。王翦只好打发人回去报告。秦王政就叫尉缭的门生王敖上王翦的营里去想办法。

王敖见了王翦对他说：“李牧是北方名将。他一向守着北方，打败过东胡，收服了林胡，歼灭过匈奴十几万人，轰走了单于（匈奴王；单：chán），吓得匈奴这十几年来不敢挨近赵国的边界走。咱们凭这点兵力，说真的，只能在中原跑跑。要想打败匈奴，还谈不到。将军您呢，请别过意，也未见得比单于强。怎么敌得过李牧呢？我想将军不如先跟他通通信，叫两国的使者能够彼此来往，商议商议讲和的事。这么一来，我就有办法了。”王翦听了他的话，就打发使者上赵国的兵营里去提议讲和。李牧也派人去接头。王翦拢住了李牧，就这么有时候谈谈，有时候打打，把战争拖下去了。

王敖又去见赵国的相国“小狗子”郭开，对他说：“听说李牧跟王翦私自讲和。他跟王翦说停当了，赵国灭了之后，请秦王封李牧为代王。我说这就不对了。秦王要封代王，也应当封您哪！哪有李牧的份呢？您得赶紧劝赵王另外派人去替换李牧。咱们有这份交情，我才先来告诉您。”郭开谢了王敖的好意，赶紧在赵王迁跟前透露了这个情报。君王的疑心病是没法治的。他把赵葱升为大将，叫他去接替李牧。李牧叹息着说：“唉，我一向替乐毅、廉颇伤心，想不到今天也轮到我身上来了。”他连夜换了便衣，打算逃到魏国去。郭开和赵葱还不能放过他，就派武士四处搜查。李牧闷闷不乐，躲在一个客店里借酒浇愁，喝得跟死人一样。他这一醉，从此再也醒不了了。一颗宝贵的头颅就给赵葱手下的暴徒割去了。赵王迁只叫赵葱去替换李牧，可没叫他去害死他。如今郭开和赵葱把他弄死了，不用说在赵王跟前没法交代，再说赵葱也压不住李牧军队里的士兵。他们可有办法：赵葱假装发了虎威，他下命令搜查暗杀李牧的凶手，还嚷嚷着要重重地惩办。凶手闻风而逃，早跑到大营里向赵葱领赏去了。闹到最后，说是没拿住凶手，也就算了。

赵葱当了大将，颜聚当了副将。他们哪管得住李牧带来的队伍呢？代郡的士兵知道了李牧的屈死和搜查凶手的把戏，当夜就爬山越岭地跑了一大半。赵葱没法管，只好收集自己的兵马，重新整编队伍。队伍还没排定，王翦和杨端和的大队人马两路夹攻，冲过来，当时就把赵葱杀了。颜聚比较有点能耐，带着自己的兵马，赶紧退到邯郸，准备死守。

秦王政亲自带着三万精兵帮助王翦来攻打邯郸。邯郸人好像给黄鼠狼吓乱了的鸡，连蹦带跳，满处叫唤，谁也没敢希望还有活命。赵王迁不敢言语，就会流眼泪。“小狗子”郭开外表上装出慌张的样子，心里头非常得意。眼看着就要得到秦王的称赞了。他要做多大的官就做多大的官，要发多大的财就发多大的财。这一下子差点儿笑出声儿来。他劝赵王迁投降。赵王迁亲自上秦王的兵营里去。赵王迁的哥哥公子嘉和颜聚带了随从的几千人杀出北门，逃到代城，准备恢复赵国。秦王政带领着军队进了邯郸，改赵国为秦国的钜鹿郡，拜郭开为上卿，把赵王迁送到别的地方去住。到了这时候，赵王迁才知道郭开是个叛徒。他叹息着说：“要是李牧还在，我也不会当俘虏了。”他自叹自怨地得了病，没有几天工夫就死了。

赵王死了，郭开当了秦国的上卿。赵国的人哪个能像他那么阔气呀！他把积攒在家里的金子装了好几十车，准备全带到咸阳去。这一辈子可够花的了。郭开挺得意。一路上称赞着自己有见识。在这种兵荒马乱的年月，管他国家不国家呢！真的，要是良心不黑，脸皮不厚，不是早已做了秦国的俘虏了吗？哪还能带着几十车的金子上秦国去当上卿呢？他正在摇头晃脑、浑身舒服自在的时候，迎头碰见了李牧的一班门客。金子全给抢了去倒也罢了，连“小狗子”的狗头也给他们砍了去。

颜聚带着一队兵马和公子嘉到了代城，知道赵王迁已经死了，他们就公推公子嘉为代王，也就是赵王，祭奠了李牧，表扬了他的功劳。代城人都归附代王嘉。代王嘉一心要恢复赵国，他打发人上燕国去联络，共同抵抗秦国。

古籍链接

李牧曰："两军对垒，国家安危，悬于一将，虽有君命，吾不敢从！"司马尚私告李牧曰："郭开谮将军欲反，赵王入其言，是以相召，言拜相者，欺将军之言也！"李牧忿然曰："开始谮廉颇，今复谮吾，吾当提兵入朝，先除君侧之恶，然后御秦可也！"司马尚曰："将军称兵犯阙，知者以为忠，不知者反以为叛，适令谗人借为口实，以将军之才，随处可立功名，何必赵也！"李牧叹曰："吾尝恨乐毅、廉颇为赵将不终，不意今日乃及自己！"又曰："赵葱不堪代将，吾不可以将印授之。"乃悬印于幕中，中夜微服遁去，欲往魏国。赵葱感郭开举荐之恩，又怒李牧不肯授印，乃遣力士急捕李牧，得于旅人之家，乘其醉，缚而斩之。以其首来献。可怜李牧一时名将，为郭开所害，岂不冤哉？

——《东周列国志·第一百六回》

借头

那位留在秦国做抵押的燕太子丹，前几年已经逃回来了。太子丹知道秦王决心要兼并列国，屡次侵犯燕国，夺去燕国的土地，哪还能放他回去。他就换了一身破衣裳，脸上抹了好些泥，打扮成一个穷人的样子，给人家去当使唤人，一步步地离开了咸阳，公元前 232 年（秦王政十五年）混出了函谷关，跑回燕国。他恨透了秦王，一心要替燕国报仇。可是他不从发展生产、操练兵马着手，也不想联络诸侯共同抗秦。他认为这些都办不到，只是把燕国的命运寄托在刺客身上。他的能力也就可想而知了。他把所有的家当全拿出来收买能刺秦王的人。

那时候，有个杀人的罪犯叫秦舞阳，太子丹挺佩服他有胆量，把他救出来，收在自己的门下。这一来，燕太子丹优待勇士的名声可就传遍了燕国，连藏在燕国深山里的樊於期也知道了。他就是当初煽动长安君造反的那个将军。他大胆地出来投奔太子丹。果然太子丹把他收下，还当作上宾看待，在易水（发源在今河北易县）的东边给他盖了一所房子，叫樊公馆。

太子丹的太傅鞠武劝告他，说："秦国正在并吞诸侯，您怎么反倒收留秦王的仇人？我看不如请樊将军躲到匈奴去，咱们再去联络齐国和楚国。这么着，也许还能够抵抗得了秦国。您如今不先去结交诸侯，反倒把秦王的仇人敬奉起来，这不是催着秦国快点打过来吗？"太子丹说："先生的计策固然不错，可是要把诸侯联合起来不知道要等到哪年哪月。我的心好像油煎着，哪儿等得了呢？再说樊将军到了末路才来投奔，我怎么能够把他送到蛮荒野地里去呢？他住在这儿，我们不传扬出去就是了。”鞠武说：“燕国这么软弱，秦国那么强盛，咱们哪能跟人家对敌呢？一根鸡毛扔在火里，还不是一燎就完了吗？拿着鸡子儿砸石头，还有不碎的道理吗？我简直想不出主意来。”太子丹说：“还是请先生再想个办法吧。”鞠武闭着眼睛，摇晃着脑袋，待了一会儿，他说：“有位田光老大爷，又精明又有胆量，太子要向秦国报仇，他也许有办法。”

太子丹就请鞠武去请田光，自己在宫里等着。不大会儿工夫，就见鞠武把田光请来了。太子丹赶紧过去亲自搀着田光下了车，把他迎进里屋，跪在地下亲自给他掸席子，请他坐下。田光哈着腰摇摇摆摆地走过来坐下。太子丹跪在田光跟前，说：“如今燕国跟秦国是不能并存的了。久仰老先生智勇双全，不知道您能不能用点心计，想个办法救救燕国？”田光说：“人老珠黄不值钱。老了的千里马还不如一条狗呢！鞠太傅他只知道年轻时候的田光，可没想到我如今已经老了。”太子丹说：“先生的朋友里头总有像先生年轻时候的人吧？”田光说：“太难了！太难了！人倒是有一个，可不知道他愿意不愿意出力。”太子丹赶紧就问：“谁呀？要是有这么一个人，我非请他帮助不可。”田光说：“这人叫荆轲，是一位剑客。论起他的气概、智谋来，都比我高好儿倍呢！”太子丹就苦苦地央告田光去把荆轲请来。田光答应了。

太子丹叫人把自己的车马套上，亲自搀着田光上车。他还咬着耳朵对田光说：“我跟先生所商量的是国家大事，请先生千万别泄露消息！”田光笑着说：“这还用说吗？”

田光见了荆轲，对他说：“太子丹跪在我面前，真心实意地跟我商量国家大事。我已经老了，哪还有力量呢？我向来知道你的才干，就在太子跟前把你推荐给他。请你替我去挑这个担子。他叫我来接你，你去见见他吧。”荆轲说：“先生的吩咐我还敢不听吗？”田光还怕他出于勉强，就拔出宝剑来，对他说：“太子把国家大事告诉了我，嘱咐我别给泄露了，可见他还不大放心。我既然要帮助他成功，怎么反叫他起疑呢？请你赶紧去见太子，就说我绝不会泄露机密。”说完他就自杀了。

荆轲正在伤心的时候，太子丹又打发人来催请。荆轲就坐着田光赶来的车去见他。

太子丹也像招待田光一样地招待荆轲，问他："田先生怎么没一块儿来？"荆轲说："为了太子嘱咐他保守机密，他已经自杀了！"太子丹捶着胸脯，低声地哭着说："田先生为我而死，我怎么对得起他呢？"哭了半天，才抹着眼泪跟荆轲说："田先生瞧得起我，才叫我能够见着先生，请先生指教！"荆轲说："太子打算怎么样去抵抗秦国呢？"太子丹说："赵公子嘉做了代王，他想跟燕国联合起来，一块儿去对付秦国。就算把燕国士兵和代郡的士兵都会合在一起，也抵不上秦国的一队人马。要拿兵力去对付秦国，那简直就像拿鸡子儿去砸石头。去联合各国的诸侯吧，韩国和赵国已经完了；魏国和齐国向来是归顺秦国的；楚国离着又远，没法派人来。合纵抗秦是办不到的了。我想，要是能够得着一位天下的勇士，打扮成一个使臣去见秦王。那时候，他站在秦王面前，逼他退还诸侯的土地，就像当初曹沫对付齐桓公那样。秦王要是答应了，再好没有；要是不答应，就把他刺死，这是没有办法的办法。先生看行不行？"荆轲说："这是国家大事，还得斟酌斟酌！"太子丹再三请他帮忙，荆轲就答应了。可是他还不能马上动身。

太子丹在樊公馆的右边又盖了一所房子，叫荆公馆。自己挺小心地伺候着荆轲，还老怕招待不周到。有一天，太子丹慌里慌张地来见荆轲，对他说："秦王派王翦来打北方，已经到了燕国南部的边界上。代王嘉打发使者来约咱们发兵，一块儿去守上谷。先生快想个办法吧！再耗下去，我怕先生有力也没处用了。"荆轲说："我早就仔细想过了。要挨近秦王的身边，必得先叫他相信咱们是跟他去求和的。秦国早想得到燕国最肥沃的土地督亢（在今河北涿州东南有督亢陂，涿州、定兴、高碑店、固安一带都是当初燕国督亢的地界）。我要是能够拿着督亢的地图去献给秦王，他一定喜欢，也许能够叫我当面见他。"太子丹说："督亢的地图可以拿去。我叫他们找出来吧。"

荆轲背地里到了樊公馆，挺秘密地对樊於期说："秦王害死了将军的父母宗族，还出了赏格要将军的脑袋，将军不想报仇吗？"樊於期一听这话，当时眼泪就掉下来了。他叹息着说："我一想起秦王，恨得连骨髓都发疼。我恨不得跟他拼命去，可是哪办得到呢？"荆轲说："我倒有个主意能够解除燕国的祸患，还能够替将军报仇。可就是说不出口来。"樊於期连忙问他："什么主意呢？说呀！说呀！"荆轲刚一张嘴就又闭上了。樊於期见他话到嘴边又咽回去，催他说："只要能够报仇，就是要我的脑袋，我也乐意给的。你还有什么不好出口的呢？"荆轲说："我打算去行刺，怕的是见不了秦王，我要是能够拿着将军的头颅去献给他，我想他准能见我。那时候，我左手揪住他的袖子，右手拿刀扎他的胸脯，这一来，将军的仇、燕国的仇、各国诸侯的仇，可就全报了。将军您看怎么样？"樊於期咬牙切齿地说："我天天想着的就是这一件事，你还怕我舍不得这颗头颅吗？好吧，你拿去！祝你马到功成！"说完，他拔出宝剑来自杀了。

古籍链接

田光上车，访荆轲于酒市中。

轲与高渐离同饮半酣，渐离方调筑，田光闻筑音，下车直入，呼荆卿，渐离携筑避去。荆轲与田光相见，邀轲至其家中，谓曰："荆卿尝叹天下无知己，光亦以为然，然光老矣，精衰力耗，不足为知己驱驰，荆卿方壮盛，亦有意一试其胸中之奇乎？"

荆轲曰："岂不愿之，但不遇其人耳。"田光曰："太子丹折节重客，燕国莫不闻之。今者不知光之衰老，乃以燕、秦之事谋及于光，光与卿相善，知卿之才，荐以自代，愿卿即过太子宫。"

荆轲曰："先生有命，轲敢不从？"田光欲激荆轲之志，乃抚剑叹曰："光闻之，'长者为行，不使人疑'。今太子以国事告光，而嘱光勿泄，是疑光也，光奈何欲成人之事，而受其疑哉？光请以死自明，愿足下急往报于太子。"遂拔剑自刎而死。

——《东周列国志 · 第一百六回》

刺秦王

荆轲派人去通知太子丹，太子丹急忙跑到樊公馆，趴在樊於期的尸首上呜呜地哭了一阵。他叫人好好地把尸身安葬了，把人头装在一个木头匣子里交给荆轲，又送给他一把顶名贵的匕首。匕首用毒药煎过，只要刺出像线那么一丝血，就会立刻死去。太子丹然后问他："您什么时候动身呢？"荆轲说："我有个朋友叫盖聂，我正等着他呢。我想叫他做个帮手。"太子丹说："哪等得了呢？我这儿也有几个勇士，其中秦舞阳最有能耐。要是您看能够用他，就叫他当个帮手吧！"荆轲见他这么心急，盖聂又不知道在什么地方，樊将军的脑袋已经割下来了，不能多搁日子。这么一来，荆轲就决定走了。

荆轲跟秦舞阳动身的那天，太子丹和几个心腹偷偷地送他们到了易水。挑了一个僻静的地方摆上酒席。喝酒的时候，太子丹忽然脱去外衣，摘去帽子，别的人也都这么做。一刹那，他们变成了全身穿着孝衣了。大伙儿显得特别悲伤。天是那么凄凉，风又那么冷，太阳显得没有光彩，河里的水愁眉苦脸地皱着波纹，河岸上的荒草，来回摆摇着，就好像哭不出声儿来要把肠子绞断似的。在场的几个人全都哭丧着脸，耷拉着手和脑袋，一声不响地抑制着眼泪，不让它流下来。他们都气恨自己，又瞧不起自己。明明知道燕国快要亡了，可不知道怎么样去抵抗秦国。他们只好暗中祷告着，求老天爷叫荆轲成功。瞧瞧流着的水，心里还嗔着它不应该这么安闲地流着。荆轲的朋友高渐离拿着筑（zhù，古时候的一种用竹尺敲出音乐来的乐器）奏着一首悲哀的歌儿。他们听见这竹尺敲着筑弦的声音，伤心得连汗毛都竖起来了。荆轲按照拍子，对着天吐了一口气，就唱道：

仰天吐气快胸怀，
跑进虎穴除灾害；
北风呼呼易水冷，
壮士一去不回来！

太子丹和其余送行的心腹，一听到“壮士一去不回来”，那关在眼眶子里的眼泪再也抑制不住了。太子丹斟了一杯酒，跪着递给荆轲。荆轲接过来，一口喝下去，然后伸手拉着秦舞阳，蹦上了车，连头都不回，飞也似的去了。

公元前 227 年（秦王政二十年，燕王喜二十八年，代王嘉元年），荆轲到了咸阳，通报上去。秦王一听到燕国的使臣把樊於期的脑袋和督亢的地图都送来了，就叫荆轲去见他。荆轲捧着樊於期的脑袋，秦舞阳捧着督亢的地图，一步步地上了秦国朝堂的台阶。

秦舞阳一见秦国朝堂那么威严，不由得害怕起来了。秦王的左右一见，喝了一声，说：“使者干吗脸变了颜色？”荆轲回头一瞧，就见秦舞阳的脸又青又白跟死人差不多。他只得磕了一个头，对秦王说：“他是北方的粗鲁人，从来没见过大王的威严，免不了有点害怕。请大王原谅！”秦王防着他们不怀好意，就对荆轲说：“叫他退下去！你一个人上来。”荆轲心里直怪秦舞阳真是“帮腔的上不了台”，只好独自捧着木头匣子献给秦王。

秦王打开一瞧，果然是樊於期的脑袋。他就叫荆轲拿过地图来。荆轲回到台阶下面从秦舞阳的手里接过了地图，回身又上去了。他把那一卷地图慢慢打开，一个地方一个地方地指给秦王瞧。到最后，卷在地图里的匕首可就露出来了。秦王一见，立刻蹦起来，荆轲连忙抓起匕首，扔了地图，左手揪住秦王的袖子，右手扎了过去。秦王使劲地向后一转身，那只袖子就断了。他一下子蹦过了旁边的屏风，刚要往外逃，荆轲拿着匕首追了上来。秦王一见跑是跑不了，躲也没处躲，就绕着朝堂上的大铜柱子跑，荆轲紧紧地逼着。两个人好像走马灯似的直转悠。台阶上面站着的几个文官全都手无寸铁；台阶下面的武士，照秦国的规矩没有命令不准上去，再说他们还得在下头对付秦舞阳。荆轲逼得那么紧，秦王只能绕着柱子跑。他身边虽然带着宝剑，可是连拔出来的那一点工夫都没有。有一两个文官拉拉扯扯地想去拦挡荆轲，全给他踢开了。其中有个伺候秦王的医生，他拿起药罐子对准荆轲打过去，荆轲手一扬，那药罐子碰得粉碎。秦王就趁着这一眨眼的工夫，拼命拔那把宝剑。可是心又急，宝剑又长，怎么也拔不出来。有个手下人嚷着说："大王快把宝剑拉到后脊梁上，就能拔出来了！"秦王就按照他的话去做，真把宝剑拔出来了。他手里有了宝剑，胆子可就壮起来了。他往前一步，只一剑就砍去了荆轲的一条腿。荆轲站立不住，一下子倒在铜柱子旁边，拿起匕首直向秦王扔了过去。秦王往右边一闪，那把匕首从耳朵旁边擦过去，打在铜柱子上，"嘣"的一声，直冒火星儿。秦王跟着又向荆轲砍了一剑，荆轲用手去挡，砍掉了三个手指头。他苦笑着说："你的运气真不坏！我本来想先逼你退还诸侯的土地，因此，没早下手。可是你专仗武力并吞天下，你也长不了！"

秦王一连气又砍了荆轲几剑，结果了他的性命。那个站在台阶底下的秦舞阳早就给武士们剁烂了。

兼并列国

秦王政差点儿死在荆轲手里，他恨透了燕国，当时就派大将王贲再带一队兵马去帮助他父亲王翦，加紧攻打。他们爷儿俩合在一块儿攻打燕国，燕太子丹亲自带领着燕国的军队出去交战，给他们打得稀里哗啦。燕王喜和太子丹带着一部分兵马和老百姓退到辽东。秦王非要把燕太子丹拿住不可。燕王喜逼得无路可走，只好杀了太子丹，向秦王谢罪求和。

秦王就问尉缭这事应当怎么办。尉缭说："北方挺冷，将士们受不了这个苦，不如暂且退兵。燕国已经搬到辽东去了，赵国只剩了一个代城，他们还能干得了什么呢？如今还是先去收服魏国和楚国。把这两国收服了，辽东和代城自然也就完了。"秦王就把北方的军队撤了，又派王贲为大将，带领十万大军去打魏国。

魏王假（魏景湣王的儿子，魏安僖王的孙子）派人去跟齐王建（齐襄王的儿子）联络，对他说："敝国和贵国是相依为命的。要是敝国亡了，贵国也保不住。"可是齐国的大权掌握在相国后胜手里。齐国的相国后胜正跟赵国的相国郭开一样，他早已收到了秦国的好处。尉缭说的那收买各国大臣用的二三十万金子，一部分已经装到后胜的腰包里了。大馒头堵住嘴，他不能跟秦国撕破脸。后胜说："秦国向来没亏待过咱们，咱们哪能平白无故地去得罪秦国呢？"齐王建认为别人家打仗，他还是不去过问的好。他不帮魏国，也不帮秦国，省得得罪了这一边或者那一边。他就听了后胜的话，没答应魏国的请求，让魏国独个儿去对付秦国。

公元前 225 年，王贲把大梁围上，正是连阴天的季节，附近的大河眼看着就要发大水了，王贲叫士兵们赶紧叠坝，打算把河水引到大梁去淹城。刚叠好了新坝，连着又下了十几天大雨。秦国的士兵开了个口子，大水就照直冲过去。不到三天工夫便把城墙冲坍了，秦国士兵随着大水涌进了大梁城。王贲把魏王假和魏国的大臣全拿住，把他们装上囚车，派人押到咸阳去。秦国就在那儿设置了三川郡。魏国亡了。

秦王灭了魏国，打算去攻打楚国。他问大将李信要用多少人马。李信说："也就是二十万吧。"秦王点点头。他又问老将军王翦。王翦回答说："二十万人去打楚国不行！照我的估计，非六十万不可。"秦王一想："年纪大的人到底胆儿小。"他就拜李信为大将，蒙武为副将，带着二十万兵马往南方去。王翦因为有病，告老还乡了。

李信和蒙武分作两路进攻，一路去攻打平舆（在今河南平舆一带），一路去攻打寝丘（在今河南沈丘一带），约定在城父（在今安徽亳州一带）会师。李信年轻英勇，一鼓作气地就把平舆攻下。接着往下攻，一直到了西陵（在今湖北黄冈一带），碰见了楚国的大将项燕。李信马上就跟项燕打起来。项燕带了二十万人马早已分成七处埋伏着。两下里一交手，七处的伏兵一齐起来，李信一下子就败下去了。逃了三天三夜，还没逃出项燕的包围圈。秦国的将军死了七个，士兵死伤无数，一直给楚国兵马追到平舆。蒙武还没到城父，就听说李信打了败仗，一面连忙退到赵国，一面派人去向秦王报告。

秦王大怒，把李信革了职，亲自跑到王翦养老的地方去见他，请他勉为其难，再辛苦一趟。王翦推辞，说："我已经老了，还是请大王另派别人吧。"秦王直向他赔不是，说："上回是我错了，这回非请将军出马不可。将军千万别再推辞了！"王翦说："那么，还是非要六十万人不可！"秦王说："历来打仗没有超过十万人的。如今虽说人马增加了，也不至于要用六十万人吧。"王翦说："年月不同了。如今围攻一座城，也许要费几年工夫，夺过来的地方又得派人驻扎。几十万人哪够分配呢？再说楚是东南大国，地大人多，楚王号令一出，要发动一百万人马也不太难。我说六十万，还怕不太够呢！再要少，那就不行了。"秦王赞叹着说："将军真是位经验多、见识广的行家；要不然，哪能看得这么透呢！就照将军这么办吧！”

秦王用自己的车马，亲自把王翦迎接到朝廷里来。当时就拜他为大将，交给他六十万大军，仍旧派蒙武为副将。出兵的那天，秦王亲自送王翦到了灞上（在今陕西西安），在那儿摆上酒席，给他送行。王翦斟了一杯酒，捧给秦王，说：“请大王干了这杯，我要请求点事。”秦王接过来，一口喝完，说：“将军有什么话尽管说吧！”王翦从袖口里掏出一张单子来，上头写着咸阳最好的田地几亩，上等的房子几所，请秦王赏给他。秦王看了，说：“将军成功回来，跟我同享富贵。难道还怕受穷吗？”王翦说：“我已经老了。大王就是给我再多的俸禄，我也享受不了。不如趁着我还瞧得见的时候，赏给我一点田地、房产，叫我的晚世下辈能够活着，我就感恩不尽了。”秦王大笑起来，心里想：“这位老将军真是太小家子气了。”他便完全答应了下来。

王翦带着六十万大军去打楚国，路上就打发一个手下人回去，向秦王请求给他修一个花园。过了几天，又派人去恳求秦王，还想要个水池子，里头好养些鱼、虾、鸭子、鹅什么的。副将蒙武笑着说：“老将军请求了房屋、田地也就是了，为什么还要花园、水池子？打完仗回来，将军还怕不能封侯吗？干吗要像老妈子讨喜封似的没完没了？这算怎么回事呢？”王翦咬着耳朵对他说：“哪个君王不猜疑？你能保证咱们大王不这样吗？他这回交给了咱们六十万大军，简直把秦国全部兵力全托给咱们了。我左一次右一次地请求房屋、田地、花园、水池子，为的是叫他知道我惦记着的不过是这点儿小事，好让他安下心去。”蒙武这才明白过来，点点头说：“老将军的高见真叫我佩服得没法说。”

王翦的大军到了天中山（在今河南汝阳一带），在那儿驻扎下来。这一带好几十里地全是连营。楚国的大将项燕带了二十万兵马，副将景骐也带了二十万兵马，两路一共四十万兵马，不光来抵挡，还直跟王翦挑战。王翦反倒叫将士们建筑堡垒，不跟楚国人交手。这么待了好几个月，将士们成天地酒足饭饱，闲待着没有事，大伙儿都有点腻烦起来了。王翦便想出一个玩儿的法子来。他教给他们跳远、跳高、扔石头。这么一来，士兵们全都玩起来，操练着身体，挺安心地守着阵地。王翦把一部分人马专门用在运输粮草这件大事上，对于楚国军队的挑战，压根儿不去搭理。

这样过了一年多，项燕没法跟秦国交手。他想：“王翦原来是上这儿来驻防的。”他就不怎么把秦国的军队搁在心上了。没想到在楚国人没有防备的时候，秦国的军队排山倒海似的冲了过去。楚国的士兵好像在梦里给人家当头打了一棍子，全都晕头涨脑，手忙脚乱地抵抗了一阵，便各自逃命。项燕和景骐带着败兵一路逃跑。兵马越打越少，地方越丢越多。项燕只好上淮上去招兵。王翦打下了淮南、淮北，一直到了寿春。楚国的副将景骐急得自杀。剩下楚王负刍（楚幽王悼的兄弟，楚考烈王的儿子）当了秦国的俘虏。

项燕招募了两万五千壮丁，到了徐城（在今安徽泗县一带），碰见了楚王的兄弟昌平君刚从寿春逃到这儿，报告楚王被掳的消息。项燕说："吴、越有长江可以防御敌人，地方一千多里，还能够立国。"他就率领着大伙儿渡过长江，立昌平君为楚王，准备死守江南。

王翦知道昌平君和项燕退守江南，就叫蒙武造船。第二年（公元前223年，秦王二十四年），王翦准备了不少战船，训练了一队水兵，渡过长江，攻打吴、越。到了这时候，楚国已经不能再挣扎了。昌平君在混战的时候，给乱箭射死，大将项燕眼看着一败涂地，叹了口气，自杀了。秦王就把楚国的本土和属地改为秦国的三个郡，就是南郡、九江郡和会稽郡。楚国亡了。这一来，秦国想要兼并的六国只剩下三个了。

王翦灭了楚国，得胜回朝，就向秦王要求告老。秦王赏给他一千斤金子，送他上老家去休养。接着就拜他儿子王贲为大将，再去收拾代王嘉。公元前222年，王贲打下辽东，逮住了燕王喜，把他送到咸阳去。燕国亡了。接着他就进攻代城。代王嘉兵败自杀，云中、雁门也全归并到秦国。赵国亡了。

六国诸侯只想保持自己的领主政权，对老百姓加重剥削和压迫，彼此之间不但不能协作，而且还经常互相攻打，想拿别人的地盘来补偿自己的损失，企图小范围地保持着割据的局面。另一方面，秦国占了绝对优势，不但在经济和军事上占了优势，而且因为它代表了新兴的地主阶级的利益，符合地主、富商和一般人民要求统一的愿望，这才有可能在不到十年工夫，一个一个地把韩、魏、楚、燕、赵灭了。如今光剩下一个齐国了。

松柏歌

王贲派人上咸阳去报告胜利的消息。秦王挺高兴，亲自给王贲写了一封信，大意说：

> 将军一出兵，就把燕国和赵国平了，奔走了两千多里地，劳苦功高和令尊不相上下。将军这么辛苦，按理应当回来休息休息。可是从燕国回来，最好顺便到齐国去一趟。五国全平了，光剩下个齐国，好像一个人五官都挺齐备，可就少了一只胳膊。请将军再发挥一下威力，中原就能够统一了。将军父子对于秦国的功劳，谁还比得上呢？

王贲看完了这封信，非常得意。他就带领着军队到齐国去了。

齐王建向来听从相国后胜的话，不敢得罪秦国。秦王也一个劲儿地拉拢他，称他为东帝。齐王建觉得天下应该分为东西两部：秦国统治西部，齐国统治东部。让秦国去奔走、去作战，自己坐享其成。多少年来，各国遭了殃，齐国远在东边，过着比较太平的日子。每回列国中有谁来求救，他老是用好言好语拒绝了。每逢秦国灭了一国，齐王建就打发人去给秦王祝贺，秦王老给他个糖头儿叼着，送给他不少金子作为回敬。齐国的使臣得到了秦国的好处，回去老跟齐王建说秦王怎么怎么好，秦国怎么怎么尊敬齐国。齐王建就挺放心地把“和好”作为靠山，死心塌地地听秦国的话。他觉得有了秦国，什么都不必怕了，就是天塌下来，也有秦国替他顶着呢。你瞧好多年来齐王建就因为跟秦国和好，不去帮助别的国家，秦国没打过他。齐国不打仗，干吗还操练兵马呢？赶到韩、魏、楚、燕、赵五国都灭了，齐王建才觉得秦国太强大了。他这才害怕起来，跟后胜商量派兵去守西部的边界。可是已经太晚了。

公元前 221 年，好几十万的秦国军队好像泰山一样地压下来。多年没打过仗的那些齐国的兵马哪儿抵挡得住呢？这时候，齐王建才想起来向各国去求救，可是各国早已完了。王贲的大军一路进来，简直一点拦挡也没有，没几天工夫就到了临淄。齐国人不拿兵器，连城门都没关，等候着秦国来接收就是了。相国后胜早已拿定了主意：他劝齐王建投降。齐国根本用不着攻打，王贲就把所有的城全接收了过来，好像晒台上收衣裳那么容易。

王贲派人去报告接收齐国的经过。秦王下令说：“难为田建向来顺服，这回免他死罪。叫他和他家小搬到共城去住，每天给他们一定的口粮。把后胜就地杀了。”王贲接到命令，先把后胜杀了，然后派兵把齐王田建和他的后妃宫眷押解着送到共城去。

齐王建到了给他住的那个地方，就是几间小屋子。一进去，欢迎他的是一屋子潮湿的猫屎味儿。住惯了宫殿的大王，哪受得了这种委屈呢？齐王建和王后倒还能够忍饿受冻，可是他们还有个小孩子。他哪知道什么叫亡国，就知道肚子饿得难受，半夜三更哭哭啼啼地逼着他妈、他爹回王宫去，哭得他爹跟妈整夜合不上眼。有时候他们坐起来，你看着我、我看着你，一句话也不说，只能静静地掉眼泪。四周围就跟坟地那么可怕，那么凄凉。松树和柏树给风一刮，那声音显得特别叫人难受。没有几天工夫，这两位当初享过荣华富贵的君王和王后，就离开了人间。宫人们只得五零四散地跑了。那位王子的下落也就没有人知道了。

齐国人听说齐王落了这么个下场，又是恨又是伤心。大伙儿叹息着，叨唠着。后来还真都唱着一首民歌叫《松柏歌》。齐国人背地里偷着小声地唱，也算是纪念他们的国君。那首歌是：

松树哇，柏树哇！

没见咱们的君王受饥寒吗？

松树哇，柏树哇！

谁害得他去住共城啊？

古籍链接

王贲奉命诛后胜，遣吏卒押送王建，安置共城。惟茅屋数间，在太行山下，四围皆松柏，绝无居人，宫眷虽然离散，犹数十口，只斗粟不敷，有司又不时给，王建止一子，尚幼，中夜啼饥，建凄然起坐，闻风吹松柏之声，想起："在临淄时，何等富贵，今误听奸臣后胜，至于亡国，饥饿穷山，悔之何及。"遂泣下不止，不数日而卒。

宫人俱逃，其子不知所终，传言谓王建因饿而死，齐人闻而哀之，因为歌曰："松耶柏耶，饥不可为餐。谁使建极耶，嗟任人之匪端！"

后人传此为"松柏之歌"，盖咎后胜之误国也。

——《东周列国志 · 第一百八回》

统一中原

齐国一亡，范雎和尉缭的“远交近攻”的计策完全成功了。打这儿起，六国全归并到秦国，天下统一。东周列国，经过了五百年的变迁，才合成了一个大国。秦王兼并六国，统一中原，跟着就改变国家的制度。头一样，他知道“名不正，则言不顺”。当初六国诸侯都称为“王”，如今“王”没有了，那么自己又叫什么呢？他总得比“王”的名号更大、更高吧。还有，君王的称号要等到他死了以后让大臣们共同来起，这不是叫臣下来议论君王吗？秦王把这种办法废了。他用了“皇帝”这个名称。自己是中国头一个皇帝，就叫“始皇帝”。以后就用数目字计算：第二个皇帝就叫“二世”，第三个叫“三世”……这么下去一直到万世，没完没了。他又叫玉器匠刻了一个大印，算是皇帝的玉玺。那玉玺刻好之后，大臣们全都给秦始皇庆贺，还要听他的新命令。

秦始皇瞧了瞧那些大臣们真是什么样儿的人才都有，朝堂上黑压压地都挤满了。可是那个出计策收买各国大臣的尉缭在哪儿呢？他的门生王敖又在哪儿呢？这回兼并六国，统一中原，拿打仗来说，功劳最大的当然要数王翦、王贲爷儿俩了。可是拿对付各国的计策来说，尉缭和王敖师徒俩的功劳也不在他们两位大将之下。秦始皇就问大臣们这两个人到哪儿去了。大臣们正在怀疑：皇帝得了天下，怎么还不把土地封给他们呢？丞相王绾

（wǎn）就借题发挥了。他说："尉缭、王敖帮助皇帝平定四海。他们的功劳好比周朝的太公、周公，当然指望皇帝封他们做诸侯。如今皇帝没分封有功的大臣，他们就挺没指望地走了。"秦始皇一听这话，眼珠子一转，又问大臣们："周朝分封诸侯的制度还能用吗？"他们都说："这是古时候的制度，怎么会不能用呢？再说齐国在东边，楚国在南边，燕国在北边，这么又远又大的地界，要是不封王、封侯，怎么管得住呢？"秦始皇闭着嘴，屏住气，眼光在朝堂上一扫，就停在李斯身上。

李斯早就和秦始皇计划妥当了，跟背书似的说："周武王把天下分成好几百个小国，封给自己的子弟和功臣们。到后来，这些小国你打我、我打你，简直没有一天安静的日子。好容易几百个小国并成了几十个，再由几十个并成了十几个，最后，就剩了七国。可是七国还是不安定。老是彼此不和，互相攻打。如今皇帝兼并六国，统一中原，哪能把一统的天下再分开来，重新退回到周朝那种混乱的老路上去呢？有大功的臣下，当然要有重赏。比方说，增加他们的俸禄，可不能割据国家的土地。咱们已经把列国改为郡县，那么，就应当用郡县制度来统治天下。"大伙儿听了，心里全不赞成，可又说不出反对的理由来。

秦始皇就采用了李斯建议的郡县制度，把天下分为三十六郡，就是：

1. 内史郡	2. 三川郡	3. 河东郡
4. 南阳郡	5. 南郡	6. 九江郡
7. 鄣郡	8. 会稽郡	9. 颍川郡
10. 砀郡	11. 泗水郡	12. 薛郡
13. 东郡	14. 琅玡郡	15. 齐郡
16. 上谷郡	17. 渔阳郡	18. 右北平郡
19. 辽西郡	20. 辽东郡	21. 代郡
22. 钜鹿郡	23. 邯郸郡	24. 上党郡
25. 太原郡	26. 云中郡	27. 九原郡
28. 雁门郡	29. 上郡	30. 陇西郡
31. 北地郡	32. 汉中郡	33. 巴郡
34. 蜀郡	35. 黔中郡	36. 长沙郡

郡下面再分县。每个郡由朝廷直接任命三个顶重要的官长，就是：郡守、郡尉和郡监，管理全郡。郡守是一郡中最主要的官长。郡尉是个武官，在郡守的下头，管理治安，全郡的军队也由他统领。郡监执掌监察的事情。三十六郡全是这么统治的。全国行政机构都一律了，办起事情来当然提高了效率，可是好几千年来没统一过的国家，当初是各自为政的，倒不觉得怎么不方便。如今天下统一了，过去种种的毛病就显出来了。要是这些毛病不去掉，三十六郡的事情就很难统一进行。秦始皇还得下个决心来个大改革。

古籍链接

秦王以六国曾并称王号，其名不尊，欲改称帝，昔年亦曾有东西二帝之议，不足以传后世，威四夷，乃采上古君号，惟三皇五帝，功德在三王之上，惟秦德兼三皇，功迈五帝，遂兼二号称“皇帝”。追尊其父庄襄王为太上皇，又以为周公作谥法，子得议父，臣得议君，为非礼；今后除谥法不用：“朕为始皇帝，后世以数计之，二世，三世，以至于百千万世，传之无穷。”

天子自称曰“朕”，臣下奏事称“陛下”。

召良工琢和氏之璧为传国玺，其文曰：“受命于天，既寿永昌。”

——《东周列国志·第一百八回》

划一制度

在秦始皇统一中原以前，列国诸侯向来就没有一个划一的制度。不说别的，就拿交通来说吧。各国都有车马，主要的地方都有通车马的道儿，可是道儿有宽有狭，车辆有大有小。各地方的车只能够在自己的地方走着方便。当时秦国的兵车要在三十六郡的道儿上都能很快地走，可就办不到了。要是秦国的兵车不能立刻开到每个郡县，这么些城怎么管得住呢？秦始皇就规定车轴上两个车轮子的距离，一律改为六尺。车的大小规定好了，道儿自然就得修一修。这就是说，三十六郡都应当有一定宽窄的“驰道”（就是“马路”或者“公路”的意思）。这样，一面改造车辆，一面赶修“驰道”。天下三十六郡都修起驰道来，从咸阳出发，北边通到燕国，东边通到齐国，南边通到吴国、楚国，甚至湖边、海岸上都修了驰道。驰道宽五十步（秦以六尺为一步），每隔三丈还种上青松。好在天下已经统一，各地方不再打仗，所有的兵器都搬到咸阳来，铸成了十二座挺大的铜像（古文叫金人）跟好些个大钟。各地方不打仗，原来的士兵一部分变成了修路的人。改良交通这件事，挺快就办到了。

交通一方便，商业跟着就发达起来了。商业一发达，麻烦的事儿又多了。除了秦国以外，各地方的尺寸、升斗、斤两全不一样，怎么做买卖呢？比方说：东郡的一丈绢到了南郡一量，才合八尺；三川郡的一斗大麦，用钜鹿郡的一斗一量，倒多了一升；南阳郡的七斤腌肉，到了九江郡，才够八斤四两。各地方的买卖人必须来回地折合计算，要不然，就得带着好几十种不同的尺、斗、秤，才能做买卖，这哪成呢？弄得老百姓天天为了争分量，打官司告状的，哪还像个统一的清平世界？那时候，中国早已出现了不少工商业者聚会在一起的大城市，像咸阳、洛阳、临淄、定陶、邯郸、大梁、寿春等等。在这些大城市里差不多什么东西都能买到，比如说：北方的马、牛、羊、大狗，南方的羽毛、象牙、犀牛皮、油漆颜料，东方的海鱼、食盐，西方的皮革、毛织品等。又因为手工业的发达，农民自己不打铁，不烧窑，可以买到铁器和陶器；工商业者自己不种地，不养蚕，随时可以买到粮食和布帛，甚至绣花的丝织品。全中国工商业的发展，为了通商的方便，也要求有个统一的制度。秦始皇就规定全国一律的度、量、衡，禁止使用旧的杂乱的度、量、衡。这么一来，全国的老百姓可就方便得多了。

交通和商业的发达促进了度、量、衡的统一。可是还有一件多少年来顶难办的事情，也必须有个妥当的改革办法，才能叫三十六郡的官长、百姓，彼此都能交往和了解。那就是中国的语言和文字。中国从夏、商、周三代以来，已经不是一个单纯的民族了。比方说，夏朝人还把东部的人当作夷族，就是所说的“东夷之人”；商朝人把周人当作“西夷之人”。这些“东夷之人”和“西夷之人”全都变成了中国人，中国的民族已经够杂的了；还有南方的群蛮、百濮，北方的匈奴，辽东的东胡和西方的西戎等等好些个部族。这么些人合成了一个国家，当然各有各的语言。文化比较高的，还各有各的文字。有几个邻近的诸侯国，像“三晋”或者邹、鲁，语言都是大同小异的。可是楚国和燕国的人民不会说一样的话。那么，当初各国使臣的访问，比方说，屈原到了齐国，晏子到了楚国，还都带着翻译吗？那又不然。那时候，各地方虽说都有“方言”，可是已经有了一种比较普通的互相可以听得懂的语言，叫作“雅言”，就好像书面官话那样。这种雅言老百姓不怎么听得懂，可是各国的大夫和念过书的人都能够南腔北调地说几句。秦始皇就把这种雅言作为正式的语言，好像我们现在所说的共同语。

可是口头的雅言写在书面上应当用哪一种文字呢？别说那时候中国有好几种不同的文字，就是一样的文字拿不同的文具写也变了样。那时候，有拿刀子刻在竹片上的，有拿生漆写在羊皮上或是绢上的。拿刀子刻的字，当然就是直线，因为曲线是不容易刻的。拿生漆写的字老是头大尾巴细，因为蘸了生漆，一下笔，就是一个大点子，以后生漆一少，笔画就细了，写出来的字，正跟蛤蟆骨朵儿一样，所以叫蝌蚪文。可是拿生漆写到底比拿刀子刻快得多，再说羊皮和绢也比竹片轻便得多。秦始皇就决计采用比较方便的书法，规定为正式的统一的文字，其余各地写法不同的文字，也跟那些杂乱的度、量、衡一样，一律废除。

秦始皇费了挺大的力量，规定了“书同文”，可是当时各地方的儒生都起来反对。他们学会了的文字是他们已经得到了的宝贝，谁也不愿意把自己的宝贝扔了，重新来学另一种东西。废除旧文字比废除旧车轮和旧升斗要麻烦得多。邹、鲁一带尊重孔子、孟子的那些个念书的人，对秦始皇废除古代圣贤所规定的分封诸侯的制度，早就不满意了。如今连他们用惯了的文字也要改，就格外反对。他们背地里约了一些人，共同来干一下子，推举齐国人淳于越当个头儿，去跟秦始皇反抗。可是“手无缚鸡之力”的书生，怎么能反抗得了这么威武的皇帝呢？他们总得借个名目，去拉拢那些带兵的将军们，才有力量。他们一想，要是他们请求皇帝恢复古代的分封诸侯的制度，那么那些有过功劳的大将都能封为诸侯，他们自然会赞成念书的人了。古代的分封诸侯的制度一恢复，那么别的制度也都能改回来，旧式的文字就能够抬头了。

焚书坑儒

公元前 213 年（秦始皇三十四年），秦始皇因为去年添了桂林郡、象郡、南海郡，今年大将蒙恬又把匈奴打败了，添了一个朔方郡，两年来增加了四个郡，开拓了疆土，就在咸阳宫里开了一个庆祝会。大臣们全给他敬酒，祝他健康。其中有个大臣叫周青臣，还预备了一篇庆祝的话，大意是："从前秦国只有一千里的地界，如今凭着皇帝英明的作为，平定海内，统一天下；把列国诸侯都废了，改为郡县，边界上的蛮夷也全轰走了；统一规定了国家的法度，车和轨道有了一定的尺寸，文字有了一定的标准。天下人民都能够安居乐业，再也受不到打仗的苦处。自古以来有哪个君王干过这么伟大的事业？"秦始皇听了，挺得意。那位儒生的头儿齐国人淳于越心里一想："再要不反驳，可就没有机会了。"他站起来，说："周王把土地分封给子弟和功臣，叫他们共同辅助朝廷。周朝享受了八百多年的天下。如今皇帝得了天下，可是自己的子弟和功臣们连一块土地也没有。万一有几个郡县出了事情，可怎么办呢？不论干什么，要是不把古人当作老师，是长不了的。刚才青臣的话全是奉承皇帝的，叫皇帝离开正道。这种小瞧古人，当面奉承人的人绝不是忠臣！"秦始皇一见两位大臣争吵起来了，就问别的大臣有什么意见。

李斯站起来，说："五帝的事业各不相同，不是把前一个人的事照样再来一下子；三代的制度也不一样，不是每一代都把前一代的制度再抄一遍。这不是说他们不愿意向古人学习，偏要来一套新奇特别的花样；完全是因为时代变了，办法当然也就不一样了。如今皇帝所创造的伟大的事业是从古以来没有过的。一般儒生连听都没听说过，想也想不到。他们懂得什么呢！淳于越所说的是三代时候过去的老账，到了今天还有什么用处呢？从前列国散乱，诸侯胡打一气，那些念书的人就假造圣贤，托古说教。不是说古代怎么怎么好，就是说如今怎么怎么坏。诗书百家议论纷纷。实在说来，一点用处都没有。这批念书的人根本就不会动手出力，不去钻研实在的学问。他们不知道怎么耕地，怎么种菜，怎么栽树，怎么治病，怎么管理百姓，怎么执行刑法——这些个他们都不懂得，也不往深里钻研。他们就知道背熟了几篇古文，凭着一张嘴，批评朝廷，颠倒是非，想起什么说什么。如今天下一统，制度划一了，只要注重法令，劝导农工，叫他们拿出力气来就是了。最要紧的是起来干活儿，不是坐着说废话。朝廷的法令，应当受人尊敬，才有用处。可是这批儒生一看见新法令，就拿出古书来对照一下，瞧瞧古时候有没有这种法令。要是古书里找不着根据，他们就你一言、我一语地议论个没完。有的还胡造谣言，毁谤朝廷。这么下去，国家还像个样儿吗？一切应当改革的事情还能办得下去吗？因此，我请求皇帝下令，除了秦国的历史和那些有用处的书，像医药、占卜、种树、法令这些，其余的诗、书、百家的言论，全给烧了。谁要私藏就治罪，口头传说这种书的就是死罪，拿古代的议论来反对现在的法令的也是死罪。我的话完了，请皇帝决定。”

大臣们听完了李斯的这篇大道理，有的不敢反对，有的说不出反对的理由，大伙儿瞧见秦始皇听一句，点一点头，他们也只好随着点点头。秦始皇就批准了李斯的建议，马上下令，烧毁诗、书、百家的书籍。那些儒生一见势力完了，有嘴不能说，有笔不能写，只好在背地里商量办法。

秦始皇虽说是个能人，可是他的事情实在太多了。天下的事情，一个人哪办得了呢？兼并六国以后，他差不多每年都亲自出去到各处巡游。从西北到西南，从北方到南方，从西边到东边，中国主要的高山、大河他差不多都走遍了。他为了要把国家大权都抓在自己的手里，不得不亲自批核各郡县的奏章公文。一干就是半夜，还不能休息。天天这么下去，他就是铁打的也受不了。他不但要吃强身健脑的补药，还想找长生不老的仙方。

俗话说：“做了皇帝要做神仙。”这话对秦始皇来说，一点不假。一些做补药买卖的商人和走江湖的方士就都想借此发笔大财。有的拿了不三不四的土方子，做了丸药，就说是仙丹；有的向皇帝骗了一笔钱财，说是替他去采办仙药。这么一来，真正有灵验的补药还没办到，秦始皇想当神仙的消息可就传遍了天下了。那批方士骗了钱财，求不到仙药，就怕秦始皇办他们的罪。因为秦国有条法令——方士试验不灵的，重的定死罪。方士的头子侯生和卢生就在背后跟儒生们说：“始皇帝是个专制暴君。在他的手下，博士也好，方士也好，算卦说梦的也好，看星星看气象的也好，反正只能说奉承的话，可不能批评他的过错。他这么贪于权势，我们就没法替他求仙药了。”儒生和方士本来老混在一起，这会儿由于侯生和卢生背地里反对秦始皇的专制独裁，那批儒生引经据典地又批评起秦始皇来了。

秦始皇一听见那些儒生和方士又议论起来了，就派心腹暗地里去探听他们的动静。他还准备逮捕一些反对他的人，头一个是侯生，第二个就是卢生。他正打算派人去抓他们，没想到这两个人早就跑了。秦始皇这才知道原来他们还有内线。他就叫御史把那些有反对皇帝嫌疑的儒生和方士拿来审问。哪知道这批人还没受拷打，就直打哆嗦，东拉西扯地供出了一大批人来了。审问下来，秦始皇把那些认为犯禁的四百六十几个人都活埋了，又把那些犯禁的情形次一等的都轰到边疆上去开荒。秦始皇杀了这一小撮（cuō）儒生和方士，不但从此跟孔、孟一派的儒家结下了怨仇，而且后来的人也多随声附和，把他当作典型的暴君。

大儿子扶苏为人厚道，劝告他父亲别这么对付儒生。他说：“这些儒生都是效法孔子的，现在拿这么严重的刑法处理他们，我担心天下不安。”秦始皇认为扶苏不懂这些事，乱党不镇压，怎么能治理天下呢？他叫扶苏到上郡去监督蒙恬的军队。扶苏的想法可跟他父亲不一样。他总觉得焚书坑儒毕竟是个暴行。这么下去，天下怎么能太平得了！扶苏哪儿知道，焚书坑儒对于天下的老百姓关系不算太大，可是如果秦始皇对老百姓加紧压迫，一味暴虐的话，他的统治也就长不了。旧六国贵族还不肯死心，他们随时随地都想恢复原来战国的局面，这一来，天下也就不能太平了。

前后汉

故事新编

博浪沙行刺

秦始皇兼并六国以后，老到各处巡游。一来为了祭祀名山大川，把大臣们颂扬他的话刻在山上，好叫后世的人也能颂扬他；二来他这么各处走走，也好叫以前的六国贵族有个怕惧。他每回出去，总是前呼后拥，车马相连，沿路看过去，十分威风。那些企图复辟的六国贵族只好死了心。

公元前 218 年（秦始皇二十九年）春天，秦始皇到东边去巡游。有一天，大队人马到了阳武县（在今河南原阳一带）的一条大路上，就有传令官骑着马通知各队，说："前面这条路地势险恶，大家要多加小心。"这一来，吓得一班文官倒抽一口冷气。他们提心吊胆地躲在车里不敢往外瞧，好像敌人的刀在往他们的脑袋砍过来似的。可是将士儿郎们并没透出慌张来，只是带队的人叫前后相差太远的车辆靠拢一些。他们把皇帝的车和式样跟皇帝的车相同的三十六辆副车连成了一个挺整齐的车队。秦朝的旗帜上大多用黑颜色，车队就像一条巨大的乌龙逍遥自在地在地上游着。到了博浪沙（在今河南原阳东南），车队继续前进。四周围很清静，一片太平景象，大伙儿才松了一口气。没想到巨龙一扭身，正在拐弯的时候，突然哗啦啦一声响，不知道打哪儿飞来了一个大铁锤，把秦始皇后头的一辆副车打得粉碎。秦始皇就在前面的车上，副车的半截车挡进到他的跟前。好险哪！一下子车队全都停下来。武士们四面一兜捕，没费多大工夫就把那个刺客逮住了。秦始皇虽然挂了火儿，可是他十分细心，不准武士们伤害刺客。他叫丞相李斯和宦官赵高去审问，一定要查出主使的人来。那个刺客也是个硬汉子，不但不肯透露是谁主使的，连他自己的姓名也不说，反倒骂着说："昏皇杀了诸侯，灭了六国，六国的后人哪一个不要他的命？历代的忠良都要向他报仇！只是他命不该绝，也是我一时大意，用力过猛，没打中他。我倒是死不足惜，只可惜辜负了公子。"李斯赶紧追问："是哪个公子？"那刺客恐怕说走了嘴，就自己碰死了。

李斯他们细细琢磨着刺客的话，就推想那个主使的人一定是六国的后人，再从"历代的忠良"这句话里研究下去，他们认为这位"公子"可能是相国的后代。可是在六国之中有哪一家是历代做相国的呢？他们这么追究下去，就查出韩国的开地曾经做过韩国的相国，伺候过三个君王，开地的儿子平也做过韩国的相国，伺候过两个君王。这一家两代做了相国，接连着伺候过五个君王，那么现在这个"公子"还不是所谓"历代的忠良"吗？相国开地一家原来是韩国的贵族，姬姓。那刺客的主使人准是姬家的公子了。

秦始皇立刻下了命令，捉拿从前韩相国平的儿子，就是那个姬家的公子。好在天下已经统一，在这统一的天下捉拿一个有名、有姓、有来历的人还怕不成吗？那个姬家的公子一听到各处都在捉拿他，韩国一带更加搜得紧，他只好逃到别的地方去避一避。他是个贵族子弟，韩国给秦国灭了的时候，他还年轻，没做过官。可是他认为，谁灭了他的父母之邦，就得报仇。韩国虽说灭了，贵族的生活还是挺阔气的，韩公子家里的奴仆就有三百多名。可是他不愿意在家里过着花天酒地的生活，他要替韩国报仇。兄弟死了，他也顾不得办丧事，就变卖了家产，推说到外边去求学，离开了家。其实他是要在外边找机会给韩国报仇。

可是秦国的法令很严，刑罚又重，谁要是反对秦始皇，准活不成。老百姓只能说朝廷好，不能说朝廷坏。他要暗杀秦始皇的打算，只能存在心里，不能说出口来。过了好些年，他才结交了一个肯替他卖命的大力士。这位大力士手使的那个大铁锤就有一百二十斤重。他们打听到这次秦始皇到东边来，已经到了阳武，就在博浪沙等着他，给了他一铁锤。哪儿知道打不着狐狸，倒惹了一身臊，那位姬家的公子只好更名改姓，后来就叫张良，就是张子房，一直逃到下邳（在今江苏古邳镇），躲避起来。秦始皇吩咐各地官府搜查那个姬家的公子，查了十天没查到，也只好算了。张良虽然逃难出来，好在他身边有钱，就在那边结交了不少豪杰，还想替韩国报仇。不到一年工夫，他在下邳出了名。他不但乐意接济有困难的人，而且还爱打抱不平，就是杀了人、犯了案的人来投靠他，他也收留。临近的人都知道他是个侠客，可不知道他就是逃难出来的韩国公子。真正了解他的人倒替他担心，怕他只想做侠客，骄傲自大，好出风头，不能成大事。

有一天，张良一个人出去散步，一来为着解解闷，二来也想暗地里寻找志同道合的人，共谋大事。他信步走去，到了圯桥上（一说是沂水大桥上；圯：yí），瞅见一个老头儿穿着一件土黄色的大褂，搭着腿坐在桥头上，一只脚一上一下地晃荡着，那只鞋拍着脚心，像在那儿打板眼。真怪，他一见张良过来，有意无意地把脚跟往里一缩，那只鞋就掉到桥堍（tù）下边去了，老头儿回过头来对张良说："小伙子，下去把我的鞋捡上来。"张良听了，不由得火儿了。依他的公子脾气，真想给那老头儿一个耳刮子。可是再一看那个老头儿，哪儿还能生气呢？人家连眉毛、胡子全都白了，额上的皱纹好几层，七老八十的，就是叫他一声爷爷也不算过分。他就走到桥堍底下，捡起那只鞋来，再上去递给那老头儿。谁知道他不用手来接，只是把脚一伸，说："给我穿上。"张良一愣，觉得又好气，又好笑。可是已经替他把鞋捡上来了，干脆好人做到底，穿就穿吧。他索性蹲下去，恭恭敬敬地拿着鞋给那老人家穿上。那老人家这才捋（lǚ）着胡子，微微一笑，就这么大摇大摆地走了。这一下可又把张良愣住了，天底下会有这号老头子，碰着一个素不相识的人，就这么老子似的使唤人家，人家替他做了事，连声"谢谢"也不说。真太说不过去了。

张良走下桥来，跟在后头，看他到哪儿去。约莫走了半里地，那老人家好像也察觉张良还跟着他，就回过身来，走到张良面前，说："你这小子有出息，我倒乐意教导教导你。"张良是个聪明人，知道这老人家准有来历，就赶紧跪下，向他拜了几拜，说："我这儿拜老师了。"那老先生说："那么，过五天，天一亮，你到桥上来跟我会一会。"张良连忙说："是！"

第五天，张良一早起来，匆匆忙忙地洗了脸，就到桥上去了。谁知道一到那边，那老人家正生着气呢。他说："小子，你跟老人家定了约会，就该早点来，怎么还要叫我等着你？"张良跪在桥上，向老师磕头认错。那老头儿说："去吧，再过五天，早点来。"说着就走了。张良愣愣磕磕地站了一会儿，只好垂头丧气地回家了。

又过了五天，张良一听见公鸡叫，脸也不洗就跑到大桥那边去。他还没走上桥呢，就恨恨地直打自己的后脑勺儿，自言自语地说："怎么又晚了一步？"那老人家瞪了张良一眼，说："过五天再来！"说着就走了。张良闷闷不乐地憋了半天，才拖着沉重的脚步回家，只怪自己诚心不够。这五天的日子可比前十天更不好挨。

到了第四天晚上，他翻过来掉过去地怎么也睡不着。他净想着自己这几年来的事情：祖祖辈辈做韩国的相国，韩国给人灭了，真没有脸活下去；博浪沙出了岔，大仇没报成，险些送了命；九死一生地逃到这儿，还没找到第二个大力士；好不容易碰到这位老人家肯教导自己，还不诚诚恳恳地请求人家，一而再，再而三地落在人家后头。这样的人还能成什么大事？他心里很不是滋味，越想越睡不着。窗户外边的月亮也冲着他翻白眼。他干脆不睡了，半夜里，就到圯桥上去。到了那边，一看，桥上没有人，他才松了一口气，静静地等着。

过了不大一会儿工夫，那位老人家可一步一步地挪过来了。张良赶紧迎上去。他一见张良，脸上显出慈祥的笑来，说："这样才对。"说着，拿出一部书来交给张良，说："你把这书好好儿读，将来便能够做帝王的老师。"张良挺小心地把书接过来，恭恭敬敬地道了谢，接着说："请问老师尊姓大名？"那老头儿笑着说："你问这个干吗？我没有名字，省得将来更名改姓。"他接着说："你要出山，总得再过十年，心急是没有用的。以后你要是到济北谷城山下去（谷城山，在今山东东阿一带），就能见到黄石，那就是我。"张良还想再问个明白，那老人家可不理他，连头也不回地走了。因为他说过黄石就是他，后来的人就称他为"黄石公"。

等到天亮了，张良拿出书来，仔细一看，原来是一部《太公兵法》（太公，就是周文王的军师姜太公）。张良白天读、晚上读，把它读得滚瓜烂熟，还仔细琢磨。到了这时候，他才觉得博浪沙行刺实在太鲁莽了，就算打中了秦始皇也恢复不了韩国。公子哥儿的棱棱角角还得好好地再磨一磨。打这儿起，他一面继续钻研《太公兵法》，咂着捡鞋、穿鞋和受训斥的滋味，一面还留心着秦始皇的行动。

平定南北

博浪沙的大铁锤并没把秦始皇吓唬住，也没能挡住他的车队。他继续巡游过去，一直到了之罘（之罘，在今山东烟台芝罘区；罘：fú）、琅邪（在今山东东南海边），再由上党（在今山西东南部，就是长子、长治一带）回到咸阳。

公元前216年（秦始皇三十一年），公布了一个法令，让老百姓自己呈报土地的实际亩数。这是废除领主贵族的土地所有制，确定土地个人私有制的一件大事。那一年，秦始皇还给每一里（二十五家为一里）六石米、两只羊。这一来，大小地主和有土地的农民都受到了好处，可是从前六国的贵族更加气愤起来了。他们总想趁着秦始皇出来的时候，向他行刺。也是秦始皇太不注意，他爱穿便衣，连晚上也要步行出去私访。有一次，他只带着四个穿便衣的武士，暗藏兵器，踏着月色，私行察访到了兰池（在咸阳东），突然跳出来一批刺客向他动手。秦始皇曾经碰见过荆轲的匕首，也碰见过张良的大铁锤，这会儿碰见的只是几个打手，更不怕了。他和武士们一齐拿出兵器来，没费多大的劲儿就把这些人杀散了。这件事情让他想到咸阳城里住着这些"盗贼"到底不大妥当，就下令在关中搜查了二十天，把搜查到的没有活儿干的人都送到边界上去开荒。这么一来，关中给镇压下去了。可是北方的匈奴挺强，老向中原打进来。这要比刺客行刺严重得多了。秦始皇不能不想个办法去对付匈奴。

秦始皇拜蒙恬为大将，发兵三十万去抵抗匈奴。匈奴是北方的部族，过着游牧生活，经济、文化都比中原地区差。他们老到河南（指黄河南岸，就是河套一带）方面来掠夺，还把边疆地区的青年男女抓去当奴隶。这会儿中原大兵一到，他们就纷纷向北逃去。蒙恬就这么收复了河南的土地，建立了四十四个县，把内地的囚犯大批地送到河南去，让他们在那边住下来耕种。

秦始皇认为光收复河南，很难守得住，就吩咐蒙恬再向北进兵。蒙恬带领着大军渡过黄河，又收复了一大片土地。为了中原边防的长远打算，秦始皇下了决心，送去几十万民夫，把过去秦、赵、燕三国原来的长城连接起来，西边从临洮（在今甘肃岷县）起，翻山越岭一直到东边的辽东，要造一道万里长城。又因为大儿子扶苏反对他"焚书坑儒"的行动，就派扶苏到上郡（秦朝的上郡在今陕西北部和内蒙古乌审旗一带）去监督蒙恬建筑长城。这些地区净是山，交通不便，人口稀少，光是造长城已经够困难的了，加上匈奴也不肯甘心屈服，随时随地都来攻打建筑长城的人。因此，蒙恬的大军和民夫只好一面防守，一面建筑长城。费了十多年工夫，不知道牺牲了多少人，才把长城造好。

中原的大批士兵和民夫正在北方建筑长城的时候，南方岭南一带的部族趁着机会又向中原打过来了。岭南是在五岭的南面（五岭，就是大庾岭、骑田岭、都庞岭、萌渚岭、越城岭），又叫南越（在今广东、广西一带），那些地区的部族，也像北方的部族一样，生活挺艰苦，文化还不发达，老向中原地区掠夺财物和青年男女。秦始皇知道那边气候热，地方潮湿，高山丛林里还有毒蛇、猛兽，交通不便，很难行军，一般的将军和士兵都不愿意去。他在没法当中想出一个办法来。他下了一道命令，把中原的囚犯全都免了罪，作为防守南方的军人。可是释放出来的犯人还不够数，就再强迫民间的奴仆和小贩商人一起去服役。按照秦国的制度，贩卖零碎货物的小商人的地位跟奴仆差不多。因此，把他们和囚犯都编入队伍。这些将军、士兵、囚犯、奴仆、小贩商人等合在一起，一共有一二十万人。经过无数次艰苦的斗争，才把当地人民顽强的抵抗压了下去。

秦始皇就在这一带地区建立了桂林、象郡、南海三个郡，把那一二十万人留在那儿防守，又从中原迁移了五十万贫民到那边去居住、生产。为了运输粮草，秦始皇命令监御史史禄开凿了一条水道叫灵渠。天才的水利工程师史禄领导人民在湘江中流筑了一条三角形的分水堰，把湘江分为南北两渠，流到新开凿的灵渠，沟通了湘江和桂江之间的交通，使北方的粮草等可以由水道大量地运输到南方去。这样许多中原的军民长住在那儿，改进工具，发展农业，岭南一带就这么平定下来了。

这些重大的事情是谁都知道的，连躲在下邳的张良也认为秦始皇真有两下子。他觉得博浪沙的铁锤是打不倒秦国的统治的。可是不恢复韩国，心里总觉得不得劲儿。他只好静静地等着，且看秦国以后有什么变化。

南方和北方大体上都平定了，秦始皇觉得这几年来住在咸阳的人太多，住房不够，以前的宫殿也不够宽敞。他就新盖了一座宫殿，东西五百步（秦代以六尺为一步），南北五十丈，台上可以坐上千上万的人，台下可以竖起五丈高的大旗来。宫殿面前立了十二个铜人，每个铜人有二十四万斤重。这是秦始皇兼并六国的时候，把天下的兵器都收集起来，销毁之后铸成的。可是秦始皇的兴趣不在多盖房子，盖好了一部分宫殿就停了工。他也不愿意在宫里享福。公元前 210 年（秦始皇三十七年，就是他五十岁那一年），他又到东南巡游去了。

这回跟着秦始皇出去的，除了李斯和赵高，还有他的小儿子胡亥。那时候胡亥二十岁了，他要求跟他父亲一块儿去，好开开眼界。秦始皇平时也挺喜爱他，就答应了。

他们到了云梦（在今湖北长江两岸）、丹阳、钱塘（在今浙江杭州）等地方，又渡过浙江，到了会稽去祭祀大禹。秦始皇一向不但目中无人，还目中无神。上次（公元前 219 年）到了湘水（在今湖南，流入洞庭湖），碰到刮大风，差点儿不能渡过去。船上的人说："大概是湘山祠的湘君生了气，这才气呼呼地把浪头吹得这么高。"秦始皇问博士们："湘君是什么神？"他们说："听说是帝尧的女儿，帝舜的妻子，葬在这儿，所以这座山叫湘山。"秦始皇才不信湘君敢阻止他渡河。就派了三千名囚犯先把湘山上的树全砍下来，然后放一把火，把整个湘山烧得光秃秃的不像样儿，让这些博士们看看到底是湘君强还是他强。这会儿他特意到了会稽，要祭祀大禹，把博士们弄得莫名其妙。说他是信神，就不该火烧湘山；说他不信神，就不该来祭祀大禹。

秦始皇告诉他们，说："大禹对于中国的功劳可大了。他开了大山，凿

秦始皇嬴政

了龙门（在今山西河津、陕西韩城一带），又把上游的水通到大夏（在今甘肃临洮西北一带），挖了九条河，筑了河堤，把水引到大海里去。为了治水，他整天光着脚，连大腿和小腿上的汗毛都脱光了，手和脚起了挺厚的茧子，脸晒得又红又黑。到最后，死在外面，葬在这儿。这样一个伟大的人物还不该祭祀吗？”博士们连连点头。李斯咂着嘴，好像把他的话一句句地都咽到肚子里去了似的。

祭祀了大禹陵，他们回到吴中（会稽郡治，那时候会稽郡包括今江苏东部和浙江北部）。街道两旁挤满了人，踮着脚都要瞧一瞧这位兼并六国统一中原的大皇帝。这会儿秦始皇胆子更大了，他干脆打开车上的帷子，让老百姓瞧个够。老百姓从来没见过这么威风的场面，瞧着车队过来，简直都有点害怕。

正在这时候，人群里忽然出来了一个二十几岁的小伙子，浓眉大眼，杀气腾腾，眼神儿好像乌云里射出来的两条闪电一样，直照到秦始皇的车上。他正迈出一只脚要向秦始皇那边冲过去，旁边一个年过半百的大汉一手把他抓住，说：“你干吗？”那个小伙子说：“杀了他，我来！”那个大汉连忙捂住他的嘴，咬着耳朵对他说：“别傻了，要灭门的呀！”他不能让小伙子拿着草棍儿去戳老虎的鼻子眼儿，就拉着他的手从人群里溜了。

沙丘遗恨

那个瞧不起秦始皇的小伙子就是中国历史上很出名的一个人物，叫项羽。他本来是下相县人（下相，在今江苏宿迁一带），从小死了父亲，全仗他叔父项梁把他养大成人。他祖父就是楚国大将项燕。项家祖祖辈辈都做楚国的大将，曾经封在项城（在今河南沈丘一带），就姓了项。公元前223年（秦始皇二十四年），项燕打了败仗，自杀了，楚国给秦国灭了。项梁老想恢复楚国，替父亲报仇，可是秦国这么强，自己又没有力量，只好忍气吞声地等待机会。

他瞧见侄儿项羽挺聪明，就亲自教他念书。项羽刚学会了看书和写些短文，就不愿意再学下去了。项梁这才知道项羽学文的不行，就教他练武。他先教项羽学剑。项羽学了一会儿，又学不下去了。这可把项梁气坏了。他骂项羽没出息。项羽可有他的一套说法。他说："念书有多大的用处呢？不过记记自个儿的姓名罢了。剑学好了，也不过跟别人对打对打，又有什么了不起的？要学就学一种真本领，能敌得过上千上万的人，那才有意思。"

项梁觉得这小子口气不小，心里倒也喜欢，就说："你有这种志向也不坏，我教你兵法，好不好？"项羽高兴得蹦起来，连着说："好！好！请叔叔教我吧。"项梁就把祖传的兵书一篇一篇地讲给他听。项羽一听就懂，一读就明白。没有多少日子，自己觉得八九不离十，已经能够掌握大意，就不再钻研下去了。项梁见他这个样儿，简直没法治，只好由他去了。

后来项梁被仇人诬告，关在栎阳县（在今陕西西安）监狱里。他托朋友曹无咎转托一个监狱官司马欣替他求情，才出来了。项梁原来是将门之子，骄横惯了的，怎么受得了这号窝囊气？他一出了监狱，就去找那个仇人，三拳两脚把他揍死了。这下子可闯了祸了。他就带着项羽逃到吴中，隐姓埋名地躲避他的仇家。可是他又不愿意安安静静地老躲在家里。没有多少日子，就跟吴中人士结交了起来。吴中人士见他能文能武，才干比他们都强，大伙儿把他当作老大哥看待。每回吴中碰到有大的官差或者红白事，总请他做总管，大家都愿意听他的。项梁趁着机会跟他们交上了朋友，还暗暗地拿兵法去组织那些朋友和青年子弟。这一来，吴中人士就更乐意围绕在项梁的周围了。那班青年子弟见项梁的侄儿项羽长得浓眉大眼，相貌堂堂，个儿又高，力气比谁都大，连千斤重的大鼎他也举得起来，性情又很直爽，都很佩服他。又因为他气魄大，不计较别人的小地方，就都喜欢跟他来往。

这次他在街上沉不住气，急得项梁连忙把他拉到家里，对他说："我们应当为父母之邦、为万民成大事、立大功，像你这样不顾前后、莽莽撞撞，分明是要去送死。"项羽一想，当时实在太莽撞了，要是没有叔父在一起，必然闯了大祸，就低着头不言语。项梁还怕他再出岔子，一连多少天不让他出去。直到听说秦始皇已经走了，他才放心。

秦始皇从江乘（在今江苏句容一带）渡江，到了海上，往北再到琅邪、之罘这些地方。他还想巡游下去，可是出门已经半年多了，沿路辛苦，饭都吃不下去。丞相李斯就劝他回去。他在路上身子很不舒服，到了平原津（在今山东平原）就病倒了。随从的医官给他看病、进药，全不见效。他不相信害了病就会没法治。五十岁的人也不算老，要是能让他好好地再干一二十年，准能把这个统一的天下铸成铁桶江山，颠扑不破。他不能再想下去了，头昏眼花，身子发烧。

七月里，他到了沙丘（在今河北广宗），病势越来越重。他嘱咐李斯和赵高："快写信给扶苏，叫他把兵权交给蒙恬，自己立刻动身回到咸阳去。万一我好不了，就叫他主办丧事。"

李斯和赵高各有各的心事，都不说话，只跪在地下静静地听他的嘱咐。

秦始皇眼睛盯着李斯，对他说："你帮了我这么多年了，大小事务，我都信任你。扶苏为人厚道，又肯吃苦耐劳，他可以继承我的事业。"他又瞧了瞧赵高，说："你们对扶苏应当忠心，好好儿地伺候他，不可辜负了我对你们的信任。"接着又对他们说："去吧，写好了给我看。"

李斯和赵高写了信，给秦始皇看。他迷迷糊糊地看了看，叫他们盖上印，打发使者送去。他们正商量着派谁去的时候，秦始皇已经死了。李斯和赵高他们不免着慌，一时间不知道该怎么办才好。

丞相李斯出了个主意，他说："这儿离咸阳还有一千六百多里地，半道上皇上突然晏驾了，要是这消息传了出去，里里外外可能引起不安。不如暂时保守秘密，赶快回到京城再做道理。"他们就把秦始皇的尸体安放在"辒凉车"（古时候一种挺讲究的车，车上有窗户，可以卧，也用作丧车）里，关上车门和车窗，放下帷子，外面的人什么也看不见。随从的人除了小儿子胡亥、丞相李斯、宦官赵高和几个近身的内侍，别的人全不知道秦始皇已经死了。文武百官照常在车外上朝，每天的饮食也像平日一样由内侍端到车里去。

李斯就叫赵高把信送出去，请长公子扶苏赶回咸阳去主持丧事。赵高掌管着皇帝的大印，朝廷的公文发出去都得经过他的手。他藏着秦始皇给扶苏的信，偷偷地去见胡亥，贼眉溜眼地对他说："皇上临终的时候，只叫大公子回来，别的公子他全没提。像公子您这么一心一意地跟着他，也没分到点儿土地，将来怎么办呢？我不能叫公子您吃这个亏。好在这会儿朝廷大权都在公子、丞相和我赵高三个人手里，咱们应当想个办法，不可错过机会。"

胡亥没想到会有继承皇位的份儿，心里好像狗吃热油似的，又是高兴又是害怕。他一向跟赵高相好，几年来，跟着他学习法令。原来以前秦始皇批阅文件，遇到刑事处分，自己没有把握的时候，也问问赵高。赵高能够按条文说出刑事处分来，一点儿不错。秦始皇见他熟读法令，连条文都背得出来，再说他又能够低声下气地伺候他，就叫他做了车府令（管理皇帝车马的大官），还叫他教导胡亥学习法令。赵高得到了秦始皇爷儿俩的信任，就得意忘形，骄横起来，受贿舞弊也来了。秦始皇听到赵高受贿舞弊，就叫大臣蒙毅（蒙恬的兄弟）审问赵高。蒙毅审问完了，把他判了死罪。赵高苦苦地央告秦始皇饶他这一遭。秦始皇念他以前办事小心，这次又认了错，就饶了他的罪，恢复了他的官职。从那时候起，赵高就跟蒙家结下了怨仇。他使出了浑身的劲儿奉承着胡亥，做了他的心腹。这会儿他出主意叫胡亥夺取他哥哥扶苏的地位，不用说胡亥是同意了。可是没有丞相李斯做帮手，还是不能成功，赵高就去跟李斯商量。

赵高对李斯说："给扶苏的信还没发出，皇上的大印藏在小公子手里。到底立谁做太子，全凭您和我一句话。您看怎么样？"李斯听了，好像头顶上打了个闷棍似的一愣。他定了定神，回答说："你怎么说出这种亡国的话来？这不是做臣下的该提的。"赵高眯着三角眼，说："唉，唉，唉！您别着急。我先问您，您的才能及得上蒙恬吗？您的功劳及得上蒙恬吗？您的声望及得上蒙恬吗？您跟扶苏的交情及得上蒙恬吗？"李斯说："我哪儿敢跟蒙将军比？你何必这么挖苦人呢？"赵高说："要是扶苏做了皇帝，他必然拜蒙恬为丞相，您只好回老家去了。这几年来，我教公子胡亥学习法令，知道他心眼儿好，能够尊重老大臣。这许多公子当中没有一个抵得上他的。要是您立他为皇帝，您就可以一辈子做丞相了。"

李斯愁眉苦脸地说："我原来是上蔡（在今河南上蔡）的老百姓，先帝提拔我做了丞相、封了侯，子孙做了大官。先帝这么信任我，临死把大公子托付给我，我不能够辜负他。"赵高拉长了脸，对他说："您如果一定不同意，我也不便多说了。可是咱们交好了这么多年，我不得不告诉您，小公子已经决定了，您不服他，他怎么肯放过您呢？我真替您和您的子孙担心哪。咱们自己人，我不好叫您受累。请您仔细想想吧。"李斯一想："原来他们已经串通一气了，叫我孤掌难鸣。"他不由得掉下了眼泪，愣头愣脑地望着天。他想跟赵高拼了，可是就这样一死，不但对秦国没有好处，连自己的子孙也受连累，再说，"好死不如赖活"，活下去再说吧。他就自言自语地说："我真想死，可是又死不了。唉，先帝没有对不起我的地方，我可对不起先帝了！"

赵高见他已经同意了，就拉着他的手，怪亲热地跟他商量起来了。他们假造遗嘱，立胡亥为太子。另外又写了一封信给扶苏，说他在外怨恨父皇，为子不孝；蒙恬和他同党，为臣不忠；不忠不孝，都该自尽；兵权交给副将王离（王翦的孙子），不得违命等。当时就派心腹把信送去。

赵高还怕扶苏和蒙恬不服，就催着人马日夜赶路。可是一千多里路程，一时怎么赶得到？再说夏末秋初的天气，没有多少日子，辒凉车里开始发出臭味来了。赵高派士兵去收购鲍鱼，叫大臣们在自己的车上各载上一筐。鲍鱼的味儿本来挺冲，现在每一辆车都载上了一筐，沿路臭气难闻，辒凉车上的臭味也就不足为奇了。

他们到了咸阳，还不敢把秦始皇的死信传出去。他们要等待上郡的消息。

古籍链接

至平原津而病。始皇恶言死，群臣莫敢言死事。上病益甚，乃为玺书赐公子扶苏曰："与丧，会咸阳而葬。"书已封，在中车府令赵高行符玺事所，未授使者。七月丙寅，始皇崩于沙丘平台。丞相斯为上崩在外，恐诸公子及天下有变，乃秘之，不发丧。棺载辒凉车中，故幸宦者参乘，所至上食。百官奏事如故，宦者辄从辒凉车中可其奏事。独子胡亥、赵高及所幸宦者五六人知上死。赵高故尝教胡亥书及狱律令法事，胡亥私幸之。高乃与公子胡亥、丞相斯阴谋破去始皇所封书赐公子扶苏者，而更诈为丞相斯受始皇遗诏沙丘，立子胡亥为太子。更为书赐公子扶苏、蒙恬，数以罪，赐死。语具在李斯传中。行，遂从井陉抵九原。会暑，上辒车臭，乃诏从官令车载一石鲍鱼，以乱其臭。

——《史记·秦始皇本纪》

怨声载道

上郡那边为了建筑长城和驰道（就是当时的公路），正忙着呢。扶苏和蒙恬听见皇帝的使者来了，连忙从外面回来，挺恭敬地拜见了使者。扶苏看了父亲的信和一把宝剑，哭得只能叹气，当时就要自杀。蒙恬拦住他，说："皇上交给我三十万大军把守边疆，派公子来监督，这是多么重大的责任。皇上把这么重大的责任交给了咱们，现在只来了个使者，谁敢保证其中没有岔儿？不如再请示一下，要是真的，再死也不晚。"扶苏摇摇头，又叹了一口气，说："父亲叫儿子死，还请示什么？"他就自杀了。蒙恬趴在扶苏的尸体上痛哭一场。接着他就把三十万大军交给副将王离。使者连连催着蒙恬自尽，蒙恬可不愿意就这么随随便便地死，他还想替扶苏申诉冤屈。他让使者把他押起来，送到阳周（在今甘肃正宁一带），关在监狱里等候处理。

使者赶紧回到咸阳，赵高和李斯这才传出秦始皇去世的信儿，一面给秦始皇出丧，一面立胡亥为二世皇帝。朝廷上别的大臣只知道这是秦始皇生前的命令，谁也不敢反对。丞相以下的大臣一律照旧，只有赵高提升为郎中令（掌管宫殿的大官），特别得到二世的信任。赵高要让天下的人都知道二世是个孝子，是个了不起的皇帝，安葬秦始皇就得大规模地来一下子。

二世听了赵高的话，从各地征调了几十万囚犯、奴隶和民夫，把秦始皇的寿坟修理一下。秦始皇在世的时候，已经在骊山下开了一块很大的平地，作为坟地。这坟地不但开得大，而且挖得深，从土层挖到沙层，从沙层挖到石层，然后把铜化了，大量地灌下去，铸成了一大片很结实的地基。在这上面修盖了石室、墓道和安放棺材的墓穴。二世又叫工匠在大坟里挖出江河大海的样子，灌上水银。还有别的花样说也说不完。这许多建筑物合成了一座大坟，把秦始皇葬在这儿。大坟里面不但埋着无数的珍珠、玉石、黄金，还埋了不少后宫美人儿。为了防备将来可能有人盗坟，墓穴里还安装了好些个杀人的机关，不让别人知道。一切安葬的工作完了以后，二世把所有做坟的工匠全都封在墓道里，没有一个能再出来。最后在大坟上种上花草、树木，这座大坟就变成了一座山。这座山不但把秦始皇一生的事业葬在里面，而且还压着千千万万人的怨气和仇恨。

二世胡亥埋葬了他父亲以后，就想把蒙恬放了。可是赵高不但要杀蒙恬，还要害死蒙毅。他对二世说："当初先帝曾经要立您为太子，就是蒙家兄弟仗着他们过去的功劳，在先帝面前不是说大公子怎么怎么好，就是说怎么也不能立小公子。因此，先帝临死仍然嘱咐丞相辅助扶苏即位。这会儿扶苏死了，您做了皇帝，他们哥儿俩不替扶苏报仇才怪呢。我担心，他们两个人活着您的地位也稳不了。"二世这才缩着脖子，害怕起来了。他马上叫赵高去处理他们。赵高用不着自己费事，派了两个大臣分头办理。

一个大臣向蒙毅宣布罪状。蒙毅还想分辩几句，可是怎么说也是枉开口。他只好对天起誓，说："我是没有罪的。你们杀害我，我可以什么都不说地死去。可是我不能辜负先帝。你们这么暗无天日地杀害忠良，怎么对得起先帝呀！"那个大臣已经受了赵高的嘱咐，哪儿还有闲工夫去听这些废话。他趁着蒙毅不留意的时候，拔出宝剑，从后面砍过去，就这么结束了审判的工作。

蒙恬还在阳周。他见了使者和二世赏给他的一杯毒酒，就说："我蒙家为秦朝立功已经三代了（蒙恬的祖父蒙骜、父亲蒙武都是秦国的大将），今天我虽然押在这儿，可是只要我一开口，三十万大军还是听我的。我有这么些兵马，足足可以背叛朝廷。为了不敢忘了上辈的教训，不愿意辜负先帝，死就死吧！"他就把毒酒一口喝下去了。扶苏、蒙恬被害的消息一传出，别说是秦人，就连六国的后人也有替他们叫冤的。

俗话说："若要人不知，除非己莫为。"二世篡夺皇位的事慢慢地露了馅儿。大哥扶苏死了，二世可还有十几个哥哥。这些公子们，还有一些大臣们暗地里免不了指东道西地打着哑谜，说些抱怨的话。二世就跟赵高商量，说："这些公子和大臣好像心里不服，怎么办呢？"赵高眯着三角眼说："小公子做了皇帝，公子们自然不能甘心。朝廷上的大臣大多又都是历代的功臣，见了皇上重用我这么一个微贱的臣下，不但瞧不起我，连皇上您也不在他们眼里了。只有另外用一批新人，皇上才可以高枕无忧。"二世连连点头，叫赵高好好去干。

二世和赵高就布置了爪牙，鸡子儿里挑骨头，捏造证据，诬告忠良，把十几个公子和十来个公主，还有一些比较难对付的大臣一股脑儿都定了死罪，杀个精光。这么一来，二世的位置没有人去抢，赵高的权力越来越大，谁也不敢反对他了。丞相李斯心里很不是滋味。可是他认为"既在矮檐下，怎敢不低头"，就睁个眼闭个眼地活着。二世和赵高要怎么办就怎么办，这一下更没了个顾忌。

二世非常得意，他对赵高说："人生在世，一眨巴眼儿就过去了，到底为着什么？我做了皇帝还稀罕什么？我想照我的心意尽量地享乐一番，让我的耳朵、眼睛舒坦舒坦，你瞧怎么样？"赵高眉开眼笑地伸着大拇哥，说："这才是贤明的君王干的呀！那些昏乱的君王就不敢这么办。君王在上面专门享乐，下面万民才能够太平，贤明就在这儿。君王老出去打仗或者去管人家的闲事，那还不把天下弄得鸡犬不宁吗？昏乱就在这儿。"

二世只知道享乐，不知道享乐还有这一说，更加高兴了。他说："宫里当然要有很多的美人儿，可是光有美人儿叫她们干吗呢？她们也得玩儿玩儿。"赵高说："对呀！比如说，宫里总得有个很大的花园，把天底下最好看的花草、树木都栽在这儿。各色各样的鸟儿、狗、马、鹿，还有说也说不上来的野兽都很好玩儿的，得替它们另外圈个树林子。"

二世扳着手指头一数，嗬！有美人儿、有狗、有马，还有男女仆人、文武百官，这许多人总不能挤在一块儿。他就说："先帝曾经说过，咸阳宫殿太小，不够用。可是他老人家只盖了个阿房前殿就停了工。我既然继承先帝的皇位，就该在这种地方很像样地继承他生前没完成的事业。"赵高拍着胸脯，说："这建造阿房宫的事由我来办吧，用不着您操心，包您满意。"二世就下了一道命令，决定大规模地建造阿房宫。

上次骊山修大坟，征调了几十万囚犯、奴隶和民夫，已经扰得天下怨声载道。要强迫这许多人做奴隶的工作，非用鞭子不可。因此，有给打死的，有病死的，有逃亡的，也有逃了以后又给逮回去治罪的。老百姓已经憋了一肚子怨恨。这次建造阿房宫，规模比上次更大，从各郡县押到咸阳来做苦役的人更多，人民的怨恨就更不必说。

为了建造阿房宫，各地得运送材料和粮食。驰道上来来往往的全是车马，咸阳一带更加热闹。二世恐怕人头太杂，出了岔，就从各地选拔了五万名武士专门保卫咸阳。这些武士除了在街道上巡逻，平时还练习骑马、射箭。这么一来，咸阳的人口更多了。武士、工匠、民夫和原来住在咸阳的文武百官、军民人等，每天都得吃饭，武士们的马和运输用的马都需要饲料。为这个，咸阳的粮食、蔬菜、肉类和草料大大起了恐慌。

二世下了一道命令，叫天下各郡县输送粮食，不断地供应咸阳。可是运粮队和运送建筑材料的车队一到，这许多人不是又得消耗当地的粮食吗？二世就又下了一道命令：任何车队，来回的人吃马喂，必须自备，外来的人在咸阳三百里内不得购买吃食和草料。秦朝的法令非常严厉，命令就是命令，谁也不能反对。这么多的粮食和草料还不是从民间搜刮来的吗？为了建造阿房宫，逼得各郡县的老百姓困苦不堪，有的不能生活，有的被官府拉去，有的丧了性命。真是遍地怨恨，叫苦连天。这里忙着盖阿房宫，北方又紧急起来。那时候，全中国的人口不过两千万，被征发去造大坟、修阿房宫、筑长城、守岭南和别的官差的合起来差不多已经有二三百万人。这回北方一吃紧，更得从内地押送大批农民到那边去防守。正是一波未平，一波又起，这叫老百姓怎么忍受得了？

揭竿而起

公元前209年七月，阳城（在今河南登封一带）的地方官接到了上级的命令，要他征调九百名壮丁送到渔阳（在今北京密云一带）去防守边疆。地方官派官兵层层下去，直到乡闾（二十五家为闾；闾，也叫里），按门按产去抽壮丁。有钱的人出点财物，或者给乡长、闾长一点好处，还可以不去，穷人没有行贿的力量，只好给征了去。为这个，每回送到边疆上去防守的壮丁总是贫苦的农民。这次阳城的地方官派了两名军官押着九百名贫民壮丁到渔阳去。

军官从壮丁当中挑选了两个个儿高大、办事能干的人作为屯长，叫他们分别管理其余的人。那两个屯长一个叫陈胜，阳城人，是个雇农；一个叫吴广，阳夏人（阳夏，在今河南太康一带），是个贫民。陈胜和吴广本来并不相识，现在碰在一块儿，同病相怜，倒也意气相投，很快便做了朋友。他们只怕路上耽搁，误了日期，天天帮着军官督促着这一大批壮丁往北赶路。

他们走了几天，才到了大泽乡（在今安徽宿州一带），正赶上下大雨。大泽乡地势低，水淹了道，没法走。他们只好扎了营，暂时停留下来，准备天一晴再赶路。雨又偏偏下个不停，急得这队壮丁好像热锅上的蚂蚁似的，不知道怎么办才好。他们倒不是为了自己的家着急，也不是为了自己的庄稼着急。这些顾虑现在已经谈不到了。他们着急的是误了日期，命就保不住。秦朝的法令是那么严。误了日期，就得砍头。走又走不成，逃又逃不了，他们只能愁眉苦脸地叹着气，私底下说些抱天怨地的话。

陈胜偷偷地跟吴广商量，说："这儿离渔阳还有几千里地。就算雨马上就住，路上也不好走。算起来，怎么也赶不上日期。难道咱们就这么白白地去送死吗？"吴广说："那怎么行？咱们逃走吧。"

陈胜摇摇头，说："逃到哪儿去？给官府抓回去，也是个死。逃，是个死；不逃，也是个死。反正是个死，不如为大家死。推翻秦朝，打天下，为老百姓除害；夺不到天下再死，也比到渔阳去送死强。老百姓吃秦朝的苦头也吃够了。听说二世是个小儿子，顶坏，压根儿就轮不到他做皇帝。大公子扶苏才是应当登基的。他老劝他老子不可杀害好人，他老子这才叫他到外边去监督蒙恬。天下的人都知道他是个好人。听说他给二世杀了，多冤哪！可是老百姓大多还不知道他已经死了。还有，从前咱们楚国的大将项燕，他立过大功，又能爱护士兵，咱们楚人都知道他是条好汉。有的说他已经死了，有的说他逃走了。不管他是死是活，反正楚人都替他打抱不平。要是咱们借着公子扶苏或者楚将项燕的名头，号召天下，去打二世，这儿原来是楚国的地界，准会有很多的人出来帮助咱们的。"

吴广也是个有见识的好汉。他完全赞成陈胜的主张，情愿豁出性命跟着陈胜一块儿干。可是打天下是一件大事，怎么也不能莽撞。他们又不能够跟别的人去商量，就决定先去算个卦。

算卦先生一见两个高个儿气冲冲地跑进来，已经有些害怕了，听说是来问吉凶的，连忙低声下气地说："请问二位问的是什么事？"陈胜、吴广不好说要造反，只能含含糊糊地说："我们要干一件很重要的事情，不知道能不能成功。"算卦的也是个有心人，他说："只要你们同心协力，事情是可以成功的。"算卦的又想摆脱自己的责任，就又加了一句："如果能有鬼神相助，那就更好了。"

他们算卦回来，路上谈论着算卦先生的话："如果能有鬼神相助，那就更好了。"陈胜说："楚人大多相信鬼神，咱们不妨假托鬼神，人家准能相信咱们的。"吴广完全同意。他们又仔细商量了一些办法，决定分头干去。

第二天，陈胜叫两个心腹到街上去买鱼。伙夫剖鱼的时候，在一条大鱼的肚子里剖出了一块布帛。鱼肚子里有布帛，已经够新鲜的了，布帛上面还有红颜色的三个字，更叫人奇怪得了不得。有认得字的一念，是“陈胜王”三个字。一下子，好多人争着来看，果然是“陈胜王”。不一会儿，这个新闻就传开了。大伙儿跑到陈胜跟前报告这件怪事。

陈胜责备他们，说：“鱼肚子里哪儿能有布帛？你们别造谣生事。要是给军官听到了，我还有命吗？你们平日跟我很好，别害我呀！”众人给他这么一说，谁都不愿意叫陈胜为难，只好不再开口。可是在吃鱼的时候，还免不了叽叽喳喳地谈论着。到了晚上，怎么也睡不着。仨一群儿，俩一伙儿，躺在一块儿咬着耳朵还聊着鱼肚子里出的怪事。

大伙儿正瞎聊着，忽然听到外面好像有狐狸叫的声音。大伙儿都竖起耳朵静静地听着。确实是狐狸叫的声音。真怪，狐狸的叫声变成了背三字经那样的声音。细细听去，越来越清楚。第一句是“大楚兴”，第二句是“陈胜王”。大家不约而同地用手窝着耳朵檐，再仔细听去。那狐狸还是不停地“大楚兴，陈胜王”“大楚兴，陈胜王”叫着。其中有十几个大胆的壮丁也不管路湿，一块儿出去要看个明白，他们循着声音走去，才听清楚那声音是从西北角一座破祠堂里出来的。三更半夜，荒郊破祠堂里，狐狸说着人话，多怕人哪。有的撒腿就跑，有的还想再走过去。也许那狐狸也听见有人过来，不再叫了。他们又是害怕又是纳闷儿，只好静悄悄地回来。过了一会儿，吴广也从外面回来了。他的胆儿格外大，单独出去，很晚回来，什么都不怕。

鱼肚子里有“陈胜王”三个字，有眼睛的都看到了，祠堂里的狐仙叫唤着“陈胜王”，有耳朵的都听到了。只有那两个军官，天天喝酒、睡觉，要么就打人，别的什么也不管，队伍里的事情都交给两个屯长。两个屯长一见大伙儿这几天特别尊敬他们，他们也就更加待他们好。这么一来，陈胜、吴广跟大伙儿打成了一片。

陈胜、吴广带着几个心腹去见军官。外面挤满了人。吴广对军官说：“今天下雨，明天下雨，我们怎么能到渔阳去呢？就算去了，也要误期。误了期，就要杀头。我们特意来跟你们商量，还是让我们回去种地吧。”这几句话真说到大伙儿的心坎里去了。可是其中一个军官瞪着眼睛骂吴广，说：“什么话！你敢违抗朝廷吗？谁要回去，先把他砍了！”外面的人听了，气呼呼地真想冲进去，吴广一点也不害怕。他说：“你敢？”另一个军官也不说话，拔出宝剑就向吴广砍去。吴广手疾眼快，一个飞腿把那把宝剑踢下来，连忙捡起，顺手把他杀了。头一个军官也拔出宝剑来要跟吴广对打，陈胜早已把他藏在身上的菜刀拿在手里，跑上一步，把那个军官的脑袋劈下了一片。两个军官就这么都给杀了。陈胜把菜刀交给别人，自己拿起军官的宝剑，割下两个军官的脑袋，提在手里出来了。

陈胜对众人大声地说："弟兄们！男子汉大丈夫不能白白地到渔阳去送死。死，也得有个名堂。王侯将相难道都是天生的贵种吗？谁都是爹娘生的，我们就不能做王侯将相吗？"好几百人一齐大声地说："对呀！我们听您的！"说也奇怪，天也听他的，这会儿连太阳都出来了。

陈胜叫弟兄们把两个军官的人头挂在竹竿上，再在营外搭个台，做了一面大旗，旗上写个"大楚兴"的"楚"字。大伙儿对天起誓，同心协力，替楚将项燕报仇。他们公推陈胜做首领，吴广做老二。陈胜就自己称为将军，称吴广为都尉（官衔，比将军低）。九百条好汉一下子就把大泽乡占领了。

大泽乡的农民一听到陈胜、吴广出来反抗秦朝，都说："老天爷有眼睛，这可有了盼头啦！"都拿出粮食来慰劳他们。青年子弟纷纷地拿着锄头、铁耙、扁担、木棍到陈胜、吴广的营里来投军。人数多了，就得分别编成队伍。每一个小队总得有面旗子作为领队的记号。可是一下子要这么多的刀枪，这么多的旗子，哪儿来呢？他们跟陈胜、吴广商量了一下，想出了一个土办法来。他们就用木头做刀，又砍了许多竹子，梢儿上留着枝子。这样的竹竿当作旗子，又轻便又顶用。陈胜、吴广带领着这么一个农民起义军"揭竿而起"（揭竿，举起竹竿），从大泽乡出发去攻打县城。

天下响应

大泽乡是属蕲县（在今安徽宿州；蕲：qí）管的，陈胜、吴广要攻打县城，自然先从这儿着手。蕲县是个小城，官兵不多，他们听到楚国大将项燕的大军到了，马上逃的逃，投降的投降。陈胜、吴广不费力气，就占领了这个县城，作为根据地。陈胜派手下人进攻邻近的县城，一下子又打下了五六座城。

这几年来，各地的老百姓给秦朝的官吏压得日子难过，好像闷热的伏天憋得人喘不过气来似的，谁都盼着来阵狂风，下阵大雨。陈胜、吴广一声霹雳，带来了一阵暴风骤雨，真叫人感觉到说不出的痛快。因为这个缘故，陈胜的兵马还没到城下，秦朝官吏的脑袋早给人们砍去了。各地的老百姓和投降的小兵赶着车马纷纷地跑来投军，愿意听从陈胜的指挥。不到几天工夫，陈胜已经有了六七百乘车（四匹马拉的一辆车叫一乘），一千多骑马的士兵，好几万农民。他就带领着这些人马打下了陈县（就是从前的陈国，后来也叫陈州，在今河南淮阳一带）。陈县是个大城，陈胜打下了陈县，声势更大了。除了大批起义的农民，有些一向不得志的谋士、武士、失意的政客和六国领主的残余分子等，都就近混进来。陈胜一一收用。队伍扩大了，可是成分也就复杂了。

在这许多新收用的人当中，最出名的有两个大梁人（大梁，就是今河南开封，战国的时候魏惠王迁都到大梁，所以魏国也叫梁国），一个叫张耳，一个叫陈馀。他们都是旧贵族分子，一心想恢复原来的领主统治。陈馀比张耳年轻，他像尊敬长辈似的尊敬着张耳。两个人做了知己朋友。后来魏国被秦国灭了，过了好几年，秦国听到这两个人，还出了赏格捉拿他们：拿住张耳的赏一千金，拿住陈馀的赏五百金。他们只好更名改姓，躲在陈县，当着看管里门的小卒子。这会儿他们听到陈胜占领了蕲县，到了陈县，就又用了原来的姓名，投到陈胜的门下来。陈胜早就听到过这两个很出名的人，就把他们当作谋士看待。

陈胜叫张耳、陈馀去召集陈县的父老共同商量大事，陈县的父老一见陈胜的军队不抢东西，不伤害老百姓，个个喜欢。他们说："将军替天下百姓报仇，征伐暴虐的秦国，恢复我们的楚国，这功劳多么大呀！可是没有王，就不能号令天下去征伐秦国，我们都是楚国人，请将军做楚王吧。"

陈胜听了，问张耳、陈馀有什么意见。张耳、陈馀这些人钻进农民起义军的队伍里来，并不是真心来帮助他们，只是想利用起义军的力量来恢复六国贵族和自己的旧势力。现在他们一见老百姓都推农民起义军的领袖陈胜为王，就起来反对。张耳还说了一大篇冠冕堂皇的道理，其实只有一句话，就是主张旧势力复辟。他说："秦国灭了人家的国家，杀了六国的君王，迫害百姓，榨取财物，害得人们都活不下去。将军不顾自己的性命，挺身出来为天下除害，这是大公无私的大作为。可是请将军先别做王，赶紧率领大军往西打过去，一面派人去立六国的后代，他们就都能做将军的助手，跟秦国就是对头。秦国的敌人一多，力量就分散；将军的助手一多，兵力就强大。这样，就可以占领咸阳，推翻秦国的统治，号令天下诸侯了。六国已经灭了，将军把它们恢复过来，天下诸侯要多么感激将军哪！到了那个时候，帝王的大业就成功了。现在刚占领了一个陈县，如果就做起王来，恐怕天下豪杰免不了会说将军有私心。人心不齐，事情就不好办了。"

陈馀接着说："将军要平定四海，最好能立六国的后代，不必急于自己做王。"陈胜不同意这么办，可又不好意思驳斥张耳和陈馀，就说："再商量商量吧。"陈县的父老们都说："这还用得着再商量吗？将军不做王，谁还能做王呢？"陈胜向他们点点头，不说话。

这么着，陈胜就在陈县做王，国号"张楚"（张大楚国的意思）。因为他在陈地为王，历史上就称他为陈王。陈王叫吴广带领着将士往西去攻打荥阳，叫另一路兵马往东向九江（大致包括今安徽长江北岸和江苏一些地方）方面打过去。张耳、陈馀另有野心，不愿意在这儿当谋士，就趁着机会对陈王说：“我们过去一向在赵国，不但熟悉河北的地势，而且在那边也结交了不少豪杰。现在东路、西路已经有人去了，大王早晚总得去咸阳，就顾不到北路。请派我们替大王去收服赵国吧。”陈王不大放心，怕他们一离开他，可能自作主张不听指挥，就派自己的亲信陈人武臣为将军，让张耳、陈馀做校尉（官衔，地位比将军低），帮着武臣带领着三千人马去进攻赵地。

武臣等往北进军，沿路各城纷纷起义，三千人的队伍一下子扩大到了几万人。他们接连平定了三十多座城。武臣、张耳、陈馀等人就进了邯郸。当初张耳、陈馀劝陈胜要替天下除害，不可自立为王。现在他们进了邯郸，力量大了，就露了原形。他们在陈王手下做校尉，地位不高，不能满足他们的欲望，就花言巧语地劝武臣自立为王。武臣变了心，做了赵王。水涨船高，武臣做了赵王，拜张耳为大将军，陈馀为丞相。他们派人去向陈王报告。

陈王气得跟什么似的，就想发兵去征伐武臣他们。可是他又腾不出手来。原来荥阳由李斯的儿子李由守着。秦兵很强，吴广没法打进去。他请陈王再发兵马去。陈王的谋士们认为与其再发一批兵马去帮助吴广，不如直接去进攻咸阳。陈王就派陈人周文（也叫周章）向西进军去攻打咸阳。

周文曾经在楚将项燕手下做过事，懂得一些兵法。他沿路收集壮士，居然编成了一个几十万人的队伍。真是一点挡头都没有似的一直打到函谷关。荥阳由李由守着，就能够对付着吴广，难道函谷关外就没有秦兵把守着吗？怎么二世不派大将去打退周文呢？中国历史上的昏君有的是，可是像二世那样的昏君也真少见，从东方回来的使者早已向他报告过各郡县农民起义的情况，您猜二世怎么着？他火儿了，赵高还说这是使者造谣。二世就把使者下了监狱。以后各地都有使者回来。他们见到头一个使者吃了亏，自己都学了乖，学会了报喜不报忧的一套。二世问他们：“天下都造反了吗？”他们已经听到了一个“聪明人”叔孙通的话，都说：“强盗、小偷总有几个，皇上不必担心。”二世这才高兴了。他哪儿还会派大将去打小偷？直到周文的大军到了函谷关，各地的警报好像雹子一样地打在赵高的脑袋上。赵高慌了手脚，只好实话实说。

二世听了赵高的报告，吓得差点儿倒下去。他连忙召集文武大臣商量办法。这些大臣们平时吃喝玩乐，欺侮老百姓都挺在行，一旦大难临头，谁也拿不出个主意来。李斯虽然是个丞相，早已给赵高吓唬住了。那个“聪明人”叔孙通已经溜走。别的大臣都耷拉着脑袋，来个死鱼不张嘴。还算少府（官衔，管天下赋税和库房的大官）章邯有头脑。他说：“除了现有的兵马，再要到别处去征调。在骊山做苦役的囚犯和奴隶就有几十万，不如把他们都编成队伍，发给他们兵器。再由皇上下道命令，把他们的罪过都免了，奴隶也不算奴隶，马上就优待他们，打了胜仗，还有重赏。这么着，还可以打退敌人。”二世就拜章邯为大将，由他去布置。章邯还真有两下子。他很快地编成了一支大军去跟周文对敌。

周文打了败仗，退出函谷关，向陈王讨救兵。陈王已经派魏人周市（fú）往北去接收魏地，派广陵人（今广陵区，在今江苏扬州）召平去接收广陵，手底下的将士不多了。正在这个紧要关头，武臣自立为赵王。陈王已经没有力量去征伐他，只好听从谋士的劝告，顺水推舟地派使者去向赵王武臣祝贺。

陈王打发使者到赵国去祝贺武臣，叫他赶快发兵到函谷关去帮助周文对付章邯。陈王急于要推翻秦朝的统治，武臣他们可没有这么热心，他们是“骗上高楼拔短梯”，早就“小船跑顺风”，各奔前程了。

抢地盘

张耳、陈馀对赵王武臣说："陈王派使者来祝贺大王，绝不是出于真心。赶到他灭了秦国，回过头来准来收拾赵国。大王与其发兵往西去救周文，不如往北去打燕（原来的燕国，在今河北北部、辽宁西部）、代（国名，包括今山西东北部和河北蔚县附近的地区）。西边打了胜仗，对大王一点好处都没有；北边打了胜仗，夺下的地盘全是大王的。要是大王收服了燕、代，再往南去占领河内（从前黄河以南叫河外，黄河以北叫河内）。这样，赵国南边有了大河（就是黄河），北边有了燕、代，就算陈王灭了秦国，也不敢得罪大王了。"

武臣就不去支援周文，让他孤军无援地去跟章邯作战。武臣为自己打算，派韩广去攻打燕国，派李良去攻打常山（在今河北石家庄一带）。

韩广到了燕国，燕国的贵族和豪强们对他说："楚国有了王，赵国也有了王，燕国原来是个有一万辆兵车的大国，就不能有个王吗？"他们就立赵将韩广为燕王。您瞧，陈王派武臣去攻打赵国，武臣自己做了赵王，弄得陈王没有办法。这会儿武臣派韩广去攻打燕国，韩广自己做了燕王，也弄得武臣没有办法。这时候带兵的人乘着农民起义的机会，都想浑水摸鱼，各抢地盘。这种人简直数也数不清楚。可是陈王派到魏国去的魏人周市不愿意自己做王。他收服了魏地，再到狄县（在今山东高清，当时属临淄郡。

秦朝的临淄郡，就是原来齐国的都城临淄一带）去。齐国的旧贵族田儋（dān）和叔伯兄弟田荣、田横等杀了狄县的长官，但他们这么干并不是为了响应周市。田儋自立为齐王，带领齐人去抗拒周市这一路的起义军。周市只好回到魏国。

周市要立魏国的后人魏咎为魏王。这时候，魏咎正在陈王的营里，一时不能回来。魏人要立周市为魏王。周市说："我原来是魏国人。既然恢复了父母之邦，就应该立魏王的后代为王，才是魏国的忠臣。要是谁都可以做王，天下不是更乱了吗？"他就打发使者请陈王立魏咎为魏王。陈王不愿意让原来的贵族再做国王。周市再三请求，使者来回跑了五趟，陈王这才让魏咎回去做魏王。魏王咎拜周市为相国。

这么着，陈胜起兵不到三个月工夫，已经有了楚王（就是陈胜，又叫陈王）、赵王（武臣）、齐王（田儋）、燕王（韩广）、魏王（魏咎）五个王了，比当初秦始皇灭了的六国只短了一个韩国。可是这么多的王各人占领着一个地盘，别说不能去攻打咸阳，推翻二世的统治，只怕章邯大军一到，连自己的地盘都保不住。

秦将章邯已经把孤军无援的周文打败了。周文一直逃到渑池（在今河南渑池），章邯就追到渑池。周文眼看手下的人都逃散了，他只好自杀。章邯打了胜仗，二世又威风起来了。他派司马欣和董翳（yì）两个将军带领几万人马去帮助章邯，嘱咐他们一定要把"强盗和小偷"剿灭光，才可以回去。章邯打了胜仗，又增加了两支生力军，就向荥阳出发帮助李由去反击吴广。吴广手下的将军田臧听说周文死了，章邯亲自打到荥阳来，就跟另一个将军说吴广不会用兵，最好由他来领导。他们就谋害了吴广，再去抵抗章邯。章邯没费多大力气，杀了那个自作聪明的田臧，把张楚的军队打得落花流水。他还不肯罢休，接着就去攻打陈王的根据地陈县。

这儿吴广的军队打了败仗，已经够瞧的了，赵国那边又来了个窝里反。原来赵王武臣派李良去攻打常山，常山倒给他打下来了。武臣又叫他去打太原，那儿有秦朝的将军守着。李良兵马不够，没法过去。秦朝的将军劝李良归附，还说归附了可以享受富贵。李良下不了决心，他回到邯郸去请赵王武臣再给他一些兵马。李良在邯郸城外碰到了武臣的姐姐耀武扬威地过去，他气不过，把她杀了。反正他有退路，便一不做，二不休，又杀了赵王武臣。张耳、陈馀逃出邯郸，召集了几万人马回来再去打李良。李良打了败仗，逃到秦营，投降了章邯的部下。张耳、陈馀就立原来赵国的后人赵歇为赵王。

这儿窝里反，那儿各人抢各人的地盘，起义军的战线拉得这么长，大多都不听从陈王的指挥。章邯的大军到了陈县，陈王不但不能调兵遣将，而且也禁止不了士兵们开小差。自从他做了王以后，亲戚朋友都来求见他。可是现在陈王住的不是草棚，而是王宫了。把守宫门的卫兵们多神气呀！他们瞧见这批破破烂烂的大老粗，不但不让他们进去，反要把他们绑起来。他们嚷着说："我们都是陈王的自己人哪。他跟我们有交情，你们怎么不讲理呀？"卫兵们这才不去为难他们，可是也不给他们通报。他们吵吵嚷嚷地在道上等着，要等陈王出来评个理。

过了一会儿，他们瞧见陈王坐着车马前呼后拥地出来了，就一窝蜂似的围上去。他们高兴得说不出别的话来，只会挺亲热地连连叫着："陈胜！陈胜！"陈王一见，都是跟自己一块儿干过活儿的光膀子朋友，就把他们接到宫里来。他们看见宫里的屋子这么深，帘子这么讲究，摆设这么多，都说："哟！陈胜做了王，可真阔气呀！"陈王听了，也无所谓。庄稼人本来不懂得那些虚情假意的礼节，也不讲究官员们说话的那一套花样。他们说话就像聊家常似的"陈胜哥长、陈胜哥短"，一聊就聊到陈王当初做雇农的情况来了。官员们本来早已瞧不起他们，这会儿听到了这些话，就对陈王说："这些没有知识的人说话没有分寸，进进出出也不守规矩。他们这么没上没下地胡说八道，大大损害了大王的威风。请大王把他们惩办一下。"陈王就把几个最没有礼貌的大老粗杀了。这么一来，有不少人偷偷地走了。

陈王的丈人瞧见陈王待他不像农村里女婿对丈人的样子，也火儿了。他说陈王自高自大，不尊敬长辈，他也溜了。不但从本乡来见陈王的那批亲戚朋友全都走了，连楚营里跟陈王一块儿起义的士兵也走了不少。这还不算。陈王左右最拿事的有两个人，一个叫朱房，一个叫胡武。文武百官都得受他们监察。这两个人根本不是能帮助陈王成大事、立大业的人才。他们老随自己的脾气对待别人。自己所喜欢的人就是做错了事也无所谓，自己所不喜欢的人，一不高兴就拿来办罪，用不着叫官吏去审问。陈王就信任这么两个人，难怪将士们对他越来越疏远。各地的将士们不亲附，左右就只这么两个成事不足、败事有余的家伙，怎么能不失败呢？赶到章邯打到陈县，陈王很着急。他只好退回东南，到了下城父（在今安徽蒙城西北），这位首先起义为天下除害的张楚王陈胜竟给自己的一个车夫——叛徒庄贾——杀害了。庄贾还逼着士兵投降了敌人。

陈王手下的将军吕臣带领着一队奴隶军（古文叫“苍头军”）杀了叛徒庄贾，反攻陈县，把陈县夺过来做了抗秦的根据地。

陈胜、吴广虽然都死了，可是由他们点起来的那把火正在到处烧着，而且越烧越厉害了。陈王派到广陵去的楚将召平，到了那边，还没能够把广陵收复过来，就听到了陈王被害的消息。他想挽回这个局面，就渡过长江，到了吴中。他不说陈王已经死了，反倒假传陈王的命令，把已经在那边起兵的一位将军拜为楚王上柱国（上柱国，楚国的官衔，是一个地位极高的武将头衔，也有人说相当于相国），叫他往西边去进攻咸阳。

古籍链接

正月，张耳等立赵后赵歇为赵王。东阳甯君、秦嘉立景驹为楚王，在留。沛公往从之，道得张良，遂与俱见景驹，请兵以攻丰。时章邯从陈，别将司马将兵北定楚地，屠相，至砀。东阳甯君、沛公引兵西，与战萧西，不利，还收兵聚留。

二月，攻砀，三日拔之。收砀兵，得六千人，与故合九千人。三月，攻下邑，拔之。还击丰，不下。四月，项梁击杀景驹、秦嘉，止薛，沛公往见之。项梁益沛公卒五千人，五大夫将十人。沛公还，引兵攻丰，拔之。雍齿奔魏。五月，项羽拔襄城还。项梁尽召别将。

六月，沛公如薛，与项梁共立楚怀王孙心为楚怀王。章邯破杀魏王咎、齐王田儋于临济。七月，大霖雨。沛公攻亢父。章邯围田荣于东阿。沛公与项梁共救田荣，大破章邯东阿。田荣归，沛公、项羽追北，至城阳，攻屠其城。军濮阳东，复与章邯战，又破之。

——《汉书·卷一上》

八千子弟

召平假传命令所封的那个楚王上柱国就是项羽的叔父项梁。项梁看到东南一带纷纷起义，杀了秦朝的官吏，响应陈胜，就跟侄儿项羽杀了会稽的郡守（统治一郡的长官），带领着平日跟着他们练武的一班青年，占领了吴中。当地的老百姓本来都痛恨着秦朝的官吏，只是自己没法反抗。现在项梁起来，杀了郡守，真是大快人心。他们都拥护项梁响应陈王。项梁自立为将军，同时做了会稽郡守，立项羽为偏将。当时就有不少壮士前来投军。项梁叫项羽带着几百名士兵去攻打邻近的县城。

那时候，项羽是个二十四岁的青年。年龄跟项羽差不多的青年农民大多知道项羽的能耐。大家都是青年英雄，性情脾气又合得来，全都乐意跟他在一块儿。不到几天工夫，就组成了一支八千人的队伍。因为这些青年都是当地的子弟，就称为“八千子弟兵”。每一个子弟兵都像刚出山洞的老虎似的，威风凛凛，勇气百倍。他们是情投意合、自愿结合在一起的弟兄，大伙儿都重义气。项羽做了八千子弟兵的首领。他收服了几个县城，回到叔父那儿，正碰到楚将召平来拜他叔父为上柱国，心里非常高兴。

召平对项梁说：“江东已经平定了，陈王请您往西打过去。”项梁、项羽就带领着这八千子弟兵渡江，准备先去收服广陵。正在这个时候，他听到陈婴收服了东阳（靠近广陵的一个县城，就是今安徽天长），当地的人都拥护他，已经组成了两万人的队伍了。项梁打算跟他联合起来，一同往西进军。他写了一封信，派人送去。

陈婴收到了项梁的信，正好解决他一件为难的事。原来陈婴是东阳县的一个文书，素来小心谨慎，又讲信义，城里的人称他为忠厚长者，挺尊敬他。东阳的一些青年响应陈王，杀了县令，一下子聚集了几千人。可是他们没有合适的首领，就请陈婴出来。陈婴不干，他说他没有这份能耐。几千人一起哄，强迫他做了他们的首领。县城里的人听到陈婴起义，都来投军。原来的一些士兵也起来拥护他。没有几天工夫，就有两万人情愿听他的指挥。

他们听说别的地方都有了王了，就要立陈婴为王。这一下叫陈婴十分为难。他跟他母亲商量。他母亲说："咱们不是富贵之家，你只是个县里的文书，怎么能做王呢？突然出了名，顶容易惹出祸来。不如挑一个主人，做他的助手。事情成功了，也能受封、受赏；失败了，人家不会指名指姓像抓头儿那样地来抓你。在这个兵荒马乱的年月里还是这么办好。"

正在这个时候，项梁的信到了。陈婴就出去对青年们说："项家祖祖辈辈做楚国的将军，挺出名，楚人谁都知道。项梁是个将门之子，我们要举大事，非跟着他不可。我们有了这么出名的楚国大将，准能灭了秦国，为天下除害。"大家都同意，就跟项梁的军队联合起来。他们很快就收服了广陵，接着渡过淮河，继续前进。

项梁、项羽和陈婴渡淮河的时候，军队里已经有了好几位很出名的将士了，像季布、钟离眜、虞子期、桓楚、于英等。季布和钟离眜本来是会稽郡的将军；虞子期是项羽的大舅子；桓楚和于英上过山头，做过"大王"，由项羽收服过来的。他们过了淮河，正在行军的时候，就见前面有一支兵马挡住去路。那个带头的一定要这支新来的军队说明来历，才肯让他们过去。

项羽跑到头里一看，是一个脸上刺了字的大汉，可不认识。项羽对他说："我们是楚将项燕的后人，楚王上柱国项梁的大军。因为二世昏暴，毒害老百姓，会稽子弟起来为楚王报仇，为天下除害。请问将军尊姓大名。"那个脸上刺字的将军说："我叫英布，又叫黥布（脸上刺字的刑罚叫黥刑；黥：qíng），六县人（六，古国名，秦改为县，在今安徽六安）。因为陈王打了败仗，陈城又给秦人夺去，我就帮助着楚将吕臣打退秦兵、夺回陈城。

现在正想往东去，不料在这儿碰到了项将军。”

桓楚听说是英布，急忙跑到队伍前面，大声嚷着说：“英大哥，怎么还不下马？我已经投到楚军里来了，你我弟兄说过的话可要算数，快去见过上柱国。”英布一瞧是桓楚，连忙下马，趴在地上。项羽、桓楚也都下了马，扶起英布。

项羽说：“原来你们两位是朋友。好极了。”桓楚对项羽说：“英大哥棒得很，就是时运不好。他先前给秦国的官府抓了去，说他犯法，定了罪，脸上刺了字，跟一大批别的壮丁充军到骊山去造大坟。他在那儿结交了好些有能耐的好汉，做了弟兄，从骊山逃出来。路过我的山头，我们讲义气结为弟兄，约定赶明儿有了出头的日子，相帮相助，共图富贵。想不到今天在这儿碰到了英大哥，真巧极了。”英布说：“项将军起义，我愿意做个小兵。”他们就领着英布去见项梁，项梁当然喜欢，十分重用他。

原来当初英布得到了桓楚的帮助，带着几十个从骊山逃出来的囚犯，在鄱阳湖里做了强人。鄱阳的长官吴芮（吴芮后来做了衡山王，又做了长沙王）性子直爽，喜欢结交江湖上的好汉。英布听到陈胜、吴广起义，就去求见吴芮，请他起兵响应。吴芮见他雄壮，又有志气，就把自己的女儿嫁给他。结婚以后，英布不愿意老在家里待着，便向丈人借了些兵马，连同原来的弟兄，去攻打江北。可巧碰到楚将吕臣给秦兵打败，丢了陈城。英布就帮他反攻，收复了陈城。这会儿他想往东去抢地盘，碰上了项梁的军队，就联合在一块儿。项梁和英布联合起来，就有了四五万人马。

他们走了一两天，又来了一位带兵的将军。历史上只说他是姓蒲的将军，可没记下他的名字。我们就称他为蒲将军。蒲将军带着一两万人马投归了项梁。这一来，项梁就有了六七万人了。大军到了下邳（就是张良隐居的那个城），驻扎下来。项梁派探子往前面去探听情况。

探子回来报告，说：“秦嘉的军队驻扎在彭城（在今江苏徐州），不让大军过去。”

原来各地起义的时候，淩人（淩，古邑名，在今江苏宿迁一带）秦嘉自立为大司马。他听说陈王已经死了，就立以前楚国的贵族景驹为楚王。

项梁听到秦嘉立景驹为楚王，还要发兵来打他，冒了火儿。他对将士们说：“陈王首先起义，就是打了一个败仗，也不见得就完了。秦嘉违背陈王，另外立了楚王，还阻挡我们进兵灭秦，这就是大逆不道。”他派英布他们带领一支军队去打秦嘉，秦嘉打了败仗，丧了性命，新立的楚王景驹逃了一程子也死了，秦嘉的军队都归附了项梁。

项梁带领着大军进了薛城，在那儿驻扎下来，跟将士们商量以后行军的事情。就在这个时候（公元前 208 年，二世二年三月），从丰乡（在今江苏沛县）来了一位将军，带着一百多名随从的人来投奔项梁。项梁虽然不认识那位将军，可是人家既然来投奔他，他不能不把人收留下来。

古籍链接

广陵人召平于是为陈王徇广陵，未能下。闻陈王败走，秦兵又且至，乃渡江矫陈王命，拜梁为楚王上柱国。曰："江东已定，急引兵西击秦。"项梁乃以八千人渡江而西。闻陈婴已下东阳，使使欲与连和俱西。陈婴者，故东阳令史，居县中，素信谨，称为长者。东阳少年杀其令，相聚数千人，欲置长，无适用，乃请陈婴。婴谢不能，遂强立婴为长，县中从者得二万人。少年欲立婴便为王，异军苍头特起。陈婴母谓婴曰："自我为汝家妇，未尝闻汝先古之有贵者。今暴得大名，不祥。不如有所属，事成犹得封侯，事败易以亡，非世所指名也。"婴乃不敢为王。谓其军吏曰："项氏世世将家，有名于楚。今欲举大事，将非其人，不可。我倚名族，亡秦必矣。"于是众从其言，以兵属项梁。项梁渡淮，黥布、蒲将军亦以兵属焉。凡六七万人，军下邳。

——《史记 · 项羽本纪》

斩白蛇

那位来求见项梁的将军叫刘邦，沛县丰乡人。他是个庄稼汉，可是从小就不愿意种地，他父母老说他不像个庄稼人，没有出息。到了壮年，他做了泗水亭长（秦朝的制度，十里一亭，十亭一乡，亭长是管理十里以内的小官；泗水亭，在沛县）。亭长主要的职务本来是管管当地老百姓打官司，抓抓小偷，遇到重大的事情才上县里去报告。可是在秦朝暴虐的统治底下，亭长主要的工作，是抓壮丁和押壮丁到咸阳或者骊山去做苦工。有一次，刘邦押着一队民夫到了咸阳，恰巧秦始皇出来，给他瞧见了。他一看做皇帝有这么威风，就暗暗地叹了口气，说："唉，大丈夫就该这个样子！"打这儿起，他有了野心，跟豪杰、官吏的来往就更多了。

有一天，听说县令家里来了一位贵客，沛县的豪杰和官吏都去道贺。刘邦不能错过机会，当然也去了。到了那边，就瞧见县里的文书萧何在头门替主人收贺礼。萧何眼睛看着刘邦，成心叫他为难，对来客们说："贺礼不满一千钱的坐在堂下。"刘邦心里骂道："好小子，你这算哪道玩意儿！"他可没骂出来。他昂着头说："我送一万！"萧何知道刘邦吹牛。可是他们是同乡又是老朋友，就向他溜了一眼，让他进去了。等到堂上、堂下都坐满了客人，萧何打哈哈说："刘邦只会说大话，哪儿真能送一万？"刘邦挺神气地走到上座，一屁股坐下，也打哈哈说："一万钱算得了什么？记一笔账吧！”

那位县令的贵客叫吕公，他见刘邦气派大，说话又挺豪爽，不由得对他格外尊敬。赶到喝开了酒，吕公更加佩服他的洪量。刘邦那种有说有笑的痛快劲儿压倒了在座的客人。吕公见过的人不知道有多少，像刘邦这样的简直没碰到过。羊群里跑出骆驼来了，他当然不能放过。直到客人快散完了，吕公拿眼睛告诉刘邦，请他留下。留下干什么呢？光脚的不怕穿鞋的，留下就留下。闹了归期，吕公请县令做媒，把自己的女儿吕雉嫁给刘邦。

刘邦可不能老陪着媳妇儿。上头公事下来，叫他再送一批民夫到骊山去。他只好押着他们一天一天地赶路。那批壮丁谁都不愿意丢了自己的庄稼，跑到那么远的地方去做苦工。虽然这些民夫都用绳子拴着，可是每天晚上总有几个逃走的。刘邦一个人又没法把他们抓回来。他们刚到了丰乡西边，逃亡的人就不少了。刘邦挠着头皮，想不出办法来。这么下去，到了骊山，也许只剩下他一个光杆了。

那天下午，他一步懒似一步地走着，到了一个地方，虽然还早着，但他叫壮丁们休息休息，准备过夜了。看见有卖酒的，他就买了些酒，坐在地上一声不响地喝着。酒喝够了，天也晚了。他突然站起来对众人说：“你们到了骊山，就得做苦工。苦工做下去，不是累死就是给打死。就算不死，也不知道哪年哪月才能回家。这不是去送死吗？我现在把你们都放了，你们自己去找活路吧。”说着，他把每一个人拴着的绳子都解开了，耷拉着脑袋，闭着眼睛，挥着手，说：“去吧！”众人感激得直流眼泪。他们说：“那您怎么办呢？”刘邦说：“我也不能回去，逃到哪儿是哪儿，走着瞧吧。”其中有十几个壮士情愿跟着刘邦一块儿“去找活路”。其余的人谢过了刘邦，感激涕零地走了。

逃命要紧，那天晚上刘邦他们不能再住客店了。刘邦又喝了不少酒，这才醉醺醺地带着这十几个人往洼地那边走去。刘邦东倒西晃地走得慢，有三五个人跟着他落在后头。他们走了一阵子，月亮出来了。可是他们反倒怪月亮太亮，给别人瞧见不是闹着玩儿的。他们就拣小道走。不知道怎么着，忽然前面的人撒腿就往回跑，吓得后面的人还以为碰到了官兵。这一下子倒把刘邦的酒吓醒了，他跑上一步，着急地问：“出了什么事儿啦？”他们说：“前面有一条长虫横在道儿上，大极了，咱们还是走别的道儿吧。”

刘邦听说是条蛇，倒放了心。他说：“壮士走道儿，还怕长虫吗？”他就在头里，拔出宝剑，提在手里，过去一瞧，果然是一条挺大的白蛇。他举起宝剑，一下子把那条蛇剁成两截。那两截玩意儿扭动了几下，就像粗绳子扔在那儿似的，不动了。刘邦把上半截拨到左边的庄稼地里，把下半截拨到右边的水坑里。大伙儿这才继续往前走去。

刘邦斩白蛇大概也就是这么一回事。过了好几年，出了新闻了。据说，有人在那边经过，瞧见一个老婆子在那儿哭着说：“我的儿子是白帝的儿子，变成一条蛇，拦住道儿，给赤帝的儿子杀了。”那个人再要问她，她忽然不见了。你说怪不怪？说起来，一点儿也不怪。白帝是指秦朝，赤帝是指汉朝。赤帝的儿子杀了白帝的儿子，这就证明汉灭秦是上天注定了的。老婆子哭儿子的话给传了出去，大伙儿就相信刘邦是个真命天子。

刘邦斩了白蛇以后，就和那十几个壮士逃到芒砀山（芒山在砀山的北边，砀山在今江苏砀山东；砀：dàng）那一溜躲起来。他们跟沛县的人偷偷地都有了来往。日子不多，别的无路可走的人也跑到芒砀山来了。到最后，那边聚集了一百多人。他们更不怕官兵了。

赶到陈胜、吴广占领了陈城，号召天下推翻秦朝统治的时候，东南各郡县起来响应。沛县的县令也想投降陈胜，就跟文书萧何和管监狱的曹参两个人商量。萧何、曹参都说：“您是朝廷命官，不替朝廷出力，反倒去投降敌人，恐怕手下的人不服。自己没有人马，事情不好办。不如利用逃亡在外边的人。有了几百个人发动起来，别的人就不敢反对了。刘邦很有能耐，听说他手下还有一帮壮士。您免了他的罪，他还能不感激您，替您出力吗？”县令同意了，萧何就打发樊哙（kuài）去叫刘邦他们回来。

樊哙也是沛县人，是个宰狗的（那时候的人吃狗肉很普遍，所以有宰狗的）。他娶了吕公的第二个女儿，跟刘邦做了连襟。萧何因为他跟刘邦有亲，派他去最合适。

刘邦、樊哙带着芒砀山一百多条好汉雄赳赳地向沛县赶来。到了半路，迎头碰到萧何、曹参从城里逃出来。刘邦赶着问：“你们怎么到这儿来了？”萧何说：“县令变了卦。他怕外来的人靠不住，就下令关上城门，还要杀我们俩。”曹参把话接过去，说：“幸亏我们得到了信儿，就爬城墙出来。你们瞧怎么办呢？”刘邦说：“砍了那个狗官不就结了吗？”

他们到了沛县，果然城门关着。沛县的老百姓还替县令守着城。刘邦跟萧何商量了一下，就写了一封信，拴在箭上，射进城里去。城里的人捡到了信，一看，上面写着："天下老百姓吃秦朝的苦头已经吃够了，现在你们替秦朝的县令守城，诸侯的兵马一到，沛县的老百姓必然遭到屠杀，这可多么冤哪！不如杀了县令，在自己的子弟当中挑个合适的人做县令，响应诸侯。这样，就能保全性命、保全家园。"

城里的父老就率领子弟，杀了县令，开了城门，把刘邦他们接到城里去，大伙儿立他为县令。刘邦免不了推让一番。别说萧何、曹参、樊哙和芒砀山赶来的壮士不答应，就是沛县的父老、子弟也都不依。就这样，刘邦做了沛公。这时候他已经四十八岁了。

沛公刘邦还举行了一个起兵的仪式。旗子的颜色都是赤的（赤，就是红的颜色）。萧何、樊哙他们分头去招收沛县的子弟。没有几天工夫，就来了两三千人。沛公带领着这两三千人占领了自己的本乡丰乡。他嘱咐本地人雍齿带着一些人马守在那儿，自己又去进攻别的县城。

不料魏相国周市派人到丰乡来对雍齿说："丰乡本来是梁（就是魏国）的土地。现在魏国已经收复了几十个城，请将军从大处着想归附魏王，他准封将军为侯。要是丰乡人抗拒魏军，赶到丰乡给打下来，全乡就得遭到屠杀。"

雍齿跟沛公本来面和心不和，他早已不愿意在沛公的鼻子底下做事。这会儿周市来拉拢他，将来还有指望封侯，他就背叛沛公，归附了魏王。沛公得到这个消息，气呼呼地要去攻打丰乡。可是自己兵力不够，他就打算到别的地方去借兵。他到了留城，正碰到张良也召集了一百多人反抗官府。他们两个人一谈，挺合得来。沛公觉得相见恨晚，把他当作老师看待。张良也认为他和沛公有缘，就跟他在一起了。沛公召集了几千人自己去攻打丰乡，一定要亲手砍死雍齿。偏偏雍齿防守得很严，沛公没法打进去。这叫沛公怎么受得了？他就转到薛城去见项梁。

项梁见沛公也是一个人才，就拨给他五千人马、十个军官。沛公得到了项梁的帮助，打下了丰乡，逼得雍齿逃到魏国去了。沛公把丰乡改为丰县，筑了城墙防守起来。这会儿忽然接到项梁的通知要他到薛城去商量大事，沛公就带着张良到薛城去拜见项梁。

立羊倌

从陈胜起义以来，这是起义军最困难的时候了。陈胜、吴广、周文等几个主要的领袖已经死了，张耳、陈馀他们早已背叛了陈王，现在又立赵歇为赵王，齐国的田儋、燕国的韩广、魏国的魏咎这些原来六国的贵族各抢各的地盘，已经跟农民起义军分道扬镳。其他各地小股的起义军彼此孤立，力量分散。另一方面，秦将章邯、李由等兵精粮足，正在打击起义军，予以个别击破。就在这个紧要关头，项梁在薛城召开会议，把起义军重新组织、整顿一下，准备再做斗争，在会议当中他说："我打听到陈王确实死了，楚国不能没有王。因此，请各位共同来商议，公推一位楚王。"大伙儿叽叽喳喳地商量了一下，就说："请将军决定吧。"有的干脆提议立项梁为楚王，项梁可不能答应。

正在为难的时候，卫士报告说："有一位居巢人（居巢，在今安徽巢湖一带）范老先生求见将军。"项梁就出来迎接，请他坐下。问他："老先生远来，有何见教？"范增说："我已经七十了，本来不想出来。因为将军家历来做我们楚国的大将，又听说将军虚心接待天下人士，我这才冒昧来见将军。我只来说几句话，说完了就回家去。"

在座的人都挺尊敬这位老先生。项梁恭恭敬敬地说："请老先生多多指教。"范增说："秦灭六国，其中受委屈最大的是咱们楚国。怀王死在秦国，楚人到今天还替他诉委屈。陈胜起兵，不立怀王的后代，自己做了王，难怪他长不了。现在将军在江东一起义，楚国的豪杰一窝蜂似的都护着将军，还不是因为将军家祖祖辈辈做楚国的大将，准能恢复楚国，立楚王的后人为王吗？将军能这么依从楚人的愿望，大公无私地替六国报仇，天下诸侯必然响应。秦虽说挺强，可没法抵抗将军。”

项梁说：“老先生说得对。我们这就派人去找怀王的子孙去吧。”大伙儿都认为能恢复旧六国贵族真是大公无私的好事情，就都留在薛城准备迎接新王。项梁留住范增，请他做谋士。范增见项梁这么诚恳，就不回家去了。

项梁派人到各处去找楚怀王的后代，可是哪儿找得到呢？秦灭了楚国以后，怀王的子孙死的死，逃的逃，哪儿还敢出头露面？还是钟离眛有见识，他认为城里是找不到的，还是到乡村里去打听吧。事情也真凑巧，还真给他在看羊的孩子里面找到了楚怀王的一个孙子，名字叫“心”，大家都管他叫“孙心”。还有一个奶妈子跟他一块儿躲在村子里，他们住在村子里八年了。这会儿孙心已经十三岁，替人家看羊也有好几年了。钟离眛仔细查问下来，有凭有据，果然是楚怀王的孙子。当时就替他换了衣服，把他送到薛城。虽说他是个十三岁的羊倌，究竟是楚怀王的亲骨肉，大伙儿就立他为楚王（公元前 208 年，二世二年六月），拿盱眙（在今江苏淮安；盱眙：xū yí）作为都城。因为楚人还想念着楚怀王，他们就管他叫楚怀王。

十三岁的楚怀王怎么能掌握大权呢？总得有人替他出主意，可是出命令还得用他的名义。楚怀王就拜陈婴为上柱国，封项梁为武信君，英布为当阳君。其他像项羽、范增、蒲将军、季布、钟离眛、桓楚、于英等都有一定的职位。楚怀王封完了官，带着上柱国陈婴到都城盱眙去了。

张良趁着这个机会央告项梁，说：“将军满足了楚人的愿望，恢复了楚国，立了怀王。这是再好没有的事。现在楚、齐、赵、燕、魏都有了王，单单我们韩国还没有个主人。在韩国的公子当中，要数横阳君成最贤明，要是将军立他为韩王，他必定感激将军，亲楚抗秦。”

项梁就打发张良带着一千多人马去立韩成为韩王，拜张良为韩国的司徒，嘱咐他往西去收复韩地。韩司徒张良就跟沛公刘邦分手了。张良找到了韩王成，跟他一块儿进攻韩地。他们也夺到了几座城。赶到秦将章邯打到韩国，又把那些城夺了回去。韩王成跟张良只好带着项梁给他们的一千多人在颍川（秦朝的颍川郡在今河南许昌、平顶山一带）一带来回打游击。

项梁打发张良去进攻韩地以后，就带领着大军往北去攻打亢父（在今山东济宁）。正在这个时候，魏相周市派使者来讨救兵，说秦将章邯打进魏国，魏王咎没法抵抗，他迫切地央告武信君项梁和齐王田儋派兵去救。齐王田儋亲自带兵去救魏国，项梁也派大将项它（tuō）到魏国去援助。哪儿知道项它的大军还没赶到，大将章邯已经打败了齐国和魏国的两路军队。齐王田儋和魏相周市都死在乱军之中。

魏王咎知道不能再抵抗章邯，就派使者到秦营里去说，请章邯下令不准屠杀魏人，他就献城投降。章邯写了回信，答应他绝不杀害魏人。魏王咎看了回信，才放了心。他自己可不愿意投降，便放火把自己烧死了。他的兄弟魏豹逃出来，在路上碰到了项它。项它觉得一时不能反攻，就带着魏豹去见项梁。

项梁见了魏豹和项它，打算亲自去进攻魏地。他还没出兵呢，齐将田荣派使者从齐国跑到项梁跟前，趴在地上，直哭。项梁问了齐国的使者，才知道田儋给章邯杀了以后，齐人立以前齐王建的兄弟田假为王，田角为相国，田间为将军。田儋的兄弟田荣认为以前的齐国早已灭了，现在的齐国是由田儋恢复过来的，田儋死了，应该由他的子弟继承王位，田假哪儿能做王呢？田荣就召集了田儋的将士逃到东阿（在今山东聊城一带）。章邯追到东阿，一定要消灭田荣。田荣见东阿被围，没法抵抗章邯，就派使者向项梁求救。项梁立刻带着项羽去救东阿。

章邯出兵以来没碰到过真正的敌手。这会儿头一次遇到了项梁的军队，果然跟别的军队大不相同，他已经挺担心了。一碰到项羽，简直别想对敌，他就往西逃去。田荣出城跟楚军一块儿把秦兵追杀了一阵。田荣见章邯已经走远了，就替自己打算，假意地说要去安抚东阿的老百姓，带着自己的人马回去了。只有项梁的大军继续去追赶章邯。

田荣回到东阿，接着打败了田假、田角、田间他们，立田儋的儿子田市为齐王，自己做了齐相，兄弟田横做了将军。田假逃到项梁那儿，要求项梁去征伐田荣。项梁一心要打败章邯，哪儿有工夫去管田家的私事？他收留了田假，一面打发使者去请田荣出兵共同进攻秦国。

田荣可只要夺地盘，不想去打秦国。他要求项梁杀了田假才肯发兵。项梁认为田假逼得无路可走才来投奔他，他可不能把他杀了。田荣不来相助，也就算了。他就吩咐项羽和刘邦去进攻城阳（在今山东菏泽一带），项羽跑在头里，很快地把城阳夺过来。项羽、刘邦回来向项梁报告，项梁带领着他们穷追章邯，大破秦军。章邯逃到濮阳（在今河南濮阳），坚守不出。项梁一时打不进去，就自己去进攻定陶（在今山东定陶），一面派项羽、刘邦再往西向陈留进攻。

项羽跟刘邦一路打胜仗，一直打到雍丘（在今河南杞县），正碰到秦将李由前来对敌。李由是丞相李斯的儿子，也是秦国的一个大将。他可没碰到过项羽，这会儿勇气百倍地跟他对打起来。项羽见他来势汹汹，就靠边一让，顺手一戟，把他挑到马下。士兵们过去，好像切菜似的把他的脑袋切了下来。秦军一见死了大将，逃的逃，投降的投降。李由碰上了项羽，丧了命，对秦国来说，他总算是个阵亡的将士，哪儿知道二世不但没把他当烈士看，反倒定了他父亲李斯的罪，把李家一门全都杀了，这真是从哪儿说起？

古籍链接

六月，沛公如薛，与项梁共立楚怀王孙心为楚怀王。章邯破杀魏王咎、齐王田儋于临济。七月，大霖雨。沛公攻亢父。章邯围田荣于东阿。沛公与项梁共救田荣，大破章邯东阿。田荣归，沛公、项羽追北，至城阳，攻屠其城。军濮阳东，复与章邯战，又破之。

——《汉书·卷一上》

骄兵必败

李由因为抵抗楚军，被项羽杀了。赵高反倒说李由私通这批造反的强人。二世就叫赵高去审问李斯。开始，二世派章邯去镇压“盗贼”的时候，就责备李斯，说：“你做了丞相，管理天下大事，怎么让各地强人这么无法无天地闹着呢？”李斯害怕了。为了讨二世的好，他出了个主意，上了个奏章，大意说：“贤明的君王必须注重刑罚。要注重刑罚，皇上必须独断。皇上独断，臣下和百姓就不敢反对朝廷了。”二世这会儿倒听了他的话，吩咐各郡县一切从严：向老百姓收税收得多的就是好官，杀人杀得多的就是忠臣。这么一来，被杀的人越来越多，老百姓的尸首抬也抬不完，每天都有在街上堆着的。

赵高借着李斯注重刑罚的因头，就去公报私仇。凡是在他看来不顺眼的人，不问有罪没罪，只要他能够杀的，杀了再说。他又怕李斯和大臣们在二世面前说长道短，就对二世说：“做了天子，按理只能让大臣们听见声音，可不能让他们见面。要不，天子还有什么可贵呢？现在皇上临朝，跟臣下面对面地说话，一不留神，他们就会小看皇上。依我说，皇上您不如住在宫里，落得享点清福。朝廷上麻烦的事，就交给我跟两三个熟悉法令的臣下去办，大臣们就不会再跟您啰唆，天下人准会称皇上为圣上了。”不坐朝廷，不必起早，可以通宵玩儿，已经够舒坦的了，再说还可以做“圣上”，何乐而不为？打这儿起，二世不再临朝，什么事都交给赵高去办。

赵高又去见李斯，挤着一脸的皱纹，愁眉苦脸地对他说：“近来关中强人越来越多。皇上这么荒淫无度，还不断地征用民夫建造阿房宫，我想去劝告皇上，可是地位低，说话不顶事。您是丞相，怎么不劝告劝告他呀？”李斯也皱着眉头子，说：“我怎么不想？可是皇上老在内宫里，连面都见不着，只能干着急。”赵高说：“那容易，只要我见到皇上没事，就来告诉您，好不好？”李斯说：“您能帮忙，再好没有了。”

谁想得到赵高嘴里说好话，脚底下使绊儿。他偷偷地看到二世跟宫女们正玩儿得不像样的时候，就派人去找李斯，叫他快点去见皇上。李斯哪儿知道这是赵高使的圈套，他连忙赶到内宫求见二世。二世正和宫女们滚在一起，七手八脚地呵痒痒肉闹着玩儿，听见李斯这么冒冒失失地来求见，当时就火儿了。他骂道：“有什么事情，别的时候不能说吗？真扫兴！叫他回去！”几天工夫里头，李斯就这么碰了三次钉子。二世再也忍受不住，他问赵高：“丞相这是怎么回事？”

赵高叹了一口气，说：“当初沙丘的事儿里头是有丞相的。他有了这么大的功劳，当然盼望皇上给他土地，封他为王。现在他瞧着没有什么盼头，肚子里的怨气就憋不住了。本来我也不该说，可是事情闹到这步田地，要做忠臣，就顾不了朋友了。李丞相是上蔡人，陈胜、吴广他们就是那一溜的强人。丞相的大儿子李由为了照顾同乡和邻近的县城，不但不去剿灭他们，反倒跟他们有了来往。听说这会儿他又跟项燕的子孙打起交道来了。丞相的权力多么大呀，皇上您再不管管他，他可要管起您来了。”二世就派人去调查李由的行动。那派去的人当然是由赵高指定的。

李斯得到了查办李由的信儿，知道是赵高捣的鬼，就打算上个奏章去告赵高。他跟右丞相冯去疾和将军冯劫一商量，三个大臣联名奏了一本，请二世停止修建阿房宫，减轻税负、减少官差，最好能把赵高免职。二世见了奏章，好比火上浇油。他听了赵高的话，把这三个人都下了监狱。

右丞相冯去疾和将军冯劫没法申辩，可又不愿意受到侮辱，都自杀了。李斯认为他的功劳大，二世不一定会杀他，再说自己口才好，文章好，慢慢儿再想办法，坐监就坐监吧。哪儿知道赵高不光要他坐监，还逼着他承认父子谋反的罪行，这叫李斯哪儿能承认？他压根儿没想过他会谋反。他给逼得大叫大嚷：“冤枉！冤枉！”赵高吩咐审判官用刑，把李斯打得皮开肉绽，一翻白眼，闭过气去。等到他缓醒过来，再打再问。李斯实在受不住，只好把心一狠，屈打成招了。他还忍住了疼，在监狱里上书给二世，叙述他过去的功劳和对二世的忠诚，希望二世从宽处理。他恳求管监狱的替他把信送去。可是送信也得经过赵高这一关。赵高把奏章拿来一看，撇了撇嘴，冷冷地一笑，说："还想表功呢！"回过头去，骂那个管监狱的，说："你不想活了吗？囚犯怎么能上书？"吓得那个监狱官直打哆嗦。那个奏章就这么给赵高没收了。

"屋坍连夜雨"，那个调查李由通敌的人回来了。他见了赵高，对他说："李由阵亡，死无对证，要怎么说就怎么说。"赵高就嘱咐他把"证据"都准备好去向二世报告。二世听了报告，说："要是没有赵高，我几乎上了丞相的当。"他就决定把李斯和他所有的子弟族人一概处死。李斯和他第二个儿子都绑着拉到咸阳街上，他长长地叹了一口气，苦笑一声，对他儿子说："我要跟你再牵着黄狗，上蔡东门去打兔儿，还办得到吗？"李斯受了各种刑罚，最后给腰斩了。全家灭了门。

二世杀了李斯，让赵高做了丞相，大小事情都交给赵高去"偏劳"，他自己窝窝囊囊地做着"圣上"。

赵高还真有一手，他不让二世知道外面的事。他见秦兵连着给项梁打败，就又给章邯不少兵马。他早把王离调回来，派他去帮助章邯。秦军就这么又强大起来了。章邯坚守濮阳，天天派探子去打听项梁军队的情况。项梁的军队驻扎在定陶城外，因为接连下了十几天大雨，不好进攻。项羽和刘邦的军队攻下了雍丘，也因为下雨，围住外黄（在今河南民权一带），暂时留在那儿。项梁既不能进攻，又不能召回项羽和刘邦的军队，再说他接连打了好几个胜仗，已经把章邯吓住，乐得在下雨天全军休息休息。他就在营里喝酒作为消遣。将士们也趁着这个机会快活几天，就什么都不做准备。

项梁营里的谋士宋义对项梁说："打了胜仗以后，如果将军骄傲，士兵松懈，那可准得失败。我看咱们的士兵有点松懈了，秦兵可又天天在增加着，我直替将军担心。"项梁笑了笑，说："你的胆儿也太小了。章邯碰到我们，打一回，败一回，他还敢怎么着？"宋义说："还是请将军多加小心，免得吃敌人的亏。"项梁说："天一晴，咱们就进攻。可是要消灭秦兵，最好能再调些兵马来。上回我叫齐国一同出兵，偏偏田荣不顾大义，没来。

我想再派使者去叫田荣到这儿来会师。要是他再不来，那我只好先去征伐齐国了。”宋义抢着说：“派我去，行不行？”项梁就打发宋义到齐国去。

宋义到了半道上正碰到齐国的使者，说是去见武信君的。宋义对他说：“我是受了武信君的派遣到贵国去的，一来是为了两国和好，二来我躲开了可以保全性命。”齐国的使者说：“这是怎么说的？”宋义说：“武信君打了几个胜仗，就把敌人轻看了。俗话说，‘骄兵必败’，章邯又是用兵的老手，这回楚军准打败仗。我看您还不如慢慢儿走，免得受累，要是急匆匆地赶了过去，钻到乱军里面丧了命，那可多冤哪。”齐国的使者跟宋义分别以后，半信半疑地在路上磨日子。果然，他还没到楚营，项梁已经阵亡了。

原来项梁打发宋义去了以后，还是喝他的酒，士兵们还是睡他们的觉。这些情况都给章邯打听得清清楚楚。有一个晚上，外面还下着雨，定陶营里的楚兵睡得正香的时候，章邯的兵马突然像山洪暴发似的冲过来。楚兵慌作一团，连抵抗都来不及，一下子死的死，伤的伤，逃的逃，哪儿还像个军队，连项梁也给杀了。起义军受了很大的损失。章邯大获全胜，接着又打了几个胜仗，占领了好几个县城。

这个消息传到了外黄，项羽和八千子弟放声大哭，刘邦和别的士兵也都流泪。项羽说：“我从小死了父母，蒙叔父抚养成人，教我读书、学剑、钻研兵法，把我当作自己的儿子一样。现在大事还没成功，他竟给秦人杀害了。我跟秦国这个不共戴天之仇，非报不可。”说了又哭。范增劝他，说：“武信君为国舍身，已经尽到了做臣下的本分。他恢复了楚国，天下响应，投奔他的就有五十多万人，这是了不起的大事业。将军能继承武信君的心愿，为天下除害，就是大孝，请你多加保重。”项羽抹了抹眼泪，说：“我一定领受先生的教训。”

刘邦跟项羽、范增等商量，他说：“武信君一死，军心不免动摇。咱们不如暂且回去，守住彭城。”他们都同意了。为了保存实力，暂时停止向陈留进攻，就离开了外黄。路过陈县，又邀请吕臣带着他的军队一同退到东边去。

他们到了彭城，就在那边驻扎下来，请楚怀王迁都，也到彭城来。楚怀王到了彭城，立吕臣为司徒，项羽为鲁公，刘邦为砀郡长。一切安排好了，准备章邯到来，再做抵抗。哪儿知道章邯很能用兵，他知道项梁打了败仗，自己也死了，楚军已经大伤元气，就暂时撇开黄河以南这一头，率领大军到黄河以北，进攻赵国去了。楚怀王听到秦军往北上赵国去，就派魏豹去进攻魏地。没有多少日子，接到了魏豹的报告，说他已经收复了二十多座城。楚怀王立魏豹为魏王，叫他守在那儿。接着他准备调兵遣将往西去进攻咸阳。

古籍链接

章邯复振，守濮阳，环水。沛公、项羽去攻定陶。八月，田荣立田儋子市为齐王。定陶未下，沛公与项羽西略地至雍丘，与秦军战，大败之，斩三川守李由。还攻外黄，外黄未下。

项梁再破秦军，有骄色。宋义谏，不听。秦益章邯兵。九月，章邯夜衔枚击项梁定陶，大破之，杀项梁。时连雨自七月至九月。沛公、项羽方攻陈留，闻梁死，士卒恐，乃与将军吕臣引兵而东，徙怀王自盱台都彭城。吕臣军彭城东，项羽军彭城西，沛公军砀。魏咎弟豹自立为魏王。后九月，怀王并吕臣、项羽军自将之。以沛公为砀郡长，封武安侯，将砀郡兵。以羽为鲁公，封长安侯。吕臣为司徒，其父吕青为令尹。

章邯已破项梁，以为楚地兵不足忧，乃渡河北击赵王歇，大破之。歇保巨鹿城，秦将王离围之。赵数请救，怀王乃以宋义为上将，项羽为次将，范增为末将，北救赵。

——《史记 · 卷一上》

破釜沉舟

楚怀王召集了将士们想叫他们往西去进攻秦国，可是秦国挺强，楚军新近打了败仗，他怕将士们不愿意打到关里去，就说："谁先打进关里，就封谁为王。"项羽首先开口，他说："我叔父给秦人杀了，我这个不共戴天之仇，非报不可！大王请派我去。"刘邦说："我也愿意去。"楚怀王就叫他们准备起来，挑个好日子发兵攻秦。项羽和刘邦都出来了，还有几个老大臣留在楚怀王身边。他们说："项羽是个年轻小伙子，一心要替他叔父报仇，性子急躁，做事未免鲁莽。刘邦年纪大，阅历深，是个忠厚长者。大王不如派他去吧。"上柱国陈婴觉得他们说的也有道理，可是楚怀王已经答应了项羽、刘邦一块儿去，怎么办呢？恰巧赵国派使者来讨救兵。他就打算请楚怀王叫项羽往北去救赵国，让刘邦往西去打咸阳。

第二天，项羽、刘邦向楚怀王请示出兵的日期，赵国的使臣还正哭诉着呢。他说："章邯三十万大军围着巨鹿（在今河北平乡一带）快一个月了。要是大王不去救，赵地的老百姓必定遭到屠杀。请大王可怜可怜吧。"

原来章邯在定陶打败了楚军以后，就带领着大军去进攻赵国。他打败了赵国的大将张耳，把邯郸的老百姓都迁到河内去，又把邯郸的城墙毁了，免得他们再抵抗。张耳只好保护着赵王歇逃到巨鹿城里，守在那儿。章邯派王离、苏角、涉间三个将军围攻巨鹿，把自己的军队扎在巨鹿南边替王离他们供应粮草。赵相国陈馀在常山招收了几万人马，回到巨鹿，把军队扎在北边，可不敢跟秦兵交战。王离兵多粮足，日夜进攻巨鹿城。城里的张耳三番五次地请陈馀出兵。陈馀觉得自己兵马太少，打不过秦兵，始终不敢出去。

张耳抱怨陈馀，就派两个使者去责备陈馀，说："我跟你是知己朋友，曾经起过誓情愿同生共死。现在赵王和我的死就在眼前，早上保不住晚上。可是你反倒带领着几万兵马，不肯相救。难道生死朋友就是这样的吗？要是你遵守信义的话，就该跟王离拼个死活。"陈馀对他们说："我拿这点兵马去跟王离拼，好像把肉扔给饿着肚子的老虎一样，死了有什么用？"使者对他说："情况这么紧急，就是豁出性命也顾不得了。"陈馀说："我认为这样去送死没有好处。要是你们一定要干，不妨去试一试。"他们说："那你给我们兵马。"陈馀交给他们五千兵马。五千兵马顶得了什么？他们跟秦军一交战，就全军覆没了。

张耳不见使者回来，认为他们准给陈馀杀害了，他又派使者到各处去讨救兵。燕王、齐王都派兵来，张耳的儿子张敖也带着从代地招来的一万多士兵到了巨鹿，可是他们都驻扎在陈馀的军营旁边，就是不敢跟秦兵交锋。

赵国的使者在楚怀王和上柱国陈婴面前这么一五一十地哭诉着，项羽已经听得火儿了。他要替叔父报仇，正想跟章邯拼个死活，就对楚怀王说："要是连巨鹿都救不了，还谈什么消灭秦国！我们应当马上发兵去救。"楚怀王说："将军能去，再好没有，可是还得有别的大将一块儿去，我们才放心。"

原来楚怀王和陈婴已经听了齐国的使者称赞宋义的话，说宋义早已料到项梁准打败仗，楚军准得大批伤亡，他才讨了个差使往齐国去，保全了性命。可见他是个未卜先知的军事专家。赶到宋义从齐国回来，楚怀王和近身的几个臣下跟他一谈，都觉得他比项羽更可靠。因此，楚怀王就拜宋义为上将军，还加上一个挺美的称号，叫"卿子冠军"（卿子，相当于公子；冠军是第一等上将的意思），拜项羽为副将，范增为末将，率领二十万大军往巨鹿去救赵国。

卿子冠军宋义率领着救赵的楚军到了安阳（在今河北临漳一带），一打听，知道秦军势力十分浩大，他不敢再上去，就在安阳驻扎下来。一停就停了十多天，急得项羽跑到宋义跟前，央告他，说：“救人如救火，咱们还是打过去吧。”宋义说：“现在秦军攻打赵军，要是秦军打赢了，他们就算没有死伤，也够累了。我们趁着他们累够了的时候打过去，就容易打胜仗；要是他们打不赢，那我们更能把他们打败了。所以我们不如先让秦军和赵军对打一下再说。”他又笑了笑，说：“穿着铠甲、拿着兵器跟敌人交锋，我比不上你；坐在帐篷里出个计策，那你可比不上我了。”

这位卿子冠军下了一道命令，说：“上下将士，尽管像老虎那样猛，像豺狼那样狠，如果不服从命令，都得砍头。”这个命令明明是对项羽说的。项梁一死，楚怀王用了宋义，夺去了项羽的兵权，而且宋义还趁着这个机会把他的儿子宋襄派到齐国去做相国。这样，他把齐国也拉到他这边来了。他亲自送到无盐（地名，在今山东东平一带）才回来。回来以后，反正没有事，他就在帐篷里跟将军们喝酒玩乐。救赵的楚军就这么在安阳一天天地停留下去。

那时候（公元前207年，秦二世三年十一月），天气很冷，又碰到下大雨，士兵们受冻挨饿，都抱怨起来。有的说：“今年收成不好，老百姓苦得很，军粮也就不够了。我们当小兵的只吃些芋头、豆子这号杂粮，还吃不饱；他们当将军的还照样大吃大喝，太不像话。”有的说：“怀王不是要我们去救巨鹿吗？老在这儿待着干吗？”项羽听到了这些话，就对他们说：“现在军营里粮食不够，可是渡过河去（河，指漳河），打败了秦兵，粮食有的是。”他们都说：“对呀！请项将军再跟上头去说说。”

第二天，项羽下定决心，又去见宋义，对他说：“秦国强大凶暴，新立的赵国绝不是它的对手。秦军灭了赵国，就更强了，哪儿会累死呢？再说咱们的军队新近打了败仗，武信君死了，怀王坐立不安，这会儿把国内的军队全都交给了将军，不光为了救赵，实在为了灭秦。国家兴亡，在此一举。将军老在这儿待着，按兵不动，已经四十六天了。您也该听听将士们的意见！”

宋义拍着案子，怒气冲冲地说：“你反了吗？怎么敢不服从我的命令！”项羽知道自己没法再在他手底下做事，就拔出宝剑来把他杀了。他提着宋义的人头，出来对士兵们说：“宋义私通齐国，背叛大王。我奉了大王的密令，已经把他治死了。请诸君不要多心。”上下将士本来不大明白为什么宋义做了上将军，项羽反倒做了副将。这会儿一见项羽提着宋义的人头，就说："首先立楚国的，原来是将军一家。现在将军把背叛的人治死了，就该代替他为上将军，统领全军。"项羽就做了代理上将军，一面派人去追宋义的儿子，把他也杀了，一面打发将军桓楚向楚怀王去报告。楚怀王只好立项羽为上将军。

项羽杀了宋义，派当阳君英布和蒲将军带领着两万士兵渡过漳河。章邯听到了楚军渡河的报告，就派司马欣和董翳两个将军带领着几万人马前去拦阻。那两个秦将不是英布和蒲将军的对手，秦兵打了一个败仗，急忙逃走。项羽知道英布和蒲将军已经占领了对岸，就率领着所有的军队都渡过河去。等到全军都渡过来了，他吩咐士兵，各人带上三天干粮，把军队里做饭的锅都砸了，把船只都凿沉了（成语"破釜沉舟"就是这么来的；釜，就是锅）。他对将士们说："国家兴亡，在此一举。这次咱们打仗，只准进，不准退；三天里头一定把秦兵打败。咱们死也不回头！你们看行不行？"将士们举起拳头，一齐嚷着说："行！行！"

上将军项羽率领着大军前去，碰到了英布和蒲将军。英布对项羽说："我军虽然打了个胜仗，那只是个小仗，算不得什么，秦兵还是挺强的。我们还须先截断他们运粮的道儿，叫他们粮食不足，才能打个大胜仗。"项羽就叫英布和蒲将军带领着原来的人马绕道去截断秦兵的粮道。大军继续前进去救巨鹿。

围攻巨鹿城的秦将王离，一见楚军渡河，把军营扎在河边就来挑战，认为楚将不懂兵法。河边扎营，没有退路，要是打个败仗，非全淹死不可。他留着苏角、涉间围住巨鹿城，自己带着一支兵马迎了上去。离城不到几里地，就碰上了楚军。两下一交战，王离的兵马死伤了不少。他只好逃到章邯那儿，请示办法。

章邯听到楚军"破釜沉舟"，要跟秦军决一死战，已经召集了将士们正在商议迎敌的计策。这会儿见王离打了败仗回来，他就说："项羽十分厉害，我们绝不可小看楚军。你们把所有的人马分作九路，一路接着一路地布置好阵势。我先去跟他对敌，引他进来，你们每一路先后接应。等到楚军进入了我们最里面的阵地，九路人马一齐上来把他们围住，准能叫他们全军覆没。"章邯吩咐九个大将分头把九路人马布置好了，他自己领着一队精兵迎了上去。

章邯首先碰到的正是项羽。仇人相见，分外眼红，项羽咬牙切齿地直刺章邯。章邯原来打算假装打败，把项羽引进来。哪儿知道楚兵英勇非凡，越打越有劲儿。他们每一个人抵得上秦兵十个，十个就抵上了一百。项羽的那支画戟更是神出鬼没，七上八下地一来，就戳倒了无数人马；他骑的那匹乌骓（一种黑色的马；骓：zhuī）像飞一样地追赶着逃兵。章邯的一支军队不是有计划地假装打败，而是争先恐后地乱跑乱窜，反倒把后面几路接应的军队冲乱了。章邯自己也逃到巨鹿南边的大营里去了。

项羽的士兵杀到秦军的第二路、第三路跟前了。喊杀的声音好像山崩海啸似的震动了天地。秦军再也抵挡不住，就哗啦啦地垮下去了。楚军所向无敌，势如破竹。三天里面连着打了九个胜仗，秦将王离边打边退，偏偏项羽那匹乌骓“咴儿”一声叫，欢蹦乱跳地追上去，逼得王离只好鼓着勇气再跟项羽对打一下。项羽见他一枪刺来，就抽出铜鞭，向上一抡，“当”的一声，王离虎口发麻，握不住枪杆，那支枪脱手飞去。王离还想逃命，项羽已经把他从马背上好像老鹰逮小鸡似的抓过来，扔在地下，叫士兵们把他绑了。这一场大战真是非同小可，杀得天昏地黑，秦国的士兵四散逃命。大将苏角死在乱军之中，另外几个秦将也有给杀了的，也有连爬带滚地逃了的。大将涉间一见王离活活地给逮去，九路兵马都给楚军打得秋风扫落叶一样，觉得性命难保，就放了一把火，把军营烧了，自己也烧死在里面。

在这次天翻地覆的大战当中，秦兵死伤了一半。按说各路诸侯总该一齐加入战斗了吧。可是他们都没出来。当时各路诸侯前来救赵的就有十几队兵马，齐将田都、燕将臧荼（tú）、齐王建的孙子田安、张耳的儿子张敖等等都带着兵马驻扎在陈馀的军营旁边。他们觉得自己力量不够，早给王离吓唬住了。原来王离带领着蒙恬的三十万大军回到中原来围剿诸侯，谁也不敢跟他对敌。他说：“谁敢出来，就先打谁！”因此，他们更不敢跟秦兵交战，这也不必说了。这会儿各路诸侯听见了楚军喊声动天，都挤在壁垒上看情况（成语“作壁上观”就是这么来的，壁就是营垒）。一见楚军一个能抵上秦兵十个，已经愣住了，赶到他们瞧见项羽专挑人多的地方横冲直撞地杀去，好像闪电劈开乌云似的，他们就都睁着眼睛，伸着舌头，连气都喘不过来，哪儿还能出来打仗？直到项羽打败了秦兵，请各路诸侯和将军到大营里相见，他们这才收了舌头，清醒过来。

他们到了辕门（古时候拿战车排列起来，车辕对着车辕，排成大门的样子，所以叫辕门，是大将营帐的入口），就瞧见一颗人头挂在那儿，正是他们最害怕的秦将王离的脑袋。他们还没瞧见项羽，就双膝着地，哆里哆嗦地爬了进去。赶到他们知道了上头坐着的就是项羽，谁也不敢抬起头来。要不是项羽请他们坐下，他们还跪着不敢坐呢。他们当中有个胆儿大的抬起头来，抻一抻脖子，咽了一口唾沫，开口说："上将军神威真了不起，从古到今没有第二个。我们情愿听从上将军的指挥！"其余的诸侯一齐像背书似的说："情愿听从上将军的指挥！"他们就公推项羽为诸侯上将军，各路诸侯和军队全由他统领。项羽说："承蒙诸公见爱，我也不便推辞。唯愿同心协力，早日灭秦。今天请诸公暂且回营，以后有事，还要请过来相商。"他们擦了擦脑门子上的汗珠，都出去了。

接着赵王歇和张耳出了巨鹿城，首先向诸侯上将军项羽拜谢，完了又往各营去谢过救赵的诸侯。张耳又跟陈馀相见，两个人争闹了一场。打这儿起，两个好朋友变成了死对头。

项羽准备再去追赶章邯，范增把他劝住。"姜是老的辣"，范增这一招真是神机妙算，逼得章邯乖乖地投降了楚军。

指鹿为马

范增劝项羽不必急于去追赶章邯。他说：“三天之内连胜九仗，将士们已经够累的了。再说赵高这么专横，二世这么昏庸，章邯打了败仗，他们也不能轻易把他放过去。我们不如把大军驻扎下来，让将士们休息一下。再趁着章邯在进退两难的时候直打过去，准能大获全胜。”项羽就把大军驻扎在漳南，对面就是章邯的军队。章邯还有一二十万人马，驻扎在棘原（在巨鹿南）。两军遥遥相对，可谁也不打谁。

果然不出范增所料，章邯把秦军打败仗的情况报告上去，请二世再发兵来。赵高怕二世责备他，就把章邯的奏报压下。这么天大的事虽然瞒过了二世，可是火已经烧到眉毛上来了，怎么还瞒得过别人？咸阳城里早就叽叽喳喳地传开了。内侍和宫女们也都交头接耳地说：“楚兵打到关里来，我们怎么办呢？”胆小的宫女们着了慌，也有哭起来的，二世虽说昏庸，他可还有耳朵。他问内侍和宫女们：“你们闹什么鬼？”他们说：“听说章邯连连打了九个败仗，人马死了不知道多少，眼看楚兵就打进关里来了。”二世听了，吓得浑身发软。他连忙问：“你们怎么知道的？”他们说：“上上下下哪一个不知道，就只瞒着皇上您一个人哪。”

二世叫赵高进来，咕嘟着嘴责问他。赵高好像受了委屈似的说：“我虽然做了丞相，主要是管理内事，伺候皇上坐享太平。至于用兵的事全由章邯、王离他们掌管。一来我不会打仗，二来里里外外一个人也管不过来。章邯打了败仗，也用不着皇上操心，只要责备他为什么打了败仗。他没有能耐，另外派一个大将去就行了。外面的传说哪儿信得过呢？”二世觉得赵高的话句句有道理，就不再责备他了。可是赵高恨透了章邯，得想个办法治治他。他就对二世说：“章邯带领着三十万大军，为什么还打不过这么些强人，这倒不能不查问查问。请皇上发一道诏书，我马上派人送去。”二世就依了他。

二世查问章邯的诏书到了章邯守着的棘原，章邯又是气愤又是害怕。他打发司马欣当面去向二世申诉。司马欣到了咸阳，就去通报，可是一连等了三天，别说见不到二世，连赵高也不跟他相见。他花了些钱一打听，才知道赵高正在想办法害他。他赶紧从小道逃回去。果然赵高派人去追赶。可是因为司马欣不走大路，总算没给追着。

司马欣见了章邯，对他说：“赵高掌权，从中作梗，我们在他手下还能干什么？我们打胜了，他妒忌我们，打败了，他惩办我们。胜也死，败也死，请将军另拿主意吧。”章邯听说项羽要进攻，本来就在干着急，现在听了司马欣的报告，简直逼得他无路可走。正在闷闷不乐的时候，他收到了赵将陈馀给他的一封信，劝他跟诸侯联合起来，为天下除害。信里还说：“共同灭了秦国，将军还可以分封为王；给昏君、奸臣卖命，自己免不了一死，还得灭门九族。轻重得失，希望您自己拿个主意。”

章邯到了这个时候，真是“羊撞篱笆——进退两难”。可是项羽是有进无退的，他派蒲将军把军队不分昼夜地渡过三户（漳水的一个渡口）。章邯又打了一个败仗，逃到汙水（漳水支流；汙：yú）。项羽把所有的兵马都用上，全军追到汙水，再一次大破秦军。章邯到了这个时候，只好打发司马欣到楚营里去求和。项羽一想起章邯杀了他叔父，恨不得把他抓来，亲手给他一个千刀万剐，怎么还能答应他求和呢？可是司马欣在栎阳的时候曾经帮助过项梁出了监狱，项羽不能不好好儿地招待他，只是不愿意跟章邯讲和。

范增可另有主张，他对项羽说：“将军这么威武，到了今天还不能进关，为什么呢？还不是因为章邯的军队沿路挡着吗？这会儿二世和赵高逼得他无路可走，不得已来归附将军。如果将军能不计较过去，拿恩典和义气去待他，那他一定会感激将军，替将军出力的。章邯是秦国的主将，他一归顺，别的秦将也就容易收服了。如果将军不收留他，他要是去投奔别的诸侯，那等于说，秦国还没灭，另一个秦国倒又出来了。再说，咱们营里的粮食已经不太充足了。这么耽搁下去，恐怕困难越来越多。希望将军下定决心，要成大事，得忘私仇。”项羽说：“先生说得对，我一定听从先生的指教。”

项羽出来对司马欣说：“章邯杀了我叔父，我本来不该答应他求和。可是替叔父报仇是一个人的私事，国家用人是天下的公事。只要章邯真心归顺，我绝不因私害公。请他过来吧。”司马欣还不肯回去，可又不说话，只是低着头站在那儿，好像还有什么心事似的。项羽问他：“怎么啦？你还有什么为难的事吗？”司马欣说：“最好将军能给我一个凭证，因为他的罪太大了，万一他来了，将军不容他，这不是自投罗网吗？”项羽哈哈大笑，说：“还要凭证？大丈夫一言为定，还能说了不算？既然你们担心，那么，请你们到洹南（在今河南安阳一带）来订盟约。总可以放心了吧。”

项羽和章邯、司马欣、董翳他们在洹南订了盟约，章邯这才拜见了项羽，流着眼泪，说：“承蒙将军收留，我决心听从吩咐，水里、火里都去。可是上次在定陶……”项羽拧了拧眉毛，不让他说下去。他说：“过去的已经过去了。还提它干什么？只要以后同心协力，以前的事儿一笔勾销！”项羽就封章邯为雍王，把他留在楚营里，立司马欣为秦军上将军。司马欣带着投降的一二十万秦军走在前面，项羽自己带着章邯，率领着楚军和诸侯的将士，浩浩荡荡地跟着司马欣的兵马往西打过去。

章邯投降了楚军的消息传到了咸阳，赵高可并不惊慌。他早已有了打算：只要把一切过错都推在二世身上，把他杀了，然后投降项羽，不是还可以做大官吗？他怕还有一些大臣不服，就牵着北方送来的一只鹿给二世和大臣们瞧。说起那只鹿来，可也新鲜，头上没有犄角，身上没有梅花斑，样子有点像马，可不是马。

赵高指着这只鹿对二世和大臣们说：“这是一匹好马，特来献给皇上。”二世笑着说：“丞相别说笑话了，这明明是一只鹿，丞相怎么说是马呢？”赵高把脸一绷，正经八百地说：“怎么不是？众位大臣都在这里，请他们说吧。”二世就问大臣们：“是不是鹿？”他们虽说都有眼睛和嘴，可是大多都是瞧着赵高的眼睛说话的，他们低着头，挺起上眼皮，偷偷地向赵高瞟了瞟，只见他瞪着大眼角，眯着小眼角，把一对三角眼拉成吊死鬼眼。

他们连忙说："是马！是马！"有的不开口。只有个别的大臣说："是鹿。"没有几天工夫，那几个说鹿是鹿的大臣，有暗地里给杀了的，也有借个罪名治死了的。宫内宫外大小官员谁还敢反对赵高，连二世都怕他了。好在二世老在宫里吃、喝、玩、乐，什么事情全由赵高去办，也就没有什么太可怕的事了。

赶到各路诸侯都往西打进来，武关（在今陕西商洛一带）也给攻破了，赵高恐怕二世办他的罪，就告了病假，不再去朝见他。有一天，二世打猎回来，晚上做了一个噩梦。梦里坐着车马好像还在打猎。忽然树林子里跑出来一只白虎，把二世的一匹马咬死。他就这么给吓醒了。第二天，他叫算卦的官儿算了一卦。那算卦的胡说一通，说是泾水（也叫泾河，在今陕西西安流入渭水）作怪，必须祭祀水神才能解灾。二世就搬到泾水旁边的望夷宫里，斋戒三天，祭祀泾水。他向手下的人问起："外面强人作乱，到底怎么样了？"他们流着眼泪，说："楚军已经进了武关，眼看就要打到这儿来了。"二世吓得直打哆嗦，慌忙派人叫赵高发兵去抵御。

赵高就跟他最亲信的两个人秘密商议。那两个人，一个咸阳令阎乐，是赵高的女婿，一个郎中令赵成，是赵高的兄弟。他们鬼鬼祟祟合计了半天，就发动起来。阎乐和赵成带领着一千多名士兵偷偷地到了望夷宫，对宫门外的卫士们说："宫里有贼，我们前来逮捕。"卫士们不让他们进去，可是一见阎乐和赵成横眉竖眼的样子，哪儿还敢多话？这两个人一直跑到二世面前，拿着兵器，数说他的罪状，叫他自杀。二世吓得脸都白了。他说："丞相在哪儿？我要见他。"阎乐说："不能见。我们是奉了丞相的命令来惩办你这个昏君的。"二世说："丞相叫我退位，我就退位。请你们转告丞相让我做个一郡的王吧。"阎乐说："不行！""让我做个万户侯吧。""也不行！"二世哭着说："那么，请放我一条生路，让我和我的家小去做平头百姓吧。"阎乐和赵成瞪着眼睛，说："你就闭上嘴吧。"二世一见四面都是要他命的人，只好横下心，自杀了。他做了三年皇帝，死的时候才二十三岁。

阎乐和赵成赶紧回去报告了赵高。赵高跑到咸阳宫里把皇帝的大印拿在手里，身子就像躺在云端里那么受用，他本来就想自己做王，可是一来还没跟楚军联络上，二来又怕诸侯不服，他只好叫别人先顶一顶，作为一个过渡。他就召集了朝廷上的一班大臣和下一辈的公子们，对他们说："二世暴虐，人人怨恨。他已经自杀了，我们必须另立新君。公子婴素来仁厚，又是二世的亲侄儿，可以继承他的位子。秦本来是个王国，始皇一统天下，所以称为皇帝。现在六国都已经恢复了，秦国的土地也只剩了这么一点，应该像从前一样，称为王。你们看怎么样？”他们已经上了“指鹿为马”那一课，都说：“丞相错不了。”赵高就请子婴斋戒五天，准备在庙堂上举行即位的仪式。

子婴住在斋戒的屋子里，嘱咐他两个儿子和一个心腹内侍小心准备。到了即位那一天，赵高和别的大臣都在庙堂上等着，子婴可没来。赵高派人去请他，他说：“身体不舒服，今天不能来。”赵高可火儿了，心里说：“这小子这么不受抬举！你不来，拉倒！我自己不能做王吗？”可是大人物得沉得住气，他对大臣们说：“已经定了日子，病了也得即位。”他就亲自去催他。赵高进了子婴斋戒的屋子，里面冷清清的，只见子婴趴在案头上打盹儿。赵高说：“今天公子即位，怎么还不……”他话还没说完，冷不防蹦出三个人来，没头没脑地向赵高乱砍乱刺，当时就切下了他的脑袋。

子婴杀了赵高，人心大快。大臣们知道赵高死了，都来迎接子婴。有的说：“赵高应当碎尸万段。”有的说：“赵家应当灭门。”子婴都同意了，就把阎乐、赵成和赵高的一家都处了死刑。子婴做了秦王，发兵五万去守峣关（在今陕西蓝田一带；峣：yáo）。

坑秦兵

赵高杀二世，子婴杀赵高的信儿传到了楚营，项羽要趁着秦国的乱劲赶快打进去，就催动大军连夜行军。

项羽收了章邯、司马欣、董翳他们几个秦将，诸侯们也都同意，可是楚兵跟秦兵老合不到一块儿。打了胜仗的楚兵大多破破烂烂的，衣服和兵器都挺简陋；投降的秦兵反倒整整齐齐的，盔甲和刀枪都挺讲究。两两对比，谁也瞧不起谁。这种装备的不同还在其次。最严重的是意见不合、态度不好，碰在一块儿，有时候就吵闹起来。在这些新的诸侯和将士当中有不少人曾经在骊山或者咸阳做过苦工，受过秦兵的凌辱。这会儿他们打了胜仗，就把投降的秦兵当作奴隶看待，让他们尝尝味道。秦兵，尤其是军官，一向只知道欺压老百姓，哪儿受到过这种凌辱。他们就三三两两地议论开了。有的说："我们的父母妻子都在关中，我们打了进去，受灾遭难的还是我们自己；要是打不进去，人家把我们带到东边去，我们的一家老小还不给朝廷杀光吗？"有的说："章将军投降也许是个计。谁知道我们还有没有出头的日子！"

秦兵这些私底下抱怨的话也有给楚将听到的。他们挺着急，就向项羽报告。项羽召集英布和蒲将军他们商量商量。项羽说："秦兵还有二十多万，他们心里不服，咱们就不好指挥。要是到了关中，他们一旦叛变，那咱们可就要吃大亏了。”英布和蒲将军说：“没有他们，咱们也能打到关中去；有了他们，咱们还得防备着叛变，反倒分散了兵力。咱们可不能让他们先下手哇。”项羽说：“为了全军的安全，不如光带着章邯、司马欣和董翳一块儿进关，其余的就顾不得了。”商量下来，都觉得投降的人靠不住，自己军队的安全要紧。他们定下计划，起了杀心。大军到了新安（在今河南渑池一带），在半夜里楚军趁着秦兵正睡得香的时候，突然收了他们的兵器，大屠杀就开始了。二十多万秦兵没有将领，又没有兵器，一个晚上全给楚军埋了。打这儿起，项羽的残暴出了名，秦人把他看作宰人的屠夫。

司马欣和董翳碰到英布，急切地问他这是怎么回事。英布说：“将军是全营的统领，营里发生了叛变，怎么还不知道？快去见过上将军，免得将军您也受累。”他们马上到了大营，瞧见章邯还在那儿，心里稍微安定点儿。项羽安慰这三个将军，说：“我们发觉了你们营里的士兵正准备发动叛变，我只好忍痛地除了后患。这事跟你们三位不相干，我绝不怪你们，请你们不要多心。”他们听说还是可以做将军，这才放了心。

项羽杀了二十多万投降的秦兵，毫无顾虑地往西进军。沿路再也没有什么阻挡，一直到了函谷关（在今河南灵宝一带），才瞧见有兵守关，不能进去。可是守关的不是秦军而是楚军。楚军怎么不让楚军进去呢？项羽也纳闷儿，就叫英布去问个明白。英布大声地说：“我们是诸侯上将军的军队，快开关门，让我们进去。”守关的士兵说：“我们奉了沛公的命令，守在这里。沛公吩咐我们，不论哪一路军队都不准进来！”项羽这一气非同小可，他可不明白刘邦怎么反倒先进了关。

原来项羽受了楚怀王的命令，跟着宋义往北去救巨鹿的时候，在安阳就停留了四十六天，打败了王离的军队以后，又跟秦军的主力三番五次地展开了血战。刘邦就在这个时候从南路往西北进军。他到了昌邑（在今山东金乡一带），昌邑人彭越带着一千多人帮助他一同攻打昌邑，但没打下来。刘邦就跟彭越分手，让他去帮助魏王豹收复魏地，自己离开昌邑去进攻高阳（在今河南杞县一带）。

高阳有个儒家的老头子叫郦食其（lì yì jī），家境贫穷，又没有职业，不得已做了里监门（乡里的小吏，相当于地保，也叫地方）。他遇见了一个本地人，是刘邦手下的一个骑兵，就对他说：“听说沛公傲慢得很，挺了不起的。我倒愿意投奔他。请你替我去说，‘我有个老乡郦先生，六十多了，人家都说他是个疯子，他自己说并不疯。他是个读书人，书读得挺多，很有学问，可以帮助您成大事’。你推荐了我，我忘不了你。”那个骑兵脑袋像摇拨浪鼓似的晃着说：“不行，不行。沛公最不喜欢读书人，有人戴着读书人的帽子去见他，您猜怎么着？他摘下人家的帽子，就在帽子里尿尿！他老说读书人没出息，您还去见他干吗？”郦食其央告他，说：“你好歹去说说吧。”

那个小兵跟刘邦学说了一遍，刘邦就叫郦食其到驿舍里去见他。郦食其通报进去，就有人领他去拜见刘邦。他进了内室，瞧见刘邦正靠在床上叫两个女子替他洗脚。郦食其也不下跪，光作了个揖，说：“您打算帮助秦国打诸侯呢，还是打算帮助诸侯打秦国？”刘邦骂他，说：“书呆子！天下吃秦国的苦头也吃够了，各路诸侯才联合起来打秦国，你怎么说帮助秦国打诸侯呢？”郦食其说：“要是您真打算联合诸侯去灭暴虐的秦国，就不该这么傲慢地接见年长的人！”刘邦连脚都来不及擦，就整一整衣服，向他赔不是，请他上坐，说：“请先生指教。”

郦食其说：“将军的兵马还不满一万，就要去进攻强大的秦国，这是老虎嘴里掏东西吃。这可不行！依我说，不如先去占领陈留。陈留是个好地方，四通八达，来往方便，秦国的粮食有不少堆在那儿。用我的计策，准能把陈留拿下来。”刘邦正愁营里粮食不够，连忙说：“请问先生有何妙计？”郦食其是高阳有名的酒徒，刘邦要听听他的妙计，他可端起架子来了，鼻子连连翕动着，假装闻到了酒香，就说：“将军准能喝酒，而且一定是洪量。咱们一面喝，一面谈，好不好？”刘邦叫手下的人拿出酒来，两个人就喝开了。

郦食其一连喝了几杯，说：“我跟陈留的县令有点交情，将军派我去劝他投降，大概可以成功。要是他不答应，我就把他灌醉，在里面接应，将军从外面打进去，准能把陈留拿下来。”刘邦就派郦食其先去把县令缠住，自己偷偷地带着兵马埋伏着。这么里应外合地一来，陈留给夺了下来，粮食也有了。刘邦挺信任郦食其，封他为广野君。

郦食其有个兄弟叫郦商，他也招了四千人来归附刘邦。刘邦立他为将军，叫他带领着这四千人和陈留的兵马跟着他一同去进攻开封。

约法三章

刘邦虽说已经有了一两万人马，可是还没能够把开封城打下来。刘邦急于往西去，沿路遇到不容易打下来的城，他不愿意去跟守城的秦兵死拼，宁可绕个弯儿再往前走去。他离开开封，带着兵马向西南走。打了几个胜仗，到了颍川。秦兵和城里的老百姓守住城，还大声地向刘邦骂街。刘邦这回可火儿了，亲自领队攻城。攻打了好几天，才把颍川打下来。他料到这儿的人是不会服他的，就把他们全都杀了。颍川一带原来是张良打游击的地区，这会儿张良听到刘邦来了，就带着韩国的兵马去见他。两队兵马合在一起，由张良带道，很快地就把韩地十多座城都拿下来了。

刘邦请韩王成留在韩国，守住阳翟（韩国的都城，在今河南禹州），要求张良跟着他一同往西去打咸阳。张良说："我不能做主。"刘邦就对韩王成说："子房才能高，计策多，请暂时帮我一下，我好随时向他请教。"韩王成说："子房是我重要的帮手，他怎么能离开这儿呢？"接着他又说："可是将军为天下除害，我也应当出力。这样吧，我派子房送将军进关，等到将军灭了秦国，请吩咐他马上回来。"刘邦满口答应，他当时跟张良拜谢了韩王成，带领着三万人马去进攻南阳。南阳郡守打了败仗，投降了。刘邦封他为殷侯。郡守投降了还可以封侯，西边的几个城就马到成功，都投降了。军队有了粮食，沿路又不抢掠，秦人都挺喜欢，刘邦的兵马就越来越多。

公元前207年八月，刘邦进了武关。就在这个时候，赵高杀了二世，派人来求和，只要让他做关中王，他愿意把秦国献给刘邦。刘邦怕他欺诈，还没答应。没有几天工夫，秦王子婴把赵高杀了，还派了五万兵马去守峣关。这五万秦兵要对付项羽的四十万大军当然没有用处，可是对付刘邦的几万人马还可以拼个上下高低。刘邦就用了张良的计策，派小兵在峣关左右的山头插了无数的旗子，作为疑兵。完了打发郦食其带着一份挺贵重的礼物去见守关的秦将，吓唬他，说："沛公有几十万精兵，要攻破峣关不费吹灰之力。可是沛公素来钦佩将军，特地派我奉上礼物，请将军为天下除害，一同去攻打咸阳，万一将军不答应，也请收下礼物，沛公愿意先礼后兵。"秦将满口答应，说："情愿订立盟约，替楚军带道去进攻咸阳。"一切都说妥了，秦将就请郦食其喝酒。

郦食其喝够了酒，回来报告。刘邦很是高兴，就要再派郦食其到关里去订盟约，张良这会儿也怕秦兵靠不住，就出来拦住他，说："秦将受了礼物愿意归附将军，可是五万秦兵不一定都能心服。现在他们准备订盟约，一定没做打仗的准备。不如趁着这个机会突然打过去，准能打赢。"刘邦就吩咐大将周勃带领兵马绕过峣关，从东南侧面打进去。秦将安心地等待订盟约，就让士兵们都休息了。猛一下子从后面进来了这许多楚兵，秦兵慌得走投无路。秦将还不知道发生了什么事情，亲自到军营后面去弹压，没防到正碰上周勃。周勃迎头一刀，把秦将的脑袋瓜劈成两半。秦兵没了主将，胡乱地抵抗一阵，死的死，逃的逃，那些没死可也逃不了的就都投降了。

刘邦的军队进了峣关，一路跑去，到了灞上（在今陕西西安东），迎面来了一个好像送殡的仪仗队。原来是秦王子婴带着大臣前来投降，车马好像戴孝似的都用白颜色。子婴脖子上还套着带子，表示准备勒死，手里拿着皇帝的大印、兵符和节杖，哈着腰，候在路旁。樊哙对刘邦说："砍了他算了！"刘邦说："当初怀王派我来，就因为他相信我能宽容人。再说，人家已经投降了，再杀他，也不吉祥。"他就收了大印、兵符和节杖，把仅仅做了四十六天秦王的子婴交给将士收管起来。

刘邦的军队进了咸阳。将士们乱纷纷地争着去找库房，各人都拣值钱的东西拿。打了胜仗，占领了咸阳，秦国的财宝都是他们的了，谁不在浑水里摸鱼才傻呢。萧何可不稀罕这些东西，他首先走进丞相府，把那些有关天下户口、地形、法令等的图书和档案都收起来。他认为这些文件比金银财宝更有用。

刘邦也趁着这个机会进了阿房宫，金碧辉煌的宫殿、五光十色的帷子、稀奇古怪的摆设看得他头昏眼花。忽然，前面又来了一班雪白粉嫩的美人儿，娇滴滴地跪着迎接她们的新主人。他只觉得神魂颠倒，好像一个跟头摔在云彩里，又是舒坦又是受不了。他想：在这儿住上几天也不算白活了。他进了二世的卧室，就在龙床上一躺，理着胡子，闭着眼睛，麻丝丝儿地养养神。

突然进来了一位将军，就是刘邦的连襟樊哙。他粗声粗气地说："怎么啦，您是要打天下呢还是要做大财主？秦国怎么会灭亡的？还不是因为这些奢侈的东西吗？您要打天下，就不该留恋这些亡国的东西。咱们还是回到灞上去吧。"刘邦慢吞吞地坐起来，说："什么话！你先回去。我就在这儿歇歇乏儿。"

恰巧张良也进来了。樊哙把他劝告刘邦的话向张良说了一遍。张良对刘邦说："正因为秦朝暴虐、奢侈，二世荒淫无道，将军才能够到了这儿。将军为天下除害，就得朴素、节俭。现在您刚进了咸阳就想到享乐，这不是换汤不换药吗？俗话说，'良药苦口利于病，忠言逆耳利于行'，希望将军听从樊将军的话。"刘邦硬着头皮把这服挺苦的药喝下去。他马上出来，吩咐将士们封了库房，关了宫门，然后带领兵马回到灞上驻扎下来。

刘邦召集了各县的父老豪杰，对他们说："你们吃秦朝的苦头已经够了，批评朝廷的就得灭族，一块儿谈论谈论的就得处死。这种日子叫人怎么过呢？怀王跟诸侯有约在前，谁先进关谁做王。我来了，应当管理关中。今天我跟诸位父老约法三章（就是订立三条法令），杀人的偿命；打伤人和偷盗的，看犯罪的轻重办罪；除了这三条，其余秦国的法律、禁令一概废除。官员和老百姓安心做事，不必害怕。"他们高兴得了不得，都说："这会儿可好了！"刘邦就叫各县的父老和秦国原来的官员到各县、各乡去宣布这三条法令。秦人谢天谢地地感激刘邦，大伙儿争先恐后地拿着牛肉、羊肉、酒和粮食来慰劳士兵。刘邦好言好语地劝他们把这些东西拿回去。他说："粮仓里有的是粮食，千万不要让老百姓费心。"秦人更加高兴了，他们现在什么都不怕，只怕刘邦不做关中王。刘邦也什么都不怕，只怕做不成关中王。要是项羽也进来，怎么办？

鸿门宴

刘邦进了咸阳，一心想做关中王，正担心着项羽进来，有的人就瞧出他的心事来了。有一个姓解（xiè）的谋士对刘邦说："关中比别的地方富裕十倍，地形又险要，真是个好地方。秦将章邯投降了项羽，项羽封他为雍王，管理关中。他们正从东路赶过来。他们一进来，将军的地位可就保不住了。依我说，一面立刻派兵守住函谷关，别让诸侯的军队进来，一面招收关中的壮丁，扩大自己的军队，这样才可以抵御诸侯。"这一段话正说在刘邦的心坎儿上，他就派兵去守函谷关，不准项羽的军队进关。

项羽这一气非同小可，连眼珠子都快努出来了。范增说："刘邦不让我们进关，明摆着他自己要做王。他也不想想：是谁杀了大将李由和王离？是谁收了主将章邯？是谁消灭了秦军的主力？又是谁给他将士，帮他打下丰乡，让他有个起头？刘邦没有将军，绝不能进关；将军没有刘邦，一样可以进关。我们射倒的一只鹿（鹿，指秦朝的天下），他扛了去算是他的，天下哪儿有这个理？"当阳君英布也说："咱们沿路消灭了多少秦兵，才到了这儿。他应该出来迎接咱们，怎么反倒不让咱们进去呢？原来约定同心协力为天下除害，现在他一进了关，就把咱们当作敌人！难道咱们流血就为了他吗？"

项羽就派英布和蒲将军去攻打函谷关。不消多大工夫，他们就打进了关。项羽的大军继续前进，一直到了新丰鸿门（在今陕西西安）。人马也乏了。项羽就把大军驻扎下来，让士兵们吃一顿好的，一面召集将士们商议怎样惩罚刘邦。

范增说："刘邦在山东（指崤山以东的六国，不是今天的山东省）的时候，谁都知道他是个无赖，又贪财，又好色。这会儿他进了关，不贪图财物、妇女，他的野心可不小哇。今天不消灭他，将来一定后患无穷。"

正在这个时候，来了一个使者，说是刘邦手下的左司马曹无伤派来报告机密的。那个使者传达曹无伤的话，说："沛公要在关中做王，那个秦王子婴，不但没办罪，听说沛公还要拜他为相国。皇宫里的一切珍宝他都占为私有。沛公借着将军的威力才进了关，按理应当等候将军的命令再决定大事，他反倒忘恩负义跟将军作对。我要是不说，天下也没有公论了。我虽然在沛公部下，到底是楚国的臣下，因此，特意派人前来奉告。"

项羽听了，瞪着眼睛骂道："可恨刘邦，目中无人。天下人恨透了秦国的帝王，他反倒要拜他为相国，还跟我作对。哼！明天一早，我就领兵打过去，看他逃到哪儿去。"这时候，项羽兵马四十万，号称一百万，扎在鸿门，刘邦兵马十万，号称二十万，扎在灞上，相差不过四十里地，项羽一发动，说话就到。哪儿知道项羽营里还有一个吃里扒外的家伙连夜把这个机密泄露出去了。

那个吃里扒外的家伙正是项羽的另一个叔父，名叫项伯。项伯曾经杀过人，逃到下邳，投奔张良。张良把他收下来，跟他做了朋友。这会儿张良正在刘邦营里。项伯连夜骑着快马跑到刘邦营里，私底下见了张良，说了一个大概，就要拉他一块儿走。张良说："韩王派我送沛公进关，这时候人家有了急难，我单人儿逃去，太没有情义了。要走也得去说一声。请您等一等，我就出来。"

张良进去把项伯的话都告诉了刘邦，刘邦吓得连话都说不利落了。他急急地说："这、这、这可怎么办呢？"张良问："将军真要抗拒项羽吗？"刘邦皱着眉头子，说："解先生叫我派兵守关，不让诸侯进来。"张良问他："将军自己合计合计能不能抗拒项羽？"刘邦不吭气，过了好久才说："本来就不行啊，现在可怎么办呢？"张良替他想个计策，告诉他怎么去结交项伯，请他从旁帮忙。

张良出来，见项伯还坐在那儿，就要求他去见刘邦。项伯只好跟着他进去。刘邦挺恭敬地请他坐在上位，还摆上酒席，一次次地给他敬酒。张良当然做了陪客。刘邦挺小心地说："我进关以后，什么都不敢拿，什么都不敢做主，只把秦国的官员和老百姓安抚了一下，封了府库，一心一意地等候着鲁公（就是项羽）。为了防备盗贼和别的可能发生的情况，这才派些将士去守关。我日日夜夜盼着鲁公到来，哪儿敢背叛鲁公啊？请您在鲁公面前替我分辩几句，我对鲁公始终忠诚，绝不辜负他的恩德。"张良又从旁请项伯帮忙，项伯一概答应下来。

刘邦还不大放心，他要求和项伯结为亲家，把他女儿许给项伯的儿子。项伯也答应了。张良就替他们斟酒道喜。项伯说："我回去就替亲家说去，可是明天一早您自己还得快去向鲁公赔不是。"刘邦说："当然，当然。"

项伯回到鸿门，已经三更天了，项羽可还没睡。他见项伯进来，就问："叔父上哪儿去了？"项伯说："我有个朋友叫张良，他曾经救了我的命，现在他正在刘邦营里。我怕明天打仗，张良也保不住，因此特意去叫他来投降。"项羽也知道张良，就问："他来了吗？"项伯摇晃着脑袋，说："他不敢来。他说，刘邦并没得罪将军，将军反倒去打他，未免有失人心。"他就把刘邦的话说了一遍，还说："要是刘邦不先攻破关中，我们怎么能够那么容易进来呢？人家有了功劳，还要去打他，这是不合情理的。他说他明天亲自来赔不是。我说，人家既然愿意听从指挥，不如好好儿待他。"项羽点点头，可没说话。

第二天，天刚蒙蒙亮，刘邦就带着张良、樊哙、夏侯婴、纪信等几个心腹和一百来个人，上鸿门去了。他们到了营门前，有陈平站在旁边迎接。刘邦一看项羽的军营威武森严，心里就有几分害怕，在营门口磨磨蹭蹭，不敢进去。张良说："咱们上去吧。"他们到了辕门口，有丁公、雍齿他们传令，说："不准多带从人，只准带文官或武将一名。"刘邦只好带着张良硬着头皮进去。

刘邦见了项羽，不敢像过去那样向他行平辈的礼。他趴在地下，行着大礼，说："刘邦拜见将军，静候吩咐。"项羽杀气腾腾地问他："你有三项大罪，知道不知道？"刘邦说："我只不过是个沛县亭长，听了别人的话兴兵伐秦，才得投在将军的旗帜下，听从将军的指挥，丝毫不敢冒犯将军。不知道什么地方得罪了将军。"项羽说："天下痛恨秦王，你自作主张把他放了，还要重用他，这是第一项大罪；就凭你一句话，随便改变法令，收买人心，这是第二项大罪；抗拒诸侯，不准他们进关，这是第三项大罪。有这三项大罪，怎么还说不知道？”

刘邦回答说：“请将军允许我表白心迹，再办我的罪。第一，秦王子婴前来投降，我不敢做主，只好暂时收管起来，等候将军发落；第二，秦国法令苛刻，老百姓像掉在水里一样，天天盼着有人来救他们，我急于约法三章就为了宣扬将军的恩德，好叫秦人知道，进关的先锋就能这么爱护百姓，他们的主将就更不用说了；第三，我怕盗贼未平，秦军的残余可能作乱，不能不派人守关，绝不敢抗拒将军。”项羽听了，转了转眼珠子，脸上那团暴风雨前的乌云渐渐散去，露出暖和的阳光来了。刘邦接着说：“将军在河北作战，我在河南作战，虽说军队分作两路，同心协力可是一样的。托将军洪福，我进了关，能在这儿见到将军，真够高兴的了。哪儿知道有人从中挑拨，叫将军生气，这实在是太不幸了。还请将军体谅我的苦衷，多多包涵。”项羽连想都没想，就挺直爽地说：“就是你们的左司马说的，要不然，我怎么会到这儿来呢？”说着，他就扶起刘邦，请他坐下，还留他喝酒。

他们就挨位次坐下：项羽和项伯朝东坐了主位，范增朝南坐，刘邦朝北坐，张良朝西伺候着。五个人喝着、吃着、聊着，帐外吹吹打打奏着军乐。项羽和项伯殷勤劝酒，刘邦可提心吊胆地不敢多喝。范增和张良各有各的心事，再说都是陪客，不便多说话。范增早劝过项羽及早杀了刘邦，免得以后吃他的亏，这会儿见项羽宽容敌人，急得什么似的。他拿起身上佩着的一块玉玦（佩在腰带上的一块玉，“玦”与“决”同音，范增用“玦”来暗示项羽下决心；玦：jué），拿眼睛向项羽说话，叫他下个决心，杀了刘邦。项羽明白了。可是人家到这儿来赔罪，怎么能害他呢？他瞧了瞧范增，只管喝酒。

过了一会儿，范增又拿起玉玦来向项羽做暗号。项羽向范增有意无意地点了点头，心里想：“人家自己上这儿来，就这么谋害他，还像个大丈夫吗？再说已经和好了，就该合作下去，要是容不下一个刘邦，怎么容得下天下呢？”他反倒向刘邦劝酒。

范增第三次拿起玉玦来，连连向项羽递眼色，项羽当作没瞧见。范增心里嘀咕着：“今天肥猪拱门，落在你手里，不宰了他，后悔可来不及了。”他实在忍不住，就借个因头出去了。

范增叫项羽的叔伯兄弟项庄过来，对他说：“鲁公太厚道了，他不愿意自己动手。你快进去劝酒，给他们祝寿，完了就给他们舞剑，瞧个方便，杀了刘邦。要不然，咱们将来都要做他的俘虏。”项庄就进去给他们斟酒，祝完了寿就说：“军营里的音乐没有多大的味儿，请允许我舞剑，给诸位下酒。”说着就拔出宝剑舞蹈起来。舞着，舞着，慢慢儿地舞到刘邦前面来了。项羽不说话，刘邦脸都变白了，张良直拿眼睛看项伯。项伯起来对项羽说：“一个人舞，不如两个人对舞。”项羽说：“叔父有兴头，请吧。”项伯就拔出宝剑也舞蹈起来。他可老把身子挡住刘邦。张良一瞧不是玩意儿，他也像范增那样向项羽告个便儿出去了，留下项羽和刘邦两个人喝酒。项羽还不时看看项庄和项伯舞剑，刘邦可直擦着高鼻子上的汗珠儿，浑身有气无力，像只垫桌腿的蛤蟆。

张良到了军门外，樊哙就上来问：“怎么样了？”张良说：“十分紧急。项庄舞剑，老靠近沛公。”樊哙跳起来，说：“要死，死在一块儿，我去！”

他右手提着宝剑，左手抱着盾牌，直往军门冲去。卫兵们横着长戟，不让他进去。樊哙拿盾牌一顶，就撞倒了两个卫兵。他们还没爬起来，樊哙已经进了中军，用剑挑起帘子，冲到项羽面前，拿着宝剑、挂着盾牌，气呼呼地一站，连头发都向上直竖，两只眼睛睁得连眼角都快裂开来了。项庄、项伯猛然见了这么一个壮士进来，不由得都收了剑，呆呆地瞧着。项羽按着剑，跪起来（古人席地而坐，跪起来是端正姿势，并不是下跪），问：“你是什么人？到这儿干吗？”张良已经跟了进来，就抢前一步，替他回答，说：“他是沛公的参乘（驾车的）樊哙，前来讨赏。”项羽说：“好一个壮士。”接着回过头去，说：“赏他一斗好酒，一只肘子。”底下的人就给他一斗酒，一只生的猪蹄子。樊哙站着，一口气喝完了酒，蹲下来把盾牌覆在地上，把生猪肉搁在盾面上，用剑切成几块，就这么把生肘子吃下去了。

项羽说：“壮士还能喝吗？”樊哙说：“我死都不怕，还能怕喝酒吗？”项羽觉得这个大老粗说话实在鲁莽，可是挺好玩儿的，就说：“你干吗要死呢？”樊哙说：“秦王好像豺狼虎豹一样，杀人怕杀得少了，压迫人怕压迫得不够，才逼得天下都起来反抗。怀王跟将士们约定，谁先进关，谁就做王。现在沛公先进了关，他可并没称王。他封了府库，关了宫室，把军队退到灞上，天天等着大王来。派士兵去守关也是为了防备盗贼和不测的情况。沛公这么劳苦功高，大王没封他什么爵位，没给他什么赏赐，反倒听了小人的挑拨，要杀害有功劳的人，这跟秦王有什么两样呢？我不懂大王是什么心意。”项羽不回答他，光说：“请坐。”樊哙就一屁股坐在张良旁边。项伯也归了座，项庄站在旁边伺候着项羽。项羽还是叫大伙儿喝酒。他喝多了，闭着眼睛想着樊哙的话，横靠着几桌好像打盹儿似的。

过了一会儿，刘邦起来要上厕所去，张良向项伯低声地告个便儿，带着樊哙跟了出来。刘邦要溜回去，嘱咐张良留下来代他向项羽告辞，张良问他：“您带了什么礼物没有？”刘邦说：“我带来一对白璧，想献给鲁公，一对玉斗（相当于现在的玉杯），想献给亚父（就是范增），因为他们生气了，我不敢拿出来，请先生代我献给他们。”

刘邦只带着樊哙、夏侯婴、纪信他们几个人从小道回到灞上去了。他一回到营里，就把曹无伤斩了。项羽见刘邦好久没回来，就派陈平去请他。张良跟着陈平进去，向项羽赔不是，说：“沛公醉了，怕失礼，叫我奉上白璧一双，献给将军，玉斗一双，献给亚父。”项羽问：“沛公呢？”张良说：“他怕将军的部下对他为难，先走了，这会儿大概已经到了灞上了。”项羽也不介意，就说：“你们都好好儿地回去吧。”他们都出去了。项羽把玉璧搁在案上，一声不言语地瞅着。范增把玉斗扔在地下，拔出剑来，把它砸破了。他自言自语地说：“唉！真是个小孩子，没法替他出主意。”他又对项羽说：“夺将军天下的一定是刘邦。我们瞧着做俘虏吧！”项羽知道范增的好心眼儿，他可有他自己的主意。

火烧阿房宫

项羽放过了刘邦，可不能放过秦王子婴。他率领着诸侯进了咸阳。刘邦挺小心地跟了去。

首先项羽得决定怎么发落秦王子婴。说起子婴，他仅仅做了四十六天秦王，他个人并没有多大的罪恶。可是在六国诸侯和五十多万士兵的眼里，他不再是子婴自己一个人，他代表着秦国历代的暴君。他们单纯地认为天下人的仇恨都得向他报，无数的血债都得要他还。项羽一开口："怎么处理秦王？"大伙儿一齐嚷着说："有仇报仇！有冤报冤！"就有好多将士拿起刀来准备向子婴砍去。项羽拿手一比画，大伙儿七手八脚地早把子婴剁了。当时既有人高呼，表示痛快，也有人流着眼泪，敲着胸膛，嚷着说："坑害六国子孙的不光是秦王，还有秦国的贵族、文武百官。他们哪一个没杀害过我们的父母、兄弟？哪一个不把我们扔在水里、火里？"那些农民出身的子弟兵，一想起自己过去受的罪，不由得痛哭起来。项羽下令："秦国的公子、亲族和不法的文武官员都交给你们吧。"范增连忙补上一句说："可别杀害老百姓！"

一霎时，楚人就杀了秦国的公子、亲族八百多人，文武官员四千多人，杀得咸阳街上全是尸体和污血。咸阳的老百姓听说只杀贵族和大官儿，不伤害平民，都跑出来看，还有一些人把楚人看作替他们报仇雪恨的大恩人。

项羽怕军队太乱了，就下令封刀，吩咐各路诸侯在城外扎营，自己带着八千子弟兵进了秦宫。

秦宫府库虽说封着，可是值钱的东西早已给刘邦的将士们拿去了。项羽和子弟兵见了阿房宫，不但不去欣赏，反倒引起了仇恨。他们见到的不是金碧辉煌的宫殿，而是人民的血汗；挂在窗户上的不是五光十色的帷子，而是吊在树枝上的尸首；稀奇古怪的摆设晃在他们面前，变成了各种残酷的刑具。五步一楼，十步一阁，是几十万壮丁的白骨架成的；宫里挖成的河道，供秦王游玩的水池子，流着无数母亲的眼泪。阿房宫，由各郡县拉来的民夫建成的阿房宫，在鞭子底下几十万农民建成的阿房宫，在项羽的子弟兵看来，是血泪宫，是万人坑！他们见不到美，只见到丑，见不到可爱，只见到可恨。愤怒的烈火在他们的胸膛里烧着。他们的眼睛发射出报仇的火苗。这种谁也压不住的疯狂的情绪，项羽早就看出来了。烧就烧吧！大伙儿惊天动地地嚷着说："烧吧！""烧吧！""趁早烧了吧！"

压根儿用不着下命令，八千子弟兵分头烧去。可是阿房宫这么大，房子这么多，不是十天八天烧得完的。今天烧这一处，明天烧那一处，天天烧，夜夜烧，烧得火焰冲天，咸阳城全都罩在火光和浓烟底下了。好在阿房宫的四周是不能有民房的，烧了两三个月，也烧不到外面来。埋藏着秦朝罪恶和天下冤屈的阿房宫，显示着穷凶极恶、暴虐无道的秦朝统治的阿房宫就这么给楚人的怒火烧成了一堆堆的瓦砾（lì）。

火烧阿房宫完全是破坏的行动，仅仅发泄了历年来积压着的仇恨，可是谁也得不到实际的好处。各路诸侯和将士跟着项羽进了关，灭了秦国，总得犒劳一番，让他们得到一些实惠，才说得过去。可是拿什么东西去赏他们呢？项羽就问刘邦他们："你们先到咸阳，封了秦国的府库，怎么府库全是空的呢？金银财宝哪儿去啦？"刘邦擦着鼻子，说不出话来。

张良、萧何回答说："秦国从孝公、昭襄王直到始皇，累积财富，天下无比。听说后来在骊山修大坟的时候，财宝货物就花去了不少，黄金、珠玉和其他名贵的珍宝都葬在大坟里了；二世、赵高荒淫无度，又大量地耗费了府库钱粮。因此，秦国早就外强中干、府库空虚了。"项羽听了，就想派人去刨大坟。恰巧又来了一班少年，要求项羽替他们的父兄报仇。他们央告着说："我们的父兄都是老老实实的工匠，当年替昏王做大坟，完了昏王就把我们的父兄活活地埋在大坟里了。"项羽就派英布带领着十万人马去掘始皇的大坟，还下了一道命令，说："掘到的财宝一律归公分配，个人不得私藏，违背命令的都有死罪。"

十万楚兵把秦始皇的大坟当作敌人，又当作百宝箱，喊声动天地动起手来，人人奋勇，个个争先，镐头、铁锤、锄头、铁锹、畚箕、木杠全都用上了。一连三天，才把大坟刨开，可还找不到墓道在哪儿，秦始皇的正穴更别说了。英布只好亲自出马，来回指挥。当年修大坟的时候，英布也是被押到骊山去做苦工的一名囚犯。后来他做了工头，所以他还记得墓道的大概情形。果然，又花了几天工夫，一部分的石城、石门、墓道找到了。这一来，士兵们的劲头更大了。没有几天工夫，他们刨出了黄金（古时候黄铜称为黄金）几十万斤，珍珠、玉器、象牙等各种宝物数也数不清楚。他们可还没找到正穴。英布就把这些东西都搬到大营里来。项羽拿出一部分赏给诸侯和将士。

诸侯和将士们得到了一些财宝当然高兴了，可是他们跟着项羽打进关里来并不是来刨大坟的。他们希望项羽赏给他们的是爵位和土地。项羽就跟范增他们商量。范增说："这许多诸侯和将士老待在这儿也不是办法。他们离开本地日子不少了，各郡县需要他们回去管理。再说五十多万大军驻扎在这儿，粮草也有困难，迟早总得打发他们回去。"项羽就准备重新划分天下，按功劳的大小分封诸侯。他原来是旧六国的贵族，趁着农民起义，参加了抗秦的斗争，灭了秦国。他这个功劳实在太大了。可是他不能替广大的起义的农民着想，反倒大封诸侯，把统一的中国倒退到割据分裂的战国时代里去了。不过要这么做，先得请示楚怀王，因为至少在名义上，楚怀王还是他们的头儿呢。

分封诸侯

公元前 206 年一月，项羽打发使者去向楚怀王孙心请示：先立个王，才能发号施令分封别的将士。这也就是面子上尊重楚怀王罢了，实际上一个十五岁的小孩子懂得什么呢，只要他说一声“一切由诸侯上将军主持”就是了，难道还有第二个人比得上他吗？不知道是谁出的主意，十五岁的楚怀王还真回答得挺干脆，他说：“照前约。”那就是说：“谁先进关，谁做王。”

项羽听到了这样一个回答，可火儿了。他说：“怀王自己还是我项家立的，他又没有征伐的功劳，怎么能自作主张？还不是他派我去救赵？还不是他派刘邦进关？‘谁先进关谁做王’，这像话吗？还说得上什么‘约’吗？”范增、英布他们也都不服气。于是项羽用了一个计，他要绕个弯儿来抓实权。他尊怀王为“义帝”，请他搬到长沙去。名义上，“帝”比“王”高一等，实际上是请他做个“太上皇”，什么都用不着他操心，底下有个“王”替他做事。他把楚怀王尊为义帝以后，就跟范增商议分封诸侯的大事。分封诸侯太不容易了。项羽和范增煞费苦心，把秦始皇已经统一了的天下重新分得七零八碎，封了十八个诸侯，都称为王。

项羽把原来秦国的地界分为四大区，就是：汉、雍、塞和翟。立沛公刘邦为汉王，统管巴、蜀、汉中地区；立章邯为雍王，统管咸阳以西的地区；立司马欣为塞王，统管咸阳以东到大河（黄河）的地区；立董翳为翟王，统管上郡。

把原来的楚国分为四大区，就是：西楚、衡山、临江和九江。立吴芮（吴芮就是英布的丈人鄱阳君，他率领百越，帮助诸侯，又和项羽一同进关）为衡山王，统管百越；立共敖（进攻南郡有功）为临江王，英布为九江王。西楚不封，项羽自己留着。

把原来的赵国分为常山和代两大区。立张耳（原来是赵相国，和项羽一同进关）为常山王，赵王歇为代王。

把原来的齐国分为三大区，就是：临淄、济北和胶东。立田都（原来是齐国的将军，帮助楚军救赵，和项羽一同进关）为齐王，田安（齐王建的孙子，项羽渡河救赵的时候平定济北好几座城，带领兵马投降项羽）为济北王，田市为胶东王。

把原来的燕国分为燕和辽东两大区。立臧荼（原来是燕国的将军，帮助楚军救赵，和项羽一同进关）为燕王，燕王韩广为辽东王。

把原来的魏国分为西魏和殷两大区。立魏王豹为西魏王，司马卬（原来是赵国的将军，平定河内有功）为殷王。

把原来的韩国分为韩和河南两大区。韩王成封号不改，立申阳（原来是张耳的臣下，先打下河南，迎接楚军）为河南王。

以上一共十八个王，就是：

> 汉王刘邦，雍王章邯，塞王司马欣，翟王董翳，衡山王吴芮，临江王共敖，九江王英布，常山王张耳，代王赵歇，齐王田都，济北王田安，胶东王田市，燕王臧荼，辽东王韩广，西魏王魏豹，殷王司马卬，韩王韩成，河南王申阳。

项羽自己立为西楚霸王（江陵是南楚，吴是东楚，彭城是西楚；项羽打算拿彭城做都城，所以称为西楚霸王），统治梁地和楚地九个郡。

春秋时代不是有“霸主”吗？霸主是诸侯的首领，在他上头可还有个挂名的天王。项羽称为霸王，就是十八个王的首领的意思，在他上头也有一个挂名的“天王”，就是义帝。这许多原来的贵族和新起来的将军对于推翻秦朝的血腥统治都是有功劳的。不封他们吧，谁也不会甘心；封了他们吧，把秦始皇已经统一了的国家又变成了春秋战国时代诸侯割据的局面了。这时候，霸王权力最大，军队都在他手里，可是他不敢做兼并六国、一统中原的秦始皇，他只要像齐桓公或者楚庄王那样做个霸主。他认为把天下分为十九国，各国诸侯治理自己的国家，有重大的事情可以请示霸王，那要比秦朝独断专行的统治强得多。

霸王见咸阳的宫室都烧毁了，士兵们又都想念着东边的老家，自己也知道秦人对他没有好感，留在这儿没有好处，就决定拿彭城作为西楚的都城。谋士韩生对霸王说："关中高山险要，河流围绕，东有函谷关，南有武关，西有散关，北有黄河，土地又肥沃，作为都城是再适合也没有了。"霸王说："富贵不归故乡，好像穿着绣花的绸缎走夜路，谁知道你呢？"韩生出来，大发牢骚。他认为这么好的意见还不接受，真太不像话了。他对别的人说："以前我只听到有人说，'楚人不过是戴帽子的猴儿罢了'，这会儿我才知道真是这个样儿的。"霸王听到了这种污辱楚人的话，气得什么似的，就把韩生扔在油锅里炸了。到最后，还是拿彭城作为都城。

项羽灭了秦国，封了十八个王以后，他们都带着自己的军队回到自己的国里去了。不是天下太平了吗？哪儿知道还有一些人不服气，战争的种子就这么撒下了。

第一个不服气的是汉王刘邦，第二个是齐将田荣，第三个是成安君陈馀，别的人也有对霸王不满意的。汉王先进了关，做不成关中王，已经不乐意了，还把他送到巴蜀去，他当然不肯罢休。田荣在项梁的时候早就不听命令，这回又不肯跟着楚军一同进关，霸王分封诸侯就没有他的份儿。他气得双脚乱跳，很快地就轰走了齐王田都，杀了胶东王田市。这时候昌邑人彭越在巨野（在今山东巨野一带）也有一万人马，他可还没有主人。田荣就拜他为将军，叫他去攻打济北王田安。彭越打了胜仗，杀了田安。田荣自己做了齐王。成安君陈馀跟张耳闹翻了以后，躲在南皮（在今河北沧州一带）钓鱼、打猎，不肯跟着诸侯一同进关，本来就什么都没有他的份儿。霸王因为他有点名望，再说上回曾经写过一封信劝章邯投降，也算得是一功，才把南皮邻近的三个县封给他。陈馀可挂了火儿。他说："我的功劳跟张耳一样，张耳做了常山王，我就只三个县，这太欺负人了。"他一听到田荣背叛西楚，就向他借了兵马去攻打常山王张耳。他打败了张耳，占领了赵地，从代郡迎接了代王歇，仍旧请他为赵王。代王歇做了赵王，就立陈馀为代王。

霸王分封的十八个王，给田荣这么一来，就死了两个（田市和田安），逃了两个（田都和张耳），三齐（就是临淄、济北和胶东）和赵、代都背叛了。霸王饶不了田荣，可是他最不放心的还不是田荣，而是汉王刘邦，所以在分封诸侯的时候本来只把巴、蜀封给他，让他住在西南角落里。后来刘邦送了不少礼物给项伯，请他在项羽面前说情，项羽才又把汉中封给他。可是项羽已经防到他要回到东边来，所以又叫雍王章邯、塞王司马欣、翟王董翳守住关中，挡住刘邦那一头，不让他出来。

汉王的将士大多是丰乡、沛县一带的山东人，谁都不愿意到巴、蜀、汉中去。汉王比谁都生气，他说："巴、蜀是秦国放逐囚犯的地方，到了那种地方，还能回到本乡去吗？"他就打算向霸王进攻。萧何拦住他，说："大丈夫能屈能伸，难道受不了一时的气愤吗？唯愿大王接受封地，爱护百姓，招收豪杰，把巴、蜀、汉中治理好了，就能收复三秦（雍、塞、翟三大区叫三秦），然后再出来也不晚。"张良也劝他不可跟霸王闹翻，汉王就反过来劝将士们好好儿动身往都城南郑去。

汉王动身的时候，韩司徒张良就要跟他分手了。他是韩王成的臣下，因为刘邦向韩王成要求，韩王成才派张良送刘邦进关，说明进关以后，就叫张良回去。韩王成没跟着项羽进关，因此，他并没有什么功劳。赶到项羽到了鸿门，号令诸侯，韩王成才赶来见他。项羽看他小心顺服，只好仍旧让他做着韩王，可是嘱咐他必须召回张良。韩王成自然答应了。这会儿张良去跟汉王辞行，汉王拉着他的手不放，连眼眶都湿了。张良也有点恋恋不舍，就说："我送大王到汉中吧。"他就请韩王成允许他送汉王到边界上，韩王成不好拒绝，只嘱咐他一到汉中地界马上回来。

张良送汉王到了褒中（在今陕西南郑一带），分别的时候对他说："从这儿往前去都是栈道（山崖边没路的地方用木头和木板架成的道儿），请大王走一段烧毁一段。"汉王说："那不是断绝了我的归路吗？"张良说："要是不烧毁栈道，恐怕大王还没回来，人家早就过去了。烧毁栈道不但使别的诸侯不能过去侵犯大王，还可以叫霸王放心。"汉王这才明白过来。他送给张良一百斤黄金、两斗珍珠。两个人就这么分别了。张良把黄金和珍珠全数转送给项伯，就想跟着韩王成回到韩国去。不料霸王责备韩王成不守信义，说他不该让张良跟着汉王到关中去，就不放韩王成回去。

张良对霸王说："汉王烧毁栈道，不愿意再回来了。田荣背叛大王，倒不能不去征伐。"霸王就放松了汉王这一头，回到彭城，准备发兵去征伐田荣。

汉王到了南郑，拜萧何为丞相，曹参、樊哙、周勃、灌婴等为将军，养精蓄锐，准备再跟霸王比个上下高低。可是士兵们不愿意在这种山地里过活，他们说："我们生是山东人，死是山东鬼。树高千丈，叶落归根，腿长在我的身上，要走，谁也拦不住。"为这个，差不多天天有人逃走，急得汉王连饭都吃不下去。他正在憋得慌的时候，有人来报告，说："萧丞相逃走了！"这可把汉王急坏了。他想："我待他不错，怎么连他也逃了呢？"

古籍链接

二月，羽自立为西楚霸王，王梁、楚地九郡，都彭城。背约，更立沛公为汉王，王巴、蜀、汉中四十一县，都南郑。三分关中，立秦三将，章邯为雍王，都废丘；司马欣为塞王，都栎阳；董翳为翟王，都高奴。楚将瑕丘申阳为河南王，都洛阳。赵将司马卬为殷王，都朝歌。当阳君英布为九江王，都六。怀王柱国共敖为临江王，都江陵。番君吴芮为衡山王，都邾。故齐王建孙田安为济北王。徙魏王豹为西魏王，都平阳。徙燕王韩广为辽东王。燕将臧荼为燕王，都蓟。徙齐王田市为胶东王。齐将田都为齐王，都临菑。徙赵王歇为代王。赵相张耳为常山王。汉王怨羽之背约，欲攻之，丞相萧何谏，乃止。

——《史记·卷一上》

追韩信

汉王一听到萧何也逃走了，又是着急，又是生气，立刻派人去追。到了第三天早晨，萧何回来了。汉王又是高兴，又是恨，气呼呼地问他：“你怎么也逃了？”萧何说：“我怎么敢逃？我是去追逃走的人的。”汉王就问：“你追谁呀？”大伙儿也都纳闷儿，到底丞相追的是谁呢？

萧何追的是淮阴人韩信。韩信小时候也读过书，拜过老师，文的武的都有一套。后来父母双亡，一向很穷苦，他只知道用功读书，练习武艺，可没有挣钱的本领。别说不能做个小官，连做个小贩过日子也不行。他只好到别人家里去吃白饭，人家都讨厌他。他跟下乡县（属淮阴）南昌地界的一个亭长有点交情，就住在亭长家里。住了几个月，亭长家的就指着桑树骂槐树，嘟哝起来了。“冷粥冷饭还可吃，冷言冷语实难当”，韩信就一去不回头，到城下淮水上去钓鱼。钓到了鱼，卖几个钱；钓不到鱼，就饿肚子。那边有个老太太，老带着饭筐子整天地给人家洗纱（古时候所谓纱就是丝）。她瞧见韩信饿得有气无力，怪可怜的，就把自己带来的饭分点给他，一连好几天都是这样。韩信非常感激。他对老太太说：“您老人家这么照顾我，我将来一定好好地报答您。”想不到那老太太反倒生了气。她说：“男子汉大丈夫连饭都吃不上，太没出息了。我瞧公子怪可怜的才多少给你吃点，谁要你报答！”韩信只好说了声“是”，臊眉耷眼地走开了。

韩信挺穷，衣服也不整齐，他可也像武士、侠客那样身上老挎着一把宝剑。淮阴城里的一班少年看了很不顺眼，老取笑他，他也不跟他们计较。他们见他老实，就想欺负他，对他说："韩信，你文不像文，武不像武，富不像富，穷不像穷，像个什么呀？我看你还是把那宝剑摘下来吧。"其中有一个屠夫的儿子，特别刻薄。他说："你老带着剑，好像有两下子，我可知道你是个胆小鬼。你敢跟我拼一拼吗？你敢，就拿起剑来刺我；不敢，就从我的卡巴裆儿（裤裆）底下钻过去！"说着，他撑开两条腿，在大街上来个骑马蹲。韩信把他上下端详了一会儿，就趴下去，从他的裤裆底下爬过去了。大伙儿全乐开了，韩信也很尴尬地咧着嘴乐了一下。打这儿起，人家给了他一个外号，叫"钻裤裆的"（文言叫"胯夫"）。

赶到项梁渡过淮河，路过淮阴的时候，韩信带着宝剑去投军，就在楚营里当个小兵。项梁失败以后，韩信跟着项羽，可是一个无名小卒，谁也没注意他。项羽见他比一般小兵强，就叫他做个执戟郎中（郎中是头衔；执戟是拿着长戟的意思）。韩信做了执戟郎中，好几回向项羽献计，项羽都没采用。一个小兵怎么能参与大将的计划呢？鸿门宴上，韩信拿着长戟站岗的时候，看到沛公刘邦低声下气地对着鲁公项羽，真有点像他自己钻裤裆的滋味，他对沛公就有了几分同情，而且看到沛公将来准成大事。后来沛公做了汉王，像充军似的被霸王逼到汉中去，韩信认为投奔一个失势的主人准能得到重用。他就下了决心去投奔汉王。

他带着宝剑和干粮，拣小道往西走去。头两天，白天躲着，晚上赶道。以后就黑间白日地走着。他知道栈道已经烧毁了，别的道他又不知道走。反正方向不错，爬山越岭也干。他在树林子里碰到一个砍柴的老大爷，就问他往南郑去的路。那老大爷说："哎呀，南郑已经不通了，没有道儿了。"韩信央告他，说："老大爷，您再想想看，有没有另外的道，远点也行。"那老大爷挠着头皮，说："以前有是有一条，是走陈仓（在今陕西陈仓）的，那可不是路，不好走，还有大虫，已经多年没有人走了。那还是二十多年以前，不，三十多年了，我做买卖的时候走过几次。那时候栈道还没修呢。"韩信请他详细说一说。他就说了一大骡车：渡过陈仓，翻过什么什么山，越过什么什么岭，还有什么大松林、小松林、乱石岗、彩石岗、上山坡、下山坡，什么地方有条河，什么地方有村子，再走几里地，就是南郑。韩信一一记住，还向他背了一遍，拜谢了老大爷，向陈仓那条路走了。

“天下无难事，只怕有心人”，韩信找到了南郑，进了汉营。可是天大的希望只捞到了一个芝麻绿豆官，人家仅仅给了他一个挺平常的职司。有一天，他跟十几个伙伴喝了点酒，发起牢骚来了。大伙儿牢骚越发越多，不该说的也说了。有人去报告汉王，汉王怀疑他们叛变，就把韩信他们十四个人全都拿下，定了死罪，叫滕公夏侯婴去监斩。

夏侯婴吩咐刽子手一一开刀。韩信仰着头瞅着夏侯婴，大声嚷着说：“汉王不要打天下了吗？为什么斩壮士？”夏侯婴倒吃了一惊，问了他几句话，就把他留下，详细盘问他，他跟韩信谈了一回话，觉得他挺不错的，回头跟汉王一说，把他免了罪，还给他升了一级，叫他做个治粟都尉（管粮食货物的官），可也没有什么了不起。后来韩信见到了萧何，跟他谈了谈，萧何认为韩信的能耐可不小。萧何又专门跟他谈了几次，从天下形势谈到刘、项两家将来的命运，以及怎么样能够打到山东去等等。萧何这才知道他是数一数二的人才，就在汉王跟前尽力推荐他，还把他的出身说了一遍。汉王听了，也不觉得怎样，并没因此重用韩信。

这几天来，汉王老是愁眉苦脸，闷闷不乐。他对萧何说：“难道咱们一辈子待在这儿吗？什么时候才能够打回去呢？”萧何说：“只要有了大将，率领三军，就能够打回去。”汉王说：“哪儿来这样的大将？”萧何说：“有哇！只要大王肯重用，大将已经找到了。”汉王急切地问：“谁呀？在哪儿？”萧何说：“淮阴人韩信，就在这儿。”汉王皱着眉头子，说：“唉，钻裤裆的还能做将军吗？”萧何又说了一大篇话，汉王连听都不爱听。

第二天，萧何又去见汉王，对他说：“大将有了！请大王决定吧。”汉王眉开眼笑地说：“那太好了。谁呀？”萧何挺坚决地说：“淮阴人韩信！”汉王马上收了笑容，说：“要是拜他为大将，不但三军不服，诸侯取笑，就是项羽听到了，也准说我是个盲人。请丞相别再提了。”

萧何一连几天碰了钉子，只好不说了。可是萧何不去，汉王又来找他，对他说：“我们的家都在山东，士兵们不太安心，天天有人逃走，怎么办？”萧何说：“总得先拜大将啊。”汉王说：“又是韩信，是不是？老实对你说，不行！拜大将不是闹着玩儿的。你想想，从沛、丰跟着我出来的将士们能服气吗？周勃、灌婴、樊哙他们能不说我赏罚不明吗？”萧何说：“从古以来英明的君王选拔人才，主要是看他的才能，而不计较他的出身。

我知道韩信的才能，可以拜他为大将，我才三番五次地劝大王重用他。沛、丰的将士都有大功，可是他们不能跟韩信比。”汉王不好意思叫萧何下不了台阶，就说：“叫韩信安心点，再过几个月我一定提拔他。”萧何只好出来，把汉王将来一定重用他的话告诉了韩信。

韩信左思右想，越来越苦闷了。留在这儿吧，人家不重用他；走吧，到哪儿去呢？他想出了一个办法。他对手下人说：“替我准备好我的马，明天五更我要出远门去。把我的行李也捆上，多包点干粮。”

第二天，东方才发白，韩信就出了东门，走了，手下的人到了丞相府，报告说：“听说韩都尉出了东门，不知道到哪儿去了。”萧何跺着脚说：“哎呀！真给他走了！那还了得？”他来不及去报告汉王，就立刻带了几个从人，骑上快马，赶到东门，问守门官：“你有没有看见一位将军，从这儿过去？”“有，有，是韩都尉。这会儿大概已经走了五六十里了吧。”萧何马上加鞭，急急地追上去。到了中午，他进了一个村子，又问老乡们。他们说：“早已过去了有三四十里吧。”萧何两条腿往马肚子上使劲地一夹，又追上去了。

他这么一路问、一路追，直到天黑了，月亮出来了，还没追着韩信。人也累了，马也乏了，明天再追吧。可是到了明天，不是更追不上了吗？他一瞧，月儿这么明，道儿上好像洒满了水银似的；凉风吹来，汗也收了，精神反倒大发了。他就在月亮底下又赶了一阵。转过山腰，下了坡，前面是一条雪亮的河。远远地瞧见有个人牵着马在河边上来回溜达，那不是韩信是谁呀？萧何使劲地加上两鞭，大声地嚷着：“韩将军！韩将军！”他跑到河边，下了马，气呼呼地说：“韩将军，你也太绝情绝义了！”韩信呆呆地望着他，不说话。萧何说：“咱们一见如故，够得上朋友。你怎么不说一声，就这么走了？急得我好苦哇！回去！要走一块儿走。”

韩信向他行个礼，掉下了眼泪，可还是不说话，萧何又对他说了一大篇的话。韩信一会儿点点头，一会儿摇摇头，完了叹了一口气，说：“我这一辈子不能忘了丞相的情义，可是汉王……”他又停住不说了。这时候，滕公夏侯婴也赶到了。两个人死乞白赖地非把韩信拉回去不可。他们说：“要是大王再不听我们的劝告，那我们三个人一块儿走，好不好？”韩信挺感激地说：“丞相这么瞧得起我，叫我说什么呢？回去就回去吧，我就是死在你们手里也是甘心的。”

到了第三天，他们才回到了南郑。萧何把韩信留在丞相府，急急忙忙地去见汉王。汉王先骂了他一顿，完了问他：“你追谁呀？”萧何说：“淮阴人韩信！”汉王说：“逃走的将军也有十几个了，没听说你追过谁，怎么会去追韩信呢？”萧何说：“将军有的是，容易找。像韩信那样国家独一无二的人才，哪儿找去？大王要是准备一辈子在汉中做王，那就用不着韩信；要是准备打天下，非用他不可。大王到底准备怎么样？”

汉王说：“我当然要回东边去，老在这儿憋着干什么？”萧何说：“大王一定要往东边去，那就赶快重用韩信；不用他，他还是要走的。”汉王一直信任萧何，萧何这么坚决地推荐韩信，到了这时候，他不得不考虑一下。他说：“我就依着丞相，请他做将军吧。”萧何说：“请他做将军，还是留不住他。”汉王说：“拜他为大将怎么样？”萧何说：“这是大王的英明，国家的造化。”汉王就要召韩信进来，拜他为大将。萧何皱着眉头子，说：“大王素来不讲礼貌，怠慢大臣。拜大将是多么重大的事，不能像叫唤小孩儿那样。大王决定拜他为大将，就该郑重其事地择个好日子，斋戒沐浴，在广场上修个台，举行拜大将的仪式，才像个样儿。”汉王说：“好，都依着你去办吧。”

暗度陈仓

汉营里几个主要的将军一听到汉王择日子要拜大将，一个个高兴得眉开眼笑，谁都认为自己能力强、功劳大，不拜自己为大将拜谁呢？赶到汉王上了拜将台，拜的是韩信，全军都愣了。

汉王按照仪式拜韩信为大将以后，就问他："丞相屡次推荐将军，将军准有妙计，请将军指教。"韩信谦让一下，说："不敢。"接着他问："大王往东进兵，是不是要跟霸王争天下？"汉王说："是呀。"韩信又说："大王自己估计估计跟霸王比，有没有像他那么勇、那么狠、那么强、那么好心眼儿？"汉王不言语。过了一会儿，说："比不上他。"

韩信向汉王拜了拜，祝贺说："我也觉得大王比不上他。可是我曾经在他手下做过事，知道他的能耐，也知道他的毛病。霸王吆喝一声，上千的人都会给他吓倒，多么勇，多么狠哪，可是他不能接受别人的意见，不能重用有本领的将军。他的勇不过是匹夫之勇罢了。霸王待人，又恭敬又有爱心，说话挺温和，瞧见别人有病，他会掉眼泪，把自己吃的、喝的分给他，心眼儿多么好；可是人家立了大功，应当封爵位的，他不封，就算封了，他还拿着封爵位的印，左摩右摩，把印的四个角都摩光了，还舍不得交给人家。他的好心眼儿不过是婆婆妈妈的好心眼儿罢了。霸王的力量挺强，可是他犯了四个大错误，很容易会变成弱的。"

汉王连忙问："哪四个大错误？"韩信接着说："霸王分封诸侯，自己做了头儿，就该守在关中，他可偏拿彭城做都城，这是一个错误。违背了义帝先进关为王的前约，不按功劳的大小分封诸侯，把好地方封给他所欢喜的人，这么不公平的做法，大家心中不服，这又是一个错误。把义帝轰到长沙去，别的诸侯见他这么办，也学他的样儿，把他们的主人轰走，自己抢夺地盘，这又是一个错误。霸王到过的地方，没有不遭到屠杀和破坏的，这又是一个错误。天下怨恨他的人多，老百姓都不亲近他，只是在他的暴力底下，怕他罢了。他虽然做了诸侯的首领，实在已经失了人心。所以我说，他的强很容易会变成弱的。只要大王不犯他所犯的错误，信任天下有本领的人，怎么能不打胜仗？拿天下的城邑封给功臣，谁能不心服？士兵们都想回到东边去，大王率领他们，名正言顺地去征伐背约的人，敌人怎么能不逃散？再说霸王在新安坑杀了秦国投降的士兵二十多万，只有章邯、司马欣、董翳三个人没死。秦人的父兄恨这三个人恨到骨髓里去了。他还封他们为王，秦人能向着他们吗？大王您呢，进了武关，一点也不伤害老百姓；到了咸阳，废除了秦国残酷的法令，跟秦人约法三章，秦人哪一个不盼着大王留在关中？现在大王发兵往东边打过去，三秦只要发个通告出去就可以拿下来的。"

汉王听了，高兴得跟什么似的。虽然还有点儿不大相信，可是从心眼儿里佩服韩信，一切听从他的调度，只恨没早拜他为大将。

韩信就调配将士，编排队伍，操练兵马，宣布纪律，没花多少日子，就训练成了一支挺整齐的军队。他跟汉王、萧何先商议定当以后，把东征的计划挺秘密地告诉了夏侯婴、曹参、周勃、樊哙、卢绾这几个人，嘱咐他们保守机密，分头干去。汉王和韩信率领着大军静悄悄地离开了南郑，叫丞相萧何留在那儿收税征粮，接济军饷。韩信吩咐樊哙、周勃他们带领一万人马去修栈道，限三个月内完工。

樊哙、周勃他们督促一万士兵修栈道。栈道不修好，大军就过不去。可是烧毁的栈道接连有三百多里，高低不平，地势挺险。有的地方弯弯曲曲，要盘旋几层；有的地方上悬峭壁、下临深渊，没法站脚，无从动手；有的地方必须架桥；有的地方还得开山。一万人马修了十几天，已经摔死了几十人，摔伤的更多，只不过修了短短的一段。限期又紧，口粮又少，士兵们个个抱怨。樊哙管不住小兵，自己也火儿了。他说："这么大的工程，就是十万壮丁，修他一年，也没法完工。”士兵们听到监工的也这么说了，大伙儿千埋怨、万埋怨，干活儿就更没有劲儿了。

过了几天，上头又派来了三五个工头，还押来了一千名民夫。他们传达汉王的命令，说樊哙、周勃口出怨言，给予撤职处分，把他们调回去。新的工头确实比樊哙他们强，天天督促士兵按部就班地一路修过去。汉王拜韩信为大将，派樊哙修栈道都是兴兵东征的大事，修栈道更是轰动汉中的大工程。运木料、送粮草、拉民夫、惩办逃亡的士兵，吵吵嚷嚷，闹得鸡飞狗上屋。栈道还没修多少，汉王兴兵东征的惊报早已到了关中。

雍王章邯一面派暗探去打听修栈道的情况，一面调兵遣将预先做了准备，去挡住东边的栈道口。他听了探子们的报告，才知道汉军的大将原来是钻裤裆的淮阴人韩信，汉王的将士们都不服气，修栈道的士兵和民夫天天有逃走的，别说三个月，就是一年两年也修不到这边来。栈道不修通，就算汉军长了翅膀也不容易飞到关中来，可汉王早就嚷着“东征”“东征”，真是雷声大、雨点小，把行军大事当作闹着玩儿。话虽如此，章邯是个有经验的将军，没有事也当有事看。他又派了一些兵马到西边地区，仔细巡查，守住关口、要道，以防万一。他还天天派人打听汉军的动静。

有一天，突然来了一个急报，说：“汉王大军已经过了栈道，夺去了陈仓，向这边打过来了。”章邯还有点半信半疑，栈道并没修好，汉军就是长着翅膀也飞不过来呀。他哪儿知道当初韩信投奔汉王，压根儿就没走栈道，他是打陈仓走小道到南郑的。这会儿韩信用了一个计策，叫作“明修栈道，暗度陈仓”。章邯只知道派兵守住栈道那一溜，人家可不走那条道，偷偷地度过陈仓，大军已经到了跟前。

章邯亲自带领军队赶到陈仓那边去抵御汉军，可是他哪儿挡得住归心如箭的汉军？章邯打了败仗，死伤了不少人马，急急忙忙地逃回废丘（雍王章邯的都城，在今陕西兴平）。他一面守住废丘，一面向塞王司马欣、翟王董翳讨救兵。这俩宝贝儿恐怕汉军进来，自顾不暇，压根儿没敢发兵去救别人。韩信可早就侦察了废丘的地形，定下了攻城的计划。他不等打下废丘，就先派樊哙、周勃、灌婴他们去进攻咸阳。赶到这边韩信引水灌城，占领了废丘，章邯自杀，那边樊哙他们也已经进了咸阳。

三秦的首领章邯一死，雍地、咸阳给汉军占领，塞王司马欣和翟王董翳更加孤立。韩信早就说过，“秦人恨这三个人恨到了骨髓里”。三秦各县一见汉军到来，大多没打就投降了。翟王董翳、塞王司马欣打了几个败仗，也只好先后投降。不到三个月工夫，三秦变成了汉王刘邦的地盘。这可把霸王气得头顶冒烟。齐王田荣、赵王歇、代王陈馀的叛变已经够叫他生气，汉王刘邦又夺去了三秦，如果就此拉倒，以后这些人会更加无法无天。还有彭越这家伙仗着田荣的势力，也不断地扰乱梁地。项羽认为赵王歇、陈馀、彭越跟他作对全是由于田荣给他们撑腰，只要先把田荣除了，北边就可以平定。可是汉王刘邦那边也不能不去征伐，这么一来，他又要去攻打刘邦，又得去攻打田荣，他自己总不能同时进攻两头。正在左右为难的时候，他收到了张良给他的一封信，劝他去征伐田荣。

张良不是在韩国吗？怎么会替汉王说话呢？原来霸王不让韩王成跟着张良回去，把他带到了彭城。霸王因为韩王成从来没出过力，把他降了一级，改封为侯。也是韩王成不识时务，自己的命都在别人手里，他还大发牢骚。霸王说他不识好歹，就把他杀了，立了一个叫郑昌的为韩王，叫他挡住汉王那一头。郑昌可不是韩国王室的血统。在霸王看来，杀一个韩王成也没有什么大不了的，偏偏韩相国的子孙张良把他当作命根子。他在博浪沙向秦始皇行刺，并没有别的企图，就因为秦始皇灭了韩国，他单纯地要为韩王报仇。这会儿霸王杀了韩王成，他哭得死去活来，怎么也得替他报仇。张良就逃到汉王那边，替他出了个主意，写信给霸王，大意说：“汉王不守本分，固然不好，可是他只要收复三秦，在关中做王，依照怀王的前约就心满意足了。只是齐、梁、赵等地不及时平定，田荣他们必定来打西楚，到了那时候，天下将不堪收拾了。”

霸王和范增明知道这是张良替刘邦出的缓兵之计。可是平定了齐、梁、赵，单单关中一个地区，回头再去收拾也不太难；要是现在先去对付刘邦，那么，往后齐、梁、赵、代、燕就更没法收拾了。倒不如将计就计，卖个人情吧。他们就决定发兵去征伐田荣。

霸王通知魏王豹、殷王司马卬、韩王郑昌小心防备汉兵，又叫九江王英布发兵，一同去征伐齐王田荣。英布派他手底下的一个将军带着几千兵马去会霸王，说自己有病不能到远处去。霸王知道英布不愿意离开南边，心里有点怪他，就另外给他一道秘密的命令，嘱咐他去暗杀义帝。英布也认为义帝虽说只挂个名儿，可是究竟还有个名义，让天下人借口说，霸王所封的王，因为没有义帝的命令，都不是正经八百的，九江王也只是个草头王罢了。义帝呢，又不愿意马上搬到长沙去，经过几次催促，他还慢吞吞地在路上磨着。英布没跟着霸王去进攻齐、梁，这会儿他可不能再不服从指挥了。他就吩咐一班心腹士兵，扮作强盗，追上义帝的船，在江面上把他杀了。

他们杀了义帝回来，在半道上遇到了英布的丈人衡山王吴芮和临江王共敖的士兵，他们也是受了秘密的命令去暗杀义帝的。他们知道这件事英布已经办了，就分头回去。英布派人回报了霸王，霸王去了一件心事，专心去打齐、梁。

就在这个时候，汉王拜韩庶子信（韩襄王庶出的孙子，名信，后人为与淮阴侯韩信区分，也称他“韩王信”）为韩太尉（官名，专管军事，地位跟丞相相等），派郦商还有别的几个将军帮着韩庶子信去收复韩地。汉王还答应韩庶子信：只要他打下韩国，就封他为韩王。霸王所封的韩王郑昌和河南王申阳打了败仗，都投降了汉王。韩庶子信就做了韩王，那个原来的韩王郑昌反倒做了他的臣下。

汉王收复了三秦、韩地和河南以后，到了关外，安抚了当地的父老，又回到栎阳（在今陕西西安），拿它作为都城。他下了一道命令，把以前秦国的林园一律开放，让农民耕种，又派张良去劝魏王豹投降。魏王豹见汉军强大，就依了张良。这么一来，河内吃紧了，殷王司马卬赶紧打发使者去向霸王求救。可是霸王那边也正忙着呢。

陈平归汉

霸王打到齐国，齐王田荣连着吃了几个败仗，从城阳逃到平原。他还作威作福，强迫平原的老百姓供给粮食和草料，慢一步的还得挨揍。平原的群众气愤不过，一下子聚集了上千上万的人，杀了田荣。霸王就立田假为齐王。有人不赞成田假的，霸王把他们都杀了，又拆毁了齐国的城墙，免得齐人造反作乱。哪儿知道这么一来，齐人大失所望。赶到霸王一走，齐人都起来叛变。田荣的兄弟田横趁着这个机会打败田假，夺回了城阳，立田荣的儿子田广为齐王。田假逃到霸王那儿，霸王恨他丢了城阳，把他杀了。他就再向齐国进攻。不料田横很得人心，他激发齐人爱护父母之邦，鼓励他们抵抗外来的兵马。齐人尽力把守城阳，弄得霸王一时没有办法。正在双方相持不下的时候，河内的殷王司马印来讨救兵，说韩信的兵马围住了朝歌（殷王的都城，在今河南淇县一带）。霸王就派项庄和季布去救朝歌。没想到救兵还没到，司马印已经给汉军逮了去了。

项庄、季布回来报告，说："我们还没赶到河内，殷王已经投降了，我们只好回来。"霸王大发脾气，骂他们不中用。他说："你们是怎么走的？我叫你们赶紧去救河内，你们来回倒费了这么多日子，连敌人的面都没见着，就空手回来了。这么不中用，还当什么将军！"都尉陈平说："韩信用兵正像孙子、吴起一样，光派两位将军去，本来就不妥当。就是他们到了河内，也不济事。我看还是请范亚父跟他们两位一块儿去，我也去，我们再发动大队人马，一定可以把河内夺过来的。”霸王向陈平瞪了一眼，说：“派你去就成了吗？殷王不是由你去劝说的吗？怎么又反了呢？现在河内已经丢了，你倒要再发大兵，亏你说得出这种话来！”陈平受了一顿责备，闷闷不乐地退出去。

原来殷王司马卬曾经背叛过霸王，霸王叫陈平去征伐。陈平跟殷王说明利害，劝他向霸王谢罪。殷王依从了陈平，总算没去投降汉王。霸王因此拜陈平为都尉，还赏了他二十斤黄金。这会儿司马卬又投降了汉王，陈平已经不安生了。一见霸王发了脾气，自己成了受气包，心里更加七上八下。他就把都尉的官印和霸王赏给他的黄金包在一起，留着还给霸王，自己偷偷地走了。他想起汉王手下的魏无知是他的老朋友，还不如去投奔他，讨个出身。他就带着一把宝剑，一个人从小道去投奔汉王刘邦。天快黑的时候，到了黄河边上，可巧有一条船过来，他就请老大（船夫）把他渡过河去。

陈平上了船，船舱里又出来了一个老大。这两个人样子挺凶的，把陈平上下打量了一番，说了几句黑话。陈平一想：“糟了，原来他们是黄河上的水盗，见我这个样子。一定认为我身上带着什么珠宝玉器。谋财害命是难免的了，这可怎么办？”船到了河当中，一个水盗钻进舱里去拿家伙。陈平为人机灵，浑身是计。他马上脱了衣服，扔在船上，光着身子站着说：“我也会摇船，帮你们两位快点过河吧。”两个水盗一见他脱光了身子，什么也没有，也就算了。

陈平见了魏无知，说了一些愿意替汉王出力的话，魏无知就把他推荐给汉王。汉王还记得当初在鸿门宴上看见过他，挺不错的。这会儿他来投奔，心里蛮高兴，就问他：“你打算怎么帮助我呢？有什么计策没有？”陈平一听，恭恭敬敬地回答说：“大王要打败霸王，现在正是时候。趁着他在攻打齐王的时候，大王可以赶快发兵去打彭城。彭城是霸王的老窝，抄了他的老窝，堵住他的后路，楚军一定着慌。军心一乱，霸王就容易打败了。”汉王觉得陈平的见解的确不错，就问他：“你在楚营里做的是什么官？”陈平说：“做过都尉。”汉王说：“我也拜你为都尉，好不好？”陈平连忙磕头谢恩。汉王一高兴，又加了一句，说：“我还要你替我驾车（古文叫“参乘”），再管理管理军队的事。”陈平一一答应，跟着魏无知退了出来。

那些平时最接近汉王的将军们看见陈平一下子就得到了汉王的信任，都纷纷地议论起来，说他光身到这儿，来历不明，谁知道他是好人坏人。这些话传到汉王的耳朵里，他怕陈平不安心，就更加优待他。汉王整顿兵马，准备去攻打彭城。陈平管理军队的事务，要将士们准备这个，准备那个，命令还挺严的。将士们故意要试试陈平，向他送礼、送钱，请他把办事的限期放宽一些。陈平老实不客气，把礼物全都收下。这一下，他们抓住了陈平受贿的小辫儿，大家推了周勃和灌婴去向汉王告发。

周勃和灌婴对汉王说："陈平外表漂亮，可是内才和品格很差。听说他在家里曾经偷过他的嫂子，一到这儿就仗着管理军队的职权，贪污了不少金钱。大伙儿认为这种品行不端、贪图贿赂的人不配受到大王的信任。"汉王就把魏无知叫进来，责问他："你推荐陈平，说他有多么大的才能，可是他在家里跟嫂子私通，在这里又受了贿赂。你为什么把这种品行不端的人引荐给我？"魏无知说："我推荐的是陈平的才能，大王责备的是他的品行。现在楚、汉相争，要想胜过敌人，就得有人能够想出奇妙的计策来。品行端正固然也很重要，可是就算有个像古人那样讲信义的君子或者有个品德很高的孝子，这对我们有什么用处呢？他们能把霸王打败吗？大王只要看陈平的计策好不好，不必去管他真偷过嫂子没有。如果陈平没有才能，使不出奇妙的计策来，那我甘心受罚。"

汉王觉得魏无知的话也有道理，心里可总有点不踏实。他把陈平叫进来，叫别人都出去。他当面对陈平说："听说先生原来是帮助魏王的，后来离开了魏王去帮助霸王，现在又跟我在一块儿。这是怎么回事？"

陈平说："同样一件有用的东西，在不同的人手里就不同了。魏王不能用我，我离开他去帮助霸王；霸王不能用我，我才来归附大王。我还是我，用我的人可不一样。我听说大王善于用人，所以不远千里而来。我光身来到这儿，因为什么都没有，才接受了人家的礼物。没有钱，我办不了事。要是大王听了别人的话，不用我的计策，那么，我收下的那些礼物还没动用，我可以全部交出来，请大王放我回家，让我老死本乡，这就是大王的恩典了。"

汉王正需要像陈平这样的人，就安慰他一番，还提升他的官职。那些批评陈平的将士们一见汉王这么重用他，也不敢再说什么了。

汉王听了陈平要他去抄霸王的老窝的话，就调动兵马，准备东征。他正想出发的时候，忽然滕公夏侯婴带着常山王张耳来求见，说张耳来投降。汉王知道张耳和陈馀原来是最要好的朋友，后来两个人闹翻了，陈馀杀了张耳的家小，逼得张耳走投无路，这才带着亲信的将士前来投奔。汉王要好好地利用他一下，就挺热情地欢迎他，还真把他重用起来，仍旧称他为常山王。这样，汉王又多了两个帮手——陈平和张耳。到了这个时候，汉王这边有了五个诸侯，就是：常山王张耳、河南王申阳、韩王信、魏王豹、殷王司马印。此外，还有塞王司马欣和翟王董翳，都投降了汉王。汉王决定叫韩信把人马带到洛阳会齐，一同去对付霸王。

古籍链接

绛、灌等或谗平曰："平虽美丈夫，如冠玉耳，其中未必有也。闻平居家时盗其嫂；事魏王不容，亡而归楚；归楚不中，又亡归汉。今大王尊官之，令护军。臣闻平使诸将，金多者得善处，金少者得恶处。平，反复乱臣也，愿王察之。"汉王疑之，以让无知，问曰："有之乎？"无知曰："有。"汉王曰："公言其贤人何也？"对曰："臣之所言者，能也；陛下所问者，行也。今有尾生、孝己之行，而无益于胜败之数，陛下何暇用之乎？令楚、汉相距，臣进奇谋之士，顾其计诚足以利国家耳。盗嫂、受金又安足疑乎？"汉王召平而问曰："吾闻先生事魏不遂，事楚而去，今又从吾游，信者固多心乎？"平曰："臣事魏王，魏王不能用臣说，故去事项王。项王不信人，其所任爱，非诸项即妻之昆弟，虽有奇士不能用。臣居楚闻汉王之能用人，故归大王。裸身来，不受金无以为资。诚臣计画有可采者，愿大王用之；使无可用者，大王所赐金具在，请封输官，得请骸骨。"汉王乃谢，厚赐，拜以为护军中尉，尽护诸将。诸将乃不敢复言。

——《汉书·卷四十》

兴兵发丧

汉王号召来的各路人马到洛阳会齐，声势相当浩大。他自己也很得意，认为这一回准能打下彭城。正在得意的时候，来了一个老头儿，责问他凭什么去攻打霸王。汉王给他问得一时答不上来，只好问他："你是哪儿来的？来干什么？"那老头儿说："我是新城的三老（县或乡中管理教化的老年人），人家看我上了年纪，都叫我董公。我说，大王，以前天下人都恨秦国，把二世称为无道昏君，所以陈胜揭竿而起，天下响应。现在无道昏君已经没了，秦国也灭了，各国诸侯都守住自己的地界，按说不应该再打仗了。大王攻打霸王，也得有个名目。名正言顺，才能够叫人心服。"

汉王只知道打天下，没想到打天下还得有个名目这一花招。他用手背抹着鼻子，又捋了捋下巴颏儿上的胡子，实在想不出什么名目来。看着董老头儿，好像他倒挺有把握似的，就很虚心地说："请老先生指教。"董公说："当初大王和项羽共同伺候义帝，你们都是他的臣下。后来义帝给人谋害了。这谋害义帝的罪名可大啦。可是人家还不敢说谋害义帝是谁主使的。要是大王把项羽暗杀义帝的事情传扬出去，同时吩咐全军举哀，穿孝三天，大王就说替义帝办丧事，号召诸侯为义帝报仇。这样，大王征伐项羽就有了名目了。"

汉王听了，喜出望外，连连点头，说："好极了，好极了，老先生说得对。”当时就要请董老头儿做大官。董老头儿已经八十多了，不想做官，汉王便送了他一份厚礼，恭恭敬敬地把他打发走了。

汉王就为义帝举哀，吩咐将士儿郎们穿三天孝。他发了个通告，说他愿意跟着各地诸侯同去征伐那个杀害义帝的人。

这个通告发了出去，没有多少日子，魏王豹、韩王信先到了；殷王司马印和河南王申阳已经投降了汉王；常山王张耳就在身边。这些人当然都参加了。可是赵王的相国陈馀派人来说，要汉王杀了张耳，才肯发兵。汉王已经收留了张耳，正要重用他，怎么能杀他呢。他就在小兵当中挑了个面貌像张耳的人，把他的脑袋割下来，交给送信的人带回去。陈馀见了那颗人头，血肉模糊，也看不清楚。一来人头的确有几分像，二来陈馀也想不到汉王会骗他。他就发了一部分兵马给汉王，算是共同去征伐霸王。

就这样，汉王趁着霸王正忙着对付齐、梁的时候，就会合了各路兵马一共有五六十万人，准备向东打过去。虽然有了这许多兵马，可是韩信和张良说要想打败霸王还不是时候。他们认为这些人马是勉强凑起来的，有的诸侯是强迫来的，现在还不能跟霸王拼个高低。汉王不相信这些话，他觉得为义帝办了丧事，穿了孝，这么名正言顺的大军打不了胜仗才是怪事。不管怎么讲，进攻彭城是有把握的。韩信不愿意去，就留在后方，也大有用处。万一霸王趁着大军不在咸阳的时候，就偷偷地打过来，这倒不能不防备。他就叫韩信去守咸阳，拜魏王豹为大将，带领大军去攻打彭城。彭越也带着三万人马来帮助汉王。

霸王的精锐部队都驻扎在城阳，彭城兵马不多，只有一个虞子期算是大将。要论打仗，这位霸王的大舅子有点差劲。九江王英布离彭城比较近，可是他守着自己的地盘，并没派救兵来。汉王不费多大的力气就把彭城占领了。他进了彭城，住在霸王的宫里。宫里有的是珍宝，这些都是汉王的了。好在这一回樊哙和张良都没说什么，他乐得痛痛快快地先享一享福。汉王一高兴，将士们也有好处，他们就都有说有笑地大吃大喝起来，过着快活的日子。可是汉王还有美中不足的地方。他早听说霸王的妃子虞姬是个大美人儿，怎么宫里找不到她呢？他哪儿知道虞子期一见汉王大军，好汉不吃眼前亏，早就保护着虞姬逃到城阳去了。

虞子期向霸王报告了彭城失守的事，霸王也没怪他，只是骂着汉王说：“忘恩负义的刘邦，竟敢夺我彭城！”他对大将龙且（jū）和钟离昧他们说："你们在这儿攻打齐国，再叫九江王英布出兵相助，我亲自去要刘邦的狗命。"

他就带着项庄、桓楚、虞子期、季布等几个将军和三万精兵，猛虎似的沿路扑过去。中间也有几座城由汉兵守着，可是他们哪儿抵挡得住霸王呢？霸王的三万精兵很快地到了彭城。彭城里面的汉王和将士们正快活得连日子都忘了。他们天天喝酒、玩儿。赶到霸王的兵马半夜里到了城下，他们还在醉醺醺地做着好梦。直到小兵来报告，才把他们的酒吓醒了。一霎时心慌意乱，不知道怎么办才好。还是汉王有能耐，立刻出来召集众将官，叫他们调动大队人马。天一亮，他们就开了城门，出去对敌。

霸王的一支画戟没有人敢抵挡，不必说了，就是楚兵也都个个英勇，一个抵得上汉兵十个，把汉王为义帝办丧事的大军杀得七零八落，各自逃命。那个刚投降了汉王的司马印一见霸王，已经害了臊。赶到霸王责备他为什么投降敌人，他就背书似的说："因为你杀了义帝，所以我离开了你；因为汉王为义帝发丧，所以我归附了他。"霸王大喝一声："啊？你说什么！"就像打雷似的把司马印吓得从马上摔下来，又挨了霸王一戟，送了性命。

接着，汉王的第二队和第三队人马还想跟霸王对敌一下。那两个领队的将军也是刚投降汉王不久的，一个是河南王申阳，一个是常山王张耳。申阳还劝霸王像他一样地投降汉王。霸王用画戟回答了他，他从此不能再开口了。张耳眼快，一见申阳这么个下场，赶紧向后逃跑。楚军追杀了一阵，远远地望见汉王，就拼命地赶上去。幸亏汉王有樊哙、周勃、卢绾他们保护着，总算没让霸王打着。霸王这一队打了胜仗，后面的项庄、桓楚、虞子期、季布等各领着大队人马，冲杀过去。汉兵大乱，自相践踏。

楚军正在追杀的紧要关头，横路里突然闪出来一队汉兵，领头的正是大将魏王豹。霸王见他来得正好，就跟他对打起来。魏王豹倒挺大胆的，一个劲儿地往霸王的身边钻。霸王的画戟太长，使不上了，就拿起铜鞭来，朝着魏王豹的脑袋打过去。魏王豹连忙躲开，胳膊上已经挨了一鞭。他只好用另一只手急急地打着马屁股逃回去。

楚兵勇气百倍，见人就杀，汉兵心惊肉跳，有路就跑。这一下子汉兵就死伤了二十多万，其余的兵马逃到灵璧县（在今安徽灵璧一带）东边，争先恐后地要渡过睢水去。不料楚兵赶到，把那些正要渡河的汉兵打得无路可逃。在岸上的连滚带爬地给挤到水里去，在船上的因为人太多，乱纷纷地反倒把船弄翻了不少。汉兵死在水里的就有十几万人。十几万人掉在水里，起初还随着波浪漂浮着，后来连睢水也给堵住了。

那几个保护着汉王的大将也被楚军杀散，害得汉王只好跟着几百个小兵乱跑。过了一会儿，总算有一个刘泽带着一队败兵来见汉王。他是从彭城逃出来的。他向汉王说了个大概，汉王才知道留在彭城的司马欣和董翳已经投降了霸王，楚兵还把太公、吕氏和审食其都掳去了。汉王一想："董公为义帝发丧的法宝怎么会不灵呢？唉，我后悔没听韩信和张良的话，弄到这步田地！"还没容他想到太公和吕氏怎么样，突然四面敲起鼓来，楚兵喊杀的声音越来越近。一下子楚兵好像打猎似的把汉王圈在当中，紧紧地围了三层。他叹了一口气，说："今天我要死在这儿了！"看看手底下只剩下了几百个小兵，怎么逃得出去？

古籍链接

南渡平阴津，至洛阳，新城三老董公遮说汉王曰："臣闻'顺德者昌，逆德者亡'，'兵出无名，事故不成'。故曰：'明其为贼，敌乃可服。'项羽为无道，放杀其主，天下之贼也。夫仁不以勇，义不以力，三军之众为之素服，以告之诸侯，为此东伐，四海之内莫不仰德。此三王之举也。"汉王曰："善。非夫子无所闻。"于是汉王为义帝发丧，袒而大哭，哀临三日。

——《汉书·卷一上》

美人和儿女

汉王被楚兵紧紧地围住，不知道自己的将士儿郎们都到哪儿去了，眼前没有一个大将能护着他冲出去。正在十分危急的时候，忽然西北方起了一阵大风，往东南刮过去，一霎时飞沙走石，把地上的尘土刮起十来丈高。四周的人睁不开眼，站不住脚。楚兵慌里慌张，乱纷纷地四散奔走。汉王趁着这个机会，使尽平生力气，两条腿往马肚子上一夹，随着风向，冲东南方直奔出去。一直跑了二十来里，才缓了一口气。

霸王见风刮得稍微缓和了些，急忙查问汉王的下落。有几个士兵说："大风刮得这么厉害，我们只好蹲在地下，才没给刮倒，等到我们站起来四面一望，好像有人往东南跑下去了，可不知道是不是汉王。"范增跺着脚，说："唉，真可惜！给他跑了。这会儿要是给他逃出去，将来后患无穷。"

霸王立刻派丁公和雍齿两个大将带领三千人马，火速追上去。丁公带领前队，雍齿带领后队，两个将军一先一后地向东南大路追赶。丁公很卖力气，一马当先，把别人都撇在后面。不一会儿工夫，他追上了汉王，汉王还有命吗？汉王可挺机灵，回过头来大声地跟丁公说："丁公，我是逃不了了。可是，您是个好汉，我也是个好汉，好汉眼里识好汉，何必这么过不去呢？您要是高高手，我决忘不了您。"丁公一听汉王称他为"好汉"，早就脑袋发晕了。他想，"人情留一线，日后好相见"，就说"您快走吧"，还真把汉王放了。

丁公怕手下的人说话，就停下来，慢吞吞地拿起弓箭来，胡乱地射了三箭，回来了。走了没多少路，正碰到了雍齿。雍齿问他："您见到了汉王没有？"丁公说："见倒是见到了。我连射了几箭，没射中，给他跑了。"雍齿说："唉！已经见到了，怎么还让他逃了呢？我去追。"他就快马加鞭，向前追上去。

汉王沿路逃跑，已经没有力气，那匹马也跑不动了。眼看着天黑下来。正想下马休息一会儿，往后一看，追兵又赶上来了。他想找个地方躲一躲，凑巧找到了一口枯井。他连忙下了马，把马打了几鞭，让它跑去，自个儿跳到井里，缩成一团，静静地躲着。不一会儿，只听见大队人马从井旁过去。又过了一会儿，朝上一看，只见灰扑扑的一圈天空，竖起耳朵来听一听，什么声音都没有。他知道楚兵已经全过去了，正想爬上来，突然听见那队人马又回来了。他只好再静静地待着，直到最后的一个人也走远了，他才拿出宝剑来把井边的土挖了几个窟窿，登着窟窿爬出了枯井。

天已经黑了，那匹马也不知道到哪儿去了。他只好提着宝剑慢慢地顺着小道走。这光景让他觉得要比斩白蛇的时节还可怜，走了一阵，朦胧中瞧见那匹马还在山岗子下吃草。他就上了马，再往前走。他一心想到下邑（在今安徽砀山一带）去，那边有吕氏的哥哥吕泽守着。因此，他只朝着那个方向，不管大路小路，就向前走去。又走了几里，听见有狗叫的声音，还瞧见树缝里有几点灯火，那一定是个村子了。

汉王朝着灯光走去，打算在村子里过一夜。还没走进村子，就碰见了一个老头儿，也是往村子里去的。汉王见了他，就像碰到了救星一样，连忙下了马，挺恭敬又挺可怜地恳求他帮帮忙。老头儿挺豪爽，领他到了自己的庄院里，请他上坐，问了他的姓名来历。汉王也不隐瞒，一五一十地都说了。那老头儿一听是汉王，连忙趴在地下磕头，说："原来是大王。小老儿罪该万死。"汉王一面请他起来，一面问他："你叫什么名字？家里有几口人？"那老头儿说："小老儿姓戚，虽然有些田地，可是家里只有一个女儿。"说着就进去叫他女儿赶快预备一些吃的、喝的。

他出来又对汉王说："村子里实在拿不出什么像样的东西来。"汉王也客气了一番，说是已经多多打扰了。不一会儿，出来了一位小姑娘，手里端着酒和菜，眼角瞟着那位贵宾。戚老头儿叫女儿放下酒和菜向汉王行礼，她就拜见了汉王。汉王瞧着，连忙向她还礼，还问她："今年多大啦？"那姑娘也不回答，把吃的、喝的放在汉王面前，一转身就进去了。

戚老头儿给汉王斟酒，汉王叫他一块儿喝。汉王一连喝了几杯，又吃了不少菜，身子一舒坦，精神更好。彭城和睢水打败仗的情形和丁公、雍齿追赶他的危险，全让戚家小姑娘的那股子可爱劲儿淹没了。他仗着大王的身份，借着酒劲，问戚老头儿："令爱多大啦？长得挺美。有了婆家没有？"戚老头儿一知道他是汉王，早就殷勤得不能再殷勤。现在汉王这么看得起他的女儿，他哪儿能错过这个机会呢，就挺小心地回答说："小丫头今年十八啦，早该出嫁了。去年有个相面的，说她是贵相，就痴心妄想地等着嫁给贵人。今天大王到了这儿，不知道要不要她伺候？"汉王随手解下一块佩玉作为聘礼，请老头儿叫"戚夫人"出来一同喝酒。戚夫人就这么陪着新郎。戚夫人因此有了喜，给他生了个儿子，就是后来的赵王如意。

第二天起来，吃过早饭，汉王就要辞行。父女两个想留他再住几天。汉王说："汉兵打了败仗，将士们还不知道我在哪儿，我怎么能老在这儿待着呢？等我收集了散兵，得到了大城，那时候再来迎接您跟令爱。"他们只好送他出了村子。

汉王骑着马，上了大路往南走去。约莫走了二十里，忽然间，后面尘土飞扬，看过去总有好几百人马向这边追上来。汉王赶紧躲在树林子里，让追兵过去。他从树缝子里偷偷地一瞧，叫声惭愧，原来是自己的人马。那个赶车的正是滕公夏侯婴，车上还坐着自己的儿子和女儿，汉王这才爹着胆子，出来叫住夏侯婴。

夏侯婴下了车，说："司马欣和董翳投降了霸王，还把太公和夫人拿去献功。我没有办法，只好带着几百名士兵出了西门，一路上杀退了一些小队的楚兵，四处寻找大王。半路上碰到了公子和小姐，走了一天一夜，才在这儿找到了大王。太公和夫人虽然给楚人掳去，幸亏救了公子和小姐，还算是不幸中的大幸。"

两个小孩儿，一个五岁，一个三岁，这会儿才哭哭啼啼地叫着"爸爸"。汉王说："夏侯将军拼着性命地救了你们俩，你们可别忘了他的大恩。"汉王、夏侯婴和两个孩子，还有个赶车的，全挤在一辆车上，向下邑跑去。

汉王见了两个孩子，不由得想起了自己的老婆和老头子来，不知道他们这会儿怎么样了。昨天跟戚家的小姑娘过了一宿，不知道这会儿她又怎么样了。他正想着，猛一下子听见后面又是乱哄哄的一片喊杀声音。夏侯婴问了小兵，就惊慌地说："季布带领着一队人马已经追到这儿来了。"汉王慌慌张张地说："快走吧，快！"汉王的车向前飞奔，后面的楚兵紧紧地追着。汉王的车跑一阵，季布的兵马追一阵，眼看就快追上了。汉王怕车马跑得慢，把心一横，就把两个孩子从车上推下去。夏侯婴赶紧跳下车去，把他们抱上来。

汉王骂道："我们自己的命都保不住，还管孩子干什么！"夏侯婴说："他们是大王的亲骨肉，怎么能不管呢？"汉王不像夏侯婴那样长着婆婆心肠，他只要车马快，不管别的。他又把两个孩子踢下车去。夏侯婴又下了车，两个胳肢窝里夹着两个小孩儿，跳上一匹马，紧紧地跟着汉王的车。这一来，汉王的车少了三个人，还真跑得更快了。季布给后面的汉兵抵挡了一阵。他追不着汉王，只好带着兵马回去。

季布回到楚营，也像丁公跟雍齿一样，说明为什么追不着汉王。霸王很是着急。范增劝他，说："刘邦已经逃远了，大王不必过于心急。只是这次我们虽然打了个胜仗，可还没碰到韩信。要是韩信带兵前来，大王不可不小心防备。"霸王冷笑一声，说："那个钻裤裆的也不过比魏王豹稍微强点罢了，怕什么？"回头就对武士们说："把刘家的老头子跟女人带上来。"

他指着太公说："你儿子刘邦太没有人心。我封他做了汉中王，他不但不知道感恩，反而打到关中，夺了我的土地。叛逆就该灭门，这是谁都知道的。刘邦是叛逆，你们都该处死。"范增拦住他，说："刘邦虽然打了败仗，韩信的兵马还挺强的，战争不能就此算完。杀了他们，冤仇越结越深，还不如留着他们当作抵押，也好叫刘邦不敢过于放肆。"霸王是个豪爽人，就吩咐虞子期好好地收管他们，供给他们衣、食、住宿。他又带领着兵马回过头去攻打齐王田广。

田广和田横自己觉得势力孤单，再说霸王新近大破汉军，来势汹汹，就投降了。

霸王收服了齐地，回到彭城，跟范增和项伯商量再去征伐汉王。范增说："刘邦和韩信已经回到荥阳，萧何也派遣关中士兵前去援助，有十几万人，一时不容易对付。听说魏王豹在睢水打了败仗，被刘邦骂了一顿。他垂头丧气地回到平阳，天天怕刘邦去害他。大王不如趁着这个机会打发使者去劝他归附，他一归附，韩信必定发兵去攻打他，大王就可以直接进攻荥阳。"霸王同意了，可是派谁去劝魏王豹呢？

木罂渡军

项伯自告奋勇地对霸王说："这儿有个相面的老婆子，挺出名，叫许负（"负"通"妇"，许负就是许妇），平时也常到魏王宫里走动。我认识她，过去还帮过她的忙。我想写封信给她，派人送点礼去，叫她想个办法去劝魏王豹离开刘邦，事情准能成功。"霸王和范增都同意这么办。当时就打发一个小兵换上便衣，带了礼物和项伯的信去见许负。

许负收了礼物，满口答应。她当天就去拜见魏王豹。魏王豹怕汉王害他，又不敢反对汉王，正在左右为难，一见许负就说："你来得正好。这几天我有点不痛快，你看看我的气色怎么样？"许负请他坐定，看了看，说："据大王贵相看来，百日之内必有大喜临门。"魏王豹听了，腰板一挺，美美地咧开了嘴，笑了一笑。他决定叛汉联楚，点起十万人马，遣将调兵，把守平阳关，截断河口，抗拒汉军，准备跟楚、汉三分天下。

魏王豹叛汉联楚的消息传到了荥阳，汉王就要发兵去攻打。郦食其对汉王说："我跟魏王平日有点交情，可不可以让我先去劝他一劝？如果他仍然不服，大王再发兵去也不晚。"汉王说："先生能够劝他回心转意，让我少个敌人，就是一等大功。"郦食其连夜动身，没有几天工夫，到了平阳，见了魏王豹，反复地说明利害，要他归附汉王。魏王豹直截了当地回答他，说："汉王一点没有君王的礼貌。他把诸侯和臣下看作奴仆一样，今天骂，明天骂，我可受不了！请先生别在我身上再打主意了。”郦食其碰了一个钉子，回去向汉王报告。汉王挂了火儿，鼻子眼儿哼了一声，就吩咐韩信、灌婴和曹参带领着十万精兵去攻打魏王豹。

韩信临走的时候对汉王说：“项羽知道我们发大兵去征伐魏王豹，也许会来侵犯荥阳的。我看将军之中王陵可以重用。如果项羽打过来，大王可以拜王陵为大将，再叫陈平帮助他。万一有什么为难的事，可以跟子房商量商量，大概不至于有多大的困难了。”汉王连连点头，亲自送出了韩信。

韩信带领着大军，一直到临晋津，望见对岸早有魏兵把守着，一时不能渡过河去。韩信派人去侦察河岸和上游的形势，才知道对岸全是魏兵，只有上游夏阳（在今陕西韩城一带）地方，魏兵不多，是个弱点。韩信就跟灌婴和曹参商量破敌的计策。渡河需要木船，他们倒是有了一百多条，可是还不够用。韩信便叫灌婴去收买小口大肚子的瓶子（古时候叫罂；罂：yīng），叫曹参去采伐木料，越快越好。灌婴说：“木料可以造船，买那些大肚子的瓶子干什么？”曹参也请韩信说个明白。

韩信说：“咱们必须把大队人马偷渡夏阳，可是一只木筏子渡不了几个人。因此，我想赶紧多准备些口小肚子大的瓶子，把几十只瓶子封了口，排成长方形，口朝下，底朝上，用绳子绑在一起，再用木头夹住，作为木罂。用木罂做成筏子可以比普通筏子多渡不少人。”他们听了，都说这个办法好，就各干各的去了。不到几天工夫，筏子和瓶子都准备齐全。韩信一一检查，都很合用。他立刻吩咐灌婴带领着一万兵马和一百多条木船，假装要渡河的样子，自己和曹参偷偷地带领着大军连夜把瓶子运到夏阳。

魏王豹的将军们很严密地守着临晋津，不让汉军的船只过来。他们以为上游的夏阳向来没有船只，汉军更没法过来。哪儿知道韩信不用船，他用木罂很快地把大军渡过夏阳，攻下安邑，直向平阳打过来。魏王豹还想截住汉军，亲自带领着兵马去抵御，不料打了败仗。他正想往临晋津退去，灌婴的一队兵马已经打下了临晋津，也向平阳冲过来。两路夹攻，前后受敌，逼得魏王豹只好下马投降。没有几天工夫，魏国各地都给韩信攻下来了。

韩信派人把魏王豹连他的家眷一起送到荥阳，让汉王去发落。他还请汉王再给他三万人马，顺路去打赵国。他说打下了赵国，再打燕国，然后从燕国回过头来去收服齐国；魏、赵、燕、齐都平定了，才好用全力去对付霸王。汉王完全同意韩信的计划，一面派张耳去协助韩信，一面叫士兵把魏王豹和他的家眷押上来，吓得魏王豹直磕头求饶。汉王一瞧他的家眷中有个梦想不到的美人儿，不由得长出好心眼儿来了。他对魏王豹说：“像你这样一只耗子，放了你也没有什么了不起的。”他就让魏王豹去做个老百姓，可是他的家眷一概没收为奴隶，把那位美人儿留在后宫。那位美人儿叫薄姬，给汉王生了个儿子，取名叫恒，就是后来的汉文帝。

在韩信到临晋津去攻打魏王豹的时候，霸王对范增说：“果然不出亚父所料。韩信既然带领大军到平阳去了，荥阳一定空虚。咱们趁着这个机会去捉刘邦，您看怎么样？”范增说：“机会倒是个机会，可是大王不可小看刘邦。韩信出去，准有布置，咱们还得提防着。”大将龙且用眼角瞭了范增一眼，说：“亚父也太胆小了。”范增说：“可不是这么说的，打仗得有计划，还得处处小心，才不吃亏。”霸王说：“亚父说得对。”他叫范增守着彭城，自己带上兵马去攻打荥阳。

古籍链接

信乃益为疑兵，陈船欲度临晋，而伏兵从夏阳以木罂缶度军，袭安邑。魏王豹惊，引兵迎信。信遂虏豹，定河东，使人请权王：“愿益兵三万人，臣请以北举燕、赵，东击齐，南绝楚之粮道，西与大王会于荥阳。”汉王与兵三万人，遣张耳与俱，进击赵、代。破代，禽夏说阏与。信之下魏、代，汉辄使人收其精兵，诣荥阳以距楚。

——《汉书·卷三十四》

绑架老母

霸王派人去探看荥阳的动静，大军随后就到。派去探看的人到了荥阳，只见城门紧闭，不见一个汉兵，连旗子都没有，心里怀疑起来。他回去向霸王报告，楚营中的将士们听了，有的说：“那一定是因为刘邦听到大王亲自去征伐，就把军队移到邻近的郡县躲起来了。荥阳准是个空城。”有的说：“那一定是因为韩信还没回来，城里没有大军，不敢出来对敌。因此，故意默默无声，好像安了埋伏，使人疑神疑鬼地不敢立刻打进去。”霸王说：“咱们的人马刚到，不如先安下大营，等明天仔细探探，再作道理。”他们就安下营寨，暂不进攻。将士儿郎们走了几天，大家都很疲乏，也需要休息一下。反正他们是来进攻的，爱什么时候进攻就什么时候进攻，今天晚上乐得睡个痛快觉。

整个楚营睡得正香的时候，猛一下子汉兵冲进来了。楚兵慌里慌张地起来，好像还在梦里，迷迷糊糊地也看不清有多少汉兵，只好胡乱地抵挡一阵，逃命要紧。楚兵里头有给汉兵砍死的，也有给自己的人踩死的。正在慌乱的时候，只见汉营里的一个大将横冲直撞地见人就杀，吓得楚兵没地方藏，没地方躲。恰好霸王赶到，大喝一声，拦住那个将军。那将军不慌不忙地就跟霸王对打起来。一来一往，对打了好大一会儿工夫，他才退回去。

霸王就问在场的士兵们那个将军是谁。有一两个知道的回答说：“是王陵，是个大将。”霸王“啊”了一声，心里想着：“王陵？他枪法不错，可以算得一个对手。要是今天不拿住他，将来必有后患。”他就要追上去。季布、钟离昧、龙且三个将军正赶到霸王跟前，他们拦住他，说：“汉兵来偷营，路上准有准备，大王追上去反倒中了他们的计。不如整顿人马，再去围攻荥阳。”

从第二天起，霸王就吩咐将士们用力攻打荥阳。可是荥阳四门紧闭，王陵再也看不到了。他只叫士兵们多多准备弓箭、石头和石灰罐，躲在城头上，只守不攻。一连十几天不跟楚军交战，急得霸王直跺脚。有人知道王陵的就说：“王陵是沛县人，听说是个孝子，他母亲七十多了，现在还住在彭城。只要叫老太太写封信叫王陵来归附大王，母子相会，王陵是不敢不来的。”霸王说：“不妨把他母亲请来。”一面继续围攻，一面派两个小兵去接王陵的母亲。哪儿知道那两个小兵作威作福地把王陵的母亲当作俘虏看待，一路上不但没有一句好话，反而把老太太逼得火儿了。到了楚营，霸王叫她写信去叫王陵回来，她说：“我不会写字。”就有人替她写，主要是嘱咐王陵弃汉归楚。

当时就打发使者带着王陵母亲的信直到城下，叫汉兵传话要见王将军。王陵上了城门楼子，把他母亲的信接过去，不知道怎么办才好。霸王的使者怕他三心二意地不能听他母亲的话，就大声地说：“将军的老母现在正在楚营，急切地想见将军一面。要是将军不去，万一令堂有个三长两短，将军还得担个不孝的罪名。请将军仔细想想。”

王陵叹了一口气，马上去见汉王，要求到楚营去见母亲。张良说：“将军不能单听一方面的话，就莽莽撞撞去投入虎口。令堂是不是真在楚营，也得先打听明白。我看咱们不如也派个使者到楚营里去见见令堂，问问她老人家有什么话。要是她真要将军去见一面，那时候再去也不晚。”王陵没法，只好等候消息。汉王打发使者到楚营去。临走的时候，张良嘱咐了他一大套话。

使者到了楚营，见过了霸王，要求见一见王陵的母亲。霸王吩咐底下人把王老太太带上来跟使者相见。王老太太跪在地下，问：“你是谁？来干什么？”使者说：“听说老太太要王陵来投降，汉王特意派我来问个明白。”王老太太说：“还问什么呢？事情是明摆着的，我不叫他来，我死；我叫他来，他死。请您告诉陵儿，好好伺候汉王吧，别把我搁在心里。”说着，从怀里掏出一把短刀来就自杀了。

霸王一瞧她这么不讲人情，挂了火儿，要把她的尸首烧了。季布他们拦住他，说：“大王不必这样。不如把她好好地埋了，也好叫王陵怀念着母亲的坟墓，不敢跟大王太过不去，或者派个人去叫他来祭祀。王陵既然是个孝子，总不至于把他母亲的坟墓一点也不放在心上。”霸王就派人把王老太太的尸首埋了。

霸王对使者说：“你回去跟汉王和王陵说，快来投降，我还能对他们另眼相待。要是不听良言相劝，等到打下荥阳，那可就不能怪我不讲情义了。”

使者走上一步，咬着耳朵对霸王说：“我就是叔孙通，虽然在汉营里，可是汉王并没有把我怎么放在眼里。我早想归降大王。昨天说起王陵的事来，我就要求作为使者来见大王。王陵是个孝子，我叫他来葬他母亲，他是不会不来的。”霸王问他：“汉王还有多少兵马？荥阳已经围困住了，为什么还不投降？”那个自称为叔孙通的使者说：“荥阳的汉兵还有二十来万，粮草也还充足，按理说，可以出来跟大王对敌一下。可是汉王因为韩信已经逮住了魏王豹，平定了魏地，就叫他回头去攻彭城，先夺回太公和吕氏，然后再去收服代郡和燕、齐，好叫大王进退无路。因此，守住荥阳，不肯出战，单等韩信兵马进攻彭城，他就两路夹攻，叫大王左右为难。这还得请大王小心一二。”霸王听了，觉得他的话句句有道理，就说：“你跟王陵什么时候能来？”使者说：“一抓到时机，立刻就来投降大王。不过大王必须派人去防守彭城，可别让韩信占了便宜。”霸王挺有礼貌地把使者送出营去。

霸王一面派人去防守彭城，一面等候着王陵来投降。过了两天，有人报告说：“荥阳城上挂着叔孙通的脑袋，旁边还有一张布告，说叔孙通私通西楚，勾引王陵一同去投降敌人。叔孙通就因为这个被砍头示众的。”霸王派人再去瞧瞧，血丝呼啦的，果然是那个使者的人头。大将龙且他们对霸王说：“荥阳城一下子打不下来，要是韩信偷着去侵犯彭城，怎么办？请大王拿个主意。”霸王说：“回彭城去吧。可不能慌慌张张地退却。”不到两天工夫，楚兵完全退回去了，汉兵也没敢去追。

赶到霸王的大军到了彭城，范增连忙来问荥阳怎么样。霸王把使者的话和投降没成反而遭了毒手的事说了一遍。范增跺着脚，说：“哎呀，大王太忠厚了！叔孙通是刘邦的谋士，他跟刘邦交情又深，怎么能来投降呢？那是因为大王围住了荥阳，韩信的兵马又没回来，一定是城里空虚，用了个诡计叫大王离开。那个挂在城上给你们看的人头绝不是叔孙通。”

霸王一想，不错，真中了计了。他恨恨地说：“那小子敢欺负我！现在再发兵去，亚父您看怎么样？”范增摇摇头，说：“一来二去已经过了这么多日子了。现在再去，万一韩信真回来了，里外夹攻，反倒叫咱们进退两难。如果韩信一直去打代郡和燕国，那么，一时绝不能回来，咱们再约上九江王英布一起去进攻荥阳，才有把握。”

霸王只好暂时住在彭城，一面派人去探听韩信的动静，一面打发使者去请九江王英布来商议征伐汉王的大事。霸王是很不放心英布的。上回叫他发兵去打齐国，说是病了，没来，睢水大战的时候，他也没发兵相助。难道他老病着吗？

古籍链接

项羽取陵母置军中，陵使至，则东乡坐陵母，欲以招陵。陵母既私送使者，泣曰：“愿为老妾语陵，善事汉王。汉王长者，毋以老妾故持二心。妾以死送使者。”遂伏剑而死。项王怒，亨陵母。陵卒从汉王定天下。以善雍齿，雍齿，高祖之仇。陵又本无从汉之意，以故后封陵，为安国侯。

——《汉书·卷四十》

收英布

霸王郑重其事地打发使者和随从人员拿着信去请英布。过了几天，随从人员逃回来了。他们报告说："九江王把大王的使者杀了。我们在外边，一见他翻了脸，只好逃回来。"

原来汉王在睢水打了败仗以后，张良给他出个主意，叫他把彭越和英布拉过来。彭越本来是帮助魏王豹的，后来虽然占领了大梁，究竟自己力量不够，一经张良派人去拉拢，他就不冷不热地帮着汉王。九江王英布的实力比较雄厚，占领的地盘又好。他虽然是霸王的臣下，可是总想三分天下，自立为王。张良一听到他装病不发兵去帮助霸王，就看出这是个可钻的空子。他请汉王快拿主意。汉王就派能说会道的随何到九江去。

随何到了九江，英布已经知道他的来意，故意摆着架子，派个大夫去招待他，自己不跟随何见面。那个大夫问他："先生到此，有何贵干？"随何说："汉王打了败仗，暂时住在荥阳，休息一下。我是六安人，老想着本乡，多年没去上坟了。这次去扫墓，路过九江，久慕英王威名，特来拜访。英王不愿意相见，准是他把我当作汉王的使者了。不见也就算了。可是英王坐镇九江，似乎应该听听别人的意见，征求点儿人才，才称得起是英明之主。哪儿知道人家仰慕英王，前来拜访，他居然不露面。这叫天下人士知道了，不会说我随何没有缘分，也许倒说英王骄傲自大。真正有才能的人，谁还肯到九江来？”

那个大夫把随何怎么仰慕他的话告诉了英布。英布听了，很舒服，就说：“既然他是慕名而来，倒不可不见。”当时就把随何当作贵宾看待，挺有礼貌地问他：“先生光临，有何见教？”随何说：“楚、汉相争，大王坐镇九江，本来不在人下，谁也管不了大王，为什么要受霸王的使唤呢？”英布说：“我是霸王的臣下，应当听从他呀。”随何故意显出惊奇的神气，说：“这我可不明白。大王和霸王都是诸侯，说不上谁是谁的臣下。如果大王认为自己是霸王的臣下，那么他就可以理直气壮地来征伐大王。霸王进攻齐国，叫大王出兵，大王托病不去；汉王进攻彭城，大王并没去救；睢水大战多么紧要，大王反倒袖手旁观。做臣下的难道可以这样的吗？我怕霸王绝不能轻易放过大王。不知道大王是怎么打算的？”

英布一时回答不上来，呆呆地搓着自己的手心。随何接着说：“只要大王不承认是霸王的臣下，他准来攻打。如果大王能够把他的兵马在这儿拖住，汉王就能平定天下。那时候大王归附汉王，汉王还能不请大王镇守九江吗？如果大王还认为是霸王的臣下，霸王只要下一道命令叫大王去，大王就不得不去。要是大王不去，他一定来征伐。那时候，大王又去依靠谁呢？”英布站起来，唉声叹气地说：“先生的话固然不错，可是这件事非同小可，请先生暂住几天，让我仔细考虑考虑吧。”

正在这个时候，霸王的使者到了。英布看了霸王的信，一想：“果然叫我去，这事可不好办。”随何瞧着他没有准主意，就大胆地对霸王的使者说：“九江王已经归附了汉王，你们怎么还敢把他当作项羽的臣下！”回头又对英布说：“项羽不怀好意，大王不可不备。大丈夫做事应当有决断。不如杀了项羽的使者，帮助汉王共同去征伐项羽。”英布到了这个时候，已经骑虎难下，就吩咐手下的人把霸王的使者杀了。随从使者的人员抱着脑袋慌忙地逃回去报告。霸王气得吹胡子瞪眼睛，立刻派龙且和项伯去进攻九江。

英布不是龙且的对手，连着打了几个败仗，兵马死伤了一大半。到最后，英布不能支持，只好跟着随何到荥阳去投奔汉王。

汉王知道英布的架子很大，做了九江王，连霸王也没在他眼里。这种人见棱见角的，不打磨一下，将来准不能听使唤。他传出命令来，叫他们进去拜见。英布跟着随何到了大厅上，手下的人叫他们到内室里去。英布有点气愤了——怎么汉王不亲自出来迎接？他只好沉住气，低着头进了内室。抬头一瞧，差点儿气炸了肺。汉王歪歪斜斜地靠在床上，两个宫女正在给他洗脚。可是自己已经到了这步田地，只好把这口气硬咽在肚子里。他向前一步，行个礼，通了姓名。汉王点了点头，屁股扭动了一下，就算是还了礼了。英布也没听清楚汉王说了几句什么话，就赌着气告辞出来。随何跟着他，想安慰他几句。他还没开口，英布就指着随何说："我不该听你的鬼话，莽莽撞撞地到这儿来。我也算是个王，想不到人家把我当作奴仆，我还有什么脸见人？"说着，拔出宝剑来就要自杀。随何连忙拦住他，说："别急。汉王绝不会这么待您的，大概他喝醉了还没醒过来。您千万不要见怪。"英布收了宝剑，可是鼻子眼里还呼呼地响着。

随何正在劝英布的时候，来了两个招待的人，请英布到那个给他预备下的公馆里去歇歇。英布一走进公馆就愣住了。那公馆简直是个王宫，一切器具、摆设、帷子等，没有一件不是富丽堂皇的。还有服装辉煌的卫兵站在两旁，好像伺候大王一样。他想："我原来不是奴仆，我还是个王。"这么一想，反倒怪起自己不该拔出宝剑来了。他正在得意的时候，张良、陈平他们几个汉王跟前的红人儿都到了，请英布上坐，一个一个地拜见了他。接着就摆上酒席，说是给他接风的。不用说英布是死心塌地服了汉王。

第二天，英布去拜谢汉王，汉王对他又恭敬又亲近，洗脚时候的那种傲慢劲儿完全没有了。汉王"打一巴掌揉三揉"的办法对英布完全适用。英布自告奋勇地要求去打霸王。汉王说："霸王还挺强，不能轻易去惹他。请将军暂且带领一万人马去守成皋。将来一有机会就好去进攻霸王。"英布同意，辞别了汉王到成皋去。

汉王派英布去守成皋，还要派人去向关中催运军粮。正好萧何打发本族的许多兄弟子侄押着军粮运到了，还送来了不少关中的农民作为补充兵。汉王一见，真有说不出的高兴。那时候关中遭了大饥荒，一斛米要卖一万钱，老百姓已经到了饿死人的地步。在这种情况下，萧何还能够把军粮运到荥阳来，这实在太不容易了。关中的老百姓差不多全是反对霸王，拥护汉王的。他们听到汉王打了败仗，情愿出来帮他，连已经过了军役年龄的老头儿和还没到军役年龄的少年人也赶来投军。汉王老在荥阳一带对付着霸王，把关中完全交给了萧何。俗话说，"人心难料，鸭肫难剥"。万一萧何壮大起来自立为王，那汉王不是井里打水往河里倒，白费力气吗？因此，他老是牵肠挂肚地派人到关中去慰问萧何。萧何也担心着自己的地位，故意挑选本族的兄弟子侄们派到汉王身边去，好叫他放心。汉王心中的一块石头果然落了地。可是他还有一块别的大石头压在心里：韩信打下了魏国，还要去进攻赵、燕、齐等地，“长线放远鹞”，不知道什么时候才能回来，万一霸王再来进攻荥阳，又该怎么办？

古籍链接

楚使者在，方急责布发兵，随何直入曰：“九江王已归汉，楚何以得发兵！”布愕然。楚使者起，何因说布曰：“事已构，独可遂杀楚使，毋使归，而疾走汉并力。”布曰：“如使者数。”因起兵而攻楚。楚使项声、龙且攻淮南，项王留而攻下邑。数月，龙且攻淮南，破布军。布欲引兵走汉，恐项王击之，故间行与随何俱归汉。至，汉王方踞床洗，而召布入见。布大怒，悔来，欲自杀。出就舍，张御食饮从官如汉王居，布又大喜过望。于是乃使人之九江。楚已使项伯收九江兵，尽杀布妻子。布使者颇得故人幸臣，将众数千人归汉。汉益分布兵而与俱北，收兵至成皋。

——《汉书·卷三十四》

销毁王印

汉王倒不担心韩信不能打胜仗，只担心他不能按时回来。果然，韩信的报告又到了。说他平定了魏地以后，接着跟张耳一同进攻赵国去了。陈馀原来是赵国的相国，上次因为汉王依了他的要求，杀了“张耳”，他曾经发兵帮助汉王对抗霸王。不料汉王打了败仗，赵兵逃回去，都说张耳并没死，汉王送给陈馀的那颗脑袋是冒充的。陈馀一听到自己受了欺，就跟汉王绝交。这会儿，他听到韩信打到赵国来，就把兵马集中到井陉口（在今河北井陉），号称二十万。谋士李左车对陈馀说：“汉军远道而来，粮草转运困难，井陉山道弯弯曲曲，几百里全是小道。运粮队一定还在后面。请给我三万精兵，抄近道去截断他们的粮道，叫汉军粮草供应不上。这儿深沟高垒，坚守不战。这么一来，不到十天，咱们准能把韩信和张耳的脑袋砍下来。要不然，咱们准给他们逮了去。”陈馀是个书呆子，他像春秋时期的宋襄公一样，打仗要讲仁义，不使计欺诈敌人。他不听李左车的话，不让他半路上去截断别人的粮道。他们俩商议的话早给韩信那边探听去了。韩信这才大胆地通过狭窄的山道，到了离井陉口三十里地的地方，把大军驻扎下来。半夜里韩信传出命令，布置明天打仗的计划。

韩信挑了两千名骑兵，每人带着一面汉军的赤旗，叫他们抄近道到山腰里找个可以望得见赵军的地方藏着，还详细告诉他们怎么样作战。天刚亮，韩信和张耳带领一万精兵渡过河，在岸上扎了营，摆了阵势，叫“背水阵”。赵军见了，哈哈大笑，笑韩信不懂兵法，在这种地方扎营，一败就没有退路，非全军覆没不可。一会儿天色大亮了，韩信和张耳大张旗鼓地向赵营打过去，赵军开了营门，出去对敌。韩信、张耳打了好久，慢慢地支持不住了。汉军就扔了旗子，丢了鼓，往河边逃。赵军打了胜仗，全营的士兵都跑出去抢汉军的旗子和鼓，追赶汉军一直追到河边。“背水阵”里的将士没路可退，拼着性命抵住赵军。就在这个时候，山腰里藏着的两千名骑兵早已冲到赵营，拔去赵军的旗子，插上两千面赤旗。

赵军正跟背水阵的汉军死拼，回头一看，自己营里飘着的全是汉军的赤旗，这一吓，吓得魂儿都没了。士兵们四散逃跑。将军们不准他们逃跑，还把逃跑的人斩了，可是再杀多少人也拦不住逃兵。俗话说，兵败如山倒，赵军被汉军前后夹攻，一败涂地。汉军就在岸上杀了陈馀和赵王歇。韩信下令，活捉李左车，赏一千金。将士们果然逮住了李左车，把他绑到大营里来。韩信亲自给他松了绑，请他坐在上位，自己站在下面，把他当作老师，向他请教，说：“我打算往北去进攻燕国，往东去进攻齐国，怎么样才能够成功？”李左车说：“我是个俘虏，还能出什么主意呢？”韩信向他赔个礼，说：“请别这么说。要是成安君（陈馀）听了您的话，我早就给您逮住了。”两个人这么谈了一会儿，李左车服了。韩信把他当作自己的谋士，听了他的话，不去进攻燕国，派人好言好语地去劝告燕王臧荼。燕王臧荼害怕韩信，也投降了。这么一来，韩信接连打下了魏国和赵国，收服了燕国。他请求汉王封张耳为赵王，汉王当然答应了。可是韩信一时还不能回来，因为赵国不愿奉张耳为赵王，各地不断地发生叛变。韩信还得想办法把整个赵国平定下来，然后才能够去进攻齐国。正在这个时候，有探子来报告，说霸王又在攻打荥阳。

这一次霸王发了十万兵马，一定要扫平荥阳。范增说：“刘邦占着荥阳，无非仗着敖仓的粮食。要是先把敖仓拿过来，或者先截断敖仓和荥阳之间的联络，荥阳就容易打下来了。”敖仓在荥阳西北，当初秦国在敖山上面，筑了城墙，里面全是储藏粮食的仓库，所以叫“敖仓”。韩信往北进攻的时候，汉王叫大将周勃、副将曹参守着敖仓，随时可以运粮食供应荥阳的军队。这回霸王听了范增的话，立刻派钟离昧带领一万精兵去截断汉兵运粮的道儿。钟离昧马到成功，汉兵的运粮队全部做了俘虏。周勃得到了消息，出去跟钟离昧对敌，又打了个败仗。钟离昧派人向霸王一报告，霸王就带领着大军一直向荥阳打过去。

汉王得到这个消息，急得饭也吃不下去，觉也睡不着。他忽然想起当初攻陈留的那档子事，郦食其这个人还挺有办法。汉王就叫郦食其进去，对他说："荥阳城内粮食不够，运粮的要道已经给楚军截断，大将们都跟着韩信出去了，留下一个王陵，因为死了母亲，又正病着。先生看有什么好办法没有。"

郦食其回答说："霸王来势汹汹，咱们可别跟他硬拼。我想一面守住城，一面打发使者到各地去封六国的后代为王。大王封了六国的后代，六国的诸侯、臣下一定感激大王的恩德。他们拥戴大王，反对西楚，霸王自然孤立。从前商朝汤王灭了桀王，封了夏朝的后代；周武王灭了纣王，也封了殷朝的后代。商朝和周朝坐了几百年的天下。只有秦始皇吞并六国以后，把六国的后代都废了，秦朝也就很快地亡了。以前的事就是今天的教训，请大王合计合计。"

汉王完全同意，就对郦食其说："好！快去刻印，烦先生带着王印去分封六国的后代。"郦食其出来，急急忙忙地吩咐刻印的官员，赶紧把六国的王印刻好，一面准备出发到六国去。

汉王这才安下心来，想消消停停地吃一顿好饭。张良进来了。他见汉王正在吃饭，就想退出去。汉王已经瞧见了，大声说："先生来得正好，别走，我有一件事情告诉您。有人叫我封六国的后代，让他们去牵制楚军，您看好不好？"

汉王认为张良准会高兴得流出眼泪来的。他原来是韩国人，祖祖辈辈做韩国的相国，因为秦国灭了韩国，他才不顾死活地在博浪沙干了一下子。以后不论在楚营或者在汉营，总是念念不忘地要恢复父母之邦。他曾经请求项梁立韩公子成为韩王，他自己做了韩国的司徒。后来霸王杀了韩王成，张良从此把霸王恨透了，他才来归附汉王。赶到汉王封韩庶子信为韩王的时候，张良又要跟着韩王信回到本国去，因为汉王硬把他留在身边，他才没去成。可见张良一向是怀念着父母之邦的。这会儿汉王要正式分封六国的后代，韩国当然也就一块儿恢复了。张良还能不感激涕零吗？

哪儿知道这时候的张良已经不是做韩司徒时候的张良了，更不是当初博浪沙的张良了。这几年来，他看着各地刀兵不息，又造成了诸侯混战的局面，他就细细地想着：废除分封诸侯的制度，统一中原，原来是一件了不起的大事情。只是六国的贵族和大臣谁也不肯放弃自己的地位和利益，总想恢复原来的局面，秦国又不能很好地治理天下，以至于秦国一亡，这个统一的局面又给弄得四分五裂了。张良希望天下能够统一，而不愿意再回到七国相争的旧路上去。现在他念念不忘的是怎么样去统一中原，倒不在乎一个韩国恢复不恢复了。因此，他刚一听到汉王要封六国的后代，就一本正经地反问了一句："谁替大王出的主意？要这么一来，大事可全完了！"汉王不由得吓了一大跳，他就把郦食其的话说了一遍。张良顺手拿起一双筷子，一边用筷子在桌子上比画着天下大势，一边说："郦先生只知其一，不知其二，汤王封夏朝的后代，武王封殷朝的后代，跟今天情况不同。那时候，天下没有人能起来反对他们，他们乐得表示宽大。现在大王能不能消灭霸王？再说天下豪杰离开故乡，抛弃妻子，跟着大王东征西讨，无非希望能得到一些土地。要是大王封了六国的后代，还拿什么土地去封给功臣呢？他们一失望，各归各地去伺候本国的主人，大王依靠什么人去打天下？目前霸王还挺强，谁能保得住六国的诸侯不去归附他？大王怎么能管得住呢？"汉王听到这儿，来不及把嘴里的饭咽下去，连忙吐出来，骂道："书呆子！这么不懂事，差点儿坏了老子的大事！"他立刻吩咐人把已经刻好了的王印全都毁了。

汉王销毁了六国的王印，确实是一件有远见的行动，可是那也不能叫霸王退兵啊。霸王的前锋已经到了荥阳城下。汉王听到了这个消息，只是愁眉苦脸，想不出办法来。正在忧虑得不可开交的时候，陈平进来了。他劝汉王不必过于烦恼，还说只要多花些黄金，事情就好办了。

挑拨离间

陈平安慰汉王，说："霸王手下不过范亚父、钟离昧他们几个人算是人才，其余都庸庸碌碌不足道。霸王为人猜忌，容易听信谣言。只要大王肯交给我大量的黄金，我就有办法去收拾他们。"汉王说："黄金有什么稀罕的，你就拿四万斤去吧。"他知道陈平是喜欢黄金的，就又加了一句："你爱怎么使，听你的。"

陈平领了四万斤黄金，当时拿出一部分来交给他的心腹，叫他们打扮成楚兵，混到楚营里去。不到几天工夫，楚营里就三三两两议论起来了。有的说："范亚父和钟离昧有这么大的功劳，可什么好处也没得着。"有的说："要是他们在汉营里恐怕早已封了王了。"这些暗地里议论的话传到了霸王的耳朵里，霸王不免起了疑，就不再跟钟离昧商量军机大事了。可是对于范增，他仍然是信任的。范增对霸王说："请大王加紧攻打荥阳，这回别再让刘邦逃了。"

霸王亲自督促将士儿郎们把荥阳城团团围住，四面攻打，一定要把这座城夺下来。一连攻打了好几天，汉兵就是不出来。他们只在城上射箭，扔石灰瓶子和石头子儿，楚兵一时没法打进去。霸王心中十分着急，又听说彭越老在楚军运粮的路上劫夺粮草，更加烦闷。霸王知道不能老这么拖拖拉拉地耽搁下去，就吩咐将士们大家努力，加紧攻打。这么一来，汉王果然害怕了，他就打发随何到楚营里去求和。

随何跪在霸王跟前，说："汉王和大王原来结为兄弟，共同伐秦。后来大王把他封在褒中，因为将士们水土不服，都想回到东边来，并不是有意来跟大王作对。他得到了关中已经心满意足了。因此，他愿意跟大王订立盟约，把荥阳以东的地方都划归大王，荥阳以西算是汉界，一面收回韩信的兵马，各守自己的封地。这样，不但大家都能够安享富贵，就是老百姓也能够过太平日子。请大王答应了吧。"

霸王也想暂时休息一下，以后的事情以后再打算。他就把这个意思告诉了范增。范增反对，他说："这是因为荥阳被围，刘邦才来求和的，是个缓兵之计，并不是他真要讲和。请大王不要上他的当，失了时机。"霸王一时不能决定，就先打发随何回去，对他说："请先生回去，讲和的事让我们再商议一下。"随何说："这种大事，还得请大王自己决定，旁人的话难免有他自己的私心。再说韩信就快回来了，他一回来，大王就不便退兵了。日子一多，别的不说，粮草供应就够麻烦。"霸王一方面也想讲和，一方面还想趁着这个机会派人到汉营里去侦察情况，就对随何说："你先去，随后我派人去接头。"

随何辞别了霸王，回去向汉王报告，汉王就跟陈平他们商量怎么样去招待霸王的使者。过了两天，霸王的使者果然来了。汉王就叫陈平好好地招待他。陈平领着使者到了宾馆，请他休息一下。使者一见宾馆布置得非常阔气，招待的人又都那么殷勤、周到，心里已经有几分高兴了。不一会儿，摆上了上等酒筵，由陈平他们来陪他吃饭，这个使者更加得意。陈平请他坐在上座，问他："近来范亚父贵体如何？有没有他的亲笔信？"使者说："我是奉霸王的命令来议和的，何必要范亚父的信呢？"陈平听了，有些莫名其妙，说："怎么？你不是范亚父派来的？"使者说："我是霸王派来的。"陈平点点头，说："哦，哦，原来如此。对不起，对不起。"一边说着，他就出去了。

不一会儿，有人把原来的上等酒席都端回去。酒席撤下去了以后，再也没有人进来。使者只好饿着肚子等着。等了好大半天，才见一两个人拿着一些蔬菜、羹汤进来，请他用饭，连普通的鱼肉都没有。使者越看越火儿，他自己受点气倒算不了什么，他们简直太不把霸王放在眼里。他就跟看门的人说了一声，走了。

使者回去向霸王一五一十地说了一遍。也是霸王一时大意，就怀疑范增私通汉王。当时责问范增，说："你也三心二意了吗？"范增听了，摸不着头脑。可是他知道霸王一向尊敬他，今天这么对待他，分明已经不信任他了。他就大声地说："天下大事已经定了，愿大王好自为之。大王看我年老体衰，让我回乡退休吧。"霸王想起他跟随了这些年，还算不错，就答应了，还派人护送他回到本乡居巢去。

范增一路走，一路想，哭也哭不出来，只会叹气。本来他蛮想帮助霸王建立霸业。他始终认为：刘邦是个假仁假义、刁钻刻薄的小人，一个亭长怎么能做君王；霸王可是个又能干又豪爽的英雄，将门之子确实有君王的气魄。因此，范增屡次要霸王消灭刘邦。不料到最后霸王反倒怀疑他有私心，弄得半途而废，多么伤心！这一股子的闷气憋得他好像掉在水里快要淹死似的。一路上吃不下饭去、睡不着觉，只是喘不过气来。再说他已经七十五岁了，风中残烛，哪儿受得了这么大的委屈？就在路上害起病来，身子热得好像火烧着一样。起初他觉得胸口疼得难受，后来觉得脊梁疼，疼得好像有条毒蛇咬着似的。原来是长了个毒疮。护送他的人看着老人家这么难受，就请他去治。范增知道这毒疮是郁闷积成的，没法治。再说就算治了脊梁上的疮，也治不了心里的伤。他就对手底下的人说："我一心一意地帮助大王，原来希望能成大事，想不到敌人用挑拨离间的毒计，拆散了我们君臣二人。我受了委屈还是小事，只是以后苦了大王了。"

范增还没到彭城，就给毒疮折磨死了。护送的人回去向霸王报告，还把范增临死的话学说了一遍。霸王听着直发愣，后悔也来不及了。他一面派人到彭城，把范增的棺木运到居巢，用厚礼安葬，一面叫钟离眛过来，安慰他，说："我很对不起亚父，也对不起你。你们都是忠心耿耿的，请你别多心。"

钟离眛流着眼泪，说："几年来我伺候大王，自己惭愧才能不够，可是一片忠心，绝不辜负大王。范亚父忠心为国，丝毫没有私心，愿大王以后多多提防敌人的诡计。"霸王越想念着范增，就越痛恨刘邦，一定要踏平荥阳，活捉刘邦，才能够解恨。他就吩咐项伯、钟离眛、季布他们日夜不停地拼死进攻，逼得汉王焦急万分，催着张良和陈平再想办法。

假投降

汉王愁眉苦脸地问张良和陈平怎么样才能够逃出去。张良说："不如用假投降的办法，把霸王和他的将军们都引到东门口来，大王就暗地里从西门逃出去。"汉王觉得那也不大妥当，怎么样能把霸王的大军都引到东门口来呢？陈平一听到张良的话，就有了主意了。

他说："先写一封投降的信给霸王，说明大王亲自出去投降，在东门相见。霸王一定会把他的大军布置在东门。我再想办法叫楚兵都到东门口来。大王就可以从西门冲出去了。"汉王说："就请先生去安排吧。"

不一会儿，有一位面貌跟汉王有些相像的将军叫纪信，进来对汉王说："现在敌军四面围着，我们没法出去。我愿意打扮成大王的样子出去投降，好叫敌人专心围住东门，大王就可以趁着这个机会突出西门，管保没有多大的危险。"汉王说："这怎么行？就算我能够逃出去，将军岂不是要遭到毒手了吗？"纪信说："父亲有难，做儿子的应当替父亲死；大王有难，做臣下的应当替大王死。我纪信情愿替大王死！"汉王说："这是将军的一片忠心，可是我刘邦大业未成，将军还没受过什么好处。现在将军去替我慷慨死难，我倒偷偷地溜了，我怎么对得起你们？请你们再想个别的办法吧。"

陈平说："这是没有办法当中最后的一个办法了。难得纪将军肯舍着自己来救千万人的性命，他真是古今无二的大英雄。”纪信又说：“现在情况十分紧急，要是大王不让我去，荥阳城给攻破以后，大家也是一个死，还不如现在死我一个人，不但能够保全大王，就是将士们也都有了生路。请大王不要为我难受了。”汉王只是皱着眉头，下不了决心。纪信拔出宝剑来，说：“那我就先死了吧！”说着就要自杀，急得汉王连忙拦住他，流着眼泪，说：“将军的心真可以感动天地。我知道将军还有母亲和夫人、儿女。将军的母亲就是我刘邦的母亲，将军的夫人就是我刘邦的嫂子，将军的儿女就是我刘邦的儿女，请将军放心吧。”纪信当时就磕头谢恩。

事情果然依照陈平的计划办到了。天还没亮，就开了东门。陈平用了两千多个妇女，叫她们一批一批地从东门出去。楚兵当然围了上来，可是一见这些手无寸铁的女人，说是今天开城，逃出来的，谁也不好意思为难她们，只好开一条道儿让她们走。这些妇女慢慢吞吞地走了好久，还没走完，南、西、北门的楚兵听说东门外全是美人儿，也有来看热闹的。忽然人们都静下来，说是汉王出来了。果然汉王坐着车，由仪仗队开道，慢慢地向楚营这边过来。赶到走近楚营，霸王才发现坐着车出来的不是汉王，气得暴跳起来，吩咐将士们把这个假汉王连车一块儿烧了。汉王乘着东门的乱劲儿，冲出西门，带着陈平、张良、夏侯婴、樊哙他们逃到成皋去了。

楚军占领了荥阳。霸王安抚百姓以后，留下一部分人马守在那儿，自己带领着大军去攻打成皋。汉王知道成皋也守不住，再说也没有第二个纪信再替他死。他只好带着夏侯婴偷偷地向修武（在今河南修武一带）方面跑，准备跑到韩信、张耳那边去。成皋原来由英布守着，他一见汉王和别的将军们一个接着一个地都走了，也扔了成皋，向北逃去。霸王的大军占领了成皋，打算休息一下，再去追赶汉王。

汉王带着夏侯婴和随从的十几个士兵在修武的驿舍里停下来，准备好好地休息一夜。可是汉王整个晚上翻过来掉过去，就是睡不着。他被霸王逼得从荥阳逃到成皋，又从成皋逃到这儿。今天落到这步田地，这不是因为韩信跟他为难吗？他早就告诉过韩信，叫他收服魏、赵、燕以后，马上去平定齐国，回头一块儿率领大军去攻打霸王。可是韩信把大军驻扎在赵国，毫无动静，干什么呢？要是韩信能够早点回来，汉王也用不着假投降丢了荥阳，更不至于再丢了成皋逃到这儿来了。他越想越生气，越生气越睡不着。天还没亮，他起了床，连早饭都没吃，就带着夏侯婴一直跑到韩信、张耳的军营里去了。

他们到了营门外边，天刚亮。正想进去，只见几个小兵打着呵欠、揉着眼睛出来把他们拦住，问他们是哪儿来的。汉王大模大样地回答说："我们是汉王的使者，有要事报告将军。"小兵一听说是汉王的使者，只好让他们进去，请他们稍微待一会儿。汉王不让他们去通报，就三步并作两步到了内帐。韩信的卫兵认识汉王，赶紧行礼。汉王向他摆摆手，叫他别吵醒了将军。卫兵只好拿脚尖走路，领他进了韩信的卧室。韩信睡得死死的，什么都不知道。

汉王走到韩信旁边，拿了大将的印和兵符，正想出来，韩信醒了。他一见汉王，吓得慌忙爬起来，趴在地下，哆哆嗦嗦地说："臣罪该万死，不知道大王驾临，有失远迎。"汉王摇晃着脑袋，责备他，说："人家一直到了中军帐里，将军还没起来，连将印、兵符都要拿走了，还没有人报告。要是敌人突然进来，或者刺客混到军营里来，你还睡大觉吗？"韩信自己觉得太疏忽大意了，给汉王说得满面通红，答不上一句话来。汉王叫他起来，把衣帽穿戴好。

这时候，张耳也知道汉王到了，连忙进来，向汉王请罪。汉王免不了也责备他一番。接着就问韩信："我请将军进攻齐国，齐国一平定，就来会师攻楚。将军把大军老扎在这儿，这是什么意思？"

韩信回答说："赵国虽说攻下来了，可是并没平定。光由张耳驻守，还嫌兵力不足。而且这几个月来，接连征伐了魏、赵，人马也过于疲劳了。要是匆匆忙忙地再去进攻齐国，我怕赵兵截断我的后路，齐兵挡住我的前路，本来已经疲劳了的军队再前后受敌，就非常危险了。因此，我想稍微多下点功夫，一面把赵国安定下来，一面整顿整顿军队，再去进攻齐国。这几天我们正在商量出发的事，凑巧大王来了，正好当面奉告。如果大王暂时住在这儿，等机会去收复成皋、荥阳，我就先去征伐齐国。要是能托大王洪福，马到成功，就可以跟大王会师，一块儿去进攻楚军。大王看怎么样？"

汉王才和颜悦色地说："很好，很好。"他交还了将印和兵符，吩咐张耳镇守赵地，叫韩信带领一部分兵马，再去招募一些赵地壮丁，作为补充，向东去进攻齐国，其余驻在修武的兵马全由汉王亲自率领。韩信、张耳不敢再说什么，就拜别汉王，分别走了。

韩信、张耳一走，汉王坐镇修武大营。从成皋出来的将士们也陆续到了修武，汉军重新整顿队伍。汉王正在琢磨着什么时候才可以去收复成皋，不料霸王的大军反倒从成皋追到修武来了。

古籍链接

五月，将军纪信曰："事急矣！臣请诳楚，可以间出。"于是陈平夜出女子东门二千余人，楚因四面击之。纪信乃乘王车，黄屋左纛，曰："食尽，汉王降楚。"楚皆呼万岁，之城东观，以故汉王得与数十骑出西门遁。令御史大夫周苛、魏豹、枞公守荥阳。羽见纪信，问："汉王安在？"曰："已出去矣。"羽烧杀信。而周苛、枞公相谓曰："反国之王，难与守城。"因杀魏豹。

——《汉书 · 卷一上》

外黄小儿

汉王急忙召集谋士和将士商议对付霸王的计策。有人说："不如派大将先去断绝楚军的粮道，叫楚军得不到粮草，他们自然会退兵的。趁着他们退兵的时候，大王再发大军去追击，必然能打胜仗。"

汉王就吩咐卢绾和刘贾带领两万人马，偷偷地绕到楚军的后面，会同彭越去袭击楚军的运粮队。到了半夜里，彭越、卢绾、刘贾三个将军率领着大队人马围住楚军的运粮队，放起火来。粮草着起来，烧得满天通红。楚兵没做准备，只好四散逃命。彭越趁着机会，接连打下了大梁的外黄、睢阳等十七座城。

楚兵逃到霸王那儿，把敌人怎么烧毁粮草的情形报告给他。一会儿，又有楚兵来报告，说："彭越夺去了梁地十七座城，现在驻扎在外黄，抢掠居民。"霸王因为彭越三番五次地截断楚军的粮道，这回又扰乱梁地，实在恨透了。他就吩咐大将曹咎和塞王司马欣守住成皋，再三嘱咐他们千万不可出去跟汉军交战，自己去攻打彭越。彭越最怕碰到霸王，一听到他亲自来了，知道自己不是他的对手，"蚱蜢斗公鸡"，他不干，就向昌邑方面逃了。

外黄城里没有人管，一时谣言纷纷，人心惶惶，三三两两地都说霸王进城要把十五岁以上的壮丁全都活埋。赶到霸王大军进了城，还真有人哭天喊地地哭起来了。霸王正在纳闷儿的时候，卫兵进来报告，说：“有个十三岁的小孩儿要求见大王。”霸王听说有小孩儿要见他，更觉得奇怪，就吩咐卫兵领他进来。小孩儿见了霸王，跪下拜了几拜，站在旁边。霸王见他眉清目秀，怪招人爱的，就轻轻地抬了抬他的下巴颏儿，挺柔和地问他：“你小小的年纪，来见我有什么事情吗？”

那小孩儿说：“外黄的老百姓受了彭越的欺压，敢怒而不敢言，天天盼望着大王来救他们的性命。哪儿知道大王一到，城里纷纷传说，大王要把十五岁以上的壮丁全都活埋。这是怎么回事？”霸王笑着说：“哦，你是来替他们求情的吗？好孩子，你放心吧。我就算有一肚子的气，见了你这么伶俐的孩子，气也没了。我这就派你去传达我的命令，别听信谣言，楚军绝不伤害老百姓。”霸王一高兴，叫底下人拿出一两件值钱的东西来赏给他。那小孩子向霸王谢了谢，欢天喜地地回去了。

城里的老百姓听到了这个消息，都安下心来，连外黄以东的那些地方的人都知道楚军不杀害居民，楚军一到，就开城门。没有几天工夫，那十七座城又都归附了霸王。霸王平定了梁地，暂时把大军驻扎在睢阳（在今河南商丘一带）。他正想派人去援助齐王田广抵抗韩信，不料倒霉的消息不断地传来：曹咎被汉兵辱骂，沉不住气，不顾霸王的再三嘱咐，出去交战，已经阵亡了，司马欣也自杀了，汉王又占领了成皋和荥阳，把大军驻扎在广武（山名，在今河南荥阳）；齐王田广害怕韩信，正想投降汉王。霸王听了这些报告，直恨曹咎不听他的吩咐，以致失了成皋。他只好一面率领大军再去进攻成皋，一面派人去探听韩信的动静。

韩信当面受了汉王的命令，在赵地招募了不少壮丁去攻打齐王田广。齐王田广听说韩信带领着三十万大军打到齐地来，非常着急。一天当中老有好几回的警报，吓得齐人心惊肉跳，日夜不安。

这个消息传到了荥阳，郦食其就想趁着机会立个大功。他偷偷地对汉王说：“齐王田广和相国田横都是吃软不吃硬的好汉，光凭武力去征服他们不是一年半载就能了事的。我想亲自去一趟，把天下大势和大王的威德说个明白，让他们知道是非利害，劝他们及早归附大王。要是托大王的洪福，把田广和田横收过来，那不是比经年累月地打仗好得多吗？”汉王连连点头，说：“先生能够劝齐王归降，彼此不动刀兵，这是再好没有的了。趁韩信的兵马还没到齐地，请先生马上动身吧。”

郦食其带着几个手下人到了临淄，见了田广，仗着他的口才，居然把田广说活了心。田广对他说："要是我听了先生的话，愿意归附汉王，汉兵就不再打到齐国来了吗？"郦食其拍着胸脯，说："我担保。我这次并不是私下来见大王的。因为汉王不愿意齐人遭到兵灾，特意派我来探问探问大王的心意。如果大王诚心归汉，汉王自然会叫韩信不再进兵。请大王放心。"

田横在旁边插嘴说："万一韩信前来，大王不做准备，怎么办？"田广说："是呀，请先生先写封信给韩将军，三方面都说妥当了，才好叫我放心。"郦食其说："这容易。"他当时就写信给韩信，说明情况，请韩信不必进兵。齐王田广打发使者去见韩信。

韩信看了郦食其的信，很高兴。他对齐国的使者说："郦大夫既然都说妥了，那我就可以回成皋去了。"他写了回信，交给来人带回去。田广、田横和郦食其听了使者的报告，看了韩信的回信，大家全都放心了。

田广知道郦食其原来是高阳出名的酒鬼，就天天请他喝酒，还叫一班歌女伺候着这位贵宾。郦食其喜欢喝酒就像性命一样，他就这么一天一天地在临淄待着。哪儿知道乐极生悲，警报传到临淄，说韩信已经打到齐国来了。韩信不是说过要回到成皋去吗，怎么又打到齐国来了呢？

原来韩信打发齐国的使者回去以后，就想回到成皋去。他手下的一个门客，叫蒯彻（也写作蒯通）的，他不顾大局，只为韩信私人的眼前利益打算，出来反对，说："不行，不行！将军是奉了汉王的命令来进攻齐国的，怎么能听信郦食其单方面的话就退兵呢？汉王并没发过命令叫将军退兵。再说，将军带领了几十万大军，费了一年多工夫，仅仅打下了赵地五十几个城。现在郦食其凭着他一张嘴皮子，就能得到齐地七十多座城。难道将军还不如一个书呆子吗？要真是这样，连我们都没有脸回去见汉王了。将军应当趁齐王没做准备，一直打到临淄去，灭了齐国，才能够回复汉王。"

韩信认为蒯彻的话固然很有道理，可是这么一来，总觉得太对不起别人。他说："郦食其也是奉了汉王的命令去的。我要是再去进攻齐国，不但违反了汉王，而且田广一定会杀害郦食其的。那就等于我杀了他，于心何忍？"

蒯彻想尽心思，找出一些理由来，说："汉王原来是派将军来征伐齐国的，他为什么又派郦食其去呢？那一定是郦食其想夺将军的功劳，在汉王面前讨了这个差使；汉王又怕他不一定能够成功，所以并没阻止将军进兵。可见得是郦食其先对不起将军，不是将军对不起他。”韩信这才听了蒯彻的话，立刻下令进攻齐国。

韩信的大军沿路打下了许多城，一直向临淄过来。齐王田广责备郦食其，说：“原来你是假意来叫我归附汉王，要我不做准备，好让韩信打进来，是不是？”郦食其正像哑子梦见妈，有苦说不出。他只好再写封信，打发使者去见韩信，请他退兵。韩信对使者说：“你去转告郦大夫，既然他是奉了汉王的命令来劝齐王投降的，为什么不请汉王下令，叫我停止进兵？为什么他偷偷地到了齐国，不让我知道？谁能相信齐王投降不是缓兵之计？谁能担保齐国不再叛变？彼此都是为国尽忠，何必这么怕死！”

使者回去向齐王报告，齐王把郦食其恨得咬牙切齿的，当时就把他扔在油锅里炸了。田横说：“与其坐着等死，不如趁着黑夜出去决一死战。”田广、田横就点起城里的人马，开了城门，去跟韩信拼个死活。

古籍链接

汉王之败彭城解而西也，越皆亡其所下城，独将其兵北居河上。汉三年，越常往来为汉游兵击楚，绝其粮于梁地。项王与汉王相距荥阳，越攻下睢阳、外黄十七城。项王闻之，乃使曹咎守成皋，自东收越所下城邑，皆复为楚。越将其兵北走穀城。项王南走阳夏，越复下昌邑旁二十余城，得粟十余万斛，以给汉食。

——《汉书 · 卷三十四》

分我一杯羹

齐兵跟汉兵打了一阵，一时分不出输赢来。可是打到后来，齐兵越来越少了。田横趁着天黑，保护着齐王田广，杀出一条血路，向高密方面逃去。韩信用兵素来小心，不敢穷追。

齐王到了高密，接连派人向霸王求救兵。霸王打发大将龙且、副将周兰带领着楚军，号称二十万，去援助齐王，自己亲自到广武去对付汉王。广武是座山，当间有一条河，把广武山分成东西两边。汉营在西边，楚营在东边，彼此对立着。汉王只守不战，由敖仓运粮，源源不绝，要守多久，就能守多久。霸王没法把广武打下来，彭越还不断地进攻梁地，截断楚军的粮道。这么一来，霸王着急起来了。他对钟离昧他们说："看情况，刘邦正在调动人马，也许要跟咱们大战一场。可是咱们粮草不够，不能老在这儿待着。你们有什么计策没有？"

钟离昧说："刘邦的父亲押在这儿，一向没有多大用处。我说，明天大王出战，把太公放在宰猪的案板上，让刘邦瞧瞧。叫他投降，免太公一死；不投降，就把太公宰了，煮成肉羹。刘邦尽管铁石心肠，总有父子之情的。难道他还不肯请求大王讲和吗？"霸王说："杀了太公是容易的，但是我怕给人家耻笑。"钟离昧说："要叫刘邦退兵，恐怕只能这样了。"霸王点点头，说："不妨试试看。"

第二天，霸王带着一队人马，把太公绑在马上，一直推到河边。早有人报告了汉王，汉王把张良、陈平召来，请他们想个办法。

张良说："大王不必惊慌。项伯是您的亲家，难道他不会想办法救太公吗？"陈平更进一步，告诉他临时怎么回答霸王，霸王一定不会杀害太公的。汉王到底放不下心去，好像大难临头似的那么难受。

他正迷迷糊糊不知道怎么办才好，忽然有人进来报告，说："霸王请大王出去讲话。"汉王只好硬着头皮出去，到了河边。他瞧见太公在宰猪的案板上搁着，自己觉得有点头昏眼花，耳朵里嗡嗡地响着。他定一定神，就听见楚兵大声嚷嚷着："刘邦快投降，免太公一死，如果不答应，就要把太公宰了煮成肉羹！"汉王鼓着勇气，也大声地嚷着说："我跟霸王结为兄弟，我的老子就是你的老子。你要是把你的老子煮成肉羹，请分给我一杯尝尝味儿。"

霸王听了，冷笑着说："真不是人养的。"回头对左右说："杀了吧。"项伯连忙拦住他，说："打天下的人往往顾不得家。大王杀了人家的父亲，不但对咱们一点好处都没有，反而给人家多了一个话把儿。咱们不如收兵回营，再想别的办法吧。"霸王本来并不一定要杀太公，汉王在楚兵和汉兵面前这么丢人现眼，已经够他受的了。拿一个毫无抵抗能力的糟老头子来出气，那是小人干的勾当，霸王可不是那样的人。他就依了项伯，把太公押回去，仍然软禁在营里。

汉王闷闷不乐地回到内帐，一个人闭着眼睛坐着。张良和陈平也像做了缺德事儿似的耷拉着脑袋跟进来。三个人谁也不敢看谁，谁也不便先开口，就那么憋着气坐在一起。末了，汉王叹了一口气，说："嗐，够丢人啦！项羽要是真把太公害了，怎么办？谁知道他哪一天下毒手呢？"张良说："我们慢慢儿想个办法把太公救回来。"

汉王连忙问："先生有什么妙计？"张良说："那要看情况，现在还说不上。"汉王又叹了一口气，眼睛盯着陈平，陈平低着头不言语。

第二天，汉王正在为难的时候，相国萧何从关中带着一队人马到了。他还带来了一个北方部族的大汉叫楼烦的，是个大力士，又是个射箭的能手。汉王当时就重用楼烦，叫他做了将军，还叫王陵、周勃他们跟他在一起，准备去跟楚军对敌。汉王正在这儿整顿人马的时候，霸王已经派使者来了。使者传达霸王的话，说："连年打仗，天下不安，无非为了你我两个人相持不下。你敢不敢亲自出来跟我比个上下高低，免得天下百姓受累？”汉王回答使者说：“我愿意比文不比武，斗智不斗力。”

霸王听了使者的回话，气得跟什么似的，当时就派丁公、雍齿、桓楚、虞子期去挑战。汉王派楼烦、王陵、周勃他们出去在河边守着。楼烦刚到了汉营，正要显显本领，他就跑在头里，见人就射。楚将跟他们隔河对射，一点儿占不到便宜，都跑回去了。楚营里另外几个将士一见丁公他们逃回来，连忙出去想跟楼烦比个高低。楼烦拿起弓来，连着射了四箭，就射倒了三个将士，吓得楚军拔腿就跑。霸王一见，挂了火儿。他亲自出去对付楼烦。楼烦刚拉开弓想射霸王，霸王瞪着眼睛，大喝一声，好像半空中打个霹雷，连山谷都震动了。楼烦吓得两手发抖，箭都没法射了。他连连倒退十几步，回头就跑，一口气逃回营里，不停地上牙打着下牙。汉兵一见楼烦都跑了，也都跟着逃回去。

汉王听说霸王亲自出来，就吩咐将士们拼命去抵抗。霸王嚷着说：“叫刘邦出来！”汉王有将士们保卫着，再说当中还隔着一条河，胆儿就大了。他也想叫霸王在汉军和楚军面前丢人现眼，就出来对霸王说：“你要是个顶天立地的大丈夫，就让我说完了话再打。”霸王说：“你有什么说的？说吧！”

汉王知道霸王的傻劲，料到他不会动手的，就说：“你有十大罪状，还敢跟我作对？你违背了怀王先进关的为王的命令，把我搁在汉中，这是第一项大罪；你杀害了卿子冠军，这是第二项大罪；你奉令去救赵，不回来报告，反倒强迫诸侯进关，这是第三项大罪；你烧毁秦国的宫殿，发掘始皇的大坟，盗取财宝，第四项大罪；秦王子婴已经投降了，你还把他杀了，第五项大罪；坑杀秦国投降的士兵二十万人，第六项大罪；你把好的土地封给自己的将军，把各国诸侯随意放逐摆布，第七项大罪；放逐义帝，自己建都彭城，霸占韩、梁的土地，第八项大罪；你派人扮作强盗，在江南杀害义帝，第九项大罪；还有，你待人不公，立约失信，大逆不道，天地不容，这是第十项大罪。”

霸王等他说完了“十大罪状”，忍无可忍，他也不回答，就回过头去打个暗号，拿画戟向前一挥，楚将钟离昧带领着的弓箭手就一齐射箭。汉王正想回头，胸口上已经中了一箭，差点儿从马背上摔下来。将士们慌忙把他扶到营里，立刻叫医官给他敷上药。一会儿，全营的将军们和文官都到他跟前来慰问。汉王忍着胸口的疼痛，故意用手摸着脚，说："贼兵射中了我的脚指头，好疼啊。"

汉王的胸口受了伤，他只好成天地躺着。尽管他说射中的是脚指头，可是将士们有知道的都挺担心，军营里更加议论纷纷，有的甚至说汉王怕活不成了。张良非常着急，他进了内帐，劝汉王勉强起来，到军营里去转一转。汉王叫医官用布帛给他扎住胸脯，挣扎着坐在车上，到军营各处巡视了一遍。士兵们见了，这才安定下来。汉王"巡视"以后，马上偷偷地回到成皋养伤去了。霸王派人一探听，才知道汉王不但没给射死，居然还可以在军营里巡视。霸王因为这边没能够把广武打下来，龙且那边又没有消息，粮草越来越少，这么拖下去总不是办法。正在进退两难的时候，忽然得到了龙且阵亡的报告。他第一次害怕起来了。愣了半天，说不出话来。龙且是霸王手下的一等大将，他带去的兵马有二十万，怎么会给韩信打败了呢？

古籍链接

羽令壮士出挑战。汉有善骑射曰楼烦，楚挑战，三合，楼烦辄射杀之。羽大怒，自被甲持戟挑战。楼烦欲射，羽瞋目叱之。楼烦目不能视，手不能发，走还入壁，不敢复出。汉王使间问之，乃羽也，汉王大惊。

——《汉书·卷三十一》

踢脚封王

原来大将龙且、副将周兰带领着二十万大军到了高密，齐王田广召集了散兵，出了高密城，到潍水东岸去迎接楚军。两路兵马就在那儿驻扎下来。韩信的兵马正向潍水西岸过去，他一听到龙且来了，就下令退兵，找个适当的地方把大军驻扎下来，按兵不动。他知道龙且是个出名的大将，不敢轻易跟他对敌。他连夜派人去向汉王报告，请他再调曹参、灌婴两支人马来。

曹参和灌婴带着两支人马赶到潍水来见韩信。韩信嘱咐他们说："龙且是霸王手下数一数二的大将，千万别小看他。跟他硬拼是要吃亏的。咱们必须看好了地形，把人马布置停当，再用计谋把他引到这边来，才能够把他打败。"曹参和灌婴自然听从韩信的吩咐，很小心地依照他的计划分头干去。

龙且一见韩信先是退兵，后来按兵不出，就认为韩信究竟胆小，不敢跟他交手。他当时就要渡过河去先杀他一阵再说。副将周兰劝他，说："将军不可小看韩信。他帮着汉王收复三秦，平定魏、赵、燕。现在又打下了齐地七十多座城，声势十分浩大。这会儿他按兵不动，必定又在使什么诡计。汉兵老远地跑到这儿，希望快点打，作战的劲头也足。我们这儿的楚兵和齐兵离自己的家乡近，一出乱子，容易逃散。咱们不如一面坚守阵地，不跟汉兵作战，一面让齐王打发使者到齐地各城去劝告齐人反正。齐人要是听到了他们的大王在这儿，又有楚兵帮着他，他们必然会反抗外来的汉兵。汉兵霸占着齐人的土地，粮食就不容易得到。咱们只要坚持几个月，汉兵非退去不可。”

龙且笑着说：“韩信碰到的都是一些无名小卒，才让他侥幸成功。这回落在我手里，看这个钻裤裆的不掉下脑袋来才怪呢！”

龙且没把韩信搁在眼里，只看他按兵不出就认为是胆小。哪儿知道韩信仔细侦察了地形，用了一万多个沙袋把潍水上游堵住，下游就没有多少水了。韩信带着一队人马从浅水上走到东岸来。龙且马上出去，没费多大力气，就把韩信的兵马打回去。龙且哈哈大笑，他对周兰说：“你看这个钻裤裆的有多大的能耐？”他不顾周兰的劝告，立刻吩咐全军渡河，别让韩信逃远了。龙且的军队正在全面渡河的时候，上游的沙袋忽然全搬开了。大水哗哗地直冲下来，谁挡得住！俗话说，“骄兵必败”，就因为龙且太大意了，不但在水里的楚兵淹死不少，上了岸的全部消灭，就连龙且自己的脑袋也给人家砍了去。

韩信斩了龙且，接着就去追赶田广、田横。田广慢了一步，被汉兵拿住。韩信恨他，就把他砍了。田横机灵，带着亲随的士兵，逃到嬴下（在今山东莱芜一带），自立为齐王。韩信派灌婴去进攻嬴下，田横又打了败仗。这时候，彭越在梁地守中立。田横逼得走投无路，只好带着亲信的几百个人投奔彭越，躲在他那儿。齐地就这么全都平定了。

韩信平定了齐地，回到临淄。他一见金碧辉煌的宫殿，心里有些羡慕。他想：“怪不得谁都想做王。就是住在这儿，也够体面了。”没想到他还没住下来，汉王的使者已经到了。汉王在成皋养好了伤，又回到广武。他一听到韩信平定了齐地，叫韩信马上到广武去给他解围。这可把韩信难住了。

那个不顾大局、只知道吃谁的饭就给谁卖力气的门客蒯彻见韩信愁眉不展的，就对他说：“齐是个大国，没有王就镇守不住。将军正该趁着这个机会请求汉王立将军为齐王。齐国有了王，名分一定，齐人就不敢再叛变了。然后再发大军跟着汉王共同去对付楚军，齐国这头才不至于出什么岔子。”韩信说：“我也这么想。”他就写了一封信给汉王，大意说：“齐人多诈，反复无常，而且南边近楚，难免不再发生叛乱。可不可以暂时让我做个假王（就是暂时代理一下，而不是正式的齐王），镇守齐国？”当时他派人带着信去见汉王。

汉王看了韩信的信，差点儿连高鼻子都气歪了。他立刻叫张良和陈平过来看那封信，一面骂道："这小子真太没有道理了！"张良和陈平不约而同地暗地里拿脚尖踢了踢汉王的脚。汉王究竟有他的招。他知道这个时候不能得罪韩信，就顺水推舟，擦了擦鼻子，故意又骂道："大丈夫平定诸侯，做王就该做真的，干吗要做假的呢？真是！"他立刻派张良准备王印到临淄去封韩信为齐王。

韩信得到了王印，满心欢喜，挺殷勤地招待着张良。张良临走的时候，劝他快点发兵去攻打霸王。韩信满口答应。

韩信做了齐王，天天练兵，准备到广武去。忽然卫士进来报告，说："霸王派使者来见大王。"韩信一想："我正要去攻打霸王，他干吗派使者来见我？别管他，见了再说。"

原来霸王一听到大将龙且给韩信杀了，才知道韩信的厉害。他打发大夫武涉去跟韩信讲和，愿意跟韩信、刘邦三分天下。武涉见了韩信，行过了大礼，把霸王叫他带去的礼物奉上。韩信说："从前我跟大夫一块儿伺候着霸王，那时候，我们都是他的臣下。现在各人有各人的主人，楚、汉已经成了敌国，大夫怎么还送礼来？"武涉说："大王统领大军，做了齐王，远远近近谁都尊敬。这些礼物是霸王送给大王的，一来表示敬意，二来请大王包涵霸王过去的不是。从此以后，两国通好，共享富贵。"

韩信说："我做了齐王，已经心满意足了，还要求什么富贵？"武涉说："大王听了我的话，齐王的地位才保得住。要不然，就算大王把楚国灭了，自己反倒不能再做齐王了。"韩信说："为什么？"武涉十分郑重地对他说："汉王为了对抗霸王，不得已才立大王为齐王，大王跟楚联合起来，三分天下，汉王和霸王都不敢跟大王为难。汉王原来是在霸王手下的，他做了汉中王，按理应当各守疆土，天下太平了。可是汉王忘恩负义，贪得无厌。他进攻霸王还不是要独吞天下吗？今天大王替他出力，我怕大王将来必定遭他的毒手。"

韩信笑着说："汉王不比霸王，他能信任我。我在霸王手下，官职小，地位低，我说的话，霸王是不愿意听的。我这才投奔了汉王。汉王重用我，拜我为上将军，把几十万士兵交给了我。他脱下自己的衣服给我穿，省下自己的酒食给我吃，现在还立我为齐王。他这么信任我，我怎么也不能辜负他。我就是死了，对汉王的心绝不改变。请大夫替我拜谢霸王。大夫带来的礼物绝不敢收。”武涉见韩信这么坚决，只好垂头丧气地回去。

韩信送出了武涉，回来就碰见蒯彻。他叫蒯彻进来，跟他谈起刚才他拒绝武涉的事。蒯彻说：“我近来学会了相面。”韩信觉得很奇怪，就说：“真的？先生也能相面了？”蒯彻说：“是呀，还准得很。我看您正面的相，不过封侯，反过来，一看您背面的相，啊，那可就贵不可言了。”

韩信一听这话里有话，就叫他进了里屋。蒯彻挺正经地说：“几年来，楚、汉相争，谁也灭不了谁。大王夹在中间，帮汉汉胜，帮楚楚胜。楚、汉两个王的命运都在您手里。大王不如哪一头也不帮，先跟他们三分天下，以后再看机会。拿大王的才能来说，谁比得上？现在大王坐镇齐国，齐是个大国，事实上，燕、赵都在您的手下。到了适当的时候，往西去，为天下百姓除害，使大家能过太平的日子。这么登高一呼，哪一个诸侯、哪一个豪杰不会出来响应？然后划分地界，分封诸侯，各国诸侯自然都来朝见齐国。这是霸主的大事业。成功不成功全在大王能不能下决心了。”

韩信把脑袋点了点，又摇了摇，说：“先生的话固然不错，事情也许能够成功。可是汉王待我这么好，我要背叛他，于心何忍？”蒯彻说：“当初张耳和陈馀两个朋友要好得连脑袋割下来都乐意的。后来怎么样？意见不合，变成了仇敌。张耳还杀了陈馀。您跟汉王的交情不见得比张耳跟陈馀的交情更深，你们之间的猜疑可比他们之间的猜疑更大。您可不能不防备。古人说，‘飞鸟尽，良弓藏；狡兔死，走狗烹’。您的功劳太大，汉王没法赏您，您的威名只能叫汉王害怕。我真替大王担心。”韩信经他这么一说，也不免有点害怕。他说：“先生别说了，让我仔细想想吧。”

过了几天，蒯彻又对韩信说：“做大事要有决心。大王要再这么犹豫不决，恐怕后悔不及了。从前越国的大夫文种替勾践灭了吴国，把已经亡了的越国恢复过来。他这个功劳多么大呀。可是后来越王勾践怎么待他来着？要知道，事业是失败容易成功难；时机是失去容易抓住难。时间哪时间，一去不再来！”

韩信始终不愿意背叛汉王。他说：“人心都是肉做的。我相信汉王绝不会亏负我。”蒯彻这才知道韩信到底是心肠软，再跟他多说，就是把舌头说掉了，也没有用，还许把别人的棺材扛到自己的家里来。他就大笑起来，说：“哈哈，我是个疯子，我真发了疯了！”他又是笑又是唱，就这么疯疯癫癫地离开了韩信。

韩信知道蒯彻走了，也就算了，可是他心里老觉得不踏实，就暂时把军队驻扎下来，急得汉王嘴里不说，心里直想："这小子太没有道理了！我在这儿受罪，天天儿盼着他来，封他做了齐王，他还不来，干什么呢？"他闷闷不乐地坐在内帐里，叫张良和陈平进去，对他们说："齐王韩信到今天还没发兵来，项羽的兵马又不肯退，他还老吓唬着要杀害太公，怎么办？"张良说："我们先想个办法把太公救回来。"

古籍链接

楚数使奇兵度河击赵，王耳、信往来救赵，因行定赵城邑，发卒佐汉。楚方急围汉王荥阳，汉王出，南之宛、叶，得九江王布，入成皋，楚复急围之。四年，汉王出成皋，度河，独与滕公从张耳军修武。至，宿传舍。晨自称汉使，驰入壁。张耳、韩信未起，即其卧，夺其印符，麾召诸将易置之。信、耳起，乃知独汉王来，大惊。汉王夺两人军，即令张耳备守赵地，拜信为相国，发赵兵未发者击齐。

——《汉书 · 卷三十四》

鸿沟为界

汉王一听到张良能想办法把太公救回来，就向他瞅着，待了一会儿又瞧了瞧陈平。张良说："目前霸王正缺乏粮食，他不能不回去。抓住这个机会去跟他讲和，要求把太公和夫人放回来，我们就退兵，我想他是不会不答应的。"陈平也认为要救回太公和吕氏，最好马上派人去求和。君臣三个人商量完了，就派洛阳人侯公去。

侯公见了霸王，奉上汉王求和的信。霸王一瞧，上面写得很有道理。大意说："我刘邦跟你霸王打仗打了七十多次，双方都死伤了不少人马，弄得老百姓叫苦连天，难过日子。要是再打下去，怎么对得起天下的人呢？因此派侯公前来讲和，建议楚、汉两方拿荥阳东南的鸿沟作为界线，鸿沟以东属楚、鸿沟以西属汉，各守疆土，彼此不再侵犯。这样，双方停止战争，保持兄弟的情义，不但你我可以共享富贵，就是老百姓也能过太平日子。"

霸王仔细一想："跟刘邦打了几年仗，将士儿郎们已经疲劳得很，粮草又老不够。这么下去，哪年哪月才能完结？还不如依了刘邦，回到彭城去吧。"他就同意了，派人约会汉王划定地界，再约好和汉王在阵前交换合同文书。当时霸王打发使者跟着侯公去见汉王，汉王对西楚的使者说："我跟霸王交换合同文书的时候，请以兄弟之礼相见，不必随身带兵器。还有一件事，请转达霸王，既然讲和了，请把太公和我的家眷放回来，才能叫人钦佩霸王的诚意。要不然，太公还留在楚营里，万一霸王反悔，又要把他杀了，叫我怎么遵守合同呢？”使者说：“还是请侯公再辛苦一趟，当面说去。”

侯公跟西楚的使者一同到了楚营，侯公替汉王向霸王表示感谢，说：“承蒙大王允许和好，汉王非常感激。他希望大王恩上加恩，让他们父子、夫妻能够团聚。大王不杀他的父亲，就是注重孝道；不难为他的妻子，就是注重道义；扣在这儿的人又都放回去，足见大王宽宏大量。不但汉王这一辈子忘不了大王的恩德，就是天下后世也必定歌颂大王的道义。如果汉王再不守信义，那就错在汉王了。正理在大王这边，大王可以无敌于天下，汉王还能算什么呢？”

霸王说：“既然和好了，我就放他们回去吧。”侯公跪在地上，说：“我回去通知汉王，汉王一定把大王的话当作诏书一样。万一再有变化，我的命就保不住了。请大王别叫我为难。”霸王说：“大丈夫一言为定，怎么能说了不算？”侯公欢天喜地地回去了。

钟离昧和季布得到了这个消息，就来劝止霸王，说：“大王绝不可以把太公放回去，刘邦不像大王那么注重信义。他是个反复无常的小人，只要对他有好处，什么事情都做得出来。万一他不遵守合同文书，那时候大王反倒没法管住他了。”霸王说：“那时候，天下自有公论，他要反悔的话，光把太公留在这儿有什么用？就是把太公煮成肉羹，他还想分一杯尝尝味儿呢！”这时候项伯也进来了，他说：“大王把太公放回去，汉王必定感激大王的大恩大德，他哪儿还敢再不守信义？”霸王说：“我也这么想。”

第二天，霸王叫文臣武将都换上便服，排列在两旁。汉王也带着穿便服的臣下前来会见。汉王和霸王对面行了礼，把合同文书互相交换了。霸王对他说：“从此以后，各守疆土，不可再多事。我也要带着军队回去了。”接着就吩咐左右把太公、吕氏和审食其领出来，交给汉王。汉王又向霸王行个礼，说：“太公在楚，蒙大王照顾，此恩此德，刘邦绝不敢忘。”他就和随从他的那些人拜别霸王，回营去了。

过了几天，汉王听说霸王果然带领着大军回彭城去了，他也就吩咐将士们整理行装，准备回到咸阳去。

张良急急忙忙地来见汉王，说：“咱们对项羽说回去，那是个缓兵之计。大王要统一天下，这时候就不能回去。将士儿郎们都是东边人，跟着大王辛苦了这几年，无非想立了功劳，得到爵禄，回到本乡本土去。现在大王跟霸王讲了和，又要到西边去，他们就没有什么指望了。我怕战争一停下来，他们必定都要逃回去，谁还给大王守天下？现在太公、夫人既然回来了，大王就该会合诸侯，共同征伐项羽。要是真把天下分成楚河汉界，各守疆土，那么到底谁是君，谁是臣，叫天下诸侯归向哪一个呢？东周列国诸侯混战了几百年，就因为天下不统一，得不到太平。现在大王已经有了大部分的天下了。如果让项羽回去休养，将来他招兵买马，养精蓄锐，再打过来，大王西半边的天下还保得住吗？要消灭项羽，统一天下，正是时候了。”

汉王眼睛望着上头，鼻子翘得半天高，捋着胡子，说：“已经立了合同文书，说好了鸿沟为界，要是再有变更，天下诸侯不会说我不守信义吗？”张良说：“要成大事，这种地方就顾不了了。从前汤王、武王是怎么得到天下的？他们要是只顾到桀、纣是君，他们是臣，他们还能为天下除害吗？”陈平、随何、陆贾他们一班谋士都说：“子房的话极有道理，就是我们这几年来跟随大王劳苦奔走，也无非想帮助大王统一天下，使各国诸侯都能尊大王为君，我们也好凑合着算是跟着大王创立基业。请大王不要再三心二意了。”

汉王只怕人家说他失信，既然张良他们替他这么分辩，他就撕了楚河汉界的合同文书，决定再向东进攻。当时就打发使者分别去约齐王韩信、魏相国彭越发兵到固陵（在今河南太康一带）会齐，共同去进攻楚军。

汉王亲自率领大军，往东去，没有几天工夫，就到了固陵，把军队驻扎下来，派人去催韩信和彭越。他向霸王下了战书。

霸王气得直瞪眼睛，大骂刘邦无耻小人，反复无常。当时就和钟离昧、季布、桓楚、虞子期等大将发兵三十万，猛一下子向固陵打过去。汉王慌忙派王陵、樊哙、灌婴、卢绾四个将军出去迎敌。霸王和楚将理直气壮，个个都是精神百倍的，一见王陵他们出来，就像猫看到耗子那样直扑过去。霸王的一支画戟真是神出鬼没，得心应手，谁碰到，谁就没有命。不到半天工夫，杀得汉兵东倒西歪，四散分逃。王陵、樊哙等抵挡不住，逃回固陵城里，关了城门，不敢再出来。

霸王嘱咐将士们一定要攻破固陵，活捉刘邦。将士们都说：“小小一座固陵城，三天之内一定把它打下来。”当天晚上楚军安下营寨，防备着汉军前来偷营。到了半夜里，汉军开了北门，偷偷地跑了。霸王还想追赶，但是黑夜里恐怕有埋伏，只好守住营寨，等到天亮再说。

半宿工夫，汉军一口气跑了八十多里地。天一亮，就想休息一下。张良、陈平都说：“虽然都辛苦了，这儿可不能停留，还是往前走吧。”汉兵不停地跑去，一直到了成皋，才驻扎下来，哪儿知道汉兵还没休息两天，楚军跟着也到了。成皋又给围住。汉王对张良说：“成皋被围，救兵又不来，真急死人。”张良说：“楚兵进攻固陵的时候，我已经暗地里派臧荼他们带领五千精兵偷偷地绕到楚军屯粮的地方，叫他们半夜里放火烧毁楚军的粮食。楚军粮食接不上，非回去不可。”汉王这才放了心。果然，不到三天工夫，楚军全退回去了。汉王见楚军退回去，反倒闷闷不乐地又在擦鼻子、捻胡子了。张良问他：“又出了什么事儿啦？”

汉王叹了口气，说：“我总觉得韩信、彭越、英布老不得劲儿，我屡次三番地叫他们快点来，他们可给你一个干着急。这是什么意思呀？要是他们能够按时赶到固陵，这一回也不至于又打了败仗。”张良说：“虽然韩信封为齐王，英布封为淮南王，可没封给他们土地。彭越屡次立了大功，更是什么也没拿到。他仅仅做个魏相国是不够的。现在魏王豹已经死了，彭越也想封王。俗话说，重赏之下，必有勇夫。大王不给他们重赏，难怪他们不肯卖力气了。”

汉王是不愿意把土地封给别人的，可是要人家替他卖命，他只好依着张良，暂时给他们个糖叼着。他说：“先生的话一点不错。请先生告诉他们，等到他们打败了项羽，我就把临淄一带的郡邑全封给齐王韩信，一切租税钱粮等项供他支用，大梁的土地全归彭越，淮南的土地全给英布。烦先生分头去说吧。”

果然，韩信、彭越、英布得到了分封土地的甜头，没有多久都发兵来会汉王。汉王不用说多么得意了。这一回他一定要把“楚河汉界”变成“汉河汉界”了。

钻入敌营

汉王见韩信、彭越、英布、萧何、臧荼等各路兵马先后都到了，就请齐王韩信统领各路兵马，指定萧何、陈平、夏侯婴把敖仓、陈留和三秦的粮食源源不绝地供应大军。成皋、荥阳一路相连几百里都是汉兵。真是兵多粮足，声势十分浩大。

韩信比谁都明白，霸王不是容易对付的，他手下的将士也都有本领，他们知道汉王大军集中在一个地方，哪儿还肯自投罗网，出来跟你会战？霸王不出来，不跟你对敌，怎么办？韩信用兵是精明的，他得想各种法儿把霸王引到一个适当的地方，才能够把他围起来。因此他把各路兵马暂时驻扎下来，只派人到各处去踏看地形，然后分别布置军队，准备围攻。他还打算派人钻到敌营里去把霸王引出来。他知道霸王恨透了汉王，必须请汉王亲自去挑战，仇人相见，分外眼红，霸王才肯出来。

汉王前来挑战的信儿到了霸王那儿，霸王连忙召集项伯、项庄、钟离昧、季布等商议这件事。霸王说："我们的兵马不够，出去跟汉兵死拼，没有好处；不如深沟高垒，守住城池。只要我们能够守上一两个月，汉兵粮草必然不够，那时候，他们就非退去不可。"将士们都同意霸王只守不战的办法。他们又说："江东是大王起兵的地方，人心归向大王。我们一面守住阵地，一面派人到会稽去调兵。还有舒城和六城一向由大司马周殷镇守，最好叫他也发兵来。三路兵马合在一块儿就可以对付汉兵了。”霸王就派人分别到会稽、舒城和六城去征兵。

会稽和邻近的郡县派来了八万人马，只是周殷不但不发兵来，反倒跟淮南王英布联合起来帮助汉王去了。霸王虽然痛恨周殷，这时候，也只好随他去。

霸王有几十万兵马，本来也可以跟汉兵对付一下，可是他还不愿意出去。这几天来，他老想着范增的话：“刘邦野心不小，不如及早杀了他。”他叹着气，说：“悔不听亚父的话。当初在鸿门宴上杀了他，就像捏死一只蚂蚁一样。我怎么不能像亚父那样看得这么远呢？到今天这只蚂蚁变成了猛虎，张牙舞爪，反倒叫我受他的窝囊气。唉，亚父死了，哪儿还有像他那样的谋士呢？”

霸王正在自思自叹的时候，项伯进来报告一个好消息。他说：“当初赵王歇和赵相陈馀不听谋士李左车的话，弄得国破人亡。韩信知道李左车是个千中不挑一、万中不挑一的谋士，就把他留在帐下。哪儿知道韩信自从做了齐王，就妄自尊大，独断专行起来。手下人的话他连听也不爱听。因此，稍微有骨气的谋士都走了。这位李左车派他的心腹来投奔大王，大王能不能收留他？”霸王说：“靠得住吗？两国正在交战的时候，假投降的奸细多得很。”项伯说：“大王不妨当面盘问盘问。”霸王就让项伯去带李左车的心腹进来。

那个人见了霸王，霸王就说：“李先生是韩信帐下的谋士，他派你到这儿来干什么？”他说：“大王疑心我是韩信派来的，是不是？大王想必已经知道李左车过去的遭遇吧。他在赵国，赵王不能用，他做了韩信的谋士，韩信又不能用。一身无依，四海无家。这回他派我先来投奔大王，我正像婴儿依靠父母一样。大王如果肯收留我，就是叫我卖命去，我也乐意。”

项伯插嘴说：“两国正在交战的时候，假投降的奸细多得很呢。”那人说：“我不过是个谋士，又不能上阵作战。就是有什么计策，也得先说出来让大家商量，听不听还在大王。大王这儿的情况，韩信老有人探听，根本用不着我假投降来探听。”霸王说：“李先生既然真心实意地来投奔我，我也绝不会错待人的。”霸王不能随便信任他，可是要从他嘴里多少探听一些韩信的情况，就把他留下了。

有一天，霸王大发脾气，骂韩信自高自大，竟敢在太岁头上动土。原来探子前来报告，说韩信屯兵垓下（垓下，在今安徽灵璧一带；垓：gāi），要害霸王。他还用四句话叫人咒骂，说是：

人心都背楚，天下已属刘。
韩信屯垓下，要斩霸王头。

霸王听了，骂道："这饿不死的叫花子，想必活得不耐烦了。我就到垓下去，先斩了韩信再说。"

霸王好强，受不了人家的讥笑，火绒子性子，一点就着，当时就要发兵去找韩信。季布他们拦住他，说："这是韩信诱兵之计。他怕大王按兵不动，特意用这几句狗屁不通的话来激怒大王。要是大王出去，正中了他的诡计。"

霸王故意问那个"心腹"："先生有何高见？"他说："大王不必心急。韩信一向自高自大，这种狂妄的话，吓不倒大王，大王也不必生气。可是要守住一个地方，也不能老躲在城里。以进为退才不致没有后步，以攻为守才能镇守得住。如果只知道以退为退，以守为守，必然处处受人摆布，时时都要吃亏。大王不出兵，汉兵也会打过来。要是大王发兵去迎头痛击韩信，打赢了不必说了，万一打不赢，还可以退回来。汉兵远道而来，运粮困难，绝不能住得长。要是大王不出去，坐着等汉兵进攻，万一守不住，那就更难退兵了。我是新来的人，不便多说话，到底是以进为退好，还是以退为退好，请大王自己决定吧。"霸王觉得他的话很有道理，季布他们也不能反驳他，就决定带领十万大军向垓下方面去了。

大军走到半路，那个李左车的心腹向霸王报告一个消息。他说："兵在精不在多。韩信好大喜功，带领了各路兵马前来。他哪儿知道士兵越多，他就受累越大。兵法上说'兵多将累'，就是这个道理。刚才我打听到汉王领着一支人马回成皋去了，韩信也打发一部分人马回去了。我早就料到汉兵太多，粮草绝难供应。大王趁着汉兵缺乏粮草、正在退兵的时候，突然打过去，绝没有不打胜仗的道理。"霸王下令，加快行军。没有几天工夫，霸王大军到了垓下，安下营寨。当时就派人去探听汉王、韩信退兵的情况。

探子回来报告，说："韩信大营在九里山东边，各路军营相连着，兵多粮足，声势浩大。看样子汉王和韩信并没有退兵的意思。"

霸王一听，当时瞪着眼睛，说："哎呀，我军进了重围了！"吩咐左右叫那个李左车的心腹人过来。左右各处寻找，哪儿还有他的影儿？霸王责备项伯，说："都是你做的好事！把敌人的奸细当作谋士来推荐给我。"项伯趴在地下，说："误中奸计，都是我的过错，请大王处罚吧。"

霸王怒气冲冲地要办项伯。季布、钟离昧他们劝住霸王，说："项司马忠心为国，并不是他有意引用敌人。现在大军已经到了这儿，最要紧的是想办法对付敌人，过去的事不必再后悔了。"霸王觉得自己也不好，一时大意，误中奸计，他们这一劝，就不去惩办项伯了。

霸王回头对将士们说："今天汉兵声势浩大，你们跟我出战，必须加倍小心。汉兵要是败了，我们不可去追；他们要是赢了，我们要彼此照顾。只要守住阵营，坚持一个月，等汉兵粮草接不上，必然会退却的。"他们都说："大王说的是，我们仔细防备着就是了。"

古籍链接

汉王败成皋，北度河，得张耳、韩信军，军修武，深沟高垒，使贾将二万人，骑数百，击楚，度白马津入楚地，烧其积聚，以破其业，无以给项王军食。已而楚兵击之，贾辄避不肯与战，而与彭越相保。汉王追项籍至固陵，使贾南度淮围寿春。还至，使人间招楚大司马周殷。周殷反楚，佐贾举九江，迎英布兵，皆会垓下，诛项籍。

——《汉书·卷三十五》

四面楚歌

霸王预料到只要在垓下守住一个月，汉兵粮草接不上，必然会退去。这个想法并不错。可是他没想到自己的粮道早已给汉兵截断，没法供应粮草了。霸王一连几天只叫将士守住阵营，不准出战。又过了几天，将士们进来报告，说："三军没有粮，战马没有草，士兵们暗地里抱怨着。不如同心协力，杀出去，总比待在这儿等死强。"

虞子期和季布说："八千子弟一向跟随大王，英勇非凡，汉兵见了他们没有一个不害怕的。大王不如带领他们冲杀出去。如果能够打开一路，我们各人带领本部人马保护娘娘，就可以紧接着跑出去了。"钟离昧、桓楚他们情愿跟着霸王先去打一阵。霸王也认为只有这样了。他就带领一支人马向前冲过去。楚军尽管大批死伤，可是霸王的一支画戟谁也抵挡不住。他见了韩信更不能放过他。韩信只能一边作战，一边后退，还真给霸王打败了。霸王追了好几里地，杀散沿路的汉兵。可是打退一批，又来一批，杀出一层，还有一层。十万人马怎么敌得过韩信的三十万人马？一支画戟究竟对付不了韩信的十面埋伏。楚兵死伤了快一半。霸王虽然勇猛，可也有个疲劳的时候。这儿还没杀出去，那儿汉兵又围上来。四面八方全是敌人，霸王只好转过身来，跑回垓下大营里去，吩咐将士小心防守，准备瞅个机会再出战。

霸王进了自己的营帐，虞姬伺候他坐下，见他不开口，就问他："大王今天怎么啦？"霸王叹了口气，说："打败了！"虞姬从来没见到他打过败仗，心里不由得着急起来，可是她马上露出笑脸来安慰他，说："胜败兵家常事，何必这样。咱们还是喝几杯，提提神吧。"霸王不愿意伤了虞姬的心，就说："你这么体贴我，真叫我过意不去，你跟着我在军队里这些年了，没享过福，我还老给你添麻烦……"虞姬打断他的话，说："大王，这话怎么说的？只要大王不离开我，我就够造化的了。"

她劝了霸王几杯酒，伺候他睡了，自己守着营帐，心里挺不踏实。到了定更的时候，只听见一阵阵的西风吹得树枝子唰啦唰啦直响，好像有无数的冤魂抽抽噎噎地哭着似的。虞姬听了，一阵阵地直起鸡皮疙瘩。她正想躲到内帐里去，忽然听到风声里好像还夹着唱歌的声音，深更半夜，哪儿会有人唱歌？她慢慢地走到外边，仔细一听，不是唱歌又是什么？声音是由汉营里出来的，唱歌的人还真不少，唱的全是楚人的歌。这是怎么回事呀？

她连忙进了内帐，叫醒霸王。霸王出来，仔细一听，四面八方全是楚歌。这一下子弄得他愣住了。他张着嘴，说不上话来。他拉着虞姬进了营帐，没着没落地对她说："完了！难道刘邦已经打下西楚了吗？怎么汉营里能有这么多的楚人呢？"

他光知道刘邦的士兵大多是关中人，韩信的士兵大多是齐、赵、燕那些地区的人。他压根儿没想到英布的九江兵是临近汉水的老乡，是会唱楚歌的。张良就利用他们，教会了汉兵。他料到楚兵军心一乱，必然会大批地逃亡。他嘱咐汉兵见着逃出来的楚兵，不准阻拦。

楚人的歌声传到了楚营，楚营里的将士儿郎们听了家乡的歌，都想起家来了。他们眼看着内无粮草、外无救兵，只好坐着等死。这会儿，父母、妻子、家乡、邻里，全给这歌声勾起来，谁还愿意待在这儿等死！开头，还只是三三两两地开了小差，后来干脆整批地溜走。连跟着霸王多年的将军，像季布、钟离昧他们也暗地里走了。这还不算，就是霸王自己的叔父项伯，也偷偷地投奔张良去了。大将们一走，小兵一哄而散。留下的大将只有虞子期、桓楚他们几个人，士兵只剩了千儿八百的子弟兵。楚军就这么自己垮了。

虞子期和桓楚进来，说："士兵已经散了，四面全是楚歌，大王不如趁着天黑冲杀出去。”霸王叫他们在外边稍微等一会儿，准备在天亮以前一块儿突出重围去。

霸王一见大势已去，心里像刀子扎着似的。他什么也不计较，可是败在刘邦手里他是死也不服气的。他什么也不留恋，可是他要突围出去，没法保护虞姬，叫他怎么扔得下？他要突围出去，还得依靠那匹骑了多年的战马乌骓。他叫手下的人把乌骓带到帐内。霸王一面抚摩着那匹千里马，一面说：“你辛苦了这些年，弄得这么个下场。唉，咱们的命运太坏了！”虞姬见霸王这么难受地对着马说话，就叫马童把它拉开，可是乌骓静静地瞅着霸王，就是不肯走。怎么拉它，也是不走，霸王再也忍不住了，他喊了一声，随口用顶伤心的调子唱起来：

力气拔得起一座山，
气魄压倒了天下好汉；
时运不利乌骓不走，
可叹哪，可叹！
乌骓不走由它去，
虞姬呀虞姬，你可怎么办？

虞姬没等听完，早已变成泪人儿了。霸王安慰她，说：“像你这样一个又聪明又能干的大美人儿，总不至于受到太大的委屈。你要多多保重。”虞姬听了，伤心得更没法说。在这种情况下，语言失去了力量。她只能又唱又说地哭着：

汉兵侵犯我土地，
四面楚歌夜深沉；
多情英雄气儿短，
我哪有心再做人！

虞子期进来说：“天快亮了，咱们走吧。”霸王还是不愿意离开虞姬。虞姬催着他，说：“大王快走吧！我就在这儿送大王了。啊，那边来的是谁？”哄得霸王一回头，说时迟，那时快，她拔出宝剑来，往脖子上一抹。

霸王赶快去救，可是已经来不及了。虞子期一见他妹妹死了，也自杀了。霸王两手捂住脸，眼泪像泉水一样从眼眶里涌出来。桓楚听见帐里一片乱哄哄，进去一看，也止不住直掉眼泪。他刨了两个坑，把他们俩的尸首分别埋了。霸王跨上乌骓，带着八百多个子弟兵，好像受了伤的猛虎似的往汉营直扑过去。谁也来不及阻挡，谁也阻挡不了。

古籍链接

五年冬十月，汉王追项羽至阳夏南，止军，与齐王信、魏相国越期会击楚。至固陵，不会。楚击汉军，大破之，汉王复入壁，深堑而守。谓张良曰："诸侯不从，奈何？"良对曰："楚兵且破，未有分地，其不至固宜。君王能与共天下，可立致也。齐王信之立，非君王意，信亦不自坚。彭越本定梁地，始，君王以魏豹故，拜越为相国。今豹死，越亦望王，而君王不早定。今能取睢阳以北至谷城皆以王彭越，从陈以东傅海与齐王信，信家在楚，其意欲复得故邑。能出捐此地以许两人，使各自为战，则楚易散也。"于是汉王发使使韩信、彭越。至，皆引兵来。

十一月，刘贾入楚地，围寿春。汉亦遣人诱楚大司马周殷。殷畔楚，以舒屠六，举九江兵迎黥布，并行屠城父，随刘贾皆会。

十二月，围羽垓下。羽夜闻汉军四面皆楚歌，知尽得楚地。羽与数百骑走，是以兵大败。灌婴追斩羽东城。

——《汉书·卷一下》

难见江东父老

霸王过了汉营，往南跑下去。他打算渡过淮河再往东边去。东方刚发白，霸王和八百子弟都被围住了。霸王只好对付一下。他挥着画戟，来回冲杀，把汉兵打得七零八落。灌婴差点儿丧了命，他慌忙逃回，报告了中军。韩信、英布、王陵、周勃、樊哙他们早已有了布置，立刻分头追赶。汉兵首先围住了桓楚。桓楚一看四面全是汉兵，自己只有二十几个人，没法冲出去，又怕给汉兵逮住，就自杀了。

霸王杀出重围，乌骓使出了平生的劲儿，像飞一样地直跑，把汉兵都撇在后面，越跑越远。赶到霸王渡过淮河，到了南岸，才瞧见有一百多个子弟兵也都快马加鞭地赶到了。他们抢着渡过淮河，跟着霸王又走了几里地，到了阴陵（在今安徽定远一带），迷了道儿。霸王四面一瞭望，全是小河沟和小道，可不知道哪一条道可以通到彭城。后面又起了一阵尘土，汉兵远远地还追着呢。

霸王到了三岔口，瞧见一个庄稼人，就向他问路。那个庄稼人不愿意帮他，就说："往左边儿走。"霸王跟一百多个子弟兵就往左跑去，越跑越不对头，跑得连路都没有了，前边只是一片水洼地。他们的马陷在泥泞里头，连蹄子都拔不出来。霸王这才知道受了庄稼人的骗，走错了道。赶紧拉转缰绳，再回到三岔口，汉兵可已经追到了。

霸王带着子弟兵往东南方跑，到了东城，点了点人数，一共才二十八个骑马的士兵。追上来的人马有好几千，好像蚂蚁抬螳螂似的围上来，霸王觉得这可没法脱身了，就带领这二十八个人上了山冈，摆下阵势，对他们说："我从起兵到现在八年了。亲身作战七十多次，没打过一个败仗，就这么做了天下的霸主。今天在这儿被围，这是天数，不是我打仗打得不好。我已经不想活了，可是我要和诸君一起痛痛快快地打这最后一仗。就在这种情况下，我还能够打三阵，赢三阵，突出重围，斩杀敌人的将军，砍倒敌人的旗子，让诸君知道这是天要我死，不是我不会打仗。"

霸王始终认为只有他一个人力气最大，最能打仗，最能杀人，所以天下的人都应当听他的。到了这会儿，跟着他的只有二十八个人，他还不肯认输，一定要再杀几个人让他们瞧瞧。他把二十八个士兵分成四队，朝着汉兵摆下阵势。汉兵把他们围了好几层。霸王说："我给诸君先杀他们一个大将，诸君分四路，跑下去，到东山下会齐，立刻把四队分成三队，分别把守住三个地方。"接着他就大喊了一声，向一个汉将直冲过去。那个汉将仗着人多，还想活捉霸王，不知死活地跟霸王对打起来。霸王拿画戟猛力一刺，早把他送了性命。汉兵一见，纷纷逃散。霸王到了山下，山下的汉将、汉兵又把他团团围住。可是乌骓冲到哪儿，哪儿就成了一个缺口。汉军的将军杨喜不肯放松，紧紧地追着霸王。霸王回过头来，瞪起眼睛，大喝一声，跟打雷似的，把杨喜吓得捂住耳朵直跑，那匹马乱蹦乱跳地跑了好几里地。

霸王到了东山下，那四队二十八个子弟兵全都到齐了。霸王立刻叫他们分成三队，分三处把守。汉兵赶到，不知道霸王在哪一处。他们也就分兵三路，分别围住三个地方。霸王来来往往接应着三个地方。哪一面汉兵多，就往哪一面冲杀。可是敌人太多，一支画戟杀不了多少汉兵。他就一手拿着画戟，一手拿着宝剑，左刺右劈，双管齐下。没有多大工夫，又杀了汉军的一个都尉和几百个士兵。汉军将士不敢逼近楚兵。霸王又把三处楚兵会合在一起，一点人数，仅仅少了两个士兵。他笑着对他们说："诸君看怎么样？"他们都趴在马鞍子上行着礼，说："大王真是天神！大王说的一点不错。"

霸王杀退了汉兵，带着二十六个子弟兵一直往南跑去，到了乌江（在今安徽和县一带）。恰巧乌江亭长荡着一条小船等在那儿。他一见霸王到了，就催他马上渡河。他说："江东虽然小，可也有一千多里土地，几十万人口，大王还可以在那边做王，这儿只有我这条船，请大王赶快渡过河去。就是汉军到了这儿，他们也没法过去。"

霸王原来想跑到会稽去，他还没想过到了会稽怎么办。这会儿乌江亭长一提起"江东"来，反倒戳疼了霸王的心。他这才决定不走了。他笑着对亭长说："我到了这步田地，渡过江去还有什么意思？当初我跟江东子弟八千人渡过江来，往西去打天下。到今天他们全都完了，我哪儿能一个人回去？就算江东父兄同情我，立我为王，我哪儿还有脸见他们？他们尽管不说，我还有什么脸去见他们！"他摇摇头，接着又说："这匹马，我已经骑了五年了，所向无敌，曾经一天跑过一千里地。我舍不得把它杀了。我知道您是个忠厚长者，我很感激您一片好意，这匹马送给您吧。"

他下了马，叫亭长把马拉去。乌骓不愿意上船，一直回过头来瞧着霸王。霸王掉了几滴眼泪，拿手一扬，吩咐亭长快拉它上船，渡过江去。亭长只好把乌骓拉到船上。船一离开岸，那匹马就跳着叫着，差点儿把那条小船闹翻了。亭长放下桨，正想去把它拉住，想不到它望着霸王使劲地一蹦，蹦到江里去了。

霸王眼看乌骓给波浪卷了去，也禁不住掉下泪来。赶到他抬头往后一瞧，大队的汉军将士已经追到了。他和二十六个子弟兵都拿着短刀，步行着跟汉兵交战。他们又杀了好几百个汉兵，才一个一个地倒下。末了，只剩了霸王一个人。他身上也受了几处伤。有十几个汉将到了霸王跟前。霸王突然瞪起电光闪闪的眼睛来等着他们，他们反倒不敢过来。霸王拿眼睛向他们一扫，瞧见其中有个将军，认得他是个同乡，霸王说："你不是吕马童吗？老朋友也在这儿，正巧。"

吕马童不敢正面看霸王。他耷拉着脑袋，说："是！大王有何吩咐？"他还对旁边的汉将王翳说："这位就是霸王。"王翳可也不敢动手。霸王对吕马童说："听说汉王出过赏格，情愿出一千斤黄金、封一万户的城邑买我的头。我把这个人情送给你吧。"说着，他就自己抹了脖子。死的时候他才三十一岁。哪儿知道霸王一死，汉军将士反倒自相残杀起来，死了几十个人。这说起来好像又是怪事。

汉高祖登基

霸王自杀了，那些汉将谁都不肯让吕马童一个人去献功，大伙儿为了抢夺霸王的人头和尸体，自相残杀，死了几十个人。最后，王翳抢到了脑袋，吕马童、杨喜、吕胜和杨武四个将军，各人抢到了一只胳膊或者一条腿，就这么去向汉王报功。汉王把这五个将军都封了侯。

霸王一死，西楚差不多都平了，只有鲁城，因为是当初项羽受封为鲁公的城邑，不肯投降。汉王带领着兵马去征伐，要把鲁城踏平，把老百姓杀光。想不到大军到了城下，只听见城里有弹丝弦和唱诗歌的声音。张良对汉王说："鲁是礼仪之邦，周公封在这儿，孔子生在这儿，是天下人都尊敬的地方。大王兵临城下，鲁人还这么弹着丝弦，唱着诗歌，情愿为鲁公死。大王怎么能用暴力去强迫他们呢？大王不如好言好语劝他们顾全大局，再跟他们说明，只要他们归顺，就马上好好儿地安葬鲁公。我看那要比进攻强。"

汉王依了张良的主意，鲁城这才投降了。汉王就用安葬鲁公的礼节把霸王的人头和尸体缝着埋了。这还不算，他还亲自祭祀霸王。他想起霸王在鸿门宴上没杀他；睢水打了胜仗，还好好儿地供养太公；吕氏在楚三年，没受到委屈；听到了"分我一杯羹"，他也没把太公杀害。汉王左思右想，不由得掉下眼泪来。项家的人都不办罪，还封项伯为侯，赐姓刘氏，让项伯做个刘家的人。

汉王满以为这么一来，当初霸王所封的那些诸侯，已经死了的和归顺了他的不必说了，就算是还活着的一定会来投降。哪儿知道敌人不是这么快就能够转变过来的。临江王共尉首先不服。

共尉是临江王共敖的儿子，父亲死了，他继承了王位。他忘不了霸王对他们父子的好处，不肯投降汉王。汉王就派卢绾和刘贾去征伐。他们打了几个月，可是并没把江陵（临江王的都城，在今湖北江陵）打下来，究竟共尉的力量有限，最后只好投降。为了表示诚意，他自动地去拜见汉王。他还没意识到自己的过错，满以为汉王准能好好儿地安抚他一番，仍然让他回去镇守江陵。年轻人的想法有时候就是太天真了些。直爽的小伙子碰到了老练到家的汉王就得自认晦气。汉王对他顶干脆，溜了他一眼，把他砍了。

杀个临江王算不得什么。是他自投罗网，这可不能怪汉王。可是不识时务的人还多着呢。听说彭城、垓下、阴陵、东城、乌江一带的人也都挺同情霸王。这就麻烦了。汉王心里很不自在，不能不想个办法把他们压下去。汉王真有本领，硬的、软的他都有。他派人在乌江岸上给霸王立了庙，吩咐当地的长官一年四季去祭祀霸王。他还下了一道命令，说："刀兵八年没停，万民吃尽苦头。现在天下已平，除了大逆不道非死不可的，一概免罪。"这么一来，人心就平稳得多了。

汉王真是够机灵的。他安葬了霸王，杀了共尉以后，立刻跑到齐王韩信的营里，把大将军的印、兵符和军队都拿过来，由他自己统治齐地。他安慰韩信说："将军立过这么多次的大功，我绝忘不了将军。但是我挺替将军担心：将军功高权重，难免引起小人妒忌。万一将军受点委屈，叫我怎么对得起将军呢？义帝没有后代，将军又是淮阴人，我就封将军为楚王，把将军的父母之邦都封给将军，请将军去镇守楚地。富贵归故乡，那要比遥远地镇守齐地强得多了。一来可以安定人心，二来可以保全君臣大义。"可是韩信没想得这么周到，眼光也没这么远。他没能够体会到汉王的好意，也不知道这是保全君臣大义的好办法。他只觉得汉王的手段太辣。但是兵权已经没了，不由他不答应。

汉王封韩信为楚王，以下邳为都城；封彭越为梁王，以定陶为都城。躲在彭越那儿的齐王田横一听到彭越受了封，就带着亲信的五百多人逃到海岛上去了。除了楚王和梁王，还有韩王信、淮南王英布、衡山王吴芮和燕王臧荼，他们一律照旧。赵王张耳在这一年死了，就封他的儿子张敖为赵王。这七个王当中，只有彭越是新封的，张敖是继承他父亲的。别的没有变动。

韩信交出了兵权，齐王改为楚王，多少有点不得劲。可是“衣锦还乡”也是一件大喜事。他接受了楚王的大印，到了下邳。他老想着有恩报恩，有德报德，就派人去找从前给他饭吃的那个老太太和南昌亭长，还有那个叫他钻裤裆的家伙，他做了楚王，在他的地界里找三个人来，费不了什么劲儿。

那个洗纱的老太太先到了，楚王韩信问了她一番，送给她一千金。她并不希望韩信报答她，可是韩信不能忘了人家的好心眼儿。老太太谢过了楚王回去了。南昌亭长因为他老婆得罪过韩信，趴在地下不敢抬起头来。韩信赏他一百个小钱，批评他，说：“你行好没行到底，去吧。”

那个屠夫的儿子吓得直打哆嗦，请楚王办他的罪。韩信笑着对他说：“你不必害怕，闹着玩儿的事有的是，何必这么认真呢？你倒是挺勇敢的，就在我这儿做个中尉吧。”那个青年没想到韩信能这么宽大，一点也不记仇，心里又是难受又是感激，别别扭扭地谢过了韩信就出去了。韩信对旁边的将士们说：“他也是个勇士。当初他侮辱我的时候，我难道不能把他杀了吗？可是那有什么意思？就因为我能够忍受，才有今天，他也可以说是督促我上进的一个人。”他们听了这话，十分钦佩。

公元前 202 年二月，楚王韩信、梁王彭越、淮南王英布、韩王信、衡山王吴芮、赵王张敖、燕王臧荼等联名尊汉王刘邦为皇帝。汉王再三推让。最后，他说：“要是诸君一定认为这样做好，使国家有好处，我只好答应了。”汉王在汜水（在今山东菏泽一带）的南面登基，做了皇帝，后来称为汉高祖，立吕氏为皇后，公子盈为皇太子。

汉高祖因为衡山王吴芮率领着百越的士兵帮助诸侯灭了秦国，功劳挺大，就封他为长沙王，以临湘为都城，把长沙、豫章、象郡、桂林、南海这些郡都封给他，叫他镇守南方；因为前越王无诸（名叫无诸，是越王勾践的后代，姓驺；“粤”和“越”是古时候的异体字，“越王”也写为“粤王”）率领着闽中的士兵帮助诸侯灭了秦国，功劳也不小，就封他为闽越王，把闽中地封给他，叫他镇守东南。

这样，汉高祖一共分封了八个王，就是：

楚王韩信，淮南王英布，梁王彭越，韩王信，赵王张敖，燕王臧荼，长沙王吴芮，闽越王驺无诸。

除了分封给这八个王的土地，其余的地方仍旧照秦朝的制度设立郡县，由朝廷直接派官吏治理。

汉高祖拿洛阳做京城。一面把太公、吕后、太子、公主、戚夫人，还有起兵以前同居过的曹氏，加上兄弟子侄、皇亲国戚都接到京都来同享富贵；一面打发八个王回到自己的领土去。

汉高祖分封了八个王，把他们打发走了以后，第二步就要裁减军队，安抚百姓，优待官员了。他让征来的士兵复员回家，又下了一道诏书，说：“以前有不少人因为战争离开了家乡，聚在山林里或者躲在水泽地区，他们连户口都没有。现在天下已定，都该各归各县，恢复自己的田地和住宅。官员对百姓要用文法教训，劝化他们，不准像以前那样随便鞭打、侮辱。七级以上的大夫都有食邑，七级以下的大夫只领俸禄，自己和家属不必交纳赋税。”这一来，文武官员和百姓皆大欢喜。大家认为汉朝的统治确实比秦朝好得多了。第三步就得按功论赏分封其他的功臣。这可就大伤脑筋了。虽然不能征求意见，也得做点准备工作。最要紧的是叫这些大臣心服，不能小看皇帝。

汉高祖就在洛阳南宫摆上酒席，请大臣们都来参加这个庆功宴会。大伙儿喝开了酒，正在有说有笑、又唱又闹的时候，汉高祖忽然叫他们静下来。他说：“各位公侯，各位将军！咱们今天欢聚一堂，说话不必顾忌。我要问问你们，我是怎么得天下的？项羽又是怎么失天下的？请你们说说。”

大伙儿没想到喝酒还有这一套花样，他们不知道怎么说才好。这就咬开耳朵了。过了一会儿，王陵仗着他跟汉高祖的特别交情，就毫无顾忌地先发言了。王陵和汉高祖是同乡，从小是朋友。汉高祖因为他比自己年长，一向把他当作哥哥看待。这会儿王陵起来，说：“皇上一向傲慢，老侮辱人家；项羽比您虚心得多，心眼儿又好。可是您派谁进攻城邑，打下来，就赏给谁。您给人家好处，人家就都替您卖命，所以您得了天下。项羽一向妒忌、猜疑，有功劳的人他妒忌，有才能的人他猜疑。打了胜仗，不记人家的功劳；得到了土地，不肯赏给人家。他不给人家好处，人家怎么能替他去拼死呢？所以他失了天下。”

汉高祖听了，觉得王陵的话又是赞成封建割据的老一套。他笑着说：“你说得对，也不对。你只知其一，不知其二。你看我有什么本领呢？坐在帐篷里运用计策，千把里以外的胜败都能算得出来，论这一点，我就比不上子房；镇守后方，安抚百姓，能够源源不绝地供应军饷，这一点我也比不上萧何；统率百万大军，一交战就打胜仗，进攻准能把城池拿下来，这一点我怎么也比不上韩信。这三个人都是杰出的人才，我能够重用他们，所以我得了天下。项羽连一个范增都不能用，怪不得给我灭了。”在座的文武大臣听了这一番话，都说：“皇上的话没有一点错！”汉高祖觉得挺得意。

他认为这一批人大概都服了他了，容易对付。可是还有一些人不来投降，将来准有后患。他忘不了齐王田横，还有项羽的大将季布和钟离眛，不知道他们逃到哪儿去了。

五百义士

齐王田横离开了彭越，带着五百多人逃到海岛上去避难。那海岛离海岸不过八十里地，他们在海岛上种起庄稼来。就这么靠着种地和逮鱼过着艰苦的生活。

汉高祖因为田横很得人心，怕他们以后趁着什么机会再作乱，一听到他躲在海岛上，就派使者到海岛上去传达命令，赦了他们的罪，叫他们回来。田横招待了使者，请他先休息一下。他立刻召集了他手下五百多人，商议投降的事情。他们都说："不能投降。刘邦表面宽大，内心狭窄，是个刻薄小人。大王绝不可去。"田横就回绝了使者，对他说："我烹了郦食其，已经得罪了汉王，再说郦食其的兄弟郦商正在汉王左右，他绝不能放过我。请替我拜谢汉王，让我做个老百姓吧。"

使者回报了汉高祖，汉高祖把郦商叫来，对他说："要是齐王田横到来，有人敢动他一根汗毛，或者敢得罪他的随从人员的，就得灭门！"郦商吓得缩着脖子，连着说："是！是！"汉高祖又派使者带着使节、诏书去招收田横。

使者第二次到了海岛上，对田横说："皇上说了，只要你们去，大则封王，小则封侯；不去，他就要发大兵来剿灭你们了。"

田横再一次跟海岛上的全体人员商议。他们说："大王不能去。封王、封侯，说得多么好听！他高兴了，可以封你为王，封你为侯；一不高兴，也可以打你的耳光，砍你的脑袋！人家变了脸，怎么办？到那时候，大王能拿热脸去贴人家的冷脸吗？再想回来就办不到了。咱们不如在海岛四周多设营寨，加紧防备，就算有千军万马也没法过来。”

田横说：“使不得！我对诸君没有一点恩德。几年来，我并没封过你们爵位，没让你们享过富贵。你们只是跟着我吃苦。要是我不去，汉王必然发兵来攻打，诸君必然受累，说不定还要遭到屠杀。诸君为了我一个人而死，说什么我也不干。我还是去吧。”他们嚷着说：“大王不能这么说。我们愿意跟大王共生死，原来打算恢复齐国，为齐国的人民而死，并不是单单为了大王您一个人。现在事情已经到了这步田地，要去大家去，死也死在一块儿。”田横摆摆手，说：“别这么说。要是大家都去，人数过多，容易引起误会。我一个人去，汉王不会生疑。我去了以后，如果还不错，我再派人来接你们。”他就带了两个门客，向大伙儿拱了拱手，跟着使者上洛阳来了。

到了尸乡（在今河南偃师一带）驿舍里，离洛阳只有三十里地，他们先歇了歇。田横对使者说：“做臣下的朝见皇上，应当洗个澡、换身衣服，表示敬意。我就在驿舍里洗个澡，行不行？”使者答应了，自己就在小屋子里休息一下。

田横支开了使者，对两个门客说：“我是齐国的臣下，应当忠于齐王。齐王给敌人杀了，我去投奔敌人，我哪儿有脸再见人？要是后世的人学我的样儿，见了谁强就去奉承谁，天下还有忠义吗？我和汉王原来都是王，肩膀一边齐，现在他做了皇帝，我去当俘虏，得看他的眼色，听他的使唤，多么羞耻。再说我杀了人家的哥哥，现在去跟他的兄弟一块儿伺候一个主人，尽管他由于害怕汉王不敢跟我为难，我自个儿心里也觉得惭愧。我已经国破家亡了，汉王找我来，还不是要看看我的面貌吗？这儿离洛阳很近，我死了，也不至于马上就烂。他要看我，还是可以看得清楚的。”

两个门客愁眉不展地听着，还没来得及说话，田横已经抹了脖子了。两个门客抱着尸首，哭了一会儿，一咬牙，不再流泪了。使者听到了哭声，一见人已经死了，只好无可奈何地包了田横的脑袋，叫两个门客捧着去见汉高祖。

汉高祖见了田横的人头，不由得叹息着说：“唉，真了不起。他们哥儿三个（指田儋、田荣、田横）平民出身，先后都打天下，做了齐王。真了不起！”他流了几滴又悲伤又高兴的眼泪。田横能活着来投降，固然很好，现在死了，倒也去了一件心事。他就拜田横的两位门客为都尉，派两千名士兵造了一座坟，把田横的尸首缝上，用安葬国王的礼节把他安葬了（田横的墓在今河南偃师）。

那两个门客祭过了田横，就在坟边挖了两个坑，拔剑自杀，尸首恰好掉在坑里。当时就有人去报告汉高祖，汉高祖听了，挺纳闷儿。他吩咐手下的人把那两个尸首入了殓，葬在田横的坟边。

他对大臣们说：“你们看，田横不愿意封王，自杀了。两个门客也自杀了。他们怎么能有这么深的情义？真了不起！听说这么了不起的人在海岛上还有五百个，这么了不起的人，谁都钦佩，我怎么能让他们流落在海岛上呢？”他就第三次派使者去海岛，又嘱咐使者千万劝他们回来。

使者到了海岛上，传达了汉高祖的命令，接着说：“皇上早已说过，田横来，大则封王，小则封侯。齐王已经受了封了，两位门客也做了大官了。齐王说了，请你们快去，同享富贵。”他们着急地问：“我们的大王怎么样了？有他的信没有？”使者说：“齐王正忙着呢，叫我捎个口信来不是一样的吗？”

他们不能不怀疑，可是田横不回来，他们也不能在海岛上住下去。去就去吧。五百个齐人，只带着随身的宝剑，跟着使者上洛阳去见齐王。他们还没到洛阳，就听到了人们纷纷议论着田横和两个门客自杀的事。有几个领头的对使者说：“让我们先去拜过齐王的坟墓，尽了我们做臣下的对旧主人的情义，然后再去朝见皇上。”使者瞧着这五百个壮士，个个带着宝剑，沿路上已经有几分害怕，哪儿还敢说个“不”字。他落得做个人情，先跟他们一块儿去祭祀田横。

五百个壮士到了田横坟上，祭祀一番。悲伤到了极点，反倒没有眼泪了。大伙儿拿挺低沉的嗓音唱着：

人生好比草上露，
哪能永远在草上？
晶亮又纯洁，
颗颗能发光；

宁可随着阳光去，
不能掉在粪土上；
不怕时光短，
只怕一旦脏！

他们唱了又唱（他们唱的这首歌，文言叫《薤露歌》，意思是说，人生像薤上的露水容易消逝。据说后来的挽联或挽歌是由这个歌发展来的；薤：xiè），越唱越伤心，连使者也流了眼泪。他们不愿意投降，可又没有力量反抗，五百个人就一个个都自杀了。

汉高祖得到了这个信儿，半天说不出话来。他直纳闷儿，他们怎么会合成一条心？这么忠义的人哪儿找去？田横真得人心。汉高祖吩咐士兵把五百个义士的尸首都埋了。后来人们为了纪念田横和五百个义士，就把那个海岛叫“田横岛”（在今山东青岛）。

汉高祖这么尊敬田横和五百多个义士，一而再，再而三地请他们来做大官，是他们自己不愿意活，这可不能怪汉高祖。他还按着安葬国王的礼节安葬了田横，又把五百多个尸首都好好儿地埋了，总算够宽大的了。可是人们不谅解汉高祖的好心眼儿，背地里都说田横他们是他逼死的。这可把他气坏了。只怪自己太厚道。做了皇帝不能太厚道，谁不来投降，就该灭门，封他们做王做侯，反倒给自己招来不痛快。他出了一道命令捉拿季布：逮住季布的，赏赐千金，隐藏季布的，灭门三族。这道命令一下去，谁不要千金重赏？哪一个还敢窝藏季布？

恩将仇报

季布原来是个侠客，在楚地挺有名望。他答应人家的事情，没有不给人家办到的，所以楚人有这么一句话："得到黄金千斤，不如季布答应一声。"他跟濮阳人周家（姓周，名家）相好多年。后来季布投了军，就跟周家分开了。他在霸王手下做了大将，屡次追赶汉王，汉王差点儿死在他手里。这会儿汉王做了皇帝，一定要把他抓来剁成肉酱，才能解恨。

季布认为自己挺有才能，还想做一番大事业，宁可忍辱偷生，不愿意轻易一死。霸王失败以后，季布躲在濮阳周家的家里。因为各处都在捉拿季布，风声挺紧，周家没法再把他窝藏下去，他就跟季布商量，劝他离开濮阳，去投奔当时顶出名的鲁地的一位侠客叫朱家（姓朱，名家）的。季布就按照当时的规矩，削去了头发，留着一个罗锅圈，穿上粗布的短褂，做了奴隶。周家带了几十个奴隶，坐着大车，到了鲁地，把季布卖给朱家。朱家心里早已明白周家卖给他的那个奴隶准是季布，可是他只当作不知道，就叫季布到地里去干活儿，还嘱咐他的儿子，说："庄稼活儿听这个奴隶管，吃饭跟他一块儿吃。"朱家嘱咐完了，就上洛阳去了。

朱家到了洛阳去见滕公夏侯婴。夏侯婴早就知道朱家是鲁地顶出名的豪强，不敢得罪他，就挺殷勤地跟他喝酒谈心，做了朋友。有一天，朱家问夏侯婴，说："季布到底犯了什么大罪，要这么雷厉风行地捉拿他？"夏侯婴说："季布三番五次地追赶过皇上，皇上把他恨透了，所以一定要拿住他。"朱家又问："您看季布是怎么样的人？""是个好人。""对呀！他是项羽的臣下，替主人尽力，那是他分内之事。项家的臣下杀得光吗？现在皇上刚得了天下，就不肯放过一个人，这不给天下人瞧着皇上的器量不够大吗？再说，像季布这么有才能的人，皇上这么着急地捉拿他，那他不是往北边去投奔胡人（指匈奴），就往南边去投奔越国。逼着有才能的壮士去帮助敌国，这就是伍子胥所以鞭打楚平王尸首的道理。您何不瞧着机会跟皇上说说？"夏侯婴一想季布准躲在他的家里。他就答应了朱家去向汉高祖说情。

汉高祖依了夏侯婴，免了季布的罪，拜他为郎中。人们都说季布贪生怕死，没有什么了不起的，可是朱家救了季布，根本不跟他见面，倒是个热心人。

季布做了大官，季布的异父兄弟丁公得到了这个消息，急急忙忙地去求见汉高祖。原来季布从小死了父亲，季布的母亲再嫁给丁家，生了丁公。丁公是西楚的将军，曾经在彭城西边追上汉王，经汉王恳求，把他放了。丁公恐怕汉高祖忘恩负义，以怨报德，一直不敢露面。现在他听到逼迫过汉高祖的季布还做了大官，自己对汉高祖有过这么大的恩德，还怕汉高祖不好好报答他吗？

丁公到了洛阳，见了汉高祖，趴在地下，等汉高祖亲自去扶他起来。汉高祖想起了自己说过的话："丁公，我是逃不了了。可是，您是个好汉，我也是个好汉，好汉眼里识好汉，何必彼此迫害呢？您要是高高手，我绝忘不了您。"可是现在他做了皇帝，绝不能让他的臣下吃里扒外。他要借着丁公去劝诫所有的臣下，他突然变了脸，大声嚷嚷地骂丁公，对大臣们说："丁公做了项家的臣下，不忠。使项羽失天下的就是他。快把他砍了！"

武士们就把丁公推出去杀了。汉高祖又说："我斩了丁公，好叫后世做臣下的别学他的样儿。"大臣们吓得你看看我、我看看你，谁也不敢作声。他们耷拉着脑袋，偷偷地瞅了瞅项伯。项伯可满不在乎，他不姓项，他已经姓了刘了。

汉高祖治死了丁公，好叫大臣们忠于主人，一辈子听他的指挥。可是张良反倒不愿意跟他在一块儿了。他央告汉高祖让他不再过问世上的事，他要跟着古代的仙人"赤松子"游山玩水去。汉高祖怎么能放他走呢？

张良一向多病多痛，倒是真的。由于身体不好，早就幻想着传说中不动烟火、长生不老做神仙的故事。可是他究竟太年轻，还想做一番惊天动地的大事业，神仙故事不过是一种空想罢了。因此，在他青年的思想中“赤松子”是个幻想人物，而荆轲倒是他的理想人物。秦国灭了他的父母之邦，他要报仇。只要他能够打死秦始皇，他就满足了。至于怎么样才能够恢复韩国，在他年轻、天真的头脑里还没想到。赶到他懂得了人情世故，接受了圯上老人的教训，又经过十年的努力钻研，了解了天下大势，他才决心归附汉王。他要利用汉王，推翻秦朝残暴的统治，恢复韩国。只要他能够恢复韩国，他就满足了。赶到秦国灭了以后，他眼看着各地诸侯浑水摸鱼，各人抢夺各人的地盘，闹得连年打仗，鸡飞狗上屋，他才认识到把中国弄成四分五裂、七零八碎，又回到春秋、战国的旧路上去绝不是办法。他这才反对分封诸侯，连韩国也可以不计较，干脆帮助汉王去统一中国。最后，西楚灭了，大局已经安定，才又想起自己来。人生好比早晨的露珠，长不了。他也“不怕时光短，只怕一旦脏”，就借着“赤松子”的幌子，向汉高祖来辞行。

汉高祖要了他的命也不放张良走，他说：“先生不能半道上扔了我呀！现在天下刚刚平定，小的事情，我不敢麻烦先生；重大的事情，非先生指教不可，要是先生走了，叫我跟谁去商量呢？就在昨天，齐人娄敬到了洛阳，他劝我搬到关中去，还说了一大篇道理，挺不错的。我问了问大臣们，他们大多是山东人，都不愿意搬到西边去，都说洛阳好。我正想请教先生，您倒先说要走了。请先生千万看在咱们一见如故、几年来的交情上，再帮我几年吧！”张良见他这么诚恳，就答应他暂时留下。

张良说：“娄敬劝皇上把关中作为京城，我认为这是个好主意。洛阳固然也是个好地方，可是四面受敌，不是用武之地。关中左有函谷，右有陇西，几千里全是肥沃的土地，南、西、北三面是天然的屏障，单单留下东边一面可以控制诸侯，所谓‘金城千里，天府之国’，一点也不错。娄敬能够想到这一点，真了不起。”汉高祖就决定迁都长安（就是从前的咸阳），封娄敬为奉春君，还赐他姓刘，娄敬就叫刘敬了。

汉高祖带着文武百官到了关中，张良只好跟着他去。汉高祖因为咸阳房屋残缺不全，临时住在栎阳，吩咐丞相萧何去修宫殿。张良因为身体不好，吃不下饭去，汉高祖就让他休养休养，不必上朝。

就在这一年里头（公元前 202 年），汉高祖灭了西楚霸王，杀了临江王共尉，葬了田横和他的五百多名壮士，招收了季布，斩了丁公，迁都关中，总该天下太平了吧。可是霸王的大将钟离昧还没拿到，终究放不下心去。哪儿知道钟离昧并没出什么事儿，燕王臧荼反倒首先造起反来了。

汉高祖亲自带领着大军去征伐燕王臧荼。中国已经接连打了八年仗，天下人都要求过几年太平日子。燕地居民不愿意再打仗，汉高祖就挺容易地杀了臧荼，平了燕地，立卢绾为燕王。臧荼的儿子臧衍逃出北门，投奔匈奴。

第二年（公元前 201 年，汉高祖六年）有人来报信，说："钟离昧躲在下邳，由楚王韩信收留着。"汉高祖得到了这个消息，急得心惊肉跳。他一向怕韩信本领太大，不容易对付，又因为钟离昧是项羽手下的大将，怕他重整旗鼓，出来替项羽报仇。现在他最害怕的两个人凑在一起，老虎长了翅膀，那要比项羽还厉害。他得想办法对付他们。

古籍链接

朱家心知其季布也，买置田舍。乃之雒阳见汝阴侯滕公，说曰："季布何罪？臣各为其主用，职耳。项氏臣岂可尽诛邪？今上始得天下，而以私怨求一人，何示不广也？且以季布之贤，汉求之急如此，此不北走胡，南走越耳。夫忌壮士以资敌国，此伍子胥所以鞭荆平之墓也。君何不从容为上言之？"滕公心知朱家大侠，意布匿其所，乃许诺。侍间，果言如朱家指。上乃赦布。

——《汉书·卷三十七》

巡游云梦

汉高祖知道韩信不是好惹的。他一面下了诏书，叫他捉拿钟离昧，一面派人去探听韩信的动静。探子到了下邳，正瞧见韩信带着三五千人马耀武扬威地出来。他又打听到韩信给他母亲做大坟，占了别人的土地。钟离昧是不是在他那里，可没法知道。

探子回来把这些情况报告给汉高祖，还说韩信的确有造反的嫌疑。汉高祖问了问周勃、樊哙、灌婴，他们摩拳擦掌地争着要去征伐韩信。汉高祖跟陈平他们商议，对他们说："韩信自己觉得功劳大，早就盘踞着齐地，自立为王。我把他改封为楚王，他心里很不服气。这会儿窝藏着钟离昧，进进出出带着军队，这不是要造反吗？我打算前去征伐，你们看怎么样？"

陈平说："不行！韩信不比别的将军，要是他真发动起来，没有人能敌得过他。不用计策，没法逮住他。皇上不如假装巡游云梦，让诸侯到陈城来朝见。陈城靠近下邳，韩信不能不来。他一到，叫武士把他拿住，一个人就可以对付他了。"

汉高祖采用陈平的计策，假装巡游云梦，打发使者去通知诸侯到陈城会齐。英布、彭越他们都来迎接汉高祖。这可把韩信难住了。他不想造反，可又不敢去见汉高祖。有人对他说："只要大王杀了钟离昧，把他的脑袋献给皇上，皇上准会喜欢，还怕什么呢？"

韩信和钟离眛原来是朋友，钟离眛才来投奔他。韩信已经把他收留下来，怎么还能杀他？可是人家说他造反，汉高祖已经怀疑他了。不把钟离眛献出去，又怎么去得了汉高祖的心病？左思右想，想不出更好的办法来。他只好去跟钟离眛商量，对他说："皇上知道您在我这儿，他这才到陈城来。咱们这么下去，不但我不能免罪，对您也没有好处。"钟离眛说："大王错了。汉帝所以不敢进攻楚地，是因为有我在这儿帮着大王。我今天一死，大王必定随着灭亡。"韩信说："那我也没有办法。"钟离眛骂韩信没有情义，接着叹了一口气，自杀了。

韩信捧着钟离眛的人头去朝见汉高祖。汉高祖责备他，说："你窝藏钟离眛这么多日子，到今天事情已经败露了，才来见我，可见你并不是出于真心。"韩信还想分辩几句，早已给武士们绑住了。他大声嚷着说："冤枉啊！"汉高祖数落他，说："你侵占民田埋葬父母，这是一项大罪；你进进出出，带着军队，扰乱地方，这是两项大罪；你窝藏敌人，有意作乱，这是三项大罪。你犯了这三项大罪，还有什么冤枉？"

韩信说："皇上责备的三件事，我都有分解。我从小贫穷，父母死了，只能临时埋在别人家的地里。现在蒙皇上封我为楚王，我就该好好地安葬父母。邻近的土地可能多圈了一点，可不是我有意侵占。进进出出带着军队是因为皇上刚得了天下，楚地还躲藏着一些作乱的人，不示威不足以镇压乱党，安抚百姓。钟离眛跟我素来有交情。我在楚营里的时候，霸王曾经要杀我，全靠钟离眛救了我。我不敢忘恩负义，才把他收留下来，正在劝他归顺皇上，替皇上效力。这会儿皇上听了小人的毁谤，我为了表白自己的心迹，不得已才把他杀了。我对皇上始终是忠诚的，皇上这么怀疑我，我怎么能不喊冤枉呢？"

汉高祖没有话说，可到最后他还是把韩信装上了囚车。韩信叹了一口气，说："古人说得对，'飞鸟尽，良弓藏；狡兔死，走狗烹；敌国破，谋臣亡'。现在天下已经定了，我就该死了。"

汉高祖把韩信带到洛阳。他可要让天下人知道他并不是一个刻薄的皇帝，就一面准备惩办韩信，一面下令大赦天下。

大赦天下是件好事情。大夫田肯向汉高祖道贺。他说："皇上得到了韩信，收复了三秦。收复了三秦，等于得到天下的一大半。接着又收复了齐地，齐地两千多里都是好地方。三秦和齐两个地方太重要了，除了嫡亲的子弟，皇上千万不可把这两个地方封给别的人！”汉高祖笑着说：“对，这种好地方只能封给自己的子弟。”他赏了田肯五百斤黄金。

汉高祖多么机灵啊。不要把三秦和齐地封给别人，这完全是个好主意，田肯是为了这件事来的吗？可是三秦和齐地都是韩信打下来的，田肯的话里面不是替韩信说情吗？汉高祖是“哑巴吃饺子”，心里有数。再说韩信究竟还没造反，把他拿来办罪，也许会引起大臣们议论。他就免了韩信的罪，对他说：“你是开国元勋，我不愿意办你的罪；可是别人的话，我也不能不管。这么着吧，我封你为淮阴侯，跟着我到朝廷里去办事，好不好？”虽然淮阴侯比楚王降了一级，可是究竟比绑着砍头强得多。韩信拜谢了汉高祖，跟着他上长安去。

尽管韩信不愿意谋反，或者说不敢谋反，可是他始终认为自己的功劳大，本领高，别的人都不在他眼里。他老告病假不去上朝。冷眼瞧着周勃、樊哙、灌婴他们面前一张脸，背后一张脸，更不愿意跟他们一块儿上朝了。

有一回，韩信从樊哙的门口经过，给樊哙看见了，一定请他到他家里去坐坐。韩信不好意思拒绝，只好进去了。樊哙接待韩信殷勤得不能再殷勤，客气得不能再客气。他说：“大王肯光临敝舍，臣下我真感到万分光荣。”接着开口大王，闭口大王，称自己为韩信的臣下。韩信听着，一万个瞧不起他，浑身起了鸡皮疙瘩，坐了一会儿就出来了。樊哙还跪着送他。韩信出了大门，就自己笑自己，说：“我真丢人，还真跟樊哙他们一起共事，哼！”

韩信瞧不起这些人倒也罢了，他还在汉高祖跟前说大话。有那么一天，汉高祖随便聊聊各位将军的才能。他说起各人有各人的长处，也有短处，又说哪位将军怎么打胜仗，哪位将军能带多少兵。汉高祖要知道韩信对他是不是已经口服心服。要是韩信能够了解到汉高祖说这些话的用意，那就好了。可是他聪明一世，懵懂一时，认为只是随便聊聊，还真把自命不凡的情绪透露出来了。

汉高祖说：“像我这样，能带多少兵？”韩信说：“皇上不过能带十万。”“那你呢？”“我是越多越好！”汉高祖笑着说：“越多越好，怎么给我逮住了呢？”韩信觉得自己说走了嘴，连忙见风转舵。他回答说：“皇上不能带士兵，可是善于带将军，所以我给皇上逮住了。再说皇上是上天注定的，不是人的力量及得上的。”汉高祖这就知道直到现在韩信还认为他自己挺了不起的。

汉高祖听了大夫田肯的一番话，免了楚王韩信的罪，改封为淮阴侯，就把楚地分为淮东淮西两大区。淮东称为荆地，淮西仍旧称为楚地。封他叔伯哥哥刘贾为荆王，四弟刘交为楚王。齐地有七十三个县，就封自己的大儿子刘肥（刘肥是汉高祖起兵以前姘居的曹氏生的）为齐王，拜曹参为齐相。还有代地，自从陈馀给张耳杀了以后，一直没有王，就封他二哥刘喜为代王。

这么一来，刘家有了四个王了，就是：荆王刘贾，楚王刘交，齐王刘肥，代王刘喜。这四个王称为同姓王。不是同姓的王现在还有七个，就是：淮南王英布，梁王彭越，韩王信，赵王张敖，燕王卢绾，长沙王吴芮，闽越王无诸。

“王”以下就是“侯”。帮着汉高祖打天下的这许多将军天天争论着自己的功劳怎么怎么大，不封他们是不行的。汉高祖就决定大封功臣。

古籍链接

平曰：“古者天子巡狩，会诸侯。南方有云梦，陛下第出伪游云梦，会诸侯于陈。陈，楚之西界，信闻天子以好出游，其势必郊迎谒。而陛下因禽之，特一力士之事耳。”高帝以为然，乃发使告诸侯会陈，“吾将南游云梦”。上因随以行。行至陈，楚王信果郊迎道中。

——《汉书·卷四十》

“功狗”和“功人”

汉高祖挑选了一批功臣，把他们封为列侯。那时候天下还没安定下来，城里的人大部分都逃散了。那些重要的城邑，因为遭到战争的灾害比别的地方大，户口就更少了，十户人家经过这一次八九年的战争也就剩下了两三户了。因此，他们所分到的户口并不多，大的侯也不到一万户人家，小的侯只分到五六百户。大小诸侯都拿地名作为封号，例如萧何的封地是酂县（在今河南永城一带；酂：cuó），就称为酂侯。在这些受封的功臣当中，最出名的有这样一些人，就是：

酂侯萧何，

淮阴侯韩信，

平阳侯曹参，

绛侯周勃，

汝阴侯夏侯婴，

舞阳侯樊哙，

颍阴侯灌婴，

户牖侯陈平，

安国侯王陵，

曲周侯郦商，
堂邑侯陈婴，
阳夏侯陈豨，
辟阳侯审食其。

以前没受封的时候，将军们互相争功，封了以后，他们又有意见。他们说："我们的功劳是拼着性命换来的呀。冲锋陷阵，不顾死活，多的打了一百来次仗，少的也打了几十次。萧何并没立过汗马功劳，仅仅仗着一支笔、一张嘴，写几个字，说几句话，地位反倒比我们高，这是凭什么呢？"汉高祖听了，觉得这批人粗里粗气的，实在好笑。跟他们讲大道理是讲不通的。他也就粗里粗气地打个比方对他们说："诸君见过打猎吗？追赶野兽，把它们逮了来的是狗，指挥狗的是人。诸君只能够逮野兽，都是'功狗'；萧何能指挥你们去追野兽，他是'功人'。'功狗'怎么能跟'功人'比呢？"这批将军们听了汉高祖的话，才知道自己原来是狗，只好乖乖地夹着尾巴不出声了。

在汉高祖看来，萧何的功劳最大，所以封了他八千户。对待张良可又不同了。他一直像尊敬老师那样地尊敬着张良。因此，他请张良自己挑三万户，作为他的封地。张良可不要这个。他说："我在留城刚一会见皇上，就蒙皇上信任。这是上天把我交给了皇上。如果皇上一定要封我，那么有个留城就够了，三万户绝不敢当。"汉高祖就封张良为留侯。

汉高祖的父亲太公听到了这许多有功劳的臣下都封了侯，刘贾、刘喜、刘交、刘肥还封了王，可是就没封到刘伯的儿子刘信。他对汉高祖说："皇上大概忘了自己的侄儿刘信了吧。"汉高祖说："忘不了，他母亲怎么待我来着，我更忘不了。"

原来从前刘邦不干活儿，专靠他老子和两个哥哥养活他，大家都有意见，就分了家。分家以后，刘邦老到他哥哥刘伯家里去蹭饭吃。亲兄弟来吃顿饭也没有什么了不起的。可是后来他哥哥刘伯死了，他嫂子对他就越来越冷淡。再说刘邦老是带着三朋四友一块儿来大吃一顿，他嫂子就更加讨厌他了。

有一天，已经过了吃饭的时候，刘邦又带着几个朋友来了。他嫂子不理他们，故意在厨房里嘎吱嘎吱地刮着锅底，好让刘邦知道羹汤早已吃完了。朋友们听到主人刮锅底的声音，只好饿着肚子走了，刘邦送出了他们，回到厨房里一瞧，嗬，热腾腾的一锅子饭还没吃呢！这档子事儿，汉高祖一直记在心里。因为这个，他才不封他侄儿刘信。

太公说：“看在你死去的哥哥面上吧，再说你侄儿可没什么错呀。”汉高祖还是不答应。太公说了好几次。末了，汉高祖总算答应封刘信为侯，可是给了他一个挺特别的封号，叫什么“刮羹侯”（古文叫“戛羹侯”；戛：jiá）。这个名儿是不大好听，可是刘信又能把汉高祖怎么样呢？要怪也只能怪他母亲。

汉高祖对自己的侄儿还舍不得封，别的不是同姓的人就更不必说了，他已经封了大大小小这么多的诸侯，这是无可奈何的事情。可他还想用剜肉补疮的办法来补救一下。他老觉得韩王信是个能打仗的人才，封给他的土地也正是天下出精兵的地方。能打仗的人统治了出精兵的地方，那可太不妥当了。他就把太原郡称为韩国，把晋阳作为都城，叫韩王信从阳翟搬到晋阳去。太原郡跟匈奴接近，叫韩王信搬到那边去，还可以叫他防御匈奴，真是一举两得的好计策。韩王信当然不能不同意，可是有个要求。他央告着说：“新的韩国接近边疆，可是晋阳离着边疆太远，可不可以让我把都城迁到马邑（在今山西朔州一带）去？”汉高祖答应了。韩王信就住在马邑镇守着北方。

把接近边疆的太原郡作为韩国，原来韩国的地方就让出来了。已经封了的还重新调整，没封的就不能再封了。当初跟霸王争夺天下的时候，只恨将军太少；这会儿他们都想封侯，反倒觉得将军太多。没受封的将军还真不少，他们的牢骚也就跟着来了。

有一天，汉高祖从宫殿上望出去，瞧见远远地有一群人坐在沙滩上交头接耳地好像正在商量着什么，不由得犯了疑心。再仔细一瞧，还都是武官，疑心就更大了。汉高祖马上叫张良进去，把刚才看见的情形告诉了他，问他：“他们在干什么？”张良好像早已合计好了怎么回答。他说：“他们聚在一块儿商量造反！”汉高祖吓了一大跳，说：“啊？天下已经平定了，他们干吗要谋反呢？”张良说：“皇上由平民起兵，靠着这批人得了天下。现在您做了皇帝，封的都是一向要好的人，杀的都是生平痛恨的人，有功劳的将士还多着呢，哪儿有这么多的地方封给他们？他们没受封已经够丧气的了，再加上怕皇上追查他们的过失，给个罪名，一个一个地把他们收拾了。他们认为不能不防备这一招儿，只好背地里商量着造反。”

汉高祖挺急地问：“这怎么办？请先生替我出个主意。”张良说：“大家都知道的、皇上一向最恨的，是哪一个人？”汉高祖说：“我最恨的是雍齿。当初我起兵，刚打下了丰乡，叫他守在那儿，他无缘无故地投降了魏国，跑到项羽那边去。他逼迫过我多少次。后来他归顺了我，那时候我正需要人，只好把他收下。我早就想杀他，可是他到了这儿又立过不少功劳，我也不便再算旧账，只是我每回见了他，老觉得像眼皮里夹着粒沙子似的那么不舒服。他们也都知道我是讨厌他的。”张良说：“快封他为侯，别的人就能安心了。”

汉高祖虽然痛恨雍齿，可是张良的话他是百依百顺的。他就召集了大臣们，举行了一个宴会。在宴会上封雍齿为什方侯（在今四川什邡一带）。文武百官这一次酒喝得顶痛快。他们说：“雍齿都封了侯，我们还怕什么呢？”

汉高祖觉得这件事情做得真合算，心里一高兴，还想做点好事情，就去拜见太公。他差不多每隔五天去拜见太公一次。太公家里的一个手下人对太公说：“皇上虽然是您儿子，究竟是天下的皇帝；太公虽然是父亲，究竟也是臣下。怎么叫皇帝老来拜见臣下呢？太公不能让皇上伤了尊严哪。”太公完全同意他的话，决定以后要像臣下那样地去迎接皇帝。

这一回汉高祖去拜见太公，到了门口，就瞧见太公拿着竹扫帚出来迎接，一面扫地，让皇上走干净的道儿，一面毕恭毕敬地往后退。汉高祖连忙下了车，把太公手里的扫帚抢过去，扶着太公，嗔着他，说：“爸爸您怎么啦？这像什么样子？”太公说：“皇上是天下的主人，不能为了我一个人坏了天下的法度。”汉高祖这才觉得是自己不对。自己做了皇帝，早就不该让太公还做着平头百姓。

他进去跟太公一谈，才知道是太公家里的一个手下人叫他这么干的。汉高祖当时就赏了那个手下人五百斤黄金，一面下了诏书，尊太公为太上皇，规定皇帝在家里朝见太上皇的仪式。

皇帝朝见太上皇的仪式一规定下来，就可以按照仪式行事，有个体统，彼此都方便。可是直到现在，臣下朝见皇上还没有一定的仪式，这怎么行呢？

上朝的仪式

汉高祖把秦朝苛刻的法令和麻烦的仪式全都废了，这原来是一件好事情，可是没有一定的法令和仪式也有不方便的地方。单说各种仪式吧，这原来是大家共同遵守的一些规矩。现在把旧规矩废了，新规矩还没出，的确不大好。汉高祖手下的一班大臣从前大多都是农民和干小手工艺的，本来不像读书人那样讲究礼貌。再说有些大臣还是汉高祖小时候的朋友，大家更没有什么拘束了。这班武人，天下是他们打下来的，还有什么顾忌的？老是喝酒争功、吵架拌嘴。喝醉了酒，更加无法无天地闹着、嚷着，也不管什么爵位不爵位的，彼此直叫名字，一挂了火儿，就在朝堂上拔出剑来，劈这个，砍那个，简直什么都闹得出来。汉高祖实在看不过去。可是都是自己人，多年的朋友，真要拉下脸来，自己也觉得说不过去。

谋士叔孙通知道汉高祖讨厌他们这些举动，趁着机会对他说："打天下用不着读书人，可是要治理天下，读书人是少不了的。我打算到礼仪之邦的鲁地去征求一些熟悉礼节的儒生，叫他们和我的门生共同拟定一套上朝的仪式，这是十分必要的。皇上能不能答应我这么办？"汉高祖说："好是好，就怕学起来太难。"叔孙通说："三皇、五帝、夏、商、周各有一套礼节、仪式。因为时代不同，情况不同，礼节仪式也都有一些改变。我打算参考古代的礼节，再采取一部分秦国的仪式，定出一套上朝的规矩来。大家练习练习，也就不难了。”汉高祖说：“那你就试试去吧，不过不要定得太难。要容易学，能让我也学得会的才好。”

叔孙通到了鲁地，聘请了三十个儒生。可是另外有些人不愿意替他做事。其中有两个儒生还当面把叔孙通骂了一顿。他们说：“你懂得什么礼节！你伺候过十个主人。连一点气节都没有，亏你还有脸去定上朝的仪式！今天奉承这个，明天奉承那个，谁给你官做，谁就是你的爷。走开，走开！别把这个地方站脏了！”

要说呢，叔孙通原来是秦国的儒生。当初二世听到使者报告陈胜、吴广起兵，天下响应的消息，曾经召集了博士和儒生，问他们怎么办。有三十多个博士和儒生都说：“造反的就该镇压，请皇上赶快发兵去征伐。”二世听了，噘着嘴生气。叔孙通见了二世这副嘴脸，马上起来反对他们，说：“你们说的都不对。现在天下一家，上头有英明的天子，下面有严厉的法令，各郡县都有称职的长官，百姓安居乐业，天下太平，谁还敢造反？强人、小偷总是有的，那怕什么？叫郡守、县尉把他们拿了来办罪就是了，何必大惊小怪！”二世听了，非常高兴。他把那些说陈胜、吴广是造反的都关在监狱里，赏了叔孙通二十匹绢帛、一身衣服，还拜他为博士。叔孙通知道二世的天下靠不住，就逃到本乡薛城。赶到薛城投降了楚军，他就归附了项梁。项梁在定陶失败了，叔孙通就去亲近楚怀王。楚怀王被霸王尊为义帝，失了势，搬到长沙去，叔孙通就离开了义帝去归附霸王。赶到汉王打进了彭城，叔孙通就去投奔汉王。汉王见他戴着儒生的帽子，穿着儒生的衣服，挺讨厌他。叔孙通就把儒生的衣帽扔了，穿上短褂。他的短褂还是照汉王本乡的式样制成的。汉王这才喜欢他了。他还有一百多个门生跟着他。他们都没有职务，背后骂他们的老师，说他投降了汉王，已经这么多年了，只知道自己做官，不给他们推荐推荐。叔孙通听到了，对他们说：“现在汉王正在打天下，你们能冲锋陷阵吗？我只能推荐武夫，可不能推荐你们。别心急，将来准有官儿给你们做。”就因为叔孙通有这一套本领，汉王拜他为博士。这会儿汉王做了皇帝，讨厌这一班武夫太没有规矩，叔孙通就献计替他拟定上朝的仪式。鲁地的两位儒生知道叔孙通是这么一个人，当面骂了他一顿。

叔孙通挨了一顿骂，只好挺尴尬地笑着说：“真是书呆子，一点不识时务。”他就找了“识时务”的三十个儒生，带着他们回到京城。叔孙通原来是秦国的博士，秦国的礼节仪式他是知道的。秦始皇统一中原以后，就制定了一套。在六国的礼节仪式中凡是尊重君王压制臣下的地方他都采用。叔孙通所拟定的上朝的仪式基本上就是秦国的那一套。可是大家一提起秦国来，都有点头痛。叔孙通了解到这一层，就算他采用的完全是秦国的，死也不能说是秦国的。因此，他才这么装模作样地到鲁地去聘请三十个儒生来，让大家相信他定的那套上朝的仪式是礼仪之邦的儒生定的，而不是秦国的。

叔孙通就这么用“挂羊头卖狗肉”的手法规定了一套上朝的仪式，带领着三十个“识时务”的儒生和一百多个门生到野外去练习。他用茅草作为标记，用绵绳拴成各种等级的位置。他们天天练习怎么走、怎么站、怎么下跪、怎么磕头、怎么起来、怎么举杯、怎么上寿。排演了一个多月，全熟透了。他请汉高祖去看看将来准备怎么上朝、行礼。汉高祖看了，很满意。他说：“这我也能办到。”他就吩咐朝廷上的文武大臣都到野外去练习，叫他们听从叔孙通的指挥和一百多个助手的辅导。

到了第二年，就是公元前200年（汉高祖七年），萧何已经在栎阳修好了宫殿，汉高祖把这座宫殿叫“长乐宫”，择了一个好日子正式在长乐宫临朝。到了那一天，天还没亮，诸侯、大臣都去朝贺，殿门外早有招待人员等在那儿，把诸侯、大臣挨着次序领到里面，分别站在东西两旁。功臣、列侯、将军、军吏按照等级面向东站在西边；丞相以下的文官也按照等级面向西站在东边。殿上早就布置好了仪仗队、卫兵等这些人，在一定的地方都有旗子。场面非常严肃、整齐。司仪高喊一声，乐队奏起乐来，汉高祖的车从里面出来。他慢慢地下了车，上了宝座，面向南坐下。司仪传令，叫诸侯王、丞相、列侯以下挨着次序拜见，按照位子坐下。然后恭恭敬敬地举杯上寿，各人喝了几杯。其中也有几个喝了酒，伸懒腰、打哈欠的，马上有执法的御史把他们领出去，不准再进来。为这个，朝廷上尽管喝着酒，可没有人敢失礼的，更不用说吵架了。

也许有人会想：这么死沉沉的祝贺，弄得每个人缩手缩脚的，有什么味儿呢？可是汉高祖就喜欢这一套，因为那要比拿着宝剑劈这个砍那个、大声嚷嚷的强得多了。汉高祖一看，皇帝是皇帝，臣下是臣下，有上有下、有尊有卑，那可有多好！每一个汗毛眼里都装满了快乐。他高兴得说出真心话来了。他说：“我今天才知道做皇帝的可贵！”他马上拜叔孙通为太常

（管礼节、仪式和祭祀的大官），还赏给他五百斤黄金。叔孙通趁着这个机会向汉高祖推荐他的一百多个门生。他说：“我这班弟子已经跟了我多年了。这次又跟我共同拟定上朝的仪式。请皇上提拔。”汉高祖正在兴头上，便都叫他们做了官。

散朝以后，叔孙通把这个好消息告诉了他的门生们，还把五百斤黄金分给他们，他们欢天喜地地说：“老师真是识时务的英雄。不，不是英雄，老师是圣人！”

汉高祖只怕将士们谋反，把重要的功臣都封了侯，又定出这些上朝的仪式来，想把这些拿兵器的武夫训练成知道上尊下卑的大臣，他可忽略了边境上的防备。他为了夺回韩王信的封地，把接近匈奴的太原郡改为韩国，让韩王信去镇守马邑。他这么布置，并不是像秦始皇那样真正为了抵御匈奴派自己的儿子（扶苏）和重要的大将（蒙恬）去镇守。汉高祖只是有意地把自己不太信任的人送到远处去就是了。韩王信当然也知道他的用意。因此，匈奴打进来，围住了马邑，他就准备跟匈奴讲和。

匈奴本来早就进了河南（黄河的南边，就是现在的河套地区），后来秦始皇派蒙恬带领着三十万大军把他们打败，又在那边修了长城。北边这才太平了几年。赶到二世完了，中原诸侯只顾到自己抢地盘，匈奴就一步一步地又往南打过来。这会儿匈奴的首领冒顿单于（冒顿：人名；单于，译音，是匈奴王的意思，相当于中原的天子；单：chán）带领着四十多万人马进攻中原，包围马邑的就有一二十万人。韩王信立刻派使者向汉高祖求救，可是远水救不了近火，就算立刻发兵一时也赶不到。韩王信还想用个缓兵之计，派人到冒顿单于营里去讲和。讲和还没成功，风声已经传出去。汉高祖立刻派人去责备韩王信。韩王信害怕汉高祖比害怕冒顿单于还厉害。他干脆把马邑献给匈奴，自己做了冒顿手下的大将。冒顿就带着匈奴兵直扑太原。

这可把汉高祖气坏了，他亲自率领着三十多万大军去攻打韩王信和匈奴。

白登被围

冒顿原来是匈奴的首领头曼单于的太子。头曼单于爱上了一个美人儿，立她为阏氏（单于的正妻的称号）。阏氏生了个儿子，头曼单于就打算废去太子冒顿，要把小儿子立为太子。他采用借刀杀人的办法，派太子冒顿到月氏（部族名，原来在甘肃一带）去做抵押，接着就发兵进攻月氏。月氏当然要杀冒顿。冒顿偷了一匹快马，一个人逃回来了。头曼单于知道冒顿有胆量，就派他做将军，带领一万人马。

冒顿忘不了他父亲借刀杀人的仇恨，又怕太子的地位保不住，就加紧操练人马，准备实力。他发明一种箭，射出去能发出很大的声音，叫作“响箭”（古文叫“鸣镝”）。他下了一道命令：他射了响箭，其余的人都得向同一目标射去，凡是不向响箭所指的那个目标射去的，就得砍头。在打猎的时候，见了一只野兽，只要用响箭一射，没有射不着的。有一次他用响箭射自己的一匹快马，有几个手下人不敢动手，他就把他们杀了。又有一次，他拿响箭射自己最宠爱的女人，又有几个人不敢动手，他又把他们杀了。过了几天，他拿响箭射单于的一匹快马，手下人全都跟着他射那匹马。冒顿这才知道他的手下人已经完全听他指挥了。

公元前 209 年（秦二世元年），有这么一天，他跟着父亲头曼单于一块儿打猎，他用响箭射头曼，他的手下人一齐都射头曼。冒顿接着杀了他的后妈和小兄弟，自己做了单于。那时候，东胡（部族名，在匈奴东边，所以叫东胡）挺强，东胡王听到冒顿杀了他父亲，自立为单于，就派使者来，要头曼的一匹千里马。冒顿问大臣们怎么办。他们说："千里马是匈奴的宝贝，咱们不能给。"冒顿说："为了结交邻国，难道我舍不得一匹马吗？"他就把千里马送给东胡。

东胡王认为冒顿怕他，又派使者来，要冒顿的阏氏。冒顿又问大臣们怎么办。他们可火儿了。他们说："东胡太没有道理了，这回非打他们一下不可。"冒顿说："为了结交邻国，难道我舍不得一个女人吗？"他就把阏氏送给东胡。

东胡王这才知道冒顿不敢得罪他。他一面往西边侵略过来，一面派使者来要求冒顿把东胡和匈奴之间的一块土地让给东胡。他说："这块土地对匈奴一点儿用处也没有，又没有人，你们从来不到这儿来，请让给我们吧。"冒顿又问大臣们怎么办。他们说："那是我们已经扔了的地方，给他们也行，不给他们也行。"这会儿冒顿可火儿了。他说："什么话！土地是国家的根本，一寸也不能让给人家！"他立刻带领着大队人马往东打过去。东胡王小看冒顿，没做准备。突然瞧见匈奴的大队人马打过来，弄得手忙脚乱，没法抵抗。冒顿单于杀了东胡王，灭了东胡，把东胡人和牲口一股脑儿全都带到匈奴这边来。

冒顿灭了东胡又往西打败了月氏，把他们赶到很远的地方去。接着，匈奴到南边来，并吞了楼烦（古代的国名，在今山西神池和五寨一带）和白羊（白羊王住在河套以南），把从前蒙恬所收复的北方的土地全夺去了，一直到了肤施（就是今陕西延安），还屡次侵犯燕、代。那时候，汉王和楚王自己正忙于战争，谁也不去抵抗匈奴。匈奴趁着这个机会，大大扩张了势力。

公元前 200 年（汉高祖七年），冒顿单于带领四十多万人马，分头往南边过来，很快地占领了马邑，一直到了太原，围住晋阳。冒顿单于又利用投降匈奴的中原将士韩王信、曼丘臣（曼丘，姓；臣，名）、王黄、赵利等进攻别的城邑。汉高祖这才亲自出马去跟匈奴对敌。

那年冬天，下了大雪，天气特别冷。中原的士兵没碰到过这么冷的北方天气，又没有防寒的装备，冻坏了不少人，十个人当中竟有两三个人冻得掉下手指头来的。按说，中原的军队在这种情况下，准得打败仗，逃回去。可是正相反，他们接连着打赢了几阵，听说连冒顿单于也离开晋阳，逃到代谷（在今山西代县西北）去了。

汉高祖进了晋阳，有人报告他说前队兵马节节胜利，就想大举进攻。他是打仗的行家，不肯轻举妄动的，就先后派了十个使者去侦察冒顿部下的情况。十个使者一个一个地回来，不约而同地报告，说："冒顿部下大多都是老弱残兵，连他们的马都是挺瘦的。咱们赶快追上去，准打胜仗。"汉高祖就亲自带领着一队骑兵从晋阳出发。可是他处处小心，还怕那些使者的报告不一定可靠，特意派奉春君刘敬（就是建议迁都关中的娄敬）往匈奴营里去，说是来跟冒顿谈判的，实际上是再去侦察一次。

刘敬回来，说："我看到的匈奴人马正像前十个使者报告的一样，都是老弱残兵。不过这当中准有鬼。如果匈奴的人马真是这个样儿的，他们怎么敢来侵犯中原？我认为冒顿单于一定把精兵藏起来了，故意拿这些老弱残兵摆个样儿让咱们去看。皇上千万不可上他的当。"汉高祖开口大骂刘敬，说："你这个小子仗着一张嘴皮子做了官，现在竟敢胡说八道地阻拦我的军队！"他吩咐左右把刘敬拿下，送到广武（在今山西代县；跟河南的广武不是一个地方）监狱里去，准备打了胜仗，回来再收拾他。

汉高祖恐怕慢了一步，把冒顿放跑了，就带着自己的一队骑兵急急地先追上去。步兵不能跑得这么快，只好落在后头。汉高祖的一队人马刚到平城（就是现在的大同），突然听见到处都响起了呼哨，匈奴兵好像蚂蚁似的从四面八方围上来。汉高祖赶紧下令对敌，可是这一点兵马顶什么事。匈奴兵个个人强马壮，哪儿有一个老弱残兵？哪儿有一匹瘦马？汉高祖一见汉兵抵挡不住，平地上藏不起来，也躲不开，就立刻下令去占领东北角上的一个山头。他们拼命打开一条出路，退到白登山（在今大同以东）去。汉高祖究竟机灵，占领了白登山，守住山口要道。一夫当关，万夫莫入，不管匈奴的兵马多么厉害，一时也没法打上来。

汉兵三十多万，虽然都掉了队，只要半天或者一天工夫，就赶得上来。会齐了三十多万的中原大军，还怕打不过匈奴吗？哪儿知道冒顿单于早已把四十多万兵马布置成了一个天罗地网。他只用几万人围住白登，其余的兵马分头在要路口上埋伏着，截击汉兵。汉兵不让他们消灭已经是上上大吉，根本没法过来解围。白登山上的汉军就这么不折不扣地变成了孤军。

他们接连困守了几天，没法逃出去。内无粮草，外无救兵，看来都得死在山上了。到了第四天，陈平瞧见山下一男一女骑着马来回指挥着匈奴兵。他挺纳闷儿，怎么军营里还有女人？一打听，才知道是冒顿单于和阏氏两口子。他猛一下从阏氏身上想出一条计策。他和汉高祖一商量，汉高祖叫他赶快办去。

第二天，陈平打发一个使者带着黄金、珠宝和一幅图画去见阏氏。使者一路行贿，买通了匈奴的小兵，请他们想办法带他去见阏氏。“有钱能使鬼推磨”，何况小兵并不是鬼，推起磨来就更利落了。使者见了阏氏，献上礼物，说：“这都是中原皇帝送给匈奴皇后的。中原皇帝情愿同匈奴大王和好，所以送礼物给匈奴皇后，请您帮忙。”阏氏见了这么多黄澄澄的金子、亮晶晶的珍珠，心里挺高兴，全都收下。还有一幅图画，她展开来一瞧，皱着眉头子，说：“这幅女人图有什么用呢？”使者说：“中原皇帝恐怕匈奴大王不答应，不肯退兵，就准备把中原第一号大美人儿献给匈奴大王。这是她的画像，先给匈奴大王看个样子。”阏氏摇晃着脑袋，说：“这用不着。拿回去吧！我请单于退兵就是了。”使者卷起图画，谢过阏氏回去了。

当天晚上，阏氏对冒顿说：“听说中原的诸侯和全中原的兵马像山一样地压下来了。咱们不能在这儿等死，还是早点回去吧。匈奴灭不了中原，中原灭不了匈奴，还不如做个人情，叫他们经常多送些礼物来，这倒是实惠。这儿没有大草原，不能放羊、牧马。再说我在这儿水土不服，老像害着病似的。”阏氏一边说，一边手指头直揉太阳穴。

冒顿说：“我也正在怀疑，他们被围在山上这么多日子了，怎么能不着慌呢？他们老是这么安安静静的好像等候着什么似的。再说韩王信、曼丘臣、王黄、赵利他们到今天还没到这儿来，这些中原将士也许是假投降，跟汉兵通了气。要是他们内外夹攻，咱们前后受敌，那可就糟了。”冒顿和阏氏商量下来，决定送个人情，将来好向中原皇帝多要些东西。第二天一清早，冒顿下令撤开一角，放汉兵出去。

汉高祖听了使者的回报，一夜没睡好。天一亮，往山下一瞧，果然匈奴兵撤开了一角。陈平还不放心，叫弓箭手拉满了弓朝着左右两旁，保护着汉高祖慢慢地下了山。匈奴兵瞧着他们下来，不去拦阻，弓箭手也没发箭。汉高祖提心吊胆地走出了包围圈，这才马上加鞭，一口气逃到广武。他定了定神，首先把刘敬放出来，向他赔不是，说：“我没听你的话，差点儿不能再和你见面了。”他加封刘敬为关内侯，把那十个劝他进攻的使者一律斩了。可是韩王信他们投降了匈奴，一时还不能把他们抓来办罪，究竟还不能解恨。这会儿被围困了七天，总算逃出了虎口，眼下也没有力量再去征伐他们。他只好乘兴而去，败兴而归了。

古籍链接

是时，汉初定，徙韩王信于代，都马邑。匈奴大攻围马邑，韩信降匈奴。匈奴得信，因引兵南逾句注，攻太原，至晋阳下。高帝自将兵往击之。会冬大寒雨雪，卒之堕指者十二三，于是冒顿阳败走，诱汉兵。汉兵逐击冒顿，冒顿匿其精兵，见其羸弱，于是汉悉兵三十二万，北逐之。高帝先至平城，步兵未尽到，冒顿纵精兵三十余万骑围高帝于白登，七日，汉兵中外不得相救饷。匈奴骑，其西方尽白，东方尽駹，北方尽骊，南方尽骍马。高帝乃使使间厚遗阏氏，阏氏乃谓冒顿曰：“两主不相困。今得汉地，单于终非能居之。且汉主有神，单于察之。”冒顿与韩信将王黄、赵利期，而兵久不来，疑其与汉有谋，亦取阏氏之言，乃开围一角。于是高皇帝令士皆持满傅矢外乡，从解角直出，得与大军合，而冒顿遂引兵去。汉亦引兵罢，使刘敬结和亲之约。

——《汉书·卷九十四上》

和亲

汉高祖回来，路过曲逆县（在今河北顺平一带），上了城门楼子，四面一望，城里有许多高大的房屋，就说："这个县真不错。我走了多少地方，要数洛阳和这儿最好了。"他回头问当地的长官："曲逆县有多少户口？"那长官回答说："秦朝时候有三万多户，以后连年打仗，死的死，逃的逃，现在只剩下五千户了。"汉高祖因为陈平想出办法来，才解了围，就把这五千户的曲逆县封给他，改户牖侯为曲逆侯。

他们在曲逆县休息了一下，继续往回走，到了赵国。赵王张敖率领大臣到郊外去迎接。从前汉高祖在灞上营里托张良做媒把公主许配给项伯的儿子，那可只是临时救急的办法。这几年来他早已不把这门亲事搁在心里了。再说项伯赐姓刘氏，刘门刘氏也不像话。所以后来又把公主许配给张耳的儿子张敖，就是现在的赵王，可还没过门。赵王张敖见了丈人皇帝，当然小心伺候。可也真怪，汉高祖就是一万个瞧不起他，无缘无故地发了脾气，把赵王骂了一个狗血淋头，好像他在白登山上饿了七天肚子都是他捣的鬼。张敖究竟是臣下，又是晚辈，挨他一顿骂，有气也只能憋着，可是张敖的几个臣下挂了火儿。

到了晚上，赵相贯高、大夫赵午等几个赵国的大臣偷偷地去见赵王张敖，说有机密的事情报告。赵王张敖吩咐左右退出去。贯高说："大王亲自到郊外去迎接皇上，已经尽了做臣下的礼节，可是皇上还这么凭空辱骂大王。难道做了皇帝就不讲理了吗？这么下去，我们将来的日子怎么过？我们愿意替大王报仇雪恨，去了这个暴君。”

张敖一听，吓得什么似的，马上把手指头咬出血来，对天起誓，说：“这、这、这可不行。从前父王给陈馀逼得走投无路，全靠皇上的恩典给他做了赵王，又让我继承着父王的地位。这么大的恩德，我正愁没法报答，你们怎么叫我害他呢？”

贯高和赵午碰了一鼻子灰，耷拉着脑袋出去了。到了外边，他们咬着耳朵说：“咱们的大王太厚道了。咱们本来就不该先跟他说，可是大王受了这种侮辱，咱们总得替他打个抱不平。事情成功了，把功劳归给大王；不成功，咱们一身做事一身当。”他们商量停当，就候着机会要向汉高祖行刺。可是汉高祖旁边保护的人很多，他们没法下手。

汉高祖离开赵国，回到洛阳。住了没有多少日子，他的二哥代王刘喜从北边逃回来。他说：“匈奴王派了一队兵马打到代地来。我又不会打仗，请皇上想个办法。”汉高祖骂他，说：“你呀，你只配耕地、锄草。”刘喜还不明白，能耕地、锄草有什么不好，只听见汉高祖接着说：“见了敌人就逃，按理应当把你办罪，看在同胞手足的情面上，给你做个合阳侯吧。”他就封小儿子如意为代王。代王如意才八岁，是戚夫人生的，因为汉高祖宠爱戚夫人，就把她的孩子封为代王。这也就是一个名义罢了。八岁的小孩儿还离不开妈。再说汉高祖又挺疼他，怎么也不能让他出去。他就立阳夏侯陈豨为代相去镇守代国，嘱咐他小心防御匈奴。

匈奴老来侵犯北方，真叫汉高祖大伤脑筋。冒顿单于有了韩王信他们做帮手，更厉害了。公元前 199 年（汉高祖八年），匈奴派韩王信打到东垣（在今河北正定一带）。汉高祖又亲自出马一次。韩王信也够乖的。他学会了匈奴打游击的办法：大军一到，他就退去。汉高祖不能老等在那儿，只好回来。

他到了赵国的柏人县（在今河北隆尧一带），准备在那儿过夜。贯高、赵午他们已经派了刺客躲在厕所里。可是贯高的手下人贯三儿害怕了。他想要告诉汉高祖，又怕害了主人，就偷偷地对汉高祖说：“这儿来往的人很杂，皇上还是……”他话还没说完，瞧见有人过来，就一扭身溜了。汉高祖心里挺不安生。过了一会儿，他问左右：“这儿叫什么县？”他们说：“柏人县。”汉高祖好像吓了一跳似的说：“啊？迫人县？迫害人的县？我们到别处去吧。”说完，上车就走。贯高、赵午的行刺计划又没成功。

汉高祖回到洛阳，听到商人们趁着中国和匈奴打仗的机会，兴风作浪地抬高物价，尤其是粮食和马匹的价钱。他非常生气，骂道：“老子东奔西跑，没能够过好日子，他们什么正经事都不干，反倒现成地发了财。我们的大臣还有坐牛车的，他们倒舒舒坦坦地坐着马车。这打哪儿说起？”他忘不了六年前的事。那时候（公元前205年，汉王二年），他和项羽在荥阳一带相持不下，关中遭了大饥荒，发生了饿死人的惨事儿，可是宣曲任氏（宣曲，古地名，在今陕西西安）就因为囤积粮食发了大财。有钱的商人就是没有心肝。这会儿汉高祖下决心要把商人压下去。他下了一道命令：商人不得穿丝织的衣服，不得带武器，不得坐马车，不得骑马，不得做官；商人买了穷人的儿女做奴隶和丫头的，一概释放，不得追还身价；商人的人头税比一般人加倍。这么一来，商人的地位大大降低，有的甚至因此破了产，做了亡命徒。汉高祖认为这是他们应受的惩罚，活该。

他惩罚了商人以后，又想起柏人县的事，难道真有人向他行刺吗？果然，贯高的那个手下人贯三儿又来了。原来贯高他们行刺没成功，很生气。有人告诉贯高泄露消息的情况，他就要杀贯三儿，贯三儿逃到洛阳，事情就这么给汉高祖知道了。他立刻下了一道诏书，派卫士把赵王张敖、赵相贯高、大夫赵午等一概拿来办罪。贯高承认行刺，可是尽力替赵王张敖分辩，说这件事跟他不相干。他受尽各种残酷的刑罚，咬着牙，忍着疼，死也不改口。汉高祖又派人仔细调查了一下以后，把赵王张敖从宽处分，废了他的王号，改为宣平侯。贯高、赵午救了赵王，都自杀了。汉高祖又把代地并入赵国，改封代王如意为赵王。

如意做了赵王并不能抵御匈奴。正相反，匈奴老向代地进攻，弄得汉高祖直摇头。发兵去打吧，一去，匈奴就走了，不去打吧，他们又过来。汉高祖实在想不出办法来。他叫刘敬进来，要他出个主意。刘敬说：“天下刚安定下来，将士们已经够累的了。再说匈奴离这儿又远，我们也不能老发大军去攻打。就算皇上能下个决心，把所有的兵马都用上，把所有的将军都带去，可是匈奴走了，难道我们追上去吗？就算追上去吧，一片荒地，见不到一个人，没有地方住，哪儿去找吃的？将士们水土不服，天气又冷，见不到敌人，打谁去呢？依我说，匈奴是不能用武力去征服的。”

汉高祖说："不用武力，还有别的办法吗？"刘敬说："办法倒有一个，就怕皇上不同意。"汉高祖说："只要是个好办法，我怎么会不同意呢？你说吧。"刘敬说："最好采用'和亲'的办法，就是大家讲和，结为亲戚，太太平平地过日子。如果皇上能够把大公主嫁给单于，再送他一批很阔气的嫁妆，他一定感激皇上，把大公主立为阏氏。她生了儿子就是太子，将来就是单于。皇上能够把咱们这儿多余的东西送给他们一些，经常跟他们来往，帮助他们，匈奴还能不感激皇上吗？这还不够，为了真正帮助他们，皇上还得派人去教导他们，让他们也懂得礼节。这么一来，冒顿单于活着，他是皇上的女婿；死了，外孙子做了单于。哪儿有外孙子敢跟外祖父对抗的？不用武力，不打仗，慢慢儿地把匈奴感化过来，这不是个好办法吗？"

汉高祖连连点头，可是他又皱起眉头子来了。他说："把大公主嫁给单于吗？别的女子行不行？"刘敬说："如果皇上舍不得大公主，拿一个宗室或者后宫的女儿去冒充大公主，将来人家也会知道的。不是大公主，不尊贵，不尊贵没有好处。"汉高祖说："好！你说得对。"他就准备把大公主嫁给单于。

汉高祖同吕后一说，吕后连眉毛都竖起来了。要了她的命也不答应。她说："我就生了一个儿子、一个女儿。她是我的命根子，怎么能嫁给匈奴呢？再说她已经许给张敖了，也不好反悔。"说着就哭起来。白天哭，晚上哭，哭得汉高祖净晃脑袋。吕后还真有一手，她见汉高祖不言语了，马上把大公主和张敖成了亲，生米煮成了熟饭，汉高祖只好封大公主为鲁元公主，让小两口儿上婆家去了。

可是北方不安宁，中原也太平不了。汉高祖就挑了个后宫所生的女儿，把她当作大公主，派刘敬为使者去跟冒顿单于说亲、订约，冒顿同意了。刘敬回来报告，汉高祖就再派他带着一批随从人员和不少的嫁妆、礼品，把"大公主"送到匈奴去。冒顿单于见了这么漂亮的公主和这么多值钱的东西，非常满意，还真把新媳妇儿立为阏氏。

刘敬从匈奴回来对汉高祖说："河南、白羊、楼烦离长安不远，最近的只有七百里地，骑兵一天一夜就可以赶到秦中。我们虽然同匈奴订了和约，可是大公主究竟是冒充的，边界上还得注意防守。秦中土地肥沃，又是个重要的地区，连年遭到了战争的破坏，人口少，防御力量不够。皇上最好把秦中整顿一下。当初诸侯起兵的时候，不是齐国的田家就是楚国的景家、项家。其他各地起来的大多都是六国的后代。现在皇上在关中建都，可是关中人口太少，北边接近匈奴，东边有六国的贵族，万一发生叛变，皇上就不能安心了。皇上不如把原来六国贵族的后代、豪强和各处的大族搬到关中来，平时可以开垦肥沃的土地，还可以防备匈奴，要是东边发生叛变，就可以率领他们去征伐。这是加强中央，削弱地方的计策，皇上看怎么样？”

汉高祖完全同意。他说：“好！还得给他们方便，让他们有土地和住宅。”当时就发出诏书，又派刘敬去办这件事。前前后后从齐、楚、燕、赵、韩、魏各地搬到关中来的大族和豪强就有十几万人。一下子关中变成了最热闹的地方先不必说，而且这些大族和豪强都搬到关中，也不能再像以前那样在当地对农民作威作福。

同匈奴讲了和，把六国的大族搬到关中来，这些都是安定国家的好办法，可是汉高祖忘不了刘敬的话，“大公主究竟是冒充的”。就因为吕后不答应，马上把大公主嫁给了张敖，他觉得吕后的主意太大了。再说太子盈又是这么老实巴交的，怕他将来继承不了自己的事业，就打算废了太子盈，立赵王如意为太子。

期期知其不可

汉高祖看着太子盈天资平常，生性软弱，怕他将来干不了大事。小儿子如意聪明伶俐，说话做事很像自己，就打算废了太子盈，立赵王如意为太子。他倒不怕吕后泼辣，就怕大臣们引经据典地起来反对。尤其对御史大夫周昌，他简直有点害怕。有一次，周昌有要紧的事情跑到后宫去见汉高祖。刚巧汉高祖喝了酒，嘻嘻哈哈地正跟心爱的戚夫人闹着玩儿。周昌连忙退出去，可是已经给汉高祖一眼瞧见。

汉高祖扔下戚夫人，一面叫周昌站住，一面跑出来。周昌只好跪下。汉高祖正在兴头上，叉开两条腿，骑在周昌的脖子上，哈着腰问周昌："你看我这个皇帝像什么皇帝呀？"周昌抬起头来，说："皇上是、是、是桀纣！"汉高祖哈哈大笑，然后才让他起来，听了他的报告，可是从此汉高祖还真怕他三分。

这会儿汉高祖召集大臣们商议废太子盈，立戚夫人的儿子如意为太子的事。大臣们都不赞成，周昌简直挂了火儿。他说："不可！不、不、不可！"汉高祖问他："为什么不可？"周昌本来说话结巴，又挂了火儿，越是心急，越说不出话来，把脸涨得绯红，结结巴巴地说："我、我嘴说不出来，可是我期期[1]知其不可。皇上要废了太子，我期期不敢遵命。"汉高祖

1 "期期艾艾"的意思，形容人口吃。"期期"即指周昌，"艾艾"指三国时的邓艾。邓艾因为口吃，每逢提到自己的名字，总要说成"艾艾"。

听了，不由得笑了起来，说："好，好，好！算了，算了！"

散了朝，汉高祖和大臣们都走了。周昌气呼呼地落在后头。赶到他出来，迎面瞧见吕后过来。他正要上前行礼，想不到吕后猛一下子先跪下了，急得周昌手忙脚乱，不知道怎么办才好。原来吕后在东厢房，周昌的话她都听见了。这会儿特意来向周昌下跪，谢谢他的好意。她说："没有你，皇太子差点儿给废了。"

吕后感激周昌的帮助，可是戚夫人就把吕后和周昌看作了死对头。她挺伤心地哭着对汉高祖说："我并不是要废去太子，可是我害怕的是我们娘儿俩的性命都在吕后手里。皇上总得替我们想个办法，救救我们。"汉高祖说："慢慢儿再说吧。我反正不能让你们吃亏。"可是一生精明的汉高祖始终想不出办法来。他只能闷闷不乐地憋着气。实在憋不住了，就对着戚夫人哼着伤心的歌儿。

多少天了，汉高祖只是愁眉不展地哼着伤心的歌儿。大臣们不知道他为什么老是这么哼哼着。有个年轻的大夫，叫赵尧，他对汉高祖说："皇上这么闷闷不乐的，是不是因为赵王太年轻，皇后又跟戚夫人合不到一块儿，恐怕赵王将来吃亏？"汉高祖说："不错，我就是替赵王担心，可是想不出办法来。"赵尧说："皇上不如给赵王挑一个强有力的大臣，拜他为赵相国，这个人一定要是皇后和大臣们都尊敬的，那才顶事。"汉高祖说："对呀，我也这么想，可是叫我挑谁去呀？"赵尧说："御史大夫周昌顶合适。他为人又忠实又耿直，皇后、太子和大臣们对他一向尊敬。只有他顶得住。"汉高祖说："对！我就派他去。"

汉高祖叫周昌进来，对他说："我拜你为赵相国，请别推辞。"周昌听了，好像脊梁上泼了一桶冷水，他流着眼泪，说："自从皇上起兵，我就跟着您，怎么半道上扔了我，叫我出去做赵相国呢？"汉高祖说："我也知道，叫你去做赵相国，使你为难，可是我背地里直替赵王担心，除了你，谁也不能给我分忧。你去，我就放心了。请别再推辞。"周昌只好接受了命令，带着十岁的赵王如意上赵国去了。周昌的御史大夫的职位由赵尧接替。

就在这一年（公元前 197 年，汉高祖十年），太公死了。太公是农民出身，始终喜爱农民的生活。汉高祖做了皇帝，尊他为太上皇，请他住在长乐宫。他很不乐意，天天想念着老家和多年来一起干活儿的老哥们儿。连最富丽堂皇的未央宫，他也没到过几次。越是金碧辉煌的宫殿，他越不爱住。长乐宫在栎阳，原来是秦朝的兴乐宫，略略修理了一下，作为汉高祖临时的宫殿，改名为长乐宫。太公可不愿意住在长乐宫里，他老念叨着要回到丰乡（在今江苏徐州）去。栎阳离丰乡多远哪，汉高祖怎么能让太公一个人回去呢？他就吩咐当时最有本领的工匠胡宽在骊邑造了一个新丰乡，房屋、街道、菜园、豆棚什么都模仿着丰乡的样子造。造好了以后又把太公熟悉的那一些老街坊都搬到骊邑来住。这么一来，骊邑变成了第二个丰乡。新丰乡和旧丰乡的样子简直完全一样。据说，那些从丰乡运来的狗、羊、猪、鸡什么的，放在街道上，它们也都认识道儿，能够自己回家。太公住在这儿，就像住在本乡一样，左邻右舍都是老朋友，不但喝酒、聊天有了伴儿，而且还能浇浇菜、锄锄草，他这才高兴了。有时候汉高祖接他到栎阳去玩儿几天，可是他总觉得住在栎阳的长乐宫里还不如住在“丰乡”的庄园里那么舒服。

栎阳的长乐宫在太公看来已经是太高大了，可是在诸侯王看来，那只能算是皇帝的行宫，要作为正式的宫殿来说，未免太简陋了些。萧何修理长乐宫原来也是作为行宫用的，所以他早已在咸阳正式造了一座未央宫，虽说比不上阿房宫，可是已经够壮丽的了。就因为未央宫的规模太大了，汉高祖曾经责备过萧何。他说：“天下还没安定，老百姓劳苦了这么些年，我们成功不成功还不敢确定，你怎么就这么耗费人力、财力，把宫殿造得这么壮丽呢？”萧何分辩着说：“正是因为天下还没安定，不修个壮丽的宫殿，不能显示天子的威严。”汉高祖虽然责备了萧何，可是宫殿已经修得差不多了，也就算了。赶到未央宫完了工，他就迁都到咸阳，把咸阳改名为长安。

诸侯王都到长安来庆贺，汉高祖就在未央宫里举行了一个盛大的宴会，给太上皇上寿。汉高祖、诸侯王都向太上皇敬酒。大伙儿都乐开了，汉高祖尤其得意。他喝多了，说话随随便便，又变得和年轻时代一样了。他说：“从前大人老说我是个无赖，没有出息，不如二哥那么肯种庄稼。现在我的事业跟二哥的比一比，怎么样？”太公笑了，他说：“好，都好。”大臣们高呼“万岁”，跟着太公和汉高祖乐得跟什么似的。

太公回去以后，不到一年工夫，病了，还病得挺厉害。汉高祖把他接到栎阳来，没有多少日子太公死在长乐宫里。汉高祖下令大赦栎阳的囚犯，又把骊邑改名叫作新丰。太公安葬的那天，诸侯王都来送殡，赵相国周昌也来了，那个镇守代地的陈豨可没来，不知道代地出了什么岔儿了。

一笔勾销

代相陈豨和淮阴侯韩信素来很有交情。上回汉高祖叫陈豨去镇守代地，他临走的时候，曾经到韩信那儿去辞行。代地接近匈奴，派到那儿去的人都觉得有点委屈。陈豨免不了在韩信面前透露了一些内心的牢骚。韩信拉着他的手，两个人在月亮底下小声谈了好一会儿。

陈豨到了代地，结交当地的豪强，准备自己的力量。他一向羡慕魏公子信陵君好客的派头，也收了不少门客。有一次，他路过赵国，跟随着的门客就有一千多，邯郸街道上都挤满了车马。赵相周昌听到陈豨路过邯郸，马上出去迎接，见他带着这么多人马，就起了疑。太上皇出殡的时候，周昌暗地里提醒汉高祖一下，请他提防着陈豨。

汉高祖派人去调查，只查出陈豨的门客确实有些不法的勾当，可还没看出有什么谋反的举动。汉高祖叫陈豨到长安来，他又不去。那几个投降了匈奴的汉朝将军韩王信、王黄、曼丘臣等知道了陈豨和汉高祖有了意见，就暗暗地跟他联络起来。那些受了汉高祖压制的商人们大批地去投奔陈豨。陈豨有了国内、国外的帮助，胆儿更大，他自称为代王，夺取了赵、代不少城邑。汉高祖这才发兵亲自去征伐陈豨。

汉高祖到了邯郸，恐怕兵马不够，就向梁王彭越和淮南王英布调兵。他们占领着自己的地盘，都不愿意发兵，说是病了，不能来。汉高祖有苦说不出，只好就地招募士兵。周昌对汉高祖说："常山郡一个地区就丢了二十座城，这些郡守、县尉都该杀。"汉高祖说："他们都反了吗？"周昌说："反正他们都投降了陈豨。"汉高祖说："这是因为力量不够。郡守、县尉和老百姓都是没有罪的。"

他就一面发出通告，号召赵、代的官员和老百姓及早反正，不咎既往，一面吩咐周昌招募赵地的壮士，有能耐的就拜为将军。招募了多少天，只挑了四个人凑合着可以带兵。汉高祖就拜他们为将军，还封给他们每人一千户。手下的人都奇怪起来。他们说："这四个人还没立过功，怎么一上来就受了封？"汉高祖说："这不是你们能知道的。你们想想，赵、代的城邑一大半都给陈豨夺去了，我向天下调兵，他们都不肯来。现在只好靠着邯郸的士兵打仗。为了奖励赵地的子弟，我对这四千户又有什么舍不得的！"果然，这么一来，从军的人数一下子就增加了不少。

汉高祖又探听到陈豨的将军们大多是商人出身的。他就拿出大量的黄金把他们一个一个地收买过来。这样布置停当了，才亲自率领着大将周勃、王陵、樊哙、灌婴等分头进攻。没有多少日子，汉军杀了王黄、曼丘臣、韩王信，平定了代地。陈豨被打得一败涂地，逃奔匈奴去了。汉高祖仍旧把赵、代分为两国，立薄姬生的儿子刘恒为代王，以晋阳为都城。他嘱咐周勃留在那儿防备着陈豨，自己又回到了洛阳。

他到了洛阳，才知道吕后已经把淮阴侯韩信杀了。原来汉高祖发兵去征伐陈豨的时候，要带他一块儿去。韩信不愿意，他告了病假，住在家里。正当大将周勃和陈豨交战的时候，有人告发韩信，说他谋反。原来韩信的一个门客得罪了韩信，韩信要杀他。那个门客的兄弟就向吕氏告发，说陈豨临走的时候，曾经到韩信那儿去辞行。韩信说了："代地人马强壮，是个出精兵的好地方，您又是皇上亲信的大臣，如果有人说您叛变，皇上是不会轻易相信的。除非一而再，再而三地告您，皇上才会冒火儿。他一冒火儿，必然亲自出去跟您对敌，那我准在这儿接应您。您得好好儿地准备实力。"吕后听了，急得跟什么似的，连忙跟丞相萧何商量。他们商量完了，立刻打发一个心腹扮作士兵，偷偷地往北边去，再大模大样地从北边回到长安来，说是皇上派他来的，他假意地说："陈豨已经杀了，赵、代也平定了，皇上快回来了。"

大臣们得到了这个消息，一个接着一个地都到宫里来贺喜，只有韩信

“有病”没来。萧何亲自去看韩信，劝他进宫，免得给人家议论。韩信认为有萧何陪他去，想必不至于出什么岔儿。他就跟着萧何到长乐钟室（挂钟的屋子）去拜见吕后。韩信刚一进门，就给埋伏在那儿的武士们拿住了。

吕后骂道：“你为什么跟陈豨串通，做他的内应？”韩信当然不承认。吕后冷笑着说：“皇上已经送信来了，陈豨供出是你主使的，你还敢抵赖！”当时她就吩咐武士们把韩信推出去砍了。韩信眼睛望着天，叹了一声，说：“我不听蒯彻的话，后悔也晚了，今天反倒受了娘儿们的欺诈，真是天数！”

有人说吕后把韩信的“十大功劳，一笔勾销”；也有人说这是因为韩信自己认为功劳大，不肯一心一意地伺候皇上，十大功劳是他自己勾销的；可是灭了韩信的三族，未免太过分。当初萧何月下追韩信，尽力推荐他做了大将。帮他成功的是萧何。以后韩信和汉高祖有了意见，萧何从来没好好儿地劝告过韩信。今天杀了韩信，灭了他三族的也是萧何。所以直到现在我们还有这么一句话：“成也萧何，败也萧何。”

汉高祖到了长安，问吕后：“他临死有什么话没有？”吕后告诉他韩信后悔没听蒯彻的话。汉高祖知道蒯彻是齐人，当时就吩咐齐相曹参把他拿来办罪。蒯彻解到长安，汉高祖亲自审问他：“你撺掇淮阴侯谋反吗？”蒯彻说：“是呀！我原来劝他自立为王，三分天下。可惜韩信这小子不听我的话。要不然，怎么会弄得灭门呢？”汉高祖火儿了，要杀他。蒯彻说：“秦国丢了一只鹿，天下人都抢着去逮，谁跑得快，谁逮住，就是谁的。那时候，天下的人并不是皇上的臣下，并没有什么君臣的分别。我只知道韩信，不知道皇上，这能怪我吗？就是到了今天，暗地里想做皇帝的人也不是没有，皇上能把他们斩尽杀绝吗？要是皇上因为我过去忠于主人就把我杀了，皇上就用这个去劝化自己的臣下吗？”

汉高祖笑了笑，对左右说：“他倒是个忠臣。”就免了蒯彻的罪，还叫他做官。蒯彻央告着说：“我哪儿有脸再做官？请皇上看在韩信过去的功劳上，仍旧封他为楚王，赏给他一块坟地，这就是皇上的大恩了。”汉高祖答应了，吩咐蒯彻按照安葬楚王的礼节把韩信的尸首葬在淮阴。

汉高祖能够释放蒯彻，可不能不追查梁王彭越。叫他一块儿去征伐陈豨，他不去，说是病了。害病也不能这么巧哇，刚好就跟韩信同时害了病。汉高祖派人去责备他，要他马上来朝见。胳膊拗不过大腿，彭越只好来认错。汉高祖因为查不出彭越谋反的真凭实据来，再说刚杀了韩信，也不好意思再杀大臣，就从轻发落，免了他的死罪，把他罚作平民，搬到蜀地青衣县（在今四川雅安一带）去住。彭越只好忍受着去了。

到了郑县（在今陕西渭南一带），恰巧碰到吕后从长安来。吕后问他是怎么回事。彭越流着眼泪，口口声声地说是冤枉。他苦苦地央告吕后替他说情，希望让他住在本乡昌邑。吕后答应了他，把他带到洛阳来。彭越半道上碰到了吕后，真是遇到了救星，千恩万谢地跟着她回来了。

吕后到了洛阳，对汉高祖说："彭越是个壮士，您怎么能把他送到蜀地去？我把他带回来了。"汉高祖说："你带他回来干什么？"吕后挺了挺腰，说："要办他就办个透。不用他，又留着他，这是给自己找麻烦。"她又数落彭越谋反的罪状，说得汉高祖不能不依，就把梁王彭越杀了，还灭了他的三族。

汉高祖为了集中统治国家，本来就不愿意把土地封给功臣的。他把梁地分为两大区，东北部仍旧称为梁地，西南部称为淮阳。把后宫所生的两个儿子刘恢和刘友封了王，刘恢为梁王，刘友为淮阳王。为了警告三心二意的诸侯，他又把彭越的尸首剁成碎块，分送给各地的诸侯，让他们尝尝割据地盘的滋味。

平定南方

彭越的肉酱送到淮南王英布那儿，英布知道在韩信、彭越以后，第三个要轮到他了。他就来个先下手为强，发兵叛变。他对将士们说：“汉帝已经老了，他不能亲自出战。从前几个大将只有韩信、彭越最有能耐，可他们都给汉帝害死了。别的将军都不是咱们的对手。只要诸君同心协力，夺取天下也没有什么困难。有福同享，有祸同当，请诸君努力吧。”将士们个个摩拳擦掌，要夺取汉高祖的天下。他先往东进攻荆地，杀了荆王刘贾，接着往西进攻楚地，楚王刘交打了败仗，逃到薛地。

警报传到了长安，汉高祖为了戚夫人和赵王如意的事，正闷闷不乐，身子很不舒坦，准备派太子盈带领大军去征伐英布。

太子盈有四个年老的门客，怎么也不让太子盈出去。原来汉高祖要废太子盈的时候，吕后派她的二哥吕释之去见张良，逼着他想个计策。张良说：“现在天下安定，皇上要更改太子，骨肉之间，知子莫若父。我们虽然有一百多人反对，看来也没有什么用处了。”吕释之威胁张良非想个计策不可。张良屈服了，他说：“说话是没有用的了。要么，这样吧，皇上一向所尊重的有四个人，他们都老了，不愿意做汉朝的臣下。皇上三番五次地去请他们，他们逃到商山（在今陕西商洛一带）隐居起来。要是你们能够请太子写封信，多花些金玉财帛，诚心诚意地把他们接了来，让他们老跟太子在一起。皇上见了，准能听他们的。”

吕后就叫吕释之准备了顶厚的礼品，派人去迎接那四个老头儿。那四个年老的隐士既然是品格极高、瞧不起汉高祖、不愿意做汉朝的臣下，难道他们见了金玉财帛和太子的信就愿意来做门客吗？别管这个，真的也罢，冒名顶替的也罢，反正吕释之带来的确实是白头发、白胡子的老头儿，而且人数也确实是四个。这四个老头儿就做了太子盈的门客。

这会儿，这四个老门客听到汉高祖要派太子盈去征伐英布，连忙去见吕释之，对他说：“太子带兵去打仗，有了功劳，还是个太子；没有功劳，恐怕从此不免遭殃。您何不快去告诉皇后，请她要求皇上别让太子去。英布是个出名的大将，善于用兵，绝不能轻看了他。我们的将军都是皇上这一辈的人，现在叫太子去率领他们，这不是叫羊去带领狼吗？他们怎么能听他的指挥？给英布知道了，他准加劲地打过来。皇上虽说不舒坦，只要他去，就是在车上躺着，将军们也不敢不卖力气。”

吕释之连夜把这话告诉了吕后，吕后就在汉高祖跟前哭哭啼啼，诉说了一番。汉高祖恨恨地说：“这小子就这么没出息，还得要老子亲自跑一趟！”

汉高祖亲自率领大军往东去，大臣们都到灞上送行。张良虽说不过问朝廷上的事情，这会儿也来送行。他对汉高祖说：“我本来应当跟着皇上一块儿去，可是这些日子身子实在不行，没法支持，请让我歇歇吧。楚人挺厉害，皇上千万要珍重。”汉高祖挺感激他，请他留在关中帮助太子。

汉高祖到了阵前一瞧，英布的军队十分整齐，一切阵法都跟项羽相像，心里非常不安。他在阵前还想劝告英布，说：“我封了你做王，你何苦还要造反？”英布说：“你不是也被项羽封过王吗？怎么又做了皇帝呢？”汉高祖这一气非同小可，他亲自指挥将士，拼命地杀过去。英布那边的箭好像成群的蝗虫似的直飞到这边来，汉高祖来不及闪躲，胸口上中了一箭。幸亏铠甲挺厚，那支箭只进到肉里去一寸左右，他受了伤，火儿更大了，使劲地指挥将士们往前冲。将士们不顾死活，冲破了英布的队伍，把淮南兵杀得七零八落，四散逃跑。汉军接连又追杀了几阵，英布只好带着一千来人往江南那边逃去。

英布逃到江南，正好长沙王吴臣（吴芮的儿子，英布的郎舅）派人送信来，请他到长沙去避难。英布得到了小舅子的帮助，当然挺喜欢。他到了鄱阳，天已经黑了，就在驿舍里过夜。哪儿知道驿舍里早就埋伏着长沙王吴臣派来的几个武士。到了半夜里，英布正打着呼噜的时候，就给他们暗杀了。为这个，长沙王吴臣立了一个大功。

汉高祖杀了英布，平定了荆、楚，就立赵姬所生的儿子刘长为淮南王。楚王刘交从薛城回去，仍旧做楚王。荆王刘贾死在战场上，没有儿子，汉高祖把荆地改为吴国，立二哥刘喜的儿子刘濞（bì）为吴王。刘濞力气挺大，这次跟着汉高祖出来征伐英布，也立了功，因此汉高祖叫他镇守吴地。这么一来，同姓子弟封王的有八个，就是：齐王刘肥，楚王刘交，赵王如意，代王刘恒，梁王刘恢，淮阳王刘友，淮南王刘长，吴王刘濞。

其中除了楚王刘交是汉高祖的兄弟，吴王刘濞是他的侄儿，其余都是他亲生的儿子。

不是同姓的王现在只有四个，就是：燕王卢绾，长沙王吴臣，闽越王无馀，南越王赵佗。

南越王赵佗原来是秦朝南海郡尉任嚣（xiāo）的属下。任嚣见二世昏庸，中原大乱，就统领百越，独霸一方，后来他病得厉害的时候，召来了龙川（在今广东惠州）县令赵佗，对他说："秦朝暴虐无道，天下痛恨。听说陈胜、吴广起兵，项羽、刘邦互相争夺，不知道什么时候天下才能够太平。番禺（在广州）有山有水，地势险要，南海东西有几千里，跟中原人士也有来往。我们不必跟中原诸侯相争，就在这儿足足可以建立一个国家。"他就派赵佗为南海郡尉。任嚣死了以后，赵佗通令南方各地守住关口，不跟中原来往。他杀了秦朝的官员，兼并桂林一带地盘，自立为南越武王。公元前196年（汉高祖十一年），汉高祖为了统一中原，可是又不能去攻打南越，他只好容忍一下，特意派使臣陆贾带着诏书、王印和礼物去见赵佗。赵佗已经不穿中原人的衣服了，他打扮得像当地的土人一样，露着半身，头上梳着一个髻，大模大样地让陆贾进去相见。

陆贾见他这个样儿，就说："大王是中原人，父母、亲戚、兄弟的坟墓都在真定（赵地，原来叫东垣，属常山）。到了今天，怎么改了习惯，帽子也不戴，腰带也不系，就仗着这么小小的一块南越土地，要跟中原的皇帝对抗吗？我怕大王长不了。皇上听到您在南越自立为王，本来就要发兵来征伐，因为他不愿意连累老百姓，特意派我送上王印来，正式立您为南越王。大王就应该用臣下的礼节来迎接诏书。如果大王抗拒皇上，那一定先掘了大王的祖坟，灭了大王的宗族，再派一个副将，不用多，只要十万兵马就可以把南越踩平了。大王到底是有教化的中原人呢还是不讲礼义的土人？”

赵佗究竟是中原人，他听了陆贾的话，就向他赔不是，说：“我住在这儿年代多了，就忽略了中原的礼节。”他接受了王印，承认是个汉朝的臣下。他就和陆贾一块儿喝酒、聊天。他问陆贾：“我跟萧何、曹参、韩信比起来，谁强？”陆贾微微一笑，说：“好像大王英明点儿。”他又问：“我跟皇上比，怎么样？”陆贾说：“那就没法比了。皇上从丰沛起兵，为天下除害，统一中原，地方万里，人口得用千万来计算。这儿的人口不过几十万，土地也不多，只能算是汉朝的一个郡，大王怎么去跟皇上比呢？”赵佗哈哈大笑，他说：“因为我不到中原去，所以在这儿做王；要是我住在中原，也不一定比不上皇上啊。”说着又大笑起来。

他留陆贾住了几个月，老跟他喝酒、聊天儿。赶到陆贾要回去了，赵佗说：“越中没有可以谈心的人，先生来了，我天天听到许多没听到过的东西。”他送给汉高祖几颗珍珠，还送给陆贾价值千金的礼物。打这儿起，赵佗做了汉朝的南越王，虽然跟中原的来往很少，可是他一直给中原防守着边界。

陆贾回到长安，向汉高祖回报了南越的情况，汉高祖非常高兴，夸奖了陆贾一番，提升了他的职位。就因为把赵佗封为南越王，所以不是同姓的王就有了四个。

汉高祖安抚了赵佗，平定了淮南、楚、荆等地区，这才动身回来。这时候，国内大体上已经安定下来，他就顺便到故乡沛县去看看父老子弟。

大风歌

汉高祖到了沛县，早有地方官员和老百姓出城迎接。他在故乡住了好几天，邀请父老、子弟和所有从前认识的人都来参加宴会，大家一块儿喝酒，叫他们无拘无束地快乐几天。他挑选了沛县的儿童一百二十人，教他们唱歌。

汉高祖在快乐当中，想起了这么大的一个国家，真不容易治理。别说诸侯王还不能安分守己，就是边疆上也得有人防守。韩信、彭越、英布他们确实都有能耐，可是他们因为仗着过去的功劳，不是自高自大，不受约束，就是不顾大局，成心割据地盘。真正赤胆忠心地能帮他治理天下的人实在太少了。这么一想，他反倒伤心起来。喝吧，还是喝酒吧。他喝够了，拿起筑来，一面敲着，一面自己编了一个歌儿，唱起来了：

大风起呀云飞扬，
威加四海呀归故乡，
哪儿来勇士呀守四方！

他自己唱了一遍，又教儿童们学着唱。这班儿童也真伶俐，学了几遍，全都能合起来唱了。汉高祖听了，兴奋得舞蹈起来。他又唱歌又舞蹈，又是高兴，又是伤心，不由得流下眼泪来。父老、子弟一见他们的皇上受了这么大的感触，也激动得流下眼泪来。

汉高祖对他们说："出门的时间长了，回到故乡，又是高兴又是难受。我虽然住在关中，就是死了，也忘不了故乡，我的魂儿也一定想念着沛县。从我在这儿做沛公起，灭了暴虐的秦朝，得了天下，我就留着这沛县作为供我沐浴的城子吧（古文叫'汤沐邑'）。从现在起，世世代代免税、免勤。"大伙儿听了，都趴在地下，大声地喊："万岁！万岁！"

汉高祖又请了一大批大娘、大嫂跟着父老、子弟都来参加宴会。在这儿只有长辈、晚辈，不分皇上、臣下，大伙儿有说有笑地喝着酒，聊着过去的事，乐极了，一连十几天，都这么快乐着。可是天下没有不散的筵席，汉高祖决定走了。这一大群父老、子弟、大娘、大嫂哪儿肯放他走呢？大伙儿全都央告他再住几天。汉高祖说："别这么着，我带来的人多，已经多多叨扰了。我只好告别。"汉高祖就动身走了。沛县的人全到城外去送行，沛县变成了一座空城。大伙儿跟着、跟着，不愿意回去。汉高祖对他们也真恋恋不舍。他就吩咐士兵们在城外搭起帐篷来，又跟父老、子弟们聚了两天。

到了第四天，汉高祖决定走了。沛县的父兄央告着说："沛县受到了天大的皇恩，还得请皇上恩上加恩，可怜可怜丰邑吧！"汉高祖说："丰邑是我出生的地方，我一辈子也忘不了。可是因为当初雍齿叛变，丰人还帮着他抵抗过我，实在太对不起我了。既然这儿的父兄再三给丰邑请求，我就答应了吧。从此以后，丰邑也像沛县一样，世世代代免税、免勤。"沛县的父兄们又替丰邑的老百姓谢恩。

汉高祖离开沛县，路过鲁地，吩咐官员们准备牛羊去祭祀孔子。汉高祖不是一向瞧不起儒生吗，怎么这会儿尊重起孔子来了呢？他没念过诗书，这倒是真的。可是自从他做了皇帝以后，儒生陆贾时常在他跟前说起诗书怎么重要。汉高祖开头骂他，说："老子骑着马得了天下，要讲究诗书干什么？"陆贾说："皇上骑着马得了天下，难道还得骑着马治理天下吗？打天下当然要用武力，治天下就不能不用文教。文武并用，才是长久的打算。"汉高祖觉得陆贾的话不错，就开始重视文教和儒生。以后这几年里头，陆贾又陆续写了十二篇文章，说明从古以来做国君的所以能够成功和所以失败的道理，一篇一篇地讲给汉高祖听，汉高祖越听越觉得对，没有一篇不说好的，他这才真正知道了文教的重要。这会儿他路过鲁地，很郑重地祭祀孔子，也就不足为奇了。

祭祀了孔子以后，他就回到长安，因为沿路辛苦，胸脯上的伤口又发作了。他倒不怕伤口发作，甚至也不怕死，他现在最关心的是两件事：一件是怎么能够镇守四方，一件是谁能够继承他。镇守四方当然需要勇士，可是更要紧的是怎么样收服人心。他在鲁地祭祀孔子，人家都说他做得对。他从这件事上得到了启发，就想用同样的方法去安抚六国的人心。

他到了长安，召集大臣，对他们说："秦始皇、楚隐王、陈胜、魏安僖王、齐湣王、赵悼襄王、魏公子无忌——这些人活着的时候，虽说都有点差错，可是谁能没有差错呢？他们做了不少事情，大家还都想念着他们。他们没有后代，连坟都没有人管。我打算指定几户人家，给他们一些土地，叫他们看守坟墓。你们看怎么样？"他们都说这是好事情，可以安慰他们的在天之灵。汉高祖就派了一些看坟的住户：秦始皇二十家，魏公子无忌五家，其余各十家。

六国的后人当中有不少人说："已经死了的人，皇上还这么照顾着，活着的人就更不必说了。"果然，接着，汉高祖又传下了命令：代地的官员和百姓一概免罪，过去受陈豨、赵利他们威胁而背叛朝廷的一概免罪。这一来，人心就安定下来了。

汉高祖第二件心事是：谁来继承他呢？他老觉得太子盈厚道有余，能力不足，赵王如意很像他自己，倒是能继承他的事业。他的伤口越是厉害，就越要快点立赵王如意为太子。他曾经把这件事向大臣们提出过，大臣们总是引经据典地起来反对，连那位大门不出、不过问人间事的张良也不赞成。汉高祖认为在这件事上张良也是个书呆子。可是朝廷上所有的大臣都护着太子盈，弄得汉高祖也下不了决心。

有一天，汉高祖瞧见四个八十多岁的老头儿伺候着太子盈。汉高祖怪纳闷儿的，就问："他们都是谁呀？"那四个老头儿上前，一个个报了名：东园公，甪里先生（甪：lù），绮里季，夏黄公。汉高祖听了，睁大了眼睛，愣了一下，说："我曾经请你们来，你们可逃了。怎么现在你们来跟我的儿子在一起？"他们回答说："皇上瞧不起人，老爱骂人，我们又不想做官，何苦到您跟前来挨骂呢？所以我们躲了起来。现在我们听到太子有爱心、有孝心，对人虚心、恭敬，天下的人都乐意替他出力、卖命，我们这才来跟他一块儿走走。”汉高祖哪儿知道他们是吕后花了金玉财帛请来的，他叹了一口气，眼睛看着自己的鼻子，说：“你们好好爱护太子吧。”

汉高祖回到宫里，直替赵王如意担心。大臣们都向着太子盈，要是硬废了他，赵王如意必然更加孤立，也许连命都保不了。他对戚夫人说：“太子有了帮手，翅膀已经硬了。唉，没法更动。吕后真要当家了。”戚夫人听了，直哭，伤心得没法说。汉高祖也流着眼泪。他说：“咱们俩原来都是楚人，你替我来个楚人的舞蹈，我替你唱个楚人的歌儿。”两口子流着眼泪舞着、唱着，凑合着解解闷气。“威加四海”的汉高祖终究逃不出吕后的手掌心，打这儿起，汉高祖总是多病多痛的，老发脾气，谁见了都怕他，连相国萧何也差点儿丧了性命。

古籍链接

酒酣，上击筑自歌曰：“大风起兮云飞扬，威加海内兮归故乡，安得猛士兮守四方！”令儿皆和习之。上乃起舞，慷慨伤怀，泣数行下。

——《汉书·卷一下》

白马盟约

吕后杀了韩信以后，汉高祖加封相国萧何五千户，另外再给他五百个士兵、一个都尉，作为相国的卫队。大伙儿都向萧何贺喜。他的一个手下人对他说："淮阴侯身经百战，尚且灭了三族，相国的功劳未必真比韩信大得了多少。现在韩信刚给杀了，皇上就给相国加了封，外表上是尊敬相国，恐怕骨子里对相国已经不大放心了。"

萧何倒抽一口冷气，他说："这、这、这，哎呀，这可怎么办呢？"那个手下人说："相国不如光接受封号，别的什么都不要。皇上准会喜欢。另外，就是用最低的价钱去多买民田、民房，让人家说相国坏话，说您贪污，说您勒索。相国的威信不高，皇上就能放心了。"萧何一一照办，汉高祖果然不说话。老百姓向汉高祖控诉萧何强买民田、民房，汉高祖全不在意，只叫他向老百姓赔不是，把田价、房价补足就算了。当大臣们都反对更改太子的时候，萧何为了上林（皇上游玩的林园）的土地，上了一个奏章。汉高祖这会儿可火儿了，马上把萧何下了监狱。

萧何因为长安居民多、土地少，圈作上林的土地可不少，大多都空着，一点用处都没有，他建议不如让农民去耕种，一来可以帮助穷人，二来公家还可以增加收入。汉高祖认为这明明是萧何向老百姓讨好，就说他受了土地商人的贿赂，替他们说话，把萧何上了刑具，下了监狱。

萧何已经上了年纪，再说做相国的哪儿受过监狱里的苦楚？他流着眼泪，直担心韩信、彭越、英布的命运轮到自己头上来。过了十来天，幸亏有人替他分辩，汉高祖知道萧何已经服了，就免了他的罪。萧何从监狱里出来，就这么光着脚去向汉高祖赔不是。汉高祖对他说："相国不必说了。你为老百姓请愿，我不答应。我是个暴君，你是个贤相。我把你关了这几天，好叫老百姓知道是我的不是。"萧何愣头磕脑地拜谢了汉高祖，仍然做他的相国，可是从此再也不敢随便开口了。

汉高祖这么处理了萧何，原来是给他一个教训，免得他也像韩信、彭越、英布那样仗着过去的功劳不肯老老实实地受朝廷的约束。萧何果然完全服了。谁知道按下葫芦瓢起来，汉高祖接到警报，他最亲信的燕王卢绾造反了。

卢绾也是丰乡人，他的父亲跟太公是好朋友。两个好朋友同一天生了两个孩子，就是汉高祖和卢绾。街坊送羊、送酒向他们两家贺喜。两个小孩儿长大了，同一天上了学，街坊又送羊、送酒向他们两家贺喜。汉高祖跟卢绾一向挺亲热，连萧何、曹参都比不上。赶到燕王臧荼反了，汉高祖明知道卢绾的才能差些，自己不好意思偏向着他，就暗暗地叫大臣们推荐卢绾，立他为燕王。

燕国接近匈奴，臧荼的儿子臧衍和陈豨投降了匈奴，他们就劝卢绾跟匈奴联合起来，保卫燕国。汉高祖得到了这个消息，不愿意发兵去征伐，只派个使者去请卢绾回朝。说句天公地道的话，卢绾是不愿意投降匈奴的，可也不敢回长安去。他推说有病，一时不便动身。汉高祖就打发辟阳侯审食其和御史大夫赵尧到燕国去问候，再劝卢绾回去。

卢绾不跟他们相见，他对燕国的大臣们说："当初分封诸王，不是姓刘的共有七国，到了今天只剩下了我和长沙王两个，其余全没了。皇上待我恩重如山，可是吕后阴险刻薄，我不能不防备着。当年韩信、彭越都死在她手里，现在皇上正病得厉害，吕后一定会自作主张。我要是回去，准会遭到她的毒手。且待皇上恢复了健康，我再亲自去赔不是，也许能够保全性命。"

有人把他的话转告了审食其和赵尧。赵尧不说话，心里还有点同情卢绾。审食其是吕后的人，当然偏向着吕后，痛恨卢绾，回去以后，就添枝加叶地说卢绾确实谋反了。

汉高祖一听卢绾果然谋反，火儿更大了，那胸脯上的伤口又冒出脓血来。他吩咐樊哙带领大军去征伐，接着就立皇子刘建为燕王。卢绾并不是真要造反，这会儿逼得没法分辩，只好带着几千人马驻扎在长城下面，还想等汉高祖病好了，再回到长安去谢罪。

汉高祖越是挂火儿，伤口就越厉害。他原来叫太子盈带兵去征伐英布，因为吕后不让太子盈去，他只好亲自出去，以至于中了一箭。现在伤口发作，病得不能起来，心里更加痛恨吕后和太子，有时候吕后和太子进来问病，还给他骂出去。有个伺候他的人偷偷地对汉高祖说："樊哙跟吕后串通一气，要等皇上百年之后，杀害戚夫人和赵王如意，皇上不能不提防。"

汉高祖自己早已觉得吕后老自作主张，不成体统。可是一个妇道人家能干出什么来呢？现在跟她的妹夫樊哙串通起来，情况就严重了。他立刻叫陈平和周勃进来，对他们说："樊哙跟吕后他们结成一党，巴不得我早点死。你们赶快去燕国，一到军营，立刻把樊哙斩首。"他还怕他们暗地里使花招，不敢杀樊哙，就又吩咐陈平尽快把樊哙的脑袋拿来，让他亲自验过，吩咐周勃为将军代替樊哙进攻燕地。最后他又嘱咐陈平，说："快去快来，不得有误。"

陈平、周勃立刻动身去斩樊哙。在道上，陈平对周勃说："樊哙是皇上的自己人，功劳大，又是吕后妹妹吕媭的丈夫，地位这么高的皇亲国戚，咱们可不能自己动手斩他。这会儿皇上挂了火儿要斩他，万一他后悔了，怎么办？再说皇上病得这么厉害，咱们斩了吕后的妹夫，将来她能放过咱们吗？"周勃说："难道咱们能不听皇上的命令，把他放了吗？"陈平说："放是不能放的。咱们不如把他押上囚车，送到长安去，让皇上自己去办吧。"周勃认为这是个好主意，他们商量停当，就这么办。

陈平还没回来，汉高祖又在那儿生气了。他的脾气也真怪，病了，又不愿意请大夫看。他见吕后带着一个大夫进来，就骂道："我平民出身，手提三尺剑，得了天下，这是天命所归，现在病得这个样子，也只能听天由命。你们给我出去！我有紧要的事和大臣们商量。"他们只好出去。汉高祖担心的不是他自己的病，而是他的天下。他仔细一想，光杀了樊哙，还不能削弱吕后他们的势力。因此，他召集大臣要他们起誓立约。

大臣们到了他跟前，汉高祖吩咐手下人宰了一匹白马，和大臣们歃血为盟。大伙儿依着汉高祖的话，起誓说："从今以后，非刘氏不得封王，非功臣不得封侯。违背这个盟约的，天下共同征伐他！”大臣们宣了誓，汉高祖这才放了心。吕氏家里有功劳的也只能封侯，可不能做王了。他还担心自己一死，各国可能趁着这个机会作乱，荥阳是最紧要的中心地区，更加不能不防备。

他马上派使者送诏书给陈平，吩咐他立刻到荥阳去，帮助灌婴小心镇守，樊哙的人头可以交给别人送来。这么布置好了以后，才叫吕后进去，嘱咐后事。吕后问他：“皇上百年之后，萧相国要是死了，谁做相国呢？”汉高祖说：“曹参可以。”“曹参以后呢？”“王陵也可以，可是王陵有点戆（gàng，傻的意思），陈平可以帮助他。陈平倒是够机灵的了，可是不能单独干事。周勃为人厚道，办事慎重，可是没有文墨。尽管这样，将来安定刘家天下的还是他，可以做太尉。”吕后又问：“还有谁可以做相国呢？”汉高祖说：“以后的事也不是你能够知道的了。”

公元前 195 年（汉高祖十二年）四月，汉高祖在长乐宫里死了。他四十八岁（公元前 209 年）起兵，五十五岁做了皇帝，在位八年，死的时候已经六十三岁了。他死了四天，吕后还没把消息传出去。她要把一切布置停当，才给汉高祖发丧。

把人当作猪

吕后把汉高祖过世的消息压住，挺秘密地叫她的心腹审食其进去，对他说："大将们和先帝都是平民出身的，他们在先帝手下做臣下已经不太甘心，这回就更靠不住了。不把他们灭门，天下不能安定。"审食其说："怎么拿得住他们呢？"吕后说："这怕什么？只要说皇上病重，叫大臣们一个个地进来，宫里埋伏着武士，来一个杀一个，不就得了吗？"她就叫审食其去布置。

审食其一个人不好办，他就约吕后的哥哥吕释之做帮手。吕释之的儿子吕禄和郦商的儿子郦寄是好朋友。吕禄知道了他父亲准备和审食其合起来屠杀大臣，就把这个消息偷偷地告诉了郦寄。郦寄又偷偷地告诉给他父亲。

郦商得到了这个信儿，立刻去找审食其，对他说："听说皇上晏驾已经四天了。您不想办法快点发丧，反倒打算屠杀大臣。这一来，天下大乱不必说了，恐怕连您的命也保不住。您想，灌婴带领十万大军，镇守荥阳，陈平已经接到了诏书去帮助他。您敌得过他们吗？这还不算，周勃代替樊哙，镇守燕、代，他的兵马可不少哇。朝廷上一杀大臣，他们必然发兵来攻打关中。皇后和太子的性命固然难保，大臣们哪一个不知道您是一向帮着皇后的。他们能放过您吗？"

这一大篇话把审食其吓得连话都说不出来。他愣了一会儿，才吞吞吐吐地说："我、我、我不知道有这么回事。那、那、那怎么办呢？"郦商说："您知道也好，不知道也好，反正非您想个办法不可。"审食其说："我、我这就去见皇后。"

审食其跟吕后一说，吕后知道消息一传出去，事情就不好办了。她一面嘱咐审食其去告诉郦商和吕释之千万不可嚷出去，一面就下了发丧的命令。大臣们安葬了汉高祖，立太子盈为皇帝，就是汉惠帝，尊吕后为皇太后。

汉惠帝即位的诏书一发出去，燕王卢绾和陈平就改变了他们的行动。卢绾本来还想等汉高祖病好了，亲自来向他诉说自己的委屈。他知道汉高祖一死，吕后的权力必然更大了。他怎么还肯自投罗网去见她呢？他就投奔匈奴去了。陈平呢，因为害怕吕后和吕媭，才没敢照汉高祖的命令治死樊哙，只是把他上了囚车送到关中来。后来他又接到命令，叫他立刻上荥阳去帮助灌婴。这会儿他听到汉高祖死了，恐怕吕后和吕媭恨他去杀樊哙，将来一定要找他报仇，就想法先去讨她们的好。他赶紧回到关中，跑到长乐宫，在汉高祖的灵前又拜又哭。

吕太后见陈平回来了，马上问他樊哙怎么样。陈平说："我是奉了先帝的命令去斩樊将军的。可是我始终认为樊将军有过大功，而且又是皇亲，我怎么能得罪他呢？再说那时候先帝病得这么厉害，他的话不一定对。因此，我只派人把樊将军送回来，听候太后发落。"

吕太后这才放了心，还安慰陈平说："你能顾到大局，真不错。你路上辛苦了，出去休息休息吧。"陈平还怕自己的地位不稳，就流着眼泪，说："我受了先帝的大恩，应该赤胆忠心地报答一番。现在太子刚即位，宫里正需要人，请让我在宫里做个卫士，伺候皇上，一来可以报答先帝的大恩，二来可以替太后和皇上效力。"吕太后听了他这些话，心里挺舒坦，就夸奖他一番，拜他为郎中令（管宫殿门户的大官），叫他在宫里辅助汉惠帝。打这儿起，陈平不但没有因为樊哙的事吃亏，还得到了吕太后的信任。

吕太后免了樊哙的罪，叫他官复原职。她不能杀害大臣，可是朝廷的大权在她手里，她要怎么着就怎么着。吕太后最痛恨的莫过于戚夫人和戚夫人的儿子赵王如意，她是没法不对她们母子下毒手的。她把戚夫人罚作奴隶。命令一下，手下的人就把戚夫人的头发削去，宫装剥下，给她换上奴隶的衣服，天天叫她舂米。戚夫人一向给汉高祖惯得挺娇的，哪儿干过这种苦活儿。她舂一阵，哭一阵，后来就一面舂米，一面挺伤心地唱着舂米的歌：

儿子做了王，
母亲做奴隶；
整天舂着米，
跟死在一起；
相隔三千里，
谁能告诉你？

这个歌传到吕太后的耳朵里，如同火上浇油。她说："你还想靠着儿子吗？"她立刻派人去召赵王如意入宫。赵相周昌知道吕太后不怀好意，怎么也不让赵王如意回去。吕太后第二次派人去催，周昌还是不答应。吕太后第三次又打发使者去对周昌说："太后非叫赵王如意回去不可。"周昌对使者说："先帝嘱咐我小心伺候赵王，现在赵王有病，我不能让他动身。"

吕太后恨透周昌了。本来要立刻把他拿来办罪，可是因为过去周昌曾经竭力反对汉高祖废太子盈，吕后感激得向他下跪。因此，她对周昌不得不宽大点。她就不再叫赵王如意入宫了。可是她吩咐周昌自己回到朝廷来见她。周昌不能不去。吕太后见了周昌，也不提赵王如意的事，只是不让他回到赵国去。周昌告了病假，不再上朝。

吕太后把周昌支开，再派人去叫赵王如意回来，说是他母亲要见见他。赵王如意失去了周昌，没有人替他拿主意，只好动身回来。赵王如意还没到宫门口，就瞧见哥哥汉惠帝亲自出来迎接他。汉惠帝那时候才十七岁，可是他挺懂事，为人又厚道，跟吕太后的性情完全不同。听说戚夫人舂米，已经觉得自己的母亲不对。这会儿他知道赵王如意来了，怕他母亲暗地里害他，就把赵王如意接到自己的宫里来。以后天天跟他在一块儿，连吃饭、睡觉都在一起，弄得吕太后没法下手。

赵王如意想要见见他自己的母亲。汉惠帝只是劝他别着急，慢慢想办法。赵王如意只好天天想念着母亲，可不能见面。他哪儿知道母亲已经做了奴隶呢？有一天早晨，因为天冷，赵王如意又是个小孩子，还没起来。

汉惠帝为了爱护他，让他多睡一会儿，就自己管自己起了床射箭去了。就在这么一会儿工夫里头，赵王如意给毒死了。不一会儿，汉惠帝回来，瞧见赵王如意七窍流血，挺在床上，他抱着尸首大哭一场。他明知道谁是主使人，可是做儿子的不敢定母亲的罪，只好吩咐手下人把尸首用王礼安葬了。

吕太后杀了赵王如意以后就不再让戚夫人舂米了。她独出心裁地把人弄成猪。折磨完了，把她扔在猪圈里，还给她起个名儿叫“人猪”，然后请汉惠帝去参观“人猪”。

汉惠帝一见戚夫人给自己的母亲害得这个样儿，就放声大哭。他不但是为戚夫人和赵王如意痛哭，他也是为自己痛哭，痛哭他为什么恰恰做了这么一个母亲的儿子。他不能叫母亲死，他情愿自己死，他伤心极了，当时就害起病来。他派人去对吕太后说：“这不是人干的。我做了太后的儿子，终究不能治天下。”汉惠帝是个软皮囊。病好了以后，不敢再说什么，他希望再患病，就拼命地玩乐，只想毁坏自己的身子，早点离开这个残酷的人间。

萧规曹随

吕太后害死了戚夫人和赵王如意以后，改封淮阳王刘友（汉高祖的第六个儿子）为赵王。她恐怕将来诸侯王可能发生叛变，打到长安来，就用了三十多万民夫去建筑长安城。长安城在汉惠帝元年，就是公元前 194 年开始建筑，三年正月又在长安六百里以内征了男子和妇女十四万五千人继续建筑，六月又叫各王国、侯国一共送来囚犯和奴隶两万人，五年正月又在长安六百里以内征了男子和妇女十四万五千人，到秋天才把周围六十五里的城墙造好。

公元前 193 年（汉惠帝二年），齐王刘肥来朝见汉惠帝。齐王刘肥是曹氏生的，比汉惠帝大几岁。汉惠帝把他当作亲哥哥看待，吕太后嘴里敷衍他几句，心里可挺不乐意。妃子生的刘肥怎么能跟她的儿子称兄道弟的呢？在家里宴会的时候，汉惠帝请太后坐上位，请这位哥哥坐在第二位，自己坐在下位。齐王刘肥也不客气，就这么坐下了。这可把吕太后气坏了。

大家正在喝酒的时候，吕后背地里嘱咐心腹斟了两杯毒酒，递给她，叫齐王刘肥向她上寿。齐王刘肥拿起一杯奉给吕太后，自己拿了一杯。吕太后推说自己酒量小，叫齐王刘肥替她喝下去。刘肥挺爽气，准备把两杯酒全由自己干了。汉惠帝马上拿起那一杯来，跟哥哥一齐给太后上寿。这可把吕太后急坏了，她连忙从汉惠帝手里夺过那杯酒来，倒在地下。齐王刘肥怪纳闷儿的，也不敢再喝了。他假装喝醉了酒，告辞出来。

齐王刘肥买通了宫里的底下人，才知道吕太后成心要杀害他。他怕没法离开长安。一个随从的臣下献个计，对他说："太后只生了皇上和鲁元公主。这两个人是她的命根子。现在大王的封地有七十多座城，鲁元公主可只有几座城。要是大王把一个郡（包括好几个县）奉给太后，请她转送给鲁元公主作为她的汤沐邑，太后一定喜欢，大王就不必担心了。"齐王刘肥就把城阳郡献给鲁元公主，还尊她为王太后（鲁元公主和赵王张敖的儿子张偃封为鲁王，鲁元公主就尊为王太后）。吕太后果然高兴，带着汉惠帝挺客气地送走了齐王刘肥。

汉惠帝送走了哥哥刘肥，更觉得做人太没有意思了，希望早点离开这个世界。到底他是个年轻小伙子，一下子还不至于死。那个年老的相国萧何可病得只剩了一口气了。汉惠帝亲自去看他，还问他将来请谁代替他。萧何说："谁能像皇上那样知道臣下呢？"汉惠帝就说："曹参怎么样？"萧何说："皇上的主见错不了。"萧何和曹参原来都是沛县的官吏，本来彼此很好，后来曹参带兵，打了不少胜仗，立了大功，可是他得到的爵位和赏赐反倒比不上萧何，心里挺不痛快。两个人就不那么好了。这会儿汉惠帝提到曹参，萧何总算顾到大局，并没反对。

萧何一死，曹参做了相国。他原来是个将军，汉高祖拜他为齐相去帮助长子刘肥。那时候，他到了齐国，不知道应该怎么样办，就召集了齐地的父老和儒生一百多人，问他们怎么样才能够治理百姓。这些人差不多每人有一个说法，而且大多都是夸夸其谈，不合实际，弄得曹参无所适从。

后来曹参打听到胶西有一个盖公，人家都说他德高望重，可是不愿意出来做官。曹参挺诚恳地把他请来。盖公是研究黄帝、老子那一派的学说的（简称黄老之学），主要的理论是：在上的清静无为，在下的自然会安定。曹参依了他的话，不准长官去打扰老百姓，他就这么在齐国做了九年相国和丞相（汉惠帝改相国为丞相），齐地七十多座城果然都挺安静，大伙儿称他为贤明的丞相。那时候，刚刚在大乱之后，老百姓都希望过几年太平日子，只要做官的不做坏事，不去打扰他们，他们就够造化的了。

这会儿曹参代替萧何做了相国，遵守着"在上的清静无为，在下的自然安定"的信条，什么都不变动，什么都不过问，让官吏们一切都按照前相国的章程办理。虽说什么都不过问，他可不喜欢那些油腔滑调、舞文弄墨或者沽名钓誉、好高骛远的官员。他挑了几个年岁大的、忠厚老实的人做他的帮手，老跟着他们一块儿喝酒、聊天。朝廷上的事什么也不管。有几个大臣看着新相国什么都不管，很替他着急，也有去向他献计策的。可是他们一到那儿，曹参就请他们喝酒，一杯接着一杯地把他们灌醉才算完事。要是有人在他跟前提起朝廷大事，他就叫那人先喝酒，然后用别的话岔开，弄得别人没法再开口。他们只好喝醉了酒，糊里糊涂地回去。

汉惠帝还以为曹参喝酒是学他的样，也许是瞧不起他，不愿意替他好好地治理国家，心里挺不踏实。恰巧曹参的儿子大夫曹窋（zhú）过来。汉惠帝嘱咐他说："你回家的时候替我问问你父亲，高皇帝归了天，皇上年岁又轻，在这个紧要关头，国家大事全靠相国主持。您天天喝酒，什么也不管，这么下去，怎么能安抚天下呢？看你父亲怎么回答，然后你来告诉我。你可别说是我叫你这么问的。"

曹窋回到家，就跟他父亲照样说了一遍。曹参一听儿子的话，火儿可就上来了，他骂道："你这小子懂得什么？也敢在我面前耍嘴皮子！"说着，拿起板子来把他打了一顿。完了把他赶出去，还说以后不准他回家。

曹窋受了责打，垂头丧气地回到宫里，向汉惠帝直诉委屈。汉惠帝更加纳闷儿了。第二天，他见曹参一个人在他跟前，就对他说："相国为什么责备曹窋？他说的话就是我的意思，是我叫他去劝相国的。"曹参立刻摘去帽子，趴在地下，连连磕头，认了错。

汉惠帝叫他起来，对他说："相国有什么话，请直说吧。"曹参说："请问皇上，您跟先帝比较，哪一位英明？"汉惠帝说："我哪儿比得上先帝？"曹参又说："我跟萧相国比较，皇上看哪一位贤明？"汉惠帝微微一笑，说："好像还不如萧相国。"曹参说："是呀，皇上的话完全对。皇上不如先帝，我又不如萧相国，那么，先帝和萧相国平定了天下，制定了规章，咱们只要继承下去就是了，难道还能超过他们吗？"

汉惠帝本来是个老实人，听了曹参的话只好说："噢，我明白了。请相国别介意。"他可实在不明白光喝酒怎么能叫国家太平、人民安乐呢？可是当时也有人认为这样"萧规曹随"的办法挺不错。

曹参虽说在上的清静无为，不去打扰老百姓，可是打扰老百姓的事有的是，不说别的，光是为了建筑长安城，就一而再，再而三地征了三十多万壮丁去做苦工，拉了男子还不够，连妇女也逃不了。再加上连年的旱灾，江里河里的水少了，小河沟和池塘干得连底都裂开了。在这种情况下，相国光喝酒，什么都不干，怎么能叫老百姓安居乐业呢？天下又怎么能太平呢？

古籍链接

始参微时，与萧何善，及为宰相，有隙。至何且死，所推贤唯参。参代何为相国，举事无所变更，壹遵何之约束。择郡国吏长大，讷于文辞，谨厚长者，即召除为丞相史。吏言文刻深，欲务声名，辄斥去之。日夜饮酒。卿大夫以下吏及宾客见参不事事；来者皆欲有言。至者，参辄饮以醇酒，度之欲有言，复饮酒，醉而后去，终莫得开说，以为常。

相舍后园近吏舍，吏舍日饮歌呼。从吏患之，无如何，乃请参游后园。闻吏醉歌呼，从吏幸相国召按之。乃反取酒张坐饮，大歌呼与相和。

参见人之有细过，掩匿覆盖之，府中无事。

参子窋为中大夫。惠帝怪相国不治事，以为"岂少朕与？"乃谓窋曰："女归，试私从容问乃父曰：'高帝新弃群臣，帝富于春秋，君为相国，日饮，无所请事，何以忧天下？'然无言吾告女也。"窋既洗沐归，时间，自从其所谏参。参怒而笞之二百，曰："趣入侍，天下事非乃所当言也！"至朝时，帝让参曰："与窋胡治乎？乃者我使谏君也。"参免冠谢曰："陛下自察圣武孰与高皇帝？"上曰："朕乃安敢望先帝！"参曰："陛下观参孰与萧何贤？"上曰："君似不及也。"参曰："陛下言之是也。且高皇帝与萧何定天下，法令既明具，陛下垂拱，参等守职，遵而勿失，不亦可乎？"惠帝曰："善。君休矣！"

参为相国三年，薨，谥曰懿侯。百姓歌之曰："萧何为法，讲若画一；曹参代之，守而勿失。载其清靖，民以宁壹。"

——《汉书·卷三十九》

太后临朝

相国曹参天天喝酒，不管朝政。汉惠帝病病歪歪的，也不管朝政。因此，这几年来，朝廷上的事情实际上都落在吕太后身上。可是一个妇女管理朝廷，先不说管得好不好，当时的阻力就够大的了，人家总觉得不对劲，连冒顿单于也瞧不起汉朝了。

汉高祖采取和亲政策，把匈奴作为亲戚看待，几年来总算平安无事。赶到汉高祖一死，朝廷上的局面又是那个样子，冒顿单于就要试探试探汉朝的态度。他写了一封很没有礼貌的信给吕太后，主要是说："你死了男人，我死了老婆，两个主人都孤单得很。我愿意把我所有的换取你所没有的，彼此都能称心如意。"

吕太后一看气得直喘，立刻召集文武百官到宫里来商议。她说："匈奴太没有道理了，我想先杀了他们的使者，再发兵去征伐。你们看怎么样？"樊哙说："给我十万人马，准可以打败匈奴。"季布可没有这份胆量，可是又不能让人家说他胆小。他就大声地说："樊哙这么狂妄，应当砍头！从前匈奴在平城围住先帝，那时候汉兵三十二万，樊哙是上将军，还不能解围。现在他只要十万人马就能打败匈奴，这是当面欺骗太后。匈奴本来不懂礼貌，说了一句得罪太后的话，太后犯不着这么生气。"

曹参、王陵、周勃、陈平、叔孙通他们觉得匈奴厉害，都说还是和好的好，连樊哙也不再言语了。吕太后只好说：“那么，还是和好吧。”她就写了一封挺客气的回信，还送给冒顿单于一些车马。冒顿单于见了回信，也认为和亲对他有好处，又打发使者来向汉朝认了错，要求和亲，还送了几匹好马来。吕太后就挑了宗室的一个女儿嫁给冒顿单于。这么一来，匈奴同汉朝又和好了。

北边同匈奴和好了，南边也不能不防备一招。当初中原诸侯攻打秦国的时候，越君无诸和闽君驺摇这两个首领率领着闽、越的兵马帮助诸侯灭了秦国。后来汉高祖封无诸为闽越王。闽君驺摇也有功劳，可没受到封。他就在东海（在吴郡东南海边）扩张自己的势力，那一带的老百姓都归附了他。吕太后怕他不安心，就在同匈奴和亲那一年（公元前 192 年，汉惠帝三年），立闽君驺摇为东海王，以东瓯（在今浙江温州；瓯：ōu）为都城，所以也称为东瓯王。

北边同匈奴和亲，南边立驺摇为东海王，这是汉惠帝三年的两件大事，都是吕太后出的主意。汉惠帝十七岁即位，到了这一年已经二十岁了。他可还没正式结婚。老百姓的子弟到了这个年龄也可以娶媳妇儿了，怎么做了皇帝反倒还没结婚呢？

原来汉惠帝的姐姐鲁元公主生了个女儿，吕太后打算把她配给汉惠帝。舅舅跟外甥女结了婚，亲上加亲，不是挺好吗？可惜小姑娘太小，一时不能成亲，吕太后只好让汉惠帝等着。到了汉惠帝四年，他的未婚妻也有十几岁了，虽然还太年轻，那可不管了，就这样，吕太后就让汉惠帝和张敖的女儿成了亲，还立小娃娃张氏为皇后。

汉惠帝结婚那一年，做了三件大事情。第一件是叫各郡县推举优秀的老百姓，予以免勤的奖励。被推举的人必须是孝顺父母、尊敬兄长而又努力于耕种土地的。第二件是大赦天下。第三件是废去秦朝私藏诗书灭门的法令。汉高祖和秦国父老约法三章是在公元前 206 年，可是秦朝不准私藏诗书的法令一直到了公元前 191 年，已经过了十五年了，才把它废除。到了这时候，朝廷才允许民间收藏诗书，可是已经太晚了点。

以后两年里面（公元前 190—公元前 189 年），接连着死了几个重要的大臣，相国曹参、舞阳侯樊哙、留侯张良都先后死了。又过了一年（公元前 188 年，汉惠帝七年），汉惠帝也死了。

吕太后只有这么一个儿子，年纪轻轻的就死了，按说怎么能不伤心呢？

她可没流眼泪。右丞相王陵、左丞相陈平、太尉周勃等大臣们都挺纳闷儿。张良的儿子张辟强才十五岁，吕太后把他留在宫里做事，所以他也跟大臣们在一块儿。他们出来以后，张辟强去见左丞相陈平，对他说："太后死了独生子，当然难受极了。可是她没流眼泪，丞相知道这是什么缘故吗？"

陈平说："不知道哇。"张辟强还真帮着吕太后，他说："皇上晏驾了，太后因为没有壮年的儿子，恐怕大臣们另有打算，所以她伤心得连哭都哭不出来。可是太后怀疑你们另有打算，对她不利，她能轻易放过你们吗？我说，不如请太后立刻拜她的两个侄儿吕台（吕太后的大哥吕泽的儿子）和吕产（吕台的兄弟）为将军，统领军队，保卫长安和宫殿，再推荐吕家的人，给他们做大官，太后准能喜欢，你们也就不至于遭到什么祸患了。"

机灵鬼陈平真佩服张辟强，觉得这小子比他自己还机灵。这个美差可不能让别人抢了去。陈平马上进宫去见吕太后，请她拜吕台、吕产为大将，分别统领南军（驻扎在城内保卫宫廷的军队叫南军）和北军（驻扎在城外的军队叫北军）。这两支军队原来都是由太尉周勃统领的。吕太后就怕那些跟汉高祖一同打天下立过大功的将军们不受约束。汉高祖这么厉害，他们还一个接一个地谋反。她忘不了燕王臧荼、韩王信、代相陈豨、淮阴侯韩信、梁王彭越、淮南王英布、燕王卢绾的事。现在她一个妇道人家怎么压得住周勃、王陵、灌婴他们呢？这会儿她把这些军队都交给自己的侄儿去管，自己人到底靠得住些。太后一家抓住了兵权，就不必再怕他们造反了。吕太后完全依了陈平的话，马上把兵权拿过来，她才算放心。一放了心，就一把眼泪、一把鼻涕，哭天哭地地哭开儿子来了。

安葬了汉惠帝以后，吕太后就立汉惠帝的儿子刘恭为皇帝，称为"少帝"。可是张皇后到底太年轻，没生过儿子，据说汉惠帝也没跟别的女人生过儿子。那么，哪儿来的少帝呢？吕太后早已准备好了。她叫张皇后填高了肚子，假装怀了孕，到时候，偷偷地把别人家的婴儿弄到宫里来，算是张皇后生的。又怕将来婴儿的母亲泄露秘密，就把她杀了。因为少帝刘恭还是个婴儿，不能统治天下，吕太后名正言顺地替他临朝，主持朝政。

吕太后为了巩固自己的政权，就在朝廷上提出要立吕家的人为王，问大臣们可不可以。右丞相王陵是个直筒子，愣头磕脑地说："高帝宰了白马，大臣们都宣过誓，非刘氏不得封王！"陈平和周勃替吕后找出非刘氏可以封王的道理来，他们说："高祖平定天下，分封自己的子弟为王，这当然是对的；现在太后临朝，分封自己的子弟为王，也没有什么不可以。”吕太后点了点头，没说话，可也没封吕家的人为王。

散朝以后，王陵批评陈平和周勃，说：“当初在先帝跟前宣誓，你们不是都在场吗？你们拿起誓当白玩儿，一个劲儿地奉承太后，怎么对得起先帝呢？”陈平和周勃说：“当面在朝廷上争论，我们比不上您，将来保全刘氏，您可比不上我们。”

王陵只是冷笑着。可是冷笑有什么用？吕太后不让他做丞相，叫他去做婴儿少帝的老师。王陵托病告了长假，吕太后也不去为难他，准他退休。她就拜陈平为右丞相，审食其为左丞相。陈平打这儿起，老是喝酒，审食其只管宫殿里的事，因此实际上就没有一个丞相管理朝廷大事了。

吕太后做事是有步骤的，分封吕家的人也不能一下子就干。她先把早已死了的父亲吕公和大哥吕泽封为王。果然没有人反对她去封死人。这两个王既然是姓吕的，那么以后再封别的姓吕的就不足为奇了。在吕太后临朝的八年当中（公元前 188—公元前 180 年），她的内侄和内侄孙先后封王的有吕台（吕太后的大哥吕泽的儿子）、吕嘉（吕台的儿子）、吕产（吕台的兄弟）、吕禄（吕太后的二哥吕释之的儿子）、吕通（吕台的儿子），连吕太后的妹妹吕媭（樊哙的妻子）也封为临光侯。

这么多吕家的人都封了王、封了侯，刘家和刘家的大臣们怎么能服气呢？吕太后早已想到了这一层。她找来一些小孩子，说是汉惠帝的儿子，给封了王，好堵大伙儿的嘴。可是这事儿哪能不透风呢？就是少帝也明白过来了。到了五六岁的时候，他挺天真地说：“太后杀了我的母亲，赶明儿我长大了，我一定要报仇！”吕太后怕以后出麻烦，就把他杀了，立恒山王刘义为皇帝。

吕太后封的那些刘家的王都是小孩儿，吕家的王大多都是带兵的，朝廷上的大臣们又都不敢说话，按理说已经很稳当了。可是她知道不服气的人还真不少，连她一手提拔起来的人也反对她。那个人就是朱虚侯刘章。吕太后为了照顾齐王刘襄（刘肥的儿子，汉高祖的长孙），曾经封他的兄弟刘章为朱虚侯，叫他住在宫里作为亲信的卫士，还把吕禄的女儿（太后的内侄孙女）嫁给他。朱虚侯刘章很有力气，他在二十岁那一年（公元前 181 年，吕太后临朝的第七年），有一天，在宴会上伺候着吕太后。吕太后指定他监督宴会。他对吕太后说：“我是将门之子，请允许我按照军营的规矩监督宴会。”吕太后说：“可以。”朱虚侯刘章瞧见刘家的大臣们喝酒喝得挺乐的，他要求吕太后让他唱个耕田歌。吕太后说：“好，你唱吧。”他就放开嗓子，唱起来了：

地要耕得深哪，
种要播得密；
插秧不能乱哪，
行列要整齐；
杂种和野草哇，
随时要锄去！

大臣们听了，你看看我、我看看你，心里直点头。吕太后却不说话。不一会儿，有个姓吕的子弟喝醉了酒，不守宴会的规矩，走了。刘章追上去把他杀了。他回来向吕太后报告。大臣们都吓得什么似的，直替他担心。吕太后因为已经允许他按照军法行酒，也不为难他，可是她知道要锄去野草（指吕家）的不光是朱虚侯刘章一个人。她还得小心提防着。

到了第二年（公元前 180 年，吕太后临朝的第八年），吕太后害了重病。临终立吕产为相国，吕禄的女儿为皇后，吕禄为上将军。她叫吕禄统领北军，吕产统领南军，嘱咐他们，说：“我死了以后，大臣们也许趁着丧事作乱，你们必须带领军队保卫宫廷，千万不要出去送殡，免得遭受别人的暗算。”她说了这话，就咽了气。

汉文帝即位

吕太后虽然死了，吕产、吕禄统领着南军、北军，严密地保卫着宫廷和京城，连太后下葬的时候，他们都不出去。大臣们不免怀疑起来。吕家的将军们为什么带着兵马老占领着宫廷呢？朱虚侯刘章的媳妇儿是吕禄的女儿，她准知道她父亲的行动。刘章向她一盘问，才知道吕产、吕禄是受了太后的遗嘱保卫着宫廷的。刘章一想，这么下去，刘家的天下不是要变成吕家的天下了吗？他就派心腹去告诉自己的哥哥齐王刘襄，约他发兵从外面打进来，自己在里面接应。

齐王刘襄拿征伐吕家的名目号召诸侯，自己首先发兵往西边打过去。相国吕产得到了这个消息，立刻派颍阴侯灌婴带领兵马去对付刘襄。灌婴到了荥阳，对亲信的将士们说："吕产、吕禄他们统领大军，占领关中，明明是要夺取刘家的天下。我们要是向齐王进攻，这不是帮助吕家造反吗？"他们都同意暂时把军队驻扎下来，还暗地里通知齐王刘襄约会诸侯共同去征伐吕家。这么一来，灌婴和刘襄都把自己的军队驻扎下来，同时联络刘章、周勃、陈平他们，叫他们从里面发动起来，准备里外夹攻，消灭吕家。

刘章、周勃、陈平、郦寄他们想了个办法，居然把吕禄的兵权夺过来了。南军和北军的士兵们也都愿意帮助刘家，反对吕家。刘章杀了吕产，周勃杀了吕禄。两个头儿一死，事情就好办了。周勃带领着新归附过来的军队，把这两家的男女老少全都杀了。他们还打死了吕媭，杀了吕通，废了鲁王张偃。大臣们打发刘章到齐营里去请齐王刘襄退兵，一面再派人请灌婴撤兵回来。

到了这时候，刘家的大臣们胆儿就大了。他们说："从前吕太后所立的少帝和现在的皇上都不是先帝的亲骨肉。她还把别人家的几个小孩儿冒充惠帝的儿子，都封了王，现在我们灭了吕氏，这些冒充的皇子将来长大了，还不是吕氏一党吗？我们不如斩草除根，再在刘氏诸王当中挑选一个最贤明的，立他为皇帝，这才是正经。"

可是立谁为皇帝呢？有人说："齐王刘襄是高帝的长孙可以即位。"大臣们大多不同意。丞相陈平和太尉周勃认为代王毫无势力，简直跟扔在边界上一样，手底下也没有得力的大臣，要是帮着他登基，自己的功劳可大了，将来的地位也可靠。要是立齐王刘襄，齐国的大臣必然得势，一朝天子一朝臣，到那时候自己反倒给排挤出去。他们就冠冕堂皇地说："吕氏差点儿夺去了刘氏的天下，齐王的丈母家挺强，要是立了齐王，不是去了一个吕氏又来了一个吕氏吗？代王是高帝的亲儿子，年龄最大，谁都知道他品格高、有能耐。他的母亲薄氏素来小心谨慎，从来不过问朝政。立代王为皇帝是最合适的了。"大臣们一见最拿事的陈平和周勃这么主张，都同意了，当时就打发使者去迎接代王刘恒。

使者到了代地，向代王刘恒报告了朝廷上大臣们公推他即位的事，请他马上动身。代王刘恒不敢轻易答应，召集手下的大臣们来商议。郎中令张武说："朝廷上的大臣都是高帝手下的将军和谋士，只知道欺诈，不讲什么信义。他们大多不甘心老老实实地做臣下，因为害怕高帝和太后，才不敢为非作歹。现在太后也过去了，京城里闹得鸡犬不宁，谁都想做皇帝，偏偏要到咱们这个顶偏僻的边疆上来迎接大王，谁也不知道他们打什么主意。大王不如推说有病，探听探听京城里的动静再说。"

中尉宋昌说："张武只知其一，不知其二。大王可以放心回去，管保没有事。残暴的秦皇失了天下，诸侯豪杰一窝蜂似的起兵，谁都想做皇帝。末了，高帝统一了天下，以后谁再起兵都没成功。这是为什么呢？吕太后这么专制，吕氏诸王这么威风，可是刘章、周勃一号召，士兵们都愿意为刘氏效忠。这又是为什么呢？还不是因为天下的人都讨厌战乱，老百姓要求过几年太平日子吗？就算是有的大臣再要作乱，老百姓不肯听从他们，他们也没法发动起来。现在，高帝的儿子只剩下淮南王刘长和大王两个人了。大王居长，又是人心所向，所以大臣们不得不听从大伙儿的意见来迎接大王，大王不必多心。"

代王觉得宋昌的话很有道理，可是他素来谨慎，就向他母亲薄氏请示。薄氏曾经吃过许多苦头，老怕活不下去。幸亏汉高祖和吕太后不把她放在心里，才把她送到接近匈奴的边疆上来，因此没遭到吕氏的毒手，真是不幸中的大幸。她是惊弓之鸟，漏网之鱼，怎么也不肯轻易让她儿子去冒危险。娘儿俩商量了一会儿，先打发薄氏的兄弟薄昭到长安去见太尉周勃。周勃老老实实地把大臣们所以要迎接代王的意思告诉了他。

薄昭回来向代王报告，说："大臣们真心迎接大王，大王可以不必再怀疑了。"代王对宋昌说："你说得对，咱们走吧。"当时就准备车马。代王只带着宋昌、张武等六个随从人员上长安来了。他们到了高陵，离长安只有几十里地，就停下来。代王派宋昌先到长安去看看情况。宋昌到了渭桥（在长安北三里），就瞧见丞相以下的大臣们都在那儿等着迎接代王。宋昌下了车，对他们说："特来通报诸君，代王快到了。"大臣们都说："我们恭候着就是了。"宋昌又上了车，急急地回到高陵，请代王放心前去。

代王仍旧叫宋昌驾车，带着张武他们一块儿来了。他们到了渭桥，大臣们都跪着拜见代王。代王下了车，向他们回拜。

太尉周勃想格外献个殷勤，向前抢了一步，他单独对代王说："请左右暂退，我有话奉告。"宋昌在旁边一本正经地说："要是太尉说的是公事，公事公办，请公开说吧；要是太尉说的是私事，做王的大公无私！"太尉周勃给宋昌这么一说，不由得脸上直发烧，慌里慌张地跪在代王跟前，拿出皇帝的大印来，双手奉给代王。他心里美美地一笑，代王还能不感激他，给他记个头功吗？想不到代王推辞，说："到了公馆（诸王在京城都有自己的公馆，这是汉朝的制度；代王的公馆叫代邸；邸：dǐ）再商议吧。"周勃只好臊眉耷眼地把大印收起来，请代王上车，自己领道，一直到了代王公馆。大臣们都跟着进了公馆。

代王朝西坐下（正位是朝南的，代王在自己的公馆里以主人的地位把大臣们当作贵宾，所以不坐正位）。丞相陈平、太尉周勃、朱虚侯刘章，还有别的主要的大臣一齐趴在地下。陈平带头说："太后所立的少帝都不是惠帝的儿子，本来就不该祀奉宗庙。宗室侯王和大臣们都说大王是高帝的长子，应当祀奉宗庙，请大王即位！”

代王接连推让了三次。他说：“祀奉高帝宗庙是多么重大的事，我不敢当。还是请楚王（指汉高祖的兄弟刘交，代王的叔父）到来商议商议，挑选一位贤明的君王吧。”大臣们坚持要请代王即位。他们七手八脚地把代王扶上了正位，请他朝南坐下。代王又推让了两次。陈平、周勃他们不让他再推让。他们说：“我们已经很郑重地商议了几次了。大家都认为祀奉高帝宗庙的，只有大王最适宜。请大王以天下为重，不要再推辞了。”

周勃就捧着皇帝的大印，一定要代王接受。代王说：“既然宗室、将相决意推定了我，我也不好过于固执，希望各位同心协力，共保汉室。”大臣们就尊代王为天子，就是汉文帝。

当天晚上，汉文帝就拜宋昌为卫将军，统领南北军，张武为郎中令，管理宫殿。汉文帝除了宋昌、张武，还有舅舅薄昭算是自己人。他手下就是这么几个人。他知道自己确实没有势力，君位并不巩固。论辈分，楚王刘交是他叔父；论地位，齐王刘襄是高祖的长孙；就是兄弟刘长当初所封的淮南也比代地重要得多。他这么前思后想地一合计，要保持君位，治理天下，只能虚心地尊重先帝的大臣，再就是减少老百姓的痛苦，对他们多多让步来换取他们的拥护。他连夜下了诏书，大赦天下。

汉文帝尊他母亲薄氏为皇太后，拜陈平为左丞相，周勃为右丞相，灌婴为太尉，齐王刘襄、朱虚侯刘章等也都论功行赏，加了俸禄。右丞相是朝廷上最高的官衔。周勃自己也认为功劳最大，地位最高，他的那股子得意劲儿就不用提了。他仰着脑袋，个儿也好像高了一截。汉文帝对他很恭敬，每回散朝，老是拿眼睛送他，直到他出去了，才随便坐下。

郎中袁盎（àng）见了这种情形，挺担心。他问汉文帝：“皇上看周丞相是怎么样的臣下呢？”汉文帝说：“是一位忠臣。”袁盎说：“我看他只能算是一个功臣，算不上忠臣。不顾自己的性命，一心一意地跟君王同生死的，才是忠臣。当吕太后专权的时候，刘氏危急万分，周丞相身为太尉，掌握着兵权，不敢挺身出来，挽回当时的局面，反倒违背了高帝的盟约，附和吕太后封吕氏为王。赶到吕太后死了，大臣们起来征讨吕氏，周丞相碰上了运气，成功了，本来也没有什么了不起的地方。现在皇上即位，拜他为右丞相，他正应该小心谨慎、虚心待人才是。可是他反倒在皇上面前

汉文帝刘恒

得意忘形、目中无人。难道忠臣是这个样儿的吗？我怕皇上对他越恭敬，他就越骄傲。这么下去，太不妥当了。”

汉文帝听了，点了点头。以后他对周勃还是挺恭敬的，可是恭敬之中带着严肃。周勃才开始有点怕汉文帝了。

古籍链接

昌至渭桥，丞相已下皆迎。昌还报，代王乃进至渭桥。群臣拜谒称臣，代王下拜。太尉勃进曰：“愿请间。”宋昌曰：“所言公，公言之；所言私，王者无私。”太尉勃乃跪上天子玺。代王谢曰：“至邸而议之。”

闰月己酉，入代邸。群臣从至，上议曰：“丞相臣平、太尉臣勃、大将军臣武、御史大夫臣苍、宗正臣郢、朱虚侯臣章、东牟侯臣兴居、典客臣揭再拜言大王足下：子弘等皆非孝惠皇帝子，不当奉宗庙。臣谨请阴安侯、顷王后、琅邪王、列侯、吏二千石议，大王高皇帝子，宜为嗣，愿大王即天子位。”代王曰：“奉高帝宗庙，重事也。寡人不佞，不足以称。愿请楚王计宜者，寡人弗敢当。”群臣皆伏，固请。代王西乡让者三，南乡让者再。丞相平等皆曰：“臣伏计之，大王奉高祖宗庙最宜称，虽天下诸侯万民皆以为宜。臣等为宗庙、社稷计，不敢忽。愿大王幸听臣等。臣谨奉天子玺、符再拜上。”代王曰：“宗室、将、相、王、列侯以为莫宜寡人，寡人不敢辞。”遂即天子位。群臣以次侍。使太仆婴、东牟侯兴居先清宫，奉天子法驾迎代邸。皇帝即日夕入未央宫。夜拜宋昌为卫将军，领南、北军，张武为郎中令，行殿中。还坐前殿，下诏曰：“制诏丞相、太尉、御史大夫：间者诸吕用事擅权，谋为大逆，欲危刘氏宗庙，赖将、相、列侯、宗室、大臣诛之，皆伏其辜。朕初即位，其赦天下，赐民爵一级，女子百户牛、酒，酺五日。”

——《汉书·卷四》

废除连坐法

汉文帝即位，首先大赦天下，接着就召集大臣们商议一件大事。他说：“治天下当然不能没有法令。法令公正，才能禁止横暴，鼓励善良。一个人犯了法，定了罪，也就是了。为什么把他的父母、妻子也都一同逮来办罪呢？我不相信这种法令是公正的。请你们商议个改变的办法。”

一班掌管法令的大臣们都说：“老百姓自己管不住自己，所以得用法令去管束他们。一个人犯了法，把他的父母、妻子也都逮来办罪，全家才能重视法令，互相监督，不敢轻易犯法。从古以来就是这样的。这可不能改，改了怕管不住百姓。”

汉文帝说：“我听说如果法令公正，百姓也能忠诚，惩罚恰当，百姓才能服从。官吏领导百姓好像放羊的人照顾羊群一样。做了官吏既然不能好好地领导百姓，又拿不合理的法令去定他们的罪，这不是反倒害了他们吗？那就难怪有人不顾法令去胡作妄为了。我看拿这样的法令去禁止人犯法是禁止不了的。到底改了方便还是不改方便，请你们再仔细商议商议吧。”

他们再要反对，也说不出道理来，就说：“这是皇上的恩德，好极了。我们怎么也不会想得这么周到。这种法令趁早改了才是。”打这儿起，全家连坐的法令就废除了。

大臣们因为汉文帝连罪人的父母、妻子也照顾到了，他们也不能不替汉文帝的家里安排一下。他们建议立皇子刘启为皇太子，立皇太子的母亲窦氏为皇后。汉文帝不免推让一番。他说："我自己还怕不配治理天下。上，不能求天帝免去天灾；下，不能使天下人安居乐业。现在，虽然不能征求天下圣贤有德行的人，把天下让给他，可是也不应当为自己打算，预先立了太子。我要是自私自利，怎么对得起天下呢？"他们说："立太子是为了重视宗庙，不忘天下，不能说是自私自利。"汉文帝不再反对，就立皇子启为太子。

既然立了太子，大臣们又请汉文帝立太子的母亲窦氏为皇后。汉文帝不敢自己做主，就向薄太后请示。薄太后一向看重窦氏。窦氏不但对太后孝顺，对文帝恭敬，对儿女教育有方，对左右谦虚、热心，而且她也像薄太后一样，从来没忘过自己的出身，在宫里老喜欢亲自劳作，服装朴素，真是一个勤俭的妇女。薄太后完全赞成立她为皇后。

窦皇后想起自己的苦楚，就请汉文帝照顾贫困的人。原来窦皇后是赵国清河观津人，出身贫寒，很早死了父母，家里连自己就有三个孤儿。哥哥长君还太年轻，不能做事，兄弟广国刚三四岁。三个没有爹娘的穷孩子实在没法活下去。可巧宫里挑选使唤的丫头，窦氏为了要得到一点安家费，就去应选，她就这么跟兄弟分开了。

她到了宫里，被分派去伺候吕后，后来吕后觉得宫女太多了，把她们分配给列王，每一个王分到五个宫女。窦氏得到了这个消息，就去央告主管的内侍把她分配到老家赵国去。她想，到了赵国也许能够见到她哥哥和兄弟。主管的内侍当时答应了她，可是后来忘了。她就被吕后分配到代国，后来做了代王恒的妃子。

代王恒已经有了夫人，还生了四个儿子。窦氏自叹薄命，只好安分守己地伺候着夫人。夫人、太后和代王见她虚心、稳重，都挺喜欢她。她也生了一个女儿，就是公主嫖，两个儿子，就是刘启和刘武。正因为自己有了儿女，她格外小心地伺候着夫人，还嘱咐儿女千万要听从夫人的吩咐和四个哥哥的话。不料代王的夫人死了，他就把窦氏当作夫人看待。赶到代王做了皇帝，那夫人所生的四个儿子接连着害病死了。薄太后因此格外看重窦氏，疼爱她的儿女。

这会儿大臣们立了窦氏的长子刘启为皇太子，又立窦氏为皇后。汉文帝又封第二个儿子刘武为淮阳王。不用说她是多么高兴了。

薄太后还叫汉文帝想办法把窦皇后的哥哥和兄弟找来。汉文帝一道命令下去，各地的长官不敢怠慢，到处寻找窦长君和窦广国。大概窦长君也随时随地打听着妹妹的下落，所以很快地就见到了窦皇后。兄妹俩又是伤心又是快乐。长君一提起兄弟广国就哭了。他说："兄弟早就给人拐走了，一直得不到消息，是死是活也不知道。"窦皇后想起小兄弟这么命苦，抽抽噎噎，连饭都吃不下去。

窦皇后正在想念着兄弟广国，内侍送来了一封信。原来广国已经到长安来认亲了。信里还提起他跟着姐姐去采桑，从桑树上摔下来这件事作为凭证。广国五岁的时候给人拐去卖了，前前后后卖给十几家主人。最后卖给宜阳的一个大财主。那时候他已经十六七岁了。主人派他跟着一百多个奴仆到山里去烧炭，晚上就睡在帐篷里过夜。有一天，大家睡得正香的时候，忽然山崖坍了，一百多个烧炭的奴仆差不多都给压死，广国幸运地逃过一劫。后来主人搬家到长安，广国也就跟着来了，正碰到汉文帝新立皇后，还听说皇后姓窦，是清河观津人。广国就大胆地去认亲。

窦皇后向汉文帝一说，汉文帝派人去领广国进宫。姐儿俩见了面，可是谁也不认识谁。窦皇后盘问他，说："你跟你姐姐是在哪儿分别的？分别的情形又是怎么样的？"

广国说："我姐姐离开我们的时候，我跟哥哥送她到驿舍里。姐姐看我人小，挺可怜的。她向驿舍里的人要了一盆淘米水，一面哭着，一面替我洗头。洗了头，又要了一碗饭给我吃。我们就这么分别了。"

窦皇后再也忍不住了，拉住兄弟，抽抽噎噎地直哭。汉文帝也流了眼泪。他给了窦长君和窦广国不少田地和房屋，叫他们住在长安。

汉文帝一来自己没有势力，只怕国家不好治理，二来他以前被送到边疆地区，是个吃过苦头的人，他就有意识地想出种种办法安抚人民。他下了一道诏书，开始救济各地的鳏、寡、孤、独（鳏：guān，死了妻子的老年人；寡，寡妇；孤，孤儿；独，没有儿子的老年人）和穷困的人。规定八十岁以上的每人每月给米一石、肉二十斤、酒五斗，九十岁以上的每人每月再给帛两匹、丝绵三斤。还规定各地的长官必须按时去慰问年老的人。

汉文帝废除了全家连坐的法令，已经让老百姓够安心了，现在他又实实在在地救济了穷人，老百姓都愿意为他效忠，向他朝贡。

有一个地方出了一匹千里马，这是无价之宝。当地的老百姓便凑出钱来，公推那个主人把千里马献给汉文帝。文武百官见了千里马，就一起向汉文帝庆贺。汉文帝对大臣们说："我出去的时候，前面有旗车，后面有属车，平时巡游，每天也不过走五十里，天子行军，每天只走三十里。我骑了千里马，一个人跑到哪儿去？"他吩咐左右把千里马还给原来的主人，又给了他来回的路费。汉文帝恐怕以后还有人来贡献什么，就下了一道诏书，不准四方官民奉献任何礼物。

汉文帝反对残酷的刑罚和铺张浪费的习气。他要知道人民犯法的情况和朝廷钱粮收入的多少。他一面命令各地长官必须很慎重地审问案子，一面吩咐宫里上下人等都要节衣缩食，不许浪费。

有一天，大臣们上朝，他问右丞相周勃，说："全国关在监狱里面的囚犯一年当中有多少？"周勃耷拉着脑袋，回答说："不知道。"汉文帝又问："一年当中收进的和支出的钱粮各有多少？"周勃又说："不知道。"他急得脊梁上和头发里直冒汗。

汉文帝回头又问左丞相陈平。陈平比周勃机灵得多了，他说："这些事都有主管的人。皇上要知道监狱的情况，可以问廷尉；要知道钱粮的收支，可以问治粟内史。"

汉文帝说："既然一切事情都有主管的人，那么，你们管的是什么呢？"陈平的嘴是最会说话的。他说："丞相主要的职司是，上，帮助天子调理阴阳，顺从四时；下，适应万物；外，镇抚四方；内，爱护百姓，使文武百官各守职责。"

汉文帝听了他这些摸不着边的话，不好意思再追问下去，就说："哦，原来如此。"

周勃自己觉得才能不如陈平，就交还相印，告老还乡了。汉文帝趁着机会废除了左右丞相的制度，让陈平一个人做了丞相。

汉文帝在一年里面就把天下治理得井井有条，老百姓也都安居乐业。可是南方的边疆还不受汉朝约束。南越王赵佗在吕后临朝的时候就自立为南越武帝，跟汉朝对立了。南越离中原远，赵佗没有力量打到这儿来，天下还算是太平的。可是汉文帝认为在统一的中国，这一小部分的土地是万万不能放弃的。

两封信

南越王赵佗是汉高祖派陆贾去封的（公元前196年，汉高祖十一年）。当时他还把陆贾留住了几个月，挺痛快地喝酒、谈心。他已经承认是汉朝的臣下，一向镇守着南方，跟中原也有些来往，怎么现在又跟汉朝对立起来了呢？原来南越王虽然也是汉朝封的，那可只是个外臣，不受朝廷统治，因此一向不作为中原的诸侯看待。在吕太后临朝的第四年（公元前191年），汉朝的官吏请吕太后下令禁止把铁器卖给南越。吕太后同意了，还在长沙通往南越的地界上设立了关口，严格检查禁运的货物。

南越人不但买不到中原的铁器，后来连他们所需要的别的东西也都得不到，生活上挺不方便。他们纷纷地向南越王赵佗报告。赵佗可火了。他说："高帝立我为王，互相交换货物。现在吕后听了奸臣的话，把我们南越当作野蛮人看待，断绝来往，禁运货物。这准是长沙王的诡计。他想靠着朝廷的势力，兼并南越，自己做王。我不能待在这儿等着挨打。"

赵佗就自立为南越武帝，在公元前190年发兵打到长沙边界，夺了几个县城。长沙王吴回（吴芮的孙子，吴臣的儿子）向吕太后报告，要求朝廷发兵支援长沙。吕太后就在第二年拜隆虑侯周灶为将军去攻打南越。中原的大军走了几个月才到了南方。正赶上三伏天，又热又湿，北方的士兵怎么受得了这号天气？开头还只有少数的士兵中暑死去，后来发生了疫病，死的人就更多了。南越的士兵守着各路出口，中原的大军没法过去。就这么在道上转来转去费了一年多工夫，还不能越过阳山岭去（阳山，在今广东连州一带）。又过了几个月，吕太后死了，中原的将士干脆就退了兵。

中原兵一退，赵佗更加威风。他一面把军队驻扎在长沙边界上威胁着中原，一面拿财物送给闽越，把它收为属国。赵佗统治了这一大片土地，他就按照汉朝的仪式，做了南越的皇帝，出来的时候坐着金黄色的车马（用黄色的缎子作为车马的装饰），左边飘着一面大纛（dào）旗，就这么跟中原对抗起来了。

汉文帝即位以后，首先整顿了内政，然后才想办法去对付南越。他知道赵佗是真定人，祖先的坟墓都在那儿，就派人去修理这些坟墓，还设立了一个专门管理坟地的机构，一年四季按照规矩举行祭祀的仪式。汉文帝又把赵佗的叔伯兄弟安置了地位。他想起陆贾从前见过赵佗，跟他还挺好的，就派他为使臣，拿着给赵佗的一封信，带了一些礼物，再一次到南越去。

南越王赵佗接待陆贾，拆开汉文帝的信，上面写着：

皇帝诚心诚意地向南越王问候。我是高皇帝偏房的儿子，奉命在代地防守北方边疆，一向在外边。因为地区遥远，见识不广，性情老实，天资愚钝，一直没跟您通过信。高皇帝抛弃了大臣，接着孝惠皇帝也去世了，高皇后这才亲自临朝。可惜她身子有病，长期不见好转，以致脾气急躁，措施上不免有差错的地方。吕氏一族的人趁着机会做出了不少违法乱纪的事。高皇后一个人没法管得住他们，她才拿别人家的孩子作为孝惠皇帝的儿子。幸亏靠着祖宗的威灵和大臣们的努力，把他们都惩办了。

我因为列王、诸侯和官吏不让我推辞，只好即位，做了皇帝。听说您曾经有信给将军隆虑侯，要求他寻找您的亲兄弟，并且要求把长沙的两个将军（进攻南越的两个将军）免职。我就按照您的意思把将军博阳侯免了职，派人慰问了在真定的令兄弟，还修理了您先人的坟墓。前些时候，听说您发兵进攻边界，不停地进行抢掠。那时候，苦了长沙的老百姓，尤其是南郡的老百姓。可是您的国里难道能独独得到好处吗？如果一定要多杀士兵，伤害将官，害得人家的妻子变成寡妇，孩子变成孤儿，父母变成孤老，那么，得到的利益只有一种，失去的倒有十种。这样的事我是不愿意干的。

我也曾经问过边界上的官员，想把（长沙和南越之间）交叉的分界线调整一下，可是他们都说："这是高皇帝划分给长沙的土地。"我不能自作主张地把它改变。得了您的土地，中国也大不了；得了您的财物，中国也富不了。因此，服岭（就是大庾岭）以南，由您自己去治理吧。可是，您称为皇帝，两个皇帝并立，而没有使者互相来往，这就起了争端。争而不让，仁德的人是不愿意的。我愿意跟您一起去掉以往的不和，从今以后，仍旧互通使臣。所以我派陆贾前来表达我的心愿，希望您也能同意，不要再来侵犯。送上上等棉衣五十件，二等的三十件，三等的二十件。请您听听音乐消遣消遣，慰问慰问邻国。

赵佗看了这封信，拉着陆贾的手，说："皇上真是个忠厚长者。他这么又虚心又诚恳地对待我，我要是再跟他对抗，也太说不过去了。"陆贾跷着大拇哥儿，说："大王真了不起！大王这么贤明，顾全大局，这是咱们中国的造化。"

赵佗听了陆贾这么夸奖他，更加高兴。他说："我也得写封回信，是不是？"陆贾说："好极了。"

赵佗原来好强，有点自高自大。这会儿他可要跟汉文帝比一比虚心和诚恳劲儿了。他想："人家自个儿称为偏房的儿子，多么虚心哪。我可不是小老婆养的，怎么样称呼自个儿才显出虚心呢？啊，有了！"他就这么写着：

野蛮人的头儿老夫臣赵佗，冒了死罪，再拜，写信给皇帝陛下：老夫原来是南越的一个小官，承蒙高皇帝赏给我一颗大印，封我为南越王，叫我做了外臣，按时进贡尽职。孝惠皇帝即位，在道义上不好意思把我扔了，所以还是很优待老夫的。赶到高后临朝，亲近小人，听信坏话，把我当作蛮夷看待。她下了命令，说："不要把金、铁（就是铜和铁）、田器（就是农具）、马、牛、羊给蛮夷的外人南越。就是卖给他们马、牛、羊，也只给他们公的，不要给他们母的。"老夫住在这个偏僻的地区，几年来马、牛、羊都老了，我怕连祭祀用的牲口都不齐，犯了不敬鬼神的大罪。因此，我曾经先后打发内史藩、中尉高和御史平上过三次奏章，承认过错。哪儿知道三个使者连一个也没放回来。又听说老夫父母的坟墓都毁了，兄弟和族里的人全定了罪杀了。我手下的官吏们议论着说："现在我们的大王在汉朝内部没有什么地位，在外边又不特别出名。"所以我把名号改为皇帝。这也不过是我在自个儿的国土里这么叫叫，并不是要去跟谁争天下。高皇后听到了这个消息，冒了火儿，削去了南越的国籍，断绝了来往。老夫疑心是长沙王给我说了坏话，所以发兵去攻打边界。

再说南方土地又低又湿，蛮夷当中，西边有西瓯（在今广西），那边的人倒有一半是瘦弱的，他们的头儿称为王；东边有闽越（越，也写作粤），一共只有几千人，他们的头儿也称为王；西北边就是长沙，那边的人倒有一半是蛮夷，他们的头儿也称为王。管理这么小的地方，这么一点儿人的都称了王，所以老夫也狂妄起来偷偷儿地称为皇帝了，这也就是自个儿开开心罢了。老夫亲身平定下来的地方有几百处，东西南北几千万里，穿着铠甲的士兵就有一百多万。然而，我情愿做个臣下，侍奉汉朝，这是为什么呢？因为我不敢违背自个儿的祖先哪！老夫到南越已经住了四十九年，现在已经抱上孙子了。可是我早晨晚上老不得劲儿，睡觉不舒坦，吃饭没有滋味，眼睛不愿意看华丽的颜色，耳朵不愿意听钟鼓的声音（钟、鼓，乐器；钟鼓的声音，就是音乐的意思）。这又是为什么呢？因为不能让我服侍自己的国家呀。现在，蒙皇上可怜我，恢复了我原来的称号，能像从前一样有使者来往，老夫就是死了，也不怕骨头腐烂了。我马上改号，不敢再称帝了。

现在趁着使者的方便，我恭恭敬敬地奉上白璧一双，翠鸟一千只，犀牛角十支，紫贝（紫色的贝壳，古人曾经作为最名贵的货币）五百个，桂蠹（桂树上长的虫，有手指头那么大，作为蜜渍的香料用，是极名贵的调味品）一瓶，活的翠鸟四十对，孔雀两对。冒着死罪，再拜上书给皇帝陛下。

陆贾拜别了南越王赵佗，回去报告了汉文帝。汉文帝看了赵佗的信，很是高兴。他觉得，中国人尽管住在遥远的边疆上，还是热爱自己的父母之邦的。他不由得更热爱自己的国家了。

耕种的榜样

汉文帝不用兵马就把南越收服过来，更觉得文教重要。可是就拿文教治理天下，也不能专靠他一个人哪。因此，他要多多搜罗人才，帮助他做事。他听说河南郡守吴公治理河南很有成绩，人们甚至夸奖他是天下第一个好郡守。汉文帝就把他调到京城里来，请他做了廷尉。吴公又推荐了洛阳人贾谊，说他熟读诗书，挺有才能。汉文帝就封他为博士。

贾谊是个年轻小伙子，只有二十几岁，可是比朝廷上一班老大臣都强。汉文帝每次起草诏书的时候，叫大臣们来商议，那班老先生就知道点头哈腰地说好，可提不出什么意见来。

贾谊没有这么深的人情世故，他想到什么就说什么，而且说的都很有道理。因此，汉文帝很看重他，才一年就把他升为大中大夫。

汉文帝重视贾谊，不但因为他有才能，而且因为他肯说话。多少年来，人们是不能谈论政治的，更不用说批评朝廷了。汉文帝下了一道诏书，让人们多提意见。他首先定出选举“贤良方正”的制度，只要品行端正、稍通文墨的人能够直爽地说实话、规劝皇上的，都有被选的资格。每一个郡选举一次就有一百多个。可是，“贤良方正”究竟还有一定的名额，一般的老百姓还是不敢批评朝廷的。

原来汉文帝刚即位的时候，还沿用着一条法令，叫“诽谤妖言法”

（“诽谤”就是诬蔑朝廷或者批评皇帝的意思；“妖言”是指有意造谣，扰乱人心的意思）。

犯了诽谤妖言法的就有死罪，严重的还得灭门。汉文帝已经废除了“全家连坐法”。这会儿他又下了诏书废除“诽谤妖言法”。他说：“拿诽谤妖言法来定罪，谁还敢说话？朝廷上的大臣们不敢直直爽爽地说话，做皇帝的有了过失，怎么能听得到批评？远地方的人更不能来劝告皇帝了。这种法令应当立刻废除。如果有人咒骂皇帝，官吏就认为是大逆不道，说话一不小心，又说他们有意诽谤，那简直是封了人民的嘴。我极不同意这种办法。从此以后，有犯所谓诽谤妖言的，一概无罪，不管老百姓说什么话，官吏不准干涉。”

这么一来，上奏章的、当面规劝皇帝的人就多起来了。别说在朝廷上，就是在道儿上有人上书的话，汉文帝也会停下车来把奏章接过去。他说：“可以采用的就采用，不能采用的搁在一边，这有什么不好呢？”

公元前178年（汉文帝二年），贾谊上了一个奏章，请汉文帝提倡生产，厉行节约。大意说：

> 管子（就是管仲）曾经说过，“贮藏粮食的仓库满了，才能够讲究礼节；有吃的、有穿的了，才能够去谈什么是光荣、什么是耻辱”。老百姓连饭都吃不上，要说能把天下治理得好，从古以来都没听说过。古人早就说过，一个男的不耕种，就有人挨饿；一个女的不纺织，就有人受冻。生产有一定的季节，要是消费没有限制，那么，财物一定不够用。古时候治理天下的，着重节俭和积蓄，就是这个道理。现在呢，奢侈的习气越来越厉害。生产的人少，消耗的人多，天下的财物自然就缺少了。要知道积蓄是天下的命根子。如果粮食多了，财物富裕了，什么事情不好办呢？因此，朝廷应当劝老百姓好好儿地种庄稼，使天下的人都能自食其力，好吃懒做的游民都该转到农村里去。只要多生产、多节约、多积蓄，老百姓就能安居乐业，天下自然太平了。

汉文帝完全同意贾谊的话。他在春耕以前就下了诏书，劝老百姓多生产粮食。他还亲自率领大臣们下地，做个耕种的榜样。另外还规定：农民缺少五谷种子或者没有口粮的，由各县借给他们。各地的长官也不得不下乡，进行农贷，劝告农民及时耕作。老百姓得到了帮助，又听到了汉文帝亲自耕种的消息，男男女女干活儿的劲头可就更大了。土地是不辜负人的，农民多用力气，它就多生产粮食。那年秋天，得到了普遍的丰收。汉文帝为了鼓励农民积蓄，就下了一道命令，说：

> 粮食是天下的根本，人民是靠着它养活的。如果人民不着重耕种，就不能过生活。所以我亲自率领臣下劝人民着重耕种。今年农民格外勤劳，可喜可嘉，准予免去天下农民今年田租一半。

汉高祖原来规定的田租是十五税一，现在只收半租，就是三十税一，这确实是最轻的租税了。

老百姓因为得到了丰收，又免了一半的田租，一个个眉开眼笑。想不到朝廷上平时不大关心老百姓痛痒的大臣们也因为另一件事情在高兴得眉开眼笑。原来那个一向叫大臣们厌恶的审食其给淮南王刘长杀了。

淮南王刘长是汉高祖的小儿子。当初汉高祖从平城（就是给匈奴围困了七天的那座城）回来，路过赵国，赵王张敖派宫女赵姬去伺候他。后来赵国的大臣贯高、赵午谋反，他们都受到了惩罚，连赵姬也下了监狱。赵姬跟监狱官说明她曾经伺候过皇上，已经有了身孕。监狱官一级一级地奏报上去，赵姬才免了死罪，可是还得关在监狱里，等她生了孩子再说。赵姬的兄弟赵兼千辛万苦地到了长安，央告审食其转求吕后向汉高祖求情。吕后不愿意帮忙，审食其也就不敢多嘴了。赶到赵姬在监狱里生了儿子，还不能免罪。她哭了三天三夜，就自杀了。赵国的官吏把赵姬的婴儿抱给汉高祖，汉高祖倒也喜欢，给他起了个名儿叫“长”，嘱咐吕后收养。后来汉高祖消灭了淮南王英布，就封刘长为淮南王。刘长做了淮南王，把他的舅舅赵兼接来。舅舅、外甥一谈到赵姬，就抱怨审食其不肯从中出力。

赶到汉文帝即位，审食其失了势力。刘长就在汉文帝第三年（公元前177年）到长安来朝见他的皇帝哥哥。刘长是汉文帝唯一活着的兄弟，汉文帝像亲兄弟一样地待他。刘长很有力气，平日骄横惯了的，对汉文帝也不太恭敬，老管他叫大哥。汉文帝只有这么一个兄弟，也不计较。刘长说要去见审食其，汉文帝答应了。

审食其听说淮南王来访问他，大摇大摆地出来迎接。刘长下了车，从袖口里拿出一个铁锤，一下子把审食其砸了个脑浆迸裂。他马上回来，求见汉文帝。汉文帝出来，瞧见兄弟刘长光着上半身，跪在台阶底下直哭。汉文帝问他是怎么回事。

刘长说："辟阳侯是吕后最信任的人，他明明知道贯高谋反的事跟我母亲丝毫关系也没有，可是他不肯在吕后面前分辩，这是一项大罪；赵王如意母子二人没有罪却遭了毒害，辟阳侯也不说话，这是两项大罪；吕后把吕家的人封了王，要夺刘氏的天下，辟阳侯又不说话，这是三项大罪。我今天杀了他，一则为天下除去奸臣，二则为母亲报仇。可是我自作主张，得罪了皇上，请皇上惩办吧。"

汉文帝也同情他为母亲报仇，觉得情有可原，就免了他的罪，让他回到淮南去。哪儿知道汉文帝越是偏护着刘长，刘长越发无法无天地胡闹。他不遵守朝廷的法令，自己要怎么办就怎么办，杀害平民、乱送爵位的事也越来越多。他还把车马装饰得跟皇帝的一样。汉文帝派使者去劝告他，他也不接见。末了，他派人到南方去约闽越，到北方去勾结匈奴，竟准备造反了。

帮着刘长谋反的人给逮住了，刘长也给带到长安来。大臣们一定要汉文帝把刘长办死罪。刘长也认为这会儿再也保不住命了。没想到汉文帝竟免了他的死罪，只废除他的王号，把他送到蜀地去，还让他带着全家的人一块儿搬去。刘长想不到汉文帝对他这么宽大，心里头好像刀子扎着似的那么难受，就在路上绝食自杀了。

汉文帝得到了这个消息，哭着说："我不过暂时叫他去吃点苦，希望他能悔过，哪儿想得到他会死呢？"大臣们劝汉文帝，说："淮南王自作自受，请皇上不要过于伤心。"汉文帝说："我只有一个兄弟，还不能保全他，总觉得于心不安。"他因为死了的兄弟显着这么伤心，可是人们仍说是他杀了兄弟，还编了一首歌谣讽刺他，说：

一尺布，还可缝，
一斗粟，还可舂，
兄弟二人不能相容。

汉文帝听到了这首歌谣，心里十分难过。他就把淮南王的四个儿子都封为侯。大夫贾谊得到了这个消息，上了一个奏章，说淮南王大逆不道，死在路上也是活该，朝廷不应该把罪人的儿子封为侯。

淮南王谋反自杀，还有人批评汉文帝，说：“兄弟二人不能相容。”没想到过了四年（公元前 170 年，汉文帝即位第十年），他的舅舅，薄太后唯一的亲兄弟，车骑将军薄昭，杀了天子的使者，犯了大逆不道的死罪，这真把汉文帝难住了。他直后悔，不该拜自己的舅舅为车骑将军，车骑将军的地位多么高哇，姐姐是皇太后，外甥是皇上，这就使薄昭骄横起来，连天子的使者也不搁在眼里。汉文帝要是不把他办罪，给将来横行不法的外戚专权开个先例，这个他可不干；要是把他抓来办罪，从外甥和娘舅的关系上说，又怕妨碍了孝道。要是薄昭能够认识到自己的罪，自己处理自己，那可多么好哇，汉文帝就打发公卿大臣上薄昭家里去跟他喝酒。在酒席上大伙儿劝薄昭自杀，他不依。大臣们只好回来。没多久，他们再一次上薄家去，说是去吊孝的。薄昭一见公卿大臣们个个都穿上丧服，戴着孝，向他号丧，他只好硬着头皮自杀了。

往边疆移民

汉文帝一向看重贾谊，可是朝廷上一班大臣见他比自己强，不断地给他说坏话。汉文帝就把他送到长沙去做长沙王的太傅（皇子的师傅）。贾谊听说长沙地区潮湿，长住在那边，怕活不长，心里很不得劲儿。渡过湘水的时候，想起屈原的遭遇，就写了一篇赋吊他。到了长沙，还是闷闷不乐。有一天，他瞧见一只小鸟飞到他屋子里。这种小鸟楚人叫“鹏”（类似猫头鹰的鸟），据说是种不吉之鸟。贾谊借题发挥，写了一篇《鹏鸟赋》，大意是一个人应该把生和死看得很轻，个人的宠辱得失都不必放在心上。他的心情不用说是有些悲观失望的。可是他到底年轻，总希望做一番事业，就向汉文帝上了一个奏章。汉文帝接到了贾谊的奏章，又把他招来。贾谊劝汉文帝不要封刘长的儿子们。汉文帝对这件事虽然没依他，可是挺喜欢跟他谈论别的事情。因为小儿子梁王刘揖用功读书，汉文帝挺疼他，就叫贾谊去辅助刘揖，做他的太傅。

贾谊一心想跟汉文帝在一块儿。上次叫他到长沙去已经很不乐意了。这次回来，满想留在朝廷里，谁知道又叫他到梁国去，弄得一肚子的牢骚简直没有地方可以发泄。他就写了一篇很长的文章，提醒汉文帝。主要是说：“分封的列王各人占据各人的地盘，培养自己的势力，将来一定不容易控制；匈奴屡次侵犯北方，总得想个抵御的办法。”汉文帝知道贾谊的才能，可是也看出了他的缺点。他认为贾谊年纪太轻，火气太大，尽管说的话很有道理，可是事情得一步一步地去做，不能一下子要求太高、太急。性子太急，要求太高，不但事情办不好，而且容易得罪人。因此，汉文帝叫贾谊先去做梁王的太傅，一来免得他老受大臣们的排挤，二来希望贾谊积累一些经验，懂得一些人情世故，将来好做更大的事。

就在这个时候（公元前 174 年，汉文帝六年），冒顿单于死了，他儿子做了匈奴王，称为老上单于。老上单于屡次侵犯边疆，加上汉朝的一个臣下，名叫中行说（说：yuè；中行，姓）的，他做了叛徒，帮助匈奴跟汉朝为难，贾谊又上了一个奏章。他说："匈奴有多少人呢？只不过汉朝的一个大县罢了。汉朝这么大的天下反倒受着一个县那么大的匈奴的欺负、压迫，朝廷上的文武百官是干什么的？皇上怎么不派我去对付匈奴呢？用我的计策，我准能把单于和中行说拴着脖子牵到长安来。"汉文帝更觉得这小伙子太狂妄了，又是喜欢他，又是替他担心，只好把他的奏章搁在一边。

贾谊虽然没有机会去攻打匈奴，可是梁王刘揖很尊敬他。他们俩不但是君臣和师生，而且还做了好朋友。后来梁王跑马摔死了，贾谊哭得死去活来。他责备自己没好好地看着梁王，失了师傅的本分。打这儿起，他更加心灰意懒，不顾自己的身子。这位很有才能的青年过了一年也死了，死的时候才三十三岁。汉文帝立第二个儿子淮阳王刘武为梁王，代替刘揖；又重用了另一个有才能的人，叫晁错的，代替贾谊，叫他去帮助太子刘启。

晁错是颍川（郡名，包括河南中部和南部）人。他喜欢文学和法学。那时候，汉文帝征求经书，单单短了一部《尚书》。听说济南伏生正拿《尚书》教授齐、鲁的儒生，可是他已经九十多岁了，不能上长安来，汉文帝就派晁错到济南去向伏生学习。伏生原来是秦朝的博士，因为秦始皇禁止民间私藏诗书，伏生只好把书都烧了，只有这部《尚书》是他的专门研究，怎么也不肯烧毁。他就偷偷地把这部书砌在墙里。秦朝末年，天下大乱，接着，楚汉相争，伏生到别的地方去避乱。直到汉惠帝时代才把秦朝不准私藏诗书的法令废除（公元前 191 年）。伏生回到家里，把砌在墙里的那部书拿出来，大部分已经霉烂，只剩了二十九篇大体不错，可还有些破碎不全，伏生只能凭记忆补上去。

晁错拜伏生为老师，可没法听懂他的话，不但济南跟颍川方音不同，而且伏生牙齿全掉了，发音也不清楚。幸亏伏生有个女儿叫义娥，她也精通《尚书》，替她父亲一句句地传话，晁错总算了解了大意。为这个，伏义娥实际上做了晁错的老师。

晁错也像贾谊一样，对内主张削弱诸侯王的势力，对外主张抵抗匈奴的侵犯。

当初汉文帝不愿意跟匈奴打仗，依了老上单于的要求，把宗室的公主嫁给他，派宦官中行说作为陪嫁的大臣。中行说不愿意到匈奴去，汉朝的大臣们因为他是北方人，知道匈奴的风俗，一定要他去。他吓唬大臣们，说："你们一定要我去，将来我要帮着匈奴，你们可别怪我呀。"大臣们还是劝他服从命令，不相信他真会帮助匈奴来害他父母之邦的。

中行说到了匈奴，得到了老上单于的信任。他瞧见匈奴的贵族都喜欢穿绸缎的衣服，就对老上单于说："匈奴的人口没有像汉朝那么多，可是挺强，这是因为匈奴能够自给自足，不必依赖汉朝。要是匈奴人都喜欢穿中原的衣服，吃中原的粮食，而这些东西匈奴没有，那么，只能依赖汉朝了。其实，中原的绸缎哪儿抵得上匈奴的皮衣服，中原的粮食又哪儿抵得上匈奴的牛、羊肉和酥油呢？"

他就穿上绸缎的大褂，骑着马，在长着荆棘的草原上跑了一会儿，回来说："你们瞧，绸缎的大褂全都给荆棘撕破了，匈奴自个儿的牛皮、羊皮不是比汉朝的绸缎更结实吗？"

中行说劝匈奴不要学汉人的样，本来也不能说他不好，可是他并不是真心为了帮助匈奴。他是有意跟汉朝作对。每回汉朝的使者到了匈奴，中行说总是作威作福地把使者辱骂一顿。使者离开的时候，他老指着使者的鼻子，说："回去叫朝廷多来进贡。放明白点，挑上等的东西来；要不然，给你们尝尝骑兵的滋味！"他还叫老上单于不要把汉朝的皇帝放在眼里，连来往书信的格式和称呼都要比汉朝高一等。汉文帝给单于的信通常是长一尺一寸，头一句写着："皇帝恭敬地向匈奴大单于问好。"接着就写着礼物的名称和件数。中行说叫老上单于的回信要比汉朝神气，有一尺二寸长，印和信都是又阔又大，头一句写着："天地所生、日月所立的匈奴大单于恭敬地向汉皇帝问好。"接着就写着礼物的名称和件数。

公元前 169 年（汉文帝十一年），匈奴进攻狄道（在今甘肃临洮一带）。汉文帝派兵遣将地去对敌。每次出兵，他总嘱咐将士们，说："只要把匈奴打回去就算了，千万不可打进匈奴的地界去。"可是汉兵一退，匈奴又打进来。这种捉迷藏似的战争弄得汉朝横难竖难。和亲也好，订约也好，说匈奴没有信义、不遵守盟约也好，反正匈奴总是千方百计地到中原来掠夺青年男女和财物。

晁错研究了这种情况，又上了一个奏章，大意说：匈奴是个游牧部族，时常到长城跟前来打猎，侦察我们的边防。防守的士兵少了，他们就打进来。要是朝廷不发兵去救，边界上的老百姓就遭了难；要是发兵去救，救兵刚赶到，匈奴早已走了。把军队驻扎在边疆上吧，费用实在太大；不驻扎吧，匈奴又进来了。这么一年年地下去，真太劳民伤财了。皇上注意边疆，发兵去防守，固然是好的，可是遥远地防守着边疆，人数有限，而且每年换防一次，军队来往又得花去多少费用。因此，不如下个决心，在边疆上建筑一些城，多盖些房屋，招募内地的老百姓，大批地搬到边疆上去。边疆上每一个城邑必须移民一千户以上。由官家发给他们牲口、农具、粮食和四季的衣服，直到他们能够自给为止。如果他们能够抵抗匈奴，把匈奴抢掠去的牛、羊、财物夺回来，这些东西归还给原来的主人，再由县官照一半的价钱赏给夺回来的人。这么一来，驻扎边疆的士兵就可以大大减少。城邑里的移民平时耕种，匈奴进来的时候，拿起兵器来就都成了士兵。只要对这些人有好处，他们准能够相帮相助地抵抗匈奴。

汉文帝觉得往边疆移民是一个办法，他就采用晁错的计策，招募内地的老百姓搬到边疆上去住，还大赦罪犯，让他们也作为移民一块儿去建立新的城邑。

晁错又建议提高粮食的价钱，压低商人的利益。当初汉高祖下过命令，成心压制商人。到了吕太后临朝的时候，她把对商人的限制大大放宽，除了商人和他的子孙不得做官这条，别的都不大注意了。晁错主张重视农业，压制商人。他上了一个奏章，说：

开明的君王看重五谷，看轻金玉。现在农民整年勤劳，不得休息，就算没有水灾、旱灾，也会因为粮价太低，弄得没法过日子。有粮食的低价出卖，没有粮食的就不得不拿出加倍的利息向商人借贷。这么一来，农民只好出卖田地、房屋和妻子来还债。大商人放债、囤积货物，小商人坐在市上贩卖。趁着人家有需要、货物又不足的时候，这些商人就抬高物价，加倍取利。他们男的不耕种，女的不纺织，可是穿的是绣花的衣服，吃的是大鱼大肉，没有农民的苦头，倒有千儿八百的利益。有了财富，就去结交王侯，势力越来越大。商人就这么兼并农民，农民就这么流离失所。现在最要紧的事情是鼓励百姓注重耕种。要鼓励百姓注重耕种，必须重视粮食；重视粮食的办法最好是拿粮食作为赏罚。比如说，拿出粮食来的，可以得到爵位，可以免罪。富人想得到爵位，就得向农民买粮食，把粮食交给县官。这么一来，富人有了爵位，农民有了钱，郡县有了粮食。如果天下人拿出粮食来，可以得到爵位，可以免罪的话，不到三年，粮食一定多了。把这些粮食送到边疆上去，只要边疆上聚藏的粮食可以供五年吃的，郡县里聚藏的粮食可以供一年以上吃的，经常能够保持这么多的粮食，农民的田租就可以全免了。

汉文帝采用了晁错往边疆移民和聚藏粮食的计策。重视粮食、聚藏粮食，把粮食送到边疆上去，这些都是好事情。可是晁错只知道收藏粮食，没看到“卖官鬻爵”（鬻：yù，就是卖的意思）的毛病，给后世开了一个很坏的例子。这也是汉文帝所没想到的。

接着，汉文帝下了一道诏书，把那一年（公元前 168 年，汉文帝十二年）的田租免去一半。第二年又下了诏书，完全废除田地的租税。汉文帝不收田租，不说别的，朝廷的费用哪儿来呢？

废除肉刑

汉文帝在即位的第二年（公元前 178 年）就免去天下田租的一半；十二年（公元前 168 年）又免去天下田租的一半；十三年以后，完全废除了田租。十几年来，国内基本上是太平的，跟匈奴也没发生过大的战争。南越王赵佗曾经进攻过长沙，可是汉文帝开诚布公地跟他和好，避免了战争。吴王刘濞假装害病不来朝见，准备谋反。大臣们都主张去征伐，汉文帝可不把他当成谋反，说是因为他老了，不便来往，就赐给他几、杖（几，疲乏的时候可以靠着打盹儿；杖，就是拐棍），准他免礼，不必上朝，又暂时避免了一场战争。

没有战争，国家已经有了积蓄，再加上汉文帝一生节俭，不肯轻易动用国库，国家就更加富足了。有一次，有人建议造一个露台。汉文帝召工匠计算一下得花多少钱。工匠仔细一算，需要一百金（汉朝以黄金一斤为一金）。汉文帝说："要这么多吗？十户中等人家的财产也不过一百金。我住在先帝的宫里已经觉得害臊，何必再造露台呢？"

为了给天下做个俭朴的榜样，他自己穿的衣服是黑色的厚帛做的。他最宠爱的夫人所穿的衣服也挺朴素，衣服下摆不拖到地上，宫女们更不必说了。宫里的帐幕、帷子全不刺绣，也没有花边。

为了给天下做个勤劳的榜样，汉文帝制定了一种男耕女织的仪式。他在春耕的时候，亲自率领臣下耕种一块土地，生产一些供祭祀用的粮食；皇后亲自率领宫女采桑、养蚕，生产一些蚕丝，作为祭服（祭祀穿的衣服）的材料。

由于勤劳、节约，不收田租也可以过得去，再加上汉文帝只说废除田租，可没说废除商人的税赋。这还不算，汉文帝早就开发铜山，铸造差不多有半两重的四铢钱。当初秦朝通用的是半两钱，汉高祖嫌它太重，改铸五分重的荚钱。这种荚钱又小又薄，因此物价高涨，一石米需要一万荚钱。汉文帝为了压低物价，在他即位的第五年，就铸造四铢钱，而且还废除禁止私铸钱币的法令，有钱的人可以自己铸造钱币。可见汉文帝虽然废除了田租，朝廷还是很富裕的。

就在废除田租那一年，汉文帝又废除了肉刑（那时候的肉刑包括脸上刺字、割去鼻子、砍去左右足三种）。事情是这样起来的：

齐国临淄地方有个读书人，名叫淳于意（淳于，姓；意，名）。他喜欢医学，拜同乡人阳庆为老师，得到了古代医学家传下来的治病的方法，能够预先断定病人的生死。他替人治病，很有把握，因此，很快就出了名。后来他做了齐国太仓县的县令，也算是个清官。他可有个毛病，一向自由散漫，不愿意受什么拘束。所以辞了官职，仍旧去做医生。看病的人虽然很多，可他喜欢出去游玩，就不管病人多少，反正看了半天病，下午就出去了。

有一个大商人家里的姨太太患了病，请淳于意医治，那女人吃了药不见好转，过了几天就死了。大商人就告他是庸医杀人、忽视人命。当地官吏把他判成肉刑。因为他曾经做过县令，就把他解到长安去受刑罚。他有五个女儿，可没有儿子。临走的时候，他叹着气，说："唉，生女不生男，有了急难，一个有用处的也没有！"

姑娘们耷拉着脑袋直哭。那个最小的女儿缇萦又是伤心又是气愤。她想："为什么女儿就没有用处呢？难道我不能替父亲做点事吗？"她决定跟着她父亲一块儿上长安去。她父亲到了这时候，反倒疼着她，劝她留在家里。解差也不愿意带上小姑娘，多个累赘。她可不依，寻死觅活地非去不可。解差怕罪犯还没送去先出了命案，只好带着她一块儿去了。

缇萦到了长安，要上殿去见汉文帝，管宫门的人不让她进去。她就写了一封信，又到宫门口来了。他们只好把她的信传上去。汉文帝一看，才知道上书的是个小姑娘，字写得歪歪扭扭，可是挺感动人的。那信上写道：

> 我叫缇萦，是太仓县令淳于意的小女儿。我父亲做官的时候，齐地的人都说他是个清官。这会儿犯了罪，应当受到肉刑的处分。我不但替父亲伤心，也替所有受肉刑的人伤心。一个人死了，不能再活；割去了鼻子，不能再安上去。以后就是想要改过自新，也没有办法了。我愿意给公家没收为奴婢替父亲赎罪，好让他有个改过自新的机会。恳求皇上开开恩！

汉文帝不但同情小姑娘这一番孝心，而且深深地觉得过去的肉刑实在太不合理。他召集大臣，对他们说："犯了罪，应当受到刑罚，这是没有话说的。可是受了罚，得到了教训，就该让他好好地重新做人才是。现在惩办一个犯人，不但叫他受到痛苦，而且还在他脸上刺了字或者毁了他的肢体，这就太过分了。刺上字再也去不掉，毁了肢体再也长不上，害得他一辈子没法再做好人。这样的刑罚怎么能劝人为善呢？我决定废除肉刑，你们商议个代替肉刑的办法吧。"

丞相张苍（张苍，原来是秦朝的御史大夫，精通数学和天文；这时候陈平、周勃、灌婴都去世了，张苍是接着灌婴为丞相的）和别的几位大臣拟定了几条办法：

> 废除脸上刺字的肉刑（古文叫黥刑），改为服苦役；
> 废除割去鼻子的肉刑（古文叫劓刑；劓：yì），改为打三百板子；
> 废除砍去左右足的肉刑（古文叫斩左右止），改为打五百板子。

汉文帝同意了，就下了一道诏书，正式废除肉刑。小姑娘缇萦不但帮助了自己的父亲，也替天下的人做了一件好事情。说起来也奇怪，汉文帝注重勤俭和教化，不但老百姓有了积蓄，户口年年增加，而且刑罚越减轻，犯罪的人反而越少。一年里头，全国犯重罪的案子一共只有四百来件。

可是正因为汉文帝相信黄老的学说，一些江湖上的骗子就有了奉承皇帝的机会。他们使用种种花招去欺诈汉文帝，连这么贤明的汉文帝也上了他们的圈套。

方士的诡计

汉文帝自己很朴素，连一百金的露台都不愿意造。他的好处大多是在废除坏的一方面，而在兴办好的一方面并不多。这是因为他是相信“无为而治”的黄老学说的。正因为他跟道教的思想很接近，就有一些方士拿金、木、水、火、土五行等神秘的玩意儿去奉承他。

有个鲁国人名叫公孙臣，他上书给汉文帝，说：“秦朝是靠着‘水’的德行得天下的，汉朝是靠着‘土’的德行得天下的。最深的水，颜色是黑的，所以秦朝着重黑颜色；最肥沃的土，颜色是黄的，所以汉朝应当着重黄颜色。皇上是真命天子，将来准有黄龙出现。为了顺从上天的旨意，现在就应当改年号，着重黄颜色。”

汉文帝听说自己是上天注定他做皇帝的，心里当然喜欢。黄龙出现一定是天大的喜事，着重黄颜色来迎接黄龙，上天当然也会喜欢。可是丞相张苍是个天文学家，哪儿能相信方士的鬼话？他尽力反对，汉文帝就把公孙臣的话搁在一边。

想不到过了一个时期，陇西成纪的地方官来了个报告。报告上说，某月某日黄龙出现，他自己虽然没有亲眼瞧见，可是这个新闻已经传开，人人都知道了。这准是国家兴旺的好兆头。汉文帝得到了这个报告，认为公孙臣准是一位未卜先知的真人，就召他为博士，请他计划改年号和改颜色的事。丞相张苍越是反对，越叫汉文帝讨厌。

公孙臣得到了汉文帝的信任，汉文帝还请他去郊外祭祀五帝（东方青帝、南方赤帝、西方白帝、北方黑帝、中央黄帝）。

汉文帝一生节俭，可是对待天帝和方士却挺大方。祭祀天帝的费用要多少有多少，赏给公孙臣的黄金要给多少就多少。公孙臣做了官、发了财，别的方士也眼红了。没有多少日子，又来了一个比公孙臣更大胆的方士。他是赵国人，名叫新垣平。他到了长安，求见汉文帝，说是来报告喜讯的，汉文帝没说的，立刻欢迎他。

新垣平对汉文帝说："我在赵地就望见长安东北角上有神气，结成五色云彩。这是皇上的洪福。"他还说："五色云彩聚在这儿，是五帝来保佑皇上的。皇上应该在'神气'所在的地方建立庙宇，一来报答五帝，二来可以留住他们永远保佑长安，长安才能够真的长安。"汉文帝就把他留下，还吩咐地方官员跟着新垣平去看"神气"所在的地方，准备在那儿建立庙宇。

新垣平带着几个官员，出了北门，往东拐过去，到了渭阳（渭水的北岸），装模作样地观察了一番，就在一块云彩底下划了地界，然后在那儿大兴土木，按照东、南、西、北、中的地置，建造了五个殿，配上青、赤、白、黑、黄五种颜色，合成一座五帝庙。汉文帝亲自到五帝庙去祭祀。祭台上冒出来的黑烟升到半空中去，跟云彩凑在一起。新垣平指着黑烟和云彩对汉文帝说："皇上请瞧瞧，像这样五彩的'神气'是少见的。那黄的就是中央戊己土。祝皇上吉祥如意！"汉文帝点点头，心里挺痛快。

祭祀了五帝回来，汉文帝就封新垣平为上大夫，还赏了他一千金。这么一来，新垣平的地位比公孙臣还高了。公孙臣知道自己的花样要不过新垣平，就向汉文帝告辞，说是要云游天下去了。新垣平的地位不但比公孙臣高，而且也比晁错高。晁错只能说些什么诸侯王的实力太大，朝廷的法令不大合理，请汉文帝及早削弱诸侯王的实力，修改朝廷的法令。可是他不能像新垣平那样请天帝来保佑汉文帝。所以汉文帝只封他为中大夫，新垣平可是上大夫哪。

上大夫新垣平又请汉文帝再干两件大事：一件是改换年号，一件是举行封禅大礼（封禅是皇帝到名山大川去祭祀天地的一种礼节，古时候认为只有圣明的帝王才能举行这种大礼）。皇帝的年号不能随便改换，这件事汉文帝不能答应。封禅是古代的大礼，这时候谁也不知道究竟怎么样举行。

汉文帝就吩咐博士和儒生们参考古书，仔细研究，宁可多费点工夫，先拟出一个办法来。新垣平请汉文帝干的两件大事都没马上实行，这对新垣平来说是很不利的，不再想个办法也许会保不住自己的地位了。

有一天，新垣平在朝堂上猛一下子显出挺惊奇的样子，说："啊，这儿有宝玉的味儿！皇上的福气真太大了。你们大家找一找这么宝贵的玉器在哪儿吧？"大伙儿东张张西望望，瞧瞧上头，瞅瞅下面。汉文帝也拿鼻子闻闻这个，闻闻那个。

大伙儿正在纳闷儿的时候，果然进来了一个人，两手捧着一只玉杯，来献给汉文帝。汉文帝拿来一看，虽然那只玉杯挺平常，可是玉杯上面刻着"人主延寿"四个古体字，这就叫汉文帝够高兴了。他问："你这只玉杯哪儿来的？"那个人回答说："有一位穿黄衣服的老先生，眉毛和胡须全像雪一样白，他交给我这个玩意儿，嘱咐我替他献给皇上。我是个大老粗，什么也不懂，我就问他，'您叫什么名字？住在哪儿？干吗要我去献？'他说，'你不必问。远在天边，近在眼前。有缘千里来相会，无缘对面不相逢'。"

新垣平插嘴说："那位老先生一定是个仙人，也许就是中央戊己土。怪不得我早就闻到宝玉的味儿啦。"汉文帝欢欢喜喜地收了玉杯，吩咐左右拿出黄金来赏给来人。

新垣平送出了那个替他献玉杯的人，回来对汉文帝说："今天是个大喜的日子，太阳过了正午以后还会回到正午来的。到了那个时刻请皇上去看看。"太阳从东边往西边去，这是自然的道理，哪儿能从西边再转到东边来呢？可是汉文帝已经入了迷了，什么鬼话都听得进去。到了中午，就有人来向汉文帝报告，说："哎呀，太阳又回到正午来了。"汉文帝出来一看，太阳正在头顶，又看了看"漏壶"（古时候计时辰的器具），已经午后一刻了。他就相信太阳真又回到中午来了，这才下了诏书，宣布他即位的第十七年（公元前 163 年）回过头来改称为第一年（历史上称为"后元年"）。

新垣平又说汾河有金宝气，想必是周朝的宝鼎又要出现了，请汉文帝在汾阴建立庙宇，祭祀河神。汉文帝当然同意，吩咐地方官动工建造庙宇。

新垣平正在汉文帝面前弄神捣鬼、得意扬扬的时候，丞相张苍和廷尉张释之暗地里派他们的心腹去侦察新垣平的行动，还真给他们查出了那个献玉杯的人和刻字的工匠。他们自己不便出面，就叫别的人上书告发方士新垣平，说他欺蒙皇上，骗取金钱，他说的话没有一句不是欺诈，他做的事没有一件是实事求是的。有凭有据的罪状不得不叫汉文帝相信。汉文帝前前后后仔细想了一遍，这才从迷梦中醒过来。他越是后悔自己的糊涂，就越痛恨方士的可恶。他立刻革去新垣平的职位，把他交给廷尉张释之去审问。

新垣平见了张释之的威严，已经吓得直打哆嗦，一经审问，他没法抵赖，只好把前后欺诈的经过和盘托出，连着磕头求饶。张释之早就恨透了方士，怎么还能饶他呢？他认为新垣平犯的不是平常触犯法令的罪，而是大逆不道的重罪，就把他判成灭门三族。

汉文帝痛恨自己不该听信方士的鬼话，做出了这么多给人笑话的事。他认为这是他一生的污点。他马上下了命令，把汾阴立庙的工程停下来，又叫博士和儒生们停止制定封禅仪式的工作。他回过头来，又留心起老百姓的生活和匈奴来了。他下了一道诏书，首先承认自己的过错，然后劝老百姓好好地耕种，不要去做买卖。在诏书里他还吩咐各地官员去劝化老百姓不要靡费粮食，粮食是给人吃的，而且还得养牲口、养家禽，因此，不应该把五谷拿来酿酒。然后他又写信给匈奴，大意是说，两个兄弟国家应当爱护自己的老百姓，不应当叫他们去打仗，互相残杀。匈奴屡次侵犯边疆，不但害得汉人不能安居乐业，就是对于匈奴自己也没有好处，不如像从前一样结为亲戚，互相帮助。可是匈奴不这么想，再说，还有叛徒中行说在那边挑拨单于来进攻中原呢。

有生必有死

冒顿单于和老上单于都是汉朝的姑爷，虽然在边疆上免不了有冲突，可是究竟没发生过像平城那一次一样大规模的战争。到了公元前 162 年（汉文帝后二年），老上单于死了，他的儿子军臣单于即位，打发使者到汉朝来报丧。汉文帝遵守和亲的盟约，把宗室的公主嫁给军臣单于。军臣单于娶了汉朝的公主倒还称心如意，偏偏叛徒中行说三番五次地鼓动单于进攻中原，夺取汉朝的土地。

军臣单于刚和汉室公主结了婚，还不愿意违背盟约。到了第四年（公元前 158 年），他听了中行说的话，跟汉朝绝交，派了六万人马分两路打到中原来。一路到了上郡（在今陕西北部和内蒙古乌审旗一带），一路到了云中（在今内蒙古呼和浩特一带），杀害了许多老百姓，抢掠了不少牛羊、财物。匈奴来势挺凶，连长安也惊动起来了。

汉文帝连忙派遣三个将军带领三路人马去抵御。为了保卫长安，另外又派了三个将军带领三路人马分别驻扎在邻近的地区：将军周亚夫（周勃的儿子）的军队驻扎在细柳（在今长安西南），将军刘礼的军队驻扎在灞上（在今长安东三十里），将军徐厉的军队驻扎在棘门（在今长安北）。汉文帝亲自到这三个地方去慰劳将士。他先到了灞上，带着随从的臣下一直进了军营。慰劳了将士们以后，就坐了车马赶到棘门。同样一直进了军营，慰劳了那儿的将士们。

第二天，汉文帝到了细柳，远远地就瞧见将士们拿着刀、戟，守着营门。再过去，还瞧见弓箭手扣上箭、拉满了弓等在那儿，好像对付敌人一样。前面的车刚到营门口，站岗的士兵吆喝一声："站住！"车上的人说："皇上到了，你们还不让我们进去？"士兵说："将军有令！军队里只听将军的命令，不听皇上的话。"

这时候，汉文帝的车到了，同样不能进去。汉文帝打发使者拿着符节去通知周亚夫，说皇上亲自来慰劳军队。周亚夫传令大开军门，让皇上的车马进去。管营门的士兵对驾车的人说："将军有约！军营里不得跑马。"汉文帝只好叫车马慢慢地走。汉文帝到了营里，周亚夫带着兵器向他作个揖，说："穿铠甲的将军不能跪拜，请准我行军礼吧。"汉文帝不由得挺恭敬地还了礼。他举行了慰劳军队的礼节以后就回去了。

跟着汉文帝一块儿去的大臣们都觉得周亚夫这么对待皇上，未免太过分了。汉文帝反倒说："啊，他才真是个将军！灞上、棘门的军队简直像小孩儿闹着玩儿似的。要是敌人突然打进去，这种将军不做俘虏才怪呢。像周亚夫那样的将军，还有人敢冒犯他吗？"

跟匈奴打仗的那三路军队打了不到几个月工夫就把匈奴打回去了。他们也就撤兵回到长安。

匈奴是给打败了，可是"灾荒"好像跟"战争"老连在一块儿似的，那年夏天，发生了旱灾，庄稼已经不像样了。哪儿知道连这一点点不像样的庄稼又全给蝗虫吃光了。汉文帝就下了一道诏书，吩咐天下做五件事：一、诸侯不必进贡；二、以前禁止老百姓渔猎的山林和河流一律开放；三、减少公家的衣服和车马，精减官员的人数；四、发放公家的粮食救济贫民；五、有钱的人要买爵位的，没有钱的人要卖粮食的，任他们买卖。这一年的灾荒就这么度过去了。第二年（公元前 157 年，汉文帝后七年），汉文帝害了重病，他立了遗嘱，上面写着：

万物有生必有死。死是自然的道理，用不着太伤心的。现在的人，一听到死就害怕；死了人，因为出殡、安葬花了很多的金钱、财物，甚至弄得倾家荡产；为了追悼死了的人，过分地伤心、啼哭，甚至弄坏自己的身子。这些都是不好的，我很不赞成。像我这么道德不高、才能浅薄的人，靠着上天的恩赐、祖宗的洪福、天下诸侯王的爱戴，做了二十多年皇帝，四方还算太平，没发生过大的战争，我这么死去已经够造化的了，何必悲伤呢？因此，我嘱咐天下的官吏和老百姓戴孝只准三天，在这期间并不禁止结婚、祭祀、喝酒、吃肉。本族的人也不要像从前那样赤脚踏地地啼哭。戴孝的麻不可太长，三寸就够了。千万别发动老百姓到宫殿上来号丧。宫里的人也只要早晨和晚上啼哭几声就是了，别的时候不准啼哭。过去穿孝三年，太长了，现在拿一天当作一个月，三十六天就可以满孝了。把我葬在霸陵（在长安东南），用不着起大坟，也用不着把坟堆得高高的。除了夫人，所有后宫里的女人一概送回自己的家里去。别的事情我也不能一一嘱咐，只要以此类推地去做就是了。

汉文帝立了遗嘱，就不想再说话了。太子刘启流着眼泪，问："要是皇上扔下我们，叫我们怎么办呢？"汉文帝挺温和地瞧着他，对他说："将来国内要是有变乱，可以拜周亚夫为将军，你也不必担心。"说完这话，他就咽气了。

汉文帝二十三岁即位，做了二十三年皇帝，享年四十六岁。在他做皇帝的时候，宫殿、花园不增加一点，车马、衣着很节俭，废除连坐法和肉刑，田租降低，甚至完全免去。当然，免去田租，得到好处的主要是地主，可是那时候，地主不必付田租，对农民的剥削也减轻了一点。这对发展生产也有好处。因为这个，二十多年来，老百姓得到了休养。汉文帝在中国历史上可以说是一位开明君主。他死了以后，大臣们尊他为孝文皇帝。

太子刘启即位，就是汉景帝。汉景帝认为租税固然不应该太重，可是为了国家的开支也不能完全没有租税。他在即位第一年，开始收原来田租的一半，就是收三十成里的一成（即百分之三点三三）。

当初汉文帝废除肉刑本是件好事情。可是，犯人有打到五百或者三百板子就给打死的。本来应当砍去左右足或者应当割去鼻子的，汉文帝改为打五百或者三百板子，好像减轻了刑罚，而实际上也有把人打死的。汉景帝即位没多久，有些被打死的犯人的家属起来喊冤枉，他们说："为什么没有死罪的遭到了死刑？"汉景帝不愿意把事情闹大，再说他也不同意把轻罪办成死罪。他就下了一道诏书：原来规定打五百板子的减为三百，原来规定打三百板子的减为二百。这么减了刑罚，当然比从前轻了些。可是减到三百或者二百板子，还是有给打死的。后来（汉景帝六年）汉景帝又规定：应当打三百板子的改为二百，应当打二百板子的改为一百。他还规定只准打屁股，不准打别的地方。这么一来，就再没有给板子打死的了。

汉景帝也像汉文帝一样，决心要把天下治理得好好的。他知道晁错有才能，就把他提升为御史大夫。谁想得到忠心耿耿的晁错为了要安定天下，反倒引起了一场大乱。

古籍链接

赞曰：孝文皇帝即位二十三年，宫室、苑囿、车骑、服御无所增益。有不便，辄弛以利民。尝欲作露台，召匠计之，直百金。上曰：“百金，中人十家之产也。吾奉先帝宫室，常恐羞之，何以台为！”身衣弋绨，所幸慎夫人衣不曳地，帷帐无文绣，以示敦朴，为天下先。治霸陵，皆瓦器，不得以金、银、铜、锡为饰，因其山，不起坟。南越尉佗自立为帝，召贵佗兄弟，以德怀之，佗遂称臣。与匈奴结和亲，后而背约入盗，令边备守，不发兵深入，恐烦百姓。吴王诈病不朝，赐以几杖。群臣袁盎等谏说虽切，常假借纳用焉。张武等受赂金钱，觉，更加赏赐，以愧其心。专务以德化民，是以海内殷富，兴于礼义，断狱数百，几致刑措。呜呼，仁哉！

——《汉书 · 卷四》

削地

晁错眼看分封的那些王势力越来越大，有的作威作福，已经不受朝廷的约束了。他怕这么下去，也许会发生变乱。有些诸侯的土地实在太多了，像齐王有七十多座城，吴王有五十多座城，楚王也有四十多座城。要是他们仗着这个势力，不服从朝廷，就会把汉朝的天下弄成四分五裂的局面。

晁错拿吴王刘濞做个例子，对汉景帝说："吴王不来上朝，按理就该治罪。先帝赐给他几、杖，本来希望他改过自新。他反倒越来越傲慢了。他不但私自开铜山铸钱，烧海水煮盐，而且还招收了一些亡命徒，暗地里准备造反。要是不及早削去他一部分的土地，将来就没法对付他了。"

汉景帝也打算削弱这些同姓王的势力，可是他不敢动手。他说："削去他们的封地，再好没有，只是怕他们造反。"晁错说："如果削去他们一部分的土地，他们就要造反，那么，就是现在不动他们的土地，到时候他们也会造反的。不如现在就动手，祸患还能小一点。现在不削地，将来他们造起反来，祸患那就更大了。"

汉景帝召集了几个近身的大臣，商议这件事情。大臣们都同意，就算有人不赞成，也因为晁错是皇上的红人，谁也不敢驳他。只有窦太后的侄儿窦婴，因为有撑腰的人，才毫无顾忌地反对晁错的主张。汉景帝只好暂时把这件事搁在一边。晁错因为窦婴的反对，不能实行自己的主张，心里实在有点恨他。可是人家是皇亲国戚，怎么能跟他作对呢？恰巧梁王刘武来朝见汉景帝，晁错可有了机会。

梁王刘武和汉景帝是一奶同胞。这次来了，母子、兄弟相会，都很高兴。窦婴是梁王的表哥，也来凑热闹。大伙儿喝酒、聊天。窦太后素来喜欢小儿子，汉景帝又只有这么一个亲兄弟，大家对他就显得格外亲热。窦太后瞧着他们哥儿俩这么热乎乎的，就说："皇儿待兄弟真好。"汉景帝因为多喝了点酒，又是喜欢小兄弟，又想讨母亲的好，就说："将来我把皇位传给兄弟！"

梁王刘武明知道这不过是他哥哥闹着玩儿的，可是就这么随便说说，也够称心了。窦太后还真以为两个儿子都能做皇帝，那可多美呀。她正想抓住汉景帝叫他订约，想不到她的侄儿窦婴斟了一杯酒，端给汉景帝，对他说："天下是高皇帝的天下。皇位传给儿子是天经地义，怎么能传给梁王呢？皇上说错了话，请喝一杯。"汉景帝笑了笑，还真把那杯罚酒喝下去了。梁王刘武只觉得窦婴讨厌，窦太后瞪了窦婴一眼，回到自己的屋子里去了。窦婴就这么得罪了他的姑母窦太后。

第二天，窦婴上书辞职，托病回家。他一走，就没有人敢反对晁错了。晁错趁着这个机会又请汉景帝削去诸侯的封地。他对汉景帝说："楚王刘戊（刘交的孙子；刘交是汉高祖的兄弟）荒淫无度，上次太皇太后下葬的时候，他还跟宫女们胡闹。这种没廉耻的人应该处罚。"汉景帝就削去楚国的东海郡作为一种惩罚。

晁错又查出胶西王刘印（汉高祖的孙子，刘肥的儿子）接受贿赂，私自卖官鬻爵，汉景帝就削去胶西王的六个县城。赵王刘遂（汉高祖的孙子，刘友的儿子）也犯了过失，削去赵国的常山郡。这三个同姓的王（楚王刘戊、赵王刘遂、胶西王刘印）一时不敢反抗，只能怨恨晁错。

晁错正在同汉景帝商议着要削去吴王刘濞封地的时候，吴王刘濞已经派人到各国联络。别说汉景帝要削去他的封地，他要造反，就是早在汉文帝的时候，他已经不受朝廷的管束了。他自己始终没来朝见过汉文帝。只有一次，他派太子刘贤到长安来。吴太子刘贤也像他老子一样，自尊自大，目中无人。他和皇太子（就是汉景帝）下棋，为了一个子儿，争了起来。吴太子原来是惯坏了的，皇太子更不必说，从来没有人敢顶撞他。"钉头碰铁头"，两个淘气的家伙碰出火星来了。皇太子拿起棋盘砸过去，一下子就把吴太子砸死了。

汉文帝把皇太子责备了一顿，把吴太子的尸首入殓，派人运到吴国去。吴王刘濞见了儿子的灵柩，连鼻子都气歪了。他把灵柩退回去，说："现在天下一家，死在长安，就葬在长安，还送来干什么！"打这儿起，吴王刘濞一心一意准备造反，朝廷上的大臣们都要求汉文帝发兵去征伐，汉文帝抱定"多一事不如少一事"的宗旨，下了一道诏书，好言好语地安慰吴王刘濞，还赐他几、杖，说他年老，不必入朝。吴王刘濞找不到起兵的名义，不能鼓动别人跟着他走，只好把造反的打算暂时搁下。

这回他一听到汉景帝削地削到他头上来，起兵有了名义，就决定造反了。公元前 154 年（汉景帝三年），他打发使者拿惩办晁错的名义去约会楚王、赵王和胶西王共同出兵。本来这三个王就因为没有人出来领头，才不敢发动，现在有了吴王刘濞替他们做主，胆儿就大了。

胶西、楚、赵这三个王国里面也有几个大臣反对的，可都给杀了。胶西王刘印格外卖力气，他还去发动齐、菑川、胶东、济南、济北一同起兵。齐王刘将闾（刘肥的儿子）同意了，可是后来他又改变了主意，吩咐将士们守住临淄，不让外面的军队进来。济北王刘志（刘肥的儿子）因为要修理济北的城墙，腾不出手来，不能发兵。胶西王刘印就率领着胶西、胶东、菑川、济南四国的兵马围攻齐国。他打算先把临淄打下来，然后再跟吴王刘濞、楚王刘戊、赵王刘遂的大军会合在一起打到长安去。

那边吴王刘濞率领着二十多万兵马从广陵出发，他鼓动将士们说："我今年六十二了，还自个儿做将军，我的小儿子刘驹才十四岁，也跑在头里。将士们年龄不同，可是最老的，老不过我，最小的，也小不过刘驹。诸君应当有进无退，大家出力。立了功劳，都有赏！"当时就浩浩荡荡地往淮水这边来了。

吴王刘濞的大军渡过淮水，跟楚王刘戊的军队合在一起，声势更大。吴王刘濞又通告各国诸侯，请他们发兵惩办奸臣、挽救刘氏的天下。那时候中原大大小小的诸侯有二十二个，除了吴、楚、赵、胶西、胶东、菑川、济南七国，其余像齐、燕、济北、淮南、梁、代、长沙等十五国，有的坚决反对吴王刘濞，发兵抵御，有的还要等一等听听风声。吴王刘濞和楚王刘戊就先去进攻梁国。

这么一来，东边是胶西王、胶东王、菑川王、济南王围攻齐国；南边是吴王和楚王围攻梁国；北边是赵王在邯郸虚张声势，单等吴、楚大军一到，就准备南下。这时候，他打发使者去约会匈奴作为他们的后援。

齐王刘将闾、梁王刘武接连着打发使者赶到长安，火急求救。汉景帝立刻召集大臣们商议怎么去对付他们。大臣们谁都不说话。晁错出了主意，他请汉景帝亲自监督将士首先把守荥阳，堵住吴、楚那一头。关中由晁错自己镇守，然后再调动兵马一个一个地去对付七国。

汉景帝嘴里不说，心里有点不痛快。他想："怎么叫我出去作战，你自己倒躲在京城里？"他正在为难的时候，忽然想起汉文帝临终时候的话来了："将来国内要是有变乱，可以拜周亚夫为将军。"他就拜周亚夫为将军，把他升为太尉。周亚夫率领着三十六个将军和他们的兵马去对付吴王和楚王那一路。

汉景帝又派使者召窦婴入朝，要拜他为大将。窦婴因为反对汉景帝同梁王刘武说开玩笑的话，得罪了窦太后，已经辞了职，正在家里闲着。现在汉景帝把他叫来，还要拜他为大将，他推辞着说："我本来没有才能，近来又老害病，请皇上另挑别人吧。"汉景帝劝他不要老记着过去的事，还说："天下这么危急，你是自己人，难道还能站在旁边不出力吗？"窦婴只好答应。

汉景帝拜窦婴为大将去对付胶西王、胶东王、菑川王、济南王那一路的叛军。窦婴又推荐了栾布和郦寄两个人为将军，汉景帝也同意了。窦婴派栾布带领一队兵马去救齐国，派郦寄带领另一队兵马去征伐赵王遂，自己准备去镇守荥阳，接应救齐和攻赵的两路兵马。

他正想动身的时候，来了一个人，愿意帮他出一口气。在有些人看来，私人的仇恨要比国家大事更重要，窦婴挺殷勤地招待了他。

平定七国

窦婴还没动身，那个做过吴相国的袁盎来求见，对他说：“打仗不一定能打赢，只要皇上采用我的计策，去了晁错，管保七国退兵。”窦婴也像袁盎那样，一向痛恨晁错，把他看得跟眼中钉一样。现在听到袁盎排挤晁错，高兴极了，当天晚上就去见汉景帝，说袁盎有平定七国的妙计。

汉景帝只怕晁错叫他去打仗，一听袁盎有妙计，立刻派窦婴叫袁盎进宫。袁盎到了宫里，瞧见晁错正在汉景帝跟前商议运输军粮。汉景帝问袁盎：“七国造反，你说怎么办？”袁盎说：“皇上可以放心！我是来献计策的，可是军情大事必须严守秘密。”汉景帝就叫左右退去，只有晁错还留在跟前。汉景帝等着袁盎说出他的计策来，袁盎只是看看汉景帝，又看看晁错，还是不说话，汉景帝只好叫晁错暂时退下去。晁错瞅了袁盎一眼，很不高兴地退到东厢房去了。

袁盎一见四面没有人了，才轻轻地对汉景帝说：“吴、楚发兵就是为了晁错一个人。他们说，‘高帝分封子弟，各有土地，现在奸臣晁错一心要削去同姓王的封地，这不是成心要削弱刘氏的天下吗？’因此，他们发兵前来，一定要惩办晁错。只要皇上斩了晁错，免了诸侯王起兵的罪，恢复他们原来的土地，臣可以担保他们会向皇上请罪，撤兵回去的。”

汉景帝拿手托着下巴颏儿，慢慢地摸着，过了好大一会儿，才说：“如果能够这样，我又何必舍不得他一个人呢？”袁盎一瞧事情已经成功了，就赶紧推卸责任，说：“我的话就说到这儿，究竟应该怎么办，还是请皇上自己拿主意。”

过了几天，就有当时的丞相、中尉和廷尉上本弹劾（hé）晁错，说他言论荒谬，大逆不道，应当腰斩。汉景帝把心一横，亲手批准了他们呈上来的公文。可是晁错还在鼓里蒙着呢。他正在家里计划着怎么运输军粮，忽然有个大臣直到御史府，传达皇帝的命令，叫晁错跟着他上朝议事。晁错立刻穿上朝服，整了整帽子，跟着那位大臣上了车，急急忙忙地去了。晁错沿路看着不是往宫廷去的道，正要问个明白，车马已经到了东市。那个大臣拿出诏书来，说：“晁御史下车听诏书。”晁错还没下车，武士们一窝蜂地上来，把他绑上。御史大夫晁错为了巩固汉朝的天下，就这么穿着朝服，莫名其妙地给汉朝的皇帝杀了，全家还灭了门。

汉景帝就派袁盎和吴王刘濞的一个亲戚带着诏书去叫吴王刘濞退兵。吴王刘濞一听到汉景帝已经把晁错腰斩了，心里反倒大失所望。他已经打了几个胜仗，夺了不少地盘，哪儿还肯退兵？他不愿意接见袁盎，只叫他的那个亲戚进去，对他说：“我已经做了东边的皇帝了，还接什么诏书？”他把那个亲戚留在营里，另外派五百名士兵围住袁盎，叫他投降。到了半夜里，袁盎逃出去。他还真有本领，转了几个弯，赶路往长安向汉景帝回报去了。

汉景帝还以为袁盎到了吴王营里，准能叫他退兵。等了好几天，袁盎还没来，可来了个周亚夫的使者邓公，向汉景帝报告军事。汉景帝问他：“你从军营里来，知道不知道晁错已经死了？现在吴、楚是不是愿意退兵？”邓公说：“吴王成心要造反，已经几十年了。这次借晁错削地的由头发兵，哪儿真是为了他呢？想不到皇上竟把晁错杀了，这么一来，恐怕以后谁也不敢再替朝廷出主意了。”

汉景帝叹了一口气，说：“你说得对。我后悔也来不及了。”他叫邓公回去慰劳周亚夫，叫他用心主持军事。

邓公刚出去，梁王刘武的使者又到了。过了一会儿，又有一个使者到了。他们要求皇上赶快发兵去救梁国。汉景帝就派人去催周亚夫进兵。周亚夫上书说明进攻的计划。汉景帝很信任他，下了道诏书，嘱咐他按计划做去。周亚夫接到了诏书，立刻从灞上动身，一直到了荥阳。

他连着接到梁王刘武求救的信，他只叫梁王守住睢阳，可是不发兵去救。他留下一部分人马守住荥阳，自己带领着大军退到昌邑。他吩咐将士们坚决遵守“只守不攻”的命令。这么一天天地过去，周亚夫的军队天天闲着。吴王和楚王瞧着周亚夫的大军已经到了，可就是不来跟他们交战。吴王刘濞对楚王刘戊说：“他不过来，咱们打过去吧。”他们就去进攻昌邑。吴、楚的将士三番五次地向周亚夫挑战，周亚夫只叫将士们守住军营，不准出战。

吴王刘濞、楚王刘戊反倒着起急来了。怎么这几天运粮队不来了呢？他们正打算派人去催，自己的探子一个个地回来报告，说：“周亚夫暗地里派了最有能耐的一队将士，抄到咱们的后路，早就把咱们运粮的道儿截断了。前些日子已经运来的粮草也全给他们抢去了。”吴王刘濞听了这个报告，急得连鼻涕都流出来了。他说：“我们几十万人马，没有粮草怎么行呢？”楚王刘戊听了，只会翻白眼。

又过了三五天，吴、楚的士兵自己先乱起来了。他们也不管队伍不队伍的，反正肚子饿了总得想办法去弄点吃的来。到了这个时候，周亚夫才亲自率领着将士们进攻。灌婴的儿子灌何和灌何家的勇士灌孟、灌夫爷儿俩，还有射箭的能手李广要算最卖力气的了。灌孟阵亡，他儿子灌夫发疯似的冲进敌阵，杀散了敌人，负伤十几处还使劲地追杀敌人。李广凭他百发百中的箭法，专射将领，吓得吴王刘濞的将士不敢让他瞧见。周亚夫的大军像狂风刮霜叶似的把吴、楚的兵马打得一败涂地。

吴王刘濞带着他十四岁的儿子趁着黑夜逃跑。第二天，将士儿郎们找不到他们的头儿，都乱哄哄地散了。单丝不成线，楚王刘戊也只好逃跑。他带着一部分人马正想溜的时候，周亚夫的兵马早已把他们围住，大声嚷着说：“放下兵器，一概免死！”楚王刘戊知道已经逃不了了，只好自杀了事。

周亚夫在这儿消灭了吴、楚的兵马，才派将士去救齐国。胶西、胶东、菑川、济南四个王连着打了几个败仗。齐王刘将闾和栾布他们趁着机会联合起来追赶那四国的兵马。到最后，胶西王、胶东王、菑川王、济南王也都自杀了。七国当中只有赵王刘遂还守住邯郸，抵御着郦寄。这会儿，六国已经平了，周亚夫和窦婴再发一些兵马去帮助郦寄，赵王刘遂就没法再抵抗。他向匈奴去求救兵，匈奴已经打听到吴、楚失败的消息，不肯发兵。

赵王刘遂也只好自杀。

那个首先发动叛变的吴王刘濞逃到东越去，东越王一接到周亚夫的信，就把刘濞杀了。刘濞的儿子刘驹逃到闽越，就在那边住下。齐王刘将闾因为当初曾经答应过吴王刘濞随着他一同造反，后来虽然改变了主意，还是怕朝廷办他的罪，也自杀了。这么一来，七国的叛变，打了不到三个月工夫，就全都平定下去了。

汉景帝还算厚道，灭了七国的王，还封了七国的后代继承着他们的祖先。不过经过这一番的变乱，各国诸侯以后只能在自己的地区内征收租税，不能再干预地方行政，诸侯的势力大大削弱。汉朝能够加强政权的统一，晁错是有功劳的，可是他已经灭门三族了。

第二年（公元前 153 年，汉景帝四年），立皇子刘荣为皇太子，皇子刘彻为胶东王。汉景帝有十几个儿子，刘荣不是嫡子，也不是长子，年纪又小，为什么立他为皇太子呢？

古籍链接

后十余日，丞相青翟、中尉嘉、廷慰欧劾奏错曰："吴王反逆亡道，欲危宗庙，天下所当共诛。今御史大夫错议曰：'兵数百万，独属群臣，不可信，陛下不如自出临兵，使错居守。徐、僮之旁吴所未下者可以予吴。'错不称陛下德信，欲疏群臣百姓，又欲以城邑予吴，亡臣子礼，大逆无道。错当要斩，父母妻子同产无少长皆弃市。臣请论如法。"制曰："可。"错殊不知。乃使中尉召错，绐载行市。错衣朝衣，斩东市。

——《汉书·卷四十九》

金屋藏娇

汉景帝已经立薄氏（太皇太后薄氏的内侄孙女）为皇后，可是他爱上了妃子栗姬。薄氏没有儿子，栗姬连着生了三个儿子。汉景帝打算废了薄皇后，立栗姬为皇后。他就先立栗姬的长子刘荣为皇太子。谁都想得到，只要薄皇后一废，栗姬就是皇后了。想不到栗姬在这场斗争中失了一招，皇后的地位反倒给别的妃子抢了去。

那个跟栗姬争宠的妃子叫王美人（美人，汉宫妃子等级中的一种称号）。王美人原来是金家的媳妇儿，生了一个女儿以后，跟金家离了婚，才进宫的。她伺候皇太子启，也就是没即位时候的汉景帝。皇太子把她当作第二个栗姬看待，很宠她。赶到汉景帝即位以后，王美人才生了个儿子，就是刘彻。刘彻比刘荣小，而且王美人究竟还比不上栗姬那么得宠，所以汉景帝立栗姬的儿子刘荣为皇太子，立王美人的儿子刘彻为胶东王。到了汉景帝六年，一道诏书下来，把薄皇后废了。这皇后的地位就到了栗姬的手边了。正在这个紧要关头，汉景帝的姐姐长公主嫖插进来，栗姬跟王美人斗争的形势就起了根本的变化。

长公主嫁给堂邑侯陈午（陈婴的孙子），生个女儿，叫阿娇。长公主本来想把女儿阿娇许配给皇太子刘荣，托人向栗姬去说媒，栗姬明明知道长公主跟皇上姐弟俩十分亲密，也知道后宫里的美人儿都奉承着长公主。她们求她在皇上跟前推荐，长公主还真老帮着她们去接近汉景帝。栗姬就因为长公主帮助后宫分了自己的恩宠，早就恨透了她。这次长公主为了自己的女儿托人来做媒，栗姬一肚子的气就借着这件事全发泄出来，她干脆回绝了。

长公主恼羞成怒，从此跟栗姬结下了冤仇。王美人抓住这个机会，一个劲儿地讨长公主的好。长公主一高兴，就把她当作亲家看待，愿意把阿娇许配给刘彻。王美人不用说多么高兴了。她说："亲家这么照顾我们，我们一辈子也忘不了您的恩典。可是我总觉得太委屈阿娇了。"长公主说："有我在，她受不着什么委屈。"就这样，王美人和长公主都自作主张，做了亲家。

王美人把这件喜事告诉了汉景帝，汉景帝可不同意。他说："阿娇比彻儿大好几岁，不合适。"王美人愁眉苦脸地向长公主诉委屈。长公主就带着阿娇到宫里来见汉景帝，汉景帝挺高兴地接待她们。王美人也带着刘彻来向长公主请安。

长公主把刘彻抱过来，放在自己的膝盖上，摸着他的小脑袋，笑嘻嘻地问他："彻儿要不要媳妇儿？"小孩儿刘彻笑着不说话。长公主指着一个宫女对他说："她给你做媳妇儿，好不好？"刘彻摇摇头，说："不要。"长公主指着自己的女儿，问他："阿娇给你做媳妇儿好吗？"刘彻咧开嘴乐了，说："要是阿娇给我，赶明儿我一定盖一间金屋子给她住（文言叫'金屋藏娇'）。"大伙儿不由得都笑了起来。汉景帝觉得他儿子小小年纪竟这么爱着阿娇，大概是个姻缘，就答应了这门亲事。

汉景帝废了薄皇后，原来打算立栗姬为皇后。可是栗姬也实在太骄横了，有一次，汉景帝身体不舒服，心中烦闷，他故意对栗姬说："我百岁之后，请你照顾照顾所有的皇子，行不行？"栗姬听了，很不高兴，理也不去理他。汉景帝又逼问她一句："怎么啦？"栗姬就很不客气地回答说："怎么啦？我又不是保姆！"汉景帝简直有点恨她了。就在这时候，长公主对他说："栗姬肚量狭窄，老咒骂别人，特别是对王美人更厉害。要是她做了皇后，恐怕'把人当作猪'的悲惨事儿是难免的了。"汉景帝一听到"把人当作猪"，浑身打了一阵冷战，更不愿意让栗姬做皇后了。

过了一年，皇后的位置还空着就不必说了，连太子刘荣也废了，改封为临江王。到了这个时候，栗姬好比竹篮打水，忙了一场空，气得害病死了。这么一来，皇后和皇太子的位置就全空起来。这就引起梁王刘武的兴趣来了。

梁王刘武是汉景帝的胞弟，是窦太后的命根子。上回听了汉景帝说将来传位给他，当时还以为只是一句玩儿的话，可是以后他老想着：要是有朝一日真能做上皇帝，那该有多好哇！后来七王造反，梁王刘武坚决地抵抗了吴、楚的进攻，立了功劳。汉景帝赐给他天子的旗子，车马也装饰得跟天子的差不多，他就越来越威风了。他的奢侈放纵连国君都比不上他。他修了一个极大的花园叫兔园，也叫东苑，后人称为梁园。里面不但盖了许多宫室，而且还堆了不少假山，凿了不少岩洞，开了一些河道和水池子。各种花木应有尽有，飞禽走兽无奇不有。梁王在这儿不是跟宫女们斗鸡、钓鱼，就是跟门客们喝酒作诗。

他开始招收四方宾客，手底下的人就一天一天地多起来。齐人羊胜、公孙诡、邹阳，吴人枚乘、严忌，蜀人司马相如等这些有名人物都做了他的门客。公孙诡更替他出主意，叫他争取皇帝的地位。他一听到把皇太子刘荣废了，就催促梁王刘武去见窦太后，要求她从中帮助。窦太后就叫两个儿子进宫里来喝酒。她对汉景帝说："我老了，活不了几年了。我只希望你做皇兄的好好地照顾兄弟。"汉景帝当时就跪下去，说："我一定遵从母亲的话。"

第二天，汉景帝召集几个心腹大臣，秘密地商议一下可不可以传位给梁王。袁盎首先说："皇上没听到过从前宋宣公传位给他兄弟的事吗？因为他不把皇位传给自己的儿子，反倒传给他的兄弟，害得宋国乱了多少年。皇上可千万别学宋宣公！"大臣们都劝汉景帝遵守传子不传弟的规矩。汉景帝只好把大臣们的意见告诉了窦太后。窦太后和梁王刘武当时没有话说，可是他们打这儿起，就把袁盎恨透了。

公元前 149 年（中元元年，即汉景帝即位第八年），汉景帝立王美人为皇后，胶东王刘彻为皇太子。临江王刘荣丢了太子的地位，死了母亲，心里当然十分难受。可是他还算仁厚，据说在江陵（临江的都城在今湖北江陵）挺能爱护老百姓。后来因为扩建宫殿，用了汉文帝庙外的一块空地，被人告发，说他侵占宗庙，大逆不道。汉景帝把这件案子交给郅都（郅，姓；都，名）去审问。临江王刘荣动身上长安去的时候，江陵的父老给他送行，甚至有流眼泪的。

临江王刘荣落在郅都的手里还有什么希望呢？郅都是个出名的硬汉，不论皇亲国戚，他都铁面无私地有罪办罪，所以落了个外号叫“老鹰”（古文叫“苍鹰”）。刘荣不愿意在公堂上丢丑，他写了一封绝命书给汉景帝，就在监狱里上吊死了。

窦婴把刘荣自杀的情况告诉给窦太后，窦太后死了孙子，哭了一顿，召汉景帝进来，一定要他从严惩办郅都。汉景帝便把他免了职，后来又把他调到北方去，做了雁门太守（太守的官名由汉景帝时代开始）。匈奴见他厉害，派使者向汉朝抗议，说郅都虐待匈奴，违背和约。窦太后趁着机会，叫汉景帝把郅都杀了。汉景帝说他是个忠臣，杀了他未免冤枉。太后说：“临江王死在他手里，就不冤枉吗？”这位得罪了窦太后又得罪了匈奴的郅都就这么丢了脑袋。

汉景帝杀了郅都，心里挺不踏实。不料叫他心里不踏实的事还不止这一件呢。有人报告说：“袁盎给人刺死了，还有几个大臣也给害了。”汉景帝一听，就料到这准是梁王刘武干的。他马上派大臣田叔和吕季主到梁国去查办凶手。他们到了梁国，很快地把全部案子查清楚了。田叔跟吕季主商量了一下，认为梁王刘武是窦太后心爱的儿子，皇上的亲兄弟，没法叫他抵罪。他们就把主犯公孙诡和羊胜定了死罪，把全部案卷带了回来。

他们到了京城，才知道窦太后为了梁王的案子，哭个不停，已经有几天没吃饭了。田叔就把带来的全部案卷烧毁。汉景帝问他：“梁王的事办完了吗？”田叔说：“办完了。主犯公孙诡和羊胜已经处死了。”汉景帝说：“难道梁王不在里边吗？全部案卷都带来了没有？”田叔说：“请皇上不必再追问。留着这种案卷没有好处，我大胆地把它烧了。”汉景帝慰劳了田叔和吕季主，进去告诉窦太后，窦太后这才放心。

窦太后和梁王都很感激田叔和吕季主，可是他们更忘不了王信。王信是王皇后的哥哥，汉景帝的大舅子。他为了讨窦太后的好，不断地在汉景帝面前替梁王刘武求情。汉景帝听了王信的劝告，再加上田叔烧毁了案卷，就不再追究。这才使他们母子兄弟又能团圆。梁王刘武亲自去向王信道谢。两个人一来二去地就做了知己。他们做了知己，周亚夫可就倒霉了。

绝食

梁王刘武因为当初吴、楚兵马围住睢阳，他一天几次向周亚夫求救兵，周亚夫不愿意分散兵力，坚决不让将士们去救，他把周亚夫恨得没法说。但是周亚夫平定七国的叛乱，功劳大，后来做了丞相，地位又高，梁王只好把这个仇恨记在心里头。这会儿他跟汉景帝和好了，就老在他跟前数落周亚夫的过错。

王信跟周亚夫的仇恨更大了。汉景帝废去太子的时候，周亚夫出来反对；立王美人为皇后的时候，他又出来反对。汉景帝这两次都没听周亚夫的话。王美人做上了皇后以后，一个劲儿地奉承着窦太后，窦太后就叫汉景帝封王皇后的哥哥王信为侯。汉景帝同周亚夫一商议，周亚夫说："高皇帝有约在先，没有功劳的不得封侯，王信虽然是皇后的哥哥，他可什么功劳都没立过，不应该封他。"汉景帝这次虽然听了他的话，可是心里挺不痛快。窦太后、王皇后、王信他们不断地在汉景帝面前给周亚夫说坏话。正在这个时候（公元前 147 年），有匈奴王徐卢等六个人从匈奴那边过来投降。汉景帝为了鼓励那些已经投降了匈奴的汉人回到中原来，决定把徐卢等六个人都封为侯。丞相周亚夫拦住他，说："叛逆的人应当办罪，怎么能受封呢？就是匈奴自己的臣下背叛了他们的君王，过来投降，也是不忠。臣下不忠，投降敌国，也可以封侯，将来皇上怎么还能够勉励忠臣呢？"

汉景帝听了这话，再也忍耐不住。他说："丞相这话不合时势，不能听！"他就封徐卢为容城侯，徐卢以下五个人也都封了侯。周亚夫推说有病，要求辞职。汉景帝准他辞职。

公元前 144 年，梁王刘武回国以后，害病死了。死前他还留下一句话，请汉景帝注意周亚夫的行动。就在这一年，匈奴方面又有人来投降汉朝。那个人叫卢他之，是前燕王卢绾的孙子。卢绾害怕吕后，投降了匈奴，匈奴封他为东胡王。卢绾做了东胡王，可还是忘不了父母之邦。他一直想找个机会回来，可是到最后也没回来。他想念中原，痛恨自己，闷闷不乐地害起病来。临死的时候，他对儿子说："咱们是中原人，总该回到中原去。"

卢绾死了以后，卢夫人撇下自己的儿子，冒着危险逃到关内，向吕太后认罪求饶。吕太后夸奖她能够向着本国，说她有见识，传话出去叫她暂时住在燕公馆，准备开个宴会欢迎她。想不到吕太后一病不起，没跟卢夫人见面。接着刘家的大臣攻打吕家的大臣，长安闹得鸡犬不宁，卢夫人闷闷不乐地死在长安。

她儿子在匈奴，没见母亲回来，想是给朝廷杀了。他也像他父亲一样，虽然做了东胡王，还想回到中原来，可是终究没回来。他临死的时候，对他儿子卢他之说："你祖父临死说过，'咱们是中原人，总该回到中原去'。我没能回去，已经对不起你祖父了。你可别像我那样才好。"卢他之不顾死活，带着另外几个汉人逃到长安来见汉景帝。汉景帝把他封为亚谷侯。这件事又叫周亚夫生气，他已经辞了职，可是还住在京城里，打算想办法再把汉景帝批评一顿。正好汉景帝想着梁王留下的那句话，要再观察一下周亚夫，要试试他是不是还肯听他的话。他叫内侍去召周亚夫进宫。周亚夫当时就去拜见汉景帝。汉景帝随便问了他几句话，就叫他吃饭，周亚夫不好推辞。他还想趁着机会再劝汉景帝别封卢他之为侯。

厨师摆上酒和菜来。搁在周亚夫面前的是一大块煮烂了的肥肉，没有别的菜，连筷子都没有。汉景帝就这么叫他吃。周亚夫认为这是成心跟他开玩笑，就火儿了。他回过头来对伺候酒席的人说："拿筷子来！"左右当作没听见，不挪窝儿。周亚夫正想再发话，汉景帝笑着说："我这样请你，你还不满意我吗？"周亚夫摘了帽子，趴在地下，向汉景帝赔不是。汉景帝说了一声"起来"，周亚夫就站起来，头也不回地跑出去了。汉景帝看着他出了门，叹了一口气，说："唉，这家伙这么傲慢，将来怎么能伺候我的儿子呢？”汉景帝既然怕周亚夫将来欺负他的儿子，那就非先除去他不可了。

过了没有几天工夫，有人控告周亚夫，说他谋反。汉景帝压根儿没打算调查，把他交给廷尉去办就得了。原来周亚夫已经老了，他儿子给他做寿坟，还向公家买了五百套铠甲和盾牌作为殉葬的器物。这件事连累到周亚夫，罪名是盗买兵器。周亚夫气得呼呼地直喘，当时就要自杀。他夫人劝他耐住性子，还说：“事情总会弄清楚的。”周亚夫这才到了公庭。

廷尉责问他，说：“你为什么造反？”周亚夫说：“我买的是殉葬的器物，怎么说我造反呢？”廷尉说：“就是说你生前不造反，死后就可以用这些器物造反啦？”周亚夫冷笑了一声，不愿意再跟这号人说话。他索性闭上嘴，什么也不说。廷尉再三问他，他始终不开口。他一闭上嘴，不但不再说一句话，而且也不再吃一点东西。在监狱里没有别的自杀的办法，他就决定绝食。连着五天，水米不进。最后，他吐了几口血，离开了人间。

汉景帝听说周亚夫死了，也就算了。他不愿意人家说他刻薄寡恩，就封周亚夫的兄弟为侯，继承周勃的地位。那个王皇后的哥哥王信从此出了头，挺顺利地受封为侯。

汉景帝也知道官吏严酷、诸侯奢侈，已经成了风气。他曾经下过诏书，要官吏从宽处理罪犯，加紧劝导农民。公元前 141 年又下了一道诏书，提倡节约，禁止采办黄金、珠宝。可是既然朝廷把残酷的廷尉看作能手，把无功受禄的人看作阔人，这些诏书就都变成了官样文章。

这一年（公元前 141 年），汉景帝四十八岁，害了重病死了。皇太子刘彻即位，就是汉武帝。汉武帝即位那一年才十六岁，他已经娶了陈阿娇。他早已说过“金屋藏娇”的话，这会儿就立她为皇后，尊窦太后为太皇太后，王皇后为皇太后，尊外祖母臧儿为平原君，还把臧儿再嫁以后所生的两个儿子田蚡（fén）和田胜都封为侯。

汉武帝虽然年轻，可是他什么事都懂得一点。他一即位，就下了一道诏书，搜罗人才，叫丞相、御史、郡守、诸侯王等推举贤良方正。从各地送来的人可真不少，汉武帝还要亲自考查他们的学问。这一来，朝廷变成了考场。

排斥百家

汉武帝喜欢文学，尤其喜欢看看文理通顺、辞藻丰富的文章。他的诏书一下去，各地推举了不少读书人。被选上送到朝廷里来的就有一百多人。汉武帝叫他们各人都写一篇文章，内容不外乎怎么样治理天下。大约半天工夫，这批人陆续交了卷，都退出去了。汉武帝一篇一篇地看，觉得都很平常。其中有一篇，他认为写得最好，就仔细读了几遍。那篇文章是广川人（广川，在今河北景县一带）董仲舒写的。董仲舒研究《春秋》，很有心得。学生们都尊敬他。汉武帝看了他的文章，觉得写得好，又单独地问了他两次。他就又写了两篇。那三篇文章里主要是说：圣明的君王治理天下不是靠着刑罚，而是靠着文教。用仁义礼乐教化老百姓，能够使正气升上来，邪气压下去，老百姓就不会犯法、作乱。一块玉石不经过琢磨，是不会变成玉器的。朝廷要搜罗人才，就得培养人才，要培养人才，就得兴办学校。天下已经统一了，就应当好好地去教化人民、培养人才。要教化人民、培养人才，就应当有一套统一的理论。一个老师有一个说法，一百家有一百家的道理，那是不行的。如果这样，叫人们到底听从哪一家好呢？董仲舒建议：除了孔子的学说，别的学说一律禁止。他说，这么一来，天下的思想就可以一致，法度就能够明确，老百姓也就知道什么是应当遵守的了。

董仲舒的排斥百家、着重一统的议论正合乎汉武帝独霸天下的心思。汉武帝在朝堂上把董仲舒大大地称赞了一番，当时就派他去做江都的相国，帮助江都王刘非（汉景帝的儿子，汉武帝的异母哥哥）。大臣们听到汉武帝称赞董仲舒，又看到派他做了江都的相国，都认为这一来，孔子这一派学说的儒家该吃香了。丞相卫绾上了一个奏章，大意是说：各地送来的那些贤良方正，有的是法家这一派的（指商鞅和韩非的一个学派），有的是纵横家这一派的（指苏秦、张仪那一派），有的是别的什么什么派的，这些人不但不能治理国家，而且各人说各人那一套，反倒会扰乱朝廷，应当一律不用。汉武帝听了他的话，只把公孙弘、庄助等几个儒家这一派的人留下，别的人一律不要。

汉武帝知道窦婴和田蚡也算是儒家这一派的大臣，就把他们重用起来。他把年老的卫绾免了职，拜窦婴为丞相，田蚡为太尉。窦婴和田蚡做了朝廷上数一数二的大官，他们又推荐了几个儒生给汉武帝。汉武帝任用代人赵绾为御史大夫，兰陵人王臧为郎中令。赵绾和王臧请汉武帝设立“明堂”。汉武帝就吩咐他们依照古代的制度去起草设立明堂的计划。他们又推荐他们的老师申公。汉武帝早就听说申公是当时屈指可数的儒家学者，就打发使者用最隆重的礼节去聘请申公。

申公年轻的时候曾经见过汉高祖，后来做了楚国的大臣。因为反对楚王刘戊谋反，曾经受过刑罚。他就回到鲁国本地，专门讲学，教授了一千多个弟子。这时候，他已经八十多了，本来不愿意出门，可是见到汉武帝这么隆重地派使者来请他，只好跟着使者到了长安。

汉武帝挺尊敬地问他怎么样治理天下。申公恐怕这位年轻的皇帝好高骛远，能说不能做，就回答说：“治理天下不在乎多说话，主要是看行动上怎么样。”他就说了这么一句话。汉武帝等了半天，还是听不到下文，也就算了。申公呢，等了半天，还是听不到汉武帝再问下去，也就拉倒。

申公就这么说了一句话出来了。他的门生赵绾和王臧向他请教古代的明堂制度是怎么样的，他只是笑了笑，可没说什么。赵绾和王臧还认为老师脾气古怪，过几天再说吧。哪儿知道过了几天，大祸临头了。

原来太皇太后窦氏是信黄老的，一听到汉武帝重用儒生，她已经不高兴了。别的事情可以听凭汉武帝去办，可只要是冒犯黄老的，她怎么也不能依。她把儒家的道理批评得不值一个子儿，把赵绾和王臧看成是只会说空话不会干活儿的帮闲的。这一来可把赵绾和王臧都气坏了。他们上了一个奏章，说："按照古时候的规矩，妇女不得干预朝政。现在皇上亲自治理天下，什么事情都应当自己做主，怎么还要去向东宫（太皇太后住在长乐宫，长乐宫在长安东边，所以也叫东宫）请示呢？"汉武帝一时不好回答他们。

太皇太后知道了，就马上责备汉武帝，说："你用人用得好哇！赵绾、王臧是什么样的儒生啊？他们只懂得挑拨离间，自己目无长辈还不够，还要诱惑你藐视孝道。你这个不孝的子孙，还要包庇他们吗？"汉武帝说："这我哪儿敢。因为窦丞相和田太尉都说他们有才能，我才用了他们。"太皇太后说："窦婴、田蚡都不是东西！告诉你，你要是还算是我的子孙，就该把赵绾、王臧下监狱，把窦婴、田蚡马上免职！"

汉武帝到底还太年轻，他祖母的势力又挺大，他只好革去赵绾、王臧的官职，把他们下了监狱。他还想等到他祖母火儿下去，再把那两个人放出来。偏偏窦太后抓住政权不肯放松。她把这两个人当作方士新垣平看待，非要汉武帝把这两个宣传邪道的"新垣平"砍了不可。她说不把赵绾、王臧办死罪，不把窦婴、田蚡免职，不能防止将来。赵绾和王臧也挺懂事，就在监狱里自杀了。汉武帝把窦婴和田蚡免了职。那个老头儿申公倒挺有造化，趁着机会告老还乡。什么明堂，什么学校，也就吹了。

太皇太后窦氏可有她自己的主张。她讨厌夸夸其谈的儒生，可是挺看得起少说话、多做事的人。她对汉武帝说："儒生专注重外表，写的文章读起来倒是好听，可是不如万石君这一家子能够老老实实地做事。"

"万石君"是河内人石奋这一家的外号。石奋从十五岁的时候就伺候着汉高祖，以后经过汉惠帝、汉文帝、汉景帝这么多的年代，一直做着官。他没有学问，可是为人忠厚老实，做事小心谨慎。他有四个儿子，也都很朴实。在汉景帝的时候，爷儿五个都做了官，每人俸禄两千石粮食，全家一共一万石，所以称为"万石君"。

太皇太后反对儒家，喜欢像万石君那样专做事、不说话的老实人，所以在汉武帝面前称赞他们这一家子。这时候，石奋已经告老了，他的大儿子石建也老得头发全都白了，小儿子石庆可正在壮年，老二、老三可能已经去世。汉武帝就命令石建为郎中令，石庆为内史（治理京城的官，就是后来称为京兆尹的）。郎中令石建每五天回家一次去看看他父亲。他父亲换下来的衬衣，他老是偷偷地洗干净了，再交给底下人，从来不让他父亲知道是他洗的。他在汉武帝跟前做事非常小心。没有别的人在场的时候，他也能和汉武帝说几句话；一到朝堂上，好像什么话都说不上来了。他看公文，仔细得不能再仔细，连“马”字少了一点，他也一定补上去。

内史石庆的那股子细心劲儿也跟他哥哥一样。有一次，他替汉武帝驾车，汉武帝问他：“拉车的有几匹马？”石庆当然知道皇帝的车总是用六匹马拉的。他恐怕忙中有错，就用马鞭子一匹一匹地数了一遍，说：“六匹。”像石家哥儿们这样的人才是信黄老的太皇太后要汉武帝重用的。董仲舒希望汉武帝专尊孔子，排斥百家；太皇太后要汉武帝排斥儒家，专尊黄老。这叫汉武帝怎么办？他可有主意。太皇太后不是很老了吗？干吗那么心急呢？还不如在这几年当中先玩儿玩儿再说吧。

古籍链接

婴、蚡俱好儒术，推毂赵绾为御史大夫，王臧为郎中令。迎鲁申公，欲设明堂，令列侯就国，除关，以礼为服制，以兴太平。

——《汉书·卷五十二》

金屋变为冷宫

汉武帝做孩子的时候就说过："要是把阿娇给我，赶明儿我一定拿金子造间屋子给她住。"以后他靠着陈阿娇的母亲长公主嫖的力量做了太子。他做太子的时候就娶了陈阿娇；即了位，就立她为皇后。陈皇后可以说是汉武帝的恩人，就是真拿金子造间屋子给她住也不算过分。她认为她有十足的理由要求汉武帝不亲近别的女人。汉武帝可有他自己的想头：做了皇帝就不能光有一个女人，陈皇后不让他跟妃子们亲近未免太妒忌了。再说陈皇后结婚了这几年，还没生过孩子。做皇帝的最怕没有后代。这么一来二去地对陈皇后就越来越冷淡了。

有一天，汉武帝到灞上去祭祀，回来的时候，路过他姐姐平阳公主门口，就进去休息一会儿，聊聊家常。平阳公主是王太后的亲生女儿，汉武帝的亲姐姐，嫁给平阳侯曹寿（曹参的曾孙），所以叫平阳公主。她因为陈皇后多年没有生养，特意挑选了十几个良家女子留在家里，等汉武帝到她家来，让他自己挑选。当时她就叫她们出来伺候汉武帝喝酒。汉武帝看了看，都很平常，一个也看不中意。

平阳公主又召来一班歌女，叫她们弹几个曲子，唱几个歌儿，讨汉武帝的好。这一回汉武帝还真看上了一个歌女，眼睛直盯着她。他问平阳公主："她叫什么名字？哪儿的人？"公主说："她叫卫子夫，平阳人。"汉武帝马上叫了一声："好一个平阳卫子夫！"平阳公主就把她送给汉武帝。

汉武帝带着卫子夫一块儿坐着车马回到宫里。冤家碰到对头，恰巧给陈皇后瞧见了。她竖起眉毛，瞪着眼睛，查问起来。汉武帝究竟有点心虚，连忙说："她是平阳公主家里的丫头，到宫里来当差的。"陈皇后鼻子里哼了一声，生气走了。汉武帝知道自己由胶东王做了太子，由太子做了皇帝，全是陈皇后的母亲长公主一手提拔的，怎么敢当面得罪陈皇后呢？他把卫子夫安顿一下，马上到陈皇后跟前去赔小心。陈皇后也不是好惹的，她气呼呼地叫汉武帝陪伴那个新来的美人儿去，自己要回娘家去了，汉武帝只好答应让卫子夫住在冷宫里，再不跟她相见。

陈皇后一面抓住汉武帝住在中宫（皇后住的），一面请医生、看病吃药，希望早生贵子。她花了九千万钱，还是白费心。约莫过了一年，汉武帝的皇位坐稳了，他不再像以前那么害怕陈皇后了。他放大胆子，布置了一个院子，把卫子夫接到那儿来住下。没有多少日子，卫子夫有了身孕。这个消息给陈皇后知道了，又来跟汉武帝争闹。汉武帝理直气壮地责备她不能生男育女。陈皇后气得咬牙切齿地一定要跟卫子夫拼个死活。汉武帝用心保卫着卫子夫，不让陈皇后有下手的机会。打这儿起，他干脆不再到中宫去。"金屋"变成了冷宫。

陈皇后自己使不出别的花招来，就去跟她母亲商量。长公主嫖当然要替她女儿打抱不平，可是一时间也想不出办法来。后来她听说平阳公主家里有一个看马的奴仆，名叫卫青，是卫子夫的兄弟。她就派人去把卫青抓来，准备杀了他，出口恶气，也好叫卫子夫丢个脸，知道知道她的厉害。

卫青和卫子夫是一个母亲生的，可是他们各有各的父亲。他们的母亲是个苦命的女人，原来是平阳侯家里的一个使唤丫头。后来嫁了人，称为卫氏（卫氏，可能是她自己的姓），生了一个儿子，三个女儿，小女儿就是卫子夫。卫氏死了男人，又回到平阳侯家里去干活儿。

平阳县有个小官吏叫郑季，被派到平阳侯家里去当差，住了一阵。他瞧见卫氏长得挺美，爱上了她，跟她生个儿子，叫青儿。可是郑季家里已经有了妻子和儿女，他回到家里去的时候，就把卫氏和青儿扔了。卫氏千辛万苦地把青儿养到七八岁，把他送到郑季家去。郑季没有办法，只好把自己生的儿子收下。他的老婆和儿子都瞧不起青儿，不把他当作家里人看待。郑季也是个狠心肠，他叫青儿去看羊，跟家里的奴仆们一块儿过日子。

青儿被郑家虐待，吃尽苦头，勉勉强强长大成人。他长大了，不愿意再受人家的欺负，就去找他自己的母亲卫氏，姓了母亲的姓，把自己叫作卫青。卫氏向平阳公主求情，请她收留卫青。平阳公主见他长得相貌端正，身材魁梧，就叫他给她看马。

卫青在平阳公主家里挺守本分，又有人缘。他结交了几个朋友，在空闲的时候，请他们教他认字、读书。他很聪明，又肯用功，不到两年工夫，学得已经粗通文字了，想不到正在这个时候，长公主嫖和陈皇后为了跟卫子夫作对，要在他身上出气。

有一天，卫青正在看马，忽然来了几个人把他绑了去。幸亏给卫青的几个朋友瞧见了。他们打抱不平，立刻上了马，急急地追上去，把卫青夺回来。他们把长公主派人来抓卫青的事告诉了平阳公主，平阳公主也火儿了。她向兄弟汉武帝诉委屈。汉武帝知道这明明是陈阿娇打击卫子夫。他也要报复一下，就把卫青叫进宫来，当着陈皇后的面重用了他。没有多少日子，汉武帝封卫子夫为夫人，提升卫青为大中大夫。这一来可把长公主嫖和陈皇后都气坏了。她们还得再想办法谋害卫子夫。

汉武帝已经把“金屋”看作“冷宫”，他还想废了陈皇后。可是他怕得罪太皇太后窦氏（汉武帝的祖母，陈皇后的外祖母），只好暂时把这件事搁在一边。太皇太后见汉武帝对陈皇后这么冷淡，挺不满意。每回见到汉武帝进来问安，老绷着脸骂他没有出息。汉武帝不好反抗，心里可挺不舒服。他索性跟一班伺候他的臣下们整天地喝酒、作诗、打猎，过着无聊的日子。

那时候朝廷上真是人才济济，最出名的有庄助、公孙弘、主父偃、汲黯（jí àn）、东方朔、司马相如、朱买臣等。可是他们大多只会你跟我争，我跟你吵，谁也不服谁，有的净想往上爬，哪儿还敢劝阻汉武帝出去玩儿。汉武帝新出花样，换上便衣，带着能骑马射箭的手下人到各处去游玩。有时候晚上出去，直到天亮还不回来。

有一次，他们到南山去打猎，净在庄稼地里跑来跑去，把地里的庄稼踩得稀里哗啦的。农民大声嚷骂他们，他们连理也不理。那些农民只好去报告县令。县令马上派一队人马把这些糟蹋庄稼的家伙逮来办罪。县里派来的人拦住几个跑马的，一问，才知道是皇上在这儿玩儿呢。

又有一次，汉武帝带着这些手下人到了柏谷地方，晚上住在客店里。

客店的主人瞧着这班不三不四的人，又像是无赖，又像是强盗，心里起了疑。他们向主人要酒。主人没好气地说："酒没有，尿倒有。"这些人对他当然也没有好看的脸色。主人以为来了强盗了，就出去召集了一班青年人把这几个"强盗"围起来，准备一个一个地收拾他们。店主人的老婆跟他说："我瞧那个头儿准是个贵公子，再说，他们也有准备，你可千万别动手哇！"他不依，他老婆就花言巧语地跟他喝酒，把他灌得烂醉，然后用绳子把他绑上。就因为这件事，汉武帝赏了她一千金，还叫她的男人做了卫兵。

汉武帝出去玩儿，至少出了这两次岔儿。为了以后玩儿着方便，他吩咐人在十二个地方盖了房子，这么一来，随时随地都可以在外边休息了。有一个会奉承汉武帝的臣下，替他出个主意：把南山和邻近的山林、河道、田地圈起来，叫老百姓全搬出去，原来的民房一概拆去，然后四周围砌上围墙，修成一个极大的上林苑。在这里面打猎，那可多好玩儿。

那一年（公元前138年，建元三年，汉武帝即位第三年）正碰上大水灾，大河（就是黄河）开了口子，平原（就是齐地）的庄稼全都淹了，老百姓饿死的很多。开头大家把动物尸首当作粮食吃，后来干脆人吃人了。可是汉武帝是个十九岁的青年，库房又挺充足。京师里的钱不知道有多少万，钱串烂了，整贯的钱散了，盘都没法盘。粮仓里的粮食一年一年地堆上去，都露到外面来，有的已经霉烂，不能吃了。大水灾和饿死人的惨劲儿压根儿没搁在汉武帝心上。他还是要修他的上林苑。

汉武帝手底下有个臣下，大伙儿都把他当作"滑稽大王"。他阻挡汉武帝修上林苑。汉武帝有他自己的想头，哪儿能听他的呢？

滑稽大王

那个反对汉武帝修上林苑的“滑稽大王”叫东方朔。他是平原厌次人（厌次，在今山东德州），从小用功读书，喜欢说笑话，人倒是个正派人。他知道汉武帝爱玩儿的脾气，认为跟他一本正经地讲道理是没有用的。他就使出他爱说笑话的才能来，采用滑稽的方式，去说那些正经的道理。人家把东方朔看作滑稽派，东方朔反倒认为滑稽的不是他，而是汉武帝和一班专门讨好的人们。当初他一到长安，就上书给汉武帝，要求皇上用他。他的那封自己推荐自己的信是这么写的：

> 我叫东方朔，从小死了爹娘，靠着我哥哥和嫂子养大的。十二岁读书，三年就学通了；十五岁学剑；十六岁学诗经、书经，读了二十二万字；十九岁学孙吴兵法，又读了二十二万字。我已经读熟了四十四万字了。今年二十二岁，身长九尺三寸，眼睛像一对夜明珠那么亮，牙齿像一排贝壳那么整齐、洁白；我的勇敢、灵活、讲廉洁、守信义像古时候最勇敢、最灵活、最讲廉洁、最守信义的人一样。像我这样的人总该可以做皇上的大臣了吧。

汉武帝一边读，一边笑，当时就吩咐下去，叫他暂时住在公车令处

（相当于招待所），准备用他。东方朔就住在那儿等候任命。公家招待这种人，只供食宿，可没有薪俸。东方朔等了不少日子，还没见诏书下来，身边带着的钱已经花完了。这可把他急坏了。住在公车令处的还有一班矮子（供宫里玩儿的矮个儿，古文叫“侏儒”）。东方朔故意吓唬他们，说：“你们死在眼前，知道不知道？”他们说：“怎么啦？”“你们还不知道吗？朝廷把你们从各地找了来，说是叫你们去伺候皇上，其实是准备把你们全都杀了。你们这些人一不能做官，二不能种地，三不能当兵，什么活儿都不能干，光知道吃饭。所以朝廷把你们骗了来，单等你们进了宫廷，就暗暗地把你们杀了，为的是要节省粮食。”

他们听了，都吓得掉下眼泪来。东方朔替他们想个办法，说：“你们但等皇上坐着车马出来，就去磕头求饶。皇上问你们什么，你们都推在我东方朔身上，管保你们就没事了。”

这班矮子天天等着汉武帝出来，还真给他们等到了，就都上去向他哭诉。汉武帝怪纳闷儿。他问：“谁说我要杀你们？”他们说：“东方朔！”汉武帝回到宫里，派人召东方朔进去，要办他造谣生事的罪。

东方朔说：“矮子身长三尺，每月领一口袋粟，二百四十个钱；我东方朔身高九尺多，也不过领一口袋粟，二百四十个钱。他们吃得撑得慌，我可饿得要命。皇上征求人才，要用就用，不打算用就该放我们回去，别叫我们这些高个儿、矮个儿老在长安待着白费粮食！”汉武帝听了，大笑起来，就拜他为郎中，留在身边给他逗乐开玩笑。

有一个夏天，汉武帝传下命令，叫大臣们到宫殿里去领肉。按照那时候的规矩，肉是由一个专门管这件事的大官分给臣下的。大臣们按时刻到了宫殿里，就瞧见肉早已搁在那儿了。他们等着等着，可是那个分肉的大官还没来。从早晨等到中午，天越来越热，汗越流越多，只见苍蝇进去，不见分肉的大官出来。大家都等得不耐烦了，可是谁也不敢出去。

东方朔拔出宝剑来，自己动手，把肉割了一块，对大伙儿说：“三伏天多热呀，不但我们应当早点回去休息，就是那肉再搁下去也快臭了。还不如自个儿动手，拿了肉回家去吧。”他一面说着，一面提着那块割下来的肉走了。

别的人心里也想这么干，可是谁也没有这份胆量。他们又等了半天，才瞧见那个大官大模大样地到了。他念了赐肉的诏书，按着名次，把肉分给大臣们，可就没见着东方朔。他一问，才知道东方朔自作主张，已经把肉拿了去了。那大官气得蹦起来。他想："东方朔这小子没把我放在眼里，也就是不服从皇上的命令。要是让他这么无法无天地下去，还能有我吗？"他就奏明汉武帝要办东方朔不守规矩的大罪。

第二天，汉武帝责备东方朔，说："昨天我赐肉给你们，诏书还没到，你怎么先自己割了肉，就这么回家去了？"东方朔摘了帽子，趴在地下，赔不是。汉武帝说："你起来，说说自己哪儿错了。"东方朔就站起来，数落自己的不是，说：

东方东方，你太鲁莽；
肉还没分，怎能领赏？
拔剑割肉，举动豪爽；
割肉不多，还算退让；
拿给细君，情义难忘；
皇上宽大，谢过皇上。

汉武帝不由得笑起来了，还赏给他一石酒、一百斤肉，叫他去送给他那个"情义难忘"的媳妇儿。

那时候，东都（就是洛阳）献来了一个矮子，拜见汉武帝。那个矮个儿也挺怪，他瞧见东方朔这个高个儿站在旁边，好像跟他比高矮似的，就骂东方朔是个贼。东方朔挺生气。汉武帝也觉得奇怪，沉下脸来问他："别胡说八道！他怎么是个贼？偷过什么？你说！"那个矮子见风转舵，一本正经地回答说："他是个贼。西方王母娘娘有个桃园，那里边的桃树三千年开花，三千年结果，结的就是蟠桃。这个高个儿挺坏，蟠桃偷过三次了。"他说的原来是云山雾罩的笑话儿，可是汉武帝问东方朔，说："你真偷过王母娘娘的蟠桃吗？"东方朔乐了乐，可不说话。

这会儿汉武帝听了那些专会奉承他的臣下的话，要修个极大的上林苑。东方朔在这个紧要关头上，不再嬉皮笑脸地逗乐了。他正经八百地说："南山是座宝山，不但出产木料，而且金、银、铜、铁、玉石都有，工匠靠它供给材料，老百姓全靠它过活。南山一带，土地肥沃，稻、梨、栗子树、桑树、麻、竹子、生姜、芋头都种在那儿，水里出产很多的鱼、虾。贫穷的人全靠着这些土地和河流养活自己和一家老少。那儿的土地每一亩值一金。现在把南山和邻近的土地一股脑儿圈在上林苑里，对国家来说，是个损失，对农民来说，是个灾害。这是第一点。为了修上林苑，就得毁坏人家的坟墓，拆去老百姓的房屋。想想吧，伤心的人有多少，啼哭的人有多少。这是第二点。这么大的上林苑，光在四周砌起围墙来，工程已经够大了，哪儿还能够把这些地方都造成一片平原呢？这里面没有可以跑车马的大道，别说高低不平，不能跑马，而且有的是乱石深沟。皇上为了玩儿，冒着翻车的危险，怎么说也不值得。这是第三点。再看看过去的历史吧，殷朝的君王建造九市宫，诸侯叛变；楚灵王建造章华台，楚人离散；秦朝建造阿房宫，天下大乱。我这么随口乱说，违反皇上的心意，真是罪该万死，不过希望皇上能够体察我的一片忠心。”

汉武帝觉得东方朔的话完全正确。他把东方朔称赞了一番，提升他为大中大夫，还赏给他一百金。可是滑稽的也就在这儿，汉武帝当时就下令动工，大修上林苑。东方朔觉得又是好气，又是好笑。可是他知道汉武帝逞能、好胜的脾气，什么事情都不肯认输，大臣们大多只会顺着他，很少有劝告他的。东方朔认为他再不劝告还有谁去劝告呢？这次虽然没成功，可是还升了官职，受了赏赐，可见汉武帝对他还是挺尊重的。东方朔早已说过：“古时候的人有逃避人世躲到深山里去的，我就嘻嘻哈哈地躲在朝廷里吧。”

东方朔嘻嘻哈哈又唉声叹气地瞧着上林苑建造起来了，瞧着大批的民夫在鞭子底下拆毁自己的房屋，瞧着庄稼地变成了跑马、跑狗的场所。到最后，上林苑完了工，就有人作诗、写文章来歌颂汉武帝修建上林苑的伟大事业。其中最叫汉武帝欣赏的一篇文章就是《上林赋》。那篇《上林赋》，谁都说写得好，简直一个字就顶得上一颗珍珠似的，可是在东方朔看来只不过是帮闲文人的臭玩意儿。

帮闲文人

那篇《上林赋》是汉朝出名的文人司马相如写的。司马相如是成都人，从小喜欢读书，也学过剑。他爹妈很疼他，老爱叫他小名“狗儿”（文言叫“犬子”）。狗儿长大成人，挺羡慕战国时候的蔺相如，所以自己取了个学名叫相如。那时候蜀郡太守文翁，大兴文教，设立学校，招收民间子弟。他请司马相如为教师。文翁一死，司马相如就不愿意再教书了。他决定离开成都，要到长安去做大官。到了升仙桥（在今成都北），已经累了，想在桥上歇歇乏儿。到了桥上，他就在桥柱子上题了字。写的是：“不乘高车驷马，不过此桥。”瞧他这个向上爬的劲儿。

他到了长安，花钱买到了一个像卫士那样的职位，伺候着汉景帝。汉景帝是信黄老的，不喜欢作诗、写文章。司马相如又没有多大的武艺，这个位置就显得很不合适了。

刚巧梁王刘武带着几个文人来朝见汉景帝，司马相如趁着这个机会跟这些文人交了朋友。接着他就辞了职，到了梁国。梁王刘武收他为门客，跟那班文人们住在一块儿。司马相如在梁国住了几年。在这个时候，他写了一篇很长的文章叫《子虚赋》，假托“子虚”“乌有先生”“无是公”三个人评论国王打猎的事，文章的字句铺张雕琢，内容却是空空洞洞。当时一班拿喝酒、作诗过日子的文人都说《子虚赋》写得好，司马相如就这么出了名。

梁王刘武死了以后，那班喝酒、作诗的门客们也就树倒猢狲散了。司马相如只好回到老家成都去。他没有事干，家里又穷，就到临邛县（在今四川邛崃一带）去投靠他的好朋友县令王吉。王吉曾经对他说过："要是你做官的运气不大好，尽管到我这儿来。"司马相如见了王吉，王吉就替他想出一个抬高身价的办法：请他住在都亭里（都亭，城门旁边的公家房子），自己每天挺恭敬地去拜访他。开头几天，司马相如还出来接见县令，后来干脆叫随从的人出来推辞说身子不舒坦，不便相见。司马相如不出来接见县令，县令更加恭敬地每天去问病。王县令天天这么招摇过市地到都亭去拜访司马相如，全城的人都知道了。

临邛县有好多家财主，其中最大的两家都是开铁矿炼铁的大财主：一个叫卓王孙，家里的奴仆就有八百名，一个叫程郑，也有几百名奴仆。两个财主商量着说："县太爷来了个贵客，咱们也不能不招待他一下。"他们就决定在卓王孙家里请客，约了一百来个有名望的人，请县令做个陪客，挺隆重地给司马相如接风。

到了那一天，卓家门前一溜儿全是车马。一百来个陪客都到齐了，酒席也摆上了。吹吹打打好不热闹。可是就短了一个人，司马相如没来。他推辞说："身子不大舒服，心领了。"

临邛县的县令不敢怠慢，带着几个顶有面子的人亲自去劝驾，死乞白赖地一定要司马相如赏个脸，逼得司马相如没有办法，只好坐着自己的车马，带着随从的人到卓家来了。贵客一到，全堂都兴奋起来。司马相如当然坐了第一位，王县令以下，挨次序坐下，卓王孙和程郑坐在主位。酒越劝越勤，话越说越高兴。

王县令瞧见大伙儿这么高兴，就提议说："司马公弹琴是出名的。今天我们请他弹一弹，让我们的耳朵也享享福，那我们多么有造化啊！"司马相如直怪王县令多嘴。卓王孙说："琴，我家里也有，这是我前年花了三百金买来的，听说还是古物。请司马公不要推辞。"王县令说："用不着你家的琴。司马公的琴和剑是随身带着的。我瞧见他车上有个口袋，那准是琴。快去拿去。"手下人就把琴拿上来了。王县令接过来，双手递给司马相如，司马相如挺随便地弹了一段就停下了。大伙儿不管听得懂、听不懂，没有一个不喝彩的。

司马相如把弦儿调整一下，正准备弹第二段的时候，就听到屏风后面叮叮当当有玉佩的声音。他偷偷地往那边一瞅，原来是个极漂亮的女子。他用不着想，就知道是卓王孙的女儿卓文君。卓文君不但长得美，而且琴、棋、书、画，样样都会，只可惜年轻轻地守了寡，住在娘家。她听说司马相如是个才子，父亲约了这么多的朋友来欢迎他，不用说又是个贵公子。她就躲在屏风后面想偷看一下。赶到司马相如弹起琴来，行家碰到行家，冤家碰到冤家，不由得转到屏风边上，露了一露，正好跟司马相如打了个照面。她连忙退回来，心里头尽管跳着，还是静静地站在那儿，要再听听琴声。

司马相如哪儿能错过机会呢？好在这些财主们压根儿就不懂得音乐，他就大胆地弹了一支男子向女子求爱的情歌，叫作《凤求凰》。司马相如弹这《凤求凰》的曲子，每个响儿都弹在卓文君的心弦上。两个人就这么彼此爱上了。

司马相如得到了王县令的帮助，买通了卓文君的使唤丫头，请卓文君嫁给他。卓文君怕她父亲不答应，就下了个决心，半夜里私奔到都亭。司马相如连夜带着她逃回成都。

卓王孙丢了女儿，四下寻找，没有下落。一打听，那位住在都亭的贵客也不见了，气得他直吹胡子。可是家丑不可外扬，他只好咬着牙，心里痛骂那两个家伙。

卓文君到了成都，才知道司马相如原来是个穷光蛋。自己匆匆忙忙地出来，又没多带金钱，只好把随身的首饰变卖了，对付着过了一两个月。她劝司马相如回到临邛去，或者向她父亲求求情，或者向她兄弟借点钱，总比在成都饿死强。他们就硬着头皮，到了临邛，托人向卓王孙去说。卓王孙发了脾气，他说："不要脸的东西，我不治死她，已经是恩典了。要我接济她，一个小钱儿也甭想！"

司马相如到底是个"才子"，他准备要赖，叫卓王孙不得不拿出钱来。他把车马、琴、剑都卖了，在临邛街上租了一间屋子，开了一个小酒铺。他穿上一条短裤衩，打扮成酒保，像手下干粗活儿的奴仆一样，在铺子门前洗这个、擦那个。卓文君掌柜卖酒，招待主顾。他们这么做，并不是真正凭着自己的劳动来过日子。他们是成心给卓王孙丢人现眼。卓王孙还真害了臊，连二门也不敢出来。

他几个朋友都去劝他，对他说："令爱既然愿意嫁给他，木已成舟，也就算了吧。再说司马相如究竟做过官，还是县令的朋友，现在尽管清寒点，凭他的才能，将来也许还有出头的日子。万事总得留个后步，何必让他们在这儿吃苦呢？"卓王孙没有办法，只好打发他们走。他就分给女儿文君一百个奴仆，一百万钱，又把她头一回出嫁时候的衣服、被子和财物都送了过去。司马相如把财物诈到手，就关了酒铺，带着卓文君回到成都去，买房屋、置田地，做了财主。

俗话说，"时来福凑"，司马相如做了财主，汉武帝也就召他进京去做大官。原来司马相如有个同乡叫杨得意，他是个"狗监"，就是在上林苑里管猎狗的官。他偶然听到汉武帝称赞司马相如的那篇《子虚赋》，说："这篇东西写得真好，不知道司马相如是哪个朝代的人。要是我跟他是同时代的人，我倒愿意跟他谈谈文章。"杨得意马上趴在地下，说："禀告皇上，司马相如是臣下的同乡，他正在家里闲着呢。皇上要愿意召见他，他可以马上就来。"汉武帝这才叫司马相如进京。

司马相如见了狗监，狗监带他去见汉武帝。汉武帝问他："《子虚赋》是你写的吗？"司马相如说："《子虚赋》只不过是写些诸侯的事，算不了什么。皇上喜欢游猎，我就给皇上写一篇《游猎赋》吧。"汉武帝得到了这么一个人才，就叫他写来。司马相如早就猜透了汉武帝的心思，这篇《游猎赋》该怎么写，在路上已经打好了主意，当时就像默书那样似的写出来了。汉武帝拿来一念，摇头晃脑地称赞了一番，就拜他为郎官。

汉武帝不听东方朔的劝告，修了一个极大的上林苑。东方朔把上林苑里的游猎去跟那一年饿死人的大饥荒对比，真是大煞风景。怪不得人家说他是个滑稽大王。司马相如可不同了，他替汉武帝写了一篇《上林赋》，把饿死人的倒霉事儿完全扔开，凭他一支生花妙笔，挺工整地用上了一大堆歌颂皇上的好字眼儿。

汉武帝修上林苑那一年，不但平原遭了大水灾，老百姓饿得活不了，而且东南一带还动了刀兵。这可叫十八九岁的汉武帝怎么办呢？

马前泼水

东南一带，最大的是南越，第二是闽越，第三是东瓯（东瓯也叫东海，就是今浙江温州）。这三个国家因为离中原比较远，来往不多。公元前 154 年，吴王刘濞给周亚夫打败以后，逃到东瓯。东瓯王原来是帮助吴王刘濞的，赶到刘濞失败了，他就接受周亚夫的命令，杀了刘濞。刘濞的儿子刘驹逃到闽越，闽越王驺郢把他收留下来。后来刘驹屡次请闽越王攻进东瓯，一来替他父亲报仇，二来可以扩大闽越的地盘。

汉武帝修建上林苑那一年，闽越王驺郢依了刘驹的请求，发兵进攻东瓯。东瓯王抵挡不住，粮食又不够，就准备投降了。可是他还打发使者到长安来请求救兵。汉武帝召集大臣们商议出兵不出兵的事，连已经免了职的田蚡他们也都召到朝廷上。

田蚡反对出兵。他说："越人互相攻击是常有的事。这些人老是反复无常，没法治。所以秦朝就把这些地方放弃了。因此我说，朝廷犯不着派人去救。"

中大夫庄助说："这是什么话？难道说因为朝廷没有力量，皇上没有威德，救不了吗？要是能够的话，为什么要放弃？秦朝放弃这些地方，难道汉朝也得放弃吗？秦朝连咸阳也放弃了，更甭提东瓯了。现在小国有了困难，自己没有办法，才来向朝廷求救；要是咱们不去救，东瓯还有什么依靠？咱们怎么对得起那儿的老百姓呢？”

汉武帝说：“武安侯（田蚡）的话不能听。”他派庄助拿着节杖往会稽郡（郡治吴县，东汉时移至山阴）调兵去救东瓯。庄助到了会稽，带领会稽的兵马，由海道进兵。闽越王驺郢听到庄助带领大军来救东瓯，就逃回去了。东瓯王害怕汉兵一退回去，闽越再来进攻，好在东瓯地方人口不多，就请求朝廷允许他们搬到内地来。汉朝同意他们这么办。这么着，东瓯王以下四万多人全都迁移到江淮一带来。东瓯简直没有人了。

闽越王驺郢赶走了东瓯王，更觉得自己了不起，他就想并吞南越。他准备了三年，居然率领兵马去进攻南越。南越王赵胡（赵佗的孙子）一面吩咐士兵只守不战，一面打发使者报告朝廷，说：“两越（指闽越和南越）都是边界上的属国，不应该互相攻打。现在闽越无缘无故地侵犯南越，我不敢自作主张，随便开战，请皇上决定办法。”

汉武帝称赞南越，说赵胡很懂得大义。当时就派了王恢和韩安国两个将军分两路进军去征伐闽越王驺郢。闽越王驺郢的兄弟馀善得到了本族人的支持，杀了他们的王，归顺了朝廷。汉武帝就吩咐两路兵马回来，立越王勾践的后人无诸的孙子繇君丑（繇：yóu）为越繇王。馀善立了大功，再说还有本族人的支持，汉朝不立他而立了别人，他怎么能服呢？越繇王没有力量对付他，只好再向朝廷求救。汉武帝因为馀善平乱有功，就立他为东越王（东越包括今浙江东部、南部和福建东北部的地区），划分地界，嘱咐他不可跟越繇王作对。馀善做了东越王，当时总算接受了命令，住在泉山（在今浙江江山一带，也有的说泉山岭就是仙霞岭）。

为了安定南方，汉武帝又派庄助去慰劳南越王赵胡，赵胡十分感激，特意派太子赵婴齐来伺候汉武帝，表示他忠于朝廷。庄助就带着南越的太子回到长安来。汉武帝称赞庄助办事周到，叫庄助进宫，赐他酒席。庄助是会稽人，最近他两次路过会稽。汉武帝问起他家乡的情况。庄助不免报告了一番。他又谈到小时候因为家里贫穷，受尽当地有钱人的欺负。说话的时候还有点伤心。汉武帝很同情他，就答应了他的要求，让他富贵归故乡，派他为会稽太守。

庄助做了会稽太守以后，跟当地的人合不到一块儿。汉武帝就打算把他调走。正在这个时候，东越王馀善得罪了汉武帝。汉武帝好几次叫他来朝见，他可一次也没来。汉武帝准备发兵去征伐。朱买臣趁着机会献个计策，说："东越王馀善本来住在泉山，那个地方很险要，真是一夫当关，万夫莫敌。听说他现在扩大地盘，往南边去了。他现在住的地方离泉山有五百里地。要是我们由海道进兵，先占领泉山，然后再往南进攻，东越就可以打下来。"汉武帝同意了，就叫朱买臣去接替庄助为会稽太守。朱买臣也是会稽人，汉武帝有意让他也像庄助那样富贵归故乡，可以摆一摆做官人的谱。

原来朱买臣当初也像庄助一样，是个穷读书人，他自己不能生产，又要读书，日子就不大好过了。幸亏他媳妇儿崔氏很能干，不但常替人家洗洗缝缝，还老上山打柴，挣些零钱，好让朱买臣用功读书。她这么抛头露面地干着活儿，就指望着自己的丈夫能够有个出头的日子。想不到朱买臣读书读到四十多岁，还是个穷读书的。崔氏开始不耐烦起来了。她对朱买臣说："你读书也读够了，我不能一辈子老养活着你。男子汉大丈夫总该干点活儿，老捧着书卷，米打哪儿来？柴打哪儿来？"

朱买臣说："将来我做了官，别说柴米，就是金银财宝也都有了。"崔氏说："别说这种废话。趁早扔了书卷，干点活儿吧。"朱买臣说："读书人能干什么活儿呢？"崔氏又是恨他又是疼他。她说："你跟着我上山砍柴去，也可以多少挣几个钱。"朱买臣只好跟着他媳妇儿一块儿去砍柴。可是他每次上山，总是带着书卷，一边砍柴，一边读书。这还不算，他挑上柴火，也是一面走，一面摇头晃脑地念古书，招得路上的人全都发笑。崔氏觉得他这么呆头呆脑的，实在太丢人了。有时候崔氏叫他到街上去卖柴，他也只好挑着柴担吆喝着："卖柴呀！"不知道怎么一来，他提高了嗓子就又背起书来了。

崔氏觉得这个书呆子真没法治。家里老是有一顿没一顿的，跟着他还有什么盼头呢？她哭哭啼啼地闹起离婚来了。朱买臣说："我朱买臣五十岁一定要富贵，你就再熬几年吧。"崔氏冷笑着说："别再提富贵了。我求求你行个好，放了我吧。"两口子闹了几天，朱买臣就把崔氏休了。

他休了妻子，一个人砍柴、卖柴，日子越来越难过了。有一天，正是清明时节，朱买臣挑着小小的一担柴火，走下山来。身上又冷，肚子又饿，就在大道旁边缩成一团，在那儿休息着，手里还拿着书卷。那边有不少坟头，有人在那儿上坟。说起来也真巧，崔氏跟一个男的正在那儿上供。

崔氏瞧见朱买臣苦到这步田地，不由得心酸起来。她就把撤下来的酒、饭送到朱买臣跟前，低着头递给他，流着眼泪走了。朱买臣已经饿了两天了，见了酒饭，也顾不得害臊不害臊，狼吞虎咽地吃了。他一边咂着嘴，一边把空碗盏交还给那个男的，向他谢了一谢，挑起柴火走了。他这才知道崔氏已经改嫁了。

又过了几年，朱买臣快五十了。他打听到会稽郡要送货物到京城去，就要求那个管运货的人让他做个运货的小卒子。上车下车，他也能够扛扛挑挑的。那个主管的人正需要人，就用了他。朱买臣就这么到了长安，上书求见汉武帝。等了好多日子，也不见诏书下来。身上又没有钱，苦得还不如在家里哪。他去求见同乡人庄助，央告他帮帮忙。庄助为了顾全同乡，把他引见给汉武帝。汉武帝当面问了问他所学的东西以后，就拜他为大夫，可是并没重用他。

这会儿汉武帝要把庄助调回来，又听了朱买臣进攻南越的计策，就拜他为会稽太守，嘱咐他准备楼船、积聚粮食和兵器，等候大军去征伐东越。

朱买臣做了会稽太守，就可以在本乡扬眉吐气了。他故意换上一身旧衣服，走到一家大一点的饭馆子里，在那儿喝酒的一班人也有认识朱买臣的，也有不认识他的，可是谁都没招呼他。他一个人坐下，要了一点酒、饭。过了一会儿，有几个官吏慌慌忙忙地进来，请朱太守上车。大伙儿一听朱买臣做了太守了，已经吓了一大跳；又瞧见门外来了好多车马，说是来迎接新太守上任的，不由得都趴在地下，央告朱太守免了他们的罪。朱买臣觉得自己有了面子，挺得意地叫他们起来。接着他就坐着车马走了。

这么一来，一传十，十传百，没有几天工夫，城里、城外都知道朱买臣做了大官。他原来的媳妇儿崔氏也听到了。她后来嫁的那个男的已经死了，可她不敢去见朱买臣，整天待在家里直发愣。街坊上几个妇女跑去对崔氏说："朱大嫂，你男人做了大官了，你怎么一个人还待在这儿？"她叹了一口气，说："可是我已经嫁过人了。"她们说："你现在还不是仍旧一个人吗？一夜夫妻百夜恩。你不去找他，他怎么知道你在这儿呢？你过去待他并不坏，就是你们离了以后，你还送给他酒、饭吃。就凭这一点也应该去见见他啊。"正在这个时候，外面起了哄，有人嚷着说："新太守过来了，快到街上去欢迎啊！"几个妇女就拉着崔氏一块儿去了。

果然，朱太守坐着车马慢慢地过来。崔氏见了朱买臣，不由得跪在街上磕头。朱买臣见了崔氏，仰着脑袋笑了笑，说："你来干吗？"崔氏说：

"大人不记小人过，请把我收下当个使唤丫头吧。"朱买臣想起姜太公"马前泼水"的故事，他叫手下人拿盆水来，倒在地下。完了，对崔氏说："你把泼出去的水收到盆里来，我就带你回去。"崔氏听了这话就站起来，晃晃悠悠地走了。她的街坊扶着她回到家里，有个老大娘劝她，说："坐车马的大官跟挑柴火的老百姓本来就不一样。大嫂压根儿就用不着伤心。"

当天晚上，崔氏上吊死了。

朱买臣没忘了汉武帝的嘱咐，他在会稽准备着楼船和兵器，但等朝廷大军一到，就可以去征伐东越了。可是汉武帝这会儿正忙着对付北方，又顾不到南方了。要发大军也得先去进攻匈奴。

古籍链接

朱买臣字翁子，吴人也。家贫，好读书，不治产业，常艾薪樵，卖以给食，担束薪，行且诵书。其妻亦负戴相随，数止买臣毋歌呕道中。买臣愈益疾歌，妻羞之，求去。买臣笑曰："我年五十当富贵，今已四十余矣。女苦日久，待我富贵报女功。"妻恚怒曰："如公等，终饿死沟中耳，何能富贵！"买臣不能留，即听去。其后，买臣独行歌道中，负薪墓间。故妻与夫家俱上冢，见买臣饥寒，呼饭饮之。

后数岁，买臣随上计吏为卒，将重车至长安，诣阙上书，书久不报。待诏公车，粮用乏，上计吏卒更乞丐之。会邑子严助贵幸，荐买臣，召见，说《春秋》，言《楚词》，帝甚说之，拜买臣为中大夫，与严助俱侍中。是时，方筑朔方，公孙弘谏，以为罢敝中国。上使买臣难诎弘，语在《弘传》。后买臣坐事免，久之，召待诏。

——《汉书·卷六十四上》

反攻匈奴

匈奴自从跟汉朝通婚以后，在这六十多年当中（公元前 198—公元前 133 年），虽然没有大规模地打过仗，可是匈奴侵犯边界是常有的事。他们老在长城外边这一带来来往往，一有机会，就侵略进来。

公元前 134 年，军臣单于派使者来要求和亲。这时候，太皇太后窦氏已经死了（公元前 135 年），汉武帝也二十二岁了。他决定把政权抓在自己手里。他拜田蚡为丞相，韩安国为御史大夫。为了抵抗匈奴，他派李广和程不识为将军，防守着北方。这会儿单于要求和亲，汉武帝叫大臣们商议答应不答应。将军王恢说："过去朝廷同匈奴和亲，把公主嫁给单于，可是匈奴老是不守盟约，侵犯边界。还不如发兵去打他们一下子。"

御史大夫韩安国说："匈奴没有固定的居住的地方，我们没法用武力去征服他们。如果派大军去，就得奔走几千里地，就是不打仗，人马已经够累的了。他们计算到能够打胜仗的话，就用全部力量来打击我们已经疲劳了的军队；他们不能打胜仗的话，就跑得无影无踪的。还不如同匈奴和亲好，免得劳民伤财。"大臣们大多都赞成韩安国的话。丞相田蚡更是宁可放弃土地，不敢出兵打仗的。汉武帝只好打发匈奴的使者回去，答应把公主嫁给单于。

汉武帝实在不愿意向匈奴屈服。第二年，王恢献计反攻匈奴，汉武帝就同意了。原来雁门郡马邑（马邑在今山西朔州一带）有个老头儿叫聂壹，是个大商人，他向王恢献计，说："匈奴在边界上到底是个祸根。现在咱们趁着和亲的机会，把匈奴引到关里来，准能打个大胜仗。"王恢问他："老人家有什么好主意把匈奴引进来？"聂壹说："不瞒将军说，我常私运货物，跟匈奴已经做过几次买卖了，连单于都认识我。我借着做买卖的因头，假意把马邑城卖给单于。将军把大军埋伏在邻近的地方。单于贪图马邑的货物，一定会进来的。赶到他们一到马邑，将军就截断他们的后路，准能打个大胜仗，也许能够逮住单于。"

王恢认为这是个好主意。他马上把这个主意献给汉武帝。汉武帝召集大臣们，对他们说："我打扮了子女配给单于，还送给他金币、绸缎。可是单于不但十分傲慢，不守信义，还不断地进行侵略、抢劫。我看到我们的边界遭到匈奴的迫害，心里非常难过。我想发兵去打匈奴，你们看怎么样？"

御史大夫韩安国又出来反对，他说已经和亲了，再打仗有失信义，而且是个冒险的行动，一点把握也没有。

年轻、好动、富有冒险精神的汉武帝同意王恢反攻匈奴。他就拜王恢、韩安国、公孙贺、李广等为将军，带着三十多万兵马去打匈奴。王恢派聂壹带着货物先到长城外去跟匈奴做买卖。聂壹见了军臣单于，说他愿意把马邑献出来。军臣单于听了，又是高兴又是怀疑。他说："你是做买卖的，怎么能把马邑城献给我呢？"聂壹说："我们一伙儿也有几百个人，混进马邑，杀了汉朝的官吏，就可以拿下马邑。赶到汉朝再派兵来，大王的军队早已进去了。"

军臣单于先派几个心腹跟着聂壹到马邑去，但等聂壹杀了官员，就发兵进去。聂壹回到马邑，商议停当，杀了几个囚犯，把人头挂在城上，说是马邑大官的脑袋，叫匈奴的使者去看。匈奴的使者见了这些人头，马上回去报告给军臣单于。军臣单于亲自带领着十万人马来接收马邑。匈奴的大军进了汉朝的地界，到了武州（县名，在今山西左云一带），离马邑还有一百多里地，只见草原上全是牲口，可没瞧见一个放牲口的人。单于起了疑。他瞧见那边有个亭堡，就打算打下亭堡，问个明白。亭堡是瞭望敌人，联络消息用的。每一百里有个亭堡，每一个亭堡有一个亭尉和一个副手，还有一些士兵。那亭尉已经得到了军令，装出挺镇静的样子，引诱匈奴进去。

军臣单于抓住了亭尉，对他说："你把实际的情况老老实实地告诉我，有赏；要是撒半句谎，我就把你砍了。"那个亭尉怕死，他投降了匈奴，把汉朝军队的情况抖搂了包袱底，全都倒给匈奴。军臣单于一听，好像屁股碰了火盆似的慌忙蹦了起来。他立刻下了命令，全军撤退。匈奴的十万大军急急忙忙地跑到自己的地界上，单于这才缓了口气，说："我得到了亭尉，真是天意。上天叫亭尉说了实话，我不能不赏他。"他就封那个亭尉为天王。

这时候王恢已经把大军埋伏在马邑附近的地方，自己带着两三万人马抄出代郡去截断匈奴的归路。忽然听到匈奴一到武州就退回去了，气得他直翻白眼。两三万兵马怎么敢进攻匈奴的大军呢？为了保全自己的性命，他没见到匈奴就退回来了。韩安国他们在马邑等了好些时候，一听到匈奴逃回去了，就改变计划，带着大军追上去。他们到了边界上，见不到匈奴的影子，也只好空手回来。

王恢、韩安国、公孙贺、李广他们回到长安，汉武帝责备王恢放走了敌人，把他下了监狱，再叫廷尉定他的罪。韩安国他们本来反对出兵，再说又不是主将，都免了罪。

王恢听说廷尉要把他办成死罪，连忙叫家里人拿出一千金送给田蚡，请他向王太后求情。田蚡收了一千金，进宫请求他姐姐王太后，说："王恢引诱敌人，本来是个好计策，虽然没有成功，也不至于犯死罪。要是皇上杀了他，不是叫匈奴高兴吗？"王太后就把这话告诉了汉武帝。汉武帝为了另一件事正怪着他母亲，偏不听她的话，再说王恢本来不该逃回来。

原来汉武帝宠上了一个弄臣（供皇帝玩儿的臣下）叫韩嫣，不但老跟他一块儿吃饭、玩儿，有时候还跟他一块儿过夜，金银财宝赏了他不少，韩嫣怎么花也花不完。他把黄金做成打鸟的弹子，随便出去玩儿。长安人瞧见他出来打鸟，都远远地等着，运气好的只要捡着一颗弹子就能卖不少钱。所以那时候有一句歌谣："要免饥寒，去寻金丸。"

有一回，江都王刘非（汉景帝的儿子，汉武帝的异母哥哥）来朝见汉武帝，汉武帝约他到上林苑去打猎，江都王先在外边等着。过了一会儿，他瞧见大队的车马过来，十分威风。江都王连忙吩咐跟随他的人退后，自己趴在路旁等着。谁知道车马并没停下来，一直往前去了。问了问跟随的人，才知道是韩嫣。这可把江都王气坏了。

在打猎的时候，他想把韩嫣瞧不起他的事告诉汉武帝，再一想，人家是得宠的红人，说了也是白费唾沫。打猎回来，江都王去拜见王太后，向她哭诉，还说情愿不做江都王，到宫里来做个弄臣。王太后认为江都王虽然不是自己的亲生儿子，究竟是汉景帝的骨肉，怎么能给一个弄臣欺负呢？当时她安慰了江都王，劝他忍耐一下，等到一有机会一定惩办韩嫣。也是韩嫣自作自受，他跟宫女胡闹的勾当给王太后查出了。王太后把韩嫣的两件大罪合并办理，就叫韩嫣自杀。汉武帝还替韩嫣求饶，王太后反倒把她儿子训斥了一顿，说他不知体统。汉武帝没有办法，只好让韩嫣服毒自杀。

汉武帝为了这件事，直怪王太后不肯留情。这会儿王太后请汉武帝看在她和他舅舅田蚡的面上饶了王恢，汉武帝说："发兵三十万去打匈奴是王恢出的主意。就说匈奴退去，他既然已经抄到匈奴的后面了，就该杀他们一阵。他这么贪生怕死地放走敌人，不把他治死，怎么对得起天下呢？"

王太后只好把汉武帝的话告诉了田蚡，田蚡也只好回绝了王恢。王恢知道自己已经没有生路，就在监狱里自杀了。

田蚡为了王恢的事得到了一千金，说句天公地道的话，他不是不想救王恢。汉武帝不买面子，他也没有办法。为了这件事，田蚡老琢磨着：难道皇上不信任他了吗？

灌夫骂座

田蚡是王太后同母异父的兄弟，汉武帝的舅舅。只要看他滴溜溜的两颗眼珠子，就知道他是个机灵鬼。他个儿又矮又小，嘴又长又尖，活像一只田鼠，连那几根松毛胡子也像长在耗子嘴上的。他很会奉承汉武帝，汉武帝把他当作心腹。外甥不相信娘舅相信谁呢？从前有太皇太后窦氏跟他意见不合，汉武帝还不敢重用他。太皇太后死了以后，汉武帝就拜他为丞相。当初田蚡是在丞相窦婴的手底下，谦虚得不能再谦虚。他把窦婴当作爸爸看待，动不动老跪在他跟前听候吩咐。现在窦婴失了势，田蚡做了丞相，就骄傲得不能再骄傲了。一般大臣也真乖，哪一家得势，就往哪一家钻。田蚡的家里唯恐钻不进去，窦婴的家里简直没有客人了。不离开他的只有一个灌夫。他是个将军，在平定七国内乱中立过大功。他倒跟窦婴越来越亲密了。

田蚡听说窦婴在城南有不少田地，就派门客去给他传话，希望窦婴把那些田地让给他。窦婴可火儿了。他说："我老头子虽说没有用，丞相也不该夺人家的田地呀！"那个门客还直啰唆。刚巧灌夫进来。他一听是田蚡要夺窦婴的田地，就把那个门客狠狠地教训了一顿。

那门客胆儿小，怕把事情闹大。他回去对田蚡说："魏其侯（就是窦婴）已经是土埋半截的人了，还能带着地皮进棺材吗？丞相不如再等一个时期，等他死了，再要那块地也不晚。”田蚡只好不提了。偏偏有人向田蚡讨好，没事闲磕牙，把灌夫训斥他门客的话有枝添叶地学舌了一遍。田蚡听了，气得尖嘴里的两颗门牙都露出来。他说：“这一丁点儿土地也不在我眼里，可是他们两个老不死的这么不懂事，看他们还能活上几天！”他上了一个奏章，说灌夫的家族在本乡横行不法，应当查办。汉武帝说：“这原来是丞相分内的事，何必问我。”田蚡就打算逮捕灌夫和他的家族。

灌夫得到了这个信儿，也准备告发田蚡灞上受贿的事当作抵制，先派人向田蚡透个风声。原来当初淮南王刘安来朝见汉武帝的时候，田蚡到灞上去迎接他。他们俩挺有交情。田蚡对淮南王说：“皇上没有儿子，大王是高皇帝的长孙，又能注重仁义，天下人谁不知道？一旦皇上晏驾，大王不即位，还有谁呢？”淮南王刘安高兴得了不得，送了很多的财宝给田蚡，托他随时留心。两个人的秘密话偏偏给灌夫探听到。这会儿田蚡得到了灌夫要告发灞上受贿的事情，自己先心虚。他只好托人去跟灌夫和解。

田蚡又讨了一个老婆，立为夫人。王太后为了扩大自己的势力，要替她兄弟大大地热闹一番，就下了诏书，吩咐诸侯、宗室、大臣都到丞相府去贺喜。

窦婴约灌夫一块儿去。灌夫说：“我得罪过丞相，虽说有人出来调解了一下，到底是面和心不和的，还不如不去。”窦婴劝他，说：“冤仇宜解不宜结。上回的事已经调解开了，这回正该趁着贺喜的机会，彼此见见面。要不然，怕他以为你还生着气哪。”灌夫只好跟着窦婴给田蚡贺喜去。

他们到了丞相府，只见门外和附近这一溜儿已经挤满了车马，长安的热闹劲儿全凑到这儿来了。他们俩到了大厅上，田蚡出来迎接，彼此行礼问好，谁也不像是冤家。大伙儿闲聊了一会儿，就挨着个儿坐下。酒席上，田蚡首先向来宾一个一个地敬酒，每个人都离开位子趴在地下，表示不敢当。赶到他们的老前辈、老上司窦婴去敬酒，只有几个人离开座位，剩下的人仅仅把屁股挪动一下就算了。灌夫看着这批人这么势利，心里直骂他们是两条腿的狗。

轮到灌夫向田蚡敬酒的时候，田蚡不但不离开座位，还说：“不能满杯。”灌夫笑着说：“丞相是当今贵人，难道酒量也贵了吗？请满杯！”田蚡不答应，勉强喝了一口。灌夫心里尽管不高兴，可也不好发脾气。赶到他敬酒敬到灌贤面前，灌贤的嘴正凑着程不识的耳朵说话，没搭理他。灌夫再也忍耐不住，就借他出气，骂着说："你平日讥笑程不识连一个子儿也不值，今天长辈向你敬酒，你理也不理，只管唠唠叨叨地跟别人说话！"

灌贤还没回嘴，田蚡先发作起来了。他说："程将军跟李将军是连在一起的，你在大众面前辱骂程将军，也不给李将军留点余地吗？"

灌夫骂的是灌贤，顶多牵连到程不识，怎么把李广也拉了进去呢？这是因为李广的威信高，田蚡故意挑拨一下，让灌夫多得罪几个人。灌夫已经犯上牛性子来了，哪儿还管这些个。他挺着脖子，说："今天要砍我的脑袋，挖我的胸膛，我也不怕！什么程将军、李将军的！"

窦婴连忙过来，扶着灌夫出去。客人们瞧见灌夫喝醉了酒，闹得不像样子，只怕连累到自己头上来，就站起来打算溜了。田蚡对大伙儿说："这是我平日把灌夫惯坏了，以致得罪了诸君。今天非惩办他一下不可。"他吩咐手下人把灌夫拉回来。有人出来劝解，叫灌夫向田蚡赔不是。灌夫是桑木扁担，宁折不弯，怎么肯向田蚡低头呢？他们摁着灌夫的脖子，叫他跪下去。灌夫一个劲儿不依，两手一抡，把他们推开。田蚡吩咐武士们把灌夫绑上，押到监狱里去。客人们不欢而散，窦婴也只好回去。

田蚡上个奏章，说："我奉了诏书办酒请客，灌夫当场骂座，明明是不服太后，应当灭门。"他不等汉武帝批示下来，就先把灌夫全家和族里的人全都逮来，关在监狱里。灌夫也要告发田蚡受贿、谋反的大罪，可是他关在监狱里，里外不通消息，怎么能告发别人呢？

窦婴回到家里，当时就写起奏章来。他夫人拦住他，说："灌将军得罪了丞相就是得罪了太后一家。你的脑袋就是铁铸成的也不能去碰他们。"窦婴说："我不能看着灌夫遭毒手，不想办法去救他啊。"

汉武帝看了窦婴的奏章，召他进宫，问个明白。窦婴说："灌夫喝醉了酒，得罪了丞相，这确实是他的不好，可是并没有死罪。"汉武帝点点头，还请他吃饭，对他说："明天到东朝廷（就是太后住的长乐宫）去分辩吧。"窦婴谢过汉武帝，退了出来。

第二天，汉武帝召集大臣们到东朝廷审问这件案子。窦婴替灌夫辩白，说他怎么怎么好，就是喝醉了酒，得罪了丞相，也不应该定他死罪。田蚡控告灌夫，说他怎么怎么不好，应当把他处死。窦婴跟田蚡两个人就打起嘴仗来了。

汉武帝问别的大臣们，说："你们看哪一个道理对？"御史大夫韩安国说："灌夫在平定七国叛乱的时候，立了大功。当时他身上受伤几十处，还拼死杀败敌人。他是天下的壮士。这次因为喝醉了酒，引起争闹，究竟没有死罪。丞相说灌夫不好，也有道理。到底应该怎么办还是请皇上判决。"主爵都尉汲黯是个直肠子，他始终支持窦婴，替灌夫辩护。内史郑当时也说窦婴的话不错。他还替灌夫辩护。后来他瞧见田蚡向他拧眉毛、瞪眼睛，就又同意了田蚡的话。

汉武帝责备郑内史，说："你前言不搭后语，这么反反复复的是什么意思？我真想把你砍了！"吓得郑内史直打哆嗦。别的大臣们都不敢发言。汉武帝很生气，袖子一甩走了。他一走，大臣们也都散了。

汉武帝进去向王太后报告。王太后已经知道了韩安国、汲黯他们都向着窦婴，不愿意帮助田蚡，闷闷不乐，饭也不吃。她一见汉武帝进来，就把筷子一摔，怒气冲冲地对他说："我今天还活着哪，你就让别人这么欺负我兄弟，赶明儿我死了，他还活得成吗？你难道是个木头人？怎么不出个主意？"汉武帝连连向王太后赔不是。他马上吩咐御史大夫把窦婴也押起来。

办理这件案子的官员们一见汉武帝连窦婴也要办罪，他们忙着向田蚡讨好，把灌夫定了死罪，还要把他全家灭门。窦婴得到了这个消息，急得只会跺脚。忽然想起汉景帝曾经给他一道诏书，说："碰到没有办法的时候，你可以破格上书。"窦婴就上了一个奏章，把汉景帝特别恩待他的那句话也写进去了。这个奏章一上去，汉武帝叫大臣查档案。他们找不到这个诏书的底子，就说那藏在窦婴家里的诏书是假造的，他们把窦婴判个欺君之罪，应当砍头。汉武帝明明知道这些人有意要害死窦婴，把这件案子暂时搁下，先把灌夫杀了再说。

汉武帝杀了灌夫，又把他全家灭了。他想这么一来，总可以对得起母亲和舅舅了。他还想过了年把窦婴免罪。田蚡只怕窦婴不死，将来还有麻烦，他花了些黄金，叫人暗中造谣，说窦婴在监狱里毁谤皇上，说皇上是个昏君。谣言传到汉武帝的耳朵里，他立刻下令把窦婴也砍了。

灌夫和窦婴都死了，矮个儿田蚡好像长了半截，更加威风。可是说起来也真新鲜，田蚡忽然得了一种怪病。他只觉得浑身发疼，疼得不停地叫唤。这种怪病，医生没法治。田蚡的新夫人哭哭啼啼地请汉武帝想办法。

汉武帝一想，既然没有一个大夫能治这号怪病，不如派个方士去替他求求神吧。那个方士倒是个有心人，他一见田蚡，就说："有两个鬼拿着鞭子在丞相身上使劲地抽打。"不用说这准是屈死鬼窦婴和灌夫。过了三五天，田蚡浑身发肿，喊了几声"饶命，饶命"，滚到地下，咽了气。

朝廷上死了几个人，在汉武帝看来也算不了什么，巴蜀的人民纷纷起来反抗朝廷，这倒不能不想个办法快点去对付。

古籍链接

酒酣，蚡起为寿，坐皆避席伏。已婴为寿，独故人避席，余半膝席。夫行酒，至蚡，蚡膝席曰："不能满觞。"夫怒，因嘻笑曰："将军贵人也，毕之！"时蚡不肯。行酒次至临汝侯灌贤，贤方与程不识耳语，又不避席。夫无所发怒，乃骂贤曰："平生毁程不识不直一钱，今日长者为寿，乃效女曹儿呫嗫耳语！"蚡谓夫曰："程、李俱东西宫卫尉，今众辱程将军，仲孺独不为李将军地乎？"夫曰："今日斩头穴匈，何知程、李！"坐乃起更衣，稍稍去。婴去，戏夫。夫出，蚡遂怒曰："此吾骄灌夫罪也。"乃令骑留夫，夫不得出。藉福起为谢，案夫项令谢。夫愈怒，不肯顺。蚡乃戏骑缚夫置传舍，召长史曰："今日召宗室，有诏。"劾灌夫骂坐不敬，系居室。遂其前事，遣吏分曹逐捕诸灌氏支属，皆得弃市罪。婴愧，为资使宾客请，莫能解。蚡吏皆为耳目，诸灌氏皆亡匿，夫系，遂不得告言蚡阴事。

——《汉书·卷五十二》

夜郎自大

北方有匈奴不断地侵犯边界，中原有大河泛滥，造成了大水灾，朝廷上有大臣们互相倾轧，南方有巴蜀的百姓不服朝廷，纷纷谋反。这么乱糟糟的天下可叫汉武帝怎么办？好在汉朝从文帝、景帝到这时候五十年当中，天下太平，粮食、布帛堆积如山。有了财物，事情就好办了。为了平定巴蜀，扩大西南方面的地盘，汉武帝是不怕多用些财物的。

所谓西南方是指巴蜀以外的西南地区。那边有六十多个部族，其中最大的有夜郎（在今贵州西部）和滇国（在今云南一带）。从前在楚威王的时候，楚国的将军庄蹻平定了滇池一带几千里地方，那些地方算是属于楚国的了。可是那边庄蹻还没回报楚威王，楚国这边的黔中郡已经给秦国夺了去，断绝了交通。庄蹻就留在那儿，依从当地的风俗，换上土人的服装，变成滇人，做了滇王。秦始皇曾经修了一些栈道，派官员去管理那个地方。到了汉朝，就把滇国放弃了。可是巴蜀的商人还不断地跟他们做买卖，拿布帛去换他们的羊毛、马和牦牛。

后来汉武帝派王恢和韩安国去征伐闽越王的时候，王恢曾经派鄱阳令唐蒙去安抚南越。南越王赵胡大摆酒席招待唐蒙，唐蒙吃得很有滋味，其中有一种调味品叫枸（jǔ）酱，味道特别好。唐蒙就问："这是哪儿来的？"赵胡说："从牂牁（在今贵州遵义一带）那边运来的。"

唐蒙又问："这么远的道儿怎么运呢？"赵胡说："是用船运来的。这儿有一条牂牁江（牂牁江，就是濛江，由贵州、云南、广西流入广东，入珠江水系），江面有好几里宽。这条江就是通牂牁的。"唐蒙的兴趣可并不在枸酱上，他是想找出一条更方便的道路直通南越。

唐蒙回到长安，碰到了一个蜀地的商人，说起牂牁出产的枸酱味道不错。那商人说："枸酱不是牂牁出的，这玩意儿是我们蜀地的特产，是我们那边儿的商人偷偷地在边界上卖给夜郎，再由夜郎卖给南越的。"唐蒙这才知道从蜀地动身经过夜郎可以直通南越。

夜郎地方的牂牁江有一百多步宽，可以通小船。南越曾经拿财物去引诱夜郎，叫他们归附南越，可是夜郎不愿意。唐蒙就想去联络夜郎，再由夜郎去收服南越。上回汉武帝称赞南越王赵胡，说他懂得大义，南越王也十分感激朝廷派庄助去慰劳他，特意打发太子赵婴齐来伺候汉武帝，表示他归向朝廷的诚意。汉武帝不愿意让南越保持着半独立的地位。他要把南越收在统一的国家里。因此，唐蒙上书说："南越王的车马、旗子和皇上的式样一样。土地从东到西有一万多里。名义上是个臣下，实际上是个土皇帝。过去我们要到南越去是由长沙豫章（就是今江西南昌）出发，这条路水道大多不通，难走。现在打听到夜郎有一条大江直通南越。像汉朝这么强，巴蜀这么富，开一条道儿接通夜郎，把夜郎收过来，这是很容易的事情。在夜郎还可以招收十多万精兵，然后多造些船，由牂牁江顺流而下，出其不意地去进攻南越。这是制服南越最好的计划。"

汉武帝对于结交夜郎、进攻南越的计划兴趣很高，就拜唐蒙为将军，吩咐他先去结交夜郎。唐蒙带领着一千个士兵和一万多个运送货物的人从长安出发。他们翻山越岭、经历过无数的困难，才到了夜郎。

夜郎是山沟里的一个部族，四周全是高山，交通非常不便，跟中原素来没有来往。邻近夜郎的还有十几个部族，可都没像夜郎那么大。夜郎的首领竹多同从来没到过别的地方，他正像有些别的古时候的人一样，认为天下就是他知道的那么大的一块地方。既然夜郎是那个地方最大的一个部族，他就认为夜郎是天底下最大的国家了。所谓"夜郎自大"就是这个意思。赶到他见了唐蒙和他带来的许多礼物，他才开了眼界。唐蒙他们戴的帽子、穿的衣服和放在面前的绸缎等等许多东西，都是他从来没见过的。这些五光十色的东西已经叫他眼花缭乱了，一听唐蒙的话，知道汉朝的地方有那么大，汉朝人有那么多，不由得承认自己没见过世面，竹多同再也不敢自大了。

唐蒙叫竹多同向着汉朝，汉朝的皇帝就封他为侯，他的儿子也可以做县令，皇上还会派官员去帮助他治理夜郎。竹多同满口答应。他召集了附近的十几个部族的首领，说明结交汉朝的好处。各部族的首领看见了汉朝送给夜郎的绸缎、布帛，都眼红起来。唐蒙就把带来的货物，一份一份地送给他们。他们都很高兴，就跟着竹多同和唐蒙订了盟约，情愿归向汉朝。

唐蒙订了盟约，回到长安报告经过，汉武帝就把夜郎和附近的地方改为犍为郡，另派官员去管理。他再叫唐蒙去修一条可以通车马的大路和栈道，直通牂牁江。唐蒙再往蜀郡调动士兵和民夫动工筑路。这工程非常浩大，又非常艰苦。士兵、民夫死伤了不少。唐蒙监督得很严。逃走的，逮住就砍脑袋。人数不够，还得在当地抓壮丁。邻近的老百姓受不了，全都抱怨。各种谣言也起来了。蜀郡的老百姓打算逃到别的地方去避难。

这个消息传到了长安，汉武帝想起司马相如熟悉蜀地情形，就派他去安抚蜀郡的老百姓。司马相如到了那边，一面叫唐蒙改变管理的方法，一面写了一篇通告，好言好语地安慰当地的老百姓，说了些皇上怎么爱护他们，他们为了筑路受到痛苦，这完全不是皇上的意思等等。他又跟蜀地的上层人士结交了一番，得到了他们的谅解。虽然老百姓还得吃苦受累，可是各种谣言就慢慢地停下来了。

蜀郡的西边、滇的北边有十多个部族。他们的首领早已听到了消息，说是夜郎归附汉朝，得到了许多财物，特别是五颜六色的布帛。这会儿又听到汉朝派大官到了蜀郡，就派人去见司马相如。司马相如回报汉武帝，说明西南方的部族接近蜀郡，通路也比较容易，可以设立郡县，那要比收服南方方便得多。汉武帝就拜司马相如为中郎将，叫他从巴蜀拿出钱币和货物作为礼品去送给这些部族的首领。

西南方别的部族听说归向汉朝可以得到礼物，纷纷请求愿意做汉朝的臣下。汉武帝派人到那边去开山、搭桥，造了几条车马道，往西通到沬水和若水（沬水又叫青衣水，就是大渡河；若水，就是雅砻江），往南通到牂牁。汉朝就在那一带设立了一个都尉，十几个县，都由蜀郡管理。

司马相如回到长安，汉武帝格外慰劳他，当然还有赏赐。没想到司马相如官运不好，一来，他自己得意忘形，骄傲起来；二来，大臣们也有妒忌他的，就有人检举他在蜀地受贿的罪状。为这个，司马相如被免了职，跟卓文君住在茂陵。

司马相如做过大官，又有钱，住在茂陵闲着，生活挺舒服。他见卓文君没像以前那么年轻漂亮，就跟一个茂陵的小姑娘勾搭上了，准备把她接到家里来。卓文君写了一首诗，叫《白头吟》，意思是说："从前山盟海誓，原来想跟你白头到老，哪儿知道你到今天变了心，我只好跟你分离了。"司马相如总算不是没有情义的，到了儿，没把那个小姑娘娶过来。

他住在家里也就是作作诗、弹弹琴，过着无聊文人的生活。有一天，住在长门宫里的陈阿娇忽然派来了一个宫女，给他送来了一百斤黄金，请他帮帮忙。陈阿娇准是又出了什么事啦。

古籍链接

相如还报。唐蒙已略通夜郎，因通西南夷道，发巴、蜀、广汉卒，作者数万人。治道二岁，道不成，士卒多物故，费以亿万计。蜀民及汉用事者多言其不便。是时邛、莋之君长闻南夷与汉通，得赏赐多，多欲愿为内臣妾，请吏，比南夷。上问相如，相如曰："邛、莋、冉、駹者近蜀，道易通，异时尝通为郡县矣，至汉兴而罢。今诚复通，为置县，愈于南夷。"上以为然，乃拜相如为中郎将，建节往使。副使者王然于、壶充国、吕越人，驰四乘之传，因巴、蜀吏币物以赂西南夷。至蜀，太守以下郊迎，县令负弩矢先驱，蜀人以为宠。于是卓王孙、临邛诸公皆因门下献牛、酒以交欢。卓王孙喟然而汉，自以得使女尚司马长卿晚，乃厚分与其女财，与男等。相如使略定西南夷，邛、莋、冉、駹、斯榆之君皆请为臣妾，除边关，边关益斥，西至沫、若水，南至牂牁为徼，通灵山道，桥孙水，以通邛、莋。还报，天子大说。

——《汉书·卷五十七下》

长门宫

陈阿娇怎么会请司马相如帮忙呢？司马相如又怎么能帮助她呢？原来汉武帝爱上了卫子夫以后，阿娇的“金屋”早已变成冷宫。她老想着汉武帝祭祀灶王爷，派方士去求神仙，难道她就不能请个巫婆来替她求求神，让汉武帝回心转意再来爱她吗？

陈皇后听说长安城里有个巫婆，说是很有本领，能替人祈求叫他交运，也能诅咒人叫他倒霉。陈皇后就召她进宫，把她当作自己的救星。巫婆乱吹一气，说自己的法术怎么灵，皇后的事可以包在她身上，可是不能心急，祈求和诅咒都得一步步地来。陈皇后给了她不少金钱，叫她使起法术来。巫婆就召集她的一班徒弟，又是祈求又是诅咒地做起法事来了。她还天天进宫，在陈皇后房里埋着木头人，怪声怪气地念着咒语。她说这么干下去，到了一定的日子就能够叫汉武帝迷魂，专爱皇后，不爱别人。

这么胡闹了几个月，给汉武帝知道了，他不但没回心转意地去爱陈皇后，反倒冒了火儿，派人拿住巫婆，叫御史大夫张汤彻底查办这件事。

张汤是当时最出名的酷吏。汉武帝因为他办起案子来，手段毒辣，杀人杀得多，特别信任他。张汤眼睛一瞪，已经吓得巫婆不敢不招认。审查完了，判了死罪，又把她的徒弟和跟这件案子有牵连的宫女、内侍等三百多人一概处死。张汤把判决书奏明汉武帝，汉武帝全都批准，还称赞他办事能干。

陈皇后听到了这个报告，吓得魂儿出了壳。幸亏汉武帝没忘了“金屋藏娇”的话，仅仅把她废了，让她搬到长门宫去住。窦太主（阿娇的妈，汉武帝的姑妈，也是他的丈母娘）慌忙跑到宫里，趴在汉武帝跟前，向他磕头认错。汉武帝赶紧还礼，好言好语地安慰她，说：“皇后干出这种事来，不得不废，可是我绝不会叫她吃苦。她住在长门宫，一切供应像在上宫一样。”窦太主谢过了汉武帝，走了。

窦太主回到家里，假装害起病来，汉武帝想起自己是窦太主一手提拔起来的。要是没有窦太主把阿娇嫁给他，不在汉景帝跟前说好话，他哪儿有做太子的份儿，哪儿能有今天？他忘不了她的好处。因此，他一听到窦太主病了，就亲自去看她，殷殷勤勤地问她需要什么。

窦太主抽抽搭搭地说：“皇上这么顾到我，我还能要求什么呢？要是皇上能够抽空到我这儿来走走，让我有机会向皇上上寿，我就是死了也甘心。”汉武帝说：“就怕太打扰太主。请您好好休养，病好了，我一定再来。”

过了几天，汉武帝又去看窦太主。窦太主也真会玩儿，她换上一套奴婢的衣服，前面还系着一条短围裙，打扮得像个做饭的丫头，就这么出来迎接汉武帝。汉武帝见了，笑着说：“请你家主人翁出来。”窦太主一听，臊得连耳朵都红了，不由得趴在地下磕头，说：“我知道自己太不正经。我辜负了皇上的大恩，犯了死罪。请皇上惩办吧。”汉武帝还是笑着说：“太主不必这样。我真要见见主人翁，请他出来吧。”

这时候窦太主的丈夫堂邑侯陈午早已死了，主人翁又是谁呢？原来窦太主养了一个弄儿叫董偃。董偃的母亲是卖珠子花儿的，常到窦太主家去兜生意，有时候还带着她儿子董偃一块儿去。窦太主瞧见这孩子长得挺不错，人又伶俐，就问他母亲：“这孩子多大啦？念书没有？”“十三岁了，做小买卖的人家哪儿有念书的福气。”窦太主就说：“怪招人疼的孩子，怎么不给他念书呢？要是你愿意的话，我倒想帮帮他。”娘儿俩感激得直磕头。董偃就这么留在窦太主家里。

窦太主请老师教他读书、写字、做算术、骑马、射箭、驾车等这几门功课。董偃很聪明，又用功，学了几年，很不错。他不但功课好，而且很能做事，伺候窦太主也非常周到。后来堂邑侯陈午害病死了，出殡、安葬等一切事务全靠董偃协助办理。窦太主更觉得少了他不行。她怕人家说闲话，就拿出钱财赏给家里的人和宫里、宫外的底下人，甚至连大臣也有得到好处的。

董偃结交的朋友当中有一个叫袁叔，他对董偃说："你这么私底下伺候着太主，要是皇上责问起你来，你还有命吗？"董偃慌慌忙忙请求袁叔想个办法。袁叔说："我早就替你想过了。文帝的庙在城东南，皇上出来祭祀的时候没有地方休息，更不能过夜。太主的长门园离庙不远。你去请求太主把长门园献给皇上，皇上准能高兴。他知道了这是你出的主意，他也会喜欢你的，那你就不用再担心了。"

董偃向窦太主一说，窦太主完全同意。当天就上书献出了长门园。汉武帝果然挺高兴，把长门园修建了一下，改为长门宫。

公元前 130 年（汉武帝十一年），汉武帝因为陈皇后阿娇叫巫婆在宫里捣鬼，就把陈皇后废了，让她住在长门宫。为了这件事，窦太主向汉武帝请罪，汉武帝反倒显着亲热，常去瞧瞧她。

这一次汉武帝笑着请主人翁出来相见，董偃赶紧出来趴在地下，说："厨子臣偃冒着死罪，拜见皇上。"汉武帝叫他换上衣、帽，一块儿喝酒，还口口声声地管他叫主人翁。汉武帝临走的时候，窦太主拿出许多金银绸缎请汉武帝分别赏给随从的大臣们。打这儿起，董偃放大了胆子，堂而皇之地跟大臣们有来有往。窦太主有的是钱财，只要董偃能去结交朋友，需要花费多少，窦太主就能供给他多少。大伙儿瞧见董偃这么慷慨，又是窦太主的心腹，连皇上都管他叫主人翁，就都争先恐后地投到他的门下来。董偃就这么变成了长安城里最红的红人。人们向他奉承还来不及，谁还敢说他的坏话？大伙儿都尊他为董君。

有时候窦太主带着董君到宫里去见汉武帝，汉武帝对他很好，还跟他一块儿玩儿。董君也真会巴结。他伺候汉武帝在上林苑里打猎、跑马、赛狗、斗鸡，踢球也伺候得很好。汉武帝越来越喜欢他。

有一天，汉武帝在宣室（未央宫前殿的正房，宣布政策和文教用的）摆下酒席特意请窦太主和董偃。汉武帝吩咐一个大臣领着董偃到宣室来。门外拿着长戟站岗的正是那位所谓"滑稽大王"的东方朔。他瞧见汉武帝和董偃过来，就把长戟一横，怎么也不让他们进去。他对汉武帝说："董偃有三项大罪，应当砍头，怎么能到这儿来？"汉武帝说："你说什么？"

东方朔说："董偃私自伺候公主，一项大罪。败坏男女风化，扰乱婚姻大礼，二项大罪。皇上正在壮年，应该用心于六经（就是《诗经》《书经》《易经》《春秋》《礼记》《乐经》;《乐经》在秦以后已经失传了），董偃不但不懂经学，不能帮助皇上学习，反倒拿赛狗、跑马、斗鸡、踢球这些勾当来引诱皇上走上奢侈、荒淫的道路。他是败坏国家的大贼，迷惑皇上的小人。这是第三项大罪。"

汉武帝说不上话来，过了好一会儿才说："我已经摆下了酒席，以后改过就是了。"东方朔郑重地说："宣室是先帝的正屋，宣扬礼教的地方，怎么能叫他进去呢？淫乱开了头，如果不及时扑灭，就会变成篡位的大祸。"

汉武帝一听到"篡位"，不由得害怕起来。他说："先生的话对。"他吩咐手下人把酒席撤到北宫，又叫那个大臣领着董偃从便门进去。他还赏了东方朔三十斤黄金。打这儿起，汉武帝不敢再跟董偃一起玩儿，可是他对窦太主还是挺不错的。

陈阿娇听到了汉武帝对窦太主和董偃这么宽大，她想也许还能够托人向他求情。她在中宫的时候，曾经听到过汉武帝称赞司马相如，因此，她花了一百斤黄金请司马相如写了一篇文章，叫《长门赋》，吩咐宫女们天天念，念得能背，就天天背，希望汉武帝听到，也许能想起以前的恩情，回心转意。可是汉武帝的心早给卫子夫拉住了，他还想立卫子夫为皇后哪。

飞将军

卫子夫自从进宫以来到汉武帝二十九岁那一年已经十一个年头了。她生了三个女儿，汉武帝可还没有儿子。这一年（公元前 128 年），卫子夫又要生产了，汉武帝默默地祈求着，希望上天给他一个儿子。果然，卫子夫生了个胖小子，汉武帝这份高兴就不用提了。满朝文武官员都来祝贺，这个热闹劲儿连匈奴侵犯上谷的事也冲淡了。他叫文墨特别好的大臣们作诗、写祝文，给婴儿取个名儿叫"据"。卫子夫已经够造化了，想不到快乐上面又堆上快乐。她的兄弟卫青打了胜仗，立了大功。汉武帝这一下名正言顺，就立卫子夫为皇后。姐儿俩就这么越飞越高了。

汉武帝因为匈奴屡次侵犯边界，上年来得更凶，一直打到上谷，杀害了不少老百姓，抢去了许多财物，他就派了四个将军带领四万兵马，每人一万，分四路去对付匈奴。卫青从正面去救上谷，公孙敖从代郡出发，公孙贺从云中出发，李广从雁门出发。

匈奴的首领军臣单于探听到汉朝派了四个将军分四路打过来，就重新把人马布置了一下。匈奴最怕的是李广。四个将军当中，李广资格最老，本领最大。他是成纪人（成纪，在今甘肃天水一带），在汉文帝的时候就做了将军，在汉景帝的时候，也跟着周亚夫平定七国内乱，立过大功。汉景帝曾经派他为上谷太守。他仗着自己有能耐，老冒着危险去跟匈奴作战。

汉景帝怕他太鲁莽，白白地丧了命，就调他为上郡太守。他不但做过上谷太守和上郡太守，他也做过雁门太守、代郡太守和云中太守。他这么多年净在北方，防御着匈奴，在匈奴那边也出了名。

有一次，匈奴进了上郡，汉景帝派个得宠的大臣跟着李广去打匈奴。那个大臣带着几十个骑兵随便跑跑，越跑离开军营越远。他们一眼瞧见了三个匈奴兵，就追上去想占个便宜。匈奴兵回过头来射了几箭，那个大臣首先中了一箭，拼命地往回逃。半道上，碰到李广带着一百来个骑兵正在那儿巡逻，就向他说了个大概。李广是个急性子，马上带着几个骑兵追过去，一口气追了几十里地。那三个人跑不了啦。他们扔了马，往山上乱跑。李广拿起弓箭，射死了两个，活捉到一个。他把那个匈奴兵拴在马上，准备带回来。他们走了还没有多远，忽然瞧见在不很远的地方有好几千匈奴骑兵。这真太出乎意料了。

匈奴的大队兵马在这种地方瞧见了李广的一百来个人，直纳闷儿：要说李广是来进攻的，人数实在太少了；要说不是来进攻的，干吗到这儿来呢？匈奴的将领就断定这一小队的汉兵准是来引诱他们出去的。他立刻吩咐那几千个骑兵上了山，摆起阵势来，挺细心地观察着汉兵的动静。李广的一百来个人突然碰到这许多匈奴兵，都吓得不知道该怎么办才好。李广对他们说："咱们离开大营太远了。要是咱们一逃，他们准追上来。一百来个人马上就完蛋。不能逃。要是咱们上去，他们准怕咱们是去引诱他们的，他们一定不敢来打咱们。大家别慌，慢慢上去吧。"

李广带着这一小队兵马又往前走了二里地。他下个命令，说："大家下马，把马鞍子也拿下来，消消停停地休息一会儿。"那些骑兵说："匈奴兵马这么多，又这么近，要是他们打过来，怎么办？"李广说："咱们一走，他们准下来，咱们还是安安静静地在草地上躺一会儿吧。"他们好像没事人儿似的把马也遛开了。匈奴的大军果然不敢下来。有一个骑白马的匈奴将军带着几个士兵跑了过来，他想走近一点看个明白。李广立刻上了马，也带着十几个人，好像飞似的迎上去，只一箭，就把那个白马将军射倒了。他马上跑回原来的地方，下了马，卸下马鞍子，叫士兵们随便躺着。

山上的匈奴兵看得清清楚楚的，汉兵横七竖八地躺着，没笼头的马甩着尾巴安安静静地在那儿吃草。天黑下来了，汉兵和汉马还是那个样子。快到半夜了，汉兵还在那儿等着。这一来，匈奴可着慌了。他们料定附近准有汉兵埋伏着，半夜里来个总攻击，那可不是玩儿的。山上的匈奴大军就偷偷地逃回去了。汉营里的将士们根本不知道李广上哪儿去了，他们找也找不到他，哪儿还能去接应呢？直到天亮，匈奴兵不见了，李广才擦着冷汗带着他那一百来个骑兵和那个活捉来的匈奴兵回到了大营。

以后，匈奴在李广手里又吃过几次亏。军臣单于一心想把李广收过来，他下了个命令，说："抓李广，要抓活的，有重赏。"

这会儿，汉武帝吩咐李广带领一万兵马从雁门出发去打匈奴。军臣单于探听到汉朝四路兵马的情况。他知道这四个将军当中最难对付的是李广。他就把大部分的兵马集中到雁门，沿路布置了埋伏，准备活捉李广。李广打了一个胜仗，不顾前后地往前追去。他哪儿知道匈奴是假装打败仗引诱他进去的。这一下子李广可倒了霉了，他给匈奴的伏兵活活地逮住。匈奴的将士们高兴得没法说。他们一见李广受了伤，就用绳子编成一只吊床模样的筐子，让他躺在上面，吊在两匹马中间驮着他，押到大营去献功。

他们一路走，一路跳着唱着歌。李广在吊床上纹丝儿不动，好像死了似的。大约走了几十里地，他偷偷地瞅着旁边一个匈奴兵骑着一匹好马。李广使劲地一挣扎，猛一下子，跳上那匹好马，夺过弓箭来，把匈奴兵推下去，掉过马头来，拼命地往回跑。赶到匈奴的将士们一齐回过头来去追，李广已经跑在头里了。他一面使劲地夹住马肚子，使劲地逃，一面连着射死了几个跑在最前面的匈奴兵。匈奴的将士们瞧着李广越跑越远，只好瞪着白眼看着他逃回去。

公孙敖那一路的军队给匈奴大杀一阵，死伤七千多人，逃回去了。公孙贺那一路的军队没见到匈奴兵，等了几天听说雁门、代郡两路兵马打了败仗，不敢老待在那儿，也只好回去。只有上谷那一路卫青的军队一直到了龙城。匈奴兵大部分都到雁门去了，守在龙城的只有几千人，让卫青占了便宜，打了胜仗，逮住了七百来个匈奴兵，也回来了。

四个将军回到长安。汉武帝听了他们的报告：两路打了败仗，一路白跑一趟，只有卫子夫的兄弟卫青打了胜仗，他格外赏赐卫青，封他为关内侯。公孙贺总算没损失人马，没有功，也没有过。李广和公孙敖都定了死罪，应当砍头。好在汉朝已经有了一条规矩：罪人可以拿出钱来赎罪。他们两个人交了钱，赎了罪，打这儿起，做了平民。

李广做了平民，回到老家，打打猎、喝喝酒，倒也逍遥自在。第二年（公元前 128 年）秋天，匈奴又打进来了，杀了辽西太守，掳去了两千多人。将军韩安国打了败仗，逃到右北平，守在那儿。过了几个月，他死了。汉武帝又起用李广，派他为右北平太守。李广到了右北平，防守着边界，匈奴不敢进犯。匈奴因为李广行动快，箭法好，给他一个外号叫“飞将军”。

右北平一带有老虎，时常出来伤害人。李广就经常出去打老虎。老虎碰见他，没有不给射死的。有一天，他回来晚了，天色半明半暗，正是老虎出来的时候。他在山脚下忽然瞧见草缝里蹲着一只老虎。他连忙拿起弓箭来，使劲地射了过去。凭他百发百中的箭法，当然射中了。他手下的人见他射中了老虎，就跑过去逮。他们走近了一瞧，嗬！中箭的原来不是老虎，是一块大石头。箭进去很深，拔也拔不出来。大伙儿奇怪得了不得，李广过去一看，也有点纳闷儿。他回到原来的地方，又射了一箭。那支箭碰到石头，迸出了火星儿，掉在旁边。他连着又射了两箭，箭头都折了，可没能射到石头里去。就那么一箭已经够了，人家都说李广的箭能射穿石头。这个消息传了开去，匈奴那边更不敢来侵犯右北平了。

匈奴害怕李广，在右北平那一溜儿不敢进来，可是在别的边界上，还是老来打击守在那儿的汉兵。汉武帝就再派卫青去跟匈奴作战。

加强边防

卫青带着三万兵马从雁门出发。他打了胜仗，杀了好几千匈奴兵，又立了一个大功。汉武帝更加信任他。他有什么建议，汉武帝是没有不听的，可是在用人方面，汉武帝有他自己的主张。卫青好几次推荐过齐人主父偃（主父，姓；偃，名），汉武帝就是不听他的。

主父偃原来是苏秦、张仪那一派的政客，可是好久好久没有做官的份儿。后来由于朝廷重视儒家，他就改行研究《易经》《春秋》，有时候也读读诸子百家的书。他借了些盘缠，到燕、赵、中山这些地方想找个出身。人家都不用他。末了，他到了长安，想尽办法，托将军卫青在汉武帝面前给他说几句好话。可是汉武帝一直没召他进去。主父偃没法再等下去，只好上书给汉武帝撞撞运气。

主父偃那篇文章里引用了司马穰苴（战国时候齐威王的大司马）兵法上的话，说："国家尽管怎么大，喜欢打仗的，必定灭亡；天下尽管怎么太平，不做打仗的准备的，必定有危险。"接着，他说明进攻匈奴只有害处，没有好处的道理。汉武帝并不同意他这一项的主张，可是别的许多议论，他很欣赏，就让主父偃做个郎中。

主父偃做了郎中，净想法子讨汉武帝的好，有些计策也着实不错，说话又挺有本领，汉武帝格外优待他，一年当中把他连着升级，叫他做了中大夫。那时候，有两个诸侯王先后上书向汉武帝请示可不可以把自己的土地分封给子弟。主父偃抓住这个机会，献了个计策，说：“古时候的诸侯，封地不过一百里，力量不大，容易控制。现在的诸侯，有的有几十个城，地方一千多里。强横的一不称心，就可以联合起来反抗朝廷。要是打算把他们的土地削去点儿，他们就造起反来。从前晁错就是这么下场的。再看，有的诸侯有十几个子弟，除了嫡子继承封地，别的亲骨肉连一尺土地也分不到。要是皇上下令，让诸侯把自己的土地分封给自己的子弟，不但大家都高兴，感激皇上的恩德，而且封地一分散，势力也就分散了。这要比削地好得多。”

汉武帝就下诏书，允许各国诸侯分封自己的子弟。这么一来，化整为零地把大国分成了小国，朝廷就容易管束他们了。虽说诸侯叛变的事不能完全避免，可是到底比以前容易控制。汉武帝因此更加信任主父偃。

主父偃是最能抓住机会说话的。他听说卫青、李息两个将军在河套一带又打了胜仗，这岂不又是一个说话的好机会吗？他立刻跑进宫去，向汉武帝献计，对他说：“河南（指河套一带的黄河以南）土地肥沃，外边有大河阻止匈奴的进攻，秦朝的时候，蒙恬曾经在那边造过城墙，抵御匈奴。现在应该在这些地方重新造城，设立郡县。这是保卫边疆，抵抗匈奴的根本办法。”

汉武帝召集大臣们商议筑城大事。他们都反对，说：“这跟秦始皇造长城有什么不一样？不但劳民伤财，而且造了城，谁愿意搬到那边去住呢？”

汉武帝并不讨厌秦始皇，为了抵抗匈奴，多花些人力物力他也干。他赞成主父偃的意见，派将军苏建征调十多万人马去建筑朔方城（在今内蒙古乌拉特前旗一带），又征发民夫把黄河以南蒙恬所造的要塞都修理了一下。这几处工程都非常浩大，山东（崤山以东，从前的六国都叫山东，不是限于今山东）的老百姓都得轮流去干活儿，金钱费了几万万，汉朝的府库也用空了。为了防守的方便，汉朝把上谷郡里面伸到匈奴疆界里去的一块土地放弃给匈奴。北方一带这么整顿一下，的确加强了边防，就是人口太少了些。汉武帝就移民十万到朔方去。这大量的移民不但加强了边防，而且也部分地解决了没有土地的农民的生活。

到北方去的移民都是穷人。主父偃又向汉武帝建议把列国的豪强大族移一部分到茂陵来。汉武帝的寿坟建造在茂陵（做皇帝的预先做寿坟的规矩是汉景帝五年，公元前152年开始的），那里地方大，人口少。把天下豪强大族搬到这儿来，不但茂陵可以繁荣起来，而且还能防止这些人在各地乱活动，欺压农民。汉武帝就下了道诏书，叫各郡调查户口，财产在三百万以上的人家都搬到茂陵来，不得有误。这道诏书一下去，大户人家不管愿意不愿意，只好服从。越是有财有势的人家越催得紧。

有个河内轵县人（轵县，在今河南济源一带；轵：zhǐ）郭解，人们都管他叫“关东大侠”，他是应该搬家的。可是他不愿意搬，就托人请大将军卫青帮个忙。卫青对汉武帝说：“郭解家里穷，是不是可以不搬？”汉武帝笑着说：“郭解是个平民，居然能够叫将军替他说话，可见他家里绝不穷。”卫青碰了个钉子，回复了郭解。郭解拗不过汉武帝，只好搬家，有钱的亲戚、朋友都去送行，大家送的路费一下子就是上千上万的。

郭解到了茂陵，他的手下人留在轵县，还是跟以前一样，谁跟他们作对，就暗杀谁。汉武帝下令逮捕郭解。那时候，人们都谈论着郭解的行动，有的说他横行霸道，有的说他是个好汉。其中有个儒生批评郭解不守法令，动不动就杀人，算不得好汉。那个儒生回家的时候，半道上给人害了，连他的舌头也割去了。

这件案子当然又记在郭解的账上。审判的时候，郭解不承认。有人认为割舌头的案子发生在轵县，郭解已经到了茂陵，他什么都不知道，怎么能办他的罪呢？公孙弘说：“郭解结聚私党，随意杀人。他的党徒杀了人，他是个头子，那要比他自己动手更厉害。这种大逆不道的人应当灭门。”要说哪，这些所谓“大侠”，实际上只是地主富商的爪牙，上干官府，下凌百姓。汉武帝同意公孙弘的话，把郭解全家都杀了。

主父偃为了献计移民，加强边防，得到了汉武帝的夸奖。他又揭发了燕王刘定国荒淫的罪恶，汉武帝下了道诏书让燕王自杀，把燕国改为一个郡。主父偃就这么又立了一个功。大臣们见他这么厉害，一句话就杀了燕王，灭了燕国，都有点害怕。大伙儿向他行贿，他就老实不客气地一一照收。

主父偃又说齐王刘次昌行为不正。汉武帝就派他去做齐相国。主父偃做了齐相以后，要把自己的女儿嫁给齐王。齐王不答应，婚事没成功。主父偃就告发齐王跟他姐姐通奸的事。齐王知道主父偃的厉害，只好自杀。为了这件事，有人告发主父偃。汉武帝听了公孙弘的话，说主父偃不该逼死齐王。他把主父偃定了死罪。

公孙弘把主父偃挤下去，得到了汉武帝的信任，做了丞相。他和张汤两个人算是汉武帝的红人儿了。这两个人在汲黯看来都不是东西。公孙弘做了丞相，可是他穿的是布衣裳，吃的是糙米饭。有人知道底细的，说他布衣裳里面穿的是细毛皮袄，糙米饭是当着别人的面吃的，他自己在内房里吃的就全是山珍海味。

汲黯对汉武帝说："公孙弘在朝廷上做了数一数二的大官，俸禄很厚，他可故意穿着布衣裳，这全是做作。"汉武帝问公孙弘，说："汲黯说你做作，对不对？"公孙弘说："对，要是没有像汲黯那么耿直的大臣，皇上怎么能听到这些话呢？"汉武帝听了这个回答，认为公孙弘是个君子。

汲黯老听到公孙弘说张汤有学问，张汤又说公孙弘有学问。两个人互相标榜，说得汲黯直恶心。公孙弘和张汤尽管虚伪，他们都能迎合汉武帝的心意，叫他喜欢。汲黯越是耿直，越叫汉武帝尊敬，甚至于有点怕他。

有一回，河内失火，烧毁了一千多户人家。汉武帝派汲黯拿着节杖去安抚受火灾的老百姓。汲黯不但安抚了这一千多家，而且利用节杖，吩咐当地长官开仓放粮，救济了一万多户。他回来，自己绑着去见汉武帝，向他报告，说："老百姓失火，烧毁了一些房子，没什么了不起的，用不着皇上担心。可是我到了河内一看，贫民遭受水灾、旱灾的，就有一万多家。老百姓没有吃的，真的人吃人了。我就拿着节杖，便宜行事，开放粮仓，救济了灾民。现在我把节杖归还给皇上，请皇上办我假传命令的大罪。"汉武帝沉着脸合计了一会儿，称赞他几句，把他放了。

又有一回，汉武帝搜罗人才，招纳文人。他老说，"我要怎么怎么"，意思是说他要怎么怎么施行仁政。汲黯批评他，说："皇上内心充满着欲望，外面要施行仁义，难道皇上也想学学唐虞的样儿吗？"他是批评汉武帝嘴上说怎么怎么，事实上并不怎么怎么，他这几句话戳痛了汉武帝的肺管子。他真挂了火儿，散了朝，他对左右说："真是，汲黯真憨得厉害！"大臣当中有人数落汲黯不该对皇上说这种话。汲黯对他们说："哦，你们说我不该这么说，是不是？可是天子设置公卿大臣干什么？难道要他们说说好话，拍拍马屁，让皇上去犯错误吗？我们占了高位，即使保住了自己的身家性命，朝廷遭到了耻辱，怎么办呢？"

说真的，汉武帝对汲黯有点讨厌，可是他在一定限度内还是能够听听刺耳的话，能够容忍像汲黯那样的人。

汉武帝对待大臣是有分寸的：卫青做了大将军，汉武帝对他挺随便，蹲在床边上也会跟他聊天。公孙弘做了丞相，汉武帝对他也不怎么拘束，不戴帽子也会跟他说话。汲黯的地位比他们两个人低得多，可是汉武帝不戴帽子就不敢跟他相见。有一回，汲黯有事来见汉武帝，汉武帝刚巧没戴帽子，连忙躲在帐幕后面，叫别人传话去接受汲黯的意见。汲黯就是因为耿直，那些好拍马屁的大臣们怕他当面批评，都巴不得不跟他见面。

汲黯对待卫青也跟别的人不一样。卫青做了大将军，大臣们见了他，都跪着拜见，只有汲黯从来不下跪，见了他也就是拱拱手。有人对汲黯说：“大将军功劳大，爵位高，咱们应该尊敬他。”汲黯说：“大将军底下还有只肯作揖的人，这不是更显出大将军的长处吗？”这也正是卫青的长处。他不但不怪汲黯，而且对他格外尊敬。

卫青几次出兵去打匈奴，都立了功劳回来，汉武帝不但拜他为大将军，封他为侯，而且还要封他的小孩儿为侯哪。

武功爵

公元前124年（元朔五年，即汉武帝即位第十七年），卫青打败了匈奴，掳来了男女俘虏一万五千多名，匈奴小王就有十几个，还有不少牲口。汉武帝见他打了这么一个大胜仗，就要把他的三个儿子都封为侯。卫青推辞着说："几次打胜仗，全靠皇上的洪福和各位将士的功劳。我那三个孩子都还是小娃娃，什么事都没做过。要是皇上封他们为侯，怎么能够鼓励将士们立功呢？三个孩子绝不敢受封。"

汉武帝说："我忘不了将士们的功劳。"他就封了公孙贺、公孙敖等七个将士为侯。卫青更加得到了他的手下将军和各方面的拥护和称赞，连他从前的女主人平阳公主，也对他另眼相看。

卫青原来是给平阳公主（汉武帝的姐姐）看马的奴仆。平阳公主早已死了丈夫，这会儿托卫青的姐姐卫皇后做媒，再嫁给卫青。卫青和汉武帝就亲上加亲了。

第二年匈奴又来进攻。汉武帝再派卫青率领着六个将军和大队人马，去对付匈奴。卫青的外甥霍去病那时才十八岁，很有能耐，喜爱骑马、射箭。这次也跟着他舅舅卫青一起去打匈奴。

卫青派兵遣将，分头去打匈奴。各路兵马打败了敌人，一直追到匈奴地界，又往前进去了一百多里地。将军赵信原来是匈奴的小王，投降汉朝，封了侯。他比别人更熟悉道路，就跟将军苏建带着三千多骑兵，跑在头里。霍去病做了校尉，带领着八百名壮士作为一个小队。他是第一次出来打仗的小伙子，当然不肯落后。还有四个将军，公孙贺、公孙敖、李广、李沮各人带着一支兵马分头去找匈奴，一定要把他们打败才好。卫青自己守住大营，等候消息。

到了晚上，四路兵马都回来了。他们没碰到匈奴的大军，多的杀了几百个小兵，少的杀了几十个，也有一个敌人没找到，只好回来的。赵信、苏建和霍去病他们三队还没有信儿。卫青怕他们出了岔，连忙派别的将军去接应。

又过了一天一夜，还不见赵信他们回来，急得大将军卫青坐立不安。正在着急的时候，将军苏建跑回大营，半死不活地趴在卫青跟前直哭。卫青问他："怎么啦？将军怎么弄成这个样儿？"苏建哭着说："我和赵信一直往前跑去，突然给匈奴的大军围住了。我们打了一天，人马死伤了一大半。想不到赵信变了心，投降了匈奴。我只好带着几百个人拼着性命冲出来。匈奴不肯放松，追上来又杀了一阵，就剩下我一个人逃回来请罪。"

当时就有人说："苏建全军覆没，自个儿逃了回来，应当砍头。"又有人说："苏建以少数人对付大队敌人，他不肯跟着赵信投降敌人，直到全军覆没，他才拼命地逃回来。如果把他杀了，以后将士们万一打了败仗，谁还敢回来呢？"卫青说："就说苏建有罪，也应当奏明皇上，我不能自作主张。"他就把苏建装上囚车，派人押送到长安去。

卫青派去接应赵信的将士们也都回来了。末了，霍去病才赶到大营，手里提着一颗人头，后面的士兵还押着两个俘虏。卫青瞧见外甥霍去病回来，已经够高兴，又见了人头和俘虏，连忙问他打仗的情形。霍去病指手画脚地说了个大概：他带着八百个骑兵往北跑去，一路上没瞧见匈奴人。他们吃了些干粮，继续往前走去。一直走了几百里路，远远地望见了匈奴的军营，就偷偷地绕道抄过去，趁着匈奴没防备的时候，瞅准了一个最大的帐篷，猛一下冲了进去。霍去病手疾眼快，在帐篷里杀了匈奴的一个头儿，他的手下人又活捉了两个。匈奴兵做梦也没想到汉兵会钻到这儿来，他们全没做准备。霍去病的八百个勇士杀了两千多个匈奴兵，剩下的逃了个一干二净。

霍去病他们没等匈奴的救兵来到，立刻跑回来。路上问了问那两个俘虏，才知道一个是单于的叔叔，一个是单于的相国，那个给霍去病杀了的是单于爷爷一辈的大王。卫青听了，觉得幸亏霍去病打了个大胜仗，这次出来总算还没吃亏。他就撤兵回去了。

汉武帝因为这次出兵，虽然杀了一万多匈奴兵，带来了单于爷爷的人头，活捉了单于的相国和叔叔，可是有两路兵马覆没了，赵信也走了。功过相抵，也差不多。只有校尉霍去病不能不赏，还有另一个校尉张骞（qiān）也有功劳。他就封霍去病为冠军侯，封张骞为博望侯。

原来张骞曾经作为汉朝的使者到过西域（汉朝把边疆以西的地区笼统地都叫西域，就是今天的新疆和附近的一些地方），被匈奴逮去，扣留在那边十几年。后来他逃回来了。因此，他熟悉匈奴的地势，知道哪儿有水、哪儿有草。这次出兵，全靠他带道，人和马才不至于受渴、挨饿。卫青奏明了他的功劳，汉武帝就封他为侯。将军苏建免了死罪，罚作平民。

赵信回到匈奴，匈奴王特别优待他。那时候军臣单于已经死了，他的兄弟伊稚斜轰走了军臣单于的儿子，自己做了单于。伊稚斜单于封赵信为王，还把自己的姐姐嫁给他。

赵信劝单于，说："咱们还是休养一个时期再说，现在不必再去进攻中原了。等到汉朝有了困难，汉兵疲劳不堪的时候再打进去，才不会吃亏。"伊稚斜单于听从赵信的话，汉朝的边界上暂时平静了一年。

汉朝自从计划在马邑活捉单于没成功以后，十年来差不多每年跟匈奴打仗，弄得府库也空了。这时候，汉武帝下了一道诏书，让有钱的人拿出钱来可以买爵位。这些钱是作为军费用的，这种爵位就叫"武功爵"。武功爵还有等级，起码一级十七万，以后每加一级，加钱两万。一万个钱等于一金。卖爵的诏书下去以后，一共收到了三十多万金。不论有本领的没有本领的，只要买到了什么等级就可以做什么官。

汉朝府库里增加了三十多万金，原来是想作为军费抵御匈奴用的。谁知道匈奴倒没打进来，国内先造起反来了。淮南王刘安和衡山王刘赐谋反，经人告发，很快地都失败了。为了淮南王和衡山王两件案子，死了好几万人。他们倒是的确都有造反的打算和准备，可是并没发兵，也没打仗，怎么会死了这许多人呢？这是因为汉武帝所信任的张汤做了廷尉。他是最出名的酷吏，他的手下差不多也全是酷吏。因此，直接的、间接的、有点嫌疑的、完全受冤屈的，一股脑儿，就杀了好几万人。

国内平定了，太子也立了。他就想起西南方的大事应该及早解决。西南方自从司马相如安抚巴蜀、唐蒙开始筑路去通夜郎以来，因为工程浩大，气候潮湿，民夫死得很多，西南的部族时常发生叛变，发兵去征伐又太浪费。费了这么些年工夫，连条道儿都没造成。汉武帝为了建筑朔方城，专门对付匈奴，就听了御史大夫公孙弘的话，把西南方的事停下来。他欣赏博望侯张骞能探险的劲儿，就再派他到西域去。

古籍链接

此后四年，卫青比岁十余万众击胡，斩捕首虏之士受赐黄金二十余万斤，而汉军士马死者十余万，兵甲转漕之费不与焉。于是大司农陈臧钱经用赋税既竭，不足以奉战士。有司请令民得买爵及赎禁锢免减罪；请置赏官，名曰武功爵，级十七万，凡值三十余万金。诸买武功爵“官首”者试补吏，先除；“千夫”如王大夫；其有罪又减二等；爵得至“乐卿”。以显军功。军功多用超等，大者封侯、卿大夫，小者郎。吏道杂而多端，则官职秏废。

——《汉书·卷二十四下》

通西域

张骞是汉中人，在汉武帝初年做了郎中。那时候，匈奴当中有人投降了汉朝。汉朝从他们的说话中才知道一点西方的情况。他们说敦煌和祁连山当中有个大国，叫月氏。月氏给冒顿单于打败以后，又给冒顿单于的儿子老上单于赶走。老上单于砍了月氏王的脑袋，把他的骷髅做成一个瓢，拿它舀（yǎo）水。月氏族的人只好远远地往西逃去。他们痛恨匈奴，想要报仇，就是没有人帮助他们。

汉武帝听到了，就想去联络月氏。月氏在匈奴的西边，要是从月氏去打匈奴，准能斩断匈奴的右胳膊。他下了道诏书，征求精明强干的人到月氏去联络一下。汉朝跟月氏本来不通音信，现在月氏逃到西边去，离汉朝就更远了。谁也不知道这月氏到底在哪儿。诸侯王、文武大臣当中没有一个人敢到这种地方去。

张骞首先应征。还有一个匈奴人堂邑父（堂邑，姓；父，名；父：fǔ）和一百多个勇士都愿意跟着张骞一块儿去。汉武帝就叫张骞做了他们的首领，带着这一百多人从陇西（大体上就是今甘肃东部）出发。陇西外面就是匈奴地界。他们要到月氏去，必须经过匈奴。张骞他们小心地走了几天，终于给匈奴兵围住了。这一百多个人怎么能够打得过匈奴呢？他们全都做了俘虏。

匈奴倒没杀他们，只是派人管制他们，不放他们回去。张骞他们住在匈奴，一住就是十多年。张骞还娶了匈奴的姑娘做了媳妇儿，生了儿子和女儿。外面看看，他们跟匈奴人没有什么两样，日常生活也比以前自由得多了。

尽管张骞在匈奴生活挺安定，他可没忘了汉武帝交给自己的任务。他和堂邑父偷偷地商量好了，带着干粮，在一个月黑的夜里，趁着别人不留意，骑上两匹快马，逃了。他们虽然不知道月氏在哪儿，只要往西走，准错不了。他们跑了几十天，吃尽千辛万苦，逃出了匈奴地界。这一下，总该到了月氏了吧，哪儿知道月氏还没找到，倒闯进了大宛国（在匈奴的西南面）。

大宛在月氏的北边，是西域列国当中出产快马、苜蓿（就是金花菜，也叫草头）和葡萄的好地方。他们到了大宛，就给大宛人截住。大宛是匈奴的邻国，这几个人都能说匈奴话。张骞跟他们说明白了以后，他们就去报告国王。

大宛王早就听到很远很远的东方有个中国，地方很富庶，金银财宝、绸缎布帛多得用不完，就是路太远，没法来往。这会儿一听到汉朝的使者到了，连忙欢迎他们。

张骞对大宛王说："我们是奉了大汉皇帝的命令到月氏去的。要是大王能够派人送我们去，将来我们回到中原，我们的皇上一定感谢大王的好意，拿最好的礼物来送给大王。"大宛王答应了。他说："从这儿到月氏还得经过康居（在大宛的西北面）。康居和月氏言语相通，可是你们听不懂，我给你一个能说月氏话的人帮助你吧。"

张骞谢过了大宛王，跟着带道的大宛人走了。他们到了康居。康居同大宛素来相好，又有大宛王的介绍，康居王就派人送张骞他们到了月氏。

月氏王给老上单于杀了以后，月氏人立太子为王。新王带领着全部人马往西进攻大夏（也叫巴克特里亚，在乌孙西南面），占领了大部分的土地。那边土地肥沃，物产丰富，月氏人得到了那块土地，很满意，就建立了一个大月氏国。张骞由康居王介绍，见了月氏王，谈到联合进攻匈奴的事。月氏王不想再去跟匈奴作战，报仇的念头已经冷了。他听了张骞的话，不大感兴趣，只是把他作为一个外国的使者，挺有礼貌地招待着他。

张骞住了一年多，学到了许多东西，就是没法联合月氏去攻打匈奴。

他只好辞别月氏王回来。

张骞和堂邑父到了匈奴地界，又给匈奴逮住了。他们留在那儿一年多工夫，正碰上伊稚斜跟他的侄子争夺王位，国内大乱。张骞趁着这个乱劲儿，带着妻子和堂邑父逃回长安。张骞原来带着一百多个勇士出去，在外边足足过了十三年，就剩下他们两个人回来。汉武帝慰劳了他们，拜张骞为大中大夫，拜堂邑父为奉使君。

大中大夫张骞因为熟悉匈奴的地理，使得这次进攻匈奴的兵马能够在荒野地找到了水和草。大将军卫青特意向汉武帝奏明张骞的功劳，汉武帝就封张骞为博望侯。

博望侯张骞还想再到西方去探一次险。他向汉武帝详细报告了西域各国的大概情况，最后他说："我在大夏看见邛山出产的竹杖和蜀地出产的细布。我问大夏人这些东西哪儿来的。他们说是商人从身毒（又写作天竺；身毒、天竺，都是古代的译音，就是现在的印度）买来的。身毒在大夏东南好几千里，风俗跟大夏差不多，就是天气热，士兵骑着大象打仗。这就跟别的地方不一样。大夏在长安西边一万两千里，现在大夏从身毒买到蜀地的东西，可见身毒离蜀地一定不远。我们走西北这条道到大夏去，必须经过匈奴，阻碍重重；要是从蜀地出发，走西南那条道儿，经过身毒到大夏，就不必通过匈奴了。"

汉武帝听了，才知道：在匈奴的西边还有大宛、大夏、安息（古代的伊朗）这么些大国；他们像中国一样都是务农和牧畜的，也像中国一样有许多珍贵的物产，就是兵力不强，可是挺喜爱汉朝的物品；还有大月氏和康居这些国家兵力比较强。可是他想，只要多送点礼物，让他们有好处，也准能跟汉朝来往的。汉武帝打算不用兵力，光用礼物和道义去跟这些人来往，使得一万里以外的、要经过几道翻译才能够彼此懂得意思的部族都联合起来对付匈奴，还怕什么匈奴呢？他对于张骞的探险精神非常钦佩，对于他经过身毒到大夏去的计划也完全同意。

汉武帝就派张骞从蜀地出发，多带礼品去联络身毒。按照张骞的推想，身毒是在蜀地的西南方，可是谁也没有去过。那条道还得用汉朝人的脚去踩出来。张骞把人马分成四队，从四个地方出发去寻找身毒国。四路人马各走了一两千里地，都碰了壁。有的给当地的部族打回来，有的给杀害了。那边的人都不让汉朝的使者过去。

往南走的一队人马到了昆明，也给当地的人挡住了。那地方的人瞧见外面来的人，不是杀就是抢。汉朝的使者只好换一条道儿走去。他们到了滇国，也叫滇越（在今云南）。滇国的大王当羌是战国时代楚国庄蹻的后代，已经有好几代跟中原隔绝了。他挺客气地招待了使者，还不断地探问汉朝的情形。赶到他听到了汉朝的地方很大，人口很多，他就问："有没有像滇国那么大？"使者告诉他实际的情况以后，他很高兴，愿意跟汉朝来往，也愿意帮助使者找道去通身毒。可是因为昆明（对当地一些部落、民族的笼统称呼）在中间挡着，没法过去，他们只好回来了。

张骞回到长安，向汉武帝报告了一切经过。汉武帝认为这次出去，虽然没能够通到身毒，可是已经通了滇越，也很满意。昆明不让汉朝去通身毒，实在可恨，将来非找个机会去征伐不可。

汉武帝要从西南方去通身毒为的是要去攻打匈奴。上次去通大月氏也为的是要去攻打匈奴。在汉武帝看来，汉朝跟匈奴是势不两立的。匈奴也真厉害，汉朝不去打他们，他们就打进来。伊稚斜单于听了赵信的话，休养了一年，到了第二年（公元前 122 年）就带领着一万骑兵，进了上谷，杀了几百个汉人，抢了一些财物，不等汉军过去就走了。这可把汉武帝气坏了，他决定要去跟匈奴拼一拼。

匈奴未灭，何以家为

公元前 121 年，汉武帝拜霍去病为骠骑将军，率领一万骑兵，从陇西出发去进攻匈奴。霍去病的军队跟匈奴连着打了六天，匈奴抵挡不住，向后直逃。霍去病追上去，追过了燕支山（在今甘肃山丹一带）一千多里地。那边还有不少匈奴的属国，像浑邪、休屠等。汉兵到了那边，俘虏了浑邪王的太子和相国，连休屠王祭天的金人（一种神像）也拿来了。这回出兵，霍去病又立了大功。

到了夏天，骠骑将军霍去病带着公孙敖和几万骑兵从北地（郡名，包括今宁夏、陕西、甘肃各一部分）出发，再去进攻匈奴。他们打了个大胜仗，夺取了燕支山和祁连山。匈奴失去了这些地方，非常痛心。他们编了山歌，挺难受地唱着：

夺去了我们的祁连山，
叫我们的牲口不繁殖；
夺去了我们的燕支山，
叫我们的姑娘没颜色。

同时，另一队匈奴兵打进代郡和雁门，杀了不少人，抢了不少东西就走了。汉武帝派博望侯张骞和郎中令李广带着一万四千骑兵去追赶。李广带着四千骑兵做先锋，张骞带着一万骑兵跟在后头，相隔几十里地，前后接应着。匈奴打听到李广仅仅带着四千人马出来，就集合了全部的四万骑兵把李广他们团团围住。四千人给四万人围住，怎么也逃不出来。李广的部下都害怕了，李广吩咐他的小儿子李敢带着几十个骑兵先去试试匈奴的虚实。

李敢他们几十个人好像猛虎扑到狼群里去似的杀开了一条血路，冲破匈奴的队伍，然后突出包围，再杀进来，回到他父亲跟前，说："匈奴人多，可没有能耐，咱们用不着担心！"

李广的士兵就这么都壮起了胆子。李广把士兵们布置成一个圆阵，每个人都向外站着，抵御着四面八方的敌人。匈奴不敢接近，光拿弓箭进攻。李广的军队虽然挺镇静，可是匈奴的箭好像蝗虫似的飞过来，汉兵用了挡箭牌，可还是死了不少人。汉兵也把匈奴兵射死了不少。李广的箭是百发百中的。他专射匈奴的将领，射一个死一个。匈奴兵只好在四面围成圈子，不敢冲过来，也不肯离开。后来李广吩咐士兵们拉着弓，搭上箭，不准随意发射。他们就这么相持了一天一夜。到了第二天，李广的军队正想着拼命再打一阵，张骞的大军到了。他们打退匈奴，救出李广，收兵回去了。

李广的兵马损失了一大半，可是匈奴给他们打死的更多。这样，功过相抵，免罚。张骞耽误了行军的日期，应当定死罪，由他拿出钱来赎罪，做了平民。只有霍去病连着打了胜仗。赵破奴也立了功劳，封为从骠侯（从骠，跟从骠骑将军的意思）。霍去病手下别的将军也有几个封了侯的。

汉武帝为了慰劳霍去病，要替他盖一座大房子。霍去病推辞，说："匈奴未灭，何以家为！"（匈奴还没消灭，怎么可以为家庭打算呢？）汉武帝更加信任他，差不多跟大将军卫青可以相比了。

卫青、霍去病接连打击着匈奴，那些比较接近汉朝的地方就更加苦了。匈奴的属国浑邪王和休屠王打了败仗已经够瞧了，伊稚斜单于还责备他们不够用心，派使者叫他们前去受罚。他们害怕单于，大伙儿商量停当，准备一块儿去投奔汉朝。刚巧汉朝的将军李息在河上筑城，浑邪王就打发使者到李息那儿请求归附。

李息向汉武帝报告，汉武帝恐怕是匈奴的诡计，派霍去病带着军队去迎接他们。

浑邪王派使者去催休屠王带领部下一同进关，休屠王忽然变了卦，说这个说那个，就是不肯动身。浑邪王骑虎难下，就带着兵马，突然打进来，杀了休屠王，收了他的属下，一同往汉朝这边来。

霍去病带领兵马渡过河去，接见了浑邪王。投奔汉朝的一共有四万多人，都由霍去病和浑邪王率领着渡过大河到了南边。

汉武帝立浑邪王为漯阴侯，封给他一万户。浑邪王底下的四个小王也都封了侯。另外还赏给他们很多金钱。这四五个头儿封了侯，又把那四万多的手下人分别安顿在陇西、北地、上郡、朔方、云中五个郡里。汉武帝允许他们保留自己的风俗习惯，还可以跟汉人做买卖。这五个郡就称为“五属国”。

打这儿起，从金城（在今甘肃兰州一带）、河西，通到南山，直到盐泽（在今新疆的罗布泊，古代叫蒲昌海），都没有匈奴的踪影了。原来防守陇西、北地、上郡的士兵可以减少一半。

休屠王的太子日磾由浑邪王押到汉朝，没收为官奴。日磾才十四岁，整天看马，又勤俭又虚心，谁都喜欢他。后来汉武帝见着了，让他做了侍中，赏给他不少金钱。日磾的一举一动、一言一语都很得体。汉武帝把他当作自己人看待，叫他在身边伺候，有时候还带着他一块儿出去，让他赶车。左右亲戚纷纷议论，说皇上不应该这么信任一个俘虏。汉武帝听到了这些话，反而更加优待他，还赐他姓金。从此，他就叫金日磾，做了汉武帝的心腹。

浑邪王归附了汉朝以后，汉武帝陆续把关内贫苦的老百姓和囚犯送到西北去开垦土地。

第二年（公元前 120 年，元狩三年，汉武帝即位第二十一年），山东地区遭到了大水灾，老百姓穷得没有吃的。汉武帝下了诏书，吩咐地方官开仓放粮，又向有钱的人家借粮，救济难民。放粮、借粮只能是一时救急，不能老这么下去。汉武帝决定移民，把受水灾的难民送到关西和朔方南段的边界上去。这次移民一共有七十多万人，吃的、穿的全由公家供给。移民到了开荒地区，好几年都由公家借粮、借钱给他们。朝廷花了几万万钱，弄得府库又快空了。

汉武帝不怕花钱，他还要再花些钱挖个大湖。上次昆明不让张骞去通身毒，汉武帝一直想发兵去征伐。可是昆明有个大湖，周围三百多里，是昆明天然的边防，别人没有船没法过去。汉武帝就在上林挖一个大湖，叫昆明池，又造了些战船，在这里练习水军，准备去征伐昆明。这么一来，府库更空了。他要大臣们想办法多增加朝廷的收入。他知道大商人有的是钱。他们靠着铸钱、冶铁、熬盐、造酒等，都发了大财，金钱多得没法数，朝廷反倒无权过问。这种制度非改变不可。他就重用桑弘羊、东郭咸阳（东郭，姓；咸阳，名）和孔仅三个大商人，叫他们管理财政，一定要把铸钱、冶铁、熬盐、造酒这些事业从商人手里拿过来，让朝廷来掌握。经过多次讨论、研究和剧烈的斗争，汉武帝定出了几条增加收入的办法：

第一，商人所有的车马、船只，必须一律纳税。

第二，禁止私人晒盐、熬盐、铸造铁器和造酒。盐、铁、酒，一概由官家专卖。

第三，用白鹿的皮做成货币，每张一尺见方. 边上绣着花纹，叫作“皮币”。皮币一张作价四十万。王侯、宗室朝贡或者诸侯当中互相聘问都得使用皮币。

第四，用白银和锡铸成三种钱币。第一种最大，圆形的，上面有龙的图案，值钱三千；第二种略小，方形的，上面有马的图案，值钱五百；第三种最小，椭圆形的，上面有乌龟的图案，值钱三百。

第五，收回半两钱，改铸三铢钱。新铸的钱分量轻，价值略高。私铸钱的定死罪。

第六，商人和手工业者必须把自己的货物估价报官，纳税百分之二。私藏货物不估价的或者估价过于低的，货物、钱币一概没收，还要罚他到边界去服军役一年。谁告发的，把没收的钱财赏给他一半。

这么一来，军饷就很充足了。汉武帝决定再去进攻匈奴。自从浑邪王归向汉朝以后，匈奴不敢从西边过来就从东边进来。来了一万多骑兵，杀了一千多名当地的老百姓，抢了一些财物就回去了。

汉武帝派大将军卫青和骠骑将军霍去病各带五万骑兵去追击匈奴。郎中令李广要求一块儿去。汉武帝嫌他太老了，不让他去。李广再三要求，汉武帝就叫他带一队兵，和曹襄（曹参的孙子）、公孙贺、赵食其三个将军，共分前、后、左、右四队，由卫青统领。卫青临走的时候，汉武帝嘱咐他，说："李广年老，不能让他独当一面。"

这次汉军出去跟以前大不相同。除了十万骑兵，还有几十万步兵和十四万匹驮东西的马。卫青、霍去病分两路进兵，一定要打败匈奴。

卫青派李广往东绕道进兵，指定日子到漠北会齐。李广要打先锋。卫青不答应，派赵食其跟他一同去。

卫青自己向北进兵。走了好几天，才找到了匈奴的大营，当时就打起来了。双方死伤了不少人马。到了黄昏时分，伊稚斜单于向西北方面逃去。匈奴兵四散逃跑。三天里卫青又追了二百来里地，没追上单于，他们继续往前追，到了寘颜山。那边有个赵信城（赵信降匈奴后，单于为他筑的城），里面存着不少粮草。这些粮草，匈奴来不及运走，全落在汉军手里。他们在赵信城一带搜索了一天，没找到匈奴，又不知道前面的道路，也许还有埋伏，只好离开赵信城，回到漠南来了。

卫青的大军回到漠南，才碰到李广和赵食其的军队。卫青责备他们误了日期，都应该定罪。赵食其说："东路水草少，道儿远，弯弯曲曲的小道儿又多，我们迷了道儿。"李广气得说不出话来。卫青派人送酒食给李广，另外派人审问李广他们行军误期的案子。

李广流着眼泪对将士们说："我自从投军以来，跟匈奴打仗，大小七十多次，有进无退。这次大将军一定要我往东绕道儿。东路远，迷了道儿，耽误了日子，叫我说什么呢？我已经六十多了，犯不着再上公堂。"说着，就自杀了。士兵们一向敬爱李广，一听到他死了，全都哭起来，好像死了自己的父亲一样。赵食其拿出钱来赎罪，罚作平民。

李广有三个儿子，老大、老二都死在他头里。小儿子李敢跟着骠骑将军霍去病从代郡出发去打匈奴，倒立了功劳。霍去病的大军走了两千多里地，才找到了匈奴的军队。他们连着打了几个胜仗，逮住了单于底下的三个王，还有将军、相国、军官等一共八十三人。他们一直到了狼居胥山和姑衍山，又上了一座山，望见瀚海。他们每到一座山，就在那儿堆起石头和泥土筑了祭台，祭祀天地。这一次的大战消灭了匈奴八九万人。

匈奴打了这么一个大败仗，不能不认输，单于只好另想办法来对付汉朝。

再通西域

伊稚斜单于收集了散兵败将，索性回到漠北去。打这儿起，漠南不再有匈奴的军营了。赵信劝单于不要再跟汉朝作对，还是讲和好。单于只好派使者到长安来要求和亲。汉武帝召集大臣们商议了一下。有的说和亲好，有的说和亲不好。

有个大臣叫任敞的，他说："匈奴打了败仗，应当叫他们归顺，作为外臣。怎么还提和亲的事呢？"这句话正说到汉武帝的心坎儿上，他当然不肯把公主去嫁给刚打败了的单于。可是不做亲戚也不一定就得变成冤家。因此，汉武帝打发任敞为使者跟着匈奴的使者去访问单于。单于虽然打了败仗，还是很傲慢的，他因为汉朝不答应把公主嫁给他，就把任敞扣留下，一直不放他回去。

单于得不到汉朝的公主倒也罢了，没想到西域一带的属国也都动摇了。他们见匈奴失了势，有的准备不再向匈奴进贡。汉武帝趁着这个机会，打算再叫张骞去通西域。张骞献计，说："匈奴西边有个乌孙国（在今新疆温宿县以北、伊宁县以南的地区），是受匈奴压制的。最好能多送点礼物给乌孙王，先跟他结交起来。要是他愿意归向朝廷，皇上不妨把以前浑邪王的地盘封给他，然后再跟乌孙和亲，多给他们好处。这等于砍断匈奴的右胳膊。这么一来，乌孙以西的国家，像大宛、康居、大夏、月氏等就容易结交了。”

汉武帝一听到这许多国家都能联合起来对付匈奴，就是多花些钱也值得干一下子。公元前 115 年（元鼎二年，即汉武帝即位第二十七年），他派张骞和他的几个副手为使者，拿着汉朝的使节，带着三百个勇士，每人两匹马，还有牛、羊一万多头，黄金、钱币、绸缎、布帛等价值几千万的礼物，动身到乌孙去。

张骞到了乌孙，乌孙王出来接见。张骞把一份很厚的礼物送给他，对他说：“要是大王能够向着汉朝，搬到东边来，汉朝愿意把那边的土地封给大王，还把公主嫁给大王为夫人，两国结为亲戚，共同对付匈奴。这是最好的办法。”

乌孙王一时不能决定。他请张骞暂时休息几天，自己召集大臣们商议商议。大臣们只知道汉朝离乌孙很远，可不知道汉朝的天下到底有多大，汉朝的兵力到底有多强。他们归附匈奴已经很久了，离匈奴又近，大伙儿都害怕匈奴，不敢搬到东边去。可是他们又想得到汉朝的财物。因此，商议了好几天，还是决定不下来。

张骞恐怕耽误日子，就打发他的副手们拿着使节，带着礼物，分别去联络大宛、康居、大月氏、大夏、安息、身毒、于阗（于阗，在今新疆和田；阗：tián）等国家。乌孙王还派了几个翻译帮助他们。这许多使者去了好些日子还没回来，乌孙王倒先要打发张骞回去了，他借着送回张骞、报谢汉朝的因头，派了几十个人到汉朝去探看一下。

张骞带着乌孙的使者和几十个随从的人来见汉武帝。汉武帝见了他们，已经很高兴了，又瞧见乌孙王送给他的几十匹高头大马，喜欢得了不得。汉武帝的兴趣是多方面的。他喜欢司马相如他们的文章，他可更喜爱西域的好马。他一高兴就格外优待乌孙的使者。

过了一年，张骞病死了。汉武帝失去了这么一个能人，愁眉苦脸地闷了好几天。又过了几年，张骞派出去的那些副手们都带着各国的使者陆续回来了。汉武帝觉得张骞的副手们都很不错，各国的使者又都送来了各色各样的礼物，他非常高兴，把张骞的副手们当作贵宾那样招待着。

汉武帝要知道：这些国家都在哪儿？到底有多远？怎么走的？使者们也说不上西域到底有多少国家。大伙儿把到过的地方一算，就有三十六国。南北有大山，中央有河，东西六千多里，南北一千多里。东边跟汉朝的玉门、阳关相接，西边一直到葱岭（中国、阿富汗、塔吉克斯坦边界的帕米尔高原）为界。从玉门、阳关到西域有两条道儿。从阳关出发，经过楼兰（在今罗布泊一带；后来南迁为鄯善，在今新疆鄯善、若羌一带）往西到莎车（在今新疆莎车县），叫作天山南路。从天山南路翻过葱岭，可以通到大月氏和安息。从玉门关出发，经过车师前王国（车师分前王国和后王国，前王国在今新疆吐鲁番，后王国在今乌鲁木齐），沿北祁连山往西到疏勒（就是今新疆疏勒），叫作天山北路。从天山北路翻过葱岭，可以通到大宛、康居、奄蔡（在康居西北）。

这些国家一向受着匈奴的压迫，不但年年得向匈奴进贡，而且匈奴还派官员到那边去收税，要牛羊，要奴仆。他们害怕匈奴，只好把自己的财富交给匈奴。这会儿汉朝打败了匈奴，跟这些国家交好，他们不但不必纳税，而且还能够得到好处，当然都很高兴。他们希望汉朝不断地派使者带着礼物到那边去。

乌孙王也只希望得到汉朝的礼物，可不愿意搬到东边来。汉武帝就把原来浑邪王的地盘改为两个郡，一个叫酒泉郡，一个叫武威郡（在今甘肃酒泉和武威一带），一年到头有官员和士兵守卫着。这么着，匈奴通羌中（在今甘肃临潭、岷县和四川松潘一带；羌：qiāng）的道儿也给堵死了。

汉武帝为了抵抗匈奴，不叫西域各国变心，又为了要得到西域的好马和别的特产，他一而再，再而三地打发使者分别到这些国家去送礼物。西域三十六国都知道博望侯张骞，说他不但力气大，而且心眼儿好，真够朋友。因此，在很长一个时期内，派到那边去的使者都不说张骞已经死了。他们每次出去的派头大体上都跟当初张骞出去的时候差不多。出使一次，多则几百人，少则一百多人。西域的道儿上年年都有使者来往。路近的两三年来回一次，路远的八九年来回一次。汉朝和西方的交通就这么建立起来。这对于汉朝和西域各地在经济文化交流上都有好处。比方说，从汉朝运去的货物经过天山南路的主要是丝织品，大伙儿就把那条道儿称为“丝路”；从天山北路运到东方来的主要是毛皮，所以那条道儿也叫作“毛皮路”。大宛以西，人们还不知道炼铁和制造铁器，别说是教他们炼铁，就是运点儿铁器去，那边的人就够高兴了。同样，汉朝也从他们那边得到不少东西，尤其是一些水果和蔬菜的新品种。

每次使者从西域回来，或者西域的使者到来，汉武帝总是喜气洋洋的。

他不但喜欢从西域带来的东西，像葡萄酒、葡萄、胡桃、蚕豆、石榴、苜蓿，还有珊瑚、琥珀、玳瑁、琉璃、象牙等等，而且更喜欢听使者的报告。

有一回，他把几十个到过西域的使者都召了来，对他们说："你们都到过外国，每个人一定见过不少稀奇古怪的东西。现在把你们所见到的或者听到的都说一说。要照实说，只要说得有意思，都有赏。"

他还叫他们不必拘束，像聊家常一样地聊聊就可以了。他们这才海阔天空地各人说开了。其中有个使者知道汉武帝喜爱大宛的千里马，就说："大宛有一座高山，山上有一匹天马。大宛王想尽办法也没能够把天马弄到手。他就挑选了几匹各种颜色的、最最好的母马放在山下，引天马下来跟它们玩儿。果然，母马生了小马。这些小马长大了，都是千里马。这种马跑急了，流出来的汗像血一样，因此，叫汗血马。大宛的汗血马最名贵，就因为它们都是天马的种啊。"汉武帝听得出神，连着说好。

第二个使者说："大月氏往西几千里有个安息国。那边做买卖的人很多。他们用的是银钱。咱们的钱上面有龙、有马；他们的钱可真特别，上面有国王的脸。国王一死，就换上新国王的脸。"

汉武帝瞧了瞧第三个使者。

那个使者说："安息人很能做买卖，他们坐船由海道到海西（又叫大秦，就是罗马国）。据说顺风顺水，三个月可以到了，风向不顺，得一两年工夫。海西也叫大秦，那边宝贝很多。外国人说'天下有三多：中国人多，大秦宝多，月氏马多'。海西的宫室挺别致，大多是'重屋'的，就是屋子上面再盖屋子。乌孙以西的人大多是蓝眼睛、红眉毛、高鼻子，满脸胡子，挺怕人的。他们的风俗也特别，对于妇女挺尊敬，男的要听女的吩咐。"

汉武帝对于别人的长相和风俗倒不大感觉到兴趣。他说："外国有什么好玩儿的没有？"

第四个使者抢着说："有！安息以西几千里有个条支国（包括现在的叙利亚和幼发拉底河以东的地区）。那边的人最喜欢玩儿。有些人专门靠着玩儿过日子。他们的法术真巧妙！能够把一把刀吞到肚子里去再吐出来；嘴里能够吐出火来；把种子放在盆里，一下子就长叶子、开花，结个大香瓜；把一个人砍死了，还能叫他活过来。"

这种变戏法的情形吸引住了汉武帝，他听得乐起来了。

第五个使者猜透了汉武帝的心思，连忙接着说："西方有种大鸟，生下来的蛋大极了。他们说，大的有酒坛子那么大。这还不算稀奇。据安息的老人家说，西方有条弱水，他可没见过，只知道弱水很轻，鸟毛掉在水里也沉下去。弱水上有一座玉山，西方最尊贵的女神‘西王母’就住在那儿。那边是太阳下去的地方，不骑着龙是不能到的。西王母吃的东西是神鸟给她送去的，那神鸟据说有三条腿，所以叫‘三足神鸟’。”

汉武帝听得出神。他赏了这些使者不少金子，决定以后不断地派使者到西域去。

汉朝和西域这么来往着，匈奴当然很不服气。他们休养了一个时期以后，就派骑兵去阻碍交通，抢劫使者带着的礼物。汉武帝除了加紧酒泉郡和武威郡的防御，又设立了两个郡，一个叫张掖郡，一个叫敦煌郡。这四个郡都驻扎着军队，随时随地可以打击匈奴，保护着西域的交通。

张骞他们通西域，能够跟几千、几万里以外的人来往，大家都说了不起，想不到还有人自以为比张骞的本领更大，他们能够通天，能够跟神仙来往。不用说汉武帝也要重用他们了。

求神仙

汉武帝十六岁即位以来，一直相信鬼神。这一二十年来，已经有不少方士向他骗过俸禄和黄金。他每次发现了方士的欺诈，就把他们处死，可是他认为神仙是有的，就是这批方士本领太差。因此，他杀了一个，又相信一个，他相信方士李少君活了一千多年，死了，还说他已经得道，变成仙人了。

李少君以后，又来了一个齐人叫少翁。“少翁”就是“少年老人”的意思，因为少翁的长相虽然还像个少年人，可是他自己说已经有二百多岁了。他有一种本领，能够叫死去了的人显灵。正好汉武帝最宠爱的美人儿李夫人死了。汉武帝老是闷闷不乐地想念着她。少翁说他能够请李夫人回来。汉武帝就请他作法。

少翁要了李夫人生前的衣服，准备了一间很清静的屋子，中间挂着薄纱似的帷幕，幕里面点着蜡。请汉武帝一个人坐在帷幕外面等着。他自己进了帷幕作起法来。汉武帝静静地等着，两只眼睛直盯着帷幕，不敢眨巴一下。过了一会儿，幕里出现了影子，少翁领出一个美人儿来了。她慢慢儿地走着。汉武帝使劲地瞧着，那美人儿侧着半边脸，越瞧越像是李夫人。他站起来，又跑过去，想跟她说句话。猛一下子李夫人不见了。少翁直怪汉武帝，说：“皇上也太心急了。阴阳究竟是两条路，皇上的阳气太旺盛，您一上来，就把李夫人冲走了。”汉武帝直怪自己不好。他作了一首歌，哼着：

真的？还是假的？
站着看，
偏着半边脸，
怎么慢吞吞地来得这么晚！

汉武帝总算见到了李夫人的影儿。就因为这一点，也应该优待少翁啊。少翁虽说不会打仗，汉武帝为了要他去通神仙，就拜他为文成将军，还赏了他不少黄金。少翁对汉武帝说：“皇上要跟神仙来往，现在的宫室、被服都不像神仙的东西，神仙怎么能来呢？”汉武帝一心想见见神仙，什么都能听他。打这儿起，宫殿的顶子、柱子、墙壁都画上五彩的云头、仙车什么的，帷幕和被服也都绣上这一类的东西。

少翁又请汉武帝盖了一座甘泉宫，里面画着各色各样的神像，摆着祭祀的东西，为的是请神仙下来。这么搞了一年多，花了不少钱，可是神仙还是没来。汉武帝开始怀疑了。少翁得想个法儿挽回皇上对他的信任才行啊。

有一天，他跟着汉武帝到甘泉宫去，瞧见有人牵着一头牛，少翁指着牛对汉武帝说：“这头牛的肚子里准有天书。”当场把那头牛宰了，从牛肚子里拿出一条布帛来，上面写着字。大伙儿全认为少翁确实是个仙人。可是字尽管写得古怪，字句也不大好懂，汉武帝认出了是少翁的笔迹。审查下来，果然是少翁耍的花样。汉武帝就把文成将军砍了。少翁的骗局拆穿了，他手下的人和别的方士怎么能再骗饭吃呢？

过了一个多月，有人在关东碰见了少翁，回来报告汉武帝。汉武帝起了疑，派人把少翁的棺材打开。一瞧，据说棺材是空的，里面只有一个竹筒。这么着，汉武帝又相信起别的方士来了。

公元前 115 年（元鼎二年），汉武帝用柏树做栋梁，造了一座二十来丈高的台，叫“柏梁台”，台上用铜做柱子，有三十来丈高，铜柱顶上有个盘，叫“承露盘”。承露盘由一只手掌托着，那手掌叫“仙人掌”。柏梁台上的仙人掌托着承露盘。盘里的露水和着玉石的粉末成为玉露，经常喝玉露就能长生不老。汉武帝当然一有玉露就喝，害得他生了一场大病。

他老想起少翁棺材里的竹筒，直怪自己太心急，得罪了仙人。正在这时候，又来了一个方士，叫栾大（栾 luán）。栾大长得又魁梧，又英俊，又能说大话。汉武帝见了，把他当作贵宾招待。

栾大说："我以前在海里来往，碰到了安期生（传说中古代的仙人），拜他为老师，也学到了一点皮毛。只要功夫深，黄铜可以变成金；河开了口子，可以堵住；长生不老的药可以得到，神仙也可以请到。可是文成将军受了冤屈，死了。方士有几个脑袋呢？我也不敢多嘴。"

汉武帝连忙撒谎，说："文成将军是吃了马肝中毒死去的，你别多心。只要你有法术，尽管老实说。要花钱，我有。"栾大说："我的老师都是仙人。他们并不求人，只是人求他们。皇上成心求神仙，就应当尊重仙人的使者。"

汉武帝因为黄河决了口，水灾很严重。灾民没办法，实在活不下去了。他听到栾大说能够把口子堵住，又能够把黄铜变成金子，就很慷慨地把栾大封为五利将军、天士将军、地士将军、大通将军，给他四颗大印。栾大并不稀罕这些官衔。一个人担任了四个将军的名头，还不肯把法术使出来。汉武帝的气魄是没有人比得上的。他再封栾大为乐通侯。后来干脆把一个公主嫁给他，随嫁的黄金就有十万斤。栾大凭什么还不把法术使出来呢？汉武帝叫他去迎接神仙。栾大只好动身到海岛上找他的老师去了。汉武帝打发几个心腹扮作老百姓暗暗地跟着他。

这几个心腹沿路跟着栾大，看他干什么。栾大上了泰山，坐了一会儿，又到了海边溜达溜达。就这么待了几天，回到长安来了。那几个暗探瞧见栾大这么捣鬼，压根儿没有神仙跟他来往，赶到栾大到了长安，他们实话实说，把这些事告诉给汉武帝。栾大见了汉武帝，还想捏造鬼话。汉武帝叫出证人来，揭穿他的勾当，不怕栾大不承认自己的罪恶。"刀快不怕头大"，顶着四个将军衔头的方士栾大给拉到大街上斩了。

就在这一年六月里，河东太守上书报告，说汾阴地方掘出了一只极大的宝鼎，上面有花纹、有字，可没有款，不知道是哪朝哪代的东西。大伙儿都说这一定是周朝的宝鼎。又说，朝廷上有了圣明的皇帝，"周鼎"才出现。汉武帝当时就派人像迎接神仙一样地把那只宝鼎迎接到长安来，摆在甘泉宫里，还准备用极隆重的仪式祭祀天神。偏偏有个大臣叫吾邱寿王

（吾邱，姓；寿王，名），他说："鼎的式样是新的，怎么说是周鼎呢？"汉武帝听到了这话，就召他进去，问他："你怎么说这不是周鼎呢？"吾邱寿王机灵得很。他知道跟汉武帝说话得顺着他的意思，就回答说："从前周朝的天王道德高，上天的报应好，出了宝鼎，所以叫周鼎。汉朝出了高皇帝，继承周朝，到了皇上手里，巩固了汉朝的天下，谁比得上皇上的威德？在这个时候出了宝鼎，当然是汉朝的宝物，怎么能说是周朝的宝物呢？所以我说这是汉鼎，不是周鼎。"

汉武帝笑了，说寿王的话有道理，赏他十斤黄金。大臣们用最吉祥的话祝贺汉武帝得到宝鼎的事。汉武帝还作了宝鼎歌让大伙儿唱着。上天赐宝鼎的喜讯马上传开了。齐人公孙卿上书，说："黄帝得到宝鼎是在冬至那一天，皇上得到宝鼎也是在冬至那一天。这绝不是偶然的。黄帝成了仙，皇上也不能落后，应当趁着宝鼎出现的时候，赶快去封禅，封禅就能通神，通神就能成仙登天了。"

汉武帝早已有了封禅的念头。司马相如临死的时候也曾经上书，满篇除了歌颂汉武帝，还劝他上泰山去封禅。这会儿经公孙卿这么一提，他决定准备封禅了。

汉武帝就召公孙卿进去相见，问他："黄帝是怎么封禅的？你怎么知道的？"公孙卿信口开河地说了一大骡车，他说："当初黄帝从首山采了铜，在荆山铸宝鼎。宝鼎铸成功的时候，有龙下来迎接黄帝。当时攀着龙须骑上去的还有黄帝的后宫和大臣一共七十多人。还有别的臣下也拉着龙须不放，一下子龙须拉断了，全掉了下来。我的老师没法上去，只好留在人间修道。"

这一番话，倒是有许多方士都说过的，可没像公孙卿说得那么详细，那么动听。汉武帝叹了一口气，说："要是我也能学黄帝的样，我情愿抛弃妻子像抛弃破鞋一样。"他拜公孙卿为郎中，叫他准备封禅的事。

汉武帝听公孙卿说，当初黄帝一面打仗，一面学仙，可见封禅还得出兵。这时候南越发生了内乱。南越王赵兴（赵婴齐的儿子）和太后主张归向汉朝，正打算跟着汉朝的使者来朝见汉武帝。南越的相国吕嘉和他的手下人反对汉朝。他们杀了南越王、太后和汉朝的使者，立赵婴齐另一个儿子为南越王，还发动人马打了过来。汉武帝没想到南越敢造反，他打算发几十万大军去征伐。他号召诸侯从军去打南越，又叫各地催收公粮作为军粮。

京师里催收公粮的责任落在左内史（掌管京师地方行政的大官，分为左右内史，后来左内史改称左冯翊，右内史改称京兆尹）倪宽身上。倪宽是个忠厚人，出身贫寒。他在年轻时做过雇工，带着书本替人家锄地。他一向反对残酷的刑罚，老劝导农民种地、养蚕。当地的老百姓没有不喜欢他的。他不但没照汉武帝的意思去催收公粮，而且见了有人交不出粮食的，就让他们少交些或者免交了。这么着，倪宽收公粮的成绩就差。公粮短了不少，军粮又急，倪宽就得革职办罪。老百姓一听到左内史为了没有收齐公粮就要革职了，大伙儿全把粮食补送上来。倪宽不但没免职，还更加得到了汉武帝的信任。

倪宽是个穷读书的，他做了左内史，不虐待老百姓，自己不要出名，人们都尊敬他，汉武帝也尊敬他。另外有个用金钱骗取地位的河南人卜式，汉武帝把他也封为关内侯。卜式是个大地主，他有不少田地和牲口，光是羊就有一千多头。他看到汉武帝为了抵抗匈奴，需要财物，就趁着机会上书，说他愿意把财产的一半捐给公家作为边防的费用。汉武帝派使者去问卜式，说："你是不是要做官？"卜式说："我只会看羊，不要做官。"使者又问他："难道你有冤屈，要皇上替你做主吗？"卜式回答得非常漂亮，他说："我一不要做官，二没有冤屈，捐出家产只是做个榜样，好叫天下人为了抵抗匈奴，大伙儿都出点力。"使者回去向汉武帝一报告，汉武帝就问当时的丞相公孙弘该怎么办。公孙弘认为这种沽名钓誉的人不必理他。汉武帝就把这件事搁在一边。后来公孙弘死了，浑邪王归附了汉朝，汉武帝移民七十多万到西北去，弄得府库又空了。卜式趁着机会，捐钱二十万交给河南太守，说是作为帮助移民用的。那时候，有钱的人都把钱藏起来，装作难过日子的样子。汉武帝要借着卜式改变这种风气，就召卜式入朝，拜他为中郎，还赏了他十顷田地。后来又拜卜式为齐王的太傅，接着，这位嘴里说不要做官的卜式做了齐相。

这次卜式一听到汉武帝号召诸侯从军去打南越，就上书请求皇上让他和他的儿子从军，就是死在南越，也是乐意的。汉武帝没答应他，把他称赞了一番，封他为关内侯，赏他四十斤黄金，十顷田地，还布告天下，叫诸侯王踊跃从军。可是除了卜式，干脆没有别的人出来。这可把汉武帝气坏了。正好秋季祭祀的日子到了。按照那时候的规矩，诸侯都得献上一定数目的金子作为祭祀的费用。汉武帝嘱咐管赋税的大官仔细检验诸侯送来的金子。检查下来不是说成色不足，就是说颜色太坏。当时就有一百零六个人给废了封号，封地收回了。

汉朝大军到了南越，就把南越整顿一下，改为南海、苍梧、郁林、珠崖等几个郡。

汉武帝又亲自带着十几万人马先去巡游北边。他出了长城，走上了单于台（冒顿单于造的，在今山西大同），到了朔方，直到北河。他派使者去告诉单于，说："南越王的头已经挂在未央宫的前殿了。要是单于能打仗，出来，天子在边界上等着；要是不能打，以后就不该再来侵犯。干吗不出来说话啊？"单于也火儿了，就把使者扣留下来。可是他也不出来。汉武帝只好回来了。路过上郡桥山，祭祀了黄帝的坟。接着他对方士们说："你们说黄帝没死，怎么这儿有他的坟呢？"公孙卿想出了一个理由，回答说："这是衣冠冢。黄帝骑着龙上了天，可是他臣下想念着他，就把他的衣帽葬在这儿。"汉武帝点点头，认为他说得有理。

汉武帝到了嵩山（在今河南登封），官员们都在山下。忽然山里发出声音来，叫了三声："万岁！"这是大家都听到的。汉武帝认为山里有神，就禁止老百姓到山上砍树。以后他往东到了泰山，在山上刻了字，祭祀一番。

齐地的方士成群结队地来拜见汉武帝，都说蓬莱岛上有神仙。汉武帝吩咐预备许多船只，叫一千来个方士到蓬莱去求仙人。公孙卿拿着节杖打头先去。第二天，公孙卿回来报告，说："昨儿晚上我瞧见了一个巨人，有好几丈高。赶到我跑过去的时候，这个巨人忽然不见了。可是他留下了一个挺大的脚印子。"

汉武帝要看个明白，他带着大臣们到了蓬莱岛上，果然有个挺大的脚印。他仔细瞧瞧，像个走兽蹄子，不免起了疑。可是随从的官员们说，他们在路上碰到了一个老头儿牵着一只狗，说要去见巨人，说了这话就不见了。官员们都这么说，汉武帝也信了。

他准备自己坐船到海里去寻找神仙。东方朔对汉武帝说："皇上还是回去吧，求神仙也不能太心急。只要安安静静地住在宫里，多修修好，神仙有灵，自然会来的。"汉武帝一听，这话倒不错，就回到长安去。

这一次出门巡游，费了五个月工夫，花了无数的金钱，来回走了一万八千里地，还是没见着神仙。

公孙卿不能让汉武帝静静地待在宫里，总得叫他做点事才热闹哇。他建议，说："仙人喜欢住在楼上。盖了高楼，等仙人降临吧。"汉武帝又大兴土木，建造了一座通天台，高五十丈。造了这么高的台，神仙还不肯下来。这还算不了什么，谁想得到东边、北边、西南边都出了事啦，汉武帝不得不把求神仙的事暂时缓一下子。

古籍链接

明年，齐人少翁以方见上。上有所幸李夫人，夫人卒，少翁以方盖夜致夫人及灶鬼之貌云，天子自帷中望见焉。乃拜少翁为文成将军，赏赐甚多，以客礼礼之。文成言："上即欲与神通，宫室被服非象神，神物不至。"乃作画云气车，及各以胜日驾车辟恶鬼。又作甘泉宫，中为台室，画天地泰一诸鬼神，而置祭具以致天神。居岁余，其方益衰，神不至。乃帛书以饭牛，阳不知，言此牛腹中有奇。杀视得书，书言甚怪。天子识其手，问之，果为书。于是诛文成将军，隐之。

——《汉书·卷二十五上》

天下十三州

西南方的滇王仗着自己的几万兵马和附近归附他的部族，不但不听命令，还把汉朝的使者杀了。汉武帝就发兵去征伐。滇王没法抵抗，愿意入朝谢罪。汉武帝就在那边建立了益州郡，正式立原来的滇王为汉朝的滇王，赐他一颗王印。西南方有一百多个部族，只有滇王和夜郎王受封，得到了王印。汉武帝叫这两个王管理当地的人和西南方其余的部族。

东边和西南方很快地平定了。北方的匈奴和西北方的许多小国比较难对付。汉武帝借着喜欢大宛"天马"的因头，差不多每年打发十几批使者去通大宛。有些商人和无业游民愿意跟着使者去跟外国人做些买卖。使者因为路远，道上不好走，还有危险，能够多几个人搭个伴儿去，也很欢迎。如果路上平安，来回一次，就能够赚不少钱。

后来有好些人冒充汉朝的使者，专门去跟西方人做买卖。沿路的几个小国还得供给他们吃的，这已经够腻烦的了。这些"大国使者"的自大劲儿好像谁的老子似的，更叫别人瞧着冒火儿。反正汉朝离他们这么远，就是把这些使者揍一顿，也不见得会吃亏。这么着，他们就不准使者吃他们的东西。使者不但没有粮食，而且还老挨打、挨抢。

阳关和玉门关外的两个小国楼兰和车师（车师，也叫姑师），正在通西域的要道上，他们老抢劫使者的财物。匈奴的骑兵也常到那边去打劫使者。

楼兰和车师得到了匈奴的贿赂，当了匈奴的眼线。以后什么时候汉朝的使者到了那边，什么时候匈奴的骑兵接着也就到了。这么一来，大宛的“天马”怎么也拿不到手。

汉武帝就派赵破奴和王恢（和以前进攻匈奴的王恢是同名同姓的两个人）为将军，带领七百个骑兵去进攻楼兰和车师。他们打了胜仗，俘虏了楼兰王。楼兰和车师不再跟汉朝作对了。汉武帝把赵破奴和王恢都封为侯，叫他们把大军驻扎在西域，好让乌孙、大宛这些国家不敢小看汉朝。

乌孙王上次曾经派使者跟着张骞到过长安，送上了几十匹马，就是因为害怕匈奴，不敢跟汉朝和亲。这会儿汉军打败了楼兰、车师，还把军队驻扎在外边，他慌忙打发使者到长安来，情愿按照当年张骞的话，跟汉朝和亲。汉武帝为了专心对付匈奴，就答应了。乌孙王派使者送了上等好马一千匹作为聘礼来迎亲。汉武帝把江都王刘建的女儿作为公主嫁给他。乌孙王把江都公主立为右夫人。单于为了拉拢乌孙，也把自己的女儿嫁给他，乌孙王把她立为左夫人。

江都公主嫁到这么远的地方，丈夫又是个老头儿，言语不通，吃的、穿的、住的都跟中原不一样，心里非常难受。她作了一首歌，流着眼泪，自己哼着：

皇上送我哇，天一方，
嫁给外国哇，乌孙王；
帐篷当屋子呀，毯子当墙；
牛羊肉当饭哪，奶酪就是汤。
想念老家啊，太悲伤！
愿意变只黄鸟哇，飞回故乡！

汉武帝听到了侄孙女这么悲伤，也挺可怜她。每隔一年，就派使者去安慰安慰她，赐给她许多帷子、绸缎和绣花的衣裳、被子等等。

乌孙王觉得自己年老，儿子又死了，打算把右夫人江都公主转嫁给他的孙子岑陬。按辈分说，一个是祖母，一个是孙子。江都公主一个劲儿不依。她上书给汉武帝求他把她领回去。汉武帝一心要联络乌孙共同去打匈奴，就写了个回信，劝江都公主尊重乌孙的风俗。她没有办法，再说乌孙王的孙子年龄跟自己差不多，只好嫁给他了。后来乌孙王害病死了，岑陬继承为乌孙王，称为昆弥（昆弥是王号，不是人名）。

汉武帝东讨西伐、南征北战，不得不叫广大的农民负担着很高的赋税和一定的官差。各地官吏还私自加重赋税，挨户勒索，再加上水灾，大批的农民离开本乡变成了流民。公元前 107 年（元封四年，即汉武帝即位第三十四年），关东流民就有两百万，其中没有户口可查的有四十万。朝廷上的大臣们主张把那些没有户口的人都送到边疆上去。汉武帝可把大臣们批评了一顿。他说："老百姓离开本乡是不法的官吏逼出来的。如果把四十万无罪的人送到边疆上去，这不是叫老百姓更加动荡起来吗？赶快想办法把他们就地安顿下来，帮助他们从事耕种。"这么一来，流民的人数总算没增加，社会秩序暂时安定下来。

汉武帝连年打仗，又用礼物结交邻近的部族，汉朝的威望越来越大了。他把汉朝的天下，除了京师和邻近京师的一部分，划分为十三个州。每个州设立一个刺史，监察地方长官和受封的诸侯王。那十三个州是：

1. 冀州（在今河北中部、南部）；
2. 幽州（在今河北东北部、辽宁一带）；
3. 并州（在今山西、内蒙古的一部分）；
4. 兖州（在今山东西南部和河南一些地方）；
5. 徐州（在今江苏北部和山东一些地区）；
6. 青州（在今山东的胶州半岛和淄博一带）；
7. 扬州（在今安徽和江西、浙江一带，不是江苏的扬州）；
8. 荆州（包括今湖北、湖南、广西、贵州、河南的各一部分）；
9. 豫州（包括今河南和安徽的各一部分）；
10. 益州（包括今四川和云南、贵州的各一部分）；
11. 凉州（过去也叫雍州，在今甘肃）；
12. 交州（包括今广东、广西，以及越南社会主义共和国的一些地方）；
13. 朔州（在今鄂尔多斯一带）。

在西南方已经建立了益州和交州，又封了滇王和夜郎王，可是昆明阻碍着交通，汉朝派去通大夏的使者老给昆明王杀害。汉武帝一定要从昆明去通大夏，昆明就非打下来不可了。他把天下的囚犯都免了罪，编在军队里，派大将去征伐昆明。昆明是个小地方，哪儿打得过汉军？昆明给打下来了。可是始终没法从那儿通到大夏再到大宛。

汉武帝只好仍旧从楼兰、车师、乌孙那一路去通大宛。回来的使者都说大宛的千里马藏在贰师城里（贰师城，大宛国的一个城），就是不肯交给汉朝的使者。汉武帝硬的、软的都来，先礼后兵，非把大宛的千里马弄到手不可。

古籍链接

匈奴闻其与汉通，怒欲击之。又汉使乌孙，乃出其南，抵大宛、月氏，相属不绝。乌孙于是恐，使使献马，愿得尚汉公主，为昆弟。天子问群臣，议许，曰：“必先内聘，然后遣女。”乌孙以马千匹聘。汉元封中，遣江都王建女细君为公主，以妻焉。赐乘舆服御物，为备官属宦官侍御数百人，赠送甚盛。乌孙昆莫以为右夫人。匈奴亦遣女妻昆莫，昆莫以为左夫人。

公主至其国，自治宫室居，岁时一再与昆莫会，置酒饮食，以币、帛赐王左右贵人。昆莫年老，言语不通，公主悲愁，自为作歌曰：“吾家嫁我兮天一方，远托异国兮乌孙王。穹庐为室兮旃为墙，以肉为食兮酪为浆。居常土思兮心内伤，愿为黄鹄兮归故乡。”天子闻而怜之，间岁遣使者持帷帐锦绣给遗焉。

——《汉书·卷九十六下》

强求“天马”

汉武帝吩咐工匠铸成一匹金马，派壮士车令为使者，率领一队人马把金马送给大宛王毋寡，另外还送给他一千斤黄金。这么高的代价总可以换得到大宛的千里马了吧。

大宛王毋寡召集了大臣们商议这件事。他们说：“汉朝离这儿这么远，汉兵是没法打进来的。不用说别的，这条道就不好走。他们得经过高山、大河、沙漠，有的地方没有水草，有的地方容易迷道。汉朝的使者出来的时候老是几百人，死在半道上的倒有一大半。哪回都是这样的。听说，他们迷了道，就找道上的标记。我们开头还不明白，这么荒凉的地方有什么标记呢？原来他们把死人的骨头，牛、马的骨头和牛粪、马粪当作标记。有这种东西的地方就是道。这就说明汉军是没法到这边来的。”也有人说：“贰师的马是大宛的宝贝，怎么也不能让别人拿走。”大宛王就决定拒绝汉武帝的要求。

使者车令再三再四地向大宛王说好话。大宛王收了金马，可不肯牵出千里马来。使者受不下这口气。他砸毁了金马，把大宛王责备了几句，走了。

大宛的大臣们说：“汉朝的使者这么回去，太便宜他了。”他们就通知东边的郁成王，叫他拦住汉朝的使者。郁成王决定半路行劫，他带领着人马等在那儿。汉朝的使者和随从的士兵一到就挨了打。车令究竟人马太少，给他们杀了，财物全给抢了去。

几个逃回来的人向汉武帝一报告，汉武帝气得直吹胡子。以前到过大宛的将军姚定汉说："大宛的兵力不强，皇上只要发三千人马，多带弓箭，准能够把大宛打下来。"

汉武帝一想，上次叫赵破奴进攻楼兰，他仅仅用了七百名骑兵，就把楼兰王捉住了。这么一比，三千名骑兵准能把大宛王活捉过来。他可并不派赵破奴或者姚定汉他们去。这时候，大将军卫青、骠骑将军霍去病已经死了，这个准能够立大功的美差总得派给一个得宠的人才成。汉武帝就拜李夫人的哥哥李广利为将军。

李夫人有两个哥哥，一个叫李延年，一个叫李广利。李延年擅长音乐，已经做了"协律都尉"。李广利喜欢骑马、射箭，在宫廷里服侍着汉武帝。李夫人快死的时候，汉武帝亲自去看她。她把头蒙在被窝里，不跟汉武帝见面。汉武帝揭开被窝，她还是不让他看她的脸。她说："我没梳妆，不能参见皇上。"汉武帝只好出去。她终于死了。汉武帝始终没见到害病时候的李夫人，留在他心坎里的只有一个活泼漂亮、一笑俩酒窝的李夫人。为了李夫人的缘故，他拜李广利为将军。

这次出兵是去进攻贰师城的，就把李广利封为贰师将军。汉武帝为了叫贰师将军李广利准能打胜仗，三千骑兵再加三千，另外还有几万步兵。王恢曾经到过西域，叫他带道。

公元前 104 年（太初元年，即汉武帝即位第三十七年），贰师将军李广利率领大军向敦煌出发。蝗虫也来凑热闹，吃完了关东的庄稼，满世界飞，往西飞到了敦煌。贰师将军的军队把蝗虫撇在后面，出了玉门关，经过盐泽和沙漠地带。沿路的小国不敢得罪匈奴，他们联合起来守住城和堡垒，不供给汉兵粮食吃。汉兵受冻挨饿，又没有水喝，不断地有人倒在路上。赶到他们到了郁成，只剩了几千人了。郁成王上次杀了使者车令，早已做了准备。两下一交战，几千个汉兵又死了一半。贰师将军对王恢他们说："郁成都打不下来，怎么能进攻大宛呢？"他们只好回来了。

一来一往，费了两年工夫，损失了不少人马。汉兵回到敦煌的时候，十个人里也就剩下一两个人了。李广利上个奏章，大意说："因为路远，粮食不够，困难重重；士兵们不怕打仗，就怕口渴、肚子饿；人多了，粮食供应不上，人少了，不能进攻大宛，还是退兵回来吧。”汉武帝看了这个奏章，直冒火儿。要是连大宛都欺负我们，怎么还能够对付匈奴呢？他立刻打发使者到玉门关，传出命令，说：“谁敢进关的，谁就砍头。”贰师将军李广利他们都害怕了，只好留在敦煌。

汉武帝正想再发大兵去攻打大宛，匈奴又侵犯进来。有的大臣说：“不要再去攻打大宛了，还是用全力去对付匈奴吧。”汉武帝认为大宛打不下来，千里马弄不到手还是小事，他怕的是大夏、月氏这些国家准会瞧不起汉朝，就是乌孙、轮台（轮台，古地名，在今新疆轮台）也会出来阻碍使者的。到了那时候，匈奴拉拢西域各国，西、北两路像卡子一样来卡住中国，事情就更不好办了。他主张先去对付大宛，把西域这一边稳住了，然后才能够用全力去对付匈奴。

汉武帝派出六万骑兵、七万步兵，还有三万匹马和几万头驴、骡、骆驼等，还有从民间征用的耕牛十万头。这许多牲口全都编作运输队。粮草、弓箭等多得数也数不清楚。另外还有跟着军队私人带着粮食、食品、货物去做买卖的，不计其数。这么多人马到了敦煌，全都交给留在那边的贰师将军李广利率领。贰师将军李广利率领着这些兵马，胆儿就大了。沿路各部族瞧见汉军这么威武，都自动地拿出粮食来慰劳。只有轮台一个城不顾死活地跟汉军作对。李广利先打下了轮台。以后从轮台往西，一点挡头都没有地向大宛进去。打头的三万骑兵到了大宛，大宛王毋寡带着大队兵马出来对敌，给汉军打得落花流水。大宛兵逃进城里，再也不出来了，大宛王毋寡打发使者冲出包围，到康居国去求救兵。康居王不愿跟汉朝作对，没发兵来。李广利进攻了四十多天，攻破外城，大宛兵退守内城。

大宛的贵族们私底下商议着讲和。贵人昧蔡说：“咱们的大王也太不讲情理了。他把好马都藏在贰师城，还杀了汉朝的使者，难怪人家来报仇。现在咱们内缺粮草，外无救兵，再打下去也是个死。不如杀了毋寡，跟汉军和了吧。”

大宛的贵族们就杀了毋寡，打发使者捧着人头到汉营里来求和。李广利答应了。大宛人把贰师城的马都放出来，让汉兵自己挑。李广利叫两个都尉仔细选择，挑了上等马几十匹，中等以下三千多匹。李广利和大宛的贵族订了约，立昧蔡为大宛王，汉军带着马群离开了大宛。

李广利因为郁成王上次杀了使者车令，抢去了汉朝的礼物，这次又打击了另一路的汉兵，还杀了几个汉朝的军官，就派上官桀（上官，姓；桀，名）去进攻郁成城。郁成城给攻破了。郁成王逃到康居。上官桀派使者到康居，要求康居王把郁成王交出来。康居王知道大宛给汉军打下来了，不敢得罪汉朝，只好把郁成王交给上官桀，上官桀派四个骑兵把他押到李广利的营里去。四个骑兵怕路上出了岔，就把郁成王杀了，拿着人头去见贰师将军。贰师将军就叫上官桀的那一支军队回到玉门关相会。

李广利他们先后出去的有十几万人马，费了四年工夫，赶到他们回到玉门关，一共只有两万人，一千零几匹马了。损失尽管这么大，汉武帝认为这是通西域、打匈奴的一场关键性的战争，是值得庆祝的。

汉武帝得到了几十匹大宛的好马，把它们叫“天马”。他要“天马”只是个名目，实底子是要把大宛拉过来。西域各国见到了汉朝的威力，都派他们的子弟来拜见汉武帝，把汉朝作为依靠。汉武帝打败了大宛，准备再跟匈奴干一下子。

古籍链接

得乌孙马好，名曰：“天马”。及得宛汗血马，益壮，更名乌孙马曰“西极马”，宛马曰“天马”云。

——《汉书·卷六十一》

扣留使者

匈奴伊稚斜单于自从给卫青、霍去病打败以后，逃到漠北，休养了几年。他在公元前 114 年（元鼎三年，即汉武帝即位第二十七年）死了，他儿子乌维做了单于。乌维单于采用赵信的计策，外表上做出要跟汉朝和亲的样子，实际上还是招兵买马，进行侵略。汉朝正忙着对付别的地方，也没去跟匈奴计较。

这几年当中，汉武帝整顿了南越，建立了南海等九个郡；取消了东越王，把老百姓迁移到江淮一带来；平定了西南方，建立了牂牁等五个郡；封了滇王，建立了益州郡；打败了楼兰、车师，跟乌孙和了亲；打败了大宛，加强了西边的边防。东、南、西三方面大体上都安定下来，他就可以专门去对付北边了。乌维单于派使者来求和，汉武帝就打发杨信为使者到匈奴去传达命令。

匈奴也实在霸道，他们定了一条规矩：汉朝的使者必须放下使节、把脸涂黑了，才准到大帐篷里去见单于。使者杨信认为他手里拿着的使节是代表朝廷的，怎么也不能离手；他又没犯法，怎么能把脸涂黑呢？匈奴这么对待汉朝的使者，杨信不依；杨信不按照匈奴的要求办，单于也不依。双方交涉下来，总算同意了一个折中的办法：单于坐在大帐篷外面接见手里拿着使节、脸上不涂黑的杨信。

杨信对乌维单于说："如果大王诚心诚意地要跟汉朝和亲，请把太子送到长安去。"乌维单于说："哪儿有这个规矩？以前也订过盟约，汉朝把公主嫁给单于，再送绸缎、布帛、食物和别的礼物来，我们就不跑到你们的边界上去。现在你要我把太子送去做抵押，这算什么道理！"

杨信回去报告了以后，汉武帝派使者王乌去见单于。王乌怕触犯单于，就低声下气地放下使节，把脸涂黑，走进大帐篷去见单于。单于一瞧是这么一个听话的使者，心里挺高兴。为了要多得到汉朝的财物，他对王乌说："我要到汉朝去见皇上，当面结为兄弟。"他又说："汉朝要是诚心诚意地跟我们和好，以后就应该派贵人到这儿来接头。"

王乌回去以后，汉武帝在长安给单于盖了一所公馆。乌维单于派他的贵人到汉朝来。匈奴的贵人因为水土不服，到了长安就病了。汉朝给他看病、吃药，巴不得他早点好起来。事情可真不巧，匈奴的贵人终于病死了。

汉武帝派大臣路充国挺隆重地把灵柩送去，送葬的费用花了几千金。可是乌维单于认为贵人是给汉朝害死的，就把路充国扣留了。匈奴还不断地发兵来侵犯。

路充国给匈奴扣留了三年，乌维单于死了。他儿子做了单于，称为"儿单于"。汉朝派两个使者去吊丧，儿单于把他们也扣留了。汉朝的使者前前后后被匈奴扣留的就有十几起。匈奴的使者被汉朝扣留的也有十几起。

汉武帝派贰师将军李广利进攻大宛的那一年，匈奴遭受了大雪灾，牲口冻死了很多。儿单于正在少年，脾气又古怪，动不动就杀人。匈奴人都不安生。左大都尉准备除去儿单于，打发他的心腹来告诉汉朝，说："我决定杀了儿单于，投奔汉朝。可是汉朝离这儿太远。请发兵来迎接我一下，我就立刻发动。"

汉武帝听了匈奴使者的话，派公孙敖带领士兵和民夫到关外去造了座受降城迎接左大都尉。受降城离漠北还是太远，汉武帝另外派赵破奴去接头。赵破奴带着两万骑兵从朔方出发，向西北走了两千多里地，到了浚稽山（在今蒙古国土喇河和鄂尔库河之间）。他派人去约左大都尉到浚稽山来相会。

他们等了好些天，没见左大都尉到来。赵破奴再派人去探听，才知道有人通了风声，左大都尉给儿单于杀了。赵破奴只好带着两万骑兵回来。他们到了离受降城还差四百里地的地方，突然给匈奴的八万骑兵围住了。

两万骑兵全军覆没，赵破奴做了俘虏。匈奴的大队骑兵接着进攻受降城。幸亏公孙敖早已做了准备，匈奴打不进来，只好回去了。

公孙敖的报告到了长安，汉武帝因为先要去对付大宛，暂时把匈奴这一头搁下来。这会儿，西边已经安定了，他下了道诏书，通告天下，说匈奴不断地侵略我们，差不多每年来抢我们的牛羊，杀害无辜的老百姓，不把匈奴击退，我们是没法过安静的日子的。

公元前100年（天汉元年，即汉武帝即位第四十一年），汉武帝正想出兵去打匈奴，那个扣留在匈奴的使者路充国和别的使者都回来了。他们向汉武帝报告，说匈奴又要和亲了。

原来儿单于死了，他儿子太小，大臣们立乌维单于的兄弟为单于。才一年工夫，他也死了。他们就立他的兄弟且鞮侯为单于。且鞮侯单于刚即位，汉朝已经打败了大宛，消息传到匈奴，他怕汉朝打进去，就派使者把过去扣留在匈奴的使者都送回来了，还说："汉朝是匈奴的丈人，我做晚辈的怎么敢得罪长辈呢？"

汉武帝见到了路充国他们回来，又听到了且鞮侯单于说了这么谦虚的话，不能不信。为了回答且鞮侯单于的好意，他特意打发中郎将苏武拿着使节送匈奴的使者和以前扣留下的使者们回去，还带了许多值钱的礼物去送给单于。苏武奉了命令，带着两个副手张胜和常惠，还有一百多个士兵到匈奴去，沿路跟匈奴的使者们交了朋友。

苏武到了匈奴，归还了匈奴的使者，送上了礼物。且鞮侯单于总该满意了吧。哪儿知道他并不是真要跟汉朝和好。他把汉朝的使者送回只是个缓兵之计。他瞧见汉朝归还了使者，送来了礼物，认为汉朝中了他的计，更加傲慢起来了。他对待苏武也不很讲礼貌。苏武为了两国和好，不便多说话。他只等着单于写了回信，让他回去就是了。想不到就在这个时候，倒霉的事发生了，害得苏武吃尽苦头。

苏武牧羊

苏武到匈奴以前，有个汉朝的使者叫卫律，投降了匈奴。匈奴正需要有个汉人替他们出主意，就格外优待卫律，封他为丁灵王。卫律的副手虞常虽然跟着卫律投降了匈奴，可是心里很不乐意，老想暗杀卫律，逃回中原去。就因为没有帮手，不敢莽撞。他跟苏武的副手张胜本来是朋友。这次见了张胜，就暗地里对他说："听说咱们的皇上恨透了卫律，我准备替朝廷把他射死。我母亲和兄弟都在中原，我不希望别的，只希望立了功，皇上能够照顾照顾我的母亲就是了。"张胜很表同情，愿意帮助他。谁知道虞常没把卫律射死，自己反倒给逮住了。单于叫卫律审问虞常。

到了这个时候，张胜害怕起来。他把虞常跟他说的话全告诉了苏武。苏武急得什么似的，他说："要是虞常供出了跟你同谋，咱们还得去上公堂。堂堂大国的使臣像犯人一样给人家审问，不是给朝廷丢脸吗？还不如早点自杀吧。"说着，他就拔出刀来，向脖子上抹去。张胜和常惠连忙拉住他的手，夺去了刀，才没让他死。

苏武只希望虞常不把张胜供出来就够造化的了。虞常受了各种残酷的刑罚，只承认张胜是他朋友，他们曾经说过话。卫律把他的供词交给单于，单于召集了大臣们商议治死汉朝的使者。有一个大臣劝住单于，说："如果他们谋杀大王，也不过定个死罪。现在还没有这么严重，不如免了他们的罪，叫他们投降。”单于叫卫律去召苏武他们进去。

苏武听到卫律叫他投降，就对常惠他们说：“丧失气节、污辱使命，就算活下去，还有什么脸见人呢？”一面说，一面拔出刀来，又向脖子上抹去。卫律慌忙把他抱住，苏武的脖子已经受了重伤。他倒在地下，浑身是血。卫律叫人去请医生。常惠他们哭得不像样子。赶到医生到来，苏武还没醒过来。

匈奴的医生叫人刨个地坑，地坑里烧着文火（微微的、没有火焰的火），铺上木板，把苏武搁在木板上，摆成个趴着的姿势。医生用脚踩他的脊梁，让他的伤口出血。这么踩了半天，苏武才缓醒过来。然后给他涂上药膏子，扎住伤口，抬到营房里去。那个愿意帮助虞常的张胜已经关在监狱里了。

单于十分钦佩苏武，早早晚晚派人去问候，一直等到他痊愈了，才叫卫律想办法去劝他投降。卫律奉了单于的命令请苏武到公堂上坐下，让苏武好像旁听似的听他审问虞常和张胜的案子。

虞常态度强硬，他对卫律说：“要杀就杀，要剐就剐，我可不愿意跟你这个叛徒多说话。”卫律宣告虞常死罪，当时就把他杀了。

他对张胜说：“你是汉朝的使臣，不应该跟虞常同谋暗杀单于的大臣。你也有死罪。可是单于有个命令，投降的可以免罪。你要是说个‘不’字，我就砍了你的脑袋！”说着，他就拿起刀来向他举着。张胜贪生怕死，投降了。

卫律回过头来对苏武说：“您的副手有了死罪，您也得连坐。”苏武说：“我既不是同谋，又不是他的亲属，为什么要连坐？”卫律又拿起刀来，他还没砍过去，苏武脖子一挺，不动声色地等着。这一挺，反倒叫卫律的手缩回去了。他说：“苏先生，您听我说吧。我也是不得已才投降匈奴的。多蒙单于大恩，封我为王，给我几万个手下人和满山的马群。您瞧多么富贵呀。苏先生今天投降，明天就跟我一样。何必这么固执白白地丧了命？尸首扔在草野里，有谁知道呢？”

苏武不回答他。卫律又说：“先生听我劝告，我就跟先生结为兄弟。要不然，恐怕您不能再跟我见面了。”

苏武再也忍不住了，他站起来，用手指头指着卫律，骂着说：“卫律！你是汉人的儿子，做了汉朝的臣下，忘恩负义地背叛了朝廷，背叛了父母，厚颜无耻地投降了敌人，做了叛徒，亏你还有脸跟我说这些话！再说，单于信任你，叫你审问案子，决定生死。可是你不能平心静气地主持公道，反倒挑拨离间，引起两国的争端，你安的是什么心！你也不想想，南越杀了汉朝的使者，给汉朝灭了，改成了九个郡；大宛王杀了汉朝的使者，自己的脑袋给人送到长安去了。难道你也要叫单于学他们的样吗？你明明知道我是绝不会投降的，怎么逼我也没有用。我并不怕死，可是匈奴要是闯了祸，我看你也逃不了。”

苏武这种理直气壮的责备，连卫律这样的人听了，也红了脸，他只好去向单于报告。单于不得不称赞苏武，可是他更加要想办法叫苏武投降。他想折磨他的身子，叫他屈服。他把苏武下了地窖，不给他吃的、喝的。这个办法可真毒辣，两三天饿下来就叫苏武受不了啦。没有吃的已经够受的了，想不到没有喝的，简直连喘气都喘不过来。苏武不怕死，可是事情已经到了这步田地，他要争取活着坚持正义。正好天下大雪，破破烂烂的地窖里也全是雪，他就大口地吃。嘴倒是不渴了，肚子还是饿的。在没法当中他把扔在地窖里的破旧的皮带、羊皮片什么的啃着吃下去。这么着，他又过了几天。

匈奴见苏武还活着，只好把他放出来。单于要封他为王，他可不干。末了，单于把他充军到北海（在今贝加尔湖），叫他在那边放羊。那个副手常惠也像苏武一样不肯投降，单于罚他做苦工，故意不让他跟苏武在一块儿。

苏武到了北海，口粮不够，他就挖野菜，逮野鼠，作为补充。吃的、喝的，是冷是热，他都不在乎，最叫他念念不忘的是他没完成使者的使命。他永远拿着汉朝的使节，始终还是个汉朝的使者。现在他什么都没有了，跟他同生同死的就剩下这根使节了。他从这根使节上得到了安慰。他从每一节的穗子上瞧见了他白头发的母亲，瞧见了他长着胡子的皇上，瞧见了中原的麦穗，瞧见了他所热爱的整个国家。他拿着使节放羊，抱着使节睡觉，他还想着总有一天能够拿着使节回去。

一年一年地过去了，苏武一直在北海放羊。他不知道汉朝有没有再派使者来，也不知道汉武帝怎么样。

李陵投降

汉武帝没见苏武回来，挺纳闷儿的。他疑心匈奴借着和好的因由，骗取汉朝的财物，扣留汉朝的使者。他正想派人去探听，恰巧赵破奴从匈奴逃回来了。赵破奴并没见到苏武，可是他知道匈奴扣留汉朝的使者，还打算再来侵犯边疆。汉武帝就派贰师将军李广利带领三万骑兵去打匈奴。他又吩咐李广的孙子李陵监督辎重，跟着李广利一块儿去，可是李陵不干。

李陵是个少年英雄，力气大，箭法好，跟手底下的人很合得来。汉武帝说他有点像他的祖父，让他做了都尉，给他五千丹阳楚兵防守着酒泉、张掖一带。这次李广利准备从酒泉出发去打匈奴，汉武帝吩咐李陵给李广利监督辎重。李广利虽然老打败仗，可是他到底是汉武帝的大舅子，谁也不敢不服他。李陵究竟年轻，还不知道天有多高、地有多厚呢。他瞧不起李广利，不愿意在他的手下。他央告汉武帝，说："我的部下都是丹阳精兵，他们个个都能打老虎，射箭是百发百中的。我情愿带领这一队人马独当一面去分散单于的兵力，请别叫我专门跟着贰师将军的军队。"

汉武帝知道他瞧不起李广利，当时就生了气，骂他，说："你不愿意跟着贰师将军吗？我派出了这么多的军队，再也没有马给你了。"李陵挺着胸脯，说："没有马就没有马，只要给我五千步兵，我就打到单于的大营里去！"汉武帝就像斗气似的答应了他，可是他另外派将军路博德在半路上接应李陵。

路博德的地位本来比李陵高，他也不愿意跟在李陵的后头，好像做他的副手似的。他上了个奏章，说："现在正是秋天，匈奴的马最肥，我们不可轻易跟匈奴交战。还不如叫李陵慢点出发，等到明年春天再出去也不晚。"

汉武帝看了奏章，不说话。他怀疑这是因为李陵说了大话后悔了，才叫路博德出面来推辞。他把奏章搁在一边。正好探子来报告，说匈奴侵犯西河。汉武帝就派路博德去守西河。接着他下了命令，吩咐李陵从遮虏障（在今甘肃张掖）出发，去侦察东浚稽山。

李广利从酒泉出发，到了天山，碰到了匈奴右贤王的士兵。右贤王没做准备，人马又没像汉军那么多，打了一个败仗，死伤了一万多人。他赶紧去召集大队人马，再回来追赶汉军。李广利打了一个胜仗，得意扬扬地回来。他走了还不到几百里地，忽然被右贤王的大队人马围住。几天下来，汉军的粮草不够，饿死的和打死的人就不少。逃又逃不出去，待又待不住，眼看就要全军覆没了。

有个陇西人叫赵充国，他带着一百多个壮士拼死杀出重围。李广利这次也挺"勇敢"地夹在赵充国和一百多个壮士中间一块儿逃出来。汉兵又死了十分之六七，赵充国受伤二十多处，可还没死。

李广利带了三万骑兵出去，回来的还不到一万人。他上了个奏章，说明匈奴多么厉害，他多么勇敢地杀出了重围。不说别的，光是他手下的赵充国，身上就受了二十多处伤。汉武帝召见了赵充国，亲自瞧了瞧他的伤，血瘢还没掉呢。汉武帝不由得夸奖了他一番，拜他为中郎。李广利虽然打了败仗，损失了这么多的人马，可是人家这么"勇敢"地逃回来了，汉武帝也不愿意办他罪。

汉武帝是不肯认输的。他再派公孙敖和路博德从西河出发，分两路去打匈奴。两队兵马分别在北边兜了一个圈子，没碰到匈奴兵，只好回来。进攻匈奴的几批大军，忙到一天星斗，都回来了，就是李陵的那五千步兵还没有消息。如果进攻匈奴有盼头的话，全在李陵这一队了。果然，李陵的骑兵陈步乐回来向汉武帝报告，说李陵率领着五千步兵从遮虏障出发，一帆风顺地到了东浚稽山南边，在龙勒水上（在今蒙古国），歇了几天，还没找到一个匈奴兵。他们再往北走了三十天，到了浚稽山，就驻扎下来。

李陵把沿路的山水形势画成一张地图，加上说明，由骑兵陈步乐带回去给汉武帝。

汉武帝听了报告，看了地图，很高兴。他认为打胜仗有了盼头了。他天天等候着好消息。好容易消息传来：李陵全军覆没！

原来李陵他们一直到了浚稽山，还没瞧见一个匈奴兵，匈奴兵可早就瞧见他们了。且鞮侯单于亲自率领三万骑兵，把李陵的五千步兵围困在两座山的中间。李陵拿大车作为营盘，营盘外面摆下阵势：前面一层的士兵拿着戟和盾牌，后面一层是弓箭手。匈奴瞧见汉军人少，大胆地一直冲过来。汉营里的弓箭手等着匈奴兵走近了，几千支箭一齐射出去，大批的匈奴兵中了箭，倒下了，其余的乱糟糟地逃到山上去。汉军趁着他们的乱劲儿，追上去，杀了一两千人。汉军一打退匈奴兵，连忙往南跑回来。

单于着了慌。他赶紧召集了八万多骑兵来追赶汉军。汉军一面抵抗，一面继续往南跑。这么打打、跑跑，跑跑、打打，对付了好几天。他们到了一个山谷里，又打了一阵，杀了匈奴一千多人。汉军跑了四五天，到了一个水洼地区，那边长的满是苇子。他们想躲在苇塘里打游击。不料匈奴在上风放起火来了。李陵连忙叫士兵们自己这边先放火，腾出一块烧过的空地来，使得那边的火不能烧到这边来。汉军趁着匈奴那边的火正烧着的时候，一直往南跑，到了一座山底下。匈奴兵赶到，又展开了一场血战。李陵的步兵在树缝子里钻来钻去地打击匈奴的骑兵，匈奴的骑兵在树缝子里反倒挺不方便，又被汉军杀了不少人。汉军瞧见单于在南山上，大伙儿对着他一齐射箭，吓得单于慌忙逃去。

那一天，汉军俘虏了几个匈奴兵，盘问下来，才知道单于本来不想再追汉军了。他认为李陵的步兵是汉朝的精兵，他们天天引着匈奴兵往南赶，前面准有大军埋伏着，所以不想再追下去了。单于左右的几个大臣说：“大王亲自率领着几万骑兵还消灭不了几千个汉兵，以后汉朝将更瞧不起咱们了。在山谷里打仗，人多使不出力气来。再过去四五十里地就是平地了。要是在平地上再打不过他们，咱们就回来。”单于听了他们的话又追赶了一阵。

汉军到了平地，一天当中打了十几次。匈奴兵又死伤了一千多人。单于得不到便宜，这会儿真打算回去了。想不到汉军里有个军官，叫管敢，为了说怪话被校尉责打了一顿。管敢夜里偷偷地跑出来，逃到匈奴那边去，做了叛徒。他告诉匈奴，说："汉军后面并没有救兵，汉营里的箭也快要完了。只有将军李陵和校尉韩延年各有八百名步兵，十分厉害，别的人都平常得很。"单于得到了叛徒管敢的报告，非常高兴。他马上带领骑兵去攻击李陵和韩延年，还向他们喊话，叫他们投降。

匈奴的一支骑兵拦住汉军的去路，大军在山上四面围攻，把汉军赶到山谷里。汉军五十万支箭都用完了，五千名步兵也只有一千零点了。他们就拿车轮、车档、车轴当作兵器，跟匈奴兵展开了肉搏。双方又死了不少人。天黑了，匈奴不便出来，汉军也不能出去。李陵穿上便衣，自己出去，想去跟单于拼命。可是四面全是敌人，怎么跑得出去呢？他叹了一口气，回来叫士兵们把旗子收起来，同值钱的东西一块儿埋在地下，不让匈奴拿走。

他对士兵们说："要是现在还有几十支箭的话，咱们还可以一块儿冲出去。现在箭没有了，刀、戟也都折了，一到天亮，不是全给他们逮了去吗？还不如散了队，各自逃命，能够有几个逃回去报告皇上也是好的。"他就吩咐士兵每人随身带上两升干粮、一块冰，各人自想办法分头逃跑。能够往南再跑一百八十里地就是遮虏障了。他约定他们在那边相会。

到了半夜，李陵叫士兵打鼓助威。哪儿知道所有的鼓不是破的，就是鼓皮软绵绵的，"噗噗噗"怎么也打不响。李陵和韩延年骑上马，带着十几个壮士往南出去。匈奴的骑兵追上来的就有几千。十几个人跟几千个骑兵就打起来了。韩延年杀了几十个匈奴骑兵以后阵亡了。李陵被匈奴围住。他向南哭着说："我没有脸见皇上了！"他下了马，让匈奴逮了去。

其余的汉兵先后逃回到遮虏障的一共有四百多人。他们向当地的长官详细报告汉军覆没的经过，长官又向朝廷报告上去。

汉武帝得到了这个消息，还以为李陵一定也阵亡了。后来他听到李陵投降的信儿，气得什么似的，当时就责问那个送地图来的陈步乐。陈步乐有口难辩，自杀了。汉武帝说他活该。他又把李陵的母亲和妻子下了监狱。大臣们这才知道汉武帝是多么痛恨李陵了。

司马迁受累

汉武帝召集了大臣们，让他们都来评评李陵的行动。有的责备李陵怕死，有的批评李陵没有用兵的本领，有的骂李陵是个卖国贼。

一个说："孤军深入已经不对了，他还想躲在山谷里、苇塘里，这哪儿像个将军呢？"一个说："李陵只会说大话，他可没有真本领。他当时曾经说过他的部下个个都能打老虎，射箭是百发百中的。要是真有这种本领的话，五十万支箭怎么射不中几万匈奴呢？难道百发百中的射箭能手，五六箭还射不中一箭吗？"一个说："李陵一个劲儿要自己带兵，他早就瞧不起贰师将军了。"大伙儿都说李陵不应该不死。可是谁都没提起韩延年和四千多个阵亡的将士来，好像他们都是该死的，而李陵是不该活的。

大臣当中有个太史令，叫司马迁。他正在壮年，也像李陵一样不知道天有多高，地有多厚。他并不是跟李陵特别相好，也不是不知道李陵投降匈奴是不对的。只因为他瞧不起这批专看汉武帝的脸色说话的人，就冒冒失失地替李陵打抱起不平来了。

他说："李陵服侍父母很孝顺，跟同人来往最讲信义，国家有缓急，他情愿不顾性命地干去。他素来就是这么存心的。他的风度是大人物的风度。现在一碰到不幸，出了岔，那些自己保全身体、保全妻子的臣下，加醋加酱地都说李陵的坏话，我实在觉得痛心！再说，李陵带去的步兵还不满五千，就这么深深地跑到敌人的心腹地区，打击了几万敌人，叫敌人来不及救护打死的和受伤的人。李陵的士兵拿着弓箭打击匈奴，转来转去，拼命地打了一千里地。直到箭也使完了，道儿也堵死了，他们还赤手空拳地拼，打死了不少敌人。他能够叫他部下个个不顾死活地打仗，就是古代最出名的将军也不过如此。他虽然打了败仗，可是杀了这么多的敌人，也足足可以向天下的人交代了。”

司马迁这么替李陵辩护着，汉武帝也不能插嘴，大臣们更不敢反驳。有几个人叽叽喳喳地议论着说：“这么说来，李陵要比贰师将军强得多了。”汉武帝听见了他们把李陵去比李广利，好像戳了他的肺管子似的，已经火儿了。可是他觉得司马迁的话里很难挑出错处来，只好瞪着眼睛看了看那几个议论李广利的人。也是司马迁一时糊涂，说着说着，不应该说的他也说出来了。他说：“李陵不肯马上就死，准有他的主意。他一定还想将功赎罪来报答皇上。”

汉武帝抓住了这句话，骂着说：“你怎么知道他的主意？是李陵告诉你的？是我叫李陵去投降的？要像你这种说法，谁都可以堂而皇之地投降敌人了。这么狂妄地替投降敌人的人强辩，你不是成心反对朝廷吗？”他吆喝一声，把司马迁下了监狱，吩咐廷尉杜周去审问他。

廷尉杜周是个酷吏，也是汉武帝肚子里的蛔虫。他早就知道汉武帝的心意了。上次大舅子贰师将军李广利出兵，李陵不愿意在他的手底下监督辎重，已经得罪了汉武帝。因此，汉武帝就让他带着五千步兵去冒个险，不但后面没有军队接应他，连打仗的马也不给。他既然这么对待李陵，司马迁还替他辩护，这不是老虎头上拍苍蝇吗？为了迎合汉武帝的心意，廷尉杜周就把司马迁定了宫刑。

按照汉朝的规矩，定了死罪的人还可以拿出钱来赎罪，宫刑当然也可以赎罪的。可是司马迁拿不出钱来，他既没有有钱的朋友帮助，又没有侠客替他打抱不平，只好受了刑罚，做个残废的人。受宫刑是最丢人的，依他的脾气宁可自杀，也不愿意受这种刑罚的。可是他觉得自己的工作还没完成，不应该死。他正在用全部精力写着一部《史记》，还没写完。他要忍受一切污辱和痛苦来完成这部书。据他自己说，他十岁的时候，就读《尚书》《左传》《国语》等古文，二十岁开始游历各地的名胜古迹，全国东南西北差不多快走遍了。以后一直喜欢研究中国的历史和文学。他父亲司马谈做了太史公，执掌天官。汉武帝上泰山封禅，像他这样执掌天官的大臣按理应当在一起，汉武帝可没让他跟了去。他因此闷闷不乐地病死了。太史公死了以后，司马迁曾经出使巴蜀，回来继承他父亲的事业，做了太史令。这次为了李陵的事，受了宫刑。他叹息着说："这是我的罪呀！这是我的罪呀！身子毁了，没有用了。我静下来仔细想想，从前西伯（周文王）关在羑里（在今河南省汤阴；羑 yǒu），写了一部《周易》；孔子被困在陈蔡，写了一部《春秋》；屈原遭到放逐，写了《离骚》；左丘明眼睛瞎了，写了《国语》；孙膑跛了脚，写了一部《兵法》；吕不韦被逼搬到蜀地去，传下了一部《吕氏春秋》；韩非子关在秦国，传下了几篇《说难》《孤愤》等文章；《诗经》三百篇，大多是圣贤人在发愤的情况下所写的著作。这些人心里都有郁闷，有理想可行不通，他们就把过去的事情叙述出来，作为将来的参考。我也就从黄帝开始到太始二年（公元前 95 年）为止，一共写了一百三十篇文章，五十二万字。"司马迁出了监狱以后，还做了中书令，后来终于闷闷不乐地死了。也有人说，他是因为改不了倔强的老脾气，到了儿给汉武帝杀了的。

汉武帝把李陵的一家下了监狱，又把司马迁办了罪，总算出了气了。过了一个时期，他平心静气地想了想，自己也有点后悔。他本来叫路博德去接应李陵，就不应该改变主意，又叫他去守西河，弄得李陵得不到救兵。这么一想，他就打发使者去慰劳那四百多个逃回来的士兵。他还打算再去进攻匈奴，最好能把李陵接回来。

公元前 97 年（天汉四年，即汉武帝即位第四十四年），汉武帝发出了二十多万人马分作三路去进攻匈奴：他派贰师将军李广利率领六万骑兵、七万步兵，从朔方出发，派强弩都尉路博德带着一万多人跟在后面接应；派游击将军韩说带着三万步兵，从五原出发；派因杅将军（因杅，匈奴地名）公孙敖带着一万骑兵、三万步兵，从雁门出发。四位将军一个一个地向汉武帝辞行。

汉武帝特意嘱咐公孙敖，对他说："李陵虽然打了败仗，留在匈奴，听说他还想回来。你要看准机会，一直打进匈奴里面去，能够把李陵接回来，就是一等大功。"公孙敖觉得汉武帝这么重用他，高兴得眯缝着眼睛连着点头、哈腰。

二十多万汉军浩浩荡荡地陆续出发，看这个劲头，非把匈奴消灭不可了。匈奴的探子得到了这个消息，立刻骑着快马飞一样地跑去报告且鞮侯单于。且鞮侯单于吩咐左贤王带领两万骑兵去抵抗从雁门出来的公孙敖那一路汉军，自己率领着十万骑兵去对付从朔方出来的李广利那一路，叫临近五原的任何匈奴百姓和牲口一概撤退。兵法上说，知己知彼，才能够百战百胜。匈奴知道了汉军的情况，他们这么布置了，李广利可还不知道。

他率领着六万骑兵、七万步兵毫无阻碍地一直到了余吾水（在浚稽山北），正碰上单于的十万精兵。两下一交战，李广利就败下来了。人家还不肯让他好好地退去，他只好一面打，一面逃。这么连着抵抗了十几天，粮草都快完了，刚巧路博德的一队人马来接应，匈奴兵才不再追赶。李广利和路博德两队大军这下子总算挺安全地一块儿回来。

游击将军韩说带着三万步兵到了匈奴地界，在荒野里兜了几个圈子，没碰到一个匈奴兵。他们没有事，每天只是吃饭、走路，走路、吃饭。路越走越远，粮食可越吃越少。韩说没有办法，只好回来。

第三路公孙敖的那一万骑兵、三万步兵到了匈奴地界，还没扎营，匈奴左贤王的骑兵已经打过来。公孙敖皱着眉头子，眯缝着小眼睛估量了一下，觉得自己不是左贤王的对手，还是退兵最上算。幸亏左贤王挺大方地让汉军回来了。汉武帝嘱咐他深入匈奴地区，可是他见了左贤王就往回跑，更别说见到李陵了。他怎么能向汉武帝交代呢？他可有办法，只要心狠，怎么说都行。

他向汉武帝报告，说："我捉到了一个匈奴的活口，他说，李陵投降了匈奴，做了单于的军师。李陵布置了匈奴兵防备着汉军，叫我怎么还能打得进去呢？"说着，连连摇头。汉武帝不能怪他，要怪当然只能怪李陵。

汉武帝这才确定李陵真不是玩意儿。他不是怕死，他是成心跟朝廷作对。司马迁说他还想将功赎罪，来报答朝廷，这不是有意欺蒙皇上吗？他越想越恨，当时就下了命令，把李陵的一家老少全杀了。

冤枉的事情可能查得出来，害死了的人可不能再活了。原来汉朝有一个都尉叫李绪，他早已投降了匈奴。这会儿教匈奴防备汉军的就是他，可不是李陵。汉武帝听到了还有个李绪，觉得不应该杀了李陵的母亲和妻子。他想，死的已经死了，也就算了。

李陵得到了全家灭门的信儿，哭得死去活来。他要报仇。他派人把李绪刺死。单于的母亲知道了这件事，说李陵不该杀害匈奴的大臣，一定要把李陵治死。且鞮侯单于爱李陵的才能，暗地里派心腹把李陵送到北方暂时躲避一下。李陵不由得感激单于的好意。后来单于的母亲死了，单于马上派人去接李陵，好言好语地安慰了他一番。因为汉武帝杀了李陵的母亲和妻子，单于把自己的女儿嫁给李陵，还封他为右校王。打这儿起，李陵跟卫律一样，死心塌地地做了叛徒。汉武帝就更没法打败匈奴了。

汉武帝不但不能打败匈奴，而且弄得国内很不安定。这几年来，东方（指长安以东）的老百姓纷纷起来反抗朝廷，怎么办呢？

古籍链接

陵在匈奴岁余，上遣因杅将军公孙敖将兵深入匈奴迎陵。敖军无功还，曰："捕得生口，言李陵教单于为兵以备汉军，故臣无所得。"上闻，于是族陵家，母弟妻子皆伏诛。陇西士大夫以李氏为愧。其后，汉遣使使匈奴，陵谓使者曰："吾为汉将步卒五千人横行匈奴，以亡救而败，何负于汉而诛吾家？"使者曰："汉闻李少卿教匈奴为兵。"陵曰："乃李绪，非我也。"李绪本汉塞外都尉，居奚侯城，匈奴攻之，绪降，而单于客遇绪，常坐陵上。陵痛其家以李绪而诛，使人刺杀绪。大阏氏欲杀陵，单于匿之北方，大阏氏死乃还。

单于壮陵，以女妻之，立为右校王，卫律为丁灵王，皆贵用事。卫律者，父本长水胡人。律生长汉，善协律都尉李延年，延年荐言律使匈奴。使还，会延年家收，律惧并诛，亡还降匈奴。匈奴爱之，常在单于左右。陵居外，有大事，乃入议。

——《汉书·卷五十四》

尧母门

汉武帝为了连年用兵，他就多收捐税，常派官差；为了不让百姓逃捐税、逃官差，他就加重刑罚，任用酷吏。苛捐、杂税、严刑、酷吏逼得老百姓走投无路，只好成群结队地起来反抗官府。齐、南阳、楚、燕、赵等地闹得很凶。有的几百人一伙儿，有的几千人一队，常常打下城邑，夺取兵库里的兵器，冲进监狱放走囚犯。他们抓住了郡里的太守或者县里的都尉，不是把他们绑上示众，就是把他们杀了。俸禄在两千石一级的酷吏杀了至少有一百多个，有钱有势的人家挨抢挨杀的那就更多了。

汉武帝派大臣穿着绣花的衣服、拿着节杖发兵去围剿。这种残杀老百姓的大官有个挺好听的头衔，叫绣衣使者。绣衣使者一到，因为带来的兵马多，杀人就杀得凶，一个郡里上万的人被杀，是常见的事。可是“剿匪”剿了几年，不但没把“土匪”消灭，而且越杀越多，越剿越找不到他们了。他们占领了山头或者别的险要的地方，继续抵抗官兵。有的跟干活儿的老百姓在一起，白天种地，黑夜出来打击官兵，弄得绣衣使者也无可奈何。

汉武帝想出了一条新法律，叫“沉命法”（“沉命”，就是没有性命的意思）：凡是两千石以下的地方官不能发觉“土匪”的或者发觉了不能消灭他们的，都有死罪。这么一来，两千石以下的地方官和地方官手底下的那些人为了保全自己的性命，只好眼开眼闭地对待着“土匪”，谁也不敢再往上报告了。

有一个绣衣使者叫暴胜之（暴，姓；胜之，名），他对两千石以下的官吏专会挑眼，老说他们不用心剿匪，动不动就依照“沉命法”把这一级的官吏处死。沿路的州、郡听到他快来了，谁都害怕。有的守令就特别卖力气，天天发兵围剿，硬把那些反抗官府的农民极其残酷地镇压下去。暴胜之到了勃海，听说那边有个知名之士叫隽不疑（隽，姓；不疑，名），挺了不起。他就请他来相见。隽不疑样子很庄严，衣冠整齐、大方，暴胜之见了，不由得恭恭敬敬地向他请教。隽不疑还真帮着这位杀人不眨眼的绣衣使者，替他出了主意。他说：“做大官的不能太厉害，太厉害了，自己长不了；可也不能太柔和，太柔和了，没有威望。要是能够在威望之中加上一点恩德，恩德之中又有威望，这样，对自己、对别人都有好处。”

暴胜之一点不糊涂，他接受了隽不疑的劝告，下决心采用了“恩威兼施”的手段，还把隽不疑推荐给汉武帝，汉武帝拜他为青州刺史。暴胜之采用了这种手段很有用，还真有人说：“姓暴的不太残暴了。”

绣衣使者当中最刻毒的要数大胖子江充。大胖子江充是赵国人，原来是赵王的门客。他得罪了赵太子，逃到长安，反咬一口，说赵太子怎么怎么不好。汉武帝见他长得个儿大，眼睛深，认为他一定有魄力，办事一定精明，就把他留下，还挺重用他。大胖子的马屁劲儿是数一数二的，没有多少日子他就当上了绣衣使者。汉武帝叫他去督察皇亲国戚和文武大臣。江充就在贵戚和大臣当中检查开了。他把贵戚子弟的毛病检举出来，吓唬他们，说要罚他们到北方去打匈奴，要不然，就得拿出钱来赎罪。那些被检举的人情愿拿出钱来赎罪。汉武帝正需要军费，最近才开始征收酒捐，现在既是能够收到大批的赎罪费，他都批准了。他还说江充忠直可靠，是个铁面无私的大臣。

有一天，江充跟着汉武帝上甘泉宫去，路上瞧见了太子刘据的手下人坐着车马过来，他就上前喝住，把车马扣留了。依照那时候的规矩，皇上出来的时候，除了随从的人，道儿上不准别的人走动。如果有车马走这条道儿的，就把车马没收。太子一听到这个消息，马上派人去向江充求情，说：“车马情愿没收，不过请江君原谅，千万别让皇上知道这件事，免得皇上说我不好好地管教手下人。”江充可不答应，还特地上了个奏章指责太子的不是。汉武帝把江充夸奖了一番，说：“做大臣的应当这样。”又把他升了官职。这一来，江充的威风震动了京城。

江充怎么敢得罪太子呢？他难道不想想将来太子即位做了皇帝，他可怎么办呢？江充要是想不到这一层，他也就不是江充了。他敢得罪太子，这里面当然有个道理。

原来汉武帝又爱上了一个美人儿，因为爱捏拳头，汉武帝给她一个外号叫“钩弋夫人”，也叫“拳夫人”。公元前94年（太始三年，即汉武帝即位第四十七年），汉武帝已经六十四岁了，钩弋夫人生了个儿子，起名叫弗陵。据说，怀胎十四个月才把弗陵生下来。

汉武帝认为这个儿子将来准了不起。他说：“听说从前帝尧（古代中国最理想的帝王）是十四个月生的，现在我这个儿子也是十四个月生的，可见得钩弋夫人也比得上帝尧的母亲了。”他就把钩弋夫人住的那座钩弋宫的大门叫“尧母门”。那些专门瞧着汉武帝的心思做事的人多乖哪。他们见了“尧母门”，就知道这里面住的就是今天的帝尧的母亲了，她的儿子弗陵还不是将来的皇帝吗？现在的太子早晚总得废去。江充当然用不着害怕太子了。

不但江充跟太子作对，还有一些大臣也都跟太子合不到一块儿去。那就是那些同汉武帝一样主张加重刑罚，主张连年用兵的大臣们。太子是汉武帝头一个儿子，他母亲卫子夫又是当年最得宠的人，汉武帝当然非常喜爱他。赶到太子长大了，心眼儿好，性情温和，做事小心谨慎，跟汉武帝大刀阔斧的脾气不一样，再说卫皇后也不如以前那么年轻漂亮，汉武帝就不怎么看重太子了。再加上汉武帝宠爱的几个夫人都生了儿子，哪一个皇子不能做太子呢？因此，卫皇后和太子挺不安心。

汉武帝也瞧出来了，可是他怕卫皇后的兄弟大将军卫青不乐意，曾经对他说过：“汉朝的内政还是潦潦草草地才有个头绪，四面的部族又不断地向中原侵犯。我要是不改变制度，后世没有个规范；我要是不出兵征伐，天下不得安定。要改革制度，要出兵征伐，就不能不多费些人力、财力。如果我的后代也像我这么干的话，那准会像秦朝一样，跟着就要亡国。太子为人稳重，好静不好动，一定能够安抚天下。这是用不着我担心的。要找一个能够安抚天下、提倡文教的君主，哪儿还有比太子更好的呢？听说皇后和太子都有点不安心，真是这样的吗？还是你替我好好安慰安慰他们吧。”

大将军卫青听了汉武帝这一番话，磕头谢恩。卫皇后听了这一番话，就摘下首饰来向汉武帝请罪。汉武帝免不了又安慰了她一番。

太子每次请汉武帝不要去征伐四周围的部族，汉武帝老是笑着对他说："劳苦的事情让我来干，将来你好安安停停地治理天下。这不是很好吗？"话虽如此，究竟因为爷儿俩脾气不同，大臣们也就分成了两派。汉武帝任用酷吏，加重刑罚；太子为人厚道，处处宽大。他时常请汉武帝任用忠厚的大臣，减轻刑罚。因此，老百姓和忠厚的大臣都拥护太子，那班专门着重刑罚的大臣怕太子将来对他们不利，都给他说坏话。后来大将军卫青死了，卫皇后没有势力，有些大臣认为太子已经没有撑腰的人了，就千方百计地找他的过错。汉武帝和自己的儿子平时本来疏远，卫皇后更是难得跟他见面。这就给这些人有了钻空子的机会。

有一天，太子去拜见皇后，好大半天才出来。江充的心腹黄门苏文（黄门，管宫门的内侍）贼头贼脑地向汉武帝咬着耳朵，说："太子一天到晚在后宫调戏宫女。"汉武帝没说什么，只是给太子加了好多名宫女。后来太子知道了原来是苏文在汉武帝面前造谣，心里不免恨他。苏文又跟小黄门常融他们在汉武帝跟前老给太子说坏话。卫皇后知道了，咬牙切齿地痛恨他们。她嘱咐太子去向汉武帝分辩一下，说说自己的委屈，请他惩办奸臣。太子说："只要自己不错，何必怕他们呢？皇上多么聪明、能干，他是不会相信奸臣的。"

又有一次，汉武帝有点不舒服。他吩咐小黄门常融去召太子进来。常融跟苏文先碰了个头，才去请太子。他先跑一步回来告诉汉武帝，说："太子听说皇上病了，他脸上就喜气洋洋的。"汉武帝叹了一口气。随后太子进来问安。汉武帝一瞧，他脸上还留着眼泪的印儿，他可故意做出笑脸来跟汉武帝说话。汉武帝看出太子的真心，向他追问下去，才知道原来是常融在他面前捣的鬼。他就把常融宰了。

苏文为了陷害太子，反倒断送了一个帮手，又是恨又是怕。他抓工夫去告诉江充，江充闭着眼睛、晃着大脑袋琢磨了半天，还真给他想出了一个害死太子的好主意。

挖掘木头人

大胖子江充趁着汉武帝身子不舒服，请他搬到甘泉宫去养病。这时候汉武帝已经六十七了，他正想清清静静地休养几天，就听了江充的话，暂时住在甘泉宫。

近来他老觉得心神不安，好像暗地里有人要谋害他似的。他知道齐、南阳、楚、燕、赵等地都有大批的农民起来反抗官府。要不是闹到这步田地，也用不着派绣衣使者带着兵马到各处去镇压了。连长安城里也有不少人咒骂皇帝的。汉武帝住在建章宫的时候，曾经瞅见一个男人带着宝剑溜进了龙华门来行刺，当时就吩咐左右去抓。可是哪儿有刺客的影儿？这可把汉武帝气坏了。他首先把管宫门的人杀了，再吩咐京城里的骑士搜查上林。接着，下了命令，关上城门，挨家挨户地去搜查。整个长安城搜查了十一天，闹得满城风雨，到了儿也没抓到刺客。

长安城里没查到刺客，可是查出了无数的方士和巫婆。这些人利用迷信，骗人钱财。他们教人们把木头人埋在地下，由他画符、念咒、做法事。据说，这么一来，就可以叫冤家遭殃，自己得福。有门路的巫婆往来宫中，教美人、宫女们也这么干起来。那些怨恨皇上的，就在屋子里埋下木头人，一面祭祀，一面咒骂。汉武帝也曾经听到过用木头人迷魂的把戏，可是因为自己相信方士，不断地叫他们去求神仙，就一直没去追究。这会儿他明明瞅见了一个带剑的男人，怎么忽然会无踪无影呢？他疑神疑鬼，就疑心到木头人迷魂上头去了。

正在这个时候，有人告发丞相公孙贺（卫皇后的姐夫）的儿子公孙敬声跟汉武帝的女儿阳石公主私通，还埋着木头人咒骂皇上。汉武帝一想：那个忽然不见的带剑的男人可能就是木头人变出来的。他立刻吩咐廷尉杜周审查这件案子。

杜周猜透了汉武帝的心思，知道当初因为公孙贺是卫皇后的姐夫才步步高升做上了丞相，现在也正因为他是卫皇后的姐夫，又是丞相，对于住在尧母门里的钩弋夫人是不利的。杜周就把公孙贺和他儿子敬声定了死罪，全家灭门。过了三四个月，卫皇后的亲生女儿诸邑公主，卫皇后的内侄卫伉（大将军卫青的儿子；伉：kàng），还有那个跟卫皇后的外甥公孙敬声要好的阳石公主，都拿木头人迷魂、咒骂皇上的罪名定了死罪。汉武帝一一批准。不料木头人的案子越闹越大，连累了许多后宫美女和朝廷大臣。汉武帝火上加火，一下子就杀了他们好几百。

要是木头人不过是骗人的玩意儿，何必屠杀这么多的人呢？要是木头人的确有灵验的话，它们不会向汉武帝来报仇吗？汉武帝既然相信方士，相信神仙，他当然也相信木头人能害人。为了有人咒骂他，埋着木头人来迷他的魂，他老闹别扭，闹得他头昏脑涨，精神迷糊。有一天，吃了午饭，他想好好儿地睡一个午觉，忽然来了几千个木头人，个个拿着棍棒，一窝蜂似的向汉武帝没头没脑地打来。汉武帝大叫一声，醒了，原来是个噩梦。脑袋疼得挺厉害，心里直跳。从那天起，他就病了。

江充趁着这个机会，请汉武帝搬到甘泉宫去。江充跟太子和卫皇后作对，现在他见年老的汉武帝病了，万一死了，自己落在太子手里，那可不是闹着玩儿的。他就对汉武帝说："皇上的病完全是由于木头人起来的。这批咒骂皇上的人犯了'大逆不道'的罪，实在可杀。"

汉武帝就叫江充再去查办这些"大逆不道"的人。江充带着几个"眼睛能看得见鬼"的人到文武百官和老百姓家里去挖掘埋在地里的木头人。真埋着木头人、咒骂皇上的人定了死罪，不必说了。那些家里并没有木头人的，也没咒骂过皇上的人，只要江充说他们"大逆不道"，他们家里也就能够刨出木头人来。如果有人说，那木头人是江充手下的人在刨地的时候放进去的，那么，只要江充吆喝一声，手下的人就把烧红的铁钳烙他的手、脚和身子，直到他招供为止。做官的和老百姓这么死在江充手里的就有好几万。木头人的案子是皇上命令江充查办的，谁还能跟皇上打官司呢？

江充的心腹叫檀何。他自己吹牛能够望气，也是汉武帝信任的人。他对汉武帝说："我在外面望气，就瞧见宫里有鬼气。那里面准埋着不少木头人。要是宫里的鬼气不消除的话，唉，皇上的病是没法好的。"汉武帝就给江充一道诏书，吩咐他带着方士檀何、将军韩说、御史章赣、黄门苏文等到宫里去搜查木头人。

江充拿着诏书，率领着檀何、韩说、章赣、苏文等到了宫里，到处挖掘。别的地方掘出来的木头人有限，只有卫皇后和太子的两个宫里特别多。太子宫里不但刨出了许许多多木头人，而且还有一条布帛，上面写着咒骂皇上的话。江充出来，说要向皇上去上奏章。

太子并没埋过木头人，那帛书也是无中生有的东西。他凭空受了委屈，怎么能不害怕呢？他连忙跟他的老师石德（石庆的儿子，万石君石奋的孙子）商量办法。石德说："公孙贺丞相父子、两位公主和卫伉他们都是这么定了死罪的。他们有冤没处诉。现在江充他们又拿木头人来陷害太子，简直没法分辩。还不如把江充逮了来，追查他的罪行，再作道理。"

太子愣了一下，说："这怎么行呢？江充是奉了诏书来的，我怎么能够逮他呢？"石德说："现在皇上有病，住在甘泉宫，皇后和太子派人去问病，也不给通报。究竟皇上是生是死，不得而知。奸臣当权，闹到这步田地。难道太子不想想秦朝扶苏的事吗？"太子说："我做儿子的怎么可以独断专行地杀害皇上的大臣呢？我还是拼条性命上甘泉宫去央告皇上，如果能够免罪，那就够造化的了。"

太子不听石德的劝告，就要走了。想不到江充派人来叫太子去见他，还催得挺紧。太子逼得走投无路，只好听从石德的话，打发武士们冒充使者去拿这批奸臣。江充没防到太子有这一着，当时就给捉住，檀何也给绑上。将军韩说自己觉得有武艺，就跟武士们打起来。究竟双拳抵不过四手，受了重伤死了。苏文和章赣找个空子逃到甘泉宫去了。

武士们把江充和檀何拿到东宫去见太子。太子见了江充，气得眼睛里冒出火来，指着他骂："奸贼！你扰乱了赵国，害了赵太子还不够，这会儿又来害我们父子吗？"江充耷拉着大脑袋，咧着嘴，直打哆嗦。太子一声吩咐，武士们就把江充砍了。那个专门望气的家伙檀何被拖到上林，用火活活地烧了。

太子还怕江充的党徒和御史章赣、黄门苏文他们带着兵马来进攻东宫，就派自己的心腹连夜去通报皇后，调用皇后所有的车马，装运武库里的兵器和长乐宫的卫士。卫士到了，兵器有了，太子就吩咐武士们和卫士们守住宫门。

苏文和章赣逃到甘泉宫，向汉武帝报告了经过，说太子造反。汉武帝说："那一定是因为太子害怕了，又因为痛恨江充他们，才出了事，我叫他过来问一问就知道了。"他打发内侍去召太子来。那个内侍出去的时候，苏文向他递个眼色，好像打个冷战似的摇了摇脑袋。那个内侍已经明白了七八分。再说他怕太子也像对待苏文那样对待他，更不敢去见他了。这么着，他在外边躲了一会儿，回来报告，说："太子已经造反了！他不肯来，还要杀我。我只好逃回来了。"

汉武帝这才真冒了火儿。他下了道诏书，吩咐丞相刘屈氂（máo）派兵去捉拿太子，有谁拿住太子的有重赏，活的、死的都行。

刘屈氂一听到太子造反，慌慌忙忙地逃出来，连丞相的大印也丢了。这会儿接到了汉武帝的诏书，才传出命令，把京城里和邻近县邑里的将士都召集起来，进攻太子。太子也派使者假传皇上的命令，把长安城里所有的囚犯一概放出来，由石德和门客张光率领着抵抗丞相的兵马，并且宣布说："皇上病重，奸臣作乱。"弄得文武百官不知道到底谁是谁非，城里乱打一锅粥混战了四五天，双方都死伤了几万人，还分不出谁胜谁败来。

汉武帝带病回到建章宫，大臣们这才知道是太子造反，都出来帮助丞相。人们听说是太子造反，不再帮助他了。这么一来，丞相手下的人越打越多，太子手下的人越打越少。石德和张光先后被杀。太子打了败仗，带着两个儿子往南门逃去。四城早已关得严严的，哪儿逃得出去呢？守南门的田仁是个两千石的官员。他不愿意杀害太子，就把他和他两个儿子都放走了。

刘屈氂追到城门边，查出田仁放走了太子，当时就要把他杀头。御史大夫暴胜之也跟刘屈氂在一块儿。他赶紧拦住，说："田仁是两千石的大臣，要杀也得奏明皇上。"刘屈氂只好把田仁拿下，自己去报告汉武帝。汉武帝正在气头上，不但不体谅田仁的好意，还责备暴胜之不该袒护田仁，把他也下了监狱。暴胜之知道再活下去只有更倒霉，就自杀了。

汉武帝又派人去接收卫皇后的印。卫皇后想起了这一辈子的遭遇，做了皇后还不如做个“平阳歌女卫子夫”呢！她哭了一场，上吊死了。

汉武帝还是很生气。他下了命令，捉拿太子。大臣们谁也不敢劝阻。难道天下就没有一个敢说实话的人吗？

古籍链接

充典治巫蛊，既知上意，白言宫中有蛊气，入宫至省中，坏御座掘地。上使按道侯韩说、御史章赣、黄门苏文等助充。充遂至太子宫掘蛊，得桐木人。时上疾，辟暑甘泉宫，独皇后、太子在。太子召问少傅石德，德惧为师傅并诛，因谓太子曰：“前丞相父子、两公主及卫氏皆坐此，今巫与使者掘地得征验，不知巫置之邪，将实有也，无以自明，可矫以节收捕充等系狱，穷治其奸诈。且上疾在甘泉，皇后及家吏请问皆不报，上存亡未可知，而奸臣如此，太子将不念秦扶苏事耶？”太子急，然德言。

征和二年七月壬午，乃使客为使者收捕充等。按道侯说疑使者有诈，不肯受诏，客格杀说。御史章赣被创突亡。自归甘泉。太子使舍人无且持节夜入未央宫殿长秋门，因长御倚华具白皇后，发中厩车载射士，出武库兵，发长乐宫卫，告令百官曰江充反。乃斩充以徇，炙胡巫上林中。遂部宾客为将率，与丞相刘屈氂等战。长安中扰乱，言太子反，以故众不附。太子兵败，亡，不得。

——《汉书·卷六十三》

轮台悔过

壶关（地名，在今山西壶关）有个三老，名叫令狐茂（令狐，姓；茂，名）。他上书给汉武帝，说："太子素来忠厚、稳重、顺从皇上。他绝没有恶意。那江充是个奸臣。他先前害了赵太子，天下人都知道赵太子的冤屈。这次太子被他逼得无路可走，他为了保护自己，才出了事。皇上被奸臣蒙蔽，发大兵把他逼走，还要去捉拿他。大臣们谁都不敢替他说话，我真觉得痛心！希望皇上开开恩，不要专看太子的不是，快点收兵，别让太子老躲在外边。我是出于一片忠心，才敢冒着死罪来劝告皇上的。"

汉武帝看了令狐茂的奏章，心平气和地想了想：太子究竟是自己的儿子，一向不错，江充怎么能跟他比呢？他也有点后悔了。可是他一下子还下不了台阶，没能直截了当地免了太子的罪。

太子逃到湖县（在今河南灵宝一带），躲在泉鸠里一个老百姓的家里。主人很穷，是卖草鞋过日子的。现在为了供给太子和他两个儿子，生活就更维持不了啦。太子有个有钱的朋友在湖县，他派人去请他帮助。朋友没有找到，风声倒走漏出去了。

新安令李寿和山阳人张富昌为了要得到重赏，连夜到泉鸠里去捉拿太子。小小的几间民房给李寿他们围住。太子没法逃出去，只好上吊自杀。主人家和在太子身边的两个儿子还想拦住李寿和张富昌，都被他们打死。

李寿飞快地上了奏章报功。汉武帝有言在先，只好把李寿和张富昌都封了侯。可是背地里有人骂他们这个“侯”是断子绝孙的“猴儿”。汉武帝自己也觉得有点傻，杀了自己的儿子和孙子的反倒封了侯，怎么说得过去呢？他开始调查挖掘木头人的那件事。

从各方面调查下来，才知道卫皇后和太子宫里压根儿就没埋过什么木头人。原来都是大胖子江充他们捣的鬼。汉武帝正在懊悔自己不该这么冒冒失失地杀害子孙的时候，有个管理汉高祖庙堂的官员叫田千秋，上了一个奏章替太子申冤，说：“儿子玩弄父亲的刀兵，应当受责打；天子的儿子错杀了人，该怎么定罪？这是我做梦的时候一位白头发老爷爷教我这么说的。”

汉武帝完全明白过来了。他召见了田千秋。一见他身高八尺，相貌堂堂，已经很喜欢了，又听他说到太子的冤枉，真是一个字一滴眼泪，更加受了感动。汉武帝对他说：“父子之间，别人很难说话。你能够说得这么简单明了，这准是高帝庙里的神灵叫你来教导我的。请你做我的助手吧。”他拜田千秋为大鸿胪（管典礼的大官）。又下了命令，把江充一家灭了门，把苏文绑在渭桥上活活地烧死。杀害太子的李寿和张富昌已经封了侯不便办罪，就叫他们做了北地太守去对付匈奴。

匈奴在公元前 90 年（征和三年，即汉武帝即位第五十一年，太子死后八个月），又打到五原和酒泉来了。汉武帝派李广利带领七万兵马从五原出发，另外派马通带领四万兵马从酒泉出发，派商丘成带领两万兵马从西河出发，去对付匈奴。李广利动身的时候，丞相刘屈氂送他到了渭桥。两个人趁着这个机会偷偷地约定了一件大事。

原来汉武帝生了六个儿子，除了太子刘据，还有齐王刘闳、燕王刘旦、昌邑王刘髆（bó）、广陵王刘胥、钩弋夫人的儿子弗陵。燕王刘旦是汉武帝第三个儿子，上头两个哥哥都死了，挨次序说来，他也可以希望做太子。他上书请求到宫里来伺候皇上。这明明是探听汉武帝的心意。汉武帝不答应。那么第四个儿子昌邑王刘髆也有了希望了。昌邑王刘髆是贰师将军李广利的妹妹李夫人生的。李广利的女儿是丞相刘屈氂的儿媳妇。两亲家为了儿女的富贵和自己的势力，就在渭桥约定立昌邑王刘髆做太子。

李广利、马通、商丘成三路兵马到了匈奴，开头倒还顺利。后来马通到了天山，追不上匈奴兵，就回来了。商丘成碰到了匈奴的大将李陵，占不到便宜，也回来了。只有李广利还没回来。汉武帝正挂念着他，忽然有人告发他和丞相刘屈氂订了密约，要立昌邑王为太子，丞相夫人还祈神祷鬼地咒骂皇上。汉武帝气得眼珠子直转，把丞相刘屈氂交给廷尉去审问。审问下来，断定他犯的是大逆不道的死罪。结果，丞相刘屈氂腰斩，丞相夫人砍了头，李广利的妻子也都下了监狱。

李广利家里的人火速到前方去报告。李广利听到了这个信儿，吓得脑袋嗡的一声，浑身直发冷。有人对他说："如果将军能够打个大胜仗，还有将功折罪的希望。要不然，匆匆忙忙地回去，恐怕凶多吉少。"李广利只好硬着头皮，再往北打过去。千不恨、万不恨，只恨自己太没有能耐。他打了败仗，被匈奴兵马围住。他早已有了主意，下了马，趴在地下，投降了匈奴。狐鹿姑单于（且鞮侯的儿子）知道他是汉朝的红人，特别优待他。

狐鹿姑单于收留了李广利以后，对汉朝更加傲慢了。他写了一封信，派使者来见汉武帝。那信上说："南边有大汉，北边有强胡。强胡是天之骄子，不愿意为了一些小礼节麻烦自己。现在我干脆对你说个明白——大开关口，让匈奴出入方便，我们还要娶汉人的女子为妻子；你们还得每年给我上等好酒一万石，粟米五千斛，各种绸缎布帛一万匹；还有别的东西照以前的规矩送来。这样，我们就不再到边界上来抢掠了。"

汉武帝先派使者送匈奴的使者回去，暂时和好。

狐鹿姑单于因为李广利原来是汉朝的大将，又是个皇亲国戚，对待他在卫律之上，这可把卫律气坏了。刚巧单于的母亲病了，卫律买通了神婆子，嘱咐她去谋害李广利。神婆子对单于说："太夫人的病是不容易好的了。过世的单于已经发了脾气，他说，'这个贰师三番五次地侵犯过咱们，你怎么还这么优待他？以前我出兵的时候老说逮住了贰师，一定把他宰了，祭祀天地。你为什么不拿他来祭祀呢？'"狐鹿姑单于就把李广利宰了作为祭物。

汉武帝因为李广利投降了匈奴，把李家灭了门，跟他有联系的公孙敖和赵破奴他们也都灭了门。汉武帝痛恨着江充、刘屈氂、李广利他们，痛恨自己杀了太子。他越想越后悔，就在湖县盖了一座皇宫，叫"思子宫"，又造了一个高台，叫"归来望思台"。他还真住在"思子宫"里想念着太子，上了高台，东瞧瞧、西望望，希望太子回来。天下的人听到了这位年老的汉武帝这会儿这么想念着太子，又是恨他，又是替他心酸。

汉武帝想念着太子，又考虑到各地人民大多对他不满，有的地方早已起来反抗官府，匈奴虽然轰到漠北去了，可是单于还是挺傲慢的，还等着机会再来侵犯边疆。他干了一辈子事业，远不能称心如意。他这么左思右想，觉得天底下什么都是空的了。他想再一次去求神仙，就召集了方士们，问他们神仙到底在哪儿。他们说："神仙在山里，山在海里。可是每次出去，船只老是被风刮回来。因此，没有一回到达神山。"汉武帝要亲自航行去找神山。大臣们拦也拦不住他。

公元前 89 年（征和四年，即汉武帝即位第五十二年，他 69 岁那一年），汉武帝到了东莱海边（在今山东半岛），正碰到大风大浪。没结没完的浪头向岸上冲过来，打在岩石上，天崩地裂般"砰"的一声，蹦得山那么高，把汉武帝的耳朵也震聋了。一个大浪刚在半空中爆成粉碎，向四面飞下，接着一声霹雷，第二个浪头又在半空中开了花。往远处瞧，好像千百条的青龙翻山倒海地在那儿恶斗，一条上来，一条下去，把海面搅成了无数的雪山在那儿打滚儿。大风大浪把整个天都闹得迷迷糊糊的，好像快要塌下来似的，哪儿还能驶船！汉武帝连着在岸上等了十几天，没法下船。他叹了一口气，死了心，回来了。

汉武帝求不到神仙，只好回过头来脚踏实地整顿朝政了。他曾经说过："我要是不改变制度，后世没有个规范；我要是不出兵征伐，天下不得安定。要改变制度，要出兵征伐，就不能不多费些人力、财力。如果我的后代也像我这么干的话，那准会像秦朝一样，跟着就要亡国。"没想到不必等他的后代，目前国内的人民已经受不了啦。当初汉文帝和汉景帝采用"与民休息"的政策，完全免去田租或者免去田租的一半，原来是件好事情，可是得到好处最多的主要是土地所有者，就是当时的地主阶级。他们开始兼并土地。到了汉武帝的时候，土地所有者趁着农民有困难，大批地兼并土地，土地更加集中到大中地主的手里。失去土地的农民不是做了佃农就是逃亡而为流民。再加上水灾、旱灾，各地方都有大批的农民起来反抗官府。

一生精明强干的汉武帝已经看到了：他要是再这么干下去的话，汉朝的统治准会给这一代的陈胜、吴广所推翻。汉武帝害怕了，他第一次感觉到他得向人民屈服。他在没办法当中，不得不使出他最后的一份能力来挽救自己的命运。他下了决心，要尽一切努力来巩固自己的统治，还得以身作则去劝诫大臣和全国的官吏。他到了巨定县（在今山东广饶一带），正是三月好天气，农民忙着春耕。他指着他们对大臣们说："咱们吃的、穿的，都是他们给咱们的呀！"他吩咐大臣们准备耒耜，汉武帝亲自下地，做个耕种的榜样，劝导全国的农民好好儿耕种。

汉武帝在巨定耕作以后，封了泰山，在明堂祭祀了一番。他对大臣们说："从我即位以来，所作所为没有一件不是狂妄的，害得天下百姓愁苦不堪，我悔也悔不过来。从今以后，不论什么事情，凡是伤害老百姓的或者浪费天下财物的，一概停止！"大臣们低着头，各人心里都责备着自己过去的不是。

大鸿胪田千秋抓住机会，央告汉武帝，说："方士们都说神仙、求神仙，从来没见到过一点效验。请皇上把方士们一概排斥不用，让他们回家去，不得再骗人钱财。"汉武帝完全依照田千秋的意思做去。他说："唉，我以前实在太糊涂了，受了方士的欺骗。天下哪儿真有仙人呢？全是瞎说八道。能够节制饮食、有病吃药、注意身子、少生疾病就是了。"

汉武帝回到宫里，搜粟都尉（官名，管农业和财政的大臣）桑弘羊来见他。他以前曾经请汉武帝叫老百姓每人增加三十钱的赋税作为边防的费用，这会儿又向汉武帝建议，说："轮台东部有五千多顷土地可以耕种。请皇上派人到那边去筑堡垒，再设置官员驻扎军队，然后招募老百姓到那边去开荒。这样，不但轮台可以种五谷，而且也可以帮助乌孙，让西域各国有所顾忌。"汉武帝趁着这个机会下了一道诏书，说：

上次有人主张每人加税三十钱作为边防的费用。这是加重老弱孤独的负担，叫他们更加困难。这次又请派士兵和老百姓到轮台去开荒。轮台在车师以西一千多里。以前发兵去打车师，虽然收服了车师，但是因为路远、饮食困难，沿路死了好几千人。到车师去已经死了这么多人，别说再到车师以西的地方去了。由于我自己糊涂，屡次派贰师去打匈奴，害得士兵死亡，妻离子散，到今天我还心痛。现在又请我派人到遥远的轮台去筑堡垒。这不是又要扰乱天下，苦了百姓吗？我听也不愿意再听下去。目前最要紧的是：禁止残暴的刑罚，减轻全国的赋税，鼓励农民努力耕种，养马充抵徭役，使国家不缺乏费用，边疆防备不放松就是了。

自从这道诏书下去以后，汉武帝就不再用兵了，所以后人称为“轮台悔过”。汉武帝不但不再用兵，他还用各种办法让老百姓能够过日子。农民反抗朝廷的行动开始缓和下来了。

古籍链接

自武帝初通西域、置校尉，屯田渠犁。是时，军旅连出，师行三十二年，海内虚耗。征和中，贰师将军李广利以军降匈奴。上既悔远征伐，而搜粟都尉桑弘羊与丞相御史奏言：“故轮台东捷枝、渠犁皆故国，地广，饶水草，有溉田五千顷以上，处温和，田美，可益通沟渠，种五谷，与中国同时孰。其旁国少锥刀，贵黄金采缯，可以易谷食，宜给足不乏。臣愚以为可遣屯田卒诣故轮台以东，置校尉三人分护，各举图地形，通利沟渠，务使以时益种五谷，张掖、酒泉遣骑假司马为斥候，属校尉，事有便宜，因骑置以闻。田一岁，有积谷，募民壮健有累重敢徙者诣田所，就畜积为本业，益垦溉田，稍筑列亭，连城而西，以威西国，辅乌孙，为便。臣谨遣征事臣昌分部行边，严敕太守、都尉明烽火，选士马，谨斥候，蓄茭草。愿陛下遣使使西国，以安其意。臣昧死请。”

——《史记 · 卷九十六下》

托孤

汉武帝轮台悔过以后，不再用兵，一心要信任忠良，减轻官差，使人民反抗朝廷的情绪能缓和一下。到了这时候，他才想起东方朔的好处。东方朔也像司马相如一样，临死还上书汉武帝。不过司马相如是迎合汉武帝当时的心意，请他封禅；东方朔是劝汉武帝远离小人，信任忠良，还说只会奉承讨好的不一定就是好人，能够直言劝告皇上的倒不是坏人。

汉武帝认为像田千秋那样的人虽然没像董仲舒、申公、辕固那样博学多能，也没像张骞、卫青、霍去病那样立过大功，可是他能够替太子申冤，劝皇上排斥方士，做事小心谨慎，待人和蔼可亲，那就很不错了。要信任忠良，田千秋就该重用。这么着，汉武帝就拜田千秋为丞相，还封他为“富民侯”，就是叫他想办法“使人民富足”的意思。不论怎么着，“富民”总要比派绣衣使者去屠杀农民好得多。

富民侯田千秋推荐了赵过为搜粟都尉，教导老百姓增加生产的办法。汉武帝这几年来，对于增加农业生产的兴趣越来越高。几年前（公元前 95 年）大夫白公（姓白，名字已经不知道了）上个奏章，建议挖掘水渠，利用泾水灌溉民田。汉武帝就吩咐白公全权办理。白公勘测了地形，从泾阳县西北的山谷口开始一直到栎阳两百多里地方开了三条水渠，可以灌溉泾阳、醴泉、三原、高陵四个县七十多万亩田地。老百姓把这三条渠叫白公渠，编了歌赞扬白公。那首歌说：

水从哪儿来？
远在山谷口。
郑国渠在前，
白公渠在后。
举锹成云彩，
放渠水足够。
泾河一石水，
肥土顶几斗。
浇地又当粪，
庄稼不用愁。
养活多少人？
几千万人口。

这会儿搜粟都尉赵过教导农民做三件改良耕种的事情。第一，每一亩地挖三条沟，每一条沟一尺宽、一尺深，地沟和地沟之间的土地分成三块，每年轮流留下一块让它休息。这样，土地不至于过分消耗力量，长了草，有草肥，庄稼就能长得更好。第二，他教农民在锄地的时候，拿土包住庄稼的根，根一深，就更能够耐风、耐旱。第三，改良农具，做到方便、灵巧，使用起来省力，还能够增加产量。老百姓采用了这些方法，庄稼长得欢，粮食打得多，大伙儿欢天喜地地把搜粟都尉赵过当作“神农氏”看待，还说：“白公、赵过、田千秋，丰衣、足食有盼头。”

汉武帝信任了田千秋和赵过，又拜桑弘羊为御史大夫。这三个都是文的。武的方面也有三个人是他最亲信的。一个是霍光，一个是金日磾，一个是上官桀。

霍光是骠骑将军霍去病的异母兄弟。虽然不是一个母亲养的，霍去病待他像亲兄弟一样。汉武帝也挺看重他，叫他做了郎中，又从郎中连连升上去做了奉车都尉，又升为光禄大夫。霍光服侍汉武帝二十多年，小心谨慎，从来没犯过过失。汉武帝知道他忠厚可靠，一切事情完全信任他。

金日磾原来是匈奴休屠王国的太子，因为汉武帝特别待他好，不顾大臣们的反对，一直信任他，他也就决心忠于汉武帝。金日磾的母亲害病死的时候，汉武帝还把她的像画在甘泉宫里，给她写上“休屠王阏氏”几个字，作为纪念。

上官桀原来是给汉武帝看马的。有一回，汉武帝病了，上官桀乐得闲几天。赶到汉武帝病好了，到马房里一看，马都瘦得不像样子。汉武帝气得什么似的，骂着说：“你以为我不能再来看看马吗？”说着，就要把他办罪。上官桀连忙磕头，说：“我听说皇上病了，日日夜夜担心，饭也吃不下，觉也睡不着。我、我、我实在没有心思看马。”说着，眼泪一行、鼻涕一行地流下来。汉武帝认为他这么关心着他，真是个大大的忠臣。打这儿起，就把他当作心腹。

汉武帝重用田千秋、赵过、桑弘羊、霍光、金日磾、上官桀这几个文武大臣，天下安定了一些，心里觉得舒坦得多了。

公元前 88 年，汉武帝七十大寿快到了。丞相田千秋约会了御史以下、两千石以上的文武百官要给他做寿，还请他听听音乐、养养神，祝他万寿无疆。汉武帝再一次下了道诏书：

> 我无德于天下，无恩于人民，无德、无恩，狂妄一生。为了木头人的案子死了多少人，左丞相和贰师阴谋叛逆又使人心不安。几个月来，我连饭都吃不下去，哪儿还有心思听音乐呢？到了今天，方士、女巫的祸患还没完全扑灭，国内、国外还不能安享太平。我只觉得很惭愧，还有什么大寿可庆祝呢？我恭恭敬敬地感谢丞相以下到两千石各位的一番好意，请你们都回去。只要你们不偏不倚、忠心为国，那就是我的造化了。做寿的事，请别再提！

这道诏书一下去，人们都说汉武帝好，汉武帝也觉得挺痛快。到了那年夏天，他住在甘泉宫避暑。那边四周安静，正好养养神。有一天早晨，他还没起床，忽然听到卧室外面“砰”的一声怪响，接着又是叮叮咚咚好像音乐的声音。他坐起来，正纳着闷，又听到有人嚷着：“马……造反！”他连忙拿着宝剑出去，一瞧，两个人正扭成一团在地下打滚。金日磾死抱着一个人，嚷着说：“马何罗造反！”左右拔出刀来正要跑过去，汉武帝恐怕金日磾受伤，吩咐他们不要用刀。金日磾把马何罗举得高高的，使劲地往地下一扔，别人拥上去把他绑上。不费多大工夫，马何罗的案子就查问出来了。

原来马何罗是外殿里伺候汉武帝的一个内侍。他跟大胖子江充是一党。太子刘据起兵的时候，马何罗的兄弟马通帮着丞相刘屈氂打败太子，立了功劳，封了侯。赶到汉武帝后悔过来，把江充灭了门，马家的哥儿俩怕灾祸临到他们身上，就暗地里约定谋反。马何罗的行动给金日磾瞧出来了，可是无凭无据，不能把他怎么样。金日磾有意无意地老跟着他，弄得他不能下手。这会儿汉武帝到甘泉宫来避暑，马何罗就约定马通和他们的小兄弟马安成假传命令，连夜发兵埋伏在临近甘泉宫的地方。天刚亮的时候，马何罗袖子里藏着短刀从外面进来。刚巧金日磾因为肚子疼上厕所去。马何罗见了金日磾，有点心慌，急急忙忙地向汉武帝的卧室跑去。跑到外屋，眼睛往后瞧，身子贴着墙轻轻地向卧室溜过去，正碰着了挂在墙上的宝瑟。“砰”的一声，那个宝瑟掉到地下，叮叮咚咚地响个不停。马何罗吓了一大跳，正想把弦摁住，就给金日磾从后面抱住了。

汉武帝立刻派使者吩咐霍光和上官桀去捉拿马通和马安成。两兄弟正在宫外等着接应马何罗，想不到霍光和上官桀带着兵马把他们围上，好像逮小狗似的把他们都逮住了。

汉武帝经过这一次的惊吓，心里很不舒服，又想着太子死了以后，立谁做太子呢？昌邑王刘髆正月里害病死了。六个儿子现在只剩下三个。燕王刘旦和他的兄弟广陵王刘胥虽然都很勇敢，有力气，可是他们都是骄横惯了的，毛病很多，怎么也不能立他们为太子。这么说来，只有钩弋夫人的儿子弗陵了。弗陵今年七岁，身子长得挺结实，人又聪明，汉武帝不用说多疼他了。可是立这么一个小孩子做太子，他母亲又年轻，非得有个忠实可靠的大臣帮助他不可。他觉得大臣之中霍光顶靠得住。他又想起从前周公怎么帮助小孩子成王来着。周公背着成王让诸侯朝见。弗陵是个小孩子，正跟成王一样，可不知道霍光肯不肯做周公。他叫画工画了一张“周公背成王朝诸侯图”，送给霍光。霍光是个老实人，收到了这么一张图画，一看，只觉得画得挺好，可不知道是什么意思。

霍光可以做周公，弗陵可以做成王，可是弗陵这么年轻，钩弋夫人一定代他临朝，万一她也像吕太后那样抓住大权、杀害刘家的人、夺了刘家的天下，那可怎么办呢？他把心一横，决定先去了弗陵的母亲，消灭太后专权的可能性，然后才立他为太子。过了几天，他叫钩弋夫人自杀。钩弋夫人摘下簪子和耳环，趴在地上只是磕头。汉武帝吩咐左右把她带出去。钩弋夫人不说话，两只眼睛直瞅着汉武帝，那种可怜劲儿说也没法说。汉武帝只觉得她的水汪汪的眼睛好像两把尖刀扎在他的心上。他没有勇气再看下去，就闭上眼睛，捧着脑袋，说：“快走，快走！反正你活不了啦！”钩弋夫人就这么给逼死了。

第二年（公元前 87 年，后元二年，即汉武帝即位第五十四年），汉武帝病了，还病得很厉害。霍光、金日磾、上官桀他们进去问安。霍光流着眼泪，说：“万一皇上有个三长两短，谁继承皇位呢？”汉武帝说：“你还不明白那张图画的意思吗？立小儿子。你做周公。”霍光磕着头推辞，说：“我比不上金日磾。”金日磾说：“我是外族人，一来我比不上霍君，二来会叫匈奴把汉朝看轻的。”

当天就立八岁的弗陵为皇太子。第二天，汉武帝拜霍光为大司马大将军，金日磾为车骑将军，上官桀为左将军。三个人都接受了汉武帝的嘱咐，辅助小主人。还有御史大夫桑弘羊也一起在床前拜过了汉武帝。又过了一天，七十一岁的汉武帝死了。太子弗陵即位，就是汉昭帝。

苏武回国

太子弗陵做了皇帝，燕王刘旦很不服气。他认为上面的三个哥哥都死了，按次序他应当即位。他跟齐王将闾的孙子刘泽一同起来反对。可是他们并没有充分的准备。刘泽首先发兵，他还没跟燕王刘旦的军队联系上，就被青州刺史隽不疑逮住了。朝廷上审问下来，把刘泽处了死刑，燕王刘旦当然也应该处死。大将军霍光他们认为，汉昭帝刚即位就杀害亲哥哥，似乎不好，就叫刘旦承认了过错，给他一个重新做人的机会，没办他的罪。青州刺史隽不疑办事能干，升为京兆尹。

车骑将军金日磾，上次逮住马何罗立了大功，汉武帝遗诏封他为侯。金日磾因为汉昭帝刚即位，年纪又轻，他要是接受封号，好像是趁着机会抓权似的，就推辞了。想不到过了一年多，他害了重病。霍光请汉昭帝快封他为侯。金日磾在床上躺着接受了大印。第二天，金日磾死了。他的两个儿子一个叫金赏，一个叫金建，跟汉昭帝的年龄差不多，汉昭帝老跟他们玩儿，有时候还叫他们一块儿过夜。金日磾一死，汉昭帝拜金赏为奉车都尉，金建为驸马都尉。金赏还继承他父亲封了侯。

九岁的汉昭帝挺有情义，他对霍光说：“金家只有弟兄两个，不妨都封他们为侯。”霍光说：“金赏继承他父亲封了侯，这是按规矩办事。金建就不能封。”汉昭帝歪着小脑袋笑嘻嘻地说：“只要我跟将军一句话，封他也就封了呗。”霍光挺正经地说：“从前高皇帝和大臣们立过约，无功不得封侯。”汉昭帝这才明白了，就说：“将军说得对，我应该听从太爷爷的吩咐。”霍光趁着机会对他说：“皇上真了不起。”他又说：“老百姓到今天还想念着孝文皇帝和孝景皇帝哪。”汉昭帝问：“为什么？”“因为他们待老百姓好。”汉昭帝说：“那咱们也要好好儿待老百姓啊！”霍光听了，心里的疙瘩解开了一大半。他一直担心着国内不得太平。现在看到汉昭帝能这么听他的话对待百姓，百姓对朝廷不满的情绪也许能够缓和下来。他就跟汉昭帝商量一下，准备做点帮助老百姓的事情。

汉昭帝听了霍光的话，打发五个使者分头到各郡县去查看，叫他们办四件事：第一，叫各郡县选举贤良；第二，慰问有困难的老百姓；第三，替有冤枉的人申冤；第四，查办失职的官员。

第二年快要春耕的时候，又打发使者到各地去救济穷人，把大量的种子和粮食借给没有种子和口粮的农民。可惜那一年年成不好。八月里下了道诏书，说：“这两年灾害多，今年蚕丝和麦子的收成又都很差。春天里所借的种子和粮食都不必还，今年田租也完全免了。”老百姓听到了这个消息，真是喜出望外，有的甚至说：“孝文皇帝又回来了！”

汉昭帝虽然年纪小，能听大臣的话，霍光也挺不错的，全国的情况要比汉武帝轮台悔过以前安定得多，连匈奴也愿意跟汉朝和好了。当初汉武帝进攻匈奴，深入穷追二十多年，匈奴因此也大伤元气。打一次仗，每回总得死伤几万人马，连怀着胎的牛、马、羊也流了产，那些生下来的小牛、小马、小羊一碰到打仗，因为照顾不了，也大批大批地死去。为这个，匈奴好几次想跟汉朝和亲，可是都没成功。

后来狐鹿姑单于害了病，临死的时候，对大臣们说：“我的儿子太小，不能治理国家，请立我的兄弟为单于。”第二天，狐鹿姑单于死了，阏氏跟卫律不愿意让别人即位，就假传单于的命令，立阏氏的儿子为单于，就是壶衍鞮单于。狐鹿姑单于的兄弟和左贤王不服，各占地盘，都自称为王。这么一来，无形中匈奴分成了三个国家。匈奴因为内部不团结，开始衰落下去。阏氏知道没有力量再跟汉朝打仗，就打发使者到长安要求跟汉朝和亲。霍光也派使者去回报匈奴，只提出一个要求：要单于放回苏武、常惠等汉朝的使者，就答应和好。

苏武在北海放羊，已经十九年了。他在放羊的时候，始终没忘了自己是汉朝的使者。那个代表朝廷的使节老没离开手。使节上的穗子这么多年来全掉了。可是他把那个光杆子的使节看成自己的命根子一样。他紧紧地抓住这根杆子，想念着汉武帝，想念着朝廷，想念着父母之邦。

他在朝廷上本来跟李陵在一块儿，又是朋友。李陵投降了匈奴以后，不敢去见苏武。过了十多年，单于派李陵到北海去见苏武，给他们预备了酒席和音乐，让他们两个人会一会，聊聊天。

李陵对苏武说："最近单于听说我跟您素来挺好，特意派我来跟您说，他很尊敬您。您反正不能回到中原去，白白地在这个没有人的地方自己吃苦。不管您怎么忠心，有谁知道呢？再说，令兄、令弟因为出了岔，朝廷要办他们的罪，都自杀了。我来的时候，令堂已经过世了。嫂夫人年轻，听说也已经先走了一步了。剩下的就是两个令妹、两个令爱、一个公子了。现在，过了这十几年，是生是死，不得而知。唉，人生好比早晨的露水，何必老这么自己吃着苦呢？起初，我刚来的时候，心里有说不出的痛苦，简直像疯了一样。自己痛恨对不起朝廷，年老的母亲又被关在监狱里，您可以想得到我是多么痛心哪。万没想到朝廷不谅解我，把我的一家老少都杀了，逼得我无路可走，只好留在这儿。您不愿意投降，我何尝愿意投降呢？现在皇上已经老了，法令也没有准谱儿。今天杀大臣，明天杀大臣，无缘无故地灭了门的就有好几十家子。早晨起来谁都不知道晚上能不能保得住命。子卿（苏武字子卿），您还为了谁呢？"

苏武回答说："做臣下的就是为朝廷死，也没有什么可恨的！就说朝廷有什么不谅解咱们的地方，难道咱们能对不起咱们的祖宗吗？能对不起咱们的父母之邦吗？请您别再说了。"

李陵不便再开口，就跟苏武住了几天，喝喝酒，聊聊别的事情。那一天，两个人喝着酒，正在高兴的时候，李陵再一次对苏武说："子卿，您能不能再听听我的话？"苏武放下酒杯，说："我自己早就准备死了。大王一定要逼我投降的话，我就死在大王面前！"

李陵见苏武这么坚决，忽然把他称为大王，听了实在刺耳，就叹了一口气，说："唉，您真是个义士！我和卫律简直都不是人！"说着，掉下眼泪来。这么着，他只好跟苏武分别了。

李陵叫他妻子出面，送给苏武几十头牛、羊。两口子又给苏武找了个匈奴姑娘，劝她去嫁给苏武。那姑娘也着实尊敬苏武，什么事情都愿意帮助他。苏武也挺喜欢她，把她当作丫头留下了，可是不敢娶她做媳妇儿。日子久了，他从心眼儿里尊敬这位姑娘，他认为："单于跟汉朝作对，可是我跟匈奴的老百姓是无冤无仇的。"他就把她作为夫人。

后来李陵得到了汉武帝逝世的消息，又跑到北海去见苏武。苏武面朝着南方，眼睛望着天边，放声大哭，哭了个没完，还咯了几口血。一连几个月，他只要一想起从此不能再跟汉武帝见面了，就伤心得哭起来。

赶到壶衍鞮单于即位，国内不团结，阏氏怕汉兵突然打过来，就请卫律想办法。卫律出了个主意，要匈奴跟汉朝和亲，匈奴才打发使者来求和。汉朝的使者要求匈奴把苏武、常惠他们送回去。匈奴骗使者说苏武他们都已经死了。后来汉朝又派使者到匈奴去。常惠买通了单于的手下人，私底下见了使者，说明苏武的底细，还教给他一个要回苏武的说法。

第二天，使者见了单于，要他送回苏武他们。壶衍鞮单于说："苏武早已死了。"汉朝的使者挺严厉地责备他，说："单于既然成心要跟汉朝和好，就不应该再欺骗汉朝。大汉天子在上林射下了一只大雁，大雁的脚上拴着一条帛书，是苏武亲笔写的。他说他在北海放羊。您怎么说他死了呢？大雁能带信，就是天意。您怎么可以欺骗天呢？"

单于听了，吓了一大跳，眼睛看看左右，左右目瞪口呆地也都愣了。单于张着嘴，眼睛望着天，说："苏武的忠心感动了飞鸟，难道我们还不如大雁吗？"他当时就向使者道歉，答应一定好好儿送回苏武。使者说："承蒙单于放回苏武，请把常惠、马宏、徐圣、赵终根等一概放回，才好诚诚恳恳互相和好。"单于也都答应了。

单于就派李陵再到北海去召回苏武来。李陵准备了酒席，给苏武道喜。两个人一面喝酒，一面聊天儿。李陵说："现在您能够回国，我又是高兴又是悲伤。您在匈奴扬了美名，对朝廷立了大功，从古以来，谁比得上您？我李陵虽然又是愚昧又是胆小，如果朝廷宽大一点，保全我年老的母亲，让我有个擦去污辱、将功赎罪的一线希望，我怎么也不至于忘恩负义。想不到朝廷把我一家灭了门，我还有什么脸再回故乡？您是知道我的心的。我们今天分别就是永别了。"说着，他又哭了。

苏武也有一种痛苦，他得去跟那个匈奴夫人告别。他十分感激她，也很爱她，可是不能带她回去。他说："要是两国真正和好，我们还可能有见面的机会。"她流着眼泪说："我是匈奴人，您不能带我回去，我也不能叫你为难。可是，我，我……”她没法再说下去，只能抽抽噎噎地哭着。苏武给她擦着眼泪，问她：“你怎么啦？”她哭得更伤心了。过了一会儿，她低着头，说：“我……我已经有了身孕了。将来的孩子，他……他总是汉朝的人哪。”苏武又是喜欢又是难受，可是他也不知道怎么说好，就点点头，安慰她一番，走了。

当初苏武出使的时候，随从的人有一百多个，这次跟着他回来的只剩了常惠、徐圣、赵终根等九个人了。另外还有一个马宏，他是在汉武帝末年跟着光禄大夫王忠出使西域的。他们路过楼兰，楼兰王告诉了匈奴。匈奴发兵去截击，王忠阵亡，马宏被俘。匈奴逼他投降，他宁可拼死，不肯投降。匈奴就把马宏扣留下来。这次单于让他也跟着苏武一块儿回来了。

苏武出使的时候刚四十岁，今天回国，胡须、头发全都白了。长安的人民听说苏武回来了，都出来看。他们瞧见了白胡须的苏武手里拿着光杆子的使节，没有不受感动的。有的流下眼泪来，有的跷着大拇指，说他真是个大丈夫。

苏武他们拜见了汉昭帝，交还使节。十四岁的汉昭帝拿着那个光杆子，看了好大的工夫，又看看苏武他们，酸着鼻子，可说不出话来。完了，他把使节亲手交给苏武，对他说：“您到先帝庙里去祭祀祭祀，把使节交还给先帝，让他老人家也高兴高兴。”说着，他直流眼泪。他只能这么流眼泪，可不知道该封给苏武什么官职。大将军霍光出了个主意，请汉昭帝拜苏武为“典属国”，叫他管理管理汉朝跟那些外国来往的事儿，又赏给他钱二百万、公田二顷、住宅一所，可没封他为侯。常惠、徐圣、赵终根他们做了郎中。还有五六个年老的，各人赏钱十万，让他们回家去。那个死也不肯投降匈奴的马宏好像没得到什么。他们这些人不肯投降匈奴，本来都是准备死在外边的。这会儿能够回到本国，重见故乡，已经够满意的了，对于朝廷赏赐的多少倒不在乎。

苏武回来以后，汉朝和匈奴没再打仗，双方都有使者来往。苏武收到了李陵给他的信，才知道匈奴夫人已经给苏武生了一个儿子。苏武写了回信，给儿子取了个名字叫“通国”，托付李陵照顾他们，还劝他抓住机会能够回来就回来。霍光和上官桀原来跟李陵都是朋友，这会儿也派李陵的老朋友陇西人任立政等三个人到匈奴去劝李陵回来。李陵回答他们，说：“回去是容易的，可是我已经丢了脸投降了匈奴，我不能回到汉朝去再丢一次脸。”他的脸比国家重要，他不愿意受到汉朝的审问，宁可死在匈奴。

苏武回来没多久，上官桀勾结了燕王刘旦又造起反来了。

古籍链接

昭帝即位数年，匈奴与汉和亲。汉求武等，匈奴诡言武死。后汉使复至匈奴，常惠请其守者与俱，得夜见汉使。具自陈过。教使者谓单于，言天子射上林中，得雁，足有系帛书，言武等在荒泽中。使者大喜，如惠语以让单于。单于视左右而惊，谢汉使曰：“武等实在。”于是李陵置酒贺武曰：“今足下还归，扬名于匈奴，功显于汉室，虽古竹帛所载，丹青所画，何以过子卿！陵虽驽怯，令汉且贯陵罪，全其老母，使得奋大辱之积志，庶几乎曹柯之盟，此陵宿昔之所不忘也。收族陵家，为世大戮，陵尚复何顾乎？已矣！令子卿知吾心耳。异域之人，壹别长绝！陵起舞，歌曰：“径万里兮度沙幕，为君将兮奋匈奴。路穷绝兮矢刃摧，士众灭兮名已聩。老母已死，虽欲报恩将安归！”陵泣下数行，因与武决。单于召会武官属，前以降及物故，凡随武还者九人。

武以始元六年春至京师。诏武奉一太守谒武帝园庙，拜为典属国，秩中二千石，赐钱二百万，公田二顷，宅一区。常惠、徐圣、赵终根皆拜为中郎，赐帛各二百匹。其余六人老归家，赐钱人十万，复终身。常惠后至右将军，封列侯，自有传。武留匈奴凡十九岁，始以强壮出，及还，须发尽白。

——《史记 · 卷五十四》

聪明的少帝

上官桀和他儿子上官安，汉昭帝的大姐盖长公主，还有别的大臣，他们都因为霍光不讲情面，把他看作眼中钉，就勾结了燕王刘旦造起反来了。

上官安的妻子是霍光的女儿。她生了个女儿，已经六岁了。上官安异想天开，要把他六岁的女儿嫁给汉昭帝，将来好立她为皇后。他把这个打算告诉了他父亲上官桀，请他先去跟霍光疏通疏通。疏通下来，霍光说："令孙女才六岁，现在就送进宫里去，这是不合适的。"话是一句好话，可是上官桀和上官安从此就更痛恨霍光了。

上官安还不死心，他另外找了个门路。他找到了汉昭帝的大姐盖长公主的姘头丁外人（丁，姓；外人，名），请他去要求长公主。丁外人原来是长公主的丈夫盖侯的门客。盖侯死了以后，长公主就跟丁外人偷偷摸摸地做了露水夫妻。后来汉武帝一死，汉昭帝即位，大臣们请大姐长公主搬到宫里去照顾小弟弟汉昭帝。这一来，长公主就跟丁外人分开了。有时候她告一天假回家去，一回去总是在家里过夜。霍光挺纳闷儿，怎么长公主老爱回家去过夜呢？他探听下来，才知道长公主跟丁外人的关系。他认为两个人私通事小，照顾皇上事大，他干脆叫丁外人也搬到宫里来，让他们两个人好好儿伺候汉昭帝。

上官安向丁外人一说，丁外人向长公主一说，长公主就答应下来了。

汉昭帝从小死了母亲，一向把大姐长公主看成母亲一样。长公主怎么说，他就怎么依。这么着，上官安六岁的女儿进了宫，没有多少日子就立为皇后。上官安做了国丈，升了官职，做了车骑将军。上官安非常感激丁外人，就在霍光面前说丁外人怎么怎么好，可以封他为侯。霍光对于六岁的小姑娘进宫这一件事本来很不乐意，因为长公主主张这么办，他不便过于固执，再说小姑娘到底是自己的外孙女儿，她做了皇后将来对他也有好处，就睁一只眼、闭一只眼地算了。可是，封丁外人为侯，算是什么规矩呢？就算上官安嘴皮子说出血来，霍光也是一个劲儿不依。

上官安碰了一鼻子灰，还不甘休。他央告他父亲上官桀再去跟霍光商量。霍光只知道“无功不得封侯”，高低不答应。上官桀降低了要求，他说：“那么，拜他为光禄大夫行不行？”霍光说：“那也不行。丁外人无功无德，什么官爵都不能给。请别再提啦！”上官桀又是害臊又是恨，只好耷拉着脑袋出去了。霍光因此得罪了上官桀他们爷儿俩和长公主、丁外人他们。

除了这几个人，还有一个御史大夫桑弘羊，他是个理财的专家，倒不是为了个人打算反对霍光，只因为两个人在理财的政策上意见不同，合不到一块儿去。原来霍光听了谏议大夫杜延年的意见，要实行汉文帝那样“与民休息”的政策。杜延年对霍光说：“先帝喜欢用兵，又爱奢侈，弄得天下困苦不堪，户口减少了一半。这几年来，收成又不好，老百姓流离失所，难过日子。大将军辅助少帝，应当实行孝文皇帝时代的爱民政策，一切费用能够节省的就节省，使天下能够有俭朴的风气；一切法令能够宽和点的就宽和点，使老百姓能够乐意受到教化。”

霍光完全同意杜延年的建议，他请汉昭帝再一次下一道诏书，从各地方选举贤良的、有文化的人才，慰问有困难的老百姓，给他们一些帮助。这还不算，他又要废除盐税、酒捐、公家铸钱和“均输法”。“均输法”是公家防止商人抬高物价的一种买卖制度。这些捐税和买卖制度都是当初桑弘羊请汉武帝这么规定下来的。现在霍光请汉昭帝废除这些规定，桑弘羊当然起来反对。

大臣们对于废除酒捐和均输法大多都赞成，可是对于废除盐税和让私人自己铸钱，意见很不一致，因此发生了有关盐、铁的争论。

上官桀他们就把桑弘羊拉过去，再去勾结燕王刘旦，打算先除霍光，然后废去汉昭帝，立燕王刘旦做皇帝。朝廷里有左将军上官桀、车骑将军上官安，外边有燕王刘旦，宫里有长公主和丁外人，他们联合起来布置了天罗地网，不怕霍光不掉在里面。

燕王刘旦不断地派人带了很多的金银财宝送给长公主、上官桀、上官安他们，叫他们快想办法。刚巧霍光出去检阅羽林军，完了又把一个校尉调到大将军府里来。上官桀他们趁着这个机会冒充燕王刘旦上书告发霍光。他们派个心腹作为替燕王刘旦上书的人。汉昭帝接到了燕王刘旦的信，上面写着：

臣燕王旦上书陛下：听说大将军霍光出去检阅羽林军，耀武扬威地坐着跟皇上一样的车马，又自作主张，调用校尉。这种不尊重皇上、滥用职权的人哪儿像个臣下？我担心他准有阴谋，对皇上不利。我愿意归还燕王的大印，到宫里来保卫皇上，免得奸臣作乱。

汉昭帝把这封信看了又看，念了又念，就搁在一边。上官桀等了半天，没见动静，就到宫里去探问。汉昭帝只是微微地一笑，可不回答他什么。第二天，霍光进去，听说燕王刘旦上书告发他，吓得躲在偏殿的画室里等待发落。过了一会儿，汉昭帝临朝，大臣们都到了，单单少了一个霍光。他问："大将军在哪儿？"上官桀回答说："大将军因为被燕王告发，不敢进来。"

汉昭帝吩咐内侍去召霍光进来。霍光进去，自己摘去帽子，趴在地下，说："臣该万死！"汉昭帝说："大将军尽管戴上帽子。我知道有人成心要害你。"大臣们听了，你看看我、我看看你，都害怕了。霍光又是高兴又是奇怪。他磕了个头，说："皇上怎么知道的呢？"汉昭帝说："大将军检阅羽林军是在邻近的地方，调用校尉也是最近的事，一共不到十天工夫。燕王远在北方，他怎么能够知道这些事？就算知道了，马上派人来上书，也来不及赶到这儿。再说，如果大将军真要作乱，也用不着一个校尉。这明明是有人谋害大将军，燕王的信是假造的。我虽然年轻，也不见得这么容易受人愚弄。"这时候汉昭帝才十四岁，霍光和别的大臣们听了，没有一个不佩服少帝的聪明的。

霍光戴上帽子，恭恭敬敬地站着。上官桀他们吓得凉了半截。汉昭帝把脸一沉，对大臣们说："你们得想个办法把那个送信的人拿来！"送信的人就是上官桀他们，大臣们怎么知道呢？汉昭帝连着催了几天，也没破案。上官桀他们怕追急了，弄出祸来，就劝汉昭帝，说："这种小事情陛下不必追究了。"汉昭帝说："这还是小事情吗？"打这儿起，他就怀疑上官桀那一伙儿人了。

上官桀那一伙儿人还在汉昭帝面前给霍光说坏话。汉昭帝沉下脸来，他说："大将军是忠臣。先帝嘱咐他辅助我，你们还要给他说坏话吗？以后谁要再在我面前诬赖好人，我就砍他的脑袋！"上官桀他们只好再使别的花招。

上官桀他们和长公主商量了好几次，最后决定由长公主出面请霍光到宫里去喝酒，上官桀他们爷儿俩布置下埋伏，准备在宴会的时候向霍光行刺。他们又派人通报燕王刘旦，请他到京师来即位。燕王刘旦还答应封上官桀他们为王。当时先派使者去接头。

上官桀他们爷儿俩自己又秘密地定下了计策。他们准备杀了霍光以后，再把燕王刘旦刺死，上官桀自己即位登基。上官安高兴得像躺在云彩里一样，父亲做了皇帝，自己就是太子了。心里太高兴，不能不向自己的心腹聊聊。有人对他说："皇后是您自己的女儿，将来可怎么安置她呢？"上官安说："狗在追鹿的时候还有工夫去管小兔子吗？"说着，大笑起来，笑得浑身好像大了一圈。哪儿知道有人把他们的秘密泄露出去。谏议大夫杜延年得到了这个消息，连忙告诉了霍光，霍光连忙告诉了汉昭帝，汉昭帝又连忙嘱咐丞相田千秋火速扑灭乱党。

田千秋首先逮住了燕王刘旦的使者，再派人分头去邀请上官桀和上官安到丞相府里来。他们一个一个地进来，就一个一个地给绑上了。然后田千秋派丞相府的卫士逮捕他们同党的人，挨个儿录了口供，这么着，上官桀、上官安、丁外人等连他们的宗族好像做梦似的都给杀了。长公主没有脸再见人，也自杀了。燕王刘旦听到了这个信儿，还想发兵，随后又接到了诏书，叫他放明白点，他就上吊自杀了。燕王刘旦的儿子和长公主的儿子都免了死罪，让他们去做平民。皇后上官氏才九岁，谋反的事连听都没听到过，她又是霍光的外孙女，还是做着皇后。

霍光扑灭了乱党，就请大臣们推荐正派的人到朝廷里来办事。有人上书，说韩延寿可以重用。霍光请汉昭帝拜韩延寿为谏大夫。大家又说张汤的儿子张安世品德高尚，又有能耐。汉昭帝拜他为右将军。霍光又推荐了杜延年。他在这次平乱当中立了大功，就升为太仆（管车马的大官，是九卿之一）。霍光对于刑罚主张从严，杜延年和张安世老帮助他，劝他从宽处理。

霍光希望老百姓能够得到休养，不愿意再用兵，偏偏东边的乌桓和西边的楼兰又出了事了。

古籍链接

安世字子孺，少以父任为郎。用善书给事尚书，精力于职，休沐未尝出。上行幸河东，尝亡书三箧，诏问莫能知，唯安世识之，具作其事。后购求得书，以相校无所遗失。上奇其材，擢为尚书令，迁光禄大夫。

昭帝即位，大将军霍光秉政，以安世笃行，光亲重之。会左将军上官桀父子及御史大夫桑弘羊皆与燕王、盖主谋反诛，光以朝无旧臣，白用安世为右将军光禄勋，以自副焉。久之，天子下诏曰："右将军光禄勋安世辅政宿卫，肃敬不怠，十有三年，咸以康宁。夫亲亲任贤，唐、虞之道也，其封安世为富平侯。"

——《史记 · 卷五十九》

立昏君

乌桓是东胡的后代，以前附属于匈奴，后来归附了汉朝，这会儿又跟汉朝敌对起来。从前冒顿单于打败了东胡，东胡向东逃去，占领了乌桓和鲜卑两座山，以后就分成乌桓和鲜卑两个部落，仍旧附属于匈奴。汉武帝打败了匈奴，让乌桓迁移到上谷、渔阳、右北平、辽东的塞外去，叫他们替汉朝侦察匈奴的动静。汉朝还设置乌桓校尉，监察他们，不让他们跟匈奴交通。乌桓住在这一带比较好的地方，慢慢儿强大起来，不但不怕匈奴，而且也不愿意再听从汉朝的命令了。

汉昭帝即位以来的三年当中，匈奴每年都来侵犯边界，可是没有一次不被打得头破血流的。因此，匈奴不敢再到南边来。西北方面，匈奴也不敢再到张掖去了。乌桓趁着这个机会，不但大胆地去侵略匈奴，还跟汉朝对立起来。

霍光正在为难的时候，恰巧有几个匈奴的将士前来投降。他们报告一个消息，说上次乌桓侵略匈奴，还刨了单于的坟，匈奴为了报仇，发动两万骑兵去打乌桓。霍光就请汉昭帝拜范明友为度辽将军带领两万骑兵赶到辽东去。霍光嘱咐范明友，说："匈奴屡次说和亲，可是还侵犯我们的边境。你不妨宣布他们的罪状，征伐一下。乌桓不服朝廷，也应当受到惩罚。"

度辽将军范明友到了辽东塞外，匈奴已经跟乌桓打了几仗了。匈奴听到汉兵到来，连忙退回去。乌桓刚跟匈奴打得筋疲力尽，哪儿还能够抵抗汉兵？范明友杀了六千多乌桓士兵，打了胜仗。范明友就这么平定了乌桓，立了功，封为平陵侯。同时，还有个傅介子，他平定了楼兰，立了功，封为义阳侯。

傅介子是北方人。他听说楼兰、龟兹（古西域国名，在今新疆维吾尔自治区库车县一带）虽说归附了汉朝，可是反复无常，还屡次杀害汉朝到大宛去的使者，就自告奋勇地上书，情愿到大宛去，顺便探听一下楼兰和龟兹的内部情形。霍光挺看重他，派他带着人马出使大宛，顺路责问楼兰和龟兹的不是。傅介子先到了楼兰和龟兹，责问他们为什么跟汉朝为难，又告诉他们，说："如果再杀害使者，汉朝只好发兵来了。"他们都承认不该杀害汉朝的使者，以后情愿一心跟汉朝和好。

傅介子从大宛回来的时候，路过龟兹，正碰到匈奴的使者也到了龟兹。傅介子半夜里率领着随从的士兵包围匈奴的帐篷，杀了匈奴的使者，把人头带回长安。

他对霍光说："楼兰、龟兹虽然都归向了朝廷，可是他们的国王只顾自己，不顾大局，一有机会跟匈奴勾结，他们还是会叛变的。依我说，不如帮助一些能够抵抗匈奴的人，立他们为王，好叫他们一心向着朝廷。"霍光回答说："龟兹路远，不如先到楼兰去试试吧。"

楼兰王的兄弟尉屠耆（qí）住在长安，学习汉朝的文化，他是向着汉朝、反对匈奴的。楼兰的贵人们当中有一批人愿意辅助尉屠耆，他们看到楼兰王对汉朝反复无常，也很不满意。傅介子就利用楼兰内部不和的机会，安下埋伏，杀了楼兰王。他对楼兰的贵人和大臣们说："你们的王私通匈奴，屡次杀害汉朝的使者，不能不办罪，别的人都不必害怕。他的兄弟尉屠耆已经被立为楼兰王，他的兵马马上就到。只要你们归向他，大家都有好处。"大伙儿听了。谁也不反对。他们说愿意迎接新王。

汉朝改楼兰为鄯善，立尉屠耆为鄯善王，给他一颗王印，又把宫女嫁给他做夫人。汉昭帝吩咐丞相率领着文武百官很隆重地把鄯善王送到北门外。鄯善王非常感激。

公元前 74 年（元平元年，即汉昭帝即位第十三年），汉昭帝二十一岁了。霍光只怕少帝的君位不稳，又替汉昭帝设法减轻百姓的负担。他帮着汉昭帝下了一道诏书，叫大臣们商议酌量减少人头税。

汉昭帝因为这十几年来厉行节约，国库还算充足，就下了诏书，说："天下的根本大事在于种地和养蚕。几年来，由于鼓励节约，减少官差，撤销不必要的官员，耕地的和种桑树的人就越来越多了。可是老百姓还有困难，我总觉得心里不安。因此，我主张减少人头税。"主管人头税的大臣虽然不愿意减少收入，也只好上奏章，建议减少人头税的十分之三。汉昭帝批准了。

减少人头税的命令一下去，老百姓减轻了负担，都颂扬着汉昭帝对老百姓的好心眼儿，希望他身体健康，万寿无疆。想不到仅仅过了两个月工夫，汉昭帝害病死了。

那时候，皇后上官氏才十五岁，没有孩子，别的妃子也没听说生过儿子。大臣们议论纷纷，立谁好呢？汉武帝的六个儿子，现在只剩下一个广陵王刘胥了。可是他的荒唐劲儿是出了名的，汉武帝早就说过不准他继承皇位。霍光当然不会立他为皇帝的。

有人认为汉武帝原来的两个皇后，陈皇后废了，卫皇后自杀了，那等于没有皇后了；只有一个李夫人，她临死还是汉武帝所宠爱的，那不如立李夫人的孙子吧。

李夫人的孙子就是昌邑王刘贺。霍光也不知道昌邑王刘贺是怎么样的一个人，就请十五岁的皇后上官氏下了一道诏书，打发使者去迎接他来即位。昌邑王刘贺原来是个低能的浪荡子，光知道玩儿，不知道上进。他手底下也有几个正派的大臣，像中尉王吉、郎中令龚遂、老师王式等。他们屡次苦苦地劝告过刘贺，刘贺可不喜欢他们。他喜欢的只是一班专门跟着他荒淫无度地玩儿的臣下。

使者到了昌邑已经半夜了。因为事关紧要，宫里伺候刘贺的臣下请他起来。

刘贺接了诏书，刚看了几行，就高兴得手舞足蹈，大声笑着说："哈哈，我做皇帝去了！"说着，就抱着一个手下人直蹦，蹦得两个人全都摔倒了。一爬起来，就叫人预备车马，一面叫厨师把夜宵端到内室里来。夜宵还没端进来，他一个人净在屋子里像小猫撒欢似的蹦着，没法坐下来。他一见厨师进来，就自己端着盘转了几个圈，对厨师说："哈哈，我到长安做皇帝去了，你们去不去？"一下子，宫里、宫外都起了哄，内侍、宫女、厨师，还有驾车的、看马的、养狗的、踢球的、吹打的都到宫里来贺喜，要求刘贺把他们都带到长安去。刘贺指手画脚地说："行，行！都去，都去！"

中尉王吉得到了这个信儿，慌忙来劝昌邑王别这么心急。这种泼冷水的话刘贺哪儿听得进去，他等不到中午，就骑上马飞一般先跑了。一口气到了定陶，已经跑了一百三十五里地。回头一瞧，跟着他的人一个也见不到。他只好在驿舍里等着。等了大半天，才见原来的使者赶到。后面还有三百多人一个接着一个地赶上来。他们说马受不了，沿路死了不少。

王吉劝告昌邑王，说："我听说从前孝文皇帝听到高皇帝晏驾了，悲伤得说不出话来，三年没笑过一次。现在大王去主持丧事，应当哭泣、悲哀。请大王留点神，别让人家瞧不起。大将军的仁爱、勇敢、智慧、忠诚、信义，谁都知道。他伺候了孝武皇帝二十多年没有过错。先帝把整个天下托付给他。大将军抱着少帝治理天下，爱护百姓，大伙儿过着太平的日子。就是古时候的周公、伊尹也不过如此。现在皇上晏驾了，没有后代，大将军为了奉祀宗庙而立大王。他对大王的仁厚没法说，请大王一心一意地尊敬他，就是像伺候长辈一样地伺候他也不算过分。但愿大王留意，记住我这一番忠诚的劝告。"刘贺呆呆地点点头，就又上马走了。

昌邑王刘贺到了济阳，听说那儿有两种土特产很出名。一种是"长鸣鸡"，打起鸣儿来比别的鸡又长又响；一种是"积竹杖"，是用两根竹竿合成的手杖。这两种东西对于刘贺一点用处都没有。他偏偏要人家停下车马去买，越多越好。郎中令龚遂一个劲儿劝阻他。他只好买了三只长鸣鸡、两根积竹杖，又走了。他到了弘农，瞧见那边的姑娘们挺漂亮，就暗暗地嘱咐家奴的头子阿善快去挑选十几个最漂亮的偷偷地送到驿舍里去。阿善奉了命令，到老百姓家里去搜查。见到有几分姿色的，就硬拉上车。车用帷子遮着，不让外面的人看见。当天晚上就有一些良家妇女关在驿舍里。

这件事情给使者知道了。他批评昌邑的相国安乐，安乐告诉龚遂，龚遂立刻进去责问刘贺。刘贺又不肯承认，赖又赖不了，他只好挺别扭地眼睛看看站在旁边的阿善。龚遂叫人把阿善拉出去砍了，又把那些抢来的妇女放回家去。刘贺自己觉得没有话说，耷拉着脑袋，表示同意。

刘贺他们到了灞上，离京都只有几里地了，有几个大臣等在那儿迎接，请昌邑王刘贺坐上特别准备好了的车马。他们到了东门外，龚遂对刘贺说：

“照规矩，奔丧见了京都就应当哭了。”刘贺说：“我嗓子疼，不能哭。”到了城门口，龚遂又催他哭。他哪儿哭得出来呢？一直到了未央宫，龚遂请刘贺下车，对他说：“再不哭，就不能做皇帝了。请赶快趴在地下，越哭得伤心越好。”刘贺答应了。他说：“好，好！我哭，我哭！”他就趴在地下，呜呜呜地哭得还很像个样儿。

上官皇后下了诏书，先立昌邑王刘贺为皇太子，再叫皇太子刘贺即位，尊十五岁的上官皇后为皇太后，可是这么一个宝贝怎么能治理天下呢？

古籍链接

昌邑哀王髆，天汉四年立，十一年薨，子贺嗣。立十三年，昭帝崩，无嗣，大将军霍光征王贺典丧。玺书曰：“制诏昌邑王：使行大鸿胪事少府乐成，宗正德、光禄大夫吉、中郎将利汉征王，乘七乘传诣长安邸。”夜漏未尽一刻，以火发书。其日中，贺发，晡时至定陶，行百三十五里，侍从者马死相望于道。郎中令龚遂谏王，令还郎谒者五十余人。贺到济阳，求长鸣鸡，道买积竹杖。过弘农，使大奴善以衣车载女子。至湖，使者以让相安乐。安乐告遂，遂入问贺，贺曰：“无有。”遂曰：“即无有，何爱一善以毁行义！请收属吏，以湔洒大王。”即捽善，属卫士长行法。

贺到霸上，大鸿胪效迎，驺奉乘舆车。王使仆寿成御，郎中令遂参乘。旦至广明东都门，遂曰：“礼，奔丧望见国都哭。此长安东郭门也。”贺曰：“我嗌痛，不能哭。”至城门，遂复言，贺曰：“城门与郭门等耳。”且至未央宫东阙，遂曰：“昌邑帐在是阙外驰道北，未至帐所，有南北行道，马足未至数步，大王宜下车，乡阙西面伏。哭尽哀止。”王曰：“诺。”到，哭如仪。

——《汉书·卷六十三》

废昏君

昌邑王刘贺即了位，中尉王吉、郎中令龚遂、老师王式都没重用，因为这些大臣老说着讨厌的话，劝他守规矩，就是对于霍光，他也只是敬而远之。老师王式还老教他念《诗经》。《诗经》难字多、句子深，他觉得没有趣味。他是皇帝，又不是小学生，犯不着每天抱着书本子。他喜欢的是他从昌邑带来的那些跟他一块儿胡闹的臣下，包括车夫、厨师、看马的、养狗的，连养长鸣鸡的都在内。他在宫里闷得慌，只好叫手下的人陪着他喝酒作乐、说说笑话。瞧见美貌的宫女，他就拉着不放。

他还闹着要到外面玩去。左右的人说皇上不能随便出去。他们就陪着他到上林园去跑跑马，或者到兽园内去看看老虎、豹什么的。刘贺觉得老虎跟豹各管各地关在笼子里，太老实，不好看。他要管野兽的人把它们关在一起让它们打架，那才好玩儿哪。

他在宫里的时候，就是喝喝酒，听听音乐。老是这一套也挺腻烦的。他就独出心裁，把乐府里所有的乐器都搬出来，叫每人拿一件，自己也拿一件，就这么乱七八糟地吹吹打打，闹得宫里锣鼓喧天，好像要把房顶都轰塌了他才高兴似的。

说他年轻、不懂事，他可已经十九岁了。在汉昭帝丧事期内，就这么荒唐，怎么能叫大臣们不着急呢？龚遂他们流着眼泪，头磕出血来地劝告过他，他也不生气，可就是坚决不改。大臣张敞上书劝告他，说：“皇上刚即位，正在年轻有为的时候，天下的人都擦着眼睛、侧着耳朵要看看皇上的行动，听听皇上的教化。朝廷中辅助皇上，为国家出力的大臣都没受到表扬，从昌邑来的那批淫乱的小人反倒重用。这是最大的过错。请皇上远离小人，亲近君子，这是国家的造化，天下人的造化。”刘贺觉得亲近君子、远离小人多乏味儿，要是这样，还不如不做什么皇帝。

大臣当中最苦闷的要数霍光了，他瞧着新立的天子这个样子，他觉得对不起汉武帝。他偷偷地跟大司农田延年商量挽救的办法。田延年说：“大将军是国家的柱石，既然知道他不配做君王，为什么不禀告太后，另外选一个贤明的君王呢？”

霍光要强，他一心想做个像古时候那样忠心的大臣。因此，他一直小心谨慎，不敢有一点破坏规矩的行动。听了田延年的话，心里倒是同意了，可是他怕坏了规矩，就结结巴巴地说：“古时候有过这样的事吗？”田延年说：“怎么没有呢？从前伊尹做殷朝的相国，曾经轰走昏君太甲，安定宗庙、社稷。后世的人都称他为圣人。大将军如果也能够这样做，您就是汉朝的伊尹了。”

霍光又去跟车骑将军张安世（张安世由右将军升为车骑将军）商议。张安世完全赞成霍光和田延年的主张。三个人一致决定废去昏君。霍光就派田延年去告诉丞相杨敞。杨敞倒是个忠厚人，就是胆儿小，掉个树叶怕打破头。这会儿他听了田延年的话，吓得上气不接下气地说：“是，是！哦，哦！”连连擦着脑门子上的汗珠。那时候正是伏天，田延年到里面去宽宽衣服。丞相杨敞的夫人是司马迁的女儿，很有见识。她趁着机会赶紧从东厢房跑到杨敞那儿，对他说：“这是国家大事。现在大将军能够这么决定，特意请大司农来告诉你，你怎么还这么吞吞吐吐的呢？你要是不跟大将军一条心，你就死在眼前了！”杨敞给他媳妇儿一说，吓得脊梁上的汗湿透了衣服。司马夫人来不及离开屋子，田延年已经回来了。她索性拜见了田延年，对他说：“情愿听从大将军的命令！”杨敞照着他夫人重复了一句，说：“情愿听从大将军的命令！”

田延年向霍光报告，霍光就叫田延年和张安世写奏章，准备请大臣们签名。第二天，霍光到了未央宫，召集了丞相、御史、将军、列侯、大夫、博士，还有典属国苏武等，商议大事。霍光先开口，说：“昌邑王行为昏乱，恐怕社稷不保、天下不安，怎么办呢？”大伙儿听了，好像晴天打了个响雷，只是你看看我、我看看你地愣了一下，谁也不敢发言。

田延年站起来，拿着宝剑，走上一步，说：“先帝把孤儿托付给大将军，把天下托付给大将军，因为大将军忠心、贤明，能够保全刘家的天下。现在人心惶惶，国家将亡，要是大将军不快点决定大计，汉朝天下从此灭了，刘家宗庙从此毁了，就说大将军拼着一死，请问大将军有什么脸去见先帝？今天的事不能再拖下去了。做了汉朝的大臣不能帮助汉朝的就是不忠！谁敢不同心协力，我就先把他去了！”

霍光拱了拱手，说：“大司农责备我，很对！朝廷弄得乱哄哄的，都应当怨我！”大臣们手摸胸膛想一想，觉得自己也应当受到责备。他们都趴在地下，磕着头，说：“天下万民全靠大将军。我们愿意听从大将军的吩咐！”丞相杨敞也说：“情愿听从大将军的吩咐！”

霍光就把田延年和张安世写好了的奏章念了一遍，大臣们听了，连连点头。当时就由丞相杨敞领衔，接着是大将军霍光、车骑将军张安世、度辽将军范明友、太仆杜延年、大司农田延年、典属国苏武等十几个大臣都签了名。他们一块儿去见上官皇太后，扼要地说明昌邑王不能继承宗庙。皇太后就坐着车到了未央宫承明殿，吩咐卫士守住各处宫门，不准昌邑的那批臣下进来。

昌邑王刘贺听说皇太后到了承明殿，不得不去朝见。他一瞧不让昌邑的臣下进来，就问霍光是怎么回事。霍光跪着说：“是皇太后下的命令。”刘贺说：“就是有命令，干什么这么大惊小怪的？”

不一会儿，皇太后传出命令，吩咐昌邑王进去。昌邑王进了承明殿，就吓了一大跳。他望见：上官皇太后穿着最有气派的衣服，威风凛凛地坐着；左右站着卫士，手里拿着刀；殿下排列着一班拿着长戟的武士。昌邑王不由得哆嗦起来，跪在皇太后面前，听她的吩咐。旁边有个尚书令，拿着大臣们的奏章，开始宣读起来：

丞相敞等冒死上书皇太后陛下：孝昭皇帝晏驾，没有后嗣，特派使者去召昌邑王来主持丧事。不料他毫无悲哀之心，路上也不肯斋戒，反倒派人强抢民间妇女，在驿舍里荒淫无道。到了京师，立为皇太子，竟在孝子居丧期内，私买鸡、猪，大吃大喝。自作主张，带来了昌邑的人员二百多人，天天跟他们在一起玩乐。送殡回来，就把宗庙乐器胡乱吹打。连皇太后的车马，他也给官奴使用、玩儿。连孝昭皇帝的宫女，他也随便污辱。他还出了命令，谁敢泄露这种情况的一律腰斩……

别看上官皇太后年纪轻，她听到这儿，气得胸膛一鼓，吩咐尚书令停下。她大声责备刘贺，说："做臣下的可以这么无法无天吗？"刘贺用膝盖走路倒退了几步，仍然趴在地下。尚书令继续读下去：

他把诸侯王和两千石的绶带送给昌邑官奴，把库房里的金钱、刀、剑、玉器、绸缎送给跟他玩乐的人。他即位才二十七天，就做了一千一百二十七件不应当做的事。他这么荒淫无道，失去了帝王的体统，破坏了汉朝的制度。臣敞等屡次向他劝告，他不但不肯改正过错，而且过错越犯越严重。这么下去，恐怕社稷不保，天下不安。宗庙、社稷比君王更重要，这样的君王不能继承宗庙，统治万民，应当废去。请皇太后下诏！

上官皇太后听他念完了，就说："可以！"霍光就吩咐左右扶着刘贺下去。霍光还把他送到昌邑公馆，对他说："大王自己不好。我宁可对不起大王，可不能对不起国家。希望大王自己保重，我不能再伺候大王了。"说着，他流着眼泪跟刘贺分别了。

大臣们请霍光把刘贺放逐到汉中去。霍光认为太重了。他请皇太后削去刘贺的王号，仍旧让他回到昌邑去，另外给他两千户作为生活供应。但是昌邑的那批帮闲的臣下害得昌邑王落到这么个下场，应当处斩。只有中尉王吉、郎中令龚遂、老师王式可以免刑。皇太后一一照准。

霍光他们既然废去了刘贺，就得再选择一位像样的君王。

坐牢读经

光禄大夫丙吉上书给大将军霍光，推荐汉武帝的曾孙刘病已，说他有才有德，可以继承皇位，请大将军和大臣们商议。霍光先向大臣们个别地征求意见，有的说刘病已的确不错，有的不太知道他，可也不反对。太仆杜延年劝霍光把他接来。霍光是知道刘病已的历史的，可是还不像丙吉和张安世的哥哥张贺那么清楚。

原来刘病已是卫太子刘据（巫蛊之祸中被杀的汉武帝的大儿子，卫子夫所生）的孙子。卫太子刘据生了个儿子叫刘进，因为刘进的母亲姓史，他又是汉武帝的孙子，所以称为史皇孙。史皇孙娶了王夫人，生个儿子，就是刘病已，又叫皇曾孙。卫太子刘据发兵把大胖子江充治死的时候，汉武帝正害着病，他听了黄门苏文和御史章赣的话，认为太子造反，就派丞相刘屈氂发兵围攻卫太子。卫太子和他两个儿子都受了害还不算，连史皇孙刘进和他的母亲，还有刘病已的母亲王夫人也都杀了。那时候，刘病已刚生下几个月，也关在长安监狱里。奉了诏书检查监狱的就是丙吉。他见了这个生下来没有多少日子的婴儿，心里有点不自在，就叫两个有奶的女犯轮流奶着他。丙吉还每天去检查监狱，不准虐待婴儿。后来汉武帝听了方士的话，派使者拿着诏书要把关在长安监狱里的人不论男女老少一律杀光。丙吉关着门，不准使者进去，对他说："上天有好生之德，皇上怎么可以乱杀人呢？再说监狱里面还有一个毫无过错的婴儿皇曾孙哪！”使者向汉武帝报告，汉武帝也觉得自己太过分了，就把监狱里的囚犯一概免了死罪。刘病已就这么保全了性命。

丙吉又替皇曾孙刘病已想办法，写信给京兆尹，请公家收养这个婴儿。偏偏当时那个京兆尹最怕事，不肯答应，弄得丙吉不知道把这个没爹没娘的婴儿放在哪儿好。他只好自己来照顾他了。他养了一两年，皇曾孙又是多病多痛的，老看医吃药。最后一次病好了的时候，丙吉给他起个名字叫“病已”，意思说“病已经过去了”。后来他打听到史皇孙的姥姥家史家，还有刘病已的舅祖父史恭和舅曾祖母住在乡下，他就把刘病已送到史家。史恭见到了这个外孙，史老太太见到了这个外曾孙，又是伤心又是高兴，他们把他养着。

刘病已到了四五岁的时候，汉武帝临终下个命令，把刘病已交给掖庭令（掖庭，宫中旁边的房子，供后宫妃子住的，有别于正宫；令，官职）张贺看管。张贺曾经伺候过卫太子，对他的孙子格外爱护，教他读书。刘病已着实用功，张贺就更喜欢他了。他想把自己的孙女嫁给他，偏偏张贺的兄弟右将军张安世不同意，张贺就给刘病已娶了个平民许广汉的女儿做媳妇儿。刘病已喜欢读书，也喜欢斗鸡、跑马，游山玩水，观察风土人情。丙吉把他推荐给霍光的时候，他已经十八岁了。

霍光又和丞相杨敞商议了一下，请丞相领头向上官皇太后上书，先封皇曾孙为阳武侯，然后立阳武侯为皇帝。皇太后同意了。刘病已做了皇帝，就是后来的汉宣帝。

大臣们认为立了皇帝就得立皇后。这时候，霍光还有个小女儿没出阁。大家都琢磨着除了大将军的女儿以外谁还配做皇后呢？他们还没说话，可是汉宣帝已经猜透了他们的心思，就绕着弯子，下了一道命令，说他在微贱的时候原来有一把宝剑，请大臣们把那把旧的宝剑找来。大臣们这才知道了汉宣帝的心思，他们就立许氏为皇后。汉宣帝还想依照以前的老规矩，封皇后的父亲许广汉为侯，可是霍光不同意，说他在卫太子的案子中已经受了刑罚，不应当再封为侯，汉宣帝也就算了。

霍光可能还不太高兴，他向汉宣帝辞职，说他年老了，要退休。汉宣帝很诚恳地挽留他，还吩咐大臣们有公事先告诉大将军，然后再奏明皇上。这一来，霍光的权就更大了。不但如此，霍光的儿子霍禹，侄孙霍云、霍山，还有霍光的女婿、外孙这些亲戚都在朝廷上做了大官。霍光每回上朝，汉宣帝总是对他虚心得不能再虚心，恭敬得不能再恭敬。

汉宣帝即位以后，做的第一件好事情是大赦天下。过了八个月，又免了天下的田租、赋税。接着，他要把他的祖父、祖母、父亲、母亲重新安葬，追加封号，表示不忘本的意思。大臣们都说应当这么做，皇上真是个孝子贤孙。汉宣帝一想，要做孝子、贤孙，干脆做个到家。他就下诏书，要大臣们商议增加宗庙音乐来歌颂汉武帝。皇帝下了诏书，还用商议吗？有的说："赶紧增加宗庙音乐！"有的说："赶快编写颂扬武帝恩德的歌词！"大伙儿都说："马上联名上书，一致同意诏书。"

大臣当中有个专门研究《尚书》的学者叫夏侯胜。他一瞧这么多的大臣谁也没商议到诏书，只是乱哄哄地瞎奉承，直替他们害臊。他说："孝武皇帝虽然征服了临近边疆的敌人，设置了不少郡县，但是连年用兵，死伤了无数的人马，耗费了全国的财力。再说孝武皇帝奢侈无度，弄得天下贫困；老百姓妻离子散、流离失所，每回蝗虫起来，几千里的庄稼全成为荒地；有了军粮，没有民粮，害得老百姓不能过日子，甚至于饿死人的悲惨情形也常发生。直到今天，国家、百姓还没能够恢复元气。请问他对于百姓有什么恩德可说？既然没有恩德，就不应当歌颂他。"

啊？！这还了得！大伙儿听了夏侯胜的话，好像捅了窝儿的马蜂似的，都哄起来，嗡嗡嗡地乱了一下子。他们说："这是诏书，你怎么敢违抗？""你怎么敢毁谤孝武皇帝！"夏侯胜说："皇上叫我们商议，我们就该认真地商议。如果不准我说不同的话，那还商议什么呢？诏书也不一定全都是对的。不让臣下直话直说，难道一味地奉承皇上，就算是尽了本分吗？"

他们觉得夏侯胜越说越不像话了。像他这么无法无天的傻瓜没法跟他评理，大家就联名上书，控告夏侯胜，说他毁谤孝武皇帝，藐视皇上，犯的是大逆不道的罪。写好了奏章，一个一个地签上了名，满朝大臣谁敢逆风行船？没想到有个叫黄霸的大臣，他不肯签名。他说："一个有骨气的人不应该只顾自己的利害，不问是非！"他们认为黄霸又是一个硬头子，硬头子就该让他去碰钉子，就把他也控告在内。

汉宣帝下了命令，把夏侯胜和黄霸两个大臣下了监狱。满朝百官都称颂汉宣帝是个有道明君，一致地同意了诏书，制定了仪式，用歌唱和舞蹈来颂扬汉武帝。

单单依照诏书办去还显不出大臣们的聪明和忠心来。他们就更进一步，建议给汉武帝多立庙宇。当年汉武帝曾经巡游过四十九个地方。他们建议在他到过的每一个地方建立一座庙宇。汉宣帝自己倒没想得这么周到。他听从大臣们的建议，吩咐他们一一照办。他对于关在监狱里的夏侯胜和黄霸一时间也想不出处理的办法，就让他们关下去吧。

夏侯胜和黄霸两个人关在一起，可以谈谈天，总算不太冷清。黄霸从小学习法令，他可痛恨酷吏。这会儿碰到了夏侯胜，正好向他请教，学点经书。他就请夏侯胜讲解经学。夏侯胜哈哈大笑，对他说："关在监狱里，快定死罪了，还想读经干吗？"黄霸正经八百地说："老师，您也太小看人了。'早晨听到了道理，晚上死了也行。'我今天晚上还不一定死，为什么不能坐牢读经呢？"夏侯胜已经快九十了，见了这么一个"门生"，高兴得捋着雪白的胡子直乐。他就天天给黄霸讲解《尚书》，谈论着古代帝王和将相得失、成败的道理。

他们关了两年，才释放出来。以后他们还是继续研究《尚书》，有时候也喜欢谈论谈论历史上的人物。聊着，聊着，黄霸一不留神又聊到霍光头上去了。他说："大将军的权太大，他越来越专制了。"夏侯胜拦住他，说："谈谈古代的人吧。我们都年老了，犯不着再去坐牢。你要读经，还是在家里读吧。"

大臣们都知道霍光专制，哪儿知道霍光家里还有个专制的老婆哪。

霍家的败亡

霍光的原配夫人早死了。她只生了一个女儿，嫁给上官安做夫人，就是上官皇太后的母亲。霍夫人有个使唤丫头叫显儿，因为是霍家的丫头，她就叫霍显，还生了几个儿女。霍夫人一死，霍光把霍显扶正做了夫人。霍显还有个小女儿成君没出嫁。赶到汉宣帝即位，霍显就打算把成君送进宫里去，将来可以立为皇后。偏偏汉宣帝叫大臣们去找他的旧宝剑，他们就立许氏为皇后。霍显还不死心，她打算废去许皇后。

到了汉宣帝第三年，许皇后怀孕期满，快做产的时候，忽然害起病来了。汉宣帝连忙嘱咐医生好好儿地给她看病、吃药，还叫女医淳于衍（淳于，姓；衍，名）进宫去伺候皇后。

女医淳于衍跟霍显原来有点来往。这次奉命进宫，到霍家去辞行，顺便托霍显替她丈夫在大将军跟前说几句好话，提拔提拔他。霍显抓住这个机会，对淳于衍说："你们的事包在我身上，你们将来还能够大富大贵。可是我也有一件事儿托托你，不知道你肯不肯。"淳于衍说："只要夫人吩咐，我一定尽力。"霍显咬着耳朵嘱咐了她一番，末了加上一句，说："大将军统管天下，谁不怕他；天塌了有地接着，什么事有我哪。"

淳于衍把附子捣成粉末，藏在口袋里，到宫里伺候许皇后去了。许皇后生下了一个女儿，也没有什么大病。只是产后乏力，吃点丸药罢了。丸药是由几个医生共同配成，由淳于衍伺候许皇后吞下去的。许皇后吞下了丸药，没有多少工夫，就觉得头痛，越痛越厉害。她含着眼泪，说："怎么吃了丸药就这么不好受？难道里面有毒吗？"淳于衍安慰她，说："不要紧，过一会儿就好了。"一面说，一面请医生们都来看病。医生们赶到，也查不出什么毛病。又过了一会儿，许皇后两眼一翻，咽了气。

汉宣帝亲自把许皇后入了殓，又是伤心又是怀疑。他正在悲伤的时候，有人上了奏章，说皇后突然去世，准是医生们的过失，应当从严追究。汉宣帝立刻批准，吩咐有关的官员查办医生。淳于衍和别的医生都被逮捕了。审了几堂，谁也不肯承认。审判官只好把他们都押在监狱里，每天提审。

霍显听到了这个消息，怕这么审问下去，淳于衍可能招供出来。她只好把前后的经过告诉了霍光。霍光听了，气得手脚冰凉，连着说："你、你、你怎么不早跟我说？这、这、这要灭门的呀！"霍显哭哭啼啼地说："事情已经到了这步田地，后悔也来不及了。还是请您想个办法救救全家的性命吧。"霍光想去自首，可又没有这份勇气。愁眉苦脸地合计了半天，他认为胳膊折了在袖子里，自己人有什么不好，还是包涵点儿，替娘儿们瞒下去。

他上朝见了汉宣帝，说："皇后仙逝，想是天命如此。如果一定要惩办医生，恐怕有伤皇上的仁厚。再说，这些医生哪儿能这么大胆敢到宫里去下毒药呢？"汉宣帝听了大将军的话，就把淳于衍他们都免了罪。

天大的祸事过去了，接着是喜事临门。霍光得到了汉宣帝的允许，把小女儿成君送进宫去。汉宣帝失去了"旧宝剑"，倒也喜爱"新宝剑"。过了一年，就立霍成君为皇后。

霍皇后的派头跟平民出身的许皇后大不相同。许皇后衣服朴素，待人接物小心谨慎，每五天一次到长乐宫去朝见上官皇太后，遵守孙媳妇的礼节。霍皇后的服装、车马、仆从的阔气劲儿不必说了，就是上官皇太后也不在她眼里，论起娘家的辈分来，上官皇太后是霍光的外孙女，她还得称霍皇后为姨母呢。为这个，上官皇太后见了霍皇后，往往站在一边，对她特别恭敬。

女儿做了皇后，外孙女本来是皇太后，自己是废了昌邑王、立了汉宣帝的大司马大将军，霍光的威风就不用提了。可是不论他怎么威风，到头来也有个死。霍成君立为皇后的那一年，霍光害病死了。

汉宣帝在霍光临死的时候，就拜他的儿子霍禹为右将军，继承他父亲为博陵侯，封他的侄孙霍山为乐平侯，让他继承骠骑将军霍去病的血脉。汉宣帝虽然封了霍禹，可是不愿意他像霍光那样专权，就拜张安世为大司马车骑将军兼尚书的职司。打这儿起，汉宣帝亲自掌权。第二年，立许皇后的儿子为皇太子，封许皇后的父亲许广汉为平恩侯。他恐怕霍家不高兴，就封霍光的侄孙霍云为冠阳侯。这样，霍家有了三个侯，就是博陵侯霍禹、乐平侯霍山、冠阳侯霍云。

霍氏一家三个侯，还是不大满意，尤其是霍家的太夫人霍显。她指望着自己的女儿将来生个儿子就是皇太子，怎么汉宣帝偏偏这么心急立了许皇后的儿子呢？她觉得不够称心，可是人家背地里已经说霍家的权太大。御史大夫魏相早已请汉宣帝注意霍家的儿子、孙子、侄儿、侄孙、女婿、娘舅、外甥他们的行动。

霍家的威风劲儿不必说，就是霍家的奴仆们也够瞧的了。有一天，霍家的奴仆们跟御史大夫魏家的奴仆们碰上了。霍家的奴仆们吆喝一声，叫御史家的奴仆们让道。他们不让，霍家的奴仆们动手就打，一直打到御史府里面，还大叫大嚷地说要揍死他们。还是御史大夫亲自出来赔不是，吩咐自己的奴仆们向霍家的奴仆们磕头、谢罪，才算了事。可是御史大夫魏相并没因此丢了脸。老丞相一退休，汉宣帝就拜魏相为丞相，丙吉为御史大夫。

这么一来，霍太夫人着了慌。她到了宫里，偷偷地嘱咐女儿霍皇后毒死许太子，免得将来吃他的亏。霍皇后听了母亲的话，随身带着毒药，屡次请许太子吃饭，想趁个机会下毒。汉宣帝早已防着了。他嘱咐保姆不得一时一刻离开太子，每次霍皇后请他吃饭，必须先由保姆尝过，然后递给太子。霍皇后没法下手，只好背地里咬着牙咒骂。

汉宣帝留心观察，看出霍皇后有点古怪。他不但疑心霍皇后对太子不怀好意，还疑心到许皇后也许是给霍家毒死的。后来他也听到了宫廷内外三三两两地议论着霍家的厉害。他就秘密地跟丞相魏相商量着怎么对付霍家。

霍家掌握兵权的人真不少。汉宣帝怎么也得想办法把霍家压下去，外表上逐步把他们都升了级，实际上收回了他们的兵权。他把霍光的大女婿度辽将军范明友升为光禄勋，把霍光的第二个女婿中郎将任胜升为安定太守。过了几个月，又把霍光的另一个女婿，还有霍光的外甥女婿、霍光的孙子女婿等等一个一个调到外边去做太守或者做别的大官。末了，他拜霍禹为大司马，官衔跟他父亲霍光一样，可是不让他掌握兵权。汉宣帝拜他亲信的张安世为卫将军。所有未央宫、长乐宫和长安城的将士由许家（汉宣帝的丈母家）、史家（汉宣帝的外祖母家）的子弟来担任，由卫将军张安世做总管。

霍禹因兵权被夺去，告了病假，不去上朝。人家当然说他不好。霍禹、霍山、霍云他们还老听到有人控告霍家，虽然汉宣帝没查办他们，可是他们已经急得日夜不安了。他们就去告诉霍太夫人，还说："京都里纷纷地议论着，说许皇后是咱们毒死的，这打哪儿说起呀？"霍太夫人只好把他们领到内室，打开天窗说亮话，把淳于衍下毒的事说出来了。霍禹他们听了，不由得跺着脚，说："这、这、这怎么干出来的呀？"霍太夫人、霍禹、霍山、霍云都着急得像热锅上的蚂蚁似的，还是霍禹胆大，他说："先下手为强，后下手遭殃。干脆把皇上废了，才能够转祸为福。"

这时候又进来了霍光的一个女婿和霍云的舅舅的一个心腹。他们都是来报告祸事的。他们说："现在魏相和许广汉专权用事。请太夫人去请求上官皇太后，先想办法杀了这两个人，皇上就孤立了。然后再请上官皇太后下道诏书就可以把皇上废去。"他们就决定这么干。

不想这批粗声粗气的霍家人半夜里讲的话早已泄露出去。那个献计的心腹和另一个霍家的门客都给逮了。还是汉宣帝照顾着霍家，不准难为霍家的人，也不追究下去。霍家知道了消息泄露，更加着急。他们就约定霍家的女婿们准备一同起来谋反。可是他们还没发动，汉宣帝已经下了命令，把霍云、霍山免了职，让他们各回家去。霍家还不肯罢休，他们定了计策：由上官皇太后出面邀请汉宣帝的外祖母进宫喝酒，请丞相魏相、平恩侯许广汉作陪，嘱咐范明友他们突然打进宫去杀魏相和许广汉；然后请上官皇太后下诏书废去汉宣帝，立霍禹为皇帝。这是他们的如意算盘。可是他们的如意算盘又给汉宣帝探听出来了。

到了这个时候，汉宣帝才下了诏书逮捕霍家全族的人和亲戚。范明友得到了这个信儿，慌忙跑去报告霍山、霍云。霍山、霍云吓得魂儿出了窍，他们还没有工夫定一定神，就有几个家奴上气不接下气地跑来说："太夫人府上已经给士兵围住了。"范明友、霍山、霍云三个人知道逃不了啦，都服毒自杀了。

霍太夫人、霍禹娘儿俩连服毒的工夫都没有，就给抓了去。霍太夫人不愿意多受罪，把淳于衍毒死许皇后、霍皇后藏毒药准备毒死许太子等等一股脑儿都招供了。审判完了，霍显杀头，霍禹腰斩。不但霍家灭了门，女儿、孙女、女婿、孙女婿等一概杀了，就是其他跟霍家谋反有关的几十家也全都处了死刑。霍皇后当然废了。

汉宣帝灭了霍家，正想整顿朝政，宣扬文教，没想到不到一年工夫，有个使者叫冯奉世的派人来报告，说他已经平定了莎车国的内乱，还送来了莎车国王的人头。这一下，倒把汉宣帝弄糊涂了。他并没发兵去进攻莎车国，这又是怎么回事呢？

古籍链接

显前又使女侍医淳于衍进药杀共哀后，谋毒太子，欲危宗庙。逆乱不道，咸伏其辜。诸为霍氏所诖误未发觉在吏者，皆赦除之。

——《汉书·卷八》

国内要紧

西域各国早已结交汉朝，而且常有使者来往。汉宣帝曾经派奚充国为使者到莎车去，可还没回来。龟兹王和他的夫人来访问长安，汉宣帝送给他们许多礼物，还派使者护送他们回去。他们刚走，大宛的使者又到了。汉宣帝非常高兴。大宛的使者要回去的时候，汉宣帝叫大臣们推荐一个有才能的人护送大宛的使者回去。将军韩增推荐上党人冯奉世为使者。汉宣帝就吩咐冯奉世带着随从人员和礼物护送客人们回到大宛去。

冯奉世他们到了鄯善国，那边有汉朝的官吏和士兵，还有开荒的农民，就休息下来。就在这个时候，他们听到莎车王杀了汉朝的使者奚充国，还要联合西域各国一同反对汉朝。冯奉世仔细打听下来，才知道莎车起了内乱。

原来乌孙公主有个儿子叫万年，他做了莎车的臣下。莎车王很喜欢他，把他送到长安去学习。后来莎车王死了，没有儿子。莎车国的大臣们想拿汉朝做靠山，同时又能够讨好乌孙国，就上书给汉宣帝要求万年做他们的国王。汉宣帝同意了，派奚充国为使者护送万年回到莎车国去。

万年做了国王，就有人不乐意。莎车王的兄弟呼屠征首先反对。他联络邻近的部落，杀了万年和汉朝的使者奚充国，自己做了莎车王。呼屠征又派使者到天山南路各国，故意造谣，说：“北路各国全都脱离汉朝，归附匈奴了。南路各国也应该跟莎车联合起来脱离汉朝。”其实，北路各国并没脱离汉朝，汉朝的使者郑吉正带着一部分人马在那边哪。可是南路各国害怕呼屠征，只好跟他订立盟约，反对汉朝。这样，汉朝的使者就不能通往鄯善以西的地方了。

冯奉世了解了这些情况，对他的副手说：“要是不立刻去收拾莎车，西域各国都受了影响，以后更不能来往了。”他的副手也说：“这么下去，不是博望侯的前功尽弃了吗？可是咱们得先向朝廷请示一下。”冯奉世说：“这跟救火一样，哪儿等得及呢？”他就拿着汉朝的使节，假传汉天子的命令，向各国征兵，没有几天工夫，召集了一万五千人马，好像救火似的打进了莎车国。呼屠征没做防备，慌忙抵御，已经晚了。他急得想不出办法，只好自杀。莎车人献出呼屠征的人头，要求和好。冯奉世让他们另外立个国王。他一面派人带着呼屠征的人头向汉宣帝报告，一面打发各国的士兵回去，自己继续陪着大宛的使者到了大宛国。

大宛王知道冯奉世打败莎车国，杀了莎车王，也有点害怕，对他格外尊重，还送给汉朝几匹大宛的快马，号称龙马。西域各国也就不敢反对汉朝了。

冯奉世回到长安，向汉宣帝详细报告平定莎车国的经过，又奉上大宛的龙马。汉宣帝不用说多么高兴了。他对将军韩增说：“你推荐冯奉世，果然不错。”他又叫丞相魏相他们商议，可不可以封冯奉世为侯。丞相魏相说：“冯奉世很及时地平定了莎车叛乱，宣扬了皇上的威德，叫西域各国不敢背叛朝廷。这功劳可不小哇！可以封他为侯。”大臣们都附和着说：“应当封侯，应当封侯。”

大臣当中有个名叫萧望之的出来反对。他说：“不行，不行！冯奉世奉命出使西域，皇上仅仅吩咐他送回各国的使者，并没叫他去打仗。他假传命令，征调各国人马，自作主张，进攻莎车。虽然碰巧成功了，这种行动究竟不应该鼓励。如果封他为侯，那么以后出使各国的使者都可以拿这件事作为借口，贪图立功，在一万里以外的地方随便调兵，在各部族当中轻易开战，从此，国家就要多事，威声也就要扫地了。朝廷注重法令，万万不可助长这种风气。”

汉宣帝听一句，点一点头。丞相魏相也觉得萧望之的话有道理。汉宣帝只好叫冯奉世做光禄大夫，不封他为侯。

南路的莎车国刚平定，北路的车师国又出了事啦。汉宣帝原来派郑吉监督渠犁城（在新疆轮台和尉犁两县之间）和车师屯田的士兵。匈奴认为车师土地肥美，而且接近匈奴，如果让汉兵在那边屯田，将来粮食越来越多，对于匈奴是很不利的，他们就发兵去攻打车师。郑吉率领着渠犁城屯田的七千多名士兵去救。没想到匈奴的人马越打越多，郑吉的士兵不能对付。他们就退到车师城里，守在那儿。匈奴围攻了几次，没能够把车师城打下来，只好回去。过了些时候，匈奴又把车师城围住了。

郑吉派几个壮士杀出重围，飞快地把奏章传到长安，请汉宣帝多派一些屯田的士兵来。汉宣帝召集大臣们商议这件事。将军赵充国说："车师离渠犁一千多里，怎么救得了？还不如快发大军去进攻匈奴右边的地区，让他们回头去救。这样，匈奴就不敢再在西域捣乱了。"汉宣帝一时下不了决心。丞相魏相上书，里面有一段说：

匈奴曾经表示过好意，还把汉朝的人送回来。这几年来，也没侵犯过我们的边境。这会儿虽然为了屯田车师，发生了争端，那也用不着大惊小怪。现在听说将军们要发兵打到匈奴里面去。我一向愚昧，不知道这次是凭什么去打人家的。请再看看我们边疆上的老百姓。他们的生活十分贫困。羊皮、狗皮的衣服，父亲和儿子合着穿；野菜和草果，大家拿来当饭吃。这样的生活还怕过不下去，怎么还能够再动刀兵呢？而且战争以后，必有荒年。就算打了胜仗，恐怕以后的祸患会越来越多。现在国内年成不好，不是水灾，就是旱灾。郡县的长官大多不够称职，风俗、道德尤其可叹。现在大臣们不为这些事情担心，反倒为了小小的争端，要发兵去向远方的部族出气，我怕灾难不在国外而在国内呀！

汉宣帝也觉得国内要紧。他听从了丞相魏相的劝告，暂时不去跟匈奴作战，只派长罗侯常惠带领着张掖和酒泉的骑兵把郑吉的军队和住在车师的人都移到渠犁去，立前车师王的太子为国王，守在那儿，原来车师国的地方就让给了匈奴。

汉宣帝拜郑吉为卫司马，保护鄯善以西的南路。他听了丞相的话，要好好儿地整顿朝政，任用贤明的官吏来治理国家。

称职的官吏

汉宣帝除了重用丞相魏相，还信任卫将军张安世、大司农朱邑、水衡都尉龚遂、太傅疏广、少傅疏受、御史大夫丙吉等。这些大臣都是注重文教，不喜欢用兵的。

卫将军张安世就是那个抚养汉宣帝的掖庭令张贺的兄弟。他不愿意人家知道他在朝廷上有势力，更不愿意被提拔的人知道是他提拔的。他曾经推荐过一个人，那个人到他家里去谢他。他恼了，不再跟那个人来往。另外有一个人向张安世发点牢骚，认为自己功劳大，才干好，应当升职，要求他帮帮忙。张安世不但拒绝了他的要求，还把他批评了一顿。他说：“谁应该升职，皇上自然知道，做臣下的怎么可以不安心呢？”过了一个时期，那个臣下升了职，好像跟张安世无关似的。

张安世老想起霍光一家子的下场，虽说“树大招风，官大招祸”，可归根结底也是因为自己得意忘形、自高自大才遭了祸。所以他屡次三番地推辞爵位和俸禄。他夫人率领着家里七百个奴仆从事纺纱、织布。有这么多的奴仆替他们进行劳动生产，在当时他们还心安理得地认为是勤俭的大官哪。他们老两口子管束子弟比较严格，不准他们骄傲自大、荒淫奢侈。论起来，张安世算是汉朝善于保家的一个大臣。

大司农朱邑是庐江人。他曾经做过桐乡的长官，对待桐乡的老百姓相当宽和。他还老出去访问当地的父老和子弟。桐乡的老百姓都尊敬他，说他从来没骂过人，更没打过人。后来他做了北海太守，被评为第一个好太守。汉宣帝把他调到朝廷里拜他为大司农。大臣们见朱邑性情温和、衣食节约，老把多余的俸禄救济有困难的亲友，说他是个老好人。他做了五年大司农，一直请汉宣帝注重农业，减轻百姓的负担。临死嘱咐他儿子说："我喜欢桐乡的老百姓，桐乡的老百姓也不讨厌我。恐怕我自己的子孙还不如桐乡的老百姓那么想念我哪，你必须把我的灵柩运到桐乡去，葬在那边。"他死了以后，他儿子就把他葬在桐乡。果然，桐乡的老百姓跑来给他做坟，还给他立了个庙，每年祭祀他。

水衡都尉龚遂曾经为了昌邑王刘贺的事受了委屈。汉宣帝即位的时候，勃海遭受了饥荒，抢劫很多，郡守以下都没法治。丞相和御史推荐了龚遂，请他去做勃海太守。汉宣帝召他上朝，一瞧，原来是个七十多岁的老头儿，长得貌不惊人，又瘦又小。汉宣帝怕他不能称职，就问他："老先生上任以后，准备怎么去处理盗贼？"龚遂说："海边的人民离京师远，还没受到皇上的教化。他们遭受了饥荒，受冻挨饿，又没有称职的官吏去安抚他们，才不得已做了盗贼，好像皇上的小孩子在水汪子里玩弄皇上的兵器，哪儿能把他们看作真叛逆呢？现在皇上问到我怎么去处理他们，我正想请示，皇上是叫我去剿灭他们，还是叫我去安抚他们呢？"汉宣帝说："能够安抚当然安抚好。"龚遂说："我听说，治理不守法的人正像解开系了死扣子的绳子一样，不能太心急。有耐心，才能够成功。希望丞相和御史不要拿老一套的章程把我拘束住了。如果皇上能够信任我，让我有个便利，我相信坏人是可以变成好人的。"汉宣帝答应了，还给了他不少黄金。

龚遂到了勃海地界，勃海郡派兵来迎接他。他不愿意惊动老百姓，连忙吩咐他们回去。他刚一上任，马上下了一道命令，吩咐各县停止剿匪，开发粮仓救济贫民。命令上还说："凡是手拿农具的都是安分的老百姓，官吏不得难为他们；凡是拿凶器杀人的才是强人。"这么一来，贪污的和残酷的县官撤了职，贫民得到了一些粮食，勃海就安定下来了。龚遂还劝导农民耕地、种桑树、养鸡、养猪。他瞧见有人带着刀剑，就对他们说："你们都是好百姓，为什么不带耕牛带刀剑呢？"他耐心地劝导他们卖刀买牛。龚遂在勃海做了三四年太守，老百姓都有点积蓄，据说没有人打官司，监狱变成了谷仓。汉宣帝知道了龚遂把勃海管理得这么好，就拜他为水衡都尉。

太傅疏广、少傅疏受是叔侄，都是许太子的老师。他们两个人一直教许太子读《论语》和《孝经》。许太子到了十二岁的时候，这两本书才读熟了。也许因为许太子天资差些，也许因为疏广年老了，他们两个人都辞了职。疏广是老于世故的，为了适应当时的情况，他对疏受说："我听说，一个人能够知足，就不至于受到侮辱；能够及时退让，才不至于摔下来。现在咱们做了官、有了名望，要是老待下去，恐怕后悔不及了。咱们还是回老家去吧。"疏受同意他叔父的话，要求汉宣帝让他们告老还乡。汉宣帝留不住他们，只好答应了，还送给他们二十斤黄金，许太子自己又加了五十斤。他们人缘好，送他们到城外的大臣和朋友的车马就有好几百辆。

疏广和疏受回到东海兰陵本乡，差不多天天招待着亲戚、朋友和老乡们，请他们吃饭、喝酒。看见老乡们有困难，就挺慷慨地帮助他们。钱用完了，就把七十斤黄金陆续卖去。族中的父老劝疏广他们节省些，也好给子孙留点财产。疏广说："你们以为我们真老糊涂了？我们这么帮助别人，准备把家产花完，正是为了照顾子孙。我们家里还有一点田地，只要子孙能够安心耕种，可以勤勤俭俭地过日子。子孙如果有出息，财产多了，就会消磨他们上进的志向；子孙如果没有出息，财产多了，反倒叫他们骄傲、奢侈。我们何苦留着这么多财产去害子孙呢？再说，这些金钱全是皇上赏给我们的，乐得跟亲戚、朋友、老乡们大家享受享受皇恩。"

御史大夫丙吉在监狱里救了汉宣帝。论起功劳来，张贺还比不上他。只是丙吉从来没向人家说过自己的功劳，连张贺也不知道详细的情形。汉宣帝出监狱的时候，还是个吃奶的婴儿，什么都不知道。以后长大了，他只知道张贺教养他，可不知道丙吉救了他的性命。刚巧有个抱过汉宣帝的老妈子上书，说明自己以前的功劳，要求皇上照顾照顾她。汉宣帝就问张贺。张贺说："详细的情形只有御史大夫丙吉知道。"汉宣帝叫丙吉去辨认真假。丙吉见了那个女人，还能认识。他说："你抱过皇上，也算不了什么。在监狱里轮流喂奶的赵大妈和胡大妈才有功哪。"汉宣帝马上下令叫丙吉去请两位大妈来。丙吉调查下来，才知道她们都过世了，可是都有子孙。汉宣帝赏了他们十万钱。然后他再细细地盘问那个抱过他的女人。他这才知道原来丙吉是他的救命恩人，当时就封丙吉为博阳侯。

除了魏相、张安世、朱邑、龚遂、疏广、疏受、丙吉等人，当时还有不少称职的官吏，像张敞、王吉、盖宽饶、韩延寿等等。汉宣帝信任这么多称职的臣下，还屡次下诏免去田租，减轻官差，提倡节俭，反对修建宫殿，对于四周围的部族也不像汉武帝那样专用武力。为了这个缘故，他被称为汉朝的一个开明君主。

尽管这样，文武百官的互相排挤，皇亲国戚的参与朝政，汉宣帝的得意自满，都给汉朝这个兴盛的局面带来了很大的损失。

古籍链接

朱邑字仲卿，庐江舒人也。少时为舒桐乡啬夫，廉平不苛，以爱利为行，未尝笞辱人，存问耆老孤寡，遇之有恩，所部吏民爱敬焉。迁补太守卒史，举贤良为大司农丞，迁北海太守，以治行第一入为大司农。为人淳厚，笃于故旧，然性公正，不可交以私。天子器之，朝廷敬焉。

是时，张敞为胶东相，与邑书曰："明主游心太古，广延茂士，此诚忠臣竭思之时也。直敞远守剧郡，驭于绳墨，匈臆约结，固亡奇也。虽有，亦安所施？足下以清明之德，掌周稷之业，犹饥者甘糟糠，穰岁余梁肉。何则？有亡之势异也。昔陈平虽贤，须魏倩而后进；韩信虽奇，赖萧公而后信。故事各达其时之英俊，若必伊尹、吕望而后荐之，则此人不因足下而进矣。"邑感敞言，贡荐贤士大夫，多得其助者。身为列卿，居处俭节，禄赐以共九族乡党，家亡余财。

神爵元年卒。天子闵惜，下诏称扬曰："大司农邑，廉洁守节，退食自公，亡强外之交，束脩之馈，可谓淑人君子，遭离凶灾，朕甚闵之。其赐邑子黄金百斤，以奉其祭祀。"

初，邑病且死，属其子曰："我故为桐乡吏，其民爱我，必葬我桐乡。后世子孙奉尝我，不如桐乡民。"及死，其子葬之桐乡西郭外，民果共为邑起冢立祠，岁时祠祭，至今不绝。

——《史记·卷八十九》

杀害大臣

文武百官的互相排挤好像变成一种政治风气似的。除了像魏相、丙吉他们那样存心忠厚，肯赞扬别人的优点以外，一般的臣下，尤其是那些皇亲国戚，老喜爱鸡子儿里挑骨头，一旦发现别人脸上长个斑点，就非把它说成毒疮不可。

官员当中最叫人眼红，又最容易受到攻击的是京兆尹。这是因为京兆尹是京师里的地方官，地位高，待遇好，可是皇亲国戚、朝中大臣都住在京师里，京兆尹容易得罪这些权贵。所谓“京兆尹难做”，或者说“五日京兆”，就是这个意思。除了汉昭帝时代的隽不疑能够善始善终，以后别的京兆尹差不多没有一个没遭到过控告的，有的降了职，有的丢了官，有的甚至掉了脑袋。

张敞是河东平阳人，他做了京兆尹，管理长安有些成绩，行动相当谨慎。他怕人家攻击，不敢贪污腐化，更不敢去得罪皇亲国戚。他也不摆官架子，往往穿上便衣、拿着扇子，在长安街上溜达溜达，好像欣赏风景的诗人似的。有时候早晨起来，瞧见他夫人正在梳妆，就拿起笔来替她画画眉毛。他根本不想踩着别人的头往上爬，能够这么安分守己地过，就够知足的了。哪儿知道他处处防备着别人攻击，皇亲国戚当中已经有人在汉宣帝面前告发他了。罪名是：“行动风流、轻浮，有失大臣的体统。”汉宣帝亲自问他：“有人告你替媳妇儿画眉毛。有没有这件事？”张敞回答说：“闺房里面，夫妇之间，比画眉毛更风流的事儿还多着哪，难道光画画眉毛就算了吗？”汉宣帝听了，笑了笑，总算没办他的罪。

谏议大夫王吉听到了皇亲国戚控告张敞这件事，很生气。他瞧着汉宣帝宠任外戚（皇帝的丈母家和外祖母家的亲戚），外戚的子弟都做了官，还屡次升职，这些人差不多没有一个不荒淫、奢侈、目中无人的。他上了一个奏章，说：

> 现在做官的可以荫庇他们的子弟做官，这些子弟大多是不学无术、骄傲奢侈，对百姓一点没有好处。因此，我建议荫庇子弟的办法应当废除，有才、有德的人才能够替国家办事。为了照顾亲戚、朋友，皇上不妨多赏赐财物给他们，但是不要因为他们是亲戚、朋友就给他们做大官、占据高位。还有，奢侈的行为必须禁止，俭朴的品德要用心鼓励。

这时候，汉宣帝不但信任外戚，而且还学汉武帝的样，听了方士的话，到处修建庙宇。他看了王吉的奏章，认为他太古板了，不但不采用他的话，以后干脆不去理他。王吉碰了个软钉子，觉得自己在朝廷上是多余的了，他推说害病，辞官不干了。汉宣帝准他辞了职。

王吉走了；疏广、疏受两年前已经辞职了；卫将军张安世害病死了；丞相魏相年老体衰，好像也活不了多久了；西羌（部族名，住在附近湟水一带）又老来侵犯边界；外戚和宦官的权力渐渐大起来。在这种情况下，汉宣帝还爱用刑法。这就引起了人们的不满。可是不满意尽管不满意，直话直说的人可不多。只有不怕死的人才敢批评汉宣帝。

有一个大臣叫盖宽饶，他是司隶校尉（专管巡察京师、供给劳役、捕捉盗贼的大官），他眼里揉不下沙子去，批评起人来，一点不留情。别说是皇亲国戚，就是皇帝有什么不是，他也一样要批评。在汉宣帝和那些奉承汉宣帝的人的眼里他是个讨人嫌的刺儿头。他的朋友王生是懂得人情世故的，他劝告盖宽饶，对他说：“人家既然不听你的话，你又何必多嘴呢？你老这么得罪有权有势的人，不但对他们没有好处，恐怕连你自己的命也保不住。大丈夫固然应当直爽，这是好的。可是也不能太莽撞。可以受点委屈的时候不妨受点委屈，只要不厚脸无耻地去奉承人就是了。俗话说，‘明哲保身’。我劝你不如放明白点，保保身吧。”

盖宽饶最瞧不起的就是那些只知道“明哲保身”的胆小鬼。他不听王生的劝告，愣头磕脑地上书给汉宣帝，其中有一段说：“现在圣道衰落，文教不振；把刑罚当作教化，把法令当作诗书。”他又说：“古书上说，‘五帝把天下看成天下人的天下；三皇把天下看成一家人的天下’。一家人的天下是传给子孙的，天下人的天下是传给圣贤的。”

汉宣帝看了，认为盖宽饶有意毁谤朝廷，就把他的奏章交给主管的大臣们去审查。他们用不着怎么审查盖宽饶的奏章，只要听听汉宣帝的口气就够了。他们商议了一下，都说盖宽饶瞧不起皇上，要他让位给别人，犯的是大逆不道的死罪。谏议大夫郑昌上书给汉宣帝，说：“盖宽饶是替国家担心，并不是有意地毁谤朝廷。他不计较自己的利害，很耿直地说出了他要说的话，为的是劝告皇上。皇上不理他也就是了，怎么能把他定罪呢？我做了谏议大夫，不敢不说。请皇上开恩。”

汉宣帝不听郑昌的话，一定要把盖宽饶交给官吏去查办。盖宽饶明知道胳膊拗不过大腿，他可还不肯上公堂去。他走到宫殿门前，面向着汉宣帝的宝座，拔出刀来自杀了。宫殿外面的人们还真都替他掉眼泪，认为盖宽饶死得太不值了。谁想得到比盖宽饶死得更不值的还有两个人。一个是韩延寿，一个是杨恽（yùn）。

韩延寿曾经做过颍川太守和东海太守。他修理学宫，拿礼义教导老百姓，减轻刑罚，表扬有德行的人。几年下来，在他管理的郡里打官司和坐监牢的人越来越少了。这时候，汉宣帝正宠信着左冯翊萧望之，把他升为御史大夫，就把韩延寿调到长安来接替萧望之原来的职司。韩延寿不但在京师里宣扬教化，还老到邻近各县去视察。

有一回，他到了高陵县（在今陕西西安高陵）。县官正为了弟兄两个人争夺田产的案子没法判断。他趁着韩延寿到县里，就向他请教。韩延寿传两个人到案，还邀请了几个街坊和他们的父兄来听审。老乡们听说上头派大员来审判案子，叫他们去旁听，还真去了不少人。大伙儿一见韩延寿出来，都把眼光集中在他身上。公庭里鸦雀无声，连自己的心跳也听得出来。那弟兄两个人哆里哆嗦地跪在地下，准备着京师里来的大员严厉地审问他们，办他们的罪。旁听的父老街坊们也替他们哥儿俩担心。

韩延寿瞧着这两个人，说："兄弟如手足，应当相亲相爱。如果做哥哥的不爱护兄弟，做兄弟的不尊敬哥哥，怎么对得起父母呢？我做了长官，不能宣扬教化，反倒让兄弟亲骨肉为了一块土地互相争夺。我不怪你们不好，只怪我自己没尽到本分。"说到这儿，他的眼眶湿了。他接着说："起来，你们回去吧。让我先审查审查自己的过错。这件案子过几天再审。"他就闭着眼睛，好像还流着眼泪。

那哥儿俩倒是忠厚朴实的庄稼人，他们听了韩延寿的话，脸早已红了。他们慢慢地站起来，瞧见韩延寿这个样子，连忙低下头去，心里像刀子扎着一样。他们不敢再看韩延寿了，就臊眉耷眼地回过头去偷偷地瞅了瞅他们的乡邻，正碰到父老们责备的眼神。那个哥哥再也受不了啦。他流着眼泪对他的兄弟说："田给你。我不要了。"他的兄弟更加伤心，抽抽噎噎地说："哥哥别这么说了。田给你，我不要了。"旁边的人听了他们这话，有的抹眼泪，有的咧着嘴，其中有个父老对他们说："你们都能退让，事情就好办了。那块地不分，行不行？"他们谢过了韩延寿，回家去了。打这儿起，不但这弟兄两个相亲相爱，就是别的人也不敢再争吵了。

韩延寿用这一类的方法治理老百姓，据说在他所管辖的二十四个县里，监狱都是空的。他的名望大大超过了前一任的萧望之。萧望之听说自己比不上韩延寿，心里很不舒服。刚巧有人告诉他说韩延寿在做东海太守的时候，发放了公家的钱一千多万。萧望之就拿这个作为罪状告发韩延寿。韩延寿也把萧望之亏空公家一百多万钱的事揭发出来作为抵制。

汉宣帝正宠信着萧望之，就派人查办韩延寿。那些查办案子的人一味地奉承皇上，说韩延寿诬告萧望之，另外又查出韩延寿车马的装饰超出了制度，就把他判了死罪。汉宣帝批准了，把韩延寿送到渭城去受死刑。老百姓流着眼泪跟着韩延寿到法场去的就有好几千人，简直把道儿都堵住了。

韩延寿有三个儿子，都做了官。他们在法场上活祭他们的父亲，哭得非常伤心。韩延寿临死嘱咐他们，说："你们应当把我作为警戒。千万别再做官了。"三个儿子葬了父亲以后，都辞官回乡。

杨恽是前丞相杨敞的儿子，也就是司马迁的外孙子。汉宣帝因为他首先揭发霍禹谋反，封他为平通侯。平通侯杨恽疏财仗义，廉洁无私，就认为自己了不起，不把朝廷上的一般大臣放在眼里。他不懂得什么"明哲保身"，也像盖宽饶一样，别人不敢说的话他敢说，别人不敢批评的人他敢批评。那些给他戳过肺管子的人就把他看成眼中钉、肉里刺一样，跟他结成了冤家。其中有个冤家向汉宣帝告发，说："杨恽曾经说过，'秦朝宠信小人，杀害忠良，以致亡国；要是秦朝能够信任大臣，也许今天还是秦朝的天下。过去的跟今天的比较起来，都是一个鼻孔出气'。杨恽这么毁谤朝廷，失去做臣下的体统，应当办罪。"

汉宣帝看在杨恽过去的功劳上，免了他的死罪，让他做个平民。杨恽不但不感激天大的皇恩，从此小心谨慎，改过自新，他反倒满不在乎地回到老家，买了一些田地，做了富家翁，自得其乐地过着日子。他有个朋友叫孙会宗，是安定太守，写信劝告杨恽，说："做大臣的革了职，应当关着门省察省察自己的过错，表示又害怕又可怜的意思，不应当购买田地、结交朋友，还显出挺阔气的样子。"杨恽因为说了一句不识时务的话，受了这么重的惩罚，心里很不服气，就写回信给孙会宗，说：

我自己暗暗地想想，觉得我已经犯了很严重的过错，行为上有了很大的缺点，只好一辈子做个农夫算了。因此，我亲自带着妻子努力于耕地和养蚕。想不到还有人拿我这么干活儿作为因由再来讽刺我、议论我。一个人总有人情，不能压制的人情就是圣人也并不禁止。君王和父亲是最尊贵的了，如果他们过世了，戴孝也有个满孝的日子。我犯了罪、罚作平民已经三年了，还要天天把自己看作罪人吗？庄稼人一年到头辛辛苦苦地干活儿，也应当让他们有个享乐的分。有时候，我就煮了些羊肉，喝点儿酒，自己慰劳慰劳自己。喝了酒，耳朵发热了，我就仰着头，敲着瓦盆，唱起歌来了：

南山去种地呀，
荆棘真难铲；
种了一顷豆啊，
落了些豆秆。
人生作乐吧，
富贵不稀罕！

我的确是荒淫无度，不知道这有什么不可以呢？

杨恽写了这么一封回信，又得罪了孙会宗。刚巧碰到日食，就有人向汉宣帝告发，说这次日食完全是因为杨恽骄傲、奢侈，不肯悔过而促成的。孙会宗趁着这个机会把杨恽的回信拿出来给汉宣帝看。汉宣帝挂了火儿。廷尉就说杨恽大逆不道，应当腰斩。杨恽就这么给杀了。他的家里人充军到酒泉，跟杨恽相好的人包括孙会宗在内，也都革了职。

又有人上书，说京兆尹张敞也是杨恽的朋友，应当革职。汉宣帝不想马上惩办张敞，把他的案子暂时搁下。张敞照章办事，叫他的手下人絮舜整理公文。絮舜认为既然有人告发张敞，就不听他的命令，私自回家去了，还说："京兆尹顶多再做上五天，我还听他的指挥干吗？"

张敞听到了，气得胸膛发疼，他宁可自己犯罪，也得拿他出一口气。他立刻把絮舜抓来，定了他的死罪，说："五天的京兆尹怎么样？"当时就把他杀了，絮舜的家里人控告张敞，汉宣帝就把张敞罚作平民。可是张敞一走，京师里不断地发生抢劫，尤其是冀州，更乱得不成样子。汉宣帝派使者到张敞家里，请他去做冀州刺史，张敞还真有一套办法，没多久，他就把抢劫事件平了下去。

汉宣帝杀大臣很坚决，对于抵御外边的敌人，他可没有一定的主张。

赵充国和西羌

汉朝西边附近湟水一带的地方住着西羌族的人。他们以前是帮着匈奴的。自从汉武帝在河西建立了武威、张掖、酒泉、敦煌四个郡以后，砍断了匈奴的右胳膊，不让匈奴再跟西羌来往，还叫西羌人从这四个郡搬出去，不准他们再住在湟水一带。赶到汉宣帝即位，打发光禄大夫义渠安国（义渠，部族名，当作姓用；安国，名）去查看西羌。义渠安国也是西羌人，因为他祖父和父亲做了汉朝的官，他继承了他们的地位，还升为光禄大夫。西羌族当中人口比较多的有先零羌和罕开羌两部，先零羌听到义渠安国来了，就打发使者去见他，请汉朝放宽禁令，让他们渡过湟水到汉朝这边来放牲口，义渠安国替他们上书给汉宣帝。汉宣帝怕西羌借因头攻打进来，只好含含糊糊，召回了义渠安国。

先零羌认为汉朝待他们太苛刻，义渠安国又不肯帮他们的忙，就联合西羌各部，渡过湟水到汉朝这边来了。他们又派出使者绕道到匈奴去请他们帮助。将军赵充国得到了这个信儿，请汉宣帝派个将军带领兵马去防备西羌。汉宣帝就派义渠安国带领两千骑兵再到西羌去查看。义渠安国到了西羌，召集了三十多个先零的重要人物，把他认为最不老实的一些人全都杀了。接着，他把骑兵放出去，又杀了一千多人。

先零的领袖杨玉本来已经归向汉朝，封为归义侯。这会儿一见义渠安国屠杀西羌人，他又是害怕又是愤怒。他的手下人也要他反抗汉朝。归义侯杨玉就率领先零士兵冷不防打到汉营里来。义渠安国一来没做准备，二来人马不过两千，被杨玉的军队打得落花流水。汉军扔了辎重、粮草、兵器，一口气逃到令居（属金城郡，在今甘肃永登一带），守在那儿。义渠安国火速派人向朝廷求救。

汉宣帝一想：将军当中只有赵充国最熟悉西羌的情况，可是他已经七十多了，恐怕不能再打仗。他叫御史大夫丙吉去问问赵充国派谁去最好。赵充国说：“要平定西羌，没有比我这个老头子再合适的人了。”汉宣帝问他：“老将军准备怎么样去打败西羌？应当用多少人马？”赵充国说：“百闻不如一见。我到了金城，侦察了地形和西羌的情况，才能够决定计划。只要皇上用我，平定西羌是用不着皇上担心的。”汉宣帝笑了笑，说：“好吧。”

赵充国到了金城，带着大军很小心地渡过湟水，到了西部都尉府，就在那边把军队驻扎下来。先零羌也的确厉害，天天出来挑战。赵充国吩咐将士们只准守营、不准出战。他要用分化敌人的办法，去收服西羌。

先零羌跟罕羌、开羌本来是有仇恨的。前一些日子罕羌和开羌的领袖靡当儿派他的兄弟雕库来向汉朝的都尉报告，说先零羌准备反对汉朝。汉朝的都尉就把他暂时留下，一面派人去侦察。过了几天工夫，果然，先零羌起兵了，还跟罕羌、开羌讲了和、订了约，叫靡当儿也起来反抗汉朝。雕库的部下也有跟先零羌通声气的。汉朝的都尉就扣留了雕库，把他当作俘虏。

赵充国知道了这件事，马上放出雕库，安慰他说：“罕羌、开羌并没背叛汉朝，你哥哥也不会上先零的当，你先来报告，不但没有罪，而且是有功劳的。你可以安心地回去，请你去传达天子的命令，大军到了这儿，只惩办犯法的人，别的人一点用不着害怕；谁逮捕犯法的人，谁都有赏。抓住或者杀死一个犯法的头等的豪强，赏四十万钱；中等的，赏十五万钱；下等的，赏两万钱；女子和老弱的，赏一千钱；乱党的财物全部赏给逮捕他们的人。”雕库听了这一番话，高高兴兴地回去了。

赵充国安排了罕羌、开羌那一边，还想用办法慢慢地去收服先零羌。他仍旧把大军扎住，不让士兵出去打仗。可是汉宣帝没有像他那么耐心。他又发了六万人马，驻扎在边疆上作为声援。

酒泉太守辛武贤上书，愿意帮助赵充国去打罕羌、开羌。他说：“只要带上三十天的口粮，从张掖、酒泉出发，两路夹攻罕羌、开羌，就说不能灭了罕羌、开羌，也能够掳掠一批牲口和妇女，然后回来过冬，明年再发兵去打，西羌准吓得不能不来投降。”汉宣帝把辛武贤的奏章交给赵充国去研究，做出决定。

赵充国上书，说：“一匹马自己驮三十天的粮食，就得八十斗麦子、二十四斗米，还得装上衣服、兵器。驮着这么多东西的马很难追赶敌人。敌人见了大军，必然一步一步地往后退，汉军也只能一步一步地往前进。西羌到了山林里，守住山口、要道，再用骑兵来截断运粮的道儿，弄得我们进退两难，给外人笑话。辛太守想掳掠人家的牲口、妇女，这不是好计策。我认为不如安抚罕羌、开羌，专门对付先零。惩办顽强的，奖励悔过的。再挑选贤明的、能够尊重当地风俗的官吏去安抚他们，他们一定能够归向朝廷。现在先零羌当中离开杨玉来投诚的已经多起来了。这是保全军队、保证胜利、安定边疆最好的办法。请皇上放心。”

汉宣帝召集大臣们商议赵充国的奏章。大臣们大多都说：“先零羌兵多，加上罕羌、开羌的帮助，就更强了。先攻破罕羌、开羌，先零羌就容易收服了。”

汉宣帝就拜乐成侯许延寿为强弩将军、酒泉太守辛武贤为破羌将军，共同去进攻罕羌、开羌，还下了一道诏书责备赵充国，催他快点进兵。

赵充国第二次上书，请汉宣帝不要再派兵去，更不可去打罕羌、开羌。他说：“先零羌杨玉背叛朝廷，杀害官吏；罕羌、开羌并没侵犯过边疆，也没杀过汉朝的将士。我已经派雕库去宣扬皇上的威德，告诉西羌人，汉朝大军只惩办有罪的人，绝不伤害良民。西羌人都知道朝廷是奖励好人、惩办坏人的。现在不去惩办有罪的先零羌，反倒去杀害无辜的罕羌、开羌，这哪是皇上的意思呢？只要惩办先零羌的头子，先零羌就可以平定下来，罕羌、开羌更不敢背叛朝廷了。”

汉宣帝再三考虑，觉得赵充国的话的确有理，就依了他的话，不再派兵去。赵充国还是只守不战。先零羌认为赵充国只是来防守的，就慢慢儿地松懈下来了。赵充国看准了机会，突然向先零羌打过去，杀得杨玉的兵马一败涂地，给汉军掳去了牛、羊十万多头，车四千多辆。赵充国打了胜仗，立刻把军队开到罕羌、开羌的地界驻扎下来，吩咐将士不准抢劫。罕羌、开羌欢迎汉军，靡当儿亲自到汉营里来见赵充国。赵充国拿上等的酒筵招待他，还送了他很多礼物，嘱咐他好好地治理罕羌、开羌百姓，不可反对汉朝。靡当儿这才放了心，诚心诚意地跟汉朝和好。

赵充国联络好了罕羌、开羌，又回到先零羌。他向汉宣帝报告经过，汉宣帝派破羌将军辛武贤为副将去帮助他。这时候，先零羌投降汉军的已经有一万多人了。赵充国一见先零羌来投奔的越来越多，就改变策略，他要用步兵屯田的办法来代替骑兵的进攻。

他第三次上书，说："大军远在外地，每天所费的粮食和草料已经不少了，要是老这么守着，不但耗费财物，而且士兵、民夫也都太苦了。西羌只能用恩德去收服，不能用兵力去消灭。这儿可以开垦的土地有两千多顷，我愿意撤退骑兵，单单留下一万步兵，一面耕种，一面防守，西羌就能够这么平静下去的。"

汉宣帝又召集大臣们商议屯田的事。大臣们反对屯田的占多数。汉宣帝还是吩咐赵充国赶紧进兵。他说："依照将军这个办法，什么时候才能够把西羌的头子杀了呢？什么时候才能够得胜回朝呢？"

赵充国第四次上书，说明利害。他说："西羌的风俗和习惯虽然跟中原的不一样，可是爱护亲戚、害怕死亡，尊敬好人、痛恨坏人，喜欢利益、躲避灾害——这些跟汉朝人完全一样。西羌一共只有五万人，除了在战场上打死的，前前后后投降的就有一万多人。我们陆续把他们放回去，叫他们去劝告亲戚、朋友来归附的也有七十起了。现在跟着杨玉反对朝廷的不过七八千人左右。听说他们每天还有饿死的和逃亡的。只要我们一面屯田防守，一面劝化他们，西羌是能够听从朝廷的。"

汉宣帝就吩咐辛武贤仍旧回到酒泉去做太守，把各路骑兵都撤回来，只留下赵充国屯田的步兵。果然，杨玉的手下人若零、弟泽他们杀了杨玉，率领四千多人到这边来了。汉宣帝把若零和弟泽两个首领封为王，把另外几个重要的人封为侯；又在金城地方设置"金城属国"，让投奔汉朝的西羌人住在那边，还叫西羌人自己推荐几个人为"护羌校尉"。这么着，西羌那边完全安定下来了。汉宣帝吩咐赵充国和屯田的士兵都撤回来，把那些开垦了的土地全都给西羌人自己去耕种。

赵充国告老还乡。丞相魏相向汉宣帝承认自己的错误，说他当初没支持过赵充国。原来赵充国第一次上书的时候，十个人当中赞成他的主张的只有两三个；第二次就有一半人赞成他了；最后，十个人当中已经有八个赞成他了。

西羌那边稳定下来了，匈奴听到了这个消息，更不敢侵犯汉朝了。

功臣画像

匈奴自从壶衍鞮单于即位以来，贵族争权，国内不团结，越来越衰落了。赶到壶衍鞮单于一死，匈奴出了五个单于，互相攻打，根本没有力量再跟汉朝作对。其中有个单于叫呼韩邪，他杀了一个主要的敌手，又打败了别的几个单于，差不多可以统一匈奴了。想不到呼韩邪单于的哥哥自立为郅支单于（郅 zhì），又打起来了。

郅支单于兵力很强，他杀了另一个单于，回头又来攻打他的兄弟呼韩邪单于。呼韩邪单于因为连年打仗，已经死伤了不少人马，这会儿又打了几个败仗，不知道怎么办才好。

匈奴的大臣左伊秩訾（zǐ）王替呼韩邪单于献计，劝他去投靠汉朝，他说："得到了汉朝的帮助，才能够平定咱们的内乱。"呼韩邪单于问大臣们可不可以这么办。多数的大臣说："不行。咱们一向以战斗出名，邻近的部族哪一个不知道咱们的威名？现在弟兄之间互相争夺，就算死了哥哥，还有兄弟，子孙仍旧可以做首领。汉朝虽说挺强，究竟不是匈奴。咱们投靠汉朝，明明是违反古代的制度，丢祖宗的脸，给列国笑话。即使投靠了汉朝，能够暂时安定一下，可是怎么还能够做各部族的领袖呢？"

左伊秩訾王说："话不是这么说的。一个国家有时候强、有时候弱，情况就有变化。现在汉朝正强盛，乌孙和西域那些个城郭国家都做了汉朝的臣下。咱们自从且鞮侯单于以来，一天天地衰落下去，一时不能再兴起来。虽然勉强支持着，可是没有一天安定的日子。现在摆在面前的只有两条路。投靠汉朝就能安定，不投靠汉朝就灭亡。要想生存，没有比投靠汉朝更好的办法了。”

大臣们议论了好久，不能决定。呼韩邪单于听从了左伊秩訾王的话，决定结交汉朝。他带领着部下，到了南边，先派他儿子右贤王去伺候汉宣帝，还要求汉朝让单于到长安来会见中原皇帝。

汉宣帝召集大臣们商量着用什么仪式去接待呼韩邪单于。丞相、御史认为匈奴是夷狄，单于的地位比不上诸侯王。他来会见，就应该用比接待诸侯王低一等的仪式去接待他。太子太傅萧望之不同意这种说法。他说：“匈奴是一个国家，单于并不是汉朝的臣下。他的地位比诸侯王高。他是第一个来归向中国、亲自到我们这儿来的单于，朝廷应当奖励他，不要把他当作臣下看待。咱们能够这么有礼貌地对待匈奴，别的部族也就容易结交了。”

汉宣帝采用萧望之的主张，下了一道诏书，说要像招待贵宾一样地去招待匈奴单于，他的地位在诸侯王之上，让他称为外臣，可是不必像臣下那样在皇帝面前叫自己的名字。

公元前51年（甘露三年）正月，匈奴呼韩邪单于亲自来会见汉宣帝。汉宣帝打发使者送给他一套最讲究的衣帽、一枚金印、一把宝剑、一张弓、四支箭、十支戟、一辆头等的车子、十五匹马、二十斤黄金、二十万钱、七十七套衣服、八千匹绸缎、六千斤丝绵。使者举行了赠送礼物的仪式以后，就迎接单于到了长平（在泾水的南边，离长安五十里地）。

汉宣帝也到了长平，请呼韩邪单于到建章宫相见，还下了道诏书，说明：会见的时候，请单于不要下跪，单于的大臣们都可以列席。到时候，各部族的君长、王侯等一块儿去迎接呼韩邪单于，到渭桥的就有几万人。汉宣帝上了渭桥，大伙儿全都高呼“万岁”。呼韩邪单于先到了长安公馆里，然后再到建章宫去参加盛大的宴会。汉宣帝送了不少礼物给单于，又请他参观了各种珍宝。

呼韩邪单于和匈奴的大臣们在长安住了一个月，到了二月里，他们准备要回去。呼韩邪单于向汉宣帝请求，让他们住在漠南光禄塞一带（在今内蒙古包头一带），万一郅支单于再来攻打，可以守住受降城。汉宣帝答应了，还派长乐卫尉高昌侯董忠、车骑都尉韩昌带着一万六千骑兵护送单于到了漠南，吩咐他们留在那儿帮助单于。这时候，匈奴正缺少粮食，汉朝送了不少粮食去救济他们。前后送去的共有三万四千斛。匈奴人见到呼韩邪单于得到了汉朝的帮助，都不敢不服他了。

郅支单于也怕汉朝帮着呼韩邪单于去打他。因此，呼韩邪单于派他儿子来伺候汉天子以后，郅支单于也打发自己的儿子来伺候汉天子。后来他带领着部下往西去，离匈奴故城七千多里。他还不断地打发使者来访问汉朝。

呼韩邪单于十分感激，一心跟汉朝和好不必说了，就是西域各国也都安定下来。以前乌孙以西直到安息这些地方的部族，凡是接近匈奴边界的都害怕匈奴，小看汉朝。这会儿他们一听到匈奴跟汉朝和好，呼韩邪单于还亲自到长安会见了汉朝的皇帝，他们就都派遣了使者来跟汉朝打交道，汉宣帝不用说有多么高兴了。

汉宣帝认为要是汉朝没有这么多立过大功的臣下，怎么能够结交这许多的部族呢？他就把以前的和现在的功臣一个一个地回想了一番，挑出他认为功劳最大的十一个人，吩咐画工参考各种材料，再凭着自己的想象把他们都画在麒麟阁上。每一个画像底下写上他的官爵和姓名。只有一个功臣最不好办，那就是霍光。论他的功劳，谁都比不上；论国家的法令，他们家是灭了门的。大功臣在历史上不能不给他一个最高的地位，大罪人又不应该传扬后世。他的画像底下，汉宣帝就叫单写官爵和姓，可是不写出名字。那十一个功臣前后次序如下：

1. 大司马大将军博陆侯霍氏。
2. 卫将军富平侯张安世。
3. 车骑将军龙额侯韩增。
4. 后将军营平侯赵充国。
5. 丞相高平侯魏相。
6. 丞相博阳侯丙吉。
7. 御史大夫建平侯杜延年。
8. 宗正阳城侯刘德。
9. 少府梁丘贺（梁丘，姓；贺，名）。

10. 太子太傅萧望之。

11. 典属国苏武。

这十一个人当中，只有萧望之还活着。按理说，他应该排在最后，怎么反倒排在苏武的前面呢？苏武的威名，不但匈奴知道，别的部族也都知道。他在世的时候，做典属国，专门管理招待外宾的事。他跟匈奴夫人生的那个儿子苏通国早已回到汉朝，做了郎官。国内、国外的人都佩服苏武，认为他是个了不起的人物。现在麒麟阁上倒把他排在末一名。有人说，正因为他是个最出名的人，才这么安排，好让外人见了，觉得像苏武那样的人物还只能放在末一名，就更不敢小看中国了。

汉宣帝纪念功臣，还提倡文教，立当代出名的一般儒生为博士，研究《易经》《尚书》和《春秋》。他希望国内太平，国外不再发生事变。忽然有一天，乌孙国派使者来报告，说大昆弥（乌孙王称为昆弥，正像匈奴王称为单于一样）元贵靡死了。他奉上乌孙公主的一封信，说她年老体弱，想回到本国来，愿意死在本国，葬在汉朝的土地上。汉宣帝见了这封信，对乌孙公主倒是挺同情的，就打算让她回来。

女使者

乌孙公主是楚王刘戊的孙女，名叫解忧，也叫楚公主。乌孙王岑陬军须靡（岑陬，王号；军须靡，名）娶了江都公主为夫人以后，向着汉朝。过了几年，江都公主害病死了，岑陬要求继续跟汉朝和亲。汉朝就把楚公主解忧嫁给他。后来岑陬害了重病。他临死的时候，想起解忧虽然没生过孩子，好在自己已经有了个儿子，叫泥靡，就是年纪太小，还不能够管理国家大事。他就把他儿子泥靡托付给他的从兄弟翁归靡，嘱咐他代理泥靡为王，等到泥靡长大了，再把王位还给他。翁归靡完全同意，保证按照他哥哥的吩咐，好好地抚养侄儿，管理乌孙。军须靡一死，翁归靡即位，做了乌孙王。

翁归靡就依着那时候的风俗，把楚公主解忧接过来，立她为夫人，楚公主解忧只好依从乌孙的风俗，跟翁归靡做了夫妻。两个人年龄相当，感情也还不错。楚公主解忧生了三个儿子、两个女儿，还把他们都养大了。大儿子叫元贵靡，留在国内；二儿子叫万年，曾经做过莎车王；小儿子叫大乐，做了乌孙国的大将。后来翁归靡上书给汉宣帝，说明他一心一意地结交汉朝，愿意立楚公主解忧所生的儿子元贵靡为太子，还要求给太子娶个汉朝的公主，这么着，亲上加亲，世世代代向着汉朝。汉宣帝本来主张和亲，就同意了，他在宗室里挑个公主，派光禄大夫常惠带着一份挺阔气的嫁妆，把新娘送去嫁给乌孙的太子元贵靡。

常惠他们到了敦煌，就接到乌孙方面来的信儿，说翁归靡死了，军须靡的儿子泥靡即位做了乌孙王。常惠把新娘留在敦煌，一面派人向汉宣帝去报告，一面拿着使节亲自到了乌孙，责备他们不该废了太子元贵靡。乌孙的大臣们都说岑陬原来嘱咐翁归靡传位给泥靡，按理不能立元贵靡为王。常惠没有话说，只好回到敦煌。他再上书说明理由，准备把新娘送回来。汉宣帝也只好同意了。

泥靡做了乌孙王，就把楚公主解忧接过去做了他的夫人。解忧又生了个儿子。到了这个时候，解忧已快老了，可是泥靡正在壮年，两个人合不到一块儿。泥靡性情急躁，行动粗暴，乌孙人把他叫作“狂王”。可巧汉朝的使者魏如意到了乌孙，解忧偷偷地把狂王的行为告诉了使者，叫他用计策废去狂王，再立她的儿子元贵靡为乌孙王。魏如意同意了。他布置了埋伏，嘱咐卫士们听他的指挥。接着就请狂王泥靡过来喝酒。泥靡万没想到汉朝的使者会去害他，就骑着快马来了。他进了使者的帐篷，挺高兴地喝酒。魏如意向泥靡敬了酒以后，做个暗号，汉朝的卫士忽然拔出宝剑向泥靡刺去。泥靡眼快，把身子一躲，可是已经受了伤。他冲出帐篷，跳上快马，逃到别的地方去了。

汉朝的使者就说他是奉了汉朝天子的命令来惩办狂王的。乌孙的大臣们这时候也觉得泥靡失了民心，都没说话。哪儿知道狂王泥靡的儿子召集了手下士兵，把乌孙的都城赤谷团团围住。乌孙的大臣立刻派人去向西域都护郑吉求救。

郑吉原来做了卫司马，保护着鄯善以西的南路，后来他做了西域都护，督察康居、乌孙等三十六国。这时候，他的兵马驻扎在乌垒（在今新疆轮台一带）。他一听说乌孙起了内乱，就从乌垒发兵，到了赤谷，依了乌孙大臣们的要求，把狂王泥靡的儿子轰走。他给汉宣帝报告事情的经过，自己又回到乌垒去了。

汉宣帝召回魏如意，办他假传命令的大罪，另外派个使者带了医生和药品去替泥靡治伤，送他不少礼物，仍旧让他做乌孙王。泥靡的伤本来不重，经过医生一调治，很快地就好了。他很感激汉朝，欢送使者回去替他向汉宣帝道谢。一场内乱，满想从此了结。

哪儿知道翁归靡的儿子乌就屠住在北山，召集了部下，声势浩大。他趁着泥靡出来的时候，突然把他杀了，自己立为乌孙王。汉朝既然承认泥靡为乌孙王，乌就屠又不是楚公主解忧生的，就不承认他。汉宣帝吩咐破羌将军辛武贤带着一万五千骑兵到了敦煌，准备去责问乌就屠。西域都护郑吉听到了这个消息，恐怕辛武贤的军队老远地去进攻，不一定能够一帆风顺，还不如派人去劝乌就屠让位，免得两国交战，人民遭殃。他就打发一位女英雄为使者去见乌就屠。

那位女英雄叫冯嫽（liáo）。西域各国都知道她，称她为冯夫人。冯夫人原来是楚公主解忧的随身丫头，不但聪明伶俐，而且知书达理，办事能干。她跟着楚公主到了乌孙，不到几年工夫，就学会了西域的语言文字和风俗习惯。楚公主曾经叫她拿着汉朝的使节去慰问邻近各国，把汉朝的礼物送给好几个国王。她每到一个国家，都受到欢迎。西域人见她又大方又对人亲热，已经够佩服了，跟她一聊天儿，连翻译都用不着，更把她当作自己人看待。乌孙的右大将见了这么一个多才多艺的大美人儿，就想法向她求爱。冯嫽见他长得英俊，也挺喜欢。楚公主解忧就把她嫁给右大将。两口子非常恩爱，不是骑着快马出去打猎，就是手拉着手一块儿溜达。乌孙的风光好像都给他们俩占了。

右大将跟翁归靡的儿子乌就屠本来是好朋友，冯夫人也把他当作自己人看待。三个人一块儿出去打猎也是常有的事。后来乌就屠到了北山，还老向右大将和冯夫人问好。这会儿乌就屠暗杀了狂王泥靡，自立为王，汉朝派人去责问，西域都护郑吉就派冯夫人去劝告乌就屠别跟汉朝作对。冯夫人接到了郑吉的命令，立刻到北山去见乌就屠。

乌就屠见了冯夫人，很高兴，问她："什么风儿吹来的？"冯夫人挺正经地说："东风，从敦煌吹来的，来吹醒聪明人的糊涂脑袋。"乌就屠听了，不由得一愣。他说："难道出了什么事儿啦？"冯夫人说："汉兵已经到了敦煌，想必您早已知道了。您自己估计能不能跟汉兵交战？"乌就屠耷拉着脑袋，自言自语地说："恐怕不行。"冯夫人说："我说您是个聪明人。您听从汉朝的命令，难道汉朝会给您亏吃吗？何必自己找麻烦呢？"乌就屠说："我也不敢自作主张去跟汉朝作对。如果汉朝能够给我一个封号，哪怕是一个小封号，那我也愿意归附汉朝。"冯夫人说："您放心。我替您说去。"

冯夫人回去，把详细的情况回报了西域都护郑吉，郑吉就上个奏章把冯夫人劝告乌就屠的经过向汉宣帝报告了。汉宣帝要详细了解乌孙内部的情况，当时就召冯夫人到京都来。过了好些日子，冯夫人才到了长安上朝拜见汉宣帝。汉宣帝详细问她西域的情况，冯夫人回答得有条有理，还挺动听。汉宣帝觉得这个女人简直比一般大臣还强，就正式派她为汉朝的使者，还叫两个大臣做她的副手，听她的指挥。接着汉宣帝又派光禄大夫长罗侯常惠去立元贵靡为大昆弥，立乌就屠为小昆弥。

冯夫人他们到了赤谷城，常惠也到了。乌就屠还真留在北山等候消息。冯夫人他们到了北山，带着乌就屠到赤谷城来见常惠。常惠宣读诏书，立元贵靡为大昆弥，立乌就屠为小昆弥，划分地界和居民，给大昆弥六万多户，小昆弥四万多户。

过了两年，大昆弥元贵靡害病死了，他儿子星靡即位。楚公主解忧已经快七十了。她向汉宣帝上书，要求回国。汉宣帝觉得她怪可怜的，就派人把她接到京都来。冯夫人舍不得离开楚公主，也跟着她回来了。又过了两年，楚公主解忧死了。冯夫人不但为了楚公主挺伤心，还为了楚公主的孙子大昆弥星靡担着一份心事。

原来冯夫人回到长安以后，老打听着乌孙的消息。她一听说星靡软弱无能，恐怕给小昆弥乌就屠欺负，就上书给汉宣帝，请允许她作为使者，再到乌孙去，免得大小昆弥再打起来。汉宣帝就又派她为使者，还给了她一百名骑兵护送她到乌孙去。星靡得到了冯夫人的帮助，总算平安无事。

就在这个时候（公元前 49 年，黄龙元年），汉宣帝害了重病。他拜外戚史高为大司马车骑将军，太子太傅萧望之为前将军，太子少傅周堪为光禄大夫，把后事托付给这三个大臣。他死的时候才四十三岁。

外戚和宦官

汉宣帝死了以后，太子即位，就是汉元帝。汉元帝立王政君为皇后，封王皇后的父亲王禁为阳平侯。

阳平侯王禁有四个女儿、八个儿子。大儿子叫王凤，第二个是女儿，就是王政君。王政君还有个妹妹和一个叫王崇的兄弟。这四个人都是王禁的正夫人生的。王禁有几个姨太太，她们生了六个儿子、两个女儿。王政君做了皇后，父亲封了侯，王家的子弟就阔起来了。可是这时候，他们还没抓到大权，朝廷上地位最高的是大司马史高，其次是前将军萧望之和光禄大夫周堪。大司马史高全仗着皇亲的关系做上了大官，自己可没有什么本领。朝廷大事多半由萧望之和周堪拿主意。再说他们两个人都是汉元帝的老师，汉元帝格外信任他们。史高只好退居下风，做个有职无权的大官。萧望之又推荐了刘更生（楚王刘交的玄孙）和金敞（金日磾的侄孙）给汉元帝。四个人同心协力地辅助着汉元帝，劝他注重文教，减轻捐税。汉元帝倒也能够听从他们的话。史高就更觉得自己没有势力了。他结交宫里的两个宦官一块儿去对付萧望之他们。

那两个宦官，一个叫弘恭，老是拱肩缩背的，个儿又小，活像一只瘦猴，一个叫石显，肥头大耳朵的，长相十分体面。他们原来是汉宣帝宫里的内侍。汉宣帝看到霍光一家子灭了门，就想到大臣掌了权，已经不容易对付，再加上他们的子弟、女婿和子弟、女婿的子孙都做了官，那一家子的势力就会更大。为这个，他认为还不如任用一些不能娶媳妇儿的单身汉。他们没有子孙，也没有女婿外孙子，就不必怕他们变成像霍家那样的大家族了。汉宣帝这才重用了两个宦官，叫他们随身伺候他，替他管理管理大臣们的奏章和别的公文。瘦子弘恭就这么做了中书令，胖子石显做了仆射。汉宣帝也算是个精明的君主，他们在他的手底下还不敢为非作歹。汉元帝的才能远远比不上他的父亲。说他是个糊涂虫吧，有时候他也很懂道理；说他懂道理吧，有时候他可糊涂透了顶。他不但不能利用弘恭、石显，反倒被弘恭、石显所利用。这么干，朝廷上不闹乱子才是怪事。

宦官弘恭和石显正想结交外戚，树立私党，恰巧大司马史高找上门来。他们就串通一气，想法轰走萧望之他们，把朝廷大权抓在手里。

弘恭、石显见刘更生老劝告汉元帝亲近君子，远离小人，多么讨人厌！他们就跟史高商量停当，趁着外边需要人的时候，向汉元帝推荐刘更生，把他调出去了。萧望之暗暗着急，赶紧想办法去找个能做谏官（劝告皇帝别做坏事的官）的人。刚巧有个会稽人郑朋上书给汉元帝，说是车骑将军史高派人在外面勒索贿赂，许、史两家子弟横行不法，欺压百姓。汉元帝把郑朋的控告书给光禄大夫周堪看。周堪请汉元帝让郑朋暂时住在金马门（相当于现在的招待所）等候召见。

郑朋还想巴结萧望之，写了一封信给他，把萧望之比成周公、召公、管子（管仲）、晏子，还说如果有用得着他的地方，他就是做猪做狗也乐意。萧望之挺诚恳地接待了他，准备向汉元帝推荐，可是他恐怕郑朋只是能说会道，未必真有德行，就派人去调查一下。调查下来，才知道郑朋是个作恶多端的小人。郑朋满想马上可以升官发财，没想到等了好些日子，总没有消息下来，就再去求见萧望之和周堪，可是都被拒绝了。

郑朋一见此路不通，大失所望。他就改变主意，去投靠许、史两家。许、史两家听说郑朋这小子向汉元帝告发他们，又去巴结萧、周两家，正把他恨到骨髓里去了。郑朋向他们起誓发愿地说："上次我实在是上了周堪和刘更生他们的当。都是他们不好，教我这么做的。现在我后悔得了不得，情愿将功折罪，做猪做狗也干。"

他们就把郑朋收留下，还把他引荐给汉元帝。郑朋拜见了汉元帝，得意扬扬地出来，向许、史两家吹牛，说："我在皇上跟前揭发了前将军（就是萧望之）五个小过、一项大罪。”许、史两家听了，非常高兴，把他当作心腹。

还有一个不问是非、只想做官的人，叫华龙。他去投奔周堪，周堪知道他是个无赖，没用他。他就钻到许、史那一边去了。他们把他和郑朋连在一块儿，帮助他们结交弘恭、石显。弘恭、石显就叫郑朋和华龙向汉元帝上书，告发周堪和刘更生，说他们树立私党，排挤许、史两家。汉元帝看了，交给弘恭、石显去查问。

萧望之气得什么似的。他说：“外戚占了高位，子弟骄横不法。周堪、刘更生忠心耿耿，他们不奉承外戚，可没有什么不对。”

弘恭、石显向汉元帝报告，说：“萧望之、周堪、刘更生欺蒙皇上，毁谤大臣，离间皇亲，一心想把大权抓在自己手里。依我说，应该把他们都交给廷尉去查问。”汉元帝压根儿不知道“交给廷尉”是什么意思，他也不好意思问问清楚什么叫作“廷尉”，就糊里糊涂地答应了。弘恭、石显传出命令去，把萧望之他们三个人下了监狱。

过了一会儿，汉元帝有事情要跟周堪和刘更生谈谈，叫弘恭、石显去召他们来。弘恭、石显回答说：“他们已经关在监狱里了。”汉元帝大吃一惊，连着说：“怎么？怎么？是谁把他们关在监狱里的？”弘恭、石显磕头，说：“皇上不是下了命令把他们交给廷尉了吗？”汉元帝这会儿可懂了，他说：“不是叫廷尉去问问他们吗？谁叫你们把他们下了监狱？快把他们放出来！”

弘恭、石显出来，一直跑到大司马府中，跟史高商量了一下。史高就去见汉元帝，对他说：“皇上刚即位，全国的人还不知道皇上的威信。这会儿把以前的太傅、少傅下了监狱，人家总以为那一定是因为他们有罪。要是马上让他们官复原职，反给人家议论。还不如暂时免了他们的官职，将来再说吧。”汉元帝就糊里糊涂地下了一道诏书，让萧望之、周堪、刘更生去做平民。

公元前 47 年（初元二年）二月里，陇西发生了地震，城墙、房屋塌下来压死了不少人。七月里又来了一次地震。汉元帝害怕了。他认为这一定是因为他轰走了老师，得罪了上天。他就封萧望之为关内侯，又召周堪和刘更生回来，打算拜他们为谏大夫。弘恭、石显急得不得了，连忙对汉元帝说：“这两个人已经受了惩罚，做了平民，要是再重用他们，反倒显出自个儿的错处来。”汉元帝不作声。弘恭、石显知道再拦也拦不住，就说：“就是要用他们，也不能一下子升为谏大夫，叫他们做中郎也就是了。”汉元帝捏在两个宦官手里，就依了他们，叫周堪、刘更生都做了中郎。

有一次，汉元帝同手下人随便谈谈，说他打算拜萧望之为丞相。弘恭、石显听到了这个消息，急急忙忙地去跟许、史两家商量。他们死也不能让萧望之做丞相。

他们的鬼主意给刘更生探听出来了。他一定要告发弘恭和石显，可是又怕人家说他是跟萧望之同党的。他就托他的一个亲戚出面，上书给汉元帝，劝他去了宦官，重用萧望之。上书的事给弘恭、石显知道了。他们疑心是刘更生出的主意，就请汉元帝追究上书的人。汉元帝自然又同意了。上书的人受不起吓唬，都供出来了。刘更生又一次被罚做平民。

萧望之的儿子萧伋（jí）也上书给汉元帝，说上次他父亲无缘无故地下了监狱，这个冤枉得查查。汉元帝叫大臣们商议这件事。大臣们大多奉承有权有势的人。他们说：“萧望之有了过错，自己不反省，反倒叫儿子上书替他辩护，有失大臣的体统，应当把他交给廷尉。”这会儿汉元帝已经知道“交给廷尉”是什么意思了，就说：“太傅性子刚强，万一寻了短见，怎么办呢？”弘恭、石显说：“谁都爱惜自己的性命。太傅并没有什么大罪，干吗要自杀呢？”汉元帝只好答应。

弘恭、石显得到了汉元帝的允许，就派武士们把萧望之的房子围住，又派使者作威作福地叫萧望之去受审。萧望之没了主意，问了问自己的门生朱云该怎么办。朱云重视名节，他劝老师不如自尽。萧望之仰天叹着说：“我曾经做过将相，现在已经六十多了，再到监狱里去受侮辱，还不如死了好。”他就喝了毒药自杀了。

汉元帝一听到萧望之自杀，拍着大腿，咧着嘴，说：“我说他不肯到监狱里去的。你看，果然杀了我的好老师！”这时候正是中午，酒食摆上来，请汉元帝吃午饭。汉元帝推开酒食，流着眼泪，哭了起来。他把弘恭、石显召进来，责备他们不该逼死萧望之。弘恭、石显慌忙摘去帽子，趴在地下直磕头。汉元帝瞧见他们这么可怜，心又软了，就骂了他们几句算了。

萧望之自杀以后没有多久，弘恭害病死了。汉元帝叫宦官石显接着弘恭做了中书令。石显掌握了大权，朝廷上大半是他的人，周堪很不容易见到汉元帝，就是要去见他，也得经过石显这一关。石显又老在汉元帝跟前给周堪说坏话。最后，周堪难受得害了重病，不能说话。没有几天，他死了。

自从汉元帝即位以来，几个大臣为了排斥外戚和宦官，朝廷上弄得乱糟糟的，顾不到修理水利，差不多每年不是水灾就是旱灾。饿死人的惨事又出来了。再加贵族、豪强、地主、富商不断地兼并土地，剥削农民，朝廷只能依靠暴力镇压百姓。南方的珠崖郡（在今海南）早已发生了叛变，因为路远够不上，汉元帝就放弃了那个郡。陇西的羌人也不服汉朝，右将军冯奉世又出了一次兵，总算镇压下去。西边的郅支单于强大起来，派使者来要求汉朝把他的儿子送回去，话还说得挺强硬，弄得汉元帝不知道该怎么办才好。

古籍链接

于是侍中许章白见朋。朋出扬言曰："我见，言前将军小过五，大罪一。中书令在旁，知我言状。"望之闻之，以问弘恭、石显。显、恭恐望之自讼，下于它吏，即挟朋及待诏华龙。龙者，宣帝时与张子蟜等待诏，以行污秽不进，欲入堪等，堪等不纳，故与朋相结。

——《汉书 · 卷七十八》

昭君出塞

郅支单于当初听到汉朝出兵帮着呼韩邪单于在漠南建立了国家，就率领部下往西去攻打坚昆（坚昆，古代的部族名，在今西伯利亚鄂毕河、叶尼塞河上游）。郅支单于占领了坚昆以后，把它作为匈奴的都城，兼并了那边的三个小国，又强大起来了。

他派使者到长安来，要求汉朝把他的儿子送回去。汉元帝听从了大臣们的话，决定派卫司马谷吉为使者把他送回到坚昆去。

御史大夫贡禹和博士匡衡不赞成这么办。他们说："郅支单于还没受到教化，坚昆离这儿又那么远，咱们派使者把他儿子送到边界上也就是了。"

谷吉说："中原跟匈奴能够交好还是交好的好。郅支单于的儿子在这儿已经十年了，朝廷一直优待着他，现在不把他好好地护送回家，就在边界上把他一扔，不但以前对他的恩典全算完了，而且以后还许结了怨。依我说，要好就好到底。如果我能够到了那边传达朝廷的好意，使郅支单于也愿意跟咱们交好，那是最好；万一他没安着好心，不讲道理，把我害了，他这么得罪了朝廷，必定越逃越远，不敢到边界上来。这样，死了一个使者就能够使老百姓免遭刀兵，这在国家是最合算的事，也是我的心愿。我愿意护送他到单于那里去。"

右将军冯奉世认为可以派谷吉去。汉元帝同意了。谷吉把郅支单于的儿子送到坚昆。郅支单于认为儿子做抵押是件丢脸的事，这个仇非报不可。他还真把谷吉和随从的人都杀了。他知道这么得罪了汉朝，汉朝是不能放过他的，又听说呼韩邪单于也越来越强大，就打算再往西逃去。刚巧西边的康居王派使者来约他订盟约。他当然同意。

原来康居屡次受到乌孙的攻击，很难对付。康居王和大臣们都认为匈奴原来是一个大国，连乌孙都是它的属国；现在郅支单于在外边很不得意，不如跟他联合起来去攻打乌孙，把它灭了，立郅支单于为王，让他住在乌孙，康居就可以不再受到乌孙的欺负。他们这么决定，就派使者到坚昆去见郅支单于。

郅支单于非常高兴，他就率领部属往西到康居去。路上碰到寒流，冻死了不少人，到了康居只剩了三千人。康居王挺尊敬郅支单于，把自己的女儿嫁给他。康居王借着郅支单于的威名去吓唬邻近的小国，邻近的小国不敢不听他的。郅支单于就向他们借了兵，进攻乌孙，一直打到赤谷城，杀了不少人，把乌孙的牲口赶到康居去，乌孙不敢追，连西半边五千里的地方都不敢住人。

郅支单于打了个胜仗，再说匈奴本来是个大国，他又骄傲起来了。到了这时候，他不把康居王放在眼里。康居王的女儿劝他几句，他就把她杀了。他还杀了康居的贵人和好几百个康居的老百姓，把他们的四肢砍下来，扔在都赖水里（都赖，当地的河名），好让康居人不敢不听他的指挥。康居的老百姓直怪他们的国王当初不该把郅支单于请了来。他们这才认识到跟老虎讨交情的，早晚是喂了老虎。郅支单于又强迫当地的老百姓费了两年工夫给他筑了一座郅支城，也叫单于城。老虎有了山洞，什么都不怕了。他打发使者到大宛和别的国家去，要他们年年进贡、纳税。这些国家不敢不依他。

汉朝三次派使者到康居，要把谷吉他们的尸首运回来。郅支单于不但不答应，还侮辱了使者。他说让使者活着回去，已经是恩典了。他还故意向汉天子开玩笑，通过汉朝的西域都护上书给汉天子，说："我困居在这里，苦得很，我只好归顺强大的汉朝，打发儿子来伺候汉天子！"郅支单于瞧不起汉朝到了这步田地。

这时候，西域都护郑吉已经告老了。镇守乌垒城的是西域都护甘延寿和他的副手陈汤。陈汤对甘延寿说："郅支单于到了康居，侵略乌孙和大宛。如果这两国给他并吞了，他必然还要进攻别的国家，西域就太平不了啦。咱们不如把屯田的将士都用上，再带领一些乌孙的兵马，直接去打郅支单于，把他杀了。这是千载一时的大功。”甘延寿同意了，可是他说：“先得奏明皇上，才好发兵。”陈汤说：“朝廷上那些大臣是不会同意的。”甘延寿总觉得不应当自作主张，没有皇上的命令，怎么也不敢发兵。他正想上书给汉元帝，忽然害了病，就把这件事搁下来了。

陈汤趁着甘延寿害病的时候，让他安安静静地休养一下，自己瞒着他发号施令地征调了在西域屯田的汉兵和当地的人马，一共有四万多人。赶到甘延寿病好了，才发觉四万多兵马已经会齐了。到了这时候，他没法阻挡，只好一面上书报告情况，自己请求处分，一面把兵马分作南北两路，绕道向郅支单于进攻。大军到了康居，离郅支城才六十里，扎营下寨。就在那边逮住了几个康居的贵人，他们也正痛恨着郅支单于，巴不得把郅支城的情况告诉了陈汤，还愿意给大军带道。第二天，大军又前进了三十里，扎了营。

郅支单于派使者来责问，说：“汉兵干吗到这儿来？”汉兵回答说：“单于上书，说困居在这儿苦得很，愿意归顺汉朝，还要去朝见汉天子。汉天子可怜单于离开了大国，住在康居，委屈了，才特地打发都护将军来迎接单于和妻子。又恐怕左右惊动，才没到城下来。”郅支单于还是很硬的，就发兵出来对敌。一来因为甘延寿和陈汤计划周到，又得到了西域十五个国家的帮助，二来因为郅支单于不得人心，两下打了几仗，汉兵打下郅支城，砍了郅支单于的脑袋，把人头送到长安去。部下的将士都投降了。汉朝将士进了郅支单于的宫里，搜出了汉朝的两根使节和谷吉带去的诏书。甘延寿和陈汤把郅支城里的金银财宝和牲口都拿出来，分别送给一起围攻郅支城的十五个国王和他们的将士们。他们全都欢天喜地地回到本国去了。

郅支单于的人头送到长安，朝廷上议论纷纷。汉元帝认为甘延寿和陈汤立了大功，应当加封。中书令石显反对，他说擅自兴兵就该定罪，至多只能将功折罪。石显的话从表面上看来，跟当初萧望之反对汉宣帝封冯奉世为侯的话有点相像，可是挖出根儿来看，完全不一样。原来石显曾经想把甘延寿拉过来，情愿把他姐姐嫁给甘延寿，甘延寿干脆回绝了。石显这一气呀，直喘了三天三宿。这会儿不能把甘延寿办罪，怎么也不能让这小子立上大功。匡衡是跟石显有交情的，这时候，他做了丞相，完全支持石显。为这个，议论了好几天，汉元帝决定不下来。正在这个时候，刘更生上书给汉元帝。他说："郅支单于恩将仇报，杀害天子的使者谷吉，他又暴虐无道，扰乱西域，按理早该受到惩罚了。"他还说："立大功的不记小过，甘延寿和陈汤应当加封。"

汉元帝听了刘更生的话，封甘延寿为义成侯，陈汤为关内侯。

汉朝杀了郅支单于，呼韩邪单于听到了这个消息，又是高兴又是怕。高兴的是郅支单于一死，他的匈奴王位可以坐定了；怕的是汉朝这么强大，万一对他不满意，那可不是玩儿的。他就在公元前 33 年（竟宁元年），再一次亲自到长安来会见汉天子，要求做汉朝的女婿，愿意一辈子和汉朝交好。汉元帝也愿意同匈奴和亲，答应了。

以前匈奴很厉害，汉朝嫁给单于的得挑个公主或者宗室的女儿。现在呼韩邪单于已经投奔了汉朝，作为外臣，只要给他一个后宫的女子就可以了。住在掖庭里准备给皇上挑选的女子多着哪，随便赏一个给呼韩邪单于，就能让他满意。汉元帝吩咐掖庭令去传话："谁愿意到匈奴去，皇上就把她作为公主看待。"那些成千的被送人掖庭的女子从没见过皇上一面，大多数一辈子也没有伺候皇上的机会。她们好似关在笼子里的鸟儿，永远没有飞的分。能够出去嫁人的话，就是嫁给一个平民也就够称心。可是要她们离开本国，跟着匈奴到遥远的外族去，谁都不乐意。其中有个宫女叫王嫱，又叫王昭君，是南郡秭归人（秭归，在今湖北秭归）王穰的女儿。她很有见识。为了两国的和好，也为了自己的终身，她向掖庭令说明愿意到匈奴去。

掖庭令正为了没有人应征而焦急，难得王昭君肯去，就把她报上去。汉元帝把宫女图中的王昭君拣出来，仔细看看，觉得这个女子长得并不难看，可也不怎么漂亮，反正后宫女子有的是，他就在王昭君的画像上画个圈儿，决定把她嫁给呼韩邪单于。当时就吩咐几个专门办理喜事的臣下，准备嫁妆，择个日子，给呼韩邪单于成亲。

到了结婚那一天，王昭君到汉元帝跟前来辞行，她跪着说："臣女王嫱拜见万岁！"说着低下头去。汉元帝一瞧，觉得她又可怜又可爱，就问她："你是什么时候进宫的？"王昭君说出了哪年哪月。汉元帝眼看这么一个美人儿送给单于，多少有点儿舍不得。可是那只是在情绪上波动一下，好像燕子在水面上很快地掠过去那么想了一想。他嘱咐王昭君几句话，就让掖庭令带她去跟呼韩邪单于成亲。呼韩邪单于娶了这么一个年轻美貌的“公主”，从心坎里感激汉天子。不说别的，那份嫁妆已经够叫他高兴。光是绸缎布帛一项，就有一万八千匹，丝绵一万六千斤。从汉朝方面说，只要匈奴不来侵犯，使边界上和临近的居民不受到抢劫和屠杀，已经称心满意。如今呼韩邪单于一心和汉朝交好，不但从此不再来侵犯边境，而且还跟汉朝一起守卫北方，汉朝怎么样优待他也都乐意的。因此，在呼韩邪单于夫妇离开长安那一天，汉元帝在宫廷里举行一个盛大的宴会欢送他们。

在宴会上满朝文武百官和匈奴的大臣们都有说不出的高兴。只有汉元帝一个人憋着一肚子的不高兴。他这会儿见了新娘王昭君和新郎呼韩邪单于在一起，他突然愣了。这么一个大美人儿像是天上掉下来的。他盯坑儿似的对着王昭君出神。大臣们向他上寿，匈奴的君臣们向他上寿，他只好皮笑肉不笑地应付着，心里头直跺脚。他皱着眉头子想：“原来她进宫已经这么些年了。没见她，无所谓；那天见她一个人跪着，也不怎么样；为什么今天她跟着别人走了，才越看越舍不得？”他打算把王昭君留下，可惜太晚了。为了一个宫女，给大臣们议论，说他好色，还对外人失了信，两国和亲眼看着没好结果，那可太不值得了。他定了定神，酸溜溜地让宴会继续下去。

汉元帝回到内宫，越想越后悔，越想越生气。再拿出宫女图来仔细看看，模样是对的，可是一点没有精气神，压根儿没有刚才见到的那种招人疼的劲儿。他认为这一定是画工捣的鬼。他火儿了，他早就火儿了，可是这会儿他找到了让他泄恨的人了。原来王昭君被送入掖庭的时候，照当时的规矩，由画工画了像，让皇上随时可以看看，看中了，才召她去伺候。那个画王昭君的画工叫毛延寿，是当时很出名的一个画家。他给宫女们画像，宫女们希望他画得好看点，总是送点礼物给他。那时候朝廷上下贪污勒索成了风气，光是宦官石显一个人就贪污了一万万。毛延寿很可能得到了不少额外的收入。汉元帝看了宫女图，直怪毛延寿没把王昭君画成大美人儿。左思右想，他认为是毛延寿害得他把这么一个大美人儿送给了匈奴。他怎么能不生气呢？当时就拿贪污勒索的罪名，把个倒霉的毛延寿杀了。

王昭君冒着刺骨的冷风，骑上马，在汉朝和匈奴官员的护送下，离开了长安。到了匈奴，住在塞外，从此见不到父母之邦，心里不免难受，可是匈奴人都喜欢她，尊敬她。她看出了匈奴人和中原人有不少相同的地方，慢慢儿她也就生活惯了。她一面劝呼韩邪单于不要专仗着武力去发动战争，一面把汉朝的文化介绍给匈奴。王昭君就这么安安定定地住在匈奴。

王昭君出嫁以后没过了几个月工夫，汉元帝死了，死的时候才四十二岁。太子即位，就是汉成帝。汉成帝立母亲王政君为皇太后，拜大母舅阳平侯王凤（王禁死了以后，长子王凤为阳平侯）为大司马大将军兼任尚书，二母舅王崇为安成侯，还有五个母舅都封了侯。外戚王家从此掌握了朝廷的大权。

古籍链接

郅支既诛，呼韩邪单于且喜且惧，上书言曰：“常愿谒见天子，诚以郅支在西方，恐其与乌孙俱来击臣，以故未得至汉。今郅支已伏诛，愿入朝见。”竟宁元年，单于复入朝，礼赐如初，加衣服锦帛絮，皆倍于黄龙时。单于自言愿婿汉氏以自亲。元帝以后宫良家子王嫱字昭君赐单于。单于欢喜，上书愿保塞上谷以西至敦煌，传之无穷，请罢边备塞吏卒，以休天子人民。

——《汉书·卷九十四下》

攀断栏杆

大司马大将军王凤第一件做的事情就显出他的厉害来了。他得到汉成帝的同意，夺去宦官石显的大权，叫他做个管理皇太后车马的官。从前奉承石显的那些大臣，像丞相匡衡、御史大夫张谭等，一瞧见石显失了势，都告发他和他一党的种种罪恶。汉成帝就革去石显的官职，叫他回到老家去，又把他一党的人都调到外边去。石显闷闷不乐，吃不下饭去，在路上害病死了。

匡衡、张谭虽然告发了石显，可是也有人告发他们，说他们当初不该跟石显通同一气。匡衡他们也觉得不能再像从前那样待下去了。他们就向汉成帝辞职。汉成帝还挽留他们。只是“花无百日红”，他们也长不了啦。末了，张谭因为选举舞弊，革了职，匡衡因为他儿子杀人，自己又侵占了封地以外的土地四百多顷，都给罚作平民。这么一来，宦官和士大夫都打压下去，朝廷上差不多都是外戚王凤一派的人了。汉成帝认为重用姥姥家的人也就是孝顺母亲，自己人不信任，信任谁呢？

汉成帝这么信任王凤，当然又有人不乐意了。他们借着日食、地震、大水等的因由，指桑骂槐地说皇上不该重用姥姥家的人。可是也有人为了结交王凤，说皇上能够孝顺太后，就能逢凶化吉，遇难成祥。事情也真不凑巧，公元前 29 年（建始四年），连着下了十几天大雨，黄河决了口。馆陶（在今河北馆陶一带）、东郡（在今河南濮阳一带）四个郡、三十二个县，十五万顷地都遭了水灾。有的地方大水高出地面三丈，毁坏房子四万多所。朝廷一面派人用木船帮助老百姓逃难，逃到山坡上住下来的就有九万七千多人；一面发放粮食，救济灾民。赶到天晴了，大水下去，才想办法去堵决口。

当时有人推荐水工王延世。汉成帝就派他去修理河堤。王延世叫人用竹子编成极大的筐子，里面装满石头子儿，用两条船夹着沉到水里去。这样把河堤的底子填满了，然后再在上面用石头和泥土砌成河堤。成千成万的人费了三十六天工夫才把河堤筑成。王延世立了大功，拜为光禄大夫，封为关内侯，得到了一百斤黄金的赏赐。过了两年，平原一带的黄河又决口，大水到了济南。王延世再一次动用民夫，费了六个月工夫，又把那一段的河堤筑好了。

王延世治理了黄河，人们就不能借水灾的因由怪汉成帝重用王凤了。汉成帝还重用他的兄弟。王凤原来有七个兄弟，两个已经死了，其余五个兄弟在同一天封为侯，所以人们就称他们为“五侯”。这一下，大司马大将军王凤就更加威风，连汉成帝都有点怕他。到后来，王凤可以不听汉成帝的话，汉成帝可不能不听王凤的话了。

有人推荐刘向（刘更生改名为刘向）的儿子刘歆（xīn），汉成帝召他进来，一看就很喜欢，当时就吩咐手下的人拿衣帽来要拜他为中常侍。他们都说：“没跟大将军商量过，恐怕不行。”汉成帝说：“这种小事情何必告诉大将军呢？”手下的人着了慌，连着磕头，请皇上千万别这么干。汉成帝只好低声下气地跟王凤商量，征求他的同意。王凤挺干脆，坚决不答应。汉成帝只好算了。

王凤因为太后的从兄弟王音对他百依百顺，就推荐他做了御史大夫。赶到王凤一死，王音接着做了大司马车骑将军。这些王家门里的大官有太后王政君做他们的靠山，连皇上也不放在眼里。汉成帝也是个宝贝，他认为朝廷里有大臣，四方有将士，乐得坐享太平，快乐快乐。他原来是个好色之徒，除了皇后，别的妃子和宫女他也喜欢。他有了这么多女人，可是就没有个儿子。好在他也不在乎，只要能够玩儿就行了。他常穿上便衣，带着手下的人偷偷地到外面去斗鸡、跑狗。

有一天，他到了阳阿公主家里，公主请他喝酒，还叫家里的几个歌女出来唱歌、跳舞，伺候皇上。汉成帝瞧见其中有一个姓赵的歌女长得特别漂亮，他越看越爱，就向阳阿公主要。阳阿公主当然答应。汉成帝就把她带到宫里来。从此日日夜夜陪着她，爱她爱得掉了魂。这个歌女原来的名字叫赵宜主，因为长得娇小玲珑，跳起舞来，灵巧得像燕子飞似的，就得了个外号叫“飞燕”。

赵飞燕已经够叫汉成帝入迷的了。哪儿知道赵飞燕还有个妹妹哪。后宫里一个女官是赵飞燕的亲戚，她为了讨汉成帝的好，就把赵飞燕的妹妹赵合德推荐了一番，说得汉成帝心里直痒痒，他立刻派人去接她。赵合德装腔作势地不肯动身。她说必须有她姐姐的命令，否则就是死也不进宫。汉成帝向赵飞燕起誓赌咒地许了愿，总算得到了她的同意，把赵合德接到宫里来。

汉成帝爱上了赵家姐儿俩，废了原来的皇后，立赵飞燕为皇后，赵合德为昭仪（昭仪，女官名，比皇后只差一级）。谏大夫刘辅上书反对，汉成帝把他下了监狱，经大臣们联名求情，才免了死罪。

赵飞燕做了皇后，赵合德做了昭仪，一个住在中宫，一个住在昭阳宫。尽管这几年来，水灾、旱灾已经闹得全国老百姓简直没法活下去，不说别的，光是路倒的（饿死在道路上的）尸首就得用百万来计算，死了没人埋，只好让猪狗去收拾，可是皇帝的马房里天天喂粮食的马就上一万匹。汉成帝有的是金银财宝。他把赵合德住的昭阳宫重新修建起来。一般的雕梁画栋不必说了，门槛全是铜的，还包上黄金，台阶是用白玉砌成的，墙壁上还嵌着玉璧、珍珠、翡翠什么的。什么都称心如意，可就是没有儿女。姐儿俩一心想生儿子，各人都偷偷地养着几个汉子。汉成帝也老瞒着她们偷偷地去跟别的宫女们来往。

光禄大夫刘向实在看不过去，可是他又不敢得罪皇上。他就借题发挥，写了一本书叫《列女传》，谴责淫荡的妇女，赞扬贤德的女子，又写了两本人物传记叫《新序》《说苑》。他把这几本书献给汉成帝。汉成帝看了，大大地称赞了一番，可就是不愿意改变他的行为，也不去过问赵皇后和赵昭仪的行动。

赵昭仪对待宫女非常残酷。有一个姓曹的宫女生了一个儿子。汉成帝心里喜欢，可是不敢告诉赵家姊妹。他特地派了六个宫女去伺候曹氏娘儿俩。没想到这件事给赵昭仪知道了。她假传皇上的命令，把他们娘儿俩和那六个宫女全都杀了。

又有一个许美人，也生了一个儿子。汉成帝这会儿老老实实地告诉了赵合德。赵合德哭得死去活来，一定要自杀。汉成帝做好做歹地把她劝住了。她要瞧一瞧婴儿。汉成帝叫宫女把婴儿放在苇子编成的箱子里，偷偷地跟赵合德两个人看了一会儿，完了赵合德吩咐宫女把婴儿送回去。那个婴儿就给活埋了。

汉成帝把朝廷大权交给了外戚王家，这么荒淫无度地闹着，难道没有大臣出来劝阻他吗？自从谏大夫刘辅因为反对立赵飞燕为皇后，差点儿送了命以后，大臣们大多只想明哲保身，得过且过。在这些大臣之中，要数安昌侯张禹最老成。有不少人把他当作好榜样，做了大官，又不得罪人，真不易。他是汉成帝的师傅，曾经做过丞相，前前后后得到的赏赐就有几千万，加上他自己又会弄钱，光是最上等的田地买了四百多顷。汉成帝虽说昏庸，他可挺尊敬老师，还一个劲儿地送给他土地，有事没事老到他家里去请教请教。这时候，有不少人上书给汉成帝，一般都说天灾流行是由于外戚王家专权。因为大家都这么说，不由得不叫汉成帝有点相信。他到了张禹家里，斥退了手下的人，亲自把这些文件给张禹看，叫他出个主意。张禹因为自己上了岁数，子孙又没有成器的，恐怕今天得罪了王家，将来要吃他们的亏，就替王家解释了一番。老师的话错不了，汉成帝从此不再怀疑王家。大臣们知道了这件事，大多认为张禹做得对，他懂得做人的道理。

没想到这件事引起了一个小官的气愤。那个小官是萧望之的门生，叫朱云，是个县令。他上书给汉成帝，说有紧要的事，求见皇上。汉成帝答应接见。朱云就在朝堂上指着大臣们对汉成帝说："今天朝廷上的大臣都是拿着俸禄不做事的匹夫，只顾自己，不管国家，患得患失，怎么能伺候皇上呢？请皇上赐我一口尚方宝剑，斩一个奸臣的头，也好给别的人做个警戒。"

汉成帝问他："你要斩谁？"朱云说："安昌侯张禹！"汉成帝听了，好像屁股碰上了白炭火，当时就蹦了起来，骂着说："小小县令竟敢毁谤大臣，在朝廷上污蔑我的师傅。你犯了死罪——推出去砍了！"

御史要把朱云推出去，朱云攀住宫殿的栏杆。两个人都挣扎着。一个一个劲儿把他往下拉，一个拼着命攀着栏杆不放。这么拉拉扯扯，忽然哗啦啦一声响，栏杆给攀断了。朱云大声嚷着说：“我能够到地下去跟关龙逄、比干（分别是夏朝、商朝有名的忠臣）在一块儿，心满意足了。可是朝廷……朝廷怎么办呢？”他的声音发抖，眼泪也掉下来了。大臣当中也有打抱不平的，左将军辛庆忌（破羌将军辛武贤的儿子）再也耐不住。他摘下帽子，在殿下磕着头，说：“这个臣下说话素来直爽，还有点傻。要是他说的话不错，不可杀他；要是他的话错了，就宽容他吧。我情愿拿我的生命替他求情。”辛庆忌一边磕头，把头磕出血来。汉成帝看着辛庆忌脑门子流血，总算消了气，免了朱云的死罪。

后来修栏杆的时候，汉成帝见了，就说：“别修了，留着这个破栏杆做个纪念，也算表扬忠直的臣下。”可是这个忠直的臣下从此不再做官。他在家里收了一些门生，教教书过着日子。可见破栏杆早已修好了。

公元前 9 年（元延四年），定陶王刘欣（汉成帝的兄弟刘康的儿子）来朝见汉成帝，还一个一个地拜见了宫里的长辈，送了不少礼物。皇太后王政君、皇后赵飞燕、昭仪赵合德，还有大司马王根（王太后的兄弟；王音死了以后，王商为大司马，王商死了以后，王根为大司马）都得了好处。他们因为汉成帝没有儿子，能够结交一个他所喜爱的侄儿，将来也有个靠山。他们就劝汉成帝把定陶王刘欣当作太子。汉成帝也正这么想。过了一年（公元前 8 年），他就立刘欣为皇太子。那年冬天，大司马王根害了重病，他推荐皇太后的侄儿、王曼的儿子、新都侯王莽来代替他。王根死了以后，大臣们也都推荐王莽，汉成帝就拜王莽为大司马。

谦恭下士

皇太后王政君有八个弟兄，二兄弟王曼死得最早，没能够封侯。他有两个儿子，大儿子结婚以后没多久就死了。小儿子就是王莽。王莽一向孝顺母亲，尊敬嫂子，对待伯伯、叔叔挺有礼貌。他伯父王凤执掌朝廷大权的时候，王莽的六个叔叔和叔伯弟兄们都好像互相比赛着看谁更骄横、更奢侈似的，只有王莽虚心待人，努力学习，穿的衣服跟穷苦的读书人差不多。当时人们都说他才懂得孝悌忠信。他伯父王凤害病的时候，王莽亲自替他煎药，白天小心伺候不必说了，晚上连衣服也不脱。他叔父王商情愿把自己的封地分出一部分来给他。他们都在太后和汉成帝面前保荐王莽。朝廷上有名望的大臣也上书称赞王莽。汉成帝就封他为新都侯，叫他做了光禄大夫、侍中。王莽做了官，对人更加恭敬，做事特别小心。这会儿王根一死，汉成帝拜他为大司马，叫他掌握朝廷大权。

王莽做了大司马，用心搜罗天下人才。远远近近一些知名之士，有来投奔他的，他都收用。他老把自己的俸禄和皇上赏给他的东西分送给别人。他特别注重节俭，家里的生活比一般的官员还要差些。有一回，他母亲病了，大臣们都打发自己的夫人去探问。这些贵妇没有一个不打扮得花儿似的。她们穿的是绣花的绸缎，戴的是珍珠、翡翠。她们一下车马，飘带上的玉佩就叮叮当当地响起来。大司马夫人赶紧到大门外去迎接。贵宾们见她穿着普通的衣服，裙子也不拖到地下，就认为是王府里的一个老妈子。有人偷偷地问了问旁边的人，才知道她就是大司马王莽的夫人，大伙儿不由得臊得脸都红了。王夫人挺小心地招待了客人。她们问过了太夫人的病，各人回到自己的家里，都说大司马家里比平常人家还要俭朴。大臣们因此更加尊敬王莽。皇太后王政君有了这么一个内侄，这份高兴也就不消说了。

公元前 7 年（绥和二年，汉成帝即位第二十六年）三月，有一天，汉成帝在赵昭仪的宫里过夜。第二天，赵昭仪已经起来了，汉成帝刚穿上一只袜子，突然倒在床上，不能再说话。赵昭仪慌忙派人去请医官，可是已经不中用了。这一下子吓得宫里上上下下都慌乱起来。皇太后、赵皇后赶来，摸了摸汉成帝，冷冰冰的。消息传到外面，大臣们和长安的老百姓议论纷纷，都说皇上是给赵合德害死的。皇太后下了一道诏书，吩咐大司马王莽和御史、丞相、廷尉查问皇上突然死去的原因。赵合德觉得自己做了不少缺德的事，审问起来，也是一死，她就召集了贴身伺候她的丫头们，给了她们不少赏赐，嘱咐她们不可说出她以往的过错，自己就喝了毒药死了。

汉成帝做了二十六年皇帝，只因酒色过度，死的时候才四十五岁。太子刘欣即位，就是汉哀帝，尊皇太后王政君为太皇太后，皇后赵飞燕为皇太后。汉哀帝自己的父亲定陶王刘康早已死了，这会儿尊为定陶恭皇，尊母亲丁氏为丁皇后，祖母傅氏（汉元帝的妃子）为傅太后。汉哀帝早就娶了傅太后的内侄女，她就立为傅皇后。这么着，外戚傅家和丁家就有不少人封了侯，傅太后抓住大权，还想管住汉哀帝。

王莽眼看着外戚王家斗不过外戚傅家。他要反对，可是说不出口，因为自己就是太皇太后的内侄。太皇太后要反对，可是她也说不出口，因为自己就是大司马王莽的姑姑。太皇太后就以退为进，下了一道诏书，叫王莽避开。王莽上书向汉哀帝辞职。汉哀帝派大臣们去恳求太皇太后，对她说："皇上听到太皇太后下了这道诏书，非常难受。皇上说要是大司马不复职，皇上也不敢再管理朝政了。"太皇太后就叫王莽回来，仍旧叫他做大司马。

大司马王莽打算宣扬文教，整顿朝政。他推荐刘向的儿子刘歆给汉哀帝，说他品行、才能都好，可以升为光禄大夫。汉哀帝同意了，刘歆做了光禄大夫，改名刘秀。汉哀帝听了王莽的话，吩咐刘秀继续他父亲的事业，搜集从古以来各种书籍编辑成一部丛书。

那部丛书分成七略（就是七类）：辑略（相当于总编）、六艺略（也叫六经，就是《诗》《书》《礼》《乐》《易》《春秋》）、诸子略、诗赋略、兵书略、术数略（包括天文、历书等）、方技略（包括医药等），一共三十八种，一万三千二百六十九卷。“诸子略”一类又分成九流，也叫九家，就是儒家流、道家流、阴阳家流、法家流、名家流、墨家流、纵横家流、杂家流、农家流。这么一部巨大的著作，可以算是中国最古的百科全书了。诸子九流的著作就是百家争鸣的学说。其中有许多书过去老受某些人的排斥。刘秀上个奏章，说明这些书都应当研究。

他说：“诸子百家的学说互相排斥，好像水跟火不相容一样。可是水跟火互相消灭，也互相生长，互相对抗也都互相成全。只要方向相同，不同的道路可以达到同一的目标。拿各种不同的学说，互相参考，采取他们的长处，去了他们的短处，天下的道理就能够融会贯通了。”

王莽推荐刘秀，编辑了“七略”，但是主要的是在推崇“六艺略”，诸子百家中也把“儒家流”放在第一位。有一位大臣叫师丹，他原来是汉哀帝做太子时候的老师。他也是属于“儒家流”的。他见到贵族、地主、豪强兼并土地，农民穷得没法活下去，就向汉哀帝建议改革土地制度。他说从前董仲舒曾经向汉武帝说过，秦孝公采用商鞅的办法，废除公田，让老百姓可以买卖土地。结果，土地都集中在少数富人的手里，穷人连一丁点的土地也没有。老百姓怎么能够不越来越穷呢？古代的公田制固然不能再恢复过来，但是可以用限制土地的办法不让富人占有太多的土地，农民就多少能够有点土地了。师丹又说：“现在做官的和豪富大族财产多得用不完，穷苦的越来越穷苦，贫富都应当有个限度。”

汉哀帝把师丹的建议交给大臣们去讨论。他们拟了一个办法，大意是这样的：诸侯王、列侯、公主的土地应当各有各的限度；关内侯、官吏和富人的土地都不得超过三十顷（就是三千亩）。男女奴隶不得超过限额：诸侯王奴婢二百人，列侯、公主一百人，关内侯、吏民三十人；奴隶三年满期。不遵守制度的，田地、奴隶由官家没收。

汉哀帝同意了，诏书都起草好了，可还没下去。外戚傅家、丁家都是最大的地主，土地和奴隶多得没有数，他们首先起来反对。汉哀帝只好把这件事搁下。王莽气得什么似的。他决定跟傅、丁两家势不两立，尤其是傅太后的一家。事情也真凑巧，汉哀帝在未央宫摆了酒席，请的是太皇太后、傅太后、赵太后、丁皇后她们。太皇太后坐的当然是上首第一位；上首第二位留着给傅太后。大司马王莽瞧见了这么安排座位，就大声地问那个排座位的官员，说："为什么上首排着两个座位？"那个官员说："正中是太皇太后，旁边是定陶傅太后。"王莽责备他，说："定陶太后是外来的妃子，怎么能够跟太皇太后并排着坐？撤下去！"

傅太后把鼻子都气歪了，她逼着她孙子皇帝轰走王莽。王莽得到了这个风声，就又辞了职。汉哀帝不敢再挽留，送了他五百斤黄金，一辆上等的车马，让他去"休息休息"。王莽一走，朝廷上的大臣们都说他有古代大臣的风度，有不少人为他打抱不平。

王莽回到自己的封地，大门不出，二门不迈，安分守己地过着日子，大家都说他好。有一回，他第二个儿子王获打死了一个奴婢。王莽大发雷霆，他一向反对奴隶主虐待奴隶，怎么能让他自己的儿子打死奴婢呢？他就逼着王获自杀了事。那时候，做主人的私自杀害奴婢是要受到处分的，可并没有死罪。王莽认为杀害奴婢也得抵命。这件事一传出去，连老百姓都说王莽真是正直无私的好人。为这个，王莽在家三年，官吏和百姓上书替他说话的就有一百多起。

王莽辞职以后，接着师丹也免了职，朝廷大权就完全落在傅太后的手里，傅家、丁家的子弟都做了大官。汉哀帝害怕祖母，让她掌了大权，自己索性不管了。

七亡七死

傅太后轰走了王莽、师丹以后，把冯太后也杀了。冯太后就是当年平定莎车国的冯奉世的女儿。她像傅太后一样，是汉元帝的妃子。她生了个儿子，就是中山王刘兴。汉元帝封她为婕妤（爵位同列侯一样高的女官）。傅太后也生了个儿子，就是定陶王刘康。汉元帝封她为昭仪。冯婕妤和傅昭仪曾经跟着汉元帝一块儿到虎圈（juàn）去看猛兽相斗。他们都坐在有栅栏围着的殿上。忽然有一只大熊逃出来，扒着栅栏要爬到殿上来了。傅昭仪和别的宫女们都吓跑了。冯婕妤反倒走到大熊面前站着。大熊见了婕妤，一愣。就在这一眨巴眼儿的工夫，卫士们把那只大熊打死。汉元帝问冯婕妤为什么不逃。她说："猛兽抓到了一个人也就是了。我怕大熊跑到皇上这边来，所以拿身子挡它。"汉元帝叹息一会儿，加倍地尊敬冯婕妤，封她为昭仪。傅昭仪又臊又恨，把冯昭仪当作狐狸精。这会儿，傅太后执掌了朝廷大权，就派个使者到中山，拿个咒骂皇上和傅太后的罪名审问冯太后。冯太后当然不肯承认，那个使者冷笑着说："当初你拿身子挡住大熊，多么勇敢，这会儿怎么怕起死来了？"冯太后回到宫里对宫女们说："挡熊是前朝的事，内宫里的话，这小子怎么能够知道？这一定是有人成心害我，死就死吧。"她就自杀了。同时死的有十七个人。大伙儿都流着眼泪，敢怒而不敢言。这种事汉哀帝是不管的。就是把天下闹翻了，他还是过他荒淫的生活。

公元前 3 年（汉哀帝建平四年），发生了大旱灾，关东的农民借着祭祀西王母的名目，大规模地骚乱起来。几千个人在路上发疯似的奔跑。有的披着头发，有的光着脚丫子，一路上又跳又跑、又嚷又唱，“去拜西王母！”“拜西王母去呀！”沿路有人参加队伍，人数越来越多。他们经过二十六个郡国，到了京师，官府没法禁止。京师的居民也起了哄，夜里拿着火把，爬上屋顶，敲锣打鼓，大喊大叫：“去拜西王母！”“拜西王母去呀！”这么闹了几个月，才平静下去。这种事也用不着汉哀帝管。他干脆不讨问朝政。

汉哀帝也真怪，他爱上了一个年轻小伙子叫董贤的，待他比待什么人都好。董贤就这么做了朝廷上最得宠的红人儿。谏大夫鲍宣瞧见了傅家、丁家的子弟和这个不三不四的董贤都做了大官，就上书劝告汉哀帝，说：

> 朝廷上有骨气的大臣都走了。皇上宠用像董贤那样的小孩子，怎么能够治理天下呢？现在老百姓有七亡七死，皇上怎么还不着急呀！七亡，就是：
>
> 1. 水灾、旱灾不断。
> 2. 捐税加重。
> 3. 贪官污吏勒索。
> 4. 豪强欺压。
> 5. 徭役不顾农忙。
> 6. 外族侵略。
> 7. 盗贼抢劫。
>
> 有了七亡，还不要紧，再加上七死，那可就更不得了。七死，就是：
>
> 1. 酷吏残杀百姓。
> 2. 监狱里折磨囚犯。
> 3. 官府逼死好人。
> 4. 强人谋财害命。
> 5. 怨仇相报、互相残杀。
> 6. 荒年叫老百姓饿死。

7. 瘟疫叫老百姓病死。

老百姓有了七亡七死，父子、夫妇都活不成。皇上是天下的父母，怎么不救救他们，反倒亲近小人呢？

汉哀帝觉得鲍宣的话说得挺不错的，就把他当作有学问的儒生看待。可是老百姓，他是不在乎的；董贤，他是舍不得的。公元前 2 年（元寿元年），傅太后死了。汉哀帝就假托傅太后的命令加封董贤，一下子赏给他土地两千多顷，又把他的媳妇儿和妹妹都接到宫里来，闹得臭气冲天。汉哀帝立董贤的妹妹为昭仪，还拜另外一个小人孔光为丞相。

有一天，孔光出来查园陵（历来皇帝安葬的地方），他的部下驾着车马在到园陵的驰道中乱跑。这是违反当时的制度的。刚巧司隶鲍宣（司隶，巡逻京师的官；鲍宣由谏大夫升为司隶）在那边巡逻。他马上派手下人逮住那些在驰道上乱跑的人，还把车马没收。他逮住的是丞相孔光的人，他没收的是丞相孔光的车马。这不是老虎头上拍苍蝇吗？

果然，汉哀帝下了命令，叫御史中丞查办司隶鲍宣。御史中丞派使者去传鲍宣到案，鲍宣关上门不许使者进去。这抗拒使者的罪名可就更大了。御史中丞说他大逆不道，就把他下了监狱。人们都说："鲍司隶扣住车马是执行制度，他做得对。丞相自己犯法，反倒把奉公守法的人下了监狱，这算哪一门子的规矩？"

博士弟子王咸和别的几个弟子就在太学里竖起一面长幡，对大伙儿说："愿意去援助鲍司隶的，都到这儿来！"一下子就集合了一千多个太学生。他们一齐出发去见丞相孔光。正好孔光出来，他们就把他围住，叫他放出鲍宣来。孔光一见人多势大，只好假意地答应他们去请求皇上，众人让出一条路来，叫他快去奏明皇上。孔光进了朝堂，不但不替鲍宣求情，反倒给他说些坏话。鲍宣还是在监狱里，听说还要把他定成死罪。一千多个太学生哪儿肯拉倒？他们就举着长幡，游行示威，大伙儿到了宫廷门外，向汉哀帝请愿。

汉哀帝总算免了鲍宣的死罪，罚他充军到上党。能够大胆地提出"七亡七死"的鲍宣一走，又少了一个劝告汉哀帝的人。汉哀帝就拜二十二岁的弄臣董贤为大司马，叫他执掌兵权，董贤的父亲董恭为光禄大夫，董贤的兄弟为驸马都尉。董家的亲戚也都做了大官。这么一来，董家的势力就比外戚傅家、赵家、丁家、王家都大了。

汉哀帝也像汉成帝一样，因为酒色过度，只做了六年皇帝，才二十六岁就死了。傅皇后、董昭仪、董贤他们只知道哭，不知道该怎么办才好。这时候，汉哀帝的祖母和母亲已经死了。太皇太后王政君坐着车到了未央宫，把皇帝的大印收过来。她到了东厢房，召大司马董贤，问他："丧事怎么办？"董贤不但从来没办过丧事，就是别的大事他也没办过。这会儿给太皇太后这么一问，好像劣等生碰到考试似的，一句也答不上来。他自己摘下帽子，趴在地下，请太皇太后做主。太皇太后这才说："新都侯王莽，曾经办过先帝的丧事，叫他来帮助你，好不好？"董贤连忙磕着头，说："好，好，再好没有。"太皇太后王政君打发使者去召王莽。王莽连夜动身，急急忙忙地赶到京都来。

王莽进宫，朝见了他姑姑太皇太后，他首先提出大臣们的意见，说董贤一无功劳，二无德行，三无能耐，不该占据高位。太皇太后点点头，吩咐他去跟大臣们商量着办。当时就有几个大臣趁着机会告发董贤。王莽奉了太皇太后的命令，收回大司马董贤的兵权，把他免了职，不准他再到宫里来。董贤跟他媳妇儿逼得当天都自杀了。家产归公，由官家估价发卖，共值钱四十三万万贯（一千钱为一贯）。

太皇太后下了一道诏书，叫大臣们推荐一个可以做大司马的人出来。孔光以下所有的大臣都推荐王莽，太皇太后王政君就用王莽为大司马。王莽打这儿起，掌握了朝廷大权。

面面俱到

汉哀帝也像汉成帝一样，没有儿子。接连两个皇帝没有后嗣。论起血统来，最亲的是中山王刘兴的儿子刘箕子。刘箕子的祖母就是冯太后。冯太后给傅太后害死的时候，总算没牵连到她的孙子。刘箕子一直继承着他父亲的地位做着中山王。大司马王莽和太皇太后王政君就派车骑将军王舜（王音的儿子，王莽的叔伯兄弟）拿着符节到中山去迎接刘箕子。刘箕子到长安以前，朝廷上连挂名的头儿都没有。太皇太后已经七十多了，国家大事就全由王莽做主。

大司马王莽把皇太后赵飞燕和傅皇后废作平民。过了一个多月，她们两个人都自杀了。那个已经死了的傅太后革去尊号，改称为定陶恭王的母亲；丁太后也革去尊号，改称为丁姬。傅家、丁家的子弟都免了职，只有一个傅喜（傅太后的叔伯兄弟）一向被傅太后排挤在外边，这会儿，受到了表扬。王莽请他到朝廷里来办事。他又把逼死冯太后的那个使者革了职。大臣们都说大司马王莽办事公道，谁都愿意听他的命令。那时候，得到王莽重用的有孔光、王舜、王邑（王商的儿子）、甄邯（孔光的女婿；甄zhēn）、甄丰、刘秀这么些人。太皇太后对他非常满意，老给他奖赏，每次王莽都推辞，甚至于流着眼泪趴在地下连连磕头，一定要他姑姑收回赏赐，他才起来。

过了两三个月，车骑将军王舜保护着中山王刘箕子到了。王莽就召集大臣们，请他即位，就是汉平帝。汉平帝才九岁，懂得什么？这么着，太皇太后王政君替他临朝，大司马王莽管理朝政。

王莽掌握了大权，已经能够号令天下，可是他还怕地位不够巩固。要是边疆以外的部族也能够像朝廷上的大臣那样顺服，那该多么好哇。他这个心思，不是没有人知道的。益州的地方官带着外国的使者到长安来送礼。那个使者是从很远的地方来的，经过三道翻译，才能够互相通话。据那个使者说，南方的越裳氏愿意跟汉朝结交，特地送来了一只白野鸡、两只黑野鸡。这两种山鸟是很名贵的。尤其是白野鸡，人们把它当作吉祥如意的标志。据说周公旦辅助成王的时候，越裳氏也向周朝送过一只白野鸡（公元前 1106 年）。想不到过了一千多年，到了今天，越裳氏又送白野鸡来。那么汉朝的王莽不就是周朝的周公旦吗？

大臣们商议了以后，一致请太皇太后加封王莽，又因为他是安定汉朝的大功臣，大伙儿建议称他为“安汉公”。太皇太后一一照准。王莽连忙告病假，坚决推辞封号和封地。他上了个奏章，说：“就算我有点功劳，那也不是我一个人的功劳，一定要加封的话，请封给孔光、王舜、甄丰、甄邯他们。”太皇太后就任命孔光为太师，王舜为太保，甄丰为少傅，甄邯为承安侯，然后再下诏书，召王莽上朝受封。

王莽还是躺在床上不肯起来。大臣们一面联名请求太皇太后一定要封王莽，一面都去劝他上朝。太皇太后又下了一道诏书，封王莽为太傅，尊为安汉公，加封两万八千户。王莽勉强接受了封号，坚决退还封地。他趁着这个机会，请求太皇太后把汉宣帝第四五代的孙子三十六人都封为侯；诸侯、王公、列侯、关内侯当中没有儿子而有孙子的，就让他们的孙子继承祖父的爵位；皇族中因为犯了罪被废的，让他们的家属恢复原来的地位；两千石以上年老退休的官吏，终身给他们三分之一的俸禄；无依无靠年老的穷人，也都给他们一些适当的照顾。太皇太后都批准了。这么一来，皇室、大臣和全国的官吏都歌颂着安汉公的恩德。为了提倡礼乐，他封鲁顷公第八代的孙子公子宽为鲁侯，叫他祭祀周公，封孔子的后代孔均为褒成侯，叫他祭祀孔子。

越裳氏的使者回去以后，第二年春天（公元 2 年；元始二年），南海有个国家叫黄支国，也派使者到了长安，送来了一只犀牛。王莽为了表示汉朝对外国的好意，就拿出很多名贵的礼品来，交给黄支国的使者去送给他们的国王。

黄支国的使者刚回去，中原发生了旱灾，加上蝗虫，公家要粮要税还逼得很紧，全国又骚动起来了。为了缓和百姓对朝廷和官吏的愤恨，王莽向太皇太后建议节约粮食和布帛，公家的伙食和衣服也都得节省一些。为了向全国将近六千万人口（公元2年，汉平帝元始二年，中国全国人口数为59 594 978人）表示关心，王莽自己一家先吃素，他一下子拿出一百万钱、三十顷地交给大司农当作救济灾民的费用。他这么一带头，贵族、大臣当中有二百三十人，也只好拿出一些土地和房子来。

到了下半年，为了叫太皇太后高兴高兴，王莽叫匈奴把王昭君的女儿送来。单于就打发他的女儿到汉朝来伺候太皇太后。原来王昭君嫁给呼韩邪单于以后，立为宁胡阏氏，生了一个儿子。后来呼韩邪单于死了，他原来的长子即位。他照着匈奴的风俗，把后母王昭君娶过去作为夫人，王昭君又生了两个女儿。这次到长安来的就是王昭君的大女儿须卜·居次云（“须卜”是夫家的姓，“居次”是公主的意思，“云”是人名），太皇太后连忙把她接到宫里去，把她当作心肝宝贝儿。

须卜·居次云长得很像她母亲王昭君。汉平帝挺喜欢她，老要她讲匈奴的故事。须卜·居次云在宫里差不多住了近一年，虽然吃的、穿的都挺讲究，人家又都疼她，可是她老想念着自己的故乡，要求回去。太皇太后只好依了她，赏了她许多名贵的东西，派人护送她回到她的故乡匈奴去。

须卜·居次云这一来，引起了十二岁的汉平帝对她的好感。王莽就趁着机会，请太皇太后给汉平帝选个姑娘。太皇太后同意了。她下了一道诏书，叫几个负责的大臣去办理这件事。没有几天工夫，大臣们把推荐的小姑娘上了名册。王莽拿来一看，除了自己的女儿，别的姑娘还有几十个。他就拿着名册去见太皇太后，对她说：“我自己没有德行，我女儿也没有才貌，再说，报名的倒有一半都是咱们王家一族的女子。这就太不妥当了。请首先把我女儿的名字勾去。”

太皇太后认为王莽不愿意让外戚的女儿做皇后，这倒是个好主意。她就又下了一道诏书：“王家的女子不得入选。”这道诏书一下去，满朝文武都为王莽的女儿打抱不平。他们一齐恳求太皇太后立安汉公的女儿为皇后。外边上书推荐王莽的女儿的，每天有一千多起。太皇太后就很大方地听从了大家的意见，选定王莽的女儿。王莽自然又是推让一番。太皇太后和大臣们怎么也不依。他就又很大方地同意了。太皇太后给汉平帝定了亲，准备明年给他完婚。

王莽做事这么面面俱到，对内对外都有一套办法。可是背地里还有人说他虚伪。他自己的大儿子王宇先不赞成他。王宇最不满意的一件事，是他父亲不让汉平帝的母亲卫姬到宫里去。王莽恐怕汉平帝母亲一家将来独霸朝廷，就立卫姬为中山王后，叫她留在中山，不准到京都来。卫后只有这么一个儿子，年纪又小，就上书给王莽，要求让她到宫里去照顾照顾自己的儿子。王莽始终不答应。王宇害怕将来汉平帝长大了会怨恨王家，就跟他老师吴章、大舅子吕宽暗地里商量着怎么样去劝告他父亲。

吴章挠着头皮想了一会儿。他说："你现在去劝告安汉公，他一定不听。听说他相信鬼神，咱们就从这里着手吧。你不如把猪羊狗血盛在桶里，到了晚上偷偷地把这些污血泼在他的大门上，让他起疑。他起了疑，准会来问我。那时候，我就借着这个因由劝他去迎接卫后。"王宇和吕宽都认为这是个好办法。王宇就托吕宽小心去办。

吕宽照着计划，把猪羊狗血泼在王家的大门上。想不到看门的一闻到血腥气，赶紧出来一看，就瞧见吕宽往旁边逃去。看门的当时就向王莽报告。王莽先把吕宽抓来。追问下去，才知道主使人就是他自己的儿子。王莽把王宇、吕宽、吴章他们下了监狱。再拷问下去，原来王宇那一党除了吴章、吕宽，还有以前的司隶鲍宣和卫后一家的人。王莽就逼着王宇自杀，又把吴章腰斩。鲍宣等好几百人都处了死刑。卫家只留下卫后一个人没死。汉平帝的姥姥家怎么也不能跟王家争权了。

甄邯他们向太皇太后报告，说王莽大义灭亲，应当受到表扬。王政君下了一道诏书，把王莽表扬了一番。可是王莽受到的表扬还不止这一点哪。

改朝换代

转过了年，十三岁的小皇帝愣头磕脑地成了亲，王莽的女儿立为皇后。王莽做了国丈，大赦天下。

为了搜罗人才，培养儒生，王莽在京师里设立了最高级的学校，给老师和弟子盖了一万多间房子。凡是有一种专门学问的人都可以来应征。前前后后从各地来投靠王莽的学者有一千多人。在这儿研究的是经学、礼学、音乐、天文、兵法、历史、古书、文字等。这时候黄河发了大水，这些大师和弟子不能叫黄河不发大水。王莽就又征求各地能够治理河道的人才。当时应征的也有一百多人。这许多有知识、有技术的人全靠着王莽的提拔，才有了地位，大家全都感激他。

王莽掌握了政权，太皇太后以下，不论贵族、大臣、地方官吏、学者，大多都说王莽好，认为他的功德只有古代的伊尹和周公才能够相比。这样的功臣自然应当加封。太皇太后要把新野的土地两万五千六百顷赏给他，王莽又坚决推辞了。

王莽派了王恽等八个大臣带着随从人员分头到各地方去观察风土人情，收集民间的意见。他们把王莽不肯接受新野土地的事情到处宣扬。中小地主和农民对于豪强兼并土地，害得种地的人自己没有土地，都恨透了，一听到王莽连两三百万亩的土地都不要，说他真是个了不起的好人。可是王莽越是不肯受封，人家就越要太皇太后封他。朝廷上的大臣，地方上的官吏，甚至于有些平民，都纷纷上书要求加封安汉公。前后上书的一共有四十八万七千五百七十二人。诸侯、王公、列侯、宗室还到太皇太后面前磕头，说："要是不快点拿最高的荣誉赐给安汉公，天下的人都不答应了。"他们一定要太皇太后把九种最高的赏赐（古文叫"九锡"；"锡"就是"赐"）给安汉公。那九种赏赐是：

1. 最讲究的车马。
2. 像王袍那样的衣服。
3. 乐器。
4. 朱红色的门户。
5. 有屋檐的台阶。
6. 三百名卫兵。
7. 先斩后奏的刀斧。
8. 表示征伐的弓箭。
9. 祭祀用的香酒。

太皇太后就把这九种最尊贵的赏赐赏给王莽。王莽推辞了一番以后，只好接受了。他就更想采用周朝的文教、礼乐，把自己当作周公。正好皇族里有个泉陵侯刘庆，他上书给太皇太后，说："周成王小的时候，全由周公代理；现在皇上还很年轻，应当请安汉公执行天子的职权。"太皇太后叫大臣们去商议。大臣们都说："应当照刘庆的话做去。"王莽就真像周公那样地做了汉平帝的代理人。

这还不算，王莽派出去观察风土人情的王恽等八个人都回来了。他们写了各种各样歌颂王莽的文字，一共有三万多字，说这些都是从老百姓那里采集来的歌谣。足见全国人民有口皆碑。王莽的威望就更高了。

那年（公元 5 年，元始五年，汉平帝即位第五年）十二月"腊日"，大臣们欢聚一堂，给汉平帝上寿。王莽按照当时的仪式，亲自献上一杯椒酒。汉平帝接过来喝了。想不到第二天宫里传出话来，说汉平帝病了。第三天，他病得更厉害。王莽要做周公，就想起周公的故事来了。原来周武王害病的时候，周公情愿代替他死，写了一篇祷告文藏在箱子里。王莽也像周公那样，写了一篇祷告文藏在前殿的一只箱子里，加上封条，表示他暗暗地祷告上天让他替死。又过了六天，汉平帝死了。因为汉平帝是喝了王莽献给他的那杯椒酒以后害病死的，反对王莽的人就说王莽在那杯椒酒里下了毒药。

汉平帝死的时候才十四岁，当然没有儿子。就是汉元帝也绝了后。要挑一个岁数小的继承人，只好从汉宣帝的曾孙方面去找了。可是继承的人据说还得比汉平帝晚一辈的才行。王莽就挑选了汉宣帝的一个玄孙叫刘婴的，他才两岁，挺合适。大臣当中没有人反对，而且还有人再提一提刘庆的话："应当请安汉公执行天子的职权。"还真有个长安的大官叫谢嚣的，他报告说，武功县令在挖井的时候，发现了一块白石，上面刻着这么几个字："告安汉公莽为皇帝。"王舜马上把这个消息告诉给太皇太后。太皇太后说："这种话不能信！"王舜说："请安汉公代理一下，才能够安定天下。"太皇太后就下了一道诏书，叫安汉公像从前周公那样地代替天子临朝。大臣们上书太皇太后，说是为了便于统治天下，安汉公应当有个更合适的称呼，在祭祀宗庙的时候，最好称为"假皇帝"（假，是代理的意思，不是真假的假），老百姓和臣下就称他为"摄皇帝"。太皇太后同意了。

一转眼，就是新年了，换了个新年号，叫居摄元年（公元 6 年）。到了三月，王莽立汉宣帝的玄孙刘婴为皇太子，又叫孺子，尊皇后（王莽的女儿，汉平帝皇后）为皇太后。汉高祖打下来的刘家的天下眼看着要落在王莽手里。这对于跟着王莽的一帮人只有好处，没有害处，就是在朝廷里做大官的刘家子孙也不吃亏。可是另外有一些刘家的子孙就不能这么服气了。

安众侯（安众在今河南镇平县）刘崇首先起来反对。他对自己的一个心腹张绍说："王莽准会夺去刘家的天下，可是谁也不敢起来反对。这是我刘家的羞耻。我先发动起来，全国的人一定会帮助我的。"张绍帮着他召集了一百多个部下。刘崇就带领着这一百多人冒冒失失地进攻宛城（在今河南南阳）。宛城也有几千名士兵守着。两下一交战，刘崇的兵马就垮了。刘崇和张绍死在乱军之中。刘崇的伯父刘嘉和张绍的叔伯兄弟张竦（sǒng）恐怕王莽追究，就自动地到了长安，请王莽办他们的罪。王莽为了安定人心，把他们都赦免了。刘嘉又上了一个奏章，歌颂王莽的恩德，还建议把刘崇的房子拆毁，挖成一个污水池，做个警示。据说这是古时候的一种制度。王莽一心想恢复古时候的制度，心里早已点头了。他把刘嘉的奏章交给大臣们去商议。大臣们都说："应当照刘嘉的话做去。"王莽一高兴，就请太皇太后下道诏书，封刘嘉为侯。后来索性慷慨一下，把张竦也封了侯。

想不到第二年秋天，东郡太守翟义起兵了。他约会了皇族里的一些人，立东平王刘云（汉宣帝的孙子）的儿子刘信为天子。自己称为"大司马柱天大将军"，号召天下，说王莽毒死汉平帝，要夺刘家的天下，现在已经有了天子，大家应当起来去征伐王莽。刘信、翟义他们从东郡出发，到了山阳（郡名，在今山东金乡一带），已经有了十几万人马。

警报到了长安，王莽难受得吃不下饭去。他抱着三岁的孺子婴日日夜夜在郊庙里祈祷着。他还通告天下，说他只是代行职权，这个职权是要还给孺子婴的。可是不管他怎么说，刘信、翟义的大军已经向着长安打过来。王莽就派孙建、王邑等七个将军带着关东的兵马去对付翟义。

正在这个时候，长安西边有两个壮士，一个叫赵朋，一个叫霍鸿，他们眼看着王莽的大军都往关东去了，长安空虚，就率领当地的农民起义。他们占领县城，火烧官府，沿路招收青年子弟。没有多少日子，起义的人就发展到十几万。因为他们接近长安，未央宫里就望得见西边的火光。王莽又拜王奇、王级为将军发兵去镇压赵朋，拜甄邯为大将军守住城外，派王舜、甄丰他们带着卫兵日夜巡逻宫殿。

孙建他们七个将军到了陈留，就跟翟义的军队打了起来。翟义全军覆没，自己也给杀了。孙建他们得胜还朝，王莽就封这次带兵的五十五人为列侯。他们接着往西去帮助王奇、王级。赵朋、霍鸿他们勉强支持到年底，到了第二年（公元 8 年）春天，也给压下去了。

满朝文武百官都想做开国元勋，王莽也觉得假皇帝管不了天下，还不如痛痛快快地做个真皇帝。当时就有一批凑热闹的人，纷纷地报告"天帝的命令"，什么"王莽是真命天子"的图书也发现了，"汉高祖让位给王莽"的铜箱也在高帝庙里发现了。这类东西有个名称，叫"符命"（就是天帝注定立某人为天子的命令）。一生以谦让出名的王莽，这会儿可不再客气了，就把汉朝改为新朝，自己称为新皇帝。因为孺子婴还没即位，皇帝的大印还由太皇太后掌管着，王莽就派安阳侯王舜去向她要。

太皇太后王政君到了这个时候好像又向着刘家了，她骂着说："你们一家好几代都受了皇恩，得了富贵。你们不知道报恩，辜负了汉朝的托付，趁着孤儿没有依靠，篡夺皇位。这种忘恩负义的人，猪狗不如。天下真有像你们这样的弟兄！你们既然受了符命，做了新皇帝，就该自己去做枚玉玺。我这一枚是亡国的、不吉祥的玉玺，还要它干什么？我是汉家的老寡妇，早晚就快死了，我还要把这枚玉玺带到棺材里去哪。”一边骂着，一边哭个不停。

过了好大工夫，王舜对太皇太后说：“事情已经到了这步田地，我们做臣下的也没有话可说。安汉公要这颗玉玺，您也没法不给他。”太皇太后拿出玉玺来，往地下一扔，“呼”的一声，那枚玉玺摔坏了一只角。王舜把那枚缺了一只角的玉玺献给王莽，王莽叫工匠用金子补上。

公元 9 年正月，孺子婴废为定安公，皇太后（就是王莽的女儿）改称为定安太后。前汉从汉高祖到汉平帝一共十二个皇帝，二百一十四年的天下（公元前 206 年到公元 8 年），到这儿就亡了。王莽做了皇帝（公元 8 年，初始元年），一心要把汉朝的制度按照古代的办法改革一番，可是姓王的夺取了姓刘的天下，自己的地位能不能巩固还成问题，复古的办法违反历史的发展和人民的要求，更引起了大家的反对。

复古改制

王莽做大司马的时候，师丹就向汉哀帝建议限制贵族大地主的土地，汉哀帝准备了诏书，因为皇亲国戚的反对，没有发下去。这会儿王莽下了命令，禁止买卖土地和买卖奴婢。这是第一个大变动。

他说："古时候一个人有一百亩土地，田租只收十分之一，国家的费用够了，人民富裕了，到处都是歌颂的声音。秦朝破坏圣人的制度，废除公田制，以致强暴的欺负弱小的。土地兼并，强暴的占有了大量的田地，弱小的连插一个锥子的地方都没有。还有，买卖奴婢，把人在市上跟牛马圈在一起，多不合理。万物之中，人最贵重，买卖奴婢是违反天意的。汉朝减轻田租，只收三十分之一，可是实际上要收十分之五。所以有钱的人家，狗和马吃的粮食还有多余，穷人连糟糠也吃不上。现在必须恢复公田制度，天下的田叫王田，奴婢叫私属，都不准买卖。一家不到八口人占有一井以上的土地的，把多余的土地分给乡邻，让没有田地的农民都有耕种的土地。谁敢反对公田制、扰乱人心的，都充军到边疆上去。"

按理说，这种改革应当是符合农民和奴婢的要求的了，可是王莽改天下田为"王田"，只是用强制的办法把全国的土地归皇帝一人所有；改奴婢为私属不得买卖，并不是释放奴婢，而是把奴婢没收为官奴。他以后动不动就把罪人没收为奴婢，可见他并不主张废除蓄奴制，只是把私人可以买卖的奴婢改为官家所有的奴婢罢了。再说农民是压在底层，一向受着主人的欺诈和摆布的。王莽一下子把土地改为王田，再交给农民去耕种，农民连农具都没有，生产的资金也没有，原来的贵族、豪富、地主虽然不愿意充军到边疆上去，不敢公开地反对公田制，可是暗地里还用各种办法破坏生产，再加上这几年来连着发生雹灾、蝗灾、水灾和旱灾，这么着，农业生产反倒不如以前了。

王莽认为只要下一道命令，古代的公田制就可以恢复过来。第二年，他又来了一个措施，使得王侯和官吏大大地受了打击。这是第二个大变动。国内的王侯和官吏使用的印都是汉朝发给的。现在要把这些汉朝的印收回来。王莽把汉室的诸侯王一律改为平民，派七十二个将士分头去收回他们的印。接着又派了许多将军分头到匈奴、西域和西南各部族去换印。

汉朝的诸侯王早已失了势力，没有一个违抗新朝的，全都乖乖交出了原来的印。到这时候，姓刘的诸侯只有三个，就是前广阳王刘嘉、前鲁王刘闵和前中山王刘成都，因为他们献过“符命”“神书”或者歌颂过王莽的恩德，都封为侯。但是那些到匈奴、西域、西南去的将军还没把旧印换回来。各部族的首领可能不像刘家子孙那么听话。

被王莽封作“立国将军”的孙建看到刘家的诸侯王做了平民，并没有人反对，就上个奏章，说长安城里不应当再留着刘家的宗庙，汉朝既然亡了，以前的皇族和皇族的官吏都应当跟着汉朝一同废去，免得他们再像刘崇那样借着汉朝的名义聚众谋反。王莽批准了。只是刘秀等三十二人，因为都立过功，照常重用，跟这三十二个人同宗同祖的刘家人，也都保全原来的地位。王莽还特别恩待他们，赐他们姓王，算是王家的贵族。其中只有刘秀一家，因为是王莽的小儿子王临的丈人家，仍旧姓刘。

第三个大变动是财政的改革。刘秀建议，请王莽按照周朝的办法设立评定物价和管理金钱的官吏。市上的物价不得超过官价。如果有人抬高物价，公家就照他的价钱把货物卖给他；低于官价的可以随便。王莽又规定五种货币叫作“宝货”，就是黄金、白银、龟壳、贝壳和钱布（“布”是流通的意思，“钱布”就是“钱”）。钱布又分作小钱和大钱两种：一个小钱重一铢（有的说二十四铢为一两，有的说十二分为一铢），一个大钱重十二铢，值五十个小钱。按比例说一个大钱等于十二个小钱，王莽硬规定值五十个小钱。老百姓怕吃亏，大多还是使用汉朝的五铢钱。王莽就下命令，过了调换的限期以后，凡是再用五铢钱的都充军到塞外去。老百姓不敢再使用五铢钱，可是有钱的人又使出新的花招来。他们私自把五铢钱铸成新的大钱。私铸钱币的很快地都发了大财。王莽就又下了一道命令：钱币由官家铸造，一家私铸钱币，五家连坐，全都没收为奴婢。

在短短的七年当中（公元 7 年到公元 14 年），币制改了四次，每改一次，钱越改越小，价越做越大，无形中把老百姓的财富全都搜刮去了。为了私铸钱币或者买卖田宅、奴婢而定罪的，人数在十万以上。这一来，没落的贵族、唯利是图的富商、剥削农民的地主就利用老百姓的不满情绪，千方百计地来反对新朝。

王莽还想招收一些德高望重的知名之士，利用他们的名望去安定人心。他打发使者带着厚礼去聘请有名的儒生龚胜。龚胜原来是汉哀帝时候的光禄大夫，后来他眼看王莽掌权，就告老还乡了。使者用极隆重的礼节去拜见龚胜，龚胜假装害病，躺在床上。使者再三请他动身，他就说："我受了汉家的厚恩，没法报答。现在已经老了，何苦再换个主人呢？"从那天起，他就绝食。饿到第十四天上，这位七十九岁的龚胜才断了气。使者回去一报告，王莽也着实感叹了一番。

另外还有一个薛方，也是知名之士。王莽派人带着最讲究的车马去迎接他。他推辞说："尧、舜在上，下有巢、由（巢，巢父；由，许由；这两个人都以清高、不肯出仕出名）；现在皇上有尧、舜的德行，就让我做做巢、由吧。"使者回去一报告，王莽觉得既然薛方称他为尧、舜，就让他去做巢、由算了。像龚胜、薛方那样的人还真不少，甚至于连自己的姑姑太皇太后王政君和自己的女儿定安太后也不完全跟他一条心。

太皇太后自从王莽做了皇帝，尽管王莽时常亲自去问安，她可没有一天开过笑脸。她老说她是汉家的老寡妇，不是新朝的什么人。到了公元 13 年，她死了。那时候她已经八十四了。

王莽的女儿定安太后也认为她自己是刘家的人。汉朝亡了，她就假托害病，不再出来，王莽因为她还没到二十岁，打算把她再嫁出去。他首先改了她的名称，叫"黄皇室主"，表示她是新朝的公主，不再是刘家的人了。他看中了立国将军孙建的儿子孙豫，嘱咐他打扮得整整齐齐的，跟着医官到宫里去看望"黄皇室主"。十八九岁的王太后自己有主意。她拉着一个宫女退到内室，责备她不该放外人进来，还拿鞭子打她。孙豫听得清楚，鞭子好像打在他脸上，只好耷拉着脑袋出去了。王莽也不勉强，就由着“黄皇室主”不再嫁人。

这件事给甄丰的儿子甄寻知道了。他把王莽的女儿当作天鹅肉，一心要弄到口。他假托“符命”，说：“黄皇室主是甄寻的妻子。”王莽火儿了，他说：“黄皇室主是天下的母亲，怎么是甄寻的妻子？”其实倒不是为了甄寻要他的女儿，主要是因为甄寻假托符命。王莽怀疑大臣们故意讽刺他，因为他就是假托符命做了皇帝的。因此，他一定要查办甄寻，甄寻听到了这个消息，逃了。他这一逃，案情就更严重。朝廷的使者逼着甄丰，要他交出儿子来。甄丰没法对付，服毒自尽。过了一年工夫，甄寻被抓住了，他和几个跟他要好的朋友都定了死罪。为了这一件案子，大夫扬雄也做了嫌疑犯，上面传他去审问。

扬雄是成都人，以前由大司马王音推荐给汉成帝。汉成帝欣赏他的赋，正像汉武帝欣赏司马相如的赋一样。由汉成帝到汉哀帝、汉平帝，多少年来，他就做着大夫，专心研究文字，从事著作。这会儿他正在天禄阁上校阅古书，一听到有人来传他去受审问，他想起自己已经七十多了，何苦再去受别人家的审问。他就从天禄阁上跳楼自杀。万没想到摔了个半死，当时就有人把他救起来。王莽知道了，觉得扬雄七老八十的，根本没有什么势力，现在摔得这个样儿，怪可怜的，就下了个命令不去难为他。扬雄很是感激，就写了一篇歌颂王莽的文章。

王莽做事急躁，复古改制又不符合人民的利益。为了改变土地制度，他遭到了贵族、豪门、地主、富商的反对，连农民也并不支持他。三年以后，他又下了一道命令，王田、奴婢又可以买卖了。三年当中一反一复，产生了极大的不安和损失。国内的秩序还不能恢复过来，匈奴、西域、西南各部族纷纷起来反对新朝。王莽又强迫征用民夫，加重捐税，连带地就加重刑罚，纵容酷吏，弄得天下大乱。

王莽派将军王骏他们到了匈奴，叫单于（呼韩邪单于的儿子）交出汉朝旧印，改换新印。单于以为中原换了朝代，叫他换个印，并没有别的事，就老老实实把旧印交给王骏。王骏先把旧印毁了，然后发给他新印。单于看了，很不满意。他说：“汉朝发给我的是王印，上面有个‘玺’字，现在把‘玺’字改成‘章’字，跟汉朝诸侯的图章一样，这不是把我当作臣下看待吗？还是把旧印还给我吧。”王骏把毁坏了的旧印的碎片给他看，单于才知道上了当，可是已经来不及了。赶到王骏他们一走，他就对大臣们说：“父王（指呼韩邪单于）受了汉宣帝的大恩，咱们忘不了。现在的中原天子并不是汉宣帝的子孙，咱们为什么要听他的呢？”他就发兵进攻边疆，杀了朔方太守、都尉，还抢去了很多的居民和牲口。

王莽正想借着匈奴干一下子，显显新朝的威力。大臣严尤劝告他别这么干。他可不听，当时就派立国将军孙建带领十二个将军招募三十万人马去打匈奴。三十万人马已经不是一时能够招募得来的，还得向老百姓征用牲口和粮草，那就更困难了。老百姓稍慢一步或者表示不愿意的，官吏就把他们拿来办罪。名义上是招募新兵，实际上是强迫拉夫，这么一来，就有不少人离开家乡做了亡命徒。

王莽的大军还没出发，匈奴已经在那儿号召西域各国脱离新朝。西域的乌耆国首先杀了王莽派去的都护，别的国家也都纷纷起来反对新朝。

王莽派到西南去换印的将军们也遭到了那边各部族的反对。句町王（句町，在今云南）首先不服，他说：“汉武帝封我们家为王，新朝把我降了一等，改称为侯，这太瞧不起人了。”他就杀了牂牁的官员，还不断地向边界进攻。到了这个时候，东、西、南、北边疆外的各部族没有一个不反对新朝的了。

大臣严尤再三劝告王莽暂时不要去跟塞外的部族作对，首先得把中原内部安抚一下。王莽不同意这么办。他认为国内有了法令，只要叫官吏用心惩办不法的人就是了，谁还敢造反呢？有谁不服的话，刘崇、张绍、翟义、刘信、赵朋、霍鸿就是下场的榜样。他看到当初汉朝的君王自己不管理朝政，什么事情都交给别人，以致亡国，他就不敢把国家大事交给别人去办，宁可自己辛苦点。因此，批阅文件，起草法令，他都亲自动手，常常到了天亮，还不能休息。可是他抓了这些，就顾不了各地的灾荒，更管不了那些宁可豁出性命去反抗压迫的人民了。

绿林和赤眉

这几年来，水灾、旱灾、蝗虫、冰雹已经叫农民活不下去，边界上还驻扎着几十万大军，牲口、粮草都得向老百姓要。西北边境五原、代郡一带的老百姓因为接近匈奴，负担更重。他们首先起义，几百人一伙儿、几千人一队地挣扎着跟官兵对抗。西北方面还不能安定下来，东方和南方也都有大批的农民起来反抗官兵。

王莽为了对付各部族的叛变，为了供应塞外大军的费用，就增加了六种税：盐税，酒税，铁税，名山大泽开采税，赊欠、借贷税和炼铜税。郡县的官吏尽管多么厉害，也管不住所有逃税的人，王莽就委托富商去监督。富商和官吏共同舞弊，层层勒索，更加苦了老百姓。拿不出钱来的就是犯法，犯法的动不动就处死刑或者没收为官奴。这么着，官吏、富商也逼着穷人起来反抗官府了。

临淮人（临淮，在今江苏泗洪一带）瓜田仪（瓜田，姓；仪，名）在会稽、长洲（在今苏州一带）一带首先聚集了几千人攻打县城。琅邪海曲（在今山东日照一带）有个老大娘，人家都管她叫吕妈妈。她的儿子吕育是县里的一个公差，为了没依着县令毒打没钱付捐税的穷人，县令把他办成死罪杀害了。这就激起了公愤。吕妈妈约会了一百多个穷苦的农民起来反抗。大伙儿替她儿子报仇，杀了那个县令，跟着吕妈妈到黄海躲着官兵，一有机会就上岸攻打官府。很快地就有一万多人跟着吕妈妈。

公元 17 年（天凤四年，即新朝建立以后的第九年），南方荆州闹饥荒，老百姓为了挖野荸荠互相争夺，甚至打架打得挺厉害。新市（属荆州，在今湖北京山一带）有两个很有名望的人，一个叫王匡，一个叫王凤。他们出来给农民排解，大伙儿都服他们，公推他们为首领。一下子就有好几百人跟着王匡、王凤去找活路。还有亡命的罪犯南阳人马武、颍川人王常和成丹，为了逃避官府的压迫，也都来投奔王匡。王匡他们占领了荆州的一个山头，叫绿林山（在今湖北当阳一带）。就拿绿林山为根据地，攻占邻近的乡村，不到几个月工夫，这支南方起义军就有了七八千人。

农民起义的报告到了长安，王莽召集大臣们商量。大臣们说："这些盗贼死在眼前，皇上不必费心。他们既然找死，发大军去剿灭他们，不就完了吗？"左将军公孙禄可不同意。他说："大臣当中有的报喜不报忧，以致下情不能上达；有的一味作假，光知道奉承；有的乱划井田，叫农民没法耕种；有的不顾老百姓的痛苦，只知道加重捐税。百姓造反，罪在官吏。如果皇上能够惩办这些贪污的官吏，向天下赔不是，再派贤良的大臣去安抚全国，国内就能够安静。进攻匈奴的大军应当赶快撤回来，再跟他们和亲。从今天的形势看来，恐怕新朝的忧虑不在塞外的匈奴，而在中原内部！"

王莽从没听到过这种顶撞他的话，这叫他怎么受得了？他叫卫士们把公孙禄轰出去。接着，他就下了命令，吩咐荆州长官快去剿灭绿林。荆州长官不敢怠慢，当时就召集了两万人马去打绿林。南方起义军绿林的首领王匡、王凤立刻带领着弟兄们迎了上去，把官兵打死了好几千，还夺到了许多兵器和粮草。荆州长官带了残兵败将拼命地往北逃跑。王匡、王凤、马武、王常他们趁着机会打进竟陵（在今湖北天门一带）、安陆（在今湖北安陆一带）两个城，搬了一些粮食就回去了。

他们回到绿林，人数增加到五万多。想不到第二年（公元 22 年），绿林发生了疫病，五万多人死了快一半。其余的人只好离开绿林，分头去占领别的地方。王匡、王凤和他们的部下马武、朱鲔（wěi）等往北，占领了南阳，称为"新市兵"；王常、成丹、张印等往西，占领了南郡（在今湖北江陵一带），称为"下江兵"；平林人（平林，在今湖北随州一带）陈牧、廖湛带着几千人加入了绿林的队伍，称为"平林兵"。绿林的三路人马——

新市兵、平林兵和下江兵——各自占领地盘，越来越强大了。

南方荆州的起义军打败官兵的时候，东方起义军的首领樊崇已经在莒县号召农民起义了。樊崇是个朴实而又勇猛的庄稼人，一班青少年老喜欢跟他在一起。因为青州、徐州各地遭受着旱灾，外加蝗灾，农民本来就活不下去，王莽新朝的官吏还残酷无情地向他们逼粮逼税。在这种天灾人祸双重压迫下的老百姓，年老的和弱小的穷人已经死了不少，年轻力壮的农民都来投奔樊崇。这时候，吕妈妈害病死了，她手下的一万多人都归附了樊崇。同时，樊崇的同乡逄安和东海人徐宣、谢禄、杨音等也率领着几万人加入了樊崇的东方起义军。三路人马合在一起，声势更加浩大。他们拿泰山做根据地，在青州和徐州之间来回打击官府、地主，抢粮救灾。他们都是朴实的贫苦农民，只希望度过灾荒，能再回乡种地，根本没打算夺地盘、打天下。起义军中只有一个徐宣，曾经做过监狱官，算是粗通文墨，别的人全是文盲。军队里没有将军、都尉等的名位，因为农村中地位最高的是“三老”，其次是“从事”，再就是“卒史”，他们就采用这三种名称。彼此之间都叫“巨人”。

公元 21 年（地皇二年），王莽派大将景尚率领一队官兵去剿灭樊崇的东方起义军。起义军在跟官兵接触中才学会了打仗。第二年，他们打了个大胜仗，把大将景尚也杀了。

王莽大发雷霆，马上派太师王匡（跟绿林起义军的首领王匡是同名同姓的另一个人）和更始将军廉丹率领着十万大军浩浩荡荡地去围剿樊崇军，樊崇准备跟官兵大战一场。他恐怕自己的人马跟王莽的人马混乱，就叫他的部下都在眉毛上涂上红颜色作为记号，因此，东方起义军就得了个外号叫“赤眉”。赤眉军很守纪律。他们立了两条公约：第一条，杀害老百姓的定死罪；第二条，打伤老百姓的受责打。为这个，老百姓并不害怕赤眉。相反地，太师王匡和更始将军廉丹的官兵到处奸淫掳掠，无恶不作。东方的人民都说：

宁可碰到赤眉，
不要碰到太师；
碰到太师已经糟糕，
碰到更始性命难保。

王匡和廉丹的军队只知道抢劫掳掠，不愿意卖命打仗。赤眉兵不怕死，纪律又好，得到老百姓的拥护，他们的力量就比官兵的力量大了。开头的时候，廉丹还打了一个胜仗，以后越打越不像话。他们在成昌（在今山东东平一带）大战一场。太师王匡做梦也没想到涂着红眉毛的庄稼人还真敢跟他对敌。他不愿意拿自己的性命去跟这些亡命徒拼。他不愿意拼命，赤眉军可拼着命找上他来。不知道怎么一来，大腿上给樊崇扎了一枪，太师王匡就捧着脑袋逃了回去。更始将军廉丹，往好里说，比太师强些。他跟逄安、杨音他们混战一场，正杀出重围，又碰上了东海人董宪的队伍，末了，死在乱军之中。

十万官兵，逃了太师，死了大将，没有个发号施令的将官，乱哄哄地散了一大半，有一部分投降了赤眉军。赤眉军越打越强，这时候已经发展到十多万人。

到处都是乱糟糟的，到处又都是饥荒。饿死人的惨事又在关东发生了。逃荒的、逃难的男女老少，听说关中有粮食，一批一批地都往关中拥过去。守关的没法拦阻，慌忙向王莽报告，说进关的难民有几十万。王莽急得脸膛发黑，只好下令开发粮仓，派官吏去救济他们。万没想到这些官吏层层克扣，处处揩油，害得十分之七八的难民都死在他们手里。

王莽听说连长安城里也天天有人饿死，他把那个管理长安市政的大官王业叫来，问他难民的情况。王业说："这些人大部分都是流氓，并不是真正的难民。"他拿了些市上菜馆子里出卖的小米饭和肉羹给王莽看，对他说："这些人吃得这么好，怎么能是难民呢？"王莽能够观察到的都是底下的人布置好了的，叫他不能不信。他就认为所谓关东饥荒，难民进关，原来都是轻事重报。他这才放了心，派使者分头去催荆州长官和太师王匡加紧剿灭绿林和赤眉。

绿林军在荆州，赤眉军在东海打败了王莽的两路大军，别的地方起义的农民听到了这个消息，更加活跃起来。黄河北岸有大小起义军几十路，其中城头子路（以东平人爰曾为首领；爰曾字子路；因为起兵于卢县城头，所以这支队伍称为城头子路）有二十多万人，刁子都（原来是东海人）有六七万人。此外，还有铜马、青犊（dú）、大彤等共有几百万人。这许多起义的农民，我们就总称为北方起义军。东方、南方、北方的起义军彼此并没有联系，都各自作战反抗官府。

那些没落的汉朝贵族和各地的地主、豪强趁着机会，也都野心勃勃地出来混在农民起义军的队伍里抢夺地盘。其中有个刘家宗室的子孙也在南阳（郡名，在今河南南部和湖北北部，汉时以宛为郡治，即现在的河南南阳）春陵县（在今湖北枣阳一带）发动起来了。

古籍链接

是月，赤眉杀太师牺仲景尚。关东人相食。

四月，遣太师王匡、更始将军廉丹东，祖都门外，天大雨，沾衣止。长老叹曰："是为泣军！"莽曰："惟阳九之厄，与害气会，究于去年。枯旱霜蝗，饥馑荐臻，百姓困乏，流离道路，于春尤甚，予甚悼之。今使东岳太师特进褒新侯开东方诸仓，赈贷穷乏。太师公所不过道，分遣大夫谒者并开诸仓，以全元元。太师公因与廉丹大使五威司命位右大司马更始将军平均侯之兖州，填抚所掌，及青、徐故不轨盗贼未尽解散，后复屯聚者，皆清洁之，期于安兆黎矣。"太师、更始合将锐士十余万人，所过放纵。东方为之语曰："宁逢赤眉，不逢太师！太师尚可，更始杀我！"卒如田况之言。

——《汉书·卷九十九下》

起义军的混合

南阳春陵县住着汉朝的一个远房宗室叫刘钦。他娶了个有田地三百多顷（三万多亩）的大豪强樊重的女儿，生了三个儿子、三个女儿。老大叫刘縯，老二叫刘仲，老三叫刘秀（跟刘歆改名的刘秀不是同一个人）；大姑娘叫刘黄，二姑娘叫刘元，三姑娘叫伯姬。刘钦死的时候，刘秀和伯姬还小，全靠他们的叔父刘良教养成人。大哥刘縯性情刚强，慷慨仗义，喜爱结交天下豪杰。他因为王莽废除汉宗室的爵位和封地，又不准刘家人做官，一直痛恨着王莽，老想恢复刘家汉朝的天下。小兄弟刘秀生性谨慎，态度沉着，怕他大哥闯出祸来，自己故意安安停停地种着庄稼。刘縯老把他比作高祖的哥哥刘仲，笑他没有多大出息。刘秀听了也不在乎。可是他觉得光做个地主或者大商人，地位太差，他还想进太学去跟一班士大夫联系一下。他到了长安，进了太学，拜了老师，认识了一些名人。他从太学回来，还做些粮食买卖。

刘秀的姐姐刘黄嫁给南阳的豪强新野人（新野，在今河南新野）邓晨做媳妇儿。邓晨有个朋友叫李守，宛县人，离邓晨的家不太远。他虽然做着新朝的官，可是曾经对他儿子李通说过："新莽长不了，刘家可能再起来，我们家可以做帮手。"李通把他父亲的话记在心头，希望将来帮助刘家宗室恢复汉朝天下，做个复国元勋。公元 22 年（地皇三年），南方起义军绿林的新市兵和平林兵到了南阳，李通的叔伯兄弟李轶对他说："现在四方都乱糟糟的，汉室又要兴起来了。咱们南阳地方就数刘縯一家是宗室，他们哥儿俩又挺能干，咱们不如跟他们去商量商量。"李通说："我早有这个意思了。"李通、李轶哥儿俩打算到春陵去见刘縯。

刚巧刘秀运着谷子到宛县去卖，他打算卖了谷子买些弓箭回去，李通和李轶在街上碰到了，把刘秀邀到家里来。大伙儿志同道合，约定在南阳动手，李通在宛县发动，李轶跟着刘秀到了春陵，去见刘縯。刘縯召集了一百来个豪杰，对他们说："王莽暴虐，老百姓活不下去。现在连年灾荒，各地豪杰都起兵了。这是天亡新朝的时候，也是恢复高帝事业，平定天下的时候了。"大家都很赞成，当时就分头到邻近各县去发动他们的亲戚、朋友一同起兵。

刘縯就在春陵县号召南阳豪强起兵。有几家人挺害怕，他们干脆躲开他，还说："造反不是闹着玩儿的，跟着刘縯冒冒失失地去拼命，都得灭门。"后来他们瞧见那个一向小心谨慎的刘秀也穿上军装，就改变了主意，说："他也参加了，咱们还怕什么？"一下子就来了七八千人。那时候，刘秀正二十八岁。他帮着哥哥准备粮草，还等着李通那一边到这儿来会齐。等了几天，还没有人来。刘縯派人去打听一下，才知道李通还没发动，已经给官府发觉了。李通逃了，他父亲李守和李家一门全都给抓了去，一共死了六十四个人。

李通那一边吹了。刘縯只有七八千人，成不了大事。他知道新到的新市兵和平林兵比他们强，就派本家的子弟刘嘉去见新市兵的首领王凤和平林兵的首领陈牧，劝他们共同去进攻长聚。他们同意了。这么着，三路人马联合起来往西打去。这第一仗，旗开得胜，长聚打下来了。刚起兵的时候，他们什么也没有。刘秀骑着牛，杀了新野的县令，自己才夺到了一匹马。接着，他们又打下了唐子乡和湖阳县（在今河南泌源县南），沿路抢夺了不少财物。为了互相争夺财物，新市兵和平林兵差点儿没打刘家的南阳兵。刘秀劝告自己这一边的人，把财物都让给别人。那两路人才都高兴了，愿意跟南阳兵再去进攻棘阳（古县名，在今河南南阳以南）。

他们打下了棘阳，把军队驻扎下来，刚巧，李轶和邓晨也带着一队壮丁来会见刘縯。刘縯打算进攻宛县，先到了"小长安"（在宛县南三十七里）。半道上碰到了王莽的大将甄阜和梁丘赐的大军。刘縯他们都是步兵，连刀枪都很少，简直没法抵抗。这第二仗，南阳兵打了败仗，还败得挺惨，大伙儿各逃各的。刘秀也只好骑着马自己逃命。跑了一阵子，道旁瞧见了妹妹伯姬。他连忙叫她也上了马，兄妹俩骑着一匹马往棘阳那边直跑。还没跑了多远，又瞧见了他们的姐姐刘元。刘秀叫她快上马来。刘元摇摇手，说："你们快走，快走！别为了我，大家都逃不了。"不一会儿，追兵到了，刘元和她的三个女儿都给杀了。刘秀的二哥刘仲和本家的几十个人也都死在乱军之中。

刘縯、刘秀收集了残兵退到棘阳，守在那儿。王莽的大将甄阜和梁丘赐不肯放松，他们把辎重留在蓝乡，率领着十万大军过了沘水（沘水，也写作泌水，在今河南泌阳一带），把桥都毁了，表示不打胜仗绝不回头。新市兵和平林兵的两个首领来见刘縯和刘秀。他们说："甄阜和梁丘赐有十万兵马，叫我们怎么抵挡呢？还不如扔了棘阳，暂时退了吧！"刘縯安慰了他们一番，心里可也挺着急的。

正在这个时候，忽然进来了一个人，说："下江兵已经到了宜秋了（宜秋，在今河南唐河一带）。我们联合起来，一定能够打败敌人。"刘縯哥儿俩一看，原来是李通。刘秀挺高兴地说："这就好了！你怎么到了这儿？"李通说："我从家里逃出来，四面奔波。听说你们在这儿很为难，棘阳也许守不住，刚巧下江兵到了宜秋，我才赶了来。下江兵的首领王常挺了不起，你们去请他帮助，他准肯出力的。"

刘縯抓住机会，马上带着刘秀和李通亲自到宜秋去见王常。他说他要会见下江的一位贤明的将军，共同商议大事。下江兵的几个首领成丹、张印等公推王常出来跟刘縯他们相见。刘縯就跟他说明两路人马联合起来的好处。王常给他说服了，挺痛快地说："王莽暴虐，大失民心。现在你们起来，我愿意做个助手。"刘縯说："如果大事成功，难道我刘家独享富贵吗？"刘縯恐怕王常反悔，还跟王常订了约，才回去。王常送走了他们，回来就把这件事跟别的将士们说了一遍。成丹和张印反对，说："大丈夫既然起了兵，就该自己做主，不应该依靠别人，受人家的节制。"王常向他们解释，说："王莽暴虐，失了民心。我们一起来，老百姓都向着我们。这就说明：人民所痛恨的，天也抛弃他；人民所想念的，天也帮助他。上合天意，下顺民心，才能够成大事。草莽英雄是长不了的。现在南阳刘家起兵了，刚才来的那位将军真了不起，咱们跟他们联合起来，一定能够成大事。这是天帮助咱们。”成丹他们虽然心里不愿意，可是因为他们一向钦佩王常，只好听他的了。打这儿起，农民起义军和地主武装就混合在一起。

王常带着下江兵从宜秋赶到棘阳，跟南阳兵、新市兵、平林兵合在一起，准备跟甄阜他们干一下子。

刘縯和各路将士订立了盟约，大摆酒席，休息三天。到了十二月三十日那天，刘縯提出他的作战计划，大伙儿都同意。就在当天晚上先去袭击蓝乡。蓝乡当然有将士守着，可是一来，他们认为前面有十万大军去扫荡棘阳，棘阳方面自顾不暇，绝不敢再来进攻蓝乡；二来将士们大吃大喝地过除夕，大伙儿都醉了。到了半夜，谁都睡得死死的。突然受到了攻击，连逃命都来不及，怎么还抵抗得了？刘縯、刘秀、王常、成丹、张印、王匡、王凤、马武、朱鲔、陈牧、廖湛他们杀散了蓝乡的士兵，把甄阜、梁丘赐所有留在那儿的辎重全都搬到棘阳来。这一个大胜仗鼓舞了起义军。过了元旦，他们就去进攻沘水。

沘水那边的甄阜、梁丘赐接到了蓝乡打败仗的报告，辎重全被夺去，军中粮草眼看接济不上，已经慌了神，想不到四路起义军已经到了跟前，大伙儿只好手忙脚乱地抵挡一阵。死的死，逃的逃，兵马越多，败得越惨。士兵死伤了两万多，连大将甄阜和梁丘赐也都先后被杀。其余的官兵有逃散的，也有投降的，起义军就更加强大了。王莽另一路的两个将军严尤和陈茂恐怕宛县保不住，赶紧带着他们的军队去救，正好碰上了刘縯的大军，也打了败仗。起义军就把宛县围困起来。

这时候，刘縯、王匡、陈牧、王常带领的四路人马合起来已经有了十多万人。将士们都认为人马多了，必须有个最高的首领，才能够统一号令。四路人马的首领们这就商量开了。贵族、地主出身的一些将士就利用农民的正统观念，提出了一个口号，叫“人心思汉”。他们说：“‘人心思汉’，已经不是一天了。必须立个刘家的人才符合人们的愿望。”可是军队里姓刘的人多着哪，立哪一个好呢？南阳的舂陵军和下江的王常主张立刘縯。新市和平林的将士们怕刘縯太严厉，反把他们管束住了，主张立刘玄。刘玄也是汉朝的宗室，跟刘縯、刘秀是平辈的。他因为犯了法，王莽的官府要抓他，就投奔了平林军。平林军的首领陈牧和廖湛利用这个破落贵族的幌子，把他作为一个首领，称为更始将军。这会儿平林军的首领跟新市军的王匡、王凤、朱鲔他们商量了一下，又拉拢了下江军的张印，准备叫更始将军刘玄做个挂名的皇帝。

平林军和新市军的首领联合起来请刘縯立刘玄为皇帝，刘縯觉得南阳的刘家兵力量不够，不能直接反对。他对大伙儿说："诸君要立汉朝的后代，我们刘家的子孙万分感激。但是，现在赤眉军也有十多万人在青州和徐州（指青州刺史部和徐州刺史部；刺史是比郡守高一级的官职），要是他们听到南阳立了宗室，恐怕他们也会立个宗室。王莽还没消灭，宗室跟宗室要先互相攻击起来，叫天下人怀疑，自己又减了力量。咱们不如先立个王。有了王，也可以统一号令。如果赤眉立了个贤明的皇帝，咱们就去归附他，他绝不会废去咱们的爵位。要是他们没立，咱们往西去消灭王莽，然后往东去收服赤眉，到了那时候再立天子，也不晚哪。"

没想到张印拔出刀来向地下一剁，大声地说："三心二意的，不能成大事。今天已经决定了，不应该再有第二句话！"刘縯不便再反对，别人也不说话，当时就立刘玄为皇帝。他们在二月初一日（公元 23 年，即新莽第十五年），举行了皇帝即位的仪式。刘玄朝南坐着，让别人向他朝拜。他又是害臊又是怕，脑门子上的汗擦去一阵又是一阵，话是连一句也说不出来。当时改元为"更始"，大赦天下，尊族里的伯父刘良为"国三老"，拜王匡、王凤为"上公"，朱鲔为"大司马"，刘縯为"大司徒"，陈牧为"大司空"（大司马，就是以前的太尉；大司徒，就是以前的丞相；大司空，就是以前的御史大夫；大司马、大司徒、大司空称为"三公"；三公之上还有个名位最高而无职权的"上公"），刘秀为"太常偏将军"，其余的将士各有各的职位。打这儿起，绿林起义军称为汉军，汉军的大权掌握在新市、平林将士们的手里，南阳的刘家军很失望。他们可不愿意这么下去，暗暗地在心里另作打算。

昆阳大战

更始皇帝刘玄派王凤、王常、刘秀他们去进攻昆阳（在今河南叶县一带），派大司徒刘縯继续围攻宛城。王凤、王常、刘秀他们很快地打下了昆阳，接着又打下了邻近的定陵（在今河南漯河一带）和郾城（在今河南漯河）两个县。

王莽听到了汉军立刘玄为皇帝，又打下了昆阳，围攻宛城，心里急得坐立不安，可是外表上还得显出满不在乎的样子。王莽把白头发和白胡子都染黑，六十八岁的老头儿又做起新郎来了。原来在他登基做皇帝的第二年，有人对他瞎说："黄帝娶了一百二十个女人，他成了仙。"王莽听了这样的话，马上依从。他打发四十五个大员分行天下去搜罗"有德行的美女"。过了一年，到了这个时候，选美人儿的大事已经完成，王莽娶新征来的史氏为皇后，聘礼是黄金三万斤，车马、奴婢、绢帛、珍宝等的价值，只能用"万"字来计算。同时又在搜罗来的美女之中，挑选妃子多少多少人，美人儿多少多少人，宫女多少多少人。这个热闹劲儿说也说不完。立皇后、选后宫的大事办完了，这位染了头发和胡子的六十八岁的新郎才派司徒王寻和司空王邑两个心腹大臣去征调各郡县的兵马到洛阳会齐，一定要平定各地的叛乱，尤其是南阳这一头。王寻、王邑到了洛阳，各郡县都有兵马派来，当时就集合了四十二万人马，号称一百万，浩浩荡荡地直奔昆阳。王寻和王邑的大军还没到昆阳，严尤和陈茂的军队也跟他们会合在一起，声势就更大了。

汉军的将士站在北门的城门楼子上往远处一望，只见没结没完的全是王莽的军队。他们害怕了，有的甚至吓得准备散伙。刘秀对他们说："这是最紧要的关头，必须坚持。咱们兵少粮少，全靠同心协力打击敌人，要是见了敌人就散伙，什么全都完了。咱们可万万不能后退。"接着他又跟他们说明怎么到外面去抽调军队，怎么布阵可以打个胜仗。将士们这才安定下来，愿意听他的指挥。可是昆阳城里只有八九千人，王寻、王邑头一批军队就有十万。刘秀请王凤和王常守住昆阳，只守不战，自己带着李轶他们十三个人骑着快马，趁着黑夜，冲出重围，到定陵和郾城去调兵。

昆阳城虽然不大，可是挺坚固，王寻、王邑一时不能把它打下来。后来他们制造楼车，王莽的士兵利用楼车站在上头不断地向城里射箭。有时候箭多得像下阵雨一样，城里的人连出门打水都要背着门板挡箭。王寻他们还用撞车撞城，甚至还挖掘地道打算通到城里去。好在昆阳的城墙厚，城门又结实，王凤、王常硬着头皮死守下去，王莽的大军只好把城围下去。

刘秀他们到了定陵的时候，刘縯的一队兵马好容易才把宛城打下来。汉军的将士恨透了宛城的将军岑彭，说他死守了好几个月，害得汉军吃了这么些日子的苦头。他们要求刘縯把岑彭砍了。刘縯劝他们别这么着。他说："岑彭是镇守宛城的将军。他能够尽心守城，这正是他的长处。像他这样的将军应当受到尊敬。我想请求皇上封他的官爵，这样，才能够鼓励别人来归附咱们。"他们没想到这一层，都承认了自己的不是。刘縯把这个意思向更始皇帝刘玄说明白，更始就封岑彭为归义侯，把他拨在刘縯部下。

刘秀到定陵去调兵的时候，还不知道他哥哥刘縯已经打下了宛城。他要把定陵和郾城的军队全部调到昆阳去。将士们贪图财物，不愿意离开那两个城。刘秀劝他们暂时放弃那两个城，他们更觉得奇怪。刘秀说："现在咱们到昆阳去，把所有的人马都用上，打败了敌人，那边的珍宝比这边多好几万倍，而且还可以成大事，立大功。要是让敌人打过来，咱们打了败仗，连咱们的命都保不住，还谈得上财物吗？大丈夫做事，眼光得放远一些。"为了鼓励士气，他虽然还不知道他哥哥那一头的情况，他故意说："宛城已经打下了，那一支军队就快到这儿来，还怕什么！"将士们这才勇气百倍地带着所有的兵马跟着刘秀上昆阳来。

刘秀亲自带着步兵和骑兵一千多人作为先锋。他们到了离王寻、王邑的大军四五里的地方就摆下了阵势。王寻、王邑一瞧前面只有一千多人，就派了几千士兵去对敌。刘秀突然冲过去，一连杀了几十个敌人。将士们见了，高兴得了不得。他们说："刘将军平日遇到小队的敌人好像胆儿挺小似的，今天见了强大的敌人，就这么勇敢，真怪！来呀，咱们大家跟着刘将军，冲啊！"这一来，汉兵一个抵得上敌人十个，王寻、王邑的士兵连着后退，汉兵赶上去，杀了上千的人。这一来，汉兵一个抵得上敌人一百个了。刘秀马上带着敢死队三千人向王寻、王邑的大营那边冲过去，集中打击敌人的中坚部分。王寻、王邑一看就这么些人，不把汉兵放在眼里。自己带着一万兵马去跟刘秀交战。一万人还真打不过刘秀的敢死队。王寻、王邑的队伍早已乱了，各郡县征调来的兵马各守阵营，互不相救。汉兵越打越有劲儿。王寻不知死活，还想显点本领，打着马冲上前来。汉兵知道他是大将，好像逮鱼的见了一条大鱼似的，谁也不肯错过机会，立刻把他围上，乱砍、乱刺，结果了他的性命。王邑瞧见王寻被杀，慌忙逃走。城里王凤、王常他们一瞧外面打赢了，就打开了城门，全部人马一下子都冲出来。两面夹攻，喊声震动了天地。王莽的大军一听到主将被杀，大营的中坚部分被消灭，全都慌了神，乱奔乱逃，自相践踏，沿路一百多里都有尸首倒着。这时候正是夏天，毒花花的太阳晒得血污直冒烟。

汉兵正杀得高兴的时候，忽然敌人军队里出现了一个怪人，带着一批猛兽冲过来了。一霎时，太阳也没了，黑云像天罗地网似的罩下来。这一下子可把汉兵愣住了。那个怪人叫巨毋霸，据说有一丈来高，身子像牛那么粗，三匹马连在一块儿还不能驮他。他坐的车特别大，四匹马才拉得动他一个人。这么笨重的巨人有什么用呢？可是他有一种特别的本领，他能训练老虎、豹子、犀牛、大象。王莽拜他为校尉，让他带着几只猛兽和一批扮作猛兽的士兵出来助威。汉兵从来没见过虎豹出来打仗，他们只好掉头就逃。说也奇怪，半空中突然哗啦啦来个大霹雳，接着一阵暴雨直倒下来。六月天气本来变化无常，一下子连着响了几个霹雳，刮着狂风，大雨好像天塌似的往下直倒。扮作老虎跟豹的士兵受了凉，打着哆嗦，不但不往前冲，反倒往后面直窜。巨毋霸也只好往后退。一群猛兽净向巨毋霸挤去，挤得他立脚不住，仰面一倒，头重脚轻，就这么掉在滍水（现在叫沙河，上游在今河南鲁山）里。四匹马才拉得动的巨人，掉在河里，说什么也起不来了。

雷响着，风刮着，大雨直倒。汉军认为这是天帮着他们消灭敌人，个个生龙活虎似的直往前追。王莽的大军好像决了口子的大水似的直往滍水那边冲去。后浪催前浪，把人都往水里边挤。士兵掉在水里淹死的有一万以上，连猛兽都夹在里面。大风大雨，河水流得多急呀。可是一万多具尸体把河流堵住，水就往岸上泛。王莽的大将王邑、严尤、陈茂骑着马，踩着尸体渡过河，把所有的粮草和军用物资全扔在滍水这一边，各地征调来的长官带着他们的残兵败将各自逃回自己的郡县。王邑逃回洛阳，跟着他的只剩了几千人。

昆阳大战消灭了王莽的主力。胜利的消息鼓动了天下人民。他们在各地都起来响应南阳起义军。有不少人杀了当地的官府，自称将军，用汉朝的年号，等待着新的命令。

刘縯和刘秀的威名越来越大，新市和平林的将军们越来越担心。他们暗地里劝刘玄除了刘縯。刘秀已经看出了苗头，他对他哥哥说："我看事情不大妙，哥哥您还是多加小心吧。"刘縯笑了笑。刘秀又说："李轶原来跟着咱们，现在他一味地奉承朱鲔他们。我看这家伙靠不住。"刘縯可不把他搁在心上。

事情越闹越明显，更始和刘縯的分裂终于爆发了。更始听了朱鲔和李轶的话，把刘縯的部将刘稷拿来办罪。刘稷是刘縯的心腹，他根本就不赞成立刘玄为皇帝。他说："首先起兵的是伯升兄弟（刘縯字伯升），更始算老几？哪儿轮得到他来做皇帝？"这种话传到更始的耳朵里，更始已经注意他了。后来他立刘稷为抗威将军。刘稷不接受。明摆着，他是只听刘縯不听更始的。更始把他拿下，说他违抗命令，定了死罪。这可把刘縯急坏了。他替刘稷说理，劝更始别杀他。更始拿不定主意，李轶、朱鲔他们大声地说："皇上得下决心！刘稷违抗命令还不是刘縯主使的吗？刘縯也不能免罪！"更始把脑袋一顿，刘縯就给绑上了。他就这么和刘稷一块儿给杀害了。

刘秀还在父城，一听到他哥哥被杀，痛哭一场。完了擦干眼泪，立刻动身到宛城，拜见更始，承认自己的不是。大臣们向他表示同情，劝他别伤心。刘秀按照礼节答谢了他们，可是他的痛苦心情跟谁也不流露，只说自己平时没能好好劝阻兄长，以致使他得罪了皇上。人家问起昆阳大战的

汉光武帝刘秀

情形，他说这全是将士们的功劳，他不过跟着别人沾了些光就是了。他也不给他哥哥穿孝，吃饭、喝酒，有说有笑的，完全跟平日一样。更始反倒觉得过意不去，拜他为破虏大将军，封为武信侯。刘秀就留在宛城，伺候着更始。可是更始不敢重用他，另外派了几个将军去进攻洛阳和武关。

古籍链接

夙夜连率韩博上言："有奇士，长丈，大十围，来至臣府，曰欲奋击胡虏。自谓巨毋霸，出于蓬莱东南，五城西北昭如海濒，轺车不能载，三马不能胜。即日以大车四马，建虎旗，载霸诣阙。霸卧则枕鼓，以铁箸食，此皇天所以辅新室也。愿陛下作大甲高车，贲、育之衣，遣大将一人与虎贲百人迎之于道。京师门户不容者，开高大之，以视百蛮，镇安天下。"博意欲以风莽。莽闻恶之，留霸在所新丰，更其姓曰巨母氏，谓因文母太后而霸王符也。征博下狱，以非所宜言，弃市。

——《汉书·卷九十九下》

新朝的灭亡

更始派上公王匡去进攻洛阳，大将军申屠建、李松去进攻武关。王莽知道了，更加着急起来。新朝能够打仗的一些将军大多都在塞外对付着匈奴、西域和西南的部族，一时间不能撤回来，留在国内的主力已经给刘秀消灭了。王莽主要的根据地只剩下长安和洛阳两个大城。王莽急得吃不下饭，光是喝酒，吃鲍鱼，读兵书，累了就趴在几案上打盹儿，不再睡觉了。可是他的大臣刘秀（就是刘歆）反倒高兴。刘秀眼看汉兵逼上来，王莽快完了，他就约定将军王涉，一起去谋杀王莽。他认为杀了王莽，再去迎接汉兵，他是汉朝的宗室，原来的地位高，又有杀王莽的大功，汉兵还能不立他为皇帝吗？想不到他这个如意算盘落了空。他和王涉还没动手，已经给王莽发觉了。他们逃也逃不了，都只好自杀。王莽临时把囚犯都放出来作为士兵，才凑成一支军队，往东去抵抗汉兵。

汉兵到的地方，县城纷纷投降。申屠建的一路人马很快地进了武关。王莽的士兵又都是临时凑数的，其中有不少还是刚放出来的囚犯。他们到了渭桥，就开始逃散了。弘农（郡名，在今河南西南部和湖北西北部一带）郡长王宪赶紧投靠新的主人，做了汉兵的校尉。他带着几百人先渡过渭河，各县的豪强大族起兵响应，自己都称为汉朝的将军，跟着王宪去打长安。除了王宪这一路，别的方面又来了不少“将军”和士兵。他们到了长安城下，都想立大功，争着要进城去。可是一下子不能全进去，他们就在城外先放起火来。城外烧着大火，照到城里，城里也有人放火。火烧到了未央宫，众人闹闹嚷嚷地都拥了进去。王宪他们跟着也进了宫。新朝的将军王邑、王林、王巡他们带着士兵四面抵抗。孝平皇后（就是王莽的女儿，嫁给汉平帝的）哭着说：“我有什么面目去见汉家的人哪！”她跳到火里自杀了。

王莽穿着礼服，衣冠齐整地走到宣室前殿，手里拿着短刀，许多公卿、官员都跟着他在一起。王莽端端正正地坐着正位，死守着六十万斤黄金和珍宝，还自己安慰着自己说：“天理在我这儿，汉兵能把我怎么样？”别的人可没能像他那么镇静，有的叹气，有的流泪。这样挨过了一个晚上。第二天，火烧到了前殿，大臣们扶着王莽躲到太液池里的一座楼台上去。那楼台叫渐台，四面是水，一面有桥，火是烧不到这儿来的。在渐台陪着王莽的还有一千多人。

王邑、王林、王巡他们日夜不停地抵抗着那些拥到宫里来的人群，累得有气无力，手底下的士兵儿郎们死伤得差不多全完了。王邑他们听说王莽在渐台，就到水池子那边去保护他。可是究竟人数太少，他们全给杀了。渐台周围全是人，围了好几层。台上的将士还往下射箭。大伙儿没法上去。直到台上的箭射完了，下面的人才渡过水，拥上台去。台上的将士拿着长枪、短刀继续抵抗，肉搏开始了。

太阳下山的时候，众人进了台上的内室，跟着王莽的几个大臣都死了。王莽只好使用手里拿着的短刀。有个商县人叫杜吴的，向王莽砍了一刀，结果了他的命。

王莽一死，大伙儿都来抢他的脑袋，就说抢不到脑袋，能够抢到一只手或者一条腿的，也可以立个大功。末了，有个校尉割下王莽的脑袋，拿去向王宪报功。王宪又找到了那颗镶了一只角的玉玺。他就自称为“汉大将军”。城里几十万士兵正乱糟糟地没有头儿，一听说王宪是“汉大将军”，自己就算是他的部下了。

弘农郡长王宪一下子当上了“汉大将军”，直乐得他头脑发昏。他把自己的一部分士兵留在宫里作为卫队，吩咐别的将士和小兵都驻扎在外边。他到了内宫，拿着玉玺，穿上王莽穿过的龙袍，戴上王莽戴过的冠冕，把王莽的后宫妃子都收下来作为自己的妃子。他就这么得意忘形地住在宫里过着皇帝瘾。过了两天，申屠建和李松到了。他们听说玉玺在王宪那儿，就向他要，可是他不给。他们查出王宪使用天子的旗子和车马，就把他拿来砍了脑袋。他们把王莽的人头送到宛城去向更始皇帝刘玄报功。

更始觉得这么一来，天下没有第二个皇帝，他的江山可以坐定了。既然做了天子，小小的宛城当然不配做都城。他就打算迁都到长安去。正好上公王匡那边的捷报也到了。王匡已经打下了洛阳，还把那个跟他同名同姓伤了一条腿的太师王匡也杀了。更始手下的将士们都是关东人，不愿意到西边去。他们说："长安太远了，不如迁都到洛阳吧。"更始本来没有一定的主张，就听从了将士们的意见，决定迁都到洛阳去。可是洛阳刚打过仗，宫殿破坏了不少，得先修理一下才好。更始不敢重用刘秀，不让他去打仗，可是这修理房子的碎烦事儿不妨叫他去办。他就派刘秀为司隶校尉，带着一些人马到洛阳去修理宫殿。

刘秀往洛阳去修理宫殿，路过父城（在今河南宝丰一带）。父城的将军冯异出来迎接刘秀，还向他献上牛肉和酒。冯异是父城人，原来是新朝的将军，颍川郡的郡长。他平日喜欢读书，对《左传》和《孙子兵法》都有研究。他统管颍川郡五个县的时候，因为父城兵马不多，他亲自到邻近各县去招兵。想不到那时候刘秀进攻颍川，冯异在路上就给汉兵逮住了。刘秀问了他的来历，他毫不隐瞒地都直说了。刘秀喜爱他态度诚恳，为人正派，就把他当作君子那么尊敬他，劝他投降。冯异说："我还有个年老的母亲在父城。要是将军能够放我回去，让我母子再见一面，我死了也感激将军。"刘秀一听，原来是个孝子。他挺豪爽地说："那你就回去吧。可是用不着死，好好地供养母亲，投降不投降随你的便。"冯异非常感激，他说："我愿意奉上五个县城来报答将军。"

冯异回到父城，对县长苗萌说："新起来的将军们大多傲慢、贪财，只有刘将军到哪儿也不抢掠。听他的言语，看他的行动，不是个平常人。咱们不如去归附他吧。"苗萌同意了。他们两个人就率领着五个县城投降了刘秀。冯异归附刘秀之后，一心一意地帮着他。刘秀认为他是个孝子，人品好、能力强，把他当作心腹，要带着他一同到洛阳去。冯异又推荐了三四个很有本领的人给刘秀，其中有一个像猛虎似的壮士，浑身全是劲儿，个儿比别人高，脸相长得威武可怕，可是心眼儿好，说话算数。他是冯异的好朋友，名叫铫（yáo）期。刘秀很高兴地把冯异、铫期他们全带到洛阳去。

刘秀到了洛阳，专门办理修理宫殿的事。他还是像在宛城那样，做事挺有精神，天天有说有笑的。可是到了晚上，他喜欢清静，一个人一间屋子，不让别人进去。只有冯异是例外，他曾经跟刘秀在小屋子里谈过一次话。刘秀的秘密给他发现了：刘秀的枕头湿着一大片。冯异趴在地下，磕着头，苦苦地央告刘秀别太伤心。刘秀苦笑一下摆摆手，对他说："我没有什么可伤心的，你别乱说！"

刘秀在洛阳默默无声地修理宫殿，好像他不是什么了不起的人物，可是人们都说昆阳大战是促使新朝灭亡的紧要关键。这是因为自从刘秀在昆阳打垮了王莽号称百万的大军以后，新朝的天下就变成四分五裂的了。当时各地的豪强、大族，都起兵响应，有的自称为将军，有的自称为王，有的自称为帝。要是把几万人一伙儿、几千人一伙儿，甚至于几百人一伙儿的贵族、地主、大户、豪强都算起来，那简直多得没法说了。

这许多武装起来自己抢夺地盘的人也促使了新朝的崩溃，但是新朝灭亡以后，各地方都是王、都是帝，互相攻打，各抢各的地盘，反倒又害得老百姓叫苦连天。这么乱糟糟的天下究竟不是个了局。可是更始皇帝刘玄懦弱无能，他自己也并不想平定天下。破虏将军刘秀还是更始的臣下，再说他无权无势，自己还正因为死了哥哥，暗地里伤心着，他又能干什么大事呢？就在这样的情况下，出来了一个太学生。他自己说愿意给刘秀做军师。可不知道他真有这种能耐，还是只会说说大话。

一个算卦的

那个太学生名叫邓禹，南阳新野人。他曾经和刘秀在长安同过学，比刘秀小七岁。年纪轻轻的就把刘秀当作了不起的人物，跟他很要好。他在长安念了几年书，回到家里继续用功。更始在宛城即位的时候，有不少人推荐邓禹，请他去做官。可是邓禹不愿意出去。赶到刘秀修好了宫殿，更始迁都到洛阳，邓禹恐怕刘秀也像他哥哥刘縯那样给更始杀害，就到洛阳去找他。他到了洛阳，才知道刘秀已经走了。仔细一打听，又是高兴又是怕。高兴的是刘秀已经脱离了虎口，怕的是他还得回来。原来更始要派大将去进攻河北，大司徒刘赐（刘玄的叔伯哥哥，接着刘縯做了大司徒）建议派刘秀去。朱鲔他们起来反对，更始又没有主意了。刘赐再三劝他利用刘秀，也可以安定舂陵的将士。更始正信任着刘赐，就听了他的话，叫刘秀执行大司马的职务，吩咐他拿着符节，带着少数兵马，往河北去安抚郡县。

邓禹就沿路追上去。他一路走去，一路听到人们说刘秀不是来打仗的，是来安抚老百姓的。他每到一个地方，总要考察官吏，贤明的升了职，贪污的办了罪。他废除了那些苛刻的法令，恢复了汉朝的官名，还赦了囚犯，让他们回去种地。官吏和老百姓都很高兴，争先恐后地拿着牛肉和酒去慰劳刘秀，他都推辞了，他的士兵也都不接受。邓禹听了，当然高兴，可是他不是来视察情况的，他是来找刘秀的。一听说刘秀到了哪个城，他就追到哪个城。可是赶到他到了那个城，刘秀又已经过去了。人家是骑马的，他是靠着两条腿赶路的。他拄着拐棍往前追，追到邺城（在今河北临漳一带），方才把刘秀追上。

同学好友见了面，那份高兴就不用提了。刘秀见他还拿着拐棍，就跟他打哈哈，说："老朋友跑了这么多的路赶来，是不是要做官？"邓禹摇摇头，说："我不愿意做官。""那你来干什么呢？"邓禹笑着说："我想替您出点力，将来也好在历史上留个名。"到了晚上，刘秀留着他在一间屋子里睡，准备两个人谈个痛快。邓禹挺正经地说："现在山东还没安定下来，像赤眉那样各占地盘的人多得很。更始庸庸碌碌，自己没有主张。他手底下的将士们光知道贪图财帛，没有远大的志向，都不是尊重王室、安抚百姓的人。您虽然帮助他们，立了大功，恐怕这么下去，大事也成不了。依我说，不如搜罗人才，收拾人心，创立高祖的事业，救护万民的生命，处处为人民打算，一定可以平定天下。"

刘秀跟着他哥哥刘縯在南阳起兵的时候，并不想做王。他在新野的时候，听说阴家有个小姑娘叫阴丽华，长得挺美，他心里就爱上了她。他在长安的时候，看见过"执金吾"（官名，皇帝出来的时候，在前面开路的官），觉得"执金吾"够威风的了。因此，他老说："做官要做执金吾，娶妻要娶阴丽华。"他在昆阳大战之后就进了宛城。那时候，刘秀二十九，姑娘十九，也够了岁数了，他就娶了阴丽华。到今天他做了大将军，行大司马事，地位很高。他的两个心愿都达到了。没想到邓禹拄着拐棍追上来，劝他搜罗人才、收拾人心，去平定天下，创立高祖的事业。刘秀向老朋友邓禹点了点头。

第二天，刘秀吩咐手下的人称邓禹为邓将军。他还叫邓禹跟他住在一个屋子里，有事情就跟他商量。他们两个人的心思给另一个有心人琢磨出来了。那个人就是冯异。他对刘秀说："人心思汉，已经不是一天了。现在更始的将士们到处抢劫，暴虐出了名。老百姓对他们完全失望。一个人挨饿挨久了，能够吃到点东西，就够满足了。将军应当赶快派人分头到各郡县去给老百姓处理冤屈，宣扬恩德。"刘秀同意了。他就带着部下往北到了邯郸。

刘秀到了邯郸，就有一个宗室的子弟来见他。那个人叫刘林。他喜欢结交豪杰，在赵、魏一带很出名。他向刘秀献计，说："赤眉在河东（在黄河东边，邯郸的西南），只要挖开河堤，把水灌到河东去，就说赤眉有一百万人，也都非淹死不可。”刘秀一想，从哪儿冒出来这么一个缺德鬼，用这种办法哪能夺取天下，就没去理他。他只是派冯异和铫期到邻近各县去察看官吏，释放受冤屈的囚犯，安抚无依无靠的老年人。过了几天，刘秀带着邓禹、冯异、铫期他们到真定去了，气得刘林直翻白眼。他越想越别扭，就去算个卦。

刘林原来认识邯郸的一个算卦先生。说起来他们还是朋友。那个算卦的叫王郎，他一见刘林噘着嘴，知道他准有心事，就详细地盘问他。刘林说他打算自己起兵。王郎说：“真的？那我有主意。您总还记得，头些日子长安有个男子自称为成帝的儿子子舆，王莽说他冒名顶替，把他杀了。您不妨冒充真的刘子舆，就可以号召天下。”刘林说：“你自己去冒充，不是一样的吗？你做刘子舆，我帮你登基。”王郎没想到自己算了半辈子卦，还能做皇帝，高兴得蹦起来。他说：“行！大爷，咱们可说在头里，有福同享，有祸同当。”两个人就这么对天起了誓。

刘林扯着汉成帝的儿子刘子舆的幌子，联络赵国的大富豪李育和张参。他们拿出家产，招募壮丁。大伙儿都认为算卦的王郎原来是隐姓埋名的王孙公子。没有几天工夫，召集了好几千人。他们就立王郎为天子。王郎拜刘林为丞相，李育为大司马，张参为大将军，向邻近的州郡发出通告。远远近近，谁也不知道真子舆、假子舆，很快地赵国以北、辽东以西全都响应。他们把邯郸城里的王郎当作汉朝的天子，王郎的势力就突然强大起来了。

刘秀和邓禹知道自己的力量不够，没法去跟王郎死拼。回到南方去的道儿又给王郎截断了，他们再往北走，到了蓟城（在今天津北部，蓟：jì）。王郎的通告也到了。他出了十万户的赏格捉拿刘秀。刘秀逼得走投无路，就打算绕道逃回到南边去。有一位新来的小伙子叫耿弇（yǎn），他说：“王郎的兵马正从南边来，咱们往那边走，正好送上门去。渔阳太守彭宠也是南阳宛城人，大家都是同乡。上谷太守（耿况）就是家父。这两个地方就有一万多骑兵，还都是射箭的能手。跟他们联络起来，就不必怕邯郸了。”有的说：“我们都是南方人，要死也死在南方。我们不愿意跑到北方去受罪！”刘秀指着耿弇对大伙儿说：“北路的主人在这儿，还怕什么？”

没想到蓟城有个刘接，他贪图十万户的赏赐，起兵响应王郎。一下子城里谣言纷纷，都说王郎的大军到了。刘秀他们人数太少，只好慌慌忙忙地逃跑。将士们不愿意往北去，就出了南门，准备往饶阳（在今河北饶阳一带）方面走去。刘秀一检点随从的人，单单短了那个小伙子耿弇，不知道他上哪儿去了。他们都替他着急，可是又不能等他，只好自己走了。

路上受冻挨饿，这份困难的情况简直没法说。他们到了芜蒌亭，肚子饿得直叫唤。冯异到邻近的村子里向老百姓讨来了一些豆粥奉给刘秀。刘秀正饿得慌，好像从来没吃过这么香的东西。好容易到了饶阳，大伙儿饿得头昏眼花，实在支持不了啦。刘秀找到了传舍（就是驿站），就叫大伙儿进去，冒充是王郎的使者，吩咐传舍里的官员赶快摆上饭来。随从的人一瞧见有了吃的，大伙儿抢开了。传舍里的官员起了疑。他想："哪儿有这号使者？不要是冒充的吧。"他故意敲起鼓来，敲了几通以后，对他们说："从邯郸来的将军到了。"大伙儿一听，脸都白了。刘秀赶紧上了车，忽然一想，逃也逃不了啦。他就改变主意，不慌不忙地回到传舍里，对那个官员说："请邯郸来的将军进来见我！"那个官员哪儿去找邯郸来的将军，他只好糊里糊涂地敷衍了几句。刘秀他们这才吃了饭，大大方方地离开了传舍。

刘秀听说信都（在今河北衡水一带）太守不肯投降王郎。他们就冒着风雪，向信都方面走去。北风呼呼地吹着，吹得他们的脸和手都绽出血来。脚都麻木了，脚指头好像全没了。正在万分困难的时候，听说王郎的兵马追上来了。前面是滹沱河，可是没有船。大伙儿又都着了慌。刘秀派手下的将军王霸去看一看。王霸看了回来，说："冰厚得很，可以走过去。"他们下去一踩，这么结实，大伙儿全认为这是老天爷帮助刘秀。他们就精神百倍地都过了河。

他们一路跑去，到了南宫（在今河北邢台一带），下起雨来。大伙儿全淋湿了。他们瞧见道旁有个空的传舍，就进去避一避。冯异抱来了一大捆柴火，又找吃的去了。那位拄着拐棍赶路的邓禹一见有现成的灶，忙着生火。一会儿，火旺了，刘秀给大伙儿烘衣服，冯异煮麦饭。大伙儿就这么吃了点，歇了会儿。一见雨停了，赶紧动身。他们像难民似的又走了一百来里地，才到了信都。这时候，赵国以北、辽东以西的郡县都响应了王郎，只有信都太守任光跟和成太守（和成，郡名，是以前巨鹿郡的一部分）邳彤不肯投降。他们也有点军队，可是已经变成了孤军。他们正在担心，一听到刘秀他们到了，不由得都高兴起来。可是刘秀他们自顾不暇，怎么能够帮助他们呢？

争取民心

信都太守任光是宛城人，曾经跟着刘秀在昆阳大战中立过功。更始迁都到了洛阳，派他为信都太守，他不肯投降王郎，就跟信都都尉李忠、信都令万脩等带领着四千精兵，同心协力地守着信都。任光正担心自己太孤单，不能抵抗下去，一听到刘秀来了，就带着李忠、万脩他们把他迎接进来。刘秀对任光说："我们这儿兵马少，王郎那边势力大，是不是可以向东海城头子路和刁子都那边去借兵，或者跟他们联合起来？"任光摇摇头，说："不行！他们只知道抢劫财物，跟咱们合不到一块儿去。"

正在为难的时候，和成太守邳彤到了。大伙儿正打算着派几千兵马护送刘秀回到更始那边去。邓禹还没开口，邳彤说话了。他说："算卦的王郎尽管势力大，究竟是乌合之众。只要大司马（指刘秀）登高一呼，召集信都、和成两郡的兵马，一定能够打败王郎。要不这么奋发一下，不但河北一带全断送给王郎，而且人心一散，恐怕连这儿的人也不一定愿意离开父母妻子，千里迢迢地送你们回去呀。"刘秀就决定留下，号召邻近的郡县共同去抵抗王郎。

刘秀用大司马的名义征调邻近县城的人马，又得到了四千精兵。他拜信都太守任光为左大将军，信都都尉李忠为右大将军，和成太守邳彤为后大将军，信都县令万脩为偏将军，还把他们都封为列侯。信都太守任光发出通告，说：“算卦的王郎冒充宗室，诱惑人民，大逆不道。大司马刘公从东方调来城头子路、刁子都百万大军前来征伐。一切军民人等，反正的，既往不咎；抗拒的，绝不宽容！”他派骑兵把这个通告分别发到巨鹿和别的地界里去。那边的人民看到了通告，纷纷议论，这个消息很快地传开了。各城的官吏好像大祸临头似的都害怕起来。

刘秀带领着任光、李忠、万脩、邓禹、冯异他们趁着黑夜去袭击邻近的堂阳（汉朝县名，属巨鹿郡）。他们进了堂阳地界，马上举着火把来回奔跑。城里的长官和士兵看了通告，早已日日夜夜提心吊胆地在城头上张望着。一见城外全是火把，看过去望不到头，不知道有多少兵马，怎么还敢抵抗呢？他们就都投降了。拿下了一个城，人马多了些。接着又打下了邻近的几个县，人马又多了些。刘秀他们还没到昌城（在堂阳北面，也属巨鹿郡），昌城人刘植率领着本族的子弟和宾客几千人开了城门，把刘秀他们迎接进去。刘秀就拜刘植为骁骑将军。

巨鹿宋子人耿纯率领着本族的子弟和宾客两千多人在本乡放了一把火，都投奔到刘秀这边来了。他这一队人马非常特别，不但年老的害病的都有，有的还带着棺材。刘秀问他为什么烧了房屋，又为什么带着棺材。耿纯说：“您孤单单地到了河北，并没有金银财宝可以赏给人家，全仗着恩德收服人心。虽然我们全族的人，连年老的和害病的都跟了来，但是其中免不了还有三心二意的人。我怕他们一碰到困难，就想回家，所以叫人烧了房屋，他们就绝不回头了。年老的和有病的恐怕自己死在路上，就连棺材也带了来。”刘秀听了，叹息了一会儿。他拜耿纯为前将军。耿纯的几个叔伯兄弟都做了偏将军。

这么七拼八凑地一来，刘秀总算有了几万人马。他吩咐将士们带领着这些人马分头去进攻邻近的县城。正在这个时候，真定王刘扬召集了十多万兵马跟王郎联合起来。凭刘秀这点人马，别说去进攻邯郸，就是对付刘扬这一头也太难了。这一下可把刘秀急坏了。骁骑将军刘植说：“我跟刘扬有点交情，我愿意去劝他归附。”刘秀就派刘植到真定去见刘扬。

过了几天，刘植回来了。他先向刘秀道喜，然后又向他赔不是，弄得刘秀莫名其妙。刘植告诉他，说：“真定王愿意归附大司马，可是他不大放心。他要把他的甥女儿郭圣通嫁给您，结成亲戚，他才相信您真跟他联合在一起。我就自作主张，已经替您答应了。”刘秀为了联络刘扬，也顾不得阴丽华了，就亲自到真定把郭圣通娶过来。刘扬这才帮助他去打王郎。这么着，刘秀的兵力突然加强了不少。

刘秀接连着打下了几个城以后，又占领了广阿（汉朝的县名，属巨鹿郡，在今河北隆尧一带）。他在城楼上摊着地图，用手指头点着一个一个的郡国，皱着眉头子对邓禹说："天下这么大，郡国这么多。到了今天，才得到了这么一点地方。你上次说，一定可以平定天下。这怎么讲啊？"邓禹鼓励他，说："现在海内混乱，人民盼着贤明的君王像小孩子盼着慈母一样。能不能平定天下在乎人心的向背，不在乎土地的多少。"刘秀听了，十分钦佩邓禹。他也觉得争取民心要比专凭武力夺取地盘更重要。

刘秀和邓禹正商议着进攻巨鹿的时候，忽然有人慌里慌张地进来报告，说："不得了！王郎的大军已经到了城外，都是从渔阳和上谷调来的！"别说将士们听了急得什么似的，就是刘秀和邓禹也吓了一大跳。头些日子王郎早已传出话来，说他要调渔阳和上谷两郡的兵马来攻打刘秀的北面，自己发兵攻打他的南面，两面夹攻，叫刘秀死在当间儿。万没想到两路兵马这么快就到了。刘秀半信半疑地向城下的军队问话。只见带头的一个将军往后退去，另一个人出来，下了马，趴在地下。刘秀一瞧，原来是小伙子耿弇。这一高兴简直没法说。当时就开了城门，先把耿弇放进来。刘秀详细问他，耿弇就把前后的经过说了一遍。

原来蓟城突然一乱，耿弇晚走一步，就跟刘秀、邓禹、冯异、铫期他们失散了。他只好往北到上谷去见他父亲，请他发兵帮助刘秀。他父亲耿况正接到王郎的通告，叫他归顺邯郸。耿况拿不定主意。官吏们大多主张投降王郎。可是上谷的大臣寇恂说："邯郸突然起兵，谁也不知底细，咱们不能轻易响应。大司马刘秀是刘伯升的亲兄弟，品德高尚，虚心待人。咱们不如去归附他。"耿况很为难地说："邯郸方面势力挺大，单单一个上谷也没法抵抗。怎么办呢？"寇恂说："就是一个上谷，也有一万多能够射箭的骑兵，这么一个大郡，足足可以自己选择自己的主人。要是再去约会渔阳，同心协力地去对付王郎，还怕不能抵抗他吗？"

耿况同意了，就派寇恂到渔阳去。渔阳太守彭宠也接到了王郎的通告，叫他及早归附，官拜原职。彭宠的部下大多都愿意"官拜原职"。只有三个长官不同意。一个是南阳宛城人吴汉，还有两个是吴汉的朋友渔阳安阳人盖延和王梁。他们都劝彭宠去归附南阳的汉宗室刘秀。彭宠不能决定。他说："慢慢儿再说吧。"吴汉说话带结巴，要说的话越多，就越说不上来。他见彭宠不答应，赌着气跑出去了，别别扭扭地出了城，就在城门外的驿亭里休息一下，准备再想法去劝告太守。那时候，路上逃难的和讨饭的人很多。他瞧见这些难民之中有个儒生，就派人去叫他进来，请他吃饭，顺便问问他外面的情况。

那个儒生真是从邯郸逃出来的。他说："大司马刘公到了哪儿，哪儿就归附他。那个在邯郸自立为天子的刘子舆其实并不姓刘。"吴汉得到了这个消息，福至心灵，想出了一个主意。他跟那个儒生商量了一下，就用刘秀的名义写了一个通告，把儒生的话都写了进去，派他冒充使者去见彭宠。那个冒充的使者到了彭宠那儿，吴汉跟着也进去。刚巧上谷的使者寇恂也到了。彭宠这才知道邯郸的天子原来是冒名顶替的。他就派吴汉、盖延、王梁三个人带领着三千骑兵和步兵先去进攻蓟城。吴汉他们杀了王郎的大将，夺下了蓟城。

寇恂回到上谷，上谷太守耿况就派寇恂、耿弇和景丹三个人带领着上谷的兵马去跟渔阳的兵马合在一起。吴汉、盖延、王梁、寇恂、耿弇、景丹六条好汉带领着渔阳和上谷的兵马沿路打败了王郎的军队，杀了大将以下三万多人，很快地打下了二十二个县，一直到了广阿。听说城里兵马很多，可不知道是哪一路的。景丹一马当先，大声地问："城里的将军是谁？"汉兵回答说："大司马刘公！"将士们听了，高兴得把沿路的劳累都忘了。赶到刘秀上了城门楼子，出来一问，就把耿弇迎接进去。

耿弇报告完了，刘秀就把景丹他们都迎接进去，向他们慰劳了一番，挨着个儿地问过了他们的姓名和来历。刘秀笑着说："邯郸的将士屡次向我传话，说要发渔阳、上谷的兵马来。我也向他们传话，说也要从那边发兵来。想不到你们真的来了。我一定跟你们同甘共苦，共立大功。"他就拜景丹、寇恂、耿弇、吴汉、盖延、王梁六个人为偏将军，叫他们带领自己的兵马；又拜不在身边的耿况和彭宠为大将军。刘秀对于投向他的人慷慨得很，不但拜他们为将军，还封耿况、彭宠、景丹、盖延为列侯。

刘秀率领着大军去进攻巨鹿。到了这时候，更始帝刘玄也派尚书令谢躬来攻打王郎。两路大军联合起来，把个巨鹿城团团围住。看情况巨鹿城是非打下来不可了。

整顿队伍

刘秀、谢躬两路人马连着攻打了一个多月，还不能把巨鹿城打下来。前将军耿纯（就是带棺材的那个人）说：“何必在这儿多费日子呢？不如直接去打邯郸。打下了邯郸，杀了王郎，巨鹿必然投降。”刘秀听了耿纯的话，留下一部分人马继续围攻巨鹿，自己带领大军去打邯郸。汉军接连打了几个胜仗，打得王郎支持不住。他派大夫杜威来求和，还说王郎实在是汉成帝的儿子。刘秀说：“就是成帝再活转来，也得不到天下了，何况是个假子舆呢！”杜威又要求说：“那么封他一个万户侯吧。”刘秀说：“让他留着一条命，已经算不错了。”杜威怒气冲冲地转身就走。刘秀知道王郎他们是不肯投降的，就叫将士们加紧攻打。汉军一连攻打了二十几天，王郎的少傅李立开了城门，汉军拥进城去，占领了邯郸。王郎、刘林连夜逃跑，刘秀的将军王霸、臧宫、傅俊他们紧紧地追着。王霸赶上王郎，一刀把他劈死，割下他的脑袋。刘林逃得不知去向。王霸、臧宫和傅俊都是颍川人。三个人又是同乡又是朋友，编在一个营里。这次都立了大功，王霸还封了侯。

刘秀进了邯郸宫殿，检点公文，都是各郡县的官吏和大户人家跟王郎来往的文书，其中大多是奉承王郎、毁谤刘秀的。刘秀特意在将士们面前把这些文书全都烧了。有的说：“哎呀，反对咱们的人都在这里面哪，现在连人名都查不到了。”刘秀说：“既往不咎。烧了这些文书，好让这些睡不着觉的人安心！”大伙儿这才明白过来，全都佩服刘秀。

汉军越来越多了。刘秀重新编排人马，整顿队伍，在可能的范围内让士兵们自愿地分配到各营里去。士兵们都说：“愿意拨在大树将军的部下。”刘秀还不知道谁是“大树将军”。

原来“大树将军”是偏将军冯异的外号。冯异为人谦逊，从来不说自己的长处。上阵打仗，他跑在头里；平时行军或者不受敌人攻击的时候，他老落在各营的后面。将士儿郎们每次休息的时候，免不了要聊聊自己打仗的经过。就是将军们也会团团坐着谈谈自己是怎么样打败敌人的。打仗的次数越多，话就越长。有时候为了争功，甚至于闹得脸红脖子粗地各不相让。偏将军冯异听到将士们争功，就偷偷地溜了，坐在大树底下躲着。因为他不止一次地躲在大树底下，军队里就都称他为“大树将军”。刘秀听了将士们的话，对冯异就更加尊敬。

军队编好，阵容更强了。护军朱祐对刘秀说：“长安政治混乱（长安指更始朝廷，公元 24 年二月，更始迁都到长安），百姓失望；人心所归就是天命。请您别耽误了自己。”朱祐是南阳宛城人，刘縯、刘秀哥儿俩一向跟他很要好。刘縯做大司徒的时候，就派他为护军。刘秀进攻河北的时候，也派他为护军，还老跟他在一起，好像一家人似的。朱祐看出更始刘玄的朝廷没眼光，不能成大事。这会儿看到刘秀烧毁文书，更觉得他确有雄心，就向他说了这么几句话。刘秀可不让他说下去。他说：“召‘刺奸将军’把护军逮了去！”可是刘秀的口气并不严厉，好像就这么说说算了。因此，谁也没真去叫“刺奸将军”来。“大树将军”的称号已经够新鲜了，那“刺奸将军”又是怎么样的一个将军呢？

“刺奸将军”是颍川人，名叫祭遵，从小喜欢读书。他家里很有钱，可是他非常节俭，不讲究穿衣吃食，对待别人十分恭敬。刘秀在昆阳打败王寻、王邑以后，路过颍川，碰到了祭遵。刘秀因为他名气大，又喜欢他的风度，就把他收在部下，叫他管理有关军营里法令的事。有个伺候刘秀的小郎犯了法，祭遵把他杀了。俗话说，打狗要看主人面，刘秀的小郎就算犯了法，也该让刘秀自己去办，至少得向他请示一下。现在祭遵自作主张地把他杀了，这就难怪刘秀发了脾气。他叫左右去把祭遵抓来。当时就有人拦住他，说：“您一直吩咐我们奉公守法。现在祭遵不顾利害，执行法令，这是他执行您的命令，怎么能把他办罪呢？”刘秀给他们这么一提醒，不但不把祭遵办罪，还拜他为“刺奸将军”。他对将士们说：“你们都得防备着祭遵哪。我身边的小郎犯了法，都给他杀了。他这么铁面无私，一定不肯袒护谁的。”将士们听了，有些平日不大重视纪律的，都偷偷地擦了一把冷汗。

这会儿朱祐一听到刘秀要召“刺奸将军”来，他就不作声了。可是劝刘秀及早脱离更始的，不光是朱祐一个人。别看耿弇才二十一岁，他就有这个心。刘秀攻下了邯郸，消灭了王郎以后，更始刘玄的朝廷封他为萧王，吩咐他撤兵回去，耿弇急得什么似的，非把刘秀留住不可。他一直跑到刘秀睡午觉的地方，站在床边，向他央告，说：“请大王让我回到上谷去招兵。”刘秀说：“河北已经平定了，还招兵干什么？”耿弇说：“王郎虽然灭了，天下还正乱着哪。更始不能成大事，非失败不可。我看他长不了。”刘秀坐起来，说：“你说什么？我应当把你斩了。”耿弇说：“大王平日对待我像对待儿子一样，我才敢赤胆忠心地替大王打算。”刘秀一瞧，没有别人，就笑了一下，说：“我跟你开玩笑。你说吧。”

耿弇说：“当初天下百姓因为受不了新朝的残酷统治，才想念着汉室。一听到汉兵起义，各地纷纷响应。现在更始君臣只知道享乐，不知道处理朝政；皇亲国戚在京都里欺压百姓，横行霸道；将士们在各地掳掠财物、强抢妇女。以前人心思汉，现在回过头来又想念着王莽了。再加上铜马、赤眉、青犊、大彤等几十处，每一处有几万，十几万，甚至几十万人马，更始没法对付他们。所以我说他长不了。大王您哪，在南阳首先起义，在昆阳消灭了敌人的百万大军。现在平定了河北，巨鹿也投降了，天下归心。只要大王登高一呼，准能天下响应。为什么把天下让给别人呢？听说更始打发使者来，要大王撤兵回去。大王千万别听他们的。”

萧王刘秀听着，不说话。虎牙将军铫期也进来了。他说：“河北接近边界，壮士都能打仗，原来是出精兵的地方。只要大王能够顺从万民的心愿，谁敢不听指挥？”刘秀说：“你别瞎说。”

刘秀出去对更始的使者说：“王郎虽然灭了，河北还没平静，我一时动身不了。”他就留在河北，还拜耿弇为大将军，派他跟吴汉往北去征调各郡的兵马。有几个郡守抗拒命令，都给耿弇和吴汉杀了。赶到这两个将军带领着北方的大军回来，萧王刘秀的兵力更强了。他亲自带领大军打败了另一支农民起义军铜马。可是除了铜马，还有十几处起义的军队。他们在各地杀了王莽的官吏，推翻了王莽的政权。可是王莽的政权被推翻以后，他们大多继续用抢掠财物的手段来维持生活，因此纪律很差，不符合人民的愿望。这就给萧王刘秀一个有利条件。他的军队中也有掳掠的行为，但是他尽力整顿纪律，争取民心。这时候，他以平定海内、恢复秩序的统治者自居，毫不留情地镇压和消灭各地的农民起义军。

刘秀又到了蓟城，派耿弇、吴汉、景丹、盖延、朱祐、邳彤、耿纯、刘植、岑彭、祭遵、坚镡、王霸、陈俊、马武十四个将军彻底消灭了铜马这一伙儿。投降的人就有几十万。刘秀把这一支起义军接过来，把几个归顺他的头子封为列侯。尽管如此，投降的人还是怀着鬼胎，放不下心去。刘秀了解了他们的心情，叫他们各归各营，各位头领照样带着自己的兵马，然后他自己骑着马，带着几个随从人员，好像老朋友串门子似的到各营去看看他们。这些投降的人大受感动。他们彼此之间很诚恳地说："萧王把自己的心挖出来搁在咱们的胸膛里，咱们还不该跟着他同生共死吗？"打这儿起，他们服了刘秀，愿意听他的指挥，愿意重新编队，分配在各将军的营里。这一来，刘秀的军队扩充到了几十万人，关西一带只知道有铜马，就管刘秀叫"铜马皇帝"。接着，刘秀进了河内，还想去进攻燕、赵。

北方还没平定，东边的赤眉军反倒越来越强大。赤眉兵大多是朴实的农民。他们虽然屡次打了胜仗，可是并不想割据地盘，他们的首领樊崇压根儿没有要做皇帝的打算。只要推翻残暴的政权，度过灾荒，能够回家安心生产就是了。因此，他们占领了濮阳和颍川以后，一听到刘玄做了皇帝，恢复了汉朝，就按兵不动。更始从宛城迁都到洛阳的时候，派使者去叫赤眉归顺。樊崇愿意率领赤眉的二十万大军去和更始合作，他就带着二十几个首领跟着使者到了洛阳。更始他们认为樊崇他们不是自己人，就敷衍了一下，把他们封为列侯，可是光有个空名，没有封地，二十万赤眉兵也不供应粮饷。樊崇和他同去的二十多个首领大失所望，他们找个机会都逃回来了。他们担心要再这么待下去，军心必散。因此决定跟更始干一下子。

公元 24 年（更始二年）二月，更始迁都到长安。樊崇就率领着二十万大军往西去进攻长安。他们很顺利地进了函谷关。萧王刘秀一得到报告，就知道更始敌不过樊崇，长安一定保不住，就打算派邓禹往西边去打樊崇。可是更始的大将朱鲔和李轶还在洛阳，随时可以打到河内来。刘秀自己又想去进攻燕、赵，那么叫谁守在这儿呢？他就问邓禹。邓禹说：“从前高帝信任萧何，嘱咐他守住关中，供应军粮，高帝才能够一心一意地去收服山东，终于成了大事。现在河内地势险要，物产富庶，北通上党，南近洛阳，要挑个文武全才的人守在这儿，再没有比寇恂更合适的了。”

刘秀听了邓禹的话，拜寇恂为河内太守，对他说：“从前高帝派萧何镇守关中，我现在把河内托给你。你也要像萧何那样供应军粮，鼓励士兵防备着别的兵马进来。”他又拜“大树将军”冯异为孟津将军，统领河上的兵马，防备着洛阳那边。他这么布置完了，就拜邓禹为前将军，分给他三万兵马，向关内进攻，自己带着吴汉、耿弇、耿纯他们，率领着大军去进攻燕、赵。

河内太守寇恂吩咐各县练兵，尤其是练习射箭。他用竹子做了一百多万支箭，养马两千匹，收租谷四百万斛作为军粮，源源不绝地运到前方去。他真是个“赛萧何”。孟津将军冯异这会儿独当一面，也不能再躲在大树底下了。果然，镇守洛阳的朱鲔、李轶他们一打听到萧王往北去了，就趁着机会去进攻河内。

攀龙附凤

“大树将军”冯异料到朱鲔、李轶他们一定会来进攻的。他先写了一封信给李轶，劝他及早归附萧王。李轶也知道更始长不了，可是他有他的心事。当初刘秀在宛城棘谷的时候，首先约会刘秀起义的就是李轶和李通。他们本来是一条心的。后来刘玄做了皇帝，朱鲔得了势，他就倒在朱鲔那一边，帮着他杀了刘秀的哥哥刘缜。为了这档子事，他尽管愿意听从冯异的劝告，可是他不敢投奔刘秀。另一方面，他尽管不敢来投奔刘秀，可是也不愿意再帮着朱鲔。他就写了一封回信给冯异，含含糊糊地透露了这个意思。

冯异得到了李轶的回信，知道他不会跟他作对。他就带着一万多精兵往北打下了天井关（在今山西晋城附近太行山上，也叫太行关）和上党的两个城；回头往南又打下了河南、成皋以东十三个县；杀了更始的几个大将，收下了十多万投降的士兵。李轶眼看着这么多的县城给冯异夺了去，他一直袖手旁观。就是冯异进攻邻近的地方，他也不去救。冯异觉得李轶暗地里真帮了他的忙，就派人把李轶的信送去给刘秀。

刘秀接连打败了尤来、大枪、五幡这几路农民起义军，一直追到右北平，又打到顺水北面。也是他一时大意，只知道打胜仗，没料到会打个败仗。北路的一支起义军围上来，双方都拿着短刀对打。刘秀的马受了伤，眼看逃不了啦。他就从很高的地方跳到底下，腿也摔坏了。敌人不肯放松，急急地追下来。刚巧耿弇和王丰赶到。王丰把自己的马让给刘秀，刘秀搭着王丰的肩膀上了马，回头笑着对耿弇说："差点儿给盗贼取笑了。"话还没说完，追兵已经到了。耿弇是个神箭手，连连射倒了十几个带头的，别的人只好退回去。耿弇和王丰保护着刘秀到了范阳（在今河北定兴一带），可是已经跟大军失散了。

汉军不见了刘秀，都悄悄地议论开了。有的说已经给敌人害了，一传十，十传百，将士们都慌作一团，不知道该怎么办才好。吴汉出来了。他尽管说话带结巴，可是说出来的话挺有力量。他说："咱们大家努力，怕什么？万一大王有个三长两短，他哥哥（指刘縯）的儿子在南阳，咱们就尊他做主人。"大伙儿这才稍微安定点。没有几天工夫，刘秀回到大营。从此，他们格外卖力，接连着把北边的起义军打得七零八落，刘秀才把大军驻扎下来。正在这个时候，冯异的信到了。

刘秀给冯异写了回信，说李轶这家伙反复无常，不能轻易信他。他还把李轶写给冯异的信故意泄露出去，让朱鲔那边也知道这件事。朱鲔得到了这个消息，恐怕李轶谋反，就派人去把他暗杀了。他杀了李轶以后，马上派部将苏茂和贾强带领着三万兵马渡过巩河去进攻河内郡的温邑（在今河南温县一带），他自己带领着几万兵马去攻打平阴（在今河南孟津一带，临黄河）牵制冯异那一头。

寇恂一面通告各属县发兵到温邑会齐，一面亲自出马先去抵抗苏茂和贾强。将士和官吏都拦住他，说："洛阳兵继续不断地渡过河来，声势十分浩大。太守您不能随便出去。现在通告已经发出了，等到各县的兵马都会齐，才能够打仗啊。"寇恂说："温邑是河内郡的大门。要是敌人进了大门，屋子里怎么守得住？"他带领着少数的军队连夜赶到温邑。第二天一清早就跟洛阳兵开了仗。正好冯异和各县的兵马也到了。寇恂吩咐士兵拼命地打鼓，大声地嚷着说："刘公的大军到了！刘公的大军到了！"苏茂、贾强的军队在汉军的面前着了慌，一打就垮了。打死和打伤的已经够瞧的了，没想到汉军不让他们好好地渡河，差不多有一半人马都给淹死。洛阳的两个部将，贾强死在阵上，苏茂逃到朱鲔那儿去了。寇恂还不肯饶他们，全军渡过河，追了上去。

孟津将军冯异已经渡过河追击朱鲔那一路。朱鲔的兵马逃回洛阳。冯异和寇恂两路兵马合在一起，一直追到城下。洛阳城关得紧紧的，谁也不敢出来对敌。汉军就绕着洛阳城耀武扬威地走了一圈。打这儿起，洛阳大起恐慌，白天也关着城门。

寇恂、冯异打了胜仗，派人向刘秀去报告。刘秀听到洛阳兵进攻河内，正担着心哪。赶到捷报到了，他挺得意地说："我知道寇太守行！"将士们都进来向刘秀贺喜，还要尊他为天子。大伙儿趴在地下，一齐说："大王功高德重，天下的人心都归向您。我们恳求您登上天子的大位。"刘秀摇晃着脑袋，用眼神把他们压下去。当时有一个将军，挺着胸脯，理直气壮似的说："大王虚心退让，好是好，可是大王就不顾到宗庙社稷了吗？应当先即位。确定了名分，才好商议征伐大事。要不然，谁是主、谁是贼，天下的是非公理不分，事情就不好办。"刘秀一看，原来是前锋将军马武。马武本来是绿林的一个首领，也是南阳人。刘玄即位的时候，他跟刘縯、刘秀都算是更始的臣下，他曾经跟着刘秀在昆阳打败王寻、王邑，他就向着刘秀。马武办事能干，打仗特别勇敢，刘秀不但信任他，而且跟他很亲热。刘秀做了萧王，就拜他为前锋将军。这次他劝刘秀即位，刘秀不到时候，怎么能够答应下来？他说："将军怎么说出这种话来？论罪名是可以砍头的！"马武说："将士们都这么说。"刘秀说："那你就去告诉将士们别这么说。"

刘秀到了中山，将士们又都劝他即位。他还是不答应。他到了南平棘（平棘是县名，属常山郡），将士们又去要求他即位。他说："盗贼未平，四面受敌，还说得上自己的地位吗？"将士们正想退出去，耿纯上来了，他倒挺干脆，说："天下士大夫抛弃亲戚，离开故乡，跟着大王在刀枪、弓箭底下过日子，还不是希望'攀龙附凤'，大伙儿都能够得到功名吗？现在大王不听从大众的意见，不肯接受尊号。我怕的是，士大夫没有指望，他们就会想：何苦老在外面奔波呢？你也想回家，我也想回家，人心一散，再要联合起来可就难了。"刘秀待了一会儿，说："让我仔细想想吧。"

这一班攀龙附凤的将士们跟着刘秀到了鄗南（即部县南；部县后来改名为高邑，在今河北柏乡一带），就接到了两个报告，说又出了两个皇帝。原来别的地方"攀龙附凤"的人也正多着哪。

那两个皇帝，一个是孺子婴，一个是公孙述。

皇太子孺子婴被王莽废了，改称为定安公以后，一直关着，跟外界没有来往，长大了，连六畜（马、牛、羊、鸡、狗、猪）都不认识。王莽被杀以后，他才放出来，一直住在长安。说他没有用，他可是刘家不折不扣的皇太子。平陵人方望把他接到临泾（在今甘肃镇原一带），立他为皇帝，自己做了丞相。更始刘玄派部将李松去征伐。方望究竟力量不够，打了一仗，全军覆没。孺子婴和方望都死在乱军之中。这一个皇帝完了。

另一个皇帝是成都的公孙述。他是扶风茂陵人（茂陵，在今陕西兴平一带），很能干，又有名望。刘缜、刘秀在南阳起义的时候，公孙述就在成都招募了几万兵马响应汉军。他一听到南阳有一位将军叫宗成，带着几万兵马到汉中来，就马上派使者去迎接他们。宗成确实是南阳人，可是他和南阳起义军不是一起的。他自称为虎牙将军，他的军队一到成都就露出了本来面目：烧毁房屋，各处抢劫，杀害百姓。公孙述对郡里的豪杰们说："天下吃了新朝的苦头，想念着汉朝，已经不是一天了。所以一听到汉军来了，马上去迎接他们。哪儿知道他们一来，老百姓遭了殃，妇女们受了污辱，房屋给烧毁。这明明是盗贼，哪儿是义兵呢？我打算保护成都，等候着真的主人。你们愿意共同努力的，请留在这儿；不愿意的，随你们的便。"他们都磕着头，说："情愿跟随将军同生共死。"他们帮着公孙述，派人扮成汉朝的使者，从东方来，拜公孙述为将军，管理益州。公孙述杀了宗成，把他的军队都接收过来。

公孙述起兵打的是汉军的旗号，可是更始并没给他封号，也不把他当作自己的部属看。公元 24 年，更始派兵去攻打公孙述，公孙述吩咐他的兄弟公孙恢发兵去对敌。公孙恢把更始的军队打得大败而逃。打这儿起，公孙述的威名更大了。他就自立为蜀王。当地的老百姓和邻近的部族全都归附他。他的部下也希望攀龙附凤，劝他即位。有个部下叫李熊的，还说了许多理由，请他赶紧做皇帝。公孙述当然不能马上答应下来，他说："做帝王要由天命决定，我不敢承当。"李熊说："天命没有一定，做帝王还得看老百姓的心愿和自己的能力。民心归向大王，大王又是才能出众，还怀疑什么呢？"公孙述就自立为天子，拜李熊为大司徒，自己的兄弟公孙光为大司马，公孙恢为大司空。关中起兵的豪强有一万人马的，有几万人马的，可是都还没有主人。他们都来归附公孙述。公孙述有了几十万士兵，粮草充足，就在南郑盖了宫殿，端端正正地做起皇帝来了。公孙述做了皇帝，势力越来越大，这可叫跟着刘秀的那一班人着急起来。他们就又去要求他即位。刘秀召冯异到鄗南来，问他四方的动静。冯异说："更始的几个重要的大臣都跑了。他一定失败。天下没有主人，人心惶惶。上为社稷，下为百姓，大王应当听从大家的意见。”

萧王刘秀就在公元25年六月，在鄗南即位，就是后来的汉光武帝。那时候他三十一岁。汉光武帝一面大赦天下，一面打发使者拿着符节和诏书到河东（在今山西一带）拜邓禹为大司徒。这时候，邓禹才二十四岁。汉光武帝把他当作张良看。

邓禹由东北往长安去，赤眉的首领樊崇由东南往长安去。邓禹打到河东的时候，赤眉军早已进了城关。河东离长安还远，可是赤眉军转眼就可以打进长安去。长安已经是“火烧眉毛”，十分危急了。

古籍链接

时隗嚣据垄拥众，招辑英俊，而公孙述称帝于蜀汉，天下云扰，大者连州郡，小者据县邑。

——《汉书·卷一百上》

绿林的破裂

更始皇帝刘玄也实在太不像样了。他本来是没落的贵族，没有什么能耐，只因为当时新市、平林的几个首领要利用这个懦弱无能的刘家宗室去对抗精明强干的刘縯，才立他为皇帝。申屠建、李松他们打下了长安，就请他迁都。长安宫殿除了未央宫已经烧毁，别的宫殿大体上都还可用。更始住在长乐宫，就在前殿临朝。新市、平林、下江的将领和别的文武百官向他上朝拜贺，他简直害怕了。只知道耷拉着脑袋，不停地用手摸着席子（古人席地而坐）。别说发号施令，连话都说不上来。他对那些捧他上台的将领，只能尊敬，可是远远地躲着。他娶了赵萌的女儿为夫人，立她为皇后，拜他的丈人为右大司马，拜李松为丞相。朝廷大事全由他们两个人主持。他们请更始把功臣都封为王。朱鲔起来反对。他说："当初高帝和大臣们立过约，非刘氏不得封王。现在咱们既然恢复汉朝的天下，就不该违反高帝的命令。"

更始自己不能做主，他不得不尊重别的绿林首领，就不听朱鲔的话，也不管姓刘的不姓刘的，一共封了二十多个王，还封朱鲔为胶东王。朱鲔坚决推辞了。更始就拜他为左大司马。大臣、将军和宫里上上下下，包括厨师、伙夫在内，都封了官爵。长安的老百姓给更始皇帝刘玄的朝廷编了一个歌：

灶下养，中郎将；
烂羊胃，骑都尉；
烂羊头，关内侯。

在外边的将军们不受朝廷的约束，他们爱怎么着就怎么着。各郡县的长官，有的是将军们自己设置的，有的是由更始任命的。皇帝和将军都可以下命令，命令又往往不一致，弄得下头的官们不知道该怎么办。

赵萌见这位皇帝姑爷像个木头人儿，就对他说："不要老不开口。大臣、将军来朝见，总该应付几句。"正好有几个将军从外地回来，更始就想问问他们。可是这位整天在后宫和宫女们喝酒胡闹的皇帝，外面的事什么也不知道，有什么可问的呢？他想起以前也曾经向抢劫回来的小兵问过话，就问那些将军："你们抢来了多少东西？"这叫人家怎么回答呢？左右侍官都是前朝当过差的，他们听了，都张着嘴你瞧瞧我、我瞧瞧你，谁也没法替皇上遮盖遮盖。

这么一个宝贝皇帝，难怪天下失望。他手下的将领眼看着赤眉军快打到长安来了，终于发生了窝里反，公元 25 年（更始三年），往西进攻长安的赤眉军，一路由樊崇、逄安带领，一路由徐宣、谢禄、杨音带领，两路人马在弘农会师。更始派军队去抵抗，接连打了几个败仗，急得他不知道怎么办好。张印和王匡被邓禹打败，刚从河东逃回来。张印就跟申屠建、廖湛他们商议，他说："赤眉说话就到，咱们没法在这儿待下去。我说不如快点下手，先把长安城收拾收拾，有了财物，回到南阳去，再找路子。要是南阳也不能待的话，咱们就回到大湖里去做大王！"他们都同意了。大伙儿就去见更始，向他献了这个计策。可是更始听了赵萌、李松他们的话，准备再抵抗。他派赵萌、王匡、陈牧、成丹去守新丰，派李松把大军驻扎在掫城（在今陕西西安）。张印就去跟大将军申屠建和御史大夫隗嚣商量，约他们一同去强迫更始离开长安。

御史大夫隗嚣是成纪人（成纪，在今甘肃秦安一带），很早就跟着他伯父一同起兵响应南阳起义军。因为隗嚣名望大，手段高，大伙儿推他为上将军。他招募了十多万兵马，杀了当地新朝的长官，很快地就把陇西、武都、金城、武威、张掖、酒泉、敦煌这些地方都收下来。更始皇帝刘玄打发使者去联络隗嚣，还请他到长安帮他管理朝政。隗嚣到了长安，更始拜他为右将军，后来又把他升为御史大夫。他听到刘秀在鄗南即位，就劝更始把政权让给刘秀的叔父“国三老”刘良，说这是最合算的脱身之计。更始不听他的话，他就打算回到成纪去。这会儿张卬和申屠建约他去强迫更始离开长安，他也同意了。更始发觉他们打算造反，就先杀了申屠建，发兵围住隗嚣和张卬的房子。

隗嚣跟他的门客们冲出了包围，逃到天水（在今甘肃通渭一带）老家去了。张卬的兵马多，他打败了更始，占领着长安。更始带着家小和随从的一百多人逃到新丰，躲在他的丈人赵萌那儿。丈人、女婿一合计，就怀疑到王匡他们捣鬼。张卬要是不跟王匡他们有联络，他怎么敢叛变呢？赵萌替更始出了主意，传出命令召王匡、陈牧、成丹进去商议大事。陈牧和成丹一进去，就给赵萌的武士们逮住，杀了。王匡晚去一步，听到了陈牧和成丹被杀的消息，就跑到长安，真跟张卬联合起来反抗更始和赵萌。赵萌接收了陈牧和成丹的军队，又从掫城召回了李松。费了一个多月工夫，才打败张卬和王匡，再把更始接回长安去。张卬和王匡逃了。南方起义军绿林就这么完全分裂，力量大大削弱。正在这时候，东方起义军赤眉已经到了华阴（在今陕西潼关西，华山的北面）。

赤眉军的首领樊崇眼看更始就快完了，可是他不能驳斥旧贵族和地主分子所提出的“人心思汉”的说法，就是在农民起义军中也有不少人存着这种正统观念。方望（就是立孺子婴为皇帝的那个人）的兄弟方阳，怨恨更始杀了他哥哥，特意跑到赤眉营里去见樊崇，劝他立个姓刘的人为皇帝。樊崇同意了。可是军队里姓刘的人还真不少，有远房的、有近房的，一找就找出了七十多个，其中有个刘盆子，据说血统最近。他才十五岁，是给樊崇的部下刘侠卿看牛的，大伙儿管他叫牛倌儿。樊崇就决定立他为天子。刘侠卿叫牛倌儿刘盆子换身衣服。他不依，还哭着不走。刘侠卿只好让他披着头发，光着脚，破破烂烂地去见樊崇。刘盆子见了樊崇，不敢再使性，就穿上小皇帝的衣服，戴上小皇帝的冠冕。樊崇领着部下，共同立刘盆子为天子。文武百官向他朝见，窘得刘盆子不知道该怎么应付。一退了朝，他赶紧换上原来的衣服，溜到外面情愿跟别的牛倌儿在一块儿。大臣们只好把他留在屋子里，吩咐手下人别让他随便出去。

樊崇立了刘盆子，自己就该做丞相了吧。可是因为从小没念过书，不认识字，又不能计算，他就让那个能写会算的徐宣做了丞相，自己做了御史大夫，另外还拜逢安为左大司马，谢禄为右大司马，杨音以下几个首领都做了大官。

赤眉军奉了汉天子刘盆子的名义来征伐更始。刚巧更始的大将军张卬和上公王匡被赵萌打败，从长安逃出来。他们就投降了赤眉军，自打头道地把赤眉军领进东都门（长安城东面北头的城门）。更始慌忙派李松、赵萌他们去抵抗。李松他们也打了一仗，死了两千多人。李松被赤眉军逮了去；赵萌投降了。更始急得没有别的办法，只好带着妻子和宫女从北门逃出去，他自己骑着马跑得快，妇女们落在后面大哭大喊地说："皇上，皇上！您怎么不下来拜别京城呢？"更始连忙下了马，向长安城拜了几拜，摸了摸身边带着的玉玺，一骨碌爬起来，跳上马，又跑了。

好容易逃到高陵，在驿舍里休息一下。这时候，又来了几个臣下和一些士兵，更始才透了一口气。他正在没有主意的时候，赤眉军派使者送信来了。使者传达命令，叫更始投降，还可以封为长沙王；过了二十天，就是投降，也不允许了。更始只好跟着使者到长乐宫去见刘盆子和樊崇。他光着上身（表示愿意受责打的意思），向刘盆子奉上玉玺。刘盆子听了樊崇的话，封他为长沙王，让他住在长安。

赤眉军打进长安的消息传到了鄗南。汉光武帝只知道更始打了败仗跑了。他想起更始原来是自己的主人，现在落到这步田地，怪可怜的，就下了一道诏书：一、封更始为淮阳王；二、官吏、百姓有敢谋害淮阳王的，一概处死。

可是汉光武帝还顾不到长安那一边。因为什么？这边洛阳还没打下来哪。他早已派大司马吴汉率领着朱祐、岑彭、贾复、刘植、冯异、祭遵、王霸等十一个将军（另外四个将军是王梁、万脩、坚镡、侯进）把朱鲔围在洛阳，好几个月了，还不能把洛阳打下来。汉光武帝因为岑彭曾经跟朱鲔同过事，就派他去劝告朱鲔投降。朱鲔在城上，岑彭在城下，两个人就这么讲话。岑彭的好话是说完了。朱鲔说："大司徒（指刘縯）被害的时候，我还帮着李轶；更始派萧王北伐，我又拦阻过他。我自己知道罪大恶极，不敢再见萧王。"

岑彭回去向汉光武帝报告，汉光武帝说："做大事的不记小过。朱鲔肯来，官爵可以保住，别说性命了。我指着河水起誓，绝不失信。"岑彭又把这些话告诉了朱鲔。朱鲔从城头上放下一根绳子，对岑彭说："真不失信的话，你上来。”岑彭马上拉住绳子要上去了。朱鲔见他这么实心实意的，才答应了。

朱鲔叫岑彭绑着他去见汉光武帝。汉光武帝亲自给他松了绑，还安慰他一番。当夜就叫岑彭送他回到洛阳去。第二天，朱鲔带领着洛阳的军队出来投降。汉光武帝拜他为平狄将军，封为扶沟侯。接着，汉光武帝进了洛阳，就把洛阳作为京都（因为长安在西边，洛阳在东边，所以前汉也叫西汉，后汉也叫东汉）。

汉光武帝住在洛阳很不安心。各地方自立为王、自立为帝的人还真不少，占据一块小地方做土皇帝的，那就更多了。隗嚣已经到了天水，自称为西州上将军，名望很不错，别说邻近的豪强都归附了他，连长安的士大夫也有不少一个接着一个地去投奔他。公孙述在蜀地做了皇帝，势力也正在扩大。可是汉光武帝最担心的还不是这西北和西南两处。那两处又远又偏僻，稍缓一下，还不碍事。赤眉军占领着长安，是个大威胁，非先把长安打下来不可。不知道邓禹为什么还不能进去呢？

赤眉的流亡

邓禹从河东往西进军，军队的纪律比较好。他不准将士们抢劫财物，侮辱妇女，这就叫沿路的老百姓够满意了。长安和邻近长安的大户人家尽管早把粮食和财物分散到各地隐藏起来，还是被更始的将士们抢去了不少。他们对于迁都长安一年半来的更始政权很不满意，一见赤眉进了长安，又不抢劫，就认为以后可以安定些了。没想到过了没多久，赤眉兵也跟绿林兵一样出来抢粮。因此，他们把希望寄托在邓禹这一支不抢劫的军队上。邓禹的将士们也请他快去进攻长安，可他反倒带着军队越走越远了。这是为什么呢？邓禹对将士们说："我们的人马虽说不少，可是能打仗的士兵究竟不多。再说，前面没有给养，后面运粮困难。赤眉刚进了长安，声势浩大。如果咱们马上去跟他们交战，准得吃亏。可是他们也因为人多粮少，粮草没有来源，他们在长安再待下去，迟早会发生变乱的，我探听到上郡、北地、安定三个郡粮食富裕，牲口多，咱们不如先到那边去。等到咱们拿下了这三个郡，有了粮食、马匹，长安那边也许已经维持不下去。这样，咱们准能打败赤眉。"

邓禹绕着大弯儿由东往北，转西向南，到了栒邑（在今陕西旬邑一带）。这时候，长安的老百姓果然对赤眉军也很不满意了。他们认为新莽、更始、赤眉一样叫他们难过日子，有的甚至说赤眉不如更始，更始不如新莽。这么一比呀，就有人同情刘玄，想把他救出来。张印听到了这个风声，很担心。他怕刘玄出来跟他算旧账，就叫谢禄把刘玄骗到城外，勒死了。

刘玄有个手下人叫刘恭。他一知道他以前的皇上刘玄被谢禄勒死了，就在晚上偷偷地把尸首埋在一个不容易找到的地方。樊崇本来不愿意留着刘玄，死了也就算了。可是做将军的可以自作主张地杀害他们的主人所封的王，赤眉将士们的纪律也逐渐变坏了。像张印那样的一些绿林投降的将士大大影响了赤眉军的纪律。他们原来朴实的习气和不杀人、不伤人、爱护老百姓的优良作风逐渐发生了变化。再加上邓禹说过的，他们人多粮少，没法生活下去。他们也就开始抢劫，连樊崇也管不住他们。

公元26年（建武二年，即汉光武帝登基第二年）元旦吉日，樊崇召集了大臣们开了一个拜年大会。刘恭在会上对大臣们说："诸君立我的兄弟为天子，这情义我们是非常感激的。但是从他即位以来，一年多了，各处扰乱，不得安定，足见他是不能号召别人的，还不如让他做个平民，另外立个有德有才的人。请诸君多多包涵。"

樊崇赔罪，说："这都是我们做臣下的不是。"刘恭再三恳求让刘盆子退位。有人起来反对，说："大伙儿叫他做皇帝，你管得着吗？"刘恭吓得退下去。刘盆子下来，从脖子上摘下玉玺，向大臣们磕着头，说："你们立我做县官（汉朝人把皇帝称为'县官'，是一种代用的称呼），可是你们自己不能禁止抢劫，四方百姓怨恨，谁也不向着我们。我一点本领都没有，饶了我吧！"说着抽抽噎噎地哭起来了。樊崇带头，好几百人都趴在地下磕头，说："这都是我们做臣下的不是，辜负了皇上。以后我们一定改过，不敢再放肆了。"

他们把刘盆子扶到原位上，把玉玺照旧给他挂上。不一会儿，他们送他回宫去歇歇。新年庆祝会就这么不欢而散。

将士们回到各营，立刻下了命令，不准士兵们再出去扰乱百姓。长安一带突然安定下来了。人们传着说元旦那天刘盆子责备将士们的话，都称赞天子聪明。那些已经逃出去的老百姓也有搬回长安来的。城里的人口一多，囤积粮食的富商和地主趁着机会出来，市面又热闹起来了。万没想到过了二十几天，城里挨饿的人和赤眉的士兵把粮食铺子里的粮食抢得一干二净。这一下，长安的混乱局面更加不可收拾了。

长安没有粮食，赤眉军不能再待下去，他们还能到哪儿去发展呢？邓禹的军队驻扎在栒邑，扼住赤眉军北上的道儿。洛阳已经建都，做了汉光武帝的大本营，扼住赤眉军东归的道儿。汉中王刘嘉（和汉光武帝刘秀平辈，更始封他为汉中王）仗着自己雄厚的兵力，割据汉中，阻止赤眉军向南发展。东、南、北全是敌人，赤眉军要求生存只有往西一条路了。就在那年正月，樊崇带着几十万大军，号称一百万，向西流亡，他们并不打算夺取城邑，最紧要的是在多得粮食。赶到他们进了安定、北地，才知道这两个地方跟长安也差不了多少。粮食和牲口早已给邓禹的军队搜刮去了。

安定和北地粮食不多，没法供给几十万大军的口粮。赤眉军只好再往西过去。没想到这就碰上了地头蛇，割据天水的隗嚣派军队出来迎头痛击。赤眉军打了败仗，死伤了不少人马。樊崇只好避开天水那一头，往西北逃去。谁知道祸不单行，他们在番须谷中（在今陕西陇县一带）正赶上暴风雪，冻死了不少人。他们还能流亡到哪儿去呢？在万不得已中，他们只好回到东边来。

就在那年九月，樊崇这一队赤眉军到了长安城外，才知道长安城已经给邓禹的军队占了。一来因为城里有邓禹的兵马守着，二来因为城里早已十室九空，没有什么值钱的东西，他们就刨起坟来了。汉朝历代帝王和皇后、妃子等都葬在那一带，埋着不少金银、珠宝、玉器什么的。邓禹一听到，立刻发兵去攻打。想不到打了个败仗，还败得挺惨，连长安城也给赤眉军夺去了。邓禹带领一部分兵马想去跟赤眉军再比个输赢。他们到了云阳（在今陕西淳化一带），赤眉军接着就追了上来。邓禹哪儿知道赤眉军虽然在这次流亡中遭受了很大的损失，这时候人数还有三十万。邓禹又打了败仗，慌忙退到高陵。他怕军中粮草不够，只好向汉光武帝请求救兵。

汉光武帝知道邓禹的军队已经疲劳了，再说邓禹也不是打仗的行家，就派冯异带着一队兵马去代替他。汉光武帝亲自送冯异到河南（黄河以南，这里指洛阳附近的黄河南岸），送给他一辆车马、一口宝剑，嘱咐他，说：“长安一带遭受了王莽、更始、赤眉的兵灾，老百姓穷困到了极点。将军这次出去征伐，要是敌人肯投降的话，只要把他们的头子送到京都来，其余的士兵都可以让他们回家去种地、养蚕。征伐不一定要夺取土地，杀害士兵。最要紧的是除暴安良，安定人心。我看到许多将士，毛病不在于不能拼命打仗，而在于贪图财物，喜爱掳掠。你一向能够管得住将士，我才把这个重大的责任托给你。你得记住争取民心最重要，不要叫郡县的老百姓吃苦。”冯异接受了汉光武帝的嘱咐，带着军队和粮食往西去了。

汉光武帝回到洛阳，又接到邓禹的奏章。他说汉中王刘嘉的大将延岑在杜陵（在今陕西西安一带）打败了赤眉大将逢安的军队，消灭了十多万人；说刘嘉、延岑现在都归顺了朝廷；还说他和刘嘉联合起来，准能把赤眉消灭干净。汉光武帝已经派冯异去代替邓禹，就下了诏书，叫他马上回去。那诏书上还说：“千万别跟打败了的敌人死拼。赤眉没有粮食，一定会到东边来的。我这儿已经准备好了。你赶快回来，不要再冒险进军。”

果然不出汉光武帝所料，赤眉军担心粮食不够，不愿意留在长安。长安已经到了饿死人的地步。一斤黄金只能换到五升豆子。樊崇只好带着大军往东来了。汉光武帝派侯进带领十万兵马驻扎在新安，派耿弇也带领十万兵马驻扎在宜阳，嘱咐他们说：“如果赤眉往东来，宜阳的军队马上赶到新安会齐；如果赤眉往南去，新安的军队马上赶到宜阳会齐。”两路兵马布置好了以后，一面吩咐冯异到华阴去把赤眉兵慢慢地引到东边来，一面吩咐邓禹马上回去。

冯异把赤眉军拖在华阴六十多天。他用的方法是让赤眉军消耗粮食，同时劝告他们投降。邓禹因为打了几个败仗，还想立个功劳然后回到洛阳去。这位少年老成的大司徒，真所谓“聪明一世，懵懂一时”，他终于沉不住气，不听冯异的劝告，单独向赤眉进攻，给樊崇军打得落花流水，一败再败，只剩下二十四个骑兵。他就带着这几个人向宜阳方面逃去，连冯异的军队也死伤了三千多人。

冯异用计策把八万多人的一队赤眉兵包围在崤山底下。冯异下了战书，跟赤眉军约定会战的日子和地点，一定要比个上下高低。忠厚老实的农民军不知道这是人家的计谋。他们到了指定的地点，就中了埋伏，全都慌了神。拼死抵抗，挣扎，一天下来，死的死、伤的伤，其余的人精神也很差。没想到就在这时候，冯异的第二批伏兵又起来了。这一批汉兵打扮得跟赤眉兵完全一样，略略混战了一下，就分不出谁是谁来。赤眉兵怕打伤了自己人，可又不能不招架。正在为难的时候，冯异叫将士们大声地劝告赤眉投降。当时就有大批服装跟赤眉相同的士兵互相嚷着：“投降！投降！”赤眉兵一见多数人投降了，全没了主意。军心一乱，这一支赤眉军都被解除了武装。

公元27年（建武三年）一月，樊崇带着另一队十几万人往东向宜阳方面过去。冯异火速派人骑着快马去向汉光武帝报告。汉光武帝亲自率领大军到了宜阳，帮助耿弇去截击赤眉军。赤眉军从没碰到过这么厉害的敌人，再加上新安的军队也赶到了。三路大军以逸待劳，把赤眉军围困得没法动弹，好像鱼群被拉进了渔网一样。到了这步田地，樊崇只好派刘恭去向汉光武帝求和。

刘恭见了汉光武帝，说："盆子率领百万大军向皇上投降，皇上准备怎么待他？"汉光武帝说："不叫你们死就是了。"刘恭回去一说，刘盆子带着丞相徐宣、御史大夫樊崇、大司农杨音等三十多个首领光着脊梁来见汉光武帝。刘盆子奉上了玉玺。赤眉的将士儿郎们都把铠甲和兵器堆在宜阳西门外。十多万人的铠甲和兵器差不多堆得像邻近的熊耳山那么高。

汉光武帝吩咐县里的厨师赶紧做菜、做饭，给十多万的赤眉兵吃一顿好的。第二天，汉军在洛水旁边布了阵势，带着刘盆子他们参观。完了，汉光武帝对樊崇他们说："你们投降了，后悔不后悔？要是后悔的话，我就让你们回到自己的营里去，再来决个胜败，我不勉强你们投降。"徐宣磕着头，说："我们今天能够归顺皇上，正像婴儿见到了慈母一样，只有欢喜，没有后悔。"汉光武帝说："你是所谓铁当中的钢，人当中的精了。"

汉光武帝带着樊崇他们到了洛阳，给他们田地房屋，让各人和妻子住在一起。那时候，汉光武帝的叔父刘良已经封为赵王，就让刘盆子做了赵王的郎中，杨音封为关内侯，徐宣、谢禄和刘恭也各有官职。刘恭替更始报仇，把谢禄杀了，自己叫人绑着进了监狱。汉光武帝因为早已下过命令，"官吏、百姓有敢谋害淮阳王的，一概处死"，就把刘恭放了。樊崇和逄安是赤眉主要的首领，十多万赤眉还是向着他们。汉光武帝虽然不说话，大臣们总觉得留着他们太不妥当。没过了几个月工夫，就拿谋反的罪名把他们杀了。

推翻新朝统治的绿林和赤眉两支最大的农民起义军，到了这时候都给汉光武帝消灭了。可是各地割据一个地盘称帝称王的仍然不少，天下还正乱着哪。

帝王满天下

农民起义军赤眉被扑灭了，关中没有统一的领导。有不少豪强，各自占据地盘，自称将军，互相攻打。光是关中这一地区就有十来个头儿。其中势力最大的要数延岑。他在关中发号施令，委任官吏，好像已经做了关中的霸主似的。“大树将军”冯异做了征西大将军。他的征西的计策是安抚和围剿并用，有时候多安抚少围剿。这种办法很顶事，“安抚”下来，居然把延岑的部下收服了不少。然后集中兵力突然袭击延岑。延岑连连打了败仗，只好离开关中。转了几个弯儿，末了逃到蜀地，归附公孙述。公孙述拜他为大司马。冯异依照汉光武帝的嘱咐，只把关中几个首领送到洛阳去，别的人都遣散回家。西边的关中总算给冯异平下来了。

东边的刘永，原来由更始立为梁王，后来自己称为皇帝，拿睢阳（在今河南商丘一带）作为京城，占据着青州、兖州、徐州一带二十八个城。他又联络了东海董宪、琅邪张步，拜他们为大将军。汉光武帝曾经派虎牙大将军盖延率领马武等四个将军去征伐刘永。刘永打了败仗，放弃睢阳，退到湖陵。张步害怕了，表示愿意归向洛阳。汉光武帝派光禄大夫伏隆为使者拿着符节去拜张步为东莱太守。那个退到湖陵的“东方皇帝”刘永一得到这个消息，马上打发使者加封张步为齐王，加封董宪为海西王。董宪原来忠于刘永，不必说了。张步已经归向洛阳，现在为了贪图爵位，变了卦，又做了刘永的臣下，还把汉光武帝派去的使者伏隆杀了。

伏隆的父亲伏湛要求汉光武帝派人去征伐张步，也好替他儿子报仇。汉光武帝一来为了安慰伏湛，二来还想重用他，就升了他的官职。这时候，邓禹已经回来了。他因为打了败仗，自动交出大司徒的印和梁侯的印，请求处分。汉光武帝收下了大司徒的印，把梁侯的印退还给他，仍旧让他做梁侯，还拜他为右将军。这么着，大司徒的职位出了缺，就由伏湛接替。汉光武帝不是不愿意答应伏湛的要求去征伐张步，但是因为北边闹得很凶，一时顾不到东边，只好暂时让张步占据着齐地十二个郡，做着刘永手下的齐王。

北边出了一个燕王，就是渔阳太守彭宠。彭宠曾经派他的部下吴汉、王梁他们帮助汉光武帝打败王郎和铜马。现在吴汉和王梁的地位反倒比彭宠都高。他就不服汉光武帝，索性占据蓟城、右北平和上谷的几个县，北边联络匈奴，南边联络张步，自立为燕王。他还派使者去拉拢上谷太守耿况，叫他也脱离洛阳。他认为耿况的情况跟他自己一样，也是立下的功劳大，得到的封赏小，一定也不满意。可是耿况的想法跟彭宠不一样，他觉得自己的功劳并不怎么大，就算功劳大，他也不是为了封赏才立功的。彭宠的使者一听耿况的话不对头，就吓唬他，说："要是太守一定不答应，我怕燕王一不乐意，上谷可就保不住了。"耿况没听，他干脆把那个使者杀了。

彭宠做了燕王，不断地扩张势力。汉光武帝准备亲自去征伐。大司徒伏湛拦住他，说："邻近的盗贼猖狂得很，必须首先肃清。渔阳离这儿有两千多里，不妨先搁一搁。"汉光武帝就决定自己留下，派耿弇为主将，祭遵为副将，带领兵马往北去进攻渔阳。耿弇已经快到北方了，忽然想到他父亲耿况在上谷，以前和彭宠有过来往，耿家又没有子弟留在洛阳，他不能不避避嫌疑。他上书要求调回去，还建议让祭遵代替他为主将去进攻渔阳。他又写信给他父亲，请他为国家效力，夹攻彭宠，免得让人们怀疑他是袖手旁观。

汉光武帝接到了耿弇的奏章，就给他一封信，劝他不要有顾虑。耿弇才安了心。他父亲耿况收到了耿弇的信，知道他的用意，就派耿弇的小兄弟耿国到洛阳去伺候汉光武帝。汉光武帝大大地夸奖耿况，封他为列侯，一面吩咐耿弇向渔阳进军。

耿弇还没打到渔阳，彭宠倒先借了匈奴兵马打到上谷来了，耿况派他第二个儿子耿舒去对付彭宠和匈奴。耿舒打败匈奴，杀了他们两个将军。彭宠只好退回去，守着渔阳，不让耿弇和祭遵进去。

除了彭宠、刘永、张步、董宪、公孙述他们，自立为帝，自立为王，或者自立为将军的，还有不少人。例如：舒城（在今安徽庐江一带）的李宪，有十几万人马，占据着九个城，自立为皇帝；安定的卢芳把自己说成是汉武帝的曾孙刘文伯，开头自称为西平王，后来跟匈奴结了亲，匈奴按照当年汉宣帝立呼韩邪为单于的例子，立刘文伯为汉朝的皇帝；南郡的秦丰占据着黎丘（在今湖北宜城一带），自立为楚黎王；平陵人窦融（汉文帝的小舅子窦广国第七代的孙子）占据着河西五个郡（武威、张掖、酒泉、敦煌、金城），做了五郡大将军；天水的隗嚣早已自立为西州上将军，汉光武帝派邓禹拜他为西州大将军，可是实际上他还是自己独霸一方。这样，除了汉光武帝，还有四个天子，四个王，两个将军，就是：东方皇帝刘永，蜀中皇帝公孙述，舒城皇帝李宪，匈奴立的皇帝卢芳（刘文伯）；燕王彭宠，齐王张步，海西王董宪，楚黎王秦丰；五郡大将军窦融，西州大将军隗嚣。

要是连那些势力比较小的或者做皇帝没多久就完了的人都算上，那就更多了。天下这么乱，老百姓难过日子。要是谁能够把这个四分五裂、七零八碎的局面统一起来，让老百姓能够安居乐业地活着，这就符合老百姓的愿望了。

推翻王莽政权的各路农民起义军大体上都给汉光武帝消灭了或者打散了，现在各地占据地盘的大多是旧贵族或者大地主豪强出身的野心家。汉光武帝利用他自己作为刘氏宗室、大地主、大富商、太学生的有利条件，采取了搜罗人才、争取民心的办法，发挥他善于用人、善于用兵的才能，把许多不听他指挥的人这儿一股、那儿一股挨个儿打败或者消灭。公元 27 年，盖延围攻刘永，刘永手下的将军杀了刘永，投降了。张步、董宪、秦丰、李宪、彭宠、卢芳和那些零星的“土皇帝”，也都接连着受到打击，变成了快要熄灭的蜡头。可是，陇西的隗嚣、河西的窦融、蜀地的公孙述，这三处势力特别大，离着京都洛阳又那么远，没法同时分三路去对付。汉光武帝对这三处强大的敌人采取了“单打一”的办法，决定先向隗嚣和窦融让步，尽力跟他们打交道，好叫公孙述孤立起来。

汉光武帝打发太中大夫来歙（来，姓；歙，名）为使者去聘问隗嚣。隗嚣手下的几个心腹大臣都劝他去跟京师（就是洛阳）来往。隗嚣就上书给汉光武帝，颂扬他的功德。汉光武帝不把他当作臣下，倒按照国王对待国王的礼节给他写了一封回信，把他当作朋友，先颂扬他的功德，说隗嚣怎么南边抵抗公孙述，北边抵抗匈奴和西羌，这个功劳简直没法说，末尾还说以后有事，可以彼此直接通信，用不着经过旁人的手。

公孙述也想拉拢隗嚣，派使者去封他为王。隗嚣认为他和公孙述是平起平坐的，根本说不上谁是君、谁是臣。公孙述凭什么封他做王，这不是瞧不起人吗？他把公孙述的使者杀了。以后，公孙述每次往北进兵，都被隗嚣打回去。因此，公孙述不能再向北发展。

公元 28 年（建武四年），隗嚣忽然又改变主意，派个亲信大臣为使者去聘问公孙述，回头再去聘问汉光武帝。这明明是隗嚣打算向蜀和汉两头讨好。那个使者也真乖，两头跑下来，他自己就有了主意了。

古籍链接

帝因令来歙以书招王遵，遵乃与家属东诣京师，拜为太中大夫，封向义侯。遵字子春，霸陵人也。父为上郡太守。遵少豪侠，有才辩，虽与嚣举兵，而常有归汉意。曾于天水私于来歙曰："吾所以戮力不避矢石者，岂要爵位哉！徒以人思旧主，先君蒙汉厚恩，思效万分耳。"又数劝嚣遣子入侍，前后辞谏切甚，嚣不从，故去焉。

——《后汉书·卷十三》

三分天下

隗嚣派出去的那个使者是扶风茂陵人叫马援。十二岁上死了父母，是跟着他大哥马况长大成人的。大哥马况说他志向大，将来一定能够做一番事业，不过大器晚成，不能心急。后来马况死了，马援把他嫂子当作母亲看待。在王莽的时候，他当个小军官，因为押送囚犯出了事。原来他看到囚犯哭得挺伤心，就把他们全放了，自己只好逃到北地躲起来。后来赶上大赦，免了罪，他才出头露面地留在北地经营畜牧和农业。没几年工夫，他成了大畜牧主和地主。当时有不少宾客投奔到他门下。他对宾客们说："大丈夫立志，穷当益坚，老当益壮（相当于现在所说的'人穷志不穷，人老心不老'的意思）。"

又过了几年，马援有了几千头牛、羊和马，几万斛粮食，家产多得自己花不完。他叹息着说："财产之所以可贵，在于能够帮助人；要不然，做个看财奴有什么意思呢？"他就把财产分给他的本家和亲戚朋友们。赶到隗嚣离开更始，回到天水，就拜马援为绥德将军，还老跟他商议重要的事情。马援和公孙述是同乡，还是街坊，从小就挺有交情。因此，隗嚣派他去见公孙述。

马援到了公孙述那边，以为老朋友多年没见面，这次碰到，一定手拉着手，像过去一样地亲热。可是公孙述已经做了皇帝了，他得摆一摆皇帝的谱。马援进去的时候，两旁站着卫士，文武百官按官职大小排列着。排场挺讲究，仪仗也挺隆重，可是就找不到从前的朋友之间的那种热乎劲儿。公孙述见了马援，没讲了几句话，就叫手下的人拿出衣帽来要让马援做大将军。他端端正正地坐着，等候马援过去谢恩。

马援推辞不干，回去对隗嚣说："子阳（公孙述的号）自高自大，好像是只井底之蛙，咱们不如向着东方吧（东方，指在洛阳的汉光武帝）。"隗嚣就派他去见汉光武帝。

汉光武帝多么精细呀，他穿着便衣，不带卫士，就这么在宣德殿里欢迎马援。他带着笑脸对马援说："您在两个皇帝之间奔波，今天咱们见面，我觉得有点不好意思。"马援说："看现在的形势，天下还没定下来，不但做君王的要挑选臣下，做臣下的也得挑选挑选君王。"汉光武帝笑了笑，不说话。马援接着说："我跟公孙述是同乡，从小就挺要好。我这次去见他，他还布置了武士，让我一步一步地走上台阶去跟他相见。现在我老远地刚到这儿，皇上您就这么随随便便地接见我，好像见着老朋友似的。您怎么知道我不是刺客呢？"汉光武帝笑着说："您不是刺客，可能是说客。"马援说："现在天下乱糟糟的，出了不少皇帝，有冒名顶替的，有自立为帝的。今天见了皇上这么豪爽，正像高祖一样。我这才知道帝王确实有真有假。"

两个人就这么聊了聊，彼此都很尊敬。前前后后一共谈了十多次。末了，汉光武帝打发太中大夫来歙拿着符节送马援回去。隗嚣就问马援："汉帝怎么样？"马援说："他啊，又豪爽，又英明，待人开诚布公，很不错。"隗嚣说："跟高祖比起来怎么样？"马援说："那可比不上。高祖老那么随随便便的，当今的皇上虚心待人，举动合适，他又不像高祖那样喜欢喝酒。"隗嚣挺不乐意地说："照你说来，他比高祖还强，怎么说比不上呢？"

隗嚣虽说不乐意，对马援可还是照样尊重。他又很客气地招待着来歙。来歙劝他上洛阳去见汉光武帝，还说他一定能够得到很高的爵位。隗嚣推辞了。他送走了来歙之后，就跟自己手下一个很有学问的大臣班彪谈论谈论秦汉兴亡的历史。他的用意是想说明：汉朝以前没有姓刘的皇帝，汉朝既然可以代替秦朝，当然也可以有别的朝代代替汉朝，那么，不是姓刘的人也并不是注定不能做皇帝的。班彪特意写了一篇文章劝他不要去跟汉朝争天下。隗嚣正想自己做皇帝，这种话当然听不进去。班彪就借个因头要求退休。隗嚣觉得这种读书人没有多大用处，让他辞职。

班彪辞了职，真是无官一身轻，逍遥自在。他到河西一带去游玩，打算在那儿隐居下去，整理整理历史，写写文章。谁知道河西五郡大将军窦融和班彪是同乡，他们都是扶风平林人。窦融一听到班彪离开了隗嚣，就想去请他，现在打听到他正在自己的地界里游玩，马上打发使者很隆重地把他接了来，当作上宾，挺虚心地向他请教。班彪得到了这么一个知己朋友，就忠心耿耿地劝他归向汉光武帝。

窦融早就听说过汉光武帝这个人挺了不起，只因为河西离洛阳路远，交通又不方便，没能够跟汉光武帝来往。他也同隗嚣一样，又像汉朝的臣下，又不像汉朝的臣下。隗嚣曾经给他送来过将军的大印，拜他为将军。这时候隗嚣打算自己做皇帝，又派人去跟窦融联络，劝他自立为王。使者说，从前更始帝大事已经成了，可是接着又灭亡了，这就证明刘家不能再兴；要是陇（隗嚣）、蜀（公孙述）、河西（窦融）联合起来，建成三个国家，共同去对付洛阳（汉光武帝），成功了，各自为王，就算不成功的话，也能够像从前南越赵佗那样封为边界上的大王。窦融拒绝了隗嚣。他听了班彪的话，写了一个奏章，打发刘钧为使者上洛阳去朝见汉光武帝。

公元 29 年（建武五年）四月，汉光武帝拜窦融为凉州牧（牧，就是州长），还给他写了一封信，里面说："现在益州（蜀地）有公孙子阳，天水有隗将军。今天蜀跟汉互相攻打，将军的地位举足轻重，帮谁，谁的力量就大。双方的胜败全在将军手里。这么说来，我怎么厚待将军都是不够的。如今将军能够像齐桓公、晋文公那样帮助软弱的王室，这样的事业是可以成功的；如果将军要三分天下，采用连横或者合纵的办法也不是不可以。献计策的人当中，一定会有人主张分割天下。他们以为成功了，可以像战国时代那样各自为王；不成功的话，也可以像过去赵佗那样做个南越王。要知道中国的土地即使可以分的话，中国的百姓是不能分的。将军能够上为国家出力，下为百姓着想，我是非常感激的。"

这封信到了河西，窦融和他手下的人全都愣了。他们认为汉光武帝真英明，一万里以外的情况他全看得这么清楚。谁再要不向着他，就是糊涂虫。

汉光武帝拜窦融为凉州牧，安定了河西这一边，又派来歙去见隗嚣。这时候关中的将军瞧着蜀兵疲劳得不再出来，上书要求去征伐公孙述。来歙把这些信也给隗嚣看，请他一同去征伐，还答应给他土地。隗嚣说："我这里力量单弱，刘文伯（就是匈奴立为皇帝的卢芳）又在边界上侵略我们，我还不能打到蜀地去。”来歙这才知道他也跟公孙述一样，是要三分天下了。可是来歙还是劝他送他儿子上洛阳去，好表示真心交好。隗嚣已经听到东边的刘永和北边的彭宠都消灭了，他对汉光武帝不能不赔小心，就打发他大儿子隗恂跟着来歙到洛阳去，还让马援全家也跟着去。

班彪已经到了窦融那边，马援又上洛阳去，隗嚣手底下有见识的人就只剩下了郑兴、杜林、申屠刚等几个。郑兴一向倒是受隗嚣的尊重，可是他没法让隗嚣打消做皇帝的念头。末了，他借了个安葬父母的因头，告假回乡。杜林也因为兄弟死了，要求隗嚣让他送灵柩回老家去，隗嚣也答应了。赶到杜林走了以后，隗嚣可就反悔了。他认为杜林是个有才能的人，自己没法留住他，随随便便让他走了，要是他去帮助别人，这不是搬起石头砸自己的脚吗？他马上派了一个刺客叫杨贤的赶紧追上去。杨贤追到了陇山（在今陕西陇县一带），正好瞧见杜林亲自推着车，车上就装着他兄弟的灵柩。他心里琢磨了一下，认为在这个兵荒马乱的年头，像杜林那样不做大官去推车，这么照顾着兄弟的灵柩，实在太难得了。要下手杀害这么一个好人，可真对不起良心。杨贤暗暗地保护着杜林，直到他离开陇地，自己就逃到别的地方去了。

班彪、马援、郑兴、杜林都走了。隗嚣的部将王元又催他即位。王元说：“天水是个好地方，人马又强，至少可以自立为王，何必去听别人的指挥呢？”隗嚣听了很得意。可是申屠刚起来反对，他说：“连一个平民都要讲信义，说了话就得算数，何况将军！要是真背叛了汉帝，不但对不起国家，也对不起自己的儿子！”隗嚣听了申屠刚的话，很不乐意，可是他还究竟惦着在洛阳的大儿子隗恂，不敢马上做皇帝。他就派他的心腹周游上洛阳去，假意去讨汉光武帝的好。

周游先到了关中，去拜见征西大将军冯异。没想到周游在冯异的军营前面被他的一个仇人杀了，凶手又没逮住，人家就说是冯异杀的。因此，陇右和洛阳反而多了一层隔阂（hé）。

冯异在关中已经三年多了，当地的人都挺佩服他。也正因为他很得人心，就有人向汉光武帝去告发，说他权力太大，自己要做咸阳王。冯异听到这个消息，上书要求调到洛阳来，好让他伺候皇上。汉光武帝要他留在关中，派使者去安慰他，说：“我和将军，从国家来说，是君臣；拿情义来说，好像父子一样。我怎么能怀疑你呢？请你不必顾虑。”冯异还是想回来。他又上书要求入朝。

汉光武帝为了陇、蜀两边的事，也想跟冯异商议商议，就答应了，让他回来。冯异见了汉光武帝，向他磕头认错。汉光武帝对大臣们说：“他是我起兵时候的重要帮手。他替我平定关中，功劳很大。”说着，他叫左右拿出珍宝、衣服和钱帛来当场赐给冯异。冯异拜谢了以后，汉光武帝就跟他像聊家常似的聊起来了。他说：“芜蒌的豆粥、滹沱河的麦饭，一直没忘。不知道怎么样报答你才好。”冯异说：“我听说管仲曾经对齐桓公说过：但愿主公别忘了带钩上中箭的事，我也忘不了装在囚车里押到齐国来的事。他们君臣二人互相勉励，终于建立了霸业。但愿皇上别忘了在河北那会儿的困难，我也忘不了皇上放我回去见过母亲的事。”汉光武帝听了，很高兴。他们就商议起怎么样去对付隗嚣和公孙述的事来了。要真像他们那样一定要三分天下，天下的人民怎么受得了。

钓鱼台

公孙述不断地扩充自己的地盘，还打算由江陵（在今湖北荆州一带）这边过来；隗嚣也打算向南发展。汉光武帝说：“将士们都疲劳了，我真不想再去跟他们两个人多事。我三番五次地给他们写信，劝他们归附，还说我绝不亏负他们，可是他们始终不乐意。怎么办呢？”冯异说：“不去征伐，他们是不会投降的。我愿意听从吩咐。”汉光武帝说：“关中是通陇、蜀的要道，你在那里镇守，不能离开。你先回去，我再调度兵马，想办法去征伐蜀地。”汉光武帝就叫冯异回到关中去，还吩咐他把家属都带去。

汉光武帝一面调度兵马，要用武力平定天下，一面尽力搜罗知名之士，要利用他们的名望作为号召，来巩固自己的政权。他打发使者到各地方去邀请当时的名人到朝廷里来，可是名人有名人的怪脾气，他们愣不来。汉光武帝也有他的怪脾气，人家越不肯来，他越要人家来。太原人周党顶不住使者的催促，只好坐着车马来了。他穿着旧衣服，戴着破头巾，到了朝堂上，气呼呼地往地下一趴，怎么也不肯磕头，更别说等他叫一声“皇上”了。汉光武帝请他做大官。周党才不稀罕哪。他说：“我是乡下老百姓，不懂得政事，请放我回去吧！”大臣们见他这么傲慢，都很不服气。汉光武帝拗不过名士的倔强劲儿，这可叫他怎么下台阶呢？他就下了一道诏书，说：“从古以来，就是贤明的君王也有人不肯做他的臣下。从前伯夷、叔齐不吃周朝的粮食，今天太原周党不接受我给他的俸禄，各人有各人的主意。赐给他四十匹帛，让他回去吧。”

周党不愿意做官，总算还来了一趟。其他名人，有的假装害病，干脆不来，有的隐姓埋名，逃到山林里去了。这些名人之中最出名的一个，要数严光了。严光也叫严子陵。他是会稽余姚人，跟汉光武帝还同过学，他们从小就挺好。汉光武帝即位以后，老想念着他，他吩咐会稽太守想办法去找严子陵。可是人家早已更名改姓地隐居起来，谁也不知道上哪儿找去。

汉光武帝就把严子陵的相貌详详细细地说了一遍，吩咐画工画一个像。画工也真有本领，他按照汉光武帝的描述，画了个大概。汉光武帝拿来一看，还真有几分像。他又说了一遍，叫画工修改了一下。嗬！画得简直真是严子陵。有了这一张，再画几张就方便了。汉光武帝派人把这些像分送到各郡县，叫官吏和老百姓寻找严子陵。这种画形图影的办法还真顶用。齐国上书给汉光武帝，说那边有个男子披着羊皮，老在河岸上钓鱼，相貌有几分像，可不知道是不是他。汉光武帝马上派使者准备上等的车马到齐国去接他。

使者见了严子陵，奉上礼物，请他上车。严子陵推辞，说：“你们看错了人啦。我是打鱼的，不是做官的。礼物拿回去，让我安安静静地过日子吧。”使者哪儿肯听，死乞白赖地把他推上了车，飞一样地送到京城来。汉光武帝特意准备了一所房子，派了好些个手下人去伺候他。大司徒侯霸跟严子陵也是朋友。他听说严子陵到了，就写了一封问候的信，派他的助手侯子道送去。侯子道到了严子陵那儿，就瞧见严子陵靠在床上坐着。他恭恭敬敬地把信交给他。严子陵看了看，不说话，也不站起来。过了一会儿，他说：“我多年没见君房（侯霸）了。君房素来傻里傻气的，现在做了大官，这个毛病可好点没有？”侯子道说：“他做了大司徒，怎么还能傻里傻气的呢？”严子陵说：“他叫你来有什么话？”侯子道耐着性子，说：“大司徒听说先生到了，本来要亲自来的，因为公事忙，脱不了身，到了晚上，他一定亲自来请教。”严子陵捋着胡子，说：“你还说他不傻。你看，我连天子都不愿意相见，难道还稀罕他的臣下来见我吗？”

侯子道不便跟他多说话，就请他写封回信。严子陵推说不方便。接着他说：“我讲吧。君房先生：你做了司徒，很好。帮助君王多做点好事，天下都高兴，要是只知道奉承，那就要不得。”说到这儿，他就停住了。侯子道请他再说点。严子陵大笑起来，说："你到这儿来买菜吗？还想要搭什么饶头？"

侯子道回去向侯霸一说，侯霸有点不乐意，就把严子陵的话告诉给汉光武帝。汉光武帝笑了笑，说："他就是这个样儿，不必介意。"说着，他亲自去看严子陵。严子陵脸朝里躺在床上，不理他。汉光武帝走过去，摸摸他的肚子，说："喂，子陵，你怎么啦？不愿意帮帮我吗？"严子陵翻过身来，盯了他一眼，说："各人有各人的心意，你逼着我干吗？"汉光武帝叹了口气，说："子陵，我真不能收服你吗？"严子陵听了，更不理他。他宁可收几个弟子，教教书，可不愿意做汉光武帝的臣下。

汉光武帝再三请他搬到宫里去，对他说："朋友总还是朋友吧。"严子陵这才答应他到宫里去走一趟。那天晚上，汉光武帝跟他睡在一起。严子陵故意打着呼噜，把大腿压在汉光武帝身上。汉光武帝就让他压着。第二天，汉光武帝问他："我比从前怎么样？"严子陵回答说："好像有一点长进。"汉光武帝乐得大笑起来，当时就要拜他为谏议大夫。严子陵怎么也不干。他说："你让我走，咱们还是朋友；你逼着我，反倒伤了和气。"汉光武帝只好让他走。严子陵已经露了面，不必再更名改姓了。他就回到富春山（也叫严陵山，在今浙江桐庐一带），种种地、钓钓鱼，过着隐士的生活。富春山旁边就是富春江，江上有个台，据说就是当年严子陵钓鱼的地方，所以称为严子陵钓台。

严子陵不愿意做官，他的清高的名望更大了；汉光武帝能够这么低声下气地对待严子陵，他的谦恭下士的名望也更大了。这一来，两个人都抬高了身价。可是真正的隐士是无名无姓的。那个人是王良的一个朋友，不知道姓甚名谁。王良是东海兰陵人（兰陵，在今山东兰陵一带），做了大司徒司直（官衔，是大司徒的助理，地位比司隶校尉高），也是个知名之士。他虽然做了大官，可是挺虚心，又挺节俭。他出来做官也不带家眷。王良的朋友鲍恢，做了他的助手。鲍恢为了公事到东海去，路过王良的村子，就去拜访拜访王良的家。王夫人不像个官太太，她穿着极朴素的衣服，天天在地里干活儿。那天鲍恢到了她家，她正挑着柴火回来。鲍恢还以为她是王家的老妈子，就一点不在意地对她说："我是王司徒的部下，从这儿路过，要拜访拜访王夫人。"王良的妻子说："我就是。您辛苦了。"鲍恢连忙趴在地下向她磕头，完了，问她："您要不要叫我捎个家信给王司徒？"王夫人说：“做官的应当办公事，我怎么敢拿家事相烦您呢？”鲍恢听了，只好臊眉耷眼地向她告别。

鲍恢回去以后，对王良就更加尊敬。王良因为害病，回家去休养。病好了以后，汉光武帝又召他回到朝廷里来。他路过荥阳，去拜访一个穷朋友。这么一个大官亲自去拜访一个穷朋友，总算很不错的了。哪儿知道那个朋友干脆不跟他见面。他传出话来，说：“天下有这么一个人：他没说过一回忠诚直率的话，也没出过一个奇妙的计策，可是他占据着高位，跑来跑去，一点不怕烦，何苦呢？”王良害了臊，改变了主意，回到自己家里，不再去做官了。汉光武帝屡次请他出来，他都拒绝了。他宁可得罪皇帝，也不肯跟那个在历史上无名无姓的隐士断绝来往。

汉光武帝征求的那几位知名之士，像周党、严光、王良等等都不肯出来。他对于这些一不怕死、二不爱财的读书人，简直没有办法。他收服不了这些名士。他还是用武力去收服那些自称为帝、自称为王、自称为将军的人吧。

得陇望蜀

汉光武帝调兵遣将，费了极大的力气，克服了种种困难，用尽了软的硬的各种手段，一个接着一个地首先打败了他关东的敌人。从公元 27 年七月到公元 30 年正月，两年半工夫，先后消灭了东方皇帝刘永、燕王彭宠、楚黎王秦丰、齐王张步、海西王董宪、舒城皇帝李宪。公元 30 年（汉光武帝六年），关东大体上已经平定了。汉光武帝又写信给陇右的隗嚣和蜀地的公孙述，招他们来归附汉朝，共享富贵。公孙述决定要三分天下，不但不回答他，反倒发兵进攻南郡（在今湖北江陵一带）。汉光武帝要试试隗嚣是不是向着公孙述，就故意请他从天水发兵一同进攻蜀地。隗嚣回答说："公孙述性子急躁，弄得上下不和。不如等到他恶贯满盈的时候再去征伐。"汉光武帝知道隗嚣是不肯帮助他的了。他就亲自到了长安，吩咐耿弇、盖延他们七个将军带领着大军向成都进攻。隗嚣知道要是公孙述被消灭了，他也站不住。他就发兵占领了陇山底下的几个城，又派他的将士去进攻关中。征西大将军冯异、征虏将军祭遵等率领军队打败了隗嚣。

隗嚣正在为难的时候，又接到了马援的信，责备他不该反复无常，劝他及早回头，归附朝廷。隗嚣更冒了火儿。他就调度人马，准备再跟汉兵交战。马援要求汉光武帝派他去劝说隗嚣的部下。汉光武帝就给他五千骑兵。马援带领的这五千骑兵，主要不是去跟陇兵交战。他在隗嚣的部将们当中来来往往地劝他们归附汉朝。当时就有一些将士听了他的话，离开了隗嚣。隗嚣一看大势已去，只好再写信向汉光武帝求和。汉光武帝这会儿就不再那么客气了。他回答说：“要是你真心投降，可以给你爵位和俸禄。我已经快四十岁了（那时候汉光武帝实际才三十六岁），带兵差不多带了十年，虚浮的话也听烦了。或是真心或是假意，随你的便。”隗嚣知道汉光武帝已经看透了他，就打发使者到蜀地，投降了公孙述。公孙述封他为朔宁王，还派兵去帮他对抗汉光武帝。

汉光武帝认为关中既然平定了，就应当好好地治理一下。因此，他一面对付着陇、蜀，一面就整顿内政。整顿内政他是从两方面着手的：一方面节省朝廷的开支，一方面减轻人民的负担。他下了一道诏书，说：“朝廷设立官吏本就是为了人民。现在人民遭难，户口减少，可是县官和属吏多得无事可做。这是不行的。各州的州牧要按着实在的情形取消一些县，裁去一些官员，人口不多的县可以合并。”这么一来，合并了四百多个县，十个官吏当中只留下一个。公家的开支节省了不少。

减轻人民的负担首先从减轻田租着手。汉光武帝即位的时候，天下已经乱了好几年。在这种兵荒马乱的年月里，粮食的产量大大降低，一斤黄金只能换一石大米。汉光武帝三年春天，一斤黄金只能换五升豆子。以后两三年内，关东比较安定，又建设了一些水利工程，粮食和蚕丝的收成都有提高。就在紧缩官员人数的那一年年底，汉光武帝又下了一道诏书，说：“前几年因为军费大，用度不足，所以田租一直是按照产量的十分之一征收的；现在粮食凑合着有些积蓄了，从今年起，恢复汉朝的制度，各郡县征收田租减为三十分之一。”汉光武帝即位以后，又接连好几次下诏书不准有奴隶的人虐待奴隶，他用各种条例释放奴隶或者免奴婢为平民。也不止一次地大赦天下，救济贫民，特别是鳏、寡、孤、独和不能生活的贫民。老百姓情愿让他做皇帝，不是没有理由的。这样过了两年，汉光武帝的势力就更大了。

公元 32 年（建武八年），汉光武帝带着马援、吴汉他们亲自去征伐隗嚣。大臣郭宪拦住他，说：“东方刚平定下来，皇上千万不可远征。”他还拔出宝剑来，砍断车马的皮带。汉光武帝叫他放心，还是亲自往西去了。他到了陇地，才看到那边差不多都是山谷，地势十分险要。将士们大多劝汉光武帝回去。大伙儿正在为难的时候，蜀地的公孙述又发兵来帮助隗嚣抵抗汉兵，将士们就更泄了气。汉光武帝决定不下，他问马援怎么办。马援说：“隗嚣的军队不是一条心的，只要皇上进兵，他们非败不可。”他又拿米一撮一撮地堆成山谷的形势，指明行军的道路。汉光武帝仔细看了，记在心头，他说：“形势已经一目了然了。明天就进兵。”正好凉州牧窦融也率领着五个郡的太守和小月氏的人马来跟汉光武帝的兵马会齐。光是窦融他们合起来就有好几万骑兵和步兵，还有五千多辆辎重车。将士们一看，泄了的气又鼓了起来。同时，使者来歙已经把隗嚣的两个大将都说服了，大大地削弱了隗嚣的力量。

马援指明了道路，窦融带来了骑兵，来歙收服了隗嚣的大将，这三件重要的事帮助了汉兵挺顺利地把隗嚣打败。陇右投降的大将就有十三个，县城十六个，士兵十几万。隗嚣带着妻子逃到西城（在今甘肃天水一带）。公孙述的救兵逃到上邽（在今甘肃天水一带；邽：guī）。汉光武帝再一次写信给隗嚣，劝他投降，保他父子相会。隗嚣情愿不要儿子。汉朝就把他那个做抵押的儿子隗恂杀了。接着，汉光武帝派吴汉、岑彭围住西城，派耿弇、盖延围住上邽。封窦融为安丰侯，五个太守也都封了侯。因为军队已经够强的了，他就吩咐凉州的人马都回去，这一来，引起了窦融的心事。他担心自己的兵马太强，权力太大，老在西边，叫汉光武帝不得安心。他要求汉光武帝派别的人去代替他的地位。汉光武帝对他说：“我跟将军好像左手跟右手一样。你要求辞职，我还怪你不了解我的心呢！”窦融感激得说不出话，就带着军队回了凉州。

西路大军正在攻打西城和上邽的时候，颍川（郡名，在今河南禹州一带）又乱起来，河东（郡名，在今山西中、南部）的士兵也叛变了。这两个地区出了事，连京都洛阳都起了波动。汉光武帝听到这个消息，就说：“我没听从郭子横（郭宪，字子横）的话，后悔也来不及了。”他马上离开上邽，日日夜夜地往东赶回来。他在路上先写信给岑彭他们，说：“那两个城（指西城和上邽）要是打下来，你们就带领兵马往南去征伐蜀地。人的毛病就在于不知足，我的毛病也在于‘得陇望蜀’（既然平定了陇右，又希望去平定蜀地）。每发一回兵，我的头发和胡须总是白了一些。可是不这么干，天下又怎么能够统一呢！”

汉光武帝回到京师，就跟执金吾寇恂商量，说：“颍川接近京师，必须及时平定。我想来想去，还是你辛苦一趟吧。”寇恂说：“颍川的盗贼听说皇上到了陇、蜀，正忙着对付那两头，一时不能回来，他们才趁着机会闹起来。要是皇上亲自出去，他们一定不会闹下去的。我愿意跑在头里，做个先锋。”汉光武帝同意了。说起来也真怪，汉光武帝一到，那些起兵的豪强全都归顺，汉光武帝带着寇恂动身回洛阳去的时候，颍川的老百姓跪在路上，央告着说：“请皇上让我们再借寇君一年。”汉光武帝只好把寇恂留在颍川。

颍川平定了以后，别的地方也一个一个地安定下来。第二年（公元 33 年，汉光武帝九年），隗嚣闷闷不乐地害病死了。他的部下立他儿子隗纯为王，继续抵抗汉兵。又过了一年，隗纯投降了。可是“大树将军”冯异为了平定陇右，死在军营里。

陇右既然得到了，就用全力去对付蜀地。汉光武帝又亲自出去征伐。征南大将军岑彭接连打败了公孙述的军队，夺下了不少城池。公孙述派刺客装成投降的人去投降岑彭。也是岑彭一时大意，就那么被刺客害死了。公元 36 年（汉光武帝十二年），大司马舞阳侯吴汉进攻成都，大破蜀兵。公孙述受了重伤死了。蜀地的大将延岑自己知道就是再打下去也没有希望，就献了成都城，投降了吴汉。

吴汉平定了蜀地，按理说，就应当安抚人民，撤兵回来才是。谁知道他犯了牛性子，把公孙氏灭了门。这还不够，把献城投降的延岑也杀了，还把他全家灭了门。这还不够，他为了奖励士兵，让他们无法无天地抢了好几天，把公孙述的宫室全都烧了。汉光武帝一听到这个消息，气得什么似的，挺严厉地责备吴汉不应该干这种坏事。他又责备刘尚（当时是吴汉的副手），说：“既然敌人已经投降，官吏和人民也都归顺了，怎么又让士兵放火呢？我听见这件事，连鼻子都酸了。你还是咱们宗室，又有经历，这么放纵，真使我万分痛心！你们固然立了大功，可是失去了除暴安良的意义。”

他责备刘尚的话比责备吴汉的还多。吴汉这么一个猛虎似的而又很忠心的大将，他当然十分爱护。吴汉的军队，打仗是没说的，可就是纪律太差。汉光武帝老替他操心。这会儿吴汉把公孙述和延岑灭了门，只是受了一顿责备，可没办罪。汉光武帝为了补救吴汉的过错，就把公孙述和延岑手下一些有才能的人都重用起来，就是已经死了的，只要人品好，过去有威望的，他也表扬他们，追封他们的官职。这么一来，蜀地才算安定下来。

汉光武帝等到吴汉的大军回来，就开了一个庆功大会，大封功臣。他想起当年汉高祖是多么重视张良和萧何，可惜那个“赛萧何”寇恂前一年已经死了。邓禹虽然抵不上张良，可是告诉汉光武帝怎样统一中原，随时劝他注重纪律、争取民心的还是他。因此，汉光武帝把他当作第一号功臣，封为高密侯。李通封为固始侯，贾复封为胶东侯，别的功臣也都按着功劳的大小，给他们不同的爵位和赏赐。已经死了的功臣，就封他们的子孙。功臣当中受封的一共三百六十五人，外戚当中受封的一共四十五人。

陇、蜀一平定，二十年来乱糟糟的中原又重新统一。汉光武帝已经打败了所有的敌手，对于战争就表示厌烦了。他打算把战争变成文教，可是这些功臣大多带领着军队，他们怎么肯把兵权交出来呢？

古籍链接

宪谏曰：“天下初定，车驾未可以动。”宪乃当车拔佩刀以断车靷。帝不从，遂上陇。其后颍川兵起，乃回驾而还。帝叹曰：“恨不用子横之言。”

——《后汉书 · 卷八十二上》

硬脖子

最后平定蜀地的大军回来那一年，汉光武帝已经四十三岁了。从他二十八岁起兵那年算起，在这十五年当中（公元 22 年—公元 37 年），他差不多没有一天不是过着军队生活。打仗打了这么多年，老百姓对于各地豪强争夺地盘的战争早已恨透了。汉光武帝决心让老百姓休息。不是碰到紧急的警报，他不愿意再谈军事。有这么一天，皇太子刘疆（郭皇后的儿子）向他父亲讨教讨教打仗的方法。汉光武帝趁着机会，当着不少立过大功的将军面前，回答他说："从前卫灵公向孔子请教打仗的方法，孔子不回答他。这种事你还是不问的好。"

邓禹、贾复他们知道汉光武帝不愿意再用兵了。他当然用不着功臣们老带着大军住在京师里。他们两个人就首先请求汉光武帝让他们遣散军队，研究儒家的学问去。汉光武帝为了保全功臣们的爵位和封邑，就不再叫所有的功臣担任官职，免得他们可能在职务上犯过错。他废除了左右将军。接着，耿弇他们也交还了大将军和将军的印，各回各的封地去。封了侯的功臣当中，只有高密侯邓禹、固始侯李通和胶东侯贾复三个人还留在朝廷里，别的列侯都回到自己的封邑去，让他们享受荣华富贵，可是不让他们参与朝政。汉光武帝要使用一切办法做到有始有终地保全功臣。他们当中即使有点小过失，也就宽容过去了。要是外地有什么进贡来的好东西，他就分赐给功臣们，宁可自己没有。在中国历史上，打天下的皇帝能够像汉光武帝那样不杀功臣的，的确太难得了。

有一回，汉光武帝和功臣们喝酒，他一个一个地问他们："要是你们不碰到我，你们能够做什么呢？"功臣们就一个一个地回答他。其中最特别的是邓禹和马武两个人的话。邓禹回答说："我曾经努力研究学问，要是不跟皇上在一起的话，也许可以在郡里做个文学博士。"汉光武帝说："你太谦虚了。"马武也想说得虚心点，他说："我只是个不怕死的大老粗，要是不碰到皇上的话，哪儿能够封侯、做将军？我也许可以做个郡守或是县尉，管管盗贼。"汉光武帝笑着说："你自己能够不做盗贼就很不错了。"大伙儿全都哈哈大笑，马武也乐了。

打天下要靠武力，这是谁都知道的。所以像马武、吴汉他们，即使军队的纪律不好，甚至也掳掠财物，得罪了老百姓，他们还都是很有力的帮手。邓禹就说不能专靠武力，还得注重文教，现在天下太平了，文教和法令就显得特别重要。不过法令只能管理老百姓，要拿法令去约束皇亲国戚，那就难了。比方说，汉光武帝的大姐湖阳公主就认为法令对她是没有多大用处的。兄弟做了皇帝，不但她可以要怎么着就怎么着，连她的奴仆也是那么横行不法。皇亲国戚、豪门贵族大多住在洛阳，这洛阳令就不好做。那时候，陈留人董宣做洛阳令，他就没法到湖阳公主那儿去逮捕一个杀人的奴仆。要是湖阳公主的奴仆在外边杀了人，可以不办罪的话，董宣还怎么能治理京师呢？他就天天等着那个奴仆出门。有一天，湖阳公主坐着车马出来，跟着她的正是那个奴仆。董宣上去要逮捕。湖阳公主竖起眉毛，沉下脸来，阴森森地说："大胆的洛阳令，你有几个脑袋，敢拦我的车马？"董宣可没被吓倒，他拔出宝剑来往地下一划，当面责备公主不应当放纵奴仆杀人。他很严厉地叫衙役把那个奴仆拖下来，立刻把他杀了。

这一下，几乎把湖阳公主气昏了。她立刻赶到宫里，向汉光武帝哭哭啼啼地诉说董宣怎么欺侮她。汉光武帝听了，也怪董宣不该冲撞公主。他立刻召董宣进宫，吩咐左右拿着鞭子准备在湖阳公主面前责打董宣。董宣说："用不着打，让我说完话，我情愿死！"汉光武帝怒气冲冲地说："你还有什么话！"他说："皇上是中兴之主，一向注重德行。现在皇上让长公主放纵奴仆杀人，还能够治理天下吗？用不着打我，我自杀就是了。"说着，他就挺着脑袋向柱子撞去，撞得头破血流。汉光武帝叫内侍赶快把他拉住，只吩咐董宣向公主磕个头、赔个错。董宣宁可把自己的头撞破或者让汉光武帝把他的头砍下来，可是怎么也不肯磕这个头。内侍把他的脑袋摁到地下去，董宣两只手使劲地撑住地，挺着脖子，不让自己的头被摁下去。这内侍也真机灵，他明明知道汉光武帝不能把董宣治罪，可又得给汉光武帝和湖阳公主下个台阶，就大声地说："回皇上的话，董宣的脖子太硬，摁不下去！"汉光武帝实在佩服董宣，只好笑了笑，让他去了。

湖阳公主对汉光武帝说："文叔（刘秀字文叔）做平民的时候，也暗藏过逃亡的和犯死罪的人，官吏不敢上门来搜查。现在文叔做了天子，你的威力反倒对付不了一个小小的洛阳令吗？"汉光武帝笑着说："就因为我做了天子，不能再像做平民时候那么干了。"他一面劝他姐姐回去，一面称赞董宣，还赏了他三十万钱。董宣把这三十万钱都分给他手下的官吏。从此以后，董宣不怕豪门贵族的威望震动了整个京师。人们都称他为"强项令"（就是硬脖子的洛阳令）。

当时执法如山的官吏除了董宣，还有一个汝南人郅恽，也是个硬汉。绿林和赤眉起兵的时候，郅恽曾经上书给王莽，劝他退位。王莽说他大逆不道，把他下了监狱。可是因为郅恽有点名望，王莽不敢杀害他，就嘱咐内侍去告诉他，说："你只要说自己原来说话有点疯疯癫癫的，你就可以免罪。"郅恽可火儿了。他说："我说的都是明白人的明白话。你们自己发疯，叫我也发疯吗？"后来赶上大赦，他才出了监狱，住在扬州。公元27年（汉光武帝三年），汉光武帝的将军傅俊到了那边，因为听到过郅恽的名望，就把他请来，向他求教。郅恽劝告傅俊首先必须整顿军队的纪律。他说："将军的士兵掠夺财物、欺负妇女。他们得罪了活人还不够，还刨坟剥尸得罪死人。这样的军队是上天和百姓都不能容忍的。请将军首先率领士兵把尸首都埋起来，再向受害的百姓赔不是。这样，老百姓一定拥护将军。老百姓拥护将军，就容易打败敌人了。"傅俊听从他的话。果然，一路下去都打胜仗。郅恽帮着傅俊整顿军队以后，还是不愿意在军队里靠打仗立功。他就辞了职，过着教书的生活。后来郡里推荐他当了孝廉，叫他做个管洛阳上东门的小官。

公元37年（汉光武帝十三年），汉光武帝忙里偷闲地出去打猎，直到晚上才回来。到了上东门，城门早已关了。士兵们叫管城门的开门。郅恽拒绝了。汉光武帝亲自到了城下，让郅恽看个明白，吩咐他快开城门。郅恽回答说："夜里看不清楚，不能随便开门。"汉光武帝碰了钉子，只好绕到东中门进了城。第二天，郅恽上书，说："皇上跑到遥远的山林里去打猎，白天还不够，直到深夜才回来。这么下去，国家社稷怎么办？"汉光武帝看了奏章，赏他一百匹布，还把那个管东中门的官员降了级。

过了四年（公元41年），汉光武帝把郭皇后废了，立阴丽华为皇后。当初汉光武帝曾经说过"娶妻当娶阴丽华"，为什么后来他立郭圣通为皇后呢？汉光武帝本来要立阴丽华为皇后，因为那时候阴丽华还没有儿子，郭圣通已经生了个儿子，就是刘疆。阴丽华自愿地把皇后的地位让出来。汉光武帝这才立郭圣通为皇后，立她儿子刘疆为皇太子。郭圣通是富贵人家，阴丽华是平民出身的。两个人的态度行为大不相同。后来阴丽华也生了个儿子，就是刘阳。汉光武帝不但喜爱阴丽华，而且特别喜欢小儿子刘阳。更重要的还在于阴家不是大族，她的叔伯辈也没有人做过大官、带过兵，势力不大。因此，他废了郭皇后，立阴丽华为皇后。皇太子刘疆只知道自己很危险，可不知道应该怎么办才好。他向郅恽请教，郅恽就劝他辞去太子的地位，好好地奉养母亲。太子刘疆听了他的话，好几次向汉光武帝要求辞去太子的名位。过了几年，汉光武帝才立刘阳为皇太子，改名刘庄，封刘疆为东海王。东海王刘疆真能够听从郅恽的劝告，安安心心地奉养着母亲，总算没出什么事。

汉光武帝保全了功臣，改立了太子，还优待着东海王刘疆和他母亲，国内没出什么岔儿。中原勉强得到了安定，就不能再让边界上的部族老像以前那样来侵占土地，抢掠居民和财物了。因此，对付匈奴、西域、西南方的事又显得特别重要了。

马革裹尸

公元 44 年（汉光武帝二十年）秋天，马援从西南方打仗回来，回来的士兵还不到一半，死在战场上的并不多，死在瘴气（可能是恶性疟疾）和疫病里的倒占了十分之四五。马援还没进城，朝廷上的文武百官都出来迎接他。

有个平陵人孟冀，是马援的好朋友，他也说了几句庆贺的话。马援对他说："我希望您能够教导我。怎么您也说这一套话呢？从前伏波将军路博德设置了七个郡，才封了几百户，我倒得了这么大的赏赐。功劳小、赏赐大，怎么能够保得住呢？这一点，还得请您指教。"孟冀说："我真笨，还没想到这一层。可是你老人家已经够辛苦了，还是在家里休养休养吧。"马援说："不行！现在匈奴和乌桓还在扰乱，我正要向皇上请求让我去保卫北方。男子汉大丈夫，死也应该死在边疆上，用马革裹着尸首，送回来埋葬，那才像个样儿，怎么能够老待在家里跟妻子儿女过日子呢？"孟冀非常佩服他能够这么忠心耿耿地去保卫边疆。他说："对！大丈夫就应该这样。"

果然，马援回来仅仅一个多月，匈奴和乌桓接连侵犯着天水、扶风、上党，连关中都起了恐慌。马援要求出去对付他们。汉光武帝派他去守襄国（古县名，在今河北邢台一带）。匈奴和乌桓跟汉兵接触了一下，逃去了。原来匈奴趁着汉朝国内打仗，顾不到边塞外面的时候，又把西域各国当作自己的属国了。匈奴对待西域各国和汉朝对待他们不一样。汉朝只要他们不来侵犯中原就好了。以前跟他们来往，也是送给他们的东西多，向他们要的东西少。匈奴把西域各国收为属国，除了逼着他们纳税、进贡，还老勒索牲口和财物。因此，西域各国一听到中原又统一了，就有车师、鄯善、焉耆等十八个国家的国王打发他们的儿子到洛阳来，请求汉光武帝收留他们，再派都护去保护西域。汉光武帝因为中国刚平定下来，北方的部族还老来侵犯，自己没有力量去管西域的事，就送了不少的礼物给那十八个国王，好言好语地劝他们的王子回去。

莎车是跟匈奴联盟的。他一听到汉朝不派都护去，就进攻鄯善和车师，还杀了龟兹的国王。鄯善和车师又派他们的儿子到洛阳来伺候汉光武帝，再一次地请求他派都护去。汉光武帝还是不答应。他说："我不能派大军去。你们要归附哪一国，东西南北随你们的便。"鄯善和车师这才死了心，只好再去归附匈奴。

没想到匈奴连年遭受了旱灾，蝗虫吃完了牧草，几千里都变成了不毛之地。人和牲口遭到了瘟疫，死了一大半。老单于一死，国内又发生了内乱。乌桓趁着机会，攻打匈奴，把他们大部分赶到几千里以北的地方去。匈奴南边的八个部四五万人公推日逐王为单于。这个南部的单于一心要和汉朝和好，希望汉光武帝能够像当年汉宣帝帮助呼韩邪单于那样帮助自己，他自己也称为呼韩邪单于。这个呼韩邪单于派使者来要求汉朝，说他愿意永远做汉朝的屏风，挡住北边的敌人。

汉光武帝召集了大臣们商议这件事。大臣们都认为天下刚安定下来，中原空虚，不应当答应呼韩邪单于的要求。只有耿国（耿弇的兄弟）主张应当像汉宣帝那样答应呼韩邪单于，可以叫他在东边抵抗鲜卑，在北边抵抗北匈奴，让他做个榜样去结交四边的部族。这么着，边防就更加巩固了。汉光武帝同意了耿国的话。打这儿起，匈奴就正式分成了南匈奴和北匈奴。

北边安定下来没有多久，南边的一个部族叫"五溪"（在今湖南、贵州交界的地方），又打到临沅县（属武陵郡，在今湖南常德一带）来。公元47年（汉光武帝二十三年），汉光武帝派将军刘尚去镇压。刘尚中了诱兵之计，全军覆没。接着又派李嵩和马成两个将军去。这第二次出兵又遭到了失败，中原大军接连两次被五溪族打败，五溪族更加厉害了。汉光武帝正为了这件事担心着，伏波将军马援要求再到南方去。那时候，马援已经六十二了。汉光武帝瞧了瞧马援，胡子都白了，怎么能再派他去打仗呢？他挺同情地说：“将军太老了。”可是马援不服老，就在殿外穿上铠甲、跨上战马，雄赳赳地来回跑了一圈儿。汉光武帝瞧着，叹了一口气，说：“真硬朗，这老人家！”就派他带领着中郎将马武、耿舒（耿弇的兄弟）等和四万人马去攻打五溪。

马援出发的时候，许多朋友出来送他，一直送到郊外。马援捋着银白的长胡须，又是高兴又是难受地对一位老朋友叫杜愔（yīn）的说：“我受了国家深厚的恩典，现在老了，正担心着不能马革裹尸，今天接受了命令往南边去，我就是死了，也可以闭上眼睛了。怕只怕豪门子弟常在皇上左右，可能挑拨离间、搬弄是非，这真叫我心里难受，放心不下。”杜愔只好劝慰他几句，请他爱护身子。马援就这么走了。

马援、马武、耿舒他们到了临乡（在武陵县古城山上），正碰到五溪人进攻县城。汉军跟他们打了一仗，杀了三千多人，五溪人就逃回去了。马援他们要去抄五溪人的老窝，往那边去有两条路可走：一条是通过壶头山的，路近，可是难走；一条是通过充县的，道路平，可是远得多。耿舒主张走充县那一路。马援认为路远多费日子，多消耗粮草，不如走壶头山这一路。马援上了个奏章向汉光武帝请示。汉光武帝同意他的看法。他们就向壶头山出发。

没想到汉军到了壶头山，被五溪人围住了。四面山冈上和树林子里全是五溪人。马援他们不能在这种地方打仗，好容易找到了一块比较大的地方，把军队驻扎下来。可是天热、太阳毒，已经有好些士兵中暑死去。马援吩咐士兵分作两队：一队守住营寨，对付五溪人；一队在山岸上凿窑洞，使士兵可以在里面避避热气。他想用这个办法应付一个时期，只要他们到了平地，就可以打败他们了。五溪人一忽儿敲着鼓冲下来，一忽儿又打个呼哨跑回去，弄得汉兵没法交战。马援不管太阳多么毒，瘴气怎么厉害，也不管五溪人出来还是回去，他总是跑到外面来回指挥，要不，就踮着脚瞭望着五溪人的动静。他手底下的人瞧见他流着汗，连胡子都湿了，央告他到窑洞里去歇歇。他笑着说：“老头儿不大怕热。你们进去吧。”左右被他感动得流下眼泪。

中郎将耿舒原来不主张走壶头山这一路的，现在大军扎在山腰里，打又打不过去，退又退不出来，心里有点怪马援。他就给他哥哥耿弇写了一封信，大意说马援不听他的话，以致大军到了这步田地，死了不少人，实在可惜等等。耿弇把这封信给汉光武帝看了。虽然汉光武帝自己曾经批准马援这么办，可是大军失利，只能怪将军，不能怪皇上，他派中郎将梁松到壶头山去责问马援，同时去监督马援的军队。

梁松是个驸马爷，骄傲自大，一向瞧不起马援。马援动身的时候对杜愔说的挑拨离间的豪门子弟，梁松就是其中最主要的一个。原来梁松的父亲是马援的朋友，马援瞧着梁松做了皇上的姑爷，那种少年的骄横劲儿实在叫人看不过去。马援是他的长辈，曾经像老子似的批评过他。他就记下了恨心。这次他奉了命令去责问马援，还去监督他的军队，马援不是犯在他的手里了吗？梁松到了壶头山，马援已经害病死了。“死无对证”更方便，梁松爱怎么说就可以怎么说。

梁松上了个奏章，说马援不但这次犯了错误，而且上次在南方的时候，他拿了无数的珍珠，满载而归。不但梁松这么说，甚至于跟马援在一起的马武也说他确实得到了不少珍宝。汉光武帝相信了。他立刻废了新息侯的爵位，还要追办马援生前的罪。赶到马援的灵柩运到家里，他妻子不敢报丧，偷偷地埋在城外。马夫人亲自到宫里向汉光武帝请罪，汉光武帝把梁松的奏章交给她，让她自己看去。马夫人这才知道丈夫的冤屈。她上书给汉光武帝替马援申冤，接连上书到第六次，汉光武帝才答应从宽处理。

原来马援在南方的时候，害了风湿症。据当地的人说，米仁（乳白色，比大米大而圆，中有凹纹）可以祛风湿。马援吃了，果然有效验。他回来的时候，就买了不少粒头较大的米仁，装在车上，带回家里来了。梁松、马武可能偷眼见到过这些玩意儿，把米仁当作珍珠看，害得马援革了爵位，坏了名誉，连灵柩都不能够好好地安葬。连以前跟马援要好的朋友和宾客们也没有一个敢上马家去吊孝的。就是有同情马援要说几句公道话的，也只能够在背地里说说。只有一个跟马援同郡的朱勃，他倒不是马援的朋友，也不是他的宾客，他隐居在农村里，可是他代打抱不平，大胆地上了一本替马援申诉冤屈。他说：“大将在外边，只要有人在里边说坏话，做君王的就很容易记住他的小过，忘了他的大功。”他接着把马援历来的大功说了一遍。他又说：“马援为朝廷出力二十二年了，亲身尝遍了北边冰天雪地和南边毒热瘴气的滋味，末了为国家丧了性命。他得到了什么呢？爵位绝了，名誉完了，家属不敢露面，亲戚朋友都害了怕，尸首没能够好好地下葬。

死人不能够替自己辩解，活人不敢替他申冤。我真觉得痛心。”

汉光武帝看了朱勃的书信，才允许马家把马援的灵柩运到本乡去安葬，也不再追办马援的罪。可是马援凿窑洞抵制五溪族的办法得到了效果，别人因此立了功。原来五溪人在四面山冈上对抗了几个月，也有中暑死的，也有冒了瘴气害病的，再说粮草也不够了。他们没法再坚持下去，只好下山。下了山，到了平地，他们是打不过汉兵的。这么着，他们只好投降。别人因此立了功，可是马援也正因此受了罪。

古籍链接

二十四年，武威将军刘尚击武陵五溪蛮夷，深入，军没，援因复请行。时年六十二，帝愍其老，未许之。援自请曰：“臣尚能披甲上马。”帝令试之。援据鞍顾眄，以示可用。帝笑曰：“矍铄哉是翁也！”遂遣援率中郎将马武、耿舒、刘匡、孙永等，将十二郡募士及弛刑四万余人征五溪。援夜与送者诀，谓友人谒者杜愔曰：“吾受厚恩，年迫余日索，常恐不得死国事。今获所愿，甘心瞑目，但畏长者家儿或在左右，或与从事，殊难得调，介介独恶是耳。”明年春，军至临乡，遇贼攻县，援迎击，破之，斩获二千余人，皆散走入竹林中。

——《后汉书·马援列传第十四》

云台二十八将

南边平定了，南匈奴和好了，北匈奴也派使者要求和亲。这一次，汉光武帝听了班彪的劝告，答应了。到了公元54年（建武三十年）的时候，国内、国外大体上都还安定。汉光武帝巡游到东方，大臣们趁着机会打算举行一个歌功颂德的仪式，就联合上书，说："自从皇上即位到今天，整整三十年了。这回巡游到东边，就该上泰山去封禅。"（封禅是古代君王在泰山顶上筑台祭天的一种最隆重的歌功颂德的仪式，据说只有古代圣君才配封禅）汉光武帝趁着机会下了一道诏书，说"即位三十年，百姓怨气满腹。我骗谁？骗天吗？从今以后，谁要是从郡县派官吏来向我上寿，称颂虚伪的美德，我一定把这些人罚作奴隶到边界去屯田。"这诏书一下来，大臣们缩着脖子，谁也不敢再提歌功颂德的话，别说封禅了。可是过了两年，驸马爷梁松和别的几个专门奉承皇上的大臣起哄了。他们说上天早已注定到了汉光武帝这一代一定封禅。汉光武帝要让人家知道他是真命天子，就不管"我骗谁？骗天吗？"的话，到底举行了封禅的仪式，上泰山祭天，下梁父（泰山下的小山）祭地。

汉光武帝为了巩固汉朝的政权，尽力提倡文教，争取民心，正像当年尽力于战争一样。就在封禅那一年（公元56年，汉光武帝称帝第三十二年）下半年，一面修建太学，一面注意救济老年人和孤儿。第二年，他已经六十三岁了。他还是每天和大臣们讲解、讨论诗书里的道理，常常到很晚才睡觉。太子刘庄劝告他，说："皇上的英明可以比得上禹王和汤王，可是就没有像黄帝和老子那样修心养神的福气。皇上也得照顾照顾自己的身子啊。"汉光武帝笑着说："我就因为喜欢这么做，所以一点不觉得疲劳。"他不觉得疲劳可能是事实，可是他一天天地衰老下去也是事实。那年二月里，他害了重病，没有几天就死了。太子刘庄即位，就是汉明帝。

汉明帝即位的时候正好三十岁。他拜高密侯邓禹为太傅，东平王刘苍（汉明帝的兄弟）为骠骑将军。邓禹做了一年太傅死了。骠骑将军刘苍不但本领大、学问好，而且很懂规矩。汉明帝即位以后两三年内，天下太平，国家兴盛，人民得到了休养，乌桓也来访问。西边从武威起，东边到玄菟尽头，都归向了朝廷，边疆上也很安宁。汉明帝就把边缘地区的屯兵都取消了，他自己用不着操心打仗，这些事都可以交给骠骑将军刘苍去办，他只要提倡文教、尊重老师就能够叫大臣们和老百姓都满意了。这样的天下当然是汉光武帝给他打下来的，可是他忘不了那些帮助汉室中兴的功臣。为了永远纪念这些功臣，汉明帝就在南宫云台中画上他们的像。当时功劳最大的有二十八个将军，就是所谓"云台二十八将"，再加上王常、李通、窦融、卓茂四个功臣，合成了三十二个功臣，就是：

太傅高密侯邓禹，大司马广平侯吴汉，左将军胶东侯贾复，建威大将军好畤侯耿弇，执金吾雍奴侯寇恂，征南大将军舞阳侯岑彭，征西大将军阳夏侯冯异，建义大将军鬲侯朱祐（鬲 lì），征虏将军颍阳侯祭遵，骠骑大将军栎阳侯景丹，虎牙大将军安平侯盖延，卫尉安成侯铫期，东郡太守东光侯耿纯，城门校尉朗陵侯臧宫，捕虏将军杨虚侯马武，骠骑将军慎侯刘隆，中山太守全椒侯马成，河南尹阜成侯王梁，琅邪太守祝阿侯陈俊，骠骑大将军参蘧侯杜茂，积弩将军昆阳侯傅俊，左曹合肥侯坚镡，上谷太守淮阳侯王霸，信都太守阿陵侯任光，豫章太守中水侯李忠，右将军槐里侯万脩，太常灵寿侯邳彤，骁骑将军昌成侯刘植，横野大将军山桑侯王常，大司空固始侯李通，大司空安丰侯窦融，太傅宣德侯卓茂。

骠骑将军东平王刘苍上了云台，把画像看了又看，想了又想，直纳闷儿。有些人像万脩、刘植他们功劳并不怎么显著，都上了云台，为什么那个平定南北的伏波将军马援反倒比不上他们呢？他怎么也想不出个道理来。他挺随便地向汉明帝问了问："为什么不画上伏波将军？"汉明帝笑了笑，不回答他。他又问："是不是因为他犯了过错，革去了爵位？"汉明帝摇摇头，又笑了笑。东平王刘苍这才明白过来了，可是他仍旧认为这个理由是不充足的。那么，究竟是个什么理由呢？

原来伏波将军马援的女儿就是汉明帝的贵人，这时候已经立为皇后了。汉明帝为了避免外戚的嫌疑，故意不把自己的丈人列在"云台二十八将"里面。马皇后在汉光武帝的时候就被选入了东宫。那时候她是个小姑娘。她一直伺候着阴皇后，挺招人疼的。汉明帝没即位的时候，已经爱上了她，即位以后，立她为贵人。

公元60年（汉明帝三年），大臣们请立皇后，汉明帝问阴太后，阴太后说："马贵人的品德可以称得起后宫第一。"汉明帝就立她为皇后。因为马皇后自己还没有儿子，汉明帝就立贾氏生的一个皇子为太子，由马皇后抚养。马皇后尽心地教养他，当作亲生的儿子。太子也很懂得孝道，娘儿俩十分亲热。马皇后一辈子也忘不了她父亲被人排挤的教训和她母亲所受的苦处，她做了正宫，更加虚心待人，用功读书。她喜欢读《春秋》和《楚辞》，又喜欢穿粗布衣服，裙子也不绲边（绲边是给衣服边缘特别缝制的一种工艺；绲 gǔn）。后宫美女朝见马皇后的时候，瞧见她的粗衣服和粗裙子还以为那一定是用一种最讲究的绸缎做的，都走过去仔细瞧瞧。马皇后笑着说："这种衣料很不坏，染上颜色不爱褪。"她这么一说，后宫美女越发尊敬她。她们因为马皇后这么朴素、节俭，谁也不好意思再穿得花里胡哨的了。

汉明帝老看到马皇后研究《易经》《春秋》《楚辞》和董仲舒写的书，他要试试她的才能和学识。有时候他故意把大臣的奏章给她看，还问她怎么处理。马皇后还真能够说得有条有理，叫汉明帝没法不佩服她。她可并不干预朝廷上的事，也从来不拿自己家的私事去麻烦汉明帝。

阴太后、马皇后都没干预朝政，这是因为一则汉明帝即位的时候已经三十岁了，二则他遵守着汉光武帝的制度，其中有一项是后妃的家族不得封侯。外戚没有势力，不致发生太后专权的毛病。甚至馆陶长公主（汉光武帝的女儿）替她儿子请求让他做个郎官，汉明帝宁可送给他一千万钱，可不答应给他做官。

马皇后虚心待人，后宫上下人等就是有些小过错，她也能够宽容她们。汉明帝的脾气跟她正相反。他喜欢检察别人的行动。他认为能够揭发隐藏的过失，就是精明。大臣们有不对的地方，他就当面责备，甚至于动手打人。有一回，有个名叫药崧（药，姓；崧，名）的郎官一不小心，叫汉明帝挂了火儿。他骂了一顿还不过瘾，就拿起棒儿要揍他。药崧往屋子里跑，汉明帝拿着棒儿在后面追。药崧钻到床底下，汉明帝嚷着说："你出来不出来？"药崧说："天子严肃，诸侯恐慌；哪有人君，亲自打郎？"汉明帝听着，挺尴尬，只好笑了笑，扔了棒儿，免了他的罪。

汉明帝对于伺候他的郎官尚且要用棒儿打，那些强横霸道、作恶多端的人，不用说更逃不出他的手掌心。因此那个陷害马援的梁松和他特别接近的宾客们都定了罪，给他治死了。他还注意着楚王刘英（汉明帝的异母兄弟）和广陵王刘荆（汉明帝的亲兄弟）的行动。他的几个弟兄当中，要数东海王刘疆和东平王刘苍最识时务。精明的汉明帝待他们比待谁都好。东海王刘疆才三十四岁就死了。东平王刘苍做了骠骑将军以后，威望越来越高。他觉得地位越高，名望越大，越容易引起猜疑，就连着上书，要求回到封邑去，他还交出了骠骑将军的印。汉明帝答应他回去，可是仍旧把骠骑将军的印交还给他。

东平王刘苍走了以后，大司空安丰侯窦融死了。过了两年（公元64年），皇太后阴丽华也过世了。汉明帝是很爱他母亲的。他再也见不到母亲了，心里好像没有着落似的那么难受，晚上老睡不着觉，睡着了还做梦。有一个晚上，他做了一个很奇怪的梦。没想到汉明帝做个梦，居然会发生很大的影响。说起来，真有些像梦话。

取经求佛像

汉明帝梦里看见一个金人，头顶上有一道白光，一闪一闪地在宫殿里摇晃着。汉明帝正要问他是谁，从哪儿来，那个金人忽然升到天空，往西去了。汉明帝不由得吓了一跳，就醒了。擦了擦眼睛一瞧，只见蜡台上的那支蜡烛正像梦里的金人似的，头顶上有一道白光，一闪一闪地摇晃着。他对着蜡烛出了一会儿神，迷迷糊糊地又睡了。

第二天，他把这个梦告诉了大臣们，大臣们都说不上那个头顶发光的金人是谁，更没法说这个梦是凶是吉。汉明帝说："听说西域有神称为'佛'。我梦里见到的金人是往西去的，可能就是佛。"博士傅毅说："皇上说得对！西方有神称为佛，佛有佛经。从前骠骑将军霍去病攻打匈奴的时候，曾经把休屠王供奉的金人带到长安来。据说那个金人是从天竺传到休屠国的。武帝把金人安置在甘泉宫里。现在经过几次战争，那个金人已经不见了。皇上梦里看见的金人准是天竺来的佛。"这一番话引起了汉明帝的好奇心。他就派郎中蔡愔和博士秦景往天竺去求佛经。

天竺也叫身毒（就是现在的印度），是佛教创始人释迦牟尼降生的地方（释迦牟尼生在尼泊尔；现在的尼泊尔和印度在古时候总称为天竺或身毒）。释迦牟尼生在公元前 557 年（周灵王十五年），是个太子，从小享受荣华富贵，也娶了妻子。可是他同情老百姓，老爱出去看看老百姓过的是什么生活。他看到衰老的和害病的人那种痛苦劲儿已经叫他够难受了，更别提死了人的那种惨劲儿。他越想越不是味儿，越看到老百姓的痛苦，越不愿意自己在宫里享福。可是有什么方法摆脱人生的痛苦呢？他要找到一个摆脱人生痛苦的方法。只要能够找到这个方法，使天下的人都能够得救，就是舍了命，他也要去找这个方法。

他在十九岁那一年，下了决心，离开了王宫，到山里去静修。他要用他的思想来了解人生的意义。经过十六年深刻的研究，他完成了一套很精细的思想体系，创设了一个宗教，就是佛教，也叫释教。他到处宣传佛教的道理，收了许多弟子。当时在天竺有不少宗教专门利用种种幻术愚弄人民。他们曾经采用各种威胁利诱的手段去破坏佛教，可是男男女女相信释迦牟尼的人越来越多，后来连那些反对他的人也有信服他、情愿做他的弟子的。男弟子称为“比丘”，女弟子称为“比丘尼”（“比丘”“比丘尼”，相当于现在我们所说的“和尚”“尼姑”）。尽管佛教讲的一些道理，对老百姓来说，至多不过是一种空虚的安慰，但是这些佛教徒的行为跟那些横行霸道、欺压人民的教棍一比，他们简直是圣人，因此得到了老百姓的相信，佛教很快地就传开了。

释迦牟尼传教、讲道继续了四十九年，他死的时候已经八十四岁了。他的大弟子迦叶和阿难等五百多人继承他的事业，还把他生前的教训记载下来，编成了十二部经典。他们积极传道。佛教就这么慢慢地传到西域。汉武帝的时候，霍去病把休屠国的金人带到长安来并不是欢迎佛教，那只是像掠夺别的珍宝一样，当作战利品掠夺来的。这次汉明帝派蔡愔和秦景到天竺去求佛经跟霍去病掠夺休屠国的金人，完全是两回事。

蔡愔和秦景经过了千山万水，碰到了无数的困难，终于到了天竺国。天竺人听见中国派使者来求佛经，表示欢迎。虽然两国的语言、文字不同，有了翻译官，也凑合着能够彼此了解。蔡愔和秦景在天竺住了一个时期，初步学习了当地的语言、文字。天竺有两位沙门（沙门，就是高级僧人的意思），一个叫摄摩腾、一个叫竺法兰，他们也略略懂得中国的语言、文字。由于他们的帮助，蔡愔和秦景也懂得了一点佛教的道理。他们邀请这两位沙门到中国来，他们也同意了。这么着，蔡愔和秦景带着这两位沙门，一幅佛像和四十二章佛经，回到中国来了。

他们用一匹白马驮着佛经，好容易经过西域，到了洛阳，在东门外的鸿胪寺（招待外国人的宾馆）里受到了招待。蔡愔和秦景朝见汉明帝，呈上佛像和佛经，引见了两位沙门。

汉明帝见了佛像，也记不清梦里看见的是不是它，可是头顶上还真有一圈儿白光，不是它还有谁哪？他翻了翻佛经，字也不认识，摄摩腾和竺法兰给他讲解了一段，他也听不明白，只好认为佛经的道理奥妙无穷，就莫名其妙地点了点头。他吩咐人修理鸿胪寺，把佛像供在里面，请两位沙门主持。那匹驮佛经的白马也养在里面，鸿胪寺就称为白马寺。

汉明帝听不懂佛经，王公大臣也不相信佛教，到白马寺里去烧香的人并不多。大伙儿只把白马寺里的佛像、佛经和两位沙门当作一种外国传来的玩意儿。谁觉得好玩儿，就去看看，看了就回来，谁也不怎么重视白马寺。只有楚王刘英派使者到洛阳，向两位沙门请教，最好能够把佛法传给他。两个沙门就画了一幅佛像，抄了一章佛经，交给使者，还告诉他怎么样供佛，怎么样礼拜，怎么样祈祷。使者回到楚国，照样说了一遍。楚王刘英就在宫里供着佛像，早晚礼拜，祷告佛祖保佑他，让他一切事情都能够“逢凶化吉，遇难成祥”。他借着信佛的名义，结交方士，制造金龟、玉鹤，刻制图文，作为一种“符命”。

公元 70 年（汉明帝十三年），有人向汉明帝告发，说楚王刘英跟渔阳人王平、颜忠等私造图文，纠集党徒，自己设置诸侯、王公、将军、两千石（俸禄在两千石粮食的官员），大逆不道，应当处死。汉明帝派人调查以后，认为刘英确实有谋反的情形。他废了刘英的爵位，把他送到丹阳，给他五百户维持生活。刘英到了丹阳，就听到有一个大臣因为把告发刘英谋反的奏章压了几天，被逼自杀。他一想仅仅把告发他的奏章压几天，尚且办了罪，自己再待下去，也许还得全家灭门呢。他也就自杀了。

汉明帝果然派人专门查办那些跟刘英谋反有嫌疑的人。上上下下，远远近近，牵连在内的人很多。定了死罪或者充军到边界上去的就有一千多，关在监狱里的还有几千人。楚王刘英曾经把天下知名之士编成一本名册，这个名册被查办案子的人搜出来了。他就按照名册把这些人都逮了来。经过一年多的审查，逼死了不少人。后来幸亏出来了一个不怕死的侍御史寒朗打抱不平，又由马皇后劝告汉明帝把这些人从宽发落，汉明帝才下了一道诏书，大赦天下。楚王这件案子总算告个段落。

当时一般儒生对于汉明帝把鸿胪寺改为白马寺，供奉佛像，本来都有意见，可是不便反对。以后楚王刘英借着信佛的名义，联络方士，刻制图文，引起了一场风波，一班儒生就趁机请汉明帝专门尊重儒家。汉明帝自己并不相信佛教。儒家的学说能够叫贵族子弟和大臣们尊重宗室，不去夺他的皇位，他是愿意尊重儒家的。因此，他尽管取经、求佛像，同时又在南宫创办了一个贵族子弟学校，让外戚郭氏、阴氏、马氏等的子弟学习五经，尤其是《孝经》。以后他到了鲁地，祭祀孔子和他七十二个弟子，亲自上了讲堂，吩咐皇太子和列王讲解经书。

为了楚王刘英的事，仅仅所谓嫌疑犯就杀了几千人，还把全国知名之士逼死了不少，难道不怕各郡县反对吗？汉明帝敢于这么做是因为他知道这些事情不会引起人民的不满的。他有一套巩固自己政权的办法，那就是采用儒家一贯的主张，实行减租或者免税的办法来换取人民的拥护。公元66年（永平九年，汉明帝即位第九年），他曾经下过一道诏书，命令郡国把公田赐给贫民。公元70年（永平十三年，汉明帝即位第十三年），大修水利以后，又下了一道诏书，把临近河渠的下田赐给贫民，不准豪强独占河渠的利益。这些措施对于减轻人民的负担，提高生产，都有帮助，同时，正因为促进了人民的经济发展，朝廷也增加了收入。

为了宣扬文教，尊重儒家，汉明帝特别重视太学。从太学里出来的人才还真不少。东汉有几个很了不起的名士都曾经在太学里念过书。

生死朋友

从太学里出来的几个名士当中，最出名的有山阳人范式，南阳人孔嵩，扶风人梁鸿等。

范式在太学里和汝南人张劭最要好。他们半途里离开了太学，各回各的家乡去了。分别那一天，张劭请范式到他家里去。范式合计了一下，说："后年今天，我去拜访伯母吧。"他们就这么分别了。过了两年，张劭在家里请他母亲准备酒食欢迎范式。他母亲说："千里迢迢的（山阳，在今山东金乡一带；汝南，在今河南驻马店一带），说了句话，哪儿准会来呢？就说来的话，也不一定非今天不可。"张劭说："巨卿（范式的字）最讲信用，他说过哪一天就是哪一天。"他母亲就杀了一只鸡。鸡还没炖烂，范式到了。他拜见了张劭的母亲以后，两个朋友痛痛快快地喝起酒来。可是范式事情很忙，他是专门为了遵守约会来的。仅仅住了一天，就回去了。

过了些时候，张劭害了重病。他的两个好朋友郅君章和殷子征天天去看他，还替他请医生、煎药。张劭很感激他们，可是他叹着气，说："唉！可惜我再也看不到我的生死朋友范巨卿了！"殷子征听了，有点生气。他说："我和君章尽心竭力地照顾着你，难道算不了生死朋友吗？"张劭流着眼泪，说："你们两位真是我的好朋友，可是只能算是我生前的朋友。山阳范巨卿不但是我生前的朋友，而且是我死后的朋友啊！"郅君章和殷子征没见过范式，还不知道生死朋友是怎么样的一个人。过了几天，张劭死了。这两位朋友还给他送殡，把灵柩搁在山下。赶到做好了坟，择个日子，正式安葬那一天，说来可真新鲜，据说，正要进穴的时候，那口棺材忽然重得没法抬。他们只好把棺材搁在外面，再想办法。

那时候，范式已经做了官了。有一天，有人从汝南来，说张劭死了。范式愣了半天，还不敢相信。当天晚上，他做了一个梦。梦里瞧见张劭挺伤心地告诉他，说他哪一天死，哪一天安葬。还说："要是你没忘了咱们的情谊，你能不能来替我安葬？"范式还没回答，就哭醒了。第二天他向太守说明了情况，请求告假到汝南去一趟。那个太守倒也表示同情，挺痛快地答应了。范式穿着孝，赶着一辆送殡的车马，到了汝南。张家的人陪他到坟地去。张劭的母亲远远地瞧见了一辆车马，就拍着棺材，说："劭儿，你的生死朋友来了！"大伙儿还不大相信，一会儿车马一到，下来的果然是范式。范式到了灵前，祝祷着说："元伯（张劭的字），你去吧！生和死是两条路，咱们从此永别了！"旁边的人听了，都掉眼泪。范式扶着灵柩，送进了墓穴。等到坟做好了，他在坟地上栽了树，又对张劭的母亲安慰了一番，就回去了。

后来范式又到洛阳进了太学。太学里同学很多，也有认识的，也有不认识的。其中有个长沙人陈平子，他知道范式是个义士，可是没有机会跟他见面，他单方面地把范式当作生死朋友。后来他害了重病，嘱咐他妻子把灵柩运回本乡。他妻子流着眼泪，说："长沙离这儿这么远，叫我怎么办？"陈平子说："我听说山阳范巨卿是个谁都比不上的义士，除了他，我还能去托谁呢？"他挣扎着写了一封信，说："我在京师得了重病，自己知道难免一死。可是妻子软弱，儿子年幼，他们是不能把我的灵柩运到本乡去的。我素来听到义士的大名，这会儿我实在没有办法，只好冒昧地向您请求。如果我能够葬在本乡，我在地下一定忘不了您的大恩。"他写到这儿，笔还捏着，人已经断了气了。他妻子先把尸首落了棺材，然后派人把那封信送给范式。

范式见了那封信，立刻跑到陈平子那里，替他妻子安排运送灵柩的事。他亲自把那灵柩送到长沙。范式不愿意让别人知道这件事，到了一个村子，离陈平子家只有四五里地了，他把那封信又念了一遍，放在灵柩上，就跟他那个没见过面的朋友告别了。陈平子的哥哥和兄弟一听到范式运送灵柩的事，都来找他，可是他早已回到京师去了。这么一个大恩人，他们没能够见到，心里非常难受。这件事很快就传开了。长沙的官吏向上司报告，上司又向朝廷上了奏章。皇上下了诏书，吩咐他去做荆州刺史。范式还想推辞，可是命令接连下来催他上任去。范式只好动身往荆州去。

他到任以后，就到各地去视察。他到了新野县，县官到城外来迎接。范式瞧见有个当差的小卒子，非常面熟。走过去仔细一看，原来是他的老同学孔嵩。范式立刻拉住他的手，说："你不是仲山（孔嵩的字）吗？"孔嵩是南阳人，曾经和范式在太学里同过学，因为家里穷，母亲又年老，他就隐姓埋名，在新野县做个干杂差的小卒子。这会儿范式叫了他的名字，他不好再隐瞒了。范式叹息着说："我们是要好的同学。我一向钦佩你的学问、品格，没想到你竟会在这儿当小卒子。这实在太可惜了。"孔嵩笑着说："贫贱是读书人的本分，有什么可惜的？"范式就叫县官派别人代替孔嵩。孔嵩说："差事未了，我不能撂下不管。"他还是继续干他的差使。

范式上了奏章，推荐孔嵩。没有多少日子，命令下来召孔嵩上京师去。孔嵩离开了新野县。第二天，过夜的时候，他的马给人家偷去了。那几个偷马的一听到那匹马是孔嵩的，就互相责备着说："孔仲山是南阳的好人，咱们怎么能偷他的马呢？"他们连忙把马送还给孔嵩，向他赔不是。后来范式升为庐江太守，孔嵩也升为南海太守。他们做了几年太守以后，当地的老百姓怎么也不肯让他们再到别的地方去。

山阳人范式和南阳人孔嵩不愿意自己出名，可是他们到底还做了官。扶风人梁鸿的清高劲儿差不多跟那个钓鱼的严子陵有点相像。他年轻的时候在太学里研究儒家的经典著作，很有学问。因为穷，专门念书不能过生活，他就去帮工。他曾经在洛阳替人家养猪，也做过雇农。就这么一边干活儿，一边读书，直到完成了学业，然后回到扶风本乡。本乡的人知道他品格高、学问好，这次又从京师游学回来，都很尊敬他。可是他一点没有太学生的架子，他像农民一样亲自下地，干着庄稼活儿。大伙儿把他当作一个了不起的人物看待。有人说他本领大，有人说他义气好，有人说他是农民的老师，有人说他要做官的话，早已做上大官了。几年下来，本县的人都知道梁鸿是个有学问的种地人。这么一个有名望的壮年人可还没娶媳妇儿。当地就有不少人到他家里去说亲，愿意把自己的女儿嫁给他。梁鸿一个一个地拒绝了。

县里有个孟大爷，很有钱。他什么都满意，就是他女儿不肯出嫁。门当户对的人家来做媒，她不要；年轻的小白脸来求爱，她不理。她父亲对她说："这个不要，那个不理，自己已经快三十了，你到底为着什么呢？"他女儿说："要我嫁人，除非替我找个像梁伯鸾（梁鸿的字）那样的女婿，才有商量。"她爹娘听了这话，就托人向梁鸿去传达他女儿的心意。梁鸿听了，觉得有这么一个知心人，也够造化的了。他就央人去求亲。女家当然答应。

孟小姐连忙准备着自己的嫁妆。爹娘替她准备的嫁妆，她一概不要。她做了几套粗布的衣服，几双麻布鞋。这还不算，她又准备了一些筐子、篮子和纺线、织布用的玩意儿。到了结婚那一天，她母亲和几个长辈的亲戚替她梳妆。她只好让她们打扮成一个新娘子。

结婚以后，一连七天，梁鸿不说话，新娘猜不透他犯的是什么怪脾气。她只好向梁鸿行个礼，说："听说夫子品格高尚，挑选配偶极其慎重；我虽然长得丑陋，也谢绝了好几家。你我情投意合，做了夫妻。想不到七天来，夫子似乎很不乐意。我不得不冒昧请罪，还望夫子赐教。"梁鸿不便再不开口了，他说："我原来希望得到一个艰苦朴素的妇女，能够跟我一块儿种庄稼，过着隐居生活。现在看到夫人穿的是绫罗绸缎，戴的是金银珠宝，那我怎么配得上哪？因此，不敢亲近。"新娘说："夫子愿意这么生活，我早已做了准备。您何必为了这个操心呢？"说着，她就退到内室，摘去首饰，换上一套粗布衣服，拿着一只筐子出来了。梁鸿见了，这份高兴就别提了。他说："这才是我的好妻子！"他给她起了个名字叫孟光。

梁鸿和孟光挺快乐地同居了好几个月。可是扶风并不是深山，这儿的生活也不像是隐居。孟光问："夫子为什么不做隐居的打算？老住在这儿不怕别人推荐吗？"梁鸿说："我正想搬个地方。咱们明天就走吧。"

他们离开了本乡，搬到霸陵山中。两口子靠着种地和织布过日子，一空下来就看看书、写写文章、弹弹琴。没想到这么生活下去，梁鸿和孟光慢慢地又在霸陵出了名。他们就更名改姓，在齐、鲁一带住了一个时期。他们不愿意长住在一个地方，一会儿搬到这儿，一会儿又搬到那儿。他们尽管不愿意让人家知道，人家还是知道他们的。末了，他们搬到了吴中，故意投奔到富翁皋伯通的家里，向他借了一间屋子，受他的保护。

梁鸿天天出去给人家舂米，或者种地，或者干点别的工作。他每天回家，孟光早已把吃的准备好了。她托着盘子挺恭敬地交给梁鸿。她每次总是把盘子托得跟眉毛平齐，表示对丈夫的礼貌。这种动作就是所谓“举案齐眉”（案，指食盘）。梁鸿也总是挺客气地把盘子接过去。两口子吃饭，还这么讲究礼貌。天天这个样子，有时候免不了给别人瞧见。皋伯通知道了，不由得纳起闷儿来了。他想：“一个佣工家居然像读书人那样讲究礼貌，夫妇相敬如宾。他一定不是个平常的庄稼人。”皋伯通就请梁鸿一家跟他住在一块儿，供给他们吃的、穿的，让梁鸿安心读书、写文章。这时候，梁鸿年纪也大了，正想专心著作。他就接受了朋友的好意，天天写点东西，一共写了十多篇书，直到他害了重病，才把自己的真姓名告诉了皋伯通，还托他就近找块坟地。梁鸿死了以后，就葬在吴中。孟光谢过了皋伯通，带着儿子回到扶风老家去了。

范式、孔嵩、梁鸿他们都是太学里出来、以清高出名的。他们喜欢读书、写文章。可是在汉明帝时代，还有个书香子弟，他居然抛了书本、扔了笔杆，那才有意思哪。

投笔从戎

那个抛了书本、扔了笔杆的书香子弟叫班超。他是班彪的儿子，班固的兄弟。班彪离开了隗嚣，跟窦融在一起。后来汉光武帝请他做文官，整理历史。他死了以后，汉明帝叫他的儿子班固做兰台令史，编辑历史书籍。班固的兄弟班超跟着他哥哥到了京师，帮着他做抄写工作。没多久，他也做了兰台令史。哥儿俩都像他们父亲那样很有学问，可是性情不一样。班固喜欢研究九流百家的学说，专心致志地编写历史。班超呢，他不愿意自己老趴在案头上写东西，眼看匈奴和西域不断地侵犯着边疆。他一听到好几个西域国家帮着匈奴掠夺边界上的居民和牲口，就扔了笔杆，挺气愤地说："大丈夫应当像傅介子、张骞那样到塞外去立功，怎么能老闷在书斋里写文章呢？"他准备扔了笔杆去投军（文言叫"投笔从戎"；"从戎"，就是从军）。

那时候显亲侯窦固（窦融的侄子，汉光武帝的女婿）执掌着兵权。为了抵抗匈奴，他曾经出过几次兵。他要采用汉武帝的办法，先去联络西域，斩断匈奴的右胳膊，再去对付匈奴。公元 74 年（永平十七年），他派班超为使者去通西域。班超带着随从的人和礼物到了鄯善。鄯善王虽然归附了匈奴，向匈奴纳税、进贡，可是因为匈奴还要勒索财物，他也不大满意。因为汉朝这几十年来顾不到西域这一边，他只好像西域别的国王一样勉强听着匈奴的命令。这次汉朝又派使者来，他愿意脱离匈奴结交汉朝。班超住了几天，正打算再往西到别的国家去，忽然觉得鄯善王对待他们不像前几天那么殷勤，供给他们的酒食也不那么丰富。班超起了疑：这里面准有鬼。

他跟随从的人员说："鄯善王对待咱们跟前几天不一样。你们看得出来吗？"他们说："可不是吗！我们也觉得有点两样，可不知道为什么。"班超说："我猜想一定是因为匈奴的使者到了。鄯善王怕得罪匈奴，才故意对咱们冷淡起来。我真想不出还有什么别的原因。"话虽如此，这究竟是一种推想。刚巧鄯善王的底下人送酒食来。班超装作挺有把握地问他，说："匈奴的使者已经来了几天了？住在什么地方？"鄯善王原来瞒着班超，正跟匈奴的使者打着交道哪。那个底下人给班超这么一诈，还以为他早已知道了，就老老实实地说："来了三天了。他们住的地方离这儿有三十里地。"班超把那个人扣留着，不让他去透露风声。他召集了所有三十六个随从的人，一块儿喝起酒来。

大伙儿正在兴高采烈的时候，班超站起来，对他们说："你们跟我到了西域，原来是为了立功来的。万没想到匈奴的使者到这儿才几天，鄯善王就对咱们不怎么客气了。要是他看咱们人数少，把咱们抓起来，送给匈奴，他向单于立了功，咱们连尸骨都不能还乡了。你们大伙儿看该怎么办？"他们说："我们逃也逃不了啦。是死是活，全听您的！"班超说："大丈夫不跑到老虎洞里去，怎么逮得着虎崽子（文言作'不入虎穴，焉得虎子'；崽zǎi）呢？现在只有一个办法最好：趁着黑夜，到匈奴的帐篷周围，一面放火，一面进攻。他们不知道咱们有多少兵马，一定着慌。只要杀了匈奴的使者，鄯善王胆就大了，这样，他才敢抵抗匈奴。大丈夫立大功，称英雄，在此一举了。"他们都说："好！就这么拼一拼吧！"

一切都准备好。到了半夜里，班超率领着三十六个壮士向匈奴的帐篷那边偷袭过去。那天晚上正赶上刮大风。班超吩咐十个壮士拿着鼓躲在匈奴的帐篷后面，二十个壮士埋伏在帐篷前面，自己跟其余的六个人顺着风向放火。火一烧起来，十个人同时擂鼓、呐喊，其余的人大喊大叫地杀进帐篷里去。匈奴人从梦里吓醒，急得走投无路。班超打头冲进帐篷，手起刀落，一下子砍死了三个匈奴兵。其余的壮士跟着班超进了帐篷，杀了匈奴的使者和三十多个随从的人。他们割下使者的脑袋，跑到外边，立刻把所有的帐篷都烧了。那些没逃出来的匈奴兵有给烧死的，有逃了的。班超他们回到自己的营里，天刚刚发白。

班超请鄯善王过来。他一瞧见匈奴使者的人头，又是高兴又是怕。班超对他说：“从今以后，只要你一心一意抵抗匈奴，匈奴就不敢再来侵犯你们。”鄯善王慌忙趴在地下，磕着头说：“愿意听从汉天子的命令。”班超扶他起来，好言好语地安慰了他一番。鄯善王为了表示真心交好，就叫他儿子跟着班超到洛阳去伺候汉朝的天子。

班超回去向窦固报告联络鄯善的经过。窦固很高兴地向汉明帝奏明班超的功劳。汉明帝再派班超去通于阗（于阗也写作于寘），叫他多带些兵马去。班超说：“于阗地方大，路又远。宣扬威德不在人多，主要是帮助当地的人民抵抗匈奴。要是出了岔子，就是多带几千个士兵去，也不顶事，而且反倒多了累赘。还不如仍旧带着原来的三十六个壮士去。只要随机应变，也就够了。”汉明帝觉得既然派他到西域去宣扬威德，就叫他多带些礼物去。

班超带着原班人马，走了好多日子，才到了于阗。于阗王已经知道了班超的厉害。他在鄯善杀了匈奴的使者，鄯善王还把他儿子送到中原去做抵押，这些事情他都听到了。因此，他只好接见班超他们。可是于阗也算是西域的一个大国，班超的人马又不多，于阗王在接见班超的时候并不怎么热心。班超要他脱离匈奴，联络汉朝。他也知道老百姓是一向反对匈奴的侵略的，可是他仗着匈奴，可以压制自己的老百姓，匈奴对他也没有什么大害处。因此一时决定不下。他叫巫人去向大神请示。巫人就作起法来，他假装大神，开口说：“你为什么要去结交汉朝？汉朝使者的那匹马倒还不错，可以拿来祭我。”于阗王就派人向班超请求把那匹马送给他。班超知道那个巫人捣的是什么鬼，就说：“可以。叫巫人亲自来取。”那巫人得意扬扬地到了班超那儿向他要马。班超也不跟他说话，立刻拔出刀来，把他杀了。他提着巫人的脑袋去见于阗王，对他说：“这个人头正跟匈奴使者的人头一样。你结交汉朝，就有好处；你要是再勾结匈奴，这人头就是个榜样。两条路，你自己挑吧！你为什么不去打听打听鄯善王是怎么送他儿子到汉朝去的？”

于阗王瞧见了那个人头，已经愣住了，再给班超这么大胆地一说，不由得软了半截。他说：“愿意归降汉朝。”他就暗地里发兵，杀了匈奴的将官，把他的人头献给班超，班超这才把随身带来的礼物送了不少给于阗王和他手下的大官。他们得到了金、银、绸缎和布帛，都很高兴。于阗王也像鄯善王那样派他的儿子到汉朝去做抵押。于阗、鄯善是南路主要的国家。他们结交了汉朝，别的国家大多也都跟着过来了。北面的龟兹和疏勒还站在匈奴那一边。这是因为那个龟兹王是匈奴立的，他还仗着匈奴的威力，占据着天山北道，进攻疏勒，杀了疏勒王，立龟兹人兜题为疏勒王。疏勒在于阗的西北，班超联络了于阗，打算再去收服疏勒。他了解了这些情况，就断定疏勒人绝不会甘心情愿地让别国的人做他们的王的。他派手下的田虑到疏勒去，告诉他怎么样去对付兜题。

田虑带着十几个壮士到了疏勒，见了兜题，劝他结交汉朝。兜题不敢得罪汉朝的使者，可是也不愿意结交汉朝。田虑见兜题左右只有几个卫士，就出来吩咐那十几个壮士怎么下手。他们突然冲进帐篷，掩倒兜题，把他绑上。那几个卫士愣了一下，都逃散了。班超早已料到疏勒人是不会帮助兜题的。果然，大伙儿装聋作哑地都躲开了。田虑把兜题拖到外边，班超也正好赶到。他召集了疏勒的官员和老百姓，对他们说："龟兹杀了你们的国王，你们怎么不替他报仇，反倒投降敌人呢？"他们说："我们没有力量，自己正恨着自己呢。"班超说："我是汉朝的使者，愿意帮你们主持公道。你们可以立自己的国王。"他们就立原来的王子为国王，还要求班超把兜题处死。班超说："杀了他有什么用处？不如把他放回去，也好叫龟兹知道汉天子是不愿意随便杀人的。"

班超吩咐手下人把兜题松了绑，叫他回去告诉龟兹王不要反对汉朝。兜题连连磕头，说："我一定劝告我们的大王不再反对。"他向大伙儿拜了几拜，回到龟兹去了。疏勒赶走了敌人，有了自己的国王，都欢天喜地地谢过班超，还请他住在那儿，免得龟兹再去欺负他们。班超把这件事的经过，派人去向窦固报告。窦固派使者去告诉班超暂时留在疏勒。

西域各国跟汉朝不相往来已经有六十五年了。到了这时候（公元 74 年，汉明帝十七年），恢复了张骞那时候的局面，彼此又都有使者来往。可是北路的车师接近匈奴，还帮着匈奴跟汉朝作对。汉明帝就派窦固去对付车师。

威震西域

窦固带领将士们从敦煌出发，到了车师，联络了车师前王和车师后王。窦固上了个奏章，请汉明帝再在西域设置都护。汉明帝就派陈睦为西域都护，耿恭（耿况的孙子）、关宠为校尉，让他们带着一些兵马分别驻扎在车师后王部和车师前王部。窦固带着其余的兵马回到京师。

窦固回去还没有几个月工夫，北匈奴单于派了大将率领两万骑兵进攻车师，杀了车师后王。校尉耿恭招募了几千人马，打了一仗，杀了几千个匈奴兵。究竟因为人马太少，不能打退匈奴，他就守住城，不再出去。匈奴虽然还有一万多兵马，可是没法把那个城打下来。匈奴的大将也真厉害，他把城外的水道全堵死，不让一滴水流到城里去。耿恭的士兵果然起了恐慌。耿恭叫士兵们打井，可是打了十五丈深，还没有水。他们渴得实在没有办法，只好喝马尿。后来连马尿也没有，他们就把马粪榨出汁来，作为饮料。耿恭叫士兵们继续往下挖，他自己也像小卒子一样拿着筐子不停地搬土。士兵们一见他们的大将亲自动手，都顿起精神，一定要挖出水来。挖啊，挖啊，挖到一个地层，忽然哗哗哗地涌出泉水来了。全军高兴得连连高呼“万岁”。

耿恭对士兵们说：“先不要把水喝了。只要咱们再熬一下，匈奴就会退去的。”士兵们就都咬着牙，有水也不喝。耿恭命令士兵把水一桶一桶地运到城头上，大声嚷着对城下的匈奴兵说：“大汉的将士有大神保护。你们堵了水道，我们是渴不死的。”说着，他们就把水一桶一桶地往城下直倒。匈奴的将士们见了，耸着肩膀，瞪着眼睛，吐着舌头，说不出话来。过了一会儿，他们突然都上了马，拼命地往北边逃去了。

耿恭虽然渡过了这一次的难关，可是要守住西域，抵抗匈奴，靠他这一点兵力是不够的。果然，就在那一年（公元75年）下半年，匈奴兵马一到，焉耆王和龟兹王都反悔了。他们跟着北匈奴杀了西域都护陈睦。北匈奴进攻校尉关宠。接着车师王也反悔了，跟北匈奴联合起来攻打校尉耿恭。关宠上书向汉明帝求救，不料汉明帝已经死了，太子刚即位，就是汉章帝。中国有了大丧，汉章帝才十八岁，大臣们大多不主张发兵去救。司徒鲍昱（前司隶校尉鲍宣的孙子；昱 yù）认为应当发兵去救。他说：“驻扎在西域的将士是朝廷派去的。他们有了急难，就把他们扔了，将来匈奴再打过来，谁还肯出去抵抗呢？再说驻扎在西域的兵马才几千，他们抵抗了这么多日子，可见匈奴的兵力并不怎么强。只要吩咐酒泉和敦煌两个太守各发两千精兵去帮助关宠、耿恭，他们就可以对付匈奴了。”

汉章帝听了司徒鲍昱的话，拜酒泉太守段彭为大将军去援助关宠和耿恭。段彭调了张掖、酒泉、敦煌三郡的人马和鄯善的骑兵，一共七千多人，日夜赶路往车师那边去。可是因为路远，一时不能赶到。耿恭那一边抵抗了好几个月，虽然守住了城，可是粮食已经完了。他们宰一匹马，挨几天，后来弄得可以吃的东西都吃完了，耿恭还鼓励着士兵说：“上次没有水喝，到底给咱们挖出水来了。咱们得坚持下去！”他们就把皮铠甲、弓弦、皮靴等煮成羹汤，凑合着过日子。北单于知道汉兵不能再挨下去，就派使者去对耿恭说：“要是肯投降，单于就封将军为王，愿意把自己的女儿嫁给将军。”耿恭不理他。那个使者指手画脚地吓唬他，说，要是不投降，命就难保了。耿恭就把他砍了，把人头挂在城门楼子上。北单于挂了火儿，吩咐将士们加紧攻打。耿恭他们正在万分危急的时候，段彭的救兵到了。

段彭的七千多精兵到了车师，连着打了胜仗。他们把敌人杀了三千八百多，活捉了三千。北匈奴吓得逃了回去。车师不能抵抗，投降了。段彭救出了关宠，可是没有几天工夫，关宠害病死了。耿恭这一边的人已经不多，他让当地的士兵都回家去，自己只带着二十六个汉兵回来。沿路又死了一半人马，赶到耿恭他们到了玉门关，一共只有十三个人。把守玉门关的是中郎将郑众。他一见耿恭他们，就请他们休息几天，然后回到洛阳去。他上了个奏章，说耿恭那样的人只有苏武比得上他。司徒鲍昱也这么说。汉章帝就拜耿恭为骑都尉，同他回来的人也都分别升了官职。

汉章帝因为国内有饥荒，不愿意在边塞外驻扎军队。他下了一道诏书，吩咐驻扎在西域的兵马都撤回来。那时候，班超还留在疏勒。他接到了诏书，也只好准备动身。疏勒国的官员和百姓一听到班超要离开他们，急得好像大祸临头似的。有一位疏勒国的将军流着眼泪说："汉朝扔了我们，我们一定又会给龟兹灭了的，我与其到了那时候再死，不如今天死了吧。"说着他就自杀了。班超见了，心里像刀子扎似的那么难受。可是皇上叫他回去，他不能不依。

班超往南走，回到于阗。于阗国王侯以下听到班超要回到中原去，全都哭了。他们出来，拦住班超的马，抱着马腿不放。班超不好意思马上就走，同意再住几天。他上书给汉章帝，说西域各国因为受不了匈奴的虐待，把汉朝的天子当作救星；现在天子叫使者回去，他们失去了依靠，只好再去投降匈奴；他们一投降匈奴，就得跟着单于来侵犯汉朝的边疆。汉章帝还算有见识，收回了成命，让班超他们继续留在西域。

班超回到疏勒的时候，疏勒已经有两个城投降了龟兹，跟尉头国（在疏勒南边）联合起来反抗疏勒王。班超帮着疏勒王打败尉头，杀了七百多人，收复了那两个城。疏勒又安定下来。

公元 78 年（汉章帝三年），班超召集了疏勒、康居、于阗、拘弥（西域国名，也写作扜弥，在于阗东边、今新疆于田一带）四国的兵马一共一万多人，攻打姑墨（在龟兹西边、今新疆温宿一带），杀了七百多人，打破了石城。他打算趁着打胜仗的威力去联络西域，就又上书给汉章帝，大意说：

我们的士兵愿意像张骞、谷吉那样不顾自己的生死，为国家宣扬威德。从前的大臣们都说结交西域三十六国就是斩断匈奴的右臂。现在西域各国主要的只有龟兹横行霸道。我和部属三十六人奉了命令出使西域，到今天已经五年了。我们曾经到过不少地方。当地的人都说他们依靠汉朝像依靠天一样。从这一点看来，龟兹是可以对付的。最好皇上把以前龟兹送来作为抵押的那个王子立为龟兹王，发几百个步兵送他回国。我们在这儿约会各国发兵打过去，一定能够逮住那个横行霸道的龟兹王。莎车、疏勒土地广大，草木茂盛，粮食可以自给自足。不用我们的兵马，不费我们的粮食。只要领导他们，他们就能够抵抗。再说姑墨、温宿（温宿，西域国名）两个国王都是龟兹立的。他们都不是本国人，仗着龟兹的势力，欺压别国的人民。那两个国家的大臣和人民恨不得赶走他们。因此，我们进去，他们必然欢迎。姑墨、温宿拉过来，龟兹就再没法抵抗了。西域一平定，匈奴不敢再来侵犯，天下人都高兴，皇上就能安享太平。

汉章帝知道班超能够成功，就叫大臣们商议出兵。正好平陵人徐干跟班超志同道合，自愿出去帮助班超。汉章帝就派他带着一千多人走南路往西出发。班超得到了徐干的帮助，还不敢轻易去打龟兹。他想法子去结交乌孙国。乌孙国还真打发使者到长安来访问。汉章帝很高兴。他派卫侯李邑护送乌孙的使者回国，还带了不少绸缎、布帛去送给乌孙的两个国王大昆弥和小昆弥（乌孙有两个国王，分别称大昆弥、小昆弥）。李邑是个胆小鬼，他从天山南路出发，到了于阗，一听到龟兹进攻疏勒的信儿，就害怕了。他害怕路上出事，不敢再往前走。

李邑留在于阗，耍了一个花招。他上书给汉章帝，说："西域是没法联络的；班超陪着妻子、抱着孩子，只知道在外边享福，不愿意回到中原来。他的话不能听，我们到不了乌孙，还不如早点回来吧。"班超知道了李邑从中捣鬼，不由得叹着气说："我不是曾参，给人家说了坏话，恐怕难免见疑。"他上书给汉章帝说明他的苦衷。汉章帝知道班超的忠诚，就下了一道诏书，挺严厉地责备李邑，说："就说班超陪着妻子、抱着孩子，不想回来，难道跟他在一起的一千多人都不想回家吗？你应当到他的地方去，受他的节制，听他的吩咐。"他又下了一道诏书给班超，说："李邑到了你那边，你可以留下他。你叫他干什么就干什么。"

李邑接到了诏书，只好硬着头皮到疏勒去见班超。班超不露声色，好好地招待着李邑。他另外派人护送乌孙的使者回去，还劝乌孙王打发自己的儿子上洛阳去伺候汉章帝。乌孙王听从班超的劝告，派他儿子跟着汉朝的使者到了班超那儿。班超准备派李邑带着乌孙王子回到洛阳去。徐干对班超说："上次李邑毁谤将军，要破坏将军的功劳。这会儿正可以依照诏书把他扣在这儿，另外派人护送乌孙王子到京师去，将军怎么反倒放他回去呢？”班超说：“唉，那就太小气了。我正因为李邑曾经给我说过坏话，所以让他回去。只要一心为朝廷出力，就不怕人说坏话。如果为了自己一时的痛快，公报私仇，把他留在这儿，那就算不了忠臣了。”

李邑知道了这件事，十分惭愧，不由得打心眼儿里感激班超。他回到洛阳，再也不敢说班超坏了。汉章帝见了乌孙王送他的儿子来，更加信任班超，又派了一位将军带领着八百精兵去帮助他。班超征发疏勒、于阗的人马，又联络月氏、康居，用计策打败莎车和龟兹的五万多人马。经过这一次的大战，班超的威名震动了西域，连北匈奴也不敢再来侵犯边界了。再说那时候，北匈奴内部不和，四面又都有敌人。南匈奴打它的前面，丁零打它的后面，鲜卑打它的左边，西域各国打它的右边，北匈奴往东北逃去，又被鲜卑打得一败涂地，连单于都给杀了。这么着，原来附属于北匈奴的五十八部，大约二十万人口，八千精兵，分别到云中、五原、朔方、北地投靠了汉朝。

汉章帝信任班超，联络了西域，十分高兴。可是他在班超打胜仗的第二年（公元88年）害病死了（窦固也在这一年死了）。他做了十三年皇帝，死的时候才三十一岁。太子即位，就是汉和帝，尊汉章帝的皇后窦氏（汉光武帝时的大司空窦融的曾孙女）为皇太后。汉和帝不是窦太后生的，他母亲梁贵人还是被窦太后害死的哪。汉和帝即位的时候才十岁，窦太后替他临朝。因为儿子不是自己生的，她只能依靠自己的娘家。窦太后的哥哥窦宪执掌大权。汉朝外戚的势力又强大起来了。从汉章帝起，东汉的皇帝大多命不长，新即位的多半都是小孩子。这样，太后临朝，太后家执掌大权，差不多成了东汉的一种传统了。

宦官灭外戚

皇太后的哥哥窦宪，身材不高，可是脸大脖子粗，长得十分威武，光是颧骨底下的那一条横肉就显得他能掌大权。那条横肉能够上下抖动，横肉一抖动，谁见了都害怕。他执掌大权以后，第一件大事就把禁止私人煮盐和冶铁的法令废了。汉武帝费了很大的力气把煮盐和冶铁的利益从豪强手里夺过来，加强了朝廷的集中统治。这会儿，窦太后临朝，为了要得到国内大族和财主们的支持，就把盐铁的利益让给他们。窦家的政权居然拿稳了。窦宪的几个兄弟都做了大官。窦家一门的威风谁都比不上，窦宪的胆子也越来越大了。他还怕谁呢？连皇室都乡侯刘畅也给他杀了。刘畅是汉和帝的伯父，汉光武帝的哥哥刘缜的曾孙子。他为了汉章帝的丧事，到京师来吊孝。窦太后好几次召他进宫。窦宪害怕窦太后重用刘畅，分了他的大权，就派刺客把他暗杀了。窦太后一听到大伯子被人杀害，就吩咐窦宪去捉拿凶手，追查主使的人。窦宪把杀人的大罪推在刘畅的兄弟刘刚身上，说他们弟兄不和，自相残杀。窦太后相信了。因为刘刚的封地是在青州，她就吩咐御史和青州刺史去查办刘刚。尚书韩棱上书给窦太后，说都乡侯在京师遇害，刘刚远在青州，应该先在京师捉拿凶手，才是正理。近在眼前的不追究，反倒跑到外地去查问，恐怕给奸臣暗笑。窦宪料到韩棱已经疑心到自己身上，就立刻请窦太后责备韩棱。韩棱虽然受到了责备，还是坚持他的意见。汉和帝这一朝的世族和外戚就这么成了冤家。

三公（东汉以太尉、司徒、司空为三公，名义上是朝廷上地位最高的大臣）之中太尉何敞准备亲自出马，司徒、司空倒也同意，他们派人跟着何敞一块儿去调查这件案子。调查下来，水落石出，窦宪没法抵赖，他害怕保不住命。正好南单于上书，说是因为北匈奴遭到了饥荒又发生内乱，请汉朝发兵去平定。窦宪就借着这个机会，要求窦太后让他去打匈奴，算是赎他的死罪。虽然也有人出来反对，窦宪究竟是窦太后的亲哥哥，她居然同意了，还拜他为车骑将军，发兵北伐。这么一来，窦宪又抖起来了。他一面叫他兄弟替他在洛阳大兴土木，盖造将军府；一面派人拿着书信给尚书仆射郅寿（郅恽的儿子），嘱咐他照顾他的家属。郅寿倒是个硬汉，他不但不愿意包庇窦宪，而且还上书告发他的罪恶。冤家碰着对头，两个人在朝堂上争闹起来。郅寿批评窦宪不应该犯了罪还大兴土木给自己造大院。窦宪不服气，说郅寿自己私买公田，毁谤朝廷。郅寿气得高声大骂。恰巧窦太后出来，责备郅寿傲慢无礼，把他革了职，还把他交给廷尉去查办私买公田的案子。廷尉一味地奉承窦家，把郅寿定了死罪。幸亏何敞上书，竭力替郅寿辩护，才得免了死罪。可是死罪可免，活罪难饶。郅寿还得充军。郅寿气愤不过，手指拗不过大腿去，没法跟窦家评理，可也不愿意去充军，就自杀了。郅寿一死，三公九卿纷纷不平。他们联名上书，要求窦太后别让窦宪带兵。窦太后把他们的奏章搁在一边，压根儿没理他们，还是派她哥哥发兵去打匈奴。

北匈奴已经衰落了，不能抵抗汉兵。窦宪在稽落山打败了匈奴，杀了很多的匈奴兵，俘虏和投降的有二十多万人。汉兵离开边塞三千多里，一直追到燕然山。他吩咐中护军班固写了一篇颂扬功德的文章，刻在山石上。窦宪得胜还朝，比以前更加威风了。窦太后拜他为大将军，赏给他两万户的封地，叫他带着副将邓叠驻扎在凉州。窦宪的兄弟窦笃、窦景、窦瓌（guī）也都封了侯。窦家四弟兄加上他们的子弟、女婿、伯伯、叔叔、娘舅、外甥和他们的爪牙、心腹，威风得了不得。他们的势力顶破了天。只有当年的霍家才比得上这一家。各地的刺史、郡守、县令大多都是窦家门里出来的。他们只要巴结窦家弟兄，什么都不必怕。贪污勒索、贿赂公行，谁要是反对他们，谁准倒霉。只有司徒袁安和司空任隗有时候还敢说几句公道话。他们揭发了靠着贿赂得官的四十多人，把他们革了职。窦家弟兄虽然觉得这两个人碍事，可是因为他们的名望大，还不敢得罪他们。

尚书仆射乐恢也揭发了几个向窦家行贿而得官的人，上书批评窦宪。窦太后还算客气，把他的奏章搁在一边。乐恢就借个因头请求退休。这个请求马上批准了。窦宪还不放心，暗地里派人去威胁他，逼得他只好喝毒药自杀。

窦宪逼死了郅寿和乐恢以后，满朝文武谁也不敢再在老虎头上拍苍蝇。窦家弟兄的蛮横劲儿，那就不用提了。哥儿四个当中，只有窦瓌不敢放肆，比较不错。窦笃和窦景简直闹得无法无天，尤其是窦景。他做了执金吾，手下有两百个骑兵做他的卫队。这些卫兵和家里的奴仆都骑在老百姓的脖子上，要怎么着就怎么着。他们老成群结队地在街上溜达，瞧见铺子里有什么值钱的东西，拿手一指，就是他们的了，压根儿用不着付钱。妇女当中有几分姿色的，给他们一遭眼儿，就算是他们的了，还得乖乖地送去。要不然的话，就加个罪名，把他们当作囚犯来办。因此，洛阳城里的商人和居民一瞧见窦景的卫兵出来，或者瞧见窦家的奴仆出来，就都逃的逃、关门的关门，好像见了老虎一样。当地的官府睁着眼睛当作没瞧见，谁也不敢告发。谁要是多嘴，郅寿、乐恢就是榜样。

司徒袁安瞧着外戚专权、天子年轻，国家弄得这么乱糟糟的，自己又没有力量，心里非常难受。他见了和帝和少数正直的大臣，只会流眼泪。公元 92 年（汉和帝四年），他憋出病来，没有多少日子就死了。朝廷上的大臣和许多在京师的人都伤心得好像死了父亲似的。只有窦家一门去了眼中钉，非常高兴。那时候汉和帝才十四岁。别看他岁数小，他倒是个聪明伶俐的小皇帝。他知道太常（掌管宗庙礼仪的大官）丁鸿是个忠臣，就叫他接着袁安做了司徒，还叫他兼任卫尉，统领南北宫的卫兵。朝廷上的大臣除了司徒丁鸿、司空任隗、尚书韩棱，别的人大多都是窦宪一党的。窦宪的女婿郭举和他父亲郭璜，还有窦宪的副手邓叠和他兄弟邓磊，都很有势力。郭璜、郭举、邓叠、邓磊都得到窦太后的信任。郭、邓两家把窦家作为靠山，互相勾结，拥护窦宪，准备造反。

十四岁的汉和帝看出了郭璜父子和邓叠弟兄谋反的苗头，心里想召集司徒丁鸿、司空任隗、尚书韩棱他们商议对付的办法。可是里里外外、上上下下都是窦宪的耳朵和眼睛，万一泄露了消息，那可不是闹着玩儿的。在他的左右只有宦官。他觉得还是中常侍郑众忠实可靠，而且天天在宫里伺候着他，就是跟他说几句话，别人也不会起疑。他这么一合计，趁着郑众进来伺候他的时候，挺秘密地跟他商量怎么样才能够消灭坏党。郑众出了主意，先调窦宪回来，趁他们不防备的时候，才可以把窦家、郭家、邓家一网打尽。汉和帝听了郑众的话，下了一道诏书到凉州，说南北匈奴已经归顺，西域也平定了，大将军应当回到朝廷里来辅助皇帝。汉和帝借着讲解经书的名目，召清河王刘庆进宫。

清河王刘庆是汉章帝的儿子。他是宋贵人生的，本来已经立为太子了。因为窦皇后自己没有儿子，收养了梁贵人的儿子刘肇。她出了个鬼主意，陷害了宋贵人，叫汉章帝废了太子刘庆，立自己的养子刘肇为太子。废太子刘庆很懂事，一点没有不高兴的样子，而且跟他兄弟刘肇也挺要好。汉章帝就封废太子刘庆为清河王，留他在京师里。接着窦皇后又害死了太子刘肇的母亲梁贵人。太子刘肇即位，就是汉和帝。汉和帝跟他哥哥清河王刘庆一直相亲相爱。哥儿俩因为窦太后杀害了他们的母亲（宋贵人和梁贵人），心坎里都恨着她和窦家弟兄。因此，汉和帝跟清河王刘庆一商量，刘庆拼着命也干。郑众有了刘庆做帮手，才很方便地跟司徒丁鸿、司空任隗联系上了。

窦宪和邓叠到了京师，汉和帝派大臣拿着节杖到城外去迎接他们，还犒劳了他们的将士。这么犒劳下来，费了不少工夫。窦宪他们把军队驻扎在城外，自己进了城。那时候，天已经快黑了。他们决定在家里休息一夜，准备第二天一早去朝见皇上。那些奉承窦宪的大官儿都在晚上跑到将军府里去拜见窦宪。就在这个时候，汉和帝和郑众到了北宫，吩咐司徒兼卫尉丁鸿派一部分卫兵关上城门。丁鸿把所有的卫兵都用上，人不知、鬼不觉地分头布置停当。郭璜父子和邓叠弟兄从将军府出来，回到家里，就像小鸡碰到鹞鹰似的一只一只地都给抓了去，当夜下了监狱。

窦宪送出了客人，打了几个哈欠，消消停停地睡了一觉，什么都没听见。赶到天一亮，门外全是士兵。汉和帝的使者敲门进去，说有诏书到。窦宪慌忙起来，揉着眼睛，趴在地下，领受诏书。使者宣读了诏书，免去窦宪将军的职司，改封为冠军侯。窦宪只好交出大将军的印，送出使者。他派人去探听他几个兄弟的动静才知道他们也都交还了官印。没过了多少工夫，他又听到郭璜父子、邓叠弟兄都给绑到街上砍了头。接二连三的凶信急得窦宪晃晃悠悠，站也站不住，坐也坐不稳，脑子里嗡嗡地直响。他不希望别的，单希望他是在梦中。可是皇上的使者又到了，催他立刻离开将军府，回到自己的封邑去。他的兄弟窦笃、窦景、窦瓌也都分别动身走了。

窦宪哥儿四个和他们的家小回到自己的封邑以后，除了窦瓌免罪，其余三个人都不能再活下去。汉和帝为了报答窦太后养育之恩，总算没把这三个人处死，可是他派官员去嘱咐他们自己动手。他们都只好自杀。窦太后孤零零的一个人，过了几年，她害病死了。

跟窦宪勾结在一起的大官当中，也有定死罪的，也有自杀的，中护军班固也是窦宪的一党，汉和帝只把他革了职，可是他的仇家洛阳令假公济私，把他下了监狱，还叫监狱官不断地用鞭子打他。班固已经六十多了，受不了这种折磨，就在监狱里自杀了。洛阳令知道自己闯了祸，只好奏明汉和帝，还把班固的罪状说了一大套。汉和帝下了一道诏书，革去洛阳令的官职，把那个倒霉的监狱官定了死罪。

中护军班固曾经做过兰台令史，当初奉了汉明帝的命令编写《汉书》。这时候《汉书》已经写得差不多了，可是还有一小部分没写，别人很难替他接下去。汉和帝听说只有班固的妹妹班昭能够完成这项工作。他就召班昭进宫，叫她接着她哥哥写《汉书》。班昭是扶风人曹寿的媳妇儿，早年守寡。她进宫以后，除了写作，还教导后宫念书。后宫把她当作女老师，都叫她曹大家（“大家”，女子的尊称；家：gū）。

曹大家另一个哥哥就是远在西域的班超。他一向没跟窦宪来往，当然牵累不着，而且这会儿他已经做了西域都护，正忙着哪。

但愿生入玉门关

班超联络了莎车、龟兹以后，只有焉耆王反对汉朝，他就在公元 94 年（汉和帝六年），征发了西域八国的兵马，打败焉耆，杀了焉耆王，替前西域都护陈睦报了仇。他让焉耆人另外立个焉耆王，自己留在那儿安抚当地的人民。打这儿起，西域五十多国都跟汉朝和好。汉和帝封班超为定远侯。

定远侯班超联络西域以后，听说西方还有个大国叫大秦（就是罗马帝国），文化很高。他就派他的助手甘英为使者带着随从人员和礼物去联络（公元 97 年）。甘英到了条支（古国名，在今叙利亚一带），受到当地人的欢迎。那条支国是个半岛，都城造在山上，周围四十多里，西面是大海（就是地中海），海水环绕着南边和东北边，只有西北角跟大陆相连。那地方气候潮湿，又热，陆地上老有狮子、犀牛等野兽出来，旅行很不方便。甘英打算坐船去。有个安息（现在的伊朗国）的船夫劝告他，说："我看你还是别去了。海大得很，行船得冒极大的风险。碰巧了，顺风顺水，也得三个月工夫，风向不凑巧的话，两年也到不了。我们到大秦去，在船上总得准备着三年粮食。在海里日子多了，船里的人老想着家，巴不得早点上岸。害了病，或者碰到了风浪，死的人可就不少。你们东方人怎么受得了哇？"

甘英谢过了那个安息人，就回到班超那边来了。刚巧安息国的使者到了。使者带着狮子和条支的大鸟作为礼物去送给汉天子。班超就派他在西域生的儿子班勇陪着安息国的使者上洛阳去。他趁着这个机会上书给汉和帝要求回来。班超在西域三十年，他已经七十岁了。他说："我死在西域也无所谓，只怕以后的人因为我不得回国，也许不敢再出来。我不指望回到酒泉郡，只想生入玉门关。这会儿我派儿子陪着安息国的使者来献礼物，我能够在活着的时候，让他看见父母之邦，我真够造化的了。"可是汉和帝没给他回信。

班超的妹妹曹大家也上书苦苦地央告汉和帝让她哥哥回来。汉和帝这才下了一道诏书，召班超还朝，另外派中郎将任尚为西域都护去接替他。

班超办过了移交，准备回国。任尚问他，说："您在西域三十多年，远远近近的人都钦佩您。我初到这儿，责任重，才学浅，请您指教。"班超叹了一口气，说："我老了，眼花、耳聋，走道要拄拐棍儿，还能说什么呢？"任尚说："就谈谈您的经历吧。"班超说："到塞外的士兵本来不是孝子顺孙，他们大多因为犯了罪才送到这儿来的；西域人又不懂得中原的文教，他们的风俗、习惯跟咱们不一样。你对付这两种人就得有耐心。我知道你的脾气，就跟你说实话吧：性子不能急躁，待人不可太严。清水里没有大鱼。上头太精明，底下的人就会怨恨。最要紧的是抓住重大的关节，别人有什么小过错，不妨宽容点。"

班超走了以后，任尚对他亲信的人说："我还道班超有什么奇妙的计策，想不到他说的全是平平常常的那一套。"后来任尚就因为没把班超"平平常常的话"当作金玉良言，他在西域失了人心，弄得一败涂地。

公元 102 年（汉和帝十四年）八月，班超到了洛阳，九月里就死了。死的时候已经七十一了。班超为了保护汉朝的边界，千辛万苦地坚持了三十多年，死了以后，也没加封。那个宦官郑众反倒加封为鄛乡侯。从西汉到东汉，宦官封侯的，郑众是第一个。有些大臣认为这是汉和帝失策的地方。可是他年纪轻轻的就能够利用郑众消灭窦宪一党，自己执掌朝廷大权，还能够联络世家名流，虚心听取大臣们的意见，减轻捐税，救济穷人，总算是汉朝的一个开明皇帝了。公元 103 年（汉和帝十五年），他下了一道诏书，禁止进贡。连岭南的生龙眼、鲜荔枝，他也不要吃。

原来以前曾经规定由岭南进贡新鲜的龙眼和荔枝。从岭南到洛阳多远哪，新鲜的水果又容易坏。因此，为了运送这些东西，十里设一个站，五里造一个亭。每一个亭有瞭望的人，每一个站有人骑着快马候在那儿，但等前一匹马跑到，马上接过龙眼和荔枝来，飞快地往前跑，一直到了下一站，再由别的人接过去，就这么日夜不停地互相传送。为了这件事，临武县（在今湖南临武一带）的长官唐羌上书给汉和帝。他说：

> 我听说在上的没有把美味作为道德的，在下的也没有因为进贡好吃的东西而立大功的，南方七郡为了贡献生龙眼和鲜荔枝，吃尽苦头。南方天气热、太阳毒，传送的人沿路还老碰到毒虫、猛兽。每运送一次，总得死一些人。死了的人不能还阳，没死的人还可挽救。吃了这两种东西，未必能够延年益寿；可是为了进贡这些东西，已经叫人活不下去了。请皇上开恩开恩。

汉和帝看了唐羌的奏章，对大臣们说：“早先我只知道远方进贡这些土产主要是为了祭祀宗庙。要是有人因此丧了性命，这难道是朝廷爱护人民的本意吗？从此以后，不但生龙眼和鲜荔枝不必进贡，就是别的山珍海味也不许献上来。”他又吩咐太官（管皇帝伙食的官）不得再接受各地献上来的任何食品。

可惜这位比较开明的东汉皇帝才活了二十七年就死了。皇后邓氏（太傅邓禹的孙女）自己没有儿子，可是她知道后宫生的有两个儿子寄养在民间。一个年龄大些，据说长年有病，可以不要；一个是婴儿，才满一百天，正合适。她就把那个婴儿立为太子。第二年正月，太子即位，就是汉殇帝，尊邓皇后为皇太后。邓太后临朝，自己还挺年轻，不便跟大臣们老在一起。跟谁去商量大事呢？谁能够老到宫里去见皇太后呢？她认为最合适的是自己的哥哥邓骘（zhì）了。这情况跟窦太后临朝，重用她哥哥窦宪完全一样。邓骘做了车骑将军。就在这一年八月里，虚岁才两岁的汉殇帝死了。邓太后和邓骘一商量，就立清河王刘庆的儿子为太子，太子即位，就是汉安帝。汉安帝也不过十三岁，邓太后继续临朝。

要说哪，邓太后本人着实有一手的。她看到窦宪一家怎么败亡，不敢专用本家的人，而且一再吩咐地方官对邓家子弟和亲戚朋友有过错的一概从严惩办。她还叫邓骘推荐当时的知名之士，像杨震他们到朝廷里来办事。她一向提倡节俭，减轻捐税，自己还跟着曹大家研究经学。她还学习天文和数学。白天办事，晚上看书，生活很有规律。可是凭她一个人怎么用功读书也没法管理天下大事。国内连年发生水灾，老百姓穷得没有饭吃，连京师里都发生了饿死人的惨事。国外各部族纷纷叛变，老向边疆进攻，有的部族甚至于打到内郡来了。邓太后有多大的能耐处理这些事情呢？

那个接替班超为西域都护的任尚，把班超临别的劝告当作平淡无奇的废话，只知道压制西域人民，以致失了民心。西域各国一个接着一个地起来反对汉朝。末了，他们联合起来向任尚进攻。任尚上书求救，汉朝就派北地人梁慬（qín）为西域副校尉，率领着河西的羌人赶去救援。梁慬尽管能干，打了几个胜仗，可是人家不服，单靠武力哪儿行呢？再说，路又远，交通不便，一个报告传到洛阳，就得好几个月工夫。朝廷上一般大臣都认为西域各国反复无常，没法治；征伐一次，朝廷耗费粮饷，士兵老在那边屯田，连年辛苦，谁不想家？既然害多利少，不如干脆取消都护，撤兵回来。邓太后听从了这些大臣的意见。这么着，定远侯班超一生的心血全算白费了。从汉武帝以来，联络西域、抵抗匈奴的根本大计也吹了。

汉朝放弃了西域，不用说西域又落在匈奴手里，连西羌也造反了。公元 108 年（汉安帝二年），车骑将军邓骘派任尚为征西校尉去攻打西羌。任尚跟西羌人打了一仗，伤亡了不少人马。征西校尉抱着脑袋往东逃了回来。人家可不肯放松，又往南进了益州，还杀了汉中太守。这时候，梁慬驻扎在金城，听到西羌侵犯汉中，赶紧带领着军队往南去对付他们，连着打了几个胜仗，总算暂时把西羌打退了。

过了一些时候，西羌和匈奴不断地在西北边杀害汉朝的地方官和人民，抢劫财物，还老打到内郡来。汉朝想不出更好的办法，就在魏、赵、常山、中山这些重要的地方修建了六百多个碉堡，分段防守。陇西、安定、北地、上郡这四个郡首当其冲。镇守这四个郡的官员们大多是内地人，不愿意老在外边跟西羌纠缠，就纷纷地上书，要求朝廷叫老百姓搬到别的地方去。那时候，连年发生了水、旱、蝗虫、冰雹、地震等灾害，各地农民起来反抗官府。这儿失败了，那儿又起来。朝廷弄得没有办法，更管不到边缘地区了。公元 111 年（永初五年），诏书下来，叫陇西的人民一概搬到襄武去，安定的人民一概搬到美阳去，北地的人民一概搬到池阳去，上郡的人民一概搬到衙县去。朝廷上的大臣们认为只要老百姓搬了家，把这些没有人居住的土地一扔，官长和将士就可以回家了。可是老百姓爱惜自己的土地和自己的家，谁也不愿意离开。官长们就吩咐士兵割麦子，拆房屋，又把营垒毁了，积聚的东西烧了，逼得老百姓没法留在那儿。他们只好走，有的逃散了，有的沿路死了。那些老的、小的、有病的受罪更惨。四个郡的老百姓还没搬到新的地方，已经死了一大半人。死了就算了，那些没死的什么都没有，还得活受罪哪。

汉朝丢了西域以后，吃了西羌的大亏。十多年来，年年调兵遣将，把国库都弄空了，士兵死伤的数也数不清楚。正在这时候，国内农民又纷纷起义。汉朝还亏得大将军邓骘（公元 108 年，邓骘由车骑将军升为大将军）、校尉梁慬、武都太守虞诩（xǔ）、度辽将军邓遵（邓太后的叔伯兄弟）和别的将士们费了很大的劲儿才勉强把西羌和农民反抗的火焰暂时压下去。

就在这个时候，北匈奴还威胁着西域各国帮助它来侵犯汉朝的边界。敦煌太守曹宗上书，请朝廷再派官员去安抚西域。邓太后派索班为敦煌长史带着一千多人驻扎在伊吾（在今新疆哈密一带）。车师前王和鄯善王又都跟汉朝交好了。

公元 120 年（汉安帝即位第十三年），车师后王和北匈奴联合起来围攻伊吾，杀了索班，轰走了车师前王，占领了天山北道。南道上的鄯善因此吃紧了。鄯善王向敦煌太守曹宗求救。曹宗上书请朝廷出兵去打匈奴，一来替索班报仇，二来趁着这个机会再通西域。邓太后召集了大臣们商议这件大事。大伙儿认为西羌刚安定下来，国家元气还没恢复，不如退守玉门关，免得再动刀兵。邓太后一听到“退守玉门关”，就想起了那个“但愿生入玉门关”的班超来了。她要问问班超的儿子班勇，看他有什么主意。

班勇在朝堂上对邓太后说：“从前孝武皇帝为了抵抗匈奴，通了西域。历来有见识的人都认为这是斩断匈奴的右臂。光武中兴，没来得及顾到外边的事。匈奴就奴役了西域各国，一再侵犯中国，打到敦煌。河西一带的郡县连白天也关着城门。孝明皇帝考虑再三，才吩咐臣父出使西域。臣父宣扬了天子的威德，结交了西域各国，匈奴退了出去，边境才得安定。后来因为西羌作乱，又和西域断绝了。匈奴趁着机会，又向西域各国征收捐税，勒索牲口，还强迫他们帮着他向中国进攻。鄯善、车师他们都怨恨着匈奴，愿意归向汉朝，但是无路可通。以前西域也常发生叛变，全都因为汉人对待他们不够恰当。我们不能帮助他们，反倒虐待他们，这就难怪人家不服。现在敦煌太守曹宗只知道要求出兵报仇，不知道如何去结交西域，这是不适当的。要想用武力在塞外立功，绝无成功之理。何况现在府库不充实，出了兵，难以为继，打了败仗，反倒显出朝廷没有力量。以前曾经规定在敦煌郡驻扎三百名营兵。现在应当先恢复这个制度，在敦煌设置西域副校尉，再派西域长史带领五百人驻扎在鄯善西边，拦住焉耆、龟兹那一头。这样南边给鄯善、于阗壮了胆，北边挡住匈奴，东边接近敦煌。先守住这些邻近的地方，然后慢慢地跟人家打交道。联络了西域，才能够打退匈奴。”

当时就有个大臣反问，说：“在敦煌设置一个副校尉，在鄯善设置一个长史，凭着几百个人能顶什么事呢？”班勇说：“从前博望侯张骞和早几年家父平定西域，都没用过大批的人马。他们不准汉军侵犯别人，只是设法帮助当地的人民。人心所向，匈奴就不敢下来。”

另外一个大臣起来反驳，说：“朝廷放弃西域是因为西域对汉朝没有好处，我们去结交他们，反倒多费财帛。再说，车师已经投降了匈奴，鄯善也不一定靠得住。请问班将军能够保证匈奴不来侵犯边界吗？”班勇回答说：“朝廷设置郡国，各地都有官长，为的是安国保民。请问您能够保证各地没有盗贼吗？至于您说多费财帛，这是因为您没从远处看。我们把西域让给匈奴，匈奴能够感激我们，不再来侵犯吗？我们去联络西域，斩断匈奴的右臂，就是为了保护国家的生命、财产。再说，西域各国并不向我们要求什么，不过使节往来，彼此送些礼物罢了。要是匈奴跟西域联合起来，进攻并州、凉州，那时候，国家花费的军饷是现在的一千倍、一万倍还不止哪。”

这几个大臣给班勇说得抬不起头来。别的大臣都点着头。邓太后认为班勇的话对，就完全采用了他的办法。邓太后能够听从班勇的话足见她是有见识的。她还把太常（管理宗庙礼仪的大官）杨震升为司徒，这也是一件很有见识的措施。

天知地知

杨震是华阴（在今陕西华阴一带，华山的北边）人，很有学问，家里穷，靠着教书和种菜过日子。弟子们替他种菜，他不让。他不让弟子们种菜，他们又不依。他就把弟子们种上的菜拔了，然后重新种过，说是免得他们再替他种，耽误自己的功课。他教了二十多年书。当时的读书人都说他道德高，学问好，因为他是关西人，就称他为“关西孔夫子”。到了五十岁的时候，“关西孔夫子”出了名。大将军邓骘听到了，推荐他为“茂才”（就是秀才），后来一级一级地升上去，做了荆州刺史，又由荆州刺史调任为东莱太守。他到东莱去上任的时候，路过昌邑（在今山东巨野一带），过了一宿。

昌邑县的县令王密原来是由杨震推荐为茂才的，也许为了感谢杨震，也许要托他提拔提拔，就在夜里去拜见他，献上十斤黄金。杨震对他说：“我了解您是怎么样的人，您怎么不了解我呢？”王密说：“您先别说这个。我给您送点礼，您何必客气呢？反正半夜里没有人知道，您就收了吧。”杨震挺正经地对他说：“天知道，地知道，你知道，我知道。你怎么能说没有人知道呢？”王密听了，连耳朵都红了。他只好臊眉耷眼地拿着黄金回去。

杨震一生公正，不受任何私人的好处。做了多年的太守，两袖清风。子孙吃的是蔬菜，走路靠两条腿。有几个老朋友对他说：“为了子孙，您也该多少置点儿产业。”杨震笑着说：“让我的后世被人称为清官的子孙，这份遗产还不够阔气吗？”

杨震被召到京师，做了太仆，后来又升为太常。这会儿他做了司徒，大臣们谁都尊敬他。邓太后对他特别信任。朝廷上有了这么一个司徒，邓太后应该可以放心了吧。还有司空陈褒、太尉马英、大将军邓骘，这些人都还不错。就是鄛乡侯郑众和龙亭侯蔡伦虽然是宦官，也都忠心耿耿，不敢为非作歹。朝廷上有了这么些大臣，汉安帝也已经二十六岁了，为什么邓太后还要自己临朝，不把朝廷的大权交还给皇帝呢？难道大臣当中就没有人去劝告太后吗？

邓太后的叔伯哥哥邓康也是个大官。他曾经上书请太后还政，邓太后把他革了职。还有郎中杜根早就上过奏章，请太后把大权还给年富力强的皇上。您猜太后怎么待他来着？她吩咐人把杜根装在口袋里，活活地把他打死，扔在城外野地里。半夜里他缓醒过来，逃到宜城山中，更名改姓，给一家做了十五年酒保。

为什么邓太后不肯让汉安帝管理朝政呢？她要抓权，这谁都明白，可是也有人说她有她的苦衷。当初邓太后因为听说汉安帝长得聪明伶俐，才立他为皇帝，万没想到汉安帝长大起来，越来越不像话，只知道荒淫，不知道上进。邓太后担心他太没有用，外面不说，内心很不高兴。她原来叫济北河间王的子女五岁以上四十多人和邓家近亲的子孙三十多人到京师里，给他们办了一个学馆，让他们学习经书。每回考试的时候，她亲自监考。河间王的儿子刘翼，人才出众。太后很重视他，立他为平原王。汉安帝的奶妈王圣怀疑太后打算立刘翼为皇帝，就勾结了李闰和江京两个内侍，帮她在汉安帝跟前给邓太后说坏话。汉安帝挺信任奶妈，对邓太后又恨又怕。

公元121年（汉安帝十四年），邓太后病了，还咯了血。可是她勉强起床，照常办事。那一年庄稼收成不好。邓太后听到老百姓没有饭吃，她怕他们起来反抗官府，怕汉朝天下保不住，还真整夜地睡不着觉，自己节衣缩食，还劝王公大臣都这么办，把节省下来的钱去救济灾民。她抱着病下了道诏书，大赦天下。到了春季完了，她也死了。临朝一十八年的邓太后，死的时候才四十一岁。邓太后一死，汉安帝就亲自掌权了。俗话说，“一朝天子一朝臣”，汉安帝掌了权，就有一批人交了运。一大批的大舅子、小舅子都做了大官，中常侍樊丰、刘安、陈达，还有内侍李闰、江京，奶妈王圣等一下子都参与了朝政。这一批人交了运，另一批人就倒霉。第一个倒霉的人是龙亭侯蔡伦。

蔡伦是桂阳人（桂阳郡在今湖南郴州一带），在汉章帝的时候就做了小黄门（由宦者充任）。他很有学问，为人小心谨慎。可是皇上有什么过失，他倒不怕冒犯，也敢大胆地出来劝告。公元97年（汉和帝九年），他做了监工，领导工匠制造器械。他对于手工艺很有兴趣，喜欢研究。

那时候，文字的记载不是刻在竹简上就是写在绢上。写字用的绢就叫作“纸”。可是竹简太笨重，那种“纸”（就是绢）又太贵。蔡伦老觉得最好能够有一种纸，比竹简轻，比绢便宜。他曾经见到过有一种用树皮和麻丝做成的“纸”，可是这种“纸”太粗，不能拿来写字。他就用心研究了好几年，试验了不知道多少次。末了，他把树皮、麻丝、破布、渔网什么的泡在水里，用石臼把这些东西捣得稀烂稀烂，变成了泥浆，然后再把泥浆摊成薄片，晒干了，就成为一种纸，还真可以写字。公元105年（汉和帝最后的一年），他上书给汉和帝，把他所发明的纸献了上去。汉和帝把蔡伦称赞了一番，就用他做的纸代替竹简和绢。打这儿起，大伙儿都用蔡伦的纸。公元114年（汉安帝八年），邓太后封蔡伦为龙亭侯。全国就把蔡伦造的那种纸称为“蔡侯纸”。

邓太后一死，有人告发蔡伦，说他从前奉了窦太后（窦宪的妹妹，汉章帝的皇后）的命令，杀害了汉安帝的祖母宋贵人（就是废太子刘庆的母亲），汉安帝吩咐蔡伦自己去见廷尉。这位伺候过四个皇帝（章帝、和帝、殇帝、安帝）的老大臣不愿意受到侮辱，就喝了毒药自杀了。

汉安帝原来怕邓太后要立平原王刘翼，当时是又恨又怕。这会儿奶妈王圣和内侍江京、李闰等又扇起小扇子来了。邓家的子弟还保得住吗？这时候，邓太后的兄弟一辈只有大将军邓骘还活着，其余几个兄弟已经死了，他们的子弟可都封了侯。汉安帝就把他们都废为平民，接着又逼他们自杀了事。邓骘和他儿子气愤得不愿意再活下去，索性不吃不喝，都绝食死了。平原王刘翼改封为侯送回河间。幸亏他关着门跟谁都不往来，总算没再出事儿。

外戚邓家算是完了，新的外戚和宦官江京、李闰他们都封为侯。奶妈王圣和她的女儿伯荣在宫里直进直出，威风无比。汉安帝什么都不管，成天价跟这些人胡闹。宫廷里荒淫无度，秽气熏天。司徒杨震好几次上书劝告汉安帝，汉安帝就是不理他。就在这三四年里面（公元121年—公元124年），西羌进攻金城、武威；鲜卑进攻居庸关；北匈奴和车师进攻河西。汉安帝真是个宝贝，在这种情况下，他还能够消消停停地吃喝玩乐。这还不够，他封奶妈王圣为野王君，下了一道诏书，给她修建高楼大厦；朝廷大事交给中常侍樊丰他们去办。司徒杨震屡次上书劝阻，汉安帝叫他做了太尉。司徒也好，太尉也好，杨震一个劲儿劝告汉安帝不该信任宦官，汉安帝是“擀面杖吹火”——一窍不通。

樊丰、周广、谢恽他们知道太尉杨震也只有这一手，就什么都不怕了。他们假传圣旨，动用国库，给自己大兴土木，修盖花园。杨震自然又是上书告发，樊丰他们把他恨透了，就请汉安帝免去杨震的官职，交还太尉的印绶。杨震只好住在京师，关上大门，谢绝宾客。樊丰又在汉安帝跟前咬着耳朵说：“杨震原来是太后的心腹，邓家受了惩罚，他一定怨恨皇上。依我说还不如送他回乡吧。”

这么着，杨震只好动身回到家乡华阴去。他的门生都去送他。他到了城西夕阳亭，对门生们说：“有生必有死，本来用不着难受；只是我受了皇恩，不能除灭奸臣，还有什么面目见人呢？我死以后，你们要用葬一般读书人的制度葬我，切不可铺张奢侈。”这位拿“天知、地知”提醒人的“关西孔夫子”就自杀了。门生们痛哭不必说了，连过路的人也没有不流眼泪的。

杨震一死，汉安帝清静得多了。他就带着年轻漂亮的阎皇后，国舅阎显，中常侍樊丰、江京等离开洛阳，浩浩荡荡地往南边游玩去了。万没想到，这位荒唐的皇帝这一去呀，可就不再回来了。

豺狼当道

汉安帝到了宛城，乐极生悲，害起病来了。他只好打消往南游玩的念头，赶紧往回走。这位三十二岁的皇帝就糊里糊涂地死在半道上。阎皇后忍不住大哭起来，阎显、江京、樊丰他们连忙向她摆摆手，说：“不能哭。要是大臣们知道皇上晏驾，立了济阴王，咱们还活得下去吗？”阎皇后只好收了眼泪。

原来汉安帝的后宫李氏生了个儿子叫刘保，已经立为太子。阎皇后怕太子的母亲夺她的地位，就把李氏毒死，又叫江京、樊丰他们诬告太子谋反。汉安帝就把十岁的太子刘保废了，立他为济阴王。过了半年，汉安帝死在路上。因此，阎显、江京、樊丰他们不让别人知道皇帝病死的消息，急急忙忙地回到京师，把另立新皇的计策定了以后，才给汉安帝发丧。阎皇后打算自己临朝，就挑了个幼儿刘懿（济北王刘寿的儿子，汉章帝的孙子），立为皇帝。她自己做了皇太后。

阎太后临朝，哥哥阎显做了车骑将军，执掌了大权，几个兄弟也都做了大官。东汉的天下就这么属于外戚阎家了。阎显还怕前朝几个有势力的人碍着他，先把那地位最高，可都是有职无权的三公（太尉、司徒、司空）都换了人，然后他跟新的三公联名弹劾大将军耿宝（汉安帝的妃子耿贵人的哥哥），中常侍樊丰、谢恽、周广和奶妈野王君王圣，说他们结党营私，大逆不道。阎太后下了一道诏书，这几个人就全完了。新人上台的有阎太后和阎显的几个兄弟：阎景为卫尉，阎耀为城门校尉，阎晏为执金吾。阎家的威风就好比当年的霍家、窦家一样。

可惜好景不长，过了几个月，娃娃皇帝刘懿害了病，眼看活不成了。中常侍孙程想趁着机会自己抓权，就挺秘密地联络了十八个中黄门，大伙儿对天起誓，决定去迎接废太子刘保。娃娃皇帝果然死了。阎太后和阎显他们还没商议好去迎接哪个王子，孙程他们已经布置停当。在一个晚上，他们突然发动起来，杀了内侍江京、刘安、陈达，活捉了李闰。李闰投降了，愿意跟着他们一起干。当天晚上他们就请十一岁的小孩子济阴王刘保即位，就是汉顺帝。孙程传出汉顺帝的命令，指挥全部的羽林军（保卫皇帝的军队），杀了卫尉阎景，逼着阎太后交出玉玺。

汉顺帝收了玉玺，派人发兵拿着节杖把车骑将军阎显、城门校尉阎耀、执金吾阎晏下了监狱，一个个都处了死刑，把阎太后软禁在离宫。没过几天，阎太后也死了。孙程他们十九个宦官都封了侯。东汉的政权，一眨巴眼儿就从外戚手里转到了宦官手里。

这十九个宦官，除了浮阳侯孙程，别的都是没上过台面的。他们往往在朝堂上互相争闹，不成体统。还算孙程有见识，他请汉顺帝拜左雄为尚书令，仍旧用几个大臣为司徒、司空等，把十九个封了侯的宦官送回自己的封邑去，还下了一道诏书征求名士。又因为有不少人同情“关西孔夫子”杨震，说他死得冤，就用安葬太尉的仪式重新给他安葬来表示对他的尊敬。

公元 132 年（阳嘉元年，汉顺帝即位第七年），汉顺帝十八岁了，立贵人梁氏为皇后。梁皇后的父亲梁商做了执金吾。尚书令左雄请汉顺帝叫各郡国推荐有才能的人到京师里来，由皇上亲自考试策论。果然，来了不少人，其中最出名的有汝南人陈蕃、颍川人李膺、下邳人陈球等三十多人。汉顺帝都拜他们为郎中。还有南郑人李固、扶风人马融、南阳人张衡也参加了策论考试，各人发表了对于政治的看法和改进的办法。

汉顺帝看了所有的策论，把李固评为第一，马融的一篇也很好，就拜他们两个人为议郎。张衡更了不起，他是专门研究天文和数学的。据他的研究，他断定天是圆的，地可能也是圆的。他用铜制造了一个测量天文的仪器，叫“浑天仪”，制造了一个测量地震的仪器，叫“地动仪”。可是因为当时在朝廷里不是宦官当权，就是外戚当权，真正有本领的人也不能重用。

汉顺帝靠着宦官做了皇帝，当然重用宦官。浮阳侯孙程死了以后，汉顺帝格外开恩，让孙程的养子孙寿继承爵位和封地。当初汉武帝和汉宣帝利用宦官是因为宦官没有媳妇儿，当然就没有子女和女婿、外孙子等，不至于像外戚那样变成大族来威胁朝廷。现在开了一个例子，宦官的养子可以继承爵位和封地，养子也可以得到封赏，而养子是要多少有多少的。这么着，宫里的宦官多到几百家，甚至上千，彼此争权夺利，闹得乱糟糟的没有一天安宁。

孙程以后，宦官曹节、曹腾、孟贲等都得到了汉顺帝的宠用。梁皇后的哥哥梁冀和梁冀的兄弟梁不疑也老跟曹节他们来往。这时候，梁皇后的父亲梁商做了大将军。大将军梁商虽然是外戚，可是为了保全他一家的荣华富贵，他叫他儿子一辈好好地去结交中常侍曹节、曹腾他们。这就形成了一个外戚和宦官联合起来共同对付士族豪强的局面。朝廷上有不少官员见风转舵、争先恐后地向曹节他们献殷勤。

公元141年（永和六年），大将军梁商害病死了。汉顺帝自己没有权力，只好让梁冀接着他父亲做了大将军，梁不疑做了河南尹。

梁冀跟他父亲大不相同。别看他俩眼直勾勾的，说话结结巴巴，好像木头人儿似的，他从小就懂得要钱、斗鸡；长大了，打猎、跑狗、喝酒、欺压别人，着实有两下子。他做河南尹的时候，对付老百姓简直像狼对付羊一样。父亲做了大将军，妹妹做了皇后，谁敢在太岁头上动土说他不好？

有一天，洛阳令吕放偶然在梁商面前谈到梁冀，说话当中，有点不满意梁冀的口气。梁商把他儿子责备了几句。梁冀直怪吕放多嘴，就派人把他暗杀了。他还把这个罪名加在别人身上，屈死了一百多人。梁商给他瞒过了，汉顺帝更是蒙在鼓里。现在皇上的这位大舅子河南尹梁冀做了大将军，各地的官府都向他送礼贺喜，皇上的亲信曹节、曹腾、孟贲等都是他的爪牙，他更可以无法无天了。俗话说“上梁不正下梁歪”，在上头好歹是秘密行贿，在下头就是公开行贿，公开勒索了。老百姓逼得活不下去，只好纷纷起来反抗官府，专杀贪官污吏。朝廷上的大官一听到各地都有农民起义，再也不能安安稳稳地睡觉了。

谏议大夫周举上书给汉顺帝。他说：“要消灭盗贼，必须先把地方官彻底地查一查。爱护人民的官员应当升职，贪官污吏就该查办。”汉顺帝同意了。他下了诏书，大赦天下，接着就派周举、杜乔、张纲等八个大臣为使者分头到各地去观察一番。周举、杜乔他们都动身走了。这八个人之中，武阳人张纲最年轻。他不像别的大臣那么有涵养功夫，他是有什么就说什么，想怎么干就怎么干的。他认为真要整顿政治的话，首先应该惩办朝廷上违法乱纪的大官，那些地方上的小官自然就不敢胆大妄为了。他到了洛阳都亭，越想越不是味儿，就把他的车毁了，把车轮埋在地下，不去了。人家问他："你怎么啦？"他说："豺狼当道，何必查问狐狸（狐狸，指违法乱纪的小官）？"他就上书弹劾大将军梁冀和河南尹梁不疑。

张纲弹劾梁冀的消息一传出去，好像捅了马蜂窝，整个洛阳城全都骚动起来。汉顺帝正宠着梁皇后，梁家的子弟和亲戚布满了朝廷。他们说："张纲这小子，看他有几个脑袋！"汉顺帝也知道另外有不少人是向着张纲那样的大臣的，他只好把他的奏章搁在一边，没把他办罪。别的使者报告上来的大多也提到梁冀和宦官的一些毛病。这些报告上来以后，好像石沉大海，全都没有下文。大将军梁冀可把张纲恨透了。他得想法把他害了才解恨。

刚巧广陵那边有公文到来，说广陵大盗张婴，手下有好几万人马，扰乱徐州、扬州（扬州的州治在历阳，就是今安徽和县一带。今天的扬州当时归徐州管辖）一带，杀害刺史，请朝廷发兵去围剿。梁冀真比豺狼还狠，他趁着这个机会，嘱咐别人推荐张纲。朝廷就派张纲为广陵（在今扬州一带）太守，让他到张婴那儿去送死。

张纲到了广陵，带着十几个随从的人亲自去见张婴，说他是来惩办贪官污吏，并不是来跟人民为难的。张婴是条好汉，好汉识好汉，张婴被张纲说服了。两个人做了朋友，愿意共同为民除害。张纲吩咐张婴挑选一批能力较强的首领，量才录用，其余一万多人自愿回家种地。地方官不敢欺压老百姓，广陵一带就这么安定下来了。

张纲治理广陵，立了大功，汉顺帝打算封他。梁冀出来拦阻，因此作罢。汉顺帝还想重用他，叫他回朝。张婴他们得到了这个消息，联名上书挽留。汉顺帝就让他留在那儿。过了一年，张纲害病死了。死的时候，他才三十六岁。老百姓拥到太守府，哭个不停。张婴他们五百多人都穿着孝，把他的灵柩送到武阳本乡，给他安葬完了才回去。

汉顺帝听到了这个消息，也叹息了一番，拜张纲的儿子张续为郎中。

汉顺帝因为张纲一死，心中很难受，就在这一年（公元 144 年），他自己也害病死了。他死的时候，才三十岁，两岁的太子即位，就是汉冲帝。不到半年，婴儿皇帝汉冲帝死了。汉顺帝绝了后，立谁做皇帝呢？公卿大臣提出了两个人，一个是清河王刘蒜，一个是勃海王刘缵（zuǎn），他们都是汉章帝的曾孙。刘蒜年长，刘缵才八岁。公卿大臣大多向着刘蒜。太尉李固劝梁冀顾全大局，立年龄较大的刘蒜为皇帝。梁冀跟梁太后商量下来，认为年幼无知的小孩子容易对付，就决定立八岁的刘缵为皇帝，就是汉质帝。

那时候，九江的马勉在当涂（在今安徽怀远一带）带领农民起义，自称为皇帝，封他的部下徐凤为无上将军。他们自己设置官吏，统治着当地的人民。还有那个以前曾经被广陵太守张纲收服了的张婴又在广陵起兵了。梁太后还真有办法，她吩咐九江都尉滕抚招募将士，拿赏格鼓励士兵，硬把这几处起义的农民压下去。马勉、徐凤和张婴他们都在抵抗中丧了命，东南一带就这么又暂时平下去了。

八岁的汉质帝还真伶俐，就是不懂事。他瞧着梁冀掌握着大权，独断专行，连皇上也不搁在他眼里，就在朝堂上当着文武百官面前指着梁冀说："大将军是个横暴将军（原文作跋扈将军）。"梁冀听了，气得眼珠子都蹦出来了。他自言自语地说："这、这、这小子现在就这、这、这么厉害，赶明儿长长长大了，那、那、那还了得！"他就嘱咐内侍把毒药放在饼里拿上去。汉质帝吃了饼，觉得肚子很不舒服。他召太尉李固进来，问他："吃了饼，肚子闷，口干，喝下水去还能活吗？"李固还没说话，梁冀抢着说："不、不、不能喝；喝了恐怕要要要吐。"梁冀还没说下去，汉质帝已经倒在地下，滚了几滚，死了。李固趴在汉质帝的尸体上痛哭了一场，请梁太后和梁冀查办内侍。要是张纲还活着，他一定又是那句话："豺狼当道，何必查问狐狸？"

李固和杜乔他们恐怕梁冀又要挑个小娃娃做皇帝，就打算约会公卿大臣去迎接清河王刘蒜。

太学生罢课

太尉李固、大鸿胪杜乔和别的几位大臣联名上书，请大将军梁冀立清河王刘蒜。梁冀和梁太后可另有打算。他们已经看中了一个小白脸，就是蠡（lǐ）吾侯刘志。汉顺帝出殡的时候，刘志才十三岁，他也来送殡。梁太后见他长得清秀，眼珠子黑白分明，想把自己的小妹妹许给他。因为在丧事期间，不便提亲，她就让刘志暂时回去。过了两年，刘志已经十五岁了。梁太后召他进宫，越看越中意。她正商议着这门亲事，汉质帝吃了饼，毒死了。梁太后和梁冀既然决定把他们的妹妹嫁给刘志，当然最好能立他为皇帝。没想到李固、杜乔他们一致要立清河王刘蒜，事情就不怎么顺手了。

那天晚上，梁冀正在为难的时候，中常侍曹腾他们进来对他说："听说清河王厉害得很哪！要是他即了位，大将军您可别见气，我看大将军一家全保不住。我说，大将军，您不如拿定主意，立蠡吾侯，可以永远保住富贵。"梁冀皱着眉头子，结结巴巴地说："唉，公卿大臣都不、不、不同意，恐怕不、不、不好办。"曹腾说："兵权在大将军手里，您出的令，谁敢反对。"梁冀点了点头，说："好！就就就这么办吧。"

第二天，梁冀召集了公卿大臣商议立新君的事。他端着肩膀，突着嘴，俩眼直瞪，来势汹汹地大声宣布，说："立……立……立蠡吾侯！"朝廷上除了李固、杜乔他们几个大臣，全都是应声虫。他们一齐说："大将军的主意错不了。”李固和杜乔起来反对。梁冀吆喝一声，说“退……退朝！”

李固还想立清河王刘蒜。他写信给梁冀，说了一大篇道理。梁冀看了，把信扔在地下，请梁太后拿主意。梁太后下了一道诏书，把李固免了职，让杜乔代替他为太尉。十五岁的小孩子刘志即位，就是汉桓帝。梁太后替他临朝，梁冀替他掌权。

汉桓帝全靠着梁家做了皇帝，自然一切全听他们的。转过了年，才算是汉桓帝元年（建和元年，公元 147 年）。八月里，汉桓帝娶梁太后的小妹妹为媳妇儿。姐儿俩就这么分成两辈，一个叫梁太后，一个叫梁皇后。为了这一回的婚礼，太尉杜乔又得罪了梁冀。原来梁冀要动用国库，拿最阔气的聘礼去迎接他妹妹。杜乔不答应。他说不能破坏规矩。梁冀嘴里说不过他，心里可把他恨透了。刚巧洛阳发生了地震，朝廷上一班马屁鬼就说京师地震，罪在太尉。梁太后就把太尉杜乔免了职。李固、杜乔全丢了官。

就在这个时候，甘陵人刘文和南郡人刘鲔要立刘蒜。他们说清河王刘蒜是真命天子。他们打算借着刘蒜立大功，就拿着刀威胁着清河相谢嵩，说：“我们立清河王为天子，有你的好处。你要是不同意，那我们可就对不起你了。”谢嵩责备他们不该造反，他们就把谢嵩杀了。清河王刘蒜听说有人威胁谢嵩，立刻吩咐王宫里的卫兵去救。刘文他们抵敌不住，当时就给逮住了。卫兵把刘文、刘鲔押到清河王刘蒜面前，刘蒜把他们都杀了。他把这件事向朝廷报告。汉桓帝长得漂亮，他可是“聪明面孔笨肚肠”，听信宦官的话，把清河王刘蒜加个罪名，降了一级，改封为侯。刘蒜气愤不过，喝了毒药自杀了。梁冀趁着这个机会，要消灭李固和杜乔。他认为这两个人虽然都免了职，可是他们仍然是士族豪强的首领。他就说李固、杜乔和刘文、刘鲔同党，请太后把他们交给廷尉。梁太后怕出事，不准梁冀逮捕杜乔。梁冀出来，赶紧先把李固下了监狱。

李固的门生王调、赵承等几十个人自己上了刑具，一齐到宫门请愿，要求释放李固。梁太后怕他们把事情闹大，就把李固放了。李固一出了监狱，京城里家家户户都上街庆贺。大街小巷挤满了人，欢欢蹦蹦地喊着：“万岁！”梁冀一想：“这可了不得！”他去见梁太后，对她说：“李固收买人心。咱们将来准吃他的亏，不如趁早把他拿来办罪。”梁太后还没答应，梁冀就自作主张传出命令来，再把李固下了监狱。李固不愿意再一次受到折磨，就在监狱里写了一封绝命书，自杀了。

梁冀逼死了李固，又派人去告诉杜乔及早自杀，免得牵累到妻子、儿女。第二天他又派人到杜家去探听，可没听到哭声。梁冀见过了梁太后，把杜乔下了监狱。杜乔也给逼死了。

汉桓帝即位第一年就杀害了这两个出名的大臣。外面沸沸扬扬地都怪着梁太后。她心里也挺不踏实。公元 150 年（和平元年）正月，梁太后身子不舒服。她下了一道诏书，大赦天下，又把朝政归还给汉桓帝。过了一个月，她死了。梁太后一死，朝廷大权在名义上由汉桓帝掌管，实际上反倒落在梁冀一个人手里。梁冀前后加封，一共三万户，儿子也都受了封。谁有他那么威风呢？

梁冀为了自己的享受，大兴土木，盖了不少高楼大厦，又圈了几十里地作为梁家的花园。花园里面有河流和假山，亭、台、楼、阁应有尽有。这还不算。他又在河南城西开辟了一个极大的园林，接连不断的有几十里地。梁冀喜欢小白兔。他命令各地上交兔子，烙上记号。谁要是伤害这种兔子就有死罪。有个西域人不知道这个禁令，偶然打死了一只兔子。为了这件案子，牵牵连连地杀了十多个人。梁冀仗着皇家的势力，还向外国征求各种特产和贵重的物品。他在京师里曾经接待了不少西域商人。

他把良家子女抓来作为奴婢。这种奴婢称为"自卖人"，意思是说，他们都是自愿卖给梁家的。他还派人去调查有钱的人家，把财主抓来，随便给他一个罪名，叫他拿出钱来赎罪。稍不满意，就定死罪。有个扶风人孙奋，很有钱财。他可是"瓷公鸡，一毛不拔"的看财奴。梁冀送给他一匹马，向他借钱五千万缗。孙奋哪儿舍得。后来他实在逼得没有办法，一咬牙，给了他三千万。梁冀一看，短了两千万，冒了火儿。他吩咐当地的官府把孙奋和他兄弟都抓来，说他们的母亲是将军府里逃出来的丫头，被她盗去十斛珍珠、一千斤紫金，都应该追还。孙奋哥儿俩不肯承认，就活活地被官府打死，家产没收，一共值一亿七千多万缗。官府也有好处，一大半送给了梁冀，算是追还珍珠和紫金的。

梁冀这么无法无天地闹着，汉桓帝是管不着他的。公元 151 年（元嘉元年）元旦，大臣们向汉桓帝拜年。大将军梁冀带着宝剑大摇大摆地走上朝堂里来。成都人张陵是当时的尚书。他吆喝一声，吩咐羽林军夺去梁冀的宝剑。梁冀没提防这一招，只好慌里慌张地趴在地下承认错误。张陵大声地说：“梁冀目无皇上，应当交给廷尉办罪！”汉桓帝连忙替梁冀解围，罚他一年的俸禄。梁冀只好拜了拜，退出去了。他对张陵有点害怕，倒也不敢去惹他。

新年刚过去，接着就是刮大风，大树都给连根拔起来。夏天大旱，有些地方又有饿死人的事。第二年，京师发生了两次地震。第三年（公元 153 年，汉桓帝即位第七年），黄河发大水，冀州一带，河堤决了口，老百姓来不及逃的，都给淹死了。没淹死的，有几十万户流离失所。当地的官府不但不管，还净贪污勒索，难民越来越多。梁冀不敢惹张陵，就派另一个跟他过不去的人去做冀州刺史。那个人是南阳人朱穆，也是个硬汉。

朱穆才渡过河，那些贪官污吏已经吓坏了。他们害怕朱穆查办他们，当时就有四十多人扔了官印，逃走了。朱穆一到，果然，查办起来，铁面无私。那些贪污的官吏一个也逃不出他手去。有的自杀了事，有的死在监狱里。老百姓早已把他们恨透了。大伙儿都说：“天有眼睛，来了朱刺史。”

就在这个时候，宦官赵忠的父亲死了。赵忠回到安平本乡去办丧事。出殡的排场不用说多么阔气了。他大胆地违反了当时的制度，像埋葬皇上那样地在他父亲的棺材里放着玉匣。这就引起了议论，可是赵忠的势力多么大啊，谁也不敢出来反对。等到赵忠一走，就有人向朱穆告发。安平是属冀州管的。冀州刺史朱穆就派郡吏仔细调查。郡吏知道朱穆的厉害，不敢马虎。他们调查以后，确实有了把握，就刨开坟头，劈开棺材，里面果然有玉匣。当时就把赵忠的家属下了监狱。

赵忠得到了这个消息，不但不肯认错，反倒气得双脚乱跳。他跑到汉桓帝跟前哭诉，说朱穆刨他父亲的坟，还无法无天地逮捕了他的家属。大将军梁冀本来讨厌朱穆，也从旁加枝添叶地给朱穆说坏话。汉桓帝给他们俩这么那么一说，眼珠子往上一翻，算是生了气。他立刻派使者把朱穆逮回来，交给廷尉，罚他去做工匠。

这个消息一传出去，整个洛阳城纷纷地议论起来。当时就有好几千太学生出来打抱不平。他们对于外戚、宦官，早已恨得咬牙切齿。现在宦官赵忠犯了国法，外戚梁冀还帮他陷害忠良，大伙儿嚷着要去救援朱穆。他们就决定罢课，公推太学生刘陶带头，写了一封公信，好几千人一齐到了宫门前表示抗议。刘陶把那封公信递进去，要求释放朱穆，不然的话，他们愿意全体关在监狱里，为的是不让忠臣蒙冤受屈。

汉桓帝看了这封公信，翻了翻白眼，只好把朱穆放了，让他回到本乡南阳去。太学生救出了朱穆，还不肯就此不管国家大事。他们准备再上书，向汉桓帝推荐人才。

古籍链接

冀乃大起第舍，而寿亦对街为宅，殚极土木，互相夸竞。堂寝皆有阴阳奥室，连房洞户。柱壁雕镂，加以铜漆，窗牖皆有绮疏青琐，图以云气仙灵。台阁周通，更相临望；飞梁石蹬，陵跨水道。金玉珠玑，异方珍怪，充积臧室。远致汗血名马。又广开园囿，采土筑山，十里九陂，以像二崤，深林绝涧，有若自然，奇禽驯兽，飞走其间。冀、寿共乘辇车，张羽盖，饰以金银，游观第内，多从倡伎，鸣钟吹管，酣讴竟路。或连继日夜，以骋娱恣。客到门不得通，皆请谢门者，门者累千金。又多拓林苑，禁同王家，西至弘农，东界荥阳，南极鲁阳，北达河、淇，包含山薮，远带丘荒，周旋封域，殆将千里。又起菟苑于河南城西，经亘数十里，发属县卒徒，缮修楼观，数年乃成。移檄所在，调发生菟，刻其毛以为识，人有犯者，罪至刑死。尝有西域贾胡，不知禁忌，误杀一兔，转相告言，坐死者十余人。冀二弟尝私遣人出猎上党，冀闻而捕其宾客，一时杀三十余人，无生还者。冀又起别第于城西，以纳奸亡。或取良人，悉为奴卑，至数千人，名曰“自卖人”。

——《后汉书·梁统列传第二十四》

宦官五侯

太学生刘陶等又上书给汉桓帝，说："天下不安，内外扰乱，上天愤怒，小民吃苦。皇上打算安定天下，就得起用忠良。朱穆、李膺为人正直，办事能干，是中兴的助手，国家的柱石。皇上应当召他们还朝，辅助皇室。"

那李膺是颍川襄城人，跟朱穆同样出名。他曾经做过青州刺史。一般贪官污吏一听说他来，都扔了官印逃了。他也做过渔阳太守和蜀郡太守。最后他还担任了乌桓校尉，自打头道地抵抗过鲜卑。东北那边总算靠他安定下来，想不到这么一个大臣还给朝廷免了职。李膺回去，到了纶氏县（在今河南登封一带），就在那儿教授门生。在他门下求学的经常有一千多人。太学生刘陶一向钦佩李膺，因此，把他跟朱穆一同推荐上去。汉桓帝哪儿肯听。他只知道吃、喝、玩、乐，"天下不安，内外扰乱"，他可不管。反正这几年来，造反是造不起来的。陈留人李坚自称为"皇帝"，长平人陈景自称为"皇帝子"，南顿人管伯自称为"真人"，扶风人裴（péi）优也自称为"皇帝"。因为姓刘的皇帝都太没出息，人心并不思汉，这些姓李的、姓陈的、姓管的、姓裴的都可以做皇帝了。只是这些人兵力不强，又是临时凑合，各郡县发兵镇压，先后都给消灭了。泰山、琅邪一带的公孙举和东郭窦也起来反抗官府，杀了几个官员，可是那也还算不了什么。

国内尽管不能造反，东北的鲜卑打进来，那可了不得。这几年来，鲜卑越来越强大。北边挡住了丁零，东边打退了夫餘，西边打败了乌孙，原来属于匈奴的从东到西一万四千多里地方都给鲜卑占了。公元156年（永寿二年），鲜卑进攻云中，屠杀居民，抢掠牲口。警报一个接着一个地传到京师，连汉桓帝也着急起来。他想起李膺曾经打过鲜卑，在鲜卑人当中很有威望。再说上两年太学生刘陶也推荐过他，一时又派不出别的人去，他就任命李膺为度辽将军，叫他去抵抗鲜卑。说起来也真怪，鲜卑一听到李膺来了，就要求讲和，把他们所抢掠去的男女和牲口送还，自动地退了回去。李膺也不愿意打仗，只是加强边防，不让鲜卑进来就是了。

鲜卑那一边刚刚安定，泰山和琅邪可又吃紧起来。公孙举他们带领着三万多人经常在青州、兖州、徐州一带反抗官兵。嬴县（在今山东莱芜一带）是个重要的地方，官兵和反抗官兵的“盗贼”经常在那边进进出出，弄得老百姓叫苦连天。尚书推荐颍川人韩韶去做嬴县的县长。青州、兖州一带的人都知道韩韶是个正派人。他一上任，嬴县立刻安定下来。所谓“盗贼”实际上都是朴实的农民，他们彼此约定不再去抢劫嬴县，逃难的一万多户老百姓就都回来了。可是他们回到家里，什么都没有，眼看都得饿死。韩韶吩咐管粮仓的官员把公家的粮食全都拿出来救济难民。那个管粮仓的愁眉苦脸地说：“这可不行！没有太守的命令，谁担得起这个罪名？”韩韶说：“我担得起。能够救活这么多人，我就是掉了脑袋也心甘情愿。”太守知道老百姓都向着韩韶，也没把他办罪。

韩韶不管怎么爱护老百姓，也只能够顾到一个县。别的地方还是乱糟糟的。司徒严颂推荐议郎段颎（jiǒng）为中郎将发兵去征讨公孙举和东郭窦。段颎是个出名的刽子手，三万多起义的农民给他屠杀了一万多。东郭窦和公孙举都先后给他杀了，其余的人只好逃散，暂时躲开。

国内、国外的反抗都给压下去，大将军梁冀就更加神气。梁皇后有了这么一个掌握大权的哥哥，那种骄横劲儿也不用提了。她因为自己没有儿子，最恨别人生孩子。因此，宫里人有了喜，没有一个不给她害死的。汉桓帝越看她越讨厌，干脆不上她那儿去。每到晚上，梁皇后气得胸脯一鼓一鼓像拉风箱似的。她胸脯里装不下这么多的别扭，最后气出病来，咽了气。

她一死，贵人梁猛出了头。那梁猛原来姓邓，父亲邓香早死，母亲宣氏再嫁给孙寿（孙寿就是梁冀的老婆）的舅舅梁纪。孙寿见她长得挺美，把她收为自己的女儿，送她到宫里，后来封为贵人。大家都以为她是梁冀的女儿，都叫她梁贵人。梁冀恐怕梁贵人的母亲泄露秘密，就派刺客去刺她。不料那个刺客被人逮住。审问下来，才知道是大将军梁冀派去的。梁贵人知道了底细，把梁冀派人去暗杀她母亲的事告诉了汉桓帝。汉桓帝正宠着梁贵人，就把梁冀当作仇人。梁冀曾经杀害过不少大臣，作威作福，小看皇上。现在他竟敢得罪梁贵人，汉桓帝火儿更大了。他气得肚子发胀，闷闷不乐地上厕所去了。小黄门唐衡随身跟着他。汉桓帝一瞧没有别人，就问小黄门："宫中上下，谁跟梁家有怨？"小黄门低声地说："中常侍单超、小黄门左悺（guàn），还有中常侍徐璜、黄门令具瑗（yuàn）。他们都……"汉桓帝没等他说完，就摆摆手，说："我知道了。"

汉桓帝挺秘密地跟单超、徐璜、具瑗、左悺、唐衡等商量定当，发动羽林军一千多人，突然围住梁冀的住宅，收了大将军的印。梁冀慌里慌张，直发抖，两眼一黑，什么也瞧不见了。赶到他清醒过来，知道活不了啦，只好跟着他老婆孙寿一块儿喝了毒药自杀。梁家、孙家和他们的亲戚全都完蛋。有的处了死刑，有的废为平民。大官、小官去了三百多人，朝廷上差不多空了。老百姓欢天喜地的，不用提多高兴了。梁冀的家产充公，一共值三十多万万。汉桓帝有了这笔款子，下了一道诏书，减去天下租税一半，所有梁家的花园、园林等一律开放，让给穷人耕种。国内的紧张局面暂时又缓和了一下。

论功行赏，单超、徐璜、具瑗、左悺、唐衡五个宦官同一天里都封为侯，就是所谓"宦官五侯"。尚书令以下有功劳的七个人，也都先后封了侯。单超对汉桓帝说："小黄门刘普、赵忠等同心协力地消灭了奸臣，也有功劳。"汉桓帝慷慨得很，就又封刘普、赵忠等八个内侍为乡侯。打这儿起，东汉的政权又从外戚手里转到宦官手里了。

汉桓帝还以为梁贵人是梁冀的女儿。赶到事情弄明白了，才知道她原来姓邓，就立邓贵人为皇后。立了皇后，再拜三公九卿。东汉朝廷一下子好像有点儿新气象。大伙儿都盼望着汉室中兴。

要打算中兴，就得搜罗人才。尚书令陈蕃推荐了五个名士，就是：南昌人徐稺（zhì）、广戚人姜肱（gōng）、平陵人韦著、汝南人袁闳（hóng）、阳翟人李昙（tán）。汉桓帝分别派人去迎接他们。这五个读书人，学问好、品格高、名望大，可是脾气也很怪。他们宁可一面教书，一面耕种，就是不愿意给昏君当奴才。他们好像都约定了似的，一个也没来。汉桓帝本来并不真心实意地要搜罗人才，不来就拉倒。只是陈蕃觉得有点别扭，怎么连老朋友徐稺也不来看他一看呢？

原来陈蕃和徐稺很有交情。以前陈蕃做豫章太守的时候，曾经请徐稺出来做事。徐稺只跟他做个朋友，可是不愿意做官。陈蕃也有个怪脾气。他不喜欢应酬，不招待宾客，只有对徐稺是个例外。他每回请徐稺过来，老是谈到半夜三更。因此，特地给徐稺准备了一张卧榻，跟他一块儿过夜。徐稺一走，陈蕃就把那张卧榻挂起来，直到徐稺再来，才放下来。他这么尊重徐稺，这会儿又特地推荐他，可是他不来，难怪做老朋友的觉得别扭。

陈蕃还不灰心，他又请汉桓帝派使者去聘请安阳名士魏桓。魏桓也像徐稺他们一样，不愿意动身。朋友们都劝他，说："就是到京师里去走一趟也好嘛。"魏桓对他们说："读书人出去做官，总得辅助皇上，教导人民，才对得起国家。现在后宫多到几千人，请问能减少吗？专供玩儿的马多到一万匹，请问能减少吗？皇上左右的那一批宦官，请问去得了吗？"他们叹了一口气，说："这恐怕办不到。"魏桓说："对呀！那么你们劝我去，你们要我的命，是怎么着？要是我活着出去，死了回来，对你们有什么好处？"大伙儿这才没有话说。

魏桓、徐稺他们不去，汉桓帝也不稀罕他们。他有一大批封了侯的宦官就蛮够了。中常侍侯览并没参与那一次除灭梁家的事，他给汉桓帝献了五千匹绢，汉桓帝也封他为侯，还把他跟单超他们一块儿列入功臣里面。这些宦官的骄横劲儿压倒所有的大臣。白马令（白马，地名，在今河南滑县一带）李云冒冒失失地上了一个奏章，批评汉桓帝不该滥封宦官。他说："这么多的宦官，没有什么了不起的功劳，就封了一万户以上，这样干，在西北边塞上的将士们恐怕要人心离散了。"他还说："皇帝是治理天下的。现在乱给爵位，宠用小人，贿赂公行，不理朝政。难道不要治理天下了吗？"

汉桓帝看了，眼珠子向上直翻，立刻下个命令，把李云下了监狱，叫中常侍管霸严刑拷打。大臣杜众立刻上书，愿意和白马令李云一同死。汉桓帝更加火儿了，把杜众也下了监狱。陈蕃等几个大臣联名上书，替李云和杜众求情。汉桓帝要让他们瞧瞧到底是谁治理天下的，就把陈蕃他们革了职，吩咐小黄门传出命令把李云、杜众处了死刑。你说他宠用宦官，他觉得还没宠用够哪。当时就把中常侍单超拜为车骑将军，叫他掌握兵权。宦官的势力多么大，听都没听说过。

宦官单超做车骑将军没多久，死了。其余的四个侯，徐璜、具瑗、左悺、唐衡没有个头儿压在上面，更加无法无天了。他们大兴土木，盖造大厦。他们虽然都是失去生殖能力的男子，不娶媳妇儿总觉得不像个样儿。他们就搜罗了许多美人儿，把她们打扮成宫里的妃子似的，日日夜夜伺候他们。他们因为不能生男育女，就收了一些族里的子弟或者不是同姓的人作为义子。这义子也能够继承爵位和俸禄，就有不少没皮没脸的人巴不得叫宦官做爸爸。

这四个大宦官有的是义子、兄弟和侄儿，他们都做了大官。当时的河东太守、济阴太守、陈留太守、河内太守等等都是这几个大宦官的兄弟或者侄儿。至于做县令的，那就更多得没法数了。这些无才无德的大官、小官只知道贪污、勒索，压根儿不管老百姓的死活。老百姓受了冤屈，也没有地方可以告发。

徐璜的兄弟徐盛做了河内太守，侄儿徐宣做了下邳令。别说是做太守的可以作威作福，就是做个小小的县令，也可以无法无天地欺压良民。下邳令徐宣只要瞧见一个美貌的女子，不管是谁家的，就非送给他不可。以前的汝南太守李嵩，家在下邳。他的女儿给徐宣看上了。那时候，李嵩已经死了，娘儿俩住在家里。徐宣派人去说亲，要李家的小姑娘做他的姨太太。李家不答应，徐宣就派几个公人把她抢了来。小姑娘一个劲儿不依，徐宣火儿了，叫人把她绑在柱子上，毒打了一顿，再问她依不依。李姑娘骂他是畜生。徐宣露着牙齿笑了。他拿出一张弓，拣了十几支箭，一边喝酒，一边把她当作箭靶子，就这么喝一口，射一箭，把个小姑娘活活地射死，他还咯咯咯地笑个不停。

李家向当地的太守鸣冤告状，太守害怕徐宣，也不调查，也不追问，只是把这件案子拖下去。刚巧有个东海相黄浮，是个不怕死活的硬汉，因为下邳是属东海管的，李家告在他那儿。黄浮就派使者传徐宣到东海来，当面审问他。徐宣仗着他叔叔徐璜的势力，把嘴角使劲地往下一拉，露出犬牙，显着狗咬人的样子，说："你敢把我怎么样？"黄浮吩咐底下人剥去徐宣的衣帽，把他反绑了。徐宣嚷着说："你反了吗？你不怕死吗？你们真敢碰我？”黄浮大喝一声，说：“推出去砍了！”徐宣这才打着哆嗦，跪在地上喊“饶命”。东海的官员也都慌了，拦住他，说：“这可使不得！万万使不得！您要杀了徐宣，祸事不小。”黄浮说：“我今天把这个贼子宰了，明天我死，我也甘心！”说着，他亲自监斩，砍了徐宣，全城的人没有一个不痛快的。

黄浮做事，痛快固然痛快，可是徐璜怎么能放过他呢？他一定要替他侄儿报仇，他跪在地上，哭哭啼啼地对汉桓帝说：“黄浮受了李嵩家的贿赂，害死我的侄儿。请皇上给我做主。”汉桓帝的耳朵是专为听宦官的话长着的。他就把东海相黄浮革职论罪。

汉桓帝又听了宦官的话，出卖爵位和官职。这是因为连年的灾荒和疫病使朝廷减少了收入，再加上为了抵抗西羌和匈奴又花了不少军费，弄得库房又空了。泰山的农民又起来反抗官兵，杀了当地的都尉。这一次的起义尽管又被血腥的统治硬压下去，朝廷可伤了元气。公元 161 年（延熹四年），东方发生了地震，连岱山（就是泰山）和尤来山（就是徂徕山，在今山东泰安一带）都裂开了。种种天灾、人祸引起了天下不安，朝廷就得找个人来承担罪名。

林宗巾

因为地震，司空黄琼尽管多么小心，也免了职。大鸿胪刘宠升上去，做了新的司空。刘宠曾经做过会稽太守。在他的任期内，他禁止官吏们的非法行为，废除繁杂的和苛刻的命令，会稽郡给他治理得很不错。后来朝廷调他到京师里去，他恐怕惊动老百姓，就不声不响地走了。

刘宠到了若邪山（在今浙江绍兴一带），忽然有五六个山阴县的父老从山谷里出来。他们的眉毛、头发全都白了，从小道上赶来送行，对刘太守说："从您到了这儿以后，官吏不来为难我们，晚上狗也不叫。我们有了您这么一个太守，真够造化的了。现在朝廷把您调走，我们没法挽留，特来送行。我们知道您两袖清风，厚礼是不肯收的。"他们各人拿出一百个小钱，说："这一百个小钱不值什么，就算是表表我们的心。"刘宠说："老大爷，你们辛苦了。我哪儿能够像你们夸奖的那么好呢？你们的盛意，我心领了。这钱啊，我接受不好，不接受也不好。"说着，他就从每一个父老的手里挑了一个大钱，其余的都退还了。他就这么拱拱手跟这几位父老告别。刘宠下了山，瞧见那边的水很清，他就把那几个大钱扔到水里去了。

刘宠做了司空，反倒没法像在会稽那样发挥他的作用。那个以前的司空黄琼免职以后不到三年，害病死了。四方名士跑来送殡的有六七千人。

其中最出名的有太原人郭泰、南昌人徐稺、陈留人茅容、巨鹿人孟敏、陈留人申屠蟠（申屠，姓；蟠，名）等。当初黄琼在家里教授门生的时候，徐穉老去向他请教。两个人往来很密。赶到黄琼做了官，徐穉连一次也没去看过他。这会儿，他拿着祭品到了坟头，上了供，哭了几声，跟谁也没说话，就独自走了。人家还不认识他是谁。大伙儿猜了一会儿，太原人郭泰，又叫郭林宗，想了想，说："这个怪人准是南昌高士（清高的读书人）徐孺子（徐穉字孺子）。"茅容就说："您错不了。一定是他。我追上去。"

茅容是郭泰的朋友，也可以算是他的门生。他是受了郭泰的鼓励，才钻研学问的。原来郭泰是东汉很出名的儒生，他不愿意做官，可是老喜欢劝人念书。他初到洛阳的时候，名望还不大，人家都不认识他。陈留人符融一见，就跟他结交上了，还把他介绍给河南尹李膺。李膺是符融的老师，和陈蕃同样出名。李膺见了郭泰，非常器重他。他说："读书人我见得多，像郭林宗那样又聪明又高雅、博学多能的人，真少见。"就跟他做了朋友。郭泰给李膺这么一夸奖，就在京师里出了名。可是郭泰不愿意做官，他向李膺辞行，说要回到老家太原去。李膺准备亲自送他。这个消息一传出去，京师里的儒生都出来送行。一块儿送他到黄河边上的车马就有好几千辆。他们到了河边，李膺只跟郭泰上了小船渡过河去。郭泰这个体面可真不小。儒生们在岸上望着一条小船坐着两个人，把他们当作了神仙。陈蕃给徐穉准备的卧榻和李膺跟郭泰过渡的小船后来就成为知心朋友的话头了。

郭泰离开洛阳，周游郡国，碰到有可以造就的人，就劝他们上太学去或者鼓励他们好好地研究学问。有一天，他到了陈留，路过田野，下起雨来了。他跑到大树底下去，就瞧见有好几个庄稼人在那儿避雨。有的蹲着，有的伸着大腿坐着，有的躺在树根子上。其中有个庄稼人，四十来岁，看去挺斯文，毕恭毕敬地坐着，好像听老师讲书似的。郭泰猜想他准是个种地的读书人，就跟他通了姓名，故意向他请求，说他找不到过夜的地方，能不能在他家里过一宿。那个种地人就是陈留人茅容。他挺客气地把郭泰接到家里，招待他过夜。第二天天一亮，郭泰起来，就瞧见茅容已经杀了一只鸡，正在做饭。郭泰觉得主人这么待他，心里很过意不去。赶到吃饭的时候，茅容先伺候他母亲吃了，把那吃剩的鸡肉藏在食柜里，然后自己跟郭泰坐在一块儿，吃的仅仅是平常的青菜、淡饭，连鸡爪子都没有。郭泰吃完了饭，向茅容作个揖，说："好！你是我的好朋友。"他就劝他去游学。茅容听了他的话，也成了名士。这会儿，他一听见郭泰说那个怪人准是徐稺，他立刻骑上马追上去。

茅容跑了几里地，追上了那个人。一问，果然是徐稺。刚巧旁边有一家酒铺子，茅容要求他，说：“咱们难得碰到，就在这儿喝几杯吧。”徐稺也不推辞。茅容做东，要了些酒和肉，两个初见面的朋友就这么一面喝酒，一面聊起天来了。真是海阔天空，从庄稼聊到天文，从天文又聊到庄稼，越聊越对劲。茅容顺便向他问起国家大事，想听听他的意见。徐稺傻不唧唧地笑了笑，就是不开口。他一开口，又聊起庄稼来了。

酒喝够了，话也说得不少了，徐稺起身作别，说：“请替我向郭林宗问候：大树倒下来，不是一条绳子拉得住的。何必忙忙碌碌各处奔走呢？劝他安静点吧。”

茅容回来，向郭泰学说了一遍。有几个人有点怪徐稺。他们说：“碰到了可以说话的人还不说，孺子未免太瞧不起人了吧。”郭泰说：“孺子的清高劲儿到了家了，他就是受冻挨饿，你也没法给他吃的、穿的。他能够让季袆（茅容字季袆）请他吃、喝，已经把季袆当作知己了。至于他闭着嘴不回答国家大事，这是因为他的聪明咱们还可以学学，他的装傻劲儿简直没法跟他比。”

郭泰一向到处游历，劝人注重道德、学问，最好能进太学深造。他在巨鹿的时候，有一天，一个人出去溜达溜达，瞧见前面有个人肩膀上挑着一根棒，棒上挂着一只煮饭的砂锅，一晃一晃地走着，样子很怪。郭泰跟在后面，打量着他是怎么样的一个人。忽然听到“啪”的一声，那只砂锅掉在地下，摔成碎片。那个人还是往前走。郭泰跑上去告诉他，说：“朋友，你的砂锅掉了。”那个人好像没有事儿似的说：“我知道。”“那你怎么不回头看看呢？”“掉了就掉了，还看它什么？”郭泰知道这个人很有决断，还真佩服他，就跟他聊起天来了。他这才知道那个人是巨鹿人，叫孟敏。郭泰就劝他到太学去游学。孟敏给他这么一鼓励，也就进了太学，成为名士。

郭泰听说陈留有个漆工叫申屠蟠，挺有义气，他就亲自去看他。申屠蟠喜欢读书，因为家道贫穷，给人家做佣工，干些油漆活儿。郭泰跟他一谈，申屠蟠好像吹开乌云见了太阳，迫切地想去求学，可是他没有钱。郭泰就帮助他去游学，他成了东汉的五经名家。

郭泰自己教授的弟子不下一千人。他们因为汉桓帝昏庸，宦官专权，都不愿意出去做官，名士的名气就越来越大。当时的读书人都要做名士，

“做名士”成了一种风气。在这些名士当中，郭泰的名望比谁都大。大伙儿都学他的样儿。有一次，郭泰在路上着了雨，他的头巾淋坏了，一只角耷拉下来。他也不在乎，以后就戴着这顶一只角高、一只角低的头巾。万没想到，一般名士瞧见了他戴着的头巾，就故意把头巾的一只角压低，还把这种头巾称为“林宗巾”。这么一来，远远近近的儒生全都戴上了“林宗巾”。

郭林宗虽然不愿意做官，可是谁都知道他跟大臣李膺是好朋友。他们既然是好朋友，当时的一般名士当然都向着李膺。可是李膺因为有宦官跟他作对，官运并不亨通。有时候革了职，有时候坐了监，有时候又奉命做了官。

公元 165 年（延熹八年，汉桓帝第十九年），李膺做了司隶校尉，陈蕃做了太尉，王畅做了尚书。太学生三万多人都歌颂着这三个大臣，说李膺是天下模范，陈蕃不怕豪强，王畅是优秀人物。大伙儿议论纷纷，评论当时的人物，他们把君子和小人分别开来：君子跟君子为一党，小人跟小人为一党。朝廷上执掌大权的宦官们都把反对他们的人称为“党人”。打这儿起，“党人”就不断地遭到了迫害，闹得人心惶惶，谁也不知道什么时候给人加上一个“党人”的名目，就会下了监狱。

李膺做了司隶校尉，有人告发宦官张让的兄弟张朔。张朔是野王（地名，在今河南沁阳一带）的县令，贪污、勒索，无恶不作。经人告发，他知道司隶校尉的厉害，就离开野王县，逃到京师，躲在他哥哥张让家里。李膺听到了这个风声，亲自带领着公人到张让家去搜查。搜查了半天，可没见到张朔的影子。这怎么办呢？他们再仔细看了一遍，就瞧见张让家里有复壁（中间有夹道的墙壁）。就吩咐手下人打破复壁，进去搜查。果然张朔藏在里面。他就像逮小鸡似的给逮了去，押在洛阳监狱里。

张让派人去说情，已经来不及了。张朔供认以后，早给砍了。张让气得什么似的，马上向汉桓帝哭诉。汉桓帝知道张朔有罪，不好去难为李膺，可是总觉得李膺太瞧不起宦官了。

一波未平，一波又起。有个河南方士张成，素来结交宦官。据说他能够看风向，推测吉凶。就在公元 165 年，中常侍侯览透出消息来，说日内就要大赦。张成马上装腔作势地当着众人看了看风向，就说皇上快要下诏书大赦天下了。别人不信。他要人家传扬他这个方士的本领，就跟人家打赌，叫他儿子去杀人。司隶李膺把那个凶手拿来办罪。第二天，大赦的诏书果然下来了。张成得意扬扬地对众人说："你们看我是不是未卜先知？诏书下来了，不怕司隶不把我的儿子放出来。"这话传到李膺耳朵里，李膺更加冒了火儿，他说："预先知道大赦就故意去杀人，大赦也不该赦到他身上。"说完，就把张成的儿子杀了。张成哪儿肯甘休？他请中常侍侯览、小黄门张让给他想办法报仇。侯览他们就替张成出个鬼主意，叫他去嘱咐自己的弟子牢修上书，控告李膺勾结一些太学生和像游民似的所谓名士联成一党，毁谤朝廷，败坏风俗。

汉桓帝本来已经恨透了那些批评朝廷的儒生，这会儿看了牢修的控告书，就下了命令，逮捕党人。太尉陈蕃看了党人的名单，都是天下知名之士，他不肯签署。汉桓帝火儿更大了，当时就把李膺下了监狱。还有太仆杜密、御史中丞陈翔，以及陈寔（shí）、范滂等一共两百多人都得按名单逮捕。有些被指为"党人"的名士，一听到风声，逃的逃，躲的躲。朝廷出了赏格，通令各郡国，非把这些人抓来不可。

逮捕党人

宦官跟党人的斗争是很激烈的。要是党人得了势，宦官就没有地位了。他们就先后把杜密、陈寔、范滂等人都下了监狱。

杜密是颍川人，曾经做过北郡太守、泰山太守和北海相，一向监视宦官子弟，有恶必罚，有罪必办。后来他革职回家，还老向当地的郡守、县令提供意见，请他们好好地治理百姓。郡守、县令虽然讨厌他多嘴，可是他是还乡的大臣，倒也不敢得罪他。跟他同郡的有个辞职还乡的大官叫刘胜。他原来是蜀郡太守，一回到家里，就大门不出，二门不迈，每天在家里扫扫院子，任何亲戚朋友都不接见。颍川太守王昱一见杜密又来跟他谈论当地的情况，就不停地称赞刘胜，说他闭门不出，清高极了。杜密知道王昱有意讽刺他，就说："刘胜做了大官，有了这么高的地位，按理说，他应当为国为民干些事。可是他既不敢推荐好人，又不敢批评坏人。只管自己不出事，不声不响，好像'冷天的知了'（文言叫寒蝉）似的。这种胆小鬼是当世的罪人。我哪，听见有好人，就来告诉您，听见有坏人，也来告诉您，让您在赏善罚恶当中，也可以有万分之一的帮助。"王昱听了，自己觉得有些害臊，只好挺恭敬地对待着杜密。后来杜密又被调到京师，做了尚书令，又升为太仆。他像李膺一样，疾恶如仇。两个人的品格和名望都差不多，人们也就把他们联着称为李、杜（以前李固和杜乔称为李、杜，这会儿李膺和杜密也称为李、杜）。李膺下了监狱，杜密当然也逃不了。

陈寔是颍川人。据说有一个晚上，有个小偷进了他的屋子，躲在房梁上，给陈寔瞧见了。他召集了自己的子孙，向他们训话，说："做人必须自己勉励自己。坏人并不是生下来就坏的。习惯成性，以致如此。梁上君子就是这一类的人。"那个小偷知道躲不过去，又是惊慌，又是害臊，就从房梁上爬下来，趴在地下向陈寔磕头认错。陈寔对他说："看你的貌相不像个坏人。你应当勉励自己，勤俭过日子，做个好人。可是你太穷了，确实也不好过日子。"他就拿出两匹绢来送给他。陈寔跟宦官本来没有冤仇，因为他的名望太大，再说他也是太学出身的，就也被划到党人里边去。有人劝他逃走。他叹了一口气，说："我逃了，别人怎么办呢？我进去，也可以壮壮他们的胆。"说完话，他就动身上京，进了党人的监狱。

范滂是汝南人。他一听到朝廷逮捕党人，也像陈寔一样，挺着腰板、仰着脑袋自动地进了监狱。那时候，党人都关在北寺监狱里。监狱官对他说："囚犯进了监狱，应当祭祀皋陶（相传是虞舜的大臣，最早制定法律、设立监狱的人）。"范滂很正经地说："皋陶是古代正直的大臣。如果他知道我们没有罪，他将替我们在天帝面前申诉冤屈；如果我们有罪，祭他有什么用呢？"他不祭，别的人也都不祭了。

被逮捕的党人都是天下名士。度辽将军皇甫规自己认为也算是豪杰，因为跟党人们没有来往，没受逮捕，算不得名士，心里觉得非常害臊。他就上书给朝廷，说他曾经推荐过党人，跟太学生有过来往，也附和着党人，应当跟他们一同受罪。一来因为宦官们跟皇甫规没有仇恨，二来汉桓帝正需要他安抚西羌、抵抗匈奴，就没去难为他。

汉桓帝没把皇甫规办罪，可是他疑心太尉陈蕃跟党人有联系，因为陈蕃上了一个奏章替党人们辩护。宦官又从中给陈蕃说坏话。汉桓帝就把他革了职，任命周景为太尉。周景也算是个老实人，他看到陈蕃为了替党人说了几句话，连官职也革去了，哪儿还敢开口？俗话说，"是非只为多开口，烦恼皆因强出头"，他做他的官，让别人坐他们的监吧。这批党人也不审问，也不定罪，就这么在北寺关了一年多。可是是非自有公论，公道自在人心。当时有一个颍川人贾彪，自告奋勇地上洛阳去替党人走门路。

公元 167 年，贾彪到了洛阳，见了城门校尉窦武（窦融的曾孙）和尚书霍谞（xū），请他们替党人申冤。这时候，汉桓帝已经立贵人窦氏为皇后。窦武是窦皇后的父亲，封为槐里侯。他听了贾彪的话，上书给汉桓帝，请他释放党人。他还交上了城门校尉和槐里侯的印，自愿免职还乡。汉桓帝把这两枚印发还给他。尚书霍谞也上书，请求释放党人。汉桓帝不得不考虑一下。李膺以攻为守，开始向敌人进攻。他向宦官反击，列举了一些宦官子弟，说他们跟他是同党。宦官才害怕了，就对汉桓帝说："现在天时不正，应当大赦天下了。"汉桓帝就把两百多个党人一概释放，可是把他们的名字都记下来，一辈子不准他们做官。

这许多"党人"都分头回到自己的本乡去。范滂离开洛阳，回到汝南。南阳士大夫都等在道上欢迎他，光是车马就有好几千辆。范滂听到了这个信儿，叹了口气，说："这不是叫我再去坐监吗？"他就绕着道，偷偷地回到家乡。

当初捉拿党人的诏书到了各郡国，各郡国都上书把党人报上去，牵连着的人多到几百个。只有平原相史弼（bì）连一个人也没报上去。诏书接连下来催他，一定要他报上党人来。他始终不报。青州派从事（官名）到了传舍（客舍），把史弼传去，责备他为什么不逮捕党人。史弼说："平原没有党人。"从事把脸一沉，说："青州六郡（六郡，就是济南、乐安、齐国、东莱、平原、北海），五郡都有党人，难道单单平原没有？没有这个道理！"史弼回答说："先王划分地界，各地的水土、风俗各有不同。别的郡有党人，凭什么就能够断定平原也一定有党人呢？如果为了奉承上司，一定要冤枉好人，那么，平原家家户户都是党人。如果一定要我死，死就死吧。党人我可说不上来。"从事生了大气，就把平原郡的官员收在监狱里，一面回报朝廷，要把史弼定罪。这时候，刚巧碰到汉桓帝从宽发落党人，只罚了史弼一年俸禄，把他免了罪。

就在这年冬天，汉桓帝害了病。他立了三次皇后（梁后、邓后、窦后），有几十个贵人，上千的宫女。他在害病的时候，还跟田圣等几个女人鬼混在一块儿。这个荒淫的皇帝死的时候才三十六岁，可就是没有儿子。

汉桓帝一死，窦皇后慌了手脚。她连忙召她父亲窦武进宫，商议立嗣。他们又跟几个大臣商议了一下，就立河间王刘开的曾孙、十二岁的小孩子刘宏为皇帝，就是汉灵帝，尊窦皇后为皇太后。十二岁的孩子懂得什么，当然由窦太后临朝，窦武为大将军，陈蕃为太尉。大将军窦武、太尉陈蕃同心协力，辅助王室，接着就征求天下名士。李膺、杜密他们又重新回来，参与朝政，天下人都拉长着脖子等着过好日子了。

窦太后挺重视陈蕃，还拜他为太傅，对她自己的父亲窦武更不必说了。可是她在宫里，天天瞧着中常侍曹节、王甫他们奉承她，好得不能再好。她把他们当作了亲信。他们请求什么，她就答应什么；他们要封谁，她就封谁。命令下来，窦武和陈蕃实在不能同意，可是又不便反对。

陈蕃私底下对窦武说："从前萧望之只有一个石显跟他作对，就能害得他自杀。现在有了几十个石显，为非作歹、杀害忠良，将军得早想个办法才好。我已经快八十了，还贪图什么？我还打算为朝廷除害，帮助将军立功，才留在这儿。不消除宦官，没法治理天下。"窦武完全同意。他到了宫里，要求窦太后消灭曹节他们。窦太后怎么也下不了这个决心。她还说："汉朝哪一代没有宦官？"

陈蕃上书，列举宦官侯览、曹节、王甫等的罪恶，请太后立刻把他们杀了，免得发生祸患。窦太后把陈蕃的奏章搁在一边。接着，又有别的大臣上书，要求罢免宦官。这么打草惊蛇地一来，蛇没打着，反倒给蛇咬了。曹节、王甫他们先下毒手。他们拿着节杖，说陈蕃、窦武造反，先后把他们都杀了。他们进了长乐宫，逼着窦太后交出玉玺，把她关在南宫。为了这场变乱，不但陈蕃和窦武两家的宗族和亲戚、门人都遭了殃，连带被害的还有好几家。李膺、杜密他们因为没跟陈蕃、窦武在一起，总算从宽处罚，削职为民。别的同情陈蕃、窦武的可是怕死的大臣，只能暗地里轻轻地叹气，还怕有人听见。

李膺和杜密等人回到家乡，名声更加大了。天下名士，尤其是那些一辈子不准做官的"党人"，把他们作为名士的首领。这些士人批评朝廷，更加痛恨宦官。宦官也更加痛恨他们。党人和宦官做定了死对头。

中常侍侯览因为山阳高平人张俭曾经上书告发过他，一心想报仇，就是没有机会。原来张俭曾经做过东部督邮（督邮，郡守的助手，督察郡内的属县的官）。他到了中常侍侯览的家乡，见到侯览一家，尤其是他母亲，横行不法，残害百姓。因此，张俭上书告发。没想到这个奏章落在侯览手里，给他没下了，从此结了仇。张俭有个同乡人朱并，原来是他的手下人，因为品行不端，被张俭轰走。朱并就去投奔侯览。侯览嘱咐他上书告发张俭，说他和同乡二十四人结成一党，不但毁谤朝廷，而且私立名号，企图造反。中常侍曹节趁着这个机会嘱咐朝廷上几个心腹一起上奏章，再一次逮捕党人，把李膺、杜密、范滂等这些人都包括在内。

那时候（公元 169 年，建宁二年），汉灵帝才十四岁。他问曹节："什么叫党人？为什么要杀害他们？"曹节指手画脚地把党人怎么可怕，怎么要推翻朝廷、篡夺皇位，说了一大骡车。汉灵帝听得缩短了脖子，连忙答应他下了诏书，去消灭党人。

逮捕党人的诏书一下来，各郡国又都骚动了。颍川襄城的一些士人得到了这个消息，慌忙跑到李膺家里，催他赶快逃走。李膺说："我一逃，反倒害了别人。再说我已经六十了，死就死吧，还逃到哪儿去呢？"他就自己进了监狱。这位前司隶校尉李膺给宦官几次三番地陷害，最后终于丢了性命。他的门生和他所推荐的一些官吏都被"禁锢"。

范滂住在汝南征羌县（在今河南漯河一带）。汝南督邮吴导奉了命令到征羌县去逮捕范滂。他到了驿舍，关着门，抱着诏书，倒在床上直哭。这个消息一传出去，县里的人慌了手脚，不知道该怎么办才好。范滂听到了这件新闻，就说："吴督邮一定是不愿意抓我，为这个哭哪。"他亲自跑到县里投案。县令郭揖一瞧见范滂来了，吓了一大跳。他交出了官印，情愿跟着范滂一块儿逃走。他对范滂说："天下这么大，哪儿不能去得，您何必自投罗网？"范滂挺感激地说："我死了，朝廷才能够放宽党人。我也不能连累您。再说我母亲已经老了，我一逃，不是还要连累她老人家吗？"县令郭揖叹了一口气，派人去请范滂的母亲和他儿子来跟范滂见一见面。

范老太太带着小孙孙去见范滂，对他说："你能够跟李、杜（李膺、杜密）同样出名，我已经够满足了，你也用不着难过。"范滂跪着接受他母亲的教训。他站起来对他儿子说："我要叫你作恶，可是恶是不能作的；我要叫你为善，可是我生平并没作恶，还落到这步田地。"说到这儿，他止不住掉下眼泪，旁边的人全都哭了，范滂请他们都出去。他就跟着督邮吴导到了京师，终于死在监狱里。那时候，范滂才三十三岁。

像李膺和范滂那样被杀的有一百多人。杜密自杀了。别的党人或者有党人嫌疑而被杀、被禁锢的还有六七百人。太学生被逮捕的一千多人。只有郭泰虽然也是个头脑，可是他一向不多说话，更没公开地批评过朝廷，也没得罪过宦官，总算没有受到逮捕。他一听到死了这么多的正派的人，不由得暗地里流着眼泪，说："汉朝的天下恐怕长不了啦。"

宦官杀了这么多的党人，当然是称心如意了。可是中常侍侯览因为他的死对头张俭还没拿到，挺不高兴。他请汉灵帝通令郡国一定要捉拿张俭到案，谁窝藏张俭的，跟张俭同样办罪。这一来，郡国官吏到处捉拿张俭。张俭各处躲藏，大家情愿冒着危险，保护着他。他东躲西藏，后来到了东莱，住在一个叫李笃的家里。外黄令毛钦拿着刀到了门口。李笃请他进去，招待他坐下，对他说："张俭犯了罪，我也包庇不了。要是他真在这儿，他是个正派人，难道您乐意抓他吗？"毛钦说："从前蘧伯玉（春秋卫国人，孔子的朋友）认为独自一个做君子，应该觉得羞耻。现在您怎么想独占仁义呢？"李笃微微一笑，说："哪儿，哪儿能啊？您不是已经分了一半了吗？"毛钦叹息了一会儿，走了。

张俭不像李膺、杜密、范滂他们那样情愿自己出去，不愿意连累别人。他还想活命，各处躲藏，以致有好几家人家因为收留过他而遭了祸，轻的下了监狱，受了拷打，重的处了死刑。其中有一家姓孔的，也因为张俭倒了霉。

太平道

那个姓孔的叫孔褒（bāo），是鲁郡人，跟张俭一向挺要好。张俭逃到鲁郡去投奔孔褒。刚巧孔褒不在家。他的小兄弟孔融，才十六岁，把他接了进去。张俭知道了孔褒不在，很为难，打算逃到别的地方去。孔融问他的姓名、来历，愿意招待他。张俭看他太年轻，只是吞吞吐吐地说了几句。孔融自作主张，把他留下了。过了几天，不免走漏了风声。赶到官府派人来抓张俭，他已经走了。鲁郡的官吏就把孔褒、孔融哥儿俩都逮了去，可不知道哪一个应当定罪。孔融说："是我招待了他，应当办我的罪。"孔褒说："他是来投奔我的，应当办我的罪。这件事跟我兄弟无关。"官吏问他们的母亲。孔老太太说："我是一家之主，应当办我的罪。"娘儿三个这么争着，弄得郡县没法判决，只好上书请示。诏书下来，把孔褒定了罪。孔融因此出了名。

孔融是孔子第二十代的子孙。他是弟兄当中的老六。他从小就非常聪明，在四岁的时候，跟他哥哥们吃梨，他挑了个最小的。大人问他："你怎么不挑大的，反倒挑个小的？"他说："我最小，所以挑个最小的。"全家人都说这孩子真乖。他十岁那一年，跟着他父亲到过京师。那时候，李膺正做着河南尹，因为来往的人太多，他吩咐管门的除了当代名士和通家世交，别的人一概不见。孔融也要去见见李膺，他对管门的说："我是李公通家子弟，特来拜见。”管门的通报李膺，李膺只好让他进去。

李膺并不认识他，就问：“令祖、令尊是哪一位？跟我是亲戚还是朋友？”孔融说：“先祖孔子跟您老人家的先祖老子（李耳）向来有交情，可见我们是世交了。”李膺听了，笑了。他着实喜爱这个孩子。在座的还有不少贵宾，也都称赞孔融。过了一会儿，大中大夫陈炜（wěi）到了。大伙儿告诉他这个小孩子孔融怎么聪明。陈炜撇了撇嘴，说：“小时候聪明，大了未必怎么样。”孔融对他说：“那您小时候一定是挺聪明的了。”大伙儿不由得都笑了，陈炜也挺尴尬，只好干笑了两声。

孔融在十六岁那年，因为情愿替哥哥孔褒受罪，大家都称赞他。正因为人们称赞孔融一家，对张俭连累别人就表示不满。有个陈留人夏馥（fù），也是党人中的一个名士。他说：“自己作孽，说话不小心，还要东躲西藏，连累别人，这样活着还有什么意思！”他就把头发和胡子全都铰了，逃到林虑山（在今河南林州一带），更名改姓，给人家做用人。天天干活儿，脸和手变成又黑又粗，谁也看不出他是个读书人。他的兄弟夏静暗地里打听了两三年，一心想送几件衣服给他。有一天，哥儿俩在市上碰到了，夏静不认识，听到夏馥说话的声音，才知道是他哥哥，就向他拜下去。夏馥不理他，故意跑开了，夏静追上去。到了一个僻静的地方，夏馥责备他，说：“我为了遵循正理，痛恨恶行，才为宦官所害，孤单单地躲在这儿。兄弟你这么送东西来，不是来害我吗？东西拿回去，千万别再来。”夏静只好含着眼泪走了。像夏馥那样隐姓埋名、给人家做用人或者从此不露面的名士着实还有不少。

这几年当中，各地不断地发生水灾、旱灾、地震、瘟疫、蝗虫、螟虫等等。吴郡一带的农民拼死起义，攻打县城，杀了官吏。会稽人许生在句章（在今浙江慈溪一带）起兵，没有几天工夫，参加的人就有一万多。诏书下来，吩咐扬州刺史和丹阳太守发兵围剿。官兵反倒打了败仗。许生的声势越来越大，就自称为阳明皇帝。公元 174 年（熹平三年，汉灵帝即位第七年），吴郡司马孙坚趁着机会，招募壮丁，联合州郡的官兵，打败许生，把他杀了。吴郡的起义军暂时给压下去。可是水灾、旱灾、螟虫、蝗虫没法压下去。

永昌（郡名，在今云南保山一带）的太守曹鸾上书，说：“党人之中有的德高望重，有的是济世英才，他们都可以做王室的助手。老把他们禁锢，上天也不会原谅。现在水灾、旱灾连年不断，这是上天的警告。皇上应当大发洪恩，免了党人的罪，才能应天顺民。”汉灵帝连话都没说，干脆下了一道诏书，把曹鸾定了死罪。

公元178年（光和元年，汉灵帝即位第十一年），宫里有一只母鸡，鸡冠越长越高。有一天，忽然打起鸣儿来了。母鸡变成公鸡原是动物生理上的一种变态发展，在古人看来可是个不吉之兆。汉灵帝也着慌了。他问大臣们怎么样可以消灾，大臣们大多隔靴搔痒地回答了几句。议郎蔡邕（yōng）说得比较详细，可是到底怎么办还是个不明不白。汉灵帝特地召他进宫。

议郎蔡邕精通经学，又是书法家。汉灵帝曾经叫他书写五经文字的标准字。这是因为太学生为了争考试的名次，常在文字上争论不休，老师也因为当时没有标准字体，很难断定谁是谁非。蔡邕和别的几个大夫向汉灵帝建议制定五经文字的标准字体。汉灵帝同意了，叫蔡邕负责办这件事。蔡邕用古文体、篆体、隶书三种字体把五经文字写出来，刻了四十六块石碑，立在太学门外。这一来，每天在石碑前校对文字和临摹的人很多，车马就有一千多辆，连街道都堵住了。这些研究经学的太学生和别的士人就算不反对宦官，他们也不能在经学里找到重用宦官的理论根据。因此，宦官就请汉灵帝另立一个新的太学，叫“鸿都门学”，去跟专门研究经学的太学对抗。“鸿都门学”注重诗词歌赋、小说、绘画、书法等文学艺术。凡是到“鸿都门学”来的读书人，因为走的是宦官的门路，都可以做官，考试及格的做大官，不及格的做小官。太学生做官的出路就这么被这些由宦官培养出来的人占了。这么着，太学生和一般名士都瞧不起这些出身于“鸿都门学”的读书人，把他们和宦官一起称为小人。这两派人就成了冤家。

这会儿，汉灵帝召蔡邕进宫，对他说：“有什么说什么，不必顾虑。”蔡邕见汉灵帝这么诚恳地问他，就上了一个秘密的奏章，把朝廷中谁是君子谁是小人都写在上面。汉灵帝看了，叹息了一番。他上更衣室去的时候，中常侍曹节把奏章偷看了一下。这一来，蔡邕的奏章全给宦官集团知道了。中常侍程璜立刻派人告发蔡邕，说他毁谤朝廷，谋害大臣。程璜他们又在汉灵帝跟前加枝添叶地说蔡邕大逆不道，应当处死。汉灵帝原来昏庸，就把蔡邕下了监狱。宦官又用些贿赂，蔡邕还真定了死罪。想不到宦官当中也有个打抱不平的人叫吕强。他知道蔡邕的冤屈，尽力在汉灵帝面前替蔡邕说情作保。汉灵帝就叫吕强传出命令把蔡邕免了死罪，罚他和他全家充军到朔方去。

蔡邕反对宦官，差点儿送了命。相反地，谁能够巴结宦官，就可以做官。扶风有个大财主叫孟佗（tuó），他结交了中常侍张让的一个管家奴，不断地送礼物给他。那个管家奴很感激，问他有什么需要他帮忙的地方。孟佗说：“只要你们在宾客们面前拜我一拜，我就感激不尽了。”有一天，孟佗去拜见张让。张让门前的车马至少有几百辆，孟佗的车没法挤过去。那个管家奴率领着一群奴仆出来迎接孟佗，向他跪拜，接着就把孟佗连人带车抬到大门里去。宾客们见了，都伸出舌头来。他们认为原来孟佗是张让的好朋友，大伙儿争先恐后地把值钱的东西送给孟佗。孟佗分一部分给张让，张让很高兴，让孟佗做了凉州刺史。

汉灵帝昏昏庸庸地信任宦官，只知道吃、喝、玩、乐。可是就有一样，库房里的钱老不够用。他在西园开了一个挺特别的铺子，让有钱的人很方便地到这儿来买官职和爵位。四百石的官职定价四百万；两千石的官职定价两千万；就是凭才德选上的官员也得付半价或三分之一的价钱；县令的缺随县的好坏决定价钱；没有钱的也可以买官，准他上任之后加倍付款。这么公开地允许官吏去搜刮民脂民膏，老百姓可就活不下去了。

“卖官鬻爵”越来越不像话。连三公九卿也定了价钱：“公”一级要价一千万，“卿”一级要价五百万。可是由朝廷出面叫人来买公卿的爵位，在面子上太说不过去，他就暗地里嘱咐宦官去做这桩买卖。

护羌校尉段颎花了一笔极大的款子，做上了太尉。他一味地奉承中常侍曹节、王甫他们。这些宦官有了太尉做帮手，还怕什么呢？他们的父兄、子弟都做了官，布满天下，在各地无法无天地虐待老百姓。光是王甫的养子王吉一个人，仗着王甫做靠山，仅仅做了五年沛相，就杀害了一万多人！司隶校尉阳球抓住了王甫和段颎贪污勒索的证据，冷不防把他们定了死罪。司徒刘郃（hé）和别的三四个大臣也想排斥宦官，可是他们的计划给曹节知道了。他在汉灵帝跟前反咬一口，说刘郃他们谋反。汉灵帝听了曹节的话，把这几个大臣全都杀了。

朝廷上敢说话的大臣死的死了，免职的免职了，剩下几个比较正派的人，自己还不知道早上起来，能不能活到晚上。全国的老百姓受着贪官污吏、大族豪强的压迫，再加上连年的灾荒。这样的日子叫老百姓怎么过得下去？那时候，巨鹿郡张家有弟兄三个，张角、张宝、张梁。三个人都挺有本领，还乐意帮助老百姓，大伙儿把他们当作首领，起来反抗朝廷。

张角曾经读过书，相信黄老（信仰黄帝和老子的道教）。他懂得医道，给人治病挺有效。穷人看病，还不要钱。他很快地出了名。他看到绝大多数的农民只盼望能够安心生产、过着太平的日子，在受不了痛苦的时候，又只能央告老天爷。他考虑了好久，才决定宣扬一个教门，叫“太平道”，收了一些弟子，跟他一块儿传教、治病。每回发生瘟疫的时候，张角把药预先煎好，配成现成的药水，盛在瓶子里，随时给人治病。他还利用宗教的精神治疗，叫病人跪在坛前，自己念着符咒，然后给他喝药水。他就这样救活了不少人。远远近近到他家来求医的，每天总有一百多人。张角自己称为“太平道人”，人们可都尊他为“太平真人”。

相信太平道的人越来越多了。张角就派他的兄弟和弟子周游四方，一面治病，一面传道。大约过了十年光景。太平道传遍了青州、徐州、幽州、冀州、荆州、扬州、兖州、豫州。这八个州的老百姓不论信不信，没有不知道太平真人的。各地教徒发展到几十万，张角、张宝、张梁的势力和影响传播到全中国。郡县的官吏认为太平道是劝人为善、给人治病的教门，谁也不去真正过问。朝廷上有一两个大臣曾经上书，请朝廷下令禁止太平道。汉灵帝正忙着起造林园，没把太平道放在心里。

没想到太平道一起来反抗朝廷，全国几十万农民同时起义，不到十天工夫，天下响应。所有跟着张角、张宝、张梁起义的农民头上都裹着黄巾，当作标记。起义军就称为“黄巾军”。

各地的起义军好像大河决了口子一样，人数越来越多，官兵哪儿抵抗得了？汉灵帝只好让各州郡自己招募将士，用心抵抗黄巾军。这么一来，各地的宗室贵族、外戚将军、太守、刺史、地主豪强以及所谓英雄好汉、流氓地痞等等，都借着征讨黄巾的名义，趁着机会抢夺地盘，扩张势力，把个东汉的天下闹得四分五裂、七零八碎，然后大鱼吃小鱼，把中国分成魏、蜀、吴三国割据的局面。到了公元220年（汉灵帝的儿子汉献帝三十一年），东汉亡于魏。魏、蜀、吴各有皇帝，各立朝廷，正式分成了三国。

三国

故事新编

黄巾起义

汉朝帝王的统治，到了东汉后半截，实在太不像样了。朝廷大权经常落在外戚或者宦官手里。他们互相掐着脖子，抢着抓权。谁把对方摁下去，自己掌了权，就横行不法地欺压人民，什么坏事都干得出来。在这些方面，外戚也好，宦官也好，简直没有多大的区别。东汉后半截儿的几个皇帝都是宝贝，好像成心要比一比谁最没有出息似的，昏庸到了家。他们让那些掌权的外戚或者宦官要怎么着就怎么着，自己没有骨头，能够活着就是了。那些士人比较敢说几句公道话，谈论谈论国家大事的，就被指为“党人”，严重的，丢了脑袋，轻一点的，下了监狱，或者一辈子不准出头露面。豪强、世族、地主、富商不断地兼并土地，放高利贷，层层剥削农民，逼得他们不是下降为农奴，就是做了流民。再加上连年的灾荒和疫病，更叫老百姓没法活下去。

在这样的情况下，巨鹿郡（在今河北巨鹿一带）出了三个了不起的人物。他们是弟兄三个：大哥叫张角，二哥叫张宝，三弟叫张梁。他们给人治病，用“太平道”的宗教形式，联络群众。大约十年光景，太平道传遍了青州、徐州、幽州、冀州、荆州、扬州、兖州、豫州等八个州，教徒多到几十万。张角、张宝、张梁在全国范围内设置了三十六方，大方一万多人，小方六七千人，各立首领。他们还传着四句话，作为内部的暗号，别人听了可不懂得是什么意思。那四句话是："苍天已死，黄天当立；岁在甲子，天下大吉。""苍天"是指汉朝，"黄天"是指太平道。张角他们已经挺秘密地约定天下三十六方在甲子年（公元184年，就是东汉的皇帝汉灵帝第十七年，中平元年）一同起义，那就是"天下大吉"了。

张角要他的弟子秘密地用白土在各地写上"甲子"两个字。字有大有小。大街小巷，店铺住家的门口有"甲子"两个字，不必说了，就连州郡官府的大门，甚至京师各城门都写着这两个字。大方的首领马元义首先召集了荆州和扬州的教徒几万人，准备跟张角商议决定哪一天起义。他亲自带着大量的金银财宝到了京师，把礼物送给中常侍（中常侍，汉官名，一般由宦官充任，相当于后世的大太监）封谞和徐奉，约他们作为内应。那时候，汉灵帝最宠用的中常侍是张让和赵忠。他最怕的也是这两个人。自己的命捏在他们手里，偏偏又是怕死，不听他们的话怎么行哪？他曾经向这两个宦官表示过态度，他说："张常侍是我爸爸，赵常侍是我妈。"这两句话倒是实话，说得很透彻。张让、赵忠的权力，那就不用提了。封谞和徐奉也还得宠，可是跟张让、赵忠一比，简直算不得什么。因此，他们愿意接受马元义给他们的礼物，跟他们联合，作为内应。他们约定甲子年三月初五日全国同时起义，内外夹攻，来推翻东汉腐朽的皇朝。马元义联络了封谞和徐奉，立刻把日期通知张角，自己留在洛阳，暗地里把同党的人布置一下。

万没想到正在这个紧要关头，张角的弟子、马元义的助手唐周，现了原形，他原来是只两条腿的狗，他出卖了自己的老师和全国几十万农民，上书告密！马元义没提防自己的助手会叛变，当时就被逮住了。经过几次廷尉的审问和汉灵帝的"爸爸"和"妈"的"良言相劝"，马元义坚决拒绝了拜官封侯的"赏赐"，咬着牙忍受了各种惨无人道的刑罚，终于慷慨就义了。廷尉得不到马元义的任何口供，可是从唐周的嘴里问出了一些线索，一下子雷厉风行地捉拿跟张角他们有来往的人。光是京师一个地方被屠杀的就有一千多人。

汉灵帝下了诏书，吩咐冀州刺史（刺史是管理一州的长官）捉拿张角弟兄。张角只好临时改变计划，火速派人分头通知三十六方提前半个月，于二月某日全国同时起义。他自己称为天公将军，立二弟张宝为地公将军，三弟张梁为人公将军。所有起义的农民头上都裹着黄巾，当作标记。起义军就称为“黄巾军”。没有几天工夫，天下三十六方黄巾军一齐攻打郡县，火烧官府，打开监狱，释放囚犯，没收官家的财物，开放粮仓，惩办赃官、土豪。不到十天工夫，天下响应。青、徐、幽、冀、荆、扬、兖、豫八个州郡守、刺史纷纷向京师告急，急得汉灵帝都快哭出来。

汉灵帝拜国舅何进为大将军，首先保卫京师，在临近京师的八个紧要关口（函谷、太谷、广成、伊阙、轘辕、旋门、孟津、小平津）设置都尉，加紧防御，再发朝廷掌握的精兵，分两路去镇压起义的农民。一路由尚书卢植带领，拜为北中郎将，向黄河以北进军，去攻打黄巾军的首领张角和他亲自带领的黄巾军；一路由北地太守皇甫嵩和谏议大夫朱儁（jùn）带领，皇甫嵩拜为左中郎将，朱儁拜为右中郎将，这两个左右中郎将向南进军，去攻打颍川一带的黄巾军。为了和缓士族豪强的敌对行动和不满情绪，马上下了诏书大赦党人。被压制多年的所谓“党人”多少透了一口气，又可以出来了。

大将军何进请汉灵帝下了一道诏书，吩咐各州郡加紧防备对付黄巾军。有不少郡县怕官兵太少，抵挡不住黄巾军的进攻，有了这道诏书，就招募起民兵来了。各地张贴榜文，招兵买马，闹得鸡犬不宁，人心惶惶。有的人认为黄巾起义好得很，大伙儿不如杀了赃官酷吏、地痞恶霸，投奔黄巾军。有的人别有用心，只想趁着这个兵荒马乱的机会，浑水摸鱼，讨个出身，通过打黄巾军来立功，企图做大官，发大财，碰巧了也许还能封侯封王呢。

招兵的榜文到了涿（zhuō）郡的涿县（在今河北涿州一带），就有一批人勾肩搭背地看着聊着。其中有个二十七八岁的青年看了榜文，叹了一口气。没想到背后一个大汉说话了。他说：“大丈夫应当替朝廷出力，杀敌立功，叹气顶什么事？”

那个叹气的人是个没落的贵族，排起家谱来，还是宗室，是汉景帝的儿子中山靖王刘胜的子孙，叫刘备，字玄德。他从小死了父亲，跟着他母亲靠着卖鞋、编席子过日子。到了十五岁那年，他母亲叫他去求学。可是钱从哪儿来呢？族里有个刘元起，见刘备长得聪明伶俐，年龄跟自己的儿子刘德然差不多，就帮助刘备，让他跟着自己的儿子一块儿去求学。他们的老师就是这会儿拜为北中郎将去打黄巾军的卢植，跟刘备是同乡。卢植曾经做过九江太守。有一个时期，他辞官还乡，在家里收些门生，教授经学。刘备就跟刘德然，还有一个辽西人公孙瓒，一同拜卢植为老师，学习经书。公孙瓒年长，他跟刘备挺要好。刘备把他当作兄长那样伺候着。可有一件，刘备不大喜欢念书，他倒喜欢结交天下豪杰，尤其是有武艺、讲义气的人。

刘备有不少朋友，其中有两个跟他最亲密。一个叫关羽，字云长，是河东解县（在今山西运城一带）人，因为在本地打抱不平，杀了人，逃亡出来，住在涿县。一个叫张飞，字益德，是本地宰猪开酒铺的一个财主。（相传刘、关、张三个人桃园结义，不求同年同月同日生，但求同年同月同日死。）除了关羽和张飞以外，还有一些不愿意种庄稼，倒喜欢使枪弄棒的年轻小伙子，也跟刘备有来有往。他还结交上了中山郡（在今河北定州一带）的两个大商人，一个叫张世平，一个叫苏双。这两个人是做贩马生意的，挺有钱。他们跟刘备做了朋友以后，每次到涿郡来，老把大量的金钱送给刘备，让他去结交别的人。因此，经常有不少人环绕着刘、关、张三个人。这一天，刘备看着榜文，叹了一口气，没想到张飞正在他背后。刘备一回头，见是张飞，挺高兴地说："哦，原来是你，云长呢？"张飞说："听说上城里买马去了。"

当时就有不少平时喜爱练武的小伙子围着刘备和张飞。他们把张飞的话重复了一遍，说："张大哥说得对，大丈夫应该杀敌立功。我们正想投军去，就少个头儿。刘大哥带我们去吧。"有的说："平时练功夫，这会儿可用得上了。"有的说："瞧刘大哥这副耳朵多么大啊，耳朵垂儿快碰上肩膀了。我奶奶说，那就是贵相。跟着他错不了。"大伙儿正乐着，关羽回来了，还带来了那两个朋友张世平和苏双。他们从北方买了一批马回来，正碰上各地农民起义，他们怕黄巾军没收他们的马，只好赶到涿县，暂时留在城里。这会儿他们跟刘备和张飞行了礼，又跟那几十个青年打了招呼，有的还彼此通了姓名。张飞挤开了众人，说："这儿怎么能说话呢？还是请哥儿们到我庄里去。酒，现成的，一边喝，一边聊。走吧！瞧得起我的，都去。"

他们到了张飞的庄上，准备坐下来喝酒。屋子倒不小，就是人多，太挤了些。张飞庄后有个桃园，正赶上开着花。有人提个头，张飞就叫手底下的人把酒席搬到桃园中去。刘备出了主意，他要借着这个机会，祝告天地，作为起兵的仪式。大家都同意了。当时愿意跟着刘备一块儿去投军的就有好几十人。这个消息一传出去，不到两三天工夫，就有两三百人到张飞的庄上来投军。中山大商人张世平和苏双挺慷慨地送给刘备他们五十匹高头大马，五百两银子，外加一千斤钢铁作为打造兵器之用。三个头头原来就有自己练功夫的刀枪：刘备使的是两把宝剑，叫“双股剑”；关羽使的是长柄大刀，叫“青龙偃月刀”；张飞使的是长矛，也有个名儿，叫“丈八蛇矛”。那几十个平时练武的小伙子都有自己使惯了的家伙。可是还有好几百人没有兵器。当时就请了工匠打造刀枪。

一切准备好了，那两个大商人告别走了。刘备带着关羽、张飞和三百多个青年去见涿郡的校尉邹靖。邹靖正担心着本地的兵马太少，见了这一队人马，把他们当作救兵看待。恰巧警报传来，说黄巾军打到涿郡来了。校尉邹靖带着刘、关、张三个人和五六百名官兵、民兵出去抵抗。这批参加黄巾军的农民还没碰到过像刘、关、张那样能打仗的对手。双方一交锋，黄巾军就败下去了。刘备就这么第一次帮着邹靖镇压黄巾军，立了一个大功。

邹靖把刘备打败黄巾军的功劳逐级报上去，正想重用他。可是刘备听到他的老师中郎将卢植正在广宗（在今河北威县一带），把黄巾军的首领张角围在那儿，就要去投奔他。人家要往上爬，你也没法留，邹靖只好让他带着原来的一些人马到广宗去了。

能臣与奸雄

刘备他们去广宗的时候，南边的皇甫嵩和朱儁他们在颍川打了败仗。他们碰上了黄巾军的一个将军叫波才，带领着大队人马横冲直撞地过来。两个中郎将的军队怎么也顶不住。他们打了几个败仗，只好逃到长社城里，守在那儿。波才就在城外扎营，围住长社。因为天热，太阳毒，他们移到树林子里，结草为营。白天攻城，晚上乘凉。他们认为，等到长社城里的粮食接济不上了，这些官兵非出来投降不可。

黄巾军的将士们因为没有打仗的经验，碰上了像皇甫嵩这样的行家里手，不免吃亏。波才的结草为营给了皇甫嵩一个火攻的巧劲儿。皇甫嵩和朱儁把火烧军营的办法布置妥当，半夜偷营，各处放起火来，风大火大，一霎时烧得黄巾军四面奔跑，死伤了不少人马。波才只好带着一部分人马离开长社。一直到了天亮，才跑出了皇甫嵩的包围。他们正想缓一口气，歇歇乏儿，忽然瞧见迎面来了一队兵马，挡住去路，急得黄巾军不知道往哪儿跑才好。

那个带头的军官是沛国谯县人（沛国，就是沛郡；谯县，在今安徽亳州一带），姓曹，名操，字孟德，小名阿瞒。他父亲叫曹嵩，本来复姓夏侯，叫夏侯嵩，因为做了中常侍曹腾的养子，所以改了姓。曹操年轻的时候，喜欢玩老鹰和猎狗，一出去玩，就没完没了的。他叔父看不惯，老在他哥哥曹嵩面前责备曹操，曹操就使了一个计，叫他父亲别听叔父的话。有一天，他一见叔父过来，故意倒在地下，口吐白沫，好像发了羊角风似的。他叔父赶快去告诉曹嵩，曹嵩慌忙出来，一看，曹操已经跟没有事的人一样。曹嵩起了疑。他私底下问曹操："你叔父说你中了风，这么快就好了吗？"曹操愁眉苦脸地向他父亲诉委屈。他说："我从来没有这种毛病。只因为叔叔不大喜欢我，有时候他可能在父亲跟前说我不好。我就是受点委屈，还是感激他老人家的。可是好端端的说我发羊角风，那就未免过分了。"打这儿起，曹嵩一听到他兄弟提起曹操怎么不思上进，他连听都不爱听。曹操就更没有人管了。

曹操听说汝南（在今河南平舆一带）有个名士，叫许劭（shào），他喜欢评论当时的知名之士。一被他评论过，不但更加出名，而且人家简直把他的话当作定论。曹操就去见他，谈了一次话。末了，曹操问他："许先生，您看我是怎么样的一个人？"许劭微微一笑，可不回答他。曹操连着又问了几回，一定要他说出个名堂来。许劭就说："你呀，你是个治世的能臣，乱世的奸雄。"曹操听了，哈哈大笑。

他在二十岁那一年，被地方推举为孝廉，做了洛阳北部尉。他一上任，就做了十多条五色棒，挂在四城门，谁犯禁，不论豪强贵族，都得按章程受责打。那时候，中常侍蹇硕是汉灵帝的宠臣。他的叔父夜里上街，手里还拿着刀，偏偏碰上曹操巡夜，就给拿住了。皇上的红人儿蹇硕的叔父，这么一个大来头，怎么会把一个小小的北部尉搁在眼里？这位小小的北部尉居然把这么一个犯法的大豪强用五色棒活活地打死。曹操从此就出了名。宦官们拿他没办法，只好派他去做顿丘令（顿丘，县名，在河南濮阳一带），让他快点离开洛阳。后来他又做了议郎。黄巾军起义的时候，曹操做了骑都尉。这会儿他带着五千名士兵到颍川去助战，正赶上波才打了败仗，逃到这儿，就被曹操杀了一阵。曹操就这么立了一个大功。

皇甫嵩、朱儁，加上曹操，三路官兵合在一起，屠杀了好几万人，颍川的黄巾军给镇压下去了。他们接着去打汝南和陈国两郡地界里的黄巾军。波才逃到阳翟，被官兵围住，逼得无路可走，自杀了。首领一死，没人带头，底下的人乱哄哄地没法抵抗，慢慢儿都逃散了。皇甫嵩上了个奏章，向汉灵帝报告打胜仗的情况和朱儁的功劳，还把曹操也写了上去。大将军何进请汉灵帝封皇甫嵩为都乡侯，朱儁为西乡侯，把曹操升了职，让他做了济南相（“相”是朝廷设在诸侯国的官，权力类似太守）。何进又请汉灵帝叫皇甫嵩去打东郡（在今河北南部和山东北部）的黄巾军，叫朱儁去打南阳的黄巾军，让曹操到济南去上任。

南路打了胜仗，北路的大军还没有消息，大将军何进请汉灵帝派大臣去慰劳卢植，同时去了解一下那边的情况。那时候，那些做大官的世族和党人一派的名士都恨透了宦官。汉灵帝不派别人，偏偏派个宦官小黄门左丰去。左丰到了广宗，听了卢植的报告，知道他已经打了几个胜仗，杀了一万多黄巾军，目前正把张角围在城里，还在城外筑了土垒，准备用云梯攻城。左丰听着，净打哈欠。他对这些报告不感兴趣。他要的是别的东西。“打开窗子说亮话”，要左丰在皇上跟前说句好话，就得多送点钱。卢植憋着一肚子的气，对左丰手下的人说：“目前连军饷都接不上，哪儿有钱孝敬天使？”

小黄门左丰回去向汉灵帝说：“广宗的黄巾军贼容易剿灭，只是卢中郎不肯用心罢了。”没多久，皇上的诏书下来了。中郎将卢植上了囚车，押到京师去领罪。另调河东太守董卓为东中郎将到广宗接替卢植，继续镇压黄巾军。赶到刘备、关羽、张飞他们到了广宗，卢植早已押走了。天大的希望落了空，而且以后卢植的门路也没有了。刘备叹了一口长气，对着关羽看了看。关羽拧了拧眉毛。张飞直嚷嚷：“真倒霉，这是个什么世道！”关羽说：“咱们是来投奔卢中郎的。他都押走了，咱们怎么能待在这儿呢？”张飞把话接过去，说：“没说的，回去！”刘备点点头，说：“也好。回到涿郡再说吧。”他们就带着自己的一小队人马走了。

他们走了两天，上了山路，突然听到山背后有喊杀的声音。刘备带着关、张两个上了山冈，一望，就瞧见有不少黄巾军追赶着一队官兵。原来是天公将军张角打败了董卓，正追赶着他哪。刘备说：“咱们帮一下吧。”关羽和张飞立刻带着一支人马从横斜里向黄巾军冲过去。一把青龙偃月刀、一支丈八蛇矛立刻变成屠刀。黄巾军没防到这一路的敌人，他们还以为中了埋伏，当时就退回去了。刘、关、张他们救出了董卓，到了平地。董卓又是高兴，又是纳闷儿。他问这三个领头的说：“你们是哪儿来的官兵？谁是你们的将军？”刘备回答说：“我们是过路的义兵，都是平民，没有将军。”董卓一听，才放心了。他说：“噢，噢，原来都是平民，倒难为了你们。”说着，马鞭子一抽，自个儿回营去了。

张飞挂了火儿。他瞪圆了眼睛，说：“我们拼着性命救了他，这家伙，这么无礼。干脆宰了他算啦！”刘备说：“别生气。人家是朝廷命官。再说，他又没得罪我们，就是架子大点。咱们走咱们的吧。”

关羽吹了一下胡子，冷冷地、带刺儿地说：“这小子是谁呀？哪儿蹦出来的？”

说起来哪，董卓这个人并不简单。他是陇西临洮人（在今甘肃岷县一带）。平日倒挺豪爽，有点外场人[1]的派头。年轻的时候，曾经去过羌中（我国古代西部民族羌族住的地方；羌：qiāng），见过那边的世面，跟当地胡人的头头和羌人的头头都有交情。董卓是个大高个儿，胳膊粗、力气大，要是个对个地跟他比比手劲，很少有人比得过他的。他又是射箭的能手。别人只带着一袋箭，他呢，能够左右开弓，腰间两旁各挂上一个箭袋。胡人和羌人又是怕他，又是服他。后来他回到老家种地，做了大庄主。

有一回，羌中的豪强路过陇西来看他。他拿出外场人的派头来招待他们。那边种庄稼最得力的帮手是耕牛，耕牛是个宝。董卓可真慷慨，他宰了耕牛请客。这批羌中的贵宾都说董卓真够朋友。他们回去以后，大伙儿凑了各种牲畜一千多头送给董卓。这一来，大庄主董卓又做了牧畜主了。

汉桓帝末年，董卓以六郡（指汉阳、陇西、安定、北地、上郡、西河）良家子弟的身份被选为羽林郎（皇帝的卫兵）。他曾经跟着中郎将张奂打过仗，立过功。皇上赏给他九千匹绸缎。他把这么多绸缎全都分给士兵。那种慷慨劲儿就不用提了，反正士兵们都服了他。董卓官运亨通，步步高升，做了并州刺史，又做了河东太守。这会儿又由河东太守升为中郎将，接替卢植来打黄巾军。原来围攻广宗的士兵们因为小黄门左丰勒索贿赂，卢植受了冤屈，大伙儿都代他抱不平。来了个接替的，又是眼睛长在脑门子上，谁都不在他的眼里。大伙儿心怀不平，打仗没有精神，那还能不打败仗？

当时刘备他们气呼呼地离开董卓，回涿郡去了。他们走了以后，张角的起义军连着打了几个胜仗，逼得董卓从广宗逃到下曲阳（在今河北晋州一带）。黄巾军不肯放松，紧跟着追到下曲阳。董卓守在城里，再也不敢出来了。天公将军张角派他的兄弟地公将军张宝带领人马围攻下曲阳，自己带着俘虏和敌人的辎重（辎重就是行军时由运输部队携带的军用物资；辎：

1　外场人：经常去外地、见多识广的人。

zī）回广宗去了。

张宝的军队连日攻城，虽然一时还不能把下曲阳打下来，可是已经够叫董卓担心的了。董卓眼看着张宝的人马越打越多，自己要守住下曲阳，不但官兵不够，就是粮草也得有个接济。他只好上个奏章，派几个勇士冲出包围，到京师去搬救兵。恰巧汉灵帝已经接到了东郡那边的报告，皇甫嵩打败了那边的黄巾军，扫荡了东郡。现在看了董卓的报告，两下对照，一胜一败，对董卓就很不满意。他下了道诏书，吩咐皇甫嵩率领得胜的军队往北去进攻张角，接着把董卓革了职，押回京师。

皇甫嵩接到了诏书，立刻带着兵马赶到广宗。他打黄巾军已经七八个月了，也不知道杀了多少人，可是他还没碰到过黄巾军的三个首领。这一回他到了北方，一定要跟黄巾军的首领天公将军张角比个上下高低。天公将军张角没出来，他叫他的三弟人公将军张梁去对付皇甫嵩。张梁不像波才那样光知道猛冲猛撞，他的士兵又很勇敢。尽管皇甫嵩是个打仗的能手，他的军队又称得起是当时的精兵，一向打胜仗，可是皇甫嵩遇到了张梁的军队，什么便宜也没占着。他连着进攻了好几天，每回都给黄巾军打回来。皇甫嵩一想，他还没碰到天公将军和地公将军呢，光是一个人公将军已经叫他够受的了。他觉得不能小看张角和张梁的军队，光是这么连着进攻是不行的，就下令退兵十里以外，把军队驻扎下来。他要再摸一摸黄巾军的情况，摸清了再决定作战的计划。

屠杀黄巾

皇甫嵩把军队退到十多里以外驻扎下来，张梁也不出去跟他交战。这几天他正为着他哥哥忙着哪。天公将军张角因为劳累过度，打败了董卓，从下曲阳回来以后，就病倒了。这三天来，病得更厉害。人公将军张梁接连三夜没睡觉。他劝慰张角安心治病，可是张角发高烧，老说梦话，愣要出去跟敌人拼命。他说天下八州的老百姓都称他为大贤良师，家家户户谁不咒骂朝廷。大伙儿都说：苍天已死，黄天当立。三十六方农民同时起义，不到十天工夫，天下响应。万没想到半年多来，各地的黄巾军都遭到了贵族、官僚、地主、豪强的屠杀，情况越来越坏，他的病也越来越厉害。他气呼呼地嚷着说：“我真不明白，天下怎么能有这么多吃人的狼啊。”到了八月十五那一天，他对张梁和站在跟前的几个人说：“苍天是死了，可是狼还活着。”大家都知道他又在说梦话了，只好愁眉苦脸地看着他，听他说。不一会儿，他突然笑起来，像哼着歌儿似的说：“苍天已死，黄巾不灭！万众一心，天下大吉！”说了这话，这位首先起义、希望天下大吉的大贤良师就咽了气。

张角一死，跟他一同起义的农民哭得比死了爹娘还伤心，兄弟张梁更加难受。又因为他几天没有好睡，这时候，只是有气没力地叹着气。广宗的黄巾军一听到他们的领袖死了，好像天塌了一样，不由得全都哭了。天性朴素的农民军根本就没想到“秘不发丧”这套玩意儿。张角病死的消息很快就给皇甫嵩知道了。他立刻布置了进攻的计划，下了命令，当天晚上三更造饭，四更出动，拿公鸡打鸣儿当作记号，一齐进攻。黄巾军正打算替他们死去的领袖报仇，大家就抹去眼泪跟官兵拼了。张梁尽管身子不好，他一咬牙，提起精神，跑在头里。双方的军队从鸡叫开始一直打到中午，死伤了无数人马，各不相让。到了下午，黄巾军开始有点乱了。张梁毕竟因为几天没睡觉，疲劳得精神恍惚，一不留神，被官兵刺了一枪，从马上掉下来，当时就给一个军官砍去了脑袋。霎时数不清的敌人好像后浪推前浪似的拥进了城。

皇甫嵩的大军进了城，遇到了顽强的抵抗。每一条街，每一个角落，都展开了血战。残暴的官兵又杀了三万多名黄巾军。其余的黄巾军只好往城外跑。城里的老百姓怕遭到官兵的屠杀，也都跟着往城外跑。他们逃到河边，官兵追到河边。因为逃难的人太多了，车辆挤得没法动。黄巾军和老百姓站不住脚，被挤到河里淹死的就有五万人。黄巾军的辎重被烧毁三万多辆。烧毁了这么多车辆，屠杀了这么多人，官兵还抢了不少财物，抓去好多妇女和小孩。他们把那些妇女和小孩都当作女黄巾和小黄巾，全都做了俘虏，没收为奴隶。

皇甫嵩到了城里，进了公署，就瞧见大厅上搁着一口棺材。张角死了以后，黄巾军把他的尸首入了殓（liàn），可来不及给他安葬。左中郎将皇甫嵩就想到北中郎将卢植和东中郎将董卓都败在张角手里，自己可还没跟他交过手。这会儿死人的棺材搁在这儿，挺老实地搁着，他要怎么着就怎么着。他就劈开棺材，把死人的脑袋割下来，连同张梁的人头送到京师去。这是一件莫大的功劳。

皇甫嵩屠杀了广宗的黄巾军，接着就率领着打了胜仗的大军赶到下曲阳，满想马到成功，活捉张宝，没想到这位地公将军穿着孝、披散着头发，好像打伤了的老虎似的来跟皇甫嵩拼。皇甫嵩打了几个败仗，下令退兵，退到十里以外的地方驻扎下来。他约了巨鹿太守郭典，把所有的官兵和地主武装都用上，两路夹攻，夺取下曲阳。黄巾军的人数比官兵多，上阵又不怕死，可就是一件吃了亏：他们只会打老实仗，不会作假。皇甫嵩跟张宝两队人马打上了，皇甫嵩假装打败，把张宝的人马引到包围圈里，四面埋伏着的官兵一齐上来，把张宝团团围住。张宝打得筋疲力尽，跑又跑不了，就自杀了。张宝一死，这一路的黄巾军没法守住下曲阳。他们四散奔跑，大多都被杀了。皇甫嵩和郭典下令屠城，同时扫荡农村。在他们看来，老百姓跟黄巾军是一路货。反正老百姓是头上没裹黄巾的黄巾军。因此，仅仅在下曲阳一个地区，前前后后被杀的黄巾军和没裹黄巾的老百姓，就有十多万。这么多尸首埋都没地方埋，挖坑也挖不了这么多。皇甫嵩就出了个主意，他要在南门外留个纪念，夸耀自己打黄巾军的功绩，就下令把十多万尸首堆成一座山，外面封上土，这种尸首堆，叫作“京观”。

北路的捷报到了京师，汉灵帝很是高兴。他认为既然张角、张宝、张梁都死了，天下就不该再有黄巾军了，怎么南路的朱儁还没把南阳的黄巾军消灭？他就想把朱儁调回来，另派别人去。可是皇甫嵩立了大功，总该先赏他。汉灵帝就拜皇甫嵩为左车骑将军，让他当冀州的州牧（州牧是官职，掌握一州的军政大权），又封他为槐里侯（槐里，在今陕西兴平一带），给他两个县一共八千户的赋税作为俸禄。皇甫嵩上了个奏章，要求两件事：第一件，要求皇上免去冀州一年田租；第二件，要求皇上赦免卢植。这两件事都准了。这么着，冀州的地主们都歌颂皇甫嵩替他们镇压了农民，还免了一年田租。卢植官复原职，又做了尚书。

汉灵帝加封了皇甫嵩，就打算把朱儁调回来。司空张温替他说情。他说要消灭黄巾军也不能太心急，朱儁准有他的高招儿，只要给他个方便，不要限定日期，他准能打胜仗。汉灵帝总算听了张温的话，没把朱儁调回来，只是催他加紧攻打宛城（就是今河南南阳）。

南阳的黄巾军领袖叫张曼成。他率领着好几万农民，杀了当地的郡守和地主豪强，占领了宛城城外一大片地区，跟城里的官兵相持了一百多天。后来张曼成中了埋伏，被南阳太守秦颉（jié）杀害了。黄巾军另推一个领袖叫赵弘的，继续抵抗官兵。四乡的农民杀了地主恶霸，纷纷到宛城来投军，人数突然由几万增加到十几万。赵弘就率领着这十几万农民打下了宛城，黄巾军的势力比以前更大了。

朱儁到了南阳，马上跟南阳太守秦颉、荆州刺史徐璆（qiú）联合起来。可是三路兵马合起来，还不到两万人，怎么能跟十几万的黄巾军对敌呢？因此，朱儁到了南阳两个多月，一点也占不到便宜。可是他究竟是个懂得兵法的将军，他使个计，把赵弘引到城外，打了一会儿就逃，让赵弘追他。赵弘当然不肯把他放过，紧紧地追着。朱儁看准机会，突然回过马头来，杀了个回马枪，把赵弘刺落马下。黄巾军打了败仗，逃回城里。他们另推一个首领叫韩忠的，守住宛城。朱儁他们还是没法进去。

朱儁叫士兵们在城外筑了个土山，从这上头可以看到城里的动静。他们又造了不少云梯，准备攻城，把军队布置在西南角上，云梯也搬到西南角上来。南阳黄巾军的领袖韩忠没有作战的经验。他一看到敌人集中到西南角，马上把主要的力量都用来防守西门和南门。哪儿知道人家使的正是“调虎离山”计，黄巾军主要的力量放在西南角上，东北角的防守力量就差了。朱儁亲自带着四五千人，偷偷地绕到东北角上，突然竖起云梯，一齐向城头进攻。其中有一个少年军官带领着一班小伙子，特别勇猛。他首先从云梯上跳到城头上，杀散了守在那儿的少数黄巾军，让他手下的士兵都上了城头。他们很快地开了城门，把官兵都放进城去。韩忠一听到东北角失守，马上离开西南来救东北。他曾经碰到过朱儁、秦颉、徐璆他们，而且有一回曾经把这个南阳太守秦颉打下马来，面向地、背朝天地摔了个狗吃屎。可是跟这个少年军官一交手，就没法打。他到底碰上了谁呀？

那个首先跳上城头的少年军官是吴郡富春人（在今浙江杭州一带），叫孙坚，字文台。他在十七岁那年，跟着他父亲坐船到了钱塘江，瞧见江边有十几个人抢了客商的行李什么的，正在那儿分赃。孙坚对他父亲说：“这几个强人，我可以打他们一下子。”他父亲说：“人家人多，你一个人怎么行啊？”可是孙坚已经拿着刀，跳上岸，大喊大叫地东西指挥，好像叫唤别人一齐上来一样。做贼的究竟心虚，以为官兵到了，慌里慌张地撒腿就跑。孙坚赶上去，杀了一个，提着人头回来，把他父亲吓了一大跳。孙坚从此出了名，郡县推举他做了校尉。公元 174 年（汉灵帝熹平三年），会稽（在今浙江绍兴一带）许昌割据地盘，自称为阳明皇帝。孙坚招募了一千多名勇士，杀了阳明皇帝，立了一个大功。过了几年，他被调到下邳（在今江苏睢宁一带；邳：pī）。下邳的一班小伙子跟着他练武练兵。后来张角起义，朱儁做了右中郎将，他推荐孙坚为佐军司马。下邳的一班青少年就跟着孙坚一块儿来了。这会儿他带着这班青年人首先进了宛城。韩忠不是孙坚的对手，他连忙下令全军退到内城。

韩忠守住内城，可是几天下来，粮草不够，特别是没有水。朱儁知道了这个情况，对他手下的将军们说：“万众一心，已经不好抵挡了，何况他们还有十万人呢？逼紧了，反倒不好。咱们得使个计，引他们出来才好消灭他们。”他就下令退兵。官兵纷纷离开外城，往城外散去。韩忠仔细一看，官兵并不是好好地退去，而是慌里慌张地逃跑。他认为一定是官兵发生了什么意外，真退出去了。他就率领着大军出来追击。朱儁边打边退，韩忠边打边追。黄巾军追到一个地方，突然朱儁的伏兵一齐起来，四面围攻。韩忠知道中了计，赶紧退兵，后面的归路已经截断了。黄巾军四面突围，死伤了一万多人。韩忠已经没法冲出去了。

朱儁叫人劝告韩忠投降，保证不杀。韩忠原来是个怕死鬼，到了紧要关头，他背叛了起义军，放下武器，投降了。朱儁怕他有口无心，假投降，就叫官兵把他绑上。韩忠认为已经投降了，还怕什么呢？绑就绑吧。韩忠被人绑着，押到大营里去见中郎将朱儁。南阳太守秦颉也在那儿。他曾经败在韩忠手里，吃过亏，摔了一个狗吃屎。这次一见韩忠绑着，他就大胆地走到他身旁，猛一下子把他砍了。朱儁心里有些怪他，可是人家秦颉也是打黄巾军有功的人，杀了也就杀了。

黄巾军一听到韩忠被人杀了，不管是投降的或者没投降的，又都起来反抗官兵。他们公推孙夏为领袖，还想夺回宛城。孙夏率领着召集起来的黄巾军，又跟朱儁打了几仗，死了不少人。末了，他们只好化整为零，跑到深山里去了。

朱儁镇压南阳一带的黄巾军，立了大功，拜为右车骑将军，封为钱塘侯，增加食邑五千户。朱儁把孙坚的功劳也报了上去。打黄巾军立功的都有赏。不但孙坚由佐军司马升为别部司马，就是上次由涿郡的校尉邹靖报上去的刘备也得到了赏赐，让他去做县尉。

市侩皇帝

刘备因为原来没有地位，赏赐也就差了点，仅仅做个安喜县（属中山郡，在今河北定州一带）的县尉。他辞别了涿郡的校尉邹靖，带着关羽和张飞到安喜县上了任。不到几个月，就听说朝廷下了诏书：“凡是光凭打黄巾军立功做了县一级的官吏的，还得鉴别一下，不合适的一律淘汰。”其实这又是向小官员敲诈钱财的一个花招，刘备哪儿知道啊！他有点担心自己也许会被淘汰。再一想，一个小小的县尉，做不做也无所谓，等着瞧吧。

过了几天，郡守派了个督邮（郡守的助理，督察所属的县令）到安喜来了。县令赶紧到驿馆里去晋见，刘备也跟了去。督邮传出话来，说：“只准县令一个人进去。”刘备只好回来。第二天，他拿了拜帖，专程去拜见督邮。拜帖递进去了，等了好大半天，才传出话来，说：“督邮大人今天不舒服，任什么人都不见。”这明明是责备刘备不懂得拜见上级的规矩。刘备忍气吞声地又回来了。关羽和张飞向刘备问长问短。刘备把空跑两趟的情形说了个大概。关羽听了也生气，张飞早就瞪了眼睛。有人告诉他们，说：“督邮作威作福，无非是要几个钱儿。”刘备说：“别说我没有钱，就是有钱也不能给他啊。”

刘备虽说比关羽和张飞世故较深，可他究竟还是个二十八岁的青年。桃园起兵的时候，满想干一番惊天动地的事业，谁想到一来二去地搞到今天，只捞到个小小的县尉，还要受着督邮这份窝囊气。他越想越不是滋味，决定不干了，就叫张飞收拾行李，叫关羽带着县尉的印绶，一同到了驿馆。他嘱咐他们在外面等着，自己跑到后厅要看一看这位督邮大人到底长的是副什么嘴脸。

督邮见有人进来，一问，才知道他原来是空手求见了两次的县尉，就淡淡地又问了一句："县尉是什么出身？"刘备说："我是中山靖王的后嗣，在涿郡剿灭黄巾军有功。"督邮吆喝一声，说："胡说！你冒称宗室，虚报功绩。朝廷派我下来，就是要淘汰像你这种不懂规矩的官吏。"刘备也火儿了，他正想动手，张飞已经冲进来了。刘备说："把他抓了！"张飞跑到督邮跟前，一个耳刮子打掉了他的官帽，揪住头发，把他拖出大厅。这时候，督邮的几个手下人都上来劝解，刘备这才叫张飞放手。督邮喘了一口气，定了定神，一见刘备阻止张飞，张飞就放了手，他马上挺起腰板，又神气起来了。他责备刘备，说："你反了吗？怎么叫这个野奴才来侮辱朝廷命官！"刘备冷笑一声，说："我是奉了太守密令来拿你的。"张飞一听，胆子更大了。关羽向督邮翻了个白眼。督邮愣了一下，泄了气。刘备吩咐张飞把督邮绑到门外，拴在马桩上。正好马桩旁边有一棵柳树。张飞就攀下柳条，在督邮的屁股和大腿上狠狠地抽打。督邮又哭又嚷。柳条折了，再攀几根。大概抽了两百来下，打折了十来根柳条。督邮开头杀猪似的叫着，后来只是流着眼泪，咧着嘴，苦苦地央告刘备，说："刘县尉，刘王爷，刘爷爷，饶了我吧！"

刘备对张飞说："饶了他吧。"他回过头去，从关羽手里拿过县尉的印绶来，挂在督邮的脖子上，对他说："我也不愿意在这儿做官了。这颗印，你替我交了吧。"

刘、关、张三个人上了马，拿着马鞭子向门外的众人拱了拱手，带着自己的兵器，走了。直到刘备他们走远了，几个小卒子才走到柳树旁边，给督邮松了绑，把他背了进去。督邮把这件事向郡守报告，郡守就派人捉拿刘、关、张三个人，可是谁也不知道他们往哪儿去了。

刘备他们不肯向督邮行贿，打了朝廷的命官，官府捉拿他们，还有道理可说，可是打黄巾军立了功的，如果不向宦官行贿，或者鼓着勇气敢批评他们的，也都要拿去办罪，那就太说不过去了。以张让、赵忠为首的十个中常侍称为"十常侍"。他们把汉灵帝和大将军何进都捏在手里，别的人谁还敢动一动他们的汗毛？汉灵帝曾经说过：“张常侍是我爸爸，赵常侍是我妈。”大将军何进呢，本来是屠户出身的，他的妹妹靠着宦官撑腰，立为皇后，何进才能够步步高升，当上了大将军。他怎么敢得罪十常侍呢？

就在黄巾起义那一年里头，为了反对宦官专权而被杀或者坐监狱的就有不少。侍中张钧上书给汉灵帝，说：“张角兴兵作乱，万民跟着黄巾军，都因为十常侍和他们的爪牙满布州郡，虐待老百姓。老百姓有冤没处诉，只好起来反抗官府。只要杀了十常侍，把他们的人头挂在城门口，向老百姓认错，不用发兵，天下就能平定。”

张钧的奏章上去以后，张让、赵忠动了火儿，就有御史出面告发张钧，说他勾结黄巾军，污蔑大臣。张钧就给活活地打死了。

到了下半年，皇甫嵩、朱儁打了胜仗，黄巾起义的几个主要的首领都死了。豫州（包括今河南、安徽各一部分）刺史王允打败了当地的黄巾军，在黄巾军的文件中发现了中常侍张让的门客写给黄巾军的书信，才知道他们原来是有来往的。王允上书给汉灵帝，把那封信交了上去。这么有凭有据的犯法行动，张让还赖得了吗？汉灵帝看了以后，就交给他“爸爸”张让去看。张让说：“书信从外面来，不足为凭。”汉灵帝点了点头，说：“是，不足为凭。”张让就借个因由，说王允犯的是欺君之罪，把他下了监狱。

黄巾军打了败仗，汉灵帝认为天下从此太平了，虽然已经到了年底，还把光和七年（公元 184 年）改为中平元年，大赦天下。王允有造化，在大赦之中出了监狱。

汉灵帝认为张角、张宝、张梁死了，黄巾军打败了，北方的广宗和南方的南阳大体上已经把黄巾军压下去了，天下不是太平了吗？他哪儿知道张角死了之后，各处都有“小张角”组织黄巾军，继续反抗官府。为了叫着方便，这些“小张角”大多使用外号。比如说，有个头子因为嗓门儿大，大伙儿就管他叫“雷公”，骑白马的称为“白骑”，胡子多的称为“大胡子”，眼睛大的称为“大眼睛”。像这一类的头儿脑儿简直数也数不清楚。这许多头儿脑儿因为没有一个总首领，力量分散。大的有两三万人，小的也有六七千人。此外，有个常山人褚燕，因为他行动灵活，纵跳如飞，大伙儿管他叫“飞燕”（后来改名叫张燕）。河北有不少郡县都有他手下的人，各地合起来，差不多有一百来万人，都算是他的部下。因为他占领着黑山

（太行山脉南段的一座山），这一路的黄巾军就称为“黑山军”。

天下闹得这个样子，大臣们谁也不敢说话。你要是上个奏章劝告皇上整顿朝政的话，张钧就是榜样。他是怎么被杀的？王允又是怎么被革职的？汉灵帝昏昏庸庸地还以为天下太平，什么事都没有呢。只有那次宫里着了火，他才慌张起来了。

黄巾起义的第二年（公元185年，中平二年）二月，南宫云台失火，正赶上刮大风，霎时间粗大的火焰好像怪物一样，欢蹦乱跳地发了疯。宫殿烧了一处又一处。救火的水落在火焰上好像都变了油，大火越烧越旺。发了疯似的怪物自己蹦得累了，才慢慢地缓和下来。这场火灾把洛阳的宫殿烧毁了一大半。汉灵帝愁眉苦脸地发了呆。

张让、赵忠对汉灵帝说：“皇上不必发愁。烧了旧的，就可以起造新的，不是更好吗？”汉灵帝听了，愣头磕脑地乐了起来。他吩咐他们赶紧动工，起造新的更大的宫殿。可是库房已经快空了，哪儿来这笔巨大的款子呢？张让、赵忠想了个办法：加征田赋，每亩十钱。这么一合计，不但有了盖房子的经费，而且还可以把铜钱铸成铜人，铜人搁在宫殿前面，那该多么威风啊。一道诏书下去，各郡县雷厉风行地按亩加征田赋，闹得天下怨声载道。

汉灵帝又下了一道诏书，吩咐各州郡供应木料和石料，又嘱咐内侍负责验收。这验收材料又是一种敲诈的花招。如果哪个州郡不先行贿，不管你运来的是什么样的材料，评下来，反正是不合格。那你得把这批材料按照十分之一的价钱出卖，回去再购办一批送来。赶到第二批材料运到京师，要是你还不送上足够的礼物的话，主管的内侍仍然不收。中等的材料也不收。几年下来，京师里木料堆积得霉烂了。内侍们让宫殿的工程进行得越慢越好，因为宫殿早一天盖成，就等于早一天结束了勒索的机会。各地的刺史、太守只好向宦官集团行贿。收到的贿赂也有汉灵帝的一份。“羊毛出在羊身上”，刺史和太守就私自增加赋税，对老百姓加重剥削，自己也从中得点好处。

汉灵帝跟着宦官学会了搜刮钱财的一套本领。贪财上了瘾，他变成了一个十足的市侩。各地的州牧、太守推举茂才、孝廉，也得先拿出一笔钱来，叫“修宫钱”。甚至于新放的官吏必须先到西园议定价钱，付了款，才可以去上任。

那时候，司徒袁隗因事免职，内定由冀州的名士崔烈去接替，宫里有人替崔烈付了五百万钱，汉灵帝就拜他为司徒。事后，汉灵帝后悔了。他对左右亲信的人说：“唉，我实在太心急了。要是我慢点下诏书，再等一等，这次司徒的售价一定可以加到一千万钱。”

古籍链接

督邮以公事到县，先主求谒，不通，直入缚督邮，杖二百，解绶系其颈着马柳，弃官亡命。

——《三国志 · 蜀书》

宦官专权

在宦官专权的统治下，汉灵帝变成了市侩，把西园作为卖官鬻（鬻yù，就是卖）爵的交易所。各地的官吏大多是花了本钱去上任的。西北一带，一来地区偏僻，交通不便，生活本来艰苦；二来那边的胡人、羌人和杂居在一起的汉人，生活比较苦，文化也低，到那边去做大官的更加一味地加紧勒索，欺压人民。当时以凉州（包括今甘肃的大部分地区）刺史耿鄙为首的一班贪官污吏逼得那边的人，不分胡人、羌人、汉人，纷纷起来反抗官府。他们公推胡人北宫伯玉（北宫，姓；伯玉，名）为将军，攻打州郡。北宫伯玉又请金城人边章和韩遂主持军政。三个头儿联合起来，势力更大了。他们杀了太守和护羌校尉，占领凉州，到了北地，向着关中进来了。

汉灵帝召集大臣们要他们出主意。那个花了五百万钱刚做了司徒的崔烈说话了。他说："凉州离这儿太远。我说不如放弃这块无用之地，就用不着发兵去打仗了。"

议郎傅燮（xiè）大声嚷着说："把司徒崔烈砍了，天下就能安定。"汉灵帝问他为什么要杀司徒。傅燮说："凉州是天下的要冲，国家的围屏。只因为用人不当，官逼民反。崔烈身为司徒，不想想平息叛乱的策略，反倒把一万里的土地断送给胡人、羌人。胡人和羌人强大起来，再向里进来，国家还保得住吗？”

汉灵帝听了傅燮的话，派左车骑将军皇甫嵩去征伐北宫伯玉。北宫伯玉见了大军，一边抵抗，一边慢慢地退回去。可是中常侍张让和赵忠偏说皇甫嵩不中用，徒然耗费军粮。中常侍跟皇甫嵩有什么过不去啊？

原来皇甫嵩打黄巾军的时候，路过邺郡赵忠的本乡，看见赵忠的住宅盖得又高又大，超过了制度。他上了个奏章请朝廷没收赵忠的房子，就这么得罪了赵忠。这是一桩。还有，中常侍张让见皇甫嵩打黄巾军立了功，受到封赏，就向他勒索五千万钱，作为谢礼，皇甫嵩没答应。这么着，两个中常侍都跟皇甫嵩结下了冤仇。这会儿他们俩凑着汉灵帝的两只耳朵眼，左一句右一句地嘟哝着，一定要把皇甫嵩压下去。汉灵帝就把皇甫嵩撤了职，收回了左车骑将军的大印，另拜司空张温为车骑将军，又因为前中郎将董卓熟悉那边的情况，拜他为破虏将军，跟着张温一块儿去征伐北宫伯玉。

张温和董卓率领十万兵马去平凉州。他们碰到了边章和韩遂，反倒打了几个败仗。后来董卓拉拢了当地胡人和羌人中的豪强，叫他们不要帮助北宫伯玉，这才打了一个胜仗，逼得边章和韩遂退到榆中（在今甘肃榆中一带）。张温叫董卓把军队驻扎在扶风（郡名，在今陕西宝鸡一带），自己回到长安，上书给汉灵帝，把前后军事的情况说了一番，又把董卓的功劳报告上去。汉灵帝封董卓为列侯，赏他一千户的食邑。诏书下来，由张温转给董卓。张温打发使者到扶风去召董卓过来。董卓已经知道了封侯的消息，更加得意忘形，狂妄自大，故意摆摆架子，不愿意立刻动身。张温只好再派人去催。他才慢吞吞地来了。谈话当中，董卓不但没把张温尊为上级，简直把他看作平辈都不如。他这份傲慢劲儿激起了当时在场的将士们的愤怒，其中有个参事劝张温不如按军法把董卓杀了，以免后患。

那个劝张温杀董卓的参事就是吴郡人孙坚。他原来是右中郎将朱儁部下的别部司马。朱儁因母亲患病，辞官回家，就把孙坚推荐给张温。这会儿孙坚向张温咬着耳朵说了好几个理由，要他以不服从命令的罪名把董卓杀了。张温说："董卓在陇蜀有点名望，要是把他杀了，往西征讨就更困难了。"孙坚叹息了一会儿，只好算了。这么一来，凉州的叛乱一时不能平息，董卓的势力倒逐渐强大起来了。

北宫伯玉、边章、韩遂那一头没能够平定下来，别的地区又不断地兴兵闹事。黑山的褚飞燕原来也不是真正起义的农民，他一听说投降朝廷有好处，就投降了，做了中郎将，可是实际上还是占据着河北，独霸一方。黄巾军的首领郭太不断地攻打太原和河东。另一个首领叫区星（区：ōu，姓）的在长沙组织军队，攻打官府。还有渔阳人张纯和张举也造起反来了。张纯、张举本来是做大官的，他们趁着各地农民起义的形势，也想浑水摸鱼，勾结了乌桓（部落名，是东胡族的一支），抢夺地盘。张举得到了乌桓的支持，自称为天子，张纯自称为“弥天将军”。他们也有十多万人马，扰乱着右北平一带的地区。各地警报好像雪片似的向京师飞来，张让他们把这些大煞风景的消息能压的都压着。他们一面请汉灵帝大封“功臣”，一面继续大兴土木，起造黄金堂、南宫玉堂殿，铸造铜人、铜钟等等。

中常侍的头子张让和赵忠对汉灵帝说：“皇甫嵩、朱儁、曹操、卢植、王允、董卓他们虽然都打过黄巾军，立了功，可是出主意消灭张角的究竟还是我们几个中常侍。”汉灵帝说：“你们不说，我倒忘了。”他就把张让、赵忠等十三个宦官封为列侯，让他们去购置田地，修盖大院。

转过年就是公元186年（中平三年），汉灵帝拜车骑将军张温为太尉，让中常侍赵忠接替张温做了车骑将军。新的车骑将军派他的兄弟赵延去见议郎傅燮，对他说：“你要是懂得道理，能够报答中常侍的话，封你一个万户侯也不难。”傅燮听了，很生气。他说：“我宁可不做官，也不能向宦官行贿。”赵延把这话告诉了他哥哥赵忠，赵忠恨透了傅燮，但是因为傅燮有点名望，不便直接害他，就派他到边界地区去做汉阳太守（汉阳，郡名，原来叫天水郡，郡治在今甘肃甘谷一带），让他去对付那边跟朝廷作对的那些人。

凉州闹了窝里反。韩遂打算独霸一方，杀了边章和北宫伯玉，带着十多万人马向陇西打来。凉州和陇西都吃紧了。凉州刺史耿鄙征调六郡的兵马到狄道（在今甘肃临洮一带）会齐。陇西太守李相如首先到了狄道。耿鄙把他当作主要的助手，他可没想到李相如会跟韩遂有联络，里应外合地一发动，就把耿鄙杀了。耿鄙部下的司马扶风人马腾也跟韩遂、李相如他们联合起来，带领着原来的兵马一同反抗朝廷。韩遂、李相如和马腾公推汉阳人王国（姓王名国）做他们的头头，统领着这几支人马围住汉阳，杀了汉阳太守傅燮，一直打到陈仓（在今陕西宝鸡一带）来了。

公元189年，西边、北边、南边都打起来了。王国围住陈仓，区星围攻长沙，自称为天子的张举通告天下，叫汉灵帝让位。别的地区先不提，光是这三处已经够叫车骑将军赵忠着慌的了。他自己不能打仗，更不能指挥军队。他只好请汉灵帝重新起用皇甫嵩，拜他为左将军去征伐王国，拜孙坚为长沙太守去征伐区星，拜辽西人公孙瓒为骑都尉去征伐张举和张纯。

左将军皇甫嵩率领两万人马往西去打王国。汉灵帝又拜董卓为前将军，也带着两万人马去帮助皇甫嵩。在这次战斗中，董卓好几回自作聪明地向皇甫嵩献计，每次都被皇甫嵩指出错误。皇甫嵩按照他自己的计划打了胜仗，杀了王国。西边的形势就暂时缓和下来了。董卓见了皇甫嵩，又是害臊，又是妒忌，就这么跟他结下了冤仇。但是董卓究竟是皇甫嵩的部下，跟着他立了功的，汉灵帝让他做并州州牧。董卓打这儿起，也就独霸一方了。

南边一路的孙坚，另有一套统治老百姓的手段。他到了长沙，首先按照自己的意见整顿政治。他把那些明目张胆地欺压老百姓的贪官污吏免了职，另外任用在他看来算是正派的人。这件事很快就办到了。接着他亲自率领将士跟区星展开了大战。区星打了败仗，被孙坚杀了。仅仅十天工夫，孙坚不但镇压了区星，连带地把邻近两个郡的头头也镇压了。他前后立了不少功劳，被封为乌程侯，镇守长沙。

北边的情况比较复杂。在公孙瓒跟张纯、张举正打得紧张的时候，冀州又出事了。冀州刺史王芬看到北方的混乱劲儿，也操练兵马，日夜防备着。恰巧来了个朋友叫陈逸，他是过去的太尉陈蕃（fán）的儿子。陈蕃被中常侍曹节、王甫等杀害，陈逸受了处分，充军到边疆。这会儿他得到了大赦，从边疆回来，特意来看王芬。王芬给他接风，还请了一个术士平原人襄楷作陪，三个人一谈起国家大事来，都认为天下大乱的根源在于宦官专权。王芬和陈逸只是叹着气，又恨自己无能为力，术士襄楷挺兴奋地说：“我夜观天文，发现天文不利于宦官。看来他们都快要灭门了。”

陈逸高兴地说：“若能天从人愿，灭了宦官，不但国家可以太平，就是先父的仇也可以报了。”王芬起誓发咒地说：“我愿意为国家除灭宦官。”他马上又跟南阳人许攸（yōu）、沛国人周旌（jīng）秘密地有了联络，大家准备起兵消灭宦官。同时上书给汉灵帝，说黑山贼进攻郡县，十分猖狂，为防备盗贼进攻，冀州应当操练兵马，加强防备。汉灵帝不以为然，把他的奏章搁在一边，自己还打算到河间（在今河北献县一带）去巡游一趟，王芬要求加强防备的事以后再说吧。王芬得到了这个消息，就准备趁着汉灵帝到河间的时候，突然发兵消灭宦官，废去这个昏君，另立新君。

王芬、陈逸、襄楷、许攸、周旌五个人都同意了。他们相信宦官专权是祸根，杀了宦官，谁都痛快。可是要废皇上，这就非同小可了。他们还得去跟一位足智多谋的朋友联络，请他从中帮助才好。

古籍链接

时长沙贼区星自称将军，众万余人攻围城邑，乃以坚为长沙太守。到郡亲率将士，施设方略，旬月之间，克破星等。周朝、郭石亦帅徒众起于零、桂，与星相应。遂越境寻讨，三郡肃然。汉朝录前后功，封坚为乌程侯。

——《三国志·吴书》

任命牧伯

冀州刺史王芬和南阳人许攸派个心腹到京师去见他们的朋友曹操，请他作为内应。济南相曹操不是在济南吗？怎么会在京师里呢？

原来曹操跟皇甫嵩、朱儁分手到济南上任以后，就发现济南郡里有十多个县的上级官吏都是仗着权贵撑腰，贪污勒索，无恶不作的。他凭着一股子的闯劲儿，连着上了几道奏章，还真被他免去了八个官吏。这且不提。济南一个地区就有六百多个祠堂供奉着邪神。商人、地痞借着迷信寻欢作乐，欺诈人民。老百姓除了忍受一般的剥削以外，还受着迷信上的剥削。曹操下了个命令，捣毁所有的祠堂，禁止官吏和人民祭祀邪神。他不怕权贵，整顿人事，要凭个人的愿望去做一番移风易俗的大事。后来他自己体会到，这叫作“初生犊儿（犊：dú，小牛）不怕虎”。赶到他碰了几回钉子以后，自己一合计，才明白过来：在权贵专权、豺狼当道的情况下，抹杀良心去讨别人的好吧，实在不乐意，见义勇为地去反抗一下吧，又怕全家遭到横祸。他这么一琢磨，官也不做了。朝廷下了诏书，叫他去做东郡太守，他拒绝了，说是身患疾病，只能回乡休养。他原来是做大官的，又是个地主，有的是钱，就在城外盖了一所别墅，照他自己的心愿能够做到“春天、夏天看看书，秋天、冬天打猎玩儿”，这一辈子就不算白活了。可是，世上哪有这么如意的事，曹操终于被征到京师里做了议郎。

这会儿他一听到王芬的使者传达他主人的话，立刻拒绝了。他认为王芬他们的行动对国家、对自己都是有弊无利的。他再三叮嘱那个使者替他去劝告那几个朋友千万不可鲁莽。事情也真来得邪，王芬的使者回去没多久，北方出现了像火烧云那样的火光，从东到西一大条，又像一条虹，半夜里更加明显。管天象的太史说：“火光是凶兆，皇上不宜出去巡游。”汉灵帝就取消了往河间去的打算。这就叫他想起王芬的奏章来了。他下了命令，叫王芬不可招兵买马。接着又下了道诏书，召王芬到京师里来。王芬连想都不想，就认为谋反的秘密被泄露了。他慌里慌张地自杀了事。其实，朝廷压根儿不知道。陈逸、襄楷、许攸、周旌、曹操全没有事，就只王芬一个人断送了一条命。

汉灵帝因为北方这么乱，正想派个重要的大臣去，刚巧太常刘焉上了个奏章。他说四方盗贼兴兵作乱，由于刺史、太守没有威望，他们大多靠着行贿得官，自己只打算剥削老百姓，逼得他们反抗官府，哪儿还能镇得住叛乱呢？他建议把朝廷中像公卿、尚书那样的大臣放到地方去做牧伯（就是州牧与方伯的合称）。由于他们名望大，一面安抚人民，一面剿灭盗贼，天下才能太平。汉灵帝认为刘焉的话倒不错，可是派谁去呢？他首先想到的是自己刘家的人。他想到了有两个人很合适：一个就是上奏章的刘焉，一个是前幽州刺史刘虞。汉灵帝打算先派刘焉到北方去，可是刘焉自己另有打算。

刘焉有个朋友叫董扶，是个侍中。他私底下对刘焉说：“京师里准出乱子。听说益州（在今四川、云南、贵州一带）有天子气，不知道将来应在谁身上。”刘焉嘴里不说，心里直痒痒，巴不得到益州去。恰巧益州来了警报，说黄巾军的一个首领叫马相，杀了益州刺史，自己做了皇帝，正扰乱着巴蜀（巴，在今四川东部、重庆一带；蜀，在今四川中部，包括成都）。刘焉又上了个奏章。汉灵帝就拜他为益州牧，封为阳城侯，叫他去征伐马相。刘焉时来福凑，他还没到蜀郡，马相给人杀了。赶到他到了益州，侍中董扶请求朝廷把他也派到蜀郡去。汉灵帝同意了。董扶到了益州，做了刘焉手下的参谋。刘焉就这么在益州建立了自己的地盘。

刘焉做了益州牧，汉灵帝只好派刘虞到北方去，拜他为幽州（现河北北部和辽宁一部分）牧，叫他去征伐张纯和张举。张纯和张举已经给骑都尉公孙瓒打败了好几阵。刘虞到了幽州，官兵的力量就更大了。

公孙瓒原来是中郎将卢植的门生，跟涿郡刘备同过学。他在辽西做个小官，并不怎么出名。辽西太守见他长得一表人才，相貌堂堂，就把他的女儿嫁给了他。公孙瓒从此发了迹，步步高升，做了骑都尉。这会儿他正跟张纯打得不可开交的时候，来了个帮手。他的同学好友刘备带着关羽、张飞来投奔他。公孙瓒见了，高兴得说不出话来，不但同学好友又在一起，而且来了生力军，打仗更精神了。

公孙瓒亲自上阵杀敌，连着打了胜仗，逼得张纯他们扔了妻子逃到塞外去了。公孙瓒不顾前后地一直追到辽西管子城，反倒被乌桓人的头子丘力居的人马包围了。丘力居没能把管子城打下来，公孙瓒没能把乌桓人轰走。双方相持了两百多天，直到官兵断了粮，乌桓断了草。双方正在万分为难的时候，突然下了一场大雪，乌桓人和张纯的手下人没法再受冻挨饿下去。丘力居只好撤兵回去，公孙瓒才赶紧带着军队回来了。

公孙瓒就这么轰走了张纯和张举，抵抗了乌桓，立了大功，拜为中郎将，封为都亭侯。可是冬天一过去，丘力居帮着张纯和张举又侵犯进来了。正好幽州牧刘虞上了任，形势就更有利了。刘虞原来做过幽州刺史，很得人心，连乌桓人都服他。他很快地把张纯和张举打败。公孙瓒打算像上回那样再发兵追到塞外去，刘虞认为要平定乌桓，不能单靠兵力，还得收服人心。因此，两个人合不到一块儿去，可是在表面上公孙瓒只能听从刘虞的。

果然，刘虞的主张很顶事。乌桓首先投降了。张纯和张举逃到鲜卑（东胡的别支，相传住在鲜卑山，所以叫鲜卑）。刘虞打发使者去见鲜卑的头头步度根，说明利害，劝他把张纯和张举杀了。步度根还没动手，张纯的手下人先把张纯杀了，把人头送给刘虞。张举孤掌难鸣，自杀了事。这一来，渔阳的叛乱平息了。刘虞向汉灵帝报告经过，让公孙瓒带着一万人马镇守右北平（在今河北唐山、遵化一带）。他又把刘备的功劳报上去，朝廷免了他鞭打督邮的过错，让他做了县一级的官吏。公孙瓒又推荐他为别部司马。汉灵帝认为幽州牧刘虞的功劳大，拜他为太尉。太尉的地位跟丞相相等，太尉兼任幽州牧，幽州就更显得重要了。

三十四岁的汉灵帝拜刘虞为太尉以后没几天，害了重病死了。说起来也真怪，死了这么一个皇帝，皇室就更乱了。

汉灵帝有两个儿子，一个叫刘辩，十四岁，是大将军何进的妹妹何皇后生的，一个叫刘协，九岁，是王美人生的。王美人生子刘协以后不久，就被何皇后毒死了。刘协死了母亲，由他的祖母董太后养着。董太后眼看着汉灵帝喜爱这个没有娘的小儿子刘协，就劝他立刘协为太子。可是汉灵帝怕大臣们反对，尤其是何皇后的哥哥大将军何进不好对付。那么，立何皇后的儿子刘辩为太子吧，他又不乐意。中常侍蹇硕知道了汉灵帝左右为难的心思，曾经献了个“调虎离山”计，请汉灵帝派大将军何进往西边去征讨韩遂。何进料到皇上把他调出去绝无好意，就用种种借口磨蹭着，慢慢吞吞地准备准备这个，准备准备那个，就是不动身。

汉灵帝临死，把小儿子刘协托付给中常侍蹇硕。蹇硕准备先杀何进，再立太子。他就下了诏书，召大将军何进进宫。何进接了诏书，急急忙忙地往宫里去。他到了宫门口，迎面遇到了蹇硕手下的司马潘隐向他摆手。何进慌忙回到营里，潘隐随着也赶到了。何进这才知道汉灵帝已经死了，蹇硕压着消息，准备杀了何进，再立刘协。何进立刻布置军队，召集大臣商议后事。蹇硕一看自己的秘密计划吹了，马上见风转舵，依着何进立十四岁的刘辩为皇帝，封九岁的刘协为勃海王，拜后将军袁隗为太傅，和大将军何进一同管理朝政。尊何皇后为皇太后。少帝才十四岁，由何太后替他临朝。

何进掌了权，又得到太傅袁隗的侄儿袁绍做他的助手，就决定除灭宦官。那袁绍，字本初，祖宗四代都做了三公（东汉以太尉、司徒、司空为三公）一级的大官，所以袁家称为“四世三公”，又因为四代当中有五个人做了“公”一级的大官，所以也称为“四世五公”。袁绍的异母兄弟袁术，字公路，也很出名。他们哥儿俩是当时豪门大族的头儿。他们能够站在何进这边来，何进的胆子就更大了。正好蹇硕跟赵忠他们偷偷地商量，打算先动手，不料被他们自己的人告发了。何进就拿住蹇硕，接收他带领的禁军，把他定了罪，砍了。袁绍劝何进趁热打铁把中常侍都逮起来，杀他个一干二净，宦官的祸患才能消灭。这件事可太重大了，何进不敢做主，他得先向太后请示一下。

太后那边也正为这件事闹着。张让、赵忠他们正在她跟前哭诉着委屈。他们说：“发动谋害大将军的，只是蹇硕一个人，我们全不知道，连听都没听说过。听说大将军听了别人的话，不分青红皂白，要把我们全杀了。太后千万可怜可怜我们，救救我们吧。”何太后说：“没有的话。你们放心，有我哪！”他们下跪磕头，谢了又谢，抹着鼻涕溜出去了。

何进见了太后，还没开口，太后就责备他，说：“我和你出身微贱，要是没有张让他们，哪儿能有今天？蹇硕谋反，已经办了罪，你怎么能听信别人，把所有的宦官全杀了呢？先帝还没安葬，你就屠杀大臣，人家能服咱们吗？”何进只能点头哈腰地连着说：“是，是！”他出来对大伙儿说：“蹇硕谋反，应当灭门。别的人不必惊慌。”袁绍再要说话，也没有用了。

何进一想起蹇硕原来要杀害他这件事，就很害怕。他处处留神，防备被人暗杀，轻易不敢离开军营。汉灵帝的灵柩搁在宫里，他不进去守灵。出丧的时候，他也不敢出去送丧。他知道宦官跟外戚是势不两立的。可是太后不点头，他是不敢动手杀宦官的。袁绍见他老是愁眉苦脸的，就再一次对他说：“从前窦武和陈蕃也曾经准备除灭宦官，因为没下决心，夜长梦多，走漏了风声，反倒被宦官杀了。这会儿将军带着军队，大家又都肯听将军的命令。将军应当痛下决心，替天下除害，可别再错过机会呀。”

何进说：“让我再去向太后请示一下。”第二天，袁绍又去看何进。何进皱着眉头，说：“太后就是不同意，怎么办？”袁绍自作聪明，替他出了个主意，说：“依我说啊，不如召外面的兵马进来吓唬她一下，她准能听将军的。要是再不想办法，我怕窦武和陈蕃的下场就要轮到咱们了。”何进为了救自己的命，才下了决心，说：“好，就这么办。”他准备发通告下去，召几个将军带着军队到京师里来，为的是吓唬吓唬何太后，非得叫她同意杀宦官。

杀宦官

大将军何进听了袁绍的话，决定召外兵来吓唬太后，叫她不敢再反对他除灭宦官。主簿（古时候各级官府都有主簿，相当于现在的秘书）陈琳拦住他，说："俗话说，'捂着眼睛逮家雀'，这是笑话人自己骗自己。小鸟也不能这么逮，别说中常侍了。将军兵权在手，只要当机立断，像打雷似的突然劈下去，管保成功。如果召外兵到京师里来，这仿佛拿刀把儿交给别人，不出乱子才怪哪。"

何进没理他。由议郎升为典军校尉的曹操一听到何进不听陈琳的劝告，暗暗地冷笑着说："从古以来，就有宦官。只要君主不宠用他们，他们能怎么着？就是要办罪的话，也只能惩办几个头头，哪儿能把所有的宦官都斩尽杀绝呢？要惩办他们的头头，叫一个监狱官去干就行了，为什么要召外兵？这种事一走漏风声，眼看着非大乱不可。"

何进可不这么想。他看上了前将军并州牧董卓，叫他来帮他一下，准没错。那时候，董卓的军队驻扎在河东。何进派使者送给他一份通告，嘱咐他带领兵马到京师来。尚书卢植劝告何进别让董卓进来。何进把他的话当作耳边风。他又叫骑都尉鲍信到泰山去招募兵马，叫东郡太守桥瑁（mào）把兵马驻扎在成皋（gāo），叫武猛都尉丁原带领着几千士兵装作进攻河内，放火烧孟津，让火光照到城里。这么从几方面发动起来，都说要杀宦官，声势就大了。何太后还能不给吓唬住吗？

董卓接到了何进的通告，他手下的谋士李儒献了计，叫董卓先上个奏章，请朝廷把中常侍张让他们拿来办罪，同时报告说自己的兵马跟着就到。他们故意这么张扬出去，好叫人们先怕起来。赶到董卓的军队到了渑池，李儒又请董卓把军队驻扎下来，先看看京师的动静。如果张让跟何进闹起来了，那么，等到他们打得一死一伤的时候，自己再进去，就省事了。这叫作“渔翁得利”。董卓完全同意，一一照办。

董卓的奏章引起了中常侍张让他们的骚动。他们向各方面行贿，连何进的兄弟车骑将军何苗也被拉到他们一边去。何苗在何太后和何进跟前替宦官辩护，他说：“哪朝哪代没有宦官？凭什么要杀他们哪？俗话说‘喝水的别忘了淘井的’，咱们家要不是中常侍提拔，哪儿能有今天？再说，董卓进了京师，他能不能听我们的指挥，谁能担保？我说不如大事化小，小事化了，跟中常侍和了吧。”何进本来是墙头草，风吹哪边哪边倒。听了何苗的话，就让何太后下了诏书，吩咐董卓的军队停止前进。

袁绍一听到何进变了卦，急急忙忙地去见他，对他说：“将军还蒙在鼓里吗？您要是再不把自己的人布置好，将军就要变成窦武了。”何进最怕自己像窦武那样被中常侍砍去脑袋。他听了袁绍这么一说，马上任命袁绍为司隶校尉，任命王允为河南尹，先让自己的人抓住京师的统治。袁绍又催董卓赶快进兵。

张让、赵忠、段珪他们商量着说：“再不动手，咱们全要灭门了。”他们就在长乐宫里埋伏了武士，假传太后的命令，召何进进宫。何进到了长乐宫，就给张让、赵忠、段珪和他们所布置的武士们围住。段珪指着何进说：“先帝晏驾，你不来守灵，先帝出殡，你又不去送殡。这就是大逆不道！”张让数落说：“王美人是怎么死的？先帝原来要废去太后，全靠我们替她想办法，劝先帝回心转意，重新跟她和好。将军恩将仇报，你这安的是什么心？”何进给他们说得哑口无言。

张让他们杀了何进，假传诏书，革去袁绍和王允的官职，任命樊陵为司隶校尉，许相为河南尹，先要把京师的统治抓过去。这个诏书首先到了尚书手里。尚书卢植起了疑。他跟袁绍到宫门外去探听消息。所有的宫门全都关着，他们就在门外嚷着说：“请大将军出来商议大事。”里面有人大声宣布，说：“何进谋反，已经斩了。”这话刚说完，就扔出了一颗血淋淋的人头。外面的人一认，果然是何进。何进大营里的将士一下子好像捅了窝的马蜂似的全出来了。

何进部下的将士赶到南宫，在青琐门外大声嚷着，要求宫中把张让他们交出来。袁绍派他兄弟袁术带着两百名勇士围住南宫，同时传出命令去，把樊陵和许相抓来杀了。袁术下令进攻南宫，先把青琐门外的房子烧起来。火光照到宫里，张让他们慌了手脚。他们逼着太后、少帝刘辩和刚由勃海王改封为陈留王的刘协，还有留在宫里的一些官员，从复道（宫中楼阁相通，上下两层都有道儿，所以叫复道）逃到北宫。尚书卢植已经料到他们走这一条道，早就拿着刀在阁道窗下等着。他一见段珪带着太后过来，就大声嚷着说："段珪，你杀了大将军不够，还要逼死太后吗？"何太后这才知道何进给他们杀了。她趁着段珪松手，就不顾死活地从窗口跳出来，卢植把她救起，总算没死。张让、段珪他们就逼着少帝、陈留王他们到了北宫，再从北宫逃到外边，走小道到小平津去了。

袁绍和袁术带着士兵打进南宫，只要见到宦官，不论大小，全都斩尽杀绝。他们碰到了中常侍赵忠和别的两三个大宦官，不但全把他们杀了，还把他们的尸首剁成肉泥。袁绍、袁术他们接着又赶到北宫，正碰到何进的部将打败了车骑将军何苗，把他杀了。袁绍下令，叫士兵分头屠杀宦官。这一来，所有的宦官，不分好歹，见一个杀一个，见两个杀一双。那些宦官还不是最倒霉的，最倒霉的是一些没留胡子的年轻人，也被当作宦官杀了。当时就这么乱糟糟地杀了两千多人，可就没找到中常侍的头头张让和段珪。

张让和段珪他们带着少帝、陈留王和几十个手下人半夜里到了小平津。忽然后面追兵到了。尚书卢植和另一个大臣叫闵贡的，追上去，拦住张让的去路。卢植和闵贡手起刀落，砍了几个人，逼着张让、段珪他们投河自杀。

卢植和闵贡扶着少帝和陈留王一脚高一脚低地走着。往上一望，连原来的几颗星星都没有了。他们在黑暗中摸索，靠着那些在田野里飞来飞去的萤火虫找到了道。这么走了几里地，闵贡在黑咕隆咚的道旁瞧见一间小屋子，外面搁着一辆破破烂烂的木板车，好在底下还有车轱辘。闵贡和卢植就让少帝和陈留王坐在上面，他们两个人在后面推着。好容易到了北邙山下一个驿馆里，天快亮了。少帝和陈留王，一个十四岁，一个九岁，从来没吃过这号苦头，到了驿馆，就瘫倒了。

天刚蒙蒙亮，卢植先回去叫大臣们来接少帝。闵贡待了一会儿，觉得还是早点回去好。他向驿馆里一问，只有两匹马。他就让少帝骑一匹，自己和陈留王合骑一匹，慢慢地往京师回来。他们这么走了一顿饭的工夫，朝廷中有几个公卿陆陆续续地找到这边来了。

少帝一见跟他一块儿走的人多了些，胆儿也大了些。他们经过北邙山下，正往南走的时候，忽然见到无数的旗号遮住了刚出来的太阳，跑马的尘土飞得半天高，从西边过来了一大队人马截住他们的去路。在场的几个臣下吓得脸都白了，少帝刘辩哇的一声哭了出来，陈留王刘协只能流眼泪。大伙儿正在着慌的时候，前面突然出来了一个浓眉大眼的大高个儿，跑到少帝旁边。前司徒崔烈吆喝一声，说："你是什么人？还不快给我滚开！"

那个大汉回答说："我们一天一宿跑了三百里地，才赶到这儿。你倒叫我滚开？你以为我的刀砍不了你们的脑袋吗？"他说着，跑到陈留王跟前，要把他从闵贡的怀抱中抱过去。大伙儿又是害怕又是纳闷儿，那家伙是谁呀？

废少帝

陈留王一见那个浓眉大眼的将军去抱他，吓得往闵贡的胳肢窝里直躲。那个将军笑了笑，就跟陈留王的马并着走，一面安慰他，说："请放心。我是董卓，特地来保护你们。"大臣当中有人对董卓说："已经下了诏书，外兵不必进去。"董卓说："诸公都是国家大臣，自己不能辅助皇室，保卫京师，让国家乱到这步田地。我董卓见了京师火烧，拼着命赶来保驾，你们倒不让我进去，像话吗？"大臣们给他说得闭口无言，只好怀着鬼胎，让他"保驾"。

董卓问了问少帝："这回的祸乱是怎么起来的？"少帝连哭带说地回答了两句。可是谁也听不明白。董卓又问了问陈留王，他比少帝说得明白得多了。董卓就想："大的不中用，还是这个小的懂点事。"他一直跟着陈留王一块儿走。他们到了离城十几里地的地方，才见到尚书卢植带着朝中几个大臣迎上来了。董卓的军队保护着他们一起进了城。

少帝他们进了皇宫，见了何太后，大家哭了一顿。太后问少帝："玉玺（xǐ，就是皇帝的印）是不是带在身边？"少帝回答说："没有。我还以为太后收着哪。"他们各处乱找，什么地方都找遍了，可就是找不到。别的珍宝丢了倒无所谓，丢了传国之宝的玉玺，那就非同小可。可是少帝还在，何太后还在，朝廷还在，玉玺没了，慢慢儿再找吧。少帝能够平安回来，何太后还能继续临朝，这是不幸中之大幸，是值得庆祝的一件大事。当天就下了诏书，大赦天下。董卓保驾有功，准备给他封赏。

董卓到了京师，就打算自己掌握大权。可是兵马太少，步兵和骑兵合在一起才三千人马，怎么能把别人镇压住呢？谋士李儒又使了个计：他请董卓吩咐将士在夜静更深的时候带领着一支兵马悄悄地出城，到了大天白日，再带领这支人马大张旗鼓地进城，说是西凉调来的兵马。这么一来二去地兜了几趟，人家都摸不清董卓到底调来了多少人马。有的说五万，有的说十万，有的说四城门外都是西凉的兵马。董卓的声势就这么大起来了。俗话说：“水往低处流，人往高处走。”何进和何苗的军队，因为死了头儿，还没整编，他们就纷纷地投到董卓这边来，连司隶校尉袁绍也害怕了。

骑都尉鲍信从他的本乡泰山招募新兵回来，知道董卓每天带着兵马在京师里耀武扬威地进进出出，就去见袁绍，对他说：“董卓这家伙，狂妄自大，目中无人，将来一定谋反作乱。趁他还没抓住大权，先下手为强，马上把他拿来办罪。这事现在还做得到，再下去就不行了。”袁绍说：“他兵马多，不一定拿得住他。再说，刚杀了宦官，大家希望安定一下，怎么能再动刀兵呢？”鲍信叹了口气，带着自己的人马回到泰山去了。

鲍信一走，袁绍更不敢跟董卓作对了。不但如此，董卓还听了李儒的话，先去拉拢袁家，利用他们一下再说。董卓还真有一套本领。不但西凉的胡人、羌人、汉人服他，就是何进和何苗的部下，因为受到了优待，也都心悦诚服地归附了他。他还说要重用名士，让大家知道他是同情“党人”的。他听说当初蔡邕（yōng）为了反对宦官，差点儿丧了命，被充军到边疆去受苦。后来虽说免了罪，可是这十多年来，一直流落江湖，没做上大官。董卓就派人到各处去找蔡邕，请他到朝廷里来。这时候，天不停地下雨，就有一些大臣见风转舵，讨董卓的好。他们说：“天不停地下雨，就该把司空免职。”这么着，原来的司空免了职，让董卓做了司空。司空董卓派去的人居然找到了蔡邕。蔡邕推辞，说他有病不能去。董卓可火儿了，第二次派人去请蔡邕，对他说：“我请你做大官，你可别硬要全家灭门！”蔡邕认为自己很有学问，白白地死去，未免可惜。他就勉勉强强地来了。董卓见了蔡邕，十分尊敬他。三天里头，连升三级，蔡邕做了侍中。他乖乖地归顺了董卓。

董卓自己觉得有了力量，就对李儒他们说：“我要废去少帝，先立陈留王，以后再看情况。你们看怎么样？”李儒说：“袁隗、袁绍、王允他们可能顾全大局，不致多事。卢植、丁原不一定肯依。卢植一个光杆儿，没什么了不起。丁原手下的一个部将，厉害得很，我们得留点神。”董卓着急地问：“谁呀？”李儒说：“就是拿着方天画戟（jǐ）、老站在丁原旁边的那个吕布哇。”

原来武猛都尉丁原曾经奉了大将军何进的命令，屯兵河内，威胁太后。赶到袁绍屠杀宦官，少帝逃到小平津，又从小平津回到宫里，丁原被召到了朝中，做了执金吾。他怕像何进那样被人暗杀，进进出出，总是带着吕布。

“吕布？他啊，我知道。你们可以放心。”董卓扭过脑袋一看，那说话的是另一个谋士叫李肃。李肃挺有把握地说：“我知道吕布。他表字奉先，五原人（五原，郡名，在今内蒙古包头一带），跟我是同乡。吕布这个人哪，八个字可以说明了——有勇无谋，见利忘义。只要多送些礼物，凭我这一张嘴，准能把他拉过来。”董卓说：“只要叫他来归顺我，多花些什么都行。”

董卓就打发李肃去结交吕布，送他一匹千里马叫“赤兔”，另外还有许多珍贵的礼物。吕布见了这么多的珍宝，已经够高兴了，见到了那匹赤兔马，简直把董卓看作了大恩人，就是叫他跳到水里、火里也干。李肃提出了条件，他满口答应了。吕布趁着丁原没提防的时候，就把他暗杀了，带着人头来投奔董卓。董卓马上大摆酒席，接待吕布，当面拜他为骑都尉。吕布万分感激，情愿做董卓的干儿子。董卓认下了，又送给他不少金银财帛。打这儿起，董卓的力量就更大了。

董卓很看得起司隶校尉袁绍，特地请他一个人来商议大事。董卓挺客气地说：“皇帝是天下的主人，应当挑个贤明的才好。我每回想到灵帝那么昏庸，直叫人生气。我看陈留王比少帝强，我打算立他，您看怎么样？”袁绍一想：“董卓真要废去少帝了，叫我怎么说呢？”他还没回答，董卓接着说：“其实，刘氏种已经传不下去了，可是现在就立刘协吧。你看好不好？”

袁绍回答说：“汉朝有天下，已经四百多年了。现在少帝刚即位，年纪轻，天下人没听过他有什么不好。您要是废了嫡子，立个庶子，这是违反制度的，我怕天下人不能心服。还是请您三思而行。”董卓没料到袁绍会驳顶风船。他说："天下大权在我手里，我要怎么着就怎么着，谁敢反对？"为了加重语气，他拔出宝剑来，说："您看，董卓的刀不够快吗？"袁绍又顶他一句，说："天下强大的人难道只有您董公一个吗？"他一面说着，一面横着刀向董卓作个揖，出去了。他怕董卓不能放过他，就匆匆忙忙地逃到冀州（现在的河北中南部和山东、河南的各一部分）。

董卓还不愿意拉倒，他召集文武百官，对他们说："我们这个皇上不中用。我要学伊尹、霍光的样儿，把他废了，改立陈留王。你们想必都同意吧！"大臣们一听，愣了。大伙儿你看看我，我瞧瞧你，谁也不敢回答。董卓接着说："那么就把我们商议的写下来吧。"他拿眼睛向朝堂上一扫，就瞧见尚书卢植出来反对，说："伊尹、霍光由于大臣们的要求，才把昏君废了。我们的皇上并没做错什么事，不能把他当作昏君，你怎么能跟伊尹、霍光比呢？"

董卓听了，气得瞪眼睛、吹胡子。他拔出宝剑来要斩卢植。侍中蔡邕慌忙把董卓拦住，劝他别这么容不得人。董卓对蔡邕有好感，就听了他的话，免了卢植的死罪，把他革了职。卢植还怕董卓派人去暗杀，就急急忙忙地绕道逃到本乡，从此不再出来了。

卢植革了职，谁还再敢反对。董卓把废去少帝、改立陈留王的议案写下来，派人去交给太傅袁隗，向他征求意见。袁隗不敢反对，同意了。这么着，朝中大臣，由太傅袁隗和司空董卓带头，逼着何太后下道诏书，立陈留王刘协为帝，就是汉献帝。少帝刘辩退位，改封为弘农王。董卓逼着弘农王立刻离开皇宫。同时派人叫何太后搬到永安宫去。何太后哭得死去活来，口口声声骂着董卓。董卓就派人送给太后一杯毒酒。这时候，何太后巴不得快点死，一口就喝下去了。

董卓立了汉献帝，自己做了太尉，任命原来的太尉刘虞为大司马，太中大夫杨彪为司空，豫州刺史黄琬为司徒。这样，把大司马、司空、司徒等安排下来，没有一个不是董卓的人，没有人反对，太尉董卓把自己封为郿侯（郿，在今陕西眉县一带）。

为了重用名士，优待党人，董卓先替几个已经死了的人申了冤。他把陈蕃、窦武等不少人的案子重新处理，恢复他们生前的爵位，修理故墓，派使者去吊祭，有意识地提拔他们的子孙，让他们做了官。这么一来，就有一批人向着董卓，说他办事公道。他就趁着人家对他满意的时候，再把重要的官职调整一下。他拜司徒黄琬为太尉，司空杨彪为司徒，光禄勋荀爽为司空。自己做了相国。大家都升了职，都很满意，谁不向着董卓才怪。他们连忙替他请求皇上给他上朝时候的三种特权，就是：上朝可以不必快步走；拜见皇上可以不报自己的名字；上朝的时候，可以不摘下宝剑，不脱去靴子。

董卓抓到了大权，就嚷嚷着要把朝廷上过去的毛病改一改。首先他要重用天下名士，正像重用蔡邕一样。名士们听到了这种话，心里的舒服劲儿，那就不用提了。

古籍链接

金城边章、韩遂杀刺史郡守以叛，觽十余万，天下骚动。征太祖为典军校尉。会灵帝崩，太子即位，太后临朝。大将军何进与袁绍谋诛宦官，太后不听。进乃召董卓，欲以胁太后，卓未至而进见杀。卓到，废帝为弘农王而立献帝，京都大乱。卓表太祖为骁骑校尉，欲与计事。太祖乃变易姓名，间行东归。

——《三国志·魏书》

宁我负人

武威人周毖（bì）做了尚书，汝南人伍琼做了城门校尉。他们两个人向董卓献计，要他改正桓帝和灵帝统治下的毛病，最要紧的是选用天下名士，这是笼络人心最有效的办法。他们说：“人们都说东汉的天下是给宦官和外戚弄坏的。现在宦官消灭了，外戚也杀光了，如果再不重用士族，还能依靠谁来治理天下呢？”

除了周毖和伍琼以外，袁隗、王允、李儒、蔡邕、黄琬、杨彪他们也都希望董卓重用名士。董卓呢，他也知道牦牛能驮东西，牧羊犬能看羊群。只要于他有好处，重用名士，重用强盗，都一样。你们都主张用名士，那就用名士吧。他就派使者拿着厚礼去聘请当时的知名之士陈纪、韩融、郑玄、申屠蟠等。郑玄和申屠蟠的脾气没改，假说病了，不能来。要是使者硬逼他们动身的话，他们会拿棺材板打人，也许马上就死给你看。这种人没法治，不来就不来吧。别的人不是愿意做官而是怕得罪董卓，半推半就地都来了。

陈纪是赫赫有名的士人的领袖陈实的儿子，他做了侍中。韩融是从前做过嬴县长、大胆地把公粮发放给穷人的韩韶的儿子，他做了大鸿胪。他们是新请来的名士。太尉黄琬、司徒杨彪、司空荀爽，也都是名士。真可以说，人才济济，名士满朝。董卓不是名士，可是做了名士的头头了。

董卓又任用颍川人韩馥为冀州州牧，东莱人刘岱为兖州刺史，陈留人孔伷（zhòu）为豫州刺史，东平寿张人张邈（miǎo）为陈留太守，颍川人张咨（zī）为南阳太守。这些人都不是董卓的亲戚、朋友，也不是他原来的部下，就因为他们都有些名望，特地大胆使用，好让人家知道董相国用人唯贤，大公无私。只有对于豪门大族的头头袁绍和袁术哥儿俩，他是很不放心的。周毖和伍琼劝他拿恩德去跟他们结交，让他们都做大官，就不会彼此过不去了。他们说："袁家四世三公，不但名望大，还很得人心。这一家的门生故吏遍天下。如果不笼络他们，让袁绍、袁术去召集一批有势力的人来反对您，那恐怕山东不是您能保得住的了。还不如免了他们的罪，让他们也做郡守。他们免了罪，当然高兴，就不至于再生祸患了。"

董卓很直爽地说："好，就照你们的意思办。行不行还得往后瞧哪。"他就拜袁绍为勃海太守，拜袁术为后将军留在京师里。他也没忘了典军校尉曹操，叫他做了骁骑校尉。袁术留在京师里怕遭到董卓的毒手，他扔了后将军的地位，逃到南阳去了。曹操也觉得留在京师里凶多吉少，不如早走为妙。董卓不是大公无私地重用名士和豪门世族吗？他们干吗要走呢？

董卓不是外戚，也不是宦官，他不是儒生，也不是豪门望族。这些都不假。他是西凉的土霸王，完全保持着强盗的气派。他听了别人的话选用儒生、名士，可是跟这些人他根本不知道怎么打交道。他对自己的将士和前后归附他的士兵儿郎们就有高招让他们高兴。他让他们去抢财物。当时的京师洛阳是个最繁华的大城，里面住着皇亲国戚、贵族豪富。一条街接着一条街，全是这些阔老爷的高楼大厦。家家户户有的是金银财宝。董卓的将士们一进去，要财宝有财宝。这种突如其来地跑到人家家里去抢劫，还有个冠冕堂皇的名字，叫"搜牢"，就是检查户口、物资，保护治安的意思。这么检查下去，谁受得了？

将士们抢劫回来，由董卓验收。他总是分给他们一部分财物。将士儿郎竖着大拇指直夸董相国有义气，真够朋友。董卓听说何太后跟汉灵帝葬在一起，大坟里埋着许多珍宝。珍宝埋在地下，多么可惜。他就叫士兵刨开大坟，把珍宝全拿出来。他自己当然有个很阔气的相府，可是他有时候干脆就在皇宫里过夜，那儿有不少美人，还有公主们。这些都是董卓的啦，他想要怎么着就怎么着。

董卓对待皇家、贵族、豪强、大户这么粗暴，他对老百姓怎么样呢？

有一天，他带着军队耀武扬威地出去，到了阳城（在今河南登封一带），正赶上老百姓在那儿迎神赛会，男男女女，热闹非凡。董卓见了，心血来潮，出了个挺新鲜的主意。他下令把这些人一概拿下，男的杀了，把脑袋砍下来，挂在战车两旁，女的没收为奴婢，装回城里去。战车上挂着这么多的人头，辎重车上载着这么多的妇女，就这么浩浩荡荡地回到京师。士兵们一边走，一边唱着得胜歌。别说还有宣传的人，就是不说，人们也能猜想得到：董相国杀敌回朝，够多么威风啊。

董卓不但能杀老百姓，还能理财。他要的是钱，越多越好。什么文化不文化，艺术不艺术，他全不管。他把汉朝的五铢钱毁了，改铸小钱，以后再把洛阳和长安所有的从秦始皇、汉武帝以来历代的铜人、铜钟、铜马和各种各样铜铸的飞禽走兽毁了不少，铸成很多很多的小钱。小钱多了，可是粮食不够。因此，一石谷卖好几万钱。这些小钱没有花纹，也没有字，边儿粗糙得很，使用起来有时候还割破了手。

董卓尽管使用名士，可强盗总是强盗。这样的人掌握了大权，不但像袁绍、袁术那样的豪门世族看不起他，就是地位比他们低得多的曹操，也不愿意在他手下做事。他认为董卓这么下去，一定得垮台。他一垮台，将来好坏不分，一同遭殃，那该多冤哪。他就改名换姓，逃出洛阳，打算往东回到老家去。

曹操怕董卓派人追上来，随身带着几个骑兵白天躲着，晚上跑路，一直到了成皋。路过他父亲的好朋友吕伯奢家，打算进去过夜，顺便打听一下他父亲的情况。他进了吕家庄，到了吕家，偏偏吕大爷不在家，他就想走了。吕伯奢有五个儿子，他们都认识曹操，怎么也不让他走。曹操只好进去休息一会儿。他们死乞白赖地留他过夜，把他的马拉了去，把他随身带着的东西藏了起来。曹操是从董卓那儿逃出来的，一直心虚。再说他本来心眼儿就多，吕家弟兄热情的招待反倒叫他起了疑。他们为什么这么缠住他呢？是不是有人出去报官了？他浑身都长着耳朵和眼睛，到处听声儿，四处张望，好像谁都是他的对头，任什么时候都准备坑害他似的。正在胡思乱想的时候，忽然听到后院有磨刀的声音，还有人说话呢，可听不清楚。最后一句话他倒听明白了。有一个人嗓子压得很沉，他说："这家伙厉害得很，还是绑着杀吧。"

曹操听到了这句话，马上拔出宝剑来，杀了几个人。别人都没做准备，乱七八糟地又被他杀了几个。赶到他杀到后院，见到了一口猪，才知道错杀了好人，不由得愣了一下。他的手下人已经找到了马和行李。曹操叹了一口气，对他们说：“咱们逃难要紧。宁可我对不起人家，别让人家对不起我。咱们走吧。”他们就连夜离开了成皋。

他们到了中牟（在今河南中牟），正碰到巡逻队。亭长见他们带着刀犯夜，就把他们当作盗匪送到县里。县令已经接到了董卓发出的捉拿曹操的文书，连夜审问。曹操改名换姓，不肯说出真姓名来，含含糊糊地回答了几句。刚巧有个官吏有几分认识曹操，有心救他，就对县令说：“目前天下正乱着呢。国家需要有本领的人。咱们可得留点神，不能得罪天下英雄！”中牟县的县令就这么把曹操放了。

曹操到了陈留，见了他父亲曹嵩，跟他说明要把家产拿出来，招募义兵，准备对抗董卓。他父亲同意了。他们又去联络当地的一个大财主，叫卫弘的。卫弘满口答应。他拿出很多金钱和粮食帮助曹操招兵买马。

陈留是个大郡，离洛阳五百多里，曹操不必再怕董卓去迫害他。陈留太守张邈跟曹操和袁绍都是朋友，而且陈留郡是属兖州管的，兖州刺史刘岱又是士大夫集团中反对董卓很坚决的一个人。曹操到了陈留以后，他们让他在郡内招兵买马准备去打董卓。

几天工夫，就来了曹操本族的几个豪强。第一批来的是曹仁和曹洪哥儿俩。曹仁从小喜爱使枪弄棒，跑马打猎。他见到各地豪杰起兵，也暗地里结交了一批少年，共有一千多人。曹洪是个大财主，又是个大勇士。光是他自己家里能打仗的壮丁就有一千多人。他对曹操特别钦佩，情愿给他卖命。曹仁、曹洪都是曹操的叔伯兄弟。他们各带一千多人来归附曹操，曹操真太高兴了。

第二批来的又是沛国谯郡人，夏侯惇（dūn）和夏侯渊哥儿俩。夏侯惇从小就很出名。十四岁那年，见到一个流氓侮辱他的老师，他气愤不过，三拳两腿就把那个人给揍死了。他不但没被办罪，人家还都夸他是个尊敬老师的小侠客。夏侯渊是夏侯惇的叔伯兄弟。他家里比较穷，在兵荒马乱又碰上大饥荒的时候，他家断了粮，揭不开锅。他把自己的小儿子扔了，为的是要救活他死了的兄弟的一个女儿。这会儿夏侯惇和夏侯渊带了两千来人来投奔曹操，曹操把他们看作亲兄弟一样。曹操的父亲本来姓夏侯，过房给曹腾以后才改了姓。因此，夏侯惇和夏侯渊两个人实际上也就是曹操的族兄弟。

除了这四个弟兄以外，又来了阳平卫国人乐进和山阳巨鹿人李典。乐进是个小矮个儿，胆量可大啦。哪儿有危险别人不敢去，让他带头没错儿。曹操派他回到本郡去募兵，他一去就招募了一千多人。李典是巨鹿的豪强大姓，他家里的宾客就有几千人。

乐进、李典、夏侯惇、夏侯渊、曹仁、曹洪都是豪门大族，他们带来的人合起来已经不下五千名了。曹操有了这五千人的基本队伍，就开始练兵。练兵没多久，就听到东郡太守桥瑁发出征讨董卓的通告，勃海太守袁绍也公开地练起兵来了。曹操非常高兴，感到人间究竟还是有是非的。

古籍链接

夏侯惇字元让，沛国谯人，夏侯婴之后也。年十四，就师学。人有辱其师者，惇杀之，由是以烈气闻。太祖初起，惇常为裨将，从征伐。太祖行奋武将军，以惇为司马，别屯白马，迁折冲校尉，领东郡太守。

——《三国志 · 魏书》

同盟除暴

东郡太守桥瑁曾经做过兖州刺史，在太守和刺史当中算是很有威望的。他借用三公的名义向各州郡发出通告，宣布董卓的罪状，号召州郡发兵去征讨董卓。

通告到了冀州，倒叫冀州的州牧韩馥左右为难了。他自己是由董卓推举做了冀州州牧的，还想忠于董卓。上任不到几个月，就听到他的属下勃海太守袁绍招兵买马，有意跟董卓作对。勃海是属冀州管的，太守是受州牧管的，勃海太守应当接受冀州州牧的管束。袁绍招兵买马，他不能不管。韩馥正打算派人去警告袁绍不得轻举妄动，忽然接到桥瑁征讨董卓的通告，叫他帮哪一头呢？他召集底下的人，把情况说了。最后他问："我们应当帮助董家呢还是帮助袁家？"有个助理官员叫刘惠（也叫刘子惠）的，他听了这话，就说："起兵是为国为民，哪儿是为了董家或袁家呢？"这句话说得韩馥脸上发烧。他就写信给袁绍同意起兵。

袁绍得到韩馥的支持，胆量更大了。他干脆派人到各地约他们一同起兵。各州郡的太守和刺史大多是野心勃勃的豪强和士族，以前由于外戚或者宦官把持朝政，他们被压在下面，现在外戚和宦官的势力全没了，他们就像"荷叶包钉子"，个个想出头了。没想到半路途中忽然出来个西凉的土霸董卓抓了朝廷大权。董卓算老几？先不说他还有废去少帝、害死太后、屠杀人民的大罪。袁绍派人去约这些人一同起兵，正合他们的心意。东郡太守桥瑁是个首创人，不必说了。冀州州牧韩馥已经同意。袁绍的异母兄弟后将军袁术和从兄弟山阳太守袁遗，都起兵响应。还有豫州刺史孔伷、兖州刺史刘岱、河内太守王匡、陈留太守张邈、广陵太守张超五个人分别写了回信给袁绍，同意发兵。还有前骑都尉鲍信早就在泰山招募了步兵两万人，骑兵七百人，辎重五千多辆，跟他兄弟鲍韬（tāo）正在练兵。他们招待了袁绍派去的人，当时就发兵来了。曹操得到这个消息，马上带着乐进、李典、夏侯惇、夏侯渊、曹仁、曹洪和五千多名士兵向酸枣（在今河南延津一带）这边过来。他们算是陈留太守张邈的部下。

各路兵马陆续出发，有的带着两三万人马，有的一两万，最少也有五六千人。袁绍到了河内，跟河内太守王匡的兵马合在一起，暂时驻扎在河内。韩馥把军队驻扎在邺城（在今河北临漳一带），督运军粮。袁术的军队驻扎在鲁阳（在今河南鲁山一带），孔伷的军队驻扎在颍川。除了这五路兵马分别驻扎在当地以外，其余像张邈、曹操、张超、刘岱、桥瑁、袁遗他们都到了酸枣。到了约定的日期，袁绍、王匡、韩馥、袁术、孔伷他们带着随从的人都到酸枣来开会议。

长沙太守孙坚和右北平太守公孙瓒因为路远，没来，北海太守孔融和徐州刺史陶谦因为要对付本地的黄巾军不能来。当时先后到酸枣开会的就有十一路人马，他们是：

1. 后将军袁术；
2. 冀州州牧韩馥；
3. 豫州刺史孔伷；
4. 兖州刺史刘岱；
5. 陈留太守张邈；
6. 广陵太守张超；
7. 河内太守王匡；
8. 山阳太守袁遗；
9. 东郡太守桥瑁；
10. 济北相鲍信；
11. 勃海太守袁绍。

开会的时候，大伙儿慷慨激昂地说了话，起了誓，决心征讨董卓，辅助皇室，公推袁绍为盟主，订立了盟约。袁绍就自立为车骑将军，兼司隶校尉，任命曹操为奋武将军。袁绍拿盟主的身份正式发出通告，号召各地起义征讨董卓。那时候，董卓的兵力很强，他并没把这十一路兵马放在眼里。

袁绍的通告发出去以后，又多了两路兵马：一路是长沙太守孙坚，一路是上党太守张杨。这样，征讨董卓的就有了十三路兵马了。

长沙太守孙坚素来跟荆州刺史王睿（ruì）不对劲。趁着征讨董卓的乱劲儿，孙坚就把他暗杀了，接收了一部分军队。他带着手下的四个健将，程普、黄盖、韩当、祖茂，到了南阳的时候，已经有了几万人了。南阳太守张咨好像没事儿似的跟孙坚相见。孙坚向他要粮草，他不给。孙坚把他也杀了。征讨董卓还没出发，他已经杀了一个刺史，一个太守。这一来，谁都知道他的厉害。他带着自己的兵马到了鲁阳，跟后将军袁术的兵马联在一起。他知道袁术势力强大，见了他，向他表示愿意听他的指挥。袁术也巴不得有个得力的助手，就向朝廷推荐孙坚，让他做了破虏将军，兼荆州刺史。那时候，谁推荐谁只是一种形式，实际上等于谁派谁去占据地盘就是了。这么着，孙坚算是袁术的部下，就在鲁阳驻扎下来。

张杨是云中（在今内蒙古呼和浩特一带）人，原来奉了大将军何进的命令到上党去招兵的。他招募了一千多人，留在上党对付那边的黄巾军。这会儿，他见到袁绍的通告，就向上党太守进攻。他虽然没把上党打下来，可是既然敢于进攻太守，就干脆自称为上党太守。张杨带着几千人马，到了河内，见了袁绍，愿意听从他的指挥。

右北平太守公孙瓒也派了刘备、关羽、张飞带着几千人马从北边赶来，就因为路太远，一时不能赶到。

袁绍的通告到了京师，董卓看了，认为少帝废为弘农王，没有斩草除根，究竟是个祸患。这些东方州郡起兵都拿少帝作为借口。做事得做得干净、彻底，大丈夫不能心慈。他就叫郎中令李儒去想办法。李儒准备了一杯毒酒，给十五岁的刘辩上寿，硬把他送上了西天。弘农王一死。这些太守、刺史就不能再借着他搞复辟了。

董卓把河东的黄巾军看得比这些关东的兵马更严重。那时候，黄巾军的首领郭太在白波谷（在今山西襄汾一带）作战，所以这一路的黄巾军也叫白波军。白波军不断地进攻太原，占领了河东，参加起义的农民有十多万人。董卓把并州、凉州作为他自己的老窝，他不能不跟那边的黄巾军争夺地盘。他想，关东地区能守则守，万一不能守，可以往西北退去。因此，他首先派中郎将牛辅带领大军去抵抗白波军。其次他才调兵遣将去对付袁绍他们。

牛辅是董卓的女婿，做了中郎将，是董卓最重用的一个将军。第二个就是吕布了。吕布杀了丁原以后，做了骑都尉，跟董卓亲密得父子相称。这时候，吕布由骑都尉升为中郎将，封为都亭侯。他自告奋勇地要去跟袁绍他们交战。当时就有人拦住他，说："杀鸡何必用牛刀？这些关东乱臣交给我就是了。"董卓一看，原来是另一个中郎将徐荣，就派他去镇守洛阳附近的地区，不让关东的兵马进来。

董卓跟谋士李儒他们商议了一下，李儒认为关东兵马不少，洛阳又没有天然的屏障可守，还不如迁都长安。一来，免得跟这些人纠缠，二来，他一走，他们没有打仗的对手，人多心不齐，必然会自相纷争起来的。到那时候，再去同这些人个别对付，他们就非散伙不可。长安是凉州军的根据地，董卓点了点头，同意李儒的建议。第二天，他召集三公九卿，向他们提出迁都的事情。大臣们没防到这一招，都愣了。

过了一会儿，司徒杨彪起来反对，说："不行！洛阳作为京师已经多年了。一旦迁都到长安去，必然惊动人民。还是不迁都好。"董卓挺起腰板，杀气腾腾地说："你敢阻挠国家大计吗？"太尉黄琬说："迁都就是国家大事，杨司徒的话不是完全没有道理，还请相国斟酌。"董卓不开口，只是冲着他瞪了一眼。大臣王允连忙起来，说了几句好话。他认为迁都是个好计策，汉高祖不是拿长安做京师吗？他请董卓不必为了杨司徒和黄太尉说错了话而生气。董卓果然有眼力，他看上了王允，借个名目把杨彪和黄琬免了职，让王允做了司徒，另外叫光禄勋赵谦做了太尉。

司徒王允千方百计地向董卓讨好。不知道他安的是什么心。城门校尉伍琼，还有尚书周毖都骂王司徒只知道奉承，没有骨气。他们准备豁出性命，一再劝告董卓不可迁都。董卓挺客气地对他们说："我初到朝廷的时候，你们两位劝我重用名士，还让袁绍做了勃海太守。我就依了你们。我还说好不好往后瞧吧。你们所推举的人做了太守，做了刺史，怎么报答我呢？他们发动兵马来打我！你们还想做他们的内应，硬叫我留在这儿挨打吗？这是你们两位对不起我董卓，不是我董卓对不起你们。请别见怪。”他马上变了脸，吆喝一声，把这两个大臣收在监狱里，定了个里应外合的罪名，处死了事。

董卓杀了伍琼、周毖，倒不是因为他们反对迁都，而是因为他们推举了袁绍。袁绍做了乱党的头子，袁术占领了南阳，袁家犯了这么严重的叛逆大罪，袁绍的叔父太傅袁隗和袁术的哥哥太仆袁基当然不能免罪。董卓就把这两个人和两家的男女老小五十多人全都杀了。已经免了职的前太尉黄琬和前司徒杨彪恐怕连累在内，慌忙跑到相国府，再一次向董卓认错。董卓又拿出外场人的派头来了，他向汉献帝推举，任命他们做了光禄大夫。

迁都以前，还有两个人叫董卓放心不下。一个是左将军皇甫嵩，一个是河南尹朱儁。他们曾经做过董卓的上级，都是镇压黄巾军立了大功的，在东汉的士族和官僚中间很有名望。董卓不但跟他们合不到一块儿去，而且还有点忌惮。就因为他们名气大，董卓在外表上只好看重他们。他首先推举朱儁为太仆。那个职位是很高的，相当于相国的助理。朱儁坚决推辞了。推辞也就算了，反正董卓已经对他表示了信任，就让他留在洛阳，镇守河南。那个左将军皇甫嵩一直屯兵扶风，抵挡韩遂、马腾那一头。董卓使个花招，把他调到京师来做个城门校尉，打算借个名目把他杀害。皇甫嵩的儿子坚寿和董卓一向要好，他就跑去董卓跟前求情，董卓听了劝，没去难为他父亲。

董卓把这些难对付的人杀的杀了，安排的安排了，然后下了命令，限期迁都，把住在洛阳的和临近的几百万户一概搬到长安去。当然有许多人不愿意离开本地。董卓真有办法，他叫士兵们把所有的宫殿、官府，老百姓的房屋住宅一律烧毁。这样，谁都没法再在这儿待下去，就只好哭哭啼啼地走了。沿路有病死的、饿死的、踩死的、打死的，道上全是尸首。这种惨境就不用提了。董卓做事蛮横得很，要迁都就迁都，要老百姓搬家就搬家，洛阳周围两百里内再也找不到一只鸡、一条狗了。

洛阳城外还有历代帝王和公卿大臣家的坟墓哪。别担心，董卓忘不了。他叫吕布带领一队人马把这些大坟都刨了，把刨出来的金银玉器跟别的珍宝全都运到长安去。长安经过了王莽时期的战争，还有什么宫殿和大厦哪？就是老百姓的住宅也不多。董卓说，陇右有的是木材，临近地区有的是瓦窑。瓦窑不够，再加几千个也不难。董卓的命令是命令，长安城很快地就建设起来。董卓要办的事务太繁，他相信司徒王允办事能干，又能称他的心，就把朝廷上的大小事务都请他偏劳了，自己还得跟吕布一起去教训教训那些关东不服气的太守、刺史。听从董相国的，让他们活，还可以升他们的官，不听从董相国的，就叫他们死。这些人所说的“同盟除暴”，在董卓看来，都是淘气的孩子闹着玩儿罢了，他才不怕哪。

古籍链接

二月，卓闻兵起，乃徙天子都长安。卓留屯洛阳，遂焚宫室。是时绍屯河内，邈、岱、瑁、遗屯酸枣，术屯南阳，伷屯颍川，馥在邺。卓兵强，绍等莫敢先进。太祖曰："举义兵以诛暴乱，大觽已合，诸君何疑？向使董卓闻山东兵起，倚王室之重，据二周之险，东向以临天下；虽以无道行之，犹足为患。今焚烧宫室，劫迁天子，海内震动，不知所归，此天亡之时也。

——《三国志·魏书》

同盟不同心

董卓派中郎将徐荣带着校尉李傕（jué）、郭汜（sì）、张济和几万兵马巡逻颍川、汝南一带。徐荣要到哪儿就到哪儿，没碰到任何人的反抗。到了梁县（在今河南临汝一带），碰上了长沙太守孙坚的兵马。孙坚原来跟南阳太守袁术合在一起，打算去征讨董卓，近来又跟颍川太守李旻（mín）交上了朋友。他们两个人都是打仗的能手，一见到徐荣，就打起来了。

孙坚跟徐荣刚一交手，差点儿摔了个跟斗，勉勉强强支持了一会儿，找个空子就往回跑。徐荣不肯放松，紧紧地追着。正好颍川太守李旻从横腰里过来，斜插进去，截住了徐荣，让孙坚快走。没想到他救了孙坚，自己倒失了手，晃晃悠悠地给徐荣逮过马去。孙坚打了败仗，一时不敢再出去。徐荣把俘虏送去给董卓。董卓把颍川太守李旻骂过一顿，就把李旻下了油锅，炸了。他又别出心裁，把逮来的士兵挑了几个头儿，用布帛裹着身子，灌了油，涂上膏，倒立着慢慢地烧。这叫“倒点大蜡烛”。

董卓正在欣赏“大蜡烛”，探子从北面回来报告，说河内太守王匡向河阳津进兵，准备夺取洛阳。董卓还真能要花样，他假意发大军正面去应战，暗地里派中郎将吕布带领一万精兵偷偷地渡过小平津，绕到王匡背后，前后夹攻，把王匡的兵马打得落花流水。王匡带着少数的残兵败将逃回河内，向盟主袁绍报告打败仗的情况，还添枝加叶地说董卓的兵马怎么强大。袁绍因为董卓杀了他叔父袁隗和哥哥袁基，还把这两家灭了门，他当然要报这个仇。可是再一思量，做大事的人大多是顾不了家的，再说董卓的军队这么厉害，打得王匡差不多全军覆没。袁绍觉得自己无能为力，怎么敢出去跟董卓拼呢？他得先培养实力，这一点点兵马是万万不能受到损失的。

奋武将军曹操哪儿知道袁绍的心思，他一再请求盟主发兵去征讨董卓。袁绍始终按兵不动。曹操向大伙儿宣告，说："举义兵，除暴乱，名正言顺。现在各路兵马都到了，就该出去作战。诸位还有什么决定不下的呢？逆贼董卓烧毁了宫殿，劫走了天子，强迫人民搬家，海内震动，人心惶惶。这正是天怒人怨，消灭逆贼的时候。只要大家同心协力，打一仗就可以平定天下。请别错过这个时机呀！"他这么说着，要求各路将领去打董卓。他把嗓子都讲哑了，可是人家就没像他这么热心。他们只怕自己像王匡和孙坚那样挨打，像李旻那样下油锅。再说各人有各人的心思，打了董卓，抢到的地盘算是谁的呢？盟主不发动，旁人急什么呢？

曹操眼看着这些人刚订了盟约，同盟不同心，心里头直生气。他就独自带着夏侯惇、夏侯渊、曹仁、曹洪、李典、乐进他们往西去打董卓。陈留孝廉卫兹愿意一块儿去。曹操和卫兹虽然有了一些兵马，可是他们自己没有地盘，在给养方面还得依靠陈留太守张邈的帮助。因此，他们要去进攻董卓，在道义上还得向张邈请示一下。张邈同意了，还拨给他们几千人马。曹操自己打头阵，请卫兹在后队接应，勇气百倍地从酸枣出发直到成皋，再从成皋去夺取荥阳。一路上好像小船跑顺风那么称心。

曹操的兵马到了汴水（汴：biàn，汴水在今河南荥阳一带），正像孙坚在梁县一样，也碰上了董卓的大将徐荣。原来董卓一听到曹操向成皋进兵，马上把徐荣的大军调到汴水，候在那儿。曹操的兵马少，再说没防到徐荣早已布置了阵势，他们处在很不利的地位。幸亏曹操手下的人有点能耐，打了一整天，才垮了下来。军队一垮，分头乱窜，死伤的人数就更多了。夏侯惇、夏侯渊、曹仁、曹洪他们几个人拼着命保护曹操向荥阳退去。

天快黑了，董卓的军队还紧紧地追赶着曹操。曹操只希望他的马能比别人的跑得快。正在逃跑的时候，忽然听到后面弓弦响，他慌忙躲开，肩膀上已经中了箭。他还没往后看，又来了一箭，射中了马屁股，那匹马往前一跪，倒了，把曹操摔在地下。后面几个士兵抢着来割曹操的脑袋。正在这个节骨眼儿，曹洪赶到。他杀散了敌兵，跳下马来，扶起曹操，替他拔出了箭，敷上随身带着的刀伤药，请他上马。曹操说：“兄弟，你没有马怎么行呢？”曹洪说：“天下可以没有我，可是少不了您。”曹操还想推让，后面喊声又近了。他只好骑上曹洪的马赶紧跑了，曹洪跨开大步，赛跑似的跟着他。两个人又跑了几里地，天已经黑了。忽然瞧见前面一溜儿全是火把，一大队兵马拦住去路。曹操和曹洪这一下惊得差点儿瘫了。

他们跑又跑不了，只好豁出性命拼吧。可是再一看，惭愧，原来是卫兹的军队。他们才放了心。可是卫兹自己已经阵亡了，兵马又不多，怎么也不能对付徐荣。他们不敢停留，连夜赶路，离开了荥阳。徐荣虽然打败了曹操，可是心想曹操只有这么点兵马都能跟他打上一整天，酸枣有十多万人马，绝不能小看，因此也就收兵回去了。

曹操他们回到酸枣，只剩了五六百人，幸亏几个将军都没伤亡。曹操看看自己的兵马这么少，又估计估计张邈、刘岱、桥瑁、袁遗他们几个人驻扎在酸枣的兵马有十多万。这十多万人难道还不能去打董卓吗？可是他们不但按兵不动，而且每天喝酒请客，好像是来玩儿似的，压根儿就没有真心征讨董卓的意思。

曹操再把他作战的计划，详细说给他们听。末了，他说：“诸公老在这儿待着，难道要等董卓自己下台吗？我怕天下人会笑话我们的。”

张邈认为关东军都是临时凑起来的，没有作战的经验，论实力，远抵不上董卓的西北军。他只是微微一笑，对曹操说：“孟德刚受了点委屈，总得休养一下。你治好了肩上的箭伤再说吧。”曹操气得要命，决定自己再去招兵，就带着夏侯惇他们离开酸枣，到了扬州。他见了扬州刺史陈温和丹阳太守周昕（xīn），向他们说了不少征讨董卓的话。他们不好意思拒绝，仅仅给他四千士兵。曹操就带着这四千士兵走了。没想到这些人不愿意跟着他打仗，到了龙亢（在今安徽怀远一带），发生了叛变。曹操跟夏侯惇他们杀散了叛兵，保全了自己，可是不能把他们镇压下去。没参加叛变的只有五百来人。曹操又在沿路招募了五百来人，再加上曹操、曹洪他们家里的佃客，武装起来当了家兵，就这么凑成一支几千人的队伍。这次他不再到酸枣去依靠张邈，他干脆渡过黄河，赶到河内，跟盟主袁绍驻扎在一起。

曹操到了河内，才知道酸枣那边出了事啦。原来兖州刺史刘岱成心要兼并东郡太守桥瑁的军队。他派人去向桥瑁借粮。桥瑁说：“自己的粮草还不够，哪儿能借给别人呢？”刘岱趁着桥瑁没做准备的时候，带着兵马突然冲进桥瑁的军营，把首先发出通告征讨董卓的桥瑁杀了，还把东郡的兵马接收过去，另派自己人去做东郡太守。刘岱杀了桥瑁，势力就比以前大了。盟主袁绍管不了这些事，再说他自己还想把刘岱当老师，学一学他这一招哪。

曹操知道了桥瑁被杀的事，不由得叹息着说：“董卓还没打，自己人先杀了自己人。同盟不同心，怎么能成大事呢？”他又听说南阳太守袁术跟长沙太守孙坚联合起来，轰走了豫州刺史孔伷，让孙坚做了豫州刺史，名士刘表占据了江南，做了荆州刺史。原来兴义兵，除强暴，现在各人占据地盘，还互相攻打。天下这么乱糟糟的，自己又只有这么一点点人马，能干什么呢？还不如回家去，春天夏天读读书，秋天冬天打打猎，多自在啊。

转过了年，就是初平二年（公元 191 年），袁绍和冀州刺史韩馥打算立幽州牧刘虞为帝。他们认为董卓劫走了十一岁的汉献帝，生死不明，刘虞是宗室里最有威望的人，让他做皇帝，那可要比汉献帝强得多。你看，从刘虞到了幽州以后，就注重耕种，在上谷开了市场，让胡人跟汉人做买卖，他发展了渔阳的盐铁生产，人民的生活都有所改善，连青州、徐州的人也有不少跑到幽州去归附刘虞的。要是他做了皇帝，那么董卓劫走的那个小皇帝就不起作用，董卓也就失了势了。袁绍特意问曹操，看他有什么意见。

曹操可有他的主张。他说：“我们一起兵，各地豪杰纷纷响应，就因为我们是义兵。现在皇上年轻，没有力量，受着奸臣的压制，他可并没有像昌邑王那样的罪恶。凭什么废了他呢？要是废了他，另立别人，别人也可以同样再立别人，天下怎么能安定呢？诸君向北（刘虞在北方），我是宁可向西忠于现在的皇上的。”

袁绍同时还写信给南阳太守袁术，向他征求意见。袁术自己打算做皇帝，要是大臣们立个年长有能耐的人做皇帝，反倒对他不利。他就冠冕堂皇地拒绝了。

曹操和袁术虽然用心不同，可是他们都拒绝了袁绍的主张。袁绍和韩馥又商量了一下，认为不能为了他们两个人的反对误了大事。他们就照原来的计划，派使者到幽州，尊刘虞为帝。不料刘虞很严肃地拒绝了，还把使者和袁绍狠狠地批评了一顿。他说：“现在天下不安，皇上受苦，我受了朝廷厚恩，没能够替国家擦去耻辱，自己已经够害臊了。诸君占据着州郡，就该同心协力辅助王室，怎么反倒谋起反来了？你们要把我拖到臭水坑里去吗？”

袁绍他们第二次又派使者去请刘虞，刘虞还是坚决拒绝了，他说：“你们是不是成心要逼我逃到国外去？”这一来，大伙儿才不再多啰唆。可是他们始终不向董卓进兵。赶到带来的粮食吃完了，他们好像已经完成了任务，一个接着一个地回去了。

古籍链接

太祖兵少，乃与夏侯惇等诣扬州募兵，刺史陈温、丹杨太守周昕与兵四千余人。还到龙亢，士卒多叛。至铚、建平，复收兵得千余人，进屯河内。

刘岱与桥瑁相恶，岱杀瑁，以王肱领东郡太守。

袁绍与韩馥谋立幽州牧刘虞为帝，太祖拒之。绍又尝得一玉印，于太祖坐中举向其肘，太祖由是笑而恶焉。

——《三国志·魏书》

私藏玉玺

刘虞不愿意做皇帝，各州郡起义兵的人都各有各的打算。袁绍把尊帝的事搁下，还想用别的方法来扩张自己的势力。曹操觉得别的人先后散了，他自己也不能老在河内待着。这时候，只有豫州刺史孙坚还要跟董卓拼一下子。原来袁术反对立刘虞为帝，一心想自己做皇帝。他把大军驻扎在鲁阳，利用孙坚去打头阵，替他鸣锣开道。他跟孙坚约定：孙坚出去冲锋，由袁术在后面接应，供应粮草。

孙坚被徐荣打败以后，很快地召集了散兵，重新振作起来。他跟袁术约定以后，带着自己的部下程普、黄盖、韩当、祖茂四条好汉和一万多人马离开鲁阳大营，向梁县那边打过去。他老是跑在前面，个儿高，又喜欢戴着大红头巾，后面的人只要看到大红的头巾往哪边移动，就都跟着往哪边冲。他们很快地前进了一百多里地，收复了梁县。听说徐荣已经调走了，董卓驻扎在那边的兵马不多，孙坚就把大军驻扎下来，自己带着一部分人马占领了阳人聚（市镇名，在今河南汝州一带），在那儿扎了营盘。

到了后半晌，孙坚这儿一部分的人马早已给董卓的一个大将叫华雄的围住了。天还没黑，华雄就叫士兵拿着火把，一面放火，一面夺营。孙坚一看四面八方全是敌人的火把和旗号，他这个小小的营盘根本没法守，就下了命令，叫将士们各自作战，分头突围。他自己带着祖茂和几十个骑兵汇成一路冲了出去。孙坚吩咐手下的人分头突围，原来想借着这个办法分散敌人的注意。哪儿知道华雄的兵马不追别人，光追孙坚。他跑到哪儿，他们就追到哪儿。孙坚回头一瞧，紧追赶他的正是那个大将华雄。孙坚是个射箭的能手，他连着射了两箭，可是都给华雄躲过了。再射第三箭的时候，因为用力太猛，把弓弦拉断了，真急死人。他只好扔了弓箭，扑在马背上拼命逃跑。

祖茂跟他并着跑。他对孙坚说："敌人光追咱们这一路，我想，是因为他们认识将军的头巾。快摘下来，让我戴上，咱们分头走吧。"孙坚就把自己的头巾跟祖茂的头盔对调了，分两路跑去。果然，华雄的兵马不管别的，只望着大红的头巾追赶。孙坚就这么抄着小道，跑回去了。

祖茂戴着孙坚的头巾东窜西跑，弯弯扭扭地躲着敌人。他跑进一块坟地，那儿也烧着火，华雄的兵马紧跟着进了坟地。他们隐隐约约望见大红的头巾，就四面围上去，还围了好几层。华雄要活捉孙坚，叫士兵们不可放箭。他们慢慢地围上去。有几个胆大的士兵冲过去打了几下。他们"哎呀"一声嚷，直说打着的不是个人。仔细一看，原来是个石柱。当时祖茂跑进坟地，已经有气没力了。他见了坟间的石柱，就把那个头巾挂上去，下了马，抽了几鞭，把他的马轰走，自己钻在乱草堆里远远地躲着。华雄的士兵拿不着孙坚，就拿了他的头巾回去了。

祖茂静静地听着，等到敌人都走了，他才出来，跑回大营，见了孙坚。孙坚很是高兴。他只怪自己不该分散兵力，以致吃了亏。第二天，他把军队检查一下，损失不大，还有一万多人。他们全军出发，重新占领了阳人聚。孙坚不敢再冒险了。他很细心地看了地形，把程普、黄盖、韩当布置停当以后，自己带着祖茂，戴着新的大红头巾，出去跟华雄比个上下高低。华雄平时出入敌军，没人敢挡，昨天又打了胜仗，今天一见孙坚出来，兵马不多，更不把他放在眼里。两下一交战，孙坚就败下去了。华雄正后悔昨天没把孙坚逮住，今天绝不能再放过他，死的活的都要。他就像猛虎追赶小鹿似的追了上去。

孙坚把华雄引到自己的兵马埋伏着的地方，一声号令，程普、黄盖、韩当先后杀出，把华雄围住。截断了去路。华雄仗着一把大刀，对付着程普他们三个将军。孙坚是个射箭的能手，这会儿他换上了新弓，连着射了两箭。他正准备射第三箭的时候，就瞧见华雄从马背上摔下来了。士兵们赶上去，把他的脑袋割下。

大将一死，全军慌乱，差不多被孙坚的军队完全消灭。到了这时候，徐荣才赶到。他一知道前军已经覆没，马上下令退兵。徐荣的兵马争先恐后地乱了起来，自相践踏，死伤了不少人。孙坚趁着打胜仗的一股猛劲，吩咐将士儿郎们直追上去，把徐荣的兵马杀得只剩下四五成了。

孙坚打了两个胜仗，斩了华雄，打败了徐荣，派人去向袁术报告，还请他赶紧运送军粮，好接着打洛阳。有人在袁术跟前说孙坚坏话，说："要是孙坚打下洛阳，他的势力可就太大了。将军您管得住他吗？那还不是去了一只狼，来了一只虎？"袁术一想有道理，就不再发军粮给孙坚。孙坚一瞧军队没有粮草接济，那还了得？他当夜从阳人聚动身，一口气跑了一百多里地去见袁术。

他见了袁术，指手画脚地对他说："我跟董卓本来无冤无仇。这回我挺身出来，不顾死活地跟他作战，一来为国家除暴安良，二来为将军家报仇。这会儿托将军的洪福，刚开头打个胜仗，将军就听了小人的话，不发军粮。这么下去，怎么能成大事呢？我一心一意地为将军效劳，不料有人破坏将军的大事。请将军仔细想想，到底谁是真正忠于将军的。"

袁术被孙坚说得脸都红了。他别别扭扭地说了几句不相干的话，马上就发军粮给孙坚。孙坚回到阳人聚，真是兵精粮足，一定要打到洛阳去。

他还没发兵，董卓已经派李傕向他求和来了。李傕传达董卓的"好意"，说他愿意跟孙坚结为亲戚，还说只要孙坚说一声，孙家的子弟要做太守就是太守，要做刺史就是刺史，董卓担保，一定向皇上推荐任用。孙坚可不听这一套。他说："董卓犯了滔天大罪，成心颠覆王室，屠杀人民。我要是不能把他灭门灭族，不能把他的人头挂起来示众，我死了也不能闭上眼睛。他怎么还有脸来要求和亲呢？"他总算没难为使者，把李傕放回去了。李傕走了以后，孙坚就向大谷（在今河南洛阳东南）进军。一到大谷，离洛阳只有九十里地了。

董卓当然着急了。他把汉献帝送到长安以后，自己还是屯兵洛阳。他对亲随的人们说："关东的将士屡次败在我手里，他们没有什么能耐。只有孙坚这小子戆得厉害（憨直；戆：gàng），你们千万不可小看他。"他叫吕布为先锋，自己带着李傕、郭汜等要亲自跟这"戆小子"见个高低。

孙坚叫程普、韩当他们敌住吕布，自己跟黄盖带着一队精兵直接去打董卓。李傕、郭汜慌忙跑在董卓前头，出去抵抗，可都给黄盖杀退。孙坚还是戴着大红的头巾，飞一样地跑到董卓跟前来了。董卓望见，怕吃亏，就脱口而出地说了个“退”字。他一退，全军动摇。吕布见了，只好扔了自己这一头的程普和韩当，鞭着赤兔马赶去保护董卓。他们不打算再回洛阳去跟这个“戆小子”纠缠，就往西退到渑池，驻扎下来。董卓听说孙坚还要赶到渑池来，他就派所有主要的几个中郎将分头守住重要的口子和县城，自己带着吕布往长安去了。

孙坚探听到董卓去长安了，就进了洛阳城，把那个还没烧毁的宗庙打扫打扫，用太牢（指牛、羊、猪，就是现在所谓三牲福礼）祭祀一番，尽了做大臣的本分。他吩咐士兵们把董卓刨过的坟粗粗地收拾一下，把尸骨都埋了，还打算把洛阳城修理一下，可是满城都是脏土和碎砖，没法下手。他只好吩咐士兵们首先收拾街上的走道和快要倒下来的墙头什么的。有人在乱石堆里捡到了一大包金钱，也有人在破墙脚下刨出玉器来。大伙儿一下子活跃起来了。谁都想趁这机会发一笔横财。

没想到为了收拾废墟，还真打起官司来了。程普向孙坚报告，说有几个士兵在一口枯井里捞起一个尸首，是个宫女，头上戴着金银首饰，身上还有珠宝。因此，互相争吵。孙坚马上下令：金银财宝一律归公，不得私藏。他对程普说：“井里可能还有值钱的东西，也可能还有尸首。为了喝水，也得把那几口大井清理一下。”

说起来，也真新鲜。洛阳城南有口大井，井栏上面还刻着“甄官井”三个大字。井里乱七八糟地不知道扔了多少东西。程普叫士兵们把这眼井清理一下。当时就捞出了不少东西，有值钱的，也有不值钱的。他叫士兵们把井水淘干。果然，又捡到了一些东西，其中有一个玉匣，看来很名贵。程普把玉匣上交给孙坚，孙坚打开来一看，是颗大印，四寸见方，一只角是用金子镶成的。倒过来看，认出“受命于天，既寿永昌”八个字。原来是传国的玉玺。

孙坚很是纳闷儿，传国的玉玺怎么会扔在井里呢？程普推想说：“当初少帝被张让、赵忠他们劫走的时候，匆匆忙忙没带玉玺。那个管玉玺的内侍怕被人夺去，就把它扔在井里。大概后来那个内侍也给人杀了，就没人知道这玉玺的下落了。这会儿传国的玉玺落在将军手里，这不是天意吗？”

孙坚很高兴，吩咐左右不准把这消息传出去。他拿着玉玺抚摩了好久，把它搁在枕头底下睡了一夜。

第二天，孙坚下令撤兵，回到鲁阳去。他一离开洛阳，别人倒想进去了。

古籍链接

坚移屯梁东，大为卓军所攻，坚与数十骑溃围而出。坚常著赤罽帻，乃脱帻令亲近将祖茂著之。卓骑争逐茂，故坚从间道得免。茂困迫，下马，以帻冠冢间烧柱，因伏草中。卓骑望见，围绕数重，定近觉是柱，乃去。坚复相收兵，合战于阳人，大破卓军，枭其都督华雄等。

——《三国志 · 吴书》

夺冀州

孙坚打败董卓的消息传到河内，袁绍也想进兵。后来听说孙坚回鲁阳去了，他更想把洛阳拿下来作为自己的地盘。可是各路兵马大多已经散了，自己军队的粮草还得依靠他的上级冀州州牧韩馥的接济，又不能按时送来。这真叫袁绍大伤脑筋。他的门客南阳人逢纪对他说：“将军要干一番大事业，粮草还得依赖别人，这怎么行啊？不占领一个州，自身难保，怎么能举大事呢？”袁绍说：“我也想到这一层，可是冀州兵强，没法跟他去争。”逢纪说：“我献个计，叫韩馥把冀州让给将军，好不好？”他就把办法说了出来，袁绍完全同意，就照逢纪的话做去。

袁绍写信给北平太守公孙瓒，叫他拿征讨董卓的名义进攻冀州。公孙瓒正想扩充地盘，当时就向冀州进兵。韩馥派兵去抵抗，连着打了败仗，急得他直皱眉头。他正在没有办法的时候，突然来了两个帮手，都是他以前的门客，一个是陈留人高干，一个是颍川人荀谌（chén）。他们向他报告，说：“袁车骑（就是袁绍）已经离开了河内，大军到了延津（在今河南延津一带）了。”韩馥说：“难得他发兵来救我。”

荀谌说：“不见得。您想，公孙瓒率领燕、代的精兵，乘胜南下，州郡响应，势不可当。袁车骑也在这个时候，向东进兵，谁知道他安的是什么心？我们直替您担心啊。”韩馥急得脑门子上直冒冷汗，他结结巴巴地说："这、这、这，这怎么办哪？"荀谌开门见山地对他说："袁绍是今天数一数二的豪杰，他绝不能老搁在将军的底下。冀州是天下重要的地区，公孙瓒从北面进攻，袁绍从西面进攻，将军怎么守得住呢？可是袁氏一向跟将军有交情，再说又是同盟。我替将军打算，不如把冀州让给他。袁氏得到了冀州，必然感激将军，公孙瓒哪儿还敢来冒犯您呢？这么着，将军有退让的好名望，而实际上可以像泰山一样地安稳了。请将军别再三心二意的了。"

韩馥素来胆小，就答应了。可是他手底下的人都出来反对。他们说："冀州人口多，一发动，穿铠甲的战士可以出一百万；物产丰富，光是粮食可以供应十年。袁绍又孤独又穷困，全靠着咱们过活。他好比兜儿里的婴儿，不给他奶吃，他就活不了。咱们为什么要把冀州让给他呢？"

韩馥说："别这么说。我本来是在袁氏手底下做事的，而且我的才能比不上本初（袁绍字本初）。让位给有才能的人，有什么不好哪？"这批文官给韩馥说得不能再开口。还有一些将军主张发兵去抵抗袁绍，也给韩馥劝住了。

冀州州牧韩馥被高干、荀谌他们吓唬了一下，就打发他儿子拿着州牧的印绶送去给袁绍，全家离开了公署，搬到别的地方去住。没几天工夫，他把袁绍迎接到城里来。

袁绍带着军队进来，自己做了冀州的州牧，立韩馥为奋威将军，可是并不给他任何实权，更没有什么军队。他把韩馥原来的部下量才录用，整编了一下。巨鹿人田丰、魏郡人审配都是韩馥的人，因为一向得不到韩馥的重用，郁郁不得志。袁绍特意任用他们，让他们跟许攸、逢纪、高干、荀谌等一块儿做了他的谋士。袁绍把广平人沮授作为心腹，拜他监军、奋武将军。到了这个时候，韩馥才觉得自己有职无权，给人家牵着鼻子走，可是后悔已经晚了。他气愤不过，找个空子偷偷地逃出州城，投奔陈留太守张邈去了。后来袁绍的使者到了张邈那儿，指着韩馥向张邈咬耳朵说了几句话。韩馥认为袁绍不能放过他，就自杀了。

袁绍兼并冀州这件事引起了好多人的不满。济北相鲍信跟曹操是好朋友，就对他说："袁绍做了盟主，不干好事，只知道自己抓权，抢别人的地盘。这么下去，准出乱子。我怕一个董卓还没除去，另一个董卓倒又起来了。将军要想反对他，恐怕目前还没有这份力量。我要是将军您的话，不如回到大河（就是黄河）以南去，看以后有什么变化，再作道理。”鲍信这番真心话正说在曹操的心坎上。他就想离开河内。恰巧黑山军褚飞燕派他手下的将军于毒、白绕、眭（suī）固率领十多万人马进攻东郡。刘岱所立的那个东郡太守没法抵抗，扔了城邑逃了。袁绍想趁着这个机会把自己的势力扩张到兖州那边去。他就派曹操到东郡去围剿黑山农民军。曹操的兵马并不多，能打仗的将军可不少。他就把所有的将士都用上，打到东郡去了。

曹操的军队一直打到濮阳，打败了白绕，收复了东郡。他向袁绍报告作战的经过。袁绍拿盟主的身份，任命曹操为东郡太守。打这儿起，曹操做了太守，有了自己的地盘了。

曹操得了东郡，又来了个当时挺出名的谋士叫荀彧（yù）。荀彧是荀谌的哥哥，从小就受到名士们的重视。他料到本地颍川将受到兵灾，就带着本族中愿意跟着他的人到冀州去投奔韩馥。赶到他到了那边，韩馥已经把冀州让给袁绍了。袁绍把荀彧当作贵宾招待，请他跟他兄弟荀谌，还有同乡人辛评、郭图一同做事。荀彧在那边待了没多久，就看出袁绍才能有限，志气不大，料他成不了什么大事。听说曹操才高志大，是个英雄，他就转到东郡去投奔他。

曹操见到荀彧，跟他一聊，挺有意思，越聊越对劲。曹操高兴得忘了自己的地位，毫无顾忌地对他说：“你真是我的子房（就是汉高祖的谋士张良）啊！”就请他做了奋武司马。那时候，荀彧才二十九岁。曹操挺信任他，有事情总先跟他商量。有一天，曹操问他：“董卓这么强，怎么办？”荀彧说：“董卓暴虐到了家，一定没有好下场。其实，他是没什么作为的。”

“袁绍呢？”曹操急着问。

“他也没什么作为。公孙瓒首先不能放过他。”

说真的，公孙瓒受了袁绍的唆使，进攻韩馥，让袁绍现成得了冀州。袁绍不但没给他一点好处，反倒跟他结了仇。这叫公孙瓒怎么受得了哇！曹操还不大明白到底是怎么回事。

原来幽州牧刘虞的儿子刘和在宫里做了侍中，跟着汉献帝到了长安。那时候，汉献帝才十一岁。他觉得董卓不该把他弄到这儿来。他偷偷地跟刘和商量，要他逃出去，逃到他父亲那边，叫他快点发兵来把他接回到洛阳去。刘和还真逃出了武关，路过南阳，见了袁术，把汉献帝的心思告诉了他。袁术抓住这个机会，把刘和扣下作为抵押，要求刘虞发兵帮他去打长安。刘虞接到了他儿子的信，准备发兵去帮助袁术。公孙瓒得到了这个消息，认为袁术不怀好意，劝刘虞别上他的当。刘虞不依，反倒催促骑兵快点动身。公孙瓒当了回恶人，又没劝住刘虞，怕袁术知道他曾经阻止刘虞发兵，会因此怪他。他就耍了个花招，派他的叔伯兄弟公孙越带着一千多骑兵也去帮助袁术，名义上是帮忙，可暗地里劝袁术继续把刘和扣下，好让袁术和刘虞不和，方便自己浑水摸鱼，得到好处。刘和被扣住不放，知道袁术不是玩意儿，找个空子逃了。

他逃到冀州地界，被袁绍拿住了。袁绍因为袁术反对他立刘虞为帝，早就对他不满意了。这会儿拿住了刘和，更加怪袁术自作主张联络刘虞，没把他放在眼里。他想起袁术立了长沙太守孙坚为豫州刺史，就故意立他的部将周昂为豫州刺史去跟孙坚抢地盘。周昂发兵打孙坚就等于袁绍打袁术。袁术就叫公孙越带着北方的骑兵帮助孙坚去打周昂。周昂打了败仗，给轰走了，可是公孙越在战争中给乱箭射死了。

袁术把公孙越的灵柩运送给公孙瓒，还写了一封信，说公孙越是被袁绍的人马射死的，请他就近进攻袁绍。袁术在给公孙瓒的信里甚至说袁绍是他父亲的一个使唤丫头生的，算不得袁家的正支。这么着，袁绍和袁术哥儿俩的仇恨越结越深了。公孙瓒见了他兄弟的灵柩，看了袁术的信，气呼呼地说："袁绍全靠我得了冀州，没来谢我也就算了，反倒害死了我的兄弟。我不报这个仇，不是大丈夫！"他当时就把军队驻扎在磐河（也叫钩磐河，故道在今山东乐陵一带），准备向袁绍进攻。

袁绍还想跟公孙瓒妥协一下。他把勃海太守的印绶送给公孙瓒的叔伯兄弟公孙范，让他到勃海去上任。这分明是袁绍讨公孙瓒和公孙范的好。公孙范接受了太守的印绶，可并不帮助袁绍。他一到勃海，就发兵帮助他哥哥公孙瓒去打黄巾军。

这支黄巾军是从青州出发，渡过黄河，打算跟黑山军会合起来的。他们到了东光（在今河北东光一带）附近，就给公孙瓒截住了。公孙瓒打黄巾军是有经验的。他屠杀了十多万黄巾军，夺到的粮草和军用物资数也数不清。由青州北上的黄巾军受到了损失，转回兖州这边去了。公孙瓒可因此立了大功，他的名气震动了河北。他向长安上个奏章，数落袁绍的罪状，就马上向冀州进攻。

岘山中伏

公孙瓒的大军从磐河出发，正碰上袁绍的军队。两军一交战，袁绍的军队因为人数少，就败下去了。公孙瓒骑着白马，带着几十个骑兵，亲自带头追赶，越追越得意，越杀越精神。不一会儿工夫，倒把自己的大军甩在后面了。他正杀得起劲的时候，袁绍的大将文丑赶到，把公孙瓒拦住，两个人就打起来了。公孙瓒不是文丑的对手，打了几个回合，就想退回去，没想到后路给文丑的兵马截住，一时跑不了啦。公孙瓒手下的将士保护着他杀出重围。文丑不肯放松，一枪一个，连着戳死了几个骑兵。公孙瓒一见不是头，慌忙往山谷里逃去。文丑一马当先，眼看就快追上，又给他转过山坡去了。文丑也转过山坡在公孙瓒后面大声嚷着，叫他投降。公孙瓒正要转过第二个山坡的时候，不料山路滑溜，马打前失，公孙瓒翻身落马，掉在坡下。文丑飞马赶上，一枪刺去，突然文丑的枪被另一支枪挑开了。

公孙瓒爬起来一看，就瞧见一个少年将军跟文丑打上了。文丑碰到了敌手，只怕前面还有人马，中了埋伏，就拉转马头走了。公孙瓒也不去追赶。他向那个少年将军谢了又谢，问他尊姓大名，怎么到了这儿。那个人行个礼，说：“我是常山真定人，叫赵云，字子龙，特来投军，想不到在这儿拜见了将军。”

公孙瓒十分高兴，当时就带着赵云回到大营。他因为不知道赵云的来历，再说常山是属冀州管的，冀州是属袁绍管的，就向他盘问起来。袁绍占领冀州，有不少士族名流去归附他。公孙瓒见到这种情况，又是眼红，又是生气。这会儿赵云从冀州来投奔他，他就得意忘形地带着嘲笑的口气问赵云，说："听说你们那边的人都愿意归附袁绍，您怎么反倒跑到我这边来了？"赵云挺正经地回答说："天下乱糟糟的，不知道什么时候才能安定。老百姓吃尽苦头，好像身子倒吊着一样。我们那边的人议论着说，谁待老百姓好，就跟着谁，并不是瞧不起袁公，也不是对将军有什么私心。"

公孙瓒听了，好像挨了一个软巴掌，只好笑嘻嘻地说："你说得对。"

第二天，公孙瓒带着部将严纲进攻冀州，还把袁绍的罪状宣布出去。大意说：袁绍出了坏主意，把董卓召了进来，扰乱天下，这是一大罪状；袁绍自己做了太守，违背盟约，不向董卓进兵，这是二大罪状；以下犯上，恩将仇报，强夺冀州，轰走韩馥，这是三大罪状；孙坚征讨董卓有功，扫除皇陵，祭祀宗庙，忠心耿耿，可恨袁绍截断他的粮道，使他不能追赶董卓，还派别人去夺他刺史的地位，这是四大罪状；按照春秋大义，尊卑有序，袁绍是丫头生的，颠倒尊卑，冒称正支，这是五大罪状。

公孙瓒宣布袁绍的罪状，起了一定的作用，他打到冀州地界，沿路县城纷纷投降。他就派刘备帮着田楷进攻青州，另派单经进攻兖州。几路大军马到成功。虽然没把冀州、青州、兖州全打下来，可是已经占领了不少郡县。公孙瓒就任命严纲为冀州刺史，田楷为青州刺史，单经为兖州刺史，刘备为平原相，关羽和张飞为别部司马。

刘备在关东将士起兵打董卓的时候，也想趁着大流钻出头来。他曾经带着关羽和张飞老远地走了不少路程往酸枣去。后来他听到各路兵马大多同盟不同心，陆续散了伙，有的甚至彼此相打，他觉得还不如回去依附公孙瓒。他在那边见到了赵云，就有一种说不出的好感，巴不得跟他好好地结交一下。可是大家都在别人的屋檐底下，结交也有个顾虑。刘备看他身高八尺，相貌堂堂，论他的武艺和人品不在关羽、张飞之下，真想亲亲热热地叫他一声兄弟，可是这种想法只能存在心里。赵云看刘备虽然还是个青壮年，他的风度可真是个忠厚长者。就是关羽和张飞也很正派，都是有志气的好汉。他从心眼儿里钦佩着刘备。这么着，刘备和赵云虽然都没说过什么话，可是好像已经成了知己了。

有一天，赵云向公孙瓒请假，说他哥哥去世，他得回家料理一下。公孙瓒让他走了。刘备可着了急，他料想赵云这一去啊，十有八九不再回来了。赵云临走的时候，刘备拉住他的手，没说话，眼睛可有点湿了。赵云轻轻地说了句：“再见，我忘不了您。”他们就这么分别了。

赵云原来打算离开公孙瓒就算了，因为想念着刘备他们，就把他哥哥的丧事处理一下，又回来了。这会儿刘备准备往平原去上任，他向公孙瓒商量可否让赵云一块儿去，做个帮手。公孙瓒同意了。刘备谢过了老同学，带着关羽、张飞、赵云往平原去了。

公孙瓒夺到了一些城邑，继续向冀州推进，急得袁绍只好吩咐将士守住要道，不跟公孙瓒交战。他只怕公孙瓒约同袁术南北夹攻，那就更没法对付了。他特地打发使者到荆州，请荆州刺史刘表进攻南阳，牵制袁术。

刘表，字景升，山阳高平人，是汉景帝的儿子刘余的后代，风度文雅，一向注重文教，被人们评为南郡最突出的名士。长沙太守孙坚杀了原来的荆州刺史向西进军的时候，刘表奉了诏书，做了荆州刺史。他得到了当地的名士南郡人蒯（kuǎi）良、蒯越哥儿俩和襄阳人蔡瑁的帮助，镇压了豪强乱党，控制了郡县，把江南平定下来。接着，他派使者去跟袁绍联络，愿意听他的指挥一同去征讨董卓。他把军队驻扎在襄阳，作为接应。袁绍利用他牵制袁术，一直跟他有着来往。

袁术也挺机灵。他怕刘表夺他南阳的地盘，就写信给孙坚，请他进攻荆州，牵制刘表。公元192年（初平三年）一月，孙坚带着程普、黄盖、韩当和大儿子孙策，发兵向荆州进攻。刘表派他的部将黄祖出去抵抗。黄祖打了败仗，逃到邓城（在今湖北襄阳一带），孙坚追到邓城。黄祖扔了邓城，逃到樊城（也在今湖北襄阳一带），孙坚追到樊城。黄祖扔了樊城，渡过汉水，逃到襄阳。孙坚的大军跟着也到了襄阳，把襄阳城围困起来。

刘表慌忙请蒯良、蒯越、蔡瑁他们出个主意。蒯良说：“孙坚的军队远道而来，我们只需坚决守城，不可出去作战，一面派人冲出包围，到袁绍那边去搬救兵，孙坚必然退兵。”蔡瑁反对。他说：“敌人已经到了城下，我们不能坐着等死。我愿意出城跟孙坚比个上下高低。”刘表就让他带着一万人马出去对付孙坚。

蔡瑁带领军队出了襄阳城，打算到岘山（岘：xiàn，岘山在襄阳南）布下阵势，跟城里的兵马配合起来夹攻孙坚。没想到他还没占领岘山，就给程普和孙策打败了。一万人马杀得还不到五千，逃回襄阳。蒯良责备蔡瑁不听别人的意见，以致打了败仗，按理应当受罚。刘表因为刚娶了他的妹妹做了续弦夫人，不愿意叫他们兄妹俩不痛快，就好言好语地安慰他几句算了。

当天晚上，刘表叫黄祖和副将吕公带着几百名弓箭手和骑兵出去偷营，又被孙坚杀了一阵，追得黄祖他们没法回城。他们只好窜到岘山，躲在那儿。孙坚不肯放松。他带着三十几个随从的骑兵追到岘山。他瞧见黄祖他们进了山腰，也就飞快地进了山腰，可见不到敌人。他在月光底下四面一望，才瞧见山路盘旋曲折。他怕遭到敌人的暗算，正想回来，突然从树林子里射来了无数的乱箭，中间还夹着石头子儿。他身上中了几箭，还想退回，猛一下子头顶上飞来了一块大石头，砸得他脑浆迸流，人和马都死在岘山。那时候，孙坚才三十七岁。

跟着孙坚的那些骑兵，大多被杀了，有一部分没死的直往山下乱跑。黄祖和吕公他们直追下去。蒯良、蒯越、蔡瑁他们又从城里杀出来，两面夹攻，杀得孙坚的军队大乱起来。程普和韩当保护着孙策逃回汉水，由黄盖接应着。到了天亮，双方收兵。孙策听到他父亲被乱箭射死，连尸首也被敌人抬到城里去了，不由得放声大哭。程普他们怕军心动摇，劝孙策退兵回去，再作道理。孙策哭着说："我父亲的遗体还在敌人手里，叫我怎么回去啊！"

大伙儿都哭丧着脸，不知该怎么劝住孙策。有个官儿叫桓阶的，他说："让我到城里去跟刘表说说。"他们一时没有别的办法，就请桓阶去跟刘表商量，桓阶见了刘表，先赔了些不是，说了些奉承名士的话，最后要求刘表让他们把孙坚的尸首领回去。刘表爱名誉，要面子，再说他也不愿意跟孙家结下深仇，就说："文台的遗体已经入殓了。你们既然愿意罢兵，以后不可再来侵犯就是了。你们派人来领回灵柩去吧。"

桓阶连忙下跪磕头，谢了刘表。谁料得到忽然来个晴天霹雳。蒯良出来，大声嚷着说："不行，不行！"刘表问他："怎么啦？"蒯良说："请先把桓阶斩了，然后再用我的计策，管保把孙家的军队消灭干净！"桓阶听了，吓得直冒冷汗，他想也不敢想是怎么回事。刘表也挺纳闷儿，不知道蒯良又有了什么主意。

万岁坞

蒯良对刘表说：“孙坚一死，他们的军心必然动摇。听说他的大儿子孙策才十七岁，孙策以下，孙权、孙翊（yì）、孙匡等都还是拖鼻涕的娃娃。趁着这会儿形势好，咱们直打过去，准能把豫州拿下来。要是还了尸首，双方罢兵，让他们去恢复元气，将来他们有了力量，再打到荆州来，那不是咱们自讨苦吃吗？”刘表不同意，他说：“目前天下正乱着，我安抚自己的郡县还怕来不及，怎么反倒发动战争呢？”刘表终于答应了桓阶，让他回去。

孙策领回了他父亲的灵柩，把它葬在曲阿（在今江苏丹阳）。孙坚哥哥的儿子孙贲带着一部分将士归附了袁术，袁术推荐他做了豫州刺史。孙策带着他母亲吴太夫人和一部分将士投奔他舅舅丹阳太守吴景去了。

刘表打败了袁术的同盟军孙坚这一头，就等于袁绍打了一个胜仗。袁绍仗着刘表牵制着袁术，不必再担心袁术去帮助公孙瓒了。他就亲自带领军队去对付公孙瓒。军队到了界桥（在今河北威县一带）以南二十里，就跟公孙瓒的军队碰上了。公孙瓒率领着三万精兵往南下来，来势很猛。袁绍派他的部将麹（qū）义为先锋，另外两位大将颜良和文丑在后面接应。先锋麹义先用少数兵力去试探一下，只带着八百名弓箭手上去对付公孙瓒的军队。

新近做了冀州刺史的严纲带着一队骑兵过了界桥，往前一望，只有这一丁点儿敌人，就下令进攻，好像饿虎扑食似的直冲过去。麹义的八百名精兵拿着盾牌护着身子，蹲在地下纹丝不动，好像海滩上一大群蛤蜊躲着风暴似的。严纲的骑兵过来了，越来越近，不到两百步了，只有一百多步了，不到一百步了！突然蛤蜊变成了雷公，一声霹雳震动了天地，无数的箭好似暴雨一样直射过去。严纲的兵马在前面的多被射死，在后面的慌忙退回。麹义猛打猛冲，直赶上去，正碰到冀州刺史严纲。两个都是大将，在马上一来一往地打了十几个回合。麹义占了上风，瞅准机会，抡圆了大刀，把严纲劈落马下。严纲的败兵只好往界桥退去。

袁绍手下的颜良、文丑都是出名的猛将，他们一见先锋麹义打赢了，飞马赶来，冲到界桥。公孙瓒的兵马纷纷逃过桥去，挤不上桥的就在南岸沿着河道跑了。其余两万多人逃过河去，回到大营。颜良、文丑追过了桥，直到公孙瓒的大营。他们一瞧军营前后都很整齐，怕再进去吃亏，就砍倒营门口的旗子，得意扬扬地回去了。

麹义、颜良、文丑他们还没回到大营，早有人向袁绍报告了前面打胜仗的消息。他一听到自己的军队已经追到界桥，有的还过了桥，那么战场离开这儿已经二十来里地了。他和田丰出了营帐，带着一百来名卫兵和几十个弓箭手，毫无顾虑地在营前溜达溜达。他还叫手下的人随便休息休息，自己跟田丰一面聊着天，一面信步走着。他说："公孙瓒究竟是无能之辈。"说着，哈哈大笑。

笑声还没过去，没防到公孙瓒的两千来名沿着南岸河道跑的骑兵赶到了。他们把袁绍一百来名士兵围了好几层，向他们射箭。田丰扶着袁绍，请他逃到路旁的矮墙里面去躲一躲。袁绍看着他的卫兵和弓箭手，摘下自己的头盔，狠狠地往地下一扔，提高了嗓门嚷着说："大丈夫应当向前斗死，怎么能贪生怕死地躲到墙后去呢？"说着，他拿起弓箭跟自己的弓箭手一起放箭。一百来名卫兵拿着长戟拼命地抵抗着。公孙瓒的骑兵并不知道被他们围住的人里面还有袁绍。他们得不到多大的便宜，不想再打，再说，麹义他们已经从远处过来了，这两千个骑兵也就走了。

没过了几天，公孙瓒又出来攻打袁绍，再一次打了败仗。公孙瓒叹了一口气，退到蓟城。打这儿起，他不再亲自出来跟袁绍作战了。

袁绍打退了公孙瓒，冀州的地盘拿定了。他还没忘了自己是征讨董卓的盟主。他暗地里派心腹到司徒王允那儿去探听动静。王允并没有任何反对董卓的行动。正相反，人家都说他是董太师的红人儿呢。

原来董卓于公元191年（初平二年）做了太师，地位在诸侯王之上，车马和服装跟天子的差不了多少。他近来更发福了，懒得天天去上朝。大臣们有事可以上太师府去请示。这么着，太师府等于是朝廷了。他一出来，公卿大臣都在他的车马旁边拜见他。董太师一般是不还礼的。这时候，那位赫赫有名的打黄巾军的皇甫嵩做了御史中丞。他原来是董卓的上级，现在做了他的属下，行起礼来，总是毕恭毕敬的。董卓很得意，拿手指头指着他说："你原来在我上头，现在在我底下，你服不服？"皇甫嵩又行了个大礼，说："我哪儿知道明公会得到这么高的地位呢？"董卓说："天鹅原本有远大的志向，就是家雀不知道罢了。"皇甫嵩也真能忍，他点头哈腰地说："从前我跟明公都是天鹅，没想到今天您变成凤凰了。"董卓听了，哈哈大笑。像皇甫嵩那样有威望的大臣都捏在自己手里，他还怕谁呢？

董卓看到关东的这批太守、刺史们各人抢各人的地盘，没有什么了不起，就一心建造长安。为了他自己的下半世，他把整个郿县修成享乐的家园。郿县的城墙修得跟长安一样高，一样结实，里面储藏的粮食就可供三十年吃的。他把郡县称为"郿坞"，又叫"万岁坞"。他说："大事成了，天下是我的；万一不成功，我就老死在这儿，谁也别想进来。"他后悔以前听了尚书周毖和城门校尉伍琼的话，不用自己的人，倒用了所谓天下名士，还让袁绍、袁术、韩馥、刘岱这些人做了太守，做了刺史。"好，恩将仇报，这些人反倒来掐我的脖子。我不能再吃这号亏了。我干吗这么傻不提拔自己人呢？"他就立他兄弟董旻为左将军，侄儿董璜为中军校尉。这两个人跟他的女婿牛辅、干儿子吕布，还有李傕、郭汜、张济等都是带兵的，特别受到重用。族里的人能够封侯的都封了侯，连他的小姨太太手里抱着的娃娃也封了侯，还有那个梳着小辫儿的小孙女儿也封为渭阳君。

董卓把各州郡反对他的人看作无能之辈。他曾经说过："只有孙坚这小子戆得厉害，你们千万不可小看他。"现在孙坚死了，连戆小子那一头也不必担心了。董卓可以把枕头垫得高高的无忧无虑地睡大觉了。

郿坞离长安城二百五十里。董卓经常两头跑。大概他在长安半个月或者一个月，就把朝廷的事务托付给司徒王允去偏劳，自己回到郿坞去了。他每回出去或者回来，公卿大臣总先到城外"来接去送"。董卓忘不了胡人和羌人的习惯，他喜欢在城外临时搭帐篷，大摆酒席，招待公卿大臣。一招待，吹吹打打，吃吃喝喝，就是半天。

有一回，公卿大臣送董卓出城，他又在大帐篷里开个宴会。正赶上北地解来了几百名俘虏。董卓吩咐把他们带到酒席前面来，给公卿大臣们下酒。俘虏能干什么呢？叫他们敬酒吗？董卓别出心裁地叫刽子手们在这些人身上表现各种折磨人的花样。他们挺利落地把这些人有的剁下一只手或者一条腿，有的挖出眼睛或者割去鼻子，有的撕下耳朵或者割去舌头，再就是拿大锅把他们煮了。文武百官看见这种惨无人道的场面，听见那种简直不是人发出来的惨叫声，有不少人上牙打着下牙，也有因为手发抖，掉了羹匙、筷子什么的。只有董卓好像没有事似的吃喝着，自得其乐地向大臣们劝酒。这么一比呀，就显出董卓的不“平凡”来了。

又有一回，董卓大摆筵席，请公卿大臣喝酒。司徒王允、尚书杨瓒、卫尉张温、司隶校尉黄琬、尚书仆射士孙瑞（姓士孙，名瑞）、左中郎蔡邕、骑都尉李肃等都到了。别的官员早就等在那儿了。董卓对卫尉张温很不满意，把他看作眼中钉。以前董卓是张温的部下，他征伐凉州的时候，被边章打败，孙坚曾经劝张温把董卓杀了，张温没依，后来董卓也知道了这件事。他应当感激张温吧？不，那是平常人的想法。他不能这样，他记着这仇恨。张温又不能像皇甫嵩那样会拍马屁。董卓就使了个花招，吩咐他的干儿子吕布去办这件事。这会儿大伙儿正喝着酒，祝董太师健康，吕布匆匆忙忙地进来，走到董卓跟前，咬着耳朵说了一句半句的话，大臣们都担心又有什么祸事临到他们头上了。

董卓点了点头，笑了笑，说：“喔，原来是这么回事。”他马上把脸一沉，吩咐吕布把卫尉张温揪出去。文武百官吓得又有掉筷子、掉勺儿的。不一会儿，手下的人又上了一道菜。这回端上来的是个大红的食盘，里面搁着张温的脑袋！大臣们吓得魂儿出了窍，连司徒王允也透出些慌张来了。

董卓斟了一杯酒，笑眯眯地说：“诸公不必惊慌。张温勾结袁术，他们来往的信落在奉先手里。谋反的理应处死。诸公跟他不相干，请敞开洪量，多喝几杯。”公卿大臣只好唯唯诺诺地陪着他。

散了席，大臣们怀着一肚子的鬼胎回去。司徒王允回到家里，一闭上眼睛就出现了大红食盘里张温的脑袋。他得赶紧想办法，不能让朝廷上的大臣一个个地被杀害呀。

过了几天，王允听说河南尹朱儁到了中牟招兵买马，联络关东将士共同来征讨董卓，心里希望他能成功。他又听说徐州刺史陶谦推举朱儁为车骑将军，还发了三千精兵帮助他。别的州郡也有帮助他的。王允马上派人到万岁坞去向董卓报告。董卓到了长安，王允向他献计，请他派尚书杨瓒率领大军去征伐朱儁。杨瓒是王允的心腹，要是他能带领大军，就可以跟朱儁联合起来进攻董卓了。董卓一点不糊涂，他不派杨瓒去。他派去的是自己的心腹李傕和郭汜。王允干着急，只好希望朱儁能够打败李傕他们才好。要是朱儁能够打到关内来，王允就可以约同别的人作为内应。没想到朱儁只能杀黄巾军，遇到董卓的人就打了败仗，逃到陕州去了。李傕、郭汜打了胜仗，留在陈留、颍水一带防守着。董卓又可以把枕头垫得高高的睡大觉了。

王允对杨瓒和朱儁的希望都落了空，闷闷不乐地不知道该怎么办才好。有一天晚上，月亮光好像水银似的洒了一地。他抬头一瞧，更加勾起自己的心事来了。他一个人静悄悄地踱到后花园，站在蔷薇花架子旁边，对着月亮暗暗地流眼泪。忽然从牡丹亭那边传过来好像是个女人叹气的声音。夜这么静，月儿这么明，他直纳闷儿：深更半夜，还有谁在这儿诉委屈呢？

凤仪亭

王允慢慢地过去一瞧，原来是歌女貂蝉[1]在那儿烧夜香。貂蝉从小卖给王府，学习歌舞，现在已经十六七岁了。她不但能歌善舞，长得也漂亮，王允挺喜欢她，不把她当作一般的丫头看待。这会儿王允见她一个人在花园里，就咳嗽一声，责备她，说：“你在这儿干什么？有私情吗？”貂蝉吓了一大跳，一看是司徒大人，连忙跪下，回答说：“我怎么敢有私情？”“那你深更半夜在这儿叹什么气？”貂蝉说：“我蒙大人恩待，把我当作女儿那样看待，如今长大成人，我老想着怎么能替大人做些事。这几天，我瞧见大人皱着眉头，闷闷不乐地踱来踱去。我知道大人准是为了国家大事操心。我问又不敢问，只好趁着没有人的时候，在这儿烧灶香，替大人求福分忧。”

王允一听，“啊”了一声，愣在一边。他瞧了瞧貂蝉，又瞧了瞧香炉，很温和地说：“你真有这么好心眼儿吗？”貂蝉说：“要是我能替大人分忧的话，上刀山，下火海，我也干。”王允扶起貂蝉来，自言自语地说：“谁想得到汉朝的天下还靠着她哪！”接着，他又说：“这儿不是讲话的地方。咱们到书房里去吧。”

1　貂蝉的事迹不见于正史，但流传于《三国演义》等文学作品中。

貂蝉跟着王允进了书房，王允跪在地下，向她又是磕头又是拜，吓得貂蝉慌忙趴在地下，说：“大人，大人，您这是干什么啊？快请起来。只要有用得着我的地方，我都是乐意的。”王允就跟貂蝉商量个计策怎么去对付董卓和吕布。

第二天，王允把家藏的一些珠宝送给吕布。吕布收了，非常高兴。他亲自到王允府中去拜谢。他说：“我只是个武夫，司徒是朝廷大臣，您送给我这么珍贵的东西，我实在过意不去。”王允说：“当今天下英雄，要数将军了。我也凑合着当了太师的部下，才敢向将军表示敬意。”吕布听了这几句话，心里挺舒服。王允把吕布让进后堂，请他喝杯酒。吕布酒量大，越喝越精神。王允吩咐使唤丫头斟酒。两个人一面喝酒，一面随便聊起天来了。有个丫头在斟酒的时候，一不留神，酒溅到吕布的袖子上。王允火儿了，他说：“毛手毛脚的，下去，都下去！叫小姐出来。”

不一会儿，两个小丫头带路，貂蝉出来了。吕布一瞧，两只眼睛盯着她直发愣，天底下竟有这么招人疼的小姑娘。他故意问王允：“这位小姐是……”王允说：“我家的老闺女貂蝉。承蒙将军错爱，把我当作自己人，我才叫我家的老闺女出来，让她见识见识将军——见过将军，敬杯酒。”貂蝉斟了一杯酒，羞答答地递给吕布。吕布接过酒来，两个人眉来眼去地就想说话，可是谁也不便开口。王允开口了，他说：“蝉儿，央告将军多喝几杯，我们一家人全靠太师跟吕将军哪。”吕布请貂蝉坐，貂蝉红着脸要进去。王允说：“自己人怕什么？将军叫你坐，你就坐吧。”貂蝉慢条斯理儿地挨到王允旁边坐了下来。

吕布一面喝酒，一面净瞅着貂蝉，还问长问短，问到她的婆婆家。他说：“令爱真可爱，不知道哪家的小伙子有这么大的福气。”王允说：“我妄想高攀，把小女送给将军做个小，不知道她有没有这份福气？”貂蝉站起来，向吕布飞个媚眼，低着头逃进去了。吕布立刻向王允拱一拱手，说：“岳父在上，受小婿一拜。”他趴在地下拜了三拜。王允慌忙把他扶起，对他说：“多早晚择个日子，我就把她送到府上。”吕布再三谢过王允，带着一肚子的快乐回去了。

过了两天，王允在朝堂上见了董卓，趁着吕布不在跟前，对董卓说：“我想请太师光临敝舍，喝杯淡酒，也好让我风光风光。不知道太师肯不肯赏光？”董卓说：“司徒何必客气。你请客，我一定到。就是明天，好不好？”

第二天中午，董卓去了，左右前后拿着长戟的卫兵就有一百来个，威风凛凛地到了司徒府。王允穿着朝服出来迎接。卫兵进了大门，分两旁站着。王允把董卓让到大厅，请他坐下，自己用大礼参拜了。董卓把他扶起来，叫他坐在旁边。王允说了几句恭维的话，就请董卓到后堂喝酒。王允给董卓上寿，说：“太师的功德连伊尹、周公也比不上。”董卓哈哈大笑，说：“司徒夸奖了。”

他们喝了几杯，就出来了一队歌女向董卓行过礼，按着音乐舞蹈起来。董卓见了，浑身都是舒服。他瞅着那个领队的小妞儿长得特别出众，就问王允：“这个女孩子叫什么名儿？真像只小松鼠，又像只小燕子。”王允说：“太师说得对。她叫貂蝉，是我家的歌女。貂，比松鼠大点，蝉，可比燕子小。”说着，两个人都笑了起来。董卓又加了一句：“貂蝉也好，小松鼠、小燕子也好，她可长得真美。”王允吩咐貂蝉给太师斟酒。貂蝉就叫歌女们散了队，自己捧着一杯酒送到董卓面前。董卓左手接着杯子，右手凑到貂蝉的下巴颏儿上，一抬，说：“多大啦？”貂蝉低下头去，眼睛斜瞟着向董卓微微一笑，走又不敢走，站又站不稳，扭扭捏捏地好像向董卓告饶似的。王允替她说：“十七啦。要是太师不嫌她丑陋，就带回去做个使唤丫头吧。”

董卓睁大了眼睛，向王允望着，连着说：“哎呀呀！这、这、这叫我怎么说呢？”貂蝉又想逃进去，给王允留住了。王允说：“她能够伺候太师，真太有造化了。”董卓谢过了王允。王允吩咐手下的人准备车马，先把貂蝉送到太师府。接着，董卓也告辞了。王允亲自送他，直送到太师府才回来。

没想到有个“耳报神”向吕布报告了。吕布马上去跟王允评理。王允还没回到家里，就给吕布追上了。吕布勒住马，横着画戟，气呼呼地说：“司徒已经把貂蝉许配了我，怎么又送去给太师？”王允给他说得目瞪口呆，慢吞吞地说：“啊？您说什么？这儿不是讲话的地方，请到舍下一谈。”吕布还是挺横地说：“去就去，看你有什么说的！”

两个人到了王允家，下了马，进了后堂。吕布先开口了：“有人告诉我，说你把貂蝉送到太师府去了。这是什么意思？”王允请吕布坐下，说：“将军还不知道吗？昨天太师在朝堂对我说，他有事要到我家来。我今天准备了些酒食招待他。在喝酒的时候，太师问我，‘听说你把你闺女许配给奉先，不知道是真是假。’我说那有什么假的。他说：‘你不能说了不算。

让我先看一看。’我只好叫貂蝉出来拜见公公。太师说，‘今天就是好日子，我把她接回去，让他们去成亲。’我要说的就是这几句话。什么地方冒犯了将军啦？啊？”

吕布忙赔着不是，说：“原来如此。我生性鲁莽，一时错怪了。以后再来赔罪吧。”王允送他出了大门，加上一句，说：“貂蝉还有一些嫁妆，过几天给将军送去。”

吕布回到家里，天已经黑了。一夜没睡好觉。第二天，他上太师府去瞧瞧，一点没有给他办喜事的动静。他到了中堂，问了问使女们。她们说：“太师陪着新夫人，还没起来哪。”吕布听了，连头发都气得直竖起来。他一直进去，到了董卓卧房的廊下，偷偷地往里瞧了瞧。貂蝉正在窗户下梳头。她从镜子里瞧见了吕布，马上皱着眉头，拿起手绢擦眼睛。吕布走近一步，貂蝉回过身子来，拿手指头指着自己的心口，又指了指董卓的床，眼泪像散了线的珍珠似的扑簌簌地掉下来了。吕布见了，心里像给刀子扎着一样。

董卓瞧见貂蝉指手画脚地向窗外打招呼，就问：“谁呀？”吕布说：“是我！”董卓问：“有事没有？”吕布只好说：“没有。”董卓起来了。他对吕布说：“没事，你出去吧。唉，奉先，中堂里候着，咱们一块儿见皇上去。”

董卓到了朝堂上，同别的几个大臣一块儿商议朝廷大事。吕布拿着方天画戟站在董卓背后，心里净惦记着貂蝉。他瞅个空子，溜了出来，急急忙忙地跑到太师府，下了马，带着画戟直到后堂去找貂蝉。貂蝉见了，好像碰到了救星，匆匆忙忙地对他说：“这儿不便说话，请到后花园等我。”吕布到了凤仪亭，把画戟靠着亭柱搁着，在莲花池旁边等着。果然，貂蝉来了。她一见吕布，就扑过去，抽抽搭搭地说：“我忍辱偷生，就是为了要再见将军一面，表白我的心迹。今天见到了将军，我的心愿了啦。今生不能伺候将军，来世再见吧。”说着，她攀着栏杆，直往莲花池里跳去。吕布慌忙把她拉住，流着眼泪，说：“我早就知道你的心了。要是我不能把你救出来，我就不是大丈夫。你可千万不能死啊！”

貂蝉拉住吕布的手，水汪汪的眼睛盯着吕布的眼睛，挺难受地说：“那叫我怎么办？”吕布说：“以后再说吧。今天我偷空来瞧瞧你，工夫大了，怕太师起疑。我得赶紧回去。”他迈开一步，打算拿着画戟走了。貂蝉扯住他的袍角，很生气地说：“我听到将军的名儿，一向认为您是当今天下最出名的英雄。没想到您跟我同样都是受着别人欺压的。您这么怕他，那我还有什么盼头呢？”吕布被她说得又是害臊，又是气愤。他只好再留一会儿，好言好语地安慰着她。两个人都不愿意分开，不由得越抱越紧，越哭越伤心。

忽然来了个晴天霹雳，只听到一声吆喝：“你们在这儿干什么？”吕布放开貂蝉，回头一瞧，原来是董卓！这一吓，非同小可。他扔下貂蝉，撒腿就跑。董卓抄起画戟，直赶过去。可是他身子肥大，赶不上吕布。他就把画戟当作标枪掷了过去。吕布知道董卓的厉害，早就防着了。他眼快手快，把画戟抹在地下，飞似的跑出园门去了。

董卓过去捡起画戟，赶出园门，恰巧前面来了一个人，他好像后面被鬼赶着似的没头没脑地直跑，迎面跟董卓一碰，撞个满怀，两个都是胖子，摔在地下，肉乎乎的一大堆。那个跑进来的正是谋士李儒。他扶起董卓，替他揉了揉脑门子，一只手捡起画戟，一只手把董卓搀到书房里。董卓气呼呼地坐下，问他：“你怎么会到这儿来？”李儒说：“我见太师回头不见吕布，气冲冲地离开了朝堂，心里就很不放心。跑到太师府一问，说您发了脾气，跑到后园找吕布去了。我跑过来，正碰上吕布出去。他说太师赶着要杀他。我是来劝告您的，没想到把您撞倒了。该死，该死！”

董卓说：“吕布这奴才调戏我的美人儿，那还了得？我非把他治死不可！”李儒拿了不少过去历史上的教训，劝他不要为了一个女子误了大事。末了他说：“貂蝉只不过是个歌女，吕布可是太师的心腹猛将。太师要是顺水推舟地把貂蝉赏给他，他必然感激太师，一辈子替太师卖命了。请您再思再想。”

李儒摇头晃脑地又加了一句：“请太师从大处着想。”董卓闭着嘴，忍住气，眼珠子慢慢地转着。过了一会儿，他说：“你的话对。一个美人儿怎么抵得上一个大将呢？可是我和他究竟有父子的名分。把自己的女人送给儿子，不像话。我不追究他也就是了。要么，宁可多送些黄金给他。你把画戟带去给他，说几句好话，叫他不必介意。去吧。”

李儒不便再噜苏，拿着吕布的画戟回去了。董卓走到卧房，瞧见貂蝉已经哭成泪人儿了。他听了李儒的一番话，气已经消了一大半。他说：“你为什么跟吕布私通？”貂蝉抽搭着说：“我在后园看花，吕布突然进来调戏我。我吓得往后躲。他说，‘我是太师的儿子，你躲什么？’他拿着画戟把我赶到凤仪亭。我见他存心不良，恐怕受到污辱，就爬上栏杆，往莲花池跳去。谁知道给他抱住了。正在这个生死关头，太师您来了，救了我的性命。”她诉完了委屈，提高了嗓子哭着说：“太师，您得替我做主哇！”

董卓听了，半信半疑。他说：“我把你赏给吕布，成全你们的心愿吧。”貂蝉听了，差点儿晕了过去。她定了定神，挺坚决地说：“我一心一意地伺候太师，怎么忽然把我扔给您家的狗奴才？好吧，您把我的尸首给他吧！”说着，两只眼睛盯着墙上挂着的宝剑，跑上几步，拔出宝剑，往脖子上抹去。

古籍链接

却说董卓在殿上，回头不见吕布，心中怀疑，连忙辞了献帝，登车回府；见布马系于府前；问门吏，吏答曰“：温侯入后堂去了。”卓叱退左右，径入后堂中，寻觅不见；唤貂蝉，蝉亦不见。急问侍妾，侍妾曰“：貂蝉在后园看花。”卓寻入后园，正见吕布和貂蝉在凤仪亭下共语，画戟倚在一边。卓怒，大喝一声。布见卓至，大惊，回身便走。卓抢了画戟，挺着赶来。吕布走得快，卓肥胖赶不上，掷戟刺布。布打戟落地。卓拾戟再赶，布已走远。卓赶出园门，一人飞奔前来，与卓胸膛相撞，卓倒于地。正是：冲天怒气高千丈，仆地肥躯做一堆。

——罗贯中 《三国演义》

叹气惹祸

董卓一见貂蝉要抹脖子，慌忙夺去宝剑，把她抱在怀里，像哄孩子似的哄着她，说：“我说着玩儿，别当真。”貂蝉缩在董卓怀里，咕嘟着嘴，撒娇地说：“有那么开玩笑的吗？一条小性命差点儿送掉。准是李儒捣的鬼。吕布、李儒都不是玩意儿。我的命不值钱，可是他们也得顾到太师的身份和体面哪。”董卓哈哈大笑：“我怎么舍得了你呀！”貂蝉怕董卓太累了，就从他身上出溜下来，挺正经地说：“您舍不得我，可我是怕再在这里待下去，我这条命早晚得丧在吕布手里。”董卓说：“你放心吧。咱们到郿坞去，明天就走。在那儿没有忧虑，没有旁人，逍遥自在，管保你满意。”貂蝉这才高兴了。

第二天，董卓还真带着貂蝉往郿坞去，文武百官照例到城外去送行。吕布骑着赤兔马，拿着方天画戟也去了。他还向董卓赔不是。董卓安慰他，说：“大家都有不是，以后别再提啦。”吕布谢过了董卓，故意混在人群里，偷偷地望着貂蝉的车，就瞧见她好像拿着手绢在擦眼泪。直到董卓的队伍去远了，别人都回去了，他还是呆头呆脑地望着去郿坞的道儿出神，叹气。

有人叫他，他也没理会。又叫了一声，他才回过头去，原来是王司徒。吕布说：“我正想找您说话。”王允说：“那么，咱们走吧。”他们到了司徒府，王允把吕布让到内室，请他喝酒。吕布一连喝了好几杯，才愁眉苦脸地把凤仪亭跟貂蝉相会的事说了一遍。王允只是低着头直捶自己的大腿。他说："天下竟有这种不顾廉耻的人！他糟蹋了我的女儿，夺去了将军的妻子。我是无能之辈，只好让人家笑话我。可是将军一世英雄怎么受得了这种侮辱呢？"

吕布叹了口气，说："司徒，我真想和他拼命，可是为了父子的名分，我怕被人议论。唉，真叫我左右为难。"王允摇摇头，说："将军姓吕，他姓董，本来就不是一家。再说他掷戟的时候，难道还有父子之情吗？"吕布突然站起来，捏紧了拳头向空中一挥，说："对！司徒一句话提醒了我。我非报这个仇不可！"王允说："报仇还是小事。将军为国家除暴，这是流芳百世的大事业。要是接茬儿帮助他，那才叫遗臭万年哪。"吕布对天起誓，愿意听从王司徒的吩咐。

这么着，王允约了尚书仆射士孙瑞、司隶校尉黄琬和吕布这几个心腹一块儿商议。大伙儿起了誓，定了计，分头进行。

公元 192 年（初平三年）四月，十二岁的汉献帝病了些日子，刚刚恢复健康，准备亲自临朝了。董卓由郿坞到了太师府，再由太师府带着卫兵上未央宫去。他很是小心，处处防备着别人的暗算，朝服里面穿着上等铁甲。他一出来，两旁的卫兵排成一条夹道。这还不算，后头还有谋士李儒跟着，有干儿子吕布拿着画戟保护着他，他才放心。

这一天，李儒有病，在家里休养，骑都尉李肃顶了他的缺，和吕布一起护着董卓上宫里去。可是，李肃已经叫吕布、王允给拉拢过去了，董卓还不知道哪。到了北掖门，大队的卫兵留在门外，只有十几个亲信的武士进去。李肃扶着董卓的车慢慢地走，吕布跟在后面。董卓进了北掖门，就瞧见司徒王允、仆射士孙瑞、司隶校尉黄琬他们站在那儿迎接他，向他行礼。董太师向来不还礼的。今天特别客气，向他们点了点头。他正纳闷儿怎么他们也有人带着剑呢，只见李肃跨上一步，冷不防拿出短刀来对准董卓的胸膛直刺过去。谁知道李肃的短刀扎着铁甲，咯吱吱的就是扎不进去。董卓站起来，在车上一个飞腿把李肃踢出一丈开外。有个扮作卫兵的大臣拿起刀来直刺董卓的喉咙，董卓用胳膊一挡，就把那把刀撇在地下，可是自己的手腕子受了伤。他想跳下车来，没想到给车档子钩住，肥大的身子倒了下来，半个身子还搁在车上。这时候，他才叫了一声："奉先在哪儿？"

吕布从车后出来，大声地宣布，说：“皇上有诏书，杀乱臣董卓！”董卓瞪了他一眼，说：“狗奴才，你……”话还没说完，吕布的画戟已经扎穿了他的喉头。李肃又上去一刀，把他的脑袋割了下来。吕布拿出诏书来，对官员们和卫兵们说：“皇上只要治死董卓，别的人一概不问。”官员和卫兵一下子都喊着：“万岁！”“万岁！”

吕布拿出来的诏书是尚书仆射士孙瑞准备好，挺秘密地交给吕布的。文武百官大多都痛恨董卓，杀了他，倒痛快。长安的老百姓一听到董卓给砍了，高兴得发疯似的。有不少人跑到街道上唱着、蹦着，一大群一大群地跳起舞来。又有不少人认为董卓使的坏全是李儒出的主意。他们就冲到李儒家里把他也杀了。

司徒王允和司隶校尉黄琬一看到老百姓这么高兴，就让他们好好地庆祝一番，还把董卓的尸首搁在热闹的街口，让大家瞧个够。当时连穷人家也卖了衣服什么的，买些酒和肉大吃一顿，痛快痛快。有人想起董卓曾经把活人裹上布，浇上油，当作蜡烛烧，就是所谓“倒点大蜡烛”。

司徒王允叫吕布和皇甫嵩带着一队兵马到郿坞去抄董卓的家。吕布不想别的，一心只想快点把貂蝉接到自己的家里来。他比皇甫嵩更心急，跑在头里先去了。这时候，董卓的女婿中郎将牛辅正在陕州，防备着朱儁那一头，校尉李傕、郭汜、张济他们还在陈留、颍川一带借着肃清乱党的因由，到处干着抢劫和勒索的勾当。留在郿坞的只有董卓的兄弟左将军董曼和董卓的侄儿中军校尉董璜。这两个人在吕布和皇甫嵩到郿坞以前已经被手下的人剁成肉泥了。

城里的老百姓一听到董卓死了，董曼、董璜剁成了肉泥，一下子不知道有多少人冲到董卓的家里去。他们把董家的人，男男女女，老老少少全都杀光。吕布和皇甫嵩从库房中抄出了黄金三万斤，白银九万斤，珠宝、玉器，古玩，还有各色各样的绫罗绸缎等多得没数儿。他们又找到了一个地窖子，里面关着一些不肯屈从的良家妇女。吕布希望能在这儿找到貂蝉，可是没有。皇甫嵩把她们都放了。

吕布找来找去，就是找不到貂蝉。她可能已经给杀了。男男女女被杀的很多，尸首乱七八糟的，尸体又不全，要认也没法认。吕布只好失神落魄似的跟着皇甫嵩把那些金银财宝和别的值钱的东西搬到长安去。

汉献帝论功行赏，任命王允为“录尚书事”（官衔），吕布为奋威将军，封为温侯。仆射士孙瑞说他没有什么功劳，把封赏都辞了。王允和吕布共同管理朝政。他们追查董卓一党的人，有的处死，有的充军。左中郎将蔡邕想起董卓跟他私人的交情，不由得叹了一口气，给王允听到了。王允责备他，说："董卓逆贼，差点儿亡了汉室。今天把他处死，大快人心。你也是朝廷的大臣，反倒长吁短叹地替他伤心。你是不是董卓一党的人？"

蔡邕承认了自己的不是。他对王允说："我虽然没有才能，多少也知道些道理，怎么肯背叛朝廷向着董卓呢？只因为想起了私人的交情，情感上压制不了。我确实犯了大罪，可是我恳求您从宽处罚。不论脸上刺字或者砍去一只脚都可以，只希望留下一条命，让我把那部汉朝的历史书写完，就是您的大恩大德了。"王允把他交给廷尉。

太尉马日磾替蔡邕说情。他对王允说："伯喈（蔡邕字伯喈；喈：jiē）很有学问，又熟悉汉朝的事情，让他完成那部重要的著作，也是件好事情。他的罪不算太大。要是把他处死，恐怕叫人失望。"王允摇摇头，说："从前汉武帝没杀司马迁，让他写书。他就借题发挥，毁谤朝廷。这种毁谤的文章就这样传到后世。现在国家衰弱，皇上年轻，要是让蔡邕那样反对我们的人要笔杆，这种书不但没有用处，而且我们都将给他暗暗地骂上呢。"马日磾只能在背后批评王允。蔡邕就这么叹气惹祸，在监狱里给逼死了。

王允杀了这个文的，吕布可要消灭那个武的。他吩咐骑都尉李肃发兵到陕州去打董卓的女婿牛辅。李肃到了那边，跟牛辅交战，连着打了败仗，逃回来了。吕布借着这个因由要向李肃出一口气。原来李肃和吕布都是五原郡人，一向要好。当初吕布听了他的话，杀了丁原，投到董卓这边来。现在他又杀了董卓，落了个坏名声。他见了李肃就好像眼睛里夹着沙子那么不好受。这会儿他一见李肃打了败仗逃回来，就说："你成心灭我的锐气吗？"李肃呢，杀了董卓，自以为立了大功，没升官职，心里正闹别扭，就跟吕布顶了几句。吕布吆喝一声，吩咐武士们把他推出辕门砍了。然后他就亲自去打牛辅。

死里逃生

牛辅不是吕布的对手，他一听到吕布亲自率领大军来打陕州，慌了，他的部下也乱了。他知道没有抵抗的力量，就收拾些金银珠玉，带着家里的奴隶胡赤儿等几个人半夜里扔下军营逃了。牛辅身上裹着二十多块金饼，大号珍珠一大串，叫胡赤儿他们用绳子把他从城墙上放下去。胡赤儿拉住绳子，把他慢慢地放下去，离地还差一二丈光景，就故意松了手。牛辅摔坏了，可还没死。胡赤儿他们贪图财物，把他杀了，把人头送给吕布。

吕布认为牛辅一死，那一头不能再作乱，就跟王允商议了一下，打算去征伐李傕、郭汜他们。王允不同意，他说这批人不是头儿，只要归顺朝廷，就不必办他们的罪。吕布又请王允把董卓的财产分送给公卿和将士。王允又不同意。两个人未免有点意见。当初王允害怕董卓，自己处处小心，又能虚心待人。赶到他使了计，杀了董卓，认为大功已成，就越来越显出骄傲自大的劲儿来。因此，底下的人也对他不满意了。

王允跟士孙瑞曾经商议过打算一律赦免董卓部下的人，后来没这么办。他们还打算把牛辅的军队接收过来，整编一下，可是这也不是一下子可以办得到的。当时军队里起了谣言，说王允和吕布要杀尽凉州人。李傕、郭汜的士兵大多是凉州人，他们都害怕了。恰巧他们的将军牛辅给人杀了，李傕、郭汜、张济他们连个上司都没了。谁去关心他们呢？他们派使者上长安去，要求免罪。王允不答应。他们就更加怕了，准备散伙，各奔前程。

正在这个节骨眼上，有个武威人为了自己活命，出了个绝招儿。他说："你们要是散了伙往东走的话，不说别的，一个亭长就能把你们抓去。我说不如往西，打到长安去，给董太师报仇。成功了，帮助朝廷治理天下；不成功的话，再散伙也不晚。"李傕一瞧，原来是讨虏校尉贾诩。他本来是中郎将牛辅手下的谋士。牛辅被杀以后，他投到李傕这边来了。李傕听了贾诩的话，眯着小眼睛一合计，马上向他的部下宣告，说："京师不下免罪令，难道咱们就这么窝窝囊囊地等死吗？要死里逃生，只有一条路——打到长安去！打赢了，天下是咱们的；打不赢，他妈的，就把长安城闹一下子，搜罗些财物，搂几个娘儿们，回老家去！"

大伙儿听了李傕的话，高兴得好像打雷似的一声嚷，举起拳头，起了誓："有福同享，有祸同当，打天下去！"李傕、郭汜、张济、贾诩带着他们的部下一共几千人，黑天白日地往西赶路。这个消息传到长安，王允马上派以前董卓手下的徐荣和胡轸两个将军带领一万兵马往东去迎头痛击。他们到了新丰（在今陕西西安一带），就打起来了。

徐荣原来是董卓部下的大将，曾经打败过孙坚和曹操。没想到这回他打了败仗，死在乱军之中。胡轸见风转舵，带领着其余的兵马投到那边去了。李傕的军队一下子多了起来。这还不算，董卓还有一支大军，一向由樊稠、李蒙统领着。他们找到了李傕、郭汜，愿意接受指挥。还有，牛辅的部下也陆续集合起来，跟李傕、郭汜他们合在一起。赶到这支军队到了长安，已经有了十万人马了。

李傕、郭汜统领大军围住长安城。温侯吕布采取只守不战的办法，守了八天，没让他们进来。谁知道吕布的军队里有一部分是蜀兵，蜀兵也像凉州兵一样老受别人歧视。这些外路兵，还夹杂些别的部族的人，好像不如关东兵那么正支正派。这些蜀兵同情了凉州兵，开了城门，让他们进来。十万人马欢蹦乱跳好像发疯似的拥进了城，又杀人，又抢财物。吕布抵挡不住，杀开一条血路，逃出青琐门，派人去叫王允一同逃出城去再作商量。

王允见了吕布的使者，叹了一口气，说："皇上年轻，朝廷上靠谁拿主意呢？我要是走了，谁还能留在这儿？请替我告诉关东诸公，大家必须为国家出力，使得这个局面能够转危为安，那我就是死了，也可以闭上眼睛了。"

使者回去向吕布传了话，吕布只带了几百人，出了武关，投奔南阳太守袁术去了。

李傕、郭汜轰走了吕布，进了城，卫尉和士兵敢出去跟他们作战的，大多给杀了。没多少工夫，他们又杀了一些大臣和官吏，就是老百姓也死了好几千人。王允和别的几个大臣扶着十二岁的汉献帝到了宣平门，上了门楼，往下一瞧，乱哄哄的全是脑袋。汉献帝依着王允的话，壮着胆子，招招手，吩咐他们静下来。李傕、郭汜他们往上一瞧，皇帝出来了，全都趴在地下磕头。

汉献帝提高了嗓子，说："你们这么乱糟糟的干什么来着？"李傕站起来，拱了拱手，说："董太师忠心为国，反倒给吕布杀了。我们是给董太师报仇来的，并不是造反。"汉献帝说："吕布不在这儿，你们快走吧。"李傕说："司徒王允跟吕布同谋，叫他下来！"门楼下的人一齐嚷着："叫他下来！"汉献帝吓得快哭出来了。

王允下了门楼，挺身出去，对李傕、郭汜他们说："我就是王允。你们有什么话要说，说吧！"李傕责问他，说："董太师犯了什么罪？你为什么把他害死？"王允瞪着眼睛，说："他犯什么罪？他的罪说都说不完。他一死，长安人家家户户谁不庆祝？你们难道不知道吗？"郭汜说："就算董太师有什么过失，跟我们有什么相干？为什么要办我们的罪？"

底下的人嚷着说："跟他胡扯什么！砍了他不就了结了吗？"李傕吩咐手下的人先把王允带走再说。

汉献帝一见王允给带走，真的哭起来了。幸亏旁边还有太尉马日磾、太仆赵岐、尚书仆射士孙瑞这些大臣保护着他。马日磾替他擦了擦眼泪，告诉他怎么再跟李傕他们说去。他再一次招招手，对门楼下的人们说："王司徒已经下去了，跟着你们走了，你们为什么还不退去？"李傕、郭汜和贾诩把脑袋凑在一起，商量了一下，初步提出了一些要求。汉献帝当然全部答应了。

这么着，汉献帝下了诏书，大赦天下，拜李傕为扬武将军，郭汜为扬烈将军，樊稠、张济等都做了中郎将。李傕他们得了势，把司隶校尉黄琬也抓了去，跟王允一起下了监狱。接着，就把他们杀了。李傕、郭汜又指着名儿逮捕了一批大臣，把他们全杀了。过去赫赫有名的皇甫嵩很有造化，他恰巧害病死了。尚书仆射士孙瑞因为从来不夸耀自己的功劳，给他封侯他也推辞，好像他是个无名小卒子似的，这回没受到处分。

还有太尉马日磾，因为有点名望，再说他跟李傕、郭汜本来没有什么意见，他们就推荐他为太傅，让他担任“录尚书事”，那是朝廷上最高一级的官衔。李傕又由扬武将军升为车骑将军，兼任司隶校尉，管理京师，郭汜由扬烈将军升为后将军，樊稠为右将军，张济为镇东将军。他们全都封了侯。

镇东将军张济带着一部分军队坐镇弘农，挡住关东。李傕和郭汜共同掌握朝政。他们要谋士贾诩做大官，还打算封他为侯。贾诩坚决推辞了。他说：“当初我主张发兵打长安，原来只想死里逃生。这会儿成功了，这是诸君的洪福，我可没有一点功劳。”他说什么也不干。他们只好请他做个比较小的官，他才答应下来。

李傕、郭汜占据着京师，执掌了朝廷大权，正像前些日子的董卓一样。可是他们的主要势力仅仅在长安和临近长安的地区。张济的军队驻扎在函谷关以东的弘农，这已经是比较远一点了。别的地区大多不是给各地的刺史、太守或牧伯割据着，就是还都在黄巾军的手里。

这时候，北方的冀州牧袁绍跟南方的荆州刺史刘表联起来，南方的南阳太守袁术跟北方的右北平太守公孙瓒联起来，互相攻打，谁也不去过问长安方面的事。袁绍他们唯恐长安不乱。那边乱，自己才能割据地盘，浑水摸鱼。长安方面呢，先是为了杀董卓，接着李傕、郭汜为了替董卓报仇，占据京城，屠杀大臣，闹得乌烟瘴气，根本谁也管不了东边的事。从东光退回兖州这边来的青州黄巾军，很快又强大起来，继续跟官府作战。当地的农民因为受不了官府的压迫，差不多都当了黄巾军。他们准备进攻兖州。看情况，兖州是保不住了。

青州兵

青州的黄巾军号称百万，浩浩荡荡打到兖州来了。任城相（任城，在今山东济宁一带；相，朝廷派在诸侯国的高级官员）郑遂出去抵抗。这支官兵打了败仗，郑遂也给杀了。黄巾大军乘胜打到东平（在今山东东平一带），兖州刺史刘岱就准备出去对敌。他自从杀了东郡太守桥瑁，接收了他的军队以后，觉得自己有了力量，早想消灭在他的地界里的黄巾军。这会儿黄巾打上门来，他怎么也不肯放过他们。

济北相鲍信拦住他，说："目前老百姓向着黄巾，各地官兵都不敢跟他们作战。咱们这一点兵马是敌不过黄巾军的。要是这会儿就出去跟他们死拼，咱们准会吃亏。可是这么多黄巾军一会儿到北方去，一会儿又跑回来，没有一定的军饷和别的供应，他们一定长不了。咱们只要守住城，不跟他们打，那么，他们要交战，没有对手，要攻城，又攻不下，日子一多，他们必然散去。到那时候，咱们挑选一支精锐的兵马，看好了地点，突然打过去，准能把他们打败。"

刘岱可不这么想。他不相信这些破破烂烂的黄巾军能打得过他的军队。他不听鲍信的话，亲自率领大军去打黄巾。两下一交战，官兵败下来了。刘岱来不及逃走，被黄巾军抓去砍了。这么一来，任城没有相，兖州没有刺史了。

这一路的黄巾军人数很多，可是没有出色的领袖，打了胜仗也不知道怎么样去管理城邑。他们大多是忠厚老实的农民，打完了仗，就想回家去种庄稼。真正像当初张角他们那样决心要推翻汉朝的统治，准备建立黄天政权的人，还真是找不出来。因此，青州的黄巾军杀了任城相和兖州刺史以后，也没停下来管理兖州。他们继续向寿张（在今山东东平一带）方面打过去。

离寿张不远的地方有个大城，就是东郡治下的濮阳。东郡太守曹操正在那边操练兵马。他一听到兖州刺史刘岱被杀的消息，心里就有了打算。他有个助手，正是当地东郡人，叫陈宫，字公台。他是曹操手下的部将，又是个谋士。他向曹操献计，说：“现在兖州没有主人，我们又没法向朝廷报告，就说朝廷知道了，交通断绝，王命也到不了这儿，我打算去跟州里面的一些头面人物联络联络，叫他们共同来迎接您去主持州中大事。有了这个起头，再逐步去收服天下，这是霸主的大事。您看怎么样？”

陈宫这一番话正说在曹操的心坎上。他就请陈宫辛苦一趟。陈宫首先到了济北相鲍信那儿，对他说：“现在天下分裂，咱们州里又没了主人。我看曹东郡（曹操为东郡太守，所以称为曹东郡）是个治世的人才，要是咱们能把他接来，请他治理兖州，准能使人民安居下来，使地方安宁。您看怎么样？”

鲍信早就向着曹操，正像陈宫一样，曾经劝他回到黄河南边等待时机。这会儿听了陈宫的一番话，完全同意。他帮着陈宫再去跟别的官吏接头。那些做官的正担着心事怕黄巾军跟他们过不去，能够有人出来替他们撑腰，给他们保护生命财产，还可以继续做官，他们真是求之不得。大伙儿就都同意让曹操接着刘岱做兖州刺史。那时候，黄巾军多，作战能力强，再说刚打了胜仗，声势十分浩大。曹操的兵马少，力量薄弱，怎么能抵挡得了黄巾军呢？不跟黄巾军打还好，一打，总是打败仗。曹操想亲自到敌人阵地去观察一下。他带着他手下最精锐的骑兵和步兵一千多人偷偷地刚绕到黄巾军营寨附近的地方，就给黄巾军发现了。他们立刻出来痛击，曹操抵挡不住，赶紧逃回，一千多人已经死伤了好几百。曹操的老兵很能打仗，可是人数太少，新招募来的士兵又没经过训练，更没有作战的经验。这一次曹操亲自出去，还被打得落花流水，曹营里的士兵全都害怕了。

曹操知道在这种情况下，不能出去死拼，可又不能不干。他天天戴着头盔，穿上铠甲，亲自巡查军营，跟将士们说，他准能把黄巾军打败。他又拿赏罚分明的办法去鼓励他们。大伙儿给他这么一鼓励，精神振奋起来了。他又使出军事专家的本领来，双方的形势逐渐起了变化。他也能抵住黄巾军的进攻了。

黄巾军给曹操写了一封信，劝他弃暗投明。那信上还说：“将军从前在济南的时候，为了治理地方，照顾百姓，曾经把淫祠神坛毁了。您这种精神和我们的真道有近似的地方。您应当知道，汉朝的气数早就完了，黄天必然兴起。天运如此，不是您一个人所能挽回的。请将军看清形势，不可徒然叫老百姓多受灾难。”

曹操对着将士们大骂黄巾军狂妄。他还说，他愿意给黄巾军一条生路：让他们投降。曹操跟黄巾军是势不两立的。他使了个计策，布置埋伏，一步步地逼着黄巾军往后退。济北相鲍信在几次交战中比谁都卖力气。他在寿张东郊跟黄巾军大战了一场，从早上一直打到天黑，才勉勉强强把黄巾军打败。他打了个胜仗，可是自己给黄巾军杀了，连尸首都没有下落。

曹操失去了这么一个得力的助手，十分难受。他出了一个赏格，一定要把鲍信的尸首找回来。后来实在没有办法，他就叫工匠拿木头雕刻一个人像，穿上他原来的衣服，有几分像鲍信。曹操就向木刻的人像上供，哭祭一番，哭得将士们都流眼泪。大伙儿认为曹操为了一个阵亡的将士痛哭得这么伤心，还刻了人像祭他，真是个好刺史，谁不替他卖命才怪哪。

祭祀了鲍信以后，将士们作战的勇气更大发了。他们接着追赶黄巾军，一直到了济北。就在公元 192 年（汉献帝初平三年）十二月，青州的黄巾军被打垮了。化整为零地分散跑了的不算，放下武器的就有三十多万人，跟着黄巾军一起留下的男女老百姓可有一百多万人。曹操把这一队黄巾农民军整编了一下，挑选身强力壮的三十多万人作为自己的队伍，称为“青州兵”。打这儿起，曹操的兵力跟以前就大不相同了。

曹操费了半年多工夫，消灭了青州的黄巾军，他的兖州刺史的地位总该坐稳了吧。没想到长安方面居然另外派来了一个名叫金尚的大员到兖州来做刺史。曹操是要他的命也不能把兖州让出去，就是名义上派曹操到东郡来的袁绍也不能放弃这个地盘。因此，金尚带着一支人马到兖州去上任，刚到了边界上就给曹操预先埋伏着的士兵挡驾了。金尚打了败仗，慌慌忙忙地向南阳退去，投奔了袁绍的对头袁术去了。

南阳太守袁术知道曹操是袁绍的人。现在他们占领了兖州，要是不赶快想办法去阻止袁绍向这一边扩张，将来他把冀州、兖州、青州连成一片，这对袁术是很不利的。他就约北边的公孙瓒进攻袁绍。自己发兵北上进攻曹操。

曹操轰走了金尚以后，正担心长安方面可能向他问罪，这会儿先受到袁术的进攻，觉得自己太孤单，就是做了刺史没经朝廷认可，在名义上也说不响亮。他正在为难的时候，平原人毛玠（jiè）向曹操献计，他说："目前天下分崩，朝廷失势，公家没有隔年的粮食，老百姓没有安居的心思。这种形势怎么能持久下去呢？打仗虽说要讲实力，有正义的军队才能得到胜利。您还是想个办法奉着天子的命令去责备不受管束的臣下。同时着重耕种，发展蚕桑，使军队有足够的供应，人民能过日子。能这么干，霸主的事业准能成功。"

这时候，曹操正希望自己能有一天像齐桓公、晋文公那样做个霸主，听了毛玠这一番话，觉得他提的两条计策都很好。可是着重耕种，发展蚕桑，目前怎么做得到呢？只能以后再说吧。这尊奉天子嘛，不妨先试试。他就打发使者上长安去朝贡。

上长安可不容易呀，正像毛玠说的"天下分崩"，各人割据地盘，不能直来直往。曹操派使者上长安去还得经过河内。他就派使者先向河内太守张杨借道。张杨还真不答应。恰巧定陶人董昭也在那儿。他曾经帮助袁绍在界桥打过公孙瓒，袁绍让他做了魏郡太守。后来他离开了袁绍，想到长安去见汉献帝，路过河内，被张杨留住。这会儿他见张杨不让曹操的使者过去，就劝他，说："曹操跟袁绍虽说是一伙儿，可是不能老这么下去。目前曹操力量不大，他可是天下的英雄，应当结交他。今天他来向您请求，您就该趁着这个机会替他向朝廷推荐。事情能够成功的话，将来对您一定有好处。"张杨同意了，真替曹操推荐。董昭也写了一封信给李傕、郭汜，请他们接见曹操的使者。

李傕、郭汜怕曹操向汉献帝进贡另有阴谋，就把使者软禁起来。颍川人黄门侍郎钟繇（yáo）对李傕、郭汜说："现在英雄并起，各据州郡，不受朝廷节制。难得曹兖州忠于王室，打发使者来朝贡，正该好好地对待他，也好鼓励别人。千万不可难为使者，叫天下失望。"李傕、郭汜这才收了礼物，优待了使者，还送了些回礼让使者带回去。这么一来，曹操自立为兖州刺史总算得到了朝廷的认可了。

李傕、郭汜让曹操的使者回去以后，认为钟繇的话很有道理。他们要想巩固政权，还得去联络这些关东的大官才是。他们早就听到徐州牧陶谦跟前河南尹朱儁联合起来反对他们，得想个办法像安抚曹操那样去安抚他们才好哇。

原来朱儁和陶谦以前曾经发兵打过董卓，董卓派李傕、郭汜去对敌，把朱儁打得一败涂地。这会儿陶谦联合了临近的一些守相，公推朱儁为太师，发了通告，号召各地牧伯共同起兵征讨李傕、郭汜，奉迎天子。李傕、郭汜听了谋士贾诩的计策，打发使者去请朱儁到朝中来做大官。朱儁怎么能接受敌人的邀请呢？

古籍链接

信乃与州吏万潜等至东郡迎太祖领兖州牧。遂进兵击黄巾于寿张东。信力战斗死，仅而破之。购求信丧不得，觽乃刻木如信形状，祭而哭焉。追黄巾至济北。乞降。冬，受降卒三十余万，男女百余万口，收其精锐者，号为青州兵。

——《三国志·魏书》

屠徐州

朱儁接待了李傕、郭汜派来的使者，才知道他们在汉献帝跟前推荐了他，准备给他一个很高的官职。陶谦他们已经推他为太师，叫他领头征讨李傕、郭汜，地位是够高的了，可是那究竟不是朝廷任命的，不够正统。他决定向陶谦他们辞行。他说："君王召见臣下，做臣下的就该立刻跑去，急得连驾车的工夫都没有。这是做臣下的大义。"陶谦责问他，说："难道太师改变了主意，不愿意反对李傕、郭汜、樊稠这批乱党，反倒愿意跟他们共事吗？"朱儁好像受了委屈似的说："哪儿，哪儿？他们这批小人将来准会发生窝里反的。到那时候，我就可以趁着机会把他们消灭。我们原来打算去征讨他们的大事就能成功了。"

陶谦不再开口，只好让朱儁上长安去。朱儁拜见了李傕和郭汜，又做了太仆。陶谦他们公推朱儁领头征讨李傕、郭汜的计划就这么吹了。

李傕、郭汜收买了一个朱儁，还不足为奇，他们还要结交袁术哪。

袁术跟公孙瓒配合起来，原来想打击袁绍和曹操。那年年底，公孙瓒又给袁绍打败了。转过了年（就是公元 193 年，初平四年），袁术向陈留进军。他收罗了留在当地的一些黑山的黄巾军，又跟一些同汉人杂居的南匈奴人联起来向曹操进攻。这些七拼八凑的人马碰到了整编过的青州兵，接连打了败仗。同时，荆州牧刘表切断了袁术军队运送粮草的道路，逼得袁术只好往南直逃。袁术逃到襄邑（在今河南睢县一带），曹操追到襄邑；袁术逃到宁陵（在今河南宁陵一带），曹操追到宁陵。从此，袁术丢了南阳。他退到九江，轰走了扬州刺史陈瑀（yǔ），占据了寿春（在今安徽寿县），就在那边做土皇帝了。李傕为了结交袁术，想收他做个助手，就任命他为左将军。袁术还真接受了。左将军袁术处境十分尴尬，西面受着荆州牧刘表的威胁，东面不能向徐州扩张，北面有曹操挡住。他只能在大江以南想主意了。

曹操打败了袁术，兖州的地盘至少暂时占定了。可是徐州牧陶谦跟公孙瓒结成同盟，那么跟袁绍和曹操就对立了。曹操知道早晚得跟陶谦干一场，可是自己的父亲还在那边，不能不先把他接来。曹操的父亲曹嵩很有钱财，曾经出钱一万万，做过太尉。在董卓进入洛阳之前，已经告老还乡了。他原来住在本乡谯县，后来因为连年战争，那一带不太安全，他就搬到琅邪去避难。现在曹操做了兖州刺史，自己有了地盘，再说，琅邪是徐州牧陶谦的治下，陶谦又是公孙瓒和袁术那一边的同盟者，他就写信去请他父亲到兖州来享荣华富贵。他又派泰山太守应劭在边界上去迎接，叫他发兵护送过来。

曹嵩接到了儿子的信，十分高兴，就把平生积聚着的金银财宝装成一百多车，带着心爱的姨太太和小儿子曹德，一家老小二四十人，还有家丁、仆从等一百多人，浩浩荡荡地往兖州去了。一路平安，按日程提早了一天就赶到泰山地界。他们到了华县和费县（华县和费县都在今山东费县一带）交界的地方，天还没黑，就在旅舍里停下来了。泰山太守应劭的兵马还没到，他们就在这里挺着急地等着。不一会儿，徐州牧陶谦手下的都尉张闿（kǎi）带着两百名骑兵先到了。曹家的人这才放了心。他们知道不管是哪一路的兵马，反正都是来迎接老太爷的。

这一队“来迎接老太爷”的兵马可真怪，见车辆就搬，见人就杀。曹嵩这才知道遇见了强人，害怕起来了。曹德拿着宝剑出去抵抗，当时就给杀了。曹嵩慌忙拖着那个胖太太逃到后院，打算爬墙出去。胖太太实在太胖，曹嵩没能把她托上墙头，只好带着她躲在茅房里，结果还是让张闿的士兵杀了。除了几个跑得快的家丁以外，其余曹家的人给杀得一个不留。这一队强人带着一百多辆装满金银财宝的车子不慌不忙地逃到淮南去了。泰山太守应劭负不起责任，不敢回复曹操，扔了官职也逃了。

这个消息传到曹操军中，气得曹操差点儿晕过去。他顿着脚，又哭又骂，起誓赌咒地嚷着要替他父亲报仇。究竟张闿是陶谦派去杀害曹嵩的呢，还是陶谦派他去护送曹嵩，他因财起意，背了陶谦做了强人呢？这些曹操都不管，他只是口口声声地说要跟陶谦拼命去。

公元193年（初平四年）秋天，他让陈宫留在东郡，叫荀彧和程昱守住鄄城、范县、东阿三个县（鄄：juàn；鄄城在今山东鄄城一带；范县，在今山东梁山一带；东阿，在今山东阳谷一带），自己穿上孝，披散着头发，带领全部人马向徐州扑过去。

曹操打到徐州，连着打下十多个城，一直到了彭城（在今江苏徐州）、傅阳（在今山东枣庄南），才跟陶谦的主力碰上。陶谦打了败仗，退到郯城（当时是徐州的州治，在今山东郯城一带；郯：tán），在那儿死守着。曹操一时不能把郯城攻下来，又缺少军粮，只好退兵回去，把军队休整一下。第二年（公元194年）夏天，他自己带领大军，叫于禁、曹仁带领另一支军队，分两路进攻。他们分头攻打取虑（取虑，地名，在今江苏睢宁一带）、睢陵（在今江苏睢宁）、夏丘（在今安徽泗县）。每打下一座城，就把那里的士兵和老百姓杀得一干二净。

那时候，关中地区和洛阳附近的人为了避开董卓的残杀，有不少逃到东边去了。因此，彭城一带地区人口比较多。曹操为了报父仇，就是把徐州治下所有的人都杀光，也不能完全解恨。为这个，曹操的兵马所到之处，不论男女老幼全都被杀光，屠杀了几十万老百姓，尸首没处搁，扔在河里，把泗水也给堵住了。这么着，彭城、傅阳、取虑、睢陵、夏丘五个县好多年没有走路的人，鸡和狗也见不到一只。曹操的残忍从此出了名。

陶谦只怕连郯城也难守住，只好向同盟公孙瓒那边讨救兵。当时就打发使者到青州，请公孙瓒的部下青州刺史田楷发兵。田楷答应了，还派人到平原，请平原相刘备一同出兵。刘备可不在平原。使者一问，才知道他帮着北海太守孔融打黄巾军去了。他就赶到北海去找刘备。

孔融在北海做太守已经有六个年头了。他喜欢结交名士，又爱喝酒。他也办了些学校，主张儒家的贤人政治。可是他常说："座上客常满，樽中酒不空，这就是我的愿望了。"有一天，他正和朋友们喝酒、聊天，突然来了个警报，说黄巾军有个头子叫管亥，他率领着几万名黄巾军要来跟太守喝酒。孔融虽然好客，他可不喜欢这帮客人。他马上调兵遣将出去对付黄巾军。不料打了败仗，领头的将军也给管亥杀了，吓得孔融慌忙跟着军队逃到都昌（在今山东昌邑一带），守在那里。管亥分兵四面围住，看情况非把都昌打下来不可。

孔融站在城门楼子上一看，城外密密麻麻的全是黄巾军，急得他不知道该怎么办才好。忽然瞧见一个汉子单枪匹马地杀散了不少黄巾军，直冲到城门口，大叫开门。谁也不认识他是谁，哪儿敢开城门呢？后面的黄巾军赶到护城河，那个大汉回转身去，连着戳倒了十多个人。黄巾军不敢上去。就在这一点工夫里，这边放下吊桥，把那个大汉接进城去。孔融问他叫什么名字，是谁派他来的。那个大汉说："我是东莱黄县人，复姓太史，单名一个慈字。我刚从辽东回来看看家母，她老人家说，她屡次受到太守的照顾，这会儿听说您被黄巾军围住，她一定要我到这儿来，也许可以出点力。"

原来孔融虽然没见过太史慈，可是早就知道他是个好汉。他为了逃避仇家，一向在辽东，他老母住在城外，生活困难。孔融爱名誉，时常派人送些粮食、布帛给她。她受了这些小恩小惠，很是感激。这会儿叫她儿子冒着生命危险去见孔融。孔融十分欢喜。太史慈要求孔融给他一千名士兵，让他去跟管亥交战。孔融说："你虽然英勇，可是咱们的兵马究竟太少。听说平原相刘备是个当世英雄。要是咱们能够请他发兵来救，准能打退黄巾军。"

太史慈愿意杀出重围到平原去搬救兵。他是个射箭的能手，就凭着他百发百中的本领，逃出了黄巾军的包围，到了平原，拜见刘备。刘备看了孔融给他的信，问了问："你是谁？"太史慈说："我叫太史慈，是东海的一个平民。我跟孔太守一不是亲戚，二不是同乡，三不是同事。就因为意气相投，见他有困难，愿意给他帮点忙。目前黄巾军围住都昌，孔太守孤立无援，危急万分。听说将军您挺重义气，能救人危急，所以他特意派我到这儿来求救兵。"

刘备听了得意忘形，说了这么一句："孔北海也知道天下有刘备吗？"他就立刻带着关羽、张飞、赵云和三千精兵，跟着太史慈去救孔融。管亥听说平原的救兵到了，不愿意死拼，就化整为零地退到别的地方去了。

孔融把刘备、太史慈他们接进城去，大摆酒席犒劳他们。太史慈对孔融说："扬州刺史刘繇是我同乡。他有信来叫我去，我不能不去。再见。"孔融谢过了太史慈，只好让他走了。

刘备正想回平原去，青州刺史田楷的使者找到了他。他就带着原班人马去跟田楷的人马会齐，一同往徐州去救陶谦。

火烧濮阳

田楷和刘备的兵马到了徐州边界，还没碰上曹操的兵马。曹操一来因为粮草供应有困难，二来徐州那边又来了救兵，就把军队撤回兖州去了。田楷探听到曹操退回兖州，怕他可能去偷袭青州，自己也就带兵回去，让刘备单独去见陶谦。

刘备到了郯城，见了陶谦，还替田楷向他问候，完了他也准备回去了。陶谦见刘备一表人才，这次难为他远道来救徐州，心中又是高兴，又是感激。他把刘备留住，还跟他住在一起。刘备自己只有几千士兵，里面还包括一些幽州的胡人和一部分难民，人马实在太少了。陶谦马上拨给他四千名丹阳兵，一定要他做个帮手。刘备觉得盛意难却，就同意了。从此刘备离开田楷，归附了陶谦，陶谦推荐他当豫州刺史，还写了表章上奏朝廷，可实际上朝廷管不了这事。照当时的习惯，刘备给人称作“刘豫州”了。刘备把军队驻扎在小沛（在今江苏沛县一带），以便互相联络，作为接应。

豫州刺史刘备到了小沛，修理城墙，整顿社会秩序，还在那里讨了个沛县的姑娘甘氏做媳妇儿，倒也称心如意。没想到仅仅过了一两个月（公元 194 年，兴平元年四月），曹操几乎把全部人马都用上又来攻打徐州。刘备带着几千人马打算去加强郯城的防守。到了郯城东边，碰到了曹操的大军，一霎时千军万马好像山洪暴发似的直冲过来。刘备这一点兵马要是给他们围住，准会全军覆没。他就下令退回小沛。曹操追了一阵，不愿意分散兵力，就回头去打郯城。郯城被围一天紧似一天，陶谦和刘备正在万分焦急的时候，忽然有一天，东方发白，大地清静，太阳出来了，瞧了瞧徐州，可瞧不到一个曹兵。他们都到哪儿去了呢？

原来曹操正打算加紧攻打郯城的时候，忽然兖州来了个报信的人，说大祸临头了。曹操吆喝一声，不准他胡说八道。接着，叫他进了内帐，问了原因，才知道吕布已经攻破了兖州，占领濮阳。他的老窝给抄了，真是大祸临头了。可是吕布怎么能攻破兖州呢？

吕布自从被李傕、郭汜打败以后，逃出武关，四处奔走，跟谁也合不来。他先去投奔袁术，自以为杀了董卓，替袁家报了仇，那个神气劲儿就像袁家的老子似的。袁术讨厌他反复无常，本来就瞧不起他。吕布一看，不对劲，就离开袁术去投奔袁绍。袁绍这会儿跟黑山军的领袖张燕打得不可开交，他正需要帮手，就利用吕布去对付张燕。吕布凭着一支画戟，一匹赤兔马，居然在常山打败了张燕。那个英勇劲儿马上出了名。当时人们都夸奖说："人中吕布，马中赤兔。"吕布听了，就更加目中无人，骄傲自大了。他要求袁绍多给他一些兵马。人家给了他兵马，他就带着兵马时常出去抢劫。袁绍批评他，他哪儿肯听，袁绍就想把他杀了。吕布看出苗头，只好逃出来，到了河内，投奔了河内太守张杨。张杨手下的人受了李傕、郭汜的贿赂，准备暗杀吕布。吕布听到一点风声，又跑到别的地方去了。后来他又想回到河内去，路过陈留，受到陈留太守张邈的殷勤招待。张邈认为吕布是个英雄，两个人一谈，挺对劲。吕布临走的时候，张邈跟他约定以后有事彼此帮助。

张邈送走了吕布，就听到名士边让被杀的信儿。边让是陈留人，当过九江太守。当时他的声望比孔融还高。他因为各地的野心家抢夺地盘，心里很厌恶，尤其瞧不起那些不顾信义、只讲武力的所谓"英雄豪杰"，自己就辞去官职，回到家乡隐居了起来。可是他又不肯老老实实地"隐居"，仗着自己的声望和才气，胆大妄为，说话不怕得罪人。就因为他说了几句讽刺曹操的话，被曹操杀了，连他的夫人和儿女也都处了死刑。从此，兖州的士大夫对曹操都提心吊胆，怕他一不高兴，别人就要倒霉。张邈心里真怪曹操。想当初自己还帮过他大忙，哪儿知道他原来是个心狠手黑的家伙。

跟张邈同样对曹操不满意的还有兖州从事陈宫。他很尊重边让，边让被杀的时候，就想打抱不平。他看出曹操为人只有自己，没有别人。曹操曾经说过：“只许我对不起别人，不许别人对不起我”（古文“宁我负人，毋人负我”）。陈宫跟这样的人没法共事下去。这回曹操出兵再打徐州，留着一些兵马叫陈宫守东郡。陈宫抓住这个机会跟张邈联合起来反对曹操。他对张邈说：“现在天下分崩，豪杰并起。您的声望和地位本来就比他高。陈留地广人众，只要您肯干，足可自立，为什么反倒受着别人的牵制呢？近来州里的兵马全都往东去了，兖州空虚，您不如把吕布接来，他是当今的勇士，叫他打先锋，夺取兖州，事情准能成功。您得到了兖州，然后看准时机，号令天下，霸主的事业也不难成功。”

张邈听了陈宫这番话，跟他兄弟广陵太守张超联名写信给吕布。吕布喜出望外，立刻带着亲随的几百名骑兵赶到陈留。张邈拨给他几千兵马，叫他到东郡去见陈宫。陈宫是东郡人，在当地很有些声望。他就跟当地的士大夫们一商议，他们公推吕布为兖州州牧。通告一出去，各郡县多半响应，只有鄄、范、东阿三个县城，由荀彧和程昱拼死守着，其余城邑全都落在张邈、吕布、陈宫他们手中了。荀彧十万火急地派人去向曹操告急。曹操哪儿还能再打徐州？他就十万火急地连夜退兵回去。

曹操到了东阿，跟程昱他们布置对敌的计策。将士们一听说整个兖州只剩下三个城，连他们的老窝濮阳都夺去了，不由得害怕起来。曹操见他们交头接耳地议论着，脸上还显着惊慌的神色，就理了理胡子，微微一笑，说：“吕布既然得了兖州，就该占据东平（在今山东东平一带），截断亢父（在今山东济宁一带）、泰山的要道，那我就没有归路了。可是他偏把军队驻扎在濮阳。这种人有勇无谋，有什么可怕的？”大伙儿听他这么一说，又精神起来了。曹操就决定先去收复濮阳。他亲自带着曹仁、曹洪、夏侯惇、乐进、李典，还有泰山人于禁和陈留人典韦七个将军，带领四万兵马，到了濮阳城外，扎了营寨，就去叫战。那边吕布一马当先，两边摆开几员大将。第一个是雁门马邑人张辽，原来是并州刺史丁原的部将，后来归附了董卓，董卓失败以后，他就跟着吕布，做了骑都尉。第二个是泰山人臧霸，原来是徐州州牧陶谦的部下，这会儿他帮着吕布反对曹操。这两个将军又分别带着健将高顺、郝萌、曹性、成廉、魏续、宋宪、侯成等和五万士兵，迎头痛击曹兵。张辽专打夏侯惇，臧霸专打乐进，吕布专向人多的地方冲。曹操的将士刚从郯城赶来，路上已经够累的了。他们第一次见到吕布的厉害，抵抗不了，打了个败仗，退了二十来里地，吕布才收兵回到城里。

当天晚上，于禁向曹操献计，说："吕布在濮阳西郊四五十里地的地方驻扎着一支兵马，作为接应。他们见我们今天输了一阵，准料到我们晚上不敢出去。我们出其不意地去袭击那个营寨，他们没做准备，我们一定能占上风。"曹操点了点头，同意了。黄昏以后，曹操亲自带着两万人马，偷偷地抄小道去夺吕布的西营。还没到三更天，他们到了西营。曹仁、曹洪领头，一声呐喊，扑入营中。那边守军不多，慌忙抵抗一阵，扔了营寨，向东逃去。曹操夺到了吕布的西营，好似砍断了他的一个翅膀，满以为可以改变双方的形势了。哪儿知道他高兴得太早了。将士们正想休息一会儿，他们已经给吕布的军队包围上了。

原来陈宫早已料到曹操有这一招。他趁着吕布到各营劳军的时候，就对他说："西营好似濮阳的一个翅膀，关系重大。曹操可能连夜去袭击，咱们不能不防。"吕布说："他今天打了败仗，还敢出来吗？"陈宫说："曹操很能用兵，正因为他今天打了败仗，咱们更不能大意。"吕布就吩咐高顺、郝萌、曹性、魏续带领一万人马先去加强西营的防守，再派探子连夜去侦察，还叫西营原来的兵马布置了埋伏。快到四更天了，高顺他们和原来的守军反攻西营。曹操只好下令抵抗。两边混战了一个时辰，眼看东方发白了。曹操的士兵还想拼死抵抗，忽然瞧见东边黑压压地不知道有多少人马冲过来。探子报告，说吕布亲自率领大军到了。曹操听说，只好扔了西营，慌忙退回去，可是他们的归路已经给吕布的兵马截住了。曹仁曹洪不是吕布的对手，夏侯惇、乐进他们早已给高顺、郝萌、曹性、魏续四个将军缠住了。从早晨起一直到黄昏，混战了一整天，曹操还没能突破包围。

曹操带着于禁、李典亲自突围，只见迎面来了吕布那边的张辽和臧霸两员大将。于禁、李典拼死顶着，曹操往西乱窜。猛一下子，吕布阵里敲起梆子来，一霎时箭像下暴雨似的射来。曹操要命啦，大声嚷着："谁能救我！"骑兵队里突然跳下了一员猛将，原来是典韦。他把双戟插在腰间，从士兵手里拿过来十几支短戟夹在胳肢窝里，跑到曹操跟前，对士兵们说："敌人离我十步叫我。"说着，放开脚步，保护着曹操往前直跑。吕布的骑兵追上来，看看只有十几步了。只听见有人嚷着："十步了，十步了！"典韦头也不回地说："五步再叫我。"他保护着曹操继续逃跑。不一会儿，典韦听到"五步了，五步了！"他就拿起短戟往后飞去，一支短戟刺一个骑兵，十几支戟没有一支落空。其余的追兵远远地望着，谁也不敢过来。接着，曹仁、曹洪、夏侯惇、于禁他们几个将军找到了曹操，护着他逃了出去。天擦黑了，吕布收了兵。

曹操逃回大营，重赏典韦，拜他为都尉。典韦高兴了，愿意豁出性命去保卫曹操。可曹操闷闷不乐地直发愣，一个西营还夺不下来，怎么能收复濮阳呢？更别说收复整个兖州了。

曹操正在为难的时候，城里来了个秘密送信的人。他是替濮阳大地主田氏来送信的。曹操知道田氏是濮阳最大的财主。不说别的，家里的奴仆就有几千名。曹操拿信一看，上面写着："吕布残暴不仁，人人痛恨。我家的生命财产毫无保障。最近他只留着高顺等几个人守在城里，自己往别处去了。万望趁机速来，我们愿为内应。"曹操打了两个败仗，正是有恨没处泄。现在有了内应，濮阳不难攻下来了。他就定了计划，跟田氏约定一个晚上里应外合，攻打东门。

初更时分，曹操带着将士偷偷地到了东门，月光底下隐隐约约瞧见城上竖着白旗。他到了城下，城门就开了。他叫典韦为先锋，夏侯惇压队，自己带着曹仁、曹洪、乐进、李典、夏侯渊、于禁进了东门。果然，有几百名田氏家丁带道，领着曹兵排着队平平安安地陆续进去。队伍已经有一半多进了城，不知道谁猛一下子放下了千斤闸，关了东门。东门一带突然起了大火，火光底下不知道钻出来多少伏兵。曹操一想，难道田氏投降是假的吗？他哪儿知道田氏在城里响应倒是千真万确的，只因为走漏了消息，陈宫就叫吕布将计就计，四面布置了埋伏，决定"吃了砒霜药老虎"，自己火烧濮阳去消灭曹操的军队。

这次曹操带进城去的多半是青州兵。吕布吩咐步兵放火，骑兵冲杀。青州兵不想抵抗，四散逃跑，就更加乱起来了。曹操东逃西窜，反倒跟自己的将军们失散了。听说东门已经烧坏了，他想要从那边冲出去，不料正碰到吕布手下的一个骑兵。那个骑兵在火光底下迎面遇见了曹操，就用长戟在曹操的头盔上敲了一下，说："喂，我问你，曹操在哪儿？快说！"曹操管不了心头跳，连忙缩着脑袋，拿手指往西一指，说："瞧，那个骑黄马的就是。"那个冒失鬼骑兵放过曹操，飞快地往前追上去了。

曹操在浓烟大火中一面咳着，一面还想找到典韦再来救他出去。快到东门，正碰上了典韦。可是遍地都是火，往哪儿走？典韦来来往往地找曹操，已经跑了几趟了。这会儿见了他，就说："跟我来！"他拿双戟拨开火堆，冒着浓烟，直向城门冲出去。城门、千斤闸都毁了，只要逃出城去，就有活命。他们刚到了城门口，城门上掉下了一条火梁，正打在曹操战马的屁股上，那匹马前腿一蹦，倒了。曹操被颠在地下，他右手撑着身子，左手推开火梁，手心烧得通红，头发、胡子都烧去了一部分。典韦回来，下了马，扑灭了曹操身上的火。恰好夏侯渊也赶到了。两个人救起曹操，逃到城外。曹操骑着夏侯渊的马，跟着典韦抵抗追兵。曹仁、曹洪、夏侯惇、于禁、李典、乐进他们跟吕布的将士们混战了一夜。直到天亮，他们才保着曹操回到大营。

将士们知道曹操受了伤，都来问安、请罪。曹操仰着脑袋，哈哈大笑。他正想拍手，手一疼立刻缩回了左手，拿右手摸了摸短了半截的胡子，对将士们说："我太心急了，中了奸计。好嘛，吃一回亏，学一回乖。我知道怎么报这个仇了。"将士们瞧见他那份稳当劲儿，大家才放心了。曹操忍住痛，对随从的几个将士说："咱们到各营去慰问慰问将士们，告诉他们赶快制造攻城的用具，咱们非把濮阳打下来不可。"经他到各营里走了一趟，说了些以后怎么攻城的话，大伙儿才安定下来了。

火并幽州

曹操没有力量把濮阳攻下来，吕布也没能把曹操轰走。双方打了一百多天，彼此打得筋疲力尽，还不肯拉倒。关东豪强多得很，一个个坐山观虎斗，谁也不去帮哪一边，谁也不去替他们说和。末了，蝗虫出来了，逼得他们只好各自收兵。为了打仗，老百姓不能好好地种庄稼，禾稻长得差先别说，蝗虫还特别多，一飞起来，好像暴风雨前的乌云，把整片的天都遮黑了，它们把病黄色的禾稻全都吃光。曹操军中短了粮，眼看夏收毫无希望，只好退回鄄城去。濮阳城内早已十室九空，蝗虫一到，连树叶子都没剩下，吕布也只好退到山阳（在今山东金乡一带）找吃的去了。那一年，从四月到七月，没下一滴雨，一斛（hú，五斗为一斛）谷子值钱五十万，连长安城里都饿死人，真惨哪！

曹操回到鄄城，那地方离吕布屯兵的山阳太近，他又往北到了东阿。他失去了兖州，正在孤立无援的时候，冀州州牧袁绍派人来劝曹操搬到邺中（袁绍治下的一个大城，在今河南安阳一带）去住，说彼此都有个照应。曹操跟吕布打得不可开交的时候，袁绍没派一兵一卒去帮曹操，这会儿怎么又想起他来了呢？原来情况起了变化，袁绍又需要联络曹操去对付北边的公孙瓒了。

公孙瓒本来是幽州牧刘虞的部下，是刘虞留着他镇守右北平的。可是两个人一向面和心不和。刘虞曾经责备公孙瓒放纵士兵四出抢劫，还向朝廷奏了一本。公孙瓒也有一说，他控诉刘虞克扣军粮。长安方面呢，李傕、郭汜彼此不和，自顾不暇，哪儿还有这份心思去管束州郡？公孙瓒就在蓟城东南，筑了一座城，把军队驻扎在那边。这对刘虞是个很大的威胁。他又是担心又是恨，接连着请公孙瓒当面去谈谈。可是公孙瓒早已不把刘虞当作他的上级了，干脆不理他。刘虞就征兵十万去征讨公孙瓒。

刘虞的十万兵马并没经过训练，连队伍都不整齐。他还有点像春秋时代的宋襄公那样，打仗要讲仁义。他不操练士兵，只劝诫他们，说他这次出兵只惩办公孙瓒一个人，别的人一概不准杀伤。他禁止士兵住民房，打仗的时候，也不准拆毁民房。可是公孙瓒不讲这些。他先是坚决守城。守了几天，看见刘虞的军队十分散漫，军营接近民房，他就挑选了几百名敢死队员，看好风向，火烧民房和刘虞的营寨。刘虞的士兵慌里慌张地四散逃跑，死伤了不少人马。刘虞只好跑到居庸关（在今北京昌平区），在那边守了三天，又给公孙瓒攻破了。刘虞被逮住。公孙瓒把他带到蓟城去。

公孙瓒把刘虞关在屋子里，利用他大司马和幽州牧的职权，强逼他管理来往文书，还想叫他在文书上签名盖章。正在这个时候，朝廷派使者段训到了幽州，诏书下来，加封大司马刘虞几个食邑，任命他监督六州，同时拜公孙瓒为前将军，封为易侯。公孙瓒压下诏书，诬告刘虞曾经私通袁绍，打算自立为帝。他逼着使者段训以天子的名义去斩刘虞。段训不同意。公孙瓒把段训软禁着，把刘虞绑在街上，准备处死。那时候正是三伏天，地都干得开裂了。公孙瓒搭了个祭台，装模作样地向天祷告着，说："如果刘虞应为天子，天就该下雨来救他。"

祭了一天，雨没下，连云都没有。公孙瓒就心安理得地把大司马刘虞杀了，还杀了他的一家。常山相孙瑾，还有两个幽州的官吏张逸和张瓒，三个人挺身出来，把公孙瓒痛骂一顿。公孙瓒挺干脆，把他们全都杀了。这还不够，他又把当地的士族豪强杀的杀，没杀的把他们的家财没收，让他们去过穷困的日子。有人问他："您自己也是士族，为什么不联络当地的士族来巩固自己的地位呢？"公孙瓒说："你们哪儿知道，有钱有势的豪强望族，自以为应当做大官，享受富贵。我即使重用他们，他们也不会感激我的。我宁可提拔那些做买卖的下等人，他们做了官，一辈子也忘不了我。"在他跟前的一批人都趴在地下，说："大人高见！"

公孙瓒兼并了幽州，把天子的使者段训扣留着，向朝廷推荐他为幽州刺史，同时把刘虞的人头送到长安去。刘虞的手下人叫尾敦的，约了几个勇士在半路上埋伏着。他们打败了公孙瓒的使者，夺到了刘虞的人头，用棺木埋了。这个消息很快地传开了，当地的老百姓和从外地搬到幽州住着的人都替刘虞抱不平。他们一听到刘虞的人头被人夺回来了，大伙儿起来造了一座坟。公孙瓒气得直翻白眼。他正想派人去刨坟，有人向他报告，说："田大夫回来了，还像没事似的在刘虞的坟上祭祀哪。这小子的胆儿可真不小哇。"公孙瓒马上派人先把田大夫抓了来。

这位田大夫，叫田畴，是右北平人，年纪很轻，可是文的武的都有一手。当初幽州牧刘虞打算派个使者去长安朝贡，就是找不到合适的人。幽州离长安不但路远，而且道路阻塞，沿路不是有黄巾军挡住去路，就是有些州郡不让外地的使者通过。大伙儿都说田畴有能耐，把他推荐给刘虞。那时候田畴才二十二岁。刘虞就派他为使者上长安去。田畴知道往南的大道是走不通的，他就带着二十几个能骑马的人扮作商人模样，往北绕道，然后往西再转南，费了两年多时间，才到了长安。田畴行过了朝贡大礼，汉献帝下了诏书，要留住他，拜他为骑都尉。田畴坚决辞了官职，回去了。赶到他回到幽州，刘虞已经死了。他就在刘虞的坟头祭祀一番，把朝廷给刘虞的回文念了一遍，烧了。

公孙瓒气呼呼地问他："你为什么不把朝廷的回文交给我？"田畴挺了挺腰，很严肃地回答说："汉室衰微，人心惶惶。做大臣的各为自己打算，有的甚至存心不良。只有刘公忠心耿耿，始终不变。朝廷的回文一则是给他老人家的，二则里面的话对将军没有好处，恐怕将军听也不乐意听，我才不交上来。再说，将军既然杀了无辜的上司，也该罢休了。要是再把遵守道义的人当作仇人，我怕燕、赵的人士只好去跳东海，谁还敢跟着将军？"

公孙瓒为了自己打算，勉勉强强地显着宽大的神气，把他放了，就是刘虞的那座坟，也就那么算了。

田畴带着他本族的人和别的愿意跟着他的人，一共几百名，往北去，到了无终县（属右北平郡，在今河北玉田一带）。他还打算替刘虞报仇，就进了徐无山中（徐无，山名，属右北平郡），在那边开垦荒地，亲自耕种，奉养父母，暂时定居下来。

公孙瓒火并了幽州，势力更加强大起来。他要利用下等豪强去打击上等豪强，贴邻的冀州就马上变成了他扩张地盘的目标。袁绍已经防到这一招，他才派使者去联络曹操，请他搬到邺城去，可以互相接应。曹操这边呢，刚失了兖州，又怕军中粮食不够，他想答应，又不想答应，一时决定不下。东平相程昱（程昱守东阿有功，曹操表他为东平相）听到这个消息，立刻跑到曹操跟前，问他："听说将军要搬家，准备到袁绍那边去。有没有这回事？"曹操点了点头，说："是啊！"程昱眉头一皱，说："我想这大概是由于将军碰到了一些困难，有点害怕了吧？要不然，怎么能考虑得这么不周到呢？"曹操竖起耳朵要听听他的看法。

程昱说："袁绍占据着燕、赵，有并吞天下的心思，可是他能力有限，智谋不足。将军自己想想能不能做他的下手？从前齐国的田横，不过是个壮士，他还不肯做汉高祖的臣下。将军智勇双全，难道愿意向袁绍磕头称臣吗？"曹操眼珠子盯住程昱，慢吞吞地说："并不是非伺候他不可，但是兖州已经失去了一大半，这儿很难存身，目前我打算暂时搬了去，将来再作道理。"程昱反对，说："兖州虽说破了，究竟还有三座城。能打仗的将士不下一万人。拿将军的聪明英武来说，只要您能搜罗人才，重用谋士，文若（荀彧字文若）和我都愿意替将军出力效劳，霸主的事业是能够成功的。请将军再思再想。"

曹操哪儿能向袁绍磕头称臣呢？可是他也不愿意得罪袁绍。他听了程昱的话，就把袁绍的使者请来，好言好语地回绝了他，请他向袁绍表示感谢，将来有机会再报答袁绍的恩情。

曹操就拿那三个城做根据地，招贤纳士，招兵买马，一心要夺回兖州。休养了一个时期以后，再要跟吕布较量较量。

坐得徐州

曹操从鄄城发兵进攻定陶（在今山东定陶一带），打了几天，没能把它打下来。他探听到吕布的部将薛兰、李封守在巨野（在今山东济宁一带），兵马较少，就分了一部分人马继续围住定陶，自己带着得力的健将去偷袭巨野。薛兰、李封先后被杀，曹操占领了巨野，准备集中兵力跟吕布大战一场。将士们正在摩拳擦掌要跟吕布再打一阵的紧要关头，曹操忽然变了卦，他决定按下吕布这一头，一定要发兵往徐州去打刘备了。谁知道他肚子里的算盘是怎么打的。

原来徐州牧陶谦留住了刘备，表他为豫州刺史，驻守小沛。那时候，陶谦已经六十三了。他被曹操逼得心惊肉跳，日夜不安，没多久害了重病。临终的时候，对他的心腹东海的富家子弟麋竺和下邳人陈登说："我死之后，非刘备不能安抚咱们这个州。你们千万要把他接来，别忘了我的话。"说完，他就咽了气。

麋竺、陈登他们亲自到小沛去请刘备。刘备带着关羽、张飞和赵云马上赶到郯城去吊孝，可是怎么也不肯接受徐州牧的印绶。陈登劝他，说："当今汉室衰弱，天下不安，大丈夫立功立业就在今天。徐州虽然有几个城遭到了破坏，仍然是个富庶的地方，户口还有一百多万。为了安抚本州的老百姓，只好委屈您了。"

刘备推让着说：“我实在不敢当。袁公路（袁术字公路）近在寿春。他家四世五公，众望所归。你们不如请他来治理徐州。”陈登说：“公路骄傲自大，不是治乱的人才。我们愿意替您集合步兵、骑兵十万名，有了这份力量，上足以辅助朝廷、治理百姓、建立霸业，下也足以割据地方，把守边境。您就是不同意，我们也不能离开您哪！”

刘备还是不同意，关羽在旁边不说话，张飞沉不住气，自言自语地说：“客气什么哪？”刘备拿眼神责备了他。恰巧北海相孔融也到了。糜竺把刘备要他们去请袁术的话告诉他。他对刘备说：“袁公路难道是肯为国家忘了家的人吗？他好比坟里的尸骨，何足介意。徐州的官吏和人民既然都向着您，您就该勉为其难。您若不要，恐怕将来后悔也来不及了。”

刘备推让了一番，这一次可听了孔融的劝告，把徐州接收下来。陈登他们马上打发使者到冀州去向盟主袁绍报告，大意说：“陶徐州过世，州里没有人主持，我们唯恐乱党趁着机会偷袭进来，使盟主增加忧虑，所以大家公推前平原相刘备主持徐州，使老百姓有所归依。是否有当，还请盟主包涵。”明摆着，这是“真主意，假商量”，同意不同意都一样。袁绍也够机灵的了，他说：“刘玄德是个忠厚长者，很有信义，徐州吏民能够爱戴他，这是众望所归。我为刘徐州和你们庆贺了。”

曹操还不知道徐州方面已经得到了袁绍的支持。他只知道刘备接着陶谦坐得徐州，气得脸都发青。他说：“陶谦是我仇人，死了也得报仇。刘备不劳一兵，坐得徐州，天下哪儿有这么便宜的事！我先去灭了刘备，回头再来收拾吕布。”

谋士荀彧拦住他，说：“从前高祖守住关中，光武守住河内，他们有了巩固的后方，进可以攻，退可以守，才能经营天下，中间虽然也有困难，终究成了大事。将军首先占领兖州，河、济是天下要地，也就是将军的关中、河内呀。再说，我们已经杀了薛兰、李封，收复了巨野，士气正旺。现在麦子熟了，叫士兵都出去收割，作为军粮。还得节约粮食，把麦子收藏起来。兵精粮足，再去进攻吕布，没有打不赢的。灭了吕布，再去联络扬州人士，共同征讨袁术。大军到了淮、泗，不怕徐州打不下来。如果现在就去攻打徐州，兖州怎么办？要是兵马留得多了，怕进攻徐州的兵力不足，要是这儿留得少了，吕布可能钻空子打进来。这么着，失了兖州，又得不到徐州。这不是一举两失吗？”

曹操又像同意，又像不同意。他说：“陶谦已经死了，刘备刚到任，民心未定，兵力不强，为什么不能先去拿徐州呢？”

荀彧微微一笑，接着又说：“不能看得这么容易。陶谦虽然死了，刘备深得民心。他们去年遭到了打击，今年必然做了准备。还有，这儿现在麦子正熟了，东边的麦子已经收割完了。他们一听到大军前去，必然坚壁清野地死守。这么一来，攻城一时攻不下，要收割些什么，城外又没有粮食，不出十天，我军反倒受累。再说，上回征讨徐州，屠了几个城。他们的子弟忘不了父兄的耻辱，必然宁死不屈，输赢就难说了。就说硬把徐州打下来，人心不服，赶到大军一走，难免不发生叛变。这是贪小失大，舍本逐末，以安易危。请将军再仔细想一想。”

曹操给荀彧这么一说，才不去进攻徐州。他叫士兵们出去割麦子，作为军粮。老百姓不能抵抗，早已逃了。突然来了个报告，说吕布和陈宫带着一万多兵马向鄄城打过来了。曹操因为士兵们都割麦子去了，一时来不及召回，城里只有一千多些人马，就吩咐一部分将士逼着老百姓，不论男女，一概上城头担任防守，自己带着一千来名士兵到了西郊，在一条大堤里埋伏着，还叫士兵们有时候故意露出脑袋来向外张望。

吕布一马当先，到了临近大堤的地方，仔细一瞧，就看出大堤里有士兵埋伏着。光秃秃的一条大堤，就是埋伏着几千士兵，在吕布看来，也不足介意。可是大堤南边是个树林子，这可不能不防。吕布在马上来回看了一下，带着兵马回去了。

到了晚上，曹操一见将士们都回来了，就对他们说：“吕布料定树林子里有伏兵，所以不敢进来。明天他必定来烧树林子。咱们只需在那边多插些旗子，把精兵都藏在大堤里。待他进了树林子，咱们马上截断他的归路，准能把他逮住。”

第二天，吕布果然用火攻，率领着大队人马往树林子里去放火。正赶上刮大风，不一会儿，树林子毕毕剥剥地烧了起来。吕布的兵马烧一段，进去一段，可没遇到一个敌人。吕布知道中了计，马上下令退兵。大堤里的伏兵一齐出来。曹仁、曹洪、夏侯惇、夏侯渊、李典、乐进、典韦等几员大将把吕布的军队切成两截。吕布自己觉得敌不过他们，回头就跑，几个部将各自逃命。一下子自己互相践踏，早就乱了起来。混战了一场，吕布的军队去了三分之二。他带着残兵败将逃回定陶。陈宫对他说："空城难守，不如向徐州退去。"他们说走就走，连夜扔了定陶。

陈留太守张邈听到吕布打了败仗，就知道曹操准来向他报仇。他把自己的家小托付给他兄弟张超，叫他去守雍丘（在今河南杞县一带），自己往扬州去向袁术求救兵。没想到曹操得了定陶，马上进攻雍丘。张超兵马不多，外面的救兵一时不能赶到，勉强守了守，终于给曹操攻破了。张超来不及逃走，只好自杀，全家老少和他哥哥的一家都灭了门。张邈还没到扬州，在路上就给人杀了。这个原来算是曹操的上司，帮他有个起头的张邈，就这么给曹操灭了。

兖州还有几个县城，很快地一个一个都给曹操收复了。整个兖州重新归了曹操。吕布、陈宫带着高顺、张辽、臧霸、侯成等几个残兵败将往徐州投奔刘备去了。

刘备因为上次吕布进攻兖州，逼得曹操火速退兵，对徐州大有帮助，一听到吕布来了，准备出城迎接。麋竺拦住他，说："吕布是只狼，不能收留。"刘备劝麋竺，说："别这么说。一来上次他牵制了曹操，对咱们也有帮助，二来人家有了难处来相投，咱们怎么能拒绝呢？"麋竺他们只好跟着刘备把吕布迎接进去，还给他摆酒接风。吕布很感激。他说："我跟王司徒杀了董卓以后，又碰到李傕、郭汜的变乱，飘零关东，将军们多不相容。去年曹操侵犯徐州，我趁着机会进了兖州，原想分散他的兵力，不料今年反倒中了他的奸计，打了败仗，特来投奔将军，不知道将军能不能收留我？"

刘备说："陶公归天，没有人管领徐州，大伙儿硬把我留在这儿。我正怕没有力量，这会儿将军来了，真是我的造化。"吕布和陈宫客气了一番，暂时住在宾馆里。

第二天，吕布回请刘备，还叫他夫人出来拜见，给他斟酒。刘备对吕布夫妇俩倍儿尊敬。吕布见他这么恭敬，再说自己比刘备大了几岁，说话就随便起来了。他不顾礼貌地开口闭口把刘备称为"老弟"。刘备见他出言傲慢，外表上仍然尊敬他，内心可不很乐意，只好叫他暂时住在小沛。

曹操轰走了吕布，收复了兖州，向朝廷上个奏章。朝廷顺水推舟让他做了兖州的州牧。

那时候，汉献帝才十五岁，朝廷大权全在李傕、郭汜手中。李傕自为大司马，郭汜自为大将军。两个人横行无忌，要怎么着就怎么着，把汉献帝当作傀儡。朝廷中谁也不敢得罪他们。关东豪强正利用这种混乱局面，各自抢着地盘。

古籍链接

曹公征徐州，徐州牧陶谦遣使告急于田楷，楷与先主俱救之。时先主自有兵千余人及幽州乌丸杂胡骑，又略得饥民数千人。既到，谦以丹杨兵四千益先主，先主遂去楷归谦。谦表先主为豫州刺史，屯小沛。谦病笃，谓别驾麋竺曰：“非刘备不能安此州也。”谦死，竺率州人迎先主，先主未敢当。下邳陈登谓先主曰：“今汉室陵迟，海内倾覆，立功立事，在于今日。彼州殷富，户口百万，欲屈使君抚临州事。”先主曰：“袁公路近在寿春，此君四世五公，海内所归，君可以州与之。”登曰：“公路骄豪，非治乱之主。今欲为使君合步骑十万，上可以匡主济民，成五霸之业，下可以割地守境，书功于竹帛。若使君不见听许，登亦未敢听使君也。”

——《三国志 · 蜀书》

窝里反

李傕、郭汜、樊稠、张济他们在公元 192 年（汉献帝初平三年）六月，拿替董卓报仇的名义，攻破长安，杀了司徒王允，轰走了吕布，到了这时候已经快三年了。董卓被杀的时候，三辅人民还有几十万户。这两年来，由于李傕、郭汜纵兵抢劫，再加上饥荒到了饿死人的地步，人口已经大大减少。李傕、郭汜他们又是争功，又是嫉妒，终于发生了窝里反。公元 195 年（汉献帝兴平二年）二月，李傕、郭汜互相攻打，简直要把那地方的人民都杀光了。

事情还是从李傕杀害樊稠这个案件引起的。樊稠为人勇敢，在这几个头领当中比较能顾全大局，在士兵中也有威望。李傕就把他看作了眼中钉，寻思着找个因头杀了他，夺了他的兵马。

因头很快就有了。原来李傕打算收复西凉，特地派人去向韩遂、马腾许了愿，劝他们到京师来朝贡。韩遂、马腾贪图封赏，带着一部分人马到了长安，总算归顺了朝廷。李傕就任命韩遂为镇西将军，叫他回去镇守凉州，任命马腾为征西将军，叫他守卫郿县。马腾虽然得了官职，可是留在郿县，究竟太拘束了些。他就借着优待士兵、增加军饷的名义，向李傕要求财物。李傕没答应。打这儿起，他就跟李傕面和心不和了。

马腾的心事给谏议大夫种劭看出来了。种劭因为他父亲在李傕、郭汜大闹长安的时候被杀害了，一直存着报仇的念头。他眼看着李傕、郭汜把皇上捏在手里，更想替朝廷出力。他就跟别的几个大臣共同商议，决定召马腾到京师来杀李傕，自己作为内应。他们挺秘密地派人到郿县去接头。马腾同意了，当时就带着自己的兵马到了长平观（在长安以北五十里），一面派人到凉州请韩遂也发兵来。

李傕一看马腾这么快地进来，料定他准有内应，就先在京师里搜查起来。种劭他们慌了，带着一部分人马逃到槐里（在今陕西兴平一带）。李傕立刻调动兵马，派郭汜、樊稠，还有他自己的侄儿李利去对付马腾。马腾很能打仗，他的儿子马超更是个少年英雄。樊稠部下有个将军叫李蒙，欺他是个十六七岁的娃娃，没把他放在眼里，冲过去跟他打了一阵，一不小心，被马超一枪刺落马下。李傕的侄儿李利看到马家爷儿俩这么厉害，赶快往后逃跑。郭汜、樊稠一见马腾、马超来势汹汹，就改变了方法，只守不战。马腾的兵马没法打过去。这么一天天地待下去，粮草越来越不够了。马腾正打算派人往郿县去要粮食，没想到郿县早给李傕夺去了。到了这时候，他被郭汜、樊稠逼得没法坚持下去，只好往凉州逃去。

郭汜吩咐樊稠和李利率领大军直追上去。马腾的兵马边退边打，樊稠的兵马边打边追，一直到了陈仓（在今陕西宝鸡一带），正碰到韩遂带着西凉的人马候在那里。韩遂拦住追兵，出来对樊稠说："我们起兵并不是为了私怨，大家都是为了王室。再说，你我又是同乡（韩遂、樊稠都是金城人），何苦自相残杀。不如大家退兵，后会有期。"樊稠听他说得很有道理，就跟他拱了拱手，回来了。李傕又叫他去打槐里。种劭打了败仗，死在乱军之中。

樊稠对李傕说："为了安定凉州，不如免了韩遂、马腾的罪。凉州安定了，没有后顾之忧，才好集中兵力去对付关东。"谋士贾诩也这么说。李傕就叫汉献帝下道诏书，免了西凉军的罪，任命韩遂为安降将军，马腾为安狄将军。一场风波满想可以平定下去，谁知道李利因为在这场战争中不但没立功劳，还被樊稠批评了一顿，心里很不舒服。他向李傕咬着耳朵，把樊稠跟韩遂谈话、拱手的情形添枝添叶地说了一遍，说得李傕不由得火往上冲，当时就要发兵去打樊稠。

贾诩知道了，替李傕使个计，叫他假意地请樊稠来商议出兵关东的事。樊稠没防到这一招，他一到，就给武士们绑上。李傕沉着脸宣布，说："樊稠私通韩遂，造反，该杀！”樊稠没来得及分辩，已经给绑去砍了，吓得郭汜慌忙向李傕请罪，说：“樊稠是我派去追赶西凉军的。我也有不是的地方，请办罪吧！”李傕反倒向他赔不是，说：“樊稠谋反，我才干了他。事情来得急，没来得及告诉你。你我弟兄，请甭多心。”打这儿起，李傕对待郭汜的一股热乎劲儿，显着比自己的亲兄弟还亲。他经常请郭汜过去喝酒、吃饭，有时候留他过夜。

郭汜的老婆探听到了，就劝他不要往李傕家里去。有一天晚上，李傕又邀郭汜去喝酒，郭汜给他老婆扯住了没去。李傕格外讨好，把准备了的酒食派人送了去。郭汜的老婆暗暗地拿豆豉（chǐ）掺上些药膏搁在菜里。郭汜正要下筷，给他老婆拦住了。她说：“外面拿来的东西，哪儿能随便吃呢？”说着，她叫郭汜一同检查，就把药膏拿出来了，说：“哎呀，您瞧，这是什么啊？”郭汜半信半疑地看了看，可不说话。她冷笑一声，说：“本来嘛，一只鸡笼里关不下俩公鸡。我就怕您太相信人啦。”郭汜还怪她太多心。

过了十来天，郭汜又在李傕家喝酒，醉得像个泥人似的。他回到家里，一进门，就吐了一地，那个味儿比什么都难闻。郭汜的老婆流着眼泪问他：“怎么啦？”他说：“嗓子眼里像火烧着似的。”他老婆就哭着说：“啊哟哟，怎么办哪？甭说准是中了毒了！”郭汜给她这么一说，也着急起来。他挠着嗓门，愁眉苦脸地说：“唉，我真后悔！可怎么办哪？”他老婆替他想办法，用布帛包着大便，绞了半盏粪汁，叫他赶快喝下去。郭汜还想活命，只好捏着鼻子把这种古怪的药水喝了下去。不一会儿，胸口作恶，又吐了一通，才觉得舒畅点。这一来，郭汜当真火儿了。他骂着说：“真不是人养的！我跟他一块儿起兵，什么事情都帮他一把，什么地方都让他一步。怎么他反倒来害我！要是我不先动手，还活得下去吗？”

天还没亮，他就检点部下，亲自带头向李傕进攻。李傕一见郭汜果然来夺他的地位，立刻发兵抵抗，一面吩咐他另一个侄儿李暹（xiān）带着几千名士兵围住皇宫，要把汉献帝劫走。太尉杨彪出来阻止。李暹对他说：“郭汜作乱，说不定就来逼宫。我叔叔叫我来保驾，请皇上暂时避一避。太尉不是郭汜的同党，为什么要阻拦呢？”杨彪不敢再反对。他进去请汉献帝马上动身。

绑架皇上

李暹准备了三辆车马：一辆给十五岁的汉献帝，一辆给汉献帝新立的贵人伏氏，一辆给李傕的心腹贾诩和左灵两个人。别的大臣，还有内侍、宫女等只好跟着车马走。李暹把汉献帝和大臣们送到李傕的大营以后，回头再到宫里，叫士兵们把库房里的财物一概搬到大营，然后让他们再去抢些留下的东西和使唤丫头。末了，放一把火，把宫殿也烧了，正像当初董卓把洛阳的宫殿烧了一样。

烧了宫殿，连带地也烧了些民房。李家兵和郭家兵互相残杀，死了好几万人，连带地也杀了老百姓。那种惨劲就别提了。汉献帝在李傕的大营里，天天只听到喊杀的声音，吓得缩成一团。他在营里虽说另有帐篷，每天有一定的供应，究竟比不上在宫里那么舒服。他每回听到喊杀的声音或者见到火烧，总是愁眉苦脸地叫公卿大臣想个办法救救他。有人建议劝两家和好，可是谁能去做和事佬呢？汉献帝就打发太尉杨彪、卫尉士孙瑞、大司农朱儁和当时的司空、尚书、光禄勋、太仆、廷尉、大鸿胪等这些公卿到郭汜营里去讲和。

郭汜挺干脆，把这些公卿大臣全都圈起来。他们嚷着说：“我们来给你们和好，为什么这么对待我们？”郭汜冷笑着说：“李傕劫持着皇上，为什么我不能扣下公卿？”杨彪发了脾气，大声地说：“做臣下的互相攻打，已经不对了。一个劫持天子，一个劫持公卿，天下有这个道理吗？”郭汜拔出宝剑来，说：“这就是道理！”说着要斩杨彪，给另一个大臣死劝活劝地劝住了。杨彪才没死。他回转身去，正碰着朱儁的胳膊肘。两个人你看看我、我看看你，流下眼泪来。朱儁本来身子不好，到了晚上，他就咽了气。

郭汜就这么劫持着公卿大臣，不断地向李傕进攻。李傕只怕军队里几千名的羌人和胡人不肯给他卖命，就把他们召集拢来，先把库房里搬来的布帛和绸缎分了一些给他们，叫他们勇敢地攻打郭汜，还向他们许了愿，说将来还有宫女和美人赏给他们。郭汜也有一招。他买通了李傕部下的一些将士，约为内应，放火为号，内外夹攻，一定要消灭李傕。

有一天晚上，李傕营里起了火。郭汜亲自带头进攻。一百名弓箭手一齐向李傕的中军射箭，连皇上的帐篷也中了箭。李傕刚出去抵抗，只听见嗖的一声，来了一箭，他慌忙往右边一躲，那支箭射穿了他的左耳朵。他忍住疼，把箭拔去，肩膀上全是血。正在这个节骨眼儿上，部将杨奉带领着一队人马前来接应，才把郭汜的兵马打退。那一支作为内应的军队趁着乱劲跑到郭汜那边去了。

李傕经过了这一番惊吓，决定不让郭汜再来夺取皇上，就把汉献帝送到北坞（在长安城里；坞是像碉堡那样的团城）去住，叫校尉守着坞门，隔绝内外，连吃的喝的都是有一顿没一顿的。汉献帝向李傕要求五斛米，五架全牛，说是赏给随从的臣下的。李傕不乐意了。他说：“有饭吃已经不错了，还要什么牛肉？”汉献帝实在气愤不过，他说了声：“天底下哪儿有这样的事？”马上有个臣下劝告他忍着点，别这么说。他只好耷拉着脑袋，直擦眼泪，抽抽搭搭地说：“怎么办哪？”

那个臣下低声地对汉献帝说：“我看贾诩虽说是李傕的心腹，近来并没怎么帮着他出主意，可见他没忘了皇上。不妨跟他商量商量。”正巧贾诩进来问安。汉献帝揉着眼皮对他说：“你能不能可怜可怜汉朝，救救我？”贾诩趴在地下磕着头说：“不能心急。李傕贪而无谋，不如先封他爵位，把他笼住，再看时机。”汉献帝下了诏书，拜车骑将军李傕为大司马，位在三公之上。

李傕做了大司马，很得意。他一向迷信鬼神，给董卓立个神位，经常祭祀。他随身带着一批道人、巫婆，替他消灾求福。这会儿封为大司马，认为是道人、巫婆祈祷的功劳，就重重地赏了他们。这件事引起将士们的不满。部将杨奉对一个心腹的军官说："我们不顾死活，替他卖命，反倒比不上一个巫婆！"那个军官说："干吗不杀了他，救出皇上？"他们就布置起来，准备半夜里放火起事，杨奉在外边接应。没想到有人向李傕告密，他就先动手，杀了起事的将士。杨奉带着一支兵马没见火烧，正想派人去探听，李傕已经杀出来了。双方混战了一个更次，杨奉带着自己的兵马投奔安西将军杨定去了。

李傕的部下两次发生了叛变，去了两支人马，他的兵力就显着不如以前了。他正跟贾诩商议怎么对付郭汜，忽然来了个警报，说东边发现了一路大军，向长安杀过来，吓得李傕和汉献帝不知怎么办才好。

从东边来的那个将军正是镇东将军张济。他镇守弘农已经三年了。这会儿他带着军队到了长安，传出话去，说他是来替李郭两家解和的，谁不答应，就别怪他不客气了。他又上表，请汉献帝搬到弘农去。汉献帝自然同意了。他派使者去劝两家和好。双方都提出一些条件，累得使者两头跑了十来回，总算说妥了。郭汜把杨彪他们十几个公卿大臣放出来，李傕也同意让汉献帝回到东边去。偏偏那几千个羌人和胡人不愿意跟着汉人跑到东边去。他们嘁嘁喳喳地埋怨着说："李将军答应把宫女赏给我们，什么时候给呀？"有的人还走近汉献帝的帐篷东张西望地要看看美人。汉献帝知道了，慌忙派人去请贾诩想办法打发他们。

贾诩召集了羌人和胡人的头头，给他们一些绢帛，叫他们好好地回到本地去，将来一定有封有赏。他们巴不得回老家去，就带着自己的人马走了。这么一来，李傕的兵马就更少了。他只好听张济的，保护着汉献帝和新立的伏皇后，跟着公卿大臣出了长安的东门。

队伍走了一二十里地，忽然前面有两路人马拦住去路，后面又有一路人马追上来，吓得汉献帝脸都白了。他慌忙叫将士们分头去抵抗。探听下来，大伙儿真觉得臊得慌。原来前面候着的是杨奉和杨定的两路人马前来保驾，后面追上来的是郭汜，他也想趁着机会来伺候皇上。大伙儿不念旧恶，保卫着汉献帝向东走去，这可真难得啊！

当天晚上，他们到了霸陵（在长安东），都饿得肚子直叫唤。幸亏张济带着粮食。他做了东道主，吩咐士兵先把干粮分给全部人员，再给汉献帝和公卿大臣煮饭做菜。大伙儿这才把肚子填饱。可是这种吃一顿没一顿的日子，往后怎么过哪？李傕首先后悔了。他不愿再跟着这批人往东去。汉献帝就让他留在池阳（在今陕西泾阳一带）。

为了整顿队伍，进一步使主要的几个将军能忠于朝廷，汉献帝就把张济、郭汜、杨定、杨奉，还有自己的舅父（汉灵帝的母亲董太后的侄儿）董承，都升了职，封了侯。满想从此同心协力，重振朝纲。哪儿知道李傕一走，郭汜又神气起来了。他也像李傕那样不愿意到东边去，就请汉献帝回头往高陵（在长安东北）去。汉献帝派人去对郭汜说："弘农离洛阳比较近，祭祀宗庙方便，还是到弘农去的好。"郭汜仍然不同意。汉献帝还真有一手，他绝起食来了。郭汜就让了一步，说："先到邻近的县城歇歇再说吧。"

古籍链接

温闻傕欲移乘舆，与傕书曰："公前托为董公报绚，然实屠陷王城，杀戮大臣，天下不可家见而户释也。今争睚眦之隙，以成千钧之绚，民在涂炭，各不聊生，曾不改寤，遂成祸乱。朝廷仍下明诏，欲令和解，诏命不行，恩泽日损，而复欲辅乘舆于黄白城，此诚老夫所不解也。于易，一过为过，再为涉，三而弗改，灭其顶，凶。不如早共和解，引兵还屯，上安万乘，下全生民，岂不幸甚！"傕大怒，欲遣人害温。其从弟应，温故掾也，谏之数日乃止。帝闻温与傕书，问侍中常洽曰："傕弗知臧否，温言太切，可为寒心。"对曰："李应已解之矣。"帝乃悦。

——《三国志·魏书》

保驾

这一大批人从公元 195 年（兴平二年）七月初离开长安，到八月中旬，前后四十一天，才到了离长安不远的新丰。郭汜和他的部下暗暗商量，打算把汉献帝劫到郿县去。这个计划给别人知道了。杨定、杨奉、董承三个人联合起来对付郭汜。郭汜一见他们联合起来，怕吃眼前亏，因为已经跟李傕和好了，就扔了队伍，一个人投奔李傕去了。他手下的人还不死心，一定要照郭汜的打算，把汉献帝劫到西边去，把郿县作为京师，目前办不到，就再等一等。到了十月里，他们一齐发动，先在大营外边放起火来。杨定、杨奉、董承本来各自为营，他们一见大营起火，马上去救，就跟郭家兵打起来了。他们拼着命杀散了郭家兵，才把汉献帝和伏皇后送到杨奉的军营里。

又过了几天，他们到了华阴（在华山北）。那边有军队驻扎着，领头的是个武威人，叫宁辑将军段煨。他候在路上迎接汉献帝，请他到华阴军营里去，还拿出粮食来供应这一大批人。他们正担心要饿肚子，这会儿有了段煨拿出粮食来，都觉得可以松一口气了。偏偏杨定和段煨早有怨仇，就在汉献帝跟前给段煨说坏话。董承、杨奉、左灵他们是杨定一派的人，他们说段煨谋反、劫持天子。另一些大臣像杨彪、贾诩他们维护段煨，情愿拿性命来担保。他们说："段煨是来保驾的，绝不是造反。"

贾诩是段煨的同郡人，他看不惯杨定他们造谣生事，就跑到段煨那边去了。杨定、杨奉、董承、左灵联名请汉献帝定段煨的罪，汉献帝没理他们。他们就联合起来向段煨进攻。段煨也发兵抵抗，双方打了十几天，分不出输赢来。段煨上书表白心迹。他还照常给公卿大臣们供应粮食。汉献帝相信段煨并没歹意，派人去替他们双方和解。这才安静下来，继续向弘农走去。

哪儿知道按下葫芦瓢起来。李傕和郭汜他们后悔放走了皇上，现下又追上来了。听说杨定攻打段煨，他们就借口保驾，又要把皇上劫到西边去。杨定得到了李傕、郭汜合兵来追的信儿，打算退回蓝田（在今陕西西安一带）去，可没想正碰上了郭汜的兵马，给打得全军覆没。杨定只好光杆儿逃到荆州去了。还有张济，他也变了心。他跟杨奉、董承合不到一块儿，带着自己的人马去跟李傕、郭汜联合起来。

杨奉、董承他们保护着汉献帝、伏皇后和公卿大臣，趁着乱子到了弘农，已经十二月了。他们还没歇下来，张济、李傕、郭汜已经追到，大战终于发生了。杨奉、董承打了败仗，随从的百官和士兵死的死、伤的伤，乱得不像样。从京师搬运来的东西都扔了。值钱的东西还有人捡，妇女们没有人管，朝廷的符节、图籍、文书等沿路抛撒，随便踩毁，谁也管不了啦。董承拼死保护着皇上和皇后的两辆车，离开了弘农。李傕、郭汜的士兵还不急于追赶杨奉，他们先忙着把弘农地方抢劫一番。就在这时，汉献帝跟着杨奉、董承他们又逃远点了。

杨奉和董承商议一下，定了一个计策：一面假意地去和李傕、郭汜、张济讲和，一面派使者去求救兵。可是远水救不了近火，只能就地想办法。杨奉本来是白波军（黄巾军的一支）的首领，因为打了败仗，投降了官兵，封为兴义将军。他知道临近的白波军由李乐、韩暹、胡才他们领导，还有南匈奴右贤王去卑也盘踞在河东。白波军也好，匈奴王也好，只要他们能来保驾，杨奉、董承就能请汉献帝重重地赏他们。当时他们打发使者带着诏书和杨奉他们个人的信去向所谓白波军和胡人讨救兵。

黄巾军中有不少人早已变了质，他们不再是农民起义军了。李乐、韩暹、胡才，还有南匈奴右贤王去卑带着几千名骑兵都赶到了。杨奉叫他们当先锋，一同攻打李傕他们。李傕、郭汜没防到河东来了救兵，又不知道来了多少人马，不由得先慌了神。他们一面抵抗，一面逃跑，死伤了不少人。李乐、杨奉追了一二十里地，才收兵回来。第二天马上动身，继续往东走，由董承、李乐带领左右两队保护着汉献帝的车马，胡才、杨奉、韩暹、去卑在后面压队。他们走了不远，忽然后面尘土大起，李傕、郭汜、张济三路人马又追上来了。

李傕他们一探听到河东救兵不过几千人，胆儿就大了。他们分三路包围上来，把杨奉、韩暹、胡才和右贤王去卑的队伍截作几段，乱纷纷地杀了一阵。这一回杨奉的人马可败得惨了。不但士兵死了几千，连公卿大臣也死了五六个。汉献帝由董承和李乐保驾先走了。他们马不停蹄地跑了四十里地，才到了陕县（在今河南三门峡一带）。董承检点人数，保卫汉献帝的羽林军总共还有一百来人。这一百来人听见后面喊杀的声音，又有一些打算散伙了。

董承和杨奉商量了一下，决定连夜偷渡黄河，就叫李乐他们先到河边去准备船只。他们费尽心计，弄到了一条船。汉献帝和伏皇后，还有宋贵人，一脚高一脚低地走到河边。水浅岸高，不容易下船。董承瞧着伏皇后的哥哥伏德一只手扶着他妹妹伏皇后，一只手还夹着几匹绢，他就叫手下的人拿绢缠住皇上，慢慢地把他放下船去。伏德背着妹妹伏皇后跳下了船。接着爬下船去的有宋贵人、伏皇后的父亲伏完和太尉杨彪等几十个人，已经挤得不能再挤了。可是岸上的人还多着呢，乱糟糟的都争着要下来。董承拿着长戟打别人的脑袋，李乐拿着宝剑砍手指头。自己人打自己人，一下子更乱起来了。有被打死的，有掉在河里淹死的，也有攀着船沿死也不放手的。船上的人就学李乐的样砍手指头。岸上岸下一片哭声。宫女们披头散发地拉着内侍直哭。官吏和士兵也都留在岸上，连卫尉士孙瑞也只能提着半截火把站在岸上发愣。他像做梦似的想跑就是跑不动。赶到他清醒过来，李傕、郭汜的兵马已经到了。好在这些人一到，首先乱糟糟地来抢宫女，再就是收拾抛在岸上的财物。他们把留在岸上的官吏和士兵全都掳了去。士孙瑞挣扎了一下，就给乱兵杀了。这一队追兵自己没有船，可是又不愿意让那条挤满了人的船太太平平地渡过河去。他们在岸上放箭，还真有几支射到船边来的。董承拿着被子替汉献帝遮着。船越划越远，船上的人才放心了。

汉献帝他们渡过河，走了几里地，到了大阳（汉朝县名，属河东郡，在今山西平陆）地界，天已经亮了。他就在李乐的帐篷里歇着。董承、杨奉到老百姓家里要车要马。老百姓只有一条穷命，哪儿有车马？他们找遍了临近的村子，总算抢到了一辆牛车，让汉献帝和伏皇后坐了。别的人都只好跟着走。他们饿得有气没力地拖着脚步，到了安邑（在今山西夏县一带），才停下来。

河内太守张杨和河东太守王邑，听到了汉献帝和公卿大臣受冻挨饿的惨劲，一个派人送米来，一个派人送布帛和绵絮来，总算暂时救了急。汉献帝忘不了他们这种雪里送炭的好心眼儿，就拜张杨为安国将军，封王邑为列侯。送米送布帛的拜了将军封了侯，那些保驾的当然更有封赏了。李乐、韩暹、胡才和南匈奴右贤王去卑都封了官职。他们又推荐了几十个伙伴，汉献帝个个都录用。一下子做大官的人这么多，连官印都来不及刻。刻印的人就拿锥子在石头上划上几刀，勉强有了字迹，就发下去了。在这种情况下，汉献帝只好借草棚当作朝堂，商议着朝廷大事。伏皇后没有内室，只有一间破屋子，而且连门都没有。屋子前面歪歪斜斜地有一道篱笆，凑合着算是分隔内外了。

篱笆当作宫门，草棚当作朝堂，倒还可以将就将就。怕只怕李傕、郭汜、张济他们渡过河再追上来，那可怎么办？

夺地不勤王

汉献帝还怕李傕、郭汜、张济他们追上来，就派太仆韩融到弘农去跟他们讲和。李傕他们已经抢到了不少宫女、财帛，自己的兵马也不多，再要往东去跟关东诸侯比个高低，没有这份力量了。他们就顺水推舟地同意了，把扣在那边的一些大臣让韩融领了回去。

韩融带着这些官吏回到安邑，吃饭的人更多了。粮食早就不够，连稀粥都喝不上，只好拿些青菜、枣子什么的煮成薄汤灌灌肚子，这日子真不好过。别以为这批文官、武将、内侍、宫女流落在安邑多么苦，安邑要比长安强得多哪。长安几十万户口，给李傕、郭汜这么一捣乱，死的死，逃的逃，变成了一座空城。强健的四散逃去找活路，软弱的被人和狗吃了。此后两三年，整个关中连个人影都找不到。

大伙儿正在吃糠菜和枣子过日子的时候，河内太守张杨从野王（属河内郡，在今河南沁阳一带）带了些粮食来朝见汉献帝，还建议迁都到洛阳去，一批文官，像杨彪、董承他们虽然赞成，可是还得听听那些武将的意见。杨奉手下的骑都尉徐晃也劝杨奉回到洛阳去。杨奉倒也同意。可是李乐、韩暹他们反对，要他们的命也不走。他们已经占据了这个地盘，皇上在他们的保护之下，要是到了洛阳，他们未必能掌握大权。杨奉改变了主意，同意拿安邑作为京师。别的人可又不同意。文武百官争闹了一场，张杨袖子一甩，回野王去了。

就说汉献帝和大臣们都留在安邑，也得有各州郡的朝贡才能维持朝廷啊，就说没有朝贡，各地能送些救济粮来也是好的。难道全国这么多州郡的太守、刺史，就没有个能够保驾的吗？那时候，关东牧守之中，名望最大的是袁绍、袁术哥儿俩，一个在冀州，一个在扬州，称得起地广、人多、兵力强。除了“二袁”以外，比较出名的还有三个人：第一个是杀了他的上级、占领着幽州的公孙瓒；第二个是打败了吕布、张邈，由兖州刺史升为兖州牧的曹操；第三个是联络袁绍、对抗袁术的荆州牧刘表。再就是远在东北的辽东太守公孙度、远在西南的刘焉的儿子益州牧刘璋。此外，刘备虽然做了徐州牧，还只能算是袁绍的部下；孙策刚在江东站住脚，也只能算是袁术的手下人。这许多牧守和将军之中，有的互相攻打，有的自顾不暇，要说有力量能给汉献帝保驾的恐怕还得数冀州牧袁绍了。

袁绍的谋士、广平人沮授抓住机会对袁绍说：“将军家辅助皇家，历代闻名。现在朝廷潦倒，宗庙残毁。为将军打算，赶快往西去迎接皇上，请他迁都到邺中来，借着天子的名义号令诸侯，谁不服从朝廷，就去征伐他，这是名正言顺的好事情，谁敢反对？将军千万别错过这个勤王的好机会呀！”

袁绍点了点头。师出有名，为什么不出兵呢？挟住皇上就可以向诸侯发号施令，那要比做个挂名的盟主强得多了。袁绍一点头，另外两个谋士马上起来反对。两个都是颍川人，一个叫郭图，一个叫淳于琼。他们认为沮授是个书呆子，为什么要挟着天子才去号令诸侯呢？为什么一定要捧个姓刘的做摆设呢？他们说：“汉朝早就完了，怎么也扶不起来。再说天下英雄都起来了，各人占领着州郡，招兵买马，统领上万士兵的将军有的是。这形势就好像当年的秦国一样。秦丢了一只鹿（鹿，指天下或政权），谁先逮住，谁就做王。要是将军把天子接了来，那就什么也不能自己做主了。动不动，得上奏章，听诏书。服从了，就没有实权，不服从，徒然让别人说不是。这是自讨苦吃，沮授这个计策不好！”

沮授坚持着说：“勤王是名正言顺的，既合大义，又合时宜，有什么不好呢？要是咱们今天不赶快去，准有别人抢在头里。那多可惜呀！”

袁绍听了他们两派的议论，觉得都有道理，各有各的利害，一时决定不下。正在这个时候，袁绍听到东郡太守臧洪背叛了他，就认为镇压自己部下的叛变要比迎接天子重要得多。他马上发兵去打东郡。东郡是属冀州管的，臧洪的东郡太守这个地位也是袁绍给他的，自己人怎么会闹起来呢？

原来臧洪曾经在广陵太守张超手下做过事，两个人称得起是知己朋友。曹操围困雍丘进攻张超的时候，张超向臧洪求救。臧洪向袁绍请求救兵去支援张超，袁绍怎么也不答应。张超因此全家灭了门。臧洪就跟袁绍断绝来往。袁绍马上发兵去征伐臧洪。可是几个月没能把东郡打下来。袁绍还有点喜爱臧洪的才能，特地叫臧洪的同乡广陵人陈琳写信去劝他认错，说袁绍还可以重用他，信上还说："要是你不认错，不投降，你死了，名声也就没了。"臧洪不肯屈服，他给陈琳一封回信，里面有句话，说："你说我死了，名声也就没了；我只能笑你活着就跟死了一样。"

陈琳把这封回信交给袁绍，袁绍知道臧洪要跟他拼死到底，就又发一支兵马加紧攻打。臧洪实在不能坚守下去，他打发使者从城头上吊下去，往南到徐州向吕布求救。吕布自己被曹操打败，投在刘备门下，住在小沛，自顾不暇，怎么能帮他呢？这么着，臧洪内无粮草，外无救兵，末了，城子被攻破，自己也被掳去了。

袁绍大摆酒席，请了许多客人。他理着胡子很得意地对臧洪说："你真太对不起我啦。今天你可服了吗？"臧洪向他吐了口唾沫，瞪了他一眼，高声地说："袁家四世五公，受了朝廷大恩。现在皇室衰弱，你们袁家人不能设法扶助，反倒割据地盘，成心谋反，杀害忠良，厚颜无耻地还自以为得意。可惜我臧洪力量不足，不能除灭乱臣贼子，为国报仇。还说什么服不服？"

袁绍在许多客人面前被他骂得连脖子都红了，马上吩咐武士们把他推出去杀了。忽然有人起来反对，说："将军首先起义兵，原来是为天下除暴。现在先杀了忠义之士，上违天意，下违人心。再说臧洪不听命令，也是出于信义，将军应当包涵一下，怎么能仗着自己手里有刀就把不服你的人杀了呢？"袁绍一看，原来是以前东郡的大官陈容，他是臧洪的同乡。袁绍觉得有点不好意思，就叫人把陈容扶出去，对他说："你跟臧洪不同，别再胡说八道了。"陈容不愿意屈服，他偏要争个理。他说："做人要讲道理，讲道理的是君子，不讲道理的是小人。我情愿跟君子一块儿死，也不愿意跟小人一块儿活。"

袁绍沉不住气，把陈容也杀了。那些喝酒的人不由得叹息了一会儿。有的还偷偷地说："一天当中杀了两个义士，未免太过分了。"

袁绍杀了臧洪和陈容，平了东郡，是不是就去帮助汉献帝呢？不，他打算再向幽州去夺地盘。幽州人因为公孙瓒杀了刘虞，已经对他不满意了，没想到他并吞了幽州以后，越来越骄傲自大，一点也不顾到老百姓。人家待他好的地方他忘了，待他不好的地方他可忘不了。因此，当地的豪强和人民都不愿意向着他。刘虞部下有个渔阳人叫鲜于辅（姓鲜于，名辅），他暗地里联络了一部分幽州的兵马要替刘虞报仇。

鲜于辅看到燕人阎柔很有本领，而且跟住在那边的胡人也挺合得来，就推他为乌桓司马，叫他去招收那边的胡人和汉人。鲜于辅和阎柔居然召集了几万名胡人和汉人。他们有了这几万人马，就跟公孙瓒派来的渔阳太守邹丹打起来了。他们在潞北（属渔阳郡，就是今北京通州）大战一场，杀了邹丹和他的士兵四千多人。乌桓王也率领乌桓和鲜卑的七千多骑兵跟着鲜于辅往南来。他们听说刘虞的儿子刘和还在袁绍营里，就派使者到冀州要接他回去。袁绍正想兼并幽州，很高兴地同意了。他派大将麴义带领十万大军护送刘和到幽州去。

公孙瓒连忙调动大队兵马去抵抗，在鲍邱（河名，在今河北三河和天津宝坻区一带）展开了大战，这一仗比潞北那一仗猛得多了。公孙瓒节节败退，士兵被打死的就有两万多，打伤的和逃亡的还不在内。公孙瓒逃到蓟城，再也不敢出来了。这一来，代郡、广阳、上谷、右北平这些地方的人纷纷地起来，杀了当地的官吏，响应鲜于辅和刘和。

公孙瓒怕蓟城守不住，再退到易城（在今河北雄县一带），把城墙加高加厚，护城河加宽加深。城里再造碉堡，都有五六丈高，上面是楼。最中间的一座特别高大，高达十丈，公孙瓒自己住在这里。他拿铁铸成门，铁门里不让任何人进去，连使唤的手下人都不用，伺候他的全是丫头和妇女。七岁以上的男孩子就不准进去了。他住在楼上，文书来往都用绳子吊上吊下，又叫那班伺候他的妇女大嗓门说话，叫喊声能让几百步以外的人都听到才算顶事。公孙瓒叫这些妇女传达命令。以前的谋士、将军、宾客很少跟他见面。这么一来，他就没有亲信的人了。

有人问他为什么把自己这么孤立起来呢？他说："我以前到边外轰走胡人，在孟津扫平黄巾军。那时候，我以为只要我一有机会出动大军，就可以平定天下。到了今天，各地起兵，越打越乱，我才知道自己是没法安定天下的了。既然如此，还不如让将士和人民休养休养，努力耕种，免得遭受灾荒。因此，我筑了城墙和碉堡，储藏粮食三百万斛，足供好几年吃用。几年以后，赶到粮食吃完了，天下形势可能有所改变。到那时候再作道理吧。”

公孙瓒实行只守不战的办法，粮食又足，倒弄得麹义他们进退两难。过了些时候，粮草供应不上，麹义只好撤兵回去，反倒被公孙瓒追杀一阵，夺去了不少车辆。麹义向袁绍报告，说一时还不能消灭公孙瓒。袁绍只好下令暂时不再进兵。可是他下了决心，非把整个幽州拿下来不可。袁绍一心要夺取幽州，宁可把迎接汉献帝的打算搁在一边。

公孙瓒有几百万斛粮食，袁绍有几十万兵马，可是他们都不打算去帮助汉献帝。汉献帝流落在安邑，内无粮草，外无救兵，这日子可怎么过啊！

古籍链接

杨欲迎天子还洛，诸将不听；杨还野王。建安元年，杨奉、董承、韩暹挟天子还旧京，粮乏。杨以粮迎道路，遂至洛阳。谓诸将曰：“天子当与天下共之，幸有公卿大臣，杨当捍外难，何事京都？”遂还野王。即拜为大司马。

——《三国志·魏书》

抢野菜

日子不好过也得过。转过了年，汉献帝希望以后不再像过去那么倒霉，老是兵荒马乱的不得安宁，就改了个年号，把那年叫建安元年（公元 196 年）。可是，别说全国不得安宁，连流落在安邑的这些文武百官还老吵架哪。兴义将军杨奉、征东将军韩暹、征北将军李乐、征西将军胡才，这些人本来都是黄巾一派的白波军的主要人物，他们不愿意离开原来起义的地区再去受那些士族豪强的欺负，因此，主张留在安邑。安集将军董承、河南太守张杨、太尉杨彪他们，一心想回到洛阳去，其中尤其是董承最露骨地反对杨奉。杨奉就派韩暹去袭击董承。董承不能跟韩暹他们对敌，只好逃到野王投奔了张杨。

张杨决定调兵遣将去跟杨奉评理。他先打发董承到洛阳去修理宫殿，并写信给荆州牧刘表请他协助迁都的事。刘表总算没忘了姓刘的皇室，派了些人马运粮运料帮助董承修盖房屋。杨奉、韩暹他们知道张杨、董承决定要迁都，还想反对，由于张杨发动了兵马，再说汉献帝做了和事佬，劝他们顾全大局，还答应他们回到洛阳一定有封有赏，他们才同意保卫着皇上再往东去。李乐、胡才不愿意跟着去，就让他们留在河东（后来胡才给仇人杀了，李乐害病死了）。

这一年的七月初旬，汉献帝在张杨、杨奉他们保护之下回到洛阳。可是洛阳宫殿一时不能盖起来，还是从前中常侍赵忠的住宅比较像样，汉献帝就临时把赵家作为皇宫。同时，张杨自己出人出料，只费了半个月工夫，就把以前的南宫重修了一下，改名为杨安殿。

八月，汉献帝在杨安殿临朝。他拜张杨为大司马兼任安国将军，杨奉为车骑将军，韩暹为大将军兼任司隶校尉，董承为卫将军。别看张杨有点武夫的劲，他可不主张武人干预政权。他说："天子是天下人的天子，朝廷自有公卿大臣，用不着我们带兵的将军住在京师里。我们的本分是守卫边界，抵御外敌。"他就回到野王去了。杨奉也带着兵马往大梁去，就在那边驻扎下来。韩暹和董承带领羽林军保护宫殿。韩暹不但做了汉献帝的卫士，而且还是司隶校尉，洛阳的治安也由他负责。可是洛阳全城只有几百户居民，实际上跟废墟差不了多少，还乱得很。他这个司隶校尉连日常的秩序也维持不了。

洛阳的宫殿、大宅，早被董卓烧了不少。以前的皇宫除了新修的杨安殿以外，处处是碎砖和脏土，满地长着荆棘、野草。文武百官没处安身，他们只能利用那些还没完全倒塌的破墙头搭一些草棚或者支个帐篷什么的，凑合着遮遮太阳，避避风雨。这还不算，最大的难处是没有粮食。汉献帝派人到各州郡去征粮。除了张杨以外，没听说有谁送过救济粮来。朝廷大臣从尚书郎以下，都得自己去挖野菜。早上起来不一定能活到晚上。大臣、官吏倒在破墙底下饿死的已经不怎么稀罕了。有时候，大臣、官吏亲自挖到了一些野菜，沿路碰到了士兵，就连筐子都夺了去。要是不乖乖地把野菜交出去，那只好把性命交出去了。饿死也好，打死也好，反正早晚是个死，谁也顾不了谁，压根儿就无所谓王法这一说。

这种为了抢野菜而打死人的新闻传到了许城（后来称为许都，又改为许昌，在今河南许昌东），兖州牧曹操就打算把汉献帝接到许城去。当时有不少人反对。他们认为：一来，山东还没安定，自己的地位不巩固；二来，韩暹、杨奉他们自以为功高，傲慢得很，怎么肯听节制呢？他们也像袁绍一样，主张首先扩张自己的势力，多占领地盘，勤王不勤王并不重要。

谋士荀彧拿过去的历史事实作为例子，劝曹操赶快发兵去保驾。他说："从前晋文公发兵把周襄王护送到京师去，诸侯响应，尊他为霸主；汉高祖为义帝穿孝发丧，天下都向着他。到了我们这一代，董卓作乱，天子受难，将军首先起兵勤王，由于诸侯不能同心协力，反而扰乱了山东。那时侯，将军无法遥远地跑到西边去辅助朝廷，但是还冒着危险派使者经过很多困难上长安去朝见天子。足见将军忠于汉室，这是谁都知道的。现在天子已经到了洛阳，困苦不堪。住，没有房子；吃，没有粮食。将军能注重大义辅助天子，这正是顺从人民的愿望。就说韩暹、杨奉不顾大局出来反对，他们也无能为力，将军可以不必顾虑。要是现在不去，一旦让别人抢了先，以后再要出力也就晚了。”

曹操听了，认为夺地不如勤王。当时就派他的堂兄弟中郎将曹洪（建安以后，各地带兵的牧守就不经过天子自己任命中郎将，曹洪的官衔是曹操给他的）带领一队兵马往西去迎接汉献帝。果然，董承他们马上守住险要的交通要道，不让曹洪的兵马过去。曹洪觉得自己力量不够，就把军队驻扎下来，派人向曹操报告，请他再派些人马来。可是曹操为了对付黄巾军，实在腾不出手来。汝南、颍川一带的黄巾军，在刘辟和黄邵两个首领的领导下，发展到十来万人，到处烧毁官府，惩办地头恶霸，直接威胁许城。曹操跟黄巾军是势不两立的。他把所有的大将和士兵都用上，运用他作战的本领，连着打了几仗，形势起了变化。黄巾军的首领刘辟和黄邵终于打了败仗，都阵亡了。其余的人马大多逃散。个别有几个头领，经不住曹操又是攻打又是引诱软硬并用的方法，也有投降的。

曹操剿灭了汝南、颍川的黄巾军，才可以腾出手来去支援曹洪。没想到汉献帝已经下诏书到了许城，拜他为镇东将军，还让他继承他父亲曹嵩的爵位为费亭侯。俗话说："朝中无人莫做官。”曹操这个封赏是怎么来的呢？

原来定陶人董昭帮了他一把。董昭一心要结交曹操，上回在河内已经帮过他忙，劝张杨让曹操的使者上长安去，还替曹操写了一封信给李傕和郭汜，叫他们好好地接待曹操的使者。这回他从河内跟着汉献帝到了洛阳。他见到董承他们发兵去跟曹洪对敌，就又替曹操想了个办法。他认为车骑将军杨奉的兵马最强，但是杨奉一个人在大梁，没有得力的帮手。他就冒着曹操的名写了一封信给杨奉，说了许多恭维的话。主要是说一个人最重要的是头脑，但是也少不了心腹和手足。这是说曹操尊杨奉为头脑，自己愿意听他的指挥。末了，针对着杨奉粮食困难的情况，很动人地说："我有的是粮食，将军有的是兵马，我们有无相通，同甘共苦，这是国家的希望，也是我的造化。”

杨奉收到这封信，十分高兴，就把曹操作为他的“心腹手足”，立刻上个奏章，推举曹操为镇东将军，封为费亭侯。曹操准备亲自上洛阳去谢恩。如果上洛阳是为了朝见皇上，那就不好意思多带兵马；但是如果不多带兵马，那怎么能跟董承、杨奉他们并肩说话呢？他正在左右为难的时候，董承突然派使者送信来请他带着军队上洛阳去勤王。这就怪了。董承不是正抵抗着曹洪吗？他怎么能邀请曹操呢？

董承原来跟韩暹一起反对曹操到洛阳来跟他们争权夺利。谁知道后来两个人闹了意见。韩暹做了大将军兼任司隶校尉，地位比卫将军董承高，眼睛也跟着移到脑门子上去了。什么事情都得由他做主，董承只能听他的。在董承看来，自己至少跟韩暹同样保驾有功，再说他还是皇亲国戚哪。依老亲说，他是汉灵帝的母亲董太后的侄儿，汉献帝得叫他舅父；依新亲说，汉献帝立他女儿为贵人，他是丈人。韩暹这小子算老几？董承怎么也不能受这份窝囊气。因此，他就偷偷地派使者去召曹操到宫里来做他的助手。曹操这回可以名正言顺地进兵了。他很快地到了洛阳，把大队人马驻扎在城外。他跟董承他们见了面，然后去朝见汉献帝。

汉献帝才十七岁。他十四五岁的时候就被董卓挟在胳肢窝里，后来又被李傕、郭汜捏在手里，最近又受着韩暹的气。他见了曹操，就把希望寄托在他身上。

曹操到了洛阳，首先决定注重法度，整顿纪律。他上个奏章，说韩暹独断专行，藐视皇上，应当办罪。韩暹一听到这个信儿，连夜逃到大梁，投奔杨奉去了。汉献帝下道诏书，说他保驾有功，后来有些错误，既往不咎。当时任命曹操为录尚书事（官名，是总理朝政的最高职位），并且接着韩暹兼任司隶校尉。

汉献帝按照曹操有功请赏、有罪请罚的话，又下了一道赏罚的诏书。当时检查下来，大家认为有罪该罚的有两三个人，有功该赏的倒有十多个。这些受赏的人当中，第一个就是卫将军董承，升为车骑将军，第二个是辅国将军伏完，其余都有不同的封赏。曹操是董承请进来的，所以董承的功劳最大。辅国将军伏完是伏皇后的父亲，是正式的国丈。伏家和董家都是外戚，汉献帝当然要多多依靠他们，别人对他们都很尊敬，曹操也落得做个好人。可是他觉得人多嘴杂，自己的人又不在朝廷里，许多事情做不了主，总有点不得劲儿。他得想个办法改变这种情况。跟谁去商量商量呢？他就想起屡次帮助过他的董昭来了。

迁都屯田

曹操请董昭跟他面对面地坐着，很直率地问他："我到了这儿，应该怎么办呢？"董昭说："将军兴义兵，除暴乱，朝见天子，辅助王室，功劳比得上五霸。可是我看这儿的将军们各有各的打算，他们未必能顾全大局，服从命令。将军要想在这儿辅助天子，恐怕多有不便。不如迁都到许城去，这是最好的办法。但是这几年来，朝廷流离失所，谁都知道不幸。现在刚回到原来的京都，大家都希望从此能安居下来。在这种情况下，再要建议迁都，必然有不少人会起来反对。我以为大人物做大事才能立大功。希望将军计算计算利害的大小、多少，下个决心。"

曹操说："我就想这么干，可是杨奉近在大梁，他的兵马多，不会跟我们为难吗？"董昭摇摇头，说："杨奉兵马虽然多，他可是孤立无援的。因此，他愿意跟将军有所联络。将军拜为镇东将军，封为费亭侯，都是他推荐的呀。只要派使者送些厚礼给他，向他答谢上次的情义，我看他是可以结交的。同时跟他说明京都缺少粮食，许城有粮食，可是转运不便，只好请天子和大臣们暂时搬到那边去，这样，就不必再为粮食担心了。杨奉这个人哪，有勇无谋，一定不会起疑。即使以后他反悔，再出兵阻挠的话，那时候将军已经把天子接到许城，他还能怎么样？"

曹操谢过了董昭，马上派使者去向杨奉送礼，一面上朝奏本，请汉献帝和大臣们到许城去，免得在这里挨饿受冻。汉献帝同意了，大臣们听说到了那边都有饭吃，不必再亲自去挖野菜，巴不得早点动身。

公元 197 年（建安二年）九月，曹操保护着汉献帝和大臣们向东往许城去。他预防有人出来阻挠，另派曹洪带领一队人马先在阳城山中（阳城，山名，在今河南登封一带）埋伏着。杨奉接待了曹操的使者，收了礼物，不想多事。可是后来他经不住韩暹再三挑拨，到时候只好出兵跟他一块儿去劫驾。他们刚到了阳城，就碰上曹洪的伏兵，被杀得大败而回。杨奉的军队里只有一个骑都尉徐晃算是有本领的将军。他曾经劝过杨奉去归附曹操，曹操也很重视他。这一次徐晃就趁着机会带着亲信的一支人马投奔到曹操这边来了。

杨奉损失了不少人马，又失去了这么一个得力的部将徐晃，自己觉得势力孤单，不能跟曹操作对，也守不住大梁，就逃到扬州去投奔袁术。韩暹原本是依赖杨奉的，也只好跟着他去。

曹操打退了杨奉、韩暹，一路平安地到了许城，暂时请汉献帝宿在大营里。他马上动员所有的人力，征用一切材料，在很短的时期内建造宫殿，设立宗庙社稷。从这儿起，许城就作为汉朝的京都了。为了说着方便，我们以后称许城为许都。宫殿落成，汉献帝正式临朝，拜曹操为大将军，封武平侯。原来的三公失了势，告老还乡了。曹操为了避免别人说话，特别为了防止袁绍的反对，把三公的地位暂时留下。他先请汉献帝下道诏书，责备袁绍，说他地广兵多，不来勤王，反倒自作主张，在各地布置私党，攻打别的州郡。

袁绍接到诏书，还真有点惊慌。他听了谋士们的劝告，马上上个奏章替自己分辩。曹操认为袁绍既然还不敢抗拒朝廷，就请汉献帝任命他为太尉。这第二次的诏书到了冀州，袁绍又神气起来了。他觉得太尉在大将军底下，叫他在曹操手下做事，那可多丢人哪，就怒气冲冲地说："曹操三番两次走上了绝路，都靠我把他救活。他今天反倒挟着天子发号施令爬到我头上来了！"他不接受太尉的官职。曹操不愿意在这个时候跟袁绍闹翻，只好请求汉献帝把自己大将军的头衔让给袁绍，还封他为邺侯。袁绍能做大将军，总算有了面子，就把邺侯的封号辞了。

袁绍接受大将军的头衔，底下的事就容易安排了。汉献帝任命曹操为司空兼任车骑将军，荀彧为侍中尚书令。曹操一心要搜罗人才，请荀彧推荐些人。荀彧推荐了他的侄儿蜀郡太守荀攸和颍川人郭嘉。曹操跟他们一谈，彼此都很对劲。曹操竭力称赞荀攸，说他是个不平凡的人，有了他就可以商议天下大事，就推荐他为尚书兼任军师。曹操跟郭嘉谈论谈论天下大事以后，高兴地说："帮我成大事的就是这个人。"郭嘉也高兴地说："他真是我的主人。"郭嘉被任命为司空祭酒。从此，这三个颍川名士都做了曹操的谋士。他又任命山阳人满宠为许令，董昭为洛阳令，程昱为东平相，其余像曹洪、曹仁、夏侯惇、夏侯渊、李典、乐进、典韦、于禁、徐晃等武将，分别提升，各有封赏。

北海太守孔融也是个名士，他的老师郑玄更是当时数一数二的经学大师。曹操想把他们都请到朝廷里来。孔融来了，做了将作大匠（掌管建筑宫室的官职）。郑玄老先生说是年老多病，挺客气地推辞了。

这么一来，满朝文武大多是曹操的人，朝廷大权就很自然地落在他手中了。可是这个大权实在不容易掌握。别说各州郡的牧守大多割据着地盘，不听朝廷的命令，就是连年的饥荒也不能不叫天下大乱哪。这十年来，没有一年不打仗，再加上水灾、旱灾和虫灾。就说没有天灾，老百姓种的庄稼也不一定能让他们自己去收割，收割了也不能留给自己吃。全国有不少农民干脆不种庄稼，流亡到哪儿就到哪儿。有的不是当上了黄巾军，就当上了官兵。黄巾军得势就当黄巾军，官兵得势就当官兵，有时候黄巾军就是官兵，官兵也就是黄巾军。哪儿有粮食，就到哪儿去。弄到了粮食，吃饱就算，一般的人，谁也没法把粮食储藏起来。袁绍在河北，粮食不够，士兵们摘桑葚儿填填肚子。袁术在江淮，粮食供应不上，士兵们只好到河里掏蛤蜊和河蚌当饭吃。老百姓连草根、树皮都吃不上，饿死人是常有的事。什么城市，什么乡村，简直分不出来，都是冷清清的，难得看见有人来往。不种庄稼，没有粮食，别说老百姓，就是官兵也活不下去啊！

就在这个粮食万分困难的情况下，有个羽林监（管理羽林军的一种官职，相当于皇帝的卫士长）姓枣名祗，想出了一个提倡生产粮食的办法，向曹操建议。以前曹操听了毛玠要他着手耕种、发展蚕桑的话，总认为好是好，就是办不到。这会儿他听到枣祗说有办法，曹操就好像抓住了一个救星似的拉着枣祗，请他并坐着，急切地问："怎么能增产粮食呢？"枣祗就把他的计划说了出来。

枣祗增产粮食的计划叫"屯田制"。他请曹操招收那些没法过日子的和流浪的农民到许都来，由官家给他们土地，借给他们一些粮食，把他们组织成一支农业生产的大军。他们可不是兵，用不着打仗；他们不是地主，也不是普通的自耕农，用不着纳田租、出官差。他们叫“屯田客”。屯田客耕种官家的土地，每年收割的粮食一半归官家，一半归自己所有。用官家的牛耕种的，官家得六成，自己得四成。别的负担都没有，只是屯田客不能随便离开自己居住的地方，更不能扔了庄稼、半途而废地逃到外地去。逃亡的按逃兵办罪，主要的纪律就是这一条。

这种把一年的收获跟官家对分或者四六分的屯田客的田租，要比汉朝一般自耕农的田租重些，可是因为不再缴其他的赋税，也没有每户出绢两匹和绵两斤的户口税，对分或者四六分就不算太重了。最受农民欢迎的是屯田客可以免服劳役这一条。那时候，官府动不动就要农民出官差，甚至地主豪强也老叫农民给他们白干活儿。战争一发生，官差更多。有时候眼看庄稼快熟了，官差的命令一到，只好把庄稼扔了，那才痛心哪。现在做了屯田客，只要勤勤恳恳地干庄稼活儿，什么官差都不落在他们头上，他们就觉得松了一口气。屯田客实际上就是国家的农奴，屯田制也不是当初黄巾起义的要求。可是因为他们只有一个主人，就比原来的层层压迫、重重剥削的情况好一些，比那刨草根、剥树皮、饿死人的情况更好得多了。因此，枣祗的计划很快地就实行起来了。

曹操任命枣祗为屯田都尉，另外再让原来的车骑都尉任峻为典农中郎将，叫他们负责主管屯田大事。屯田都尉枣祗和典农中郎将任峻底下又设置了许多田官。他们除了推行屯田制以外，还建了一些水利工程，挖了几条河渠，开了一些稻田。一年下来，光是许都就得到公粮一百万斛。这是个了不起的大事。曹操把屯田制在他势力所能达到的各州郡都推行开去，各地都设置了田官。此后，凡是推行屯田制、有田官的地方，谷仓都是满满的。以后几年，曹操征伐四方，就不必为了粮食太操心了。

曹操执掌朝廷大权，推行屯田制，兴修水利。可是他不能把汉朝的政权限于兖州，更不能限于许都一个城。他召集谋士，对他们说：“大家都知道北方的袁绍和南方的袁术是国家的祸患，就是江东的孙策也不该小看了哇。我希望多知道一些关于江东方面的事。”颍川人钟繇跟荀彧在一起。他看了看荀彧对曹操说：“听说孙策跟袁术也是面和心不和的。”曹操说：“那么咱们该想办法去联络一头才是啊。”

钟繇就把他所知道有关孙策的事说了一说。

小霸王

孙策自从他父亲孙坚被黄祖的士兵在岘山射死以后，跟着他母亲吴太夫人和兄弟孙权、孙翊、孙匡，还有一个小妹妹，住在江都。别看孙策那时候才十七岁，他虚心结交英雄豪杰，一心要替他父亲报仇。他首先得到了广陵人张纮（hóng）的帮助，把母亲、兄弟和妹妹托付给他，自己到寿春去见袁术，向他哭诉着说："先父从长沙到了南阳，归附将军，结了同盟，共同征讨董卓。不幸中途受害，没能完成志愿。我想起先父过去忠心耿耿地追随将军，今天我应当继承先父的遗志，听将军的指挥。如果将军能把先父的兵马让我带领，使我能够报仇雪恨，同时也替将军消灭敌人，我将一辈子忘不了将军的大恩大德！"

袁术听了，愣了一下，见他这么英俊，暗暗赞叹，可是还不愿意给他兵马。他说："我已经让你舅父做了丹阳太守，你的堂哥也做了丹阳都尉。丹阳是出精兵的地方，你不妨到那边托他们帮你招募一些。"

孙策到了丹阳，招募了几百名壮丁，有了这几百人的队伍总算有个起头。谁知道半路上碰到了泾县（在今安徽泾县一带）的黄巾军祖郎。孙策被祖郎杀了一阵，人马死伤一大半，自己也差点儿丧了命。他只好再去恳求袁术，袁术才把原来孙坚的士兵拨给他一千多名。孙坚原来的兵马不止这一点，孙策怎么能满意呢？袁术可有补偿他的办法，任命他为怀义校尉，还答应他一有机会让他做九江太守。孙策谢过了袁术。打这儿起，他自己有了一支军队，他父亲部下的程普、黄盖、韩当、周泰等都归他带领。

袁术老叹息着说："要是我有个像孙郎那样的儿子，我死了也能闭上眼睛了。"话虽如此，他可不能重用孙策。九江太守要换人，袁术不用孙策，而是用了丹阳人陈纪去接任。后来袁术打算进攻徐州，向庐江太守陆康征粮三万斛。陆康不给。袁术就派孙策去打陆康，很不好意思地赔了个不是，说："上回我错用了陈纪，这回陆康又叫我不称心，你这次能把庐江打下来，就叫你做庐江太守。"

孙策带领着自己名下的将士打到庐江去。他居然马到成功，轰走了陆康，占领了整个庐江城，马上向袁术报告胜利的消息。这会儿袁术总该让孙策做庐江太守了吧。可他还是叫孙策回师，另外派了自己的亲信刘勋去做庐江太守。这当然叫孙策很失望，可是孙策再一想，自己年纪轻轻，刚露了面，兵力不足，只能听从袁术的。这时候侍御史刘繇（刘岱的兄弟）被任命为扬州刺史，带着不少人马来上任。他轰走了丹阳太守吴景和丹阳都尉孙贲，把曲阿作为治理扬州的城邑。

吴景和孙贲退到历阳（在今安徽和县一带），派人向袁术求救。袁术另外派个部下为扬州刺史，吩咐吴景和孙贲反攻刘繇。刘繇早就防到了，他已经派部将樊能、于麋屯兵横江，派张英屯兵当利口（横江和当利口都在和县一带）。吴景和孙贲的兵马打了一年多，没能把这两个地方打下来。

孙策原来指望他舅舅和他堂哥给他帮助，现在他们自顾不暇，怎么不叫人急死。他向几个老前辈的将士讨主意，大家认为袁术不给人马，有了主意也没用。丹阳人朱治本来是孙坚的校尉，这时候跟着孙策。他暗地里劝孙策想办法去夺取江东。孙策听了他的话，向袁术献计，说："先父以前在江东很有点名望，老百姓到今天还没忘了他。我愿意帮助舅舅去打刘繇，打下了横江，我到本乡去招兵，至少可以招募三万壮士。有了这支军队，准能帮助将军平定天下。请将军吩咐，我就去。"

袁术知道孙策一定为了两次没让他做太守，心里怨恨。可是刘繇占据着曲阿，孙策已经没有力量去跟他对敌了，再说还有会稽太守王朗帮着刘繇。有这两路大军挡住去路，这小子，不知道天有多高、地有多厚，还想到江东去！袁术这么一琢磨，就答应了，还任命他为折冲校尉，兼任殄（tiǎn）寇将军。名头多么威风，可是给他多少人马呢？将士儿郎一共一千挂点儿零，马几十匹。要是这一点人马全军覆没了，那只能怪孙策没有能耐，怎么也不能怨袁术没让他去。

孙策带着这一千多士兵和几十匹马走了。程普、黄盖、韩当、周泰等几个将军都跟了去，还有两个谋士朱治、吕范也去。不光是他们，连袁术的门客中愿意跟着孙郎去的也有几百个人。袁术觉得又好气又好笑，这种书呆子去就去吧。说也奇怪，沿路有不少壮士，听说孙坚的儿子来了，都来投军。这一千多人的队伍，到了历阳已经扩大到五六千人了。

历阳是吴景的根据地。张纮早就把孙策的母亲和兄弟、妹妹从曲阿送到历阳了。孙策见过了他母亲和兄弟、妹妹，马上写信给他的好朋友周瑜，请他起兵相助。周瑜是舒城（在今安徽舒城一带）人，表字公瑾，岁数跟孙策一般大，就是小两个月。周瑜对待孙策像自己的亲哥哥一样。他一知道孙策到了历阳，就去跟他叔叔丹阳太守周尚相商，借了一些兵马和粮食，黑天白日地赶到历阳。孙策见了他，高兴地说："公瑾来了，一定能成功！"

孙策率领军队直冲当利口，轰走了张英，跟吴景、孙贲的军队合在一起，进攻横江，打败了樊能和于麋。他一路打去，谁也抵挡不住。官吏扔了城子，躲至深山里去了；老百姓听到孙郎这么厉害，吓得掉了魂儿。赶到孙策的兵马真的到了，队伍整齐，士兵规矩，鸡不飞，狗也没上房，牛羊庄稼一概不受侵犯，人们这才欢天喜地地抬着牛肉和黄酒，争先恐后地慰劳军队来了。

孙策渡过江去，打了一阵，夺下了牛渚营（在今安徽马鞍山一带，临长江），把刘繇堆积在那儿的粮草和兵器全都拿过来，这下子声势就更大了。孙策占领了牛渚营，接着往东进攻秣陵（在今南京）。他打败了守在那儿的两个将军，进了城。正在出榜安民，忽然后面的牛渚营飞马报到，说刘繇的部将樊能、于麋他们联合起来反攻牛渚营，打算截断孙策的退路。孙策派人守住秣陵，自己急忙回去。到了牛渚，扎了营，摆下阵势，就跟于麋打起来。

两个人一来二去地对打了一阵，孙策逃了，于麋不放，追上去，一枪扎他的后心，孙策往左一闪，拨开了于麋的枪，两匹马蹭了一下。孙策眼快手快，力气又大，斜过身去，右胳膊往后一转，把于麋拦腰挟住，腿朝前、头在后，活活地抓过去了。背后的樊能挺着长枪赶来，孙策当作没瞧见，只管挟着于麋往自己的阵里跑。士兵们大声地嚷着："背后有人暗算！"孙策回过头去，冲着樊能瞪着眼睛大喝一声，简直是半空中打个响雷，吓得樊能撞下马来，摔破了脑袋。孙策跑到营门，一撒手，扔下于麋，于麋可已经给夹死了。这一仗，孙策喝死了一个将军，夹死了一个将军。大伙儿都说他的力气比得上楚霸王项羽。为这个，人们管他叫"小霸王"。

古籍链接

寿春，术已据之，繇乃渡江治曲阿。时吴景尚在丹杨，策从兄贲又为丹扬都尉，繇至，皆迫逐之。景、贲退舍历阳。繇遣樊能、于麋东屯横江津，张英屯当利口，以距术。术自用故吏琅邪惠衢为扬州刺史，更以景为督军中郎将，与贲共将兵击英等，连年不克。策乃说术，乞助景等平定江东。术表策为折冲校尉，行殄寇将军，兵财千余，骑数十匹，宾客愿从者数百人。比至历阳，众五六千。策母先自曲阿徙于历阳，策又徙母阜陵，渡江转斗，所向皆破。莫敢当其锋，而军令整肃，百姓怀之。

——《三国志·吴书》

神亭交手

小霸王孙策又往东去攻打秣陵以南和以东的地区，连着打下了海陵（在今江苏泰州一带）、湖孰、江乘（江乘和湖孰都在今江苏南京一带），接着就向曲阿去打刘繇。刘繇急忙派兵遣将分头防守。他的同郡东莱黄县人太史慈前些日子由北海到了曲阿，刘繇把他留在军中。那时候，有人对刘繇说，太史慈可以做将军。刘繇晃着脑袋说："我要是用了他，不会给别人讥笑吗？"他对太史慈说："我知道你挺勇敢，可是年纪太轻，现在先做些侦察敌人的工作。等到你立了功，我再提拔你。"太史慈心里不乐意，可是侦察工作也很重要，他就不说了。

有一天，他带着一个骑兵到神亭岭（在今江苏镇江南）去侦察，两个人正走着，突然遇到了小霸王孙策。孙策带着程普、黄盖、韩当、周泰他们也到岭上来侦察。太史慈并不认识孙策，他瞧见那个领队的是个小伙子，看样子不是个平常的军官，就大声问了一声："谁是孙策？"孙策反问一句："你是什么人？"

"我，东莱太史慈，特地来捉小霸王！"

孙策笑了笑，说："哦，我就是！请吧！你们两个一齐来！我用不着帮手。我要是怕你们两个，就不是孙伯符！"太史慈说："你们都来，我也不怕！"两个小伙子就一枪来、一枪去地交上手了。程普他们看孙策和太史慈决斗，暗暗地喝彩。

太史慈打算把孙策引到岭下去，就一面对打，一面往后退。后来干脆快马加鞭，跑了。孙策紧紧跟上。到了平地，太史慈回过马来再打。孙策一枪刺去，太史慈闪过，左手抓住了孙策的枪，右手一枪扎过去，也给孙策抓住了。两个人抓住了两支枪，彼此使劲地拉扯，全都滚下马来。长枪没法使，只好空手对空手，互相揪着。孙策手快，把太史慈脊梁上背着的短戟抽去。就在这一眨巴眼的工夫，太史慈摘了孙策的头盔。短戟刺头盔，头盔砸短戟，又打了一会儿。刘繇接应的军队到了，孙策着了慌，恰巧程普、黄盖他们也赶到了。孙策和太史慈各放开手，天也黑了，双方都收兵回去。

太史慈见了刘繇，正想报告他跟孙策交手的情况，才开个头，就被刘繇狠狠地骂了一顿，还说以后不准出去交战。太史慈听了，心灰意懒，别的将士也都觉得不对劲。这么一来，刘繇连着打了败仗，扔了曲阿，逃到丹徒（在今江苏镇江），又从丹徒逃到芜湖（在今安徽芜湖），躲在山里。太史慈退到泾县，守在那儿。

孙策进了曲阿，出榜安民，又通告临近的各郡县：凡是刘繇的部下来投降的，不咎既往；人民愿意从军的，全家都免劳役；不愿意从军的，听便，官府不得强迫。这个通告出去才十几天，就得到了新兵两万多名，马一千多匹，孙策的名望传遍了江东。

孙策进兵泾县，他跟周瑜定了计策要活捉太史慈。太史慈尽管多么勇，尽管还有一些兵马，可是他怎么敌得过孙策和周瑜呢？他打得筋疲力尽，中了埋伏，被送到孙策的大营里来了。孙策见了，亲自替他松了绑，把自己的袍子脱下来给他披上，诚诚恳恳地对他说："我知道子义（太史慈字子义）是个大丈夫。刘繇是个蠢材，不能重用你，他怎么能不打败仗？"太史慈见孙策这么待他，就痛快地归附了他。

孙策拉着太史慈的手，乐着说："咱们在神亭交手，我要是给你逮住，你害不害我？"太史慈笑着说："那可说不定。"两个人都大笑起来。孙策因为泾县以西还有不少城邑没收过来，就向太史慈讨主意。太史慈说："刘繇连着打了败仗，士兵的意志都有些动摇，至少还有一万多的散兵没有归宿。要是抓住时机，我能够出去替将军安抚他们，我相信，他们是会来归顺的。可是我自己说这种话，很不合适。"孙策跪得端端正正地（古人席地而坐，跪着不是下跪的意思）对他说："这正是我心里的话，非常合适！"他就派太史慈去招收刘繇的散兵。

孙策手下的人都说："太史慈这一去啊，准是肉包子打狗，一去不回头。"孙策对他们说："子义是讲信义的，我信得过他。再说，他离开了我们，去帮谁呀？"孙策给太史慈送行，握住他的手，说："大概什么时候能回来？"太史慈说："至多六十天。"果然，不到两个月，他把泾县以西六个县都收下了，还收集了一万多名士兵。大伙儿都夸他们俩称得起是知心朋友。

孙策渡过浙江，打败了跟他作对的军队和当地的"强人"，收留了会稽太守王朗，就自己做了会稽太守。打这儿起，孙策就跟袁术肩膀一般平，不再是他的属下听他的使唤了。

袁术听到孙策占领江东，自己做了会稽太守，当时就打算发兵。部将纪灵拦住他，说："要是现在就跟孙策翻了脸，以后咱们一有行动，就得担心后方了。不如先取徐州，然后再去征伐江东。"袁术说："吕布、刘备联在一起，咱们进攻徐州，也不容易呀。"纪灵说他有个计策，叫吕布帮他夹攻刘备。这么一来，刘备就够受了。

刘备占领徐州已经一年多了。除了关羽和张飞这两个像亲弟兄一样的心腹以外，他又重用了东海人麋竺、下邳人陈登、北海人孙乾。刘备的兵马虽然不多，好在大伙儿同心协力，还能守住徐州。谁知道袁术从寿春发兵来夺徐州，就又引起了一场大战。

袁术到了寿春，自称为扬州伯。他常说刘家的气数早已完了，就打算自己做皇帝。以前听说孙坚得到了传国的玉玺，早想把玉玺弄到手。孙坚死了以后，孙策陪着他母亲把灵柩运到曲阿去安葬。袁术趁火打劫夺到了这颗"传国之宝"。从此他更想做皇帝了。他把这个意思向他的部下稍微透露了一点，没想到就有好多人起来反对。他只好暂时不再提了。他认为徐州接近扬州，要是兼并了徐州，地面广了，人口多了，到那时候他择个日子登基，别人就不至于再反对了。因此，他拜纪灵为大将，率领大军去夺徐州。

辕门射戟

刘备没等袁术的兵马进来，就叫张飞和原来陶谦的部将下邳相曹豹镇守下邳，自己跟关羽把军队驻扎在盱眙（在今江苏淮安一带）前哨，准备对敌。纪灵的兵马一到，就在盱眙打起来了。打了一个多月，彼此有输有赢，双方僵持在那儿。

袁术依着纪灵的计策，写信给吕布，约他夹攻刘备，偷袭徐州，答应送给他粮食二十万斛，马五百匹，还有金银绸缎多少多少。吕布贪图这么多礼物，就想发兵。他问了问谋士陈宫。陈宫说："小沛本来就不是将军长住的地方。现在既然有了机会，就该夺取徐州。"

吕布带着张辽、臧霸、高顺、郝萌、曹性等偷偷地从小沛出发，往东到了下邳以西四十里的地界驻扎下来。他们还没发动进攻，张飞手下的一个将军派人跑到吕布营里来报信，请吕布快去攻打下邳。

原来张飞守着下邳，日日夜夜巡逻四周。他不肯轻易相信别人，什么事情都由他亲自检查。这就引起了下邳相曹豹的不满。曹豹是陶谦部下的将军，自以为他是本地的主人。张飞这么负责守城，在曹豹看来，是喧宾夺主。曹豹就自立营寨，不跟张飞来往，当然也就不听他的指挥了。张飞以为曹豹究竟不是自己人，谁能保证袁术或者吕布不去拉拢他呢？这么着，两个人互相猜疑，隔阂越来越深。曹豹还真不出张飞所料，打算去投奔吕布。张飞看出了曹豹这几天行动有些可疑，特地请他过来喝酒，想在喝酒的时候套他的话。不料曹豹粗里粗气地说“军中不喝酒”，把他拒绝了。张飞一生气，把准备请客的酒全由他一个人喝了。那还不醉？

曹豹一知道张飞醉成个泥人，就马上带着一队人马来杀张飞。这一来，倒把张飞闹醒了，他随手抄起那支丈八蛇矛，晃晃悠悠地跨上马，就跟曹豹打起来。士兵们摸不着头脑，不知道帮哪一边好，就都抱着胳膊肘看两只老虎搏斗吧。曹豹究竟不是张飞的对手，一不留神，被张飞一矛扎穿了心窝。张飞解了恨，酒涌上来了，“哇”的一声，吐了一地。他吩咐士兵们守住营寨，自己往大营里休息去了。

丹阳人许眈（dān）早就看出张飞不信任他，连那一千多名丹阳兵也只是防备着使用。他一见曹豹这么个下场，半夜里就派人去向吕布送信，说张飞杀了曹豹，城中大乱，请他赶快进兵，自己作为内应，吕布连夜进兵，到了下邳西门，天刚蒙蒙亮。许眈带着一千多名丹阳兵开了城门，把吕布的军队迎接进去。张飞慌慌张张地出去迎敌，已经来不及了。他只好杀出东门，带着一部分人马向盱眙跑去。

刘备正跟袁术打得不可开交，一得到下邳失守的信儿，只好放弃盱眙这一头，马上退回来，想去跟吕布评个理。他在半路上遇到张飞的军队，就合起来再去夺取下邳。不料到了下邳，又被吕布的军队杀了一阵。他只好往东南跑，打算去占领广陵（在今江苏淮安一带），又被袁术的军队杀了一阵。这两阵打下来，逼得刘备连个歇脚的地方都没了。只好再往北逃到海西（在今江苏东海一带），暂时把军队驻扎下来。

军队倒是驻扎下来了，可又碰到了一个大困难。粮食没有了，军队里发生了恐慌，那还了得！幸亏大财主麋竺的老家就在那边，他家里还藏着不少粮食。麋竺把家产全拿出来作为军饷，总算救了急。麋竺又看到刘备孤单单地连家小都没了，就把自己的妹妹嫁给他，就是后来的麋夫人。

刘备有了军饷，又有了家小，稍微安心了一点。可是这一点点地盘怎么保得住呢？刘备能屈能伸，他写信给吕布愿意向他投降。

吕布跟刘备本来并没有仇恨，只是为了贪图地盘和袁术的财物，他才恩将仇报地帮了袁术夹攻刘备。赶到他得到了徐州，就很满意。当时出榜安民，一面派部将高顺去见纪灵，索取袁术所答应的粮食和金银财宝。纪灵说：“您请先回去，我马上去向袁将军转达。”高顺只好回去向吕布报告。

过了几天，袁术的信来了，信上说："刘备还没消灭，战争就完不了，等到逮住了刘备，我答应的东西一定如数奉上。"吕布看了，火儿往头顶直冒，就要发兵去打袁术。这时候，刘备的信也到了。吕布和陈宫一商量，陈宫说："袁术占据寿春，进可以攻，退可以守。我们不能轻易跟他作战。不如就请玄德回来，让他住在小沛，做个助手。将来进攻寿春，可以叫他做先锋。"

吕布同意了，当时派人去请刘备。没几天工夫，刘备他们到了徐州。吕布先把刘备的家小送过去，让他们见面。刘备就去拜见吕布，谢谢他一番好意。吕布说："并不是我要夺取徐州，只因为张将军在这儿又是醉酒又是杀人，我怕他再闯出祸来，所以只好替将军守住了城。"刘备说："将军不辞辛苦，主持徐州，这是徐州人民的造化。"吕布也不再客气，就请刘备屯兵小沛，还派人送粮食和布帛给他。刘备和吕布就这么又和好了。

吕布跟刘备合到一块儿，对袁术就不利了。他特地派韩胤（yìn）为使者去讨吕布的好，运去粮食二十万斛。吕布见了粮食，殷殷勤勤地招待了韩胤，表示愿意帮袁术的忙。韩胤回去向袁术一报告，袁术认为二十万斛粮食已经把吕布收买了。他马上再派纪灵为大将，发兵三万去打刘备，刘备当然只好向吕布求救。

吕布手下的将军都说："将军原来要杀刘备，现在就可以借袁术的手去掐刘备的脖子了。"吕布说："不对，不对。玄德屯兵小沛，对我没有害处。要是袁术打败玄德，夺去了小沛，那么他联络北边泰山一带几个将军，我就被围住了。咱们应当去救玄德。"

吕布马上发兵，把军队驻扎在纪灵和刘备两个军营的当中。纪灵被吕布挡着，要想进攻刘备，就得先劝住吕布别管闲事。吕布扎了营，就分头请刘备和纪灵到他大营里来喝酒，说有要事相商。

刘备带着关羽和张飞先到了。吕布对他说："今天我替将军解围，将来您可别忘了我啊！"刘备向他谢了又谢。吕布请刘备先坐下，刘备唯命是从地就坐下。关羽和张飞站在他背后侍候着。忽然进来了一个卫士，报告说："纪将军到！"刘备听了，吓了一大跳，就站起来想躲一躲。吕布叫他坐着。他说："我替你们讲和，怕什么？"刘备这才又坐下。纪灵进来，一看见刘备坐在那儿，也吓了一大跳，扭转身就想退出去。吕布连忙过去，一把扯住纪灵。纪灵着急地说："怎么，你要杀我吗？"吕布说："不杀你！"

纪灵放了心，他又问：“那么，是不是帮我杀大耳朵（指刘备）？”吕布说：“也不是。”纪灵说：“那你叫我来干什么？”吕布请纪灵坐在他左边，指着右边的刘备，说：“玄德是我兄弟。我兄弟被你们围困，我只能来救他。我平生不喜欢斗，我也喜欢劝人家别斗。”说着，他两只手拉着两个仇人，叫他们见了礼再说话。刘备和纪灵在吕布帐中都是客，彼此没有办法，只好勉强作个揖，两个人都挺别扭地坐了下来，看主人把他们怎么办。

吕布对他们两个人说：“我劝你们两家讲和，又怕你们不同意，我只好让老天爷来决定。如果天意叫你们别斗，那你们就不准斗；如果天意让你们斗，那我不管，你们就斗去。好不好？”他们不知道到底有什么天意，都含含糊糊地答应了。吕布叫手下人摆上酒席，纪灵坐在左手，刘备坐在右手，他自个儿居中，喝起酒来了。大伙儿喝了三杯，吕布吩咐左右拿他的画戟插在辕门外。他对纪灵和刘备说：“辕门离中军一百五十步，我一箭射去，如果射中画戟的小枝，你们两家就罢兵，如果射不中，你们回去交战。谁不听我的劝告，就是跟我作对！”纪灵心里琢磨着：“画戟插得那么远，怎么就能射中？”他答应了，刘备当然也答应了，他可暗暗地祝祷着：“唯愿老天爷让他射中才好哇。”

吕布搭上箭，扯满了弓，叫了一声“着！”只听见“嗖”的一声，那支箭飞去，不高不低，不偏不倚，正射中了画戟的小枝。帐上帐下的将士们一个劲儿地喝彩，都嚷着说：“将军天威！”吕布哈哈大笑，把那张弓往后一扔，两只手拉着两个人，说：“这是天意，你们两家不可再打了！”回头对士兵说：“拿大杯来！大家干一杯！”

纪灵很为难地说：“将军吩咐，不敢不听。可是叫我怎么去回报呢？”吕布说：“我不能叫你为难。请替我捎一封信去。”

纪灵回去向袁术一五一十地报告辕门射戟的情况，并交上吕布的信。袁术听了报告，看了信，咬着牙，连鼻子都气歪了。他要亲自率领大军去打吕布。

投奔曹营

袁术白白扔了二十万斛粮食，吕布不但没帮他，还给刘备撑腰。这一气非同小可，就想马上去打吕布。可是孙策占领江东，居然跟他分庭抗礼，不听指挥，非马上去征伐不可，总不能两路作战。部将纪灵出了个主意，说："应当先取徐州，然后才可以专心征伐江东。"袁术一听，这话不错，就要发兵去打徐州。可是纪灵反倒拦住他，说："主公不可心急。吕布勇猛得很，箭法高强无比，现在又跟刘备合在一起，更不容易对付。这样的人只能用智取，不能用力攻。依我说，不如将计就计，跟吕布结成儿女亲家。他有个闺女，还没有婆家，要是他肯把他闺女嫁给公子，两家有了亲戚来往，再用个计策，叫吕布去消灭刘备。去了刘备这一帮手，吕布就孤立了。他一孤立，徐州就容易拿下来了。"

袁术依了纪灵的话，再派使者去结交吕布，替袁公子求亲。吕布还真同意了。接着袁术向吕布告密，说："刘备在小沛招兵买马，亲家不可不提防一二。"吕布暗地里派人到小沛去探听刘备的行动，他才知道刘备果然正在招兵买马，最近已经召集了一万多人。他对刘备就讨厌起来了。正在这个时候，吕布派到河东去买马的几个将士，慌慌忙忙地进来报告说："我们买了三百多匹马，到了沛县地界，被强人抢去了一半。打听下来，才知道抢马的强人原来是刘备的军司马张飞手下的人。"吕布听了，眉毛都竖起来了。没说的，他立刻发兵向小沛进攻。

刘备他们只好出城迎敌。吕布在阵上大骂刘备不该抢他的马。刘备低声下气地说：“我派人买马是有的，哪儿敢要将军的马？”吕布驳他，说：“你派张飞扮作强人，夺了我的好马一百五十匹，还抵赖什么？”张飞一听，也火儿了，他瞪圆了眼睛，大声嚷着说：“就算我夺了你的马，怎么样？夺了你的马，你就来噜苏。你夺了我们的徐州，怎么不说啦！”两个人就打起来了。关羽正要冲出去，只听见刘备下令，敲锣收兵。他们就都退到城里。

刘备不愿意跟吕布闹翻，当时派人上吕布营中去赔不是。陈宫对吕布说：“今天不杀刘备，往后准吃他的亏。”吕布听了陈宫的话，不肯放过刘备。他吩咐张辽、高顺、宋宪、魏续加紧攻打小沛。

刘备跟糜竺、孙乾他们商议。他们都说：“曹操一向痛恨吕布，咱们不如去投奔曹操，向他借兵再来对付吕布。”刘备知道自己力量小，怎么也敌不过吕布，只好同意他们到许都去投奔曹操。他叫张飞当头阵，关羽断后，自己夹在当中保护着家小。半夜以后，趁着月光，开了北门，带着几百个骑兵，杀出重围，急忙逃去。到了城外没多远，就碰到了高顺、宋宪的军队。张飞挺着丈八蛇矛，杀退了拦路的士兵，往西北跑去。后面张辽赶来，被关羽敌住。赶到吕布知道，刘备他们已经走远了。

刘备到了许都，留在城外。他派孙乾先去拜见曹操，说他们被吕布所逼，特来投奔。曹操理着胡子，高兴地说：“玄德是我兄弟，快请他进城。”

刘备留着关羽、张飞他们在城外，自己带着孙乾、糜竺去见曹操。曹操热情招待，还真把他当作兄弟看待。刘备把吕布几次逼迫他的情形扼要地说了说。曹操安慰他，说：“吕布本来不讲信义，凭着自己一点蛮力，狂妄自大。将来我一定帮您把他逮住，您可以放心。”刘备很感激曹操的好意。曹操摆了酒席给刘备接风。到了晚上，把他送到宾馆，连刘备的家眷都已经迎接进去了。

曹操送出了刘备，刚坐下，程昱进来了。他说：“刘备也是当世的英雄，野心不小。现在要不趁早把他除了，将来准有后患。”曹操不动声色地看了看他，好像同意，又好像不同意，可没说话。程昱不便再说下去，就出去了。没一会儿，郭嘉进来，还没说话，曹操请他坐下，对他说：“有人劝我杀刘备，先生您看怎么样？”

郭嘉说：“话是不错。但是，主公起义兵为百姓除暴，推诚布公地搜罗人才还怕不够。现在来了个刘备，他有些名望，也算是个英雄。因为被逼得没地方去，才来投奔主公。要是把他杀了，落了个杀害贤士的坏名声，天下有才能的人谁还敢来？主公还能靠着谁去平定天下呢？杀一个人，断了天下四海的希望。这中间是非利害，关系重大，不可不仔细考虑。”曹操笑着说：“先生说得对！我也这么想。”

第二天，曹操就上奏章，推举刘备为豫州州牧。曹操早就打算要消灭吕布，这会儿先给刘备几千人马和不少粮食，叫他到小沛一带去收集原来的散兵，然后曹操再亲自去接应，一同往东去攻打吕布。

刘备到了小沛那边召集了散兵，接着就打发使者上许都去约曹操一同发兵。曹操正要发兵亲自去征讨吕布，忽然南阳来了个警报，说西凉的兵马已经到了宛城（在今河南南阳），现在要从宛城出发把皇上劫到弘农去。大伙儿听了，莫名其妙。西凉由韩遂和马腾镇守着，他们的兵马远在凉州，怎么能到这儿来呢？过去一再劫驾的是李傕和郭汜，他们的兵马早就没有多少了，哪儿还有力量再来劫驾呢？还有李乐和胡才，他们也闹过保驾、劫驾，可是他们不是留在河东了吗？要么，还有那个镇守弘农的武威人张济。可是他到南阳来干什么呢？怎么又打算劫驾了呢？大伙儿议论纷纷，倒把东征吕布的事撂（liào）在一边了。

曹操的大儿子曹昂和侄儿曹安民当时也在一起，自告奋勇地说：“让我们打听明白了再来奉告。”他们就详详细细地盘问起那几个从南阳回来的探子。

战宛城

骠骑将军张济跟李傕、郭汜分手以后，本来还在弘农。因为军队里缺乏粮食，士兵挨饿受冻，简直活不下去了，他就带着家小和侄儿张绣，率领全部人马逃荒似的到南阳来抢粮食。到了荆州地界，他们马上进攻穰城（在今河南邓州一带；穰：ráng）。在战争中，张济中了乱箭，死了。他的侄儿张绣很有能耐，统领原来的军队，打了胜仗，占领了穰城和宛城。张绣进了宛城，得到了当地的粮食，势力更大了。

张绣占领宛城后，首先派人到华阴去请同乡人贾诩。贾诩投在段煨的门下，早就觉得段煨尽管在外表上对他十分客气，可就是不能重用他。贾诩跟张绣原来有交情，正想找张绣去，使者一到，二话没说，马上就动身，到了宛城，做了张绣的谋士。他第一件事是劝张绣去归附刘表，好歹有个依靠，不至于太孤单。张绣就请他去见刘表。

那时候，刘表正忙于结交名士，兴办学校，研究经学，提倡礼乐，自己要名副其实地做个名士学者。有不少人说他爱护百姓，尊重名流。因此，关西、兖州、豫州的所谓名士学者投靠他的就有一千多人。可是在这么乱糟糟的年代里，诸侯割据州郡，农民流亡，到处发生饿死人的惨事，刘表不想办法去反对割据，自己也占领着一个地盘，光拿提倡礼乐作为幌子，这对于没有饭吃的老百姓根本没有什么用处。别看贾诩不过是张绣的一个谋士，他见了刘表，谈了谈天下大势，就没把刘表看在眼里。贾诩回来对张绣说："天下太平，刘表可以凑合着做个三公，天下大乱，他就看不清局势。看他外表，文雅得很，追究他的内心，猜忌重重。这种人到了紧要关头，就会疑惑不决，没有主意了。尽管他把我们当作上宾，也愿意帮助我们，可我断定他不能成大事。"

贾诩联络了刘表，张绣有了依靠，胆儿更大了。他就在淯水（淯水发源于伏牛山，向东南流入汉水；淯：yù）一带招兵买马，打算向许都进攻，劫走汉献帝。

这些情况都让曹昂和曹安民打听明白。他们就一五一十地向曹操说了一遍。曹操眉头一皱，知道张绣是个祸根，就打算发兵去征伐。可是他又怕吕布从东边钻空子进来。按了葫芦瓢起来，怎么能顾到两头呢？谋士荀彧献计，说："吕布有勇无谋，唯利是图。只要主公升他官职，加他封赏，叫他跟刘备和好，他至少暂时不会不依的。"曹操完全同意荀彧的办法，一面派人到徐州去安顿吕布这一头，还叫刘备把军队驻扎下来，暂时不要行动，一面叫夏侯惇为先锋，亲自率领大军往南去征讨张绣。公元 197 年（建安二年），大军到了淯水，就在那边驻扎下来，声势十分浩大。

张绣一听到曹操亲自来了，就怕自己力量不够，打算请刘表发兵接应。谋士贾诩对他说："曹操拿天子的名义，亲自率领大军到了这儿，兵力强大，咱们跟他死拼，必然吃亏。不如派使者去求和，还可保全实力。我看刘表没什么作为，咱们干脆归附曹操得了。"张绣完全信任贾诩，请他到曹操营里去接头。

贾诩见了曹操，把张绣愿意归顺的话说了。曹操向他三言两语地问了几句，见他对答如流，就知道贾诩是个人才。他说："我见了先生，真是相见恨晚。不知道先生能不能跟我一同回到朝廷里去？像先生这样的人才，皇上必然重用。"贾诩说："我从前跟着李傕，得罪了天下。后来皇上往东来了，我就退到华阴隐居了。最近才投奔了张绣，难得他真诚相待，我不忍离开他。承蒙主公一番厚意，将来再找报答的机会吧！"曹操不便再劝他，很痛快地答应他讲和。

贾诩回去向张绣报告，张绣亲自到曹操营里当面投诚。曹操很客气地招待他，接着就跟着张绣带了一部分兵马进了宛城，把大军驻扎在城外。为了互相结交，曹操跟张绣一连几天彼此请客喝酒。特别是张绣，为了讨曹操的好，还把曹操的几个主要的将军也一起请了。

有一天，曹操带着大儿子曹昂、侄儿曹安民和两三个亲随，都穿着便服，随便溜达溜达，看看市容。街上虽然不算热闹，也还有一些来往的人。没想到迎面来了一辆便车，里面坐着一个女人，长得特别漂亮。曹操不由得多看了几眼。车都过去了，那女人回过头来有意无意地瞧了曹操一眼。曹安民在这种地方非常细心，他看在眼里，偷偷地吩咐一个手下人去打听那个美人是谁家的。曹昂没注意到这些，他只想着这么一个城，为什么铺子这么少。

到了晚上，曹安民一个人伺候着他叔叔。叔侄俩随便聊聊，就聊到白天见到的那个美人头上去了。曹安民好像献宝似的说："我都打听明白了。她是张绣的婶子，张济的续弦夫人。"曹操听了，一愣。他叹了一口气，说："怎么偏偏这么不凑巧？"曹安民说："那有什么呢？张济已经死了。寡妇再嫁，天下通行。难道做侄儿的能干预婶娘的事？"也是曹操一时马虎，就让曹安民去办这件事。这么着，曹操就把张济的妻子接过去了。

张绣投降了曹操，总觉得好像比别人矮了一截，抬不起头来。一听到曹操派手下人把他的婶子抢了去，认为这是对他莫大的侮辱，就冒了火儿。他跟贾诩商议要报这个仇，贾诩劝他不可太鲁莽。

那女人倒也喜欢曹操，就怕张绣出来干涉，老是提心吊胆的。她劝曹操早点回许都去，免得发生意外。曹操叫她放心，一则他相信张绣，二则他有典韦守卫营门，真是一夫当关，万夫莫开。他倒是为了另一件事决定不下：他又想重用张绣，又想把张绣的关中兵重新改编一下。他打算就在这几天内把这件事办好。这会儿他派人去探听张绣，看他到底怎么样。

曹操手下的人探听到了两件事：一件是，张绣为了他婶子的事确实不大高兴；另一件是，张绣部下有个大力士叫胡车儿。曹操一听到大力士，就像觅宝的人听到哪儿有宝，非弄到手不可，就叫手下的人去跟胡车儿结交，还送了他很多金钱。胡车儿非常感激，偷偷地到曹营里去拜谢。他出来的时候，典韦留着他，说了几句仰慕的话。胡车儿挺痛快地说："我能在这儿投到一个英明的主人，没说的，就是把我的骨头磨成面儿，我也是甘心的。"典韦嘱咐他一有机会就把张绣刺死。胡车儿拍拍胸脯把这件事承担下来了。两个人就这么一来二去地做了知心朋友。胡车儿希望将来能像典韦那样伺候曹操。

典韦最喜欢喝酒，胡车儿也是海量。有一天，两个人就在典韦的帐篷里喝起酒来。一喝就是半天，好像成心要比一比谁的酒量大似的。胡车儿究竟不是典韦的对手，他又是个糊涂虫，天黑了，他可醉成个泥人了，典韦就把他留下，派几个士兵伺候着他。

那天晚上，典韦摘下头盔，卸了铠甲，把他八十斤重的双戟搁在床边，一躺下就打起呼噜来了。大约到了三更时分，忽然听到天塌似的叫喊的声音，典韦一骨碌起来，光着脊梁往营门口一瞧，哟！前面全是火把，无数的刀枪杀向营门，他来不及穿铠甲，只好去拿双戟，准备打出去，可是双戟不见了！急得他没办法，只好空手出去，挡住营门，从别人手里夺了一支长戟，带着十几个卫兵拼死抵抗，每一个人顶得上十个。营门口进攻的敌人不能冲到营里来，可是有不少人从旁边打进来，累得典韦既要杀退前面，又得对付两旁。他一戟掠过去，就砸毁了十几支长枪。三面扎来的长枪像芦苇那么多，十几个卫兵都死了，典韦上上下下伤了十多处。进攻的士兵越逼越近，长枪、长戟都使不上来，典韦随手抓起两个小兵当大锤使，又打伤了八九个人。可是自己受了重伤，眼看支持不了啦。他睁大了眼睛，看见胡车儿正使着自己的双戟过来。典韦大骂一声，倒下了。

由于典韦这么挡住营门，曹操才有工夫溜出后营，跨上马往淯水那边逃去。大儿子曹昂，侄儿曹安民，还有那个女人，都在后面跟着。张绣的兵马紧紧地追着。曹安民和那个女人死在乱军之中。曹操的胳膊中了一箭，他的马受了重伤，倒了。曹昂跳下马来，扶起他父亲，请他骑上。曹操跨上曹昂的马直跑。曹昂慢了一步，被乱箭射死了。

驻扎在城外的军队从睡梦中醒来，慌慌张张地跟张绣的军队打了一阵，乱哄哄地打了败仗，还败得很惨。曹操渡过淯水，一直到了舞阴（在今河南泌阳一带），才停下来，各队兵马各走各的道，陆续来找曹操。其中有个将军，叫于禁，他也带着士兵，一边抵抗，一边后退，虽然有死伤，队伍仍然很整齐。他们把追兵远远地抛在后面，也往舞阴那边退去。他们还没见到曹操的时候，先在道上碰到了一批难民，有的受了伤，有的撕破了衣服，拼命地逃跑。于禁问了问，才知道青州兵抄小道到了乡下，沿路把老百姓抢了。于禁听了，挂了火儿。他对自己的士兵们说：“青州兵也是曹公的兵，怎么可以抢劫老百姓呢？”他就出去干涉，青州兵不听劝告，两路兵马就自己打起来。青州兵打败，逃了。

青州兵逃到舞阴，见了曹操，趴在地下哭诉："于禁造反，赶着杀青州兵。"曹操听了，大吃一惊。没一会儿，夏侯惇、李典、乐进他们到了。他们也都说于禁造反，打击自己人，应该马上去镇压。曹操半信半疑，还拿不定主意。于禁的兵马也到了。他瞧见曹操他们都挤在一起，就先扎了营寨，叫士兵们守住阵营。他刚把军队布置好，张绣的兵马又追上来了。于禁首先出去抵抗，队伍非常整齐，还把敌人打回去。别的部队看见了，都出来反攻，张绣的兵马打了败仗，退到穰城去了。

到了这时候，于禁才去拜见曹操。曹操怒气冲冲地问他为什么杀青州兵。于禁说："青州兵沿路抢劫，大失民望。为了安抚老百姓，我才把他们镇压了。"曹操觉得于禁回答得有理，可是他还不敢全信，就又问："你已经到了这儿，为什么不来见我，反倒扎了营寨好像跟我对敌似的？这是什么道理？你说！"于禁说："后有追兵，随时可到。要是不先做准备，怎么能出去对敌呢？有人说我造反，主公这么英明，哪儿能轻易相信？我认为分辩事小，退敌事大。"

曹操站起来，向他拱了拱手，说："淯水这一仗，连我都慌了。将军在匆忙之中能够整顿队伍，扎住营寨，任劳任怨，反败为胜，就是古时候最出名的将军也不过如此。"他就记下于禁的功劳，以后封他为益寿亭侯。

曹操在宛城打了败仗，回到许都，亲自祭祀典韦，痛哭了一场。他打算整顿兵马，非报宛城的仇不可。

养虎与养鹰

曹操整顿兵马，有心再去征讨张绣，可是他好像还有更为难的事似的。这几天来，他老是闷闷不乐地不说话。别人也早看出来了。

钟繇对荀彧说：“我看曹公坐立不安，准有心事。是不是因为宛城吃了亏，连大公子也遭了难，他才闷闷不乐地不说话？”荀彧摇摇头，说：“胜败兵家常事，曹公不能为这个闹别扭。做大事的人顾不了家，曹公不能为了大公子过分伤心。曹公失了典韦倒是很痛心的。”钟繇低声地说：“咱们去问问，行不行？”荀彧点点头，两个人就去见曹操，自告奋勇地说，要是他有心事的话，大家愿意担当担当。

曹操请他们坐下，慢吞吞地说：“你们说我有心事，那你们先说说吧！”钟繇同意了荀彧的看法，不提宛城的事。他说：“听说袁术在寿春自称为帝。难道荆州的刘表、南阳的张绣、江东的孙策、徐州的吕布都能向着他吗？要真是这样，那还了得！”

曹操鼻子里笑了一声，说：“刘表、张绣无能为；吕布有勇无谋；孙策远在江东，目前还不致跟我们作对；袁术狂妄自大，想是活得不耐烦了。”说了这话，他瞧着荀彧，好像要他发表意见。荀彧说：“南方虽然不安，还不紧要，恐怕最大的祸患还在北方。袁绍在冀州独霸一方，不必说了，他还派他的大儿子袁谭为青州刺史，第二个儿子袁熙为幽州刺史，外甥高干为并州刺史。这些地方虽然还有别的人占领着，可是北方的四个州都有了袁家的人。他们的势力不小，主公是不是为这个操心？”

曹操已经收到了袁绍给他的一封信，信里的话又是傲慢，又带刺儿。几天来闷闷不乐就是为了袁绍这一头。他听了荀彧的话，还没回答，祭酒郭嘉进来了。曹操就把袁绍的信给他们看，让他们看完了，他接着说：“我们要去征讨袁绍，可是兵力不足，怎么办？”

郭嘉说：“从古以来，成功失败，不全在兵力。楚霸王跟汉高祖哪个强，哪个弱，哪个成功，哪个失败，主公是很清楚的。袁绍目前虽然强，可是他割据州郡，违反全国人的愿望；不分是非，赏罚不明，专用私人，用人多疑；有了好计策，下不了决心；骄傲自大，不知用兵。不说别的，就是这几种毛病已经足够使他由强变弱了。主公您呢，尊重天子，顺从民望，纪律分明，上下一律；用人不疑，待人诚恳；有了好计策，就立刻采用，随时随地变化无穷，作战经常以少胜多，用兵如神。虽然目前兵力不足，很快就能变强大的。”

曹操笑着说：“我哪儿能像您说的那么好？我差得远了！北边有袁绍，南边有袁术、孙策，东边有吕布，目前就够叫咱们为难了。”郭嘉说：“近来袁绍往北打公孙瓒去了。我们可以趁着这个机会去征讨吕布。要是等到袁绍灭了公孙瓒，往南打到这儿来，再有吕布帮他一下，那就为害不浅了。”荀彧也说：“这话不假。不先消灭吕布，河北就不容易对付。”曹操皱着眉头说：“不光是这样，要是袁绍侵犯关中，西边联合羌人、胡人，南边勾结蜀人，他的势力就更大了。拿我们区区的兖豫两州去抵抗六分之五的天下，这怎么行呢？”荀彧可不这么想，他说：“关中的将军有十多个，各人有各人的打算，彼此不能联合起来，其中要算韩遂、马腾最强。只要拉拢这两个人，别人就不必担心了。现在不如拿恩德去跟他们联合。即使不能长久相安，目前总可以让主公一心去平定山东。我看侍中钟繇足智多谋，要是西边的事托他去干，主公可以不必再操心西边那一头了。”

曹操认为这是个好主意，就上个奏章，推荐钟繇为特派使者到西边去安抚关中的豪杰。钟繇到了长安，写信给马腾、韩遂，跟他们说明归顺朝廷和反对朝廷的是非利害。马腾他们同意了，各人把自己的儿子送到许都去伺候汉献帝。这么着，西北方面至少暂时能安定一下，曹操可以安心往东去征讨吕布了。没想到袁术跟吕布联了亲，情况可就不同了。

原来袁术依了纪灵的计策，派韩胤为使者去向吕布宣布他做了天子，同时带着金银绸缎为聘礼，要把新娘子接去。韩胤见了吕布，奉上礼物，还说了一大套奉承吕布的话。最主要的是要把新娘子接去成亲。吕布跟夫人严氏商量一下，严氏说："袁公路镇守淮南，地广人多，兵精粮足。他现在做了天子，我们的女婿就是太子。这样一门亲事哪儿找去？"吕布也这么想，他殷勤地招待着韩胤，还准备大摆酒席请请这位做大媒的。韩胤向吕布要求让他马上把新娘接去。吕布没做准备，向陈宫讨主意。陈宫说："当今天下诸侯互相争夺势力。将军跟袁公路结成亲家，诸侯中能没有人眼红吗？人家一嫉妒，事情就难办了。所以我说，不许亲就不许亲，既然许了亲，不如先把新娘送到寿春，然后再择个日子成亲，就万无一失了。"

吕布还真连夜准备嫁妆，配了车马，天一亮，就派部将宋宪和魏续跟着媒人韩胤吹吹打打把女儿送去。那天早上，街道上不准有别的车马来往。城里的居民听到了锣鼓喧天，都在窗口上瞧热闹。有位老先生叫陈珪（guī），他在家里休养，也给吵醒了。他问了问家里的人，才知道是袁术派人来迎亲。

陈珪是沛相，当然关心着徐州的事。他怕袁术跟吕布联合起来，徐州和扬州的地方势力就更大了，对国家是个祸患。他马上去见吕布，对他说："上回袁术送礼给将军，要请将军帮他去杀刘玄德，将军自己有主张，辕门射戟，把袁术的军队吓回去，谁都说将军英明。现在袁术又派人来迎亲，这是个大阴谋！将军可别上当啊！"吕布听了，一愣，他说："怎么？是个大阴谋？"陈珪直截了当地说："袁术不是来迎亲，他是把将军的闺女劫去当作抵押，接着必然来夺小沛。小沛一失，徐州难保。不但如此，他以后一会儿借粮，一会儿借兵，将军答应他，就得罪了别人，不答应他，他就说将军欺负亲戚，令爱就不好做人。这些还是小事，先不提。最近袁术自称为皇帝，他犯的是灭门大罪。将军把闺女嫁给他，跟叛逆的罪犯结了亲，天下的人能放过将军吗？"

吕布听着，听着，起初脑门儿上出了汗，后来连脊梁都湿了。他跺了跺脚，懊恼地说："差点儿给陈宫害了。"他连忙吩咐张辽带领一队骑兵快去把他闺女追回来。他嘱咐着说："追回我的闺女就是保卫小沛，保卫徐州。"张辽快马加鞭，一口气追了三四十里地，追上了。他把新娘连同那个做大媒的上下人等全带回来。吕布把韩胤软禁起来，另外派使者去回复袁术，只说等到嫁妆准备好了，就送亲去。

陈珪趁热打铁，劝吕布归附曹操。为了表示真心，还劝他把韩胤解到许都去。这可把吕布难住了。他很客气地说："这事非同小可，让我再商量商量。"其实，吕布是不愿意轻易去归附曹操的。要他归附的话，还得先让他知道曹操准备怎么待他。这么着，他一边把韩胤软禁着，一边打算派人去探听曹操那边的动静。

曹操一听到袁术跟吕布勾勾搭搭，就想个办法一定要把他们拆散。他派使者带着诏书去拜吕布为左将军，又附去了自己的一封信。吕布很高兴地接受了左将军的印绶，他看了曹操给他私人的信，里面除了鼓励他服从朝廷以外，又说了些恭维他的话。吕布热情地招待着使者，接着就派陈珪的儿子陈登跟着使者到许都去谢恩。

陈登临走的时候，吕布私底下托他转请曹操让他做徐州的州牧。陈登说："只要把袁术的使者解到许都去，曹公就能相信将军忠于朝廷，什么事情都好办了。"吕布一想，这还不容易？他马上把韩胤押上了囚车，让陈登解去。

陈登到了许都，呈上吕布谢恩的表章，见了曹操，交出韩胤。曹操把韩胤定了死罪，在许都街上示众以后砍了脑袋。倒不是因为他替袁术的儿子做大媒，而是因为他是到徐州来宣布袁术称帝的使者。陈登得到了曹操的信任，挺秘密地对他说："吕布有勇无谋，容易变心。主公应当多加注意。"曹操点点头，说："我早就知道吕布是只豺狼，不该老养着他。请你和令尊随时留心，替我从中想办法。"陈登满口答应。曹操奏明皇上，任命陈登为广陵太守，又把他父亲陈珪的俸禄增加到两千石。陈登拜别曹操的时候，曹操握着他的手说："东方的事，拜托你们了。"

陈登回到徐州，向吕布报告了经过，说曹操怎么优待他们爷儿俩，可就不让吕布做徐州州牧。吕布听了，气得他拔出宝剑来把案桌砍去了一个角，狠狠地说："你老子叫我拒绝袁术这门亲事，协助曹操，现在他不答应我的要求，你们呢，一个做了太守，一个加了俸禄！我吕布也不是这么容易给你们摆布的！"说着，他把宝剑凑到陈登的眼睛前面一晃，陈登眨巴一下眼睛，鼻子里哼哼地笑了几声，说："将军怎么能这么不明白呀？"吕布歪着脖子说："我有什么不明白！"他把宝剑收了，"你说！"

陈登说："我见了曹公，对他说，'养老虎应该把它喂饱了，要不然，它要吃人的。’曹公笑了笑，说，‘不是你说的养老虎，我说倒像养老鹰。老鹰饿着肚子，才愿意帮着主人打猎。要是吃饱了，它准飞去。现在狐狸、兔子还多着呢，我正用得着左将军这只强有力的老鹰，怎么能让他先吃饱了呢？’可见曹公正要重用将军。将军怎么能这么不明白呀？”吕布点了点头，说：“曹公有没有告诉你谁是狐狸，谁是兔子？”陈登慢吞吞地说：“曹公说了，他说冀州袁绍、淮南袁术、江东孙策、荆州刘表、益州刘璋、汉中张鲁，都是。”吕布这才高兴了，他说：“曹公真了不起，他知道我的心。”

他们两个人正谈着话，忽然来了个警报，说袁术打过来了。吕布又不高兴了，他再一次把陈登当作出气包。

古籍链接

沛相陈珪恐术、布成婚，则徐、扬合从，将为国难，于是往说布曰；“曹公奉迎天子，辅赞国政，威灵命世，将征四海，将军宜与协同策谋，图太山之安。今与术结婚，受天下不义之名，必有累卵之危。”布亦怨术初不己受也，女已在涂，追还绝婚，械送韩胤，枭首许市。珪欲使子登诣太祖，布不肯遣。会使者至，拜布左将军。布大喜，即听登往，并令奉章谢恩。

——《三国志·魏书》

割发代首

吕布跟陈登正谈着替这位养老鹰的主人去逮狐狸和兔子，还把淮南的袁术当作兔崽子，忽然来了个警报，说袁术派张勋为大将，联合韩暹、杨奉，率领好几万人马，分作七路向徐州打过来了。吕布一下子着了慌。他只有三千士兵、四百匹马，就这一点人马怎么抵挡得住七路大军呢？他冲着陈登瞪了一眼，说："都是你父亲教我闯的祸！快叫他来想办法。不能退兵，你们也别想活啦！"陈登还没起身，陈珪自己先来了。他对吕布说："我已经探听明白了。袁术的兵马都是乌合之众。七路人马，听起来声势浩大，可是他们不是一条心，就像七垛烂稻草，怕什么！韩暹、杨奉，这两个家伙，将军还能不知道？他们只贪图财物，不能给袁术卖命。把他们拉过来，一同反攻张勋，准能把他打败。这件事，将军别操心，交给登儿去办就行了。"

吕布依了陈珪的计策，派陈登去跟韩暹和杨奉联络，答应他们打败了袁术，将来掳掠来的粮食和财物全归他们所有。果然，他们同意了，愿意作为内应。

吕布这才带着张辽、高顺、陈宫、侯成、宋宪、魏续他们出城迎敌。徐州兵在离城十几里的地方下了寨。张勋知道吕布勇猛，自己不敢鲁莽，也扎了营。他要等待会齐了各路人马，准备同时进攻。张勋跟吕布的营寨相距才几里地，双方守住营门，好像两条恶狗对立着，正瞪着眼睛，龇着牙，可还没相扑哪。忽然喊声大起，韩暹、杨奉两路兵马杀到。张勋还以为他们是来帮他进攻的，立刻出营加入战斗。没防到韩暹、杨奉、吕布三路夹攻，杀得张勋叫苦连天，慌忙逃跑，已经有十个将士掉了脑袋。败兵逃到河边，追兵又到，掉在水里淹死的不知道有多少。吕布、韩暹、杨奉三路兵马乘胜南下，水陆并进，沿路抢劫，一直到了钟离（在今安徽凤阳一带）。那边有兵守着，他们就回到淮北。

袁术听到张勋他们打了败仗，差不多全军覆没，就亲自带着五千人马到了淮河南岸，跟吕布的军队仅仅隔着一条河。吕布叫士兵们提高嗓门把袁术连挖苦带损地骂了一阵，气得袁术头晕眼花，一下子感到身子很不舒服，他忍住了气，闷闷不乐地回去了。

韩暹和杨奉要想跟着吕布一块儿到徐州去，吕布不好不答应，又不愿意答应。他把沿路掳掠来的东西全都给了他们两个人，叫他们留在徐州和扬州交界的地方防备着袁术，自己回去了。

韩暹、杨奉不能老靠着抢劫过日子，军队里粮食又不够了。他们跟吕布商量，打算到荆州去想办法。吕布怕他们去帮助别人，没依他们。为这个，他们埋怨着吕布，暗地里跟刘备有了来往，准备联合起来攻打吕布。豫州州牧刘备正在沛城，听到韩暹、杨奉在各地抢劫，怕他们对他不利，这会儿他们主动地要跟他联合起来进攻吕布，他合计了一下，心中有了主意，就答应了他们的要求，欢迎他们进来。韩暹把军队扎在城外，叫杨奉先进城去。刘备大摆酒席，给杨奉接风。酒食吃了一半，刘备把酒杯一摔，关羽和张飞当场把杨奉杀了。头儿一死，手下几十个士兵有投降的，有逃散的。韩暹还想逃回并州去，半道上也给人杀了。

以前李傕、郭汜、张济、樊稠四个将军借着替董卓报仇的名义，扰乱长安。樊稠首先被李傕杀了，张济死在穰城，郭汜留在郿县，也给自己手下的人暗杀了。韩暹、杨奉曾经把汉献帝弄到安邑，又到了洛阳，那时候，胡才、李乐屯兵河东。李乐害病死了，胡才被仇家杀了。现在又死了杨奉和韩暹，这一帮人只留下李傕一个人还在关西。曹操请汉献帝发诏书，吩咐宁辑将军段煨去征讨李傕。段煨杀了李傕，灭了他三族。到了这个时候，董卓一帮的人全给消灭了。曹操不再担心西北军来劫走汉献帝了。

曹操又探听到袁术被吕布打败，回到淮南，跟孙策又闹翻了。原来袁术还把孙策当作他的属下，派人到江东向他要兵要粮。孙策给他一封回信，狠狠地把他数落了一顿，说他自称为帝，大逆不道，他正准备联合各路诸侯兴兵问罪。曹操得到了这个信儿，马上派使者带着诏书到江东拜孙策为骑都尉，让他继承他父亲的爵位为乌程侯，兼任会稽太守，嘱咐他和吴郡太守共同去征讨袁术。袁术那一头也不致威胁许都了。曹操让吕布做了左将军，还答应他将来升他的官职，徐州方面也不致马上造反。袁绍正跟公孙瓒打着，一时也腾不出工夫来。

曹操这么四面八方都顾到了，才认为要征讨张绣，报宛城之仇，这是时候了。公元 198 年（建安三年），曹操再一次发兵去征伐张绣。那时候正是收割麦子的时节。曹操下了一道命令，说："大小将士不得糟蹋麦子，践踏麦子的，杀头！"命令一下来，谁也不敢马虎，军官经过麦田都下了马，一手牵马，一手扶麦。曹操自己也很小心地拉住缰绳慢慢地走。冷不防麦田里飞起了一只斑鸠正从曹操的坐骑面前掠过，那匹马突然一惊，蹿到麦田里，踩坏了一大片麦子。曹操就召主簿来，问他："应该定什么罪？"主簿说："明公一军之主，怎么能定罪呢？"曹操说："我自己下了命令自己破坏，怎么能叫别人心服？但是我既然做了大军的统领，不能自杀。不能自杀，也得自罚。"他就拔出宝剑来把头发割去一绺，作为人头扔在地下。这叫作"割发代首"，也是执行命令的一种变通办法。

大军继续向穰城进发。穰城由张绣自己守着。他一面守住城，不跟曹兵交战，一面火速向刘表求救。刘表发兵守住安众（在今河南南阳一带），截住曹操的后路。

曹操一探听到刘表出兵，就准备分兵两路，一路围攻穰城，一路袭击刘表的援兵。这时忽然接到荀彧的密报，说袁绍的谋士田丰又劝袁绍趁着曹兵在外作战，立刻发兵去偷袭许都。曹操为了防备万一，只好离开穰城。可是他不能就这么白来一趟，一定要在退兵的时候，打个胜仗。他知道前面安众地方有刘表的军队挡住去路，后面张绣的军队准追上来，就准备在这儿打一仗。他连夜把大部分的人马埋伏妥当，叫一部分的人马假装逃跑的样子，自己带着精兵断后。张绣一见曹操退兵，就要追赶。贾诩拦住他，说："不能追！追上去准吃亏。"张绣眼看着曹兵纷纷逃跑，连队伍都乱了，他怎么肯错过机会？他不听贾诩的劝告，率领军队一直追到安众。刘表的军队一见张绣打了胜仗，也出来一块儿去追敌人。没想到一转过山腰，到了山沟地区，曹操的伏兵突然起来，左右夹攻，杀得张绣的和刘表的军队死伤无数，大败而回。

张绣带着残兵败将回到城里，喘了口气，向贾诩赔不是。贾诩对他说：“别说这些了。赶快整顿队伍，再追上去，准能打个胜仗。”张绣垂头丧气地说：“我没听先生的话，以致大败而回，怎么这会儿倒叫我再追上去呢？”贾诩说：“用兵变化无穷，这回追上去跟上回不同，一定能打胜仗。”

张绣重整队伍，立刻又追上去。果然，曹兵不敢回头抵抗，他们一边逃跑，一边把辎重都扔了。张绣看看曹兵逃远了，就收拾了沿路的许多辎重，得胜回来。他问贾诩，说：“上回我率领精兵去追赶，您说一定失败，这回我带着一队败兵去追赶，您说一定得胜。前后两次都应了您的话，这是怎么回事？请先生指教。”贾诩说：“其实，说来也很简单。将军善于用兵，究竟还不是曹公的对手。曹公并没打败仗，他为什么突然退兵呢？他自己这样退兵，必然有布置，他必然亲自断后，指挥作战。我们冒冒失失地追上去，正好中了他的圈套，因此，非败不可。曹公没打败仗，突然退兵，国内必有变故。他布置了埋伏，打了胜仗，杀得我军大败而回，他自己巴不得早点赶回许都去，留下几个将军断后就是了。将士们认为已经打了胜仗，万事大吉，做梦也不会想到我们会再追上去。再说，曹操一走，别的将军虽说勇猛，究竟不是将军的对手，因此，败兵也能打个胜仗。”张绣听了，十分钦佩。

曹操回到许都，派人去探听袁绍发兵的情况，才知道他没有听从田丰的话，并没发兵来。曹操放了心。哪儿知道一波未平，一波又起，刘备那边派使者来讨救兵，说吕布派高顺和张辽进攻沛城。曹操早就知道吕布反复无常，可没料到他这么快就叛变了。他派夏侯惇带领几千兵马去援助刘备。曹兵到了沛城，还没扎营，高顺率领着七百人的冲锋队突然冲杀过来。夏侯惇匆匆应战，打了败仗。他正想回身，左眼中了一箭，只好忍痛逃回。高顺回头再攻沛城，刚巧刘备、关羽和张飞出城去接应夏侯惇。夏侯惇已经受了伤跑回去了，刘备就跟高顺交战。正在紧要关头，张辽的一队兵马把关羽和张飞冲散了。刘备一个人支持不了，带着几个亲随往梁地逃去。

沛城只留着孙乾、麋竺等几个人，没法守。高顺攻破沛城，孙乾他们乘乱逃出城去，连刘备的家小也顾不得了。她们做了俘虏，被押走了。

曹兵打败仗的消息传到许都，曹操召回夏侯惇，给他医伤调养，自己准备率领大军去征讨吕布。

白门楼

曹操亲自率领大军去征讨吕布。他到了梁地，会同刘备，继续往东进兵，直到彭城。彭城守将侯谐出城交战，曹操派新来的一个猛将，名叫许褚的，出去交锋。许褚是个大力士，他能拉住牛尾把牛倒拖一百多步，曹操称他为樊哙。这会儿许褚一见侯谐，把他当作牛看，双方斗了没几下，许褚拉住侯谐的大腿，倒拖过来。

那年（公元 198 年，建安三年）冬天，十月里，曹军攻破彭城，杀了不少人，到了这时候，关羽和张飞寻到了刘备，合在一起。曹军更强了。吕布打了败仗，逃到下邳，守在那儿。曹操就去攻打下邳。广陵太守陈登率领郡里的兵马向下邳进攻。吕布出城，亲自跟曹军和刘备、关羽、张飞他们打了几仗，每次都打得大败而回。从此，他躲在城里不敢出来。曹军四面围住，日夜攻打。

吕布上了白门楼（下邳城的南门叫白门），一看，底下全是敌人，层层叠叠地围着城。他怕了。刚巧曹操派人把书信射上城来，劝他投降。吕布下了城门楼子，拿曹操的信给陈宫看。陈宫说："曹操远来，兵多粮少，待不长。我们万万不能投降。投降就是死路。要是将军带着一支精兵扎在城外，我带着另一支军队守在城里，敌人攻将军，我就攻他背后，敌人攻城，将军就引兵回救。这样，彼此照顾，互相呼应，不出十天，曹兵粮草一完，自然退去。到那时候，咱们合在一起，追击一阵，必能打个胜仗。”高顺完全同意陈宫的办法。吕布也认为到了城外找个机会还可以去截击曹军的粮道。他就准备带领精兵冲出城去。

到了晚上，吕布把陈宫的计划跟他夫人严氏一说，严氏要了她的命也不同意。她说：“陈宫和高顺素来不和，将军一出去，他们必不能同心守城。万一出了差错，将军怎么还能自立呢？再说曹氏厚待公台（陈宫字公台）犹如亲骨肉，他还离开曹氏来归附将军。现在将军对待公台，未必超过曹氏，怎么能够孤军出城而把整个城和家小托给他呢？一旦有变，我还能再做将军的妻子吗？”说着，抽抽搭搭哭了起来。吕布只好答应她不出去，另外再想办法。

第二天晚上，他派两个手下人偷过敌营，跑到袁术那边去求救。袁术气呼呼地说：“他不肯把女儿送来，自作自受，我不去责问他，他还有脸向我求救吗？”两个使者说：“这全是中了曹操的反间之计，他现在已经后悔了，所以来向皇上求救。要是现在不去救吕布，这等于您砍去了自己的胳膊。吕布一失败，皇上您也成功不了。”袁术听了，觉得这话有道理，就换了一种口气，说：“吕布如果真的承认错了，那么，叫他把女儿送来，我就出兵。”

两个使者回去向吕布报告，吕布急得想不出别的主意来，到了半夜，只好用布帛把他女儿捆成一个铺盖卷背在身上，自己拿着画戟，跨上赤兔马，冲出城去，跑了没多远，就跟曹兵打起来了。曹兵也真厉害，他们不用刀枪，净用弓箭。吕布没缝可钻，只好退回城里。从此，再也不开城门了。这样，又守了一个多月，弄得曹兵筋疲力尽，可就没能把下邳打下来。

曹操怕士兵太累了，粮草也有困难，就打算回去。荀攸和郭嘉说：“吕布屡战屡败，已经伤了锐气。乘此机会加紧攻打，准可逮住吕布。”三个人又商量了一下，决定把沂水、泗水两条河的水灌到城里去。当时就布置将士们分头按计划放水。果然，城里变成了水洼子，困得吕布愁眉苦脸地想不出办法来，他还老跟严氏喝酒，解解闷气。这样又守了一个多月，陈宫还是很坚决地告诉他不能投降。

吕布自己觉得身子也不如以前那么强壮了。他认为这一定是因为喝酒过多，就下决心不再喝了。他还下令城中不得酿酒。这一来，可坏了事啦。事情是这么起来的：

吕布的部将侯成叫他的门客去看马。那个门客看的都是名马，有十五匹。他把马赶到城外，打算去投奔刘备。侯成知道了，亲自追上去，杀了门客，夺回马匹。将士们向侯成道贺，他们凑合着弄来了几口猪、几斛酒，大伙儿吃一顿好的。侯成怕违犯军令，会餐以前，先给吕布送去半只猪、五斗酒，亲自跪在吕布跟前说明失马得马的经过和将士们凑合着道贺的心意，特地先奉上酒肉，表示敬意。不料吕布冒了火儿，他骂着说："我下令禁酒，你们偏偏送酒来，这明明是藐视我！"他吆喝一声，要把侯成砍了。慌得宋宪、魏续等几位将军跪下求情。吕布总算饶他不死，可是"死罪可免，活罪难逃"，侯成挨了四十军棍。大伙儿这才不欢而散。

到了十二月，某一个晚上，侯成、宋宪、魏续三个将军秘密地商量停当，率领他们自己的部下，突然绑了陈宫和高顺，开城出降。赶到吕布听到部下叛变，慌忙赶到白门楼，天色已经蒙蒙亮了。

吕布向城下一看，曹兵已经到了城下。左右劝他投降，或许还可以保全身家。吕布只好依了他们，空手下楼。曹兵见了，七手八脚地来捉吕布。吕布已经决定投降，不便动手，只好让他们绑了，押着去见曹操。

吕布见了曹操，还是狂妄自大，他说："从今以后，天下太平了。"曹操问他这是怎么说的。他说："明公一向担心的不是我吕布吗？现在我服了，服了您了。明公发号施令，我做您的副手，天下不足忧了。"他见刘备坐在曹操旁边，就对他说："玄德公，您是座上客，我是阶下囚，绳子绑得我太紧，您不能美言一句，叫他们松一点吗？"刘备不开口。曹操笑着说："绑老虎不得不紧。"

曹操早就恨透吕布了，这会儿听了吕布这些话，更加讨厌他。可是他好像不愿意自己做主，成心叫刘备为难，就故意问他："您看怎么样？"这可把刘备难住了，要是曹操真把吕布收下来，那还了得？他只好说："明公何必问我？您知道吕布怎么伺候丁建阳、董太师的。"曹操点点头。吕布瞪了刘备一眼，骂着说："你这个大耳朵小子，太没情义了！"

旁边一位将军大声嚷着说："要杀就杀，噜苏什么！"吕布回头一看，原来是部将高顺。曹操听了，也不去理他。他的眼光从高顺那边转到陈宫身上，好像挺随便地对他说："公台，你平日自以为足智多谋，今天怎么样？"陈宫指着吕布说："是他没出息，不听我的话。要是他能听我的话，哪儿能给你逮住呢？"曹操说："现在你说我该怎么办？"陈宫说："高将军刚才说了，要杀就杀，何必多言！”曹操沉默了一下，接着说：“那……你的老母怎么办哪？你的女儿又怎么办哪？”陈宫说：“这全在明公，不在我。她们能不能活，您瞧着办吧。”曹操不再开口，陈宫头也不回地出去受刑。曹操对他着实钦佩，很难受地望着他的背影，算是送他一程。这么着，吕布、陈宫和高顺同时都给绞死了。曹操派人去供养陈宫的母亲，后来又把他的女儿聘了出去。

吕布的部将张辽率领他的部属全都投降了。曹操拜他为中郎将。陈登立了功，加封为伏波将军，叫他仍旧镇守广陵。曹操又叫刘备把家小接到小沛去，让他们团聚几天。接着吩咐将军车胄（zhòu）镇守徐州，自己带着刘备他们回到许都，马上表刘备为左将军，关羽和张飞为中郎将。

曹操回到许都，又打算去征讨穰城的张绣，可是他更忘不了冀州的袁绍。他也讨厌公孙瓒，可是公孙瓒能够牵制袁绍。公孙瓒和袁绍连年互相攻打，使袁绍一时不能来侵犯许都，倒是好事。万没想到消息传来，公孙瓒给袁绍灭了。这下子曹操不得不加紧防备袁绍那一头了。

让帝号

袁绍一心要兼并幽州，可是连年进攻几次，都没能成功。他要了花招，写信给公孙瓒，要跟他讲和。公孙瓒觉得自己有力量，没理他，还对手下的人说："目前四方豪杰像老虎那样彼此斗着，可是没有一个能打到我城下，敢跟我打一年的。袁本初能把我怎么样？"

公元 199 年（建安四年），袁绍拿出了全部的力量，向易京大举进攻。各地守将纷纷向公孙瓒告急求救。公孙瓒自有他的主张，他哪一个也不理，哪一处也不去救。他说："我要是去救一处，别处都想我去救，我要是去救一人，人人都想我去救，那谁还肯尽心守城、抵抗敌人呢？"各地守将因为得不到救兵，有的投降了，有的跑散了。因此，袁绍的大军很快地打到易京。到了这时候，公孙瓒着了慌，打发他儿子公孙续向黑山军求救。

黑山军原来是黄巾军的一个分支，首领就是张燕（原名褚燕）。他先派使者送信给公孙瓒，告诉他公孙续带领五千铁骑为前队，大军随后就到。救兵还没到，公孙瓒秘密地派人去告诉他儿子，叫他先引五千铁骑从北门过来，举火为号，城里的兵马就可以从里面杀出去，内外夹攻，准能把敌人打败。哪儿知道这一回使者一出城，就给袁绍的将士逮住，搜出了书信。袁绍将计就计，布置军队，在北门外临近的地方埋伏着。到了预定的日子，袁绍的士兵在北门外放起火来，公孙瓒一见，还以为救兵到了，连忙开了北门冲杀出去。走了没多远，就闯进袁军的埋伏圈里了。公孙瓒一看，中了计，慌忙回头，已经伤亡了一大半人马。他带着残兵败将逃回城里，从此再也不出去了。

袁绍测量地形，挖掘地道，算准了方向和距离，直向公孙瓒作为宫殿的高楼挖去。将士们计算着已经挖到高楼底下了，开始用一排排的木柱支住地面，那等于在公孙瓒的楼下暗暗地建造了地下工事。然后按计划火烧木柱，地道一段段地垮，地面上的楼房也就跟着一排排地塌。公孙瓒自己知道没有生路，就把妻子和姐妹勒死，再放一把火，把自己烧死在里面。

袁绍的军队进了城，公孙瓒的部将田楷和长史关靖都阵亡了。黑山军到了半路，一探听到易京已经给攻破，公孙瓒也给烧死，再进去只有吃亏，就分头回去了。

袁绍灭了公孙瓒，兼并了幽州，他因为乌桓王蹋顿（丘力居的侄子）曾经率领上谷、辽东、右北平三个地区的部族的首领帮他攻打公孙瓒，就立他为乌桓单于，总管诸部族。那三个地区的首领也加了封，得到单于印绶。又因为渔阳太守鲜于辅曾经推举燕人阎柔为乌桓司马，阎柔很得乌桓民心，袁绍就特别重用他，请他安抚北方。可是幽州还有六个郡在渔阳太守鲜于辅手里。再说阎柔做乌桓司马也是鲜于辅推举的，阎柔怎么能听袁绍的摆布呢？渔阳人田豫对鲜于辅说："曹氏奉着天子号令诸侯，终能定天下，还是早点去归附他好。"鲜于辅也认为与其服从袁绍，不如归顺朝廷，他就率领他的部属归顺了朝廷。曹操请汉献帝下道诏书，拜鲜于辅为建忠将军，都督幽州六郡。这可把袁绍气坏了。他准备发兵去攻打许都。有人赞成，有人反对，大伙儿议论纷纷，决定不下。正在这时候，袁绍得到了一个好消息：袁术派使者到了冀州，愿意把帝号让给袁绍。袁术称帝没多久，怎么肯尊袁绍为帝呢？

原来袁术称帝以后，骄傲自大，荒淫无度，老百姓苦得难过日子，军队的士气越来越坏。他跟曹操和吕布打过几仗，每次都打败仗。孙策原来是他的属下，现在不但不听他的指挥，反而跟他作对，说要前来征伐他。这些先不提，最困难的是粮食不够，不能供应自己的士兵。他知道不能再在寿春待下去，就把宫殿烧毁，带着家小、文武百官和士兵去投奔他自己的部将，谁知道人家把他拒绝了。这一来，手下的将士散去了一大半，弄得他像只无家可归的狗。在没法当中，他想往北去依靠袁绍，就派使者到冀州，愿意把帝号让给他，对他说："汉室寿命已完，袁氏应当接受天命。现在您统治着四个州（青、冀、幽、并），户口一百万，我很恭敬地把帝号奉归给您。"袁绍心里点了头，马上叫他儿子袁谭往南去把袁术迎到冀州来。袁谭是青州刺史，他先写信给袁术，说他从青州来迎接他。袁术就准备从徐州过去。

曹操得到了这个消息，怎么也不能放他过去。他把袁家弟兄俩又想联在一起反抗朝廷的情况向大伙儿说了一个大概，还想派人到小沛去截击袁术。左将军刘备趁着机会自告奋勇地向曹操讨这个差使，说他愿意带着关羽和张飞去截击，一定能把袁术逮了来。曹操同意了，可他另外派了朱灵和路招两个将军同去，名义上是帮助刘备，实际上是牵制他的意思。刘备一到徐州，袁术正想从下邳过去，一探听到前面有曹操的大军拦住去路，慌忙回头，可是已经有一些辎重给刘备他们夺去了。

袁术扔了辎重，只好往南走，打算回到寿春去。到了江亭，离寿春还有八十里地，他病倒了。那时候正是伏天，士兵儿郎们又饥又渴。袁术问了问伙夫还有多少粮食，伙夫说："只剩下麦屑三十斛，全分给随从的人也不够了。"袁术因为病了，吃不下饭，他渴得慌，想讨些蜜浆解渴，可是叫人家到哪儿要去？袁术到了这个时候，伤心得哭了。他大声嚷着说："唉，袁术，袁术！你竟落到这步田地吗？"一霎时胸口作呕，咯（kǎ）起血来，接着咯血一斗多，倒在床上死了。

袁术的妻子带着灵柩到皖城去投奔庐江太守刘勋。他们到了半路，被前广陵太守徐璆拦住，强迫袁术的妻子留下那枚传国玉玺，才放她过去。袁术的妻子被逼得没办法，只好把她丈夫从孙坚的妻子手里夺来的那颗玉玺交给徐璆。徐璆亲自跑到许都献给曹操。为这个，曹操给他做了高陵太守。

袁绍还正等着那枚玉玺哪。他灭了公孙瓒之后，越来越神气了。他听了袁术派去的使者的话，不敢马上接受帝号，可是心里确实感到甜丝丝的那么受用。有个臣下叫耿包的，很能奉承袁绍，秘密地对他说："将军应当顺从天意，顺从人心，接受帝号。"袁绍把他的话向他的手下人说了。他以为大伙儿听了，一定会欢呼"万岁！"或者多数人赞成，少数人反对。那么，就让他们商议一下也好。万没想到完全不是那么一回事。大伙儿听说耿包劝袁绍称帝，好像捅了马蜂窝似的哄闹起来。他们嚷着说："耿包妖言惑众，大逆不道，应当处死！”有的人甚至说：“大逆不道，应当灭族！”事情越闹越大，逼得袁绍没有办法，只好把心一横，杀了耿包，才算向大伙儿表白了心迹。为了拍马屁，耿包做了大伙儿的出气包，成了袁绍的替罪羊。

赶到袁绍听到徐璆把玉玺献给朝廷的消息，他气得没法说。他以前跟曹操共事的时候，曾经得到一枚玉印。他拿着玉印凑到曹操的胳膊肘前，向他夸耀。曹操笑了笑，心里可鄙视他这种行动。这会儿徐璆把传国玉玺献给曹操，袁绍心中大为不服。因此，这一次他下了决心，非进攻许都不可。沮授和田丰竭力反对，郭图和审配正相反，主张出兵。袁绍不听沮授和田丰的话，决定调兵十万，马一万匹，择个吉日，往南进军。

曹操手下的将士们听说袁绍向许都进攻，都害怕了。曹操对他们说：“我知道袁绍这个人，野心大，才能小，外表厉害胆儿小，对人猜忌，缺乏威信，他的士兵大多职责不明，将军都很骄傲，号令不一。土地虽然广大，粮食虽然丰富，恰恰都是替我们准备的。”

孔融对荀彧说：“袁绍土地广、兵力强。再加上田丰、许攸那样的谋士替他出主意，审配、逢纪那样的大臣给他办事，颜良、文丑那样的猛将统领兵马。在这种情况下，恐怕不容易跟他争锋吧！”

荀彧可不这么想，他对大伙儿说：“袁绍的兵马虽然多，可是军队的纪律不好。再看他手下的人才，田丰性子刚强，动不动就触犯上司；许攸贪心不足，不顾体统；审配一味专横，没有计谋；逢纪自信过强，轻于判断。这几个人彼此之间就不能相容。他们内部必然会发生不和。颜良、文丑都是匹夫之勇，交战起来，可以把他们抓来。在这种情况下，有什么可怕的呢？”

将士们听了曹操和荀彧的话，觉得很有道理，他们的胆儿就大了。曹操进军到黎阳，又派将士往东到青州，防御着袁谭那一头，叫于禁屯兵河上，又因为官渡（在今河南中牟）是南北交通要道，特别派重兵镇守。曹操这么把兵马布置妥当，防备着北面的袁绍。这还不够，在南边他还得防备着穰城的张绣和荆州的刘表哪。

打鼓骂街

曹操分兵守住官渡，再派使者分别到穰城和荆州去招抚张绣和刘表。

张绣跟曹操本来不和，听了使者劝他归顺朝廷的一番话，一时拿不定主意。恰巧袁绍也派使者来招抚张绣，另有书信写给贾诩，表示愿意跟他们结交。张绣有意去归附袁绍。贾诩指着袁绍使者的鼻子，对他说："劳驾你去对袁本初说，兄弟都不能相容，怎么能容天下国士呢？"袁绍的使者碰了一鼻子灰回去。张绣可着了慌了。他对贾诩说："您怎么这么拒绝袁氏？那咱们去依附谁呢？"贾诩说："不如去投奔曹公。"张绣皱着眉头说："袁氏强，曹氏弱，曹氏又跟我有仇，怎么能去归附他呢？"贾诩很有把握地说："正因为这样，所以应当去投奔他。您想，曹公奉着天子号令天下，名正言顺。这是应当去投奔他的第一点。袁绍强大，我以少数人马去投奔他，他绝不重视我们。曹公兵力弱，得到我们的人马做他的帮手，一定喜欢。这是应当去投奔他的第二点。做大事、立大业的人不记私仇，我们去投奔他好让四海的人都知道曹公对人多么宽宏大量。这是应当去投奔他的第三点。他既然派使者来，就表明他绝不计较过去。请将军别再怀疑，趁早去投奔他，错不了。"

张绣非常信任贾诩，就在那年（公元 199 年，建安四年）十一月，率领部属投降了曹操。曹操见了张绣和贾诩，十分高兴。他亲亲热热地握住张绣的手，就这么亲热地握着，没说什么话。完了，他又握住贾诩的手，说："您使天下人知道我多么重视信义。"当时带着他们去朝见汉献帝，拜张绣为扬武将军，封列侯，贾诩为执金吾，封都亭侯。接着大摆酒席，欢聚一堂。曹操还替他儿子曹均娶了张绣的闺女，两个人做了儿女亲家。从此，张绣就死心塌地替曹操卖命了。

那个派到荆州去的使者回来报告，说刘表还要看看风头，目前还不肯跟曹操合作。曹操知道刘表做事犹豫不决，也不致来侵犯许都，就暂时把他搁在一边。凑巧孔融推荐他的朋友祢（mí）衡给曹操，弄得大伙儿别别扭扭的。末了，曹操就派祢衡去见刘表。

祢衡，字正平，平原人，是个二十几岁的青年，从小颇有才能，跟孔融意气相投。可他目空一切，瞧不起别人。这一派人有个特点，就是态度傲慢，说话刻薄，好挖苦人，人们管他们叫"骂世派"。孔融把祢衡引见给曹操的时候，祢衡摆出少年老成的派头，就那么大摇大摆地作个揖。曹操一见，觉得这小子狂妄自大，目无尊长，看了他一眼，让他站着。祢衡没有座位，可火儿了，他仰着脑袋叹了一口气，说："四海这么大，可恨没有人才！"曹操说："你到过多少地方？见过多少人？就在这儿许都，也可算得人才济济，你怎么能说没有人才？"

祢衡指手画脚地说开了。他说："大儿孔文举（孔融，字文举），小儿杨德祖（杨彪的儿子杨修字德祖），勉强算是有点才名，别的人，哼，照我看来，全是一家的奴才罢了。荀彧可以派出去吊吊丧，荀攸可以叫他管管坟头，程昱可以用他看看门户，郭嘉可以叫他念念赋，张辽可以打鼓敲锣，许褚可以看牛放马，乐进可以叫他读诏书，李典可以叫他送送文件，吕虔能够磨刀，满宠能够喝酒，于禁可以派去砌墙搬木头，徐晃可以叫他杀猪宰狗，夏侯惇可以称为独眼将军，曹子孝（曹仁字子孝）可以称为要钱太守。此外，更不必提了。"众人听了，一个个都气炸了肺，他们看看祢衡，又看看曹操。曹操可没有这许多闲气，他只问了一句："那么你呢？"

祢衡说："我吗？上能辅助君王，下能安抚百姓。我不像那些庸人只会吃饭、奉承，奉承、吃饭。"曹操也像开玩笑似的说："你就在我门下做个鼓吏，行不行？"他说："什么行不行？我什么都能干。"

第二天，曹操大摆酒席，招待宾客，就叫祢衡打鼓。按照当时的规矩，鼓吏有鼓吏的服装，可祢衡就穿着便衣进去，见了大鼓就准备打起来了。左右拦住他，说：“鼓吏为什么不换衣服？”祢衡也不回答，就在大众面前，脱去衣衫，光着上身站着。曹操见了他这个样子，知道他这是成心怄气。他向孔融瞟了一眼，可不说话。孔融叫他下去，他才慢吞吞地换了服装，使劲地打了三通鼓，走了。宾客们说：“天下狂生也有的是，像他这样的真少见。”有的说：“看曹公怎么办他。”

孔融出去，责备祢衡，说：“说话也得有个分寸，不讲礼貌也得有个限度。曹公有心要试试你，你就该好好地干。打鼓并不丢人，自古以来做大将的也常亲自打鼓哪。你听我说，向曹公赔个错，别辜负了我推荐你的一片好心。”祢衡点点头，同意了。孔融就再去见曹操，说祢衡原来有些疯疯癫癫的毛病，现在已经清醒了，他说要来赔罪，请您包涵。曹操只觉得祢衡这个狂生实在狂得厉害，自己叫他打鼓，对这种一点没有修养的青年，也未免太过分些。这么一想，他就心平气和地等着祢衡。万没想到等了半天，就没见祢衡进来。原来他在门外跟管门的吵闹起来，大喊大叫地正在骂街。

荀彧、荀攸对曹操说：“祢衡太无理了。他目无尊长，污蔑大臣，应当办罪。”曹操说：“杀了他比杀只鸡还容易。可是这个人有点虚名，要是把他杀了，人家不谅解，不说他狂妄，倒说我不能容人。”他们点点头，接着说：“难道就让他胡闹不成？”曹操说：“我想叫他去办一件事，叫他到荆州去。刘表自以为款待天下名士，人们也都说他宽和出了名。我倒要看看他能不能像我那样容忍这个狂生。”他们都佩服曹操的大量和机智。

曹操派祢衡为使者带着书信去招抚刘表。祢衡去了。刘表听说祢衡是个北方才子，就把他当作上等宾客接待。他不愿意投降曹操，可是想把祢衡收在自己的门下。祢衡愿意留在荆州。他很感激刘表这么优待他，满口赞颂刘表。可是对于刘表的左右，老是连损带挖苦地批评得一钱不值。他们就在刘表跟前给他说坏话，说什么“祢正平说了：刘将军的好心眼儿没说的，西伯（文王）也不过如此。可惜他没有决断，不能成大事”。这句话恰恰击中了刘表的要害，可并不是祢衡说的。刘表听了，很不舒服。可是他也像曹操一样不愿意承担容忍不了名士的恶名。他知道江夏太守（江夏是郡名，在今湖北武汉一带）黄祖是个急性子，就派祢衡到他那边去，让他去碰碰钉子。

黄祖也因为听说祢衡是个名士，把他留下，请他掌管文牍。黄祖的长子黄射（yè）喜爱文墨，跟祢衡做了文字之交。黄射托他写了一篇《鹦鹉赋》，大为欣赏，从此，把他当作老师看待。祢衡有了知己朋友，可是并不满意自己的地位。他的狂妄自大的脾气没改，还是不把别人搁在眼里。后来在宴会当中，跟黄祖吵闹起来，当着宾客把黄祖骂了一顿。黄祖吆喝一声，吩咐军士拿鞭子打他。祢衡骂得更凶。黄祖动了火儿，把他一刀杀死。祢衡死的时候才二十六岁。这位做过曹操的使者、刘表的使者、黄祖的文牍的才子，临死还不知道自己为谁而死，也不知道究竟为什么而死。

曹操派使者去招抚张绣和刘表是件大事。张绣一归附，不但南面没有后顾之忧，而且对于抵抗袁绍也得到了一个有力的助手。刘表存心观望，就让他观望吧。

其实像刘表那样存心观望的人还真不少，关中诸将就是这样。上次曹操已经派侍中钟繇为特使去安抚马腾、韩遂，他们已经把自己的儿子送到许都来了。这次又派河东人卫觊（jì）去镇抚关中。卫觊到了关中，亲眼看到流亡到四方的农民有不少又回到关中本乡来了。关中诸将大多把他们招收到自己的军队里作为新兵。卫觊了解了这些情况，就写信给荀彧，说："关中土地本来肥沃，因为遭了灾荒，人民四处流亡，流亡到荆州的就有十万多家。现在他们听说本土安宁，都希望回来。可是回到本乡，自己不能过生活。诸将互相抢着招收他们。郡县贫弱，不能跟武将争人口。这么一来，武将越来越强。一旦发生变动，后果将不堪设想。怎么办呢？我就想起食盐来了。盐是国家的大宝，应当像从前一样，规定一定的价钱，由官家公卖（变乱以来，公卖的章程无形中都废了）。官家把所得到的盈利用来购买耕牛和农具，供给回乡的农民使用。凡是勤于耕种、节约粮食的有赏。这样，关中就能积存粮食。四方流民一听到这种办法，必然会争先恐后地回来。朝廷再叫司隶校尉留在关中治理百姓。这么着，诸将势力就会逐渐削弱，官吏和百姓越来越兴盛。这是国家的根本利益，请您仔细斟酌。"

荀彧向曹操报告，曹操完全同意，开始在关中设置盐官，再派大臣去监督盐官。特派使者钟繇原来是司隶校尉，治理洛阳的，现在为了招抚关中，暂时治理弘农。关中从此服从朝廷。西面那一头就更没有后顾之忧了。

曹操安抚了南面和西面之后，正想专心致志地去对付袁绍，哪儿知道袁绍又派使者到荆州去联络刘表，约他一同进攻许都。曹操得再想办法去拆散他们的联盟才是。

葛巾迎降

袁绍派使者去联络刘表，刘表答应了，可是不派兵去帮袁绍，也不去帮曹操。南阳人韩嵩和零陵人刘先劝告刘表，说："今天两雄相持，天下重心在于将军。如果自己要成大事、建大业，就该有所规划，要不然，也该选择一头去归附。哪儿能够带着十万甲兵（穿铠甲的士兵）坐观成败呢？这一头派人来求救，将军不去援助，那一头派人来联络，将军又不答应。两头结怨，到时候两头的怨都加到将军身上，恐怕将军要守中立而不可得了。曹操善于用兵，有才能的人士大多投在他的门下，他又奉着天子号令天下，看情况，他准能打败袁绍，然后把大军移到江汉这边来，将军就没法抵御了。为今之计，不如率领荆州去归附曹操，曹操必然感激将军，将军可以长享富贵，传之子孙。这是最完美的计策了。"

蒯越也这么劝他。刘表犹豫不决，他要派韩嵩先上许都去看看情况。韩嵩早已有了主意，他说："如果将军上能服从天子，下能归附曹公，那么就叫我去，如果犹豫不定，还要听听风声，那还不如请别人去。"刘表说："还是你去吧。"韩嵩说："去是可以去的，可是我到了京师，万一天子给我一官半职，我怎么推辞得了呢？今天我是将军手下的人，听您的吩咐，叫我到水里，就到水里，叫我到火里，就到火里，绝不含糊。如果见了天子，做了天子的臣下，叫我怎么能再替将军卖命呢？请将军郑重地再考虑一下，别辜负了我对将军的一片忠心。”刘表以为韩嵩怕到许都去，终于逼他走了。

韩嵩到了京师，曹操抓住机会，把他拉过去了，诏书下来，拜韩嵩为侍中，兼任零陵太守。韩嵩回到刘表那儿，满口称颂曹操，劝刘表趁早打发儿子去伺候汉天子。刘表听了，大发脾气，马上召集僚属，拿着符节，宣布要杀韩嵩，数落他，说：“韩嵩心怀二意，为臣不忠！”大伙儿都害怕了，劝韩嵩赶快认罪。韩嵩不动声色地对刘表说：“是将军对不起我，我可没对不起将军。”他把临走前的话说了一遍。大伙儿听了，还都向韩嵩点头。刘表的妻子蔡氏也劝他不可错杀好人。刘表没有话说，只好免了他的死罪，把他下了监狱。

刘表把韩嵩下了监狱，正想派使者去回拜袁绍，江夏太守黄祖派人来讨救兵，说孙策来势汹汹，没法抵抗。刘表马上发兵去帮助黄祖。

原来袁术的妻子把玉玺交给徐璆以后，带着部属投奔庐江太守刘勋。刘勋安置袁术的家小，接收他的部下。他还设法去收集袁术的散兵，很快召集了几万人，刘勋的势力就这么强大了起来。可是另一方面，也正因为人马多了，粮食不够，得另想办法。他派叔伯兄弟刘偕向上缭（在今江西永修一带）豪强借粮，人家只给了他一点儿。刘偕气愤不过，请刘勋去攻打上缭。刘勋怕没有把握，一时不敢轻易发动。过了几天，孙策派人送珠宝和葛布来，说：“上缭豪强屡次欺压江东地界的老百姓。我们要想打过去，路远不便。上缭很富裕，粮食更多，如果将军征伐上缭，我愿意出兵作为外援。”刘勋很高兴地收下了礼物，答应孙策的请求。上上下下都向刘勋道贺。淮南人刘晔（yè）劝他不可上孙策的当。他说：“上缭虽说是个小城，可是城墙结实，城河又宽，不是十天八天可以打下来的。将军的兵马在外，日子一多，必然疲劳，内部虚空，万一孙策趁着机会打过来，咱们后方不能守，前方不能退，进退两难，怎么办哪？我说，将军如果出兵，恐怕灾祸立刻就到。”刘勋只知道上缭有粮食，不听刘晔的劝告，还是发兵进攻上缭。

孙策正因为刘勋接收了袁术的部下，兵力强了，势力大了，这不是死了一个袁术，又来了一个袁术吗？因此他和领江夏太守周瑜定了计，故意劝刘勋去进攻上缭。刘勋一走，孙策就发兵往西，以征伐黄祖为名，到了石城。他探听到刘勋到了上缭，就分了八千兵马给他的叔伯哥哥孙贲和孙辅去占领彭泽，自己和周瑜率领两万大军直接去打皖城，很快地把皖城拿下来，还接收了袁术的部下三万多人，连袁术的妻子和刘勋的妻子都做了俘虏。孙策的军队还算注重纪律，皖城没遭到抢劫，就是袁、刘两家的家小也都放出来，加以抚养。

孙策和周瑜进了皖城，就听到人说，城里乔公有两个闺女，长得又漂亮又伶俐，真是只此一对，天下无三。他们派人去求婚。乔公着实喜欢，就把大姑娘配给孙策，二姑娘配给周瑜。

两对新郎新娘刚成了亲，彭泽方面又来了捷报。原来刘勋一听到孙策去攻皖城，马上退回来，路过彭泽，被孙贲、孙辅杀了一阵。他只好往西南逃去，派人到夏口向黄祖求救。

孙策一探听到黄祖派他儿子黄射率领五千名水兵去援助刘勋，他又亲自出马，把刘勋打得一败涂地，逼得他只好往北投奔曹操去了。黄射也幸亏逃得快，没丧命。这一仗孙策接收了一部分刘勋的士兵，还有一千来条战船。他趁着打胜仗的劲儿追击黄祖。黄祖这才向刘表求救。刘表就打发他侄儿刘虎和部将韩晞带领五千人的长矛队去帮助黄祖抵抗孙策。

黄祖带着刘虎、韩晞，率领步兵和水兵一共几万人马，一定要跟孙策决个死战。孙策带着程普、韩当、黄盖他们率领几万名步兵和水兵，士气旺盛，大有非把黄祖消灭不可的决心。双方展开血战，杀得天昏地暗、翻江倒海。几天交战下来，黄祖败下去了。末了，孙策斩了韩晞。刘虎总算单身逃脱。荆州的援兵就这么全垮了，黄祖孤立无援，见路就跑，连妻子都扔了。军中没有个头儿，越败越惨，士兵给杀死和淹死的就有几万人。六千条船全由黄盖他们接收过去。孙策大获全胜，把大军扎在椒丘（在今江西南昌一带），准备接收豫章。

孙策派使者去见豫章太守华歆，对他说："听说先生跟会稽太守王朗同样出名，为中州、海内人士所尊崇。我们虽然处在很偏僻的东边，可是对您也很敬仰。"华歆说："不敢当。我不如王会稽。"使者又说："不知道豫章的粮草、器械是否比会稽多？将士的勇气是否比会稽强？"华歆说："大大不如。"使者说："不必客气了，会稽太守王朗不听劝告，出兵抗拒，连着打了两个败仗，终于投降了。既然豫章不如会稽，孙将军的大军已经到了椒丘，这儿早就成了孤城，您也没法守。请您写篇通告，叫全郡及早归降。明天中午我来拿通告，现在告别了。"华歆说："孙会稽一到，我就告退。"

豫章太守华歆连夜写了通告，天一亮就派官员去迎接孙策。赶到孙策到了豫章，华歆戴着葛巾（葛布做的文人的头巾）出迎，投降了孙策。孙策因为华歆素有名望，很虚心地对他说："先生德高望重，远近所归。我年幼无知，请让我执弟子礼。"说着向他拜了拜，把他当作上宾。

孙策把豫章分为豫章和庐陵两个郡，以孙贲为豫章太守，孙辅为庐陵太守，丹阳人朱治为吴郡太守，彭城人张昭、广陵人张纮等为谋士，留周瑜镇守巴丘（属庐陵郡）。

孙策灭了袁术，打败了黄祖，轰走了刘勋，招降了王朗、华歆，江东大部分地区都给占领了。可是这时候，袁绍势力强大，曹操为了对付北方，尽力想法联络东吴。前一年（公元197年，建安二年），就拜孙策为骑都尉，让他继承他父亲为乌程侯。第二年，孙策派张纮向朝廷贡献土特产，曹操又表孙策为讨逆将军，封为吴侯，以张纮为侍御史，留在京师里。接着，他又把侄女嫁给孙策的兄弟孙匡，又为儿子曹彰娶了孙贲的女儿，还推荐孙策的兄弟孙权和孙翊，准备重用他们。曹操希望孙策打发孙权或孙翊到许都来伺候汉献帝，那要比结成儿女亲家更可放心，可是他们没来。

为了防备袁绍的进攻，曹操不但对孙策做了很多的让步，就是对于别的割据地盘的将军也处处小心，多方联络。哪儿知道袁绍还没打过来，自己内部的将军倒先跟袁绍联络起来了。左将军刘备杀了徐州刺史车胄，派使者去联络袁绍一同向曹操进攻。这打哪儿说起呀？

论英雄

刘备和曹操杀了吕布以后，一同回到许都，朝见了汉献帝。汉献帝排了排辈分，尊刘备为皇叔，由于曹操的推荐，拜他为左将军。左将军刘备见曹操十分尊重他，心里反倒不安。他别的什么都不怕，就怕曹操对他有所猜忌，他觉得自己在曹操身边，好像笼子里的鸟似的。有翅膀飞不出去不必说了，就怕一不小心，断送性命。他就故意不谈国家大事，也不议论谁是谁非，在后园种起菜来了。一种上菜，兴趣挺浓，经常在菜园子里浇水、锄草，还研究繁殖芜菁。关羽和张飞见他每天过着这种生活，这不是大材小用吗？暗地里还怪他不该这么消沉下去。曹操也挺纳闷儿，刘备老在家里干什么啊？他派个心腹暗地里去探听刘备的行动。那个心腹回来报告刘备浇水锄地的情形，他反倒不安起来。

有一天，汉献帝的丈人、车骑将军董承暗地里派心腹来找刘备，叫他去商议大事。原来汉献帝心里怨恨曹操，怪他太专权。他写了一道诏书，叫董贵人把诏书缝在衣带里，就是所谓"衣带诏"。他把这条衣带赐给董承。董承拆开衣带，看了密诏，就约了他的心腹长水校尉种辑和吴子兰、王服两位将军，四个人挺秘密地商议下来，认为刘皇叔可靠，就把他也拉过去，让他看了"衣带诏"，大伙儿决定想办法消灭曹操。

刘备恐怕曹操起疑，索性什么地方都不去，专心侍弄菜园子。他正在害怕曹操，提心吊胆的时候，许褚和张辽突然到了菜园，对刘备说：“曹公请使君（州郡长官的尊称）马上过去。”刘备急切地问：“有什么紧要的事？”许褚说：“不知道。”刘备只好硬着头皮跟着他们走，可心头扑腾扑腾地直跳。他拜见了曹操，曹操冲他乐了乐，说：“您在家里干的好事！”刘备吓得脸都白了。他还没说什么，曹操一把拉住他的手就往后园走。刘备提心吊胆、毕恭毕敬地跟着，只听见曹操继续说：“种菜也不容易呀。”刘备才透了一口气，说：“没事，消遣消遣。见笑了。”曹操说：“我一见后园梅子青了，就想起‘望梅止渴’来了。去年征讨张绣的时候，道上缺水，将士们渴得要命。我抬头望见前面的树林子，拿马鞭子向前一指，说：‘前面就是梅林，青梅有的是，就是太酸点。’将士们听了，嘴里滋出唾沫来，大伙儿就不渴了。今天见到了青梅，不能不欣赏一下，就备了些酒，请您过来聊聊。”刘备这才放了心，坐下来陪他。

刘备心头踏实得多了。天气也凉快点，天上还起了乌云，刮着风，好像就要下雨。两个人有说有笑地喝着酒，就像知心朋友一样。曹操是主人，年龄比刘备大，地位又比他高，说话比较豪爽、随便，大有老大哥的神气。刘备在他跟前多少带着小心谨慎、好像学生在老师跟前的味儿。他们聊着、聊着，就聊到天下大势和四方豪杰上头去了。曹操左手掀起胡子，右手拿着酒杯，眼睛盯着刘备，笑着说：“当今天下英雄，就只使君跟我曹操两个人罢了。像本初那种人，算不了什么。”刘备听了，吓得魂儿出了窍，不由得打了一个寒战，连手里的筷子也掉了。他刚想哈腰去捡，突然“嗯喇喇”的一声霹雳，慌得他把勺儿也碰到地下。曹操把他当作唯一的敌手，两雄不两立，他还活得了吗？因此，吓得他连筷子、羹匙都掉在地下。就在这紧要关头，他机灵地借着天打雷，把话岔开去，说：“天威真是厉害。俗话说，一个响雷下来，连捂耳朵都来不及。真是这个样子。”说着，他别别扭扭地乐了乐，接着说：“我是连放筷子都来不及，见笑，见笑。”就这么把他害怕曹操的惊慌劲儿瞒过去了。

打这儿起，他更加下了决心，要跟董承、种辑、吴子兰、王服他们一起，钻孔觅缝地找机会杀曹操。凑巧袁谭从青州去迎袁术，袁术要从徐州过去，曹操因为刘备熟悉那一带的情况，就派他去截击袁术。程昱、郭嘉和董昭三个谋士，一听说刘备带着关羽、张飞走了，三步并两步地跑到曹操跟前，叫他别派刘备去。曹操眼珠子一转，马上派人追上去，可是刘备他们已经走远了。

刘备一到徐州，打了胜仗。他把这个功劳让给曹操派去的两个将军，叫他们回到许都去送捷报，自己带着关羽和张飞直到下邳，假传命令叫徐州刺史车胄出城迎接。车胄做梦也没想到刘备来夺徐州。他出来迎接，还没见到刘备，就给关羽一刀劈死。张飞过去割下车胄的脑袋，高高地提着。刘备宣布说："车胄谋反，已经奉命处死了，别的人一律免罪。"城里的军民人等不知道底细，再说刘备进来并不损害他们的身家性命，大伙儿都没话说。

刘备就留关羽守下邳，执行太守的职务。自己回到小沛，一家人又团聚了，心中十分高兴。这还是小事。徐州本来是陶谦的老根，陶谦临死把这个地盘让给刘备，后来被吕布夺了去，吕布死了，曹操接收过去，叫车胄守着。这会儿徐州重新落在刘备手里，老百姓倒也喜欢，五年来没忘了刘备，好像欢迎老主人回家似的那么迎接他。没几天工夫，临近的郡县大多背叛曹操投到刘备这边来。刘备的手下很快地就有了几万人。他赶紧派孙乾（qián）为使者去见袁绍，约他一块儿去征讨曹操。袁绍上春灭了公孙瓒，兼并了幽州，原来打算发兵南下，一见刘备派孙乾来跟他联络，满口答应，当时就派使者跟着孙乾到徐州去回拜刘备。

刘备跟袁绍有了联络，胆儿就大了。正好曹操派司空长史沛国人刘岱（和以前兖州刺史刘岱是同名同姓的另一个人）和中郎将扶风人王忠带领一万兵马打过来了。他们到了徐州，就给刘备的军队截住。刘岱出马责备刘备不该忘恩负义，背叛曹公。刘备向他行个礼，说："实在因为车胄有意谋害我，只好把他杀了。请回报曹公，免伤和气。"王忠大声嚷着说："别胡说八道。趁早投降，还有商量。"刘备冷笑一声，说："曹公自己来，我不敢说，像你们这种人，就是再来一百个，能把我怎么样？"刘岱和王忠听了，气得不再开口，立刻冲杀过去。这边关羽和张飞早已一刀、一矛，马上把他们杀了回去。刘岱、王忠不是关羽、张飞的对手，只能逃跑，不能回手。

他们一口气跑了几十里地，才扎了营，守住阵脚。刘岱、王忠打了败仗，派人回到许都向曹操求救。曹操因为已经到了年底，吩咐暂且退兵，准备过了年再去征讨。

一转过年，就是公元200年（建安五年），就在正月里，董承联络王服、种辑，约会刘备，内外夹攻曹操的计谋给泄露了。曹操把董承他们一并拿来杀了，还灭了三族。他对汉献帝说："董承谋反，董贵人也不能无罪。"汉献帝因为下过"衣带诏"，自己心虚，只好眼看着董贵人拉出宫去给勒死了。

曹操扑灭了内部反对他的人，就要发兵亲自去征讨刘备。将士们都说："跟明公争天下的是袁绍，他现在正要打过来，您怎么反倒扔了这头往东去打刘备？要是袁绍从后面偷袭过来，怎么办？"曹操说："刘备野心不小，今天不消灭他，将来必有后患。"郭嘉同意这种看法，他还说："袁绍性子迟缓，多疑，即使他要来侵犯，一定不能太快，刘备刚起来叛变，大伙儿还没一心一意地归附他，立刻打过去，准能把他打败。"曹操分一部分精兵把守官渡，把大军移向东边去了。

刘备一探听到曹操发大军来，知道自己不能抵抗，马上派孙乾去向袁绍求救。谋士田丰劝袁绍立刻进攻许都。他说："曹操跟刘备一打起来，不是几天就能了结的，明公趁着这个机会，发兵去袭击空虚的许都，一下子就能把曹操灭了。"田丰哪儿知道袁绍的心思：他是不愿意消灭曹操的，正像当初他不愿意消灭董卓，再以后不愿意消灭李傕、郭汜一样。要是他立刻发兵去打许都，曹操必然赶回来，刘备必然在后面追击他，这样前后夹攻，曹操一定支持不住。曹操一下场，袁绍只能辅助汉献帝，他再也不能浑水摸鱼，怎么能自己做天子呢？他只希望曹操篡位，到那时候他再征伐曹操，把他杀了，然后自己即位，那就名正言顺地可以稳做皇帝了。可是这些心里的话怎么说得出口呢？他听了田丰的话，故意装出愁眉苦脸的样子对他说："我的小儿子现在病着，我正闷得慌，哪儿还有心思出兵打仗？"说着，他请孙乾先回去，还说但愿小儿子病好了，到那时候他才能出兵。

孙乾一走，田丰痛心得再也憋不住了。他拿起手杖连连打地，说："唁，碰到这么一个难得的时候，为了小孩子的病失去机会，多么可惜呀！"袁绍终于没去袭击许都。刘备这一点兵马挡不住曹操大军的进攻。小沛城给攻破了。刘备跟着张飞杀出重围，四面的敌人一下子又围上来。他们拼着命打了一阵，好容易各自冲杀出来，可是彼此失散了。张飞带着一部分随身的士兵往芒砀山那边跑去，刘备只顾往北走，打算到青州去投奔袁谭。

曹操攻下了小沛，回头向下邳进攻。下邳由关羽守着，刘备的家小也在里面。曹操把所有带来的兵马都用上，把个下邳城围得密密层层。关羽出城几次作战，每次都打了败仗，有一次险些儿给逮了去。他还想单刀匹马地冲杀出去，可是两位嫂嫂怎么办哪？想起自己徒然有一身本领，还没做过什么大事，就这么年轻轻地死去，实在不甘心。他不愿意死，可是在敌人重重包围之下，也没法活。他正在愁眉不展，下不了决心的时候，曹操派张辽来见他，劝他投降。据传说关羽向张辽提出三个条件：一，他只降汉不降曹；二，不准侵犯两位嫂嫂；三,一旦打听到刘备在哪儿，他就要去投奔他。张辽回报了曹操，曹操都答允了。张辽就这么领着关羽出来投降了。

曹操平了徐州，带着关羽他们回到许都来。一路上关羽和刘备的家小同行，晚上宿在驿舍里，他们只有一间屋子，关羽就给两位嫂嫂住，自己在烛光底下通宵看着《春秋》。曹操知道了，格外尊敬关羽。

他们到了许都，曹操拜关羽为偏将军，待他十分殷勤，真所谓“三日一小宴，五日一大宴”，还时常送他礼物。关羽从没表示高兴。只有一次，曹操把吕布留下的那匹赤兔马送给关羽，关羽头一次向曹操谢了谢。曹操紧接着派张辽去探听关羽对他有什么意见。关羽挺直爽地说：“曹公这么恩待我，我是十分感激的。但是我和刘将军是生死之交，我没法忘了他。说句老实话，我不能老待在这儿。可是曹公这么待我，我也忘不了他。我要走的话，一定要立个功，报效了曹公之后，才敢辞去。”张辽回去跟曹操一说，曹操叹息着说：“真是个义士。要是他能长在这儿，多好哇。”

曹操四下派人去打听刘备的下落，有的说逃到芒砀山去了，有的说已经到了青州了，也有人说逃到汝南去了。曹操这边谁也不知道他已经到了邺城。原来刘备到了青州，青州刺史袁谭是袁绍的长子，曾由刘备举为茂才，一向很尊重刘备。这次殷勤招待不必说了，还火速写信给他父亲。袁绍非常高兴，亲自离开邺城两百里去迎接刘备，安慰他说，一定发兵去征伐曹操，田丰出来反对，说怎么也不能去打曹操。袁绍就怪田丰，一会儿劝他出兵，一会儿又反对他出兵。这到底是怎么回事啊？

· 劈颜良 ·

袁绍为了扩张自己的势力，宁可往北去跟公孙瓒拼个死活，不愿意往南去攻打曹操。夺到了幽州，地盘是自己的，打败了曹操，许都还是汉天子的。因此，田丰劝他去袭击许都，他说什么也不干。可是赶到曹操轰走了刘备，得了徐州，袁绍又怕曹操势力太大，这回非征伐他不可了。谁知道田丰出来反对，袁绍责备他，说："叫我去打曹操的是你，反对我发兵的也是你。你这是什么意思？"

田丰说："前些日子曹操用全力去打刘备，许都空虚，那是攻打曹操的好机会。现在曹操打败了刘备，得胜回朝，许都不再空虚了，怎么还能去袭击呢？再说，曹操善于用兵，变化多端，兵马虽然少，可不能小看他。现在我们应当做长期打算。将军统治着四个州（冀、幽、青、并），依山带河，地势十分有利。只要对外结交天下豪杰，对内重视耕种，同时训练兵马，精益求精，然后再找机会出去扰乱河南（黄河以南），他去救右边，就攻他的左边，他去救左边，就攻他的右边，叫敌人疲于奔命，百姓不得安居乐业。这样，我还没动用全力，他可已经疲劳不堪了，不出三年，就可以把曹操打下去。现在不从长远打算，不从最后的胜利着想，而单要大战一场来决定成败，万一不能称心如意，后悔也就来不及了。"

袁绍认为田丰太胆小了，公孙瓒也给他灭了，他还能怕曹操吗？怎么也不能听田丰的。田丰再三再四地拦着他出兵，袁绍火儿了，说他阻挠大计，扰乱军心，把他下了监狱。

袁绍叫书记官陈琳写了一篇通告，揭发曹操威胁天子、残害忠良的罪恶，号召天下豪杰起来，共同征伐曹操。公元200年（建安五年）二月，袁绍调动十多万人马进攻黎阳。监军沮授预料这次出兵准打败仗，田丰已经下了监狱，自己要再多说，往好里说，也不过监狱里多一个人。动身前他把家产都拿出来分给本家的人，还说他这次出去恐怕不能回来了。他的兄弟对他说："曹操的兵马比我们少，您何必这么担心呢？"沮授说："曹操善于用兵，又扛着天子做幌子，他的能耐和地位跟公孙瓒大不相同。我们虽然消灭了公孙瓒，可是将士们已经够疲劳的了。没想到今天主公这么刚愎（bì）自用，将士们疲疲沓沓，不知道自己，倒看轻敌人，失败就在这儿。"

袁绍派大将颜良去进攻白马城（在今河南滑县），打算先消灭东郡太守刘延。沮授又拦着他，说："颜将军虽然骁勇，可是性情促狭，不能叫他独当一面。"袁绍又不听他。东郡太守刘延一探听到颜良来攻白马，立刻派"飞马报"向曹操求援。曹操亲自带着张辽、关羽一块儿去救白马。谋士荀攸对曹操说："敌人兵多，我们兵少，不能硬拼。不如分一小部分兵马往西到延津（在黄河边）南岸，假装渡河，作为疑兵。等到袁绍往西去截击，我们火速赶到白马城，打他一个措手不及，准能打败颜良。"

曹操依了荀攸的计策，派兵往延津去。袁绍一探听到曹军要在延津渡河，抄他的后路，果然，率领大军到那边去堵击。曹操带着一队轻骑，急急赶去，离白马城才十几里地，扎下营寨。颜良还不知道刘延的救兵已经到了。他围住白马城已经好几天了，每天在城下耀武扬威地挑战，刘延只是守住城，不出来跟他交手。四五月天气，正是夏初好阳光。颜良叫士兵撑着金黄的绣花缎的大伞（大将特用的华盖，古文作"麾盖"），自己在大伞底下来回指挥士兵，真是威风凛凛，得意扬扬。他这么逍遥自在地巡逻着，没有一个敌人敢出来跟他交手，几天下去就觉得有点腻烦了。这天，颜良还是在大伞底下没事找事地看看城头，望望天色，万没防到猛地来了一位大将，骑着快马，提着大刀，好像刮大风似的赶到颜良后头，冲开卫兵，手起刀落，把颜良劈落马下，割下脑袋，又像旋风似的那么一转，劈死了几个士兵，两腿往马肚子上一夹，那匹赤兔马一声嘶叫，飞也似的跑回去了。

河北士兵失了主将，当时就乱了。张辽带着一支轻骑追击，刘延从城内杀出，两面夹攻，打得颜良的军队大败而逃。白马的围就这么解除了。曹操见了颜良的人头，不停地赞扬关羽，给他记了头功。可是一想起关羽立功报效之后准会辞去，反倒加了一层难受。他还打算用特别优厚的封赏去拉住关羽，就把他封为汉寿亭侯（汉寿，地名；亭侯，侯爵的一级）。

曹操在白马打了一个胜仗，吩咐军民沿着黄河往西退去，准备真去加强延津那边的防御。袁绍一听到大将颜良被杀，已经挂了火儿，又探听到曹军向西退去，就准备大军渡河去追击。沮授劝他沉住气，他说："照目前情况看来，我们应当留在延津北岸，再分兵官渡。官渡能打胜仗，这儿再过河去追击也不晚，要是那边发生变化，这边也有个接应，那要比不了解情况就渡过河去妥当得多。"袁绍不相信十多万兵马会发生什么变化。再说还有一位大将文丑，他跟颜良是袁绍手下数一数二的武将，又是朋友，他要替颜良报仇，愿意做先锋去追杀曹军。听说杀颜良的是一个长胡子的大汉，骑的是一匹飞快飞快的快马，使的是一口长柄大刀，那准是关云长。因此，他要求刘备一块儿去，好在阵前认个明白。刘备一来急于要探听关羽的下落，二来他要是不去，更叫袁绍起疑，难免遭祸，就很痛快地答应了。

袁绍叫大将文丑带领一支军队先打头道，自己和刘备在后面跟着渡过河去。到了南岸，安营下寨，静听文丑前军的消息。文丑急急忙忙地往前去找敌人，远远瞅见曹军在南坡驻扎，至多也不过一二千人马，可是散放的马很多，懒洋洋地就在南坡下吃草。文丑一声令下，叫士兵们先把这些马抢过来。士兵们七手八脚地争着抢马。放马的小卒子大声嚷着："贼军来了，快收马啊！"

曹操和荀攸躲在堡垒上挺焦急地望着。荀攸向小卒子做手势叫他们别收马。曹操点点头，向他微微一笑。文丑的士兵没碰到什么抵抗。马抢了不少，可是自己的队伍早就乱了。后队刘备的兵马赶到，前后两队五六千人，一面抢马，一面瞧见南坡上还有辎重，乱纷纷地也都争着去抢。到了这时候，曹操下令出击，六百名骑兵突然冲杀过去。这队骑兵好像老鹰抓小鸡似的那么展着翅膀扑下来，扑得袁军不知道该怎么办才好。有的牵着马跑，有的拉着辎重还不肯放手，大多数只能捧着脑袋往后逃，也有往下滚的。大将文丑挥动着大刀拼命抵抗。没提防马失前蹄，险些儿跌个倒栽葱。他刚拉起马头，不知道哪儿飞来一口大刀把他劈死，脑袋也给曹兵割去了。

刘备还在后面，一听前队中了埋伏，大将文丑被杀，曹军追杀过来，他只好退回去了。

颜良、文丑是河北名将。这两个名将都给杀了，别的人趁早别再逞强。大战还没开始哪，袁绍的将士都泄了气。袁绍正在大营里发脾气，一见刘备回来，对他也没有好脸色。赶到逃回来的士兵一报告，袁绍气呼呼地追问情况。大伙儿都说颜良是关羽劈死的，千真万确；文丑被大刀砍死，很可能也是他干的。袁绍一听，火儿直往上冒，他瞪着眼睛对刘备说："好哇！你的人帮着曹操杀了我的大将，你还混在我这儿，你的胆儿也太大了！"左右将士一个个瞪眼睛、吹胡子，要向刘备讨回颜良、文丑。

古籍链接

绍遣大将军颜良攻东郡太守刘延于白马，曹公使张辽及羽为先锋击之。羽望见良麾盖，策马刺良于万众之中，斩其首还，绍诸将莫能当者，遂解白马围。

——《三国志·蜀书》

古城会

刘备很坦然地对袁绍说："如果颜良、文丑都是云长杀的，那他一个人足足可以抵上他们两个了。只要云长真在那边，我写封信去，他准来。招回云长，共灭曹操，将军看怎么样？"说得袁绍只好点头。当时就请刘备写信，派人送去。自己把军队驻扎在阳武（在今河南原阳一带），跟曹军对峙着。

曹操还想再找机会攻击袁军的弱点，不料许都来了警报，说黄巾军的首领刘辟在汝南起兵响应袁绍，接连攻下了河南一带好几个郡县，连京师都吃紧了。曹操只好把主要的军队退到官渡，叮嘱将士们坚决镇守，不可出战。自己带着关羽他们回到许都，准备对付南边的黄巾军。

关羽跟着曹操到了许都，已经秋天了。那个替刘备送信给关羽的人沿路探听，暗地里跟着曹军混进京师，还真把信送到了。关羽看了信，把这个消息告诉了嫂嫂，准备动身到袁绍营里去会刘备。他把屡次所得到的赏赐封存妥当，送还汉寿亭侯的印绶，写信向曹操辞行。曹操把印绶发还，派人好言好语地去挽留他。关羽一天三次要求拜见曹操，曹操借着各种因由没出去见他。关羽没法再等下去，就把印绶挂在堂上，自己准备车马，带着十几名亲随的士兵，骑着曹操送给他的那匹赤兔马，提着青龙偃月刀，保护着嫂嫂，动身走了。

关羽走了没多久，就有人向曹操报告，说汉寿亭侯走了。左右将士抢着对曹操说："快追上去！"曹操叹了一口气，垂头丧气地说："各为其主，不必追了。"话是这么说，可是到底有没有人自告奋勇地去追，或者曹操有没有默默地让人去阻拦，我们不能胡说八道，相传关云长过五关斩六将，才逃出了虎口。不管怎的，按情理说，沿路不可能一点阻挡都没有，就是到了关口要道发生一些冲突，也不算什么意外。

关羽好容易到了袁绍的地界，迎面来了一位将军拦住去路，大叫："云长快停下来！啊，还真给我找着了。"关羽勒住马头，一看，原来是孙乾，连忙打听刘备的下落，还说："你怎么在这儿？"孙乾说："我跟着刘将军投奔袁绍。袁绍待我们还不错，只是河北将士彼此不相容，成不了大事。田丰已经下了监狱；沮授怎么献计，袁绍反正不听他的；审配跟郭图互相倾轧，袁绍自己又没有决断。看情况，我们也不能老待在那儿。这次刘将军向袁绍讨了个差使，带着一支兵马往汝南去帮助刘辟袭击曹操的背后。他怕您一个人到邺城，也许吃他们的亏，特地叫我在这儿等您。今天能够见到您，好极了。"关羽就跟着孙乾保护着嫂嫂回到南边来了。

他们从北到南，走了不少日子，才穿过颍川。路过一个山头，遇见一个关西人叫周仓，原来认识关羽，就是没有来往。他曾经参加过黄巾军，失败以后，四处流浪。在江湖上听到有人提到关羽重义气，就想去投奔他。这次见了面，要求关羽把他当个小卒子收下。关羽见他长着一副黑脸膛，满脸全是曲里拐弯的胡子，丑八怪似的。可是细那么一看，丑陋之中透着正直、朴素的神气，说话又这么诚恳，就把他收下了。

周仓跟着关羽、孙乾，往汝南进发。远远望见一座山城，问了问当地的老百姓，他们说："这是古城。前些日子来了一位姓张的将军，带着儿十个骑兵到城里向县官借粮。县官不肯，那位将军就把他轰了出去，自己做了县官，招兵买马，积聚粮草，现在已经有了三五千人马，临近的郡县谁也不敢惹他。"

关羽说："我们还是绕城过去吧。"周仓说："怕什么！他向县官借粮，难道不准我向他借粮？我过去看看。"关羽说："仔细了，别惹出祸来。"孙乾说："我也去。"关羽眼看着他们两个飞一般地去了，自己带着亲随的士兵保护着嫂嫂，在后面跟着。不一会儿工夫，孙乾、周仓急急忙忙地跑回来，说："好极了，是张将军！"关羽一愣，还没开口，孙乾接着说："是中郎将益德在这儿，好极了。”关羽眉开眼笑地说：“我和他从徐州失散以后半年多了，没想到在这儿见到他。”就叫孙乾先进城去通知张飞，快来迎接两位嫂嫂。

张飞接见了孙乾，又是高兴，又是难受。他立刻拿着丈八蛇矛，跨上战马，带领一队人马，开了北门，出去迎接。孙乾正在纳闷儿：怎么需要这么隆重的仪仗队？张飞请孙乾先把两位嫂嫂送进城去，自己挺着长矛就向关羽直扎过来。关羽没做准备，慌忙拿青龙偃月刀拨开长矛，埋怨着说：“兄弟你怎么啦？难道忘了我们的情义？”张飞眼睛睁得滴溜圆，眼犄角都快裂开了，骂着说：“你背叛皇叔，投降曹操，得了封赏，还有脸说得上什么情义？”关羽一时说不出话来，只是摇头叹气。幸亏甘、糜两位夫人一看后面两个人闹了起来，连忙回转来。甘夫人不顾死活地拉住张飞的丈八蛇矛，扼要地向他说明前后缘由。张飞听了，扔掉长矛，滚下马来，哭着向关羽赔不是，关羽也流着眼泪下了马。两个亲如兄弟的将军就这么进了城。

关羽叫张飞照顾嫂嫂，暂时住在古城，自己带着孙乾和周仓到汝南去找刘备。哪儿知道关羽千辛万苦地到了汝南，刘备已经走了。原来刘备跟刘辟、龚都联合起来，在汝水和颍水之间守住了一个地盘，临近有不少郡县起来响应。没多少日子，许都以南都动摇了。为这个，曹操很担心事。曹仁对他说：“刘备刚得到袁绍的一点人马，军心未必归附，刘辟又是乌合之众，我们赶紧发兵去围剿，准能成功。”曹操同意他的看法，就派他率领一队精锐的骑兵去打刘备和刘辟。事情正像曹仁所说的那样，马到功成，曹军把刘备和刘辟打得各处乱跑。背叛曹操的那些郡县又都收复过去了。

好容易孙乾见到了龚都，才知道刘备又上袁绍那边去了。关羽闷闷不乐，孙乾说：“不必难受，再跑一趟就是了。”他们又回到古城，跟张飞商量。张飞要一块儿到河北去找刘备。关羽说：“有了这座城，我们也就有个歇脚的地方，不可轻易放弃。你还是守在这儿，我们到河北见了皇叔，再做道理。”关羽和孙乾、周仓带着二十来个骑兵往河北去了。

他们到了河北地界，天快黑了，就找个庄园，进去投宿。有个老大爷出来招呼。关羽向他行礼，说明来历。那个老大爷说：“我也姓关，叫关定。久闻大名，今日得见，万分荣幸。”他把客人们接到上屋，还叫他两个儿子出来拜见。关羽见了这么一个热心好客的老大爷，着实高兴，大伙儿喝酒、聊天，很快地做了朋友。

当天晚上，孙乾对关羽说："将军杀了袁绍的大将，好歹得提防点儿。还是让我先去见过皇叔，如果袁绍真的不计较过去，那么我们一块儿来迎接您。不然的话，我约皇叔一同到古城去。您看怎么样？"关羽同意了。第二天，关定留住关羽，请他指教指教他第二个儿子练武，希望他稍稍多住几天。关羽就让孙乾一个人先去了。

孙乾到了邺城，见了刘备，把关羽来回找他的经过向他报告了。刘备感叹了一回，说："宪和（简雍字宪和）跟子龙（赵云字子龙）也在这儿，我们大伙儿商量商量吧。"孙乾说："那太好了。"他们当夜就定了计。

简雍是刘备的同乡，也是涿郡人，从小就很要好。刘备接着陶谦做徐州州牧的时候，他跟麋竺、孙乾都是好同事。这会儿他跟着刘备投在袁绍门下，袁绍还很信任他。赵云因为他哥哥的丧事第二次回到本乡真定。以后，据他自己说，四海飘零，没有安身之处。他听说刘备在徐州，就去找他，可是他还没到徐州地界，徐州失守，关羽投降了曹操。最近他打听到刘备又在袁绍那边，就到邺城来见刘备。刘备见了赵云，握住他的手，左摸右摸，亲热得没法说。他们晚上不但在一间屋子里住，还在一张床上睡，谈话老谈到半夜。刘备叫他暗地里招募壮士，到目前已经有了好几百人，称为刘左将军的部队，可没让袁绍知道，袁绍还真不知道。

第二天，刘备对袁绍说："刘景升（刘表字景升）镇守荆州，兵精粮足，要是跟他联合起来一同征伐曹操，那该多么好哇。"袁绍说："我也曾经派人去约他，可惜他不肯，这真叫我想不出办法来。"刘备说："他跟我同宗，我要是亲自去劝他，他一定不会推辞。"袁绍高兴得站起来，说："要是能够得到刘表，那要比刘辟强多了。"他就请刘备辛苦一趟。他又说："听说云长已经离开了曹操，怎么还没来呢？您得再想个办法去找他来。"刘备很有把握地说："派孙乾去叫他来就是了。"袁绍完全同意，叫刘备打发孙乾先去。

刘备一出去，简雍也想脱身，他使个花招，进去见袁绍，咬着耳朵对袁绍说："明公可别让玄德一个人去。他去了，要是不回来，怎么办？我愿意跟他一块儿去，一来帮他去说服刘表，二来可以监视玄德。"袁绍拍拍简雍的肩膀，说："你能一块儿去，我就可以放心了。"当时就吩咐简雍跟着刘备一同往荆州去，顺道到汝南再去联络刘辟。

刘备和简雍辞别了袁绍，上马出城。他们到了界口，就见孙乾和赵云，还有刘左将军的几百名士兵早已候在那儿了。孙乾带道，进了关定的庄上。关羽带着周仓出来迎接。他见了刘备、简雍、赵云，高兴得没法说。刘备拉住关羽的手，眼泪再也忍不住了。老大爷关定领着他两个儿子拜见刘备，把他让到堂上。刘备问了问姓名，关羽说："他跟我同姓，是个热心人。这是他两个儿子，一个学文，一个学武，都很不错。"关定趁着关羽正在兴头上，就说："小子平儿一定要跟随关将军，不知道能不能收了他。"刘备说："多大啦？""十八啦！"刘备乐了乐，对关羽说："既承老丈厚意，你还没有儿子，就收了他吧。"关定听了，高兴得差点儿掉下眼泪来，当时就吩咐关平拜关羽为义父。关定一定要大摆酒席给刘备接风。刘备恐怕袁绍后悔，派人追上来，急急忙忙地辞别关定，带着关羽、赵云、孙乾、简雍、关平、周仓他们动身走了。

他们一路走去，从冀州一直到了豫州地界，大伙儿先到古城，会了张飞和甘、糜两位夫人，又是一番悲欢离合的滋味。刘备因为古城实在太小，决定带着家小再往汝南去见刘辟。他们离开古城，很快地到了汝南，可见不到刘辟，也不知道他的下落。幸亏他的副手龚都还守住汝南，当时就把刘备他们接进城去。

刘备对关羽、张飞、赵云、孙乾、简雍、糜竺他们说："袁绍外表宽大，内心狭隘，手下的人又各不相容，绝不是曹操的对手。因此，我借个因由又回到这边来了。袁绍那边不足道，我只怕曹操来争汝南。我们这一点人马没法守在这儿，还是往荆州去为是。"他们正商量着，龚都进来报告，说："曹操派部将蔡阳打过来了，快做准备！"张飞跳起来，说："我去把这小子抓来。"关羽、赵云都接着说："我们一块儿去。"

蔡阳只知道汝南由龚都守着，耀武扬威地叫龚都出来。他压根儿不知道关羽、张飞、赵云三个大将已经到了这儿。突然见了这三个人，已经慌了神，一交上手，就掉了脑袋。曹兵一见主将被杀，撒腿就逃。

刘备见关羽他们三个人斩了蔡阳，打退了曹兵，又是高兴，又是担心。他说："曹操绝不会让我们安安稳稳地占领汝南，我们必须防备他再来进攻。我看我们只能暂时留在这里，日后还是去投奔刘景升为是。"

◆于吉不死◆

曹操的败兵逃回许都，报告了蔡阳被杀的经过。曹操对荀彧说：“怎么办哪？再发兵去吗？”荀彧还没回答到底要不要再去进攻汝南，有人进来报告，说：“北方的乌桓司马阎柔派使者来了。”曹操出去见过使者，赞扬了阎柔和鲜于辅。他表阎柔为乌桓校尉，鲜于辅为右度辽将军，镇守幽州。阎柔和鲜于辅在袁绍的后方，他们能够归附朝廷，这对袁绍大为不利，对曹操倒是个有力的支援。

曹操送走了北方的使者，又跟荀彧商议进攻汝南的事，荀彧说：“就是再派另一个将军去，恐怕也无济于事，除非明公亲自出马。可是目前最重要的还是加强北边的防守，抵住袁绍那一头，您哪儿能离开这儿到南边去哪？听说孙策又往西打黄祖去了，这倒是个好机会。广陵太守陈登正在孙策的背后，要是他能想办法去打孙策的后路，即使不能消灭他，至少能叫他不再向西扩展。”曹操正怕江东的势力越来越大，听了荀彧叫陈登牵制孙策的计划，完全同意。

广陵太守陈登就设法去拉拢严白虎的余党，联合起来，攻击孙策的后面。孙策没想到严白虎还有余党，更没想到陈登敢跟他作对。他立刻回过头来，赶到丹徒去对付陈登。在孙策看来，陈登无所谓，严白虎可真叫他头疼。

严白虎虽说是吴人，其实是东南方好些部族的首领。这些占领山区的几个部族总称山越，都是百越的后人。严白虎跟占领乌程（在今浙江湖州一带）的邹佗、钱铜和占领嘉兴（在今浙江嘉兴一带）的王晟（shèng）等，各人带领一万多人或者几千人分别割据地盘，一向不受朝廷管束。孙策统治江东，可管不了他们。他用全力把他们一个一个地消灭了，只有严白虎带着一部分人马退到余杭（在今浙江杭州一带）。孙策派朱治为吴郡太守的时候，原来的吴郡太守许贡被朱治撵走，投奔到严白虎门下。后来孙策再一次攻打严白虎，杀了许贡。

许贡有三个门客，决心要替许贡报仇。他们打扮成猎人的模样，走到哪儿就跟哪儿的老百姓混在一起。这会儿陈登派人把印绶送给严白虎的余党，叫他们攻击孙策的后路，孙策就赶到丹徒，把他们打败。他不但要消灭陈登和严白虎的余党，而且还打算趁着曹操跟袁绍在官渡对峙着的机会，去偷袭许都。因为粮草还没运到，只好暂缓进攻。

孙策性情好动，又喜欢打猎，就在这等待粮草的一点空隙期间，带着几名骑兵到邻近的山上打猎去了。他们正在山腰里玩，突然瞧见一只梅花鹿在前面跑。孙策鞭着自己的快马飞似的赶了上去。鹿跑得多么快呀，孙策的快马还没赶上那只鹿，可把随从的骑兵远远地抛在后面了。那只鹿也真行，它跑了一会儿，东一拐、西一转，蹿到树林子里再也见不到了。孙策还不死心，拉住马头，向树林子里东张西望。他没见到鹿，可瞧见三个人拿着弓箭迎面过来。孙策吆喝一声，问："你们是谁？在这儿干什么？"他们说："我们是韩当的部下，在这儿打猎。"说着话就挨靠过来了。孙策还想再问，猛地一箭飞来，正中面颊。他忍住了痛，拔出那支箭来，"绷"的一声拿弓射回去，对面一个人倒了。另外两个人大声嚷着说："我们是许贡的手下人，特来替主人报仇！"说着一箭接着一箭地连连射来，孙策拿弓拨开。正在万分危急的时候，随从的骑兵赶到，把那两个人当场戳死，保护着孙策赶紧回营。

孙策的伤势很重，医官尽心给他治疗，对他说："必须静养，不宜动怒。过了一百天，才能无事。"过了三五天，伤口逐渐好转。孙策回到会稽，又治疗了二十来天。急性子的小霸王没法再静养下去。他召集将士和宾客在城门楼上开个会议。正在谈话的时候，忽然听到城下乱哄哄的，不知道出了什么事。他往下一看，有不少人围着一个道人跪拜，不由得生了气。他正想问问将士和宾客，老百姓为什么这么尊敬那个道人，万没想到他们也争先恐后地下楼去迎拜那个道人了。掌管宾客的官员冒了火儿，先是叫他们别走，后来吆喝着不准客人下去。可是吆喝只管吆喝，将士和宾客一下子走了三分之二。孙策怒气冲冲地对左右说："快把这妖道拿来！"左右的劝孙策别生气，好言好语地告诉他，说："这位道人叫于吉。他待老百姓好，给穷人治病，地方上都管他叫于神仙。"孙策跟起义的农民是对立的，他一想：原来是黄巾军张角的余党，更加火儿了。他说："你们也信他，不听我的命令吗？快把他抓来！"说着，他叫卫士们把于吉送到将军府去。

那些信道的人一见于吉被武士们带走了，马上发动一班妇女去央告孙策的母亲吴太夫人。孙策回到府中，于吉也带到了。孙策责备他，说："大胆妖道，竟敢在我这里迷惑众人，该当何罪！"于吉很庄严地回答他，说："我只是给人治病，没杀过人。治病犯什么法啊？"孙策不理他，吩咐手下人把他下了监狱。吴太夫人对孙策说："于先生给人治病，也能给将士们治病，不可杀他。"将士们也联名请求释放于吉。

孙策对他母亲说："妖道迷惑众人，连将士们都离开我下楼去拜他。我还不如于吉，气人不气人？这种人非除了不可！"张昭也替于吉分辩，说："于道人在江东数十年，没听说犯过法，不可杀害他。"孙策还是把他下了监狱，准备再拷问他有关黄巾军张角的余党。哪儿知道监狱官也相信于吉，还知道他有一百多卷治病的书叫《太平青领道》，对他特别尊敬，私底下给他去了刑具，自己还像弟子那样伺候着他。孙策知道了于吉在监狱里还要讲他的《太平青领道》，迷惑众人，他就断定于吉准是张角的一党。他立刻下了命令，把他杀了，还把他的人头挂在街头示众。

有不少老百姓聚在街头，议论纷纷地说："于神仙并没死，他只是把身子分开罢了。"他们就在人头底下点起香烛来。有些将士同情于吉，趁着夜里，把他的尸首偷偷地埋了。第二天，满城都说："于神仙的尸首和人头都不见了。"有的甚至说："于吉不死，他云游天下去了。"

孙策害着病，他可还要追究偷葬于吉尸首的人。吴太夫人流着眼泪对他说："你何苦呢？大夫叫你静静休养，可是你天天发脾气，你还不知道自己瘦成什么样了哪！"孙策因为害怕于吉，才把他杀了。他杀于吉为的是让将士们、宾客们和老百姓看看："到底谁强？是于吉还是我孙策？"他做梦也没想到大伙儿还是相信于吉，连他的人头，还有不少人去跪拜、祭祀！于吉已经砍了头了，人们还说他没死，只是分身罢了。他越想越可怕。他自己也不信，天不怕，地不怕，杀人不眨眼的英雄好汉，难道会怕个道人？可是他一闭上眼睛，就瞧见于吉很严厉地看着他。在他的耳朵里只有一个声音，说："治病犯什么法啊？"这会儿他听他母亲说自己消瘦了，简直不能相信。他躺在床上，只觉得脸盘鼓起来了。他要了一面铜镜，拿来照照自己。不照还可，一照万事全休，只见镜子里迷迷糊糊地出现了一个影子。他害怕于吉，想的又是于吉，这会儿迷迷糊糊地见到的影子，不是于吉还有谁呀！他叫了一声"啊哟！"镜子掉在地下，箭创裂了口子，昏过去了。急得吴太夫人和乔夫人慌作一团。

赶到孙策缓醒过来，他立刻召张昭他们进来，对他们说："目前天下到处乱糟糟的。我们这儿有吴越之众，三江（吴淞江、钱塘江、浦阳江）之固，大有可为。请诸公好好地辅助我兄弟。"他就叫孙权把印绶带在身上，对他说："率领江东的人马出阵交战，跟天下的豪杰争个高低，你不如我；提拔人才，任用贤能，使各人尽心保卫江东，那我就比不上你。兄弟，你可千万别忘了父兄创办事业的艰难，要好自为之。"孙权只是流着眼泪，连连点头。当天晚上，孙策死了，死的时候（公元200年，建安五年）才二十六岁。

孙权倒在床前哭个没完。张昭劝他，说："请别再哭了。继承父兄的事业要紧。"他就叫孙权换了衣服，扶他上马，到军营里去巡视一趟。巡视回来，张昭率领僚属向朝廷上个奏章，对各属城发出通告，嘱咐文武百官安心供职。

周瑜在巴丘得到了讣闻，连夜带着兵马奔丧。孙权留他在吴中，跟张昭一同管理国内大事。这时候，孙权年轻，虽然在江东已经有了会稽、吴郡、丹阳、豫章、庐江、庐陵这几个郡，可是就在这些郡里，还有一些属地没能完全听从指挥，有些人还要看看风色，再决定怎么办。可是张昭和周瑜认为可以跟孙权共成大事，一心一意地帮着他。这就大大有助于安定人心。

张昭他们现在只担心许都这方面了。万一曹操趁着江东有丧事，发兵打过来，怎么办哪？的确，曹操一听到孙策死了，曾经打算去征伐。侍御史张纮（就是替东吴进贡土特产、被曹操留在许都做了侍御史的那个人）

劝告他，说："别人家有丧事就打过去，恐怕给人议论。万一赢不了，反倒结了冤仇。我说还不如对他们笼络一下好。"曹操一想，是个好主意，就表孙权为讨虏将军，领会稽太守，让张纮回到江东去做会稽都尉，嘱咐他辅助孙权，劝他一心归顺朝廷。

张纮带着诏书回到东吴。吴太夫人因为孙权年轻，正需要像张纮那样的人帮助他，就留住张纮，托他跟张昭、周瑜共同办事。周瑜又推荐临淮东城人鲁肃给孙权，对他说："子敬（鲁肃字子敬）是个了不起的人才，他准能帮助将军建立功业。"孙权跟鲁肃一谈，挺对劲。两个人把床桌拼在一起，面对面地喝酒谈心。孙权说："汉室衰落，四方扰乱，我想继承父兄的事业，建立像齐桓公、晋文公那样的功业。不知道该怎么办？"鲁肃说："从前高帝（汉高祖刘邦）想伺候义帝而不可得，就因为有项羽从中作乱。今天的曹操正像从前的项羽一样，将军怎么能做齐桓、晋文呢？我曾经仔细研究过，汉室不能再兴起来，曹操可也除不了。替将军打算，还是守住江东，注视天下的变动。北方多事，顾不到这边来。将军正可利用这个时机，剿灭黄祖，进讨刘表，把整个长江地区都统管起来，然后再取天下，这是高帝的事业啊，难道仅仅做个齐桓、晋文就完了吗？"孙权说："这我哪儿做得到？我只想在一个地区尽力而为，希望能辅助汉室就是了。"

孙权跟鲁肃这么亲密，张昭可说话了。他说："鲁肃年轻轻，粗里粗气，懂得什么？"可是孙权更加尊敬鲁肃。他正像孙策所说的，很注意搜罗人才，提拔人才。他听说有一位很有见识的琅邪人（琅邪，郡名，在今山东临沂一带）叫诸葛瑾，避乱江东，就把他请来做谋士。

除了张昭、张纮、周瑜、鲁肃、诸葛瑾这些人之外，还有汝南人吕蒙、会稽人骆统、下蔡人周泰、寿春人蒋钦、余姚人董袭、庐江人陈武、东莱人太史慈等，他们都跟着孙策好几年了。此外，还有孙坚的旧将，程普、韩当、黄盖他们。真是人才济济，大伙儿帮着孙权在江东建立基业。

曹操听了张纮的话笼络孙权，固然有利于江东，给孙权一个建立基业的机会，可是南方这头安抚住了，曹操才可以专心致志地去对付北方，那要比进攻江东重要得多了。

官渡之战

曹操安抚了江东这一头，亲自到官渡守住南岸。袁绍的大军驻扎在官渡北面的阳武。他一探听到曹操亲自到了官渡，就要率领军队迎上去。谋士沮授拦住他，说："我军尽管人多，可没像南军那么勇猛，南军尽管勇猛，粮草可没像我们那么充足。因此，南军利于速战，我军利于坚守。只要我们持久下去，日子一多，他们粮草接济不上，到那时候，南军必然败退，我们就能够大获全胜。"袁绍很不耐烦地说："你也要学田丰的样吗？怎么老阻碍我进军？"沮授一想，田丰还关在监牢里哪，他连着说："是，是！"

袁绍把大军向前推进，渡过了河，到了南岸，驻扎下来，东西几十里全是军营。曹操的兵马虽说不多，他也把军队分别布置一下，跟袁绍的军营针锋相对地扎营下寨。正像沮授说的，南军利于速战，曹操首先发兵叫战。打了一阵，占不到什么便宜，只好退回原地，修起土垒，守住营寨。

北军看着对方守住阵营，没法打过去，就吩咐士兵在曹操的军营外面堆起土山来，土山上再筑高台。将士们上了高台，向曹营射箭。曹兵慌忙拿盾牌或挡箭牌遮住身子，他们在军营里来往也只能在盾牌底下小心地爬。袁绍的将士们在高台上瞧着，哈哈大笑。曹操立刻召集谋士们商议对付高台的办法。他们一再设计，制造了一种发石车。车上安着机关，扳动机关能把十几斤重的石头飞出去。因为石头打出去的声音很大，这种车也叫霹雳车，也就是后世所谓“炮车”。霹雳车真顶事，大石头打出去，居然把对面土山上的高台打垮，袁军士兵打得头破血流，个个愁眉苦脸，谁也不再哈哈大笑了。

袁绍一见土山没有用了，就叫谋士们再想别的办法。他们说：“明攻不如暗攻。”就叫士兵们专在夜里挖地道，打算偷偷地直接通到曹营里去。士兵们尽管在夜里偷挖地道，可是上千上万的人使用铁锹、土筐，离开曹营又这么近，曹兵早看见了。他们向曹操报告，说敌人在土山下挖坑道。曹操马上吩咐士兵在军营前面挖一条又长又深的壕沟，预先把任何的地道都切断。袁绍的地道失去了作用。他们只好退回去，守住自己的阵营。

这样，曹军打不过去，袁军也打不过来，双方只能各自守营，谁也攻不了谁。这么相持了一个多月，曹军的粮草越来越少，眼看着快接济不上了。曹操一边派人到许都向荀彧讨主意，一边召主管军粮的人来，对他说：“兵多粮少，怎么办呢？你得想个法子。”主管的人说：“可以改用小斛。”曹操说：“好，暂时就这么办吧。”没想到几天下来，军营里议论纷纷，说曹公用欺骗的办法克扣军粮。曹操听到了，皱了皱眉头，对主管军粮的人说：“我要借你的头压一压将士们，要不，我怕发生兵变。”他立刻叫武士把他砍了，把人头挂在军门，罪名是：用小斛贪污军粮。

将士们怨恨曹操的一场风波，立刻就平了。同时他又接到荀彧的回信，大意说：“袁绍把自己的兵马都用在官渡，要跟明公决个胜负。明公是拿最软弱的力量去抵抗最强大的敌人。这是生死存亡的关头。袁绍兵马虽然多，可是他不能用起来。明公这么神武英明，形势又对我们有利，不怕不能成功。今天尽管粮草缺乏，但是还没像楚汉在荥阳、成皋相持着的时候那么严重。我们以袁绍的十分之一的兵马守住官渡，正像掐住他的喉咙一样，前后已经半年了。只要坚持下去，粮草尽量再想办法，袁军准会发生变化。这是以少胜多、用奇兵的好机会，千万不可失去。”

荀彧先打发使者把回信送去，接着就想办法再运去一些军粮。曹操收到了荀彧的回信，鼓励将士们下决心坚守阵地。又过了两天，他一见运粮的来了，高兴地说：“再过半个月，我们一定可以攻破袁绍的军队，那时候，不再叫你们辛苦了。”他连着派了好几个将士混到袁军的地界去探听军情。

偏将军徐晃的部将史涣抓到了袁军的一个探子，解到徐晃营里，盘问下来，才知道袁绍派将军韩猛从冀州押运几千辆粮草车就要到了。徐晃把这个消息告诉了曹操。荀攸在旁边说："韩猛有勇无谋，瞧不起别人。要是派个精细的将军带领几千骑兵到半路去袭击运粮队，烧毁粮草，袁军必然慌乱起来。"曹操就派徐晃和史涣带着骑兵先去，跟着又派张辽和许褚两个大将去接应。当天晚上，韩猛押着几千辆粮车过来，路过山谷，徐晃和史涣突然杀出去，韩猛心慌意乱地对付着徐晃。史涣带领一部分骑兵从后面放火烧粮草。韩猛抵挡不住，逃了。

袁军的将士望见北边火起，火速报告袁绍，袁绍正要打发人去探听出了什么事情，韩猛的败兵跑来报告，说："粮草被劫！"袁绍立刻派张郃（hé）和高览两位将军前去对敌。他们到了半路，正碰上徐晃和史涣烧了粮车回来，马上就打起来了。交锋没多少工夫，背后张辽和许褚的兵马赶到，杀散了袁兵，四个将军合在一起，急急地回到官渡去了。

韩猛光身回报袁绍，袁绍气得要杀韩猛。众将官代他求饶，免了死罪。审配对袁绍说："行军以粮食为重，不可不用心提防。路上的粮车被烧毁，数量有限，乌巢（在延津近旁）是聚藏粮食的地方，必须派强有力的军队守卫着才好。"袁绍说："我早就准备了。你还是回邺城去，监督粮草，源源不断地送来。"审配就回去筹备粮食。

到了这年（公元200年，建安五年）的十月里，袁绍又派军队去运粮食，特地吩咐大将淳于琼带领一万多人马驻扎在乌巢，保护粮草和辎重。沮授又对袁绍说："光是淳于琼守乌巢，还不一定可靠。最好再派一支军队在运粮道上来往巡逻，提防曹兵再来劫粮。"袁绍摇摇头，没回答他。乌巢离大营才四十里路，怕什么？沮授闷闷不乐地退出去了。他刚出去，另一个谋士南阳人许攸进来。他是来给袁绍献计的。

原来曹营里粮草又起恐慌了。曹操特地打发使者到许都去催。这个使者被袁军捉住，送到许攸那里。许攸搜出曹操写给荀彧催粮的信，就进去对袁绍说："曹操屯军官渡已经八个月了，许都必然空虚。我们只要分一路兵马趁着夜晚直接去袭击，一定可以把许都打下来。曹操在这儿粮草已经完了，趁此机会，两路夹攻，准能活捉曹操。"说着他把曹操催粮的信给他看。袁绍看了，说："曹操诡计多端。你怎么知道这封信不是他故意写给你看的？这是诱敌之计，我可不上他的当！"

许攸万没想到这么一个妙计会碰钉子。他还想再说下去，刚巧审配从邺城派人送信来。袁绍急急忙忙拆开一看，先是报告运粮的事，接着都是控告许攸的话。大意说，审配查出许攸在冀州受了多少贿赂，他的子侄侵吞了多少公款，等等，现在审配已经把许攸一家和子侄等都收在监狱里。袁绍看了，直冒火儿，指着许攸的鼻子，责备他，说："你贪财受贿，又不能治家，还在我跟前耍嘴皮子。看在你过去的分上，自便吧！可别再多嘴了。"

许攸出来，又是害臊又是恨。他想自杀，又不甘心。再想想自己过去跟曹操也有交情，何必一定要赖在这儿现眼呢？他叹了一口气，连夜溜了。到了曹营附近的地方，就给伏路的曹兵拿住。许攸对他们说："我是曹公的老朋友，快去通报，说南阳许攸来拜访。"士兵不敢怠慢，一面去通报，一面领着他进去。曹操刚脱了靴子，准备歇息，一听说许攸来了，来不及穿靴子，就趿（tā）拉着鞋出来迎接，高兴得拍着手说："哎呀子远（许攸字子远），您肯来，这太好了！"

他们原来是朋友，一坐下，曹操就问许攸怎么样对付袁绍。许攸说："有人说许都空虚，教袁绍一路进攻官渡，一路连夜袭击许都，两面夹攻，使您为难。"曹操吓了一大跳，说："那还了得！是谁献这个毒计？"许攸说："还有谁哪？只是袁绍不听我的话，反倒把我的家小下了监狱，我才投奔到您这儿来。"曹操很感激地说："袁绍不听您的话，怎么能不失败呢？现在您来了，请多多指教。"

许攸问："您营里还有多少军粮？"曹操回答说："还可支持一年。"许攸冷笑一声，说："不对吧，您再说说。"曹操说："可以支持半年。"许攸生气了。他站起来说："告辞了！"曹操慌忙把他拉住，说："怎么啦？"许攸责备他，说："还问我怎么啦？我诚心诚意地来投奔您，您可故意骗我！"曹操说："请别见怪。这种事不好说。"他放低声音，说："军营里只有这个月的数目了，怎么办呢？"许攸正经地说："内无粮草，外无救兵，危急就在眼前。我是来替您救急的。袁绍有辎重一万多车，全都囤积在乌巢，派淳于琼保管着。淳于琼是个酒鬼，防备很差，只要使用几千骑兵突然打进去，把所有的辎重都烧了。不出三天，袁军不战自败，不攻自破。"曹操连连点头，殷勤地招待着许攸。

第二天，曹操叫荀攸、贾诩、曹洪、许攸把守大营，叫夏侯惇、夏侯渊带领一支兵马埋伏在大营左边，曹仁、李典带领另一支兵马埋伏在大营右边。自己的阵地布置妥当以后，再叫张辽、许褚在前，徐晃、于禁在后，自己在中间，率领五千人马，打着袁军的旗号，士兵带着柴草和一些引火的东西，在月亮底下，往乌巢进发。他们路过有袁军驻扎的地方，就被截住，袁军问他们："哪儿来的？"曹兵回答得顶干脆："袁公恐陷曹操来劫粮，我们奉命往乌巢去增援。"袁军见是自家的旗号，又是往乌巢增援去，就让他们过去。到了囤粮的地方，已经三更天了。一声鼓响，四围放起火来，将士们直杀到营寨里去。这时候淳于琼醉醺醺地正睡得香，一听到战鼓和喊杀的声音，匆匆忙忙地出去抵抗。一霎时，火焰四起，烧红了半边天。

袁绍得到了警报，出营一看，东北角上火光满天，知道乌巢出了事，立刻召集文武百官，商议发兵去救。中郎将张郃说："我愿意跟高览带领一支兵马立刻去救。"谋士郭图说："曹军劫粮，曹操必然亲自率领，曹营必然空虚。我们只要派一部分兵马去救乌巢，用大部分兵马去袭击曹操的大营。曹操知道了，必然赶回官渡，这样，不但救了乌巢，而且夺取了曹操的大营，叫曹操前后受敌，走投无路。"袁绍就对张郃说："你和高览快去攻打曹操的大营。"张郃不同意这个办法，他说："不能这样！曹操来劫粮草，一定带领足够的兵马。淳于琼要是打了败仗，乌巢一失，我们什么都完了。我们必须用全力去救乌巢。"郭图火儿了，他对张郃说："你懂得什么？"袁绍催张郃快去攻打曹营，另外派蒋奇去救乌巢。

蒋奇带领一队人马直往乌巢，到了半路，碰到淳于琼的残兵败将。蒋奇骂他们没用，叫他们站在两旁让自己的人马先走。他走了一段路，忽然从淳于琼的队伍中冲出张辽、许褚来了，他们大喝一声："蒋奇不准走！"蒋奇来不及抵抗，被张辽一刀斩于马下。原来曹操杀了淳于琼，消灭了他的军队，把他们的旗子和军衣都拿来，叫张辽和许褚的士兵扮作淳于琼的败兵去截击袁绍的援军。蒋奇中了计，全军覆没。

张郃、高览进攻曹营，只对付中路，没想到左边夏侯惇、夏侯渊，右边曹仁、李典，中路曹洪，一齐杀出来，袁军抵挡不住三路夹攻，大败而逃。他们还没逃回大营，乌巢的一些士兵倒先到了。他们是曹操故意放回来向袁绍报告消息的。可是说话咿咿哇哇，很不利落，原来每个人的鼻子都被割去了。袁绍见了这副模样，连自己的鼻子也给气歪了。郭图在旁边，还想把自己的过错推给别人，就在袁绍跟前说张郃和高览坏话，说他们故意不肯用心，以致打了败仗。袁绍气得要命，派人去召张郃、高览快到大营里来受处分。高览也气得要命，他一狠心，杀了袁绍派来的人，跟张郃一起带着自己亲信的兵马投降了曹操。曹操马上封张郃为偏将军都亭侯，高览为偏将军东莱侯。

袁绍去了一个谋士（许攸），跑了两个将军（张郃、高览），乌巢的粮食和辎重又全烧了，士兵们已经慌了神，一见曹操放回来的一千多个俘虏，个个割去了鼻子，大伙儿好像被捅了窝儿的马蜂似的骚乱起来。白天就提心吊胆，晚上更不敢好好休息。果然，到了三更时分，曹军打过来了，打头阵的还是自己人张郃和高览的士兵。他们本来是一家人，有的还是朋友哪。张郃的士兵一招呼，还真有一部分人跑过去的。袁军乱打一气，死伤的死伤，投降的投降，到了天亮，各自收兵，袁绍这边的人马去了一半。

袁绍正在中军惊慌失措的时候，将士们进来报告，说："外面沸沸扬扬地都说着，说什么曹操分兵两路，一路取酸枣，进攻邺郡，一路取黎阳（在今河南浚县一带，当时在黄河北岸），截断我们的归路。"袁绍得到了这个消息，马上分三万人马去救邺郡，再派三万人马去救黎阳，连夜起行，其实，曹操哪儿有这么多兵马分两路进攻。他只是采用许攸的计策，叫大小三军到处去散播这种谣言，袁军人数虽然多，打了两三个败仗，已经变成了惊弓之鸟。袁绍自己也早已心虚，这就中了计，先把六万人马分两路退去。曹操探听到袁绍果然调动兵马，就用全力直冲过去。袁军不敢对敌，四散奔走。袁绍和他儿子袁谭来不及戴头盔、穿铠甲，就穿着便服、戴着头巾，上了马，带着八百名骑兵，匆匆地渡过河去。曹操没料到袁绍这么早就跑了，赶紧过河直追上去，可是已经给他逃了。

曹操大获全胜，前后杀了袁绍的士兵七八万人，他们抛弃的辎重、珍宝、绸缎以及图书档案等全归曹军所有。沮授来不及渡河，被曹军拿住，送到大营里。他大声嚷嚷地说："我不投降！你们杀吧！"曹操过去跟他也有交情，好言好语地对他说："本初无谋，不用您的计策，以致失败。现在天下未定，我正需要跟您共同商议大事，请不要过于固执了。"曹操免了他的罪，留在营里，优待着他。可是沮授偷了马匹准备逃回袁绍那边去。曹操这才把他杀了。

曹操到了袁绍的大营里，检查图书文件，发现一沓子书信，都是许都和军队里的一些人暗地里写给袁绍的。接近曹操的人就说："这是证据。要仔细对一对姓名，把他们揪出来一个个杀了。"曹操说："那时候袁绍强大，我自己的性命也保不住，还能怪别人吗？"他就把这些信全都烧了。他把袁绍营里的财物、珍宝，全都赏给将士们，大伙儿非常高兴。可是粮食不够了，袁绍营里也没有多余的粮食，乌巢的囤粮早已烧了。听说东平那边有粮食，曹操就把军队带到那边，休养一下再说。曹军不能接着渡河，只好让袁绍退回黎阳。

古籍链接

太祖救延，与良战，破斩良。绍渡河，壁延津南，使刘备、文丑挑战。太祖击破之，斩丑，再战，禽绍大将。绍军大震。太祖还官渡。沮授又曰："北兵数麣而果劲不及南，南谷虚少而货财不及北；南利在于急战，北利在于缓搏。宜徐持久，旷以日月。"绍不从。

连营稍前，逼官渡，合战，太祖军不利，复壁。绍为高橹，起土山，射营中，营中皆蒙楯，麣大惧。太祖乃为发石车，击绍楼，皆破，绍麣号曰霹雳车。绍为地道，欲袭太祖营。

——《三国志 · 魏书》

◆投奔荆州◆

袁绍戴着头巾，穿着便服，跟他儿子袁谭带着八百多骑兵逃到黎阳北岸。当地防守着后方的大将蒋义渠出寨迎接。袁绍拉着他的手，说：“我败得这个样子回来，今天应当向您赔罪。”蒋义渠尽力劝慰他，把自己的军营让给他，好叫他发号施令，收集散兵。有不少散兵陆续回来，可是有的死了哥哥，有的丢了兄弟，背地里都流着眼泪，直怪袁绍不听田丰的劝告，害得他们弄到这步田地。袁绍自己也后悔了，他说：“我回去还有什么面目见田丰哪？”

田丰在监狱里直叹气。监狱官向他道喜，说：“您的话句句对，这次主公回来一定重用您了。”田丰摇摇头，说：“要是他打了胜仗回来，证明我的话全错了，他心里高兴，也许饶了我，现在他打了败仗，我的话都应了，他还能不恨我吗？落在内心嫉妒的人手里，我是死定了。”大伙儿不信他的话。

袁绍收集了散兵，重新整编队伍，这才回到邺城去。逢纪带着一些人出城来迎接。袁绍愁眉苦脸地对他们说：“唉！冀州人听到我打了败仗，也许会同情我。只是田丰屡次三番地劝告过我，我没听他，还把他关在监牢里，我真没有面目见他！”逢纪咬着耳朵对他说：“别提啦！他在监里听说将军退兵，拍手大笑。”袁绍生了气，说：“果然不出我所料，给他笑了。”

逢纪跟田丰不和，他向袁绍一咬耳朵，袁绍就派人传令杀了田丰。将军孟岱跟监军审配又合不到一块儿去。这次打仗，审配的两个儿子被曹军拿去做了俘虏。孟岱就对袁绍说：“审配专权，您是知道的。他家族强大，还带着兵。他的两个儿子投降了曹操，您怎么还让审配做监军呢？”郭图和辛评两个人一搭一档地同意孟岱的话。袁绍就让孟岱做了监军，代替审配守卫邺城。接着袁绍把孟岱、郭图和辛评的话告诉了逢纪，问他有什么意见，逢纪跟审配素来不和，这会儿他要利用机会把审配拉过来，就说：“审配天性直率，注重气节。他两个儿子尽管在南边，他绝不会把他们放在心里的，主公对他可以放心。”袁绍乐了乐，说：“您平日不是讨厌审配吗？”逢纪冠冕堂皇地说：“那是私人的小事，主公问的是国家大事，不相干。”袁绍点点头，说：“您说得对。”他照旧重用审配。打这儿起，审配跟逢纪格外亲密了。

官渡打了败仗以后，冀州有些城邑归附了曹操。袁绍整顿军队，把这些城邑一个一个地收复过来，情况又有好转。他就把军队驻扎在仓亭，准备再向曹操进攻。曹操把主要的兵力在河上埋伏着，自己跟袁绍打了一阵，假装打败，把袁军引到河上的埋伏圈内，一下子又消灭他们好几万人马。袁绍气得胸口闷得慌，当时吐起血来。他叫审配和逢纪掌握军事，自己回到邺城养病去了。

曹操在仓亭打了胜仗，大伙儿劝他再打过去。曹操说：“冀州粮食充足，审配又有机谋，一时不容易打到里面去。再说这阵子农民正忙着收庄稼，还是过了秋收以后再进兵吧。”他就留曹洪屯兵河上，自己回到许都去了。

到了公元 201 年（建安六年）九月里，汝南方面来了报告，说刘备跟刘辟、龚都联合起来，又集合了好几万人马，夺取临近的郡县。在曹操看来，刘备要比袁绍厉害得多。要是他有了地盘，往外一扩张，那就没法对付了。他就亲自出马，带着夏侯惇、夏侯渊、许褚、张辽、于禁、李典、乐进、张郃、高览等十多名将军，发兵五万向汝南进发。

刘备分兵三路，准备痛击曹军。他叫关羽带着关平、周仓屯兵东北角上；张飞、孙乾屯兵西北角上；自己跟赵云在正南下寨；刘辟、龚都，还有简雍、麋竺、麋芳他们守在城里。曹军一到，还没休息，刘备就叫赵云去迎头痛击。曹操叫许褚对付赵云，自己先叫大军扎营下寨。没料到忽然喊声大震，东北角上冲出关羽的一队人马，西北角上冲出张飞的一队人马，跟刘备、赵云的中军会合起来，三面夹攻，打得曹军只能往后退去。刘备打了一个胜仗。

第二天，赵云又去叫战，曹军早扎了营，没人出去应战。又过了两天，张飞出去叫战，曹营里还是没有人出去应战。这样接连相持五六天，刘备才起了疑。他正想派人去探听汝南城里的情况，龚都派使者来讨救兵，说夏侯惇和夏侯渊带领大军绕到背后进攻汝南，城里十分危急。刘备当即叫关羽和张飞去救，自己也准备退兵。不到一天工夫，连着来了警报：夏侯惇、夏侯渊已经攻破汝南，龚都不知去向；张飞的军队被李典、乐进围住，自顾不暇；关羽被于禁挡住，正打得不可开交。刘备只好跟着赵云往西南方退去。许褚追来，给赵云打回去。连夜跑了五六十里地，天已经大亮了。他们刚想休息一会儿，突然东面一队人马赶来。赵云扭过头去一望，原来都是自己人。刘辟、孙乾、简雍、糜竺、糜芳他们带着一千多个士兵保护着刘备的家小，逃出汝南，准备到荆州去。

孙乾对刘备说："夏侯惇的兵马像潮水一样，一浪一浪地涌上来，我们只好带着宝眷避开了。走了一阵子，曹兵追来，幸亏云长赶到，先让我们走了。我已经告诉他在淯水会齐，再商量好不好去投奔刘景升。"刘备只是点点头，不说话。工夫不大，关羽和张飞的人马也到了。他们集合在一起，正想略略休息一会儿，张郃和高览赶到，背后还有于禁的人马。张飞和赵云叫其余的人赶紧往后跑去，由他们去对付追兵。刘辟叫孙乾保护着刘备的家小快走，自己帮着赵云他们来迎敌。张飞、赵云、刘辟故意拖住追兵，好让刘备他们走得远些。这边是张飞、赵云、刘辟三个大将，可是兵马不多，那边是张郃、高览、于禁三个大将，带着一千多人。小兵对小兵，大将对大将，杀了一顿饭的工夫，刘辟一不留神，被高览一刀砍于马下。高览挥着大刀正在得意，赵云冲来，兜胸给他一枪，高览翻身落马。张郃、于禁赶来，被张飞喝住。两队人马，四个大将，又打了一会儿，突然来了关羽、关平、周仓和三百名步兵，才把张郃、于禁的兵马打得七零八落。曹军不敢再打，急忙忙地逃回去了。

关羽、张飞、赵云杀退追兵，马上回来跟刘备他们合在一起。孙乾说："这儿离荆州不远，我想先去见刘景升，你们暂时留在这儿，好不好？"刘备说："好，请糜竺跟您一块儿去吧。"糜竺和孙乾连夜快马加鞭，赶到荆州。第二天，他们两个人拜见刘表。刘表殷勤招待，问他们怎么到了这儿。孙乾说：“刘使君天下英雄，一心忠于汉室，只是兵微将寡，屡次被逼于曹操。汝南刘辟、龚都跟刘使君无亲无故，他们可拼死地帮着他。明公和使君同是宗室，他现在打了败仗，前来投奔，不知道明公能不能收留他？”刘表很高兴地说：“玄德是我兄弟，我早想会他，可是没有机会。这次他肯到我这儿来，太好了！”

刘表的大舅子蔡瑁反对，说：“不行，不行！刘备先是跟着吕布，闹翻了，再去投奔曹操，又闹翻了，才去归附袁绍，可又不能跟袁绍合作共事。这种人干吗要收留他？”麋竺说：“刘使君忠心为国，你不能把他去跟曹操、袁绍、吕布相比。以前跟他们在一起是出于不得已。刘荆州和刘使君同是宗室，这才千里相投。我们又听说刘荆州礼贤下士，天下人士投到这儿来好像江河流入大海一样。蔡将军是不是因为刘使君是天下英雄，就嫉妒了？”刘表听了，责备蔡瑁，说：“你别胡说八道，快准备迎接我兄弟去。”

刘表请麋竺和孙乾先去回报刘备。接着，自己带领亲随一百多人出城三十里候在那儿。到了下午，才见刘备他们一队人马到了。刘备很恭敬地拜见刘表，刘表拉住他的手，很是亲热。刘备引着关羽、张飞、赵云他们一个个地拜见了。刘表迎接他们一同进城，先让他们休息一会儿，再给他们大摆酒席，洗尘接风。

刘表一见刘备的兵马不满一千，什么地方都不能守，那怎么行呢？就另外拨给他一千人马，叫他屯兵新野（在今河南南阳南），守在那儿。

曹操探听到刘备投奔刘表，就打算进攻荆州。程昱说：“袁绍还没除去就去攻打荆州，要是袁绍从北面打过来，两面受敌，那就不容易对付了。还不如回去，到了明年春天，先破袁绍，再取荆州，那要比现在就向荆州进兵，妥善得多。”曹操同意了。他回到许都，就听到西南方面的报告，说益州起了内乱。曹操抓住机会派使者去安抚刘璋和张鲁。

十几年前（公元188年，汉灵帝中平五年），刘焉做了益州的州牧。南阳、三辅（就是京兆、冯翊、扶风三个郡）的老百姓流亡到益州去的就有好几万户。刘焉把他们都收下来作为士兵。因为他们都是东州人，就称为“东州兵”。刘焉一死，跟刘焉一同进入益州的一个助手叫赵韪（wěi）的，立刘焉的儿子刘璋为后嗣，继承他父亲为牧伯。刘璋生性宽和软弱，不能管束住他手下的人，那些外来的东州兵一味欺压当地的老百姓。赵韪屡次三番地劝告刘璋，他都没能听。当地的老百姓中有不少人怨恨刘璋和东州人，向着赵韪。赵韪就背叛了刘璋，自立为将军。蜀郡、广汉郡、犍为郡都响应，归附了赵韪。这就够叫刘璋担心了。哪儿知道不光赵韪反对他，汉中张鲁也认为刘璋老实可欺，不再听他的命令了。

张鲁是张陵的孙子（张陵，就是后世称为张道陵的，天师道的创始人），他做了蜀郡天师教的教主，结交官府，进行传教。凡是信道的人只需拿出五斗米来，就可以收为教徒，所以叫五斗米道。刘焉任命张鲁为督义司马，叫他跟着别部司马张修去攻打汉中太守苏固。张修杀了苏固，夺取了汉中。张鲁又杀了张修，接收了他的军队，自己占据了汉中。他看到刘璋宽和软弱，不再接受他的命令。刘璋杀了张鲁的母亲和兄弟，张鲁就这么扯破了脸，跟刘璋做了敌人。张鲁又打下了巴郡，有了巴郡和汉中郡两个大郡，势力大了起来。曹操顾不到这一头，就派使者去拜张鲁为镇民中郎将，领汉宁太守。

张鲁接受了曹操用朝廷的名义给他的官爵，虽然仍旧割据着地盘，但还经常向朝廷进贡，表示他总算是汉朝的臣下。

张鲁借着宗教联络教徒和信道的群众，还用宗教的仪式给老百姓治病。就这一点来说，五斗米道跟太平道的黄巾军有些相像。不过黄巾军主张用暴力推翻汉朝，改变制度；张鲁只是借着宗教割据地盘，联络官府，自己做了大官。就这一点来说，他跟黄巾军的领袖张角是大不相同的。因此，曹操可以让他做了中郎将和太守。

刘璋对张鲁毫无办法，只好让他占领着汉中和巴郡。他可不能放弃赵韪占去的地盘。他亲自带领军队到了成都。东州兵怕赵韪那边胜了，当地的将军必然抬头，这对他们大为不利。他们就同心协力地帮着刘璋，死命地那么一拼，把赵韪打败了。赵韪的部将庞乐和李异杀了赵韪，投降了刘璋。刘璋又在益州站住了。汉献帝依了曹操的意见，以五官中郎将（官职名，东汉有左、右五官中郎将）牛亶（dǎn）为益州刺史，拜刘璋为卿士，请他到许都来，可刘璋没去。曹操也不着急，他最担心的究竟还是袁绍这一头。

◆兄弟相争◆

曹操收复了汝南，禁止士兵抢掠，出榜安民，派满宠镇守着，自己收兵回到许都。转过了年，就是公元 202 年（建安七年）。新年里曹操回到故乡沛国谯县，周围观察了一番，心中非常沉痛。他就下了一道命令，说："我起义兵，为天下除暴乱。几年战争下来，旧地的人民差不多全遭了死伤。我在本地走了一天，碰不到一个认识的人，真叫我难受！从我举义兵以来，将士当中没有后嗣的，就由亲戚继承他们，由官家给他们上等的田地和耕牛，再由官家聘请老师教他们的子弟读书。"

听说浚仪（县名，属陈留郡，在今河南开封一带）一带常发生水灾或旱灾，曹操亲自到了浚仪，吩咐民工从这儿开始，修理睢阳渠（睢：suī；睢水由浚仪通过睢阳县，所以那条水渠叫睢阳渠）。然后由浚仪回到许都，再向官渡进军。

曹操再次进军官渡的报告到了邺城，袁绍还想亲自率领大军去对敌。他的儿子袁尚说："父亲病体还没痊愈，不可太累了。还是让我去吧。"他母亲刘氏怕他在战场上有个三长两短，那还了得，怎么也不让他离开。袁绍召审配和逢纪进去，向他们讨主意。审配说："主公养病要紧，公子也不必出去。曹操屯兵官渡，我们只要加强河上的防守就是了。吩咐将士坚守阵地，不可出去交战。曹军粮草一完，非退兵不可。"袁绍同意他的办法，曹操一时也没法打进去。可是袁绍的病不见好转，刘氏还催着他立袁尚为后嗣。

原来袁绍的长子叫袁谭，二儿子叫袁熙，三儿子叫袁尚。袁尚是后妻刘氏生的，袁绍喜欢他，想立他为后嗣，又怕别人批评，不便说出来。他特意叫长子袁谭过继给他死去的哥哥，派他出去为青州刺史。当时沮授反对，说："长公子应当立为后嗣，要是叫他到外边去，恐怕将来的祸患就从这儿开始了。"袁绍分辩说："我要让各人管理一个州，看谁有才能。"他又派二儿子袁熙为幽州刺史，外甥高干为并州刺史，单单把袁尚留在身边。官渡大战的时候，袁绍把袁谭、袁熙都调回来，可惜被曹操打败了。以后动用大军守住河上，让两个儿子回去镇守本州。刘氏就趁着机会逼袁绍立袁尚为后嗣，可袁绍还不敢答允。没想到到了五月里，袁绍吐血死了。刘氏立刻叫来审配和逢纪，商议后事。

审配和逢纪是袁尚一边的人，跟袁谭有意见，辛评和郭图是袁谭一边的人，跟审配和逢纪素来不和。袁绍一死，审配和逢纪怕袁谭掌权，辛评、郭图得势，对自己不利，就假托遗嘱，立袁尚为嗣子，主持丧事。长子袁谭得到讣告，奔丧到了邺城，没能被立为嗣子，心里非常气愤。袁尚说："我奉父亲遗命，主持丧事。目下曹操发兵来侵犯我们的地界，请哥哥辛苦，就去镇守黎阳。"袁谭知道自己力量不足，只好同意了。他说黎阳是抵御曹操最重要的地方，希望多带些兵去。可是袁尚仅仅拨给他几千人马，还派逢纪跟了去作为监军。袁谭就这么暂时屯兵黎阳，自称为车骑将军。

袁谭听了谋士郭图的话，派人来向袁尚要求再给他一些兵马。袁尚跟审配商议，审配说："袁谭有郭图和辛评做他的助手，咱们不能小看他。上次他听了命令去守黎阳，是因为曹操来夺他的地盘。要是增加他的兵力，他就能打退曹兵，曹兵一退，他必然来争冀州。因此，不如不发兵，这样，可以借曹操的刀除去咱们的后患。"袁尚听了审配的话，不发兵给袁谭。袁谭冒了火儿，杀了袁尚派去的监军逢纪。

九月里曹军渡过河来，袁谭向袁尚求救，再一次请他发些兵马去，袁尚又跟审配商议，他说："万一他投降了曹操，联合起来向咱们进攻，冀州也许守不住。可是增加他的兵力，咱们又放心不下，怎么办呢？"审配说："不能不派兵去，可是不能把军队交给他。我看不如自己带兵去，打赢了再把军队带回来。"袁尚认为这倒是个好主意。他就叫审配镇守邺城，自己带着军队到黎阳，帮着袁谭抵抗曹军。哥儿俩跟曹军交战几次，连着打了败仗，只好退到城里，小心防守，不再出去交战了。

袁尚派河东太守郭援跟并州刺史高干，再约了南匈奴单于呼厨泉，三路兵马联合起来，在临近牵制曹军。接着又打发使者到关中去联络马腾，请他援助郭援。马腾暗地里同意了。这么一来，郭援胆儿大了，他的军队所经过的城邑都给打下来了。司隶校尉钟繇正在关中，得到了这个消息，一面发兵去围住呼厨泉的兵马，一面派使者去见马腾，向他说明是非利害。马腾被说服了，叫他儿子马超带领一万人马去跟钟繇会师，共同抵抗郭援。两路人马合在一起，到了汾水，正碰上郭援的兵马在那儿渡河。钟繇和马超立刻抓住机会给他一个迎头痛击。郭援的兵马有渡过河的，有在半渡中的，突然遭到了袭击，不少都死在河里。

马超军队里有个将军，是南安（在今甘肃陇西一带）人，叫庞德，十分勇猛。他在岸上碰到了郭援军中的一个大将，两个人对打了好一会儿。庞德越打越有劲，突然一回身，手起刀落，把那个将军砍于马下，再一刀，割下了脑袋，塞在弓箭袋里。

钟繇和马超打了胜仗，袁军死伤了快一半人，其余的都逃回去了。钟繇听见士兵们说，郭援已经给打死了，可是没拿到他的人头。他听了又是高兴又是难受。原来郭援是钟繇的外甥。庞德就把弓箭袋里的人头交上去。钟繇拿来一看，果然是郭援。他捧着人头直哭。庞德见了，觉得很为难，就向他赔不是。钟繇对他说："郭援虽然是我的外甥，他可是国贼。你没错，何必赔不是呢。"

钟繇消灭了郭援，把南单于也压服了。这样，曹操不必再顾虑西边那一头，就用全力进攻黎阳。袁谭、袁尚哥儿俩抵挡不住，他们只好从黎阳退到邺城，守在那儿。

曹操占领了黎阳，继续进兵，追到邺城。那已经是建安八年四月里了。邺城防守严密，人马粮草都很充足，曹军一时打不进去，自己营里的粮草又开始不够了。曹操就吩咐士兵把邺城郊区的麦子全割下来，作为自己的军粮。将士们主张趁着打胜仗，再打下去，总有一天邺城也像黎阳一样会守不住的。谋士郭嘉劝曹操退兵。他说："光是为了黎阳，咱们从去年九月打到今年（建安八年，公元 203 年）二月，费了将近半年工夫。邺城要比黎阳难攻得多，这可不能心急。袁绍因为偏爱小儿子，废了长子。哥儿俩各有一帮人。他们本来彼此不和，因为给咱们逼得急了，不得已才联合起来保卫自己。只要咱们让他们去，他们必然会发生争端的。到那时候，就容易各个消灭他们了。咱们不如退兵，暂时放宽这一头，转到南边去打荆州。”

曹操说：“好！”他就叫部将贾信镇守黎阳，自己带着大部分的兵马回许都去了。袁谭一见曹操退兵，就对袁尚说：“我带领的将士因为铠甲不好，上次被曹操打败了。现在曹操撤兵回去，士兵们回家心切，一定不愿意再打仗。咱们趁着曹兵渡河的时候，突然打过去，准能把他们打败。这可是个好机会，千万不可失去。”袁尚不敢信任他，更怕他打胜仗，怎么也不能拨给他兵马，也不给他铠甲。

袁谭气呼呼地对自己的心腹郭图和辛评说：“我是长子，为什么不能继承父亲？小尚是继母生的，反倒骑在我头上，我怎么能甘心呢？”郭图说：“当初挑拨先公（指袁绍）叫将军过继给您伯父的，全出于审配的诡计。我说将军把军队驻扎在城外，请袁尚和审配过来喝酒。就说袁尚自己不来，他总得打发审配过来。只要把他杀了，小尚没有依靠，事情就容易办了。”袁谭就派人去请他们。

审配对袁尚说：“这准是郭图的诡计。不能去。咱们不如将计就计，带着兵马假装去拜会，突然打过去，必能杀了他。”袁尚就发兵出城。袁谭一见，只好披挂上马，跟袁尚打起来了。袁谭打了败仗，退到南皮（县名，属勃海郡。在今河北南皮一带）。刚巧北海王修带着一部分人马从青州赶来帮助袁谭。袁谭就要求王修帮他向袁尚反攻。王修劝告他，说：“兄弟好比左右手。现在您跟别人斗争，先砍去自己的胳膊，还说一定能打败别人，这怎么行呢？自己的兄弟不能相亲，还能跟谁亲呢？别人家挑拨离间的话不要听。”袁谭听了，很不高兴，还是非要跟他兄弟拼个死活不可。结果，他跟袁尚又打了一仗，可是又打了败仗，带着败兵退到平原（在今山东平原）。

审配叫袁尚继续进兵，一直追到平原，围城攻打。袁谭着急了，他跟郭图商议抵抗的办法。郭图说：“平原城里粮草不多，小尚兵马又强，看情况这个城不容易守。我说不如派人去投奔曹操，请他去打冀州。这一来，小尚必然回头去救。将军跟曹兵两面夹攻邺城，准能逮住小尚。咱们把小尚的兵马接收过来，回头再去袭击曹操。曹军远来，粮食供应不上，必然退回去，将军就可以占领冀北了。”

袁谭依了郭图的计策，派辛评的兄弟平原令辛毗（pí）带着一队兵马突围出境，连夜去见曹操。可是曹操不在，他刚去征伐刘表，屯兵西平（在今河南上蔡一带）。刘表派刘备带领一队兵马为前部前去迎敌，可还没开战。辛毗到了西平，拜见曹操，呈上袁谭的信，请曹操发兵去救。曹操看了信，留辛毗在营里，自己召集谋士们商议一下。程昱说：“袁谭被袁尚所迫，不得已来投降，并非出于真心。”吕虔（qián）和满宠说：“我们已经到了这儿，怎么能放过刘表去帮助袁谭呢？”荀攸不同意他们的意见，他说：“天下正乱着，刘表坐保江汉，不敢扩张势力，可见他并没有打天下的志向。袁氏占据着四个州的土地，穿铠甲的士兵有几十万，要是他们弟兄二人和睦相处，共同割据北方，那就没法消灭他们了。现在兄弟相争，袁谭打了败仗，投奔到这儿来，正该帮他除去袁尚，然后再看情况。要是袁谭真心归顺朝廷，最好，万一他口是心非，成心背叛明公，到那时候不难把他消灭。这个机会可不能失去。”

曹操答应袁谭的要求，打发辛毗先去回报。他马上把军队调过来，离开西平。刘备瞧着曹操退兵，怕是个诱兵之计，不敢追，带着人马回到荆州去了。

曹操的兵马渡过河，到了黎阳。袁尚一听到这个消息，就退兵赶回邺城，吩咐两位将军吕旷和高翔压队断后。袁谭一见袁尚退兵，就带着平原的人马随后追去。追了几十里地，树林子里突然一阵鼓声，左边吕旷，右边高翔，同时杀出，截住袁谭。袁谭眼见脱不了身，就对他们说：“我父亲在世的时候，我并没怠慢二位叔叔。今天为什么这么逼着我？”吕旷、高翔听了这句话，还真觉得不好意思。他们就让出一条路，放走了袁谭。一会儿他们又怕袁尚知道了准要办他们的罪，干脆就投降了曹操。曹操很高兴地接待他们，没过了几天，还封他们为列侯。

袁谭刻了两颗将军大印，暗地里派人送给吕旷和高翔。这两个人已经投降了曹操，而且封为列侯，对曹操十分感激。他们就把这两颗印交给曹操。曹操这才知道袁谭还在要花招。为了安抚袁谭，让他安心归附，特地派使者到平原，为他的儿子曹整求婚，要娶袁谭的女儿为儿媳妇。袁谭恐怕曹操起疑，就答应了，还请他赶紧去打冀州。曹操成心让他们哥儿俩自己消耗兵力，借口说粮草不够，又从黎阳退兵回去了。

·以妲己赐周公·

曹操退兵回去。袁尚认为这是因为他还得对付荆州的刘表和刘备、江东的孙权，一时顾不到冀州。他做梦也想不到人家是故意放过他们哥儿俩的。公元 204 年（建安九年）二月，他叫审配和别的几个将军镇守邺城，自己带领大军，叫马延和张颢（yǐ）两个将军为先锋，再跑到平原去攻打袁谭。

袁尚离开邺城没几天，曹操就发兵由洹水进攻邺城。审配亲自指挥将士守城。曹兵在城外挖地道，审配在城里掘壕沟抵制地道，日夜防备。曹操眼看着没法打进去，就改变办法。那年五月，他叫士兵们沿城周围四十里挖掘水渠，宽一丈，深三尺。审配在城头上仔细观察，一见水沟挖得这么浅，不以为意。哪儿知道曹操故意让审配看看这么浅的水沟，什么用处都说不上。可是到了晚上，动用全部人马拼命地挖，一夜工夫就挖得两丈深了。水渠直通漳水，漳水倒灌到城里去。审配只好叫士兵和老百姓往高处搬，避开大水。一个月下来，城里闹了饥荒，挨了两个月，差不多饿死了一半人。看情况，再也活不下去了。

到了七月，袁尚带着一万多兵马从平原回来，前锋已经离邺城十七里地了。有人对曹操说："袁尚带领一万多兵马，必然来跟咱们拼命，不如暂时避开他的主力，再做计较。"曹操觉得这话有理，可是他想了想又说：

"如果他从大路过来，那是决心来拼命的，咱们就暂时躲开，如果他是从小路过来，就证明他心虚胆怯，经不起战斗的。"不一会儿，探子报告说："袁尚的军队是走小道的。"曹操就料定袁尚没什么作为。他立刻吩咐曹洪围住邺城，不让审配出来，自己带着一队精兵沿路埋伏着。

袁尚的大军晚上举火为号，让城里的人知道救兵已经到了，可以从城里杀出来。城里也举火为号，让城外的救兵知道城里已经做了准备，可以内外夹攻了。没想到审配从城里杀出来，立刻被曹洪当头一棍，缩回城里去了。袁尚没见审配的兵马出来，自己反倒被曹军包围住了。曹操叫吕旷和高翔两位将军去劝告袁尚的两个先锋马延和张觊过来。那两个先锋一见曹军这么强大，又有两个老同事在一起，就率领着自己手下的士兵投降了。这一来，袁尚的军队自己先垮了。袁尚慌慌张张地往中山逃去，连自己的印绶、衣帽都来不及拿，全扔给曹军了。

曹操叫人用枪挑着袁尚的印绶和衣帽让城里的士兵瞧瞧，告诉他们袁尚已经全军覆没了。城里的人吓得好像鱼鳔泄了气。审配还鼓励士兵说："曹兵已经累了，粮草又接济不上。我们这儿再守几天，幽州（指袁熙）的救兵就到了。二公子袁熙也是我们的主人，怕什么？"审配尽管这么说，可是他的侄儿审荣和别的几个将军先投降了曹操，晚上大开城门，把曹军迎接进去，审配抵挡不住，给曹军逮住。他不肯投降，就给杀了。

邺城打下来了，曹操立刻下令："不准杀害袁氏一家老小，官员投降的官封原职。"接着曹操带着自己的儿子也进了城。

曹操进了邺城，带着亲随先去检查文书、档案。他的第二个儿子曹丕（曹操长子曹昂在宛城阵亡；丕：pī），这时候已经十八岁了，跟着他父亲在军营里。他跟着进了城，有意要到袁家去看个明白，就一直到了袁家门口下马。把门的士兵嚷着说："大将军有令，将士不准进入袁府！"再一瞧，见是二公子，赶紧站在两旁让他进去。曹丕拿着宝剑到了大厅，没有人，两厢房鸦雀无声。四周围瞧了瞧，走到后堂，只见窗口下坐着一个大娘，默默地流着眼泪，身旁跪着一个年轻妇女，把自己的头靠在那大娘的腿上，披散着头发直打哆嗦，曹丕拿宝剑指着说："你是什么人？"那大娘说："我是袁将军的妻子刘氏。""她哪？"刘氏说："是我二儿子袁熙的媳妇儿甄氏。她胆儿小，请别见怪。"

曹丕收了宝剑，走过去，轻轻地撩开她的头发一瞧，哟！这么一个招人疼的美人儿，显着又胆怯又害臊的神情，动人的眼泪还挂在脸上，真像逗留在梨花瓣上的露珠那么可爱。他说："我是大将军曹公的儿子曹丕，特来保护你家，你们都放心吧。"刘氏一听是曹公子，连忙叫甄氏起来转过身去向曹丕行礼，一边说："这就好了。"甄氏羞答答地行了礼，稍稍抬起眼皮子一瞅，原来是个英俊少年，不由得脸红了。

曹丕还想说几句话，忽然听见外面人声嘈杂，他就往外出去一看，他父亲到了。曹操坐在大厅上，向左右随从的将士们说："袁家人呢？"曹丕跑上一步，禀告说："袁家这儿只剩下婆婆跟儿媳妇两个人。她们躲在后堂，怪可怜的，请父亲从宽发落。"曹操点点头，说："我跟本初起兵讨贼，患难相共，没想到他中途背叛朝廷，不能相好到底。只要他全家归顺，自然应当一视同仁，何况是妇女呢。"曹丕放了心，回身到后堂把她们娘儿俩领出来拜见他父亲。曹操一瞧，哟！是个大美人儿，他问刘氏："你家怎么只剩下你们两个人？"刘氏回答说："别的人死的死，走的走了。袁熙远在幽州，他媳妇儿甄氏不愿意离开我，所以留下了我们两个苦命人。幸亏公子到了，多蒙照顾，真够造化了。"

曹操听了刘氏的话，又看着曹丕关心甄氏的神情，心里已经明白了，就让曹丕把甄氏领去，还让她原来的婆婆一同住在家里，接着下个命令："冀州免租税一年，豪强不得欺压平民。"这个命令一下来，就有许多人说些奉承的话。曹操也很得意，就在邺城开个庆功宴，让将士们和谋士们都快乐一番，连袁绍的妻子也分到了酒肉。大伙儿有说有笑，十分高兴。许攸已经喝得够劲儿的了。他一高兴，狂妄地叫着曹操的小名儿，说："阿瞒，你要是没有我，怎么能到这儿啊？哈哈哈哈！"文武官员听了这话，都火儿了。只听见曹操笑了笑，说："你说得对，应当给你记个头功，是不是？哈哈哈哈！"这么一来许攸就更加神气了。

有一天，许攸在东门口溜达，瞧见许褚骑着马进来，好像没看见他这个大人物在这儿，就叫许褚站住，对他说："你们这些将军，要是没有我许攸，怎么能在这个城门口跑进跑出呢？"许褚顶嘴说："我们出生入死，夺到城池，就只有你的功劳？"许攸开口骂了："你这小子，敢在我跟前没有规矩？"许褚勉强捺住性子，跑到曹操跟前，说许攸怎么无礼。曹操对他说："子远是我老朋友，他才闹着玩儿。你也不必介意，以后叫他不再得罪你就是了。"接着，曹操把许攸下了监狱，加个罪名，把他杀了。

许攸狂妄自大，给曹操杀了，活该！没想到太中大夫孔融比许攸更狂妄，他听到曹操给他儿子娶了袁熙的媳妇儿，从许都写信给曹操，故意给他道贺，说：“从前武王伐纣，以妲己赐周公，想必明公有心仰慕古人，可喜可贺。”曹操没听到过这段历史，可是再一想，孔融博学多才，他的话准有根据。后来他向孔融请教这个典故，孔融笑着说：“照情理说来，不是不可能的，您想，武王这么英明，怎么能杀大美人儿呢？把大美人儿赏给周公，不是两全其美吗？”曹操这才知道原来孔融一直在挖苦他，只好恨在心里。

曹操打下了冀州，自己兼冀州的州牧，接着就打算进攻幽州和并州。并州刺史高干一探听到曹操出兵来打并州，觉得自己力量不够，情愿归顺。曹操同意了，仍旧让他镇守并州，继续原来的官职。这一头也算是平了。可是袁谭又自作主张，趁着曹操围攻邺城的时候，夺取了甘陵、安平、勃海、河间等几个城，兵力增强了。他听到袁尚逃到中山，就发兵去打中山。袁尚打了败仗，逃到幽州，投奔他二哥袁熙。袁谭接收了袁尚的军队，还想夺回冀州。曹操派使者给他送信去，责怪他不该失信背约，又退了婚，把袁谭的女儿送回去。没多久，就发兵进攻平原。袁谭扔了平原，退到南皮，守在那儿。

转过了年，就是建安十年（公元 205 年），曹操加紧攻打南皮，亲自击鼓，将士们拼死攻城，上了城头，杀进城去。袁谭逃出北门，正碰上曹洪。曹洪大喝一声，把袁谭一刀劈落马下。曹操的大军进了城，郭图他们一伙人都给杀了，其余的人一概免死。按当时的规矩，出榜安民，南皮一带都平下来了。

青州的大官王脩，正从乐安运粮回来，听说袁谭被杀，哭着去见曹操，要求收葬袁谭的尸首。曹操正要安定人心，搜罗人才，答应了，还把他夸奖了一番。除了王脩以外，还有袁绍的旧臣，像崔琰（yǎn）、陈琳这些人都归顺了曹操，曹操一一起用。他只是责备陈琳，说：“你替袁绍写通告，骂我一顿也就是了，怎么连我祖宗三代也骂上了？”陈琳回答说：“那时候，真所谓箭在弦上，不得不发。今天我已经认了错，请明公发落吧。”曹操说：“过去的事也就算了。”

曹操正想去打幽州，幽州内部倒先自己打起来了。袁熙手下的将军焦触和张南一看袁家失了势，就背叛袁熙，向他进攻。袁熙打了败仗，带着袁尚一同投奔辽西乌桓去了。焦触自称为幽州刺史，派使者去向曹操投降。曹操马上派人去慰劳焦触和张南，封他们为列侯。幽州没打就收下来，已经够叫曹操高兴了，黑山方面又来了个好消息。黑山军的首领张燕，一见曹军这么强大，就率领了十多万人马投降了。曹操马上封他为安国亭侯，镇守原地。这么一来，北方不是平定了吗？那还早着哪。辽西乌桓收留了袁熙和袁尚，联合另外两个郡的乌桓，向都督幽州六郡的鲜于辅进攻，北方的情况就又严重了。

古籍链接

九月，令曰："河北罹袁氏之难，其令无出今年租赋！"重豪强兼并之法，百姓喜悦。天子以公领冀州牧，公让还兖州。

公之围邺也，谭略取甘陵、安平、勃海、河间。尚败，还中山。谭攻之，尚奔故安，遂并其觽。公遗谭书，责以负约，与之绝婚，女还，然后进军。谭惧，拔平原，走保南皮。十二月，公入平原，略定诸县。

十年春正月，攻谭，破之，斩谭，诛其妻子，冀州平。下令曰："其与袁氏同恶者，与之更始。"令民不得复私雠，禁厚葬，皆一之于法。是月，袁熙大将焦触、张南等叛攻熙、尚，熙、尚奔三郡乌丸。触等举其县降，封为列侯。初讨谭时，民亡椎冰，令不得降。

顷之，亡民有诣门首者，公谓曰："听汝则违令，杀汝则诛首，归深自藏，无为吏所获。"

民垂泣而去；后竟捕得。

——《三国志·魏书》

抵抗乌桓

乌桓混居在辽西、辽东、右北平三个郡的叫三郡乌桓，三郡乌桓趁着中原混乱，侵入幽州，汉人给他们掳去或者受他们统管的就有十多万户。袁绍占领冀州的时候，利用他们巩固自己的地盘，把乌桓的三个头儿都立为单于，还把家里的使唤丫头当作自己的女儿嫁给他们。三郡乌桓当中，要数辽西单于蹋顿最强大，袁绍待他也最优厚，所以袁熙、袁尚哥儿俩投奔了他。他就联合辽东单于和右北平单于，一步步地打进来。都督幽州六郡的鲜于辅只好向曹操求救。曹操并不害怕袁熙和袁尚，可是他们借乌桓兵来打幽州，情况就严重了。

曹操只好发兵去救鲜于辅。三郡乌桓一见中原的大军到了，稍稍抵抗一下，就退到塞外去了。乌桓并没打败，更没消灭，不必说了。并州刺史高干听到曹操发兵去打乌桓，就又叛变了。他抓住了上党太守，派兵守住壶关口（上党郡上党县有壶山口，山口险要，设置关口，叫壶关口），做起土皇帝来了。曹操只好撂下乌桓那一头，派乐进、李典带领一支精兵去打并州。他们夺下了壶关口，高干退到壶关城，死守在那儿。乐进、李典没法打进去。

公元206年（建安十一年）春天，曹操亲自率领大军去征伐高干。壶关城围攻了两个多月，还没攻下来。高干叫将士们守城，自己跑到匈奴向单于求救。高干到了边界，正遇到匈奴的左贤王。他下了马，趴在地下，向左贤王拜了几拜，哭哭啼啼地求他发兵去打曹操。左贤王说：“匈奴跟汉朝已经和好了，我跟曹操又无怨无仇，你要把野火烧到我的帐篷里来吗？”他说了这话，鞭子一扬，走了。

高干爬起来，还想追上去再说几句话，可是人家已经走远了。他只好垂头丧气地回来。到了半路上，就听说并州守将已经投降了曹操。他决定往南方去投奔刘表。到了上洛（在今陕西商洛一带）地界，被上洛都尉逮住杀了。这么一来，以前袁绍所占据的青州、冀州、幽州、并州，全都平下来了。可是袁尚哥儿俩投奔了乌桓，辽西乌桓蹋顿帮着他们屡次三番地侵犯到边塞里面来，打算夺取更多的土地。曹操知道抵抗乌桓是件大事。要是出兵没多久，粮草接济不上就退回来，那就没法对付乌桓。他就先动用大批的民工挖掘平虏和泉州两条水渠，作为运粮的要道，然后商议出兵去跟乌桓交战。

将士们大多不同意去跟乌桓交战。他们说：“袁熙、袁尚已经势穷力尽，逃到塞外，还能干什么呢？乌桓原来是边界上的小部族，至多在边界上抢些财物，来来去去，一向如此。如果发大军去跟他们作战，万一刘备、刘表趁着许都空虚，偷袭过来，到那时候，我们来不及救应，这可怎么办哪？”谋士郭嘉说：“诸公的话应当说是合乎情理的。可是你们对袁尚和刘表的估计都错了。袁氏一向厚待乌桓，乌桓正可以借口替袁氏报仇，扩张自己的势力。要是袁尚弟兄号召乌桓人和边界上的汉人大举进攻，祸患可就不小了。袁尚还能够借外族的兵反攻北方，那么四个州里原来属于袁绍和忠于袁绍的人就不会死心。因此，袁尚兄弟非除灭不可。说到刘表，坐镇江汉，空谈文教，没有能力利用刘备。重用刘备吧，怕管不住；不用他吧，又怕对自己不利。刘表他绝不敢进攻许都。明公可以放心出去。”

曹操完全同意郭嘉的看法，当时（建安十二年）就发兵，浩浩荡荡往北进行，到了易城（在今河北雄县一带），打算下令休息。郭嘉建议先派轻骑往前进，辎重随后跟上。曹操认为没有领路的人，还是稳扎稳打的好。郭嘉说：“当初幽州牧刘虞的助手田畴反对公孙瓒，隐居在无终，后来袁绍灭了公孙瓒，请他去做大官，他没去。田畴是右北平人，熟悉北方情况，最好把他请来，就有带道的了。”

曹操派使者去请田畴，田畴满口答应，当即准备动身。他的门生挺纳闷地问他："以前袁公很隆重地派人来请老师，请了五次，您都回绝了。这会儿曹操的使者一到，您好像等不及似的马上动身，这是怎么回事啊？"田畴乐了乐，说："这你们不知道，以后再说吧。"他随着使者来见曹操。曹操跟他一谈，很对劲，就请他做官，可以随时商议大事。田畴说："我的志愿不在做官，我所以急于来见明公，是因为乌桓太残暴。我们郡里的知名之士也给杀了，老百姓被他们杀害的更不知道有多少。我有心起兵抵抗，自己又没有这份力量。现在明公出来，为民除害，我怎么能够不赶紧来见您呢？"曹操很高兴，就请他跟着大军到了无终。那年夏天，下大雨，道儿泥泞，不好走。沿路的关口和要道上还有敌人，他们想各种办法阻挠着大军前进。曹操直皱眉头，他问田畴怎么办。

田畴很详细地告诉曹操，说："咱们走的这条路，倒是条大路，可就有一样不好——在夏秋的时候，老有水。我们这边的河跟南方的河不一样，有了水，车马过不去，水再深，也不能通船。多少年来都有这个困难。从前北平郡的长官驻在平冈，从右北平到平冈是走卢龙（在今河北卢龙一带）这一路，一直可以通到柳城（在今辽宁朝阳一带）。可是走卢龙的这条路，在汉光武帝时代就坏了，到今天已经一百八十多年没有人走。好在路的痕迹还找得到。乌桓人只知道大军由无终大路向北前进，他们认为只要守住关口，就能阻住我们。如果大军绕道由卢龙口过去，暗暗地翻山越岭一直通到乌桓的心脏地区，乌桓的头子就是再厉害些，也一定给明公逮住。"

曹操细细研究了地图，就依了田畴的计策，立刻退兵，还在河边路旁立了几根木头，作为路标，上面刻着字："今年夏天天气太热，路又难走。到秋冬再进军。"蹋顿听了探子的报告，认为曹操的大军已经退回去，沿路的防备也就松了。曹操请田畴为向导，由卢龙口进兵，翻山越岭，偷偷地走了五百多里，经过白檀、平冈和鲜卑庭，再往东到柳城只差两百里地了。到了这时候，乌桓才发觉了。蹋顿慌忙布置抵抗，带着袁尚、袁熙，联合辽东单于、右北平单于等率领几万骑兵前来对敌。

曹军到了白狼山（在今辽宁凌源一带），远远地就见乌桓兵过来了。将士们一见乌桓的骑兵多得数不清，都有些害怕。曹操上山，往下望了望，对张辽说："乌桓士兵队伍不整，人数尽管多，不必怕。你给我下去先打一阵。"张辽立刻下山去，许褚、徐晃、于禁他们紧跟着去打头阵，他们好像旋风似的刮到敌人的阵营中去，当时就把敌阵捣破。蹋顿正在惊慌失措的时候，没提防到张辽已经杀到跟前，他还没来得及定一定神，张辽兜胸一枪过去，把他刺落马下，结果了性命。乌桓军更加慌乱起来，大伙儿乱纷纷地扔了兵器。当时投降的胡人和汉人合在一起就有二十多万。袁熙和袁尚带着几千人马逃到辽东去了。

将士们想要一直追上去，曹操反倒下令退兵。他说："辽东太守自然会把他们的人头送来的。"辽东太守素来害怕袁氏，怎么会杀他们呢？曹操又怎么知道呢？

曹操回到柳城，要封田畴为柳亭侯，请他镇守柳城。田畴坚决推辞了。他说官职爵位都不要，他愿意回乡，一面教书，一面耕种，他说打退了乌桓，他的心事已经了啦。曹操不好太勉强他，只好把他表扬一番，拜他为议郎。另外指定一部分兵马驻扎在柳城，自己带领大军到了易城。

这次出兵，将士们死伤不多，可惜谋士郭嘉，因为水土不服，带病从军，回到易城，死了，才三十八岁。曹操亲自祭奠，哭得实在伤心。荀攸他们竭力劝慰，曹操对他们说："诸君年龄跟我差不多，只有奉孝（郭嘉字奉孝）最年轻。我正想以后多依靠他，没想到他这么短命。真正可惜！叫我痛心！"他就闷闷不乐地把军队驻扎在易城。

夏侯惇和张辽对曹操说："不去打辽东，又不回许都去，待在这儿按兵不动，干什么哪？"曹操说："等袁熙、袁尚的人头一到，咱们就回去。"大伙儿听了，暗暗发笑。没过几天，辽东果然派使者送人头来了。大伙儿不由得愣了半天。这是怎么回事啊？

辽东太守公孙康是公孙度的儿子。公孙度原来是辽东襄平人，由董卓推荐他为辽东太守。他趁着中原混乱的机会，自称为辽东侯，向东向西扩张了一些地盘，又由海道到了青州，占领了东莱和临近几个县，势力越来越大，就独霸一方了。曹操因为辽东太远，成心笼络公孙度，拜他为武威将军，封永宁乡侯。公孙度才不稀罕这些封号。他说："我实际上已经在辽东自立为'王'了，还要什么'侯'？"就把许都送来的印绶藏在武库里。公孙度一死，儿子公孙康继承他父亲的地位，把藏在武库里的印绶拿出来，转送给他的兄弟公孙恭。袁绍占领冀州的时候，一直想并吞辽东，可是没能够做到。这会儿袁熙、袁尚被曹操打得走投无路，就逃到辽东。

哥儿俩在路上商议着。袁尚力气大，他说："我们到了辽东，公孙康必然出来迎接。我趁他没提防，当场把他打死。得了辽东，再想办法收复四州。”袁熙完全同意。万没想到公孙康比他们更想得周到。他一探听到袁尚他们来投奔他，就知道他们一定要夺他的地盘。公孙恭说：“袁绍活着的时候，哪一天不想并吞辽东。现在袁熙、袁尚没有地方去，不来夺我们的辽东才怪哪。”公孙康说：“如果曹操发兵打过来，我们就收留袁家的儿子作为帮手；如果曹操不来，那么就杀了他们，也可以作为结交曹操的一件礼物。”没几天工夫，探子来报告说：“曹军已经退到易城去了。”

袁熙和袁尚带着几千骑兵到了辽东，把军队驻扎下来，先派使者去见公孙康。公孙康请他们进去相见。袁熙、袁尚带着宝剑进去，准备一见面就刺死公孙康，他们刚到了中门，武士们突然跳出来把他们抓住。他们连拔刀的工夫都没有，就给绑上，给拉出去，搁在露天里。那时候正是初冬天气，塞外天冷。袁尚坐在地下，连屁股都冻木了。他要求武士们给他一个垫子。袁熙愁眉苦脸地说：“脑袋都保不住，还管屁股哪。”垫子没有，不必说了。公孙康吩咐武士们把他们砍了，派使者把人头送到易城。曹操就封公孙康为襄平侯，拜为左将军。

将士们可不明白曹操怎么知道公孙康准杀二袁呢。曹操对他们说：“公孙康素来害怕袁氏。现在袁熙和袁尚去投奔他，我要是发兵去打辽东，逼得急了，他们只好联合起来抵抗我。我退了兵，辽东没事，公孙康落得杀了二袁，向朝廷卖个人情。这是情理上应有的事，诸君没仔细想想罢了。”他们这才心服了。

曹操平了北方，班师还朝。程昱他们建议说：“北方已经平定了，就该发兵去征讨刘表。”荀彧说：“大军刚从北方回来，应当休息一下。有了半年工夫，养精蓄锐，先打荆州，再攻江东，不怕不打胜仗。”曹操就分兵屯田，一面派人探听刘表的动静。

◆跃马檀溪◆

曹操的大军往北进攻的时候，刘备就劝刘表去袭击许都。刘表没有打天下的野心，推三阻四地没能听他的话。赶到袁氏败亡，曹操回到许都，刘表又后悔了。他请刘备过来喝酒聊天，对他说："上次没能听您的话，失去了一个好机会，实在可惜。"刘备安慰他，说："现在天下分裂，天天有战争。上次失了机会，以后也许会再碰到呢？只要以后不再错过，过去的就不必后悔了。"

两个人随便谈谈以后的打算。过了一会儿，刘备告便上厕所去。他摸了摸自己的大腿，禁不住流下眼泪来。回来的时候，脸上还留着眼泪的痕迹。刘表见了，问他："您怎么啦？不舒服吗？有什么心事？"刘备不好意思地乐了乐，说："没什么。我以前身子不离马鞍，大腿上的肉很结实，自从到了这儿，一晃五年过去了，净享清福，用不着骑马，大腿上的肉又肥又松。一想起光阴过得这么快，人都快老了，什么功业也没建树，因此，免不了有点难受。"

刘表安慰他，说："我弟如此雄才，不怕没有建树，只是我……唉！我的心事，说都不好说。"刘备说："兄长有什么为难的事，尽管说。要是有用到我的地方，赴汤蹈火我也去。"刘表吞吞吐吐地把家里的事告诉了刘备。原来刘表有两个儿子，一个叫刘琦，是夫人陈氏生的，小儿子叫刘琮

（cóng），是后妻蔡氏生的。刘表又给小儿子刘琮娶了后妻蔡氏的侄女儿做媳妇，蔡氏的兄弟蔡瑁和刘表的外甥张允做了刘表的心腹。小舅子和外甥一搭一档地夸奖刘琮，净给刘琦说坏话。蔡氏又天天纠缠着他，要他立刘琮为后嗣。老头子刘表叹了口气对刘备说："前妻陈氏所生的长子琦，人倒不错，就是太软弱，不能成大事。后妻蔡氏所生的小儿子琮，聪明得很。我要是废了长子立幼子，恐怕不合礼法；要是立了长子，又怕蔡氏族中出来争闹，你要知道军队都掌在他们手里哪。因此决定不下。"刘备说："从古以来，废长子立幼子，准会出事。要是怕蔡氏族中军权太重，可以想办法慢慢减轻点。"刘表理理胡子，不说话。刘备后悔话说得太直爽了，宴会以后，闷闷不乐地回到新野。

果然，他的话给自己招来了灾祸。原来蔡夫人对刘备素来存着戒心，他跟刘表讲的话都给她偷听去了。她就跟她兄弟蔡瑁定了计策，决心杀害刘备。

第二天，蔡瑁对刘表说："今年秋收较好，主公最好能去会会各地的官员，表示慰劳。您看好不好？"刘表说："好倒是好，就是我身子不舒服。要么，叫我两个孩子替我去招待客人吧。"蔡瑁说："公子年轻，恐怕有失礼节，总得有个德高望重的人才好。"刘表想了想，说："那么请玄德代我去吧。"这么办，正中了蔡瑁他们的计。他们当时就派人请刘备到襄阳来。

使者到了新野，催刘备往襄阳去替刘表慰劳官员。孙乾说："主公前日匆匆回来，好像不大高兴似的，我料到荆州准出了什么事。今天又来请您去，我看还是不去为妙。"刘备就把他跟刘表说的话说了一遍，自己后悔说走了嘴。关羽说："这是您自己疑心说错了话，刘荆州可并没怪您。襄阳离这儿不远，要是不去，反倒引起疑心。"张飞说："什么疑心不疑心！高兴去就去，不高兴去就不去！"赵云同意关羽的意见，他说："我带领三百名士兵一块儿去，多少有个防备。"刘备说："好，就这么办吧。"

刘备带着赵云到了襄阳，蔡瑁、张允、蒯越，还有刘表的门客伊籍，都出来迎接。随后刘琦、刘琮也到了。刘备见了两位公子都在，就放心了。当天就在宾馆里休息。赵云带着三百人马四周保护着。

第二天，大摆酒席慰劳各地来的官员，刘备坐了主位，殷勤地向客人们劝酒。蔡瑁的手下人招待着赵云，另在一处喝酒。赵云推辞了，跑到刘备身边站着不动。荆州来的将士一定要招待赵云，刘备只好叫赵云跟着他们去。赵云才勉强答应，出去了。蔡瑁已经在外面布置好了，东门、南门、北门里里外外三条路上都有将士把守。只有西门不必把守，因为西门外有条大溪，千军万马也不能过去。这样，刘备已经成为网里的鱼了。

主人和客人正喝着酒，伊籍起来向大伙儿敬酒。他向刘备敬酒的时候，拿眼睛向他做暗号，低声地说："请更衣（就是上厕所的意思）。"刘备喝了一口酒，告便上更衣室去。伊籍敬完了酒，偷偷地溜到后园，见了刘备，咬着耳朵对他说："蔡瑁设计杀害使君，城外东、南、北三路都有兵马把守。只有西门可走。快走！快！"说着回转身进去了。刘备急急忙忙解下自己的"的卢马"（一种有一条白毛从脑门直通到嘴的马，当时给马相面的人管这种马叫凶马），出了后园，跳上马，飞一般地往西门出去。管城门的问他，他也不回答，拦也拦不住。那个管城门的也跳上马，飞一般地往城里跑，向蔡瑁报告。蔡瑁立刻带领五百骑兵往西门去追赶刘备。

刘备逃出西门，跑了几里地，就有一条大溪拦住去路。那条大溪就是有名的檀溪（在今湖北襄阳西南，也有的说檀溪就是襄水），有几丈宽，水流很急，刘备到了溪边，没法过去，只好回转来。一回头，就见后面尘土大起，一队兵马追赶过来。刘备慌了，拉转马头，又回到溪边。往后一瞧，追兵越来越近了。刘备只好再下檀溪，还想蹚着水走。哪儿知道马前蹄陷下去，连衣袍都浸湿了，前面过不去，后面的追兵已经近了。刘备一面抽着鞭子，一面死命地嚷着："的卢，的卢！使劲地跳哇！"那匹马忽然从水里跳到岸上，往回走了几步，突然冲到溪边，就那么一蹦，三丈宽的檀溪，好像腾云似的飞跃过去了。

刘备到了西岸，回过头来冲着东岸一看，蔡瑁的兵马已经到了。蔡瑁高声嚷着说："哎呀，刘将军！您怎么啦？怎么这么快就走啦？"刘备说："我跟您无怨无仇，为什么要跟我为难？"蔡瑁只好赔着不是，说："没有的话！将军别错怪了人。旁人的闲言闲语不能听。既然这样，我们就在这儿送您啦！"两个人隔岸拱了拱手，各自走了。

蔡瑁对左右说："他怎么过去的呀！真邪门儿！"他只好带着原来的人马回去。到了西门口，正碰上赵云带着自己的三百人赶出城来。他怒气冲冲地问："你把刘将军赶到哪儿去了？"蔡瑁说："你讲什么话！我听说刘将军独自走了，又不知道是谁得罪了他。寻到这儿又不见了。"赵云只好再往西找去。到了溪边，一看两岸都有水迹。他想："难道跳过大溪走了？"他不便再进城去，心里一想，也许刘备已经回到了新野，他就急急忙忙地绕道往新野走去。

刘备过了檀溪，又是高兴，又是吃惊，晃晃悠悠地让那匹的卢马驮着他走。跑一程，走一程，心里有点像做梦似的那么不踏实。又走了一程，脑袋有些发晕，口渴得厉害。这儿又没有人家，哪儿去讨水喝。正在没着没落的当儿，听见有吹笛子的声音。顺着声音过去，前面有个看牛的小哥，坐在牛背上，吹着短笛。那头牛甩着尾巴，踱着方步，慢吞吞地走去。刘备赶上一步，向牧童拱了拱手。说："小兄弟，我渴得很，哪儿能要点水？"说着，又拱了拱手。牧童说："到我们庄子里去，就在前面。我师父一定会欢迎像您这种老拱手的人。走吧。"刘备就问："你师父是谁？干什么的？"牧童说："您还不知道吗？我师父叫司马徽，也叫司马德操，人们可都管他叫水镜先生。您问我师父是干什么的，那我可说不上。听说我师父的本领最最大，他要做多大的官就可以做多大的官，可是他不干。就在家里看看书，弹弹琴，跟朋友们喝喝酒，聊聊天。"

说着说着，已经到了村庄。刘备下了马，对牧童说："我叫刘备，字玄德，从新野来，来拜访你师父，请替我去通报一声。"牧童进去，一会儿领着一位老先生出来，说："这就是我师父。"刘备向他行礼，跟着他进了草堂。水镜先生说："您像是逃难到这儿。"刘备吓了一跳，还故意镇静一下，说："我偶然路过，碰见这位小哥，特地来拜见先生。"水镜先生笑眯眯地说："您不必隐讳。您自己瞧瞧，半身污泥，衣袍都湿了。"

刘备就把襄阳宴会和逃难的经过从实说了。水镜先生点点头，说："就是，就是。"不一会儿，酒食摆上来了。"我们喝两杯吧。我也久闻大名，没想到将军这几年来，这么不称心。"刘备跟他谈谈天下大势，就认定他是个头等人才。当时就请他出山相助。水镜先生呵呵笑着说："像我这种山沟子里的糟老头子，有什么用啊。这儿多的是人才，您自己留心去找吧。"刘备再三央告他，请他指教。

水镜先生就透个信儿，说："有两个了不起的人，您光听听他们的外号就知道是怎么样的人了。一个号称伏龙，一个号称凤雏（chú）。伏龙、凤雏，二人得一，就可以安抚天下。"刘备急着问："伏龙是谁？凤雏又是谁？他们都在哪儿？"水镜先生哈哈大笑，说："何必这么心急呢？我说他们……"正说到这儿，忽然听到庄院外乱哄哄的不知道进来了多少人马。

刘备吓了一大跳，偷偷地往外一瞧，脑门上抹了一把冷汗，原来赵云到了。他很高兴地出去。赵云下了马，说："我沿路打听，居然给我找到了。请主公赶紧回去，免得给人家暗算。"

刘备拜别了水镜先生，跟赵云上了马，回新野去了。刘备到了新野，就把蔡瑁的行动跟大伙儿说了。孙乾说："应当先给刘荆州写封信，把事情说明白。"刘备就写了信，请孙乾送去。刘表正怪刘备为什么不别而行，看了来信，又听了孙乾的话，才知道蔡瑁谋害刘备和跃马檀溪的经过，当时气得脸皮都发了青，吆喝一声："来呀，把蔡瑁拿下，砍了！"武士们把蔡瑁绑了。孙乾慌忙趴在地下，央告说："这可万万使不得！杀了他，恐怕玄德再也不能住在这儿了。"蔡夫人也出来求情。蔡瑁认了错，起誓赌咒地说再也不敢得罪刘备了。刘表就免了蔡瑁的死罪，派长子刘琦跟着孙乾到新野去向刘备赔罪。一场风波就这么平息下去了。

有一天，有一位士人来见刘备。刘备一看，就知道是一位名士，把他当作贵宾招待。水镜先生所说的伏龙、凤雏两个人，甭说他准是其中的一个了。

三顾茅庐

刘备虚心地招待着那位士人，问他姓名来历。他说："我是颍川人，原来姓单（shàn）名福。少年的时候，跟小伙子们击剑，想做个侠客。后来路见不平，替别人报仇，杀了人，逃到外地，改名更姓叫徐庶，字元直。从此弃武就文，学习经书，也结交一些名流。久闻使君招贤纳士，特来相投。"刘备把他当作谋士收下了。

刚巧曹操派夏侯惇和于禁带领一队人马来夺博望（在今河南南阳东北）。刘表叫刘备去抵抗。徐庶替刘备准备了对付的计策，把关羽、张飞、赵云他们分别布置在南门外下里坡地区。刘备在博望守了几天，把积存的辎重和粮食都烧了，带着军队急忙忙地往南逃去。夏侯惇和于禁一见刘备自己烧了辎重，连粮草也烧了，乱糟糟地往南逃跑，就断定刘备不敢交战，立刻发兵追上去。他们就这么急急忙忙地钻到徐庶所布置的埋伏圈里。霎时间伏兵四起，杀得曹兵七零八落，大败而逃。夏侯惇和于禁带着残兵败将逃回许都，向曹操请罪。曹操说："胜负乃军家常事，以后多给你们人马就是了。"他打算再去向刘表进攻。荀彧拦住他，说："将士们已经累了，过了年，明春再发兵吧。"曹操就在邺城玄武园内挖了一个大池，叫玄武湖，准备在这玄武湖内操练水军，到时候再去南征。

刘备听了徐庶的话，打了胜仗。因此，更加尊敬他，愿意听他的指教。

徐庶这才对他说：“这儿有个杰出的人才，就在襄阳城外二十里的隆中（山名，在今湖北襄阳西），将军要不要见见他？”刘备说：“既是名士，我怎么会不愿意见他呢？不知道他比得上先生吗？”徐庶说：“我跟他比呀，那是乌鸦比凤凰。他把自己比作管仲、乐毅。照我看来，他比管仲、乐毅还强。”刘备有些不大相信。他说：“先生既然知道他，就请您辛苦一趟，请他来吧。”徐庶摇摇头，说：“这样的人只能将军亲自去请。他肯不肯来还得看将军的诚意如何。他自己怎么肯来呢？”刘备就说：“好！那我就自己去请他。可是他到底是谁呀？”

徐庶十分郑重地说：“他姓诸葛，名亮，字孔明。他本来是琅邪郡阳都县人（阳都，旧县名。在今山东沂南一带），父亲早死了。他叔父跟刘表是朋友，就带着孔明一家到了荆州，住在南阳邓县（在今河南新野西北）。后来他叔父死了，孔明就在那边亲自耕种，做了庄稼汉。因为他住的地方有条卧龙岗（在今河南南阳西南），人们就称他为卧龙先生。后来因为他的好朋友都在这一带地方，大伙儿一要求，他就搬到隆中，搭了几间茅庐，还是靠耕种过日子。可是朋友们仍然叫他卧龙先生。”

刘备好像忽然猜着谜语似的说：“哦，我知道了，司马德操先生说的伏龙凤雏，准是他。”徐庶说：“伏龙、凤雏是两个人，凤雏是襄阳庞士元，伏龙正是诸葛孔明。”刘备当时就要请徐庶带道去拜访诸葛亮。徐庶摇摇头，说：“不行！我知道他的脾气，将军得自己想法去请他。别提起我，也不要说起水镜先生。”

第二天，正是好天气。刘备带着关羽、张飞和几个从人到了隆中，寻到了诸葛孔明的村子。过了小桥，沿着黄土的矮墙走去，正瞧见徐庶所说的小溪上一溜儿七八棵倒挂的柳树，中间夹着的净是些弯弯扭扭的老梅树，长满了骨朵儿，可还没开。正对着小溪就是两扇木柴编成的围墙大门，一扇关着，一扇半敞着。他们进去，到了院里，就有个小哥出来，问：“你们找谁？”刘备下了马，说：“刘皇叔刘备求见孔明先生。”小哥把他上下打量了一下，又看了看别的这许多人，回答说：“先生早晨就出去了，还没回来。”刘备又问：“什么时候能回来？”他说：“那可说不上，有时候三五天，有时候十来天，没一定。”

刘备呆呆地站了一会儿，不知道该怎么办才好。张飞说：“碰不到，就回去！”刘备说：“再等一等吧。”关羽说：“不如先回去，以后再派人来探听吧。”刘备嘱咐小哥，说：“请告诉诸葛先生，刘备特来拜访。”他只好上了马，走了。走了几里地，到了一个小灌木林，迎面来了一个穿布袍、戴头巾的文人，逍遥自在地迈过来。在山野里过来了这么一个读书人，不必说准是诸葛孔明了。刘备下了马，向他行个礼，说：“先生就是卧龙先生吗？”那个士人说：“将军是谁？哪儿来？”刘备毕恭毕敬地告诉了他。那个人说：“我是孔明的朋友，博陵人崔州平（太尉崔烈的儿子）。”刘备说：“久闻大名，难得见面，就在这儿草地上坐一会儿吧。”两个人就坐下了。关羽、张飞也下了马，站在旁边。

崔州平好像已经知道了刘备特来访问诸葛亮的用意，故意问他：“将军为什么要见孔明呢？”刘备说：“方今天下大乱，汉室衰弱，人民遭殃。我求见孔明先生，想跟他谈谈治国安邦的道理。”崔州平微微一笑，说：“天下大势，分久必合，合久必分。天运如此，人力怎能勉强。将军用心固然可嘉，只怕徒费人力，无济于事。”刘备说：“尽我的力量就是了。不知道先生能不能同到敝县，随时赐教。”崔州平说：“对不起，我愿意老死山林，不愿意去求功名。我想孔明也不见得愿意下山。”他站起来，拱了拱手，说声“再见”，就走了。刘备只好跟关羽、张飞他们上了马。张飞气呼呼地说：“真倒霉！孔明没见到，倒碰上了这么一个没出息的书呆子，费了这么多工夫！”关羽也冷冷地说：“孔明跟这种人做朋友，我看也不过如此。”刘备跟他们一面走，一面安慰他们，说：“孔明跟他不一样。我相信水镜先生和元直的话是可靠的。”

他们回到新野。过了几天，刘备派人去探听，说是诸葛先生正在家里。刘备还是请徐庶和赵云守在城里，自己带着关、张二人再一次往隆中去。那天正飞着雪花，可是雪不大，天气也不太冷。他们一路走去，一路欣赏风景，百忙中难得有这个机会。到了隆中，离孔明的茅庐只有五六里地了，碰上了两个士人，一老一少，正在那里欣赏雪景。刘备下了马，向他们作揖，彼此通了姓名，才知道都是孔明的朋友。那个年长的是颍川人石广元，那个年轻的是汝南人孟公威。他们刚从孔明家里回来，说是邀他去踏雪寻梅的。哪儿知道孔明架子大，说什么有心事，不去。

刘备对他们说：“久闻二公大名，难得相见。我们正是去拜访诸葛先生的，请一同去吧。”石广元摇摇头，说：“老朽是‘今日有酒今日醉’的无用废物，国家大事从不过问。请将军自便吧。”孟公威也拱了拱手，走了。刘备、关羽、张飞上了马，一直到了庄上，正碰到上次见过的那个小哥在院子里扫雪。刘备下去问他："先生在家吗？"他说："在，正在看书哪。"

雪停了，天反倒冷了些，外面没有休息的屋子，他们三个人拴了马，都进去了。刘备瞧见一位年轻的读书人，就向他行礼，说："上次来拜访，先生不在。今天冒雪而来……"那少年说："将军就是刘豫州了。我是孔明的兄弟诸葛均。"刘备很高兴地说："哦，原来是弟兄两位。今天令兄在家吗？"诸葛均说："请坐，请坐，大家请坐。我们弟兄三个。长兄诸葛瑾，在江东。孔明是二家兄。他送走了两位朋友，说有要紧的事出门去了。一两天，三五天，不一定能回来。真对不起。"

刘备皱着眉头，说："我怎么这么不凑巧，两次都没见到他！"张飞说："走吧！人家不在，待着干吗？"关羽说："怕再下雪。还是留几句话，咱们先回去吧。"刘备就跟诸葛均说了一番仰慕诸葛亮的话。诸葛均说："待家兄回来，我告诉他回拜将军吧。"刘备摆摆手，说："不，不。不敢惊动令兄，过几天，我们再来拜访。"

刘备回到新野之后，过了五六天，又要去访问诸葛亮。关羽和张飞都不同意他去。张飞首先说："咱们已经去了两次，要是他懂道理，就该来回拜。"关羽说："上两次碰到了诸葛先生的朋友，听他们说的话，不是把国家大事推给命运，就是自己醉生梦死，不图上进。您又不想隐居，跟这种隐士们打什么交道？"刘备可不同意他们的看法。他说："你们不要看错了。孔明先生不是隐士。他把自己比作管仲、乐毅，这说明他是有志向要做一番事业的，只是没碰见齐桓公、燕昭王就是了。可是我算什么呢？没有势力，没有地位，我凭什么要求他来帮助我呢？我一而再，再而三地去拜访孔明先生，要是他能看在我这一片诚意上，肯跟我们在一起，那就是我的造化了。如果你们还不明白我的心思，那么，这一次我就独自去吧。"他们这才说："还是一同去吧。"

三个人连手下的人都不带，再一次到了隆中诸葛亮的院子里，诸葛亮亲自出来迎接。刘备叫关羽和张飞等在外面，自己跟着他进去。诸葛亮很抱歉地说："蒙将军不弃，屡次下顾，真叫我过意不去。我自己知道年幼学浅，太不懂事，惭愧得很。"刘备四周一看没有别的人，就坦率地说："汉室衰落，奸臣霸占朝政，主上受着欺压已经好久了。我知道自己无才无德，没有力量，可是我还想为天下大义做些什么，只恨自己想不出办法来，以致这几年来东奔西跑，直到今天，毫无成就，可是又不肯从此罢休。因此，特地来拜见先生，请先生指教我该怎么办。”

诸葛亮一见刘备这么实心实意地把自己的心事全说了出来，初次见面就够朋友，正像从前燕昭王见了乐毅把自己的心事全说了出来一样。诸葛亮也就把心里的话老老实实地告诉了他。

他说：“自从董卓作乱以来，群雄并起，抢夺地盘，占据州郡的人，数也数不清楚。曹操比起袁绍来，名望小，人马不多，可是他居然兼并了袁绍，转弱为强。这不但依靠时机，也在于人谋。现在曹操已经拥有一百万人马，挟着天子号令诸侯，实在没法跟他针锋相对地斗争了。孙权占据着江东，已经三辈了（从孙坚、孙策到孙权），地势险要，人民附和，有才能的人愿意替他出力，根基已经巩固，现在只能跟他交好，作为外援，可不能轻易动摇他了。再说到我们这儿，荆州这一地区，北边直通汉沔（汉、沔都是河流名称；沔：miǎn），南边可以尽量利用南海的利益，东边连接吴会（吴郡和会稽郡），西边通到巴蜀。这一大片地区从古以来就称为用武之地。可是这块土地的主人守不住这块土地。这是上天留给将军的，不知道将军有没有这个意思。还有益州，那也是个险要的地方，几千里都是肥沃的土地，一向称为天府之国，高祖曾经拿这地方作为根据，建立了汉帝国。可是刘璋懦弱无能，不能统治益州。那个占据益州北部的张鲁呢，尽管在他的地盘里物产丰富，百姓勤劳，他可不知道安抚百姓，救济穷人。那两个头儿这个样子，怎么不叫人失望呢？凡是有见识有才能的人都希望能得到一位英明的君王去领导他们。将军既然是皇室，素来注重信义，四海闻名，征求人才好像口渴的人要喝水那么迫切，怎么能不叫人钦佩呢？要是将军能占领荆州和益州，凭着地形，保卫疆土，西边跟戎族和好，南边安抚夷越，对外跟孙权结交，对内整顿政治，一旦天下发生变动，就吩咐一个上将带领荆州的军队进攻宛城和洛阳，将军自己率领益州的大军从秦川（关中平原）出发，直取中原。老百姓谁不会拿着吃的喝的来迎接将军？能够这样，霸主的事业可以成功，汉室可以再兴起来了。”

刘备听着，打心眼儿里钦佩诸葛亮。心里还真奇怪：一个年轻轻的读书人怎么能把天下大势看得这么清楚。他愿意拜他为老师，他说：“先生的话句句开导了我。为了汉皇室，为了老百姓，请先生今天就下山吧！”诸葛孔明认为自己得到了一个知己。这几年来，他是多么寂寞和孤独哇！他见到了刘备，不再感到寂寞和孤独了。就很爽直地说："承蒙将军不弃，我愿意尽心效劳！"

刘备叫关羽和张飞进去拜见孔明，奉上礼物。孔明也不推辞，叫兄弟诸葛均和妻子黄氏出来拜见他们。孔明的妻子是名士黄承彦的女儿，长得很不好看，黄头发、黑脸膛，好像粗里粗气，可是有才有德，志向很高，非诸葛孔明不嫁。诸葛孔明也决定非黄氏不娶。结婚以后，夫妻恩爱。黄氏才学高，脾气好，在孔明的眼里，她就是个大美人。这会儿孔明嘱咐他兄弟在家照顾嫂嫂，自己跟着刘备他们走了。他下山的时候才二十七岁。他们到了新野，当时由徐庶和赵云迎接进去。徐庶和孔明原来是朋友，大家能在一起，格外称心。刘备把孔明当作老师看待，越来越亲密。关羽和张飞背地里咬着耳朵，有些不高兴起来了。刘备向他们解释，说："我得到孔明正像鱼得到水一样，请你们不要议论。"关羽和张飞总算没话说了。

转过了年，就是建安十三年（公元208年），孔明对刘备说："曹操在玄武湖操练水军，必然要来侵犯江南。不如先派人过江去探听探听。"刘备就派人往江东去探听动静。

灭黄祖

江东孙权原来已经表为讨虏将军，领会稽太守。曹操怕他强大起来，不受约束，在公元 202 年（建安七年）叫他送儿子到许都来伺候汉献帝。孙权跟张昭他们商议了好几天，还是决定不下。吴太夫人叫孙权过去报告这件事。孙权带着周瑜一块儿到她跟前。吴太夫人听完，向孙权瞪了一眼，回过头去问周瑜："你说哪？"

周瑜说："将军继承了父兄的事业，拥有六个郡（会稽、吴、丹阳、豫章、庐陵、庐江），兵精粮足，将士们愿意替将军出力，再说东吴是个好地方，开山可以炼铜，煮海可以造盐，物产丰富，百姓安居乐业，何必急于把公子送去做抵押呢？送了抵押，就不得不听从曹氏，他下道命令叫你去，你不得不去，就这样受了别人的牵制。依我看不如不送。如果曹氏能讲道义管理天下，将军再去伺候他也不迟。如果他打算作乱，那必然自取灭亡，那就更不该送公子去了。"吴太夫人说："公瑾（周瑜字公瑾）说得对！"她回头对孙权说："公瑾跟伯符（孙策字伯符）年龄一般大，只小一个月，我把他当作自己的儿子，你要把他当作哥哥，听他的话。"孙权连着说："是，是！"他就不接受曹操的命令。那时候，曹操一心要平定冀州，腾不出手来，只好不去难为孙权。

孙权不但不把儿子送到许都做抵押，不愿意受曹操的约制，他还要想法扩张地盘。建安八年冬天，他借着为父报仇的名义，发兵去打江夏太守黄祖，在大江（长江）展开了血战。黄祖打了败仗，往夏口（在今湖北武汉）逃去。孙权的部将凌操乘着小船直追上去，看看快追上了，被黄祖的部将甘宁一箭射死，黄祖逃去。孙权夺到了不少船只，可是没把城邑打下来。他听到山越又在后方起事，只好退兵回到东吴。

孙权镇压了山越，经常在大江操练水军，一定要兼并夏口，差不多每年都有小规模的争夺。直到建安十三年，孙权又准备发兵去打黄祖。张昭因为去年冬天吴太夫人去世，就说："在丧事期内不可动兵。"周瑜说："报仇雪恨，就是大孝。"还有凌操的儿子凌统，因为父亲被黄祖的部将甘宁射死，哭着要替父亲报仇，愿意打头阵。正在这个时候，平北都尉吕蒙推荐黄祖手下的一位将军给孙权。那个将军不是别人，正是凌统的仇人甘宁。

甘宁是巴郡临江人，很有力气，又有学问，原来是个侠客。曾经召集了一些亡命徒，坐过山头，做过大王，在江湖上有些名望。后来他率领弟兄八百多人投奔刘表，想在他的手下做一番事业。刘表正在拉拢名士，提倡文教，对于曾经做过大王的甘宁当然不会重用。甘宁也看到刘表不能成大事，跟着他没有出息，一旦刘表败亡，自己也许同归于尽。他就离开刘表去投东吴。黄祖在夏口，不让甘宁的人马过去。甘宁就留在夏口，做了黄祖的部下，可是黄祖并不重用他。上次黄祖被东吴打败，险些被凌操逮住。幸亏甘宁箭法高强，一箭射死凌操，救了黄祖。黄祖回到大营，自己打了败仗，还不肯认输，故意装出若无其事的样子，还是把甘宁当作普通的将士看待，连救命的大恩也没记上一功。

黄祖的都督苏飞屡次三番地推荐甘宁，黄祖回答得挺干脆："江湖劫贼，怎能重用？"苏飞就想办法把他调出去，保荐他做了邾县长（邾县，在今湖北黄冈一带；邾：zhū）。甘宁靠着苏飞的帮助，过了夏口，到了邾县。从邾县往东吴很方便，就怕东吴恨他射死凌操。他就先去联络吕蒙，探听探听。吕蒙一力担保，对他说："孙将军求贤若渴，不记旧恨。再说以前各为其主，无所谓仇恨。"

周瑜知道了这件事，跟吕蒙一同保举甘宁。孙权很高兴地说："我有了兴霸（甘宁字兴霸），准能攻破黄祖。快请他来！"甘宁见了孙权，孙权待他比待一般的臣下都好。他向甘宁打听江夏的情形。甘宁向他献计，说："当今汉室越来越衰弱，曹操专权，日后必然篡位。荆南是东吴西边的屏障，不能让别人拿去。我看刘表一向不做长远打算，儿子又是无能之辈，荆南万难保全。要是将军不先下手，荆南准给曹操拿去。要取荆南，必须先取江夏。黄祖年老昏庸，左右贪污，官吏横行不法，百姓怨声载道，水军不整顿，战船不修理，军队不重纪律，农民不重耕种，士气低落，粮草缺乏。目下将军发兵打过去，准能把黄祖灭了。灭了黄祖，再向西进军。打下了楚关，就可以进取巴蜀。"

孙权听了，连连说："对，对！报仇雪恨，在此一举。"当时就拜周瑜为大督，统领水陆将士，吕蒙、董袭为副将，甘宁为先锋，发兵去打黄祖。水军在大江中由东向西，逆流而上。到了沔口，前面有两条极大的战船横在江面上，拦住去路。大船前后有很长的缆索拴着大石头抛在江心，大船就稳稳地停在江面上。两条大船上站着一千来个弓箭手，等到吴军过来，一声鼓响，飞箭好像下雨似的下来，吴军不能上去。偏将军董袭和别部司马凌统两个人为前部，各带一百名敢死队员，每人穿着双重的铠甲，拿着盾牌、单刀，驾着快船，突然冲到那两条大战船旁边，拼命地砍断缆索。那两条大船一下子没着没落地随着江流漂去。东吴大军就这么冲过沔口，继续前进。

黄祖慌忙叫都督陈就带领水军前去迎战，被吕蒙、甘宁他们杀了一阵。陈就大败，逃到岸上。吕蒙追上，一刀把他劈死。吴军上岸攻城，黄祖和大将苏飞开城出战，又打了败仗。苏飞被吴军活捉过去。黄祖独自逃跑，被吴军砍死，割了脑袋，前去报功。

周瑜和孙权先后进了江夏，首先吩咐手下人用木盒子把黄祖的人头装好，准备回去祭祀孙坚。另外又做了一只木盒子，预备装大将苏飞的脑袋。

孙权大摆酒席，犒劳将士。甘宁流着眼泪，趴在孙权跟前直磕头，脑门子都磕出血来了。孙权叫他起来，对他说："你立了大功，我正不知道该怎么报答你。你有什么为难的事，说吧！"甘宁说："我要是没有苏飞，早已死了，哪儿还能够给将军卖命。苏飞应当斩头，但是我恳求将军开恩，免他一死。"孙权倒也同情甘宁这种以德报德的心情，他说："我就为了你，赦了苏飞，可是要是苏飞逃走，怎么办呢？"甘宁说："苏飞受到了将军不杀之恩，就是轰他出去，他也一定不走。万一他真逃了，我愿意把自己的脑袋装在木盒子里。"孙权就吩咐人把苏飞放出来，还请他加入宴会。苏飞向孙权谢恩之后，跟着甘宁在一起。忽然有个小将向孙权哭诉，说："杀父之仇，不共戴天，请主公替我做主。”孙权一瞧，原来是凌统，就对他说：“兴霸射死你父，那时候各为其主。今天都是自己人了，你不可再把他当作仇人看待。”孙权把凌统安慰了一番，凌统不便再说。孙权还怕凌统看着甘宁不顺眼，就派甘宁和苏飞带领五千人马到别的地方去驻扎，自己率领大军驻扎在柴桑（在今江西九江一带），以防备江夏那一边可能来进攻。

古籍链接

权统事，料诸小将兵少而用薄者，欲并合之。蒙阴赊贳，为兵作绛衣行縢，及简日，陈列赫然，兵人练习，权见之大悦，增其兵。从讨丹杨，所向有功，拜平北都尉，领广德长。从征黄祖，祖令都督陈就逆以水军出战。蒙勒前锋，亲枭就首，将士乘胜，进攻其城。祖闻就死，委城走，兵追禽之。权曰：“事之克，由陈就先获也。”以蒙为横野中郎将，赐钱千万。

——《三国志·吴书》

上楼拔梯

孙权杀了黄祖，刘表着慌了。他派人到新野去请刘备。刘备派去探听江东动静的人也正回来，报告说："东吴杀了黄祖，屯兵柴桑。"诸葛亮对刘备说："刘荆州因为黄祖被杀，所以来请将军去商议对付东吴。"刘备就问他该怎么办。诸葛亮说："看情况再说吧。"刘备就带着诸葛亮一同到了襄阳，在宾馆休息一下，刘备先去拜见刘表。刘表说："刚才探子回报，孙权怕江夏孤城难守，已经退兵回去了，目前不致再到这边来。可是我年老多病，两个儿子又没什么才能。我死之后，这个州怕保不住，还是请你掌管吧。"刘备听了，慌忙回答说："千万别这么说。公子都很不错，您何必过于担心呢？我一定尽力辅助公子。"刘表才点了点头，说："那么，就请多多教导他们。"

刘表因为宠爱蔡氏，听了蔡瑁、张允的话，巴不得让小儿子刘琮继承他的地位，可是刘备只说"公子""公子"，并不是专指小公子。因此，刘表还得防备着刘琦去跟刘琮争地位。他打算把刘琦调到别的地方去，又怕刘备反对，没说。

刘琦不但担心自己的地位，还怕连命都保不住。他一听到刘备带着诸葛亮来了，就特意请诸葛亮喝酒。刘琦请他进了内室，向他诉说自己的心事，求他出个主意。诸葛亮不是把话岔开去，就是不说话。刘琦知道他不愿意谈，就陪着他到了后园，上了高楼。他咬耳朵嘱咐手下的人下去，就留下自己跟诸葛亮两个人。他突然跪在诸葛亮跟前，请他想个办法，诸葛亮推辞，说："这是公子家里的事，外人怎么好说话呢？"说着就要下楼去。万没想到楼梯已经拔去了。刘琦央告着说："今天你我二人在这儿，上不到天，下不着地，话从您嘴里出来，只到我的耳朵里，可以不可以请先生赐教？"诸葛亮就低声地对他说："公子难道不知道申生留在里面遇到不幸，重耳调到外面脱离了危险？"这两句话提醒了刘琦。当时安上楼梯，送走了诸葛亮，使个计策买动蔡瑁的左右去劝刘表把自己调到外边去。

刘备正想去跟刘表辞行，刘表又派人来邀他去。两个人一见面，刘表就说："江夏是个重要的地方，我想派大儿子去镇守，你看行不行？"刘备点头说："那还不行？一来自己子弟可靠，二来长公子为人宽厚，一定能够爱护老百姓。"刘表又说："听说曹操在邺中操练水兵，必然打算往南进攻，怎么办呢？"刘备想了想，说："我愿意屯兵樊城（在今湖北襄阳市北），保卫襄阳，请不必担忧。"刘表就叫大儿子刘琦为江夏太守，叫刘备去守樊城。

刘备辞别刘表，把家小都接到樊城。这时候甘夫人已经生了个儿子，叫刘禅，乳名阿斗，快一周岁了。甘夫人和糜夫人照顾阿斗，同坐一辆车；刘备、诸葛亮和徐庶三个人骑着马一块儿走；后面跟着关羽、张飞、赵云、孙乾、简雍、糜竺、糜芳他们。大伙儿到了樊城，准备长期镇守，抵御曹操。曹操平定了河北，果然就想进攻荆州了。

公元208年（建安十三年）六月，为了专心征伐刘表，曹操预先办了两件大事：一件是废除三公（东汉以太尉、司徒、司空为三公），把朝廷政权集中起来；一件是安抚西北，免去后顾之忧。

征伐南方不是一件容易的事。曹操怕朝廷大臣从中牵制，就上个奏章，请汉献帝废去三公，恢复汉朝初年丞相和御史大夫的制度。就这样，他自己做了丞相，掌握着朝廷大权，任用清河人崔琰、陈留人毛玠、河内人司马朗为主要的助手。崔琰和毛玠管理人事。据说他们所推举的都是正派的人士和廉洁的官吏，至少在外表上必须这样。这是因为曹操反对豪强士族的派头和大小官员的威风。当时有些想做大官的名流，尽管很出名，由于行为上受到指责，没能任用。这么一来，大伙儿拿廉洁来勉励自己，谁也不敢明目张胆地贪污和铺张浪费了。连皇上所宠用的人和贵族也不得不注意自己的车马和服装，不敢轻易超过制度了。县一级的官吏衣服穿得更差，不必说了，连脸都让它脏着，出来坐的车也故意显着破破烂烂的。军官上府里去，穿着朝服，不坐车、不骑马，自己走着去。

崔琰、毛玠这样用人，得到了曹操的赞许。他又听到崔琰曾经对司马朗说过："令弟真了不起，您还比不上他哪。"就特地提拔司马朗的兄弟。司马朗的兄弟叫司马懿（yì）。他可不愿意受提拔，干脆不出来，推说患了风湿症。曹操派人一调查，才知道他装病，就直截了当地告诉他"要么接受命令，要么就进监狱"。胳膊拗不过大腿，司马懿只好出来，做了文学掾（yuàn，掾是辅助官吏）。御史大夫还没有适当的人，暂时空着。

朝廷内部的人事布置好了以后，就派使者去见马腾。马腾原来和镇西将军韩遂结拜为弟兄，后来为了部下互相攻打，变成了仇人。朝廷叫司隶校尉钟繇和凉州州牧韦端出去调解，重新和好，叫马腾屯兵槐里（在今陕西兴平一带），拜为前将军，还封他为槐里侯，带领兵马为朝廷防御胡人。几年来总算相安无事。这会儿曹操为了往南进军，特地推举马腾为卫尉，叫他到朝廷里来。马腾觉得自己年老，只好服从命令到京都去伺候皇上。曹操当然欢喜，就拜他儿子马超为偏将军，接替马腾统领军队，留在槐里，家眷可都搬到邺城来了。

曹操把这两件大事都办妥，免了后顾之忧，就在那年七月发兵往南去打刘表。出兵不到一个月，任用山阳人郗（xī）虑为御史大夫，察看朝廷内部有没有人反对出兵。郗虑跟太中大夫孔融本来有意见，他见到孔融就像眼睛里夹颗沙子似的不舒服。孔融哪，仗着自己的才干和名望，做事随随便便，有时候狂妄自大，说话没有分寸，还屡次连损带挖苦地讽刺曹操。曹操因为孔融名望大，对他还算客气，就是被他说几句，也好像不以为意。例如曹操为了节约粮食，下令禁酒。孔融给曹操写了一封信，嘲笑他，说："天上有颗星叫'酒旗'，地下有个郡叫'酒泉'，人有雅量叫'酒德'。所以帝尧不喝一千钟（钟是古代的量名，合六斛四斗）酒，不能成为圣人。现在要禁酒了，为什么不把婚姻也一起禁了呢？"曹操看了，不说什么，心里可挺厌恶他。这种情况郗虑是知道的。现在他做了御史大夫，大臣们有什么过错，他都可以弹劾，何况他跟孔融本来不对劲。他就控告孔融，说他在北海的时候企图作乱，又暗通孙权，诽谤朝廷；还说孔融跟狂人祢衡互相标榜，祢衡吹捧孔融就是当代的孔子，孔融夸赞祢衡就是颜回（孔子的大弟子）的再生。不光这样，郗虑还控告孔融，说他和祢衡曾经说过："父母和别的人一样，没有理由必须孝敬他们。母亲比如一只瓦罐，儿女比如里面盛着的东西，难道所盛的东西就该孝敬瓦罐吗？"据说，这也是孔融说的："要是赶上荒年，粮食不够，父亲不好，我宁可养活别人，让他饿死。"

曹操地位巩固了，就把孔融这些违反孔子的言论添枝加叶地揭发出来，把他交给廷尉。廷尉按照上级的心意，拿"败伦乱理，大逆不道"的罪名，把孔融和他的妻子、儿子都杀了。

曹操做了丞相，收了马腾，杀了孔融，这才率领大队人马加速向南进军。

刘备在樊城听说曹操发兵，正想派人去告诉刘表加紧防御，刘琦倒先派伊籍来了。伊籍从江夏跑来报告，说刘表已经死了，当他病重的时候，刘琦曾经去看他，可是蔡瑁、张允他们不让他进去。他们说："将军叫公子镇守江夏，防备东吴，责任多么重大。你现在轻率地离开军队到这儿来，将军见了，必然生气，一生气，病就加重，这不是做儿子的孝道，还是快回去吧。"刘琦没法见到他父亲，沿路哭着回到江夏。没几天工夫，刘表死了。蔡瑁、张允立刘琮为后嗣。他们也不向刘备报丧，只派人去告诉刘琦，送给他一颗侯印，让他做个刘琮的臣下。刘琦又是伤心又是气，把侯印扔在地下，准备趁着丧事跟刘琮他们拼了。伊籍讨了差，到樊城来见刘备。

他向刘备献计，请他借着吊丧为名去袭取襄阳，诸葛亮说："这倒是个好计策。刘琮一个十三四岁的孩子，捏在蔡瑁他们手里，怎么守得住荆州？要是不趁早把襄阳拿到手，必然给曹操拿去。"刘备怎么也不肯趁火打劫去夺刘表的地盘。他说："我希望他们弟兄二人同心协力，继承他们父亲的事业。我已经答应刘荆州尽力辅助两位公子，千万不能自己打自己。"他嘱咐伊籍回去好好守住夏口，提防东吴那一头，一面打发使者到襄阳去吊丧，同时探听一下荆州的情况。

长坂坡

使者祭吊完了，只知道蔡瑁、张允、蒯越他们用心提防曹操，还听他们说：“如果曹兵过来，一定给他们一个迎头痛击。”万没想到这是他们的诡计。他们故意不让刘备知道实际的情况。原来曹操的大军才到宛城，他们就准备投降了。九月里曹操到了新野，刘琮就打发使者带着荆州的地图和户口册偷偷地到曹营去递降表，他可不敢告诉刘备。后来刘备几次派人去要兵马，准备加强防守，刘琮知道再也隐瞒不住了，这才派一个官员叫宋忠的去通知他。刘备听了，直跺脚。他嚷着说：“你们为什么不早告诉我一声？现在大祸已经临头，才来通知我，不是太晚了吗？”

刘备这一股子火儿说都没法说，就拿着刀指着宋忠说：“砍你的脑袋也不够解恨！可是大丈夫事到临头，何必杀人呢？你回去吧，告诉刘琮好好想想！”宋忠捡了一条命，抱着脑袋跑了。刘备立刻召集大伙儿准备撤退。有人劝刘备连夜袭击刘琮，还可以夺取荆州。刘备说：“刘荆州临死前向我托孤，我绝不能贪图地盘背信弃义！我不能保护他的儿子，反倒去害他，日后还有什么脸见世人呢？请大伙儿马上动身，还是退到江陵（在今湖北荆州一带）去吧！”

这么着，全部人马，连家小都在内，离开了樊城。路过襄阳，刘备停下马来，在城下叫喊，请刘琮出来相见。刘琮不敢露面。蔡瑁他们还上了城头，叫弓箭手射箭。刘备只好走了，到了襄阳城东，向刘表的坟墓辞了行，流着眼泪离开襄阳。刘琮的左右和荆州人士都说刘备讲义气，有不少人逃出襄阳，跟着刘备一块儿走，也有一些人陆续赶上来情愿跟着他跑到别的地方去。荆州的老百姓听说曹兵杀过来了，纷纷逃难，没处逃的也把刘备当作依靠。赶到刘备到了当阳（在今湖北当阳东），人数增加到十多万，车马有几千辆，可全不是战车。人们带着的是铺盖、行李、粮食、小件的家具，还有牲口什么的。这么多的难民哄在一起，怎么也走不快。因此，一天只走了一二十里地。关羽、张飞他们对刘备说：“这儿到江陵，路还远着哪！应该加倍快地赶路，才能够及时赶到。现在这么多人跟着，简直是扯我们的腿。人数尽管多，能打仗的人少，曹兵一到，怎么抵抗得了！还是下个决心，快去守住江陵要紧。”

刘备含着眼泪说：“要成大事，全靠人心。现在众人这么归向我，我哪儿能忍心把他们扔了呢？你们能够照顾就照顾着他们吧。”诸葛亮说：“将军既然舍不得众人，就该立刻派云长先到江夏向公子刘琦求救，赶快调出几百条战船到江陵来，到时候才有个接应。”刘备就派关羽和孙乾带着五百名士兵飞马赶到江夏去。自己还是拖着十几万难民一步一步地走。

忽然探马跑回来报告，说：“曹兵追来了！”大伙儿不由得慌了神。曹兵要追到当阳来，也不能这么快呀。原来曹操接到了刘琮的降表，封他为列侯，可不能让他留在荆州。他把荆州的军队接收过来，仍然利用原来的将士，封蒯越、蔡瑁、张允等十五人为侯，还把韩嵩从监狱里放出来，让他做了大官。然后他进了襄阳，把刘琮调出去为青州刺史。他听说刘备已经跑了，就知道他一定去夺江陵。江陵是荆州重要地区，粮草、兵器都有富余，要是给刘备占领这个地方，那就麻烦了。他就把辎重暂时留在后面，挑选了五千名精锐的骑兵，火速追上去，一日一夜，跑了三百多里。到了当阳的长坂（山坡名），就把他们追上了。

诸葛亮着急地说：“将军快走！别再耽误了。”刘备就叫张飞断后，赵云保护家小，麋竺、麋芳、简雍他们照顾老百姓，自己带着诸葛亮和徐庶先跑一步。霎时间，曹兵到了跟前，单靠张飞截击，怎么阻拦得了。当时大伙儿四散飞跑，把甘夫人和麋夫人也给冲散了。赵云仗着一支长枪在乱军中杀进杀出，各处寻找。只见老百姓像被秋风刮着的落叶似的晕头转向。有的带着伤跌跌撞撞地逃跑，有的躺在路边凄惨地喊叫。跟着赵云的也就是三四十个骑兵，他们见到简雍躺在山坡下，立刻把他救起。赵云问他两个夫人的下落。简雍说："两位夫人从车上跑下来，抱着小主人混在老百姓里面逃。我飞马赶过去，转过山坡，被敌人刺了一枪，跌下马来，马也给抢去了。将军快到长坂桥去，张将军守在那边。"

赵云对他说："那你先去吧，我随后就到。"他把骑兵的马借一匹给简雍，又叫两个小兵扶着他走。自己沿路寻找两位夫人和阿斗。可巧，他在男女难民队里找到了甘夫人。甘夫人哭着说："糜夫人替我抱着阿斗，叫我独个儿逃。不知道他们在哪儿。"赵云还没开口，男女难民叫嚷起来，斜路里冲出一队曹兵，杀过来了。赵云赶上去，把那个领头的将军杀了。曹兵往后退去。赵云夺到一匹马，请甘夫人骑上去，一直送她到长坂坡。果然，张飞在马上挺着丈八蛇矛站在桥头，一见赵云送来了甘夫人，就请她过桥。问到阿斗和糜夫人，赵云回答说："还没找到哪。"说了这话，就不顾死活地回到旧路上，往南到敌军中去找糜夫人和阿斗。

赵云一边杀散曹兵，一边探问糜夫人的下落。好容易在一个墙缺里找到了。糜夫人大腿上受了伤，不能走道，可还抱着阿斗。她见了赵云，就说："好了，阿斗有救了！"说着要把阿斗交给赵云，赵云下了马，抱着小孩儿，请糜夫人上马。糜夫人说："我不行了。请将军可怜他父亲飘荡半世，只有这点骨肉。他若能见到他父亲，我就满足了。请将军快上马。"赵云哪儿肯依。四面喊杀的声音又逼上来。糜夫人好像早已挑选了这个地方，墙缺旁边有一口井，她一转身就跳到井里。弄得赵云毫无办法，他只好把阿斗裹在胸前，拿起枪正要上马，又走到井边，推倒土墙，把糜夫人埋在井里。没一会儿，曹兵过来，可是见了赵云那支枪，真是神出鬼没，没人敢挡。赵云杀散了曹兵，急急忙忙跑回长坂桥。张飞还在桥上等着赵云。赵云刚到了桥边，后面追兵又到了。他又想回身去对敌，又怕阿斗受到惊吓，连忙叫张飞帮助。张飞说："有我在这儿，请你放心，快过桥去！"赵云马上过了桥，走了。

张飞也只带着二十几个骑兵。他一到长坂桥，准备守在那儿。瞧见桥东有一带树林子，就叫士兵们砍了些树枝，拴在马尾上，在树林子里来回地跑，尘土扬起半天高，好像千军万马躲在后面似的。张飞一个人守住桥头，真是一夫当关，万夫莫敌。一见曹兵过来，就睁大了眼睛，挺着丈八蛇矛，大声嚷着说："燕人张益德在此！不要命的过来！"这一声吆喝，好像半空中响了个霹雳，吓得一个将军跌下马来，士兵纷纷倒退。他们偷眼一瞧，树林子里飞着尘土，知道有伏兵，就没命地往后逃了。

张飞吓退了曹兵，天快黑了。他怕曹操的大军连夜过桥追来，就吩咐士兵们拆断桥梁。曹兵再要过来，还得费好些工夫才能把大桥修好，也许要到天亮才能动工。这么布置完了，他才退去。

幸亏有张飞断后，刘备他们才能够一口气往南跑了三五十里地，把追兵甩了一大段路。大伙儿才停下来，安了营，歇一会儿。尽管刘备十分镇静，可也压不住内心的焦急。家小没有下落且不说，关羽能不能借到救兵也没有把握，张飞、赵云还都没回来。他正在惊慌不定的时候，只见糜芳面带血污逃来报告，说："赵云变了心，投奔曹操去了！"大伙儿听了，脸都变白了。这儿就数赵云最有能耐，他一投降曹操，不是全完了吗？刘备瞪了他一眼，说："别胡说八道！"糜芳撇了撇嘴，说："我们全都往南逃，就他一个人单枪匹马地往北跑。我亲眼瞧着他去的！在这兵荒马乱的关头，非亲非故的，谁保得住？"

这一来，刘备可真火儿了，他顺手抄起一支戟，向糜芳扔了过去，吆喝着说："你再胡说，我不饶你！"糜芳这才服了软，连着说："好，好！我不说，我不说！"刘备告诉大家："子龙绝不会扔了我走的！"

没多大的工夫，简雍、甘夫人和赵云都先后赶到了。赵云见了刘备，很难受地报告，说："糜夫人身受重伤，已经过世了。我只好草草地把她埋了。托将军洪福，总算救出公子，突出了重围。"说着，从前胸解下阿斗，双手递给刘备。刘备接过来，高兴得差点儿掉下眼泪来，可他顺手把阿斗扔在地下，说："为了你这个小子，险些丧了我一员大将！"这一扔虽然不太重，可把阿斗扔哭了。甘夫人慌忙把他抱起来，向赵云谢了又谢。

末了，张飞到了。他一进来，就哈哈大笑。大伙儿瞧他的那股乐劲儿，也都精神百倍，连沉闷和疲劳都给他笑跑了。他很得意地把他在桥上大喝一声、吓退曹兵和拆断桥梁的事说了。刘备点点头，说："好！拆断桥梁，阻住敌人，也能叫他们多费些工夫。可是曹操知道我们兵马不多，他一定连夜搭起浮桥，再赶上来。我们还是再辛苦点，连夜抄小道先到沔阳（在今湖北武汉一带）去吧。"

他们休息一会儿，就抄小道往东南走去。走了两天，才到江边。正想歇歇腿，忽然后面尘土大起，鼓声连天，追兵又赶上来了。大伙儿正在惊慌，往江面上一瞧，有不少船只扯满风帆从东到西过来。船上的人一见岸上围着这许多人，还真往江边驶过来。第一条大船上站着一位大将，拿着青龙偃月刀，正是关云长。当时几条大船并了岸，孙乾上来，请众人上船。没多少工夫，大伙儿都上了船，关羽一一看去，就短了个糜夫人。刘备对他说了，大伙儿又叹息了一回，糜竺、糜芳更加伤心。

刘备是惊弓之鸟，催关羽快点开船过江。关羽说："不忙。江夏太守刘公子率领水兵一万多名就在后面。"他准备上岸去杀曹兵。张飞和赵云他们有了援兵，同意关羽的打算，索性上岸，迎头赶上去。他们就率领士兵都上了岸，一会儿刘琦的战船也赶到了。刘琦过船来见刘备，说："听到叔父下来，小侄特来接应。"刘备很是感激，就跟他的兵马合在一起，声势就大了。曹兵没料到刘备的兵马会比他们多，害怕了，打了一阵，反倒吃了败仗。曹操的大军正在后面，一两天内没法赶到。关羽、张飞、赵云三位大将就趁着这个机会杀退这一路的追兵，还掳来一些俘虏，夺到不少辎重，回到船上。大伙儿这才稍稍安了心。

刘备因为曹兵已经杀退了，自己的散兵陆续有回来的，就让家小先过江，自己跟诸葛亮、徐庶他们再在西岸等一等。没想到这一等啊，出了事儿了。

原来徐庶从归来的士兵中探听明白，从襄阳跟着来的老百姓给曹军掳去的就有好几万，徐庶的母亲也做了俘虏。徐庶流着眼泪来向刘备辞行！他说："我本来想跟着将军做一番事业，现在母亲被掳去，我的心乱极了。"他指着胸口，接着说："这颗心乱得没法说，我就是留在这儿也没有用处。还是请将军让我到曹营去找我母亲吧！请别怪我。"

刘备皱了皱眉头，叹了一口气，说："我不怪你，我也不好留你。咱们总算交好一场，请你多多保重自己。"他还亲自送他，诸葛亮也送了一段路，就给徐庶拦住，请他先回。诸葛亮只好留步。刘备和徐庶两个人恋恋不舍地并马而行。徐庶说："我即使身在曹营，也绝不替曹操出主意。"刘备说："是我没福跟先生共事。"说着又送了一程。分手的时候，徐庶千叮万嘱地推崇诸葛亮，说："孔明比我强得多。将军有事跟他商量，错不了。"刘备点点头。徐庶向刘备拱了拱手，说："将军请回，我走了！"

刘备送走了徐庶，失魂似的回到船上，吩咐开船。就这样跟刘琦的战船一同到了夏口。刘备和刘琦进了城，早有东吴的使者鲁肃等着他们了。

◆ 孙刘结盟 ◆

鲁肃是孙权派来向刘琦吊丧的。他见到刘琦和刘备，彼此问好，还跟诸葛亮见了面。孙权跟刘荆州有杀父之仇（指孙坚被刘表的部将黄祖所杀的事），怎么反倒派鲁肃来通好呢？原来鲁肃已经跟孙权商议过，打算联络刘备，抵抗曹操。因此，借吊丧的名义顺便来见刘备。没想到刘琮投降了曹操，刘备从当阳败退，鲁肃就在半路跟刘备相见，问他准备上哪儿去。刘备假意地说："以前跟苍梧（在今广西梧州一带）太守吴巨有点交情，想去投奔他。"鲁肃很坦率地对他说："苍梧远在岭南，地方偏僻，对使君帮助不大。我说您不如联络孙氏，孙将军虚心待人，江东英雄多归附他。现在他拥有六个郡，兵精粮足，可以建立大事业。我为使君着想，不如派心腹去跟他联络，共同抵抗曹军。"

刘备心里愿意，可还没回答，诸葛亮在旁边插一句，说："刘使君和孙将军素来没有来往，怎么能轻易去见他呢？"鲁肃微微一笑，对他说："我跟令兄子瑜（诸葛瑾字子瑜）是朋友。这样吧，我带您到江东去，一来可以跟令兄相会，二来可以跟孙将军商议大事。您看怎么样？"诸葛亮回头对刘备说："事情已经很急了，请让我去见孙将军吧。"刘备同意了，就说："那么，就请先生辛苦一趟。"鲁肃带着诸葛亮动身的时候，向刘备献计，说："为了联络东吴，便于接应，使君不如屯兵樊口（在今湖北鄂州一带）。”刘备点了点头。

诸葛亮和鲁肃辞别刘备和刘琦，到柴桑去见孙权。这时候，曹操大军已经占领了江陵，准备向东进兵，可还没到东吴地界，孙权正屯兵柴桑，看看风头。鲁肃把诸葛亮引见给孙权。孙权见他是个年少英俊的士人（那时候诸葛亮才二十八岁），孙权正像鲁肃说的“虚心待人”，对诸葛亮很客气。诸葛亮见孙权相貌堂堂，眼神敏锐，不像个庸碌之辈，对他也很尊敬。孙权先开口，说：“先生光临，有何指教？”诸葛亮说：“几年来海内大乱，将军起兵江东，刘豫州（刘备做过豫州牧，所以尊他为刘豫州）起兵汝南，跟曹操共争天下。不料曹操平河北，破荆州，扫除豪强，威震四海，逼得英雄无用武之地，所以刘豫州逃到这儿。请将军合计合计，如果吴越的人马能够跟中原对敌，那么不如早点跟曹操断绝来往……”孙权皱着眉头说：“曹操拥兵百万，顺流东来，我们这儿有人主张作战，有人主张讲和。究竟主战主和，决议不下。”诸葛亮接着说：“如果不能抵抗，为什么不放下刀枪，面朝北地伺候曹操呢？现在将军外表上好像听从曹操，内心里摇摇摆摆，没有个准主意。当断不断，大祸快临头了！”

孙权生气似的说：“要这么说，刘豫州为什么不投降曹操呢？”诸葛亮说：“从前田横，不过是个齐国的壮士，他还能坚守忠义，不愿屈服。何况刘豫州是王室子孙，英才盖世，人们归向他像水归向大海一样，怎么能低三下四地去投降曹操呢？”孙权把话接过去，说：“对！我也不能低三下四地把东吴的土地、十万甲兵交给别人！我认为没有刘豫州不能对抗曹操；可是，刘豫州新近打了败仗，怎么还能再抵抗曹军呢？”诸葛亮摇了摇手，说：“不对。刘豫州虽然在当阳遭到挫折，可是士兵回来的和关羽的水军就有一万多，刘琦的江夏士兵也有一万多。曹兵老远追来，一日一夜跑了三百多里，弄得士兵筋疲力尽。再说北方人不会水战，坐船也不习惯。荆州百姓被曹操所逼，并不心服。从这几点看来，我可以断定：曹军不是不能打败的。只要将军和刘豫州结成联盟，两处的兵马联合起来，同心协力地抵抗，一定能把曹军打败。曹军一败，必然回到北方去。这样，荆州和东吴都能保全，势力强盛，造成三分天下的形势。成功不成功，全在今天了！”

鲁肃在旁边连连点头。诸葛亮说的正是他心里的话，不必说多么高兴了。可是他在这里不便插嘴，只听见孙权也连连说好。他同意跟刘备联合抗曹，不过他还得跟他手下的文武百官商议一下，就请鲁肃陪着诸葛亮去见他哥哥诸葛瑾。兄弟相见，聊聊家常，自有一种乐趣。

孙权召集臣下，商议或是出兵抗曹或是派使者求和。恰巧曹操派使者送信来。孙权一看，上面写着：

> 近来奉命征伐有罪的人。旗子向南一指，刘琮束手归顺。现在率领水军八十万，愿意跟将军在东吴相会，打猎玩玩。

孙权把这封信给他手下的人看，大伙儿吓得说不出话来，好像大祸已经临头，谁也不敢开口。前辈老大臣张昭，在东吴人士中很有声望，他四面一瞧，大伙儿都正望着他，好像要请他出个主意似的。张昭就先开口，说："曹公借着天子的名义，号令天下，征伐四方。我们要是抗拒他，在名义上就是抗拒朝廷，名不正，言也不顺。拿军事的形势来说，将军可以抵抗曹操的，全靠这条长江。现在曹操得了荆州，占领了大片的土地，刘表的水军都归他指挥，大小战船就有一千多条。曹操有了这些水军，加上原来的步兵，水陆并进，所谓长江天险，他已经占了一半，跟我们一样可以利用了。他率领八十万水军，我们的兵马能有多少？寡不敌众，我说不如派使者去迎接曹公。"

老大臣张昭这么大胆地一说，大伙儿松了一口气，说话的人就多了。有的说："一打仗，老百姓就得遭殃。"有的说："刘备打了败仗，派诸葛亮来求救，我们何必把别人家的棺材扛到自己的家里来呢？"孙权听着听着，低下头去。不一会儿他站起来，进了更衣室。鲁肃跟了进去。孙权知道他跟进来的意思，拉着他的手，说："你说吧，怎么办呢？"鲁肃说："他们刚才说的那些话都听不得。各人都为自己打算，不能跟这些人商议大事。要说投降的话，我鲁肃可以投降，将军您可不能投降！"孙权一愣，说："那为什么？"鲁肃说："我们迎接曹操，请他来统治东吴，我们照样可以做官。退一步说，做不了大官，也能做小官，不坐高车驷马，还能坐牛车，照样可以跟名士们来往。将军您要是迎接曹操，自己的地盘就完了，您还能上哪儿去呢？请将军早定大计，别听那些没志气的话！"

孙权叹了一口气，说："他们这么商议，真叫我失望。你的话正合我的心意，可是要开战的话，叫谁统率军队呢？"鲁肃说："那还用提吗？请快叫公瑾来商议。”孙权点点头，两个人才出来。孙权立刻派人到鄱阳（在今江西鄱阳一带）召周瑜回来。当时主战主和没做决定，大伙儿暂时散了。鲁肃就到宾馆去见诸葛亮，把这些情况告诉了他。诸葛亮说：“公瑾到这儿，我想去拜见他。”鲁肃说：“到时候，我陪您去。”

周瑜一到，先去见过孙权。孙权就召集臣下，再一次商议大计。周瑜对孙权说：“曹操尽管托名为汉室的丞相，其实是汉室的奸贼！将军您这么有雄才大略的英雄，继承父兄的事业，占领江东，地方数千里，兵精粮足，应当号召天下，为汉室除暴去害，怎么能去迎接汉贼呢？”孙权故意慢吞吞地说：“谁愿意迎接曹操，就怕寡不敌众。”他拿眼睛往文官队里扫了扫，“所以召你来商量商量。”周瑜说：“您说寡不敌众，我敢说，这是曹操自来送死！请让我说明道理：北方并没平定，马超、韩遂还在关西，不受曹操的指挥，这都是曹操的后患。曹操顾前不顾后，打了南边打东边，犯了兵家的大忌。这是一不利。南方的将士长于水战，北方的将士长于陆战。现在曹操不利用马匹而用船只，叫将士们骑了马再坐船。弃长用短，这是二不利。目下正是严冬腊月，马没有草料，这是三不利。强迫北方的士兵，老远地跑到多湖沼的南方来，水土不服，必然生病，这是四不利。曹操犯了这许多大忌，兵马再多，又有什么用？将军活捉曹操，正是时候了。我愿意率领几万精兵，出屯夏口，一定能替将军打败曹操！”

右边站着的二三十个武将，像程普、黄盖他们，听了这话，个个扬眉吐气，摩拳擦掌地准备干一下子。左边站着的二三十个文官，像张昭、顾雍他们低着头，偷偷地你看看我、我瞧瞧你。孙权握紧拳头，在案桌上“砰”地一敲，说：“老贼早想篡位了，就因为怕袁绍、袁术、吕布、刘表和我这些人。现在他们都给灭了，就剩下我了。我跟老贼，势不两立。你说应当开战，不应当投降，正合我的心意！”周瑜逼上一句，说：“将军下了决心了吗？”孙权站起来，拔出刀来，“啪”的一声，把案桌砍去一只角，向文武百官宣布，说：“诸位将官有谁再提起投降曹操的，就跟这案桌一样！”张昭他们吓得不敢再开口，主战主和就这么决定了。

周瑜和鲁肃出来，两个人说了几句话。周瑜请鲁肃去邀请诸葛亮。周瑜做了主人，三个人一块儿喝酒谈心，说话挺对劲。诸葛亮说：“孙将军固然已经下了决心，可是主战的人少，曹操的兵马多，万一孙将军有个顾虑，那就麻烦了。我把曹军的实际情况告诉二位，请向孙将军详细说明，他了解了情况，就能增加信心，大事必成。”他就把曹军的情况说了出来，周瑜、鲁肃听了，同声地说：“好极了。”

诸葛亮辞去，天已经快黑了。到了晚上，周瑜独自去见孙权，对他说：“咱们这儿有些人劝将军迎接曹操，是因为给曹操的那封信吓唬住了，说什么‘率领水军八十万’，完全是虚张声势。诸葛亮已经探听明白，曹操自己的北方士兵不过十五六万，这十五六万人马连着奔波作战，已经疲惫不堪了。至于荆州投降的士兵，至多也不过七八万，这七八万人不是曹操的兵马，他们是被迫改编，人人三心二意，一有机会，大多愿意归向刘氏。将军您想，叫疲惫不堪的士兵带领心怀二意的降兵，遥远地跑到江东来，人数再多，也不必担心。咱们跟刘豫州和刘琦的军队联合起来，荆州的降兵就不会甘心替曹操打仗。咱们只要有五万精兵，就可以打败曹军了。”

孙权听了，拍拍周瑜的肩膀，说：“公瑾，你这么一说，我可以宽心了。子布（张昭字子布）他们这些人，只顾到自己的妻子儿女，一点没有远见，真叫我失望。只有你跟子敬（鲁肃字子敬）和我同心，这是上天叫你们二人来帮助我的！”接着，他眼珠子转了转，说：“五万精兵一时不能齐全。这会儿战船、兵器、粮草等都准备妥当的有三万人马。请你和子敬、程普先带着这三万人马去，我再集合第二批精兵，亲自接应你们。万一你们在前面不顺利，就回到我这儿来，我一定跟孟德（曹操字孟德）亲自决一死战！”

第二天，孙权就拜周瑜为左督，程普为右督，鲁肃为赞军校尉，发兵三万，准备去跟刘备会师，共同抗曹。周瑜自从跟诸葛亮见面谈话以后，就想跟他共事。他向孙权推荐，孙权就叫诸葛瑾去说，劝他留在东吴。诸葛瑾奉命去邀请诸葛亮，诸葛亮反倒请他哥哥去投刘备。诸葛瑾知道两个人都不可能离开自己的主人，就向孙权回报，说：“我兄弟一心归向刘氏，正像我一心伺候将军一样。他不肯留在这儿，正像我不肯跟着他去一样，好在两家结盟，同心抗曹，也不必都在一处。”孙权把这个意思告诉了周瑜。周瑜就请诸葛亮一同坐船，率领水军到樊口去会刘备。

刘备在樊口眼巴巴地等着东吴发兵来，天天派水兵在江面上巡逻，一听到周瑜的战船到了，就派糜竺去慰劳周瑜。周瑜对糜竺和诸葛亮说：“我心里真想拜见刘豫州，可是我率领大军，不能轻易离开。要是刘豫州肯劳他的驾，那就是我的造化了。”糜竺和诸葛亮辞别周瑜，回去见了刘备。刘备立刻坐了小船去会见周瑜，对他说："将军决定抵抗曹公，大计定得好！可不知道将军带来多少人马？"周瑜说："三万。"刘备皱了皱眉头，说："好，就是太少了些。"周瑜微微一笑，说："兵不在多，还得看怎么调度。请豫州看我破曹！"刘备不由得称赞他几句，回去跟诸葛亮他们商量调动将士，帮着周瑜共同抗曹。

周瑜继续进军，战船开到赤壁（在今湖北赤壁西北），跟曹军的前哨遥遥相对，好像乌云聚在一起，随时都能来一场暴风骤雨。

古籍链接

议者咸曰："曹公豺虎也，然托名汉相，挟天子以征四方，动以朝廷为辞，今日拒之，事更不顺，且将军大势可以拒操者，长江也。今操得荆州，奄有其地。刘表治水军，蒙冲斗舰，乃以千数，操悉浮以沿江，兼有步兵，水陆俱下。此为长江之险，已与我共之矣。而势力众寡，又不可论。愚谓大计不如迎之。"瑜曰："不然。操虽托名汉相，其实汉贼也。将军以神武雄才，兼仗父兄之烈，割据江东，地方数千里，兵精足用，英雄乐业，尚当横行天下，为汉家除残去秽。况操自送死，而可迎之耶？请为将军筹之：今使北土已安，操无内忧，能旷日持久，来争疆场，又能与我校胜负于船楫，可乎？今北土既未平安，加马超、韩遂尚在关西，为操后患。且舍鞍马，仗舟楫，与吴越争衡，本非中国所长。又今盛寒，马无藁草。驱中国士众远涉江湖之间，不习水土，必生疾病。此数四者，用兵之患也，而操皆冒行之。将军擒操，宜在今日。瑜请得精兵三万人，进住夏口，保为将军破之。"权曰："老贼欲废汉自立久矣，徒忌二袁、吕布、刘表与孤耳。今数雄已灭，惟孤尚存，孤与老贼，势不两立。君言当击，甚与孤合，此天以君授孤也。"

——《三国志·吴书》

火烧赤壁

公元208年（建安十三年）十一月初，曹军追刘备到巴丘（在今湖南岳阳一带），再往东到了赤壁山的对岸，大军驻扎在乌林。这时候，孙权坐镇柴桑后方，刘备跑到樊口，刘琦在夏口，周瑜到了赤壁前线，跟曹军隔江相对。曹军的前哨眼看南岸的吴军不多，将士们想占个便宜，给他们一个迎头痛击，就派了一部分的战船去试探一下。不料两军一交锋，曹军就败下去，回到北岸。周瑜收军结营，驻扎在南岸。好像满天的乌云，下了几滴小雨，又停下了。

曹操原来想利用荆州的水军作为先锋，带动大批的北军一下子就能把吴军压住。没想到刚一交锋就吃了败仗。他责问荆州的降将蔡瑁、张允："为什么东吴兵少，反倒占了上风？"蔡瑁回答说："荆州的水军好久没操练了，青州和徐州的将士本来不惯于水战，所以反为兵少的所败。我说，只要扎好水寨，操练十几天，就是青州、徐州的士兵也准能学会水战。"曹操觉得有理，就吩咐蔡瑁、张允两个将军去训练水军。

蔡瑁、张允先立了水寨，大船停在外围，好像筑了一座水城，小船在里面来往接应。因为北方人不惯于坐船，更别说在水面上打仗了。曹操就让荆州的将士为教练，帮着青州和徐州的士兵天天操练。一到晚上，战船上点上灯火，照得水面通红，岸上的旱寨更是灯火相连，望不到头。

五六天过去了，水寨里的北军还是不服水土，一碰到刮风，起了波浪，有不少人晕船，动不动就吐，饭是更不想吃了。岸上旱寨里的北军并没受到波浪，可是情况也很不好。那年正赶上传染病流行，人死得虽然不多，可是病倒的或者感到不舒服的也就不少。急得曹操一面叫人准备大量的医药，一面召集谋士们商议怎么能防止晕船。有人献计，说："把战船用铁链锁在一起，三五条一排或十几条一起，不光用铁链锁住，还可以用木条或铁板钉住，合成一条巨大的方船。这样，就不怕风浪，士兵们也不会晕船了。"大伙儿认为这办法好，曹操同意先试试。果然，战船互相锁住，人在上面好像在平地一样，连马都可以在船上来回地走了。曹操就下令叫军中铁工连夜打造铁链、铁环、大钉，把绝大部分的战船一批一批地连起来。士兵们这才喜气洋洋，不再呕吐了。

程昱用手托着下巴颏儿，闭着眼睛考虑了好久，才对曹操说："不行！战船不能锁！几条大船锁在一起，行动不便。万一敌人用火攻，只要几条船起火，连着就都烧起来，逃都逃不了，那还了得！"大伙儿听了，着急地说："哎呀，那还了得！赶快先把战船拆散了吧！"曹操笑了笑，说："这倒用不着担心。"荀攸也着急了，他说："火攻不能不防，丞相为什么发笑？"曹操说："你们只知其一，不知其二。我早就料到这一点了。要不，我怎么能同意锁船呢？你们知道目前正是严冬腊月，不刮风也就罢了，一刮起风来，十之八九不是西风就是北风。咱们兵在北岸，东吴兵在南岸，他们要是用火攻，不是自己烧自己吗？如果在春天或者十月小阳春的时节，一刮风就是东南风，那就万万不能把战船都锁起来了。"大伙儿听了，才放了心，不得不钦佩曹操高见出众，又想得周到。

那天正是十一月十五日，明月当空，水波不兴。曹操和将士们在大船上喝酒赏月，一眼望去，沿江都是灯火，江面上的倒影，闪闪发光，已经够叫曹操兴奋了，抬头一看，那颗滚圆的、静静的月儿也正瞧着他。他已经喝了六七分醉，拿着长矛站在船头，又是高兴，又是感慨无穷。忽然听见岸上的乌鸦"哇哇"地叫着向南飞去。曹操望着月亮，听了乌鸦的声音，心中有所感触。他对左右说："我拿着这支长矛，破黄巾，擒吕布，灭袁术，除袁绍，深入塞北，击退乌桓。我今年已经五十四了，如果这次能够打下江南，统一中原，就不算虚度一生了。诸君请别见笑，我说，对酒当歌，人生几何？好像早晨的露珠儿，一转眼就消失了。要是不做点儿事，岂不虚度一生？"说着，他当场作了一首歌，哼了起来，其中有四句大意是这样的：

月明星稀，乌鹊南飞，
绕树三周，无枝可依！

大伙儿听了，心里都触动了一下，谁都不说话，让月亮静静地照着，照得真有点叫人憋得慌。还是曹操哈哈大笑。他说："作诗唱歌嘛，就这么凑凑词儿，请诸君别介意。还是进来，再喝几杯吧！"

他们刚进了船舱坐下，有个军官进来报告，说："东吴有人送信来。"曹操召他进来，一见，是个打鱼的老大爷。他呈上书信，原来是东吴的大将黄盖派他的心腹扮作渔翁来送信。那信上写着：

我黄盖受了孙氏三世厚恩，一向当着将军。三个主人都待我不薄。但是天下事情，还得顾到大势。拿江东六郡山越之人去抵挡中原百万大军，兵力强弱，相差多远，这是谁都看得明白的。江东的将士和官吏，不论有见识没见识，可都知道不能抗拒大军。只有周瑜和鲁肃两个人，不知道天高地厚，又浅薄又鲁莽，没法跟他们说理。我受了点气，倒是小事，今天归顺朝廷，这是大义。周瑜所带领的人马，一来人数不多，二来斗志不强，容易消灭。交锋那一天，我为前部，到时候一定随机应变，立功图报。

曹操把信翻过来掉过去，看了又看，眼睛盯着使者说："你们也要花招来个假投降，是不是？"使者竭力辩白，说："黄老将军因为反对周瑜，挨了一顿毒打。他是真心诚意地来归顺丞相，一则为国效劳，二则也为自己报仇雪恨。是非利害摆在眼前，丞相用不着怀疑。"曹操对他说："黄将军如果真心归降，朝廷一定给他高官厚禄。我不写回信，你们随时来通消息就是了。"

东吴的使者一走，曹操为了防备周瑜和黄盖的"苦肉计"，特地再派探子到东吴去探听动静。第二天，就有探子回来。过了一会儿，那第二次派去的探子也回来了。他们都说东吴内部不和，就把详细的情况说了个大概。

他们说周瑜召集将士们，叫他们准备三个月的粮草，一定要把曹军打回去。老将黄盖再一次劝告周瑜听从张昭他们一班老大臣的话，归顺朝廷。周瑜怒气冲冲地说："我奉讨虏将军（指孙权）的命令跟刘豫州同心破曹，你竟敢说出投降的话，扰乱军心。不把你办罪，那还了得！"

黄盖也惹了火儿。他骂着说："你受了讨虏将军的命令，就这么狂妄自大，我黄盖一向跟着破虏将军（指孙坚）、讨逆将军（指孙策）在东南一带打了多少次仗，立了多少次大功，你这小子算老几？也敢在老前辈跟前作威作福！"周瑜气得暴跳如雷，吆喝着说："推出去砍了！"将士们苦苦央告，请周瑜从宽处罚。周瑜不好过于使性，就吩咐左右把黄盖责打五十军棍。武士们当场把黄盖剥去衣服，拖翻在地，噼噼啪啪地打得黄盖皮破肉绽，鲜血迸流，早已昏过去了。

探子们末了说："周瑜打黄盖这件事，谁都知道。东吴有不少人都替黄盖打抱不平，可是听说黄盖已经认了错，服了。这会儿正在医治、休养。"曹操和谋士们听了这个确实的报告，就眼巴巴地等着黄盖来投降。万一是个假投降，那也没什么，等他到了这儿再杀他也不晚。

过了五六天，黄盖又去了一封信，大意说："周瑜防备严密，一时不能脱身。这几天当中将有运粮船到，江面由我巡查，到时候船上插着青龙旗的就是粮船，也就是投归朝廷的船。"

黄盖按照周瑜的计划，准备了几十条大船，船上装满了干草、芦苇，灌饱了膏油，上面盖着油布，船头插着青龙旗。一切布置停当，请周瑜检查。那天正刮着风，江面上波浪翻腾，水花直打到岸上来，船上的旗子扑棱棱的飘得欢。周瑜看着看着，想起了一桩心事，霎时间头晕眼花，差点儿倒了下去。回到营里，就病倒了。鲁肃慌了手脚，连忙给他请医调治。周瑜说："用不着请大夫，还是请孔明先生过来商量商量吧。"好在樊口离赤壁不远，鲁肃很快地请到了诸葛亮，跟他说了说周瑜在江边得病的情况，两个人进去看周瑜，略略一谈，周瑜叫手下的人都退出去，他对诸葛亮和鲁肃说："不瞒二位，我这个病是刮风刮出来的。"诸葛亮说："我知道。给您开个方子，怎么样？"周瑜愣了一下，说："请先生指教。"

诸葛亮拿起笔来写了四句话。周瑜和鲁肃一看，上面写着[1]：

1 这段内容出自《三国演义》，有虚构的成分，正史中没有记载。

要破曹操，当用火攻；
万事俱备，独缺东风。

周瑜脱口而出地说："是呀，可怎么办哪？"诸葛亮说："虽说天有不测风云，可是风云也得顺从季节。目前严冬腊月，西北风是经常的。后天就是冬至。冬至一阳生（冬的尽头就是春的开始），春气转了，到时候，十之八九能起东南风。"周瑜给他这么一说，病完全好了。当时送走了诸葛亮，立刻叫黄盖继续准备。

果然，到了冬至那天，刮起东南风来了。黄盖又去了一封信给曹操，约定晚上带着几十条粮船到北营来投降。

一到黄昏时分，风越刮越大。黄盖率领着几十条大船准备出发。每条大船船尾拴着两三条小船，弓箭手都躲在小船里。一声号令，船队依次出发。到了江心，扯满了风帆，直向北岸驶去。北岸的曹军早已做了准备，等着接收粮船了。那天晚上，星光闪闪，江面上还望得见船只移动。曹操带着几个谋士和卫队正在楼船上瞭望。忽然瞧见对岸的船队顺风而来，隐隐约约还飘着青龙旗。曹操理了理胡子，得意地说："黄盖果然来了。"贾诩皱着眉头，说："今天起了东南风，咱们得防备意外。"程昱接着说："来船轻快得很，绝不是粮船。"曹操忽然叫了一声："哎呀，那还了得！"他立刻下令派将军们发出一队小船去传命令："来船抛在江心，不准过来！"一面叫各船将士准备弓箭。

号令刚下去，东吴的大船已经过来了，离北岸才二里光景。一眨巴眼儿的工夫，几十条大船同时起火，火焰冲天，火船被狂风刮着，好像射箭一样地直飞到北营里来。火趁风势，风助火威，水寨中一处起火，就成了火种，立刻烧到别的船。水寨外围都是大船，大船三五条一排，十几条一连，都用铁链锁住，还用木条和铁板钉住，散都没法散，逃也没法逃，只能听天由命，让大火烧个够。这还不算，东吴大船后面的小船，放了大船，立刻排成队伍，不慌不忙地逼近北营，接连发射火箭。不但水寨里的战船被烧，连岸上的营寨也着了火。岸上的人和马烧死了不少，水里的士兵烧得焦头烂额，扑通扑通地都掉在水里，好像要把长江填满似的。曹操正在上岸不得、下水不能的紧要关头，幸亏张辽带着一队小船把他救了出来，一面叫水兵射箭保护着曹操，一面像飞一样地逃了。

黄盖在火光中瞧见了曹操，不顾死活地追上去。划船的水兵正如猎狗见了小兔子，一个劲儿地追，小兔子更是要命地逃。黄盖看着越追越近了，没防到乱箭飞来，肩膀上中了一箭，一个倒仰掉在水里。后面韩当的水军赶到，黄盖在水里大声喊叫救命。韩当听出是黄盖的声音，连忙把他救起，叫人送回大营医治。北营的战船只有一部分沿江逃去，可是东吴的战船集中起来，周瑜亲自擂鼓，从后追赶，杀得曹兵死伤了一大半。赤壁山的对面一片大火，红了半条江。

曹操逃了一程，上了岸。将士们陆续找到了他，集合了一队人马，急急忙忙向乌林退去。沿路又给赵云、张飞、关羽他们截击，杀出一重，又是一重。赶到东方发白，才逃出了虎口。检点兵马，只有几千名士兵。曹操准备退到南郡去。士兵们报告：前面有两条道，一条是通南郡的大道，一条是抄华容的小道。大道远，好走；小道近，可是路窄地险。到底走哪条好，将士们意见不一。曹操眯着眼睛琢磨了一下，说："抄华容小道。"

他们走了一段，的确路窄地险，不大好走，这且不说，大风没停，倒也罢了，忽然下起雨来。风越刮越大，雨越下越急，小道变成了泥坑。曹兵拖泥带水地走着，一步一滑，一滑一跌，已经可怜极了。那些骑马的也好不了多少，马蹄陷在泥坑里，拔都拔不出来。将官们就叫小兵沿路铺草。小兵们肚子早就饿了，身子淋成了落汤鸡，天又冷，冻得直打哆嗦。好在小道上没有追兵，可是也许正因为没有追兵，大伙儿一松劲，更走不动了。有些士兵干脆倒在道上。道又窄，一溜几十个人一躺下，就把道儿堵住了。曹操为了鼓励士气，故意哈哈大笑。将士们挺纳闷儿地问："我们到了这步田地，哭都哭不出来，丞相怎么还发笑呢？"

曹操说："人们都说周瑜、诸葛亮足智多谋，我看也不过如此。要是在这儿埋伏着一队兵马，我们还不全做了俘虏吗？他们一定以为我不会像平常人那样走小道，而我却偏偏当作平常人抄小道走，这就出于他们的意料，所以我笑他们到底平常。"

话虽如此，曹操认为华容道上究竟不是休息的地方，万一敌人追上来，那可不是闹着玩的。他就从士兵躺着的道上踩着过去。路上还是有说有笑地一直到了江陵。谁都佩服他在极端困难的时候，还有这种乐观劲儿。可是一到了江陵，他就长长地叹了一口气，还真哭起来了。这从哪儿说起呀！

夺取江南

曹操叹了一口气，伤心地说："这次要是郭奉孝（郭嘉字奉孝）还在的话，我也不至于败到这步田地。"说着又哭了："伤心哪奉孝！痛心哪奉孝！可惜呀奉孝！"谋士们和将士们听着，又是难受，又是害臊。当时大伙儿略略休息一下。第二天，曹操吩咐征南将军曹仁和横野将军徐晃镇守江陵，对他们说："刘备、周瑜必然赶来，你们不可轻易出战。我先回许都调度兵马，到时候，再做布置。"

果然，不出曹操所料，刘备和周瑜联合进攻，水陆并进，追到南郡，跟曹军隔江相对。曹仁只守不战，弄得周瑜没法跟他交锋。彼此相持了几天以后，刘备向周瑜献计，说："江陵城内粮草充足，一时不容易打下来。不如分兵夹攻它的左右。我想叫张益德带领一千精兵跟着您攻打正面，请再给我两千人马，我打算从夏水（河流名，流入长江）过去，从东路绕到北面去截击曹仁的后路，您再派一队兵马去夺取夷陵（在今湖北宜昌一带）。这样，三面夹攻，曹仁非退兵不可。您看怎么样？"

周瑜同意了。可是他觉得刘备叫张飞留在这儿，分明是怕他不放心，这又何必呢。他很诚恳地说："益德还是跟您在一起方便些。"周瑜又加了两千人马给刘备，让他去截击曹军。另外拨给甘宁三千人马，叫他去打夷陵。

甘宁带了三千人马渡江到北岸，马到成功，夷陵拿下来了。可是曹仁分兵反攻，又把夷陵围住了。甘宁一队人马成了孤军。他火速向周瑜求救。周瑜要想发兵去，又怕曹仁出来反击，弄得他进退两难。还是吕蒙想出个办法来，他对周瑜和程普说："请凌公绩（凌统字公绩）留在这儿守住大营，我和程将军跟着都督一同去救夷陵，准能解围。来回不过十天。十天之内我敢担保公绩一定能在这儿守住。"周瑜就叫凌统守住营寨，自己带着大队人马去救夷陵。

围攻夷陵的将军正是曹仁的叔伯兄弟大力士曹洪。他可没料到周瑜会离开大营带着程普、吕蒙、周泰、韩当这么多大将来跟他拼，刚一交战就败下去了。城内的甘宁一见救兵到了，就从城里杀出来，内外夹攻，杀得曹兵大败而逃，连战马都丢了三百多匹，全给东吴拿去了。曹洪带着残兵败将，逃往江陵去跟曹仁合在一起。曹仁丢了一个夷陵，可是江陵的防守反倒加强了。

周瑜打退了曹洪，救了夷陵，回到大营，吩咐大军渡江，驻扎在北岸，跟曹仁的军队更接近了。周瑜经常叫将士们去叫战，曹仁经常坚守不出。有时候也出来对敌一下，双方都有些死伤。曹仁也够厉害的，他依靠后方巩固，城里粮食充足，认为江陵城要守多久就能守多久。这倒不是他完全吹牛。周瑜在这一地区攻打了一年多，还没能把江陵打下来。刘备也没能把他的后路截断。

刘备要截断曹仁的后路的话，他必须绕到北面去，可是正相反，他净往南走。原来刘备采用诸葛亮的计策，表奏刘琦为荆州刺史，派关羽、张飞、赵云三个将军分头去攻打长沙、武陵（在今湖南常德一带）、桂阳（在今湖南郴州一带；郴：chēn）和零陵（在今湖南零陵一带）四个郡。长沙太守韩玄、武陵太守金旋、桂阳太守赵范、零陵太守刘度，先后都投降了。刘备接收了这四个郡，仍旧叫原来的太守当太守。不但如此，还招揽了两个将军和不少兵马。庐江（在今安徽潜山一带）军营里有个将军叫雷绪，带着几万名士兵来投奔刘备。长沙太守韩玄有个部将，很有能耐，人们都管他叫老英雄，姓黄名忠，字汉升，南阳人，原来是刘表的中郎将，跟着刘表的侄子刘磐镇守长沙和攸县（在今湖南攸县一带）。这会儿他从攸县跑来归附刘备。刘备的势力开始壮大起来了。他拜诸葛亮为军师中郎将，总督长沙、桂阳、零陵三个郡，征收赋税作为军饷。接着又让赵云领桂阳太守。桂阳太守不是赵范吗？怎么又叫赵云去了呢？

起初桂阳太守赵范一见赵云发兵前来，自己觉得不能抵抗，就开了城门，亲自捧着太守的印绶到大营里去投降。赵云为了鼓励当地的人士，把赵范当作上宾款待。赵范十分感激。为了表示亲切，他对赵云说：“将军姓赵，我也姓赵；将军是真定人，我也是真定人。同姓又同乡，我真感到荣幸。”赵云听了，也觉得在遥远的南方碰到这么一个同乡，着实难得。

第二天，赵范请赵云到城里出榜安民。赵云不愿意惊动老百姓，只带着几十个随从进了城。赵范请赵云到太守府喝杯水酒表示欢迎。赵云挺豪爽地去了。赵范特地请赵云到后堂畅饮几杯，赵云摸了摸腰间挂着的宝剑，大胆地进去了。三杯以后，赵范请出一个女子来，叫她给赵云敬酒。赵云一看，是个大美人，倒觉得很不自在。他问赵范：“这位是……”赵范说：“是我家嫂嫂樊氏。”赵云向她回了礼。樊氏又给赵云斟了一杯酒，就进去了。赵云对赵范说：“不该惊动令嫂，怎么可以请她出来斟酒呢？”赵范说：“这里面有个因由。请将军不要怪我冒昧，我就实话实说吧。家嫂樊氏年轻守寡，我家劝她改嫁，她说除非有个出色的英雄才可商量。这次天缘巧合，见到了将军。如蒙将军不弃，我做大媒，您看怎么样？”

赵云推辞，说：“既是同姓同宗，令兄就是我的兄长，令嫂就是我的嫂子。我不能乱了人伦，这事万万不敢遵命，还请多多原谅。”这几句话说得赵范红了脸。赵云出来，他怕赵范也许下不了台阶，发生变乱，就吩咐部下日夜加紧防备。有人劝赵云，说：“同姓结婚的也不是没有，何况她姓樊，把樊氏娶过来也是一件美事，何必这么固执呢？”赵云很正经地说：“你们哪儿知道。赵范被逼投降，是不是真心归附，就这么短短几天，你敢担保吗？天下女子不少，何必一定要这一个呢？”赵范果然不是真心归附，他一见赵云辞婚，找个机会，逃了。因此，刘备让赵云领桂阳太守。

刘备得到了荆江以南四个郡，有了自己的地盘。这全是由于孙刘联盟共同抗曹的好处，大伙儿都很高兴。可惜阿斗的母亲甘夫人在长坂坡得病，一年多来，终于不治身死。刘备接连死了妻小，不免难受。诸葛亮劝他不要过于伤心，倒是帮着荆州刺史刘琦去夺取荆州要紧（刘表以襄阳为荆州郡治，东吴以南郡为郡治。这里所说的荆州是指襄阳）。可是江陵还没打下来，就没法回到襄阳去。他们就派人去探听周瑜那边的消息，才知道周瑜中了曹仁的计，险些丧了命。

曹仁在江陵守了一年多，眼看粮食快要完了，救兵又没来。他决定跟周瑜大打一场。他在城里布置了埋伏，外表上装出准备逃跑的样子，开了城门去跟东吴交战。周瑜在高台上瞭望，只见城头插满旗子，出城的士兵腰间还拴着包裹、草鞋什么的。他就有几分料到曹仁可能准备走了。他派吕蒙、韩当、周泰、蒋钦四员大将出去对敌，叫程普、凌统守营，自己带着徐盛、丁奉他们看准情况准备夺城。一阵鼓响，曹仁、曹洪带着军队杀出来了。这边吕蒙、韩当等四员大将上去交锋。打了一阵，曹仁、曹洪败走，可他们并不退回城里。曹兵乱了队伍，抢着往西北跑，谁也不敢回城。可见他们确实弃城逃了。周瑜看得清楚，吩咐士兵抢城。徐盛、丁奉进了城，周瑜也跟着进了瓮城。冷不防一声梆子响，两边钻出弓箭手，一齐放箭，好像下了一场阵雨。周瑜急忙回身，右边肋旁已经中了一箭，翻身落马。城里的曹兵趁机杀出来捉周瑜。幸亏徐盛、丁奉退回，拼命把他救回。他们刚退出瓮城，曹仁、曹洪的兵马又杀回来了。吴兵大败。程普、凌统出来接应，三路兵马合在一起，才把曹军打了回去。

过了三天，曹仁探听明白，说周瑜中箭，受了重伤，不能起身，快死了，吴兵准备渡江逃去。曹仁这才透了一口气。他抓紧时间率领兵马出城，想再一次打击吴兵。周瑜伤重倒是真的，可是他用布帛扎住伤口，带伤上马，支撑着跑到军前，大声嚷着说："曹仁匹夫，快出来跟周郎拼个高低！"曹仁心想自己中了计，以为周瑜没中箭，赶紧下令退兵。曹兵纷纷往城里直逃。吕蒙、韩当、周泰他们赶上，杀了一阵。曹仁知道没法再守下去，就扔了南郡向北退去了。

周瑜进了江陵城，治了箭伤，向孙权送了捷报。孙权任命周瑜为南郡太守，屯兵江陵，程普领江夏太守，吕范领彭泽（在今江西九江一带）太守，吕蒙领寻阳（在今湖北黄梅一带）令。这几个郡都比较偏在东边。刘备就向朝廷表奏孙权为车骑将军，领徐州州牧。

孙权正想去联络荆州刺史刘琦，可惜刘琦害病死了。他跟鲁肃商议下来，两个人都认为赤壁之战亏得刘备相帮，才敢抵抗曹操，保全东吴，以后还得相帮相助。他们还认为曹操绝不肯轻易放过东吴，不如让刘备守住荆州，挡住曹操那一头，作为东吴的屏障。孙权就向朝廷表奏刘备领荆州州牧，还告诉周瑜让刘备管辖江南的零陵、桂阳、武陵、长沙四个郡。周瑜知道那四个郡原来是由刘备、关羽、张飞、赵云他们打下来的，也只好归给刘备。这一来，刘备就大胆地把大本营设在油口（在今湖北公安一带），改名公安。

赤壁之战以后，一年来刀兵没停止过。孙权自己率领一队兵马进攻合肥（在今安徽合肥一带，淮水在这里跟肥水合流，所以叫合肥），可没能打下来。曹操因为中原地区连年遭到兵灾，粮食生产很困难。合肥是个生产粮食的好地方，绝不能放弃。他不但动用大队兵马守住合肥，而且还派水军由肥水赶到那边，再动员民夫修理芍陂（水渠名），就在合肥屯田。孙权只好退兵，回到京口（在今江苏镇江）。他正想再派些将士去帮助周瑜，不料丹阳郡（在今安徽宣城，后来迁到建业，就是现在南京市）、黟县和歙县（都在今安徽南部、黄山一带）地界里山越族的首领陈仆、祖山等率领几万山越人反抗孙权派去的官府，孙权就派威武中郎将贺齐前去镇压。因此，不能再派更多的兵马去帮助周瑜。

同样，曹操也正因为庐江郡有好几个县发生叛变，他派荡寇将军张辽发兵去征伐，不能再派更多的兵马去帮助曹仁。张辽打了胜仗，奉命跟乐进、李典带着七千多人屯兵合肥。

就这样各方面互相牵制着，孙权更需要刘备挡住荆州那一头。刘备趁着机会稳扎稳打地占领了江南，尤其是湘水以西的地盘。赶到曹操回到许都，孙权回到京口，张辽屯兵合肥，周瑜屯兵江陵，刘备屯兵公安，一年来争夺地盘的混战，暂时告一段落。这反倒叫曹操很不安心。他认为要是把孙刘两家逼得紧了，他们必然联合起来，彼此相帮相助；要是对他们略为放松点儿，他们为了各自抢夺地盘，说不定彼此打了起来。没想到孙权听了鲁肃的话，情愿让些土地给刘备，刘备屯兵公安，连周瑜也没表示反对。这怎么能叫曹操放下心去呢？

曹操正在为难的时候，有个名士向他献计，说他能叫周瑜过来归顺朝廷，那真太好了。

东吴招亲

那个名士是九江人，叫蒋干，很有口才，在江淮一带也算是个人才，辩论起来，谁都说不过他。他对曹操说：“我跟周公瑾是同窗好友，跟他说明是非利害，我想可以劝他来归降的。”曹操就秘密地派他过江去见周瑜。

蒋干穿着布衣，戴着布头巾，打扮成一个不计较功名富贵的隐士模样，渡过襄江，到了江陵去拜访周瑜。周瑜一听到蒋干过江的报告，就特意把自己打扮一下再去迎接他。原来周瑜为人风流潇洒，平日喜欢穿便服。做了都督，有时候还是头戴方巾，手执鹰毛扇（文言叫“纶巾羽扇”；纶：guān），好像没事的神仙似的那么舒坦。这会儿一听到蒋干来了，就故意穿戴成大官儿的派头。他不准备跟蒋干比文雅劲儿，倒要跟他比富贵似的。

周瑜把蒋干迎接进去，立刻就说：“子翼（蒋干字子翼）辛苦了，渡江过河老远地跑来，是不是来替曹氏做说客？”蒋干说：“我跟您分别几年，特来拜访，叙叙过去的交情，您怎么疑心我是来替曹氏做说客？”周瑜笑着说：“我虽说比不上像师旷那样精于音乐，可是听了琴弦，也能知道弹的是什么曲子。”原来周瑜长于音乐，就是喝了酒，也能听得出乐曲中的错误。他一听出错误，一定要回过头去看一看。这已经成了习惯了。所以当时有这么一句歌谣：“曲有误，周郎顾。”蒋干跟他是老朋友，当然知道。周瑜就拿听音乐做个比方，当面揭露蒋干的企图。蒋干生气了，向周瑜拱了拱手，说：“您这样对待朋友，我只好告辞了！”

周瑜很殷勤地留着他，跟他一块儿喝酒、聊天。接着，周瑜劝他说：“我有些要紧的事，暂时失陪了。请您在宾馆里委屈几天，我办完了事，再来请您。”

过了三天，周瑜陪着蒋干参观军营，故意指给他看看仓库、兵器和别的军用物资，还问他：“粮草、军械，不太少吧？”蒋干只好说：“兵精粮足，名不虚传。”两个人回来之后，又是喝酒、聊天。周瑜还把豪华的服装、名贵的古玩向蒋干夸耀一番，挺得意地说：“人生在世，好容易碰到了知己的主人，名义上固然有上下尊卑的分别，实际上跟骨肉一样地亲密。我说句话，他一定听，我献个计，他一定依。我们有福同享，有祸同当。我有了这么个主人，就说苏秦、张仪、郦生、陆贾再活转来，我也只能拍拍他们的脊背，叫他们趁早闭上嘴。哈哈哈哈！”蒋干也只好跟着打个哈哈。

蒋干知道周瑜是个雅人，也知道他喜欢戴方巾，摇鹰毛扇，所以自己特地换上布衣葛巾来见他。没想到周瑜故意在他跟前装作夸耀富贵、专讲势利的俗人。这明明是在讽刺他，蒋干哪儿能看不出来。他整了整葛巾，掸了掸布衣，一字不提朝廷大事，就这么跟周瑜告别了。

蒋干回去，换了衣帽，向曹操报告了一番。末了，他不得不说：“周公瑾为人雅致，气量大，品格高，不是几句话可以说服他的。”曹操对周瑜也只好死了心。他就从事于补充军队，搜罗人才，暂时搁下东吴这一头。孙权和鲁肃也就利用这个时机尽可能地想办法来巩固跟刘备的联盟。

孙权见刘备屯兵公安，多少也有些顾虑，后来听说荆州方面以前刘表的属下纷纷投奔刘备，孙权更不安心了。鲁肃对他说：“孙刘联盟，东吴就能转危为安，一旦两家失和，必然两败俱伤。只要让曹操知道孙刘两家越来越亲密，他就不敢再发兵来。”孙权点点头，说：“您说得对。要不要把临近公安的地方也让他去镇守？”鲁肃说：“这倒不必。我想着另一件事：刘荆州接连丧了妻小，还没续娶。要是孙刘两家结成亲戚，那该多么好哇。”

孙权就打算把自己的妹妹嫁给刘备，鲁肃把这个意思向诸葛亮透个信儿。诸葛亮在孙刘联盟、同心抗曹这件事上跟鲁肃完全一条心。他巴不得促成这门亲事。刘备也愿意多多联络东吴。这么着，男女双方互相通了使者，这门亲事很顺利地就说妥了。

公元 209 年（汉献帝建安十四年）十二月，刘备准备到东吴去迎亲。诸葛亮对他说："将军这次去东吴，是忧是喜各占一半。孙权目前害怕曹操，倒是愿意联亲，只怕周瑜从中阻挠，好在鲁肃能顾全大局，不至于出什么大的差错。可是将军千万要快去快来。此外，还得挑个合适的人做个近身卫士才好。"

刘备把赵云从桂阳调回来，保护着他到京口去见孙权。两个人初次见面，同是三国英雄，又是姑爷、大舅，彼此说些仰慕的话。孙权择个好日子，给刘备办了喜事。结婚那天晚上，刘备送出了贺客，就有使唤丫头领他进屋。他刚走近新房，还没进去，就吓了一跳，连忙回身。原来他瞧见新房里刀枪密布，杀气腾腾，房里丫头一大队都带着刀枪站在两旁。刘备见了这种情况，不由得怀疑起来，他想："难道我真上圈套了吗？"他问了问手下的人："这是怎么回事？"其中有个领头的侍女说："皇叔请别见怪。我们的郡主从小喜爱武艺，随身不离兵器，平常也教侍女们使棒弄枪，她屋子里就喜欢这么布置。"刘备说："今天新婚之喜，可以不必这样了吧。"

侍女把刘备的话转告新娘，新娘撇了撇嘴，说："打仗打了半辈子，还怕刀枪哪！"说着，叫侍女们撤去刀枪，身上的佩剑也都摘了。刘备当时就感觉到：这位新夫人今天这么布置洞房，还不是有意要显一显她的神气劲儿？这么一个夫人恐怕以后不容易对付，他不由得担了一份心。

结婚以后，两口子倒挺恩爱，孙权对待刘备也着实热心。刘备在东吴一住就是半个多月。赵云催他快点回去，刘备就向孙权辞行。孙权一再挽留，请他安心多住几天。

孙权并不是故意不让刘备回去，他倒是有心跟他多结交结交。孙权特地把鲁肃和吕范召来，把江陵太守周瑜给他的信让他们看，还要听听他们的意见。他们一看，信上写着：

刘备是个英雄，再加上关羽、张飞像老虎那样的将军帮着他，他绝不会长久屈服在别人手底下的。我们应当把刘备留在东吴，给他多盖些宫室，多给他美女和玩好，让他好好享受享受。再把关羽、张飞两个人分开来，叫他们各人住在一个地方。然后我们才能够把刘备制服。现在我们还把土地割让给他，帮他建立地盘。这三个人合在一起，都占领着战争的场地。蛟龙一旦得到了云雨，恐怕不再是水池子里的东西了。请将军仔细考虑。

吕范同意周瑜的想法，劝孙权把刘备软禁在东吴。鲁肃反对说："不行！将军虽然神武，究竟还比不上曹操。我们刚到荆州对人民没有什么恩德可说，人心还没归附。曹操打了败仗，存心报复，必然还想夺回荆州，荆州人士投奔刘备的不少，不如叫他去安抚荆州，让曹操多一支敌军，我们可多了一个帮手。"鲁肃的话正说到孙权的心坎里，他就不听周瑜和吕范的主张，很殷勤地招待着刘备。

东吴的大臣中对待刘备就这么分成两派。虽然大伙儿同样招待着新姑爷，可是无形中就有两种不同的味儿。赵云的嗅觉尤其灵敏，他偷偷地告诉刘备，说："夜长梦多，请将军别忘了孔明先生的话。咱们不如赶紧回去吧。"刘备也隐隐约约地听到些对他不利的闲言闲语。他就把这些情况老老实实地告诉了孙夫人。孙夫人真够夫妻情分，立刻决定跟着他一同走。

为了防备可能发生的阻挡，刘备只给孙权留下一封信，孙夫人也不向她哥哥辞行（吴太夫人已于七年前死了），跟赵云他们静悄悄地下了船。那天正赶上东南风，扯起风帆，很快地往西驶去。赶到孙权看到了刘备的信，新夫妇已经走了。他马上带着鲁肃、张昭他们十几位大臣下了飞云大船，一声令下，大船左右的划桨一齐划动，所有的风帆全都扯满，那条飞云大船立刻乘风破浪，就像飞一样地赶了上去。没多大工夫，就快把小船追上了。刘备一见后有追兵，越驶越近，不由得提心吊胆。赵云拿起弓箭准备抵抗。孙夫人眉毛一挑，生了气，按着佩剑出来，把自己的身子挡住刘备，叫他别害怕。只见鲁肃站着船艄上，左右士兵高声喊叫："刘荆州慢行！刘荆州慢行！""孙车骑亲来送行！孙车骑亲来送行！"

刘备一见鲁肃在场，就放下了心，叫人下了风帆，等着。大船慢慢地过来，鲁肃先向刘备拱拱手，说："孙车骑亲来送行。"刘备带着孙夫人上大船来见孙权，向他赔不是，说："曹操不能放过荆州，我不得不回去防守。"孙权说："是我不好，没早点给你们送行。"说着，就在大船上摆上酒席，孙权自己和张昭、鲁肃等十几个人向刘备和孙夫人敬酒。刘备和孙夫人不敢多耽搁，很快地就向孙权告别，回到自己的船上。孙权他们都过来送到小船，又坐了一会儿。张昭、鲁肃他们先出来了，孙夫人进了内舱，赵云站在船艄，只有孙权一个人留着跟刘备说几句体己话。

刘备叹了一口气，说："公瑾文武双全，像他这样的人才，一万人中也挑不出一个来。可是他器量大，目光远，只怕不能长久屈居臣下。"孙权点点头，微微一笑，就出来上了大船。刘备夫妇再一次向大船告别，扯起风帆，一路平安，回到公安。诸葛亮他们出来迎接。刘备对他说："先生说这次去东吴，是忧是喜各占一半，真说得对！要是仲谋（孙权字仲谋）听了周瑜的话，我恐怕回不来了。"当时大伙儿全都喜气洋洋，大摆酒席，庆贺刘备迎亲归来。

没过了多少日子，孙权派使者送信给刘备，约他共同去攻打蜀郡。刘备和诸葛亮都没防到东吴来了这一手。孙权和鲁肃从没提起过这件事，不知道是谁出的主意。这真叫刘备太为难了。

古籍链接

瑜少精意于音乐。虽三爵之后，其有阙误。瑜必知之，知之必顾，故时人谣曰："曲有误，周郎顾。"

——《三国志 · 吴书》

借荆州

周瑜从江陵到京口去见孙权，问他为什么让刘备回去。孙权说是为了防备曹操。周瑜说："曹操打了败仗，大失威望。他首先得安定内部，对付反对他的人，绝不会在这个时候再发兵来跟将军纠缠。倒是刘备，我们不能放松。他要是不侵犯东吴，必然去夺取蜀郡。如果我们能够先下手，一定可以占上风。我打算跟奋威将军（丹阳太守孙瑜，孙坚的侄儿）一同去取蜀郡，兼并张鲁，叫奋威将军守在那边，再叫他跟马腾的儿子马超联合起来，互相支援。到那时候，我就可以回来再跟将军一起去夺取襄阳，进逼曹操，打到北方去。消灭了曹操，就不怕刘备这一边了。"孙权完全同意，就叫周瑜整顿兵马，跟奋威将军孙瑜一同去攻打蜀郡。

可是周瑜回到江陵就病倒了。他赶紧到了巴陵（在今湖南岳阳），看医治病，一面叫孙瑜发兵到夏口（在今武汉一带），再由夏口到江陵跟他的兵马会师。同时请孙权派使者去通知刘备，免得他临时出来阻挠。孙权就派使者到公安去见刘备，呈上孙权的信。刘备一看，上面写着：

米贼（五斗米道）张鲁，在巴汉（巴郡和汉中）自称为王，替曹操进攻益州做了耳目。益州州牧刘璋懦弱无能，不能守住自己的地盘。要是曹操夺取了蜀地，荆州可就难保。我准备先去攻取刘璋，再去征伐张鲁。吴楚连成一片，南方就能统一。到那时候，就说有十个曹操，也不必怕了。

刘备自己想夺取益州，就跟诸葛亮商议该怎么办。诸葛亮说：“绝不能让东吴夺取益州。孙权要是事前没做准备，一定不会透露这个消息。现在他派使者来，可能他已经发兵了。我们只好一面回他一封信，做个缓兵之计，一面必须调动人马，守住江面，以防万一。”刘备就照诸葛亮的意思，写了回信，请使者带回去。孙权拿来一看，上面写着：

益州人民富强，地势险要。刘璋虽说软弱，自己足够守住。张鲁为人虚伪，未必忠于曹操。现在将军发兵到蜀汉去，转运万里，行军上阻碍重重。成功不成功，没有把握。可是曹操那边，虽然赤壁打了一个败仗，究竟三分天下已经占了两分。他老说要到东海来饮马，要到吴会（吴中、会稽）来阅兵，怎么能待在北方养老就算了呢？现在将军师出无名，同盟之中自相攻打，只对曹操有利，恐怕不是长远的计策。再说我跟刘璋同是汉朝的宗室，如果他有得罪将军的地方，我愿意替他请罪。万望将军再思再想。

孙权这一次已经听了周瑜，就把刘备的信搁在一边，下了命令，催孙瑜火速进兵。孙瑜率领水军逆流而上，到了夏口。啊？这是怎么啦？前面排列着一队战船拦住去路。孙瑜出来查问，老远地就瞧见对面大船上站着的不是别人，正是东吴的新姑爷荆州州牧刘备。孙瑜高声喊着说：“我奉了孙车骑的命令前去征伐蜀郡！”刘备也高声喊着回答他，说：“将军要进攻蜀郡的话，请从别条道儿过去！我已经写信给孙车骑，劝他不可自相攻打。您要是一定要去攻打蜀郡，我只好披散头发躲到山林里去，可不敢失信于天下。”孙瑜再要跟他分辩，刘备已经退到船舱里，弄得他直皱眉头。前面都是战船，船面上的将士们都拿着刀枪弓箭。孙瑜再要过去，就得跟姑爷开仗，他可没有这么大的主意。他只好退兵回去，派人去向孙权和周瑜报告，再作道理。

孙权哪儿还顾得到这种报告，就是天塌下来，他也顾不了啦。他正在痛哭，哭得非常伤心，手里还拿着周瑜给他的最后的一封信，里面有一段说："人生有生必有死，命短也不足惜。只恨立志未成，不能再伺候将军。目前曹操在北方，跟东吴为敌，战争并没过去。刘备近在公安，跟我们的地界紧贴着，那边的人还没归附过来，必须有个有才能的人守着才好。鲁肃足智多谋，做事稳健、认真，足足可以接替我。我虽然死了，可是已经尽了心了。"

周瑜死的时候才三十六岁。孙权穿上素服，哭得左右的人没有不掉眼泪的。他按照周瑜的意思，拜鲁肃为奋武校尉，叫他到江陵去接替周瑜的职务。

鲁肃前往江陵，路过寻阳。听了左右的话去会见寻阳令吕蒙。吕蒙是汝南人，少年好武，不读经书。有一天，孙权对他说："你应当好好学习，这对于自己很有好处。"吕蒙说："军营里事务多，苦得忙不过来，没法读书。"孙权说："我又不是要你研究经书去当博士。可是过去的历史和成败的道理多少该看看。你说事务多，我的事务比你的更多，你再忙也忙不过我。可是我经常读书，我觉得学习对自己很有帮助。"吕蒙从此下了决心，刻苦自学。这会儿鲁肃路过吕蒙屯兵的地方，原来有些瞧不起这个大老粗，路过就路过算了。有人对他说："吕将军立志上进，您应当去看看他尽个礼。"

鲁肃见了吕蒙，两个人坐下来一谈，鲁肃愣了。他一听，吕蒙不但很有学问，而且有些见解比自己想的更精明。他不由得离开座位，走过去，拍拍吕蒙的肩膀，说："哎呀，我还以为老弟只是武艺高强，哪儿知道您的学问也这么好。您今天不再是吴下阿蒙了！"吕蒙笑着说："一个人哪，三天不见，就该另眼相看。老兄您不该小看人哪！"说着，两个人都笑了。鲁肃还进去拜见了吕蒙的母亲，两个原来的老同事交了朋友，才离开了。

鲁肃到了江陵，看情况很不妙。关羽、张飞他们已经把军队驻扎在南郡地界，看样子江陵已经处在刘备的控制之下了。鲁肃上书向孙权报告，并且建议把荆州（江陵）借给刘备，让他守住江陵，抵挡曹操在襄阳那一路的压力，那要比自己分兵守在那边好，孙权正为了岭南那一边操心。南方还没派刺史去，合浦、南海等几个郡不受节制，还得派将士去镇守。他仔细合计一下，同意鲁肃把江陵"借"给刘备，拜鲁肃为汉昌太守，屯兵陆口（在今湖北嘉鱼一带），叫孙瑜仍旧回到丹阳去。

孙刘两家最近在地区和驻防方面的调整，使曹操不敢发兵来报赤壁之仇，起初他一听到周瑜病死的消息，心里就有了主意。他打算给曹仁写信，叫他再去夺取江陵。他拿起笔来正在写的时候，又来了个报告，说孙权把荆州让给刘备，现在诸葛亮总管南郡，关羽守江陵，张飞守秭归（在今湖北宜昌一带），刘备自己带着赵云屯兵孱陵（在今湖北公安一带）。曹操一面听着，一面眨巴着眼睛。完了，他叹了一口气，把笔扔在地下，信也不写了，收复江陵的事只好以后再做计较了。

这两年来，曹操就怕人们说他专权。汉献帝在他的控制下，倒是事实。因此，人们议论纷纷，说他早晚就要篡位了。曹操听到这些流言蜚语，很不舒服。刚巧有件很名贵的古物出土，是古代的一个铜爵（也有写作“铜雀”的）。“爵”原来是一种饮酒的器皿，借着音又当作“爵禄”“爵位”的意思讲。曹操就借着铜爵的因由，在邺城大兴土木，起造铜爵台和不少楼阁，表示他有了高贵的爵位，晚年享乐享乐就满足了。铜爵台落成以后，不但文武百官向曹操贺喜，一班玩弄笔墨的文人更是写了不少诗歌，连汉献帝也赏给他四个县城，一共加封了三万户。

曹操借题发挥，写了一篇自传式的文告，大意说：“我本来不想出来做官，因为朝廷征调我为都尉，又升为典军校尉，我就有心为国立功。要是能够得到一个侯爵，在自己的墓碑上题上‘汉故征西将军曹侯之墓’这样的字样，就心满意足了。自己回想一下，自从讨董卓、破黄巾开始，以后灭袁术、擒吕布、除袁绍、定刘表，就这样大体上平定天下，做了丞相。做臣下的富贵已经到了顶点，我还希望什么呢？我把心里的话说出来，好像有些自高自大；但是我要讲实话，就顾不到这些了。说实在的，要是国家没有我这个人，不知道有多少人称帝，有多少人称王！也许有人见我兵势强盛，就胡乱猜疑。他们都错了。我不是不想把兵权交出，自己回到封地去，但是事实上办不到。为什么呢？因为兵权一交出去，我必然会被人所害。对自己，对国家都没有好处。为了羡慕虚名，遭到实祸，我不干。可是皇上赏我四个县，我没法依，又不得不依。我只好辞去三个，接受一个，也好减少一些人们对我的批评。”

这个文告一下来，大臣们议论纷纷，有的公开赞扬，有的背地里彼此咬耳朵。有的说曹操是忠于朝廷的好人，有的说他是个大大的奸雄。可是曹操为了安定内部，对付反对他的人，不能发兵去打荆州。这对孙刘两家大有帮助。孙权和刘备就利用这个时机，用心巩固和扩张自己的地盘。

孙权早想把岭南一大片地区收在自己的统治之内。以前有个苍梧人叫士燮的，一向在边远的南方做太守。他又让他的三个兄弟管理合浦、南海等三个郡。士燮一家占领了南方四个郡，势力很大，尊贵无比。中原士人有不少避难到南方去依附他。要这么下去，南方的士燮很可能像北方的公孙度那样独霸一方，自立为王了。公元210年（建安十五年。就是曹操造铜爵台的那一年），孙权派步骘（zhì）为南方的刺史，让他去监督那边的太守。步骘真有两手，他又用兵力，又用安抚的办法，收服了那四个郡。士燮又很识时务，嘱咐他的三个兄弟听从节度，还打发自己的儿子去伺候孙权。打这儿起，岭南才归孙权统治。

刘备这边哪，除了在江南已经占领的武陵、长沙、零陵、桂阳四个郡以外，现在又加了一个南郡和临近南郡的一些县城。他积极准备，一有机会就去联络刘璋，使他在西南也有个帮手。事情也真凑巧，曹操在关西打了胜仗，反倒帮了刘备的忙，叫刘备进入益州。这是怎么回事啊？

古籍链接

鲁肃代周瑜，当之陆口，过蒙屯下。肃意尚轻蒙，或说肃曰：“吕将军功名日显，不可以故意待也，君宜顾之。”遂往诣蒙。酒酣，蒙问肃曰：“君受重任，与关羽为邻，将何计略以备不虞？”肃造次应曰：“临时施宜。”蒙曰：“今东西虽为一家，而关羽实熊虎也，计安可不豫定？”因为肃画五策。肃于是越席就之，拊其背曰：“吕子明，吾不知卿才略所及乃至于此也。”遂拜蒙母，结友而别。

——《三国志·吴书》

献地图

关西一带向来由前将军马腾和镇西将军韩遂统治着，后来曹操要向南进军，免除后顾之忧，特地推举马腾为卫尉，全家搬到邺城，拜他儿子马超为偏将军留在槐里。公元211年（建安十六年），马超、韩遂他们听到夏侯渊从河东发兵来跟关中钟繇的人马会师，引起了不安。马超少年好勇，对于曹操把他父亲调到朝廷里去已经很不满意，后来有一批鼓动他扩张势力的将士传出话来，说他父亲马腾跟某些反对曹操的人有了联系，甚至有谣传说，马腾已经下了监狱。马超正在半信半疑的时候，有八个部的八个头领公推马超为首领起兵抗曹。马超就跟韩遂联合起来，发动十部兵马，会师十万，进攻潼关。

曹操得到了警报，立刻吩咐安西将军曹仁带领一支精兵去守潼关，嘱咐他坚守不战。同时他真把马腾一家下了监狱。接着他叫他儿子五官中郎将曹丕和奋武将军程昱把守邺城，他自己率领大军到潼关去对付马超。

大军到了潼关，跟马超的军营夹关相对。谋士们很担心地对曹操说：“关西兵善使长矛，勇猛得很。不用精锐的军队做前锋，恐怕抵挡不住。”曹操听了，有点生气。他心里说：“怎么？还没交战，就怕得这个样儿！”可是他理着胡子，乐了乐，说：“交战在我，不在贼人。贼人的长矛再长也刺不到诸君的身上来。你们等着瞧吧。”

曹操在关前跟马超的兵马相对扎营，好像准备大战一场似的，他可暗地里派徐晃、朱灵带领四千人马往北转西，渡过蒲坂津（古地名，在今山西永济一带），绕到关西军的背后，在河西扎了营。曹操自己指挥大军从潼关渡河到北岸。他带着一百多名卫士留在南岸压队。马超发现曹军渡河，赶紧带着一万多步兵和骑兵前去阻拦，可是已经晚了。南岸的曹兵只留下百八十人了。马超叫弓箭手消灭这一小队敌人，箭像下雨似的直射过去。曹操还在交椅上坐着，不动声色地叫卫士们快走。许褚着急了，一把拉他离开岸上，扶他上船。船刚离开岸，马超的弓箭手赶到。船上的士兵被射死不少。曹操船上的船工也中箭死了。许褚左手拿着马鞍子当作盾牌护着曹操，右手替船工撑篙。岸上马超的兵马还沿着河岸追去。

猛一下子南岸的弓箭手和别的士兵都回头跑了。他们瞧见一大群牛和马乱哄哄地放着，就过去抢，再也顾不得追赶曹兵了。曹兵就这么都到了北岸，在蒲坂下营。将士们纷纷向曹操请安。曹操对少数近身的将军们说："马家这小子不死，我没有葬身的地方了。"不一会儿工夫，将士们越来越多，有的来看看曹操是不是还活着。曹操在谈话中哈哈大笑，说："今天差点儿给小贼子困住了。幸亏仲康（许褚字仲康）救了我。"许褚说："也幸亏南岸放了牛马引诱敌人忙着去抢，让我们过了河。"曹操问："是谁想出这个办法？"许褚说："不知道。"曹操派人去查问，才知道是渭南县的校尉丁斐出的主意。曹操知道他是个人才，把他升为典军校尉。

曹军在蒲坂造了壁垒，虚张旗子作为疑兵，晚上用船和筏子偷偷地渡过渭水，又建造浮桥，很快地把一部分兵马送到渭南。渭南本来就在潼关西边，东西相连，是在一条线上的。曹操可把精锐的步兵和骑兵往北转西再回南，就这么绕个大弯占领了关西军背后的阵地。赶到韩遂知道了这情况，他首先慌了。马超可跟他不一样，他带领自己的一队人马连夜就去劫营。没料到曹军早已做了准备，反倒把马超的人马团团围住。马超拼死杀出，已经死伤了不少人马。

马超打了败仗，直怪韩遂不肯用心。韩遂眼看曹军强盛，情愿向曹操割地求和。马超自己觉得力量不够，只好让韩遂去跟曹操讲和。

韩遂派使者到了曹营，说明来意，曹操还不肯答允。谋士贾诩对他说："人家好意来求和，答允了吧。"曹操嘴里不说，心里还怪贾诩不该轻易让他求和，只见贾诩向他递个眼色，曹操就答允了韩遂的使者，叫他告诉韩遂明天在阵前相见。使者走了以后，曹操问贾诩有何妙计。贾诩说：“让他们内部不和，就容易个别击破了。”曹操点点头，说：“我明白了。”

曹操跟韩遂的父亲同一年举为孝廉，又跟韩遂同时出来做官，所以可以称为老朋友了。第二天，曹操排队出营，请韩遂出来相会。两个人就在马上行了礼，聊起天来了。聊的都是关于过去的交情，根本不提军队的事。马超是韩遂的晚辈，他在后面只瞧见他们两个人有说有笑的，有时候还拍起手来，可是听不见他们说的是什么。

这时候，韩遂军队里的汉人和胡人一层层、一排排地站在曹操对面，踮着脚要看一看中原的曹丞相。曹操笑着对他们说：“你们要看曹公吗？他跟你们一样，并没有四只眼睛、两个嘴，就是多点聪明罢了。”说着，跟韩遂拱了拱手。韩遂也就回去了。

马超急忙来见韩遂，问他跟曹操谈了些什么。韩遂说：“没什么，就聊聊以前几个朋友的情况，别的什么也没谈。”说得马超不能不起疑。又过了一天，马超听说曹操有信给韩遂，又过来探问，还要求看看曹操的信。韩遂又说：“里面没讲什么。”马超一看，信里有好几处已经改了，有的句子涂得什么字也看不出来。他认为韩遂有心涂改。哪儿知道他已经中了计。打这儿起，马超跟韩遂互相猜疑，没法合在一块儿了。

又过了几天，曹操出动少数兵马向马超挑战。马超出去对敌。打了半个时辰，马超还占了上风。突然一阵鼓响，两旁冲出来曹操的精兵。马超抵挡了好久，有几个部的头目也有被杀的，也有逃走的。马超眼看支持不住，带着一部分人马退到凉州去了。

韩遂也受到了攻击，求和没成功，自己孤立无援，也只好逃了。

到了年底，曹操回到长安。他还打算再进军去消灭韩遂和马超，谁知道北方河间（在今河北河间一带）起了叛变，就叫夏侯渊镇守长安，自己带着大军回去了。

曹操得胜回朝，不免得意扬扬。这一得意呀，可把大事误了。原来有个使者从益州来，名叫张松，已经等了好些日子了。曹操刚回来，没有工夫接见他，叫他在宾馆里再住几天，等候召见。曹操派兵遣将，很快地平定了河间的叛变，然后向汉献帝上书，两个捷报一起报告。一晃转过了年，把马腾一家男女老少杀得一干二净。到了这时候，才传下命令召张松进去拜见。

张松是益州州牧刘璋派来的，要向曹操表示顺从朝廷、互相交好的意思。曹操刚打了胜仗，态度上有些傲慢。张松哪，别看他是个小矮个儿，可比曹操更神气。曹操就没把他搁在眼里，不但没把他当作贵宾招待，很可能还有失礼的地方。张松认为他有一千个理由应当得到曹操的重视，他是来献宝的。可是偏偏曹操对他礼貌不周，他就把宝贝藏下了。

原来张松在益州有两个好朋友，都是右扶风郡人，一个叫法正，一个叫孟达。他们三个算是益州很突出的人才，尤其是法正，见识高，办事稳当。他们看到刘璋庸庸碌碌，不能成大事，自己向他献计图强，没被重用。因此，闷闷不乐，心想另投主人。他们因为张鲁在北面经常侵犯益州地界，就劝刘璋去跟曹操交好，有了靠山就不必害怕张鲁那一头了。刘璋听了他们的话，派张松去见曹操。张松是蜀郡人，他知道益州地形险恶，有许多情况外面的人是不知道的。有些盘盘曲曲的山路要道，外地的人更摸不清楚。张松暗地里画了一张西川地图，随身带着，原来想献给曹操作为投靠他的见面礼。他一见曹操对他这么傲慢，大失所望，就自作主张，另找门路，到荆州去试试刘备。刘备因为上次孙权要进攻蜀地，正想设法去联络刘璋，一听说益州派张松来，就跟诸葛亮商量，决定大摆酒席，热情地招待张松，尊他为名士。

刘备天天给张松请客敬酒，可没谈起益州内部的事情，倒是张松忍不住了。他说："并不是我卖主求荣，实在为了刘季玉（刘璋字季玉）太懦弱，看样子这么下去，益州难保。我这次见了曹操，才知道此公待人傲慢，我没法跟他相处。使君当阳败退还带着老百姓，情愿一同吃苦，无怪人心归向使君。要是使君先取西川再收汉中，然后恢复中原，辅助天子，这是霸主的事业，谁不赞扬。使君如果有意进取西川，我们有不少人愿为内应。"

刘备摇摇头，说："我跟季玉都是宗室，我要是夺他的地盘，岂不被天下人唾骂？如果我能够帮他守住益州，那倒未尝不可。可是蜀郡地势险恶，天下闻名，千山万水，车马难行。就是想去联络季玉，恐怕路上也不方便。"张松就把西川地图献给刘备，说："益州情形都在这儿了。"刘备千恩万谢地收了地图，说："我要是能到西川去，全是您的功劳。"

张松回去向刘璋报告，说："曹操是汉朝的贼子，他还想并吞天下。听他的口气，一定还要进攻西川。"刘璋着急地说："这这……怎么办哪？"张松说："刘豫州跟使君都是宗室，他又是曹操的对头。他为人忠厚，又能用兵。要是叫他去征伐张鲁，张鲁必然败亡，张鲁败亡了，益州大大加强，曹操再来也无能为力了。"刘璋点点头，接着问："派谁去联络刘备呢？"张松推荐法正，法正可有些为难。

古籍链接

法正字孝直，右扶风郿人也。祖父真，有清节高名。建安初，天下饥荒，正与同郡孟达俱入蜀依刘璋，久之为新都令，后召署军议校尉。既不任用，又为其州邑俱侨客者所谤无行，志意不得。益州别驾张松与正相善，忖璋不足与有为，常窃叹息。松于荆州见曹公还，劝璋绝曹公而自结先主。璋曰："谁可使者？"松乃举正，正辞让，不得已而往。正既还，为松称说先主有雄略，密谋协规，愿共戴奉，而未有缘。后因璋闻曹公欲遣将征张鲁之有惧心也，松遂说璋宜迎先主，使之讨鲁，复令正衔命。正既宣旨，阴献策于先主曰："以明将军之英才，乘刘牧之懦弱；张松，州之股肱，以响应于内；然后资益州之殷富，冯天府之险阻，以此成业，犹反掌也。"先主然之，溯江而西，与璋会涪。北至葭萌，南还取璋。

——《三国志·蜀书》

· 逆取顺守 ·

刘璋派法正为使者去联络刘备，法正推辞，说：“还是请别人去吧。”刘璋再三对他说：“还是请您辛苦一趟。”法正推辞不了，只好去了。他到了荆州，跟刘备一谈，彼此相见恨晚。刘备殷勤地招待着他正像前些日子招待张松一样。

法正回到益州，向刘璋报告，说刘备怎么想念着他，愿意结为同盟。刘璋当然喜欢。法正回头告诉张松，说刘备的雄才大略真了不起。两个人就秘密地商议停当要奉刘备为主人，可就是没有机会。刚巧曹操叫钟繇发兵进攻汉中，刘璋害怕了。张松说：“曹操打下汉中，必然来并吞巴蜀。不如请刘豫州到这儿来，也有个帮手。再说我们这儿有几个将军，自己认为功劳大，骄傲得不像臣下。要是不快请刘豫州来帮助我们，那么敌人从外面打进来，自己的人在内部作乱，哪有不败亡的道理。”

刘璋就派法正带领四千人马去迎接刘备。巴西（郡名，在今四川阆中一带）人黄权反对，说：“刘左将军天下闻名，您请他来，把他当作部下，他一定不满意；把他当作宾客，可是一国不容二君。我说不如守住边界，不让外人进来。曹兵远来，未必一定打胜。”刘璋不听他的话，还是叫法正动身。

法正到了荆州，直截了当地对刘备说：“益州天府之国，刘州牧（益州州牧刘璋）懦弱，要是将军不去占领，一定给曹操拿去。像将军您这么英明，又有张松作为内应，进取益州易如反掌。”刘备说：“刘季玉跟我都是宗室，我怎么也不愿夺取他的地盘。”正在这时候，外边进来了一个人，他很坚决地说：“老天爷送给您，您不要，我怕老天爷也不乐意。”刘备一看，原来是军师庞统，就很殷勤地请他坐下。

庞统，也叫庞士元，襄阳人，跟诸葛亮原来是朋友，当时一个称为“伏龙”，一个称为“凤雏”，凤雏就是庞统。周瑜和鲁肃都很尊敬他，把他当作名士。周瑜打下江陵，领南郡太守的时候，就要重用庞统。可是没多久，周瑜死了。孙权派人运灵柩，庞统送丧到东吴。有人把庞统推荐给孙权，孙权见他面貌不顺眼，没用他，让他回到南郡去。后来诸葛亮做了南郡太守，把庞统推荐给刘备。庞统临走的时候，还向鲁肃去辞行。这时候，鲁肃正要多多结交刘备，使孙刘两家同心抗曹，就让庞统去帮助刘备，还嘱咐他千万不可叫孙刘两家互相攻击。庞统见了刘备，向他作个揖，说是来投奔他的，他可没提起诸葛亮和鲁肃推荐他的话。刘备也像孙权一样，见庞统长得不好看，没重用他，只派他到耒阳（在今湖南衡阳一带）做个县令。

庞统上了任，觉得自己仅仅做个县令，大材小用，很不高兴。他就天天喝酒、睡觉、发牢骚、说大话，就是不办事。刘备一听说这个新县令这么不用心，派人去调查，果然是这样，就下了命令，把他免了职。倒是鲁肃随时留心着庞统，怕他脾气古怪，性情高傲，得不到刘备的重用，就给刘备去了封信，大意说：“庞士元不是治理一百里地方的人才（治理一个县邑的才能，文言叫“百里才”），要是请他做个谋士或者在将军左右做个助理，准能发挥他的长处。”刘备还不大相信。后来他见了诸葛亮，问了问，诸葛亮说的跟鲁肃一样。到了这时候，刘备才想起司马德操所称赞的伏龙、凤雏两个人来了。他立刻把庞统请了来，拜他为军师中郎将，地位和待遇仅仅次于诸葛亮。

这会儿庞统对刘备说：“荆州连着遭受到战争的破坏，地区荒凉，人口稀少，东有孙权，北有曹操，光有这么一个地方，有志难成。益州户口百万，土地肥沃，物产丰富，拿那地方作为根底，大事可成，为什么不去呢？”刘备说：“现在跟我作对的就是曹操。他以急躁出名，我就拿宽和去对付他的急躁；他以残暴出名，我拿仁爱去对付他的残暴；他以欺诈出名，我拿忠厚去对付他的欺诈。我跟曹操每每相反，事情就可以成功。如果我贪图小利，对天下人失了信义，这怎么行呢？”

庞统说：“兵荒马乱的年月里，不能死守规矩，逆取顺守（夺取的时候不守常规，治理的时候顺从民心），古人也认为难能可贵。成功之后，拿好地方封给刘璋，不算对不起人。今天将军不把益州拿到手，必然给曹操拿去。这对将军有害，对刘璋无益。”刘备认为庞统说的句句是实话，句句是正理，就留诸葛亮镇守荆州，叫关羽、张飞、赵云帮着他，自己带着军师庞统和黄忠、魏延他们几个将军率领步兵几万人，跟着法正往西到益州去。地方官吏已经接到刘璋的命令，沿路出城迎接。巴郡（在今重庆一带）太守严颜叹息着说：“这叫作坐在深山里，请老虎来保护。”可是他还是服从刘璋的命令，好好地接待刘备。

刘备就这么一路顺风地从江州直到涪城（涪城在今四川绵阳；涪 fú），离成都三百六十里。刘璋率领步兵和骑兵三万多人，从成都出发，亲自到涪城来迎接刘备。张松叫法正去劝刘备，说：“夺取益州，在此一举。”刘备摇摇头，说：“这事不能莽撞。”庞统说：“趁着刘璋过来相会，马上抓住他，将军就可以不动刀兵稳取益州。”刘备不同意，他说：“我们初到这儿，对老百姓没有一点恩德和信义可说，万万不能这么干。”

他叮嘱手下的人千万不可轻举妄动。赶到刘璋到了涪城，亲自迎接刘备。两个人相会，叙起家谱来，原来是平辈的弟兄，彼此相见恨晚，亲如同胞手足。一个请客，一个回请，欢聚了好几十天，将士官吏也都相安无事。刘璋推举刘备行大司马，领司隶校尉，刘备推举刘璋行镇西大将军，领益州州牧。两个人在涪城欢聚完了，刘璋送给刘备二十万斛米、一千匹马、一千辆车，还有锦帛丝绵多得说不上数目来，又给他一队兵马，叫他到汉中去征伐张鲁。除了这个，还把益州的一支白水军给刘备调遣。刘备就有了三万多人，车辆、器械、粮草很多。刘璋这才跟刘备分手，回到成都去了。

刘备率领军队正要出发的时候，荆州来了报告，说孙夫人被孙权接回去了。原来孙权听了张纮的建议，把都城从京口搬到秣陵，改名为建业（就是现在南京市），筑造石头城，又用吕蒙的计策，在濡须水口（在今安徽含山一带，距巢湖不远）修了好些很大的船坞。正像石头城是陆地的堡垒，濡须坞就是水上的堡垒。这水上和陆地上两项巨大工程都是为了防御曹操的进攻建设起来的。孙权把南郡让给刘备，原来是叫他去守卫前哨，赶到石头城和濡须坞建造成功，大大巩固了防御，准备再去收复荆州。他一听到刘备往西到益州去，气得暴跳如雷。他想起刘备所说的话，什么“您要是一定要去攻打蜀郡，我只好披散头发躲到山林里去了”，不由得骂着说：“这贼子这么狡猾！”

孙权暗地里派大船到荆州要把他妹子接回去。孙夫人已经有三年没回娘家了，虽然她母亲吴太夫人在十年前已经死了，能够回家一趟，心里也十分喜欢。她对东吴的使者说：“皇叔不在，我得跟军师说一说。”使者说：“郡主回家走走，又不是国家大事，何必跟别人商议。动身以后，派人说一声也就是了。”孙夫人就带着七岁的阿斗和随从的侍女几十人坐车到了江边，上了大船。正要开船的时候，赵云赶到，高声叫着：“有要紧的事，请夫人慢点去！”

原来赵云一听到孙夫人自作主张带走了阿斗，就吩咐左右派水兵去追，自己飞马赶到江边，可是孙夫人的船已经扯起风帆走了。他沿着江岸边追边叫，人家干脆不理他。刚巧水兵的小船赶到，他就上了船，叫船工拼命追赶。不一会儿赶上了大船，赵云跳上去，见了孙夫人，请她回去。东吴的水兵仗着人多，不准他留在大船上。孙夫人也怪赵云不该出来阻拦。赵云说：“夫人要回去，为什么把小主人带走？”孙夫人说：“阿斗是我儿子，留在这儿没人照顾，我为什么不能带去？”赵云正要跟她争理，忽然江面上闹哄哄地来了十多条战船，把东吴的大船截住。一位将军手执长矛跳上大船。孙夫人一看，原来是征虏将军张飞。张飞和赵云要求孙夫人回去，孙夫人不依，孙夫人要带着阿斗到东吴去，张飞和赵云不依。他们又怕得罪孙家，伤了和气，就请孙夫人留下小主人，向她作个揖，说：“请夫人沿路保重，早日回来。”孙夫人也只好回个礼，让他们把阿斗带回去。他们就这么分别了。她哪儿知道从此再也不能回来了呢！

刘备得到了这个报告，心里直怪孙权不该把他夫人劫走。幸亏赵云和张飞把阿斗夺回来，没让他落在孙权手里作为要挟。这么一想，他放心多了。

刘备带领大军往北到了葭萌关（在今四川广元一带；葭：jiā）。他可不愿意马上去征伐张鲁。他初到蜀郡，首先要收服人心，给老百姓做些好事情。可是有人不让他这么做。孙权来了信，说曹操向他进攻，请刘备发兵去帮他抵抗曹操。刘备就向刘璋借兵，说要回到荆州去，急得张松慌忙派人去告诉法正千万不能让刘备回去。张松挺纳闷儿，难道刘备辛辛苦苦地到了益州，就这么白来一趟又回到荆州去了吗？

古籍链接

先主领荆州，统以从事守耒阳令，在县不治，免官。吴将鲁肃遗先主书曰："庞士元非百里才也，使处治中、别驾之任，始当展其骥足耳。"诸葛亮亦言之于先主，先主见与善谭，大器之，以为治中从事。亲待亚于诸葛亮，遂与亮并为军师中郎将。亮留镇荆州。统随从入蜀。

——《三国志 · 蜀书》

· 采用中策 ·

孙权把妹子接回来以后，就打算趁着刘备不在，发兵去夺荆州。没想到曹操也趁着这机会来打东吴。他知道荆州由诸葛亮、关羽他们守着，没法从这边过去，就在公元 212 年（建安十七年）十月，率领大军从合肥那边去打孙权。

曹操这次出兵，还强迫谋士荀彧一同出去，叫他参加军事。荀彧心里很不乐意，勉勉强强到了寿春（在今安徽寿县），推说害病，不愿意再跟着曹操了。荀彧一向把曹操看作英明的霸主，曹操一向像尊敬老师那样尊敬着荀彧。这么互相尊敬的两个人怎么会闹起别扭来了呢？谁都知道曹操在朝廷上权力越来越大，威望越来越高。就在一月里，诏书下来，赐给曹操三项特权，就是在上朝的时候，不必报名，不必像别的大臣那样走快步，还可以带着宝剑上殿。到了下半年，曹操的心腹董昭，就是以前向曹操献计叫他把汉献帝接到许都来的那个人，劝曹操即位为天子，曹操很客气地把他批评了一顿。董昭就约了别的几个大臣和将士请皇上封曹操为魏公，还建议给他九种最高贵的赏赐，叫作“九锡”（锡，就是赐的意思）。那九种赏赐就是：

1. 特别高贵的车马；
2. 特别高贵的衣服；
3. 封王的人才能享受的音乐；
4. 朱红的门户；
5. 上去下来踏步用台阶；
6. 进进出出有三百名卫士保护；
7. 长柄的大斧子；
8. 朱红色的弓和特种的箭；
9. 祭祀用的香酒和玉壶。

荀彧很不赞成用这种方式去表扬曹操。他对董昭那样专门奉承曹操的人，一瞧见就有点恶心。他劝曹操掌握实权，推辞虚名。在他看来，像这种王莽也要过的九锡，还是不要的好。他说："君子拿恩德爱人，不应该贪图虚名。"荀彧可以说是真正忠于曹操的。曹操还真辞了九锡，不称魏公，可是把荀彧看成碍手碍脚的人。由于荀彧的名望大，过去的功劳也大，曹操不便跟他作对。这次兴兵下江南，就叫他随着军队走。曹操都往前走了，荀彧还落在后面。他到了寿春，推说有病，就留下了。他知道孔融的下场就快轮到自己。果然，曹操派人给他送吃的来了。他拿起食盒，拆开封条一瞧，里面什么也没有，就这么一只空盒子。荀彧一想：这是丞相的好意，让他自己绝食。他就闷闷不乐地喝了毒药死了。死的时候，整五十岁。

报丧的报到曹操那儿，曹操着实叹息了一回，封他为侯，用诸侯的礼节把他安葬了。接着，他亲自到了濡须坞的对岸，瞭望对面船坞，战船整齐，队伍分明，不由得叹了口气，说："生子当如孙仲谋（孙权字仲谋），刘景升（刘表字景升）的儿子简直跟猪狗一样。"

曹军和吴军相持一两个月，打了几仗，双方有输有赢。转眼到了春天，南方多雨，道路泥泞，不便行军。孙权给曹操一封信，信中说："春季雨水多，你们北方人对这种天气很不适应，我劝您还是快回去吧。"他又说："足下不死，我就不能安定。"曹操看了来信，哈哈大笑，说："孙仲谋说的真是大实话。"他就下令退兵。孙权也回到了建业。

孙权一来怕曹操随时再打过来，二来不愿意让刘备安安定定地得到益州，就故意向刘备求救，要求他带兵回来同心抗曹。刘备气可大了，他说："他无缘无故地劫夺我的妻子，还有脸来向我求救！"庞统说："我们已经到了这儿，怎么也不能随便回去。我有三条计策，请将军自己挑吧。"刘备说："请问哪三条？"庞统说："马上挑选精锐的士兵日夜赶路直接去袭击成都。刘璋兵力不足，又不做准备，大军突然进去，马到成功。这是上策。其次，杨怀、高沛是刘璋的两名大将，现在守着白水关（在今四川广元一带）。听说他们屡次劝刘璋叫将军回到荆州去。我们不如借着孙权来请救兵的因由，就说荆州紧急，只好带兵回去。我们在外表上装作动身的样子，派人去向他们辞行。他们一来钦佩将军，二来听说将军回去，心里高兴，一定出来送行，趁着他们出来，突然把他们逮住，接收他们的军队，再向成都进军。这是中策。再其次，我们把军队退到白帝城（在今重庆奉节东），跟荆州连接起来，合成一片，慢慢再想办法进取益州。这是下策。要是疑虑不决，进退不定，必然遭到极大的困难。将军可不能老这么耗下去啊！"

刘备稍感为难，末后说："还是采取中策吧。"当时就给刘璋写了封信，大意说："乐进屯兵襄阳，跟关羽相持。孙氏跟我原来唇齿相依，现在曹操兴兵下江南，关羽兵力又弱，要是我不快点去救，荆州必然给曹操夺去。曹操拿下了荆州，往西进兵，必然来侵犯益州。曹操那边的威胁要比张鲁更大。张鲁好比小贼，不必担心。因此，我恳求您借给我一万精兵、一万斛粮食，帮我回去，使我能够打退曹操。打退了曹操，回来再去征伐张鲁也不晚。"

这封信送到成都，刘璋看了，很不高兴。他把刘备迎接进来，原来要他去打张鲁。现在他回去对付曹操，这对益州并没好处，还要借这么多兵马和粮食，更不能随便答应。再说，益州的文武百官，除了张松、法正他们几个人以外，别的人都说帮助刘备没有好处。可是刘璋又不敢得罪刘备。他就给刘备四千人马，粮食也打个对折，给他五千斛。刘备有意鼓动他手下的将士，说："我们为了保卫益州，替他去打强大的敌人。向他要些人马和粮食，他竟这么舍不得给！怎么叫我们的将士替他去卖命呢？"

刘璋的使者回去一说，张松听了，直怪刘备不该回去。他偷偷地写信给刘备和法正，说："大事眼看就快成功了，怎么能走呢？"张松劝刘备夺取益州的计谋给他的哥哥广汉太守张肃知道了。张肃怕自己受到牵累，就向刘璋告发。刘璋马上把张松抓去杀了。接着就通知镇守关口的将军们不准再跟刘备来往。

刘备也火儿了，立刻把白水军的将领杨怀和高沛召来，责备他们只知道挑拨离间，不遵守部属的礼节，也把他们杀了。白水军原来是刘璋叫刘备监督的，刘备就把这支军队接收过来。他留着一部分兵马守住葭萌关和白水关，率领大队兵马往南占领了涪城。刘璋派刘璝、吴懿这些将军发兵去打刘备。他们都打了败仗，退到绵竹（在今四川德阳一带）。吴懿认为刘备是个英雄，他带着一部分人马投降了。刘璋又派李严和费观两位将军统领绵竹的兵马去夺涪城，他们又被黄忠、魏延打败。刘璝和刘璋的儿子刘循退到雒城（雒城在今四川广汉市；雒：luò），守在那儿。李严和费观也像吴懿一样带着自己的部下投降了刘备。刘备的军队就这么更强大了。他很得意，就在涪城大摆酒席，犒劳将士们。

刘备继续攻打雒城，守城的将军张任出来交战。他很勇敢，打了一个胜仗，把刘备的兵马打得往后退去。张任不肯放松，一直追过去，可就这么中了庞统的埋伏，被逮住了。刘备命令他投降。张任很严厉地回答说："老臣绝不能伺候两个主人！"他就这么给杀了。刘备叹息了一会儿，叫人把他的尸首好好地埋了。

张任一死，城里的将军们坚决守城，不再出来作战。他们尽力保持着通往成都的运粮道路。因此，城里粮草不感到缺乏。雒城守了一年多，还没给打下来。

刘备打不下雒城，心里很着急，这时候葭萌关方面又来了警报。葭萌关的守将霍峻派人来报告，说刘璋发兵一万多人从阆中（就是四川阆中；阆：làng）去进攻。霍峻只有一千多人，幸亏他很有本领，坚守关口，使一万多敌人在关前占不到多大便宜。刘备不能再派兵到葭萌关去，这边又怕刘璋在巴东截断后路，他只好写信给诸葛亮，请他从荆州再派些兵马来。庞统急于得到胜利，巴不得早点攻下雒城。他亲自出阵攻城。没防到城头上的箭像下大雨似的下来。庞统中了箭，受了重伤，回到营里就死了。死的时候才三十六岁。刘备伤心得痛哭流涕。以后只要一提起庞统，他就流眼泪。

刘备失去了庞统，好像短了一只胳膊。他派"飞马报"去请诸葛亮亲自到蜀地来指挥作战。诸葛亮收到了刘备的信，马上召集关羽、张飞、赵云他们商议。他们听到庞统阵亡的消息，都很难受，诸葛亮更止不住流泪。

接着，他对关羽他们说："主公在涪城进退两难，我不能不去。"关羽说："军师一走，谁守荆州？"诸葛亮说："主公的意思要我带着益德和子龙同去，这镇守荆州重大的担子只好落在将军的肩膀上了。我就把印绶移交给您，请您勉为其难。"关羽接受了，对诸葛亮说："军师放心。我一定听从主公和军师的嘱咐，死守荆州。"

张飞和赵云就要跟关羽分手，请诸葛亮安排发兵动身。诸葛亮还是放心不下荆州，就问关羽："如果曹操打过来，你怎么办？"关羽说："全力抵抗！"诸葛亮又问："如果曹操跟孙权联合进攻，怎么办？"关羽说："分两路抵抗！"诸葛亮皱了皱眉头，说："这么一来，荆州危险了！"关羽眼珠子转了转，似信非信地说："那怎么办哪？"诸葛亮说："我有八个字，将军只要牢牢记住，就可以守住荆州。"诸葛亮接着说，"那八个字就是：北拒曹操，东和孙权。"关羽说："军师的话我一定听。"

诸葛亮留下马良、麋竺、麋芳、关平、周仓等和一部分兵马帮着关羽守荆州，自己带领两万大军逆流而上去跟刘备会合。

收严颜

诸葛亮拨一万人马叫张飞先去夺取巴郡，从垫江到巴西，然后再到雒城会齐。他自己带着赵云作为第二路。张飞节节胜利，一直到了巴郡，可是给巴郡太守严颜挡住去路，不能再前进了。严颜早已说过，请刘备他们进来就好像“坐在深山里，请老虎来保护”。他还想把“老虎”打出去。打了一阵，占不到便宜，他就守住城不再出去了。张飞使了个计，把他引出来。张飞假装打败仗，然后一回头，伏兵四面围上，把严颜活活地逮住。

张飞威风凛凛地问他：“大军到此，你不但不投降，居然还敢抗拒，是何道理？”严颜不慌不忙地顶嘴说：“你们不讲道理，侵犯我们的地方。我们当然要抵抗！”张飞耐着性子问他：“现在你给我逮住了，投降不投降？”严颜说：“我们这儿只有断头将军，没有投降将军！”张飞气得大声咆哮，嚷着对左右说：“推出去砍了！”严颜面不改色，仰起脸来对张飞说：“砍头就砍头呗，干吗生这么大的气！”张飞见他这么不怕死，服了他了，连忙走下座来，亲自给他松了绑，请他上座，像贵宾那么招待他。张飞对他说：“老将军真英雄，刚才我太鲁莽了，请多多原谅！”严颜见他这么讲义气，也服了他了，连忙跪下去，说：“情愿跟随将军！”

张飞把他扶起来，虚心地问他怎么打到雒城去。严颜说：“只要将军拿恩德对待我们，我们这儿的人不是不讲道理的。从这儿到雒城，都是老夫所管的地界。将军让我带道，我叫沿路的将士儿郎们出来迎接就是了。”张飞就请严颜为前部，收服了巴西、德阳（在今四川遂宁一带），到了雒城，跟刘备的军队会师。刘备很高兴。没有几天，赵云的一路兵马也到了。听赵云一说，知道诸葛亮一到巴郡就叫他从外水（就是岷江）绕到成都西边，再到雒城会齐。赵云收服了江阳和犍为（在今四川彭山一带），到了雒城。雒城经不起三路夹攻，终于落在刘备手中。

法正一直跟刘备在一起，但是他还想着刘璋，给刘璋写了一封信，说：“左将军（指刘备）到了西川，对明公念念不忘，他绝不会亏待明公。万望认清形势，必能保全全家。”刘璋不理他。刘备就向成都进军。诸葛亮、张飞、赵云他们也都到了成都附近的地区。忽然从北面来了警报，说张鲁派马超来帮刘璋抵抗刘备。刘备知道马超素来英勇，连曹操也怕他几分，他来支援刘璋，成都就不容易打下来了。可是马超远在凉州，怎么能跟张鲁联在一起呢？张鲁跟刘璋一向不和，彼此还老打仗，怎么他会来帮助刘璋呢？刘备得到了这个消息，闷闷不乐。他跟大伙儿商议怎么去对付马超。

诸葛亮对刘备说：“将军不必担心。只要派人去说服马超就好对付了。”

有个益州郡的督邮叫李恢，他是本地人，听到刘备打了几个胜仗，知道刘璋必败、刘备必成，就跑到绵竹投奔了刘备。刘备把他赞扬了一番，留在身边作为谋士。李恢了解汉中的情况和马超跟张鲁两方面的关系，就自告奋勇地对刘备和诸葛亮说：“我愿意到汉中去联络马超，一定能叫他弃暗投明。”刘备就派他去见马超。

马超是怎么来的哪？他当初在潼关中了贾诩的计，跟韩遂互相猜疑，以致打了败仗，往凉州逃去。曹操一直追到安定。当时凉州参军杨阜对曹操说：“马超的勇劲比得上韩信、英布，他又跟羌人、胡人交好，很得人心。要是我们大军回去，这里没有严密的防备，陇上这些郡县恐怕都保不住。”曹操完全同意杨阜的看法，可是河间有人兴兵作乱，这是心脏地区的祸患，要比边缘地区严重得多。他叫杨阜帮着凉州刺史韦康镇守冀城（属天水郡，在今甘肃甘谷一带），留夏侯渊屯兵长安，自己回去镇压河间的叛变。

果然不出杨阜所料，曹操的大军一走，马超就率领西北方面各部族的首领，发兵进攻陇上，各郡县纷纷投降。张鲁又派些人马去帮助马超攻打冀城。凉州刺史韦康把士大夫和宗族子弟都用上，才集合了一千多人。可是围攻冀城的军队竟有一万多人。韦康派使者到长安去求救兵。没想到使者一出了城，就给马超逮住杀了。韦康坚守了八个来月，没法再守下去，只好请求投降。参军杨阜哭着拦阻韦康，韦康不听，开了城门把马超迎接进去。

马超痛恨韦康，说他到了这步田地才投降，不是出于真心，就把他杀了。有人对马超说："杨阜反对韦康投降，更应该杀了。"马超说："这么说来，杨阜倒是个忠义之士，不可杀他。"他把"忠义之士"收下，仍旧请他做参军，带在身边。杨阜又推荐自己手下的几个人给马超，马超让他们都做了军官。马超屯兵冀城，自称征西将军，领并州州牧，总督凉州。夏侯渊派了一支兵马去，被马超打得落花流水，逃回长安。

夏侯渊派来的兵马都打回去了，马超就该守住凉州了吧？没想到马超吃了"将心比心"的大亏。他以为只要他信得过别人，别人也一定信得过他。哪儿知道杨阜他们都是曹操的人，他们点头哈腰地跟在马超身边，可是心里却老想要替韦康报仇。刚巧杨阜的妻子死了，杨阜就借这因由向马超告假回家去办丧事。马超是个直肠子，很痛快地答应了。杨阜到了外面，联络了别的几个带兵的将军，发兵征讨马超，占领了祁山（在今甘肃西和一带）和卤城。

卤城离冀城不远，马超吩咐杨阜推荐的人守冀城，自己带领一支军队去打卤城。卤城没打下来倒也算了，忽然听说夏侯渊也从长安赶来了。马超只好收兵回到冀城。兵马到了城下，城门不开。城下的士兵高声叫嚷，城楼子上出来了几个人，他们都是杨阜的心腹将士，由杨阜推荐给马超的。他们早就商量好，等马超带兵出去，就把冀城占了，还把马超一家老小投进监狱。马超再叫开门，城上扔下了几颗血淋淋的人头，马超一看，差点儿从马背上掉下来。原来马超的妻子和儿女全给杀了。

马超咬牙切齿，恨不得打进城去跟他们拼个死活，可是敌人分几路杀来。他不能再吃亏，就叹了口气，往汉中投奔张鲁去了。

张鲁多了个助手，很高兴，给马超做了官，还打算把自己的女儿嫁给他，因为有人反对才作罢。马超向张鲁借兵去打祁山。祁山方面早就向夏侯渊求救。夏侯渊派张郃带领五千人马从陈仓小道进入祁山，他自己带领一万人马在后面押运粮草。夏侯渊和张郃打跑了马超，回头又把韩遂打败，他们才回到长安。

马超打了败仗，回到汉中。自己的兵马本来不多，这会儿又把张鲁给他的兵马损失了不少，张鲁对他就冷淡起来了。再说张鲁手下的将军们跟马超也合不到一块儿，他们还想排挤他。马超心中固然气愤，可是寄人篱下，有什么办法？只好忍受着。就在这个时候刘璋失了雒城，他实在没有别的办法，也不管过去的不和，派使者去向张鲁求救。张鲁就利用马超，在外表上叫他去帮刘璋，实际上要他去夺取成都。马超抓住这个机会，愿意替张鲁出力。

马超有两个部将，一个是他的堂兄弟马岱，一个是南安人（南安，郡名，在今甘肃陇西一带）庞德。庞德正害着病，留在汉中医治。马超就带着马岱和几千兵马往南去救成都，正遇上李恢前去接他。马超原来是借因由讨得这个差使另找出路来的，李恢又很能说话，两个人就是不说什么，彼此早已明白了。

马超秘密地派人送信给刘备，刘备秘密地多给了他一些兵马，叫他把军队驻扎在城北。刘璋还以为救兵到了，上了城楼，往下问："来的是哪一位将军？"底下的士兵大声回答说："西凉马超，来劝刘璋投降左将军的！"刘璋听了，差点儿从城头上摔下来。这一吓，非同小可，城里都慌了。

刘备把城围上，派简雍到城里去见刘璋。这时候城里还有精兵三万人，粮食、布帛足足可以供应一年以上。有不少将士和官吏主张坚守到底或者拼个死活，绝不能投降。刘璋虽说软弱，可是心眼儿好，他很明白地说："我父亲跟我在这儿二十多年（公元 188—214 年，汉灵帝中平五年到汉献帝建安十九年），对老百姓没有什么恩德可说。为了我，老百姓已经打了三年仗，吃了好多苦，我哪有这个狠心再叫他们流血呢？"大伙儿听了，都掉下眼泪。

刘璋下令大开城门，他跟简雍一同坐车出来。刘备把他接到大营里，两个人见了面，不由得都流下眼泪。刘璋说："我早该把益州让给您了。"刘备说："您知道我并无相害之意。咱们都为形势所逼，实在出于不得已。"

刘备捧给刘璋一颗振威将军的大印。所有刘璋的财物全都还给刘璋，还给他在公安准备了房屋，请他和他一家搬到南郡去住。刘备进了城，大摆酒席，犒劳将士，把蜀城中一部分的金银财物分别赏给将士，老百姓的粮食和布帛全都还给老百姓。

刘备自领益州州牧，拜军师中郎将诸葛亮为军师将军兼益州太守，原来的益州太守董和为掌军中郎将兼左将军府事，偏将军马超为平西将军，军议校尉法正为蜀郡太守，广汉黄权为偏将军。还有别的原来是刘璋的人，如刘巴、严颜、孟达、许靖、李严、费观、吴懿、霍峻、李恢等，都很重用，各有各的官衔和职司。平定江南的时候已经任用的黄忠、魏延他们，也都升了职。还有原来刘备手下的人员，如麋竺、简雍、孙乾、伊籍他们，都拜为将军。此外，荡寇将军关羽总督荆州事，征虏将军张飞领巴西太守，牙门将军赵云拜为翊军将军。

原来是刘璋方面的人，不论跟刘璋亲近不亲近，也不论是原来刘璋重用的还是排挤的，这会儿都一视同仁，量才录用。蜀中人士大为兴奋。其中有两个人情况特别，值得一提，一个是刘巴，一个是许靖。刘巴是零陵人，有些名望。当初刘备从新野退到江南的时候，荆州有不少人跟着他走，只有刘巴独独往北投奔了曹操。曹操利用他的名望，派他去安抚长沙、零陵、桂阳那边的人士。关羽、张飞、赵云打下了这三个郡，刘巴不能再替曹操在那边做事了，诸葛亮就特地写信去请他。刘巴不答应，终于从交趾转到益州，投奔了刘璋。刘璋迎接刘备的时候，刘巴出来反对，他对刘璋说："刘备进来对您只有害处，没有好处。"赶到刘备已经进来了，刘璋准备派刘备去征伐张鲁。刘巴又反对，他说："叫他去征伐张鲁就好比把老虎放到山林里去。"刘璋又不听他。刘巴从此关上大门，推说有病，再也不出来了。刘备进攻成都，下了一道命令，说："谁要是加害刘巴，灭三族！"这会儿刘备得到了刘巴，他那股子高兴劲可就不必提了。

许靖是名士许劭（shào）的哥哥。哥儿俩同样出名。刘璋拜许靖为蜀郡太守。成都危急的时候，许靖就准备投降刘备，他计划从城头上吊下去，不料计划被泄露。刘璋本来要定他死罪，因为成都保不住，连自己的性命还不知道怎么样哪，就宽大为怀，没杀他。为了这件事，刘备很瞧不起许靖，不打算用他。法正对刘备说："天下有'有其名而无其实'的人，许靖就是。可是主公刚开始创立大事业，没法去跟天下之人一家家说去。还不如对许靖表示敬重，以鼓励远远近近的人。"刘备依了法正，很有礼貌地用了许靖。

成都倒是拿下来了，可军用物资不足，怎么办呢？城里的粮食、布帛不是可以供应一年以上吗？老百姓的粮食、布帛归还给老百姓，公家的哪儿去了呢？府库里的财宝又往哪儿去了呢？

治蜀从严

当初围攻成都的时候，刘备为了刺激将士，曾经说过：“攻下成都，府库财物我不要。”赶到将士们进了城，大伙儿扔了刀枪去抢财宝。府库就这么拿空了。这会儿安静下来一合计，军用物资不足，刘备就为此担心。

名士刘巴说：“这好办。只要铸造些值一百文的大钱，拿它去稳定物价。物价由官家制定，叫各地的官吏执行。如此府库就能充实起来。”刘备采用了这个办法，几个月当中府库果然充实起来了。

府库充实了，将士们又得了些财物，就有不少人打算休息休息，享受享受。有人向刘备建议，请他把成都上等的田地和住宅分别赏给将士们。不管刘备愿意不愿意，他觉得不好反对，再说封赏有功的人历来就是这个样的。将士们听了这个建议，心头甜丝丝地十分受用。诸葛亮皱了皱眉头，还没开口，就听见赵云说话了。他说：“霍去病（汉武帝时候的大将）尚且说‘匈奴未灭，无以家为’，现在扰乱国家的贼子比匈奴还厉害，我们怎么能够讲求安逸呢？只有到了天下都安定了，我们可以各回各的家乡，能够安心耕种自己的土地，那才是我们休养的时候。益州人民遭到了兵灾，有些人逃散了，田地、房屋没有人管。现在益州已经平定了，田地、房屋都该归还给老百姓，让他们能够安居乐业，人们才高兴，然后才可以向他们要粮、要税、出公差。主公不该把老百姓的财产夺过来去赏给私心所爱的人。”

大家听了赵云这么一说，心里尽管不太乐意，可是谁也说不出反对的话。刘备更是喜欢。他认为有功的人虽说没得到土地，但是该升官职的人都升了，该加俸禄的人都加了，这也就够了。在这许多功臣之中，要算法正最重要了。刘备特别优待他，给他做了蜀郡太守，都城成都由他统管，不光这样，法正还成了刘备谋士中的主要人物，他的权势可就不小了。法正这个人就有一样，他对个人的恩怨看得很重。谁给他吃过一顿饭，他一定要报答，谁向他翻过白眼，他也非报复不可。报恩，大家高兴，谁也没话说；报仇，那可叫人受不了啦。为了报私人的仇恨，法正就自作主张，杀了好几个人。有人向诸葛亮报告，说：“法正太专横了。军师也该向主公说说，把他作威作福的劲头压一压才是。”

诸葛亮劝他们别这么说。他说：“我们该知道，主公在公安的时候，情况是怎么样的。北边怕曹操打过来，东边怕孙权来逼迫，甚至在身边还怕孙夫人随时发生变化。法孝直（法正字孝直）帮着主公，让他能够飞起来。现在主公已经飞得这么高这么远，谁也不能把主公怎么样，难道一定要把法孝直压下去？现在法孝直稍稍要照自己的心意做，怎么能禁止他呢？”法正听到了诸葛亮这些话，红了脸，不敢再太任性了。

诸葛亮对法正这么宽大，要是不立规章制度，以后谁都可以随自己的心意去做，那还了得！于是诸葛亮就改定治理蜀地的一些规章制度，刑法定得相当严厉。有不少人抱怨说：“诸葛亮太严了，刑法比刘璋那时还重。”法正劝告诸葛亮，说：“从前高祖进关，约法三章，秦人知道了恩德。现在您刚进来，对老百姓还没做过什么有恩德的事。本地的人是主，新来的是客。客人对主人似乎应当宽大些，才符合人民的愿望，怎么反倒更加严厉待人呢？”

诸葛亮向法正解释说：“您只知其一，不知其二。秦王暴虐，刑法严酷，人民怨声载道。高祖宽大，正是顺从了人民的愿望。这儿的情况相反。刘璋生性软弱，对人民既无恩德，又无威望，法令松懈，官吏不敢惩办不法之徒。蜀地豪强专横成性，无法无天。为了纠正这种多年积下的弊病，我们必须注重刑法，要求军民人等上下一律遵守法律，地方才能安宁。”法正听了这番道理，从内心里钦佩诸葛亮，自己也更不敢像以前那么专横了。官吏、百姓一看规章制度这么严，执行又这么认真，谁都不敢轻易犯法。

强横的人感觉到很不方便，可是一般善良的老百姓都感到确实比以前好，他们情愿小心谨慎，遵守法律，没有怨言。

诸葛亮治理益州，不怕曹操进犯。别说曹操远在许都，就是夏侯渊，也只能守住长安，离益州很远。诸葛亮担心的是关羽一人远在荆州，北有曹操，东有孙权，万一他跟东吴发生不和，荆州就太孤立了。他正在担心的时候，忽然收到关羽给他的一封信，里面别的不提，只问："马超是怎么样的人？可跟谁相比？"诸葛亮仔细问了问送信的人。他说："听说关将军还要上这儿来跟谁比武哪。"

原来关羽听说马超前来投降，非亲非故，就做了平西将军，心里很不服气，因此写信给诸葛亮，还真打算来跟马超比个高低。刘备慌了。关羽要是真离开荆州，孙权一定进去，那还了得？诸葛亮说："我给他回信，准能平他的气。可是这封信不能让这儿的人知道。"刘备就请他写。诸葛亮在信上说：

> 孟起（马超字孟起）文武双全，勇猛过人，可以称得起是当今的英雄。您问他可跟谁比，照我看来，黥布、彭越也不过如此。在我们这儿，他也可跟益德并驾齐驱，难争先后。不过要像美髯公那样超群绝伦，那他还差着哪。

关羽的胡须又长又多，所以诸葛亮称他为美髯公。美髯公看了信，高兴得捋着胡须，美滋滋地笑了起来。他还把诸葛亮的信给宾客们看。他们都凑着热闹夸奖他，他才得意地留在荆州。

果然，不出诸葛亮所料，孙权知道刘备得了益州，把刘璋送到公安，就召集张昭他们，说："荆州是我暂时让给刘备的，他现在已经有了地盘，荆州就该退还。"大伙儿议论纷纷，有的说，可以派人去跟刘备说去，有的说，不如发兵去夺荆州。孙权还没最后决定怎么办，合肥方面来了警报，说曹操又发兵打过来了。孙权只好暂时搁下刘备那一头，派兵遣将先去抵抗曹操。

曹操送了一只空食盒给荀彧，让他自杀以后，过了半年，到公元213年（建安十八年）五月，就接受了"九锡"，外加冀州的十个郡（就是冀州的河东、河内、魏郡、赵国、中山、常山、巨鹿、安平、甘陵、平原十个郡）作为封地，老实不客气地做了魏公，不再推辞了。

魏公曹操在建安十九年七月发兵去打孙权。有人出来反对，说：“目前还没归顺朝廷的，只剩下吴和蜀了。吴仗着长江的险要，蜀有高山的阻隔，一时不容易用武力去征服。不如在这时候，注重文教，兴办学校，拿道义去收服他们。”曹操笑了笑，没听他的，留儿子曹植镇守邺城，自己率领军队到了合肥。孙权得到了警报，暂时把荆州那一头搁下，派兵遣将去抵抗曹操。

曹操从七月到十月，在战场上没占到便宜。他只好退兵。他回到许都，向汉献帝报告这次出兵的情况。接着，他说：“孙权、刘备各霸一方，不肯归顺朝廷，怎么办呢？”汉献帝连想都没想地说：“全由魏公决定！”曹操听了，不由得挂了火儿。他说：“皇上怎么说出这种话来？别人不知道，还以为是我专权，欺负了皇上。”汉献帝也生了气，他说：“您要是能够帮助我，这是我的造化，要不然的话，请您开开恩，扔了我吧。”

曹操听了，脸变了颜色，不知道该怎么说，就慌里慌张地说了句请求告退的话，出来了。照当时规定的朝仪，凡是三公领兵回朝，朝见皇上，必须由卫士们拿着刀把他保护在当中，为的是防备意外。曹操一出来，东张西望地瞧了瞧，脊梁上湿透了汗。打这儿起，他再也不这样照规矩地朝见皇上了。

逼宫

汉献帝自从迁都许都以来，一直做个挂名的皇帝。左右伺候他和保卫他的全都是曹操的人。只有议郎赵彦还老跟他谈论国家大事和整顿朝廷的计策。曹操因此很讨厌赵彦，就加个罪名，把他杀了。汉献帝也不敢作声。只有这一回，汉献帝竟不顾前后地说什么“请您开开恩，扔了我吧”。曹操出来一琢磨，不得不防备着宫里宫外可能会发生的意外。他忘不了董美人和她父亲车骑将军董承想杀害他的那件事。幸亏发觉得早，才把乱党扑灭了。他很怕伏皇后也会像董美人那样联络她父亲辅国将军伏完和外面的人来杀害他，就嘱咐手下的人特别留意伏皇后的行动。

伏皇后因为董贵人被杀，尤其是董贵人还怀着孕，汉献帝替她求情也没用，心里十分痛恨曹操的凶横。后来伏皇后写信给她父亲说，曹操欺压皇上，叫他暗地里想办法消灭曹操。伏完胆小，不敢发动，赶到曹操做了魏公，伏完已经死了三四年了。这会儿曹操查究伏完生前的行动，还真搜出了伏皇后给伏完的信。曹操一面吩咐御史大夫郗虑去接收伏皇后的印绶，一面叫尚书令华歆带着士兵到宫里去逮伏皇后。

伏皇后吓得跟什么似的，叫内侍关上宫门，自己躲在夹墙里。华歆劈开宫门，拆毁夹墙，把伏皇后拉了出来。汉献帝在外殿跟郗虑坐在一起，瞧见伏皇后披头散发，光着脚，被押出宫来，不由得掉下了眼泪。伏皇后哭着对汉献帝说："皇上不能救救我吗？"汉献帝悲痛地说："我自己也不知道能活到哪一天。"他回过头去对郗虑说："郗公，天下竟有这样的事吗？"

华歆把伏皇后拉到冷宫里，又把伏皇后所生的两个皇子也都关在一起，用毒药灌他们，母子三人就都这么给毒死了。伏家的兄弟和族里的人一起被杀的有一百多。

华歆办完了这件事，向曹操报功，曹操夸奖他办事能干，更加重用他。说起华歆这个人来，原来也称为名士。从前他跟北海人管宁和邴原（邴：bǐng）是同窗好友。当时有人把这三个人比作一条龙，华歆比作龙头，邴原比作龙身，管宁比作龙尾。当初是这么说的，以后的说法可又不同了。比作龙尾的管宁对于名和利不感兴趣。有一天，他跟华歆一块儿在菜园里干活，锄地的时候，管宁瞧见在石头子儿中间有一块金子。在兵荒马乱的年月里，金银埋在园子里是常有的事。管宁把金子跟石头子儿同样看待，继续锄他的地。华歆瞧见了，把金子捡起来，看了看，又看了看管宁，挺别扭地又把金子扔了。管宁见他又爱金子又不敢拿的神情，对他已经不高兴了。

又有一天，管宁和华歆坐在一张席子上一同看书。古人席地而坐，同学在一起用功，当然坐在一起。忽然听见门外有车马的声音，大概是什么大官在这儿路过，耀武扬威地吓得老百姓往屋子里躲。管宁还是看他的书，什么大官小官他都不在意。华歆可没法安下心去。他扔了书卷，急急忙忙地跑到门口去看。管宁也不说话，拿刀把席子割了，各坐各的一半，表示从此跟华歆绝交，不再来往。管宁不愿意在乱世出去做官，一直住在山谷里，靠着耕种过生活，还教老乡们读书。

那个比作龙身的邴原，办了个学馆，教授门生。曹操把他接到许都，请他做个司空的助手。他从此闭门自守，非公事不出门。他有个女儿，早死了。曹操有个心爱的小儿子，也死了。曹操向邴原要求，让死了的两个小孩儿合葬在一起，好像后世所谓的"阴配"。邴原坚决地拒绝了。他说："生前不是亲，死后合葬不合礼。我们应当尊重礼义。要是我依了明公的命令，那我们就都太庸俗了。"曹操只好把这件事作罢。两个人始终没成为儿女亲家。

这位比作龙头的华歆，在李傕、郭汜掌权的时候，已经做了豫章太守了。后来孙策打到豫章，华歆不能抵抗，就脱去官衣，摘了官帽，穿上便服，戴上读书人的头巾，文质彬彬地出来投降了孙策。孙策死了以后，曹操表荐孙权为讨虏将军，领会稽太守，叫华歆到许都去。孙权不想让他走，华歆劝孙权别这么着。他说："将军尊重皇上，交好曹公，曹公叫我去，我到了那边就能替将军效劳，这对将军不是大有好处吗？要是不让我走，留下我这个无用之物，太不值得了。"孙权认为他说的有道理，就把他送走了。

华歆到了许都，做了议郎。尚书令荀彧被迫自杀以后，他的侄儿荀攸做了尚书令。荀攸比他叔父荀彧反倒大六岁，在他五十八岁那一年（建安十九年），跟着曹操去打孙权，路上死了。曹操就让华歆接替荀攸做了尚书令。曹操对于孔融、荀彧、荀攸一向都很尊敬，可就是他们三转五弯地总有话说，简直是成心跟曹操闹别扭。这么一比呀，华歆可就不同了，难怪曹操重用他，把抄灭伏皇后一家的大事交给他去办。

伏皇后被杀以后两个月，就是公元 215 年（建安二十年）一月，汉献帝立魏公曹操的女儿曹贵人为皇后。立皇后是件大喜事，何况新皇后是魏公曹操的女儿，那个庆祝贺喜的热闹劲儿就甭提了。曹操的志愿可还不在这儿。他召集大臣们商议怎么样才能够收吴灭蜀。有人说："关羽守住江陵，鲁肃守住陆口，孙权屯兵濡须坞，一时不容易攻破，还不如先去征伐张鲁，然后从汉中进攻蜀地，准能成功。"曹操说："我也这么想。"他就发兵亲自去打汉中。

这年四月，曹操走陈仓那条道，经过散关（在今陕西宝鸡西南），到了河池（在今甘肃徽县一带），可给那边的部族联络韩遂挡住了去路。这么一来，曹操为了进攻汉中，先得平定凉州，这真是出乎意料的事。这些羌人和胡人已经不大容易对付，再加上韩遂，就更费手脚了。曹操派大将张郃、朱灵他们打了快三个月，才把凉州平了，韩遂逃到金城，终于给那边的将军们杀了。

张鲁在汉中幸亏有韩遂他们把曹军拖住了三个月，他才有时间布置抵抗。曹操还没打到汉中，张鲁正在准备抵抗，刘备可已经着慌了，担心曹操从汉中打到益州来。诸葛亮担心的还不是这一路。他担心的是孙权也许要趁着机会去夺荆州。因此他劝刘备向东吴让些步。这么一来，曹操反倒帮了孙权一个大忙。

◆单刀赴会◆

孙权因为刘备已经得到了益州，特地派诸葛亮的哥哥诸葛瑾为使者去跟刘备商量，要求把荆州南部的几个郡归还给东吴。刘备很不高兴，他说："当初我们两家结成亲戚，同心抗曹，原来希望交好到底，没想到孙将军趁我不在家，把我的夫人劫走。这件事于情于理都说不过去。我为了顾全大局，没去跟他计较。怎么他反倒来向我要荆州呢？"诸葛瑾说："荆州是东吴的屏障。没有荆州，东吴就很难布置统一的防守。"刘备拿手指头在案桌上比画着说："荆州是蜀地的大门，没有大门，叫我往哪儿走？"

诸葛亮怕这么各说各的，老僵着，怎么下台阶哪？他也拿手指头在刘备比画过的大门的后面点了点。刘备想了想，明白了，他接着说："只要我有了后门，那前门就让给东吴也行。"诸葛瑾怪纳闷儿地问："哪个后门？"刘备说："我们正打算去征伐凉州。凉州平了以后，就把荆州让给你们吧。"

诸葛瑾回去一报告，孙权气呼呼地说："这分明是空口说白话，成心拖日子。咱们自己不动手，荆州是不会送上门来的。"他就派去一批官吏，要把长沙、零陵、桂阳三个郡接收过来。孙权的如意算盘碰在关羽的拳头上，全都落了空。关羽还算客气，没去伤害孙权派来的那些官吏，可全把他们轰回去了。孙权气得吹胡子、瞪眼睛，马上派吕蒙为大将率领两万兵马用武力去接收那三个郡。

吕蒙还真有一手。他一面进军，一面发出通告，告诉这三个郡的长官，归附东吴，有他们的好处，要不然的话，刀枪无情，杀个鸡犬不留。吕蒙的通告还真顶事，长沙和桂阳两个郡的太守都倒过去了，只有零陵太守郝普守住城不肯投降。刘备得到了这个消息，亲自率领五万大军到了公安，派关羽带领三万兵马到益阳（在今湖南益阳）去夺回那两个郡。

孙权也不马虎，他亲自到了陆口，派鲁肃带领一万兵马扎在益阳，跟关羽的军营两两相对。同时又派“飞马报”去给吕蒙送信，叫他马上放弃零陵，赶紧回来帮助鲁肃。这样，东吴的军队和关羽的军队都在益阳扎营下寨，中间相隔不太远。彼此就这么对峙着，可还没开仗。在这紧要关头，鲁肃还不愿意孙刘两家失和。非万不得已，他是不主张跟关羽开仗的。他自己出面要去会见关羽。将士们都拦阻他，说：“去不得！两军对峙，刀出了鞘，箭扣在弓弦上，怎么能在这个时候去跟敌人会面呢？万一他们趁这个机会安下埋伏或者准备暗杀，那不是太危险了吗？”

鲁肃向将士们解释，说：“今天的事应当说个明白。刘备不是不讲道理的，关羽也不敢轻易违抗命令。”他就邀请关羽相见，双方各退兵马几百步，中间临时搭个帐篷作为会谈的场所。赴会的将军只准带防身的单刀，不准带士兵。关羽带着随身的卫士周仓，就这么两个人到了会场。鲁肃见了关羽，殷勤招待，吩咐手下人摆上酒席，两个人就谈起话来了。

鲁肃责问关羽为什么不把长沙、零陵、桂阳三个郡还给东吴。关羽说：“那一次乌林大战（乌林在赤壁对岸，所以赤壁之战也叫乌林之役），左将军（指刘备）亲自作战，共同破敌，他夺下来的土地难道连一块都没有份？您怎么说要把这些地方归还给东吴？”鲁肃说：“话不能那么说。当初刘豫州（指刘备，当时为豫州牧）在长坂坡只有一小队人马，被曹兵打败，逼得没有办法，想投奔到遥远的南方去。是我向主上说情，请他发个好心，让刘豫州有个安身之地。赤壁之战以后，又把南郡（指江陵等地）借给他。现在刘豫州已经得到了益州，就该把荆州还给东吴。我们并不要求全部荆州，也不要求退还南郡，我们只要求长沙、零陵、桂阳三个郡。要是连这一点也不答应，那就太说不过去了。”

关羽还没回答，就瞧见周仓瞪圆了眼睛，大声嚷嚷地说：“天下的土地，有德的都可以住，谁说非给你东吴不可？”鲁肃向他瞪了一眼，很严厉地责备他不该在这儿胡说八道。关羽起来，手按在刀把上，向周仓使个眼色，帮着鲁肃责备他，说："这是国家大事，你懂得什么？快给我出去！"周仓马上出去准备兵马来接关羽。关羽向鲁肃告别，说："您说的话，我一定转告左将军，再做商议。"鲁肃说："好！我们恭敬地等候回音。"说着，就很有礼貌地把关羽送了出去。

关羽回来，把单刀赴会的经过派人到公安去报告。刘备正在为难，不知道该不该把这三个郡让给孙权。益州来了警报，说曹操派夏侯渊、张郃为先锋，自己率领大军向汉中过来。刘备跟诸葛亮一商议，怕前后受敌，失去益州，就派使者到东吴求和。孙权再派诸葛瑾去接洽。双方约定：以湘水为界，把荆州分为两部分，长沙、江夏、桂阳以东属东吴，南郡、零陵、武陵以西属刘备。订立盟约，言归于好。孙刘两家就这么避免了一场战争。

刘备向孙权让步还是好的。他把三个郡让给孙权，带领五万大军回到益州，集中力量对付曹操那一头。那年（建安二十年）七月，曹操到了阳平（在今陕西勉县一带）。张鲁害怕了，跟他兄弟张卫商议，打算把汉中献给曹操。张卫不干，他认为汉中地势险要，可以抵御曹兵。他就带领几万人马守住阳平关。关在山上，沿山又筑了十多里长的城墙。真是一夫当关，万夫莫开。曹兵接连攻打了十多天，死伤了不少人马，可就没法打进去。后来曹操使了个计，全军撤退，又怕敌人追击，叫大将军夏侯惇和将军许褚压队。张卫一见曹兵退去，果然出来追击。追了一程，突然有几千头野鹿冲到张卫的军队里来，一时就乱了队伍，纷纷逃回。曹军的后队忽然变为前队，夏侯惇和许褚两位大将率领全部兵马冲杀过来。张卫抵抗不住，军心慌乱，士兵四散逃跑。阳平关给曹军打下了。

张卫连夜逃跑，一直到了南郑（属汉中郡）。张鲁一见丢了阳平关，南郑也没法守，就跟他兄弟一同逃到巴中去。临走的时候，左右的人都劝张鲁把仓库和粮食全都烧毁，免得落在敌人手里。张鲁摇摇头，叹了一口气，说："我原来成心归顺朝廷，现在出于不得已，逃到巴中去，仓库财宝应当归还给国家，怎么可以烧毁呢？"他就把仓库一律封起来，派人看管，自己离开南郑，躲到巴中去了。

曹操从阳平关出发，一路无阻地到了南郑。他见仓库封藏完好，把张鲁称赞了一番，派人去安慰他，劝他随时过来投降，不但既往不咎，还能封他为侯。张鲁回了信，表示愿意归顺朝廷。曹操没等张鲁过来，就叫夏侯渊为都护将军，带着张郃、徐晃等镇守汉中，下令退兵。

有人出来反对。曹操一看，原来是司马懿，问他有什么意见。司马懿说：“刘备用欺诈的手段夺取益州，掳去刘璋。蜀人还没诚心归附，他还遥远地去跟孙权争荆州。现在大军已经打下了汉中，离益州不远，蜀地必然震动。乘此机会直打过去，一定可以把刘备打败。这是个好时机，千万不可失去。”曹操听了，自己盘算着说：“不当家的不知道当家的难处。你只知其一，不知其二。我们可以再打个胜仗，但是难处在于兵力有限。要是再打过去，即使把益州打下来，恐怕合肥和襄阳就保不住。失了合肥、襄阳，敌人来个两路夹攻，许都怎么办？”他眯着眼睛笑了笑，说：“人生苦不知足，既得陇又望蜀。我看还是稳扎稳打的好。”他不听司马懿的话，赶紧带领大军回到邺城。

果然，孙权趁着曹操亲自去打汉中，就在八月里发兵十万围攻合肥。合肥由张辽、李典、乐进守着，一共才七千人，哪儿敌得过孙权的十万大军？曹操出去征伐张鲁的时候，就防到孙权可能来夺合肥。他留下一封信，封得严严的交给文官薛悌，说：“这封信留在这儿备而不用。要等敌人来了，才可以拆开来看。”孙权的兵马一到，张辽他们把那封信拆开来，一看，上面写着：“如果孙权发兵来侵犯，张、李两位将军出去交战，乐将军守城，不可出去。”这是因为曹操知道张辽和李典作战勇猛，可以出去对敌，乐进小心谨慎，可以守城，薛悌仅仅是个文官，不让他出战。将士们看了这封信，都认为人数相差太远，怎么能出去对敌呢？张辽说：“魏公远征在外，要等他回来救咱们的话，咱们可早就完了。因此，他叫咱们先去打一仗，杀杀敌人的威风，鼓励自己的士气，然后才可以守住这座城。”乐进他们不说话，好像都不同意张辽的主张。张辽紧握着拳头，鼓励他们，说：“成功失败就在这一仗。你们要是怕前怕后，犹豫不决，那我就一个人去！”

李典平日跟张辽老合不到一块儿，这会儿反倒慷慨激昂地说：“这是国家大事，听您的。我跟您去！”当天晚上，张辽召集了愿意拼死的勇士八百人。天一亮，张辽穿上铠甲，跨上快马，拿着长戟，冲到东吴军营，杀了几十个小兵，斩了两个大将，高声嚷着说：“荡寇将军张辽在此，能打仗的出来！”一边嚷着，一边直冲到孙权的大营。孙权连忙跑到一个土丘上，拿着长戟自卫。张辽叫孙权下来，孙权动也不敢动。后来他一瞧张辽的人马不多，马上叫自己的士兵把他们围住，一围就围上好几层。张辽带着几十个人突围出来，还没跑出来的那些人嚷着说："将军扔了我们了吗？"张辽又杀进去，把他们都救了出来。孙权的兵马一碰到张辽，不是纷纷倒下，就是乱糟糟地逃散，谁也不敢跟他交手。张辽就这么跟吴人从早晨打到中午，吴人泄了气。张辽、李典他们退回城里。士兵们这才安心下来，准备死守到底。

孙权围攻合肥十多天，没法把城打下来。又听到曹操大军已经从汉中回来了，他只好退兵回去。孙权和将军们在后面压队。他们到了逍遥津（在今安徽合肥）北岸，又给张辽他们围上了。甘宁和吕蒙拼命抵抗。凌统带着一小部分兵马保护着孙权，突出包围，然后带领几十个手下的士兵再杀入阵中跟张辽作战。左右士兵一个个地倒下，凌统自己也受了伤。他估计孙权已经脱离了危险，才回来。孙权骑着一匹快马走上逍遥桥，哎呀，桥南一段没有桥板，大约有两丈多已经被张辽的士兵拆去了。孙权进退两难，急得没有了主意。跟在他马后的一个将军请孙权退后几步，然后在马后使劲地抽了一鞭，那匹马急急地跑过去一蹦，蹦到桥南。正好将军贺齐带着三千多人马在南岸接应，保卫着孙权上了大船。吕蒙、甘宁、凌统他们沿河退去，都上了船。

孙权就在船上摆上酒席，祝贺脱险。贺齐很诚恳地对孙权说："以后主公必须自己留神，千万不可小看敌人。今天差点儿闯了大祸。"孙权点点头，说："真惭愧。您的话不但应当记在衣带上，还应当刻在我心里。"他就退兵回到濡须，把军队休整一下，再对曹操做报复的打算。

捉刀人

曹操在公元216年（建安二十一年）二月才回到邺城，真是双喜临门，很快地就三喜临门了。张鲁在头年十一月全族投降，曹操推荐他为镇南将军，封为阆中侯，他的儿子和几个主要的将军都封为列侯。汉中完全平了。这是第一桩喜事。张辽在合肥以少胜多，真了不起。曹操把他大大夸奖了一番，拜他为征东将军。这是第二桩喜事。五月里，曹操的爵位再提高一级，高得不能再高了。魏公晋爵为魏王。这是第三桩喜事。

曹操做了魏王，就有不少人写文章、作诗、上表章，颂扬曹操的功德。其中有一个表章据说写得最好，是巨鹿人杨训写的。杨训是中尉崔琰推荐给曹操的。曹操信任崔琰，也就重用了杨训，再说杨训的文章又写得这么好，真叫曹操喜爱。

可巧南匈奴单于呼厨泉派使者来朝见汉天子，听到魏公晋爵为魏王，就要向魏王拜贺。曹操要在外族人面前显一显自己的威风，可是他觉得自己长得并不怎么样，就叫崔琰做他的替身。崔琰不但身材魁梧，而且一把胡须长达四尺（汉朝一尺约合市尺六寸），又美又威风。曹操叫他扮作魏王，他自己拿着刀站在他旁边扮作卫士，就这么接见匈奴的使者。崔琰平日虽然威严得很，这会儿叫他扮作魏王，魏王又在旁边看着，反倒显着局促不安，在接见匈奴使者的时候，只是端端正正地坐着。可是曹操哪，拿着刀站在那儿，旁若无人，自然得很。两只眼睛直视使者，简直把他的心都看透了。会见以后，有人问使者魏王怎么样。使者回答说："挺威严。可是那个捉刀人（捉，就是执或拿的意思），嘿，够厉害的，真是个英雄！"这话传到曹操的耳朵里，很舒坦。他对崔琰更加信任，让他做了尚书。可是没多久，曹操对崔琰讨厌起来，这是为什么呢？

曹操打算立后嗣，大儿子曹昂死在宛城，以下四个儿子，就是曹丕、曹彰、曹植、曹熊。这四个儿子当中，曹操最喜爱曹植，说他天分高，才学好，打算立他为嗣子。他曾经问过贾诩，贾诩没回答他。曹操再三问他："为什么不回答我？"他说："我正在想。"曹操逼了一句，说："想什么？"贾诩淡淡地说："我想起袁本初和刘景升父子。"曹操听了，哈哈大笑。立嗣的事暂作罢论。可是曹操手下另有一派人，如丁仪、杨修他们，跟曹丕不合。他们老在曹操跟前称赞曹植，还说既然都不是嫡长子，就该立个最有才能的。曹操就秘密地询问百官，叫他们密封回答，发表各人的意见。只有尚书崔琰写了封开口信，那就是他公开回答的意思。他说："春秋大义，立子以长。五官将（指曹丕）仁孝聪明，应当立为正统。我情愿拼死遵守规矩，不敢违背正理。"

曹植是崔琰的侄女婿，崔琰不存偏心，不帮曹植，这么大公无私地护着曹丕，真叫曹操没话说，心里可直怪崔琰太固执。崔琰叫曹操讨厌的还不只是这一件事哪。

崔琰所推荐的那个巨鹿人杨训，写了这么一篇歌功颂德的好文章，曹操看了很得意。可是有人在背后笑，也有人在背后骂。骂他虚伪、浮夸，骂他只会拍马屁，不能说真话。这还不够，甚至连崔琰也被骂在里面，说他推荐这种人，害臊不害臊？这种话，杨训也听到了。他倒无所谓。他能写，就不怕别人骂。崔琰可受不了啦。他向杨训要了那篇奏章的草稿。看了以后，他写了一封信给杨训，其中有一段说："上表章是件好事情。天有不测风云，谁知道什么时候准下雨。"据说，他原意是讽刺那些发议论的人，说他们不见得会永远得势。可是跟崔琰有意见的人一知道有这么一封信，就向曹操告发，说崔琰狂妄自大，毁谤魏王。曹操眼睛一眯，眉毛一挺，气得脸上的肉都颤抖了，愤愤地把崔琰下了监狱，还把他的头发削去，让他做个奴隶，看他还敢不敢狂妄自大，毁谤魏王。

没过几天，又有人向曹操报告，说崔琰受了罚，还不老实，说起话来，目中无人，照样捋着四尺长的胡子，瞪着眼睛看人。曹操不知道实际的情况，相信了手下人的话。总算看在崔琰过去的功劳和交情上，叫他自杀。崔琰还不明白自己犯的到底是什么罪。监狱官告诉他，说："是魏王叫您自杀的。"他谢过了监狱官，说："我实在太糊涂了。我还不知道曹公居然是这个样儿的。"说完，他就自杀了。

像崔琰一样，曾经受过曹操的赞许，说他用人得当的，还有一个大臣，就是毛玠。他认为崔琰无辜被杀，太冤枉了，心里很不痛快。当时就有人讨曹操的好，向他报告，说毛玠心里不服，嘴里毁谤魏王。曹操就把毛玠也下了监狱。毛玠果然很不服气，他在监狱里还说："萧子（萧望之）死在石显（汉元帝宠用的一个宦官）手里，贾谊被绛灌（绛侯周勃和灌婴）挤在外边，晁错在东市被杀，伍员（伍子胥）在吴都送了命。这几个人哪，都被小人嫉妒，死在他们手里。我已经老了，不说话也可以。人间有是非，是非不屈人，人间无是非，曲直何足论。"

有两位德高望重的大臣，一个叫桓阶，一个叫和洽，他们向曹操指出，有人捏造事实，污蔑大臣，要求曹操调查事实，明辨是非，千万不可被左右所蒙蔽。曹操也不愿意多杀人，更不愿意查究反对崔琰和毛玠的人。这会儿不重办毛玠，只是革去他的官职，让他老死在家里就是了。

崔琰死了，那个把崔琰当作魏王的匈奴使者回去一报告，说魏王的胡须有四五尺长，捉刀人厉害得很，是个英雄。南匈奴单于呼厨泉就在七月里亲自到邺城来拜会魏王曹操。曹操趁着这个机会，要调整一下跟南匈奴的关系。

原来南匈奴有一部分人早就住在汉朝的边界以内了。这些匈奴人跟汉人杂居在一起，户口的编制大体上也跟汉人相同，可是因为他们是外族，不向国家纳税，也不出公差。有些大臣担心这些人养男育女，户口越来越多，将来怎么管得了。他们说应当早点想个主意，防备他们才是。曹操也有这个打算。这会儿南单于呼厨泉来访问魏王曹操，曹操就请他住在邺城，像贵宾那样招待着他，叫匈奴的右贤王去替他监理国家。每年给单于绢帛钱谷，像对待列侯一样，还允许他的子孙继承他的封号。接着又把南匈奴分成左、右、前、后、中五部，分别住在并州各郡，让呼厨泉的子弟都做了首领，再选汉人为司马监督他们。

南匈奴已经跟汉朝和好了，曹操就想起他已故的朋友蔡中郎蔡邕来了。蔡邕有个女儿，被匈奴掳去已经十多年了，曹操想办法要把她接回来。

文姬归汉

蔡邕有个女儿，叫蔡琰，字文姬，博学多才，又像她父亲那样，长于音乐，嫁给河东卫仲道为妻。可惜丈夫死了，年轻守寡，又没有儿女，就回到娘家，住在那儿。后来蔡邕因为同情董卓，叹了一口气，被司徒王允杀了。公元 194—195 年（兴平年间），李傕、郭汜、张济等带着凉州兵马和胡人打到中原地区，抢劫陈留、颍川等县，掳掠青年男女。他们到过的地方，大多成了废墟。蔡文姬跟着难民各处乱逃，被匈奴兵掳去，做了左贤王的夫人，生了两个儿子。蔡文姬虽然想念着父母之邦，也只好安心留在匈奴。

曹操因为南匈奴已经归顺了汉朝，就想起被掳到匈奴的蔡文姬来了。他派使者带着礼物，一定要把蔡文姬赎回来。一来曹操一向要在外族人面前显出自己的威风，连接见匈奴的使者也叫崔琰做他的替身，何况自己朋友的女儿被外族掳去，当然非要把她救回来不可；二来蔡邕已经写了一部分的汉史，文姬又有才学，要是她能把她父亲的著作整理一下，那该多有意义。

左贤王不愿意把自己的妻子送走，可是胳膊拗不过大腿，不答应也只好答应。蔡文姬当然巴不得回到父母之邦来，可是做母亲的扔了自己的儿子，怎么也感到悲痛。她回到邺城，曹操把她再嫁给屯田都尉董祀（sì），做个续弦夫人。没有多少日子，董祀犯了法，定了死罪。蔡文姬亲自跑到曹操那边去求情。恰巧曹操在家里请客，朝廷上的大臣，世族名流，还有远方来的使者都聚在魏王府里，济济一堂。曹操对宾客们说：“蔡伯喈的女儿在外多年，现在已经回来了。要是诸君有兴头，叫她来跟诸君见见面，好不好？”大伙儿都说愿意相见。曹操就叫手下人把蔡文姬带进来。

蔡文姬披散了头发，赤着脚，一进来就跪在曹操跟前，磕头请罪。话说得那么伤心，嗓音又是那么清脆，宾客们听了，都哭丧着脸，连鼻子都酸了。曹操说：“事情值得同情，可惜文书已经批下去了，追也追不回来，怎么办呢？”蔡文姬央告着说：“明公马房里的马，往少里说，也得有一万匹，像猛虎那么勇猛的武士多得可以成为树林子。只要一匹快马，一员虎将，就可以把垂死的人救回来。”曹操还真写了赦书，派“飞马报”送去，免了董祀的死罪。

那时候正是冷天，曹操特地赐给蔡文姬一顶头巾、一双鞋和一双袜子。蔡文姬穿戴起来，居然像个书生。曹操问她：“听说夫人家有不少书籍和文稿，现在还都保存着吗？”蔡文姬很感慨地说：“以前亡父留给我的书就有四千多卷，几次遭难，不是毁了，就是失散了。现在我还能背得出来的才四百多篇了。”曹操听说还有四百多篇，那也不少，就说：“我派十个文官到夫人家，叫他们把夫人所记得的都写下来，怎么样？”蔡文姬不同意这么办，她说：“怕不方便吧。还是恳求明公赏我一些纸笔，我一定遵命把能背出来的都写下来。”曹操就派人护送她到家里，让她去写那些文章。

蔡文姬这才安下心来，细细地把她所记得的文稿都写了下来，送给曹操，简直没有遗漏或错误。她把曹娥碑文也抄下来了。那碑文是颍川人邯郸淳（邯郸是姓，淳是名）写的，碑的背面有八个字是蔡文姬的父亲写的。

曹娥碑所纪念的是一位姑娘，叫曹娥，会稽上虞人。她父亲叫曹盱（xū），在公元 142 年（汉顺帝汉安元年）五月五日，掉在江里淹死了，尸首都没捞着。曹娥才十四岁，日夜不停地哭着，沿江找她父亲。找了十七天，还没见尸首浮上来。邻居们劝曹娥不必找了。曹娥一个人留在江边，把衣服扔到江里，祝告着说：“我父亲的尸首在哪儿，就在哪儿沉下去。”衣服漂到一个地方沉下去，曹娥就在那边投江死了。相传曹娥背着她父亲，两个尸首一同浮到水面上。当地的老百姓大受感动，都说曹娥是个孝女，很小心地把尸首埋了。

过了三年（公元145年，汉冲帝永嘉元年），上虞县长度尚把曹娥改葬在江南大路旁边，给她立了个碑，叫她的弟子邯郸淳写了一篇碑文，刻在石碑上。那时候邯郸淳才二十来岁。后来蔡邕到南方去游历，到了江边（后人把那条江叫曹娥江，是钱塘江的支流），见了碑文，就题了“黄绢幼妇外孙齑（jī）臼”八个字，刻在背面。可是谁也说不上这八个字是什么意思。

据说，有一回，曹操和杨修见到了曹娥碑上这八个字，曹操琢磨了一下，猜不透。他问杨修：“你知道吗？”杨修说：“知道了。”曹操说：“你别说，让我仔细想想。”两个人上了马，走了。走了十里地，曹操完全明白了。原来“黄绢”是有颜色的丝，“丝”旁加“色”，是个“绝”字。“幼妇”就是少女，“女”旁加“少”，是个“妙”字。“外孙”是女儿的儿子，“女”旁加“子”，是个“好”字。“齑臼”这两个字在今天比较生僻。“齑”是切细了的姜、蒜等调味品，味辣，古人就用“辛”字（“辛”就是“辣”的意思）。“臼”是捣姜、蒜的容器，是接受的“受”的意思；“受”旁加“辛”，是个“辤”字，就是现在的“辞”字。这样，“黄绢幼妇外孙齑臼”就是“绝妙好辞”的意思。

可是杨修究竟比曹操早知道。他在这方面的才能要比曹操高。曹操说：“你真是个才子。我比你呀，差了十里。”话虽如此，曹操对他多少有点不大舒服。

蔡文姬把她能背得出来的几百篇文章写完了以后，又感觉到人生的空虚和悲哀来了。她怎么也忘不了留在匈奴的两个儿子。

曹操费了很大的心思，把朋友的女儿赎了回来。蔡文姬又是高兴又是难受。“树高千丈，叶落归根”，能够回到家乡，总是好的，可是母亲的爱，对两个孩子的伤心，恐怕不是别人所能完全体会得到的。蔡文姬的被掳终究是个悲剧。后来有人借着她的遭遇，作了一首很出名的歌，叫《胡笳十八拍》。也有人说，那首歌是蔡文姬自己写的。

曹操收服了南匈奴，让他们杂居在并州各郡以后，就要再去征伐孙权。上次孙权发兵十万来攻合肥，这件事曹操也得去报复一下。那年冬天十月里，曹操就加紧练兵。转过年，就是公元217年（建安二十二年），曹操的大军到了居巢（在今安徽巢湖一带），准备进攻濡须。孙权还想把曹军打回去，办不办得到可就难说了。

· 浑身是伤 ·

魏王曹操率领大军向濡须进发，骑兵、步兵号称四十万，一到江边饮马，沿江全是马群。孙权率领七万人马出去抵抗。兵马数量相差这么远，曹兵又不是赤壁之战那一回的初下江南的北方人，东吴的兵马就是再加两倍也没法跟曹兵比。将士们免不了有些害怕。孙权也担了心事。上次赤壁之战，由于周瑜、鲁肃和诸葛亮的调度、合作，总算以少胜多，打了胜仗。这会儿情况不同了：周瑜死了，诸葛亮远在成都，鲁肃在陆口正病着。跟谁去商量呢？孙权知道甘宁勇猛，就跟他定了计，交给他三千精兵为前部，秘密地嘱咐他当夜先去偷袭曹营，给他们一个下马威，好给吴军壮壮胆量。

甘宁在三千人中挑选了一百多名勇士，半夜里向曹操的大营静悄悄地爬过去，到了军营外围，很快地拔去鹿角（军营的防御物，用带枝子的树木削尖，枝子向外，栽在地上，好似现在的铁丝网），跳过营垒，一直冲到军营里，突然一声呐喊："冲啊！杀啊！"吓得曹兵从睡梦中醒来，来不及拿兵器，一下子给吴人左劈右砍，杀了几十个人。甘宁他们提着血淋淋的人头大声呼喊着从原路回去。曹军各营慌忙点起火把来，一眼望去，稀稀拉拉，好像星星似的，可照不到远处。他们还没完全查明到底进来了多少敌人，甘宁他们已经敲锣打鼓地回到营里，高声喊着万岁。一百多人没有一个受伤。当时就向孙权报告，孙权赏给甘宁他们每人十匹绢，一口刀，高兴地说："孟德有张辽，我有兴霸（甘宁字兴霸），足可抵敌了。"

这一次的袭击还真叫曹兵不敢小看吴人。曹兵心里一虚，打起仗来就差了劲儿。水陆两路打了一仗，曹军没得到多大便宜。到了三月里，曹操自己回去了，他叫夏侯惇、曹仁、张辽等带领二十六支军队退到居巢，重新布置一下，再跟吴军比个上下高低。

夏侯惇、曹仁、张辽他们再一次向东吴进攻，他们主要的兵力是骑兵和步兵，水军的力量很差。东吴的大将徐盛、董袭统领战船，甘宁、周泰他们都在岸上接应。徐盛在水上找不到对手，就跳上岸去杀敌人，董袭在楼船上击鼓助战。万没想到突然起了风暴，翻江倒海似的波浪把楼船颠翻了好几条。水兵们请董袭离开战船，董袭不依。他说："战船由我统领，我必须跟战船同生同死！"可是战船敌不过风暴，几个大浪把董袭的楼船掀翻，董袭就跟战船一同完了。

徐盛在岸上打了败仗，差点儿丧了命，连孙权自己也被曹军围住。幸亏周泰赶到，拼着死命把他救了出来。

孙权虽然还不算败得怎么惨，可是他只能往后退，不能把曹军打回去。要是曹操自己再来督战，那就连濡须也保不住了。他就派都尉徐详为使者到曹营去求和。夏侯惇派人向曹操报告，曹操因为东吴一时不能打下来，同时他又得对付汉中。东西两头作战，老是顾前顾不得后的，就同意了。他特地派使者到东吴通好，情愿订立盟约，结为亲戚。当时就下令停止进攻，叫夏侯惇他们屯兵居巢。孙权也退兵回去，留平虏将军周泰总督濡须兵马，镇守濡须。这可叫周泰为难了。

周泰字幼平，九江下蔡人，原来是伺候孙策的一个小卒子。他为人小心谨慎，胆量又大。伺候孙策恭敬周到，在战场上多次立过功劳。孙策、孙权都喜欢他。他曾经做过别部司马，论出身和地位，都不算高。一下子做了平虏将军，就有一些人，像朱然、徐盛他们，心中不服。朱然跟孙权原来是同学，早就做了太守，徐盛是个中郎将。他们认为周泰出身寒微，堂堂太守和中郎将反倒做了他的部下，受他的指挥，怎么也不服气。

孙权知道了这些情况，他不愿意他手下的文武百官只讲究门第的高低，不重视功劳的大小，就亲自到濡须坞来，开了一个宴会，把将士们都请来欢聚一堂。大伙儿正喝得高兴的时候，他亲自斟了一杯酒，走到周泰跟前，在递给他之前，先叫他脱去衣服。周泰犹豫了一下，很别扭地把衣服脱了。

大伙儿一瞧，他光着上身，差不多浑身是伤，有旧伤疤，有新伤疤，有伤疤上再结的伤疤。他们全都愣了。

孙权放下酒杯，一只手搭在周泰的肩膀上，一只手指着他身上的伤疤，对大伙儿说：“你们看，从这儿起，一、二、三、四、五、六、七、八——转过来——九、十、十一、十二，这十二处，是幼平打山越的时候受的伤。那一次要是没有他，我早已没有命了。这儿，肩膀上，这儿，胸口上，是征伐黄祖那会儿所受的伤。这儿，一、二、三、四、五，五处是赤壁之战所受的伤。还有……你自己说，这儿处伤哪？”周泰不好意思地说：“这儿处是南郡打曹仁那会儿所受的伤。还有大腿上，臀部上，那就不必说了。我不敢说受伤有什么功劳，只觉得自己能耐太差，一打仗老受伤，真有点害臊。”

大伙儿听他这么一说，从心眼儿里佩服他。孙权拉住他的胳膊，掉了眼泪，他说：“幼平为了我们弟兄二人，拼着命跟敌人作战，九死一生地救了我的命。身上的伤像图画和文字那样地刻着，一个个的伤疤都是一次次的战争的记录。我怎么能不把您当作自己的骨肉看呢？我怎么能不把这儿的兵权交给您呢？您是我们东吴的功臣，我一定跟您同甘共苦。您不可因为出身寒微，自己退缩。”说着他向周泰敬酒。周泰一面喝，一面说：“主公太夸奖了。我为主公效力，死也甘心。”别的将士们也向周泰敬酒，朱然和徐盛直怪自己不好，没说的，服了周泰了。第二天，孙权派使者把自己的一顶青罗伞送给周泰使用，让他进进出出威风威风。朱然、徐盛他们再也不敢说他出身低微了。

孙权回到建业（建安十七年，即公元212年，孙权迁都秣陵，建造石头城，改秣陵为建业），大臣们很热闹地欢迎他。他们大多认为东吴投降了曹操，以后可以不再打仗了。那可只是心里暗暗欢喜，在谈话中谁也没说投降曹操是件好事情。孙权还想听听大臣们对于跟曹操结盟联亲的意见，就听见有人向他报告，说鲁肃很生气，还老叨唠着当初周瑜反对孙权送儿子到许都去做人质的一番话，什么“送儿子做人质，就不得不听从曹氏，他下道命令叫你去，你不得不去，这样就受到别人的牵制”。

孙权不同意这种说法，他认为现在情况不同，而且又不必把儿子送去，就打算派人到陆口去叫鲁肃回来，想跟他解说解说。过了没多少日子，陆口来了个报丧的，说鲁太守害病死了。孙权听了，脑袋嗡的一下，差点儿倒下去。他直怪上天夺去了周瑜和鲁肃，简直等于把他的两只胳膊都砍去了。周瑜死的时候才三十六岁，鲁肃死的时候也不过四十六岁。孙权直纳闷儿为什么他们都这么年轻就凋谢了。

孙权已经够伤心了，谁知道还有比他更伤心的人。真正主张孙刘联盟、同心抗曹、跟鲁肃一条心的还不是孙权，而是诸葛亮。他得到了鲁肃去世的消息，内心痛楚万分，给鲁肃举行了哀悼的仪式。他又听到孙权叫吕蒙接替鲁肃屯兵陆口，就担心起关羽在荆州那一头的防守来，暂时只好把曹操这一头搁在一边。法正跟他正相反，他熟悉蜀地的情形，把汉中这一头看得比荆州那一头更严重。他向刘备献计，说："曹操一下子就叫张鲁投降，平定了汉中，他可没趁着这个机会来打巴蜀，仅仅留着夏侯渊、张郃守在那边，自己匆匆忙忙地回去了。这并不是曹操的智谋差，而是力量不足。这里面一定是由于他担心内部的事，逼着他不能不回去。夏侯渊、张郃的才略未必比咱们的将军们强，咱们发兵去征讨，一定能够打赢。打下了汉中，发展农业，积聚粮食，等待时机，上可以消灭敌人，尊重王室；中可以兼并雍州、凉州，开拓疆土；下可以把汉中作为蜀地屏障，守住要害，做持久打算。这是天赐良机，千万不可失去。"

当初张鲁逃到巴中去的时候，偏将军黄权就对刘备说："失了汉中就好比砍去蜀的胳膊和大腿，三巴（巴东、巴西、巴郡）难保。"那时候，刘备拜黄权为将军，率领一支兵马去迎接张鲁。可是他还没赶到，张鲁已经投降了曹操。这会儿刘备听了法正的话，一定要抓住时机夺取汉中。

·一身都是胆·

刘备请诸葛亮坐镇成都，请法正为随军参谋，自己率领将士向汉中进兵。同时派巴西太守张飞和他的助手马超、吴兰，往北去占领下辨（县名，属武都郡，在今甘肃成县一带），自己把大军驻扎在阳平关，派兵遣将去攻打夏侯渊。曹操正像法正说的一样，他担心内部发生叛变，自己不能脱出身来。他下了命令，吩咐夏侯渊挡住阳平那一头，叫曹洪去争夺下辨。

曹操自己住在邺城，派丞相长史王必在许都总督御林军马。主簿司马懿对曹操说："王必性情宽和，恐怕不大合适。"曹操说："王必跟着我吃过苦头，经历过困难，忠诚可靠，我看还可以。"这时候，关羽在荆州越来越强大，许都内部就有人把关羽作为后援去反抗曹操。京兆人金袆（yī）原来是汉武帝的托孤大臣金日磾的后人。他认为他家祖祖辈辈做了汉朝的臣下，现在眼看汉朝的天下快要转到魏王的手里了，就暗地里结交了少府耿纪、丞相司直韦晃、太医令吉本和吉本的两个儿子吉邈（miǎo）、吉穆，这几个人共同商议，准备杀了王必，夺取御林军，以天子的名义去征伐魏王曹操，联系关羽，发动政变。因为金袆是王必的朋友，不便出面，他就躲在后面指挥，让太医令吉本领头去干。

吉本他们就在建安二十三年（公元 218 年）元旦晚上，趁着大伙儿庆祝新年的热闹劲，率领家丁一千多人突然火烧军营，攻打王必。王必正在营里喝酒，一见外边起火，慌忙骑上快马逃去，肩膀上已经中了一箭。左右扶着他逃跑。他逃到自己的朋友金祎的家门口，想进去躲一躲。他一敲门，门里的人还以为金祎回来了，急着问："王必那家伙杀了没有？"王必听了，好像踩了毒蛇，回头就跑。他手下的人把他送到南门。他受了伤，躲在南城，全靠颍川典农中郎将严匡发兵出来镇压，才把这场叛变平定下去。严匡屯田许下，他发兵进城，跟金祎、吉本他们打了一阵。金祎、吉本、吉邈哥儿俩全给杀了；耿纪、韦晃给士兵逮住，杀头示众。王必受伤过重，没几天也死了。

就因为许都内部太不稳定，曹操自己就坐镇邺城，非万不得已，他是不愿意轻易出去了。他一得到报告，说刘备分两路进攻汉中，就派"飞马报"叫曹洪去争夺下辨。张飞叫马超和吴兰出去攻打。吴兰阵亡，马超逃回。张飞一看情况不妙，只好拼死抵抗，不再出去挑战了。阳平关那一头碰到夏侯渊、张郃、徐晃他们的抵抗，不但占不到便宜，还打了一个败仗，急得刘备只好写信给诸葛亮，请他再派些兵马来。诸葛亮恐怕本地人不愿意出去打仗，要是再派一支大军到阳平关去，也许对后方不利，就跟犍为人杨洪商议，问他该怎么办。杨洪说："汉中是益州的嗓子眼儿，没有汉中就没有益州。趁早发兵，不必犹豫。"

诸葛亮得到了本地人的支持，就发兵两万，派黄忠老将为统帅，连夜赶去帮助刘备。这次他知道杨洪有见识，又因为蜀郡太守法正跟着刘备往北去了，就表荐杨洪领蜀郡太守。刘备在阳平关跟夏侯渊对峙了一年多，很不得手，这会儿讨虏将军黄忠一到，就派他为先锋，大军跟着往南，渡过沔水，到了定军山，挑个险要的地区安营下寨。夏侯渊一面把军队调到那边，准备进攻，一面向曹操报告，请他再发兵来接应。曹操因为刘备接连侵犯汉中已经一年多了，就亲自到了长安。这时候，他怕夏侯渊出岔子，特地派人去劝告他，说："做将军的不能光凭勇猛，还得有胆小的时候。勇敢是根本，但是勇敢必须有智谋。有勇无谋，就是所谓匹夫之勇。你得在这上头多多留神。"

夏侯渊微微地笑了笑，也明白要多多留神。可是他在阳平关一直占着上风，他探听到盘踞定军山的敌人不过一二万，带兵的原来是个老头儿，再怎么多多留神也没法把个老头儿放在眼里。他马上带领着得力的将士往山上进兵去夺刘备的军营。法正请刘备叫将士们坚决守住军营，不跟夏侯渊作战。曹兵上来，山上的弓箭手就把他们射回去。夏侯渊进攻几次，都没成功。从早晨到中午，从中午到下午，几次叫战，就是没有人出来应战。不用说他们见了夏侯渊这么勇猛的进攻，害怕了。到了黄昏时分，曹兵没碰到对手，有点腻烦了。

法正仔细察看敌人的情况，对刘备说："敌人已经松了劲，咱们可以下去了。"刘备就叫黄忠出战。黄忠率领蜀兵居高临下，跑下山去，突然冲进曹营，鼓声和喊杀声震动天地，杀得曹兵纷纷逃跑。夏侯渊亲自出来，正碰到黄忠老将，被他一刀劈落马下。益州刺史赵颙（yóng）赶紧来救，也被黄忠劈了一刀。两员大将就这么仅仅挨了两刀，双双完蛋。刘备一见前锋得胜，催动全部人马跟着追赶，杀得敌人连滚带爬，东逃西窜，死伤了一半人马。张郃火速派人向曹操报告战况，自己带着残兵败将退到汉水东岸，远远地摆下阵势，只等刘备的军队渡河过来，就在中流给他一个迎头痛击。刘备到了汉水，怕前面有埋伏，就在西岸安营下寨。

公元219年（建安二十四年）三月，曹操亲自从长安出发，由斜谷（褒斜谷在北面的出口；褒斜口是穿越秦岭的山路）去救汉中。刘备听到消息，对将军们说："曹操虽然亲自来，也无能为力，汉川是给咱们拿定了。"他下令守住关口要道，不跟曹操交战。两军隔水相持了十多天，好像双方都在准备什么，谁都不愿先动手似的。黄忠的部将张著探听到曹军的粮食存在北山下，有米千万袋。黄忠认为可以去袭击一下，或者抢些来或者把它烧了。刘备就派黄忠和张著带领一支兵马先过去，派赵云和他的部将张翼在后面接应。黄忠跟赵云约定时刻，两支兵马会齐，去夺取粮食。

当夜黄忠带领人马偷偷地渡过汉水，直到北山，天才亮了。一见北山下整袋的粮食堆积如山。守卫粮食的少数士兵一见蜀兵进来，慌忙逃散。黄忠毫无困难地打了进去，反倒觉得有些太方便了。要是他留神一下，就该知道曹兵逃散，准有蹊跷。曹操打仗一向爱劫别人的粮草，自己存粮的地方哪有一点不防备的道理？黄忠想了一想，正准备叫搬运粮食的士兵退回去，突然一阵鼓响，张郃和徐晃两路兵马冲杀过来。黄忠挡住张郃，张著挡住徐晃，两支蜀兵边打边退。幸亏黄忠一把大刀厉害，左砍右劈，杀了不少人。接着，他抡着大刀风车似的转了几转，杀开一条血路，才逃了出来。可是这么交战下来，早已过了跟赵云约定的时刻。

到了约定的时候，赵云还不见黄忠他们回来，就对部将张翼说："你守住营寨，不可出去，营里两旁布置弓箭，以备万一。”自己带着几十个骑兵，走出营门去看望一下。走着走着，一直到了汉水，只见前面无数人马正在交战。他做梦也没想到曹操的大队人马会追杀蜀兵一直到了西岸。张郃紧紧地赶着黄忠，正碰上赵云。赵云放过黄忠，大喊一声，挺着长枪过来，好像小鸡啄小米，咯咯咯咯，一枪一个，连着戳倒了几十个曹兵。张郃一见赵云，心中暗暗着急。他早知道这位常山赵云，就是十一年前大闹当阳长坂坡的英雄，怎么也不敢小看他。他还没拿定主意究竟跟赵云交手好呢还是趁早退兵，谁知道赵云已经把张郃的军队打散了。曹兵见到赵云的长枪，就拼命往回跑。黄忠手下的士兵也勇气百倍地跟着赵云来了个回马枪。有人指着东南上一团人群说："张将军给敌人围上了！"赵云向东南冲过去，杀入重围，救出张著，收集散兵，各回各营。

哪儿知道张郃、徐晃回头一看赵云的兵马不多，他们把散乱了的队伍集合起来，重整旗鼓，又追过来了。他们看准了赵云的营寨，一定要把它夺过来。守营的部将张翼一见曹兵像潮水似的涌过来，连忙对赵云说："追兵近了，怎么办？快关上营门，躲在壁垒后面去吧。"赵云很有把握地说："别忙！把营门全打开，把旗子都收起来，也别打鼓。你叫弓箭手都伏在壕沟里。"他这么布置完了，又告诉张翼射箭和反攻的暗号，然后他一个人站在营门外，好像等待客人似的。

张郃、徐晃带着大队人马冲了过来，离开营门不远，就望见赵云单枪匹马地候在那儿，反倒吓了一跳。再一望营门大开，旗子不见了，全营鸦雀无声，不由得起了疑。抬头一看，天快黑下来了。要是再上去中了埋伏，那可不是闹着玩的。他们在前面这么一犹豫，队伍就停下来了。有人对张郃说："冲过去试试！已经到了这儿，总不能白跑一趟。"张郃就派一部分兵马过去，有几个莽撞鬼想夺头功，不顾前后地冲到离营门不到两百步的地方，赵云不动声色，不到一百步了，赵云还是不动声色地横着长枪等着，他那匹马好像在地下扎了根。曹兵大喊大叫地冲上来，赵云突然把枪一招，壕沟里的大弓小弓一齐发箭，前面一排人叫了一声"哎呀"都倒下了，后面的人扭转屁股就逃。张郃、徐晃阻拦不住，自己反倒被挤在中间站不住脚，往后一瞧，只听得喊声大震，战鼓好像打雷似的响着，谁都不知道有多少蜀兵追杀过来。赵云、黄忠、张著各带一队兵马追到汉水。曹兵吓破了胆，自相践踏，掉在水里。汉水上游河床本来不深，不用船就可以走来走去，可是掉在水里或者被挤倒的，也被淹死，而且淹死了很多。

第二天早上，刘备带着法正到了赵云那边，看了看昨天交战的地方，问了问怎么样以少胜多。张翼指手画脚地说了个大概。刘备高兴地说：“子龙一身都是胆！”接着又说：“打了这一仗，往后只要守住阵地，不必再出去作战了。”

古籍链接

赵云字子龙，常山真定人也。本属公孙瓒，瓒遣先主为田楷拒袁绍，云遂随从，为先主主骑。及先主为曹公所追于当阳长阪，弃妻子南走，云身抱弱子，即后主也，保护甘夫人，即后主母也，皆得免难。迁为牙门将军。先主入蜀，云留荆州。

先主自葭萌还攻刘璋，召诸葛亮。亮率云与张飞等俱溯江西上，平定郡县。至江州，分遣云从外水上江阳，与亮会于成都。成都既定，以云为翊军将军。建兴元年，为中护军、征南将军，封永昌亭侯，迁镇东将军。五年，诸葛亮驻汉中。明年，亮出军，扬声由斜谷道，曹真遣大众当之。亮令云与邓芝往拒，而身攻祁山。云、芝兵弱敌强，失利于箕谷，然敛众固守，不至大败。军退，贬为镇军将军。

七年卒，追谥顺平侯。

——《三国志 · 蜀书》

·汉中王·

曹操在汉水吃了败仗，士气低落，天天有人逃亡。他亲自指挥，又跟蜀兵相持了一个多月，粮食越吃越少，天气越来越热，军营中开始发生了疫病。曹操仔细合计了一下，到了五月里，只好带着汉中的军队回到长安，把汉中让给刘备了。这还不算，曹操还怕刘备再往北去夺取武都氐（氐，古代民族名；武都，郡名，在今甘肃东南部；氐：dī）进逼关中，就问雍州刺史（大致包括关中和今甘肃东部）张既该怎么办。张既说："不如劝告武都的氐人避开贼军，搬到北边或东边去，说那边有粮食，先去的有重赏。这么一来，先到的有了赏，还没走的见了眼红，一定也跟着去。"曹操听从了张既的话，动员氐人搬家，搬到扶风和天水等地落户的就有五万多家。打这儿起，氐族就散居在秦川了（秦川，也叫关中，在今甘肃、陕西一带）。这样，曹操不但把从张鲁手里夺过来的汉中让给了刘备，连武都也放弃了。

刘备得到了汉中，回到成都。诸葛亮就劝他趁着机会再去夺取上庸（在今湖北竹山一带）和房陵（在上庸东南，今湖北房县一带），把这两个重要的地方打下来，沿着汉水下去，汉中就可以跟襄阳连接起来了。刘备立刻派宜都太守孟达从秭归出发，往北去进攻房陵，再派自己的养子刘封从汉中出发，乘沔水下来跟孟达在上庸会师。孟达马到成功，杀了房陵太守，打下了房陵。刘封的军队顺流而下，跟孟达的军队东西两路夹攻上庸。上庸太守申耽带着部下投降了，还打发妻子和宗族到成都来。刘备完全信任申耽，拜他为征北将军，领上庸太守，拜他的兄弟申仪为建信将军、西城太守（西城是县名，本来属汉中郡，刘备把它分出来改为郡，在今陕西安康一带）。

这么一来，刘备在益州和汉中的地位就巩固了。七月里，他手下的文武百官都要尊他为汉中王。刘备、关羽、张飞、诸葛亮、赵云他们都是中原去的客人，刘备要在益州坐江山，不得不依靠当地的力量。为此，原来的西北军的首领，平西将军都亭侯马超领衔，其次是原来刘璋手下的大臣许靖、庞羲、射援，接下去就是军师将军诸葛亮、荡寇将军汉寿亭侯关羽、征虏将军新亭侯张飞、翊军将军赵云、征西将军黄忠、牙门将军魏延、扬武将军法正、兴业将军李严等一百二十人，向汉献帝上了个奏章，请封左将军宜城亭侯刘备为汉中王。刘备谦让了一番，就在沔阳搭个高台，举行自立为王的典礼。大臣们都在台上，士兵在台下排成队伍作为仪仗队。诸葛亮把大臣们给汉献帝的奏章宣读了一遍，就奉上玉玺和王冠、王袍。刘备又推让再三，才跪下去，遥远地拜了拜汉天子，接受了玉玺，把王袍和王冠穿戴起来。

汉中王刘备立刘禅为王太子，拜许靖为太傅，法正为尚书令，关羽为前将军，张飞为右将军，马超为左将军，黄忠为后将军，赵云为翊军将军。

刘备要回到成都去，但是必须派个重要的大将镇守汉中。大伙儿以为一定是张飞，张飞自己也认为准是他。可是出乎意料，刘备任命牙门将军魏延为汉中镇远将军，领汉中太守。大伙儿不由得都吐舌头。刘备在大臣们面前问魏延："我把这么重大的责任委托你，你准备怎么样？"魏延说："要是曹操率领天下的兵马打进来，我就替大王把他们打回去，要是曹操带领十万人马打进来，我就替大王把他们都吞下去。"刘备笑了笑，说："你说得好。"

刘备和诸葛亮他们回到成都。诸葛亮为了一件事担心。他对刘备说："上回马超来投降，云长还要跟他争个高低。黄忠的名望不如马超，这会儿跟云长并列，我怕云长不服，怎么办？"刘备说："军师不必担心，我有办法。"他就派益州前部司马犍为人费诗到荆州，把前将军的印绶送给关羽。关羽果然发了脾气，不接受印绶，还说："大丈夫绝不能跟老兵同

张飞
关羽
昭烈帝刘备

诸葛亮

列！”费诗对他说：“从前萧何、曹参跟高帝从小要好，陈平、韩信都是后来投降过来的。论地位，韩信封了王，最高，萧何、曹参不过封侯。可是没听说萧何、曹参怨恨过谁。现在汉中王尊重汉室，不得不提升有功之人跟君侯同列，汉中王内心的轻重可不在这儿。再说汉中王跟君侯亲如手足，同甘共苦，同生共死，君侯不是不知道。我以为君侯不该计较官职的高低，爵禄的多少。我只是个使者，奉命而来，君侯不接受印绶，不肯下拜，那么我就回去，没什么了不起的。可是君侯这种举动，我只觉得有点可惜，恐怕君侯也要后悔的。”关羽听了这一番打一巴掌揉三揉的话，明白了过来，立刻跪下去，接受了印绶。他把费诗当作老师那么尊敬，还把他想趁着曹操在汉中失败后士气低落的机会进攻襄樊（襄阳和樊城）的打算告诉了他，请他回去向刘备报告。自己先在南郡后方布置一下，就准备发兵去攻打樊城。

关羽叫南郡太守糜芳守江陵，将军傅士仁守公安，嘱咐他们随时供应粮草，必要的时候再送士兵来，作为补充，自己带着关平、周仓等率领一支军队去打樊城。樊城的守将曹仁一探听到关羽发兵，就向曹操报告。曹操派左将军于禁、立义将军庞德带领七队人马赶到樊城去帮助曹仁。曹仁叫他们屯兵樊北，互相接应。关羽的军队很快地渡过襄江（汉水的下游），围住樊城，每天在城下叫战。城内的兵马只有几千，可是驻扎在城北的就有七队兵马，声势浩大。曹仁就跟于禁联络一下，来个两路夹攻。于禁派两个部将董超和董衡带领两队人马先去试探一下。没有一顿饭的工夫，就被打得落花流水，死伤了三分之一，吓得曹仁不敢出来。

汝南太守满宠做了曹仁的参谋，他说：“云长是个虎将，足智多谋。咱们不如加紧防守，不可轻易出去跟他交战。他老远地发兵来，就希望快点作战。日子一多，不但粮草供应不上，就是东吴，也不见得不打主意。江陵本来是周瑜从咱们手里拿去的，难道孙权不想再拿回去吗？”曹仁就决定只守不战，准备跟关羽泡下去。

水淹七军

曹兵坚守不战，关羽没法打进去。老天爷又不作美，下起秋雨来了，急得他不能不发愁。白天他观察地形，不怕累，晚上可睡不着觉。好在他有个习惯，爱在烛光底下看书。有一天晚上，他把平日读得能背的《左传》看了又看。一想到连日来打不下樊城，心烦意乱，又把《左传》搁在一边，听听外边的雨声，无聊。还是拿起书来，解解闷。他一直看到《左传》最后一篇，记着韩、赵、魏三家共灭智伯的事，就闭上眼睛，理着胡子，静静地听着雨声，眼前好像瞧见了智家的士兵们在水里一起一沉地挣扎着的乱劲儿。他慢慢地点了点头，有了主意。第二天一清早，就冒着雨上了高地，再一次观察襄江，可惜樊北的山沟和河道朦朦胧胧的，看不清楚。

关羽回到营里，仔细问了问当地的向导，就吩咐将士们赶紧准备大小船只和木筏子。关平不明白，他说："咱们已经过了襄江，陆地作战，船只、木筏子有什么用？"关羽对他说："于禁七军不扎在平地上，而扎在险要的水口。八月里本来经常水大，这阵子又天天下雨，襄江必然要发大水。咱们派人去把各处水口堵住，赶到发大水的时候，咱们就坐着船去放水，樊城、樊北一定淹没，曹兵都做了鱼鳖。到时候，大小船只和木筏子就顶事了。"关平他们一听这话，加倍使劲地准备起来。

八月中旬一个晚上，大雨像天塌似的直倒下来，又赶上刮大风，襄江突然发了大水，平地水涨一丈多高。于禁、庞德急急忙忙出来一看，大水好像长了腿，四面八方都向军营奔跑过来，谁都抵挡不住。七军大乱，士兵们随波逐流，一起一沉地挣扎着。于禁、庞德、董超、董衡等几个将军都上了小丘避水。好容易等到天亮，狂风暴雨好像发了疯，把襄江的水掀得更高了。别说樊北地势低，平地水高几丈，七军都给淹没，就是樊城，大水也涨到城墙的半腰，曹仁、满宠他们早已爬到城门楼子上了。

关羽、关平、周仓他们坐着大船，别的将士们划着小船，小卒子撑着木筏子，把于禁围住。于禁逼得走投无路，投降了。关羽叫他放下兵器，脱去铠甲，把他押在大船里。然后好像坛子里捉鳖一样去逮庞德。

庞德、董超、董衡带着几百名士兵躲在河堤上避水。关羽的大船过去，叫弓箭手专射士兵。庞德披着铠甲，拿着弓箭回射。尽管他箭法很好，也射死了几个对方的士兵，可是究竟射过来的箭多，自己这边被射死的人更多。董超、董衡对庞德说："四周没有活路，不如投降了吧。"庞德骂他们没志气，他说："我们受了魏王的大恩，绝不能投降敌人！"说着，他就亲手把这两个部将杀了，还说："谁要再说投降，这两个人就是榜样！"大伙儿见他这么坚决，也都勇气百倍地坚持着。从早上抵抗到中午，从中午抵抗到午后，双方还是对峙着。关羽的箭是百发百中的，怎么射不到庞德的身上去呢？青龙偃月刀就斩不了孤立无援的庞德吗？原来关羽因为庞德本来是马超的部下，他的叔伯哥哥庞柔也在益州，就打算活捉庞德，劝他投降。庞德有了这一便利，坚持了大半天。末了，箭都使完了，叫士兵们用短刀短枪接战。他对督将成何说："我听说良将不因怕死而逃命，烈士不为活命而失节。今天是我死的日子了。"

成何也不肯投降，反倒跑上一步去抢小船，被关羽一箭射落水中。水越涨越高，士兵们乱纷纷地全都投降了。庞德趁着这个乱劲儿，带着几个小兵，跳上一条小船，杀散了船上的荆州兵，一心想逃到曹仁的营里去。偏偏迎面来了一只大筏子，把小船撞翻，庞德掉在水里，给荆州兵活活逮住。关羽大获全胜，回到营里。

于禁已经做了俘虏，被押到江陵，下了监狱。这会儿将士们带上庞德，庞德不肯下跪。关羽对他说："令兄在汉中，也想念着您；您原来的主人孟起（马超）在蜀中做了大将，封了侯。我想请您做将军，您不早点投降，还想什么？"庞德骂着说："你这小子敢叫我投降吗？魏王手下穿铠甲的将士就有一百万，威震天下；你们的刘备，庸庸碌碌，算得了什么？怎么能跟魏王对抗呢？我宁可为国家死，不愿意做贼人的将军！”关羽冷笑一声，拿手一挥，武士们把庞德推出去，砍了。

第二天，荆州兵又开始进攻樊城。城里城外都是水，城墙也坏了好几处。士兵们又要进行抵抗，又要搬石头、担土、修理城墙，大伙儿都害怕了。有人对曹仁说：“这个城没法守下去，还不如趁早坐着小船连夜逃出去吧。”曹仁也觉得自己力量不够，再守下去，必然全军覆没。他把这个意思告诉了满宠。满宠回答说：“山洪暴发，不能长久，过几天大水必然退去。听说关羽已经派人到了郏下（郏县，属颍川郡），许都以南的老百姓乱纷纷地都准备逃难了。可是关羽还不敢进兵，就为了怕咱们截断他的后路。要是咱们离开这儿往北逃去，那恐怕黄河以南都不再为国家所有了。请将军再坚持一下吧！”曹仁说：“对！”他就鼓励将士守住樊城。

关羽连连攻打几天，还没能把它打下来。他就又派一支兵马去围攻襄阳。荆州刺史胡修、南乡太守傅方都投降了。关羽的威望越来越大。

水淹七军的警报到了邺中，曹操叹息着说：“我跟于禁相知三十年，怎么到了紧急关头，反倒不如庞德？”就封庞德的两个儿子为列侯。赶到他听到关羽派兵到郏下去，黄河以南有不少人响应关羽，曹操慌了。陆浑（属弘农郡，在今河南嵩县一带）的平民孙狼率领老百姓杀了县里的长官，归附关羽。关羽派人送印绶给孙狼，还拨给他一部分士兵，由他带领。关羽的威声震动中原。曹操为了避避风头，跟大伙儿商议，准备放弃许都，迁都到别的地方去。

当时有一位大臣起来反对，说：“大王不必担心，我有办法对付关羽。”曹操一看，原来是司马懿，就问他：“仲达有何高见？”司马懿说：“于禁的军队被大水淹没，并不是战争的失败，对国家没有太大的损失。孙权把妹子嫁给刘备，接着又把她抢回去。这当中就可以看出孙刘两家是有疙瘩的。关羽得志，孙权必不乐意。只要派个使者去劝孙权扯关羽的后腿，答应把江南封给孙权，樊城的围一定可以解除。”

曹操同意司马懿的办法，一面下令叫镇守宛城的徐晃发兵去救樊城，一面打发使者去见孙权，叫他进攻荆州。使者还说魏王在前方拉住关羽，东吴在后面进攻南郡，前后夹攻，一定能把关羽打败；打败了关羽，荆州全归东吴。孙权就跟大伙儿商议要不要帮助曹操。这就嘁嘁喳喳地议论开了。有些人认为鲁肃的话对。他曾经不止一次地说过，为了对付曹操，东吴应当跟关羽交好，千万不可把他看作仇人。另有一批人认为吕蒙的话对。自从吕蒙代替鲁肃屯兵陆口，一直以为关羽骁勇，有兼并的野心，而且他占据着长江上流，顺流而下，方便得很。像现在这样各守地界的局面恐怕不能长久。吕蒙上书给孙权，说："要是主公派征虏将军（这时候孙权叔父的儿子孙皎为征虏将军，督夏口）去守南郡，潘璋去屯兵白帝城，蒋钦带领一万人马沿着长江上下打游击，那么我替主公去打襄阳。这样，何必害怕曹操！何必依赖关羽！再说关羽君臣欺诈我们，反复无常，不能把他们当作自己人看待。"

当时有人把吕蒙这些意见说了说，多数人认为不能把关羽他们当作自己人看待，因此还不如早下手去夺荆州。孙权自己也觉得关羽狂妄自大，太小看他了。孙权曾经为他儿子向关羽求亲，要娶他的女儿。关羽不答应也就是了，还把做大媒的骂了一顿，说什么"老虎家的女儿怎么也不能配给狗崽子"！孙权这一气呀，气得眼睛发绿，脸色发紫，早就恨上关羽了。这阵子曹操派使者来，他跟大臣们一商议，就有七八分要跟关羽干一场。

大意失荆州

孙权写了回信给曹操，表示愿意为朝廷效劳去征伐关羽。他就叫吕蒙回到建业，当面讨论夺取南郡的详细计划。孙权要的是荆州，并不是成心帮助曹操，曹操要的是解除樊城之围，也并不是成心帮助孙权。双方都希望对方去跟关羽大战一场，死伤的人马越多越好，自己可以坐享其成。关羽这边呢，既要夺取樊城，又得防备孙权偷袭荆州。论形势，郏下方面已经派人去了；陆浑的孙狼已经收了兵马，接了印绶，情愿听从指挥；许都以南凡是反对曹操的都纷纷响应关羽。关羽就打算绕过樊城去打郏下，再由郏下去打宛城，然后直捣许都。如果能把后方的军队多调些到这儿来，打胜仗是有把握的。可是他担心自己的供应线拉得太长，万一南郡被东吴夺去，那可不是闹着玩儿的。因此，他再三叮嘱麋芳和傅士仁小心镇守荆州，又因为吕蒙屯兵陆口，关羽只好把大部分军队留在南郡。这还不够，为了防备沿江袭击，又在江边设置岗楼，二十里或者三十里一个岗，筑起了烽火台，派兵守着。关羽知道吕蒙的厉害，他屯兵陆口，不用说矛头就是对着自己。因此，关羽对于吕蒙这一头的防备，一点也不敢放松。

吕蒙回到陆口，一探听到关羽这么小心谨慎地把重兵留在南郡，江边还布置了这么多的岗哨，急得他无法可想。他越没办法越发愁，旧病又复发了。他原来有病，很可能是心脏病，一发作起来，疼得他神志昏迷。这会儿他一探听到关羽布置得这么严实，简直没有缝子可钻，他就害起病来了。真病也罢，假病也罢，他趁此机会上书给孙权，说他病重活不了啦。孙权只好叫吕蒙回去治疗、休养，还发个通知给陆口的将士们，吩咐他们安心等候新的统帅。

陆口的士兵们因为统帅病重，议论纷纷，安不下心来。等了几天，新的统帅下来了。大伙儿一见，差点儿笑出声音来。原来这位新来的统帅是个白面小书生，看上去叫他抓只小鸡都费劲。说起话来，小嗓子嘤嘤呦呦好似小姑娘，叫他来接替吕蒙，正像叫小鸽子来接替鹞鹰，这哪儿成哪？

“赛姑娘”挂帅的消息传到襄阳，关羽马上派人去仔细探听。派去的人回来报告，说：“屯兵陆口的新统帅是江东大族的一个公子哥儿，叫什么陆逊，原来是个屯田都尉，做过县官。”关羽问了问将士们和当地的向导：“陆逊是谁？哪儿人？多大年纪？”大伙儿都说：“没听说过。”原来是个无名之辈。关羽听了，半信半疑。可是，不管怎么样，吕蒙害病离开陆口是事实，来了个少年将军接替他也是事实，关羽就稍稍调动一部分后方的军队到襄阳来。

没过几天，陆逊派使者带着礼物来见关羽，奉上一封信，大意说：“水淹七军，于禁被捉。远远近近听到了这个消息，哪一个不赞叹将军的神威？从前晋文公城濮之战，淮阴侯（韩信）背水破赵，也比不上这次将军的功劳。敌国打了败仗，我们做同盟的听了也高兴。听说徐晃到了樊城，他一定想找个机会挽救一下。曹操是个狡猾的贼子，他一定会偷偷地增加兵马。古人说，打了胜仗之后，容易小看敌人。但愿将军劝勉部下多多留神，希望将军发挥威力，消灭敌人，把胜仗打到底。我是个书生，才疏学浅。这次被派到西边来，很担心不能称职。好在将军在近旁，随时可以讨教。奉上薄礼一份，请收下作为我的拜见礼吧。”

关羽看了信，才知道这个曾经做过屯田都尉的陆逊很不错，果然是个晚辈，倒难得他这么恭敬、诚恳。他这才放了心，把荆州大部分的军队陆续调到襄樊这边来。听说曹操的大将徐晃已经离开了宛城，上樊城去了，他的兵马一到，樊城当然更难攻了。大水又一天天地退下去，大小船只和木筏子的用处就越来越小了。关羽打算趁着徐晃的兵马还没到，大水还没完全退去，先攻下樊城。因此，他亲自督战，加紧攻城。没防到城上放冷箭，一箭射中了关羽的左胳膊。关平他们赶紧送他回营，叫随军医官拔出箭头，敷上药膏。没有几天就快收口。不料箭头有毒，胳膊还是肿疼，一到阴天或下雨，整个胳膊又酸又疼，要老这样，怎么还能挥动青龙偃月刀上阵杀敌呢？这个消息一传出去，曹仁他们更加用心守城，绝不退兵了。

有个民间医生找到军营里来，说他愿意医治毒箭的伤痛，为的是要替他师傅报仇。关平一看，是个老大爷，头发、胡子全白了，可是眼睛挺有神，脸色红通通，像个年轻小伙子。关平请他进来，问他："老先生尊姓大名？令师是谁？您要向谁报仇？"他说："我叫吴普，广陵人。"接着他就把他师傅的冤屈说了说。

他的师傅是个大名鼎鼎的民间医生，叫华佗，字元化，一生替人治病，年纪快到一百岁了，看上去还是个壮汉。他曾经替曹操治过病。曹操因为不时要犯头疼病，就把华佗留在身边。华佗本来也是个士人，不愿意为了曹操一个人老跟着他替他管药箱，推说回家去取药方，到了家里就住下了。

曹操催他几次，他说妻子有病，不能离开。曹操派人去打听，原来华佗不愿意伺候曹操，他的妻子并没害病。曹操气得眼珠子直转，把华佗下了监狱，要把他处死。那时候，荀彧还在，他劝曹操说："华佗精通医术，有关人命，还是免了他的罪好。"曹操说："不怕天下没有像他这一类的医生。"终于把他杀了。华佗临死，交给监狱官一卷药方，说可治百病。监狱官怕得罪曹操，不敢收。华佗也不勉强，叫他拿火来把药方全烧了。

华佗尽管给杀了，药方尽管给烧了，可是他的本领已经传给了他的弟子，其中最出名的有两个，一个就是这次来求见关羽的广陵人吴普，一个是彭城人樊阿。他们从华佗那里学到了一般治病的医药，还有割大腿、破肚子等外科手术，樊阿尤其擅长于针灸。这会儿吴普跟关平说了底细，关平向他父亲一报告，关羽就请他相见。吴普拜见了关羽，看了伤口，就说："毒已经到了骨头，必须刮骨才能去毒。"关羽就请他动手医治。

将士们进帐来探病，关羽请他们一同喝酒。他右手拿着杯子，左手让大夫开刀。一个小卒子拿着盘子蹲在底下盛血。吴普把伤口开大了，挖深了，露出骨头来，上面已经有点发黑了。他就用尖刀在骨头上细细地刮，这声音让听见的人不由得脊梁发冷。关羽有说有笑地喝着酒，眉头也没皱一皱。大伙儿都认为关羽真了不起。他是个英雄好汉，不怕疼，那是没说的。可是在他左右的这些将士们还不知道华佗的本领。他发明了一种药叫"麻沸散"，可以喝到肚子里，也可以敷在肌肉上。喝了麻沸散，醉得像死人一样，全身不知痛痒；敷上麻沸散，局部麻木，刀割也不大感觉到疼。这还不算，为了叫开刀的地方快点收口，吴普还使了一种特别的针线把伤口缝上。完了，他说，过几天就好，线脚自然会退去，用不着拆，不过最重要的是静心休养，不能冒火儿。他又说，打仗也不在乎一天两天，要能消灭曹操，那就是替他师傅报仇了。关羽连连点头，想请他留在营里。吴普推辞说："害病的老百姓比军营里的将军多，只好失陪了。"

关羽送走了华佗的门生，休养了几天，箭伤果然很快地收口了。现在他什么都不担心，青龙偃月刀很快地又可以自由地挥动了，就担心粮草供应不上。关羽在襄樊的人马多了，于禁七军中投降的就有几万人，粮草的供应越来越困难。不用说，麋芳和傅士仁的后勤工作做得不够好。关羽责备他们，说："要是再不用心把粮草按时运上来，我回来非治你们不可。"他的责备和警告只能叫麋芳和傅士仁他们泄气。粮食还是不太够。当初东吴和蜀划分荆州，拿湘水为界。孙权在湘水东边设置关口，就叫湘关。湘关里储藏着不少粮食。关羽的军队不管关口不关口，把湘关的米抢了去。

孙权得到湘关的米被劫的消息，气得跟什么似的，正好陆逊来了报告，请吕将军赶快发兵去袭击关羽的后方。以前所谓吕蒙病重，所谓无名之辈的陆逊接替吕蒙等等，原来是个计，为的是叫关羽不去防备陆口这面的进攻。关羽果然中了计，把后方大部分的军队都调走了。

吕蒙把战船扮作商船，叫摇橹的士兵扮作商人，穿上那时候一般商人所穿的白衣服，将士们都躲在船舱里。一批一批的商船由白衣人摇橹过江，到了北岸。北岸岗楼上的士兵瞧见大批商船都泊在北岸，就出来盘问。白衣人说："我们都是客商，江面上起了风，到这儿来避一避。"说着就拿出一些货物来送给士兵们，求他们行个方便，让他们在这边躲躲风浪。士兵们一见都是白衣商人，就让他们停在江边。没想到到了晚上，船舱里的将士一齐出来，把岗楼上的士兵全都抓住，连一个也没跑了。吕蒙就这样把江边的岗楼全都夺过来，烽火台一点星火也没放。吕蒙的大军神不知鬼不觉地到了公安。

镇守公安的将军傅士仁突然瞧见东吴的大军已经到了城下，慌了手足，匆匆地关上城门，再作计较。吕蒙派人去劝他投降。一来，岗楼不举烽火，他也有罪，将来人们说他做了东吴的内应，他也没法分辩；二来，关羽平日对他很傲慢，近来还说回来要办他的罪。他替自己这么一考虑，就投降了。吕蒙着实有一手，待他很好，还带着他渡过江到了江陵，劝南郡太守麋芳一同投降。麋芳大开城门，带着牛肉和酒出城来把吕蒙的军队迎接进去。

吕蒙进了城，把于禁从监狱里放出来，收在营里，接着安慰了荆州将士们的家属，嘱咐士兵们严守纪律，不得侵犯人家的一草一木。有个吕蒙手下的士兵，也是他的同郡人，他因为下雨，拿了老百姓家的一顶斗笠遮盖官家的铠甲。吕蒙认为他犯了军令，流着眼泪把他杀了。这么一来，上上下下全都挺小心的，连道上丢了的东西都没人敢捡了。吕蒙有意收买人心，早早晚晚派手下的亲信去抚慰年老的人和穷苦的人家，有病的给他们一些医药，受冻挨饿的给他们一些衣服和粮食。他又把关羽的库房财宝都加上封条，等候孙权来处理。

公安、江陵全落在吕蒙手里，关羽的后方失了，他已经没有退路，可他还不知道。他听说徐晃到了阳陵坡，就派兵前去，把一部分的军队扎在偃城，准备先跟徐晃决个胜败。

走麦城

徐晃故意修土垒、挖壕沟，做出要截断关羽退路的样子。关羽怕被他围住，就烧了营寨和鹿角，退兵回去。徐晃追杀一阵，打了个胜仗。他得到了偃城，大军向樊城前进，又跟关羽碰上了。他们两个人本来交好，在阵前相见，还彼此行礼问好。徐晃说："自从跟君侯分别以来，一晃十几年过去了。没想到您的胡子和头发都花白了。"关羽说："彼此，彼此，您也老多了。"就说了这么几句话以后，徐晃忽然宣布命令，说："谁能取得云长的人头，重赏千金！"关羽对徐晃说："大哥，这是什么话？"徐晃说："这是国家大事，我怎么敢因私废公呢？"说着，将军们就把关羽围上了。关羽大战一阵，终于左手差劲，占不了上风。关平怕关羽敌不住他们，就敲起锣来，收兵回去。不料曹仁他们从樊城杀出来，跟徐晃的兵马两路夹攻，荆州兵大乱，死了几个将军，关羽只好把军队退到襄阳去。

半路上忽然来了个探子，报告说："吕蒙亲自率领东吴大军沿江过来，已经到了公安！"关羽听了，目瞪口呆，接着皱着眉头，闭着眼睛，想了想，说："沿江岗哨为什么不举烽火？"探子说："吕蒙叫水兵穿上白衣扮作客商，一站站先逮住岗哨上的士兵，东吴大队人马就一路无阻地进了公安。"关羽叹了一口气，说："是我一时大意，中了奸计！"他准备率领大军连夜回去直接救公安，万没想到又来了个"飞马报"，说："傅士仁、麋芳投降了东吴，公安、南郡全给吕蒙夺去了！”这一下把将士们吓得脸都白了，好像被当头打了一棍子，差点儿都倒下去。关羽大喝一声：“胡说！这是敌人造谣！谁再这么胡说八道，砍他的脑袋！”

将士们听了关羽这么一吆喝，神志清醒点，都但愿这是谣言。当时关羽手下的几个文武助手，像马良、伊籍、关平、廖化他们都直纳闷儿，廖化还说：“不是说吕蒙病重只差一口气了吗？小孩子家的陆逊怎么敢大举进攻荆州呢？”关羽给他一个白眼，说：“别再糊涂了。”部将赵累趁着机会说：“咱们这次出来，早就该向主公报告了。现在到了紧要关头，应该火速派人到成都去求救，咱们这儿从旱路去夺南郡。”关羽同意赵累的意见，马上派马良和伊籍到成都去求救兵，自己带着大军向南郡退去。

关羽离开樊城退到襄阳，又从襄阳往南郡逃去。曹仁召集将士们准备全力追击。将士们都说：“大王（指魏王曹操）把几个郡的兵马都集合在这儿，关羽打了败仗往南逃去，南郡又有东吴的兵马挡着，咱们追上去，一定能把他逮住。”都督护军赵俨起来反对，他说：“不能追，不能追！关羽打了胜仗，不顾前后地接连用兵，孙权侥幸在后方占了便宜。他也担心关羽打回去，更怕我们趁他们双方作战疲劳的时候打过去，所以他才上书，表示愿意为朝廷效劳。现在关羽失了势往南逃，就该让他去跟孙权纠缠。如果我们穷追关羽，孙权一定害怕，这对我们只有害处，没有好处。我想大王必然为此担心。”曹仁听从赵俨的计策，下命令把军队驻扎下来，暂时等一等再说。

果然，曹操的“飞马报”到了。曹操在汉中打了败仗，逃回长安，从长安赶回邺城，身子已经够累的了。正想休养一下，不料关羽发兵进攻襄樊，他只好亲自赶到洛阳，又从洛阳赶到摩陂（在今河南郏县一带），把十二营的军队拨给徐晃，自己留着一部分兵马扎在摩陂。这会儿一听到关羽打了败仗，退到南郡去，他恐怕将士们追上去，特地派“飞马报”日夜赶路去嘱咐曹仁千万不可去追。曹仁接到了曹操这道命令，一愣，倒在床上，心头直跳。他对左右说：“好险哪，差点儿犯了错误！幸亏听从了都督护军的话。”

关羽不见曹兵追来，略略宽了宽心，把军队驻扎下来。他还想探听一下究竟荆州（南郡）怎么样了。谁知道接连来了报告，麋芳、傅士仁果然投降了东吴，荆州全失了。关羽对赵累他们说：“目前前后受敌，救兵一时又不能到，怎么办？”赵累说：“陆口的守将过去曾经跟咱们订过盟约，同心抗曹，也曾经写信来表示交好。现在吕蒙帮助曹操向咱们进攻，这是违背盟约的。咱们可以派使者去责备他，看他怎么回答。”关羽一想，这话很有道理，就给吕蒙写了封信，派使者送到南郡去。没想到这一来，事情弄得更糟了。吕蒙抓住机会，进行拉拢。他一听到关羽派使者来，就叫人到城外把使者和随从的人迎接进来，很殷勤地招待他们。

吕蒙看了关羽给他的信，很客气地对使者说：“我对关将军十分钦佩，怎么也不敢得罪他。可是今天的事很叫我为难，您想想，我受了主人的命令，怎么能自己做主呢？”他请使者和随从的人到驿舍里休息几天，让他们接见接见当地的人们。他又四面派人去通知关羽的将士们的家属，说他们可以随时到驿舍里去探听他们亲人的消息，如果要捎封信或者要捎些什么东西给他们在前方的亲人，使者可以替他们捎去。不光这样，使者还可以在城里随便走走，到老百姓家里去看看，聊聊天。人们都说东吴人待他们很好，病人还给医药，穷人还给粮食。将士们的家属和老百姓根本没把东吴的士兵当作敌人看。相反地，他们觉得彼此相处得很好，连关羽的使者也这么想。

使者回到关羽那边，把吕蒙的话说了一遍，还说：“城里（指江陵）很安宁。君侯和将士们的宝眷都很安全，连日常的供应都照顾得周全。”关羽瞪了他一眼，骂着说：“住口！这是敌人的诡计，不能听！”又是关羽一时大意，仅仅把使者训斥一顿，让他们出来了。使者们一出了军门，将士们纷纷来向他们探问家中的情况。使者实话实说，告诉他们各家都好，还把捎来的信分给他们。大伙儿都放了心。可是他们对吴人一放下心，就都不愿意再打仗了。当天晚上，就有一些将士偷偷地逃回荆州去了。

关羽又急又恨，只好催动人马分头向江陵方面打过去。走了一程，正碰上东吴将士拦住去路。可是这些将士都不是关羽的对手，关羽很快地就把他们杀退了。不料杀退一批，又来了一批。吕蒙和陆逊的两路兵马会合起来，围住了关羽。幸亏青龙偃月刀和赤兔马发挥威力，终于杀散敌人，冲出重围。正好碰到关平和廖化的两支兵马赶到，合在一起，守住阵营。可是看看手下将士越来越少了。

关平说：“军心已经乱了，咱们不能待在这儿。得先占领一座城，暂时守住，等待救兵。”赵累说：“这儿离麦城（在今湖北当阳一带）不远，麦城虽小，还可以屯兵。”关羽想不出别的办法来，只好往西占领了麦城。从八月中旬水淹七军打了个大胜仗，到了十一月孤军占领麦城，已经三个月了，时间不算太短。谁也不明白为什么成都方面一点没有消息。是不是因为关羽本来打算单独消灭曹操，不愿意受到别人的牵制？还是因为诸葛亮他们不同意关羽自作主张单独出兵？反正成都方面并没派人来，连音讯都没有。关羽能够得到的一些音讯，全是从东吴方面传过来的。那就是陆逊往西打过去了。

汉中王刘备所设置的宜都太守（宜都在今湖北宜都一带）樊友扔下城子逃了，郡县的长官和当地各部族的首领都投降了陆逊。陆逊留用了这些长官，还把金印、银印、铜印分别发给这些部族的首领。接着他打败了蜀将詹晏等和那些有武装的秭归大姓，前后消灭了几万人。孙权就拜陆逊为右护军、镇西将军，封为列侯，叫他屯兵夷陵，镇守峡口（西陵峡口，在今湖北宜昌一带）。陆逊夺下了宜都，麦城的东、南、西三面全是敌人，倒是北面这一路因为曹仁不追赶，勉强可以绕道。

都督赵累就对关羽说："刘封、孟达屯兵上庸，赶快派人突围出去，往西北跑，向他们去求救兵。只要他们能发兵来，就可以守住麦城，等待成都的大军。士兵们有了这个指望，准能安心守城。"关羽问："谁能突围出去？"廖化说："我去！"关平说："我帮你突围，护送一程。"关羽就写了封信，交给廖化，藏妥了。关平带着一支骑兵，开了北门出去。一出了城，就有吴兵上来截住去路，被关平杀了一阵。廖化趁着乱劲，杀出重围，连夜往上庸去了。关平回到城里，关上城门，不再出战。

廖化赶到上庸，见了刘封、孟达，呈上关羽求救的信。谁知道廖化天大的希望落了空，他做梦也没想到刘封和孟达虽然各有各的心思，可是他们在对关羽不满意这一点上倒是相同的。他们推托说："这儿是个山城，四周有不少部族，他们归附我们还没多久，并不心服。要是我们轻易出兵，怕连这儿也守不住。"廖化什么话都说完了，末了，他趴在地下磕头，脑袋磕出血来。他说："你们不发兵去，关将军一定完了！"孟达说："我们就是出去，一杯水也救不了大火。"廖化气可大了，骂他们见死不救，猪狗不如，上马往成都去了。

关羽被围在麦城，时时刻刻盼望着上庸兵到。可就像石沉大海，音讯全无。赵累说："现在内无粮草，外无救兵。不如杀出去，回到西川，再作道理。”关羽说：“我也这么想。”他上了城门楼子，瞭望了一下，又问了问当地的向导：“从这儿往北，地势怎么样？”他们回答说：“都是山沟小道，可通西川。”关羽就准备走这条小道。周仓催他动身，说：“请君侯快走，沿路多多保重。我在这儿死守到底。城可破，头可断，我绝不投降！”有几个跟着周仓的士兵冲天起誓说：“我们绝不投降！”

可是要跑出去也不容易。上次关平帮着廖化冲出去以后，吕蒙下令加紧包围，把四面城门围了个风雨不透。他还怕万一关羽突围出去，也得有个准备，就跟将士们商议，说：“关羽兵少，如果出来，绝不敢走大路。麦城北边有条小道可通西川，他要逃走，一定走这条小道。”大伙儿都同意，就请他下令布置。吕蒙叫朱然带领五千精兵，埋伏在离麦城二十里的北边山坡上，嘱咐他：“关羽的人马要是过来，不可跟他们作战，直等他们过去了，才从后面大喊大叫地追杀一阵，让他们逃去。”他又叫潘璋带领一千精兵埋伏在临沮小路（通往临沮的小路；临沮在今湖北南漳一带）上。

吕蒙这么分头布置，孙权完全同意。为了进一步去打击关羽的军心，孙权从江陵派使者到麦城去劝他投降。关羽一听东吴派使者来，就先跟手下的将士商议怎么对付他，然后叫士兵让东吴的使者坐在筐子里，吊到城头上来。使者见了关羽，说：“真人面前用不着说假话。将军统管的荆州九郡全都丢了，汉中王当然不会高兴。现在您在这儿内无粮草，外无救兵，麦城也不能再守下去。大丈夫不怕死，死并不难，可是死了怎么样呢？吴侯一向敬仰将军，他愿意请将军仍旧镇守荆州，不知道将军能不能归顺吴侯？”

左右将士低着头不说话，关羽皱着眉头，慢慢地理着胡子，半睁着眼睛看了看使者，刚张了张嘴，又闭上了。使者凑上去，说：“将军有什么为难之处，尽管说。”关羽挺了挺腰，说：“吴侯总该知道我的脾气吧。关某一生刚强，不甘屈服。现在兵临城下，叫我投降，哈哈哈哈，真是没见过世面的人的想法。要是吴侯真心求和、愿意订立盟约的话，先退兵十里，才有商量余地。”

使者回去，说关羽愿意投降，要求退兵十里，在南门相见。关羽叫人在城头上竖起长幡和长旗，又做了一些草人扮作士兵排列在城门楼子上。吕蒙果然退兵十里，等候关羽投降。关羽趁着这个机会，带着关平、赵累他们开了北门，偷偷地向西北逃去。为了避免沿路招摇，留下的几百个士兵都解散了。跟着关羽一同走的，才十几个骑兵。初更以后就进了北山，静悄悄地走了二十多里，只听见一阵鼓声，伏兵一齐起来追赶。赵累压队对付敌人。他还以为幸亏敌人动手晚了一步，才给他挡住背后的敌人，好让关平他们向前跑去。他一见敌人不敢再上来，才带着伤赶上关平他们，继续前进。他们好像是被猎人追赶着的小鹿，一面快快跑，一面竖起耳朵，四面听听动静。他们逃出敌人的包围，开始踏上通向西川的小道，往临沮走去。

这时候已经十二月了，天气很冷。赵累对关平说："要是上庸或者成都能有一队兵马在这儿接应我们，我们就可以脱离虎口了。"关平赌气似的说："咱们不能盼望他们，只能依靠自己了！"说着说着，突然一声鼓响，东吴的偏将军潘璋出来截住去路。关羽见了，提着青龙偃月刀过去，大喝一声"滚开！"好像半空中打个霹雳，吓得潘璋的马猛地一蹦，把潘璋颠下马来，跌了个仰面朝天。关羽不愿意多杀人，两腿夹住赤兔马，使劲地往前跑。没防到山路两边的伏兵一齐起来，长钩、套索同时并举，赤兔马被绊倒，栽了个大跟头，关羽翻身落马，跌出两丈以外，连大刀也丢了。他拔出宝剑来，还想杀散敌人，不料一脚踩空，跌到陷坑里，当时就被潘璋的司马马忠逮住了。关平、赵累火速赶来，又被敌人四面围住。他们拼着命打了一阵。末了，赵累死在乱军之中，关平打得筋疲力尽，也给逮住。

马忠、潘璋、朱然他们费了很大的劲，十分小心地把关羽、关平送到吕蒙的大营。吕蒙还想劝他们投降，被关羽骂了一顿。他本来打算把他们押到孙权那边去，可是江陵离临沮两三百里地，谁也保不住半道上不出岔。他就把关羽父子杀了。关羽这年五十八岁。

朱然、潘璋他们到了麦城，用竹竿挑着人头，大声嚷着，叫守城的将士出来投降。周仓上了城门楼子，往下一看，果然是关羽、关平的头颅。他眼睛使劲一睁，眼犄角全裂开了，大叫一声，从城头上跳下去，摔了个粉身碎骨。麦城也给东吴拿去了。

关羽的那匹赤兔马被马忠拿去。吕蒙早就听说它是匹天下闻名的千里马，想把它献给孙权，也可能孙权会赏给他。他这个打算落了空。赤兔马几天不吃，咽了气。大伙儿直叹息。

这次孙权任用吕蒙，杀了关羽，夺取了荆州九个郡，就在公安开庆功会，大赏功臣，尤其是吕蒙。吕蒙的得意劲就不用提了。

献头

孙权开庆功会，大摆酒席。吕蒙说是有病不能来。这怎么行呢？宴会主要是为他开的，他要不来，说什么也没这个理。孙权特地派了一个极隆重的仪仗队，有步兵，有骑兵，有官员，有吹鼓手，沿路吹吹打打，把他接了来。吕蒙一到，文武百官都站起来迎接。按功论赏，吕蒙第一，陆逊第二。孙权叫他们坐在自己身旁。大伙儿开始喝酒。孙权说：“我早想得到荆州，今天才得到了。这全是子明（吕蒙字子明）的功劳。”吕蒙摆摆手，说：“不敢，不敢！”

孙权接着说：“以前公瑾雄略过人，大破孟德，开拓荆州。可惜他死得太早，幸亏有子敬（鲁肃字子敬）接替他。子敬初次见到我，就谈论到建立帝王的大事业。这是我平生第一件快事，也是子敬第一个长处。后来孟德接收了刘琮的人马，兴兵南下，几十万大军水陆并进。当时他们都劝我投降。只有子敬驳斥他们，劝我快召公瑾来，把军队交给他，终于火烧赤壁，大破孟德。这是第二件快事。后来子敬虽然劝我把一些土地借给玄德，这是他的一个短处，可是这一个短处不足损害他的两个长处。子明少年的时候，我就知道他有胆量，不怕艰苦。以后他在军中，用功自学，大有进益。设计定谋可以跟公瑾比一比，就是风度谈论比他差点儿。这会儿破关羽、得荆州，那就比公瑾、子敬更胜一步了。”

说了这话，他亲自斟了一杯酒递给吕蒙。吕蒙趴在地下拜谢。孙权扶他起来，让他接了酒杯。吕蒙拿着酒杯，哆里哆嗦地把酒都漾出来，一霎时脸色变了样，扔了酒杯，慢慢地倒下去，两眼直勾勾的，下巴抖着，不省人事了。孙权和在座的文武百官都慌了手脚，连忙叫手下人把他抬到内室，请医官治疗。吕蒙本来有病，这阵子劳累过度，又过于兴奋，突然中了风。可是人们背地里议论纷纷，很快地就出了新闻，说关云长阴魂不散，要他偿命。

第二天，吕蒙有了些知觉，可还不能说话。孙权拜他为南郡太守，封为列侯，赐钱一亿，黄金五百斤。过了几天，江东出名的医生都请到了，可是谁也治不了他的病。爵位还没封下来，吕蒙已经死了。死的时候，他才四十二岁。

孙权正在伤心的时候，张昭从建业赶来。孙权见他来得这么慌张，不由得心惊肉跳，急忙问他："外面出了什么事儿？"张昭说："外面没事儿，事儿出在这儿。主公杀了关羽父子，刘备怎肯甘休？目前他占领西蜀，得了汉中，兵精粮足，声势浩大，加上诸葛亮、法正、许靖这班谋士，张飞、马超、赵云、黄忠这些大将，他们一得到关羽被杀的消息，必然发兵来报仇。刘备急于报仇，他很可能会跟曹操暂时和解。要是他们联合起来，东吴怎么抵挡得了？"孙权连连顿着脚，说："哎呀！我真是顾前不顾后，没想得这么周全。可怎么办哪？"张昭说："我就为了这件事赶来的。我说，主公不如把关羽的人头献给曹操，算是交了差，让刘备知道东吴杀关羽是曹操主使的。这样，他必然痛恨曹操。他要报仇，就该发兵去打曹操，不会到这边来了。"

孙权听一句，点一点头。马上叫人把关羽的人头装在木匣子里，连夜派使者赶路送到曹操那边去。这时候，曹操已经从摩陂回到洛阳。他一知道孙权打败了关羽，夺取了荆州，就叫徐晃退兵回来，一面表荐孙权为骠骑将军，领荆州州牧，封南昌侯。这会儿见孙权派使者献上关羽的人头，他看了看，又是高兴又是难受。他原来害怕关羽，关羽一死，他可以安心了；可是他对关羽本来有点好感，现在关羽被杀，自己也老了，近来又是多病多痛的，心中觉得空空洞洞地那么不踏实。他半闭着眼睛，想了想，说："孙权这小子要我承担杀害云长的名义，去跟玄德结怨。"他就故意对关羽的被杀表示同情，叫工匠用木头雕了个身子，穿上寿衣，跟人头缝在一起，用安葬诸侯的仪式把他葬在洛阳南门外（就是现在洛阳市关林），叫大小官员送殡，自己还亲自祭奠。

魏王曹操这么隆重地安葬关羽，不但叫孙权莫名其妙，这个消息传到成都，也叫刘备发愣。要说哪，关羽的失败固然由于自己太大意，平日刚愎自用，心高气傲，跟手下的部将不能很好地合作共事，可是不能说跟汉中王刘备和军师将军诸葛亮毫不相干。水淹七军的捷报传到成都的时候，刘备是高兴的。后来又听说关羽把重兵留在后方镇守荆州，还在江边设置烽火台，防备周密，刘备更放心了。直到马良、伊籍到了成都，说麋芳、傅士仁投降了东吴，关羽兵败，失了荆州，大伙儿都震动起来。麋芳的哥哥麋竺脱去上衣，叫左右把他双手反绑了，跪到刘备跟前，请他处罚。刘备亲自给他松绑，安慰他说："你兄弟的事跟你不相干，你不必介意。"刘备待他跟以前一样，可是麋竺自己觉得很害臊，闷闷不乐地害了病。

马良、伊籍来了以后，没多久，廖化也赶到了，报告刘封、孟达不肯发兵相救。刘备愤恨地说："这一来，云长难保了。"他当即派人到阆中去通知张飞会集人马等候命令。可是远水救不了近火，只能干着急。赶到消息传来，关羽父子同时被害，荆州九郡全部失去，刘备听了，差点儿昏晕过去。他不但流着眼泪，还不时地哭出声来。诸葛亮和别的文武百官再三劝慰。他还是吃不下饭，睡不着觉。

刘备十分气愤地说："我跟东吴绝不两立！"正在这时候，探子来报，说东吴把关羽的人头献给曹操，曹操用安葬诸侯的大礼厚葬关羽。刘备不由得发愣，他不明白为什么曹操这么尊重关羽。他问诸葛亮："这是什么意思？"诸葛亮说："孙权要叫大王恨曹操，曹操厚葬云长好叫大王专恨孙权，不去怪他。"刘备说："这个仇非报不可，我一定得发兵去征伐东吴。"

诸葛亮苦口婆心地劝刘备别这么心急。他说："目前东吴盼望我们去打曹操，曹操又盼望我们去打东吴。他们各有各的鬼主意。大王最好按兵不动，先给云长发丧。等到孙权和曹操彼此不和，我们才能出兵。"大伙儿全都同意军师的意见，再三劝告刘备暂时忍耐一下。刘备下了命令，叫大小将士挂孝三天，还拿着关羽的衣冠招魂，在成都城外万里桥边做了一座坟，叫衣冠冢。刘备又让关羽的儿子关兴继承他父亲的爵位。

汉中王刘备给关羽发丧以后，又叨念着要发兵去打东吴。可是诸葛亮以下所有的将军和谋士都认为必须先去探听孙权和曹操两家的情况，然后才能决定发兵去打哪一家。消息传来，孙权不但没有反抗曹操的意思，反倒派使者向曹操进贡。刘备只好压住心头之火，等候机会。

孙权不但向曹操进贡，还上书称臣，劝魏王曹操顺从天命，早日称帝。曹操拿着孙权的信给大伙儿看，自己理着胡子笑嘻嘻地说：“这小子要把我搁在炉火上烤吗？”曹操的心腹左右都说：“汉朝的寿命已经完了。大王功德这么大，天下的人都仰着头等着大王做天子，所以孙权遥远地自称为臣下。上合天意，下顺民情，大王就该登基。难道还有什么可以怀疑的吗？”

朝廷大权在曹操手里，兵权也在他手里，而且他有大功于天下，自己也并不是不想做皇帝。可是他知道汉室虽然衰落，正统的名义还在。他不怕别的，就怕名义不正，人们不会心服。自己要是冒天下之大不韪（韪：wěi；不韪，过失，不对），篡了位，必然会像羽毛搁在炉火上，一燎就完。在他看来，孙权称臣，请他登基，实际上是成心害他。曹操可不上这个当。他说：“如果天命真临到了我，那我就是文王了。”（文王三分天下有其二，还做着殷朝的臣下，他儿子才灭了殷朝做了王，就是武王）

转眼就是公元220年（建安二十五年）正月，自命为周文王的曹操旧病复发，脑袋疼痛。请医服药，没有多大的用处。这时候，他后悔前几年不该杀了华佗，现在这些专治头痛的医生一个也比不上他。他干脆把这些医生都轰出去，还是自己安心休养休养的好。

本是同根生

曹操的病不是像吕蒙那样突然发作起来的。从他在汉中打了败仗回到洛阳，已经很累了。接着，关羽进攻襄樊，于禁七军全部消灭，他的身体就越来越差劲。他一直住在洛阳，还想像邺城一样盖一所供自己休养的宫殿，就开始起造“建始殿”。

起造建始殿的工匠的头儿叫苏越，他要找一棵又高又直的大树作为栋梁。当地有人对他说：“城外有个潭，叫跃龙潭；潭前有个祠，叫跃龙祠。跃龙祠旁有一棵大梨树，高十来丈，笔直，顶上枝叶茂盛，远看像一顶巨大的青龙伞。就怕不容易砍倒。”苏越走去一看，果然是好材料，做宫殿的栋梁正合适。他得到了曹操的同意，就带着工匠去锯大树。苏越想尽可能利用木材，打算锯得低点，先叫工匠刨地，准备齐根锯断。大伙儿刨开了地，先砍树根。被砍的树根慢慢地滋出粉色的水浆来。大伙儿都纳闷儿，说是大梨树出了血了。谁都不敢再砍。

苏越向曹操指手画脚地说了一通。曹操亲自去看了一下，果然有浅红色的血水。当时就有人说：“这棵树已经几百年了，里面有树神，不能砍。”曹操很讨厌这种话。他才不相信什么树神。可是他从跃龙潭回来就病倒了。这就难怪底下人说他得罪了树神。赶到他病得厉害的时候，有些官员还说打醮可以免灾。曹操说：“我在军中三十多年，从不相信怪异。死生有命，何必求神求鬼贻笑大方。”接着他立了遗嘱，大意说：现在天下还没安定，不必遵守古代的制度，安葬完毕就可以除去孝服；将军士兵屯兵在外的不得离开岗位；各地官吏必须各守各位；入殓要朴素，只需穿上平日的衣服，灵柩葬在高陵（在邺城西），坟里不得埋藏金玉珍宝。

曹操的一班左右心腹，如曹洪、陈群、贾诩、华歆、司马懿等一听到魏王病重，一同到了榻前，等候着最后的嘱咐。曹操吩咐手下人把他平日所收藏的名香分给伺候他的一班妇女，嘱咐她们：“生活必须勤俭，要多做女红，做了鞋卖钱，可以自己养活自己。”说了这话，他就不再开口，这几个心腹大臣急于要知道有关朝廷的大事，所说的文王、武王到底怎么办，总该有个明确的指示。曹操连分香、卖鞋这些琐碎的事儿都详细说了，可就不谈今后的国家大事，好像说：“以后的事你们自己干，我就撒手不管了。”这位一生精明、三国时代杰出的政治家、军事家、文学家就这么咽了气，享寿六十六岁。

曹操死的时候，太子曹丕还在邺城，洛阳的军队失了统帅骚动起来。有人主张把消息压一压，暂不发丧。谏议大夫贾逵（kuí）认为这么重大的事情不应当不让大伙儿知道。大臣们同意发丧，派使者到各地去报丧。

青州兵（二十八年以前曹操打败黄巾所改编的军队）自作主张地敲着鼓一批批地散了。大伙儿都说应当马上禁止他们走动，不服从的就该办罪，跑了的应当去征伐。贾逵竭力反对，说：“使不得！”他跟大伙儿商议之后，发给青州兵一种证明，凭着证明，青州兵所到的地方就有当地的官员招待他们。一场骚动才安定下来。

不料一波刚平，一波又起，曹丕没来，曹丕的兄弟曹彰带着一部分兵马从长安赶到洛阳。谏议大夫贾逵是办理丧事的大官，也是洛阳军营的总管。曹彰就问他：“先王的玺绶在哪儿？”明摆着他是想把曹操的大印接过去。贾逵很严厉地回答他说：“一家有一家的长子，一国有一国的太子，先王的玺绶不是君侯您该问的！”曹彰好像斗败了的公鸡似的，只好把翎毛收起，不敢再争了。

在洛阳的文武百官把曹操的遗体入了殓，灵柩运到邺城，由太子曹丕主丧。尚书陈矫说：“应当先请太子即位，免得发生变化。”他们就奉了卞王后的命令，立曹丕为魏王。一天工夫就把即位大礼办好了。第二天，御史大夫华歆从汉献帝那边领到诏书，赶来了。这样，曹丕就正式地继承他父亲为魏王、丞相，领冀州州牧。魏王曹丕尊父亲魏王为魏武王，尊母亲卞氏为王太后。接着，他任命贾诩为太尉，华歆为相国，王朗为御史大夫，其他大小官员各有升赏。王弟鄢陵侯曹彰和别的王弟等都回到自己的封地去（曹丕有异母兄弟二十多人）。只有临淄侯曹植根本没来。有人告发他，说他整天喝酒，使者去报丧，他不但不哭，还把使者骂了一顿，轰出来了。这打哪儿说起？

原来卞氏生了四个儿子，就是曹丕、曹彰、曹植、曹熊。小儿子曹熊早死；三儿子曹植多才多艺，是个才子；二儿子曹彰很有力气，武艺高强，喜欢做将军，因为他胡子是金黄色的，得个外号叫“黄须儿”。曹操就担心黄须儿有勇无谋，不敢重用；曹丕才能比曹植差，可是能要心眼儿。曹操自己是个才子，文学好，早就喜爱曹植，爱他聪明，爱他诗词歌赋都比别人强。当时的一些名士，如杨修、丁仪和丁仪的兄弟丁廙（yì）等都帮着曹植。曹操屡次三番地要立曹植为太子，可是另有一批人，如贾诩、华歆、陈群、贾逵等使着各种花招反对曹植，连宫人和左右伺候曹操的人都得了曹丕的好处，替他说话。曹操也怕袁绍和刘表的下场临到自己家来（袁、刘两家都因为不立长子，兄弟争位，弄得一败涂地），于是立曹丕为魏太子。

曹丕得到了自己被立为太子的消息，高兴得像撒欢的小猫，又蹦又跳，他两手抱住议郎辛毗的脖颈子说：“辛君，您知道我有多么高兴吗？”辛毗把这话告诉了他女儿宪英。宪英叹了一口气，说：“太子是接替君王主持宗庙社稷的，职责多么重大！接替君王，不能不担心；主持国家，不能不害怕。应当担心、害怕的时候，反倒欢蹦乱跳，怎么能长久呢？魏恐怕长不了啦！”

曹丕还怕地位不稳，想尽办法让曹操不喜欢曹植。曹植也真是聪明一世，懵懂一时，他自己太随便，不留神遵守制度。他竟坐着车马私开司马门。监视他的人立刻向曹操报告。曹操气极了，把那个管司马门的大官定了死罪，杀了。他喜欢曹植的心情越来越差了。俗话说，祸不单行。曹植的媳妇又因为违反制度给曹操杀了。曹操定了一条规矩：他家里的人不准穿绣花的绸缎衣服。有一天，曹操从高台上往下瞧，瞧见一个穿绣花衣服的女人，冒了火儿。一问，是曹植的媳妇。曹操说她违反制度，叫她自杀了事。打这儿起，曹植更加心灰意懒，天天喝酒解闷，无聊得很。

曹仁被关羽围攻，连着请求救兵的时候，曹操叫曹植为中郎将征虏将军，派他去支援曹仁。曹丕和跟着他的一批人着慌了，魏王这么重用曹植，对太子是不利的。大伙儿设个计，叫曹丕去向曹植道喜。曹丕送酒食去跟他兄弟一块儿喝酒。曹植本来喜欢喝酒，一喝就喝开了。起先，曹丕给他敬酒，后来向他劝酒，末了简直逼他喝了。曹植给他灌得烂醉，倒在炕上不省人事。正在这个时候，曹操下令召他去，连催几次，曹植不能接见使者，不能接受命令。这会儿曹操可真火儿了，骂曹植酒醉糊涂，自暴自弃。打这儿起，他讨厌曹植和跟着他的一班人。帮着曹植的那些人当中，杨修是个头儿。曹操怕将来可能发生变乱，再说杨修又是袁术的外甥，就借个罪名把他杀了。杨修被杀以后一百多天，曹操死了，曹丕即位为魏王。

魏王曹丕一听曹植侮辱使者，还喝酒骂人，有失孝子的体统，又听说丁仪、丁廙还打算造反，要立曹植为王，他立刻派许褚带着一队卫兵连夜动身赶到临淄，把曹植、丁仪、丁廙等都逮住，押到邺城。曹丕先把丁家两弟兄和两家的男丁一概杀光，然后再亲自审问曹植。

母亲卞太后急得直揉胸膛。曹丕、曹植是一奶同胞，都是她的亲生儿子。她把曹丕叫来，流着眼泪对他说：“你兄弟平生喜欢喝酒，脾气怪僻，性情疏狂，是我平日教养不严。你要是能够体念同胞之情，留他一条性命，我就是死了，也可以闭上眼睛。”曹丕跪着说：“母亲放心！三弟的才学我也喜爱，我怎么能害他呢？我只是警醒警醒他，好叫他改改脾气。”卞太后这才擦着眼泪进去了。

曹丕出来，坐在大殿上，叫曹植进去相见。曹植趴在地下请罪。曹丕说：“我和你虽然是兄弟，可是照国法，我们是君臣。你怎么能狂妄自大，蔑视法令制度？父亲在的时候，你老拿自己的文章向别人夸耀。我怀疑也许有人替你代写。今天我要亲自考考你，限你走七步，作诗一首。如果你真有才能，免你一死；如果不能，足见你一向欺诈，绝不宽容！”曹植说：“请出题目。”曹丕叫他起来，对他说：“我和你是兄弟，就拿兄弟二人为题，可是不许犯着兄弟字样。来吧。”

曹植开始迈了两三步，接着走一步，念一句：

煮豆燃豆萁，
豆在釜中泣；

本是同根生，
相煎何太急！

曹丕听了，掉了眼泪。他母亲卞太后从殿后出来，哭着说："做哥哥的别把你兄弟逼得太紧了！"曹丕慌忙离开席位，说："请母亲放心！"他下了一道命令，说："植弟是我同胞兄弟，我对天下尚且无所不容，何况兄弟？为了骨肉之亲，免他死罪，把他改封就是了。"他就把曹植的封地减少，改封为安乡侯。

曹丕做了魏王，不像他父亲那样为了顾全名义，对汉献帝多少还有点忌惮。他威胁汉献帝可就更厉害了。这个消息传到成都，汉中王刘备大吃一惊，马上召集大臣们商议对付曹丕和孙权的办法。

古籍链接

苏越画成九间大殿，前后廊庑楼阁，呈与操。操视之曰"：汝画甚合孤意，但恐无栋梁之材。"苏越曰"：此去离城三十里，有一潭，名跃龙潭；前有一祠，名跃龙祠。祠傍有一株大梨树，高十余丈，堪作建始殿之梁。"

——罗贯中 《三国演义》

· 推位让国 ·

汉中王刘备召集文武百官商议说："曹操已经死了，曹丕继承为魏王，威胁天子比曹操更厉害。可恨东吴孙权，还向他称臣进贡，真是厚颜无耻。我打算发兵先去征伐东吴，给云长报仇。你们看怎么样？"廖化流着眼泪说："关将军父子被害，不但因为麋芳、傅士仁投降了敌人，实在也因为刘封、孟达不肯发兵去救。应当把这两个人拿来办罪。"刘备心里同意，他早就不满意他们了。可是那个地区的情况也实在复杂。要是孟达一变心，房陵、上庸、西城就都保不住。再说上庸在汉中郡，是属益州的，又不在荆州管辖的范围内。荆州出了事不能记在益州账上。诸葛亮也说："必须妥善处理。太急躁了，容易出毛病。"谁知道这儿不发兵去惩办刘封、孟达，那儿刘封、孟达倒先出了事啦。事情是这么起来的。

孟达因为没发兵去救关羽，心里到底不踏实。刘封又自以为是汉中王的义子，没把孟达搁在眼里。两个人各有各的心事，一直面和心不和的。孟达在这种情况下，早已有了外心。刚巧他的朋友彭羕（yàng）在监狱里自杀了，孟达同病相怜，决定脱离汉中王，投奔魏王去。

彭羕、孟达这两个人，原来跟法正、许靖他们在一起，都是刘璋的旧臣。他们认为刘备能够得到益州，全是他们的功劳，论功行赏，他们的地位应该跟诸葛亮、法正他们一样高。可是孟达仅仅在副将中郎将刘封底下做个部将，彭羕也不过做个治中从事（州的助理，管理文书等）。彭羕是益州广汉人，他做了官，觉得自己是本地人之上的本地人，比外地人更不必说了。他的神气劲儿好像谁都不在他的眼里似的。诸葛亮曾经对刘备说："彭羕这个人狂妄自大，野心不小，恐怕不大肯听指挥。"刘备对彭羕就疏远起来了。没多久，命令下来，把他调出去做江阳太守。

彭羕一听到要把他调到远处去，很不高兴。他到马超那儿，约他一同反对刘备。马超一听他说话不对劲，就故意对他说："您的才能大家都知道，主公一向很重视，我以为您应该跟孔明、孝直他们不相上下，怎么反倒把您调到小郡里去？这不是太叫人失望吗？"彭羕一点不掩盖地骂刘备，说："老东西荒唐透了，还有什么可说的！"他把嗓音放低了，很有把握地说："您发动西凉人马，联络孟达，从外面打进来，我发动本地人在里面接应，夺取益州也不难！"

马超原来是从西凉归附过来的，他老有点怕，怕得不到刘备的信任。这会儿一听到彭羕说出这种谋反的话来，心中大吃一惊，可当时不能反对。彭羕回去以后，马超立即向刘备告发，刘备就把彭羕下了监狱，让他自杀。

彭羕被逼自杀的消息传到孟达那儿，孟达自己知道他的情况跟彭羕一个样。再说刘封又瞧不起他，跟他不和，他就写了一封信给刘备，主要是说：我得不到信任，有力没处用；君臣之间有了猜疑，还不如客客气气地早点走开，各奔前程。他写了这封信，带着他自己的部下四千多户投降了曹丕。曹丕十分重用他，封他为列侯。又把房陵、上庸、西城三个郡合并管辖，称为新城，任命孟达为新城太守，把夺取西南的事情都委托了他。他这个新城太守，实际上只是个空头衔，因为那三个郡还在刘封手里。曹丕派征南将军夏侯尚、右将军徐晃跟着孟达一同去攻打刘封。孟达还先写了封信给刘封，劝他投降。

刘封把孟达给他的信撕了，把送信的使者也杀了。可是这有什么用呢？上庸太守申耽和他的兄弟西城太守申仪都跟着孟达背叛了刘封。刘封孤立无助，打了败仗，逃到成都，向刘备哭诉。刘备恨他不能跟孟达共事，又恨他不救关羽，骂道："你有什么脸来见我？我要是不办你，怎么能叫人心服？"刘封还是跪着求饶。诸葛亮一直担心刘封刚愎自用，不容易管得住，劝刘备不如趁着这个机会把他除了。刘备就叫他自杀。刘封临死，叹息着说："我悔不听孟子度（孟达字子度）的话！"这话传到刘备的耳朵里，他一查问，才知道刘封撕信和杀孟达的使者，倒也替他流了眼泪。就在这短短的一个时期内，孟达、申耽、申仪三个将军投降了敌人，彭羕、刘封被迫自杀，房陵、上庸、西城三个郡全丢了。刘备心头十分恼恨，又因为不断地替关羽伤心，他就长吁短叹地害起病来，只好把征伐东吴的事暂时搁下。

诸葛亮安慰刘备，劝他好好休养。可是谁去安慰诸葛亮，劝他好好休养呢？人们只知道刘备因为死了关羽，失了荆州，心里难受，谁能体会得到诸葛亮的心事比刘备更大，他对于曹丕威胁着汉朝的天下比谁都着急。他老想念着鲁子敬，他们是一致主张孙刘联盟、同心抗曹的知己朋友，可惜鲁子敬年轻轻的四十六岁就死了。到了西川以后，总算有个法正可以谈谈天下大势，可惜他在刘备做汉中王的第二年也死了，活的岁数比鲁子敬还少一岁，真可惜。他跟右将军、巴西太守张益德平日来往比较少。荆州失了以后，前卫的城邑没有了，张益德把着西川的大门；魏兵、吴兵他都得提防，就是安抚或者镇压当地的各部族也够他操心了。后将军黄汉升（黄忠字汉升）跟法正同年死了。左将军马孟起（马超字孟起）因为全家被曹操杀了，一心想报仇，对刘备倒是忠心耿耿的。将军当中要数赵云见识出众，可是他多半忙于练兵，不大谈论国事。诸葛亮好像感觉到有些孤独，他的心情就更加沉重了。他布置了内部的事务，一定要做到足食足兵，一面叫张飞提防东吴和曹魏的进犯，一面派探子去探听邺城那边的动静。消息不断地从邺城传来，叫他坐立不安。原来曹丕正在耍花样要夺取汉朝的天下。

公元220年秋天七月，魏王曹丕带着一支军队到了故乡沛国谯县，正像从前汉高祖回到沛县一样，大摆酒席，请故乡的父老们都来欢聚一番。大伙儿不但有吃有喝，又唱歌，又舞蹈，而且还特别表演了杂技百戏，各种玩乐应有尽有。官吏和父老们一批批地向魏王上寿。酒席越吃越欢，有不少人只恨爹娘没给他们多生一个肚子。魏王曹丕宣布：免除谯县租税两年。大伙儿听了，欢呼万岁。一直闹到太阳下了山，才散席。

仅仅过了一个月，左中郎将李伏上书给曹丕，说："魏应当代替汉，这是上天的旨意。"他还引用了张鲁的一段话说："从前有人劝张鲁去投奔成都，张鲁说，'我宁可做魏王的奴仆，也不愿意做刘备的贵宾。'可见人心所向了。"李伏一个人开了个头，别的大臣也跟着上来了，其中最突出的有魏王侍中刘廙、辛毗、刘晔，尚书令桓阶，尚书陈矫、陈群，黄门侍郎王毖、董遇等。他们都劝曹丕赶快登基。魏王不答应，劝大臣们别这么说。

曹丕越不答应，上书的人越多。太史丞许芝，还有御史中丞司马懿，也都上了书。有一个汉朝的宗室辅国将军清苑侯叫刘若的，约了一百二十人联名上书。一次不行，两次，上书请魏王即位。曹丕还不愿意答应下来。到了十月里，几个重要的大臣，如左中郎将李伏、太史丞许芝、太尉贾诩、相国华歆、御史大夫王朗、尚书陈群等，直截了当地叫汉献帝放明白点，把皇位让给曹丕。汉献帝当初以为曹操一死，他可以自己掌权，寿命也可能长些，就把建安二十五年改为延康元年。哪儿知道这些大臣逼着他下诏书，让位给魏王。汉献帝很识时务，反正少说话，多磕头，错不了。他就下了诏书，大意说：

从我即位以来到今天，三十二年了。天下动荡，万民遭殃。汉朝气数已尽，魏应当代汉。这是天意，也是民意。现在我把玉玺让给魏王，千万不可推辞。

曹丕立即推辞，上了个奏章，说自己无德无才，不敢接受玉玺。汉献帝只好再下诏书。怎么说呢？好在能写文章的大臣有的是。大笔一挥，第二道诏书又下来了，大意说：

唐世（帝尧一代也称唐世；尧不传位给儿子丹朱，而传位给舜）衰落，天命在虞（帝舜也称虞舜；舜不传位给儿子商均，而传位给大禹，也称夏禹）；虞氏衰落，天命在夏。可见朝代有盛有衰，天命在于有德。自古以来，都是这样。请魏王千万不可推辞。

曹丕还怕后世的人说他篡位，跟华歆他们商议一下，又推辞了。大臣们只好再替汉献帝起个草。第三道诏书又下来了，大意说：

天命不在于一个人，帝王不属于一个姓。从古以来，都是这样。汉朝气数已尽，天命不能推辞，人民的愿望不能违背。请魏王接受玉玺。

这第三次的诏书照旧被推辞了。接着，又要了个新花样。这一批捧魏王的人逼着汉献帝在繁阳（在许都南）造了一座高台，叫作“受禅台”，择个日子，隆重地举行皇上推位让国的仪式。让大臣们和全国的人都知道汉朝的皇位是汉献帝自愿让给曹丕，而不是曹丕夺过来的。

曹丕受禅登基，称魏文帝，追尊他父亲曹操为武皇帝，改汉延康元年为魏黄初元年。改相国为司徒，御史大夫为司空。封华歆为司徒，王朗为司空。大小官员都有升赏。大赦天下。

十一月，废汉献帝为山阳公（山阳在今河南修武一带）。据说，古时候帝尧禅位给帝舜，还把两个女儿嫁给他。魏国的大臣们告诉山阳公，说他学帝尧就要学得像个样儿，干脆把自己的两个女儿也嫁给曹丕为妃子。这事很快就办好了。曹丕派人到洛阳建造宫殿，接着就迁都洛阳，改许都为许昌。

公元 221 年三月，曹丕做皇帝的消息才传到蜀中，一时谣言纷纷。有的说，曹丕谋王篡位，早把汉帝杀了；有的说，汉帝没死，可是充军到什么山里去了。大伙儿都相信汉帝已经死了，谋王篡位哪儿有不死人的道理？汉中王刘备一听到这个消息，据说哭了，还哭得死去活来，准备通告天下，大规模地给汉献帝发丧。

东征孙权

汉中王刘备下了命令，吩咐文武百官一律穿孝三天，遥远地对着许都祭祀汉帝，追尊他为孝愍皇帝（愍：mǐn）。蜀中的一班文官武将都劝汉中王继承孝愍皇帝，即位为汉帝。汉中王当然不能答应。就有不少人耍花样，说天象显示了吉兆，禾稻结了双穗，黄龙在武阳（在今四川彭山一带）出现。蜀中官员纷纷上书，劝汉中王顺从上天，顺从下民，赶快即位，以安天下。

一般的官员上书以后，接着出名的大臣也上书了，其中有太傅许靖、安汉将军麋竺、军师将军诸葛亮、光禄勋黄权等。他们都说："曹丕篡位，覆灭汉室，杀戮忠良，天地不容。现在上无天子，海内人心惶惶，忠臣义士向谁效忠？大王是孝景皇帝中山靖王之后，在汉中为王，理应继承孝愍皇帝即位，这是上天的旨意。"刘备不再推辞。他们就订立礼仪，在成都武担造了高台，祝告天地，共同立汉中王刘备为皇帝，后来称为汉昭烈帝，历史上也叫先主或者汉主。从那年（公元221年）四月起，改元为章武元年。大赦天下。

昭烈帝拜诸葛亮为丞相，许靖为司徒，张飞为车骑将军，立刘禅为太子，娶车骑将军张飞的女儿为皇太子的妃子，立皇子刘永为鲁王，刘理为梁王（那时候蜀汉并没占领鲁、梁等地，鲁王、梁王只是封号，没有土地）。

到了七月里，昭烈帝又想起关羽被东吴杀害终究是个大耻辱。关羽已经死了一年零七个月了。刘备早想替他报仇，这一年零七个月的日子真不好挨，他闷闷不乐地曾经害过病。这会儿他做了汉帝，就准备发动大军去征伐孙权。有一天，昭烈帝在朝堂上向大臣们商议发兵。有一位将军起来反对，说："不可，不可！"昭烈帝听了，很不乐意。一看，原来是翊军将军赵云，就问他有什么高见。

赵云说："国贼是曹操，不是孙权。只要灭了曹魏，孙权自然服了。现在曹操虽然死了，他儿子曹丕篡位，人心不服。我们应当趁着这个机会，早点去夺取关中，屯兵大河（就是黄河）和渭河上游去征讨逆贼，关东的忠臣义士必然带着粮食，赶着车马来迎接王师。我们不应当放弃曹魏去跟东吴交战。"

别的大臣也有出来阻拦的，昭烈帝可都不听。广汉绵竹有个名士叫秦宓（mì），因为州郡的长官推荐他去做官，他都推辞了，大伙儿都尊他为处士。秦处士一听到昭烈帝要去攻打东吴，就上书说明利害，主要是说跟东吴作战一定没有好处。昭烈帝怒气冲冲地说他有意动摇军心，把他下了监狱。原来诸葛亮和黄权也都同意赵云的意见，反对昭烈帝放弃主要的敌人去进攻东吴。昭烈帝一向尊敬这几位大臣，他们即使说几句不顺耳的话，昭烈帝也能克制自己不去难为他们。他就指桑骂槐，把秦宓下了监狱做个警诫，叫别人不再去反对他。诸葛亮不愿意跟昭烈帝当面顶撞，只说秦宓是益州的名士，为了重视文教，请昭烈帝特别宽容他。昭烈帝同意了，把他从监狱里放了出来，可是以后别的人就不敢不顺着昭烈帝说话了。

这么着，昭烈帝决定发兵东征。他留着诸葛亮辅助太子镇守成都；留着骠骑将军、凉州州牧马超和他的叔伯兄弟马岱镇守凉州；还有镇北将军汉中太守魏延镇守汉中，挡住曹魏那一头；派侍中马良去联络武陵五溪的部族（现在湖南、贵州交界处是古代五溪各部族居住的地方），最好能叫这些部族派人马来帮助蜀汉，至少不要去帮助东吴。这么布置完了，昭烈帝自己带着赵云、黄权、冯习、张南等将军，率领大军一同出发。同时派使者去约车骑将军张飞，叫他带领兵马从阆中出发，到江州（在今重庆）会齐。

张飞正跟昭烈帝一样，一心要替关羽报仇，这一年多来，脾气尤其急躁。他跟关羽志同道合，但两个人待人接物可不一样。关羽对待士大夫很傲慢，还老瞧不起别的将军，对小兵他可十分体贴。张飞正相反，对待士大夫很有礼貌，可是对小兵一点也不爱惜，甚至动不动就用鞭子抽打。昭烈帝曾经劝诫他说："你对手下的人太严厉了。他们都是壮士，你打了他们，又让他们在左右伺候着你。这么下去，我怕你可能惹出祸来。"张飞听了，觉得这些话都很对，可就是没能改。

这会儿昭烈帝派使者去通知张飞征伐孙权，张飞马上准备带去一万兵马。兵马出发的前一天，他又发了脾气，还把帐下的将士张达、范疆抽了几鞭子。这两个人气愤不过，当天晚上趁着张飞睡着的时候，把他暗杀了。他们割下他的脑袋，驾着一条小船顺流而下去投奔孙权。

张飞营里的都督慌忙上表，派使者去见昭烈帝。昭烈帝一听到张飞营里的都督有奏章送来，就失神似的叹息着说："哎呀，益德完了！"（表章应当由张飞自己上，现在由都督越级上表，刘备就知道张飞一定死了）看了表文，果然是报凶信的。昭烈帝放声大哭。大臣们尽力劝慰他。他更加痛恨东吴，把关羽、张飞的仇恨都记在孙权账上。当时就派将军吴班带领阆中的兵马，按照原来的计划向东吴进军。张飞的大儿子叫张苞，早死了，二儿子张绍，还有关羽的儿子关兴，两个少年要求同去杀敌，为父报仇。昭烈帝同意了。两路大军在江州会齐，然后水陆并进，浩浩荡荡向巫县（在今重庆巫山）打过去。

警报到了东吴，孙权立刻召集百官，对他们说："刘玄德即了帝位，率领几十万大军，亲自打过来，声势十分浩大。怎么办？我看不如向他求和，你们看怎么样？"大伙儿都慌了，孙权马上派使者去向昭烈帝求和。

孙权一面派使者去见昭烈帝，一面吩咐部将李异、刘阿他们防守巫县。这时候，孙权已经迁都到鄂城，把鄂城改名为武昌，诸葛瑾接替吕蒙为南郡太守，镇守公安。蜀兵已经向巫县打过来了。诸葛瑾的所在地公安处在巫县和武昌之间，武昌离公安比公安离巫县远。为了争取时间，诸葛瑾就派使者去见昭烈帝，给他一封信。诸葛瑾也听到曹丕篡位，汉献帝被杀，汉中王即了位，他就称刘备为皇上。那信上说：

> 皇上跟关云长再亲也亲不过先帝（指汉献帝）；荆州这么一块地方，再大也大不过海内（指全中国）。谁是最大的敌人？应当向谁报仇？这个道理按说是容易明白的。请皇上三思。

昭烈帝不听诸葛瑾的劝告，也不答应孙权的求和，这也不必说了。诸葛瑾可因此被人说坏话，受了冤屈。他劝告昭烈帝及早回头，不要放过曹魏来跟东吴作战，本来是一片好意。万没想到有人秘密地向孙权告发，说现在刘备兵马多，势力大，诸葛瑾派心腹去联络刘备和他的兄弟诸葛亮，准备投降了。没过几天，外面议论纷纷，都说南郡太守变了心。镇西将军陆逊屯兵夷陵，也听到了这些议论。他马上上个奏章，担保诸葛瑾绝无此意，请孙权在别人面前替他分辩。

孙权回了陆逊一封信，说：

> 子瑜（诸葛瑾字子瑜）和我相处多年，情义犹如骨肉，互相有深刻的了解。他这个人，不讲道理的事不干，不合礼义的话不说。以前玄德派孔明到东吴来，我曾经对子瑜说过："您跟孔明，同胞手足，而且做兄弟的跟着哥哥，也合乎道义。您何不把孔明留下？孔明要是留在这儿，我就写信给玄德向他说明。我猜想玄德是不会不答应的。"子瑜回答我说："我兄弟已经投了别人，名分都定了。按道义说，也不该心怀二意。我兄弟不留在这儿正像我不到他那边去一样。"他这话就好比对天起誓。现在他怎么会改变呢？上次有人上表给我，那是胡说。我已经把原表封着寄给子瑜，还给了他一封亲笔信。我跟子瑜的交情是在心里，不是别的人所能拆得开的。我知道您很关心这件事，就把您的表章封着寄给子瑜，让他也知道您的心意。

接着，使者回来，说刘备一点没有讲和的意思，西边已经打起来了。孙权皱着眉头说："唉！玄德不答应讲和，江东太平不了啦。"大伙儿正在焦急的时候，巫县方面来了报告：李异、刘阿他们被蜀汉的将军吴班、冯习打败，还败得很惨；巫县丢了，秭归也守不住，蜀汉这一路的兵马就有四万多人；还有武陵各部族的首领，听了蜀将马良的话，接受了大印，派人马去帮助刘备。

没几天工夫，又来了报告：蜀兵已经进了秭归。孙权知道求和的希望完全没了，他就拜镇西将军陆逊为大都督，带着朱然、潘璋、宋谦、韩当、徐盛、鲜于丹、孙桓等将军，率领五万人马，赶去抵抗蜀兵。蜀兵这一路已经够叫孙权着急了，他还怕魏文帝趁火打劫，发兵南下。两路夹攻，那怎么受得了？他合计下来，只好西拒蜀汉，北投曹魏了。

北投曹魏

孙权是能屈能伸的。昭烈帝不让他求和，他就去投靠魏文帝，自己又称为臣下；用极谦卑的字句上了一个奏章，派使者到洛阳去朝见魏文帝，还把左将军于禁带去，送还给魏文帝。大臣们都向魏文帝贺喜，欢呼万岁。

魏文帝曾经问过大臣们："刘备会不会替关羽报仇去打孙权？"大伙儿都说："不会。蜀是小国，就数关羽是个出名的大将。关羽兵败身死，国内起了恐慌，哪儿还敢出去攻打别人？"侍中刘晔可不同意这种估计。他说："蜀虽然弱小，刘备正在发愤图强，他想用兵来显示自己的威武。再说，关羽跟他，从名分上说，他们是君臣，从情义上说，好像父子一样。关羽死了，要是刘备不发兵替他报仇，他们的情义就算是有头没尾。我想刘备不会这么干。"

这会儿孙权派使者来投降，刘晔又有了不同的意见。他说："孙权不会无缘无故地要求投降，一定是因为国内有了急难，才来投靠我们。他前年杀了关羽，这会儿刘备很可能大规模地向他进攻。他外面来了强大的敌人，内部人心惶惶，又害怕中国（魏自称为中国）。我说趁着他们打仗，我们就向东吴进攻，一定能打胜仗。当今天下三分，中国占十分之八，吴和蜀仅仅各保一州（吴的主要地盘是扬州，蜀的主要地盘是益州）。一个靠着大江当作边防，一个靠着高山当作屏障，有急难互相帮助，这是这两个小国的好处。现在他们互相攻打，这是天叫他们灭亡。皇上应当趁热打铁，立刻发兵，一直渡过江去袭击东吴。这样，蜀兵攻打东吴的西边，我们袭击东吴的北边，用不着一年半载，就可以把东吴灭了。东吴一亡，西蜀就孤立，也长不了。”

魏文帝说：“人家已经称为臣下来投降，我们反倒去袭击他，这不是叫天下人不来归向我们吗？”他不听刘晔的话，终于接受了东吴的投降，殷勤地招待使者，还感谢他把于禁送回来。于禁的头发、胡子全都白了，面色干枯，好像有病的样子，他见了魏文帝直磕头，又是眼泪又是鼻涕地哭得很伤心。魏文帝拿荀林父和孟明视的故事安慰他（晋国的大夫荀林父被楚国打败，晋景公仍旧重用他，后来征伐赤狄有功；秦国的大夫孟明视打了败仗，被晋国逮去，又放回来，秦穆公仍旧重用他，建立霸业），拜他为安远将军，叫他休息几天，再去谒见高陵（在邺城西，魏武帝曹操葬在高陵）。魏文帝跟于禁当面说的比唱的还好听，可是他预先派人在高陵厅堂的墙壁上画了关羽打胜仗，庞德愤怒不屈，于禁趴着求降的图画。于禁一见，好像当头打了一个闷棍。他不恨魏文帝捉弄他，只恨自己没早点死，又悔又恨，就病死了。

东吴的使者要求回去，魏文帝派太常邢贞为使者带着诏书到东吴去封孙权为吴王，还给他九种最尊贵的赏赐，就是所谓“九锡”。这是因为魏文帝有他的难处。光是兄弟之间的事，已经够他操心的了。魏文帝有曹彰、曹植等十多个皇弟，原来都封为侯，这会儿除了安乡侯曹植减少封地，改封为鄄城侯（鄄：juàn）以外，其余各升一级，一概加封为公，还怕他们当中有人不满意。国内的老百姓哪，也不是容易对付的。这几年来，遭了旱灾，还有虫灾，老百姓受冻挨饿，难过日子。河西（指黄河以西的广大地区）、西平（郡名，在今青海西宁一带），都发生了叛变，还得派军队去镇压，更不要说还得有强大的军队去对付胡人和羌人了。里里外外都有困难，不当家不知道油盐酱醋贵，在这种情况下，魏文帝认为还是去拉拢孙权的好，这才封他为吴王，还加了“九锡”。

邢贞到了武昌，东吴的几个大臣不愿意孙权真做曹丕的臣下。他们主张孙权应当自立为上将军，不应当接受曹魏的封号。孙权为了有利于对付蜀兵的进攻，暂时做做曹丕的臣下也无所谓。他对大臣们说：“从前沛公也受过项羽的封号做了汉王。为了应付当前的局面，变通一下，又有什么不可呢？”他就带领文武百官到都亭（在城门内）等候使者。邢贞进了城门，见到了迎接他的人，自己以为是朝廷的天使，还是仰着脑袋，挺神气地坐在车上。东吴的大臣们见了，都很气愤。老大臣长史张昭上去责备邢贞，说：“礼应当互相尊敬，法不能不严肃。你这么妄自尊大，目中无人，难道你看到了江南软弱，以为我们手无寸铁了吗？”邢贞脸红了，马上下了车，跟孙权相见。

大伙儿进了朝堂，邢贞宣读魏文帝的诏书，发给大印，封孙权为吴王。孙权面北拜受。中郎将徐盛见了这个场面，又气愤又伤心。他流着眼泪对同事们说：“我们不能发愤图强，舍出性命，为国家夺取许、洛（许昌和洛阳），兼并巴、蜀，以致让我们的主公弯着身子接受人家的封赏。这不是我们的耻辱吗？”大伙儿全都掉下眼泪来。孙权可不是这么想。他有他的主张，也有他自己的忍耐劲儿。他在邢贞面前，显出很高兴的样子，还大摆酒席招待他，好让邢贞知道他是很感激魏文帝的。

邢贞回去的时候，在路上对他的从人们说：“东吴的将相这个样儿，终不会久在人下！”

吴王孙权接着就派南阳人中大夫赵咨上洛阳去拜谢魏文帝。魏文帝觉得很得意，亲自接待赵咨，跟他聊聊天儿。他问：“吴王是怎么样的一个人？”赵咨说：“英明、厚道、足智多谋、又威武又机智，是个了不起的君主。”魏文帝微微一笑，请他详细说说。赵咨就说：“他从平常人当中能挑出鲁肃，从队伍当中能选拔吕蒙，这是他的英明；拿到了于禁，不去害他，这是他的厚道；不展开血战就夺取了荆州，这是他的足智多谋；占据了三州（荆州、扬州、交州），像老虎那样注视天下，这是他的威武；他能哈着腰归顺皇上，这就是他的机智。”魏文帝点了点头，又问：“吴王也研究学问吗？”赵咨回答说：“吴王指挥战船一万条，带领兵马一百万，任用品格高、能耐大的人，他是够忙的了，可是他稍有一点工夫，就阅读经史，采取精华，不像书生那样只知道咬文嚼字、寻章摘句罢了。”魏文帝自己喜欢舞弄文墨，一听赵咨提起书生寻章摘句，不由得觉得好像是在讽刺他。他也不介意，就又问他：“要是我去征伐吴国，行不行？”这一问，就不像聊天了。

赵咨把脸一沉，说：“大国有征伐的军队，小国也有抵御的办法！”魏文帝还想吓唬他，说：“吴国怕不怕魏国？”赵咨回答得挺干脆，他说：“吴国有一百万兵马，又有大江、汉水为城池，何必怕人！”魏文帝听他说话这么厉害，知道他是个能人，就和颜悦色地问他：“吴国像大夫这样的能人有几个？”赵咨说：“聪明突出的，八九十人，像我这样的人，那就车载斗量（多得可以用车载、用斗量），数也没法数了。”

魏文帝很佩服赵咨，叫大臣们好好招待他。不过他只是佩服赵咨口才好，能说大话，可并不相信东吴真有什么了不起的。没过了多久，他派使者到东吴，向孙权要求特种的礼物，叫他进贡。他所要求的礼物当中有雀头香（就是香附子）、大贝、明珠、象牙、犀角、玳瑁、孔雀、翡翠、斗鸭、长鸣鸡等。东吴的大臣们见了单子，都火儿了，他们说：“荆州、扬州进贡都有一定的规章。魏要求这些供珍玩的礼品，根本就不合理。我们不应该给他！”

吴王摆摆手，说：“别这么说。我们西北出了事（指跟蜀兵交战），何必再得罪人家呢？再说他所要求的这些东西，对我们说来，简直跟瓦石那么不值钱，我们有什么舍不得给的呢？他要求这一类的玩意儿，也可见他的为人了，还能跟他讲什么理呢？”吴王就照单子把这些东西全送了去。

魏文帝收到了这些额外的礼品，果然高兴了。当年年底就要封吴王的太子孙登为万户侯。吴王上书，说是因为孙登年幼，推辞了。封侯虽然推辞了，还派了吴郡人沈珩（héng）上洛阳去谢恩，献上一些土产。魏文帝一见吴王这么小心谨慎地讨他的喜欢，一定是害怕他，就问：“吴王担心我向东打过去吗？”沈珩说：“不担心。”“为什么？”“因为订过盟约，言归于好，所以不担心，可是如果魏违背盟约，东吴也有点准备。”魏文帝还想叫吴王打发太子到洛阳来做人质，他故意试探一下，说：“听说吴太子就要来了，是不是？”沈珩不能说是，可也不好说不是，就说：“我在东吴还没听说过这一类的话。”魏文帝点点头，说他回答得很好。

沈珩回来，正像上次赵咨回来一样，只觉得魏文帝并不是真正跟东吴和好。他对吴王说：“北方不可靠，订了盟约，也不一定能遵守。还是靠自己要紧。东南也可以立国，主公应当顺从上天，顺从下民，改年号，即帝位。”吴王孙权嘴里不说，心里同意。可是在这个时候，最紧要的是怎么样对付蜀兵。蜀兵又步步紧逼，有不少军队已经到了夷陵地界。东吴将士们个个摩拳擦掌，要跟蜀兵大战一场，比个上下高低。可是大都督陆逊一直按兵不动，谁都不知道他葫芦里卖的是什么药。

守夷陵

昭烈帝也算是个打仗的行家，一辈子在军营里过生活。他知道要打败东吴，不能单靠兵精粮足，还需要有旺盛的士气，将军和谋士们总得意见一致，同心协力，才能有打胜仗的把握。军师将军诸葛亮对于东征孙权，一向不赞成，昭烈帝心里明白，所以请他留在后方，镇守成都。翊军将军赵云早就说过："国贼是曹操，不是孙权。"为了这个缘故，昭烈帝带着他一块儿去，又不想带他去。大军到了江州，张飞已经死了，阆中也没有人主持，昭烈帝就叫赵云留下，镇督江州，作为联络前方和后方的中间站。现在跟着他一同进入秭归的谋士和将军中间，能拿事的要算治中从事黄权了。

昭烈帝急于要从秭归出发，再往东进兵。黄权拦着说："吴人又勇敢又能打仗，万万不能小看他们。我们的水军顺流而下容易，退回来可就难了。当中不是没有危险的。我想了又想，不如让我做个先锋往江南进攻，皇上在后面接应，千万不能自己轻易去冒险。"昭烈帝觉得黄权的话有道理，可是觉得他这么顾前顾后的，胆子也太小了。他封黄权为镇北将军，叫他留在江北，统管江北的军队，防御魏兵，自己率领大军，由江南进兵。水军沿江扎了水营，配合岸上的大军，准备随时夹攻吴兵；岸上的大军翻山越岭，到了夷道猇亭（古地名，在今湖北宜都一带）。

昭烈帝观察了地形，把陆地的大军分为两路，一路埋伏在山谷中，一路联络水军由正面去向敌人挑战。他这么三面布置停当，只向东吴挑战，不再向东进兵。将士们还不明白，他们出兵没几个月工夫，就进去了五六百里地，没碰到太大的抵抗就从江州到巫峡，从巫峡到秭归，又从秭归到了夷道，怎么到了猇亭就停下来了呢？他们哪儿知道昭烈帝的计策，他布置了天罗地网，像渔夫那样静静地等着，但等东吴大军过来，三路夹攻，要把他们一网打尽。哪儿知道东吴的大都督陆逊按兵不动，不出来跟他交战。

东吴的将军朱然、潘璋、韩当、周泰这些人都是打仗的能手，立过大功，有的是孙策的部将，有的还是孙坚手下的人。他们对于年轻的书生陆逊做了大都督这件事，早就不服气。吴王孙权拜陆逊为大都督的时候，给了他一把“尚方宝剑”，对他说：“有不听号令的，先斩后奏！”他还说过：“京城里面的事由我主持，京城以外，一切由大都督做主。”因此，这些将军们才不敢不听陆逊的指挥，可是内心里还是瞧不起他，说他胆小，说他只知道放弃土地，不敢出去拼个输赢。他们眼看着蜀兵得寸进尺，步步紧逼过来，已经到了夷陵地界，再也容忍不住。大伙儿要求陆逊让他们出去抵抗一阵。

陆逊对他们说：“敌人兵精粮足，声势浩大，再说刘备报仇心切，锐不可当。我们要是不顾前后去跟他硬拼，必然吃亏。打一个败仗事小，损失了兵马，整个东吴没法再抵抗，那就不堪设想了。我有意让敌人进来，他们占领的地方一多，不但分散了兵力，而且供应粮草的道儿也就拉长了。还有，就是把他们进攻的年月拉长，只要一年半载地拖下去，远道而来的蜀兵多消耗粮食不必说了，他们路远迢迢地到了夷陵，行军已经够疲劳了。他们急于进攻，我们保存力量，不跟他们打，日子一长，蜀兵一定会松懈下来。我们等待时机，到时候就能够打败他们。”

将军们听了，不好跟陆逊争论，暗地里还是摩拳擦掌地要跟蜀兵大干一场。大都督手下有一个将军特别勇猛，他是吴王孙权族中的侄儿安东中郎将孙桓。他做了前锋，带领一支人马首先到了夷道，守在那儿。刚巧蜀兵赶来叫战，他立刻出去对敌，打退了蜀兵，还追杀一阵。没想到人家是故意引他出来，霎时间四面八方全是蜀兵。幸亏孙桓有能耐，拼死杀开一条血路，逃回城里，再也不出来了。蜀兵围住夷道，孙桓连夜派人突出重围，向陆逊求救。陆逊还是按兵不动。

将士们带着责问的口气对陆逊说：“孙安东是公族，现在被敌人围住，为什么不去救他？”陆逊回答他们说：“夷道城高粮足，安东又得人心，一定守得住，你们不必替他担心。等到我出兵打败刘备，安东方面的包围不去救，也自然解除了。”将士们就说：“那么就请下令去打刘备。”陆逊说：“那要看情况，现在还不是时候。”

这些将军当中要数潘璋最粗鲁了。他打仗是没说的，勇猛得很，老立大功，可有个毛病，就是不大遵守纪律。他撇了撇嘴，粗声粗气地说：“打又不打过去，救又不去救，就这么按兵不动，天天待下去，难道刘备自己会跑？请下命令，我拼着命也得轰走刘备！”别的将军都点了点头，有的还说：“潘将军说得对。请下命令，我们这就出去！”陆逊突然把脸一沉，一只手捏着宝剑的把儿，很严厉地说：“刘备天下知名，连曹操都怕他。现在他带领大军进入我们的地界，是我们强大的敌人，怎么也不能小看他。我虽然是个书生，但接受了主上的命令，你们就得服从。主上所以委屈诸君跟着我，就因为我有可取的地方，能够忍受侮辱，挑得起重担。我挑着重担，怎么能推辞呢？你们都知道军令如山，千万不可违犯哪！”

潘璋红着脸，连忙赔罪认错，别的人也都低着头连连说：“是，是！”大伙儿这才不敢再言语了。

昭烈帝从巫峡到夷陵地界扎了几十个大营，供应军用的和运粮的道儿就有七百多里地。他以冯习为大督，张南为前部督，跟陆逊相持了六个月，陆逊始终不出去跟他交战，连孙桓被围都不发兵去救。昭烈帝耐着性子等着等着，一直到了六月底，他再也耐不住了。再说他认为陆逊究竟是个王孙公子，年轻的驸马爷（陆逊是孙策的女婿，孙权的侄女婿），他仔细探听了吴军的情况，将军们都怪陆逊胆子小，大多不服他的指挥。上次关羽打了败仗，失了荆州，大半是出于陆逊的计策，可是别说是别人，就是东吴的将士也只知道那是吕蒙的功劳。话虽如此，昭烈帝行军仍处处小心，他宁可把陆逊当作老练的军事家看，这才三面布置埋伏，等了他半年，好像钓鱼的人屏住气等鱼来上钩。从一月到六月底，足足等了半年，乖乖，鱼儿不上钩，怎么办？

火烧连营

昭烈帝派吴班带着几千人在平地上扎了营，耀武扬威地在吴军关前叫战，大声嚷嚷地要吴兵出来尝尝刀枪的滋味。东吴的将士耐着性子，不理他们。有些蜀兵开始骂街，有的甚至脱了衣服，光着上身，干脆躺在树底下乘凉。韩当、徐盛、潘璋他们这几个东吴的将军见了，气得直发抖，脸皮都发了青，鼻翅一扇一扇地去见陆逊，嚷着说："真气死人！"这一回潘璋憋着一肚子的火儿，躲在韩当和徐盛的背后，净喘气，不开口。陆逊说："你们怎么啦？"

韩当说："刘备手下有个将军，叫吴班，他带着几千个士兵在平地上扎营，正对着我们。这明明是不把我们放在眼里。他们还提高嗓门儿对着我们直骂街，说我们不敢出去，骂我们是胆小鬼，是狗！他们这么骂下去，我们的耳朵也受不了！"

陆逊点了点头，又是正经又像开玩笑似的说："那你们就捂住耳朵，别理他们！"他接着向将军们解释，说："我早就看了地形，蜀兵在平地上扎营的才几千人，可见前面山谷里全是伏兵。吴班大声嚷嚷地骂我们，更可见得是要引我们出去。我们怎么也不能上这个当。蜀兵占领山头，居高临下，我们上去进攻，一定吃亏。可是他们翻山越岭地过来，伏在山谷里腾不出地方来，兵马又多，挤在树林子的岩石当间，也长不了，到时候，他们只好出来。那时候我自有办法收拾他们。现在你们必须鼓励士兵加紧防守，千万不可疏忽。”将军们听了，还是不明白，他们总以为陆逊究竟年轻，胆儿小。

过了三天，蜀兵从山谷中出来，吴兵呆呆地瞪着眼睛说：“险些上了圈套。”陆逊对将士们说：“我所以不听从诸君去打吴班，就料到刘备有这一招。现在伏兵已经出来，我们就可以偷偷地躲到山谷里去了。”他就派一部分人马绕到猇亭的后面去。

昭烈帝因为等了半年，叫人上去骂街，人家还是不出来，“安排香饵钓鳌鱼”的计策行不通，再等下去，日子越久，耗费的粮食越多，他就叫伏兵从山谷中出来，战船里的士兵也都上了岸，三路兵马并成一路，准备过了夏天，到秋季来个总攻击，就在沿江一带安营下寨，拿树木编造栅栏。因为天气热、太阳毒，营寨大多扎在低洼的多草木的险要地区，还用树木连枝带叶地搭了无数的“凉棚”。

侍中马良已经从武陵带着五溪的首领沙摩柯和一支人马到了。他对昭烈帝说：“树栅连营，就水歇凉，好是好，可有一件，万一东吴用火攻，怎么办？”昭烈帝说：“如果为了避暑，把军营扎在树林子里不是更凉快吗？我们离开树林子，沿江扎营，也是为了防备这一点。现在东吴更不能用火攻了。你想，从北岸烧过来吧，大伏天哪来的西北风？从南岸烧过来吧，他们得先占领南岸的树林子的南面，要烧先烧树林子，他们怎么能够穿火过来？再说我们的军营并不挨着树林子，何必怕火攻呢？”马良和别的将士们这才放心了。

到了闰六月，昭烈帝还没发动进攻，那边陆逊倒先准备动手了。将士们都说：“要打刘备，早就该动手了。现在蜀兵已经进来了五六百里地，相持了七八个月，一切主要的关口要道，他们早已布置了防御。他们不打过来已经上上大吉了，我们打过去，一定没有好处。”陆逊说：“刘备老奸巨猾，阅历丰富。他发兵来的时候，一定考虑周到，我们不能跟他对敌。到了今天，他们在这儿待了这许多日子，一直占不到便宜，士兵疲劳，精神沮丧，他也想不出好主意来。我们要打败蜀兵，是时候了。”他一面写信给吴王孙权，说明可以打败敌人的一些道理，一面派鲜于丹带领一支兵马先向连营试探一下，叫韩当和徐盛在后面接应。

鲜于丹带着几千人马偷偷地绕到蜀营附近的地方，突然一阵鼓声，冲杀过去。万没想到他们才冲了一百来步，就被木栅挡住。大伙儿正想拔去木桩，搬开鹿角，蜀兵已经由左右两旁出来厮杀。霎时间，临近几个连营里的将军一齐杀到，吴兵死伤了一大半，鲜于丹再也抵挡不住，拼死逃跑，正碰上胡王沙摩柯从横里过来，向他射了一箭，中了肩膀。幸亏韩当、徐盛的一支兵马赶到，救出鲜于丹，带着残兵败将逃回吴营，向陆逊请罪。

陆逊说："这不是你们的过失，是我要试试敌人的虚实和连营的情况。"韩当说："蜀兵强大，难以攻破；硬要打过去，恐怕白白损失兵马。"鲜于丹说："我们原来想突然攻他一个营，没想到他们的营寨一个挨着一个，一眨巴眼的工夫，各营一齐杀到，我们只好退回来了。"陆逊说："我知道攻打连营的办法了。试了一次，我们就更加有了把握。"

他召集将士们，向他们说明火攻的计划。首先派韩当带领五千人马埋伏在大江北岸；叫朱然率领一万水军，船上多伏弓箭手，但等敌人败退的时候，沿着南岸追击敌人；叫徐盛、鲜于丹带领一万人为前队，用茅草和松明束成火把，沾上油脂，每人带上十来个；叫宋谦和潘璋带领五千名刀斧手和五千名火箭手埋伏在南岸的树林子里，但等三更时分，由树林子里冲出去，直奔江边，火烧连营。

碰巧那天晚上起了东南风，到了半夜，风刮得更大。徐盛、鲜于丹、宋谦、潘璋把人马分成四队，顺风放火，每隔一营，烧一营，四十多个大营，只点了二十个，就同时起火了。也是昭烈帝一时大意，总以为吴军屡战屡败，不敢过来。他只知道北岸不能用火攻，南岸树林子里也不能放火，因为那是自己烧自己。谁知道人家出了树林子直扑江边的树栅连营。没一会儿工夫，烧红了半边天，连江面上全是火光。张南、冯习和胡王沙摩柯都死在乱军之中，士兵们被射死的、烧死的、挤到江里淹死的，就有一万多人。将军傅彤（tóng）和从事程畿（jī），还有关羽的儿子关兴、张飞的儿子张绍，这些人带领着一部分人马保护着昭烈帝逃出火网，到了北岸，占领了马鞍山（在今湖北宜昌一带），临时守住山口，不让吴兵上来。

好容易挨到天亮，有几批败退下来的蜀兵找到马鞍山来，人数倒增加了不少，可是没多久，埋伏在北岸的韩当和率领战船的朱然都赶到那边，水陆两路又展开了血战。看情况马鞍山也难守下去，昭烈帝这时候才体会到逆流行船的困难，吩咐程畿传令下去，叫水军们扔了战船，上岸往西逃跑，免得留在那边的水军全军覆没。昭烈帝在山上往下一望，长江一带还冒着浓烟，水面上横七竖八地漂着战船、器械，还有无数的尸首，差不多把长江堵住了。他叹了口气，又是惭愧、又是懊恼地说：“我还真败在陆逊这娃娃手里了，是天数吗？”话还没说完，只见有一批士兵往山上跑。有个将军报告说：“吴军放火烧山，请皇上快走。”昭烈帝叫将士们冲下山去。傅彤、关兴、张绍他们冲了好几次，还是冲不出去。蜀兵心慌意乱，简直像土崩瓦解一样，又死了不少人。好在那边树木不多，一时也烧不到山上来，接着天也黑了，吴军把马鞍山四面围上，扎营下寨，暂时休息一下。

昭烈帝趁着这个机会，准备连夜逃去。傅彤杀出山口，让昭烈帝先走，自己在后面压队。吴军紧紧追赶，才把傅彤的后队拦住。傅彤跟吴军大打一阵，手下的人一个一个倒下去，最后就剩下傅彤一个人了，他可越打越精神。吴兵大声嚷着说：“投降吧，你一个人拼死也没用！”傅彤骂着说：“吴狗！大汉将军哪儿有投降的？”他又扎死了几个吴兵，受了重伤，咽了气。就因为有这一点工夫，昭烈帝他们才冲出包围，往西跑去。

程畿到了江边，吩咐水军们上岸往西退去，他自己坐在战船里慢慢地逆流而上。左右对他说：“后面的追兵就快到了，请坐小船快逃吧！”程畿说：“我在军队里只知道追杀敌人，在敌人面前逃跑可没学过。”他也像傅彤一样，受了重伤，死了。

第二天，吴兵还是紧紧地追赶着。蜀兵到了一个山沟子里，地名叫石门，道路挺窄，看看快给追上了。昭烈帝逼得没办法，吩咐将士们脱去铠甲，堆在道上，士兵们把军用的锣鼓什么的也都扔在一起，这样，不但把山道堵住，还把这些东西烧起来。吴兵赶到这儿，过不去。他们只好停下来，把那些正在烧着的铠甲什么的拨开，接着追赶。蜀兵沿路有逃散的，有倒在路上的，到后来跟着昭烈帝的才几百个骑兵了。后面的吴军追兵还没甩掉，突然前面又来了一队人马，拦住去路，大伙儿进退无路，还有活命吗？

退守白帝城

大伙儿正在惊慌失措，不知道应该向前冲还是应该往后退的时候，前面的士兵突然响起了一阵欢呼的声音。原来这一支军队是从江州赶来，那位大将正是常山赵云。他镇守着江州，没能跟昭烈帝一块儿来，可是一直惦记着东边的情况，经常派人探听消息。他听说前方连营七百里，心里十分焦急。有一天晚上，他看到东方升起一片黄气，又像火光，又像浓烟，料到前方可能出了岔子，就吩咐部下的将士加紧防御，自己带领一部分兵马借着押运粮草的名义，赶到东边来。他一到白帝城，正碰到自家的兵马败退下来，就放下粮草，火速去救，把昭烈帝接到白帝城，整顿军队，布置防御，守在那儿。昭烈帝把白帝城作为前方的大本营，准备再跟东吴做长期的斗争。

昭烈帝进了白帝城，好像老虎从平阳上回到山岗，吴兵不敢过来，早已从石门退回去了。徐盛、潘璋、宋谦等要求陆逊再发大军追上去，陆逊不答应。他们纷纷上书给吴王，说再追上去，一定可以把刘备逮住。安东中郎将孙桓也来见陆逊，对他说："前些日子大都督不发兵来救夷道，说实在的，我直怪您。今天才知道大都督调度有方，终于打败了蜀兵。佩服、佩服！可是已经打了胜仗，敌人败得那么惨，为什么不追上去呢？"陆逊说："这道理跟曹操不追关羽一样。要是我们追赶上去，深入蜀地，一定会给敌人钻空子。”正好吴王孙权派人来问陆逊该怎么办。他接到了将军们要求追击刘备的奏章，也动了心，能够把巴、蜀都拿下来，那该多么好啊！可是他不敢轻易决定，就先问问陆逊。

陆逊约了征北将军朱然和偏将军骆统，三个人共同上书给吴王，说：“曹丕召集了将士，外表上说是帮助我们征伐刘备，内心里另有奸计。我们决定立刻退兵，请主公马上布置濡须和东北一带的防御，千万千万！”

陆逊全军刚刚退回荆州，北面就来了警报：魏兵分三路打到东吴来了。大伙儿都捏了一把汗。魏文帝曹丕一听到蜀兵树栅连营七百里，就对大臣们说：“刘备不知道用兵。哪儿有七百里连营可以抵抗敌人的？在高原、洼地或者险阻的地方扎营的，难免不给敌人困住，这是兵家犯忌的呀。我猜想孙权就快有信来。”过了七天，果然，吴破蜀的消息到了，那时候，他希望东吴的大军一直往西追上去，还说准备“帮”他们一下。可是他还得等一等，要弄清楚南北两岸战争的情况。八月里，蜀将镇北将军黄权到了，魏文帝把他当作上宾接待。黄权原来屯兵北岸。昭烈帝被吴兵打败，从南岸转到北岸，退到白帝城，早把黄权的军队甩在后面了，黄权被吴军截断退路，又不肯投降东吴，他要死里逃生，带领手下人投奔了魏文帝。魏文帝高兴得了不得，他说：“你离开叛逆的人来归附我，是不是要看陈平、韩信（陈平、韩信离开楚项羽投奔汉刘邦）的样儿？”黄权说：“我受了刘主的恩待，不能投降东吴，可是回蜀无路，只好投到这儿来。败军之将，能够免死已经够造化了，哪儿还敢仰慕古人？”魏文帝特别优待他，拜他为镇南将军，封为育阳侯。黄权推辞了一番，可是终于接受了。忽然有个臣下报告说：“从蜀中传来消息，说黄权的家属全给刘备杀了。”魏文帝下了诏书要给黄权家发丧穿孝。黄权推辞，说：“千万别这样。我跟刘、葛（刘备和诸葛亮）推诚相信，他们知道我的心，一定不会杀害我妻子的。”

黄权做了魏镇南将军，心里直希望魏文帝发兵去打东吴。魏文帝也正想发兵去，他先派人去告诉吴王，叫他把太子孙登送到洛阳来做人质。吴王拒绝了。魏文帝火了，就要发兵。谋士刘晔拦住他，说：“他刚打了胜仗，上下齐心，再说东吴凭着长江、大湖作为防卫，不是一下子能够打得下来的。”魏文帝不听刘晔的劝告，他吩咐征东大将军曹休、前将军张辽、镇东将军臧霸率领水军从广陵（在今江苏扬州）出发，这是第一路；派大将军曹仁去夺濡须，这是第二路。这两路都在东线，中间相隔不远，主要是去牵制东吴的后方。第三路可是主力，这儿有上军大将曹真、征南大将军夏侯尚、左将军张郃、右将军徐晃等，集中兵力去围南郡。南郡在东吴的西头，可是离巫峡还远得很，要是陆逊的大军追赶蜀兵到了白帝城的话，那南郡就非给魏兵打下来不可。俗话说："棋逢对手，将遇良才。"陆逊火速退兵到了荆州，立刻派左将军南郡太守诸葛瑾从公安出发，平北将军潘璋和将军杨粲从夷陵出发，分两路去救南郡，自己率领大军随后接应。同时，吴王接到了陆逊的奏章，就派建威将军吕范率领五支兵马，分水陆两路去抵抗曹休那一头，派裨将（裨将也叫副将）朱桓率领战船守住濡须，抵抗曹仁。

就因为陆逊立刻退兵回来，做了准备，才没让魏兵占着便宜。从九月到十月，双方对峙着，各不相让。可是吴王因为扬越（也写作扬粤，五岭以南到海边都是扬粤，就是现在广东地区）的几个部族大多还没平下来，为了对付这些地区的叛变，他只好向魏文帝上书，话说得非常谦卑，央告魏文帝给他有个改过自新的机会，还替他的儿子孙登求婚，表示一心归顺的意思。

魏文帝回答得很干脆，他说："我和你名分早已定了，谁还高兴老远地派军队到江、汉去？你只要叫你的儿子到朝廷里来，他早晨到，我晚上就撤回军队。"吴王不愿意把太子孙登送去做人质，就决计坚守阵地抵抗下去，自立年号，改元为黄武元年。

魏文帝曹丕一见吴王孙权抗拒命令，亲自从许昌到了宛城，催动各路兵马加紧攻打东吴。

昭烈帝镇守白帝城，整顿兵马，准备找机会再跟陆逊干一场，一听到曹丕大规模地发兵进攻东吴，就写了一封信给陆逊。信里说："现在曹贼的大军已经到了江、汉，我又要到东边来了，将军看我能不能啊？"吴王和陆逊就因为昭烈帝镇守白帝城，随时可以向东过来，一直担着一份心。这会儿陆逊看了来信，仔细琢磨着每一个字的滋味。他认为："刘备真要是到东边来，他绝不会先来通知我，叫我早做准备。可见那只是一种恐吓。我们在这个时候能够跟他讲和倒是好的，可是要讲和也绝不能被吓倒了之后再去请求。"他就写了一封回信，里面说："你们的军队刚打了败仗，创伤还没恢复过来，若能互相通使交好，自己还可以弥补损失，哪儿还能用兵呢？如果不仔细合计合计，一定要把留下的这些残兵老远地送到东边来，请原谅我说句不恭敬的话，恐怕他们一个也回不去了。”

陆逊真有两下子，他一方面不怕昭烈帝的威胁，另一方面为了全力对付魏兵，请吴王去向昭烈帝求和。吴王就派太中大夫郑泉到白帝城去聘问，送上礼物，向昭烈帝赔不是。昭烈帝正像陆逊所说的那样，先要弥补损失，恢复元气，就派太中大夫宗玮到武昌去回拜。这么着，猇亭之败以后半年，就是到了十二月，又跟东吴有使者来往了。

古籍链接

秋九月，魏乃命曹休、张辽、臧霸出洞口，曹仁出濡须，曹真、夏侯尚、张郃、徐晃围南郡。权遣吕范等督五军，以舟军拒休等，诸葛瑾、潘璋、杨粲救南郡，朱桓以濡须督拒仁。时扬、越蛮夷多未平集，内难未弭，故权卑辞上书，求自改厉，“若罪在难除，必不见置，当奉还土地民人。乞寄命交州，以终余年。”

——《三国志·吴书》

托孤

过了年，就是公元223年（魏黄初四年，蜀章武三年，吴黄武二年），曹休、曹仁两路兵马碰到了吕范和朱桓的军队，起初还占了上风，后来死伤了不少人马，连将军也有好几个阵亡的。这两路魏兵碰了壁，吃了亏，不必说了。围攻南郡的曹真、夏侯尚、张郃、徐晃那一路，看看快要把诸葛瑾打败了，突然朱然的大军赶到，大战一场，吴兵十分勇敢，没让魏兵得到便宜。魏文帝这才听了刘晔的劝告，传令退兵，自己也回到洛阳。吴王还得防备着白帝城那一头，不敢追击魏兵。他把俘虏都送回去，还向魏文帝赔了不是。魏文帝落得表示宽大，不做计较。

吴王打退了魏兵，反倒很小心地向魏文帝赔了不是。他始终害怕蜀汉那边再来报仇。昭烈帝真把白帝城作为再一次东征的大本营，改名永安。赵云劝他回到成都去，让他留在这儿镇守，昭烈帝不依。他把自己住的地方修理了一下，称为永安宫，永安就这样成为蜀汉的陪都了。

昭烈帝还想请诸葛亮也到永安来，可又放心不下成都那一头。正在这时候，有人向昭烈帝报告两件大事，一件是洛阳来的，一件是江东来的。

从洛阳来的消息说，魏文帝拜黄权为将军，还封了侯，听说还要叫他带道来打巴蜀。大伙儿很生气，要求昭烈帝把黄权的家小拿来办罪。昭烈帝说：“是我对不起黄权，不是黄权对不起我。”继续把黄权的俸禄供给他的家属。

从江东来的消息说，孙夫人听说昭烈帝在猇亭打了败仗，死在乱军之中，她更痛恨她的哥哥。孙夫人被孙权接到东吴已经十年了，一直没开过笑脸。这会儿她一听到她丈夫阵亡的消息，就坐着车马到了江边，望着西岸哭祭一番，突然一跳身，投到江里自杀了。昭烈帝得到了这个信儿，不由得想起她的情义，那要比黄权投降曹丕难受得多了。后来有人替孙夫人在江边立了祠，叫枭姬祠（枭：xiāo），直到今天祠里还有副对联：

思亲泪落吴江冷，望帝魂归蜀道难。

当时昭烈帝因为东征失败，人马死伤一大半，又悔又恨，再加上孙夫人投江自杀这一层的悲伤，就更受不了啦。他闷闷不乐，害起病来了。这才决定请诸葛亮到永安来。诸葛亮早就想赶到白帝城去。他一听到火烧连营的信儿，很痛心地叹息着说：“唉！要是孝直（就是法正）还在，他一定能够阻止主上东征；就说不能阻止，也不致打败仗。”他一直担着心，可是一来，成都离白帝城两千四五百里，实在太远了，二来，成都后方也不安宁，汉嘉太守（汉嘉是郡名，在今四川雅安一带）黄元正在偷偷地招兵买马，他更走不了。这会儿他接到了昭烈帝的诏书，叫他和尚书令李严一同到永安去。诸葛亮叫益州治中从事杨洪小心辅助太子刘禅，又嘱咐他注意汉嘉那一头，加紧防御。

那年二月，诸葛亮和李严，还有两个皇子鲁王刘永和梁王刘理一同到了永安。昭烈帝见了诸葛亮，流着眼泪说：“我没能听从丞相的话，后悔也来不及了。近来我老想起我们当年在隆中初次见面的情形，好像还在眼前。想不到这次遭到了挫折，又患了病，我怕寿命不长，不能再跟丞相共事了。”诸葛亮不由得掉下眼泪来，安慰他说：“过去的事已经过去了，千万不要再添烦恼。请陛下好好休养，恢复健康要紧。”昭烈帝点点头，又跟李严和两个皇子说了几句话。医官怕他太累，就来伺候他，让他安静地睡一会儿。以后这几个大臣和皇子经常进去问候，昭烈帝的病没见好转，成都那边可出事了。

汉嘉太守黄元听说昭烈帝病重，诸葛亮也到东边去了，成都一定空虚，他就造起反来了，首先火烧临邛县（在今四川邛崃），接着往东打过来。益州治中从事杨洪从心眼儿里服了诸葛亮。他奏明太子，派陈曶（hū）和郑绰两个将军去征讨。黄元打了败仗。杨洪料定黄元一定顺江（指青衣江）东下去投靠东吴，吩咐陈、郑两位将军在南安峡口（在今四川乐山一带）布置埋伏等着他。黄元果然走那条道儿，就给逮住杀了。

杀了黄元，平了汉嘉，成都又安宁了。成都令马谡（sù）这会儿也到永安向昭烈帝请安。马谡的哥哥就是侍中马良。马良奉命去抚慰五溪各部族，猇亭打了败仗，归路断绝，他也给敌人杀害了。诸葛亮很看重他的兄弟马谡，推荐他做了成都令。这会儿马谡赶到永安，见过了昭烈帝和诸葛亮。昭烈帝听到诸葛亮称赞马谡能干，当时也没说什么。第二天，他见诸葛亮独自进来，就对他说："马谡言过其实，不可大用。丞相您要留意呀。"诸葛亮听了，点点头，他可不明白为什么昭烈帝在这个时候评论起马谡来。

到了四月里，昭烈帝病重了。他叫诸葛亮、赵云、李严等和他的两个皇子到榻前嘱咐后事。他对诸葛亮说："您的才能比曹丕高出十倍，必定能够治国成大事。要是阿斗可以辅导，您就辅导他，如果他不行，您就自己做头儿吧。"诸葛亮听了，心里疼得比刀子扎还难受，他哭着说："臣怎么敢不全心全意，尽忠尽节？我情愿拿死来报答陛下！"昭烈帝对着诸葛亮又是感激又是伤心。他吩咐李严代写遗诏，留给太子。接着叫刘永和刘理过来，叫他们跪在诸葛亮面前，对他们说："你们必须记住，我死之后，你们弟兄三人要像伺候父亲那样伺候丞相，不得怠慢！"他伸出手来指着赵云说："我和你一见如故，患难之中相处到了今天。没想到我今天要跟你分别了。你是太子的救命恩人，请再照顾照顾他。"赵云连忙跪下，流着眼泪说："臣做牛做马也绝不辜负陛下！"

昭烈帝还想对别的大臣嘱咐几句，可是话已经说不上来了。他闭上眼睛，静静地掉了两滴眼泪，晏驾了，享寿六十三岁。

诸葛亮依照昭烈帝的意思，请李严镇守永安，自己率领百官奉丧回到成都。太子刘禅才十七岁，举哀行礼，拜受遗诏。遗诏上主要的有下面几句话：

> 我起初得病，只是下痢，后来又加了别的毛病.就严重起来，怕没法治了。一个人活到五十岁，也不算短命，我已经六十多了，还有

什么可恨的呢？我只是放心不下你们几个兄弟。你们必须自己勉励自己。凡是坏事，别以为小就去做；好事，别以为小就不去做！只有德行好，才能叫人心服。你父亲德行差，不足做个榜样。你跟丞相共事，要像伺候你父亲那样伺候他。你和你兄弟必须努力向上，切记切记！

太子刘禅拜受了遗诏，即位，就是后主。大赦天下，改年号为建兴，封丞相诸葛亮为武乡侯，领益州州牧。朝廷上的事不论大小，都取决于诸葛亮。诸葛亮开始制定官职，严格执行规章制度，有功必赏，有过必罚，有赏有罚，纪律分明。大伙儿正盼着上下一心，克勤克俭，能过着安宁的日子，哪儿知道益州郡（后来改名叫建宁郡，在今云南晋宁一带）有个大头目，造起反来了。东吴和曹魏也都想趁这个机会向蜀汉进攻。国内刚遭到大丧，后主又这么年轻，叫诸葛亮怎么对付得了？

古籍链接

“若嗣子可辅，辅之；如其不才，君可自取。”亮涕泣曰：“臣敢竭股肱之力，效忠贞之节，继之以死！”先主又为诏敕后主曰：“汝与丞相从事，事之如父。”建兴元年，封亮武乡侯，开府治事。顷之，又领益州牧。政事无巨细，咸决于亮。南中诸郡，并皆叛乱，亮以新遭大丧，故未便加兵，且遣使聘吴，因结和亲，遂为与国。

——《三国志 · 蜀书》

蜀吴联合

益州郡有个大族的土霸叫雍闿（kǎi），听说昭烈帝死在永安，就杀了益州郡的太守，结交了东吴南方的太守士燮，通过他，投靠了东吴。孙权让雍闿做了永昌太守（永昌是郡名，在今云南保山一带）。士燮做了东吴的大官，拉拢南中（南方地区笼统地称为南中）酋长孟获，叫他去联络西南各部族起来反抗蜀汉。牂牁太守朱褒、越嶲（xī，在今四川西昌一带）部族的首领高定，都响应了雍闿，同时反对蜀汉。诸葛亮因为刚遭了大丧，不便用兵，而且他决定要联吴抗魏，不愿意跟东吴作对，就好言好语地安抚各部族，把他们反抗的事暂时搁在一边。

当时就有人反对诸葛亮，说他胆小，不敢出兵。有的人说："益州、永昌、牂牁、越嶲四个郡同时叛变，这情况多么严重，应当严肃处理，怎么可以马虎呢？"诸葛亮向这些人耐心解说。他说："正因为对边疆上部族的反抗必须严肃处理，我们绝不能在这个时候出兵。"他仅仅封锁了越嶲的道路，不让敌对的人打进来就是了。他专心一意地发展农业，多种粮食，不兴土木，不派官差，让老百姓有个休养的时期。他首先要把老百姓安抚一下，让他们有足够的粮食，然后才能用兵。

诸葛亮正在十分困难的日子里，魏文帝那边的几个大臣，也算是当时的名士，像司徒华歆、司空王朗、尚书令陈群、太史令许芝、谒者仆射诸葛璋等，一个又一个地给诸葛亮写信，说了一些顺从天命、适应人事的话，劝他顾全大局，把益州当作藩属献给魏文帝。诸葛亮没给他们回信儿，可是写了一篇论文给蜀国的大臣们看，鼓励他们抵抗曹魏。那篇论文的大意是这样的：

> 从前项羽不重德行，虽然占据中原，掌了大权，做了霸王，可是终于身败名裂，给后世做了警戒。现在的魏还不如当年的楚。自身没遭到祸害，已经够造化了，子孙可就免不了。如今有几个人年龄都不小了，居然奉承伪朝廷，称颂曹魏，这跟陈崇、张竦（sǒng）称颂王莽的功德，拉拢别人上书，帮着王莽篡位，有什么两样呢？世祖（就是汉光武帝刘秀）才带领几千个装备不全的士兵，奋发起来，在昆阳郊外消灭了王莽四十多万强大的军队。要知道拿正理去征讨强暴，不在人数多少。孟德（曹操）凭着他专使诡诈的本领，率领着几十万兵马，到阳平来救张郃，被打得一败涂地，自己跑得快，才保了一条命。他丢了汉中，逃回邺城，他倒深深地知道篡夺君位不行，没多久，就闷闷不乐地死去了。儿子曹子桓（就是曹丕）接着篡了位，可是他也长不了。他们这几个人哪，即使像苏秦、张仪那样能说会道，也是枉费心机。有见识的正人君子是不愿意这么干的。

大臣们听到了这些议论，都钦佩诸葛亮说得这么透彻，对敌人的诱惑又拒绝得那么坚决，大伙儿增加了抵抗曹魏的决心。

广汉太守邓芝做了尚书，他认为抗魏必须联吴，就向诸葛亮献计，说：“主上刚即位，年纪又轻，国内还没平静。我们是不是应该派个大使去跟东吴重新和好？光是回聘一次恐怕是不够的。”诸葛亮说：“我早就想派人去，可就是找不到合适的人，今天才找到了。”邓芝急切地说：“那太好了，谁呀？”诸葛亮说：“就是您哪。您明白联吴的道理，一定能够完成这个使命。”

十月里，邓芝到了东吴。吴王孙权已经向魏文帝赔了不是，表示愿意和好，这会儿又来了蜀汉的使者，他怕得罪洛阳，不知道该怎么办好。邓芝等了两天，吴王还不肯接见他。邓芝上书，说：“我这次来，不单是为了蜀汉，也是为了东吴。”吴王只好跟他相见，对他说：“我不是不愿意跟蜀联合，就怕蜀主幼弱，国家小，现在又有困难，没有势力，一旦给魏攻打，就保不住了。”

邓芝马上把他的话驳回，说：“话可不能这么说。大王，您想想，东吴、蜀汉两个国家，占领了四个州（指荆州、扬州、梁州、益州）的土地，大王是当世的英雄，诸葛亮也是当世的俊杰。蜀汉有高山和险要的关口作为巩固的屏障，东吴有大江、大河作为阻挡敌人的屏障，两个国家联合起来，唇齿相依，进可以兼并四海，退可以三分天下，这是一定的道理。如果大王甘心做魏的臣下，那么，魏必然首先要求大王入朝，其次要求太子去做内侍。要是大王不服从命令，他就可以拿征伐叛逆的名义打过来，到那时候，蜀汉也可以趁着机会顺流而下。这么一来，江南地方可就不再是大王的了。”

吴王闭着嘴不作声，过了好一会儿，才说：“先生的话对。我应当跟蜀联合。请先生先回去，随后我就派使者去订盟约。”邓芝辞别吴王回去。吴王可并没派人去。过了半年多，在公元224年夏天，才派中郎将张温为使者到成都去回聘。后主亲自接见，诸葛亮更把他当作贵宾招待。张温自以为是大国的使者，谈话之中显着高傲的神气。过了两天，就急着要回东吴去。诸葛亮留不住他，率领百官送行。为了表示对东吴的好意，还在城外摆上酒席。诸葛亮因为还有一个人没到，连连派人去催。等了好久，还是没来。张温好像有些不耐烦，就问：“还要等哪一位？”诸葛亮说：“益州学士秦宓。”

秦宓为了劝阻昭烈帝东征，曾经下过监狱，诸葛亮推荐他为益州别驾（别驾是官衔，是州刺史的助理）。这会儿大家等着他。张温听诸葛亮称他为益州学士，嘴里不说，心里想：“益州能出什么学士！”等秦宓一到，张温很没有礼貌地问他：“你也学习吗？”秦宓生了气，很严肃地回答说：“蜀中五尺儿童都学习，何况像我这样的人。”张温接着说：“哦，你既然有学问，必然知道天文。可不知道天有头吗？”秦宓马上回答说：“有！”“在哪儿？”“在西方。《诗经》里有‘乃眷西顾’（就是回头往西看的意思），可见头在西方（蜀在西，吴在东，头在西方暗示君王在蜀汉）。”张温又问：“天有姓吗？”“有！”“姓什么？”“姓刘！”“你怎么知道？”秦宓说：“天子（天子是皇帝的意思，字面上也可以解释成天的儿子）姓刘，从这一点推论出来。”

张温有心要说东方的重要，就故意问："太阳不是从东方出来的吗？"秦宓说："是啊，它到了西方就下去了。"说得张温不敢再问。他只好说："益州学士，真有口才，佩服，佩服！"诸葛亮怕他下不了台阶，就把话岔开去，说："今天喝酒，说说笑笑，很有趣味。来，大伙儿再向中郎将敬一杯！"张温也回敬一杯，就这么告别了。诸葛亮再派邓芝到东吴去回拜，也算是送张温回去。

两个人到了武昌，张温先去向吴王孙权报告，接着孙权接见邓芝，还摆上酒席招待他。喝酒的时候也有说有笑地随便聊着。孙权一时高兴，捋着胡子，笑呵呵地说："我们两国通好，同心同意，要是能够把曹魏灭了，到那时候，天下太平，两个国君分别统治天下，不是很快乐的事吗？"

邓芝回答说："天上没有两个太阳，一个国家也不能有两个君王。灭了曹魏之后，还不知道天命归谁。做君王的发扬美德，做臣下的各尽其忠，那时候，战争还刚开始呢。必须统一之后，国家才能够太平。大王您看是不是？"孙权不由得哈哈大笑，说："你说得对！你真是个君子，实话实说到了这步田地呀！"孙权很尊敬地请邓芝带回些礼物送给后主。自从吕蒙袭击关羽（公元 219 年）以来，四年了，到了今天（公元 223 年），才真正恢复了以前诸葛亮和鲁肃所主张的孙刘联盟的局面，两国经常有使者来往。蜀吴两国重新联合，可又恼了魏文帝曹丕。

魏文帝曹丕召集大臣们，对他们说："蜀、吴联合，必然要来侵犯中原，还不如我先去征伐。"那时候太尉贾诩已经死了，廷尉钟繇做了太尉，还有司徒华歆、司空王朗，他们都老了，好像懒得动脑筋，都不说话。另外一个老大臣侍中辛毗，起来反对，说："目前天下刚安定一些，土地多，人民少，在这个时候就动刀兵，我看没有好处。以前先帝（指曹操）屡次三番地发动精锐的军队去征伐东吴，每次到了江边，只好回来。现在的军队并没比过去强，现在的东吴也没比过去弱，要是再像过去那样出兵，恐怕未必能够成功。照今天的情形看来，还不如养民屯田，好好准备，十年之后，兵多粮足，然后出兵，一定能够马到成功，统一天下。"

魏文帝曹丕正雄心勃勃，十个月都等不及，哪儿能再等十年？他皱了皱眉头，说："照你这么慢吞吞地去做，难道还要把这些叛乱的人留给子孙后代吗？"辛毗马上回答，说："那怕什么？从前周文王把纣王留给武王，他就是能知道时间。时间没到，是勉强不了的。"

魏文帝觉得辛毗究竟年老了，说出话来，未免有些迂腐。他当时就决定进攻东吴。

尚书仆射司马懿献个计策，说："东吴仗着长江作为防御，只要我们有了足够的战船，长江也就可以给我们用了。"

魏文帝完全同意司马懿的话，造了不少大小战船。他要亲自出征，就特地造了一条龙船，又高又大，简直像一座水上的皇宫。公元224年（魏黄初五年，蜀建兴二年，吴黄武三年）八月，他亲自带领曹真、曹休、张辽、张郃、文聘、徐晃、许褚、吕虔等得力的将军，水陆并进，浩浩荡荡地向东吴进军。魏文帝这么御驾亲征，家里怎么办呢？要是内部发生叛变，不是全完了吗？用不着担心，他信任一个人，就是尚书仆射司马懿，把他留在许昌，镇守后方。镇守后方多么重要！魏文帝有这么多的兄弟和子侄，为什么他不依靠自己人而去依靠一个司马懿呢？当然，司马懿有本领，能够镇守许昌，可是主要的理由恐怕还不在这儿。

骨肉猜忌

魏文帝的兄弟很多。大哥曹昂早已在宛城阵亡了。曹操在世的时候，并不是很痛快地立了曹丕为太子。他最喜爱的是环夫人生的那个天才儿童曹冲，字仓舒，其次是曹丕的一奶同胞陈留王曹植，字子建。魏文帝不止一次地说过："家兄孝廉（指曹昂）应当立为后嗣，这是分内之事，谁也没有话说。要是仓舒（就是曹冲）还在，我也没有天下了。"

曹冲特别聪明，五六岁的时候，他的智慧就超过一般的成人。公元200年（建安五年），曹操表孙权为讨虏将军、领会稽太守。大概在第二年，孙权送给曹操一头大象。北方人从没见过这么大的牲畜，都看得愣了。有的说总有好几千斤重吧。曹操也想知道这头大象到底有多重，就叫大臣们想法把它称一称。大伙儿嘁嘁喳喳地商量了半天，都说："这玩意儿没法称。一来哪儿有这么大的秤呢？二来抬也没法抬。"曹冲瞧了瞧一条运粮的大船，又瞧了瞧大象，就对他父亲说："把大象牵到一条空船上，船就往下沉，看船两边水的印子到什么地方，就刻个记号。然后再把大象牵上来，拿别的东西，粮食、石头都行，装在船上，装到刻着记号的地方，再把这些东西一批一批地称。称完了，算算这些东西有多重，大象就有多重。"

曹操听了，高兴得把眼睛眯成一条缝。马上照曹冲的办法去做，就知道了大象的重量。大臣们都夸奖曹冲，说他是个天才儿童。

曹冲不但天资聪明，而且心眼儿还好，乐意帮助别人。那时候各地都动刀兵，曹操特别注重法令，刑罚很严，动不动就把人处死。他有一副马鞍子搁在仓库里，没想到给耗子咬坏了。管仓库的人见了，吓得直打哆嗦。他们知道这一下子命就保不住了。他们商量着叫人把自己绑上去认罪，可是他们害怕就这样也难免一死。曹冲知道了这件事，对那两个管仓库的人说："且等三天，让我想想办法看。"

第二天曹冲拿小刀把自己的衣服割了个窟窿，割得好像是耗子咬破似的。他愁眉苦脸地站在曹操跟前，可不说话。曹操问他："你怎么啦？好像有心事，是不是？"他说："父亲您看，我的衣服给耗子咬了。听说谁的衣服给耗子咬了，谁就不吉利。我怎么能不担心呢？"曹操安慰他，说："这是人家胡说，你别信。耗子懂得什么呢？"

过了一会儿，两个管仓库的人反绑着双手，跪在曹操跟前，报告说："主公的马鞍子给耗子咬了，请主公办罪。"曹操笑着说："我家里孩子的衣服还给耗子咬坏了，何况搁在仓库里的马鞍子呢？"他叫左右给他们松绑，一句责备的话都没有。

像这一类帮助底下人免罪或者减轻刑罚的事，前前后后有几十起。曹操好几次对自己的臣下说，他要立曹冲为后嗣。没想到这么一个好心眼儿的孩子，才十三岁就死了。曹操哭得非常伤心。曹丕劝他父亲别太伤心了。曹操连想都没想地对他说："这是我的不幸，倒是你的造化！"说着直流眼泪。曹丕就知道他父亲是不愿意立他为嗣子的。后来曹操又打算立曹植为太子。因此，曹丕把他的三弟看成眼中钉。

据说，曹植跟他的嫂子甄夫人同病相怜，彼此挺要好。魏文帝曹丕除了甄夫人和汉献帝的两个女儿以外，还爱上了郭氏、李氏、阴氏三个贵人，其中最得宠的是郭贵人。魏文帝住在洛阳宫里，他把年纪比他大得多的甄夫人撇在邺中，连面都不见。公元221年，魏文帝说甄夫人口出怨言，借个罪名，逼她自杀。第二年，立郭贵人为皇后，可是她没有儿子。甄夫人有个儿子叫曹叡（ruì），魏文帝很喜爱，把他交给郭皇后抚养。

魏文帝杀了甄夫人，还不肯放过曹植。卞太后就因为亲生的四个儿子（丕、彰、植、熊）到这时候（黄初五年，公元224年）只剩下这两个弟兄了，她豁出命去也不准魏文帝杀害曹植。魏文帝可像防备敌人一样对曹植，骨肉之间的猜忌就不用再提了。

魏文帝另外有个异母兄弟是北海王曹衮（gǔn）。他除了看看书、研究研究文学，别的什么都不过问。曹衮为人小心谨慎，据说没有一点过错。他手下有几个人受了感动，上了一个奏章，表扬他的美德。他听到了，吓得汗珠像黄豆似的冒出来，责备他们，说：“你们成心害我怎么着？修身为善是一个人的本分，有什么可以夸奖的呢？再说我又没有什么值得一提的。你们上表，不是反倒叫我难做人吗？”

北海王曹衮这么安分守己地过日子，还怕魏文帝猜忌，那些不很注意自己言语行动的弟兄，更叫魏文帝放心不下了。为了这个缘故，他不能不防备着自己家的人。他宁可信任司马懿，把一部分的兵权交给他，叫他留在后方，由他主持朝政大事，自己才放心亲自出征。

魏文帝率领大小战船几千条，从蔡水和颍水两条河进入淮河，到了寿春。九月，大军到了广陵。

警报传到武昌，吴王孙权吓了一大跳。探子接连报告，说魏文帝拜曹真为大将，自己坐着大龙船已经到了寿春，又往东去了。吴王孙权召集大臣们商议发兵去抵抗，首先得决定谁为大将。有人建议要打败魏兵，非把陆逊调来不可。孙权当然知道陆逊的能耐，关羽、刘备都败在他手里，还怕一个曹真吗？太常（九卿之一，管宗庙礼仪的大官）顾雍说：“不行，不行！陆伯言（陆逊字伯言）镇守荆州，不可轻易调动。”孙权点点头，接着又说：“你们看谁最合适？”大伙儿你瞧瞧我、我瞧瞧你，一时说不上来。安东将军徐盛说：“我愿意去！”孙权很高兴地说：“有你去守江南，我就不担心了。”

安东将军徐盛暗地里布置兵马，防守南岸，把战船都藏在港口里。魏文帝上了龙船上层，远远地瞭望江南，没见到一条船，也没见到一面旗子、一个人影。他不由得纳闷儿，说：“这是怎么回事？”谋士们说：“兵法虚虚实实，实实虚虚。东吴知道大军过来，绝没有不做准备的道理。我们刚到这儿，情况还不熟悉，万万不能大意。”

魏文帝知道孙权的厉害，处处小心，还怕中了敌人的埋伏，就说：“是啊，且等一两天看看动静。”魏军把战船在北岸扎了水寨，准备明天派人到南岸去侦察一下。

当天晚上，江面上起了大雾，船上尽管烧着火把，点着灯烛，可是一闪一闪的火光就像萤火虫那样只照着自己的后面，前面迷迷糊糊，什么都看不见。第二天，江水高涨，还刮起风来。太阳从云端里硬钻出来，慢慢地把大雾冲散。魏文帝站在龙船上刚一抬头，一阵狂风，差点儿把他的帽子刮去。他整了整帽子，拉紧衣袍，冲着对岸望去，一愣，简直不相信自己的眼睛。对江出现了一座长城，城上旗子飘扬，士兵们拿着的刀枪在太阳光下闪闪发光。龙船上的将军和谋士见了，不由得睁大了眼睛，吐出舌头来。探子一个个连着上来报告，说："从石头（指石头城，在今南京鼓楼）到江乘（县名，在今南京栖霞一带）接连几百里都有城墙，城上的旗子和士兵多得没法数。"

魏文帝叹了一口气，说："魏虽然有一千队骑兵，到这儿也都用不上。江南人物本领这么大，唉，恐怕没法把它拿下来了。"

他哪儿知道东吴的大将徐盛趁着晚上起雾，一个命令，把停在各港口的大小战船全都划出来，沿江排列着，船上搭成假的城墙和城门楼子，插满旗子。城上的士兵全用芦苇扎成，穿上军衣，拿着刀枪。接连几百里的一座假连城，就在一个晚上完成。连城外面浮在江面上的全是大战船。魏文帝亲眼看到江南这么威风，不由得泄了气，说出没法把江南拿下来这么一句话。没想到话刚说完，暴风越来越大，白花花的浪头越掀越高，太阳又躲到云端里去了。不一会儿工夫，只见对面白茫茫一片，大战船后面隐隐约约还露出城头和大旗，好像淡墨水画成似的，较远的城头淡得好像快要没了。

魏文帝坐的那条龙船，比一般的战船大，它不大怕浪，可是因为船面太高，一个暴风刮来，险些把龙船刮翻。大臣们慌忙扶着魏文帝下了船舱，接着又是一个大浪，泼得船舱里全是水。龙船在风浪中晃晃荡荡好像快要停下来的陀螺似的。大臣们赶快帮着魏文帝下了小船逃命。大小战船跟着都撤回去了。真所谓乘兴而来，败兴而归。东吴守住江南，没跟魏兵交锋，就把他们顶回去了。第二年，魏文帝率领水军又来了一次，到了长江，正赶上大风大浪。他只好叹息着说："唉！这是老天要把南北分隔开来呀！"自己从陆地上逃回去，几十条战船零零落落地撒在几百里水道上，费了很大的劲儿才撤了回去。

攻心为上

诸葛亮趁着魏文帝进攻东吴，料定他不能在这个时候来侵犯西蜀，就准备粮草，调动兵马，打算去征讨雍闿。公元223年，雍闿发动叛变，镇守永安的都护李严写信给他，说明利害，劝他回头。一连给他六封信，雍闿才回了他一封，说：“我听说天上没有两个太阳，国内没有两个君王。现在天下三分，有了三个君王，我远在偏僻地区，不知道应该归向哪一个。”他就这么傲慢地回复了李严。益州、永昌、牂牁、越嶲四个郡一叛变，差不多去了蜀汉的一半土地。怎么叫诸葛亮不着急呢？可是他必须先跟东吴联合，稳住东边这一头，才能出兵南征。他沉住了气，不声不响地提倡生产，训练兵马。这几年来，蜀地粮食丰收，牛马也繁殖得快。就在公元225年三月，诸葛亮拜别后主，率领大军，往南出发。

成都令马谡做了参军，送诸葛亮出了都城，又送了几十里地，还是依依不舍，好像有什么要紧的事要说似的。诸葛亮很诚恳地对他说：“我跟你同事已经好几年了，今天更要请你多多指教。”

马谡回答说：“南中仗着地形险要，离都城又远，早就不服管了。即使发兵征讨，打个胜仗，只怕今天打下来，明天又叛变。以后丞相还得兴兵北伐，那时候南中知道我们国内虚空，叛变一定更快。如果用全力把这些部族赶尽杀绝，除了后患，一来我们绝不能这么残忍，二来也不是短时期内就能够做到的。我听说用兵的道理，攻心为上，攻城为下；心战为上，兵战为下。丞相这次出征，最好叫南人心服，才能够一劳永逸。”

诸葛亮连连点头，说：“你说得对！我一定这么办。”他请马谡回去，自己赶路，追上了前面的军队。

大军向越嶲进去，节节胜利，准备直接去攻打益州郡。雍闿名义上做了东吴的永昌太守，可是他不能到那边去上任。永昌在益州郡的西边，永昌的功曹吕凯和府丞王伉（kàng）等，杀了几个响应雍闿的人，跟当地的官吏和老百姓封锁东边的关口，不让雍闿进去，雍闿只好留在益州郡。因此，南征的大军准备从越嶲去打雍闿。没想到大军还在路上，高定和雍闿窝里反了，高定的部下杀了雍闿，高定继续反抗蜀汉。大军到了越嶲，又把高定杀了。三个叛乱的头子，一出兵，就去了两个。

诸葛亮一面镇压叛乱的头子，一面安抚当地的老百姓。他另外又派了两路兵马配合大军进攻益州郡。一路由建宁（郡名，在今云南昆明一带）人李恢带领，从益州进去，一路由巴西人马忠带领，从牂牁进去，连自己的一路大军，三路人马约定到滇池会齐。

李恢的军队进了建宁，各县反蜀的头子联合起来，把李恢的军队围在昆明。那时候，李恢的兵马少，敌人的兵马多。他又没能够跟诸葛丞相的大军联系上，这一支兵马变成孤军了。正在万分危急的时候，李恢假意地对敌人说：“唉！官兵粮草也没了。我原来是本地人，离家好多年了，今天能够回到故乡，也好。反正我不能再往北去，请你们大伙儿合计合计，还是讲和吧。”那几个头子知道李恢是本地人，信了。他们撤了围，安了营，大伙儿大吃大喝，安安定定地睡觉，专等李恢来投降。李恢趁着这个机会，对士兵们说：“大丈夫立功，是时候了。”士兵们给他这么一鼓动，大伙儿精神百倍，突然打出去，大败南人。

李恢这一路打了胜仗，追赶着敌人，越追越有劲，一直追下去，南边到了槃江，东边接着牂牁，跟马忠的那一路军队联系上了。他们这才知道马忠也打了胜仗。

马忠的一路军队打进牂牁，采用除暴安良的办法，专门惩办恶霸土豪，不伤害当地的老百姓。为了这个缘故，朱褒的士兵有投奔过来的。才半个月工夫，马忠收服了牂牁，杀了朱褒。

这样，诸葛丞相南征没到两个月，越嶲首先拿下来，永昌已经由吕凯、王伉他们镇守着，益州、牂牁这会儿又给李恢和马忠的两路兵马收服了。这几个主要的头子雍闿、高定、朱褒都给杀了，四个郡全都平定，南征大功告成，不是可以撤兵回去了吗？没想到事情出乎意料，南征大事不但不能结束，好像才开个头。南人的酋长孟获召集了雍闿他们的散兵，以抵御外族侵略、保卫自己家乡的名义，坚决地抗拒蜀兵。诸葛丞相探听下来，才知道孟获不但有万夫不当之勇，而且意志坚定，不怕任何艰苦，待人接物倒又忠厚，是个出名的慷慨仗义的汉子。他在南方很得人心，连汉人也有很多服他的。因此，诸葛丞相打定主意，一定要想尽办法把孟获争取过来，作为自己的帮手。

孟获尽管力气大，手下的人尽管多，可是他一味蛮干，不会用兵。他打了一会儿，一瞧蜀兵败下去，就认为蜀兵不是他的对手，不顾前后地直追上去，闯进了埋伏，四周没处逃，就给逮住了。他被押到丞相大营，自己认为要死了，心里想着："要杀就杀，要剐（guǎ）就剐，死也得做个好汉，不能丢人现眼。"没想到诸葛丞相亲自给他松绑，好言好语地劝他归顺。孟获傲慢地说："少废话！"

诸葛丞相暗暗地嘱咐左右布置一下，接着大营外锣鼓喧天，摆下阵势。他亲自陪着孟获出去看看，在大营外走了一周，让他看个够。完了就问他："你看这阵营怎么样？"孟获看了一遍又一遍，全是些老弱残兵，就说："以前我不知道你们军队的虚实，给你赢了一阵，这会儿看了你们的阵营，如果就是这个样子，不是我说句大话，要赢你也不难。"诸葛丞相笑了笑，放他回去，让他再做交战的准备。诸葛亮早就留心孟获一再瞅着营寨左右和守卫营门口的士兵，料定他准来偷营，当时就布置了埋伏。

孟获回去，对他手下的勇士们说："我到了蜀兵的军营，仔细看了他们扎寨的情况和守卫的士兵，也不过如此，没有什么了不起的。今天晚上三更时分，咱们暗暗地过去，冷不防冲到大营去劫寨，一定能够逮住那个摇鹰毛扇的家伙。只要把他逮住，别的人就容易对付了。"大伙儿依照孟获的话准备起来。

当天晚上，孟获带领五百名刀斧手，趁着黑夜，偷偷地摸到蜀兵的大营，突然放火为号，点起火把，一声呼哨，哗啦啦杀了进去。他们进了营门，什么阻拦都没有，一直跑到中军，还没碰到一个人，原来是一座空寨。孟获知道中了计，叫了一声"哎呀"，回头就走。五百名刀斧手正想退出来，才一眨巴眼工夫，四外全是火光，不知道有几千几万的蜀兵，好像打鱼的大网似的围上来，网口越收越小，五百名刀斧手死的死，投降的投降。孟获又给逮住了。

没多大工夫，天亮了。将士们把孟获和他的一部分手下人押到另一个大寨里来。诸葛亮早就杀牛宰马、准备了酒食，招待他们。他问孟获："这次你又给我逮住，你心里可服了吗？"孟获说："是我上了你的当，又不是我打了败仗，怎么能叫我服呢？"诸葛亮笑了笑，说："你还不服吗？我再放你回去，怎么样？"孟获拱了拱手，说："如果你再放我回去，让我好好地准备一下，我一定再跟你比个上下高低。要是再给你逮住，我才服你。"诸葛亮又把孟获他们放了。这还不算，连他们的斧子都还给他们。

孟获吃了两次亏，长了见识，再也不敢鲁莽了。他带领着所有的人马退到泸水（就是金沙江）南岸，守在那儿。他又重新整顿队伍，约会了各部族的首领，叫他们供应粮草，补充人马。各部族的首领一向佩服孟获，供应粮草，补充人马，都可以办到，可是他们很担心，诸葛亮大军一到，怎么办呢？孟获对他们说："我已经知道怎么对付诸葛亮了。咱们不能跟他硬拼，不能跟他交战。硬拼一定吃亏，交战一定中他的诡计。他们老远地跑到这儿，不说天气又热，水土不服，就是运送粮草也有困难。我说他们怎么也待不长。我们这儿哪，有这条泸水可以防守，再在这边造个土城或者一些土垒。我们只守不战，看诸葛亮能把我们怎么样！"大伙儿都说这个办法好，就在泸水渡口筑了土城，还多多准备了弓箭、石头、木棍什么的。孟获有了这个对付诸葛亮的办法，才觉得松了一口气，不再太烦心了。

孟获的计策还真顶事，蜀兵到了泸水，不能过去。再说这儿的夏天好像比哪儿都热，五月天的太阳，毒花花地晒得人透不过气来。动不动就是一身汗，穿上铠甲，简直受不了。泸水两岸全是高山，水又急，船又没有，大军怎么能过去呢？有人害怕了，希望早点回去。诸葛亮对将士们说："要是我们现在回去，不但前功尽弃，而且我们回去以后，孟获他们必然过来。我们一来，他们走了；我们一走，他们就来。这么来来去去，哪儿能有安定的日子？要想一劳永逸，只有渡过河去。但愿诸君以国家为重，再接再厉，必能立功。报效朝廷，在此一举。你们看怎么样？"将士们一个劲儿地说："丞相放心，我们听您的！"

五月渡泸

诸葛亮叫将士们分头扎营，多搭凉棚。为了防备万一，营寨化整为零，各不相连，即使失火，也容易扑灭。他一面叫士兵们赶快造木筏子和竹筏子，一面派人到泸水的上游和下游去探测地形，做渡河的准备。泸水渡口的蜀兵故意大喊大叫，天天用几十只木筏子假装渡河的样子，到了河中心，一碰到对岸射过来的箭，就立刻逃回来。逃回来以后再去，去了再逃回来，这儿来来去去假装渡河的才三五千名士兵，其余的大军分成两路，趁着黑夜，暗暗地在上游和下游狭窄地段，纷纷地渡过了泸水。这两路兵马绕远从后面像钳子一样把孟获守着的土城掐住了。土城、土垒的防御工程都是对着渡口，背后什么遮盖都没有，怎么抵挡得了？没说的，孟获第三次又给带到诸葛亮面前。这会儿他可服了吧！他还能说什么呢？

可孟获还有他不心服的理由。他说："你们这些人诡计多端，天天打渡口，可又不过来。我怎么知道你们不走近路绕远道？是我一时大意，没防备着后路，这可不是你们的本领大。要是你们能够让我退到后边去，只要你们也敢进去，就算我输了。"诸葛亮又一次拿酒食招待孟获他们，劝他们顾全大局，让各族的老百姓能够过安定的日子，别为了背叛朝廷，逼着老百姓不断地出壮丁、交牲口、交粮食。他们大吃一顿，临走都向诸葛亮打个招呼，表示感谢。

将士当中有人说："丞相的好心眼儿感化了没教化的人。"有人说："宰了他不就结了吗？干吗捉迷藏似的跟他没完没了地玩着呢？"诸葛亮告诉他们说："要平定南方，必须重用孟获这样的人。他在各部族的老百姓眼里是个好汉，气魄大，威望高。要是他能够心悦诚服地联络南人报效朝廷，就抵得上十万大军。幼常（马谡字幼常）说的话一点不假，用兵的道理是攻心为上、攻城为下，心战为上、兵战为下。你们都辛苦了，可是不把他收下来，你们以后还得到这儿来。现在再辛苦点，以后就不必再到这儿来打仗了。"大伙儿都说："丞相说得对！上刀山、下火海，我们也绝不回头！"

诸葛亮处处小心谨慎，行军绝不莽撞。他总是先探听到孟获他们到了什么地方，那边的情况怎么样。他还得准备足够的军粮、马料、医药用品，还有在作战中消耗最多的箭。好在吕凯、王伉、李恢、马忠他们早已平定了永昌、越嶲、益州、牂牁，他们就从这些地区不断地运送粮草和药物，供应前方。

这一次孟获可机灵了，他带着人马远远地离开泸水，故意要把蜀兵引到不长树木、不种庄稼的山沟子里去，别说打仗，就在这"不毛之地"（这儿指不能种庄稼的土地，不是沙漠地区），大伏天中了暑，没法治；给毒蛇咬一口，没法治；一到傍晚，瘴气起来，有毒的蚊子成群出来，声音好像打雷似的，蚊子多得没法说，白茫茫一片，好像起了烟雾。瘴气和蚊子合在一起，真叫厉害，人碰到它准害病，病了还没法治（就是现在所说的恶性疟疾）。这些情况，诸葛亮都知道了。他早就吩咐医官配制一种药面，拿很小的瓶子盛着，行军的时候每人带上一瓶。碰到中暑，就把药面吹到鼻子里，打几个喷嚏，病就能好。据说今天我们还在服用的"诸葛行军散"就是那时候传下来的方子。另外还有一些药品，大多是解毒避疫用的。蜀兵有了这些灵丹妙药，沿路不怕中暑，就在白天行军，深深地进入了不毛之地，终于找到了孟获的老窝，在滇池附近的山沟子里。

离孟获占领的山沟子还有二十多里地，大军就驻扎下来。诸葛亮采用当地人民打窑洞的办法，在山岸上凿了不少窑洞，使将士们可以在里面避避热气。有了医药，有了可以避热气的营寨，他们要驻扎多久就驻扎多久。就在不毛之地，也一直保护着运粮的道儿。这时候，诸葛亮已经上了奏章，报告吕凯、王伉他们的功劳，任命吕凯为云南太守，王伉为永昌太守，马忠为牂牁太守，马忠的部将巴郡人张嶷（yí）为越嶲太守。其中功劳最大的是建宁人李恢，他拜为安汉将军，兼任建宁太守。

为了加强兵力，便于收服孟获，诸葛亮把李恢和张嶷调到大营里做他的帮手，他们两个人都比诸葛亮更了解各部族的情况和南方的地形。李恢献了计，在临近孟获大营的一条山路上，挖了几个陷坑，上面铺着浮土，做上记号，然后由一个小兵扮作诸葛丞相，坐着一辆小车，带着几十个骑兵，大模大样地出来侦察。孟获手下的将士见了，气得瞪眼睛、鼓腮帮，硬要孟获去看个明白。他们说："他这么大胆，太瞧不起咱们了！"孟获仔细望了望，后面没有兵马。就凭这几十个人光天化日地敢来探营，那不是故意拿草棍来戳老虎的鼻子眼儿吗？再怎么有耐性的老虎也得打个喷嚏，他马上带着几百个壮士，亲自带头，跑了过去。那几十个人不是孟获的对手，保护着小车，回头就逃。孟获怕中计，停住了，再瞧个仔细。不料前面那个推车的慌慌张张地绊了一跤，栽个跟头，小车翻了。孟获眼瞧着那个摇鹰毛扇的摔了一丈来远，正在路旁趴着，心想这一下，他可逃不了啦。

孟获带着三五个随从壮士领头直奔过去。仅仅跑了一段路，就踩着陷坑，"啪嗒"一声，栽个跟头，掉在坑里。紧跟着他的三个壮士，刹不住腿，一拐弯，都掉在旁边的坑里。后面的人一见不对头，慌忙回头，不敢再往前跑，可也不愿意往后退，就这么呆呆地愣了一会儿。忽然，一阵鼓声，山腰里涌出无数的蜀兵，好像都是从地洞里钻出来似的，七手八脚地用绳索和长钩把陷坑里的人一个个拖了出来，捆上，推上了车，先走了。那些站着发愣的本地士兵怕中了圈套，再说蜀兵又这么多，没法对敌，只好跑回去了。蜀兵也不去追赶，欢蹦乱跳地回到大营。

孟获和他手下的三个首领都没放回去。那边营里议论纷纷，有的人认为这一次凶多吉少，恐怕不能再活着回来了。大伙儿都显露出没着没落的神情。其中也有一些人曾经到过蜀营，受了优待放回来的，心里都有点怪孟获不该那么不讲人情。说他脾气不坏，就是太倔一点。那些从别的部族征调来的人，更不愿意老跟着别人的屁股跑。可是尽管有人三三两两地说些抱怨的话，究竟因为没有领头的人，谁也不敢提出什么主张来。

到了第三天，有人主张必须把孟获救回来，或者去跟诸葛亮讲和。大伙儿正商量着派谁去的时候，孟获和他手下的三个首领都回来了。死沉沉的场面一下子又活跃起来，大伙儿问长问短。他们瞧见回来的四个头儿，胳膊上或者脚上裹着布，就知道他们受了委屈，气得瞪眼睛、拧眉毛、扇鼻孔、鼓腮帮。倒是孟获很直率地说："我们掉在坑里，都受了些伤。他们非要把我们这一点擦破的皮肉医治好不可，就那么待了三天。"

当时有一个首领乘着孟获说话并没露出不乐意的味儿，就请这几个主要人物进了内帐，劝告孟获，说："诸葛丞相屡次三番地饶了我们的性命，我们也不能太不讲情义。"另一位首领接着说："中原最厉害的两个人要数曹操和孙权了。他们都不是诸葛丞相的对手，咱们怎么能跟他比呢？请大王想个主意吧。"

孟获问他们："你们想去投降，是不是？"他们说："我们？我们同生同死，大王怎么着，我们怎么着。"孟获挺正经地对这三个首领说："你们要去投降，好，我就派你们带领一支人马去假投降。诸葛亮为人忠厚，一定会信。你们进了蜀营，瞅个机会，放火为号，里应外合，两面夹攻，准能打败蜀兵，逮住诸葛亮或者逮住一员大将，也可以洗刷我们的耻辱。"

三个首领带领一支人马，大模大样地前去投降。这几个直肠子要想作假也作不像，假投降的把戏怎么也瞒不过明眼人。李恢和张嶷早就看出来了，他们对诸葛亮说："他们明目张胆地离开自己的大营，哪儿有这么投降的？"诸葛亮说："将计就计，你们去对付吧。"

李恢和张嶷殷勤地招待着这三个人，称他们为"三雄"，接连三天，大摆酒席，亲亲热热地跟他们聊天，很对劲。大伙儿只恨没早点认识，还真交上了朋友。"三雄"见李恢和张嶷这么实心实意地对待他们，真够朋友，他们没法把心里的话搁在肚子里，不知不觉地把他们的计划一点一滴地露了馅儿，连孟获想抓一个大将、洗刷耻辱的话都从包袱底里抖搂出来了。张嶷嘴里不说，心里可决定自己让他们逮去，也许能够叫孟获早点归向朝廷。事情已经明摆着了：这方面是知己知彼，百战百胜，那方面自己还在闷葫芦罐里闷着，那还不让蜀兵马到成功，手到擒来？

到了约定的日子，约定的时辰，李恢放火为号，引孟获他们进来，张嶷跟着"三雄"杀了出去。引进来的中了埋伏，又送到丞相那边去了，杀出去的没碰到蜀兵，张嶷故意跺着脚，埋怨"三雄"冤了他，打算逃跑。"三雄"只好带着张嶷，跟着自己的残兵败将回到了南营。营里的士兵听说三位头领把诸葛亮手下的大将逮来了，好像天上掉下了馅儿饼似的一窝蜂地拥上来，一看，还没绑上，他们怕他逃了，七手八脚地把张嶷捆成个大粽子。张嶷咬着牙、皱着眉头，心里想："要是给他们杀了，那该多冤哪！"

当时他听到有人说：“推出去砍了，也算是给咱们的大王报仇！”那三个首领拦住，说：“慢来！先把他下了监狱，让大王发落。要是大王有个三长两短，再杀他也不晚。”

古籍链接

张嶷字伯岐，巴郡南充国人也。弱冠为县功曹。先主定蜀之际，山寇攻县，县长捐家逃亡，嶷冒白刃，携负夫人，夫人得免。由是显名，州召为从事。时郡内士人龚禄、姚伷位二千石，当世有声名，皆与嶷友善。建兴五年，丞相亮北住汉中，广汉绵竹山贼张慕等钞盗军资，劫略吏民，嶷以都尉将兵讨之。嶷度其鸟散，难以战禽。乃诈与和亲，克期置酒。酒酣，嶷身率左右，因斩慕等五十余级，渠帅悉珍。寻其余类，旬日清泰。后得疾病困笃，家素贫匮。

——《三国志·蜀书》

没想到他们的大王第五次又给放回来了。原来李恢一知道“三雄”把张嶷带走，急得直打自己的后脑勺儿。他怕张嶷遭了毒手，慌忙来见诸葛亮，请他想个办法去救。诸葛亮说：“你放心，他们不会害他的。可是为了防备万一，你赶快让孟获回去，托他好好地照顾伯岐（张嶷字伯岐）。别领他来见我，耽搁工夫。”

李恢见了孟获，把这些话全跟他说了。孟获受了诸葛亮和李恢的委托，心头甜丝丝地乐了乐，拍拍胸脯，请他放心。

孟获回到南营，一瞧见张嶷绑得像个大粽子，气儿可就大了。他一面亲手给张嶷松绑，一面骂他手下的人，说：“你们成心给我丢人是怎么着？怎么这么得罪丞相的大将！真是！”他也学诸葛亮的样，大摆酒席，给他压惊。张嶷看风驶船，劝孟获顾全大局，归向朝廷。孟获把头慢慢地点了点，又慢慢地摇了摇，他可不说话，好像他也愿意，可是又好像还有什么疙瘩没解开似的。他们就不再谈下去了。

孟获吩咐“三雄”带领一支人马护送张嶷回去。张嶷摇晃着脑袋，说：“请大王让我留在这儿吧！您不回头，我就没脸回去。如果您讲情义的话，请派人去告诉丞相，说我在这儿很好就是了。”孟获笑了笑，把他当作贵宾留在营里。

打这儿起，孟获下了决心，不再跟蜀兵作战。任凭蜀兵怎么叫战，他只是传令下去，守住壁垒，绝不出去对敌。有时候将士们手痒，要求出去打一阵。孟获就亲自出马，向将士们千叮嘱、万叮嘱："打了胜仗，不可追赶！追赶过去，准中蜀人的计！"蜀将好容易把孟获引了出来，蜀兵每打一阵，就败一阵。孟获总是笑笑，让他们耍花招。他们爱怎么逃就怎么逃，爱怎么跑就怎么跑，他绝不追赶。一连十来天，都是这个样儿，连诸葛亮都没有主意了。

李恢又献了个计，把大军分成五队，一队镇守大营，其余四队分成四路，绕到孟获大营的四周围，专门截击从各地运来的粮草。这办法真顶事，几天下来，孟获的军队着慌了。又过了几天，眼看营里快断粮了。孟获向张嶷讨主意。张嶷说："要么借粮，要么抢粮，别的办法没有。"孟获派使者去见诸葛亮，说："要是丞相讲道义，请借点粮。"李恢接见了使者，对他说："粮食有的是。明天就先发十万石搁在阵前。请你们的大王亲自出来，大将对大将，比个输赢。谁要有个帮手，不是好汉。你们赢了，粮食奉送，我们就撤兵回去。"

第二天，果然，蜀兵忙着搬粮食，离开南营不太远的地方，粮食堆得像小山似的，只有一个将军骑着白马，拿着长枪站在那儿。孟获一看就明白，他是等在那儿准备跟自己比个高低的。孟获过去，那个蜀将出来拦住，两个人就打起来了。蜀将不是孟获的对手，打了几个回合，往右一拐弯，孟获赶上，刚转到粮食堆旁边，他想到万不能追，立刻准备回头，已经踩上了绊马索，一个跟头，跌在地下。李恢出来，大声地传令，说："丞相有令，让孟获回去，粮食派人来搬。从即刻起，停战三天。"

孟获回去，直叹气。张嶷对他说："像丞相那样耐心地对待大王，从古以来，没听说过。我说大王也不能太固执了。"孟获很直爽地说："丞相的恩德，我万分感激。可是，我们南人祖祖辈辈住在这儿。究竟是你们来侵犯我们的土地，还是我们去侵犯你们的土地？你说这叫我怎么能服气呢？"

张嶷开诚布公地对他说："永昌、牂牁、益州、越嶲，早在汉朝的时候就在这些地方设置了郡县。住在北边的南人，住在南边的北人，都是自己人，说不上谁侵犯谁的土地。这次大军到了这儿，这场风波完全是由雍闿掀起来的。他做了汉朝的官，又去勾结东吴，煽动各族人民反对朝廷，就这么叫好些地区不得安宁，害得老百姓吃尽苦头。雍闿、高定、朱褒这儿个叛乱的头子，一逮住就处了死刑，灭门三族。为什么单单对你不这么办呢？就因为你并不是叛乱的坏头头，你是受了他们的蒙蔽，犯了罪你自己还不知道。丞相知道你是正派人，是个好汉。你是无心作恶，背叛了朝廷。丞相说了：‘我相信孟获一定能够归正，我还要他做我的帮手哪！’你说说，到底是你错了，还是丞相错了？”

孟获听了，十分感动地说：“是我糊涂。丞相这么对待我，唉，我太辜负丞相了！”他接着又说：“住在这儿的南人、北人，都是自己人。这话对。您不说，我还想不到呢。”张嶷静静地听他说。孟获低着头，不说话。过了一会儿，他抬起头来，很兴奋地说：“我要是再不听从丞相的指挥，就不是人！”张嶷跷着大拇指夸他，说：“大王真了不起！我这就告诉丞相去，好让他老人家宽宽心。”

孟获拦着他，说：“慢着！我一个人归顺还不够。要是别的部族不同意或者反对我，事情就麻烦了。我打算把我们南方部族的首领都请了来，让他们再打一仗。到时候，我有办法叫他们听我的话。”张嶷怕他出乱子，要他先说个明白。孟获说：“这是我心里的秘密，现在不能说，请您也别跟丞相说。”说了这话，他就让张嶷回去了。

孟获召集了十几个部族的头头，商议怎么再跟蜀兵打一阵。他要求这些头头亲自出马，跟着他一块儿上阵作战。这一来，大伙儿叽叽喳喳咬开耳朵了。有的愿意去，有的不愿意去，有的认为可以再打一下，有的缩着脖子，害怕了。可是谁也不敢提一句投降的话。他们大多都说：“我们愿意听从大王的吩咐！”孟获说：“有福同享，有祸同当。要封官大家封官，要死死在一起！你们看怎么样？”他们都说：“我们听从大王的吩咐！”

到了第三天，孟获带领这一批人一同上阵，打着打着，一步一步地打过去，又被蜀兵引到埋伏圈里，终于一网打尽，连一个也没逃了。孟获他们做了俘虏，被押到大营里来。中军传出话来，说：“丞相没有脸再见孟获，让他回去！各地来的首领也都可以回去，再去招兵买马，你们喜欢什么时候再来决战，随你们的便！”

有不少人跪在孟获跟前，说：“请大王做主！”孟获流着眼泪说：“七擒七纵（七次逮住，七次放回），从古以来没听说过。丞相对我们仁至义尽，我是没有脸再回去了！你们说我应该怎么办？”

他们一齐嚷着说：“我们听从大王的指挥！让诸葛丞相发落我们吧！”

这时候，诸葛亮、李恢、张嶷和别的将士都出来了。诸葛亮伸着双手，请他们都起来，对他们说：“你们能够顾全大局，忠于朝廷，这是皇上的洪福，老百姓的造化！”接着又嘱咐他们要听从孟获的指挥，好好地管理自己人，不可再跟朝廷作对。他们一齐嚷着说：“我们绝不再造反了！”他们又是惭愧，又是感激，这才回去了。

有人对诸葛亮说：“丞相好容易平定了南中，为什么不派官吏来统治，反倒仍旧让这些头领去管呢？”诸葛亮很郑重地回答说：“如果不这样，就有三个不便。派官吏留在这儿，就得留下士兵，留下士兵，叫他们吃什么呢？这是一个不便。这次打仗，本地的父兄也有死伤，他们的子弟见到外来的人必然有仇恨。留外地来的人不留军队，一定会发生祸患。这是第二个不便。各部族本来经常有杀害自己人的事。要是我们派人留在这儿，一发生凶杀的案件，尤其是杀害他们的首领，人家就会怀疑到我们身上来。各部族的人是不会相信外来人的。这是第三个不便。现在我们没有官吏留在这儿，就不必驻扎军队；不驻扎军队，就不必运送粮食。让各部族的人自己管理自己，就可以叫汉人和非汉人相安无事。”

大伙儿听了这一番话，都钦佩诸葛丞相想得周到。这么着，诸葛丞相就任命孟获他们为蜀汉的官吏，替国家管理各部族的人民。这些首领做了朝廷的官儿，都很高兴，还拿出一些金子、银子、丹砂、生漆、耕牛、战马等献给国家，甚至起誓发咒地保证以后不再违抗命令。

诸葛亮下令撤兵。孟获他们一定要送一程。送了一程又一程，还是依依不舍的。诸葛亮坚决地嘱咐他们回去，孟获才派了三百名心腹士兵作为向导，准备护送蜀兵渡过泸水。

大军由滇池出发，经过一段不毛之地，回到泸水，已经是秋天了。正赶上秋汛发大水，浪高流急，老远就听到“轰隆隆隆”闷雷似的声音。走近岸边，低沉的闷雷变成了怕人的霹雳，急流打在岩石上，“嘭嘭”“砰砰”，不断地跳着蹦着。人们说话，只见嘴唇动，可听不见声音。流水像万马奔腾，直往下冲。什么也挡不住，什么也留不下。您只要站一会儿，就会耳聋眼花，好像身子一晃悠，就给大浪吞没去了似的。好险哪！五月里大军过来的时候，已经冲走了不少人。那时节只顾到过来作战，渡河时候好像冲锋似的前面一批倒下，后面一批上去，谁也不回头。现在战争结束了，谁都希望平平安安地回家去，谁还乐意再跟大风大浪搏斗呢？为了这个缘故，大军只好停在南岸，扎营下寨，再做安全渡河的打算。

孟获手下的人和当地的老百姓纷纷向诸葛亮报告。他们说：“发大水的时节不能渡河，除非先祭祀河神。”将士们听说祭祀河神，就可以渡河，都说：“那容易，祭就祭呗。”诸葛亮才不信河里有什么神，可是借着机会向上次死在泸水的和战争中阵亡的将士祭祀一番，在他看来，也是理所应当。他就同意了。接着就问：“怎么祭？”他们说：“以前也祭祀过。祭祀分三等：头等祭祀上供，除了黑牛、白羊，还得用七七四十九颗人头；中等祭祀也得用二七一十四颗人头，最简单的也得要七颗人头，就怕不太灵。”

诸葛亮说：“战争刚停下来，怎么能够随便杀人呢？”他理理胡子，皱着眉头，想了想，说：“好，有办法。我们准备一些比人头更好吃的脑袋，举行一个头等祭祀吧。”他嘱咐伙夫杀牛宰羊，用面粉塑成人头，管这种用面粉做成的“人头”叫作“馒头”。用大馒头祭祀以后，大伙儿精神大发，士气旺盛。才三天工夫，造了许多木筏子、竹筏子，还用粗麻和竹篾子绞成绳索和篾缆。俗话说众志成城，一点不假。无数的木筏子、竹筏子、绳索、篾缆，把泸水两岸连成一片。孟获的三百名士兵和当地的老百姓都是造筏子、做绳索的能手，在架吊桥、搭浮桥的活儿中，更非他们帮助不可。大军渡了河，本地人隔岸相送，然后才带着蜀兵留给他们的一些牛马、粮食和药品，高高兴兴地回去了。

诸葛亮率领大军回到成都，就瞧见后主和朝廷上的大臣们早就候在城外迎接了。从三月出发到今天得胜还朝，足有半年多时间。当天晚上，就在宫里开个庆功会。论功行赏，对阵亡将士的家属按规定抚恤。南征大事到这儿大功告成。以后尽管还免不了有些纠纷，部族之中也有再发生骚动的，可是南方各部族的首领孟获始终忠于朝廷，南边大体上是安宁的。

诸葛亮联络东吴，安抚南边以后，就打算一心一意地从事北伐。他一面让劳累了的士兵休养一个时期，军饷、军粮还得再积聚一些，一面要仔细探听探听曹丕和孙权那两方面的动静，再做计划。

出师表

过了年，就是公元226年（魏黄初七年，蜀建兴四年，吴黄武五年），诸葛丞相准备从汉中出兵去进攻北方。为了加强后方，他把前将军中都护李严调到江州，让护军陈到（姓陈名到）去镇守永安，属李严统领。这么调整了一下防卫东边的将领，叫李严兼顾后方，然后再派人去探听洛阳的消息。

那年五月，魏文帝曹丕住在洛阳宫里，害了重病，立甄夫人的儿子曹叡为太子。魏文帝早已把甄夫人杀了，怎么这会儿又立她儿子为太子呢？原来魏文帝杀了甄夫人，就立郭夫人为皇后，把曹叡交给她抚养。曹叡也知道他母亲实际上是死在郭皇后手里的，他可特别小心，表面上把郭皇后当作亲娘侍候。他在十五岁那年，跟着魏文帝打猎。魏文帝瞧见两只鹿，一大一小，他一箭射去，射倒了那只大鹿，就叫曹叡射那只小鹿。曹叡流着眼泪央告说："皇上已经杀了它母亲，孩儿我怎么忍心再杀儿子呢？"这句话戳痛了魏文帝的心，不由得鼻子一酸，扔了弓箭。他想起了自己十八岁那年在袁家轻轻地撩开甄氏的头巾，那会儿见到的这么一个招人疼的姑娘，今天留下了这么一只"小鹿"，心里很不是滋味。他闷闷不乐地回到宫里，老想着母鹿和小鹿。没多久就封曹叡为平原王。从那时候起，他有意要把皇位传给他。

魏文帝病重，立平原王曹叡为太子。中军大将军曹真、镇军大将军陈群、征东大将军曹休、抚军大将军司马懿四个人受了遗诏，做了托孤大臣。魏文帝死的时候，才四十岁。太子即位，就是魏明帝。魏明帝拜钟繇为太傅，曹休为大司马，曹真为大将军，华歆为太尉，王朗为司徒，陈群为司空，司马懿为骠骑大将军。

魏文帝病死的消息传到东吴，吴王孙权乘着魏有丧事，就在八月里亲自发兵去攻打江夏郡。江夏太守文聘坚决守城，相持了好多天。东吴的优势兵力在于战船，士兵也大多是水兵。他们原来打算在人家没做准备的时候，突然打过去，可以占到些便宜，所以敢于离开战船，上岸去攻城。没料到文聘坚持了这些天，各县都有兵马调来，吴兵只好退回去了。

江夏一头的进攻没成功，吴王还不肯罢休，他又派左将军诸葛瑾带领部将张霸进攻襄阳和寻阳。魏派司马懿和曹休带领几万人马赶去抵抗吴兵。司马懿打败了张霸，还把他杀了。曹休在寻阳也打了胜仗，杀了东吴另一个将军。诸葛瑾也像吴王自己一样，只好退兵回去。

两次发兵都打了败仗，“偷鸡不着蚀把米”不必说了，国内还起了骚乱。丹阳、吴郡、会稽三个郡里的山民（就是山越部族）趁着东吴对外有战事，起来攻打县城。官兵少了，他们消灭官兵，官兵多了，他们就退到山上，官兵一走，他们马上下来。吴王想了个办法，把这三个郡里的险要地区划出来，临时设置一个郡，叫东安郡，任命绥南将军全琮为太守。全琮治理山民真有两下子。他首先整顿各县的官吏，有功必赏，有罪必罚，赏罚分明，缓和了一些民愤。最重要的是不准官吏和豪强欺压山民。几年下来，山民反抗官府的行动比较少了。东安郡大体上安定下来。吴王召回全琮，又取消了东安郡。

全琮统治人民的办法对东吴有利。还有陆逊也上书劝吴王拿恩德去统治老百姓，请他减轻刑罚，减轻税赋，减少官差。吴王为了巩固自己的统治，只好采用这种办法，山民的反抗才慢慢地缓和下来。

就在这一年，东吴镇守西南方的太守士燮死了。那边的郡县离东吴的都城很远，士燮是苍梧人，当地的豪强都向着他，势力很大，差不多已经做了土皇帝。他接受了东吴的封赏，还打发自己的儿子士徽去伺候孙权，也就是作为人质的意思。士燮一死，吴王让他的儿子士徽做了安远将军，兼任南方一个郡的太守，另外派大臣去接替士燮的职位。士徽不让别人去占领他家的地盘，发动本族的人马抗拒东吴派去的官员。他哪儿知道东吴的都城虽然离南方边缘地区仍旧很远，但是情况变了。那时候，东吴海上的交通相当方便，能够出洋的大海船就不少，北边通到辽东，南边直通大洋。吴王利用战船、水兵，派兵遣将，很快地由海道到了交州，打了胜仗，灭了士徽一家，平定了南方。

吴王又从交州划出几个郡，新立一个州，叫广州。这一大片地区平定下来，南边就有不少国家和部族派使者来跟东吴来往，彼此赠送礼物。

魏有大丧，新君刚即位，东吴乘着机会进攻江夏和襄阳，遭到了失败，还得发兵去镇压江南三个郡的山民，最后平定了广州。这些大事，诸葛亮都探听明白。也许他像古人所说的那样，尊重春秋的道义，不趁着人家有丧事去进攻，也许他还得训练兵马，准备粮草，反正他没在这一年出兵。

过了年，就是公元227年（蜀建兴五年），诸葛亮嘱咐中部督向宠，典宿卫兵尚书陈震，侍中郭攸之、费祎、董允他们保卫宫中，请长史张裔和参军蒋琬留在丞相府，统管朝中大事。大军出发之前，诸葛亮向后主刘禅上了一个奏章，上面写着：

先帝创立基业还没完成一半，就中途晏驾，现在天下三分，益州（指蜀汉）疲弱，这真是危急存亡的关头！但是侍卫的臣下在里面不懈怠，忠心的将士在外边都愿意舍生忘死，就因为他们想念着先帝的特殊恩情，要想来报答陛下。希望陛下广开视听，多多采取众人的意见，来光大先帝的美德，发扬志士的正气，不应当妄自菲薄，只说些浅薄的事情，失去大义，以致阻塞了忠臣规劝的道路。

宫里和丞相府里是一体的，赏善罚恶，不该两样。如果有做坏事犯法的，或者有尽忠为善的，应当交给主管的官员依法惩办，论功行赏，显示陛下处事公平、明察是非，不应当有所偏私，不应当让宫里和府里有两种不同的法令。

侍中郭攸之、费祎和侍郎董允等，这些人都善良诚实，立志忠正，存心真诚，所以先帝把他们提拔起来留给陛下。愚以为皇宫里的事情，不论大小，都要问问他们，然后施行，这样一定能够弥补缺点和疏漏，这是大有好处的。将军向宠，性情和行为善良公平，又熟悉军事，当初先帝任用他的时候，就称赞他有能耐，因此大家公推他总督御林军马。愚以为军营里的事情，都要先问问他，这样一定能够使得行伍中间和和睦睦，好的差的都能安排恰当。

亲近贤臣，疏远小人，这是前汉兴盛起来的因由；亲近小人，疏远贤臣，这是后汉衰落下去的原因。先帝在世的时候，每次跟臣谈到这些事情，没有一次不叹息痛恨桓帝和灵帝的。侍中、尚书、长史、参军，这些都是坚贞不屈、能够以死报国的忠臣，希望陛下亲近他们，信任他们，汉室兴隆的日子就会很快地来到。

臣本来是个平民，在南阳亲自耕种，生逢乱世，但求保全性命，并不想在诸侯当中出名。先帝不看我卑贱，反而亲自枉屈下顾，三次到草庐之中来看我，向我询问当时天下大事，我因此非常感激，就答应先帝愿意奔走效劳。后来突然遇到危难，在兵败的时候，危急关头接受了命令，去东吴求救。到现在已经二十一个年头了。

先帝知道臣小心谨慎，所以临终的时候把国家大事托付给臣。受命以来，早早晚晚都担着心事，叹息着，恐怕辜负了先帝的托付，损害了先帝知人善任的名声。所以五月里就渡过泸水，向不长庄稼的旷野地区进军。现在南方已经平定了，兵强马壮，足够使用，应当奖励三军，往北去平定中原，臣愿意竭尽一切力量，清除奸贼，消灭元凶，重新恢复汉室，回到旧时的都城，这是臣报答先帝、忠于陛下的本分。至于斟酌情理，掌握分寸，对陛下多进忠言，这是郭攸之、费祎、董允他们的责任。唯愿陛下把讨伐奸贼、复兴汉室的大事交给臣负责，如果不见效，就治臣的罪，上告先帝的神灵；要是缺乏立德修身的忠言，那就责备郭攸之、费祎、董允等人的疏忽，指出他们的过错。陛下也应当为自己着想，多多询问治国的大道理，听取正直的言语，深刻地体念先帝的遗诏，那臣就受恩感激不尽了。如今臣就要远离陛下，就在写这份表章的时候，不由得流着眼泪，真不知道自己说的是什么了。

诸葛亮上了出师表，率领大军往北出发，到了沔北阳平关（也叫白马城，在今陕西勉县一带），驻扎下来。他屯兵汉中（蜀国的汉中郡，郡治在南郑）作为进攻祁山（在今甘肃西和一带）的前哨根据地。

警报到了洛阳，说诸葛亮派赵云、邓芝为前部先锋，向边界进犯。魏明帝准备亲自率领大军从斜谷进攻汉中，或者专打南郑。散骑常侍太原人孙资拦住他，说："南郑、斜谷，地势险要，路上阻碍重重。如果发大军去征讨，就会骚动天下，还不一定打得进去。还不如派大将守住关口，就可以挡住敌人。"魏明帝就派大将军曹真带领五万名骑兵和步兵，镇守关口，专门抵挡蜀兵那一头。再派骠骑大将军司马懿镇守荆州和豫州，屯兵宛城，专门抵挡东吴这一头。果然，诸葛亮那一头还没发生大战，新城（在今湖北房县一带）这边反倒先出了事。新城太守孟达，跟诸葛亮有了来往。这跟屯兵宛城的司马懿有什么相干呢？

古籍链接

"至于斟酌损益，进尽忠言，败攸之、祎、允之任也。愿陛下托臣以讨贼兴复之效；不效，败治臣之罪，以告先帝之灵。若无兴德之言，则责攸之、祎、允等之慢，以彰其咎。陛下亦宜自谋，以咨诹善道，察纳雅言，深追先帝遗诏。臣不胜受恩感激，今当远离，临表涕零，不知所言。"遂行，屯于沔阳。

——《三国志·蜀书》

收姜维

孟达原来在刘封手下镇守上庸，因为没发兵去救关羽，又跟刘封不和，怕受到处分，就投奔了魏文帝曹丕。曹丕十分高兴，封他为侯，马上重用他，把房陵、上庸、西城三个郡作为一个大行政区，称为新城郡，让孟达做了新城太守。那时候，孟达得到了魏文帝的信任，又跟魏文帝的亲信尚书令桓阶、夏侯渊的侄儿夏侯尚他们很要好，自己虽然是投奔过来的人，倒还不分彼此，心里很踏实。后来魏文帝、桓阶、夏侯尚他们都先后死了，孟达心中不安，别人对他也有了议论。诸葛亮一听到孟达在魏不得意，就想办法跟他通信，劝他回来。孟达也给诸葛亮写了几封信，答应了，可是得找个机会。赶到诸葛亮屯兵汉中，接应的路线更近了，孟达就约请诸葛亮派军队去接应。他写信给诸葛亮，说："宛城离洛阳八百里，离我这儿一千二百里。司马懿即使听到我起兵，他还得向朝廷上表，一来一往，再快也得一个月工夫。到那时候，我这儿已经布置了防御。再说这儿地势险要，司马懿自己绝不会来。他派多少兵马来，我也不怕。"

诸葛亮接到了这封信，叹息着说："唉，孟达这么粗心，他一定败在司马懿手里了。"果然不出诸葛亮所料，不到半个月，孟达来讨救兵，还说："我起兵才八天，司马懿的兵马已经到了城下，怎么能这么快呀？"诸葛亮只好派一队人马去救新城。

原来孟达跟魏兴太守申仪早有意见，申仪风闻到孟达跟西蜀有来往，就秘密地上个奏章。魏明帝还不相信，他嘱咐司马懿留意孟达。司马懿一面写信给孟达，说了一番安慰他的话，一面立刻发兵，一天走两天的路程向新城赶去。因此，孟达起兵弃魏投蜀才八天，司马懿的大军已经到了。孟达守住新城，又向东吴求救。没几天，东西两路都来了救兵，可是司马懿早已派兵遣将，分头截击。魏兵挡在汉中和新城的中间，蜀兵不能顺利地过去。东吴那一头也有魏兵挡着。司马懿亲自攻打新城，攻打了十六天，就拿下了城，杀了孟达。司马懿暂时留在新城。

诸葛亮只好调回救兵，照原来的计划向祁山进攻。镇北将军汉中太守魏延做了丞相司马。他向诸葛亮献计，说："用不着十天工夫就能把长安打下来。"诸葛亮听了，还能不高兴吗？他叫魏延详细说明。

魏延说："镇守长安的夏侯楙（mào）是个公子哥儿驸马爷（夏侯惇的儿子，娶魏王曹操的女儿清河公主为妻），年纪轻，为人傲慢。有的人有勇无谋，他啊，没有谋，胆子又小。只要丞相让我带领五千精兵和五千人半个月的粮食，从褒中出发，沿着秦岭小道往东进去，穿过子午谷往北直上，不过十天工夫，就可以抄到长安。夏侯楙听到我们突然打进去，他必然扔了长安往东逃。赶到东方再调兵马进行反攻，至少也得二十几天。到那时候，丞相的大军从斜谷大路过来，也到了。两路会师，一下子就可以把咸阳以西的地区全拿下来了。"

诸葛亮摇摇头，说："太冒险了！碰运气的事我不干。你光从自己这边着想，难道中原就没有能人？魏主并不含糊，司马懿更不能轻视。要是有人出个主意，在偏僻的山沟子里安下一队伏兵，不但五千人受害，就是全军的锐气可也就伤了。不如从大路行军进攻陇右，夺到一个郡，就是一个郡。这样稳扎稳打，步步为营，才是万全之计。"

魏延还不肯就这么拉倒，他说："丞相从大路进兵，步步为营，固然安全，可是沿路都有敌人，处处都有防御，要一个一个打下来，那就太费时日了。这么打法，什么时候才能平定中原呢？"诸葛亮说："是啊，那就更不能太急躁了。"他终于不采用魏延的计策。魏延只好闷闷不乐地出了中军，心里直怪诸葛亮谨小慎微得太过分了。自己想出了这么一个好计策，还不肯采用，以后怎么还能发挥自己的才能呢？

公元228年（魏太和二年，蜀建兴六年，吴黄武七年），诸葛亮让士兵们传扬出去要从斜谷进兵，直接去打郿城（故城在今陕西眉县一带），还叫镇东将军赵云、扬武将军邓芝屯兵箕谷（在陈仓南、汉中北），作为疑兵，好像诸葛亮的大军集中在东边这一路。魏明帝听到了这一路的消息，就叫曹真把镇守关口的兵马都调到郡城，驻扎下来，在那边防备着蜀兵。诸葛亮可不走那一路。他率领大军从西路去打祁山。大军浩浩荡荡，真是队伍整齐，号令严肃。

魏的将军们和官吏们因为昭烈帝一死，诸葛亮坐镇成都，几年来默默无闻，对蜀汉这一边的防备就大大放松了。这会儿诸葛亮的大军冷不防到了祁山，远远近近都慌了，连关中都震动起来。魏朝廷上的有些文武百官害怕了，魏明帝可不着慌，正像诸葛亮说的，他并不含糊。为了安定人心，他故意说："诸葛亮仗着险要的地势，躲在汉中，我们不容易打进去。现在他自己出来，这真是我们求之不得的好事。这一次我们一定能够打败诸葛亮。"他就发兵五万，派右将军张郃为大将，往西去抵抗蜀兵。魏明帝自己也到了长安，还把司马懿从东边调来，一同去对付诸葛亮。

诸葛亮顺利地进入祁山的时候，魏天水太守马遵和参军姜维，另外还有几个官吏，正在各属县巡察。一听到蜀军突然打进来，天水郡有不少属县纷纷响应，投降了诸葛亮，马太守这一吓，非同小可。天水郡治在冀县。冀县偏偏就在西边，而蜀兵正由西路直往北打，冀县首当其冲。马太守就想往东逃到上邽去。姜维不同意，劝他先回冀县，守在那儿。他说："如果丢了冀县，整个天水郡就保不住。"

马太守没准备抵抗诸葛亮，倒先防备起姜维来了。他怀疑姜维也像别的属县一样响应诸葛亮，故意叫他回冀县去。他不能上这个当。可是姜维是个小伙子，力气大，又是带兵的，怎么也不敢跟他闹翻，就说："要么，你往西，我往东，各走各的，怎么样？明天再说吧。"姜维越是不让他往东走，他就越犯疑。当时没再说什么，到了晚上，马遵背着姜维，自己连夜逃到上邽去了。第二天，姜维不见了太守，就知道他准上上邽去了，自己是他的属下，不能不听他的，虽然自己迟了一步，他还是急急忙忙赶上去。等到他到了上邽城下，城门紧紧地关着。姜维大声地叫门，城门始终不开。城门不开，倒也罢了，城门楼子上的将士还拿着弓箭，很有礼貌地叫他快走，要不然，就要放箭了。

姜维这才知道，人家已经把他扔了。他是天水冀县人，了解那里的情况，不信冀县就不能守。他带着亲随的士兵再从上邽赶到冀县。冀县的军民人等一见姜维回来，很高兴地把他迎接进去，请他去拜见丞相。姜维愣了，连话都说不出来。这到底是怎么回事啊？他还不知道冀县的官吏和将士响应了诸葛亮，县城早已由丞相司马魏延接收了。姜维就这么给自己的人欢迎进去，真是进退两难，不知道该怎么办才好。他还没定一定神，诸葛亮已经出来了，他对姜维说："今天我能够在这儿迎接伯约（姜维字伯约），这是大汉的造化。"姜维从心眼儿里感激诸葛亮这么看重他。就在这一眨巴眼的工夫，想起自己愿意帮助太守，太守倒把他扔了，还叫人拿箭射他；自己原来打算抗拒诸葛亮，诸葛亮倒把他当作自己人看待。这么一比呀，他不由得向诸葛亮跪下去，诸葛亮扶他起来，请他坐下，就跟他谈论起国家政治、军事等大事来了。越谈越对劲，两个人都觉得遇到了一个知心人。

诸葛亮认为姜维又有学问，又有武艺，真是文武双全，智勇兼备，而且少年英俊，大有培养前途。他向后主推荐，拜姜维为奉义将军，封为当阳亭侯。这时候，姜维才二十七岁，正跟自己初出茅庐的时节一样年龄。诸葛亮心里的得意不能不向自己人说说。他写信给留府长史张裔和参军蒋琬，说："姜伯约懂得兵法，长于军事，既有胆量，又有义气。这个人志气高，有心复兴汉室。我打算叫他早点去朝见皇上。"

诸葛亮有了本地人姜维做帮手，天水、南安、安定三个郡和各属县都拿下来了。占领了这三个郡，凉州的边防更巩固了。骠骑将军领凉州州牧马超在公元 222 年（蜀章武二年）病死了，死的时候才四十七岁。他的从兄弟马岱接着镇守西北。这会儿诸葛亮回到祁山大营，不再叫马岱遥远地镇守边界，把他调到祁山大营里来一同去打关中。就在这个时候，诸葛亮听到曹魏派张郃带领五万人马来救天水，还有曹真一路扎在郿城，随时可以会师。他仔细研究情况，料定张郃一定先来争夺交通要道街亭（在今甘肃天水一带）。

当时有不少人都说魏延、吴懿两个出名的大将可以做先锋。诸葛亮不同意。他看上了参军马谡，交给他两万几千人马，叫他去守街亭，再三嘱咐他，说："街亭是通向汉中的要道，你要小心守住。最好能多架栅栏，加强壁垒，不让敌人过来。"马谡说："丞相放心。街亭既然是要道，地形必然险要。一夫当关，万夫莫开。我也知道一点兵法，别说一个张郃，就是司马懿亲自来，我也不怕！”

诸葛亮说：“我知道你熟读兵书，可是千万不能大意。”他另外派巴西人王平为裨将军，做马谡的助手，对他说：“我知道你平生谨慎，特地叫你帮助参军（指马谡）。这次安营下寨必须守住要道，只要挡住敌人就行，不必出去跟他们交战。”这么嘱咐完了，才让马谡他们往北去守街亭，然后叫魏延带领一队人马往东进军。

古籍链接

亮辟维为仓曹掾，加奉义将军，封当阳亭侯，时年二十七。亮与留府长史张裔、参军蒋琬书曰：“姜伯约忠勤时事，思虑精密，考其所有，永南、季常诸人不如也。其人，凉州上士也。”又曰：“须先教中虎步兵五六千人。姜伯约甚敏于军事，既有胆义，深解兵意。此人心存汉室而才兼于人，毕教军事，当遣诣宫，觐见主上。”后迁中监军、征西将军。

——《三国志·蜀书》

失街亭

马谡带着王平和两万多人马到了街亭，看了看地形，微微一笑，对王平说：“丞相心眼儿可真多。这儿地形险要，旁边还有一座山，山上又有树林子，正可以布置埋伏。魏兵怎么敢过来？”

王平提醒他说：“丞相说了，这次安营下寨，要加强壁垒，多架栅栏，守住要道，不让敌人过来。我们一面在要道口扎营，一面叫士兵上山砍木头，布置栅栏，好不好？”马谡撇了撇嘴，说：“你别忙。这儿正可以在山上扎营，居高临下，那要比平地上扎营更有利。”王平只记着诸葛亮要他们守住要道，不同意在山上扎营，就说：“要是敌人四面围上来，怎么办？”马谡很有把握地说：“敌人围上来，我们就冲下去。居高临下，势如破竹，还怕不能杀退敌人吗？”

另外有个将军叫李盛的，他只知道捧马谡，不愿意听王平的话。他显着不耐烦的神气说：“王将军，你少说几句行不行？我们的参军熟读兵书。你这一点想法，参军还能不知道？”

王平总觉得不能在山上扎营，他又说：“我看这座山是个绝地。要是敌人断了我们的水道，没有水，不打仗也活不了。”马谡向王平瞪了一眼，说：“你懂得什么！兵法说‘置之死地而后生’。如果魏兵断绝我们的水道，难道我们的士兵就不会拼命？一拼命，十个抵得上一百个。还怕没有水喝？”

将军李盛还想说：“马参军熟读兵书，是有学问的人。你呀，你还认不到十个字，懂得什么哪？”可是他再一想，这话太挖苦人了，就换个口气，说：“平时丞相行军还老问问我们的参军，你怎么反倒不听参军的指挥了？”马谡就决定在山上扎营。

王平最后央告说：“那么，请给我一部分兵马在临近的地方另外扎个营寨，大军扎在山上，两个军营成了犄角，魏兵过来，彼此可以接应。”马谡勉强答应了，可是仅仅拨给他一千人马。王平带着这一千人马，在离山十里的地方扎了营寨。马谡和李盛就把两万多兵马扎在山上。当时画了地图，注明扎营的地点，派人送到祁山大营。

“知己知彼，百战百胜。”这话一点不假。马谡只听说张郃去救天水，可不知道张郃的五万人马以外，还有司马懿的十多万人马。两路大军会合起来，很快地就到了。司马懿早已探听明白这边的情况，就派张郃去对付王平那一路的蜀兵，自己率领大军连夜赶到街亭。第二天，天一亮，就把马谡扎营的山头围上，在山下布置阵势，赶紧筑起壁垒来。司马懿带着十多万兵马，还不能马上跟两万兵马的马谡交战吗？他为什么还要赶筑壁垒，守住阵脚呢？他是个行军作战的行家。他要采取少用力、多占便宜的办法对付马谡。就下了一道命令：“守住阵营，不准上山；只围不攻，只守不战！”

马谡一见魏兵围上了山，就下令叫士兵分头冲下山去，就是他所说的“居高临下，势如破竹”。没想到人家的队伍动也不动，只是出动全部弓箭手、弩箭手，往上射箭。蜀兵被射死射伤了不少，只好往回退。马谡不让他们上来，再一次下令往下冲，就再一次被射死射伤不少，其余退到山上。就这样一天当中，冲了十几次，都给人家顶回来。山下的魏兵越围越欢，山上的蜀兵越来越慌。山上山下交通被割断，山上的士兵没法下山去打水。营里连做饭都不成，两万人揭不开锅，不打自乱，乱哄哄地闹到半夜，纷纷地空手逃下山去，投奔魏营。马谡和李盛禁止不了。他们还盼着王平来救，可是王平只有一千人马，光是对付张郃已经不容易了，哪儿还能过来接应？马谡和李盛只好带领这支孤军杀出重围，往西逃跑，沿路被魏兵截击，打一阵，败一阵，败一阵，逃一阵。两万兵马被杀得就剩下几千人了。

马谡的残兵败将竟还逃在王平前面。王平才一千人，勉强守住营盘。

他叫士兵们拼命打鼓，装作进攻的模样。张郃怕他有埋伏，不敢逼上去。他不见张郃过来，就慢慢地退兵回去。张郃见他这么不慌不忙地退去，怕他是个诱兵之计，不敢追。这么着，王平的一千人马，不但一个也不少，沿路还收集了不少马谡的散兵，挺镇静地向阳平关退去。马谡不见魏兵追来，才透了一口气，也向阳平关退去。

司马懿和张郃为什么不去追赶马谡和王平呢？为什么不一直追到阳平关去呢？张郃不敢自作主张，特地来问司马懿该怎么办。司马懿说："马谡、王平一定退到阳平关去。要是咱们沿着这条道追上去，不但阳平关打不进去，而且诸葛亮的大军必然从祁山向咱们的背后打过来。到那时候，咱们前后受敌，一定吃亏。诸葛亮一听到失了街亭，他一定退兵。我们向那一路追上去，准能打个胜仗。你不如带领一支人马往东去对付赵云和魏延的军队。他们也一定向阳平关退去。他们退兵，你追击一阵，打赢了也不必穷追，只要把他们的辎重夺过来就是了。我自己带领大军去夺西县（在今甘肃天水西南）。"

张郃还不明白。他说："我们为什么不趁这个机会去收复天水、南安、安定三个郡，反倒去争夺一个小小的县城？"司马懿说："我已经探听明白，西县虽然是个小城，但它是蜀军屯粮食的地方，而且像街亭一样，也是通向三个郡的要道。只要夺取西县，那三个郡用不着打就可以收复。"这样决定下来，司马懿就叫张郃往东进兵，叫曹真往北进兵，自己率领十五万大军往西转南进兵。

诸葛亮正在西边。他自从派马谡去守街亭，派魏延往东进兵以后，一直不大放心。有一天，街亭那边派人送地图来。他拿来一看，正像当头挨了一棍子似的那么一愣，当时脸色发白，两眼发直。过了一会儿，他叫了一声"哎呀"，连连摇头、叹气。左右见他这个样儿，连着说："丞相，丞相，您怎么啦？"他又叹了一大口气，说："可恨马谡，不听我的话，自作聪明，把大军扎在山上，街亭一定守不住。街亭失守，不但天水三郡去了，连我们这儿也保不住。"大伙儿听了，好像大祸临头一样，慌忙请诸葛亮快想办法。诸葛亮立刻派人分头去向魏延、赵云、姜维他们传令，火速退兵，退守阳平关，自己带领一万人马退到西县，连夜搬运粮食。

倒霉的消息不断地传来：街亭失守，马谡败得很惨，差不多全军覆没，王平带着残兵败将向阳平关退去。这时候，诸葛亮身边只有吴懿是个大将，带来的一万人马已经分了一半搬运粮草去了，城里才留着五千士兵，怎么也没法抵抗司马懿的十五万大军。他正想扔了西县退到阳平关去，万没想到“飞马报”接连不断报告，说司马懿大军离城才二十里了！十五里了！十里了！一班文官听到这一连串的警报，吓得背地里嘚嘚嘚嘚上牙打着下牙。

古籍链接

亮身率诸军攻祁山，戎陈整齐，赏罚肃而号令长明，南安、天水、永安三郡叛魏应亮，关中响震。魏明帝西镇长安，命张郃拒亮，亮使马谡督诸军在前，与郃战于街亭。谡违亮节度，举动失宜，大为张郃所破。亮拔西县千余家，还于汉中，戮谡以谢众。

——《三国志·蜀书》

空城计

诸葛亮上了城楼一望，果然，东北角好像起了风暴，尘土弥天，魏兵正向西县杀来。诸葛亮要走也来不及走了。他下决心留下。下了决心，反倒精神大发，对手下的人说："你们都可以放心，魏兵不敢进城！"他立刻传令下去：城头上的旗子一律藏起来，军中不准敲鼓；士兵们不准出来张望，大开四城门，每一个城门口派几个老弱残兵洒扫街道，魏兵过来，不可惊慌，不遵守这个命令的处死。

魏军的前哨到了城下，瞧见城门大开，反倒吓了一跳，慌忙向司马懿报告。司马懿在六十里地外就得到了探子的报告，说诸葛亮留在城里，兵马少，力量薄弱。这会儿怎么不闭门守城，反倒大开城门呢？他不敢相信，要亲自看个明白。自己一马当先到了城下。司马懿在城下勒住马，上下左右细细地端详了一番，越看越起了疑。赶到他一瞧见几个老弱残兵安安静静地在那儿又是洒水，又是扫地，不由得慌了神。他好像给马蜂螫（shì）了一下似的回头就跑，一口气跑到中军，喘着气下令："后军改作前军，前军改作后军，望北山路火速退兵！"

他的部将们问他："这是为什么？"司马懿告诉他们，说："诸葛一生谨慎。听说他不肯让魏延抄出子午谷，直接袭击长安。这明明是个好主意，就因为他小心谨慎，不肯轻易冒险，即使是好主意，他也不用。这次我们带领着一二十万大军，浩浩荡荡地过来，他能不知道吗？现在四城门大开，打扫街道，这明明是诓（欺骗的意思）我们进去。他不安下埋伏才怪！咱们可别上他的当。我料想不但城里，恐怕这一带地区也布置了伏兵。咱们火速退兵，我还怕晚了一步哪！”说了这话，他就绕远往北山退去。

诸葛亮在城楼上一见魏兵退去，才擦了一把冷汗，哈哈大笑。他对吴懿说：“司马懿怕我有伏兵，我料到他不走大路，一定绕着北山逃去。你赶快带领三千人马到北山去候着，但等魏军过去一半，就在山谷里擂鼓呐喊，不可出去交战。如果敌人扔了辎重，你们就直接运到阳平关去，不必再到这儿来。”接着，诸葛亮下了命令，叫西县的老百姓一千多家跟着军队搬到汉中去，免得给魏兵杀害。

吴懿带着三千人马抄小道赶到北山。司马懿还真绕远沿着北山退去。忽然听到后面打鼓的声音像打雷似的响着，也不知道有多少人马大叫大嚷地追了上来。司马懿早就料到蜀兵在这一带有埋伏，这会儿他们真追上来了。魏兵慌忙扔了辎重，没头没脑地逃跑。吴懿的士兵只是擂鼓呐喊，不去追赶。等到魏兵去远了，他们才搬运魏兵的一部分辎重回到阳平关去。

这时候，诸葛亮已经到了阳平关，马谡、李盛、王平、魏延、赵云、邓芝、姜维、马岱等各路兵马也陆续到了。诸葛亮问过了马谡、李盛、王平和从街亭退回来的士兵以后，马谡承认了自己的过错。各路将士听了，都把牙齿咬得咯咯直响，痛恨马谡和李盛不听丞相的指挥，以致许多郡县得而复失，前功尽弃。诸葛亮吆喝一声，先把将军李盛砍了。他对马谡说：“我要是不把你办罪，全军不服。”他就把马谡下了监狱。

马谡在监狱里给诸葛亮写了一封信，说：“丞相平日待我像自己的儿子一样，我也把丞相当作父亲。这一次是我犯了死罪，但愿丞相能够想念‘杀鲧用禹’的故事（相传鲧治水失败。舜帝把他杀了，又用鲧的儿子禹去治水），我死了也可以闭上眼睛了。”他写了这封绝命书，就自杀了。他哥哥马良死的时候才三十六岁，马谡死的时候也才三十九岁。

诸葛亮亲自祭祀马谡，还抹着眼泪哭得很伤心。当时在场的士兵都掉了眼泪。诸葛亮按军法惩办了马谡，可是很好地照顾他的家小，还把他的儿子当作自己的儿子看待。

裨将军王平几次劝阻马谡，在退兵的时候还能够收集散兵，安全地压队回来，不愧为大将的风度。诸葛亮特别表扬了他，拜他为参军，升为讨寇将军，封为亭侯。

诸葛亮问邓芝，说：“街亭退兵，将士逃命，前队顾不到后队，几乎全军覆没。箕谷退兵，将军没伤一个，士兵也没失散，连军用物资都没损失。这是怎么回事？”邓芝实话实说：“全靠子龙亲自在后面压队，将士们整队地退回来，一个都没损失，军用物资一点也没抛弃。”诸葛亮叹息着说：“可见用兵在人，不在兵马多少。”他见到赵云把军用物资都带了回来，连做军衣的绢帛也都有富裕，就吩咐赵云把这些东西分给将士作为赏赐。赵云可不同意，他说：“军队没打胜仗，为什么要有赏赐呢？请把这些东西藏在仓库里，到冬天给士兵们做军衣吧。”诸葛亮从心眼儿里喜欢赵云。

诸葛亮又对将士们说：“这次出兵失败，固然由于马谡不服从命令，可是我自己用人不当，也推不了责任。”他就上表自己弹劾自己，请后主罚他降级三等。赵云也请求处分，请丞相在表上附上几句。

后主刘禅接到了表章，问蒋琬、费祎该怎么办。他们说不如依了丞相，暂时降职。后主就把诸葛亮降职为右将军，行丞相事（办丞相的事，但是去了丞相的官衔），把赵云降一级，改为镇军将军，打发蒋琬拿着诏书到汉中去见诸葛亮。

诸葛亮见了蒋琬，办完了公事，就跟他一块儿喝酒、谈天。蒋琬说：“从前楚王杀了成得臣，晋文公高兴了。现在天下还没平定，您杀了有才能的人，岂不可惜？”诸葛亮流着眼泪说：“孙武子所以能够战无不胜，在于纪律严明。现在四海分裂，我们北伐的军事才开始，要是废了纪律，怎么能去征伐国贼呢？”说着又哭了，还哭得很伤心。蒋琬安慰他，说：“马谡已经死了，丞相何必过于难过呢？”诸葛亮说：“我想起先帝在白帝城曾经叮嘱我，说‘马谡言过其实，不可大用’。这次果然应了先帝的话，我痛恨自己在用人方面没能像先帝那样精明。我想起了先帝，不由得伤心起来。”

蒋琬也叹息了一番。他劝诸葛亮回到成都去。诸葛亮摇摇头，说：“我奉命出来讨贼，怎么能半途而废呢？”蒋琬见他坚决不肯回去，就建议说：“是不是需要再加些兵马？”诸葛亮又摇了摇头，说：“我们的军队在祁山、箕谷的时候，都比贼军（指魏军）多，而不能破贼，反倒被贼所破，毛病不在兵少，在于错用了人。现在我打算减少一些士兵，省去一些将军，自己检查过错，要做到赏罚分明，不再犯过去犯过的错误，对于未来的事特别小心，这样，也许能够加强力量。要不然，兵马再多，有什么用呢？但愿从今以后，诸公在朝廷里多多指出我的缺点，大伙儿同心协力，发愤图强，这样，大事可以成功，国贼可以消灭，我们踮着脚盼着，大功告成的日子一定会到。”

蒋琬听一句，点一点头。他回去以后，诸葛亮留在汉中，着手考查有功劳的人，给予奖励，哪怕一点点的小功劳也不抹杀，表扬壮烈阵亡的将士，安抚他们的家属。他把这次失败的责任自己承担下来，让大伙儿知道自己的过错。然后着着实实地训练兵马，鼓励士气。提倡生产，厉行节约。全体将士都受了感动，把这次的失败看作是自己的事，准备将来立功，报效朝廷。

古籍链接

成都既定，以云为翊军将军。建兴元年，为中护军、征南将军，封永昌亭侯，迁镇东将军。五年，诸葛亮驻汉中。明年，亮出军，扬声由斜谷道，曹真遣大众当之。亮令云与邓芝往拒，而身攻祁山。云、芝兵弱敌强，失利于箕谷，然敛众固守，不至大败。军退，贬为镇军将军。

——《三国志 · 蜀书》

围攻陈仓

蜀兵退到汉中，留在那儿。诸葛亮整顿军队，积聚粮食，一有机会，就再出兵北伐。魏兵赶走了蜀兵，大部分的军队也都撤回去了。曹真收复了安定等三个郡，他认为诸葛亮看到了这次的失败，以后不会再从祁山过来，再要出兵的话，八成先来夺取陈仓。他就叫太原人郝昭带领一队兵马镇守陈仓，嘱咐他把城墙修理一下，加高加厚。他自己到了长安，保护着魏明帝回到洛阳。

蜀汉这一头给打退，魏明帝渡过了一个难关，没想到东吴那一头又使了个计，叫魏兵打个败仗，连大司马兼扬州州牧曹休也丧了命。东吴的鄱阳太守周鲂假装得罪了吴王孙权，一定要弃吴投魏，跟大司马兼扬州州牧曹休私通消息，约他发兵去接收鄱阳郡。曹休率领骑兵步兵共十万名往皖县（也叫皖城，在今安徽潜山一带）去接应周鲂，帮他反抗吴王。魏明帝接到了曹休的奏章，又叫豫州刺史贾逵向东关（就是濡须口）进兵。两路并进，不但要接收一个郡，还可以就手再夺些地盘。

曹休的兵马从寿春出发，沿路一点阻挡都没有地一直经过夹石，到了石亭（在潜山东北），就钻进了人家早已布置好的罗网里。鄱阳太守周鲂是按照吴王孙权的主意，使的是个假投降的计策。吴王亲自到了皖城，拜陆逊为大都督，朱桓、全琮为左右都督，各带三万人马，三面埋伏。曹休的兵马一进来，就给围住了。魏大司马曹休做梦也没想到东吴鄱阳太守周鲂是请他来挨揍的。他还以为自己人马多，挨得起揍。哪儿知道一阵打下来，就像一个人当头砸了一闷棍，两腿一软，晃了晃就倒下了。赶到他缓醒过来，吓得没头没脑地跑，哪儿还敢还手？

曹休捧着脑袋逃到夹石，已经死了一万多人。牛、马、骡、驴拉的辎重车，连同粮草、军资、器械什么的全扔了，可还没逃出东吴的包围，夹石西北的去路也都给挡住了。东南有追兵，西北没退路，眼看全军就将覆没。正在万分危急的时候，救兵到了。这支救兵，杀散截击曹休的一股人马，挡住追赶上来的东吴大军，把曹休这一路的残兵败将救了出去。

曹休这儿压根儿来不及派人去求救，这救兵是打哪儿来的呀？原来曹休从寿春发兵直往皖城以后，魏明帝就叫贾逵带领前将军满宠、东莞（东莞是郡名，在今山东沂水一带，和今广东东莞不是一个地方）太守胡质等几万人的军队往东去跟曹休的军队会合，由皖城去夺取东关。贾逵发兵以后，就听到曹休已经往皖城去了。他料到东吴的军队一定集中在皖城，大司马曹休孤军深入，必败，就吩咐各队兵马水陆并进，走了两百多里地。他在那边逮住一个东吴兵，盘问下来，才知道曹休中了计，果然打了败仗，东吴还派兵在夹石截断他的归路。将士们听到了这个消息，慌了神。有的还说："已经知道中了计，咱们可不能再送上门去。"

贾逵对他们说："东吴知道大司马后面没有接应的军队，才敢大胆地追上来。我们火速行军赶到夹石，突然打过去，东吴必然退兵。"他们就加速行军，迎头赶上去。到了夹石附近，在山口要道上，竖了不少旗子，留着一部分士兵来回打鼓，作为疑兵。其余的大队人马迎头打击吴兵。吴兵突然碰到了这么一支生力军，后面又有大军，左右山头都是旗子，打鼓的声音震动了山谷，不知道这里埋伏着多少魏兵。他们不敢穷追，只好回头了。贾逵就这么占领了夹石，拿出一部分粮食和军资供应曹休的军队。曹休这才重新编排队伍，退了回去。

曹休这个跟头已经摔得够瞧的了，可是贾逵救了他的命这件事更叫他受不了。原来他仗着自己是曹家的宗室，一向瞧不起贾逵。早在魏文帝时候就老说贾逵坏话，不让魏文帝升他的官职。这一次这个冤家对头居然救了他的性命，还拿出粮食、车辆什么的救济了他一无所有的军队，他心里这份害臊和懊恼就像炭火烧他脊梁那么难受。他回到扬州庐江（魏占领的扬州只有九江、庐江两个郡，其他江津要害地区大多都给东吴占领着），上书请罪。魏明帝因为他是宗室，没把他办罪。曹休又是羞又是恨，一肚子的郁闷没处发泄，在脊梁上长了个毒疮。没几天工夫，他给毒疮折磨死了。魏明帝让满宠接替他统领扬州。

魏军在东边打败仗的消息传到汉中，诸葛亮又探听到魏军大多还在东边，关中虚弱，就打算再一次出兵北伐。朝廷上的大臣们都说，自己刚在祁山打了败仗，元气还没恢复过来，怎么能再去攻打别人呢？诸葛亮又向后主上了一道表章，大意说："先帝一直认为汉室和汉贼不两立，王业不能偏安，所以嘱咐臣征讨汉贼。像先帝那么英明，估量臣这点才能，就知道臣去征伐汉贼，敌人要比我强。但是，不去征伐，王业也要灭亡，与其坐着等候灭亡，还不如发兵去征伐。所以他才毫不犹豫地嘱咐了臣。臣自从接受命令那天起，睡也不安心，吃也没滋味。可是要出兵北伐，先得去平定南方。因此，那年五月大热天，渡过泸水，深入不毛之地，两天吃一顿饭。这并不是臣自己不爱惜自己，为的是王业不可偏安在成都一个角落里，所以甘心冒着危险，不怕困难地去执行先帝没完成的意志。有些人不了解这个意思，认为这么做是失策的。现在贼子在西边已经够疲累的了（指郿县、祁山的魏兵），在东边又打了败仗。兵法中说向敌人进攻要趁他疲劳的时候。现在正是进攻的好机会。"末了，他说："臣鞠躬尽瘁（cuì），死而后已，至于成功还是失败，那就不是臣所能预料的了。"

后主接到了这个奏章，当然又批准了。诸葛亮就率领五万兵马打出散关，兵围陈仓。陈仓的守将郝昭早就做了准备。可是守城的才一千多点人，怎么对付得了几万人的攻打呢？没想到郝昭有勇有谋，知兵善战。他在上半年就把城墙加高加厚，准备了足够的弓箭和粮食，任凭蜀兵怎么攻打，没能够把陈仓打下来。

诸葛亮派一个郝昭的老乡叫靳详的去劝降。郝昭在城楼上大声回答说："魏家的法令，您是熟悉的，我这个人，您也是知道的。请回报诸葛先生，能攻就攻，不能攻就退，别的就不必多说了。"靳详只好回到大营，把郝昭的话说了一遍。诸葛亮再叫靳详去劝告他，说："双方兵力相差太远了，何必白白地遭到破灭呢？"郝昭回答得挺干脆，他说："话嘛，上次已经说定了。我是认识你的，可是箭不认识你。"说着他就对着靳详拉满了弓。靳详只好低着头回来了。

劝降没有盼头，诸葛亮下令攻城。城上的箭和石头像下大雨和雹子似的下来，蜀兵占不到便宜。魏的救兵一时可也来不了。蜀兵又利用云梯和撞车攻城。可是人家也做了应对的准备。云梯一接近城墙，城上的火箭就“呼呼呼”地射来，云梯着了火，梯子上的人有给烧死的，也有给摔死的。撞车一到城门口，自己先给撞坏了。郝昭叫士兵用绳索拴着不少大石磨，就在城门口悬着。撞车一到，石磨砸下来。“呼啦啦”一声响，一辆撞车给砸碎，“呼啦啦”二声响，第二辆撞车又翻了。

蜀兵又想出了两个攻城的办法来，一个是填壕沟，一个是挖地道。他们把城下的壕沟用土填起来，只要有一段壕沟填满，变成了平地，他们就可以直接去爬城。郝昭就在城墙里面再筑一道墙。末了蜀兵就在城下挖地道，直通城里。郝昭马上叫士兵在城里挖一条深沟，把城外通进来的地道拦腰截断。这么一边攻城，一边防守，日日夜夜坚持了二十多天，双方还僵持着。到了这时候，魏大将军曹真已经派将军费耀发兵来救陈仓了。

魏明帝还不放心，他叫张郃去抵抗诸葛亮，正像上次他在街亭打败马谡一样。魏明帝亲自到了河南城（在洛阳城西），摆上酒席，给张郃送行。他说：“将军此去，一定马到成功，就怕晚了些。等到将军赶到，恐怕诸葛亮已经得了陈仓了吧。”张郃料到诸葛亮大军远道而来，粮食一定供应不上。他扳着手指头算了算，说：“等到臣到了陈仓，诸葛亮大概已经走了。”

果然，不出张郃所料，陈仓围攻了二十多天，诸葛亮正担心粮草供应不上，又探听到东路的大批救兵眼看就快到了。他只好下令退兵。他秘密地嘱咐魏延在退兵的时候要这么这么办。

这边一退兵，那边就追上来了。魏军的先锋，大力士王双，带领着新到的一支魏兵，步步紧逼，追着蜀兵。王双眼看前面的蜀兵打着旗子，唱着歌，不快不慢地走着。王双追得急些，他们跑得快些；王双追得缓些，他们跑得慢些。王双不耐烦了，催动兵马杀奔过去，自己夹在中间，前后指挥。刚转过山腰，一阵鼓响，大将魏延从树林子里杀了出来。王双只道蜀兵在前面，没提防拦腰里还有敌人。他回头一看，还没看明白是谁，就给魏延一刀劈着，连肩膀带脑袋都给砍下来了。魏兵一见主将给杀了，又不知道树林子埋伏着多少敌人，连滚带爬，回头就逃。魏延带着一支精兵倒追过去，杀了一阵，然后才压着后队缓缓地回到汉中。

吴王称帝

二次北伐大军回到汉中，休养了一个多月，就到了新年（公元 229 年，魏太和三年，蜀建兴七年，吴黄龙元年）。诸葛亮这会儿不想去打远道的安定或者陈仓，他要首先夺取几个临近的郡县，就派部将陈式进攻武都（在今甘肃成县一带）和阴平（在今甘肃文县一带）两个郡。魏雍州刺史郭淮从东边发兵去救。诸葛亮早就料到这一步，亲自率领一支军队冷不防袭击郭淮，把他的军队打得落花流水。郭淮只好逃回雍州。诸葛亮就这么打下了两个郡，安抚当地的两个部族（氐部和羌部），派将士留在那边镇守，自己又回到了汉中。

后主下了一道诏书，大意说："街亭那次的战役是由于马谡的过错而遭挫折，您一定要把责任自己承担下来，还坚决要求降级。我不好违背您的意见，只好听从了。去年出兵，打了胜仗，杀了王双。今年出兵，赶走了郭淮，安抚了氐、羌，收复了两个郡，彰显了朝廷的威仪，您这个功勋就不小。现在恢复丞相的职位，请不要推辞。"

诸葛亮官复原职，满朝文武都像透了一口气那么痛快。大伙儿不由得想起跟诸葛亮同时要求降级的那位镇军将军赵云来了。没想到就在这一年，他害病死了。诸葛亮伤心得没法说。后主刘禅早就听说过赵云两次救了他的命。这么一个救命大恩人死了，怎么能不哭呢？他要追封赵云，叫大臣们商议给他一个称号，表示尊荣。姜维他们商议下来，尊他为顺平侯。他的大儿子赵统继承爵位，二儿子赵广也做了将军，跟姜维在一起。

诸葛亮第三次北伐，得了武都、阴平两个郡，又做了丞相。消息传到东吴，东吴的将士们也都眼红，劝吴王兴兵伐魏，夺取中原。吴王也正想着上次叫周鲂使了一个假叛变的计策，消灭了曹休的一支军队，东吴可并没扩张地盘，还不如蜀汉一出兵就得到了两个郡。他心里一直打算打到扬州去收复寿春和庐江两个郡。这会儿听了将士们的鼓动，就先派人去探听大江北岸的动静。

大江北岸还没探听到什么重要的消息，大江南岸倒出了惊人的新闻了。东吴的文武百官纷纷上书，要求吴王登基称帝。孙权早有这个想头，就怕一旦做了皇帝，曹魏绝不肯放过他。因此，他对魏在名义上经常处在从属的地位。可是多少年来，一直保持着又是称臣，又是不受管束，又是接受魏的封赏，又是分庭抗礼、刀兵相见，这么一个不三不四的局面。这几年来，情况可不同了。魏不但没有东征西讨、统一中原的计划，反倒在东边和西边屡次受到打击，只能一边抵御，一边退却，根本没有回击的力量。吴王孙权看清了这种形势，才大胆地做了皇帝，改黄武八年为黄龙元年，追尊父亲孙坚为武烈皇帝，母亲吴太夫人为武烈皇后，哥哥孙策为长沙桓王，立王子孙登为皇太子。

吴主孙权拜陆逊为上大将军，顾雍为丞相，诸葛瑾拜了大将军、豫州牧，他的儿子诸葛恪（kè）和张昭的儿子张休陪在太子身边。这时候，张昭已经七十三岁了。他上朝祝贺吴王称帝。吴主把东吴能有今天的主要功劳归给周瑜。张昭也想说几句颂扬功德的话。他刚举起朝笏（hù），做着发言的姿势，动了动嘴唇，还没说出话来，吴主就笑了笑，叫他别说了。他说："要是当年我听了张公的话（指赤壁之战），到今天只能做个要饭的啦。"这句话说得张昭直冒冷汗，连耳朵带脖子全红了。他趴在地上直认错。吴主请他起来，叫他别介意。张昭因为年老多病，上书要求退休。吴主封他为娄侯（娄是县名，在今江苏昆山），食邑万户。又过了八年，张昭在八十一岁那年死了。

诸葛恪是诸葛瑾的长子，从小聪明。他六岁那年，跟着父亲参加宴会。孙权因为诸葛瑾脸长，成心跟他开玩笑，叫人牵来一匹毛驴，替它相面。相了一会儿，拿白粉在毛驴脸上写了"诸葛子瑜"四个大字。大伙儿见了，笑得前俯后仰，有的为了讨孙权的好，故意捧着肚子好像已经笑得透不过气来似的。诸葛瑾觉得很别扭，又不能发脾气，只好让人家把自己当作逗乐的玩意儿了。六岁的诸葛恪跪在孙权跟前，要求让他写两个字。孙权拿笔交给他。他就添上两个字，合成“诸葛子瑜之驴”这么一句话。在场的人从心眼儿里称赞他的聪明。孙权高兴得哈哈大笑，轻轻地拍了拍他的后脑勺儿，就把那匹驴赏给他。

这会儿吴主嘱咐诸葛恪和张休辅助太子。其他文武大臣都有升赏。接着就打发使者到成都向蜀后主建议，互相尊为皇帝。后主召集大臣们商议这件事。他们大多认为汉是正统，魏是篡位的，吴自称为帝，对大汉来说，是大逆不道的行为，怎么还能跟他来往呢？

蒋琬说：“咱们还是去问问丞相。”后主就派人到汉中去问诸葛亮。诸葛亮说：“孙权早就想做皇帝了。我们所以不把他当作敌人是为了要他帮我一手去拉住曹魏。如果跟他断绝来往，必然加深仇恨。这么一来，不但还得加强东边的防卫，而且先得跟东吴决战，占领了东吴之后。才能够再打算去收复中原。目前东吴的人才还不少，他们的将军和丞相又都彼此和睦，不是一朝一夕能把东吴打得下来的。如果在东边驻扎军队跟东吴对峙着，那么，我们东边的军队坐着等老，北面的贼子倒得了好处。这不是上策。从前孝文皇帝很客气地对待匈奴，先帝也曾经很客气地跟东吴联盟。这都是为了长远的利益，暂时采取的一种变通办法。现在东吴派使者来，跟我们结成联盟，我们出兵北伐，就不必顾到东边，魏要防备东边，就不敢把军队都调到西边来，这对我们就大有好处。”

经过诸葛亮这么一解说，大伙儿才认为应当变通一下，跟东吴结成联盟。后主就派卫尉陈震为使者带着礼物去回拜吴主，祝贺他上了尊号。吴主建议跟汉订立盟约，约定灭魏之后，孙刘两家平分天下：豫州、青州、徐州、幽州归给东吴，兖州、冀州、并州、凉州归给蜀汉。此外，还有一个司州，以函谷关为界，西边属汉，东边属吴。陈震同意回去请示。

那时候，魏、蜀、吴三分天下。魏地最大，除了上面所说的蜀、吴打算平分的九个州以外，魏还有雍州和荆州、扬州的一部分，算作十二个州。东吴占领荆州、扬州、交州、广州四个州，其中荆州和扬州还是跟魏各占一部分。蜀的土地最小，原来只有一个益州，后来把益州分成益州和梁州，再加上也占了凉州和交州的一部分，勉强也算是四个州。

吴主跟汉约定平分天下以后，因为不必再担心西边，就迁都到建业，留着上大将军陆逊和别的一部分大臣辅助太子孙登镇守武昌，上大将军兼管荆州。又因为扬州的豫章、鄱阳、庐陵三个郡接近荆州，再说那边的山越还老发生叛变，因此，这许多地区的军政大事，全由陆逊总督。

吴主老想往北扩张地盘，可是魏在东面从广陵、寿春、合肥起，往西直到沔口、西阳、襄阳都驻扎着军队，从东到西，形成一条巩固的防线，叫吴主很难伸展。诸葛亮曾经说过："孙权不能打到江北去，正像曹魏不能渡过汉水夺取江陵一样。"吴主就利用沿海的特殊条件，大量地建造海船，向东、南、北三面发展。

东吴的大海船往北直通辽东，跟魏辽东太守公孙渊（公孙康的儿子，公孙度的孙子）经常有来往，建立了南北的海上交通，有了买卖关系，彼此都有好处。公孙渊在名义上是魏的太守，实际上从他祖父公孙度起，经过他父亲公孙康，到他自己，三辈都保持着一个半独立的地位。因此，陆地尽管不通，航海倒很方便。东吴的马匹大多都是由辽东方面供给的。魏明帝明明知道，也没办法。

东吴的大海船往东，发兵占领了离临海郡（在今浙江南部）两千多里的海岛，岛上也有几万户人家。海船往南直到珠崖（海南岛），在那边设置了郡县。海船往东南到了夷洲（台湾）。吴主还要把这些岛上一部分的居民移到大陆上来，为的是增加户口，进行耕种。陆逊和全琮都反对这么干，一来因为这些部族的风俗习惯跟汉人不相同，生活、管理都有困难；二来岛民搬离了故乡，水土不服，容易害病。他们说："桓王（指孙策）创立基业的时候，士兵还不到一个旅（古时士兵五百人为一旅）。现在江东人口很多，士兵并不缺少。如果从一千里，甚至一万里以外的海岛上把各部族的人当作俘虏带到陆地上来，这是利少害多的事，请皇上三思。"吴主可没听他们。

东吴和蜀汉订了盟约，迁都到建业，不向西过来，有时候倒向海上去发展，诸葛亮就不必再为东路操心了。他在南郑西边沔阳地方造了一座城叫汉城，在南郑东边成固地方造了一座城叫乐城。汉城、乐城两座新造的城大大巩固了北伐前哨的根据地，然后再准备出兵。哪儿知道诸葛亮还没出兵，魏明帝倒派大司马曹真和大将军司马懿率领两路大军打过来了。诸葛亮决定守住紧要的关口等着他们。

木牛流马

大司马曹真自从收复南安、天水、安定三个郡以后，还想去打汉中。公元 230 年（魏太和四年，蜀建兴八年，吴黄龙二年），他上了一个奏章，大意说他要从斜谷进兵，如果再有别的将军从另一路出发，两路并进，一定能够打个大胜仗。魏明帝同意了，另外叫大将军司马懿从汉水经过西城打过去，到汉中跟曹真的军队会齐。可是有人不同意这么办。

司空陈群反对说："从前太祖（指曹操）到阳平进攻张鲁，收割了当地的豆子和麦子补贴军粮。张鲁没打下来，军粮已经不够了。现在没有豆子、麦子可以收割，军粮没法补充，运粮大有困难。再说斜谷地势险恶，道路狭窄，进兵、退兵都不方便。路上转运粮草、军需，必然会遭到截击。这种情况不可不再考虑。"

魏明帝认为陈群说得有理，就不让曹真去。曹真又上了一道奏章，建议由子午道那边进兵。陈群又说那条道儿不好。魏明帝不知道究竟哪条道儿好，就下了一道诏书，叫曹真再跟陈群商议商议，曹真自作主张，拿着这道诏书，叫司马懿照原来的计划发兵，自己率领大军走了。

汉丞相诸葛亮探听到曹真、司马懿两路进兵，料定他们一定到成固那边会齐。他就把大军驻扎在成固，等着他们。好在那边刚造了两座城，结实得很，城里又储藏着足够的粮草，要守多久就能守多久。又因为东边的防御可以放松一点，就叫江州都督李严带兵两万，赶到汉中来，让他儿子李丰为江州都督，接替他父亲守在那边。

诸葛亮做了准备，等候魏兵打过来。谁知道等了一个多月，魏兵可没来。不是不来，是来不了啦。那年秋天下大雨，连着三十多天下得没个完，山洪暴发，栈道断绝。曹真带领大军从长安出发，走了一个多月，子午道还没走出一半。幸亏魏太尉华歆和别的几个大臣上了奏章，说天时不好，不该进兵。魏明帝才下了诏书，叫他们退兵回来。司马懿为人机灵，他借口天下大雨不便行军，早就中途停下了。这会儿接到了诏书，很方便地就回去了。

魏兵不能过来，诸葛亮倒叫魏延往西去招抚羌人。这么一来，就跟雍州刺史郭淮打了一仗，把他打得一败涂地，再也不敢出来了（这一仗算是第四次北伐）。

第二年（公元 231 年）春天二月里，诸葛亮第五次出兵北伐，围攻祁山。这次供应粮食和军用物资采用一个新的办法，就是不用大量的牛马，而用一种一个人拉的双轮小车，人们管这种小车叫“木牛”。用木牛运粮，可以节省畜力、人力，而且因为车身小，分量轻，周转灵活，适宜于山谷小道。

“木牛”确实比牛马或者一般的轱辘车轻巧得多，可是山沟子里的小道一碰到下雨，给水冲坏，哪怕仅仅冲坏一段，或者小道上左右不平，就没法行车。诸葛亮和几个专做木工的士兵从一个人拉的双轮小车上想主意，试了好多次，居然给他们发明了一种一个人推的独轮小车。那种小车只要有道，任何小道，不管多窄，人走得过去，车也推得过去。他们管这种独轮手推车叫“流马”。

督运粮食是非常重要的事，诸葛亮特地叫骠骑将军李严负责办理。这儿一边用“木牛”“流马”运粮，一边把军队集中到祁山。警报早就到了洛阳。

大司马曹真这时候因病回到洛阳，不能出征。魏明帝只好派大将军司马懿屯兵长安，指挥将军张郃、费曜（yào）、戴陵、郭淮等去抵抗蜀兵。没有多少日子，曹真死了，他儿子曹爽继承他父亲的爵位为列侯。司马懿可就掌握了军事大权。他派部将费曜、戴陵带着四千精兵留在上邽，守住后方。其余的兵马都往西去救祁山。

张郃认为救祁山用不着这么多兵马。他建议，是不是可以让他带领一部分兵马驻扎在雍县和郿县，作为接应。司马懿回答他说：“照你的办法把大军分成前后两队，你带领后队作为接应，我带领前队出去作战。要是前队能够对付蜀兵的话，那你的办法很好。可是我担心我们全部人马还不一定能打败敌人，要是再把军队分成前后两队，力量分散，那就更不行了。”这么着，司马懿没听张郃的话，他集中兵力去救祁山。

诸葛亮一听到司马懿集中兵力亲自到祁山这边来，他偏偏不跟他交锋。当时分了一部分兵马给王平留在祁山，转攻为守，自己带着魏延、姜维他们率领大军抄小道往北去打上邽。镇守上邽的两个将军——费曜和戴陵，不知道天高地厚，马上出去应战。两军一碰头，立见分晓。四千精兵，再精也不过四千。不出来，还可以守，一出来交战，差不多全部消灭。幸亏雍州刺史郭淮领兵赶到，把两位将军和一些败兵救了出去，逃回城里，再也不敢出来了。

上邽城门紧闭，像死一般地静。好在城墙结实，蜀兵也不容易打进去。城外有一片好庄稼，正赶上麦收时节。蜀兵老实不客气，赶紧收割麦子，能割多少是多少，那要比木牛流马运送更省事。郭淮他们不能出来争夺麦子，可是他们早已派“飞马报”去向司马懿求救了。

司马懿的大军赶到上邽东边，就碰上了魏延和姜维的军队。司马懿立刻下令扎营，挑了险要的地区布置壁垒，吩咐将士们守住阵脚，只许放箭，不许出战。蜀兵几次进攻，都被射退。魏延、姜维他们只好收兵回营。以后蜀兵天天出来叫战，魏兵只是加强防守，绝不出战。诸葛亮不能老待在那儿天天消耗粮食，就在五月里下令退兵，退到卤城。

司马懿一直不出来交战。这会儿瞧见蜀兵退去，他倒要打了。张郃拦着他，说：“蜀兵老远地跑来，希望快打，我们守住阵地，日子一多，远来的敌军粮食供应不上，只好退兵。祁山那边知道我们的大军来了，将士们守城的决心一定更坚，祁山就能保住。我们就在这儿屯兵，让诸葛亮有个忌惮，我料定蜀兵只好退回去。他们退兵一定做了准备。如果我们追上去，逼着他们大战一场，我们就说打个胜仗，也没有好处。我怕这不是老百姓的愿望。”

司马懿不同意张郃的主张，很简单地说了一句“全军追上去吧”，心里可很不是滋味儿。司马懿率领大军追到卤城，可又不出战，只是扎了营，掘了壕沟，守在那儿。蜀兵天天到司马懿的军营外叫战、骂街，一天到晚高声嚷着说："胆小鬼，出来吧！""脑袋缩在甲壳里，不害臊吗？"

魏营里的将士们几次三番要求出去打一仗，司马懿高低不答应。其中有两个将军，一个叫贾栩（xǔ），一个叫魏平，实在耐不住了。他们直截了当地对司马懿说："明公害怕蜀兵像害怕老虎一样。可有一件，给天下人笑话怎么办？"司马懿是哑巴吃黄连，有苦说不出。他实在害怕诸葛亮，又因为张郃曾经跟诸葛亮作战出了名，他几次献计，都被司马懿拒绝，彼此都有点别扭。司马懿追了上来，又不跟人家作战，将士们在背后笑他，他已经不太舒服了。贾栩、魏平的话更叫他难受。末了，他同意交战，就给张郃一万人马，叫他去救祁山，自己带领大军正面对付诸葛亮。

古籍链接

九年，亮复出祁山，以木牛运，粮尽退军，与魏将张郃交战，射杀郃。十二年春，亮悉大众由斜谷出，以流马运，据武功五丈原，与司马宣王对于渭南。亮每患粮不继，使己志不申，是以分兵屯田，为久驻之基。耕者杂于渭滨居民之间，而百姓安堵，军无私焉。相持百余日。其年八月，亮疾病，卒于军，时年五十四。及军退，宣王案行其营垒处所，曰："天下奇才也！"

——《三国志 · 蜀书》

木门道

诸葛亮早已吩咐魏延、高翔、吴班等在卤城左右埋伏着，天天等着司马懿出来，好像打猎的安排了陷阱等候着野兽掉下来一样。这会儿司马懿让那两个急于要打的将军带着兵马冲杀过去，天天叫战的蜀兵反倒不出来了。他们守住阵营，只有前排的士兵用连弩弓抵抗魏兵。那连弩弓是诸葛亮的发明创造，箭是铁制的，长八寸，每发射一次，十支箭同时出来，要比一般的弓箭厉害得多了。魏兵好几次冲杀过去，都被连弩箭射回来。他们每冲一次，地下留着一大批像刺猬似的尸首。赶到魏兵的冲劲没了，蜀兵“唰”的一声，突然杀过去。司马懿慌忙叫贾栩、魏平去顶一顶。顶管什么用？魏兵各自逃命，哪儿有路就往哪儿跑，哪边没人就往哪边躲。魏延、高翔、吴班三路伏兵同时出来，杀得魏兵不知道死了多少。蜀兵打了个大胜仗，身穿普通军衣的小卒子不算，高一级穿铠甲的魏兵就杀死了三千多名，此外，还得到了黑色的铠甲五千套，镶角的弩弓三千多张。

贾栩、魏平到底比一般的士兵机灵，他们一看自己顶不住蜀兵，早就保护着司马懿，逃出包围，先回大营了。司马懿咕嘟着嘴，直怪部将们不听他的指挥，一定要出来交战，以致打了败仗。打这儿起，他叫将士们捂住耳朵，不听蜀兵的叫战、骂街，只是坚守营垒，怎么也不再出战了。

张郃那一路还没走了多远，就听说司马懿大军打了败仗，还败得很惨。

他只好退兵回来，跟司马懿的大军合在一起，守住阵地。他们只是用弓箭对付蜀兵的进攻，就这么又相持了十多天。

诸葛亮十来万大军遥远地跑来，在上邽、卤城一带跟司马懿已经相持了快四个月了。司马懿死也不再出来，诸葛亮没法。不打不要紧，可有一件，十万士兵每人每天吃二斤粮，四个月一百二十天，就得两千四百万斤。一个人拉的“木牛”小车至多不过运粮几百斤。粮食的供应慢慢地显得不怎么富裕了。

诸葛亮正在为难的时候，那个负责供应粮食的李严，已经改名为李平，打发参军狐忠和督军成藩两个助手赶到卤城，传达李平的意见，请诸葛亮赶紧退兵回去，别的话一句也没提。诸葛亮问他们是怎么回事，他们都说不知道。诸葛亮考虑了一下，认为李平总不会无缘无故请他退兵的。这么一推想，准是运粮有了困难。粮食要是供应不上，大军也不能再待下去。他叫狐忠、成藩先回去告诉李平，这儿马上撤兵。一面派人传令，嘱咐围攻祁山的王平把军队撤到成固，一面派魏延带领一万人马外加一千名弓箭手先到木门道（在今甘肃天水西南）埋伏着。然后自己率领全部兵马堂堂皇皇地离开卤城。

蜀兵突然退去，司马懿还不敢相信。他派人去察看，探听蜀兵往哪条道儿走。察看下来，果然，卤城内外见不到一个蜀兵。再探听一下，才知道他们都往木门道那边逃了。司马懿哈哈大笑。他说：“这回真退兵了。谁敢追上去？”将士们因为上次受了窝囊气，脸上太不好看，这会儿蜀兵逃回去，落得追赶一阵，就说立不了大功，脸上也风光风光。因此，大伙儿抢着说：“我去，我去！”只有张郃来个“死鱼不张嘴”。司马懿挑着眼角向他瞧了瞧，说：“怎么啦？将军的意思是……这一次又不应该追？”

张郃说：“兵法上有句话说，围城围三面，留一条出路，撤回去的军队不可去追。”司马懿用鼻子笑了笑，说：“将军的胆子也太小了吧。”张郃斗气似的说：“我上过多少次战场，从来不敢落后。要追就追，怕什么？”司马懿马上高兴地说：“好！将军做先锋，我跟在后面。只要兵马多，不怕诸葛亮使什么诡计。咱们就追上去吧！”说着，他叫张郃带领一万兵马为第一队，自己带领三万兵马跟在后面为第二队。

张郃一马当先，一点阻挡都没有地直追上去。遥远地瞧见蜀兵的后队乱糟糟地跑着。没费多大工夫，就追上了压队的大将魏延。魏延边打边退，张郃步步紧逼。追了一程，他怕中计，立刻勒住马，往前瞧瞧。他还不放心，亲自上了高岗，观察一番。往前望去，只瞧见魏延带着几千人在那儿压队，没瞧见诸葛亮的大军。要么大军已经走远了，要么没走这条道，反正前面才几千个人。他往后一望，尘土灰沙飞得半天高，司马懿的大军跟上来了。他这才放胆地又追上去。

张郃瞧见魏延还在前面磨蹭着。这不是引他进去吗？他仔细望了望，不像。魏延正忙着叫将士们把铠甲、刀枪、做饭的铜锅什么的扔在道上，要把道路堵死，不让魏兵过去。张郃最后才决定追上去。好在铠甲什么的并不太多，魏兵到了，把这些东西往两旁一踢，就过去了。魏延跑进木门，回头一瞧，张郃还追着，他慌了神，他那匹马乱蹦乱跳，险些把魏延摔了下来。张郃看得真切，往后一招手，魏兵跟着他进了木门道。道儿越来越窄，两旁是山岸，上面还有树木。他怕这儿有埋伏，正想回头，突然一阵鼓响，高岸上的连弩箭就像下大雨似的直倒下来。张郃的右腿先中了一箭，翻身落马，接着，他跟别的将士一样，很难说究竟中了几箭。魏兵的后队一看前队逃回，主将被杀，慌忙回头，又被魏延的兵马追杀一阵。司马懿赶到，接应着，放过败兵，挡住魏延。他怕自己也中了埋伏，急忙退回。魏延也不再追赶，带着自己的兵马回去了。

诸葛亮回到汉中，查问李平叫他退兵的详细情况。李平故意装出吃惊的样子，反问说："军粮很充足，为什么就回来了？"原来李平因为今年夏末秋初雨水多，山道运粮不便，他怕军粮供应不上，就要个花招叫狐忠和成藩去劝诸葛亮退兵。这会儿又想把退兵的过错推给诸葛亮，还故意含糊地说狐忠、成藩可能没说清楚。诸葛亮不愿意在这儿跟他分辩，就回到成都去了。李平又怕后主责备他，就上了一个奏章，说丞相退兵是个计，要把敌人引出来，然后消灭他们。他想用这种话蒙住后主。

诸葛亮到了成都，把李平的前后奏章和信件拿出来核对一下，就知道他居心不良，要把自己的过错推给别人，以致前后言语颠三倒四。李平没有话说，情愿领罪。诸葛亮直叹气，很伤心地上了一个奏章，把李平废为平民，放逐到梓潼郡（在今四川梓潼）去。李平这件事跟他儿子李丰无关，李丰仍旧做着江州都督。

诸葛亮又一次整顿内政，动员农民增加生产。朝廷减少官差，减轻税赋。同时，训练兵马，制造运粮的小车，还在斜谷口加强防御，修了仓库，把军粮陆续先运过去，准备三年以后，再一次出兵北伐，非把长安打下来不可。

赶集遭殃

公元234年（魏青龙二年，蜀建兴十二年，吴嘉禾三年）春二月，汉丞相诸葛亮第六次出兵北伐，同时打发使者到东吴，约吴主也出兵，东西两面夹攻，使魏分散力量，难于应付。四月里，诸葛亮率领十万大军由斜谷到了渭水南岸的郿县，屯兵五丈原（在今陕西眉县西）。这西边的形势固然严重，可是长安有司马懿的军队守着，蜀兵又是远道而来，只要司马懿派兵守住关口、要道，诸葛亮是不能很快就打过去的。为这个魏明帝倒特别注意东吴那一边。

吴主孙权一直打算往北扩张地盘，这会儿诸葛亮打发使者来约他一同发兵，他就下了决心，分三路进兵。他自己率领大军为第一路，到了巢湖口，向合肥新城（在今安徽合肥东）进军，大军号称十万，声势十分浩大。他派陆逊、诸葛瑾带领一万人马为第二路，进入江夏、沔口，准备进攻襄阳，又派将军孙韶、张承带领一万人马为第三路，进入淮地，向广陵、淮阴进军。三路兵马同时并进。

魏明帝曹叡认为东吴这一边的三路进攻，要比蜀兵从斜谷过来更加严重。因此，对付西边，他仅仅派了将军秦朗带领两万人马去帮助司马懿，嘱咐他们严守阵地，不可出战，自己坐着龙船，率领大军，御驾亲征去对付东吴。他还在路上，豫州刺史都督扬州军事的满宠，向他献计，准备故意放弃新城，引吴兵进入寿春，在那里消灭他们。魏明帝不同意，他说："先帝（指魏文帝曹丕）挑选了重要的地区驻扎军队：东，屯兵守合肥；南，屯兵守襄阳；西，屯兵守祁山。敌人到了这三个地方，都给打败，就因为地势好。孙权进攻新城，一定不会成功，只要将士们坚决守住，待我大军一到，也许孙权已经跑了。"

满宠就用原来的一点兵马坚守新城。吴主一看没法打进去，就下了命令，叫士兵们用木头大量地制造攻城的器具，如云梯、撞车等等，派自己的侄儿将军孙泰率领将士攻城。满宠招募了一批勇士，拿松明（有松脂的松木做的火把）作为火把，浸上麻油，由将军张颖等率领，从上风放火，向吴兵反攻。那天正赶上刮大风，松明加上麻油，一点就着。这班勇士拿松明作为飞镖，遥远地向云梯什么的扔过去。扔到哪儿，烧到哪儿，大量的攻城用的木头架子被烧毁，还烧死了不少士兵。吴主的侄儿孙泰又被城上的乱箭射死。大将一死，士兵纷纷逃回。

吴主打了一个败仗，正在进退两难，不知道下一步该怎么办的时候，倒霉的事又连着来了。第一件是"秋老虎"来了。那年秋天闷热得叫人喘不过气来，军营里发生了瘟疫，官吏、士兵害了病，已经死了不少人。第二件是魏帝率领大军来了。吴主原来估计魏帝不能出来，也许像上回那样往西到长安去。这会儿一听到他亲自率领大军到合肥来了，"好汉不吃眼前亏"，他就下令退兵。他这第一路退兵，右边的第三路孙韶他们配合不上，也只好退回来了。

左边第二路陆逊、诸葛瑾他们离第一路比较远。陆逊一听到魏帝亲自到合肥来，就打发心腹韩扁给吴主送去奏章，说他准备改变原来的作战计划，不去向襄阳进攻，而要赶到东边去切断魏兵的归路，约吴主前后夹攻，活捉曹叡。没想到韩扁到了沔中，吴兵已经退去，自己反倒给魏兵的巡逻队拿住。幸亏他的一个手下人眼快腿快逃回去，就近向诸葛瑾报告了经过。

诸葛瑾吓了一大跳，马上给陆逊去信，说："皇上已经回去了，敌人逮住了韩扁，知道了我们的计划，我们必然吃亏。再说天旱水干，还是快点退兵吧！"陆逊看了信，对来人说："请回报大将军，急事缓处，我自有办法。"说着他像平日一样，继续跟将军们在一起干他们的事儿。

使者回去向诸葛瑾回话，诸葛瑾担心陆逊太大意了。就问使者："大都督还做些什么准备？"使者说："这我可不知道。我光知道他还督促士兵们在营外种芜菁（就是大头菜，也叫疙瘩菜）、豆子什么的，自己不是跟将军们下棋，就是跟他们比箭玩儿。”

诸葛瑾听了，放了心，他说：“伯言（陆逊的字）足智多谋，一定有办法。”他就亲自去见陆逊，问他详细的情形。陆逊说：“敌人知道我们的皇上已经带着大军回去了，他用不着担心东边这一路，就必然用全力来对付我们，而且料到我们退兵，他就一定布置兵马沿路截击。我们这儿一退，让敌人看出我们害怕，他就会趁着机会逼上来，我们难保不打败仗。因此，我们必须另想办法，让敌人摸不透我们的意图，然后我们才能够回去。”

他们两个人挺秘密地商量定了，马上行动起来。诸葛瑾率领战船，陆逊率领步兵、骑兵，不但不往后退，反倒水陆并进，浩浩荡荡地向襄阳进军。魏人一向害怕陆逊，这会儿一探听到他亲自来进攻襄阳，马上把那些已经出来的军队调回去，准备坚守襄阳。吴兵就这样没在路上跟魏兵交战。陆逊的大军到了白围（在白河口），假意地说去打猎，暗地里派将军周峻、张梁等袭击江夏郡的新市、安陆、石阳几个小城。

石阳倒是个热闹的地方，那天东门外正赶上集市，赶集的人还真不少。周峻他们突然打过去，老百姓惊惶失措，有的扔了货物，都往城里逃。守城的魏将下令关门，可是城门口挤满了人，城门没法儿关。魏兵一瞧前面的吴兵已经到了，就横了心，把拥挤的人杀了一些，才勉强把城门关上。吴兵就在城外杀了一千来人，还带来了一些“俘虏”。就这么得胜而归，全军退到东吴地界。

魏人大忙了一阵，加强了襄阳的防守，吴兵可没过来。第二天探听下来，才知道东吴大军已经退回去了。

东吴十多万人马的三路进攻，并没跟魏展开大规模的战斗，仅仅由于满宠招募了一些勇士，烧毁东吴攻城的器具，射死了吴主的侄儿，就这么烟消云散了。难道吴主孙权就这么不中用吗？他以前曾经任用周瑜，火烧赤壁，打败了曹操；任用吕蒙，夺取荆州，消灭了关羽；任用陆逊，火烧连营，赶走了刘备。为什么这一次他不把十多万兵马的大军交给大都督陆逊，而仅仅给他一万人马，把他当个次要的配角呢？为什么要自己率领这十多万人的主力军，可又不敢跟敌人拼个死活呢？有人说，做了皇帝，谁还肯拼死？把兵权交给别人吧，总不如自己拿着好。咱们且不管这些个，反正东吴这次北伐大事就这么虎头蛇尾地吹了。

东边去了威胁，魏明帝就在寿春封赏有功劳的将士。大臣们都向魏明帝建议，说：“司马懿正跟诸葛亮相持着难分难解，皇上是不是可以再一次御驾亲征，到长安去一下？”魏明帝说：“孙权一逃，诸葛亮一定吓破了胆，司马懿的大军足足可以抵制他，用不着我担心了。”他留下一部分的兵马守在那儿，自己带着其余的将军和大臣回去了。真的把司马懿那边的战争不怎么放在心上。

魏明帝坐着龙船东征回来，已经是八月了。他还真大模大样地替汉朝的皇帝安葬。原来汉献帝被废为山阳公以后，不愁吃、不愁穿，多磕头，少说话，无声无息地又活了十四年。今年五十四岁，三月里害病死了。东汉从汉光武帝刘秀到汉献帝刘协，一共八代，十三个皇帝，一百九十六年（公元 25 年到 220 年），已经完了。魏明帝曹叡曾经穿着孝给他发过丧。这会儿按照安葬皇帝的仪式把他葬在禅陵，还让他的孙子刘康继承他为山阳公。

安葬了汉献帝以后，魏明帝正想知道郿县那边的情况，司马懿的奏章到了。从诸葛亮四月到了郿县，在渭水南岸扎了营，司马懿跟他对抗着已经一百多天了。司马懿有了秦朗两万兵马的支援，一直依照魏明帝的命令只守不战。这会儿派人送奏章来，请求魏明帝让他出去跟诸葛亮大战一场。司马懿一向主张坚守，他怎么会要求出去作战呢？这里面准有花样。

鞠躬尽瘁

司马懿素来害怕诸葛亮，他一听到诸葛亮屯兵五丈原，心里急得跟什么似的。一般的将士们只知道蜀兵来了，可还不知道究竟在哪儿扎营。为了安定军心，司马懿故意对将士们说：“如果诸葛亮从武功（在今陕西武功）那边沿山往东过来，我没法不担心，如果从五丈原那边过来，将士们可以放心。”探听下来，果然诸葛亮屯兵五丈原。魏将由于司马懿说了那一番话，安心得多了。

司马懿下了命令：“只守不战！”他对将士们说：“让蜀兵多消耗粮食。日子一长，他们打又打不过来，运来的一些粮食越吃越少，木牛流马也不能大量地供应粮食。咱们只要坚持三四个月，他们必然退去。赶到他们退兵，咱们用全力追击，一定能打胜仗。”

诸葛亮这一回已经料到司马懿有这一招儿，因此，他利用木牛流马，早在斜谷口积聚了粮食，还不断地继续运送。蜀兵有了这么多粮食，一年半载绝不会饿肚子。不光这样，诸葛亮又做了长期打算，他下了决心，北伐不成功，就永远不回去。他分出一部分的士兵在渭河南岸开了不少荒地，开始耕种。这些士兵跟附近的农民杂居在一起。蜀兵纪律严明，不侵犯老百姓，不拿他们的东西。为这个，屯田的士兵和居民做到了相安无事。军队屯田种地，生产粮食，诸葛亮就可以跟司马懿相持下去，要坚持多久就多久，非跟他拼个上下高低不行。

诸葛亮派人向司马懿下战书，还说，不出来交战的不是好汉。司马懿硬是不出来，不是好汉就不是好汉。蜀兵天天到司马懿的营门口叫战，骂魏将都是“胆小鬼”“没皮没脸、没耻没羞”“缩在甲壳里的王八”等等，什么难听的词儿都用上了；魏兵的耳朵起了茧子。将军们更加受不了，屡次三番地要求出去打。司马懿好像没事似的就是不答应。就这么两军对峙了一百来天。要是在往年，蜀兵早已吃完了粮食回去了。可是这一回，别说一百天，就是一年两年也能坚持下去，非把司马懿引出来不可。

有人向诸葛亮献计，拿那时候轻视妇女的风俗习惯去嘲笑司马懿。诸葛亮笑了笑，说：“不妨试试，也好让他们知道害臊。”他们就打发使者给司马懿送去一套妇女的衣服，外加发钗、耳环，还有胭脂、花粉什么的，叫他“好好打扮打扮，赶快回到千金小姐的闺房里去，别再在这儿带着兵马丢人现眼啦”！

司马懿和他的将军们见到了诸葛亮送去的这份礼物，听了使者传达的这种讽刺话，这一气呀，真不得了啦。有的吹胡子、瞪眼睛、鼓腮帮子，有的气了个倒仰儿。司马懿本来想故意笑一笑，把这口大气硬咽下去，可是他一见将军们气得鼻子眼儿都喷了火，他也只好跟着他们绷着脸，翻了翻眼皮子。

将军们嚷着说：“我们也算是上过阵的将军，怎么受得了这号侮辱？请下命令，我们情愿决一死战！赢不了蜀兵，甘心受军法处分！”司马懿说：“谁愿意受气？我也不是不敢出战，就因为皇上嘱咐我们只守不战，我才千忍受万忍受，怎么也不敢违抗皇上的命令。”他说了这话，瞧了瞧各人的脸，还是竖着眉毛，咕嘟着嘴。他怕不能把他们的火儿硬压下去，就说：“你们既然都要出战，我就立刻上个奏章，要求皇上答应我们大战一场。你们看怎么样？”大伙儿只好同意他先上奏章。

司马懿真有两下子，他一面把将士们的火儿压下去，一面还想探听探听诸葛亮的近况，就很有礼貌地招待着送女衣和胭脂花粉的使者。他一点也不问打仗的事，只是像聊家常似的说：“孔明先生身体可好？事情一定很忙吧？睡觉好吗？胃口不坏吧？”使者还以为这些都是客套话，又不是什么军事秘密，就很天真地回答说：“诸葛公起得早，睡得晚，打二十下板子的刑罚也得他亲自批准。胃口不算好，一天也就是吃几升口粮。”司马懿后来对将士们说："诸葛孔明吃得少，事务烦，能长得了吗？"

诸葛亮确实又忙又烦，一向如此，可是吃得少还是近来的现象，他一向闲不着，文件都得亲自批阅。主簿杨颙在八九年前曾经劝过他，说："我每回看到丞相自己批阅文件，总觉得您太累了。治国治家都需要有个体制，上上下下各有专职，不可互相侵犯。就拿治家来说，做主人的必须把工作分配好：谁下地，谁做饭；公鸡打鸣儿，狗管门，牛驮东西，马跑远路。各种各类的工作都要按照专责完成，主人自己就不会老忙不过来。如果他什么事情都要亲自动手，不再叫别人去干，那么，他为了这些琐碎的事，弄得筋疲力尽，结果，没有一件事情做得好。难道他的智慧能力还不如他手下的人吗？难道他还不如鸡、狗、牛、马吗？不是的。毛病在于他失了做主人的法度喽。所以古人说：'坐着谈论大道理的叫王公，起来实干的叫士大夫。'现在丞相亲自办理这些烦琐的细事，一天到晚流着汗，您不觉得太辛苦吗？"

诸葛亮不能同意他的说法，认为分工负责固然需要，亲自动手也少不了。再说他自己也有内心的痛苦，那就是合适的帮手太少，这话他可说不出口。但是他知道杨主簿讲这番话是出于好心。他很感激地谢了谢他的劝告，然后他说："我不是不知道，但是受了先帝托孤的重任，唯恐自己尽力不够，辜负了先帝。"

诸葛亮这么鞠躬尽瘁地干下去，人家还不谅解他，甚至连后主阿斗也觉得自己没掌握着大权，他说："朝政由葛氏去办，祭祀我来。"这也许是实话，因为先主曾经嘱咐他要像伺候父亲那样伺候丞相，可是把应当像父亲那样受尊敬的丞相称为"葛氏（葛家人）"，分明是在发牢骚了。也可能由于诸葛亮过分地自己负责，不轻易信任别人，以致蜀中的人才越来越少，而自己累得吃不下饭去。这会儿使者向司马懿透露出这一个紧要的情报，司马懿一面给魏明帝上个奏章，一面鼓励将士们，说："诸葛亮活不了多久啦。"

魏明帝接到了司马懿的奏章，对大臣们说："司马懿同意我坚守不战的计策，怎么这会儿又要求打了呢？"卫尉辛毗说："司马懿本来不要打，那一定是因为将士们受不了诸葛亮的侮辱，他才上了这个奏章，请皇上帮他一下，才可以压服他们。"魏明帝拜辛毗为大将军军师，拿着节杖到渭河去传达命令。

皇上派一位老大臣到军营里来，还让他做了大将军军师，这个职位多高哇。他还拿着皇上的节杖来传达命令，这是一件十分郑重的大事。全军的将士们又是害怕又是兴奋地想早些知道皇上诏书的内容。司马懿和几个主要的将军把辛毗迎接进去。辛毗奉着节杖宣布说："谁敢再要求出战的，就是违抗天子的命令！"将士们只好你瞧瞧我、我瞧瞧你，谁也不敢再吭声了。

蜀营里得到这个消息，马上报告上去。护军姜维对诸葛亮说："辛老头儿拿着节杖来传达命令，贼兵绝不再出来了！"诸葛亮说："司马懿本来不敢出来交战，他这么装腔作势地上奏章要求开仗，完全是做给将士们看的，表示他并不是不敢打。要不然的话，将军接受了皇上的命令，率领三军，他在外面，皇上再有命令下来，也可以不接受。如果司马懿能够打得过我们的话，他早就动手了，哪儿有跑了一千里地去请求作战的道理？"

诸葛亮给司马懿送去了妇女的服装和首饰，司马懿忍着气，始终不敢出来，这会儿辛毗一到，更可以不必出战了。诸葛亮退又不愿意退，打又打不进去，有力没处用，这么耗了一百多天，急得心里闷闷不乐，到了八月里，害起病来了。他还想坚持一下，哪儿知道病情越来越严重，他只好向后主上个奏章，报告害病的情况。后主急得跟什么似的，马上派尚书仆射李福赶到五丈原去慰问。

李福见了诸葛亮，传达后主的命令，代他问安。诸葛亮流着眼泪说："我不幸半途而废，没完成北伐大事，辜负了先帝的嘱咐。我死之后，诸公千万要忠心辅助皇上。为国家出力。劝皇上清心寡欲，爱护人民。以后我还要再给皇上上个奏章。"李福一一记在心头，就动身回报后主去了。

诸葛亮勉强起来，叫左右把他扶上小车，还想再一次到各营去看一遍。没想到他才看了几个军营，已经头晕眼花，再也支撑不住了。他对着军营深深地叹了口气，说："唉！我再也不能临阵讨贼了！国家没能统一，人民吃尽苦头，天哪，天哪！这叫我太难受了！"

他回到内帐，闭着眼睛休息了一会儿，就叫长史杨仪、护军姜维、尚书费祎他们进去，嘱咐后事，告诉他们怎么退兵，怎么断后，怎么对付可能发生的变化，等等。他们偷偷地擦着眼泪，只能劝他安心休养。诸葛亮嘱咐完了，宽了宽心，病好像轻松点了，安安静静地睡着了。

过了几天，丞相的病突然又严重起来。大伙儿正在慌乱的时候，尚书仆射李福又来了，他见到诸葛亮闭着眼睛，已经奄奄一息了，轻轻地哭着说“唉，我耽误了国家大事！前几天我不敢问，这会儿又来不及问了。”诸葛亮听到李福说话，慢慢地张开了眼睛，对他说：“我知道你要问的是什么。国家大事一时哪儿说得完。以后你们可以去问蒋公琰（蒋琬）。”李福点了点头，说：“公琰之后，谁可以继任他呢？”诸葛亮闭上了眼睛，又说了句：“费……费文伟（费祎）可以……接着他。”李福又问：“费文伟之后呢？”没有回答的声音。大伙儿围着他，叫：“丞相！丞相！”他可已经睡着了，从此不再醒来。那一年，这位三国时代伟大的政治家和军事家才五十四岁。

杨仪、姜维他们按照诸葛亮的遗嘱，不把他去世的消息透露出去，只是把尸体裹着装在车里，叫各军营按前后次序不慌不忙地退去，由大将魏延断后。魏延可不愿意压队，他就单独行动，率领着自己的一队兵马向南谷口退去（南谷也叫褒谷，是穿越秦岭的褒斜道的南口）。大军就由姜维压队了。

司马懿的探子火速回去报告，说蜀兵拔营走了，听说诸葛亮已经死了。将士们都主张快追上去。司马懿说：“诸葛亮诡计多端，很可能是个诱兵之计，不能追。”他马上又派几个将士到五丈原去察看一番。过了一个时辰，派出去的人回来，说：“五丈原没有一个营寨，蜀兵都走光了！”

司马懿跺着脚说：“哎呀，真让他们逃了！快追，快追！孔明真死了！”他立刻亲自上马，带领大军追赶上去。

吓走活司马

司马懿率领大军赶到五丈原，一看，零零落落，只剩下几个七歪八倒的空营，可不见一个蜀兵。他下令继续追赶，自己兴高采烈地领队带头。跑了两个时辰，追到山脚下，果然望见蜀兵就在面前。要是再晚一步，让蜀兵转过山腰，那就给他们逃得没踪影了。他拼命地追去，越追越近，前面的逃兵最多不到半里地光景，再使劲一赶，他们就跑不了啦。司马懿向后一指挥，拿鞭子在马屁股上抽了两下，那匹马跑得四个蹄不沾地，简直像飞似的奔腾着。后面的兵马紧跟着追了上来。如果诸葛亮真死了，这一回非把他的灵柩劫下来不可。

司马懿的兵马刚转到山腰，忽然山后“咚咚咚”一阵鼓响，山谷左右树林子里千军万马呐喊的声音，把山谷都快震裂了，前面的蜀兵立刻后队变成前队，“哗哗哗”地冲了过来。司马懿“唉哟”了一声，好像马蜂螫了他的鼻子尖，慌忙拉转马头，往回就跑。背后杨仪、姜维赶来，大声吆喝着：“跑不了啦！你中了丞相的计啦！”魏兵没防到诸葛亮有这一招，三面一看，满山遍野的蜀兵都变成了吃人的老虎，吓得他们扔了刀枪，丢了头盔，没命地跑，前队挤倒后队，后队碰倒前队，你踩我、我踩你，人撞马、马撞人，人撞人、马撞马，跑了的算便宜，跑不了的认了命。

魏兵这一追呀，连死带伤损失了四五千人。司马懿跑了几十里地，后面不见动静，才停下来。他还逗乐地摸摸自己的头，说：“我的脑袋还在吗？”部将们对他说：“都督放心，蜀兵已经走远了。”司马懿回到五丈原，再去看看蜀兵扎营过的地方，才知道军营大多都烧了，还有几座七颠八倒的空营，进去一看，地下散着图书、文件什么的，都是残缺不全，也有没烧完的。不说这些，大量的粮食还没搬走哪！司马懿还仔细看了看诸葛亮的“八阵图”（一种布阵的方式），他回到大营，对辛毗说：“孔明确实死了。他在五丈原这么安营扎寨，真是个天下奇才！”

辛毗还有点半信半疑，他说：“他可能死了，也可能没死。这很难说。”司马懿说：“军事家最重要的是图书和粮食。现在他们把这些重要的东西都扔了。哪儿有人掏出了内脏还能活的呢？咱们还可以追上去。”

他准备再一次带领大军抄小道去追蜀兵。可是抄小道有一个不方便的地方。关中多蒺藜，走道扎脚。司马懿吩咐两千名士兵穿上一种软料平底的木屐（jī）在前面开路，他们先过去，蒺藜给踩平了，然后马队和步兵跟上去，就这么一直追到赤岸坡，才知道蜀兵已经进了斜谷，去远了。司马懿只好死了心，回来了。

他在路上就听到老百姓编了歌谣唱着：“哈哈哈，死诸葛吓走了活司马！”司马懿听了，也不生气。他反倒笑了笑，说：“我能料到生，已经不容易了，哪儿还能料到死呢？”他回头又对将士们说：“敌国死了人才，是国家的洪福。孔明一死，西半边可以不怕了。”他就撤兵回到长安。

杨仪、姜维他们带领大军到了斜谷，才飘起白旗，发丧举哀。将士们像死了自己的父亲那样沿路哭着，慢慢地退到南谷口。忽然瞧见前面火光冲天，一队兵马拦住去路。前队将士吓得连忙往回站住。杨仪、姜维跑到头里一看，原来是前军师征西大将军魏延。他高声嚷着说：“你们只要把杨仪这个反贼交出来，杀了他，万事大吉；要不然，别想回去！”自己人打自己人，这打哪儿说起？这当中的讲究，费祎肚子里明白，杨仪、姜维也知道。别的将士大多还在闷葫芦罐里闷着。

原来魏延比谁都勇猛，蜀中自从关羽、张飞、马超、黄忠、赵云、马谡这些人死了之后，就数他是数一数二的大将了。这几年来，他更加自命不凡，瞧不起别人，连诸葛亮都不在他眼里。别人对他不是打躬作揖，说些甘拜下风的话，就是躲着他，敢怒而不敢言。只有杨仪，因为他很早就做了参军，这几年来又做了丞相长史，自以为年龄大，阅历深，地位高，能力强，在魏延面前不肯屈服。两个人好像水火不相容似的老闹别扭。诸葛亮因为他们各有长处，国家又正需要人，一直舍不得偏废哪一个。

诸葛亮病重的时候，嘱咐杨仪、姜维、费祎怎么退兵，怎么对付司马懿。他说退兵的时候，叫魏延断后，姜维第二。万一魏延不服从命令，就由姜维断后，大军照样撤回去。诸葛亮一死，杨仪不把消息透露出去。他派司马费祎去告诉魏延，探听探听他的心意。

费祎到了魏延的军营，进了内帐，退去左右，咬着耳朵对他说："丞相已经过世了。临终再三嘱咐不可发丧，请将军率领大军断后，对付司马懿。要不慌不忙地退去。"魏延说："谁代理丞相的事？"费祎说："丞相的事务暂时由杨长史代理，行军的事由将军和姜伯约偏劳。"魏延不乐意了。他说："丞相虽然死了，我还在哪！长史他们这些文官不必留在这儿，他们可以把灵柩运回去安葬，我这儿亲自率领大军继续征讨贼子。怎么能够因为死了一个人就把天下大事废了呢？再说杨仪是什么人？我魏延又是什么人？他敢叫我给他断后！像话吗？"

费祎劝他别生气，他说："这是丞相留下的命令，叫我们暂且退兵，您可别违抗啊。"没想到魏延听了这一句话，几年来在肚子里憋着的火儿就喷出来了。他拧眉瞪眼地说："哼！丞相要是听了我的话，进兵子午谷，早就把长安拿下来了！"费祎只好顺着他，让他说去。魏延跟费祎商量，把一部分军队撤回去，灵柩叫他们带走，其余的兵马留在这儿继续进攻，他叫费祎亲笔写个通告，由他们两个人联名通知将士们这么办。费祎使个花招儿，对他说："我看还是我去通知杨长史。他是个文官，不懂得行军大事。将军出了这么个好主意，他怎么也不敢不听啊！"

魏延很得意地仰了仰脖子，觉得费祎说得对，就让他去通知杨仪。费祎骑上快马，好像捡了一条命，马上加鞭，急急忙忙地跑回去了。费祎一走，魏延歪着脖子想了想，人心隔肚皮，谁也不知道谁。他后悔了，马上派人去把费祎追回来。可是就在这么片刻工夫，人家已经走远了。他只好再派人去探听杨仪他们的动静。探听下来，才知道他们决定按照原来的计划，正忙着烧毁东西，拔木桩，拆帐篷，乱纷纷地准备走了。魏延气得头顶冒烟，他骂着费祎说："好哇！你跟杨仪一条肠子欺负我，我非把你们宰了不可！"他料定杨仪还不能马上动身，就率领自己的一队兵马先走，准备在半道上截断他们的归路。他带着队伍走上了通往南谷的栈道，走一段，就烧一段，不让杨仪他们过来。就在这紧要关头，司马懿亲自带兵追赶。幸亏姜维、马岱他们早做准备，布置了埋伏，利用诸葛亮生前的威风，说司马懿中了丞相的计，把他吓退。姜维他们才火速回头赶路。

赶到魏延烧毁栈道，截断了大军的归路，大伙儿不由得着了慌。要是魏兵再追上来，那还了得！姜维熟悉这一带的地形，他挺有把握地说："栈道不能走，就走山路！山路窄些，蒺藜多，有几段比较难走，但是只要我们不怕难，沿山开路，也能砍出一条可以行军的道儿来。难道丞相一死，咱们就忘了他的情义？别的不能报答，难道他老人家的遗体，咱们都保不住？没有路，就开路！怕什么！"

将士们听了姜维提到丞相，忽然都哭了起来。有的哭得差点儿断了气，有的抽抽搭搭地嚷着说："我们情愿死，也不能把丞相的灵柩扔给敌人！"上下将士一心一意地赶路，翻山越岭，披荆斩棘，日日夜夜，沿着山路跟在魏延的背后跑。赶到司马懿第二次再追上来，到了赤岸，蜀兵已经去远了。

这会儿大军到了南谷口，魏延派兵拦住去路，还说杨仪谋反，不准回国。费祎对杨仪说："魏延烧毁栈道，不让我们回去，还说我们谋反。听他的口气，可能已经上了奏章，诬告我们了。我们一面在这儿对付他，一面也得奏明天子，报告真相。"杨仪同意这么办，写了奏章，派自己的心腹翻山越岭地送到成都去。这儿就派将军王平前去抵敌。

王平到了阵前，大声地对魏延和他的将士们说："丞相刚死，身体还没冷透，我们伤心得没法说，哭都哭不过来。你们怎么不顾大局，自己人打自己人？你们这是为什么呢？怎么对得起国家？怎么对得起丞相呢？"魏延的士兵们听了，也有抹眼泪的。开头嘁嘁喳喳地偷偷地说几句，后来议论的人越来越多，都说魏延没理，大伙儿不愿意给他卖命，好像马蜂给捅了窝似的"嗡嗡"地散了一大半。魏延来不及跟王平交手，就得先去镇压逃散的士兵，他抡着大刀，拍马赶上去，杀了几个人。这一来，逃的人更多了。王平叫他们放下刀枪，跑到这边来。魏延阻挡不住，一看大势已去，带着自己的几个儿子往汉中逃去。

王平召集了魏延的一部分散兵，回去向杨仪报告。杨仪马上派将军马岱带领一队精兵追上去。魏延寡不敌众，被马岱斩了，他的几个儿子也都死在乱军之中。魏延虽然并没投奔敌人，他只想杀了杨仪，自己接替诸葛亮，掌握军政，可是实际上他帮了司马懿，蜀兵两次险些被消灭。要不是没路开路，日夜行军，也早给司马懿在赤岸追上了。

杨仪、姜维、王平他们继续往南退兵，马岱的军队在后面接应。成都方面已经接到魏延和杨仪的奏章。一个说杨仪谋反，一个说魏延作乱。后主刚得到李福回报的凶信，已经乱得昏头昏脑，不知道该怎么办才好。现在前后接到前方作乱的奏章，吓得话都说不利落了。他召集大臣们，问了问侍中董允和留府长史蒋琬到底谁造反了。董允、蒋琬一齐说："臣等愿意替杨仪作保！"

后主一听，就知道是魏延造反。魏延勇猛过人，他造反了，那还了得！他愁眉苦脸地眼睛盯着蒋琬。蒋琬劝他不必过于担心，自己愿意发兵去接应杨仪。他就调动京都各营的军队和一部分的禁卫军出了成都，往北去了。

古籍链接

因与祎共作行留部分，令祎手书与己连名，告下诸将。祎绐延曰："当为郡还解杨长史，长史文吏，稀更军事，必不违命也。"祎出门，驰马而去，延寻悔，追之已不及矣。延遣人觇仪等，遂使欲案亮成规，诸营相次引军还。延大怒，才仪未发，率所领径先南归，所过烧绝阁道。

——《三国志·蜀书》

立庙

蒋琬带领军队才走了几十里地，就有“飞马报”赶到，说魏延已经死了。蒋琬放了心，马上带兵回来。又过了几天，北伐大军回到成都。后主和满朝文武全都挂孝，痛哭流涕地到城外去接灵。诸葛亮的儿子诸葛瞻才八岁，守孝居丧。

后主依着诸葛亮的遗嘱，把他葬在汉中定军山。遗嘱上还说明：不可做大坟，只要放得下棺木就够大了；入殓的时候，只穿一身便服，别的什么器物都不可放。后主把诸葛亮生前的几篇奏章看了又看，其中有一篇说：

> 成都有桑树八百棵，薄田十五顷，家里的人衣食也就够了。至于臣在外面做事，并不需要什么，随身衣食，都是公家供应的，臣不做任何营生，未增加自己一丝一毫的收入。臣死的时候，不让家里有多余的布帛，外面有多余的财物，为了不敢辜负陛下啊。

诸葛亮死的时候，家里的情况就是这个样儿。后主为了纪念他，尊他为忠武侯，下令大赦天下。

下令大赦后，全国人都知道诸葛亮死了。一般钦佩他、尊敬他的人，心里难受，不必说了，连受过他刑罚的人也痛哭起来，那就太难得了。其中最突出的有两个人，一个叫廖立，一个就是改名为李平的李严。

廖立曾经得到先主的信任，做过巴郡太守，也做过侍中。后主即位以后，他被调出去做了长水校尉（官名，长水也是地名）。他自己认为除了诸葛亮，就数他最有本领。委屈他做个校尉，已经够叫他生气了，他还在李严这些人的底下，那怎么受得了？他就不止一次地狂妄自大、毁谤朝廷。一般的文武百官不在他眼里，说他们都是庸才，连关羽和刘备也都被他批评得不像话。诸葛亮上了个奏章，把他废为平民，放逐到汶山郡（在今四川茂县一带）去住。那边有不少部族，汉人和少数民族杂居在一起，也可能汉人更少些。廖立带着他妻子和儿子耕种过日子。这会儿他一听到诸葛亮死了，哭得很伤心。他说："唉，丞相一死，我只好穿着左襟的衣服，一辈子做土人了！"

李平为了督运粮草，耍了花样，前后奏章自相矛盾，恶意地把责任推给别人，被诸葛亮罚为平民，放逐到梓潼郡。这会儿一听到诸葛亮死了，哭得害起病来，很快地就病死了。

廖立、李平都受过处分，可是并不怨恨诸葛亮，别的人更不必说了。因此，蜀人要求给诸葛亮立庙。可能是为了制度的缘故，后主不同意。有人就在道上私底下祭祀武侯，逢时逢节，香火更旺。不但一般人，就是做官吏的也跟着大伙儿祭祀起来。这种自发的举动谁也不想禁止，也禁止不了。可是在道上私祭究竟太不成体统。有人向后主建议，在临近武侯墓的沔阳地方给武侯造个庙，人们就不会在道上祭祀他了。后主同意了。

诸葛亮安葬以后，后主拜左将军吴懿为车骑将军，督守汉中，丞相留府长史蒋琬为尚书令，总理朝廷大事，兼领益州刺史，护军姜维为右监军辅汉将军，统领三军，封为襄平侯，丞相长史杨仪为中军师，司马费祎为后军师。其中最受人注意的是尚书令蒋琬。他一下子地位这么高，别的人都在他手底下。可是他没显出担心的样子，也没显出高兴的神气，举止行动，待人接物，都跟往常一样。为这个，大伙儿开始服了他。

朝廷大臣的职位这么调整了一下，主要是按照诸葛武侯的意见办的。现在吴懿督守汉中，司马懿早已退兵回去，天下不是又安定了吗？没想到东边来了警报，说东吴大将全琮亲自率领一万多兵马到了巴丘（在今湖南岳阳）界口。后主大吃一惊。他说："丞相刚去世，东吴要是背弃盟约打过来，怎么办？"

蒋琬说："东吴增兵巴丘，可能为了防备魏人，也可能要扩张地盘。我们先得加强永安（就是白帝城）的防御，再派使者到东吴去探测动静。"后主就派王平、张嶷两位将军带领一万兵马赶到永安，以防万一，然后打发右中郎将宗预为使者到建业去见吴主孙权。

宗预拜见了吴主孙权，还没提出东吴增兵巴丘的事，吴主孙权反倒先责问宗预，说："吴蜀犹如一家，你们在白帝城增兵，这是为了什么？"宗预回答说："东边增加了巴丘的防守，西边就得增加白帝城的防守。事势所逼，道理一样。彼此都用不着问。"吴主给他这么一顶，占不到上风。他又故意讨好似的说："我听到诸葛丞相归天，怕魏人趁着丧事去侵犯西蜀，所以我不得不在西边加强兵力，为的是帮助你们，不是为了别的。"宗预说："是啊，东吴既然在西边增兵去帮助西蜀，西蜀当然也该在东边增兵来接应东吴！"

吴主看到宗预坚强的劲儿，一点不肯屈服，说话又尖锐又有道理，不由得哈哈大笑，说："先生正像邓伯苗（就是昭烈帝死了以后，出使东吴的邓芝）一样，豪爽，痛快！"他很客气地招待宗预，像当初招待邓芝一样。接着他也打发使者去回拜后主，还给诸葛丞相吊唁（yàn）。后主这才放了心。再说文武大臣都能够遵照诸葛丞相的遗嘱和睦共事，他还是跟以前一样，做他的现成皇帝。

大臣们虽然还能和睦共事，蒋琬又是小心谨慎，不敢得罪别人，可是朝廷上还有人不服气，经常大发牢骚，甚至开口骂人，弄得大臣们只好躲着他。那个人就是中军师杨仪。

杨仪自从杀了魏延以后，自以为这件功劳太大了，他应当代替诸葛亮执掌朝廷大权。没想到诸葛亮已经跟几个主要的大臣交换过意见，说他性情急躁，气量狭小，意思是要蒋琬接替他。杨仪到了成都，后主拜他为中军师，论地位好像比丞相长史高，可是撤销了兵权，手下没有实力，反倒是有职无权了。他一直忘不了在昭烈帝那会儿，他做了尚书，蒋琬才做了尚书郎，是他的属下。后来两个人都做了丞相参军、丞相长史，肩膀一般平，可是杨仪事情做得多，更接近丞相。再说他自己认为才能比蒋琬强，资格比他老，阅历比他深。怎么诸葛亮一死，蒋琬就爬到他头上来了？他开始闷闷不乐，心里别扭，后来发发牢骚，说说怪话，再这么下去，他实在憋不住，就不再忌讳，甚至于开口骂人了。

大臣们背地里怪他说话没谱，动不动就把别人看作“草包”，都不敢跟他接近。只有后军师费祎有时候还劝劝他，安慰他。杨仪把他当作心腹，就把他心里的话，揭开包袱底，全都抖搂出来了。他恨恨地说：“我真后悔呀！当时丞相一死，人心惶惶，我要是带领军队去投奔魏国，早就飞黄腾达，还会像今天这样冷冷清清，落到这步田地？唉，后悔也晚了！”

费祎面子上不说，心里想着：“哎呀，原来杨仪是这么一个家伙，这么说来，他比魏延还不如！魏延为了争权夺利，瞧不起杨仪，他可还要继续攻打敌人哪！”当时他对杨仪敷衍了几句，回去以后，马上写了一篇奏章向后主告密。后主动了火，把杨仪先押起来，审问一下，就要把他杀了。蒋琬替他求情，说：“杨仪确实有罪，看他从前跟着丞相多年，也立过功，请免他死罪，废为平民，就是皇上的大恩了。”

后主把杨仪废为平民，放逐到汉嘉郡（在今四川雅安一带）去。杨仪到了放逐的地方，还不肯安分守己地检查自己的过错。他又上书毁谤朝廷，话还说得挺尖锐。一道诏书下来，把他关在郡监狱里。杨仪到了这个时候，又是气愤，又是害羞，就在监狱里自杀了。

接着，后主拜蒋琬为大将军，录尚书事，让费祎接替蒋琬为尚书令。这两个主要的大臣遵守着诸葛丞相的嘱咐，同心协力地辅助后主。蜀中安定了一个时期。魏帝和吴主也各守自己的疆界，好几年没动刀兵。魏明帝曹叡坐享太平，就开始大兴土木，搜罗美女，让自己的耳目口鼻舒坦舒坦，就这么走到淫乐这条道上去了。

大兴土木

公元 235 年（魏青龙三年，蜀建兴十三年，吴嘉禾四年），三国都没用兵。魏拜大将军司马懿为太尉，总督兵马，派兵遣将，分别镇守边疆，天下太平。魏明帝曹叡在许昌已经盖了新的宫殿，这会儿又在洛阳大兴土木，建造昭阳太极殿，在太极殿前面盖起一座更大的宫殿，叫“总章观”，高有十多丈。这种大规模的建筑都是由成千上万的工匠和三四万民夫干的。为这个，庄稼和蚕桑都荒废了。那就是说，有不少老百姓苦得没吃没穿的了。

大臣当中上奏章劝告皇上的人还真不少。司空陈群首先奏了一本，大意说：

> 从前大禹继承唐虞的太平盛世，尚且是宫殿矮小，衣着朴素，何况今天在丧乱之后，天下户口减少。现在的户口跟汉文帝、汉景帝时代比较，不过汉朝的一个大郡罢了。边境的防守，士兵不能少。要是碰到水灾、旱灾，国家不能不担心。现在皇上这么大量地使用民力，蜀、吴必然高兴。可是这么下去，国家就有危险。请皇上三思。

魏明帝说：“国家要紧，宫殿也要紧。”他还是盖他的宫殿，而且房子盖了真不少。宫殿跟别的房子多了，里面可以多住人，尤其是女人。后宫里除了妃子、贵人等，依次下来一直到唱歌跳舞的、洒水扫地的，就有好几千人。魏明帝从这些女子当中挑选能看文件、能写字的六个人，称为女尚书。大臣们递进来的奏章也由她们看。

廷尉高柔跟着司空陈群上了一个奏章，他说：

从前汉文帝舍不得相当于十户中等人家家产的费用，情愿不造露台；霍去病担心着匈奴侵略中原，情愿不给自己造住宅。何况今天的费用不止百金，需要担心事的也不止北边的敌人！皇上已经盖了这么多宫室，上朝、开宴会等等，也都够用了。请别再开工，让老百姓回去种庄稼要紧。将来蜀、吴平定之后，要盖新房子还可以再盖。从前有些君王搜罗了许多美女，连下代子孙都没有。难道不是正因为宫女太多了吗？现在皇上还没有后嗣，皇上又正是年富力强，请把多余的宫女遣送回家，将来一定能够子孙昌盛。

魏明帝把高柔称赞了一番，说他忠心，话说得对，可就是不听他的。那时候还有一条不讲道理的王法，就是老百姓不准伤害皇上的鹿。皇上的林园是没边界的，在没边界的林园里养了不知多少鹿，有麋鹿，有梅花鹿，有长角鹿，有短角鹿。当然，同一类鹿中还有大鹿、小鹿，公鹿、母鹿。这些鹿经常各处乱跑，专吃庄稼。谁要是杀害一只，就有死罪，财产没收，谁告发，就有重赏。农民看见鹿比碰到老虎还怕，因为老虎还可以打，这些鹿可碰不得。为了这条不准伤害鹿的法令，弄得老百姓叫苦连天，怨声载道。

廷尉高柔又上了个奏章，他说：

圣明的君王治理天下，没有不重视庄稼，提倡省吃俭用的。重视庄稼，粮食可以积起来；省吃俭用，财物可以多起来。古人说：一个男的不耕种，就会有人挨饿；一个女的不纺织，就会有人受冻。这几年来，老百姓不断地出官差，地里干活儿的人就少了。再加上禁止打猎，粮食更少了。成群结队的鹿，猖狂得很，跑到哪儿，哪儿的青苗就全完了。麋鹿处处为害，损失没法估计。老百姓对这些破坏庄稼的鹿，防不胜防，打又不能打。拿荥阳左右来说，周围几百里没有收成。

这叫老百姓怎么活下去呀！目前生产财富的人少，可是麋鹿多得不得了。要是碰上战争或者水灾、旱灾，怎么办呢？恳求皇上开开恩，可怜可怜老百姓，想一想种庄稼的艰难，把这条禁止杀鹿的命令去了，让老百姓去逮鹿，天下人都会感激皇上的大恩大德！

这个奏章说得很透彻，可就是没有下文。这还不算，魏明帝要削平北邙山（在今河南洛阳北），打算在这儿盖房子，造个高台，在这上面远远地望见孟津（黄河上的渡口）。卫尉辛毗拦住他，说："天下有山有水，地势有高有低，都是天生的。现在要把高的低的颠倒过来，不但耗费人力，老百姓更受不了，再说要是把山铲平了，万一江河泛滥，拿什么去挡住大水呢？"

魏明帝拍拍脑袋想了想："发大水把我淹死，那可不是闹着玩儿的。"这一回他听了劝，不去削平北邙山了。

那年七月里，洛阳崇华殿失火烧了。魏明帝把太史令高堂隆叫来，问他："听说汉武帝的时候，柏梁殿失火烧了，他就大兴土木，建造比柏梁殿更高更大的宫殿，为的是要把灾祸压下去。是不是这样的？"高堂隆回答得很干脆，他说："唉，大造宫殿，消灭灾祸，那是方士们的胡说八道，不是圣贤的教训！皇上应当遣散民夫，停止修建。宫室也可以节约使用，火烧过的地方清扫一下，不必在那边再盖什么。要把灾祸压下去，就得爱护人民，多种庄稼。这样，就能逢凶化吉，遇难呈祥。"

高堂隆的话说得很有理，魏明帝只能点头，不能驳他。可是他的兴趣不在多种庄稼，他因为近来盖了不少宫殿，对于建筑和园艺什么的发生了很大的兴趣，简直可以说也懂得讲究了。过了一个月，诏书下来，要在崇华殿原来的地方，修盖一座更大更漂亮的宫殿。也许是因为殿前设计了九条龙作为装饰，崇华殿就改名为九龙殿。洛阳原来有一条小河叫谷水，工程师们把这条谷水引到宫里，从九龙殿前面通过。有了河就有两岸，这儿又可以设计新玩意儿。他们就用玉石做栏杆，栏杆上还刻着各种花样。

魏明帝知道博士扶风人马钧对于制造小玩意儿有特别的巧劲，就叫他造指南车。马钧设计，画成图样，叫工匠制造起来。车还是普通的车，特别的花样在于车上有个木头雕出的人，手里拿着一面旗子向南指着。车不论转到哪个方向，车上的人永远指着南方。

马钧利用磁石（也叫吸铁石，能指南北方向），制造了活动的木头人以后，再进一步发明了一种玩意儿，叫“水转百戏”。这是木头做的一种戏台，台上有许多木头人，各种形状都有：有跳舞的女子，有吹箫打鼓的乐队，有走绳索的卖艺人，有使飞剑的侠客。魏明帝看得很高兴。他说：“要是这些木头人能活动的话，那该多么好玩儿！”马钧说：“能！”原来他在台下安了机关，有轮子，有水。水冲着轮子，轮子转动起来，台上的乐队就吹打起来，舞女们一会儿甩袖子，一会儿扭转身，那个走绳索的还能够倒竖蜻蜓，那个使剑的能把宝剑飞出去又收回来。

魏明帝看得拍手叫好。他正在叫好的时候，台上这一班人都下去了。第二出戏上台，演的是“百官上朝”。第二出完了，又来了别的玩意儿，像舂米、磨粉、斗鸡什么的。真是千奇百怪，变化多端。魏明帝看得哈哈大笑。

盖了太极殿、总章观、九龙殿以后，又征发了几万民夫，再造一座高楼，叫“凌霄阙”。命令一下，马上动工，要盖得快。工程还有期限，过了限期，工匠就得办罪。有时候，魏明帝手里拿着刀，亲自责问工匠为什么工作这么慢。工匠张开嘴，正要回答，脑袋已经给砍下来，有理由也别废话了。

搬铜人

散骑常侍领秘书监王肃（王朗的儿子），上了一个奏章，他说：

为了不断地盖造宫室，增加徭役，农民不得不离开土地，种谷的人就少了。种谷的人少，吃饭的人多，旧谷吃完，新谷接不上，这是国家的大祸患，绝不是长远的好计策。现在征发来的民夫就有三四万人，为什么需要这么多的人呢？九龙殿可以供皇上休息，就是六宫都搬进去，也住得下。就说还要盖造别的宫殿，也不能太心急。臣建议在这三四万民夫当中，挑选身体健壮的，留下一万名，让其余的人回家生产。再定出分期接班的办法，一期完了，由第二期的人接上来。完了工回去的人固然高兴，接班的人知道有一定的期限，完了就可以回去，那么工作起来就有精神，虽然辛苦，也不会怨恨。有了一万人，一年就是三百六十万工，也不少了。另外，原来规定一年要完成的工程，又不是迫切需要，不妨放宽些日子，比如说延长为三年。一样可以完成，就不致妨碍耕种。还有一件大事也得劝劝皇上，那就是千万不可轻易杀人。一个人，性命最重要。生养一个人很难，杀死一个人很容易。人断了气，没法再续，所以圣贤人最重视人命。孟子说过：杀一个无罪的人而得天下，有仁爱的人是不愿意这么干的。请皇上开恩！

魏明帝有个特别的本领，他对于规劝他的大臣不生气，有时候还说他们忠心耿耿，好得很。他照常大兴土木，也喜欢“水转百戏”。现在他又喜爱起珍珠宝贝来了。他派使者到东吴，拿出上等的高头大马去向吴主孙权换取珍珠、翡翠、玳瑁等等。吴主乐了，对大臣们说：“这些东西我们这儿有的是，我一向用不着，可以多给他些，再说还可以得到好马。”吴主就希望魏主多多收藏珍珠、翡翠什么的，能够像秦二世那样多盖些阿房宫才好哪！

魏明帝大兴土木，接连忙了好几年，还不满足。宫殿已经盖了不少，可是气魄不大，跟长安故都一比，还是美中不足。不说别的，秦始皇铸造的高大的金人（实际是铜的），洛阳就没有；汉武帝建造的高到半空中的仙人掌、承露盘，洛阳也没有；还有许多铜铸成的大钟、骆驼、马、龙、凤什么的，洛阳都没有。虽然盖了昭阳太极殿、总章观、九龙殿、凌霄阙等等，虽然制造了指南车、“水转百戏”什么的，可是跟长安一比呀，一句话，太寒酸了。

公元 237 年（魏景初元年，蜀建兴十五年，吴嘉禾六年）下半年，命令下来，从洛阳派去五千人，长安当地征发五千人，把那边的铜人、大钟、铜马、骆驼、仙人掌、承露盘一股脑儿都搬到洛阳来。铜人原来有十二个，董卓已经销毁了几个，还有好几个，这种笨东西每一个重二十四万斤，都是整个儿的，实在太沉，不好拿。先搬一个试试吧。古时候没有起重机，成千上万的人又不能挤在一起。总之，想尽办法，用尽力气，把一个铜人搬出东门，费了几个月工夫，才移到霸城（在今陕西西安东面），那不知道还得费几百年才能够挪到洛阳。魏主说：“算了，就留在霸城吧。”可是仙人掌、承露盘是可以拆开来搬的。

承露盘是安在柏梁台上的，那个台就有二十来丈高，还只是底层，台上的铜柱又有三十来丈高，那个柱顶已经离地面五十来丈了。铜柱上站着一个仙人，仙人的手叫“仙人掌”，掌上托着一个盛露水的盘，就是“承露盘”。成千上万的人先在周围搭起木架，慢慢地、小心地把承露盘拆下来。做梦也没想到承露盘因为太沉，一拆，失了重心，折了。“轰隆”一声倒下来，几十里以外的人都听见这可怕的声音，大伙儿认为不是天塌，就是地裂。在场的人当时就给压死几百个，受伤的更多。

皇上的命令就是命令，再压死多少人，承露盘还得搬。人们把破碎的盘、铜柱等再打碎，这才搬到了洛阳。魏明帝叫工匠用这些碎铜铸了一些巨大的东西。先铸两个大铜人，叫“翁仲”（翁仲原来是人名，后来人们把巨大的铜人或者石人都叫翁仲；一般放在大坟前面），排列在司马门外。翁仲以外，又用铜铸成黄龙、凤凰各一，龙高四丈，凤高三丈多，搁在内殿前面。

宫殿要盖的都盖了，铜人和龙凤也都有了，还短什么呢？别看魏主不能治天下，他可有研究建筑、设计林园的聪明。他要在芳林园（后来也叫华林园）挖个大池子，开条河流。这个大池子也可以叫湖，夸大地说，就叫海。里面可以行船，船上可以摆酒席，还有女乐唱歌跳舞。在水上也能够像在后宫那样玩，那该多有意思。挖一个湖或者开一条河，还不算什么，这仅仅是大的工程的一部分。他要把土倒在芳林园西北角，在那边堆成一座土山。挖地、挑土，当然都是民夫干的活儿，可是挖出来的土一时来不及搬。魏主下了一道命令，叫朝廷上的公卿百官都出来担土。土山大得很，堆成以后，再种上松树、竹子，还有别的杂树和青草。当然还得有亭子和盘上盘下的道路。然后再在山上养了些山鸟和一般吃草的野兽。工程才做了一半，又有人说话了。

司徒底下的一个大臣司徒军议掾、河东人董寻，上了一个奏章。他说：

自古以来忠诚的人实话实说，上刀山下火海也不怕，为的是忠于君王，爱护百姓。我们这一代，从建安以来，打了多少仗死了多少人，有的村子没留下一个人，有的人家成了绝户。勉强还活着的有不少是老的老、小的小。孤苦伶仃的人太多了。天下有这么多的人没吃没穿，京城里不断地征发民夫，怎么说得过去呢？就说宫室狭小，不够用，需要修盖一些，也应该照顾到农民，利用不妨碍耕种的时节。何况盖了宫室，还耗费人力、物力去做那些一点没有用处的东西。黄龙、凤凰、九龙、承露盘、土山、水池子这些东西，圣明的君王都是不愿意叫老百姓做的。何况这些东西的工程，比造宫殿还大三倍。大臣们都知道皇上错了主意，可是他们大多不敢说。为什么？因为皇上正在青年，容易冒火儿，做臣下的不得不害怕。我知道说了这些话，一定活

> 不了。可是我自己掂量着自己的分量，只不过牛身上一根毛罢了，活着没有好处，死了也并没损失。我一边拿着笔写，一边流着眼泪，准备着要跟这世间永别了。

这个奏章上去以后，董寻洗了个澡，换了一身衣服，等着命令就死。主管奏章的一些臣下对魏主说：“杀了他算了！”魏明帝马上下了一道诏书：“谁都不准追问董寻。”

前前后后除了司空陈群、廷尉高柔、卫尉辛毗、侍中高堂隆、散骑常侍王肃、司徒军议掾董寻等这些人上过奏章，有的不止一次两次，还有一些大臣，像少府杨阜、散骑常侍蒋济、中书侍郎王基、护军将军孙礼、尚书卫觊、沛人张茂等等，也都上过奏章，说过话。魏明帝虽然没把他们办罪，心里可很讨厌。大臣当中只有一个人从来不说一句批评皇上的话，他就是太尉司马懿；直到北边出了事，公孙渊叛变了，司马懿才说了话，发兵去打辽东。

平辽东

公孙渊是辽东襄平人公孙度的孙子，公孙康的儿子。当初曹操追击袁绍的儿子袁尚，袁尚投奔公孙康。公孙康杀了袁尚，把人头送给曹操，就这么立了功，封为襄平侯，拜为左将军。魏明帝即位的时候，公孙康已经死了，他儿子公孙渊做了扬烈将军、辽东太守。公孙渊在名义上做了魏的辽东太守，实际上是个独霸一方的土皇帝。他派使者到东吴，送了一些礼物，表示愿意做吴主孙权的外臣。吴主派了两个使者带着一些金玉珍宝，立公孙渊为燕王。到了这时候，公孙渊反倒害怕了，他担心魏去征伐，东吴又太远，不可靠，就收了礼物，可把那两个使者杀了，还把人头送到洛阳，讨魏明帝的好。

魏明帝拜公孙渊为大司马，封他为公，仍旧让他做辽东太守。这一来，公孙渊又神气起来了。等到魏使者一到，他就分庭抗礼，以燕王自居，不愿意做魏的臣下。他把军队排成阵营，威胁使者，说话高傲，毫无礼貌。为了这个缘故，魏派幽州刺史毌丘俭（姓毌丘，名俭）带着诏书和军队到辽东，叫公孙渊去见皇帝的使者（指毌丘俭）。

公孙渊不接受诏书，反倒发兵抗拒毌丘俭。毌丘俭寡不敌众，打了败仗，逃回幽州。公孙渊就正式自立为燕王，联络鲜卑共同攻打北方。

第二年，就是公元 238 年（魏景初二年）正月，魏明帝因为诸葛亮已经死了，那边的防御可以松一点，就把司马懿从长安调出来，要他去征讨公孙渊。司马懿到了洛阳，拜见魏明帝。魏明帝问他需要多少兵马。司马懿说："这儿到辽东四千里路，这么远的地方，要打胜仗，马到成功，至少得四万兵马，还得多带粮草。"

魏明帝点了点头，就给他四万兵马和必要的粮草。他想知道司马懿怎么打，就故意问："你看公孙渊会用什么计策来对付你？"司马懿说："如果公孙渊能够离开襄平，早点逃走，这是上策。其次是占据辽水抗拒大军。最不中用的是守着襄平等死。这是下策。"

"上中下三策，你看他会采用哪一策？"司马懿回答说："我看他一定先在辽水抵抗，然后退守襄平。"魏明帝放了心，他又问："来来去去得多少天？"司马懿眼珠子左右移动一下，挺有把握地说："路上走一百天，到了那边进攻一百天，回来路上又去了一百天，前后休息六十天。这样，一年工夫也就差不多了。"

就这样，司马懿率领四万兵马往北去打辽东。公孙渊听到这个消息，又害怕了。他马上派使者再向东吴称臣求救。吴主孙权想起公孙渊杀害两个使者，还把人头送到洛阳，这个仇不能不报。他怒气冲冲地要把公孙渊派来的使者杀了才解恨。谋士羊道拦住他，说："不可！不可！杀使者不过是一时的解恨解气，对国家可没有一点好处。我们不如好好地招待公孙渊的使者，答应他发兵去救。我们由海道运兵到辽东的边界上等着，抱着胳膊看他们怎么打。要是魏打不赢，我们老远地跑去就是支援了公孙渊，对他有恩。要是两下打得不分胜败，长时期地打下去，那么我们就在辽东临近的郡县掳掠一番，也可算是报了仇。"

吴主答应使者的要求，叫他回去报告公孙渊，吴国一定帮他抵抗魏国。可是吴主说归说，一时还不想发兵。

司马懿到了辽东，公孙渊派大将卑衍和杨祚（zuò）发步骑兵几万名守住辽隧（在今辽宁海城一带），那边的防御工程做得很不错，壕沟和土垒连绵不绝地长达二十多里。魏将士们认为大军远地而来，应当快点打过去。司马懿说："贼子坚守阵地，不跟我们交战，无非要我们多费日子，消耗粮食。他们以为等到我们粮食供应不上，只好退兵。我们可不能让他们称心如意地跟我们耗着。我料到贼兵大半都在这儿，贼窝里兵马不多。我们不如假装在这儿进攻，把大部分的兵马调到襄平去，到时候他们一定发兵去救，就在半道上给他们一个迎头痛击，准能大获全胜。”

魏兵就在辽隧南边多插旗子，好像要从南面大力进攻的样子。卑衍他们见到这种情况，慌忙把军队都调到这边来保卫辽隧。司马懿把主要的军队偷偷地渡过辽水，绕到北边，在适当的地方布置埋伏，叫大将牛金和胡遵在半道上候着。赶到卑衍探听到魏大军已经往北去了，他慌了手脚，马上对杨祚说：“哎呀！敌人已经偷偷地到了我们的背后。要是襄平失守，我们还在这儿守什么哪？”他们商议下来，决定离开辽隧，连夜去救襄平。

卑衍、杨祚匆匆忙忙地退兵，一退就退到司马懿布置好了的埋伏里，被牛金和胡遵的两路伏兵杀得七零八落，大败而逃。卑衍、杨祚带着一队人马杀出重围，逃到首山（在今辽宁辽阳一带），被魏兵追上，又杀了一阵。卑衍阵亡，杨祚逃到襄平。司马懿率领大军杀奔襄平。

公孙渊下令，坚决守城，不让将士们出去交战。这就是司马懿所说的守着襄平等死，是个下策。魏兵就把襄平城四面包围，围了好多层。城里的兵马不出来，城外的兵马也不进攻。一个守着，一个围着，好像要比一比谁的耐性劲大似的。

七月里下了大雨，辽水突然高涨，魏兵的运粮船可以从辽口直到城下。大雨接连下了一个来月，还是下个没完，平地水深几尺。魏兵在城外害怕了。他们要求拔营，躲到高地上去。这时候城里的兵马比城外多。司马懿估计魏兵一拔营，都往高地上逃，公孙渊必然把全部兵马都用上追击过来，魏兵一定吃亏。他狠了狠心，下道命令，说：“谁再说搬营的，斩！”大伙儿吐了吐舌头，缩了缩脖子，不敢再唠叨了。都督令史张静不遵守法令，又出来要求搬营，真给杀了。这一来，全军上下只好认命，守住营寨，光着脚，卷着裤腿，跟水打交道。

魏兵耐着性子等在城外，守住营寨，不向城里进攻，还开放一面让城里的人可以出来。城里柴火没了，只好出城来想办法。起初出来的人不多，后来因为魏兵不去难为他们，出来打柴火的、放牛、放马的士兵就多起来了。牛金、胡遵要求司马懿让他们去把这些人抓来，或者干脆就把他们杀了。司马懿不同意，他嘱咐将士们让他们随便进出，打柴、放牛、放马都可以。

魏军司马陈珪不明白司马懿葫芦里卖的是什么药。他想了两天，想不出道理来，就去向司马懿请教，对他说：“上次进攻上庸，全军出发，黑天白日地赶路，连行军带进攻，才十六天就打下了新城，杀了孟达。这次我们老远地跑到这儿，不但不加紧攻城，反倒费了这么多日子，驻扎在拖泥带水的地方，还开放一面，让敌人进进出出，随随便便地打柴火、放牛马。我太愚昧，想不出道理来，特来向太尉请教。”

司马懿笑了笑，说：“那时候，孟达兵马少，粮食多，粮食可以吃一年。我们这边哪，正相反，兵马多，粮食少。我们的兵马比他们多四倍，但是粮食供应不了一个月。因此，拿粮食来说，是拿一个月去对付一年，打仗越快越好，多费一天，就增加我们的困难。拿兵马来说，是四个人打一个，越是突然打过去，对我们越有利。我们就不怕死伤，速战速决，为的是跟粮食比快慢。今天的情况，大不相同。贼兵人数多，我们人数少，贼兵粮食少，我们粮食多。再说天又下雨，何必急于进攻呢？我们不怕攻不下城，只怕敌人逃走。这会儿贼兵出来打柴火、放牛马，要是我们上去，那就等于逼他们逃走。公孙渊守着孤城，虽然粮草有困难，他可不肯投降，就因为他仗着城里兵马多，仗着天下雨我们不能进攻。我们这儿故意让他们的士兵进进出出，好像我们对他们没有办法似的。这样，他们就安心守下去，可是越守下去，粮食越困难，到了一定的时候，非出来投降不可。”

秋雨一过，天气晴朗。司马懿下了命令，把开放的一面又合上了。他开始布置攻城，先叫士兵们在城墙下堆土山、挖地道，然后利用四种攻城的设备，就是：楼车、撞车、钩梯和盾牌。上了楼车可以望得见城里的动静，还可以往下射箭。撞车可以用来撞毁城门和城墙。拿钩梯搭上城头，就可以爬城。有了盾牌，士兵们攻城可以抵挡城上射来的箭。就这么日夜攻城，从土山或楼车上不断地往城里射箭和掷石头，好像下暴雨似的往下直倒。城里的士兵只能东躲西躲，不敢露面。粮食没了，城里已经饿死了不少人。公孙渊的大将杨祚带着一部分士兵出来投降。公孙渊急得毫无办法，只好派他的相国王建和御史大夫柳甫带着几个随从，坐着筐子从城上吊下来。当时就给魏兵逮住，押到大营。

相国和御史大夫的地位多么高哇，他们是来求和的，司马懿总得好好招待他们吧。可他很严厉地问：“你们来干什么？”他们说：“请您先解围退兵，我们的主公就出来投降。”司马懿吆喝一声，就把这两个人推出去砍了。他叫那两个大臣的随从带着通告去回报公孙渊。公孙渊把通告拿来一看，上面写着说：“从前郑和楚同样是诸侯国，郑伯出来投降，尚且露着上身，牵着羊来迎接楚兵。今天我是天子的上公，可是王建他们要我解围退兵，太没有礼貌。这两个老头子不会说话，我已经把他们斩了。要是你真要投降，再派个年轻的、明白事理的人来！”

公孙渊只好再派侍中卫演去要求司马懿退兵，还说他马上送他的儿子上洛阳去做人质。司马懿对卫演说：“军事最要紧的有五条：能战就战，不能战就守，守不住就走，走不了就投降，不投降就死。公孙渊不肯把自己绑着亲自过来，那就是准备死，还送什么儿子？”

卫演抱着脑袋回去向公孙渊报告，公孙渊准备带着儿子逃走。没想到襄平城给攻破了，司马懿和胡遵率领大军进了城。公孙渊爷儿俩带着几百名骑兵突出包围，向东南逃去，越逃越远，追兵没上来。他们才透了一口气，一直逃到梁水（河流名，经过辽阳流入辽水），就窜进了司马懿早已布置好的罗网里。他们见了大将牛金，只好乖乖地下了马，两个人都给绑了，带进城去。司马懿一声吩咐，把公孙渊父子杀了。接着又杀了文武百官和士兵两千多人，城内的老百姓男的十五岁以上也给杀了七千多人。司马懿下了命令，把这么多上万的尸首堆成山，用土封上，为的是夸耀武功。这种处理尸首的野蛮办法就是所谓“京观”。

司马懿平定了辽东，一共接收了四万户，二十多万人口。凡是中原人流落在辽东愿意还乡的就让他们还乡。司马懿大军得胜回来，到了河内，接到魏明帝的诏书，叫他回到长安去。一会儿又来了一道诏书，叫他上洛阳去。三天里头，来了两道诏书，前后矛盾，这是怎么回事？司马懿料到京师里一定出了事，他就日夜赶路。后来他自己坐着一种快车叫“追风车”，从白屋到洛阳四百多里地，一个晚上就赶到了。

忍死托孤

公元 239 年正月，司马懿赶到洛阳。果然，宫里出了大事啦。原来魏明帝曹叡才三十五岁，一病不起，奄奄一息了。他还得安排后事。魏明帝自己没有儿子，早就把别人家的孩子，一个叫曹芳，一个叫曹询，养在宫里作为自己的儿子。由于内外保守秘密，人家一般不知道他们是哪儿来的，有的说曹芳是曹彰（曹丕的亲兄弟，就是曹操称他为黄须儿的）的孙子。在三四年前，曹芳立为齐王，曹询立为秦王。

这会儿曹叡病重，打算立曹芳为皇太子。他先拜魏武帝（就是曹操）的儿子燕王曹宇为大将军，跟领军将军夏侯献、武卫将军曹爽、屯骑校尉曹肇、骁骑将军秦朗等共同掌握朝政。曹爽是大将军曹真的儿子，曹肇是大司马曹休的儿子，都是将门之子。曹叡从小跟他的叔叔曹宇很要好，所以拜他为大将军，把后事托付给他。大将军曹宇替魏明帝计划，说关中防御很重要，应当叫司马懿回来镇守。魏明帝就下了一道诏书给司马懿，叫他回到长安来。哪儿知道就在这一两天内，事情又起了变化。

魏明帝左右有两个人，一个是涿郡人刘放，一个是太原人孙资。刘放、孙资在曹操在世的时候，就都做了秘书郎。魏文帝改秘书为中书，刘放做了中书监，孙资做了中书令，开始掌管机密要事。魏明帝即位，尤其宠任这两个人。夏侯献和曹肇认为刘放、孙资是小人，平日还说了些冷言冷语。

刘放、孙资怕有后患，打算除了夏侯献和曹肇，可是燕王曹宇又经常跟魏明帝在一起，没有机会给他们说坏话。这会儿，曹宇做了大将军，夏侯献、曹肇做了他的助手，那还了得！他们趁着只有曹爽一个人陪着魏明帝的时候，鼓着勇气向皇上劝告，说："先帝下过命令，藩王不得掌握政权。再说曹肇、秦朗他们带着军队经常在宫殿左右走来走去，一定不怀好意。请皇上再考虑一下，燕王掌握兵权是违反先帝的命令的。"

魏明帝问："那么谁可以做大将军呢？"这时候只有曹爽在旁边。刘放、孙资就推荐了他。魏明帝根本没想过能拜曹爽为大将军，他知道曹爽能耐不够，就问曹爽："你行吗？"曹爽急得直出冷汗，话都说不上来了。刘放拿脚尖踢了踢曹爽的脚，咬着耳朵教他说："臣拿性命来侍奉社稷。"曹爽就重复了一句，说："臣、臣、臣拿性命来侍奉社稷。"

刘放、孙资又说："太尉司马懿才能过人，应当请他参与国家大事。"魏明帝也同意了，就交给刘放一张黄纸，叫他写诏书召司马懿进宫。这时候，曹肇进来了。曹爽、刘放、孙资都退了出去。魏明帝向曹肇说起他要下诏书召司马懿进宫。曹肇流着眼泪劝阻他，说："不行啊！皇上应当想想当年召来了董卓后果怎么样。"魏明帝一想这话有道理，就传令下去，召司马懿进来的诏书停发。刘放、孙资两个人着急了，再进去见魏明帝，责备他不该改变主意。魏明帝大概害怕这两个人，他撒个谎，说："我是成心要叫太尉来的，可是曹肇他们反对，叫我别这么干。差点儿误了我的大事。"他就再叫刘放写。

刘放说："还是请皇上自己写吧！"魏明帝说："我病得这个样儿，笔也不能拿，怎么写哪？"刘放就爬到龙床上，把住病人的手，自作主张地写了一道诏书。他拿着这么一道诏书出来，大声地宣布说："皇上有诏书，革去燕王曹宇、领军将军夏侯献、屯骑校尉曹肇、骁骑将军秦朗这几个人的官职，他们不得留在宫里。"

燕王曹宇为人忠厚，流着眼泪出去了。夏侯献、曹肇、秦朗也只好回到自己家里去。魏明帝就拜曹爽为大将军，怕他太柔弱，又拜尚书孙礼为大将军长史，做他的助手。刘放就派使者拿着诏书连夜动身，飞一样地去叫司马懿来。

司马懿接到两道诏书，前后矛盾，就知道京师有变，马上赶路回来。他到了宫里，进了内室。魏明帝已经不行了。他拉着司马懿的手，急促地说：“你跟曹爽辅助太子吧。我因为放不下心，忍死等着你来。现在见到了你，可以托付后事，我就心满意足了。”当时在场的还有曹爽、刘放、孙资和两个皇子（齐王曹芳、秦王曹询），一个八岁，一个九岁。魏明帝叫那两个孩子跟司马懿见了礼，又指着曹芳对司马懿说：“他做太子，你仔细看看，别弄错了，别忘了。”接着他叫曹芳过去抱住司马懿的脖子，曹芳攀着司马懿的脖颈子，哭着不放手。司马懿流着眼泪说：“请皇上放心，臣一定尽心竭力伺候他。”说着，他把曹芳的手从自己的脖子上拿下来，握在手里。他继续说：“皇上难道不记得先帝临终曾经把皇上托付给臣吗？”魏明帝说：“这就好。”

当时就立齐王曹芳为皇太子，曹爽为大将军，司马懿仍旧是太尉。多挨一时是一时的魏明帝终于咽了气。太子曹芳即位，尊皇后郭氏为皇太后，大赦天下，并用魏明帝遗诏的名义，停止一切宫殿的建筑。

曹爽和司马懿各领兵三千人，轮流值班，保卫皇宫。曹爽因为自己年轻，突然掌了大权，司马懿年长，名位一向比自己高，就像尊敬父亲那样尊敬他。什么事情都不敢自己做主，总是先征求征求他的意见。司马懿也表示虚心，愿意跟曹爽同心协力辅助少帝。两个托孤大臣不是相安无事了吗？哪儿知道完全不是那么一回事。

那时候，魏有五个知名之士，以前魏明帝嫌他们浮华，一概不用。可是曹爽一直跟他们有来有往，挺对劲。这会儿曹爽掌了大权，就起用他们，把他们当作心腹。那五个人，一个是南阳人何进的孙子何晏（何进就是汉灵帝时将军、何皇后的哥哥），一个是沛国人丁斐（fěi）的儿子丁谧（丁斐就是在曹操潼关遇马超的时候，用放牛马的办法扰乱马超队伍的那个校尉；谧：mì），还有三个就是跟何晏同乡的南阳人邓飏（yáng）、李胜和东平人毕轨。除了这五个人，还有大司农桓范，为人足智多谋，外号称为“智囊”，也得到了曹爽的信任。

何晏他们对曹爽说：“大权不能交给外人，免得将来发生祸患。”曹爽一想：“对呀，可是怎么办哪？”丁谧替他出主意，要他在外表上提升司马懿的职位，实际上夺去他的实权。诏书下来，司马懿升为太傅，高高在上，可是没有事干。接着，曹爽的几个兄弟都做了大官：大弟曹羲（xī）做了中领军，二弟曹训做了武卫将军，三弟曹彦做了散骑常侍，还有别的兄弟都封为列侯，伺候少帝，宫里进进出出像在自己家里一样。

曹爽对于太傅司马懿一向很有礼貌，只有在用人上不太客气。他把原来的吏部尚书卢毓改为仆射，让何晏做了吏部尚书，邓飏和丁谧两个人都做了尚书，毕轨做了司隶校尉，李胜做了河南尹。凡是跟曹爽有点意见的或者好心好意规劝他的大臣，不是免职，就是调到外地去。司马懿冷眼旁观，不去干涉。其实，干涉也没用，不如落得做个好人。第二年，就是公元 240 年，中书监刘放做了左光禄大夫，中书令孙资做了右光禄大夫。曹爽左右前后都是自己人，司马懿又不去干涉他，还老告病假。曹爽就使出全副的力量，要好好地享乐一番。搜罗美女，大批地收养歌伎，饮酒作乐，荒淫无度，这些都不必提了。

又过了一年，四月里有一天，曹爽和何晏他们正在地下室里饮酒作乐的时候，突然来了警报，说东吴发兵，两路进攻，东吴卫将军全琮进攻淮南，威北将军诸葛恪进攻六安（属庐江郡），声势浩大，请大将军快点去救。曹爽吓得连着说："这、这、这怎么办哪？"何晏他们叫他上朝去跟大臣们一同商议。

大臣们不知道从哪儿商议起。探子又来报告，说："东吴的车骑将军朱然进攻樊城；大将军诸葛瑾进攻柤中（柤中在今湖北南漳一带；柤 jū），形势十分紧急。"大臣们都请大将军曹爽拿主意。曹爽说："还是请太傅一同来商议吧。"当时马上派人去请。派去的人回来，说："太傅正病着，不能来。"曹爽认为司马懿装病，就请少帝召他进宫，万一不能来，也要出个主意。

司马懿躺在床上，不能起来，他回答说："等我病稍好点，一定人朝谢罪。"他又说："淮南由征东将军王凌守着，还可以对付全琮。樊城和柤中必须派大将去支援。"大伙儿都希望曹爽去。曹爽没经过大战，不敢出去，自己的心腹之中又没有能征惯战的大将，只好干着急。这么又过了几天，形势越来越紧张。警报和求救的信不断地来到洛阳。一会儿报告说："全琮进攻淮南，芍陂决了口子，毁坏了不少房屋，掳去了许多居民。"一会儿报告说："樊城已经给朱然的东吴兵围上了，还围了好几层。"

前方越来越严重，大将军没派兵去，谣言纷纷，人心惶惶。司马懿病倒好了，上朝来跟大臣们商议。刚巧征东将军王凌得到了扬州刺史孙礼（孙礼因为劝告曹爽，曹爽把他调出去，做了扬州刺史）的帮助，两支兵马合起来，在芍陂打了一仗，把全琮打回去了。情况好像松了些。可是司马懿说：“柤中的老百姓十多万，流离失所，随时都可能被吴人掳去，樊城一失，襄阳难保。大将军掌握着兵权，为什么还不去救呢？”

曹爽红着脸，说不上话来。过了一会儿，他说：“请太傅想个办法。”这时候少帝曹芳十岁了，也跟了一句，说：“请太傅想个办法。”司马懿说：“如果大将军不去，那么还是我老头儿走一趟吧。”大伙儿听了他这么一说，有了救星，都催他快出兵。司马懿调动各路兵马，亲自率领大军，十万火急地去救樊城。吴军听到司马懿亲自率领大军来了，连夜撤兵回去。司马懿不肯放过他们，指挥大军追杀一程，夺到了不少军用物资，大获全胜。进攻柤中的诸葛瑾因为害病也退回去了。进攻六安的诸葛恪孤掌难鸣，更不必说了。

太傅司马懿出兵不过一个月，得胜还朝，十分风光。曹爽跟他对比起来，好像脸上抹了一层灰。这种灰扑扑的脸色，谁都看得出来。他的一伙儿心腹人鼓励他，说：“不必灰心，将来有机会再出兵立个大功，就可以让人家瞧瞧。”事情也真凑巧，探子报告说汉大将军蒋琬做了大司马，屯兵涪城，打算侵犯魏地。

原来蜀汉大司马蒋琬看到过去诸葛亮几次出兵秦川（就是出兵去打关中），由于道路不好走，运粮困难，北伐始终没能成功。他想改变诸葛亮的办法，不走那条路，就大量地建造战船，大船、小船都需要，准备由汉水、沔水往东下去，去袭击魏兴、上庸。谁知道他害起病来，东征大计，只好搁下。他就任命姜维为凉州刺史，镇守北面，自己留在涪城养病。

曹爽得到了一些有头没尾的情报，就自打头道地要去征伐西蜀。司马懿不同意，他说：“蜀并没出兵，何必无缘无故地由我们去挑起战争呢？”曹爽并不是真能打仗，他这么一说，虽然不出兵去打，也已经有了面子了。

一晃，两三年过去了。蒋琬的病更重了些，他叫姜维由汉中回到涪城，汉军主力大部分驻在这儿。汉中又很重要，不得不派大将镇守。后主拜汉中太守王平为镇北大将军，镇守汉中，尚书令费祎为大将军，录尚书事。就在这时候曹爽又想凭打仗立个功。

大将军曹爽的表弟、征西将军夏侯玄，统领雍州和凉州军队，他劝曹爽发兵去征伐西蜀。夏侯玄推荐李胜做了长史。长史李胜和尚书邓飏两个人劝曹爽出兵，一个咬着左耳朵，一个凑着右耳朵，嘟嘟哝哝地对他说：“大将军要在天下立个威名，非伐蜀不可。”曹爽下了决心要打一仗。司马懿又劝他别去。这一回曹爽可不再听他的劝了。

装病

公元 244 年（魏正始五年，蜀延熙七年，吴赤乌七年）三月，曹爽到了长安，调动十万兵马，跟夏侯玄的军队联合起来，从骆口（就是骆谷口，在今陕西城固一带，北通陕西眉县）去打汉中，声势十分浩大。

镇守汉中的蜀兵不满三万人，听到魏兵十多万已经到了骆口，沿路排山倒海地过来，将士们都有些害怕了。他们认为三万人怎么抵得住十万大军呢？看情况不能出去抵抗，只能坚守。要是能够守住汉城和乐城（汉城在陕西沔阳，乐城在陕西城固，二城都是公元 229 年由诸葛亮设计建筑的），等待涪城的救兵，就很不错了。镇北大将军王平对将士们说："涪城离这儿差不多有一千里，一时怎么来得了？要是贼兵打进关城（也叫张鲁城，在今勉县西四十里），祸患可就大了。我们应当先出去占领兴势山（在今陕西洋县北），不让敌人从那边过来。"

将士们没有这份胆量，只有护军刘敏同意王平的办法。王平就派刘敏带领一万人马去占领兴势山。他说："如果敌人分兵两路，一路向兴势，一路向黄金（就是黄金谷，在今洋县）过来，走兴势那一路的敌人由刘护军对付，走黄金那一路的敌人，由我率领一千人就可以抵住他们。两面出去抵御，比都守在这儿强。先出去守住前面的山口要道，阻止敌人过来，千万不能让他们夺取关城。到那时候，涪城的军队也可以到了。这是上策。”

刘敏带领一万人马火速行军，占领了兴势，守住要口。沿山一百多里多张旗子，作为疑兵。魏军的前队到了兴势，没想到这儿有这么多的蜀兵拦住去路。魏兵不能前进，只好驻扎下来。曹爽他们从来没到过这种山山岙岙（ào）的地方，交通十分困难。曹爽在关中就征发了当地的老百姓和氐人、羌人，叫他们运输粮食。这些被拉来的民夫沿路有累死的，有病死的，有给军官打死的，也有逃走的，甚至连牛、马、骡子、驴也死了不少，牲口少了，更加苦了民夫。因此，沿路都是抽抽搭搭的哭声和叹气的声音。

曹爽和夏侯玄到了兴势，一看，蜀兵这么多，地形这么险恶，真是一夫当关，万夫莫敌。他们只好在这儿停下来，再想办法。一停就是一个来月，粮食快完了。参军杨伟向曹爽说明情况，劝他赶快退兵，要不然，一定要打败仗。夏侯玄还接到了司马懿给他的信，大意说：“从前武皇帝（曹操）到汉中，险些儿打个大败仗，这您是知道的。兴势是最险恶的地方，可是已经给蜀人先占据了。现在我军打又打不过去，马上退回来还怕蜀兵截击。再待下去的话，要是全军覆没，怎么担得起这个责任呢？请您仔细考虑。”

夏侯玄看了这封信，害怕了。他要求曹爽快退兵。曹爽又想立功，又要逃命，一时拿不定主意。忽然探子报告说：“汉大将军费祎率领大军从成都赶来，涪城的军队也接着来了。”曹爽这一下主意拿定了。他慌忙下令退兵。士兵们正在拔营，又来了警报，说：“蜀兵已经到了！”曹爽急切地问：“在哪儿？怎么没见到？”有人说：“已经过去了。”“怎么没见到就过去了？到什么地方去了呢？”别管这些个，火速退兵要紧。魏兵退到三岭，还没回到骆口，岭上全是蜀兵，吓得魏兵没处躲藏。曹爽叫夏侯玄打头，自己跟在后面，冲了几次，不知道死伤了多少人，才杀出一条血路，逃过一岭又一岭，所有的辎重、铠甲、衣服、做饭的锅、大小旗子什么的都扔给了蜀人，十万人死伤了一大半。

曹爽回到洛阳，大臣们照常向他作揖打躬。太傅司马懿不说话，谁敢多嘴？少帝曹芳才十三岁，当然没有意见。郭太后遵照魏文帝规定的制度：太后、皇后不得参与朝政，她也不批评。因此，曹爽虽然打了败仗，回到朝廷，还是第一号的红人儿。他还是像以前那样饮酒作乐，有时候还带着他兄弟曹训、曹彦出去打猎玩儿。

大司农桓范，就是称为“智囊”的那个人，规劝他，说：“大将军的职位多高、多重要哇，跟着兄弟们出去打猎玩儿，已经不太妥当，怎么有时候天黑了还不回来？万一有人关了城门，不让大将军进来，怎么办？”曹爽撇了撇嘴，说：“谁敢？您也太多心了。”

兄弟当中，老二曹羲劝诫他两个兄弟不可奢侈荒淫，免得将来遭到祸患。他这话是说给大哥曹爽听的。曹爽也知道老二在他面前批评老三、老四，分明是指着张三骂李四，心里不痛快，对待曹羲就冷淡些了。只有太傅司马懿不批评他，也不跟他在一起。他老说自己害病，躲在家里不出来。谁知道他真害了病还是不愿意参与朝政。

河南尹李胜原来是南阳人，他做了大官，还想回到故乡去，最好能在本地做大官，那多风光啊。公元248年（魏正始九年）冬天，曹爽推荐他为荆州刺史，叫他去向司马懿辞行，顺便看看他的情况。

李胜到了太傅府，求见司马懿。司马懿因为病着，不能立刻出来迎接。过了一会儿，里面传出话来，请客人进去。李胜进去一瞧，司马懿坐在床头，身上盖着被子，两个使唤丫头伺候着他。李胜过去向他问好，接着就说：“我一点没有功劳，蒙皇上大恩，让我担任本州（本州就是本地方，此处指荆州）刺史，特来向太傅辞行。”

司马懿转过头来，眼睛迷迷糊糊地望着李胜，正想开口，突然咳嗽了一阵，气喘喘地说：“哦，委屈你啦！并州在北方，接近胡人，你要好好防备呀。唉，我病得这个样子，恐怕再也见不到你啦。”李胜说：“不是并州。我是说本州来着。”司马懿皱了皱眉头，说：“啊？你是从并州来的？”“不是，我是到本州去做刺史，本州，就是荆州。”“哦，你从荆州来。”李胜摇了摇脑袋，高声地又说了一遍。这回听明白了，司马懿笑了笑，说：“我耳朵背，没听清楚。你做本州刺史，太好了。你一定能够做大事，立大功。唉，可惜我活不成啦！”说着，掉下眼泪来。他又咳了几声，慢慢地提起手来，哆里哆嗦地指着嘴，好像说口渴要喝什么似的。

一个使唤丫头马上把准备好了的一碗粥端给他，他不用手去接，把嘴凑到碗上，就这么喝着。没喝上几口，粥都流下来，胡子上、衣襟上全是。那个丫头替他擦了擦。李胜见他这么可怜，不知道该怎么安慰他才好。司马懿喝了几口粥，就不要了。他接着说：“人生总有一死。像我这样年老体衰、多病多痛的，死了倒也少受点罪。我就是放心不下两个不肖子。拜托你照顾照顾师儿、昭儿，你见到大将军，千万请他包涵点。”说了这话，他好像支持不住，只好躺下了。

李胜告辞出来，回去向曹爽一五一十地说了一遍。末了他说：“司马公神已经没了，耳聋眼花，说话颠三倒四，就差一口气了。用不着担心。”曹爽听了，不用说多么高兴。李胜离开了曹爽，自己上任去了。

古籍链接

九年冬，李胜出为荆州刺史，往诣宣王。宣王称疾困笃，示以羸形。胜不能觉，谓之信然。

——《三国志·魏书》

交出兵权

一转眼就是新年。少帝曹芳按规矩到高平陵（魏明帝的坟，在洛阳城南门外九十里）去祭祀他父亲。大将军曹爽带着羽林军和他的兄弟中领军曹羲、武卫将军曹训、散骑常侍曹彦，还有他的心腹何晏、邓飏、丁谧、毕轨他们，都跟了去。司马懿因为病得只差一口气，当然没去。祭祀费不了多大工夫，顺便还可以打猎玩儿。

大司农桓范拦住曹爽，说："主公统领羽林军，责任重大，不能不去，可是你们兄弟几个不该都出去。万一城里有变，怎么办？"曹爽瞪了他一眼，说："城里有变？谁敢？你别胡说八道！"

曹爽他们出了南门，浩浩荡荡地直奔高平陵。赶到他们走远了，司马懿耳朵不聋了，眼睛有神了，立刻带着他两个儿子司马师和司马昭率领自己的兵马，借着皇太后的命令，关上城门，占据武库，叫司徒高柔执行大将军的职务，接收曹爽的军营，太仆王观执行中领军的职务，接收曹羲的军营，然后亲自去见郭太后，说大将军曹爽辜负了先帝托孤的大恩，荒淫无度，作恶多端，应当革职。郭太后吓了一大跳，她说："皇上在外面，朝廷大事我管不着，怎么办？"司马懿说："臣另上奏章给皇上，太后不必担心。"郭太后不答应也得答应，只好同意了。

司马懿马上写了一个奏章，由他领衔，跟着签名的有太尉蒋济、尚书令司马孚等。奏章上列举曹爽和他兄弟的罪状；说太后吩咐，曹爽他们应当革职，马上交出兵权，回到自己的家里去；要不然的话，就要军法从事；司马懿屯兵洛水浮桥，以防意外。这个奏章马上派人送到高平陵去。

曹爽接到了司马懿的奏章，不敢送去给少帝，可是他的兄弟们都知道了。大伙儿慌里慌张，不知道该怎么办。他们商量了一下，只好带着少帝暂时在伊水南边扎营过夜，叫手下的人砍了些树木，架在营前，作为防御，又征发了当地屯田的士兵几千人，守在那儿。

曹爽正想打发人到城里去探听情况，司马懿已经派两个大臣来了。一个是侍中许允，一个是尚书陈泰。他们传达司马懿和郭太后的命令，说曹爽应该早些回去，承认自己的过错，可以从宽发落。曹爽又想回去，又不敢回去，心里正像十五个吊桶打水，七上八下，定不下来。正在这万分为难的时候，“智囊”桓范到了。他是曹爽这边的人，可是他留在城里，四城门全都关了，怎么跑得出去呢？

原来司马懿就怕桓范给曹爽出主意，当他叫司徒高柔代替大将军，占据曹爽军营的时候，就用郭太后的命令叫桓范进宫，要他去占据曹羲的军营。桓范因为这是太后的命令，不得不服从。他的儿子拦住他，说：“皇上在外面，父亲不如出城去吧。”桓范就上马走了。到了南门，城门已经关了。守城门的将军叫司藩，曾经做过桓范手下的官吏，他见桓范急急忙忙地跑来，就过去阻拦。桓范从袖口里拿出假诏书，向他一晃，说：“皇上有诏书召我去，你快开门！”司藩说：“请让我验过。”桓范责备他，说：“你不是我的属下吗？怎么敢这么对待我？”司藩只好开了城门，让他出去。

桓范出了城，对司藩说：“太傅造反，你快跟着我走吧。”司藩这才知道他是反对司马懿的，就想追他回来。可是两条腿跑不过四条腿，眼看着桓范马上加鞭，越跑越远，他只好回来。有人向司马懿报告，说桓范跑了。司马懿着急地对太尉蒋济说：“智囊走了，怎么办？”蒋济说：“桓范固然能出主意，可是下等马只知道赖在马房里吃饲料（指曹爽只想回家）。曹爽一定不会听他的。”

果然，桓范一到，就向曹爽兄弟献计，说：“快保护着皇上到许昌去。到了那边，请皇上下道诏书，征发四方将士到许昌来，就可以打败司马懿。大将军号令天下保护皇上，这是名正言顺的。太后不得参与朝政，文帝早有规定。司马懿借着太后的名义，已经违反了本朝的制度。他发兵占据京师，关上城门，抗拒皇上，这是造反。大将军应当拿皇上的命令，征讨叛逆的臣下。”

曹爽和他的兄弟没有这份胆量，一时决定不下。司马懿可又派人来了。这回来的是曹爽一向所信任的殿中校尉尹大目。他说：“太后有令，大将军革职免官，别的没有什么。司马公指着洛水起誓，只要大将军交出兵权，绝不难为你们。”曹爽只是愁眉苦脸地看着桓范。桓范一见曹爽这么不中用，就走过去拉住老二曹羲的袖口，说：“你是读过书的，你说哪。事情明摆着，难道你书也白读了？快到许昌去调兵，才是活路。”曹爽说：“我们的家属全在城里，这么一来，不是全给他们杀了吗？”桓范直截了当地告诉他们，说：“你们几家子的门户还保得住吗？你们即使要求做穷苦的老百姓也办不到啦！一个人碰到患难，谁不想活？何况你们跟着皇上，皇上号令天下，谁敢不听？”他们全不吭声。

桓范又对曹羲说：“你还有个军营在伊阙南面，洛阳典农中郎将也在城外，他们都是听你的指挥的。现在我们到许昌去，明天晚上就可以到。许昌也有个武库，可以利用。人马、兵器都有了，就差粮食。可是我身上带着大司农的印章，随时随地可以征调粮食。只要下决心跟叛逆的贼子拼，没有什么可怕的。”曹羲的弟兄们只是摇头，就是挺不起腰板来，从起更到五更，一夜工夫，就这么熬过去了。

曹爽突然站起来，下了决心，把刀扔在地下，说：“革职也好，免官也好，反正我还可以做个大财主！”桓范听了这种没志气的话，放声大哭，说：“曹子丹（曹真字子丹）也是个好人，怎么生你们这些兄弟，真是猪狗不如！我没想到跟着你们，今天连坐灭族！”

天一亮，曹爽向少帝曹芳说明自己情愿免官，把兵权交出来，让许允、陈泰带回洛阳去。当时还有人拉住他，哭着说：“不能把兵权交出去啊！兵权一交出去，一定给别人杀害，到那时候，后悔也就晚了！”曹爽说：“太傅不会失信。他已经说了，只要我把兵权交出去，就没事了。我相信，他是不会难为我的。”他终于交出了兵权。将士们一见大将军没有印，就有不少人散了伙，剩下的一部分人跟着曹爽回到洛阳浮桥。

司马懿把少帝曹芳接到宫里去，让曹爽弟兄们回到将军府。当天晚上司马懿派兵包围将军府，四角落搭起高楼，叫人在楼上察看曹爽弟兄的举动。曹爽在大厅里坐着闷得慌，带着弹弓到后园东南角走动走动。楼上放哨的人就像唱歌似的哼着说："前大将军往东南走了！"曹爽听了，心里很别扭，跟他兄弟们商量着说："不知道太傅要把我们怎么着。"

几天过去了，没有事。可是粮食不够了，饭菜也没了。关着就关着，监视着就监视着，可是饿肚子怎么受得了？曹爽写了一封信，向司马懿诉委屈。司马懿马上派人送去大米一百斛，还有干肉、豆豉、大豆等。曹爽收到了这些吃的东西，很感激地说："司马公果然没有害我们的心思！"

又过了一天，情况突然紧张起来，据说有人告发曹爽一党谋反。廷尉就把曹爽、曹羲、曹训、曹彦、何晏、邓飏、丁谧、毕轨、李胜，还有桓范，都下了监狱，定了个大逆不道、企图谋反的罪名，把他们全都满门抄斩，财产一概没收，曹爽真像桓范所说的，没能当上穷苦的老百姓，更别说大财主了。

司马懿杀了曹爽他们，掌握着朝廷大权。刘放、孙资他们上个奏章，说司马懿立了这么大的功劳，应当升为丞相，加九锡。诏书下来，拜司马懿为丞相，加九锡，可是司马懿坚决推辞了。

曹爽他们几家子满门抄斩，逼得夏侯渊的儿子右将军夏侯霸逃到蜀汉去了。夏侯渊是被蜀汉杀害的，杀父之仇不共戴天，夏侯霸怎么能逃到蜀汉去呢？

牛头山

夏侯霸的父亲就是在定军山被黄忠老将杀了的夏侯渊。因此，夏侯霸对蜀汉怀着切齿仇恨，立志要替他父亲报仇。少帝曹芳即位以后，他做了讨蜀护军右将军，屯兵陇西，一向跟大将军曹爽很要好。他所率领的陇西军队是归征西将军夏侯玄统管的。征西将军夏侯玄是夏侯霸的侄儿，可也是夏侯霸的上级。夏侯玄又是曹爽的表兄弟。曹爽灭了门，司马懿就把夏侯玄调回京师，他的统管西部军队的职务由雍州刺史郭淮接替。夏侯霸跟郭淮素来不和，这会儿夏侯玄召回去了，郭淮做了他的上司，已经叫夏侯霸很不安心了，再说自己又跟曹爽交好，是他一边的人，司马懿和郭淮怎么能放过他呢？他在没路可走的情况下，就逃到汉中。

夏侯霸只知道往南走，经过了不少困难，到了阴平，迷了路，随身带着的干粮也没了。他就把马宰了，可以吃几天，可是坐骑没了，只好在山谷、乱石当中步行。几天下来，脚底和脚趾都出了血，在岩石下躺了半天。好容易才请到了一个老百姓给他带道，把他带到关口。守关口的大将正是由镇西大将军升为卫将军的天水人姜维。

那时候（公元 249 年，蜀延熙十二年），大司马蒋琬和他的助手尚书令董允都死了。后主刘禅已经拜姜维为卫将军，跟大将军费祎一同掌握朝政，录尚书事。姜维很有气魄，他立志要继续诸葛亮北伐中原的事业。两年前曾经出过一次兵，打到陇西、南安、金城地界，跟魏大将军郭淮、夏侯霸他们在洮西打了一仗。那边有几个部族归附了姜维，可是金城、陇西离汉中多远哪，更别说离成都了，又是粮食供应不上。姜维只好把那些部族安抚了一番，自己撤兵回来了。

这会儿姜维听到魏大将前来投降，心里只怕是敌人使的诡计。夏侯霸见了姜维，趴在地下，把曹爽被杀，夏侯玄被司马懿召回，郭淮有意害他，逼得他只好投奔到这儿来的种种情况哭诉了一番。姜维一听，句句是实话，就亲手把他扶起来，好言好语地安慰他。夏侯霸十分感激，觉得姜维真够朋友，是个侠义的人，但是不知道后主能不能收留他。

姜维带着夏侯霸到了成都，引他去见后主。后主特别优待他。还有张飞一家把夏侯霸当作长辈的亲戚看待。这是怎么回事？姜维不由得纳闷儿起来，他想知道这里面的底细。

原来夏侯霸有个堂妹妹，早在建安五年（公元 200 年，就是关羽斩蔡阳、古城会张飞那一年）就碰到了张飞。那时候她才十四五岁，在本地沛国谯郡荒郊野外迷了路，刚巧遇见了张飞。那会儿兵荒马乱的，张飞跟曹操是敌人，按当时的情况说，张飞可以把她当作俘虏看待。他一问，才知道是个将门之女。小姑娘见张飞是个英雄好汉，也挺喜欢。两个人就结为夫妻。夏侯夫人生了两个女儿，就是嫁给后主刘禅的张皇后，后来称为敬哀皇后，敬哀皇后死了以后，她妹妹做了皇后。因为有这么一段婚姻关系，所以当年夏侯渊死了以后，张飞的妻子请求把他的尸首入殓安葬（建安二十四年，公元 219 年）。

没想到三十年之后，夏侯霸被迫投奔蜀汉。他跟着姜维到了成都，拜见后主。论辈分后主还得叫他舅公。后主和张皇后（敬哀皇后死于公元 237 年，这个张皇后立于公元 238 年）热情招待。后主对他说："令尊是在路上遇害死的，不是给我们的将军杀的。"他又指着儿子对夏侯霸说："这就是你们夏侯家的外孙哪。"这么一来，夏侯霸心安理得地做了蜀汉的臣下。后主当时就任命他做姜维的参军。夏侯霸拜过后主，跟着姜维出来了。

姜维问他："司马懿杀了曹爽他们，自己执掌着朝廷大权，他打算发兵去征伐谁呢？"夏侯霸说："他现在只想巩固自己的地位，还来不及顾到外面的事。有个青年人叫钟会，是魏太傅钟繇的小儿子，现在做了尚书郎。他虽然年轻，将来他要是掌了权，吴、蜀都得担点心事。"

姜维听了这话，觉得司马懿既然不能出来，钟会还没出头，这会儿又来了个夏侯霸可以做向导，那么现在正是北伐中原的好机会了，他就上个奏章，请后主让他出兵。

大将军费祎不同意，他对姜维说："我们的才能和智慧远远比不上丞相。丞相在世的时候，尚且不能平定中原，何况我们？近来大司马和尚书令一个接着一个地过去了，我们的人实在太少。还不如守住疆土，安抚人民，静静地等待机会。将来有了能耐很强的人，才可以兴兵北伐。现在可不能轻举妄动，万一失败，后悔也就晚了。"

姜维说："我是生长在陇上的，知道那边羌人和胡人的心，熟悉他们的风俗。上次出兵陇西，就有胡人、羌人的首领归附我们。要是我们有他们做帮手，就说不能恢复中原，陇西的地方一定可以接收过来。"

后主同意了。可是费祎担心姜维去跟魏兵展开大战，就限制他的兵马不超过一万人。这情况跟当年诸葛亮限制魏延的兵马有些相像，可是不一样：诸葛亮怕魏延不受管束，费祎是怕姜维去向魏挑战。姜维只好带着一万兵马同夏侯霸回到汉中，接着就向北行军，进入雍州地界。他向四周围察看地势，见到麹山（麹山在魏国的雍州西南地界）可以作为据点，就吩咐士兵们在那边筑了两个城，叫部将句安和李歆带着几千兵马分别守在那儿，自己和夏侯霸带着其余的兵马，招募一些羌人和胡人，夺取陇西好几个郡。

魏征西将军郭淮跟雍州刺史陈泰听到姜维侵犯雍州，商量着对付的计策。陈泰说："麹城尽管怎么结实，究竟离开蜀中太远，路又不好走，运输粮食大有困难。羌人、胡人受了姜维的威胁，勉强跟着他，未必真心归附。只要发兵去围住那两个城，用不着交战，就能够把城夺过来。"郭淮就叫陈泰率领讨蜀护军徐质和南安太守邓艾两路兵马赶到麹山。

句安、李歆出来对敌一下，因为兵少，只好退到城里守在那儿。陈泰用一部分人围城攻打，又用一部分人去截断蜀军运粮的道儿，再用一小部分人在城外堵住水源。城里的兵马没有水喝，那还了得？刚巧初冬天气，下了一场大雪，城里的汉军只好减少口粮，化雪做饭，挨一天苦一天地等着救兵。

姜维探听到麹山被围，就带领军队从牛头山（在洮水南面）出来，跟陈泰的军队对峙着扎了营。陈泰吩咐徐质和邓艾的兵马守住壁垒，不跟姜维交战。同时派人去告诉郭淮，请他调动兵马赶快到牛头山截断姜维的后路。郭淮觉得这是个好计策，马上发兵赶到洮水（即洮河，黄河的支流）。

姜维发现了这个新情况，对夏侯霸说："郭淮赶到洮水，分明是要截断我们的退路，怎么办哪？"夏侯霸说："看来我们不如退兵，免得遭受损失。"姜维就叫夏侯霸先走，自己断后，往洮城退去。他们还没退了多远，就给邓艾知道了。他对郭淮说："蜀兵退去没多远，可能还要回来。我们照旧应当守住关口要道。"郭淮就派他带着一小部分兵马去守白水（即白龙江，嘉陵江的支流）。邓艾到了那边，把军队扎在白水北岸。

邓艾在白水北岸的消息立刻叫姜维想出个计策来。他对将军廖化说："你带领一支人马赶到白水南岸，就在那边扎住营寨，把邓艾的兵马牵住，我这儿直接去打洮城，准能把那个城打下来。"廖化说："咱们一同去打洮城，不是更有把握吗？"姜维说："没有我们的兵马扎在南岸，邓艾就会调他的兵马去救洮城的。"廖化这才明白到南岸去扎营的道理。他很快地到了白水南岸，面对着邓艾的军营扎下了营寨。两军对立，中间隔着一条河。

邓艾一看，数了数南岸军营的帐篷，就对将士们说："姜维突然退兵，形迹可疑。我这儿人少，按说他应当渡过河来，可是他不叫士兵们造桥，不做渡河的准备，就这么跟我们对立着。这分明是把我们拖住在这儿，姜维自己一定去袭击洮城。"

洮城在白水北面，离邓艾的军营大约六十里地。邓艾偷偷地拔营，连夜急行军赶到洮城。果然，姜维的军队向洮城过来，可是邓艾已经抢先进了洮城。蜀军差了一步，只好退回汉中。

麴山城里的蜀军，内无粮草，外无救兵，守了几天，终于投降了敌人。廖化的一队兵马见不到敌人，也只好回来了。

姜维回到汉中，心里不得劲儿。他想兵马不够，不能单独跟魏作战，就一面操练兵马，准备再一次北伐中原，一面派使者到东吴，请吴主孙权看准机会共同出兵，还说东西两面夹攻，准能打个胜仗。谁知道吴主年老，精神不好，为了家里的事务争闹不休，哪儿还有心思向外扩张势力。他对蜀汉的使者敷衍了一下，就打发他回去了。转过年就是公元250年（魏嘉平二年，蜀延熙十三年，吴赤乌十三年），孙权为了几个夫人和几个儿子，连内政都搞得乱糟糟的。到了下半年，就立孙亮为太子。东吴不是早已立太子了吗？怎么又来了个太子呢？这里面一定有文章。

赤膊上阵

孙登早已立为太子，没想到公元 241 年（吴赤乌四年），太子孙登死了。琅邪王夫人的大儿子孙和立为太子，二儿子孙霸封为鲁王。鲁王孙霸结交了几个大臣，暗暗打算夺取他哥哥太子的地位。朝廷上的大臣起了争论，有的拥护太子，有的拥护鲁王。孙权认为都是自己的儿子，不分彼此地对待他们。

那时候，大将军陆逊接替顾雍做了丞相，仍旧镇守着武昌。他屡次三番地上书劝告吴主，说明太子是正统，他的地位应该像磐石那么巩固，鲁王是藩臣（守边界的臣下），彼此之间应当有区别。吴主孙权听了那些拥护鲁王孙霸的人们的话，直怪陆逊多嘴。他派使者到武昌责备陆逊干预他家里的事。陆逊已经六十三岁了，听了责备，有口没处说，又恨又痛心地患病死了。吴主吩咐诸葛恪为大将军，接替陆逊镇守武昌。

吴主孙权一发火儿，杀了几个大臣，废了太子孙和。他痛恨孙霸勾结大臣，把他也杀了，这时候小儿子孙亮的母亲潘夫人最得宠。她又能使手腕讨老头子的好。这就说明了为什么潘夫人的儿子孙亮做了太子。第二年（公元 251 年）他母亲潘氏就被立为皇后。

吴主因为孙亮太年轻，要在去世以前把他托付给大臣。侍中孙峻推荐大将军诸葛恪。吴主就把他从武昌召回来。诸葛恪到了建业，进了内宫，见吴主正病着，就在床前接受诏书。吴主任命他为大将军领太子太傅，中书令孙弘领太子少傅，朝廷中一切事务由诸葛恪拿主意，只有生杀大事才向皇上请示。又任命会稽太守滕胤（yìn）为太常。朝廷上主要的官职安排好了以后，吴主的病倒好起来了。

到了公元252年二月，吴主孙权又病了，还病得很厉害。潘皇后因为太子年轻，就打算把政权拿过来。她派人去问中书令兼太子少傅孙弘：“从前吕太后临朝是怎么回事？”她这一问哪，连孙弘都害怕了。为什么呢？因为宫里宫外都知道潘皇后性情刚强，手段毒辣。她要是执掌朝廷大权，那个厉害劲儿谁吃得消？不知道哪位下了毒手，趁她睡熟的时候，把她掐死了。有的说是宫女们干的，有的说是拿事的大臣们干的。查不到凶手，宫女们倒了霉，有嫌疑的就杀了几个。

潘皇后下葬没多久，吴主又快咽气了。他召诸葛恪、孙弘、滕胤、将军吕据、侍中孙峻到床前，嘱咐后事。七十一岁的吴主孙权就这么死了。孙弘素来跟诸葛恪不和，怕将来给诸葛恪压制，就秘不发丧，要假传诏书先把诸葛恪杀了。孙峻知道了这个阴谋，告诉了诸葛恪。诸葛恪请孙弘过来商议大事。孙弘一到，就给杀了。这才给吴主发丧，大臣们尊他为大皇帝。太子孙亮即位，才十岁，大赦天下，以诸葛恪为太傅，滕胤为卫将军，吕岱为大司马。

太傅诸葛恪执掌朝政，首先废除一些苛刻的法令，废除关税，减少官差。就有不少人说他好。诸葛恪出来，人们踮着脚，抻着脖子，要看一看这位太傅是长得怎么样的一个人。

诸葛恪为了防备曹魏的侵犯，他亲自带领军队到了东兴（在今安徽含山一带），修筑一条大堤。大堤左右是山，就在山上造两个城，城里各留一千人，叫将军全端守西城，都尉留略守东城，自己带着军队回去了。

东吴的大丧和修筑东兴大堤引起了曹魏再一次向东吴进攻的决心。诸葛恪有个族里的叔叔叫诸葛诞，做了魏镇东将军。他向魏大将军报告东吴修堤筑城的情况，请他抢在头里发兵去夺取东兴。这时候（公元252年），司马懿的大儿子司马师做了大将军，执掌朝廷大权，二儿子司马昭做了安东将军。司马懿已经在一年前死了。

魏大将军司马师听了诸葛诞的报告和别的几个将军进攻东吴的计策，就要出兵。也有人反对，可他不听，决定发兵去打东吴。十一月里，诏书下来，派征东将军胡遵、前部督韩综、乐安太守桓嘉率领七万兵马攻打东兴。为了分散东吴的兵力，又派征南大将军王昶（chǎng）、镇南将军毌丘俭各带两万兵马，一个进攻南郡，一个进攻武昌。大将军司马师的兄弟安东将军司马昭做了监军，监督三路兵马。

进攻东兴的七万大军到了东吴地界，征东将军胡遵对韩综、桓嘉他们说："要夺取东兴，必须先打下大堤左右的两座城，要打下那两座城，必须先占领大堤。可是大堤前面是湖，怎么能过去呢？"他们商量下来，决定在湖上搭座浮桥，直通大堤。

胡遵的大军很快地搭起浮桥，占领大堤，就在大堤上和山下安营下寨。将军韩综和桓嘉分别攻打东西两座城。把守西城的全端和把守东城的留略死守山城，不敢出战。好在城在山上，一时攻打不下。胡遵在东城下的徐塘安营。因为天冷，正赶上下大雪，不便进攻，胡遵就在大营里跟将军们喝酒取暖。忽然士兵进来报告，说水面上有二三十条战船往这边过来，胡遵出去一看，都是小船，就对将士们说："每条船就算挤足一百人，总共也不过几千人。我们这儿就有几万人马，怕什么？叫兵士们在外边看着，咱们还是喝咱们的酒吧！"

原来东吴太傅诸葛恪一探听到魏兵分三路过来，就跟将士们商议分头对付的计策。冠军将军丁奉说："东兴是东吴紧要的关口，必须守住。要是守不住东兴，敌人就可以沿江过来，到那时候，南郡、武昌可就危险了。"诸葛恪说："对！我们先去救东兴要紧！"他派丁奉为先锋，带着唐咨、吕据、留赞三个将军，率领两万兵马和几百条战船先出发，自己也带领两万兵马接着跟上，日夜赶路去救东兴。

丁奉在半路上对唐咨他们说："人多行军慢。要是敌人抢先占据了险要的地方，咱们就不容易跟他们争锋了。我说，不如带领一小队人先赶上去，也许能够占先一步，大军在后面接着上来。你们说好不好？"大伙儿同意这么办。丁奉就带着三千勇士，坐着三十条船，正碰到刮东北风，扯满了风篷，两天就赶到东关，马上进攻徐塘。

东吴的三千人到了徐塘，没见魏兵出来，立刻拢船靠岸。丁奉对士兵们说："大丈夫为国立功，就在今天了！"说着，就在大雪飘飘之中，摘下头盔，脱去铠甲，左手挎着盾牌，右手拿着单刀，站在船头，左右指挥着。三千勇士一看老将丁奉这个样儿，全都立刻摘下头盔，脱去铠甲，一手拿着盾牌，一手拿着单刀，等候命令。魏兵望见大雪之中，有人光着胳膊，有人裸着半身，认为大雪天这么冷，赤膊上阵，不用打，冻也冻僵了，不由得哈哈大笑。

丁奉领头发一声喊，跳上岸来。一霎时三千勇士好像猛虎扑食似的直蹦过来，左砍右剁，杀进魏营。魏兵措手不及，只听到“杀啊”“杀啊”的喊声震天价响，吓得四处乱跑。韩综、桓嘉两个将军摇摇摆摆地出来应战，可巧碰到丁奉。韩综在前，被丁奉一刀，正砍在肩膀上，“噗”的一声，倒在地下，眼看活不成了。韩综原来是东吴的将军，背吴投魏，屡次危害东吴。丁奉正要割下他的脑袋，突然桓嘉从左边转出，一枪刺来。丁奉眼明手快，让过枪头，把单刀挟在胳肢窝里，抓住桓嘉的枪杆，往里一拉，桓嘉来不及撒手，连人带枪跌了个狗啃泥。

丁奉“嚓嚓”两刀，砍下了两个魏将的脑袋。魏兵一瞧他们的将军都给杀了，慌忙扔了前寨，逃到后寨，刚巧唐咨、吕据、留赞他们陆续赶到，后寨也保不住。吴兵勇气百倍，大雪地里头顶冒烟，嘴和鼻子全在哈气，好像喷云吐雾一般，把魏兵一刀一个，一刀一个，杀得雪地都变红了。大将胡遵一马当先，往浮桥那边逃去。一下子魏兵纷纷跟着上了浮桥。浮桥支不住这许多人，“哗啦啦”一声响，桥垮了一大段，人掉了一大批。没掉在水里的再往前挤，前面的一段浮桥接着也塌了。成千上万的魏兵就这么掉在水里淹死，冻死，倒给后面的人铺成了一条死尸桥，他们就踩着尸体逃了活命。

胡遵因为先走一步，没死，可他把这次东征军的车辆、马匹、牛、骡、驴和军用物资全扔给了诸葛恪。还有两路魏军，王昶、毌丘俭他们，原来是配合作战的，一听到东兴一路已经打了败仗，就烧毁营寨退回去了。

三路兵马就这么打败仗的打败仗，逃回去的逃回去，多么丢脸哪！魏朝廷上的大臣们议论纷纷，要求追究责任，惩办有罪的将军。大将军司马师说：“是我自己不听劝告，以致到了这步田地。这是我的过错，将军们有什么罪呢？”他的兄弟司马昭是三路大军的监军，他情愿受罚，要求削去他的爵位，别的将军可都没受到责备。司马师和司马昭弟兄俩就把这次打败仗的过失自己包了，别人又是高兴，又是害臊，谁不拥护他们才怪呢。

司马师任命诸葛诞为镇南将军，都督豫州，毌丘俭为镇东将军，都督扬州。他担心诸葛恪再来进攻，还准备再加强东边的防御。光禄大夫张缉说："诸葛恪虽然打了胜仗，他也长不了。"司马师说："这话怎么讲？"张缉说："做臣下的威风太大了，主人就害怕；功劳太大了，全国都盖在他底下，他想不死，办得到吗？"司马师听了张缉的话，又是高兴，又是害怕。他不断地打发人去探听诸葛恪的动静。

古籍链接

闰月，以恪为帝太傅，胤为卫将军领尚书事，上大将军吕岱为大司马，诸文武在位皆近爵班赏，冗官加等。冬十月，太傅恪率军遏巢湖，城东兴。使将军全端守西城，都尉留略守东城。十二月朔丙申，大风雷电，魏使将军诸葛诞、胡遵等步骑七万围东兴。将军王昶攻南郡，毌丘俭向武昌。甲寅，恪以大兵赴敌。戊午，兵及东兴，交战，大破魏军，杀将军韩综、桓嘉等。是月，雷雨，天灾武昌端门。改作端门，又灾内殿。

——《三国志·吴书》

带酒进宫

诸葛恪得胜回朝，把东吴的叛将韩综的人头搁在大帝庙里上供。吴主孙亮加封诸葛恪为阳都侯，叫他做了荆州和扬州的州牧，总督东吴所有的军队，大权归他一人掌握。

第二年（公元 253 年），诸葛恪又要出兵攻魏。大臣们都不同意，说是因为刚打了仗，士兵们太疲劳了。诸葛恪认为正因为刚打了胜仗，是击败敌人的好机会。他就一面调动各郡的兵马，一面派使者去约蜀汉共同出兵伐魏。蜀汉大将军费祎刚被魏投降的一个将军刺死，大伙儿都不愿意出兵。卫将军姜维一向主张北伐中原，以前老被大将军费祎暗暗地劝阻或者限制他的兵马，这会儿费祎死了，他就率领几万人马从武都出发，经过石营，围攻狄道（属陇西郡，就是现在甘肃临洮）。诸葛恪一听到姜维出兵，马上统领二十万大军进攻淮南。将士们认为淮南地区太大，不如集中力量围攻新城，新城被围，司马师一定发兵去救，那时候给远来的救兵一个迎头痛击，准能打个大胜仗。诸葛恪同意了，就把进攻淮南的军队转到西边围攻新城。

魏大将军司马师采用避重就轻的办法，吩咐镇东将军毌丘俭照旧镇守扬州，不可出动，新城能守就守，不能守的话，也不必去救。他用大部分的力量去对付西方，吩咐征西将军郭淮、雍州刺史陈泰发动关中全部的兵马火速赶到狄道去抵抗姜维。陈泰的兵马赶到洛门（在天水冀县），姜维因为粮草接应不上，已经退回去了。诸葛恪还继续围攻新城，快三个月了，可还没能打下来。

镇守新城的魏将张特，虽然只有三四千士兵，打死和病死的已有一半，可他还是坚守着。后来城墙打得快塌下来，没法再支持下去，他就假意地对吴人说："我们不愿意再打了，可是魏有一条法令：被围攻过一百天而救兵不到的，即使投降，家族可以免罪。我们被围已经九十多天了，恳求大军再宽限几天，我们就大开城门，欢迎大军。"诸葛恪信了，下令暂缓攻城。士兵们趁着机会，透了口气，休息几天。没想到张特一夜工夫就把城墙修补好了。第二天，城门楼子上的将士大声嚷嚷地说："我们宁可拼个死活，也不能向吴狗投降！"

诸葛恪听了，鼻子眼儿喷了火，再下令攻城。可是士兵们才透了口气，精神散漫，再说那年七月里天气闷热得像搁在笼屉里蒸似的，军营中遭到疫病，死了不少人，有中暑死的，有泻肚子死的，还有不少人病着躺在地下。诸葛恪因为打不下城，已经气得火往上撞，一听到说害病的人这么多，更是火上浇油，大骂士兵装病，还责备将军们，说以后要惩办装病的和谎报的将士，把几个敢于说话的将军革了职。这么一来，白天公开说话的人没有了，晚上偷偷地逃跑的人可就多起来了。将军当中也有逃到毌丘俭那边去的。毌丘俭这才知道吴兵确实疲劳了，就发兵去救新城。

魏救兵还没到，吴兵就起了恐慌。诸葛恪只好下令退兵，还退得真快，连军械、物资都来不及搬。这些东西扔了也就算了。士兵当中害病的可就惨了。沿路有病死的，有几个人互相拉着走不动一块儿摔倒跌死的。没死的唉声叹气地都说受不了。诸葛恪好像没事人似的把军队扎在江渚一个月。诏书接连下来，催他回去。八月吴军回到建业，诸葛恪到了家里，立刻叫中书令孙嘿过去，大声地骂他，说："你是管什么的？怎么几次三番地写这些不像话的诏书叫我回来！"中书令吓得只能磕头，连着说："是，是！"孙嘿低着头，哆里哆嗦地出来，害了病回家去了。

诸葛恪自己知道对他不满意的人越来越多，他怕遭到毒手，每天提心吊胆地防备着。他把朝廷上的大臣改换了一些，还把宫里的卫兵换上一些自己亲信的人。因为今年出兵失了威望，他就整顿军队，准备进攻青州和徐州。侍中孙峻向吴主孙亮说诸葛恪的坏话，说官吏和老百姓都怨恨太傅，还说他近来的行动不像个大臣。那时候，孙亮才十一岁，懂得什么呢？外边的军事全由诸葛恪统管，宫里的事全听孙峻摆布。孙峻怎么说，孙亮就怎么依。十月里有一天，孙峻和吴主孙亮摆上酒席特地给诸葛恪接风，还请了一些大臣作陪。诏书下来，请诸葛恪进宫喝酒。

诸葛恪到了宫门口，停下车，不想进去了。他推说肚子不舒服，其实他是害怕孙峻对他不怀好意。恰好，孙峻出来迎接他，一听到诸葛恪说肚子不舒服，孙峻就说："要是您身子不舒服，您还是回去吧。皇上面前我替您说去。"诸葛恪给孙峻这么一说，倒放了心。他说："我还能支持，见了皇上再说吧。"孙峻哈了哈腰，先进去了。散骑常侍张约和朱恩偷偷地告诉诸葛恪，说："今天的酒席，怕有别的用意，不可不防。"诸葛恪说："这些崽子们能把我怎么着？我只怕酒里搁毒药，这倒不可不防。我不如自己带酒进宫。"他就跟着张约进去，照常带剑上殿，拜见了吴主，坐下。酒席开始，说说笑笑，挺高兴的，诸葛恪自己带着酒，可还没喝。

孙峻说："要是太傅的贵恙还没完全好，不敢喝酒，您是不是可以把平常喝的药酒拿来？这样，大家都喝酒，多好哪。"诸葛恪点点头，就拿出自己带来的酒，大伙儿这才兴高采烈地喝开了。约莫着喝了两三杯，吴主孙亮进去了，孙峻进了更衣室，脱去长袍，穿着短褂，右手搁在背后，出来对大伙儿说："皇上有诏书，逮捕诸葛恪！"诸葛恪蹦了起来，拔出宝剑，还没来得及砍，孙峻手起刀落，诸葛恪人头落地，宝剑也从手里掉下了。张约连忙捡起宝剑，向孙峻砍去，孙峻往右一躲，左手受了伤，右手向左砍去，砍断了张约的右胳膊。卫士们上了殿，杀了张约。孙峻对大伙儿说："叛逆的人已经杀了，别的人不关事，照常喝酒吧！"话是这么说，可是嘴再怎么馋，也没有心思吃喝了。一个一个都溜了。

孙峻吩咐士兵把那两个尸首用苇箔裹着，扔在城外乱葬岗子上。一面派武士们把诸葛恪的全家都抄斩了。接着还得查办跟诸葛恪有联络的人家。

吴朝廷上的大臣们见风转舵，公推孙峻为太尉。那些加倍热心奉承的人说："太尉还不够，得再往上升。"这么着，孙峻做了丞相、大将军，总督所有的军队。只不过这么一转眼的工夫，诸葛恪的大权就落在孙峻的手里了。

孙峻做了丞相，查办跟诸葛恪交好的大臣，收买的收买，杀的杀，连吴主孙权的两个儿子，齐王孙奋跟废太子南阳王孙和，也逃不了。孙奋有造化，保了一条命，废为平民。孙和的妻子张氏是诸葛恪的外甥女儿。命令下来，让孙和自杀，别人一概免罪。孙和临死向夫人张氏和二夫人何氏哭哭啼啼地告别。张氏说："有福同享，有祸同当，我不愿意一个人活着。"她就自杀了。二夫人何氏生了个儿子叫孙皓（后来吴人立他为吴主），孙和还有三个儿子孙德、孙谦、孙俊，他们都比孙皓小。何氏流着眼泪说："要是都死了，谁抚养这些孤儿呢？"她忍受着一切艰苦，抚养着孙皓和他的三个兄弟。

古籍链接

秋八月军还，陈兵导从，归入府馆。即召中书令孙嘿，厉声谓曰："卿等何敢妄数作诏？"嘿惶惧辞出，因病还家。恪征行之后，曹所奏署令长职司，一罢更选，愈治威严，多所罪责，当进见者无不竦息。又改易宿卫，用其亲近。复敕兵严，欲向青、徐。

孙峻因民之多怨，众之所嫌，构恪欲为变，与亮谋，置酒请恪。恪将见之夜，精爽扰动，通夕不寐。明将盥漱，闻水腥臭，侍者授衣，衣服亦臭。恪怪其故，易衣易水，其臭如初，意惆怅不悦。严毕趋出，犬衔引其衣，恪曰："犬不欲我行乎？"还坐，顷刻乃复起，犬又衔其衣，恪令从者逐犬，遂升车。

——《三国志·吴书》

咬破被子

诸葛恪被灭门的消息传到洛阳，司马师马上想起前一年光禄大夫张缉的话来："做臣下的威风太大了，主人就害怕。"张缉料定诸葛恪长不了。他的话今天应验了。司马师知道自己比诸葛恪更威风，他的主人能不害怕吗？魏大臣当中管保没有像孙峻那样的人吗？司马师到底比诸葛恪厉害，他这么一琢磨，一追查，就抓住了不少像孙峻那样的人。他把中书令李丰、太常夏侯玄、光禄大夫张缉，还有不少别的大臣，全都杀了。他们是怎么给杀的呢？

原来魏主曹芳八岁即位，到今天（公元 254 年）已经十多年，自己也二十一岁了。可是朝廷大权全在司马师手里，心里当然不乐意。曹芳的岳父就是光禄大夫张缉。他的女儿立为皇后，他就不得再参与朝政，只好闷闷不乐地待在家里。还有前征西将军，统领雍州、凉州军事的夏侯玄，因为是大将军曹爽的表兄弟，削去兵权，召回朝廷，给他做个毫无权力的太常。他也是一万个不乐意。夏侯玄跟中书令李丰是好朋友。他们曾经秘密地商量过要消灭司马氏，给曹爽报仇。这三个人——张缉、夏侯玄、李丰——意气相投，都做了魏主曹芳的心腹。

这年二月里，魏主曹芳要封后宫王氏为贵人。李丰暗地里跟几个心腹大臣定了计谋，准备在封贵人那一天，趁着司马师拜见皇上的时候，突然下道诏书，把他杀了。没想到司马师看到魏主曹芳屡次召李丰进宫，可不知道他们商量些什么。他又想起张缉的话和东吴诸葛恪的下场来了。他立刻派人带领兵马把李丰“请”了来，盘问他跟皇上商议些什么。李丰不愿意告诉他。司马师再三逼他，他就破口大骂。司马师沉不住气，眼珠子瞪得像鸡子儿。万没想到他左眼底下长个毒瘤，有时候发痒，有时候疼痛。这会儿眼睛一瞪，用力过猛，差点儿没爆裂开来。他忍住疼，就用刀把在李丰的嘴上砸了一下，那刀把上的铁环一崩，把李丰的嘴、鼻子、眼睛连脑袋全给砸坏了。司马师吩咐武士们把李丰的尸首交给廷尉去审问。尸首怎么审问哪？别忙。没一会儿工夫，夏侯玄、张缉和李丰的儿子李韬，还有别的几个大臣都押上来了。廷尉审问下来，有口供也好，没口供也好，反正廷尉替他们写了口供，一股脑儿都给灭了门。

司马师杀了这些反对他的人，还不解恨。他捂住左眼，带剑进宫，见了魏主曹芳，怒气冲冲地问：“张家的女儿哪？”魏主吓了一大跳，哆里哆嗦地说：“张家的女儿？谁呀？噢，大将军是不是说张皇后？”司马师说：“废话！什么皇后不皇后？她老子犯了法，叛逆人家的女儿怎么能做一国之母呢？马上废去！”魏主低着头不敢顶嘴。司马师立刻吩咐张皇后改换服装，搬到宫外去。张皇后穿上粗布的便服，披散着头发，满脸都是眼泪。临走一再回头，央告魏主曹芳，说：“皇上不能救救我吗？”曹芳只能流眼泪，心里想：“我自己也不知道能活到哪一天哪。”可他没说出来。

诏书下来，废去张皇后，立贵人王氏为皇后。过了几天，废皇后张氏不知道害了什么病，突然死了。

魏主曹芳恨透了司马师，司马师自己也知道他跟曹芳合不到一块儿去，就打算把他废了。刚巧西边来了警报，说蜀国的姜维进攻陇西，魏军打了败仗，丢了河关、狄道、临洮这些地方，魏将军之中也有投降蜀汉的。司马师上个奏章，请魏主曹芳派安东将军司马昭去抵抗姜维。那时候，司马昭镇守许昌。他接到了诏书，就带领军队来见魏主。魏主亲自到平乐观去慰劳军队。统领河北军队的镇北将军许允，向来跟李丰、夏侯玄他们交好，他趁着机会跟魏主左右侍臣计划好，等到司马昭拜见皇上的时候，突然下诏书把他杀了，马上去接收司马昭和司马师的军队。诏书都准备好了。哪儿知道司马昭一到，威风凛凛，杀气腾腾，魏主曹芳让他给镇住了，心里一慌，不敢把诏书发下去。可是司马昭多么机灵，他当场就看出曹芳不怀好意。回头跟他哥哥一商量，就率领军队进了洛阳，留在那儿。陇西的事暂时搁着再说。

司马氏哥儿俩侦察朝廷内外的动静，没查出什么来，就是中领军许允好几次单独进宫，不知道捣的是什么鬼。他们能探听到的一点可靠的消息是这样：许允向魏主告别，君臣二人抽抽搭搭地哭了一场。马上有人告发许允，说他曾经自作主张，发放公家财物。许允下了廷尉，定了罪，放逐到辽东去。他在半道上就给人暗杀了。

朝廷上没有动静，大军扎在京师里干什么哪？还不如去救陇西吧。正好陇西那边来了报告，魏军最近打了一个胜仗，蜀兵已经退回去了。司马师放了心。他拿皇太后的名义召集大臣们，数落魏主曹芳的罪恶，说他荒淫无度，比昌邑王（就是汉武帝的孙子，被霍光废去的刘贺）还不如，不配做国君。大臣们就说："是啊！从前伊尹放逐太甲，霍光废去昌邑王，都是为了安定社稷。大将军错不了，错不了！"当时就派使者拿齐王的印绶交给魏主曹芳，叫他回到原来齐王的封地去。曹芳流着眼泪向郭太后告别，郭太后也哭了。接着就坐上青颜色的王车从太极殿南门出去。大臣当中也有几十个人送他，其中哭得最伤心的是司马懿的兄弟司马孚。别人也有流眼泪的，他却哭出声来了。

司马师听了郭太后的意见，立魏文帝曹丕的孙子曹髦（máo）为魏帝。那时候曹髦才十四岁。不管怎么样，新君即位，总是喜事，大赦天下，文武百官分别有封有赏。万没想到大喜事也会招来坏消息。公元255年新春里就出了事啦。镇东将军都督扬州的毌丘俭和扬州刺史文钦假传皇太后的诏书，向各郡县发出通告征讨司马师，罪名是废去皇上，大逆不道。他们从寿春出发，带领五六万人马渡过淮河，往西到了项城（在今河南项城一带）。这时候，司马师刚割了目瘤，疼得没法说。他得到了警报，忍着疼召集大臣们商议办法。医生劝他静心休养，医治目瘤要紧。大臣们大多都说大将军自己可不能出去。只有河南尹王肃、尚书傅嘏（gǔ）和中书侍郎钟会三个人认为这是紧要关头，劝他亲自出去。司马师蹦起来，说："好吧！我也顾不得眼睛痛了。"

他嘱咐他的兄弟司马昭兼中领军，留在京师镇守后方，自己屯兵汝阳，守在那儿，派荆州刺史王基火速进兵占领南顿（在项城西），同时通知镇东将军诸葛诞率领豫州的军队进攻寿春，征东将军胡遵率领青州和徐州的军队截击毌丘俭的归路。毌丘俭和文钦想往前进，王基守住南顿，司马师坐镇汝阳，只守不战，打也打不过去；往后退吧，又怕诸葛诞打下寿春，等着他们。司马师三路兵马这么一布置，已经叫毌丘俭他们进退两难了。淮南将士的家属都在北方，士兵没有斗志，有的开小差逃了，有的投到司马师这边来。这还不算，除了这三路，第四路兵马也赶到了。

那第四路是邓艾的兵马，有一万多人。邓艾是兖州刺史，说话带结巴，可挺有本领，跟中书侍郎钟会同样出名。毌丘俭一起兵就派使者去送信，约他一同反对司马师。邓艾把来信撕了，还把使者杀了。他料到扬州发生叛变，一定往北进攻，就立刻带领兖州的兵马往南日夜赶路，到了乐嘉城（在南顿县北）。果然，毌丘俭派文钦带领一支军队来夺乐嘉城，可是已经晚了一步。司马师也偷偷地离开汝阳去跟邓艾会师。文钦的儿子文鸯，才十八岁，勇猛得很。他对父亲说："敌人刚扎了营，还没安定下来，咱们分两路连夜去劫营，准能活捉司马师。"父子二人就分两路进军。

文鸯一路杀到魏营，战鼓擂得震天价响，士兵们大叫大嚷突然向魏营冲去。司马师因为眼睛疼得厉害，躺在床上。他传令下去，坚守营寨，不准惊慌。可是营门外一片喊杀的声音，营门里的将士又是惊慌，又想打出去。司马师外表上很镇静，内心急得火直往上撞。突然"啪"的一声，那只长毒瘤的眼睛破了，进到眼眶外边，这个疼啊，一直疼到心窝。司马师怕别人知道，使劲地忍住疼，不能喊叫，连叹气也不敢，牙齿咬住了被子，把被头咬得稀烂。好容易熬到天亮，魏兵还守住营寨。原来文鸯跟他父亲约定两路夹攻，可是文钦的一路兵马迷了路，始终没来，魏兵这才能够用全力对付一面。文鸯到了这时候，只好退兵。司马师对将士们说："赶快追上去，还可以打一个胜仗！"文鸯边打边退，魏兵占不到多大便宜。到了这会儿，文钦才从山谷中找到了出路，跟他儿子一块儿退了回去。

毌丘俭一听到文钦打了败仗，就扔了项城，往南逃去。赶到文钦退到项城，毌丘俭的军队已经走了，他孤零零的一支军队没法守在这儿。他还想逃到寿春去，可是寿春已经给诸葛诞占领了。文钦就带领他的兵马投奔东吴去了。东吴的丞相、大将军孙峻早已趁着机会到了东兴，一听到毌丘俭打了败仗，东吴的军队就进了巢县地界。孙峻还想去接收寿春，已经晚了一步，诸葛诞先进去了。诸葛诞做了镇东大将军，都督扬州。

就这样，文钦、文鸯投降了孙峻。毌丘俭的兵马四处逃散，毌丘俭也终于给杀了。

司马师扑灭了毌丘俭和文钦的叛变，自己的病可越来越厉害了。他回到许昌，正好司马昭从洛阳赶来。司马师把大将军的兵权交给司马昭，嘱咐他统领各路军队。办完了这件大事，他透了一口气，死了。司马昭上表报丧。魏主曹髦下了一道诏书，说东南新定，请卫将军暂时镇守许昌，其余的军队由尚书傅嘏带领回来。中书侍郎钟会跟傅嘏商量，请他上表让卫将军一同回去。司马昭马上把军队带回去，驻扎在洛南。魏主曹髦只好再下诏书，让司马昭继承他哥哥为大将军，录尚书事。从这儿起，魏的大权就落在司马昭手里了。

魏死了司马师，给了蜀汉一个进攻的机会。蜀汉卫将军姜维跟将士们商议，准备再一次北伐中原。

古籍链接

庚戌，中书令李丰与皇后父光禄大夫张缉等谋废易大臣，以太常夏侯玄为大将军。事觉，诸所连及者皆伏诛。辛亥，大赦。三月，废皇后张氏。夏四月，立皇后王氏，大赦。

——《三国志·魏书》

路人皆知

卫将军姜维认为司马师已经死了，司马昭刚接替，一定不能离开洛阳，这是北伐中原的好机会。征西将军张翼不同意出兵，他说：“国家小，人民疲劳，不该老是动兵。”姜维不听他的话，带着他和车骑将军夏侯霸率领几万人马到了枹罕（县名，属陇西郡，治所在今甘肃临夏一带），向狄道进攻（这是姜维第四次北伐）。魏征西将军郭淮在这一年死了，雍州刺史陈泰接替他为征西将军，镇守陈仓。他叫雍州新刺史王经守住狄道，告诉他陈仓的兵马没到，不可单独出战。可是蜀兵进攻狄道，王经沉不住气。他一合计自己的兵马已经足够对付姜维了，就发兵三万，跟姜维在洮西打了一仗。姜维叫夏侯霸抄小道绕到王经的背后，自己打正面，前后夹攻，把王经打得大败而逃，三万士兵逃回狄道城的只有一万多点，其余的不是给打死，就是逃散了。姜维还要追上去，张翼拦住他，说：“已经打了一个胜仗，可以停了。再打下去，我怕前功尽弃，反倒画蛇添足了。”姜维听到张翼说他“画蛇添足”，有点生气，他还是率领军队去围狄道。

哪儿知道情况变了。魏征西将军陈泰从陈仓赶去，到了狄道城东南山上。他吩咐士兵使劲地打鼓，又在山上放起火来，让城里的人知道救兵到了。除了这一路的救兵以外，还有第二路救兵。兖州刺史邓艾接到诏书，做了安西将军，率领一队兵马日夜赶来，跟陈泰一同抵抗姜维。司马昭还不放心，邓艾之后，又派了第三路救兵。他派太尉司马孚带领一队兵马作为后应。姜维没料到忽然来了这么多救兵，已经有点心虚，跟陈泰打了一仗，占不到便宜，只好往西退去。正应了张翼所说的“画蛇添足”那句话。他把军队驻扎在钟提（在今甘肃临洮南），暂时休息一下。

第二年，就是公元 256 年（魏甘露元年，蜀延熙十九年，吴太平元年），后主刘禅拜卫将军姜维为大将军。七月，大将军姜维再一次出兵，没想到人家早已做了准备。姜维在段谷（在今甘肃天水一带）中了邓艾的埋伏，死伤了不少兵马，亏得夏侯霸前来接应，姜维的残兵败将才得回到汉中（第五次北伐又失败了）。蜀人因此怨恨姜维。姜维上书请求处分，降级为卫将军，执行大将军的职务。

姜维一心要征伐中原，他一听到司马昭把关中一部分的军队调到淮南去打诸葛诞（公元 257 年），就又率领几万兵马经过骆谷到了沈岭（第六次北伐）。诸葛诞是魏镇东大将军，统领扬州军事，怎么司马昭会去征伐他呢？

镇东大将军诸葛诞跟那些被司马懿和司马师所杀的大臣都是好朋友。太常夏侯玄（和李丰、张缉等同时为司马师所杀）、邓飏（和曹爽、何晏等同时为司马懿所杀）、王凌（曾经做过太尉，为司马懿所杀）、毌丘俭（为司马师所杀）这些人一个一个都给司马氏杀了，诸葛诞很不安心，怕他们的命运也会轮到自己身上来。他就把自己的财产拿出来救济有困难的人，有意地赦免罪犯，为的是收买民心。他收养了一些门客和情愿替他卖命的勇士，借口防备东吴，向司马昭请求多给他一些兵马，还要在淮南造座城。

司马昭多么机警啊。他一探听东吴的动静，才知道：吴大将军孙峻已经死了，他的叔伯兄弟孙綝接替他做了卫将军，后来又升为大将军；有些人不服，孙綝作威作福，一不高兴，就把他们杀了；吴主孙亮跟孙綝又合不到一块儿去；东吴大臣之中经常不和等等等等。司马昭一琢磨，在这种情况下，东吴不可能进攻寿春。那么，诸葛诞为什么要扩充军队呢？又为什么还要造一座城呢？他不由得起了疑。长史贾充很能奉承司马昭，向他献计，请他派人去慰劳“四征”（魏设置征东将军屯兵淮南，征南将军屯兵襄阳、沔阳，防备东吴；征西将军屯兵关中、陇右，防备蜀汉；征北将军屯兵幽州、并州，防备鲜卑。这四个征东、征南、征西、征北将军称为“四征”，都带领着大队兵马），同时去察看他们的行动。司马昭就派贾充到淮南去劳军。

贾充到了寿春，见了诸葛诞。两个人喝酒谈天，挺对劲。谈天当中，贾充好像很随便地问了句："听说洛阳方面有不少大臣愿意看到推位让国，您看怎么样？"诸葛诞这个火性子，立刻变了脸。他责备贾充，说："你们父子都受了魏君的大恩，你怎么这么胡说八道的？"贾充红着脸说："我不过把别人的话告诉您，您何必生气呢？"诸葛诞很坚决地说："哼！生气算什么。要是京师里发生叛变，我拼着命也干，难道光是生气就算了吗？"

贾充回去向司马昭报告，司马昭皱着眉头，不知道该怎么办。贾充又献了个计，说："不如把他调到京师里来。"司马昭说："好是好，就怕他不来，那不是逼他反吗？"贾充摇头晃脑，好像背书似的说："早反祸小，迟反祸大！"司马昭就请魏主曹髦下了一道诏书，拜诸葛诞为司空，叫他速回京师上任，兵符移交给扬州刺史乐綝。果然，诸葛诞见了诏书害怕了。他怀疑扬州刺史乐綝跟他作对，要夺他的兵权，就先把他杀了。他打算关起门来保护自己，马上召集淮南、淮北各郡县屯田的官兵十多万人和扬州新归附的士兵四五万人，准备了足够吃一年的粮食，又派长史吴纲带着小儿子诸葛靓到东吴称臣求救。

吴纲到了东吴，吴人很是高兴。大将军孙綝一面派全怿（yì）、全端、唐咨、王祚等几个将军和新从魏投降过来的文钦父子，发兵三万去帮助诸葛诞，一面请吴主孙亮拜诸葛诞为大司徒、骠骑将军、青州州牧等等，还封他为寿春侯。

魏大将军司马昭率领二十六万大军，连关中的兵马都调动了一部分，几路进兵，围攻寿春。双方打了几仗，魏兵占了上风，可是司马昭不急于进攻，也不愿意光用兵力。他要用计策去分化诸葛诞和帮他的那些人。诸葛诞、文钦、全怿、全端他们没有统一的领导，遇到困难，内部闹了意见。大将军孙綝亲自出来，打了一个败仗，不怪自己无能，反倒发了脾气，杀了自己的一个将军，回到建业去了，还把打败仗的过错推给别人，说要惩办那些打败仗的人。这一来，将士们又是害怕又是不服气，就给司马昭一个招收东吴将士的好机会。全怿、全端首先带着几千人马投降了司马昭。司马昭拜他们为将军，封为列侯。

文钦和诸葛诞由猜忌到火并，诸葛诞把他杀了。文钦的两个儿子文鸯和文虎逃出城去，投奔魏营。魏官员们认为文钦一家背叛了朝廷，应当把他们办罪。司马昭另有高招，他要利用文钦的两个儿子去招收别的将士，反倒重用他们，叫他们带领几百个骑兵一面绕着城墙走，让城里的人看看，一面有人大声嚷嚷地说："城里的人听明着，文钦的儿子都不杀，别的人还怕什么呢？"

司马昭拜文鸯、文虎为将军，封为关内侯。城里的人知道了，都很高兴。除了少数愿意跟着诸葛诞一同死的人，别的人大多没有斗志。到了这时候，司马昭才用全力四面进攻，真是水到渠成，很快地拿下了寿春。接着，诸葛诞灭了族，唐咨、王祚等几个将军和十多万士兵全都投降了。有人对司马昭说："十多万士兵当中有一部分是吴兵，吴兵的家小都在江南，将来必有后患，不如把他们坑杀了吧。"司马昭说："带头的大恶人已经给杀了，别的人何必多杀呢？吴兵要回去的话，就让他们回去，正可以显示朝廷的宽大。"因此，投降的人一个都没杀，还让文鸯、文虎把他们父亲的尸首埋了。他又下了一道命令："凡是被诸葛诞所逼而参加叛乱的将士吏民，一概免罪。"这一下，谁都高兴了。

司马昭打了个大胜仗，又得了个喜信，邓艾来了捷报，说姜维听到诸葛诞死了，已经退回成都，西边没有战事了。

司马昭回到洛阳，文武百官都称颂他的功德。诏书下来，拜司马昭为相国，封晋公，加九锡。司马昭把这些全推辞了。他还是做着大将军。过了两年，就是公元260年，诏书又下来，再一次拜司马昭为相国，封晋公，加九锡。司马昭又推辞了。可是魏主曹髦并不因此感到满意，他自己没有实权，恨透了司马昭。有一天，他对几个大臣说："司马昭的心，过路人都知道。我不能坐着等死，今天我就该跟你们一同去惩罚他。"大臣们劝他忍耐一下，可千万不能得罪大将军。曹髦可真恼了，他从怀里拿出一道诏书来，扔在地下，说："你们拿去！我已经下了决心，死也不怕，再说还不一定死！"说着他就进去禀告太后。

谁知道魏主曹髦认为是心腹的那三个大臣，听了他要惩罚司马昭，倒有两个急急忙忙地去向司马昭通风报信。曹髦集合了宫里的卫兵和一些供使唤的奴仆们，大喊大叫地从宫里打出来，他自己拔出宝剑，拿在手里，好像是个领队的将军。他们一出来，就碰到了司马昭的兄弟屯骑校尉司马伷带着一队士兵过来。皇上左右的人一声吆喝，司马伷和众人就逃散了。中护军贾充也带着一队武士跑上去，魏主拿起宝剑挥着说："你们反了吗？”众人都害怕了，哪儿能跟皇上打哪！全都准备逃了。有个太子舍人叫成济的，他跟贾充在一起，问他：“事情急了，怎么办呢？”贾充大声地说：“司马公养着你们，就是为了今天！还用问吗？”成济这才胆大了，拿起长枪向前刺去，魏主曹髦还想用宝剑来招架，枪头刺进胸口，穿了脊梁。成济把长枪往回一拉，魏主从车上跌出来，死了。

司马昭等着消息，一听到魏主给杀了，不知道是高兴还是担心，哆里哆嗦地趴在地下，没起来。太傅司马孚跑到宫里，把自己的头搁在魏主曹髦的大腿上，哭着说：“杀陛下是我的罪！”

文武百官好像捅了窝的马蜂，嗡嗡地乱着。司马昭只好起来，到了朝堂上，召集大臣们商议商议。大臣们都到了，就短了个尚书左仆射陈泰。可是陈泰的子弟和内内外外的人都逼着他去，陈泰也只好走了。他见了司马昭，哭了。司马昭也抽抽搭搭地说：“玄伯（陈泰字玄伯），你说我怎么办哪？你替我想个办法啊！”陈泰说：“只有杀了贾充，才可以多少向天下赔个不是！”司马昭待了好久，说道：“你再想个轻一点的办法。”陈泰说：“依我说啊，只有再重一点的，没有更轻一点的！”司马昭就不再开口了。他吩咐左右替太后写了一道诏书，说曹髦不孝，废为平民，照平民的礼节把他的尸首埋了。后来由于太傅司马孚他们的请求，总算用诸侯王的礼节把他葬了。

去了一个皇帝，还得再立一个。司马昭和大臣们决定立魏武帝曹操的孙子，燕王曹宇的儿子曹奂为新君，太后同意了。司马昭派自己的大儿子司马炎到邺城去迎接曹奂。那时候曹奂已经十五岁了。他跟着司马炎到了洛阳，拜见了太后，继承魏明帝曹叡为魏主，就是后来的魏元帝。大赦天下，改元为景元元年（公元 260 年），拜司马昭为相国，封晋公，加九锡。司马昭照例又推辞了。

天大的事不是就完了吗？没想到大伙儿还在议论纷纷，他们说：“凶手不办罪，将来谁都可以杀皇上了！”司马昭就上了一个奏章，说成济大逆不道，应当灭族。成济当然不服。他一见士兵们来抓他，就脱去衣服，光着身子上了屋顶，大声嚷嚷地把司马昭和贾充臭骂了一顿。士兵们四面八方地向他射箭，他才从屋顶上摔下来，再也不能骂了。

第二年八月，太后下诏，再拜司马昭为相国，封晋公，加九锡。司马昭又坚决地推辞了。又过了一年，就是公元 262 年（魏景元三年，蜀景耀五年，吴永安五年），十月，大将军司马昭接到军报，说蜀大将军姜维又出兵了，已经到了洮阳。司马昭笑了笑，对左右说："姜维自顾不暇，还能怎么样？安西将军邓艾又有能耐。西方的事用不着我操心。"大伙儿又是相信，又是不敢相信，姜维怎么会自顾不暇？要是他真的自顾不暇，怎么又打到洮阳来了呢？

古籍链接

诞既与玄、飏等至亲，又王淩、毌丘俭累见夷灭，惧不自安。倾帑藏振施以结众心，厚养亲附及扬州轻侠者数千人为死士。甘露元年冬，吴贼欲向徐堨，计诞所督兵马足以待之，而复请十万众守寿春，又求临淮筑城以备寇，内欲保有淮南。朝廷微知诞有自疑心，以诞旧臣，欲入度之。二年五月，征为司空。诞被诏书，愈恐，遂反。召会诸将，自出攻扬州刺史乐綝，杀之。敛淮南及淮北郡县屯田口十余万官兵，扬州新附胜兵者四五万人，聚谷足一年食，闭城自守。遣长史吴纲将小子靓至吴请救。吴人大喜，遣将全怿、全端、唐咨、王祚等，率三万众，密与文钦俱来应诞。以为诞左都护、假节、大司徒、骠骑将军、青州牧、寿春侯。是时镇南将军王基始至，督诸军围寿春，未合。咨、钦等从城东北，因山乘险，得将其众突入城。

——《三国志 · 魏书》

竹林七贤

汉大将军姜维受了诸葛丞相的托付，一心要北伐中原，恢复汉室，可是究竟力量薄弱，每次出兵都没能成功。这就给反对他的人一个话柄，其中最能给姜维说坏话的要数宦官黄皓了。他最能奉承后主刘禅。刘禅以前最怕诸葛亮，后来又怕姜维。只有黄皓一味地讨他的喜欢，让他做人有个乐头。黄皓做了后主的心腹，升为中常侍，实际上掌握了朝廷大权。这时候，义阳人董厥做了辅国大将军，诸葛丞相的儿子诸葛瞻做了都护、卫将军，侍中樊建做了尚书令。这几个都是朝廷上重要的大臣。董厥和诸葛瞻想排斥中常侍黄皓，可是朝廷中的士大夫多不向着他们，反倒跟黄皓联在一起。尚书令樊建只是不跟黄皓来往，可也不敢反对他。

有个名字叫阎宇的，做了右将军。他跟黄皓十分亲热。黄皓打算除了姜维，让阎宇接替他做大将军。他们的阴谋给姜维知道了，姜维直截了当地对后主说："黄皓为人奸诈，只知道出坏主意，将来准会败坏国家，请陛下把他除了！"这种话后主怎么听得进去呢？他说："黄皓不过是个供使唤的小臣，您何必讨厌他呢？从前董允咬牙切齿地反对黄皓，我就咬牙切齿地痛恨董允。你又何必介意呢？"

姜维听了这话，害怕了。他一想："士大夫大多都钻到黄皓的门下，皇上又这么宠用他，我这么冒冒失失地跟黄皓作对，不是自己跟自己过不去吗？”他只好低声下气地说：“是，是，陛下说得对！”就这么告辞出来了。没想到后主叫黄皓亲自到姜维那儿去赔个不是。这一来更叫姜维担心事。他这才想起后主的兄弟刘永来了。刘永憎恨黄皓，劝后主不可宠用他。当时后主倒没说什么，赶到黄皓在后主跟前说刘永坏话，后主一冒火儿，十年不让刘永朝见他。自己的兄弟为了责备黄皓，十年不得朝见。姜维这么一想，怎么能不害怕呢？他直后悔不该在后主面前说这种话。司马昭所说的“姜维自顾不暇”，就是指黄皓跟他作对。

这一次姜维出兵（第九次北伐，也是姜维九伐中原的最末一次），右车骑将军廖化背地里批评姜维，说：“智谋不如敌人，力量又比不上敌人，还不断地出兵，怎么活得下去啊！”

果然不出廖化所料，姜维跟邓艾在侯和（在狄道附近）打了一仗，前锋夏侯霸阵亡，自己也损失了不少人马，只好退兵回去。中常侍黄皓借着姜维打败仗的因由，请后主把姜维革职，另拜阎宇为大将军。姜维在半道上得到这个信儿，不敢回成都，他退到沓中（在羌中，今甘肃临潭一带），请求后主让他在那边种麦子，说是可以多生产粮食。后主只要姜维不妨碍他吃喝玩乐，就让他留在边缘角落里了。就这样，姜维实际上等于被流放在外头了。

司马昭探听到姜维躲在沓中，就要发兵去打汉中。正在这时候，有人告发当时的一个名士，叫嵇康，说他曾经参加过叛乱。司马昭要趁这机会把他惩办一下，作为一个警诫，让那些狂妄自大、不守礼法的所谓名士有个顾忌。

当时所谓名士，最出名的有七个，就是：谯郡人嵇康，陈留人阮籍，阮籍的侄儿阮咸，河内人山涛，河南人向秀，琅邪人王戎，沛国人刘伶。这七个人结成朋友，非常要好，全都爱好虚无，轻视礼法，拿醉酒作为人生的乐头，以糊涂为清高。他们曾经在竹林子里喝酒、聊天，人们就把他们称为“竹林七贤”。

“竹林七贤”当中第一个叫司马昭看不上眼的就是嵇康，嵇康很瞧不起朝廷上的大官。那时候，中书侍郎钟会是司马昭跟前的红人，年纪轻轻就做了司隶校尉。他听到嵇康这么出名，就亲自去看他。嵇康正在家里，蹲在地下干活儿，见了钟会当作没瞧见，理也不理他。钟会耐着性子四周看了一会儿，回转身子跨了一步，才听见嵇康爱理不理地说：“听见了什么到这儿来的？瞧见了什么离开这儿的？”钟会也爱理不理地回了一句：“听见了所听见的才来，看见了所看见的才去！”打那儿起，钟会把嵇康恨透了。

阮籍做了步兵校尉，按理说他做了官，应当尊重国家的制度和礼法。有一天，他跟别人下棋，正在紧要关头，他母亲死了。对手要求他，说：“哎呀，令堂过世了，棋别下啦。”阮籍不依，非要把棋下完，分个输赢不可。下完棋后，他喝了两海碗的酒，大声地嚷了一下，吐了几口血。他在守孝期间，像平日一样地喝酒、吃肉。当时就有官吏在司马昭面前控告阮籍，说他放纵情欲，背叛礼教，败坏风俗，扰乱人心，这种人应当放逐到边界上去。司马昭说他有才能，没把他办罪。

阮咸是阮籍哥哥的儿子，所以也叫“小阮”（“大阮”就是阮籍）。他爱上了他姑姑家的一个使唤丫头。他姑姑把这个丫头轰了出去。正好阮咸有个朋友来见他，他就跨上那位朋友的马去追那个使唤丫头，还真给他追上了。阮咸把她抱上了马，两个人骑着一匹马一块儿回来。这种举动在当时是很现眼的，他可不管。

刘伶又是个怪人，他的想法是：今日有酒今日醉，死了不用落棺材。他老坐着一辆小车，带着一壶酒，叫仆人扛着一把铁锹跟在他背后。他对仆人说：“我死在哪儿，你就用锹把我埋在哪儿。”没想到当时的士大夫们把他当作贤人看，大伙儿羡慕他，抢着学他的样儿，把这种行动叫作“放达”。

向秀也做过官，喜欢研究老子和庄子的书，还下过功夫，给《庄子》做了注解，大概就这样出了名。

王戎是个大地主，有不少果木园。他家的李子特别好吃。他怕别人得到这号好李的种子，出卖李子的时候，就把李子里面的核儿钻个小窟窿。这么一个自私自利的吝啬鬼也称为贤人，也真是好笑了。

山涛也像向秀那样，喜欢研究老子和庄子。他做了吏部郎，推荐嵇康去接替他的职位。嵇康回了他一封信，说自己没有本领随大流，没法做俗人。这么挖苦人还不算，他又把成汤、周武批评了一顿。这话里有刺，分明是反对有人要改朝换代。司马昭听到了，把嘴一闭，眼珠子左右移动，可想不出主意来。碰巧钟会控告嵇康，说他曾经打算帮着毌丘俭谋反。司马昭就把嵇康杀了。

司马昭杀了“竹林七贤”中的嵇康，就开始准备征伐蜀汉。有人建议派个刺客去把姜维暗杀，蜀汉就容易打下来了。另外有人反对，说："明公（指司马昭）辅助皇上治理天下，对于背叛朝廷的乱臣贼子应当理直气壮地去征伐，怎么可以鬼鬼祟祟地派个刺客去呢？"司马昭点了点头。可是大臣们大多认为派刺客去固然不好，发兵去征伐也未必能成功。

司隶校尉钟会不同意这种想法，他说："自从平定寿春以来，到今天已经休息六年了，现在正应当训练兵马去征伐东吴和西蜀。东吴地大，河流多，进攻比较困难些。不如先去平定巴蜀，三年之后，水陆并进就可以灭吴。巴蜀总共不过九万士兵，守卫成都和别的地界的至少也得四万人，留下能调动作战的才五万人。现在姜维屯兵沓中，名义上说是种麦子，实际上是避难。我们只要挡住姜维那一头，不让他到东边来，再发大军向骆谷进去，直接进攻汉中，一定能够成功。像刘禅那么昏庸的人，一听到外围给攻破，里面人心惶惶，他哪儿还敢抵抗？我们这次出兵，准能把蜀灭了。"

司马昭完全同意钟会的说法，马上任命他为镇西将军，都督关中，又吩咐征西将军邓艾跟钟会一起操练兵马，布置伐蜀的准备。征西将军邓艾反对出兵，他说："善于派兵的必须看准敌人的空子，才能马到成功。现在巴蜀并没发生事故，还不如等候适当的机会再出兵吧。"司马昭特地派人去劝他听从命令，邓艾才同意了。

退守剑阁

关中练兵，姜维起了恐慌，他马上上个奏章，说："司马昭派钟会都督关中，近来又在操练兵马，就是为了侵犯汉中，请皇上派左车骑将军张翼和右车骑将军廖化带领军队分别去镇守阳平关和阴平桥头。事前做个准备，才不致临时吃亏。"

后主接到奏章，跟中常侍黄皓商量。黄皓说："这又是姜维好大喜功。他老是这么喜欢打仗，不让人家过着安静的日子。蜀中多山，沿路关口重重，这是天然的防御。魏人怎么敢进来呢？如果皇上不信，可以算个卦问问鬼神。"后主一想，还是黄皓想得周到，就叫他去叫巫人算个卦。嗬！真能凑合，"鬼神"说了话了："皇上后福无穷，敌人绝不敢来。"后主信了，落得吃吃喝喝，坐享太平，就把姜维的奏章搁在一边。朝廷上别的大臣谁也不知道姜维来了这么一个奏章。

这么过了半年，并不见一个魏兵进来。后主更加相信了黄皓和巫人，直怪姜维吃饱了饭瞎起劲。谁知道突然来了个晴天霹雳，把整个西蜀都震动了，魏兵三路进攻，势如破竹，亡国的大祸临头了。

公元 263 年（魏景元四年，蜀炎兴元年，吴永安六年）秋天，魏大将军司马昭请魏元帝曹奂下了诏书，大规模地进攻西蜀。司马昭派征西将军邓艾率领三万人马从狄道出发，直奔甘松（在洮水西）、沓中，牵制姜维。

这是第一路。派雍州刺史诸葛绪率领三万人马，从祁山出发，直奔武街（在今甘肃成县一带）、桥头（在今甘肃文县，当时属阴平郡），截断姜维的归路。这是第二路。派镇西将军钟会统领十万大军进攻汉中。这是第三路。第三路的十万兵马又分成三路，分别从斜谷、骆谷、子午谷同时进攻。他又派廷尉卫瓘（guàn）拿着皇上给他的节杖，监督邓艾和钟会的军队。卫瓘还跟钟会在一起，做了镇西将军的军师。

魏兵像山洪暴发似的向西蜀冲了过来。这下子后主刘禅可想起姜维的奏章来了。他慌忙派右车骑将军廖化率领两万人马赶到沓中去接应姜维，派左车骑将军张翼和辅国大将军董厥率领两万人马赶到阳平关去帮助守在那边的将士。张翼和董厥往北到了阴平，听到魏雍州刺史诸葛绪正向建威过来，他们就把军队驻扎下来，准备在这儿抵抗诸葛绪。他们一停下来，守卫前方的将士可就得不到援兵了。作为汉中前卫的两座城，汉城和乐城，才各有五千士兵，钟会派去围攻这两座城的就有两万人马。光是这一地区，双方的兵力就差了一倍。钟会自己率领大军，派护军胡烈为先锋，进攻阳平关。

钟会听说汉丞相诸葛亮的坟就在附近的定军山，他就很郑重地派人到坟前祭祀一番，一来表示他对诸葛亮的敬意，二来他要利用这种行动去笼络蜀汉的人心。

阳平关的守将傅佥（qiān）主张坚守关口，副将蒋舒主张出去对敌。傅佥说："大将军嘱咐我们守城，怎么可以出去交战呢？"蒋舒说："将军守住城，就是大功一件；我出去打退敌人，也是一件功劳。咱们两个人各人都发挥了作用，不是很好吗？"傅佥同意了。蒋舒就开了城门，带领兵马杀出去。哪儿知道蒋舒是个叛徒。他骗了傅佥，带领兵马把胡烈迎接进来。傅佥急得连城门都来不及关，他只好率领一队士兵出去交战。究竟因为兵马太少，终于在战斗中丧了命。

钟会听到胡烈打下了关口，就一点阻挡都没有地进了阳平关。关里积存着许多粮食和军用物资。这些都让钟会接收过去，不必说了，就是汉城和乐城也打下来了。魏兵进了汉中，沓中起了恐慌。在钟会进攻汉中的同时，征西将军邓艾派天水太守、陇西太守、金城太守率领三路兵马围攻姜维的军营。姜维究竟是个能征惯战的大将，他叫将士们守住军营，魏兵就没法打进去。姜维这么守住军营，日夜盼着救兵。右将军廖化的一路兵马已经赶到白水，可还没跟沓中的军队联系上。就在这个时候，姜维探听到钟会的大军已经进了汉中。这样，他在这儿死守着没有什么意义。他就下令退兵。魏兵在背后紧紧地跟着，就在强川（也叫强水，源出阴平西北强山）大战一场。姜维打了败仗，总算甩去追兵，向桥头退过去。没想到走了一程，就听到诸葛绪已经占领了桥头，截断蜀兵的归路。魏兵前后夹攻，姜维怎么逃得了呢？

幸亏姜维熟悉这一带的地形和道路，他从孔函谷走北道去抄诸葛绪的后路。诸葛绪得到了这个消息，慌忙离开桥头，退兵三十里。姜维在北道已经走了三十多里，一探听到诸葛绪退回去，立刻回头急行军赶到桥头。诸葛绪好像捉迷藏似的来回追赶蜀兵，赶到他再一次跑到桥头去截击姜维，已经晚了一天，姜维早就过了桥头，到了阴平。姜维想赶到阳平关去，阳平关可已经给攻破了。这么一来，他只好去白水。这才跟廖化、张翼、董厥他们会合在一起。三路兵马联合起来，退到剑阁（当时属广汉郡，在今四川广元一带），决定在那儿抵御钟会的大军。

姜维、廖化、张翼、董厥他们守住剑阁，魏兵一时打不进去。那年十月，蜀汉派使者到东吴去求救兵。吴主孙亮已经在五年前（公元 258 年）被吴大将军孙綝废为会稽王，琅邪王孙休（孙权第六个儿子）立为新君，改元永安。孙綝自己做了丞相。丞相孙綝一见吴主孙休相当厉害，后悔了。他对别人说："我废去少主（指孙亮）的时候，有不少人劝我自己即位，我推辞了，立了这个皇上。他要是没有我，怎么能做皇上？现在他把我当作一般的臣下看待，哼！我要是不高兴，看我不再另立一个！"

吴主孙休真有两下子，他跟几个心腹大臣定了计，把孙綝杀了。他恢复了诸葛恪的名誉，重新给他安葬。这会儿蜀汉来讨救兵，吴主孙休就派大将军丁奉进攻寿春，将军留平进攻南郡，将军丁封、孙异进攻沔中。这三路兵马向魏进攻就是支援了蜀汉。可是别说寿春、南郡、沔中一时打不进去，就说打了进去，远水救不了近火，钟会和邓艾还是加紧攻打蜀汉。

这次伐蜀节节胜利，虽说由钟会和邓艾带兵，大功还得归给大将军司马昭。胜利的消息一个接着一个向魏元帝曹奂报告，魏元帝再一次下了诏书，拜司马昭为相国，封为晋公，加九锡。这是五年来第七次了。以前每次都给司马昭推辞，这一次总算接受了。晋公司马昭鼓励钟会和邓艾一定要把蜀汉打下来。

邓艾到了阴平，要带着诸葛绪向成都进攻。诸葛绪心里想："我跟你，各带三万兵马各走一路，肩膀一边齐，谁也不比谁威风，你怎么能把我当作部下指挥我呢？"他借口说他是奉命截击姜维的，还说诏书并没叫他往西去打成都。他就带领自己的一支兵马到了白水，跟钟会的大军会合了。钟会可另有打算，他只想扩充自己的军队，暗地里上了一个表章，说诸葛绪胆小，不敢前进。诏书下来，诸葛绪上了囚车，送回洛阳去，他的军队全归钟会统领。钟会的十多万大军就这么又增加了三万多兵马。他把这些军队全用上，集中力量攻打剑阁。

姜维派兵遣将守住关口要道，钟会虽然兵多，一时没法打进去。他就把军队驻扎下来，大量地准备绳索、木料，多架些栈道，一面催运粮草，一定要把剑阁打下来。钟会在剑阁跟姜维对峙着，邓艾可独当一面地向绵竹（在今四川德阳一带）打过去了。

古籍链接

比至阴平，闻魏将诸葛绪向建威，故住待之。月余，维为邓艾所摧，还住阴平。钟会攻围汉、乐二城，遣别将进攻关口，蒋舒开城出降，傅佥格斗而死。会攻乐城，不能克。闻关口已下，长驱而前，翼、厥甫至汉寿，维、化亦舍阴平而退。适与翼、厥合，皆退保剑阁以拒会。

——《三国志 · 蜀书》

争功

邓艾对钟会接收诸葛绪三万人马这件事很不满意，对钟会进入汉中又是眼红，又是不服气。他认为要是没有他和诸葛绪牵住姜维，钟会怎么能够进入汉中呢？他一定要跟钟会比个高低，立个大功。他就别出心裁，率领一队精兵从阴平出发，到了剑阁以西一百里的小道上，专挑没有人的地方，翻山越岭地向绵竹进军。逢山开路，遇水架桥，静悄悄地走了七百多里，没碰到一个敌人。

邓艾他们到了悬崖峭壁一条绝路上，没法再过去，大伙儿都慌了。邓艾亲自带头，用毡毯裹住身子先滚下去。将士们不敢落后，照样滚下去。士兵们没有毡毯，就用绳子拴住身子，攀着树木，一个一个慢慢地下了山。他们刚下了峭壁，就瞧见那边有个大寨，邓艾吓了一大跳。他定了定神，一看是个空寨，估计着那一定是诸葛丞相在世的时候曾经派兵在这儿防守过。要是蜀汉不废去这儿的防守，他们这次下来，就是自投罗网，一个也活不了。

邓艾整顿了队伍，对将士们说："我们到了这儿，有进没退。前面就是江由（在今四川江油北），粮食充足。打下江由，不但有了活路，而且能立大功。"大伙儿都说："一定立大功！"

镇守江由的将军马邈，能够提防着大路已经不错了，压根儿没想到邓艾的军队会翻山越岭地从背后过来。突然见到魏兵到了城下，吓得浑身一个劲地筛糠。他只知道自己的性命要紧，慌忙开了城门，投降了邓艾。江由往南直通涪城。蜀汉卫将军诸葛瞻正在涪城，一听到江由陷落，连忙向临近的郡县调兵，准备用全力抵抗魏兵。尚书郎黄崇（黄权的儿子）劝诸葛瞻用手下的这些人马抢先去占领险要的据点，别让敌人到平地上来。诸葛瞻因为兵马还没调到，不敢冒险出去。黄崇再三央告他，甚至流着眼泪催他发兵，诸葛瞻没能依他。就在蜀兵停留不前的两天里面，魏兵长驱直入，打退诸葛瞻的前锋，把险要的据点占领了。这一来，眼看涪城也保不住，诸葛瞻只好退到绵竹，守在那儿。

邓艾派使者送信给诸葛瞻，劝他投降。那信里说："将军要是肯归降，我一定推荐将军为琅邪王（诸葛氏本来是琅邪人）。"诸葛瞻冷冷地一笑，拧了拧眉毛，吆喝一声，吩咐武士们把邓艾的使者推出去砍了。当时就摆了阵势，等候邓艾过来。

邓艾派他的儿子邓忠和军队里的司马叫师纂（zuǎn）的，分两路进攻，可都给诸葛瞻打败了。邓忠和师纂回来报告，说："贼人很强，不能打。"邓艾发了脾气，眼睛瞪着他们说："生死存亡，在此一举！为什么不能打？你们要是再怕死的话，我先把你们宰了！"

邓忠和师纂第二次出去跟蜀兵交战。他们铁了心，反正打了败仗也不能活着回去。这一仗真是非同小可，打得天摇地动。两军杀到天快黑了，蜀兵死伤了一大半，诸葛瞻和黄崇都阵亡了。诸葛瞻的儿子诸葛尚还是个少年，他叹了口气，说："我祖祖辈辈忠于国家，应当拼个死活。只恨朝廷不早斩黄皓，让他祸国殃民到了今天。现在父亲阵亡了，我还活着干什么？"他就提枪上马，发疯似的杀出去。魏兵没防着，一时慌了，被诸葛尚杀死了好几个，可是诸葛尚单枪匹马，自己终于也给敌人杀了。

邓艾拿下绵竹，向成都进军。蜀人做梦也没想到魏兵这么快就到了。一听到邓艾的军队已经进了平地，老百姓乱哄哄地往山上或者树林子里去避难，官府也没法禁止。后主刘禅慌忙召集大臣们商议怎么办。有的说蜀汉跟东吴本来是联盟，不如逃到东吴去。有的说南中有七个郡，沿路险要，容易守卫，不如逃到南中去。光禄大夫谯周（谯：qiáo）另有"高见"，他认为投降最好。他说："魏大吴小，这会儿逃到东吴去做臣下，将来东吴给魏灭了，还得向魏称臣。那就得投降两次。我说，丢两次脸不如丢一次脸。

至于说逃到南中去，谈何容易。现在大敌已经到了眼前，要走也走不了。再说南中也靠不住，万一发生变乱，那又何苦呢？”说来说去，投降最能保住性命，最合算。

中常侍黄皓也担着一分心事。他说：“邓艾大军已经到了，只怕人家不让我们投降，怎么办？”谯周拍拍胸脯，说了一大篇邓艾准能答应投降的大道理。他安慰后主，说：“陛下投降了魏，魏要是不分一块土地封给陛下，我就亲自到京都去争。”后主还想逃到南中去，谯周直截了当地说：“南方夷族自己苦得很，要他们供应一切费用，非叛变不可！”后主就派侍中张绍等捧着玉玺到邓艾军营里去要求投降。

后主第五个儿子北地王刘谌（chén）气得呼呼地响。他说：“不能投降，不能投降！我们君臣父子，满朝文武，什么都不做准备，不保卫社稷，不拼个死活，就这么投降敌人，有什么脸见先帝呢？”谯周、黄皓和别的大臣都低着头，不敢正面看刘谌。他们好像给主人揍了一顿的癞皮狗似的夹着尾巴，偷偷地望着后主。后主不怕没脸，就怕没命。他在儿子面前究竟还是老子，就摆出老子的威风，说：“太放肆了！你懂得什么？”说着，拿手一扬，催张绍他们快点动身。

北地王刘谌离了朝堂，回到家里，带着他夫人到了昭烈帝的庙堂，大哭一场。这位昭烈帝刘备的孙子刘谌和这位孙媳妇不愿意做俘虏，也不愿意跪在敌人面前讨封讨赏，就在庙堂里自杀了。

张绍他们到了离成都八十多里地的雒县去见魏征西将军邓艾。邓艾非常高兴，给刘禅写了回信，把他和他的手下人称赞了一番。刘禅放了心，马上下了诏书，吩咐各地的将士不要再抵抗，派太仆蒋显去向姜维传达命令，叫他向魏镇西将军钟会投降，又派尚书郎李虎给邓艾送去蜀汉的户口簿，共二十八万户，九十四万口，士兵十万二千名，官吏四万人。

邓艾到了成都北门，刘禅率领活着的儿子和文武大臣六十多人去迎接。他自己叫人反绑着双手，还叫人扛着一口棺材，表示他愿意让邓艾把他处死，他已经四十八了，死了就可以入殓。大队人马，扛着棺材，一步一步地走到邓艾的军门。邓艾拿着节杖，代替魏元帝给刘禅松绑，吩咐人把刘禅的棺材烧了，然后请刘禅换上衣服，到军营里相见。

邓艾拿着节杖，拜刘禅为骠骑将军，太子为奉车都尉，诸王为驸马都尉。他手下的大臣，按各人地位的高低，分别拜为魏的官员。邓艾安排了蜀汉的君臣以后，就让师纂领益州刺史，陇西太守牵弘等人领蜀中各郡。他听说黄皓为人奸险，把他下了监狱，准备把他宰了。黄皓向邓艾的左右行贿，才免了罪。

姜维在剑阁得到了诸葛瞻、诸葛尚父子和黄崇阵亡、绵竹失守的消息，可还不知道后主刘禅怎么样。他立刻率领兵马离开剑阁，由巴中退回，打算去保卫成都。到了半道上，太仆蒋显带着后主的诏书迎上来，吩咐姜维投降。姜维皱着眉头，合计了半天，就跟廖化、张翼、董厥他们一同去向钟会投降。将士们气愤不过，有的号啕大哭，有的拔刀砍石，他们情愿跟魏兵拼个死活。姜维虽然比谁都伤心，可他倒劝大伙儿忍耐一下，不可鲁莽。大伙儿一咬牙，都静下来，愿意听从姜维的吩咐。

姜维他们到了魏营，钟会出来迎接，收了姜维送去的印绶，笑眯眯地对他说："伯约（姜维字伯约）怎么来得这么晚？"姜维绷着脸，突然流下眼泪来，说："今天我来，还觉得太早了些！"钟会马上赔不是地说："嗳，我是说相见恨晚的意思。"他拉住姜维的手，请他上座，还十分殷勤地招待廖化他们。

钟会和姜维谈论了一下，彼此真的好像相见恨晚。钟会眼里的姜维是个好汉，好汉识好汉，就把姜维的印绶交还给他，仍旧让他带领自己的军队。姜维十分感激，心里暗暗高兴。他给钟会带道，到了涪城。钟会就把军队驻扎在那儿。

钟会到了涪城，听说邓艾进了成都，自己觉得了不起，狂妄自大，不但瞧不起蜀中的士大夫，连钟会也不在他眼里。钟会当然很不高兴。原来邓艾安排了蜀汉的君臣以后，对他们说："诸君幸亏碰到了我，才有今天；要是碰到吴汉一伙的人（吴汉是汉光武帝的大将，他打下成都后屠杀投降的将士和官民），你们早就完了。"他又直接向司马昭上书，要趁着这次打了胜仗，顺手去平定东吴。

司马昭可有他的主意。他首先请魏元帝特赦益州的军民人等，免去租税一半，连免五年。蜀中一共才九十四万人口，士兵和官吏倒有十四五万，老百姓的负担实在太重了。新的主人不但没把他们办罪，还一连五年免去租税一半，司马昭这一措施就够厉害的了。接着他又上本，封邓艾为太尉，钟会为司徒。可是他不准邓艾去打东吴，这还不够，他又叫监军卫瓘去嘱咐邓艾，说："军事行动必须向上报告，不可自作主张。"

邓艾自己觉得功劳大，现在又做了太尉，听了卫瓘传达的话，不由得火儿上来了。他说："按照《春秋》的说法，大臣出了边疆，到了外面，只要对国家社稷有利，都可以自己决定做去。我为什么要受这么多的牵制呢？"卫瓘不敢顶撞他，敷衍了一下，出来了。他是钟会和邓艾两路兵马的监军，两边都受他的监督，两边他都去得。他到了涪城，把邓艾的话告诉了钟会。钟会另有打算，请卫瓘休息一下，再商量对付邓艾的办法。

古籍链接

是日，北地王谌伤国之亡，先杀妻子，次以自杀。绍、良与艾相遇于雒县。艾得书，大喜，即报书，遣绍良先还。艾至城北，后主兴榇自缚，诣军垒门。艾解缚焚榇，延请相见。因承制拜后主为骠骑将军。诸围守悉被后主敕，然后降下。艾使后主止其故宫，身往造焉。资严未发，明年春正月，艾见收。钟会自涪至成都作乱。会既死，蜀中军众钞略，死丧狼籍，数日乃安集。

——《三国志·蜀书》

以敌攻敌

姜维得到了这个信儿，进了内帐，单独对钟会说："听说明公从淮南打胜仗以来，没有一个计策不成功。晋公能有今天，全靠您的力量。这次又平定蜀汉，您的功劳太大了。就因为您的功劳太大，我不得不替您担心。这儿的老百姓都很尊敬明公，这应该说是太好了。可是这儿的老百姓越是尊敬您，就越叫那儿的主人害怕。您为什么不学学陶朱公（越国的大夫范蠡帮着越王勾践灭了吴国以后，就立刻隐居起来，改名为陶朱公）的样儿，坐着小船逃出去呢？立了大功，做个隐士，保全名誉，保全身体，不是很好吗？"

钟会摇摇头，说："您错了。我不是那种人。我正年富力强，像现在这个样儿，我还不满足，哪儿还说得上去做隐士呢？"姜维说："明公志向大，见识高。凭明公的智力，什么不能成功，那就用不着我老头儿多嘴了。"打这儿起，钟会把姜维当作心腹，出去一同坐车，回来坐在一起，两个人要好得分不开了。

钟会跟姜维商议以后，就请卫瓘跟他秘密地联名上书，说邓艾有谋反的行动。司马昭一面提防邓艾，一面还得提防钟会。他先请魏元帝下道诏书，要把邓艾上了囚车，押到洛阳来。他怕邓艾抗拒，就叫钟会进兵成都，又派护军贾充带领一支车队进入斜谷，驻扎在那儿。有人对司马昭说："钟会的兵马比邓艾的兵马多好几倍，就叫钟会去接收邓艾，也足够了，何必再派贾充去呢？”司马昭说：“我还怕贾充力量不够，正想劝皇上御驾亲征呢。”那个人说：“这么说来，是不是为了防备钟会？”司马昭说：“但愿不会这样。我绝不能对不起别人，可是别人也不该对不起我，我怎么可以先去怀疑别人呢？”他就请魏元帝亲自上长安，自己率领着大军跟了去。这样，不但邓艾不敢抗拒，就是钟会也有个顾忌。

钟会请姜维想办法怎么去收邓艾。姜维说：“明公不如派卫瓘去收，这是做监军的分内之事，他不能不去。要是卫瓘给邓艾杀了，那就是邓艾造反，明公就可以发兵去征伐。”钟会完全同意，就派卫瓘带着几十个武士和两辆囚车到成都去收邓艾父子。卫瓘的部下拦住他，说：“不能去，不能去！这明明是钟司徒借刀杀人。您一去，准给邓太尉杀害。”卫瓘说：“我自有办法。”他就连夜到了成都，挺秘密地发通告给邓艾所统领的将军们，说：“皇上有令，单收邓艾，别人一概不问。将军们服从命令的，按照平蜀的功劳，封爵加赏，违抗的，灭门三族！”

各营的将军们接到了这个秘密通告，都挺秘密地来见卫瓘。赶到公鸡打鸣，天还没大亮的时候，将军们都到了卫瓘那边接受命令，只有邓艾营里静悄悄的没事，邓艾还在帐内打呼噜。卫瓘坐着天子使者的车马，带着几十个武士突然进去，宣布说：“奉诏收邓艾父子！”邓艾从梦里惊醒，滚下床来，就给武士们逮住，让他穿上衣服，跟他儿子邓忠分别上了囚车，送到卫瓘营里。邓艾自己营里的将士们，临时不知道该怎么办，愣愣磕磕地合计了一会儿，接着就跑到卫瓘营里来，打算把邓艾父子夺回去。卫瓘早就防到这一招，挺机灵地出来迎接他们，假意地对他们说：“我正在起草奏章，替邓太尉申辩。”将士们相信了，只怕罪上加罪，不利于卫瓘的申辩，也就不敢不服从命令了。

钟会到了成都，派一队人马把邓艾父子押到洛阳去。他本来只害怕邓艾，现在邓艾父子上了囚车，把这一路的军队接收过来，由他一个人统领，威声大震，就决定谋反。他打算派姜维为先锋，带领五万人马向斜谷进发，自己率领大军跟在后面。他还打算大军从斜谷进攻长安，到了长安就准备派骑兵从陆路直奔洛阳，派步兵从渭水顺流而下进入黄河，估计五天工夫可以赶到孟津，跟骑兵在洛阳会师。到那时候，天下就可以平定下来。钟会自己原来就有十多万兵马，兵力比谁都强，又接收了诸葛绪的三万多人和邓艾的三万多人，再加上姜维的五万人，总共二十多万人马，比当初司马懿的兵力强得多了。司马懿拿那么一点兵马就灭了曹爽，他有这么多的兵马，还不能消灭司马昭吗？

万没想到姜维的兵马还没出发，司马昭给钟会的信倒先到了，拆开来一看，上面写着说：“我恐怕邓艾不听命令，特地派中护军贾充带领一万步骑兵进入斜谷，驻扎在乐城（成固的乐城，诸葛亮所造），我自己率领十万大军，驻扎在长安。我们很快就可以相见了。”

钟会看了，大吃一惊。他对姜维说：“我的兵马比邓艾多好几倍。晋公叫我去收邓艾，他明明知道我办得到，为什么要派贾护军来呢？为什么还要亲自带兵来呢？他不是对我已经起了疑心了吗？”姜维说：“反正现在明公要做陶朱公也来不及了，还怕他什么！”钟会很坚决地说：“对！我决定起兵。成功了，就得了天下；不成功，退回来守住蜀、汉（指蜀郡和汉中郡），也可以做个刘备！”姜维又替他出个主意，说：“要是有个名义征讨司马昭，那就更好了。郭太后不是刚去世了吗？”

这句话提醒了钟会。他说：“太后去世才一个月（郭太后死在公元263年十二月），我就说太后有遗诏叫我征讨司马昭，办他杀害皇上（指曹髦）的大罪！这是名正言顺的。请伯约做先锋去打斜谷。贾充才有一万人，你就带五万人马去，再多点也行，还怕灭不了一个贾充吗？事成之后，同享富贵！”姜维说：“只要明公一句话，水里火里我都去！明公这么重用我，我就怕那些司马昭的将军们心里不服。他们不服，可就成不了大事。”

钟会觉得姜维说得有理，就说：“我明天就召集将士们和蜀汉原来的大臣们在成都朝堂上给太后发丧举哀，宣布太后的遗诏。你去布置伏兵，谁要是不服，就杀了他！”姜维说：“好！这儿的人都向着明公，只要把北方来的将军杀了，就除了后患。”钟会点了点头。

姜维使尽心机，要钟会杀尽北方来的将军们，然后他再杀钟会和魏兵，重新立刘禅为汉帝。他秘密地给刘禅写了封信，说：“请陛下再忍受几天委屈，我一定把国家社稷恢复过来，使幽暗的日月重放光明！”

第二天，钟会向将士们宣布他所假造的诏书，说：“太后临终下了秘密诏书，说司马昭杀害皇上，大逆不道，吩咐我发兵征讨。请你们都签上名，共成大事。”这件事来得太突然了，谁都没做准备，大伙儿你瞧瞧我、我瞅瞅你，不知道该怎么办。不一会儿，就叽叽喳喳地咬开耳朵了。钟会拔出宝剑来向空中一抡，说：“谁敢违抗命令，我就先把他砍了！”当时就有不少人点头哈腰，表示服从，可不说话。

钟会知道将士们并不心服，就把他们软禁在宫里，不准出去。只有卫瓘推说有病，肚子疼得要泻，钟会因为他不带兵，就让他在外边休息。

护军胡烈也关在宫里。他有个儿子叫胡渊，带着兵在城外营里。胡烈还有个手下人叫丘建，现在做了钟会的心腹。丘建眼看着他以前的上级胡烈闷闷不乐地坐在那儿，想帮帮他的忙，给他一点照顾，就对钟会说：“将军们都留在这儿没吃没喝的总不大好，是不是可以让他们叫个小卒子进来送点饮食什么的？”钟会一向很信任丘建，就叫他去监督小卒子送饭这件事。丘建趁着这个便利，让胡烈的亲信兵进去。胡烈故意造谣，向他咬着耳朵嘱咐一番。那个小卒子火速到了胡渊的营里，把胡烈告诉他的话说了一遍。胡渊传达他父亲胡烈的谣言，说：“钟会在宫里挖了一个大坑，叫几千个武士拿着大棍，要把外面的士兵一个个打死，扔在坑里。他自己造反，还要打死我们，真不是东西！”

胡渊向留在城外的一些将士们这么一说，大伙儿气了个倒仰儿。当时一个营传到另一个营，一夜工夫，各营都翻了天。士兵们根本用不着指挥，全都出来了。天刚蒙蒙亮，无数的士兵架梯子、爬城墙，好像蚂蚁上树一般。霎时间，他们杀了守城门的士兵，都拥到宫里来了。这时候，钟会正跟姜维商量着出兵的计划，忽然听到外面一片喊声，好像失火似的。钟会派人出去探听，大喊大叫的乱兵已经从四面八方杀进来了。钟会着了慌，他对姜维说：“好像是士兵叛变了，怎么办？”姜维说：“那就打吧！”

钟会叫左右关上殿门，宫殿里的士兵爬上屋顶，往下扔瓦片。一眨巴眼儿的工夫，宫殿四面起了火，外来的士兵劈开殿门，杀了进来，有使刀枪的，有拿弓箭的，有跳墙头的，有爬屋顶的。钟会拿着宝剑，连劈带刺，杀了几个跑过来的乱兵。没防到乱箭像下雨似的往他身上射来，眼看活不成了。姜维想杀出去，究竟因为敌人太多，急得心头疼痛，叹了口气，自杀了。

姜维在公元 228 年投到诸葛亮手下，那时候他才二十七岁，从此三十多年来，一直忠心耿耿地继承诸葛亮恢复中原的大志，就是力量不够，没能成功。他死的时候（公元 264 年），已六十二岁。他手下那些将军们也都死在乱军之中。成都城里乱了好几天，杀人、放火、抢劫都发生了。幸亏卫瓘出来维持秩序。他派将军们出去，一边弹压，一边劝告，城里的乱劲儿才慢慢地平定下来。

邓艾营里的将士们趁着这个机会，追上邓艾，砸了囚车，要把邓艾爷儿俩都接回到成都来。邓艾喜出望外，安安定定地跟着自己的将士们往南来了。他还没回到成都，卫瓘可着了慌了。卫瓘自己知道，是他跟钟会共同上书告发邓艾谋反，是他跟钟会共同把邓艾拿住，上了囚车。现在钟会死了，邓艾回来，能把卫瓘放过去吗？他琢磨了一下，立刻利用一个人去对付邓艾。那个人叫田续，原来是邓艾营里的护军。邓艾偷袭江由的时候，本来派田续去。田续反对，说他太冒险。邓艾火儿了，吆喝一声，吩咐武士们把田续推出去砍了。别的将士苦苦地央告，邓艾才饶了他一条命。可是死罪可免，活罪难逃，田续还是挨了四十军棍。

这会儿卫瓘对田续说：“江由的仇恨，可以报了！”田续带领一队兵马迎上去，到了绵竹西边，碰到了邓艾和少数将士。邓艾还以为这队兵马是来欢迎他的，一见领队的是自己的护军田续，更高兴了。他就拍马相迎。田续突然变了脸，手起刀落，把邓艾劈落马下。邓忠一见，赶上来，想救他父亲，也给田续一刀杀了。田续大声宣布，说：“奉诏讨贼，别人一概无罪！”他这句话还真顶事，将士们谁也不敢反抗。

钟会、邓艾、姜维都死了，司马昭放了心。他吩咐卫瓘镇守成都，调胡烈为荆州刺史，自己保护着魏元帝从长安回去了。

此间乐

魏元帝曹奂回到洛阳，另外拜两个大臣为太尉和司徒，接替邓艾和钟会。接着就封晋公司马昭为晋王，仍旧拜为相国，加封给他十个郡，连原来受封的十个郡，一共有了二十个郡。

晋王司马昭叫卫瓘留在成都，总督蜀地归降的各郡县，叫胡烈做了荆州刺史，刘禅已经拜为骠骑将军，仍旧让他住在宫里。那会儿，司马昭倒不在乎急于要把巴蜀都打下来，而在于怎样去制伏势力太大的两个将军，邓艾和钟会。这会儿，那两个有野心的将军都消灭了，他就要进一步把蜀地都收下来。他一听到蜀巴东太守罗宪还守着永安，抵抗外兵，蜀建宁太守霍弋（yì）还统治着南中，就觉得在这种情况下，让刘禅留在成都太不妥当了。别看他昏昏庸庸没有什么能耐，蜀汉的太守们还把他当作皇上，他们就可能死不了心。他这才派贾充从斜谷出发去把刘禅和他的一家全都接到洛阳来。

蜀汉是亡了，各地人心惶惶，天下还是乱糟糟的。刘禅被迫搬到洛阳去做高等俘虏，谁愿意离开本乡本土充军似的跟着他去哪？蜀汉几个主要的大臣，像姜维、张翼、董厥、诸葛瞻、黄崇、傅佥他们已经死了，反对姜维防御魏兵的中常侍黄皓，还有那个劝刘禅投降的光禄大夫谯周，已经离开了刘禅。两个老大臣，一个廖化，还有一个叫宗预的，都憋屈地死在半道上。只有地位比较低的两个臣下，一个是河南偃师人郤正（郤 xì），一个是汝南人张通，没扔了他们倒霉的主人。他们离开自己的家，光身跟着刘禅到了洛阳，刘禅根本没出过门，更不知道怎么跟别人打交道，沿路全靠郤正和张通照顾他。到了魏朝廷里又全靠他们两个人的帮助、指点，刘禅才不致失礼、闹笑话。刘禅十分感激，他叹息着说："唉，我到了今天才知道你们两个是好人！"

司马昭把刘禅接到洛阳，好让蜀汉的太守们失去效忠的对象。他很注意蜀汉巴东太守罗宪和建宁太守霍弋的行动，一心要把他们收过来。巴东太守罗宪手下只有两千人，守着永安（就是白帝城）。消息传来，说成都给邓艾打下了。官吏和老百姓都慌了。罗宪告诉他们不要听信谣言，不要慌。可是还有人说成都乱得不像样，魏兵一到，谁都活不了。罗宪就把领头的那个人杀了，大伙儿这才安定下来。后来刘禅的诏书到了，吩咐他向魏兵投降，不可抵抗。罗宪率领所有的两千士兵扎在都亭，守孝三天，等候魏兵来接收。过了好几天，魏兵还没来，可来了吴兵。

刚在四个月以前（就是公元 263 年十月），蜀汉曾经向东吴求救。吴主孙休派大将军丁奉进攻寿春，将军留平进攻南郡，将军丁封、孙异进攻沔中。这三路兵马并不是真正能夺到什么地盘，只是用来牵制魏兵罢了。谁知道成都很快地投降了。东吴就把丁奉他们的兵马撤回去。兵马撤回去，不再去帮助蜀汉，也就是了，万没想到东吴还想趁火打劫去夺取一些蜀汉的土地。东吴的大将步协带领一万人马向永安进攻。

巴东太守罗宪对将士们说："东吴跟蜀好像嘴唇跟牙齿一样地互相依赖着。蜀遭到了大难，东吴不但不表示关心，反倒违背盟约，贪图眼前的好处。天下哪儿有这么不讲道理的人！再说，蜀亡了，东吴也长不了。我们怎么也不能投降。"将士们气得咬着牙说："东吴猪狗不如！"他们就修理城墙，加强防御，坚决地不让趁火打劫的强盗占到便宜。

可是罗宪只有两千士兵，怎么抵挡得了步协的大军呢？他派参军杨宗杀出重围，往北向安东将军陈骞求救。救兵没到，步协日夜攻打，罗宪鼓动将士们出去打一仗。步协没料到罗宪有这一招，突然打了出来，打得吴兵大败而逃，步协差点儿丧了性命。吴主孙休冒了火儿，他派镇军将军陆抗（陆逊的儿子）率领三万人马再去攻打永安。三万吴兵也只能围住永安，围了好几个月，可不能把永安打下来。

杨宗突出重围，跑到安东将军陈骞那儿，请他发兵去救永安。这时候，司马昭成心灭蜀，他曾经反对邓艾去打东吴。也许他不愿意两头作战，故意避开东吴。为了这个缘故，陈骞不敢自己做主，他还得向司马昭请示一下。司马昭正想先去收服南中，就把永安这一头暂时搁下。

建宁太守霍弋都督南中。他听到成都失守，刘禅投降了，也像巴东太守罗宪那样守孝三天。将士们劝他不如早点投降。他说："这儿到京师（指成都）道路隔绝，皇上究竟怎么样还不知道。我们怎么可以随随便便说投降就投降呢？如果魏有礼貌地对待我们的皇上，安抚我们的百姓，我们在这儿保护着人民，保卫着土地，以后再归附也不晚。如果魏污辱我们的皇上，屠杀我们的人民，那么，我们就该拼个死活，抵抗到底，还谈得上什么早投降晚投降吗？"

司马昭还真有两下子，他猜透了像霍弋那样太守们的心思，故意不急于进攻别的郡县，格外优待刘禅，照顾蜀汉的人民，减轻税赋，减少官差，让蜀地的人们看出，在魏的统治下比在刘禅、黄皓的统治下，日子更好过一些。司马昭不急于去跟东吴争夺永安，也不急于去征伐南中。为了使蜀地还没投降的郡县早点来归降，他还请魏元帝加封刘禅。这个办法还真灵，建宁太守霍弋打听到了这些情况，就率领他所统管的南中六个郡（南中原来有七个郡，那个比较接近成都的越嶲郡已经投降了），上书给魏元帝，表示归顺。晋王司马昭把霍弋称赞了一番，拜他为南中都尉，仍旧让他统管原来的郡县。

司马昭就这么不费一兵一卒，收服了南中。接着就合计着怎么去帮助罗宪抵抗东吴。可是他还不愿意在这个时候跟东吴撕破脸皮。他就先请魏元帝封刘禅为安乐公（安乐，地名），再封他的子孙和原来蜀汉的大臣们一共五十多人为侯。亡国的君臣还能够封公封侯，他们感激得把司马昭当作恩人。司马昭也真能笼络人心，他还大摆酒席，款待刘禅和他原来的臣下。不但有吃有喝，还特地叫人表演蜀地的歌舞。旁人看了，也替刘禅难受，刘禅好像特别欣赏本国本地的音乐和舞蹈，咧着嘴乐个不停。

晋王司马昭瞧见刘禅这个样儿，对贾充说："一个人没有心肝到了这步田地，即使诸葛亮还在，也没法辅佐他，何况姜维呢！"

有一天，司马昭问刘禅："你是不是很想念着蜀地？"刘禅回答说："这儿好，我不想念蜀地。（就是'此间乐，不思蜀'）"司马昭一愣，他想："也许他故意这么回答我，好让我对他放心。”他们两个人这么一问一答的话都给郤正听到了。他偷偷地告诉刘禅，说：“您不该这么回答晋王。以后他要是再问起，您就该流着眼泪，抽抽搭搭地说：‘先人坟墓都在岷、蜀，现在路远迢迢，我没法尽孝，心里悲伤，没有一天不想念着。’您这么说，晋王可能放我们回去。”刘禅点点头，说：“我记住了！”

没过了几天，果然晋王又问了：“你不想念着蜀地吗？”这会儿刘禅把郤正告诉他的话很利落地背了一遍。刚背完，忽然想起郤正叫他流着眼泪抽抽搭搭地说。可是话已经很快地说完了，再抽搭太不自然，哭又哭不出，眼泪挤不出来，他就闭上眼睛装作要哭的样子。司马昭听了，又是一愣，他说：“怎么跟郤正说的完全一样？”刘禅睁开眼睛，傻里傻气地看着司马昭，说：“您说得对，是他教我的。”司马昭不由得笑了一声。左右的人使劲地咬住嘴唇，还是“扑哧”“扑哧”地笑了出来。司马昭这才认清楚阿斗原来是个没用的，这种人成不了事，闯不了祸，就费些粮食养活着他吧。刘禅四十八岁投降魏国，就这么窝窝囊囊地活到六十五岁才死了（公元271年，晋泰始七年）。

晋王司马昭这么对待蜀汉的君臣，大臣们都称颂他，说他做得好，说他功劳大，应当加封。司马昭可不愿意把平蜀的功劳全归自己，就上了一个奏章，恢复周朝公、侯、伯、子、男五等爵的封号。当时得到封号的有六百多人。将士们受了封，更加要求魏元帝加封晋王司马昭。司马昭坚决不同意。魏元帝就追封他的父亲司马懿为晋宣王，他的哥哥司马师为晋景王。

蜀汉差不多全部平定了，只有永安那一处还没接收过来。罗宪被东吴围攻了六个月，救兵没到，城里发生了疫病。有人劝罗宪扔了永安逃了吧。罗宪说：“一城的老百姓都依靠着我，现在情况紧急，我倒逃走，还像话吗？万一没办法，我只好死在这儿！”他还是鼓励着士兵守住城。

安东将军陈骞又请晋王出兵去救罗宪。司马昭到了这时候，才决定派荆州刺史胡烈率领两万兵马往南进军，不直接去救永安，反而绕到吴镇军将军陆抗军队的背后，向西陵（就是夷陵）进攻。吴主孙休着了慌，守住西陵要比进攻永安重要得多，他只好叫陆抗撤兵回来。胡烈就这样救了永安。司马昭拜罗宪为陵江将军，封为万年亭侯，照旧请他镇守永安。

吴主孙休为了想夺取永安，前后发兵三四万，围攻半年多，结果，“偷鸡不着蚀把米”，心中闷闷不乐。没几天，突然害了重病。他召丞相濮阳兴进宫，嘱咐后事。可是他心里明白，嘴不能说话，就拉住濮阳兴的手，把太子托付给他。吴主孙休死了以后，吴人因为蜀汉刚给魏灭了，东吴南边又经常发生叛乱，太子还是个小孩子，怕顶不住风浪，要挑个年长的皇子。大臣们就立废太子孙和的儿子二十三岁的孙皓为国君，改元元兴（公元264年为吴元兴元年）。

吴人废了吴太子，立孙皓为国君这件事，引起了晋王司马昭的不安。要是吴太子自己有势力，怎么也不致被废。司马昭这么一想，不能不在自己很得势的时候，替自己的儿子司马炎安顿一下。

古籍链接

二月，镇军陆抗、抚军步协、征西将军留平、建平太守盛曼，率众围蜀巴东守将罗宪。夏四月，魏将新附督王稚浮海入句章，略长吏（赏林）及男女二百余口。将军孙越徼得一船，获三十人。秋七月，海贼破海盐，杀司盐校尉骆秀。使中书郎刘川发兵庐陵。豫章民张节等为乱，众万余人。魏使将军胡烈步骑二万侵西陵，以救罗宪，陆抗等引军退。

——《三国志·吴书》

晋王称帝

魏大臣们早已看到魏主曹奂只是个挂名的国君，朝廷大权和各地兵权可都在晋王司马昭手里。他们都想攀龙附凤，要做开国元勋，纷纷谈论着推位让国的大礼。司马昭因为东吴还没平定，把这些大臣批评了一番，让他们知道他不愿意自己称帝。可是为了他的儿子司马炎着想，要把他放在仅仅次于自己的地位上。他建议除了相国，再加个副相国的职位。公元264年八月，中抚军司马炎做了副相国。司马炎做了副相国才一个月，文武百官要求魏主曹奂拜司马炎为抚军大将军，掌握兵权。司马炎做了抚军大将军才一个月，司马昭打算立他二儿子司马攸为世子。这是怎么回事啊？

司马昭有两个儿子，大儿子就是副相国司马炎，二儿子叫司马攸。因为司马师没有儿子，司马昭就把二儿子过继给他。司马攸对父母孝顺，对哥哥亲热，才能强，脾气好，名声比司马炎更大。晋王司马昭很喜爱他。他老说："天下是景王（就是司马师）的天下，我做了相国，百年之后，这份基业应该归给攸儿。"他就要立司马攸为世子。可是一般大臣跟司马炎交好，不是说抚军大将军怎么怎么聪明、英勇，就是说废长子立少子怎么怎么不好。司马昭只好立司马炎为世子。

第二年（公元265年）五月，魏元帝曹奂特别优待晋王，让他的旗帜、车马、衣服等跟皇上所使用的一个样。这还不算，还把司马昭的妻子称为后，世子称为太子。可惜那年八月里，才活到五十五岁的司马昭害病死了，世子司马炎继承他为晋王。司马炎做了晋王，任命魏司徒何曾为晋丞相，镇南将军王沈为御史大夫，中护军贾充为卫将军，议郎裴秀为尚书令光禄大夫。这些大臣都是晋王手下得力的人。他们共同请求司马炎即位，司马炎还再三推辞。他们就劝魏元帝曹奂把皇位让给晋王。曹奂本来是个傀儡皇帝，朝廷大权早已落在司马氏手里，因为司马昭不愿意自己登基，曹奂才像摆设似的摆到今天。现在朝廷上的大臣都劝曹奂让位，他只好下了一道诏书劝晋王司马炎顺从天命，顺从民意。

公元 265 年（魏元帝咸熙二年，吴甘露元年）十二月，在洛阳南郊造了一座让位坛，很隆重地举行了推位让国的典礼，正像当年汉献帝把君位让给曹丕一样。参加让位典礼的除了原来魏朝廷的文武百官，还有匈奴南单于和临近边疆的各部族，一共好几万人。

晋王司马炎即位，就是晋武帝，国号晋，改魏咸熙二年为晋泰始元年，封魏主曹奂为陈留王，给他一万户的俸禄，让他搬到邺城去住。魏从曹丕称帝，前后五个人做了皇帝（曹丕、曹叡、曹芳、曹髦、曹奂），一共才四十六年就亡了。

陈留王曹奂上殿，拜别新君，辞别旧臣。旧臣已经变成了新君的新臣，谁也不敢向曹奂送别，只有一个八十六岁的太傅司马孚（司马懿的兄弟，司马炎的叔祖父），倚老卖老，出来送他，拉住他的手，流着眼泪说："臣死的那一天，仍旧是大魏的忠实臣下！"

晋武帝把魏宗室所有分封的王，一律降低一级，改封为侯，追尊他的祖父司马懿为宣皇帝，伯父司马师为景皇帝，父亲司马昭为文皇帝。他看到曹魏因为骨肉猜忌，做国君的得不到自己亲族的帮助，以致孤立亡国，他就大封宗室。他首先封他的叔祖父司马孚为安平王。这位前几天刚说过"臣死的那一天，仍旧是大魏的忠实臣下"，现在做了大晋的安平王。晋武帝还有六个叔父（都是司马懿的儿子），都封为王。除了这些上辈的，平辈的一奶同胞司马攸封为齐王，两个异母兄弟和十七个叔伯兄弟都封为王。这许多自己的骨肉不但都封为王，有了封地，而且还都担任职务，替皇上镇守四方。前一朝的曹家人因为依靠别人，自己反倒失了势力，现在皇上刚即位，专靠自己一家的人，他就放心得多了。

当然，朝廷上还得重用原来的一批大臣。晋武帝就拜何曾为太尉，贾充为车骑将军，王沈为骠骑将军，还有一批老大臣分别担任太傅、太保、司徒、司空等职务。真是攀龙附凤，人才济济。没多久，又拜原来的车骑将军陈骞为大将军。

晋武帝封了宗室，安排了文武百官以后，总该兴兵伐吴了吧。不，他不但不发兵去，还派使者到东吴去报丧，表示两国通好的意思。他不急于攻打别人，首先要巩固自己的政权，进行一些改革。主要的有四件事情。

第一，废除禁锢（禁锢，就是不准某类人做官的意思）。魏从曹丕称帝以来，一向骨肉猜忌，防备宗室内部抢夺君位，就定了一条法令：曹家本族不得在地方上做官。魏从刘家夺到天下，又怕刘家人复辟，就又定了一条法令：原来刘家的宗室不得在地方上做官。晋武帝下了一道诏书，废除禁锢，让曹家人和刘家人都可以做官。这道诏书一下来，大伙儿都说新君好。晋武帝干脆好人做到底，再恩待恩待在外边的将士和官吏。按照魏的法令，凡是出征的或者镇守外地的将军，还有在州郡里做长吏的，都必须在京师里留着人质。这条法令现在也废除了。

第二，实行宽大。晋武帝看到曹魏待人太刻薄，自己成心宽大待人。以前定了罪被杀的大臣，从现在开始，不再牵累到下一代，他们的子孙，只要有才能，一概可以做官。他故意提拔这样的人，还让他们在自己的左右，表示他不计较过去。

第三，提倡节俭。晋武帝又看到曹魏的几个皇帝和宗室，排场太大，生活太奢侈，他就特别提倡节俭。刚巧有人来报告，说牛绳折了，要换一条新的。嗬，这就怪了。难道像换一条牛绳那么鸡毛蒜皮的事，也需要新即位的皇上去过问吗？原来这儿说的牛不是普通的牛，牛绳也不是普通的牛绳。那种牛是祭祀用的，牵牛的绳特别讲究，叫青丝，是用上等的蚕丝染成青颜色，再由专门的工匠打成很精巧的绳。主管这件事的大臣就把供应青丝作为一项相当可观的开支。晋武帝借着这件事，下了一道诏书，说明节约俭朴的重要，他规定祭祀用的牛不得再用青丝，可用青麻代替。不但这样，连奢华的歌舞和百戏也一概禁止。

第四，设置谏官（谏官是直言规劝皇帝的人）。秦汉以来有谏大夫，东汉有谏议大夫，其中也真有直言规劝皇上的大臣。魏不赞成朝廷中有这种向皇上提意见的官，就把这个制度废了。这会儿晋武帝重新设置谏官，不但表示他愿意听听别人的批评，还打算开条直言的道路，至少在制度上是这样。

第二年三月，吴主孙皓打发两个大臣为使者到洛阳来吊孝（司马昭死于上年八月）。晋武帝虽然有心灭吴，可是雍州、凉州、梁州很不安宁，这些地区有不少部族经常反抗官府，住在并州的匈奴也不安心。后方没平定下来，他是绝不轻易去打东吴的。为了这个缘故，他很有礼貌地招待着东吴的使者，说话当中透着尊敬吴主，愿意跟他交好下去的意思。两个使者当中有一个叫丁忠，他一看晋武帝这么客气，认为他是害怕东吴，回来就对吴主孙皓说："北方并没做打仗的准备，我们可以趁着机会去袭击弋阳（郡名，郡治在弋阳县，就是今河南潢川一带），准能把这个地方打下来。"

刚在一年半以前，吴丞相濮阳兴和左将军张布两个大臣把原来年轻的太子废了，立孙皓为吴主。孙皓即位，很像个样儿，还做了几件像样的事：他下了诏书，开放粮仓，救济穷人；把多余的宫女放出去，把她们婚配给没有妻子的人；连养在御花园里的鸟兽都放归山林。当时人们都称赞他是个有道明君。万没想到一旦他觉得坐稳了君位，立刻就露出暴君的本性来了。荒淫暴虐到了家，搜罗进来的美人要比放出去的宫女多得多，上上下下对他全没指望了。丞相濮阳兴和左将军张布后悔立了这么一个国君。他们背地里叹气，不知道怎么传到孙皓的耳朵里。他趁着这两位大臣上朝的时候，把他们拿住，定个罪名发配到广州去，半道上可又把他们杀了。散骑常侍王蕃不愿意委曲求全地奉承孙皓，孙皓发了脾气，吆喝一声，就把他砍了。这还不够，他叫左右亲随把王蕃的脑袋扔着玩，叫他们装老虎、装狼，蹦着跳着，互相抢着去咬那颗人头。说起来没法相信，这些臣下还真变成了老虎豺狼似的跳着蹦着把王蕃的人头又咬又啃，还发出野兽的叫声。吴主孙皓看着，乐得连腰都直不起来。

这会儿丁忠唆使他去打弋阳，他心头直痒痒，真想干一下子。镇西大将军陆凯（陆逊本家的侄儿）反对出兵，他说："北方新近兼并了巴蜀，派使者跟我们来往，这可并不是怕我们，而是成心养精蓄锐，等待时机。现在敌人势力强大，我们想碰碰运气去偷袭一下，我实在看不出有什么好处。"

吴主孙皓总算听了陆凯的劝告，没出兵，可是打这儿起，他跟晋绝了交。

吴主孙皓从建业迁都到武昌，奢侈无度，一切生活的享受得由扬州的老百姓供应，别说供应物资逼得老百姓难过日子，就是把这些东西，尤其是粮食，要从下游往上游运送，路又远，也够受了。陆凯上了个奏章，劝孙皓照顾人民，减轻徭役。他又说：“汉室失势，天下三分，曹、刘两家由于奢侈无度，失了民心，都给晋兼并了。这是眼前明摆着的事实。臣说这些话，是替陛下可惜国家啊。武昌多山石，土薄，不能作为帝王的首都。这儿有民歌说，‘宁喝建业水，不吃武昌鱼；宁回建业死，不止武昌居。’现在国家没有一年的积蓄，人心惶惶，唯愿陛下选挑廉洁的百官，远离小人。这样，上天喜欢，人民归附，国家就可以安宁了。”

吴主不大高兴，可是他倒想起搬家了，就在那年年底，又把都城迁回到建业去。第二年（公元 267 年）六月，吴主孙皓大兴土木，起造一座五百丈见方的昭明宫。两千石以下的官员都得上山去监督民夫砍树。他又起造一座很大的花园，里面有土山、石山、亭子、楼阁、看台等等，画栋雕梁，精巧到了极点，奢华到了极点。这笔费用得拿亿万来计算。陆凯屡次规劝，吴主对他显着一万个不耐烦，因为陆凯名望大，只好容忍一下，没砍他的脑袋。

盖了昭明宫，造了御花园，老百姓怨天怨地，正直的大臣也有意见，吴主孙皓就想建立武功来提高自己的威望，公元 268 年十月和十二月两次向北进攻。一次进攻襄阳，给晋荆州刺史胡烈打回来；一次进攻合肥，给晋安东将军司马骏打回来。这两次晋兵都打了胜仗，把吴兵打得拼命逃跑，晋兵可并没追赶过来，也没顺手夺取东吴的一寸土地。这是为什么呢？原来晋武帝有他的难处。他宁可长线放远鹞，先要安抚西方和北方，再慢慢地去收服东吴。

当初邓艾镇守边疆的时候，有几万名鲜卑人投奔过来。他把这些外族人安顿在雍州和凉州中间，跟汉人杂居。晋武帝防备他们发生叛变，就在今公元 269 年二月，把雍、凉、梁三个州分出一部分土地，设置一个秦州（在今甘肃东南部）。因为荆州刺史胡烈在西方一向有威望，就把他调到秦州，总管那个地区和那边的各部族。

胡烈调到秦州，晋武帝可并不忽视荆州。他立定志向要统一中原，准备全面安排一下对付东吴的军事计划。

造船

晋武帝把荆州刺史胡烈调到秦州，马上派尚书左仆射泰山南城人羊祜（hù）镇守襄阳，统领荆州的一切军事，征东将军卫瓘镇守临淄（zī），统领青州的一切军事，镇东大将军司马伷镇守下邳，统领徐州的一切军事。

羊祜从公元 269 年（晋武帝泰始五年）起，镇守襄阳，很得江、汉民心。有的吴人投降之后又想回去，羊祜下令，让他们回去。他把巡逻和放哨的士兵减去一部分，叫他们开垦八百多顷土地。他刚来的时候，军营里没有一百天的粮食，后来粮食年年增产，可以供十年吃的了。

在襄阳的南面，跟羊祜的军队相对峙的是东吴的军队。东吴镇军大将军陆抗把他的军队驻扎在乐乡。东吴的信陵、西陵、夷道、乐乡、公安这些地方所有的军队都由陆抗统领。陆抗跟羊祜各守地界，可以说是棋逢对手，将遇良才。你不犯我，我不犯你，谁也不敢轻举妄动。

羊祜屯兵襄阳，不向东吴进攻，倒也罢了，有时候吴兵反倒从别的地方打过来，晋兵也只是把他们打回去就是了。蜀汉被灭已经七年了，晋武帝为什么还不去向东吴进攻呢？原来西北方和北方都出了事啦。

雍州安定郡地界内，出了一个鲜卑族的首领，叫秃发树机能（鲜卑语“秃发”是“被子”的意思，据说树机能的祖父生在被子里，就把“秃发”作为姓）。他率领一部分的鲜卑人跟晋朝作对，声势浩大。秦州刺史胡烈发兵去攻打，在万斛堆（在今甘肃靖远西北）打了一仗，晋兵大败，中原士兵死伤遍野，连统率全军的秦州刺史胡烈也被杀了。接着晋武帝又吩咐雍州、凉州的几个将军和新的秦州刺史杜预去打树机能，有的不敢出兵，有的打了败仗回来。秃发树机能的势力越来越大，他还想把整个凉州都打下来。

树机能这一头还没法平定，南匈奴那一头又出了岔子啦。当初魏王曹操把南匈奴分为五部，分别安排在并州各郡，跟汉人杂居。匈奴自己认为从前汉高祖曾经把公主嫁给单于，所以匈奴是汉室的外孙，他们就照母亲的姓改姓刘。公元271年（晋武帝泰始七年），有个南匈奴的右贤王叫刘猛，离开了晋朝，带着一部分人马逃到塞外去了。在晋武帝看来，刘猛一出去，又留下了一个祸根。

凉州、雍州住着一些鲜卑人、匈奴人等等，历史上笼统地称为胡人。他们的势力也大了起来，就在南匈奴刘猛离开晋朝这一年四月里，北地胡人起来反抗当地的官府，夺了几个县城，直向金城进攻。凉州刺史牵弘发兵去对敌。北地胡人跟树机能联合起来，跟晋兵大战一场。晋兵又打了败仗，连统率全军的凉州刺史牵弘也被杀了。

雍州、凉州、秦州各部族这么强大，经常出来侵犯，弄得晋武帝一时对付不了，他只好把征伐东吴的想法搁在一边。他皱着眉头说："树机能这么猖狂，胡烈、牵弘都给他杀了，怎么办呢？"正好乐安人侍中任恺（kǎi）在旁边，他要趁着贾充不在的时候，向晋武帝说几句话，可是贾充的耳目有的是，他只好说："应该派个有威望、足智多谋的大臣去安抚那边的人，才能镇守这些地方。"晋武帝点点头，接着又为难地说："是呀，可是派谁去呢？"任恺说："车骑将军贾充最合适。"晋武帝又问了问河南尹颍川人庾纯。庾纯完全同意任恺的意见。晋武帝就决定叫贾充去统领秦州和凉州的军队。贾充这个人，本来一翻眼就是计，这会儿人家告诉他皇上要把他调到外边去，可就急得快哭出来了。这是怎么回事？

原来贾充在司马昭时代就得了宠，魏主曹髦被杀全凭他"司马公养着你们，就是为了今天"一句话。司马炎能够做上太子，也有他的一份功劳。司马炎即位，贾充更得了宠。他跟太尉兼太子太傅颍川人荀颉、侍中兼中书监颍川人荀勖（xù）、越骑校尉安平人冯统（dǎn）这几个人结成一党，在别的人看来，他们是很不得人心的。贾充是个头头，他不愿意晋武帝接近侍中任恺，故意说任恺怎么好，怎么忠心，像他这样的大臣最好能再重用一下，叫他到东宫去辅导太子。晋武帝不愿意任恺离开他，可又不愿意叫贾充下不了台阶，就叫任恺在名义上做了太子少傅，可是还做着原来的侍中，好让他仍旧在身边伺候着自己。任恺这边哪，也不愿意晋武帝接近贾充，巴不得把他调到外边去，所以趁着晋武帝问起派谁去镇守秦州、雍州的时候，任恺和庾纯就推荐了贾充。

贾充在这年（公元 271 年）七月被任为秦、凉两州的都督，直到十一月，他磨磨蹭蹭地还没动身。那个逃到塞外去的匈奴右贤王刘猛倒打到并州来了。幸亏刘猛兵马不多，没几天工夫就给并州刺史刘钦打回去了。这么一来，贾充不好意思再磨下去，他只好硬着头皮，动身往秦州去，公卿大臣在夕阳亭（在洛阳城外）摆上酒席，给他送行。

在酒席上，贾充偷偷地对自己的心腹荀勖说："唉！真得走了，怎么办哪？"荀勖说："怕什么？您做了宰相，反倒给这个小子（指任恺）掐着脖子，真太气人了！可是这会儿不去不行，没法推。"贾充哭丧着脸说："谁说不是哪！可是怎么办哪？"荀勖歪着脑袋，咬着耳朵，慢吞吞地说："办法倒有一个，就是跟太子结成亲，您不推辞也准留下。"贾充说："好是好，可是请谁去说媒呢？"荀勖自告奋勇地说："我去试试。"贾充听了，差点儿没趴下给他磕头，公卿大臣都在场，两个人讲话都像蚊子叫似的，别人听不见。贾充心里高兴，嘴里不说出来。

夕阳亭里的酒席真吃到太阳偏西了。贾充拱拱手，对公卿大臣们说："承蒙诸公送行，万分感激。今天已经不早了，我想，好在前方并不怎么紧急，我想三五天内再择个日子，回敬一席，请诸公赏光。"大伙儿听了，不由得一愣，送行还有回席，真新鲜。可是多吃一顿也好。贾充就这么又赖了几天。

就在这几天里面，荀勖替贾充进行活动。他先对冯犹说："贾公调到远处去，我们都失了势。太子（司马衷）还没定亲，您为什么不去劝皇上替太子娶贾公的闺女呢？"冯犹说："我一定尽力，可是先得打通皇后这一关。"晋武帝原来打算给太子娶卫瓘的女儿，可是卫瓘并没在宫里行贿，也没在朝廷上托人说媒。贾充的妻子可不同了，她马上拿出大量的金钱、财宝，送给杨皇后的左右，杨皇后就在皇上跟前赞扬贾家的姑娘。晋武帝不同意，他说卫家的姑娘比贾家的好，可是杨皇后再三请求，荀顗、荀勖、冯犹都说贾家的姑娘不但长得漂亮，而且很有才德。皇后以下宫里的人都这么说，朝廷上几个得宠的大臣也都这么说，说得晋武帝不能不依。

贾充做了皇上的亲家，皇上收回成命，仍旧让他留在朝廷里。侍中任恺和河南尹庾纯的计划，眼看快成功，又这么吹了。过了年，就是公元272年，新年新禧，双喜临门。正月里，晋兵打了几个胜仗，把刘猛打败，匈奴五部当中的左部有个头头，杀了刘猛，归附了晋朝。这是一喜。二月里皇太子司马衷办喜事，跟贾妃成了亲。这是第二件喜事。

贾充为了不愿意到凉州去，才千方百计地把女儿嫁给太子，自己留在京师里。雍州和凉州由镇西大将军汝阴王司马骏镇守，对付着树机能，树机能这边还没发动进攻，益州倒先乱起来了。

益州刺史手下有个将军叫张弘，造反作乱，临近成都的广汉县（属广汉郡）也惊慌起来了。广汉太守是个弘农人，叫王濬（jùn），他为了及时扑灭叛乱，不等待朝廷的命令，就发兵去征伐张弘。

晋武帝下了诏书，任命广汉太守王濬为益州刺史，同意他去征伐张弘。王濬的兵马并不多，可是他善于用兵，终于打了胜仗，杀了张弘，安抚了当地的各部族，益州才安定下来。王濬立了大功，封为关内侯。他在益州威望很高，各部族还乐意归向他。没多久，晋武帝拜王濬为右卫将军兼大司农，职位多么高。可是大司农应当在朝廷上办事，不能留在外边。王濬是个例外，他有个更重要的任务，非留在外边不可。这时候，晋武帝正跟车骑将军羊祜研究进攻东吴的计划。羊祜认为现在有了巴蜀，进攻东吴应当利用上游的形势，与其从襄阳、当阳、乌林去打赤壁，不如从巴东顺流而下去打西陵。他秘密地上个奏章，建议把王濬留在益州，叫他负责督造战船，训练水军。晋武帝同意了，仍旧让他做着益州刺史，加上一个龙骧将军（骧：xiāng）的头衔，统领益州和梁州的军事。

王濬开始大规模地建造战船，大战船长一百二十步（古时候六尺为一步），能容纳两千多人，船上用木头作为城墙，上层有楼，四面可以瞭望，船头有一片宽阔的平台，可以来回跑马。为了不让东吴知道，造船是秘密进行的，接连造了几年，东吴还不知道这件事。后来造船的工匠和士兵马虎起来，随意把削下的木片扔在水里。木片顺流而下，沿江向巫峡漂去。吴建平（郡治在今湖北秭归）太守吾彦拿着木片去见吴主孙皓，对他说：“这些木片一定是造船劈下来的。晋兵在上游造船，一定是为了进攻东吴。建平正在要道上，应当增加兵马，只要守住建平，晋兵就不能渡江过来。”

吴主孙皓不理他。他认为："我不去打他已经是恩典了，他还敢来侵犯我吗？"吾彦没有办法，只好垂头丧气地回去。他独出心裁，在江面上打了不少木桩，钉上铁链，随时可以锁上断绝江面上的交通。这种铁链防线做了好几道，以防万一。

江面上并没有战船下来，可是吴主孙皓回头想了想，到底不大放心。他还想知道西陵的情况，就下了一道命令，吩咐西陵的将军立刻回朝。镇守西陵的将军叫步阐（chǎn），他听说孙皓生性残酷，一不高兴就杀戮大臣，经常心里打鼓，不知道哪一天就有大祸临头似的。这会儿突然叫他回朝，还催得挺急，他一想，准有人给他在吴主跟前说坏话，要是回去的话，革职还是小事，也许保不住脑袋。他就献上西陵城，投降了洛阳。晋武帝马上拜他为卫将军，统领西陵一切军事，还封他为宜都公。

镇守乐乡的镇军大将军陆抗一听到步阐叛变，立刻派兵遣将，一面防备着晋兵，一面围住西陵。步阐向洛阳求救，晋武帝就派荆州刺史杨肇直接去救西陵。车骑将军羊祜下了命令，叫巴东监军徐胤（yìn）带领水军进攻建平，自己率领五万大军进攻江陵。晋武帝和羊祜这么布置，三路夹攻去救西陵，可都逃不出陆抗的手掌心。他早就四面布置好对付晋兵的三路夹攻，连羊祜也遭到了失败。

三路夹攻的救兵全没好结果，步阐变成了坛子里的王八。陆抗攻破了城，杀了步阐，西陵又归了东吴。这么一来，吴主孙皓更加骄横起来，他说照这样打法，一旦打到洛阳去，就可以兼并天下了。

晋兵打了败仗，羊祜由车骑将军降级为平南将军，杨肇废为平民。羊祜皱着眉头，心中很不得劲儿，倒不是因为自己降了级，而是因为天下大势太不称心。西北方由于秃发树机能称霸逞强，没能够安定下来；南方连一个已经投降了的西陵还保不住；朝廷上的大臣们又不能和睦共处，贾充、荀勖、冯紞终于排挤了任恺和庾纯。邓艾、钟会灭蜀已经九年了，照这么下去，不知道哪年哪月才能够统一中原。他从江陵回来，更觉得陆抗真了不起，孙皓虽然暴虐无道，东吴可还有力量。就说王濬造了足够的战船，要跟东吴拼个输赢，也不能单靠兵力。他这么一合计，就决定再用几年工夫去争取东吴的民心。

争取民心

羊祜决定采取一套软办法，用道义去争取民心，不允许任何欺诈或者取巧的行动。每回跟东吴交战，一定按照约定的日子，绝不偷袭，绝不布置埋伏。将士当中有谁向他献计的，只要他听到话里有诡计的苗头，就拿出上等的好酒，请献计的人喝，还拼命地劝酒，让他喝得醉醺醺的，开不得口。羊祜行军，有时候经过东吴地界，士兵割了稻谷当口粮，也必须报告吃了多少粮食，羊祜拿绢折价，赔偿人家。要是他约会众将官在江、沔一块儿打猎的话，他一定郑重地叮嘱他们只准在自己的地界内。碰巧了，东吴的将士也在对面打猎，双方各不相犯。如果有一只飞鸟或者一只野兽，先给吴兵打伤，到了这边给晋兵逮住，必须送还给对方。就因为这样，东吴那边全都很高兴，说晋人真够朋友。

羊祜和陆抗面对面扎着军营，相隔不太远，有时候还有使者来往。有一天，陆抗给羊祜送去一些上等好酒，羊祜一点不犹豫地就喝了。又有一次，陆抗病了，听说羊祜有治这种病的药，他就派人向羊祜要。羊祜马上派人送去，还附上一个便条，说："这是上等丸药，最近制成，我还没吃，特先奉上。"陆抗正要把药丸子吞下去，将士们拦住他，说："吃不得！别上当！"陆抗叫他们放心，他说："羊叔子（羊祜字叔子）难道是下毒药的人吗？"

陆抗吃了羊祜的药丸子，病果然好了。他对将士们说："他们那边注重道义，争取民心，我们这边一味暴虐，大失民心，这么下去，就是不交战，也可以分胜败了。现在我们还是守卫边境要紧，不可轻举妄动，贪图小利。”他说这些话是因为吴主孙皓又杀戮了大臣，还听了奉承他的话，屡次去侵犯晋的边境。他听到陆抗跟羊祜这么来往，就派使者去责问陆抗。陆抗回答说：“治理一个城，一个乡，也不能不讲信义，何况治理一个大国呢！臣所以这么对付羊祜，就为了显示陛下的信义和恩德！”吴主听了，很得意，没去难为他。

一转眼又过了年。公元273年三月，吴主孙皓拜陆抗为大司马，兼荆州州牧。陆抗好几次上奏章，劝告吴主尊敬大臣，爱护百姓，应当注重农业生产，不可轻举妄动，穷兵黩武。这些话吴主听着很不舒服，只因为陆抗名望大，而且掌握着兵权，吴主只好耐着性子，不去理他。要是换了别人，一百个脑袋都给砍了。

东汉有个强项令董宣，东吴也有这样的人，可是结果大不一样。吴主孙皓有个心爱的妃子，她派恶奴上街，看见有什么他们喜欢的东西，拿手一指，就得献上去。街市上开铺子的瞧见宫里派来的恶奴就像见了老虎一样。老虎很少碰到，妃子派去抢东西的恶奴可经常出来。有个硬脖子大官，叫陈声，他做了司市中郎将（司市，管理市场贸易的官），平素也还得到吴主的宠用。他按照法令，把那个恶奴办了罪。这可闯了大祸啦。那个妃子在吴主跟前撒娇撒痴地哭诉一番，吴主就借个因头把陈声的脑袋用烧红的锯锯下来，把尸身扔到四望矶（石头城有四望山，山上有矶）去了。

杀人也就是了，怎么还用烧红的锯锯脑袋呢？这算是什么刑法？可是吴主孙皓就喜欢独出心裁地杀人。有时候，他把一个大臣砍了头，叫别人把那颗人头当作球踢着玩；有时候，他用车马把人撕成碎片；有时候，他跟大臣们喝酒，喝醉了，叫左右指出别人的过失，过失大的，砍头，过失小的，剥脸皮、挖眼睛。他的残酷出了名，除了一个专门讨他喜欢的马屁大王小狗子岑昏以外，上上下下都把他恨透了。

南方正派的大臣对吴主孙皓的行为，有的恨，有的替他着急，怕他这么下去，保不住国家社稷。中书令贺邵曾经在奏章上引《左传》的话向他说过：“国家兴盛起来，把老百姓看作儿子；国家快要灭亡了，把老百姓看作粪土和草芥。”还有大司马陆抗，一直替他担心事。

北方的大臣对晋武帝司马炎怎么样呢？也差不了多少。他倒不是为了杀戮大臣，而是为了充实后宫。就在吴陆抗做大司马这一年，七月里，晋武帝下了一道诏书，他要挑选公卿以下大臣们的闺女来充实后宫，先叫他们把自己还没出嫁的女儿报名上册，谁敢隐瞒不报的，拿“大不敬”的罪名办罪。

过了八个月，到了公元274年三月，又下了一道诏书。这次挑选美女的范围比上次更大。在朝廷挑选美女的时期内，全国人民不准聘姑娘娶媳妇。这次挑的是老百姓当中良家女儿和小军官、小官吏的女儿，由自己的母亲或者奶奶送到宫里来。送来的小姑娘有五千多人，让皇上自己复选。母亲哭，女儿哭，奶奶哭，孙女儿哭，一大片的哭声连宫门外面都听见了。

晋武帝这两年来忙着搜罗天下的美人，他的统一中原的雄心壮志也就淡下去了。要不，东吴在孙皓残酷的统治下，怎么还能够支持下去呢？就是在东吴最危险的时候，晋武帝也没发兵去进攻。就在这年七月里，吴大司马陆抗害病死了。他在害病的时候，上书给吴主，请他注意西边的防守。他说：“西陵、建平是守卫我国最重要的两座城，地位在上游，两面受敌（西边防着巴、夔，北边防着魏兴、上庸）。敌人要是发动战船顺流而下，真是像闪电和流星一样地快，要靠别的地方发兵去救，就来不及了。这是国家社稷生死存亡的关键，不是边境上的一些小冲突可比。臣父逊（陆抗的父亲陆逊）曾经说过：‘西陵是东吴的西门，要是守不住的话，不但丢了一个郡，整个荆州也保不住。如果那边发生情况，必须拿全国的力量去争夺！’臣曾经请求陛下再发三万精兵防守西陵，可是到了今天，兵力还很薄弱。要是能有八万大军守卫西边，那就好多了。臣并不怕死，可就为了西边的防守担心，请陛下千万不可大意。”

陆抗一死，吴主叫陆抗的几个儿子陆晏、陆景、陆玄、陆机、陆云分别带领他们的父亲原来的兵马。其中陆机和陆云哥儿俩长于文学，当时就很出名。他们对于带兵作战不免差了些。再说吴主孙皓并没听从陆抗的话加强防守。晋武帝要进攻东吴的话，这是个好机会。

公元276年，羊祜上书，请晋武帝征伐东吴。他说：“先帝（指司马昭）平定巴、蜀的时候，天下人都以为东吴也一定可以同时平定下来。可是到了今天，已经十三年了。江、淮地势的险要比不上剑阁，孙皓的暴虐过于刘禅，吴人遭受的痛苦比巴蜀人受到的痛苦更大，我们大晋的兵力比过去任何时候都强，不在这个时候去平定四海，统一中原，还要等到什么时候呢？”

晋武帝倒很赞成羊祜的话，可是朝廷上的大臣商议下来，都顾到北方，对南方的事不大感兴趣。他们为了秦州和凉州担心，不愿意打到江南去。羊祜又上了一个奏章，他说："平了东吴，兵马就有富裕，胡人自然能平定下来。"商议了一会儿，意见还不一致。贾充、荀勖、冯统坚决反对去打东吴，只有杜预和新的中书令张华赞成羊祜的计划。羊祜叹息着说："天下的事，十件倒有七八件不称心。天给我们一个好机会，而我们把它错过，唉，后悔也就晚了！"

过了一年多，羊祜病了，他要求回到朝廷里来。晋武帝请他坐车进宫，不必叩拜。后来又说养病要紧，不必上朝。接着就派张华去向羊祜请教征伐东吴的计策。羊祜说："孙皓暴虐到了极点，今天去征伐，就是不打仗，也能够胜他。要是孙皓一死，吴人另外立个有能耐的、爱护老百姓的新君，咱们就是有一百万大军，也打不过长江去。"张华完全同意他的意见。

到了年底，羊祜病重了，他推荐杜预接替他的职位。晋武帝就拜杜预为镇南大将军，统领荆州所有的军队。羊祜死的那天，天气特别冷。晋武帝哭得非常伤心，眼泪、鼻涕和哈出来的气沾在胡子和发鬓上，全结了冰。守卫边境的东吴士兵，听说羊祜死了，也有流眼泪的。因为羊祜喜欢游玩岘山，襄阳人就在岘山上给他造了个庙，立了个石碑。据说人们见了那块石碑就会掉下眼泪来。为了这个，那个石碑就称为"堕泪碑"。

镇南大将军杜预到了襄阳，打了一个胜仗，可是还不是大规模地作战。朝廷上一些大臣，像贾充、荀勖、冯统他们又起来反对。恰巧秃发树机能在公元279年正月打下了凉州，连秦州、雍州也震动起来。西边一紧张，南边只好放松了。晋武帝任用一个将军叫马隆，拜他为讨虏护军兼武威太守，叫他去对付树机能。

征伐东吴的大事一停下来，激起了一位老将军的气愤。那个老将军就是益州刺史王濬。他上了个奏章，说："孙皓荒淫残暴，应该立刻发兵去征伐。一旦孙皓死了，吴人另外立个开明的君主，敌人就会强大起来。臣在这儿造船已经七年了，造好了的船一直没用。有的坏了，需要修理，有的不能修理了。臣今年已经七十岁了，还能活多久呢？孙皓要是死了，臣要是死了，船要是都坏了，这三桩事情，只要发生一桩，征伐东吴就难办了。请陛下千万别失了机会。"

晋武帝看了王濬的奏章，又打算征伐东吴了。正在这个紧要关头，安东将军太原晋阳人王浑来了个紧急奏章，说孙皓打算北伐，边境上都戒严了。朝廷上一般反对出兵的人都说：“人家打过来，还是防守要紧。就是要发兵去征伐的话，且到明年再说吧。”晋武帝又下不了决心了。正好王濬的参军何攀在洛阳办些公事，他听到了这些情况，给晋武帝上了个奏章。他说：“孙皓绝不敢北伐。他们在边境上戒严，正说明他们害怕我们南征。趁着这个时候打过去，一定能够把东吴灭了。”

晋武帝看了何攀的奏章，又动心了。恰巧又接到了镇南大将军杜预的奏章，劝他赶紧发兵，要不然的话，孙皓搬到武昌去，修建江南重要的城墙，再把老百姓遣散，那么到了明年，就更困难了。中书令张华正在跟晋武帝下棋，他立刻推开棋盘，说：“请陛下下决心！”晋武帝有这么多的大臣劝他南征统一中原。过去羊祜屡次三番地上书，不必提了，目前又有王濬、王浑、何攀、杜预、张华他们说得这么恳切，他这会儿不得不下决心了。

公元 279 年十一月，晋武帝派镇军将军司马伷、安东将军王浑、建威将军王戎、平南将军胡奋、镇南大将军杜预、龙骧将军王濬、巴东监军唐彬七路大军，共二十多万兵马，同时分头向东吴进攻。这么多将军，这么多兵马，分了七路进兵，谁是大都督总指挥哪？说来还真新鲜，大都督不是别人，正是一向反对羊祜，反对征伐东吴的皇上的亲家贾充。他最后还说：“进攻东吴没有好处，也不一定能成功。再说臣已经衰老了，担当不了这个责任。”晋武帝逼着他，说：“你一定不肯去的话，那只有我自己去了！”贾充没有办法，只好拿着节杖，到了襄阳，坐守中军，“总督”各路军队。

这边七路大军还没跟吴兵展开大战，西北方送来了好消息。武威太守马隆制造了一种特别的战车叫“偏箱车”，在车上搭成狭长的木屋，特别适合那边狭窄的山路，一边打，一边走，走了一千里路，杀伤了不少敌人。他一到武威，威望大振。那边的鲜卑大人率领各部族一万多户归向了晋朝。到了十二月，马隆跟树机能大战一场，杀得树机能来不及逃走，就给马隆砍了脑袋。凉州平定下来了。羊祜曾经说过：“平了东吴，兵马就有富裕，胡人自然能安定下来的。”没想到这回正倒过来，平定了凉州，更有利于江南的战争。

杜预、王濬、王浑他们从各方面向东吴进攻，大失民心的吴主孙皓再厉害也不容易对付晋兵了。

三分一统

公元 280 年正月，镇南大将军杜预打中路，向江陵进兵；安东将军王浑打东路，向横江（在今安徽和县一带）进兵。两路兵马打到哪儿，胜到哪儿。二月，龙骧将军王濬和巴东监军唐彬率领水军打西路，向秭归进兵。这一路困难重重，开头几天连船都不能通。原来吴人按照建平太守吾彦的计划，在大江险要的地段布置了铁链、铁锁，把大江拦腰截住，又把一丈多高的铁锥子安在水面下，好像无数的尖刀暗礁。王濬的船没法过来。这些情况终于给王濬摸清了。他要进兵，首先得把水底下的铁锥子打扫干净。

晋兵造了几十条很大的木筏子。一条木筏子大的有一百多步长，扎了一些草人，披上铠甲，拿着刀枪，站在上面。这一队木筏子由水性好的士兵带领着作为先锋。这些木筏子碰到铁锥子，铁锥子就扎在木筏子底下，好像一个人走过野草地，芒刺粘在鞋上和裤腿上一样。有的还把底扎穿了。反正木筏子不怕漏水，底扎破了，也沉不了。

跟着“扫锥队”的是“烧链队”。这一队的木筏子，平面上铺着泥土，上面架着很大的火把。多大呢？几个人还抱不过来。多长呢？有十多丈长。巨大的火把吃足了油，一点就着。这些火筏子在战船前面开路。别说是木桩，就是铁链铁锁，给这么大的火把烧了一会儿也都烧断了。东吴只凭这些木桩、铁锥、铁链封锁江面，守卫的士兵可不多，也不是王濬这队水兵的对手，压根儿没展开大战就逃散了。这样，扫除了水底下和江面上阻碍前进的玩意儿，大队的战船就一点阻挡都没有地顺流而下。

王濬这一路水军，打下了丹阳（在今湖北枝江一带）、西陵、荆门、夷道、乐乡，就跟进攻江陵的杜预的大军会师了。原来王濬还没打进乐乡的头一天，杜预就派部将周旨带领八百名勇士，穿上吴兵的军服，连夜渡过河去，埋伏在乐乡城外，他们还在巴山虚张旗子，放火烧山。东吴都督孙歆害怕了，不敢往巴山那边走。他派出一队兵马去抵抗从西面过来的王濬那一路。吴兵打了败仗，逃回来。周旨他们八百人趁着乱劲，跟着逃兵进了城。他们一直冲到军营内帐去见东吴都督孙歆，孙歆还以为是自己人，没防备，末了他只好乖乖地当了俘虏。王濬在水上打败了东吴水军都督陆景的兵马，由于杜预派周旨带领八百人在陆上配合，很快地就接收了乐乡。

杜预打下了江陵，真是势如破竹，一劈到底地那么容易。沅水、湘水以南，零陵、桂阳、衡阳，直到广州，所有郡县都一股风地投降了。杜预又把自己带领的兵马分一部分给王濬、唐彬，加强他们的兵力，叫他们继续往东再打过去。他因为荆州已经打下了，就请坐镇襄阳的大都督贾充再往东搬到项城去。

王濬、唐彬得到了杜预分给他们的兵马向夏口进兵。进攻夏口的平南将军胡奋打下了公安，跟建威将军王戎会在一起，王濬又跟他们会师。这样，王濬、胡奋、王戎这三路兵马一同打下夏口、武昌，把吴兵像赶鸭子似的顺流赶去，沿路郡县望风投降。大军的矛头一直向着建业。

到了这时候，吴主孙皓慌了。他派丞相张悌率领丹阳（这个丹阳是丹阳郡，包括今安徽南部和江苏南部的各一部分）太守沈莹、护军孙震、副军师诸葛靓（诸葛诞的儿子），发兵三万渡江迎敌。这三万人是东吴的精兵。三月渡江过去，还打了一个胜仗。后来晋军集中起来，将军士兵越打越多。吴兵大败，好像山崩那样垮下来。大将、小将和领队的军官没法阻止。张悌阵亡，孙震、沈莹他们死在乱军之中，诸葛靓失踪。建业人心慌乱，好像早晨等不到晚上就会给晋兵杀了。可是晋兵没再渡江过来。这是怎么回事啊？

吴丞相张悌带领的吴兵是给晋扬州刺史周浚消灭的。张悌一死，周浚手下的一个谋士叫何恽，向他献计，说："张悌率领的是东吴的精兵啊。这一路精兵给消灭了，东吴上上下下谁都害怕。王龙骧（龙骧将军王濬）已经打下了武昌，往东过来。东吴的败亡已经可以看到了。咱们赶快渡过江去，直接进攻建业，一定可以成功。”周浚同意他的看法，请他去向打东路的安东将军王浑说去。何恽说：“不行，王浑胆小，又不善于用兵。他但求无过，绝不会听咱们的。”周浚再三请他去说，何恽只好去了。

果然，王浑不同意进兵。他说：“皇上诏书下来叫我屯兵江北，抵抗吴军，不可轻易进兵。你们虽然很勇敢，又打了一个胜仗，可是你们能够单独平定江东吗？要是违背命令，打胜了不能立功，打败了还得办罪。再说最近又有诏书下来，叫龙骧听我调度。等他来了，我叫他一同过江吧。”

原来当初龙骧将军王濬进兵建平的时候，他是奉命受杜预调度的。他打下了西陵，就接到杜预给他的信。信上说：“将军已经攻破了东吴西边的防守，就应当顺流而下，直接向建业进军，去征伐几辈子的叛逆，去拯救吴人脱离火坑。将来将军得胜还朝，也是一生的大好事。”王濬很高兴，就照杜预信里的意思上了一个奏章，率领水军向东过去。这会儿又有诏书下来，叫王濬受王浑的调度。王浑做了王濬的上级，所以他对何恽说：“诏书下来，叫龙骧听我调度。”

何恽回答说：“龙骧将军节节胜利，已经打了这么大的胜仗，何必拘束他前进呢？再说，明公做了上将军，可进则进。难道大军的一举一动都得等候诏书吗？明公率领大军渡过江去，一定能够成功，为什么还要待在这儿停滞不前呢？”哪怕何恽有一百张嘴，王浑还是不听他的。为了这个缘故，王浑的军队虽然离建业近，可就不渡江过去，王濬的军队远在武昌，反倒过来了。

王濬听了杜预的话，直接往建业打过去。吴主孙皓派游击将军张象带领一万水军去抵抗。张象一看，满江都是王濬的战船。白天，旗子遮盖了太阳，晚上，灯火压倒了月亮，吓得他没打就投降了。孙皓派出去的将军和一万名水兵居然没交战就投降了，那还了得！他召集几个大臣，问他们：“听说我们的将士不肯打仗，是这样的吗？说！说啊！”

这几个大臣哭丧着脸，叹了口气，刚张开嘴，还没说出话来，就瞧见几百个宫殿里伺候皇上的人跑上来，趴在地下向吴主磕头。有两个领头的说：“北军下来，我们的将士不肯拿刀抵抗敌人，请问陛下怎么办？”吴主说：“那为什么？”大伙儿嚷着说：“就是为了岑昏，请陛下先把他宰了！”孙皓说：“一个小小的内侍，怎么能伤害国家呢？”他们说：“陛下难道不知道蜀中常侍黄皓吗？”孙皓自言自语地嘟哝了一句：“要真是这样，叫这奴才去向老百姓赔个罪就是了。”众人高声嚷着说：“好！”他们一骨碌都爬起来，冲到宫里去找岑昏。吴主孙皓马上派左右去追，叫他们别动手打人，接着又派人去救岑昏。可岑昏早就给众人砸烂了，有的还咬他的肉。

杀了一个中常侍也不能叫晋兵退回去呀。恰巧有个将军叫陶濬的，到了建业来见吴主。吴主问他水军的消息。陶濬说：“巴蜀的船都小得很，不能跟咱们的战船比。只要给我两万水兵，把大号的战船都用上，我就能把巴蜀的小船撞沉！”吴主在绝望当中得到了这么一颗大救星，高兴极了，马上拜他为大将，把节杖交给他，让他去发号施令。

陶濬召集了两万水兵，准备了几百条大船。命令下来，明天出发去消灭敌人。为了鼓励士气，他对士兵们说：“巴蜀的船都小得很，不能跟咱们的战船比。咱们的大船一出去，就可以把巴蜀的小船撞沉。”士兵们一听，愣了。笑，不敢笑；哭，哭不出来。原来这位大将是个糊涂虫，他看的是七八年前的皇历。以前的情况确是这样，新的情况他可不知道。这会儿巴蜀下来的都是大船哪，跟着这么一个大将去送命，太冤啦。当天晚上，这两万士兵逃得一干二净。第二天，这位大将也不见了，就剩下一根光杆子的节杖。

这时候，王濬的战船离建业只有五六十里了。他们经过三山（在今南京市西南，长江南岸，山上有三个山峰，所以叫“三山”）的时候，王浑派使者给王濬一封信，请他过去商议进攻建业的大事，王濬叫水兵扯满风帆，直接驶到建业去。他请王浑的使者捎个口信：“顺风顺水快得很，船没法泊岸。有事情改日再拜谒请教吧。”

使者回去一报告，王浑连鼻子都气歪了。他心里说：“哼，你能单独平定江东吗？你不听我的使唤，好！打胜了，不能立功，打败了，还得定罪。走着瞧吧！”

王浑还是把军队驻扎在江北。琅邪王司马伷他们也到了涂中（在今安徽滁州一带）。王濬的水军已经过了三山。吴主孙皓急得不知道该怎么办。有几个懂得怎么活命的大臣对他说：“陛下为什么不学安乐公刘禅的样儿呢？”他点了点头，就打发使者分头向王浑、王濬、司马伷三个将军请求投降，还把玉玺奉给琅邪王司马伷。

王濬率领八万大军，长江一百里接连不断的都是战船。就在王浑给他送信这一天，七十一岁的王老将军亲自带头，在炸雷似的战鼓声中进了石头城（就是建业）。城头上飘扬着无数的白旗，真所谓“一片降幡出石头”。王濬带着一队兵马进了城，安了营。吴主孙皓叫人扛着一口棺材，自己露着上身，反绑着双手，领着一批大臣，到军门来领罪。王濬亲自给孙皓松了绑，叫他换上衣帽，吩咐左右把棺木烧了，然后请东吴君臣到军中相见。

孙皓双手捧上东吴的图籍。王濬收下了。上面记着有州四个（就是荆州、扬州、交州、广州），郡四十三个，县三百一十三个，户五十二万三千，男女人口两百三十万，官吏三万二千名，士兵二十三万名，米谷两百八十万斛，船五千多条，后宫妇女五千多人。东吴从公元 229 年孙权称帝，传了四个君主（孙权，儿子孙亮、孙休，孙子孙皓），到这一年（公元 280 年）共五十一年，就亡了。

洛阳朝廷听到东吴已经平定的消息，大臣们都向晋武帝上寿。贾充也从项城回来凑热闹。晋武帝拿着酒杯说：“这是羊太傅（羊祜追赠为太傅）的功劳！”他能够这么想念着羊祜，多少也学他的样儿争取民心，做些讨好吴人的事。四月，诏书下来，封孙皓为归命侯，每年还给他相当阔气的生活费用。接着又下了诏书，打发使者分别到荆州、扬州去抚慰吴人：州牧、郡守以下的大小官员照旧供职，都不撤换；废除以前苛虐的法令，一切从简；东吴的大族、名士，量才录用；孙氏贵族出身的将军和官吏渡过江来的，免除徭役十年；老百姓渡过江来的，免除徭役二十年。这些收买人心的措施，尤其是废除苛虐的法令，都叫吴人高兴。

五月，司马伷派使者送孙皓和他的家小，还有那枚玉玺，到了洛阳。孙皓带着儿子，脸上抹着泥土，绑着上身，到了东门，可不敢进去。晋武帝派个大臣给孙皓松了绑，赐给他衣服和车马，还叫他第三天去拜见皇上。

到了第三天，晋武帝召集文武百官和四方的使者开个大会，连公卿大臣的子弟学生也都参加。孙皓上殿，趴在晋武帝面前磕头，还真把脑门子在地下磕了几个响头。晋武帝请他起来，给他一个座位，对他说：“这个座位我给你准备好久了。”孙皓心里想说“我在南方也给你准备了座位”，可是这种话怎么说得出口来呢？他上身也露了，双手也反绑过了，脸上也抹过泥土了，响头也磕了。这么一个只怕死不怕丢脸的人，已经投降了，怎么还敢在新主人面前逞强呢？他听了晋武帝这么一说，很别扭地坐下来，用手摸了摸座位，心里又想着：“这个座位是不是刘禅坐过的？他投降以后又活了好多年（刘禅死在公元 271 年），不知道我还能活上几年？”

孙皓坐在那儿，很不是滋味儿。忽然听到一个大臣责备他，说：“听说你在南方挖人眼睛，剥人面皮。这算是什么刑法啊？”孙皓一看，原来那个大臣正是刺死魏主曹髦的元凶太尉贾充。他一肚子的气就向他发泄了。他说：“做臣下的谋害皇上，用这种刑；还有，不忠不义，背叛主人的，用这种刑。”贾充闭着嘴，脸可红到脖颈子上了。晋武帝连忙拿话岔开，总算没叫贾充下不了台阶。

过了一个时候，王浑、王濬、杜预、司马伷他们先后回到洛阳。晋武帝大封灭吴的功臣。从此，三分天下，一统归晋。晋武帝下了诏书，废除州、郡的兵马，大郡设置武官一百人，小郡五十人。这一来，士兵数量大大减少，天下太平。可是有的人说：“天下尽管这么太平，可要是忘了做打仗的准备，必定有危险。”有的说：“州郡没有兵马，盗贼起来怎么办？各部族乱了怎么办？外族打进来又怎么办？”晋武帝没听他们的，还是大量地裁去军备。以后的西晋碰到了不少困难，究竟是不是因为州郡没有兵马，还是由于别的什么原因，那就得看以后怎么发展了。

林汉达

中国历史故事　西周——晋